大纪录

——中国改革开放四十年报告文学选

时代出版传媒股份有限公司
安徽文艺出版社

Da Jilu

Zhongguo Gaigekaifang Sishi Nian Baogao Wenxue Xuan

全三卷

大记录

——中国改革开放四十年报告文学选

李炳银●主编

APGTIME 时代出版
时代出版传媒股份有限公司
安徽文艺出版社

图书在版编目（CIP）数据

大记录：中国改革开放四十年报告文学选：全三册/李炳银主编. —合肥：安徽文艺出版社，2018.10
ISBN 978-7-5396-6403-3

Ⅰ. ①大… Ⅱ. ①李… Ⅲ. ①报告文学－作品集－中国－当代 Ⅳ. ①I25

中国版本图书馆CIP数据核字(2018)第139512号

出 版 人：朱寒冬
选题策划：朱寒冬　岑　杰
丛书统筹：岑　杰　胡　莉
责任编辑：胡　莉　姚爱云　张星航　蒋　晨
装帧设计：丁　明

出版发行：时代出版传媒股份有限公司 www.press-mart.com
　　　　　安徽文艺出版社 www.awpub.com
地　　址：合肥市翡翠路1118号　邮政编码：230071
营 销 部：(0551)63533889
印　　制：安徽新华印刷股份有限公司　(0551)65859551

开本：787×1092　1/16　印张：87　字数：1600千字
版次：2018年10月第1版　2018年10月第1次印刷
定价：198.00元(全三卷)

序

李炳银

2018年，是纪念中国自1978年开始的改革开放四十年的重要时日。四十年来，中国在改革开放的道路上坚定不移，稳步深入，成果巨大，书写了中国社会历史的新的辉煌篇章。2017年10月18日，习近平总书记在中国共产党第十九次全国代表大会上的报告中指出：经过长期努力，中国特色社会主义进入了新时代，这是我国发展新的历史方位。

四十年来，龙行九州，风雨兼程；凤舞大地，踏铁留痕。中国的改革开放，从历史的长河看，尽管还是一个社会瞬间表现，但它给中国的社会历史留下非常重要的痕迹。面对当今中国在各个方面的积极巨大变化和重大国际影响力，面对这个被认为是国家从站起来，到富起来，到即将走向强起来的壮伟局面，身在其中的人们一定会有很多的感慨和欣慰！

在中国改革开放四十年的历史道路上，始终都有报告文学的热情参与和助力。报告文学既以自己独特的个性声音深情地呼唤改革开放的发展，也以自己的热情表达书写改革开放的伟大成就，是与中国的改革开放历史道路和实践交融最为密切、互动最为有力的文体文学表达。邓小平1983年10月12日在中共十二届三中全会上的讲话中，就曾明确指出："文学方面，近年来反映社会主义建设新生活的文学作品多了一些，但是，能够振奋人民和青年的革命精神，推动他们勇敢献身于祖国各个领域的建设和斗争，具有强大鼓舞力量的作品，除了报告文学方面比较多以外，其他方面也有，可是不能说多。"（见《邓小平文选》，人民出版社1993年版第三卷，"党在组织战线和思想战线上的迫切任务"）人们一定还记得，当徐迟的报告文学《哥德巴赫猜想》在1978年第1期《人民文学》上发表之后，由于作者在当时那个限制环境中，对于"文化大革命"委婉而明确的批判态度，对于陈景润作为一个知识分子在科学攻关过程中的勇敢、坚韧和痴迷、努力的态度行为的热情赞赏和肯定，而被广大读者极大关注，一度出现“洛阳纸贵”的火热情形。此后徐迟的《生命之树长绿》，黄宗英的《大雁情》，理由的《高山与平原》《痴情》等很多彰显知识的价值和科学家、艺术家的美好生活追求及人格力量的报告文学，分明有力地反对此前那种否定知识、贬损科学艺术的社会思潮和行为，促使社会迅速生成向正确和文明道路前进的力量。这是报告文学对人民群众意愿和期望中国改革开放的表达，是文学式的呼唤改革开放的先声！这些作品，像春风吹拂着大地，使人们的心灵和意识有力地复苏。

在中国社会经历“文化大革命”的浩劫之后，当地下的烈火即将喷发，郁结在人们心中的怨愤需要释放的时候，张书绅为张志新烈士鸣冤的《正气歌》，王晨、张天来惋惜遇罗克短暂悲剧人生的《划破夜幕的陨星》，陶斯亮悲叹父亲陶铸冤屈命运的《一封终于发出的信》，胡平为李九莲抱冤的《中国的眸子》，理由痛心一个上海青年生命的《倒在玫瑰色的晨光中》，孟晓云哀伤青年钱宗仁坎坷曲折人生的《胡杨泪》等不少动情书写此前生活中各种血泪苦难的作品，引起了很大的社会震动，也为开始酝酿的社会反思和思想解放潮流提供了很大的支持。在中国社会处于一个重大的扭转、推进和改变的时候，中国的报告文学创作在传达和传递民众情绪愿望、诉求的过程中，发挥了非常可贵的担当和引领作用。报告文学不负民众的期待和历史的责任。以致今天，人们回想起报告文学在当时引起的社会震撼情形时，依然十分激动！

历史一定会有曲折，但历史也一定会遵循着自己的发展规律向前推进。在反思和拨乱反正不断深入的时候，农村的巨大变革出现了。万里作为省委书记在安徽的作为，为中国新的发展开辟了道路。王立新的《毛泽东以后的岁月》、李延国的《中国农民大趋势》、乔迈的《三门李逸闻》、王兆军的《原野在呼唤》等很多作品，真实地书写、报告了来自农村的新动态和动人的改革热潮情景。中国广大的农村在自在生长中焕发出巨大的力量，在创造着神奇的勃发景象。新的社会环境带来新的变化，也会带来新的社会问题，刘宾雁的《人妖之间》，张敏的《神圣忧思录》，赵瑜的《强国梦》，胡平、张胜友的《世界大串连》，徐刚的《伐木者，醒来!》，卢跃刚的《长江三峡：中国的史诗》，杨晓升的《只有一个孩子》，郭冬的《难回故里》等等，很多反映真实的社会观察、疑惑、拷问、探究的报告文学出现了。这些在社会巨大的改变面前让人感到欣慰和忧患的作品，是报告文学紧密伴随中国社会改革开放前进脚步的表现，也是报告文学在中国的社会生活中积极探寻社会发展和改变的实践活动。当将真诚的热情与冷峻的面对结合到一起时，报告文学对社会的参与进入了一个新的阶段,同样是追踪中国改革开放轨迹的健康运动。因为这些滋生和成长于中国深厚土地上的报告文学的真实表达,中国社会变革的性格和面貌日渐清晰与明朗,中国社会的内容也空前地丰富多彩了。

在思想的禁锢被打破,闭锁的国门被打开之后,中国的改革开放就渐渐地由拨乱反正向以经济建设为中心上转移。报告文学是敏锐、自觉并最热情地贴近这个中心的文体,也是在这个舞台上表现最为充分和精彩的文体。这样的精彩演出,至今也不曾落幕。早先柯岩的《船长》,陈祖芬的《理论狂人》,周嘉俊的《步鑫生现象的反思》,李士非的《热血男儿》,王宏甲的《智慧风暴》,贾宏图的《解冻》,杨守松的《昆山之路》,王宏甲、刘建的《休息的革命》,及后来李春雷的《木棉花开》,陈锡添的《东方风来满眼春》,张雅文的《4 万: 400 万的牵挂》,朱晓军、李英的《让百姓做主》,江永红的《好梦将圆时》等等,着眼社会改革开放和促进经济建设发展的报告文学,都在当时给人们以强烈的感染,留下了清晰深刻的记忆。这些作品,书写国家政策的调整,描绘改革人物智慧勇敢的创新精神、行为,探讨排除各种束缚艰难的方法,找寻内外联系发展的途径,热情歌颂所有推动中国走向发展、富强和文明的对象,是透视现实的强光。它们将改革开放的锣鼓,通过报告文学的书写方式,敲打得更加响亮。以致报告文学自身的存在,也成为中国走向改革开放的一种明显标志。

伴随着中国改革开放脚步的伟大迈进,报告文学的价值在结合很多自豪光荣的辉煌成果书写中得到彰显,从而成为中国改革开放的杰出伴随者和珍贵记录,报告文学作家成为很多重大历史事件的见证者和发言人,他们的报告文学作品成为四十年来中国社会历史内容的一个特殊的组成部分。像长江的《香港回归祖国十周年回眸》、何建明激情记述 2011 年中国从利比亚等战乱地区大规模撤侨情景的《国家》、蒋巍动情描绘中国高速铁路从发展壮大到领先世界历程的《闪着泪光的事业》、许晨传递中国深海潜水器“蛟龙号”研制试验并获得骄人成果的《蛟龙探海》、兰宁远记录中国人飞天梦想和伟大实践的《“神舟”天路》、陈启文深情描绘袁隆平在伟大的时代创造出“杂交水稻和超级稻”情景的《袁隆平的世界》、李青松简洁描述中国无人机开发进程和喜人成果的《智慧之翼》等作品,就是记录中国在改革开放年代创造出的辉煌成果的史志性作品,是中国建设发展和促进人类进步的美好记忆的构成部分!

1982 年,著名诗人和文学理论家、中国作家协会副主席张光年先生,在谈到中国的报告文学的时候,曾说:报告文学“由附庸蔚为大国”,成为中国文学家族中独立存在的重要文体成员。四十年来，中国的报告文学，伴世生长，驭风而行，坚定自己的中国立场和文明目标，在深入现实对社会、人生进行观察、发现、思考和文学表达的过程中，表现出了独特的个性风格和坚定的使命担当精神。报告文学这种既吸收了新闻的真实性原则，又很好地借重文学艺术表达方式的个性文体，是在新闻与虚构的文学中间地带发现、开辟的新的文学领地与活动舞台。在新闻媒体手段多样和人们迫切渴望走近各种社会真相的当下，报告文学具有难以替代的现实需要和力量。“真实是艺术的上等原料”，真实为一切有价值的表达提供了基础和可能。那些出于传统保守的文学观念，以自视清高的态度，认为只有虚构才可以实现艺术目标的认识行为，是一种偏执甚至无知的表现。像这些相对直接呼应着中国改革开放历史生活的作品，是对真实社会生活发展进程的观察和思考记录，其本身也已经成为中国四十年历史生活的重要一环。报告文学在社会伟大进程中所发挥的积极作用，已经被人们充分认可。因此，报告文学在面对中国四十年改革开放历史时不会感到汗颜，而会具有自豪和欣慰，有自我珍爱和敬惜之感。虽然报告文学还存在着不少的遗憾，还有需要不断提高和改进的地方，但是，在纪念中国改革开放四十年伟大历史的时候，报告文学完全可以骄傲地说：我无愧于这个伟大的时代！

2018 年 2 月 18 日　于北京

目　　录

上　卷

中　卷

下　卷

哥德巴赫猜想

徐　迟

"……为革命钻研技术，分明是又红又专，被他们攻击为白专道路。"

——一九七八年两报一刊元旦社论《光明的中国》

一

命 $P_x(1,2)$ 为适合下列条件的素数 p 的个数：

$x-p=p_1$ 或 $x-p=p_2p_3$

其中 p_1,p_2,p_3 都是素数。〔这是不好懂的；读不懂时，可以跳过这几行。〕

用 x 表一充分大的偶数。

命 $C_x=\prod\limits_{\substack{p|x\\p>2}}\frac{p-1}{p-2}\prod\limits_{p>2}(1-\frac{1}{(p-1)^2})$。

对于任意给定的偶数 h 及充分大的 x，用 $x_h(1,2)$ 表示满足下面条件的素数 p 的个数：

$p\leqslant x,p+h=p_1$ 或 $h+p=p_2p_3$，

其中 p_1,p_2,p_3 都是素数。

本文的目的在于证明并改进作者在文献〔10〕内所提及的全部结果，现在详述如下。

二

以上引自一篇解析数论的论文。这一段引自它的"（一）引言"，提出了这道题。它后面是"（二）几个引理"，充满了各种公式和计算。最后是"（三）结果"，证明了一条定理。这篇论文，极不好懂。即使是著名数学家，如果不是专门研究这一

个数学的分支的，也不一定能读懂。但是这篇论文已经得到了国际数学界的公认，誉满天下。它所证明的那条定理，现在世界各国一致地把它命名为“陈氏定理”，因为它的作者姓陈，名景润。他现在是中国科学院数学研究所的研究员。

陈景润是福建人，生于一九三三年。当他降生到这个现实人间时，他的家庭和社会生活并没有对他呈现出玫瑰花朵一般的艳丽色彩。他父亲是邮政局职员，老是跑来跑去的。当年如果参加了国民党，就可以飞黄腾达，但是他父亲不肯参加。有的同事说他真是不识时务。他母亲是一个善良的操劳过甚的妇女，一共生了十二个孩子，只活了六个，其中陈景润排行老三。上有哥哥和姐姐，下有弟弟和妹妹。孩子生得多了，就不是双亲所疼爱的儿女了。他们越来越成为父母的累赘——多余的孩子，多余的人。从生下来的那一天起，他就像一个被宣布为不受欢迎的人似的，来到了这人世间。

他甚至没有享受过多少童年的快乐。母亲劳苦终日，顾不上爱他。当他记事的时候，酷烈的战争爆发。日本鬼子打进福建省。他还这么小，就提心吊胆过生活。父亲到三元县的三明市一个邮政分局当局长。小小邮局，设在山区一座古寺庙里。这地方曾经是一个革命根据地。但那时候，茂郁山林已成为悲惨世界。所有男子汉都被国民党匪军疯狂屠杀，无一幸存者。连老年的男人也一个都不剩了。剩下的只有妇女，她们的生活特别凄凉。花纱布价钱又太贵了，穿不起衣服，大姑娘都还裸着上体。福州被敌人占领后，逃难进山来的人多起来。这里飞机不来轰炸，山区渐渐有点儿兴旺。却又迁来了一个集中营。深夜里，常有鞭声惨痛地回荡；不时还有杀害烈士的枪声。第二天，那些戴着镣铐出来劳动的人，神色就更阴森了。

陈景润的幼小心灵受到了极大的创伤。他时常被惊慌和迷惘所征服。在家里并没有得到乐趣，在小学里他总是受人欺侮。他觉得自己是一只丑小鸭。不，是人，他还是觉得自己也是一个人。只是他瘦削、弱小。光是这副窝囊样子就不能讨人喜欢。习惯于挨打，从来不讨饶，这更使对方狠狠揍他，而他则更坚韧而有耐力了。他过分敏感，过早地感觉到了旧社会那些人吃人的现象。他被造成了一个内向的人，内向的性格。他独独爱上了数学。不是因为被迫，他只是因为爱好数学，演算数学习题占去了他大部分的时间。

当他升入初中的时候，江苏学院从远方的沦陷区搬迁到这个山区来了。那学院里的教授和讲师也到本地初中里来兼点课，多少也能给他们流亡在异地的生活改善一些。这些老师很有学问。有个语文老师水平最高。大家都崇拜他。但陈景润不喜欢语文。他喜欢两个外地的数理老师。外地老师倒也喜欢他。这些老师经常吹什么科学救国一类的话。他不相信科学能救国，但是救国却不可以没有科学，尤其不可以没有数学，而且数学是什么事儿也少不了它的。人们对他歧视，拳打脚踢，只能使他更加爱上数学。枯燥无味的代数方程式却使他充满了幸福，成为唯一的乐趣。

十三岁那年，他母亲去世了，死于肺结核。从此，儿想亲娘在梦中，而父亲又结了婚，后娘对他就更不如亲娘了。抗战胜利了，他们回到福州。陈景润进了三一中学，毕业后又到英华书院去念高中。那里有个数学老师，曾经是清华大学的航空系主任。

三

老师知识渊博，又诲人不倦。他在数学课上，给同学们讲了许多有趣的数学知识。不爱数学的同学都能被他吸引住，爱数学的同学就更不用说了。

数学分两大部分：纯数学和应用数学。纯数学处理数的关系与空间形式。在处理数的关系这部分里，讨论整数性质的一个重要分支，名叫“数论”。十七世纪法国大数学家费马是西方数论的创始人。但是中国古代老早已对数论做出了特殊贡献。《周髀》是最古老的古典数学著作。较早的还有一部《孙子算经》。其中有一条余数定理是中国首创。后来被传到了西方，名为孙子定理，是数论中的一条著名定理。直到明代以前，中国在数论方面是对人类有过较大的贡献的。五世纪的祖冲之算出来的圆周率，比德国人叫奥托的，早出一千多年。约瑟夫（指斯大林）领导的科学家把月球的一个山谷命名为“祖冲之”。十三世纪下半纪更是中国古代数学的高潮。南宋大数学家秦九韶著有《数书九章》。他的联立一次方程式的解法比意大利大数学家欧拉的解法早出了五百多年。元代大数学家朱世杰，著有《四元玉鉴》。他的多元高次方程的解法，比法国大数学家毕朱，也早出了四百多年。明清以后，中国落后了。然而中国人对于数学好像是特具禀赋的。中国应当出大数学家。中国是数学的好温床。

有一次，老师给这些高中生讲了数论之中一道著名的难题。他说，当初，俄罗斯的彼得大帝建设圣彼得堡，聘请了一大批欧洲的大科学家。其中，有瑞士大数学家欧拉（他的著作共有八百余种）；还有德国的一位中学教师，名叫哥德巴赫，也是数学家。

一七四二年，哥德巴赫发现，每一个大偶数都可以写成两个素数的和。他对许多偶数进行了检验，都说明这是确实的。但是这需要给予证明。因为尚未经过证明，只能称为猜想。他自己却不能够证明它，就写信请教那赫赫有名的大数学家欧拉，请他来帮忙做出证明。一直到死，欧拉也不能证明它。从此这成了一道难题，吸引了成千上万数学家的注意。两百多年来，多少数学家企图给这个猜想做出证明，都没有成功。

说到这里，教室里成了开了锅的水。那些像初放的花朵一样的青年学生叽叽喳喳地议论起来了。

老师又说，自然科学的皇后是数学。数学的皇冠是数论。哥德巴赫猜想，则是皇冠上的明珠。

同学们都惊讶地瞪大了眼睛。

老师说，你们都知道偶数和奇数，也都知道素数和合数。我们小学三年级就教这些了。这不是最容易的吗？不，这道难题是最难的呢。这道题很难很难。要有谁能够做了出来，不得了，那可不得了啊！

青年人又吵起来了。这有什么不得了。我们来做。我们做得出来。他们夸下了海口。

老师也笑了。他说："真的，昨天晚上我还做了一个梦呢。我梦见你们中间有一位同学，他不得了，他证明了哥德巴赫猜想。"

高中生们轰的一声大笑了。

但是陈景润没有笑。他也被老师的话震动了，但是他不能笑。如果他笑了，还会有同学用白眼瞪他的。自从升入高中以后，他越发孤独了。同学们嫌他古怪，嫌他脏，嫌他多病的样子，都不理睬他。他们用蔑视的和讥讽的眼神瞅着他。他成了一个踽踽独行，形单影只，自言自语，孤苦伶仃的畸零人。长空里，一只孤雁。

第二天，又上课了。几个相当用功的学生兴冲冲地给老师送上了几个答题的卷子。他们说，他们已经做出来了，能够证明那个德国人的猜想了，可以多方面地证明它呢。没有什么了不起的。哈！哈！

"你们算了！"老师笑着说，"算了！算了！"

"我们算了，算了。我们算出来了！"

"你们算啦！好啦好啦，我是说，你们算了吧，白费这个力气做什么？你们这些卷子我是看也不会看的，用不着看的。那么容易吗？你们是想骑着自行车到月球上去。"

教室里又爆发出一阵哄堂大笑。那些没有交卷的同学都笑话那几个交了卷的。他们自己也笑了起来，都笑得跺脚，笑破肚子了。唯独陈景润没有笑。他紧结着眉头。他被排除在这一切欢乐之外。

第二年，老师又回清华去了。他是北京航空学院副院长，全国航空学会理事长沈元。他早该忘记这两堂数学课了。他怎能知道他被多么深刻地铭刻在学生陈景润的记忆中。老师因为学生多，容易忘记，学生却常常记着自己青年时代的老师。

四

福州解放！那年他高中三年级。因为交不起学费，一九五〇年上半年，他没有上学，在家自学了一个学期。高中没有毕业，但以同等学力报考，他考进了厦门大学。那年，大学里只有数学物理系。读大学二年级时，才有了一个数学组，但只有四个学生。到三年级时，有数学系了，系里还是这四个人。因为成绩特别优异，国家又急需培养人才，四个人提前毕了业；而且，立即分配了工作，得到的优待，羡慕煞人。一九五三年秋季，陈景润被分配到了北京！在第 X 中学当数学老师。这该是多么的幸福了啊！

然而，不然！在厦门大学的时候，他的日子是好过的。同组同系就只四个大学生，倒有四个教授和一个助教指导学习。他是多么饥渴而且贪婪地吸饮于百花丛中，以酿制芬芳馥郁的数学蜜糖啊！学习的成效非常之高。他在抽象的领域里驰骋得多么自由自在！大家有共同的 dx 和 dy 等等之类的数学语言。心心相印，息息相通。三年中间，没有人歧视他，也不受骂挨打了。他很少和人来往，过的是黄金岁月；全身心沉浸在数学的海洋里面。真想不到，那么快，他就毕业了。一想到他将要当老师，在讲台上站立，被几十对锐利而机灵，有时难免要被恶作剧的眼睛盯视，他禁不住吓得打战！

他的猜想立刻就得到了证明。他是完全不适合于当老师的。他那么瘦小和病弱，他的学生却都是高大而且健壮的。他最不善于说话，多说几句就嗓子发痛了。他多么羡慕那些循循善诱的好老师。下了课回到房间里，他叫自己笨蛋。辱骂自己比别人的还厉害得多。他一向不会照顾自己，又不注意营养。积忧成疾，发烧到摄氏三十八度。送进医院一检查，他患有肺结核和腹膜结核症。

这一年内，他住医院六次，做了三次手术。当然他没有能够好好地教书。但他并没有放弃了他的专业。中国科学院不久前出版了华罗庚的名著《堆垒素数论》。刚摆上书店的书架，陈景润就买到了。他一头扎进去了。非常深刻的著作，非常之艰难！可是他钻研了它。住进医院，他还偷偷地避开了医生和护士的耳目，研究它。他那时也认为，这样下去，学校没有理由欢迎他。

他想他也许会失业？又有什么办法呢？好在他节衣缩食，一只牙刷也不买。

他从来不随便花一分钱,他几乎积蓄了他的全部收入。他横下心来,失业就回家,还继续搞他的数学研究。积蓄这几个钱是他搞数学的保证。这保证他失了业也还能研究数学的几个钱,就是他的生命:他的生命就是数学。至于积蓄一旦用光了,以后呢?他不知道。那时又该怎么办?这也是难题,也是尚未得到解答的猜想。而这个猜想后来也被证明是猜对了的。他的病好不了,中学里后来无法续聘他了。

厦门大学校长来到了北京,在教育部开会。那中学的一位领导遇见了他,谈起来,很不满意,提出了一大堆的意见:你们怎么培养了这样的高才生?

王亚南,厦门大学校长,就是马克思的《资本论》的翻译者,听到意见之后,非常吃惊。他一直认为陈景润是他们学校里最好的学生。他不同意他所听到的意见。他认为这是分配学生的工作时,分配不得当。他同意让陈景润回到厦门大学。

听说他可以回厦门大学数学系了,说也奇怪,陈景润的病也就好转了。而王亚南却安排他在厦大图书馆当管理员。又不让管理图书,只让他专心致志地研究数学。王亚南不愧为政治经济学的批判家,他懂得价值论,懂得人的价值。陈景润也没有辜负了老校长的培养。他果然精深地钻研了华罗庚的《堆垒素数论》和大厚本儿的《数论导引》。陈景润都把它们吃透了。他的这种经历却也并不是没有先例的。

当初,我国老一辈的大数学家、大教育家熊庆来,我国现代数学的引进者,在北京的清华大学执教。三十年代之初,有一个在初中毕业以后就失了学,失了学就完全自学的青年人,寄出了一篇代数方程解法的文章,给了熊庆来。熊庆来一看,就看出了这篇文章中的英姿勃发和奇光异彩。他立刻把它的作者,姓华名罗庚的,请进了清华园来。他安排华罗庚在清华数学系当文书,可以一面自学,一面大量地听课。尔后,派遣华罗庚出国,留学英国剑桥。学成回国,已担任在昆明的云南大学校长的熊庆来又介绍他当联大教授。华罗庚后来再次出国,在美国普林斯顿和依利诺的大学教书。中华人民共和国成立以后,华罗庚马上回国来了,他主持了中国科学院数学研究所的工作。

陈景润在厦门大学图书馆中也很快写出了数论方面的专题文章,文章寄给了中国科学院数学研究所。华罗庚一看文章,就看出了文章中的英姿勃发和奇光异彩,也提出了建议,把陈景润选调到数学研究所来当实习研究员。正是:熊庆来慧眼认罗庚,华罗庚睿目识景润。

一九五六年年底,陈景润再次从南方海滨来到了首都北京。

一九五七年夏天,数学大师熊庆来也从国外重返祖国首都。这时少长咸集,群贤毕至。当时著名的数学家有熊庆来、华罗庚、张宗燧、闵嗣鹤、吴文俊等等许多明星灿灿;还有新起的一代俊彦,陆启铿、万哲先、王元、越民义、吴方等等,如朝霞烂漫;还有后起之秀,陆汝钤、杨乐、张广厚等等已入北京大学求学。在解析数论、代数数论、函数论、泛函分析、几何拓扑学等等的学科之中,已是人才济济,又加上了一个陈景润。人人握灵蛇之珠,家家抱荆山之玉。风靡云蒸,阵容齐整。条件具备了,华罗庚做出了部署:侧重于应用数学,但也要向那皇冠上的明珠,哥德巴赫猜想挺进!

五

要懂得哥德巴赫猜想是怎么一回事,只需把早先在小学三年级里就学到过的数学再来温习一下。那些12345,个十百千万的数字,叫作正整数。那些可以被2整除的数,叫作偶数。剩下的那些数,叫作奇数。还有一种数,如2,3,5,7,11,13等等,只能被1和它本数,而不能被别的整数整除的,叫作素数。除了1和它本数以外,还能被别的整数整除的,这种数如4,6,8,9,10,12等等就叫作合数。一个整数,如能被一个素数所整除,这个素数就叫作这个整数的素因子。如6,就有2和3两个素因子。如30,就有2,3和5三个素因子。好了,这暂时也就够用了。

一七四二年,哥德巴赫写信给欧拉时,提出了:每个不小于6的偶数都是两个素数之和。例如,6=3+3。又如,24=11+13等等。有人对一个一个的偶数都进行了这样的验算,一直验算到了三亿三千万之数,都表明这是对的。但是更大的数目,更大更大的数目呢?猜想起来也该是对的。猜想应当证明。要证明它却很难很难。

整个十八世纪没有人能证明它。

整个十九世纪也没有人能证明它。

到了二十世纪的二十年代,问题才开始有了点儿进展。

很早以前,人们就想证明,每一个大偶数是两个"素因子不太多的"数之和。他们想这样子来设置包围圈,想由此来逐步、逐步证明哥德巴赫这个命题一个素数加一个素数(1+1)是正确的。

一九二〇年,挪威数学家布朗,用一种古老的筛法(这是研究数论的一种方法)证明了:每一个大偶数是两个"素因子都不超九个的"数之和。布朗证明了:九个素因子之积加九个素因子之积(9+9),是正确的。这是用了筛法取得的成果。但这样的包围圈还很大,要逐步缩小之。果然,包围圈逐步地缩小了。

一九二四年,数学家拉德马哈尔证明了(7+7);一九三二年,数学家爱斯斯尔曼证明了(6+6);一九三八年,数学家布赫斯塔勃证明了(5+5);一九四〇年,他又证明了(4+4);一九五六年,数学家维诺格拉多夫证明了(3+3);一九五八年,我国数学家王元又证明了(2+3)。包围圈越来越小,越接近于(1+1)了。但是,以上所有证明都有一个弱点,就是其中的两个数没有一个是可以肯定为素数的。

早在一九四八年,匈牙利数学家兰恩易另外设置了一个包围圈。开辟了另一战场,想来证明:每个大偶数都是一个素数和一个"素因子都不超过六个的"数之和。他果然证明了(1+6)。

但是,以后又是十年没有进展。

一九六二年,我国数学家、山东大学讲师潘承洞证明了(1+5),前进了一步;同年,王元、潘承洞又证明了(1+4)。一九六五年,布赫斯塔勃、维诺格拉多夫和数学家庞皮艾黎都证明了(1+3)。

一九六六年五月,一颗璀璨的信号弹升上了数学的天空,陈景润在中国科学院的刊物《科学通报》第十七期上宣布他已经证明了(1+2)。

自从陈景润被选调到数学研究所以来,他的才智的蓓蕾一朵朵地烂漫开放了。在圆内整点问题、球内整点问题、华林问题、三维除数问题等等之上,他都改进了中外数学家的结果。单是这一些成果,他那贡献就已经很大了。

但当他已具备了充分依据,他就以惊人的顽强毅力,来向哥德巴赫猜想挺进了。他废寝忘食,昼夜不舍,潜心思考,探测精蕴,进行了大量的运算。一心一意地搞数学,搞得他发呆了。有一次,自己撞在树上,还问是谁撞了他。他把全部心智和理性统统奉献在这道难题的解题上了,他为此而付出了很高的代价。他的两眼深深凹陷了。他的面颊带上了肺结核的红晕。喉头炎严重,他咳嗽不停。腹胀、腹痛,难以忍受。有时已人事不知了,却还记挂着数字和符号。他跋涉在数学的崎岖山路,吃力地迈动步伐。在抽象思维的高原,他向陡峭的巉岩升登,降下又升登!善意的误会飞入了他的眼帘。无知的嘲讽钻进了他的耳道,他不屑一顾,他未予理睬。他没有时间来分辩,他宁可含垢忍辱。餐霜饮雪,走上去一步就是一步!他气喘不已,汗如雨下。时常感到他支持不下去了。但他还是攀登。用四肢,用指爪。真是艰苦卓绝!多少次上去了摔下来。就是铁鞋,也早该踏破了。人们嘲笑他穿的鞋是破了的:硬是通风透气不会得脚气病的一双鞋子。不知多少次发生了可怕的滑坠!几乎粉身碎骨。他无法统计他失败了多少次。他毫不气馁。他总结失败的教训,把失败接起来,焊上去,作登山用的尼龙绳子和金属梯子。吃一堑,长一智。失败一次,前进一步。失败是成功之母,成功由失败堆垒而成。他越过了雪线,到达雪峰和现代冰川,更感缺氧的严重了。多少次坚冰封山,多少次雪崩掩埋!

他就像那些征服珠穆朗玛峰的英雄登山运动员，爬啊，爬啊，爬啊！而恶毒的诽谤，恶意的污蔑像变天的乌云和九级狂风。然而热情的支持为他拨开云雾，爱护的阳光又温暖了他。他向着目标，不屈不挠；继续前进，继续攀登。战胜了第一台阶的难以登上的峻峭，出现在难上加难的第二台阶绝壁之前。他只知攀登，在千仞深渊之上；他只管攀登，在无限风光之间。一张又一张的运算稿纸，像漫天大雪似的飞舞，铺满了大地。数字、符号、引理、公式、逻辑、推理，积在楼板上，有三尺深。忽然化为膝下群山，雪莲万千。他终于登上了攀登顶峰的必由之路，登上了(1+2)的台阶。

他证明了这个命题，写出了厚达二百多页的长篇论文。

闵嗣鹤老师给他细心地阅读了论文原稿。检查了又检查，核对了又核对。肯定了，他的证明是正确的，靠得住的。他给陈景润说，去年人家证明(1+3)是用了大型的、高速的电子计算机。而你证明(1+2)却完全靠你自己运算。难怪论文写得长了。太长了，建议他加以简化。

本文第一段最后一句说到的“文献〔10〕”就是这时他以简报形式，在《科学通报》上宣布的，但只提到了结果，尚未公布他的证明。他当时正修改他的长篇论文。就是在这个当口，突然陈景润被卷入了政治革命的万丈波澜。滚滚而来的巨浪冲击了一切剥削阶级的思想意识。史无前例的无产阶级“文化大革命”，像颗颗的精神原子弹氢弹的成功试验一样，在神州大地上连续爆炸了。

六

无产阶级发动的“文化大革命”也是政治大革命。人类历史上从来没有过这样伟大的群众运动。整个人类的四分之一，不分男女老少，齐动员起来。壮丽的大革命，把工、农、兵，劳动群众和知识分子，还有圣徒和魔鬼，一股脑儿卷了进去。检举和被检举，揭发和被揭发，批评和反批评，批判和自我批判。

中国发生了“内战”。到处是有组织的激动，有领导的对战，有秩序的混乱。无产阶级的革命就是经常自己批判自己。一次一次地胜利；一次一次地反复。把仿佛已经完成的事情，一次一次的重新来过，把这些事情再做一遍，每一次都有了新的提高。它搜索自己的弱点、缺点和错误，毫不留情。像马克思说过的要让敌人更加强壮起来，自己则再三往后退却，直到无路可退了，才作罗陀斯岛上的跳跃；粉碎了敌人，再在玫瑰园里庆功。只见一个一个的场景，闪来闪去，风驰电掣，惊天动地。一台一台的戏剧，排演出来，喜怒哀乐，淋漓尽致；悲欢离合，动人心肺。一个一个的人物,登上场了。有的折戟沉沙,死有余辜;四大家族,红楼一梦;有的昙花一现,萎谢得好快啊。乃有青松翠柏,虽死犹生,重于泰山,浩气长存!有的是国杰豪英,人杰地灵;干将莫邪,千锤百炼;拂钟无声,削铁如泥。一页一页的历史写出来了,大是大非,终于有了无私的公论。肯定——否定——否定之否定。化妆不经久要剥落,被诬的终究要昭雪。种子播下去,就有收获的一天。播什么,收什么。

天文地理要审查,物理化学要审查,生物要审查,数学也要审查。陈景润在无产阶级文化大革命中受到了最严峻的考验。老一辈的数学家受到了冲击,连中年和年轻的也跑不了。庄严的科学院被骚扰了,热腾腾的实验室冷清清了。日夜的辩论,剧烈的争吵。行动胜于语言,拳头代替舌头。无产阶级"文化大革命"像一个筛子,什么都要在这筛子上过滤一下。它用的也是筛法。该筛掉的最后都要筛掉,不该筛掉的怎么也筛不掉。

曾经有人强调了科学工作者要安心工作,钻研学问,迷于专业。陈景润又被认为是这种所谓资产阶级科研路线的"安钻迷"典型。确实他成天钻研学问。不关心政治,是的,但也参加了历次的政治运动。共产党好,国民党坏,这个朴素的道理他非常之分明。数学家的逻辑像钢铁一样坚硬;他的立场站得稳。他没有犯过什么错误。在政治历史上,陈景润一身清白。他白得像一只仙鹤。鹤羽上,污点沾不上去;而鹤顶鲜红;两眼也是鲜红的,这大约是他熬夜熬出来的。他曾下厂劳动,也曾用数学来为生产服务,尽管他是从事于数论这一基础理论科学的。但不关心政治,最后政治要来关心他。并且,要狠狠地批评他了。批评得轻了,不足以触动他。只有触动了他,才能使他今后注意路线关心政治。批评不怕过分,矫枉必须过正。但是,能不能一推就把他推过敌我界线?能不能将他推进"专政队"里去?尽量摆脱外界的干扰,以专心搞科研又有何罪?

善意的误会,是容易纠正的;无知的嘲讽,也可以谅解的。批判一个数学家,多少总应该知道一些数学的特点。否则,说出了糊涂话来自己还不知道。陈景润被批判了。他被帽子工厂看中了:修正主义苗子,安钻迷,白专道路典型,白痴,寄生虫,剥削者。就有这样的糊涂话:这个人,研究(1+2)的问题。他搞的是一套人们莫名其妙的数学。让哥德巴赫猜想见鬼去吧!(1+2)有什么了不起!1+2不等于3吗?此人混进数学研究所,领了国家的工资,吃了人民的小米,研究什么1+2=3,什么玩意儿?!伪科学!

说这话的人才像白痴呢。

并不懂得数学的人说出这样的话,那是可以理解的,可是说这些话的人中间,有的明明是懂得数学,而且是知道哥德巴赫猜想这道世界名题的。那么,这就是恶意的诽谤了。权力使人昏迷了;派性叫人发狂了。

理解一个人是很难的。理解一个数学家也不容易。至于理解一个恶意的诽谤者却很容易,并不困难。只是陈景润发病了,他病重了。钢铁工厂也来光顾了。陈景润听着那些厌恶与侮辱他的,唾沫横飞的,听不清楚的言语。他茫然直视。他两眼发黑,看不到什么了。他像发寒热一样颤抖。一阵阵刺痛的怀疑在他脑中旋转。血痕印上他惨白的面颊。一块青一块黑,一种猝发的疾病临到他的身上。他眩晕,他休克,一个倒栽葱,从上空摔到地上。“资产阶级认为最革命的事件,实际上却是最反革命的事件。果实落到了资产阶级脚下,但它不是从生命树上落下来,而是从知善恶树上落下来的。”(马克思:《雾月十八日》——二)

七

台风的中心是安静的。

过了一段时间,不知是多少天多少月,“专政队”的生活反倒平静无事了。而旋卷在台风里面的人却焦灼着、奔忙着、谋划着、叫嚷着、战斗着,不吃不睡,狂热地保护自己的派性,疯狂地攻击对方的派性。他们忙着打派仗,竟没有时间来顾及他们的那些“专政”对象了。这时有一个老红军,主动出来担当了看守他们的任务。实际是一个热情的支持者,他保护了科学家们,还允许他们偷偷地看书。

待到工人宣传队进驻科学院各所以后,陈景润被释放了,可以回到他自己的小房间里去住了。不但可以读书,也可以运算了。但是总有一些人不肯放过他。每天,他们来敲敲门,来查查户口,弄得他心惊肉跳,不得安身。有一次,带来了克丝钳子。存心不让他看书,把他房间里的电灯铰了下来,拿走了。还不够,把开关拉线也剪断了。

于是黑暗降临他的心房。

但是他还得在黑暗中活下去啊,他买了一只煤油灯。又生怕煤油灯光外露,就在窗子上糊了报纸。他挣扎着生活,简直不成样子。对搞工作的,扣他们工资;搞打砸抢的,反而有补贴。过了这样久心惊肉跳的生活,动辄得咎,他的神经极度衰弱了。工作不能做,书又不敢读。工宣队来问:为什么要搞 1 + 1 = 2 以及 1 + 2 = 3 呢?他哭笑不得,张皇失措了。他语无伦次,不知道怎样对师傅们解说才能解释清楚。工人同志觉得这个人奇怪。但是他还是给他们解释清楚。这(1 + 1)(1 + 2)只是一个通俗化的说法,并不是日常所说的 1 + 1 和 1 + 2。好像我们说一个人是纸老虎,并不就是老虎了。弄清楚了之后,工人师傅也生气地说:那些人为什么要胡说？他们也热情支持他，并保护他了。

“九·一三”事件之后，大野心家已经演完了他的角色，下场遗臭万年去了。陈景润听到这个传达之后，吃惊得说不出话来。这时，情况渐渐地好转。可是他却越加成了惊弓之鸟。激烈的阶级斗争使他无所适从。唯一的心灵安慰从来就是数学。他只好到数论的大高原上去隐居起来。现在也允许他这样做，继续向数学求爱了。图书馆的研究员出身的管理员也是他的热情支持者。事实证明，热情的支持者，人数众多。他们对他好，保护他。他被藏在一个小书库的深深的角落里看书。由于这些研究员的坚持，数学研究所继续订购世界各国的文献资料。这样几年，也没有中断过，这是有功劳的。他阅读，他演算，他思考，情绪逐步地振作起来。但是健康状况却越加恶化了，他从不说，他也不顾。他又投身于工作。白天在图书馆的小书库一角，夜晚在煤油灯底下，他又在攀登，攀登，攀登了，他要找寻一条一步也不错的最近的登山之途，又是最好走的路程。

敬爱的周总理一直关心着科学院的工作，腾出手来排除帮派的干扰。半个月之前，有一位周大姐被任命为数学研究所的政治部主任。由解析数论、代数数论等学科组成的五学科室恢复了上下班的制度。还任命了支部书记，是个工农出身的基层老干部，当过第二野战军政治部的政治干事。

到职以后，书记就到处找陈景润。周大姐已经把她所了解的情况告诉了他。但他找不到陈景润。他不在办公室里，办公室里还没有他的办公桌。他已经被人忘记掉了。可是他们会了面，会面在图书馆小书库的一个安静的角上。

刚过国庆，十月的阳光普照。书记还只穿一件衬衣，衰弱的陈景润已经穿上棉袄。

“李书记，谢谢你，”陈景润说，他见人就谢。“很高兴，”他说了一连串的很高兴，他一见面就感到李书记可亲，“很高兴。”李书记，我很高兴，李书记，很高兴。

李书记问他：“下班以后，下午五点半好不好？我到你屋去看看你。”

陈景润想了一想就答应了：“好，那好，那我下午就在楼门口等你，要不你会找不到的。”

“不，你不要等我，”李书记说，“怎么会找不到呢？找得到的。完全用不到等的。”

但是陈景润固执地说：“我要等你，我在宿舍大楼门口等你。不然你找不到。你找不到我就不好了。”

果然下午他是在宿舍大楼门口等着的。他把李书记等到了，带着他上了三楼，请进了一个小房间。小小房间，只有六平方米大小。这房间还缺了一只角。原来下面二楼是个锅炉房。长方形的大烟囱从他的三楼房间中通过，切去了房间的六分之一。房间是刀把形的。显然它的主人刚刚打扫过清理过这间房了，但还是不太整洁。窗子三槅，糊了报纸，糊得很严实。尽管秋天的阳光非常明丽，屋内光线暗淡得很。纱窗之上，是羊尾巴似的卷起来的窗纱。窗上缠着绳子，关不严，虫子可以飞出飞进。李书记没有想到他住处这样不好。他坐到床上，说："你床上还挺干净！"

"新买了床单。刚买来的床单，"陈景润说，"你要来看看我，我特地去买了床单。"指着光亮雪白的蓝格子花纹的床单，"谢谢你，李书记，我很高兴，很久很久了，没有人来看望……看望过我了。"他说，声音颤抖起来。这里面带着泪音。霎时间李书记感到他被这声音震撼起来，满腔怒火燃烧。这个党的工作者从来没有这样激动过。不像话，太不像话了！这房间里还没有桌子。六平方米的小屋，竟然空如旷野。一捆捆的稿纸从屋角两只麻袋中探头探脑地露出脸来。只有四叶暖气片的暖气上放着一只饭盒，一堆药瓶，两只暖瓶。连一只矮凳子也没有。怎么还有一只煤油灯？他发现了，原来房间里没有电灯。"怎么？"他问，"没有电灯？"

"不要灯，"他回答，"要灯不好。要灯麻烦。这栋大楼里，用电炉的人家很多，电线负荷太重，常常要检查线路，一家家地都要查到。但是他们从来不查我。我没有灯，也没有电线。要灯不好，要灯添麻烦了。"说着他凄然一笑。

"可是你要做工作。没有灯，你怎么做工作？说是你工作得很好。"

"哪里哪里。我就在煤油灯下工作；那，一样工作。"

"桌子呢？你怎么没有桌子？"

陈景润随手把新床单连同褥子一起翻了起来，露出了床板，指着说："这不是？这样也就可以工作了。"

李书记皱起了眉头，咬牙切齿了。他心中想着："唔，竟有这样的事！在中关村，在科学院呢。糟蹋人啊，糟蹋科学！被糟蹋成了这个状态。"一边这样想，一边又指着羊尾巴似的窗纱问道，"你不用蚊帐？不怕蚊虫咬？"

"晚上不开灯，蚊子不会进来。夏天我尽量不在房间里待着。现在蚊子少了。"

"给你灯，"李书记加重了语气说，"接上线，再给你桌子，书架，好不好？"

"不好不好，不要不要，那不好，我不要，不……不……"

李书记回到机关。他找到了比他自己早到才一个星期的办公室老张主任。主任听他说话后，认为这一切不可能："瞎说！怎么会没有灯呢？"李书记给他描绘了小房间的寂寞风光。那些身上长刺头上长角的人把科学院搅得这样！立刻找来了电工。电工马上去装灯。灯装上了，开关线也接上了。一拉，灯亮了。陈景润已经俯伏在一张桌子之上，写起来了。

光明回到陈景润的心房。

八

〔他写着写着〕……………………………………

由(22)式及上式，当 x 很大时，有

$$M_1 \leqslant (8+24\varepsilon)C_x(\log x)^{-1}$$

$$\sum_{\substack{x^{\frac{1}{10}}<p_1\leqslant x^{\frac{1}{3}}<p_2\leqslant(\frac{x}{p_1})^{\frac{1}{2}} \\ n\leqslant\frac{x}{p_1p_2}}} \left(\frac{\Lambda(n)}{\log\frac{x}{p_1p_2}}\right)\Phi\left(\frac{x}{p_1p_2n}\right)。$$

由引理 1，本引理得证。

引理 8. 设 x 是大偶数，则有

$$\Omega \leqslant \frac{3.9404xC_x}{(\log x)^2}。$$

〔引理 8 的一句话，读作"设 x 是一个大偶数，则有奥米茄小于或等于 3 点 9404xC_x，除以括弧中的罗格 x 的平方！"请注意，这一公式是解决哥德巴赫猜想的(1 +2)证明的主要关键。〕

证。当 x 很大时，由引理 5 到引理 7，我们有

$$\Omega \leqslant \left\{\frac{8(1+5\varepsilon)xC_x}{\log x}\right\}$$

$$\left\{\sum_{x^{\frac{1}{10}}<p_1\leqslant x^{\frac{1}{3}}<p_2\leqslant(\frac{x}{p_1})^{\frac{1}{2}}} \frac{1}{p_1p_2\log\frac{x}{p_1p_2}}\right\}, \qquad (23)$$

又有：

$$\sum_{x^{\frac{1}{10}}<p_1\leqslant x^{\frac{1}{3}}<p_2\leqslant(\frac{x}{p_1})^{\frac{1}{2}}} \frac{1}{p_1p_2\log\frac{x}{p_1p_2}}$$

$$\leqslant (1+\varepsilon)\sum_{x^{\frac{1}{10}}<p_1\leqslant x^{\frac{1}{3}}}\int_{x^{\frac{1}{3}}}^{(\frac{x}{p_1})^{\frac{1}{2}}} \frac{dt}{p_1t(\log t)\log\frac{x}{p_1t}}$$

……

何等动人的一页又一页篇页！这些是人类思维的花朵。这些是空谷幽兰、高寒杜鹃、老林中的人参、冰山上的雪莲、绝顶上的灵芝、抽象思维的牡丹。这些数学的公式也是一种世界语言。学会这种语言就懂得它了。这里面贯穿着最严密的逻辑和自然辩证法。它是在探索太阳系、银河系、河外系和宇宙的秘密，原子、电子、粒子、层子的奥妙中产生的。但是能升登到这样高深的数学领域去的人，一般地说，并不很多。

且让我们这样稍稍窥视一下彼岸彼土。那里似有美丽多姿的白鹤在飞翔舞蹈。你看那玉羽雪白，雪白得不沾一点尘土；而鹤顶鲜红，而且鹤眼也是鲜红的。它踯躅徘徊，一飞千里。还有乐园鸟飞翔，有鸾凤和鸣，姣妙、娟丽，变态无穷。在深邃的数学领域里，既散魂而荡目，迷不知其所之。

闵嗣鹤老师却能够品味它，欣赏它，观察它的崇高瑰丽。他当时说过："陈景润的工作，最近好极了。他已经把哥德巴赫猜想的那篇论文写出来了。我已经看到了，写得极好。"

"你的论文写出了，"一位军代表问陈景润，"为什么不拿出来？"

陈景润回答他："正做正做，没有做完。"军代表说："希望你早日完成。"

室里的领导老田对李书记说："可以动员动员他，让他拿出来。但也不急。他不拿出来，自然有他的道理的。"

李书记问了问他，陈景润说："有人还在骂我，说我不交论文是因为现在没有稿费了，说是恢复了稿费我就会交了。"李书记追了他句："谁这样说你？"他回答："你不要问了。谢谢你，你可别去问啊！问了我更麻烦了。没有稿费，谢天谢地。我不要稿费。我压根儿也没有想到它。那个稿子我还在做。我确实没有做完。"

九

"我确实还没有做完。我的论文是做完了，又是没有做完的。自从我到数学研究所以来，在严师、名家和组织的培养、教育、熏陶下，我是一个劲儿钻研。怎么还能干别的事？不这样怎么对得起党？在世界数学的数论方面三十多道难题中，我攻下了六七道难题，推进了它们的解决。这是我的必不可少的锻炼和必不可少的准备。然后我才能向哥德巴赫猜想挺进。为此，我已经耗尽了我的心血。

"一九六五年，我初步达到了(1 +2)。但是我的解答太复杂了，写了两百多页的稿子。数学论文的要求是：(一)正确性，(二)简洁性。譬如从北京城里走到颐和园那样，可有许多条路，要选择一条最准确无错误，又最短最好的道路。我那个长篇论文是没有错误，但走了远路，绕了点儿道，长达两百多页，也还没有发表。国外没有承认它，也没有否认它，因为它没有发表。从那年到今天已经过去了七年。

“这个事是比较困难的，也是难于被人理解的。从学习外语来说，我是在中学里就学了英语，在大学里学的俄语；在所里又自学了德语和法语。我勉强可以阅读而且写写了。又自学了日语、意大利语和西班牙语，到了勉强可以阅读外国资料和文献的程度。因而在借鉴国外的经验和成就时，可以从原文阅读，用不到等人翻译出来了再读。这是必不可少的一个条件。我必须检阅外国资料的尽可能的全部总和，消化前人智慧的尽可能不缺的全部的果实。而后我才能在这样的基础上解答（1+2）这样的命题。

“我的成果又必须表现在这样的一篇论文中，虽然是专业性质的论文，文字是比较简单的；尽管是相对地严密的，又必须是绝对地精确的。若干地方就是属于哲学领域的了。所以我考虑了又考虑，计算了又计算，核对了又核对，改了又改，改个没完。我不记得我究竟改了多少遍。科学的态度应当是最严格的，必须是最严格的。

“我知道我的病早已严重起来。我是病入膏肓了。细菌在吞噬我的肺腑内脏。我的心力已到了衰竭的地步。我的身体确实是支持不了啦！唯独我的脑细胞是异常得活跃，所以我的工作停不下来。我不能停止……”

十

一九七三年二月，春节来临。

早一天，数学研究所的周大姐说，佳节前后，要特别关心一下病号。她说：“那些老八路的作风，那些过去部队里形成的作风，我们千万不能丢掉了。尤其像陈景润那样的同志，要关心他，他很顽强。他病得起不来了，但又没有起不来的时候。在任何情况下挣扎起来，他坚持工作。他为什么？他为谁？为他自己吗？为他自己，早就不干了。不是，他是为人民，为党工作。我们要去慰问他。也要慰问单位里所有的病人。”

其实，外表看来魁梧，说话声音洪亮的周大姐自己也是一个力疾从公，患有心脏病，应当受到慰问的人。

大年初一早晨，周大姐和几个书记，包括李书记，一行数人，把头天买好了的苹果、梨子装进一些塑料网线袋子。若干袋子大家分头提了，然后举步出发，慰问病人。他们先到陈景润那里。他住得最近。

陈景润正从楼梯上走下来。大家招呼他。他很惊讶，来了这许多的领导同志。周大姐说：“过春节，我们看你来了，你的病好点了吧？”李书记也说：“新年好，给你贺新年。”陈景润说：“噢，今天是新年了啊？我很高兴，谢谢你们，谢谢你们。新年好，你们好。”李书记说：“到你屋里去坐坐吧。”“不，不行，”陈景润说，“你没有先给我打招呼，不能进去。”周大姐沉吟了一下，说：“好吧，我们就不去了。李书记，你给他送水果上楼吧。我们还上别家去，你回头再赶上我们好了。”李书记说：“好。”周大姐和陈景润握手，并祝他早日恢复健康，然后转过身走了。李书记把水果袋递给陈景润说：“春节了，这是组织上送给你的。希望你在新的一年里，多给党做点工作。”“不要水果，不要水果。”陈景润推却了，“我很好，我没有病，没有什么……这点点病，呃……呃，谢谢你，我很高兴。”说着说着他收下了水果。李书记说：“上你屋聊聊？”他又张手拦住：“不，不要进屋了，你没有给我打招呼。”

李书记说：“那好，我不上去了。你有什么事，随时告诉我。我也得去追上他们，到别家去看望看望。”于是握手作别，他返身走，刚走两步，后面又叫：“李书记，李书记！”陈景润又追过来，把水果袋子给了李书记，并说，“给你家的小孩吃吧。我吃不了这多。我是不吃水果的。”李书记说：“这是组织上给你的，不过表示表示，一点点的心意罢了。要你好好保养身体，可以更好地工作。你收下吧，吃不下，你慢慢地吃吧。”

他默然收下了。他噙着泪送李书记到大楼门口。李书记扬手走了，赶上了周大姐他们的行列。陈景润望着李书记的背影，凝望着周大姐一行人的背影模糊地消失在中关村路林荫道旁的切面铺子后面了。突然间，他激动万分。他回上楼，见人就讲，并且没有人他也讲：“从来所领导没有把我当作病号对待，这是头一次；从来没有人带了东西来看望我的病，这是头一次。”他举起了塑料袋，端详它，说，“这是水果，我吃到了水果，这是头一次。”

他飞快地进了小屋，一下子把自己反锁在里面了。

他没有再出来。直到春节过去了，头一天上班，陈景润把一叠手稿交给了李书记，说：

“这是我的论文。我把它交给党。”

李书记看看他，又轻声问他：“是那个(1+2)？”

“是的，闵老师已看过，不会有错误的。”陈景润说。

数学研究所立即组织了一次小型的学术报告会。十几位专家，听了陈景润的报告，一致给以高度评价。然后，数学研究所业务处将他的论文上报院部。

十一

显见，我们有

$$P_x(1,2) \geqslant P_x(x, x^{\frac{1}{10}}) - \left(\frac{1}{2}\right) \sum_{x^{\frac{1}{10}} < p \leqslant x^{\frac{1}{3}}} P_x(x, p, x^{\frac{1}{10}}) - \frac{\Omega}{2} - x^{0.91}。 \quad (28)$$

由(28)式、引理8和引理9，即得到定理1

$$P_x(1,2) \geqslant \frac{0.67xC_x}{(\log x)^2}$$

的证明。

完全类似的方法可得到定理2的证明。

以上就是陈景润的著名论文《大偶数表为一个素数及一个不超过二个素数的乘积之和》的“(三)结果”。作为结果的定理就是那个“陈氏定理”。

四月中的一天，中国科学院在三里河工人俱乐部召开全院党员干部大会。武衡同志在会上做报告。他说到数学研究所一位中级的研究员做出了世界水平的重大成果。当时没说人名，听到了，还不知说谁。李书记在座中，捅了一下旁边的人。“干什么？”那人说？他问：“你听到没有？”“怎么啦？”那人又说。“这活儿是陈景润做出来的啊！”“噢？还这么重要？”那人说。“这是世界名题。真不简单！”

第二天，新华社记者来访。他见到了陈景润，谈了话，进他房间看了看。回去就写出一篇报道，立即在内部刊物上发表。其中，说到了陈景润的经历，他刻苦钻研的精神，重大的科研成果以及他现在还住在一间烟熏火烤的小房间里。生活条件很差！疾病严重！！生命垂危！！！

伟大领袖和导师毛主席看到了这篇报道，立即做出了指示。

当天深夜，武衡同志走进了陈景润的小房间。

他立即被送进医院，由首都医院内科主任和卫生部一位副部长给他做了全面的身体检查。他患有多种疾病。他们要他立即住院疗养，他不肯。于是，向他传达了毛主席的指示。

他一共住院一年半。

在住院期间，敬爱的周总理曾亲自和华国锋副总理安排了陈景润的全国人民代表席位。在第四届全国人民代表大会上，陈景润见到了周总理，并和总理在一个小组里开会。人代会期间，当他得知总理的病时，当场哭了起来，几夜睡不着觉。大会后，他仍回医院治疗。

当他出院的时候，医院的诊断书上写着：

“经住院治疗后，一般情况较好。精神改善；体温正常。体重增加十斤；饮食睡眠好转。腹痛腹胀消失；二肺未见活动性病灶。心电图正常；脑电图正常。肝肾功能正常；血沉及血象正常。”

关于他的工作和健康，华国锋也非常关怀，并亲自做过几次批示。

早在他的论文发表时，西方记者迅即获悉，电讯传遍全球。国际上的反响非常强烈。英国数学家哈勃斯丹和西德数学家李希特的著作《筛法》正在印刷所校印。他们见到了陈景润的论文立即要求暂不付印，并在这部书里加添了一章，第十一章：“陈氏定理。”他们誉之为筛法的“光辉的顶点”。在国外的数学出版物上，诸如“杰出的成就”“辉煌的定理”等等，不胜枚举。一个英国数学家给他的信里还说，“你移动了群山”！

真是愚公一般的精神啊！

或问：这个陈氏定理有什么用处呢？它在哪些范围内有用呢？

大凡科学成就有这样两种：一种是经济价值明显，可以用多少万、多少亿人民币来精确地计算出价值来的，叫作“有价之宝”；另一种成就是在宏观世界、微观世界、宇宙天体、基本粒子、经济建设、国防科研、自然科学、辩证唯物主义哲学等等等等之中有这种那种作用，其经济价值无从估计、无法估计，没有数字可能计算的，叫作“无价之宝”，例如，这个陈氏定理就是。

现在，离开皇冠上的明珠，只有一步之遥了。

但这是最难的一步。且看明珠归于谁之手吧！

十二

陈景润曾经是一个传奇式的人物。关于他，传说纷纭，莫衷一是。有善意的误解、无知的嘲讽、恶意的诽谤、热情的支持，都可以使得这个人扭曲、变形、砸烂或扩张放大。理解人不容易；理解这个数学家更难。他特殊敏感、过于早熟、极为神经质、思想高度集中。外来和自我的肉体与精神的折磨和迫害使得他试图逃出于世界之外。他相当成功地逃避在纯数学之中，但还是藏匿不了。纯数学毕竟是非常现实的材料的反映。“这些材料以极度抽象的形式出现，这只能在表面上掩盖它起源于外部世界的事实。"(恩格斯)陈景润通过数学的道路,认识了客观世界的必然规律。他在诚实的数学探索中,逐步地接受了辩证唯物论的世界观。没有一定的世界观转变,没有科学院这样的集体和党的关怀,他不可能对哥德巴赫猜想做出这辉煌贡献。被冷酷地逐出世界的人,被热烈的生命召唤了回来。帮派体系打击迫害,更显出党的恩惠温暖。冲击对于他好像是坏事;也是好事,他得到了锻炼而成长了。病人恢复了健康,畸零人成了正常人,正直的人已成为政治的人,多余的人,为国增了光。他进步显著,他坚定抗击了"四人帮"对他的威胁与利诱。无所不用其极地威胁他诬陷邓副主席,他不屈!许以高官厚禄,利诱他向人妖效忠,他不动!真正不简单!数学家的逻辑像钢铁一样坚硬!今后,可以信得过,他不会放松了自己世界观的继续改造。他生下来的时候,并没有玫瑰花,他反而取得成绩。而现在呢?应有所警惕了呢,当美丽的玫瑰花朵微笑时。

(原载《人民文学》1978 年第 1 期)

一封终于发出的信

——给我的爸爸陶铸

陶斯亮

一

爸,我在给您写信。

人们一定会奇怪:“你的爸爸不是早就离开人间了吗?”是的,早在九年前,您就化成灰烬了,可是对我来说,您却从来没有死。我绝不相信像您这样的人会死!您只是躯体离开了我们,您的精神却一直紧紧地结合在我的生命中。您过去常说我们是相依为命的父女,现在我们依然如此。爸爸呀！你我虽然隔着两个世界,永无再见面的那一天,但我却铭心刻骨,昼夜思念,与您从未有片刻分离……

爸,九年前,您含冤死去;九年来,我饮恨活着。是万恶的“四人帮”害得我们家破人亡,妻离子散。我简直无法想象您这么一条硬铮铮的汉子,是如何咽下最后的一口气;同样,您也想象不到在您印象中如此脆弱的女儿,又是怎样度过了那些艰难的岁月……

爸,我永远不会忘记这一天。一九六七年一月四日,半夜里有几个同学猛然把我从睡梦中叫醒,递给我一张《打倒陶铸》的传单,上面印着江青、陈伯达等人一月四日对一些群众组织的讲话,说您“背着中央文革小组独断专行”,是“中国最大的保皇派”,他们要“发动群众”把您“揪出来”。记得一九六六年十一月我离开北京回上海时,妈妈对我说:“爸爸还是有一定的危险性,弄不好就会粉身碎骨,你要事事谨慎……”当时,我以为妈妈只是一般的叮咛,没有在意。可是,现在竟然真的大祸临头。同学们劝我赶快给家里打电话。电话是妈妈接的,她讲:“情况就是这样,可究竟是怎么回事,你爸爸也不知道,他当时还在接见群众组织的代表呢!”听了妈妈的话,我惊奇极了,也伤心极了。您知道女儿是单纯的,我不敢想,可无情的现实却逼得我不能不想:为什么江青、陈伯达他们要这样从背后捅您一刀？这难道光明磊落吗？可怜的爸爸,在您被抛出来的最后一瞬间还被蒙在鼓里,成了一个可耻的政治骗局的无辜牺牲者。党中央政治局的一个常委,政府的一个副总理,没有经过党的任何会议,党也没有做过任何决议,以后也没有追发过任何补充文件,就这样任凭几个人的信口雌黄,莫名其妙地被赶出政治舞台,横遭囚禁迫害。我想不通,这究竟是为什么?为什么?

许多朦胧的往事一下子涌到眼前。我想起:不久前,有些叔叔、阿姨悄悄告诉我:“亮亮,你知道你爸爸为什么搬出钓鱼台吗?那是因为你爸爸到中央工作后,江青他们想拉他在一次中央会议上带头向小平同志发难,被你爸爸拒绝了。”“亮亮,因为保一些干部,你爸爸跟江青、陈伯达他们顶得很厉害,听说江青对他发了好几次脾气,这样下去可要吃亏的。”“亮亮,你该提醒爸爸,江青不好惹,能退让就退让点吧!”这些叔叔、阿姨的劝告,虽然都是一片好心,可我知道,违心的事爸爸是不会干的。当时,我虽然摸不清政治斗争的深浅,可心里一直为您不安,我万万没有想到大难临头得如此迅速,如此猛烈。我被这突如其来的惊涛骇浪打得头晕目眩……

八月,我们想尽了办法才得到允许去北京看您,那时,您和病中的妈妈被软禁在“卐”字廊的住所里。一路上,我不停地设想即将相逢的情景,当我兴冲冲而又心神不安地走进家门时,一眼就看到出来接我的您,您像孩子一样地高兴,但我却愣住了:一个声音嘶哑,头发花白,驼背的老人出现在我面前。这哪像我那生龙活虎的爸爸呀!爸,仅仅几个月的工夫,您怎么就被折磨成这个样子了呢?我心酸地仔细看着您,深感负疚的痛苦。茫然不解地思索,强捺在心里的愤怒,都汇集在您那皱起的眉峰和额头上,但您的目光依然炯炯有神,就像两团燃烧的火。看着您,我心酸,我心痛。我怕您看出我的悲痛,就假装着去洗脸。可是任凭怎样擦,也擦不尽唰唰下落的泪水;怎么忍,也忍不住喉头的哽咽。过了一会儿,妈妈进来找我,轻轻地对我说:“亮亮,你要坚强些,父亲和我都不喜欢你这样子。”爸爸,从那时起到现在十一年过去了,可当时的情景仍然历历在目,仿佛就发生在眼前……

在“卐”字廊的一个月,是我与您相处的最后一段日子,如果当时能知道这点,我一定会千倍、万倍地珍惜它。当时,您已完全丧失了自由,饮食起居都有专人监视,您除了被带去看大字报外,只有晚饭过后的那段时间能到屋外的廊上放放风。您是个从不停息的人,可现在却硬是被关在笼子里,外面阶级斗争的疾风暴雨正在冲击着整个中国,您怎么能不为党和国家的命运、前途担忧呢?江青一伙虽然使您身陷囹圄,但他们何曾有一时能囚禁住您那颗为国为民的心!您有在思索时踱步的习惯,我记得,那时您每天都用急促的步子在不大的房间里走来走去,您经常是几个小时、几个小时地这样急促地走着,走着……虽然您从来没向我流露过一句内心的愤懑和焦灼,可我却从那急促沉重的脚步声中听到了您热血的沸腾。您当时的情景真像是一只被关在笼子里的猛虎。爸爸,您可知道,从此我就不爱去动物园了,因为每当我看到孩子们兴高采烈地逗弄铁笼里的老虎时,我立刻就想到了您,一种触动隐伤的痛苦常常催我泪下……

我还记得,您多么珍惜那短短的放风时间。您经常目不转睛地凝视着四周池水里的荷花,对我说:"亮亮,你要好好记住它。你看它出淤泥而不染,光明磊落,象征着一种崇高的品德。"直到今日,我眼前还时时清晰地浮现您当日目视荷花的那种专心致志的样子。爸爸,从此我也爱上了荷花,因为我知道,您是在用荷花来寄托自己的情操和志向啊!

由于监管的人监视很严,我们不能谈任何现实情况,您就给我讲历史上的直节忠臣的故事。您是那样满怀激情地给我讲汉朝的范滂如何刚直不阿,挺身就险,跟擅权祸国的宦官阉党做斗争;您又是那样情真意切地给我讲为官清正廉洁、关心人民疾苦的宋代贤臣范仲淹,如何不畏权贵,抨击时弊,在被贬外逐时,还念念不忘"先天下之忧而忧,后天下之乐而乐"。有一次,您意味深长地给我讲李贺的诗:"我有迷魂招不得,雄鸡一声天下白。少年心事当拏云,谁念幽寒坐呜呃。"您说,"亮亮,你领会到了吗?李贺在这里寄寓了自己在困厄时的苦闷心情和他不甘在伤感中消沉的决心。"爸爸,您在这里借李贺的诗向女儿表达了自己的处境和心情,您是多么渴望着鸡鸣天亮啊!尽管在监禁中您也不悲戚伤感,仍然壮怀激烈地向往着"拏云"的心事。我看着听着,我的整个身心都融汇在您的思想感情中。爸爸,您可知道,您的气质使软弱的女儿也因此坚强起来,而且随着岁月的流逝,我对您当日的这些教训,也就领悟得越来越深,到后来简直是刻骨铭心了。

妈妈经常为您担心。记得,有次她劝您:"人家已经批判你搞封资修,现在,你何苦还说这些?!"您听后,气愤地说:"嘿,我就是因为不会给他们叩头下跪才落得今天这个下场!以后,我也还要凭着这点骨气活下去。"十一年过去了,您的这段话一直在激励着我、鼓舞着我,每当我在困苦挫折中稍存气馁和懈怠时,我的耳边就会立刻回响起您的这段话。我是陶铸的女儿,我也要有爸爸的骨气。

二

为了把您搞臭,江青和陈伯达等人无中生有地在社会上散布您是叛徒的谣言,而且又伪造民意,加害于您。那时,我单纯得像一泓清水,当我初次听到您是"叛徒"的流言时,我的心僵硬了。半年多来,对于出自江青、陈伯达之口对您的所谓反党、反社会主义的种种诬陷,我都嗤之以鼻。我从小在您的教育下长大,您是怎样一心一意为党和人民拼命地工作,我十分清楚。他们诬陷您反毛主席,可我看到的却是您每当谈到毛主席时的那种肃然起敬的敬仰和深情。我从小就听您的教诲,我身上所有的对党和毛主席的感情,大都是从您那儿得来的,我怎么能怀疑您?我又怎么能怀疑自己?可说您是叛徒,我的心就乱了。虽然我脑海里装的都是过去那些叔叔、阿姨讲给我听的关于您在南京国民党狱中英勇斗争的故事,可这终归是听说呀,难道连叛徒这样重大的问题也能编造吗?有一次,趁监管的人不注意,我心怀疑虑地质问您:"你出卖过同志吗?"听了我突如其来的质问,您一下子愣住了,十分恼火,愤怒地直视着我的眼睛,难过地说:"难道你也不相信爸爸?我是宁愿把自己的热血全洒在地上,也不会做对不起党的事的!"这件事我记得太清楚了,您当时的表情,是只有受了最大伤害和委屈的人才会有的。今天,写到这里,您写的那首诗又字字真切地出现在我的眼前:

狱中

(一九三五年)

秋来风雨费吟哦,铁屋如灰黑犬多。
国未灭亡人半死,家无消息梦常过。
攘外空谈称绝学,残民工计导先河。
我欲问天何聩聩,漫凭热泪哭施罗。(注:施罗,指邓中夏、罗登贤两同志)

您这首诗其实我很小就读过,可那时不懂得它的价值,因此,日子一长也就慢慢忘记了。就在那次谈话过后不久,您再次把这首一九三五年在狱中写的咏志诗抄录给我。您当时的神态是那样严肃、坦然,眉宇间的凛然正气使我仅有的一丝疑问烟消云散了,我为有您这样一个经过铁窗考验的爸爸自豪。但同时,心里又罩上了一层阴影,我奇怪为什么在我们党内会有这么大的冤案。当时,您也和我一样困惑不解,我们多么渴望有一天能解开这个谜!现在,谜底揭晓了,真正的叛徒、特务就是诬害您的江青、陈伯达之流,可是爸爸,您却长眠地下,抱恨千古了……

爸爸,您还记得江青他们策划的那次批判会吗?那是一个炎热的八月天,突然有一群彪形大汉闯进来,说是要开批斗会,二话没讲就把您押走了。妈妈正患病,可是这伙人仍然硬拖妈妈去陪斗。你们走了,屋里是死样的沉寂,空荡荡的,只有屋外看守的沉闷脚步声陪着我在屋里发愣。我实在放心不下,想去看您和妈妈,又怕惹出麻烦被赶出去。正当我踌躇不决时,有个看守偷偷地走进来同情地对我说:

“你想去看就去看看吧,没关系的。”爸,至今我还常常以感激的心情想起这位同志,因为从他身上我看到了沉默的人民和民心。

我站在围斗人群后面,悲愤地看着。当时,他们故意制造一种气氛,在那里拍摄电影,准备在全国放映。您和妈妈站在台前,那些人吼着,叫着,让你们低头认罪、背诵语录,而你们是那样不卑不亢,神态自若地对待不明真相的人的辱骂和围攻……对于这种人格的侮辱和摧残,我实在看不下去,不等结束就先回去了。我给您和妈妈准备热水,等你们回来好烫烫站肿了的脚……

批斗会结束后,十几个人押着您回来,您气呼呼地坐在椅子上。我端着盆走过去,忽然看到您的额头上有个大包,我扑上去想帮您揉揉,可您一把将我推开,愤怒地说:“别管它,让它留着。要不是相信共产主义,相信党和毛主席,老子今天就和他们拼了!”面对您的盛怒,那些人不知所措,而我也受到了极大的震动。写到这里,啊,爸爸!好像您又怒容满面地站在我的眼前……

爸,我记得在这段时间里,您也有过两次极大的喜悦。一次是您被带出去看大字报回来,高兴地对妈妈和我说,刚才见到了陈毅同志,尽管周围监视的人很多,但陈伯伯还是意味深长地向您点头致意,从陈伯伯的亲切目光中,您看到了党和同志的信任。在这个时候,还有什么比得到同志的信任更使您感到幸福的?当时,有许多老同志都很同情您的遭遇,他们常常冒着被牵连的危险,通过各种途径表示对您的关切。有一次,我碰到了康(克清)妈妈,她悄悄地把我叫到身边,询问您和妈妈的情况,分手时再三叮咛我,一定劝爸爸、妈妈相信党、相信群众,要坚强地活下去。当我偷偷把这些话告诉您时,您微笑了。此后,每当我看到您在沉思时脸上露出幸福的微笑,我就知道,您又在重温同志的信任和爱,用它给自己的信仰淬火加钢……

我知道,您一直到死,心里都带着同志们的信任,它给予您斗争的勇气和力量。

三

爸,那是一段多么痛苦、难堪的日子啊!但生活仍然沿着自己的轨道前进。我至今能告慰自己的就是我也曾在苦难中给您带来过一点欢欣。那是一个夏日的黄昏,我轻轻地走近您,告诉您我有男朋友了。您高兴极了,激动地拉着我的手仔细地问:“他是谁?是个什么样的人?”当我把照片拿给您看时,您眯缝着眼认真地端详了好久,然后满意地说:“看样子人很聪明,有头脑,可你是否把咱家的情况都告诉了他?千万不要因为我连累了人家。”我知道您当时忧喜交加的复杂心情,赶忙说:“他什么都考虑过了,无论将来如何,都不后悔。”您含笑地点了点头,我以为这下子已经解除了您的疑虑。哪知道,第二天您交给我一封给他的信,里面详细地谈到了我的优点、缺点,您受审查的情况,劝他务必再做慎重考虑。爸,今天当我也有了子女时,我才越来越懂得,为什么当时您是那样的痛苦和不安,您既怕说得分量不够将来我受委屈,又怕自己受审查的严重情况吓住了这位您不了解的年轻人。您长时间对自己的受屈从未呻吟过一声,可是,那天,您却怕因自己的处境而妨碍一对年轻人的幸福,感到那样愤怒和痛苦。信送走后,整天您焦躁不安,这天对您好像格外地长,直到我带来了回信。信写得很短,斩钉截铁地表示他不改变主意,他要和我结婚。这一来您再也无法按捺自己的高兴。您笑着在屋里走来走去:“我的亮亮有爱人了!”“我的亮亮有爱人了!”突然您猛地拉住我的手兴冲冲地对妈妈说:“咱们给亮亮的爱人送点礼物吧。”可已被抄了几次的家哪还有什么东西?您翻了半天才找到了一架旧半导体收音机和一个亚非作家会议发的手提包。您想了想,觉得太少,又从自己身上脱下了那件穿了多年的毛衣,对我说:“亮亮,再加上这件毛衣吧,虽说旧了些,但总是爸爸的心意。爸爸实在是再没什么可送你们了!”说着,您就哈哈大笑起来,您笑得那样爽朗,那样开心,没有一点压抑和阴暗。听着您的笑声,我的忧患和伤感也都消融了……

可是,他们哪里允许您有一丝一毫的欢乐呢!很快,他们就强迫我们分开,再不允许我和您在一起。

那是一九六七年九月八日,我和妈妈在广播里听到反动文痞姚文元的文章《评陶铸的两本书》,每一句都如钢刀扎心。他们在搞文字狱!他们在用笔杀人!我愤怒,我神志恍惚,我悲恸欲绝!可妈妈仍是镇静地面对着这拔地而起的狂风,好像一切都已在她预料之中。我和妈妈相对无言,彼此心里都明白,您这次是被彻底抛出来了……过了一会儿,您走过来,两眼发直,悲愤地自言自语说:“姚文元这是置我于死地啊!”您一夜没睡,在屋里徘徊着,直到天亮。等我惴惴不安地再见您时,您已恢复了平静,好像是一夜之间您已经为自己在政治上做了最后的选择:斗争到底,绝不屈服!

一两天后,有人找我谈话,让我立即离开北京去东北白城子。当时我正发高烧,妈妈也患重病,体重只剩六十来斤。我要求暂缓几天再走,被拒绝了。为了不使您再伤心,妈妈和我没有把赶我走的事告诉您。我要走了。走前的那天晚上,我一直找各种借口待在您的屋里。我想哭,又怕您发觉,只好强忍着。您看出我有些反常,以为是我身体不舒服,再三催我早睡,我只好走了,走了……这一夜,我辗转反侧,怎么也不能入睡,而您则通宵在看列宁的《国家与革命》。我几次披上衣服要过去，都被妈妈拦住了。我躺在床上悲愤地想，我们究竟犯了什么罪？第二天破晓，我就起来了，见您的屋里还亮着灯，我知道您没睡，我在您的房前转了很久、很久，不能决定是否该进去同您告别。那时，我对这场斗争的残酷性怎么能估计得充分？我幻想迟早总有一天会见到您。眼下您正处在极度的痛苦中，我怎么能再让您伤心？再说我也想避开使人心碎的送别场面，咬着牙没和您告别就走了。我在青海、甘肃一待就是五年，我万万没想到从此一别，就再也没能见到您——我最亲爱的父亲，甚至连一封信他们也不允许我给您写啊！爸，我的好爸爸，您可知道，这不告而别的憾事整整折磨我十一年，十一年啊！

十一年，我日日追悔莫及，每当想起这件事，就心如刀绞，泪不能忍……爸爸，在您最困难的时候，我被迫离开了您，我内心负疚，我抱憾终生……从此，您不但在政治上被迫害蒙冤，在生活上又妻病女离了，在这几重痛苦的折磨下，妈妈后来告诉我，您一直保持着乐观，不向权势折腰，几次申请要去农村落户。您认认真真地对妈妈说："我们老两口好好劳动，只要每月有三十元钱，就能过得很好了。"您在一首诗中写道："我欲卜宅漓湘，贫雇永结邻芳。沐浴东风浩荡，劳动学习昂扬。"以后，在整理您的遗物时，我们从散佚的文稿中发现了您在一九六七年十月一日，也就是在姚文元的文章发表二十二天后，在纸上写的自勉：

"自杀，就是有见不得人的事，不想把自己的问题弄清楚。当然也有这样的可能，就是你去见了马克思，问题还是弄不清楚。那也不要紧，事实终归是事实，最后还是可以弄清楚的，我相信我自己的四句话：性质纵已定，还将心肝掏；苌弘血化碧，哀痛总能消。"

这是血和泪的控诉，这是火和钢的自白。这里面的每一句话、每一个字，都是深思熟虑的产物，都是不屈不挠的结晶。我想，任何一个有革命正义感的人，看到它，都会情绪激昂，热血沸腾。他们会看到在自己面前矗立的是一个真正共产党员的形象：他既热情又坚定，既有生的愿望又不惧牺牲；他是一个有血肉身躯的平凡的人，他有着一般人的喜怒哀乐，也有着自己的缺点错误，但他更有一个坚定的共产主义信念和一颗全心全意为人民服务的心。

爸爸，您的女儿说得对吗？

四

在大西北高原，我有了儿子，您知道后可高兴了。爸爸，见到小亮的人都惊叹地说：简直太像外公了。听到这话，我是多么高兴啊！人们常说，当胎儿的心脏在母亲的身体里和着母亲的心脏一起跳动的时候，母亲热爱和思念着谁，孩子长得就会像谁。爸，小亮是带着我对您多么深沉的眷恋之情成长、出生的啊，在他身上融进了我对您的全部的热爱和思念，他怎么能不像您呢？

可是，这个与您酷似、您最疼爱的外孙却从来没让您见过。爱人来信讲："我们多次请求把孩子抱进去让他外公看一眼，都被拒绝了。我只有抱着不满周岁的小亮，伫立在萧瑟的秋风中，默默地等待在外公住处的门口，盼着外婆出来，看一眼小亮，然后回去把他咿呀学语的可爱乖相讲给外公听，引外公高兴……"每当接到这样的家信，我真恨不得插上双翅飞回北京。我想您，想得心都要碎了。我曾多次申请回家探亲，都被粗暴拒绝。突然，一九六九年十月下旬的一天，单位领导同志通知我马上回北京。这种意外的"开恩"，使我不知是喜是悲。在这之前，我，这个"叛徒""中国最大保皇派"的女儿是严禁离开西北的，可这次究竟是为什么呢？爸，在家时您常叫我傻亮亮，可是苦难使人变得头脑复杂起来，我觉得这件事来得蹊跷。我提心吊胆到北京，爱人来车站接我。他脸色阴沉忧郁，强作笑脸对我说："亮亮，你只能见到妈妈了……"听到这话，我就像遭到了雷击，赶忙问他："爸爸呢？"他避开我的眼睛，低声告诉我，根据林彪一号通令，爸被疏散去外地了。他接着说："亮亮，别慌，听说安排得还好……"我知道他这是在安慰我，各种可怕的念头在脑际萦回，可我多愿他的话是真的啊……

妈妈在一个临时住的招待所里等我们。她越发瘦得可怜了，可是，妈妈的自持使我心静下来。爸，您可知道，您不在，妈妈就成了我唯一的精神支柱了。妈妈让我单独跟她待一会儿，当屋里只剩我俩的时候，妈的脸变得煞白，劈头就说："亮亮，你爸爸活不长了，他得了癌症……"她抽泣，再也说不下去。爸，我长那么大，从没见妈掉过泪，可现在，妈却泪飞如雨。那时，只有那时，我才真正懂得了什么叫心如刀绞。我多想抱住她说："妈妈，您就痛痛快快地哭吧，您就把胸中积郁已久的愤怒和悲痛全都哭出来吧……现在只有女儿一个人，您哭吧……妈妈，我的坚强的好妈妈……"可是，妈妈很快就控制住自己，给我讲起您的病和不久前被迫生离死别的情景。

爸爸，原来您在一九六八年十月就感到身体不适了，由于被监禁，就医有种种限制，一直拖到第二年四月胆囊受压，全身变黄，病显危态后，才被允许去医院治疗。妈妈告诉我，是敬爱的周总理亲自批示给您做剖腹探查，指名让全国最好的肿瘤和外科专家共同负责您的手术，并且让通知家属征求意见。当妈妈把总理的批示内容告诉您时，对总理的感激之情，使您这个铁骨铮铮的硬汉子竟热泪满眶，您欣然同意开刀。听到这里，我哭了。爸爸，总理想救您，可是晚了，就医太晚了啊！

探查结果证明您得的是胰腺癌，虽然做了根治手术，可是到九月，病情再度恶化，此后您就再没有出过门。

爸，女儿是医生，我知道胰脏靠近腹腔的一个大神经节，癌块侵犯神经会引起极大的疼痛。妈妈在您的病情记录中写道："经常痛得在床上东倒西歪，前趴后仰，每次痛过后都是一身大汗，要用几条毛巾才能擦干。像这样，一天要发作三四次……虚弱得连大便的气力都没有，每隔几天，就得用手给他抠大便……昏昏迷迷地，睡着就讲谵语，有时听到在叫亮亮。"可妈妈却从没听过您哼一声。有时她看您太痛苦了，就劝您："实在忍不住就哼几声吧，哼几声吧！"您说："哼有什么用？你已经够苦了，听到我哼，会更难受的，为什么还要给你增加痛苦？我咬咬牙就过去了。"有一次，您夜里痛得实在熬不住了，就请求身边的监管人员给您几片止痛片，遭到的竟是厉声呵斥。极度衰竭的您，只好从床上挣扎着起来，踉踉跄跄，一跌一撞地去取药。即使到了这样的地步，您明知已患了不治之症，仍然倔强地对妈妈说："我不能死，特别是这个时候，不应该死！"爸爸，可以说，一直到心脏的最后一跳，您都还抱着强烈的生的愿望，您死的时候才六十一岁……六十一岁！……

十月中旬，您差不多已是濒于死亡的人了，可就在这时，上面却来了命令，让您到外地去。专案人员对妈妈说："根据一号通令的精神，陶铸要马上离开北京去安徽合肥。我们给你考虑过了，最后去广东插队，如果你要同陶铸一起去，到合肥后要断绝和女儿的一切来往，因为陶铸的住处不能让人知道；如果你不去合肥，那么就要和陶铸断绝关系。"直截了当地说，他们就是让妈妈在您和我之间做一个选择。妈妈同您商量，您经过反复考虑后对妈妈说："我活不久了，你跟我去也帮不上忙，何苦再牺牲你？还是争取和亮亮在一起吧，现在不行，将来总还有可能。有你和亮亮在一起，我也放心了，我们只有她这一个女儿……"妈妈还能说什么呢？爸，我的爸啊！

生离死别的三天，您和妈妈是在怎样一种难熬的悲哀、依恋中度过的，我无法想象，可听妈妈讲，你们彼此谁也没有说过一次伤心的话。妈妈强捺着悲痛，为您准备了该带的东西，什么都为您想到了，什么都为您拼命做到了。您能给妈妈的仅是一首诗：

赠曾志

重上战场我亦难，感君情厚逼云端。
无情白发催寒暑，蒙垢余身抑苦酸。
病马也知嘶枥晚，枯萎更觉怯霜寒。

如烟往事俱忘却，心底无私天地宽。

今天，我读着它，依然像九年来每次读到它那样感到震动。爸，这哪是一首诗，这是一个痛苦而坚强的心灵的跳动。它熔铸了您作为一个革命同志加丈夫的全部感情和信念啊！

分别的日子终于到了，再有一个多小时您就要被押送合肥。您知道此去离泉台只有一步，您再也见不到妈妈和我，妈妈也知道这是你们的诀别，可你们这对为共产主义共同战斗了四十多年、共度忧悲、感情笃深的老夫妻竟然没有掉一滴泪。您由于不完全性肠梗阻已经几天没吃东西了，妈妈强颜欢笑地为您切了一片薄薄的面包。为了安慰她，您忍着剧痛一口口把面包强咽下去。每咽一口，您都要流一头汗啊……

专案人员问您还有什么话要讲，您沉思了一下，一字一句地说："我已经是油尽灯枯的人，他们尽可随意给我作结论。但我是一个共产党员，我有权利保留自己的意见。我相信历史会对一切做出说明。"爸爸，您就是这样威武不屈，一直到死，也没向江青和陈伯达他们低头。就要分手了，您无限深情地对妈妈说："我怕是难见到亮亮了，等你看到她，要告诉她，爸爸对不起她，让她跟我受委屈了。但爸爸在政治历史上是清白的，是对得起她的。希望她无论在什么情况下都要跟着党、跟着毛主席干革命。我相信亮亮也会这样做的。"说完，您和妈妈握了握手，妈妈要送您也不让，就这样由人架着上路了。您和妈妈分别得那样从容，那样镇定，你们把个人的生死置之度外，想到的仍然是革命，是对党的忠诚，是共产党员的气节和对下一代的教育。爸，你们把自己的一切都献给了人民，而唯一属于你们的女儿，却在临死前都没能见她一面，您死能瞑目吗？

爸爸，妈妈把您的遗言告诉了我，从那时起已经过去九年了，我一时一刻也没有忘记您的话。"四人帮"被粉碎前，一个"黑帮"的女儿，生活的道路是多么艰难，她要不断地受到各种歧视和冷遇。有时，在受到一而再，再而三的打击后，我真想破罐破摔，自暴自弃，可是一想到您，我就又觉得不应该那样做。我随时想到我不单纯是一个陶斯亮，我是陶铸的女儿，有些人认为这是一个耻辱的称号，那是因为江青他们在您的名字上泼洒了污垢，可我则知道陶铸是一个坚强的老共产党员。我不能让自己的言行玷污了您的名字，给那些人留下攻击您的口实和笑柄。

五

您走后，妈妈很快就被强迫去广东了。爸爸，广东是您和妈妈战斗了多年的地方，你们在这块土地上流血流汗。您知道吗，至今广东人民没有忘记您。这种人民的怀念对一个共产党员来说是最可珍贵的，女儿把这点告诉您，您在九泉下也会感到欣慰的。

我们去广东农村帮妈妈安排了新家。那是一间破旧的小屋，阴暗潮湿，四面漏风，有很多虫子。这间房深深地铭刻在我的记忆中，这不仅仅是因为体弱多病的妈妈在这间房子里孤苦伶仃地生活了三年，而且更重要的是我和妈妈在这间小屋子里度过了您逝世后最初的一段时日……

一九六九年十二月的一天，被林彪一伙控制的广州军区突然有人来找妈妈，通知我们：您到合肥后四十三天就死去了，时间是十一月三十日上午十一时。闻讯后，妈妈虽然脸色铁青，但在来人面前仍然是那样沉稳持重，一直到人走才簌然泪下……我们坚决要求去合肥料理您的后事，但是遭到了拒绝，一直到今天，我们都不知道您的遗骨沦落在何处……

一个为党、为人民的革命事业战斗了四十多年的老共产党员，就这样被林彪、"四人帮"残酷迫害，夺去了生命。那时，像您这样的老革命，被他们害得家破人亡的不知有多少啊！这些用血和泪写成的事实，就是林彪、"四人帮"所谓的"对资产阶级全面专政"的政治内容。爸，今天可以告慰您的是：这些淋漓的鲜血已经提醒人们，永远记住这些奇耻大恨，认真总结历史的经验教训了。

爸爸，您的女儿是个医生，曾给许多病人看过病，曾在许多病人弥留之际进行抢救，也曾守护过许多病人与生命告别。可是，在您病中，我却没能给您喂过一次药，打过一次针，甚至在您临终之际，我都不能让您看上一眼……爸爸，女儿对不起您……女儿实在对不起您……我知道，您一定会原谅女儿的，可是，我又怎么能宽恕自己呢？怎么能不含着刻骨的仇恨诅咒万恶的林彪和"四人帮"呢？

爸，我听人说，在夜深人静时，九泉之下的人会听到亲人的絮语和思念，这时，他们就会化作梦来与家人相会。这当然是不可能的事情，但我却常常希望它是真的，那样，我就可以和您在梦中见面了。爸爸，您现在在哪儿？您可曾听到女儿的呼唤？您是否知道女儿在您逝世一周年的时候，一个人在大西北高原的月夜给您荒祭的事呢？

一九七〇年十一月二十八日，离您去世一周年还差两天。当时，我仍身不由己，来自四面八方的监视使我不能对您的死表示任何哀悼。于是，我只好提前两天避开那些人的注意来暗中悼念您。那天晚上，我找了个借口，一个人先回了宿舍，偷偷地在罩衣里面戴上早就准备好的黑纱。我来到单位外的一个事先选好的荒僻场地，对着您逝世的东南方向恭敬地默哀了三分钟，然后借着月光念了写给您的悼词。我对着苍茫大地发誓，等到红旗盖上您的身体那一天，我一定要书寄黄泉告诉爸爸：林、江、陈之流垮台了，人民又得到解放了！好让您展开紧锁的眉头，再听您开怀的大笑……

冬去春来，第一年过去了，埋在我心底的愿望的种子没能冲破冰封的土层……

第二年又过去了，催苏唤生的春天还迟迟没有到来……

等啊，等啊，我们一直等了七年，才盼来了祸国殃民的“四人帮”的粉碎……现在，党中央终于为您平反昭雪了。爸爸，我真恨不得砸开死亡的铁门，找遍整个九泉，将这个好消息告诉您。您听到了一定会高兴得拉着我的手重返人间。

亲爱的爸爸，十一年了，我不知在默默中给您写了多少封信，我既不能让人知道，又没有可投之处，可我却不停地写，不停地写……写在纸上的我不得不一封封毁掉，可写在心上的却铭刻得越来越深。现在，我终于给您发出了十一年来在纸上和心上反反复复写的这封信。它仅仅是我做女儿的在短短的时间里看到的，听到的，想到的。它怎么能装得下我积郁多年的感情，又怎么能表现您四十多年来的战斗生涯呢？它仅仅是一朵小小的白花，是女儿向您致哀和报春的一朵小小的白花。关于您一生的功过，党、人民和与您共同战斗过的同志是会给予正确评价的。

您虽然去世了，但您作为一个真正共产党员的革命形象，却永远不会在人民的心上泯灭……

安息吧，爸爸！

（原载1978年12月21日《人民日报》）

大　雁　情

黄宗英

她……

我挤上第一辆向长城进发的记者车。踏着城头上的朝露，我抢占了制高点。这是一九七八年春天，祖国大地万木百草茵茵萌发的春天，全国科学大会正在北京召开。

我看见一些鹤发童颜的科学家，奋发挺进，拾级而上。年轻的姑娘们，嘻嘻哈哈笑着，比赛着看谁跑得快。我移开视线，看见城堞边站着一个姑娘，她凝神眺望着向北飞去的大雁。我走过去，问道："姑娘，你在想什么？"话音刚落，我察觉出了自己的错误。她一回头，我看见她的两鬓已经斑白，微黑的面颊上，已刻下细密智慧的年轮。透过近视眼镜，她安详地看着我，淡淡地一笑："看见大雁，我就想起了大雁塔下的植物园。"

"你是——"

"我是种野药的。"

我、赛跑的姑娘、种药的同志临时凑到一起，不等到各自背囊里的杂食交换着吃完，就已天南地北、从古到今、数着地球的经纬谈个没够了。人们啊，往往如此，有时在一起工作几十年，却依然形同陌路，有时，才碰头，就好像几辈子之前就相知了。尤其那位两鬓微霜的种野药的妇女，引起我的兴趣。为什么？说不清。大概是因为她那直率泼辣的性格，也可能是因为她那泰然自若的神情，也许是因为她太平凡、太普通——普通得就像我在农村里常碰到的那种半土半洋的助产士，才放下喂猪的勺把，洗洗手又抄起消毒的刀钳。我觉得，她是一位生活在群众中的、朴朴实实的科学工作者。我想：她，也许正是若干天来我在五千名科学家代表里，寻了千百回的描写对象。普通人，总是大多数。我正应该从普通人中找一找这一代科学工作者的缩影。

她，姓秦，名官属，生于一九二九年，现任陕西西安植物园实习研究员。细端详，她比她四十九岁的实际年龄显得苍老，却又具有那样一种吸引人的特殊魅力。她那经常紧闭成一字形的嘴唇和沉静的目光，显示出一种为远大志向和理想而深思的神情。这是一种有着顽强事业心的知识分子脸型。在“四人帮”横行的年代里，“事业心”三个字成为禁语，成为“反党思想的罪恶渊源”。于是这种神情在知识分子群中好像消失了。在这跨入历史新阶段的全国科学大会的会场上，我重又欣喜地看到了那么多的面生眼熟的思考者的肖像。

我向她约时间采访。她笑笑，没有回答。夜里，我回到旅社。书桌台灯下压着一张纸条，写有几行娟秀的字迹：

记者同志：

感谢你们对我的支持和鼓励，请求你们千万别写我。我的处境很为难，望能谅解。

秦官属

×月×日

纸条上的字句，不像一般的谦虚，难道有什么特殊情况？我要弄个明白。

我想：横看麦子竖看麻。了解科学家，最好在他的试验室或场圃里。我决心到陕西跑一趟。

我得到陕西省代表团副团长——也是省科委两位副主任杨戈和刘抗同志的热情支持。大会快结束时，西安植物园领导也打电话来表示欢迎。

她？

我能抽身去西安时，已是几个月之后。

我确实受到了热情的、郑重的欢迎。省科委出面安排，由西安植物园具体接待。

庄严美丽的西安啊，世世代代，你孕育了多少俊杰英才。唐代大诗人李白和杜甫就在这里留下了千古传颂的佳话；半坡村六千年前母系氏族公社遗址里精巧的陶器；北宋始创的历代碑林中灿烂的书法石刻；西安事变中周恩来同志执行党的统一战线政策，扭转乾坤，掀起民族抗日高潮的黄楼；还有玄奘藏经的大雁塔，以及塔畔三百亩连片的植物园……古往今来的历史啊，你曾留下多少光辉的足迹！而现在呢？未来呢？大雁啊，你们能不能告诉我：在你们的翼翅下，西安植物园将怎样承担“提高整个中华民族科学文化水平”的一份重任呢？为什么本应是一片翠绿的植物园，竟是这般荒芜？园墙是新筑的，园内可向祖国汇报的科学研究新成果，究竟有多少项目？出多少人才？在实现祖国四个现代化的伟大进军中，这里做出了多大贡献？纸面上的建园长远规划又怎样实现？俗话说：“种田看田头，着衣看袖头，烧饭看灶头。”植物园中阡陌小径上的枯草败叶，植物栽培布局上界、门、纲、目、科、属、种的杂乱无章，试验室里缺胳膊短腿的板凳，这些现象说明什么呢？

唉，嚼着主人待客的、园里试制的可口椒盐扁桃仁，还要挑剔地感叹，实在太不通世故人情了。主人若知道在热情接待我参观之后，我竟写下这样的贬句，也许当时就不请我吃桃仁，而要捧我一顿毛栗子了。我焦急，我慨叹，不是因为看到了这些被“四人帮”破坏的情景，而是看不见园主人在粉碎“四人帮”以后大打翻身仗的激情和壮志。难道他们是在等待吗？等待什么呢？党中央又已把四个现代化的号角吹响。祖国的未来，应该较盛唐无可比拟的辉煌。马克思主义武装的党和人民，岂能不如自己的祖先？岂能让古老的历史老是戳着我们的脊梁？更岂能容忍我们的敌人幸灾乐祸地投来蔑视的目光?！又怎忍心啊，怎忍心使我们的朋友惋惜、哀叹、失望?！

我扯到哪儿去了？

我开始调查。

园书记老梁对我介绍了秦官属的情况，肯定主流和成绩，也指出不足。在我所接触的植物园的干部中，对老秦能久离家庭进深山工作这一点都还是肯定的，其他的意见，则大不一致了。我最敏感的是否定的意见：

她：脱离群众，脾气极坏，骄傲自大，特爱吵架撒泼。

她：个人主义、成名成家思想严重。

她：地主的女儿，始终跟反动家庭划不清界限。

她：不能正确对待“文化大革命”中群众对她的帮助，至今耿耿于怀。

她：本来不想进山，更不想去搞野生药物的栽培，是组织一再说服才勉强去的。

……

这真叫我一筹莫展，不免心寒了。我怎么冒冒失失地找了这么一个采访对象？

我找园领导个别研究。

老梁同志很有政治风度地说：“你写吧，这对秦官属同志会是很大的促进。至于群众方面，我可以多做做思想工作。尽管缺点很多，女同志嘛，也不简单了。”

"噢……"我愕然地望着书记,心想:作为女同志,我可不同意在选先进问题上这么个照顾法。唉,我迢迢千里而来,怎么回去交账?是他们选错了去北京的代表,还是我选错了写报道的对象?她所工作的洛南县药材公司为什么竭力推荐她呢?

我感到问题似乎已超出我写文学报道的范围了。于是,向省科委刘抗同志如实反映了情况。刘抗同志想了一想,说:"当然,我不勉强你写。但我想,你既来了,就还是深入下去。如果下边错了,省里官僚主义,你调查清楚了,我们可以吸取教训,改进工作。碰到乱线团,不摘出个头绪来,我估计你那性格也丢不开它。哈哈,到秦岭玩玩去,中分祖国南北的分水岭啊。商洛地区是当年李自成屯兵之地,又是咱们的老解放区,值得去参观参观。只要不兴师动众,大吃大喝,我是支持作家游山玩水的。名山大川、人物风情里有政治嘛。去走一趟吧,写不写是次要的。"

她

我们一行数人,驱车驰过莽莽秦岭之巅。高原上,麦子收了,柿子坐果了。

植物园的同志们辅导我阅读大自然的课本,指点给我看,这是漆树、黄连木、五角枫、吴茱萸……花瓣淡粉的野蔷薇向我们点头微笑,羽毛乌黑的顺河溜溅起水花;窄梁尖峁坡地、川道平坦河滩,一片紫、一片白……同志们一路上谈笑风生,朝气勃勃,我觉得和他们并不难相处,而老秦……

当我在商洛山区洛南县药材公司晒药场旁下车时,以当年蝗虫庙旧址改建的发电站,正把电输向灯火点点的小镇。我看到秦官属正在院里收拾洗后晾干的单衣裤褂和棉袄——高原的人们,即使在盛夏季节早晚也离不开棉袄。老秦是黎明起身,从海拔两千米的黑嶂山村,赶了八十里路回县城迎我的。在黑嶂举行的栽植桔梗现场会上,她圆满完成了短期培训技术人员的讲课任务,风尘仆仆地来和我这个新交的老朋友会面。

县药材公司实验室在正中间,东屋是官属的宿舍,西屋就是我的临时客房了。

晚饭之后,小县城的夜异常清静。官属和我都赶了一天的路,不免有些倦意。一时,我也不急于和她深谈什么。我坐在她屋里小板凳上洗脚。热乎乎的水,解着我的疲乏。我们有一搭、没一搭地闲聊着。后来,我还是忍不住了,就拐弯抹角、语重心长地对她说:"你现在参加了全国科学大会,地位和从前不同了,你应该注意群众关系……"

老秦默默地折叠晾干的衣物,叠了又叠,拉了又拉,压了又压,好像要把那几件带补丁的粗布劳动服，折叠得和首都高级旅馆里洗烫出来的礼服一样平整。

沉默，压得我胸口发闷。我站了起来，朝当院把水泼掉，心想：让她去自我思想斗争吧，我的责任尽到了。

“哈哈！老黄同志啊，我们等了你好几年啦！”我来到药材公司办公室，公司负责人之一老王极其热情地给我沏茶。

我摇摇头笑道：“都说你们山里人木性子，你可真会说俏皮话。我几个月前才决定来陕西，你们怎么会等了我好几年？”老王说：“我说的是实心话。我们几年前就盼望记者、作家来咱洛南，好好儿地把老秦的事写一写，表扬表扬。我实在不会写文章，挺生动的事儿，让我一写就干巴了。我只会画图表，你看——”老王拉亮一盏日光挂灯，指点我看东面墙上的一张洛南县地图——是那种在县委各部、公社、大队办公室常见的统一挂图。不同的是，这张长方形的地图，展现在我眼前，很像一块大赤豆糕，上面布满了密密麻麻的红圆点。

老王说：“洛南县历史上是个药材产地。山上野生着远志、藿香、桔梗、五味子、丹参、半夏、金银花、石斛等等。共和国成立以后，中药受到重视，医疗卫生事业一发展，天然药材短缺情况日益显著。从一九六六年起，我们县开始搞野生药材家种，但是因为年年赔钱，发展很慢。刚开始才有四十亩药场，到一九七〇年，也才二百二十六亩。一九七二年我们邀请西安植物园派技术员来帮助我们总结经验教训，进行野生驯化的技术指导，老秦和其他一些同志，就是那一年来的。从此情况迅速好转。你看看，你看看——”他指着“赤豆糕”上数不清的红点点，“到一九七八年药材场地发展到一万六千五百亩，是一九七〇年的七十三倍！而且，除极少数做试验的种圃外，大都是在龇牙咧嘴的梁峁、坡洼、死板土、石渣土上筑堰开荒。”

“那么种药能改良土壤、改善农民生活吗？”

“当然！所以咱们药材公司对老秦同志不是什么个人情谊。老秦和我们一起艰苦创业。我们没去的山，她去了；我们吃不了的苦，她吃了；我们解决不了的问题，她解决了。——所以我们都敬佩她。”他深有体会地说，“更重要的是证明了，科学技术本身也是生产力这一马列主义真理嘛！虽说，这一万六千五百亩地是贫下中农一锄一镐刨出来的，可这斑斑红点也渗透了老秦的心血啊！老秦亲自动手不说，没有科学的指导，我们哪有那么大胆子铺那么大摊子？老秦没来那阵，我们多辟一个药场，就多赔上一笔资金。有一冬，光天麻一项就赔了两万块！现在你看——”

老王又指点西边墙上的两张图表——洛南县历年药材生产发展示意图和洛南

县历年药材收购计划与完成金额对比示意图。箭头一年比一年往上蹿得高。我赞叹地说："今年的箭头要蹿透房梁了吧！"

"药材收购额一九七〇年是三十二万元，今年可达一百万元。这对解决国家药材短缺起了一定作用。药材公司从过去年年赔本，变成年年增加上缴利润。如今各大队合作医疗费用大部分已能自给，队里副业收入逐年增加，为农业机械化提供了资金。省科委刘副主任看见这表，兴奋地夸奖说：'太好了，你们这指标直线上升，快顶到房梁了……'"

"刘抗同志来过？"我插嘴问。

"来过！那正是一九七六年十一月，刚刚打倒'四人帮'，她要我们总结经验往省里送！"

我猜想秦官属所以能出席全国科学大会，一定和刘抗同志此行有关。

电灯忽然灭了。

"给工厂让电。"老王说，"你赶了一天路，也该歇了。"他照着手电筒送我，边走边说，"我们县里凡有药场的社队，谁不知道秦师傅、老秦同志、秦老师呢？尤其是公司直接抓的试验点，老人娃子都认得她。他们说：'秦师傅离儿别女，扔着老伴，把心扑在俺这苦山圪崂里。她黑着头发进山，如今白了头发，俺们忘不了她。'"

东屋灯光下，几个青年技术员围着秦师傅议论回社队后将要采取的措施，有的提出没有弄懂的问题。

老秦过来给我屋里点了蜡烛，又回到青年中去了。

我累了，躺了下去。落枕又毫无倦意。

耳边，听着东厢房老秦和青年们融洽无间的谈话声……轮到做思想斗争的倒是我了：什么叫群众关系？群众关系好与不好的标准是什么？为什么对老秦会有两种截然不同的评价？

第二天一大早，按照我的习惯，一个人溜上了街，正值小集。我转了一圈，回到药材公司收购站门口，只见送零星药材的农民队伍越排越长。老秦夹在公司职工中间鉴别药材。她不时地和职工、农民交谈着如何识别药材真假、好次，什么该挖、什么挖早了……这个大学毕业的实习研究员成了药材业行家里手，我却孤陋寡闻得不知道这个专业设在什么大学里……

参观药场的日程开始了。按照公司领导的安排，要把好的、中的、差的、老的、新的都给我们看看。

一路车行一路谈，公司的领导们还有老王一一向我介绍所经各场的建场史。

老秦一下车总是去找该场的技术员了解情况。有时她也会过来跟我说:“这就是头一年我搞试验失败的地方。”或说:“这就是我才来时认不出药草出洋相的地方……”

海拔一千八百米的蟒岭在望。古城公社谢底大队快到了。这里杉皮小屋和砖瓦房错落有致。进村了,远远听见像鸟叫般的童声:“秦姨——”

蓝天、白云、树丛、小径、石级,金银花含苞,红芍药怒放。一个小女孩,像一只淡粉色的蝴蝶,从山顶飞下来,飞下来,一头扎在了老秦怀里:“秦姨,我做梦都梦见你哩。快家去,快家去。”小女孩又像一头小鹿,深情地蹭啊、顶啊、拉啊地把老秦拽进家。一个小男孩也过来抱住老秦的腿。“小康成,长高了!瞧,鞋又穿反了。”老秦说着坐在小板凳上,把男孩抱在怀里,给他换鞋。

孩子们的妈才收早工进家,前脚张罗给我们沏红糖茶,后手急忙从柜子里找出藏着的柿饼、核桃;一边点火做饭,一边把几个月来当队干部的丈夫受气、受累,大儿子的对象,小姑娘的老师,以及娘家母、舅舅、表叔……三亲六邻家里屋外的事一嘟噜一嘟噜地往外端。直到谢底大队药场场长叫我们上场部去吃晌午饭时,她才住嘴,生气地说:“咋不在家吃?糕都蒸上了。”场长说:“两桌人哪,嫂子。”孩子妈说:“她秦姨来做客,我翻转米坛也愿意咧!”老秦推说今天真的有事,下回一定来;又针对刚才谈话中了解到的孩子妈的病情,开了一个药方,让那大嫂到医疗站去取药服用——老秦有这本事,我又没想到!

等我们坐在药场吃饭时,小姑娘又蝴蝶般地飞来,在老秦耳朵边悄悄告诉她,一小篮蒸糕已放到她床头柜上,让她夜里当点心吃。

经过参观、访问、座谈、闲聊,我在谢底大队接触了许多不同身份的人,了解到了许多情况。于是,秦官属同志来山区前前后后活动的底片,在我的脑海里越来越清楚地“感光显影”了。

谢底大队位于蟒岭北坡的群山之中,耕地和住家都散落在三阴、四岭、八坡、七条沟里。一年做到头,打粮少,费工多。这里地薄人穷,山可是富啊。光叫得出名来的野生资源就有一千一百多种。俗话说:“认识是宝,不认识是草。”这一带坡坡岭岭千年万载野生着丹参。山里人不知道丹参是医治心脏病的名贵药材,每当盛花时节,只是放牛娃子采摘几朵紫花,放在嘴皮上当“蜂糖罐儿”吮吮,而丹参、丹皮一股脑儿喂了牲口。置身于天然药库里的庄稼人,生了病,却要跑到五十里外的公社所在地古城镇去买药治疗。后来,县药材公司进山收购药材,用两角一斤的价格收进晒干的丹参。不到三冬两春,紫色的“蜂糖罐儿”在万绿丛中越来越罕见了。其他野生药材也是越挖越少,越采越少。一九七二年,县药材公司和西安植物园合作，到这里搞"七叶一枝花"的栽培。西安植物园派出了一个科研小组，秦官属也随同前来。当时她虽然早已"回到群众队伍"，并被任命为专题组长，处境依然尴尬。贫下中农一眼就能看出，她是那种"犯了错误来改造的人"。但是，贫下中农对"四人帮"的"全面专政"是有着本能的对抗的。他们对大批知识分子干部下乡改造，自有一套要求和标准。

秦官属初来谢底大队，就住在破庙里。柯拉叶子的酸菜，她咽得下。腰里揣上橡子面窝头，大早上山，一天没水喝，不叫苦，不埋怨。她能这样，贫下中农就觉得不简单，是自家人了。

老秦干活泼泼辣辣，认认真真。她撂下三岁的娃子、五岁的妮，顾不上照顾孩子他爹，整年整月在山沟里奔波。每年她不等六九阳坡绿就进了山，待到秋霜打草草枯黄，挖出待收的药草，栽下来春萌发的根块种子，她还是不放心离开。乡亲们心疼她，常常逼她回城去看顾看顾她的家。

"天麻神仙脚，石钵拿不住，天种人不种。"在西安植物园同志来之前，这个队就试种天麻。因为科学知识不足，风险很大。老秦他们来了之后，现在队里连小孩儿都知道天麻和蜜环菌的伴生关系。人们学会拴住神仙脚，现在大队药场种了一百六十窝，估计每窝可挖出一至三斤天麻。收购价格是每斤六元五角。一九七七年有一窝天麻就重三斤六两。人们说：科学比神仙强。

秦官属用超声波处理桔梗种子，出芽快，苗齐壮。

秦官属搞无性繁殖，普遍扩种丹参。如今"蜂糖罐儿"漫山遍野。宅前屋后，蝶闹蜂繁。山里人赞道："小篮一斤半斤，换来手扶拖拉机进村。"

谢底大队药场，从半亩杭芍发展到五百多亩药材地（其中有三百亩是木本药材）。

从一九七二年到一九七七年，药场收入一万四千元。大队的手扶拖拉机、粉碎机、脱粒机、架子车、缝纫机、开山炸药……大都是用药场赚来的钱买的。预计一九七八年药场收入可达一万元。群众管药场叫"银行"。

尽管现在秦官属并不经常来谢底大队，但大家仍认为这一切成绩都和师傅们带来的科学知识分不开。

两天来，孩子们总是围着老秦打转转，跟前跟后，既不干扰，又不离开。我偶然问孩子们："你们长大了，干什么啊？"孩子们回答："像秦姨那样嘛！——"秦官属同志在山区培植成功的岂仅是药材……

参观访问以来，我总感觉到老秦有意躲着我，于是我常常借请教药物之名靠近她。她一路上如数家珍般指点我认黄檗、忍冬、威灵仙……她教我认五味子，告诉我，到没有人家的山上去种药，喝不上水，吃干粮时，就摘一把五味子解渴，这就酸甜苦辣咸全有了。

一次，她从岩缝中拔出一棵草问我："认识吗？"

那大概又是什么药，看起来它是那么不起眼的草，却有着长长的棒槌般的根，花骨朵还没开，从花托透出的花色看，将绽出淡紫色的花。我开玩笑地胡猜："一定是'勿忘我'——Oh，God！Forget—me—not！"

老秦微笑着说："它不会去拉住上帝的衣角，祈求上帝给它取名。它的名字可能是古代山里一位读书人给取的吧！学名远志，俗名细草、小草。这小草能在岩石缝里扎根。根部入药，名曰'醒心杖'。药性能益智强志，也就是西医说的，对健全脑神经有作用。"老秦的神情显得庄严起来，"这小草，漫山崖长着，用不着我去育种。可这几年，它成了我的好朋友……"

这庄严，我能意会：大多数知识分子——祖国浩浩荡荡的脑力劳动大军啊！他们像漫山遍野的小草，分布在九百六十万平方公里的大地上。无论在什么情况下，无论是狂风暴雨，冰雹严霜，刀砍火伤，哪里有土地，哪里有人民，他们就在哪里深深扎根。

我问秦官属："你在哪个大学里学的野生药物？"

庄严的神情变成了愤懑："我根本没学过。"她头也不回，"噔噔噔"地奔下山去。

用什么办法打开老秦半掩的心扉？我这个记者没辙了。老秦像是一头受过伤的小兽，动不动就奓毛。是她敏感到别人已向我说过什么？还是她担心和我谈多了会惹出更多的麻烦？

离开谢底前的黄昏，蟒岭舒坦地仰卧在绚丽的晚霞中。姑娘们恋恋地问起我们文化界的生活。我们谈到了周总理关怀知识分子的几则"小事"。我突然发现老秦满脸绯红，满眼泪花……

谢底大队药场新建的试验室土屋里，夜雨敲打着格子窗。在烛影下，我们两人回忆着那被林彪、"四人帮"扰乱的黑暗年月。我们谈到了"人心所向"，谈到了丙辰清明……渐渐地，她那掩着的心扉向我敞开了。

共和国成立前，秦官属由于弟妹众多，生计困难，读到高中二年级时，就弃学任教，当了一名小学教员。

共和国成立后，一九五一年，秦官属抱着改造沙漠、绿化祖国的理想，以"同等学力"考入西北农学院林学系，是该届仅有的两名女生之一。入学之初，有人劝她转系，说女同志搞林业，受不了那份苦。她回答："我还没受，怎么就断定受不了？"

在大学学习、实习和最初工作的日子里，她逐渐地对杨树的优选育种专题产生了很大的兴趣，进行了较深入的研究。她和老师、同学、同志们一起，以陕北高原、渭水河滩为考察基地。她驰马、骑驴、跨骆驼，踏过内蒙古茫茫草原，攀过新疆高高的阿尔泰山。她在鄂尔齐斯河里洗过脚，在布尔津河畔搭过帐篷。秦官属以优异的成绩毕业。一九五九年四月，西安植物园建园之始，她就来了。一九六一年开始搞杨树引种，她是杨树树种优选研究专题的业务组长。植物园中，选自全国各地的杨树树种有一百多种。

老秦也曾随外国植物学家远走峨眉、太白，近踏渭河两岸。以后，外国专家从他们遥远的祖国，邮寄来了各国的杨树优良品种。那随苗而来的泥土里渗透着抗击法西斯的鲜血，碧绿的青苔维护着人民友谊的生命之芽……

“文化大革命”的风暴来临了，由于林彪、“四人帮”的干扰破坏，老秦从重点培养、使用的对象，转瞬之间变为重点批判的对象，靠边站了。原来生机勃勃的植物园，原来团结战斗的集体啊，突然之间，战友变陌路，助手变对手，互相学习变成互相攻击。切磋钻研的科研单位，变成了“文攻武卫”的角斗场。同志之间的关系，一下子紧张起来，对立起来。没完没了地斗个不停，乱得没个够。

于是，一百多种的杨树种植圃一大半被刨掉了，杂种上庄稼，名为贯彻“以粮为纲”的方针。外国杨树树种没人经营了，植物园里杨树研究的课题被取消了。

在批斗会上，有人大声嚷叫：“搞杨树树种研究，本身就是脱离生产的修正主义课题。杨树，用不着你研究也长了几千年了，哪个农民不会种？”老秦肚里气鼓鼓地想：“无知！你倒不说根据化石，距今七千万至一亿年前地质年代晚白垩纪时期，就有杨树了。什么脱离生产……”越批她越想不通。揿着脑袋不让辩论，还能挡得住心里不服气：“你倒不问问，不管是为了国计民生，还是为了生财有道，世界上有多少国家，在精心钻研杨树树种的优选！”践踏科学的“自杀政策”像舂米的木杵捣得她心碎欲裂。

大自然慷慨地奉献给人类以笔直、坚韧、速生、挺拔的杨树。它树种繁多，宜旱宜涝，抗风固沙。它能渐渐改变小气候，能快快献出好木材。如果我们的祖国能广为换种上适宜于当地条件的优良杨树品种，那么，全国每年增产的木材，只有用电子计算机才能计算出来……

撤了杨树研究课题，刨了中国杨树种圃，心痛得秦官属三魂七魄离了窍。她常常到仅存的外国树种的杨树林中徘徊。从小有着韧性性格的老秦，曾多次萌起轻生的念头，恨不得一头栽到大杨树上，血肥杨林，死了算啦！她多年搜集的植物学资料被抄走了，笔记弄散了。她一气之下，把自己省吃俭用置来的业务书籍胡乱捆扎起来，论斤卖掉，有的一本一本地当了引火纸生煤球炉。一天清晨，她又拉过一本书点火引炉子。火力不够，再拉过一本……突然，像全身引着火一般，她猛地站了起来……她呆呆地望着那本书……那封面……那……啊……七批八斗不低头、不掉相的秦官属，她把那本书紧紧地贴近火热的脸，号啕大哭起来。

那本书是中国共产党西北农学院总支委员会印赠的、周恩来同志于一九五六年一月十四日在中国共产党中央委员会召开的关于知识分子问题的会议上所做的关于知识分子问题的报告。

山风传送着松涛。屋里恬适地响着药场青年女工们均匀的鼾声。新置办的超声波仪器和玻璃瓶中标本液里浸润的药材标本，在烛影下闪光。蜡烛快烧尽了，淋漓酣畅地流着泪……

“我坚决相信党不会抛弃我们知识分子的。相信社会主义不会不要科学文化……”官属没有哭，却流下了泪，我也没有哭，也流下了泪……在林彪、“四人帮”横行的黑暗日子里，多少知识分子，多少从事科学、文化、教育工作的共产党员，为了这个不泯的信念，流过泪，甚至流尽了最后一滴血。

“风摇十洲影，日乱九江文。”世界上没有任何力量能阻挡科学文化前进的浪潮。

远志啊，远志！读书人——我们当代的知识分子啊！只要我们的专业知识，能对祖国、对人民、对党有用，能点滴造福于世界，能对人类美好的理想——共产主义的实现有所促进，那么，即使工作再艰苦，精神的折磨再大，尝尽人间五味，也如嚼过神秘果，只品得出个甜哪甜！

沉默了好久，我问她：“你本不愿意来种药吗？”她理直气壮地说：“当然！凭什么撤掉杨树选种课题？再说，我又没学过药科。下达野生药物驯化课题时说这是战备任务，万一失败了，再扣上一顶‘阶级报复’的帽子，怎么受得了？我不干！”

“那你怎么又干了呢？”

她拿自己也没办法地摇摇头：“唉，关着我时，我倒也死了心。出来了，我能够工作，没有工作，这种惩罚实在受不了。有人说我每个细胞都是黑的，说十七年培养的大学生都是专门拆社会主义墙脚的。我就想通过实践修个墙脚给他们看看。我不能和人民赌气，不能和党赌气。没有党，我能上大学？人民需要药，我就不信学不会……”

过了一会儿，我又问：“都说你脾气大，你能否告诉我，你发的最大的一次脾气，是为了什么？”

她一下子从被窝里坐了起来:"那是有人要锯杨树树种!就是那仅存的外国稀有杨树树种!有一次我从山里回到西安,发现有人要锯我的杨树,我一下子就站到了杨树前头。我大喊大叫:'为什么要锯杨树树种?谁敢锯,就先锯了我!'"

蜡烛流尽了它那最后一滴泪,屋里霎时变黑了。

屋外,雨,不知什么时候停了。月亮悄悄出来了,透过婆娑点点的树梢,映照出秦官属同志挺直的半身侧影。画面外,是秦官属款款声言:"当时有人劝我,你早就不搞杨树课题了,这事和你还有什么关系?何必为这个得罪人!唉,这怎么是我个人的事呢?这些树种,好不容易在咱们的土地上扎根、长大了,它就是我们祖国的科研成果了。谁也没有权力毁掉它!"

透过窗框上的画面,我仿佛看到远处的山峦峭壁,漆黑险峻。我想起了此番进山,行经洛南胜景——《山海经》上记述的仓颉造书之地,传说上古时候,仓颉为帝南巡登此山,有灵龟负图出于水中。仓颉悟而创文字,造为六书,写下二十八个大字。这可不得了啦!龙哀鬼哭,说是有了字,人就能书写,泄露天机了。于是泼油纵火,颓山裂石……如今,我行经此山,只见岩上一片乌焦。可是,人间毕竟有了文字。文字在发展。科学文化在发展。可笑的是,远古至今,星流日转,仍有妖魔害怕人民识字有文化!林彪、"四人帮"暴跳号叫,欲毁我五千年文化精华,拒世界优秀文化于国门之外。他们远远听见"四个现代化",就像瞥见照妖镜之灵光,赶快撒出浑身解数。而唯独他们自己能独霸天机,独知天秘,大书帮文,大播帮语,横扫狠砸,武卫文攻,空留下乌焦一片鬼话连篇,是为二十世纪七十年代人间之奇景也!噫吁兮,呜呼哀哉!

她??

驰车返回西安的路上,对我来说,最触目的是,展望山巅、野岭、川道、河滩,几百里长的公路两旁,几乎都是白杨、白杨、白杨,新栽的,成材的——在这阴坡油松阳坡橡、四旁沟洼核桃多的莽莽秦岭之地,我也几乎只认得出杨树,杨树,杨树……老秦的话响在我耳边:"如果都换种优选树种……"

我问书记老梁:"为什么把老秦的杨树研究课题撤了呢?"虽然我知道老梁那时还没来植物园,还在原单位被当成"走资派"批斗,但他倒也答得出来:"园里把这题目让给林业研究所了。"

"记得来植物园第一天,我听说老秦是被掐着脖子才勉强搞药的。这算不算用非所学呢?"我知道老梁过去也是学农的,是懂业务的领导。"不能那么说。"老梁说，“就好像演员演戏，今天演这个，明天演那个。”我摇摇头。我虽然不懂植物学的分类究竟多细，但高高的乔木和丛生蔓长的草药，它们除了都可称是植物、都是靠光合作用生长以外，还是大有区别的。我说：“她大学四年，实际工作六年，搞的都是杨树，忽然丢下杨树搞药，对她个人的研究专业来说，不能不说是改行，就像演电影、话剧的，你让他改唱京戏，即使掐着脖子也未必唱得好。”

梁书记解释说：“植物园根据生产需要改变研究课题，是常事。”“那不能把老秦调到林业研究所吗？”老梁忙说：“哎哎，老黄你可不能拆我的台啊！”我也笑了：“现在你就是掐她脖子，恐怕她又不愿放下药啦。”

我又继续问：“锯树是怎么回事？”

“锯什么树？”

“锯外国的杨树品种，老秦为了这个不是跟人大吵过吗？”

“她就那脾气！嘴不饶人，爱吵爱闹。”

“吵得对不对？”

“有时也有道理，就是方法不对头。一次人家在杨树林里搭工棚，她说烟囱熏了树，大吵大闹。我们开了个会，把工棚撤了，换了地方。”是的，老秦和我说过，书记为此召开了紧急会议。

我又问：“锯树呢？”

“那是间伐。一般长到一定年限，木心变色，或太密了，就应该间伐。”

“间伐？”我不言声了。如果应该间伐，老秦大吵，就是无理取闹。

我曾问某同志：“你对老秦在洛南山区的野生药材驯化研究工作怎么评价？”答：“她还是肯吃苦，肯钻的。不过，洛南县野生药材驯化有成绩，不是老秦一个人搞出来的。何况，严格地说，那也算不了科研，很多地方都搞成功了。农民自己都会搞。”

“用超声波处理种子的经验算不算科研成果？”我想起了老秦那密密麻麻的笔记，对比试验的记录卡片和用“西安植物园科研小组”的署名刊印出来的经验材料。

答：“那是很一般的处理种子的方法，谈不上科研成果，而且也没做否定试验。”

我问某骨干：“回过头来看，当初对秦官属的批判是否对头？冲击是否过头？”

答：“我们园里相当文明，没打过她，只不过挂挂白袖章，短期隔离，劳动劳动。群众运动嘛，她应该正确对待。”

“对这样一位同志，该怎么落实政策？”

对方觉得我的提问很奇怪：“她还有什么落实政策问题？都去北京开过会了嘛！又没给她立专案，也没定什么性，档案里也没塞进什么材料。再说，她也不是一点问题没有,她……"

我问曾经在植物园搞过专案的同志:"老秦究竟是不是地主出身?"

他很严肃地回答:"填出身定成分的政策界限是硬碰硬的。她上大学时,乡里填送的表格上写着:'出身:地主'。"

"老秦一九五一年上大学,这是土改后的结论吗?"

"这次运动,我们又外调了。地主出身是肯定的。"

"那为什么老秦说,政府没给她父亲戴地主帽子。"

"人总是要为自己辩护的。"他说。

"人总是要为自己辩护的。"我说。

唉,植物界没有两片相同叶脉的叶子;而人界,却有着统一的表格,出身一栏只够写三五个字,怎么表达得出中国社会长期以来那么复杂的情况……唉,本来,什么出身并无大碍。毛主席曾说过:"有成分论,不唯成分论,重在表现。"可是从什么时候起,这个本人无从选择的出身,简直要命哩?!

我又问另一位骨干:"这么多年来,西安植物园的领导对老秦在洛南的工作算是支持的吧?"

答:"支持得不够。但,这是园里的重点科研项目,总的来说……是支持的。"

"那为什么在她这个课题组长的身边,技术人员一直在调换?合作者、助手为什么那么不稳定?"

"老秦脾气暴。另外,作风也不大正派。有个青年技工和她配合挺好,可是她……唉……"问:"那青年多大岁数?"答:"二十五六岁。"我的心一沉:"怎么搞的?!……"对方说:"是啊,她把他介绍给自己女儿搞对象,现在八成都快成她女婿啦。"

我惊讶得眼睛都直了:"那怎么样啊?那又怎么样哪?"

最后,我问老梁:"你说,报道老秦这篇文章我是写,还是不写?"

"你写,你当然可以写。"

"你们园里干部和群众,对她有意见的不在少数。我写了,会不会有反作用?"

"不碍,我们组织上做工作。"

是啊,我曾问过一些人:"你们是不是不同意秦官属出席全国科学大会?"

有的同志回答说:"赞成。"有的却说:"去也去了,反正有个名额,但是起标兵作用,向她学习,那可办不到!"

"我为什么写她呢?"我也不知是问自己,还是问书记。

"老黄同志啊,落实政策嘛!我们的党中央大抓科研,团结一切可以团结的力量,调动一切可以调动的积极因素嘛!”

“……”我……

又是一个星期日。对我们搞创作的人来说,上帝的安排和法定的例行假日,都关系不大。在我又了解一些情况之后,有多少问号在我脑子里翻腾!

我强迫自己静下来翻阅植物学方面的书籍,并认真地做着阅读摘记:

纤维素分子对植物极为有用,假如没有纤维素,所有植物都会像胶状物那样柔软。它依靠太阳能进行光合作用。就像老秦,在党的阳光下……(呀,怎么拿老秦和植物类比?)

我接着阅读:植物生长发育的必须元素是:碳、氢、氧、氮、磷、钾、钙、镁、硫、铁、锰、铜、锌、钼、硼。必须元素在十五种以上,而有些人只会给植物“二二三”“六六六”“DDV”,天天打除虫剂还了得。(思想别开小差……)缺少某一元素时,植物体就会出现某种病症。秦官属缺少哪种必须元素呢?她为什么过早地白了头发?她的性格为什么变了?她本来在学校里爱唱歌,爱打球,爱傻笑……(哎,我干吗又连上她?)

我继续阅读——自由水:不被植物细胞内的胶体所束缚。束缚水则反之。抗热性、抗旱性和抗寒性较强的植物,体内束缚水较多。老秦束缚水较多……(糟糕,老秦不肯退出我的“植物生理学”笔记了!)

是的,是的啊,三年枝柴五年椽,七年矿柱十年檩。老秦同志,你已长成一棵挺拔的、枝叶茂密的直木——大杨树了。正是:

似杨枝沾土就活,
效丹参红在根本,
如桔梗开花漫野,
怀远志感报春晖……

忽然刘抗出现了:“大星期天,还把头搡在书上!到我家玩玩去。今天不许工作,也不谈工作。”没二话地把我拽走了。

嗑着瓜子,喝着茶,聊着这个那个,谈着谈着,瓜子不嗑了,茶忘喝了,我又说起老秦的事儿来了。当我讲到“老秦就在大杨树前头一站,大喝一声,谁敢锯!要锯就先锯我”时,刘抗同志不自觉地站了起来:“太好啦!我们有这样的女干部,实在是太好了!我们本来对她了解很不够……”我觉得她相当了解老秦。要不,老秦处在这种情况下,怎么能去北京开会?可是刘抗同志还是没提她去过山区的事。

我说:“有人说那树该锯,是间伐。”

刘抗说:“噢?我想对杨树种圃该不该间伐,从西安植物园来说,最有发言权的,应该是秦官属吧!”

“矛盾的问题很多,我希望向省科委做一次正式汇报。”

“和杨戈同志谈一下吧,我来约时间。”刘抗说。

我一见杨戈同志的面,他就对我说:“关于锯杨树的问题,间伐是站不住脚的。当然,植物园领导决定间伐,实际是挑粗粗大大的伐,主要是盖房子要用材料,因此秦官属同志怒火三丈是对的。这,连老梁也承认了。这件事说明秦官属同志的斗争性是很强的。”

我要求杨戈同志说:“能否请省科委调查落实,比如秦官属同志的地主出身问题……”

杨戈同志说:“就是地主出身,又为什么不能写呢?在革命运动中洗刷了地主阶级烙印,证明我们党的力量嘛!”

我说:“她家在解放前几年主要经济来源是靠她父亲和她自己教书的收入,土地剥削量不到总收入的三分之一。解放初期,她父亲是地区林业局局长、政协主席、技术干部,当然旧知识分子的经历可能是复杂的,但经过了那么多运动,应该是清楚的。而她的母亲则是个有着卖身契的壮族女奴。和秦官属挨肩只差一两岁的弟弟、妹妹都是职员出身,她为什么是地主出身呢?‘文化大革命’运动中,她父亲被扫地出门,遣返原籍,身染重病。秦官属把他接回城里,死在她家——这就构成了她是‘地主阶级孝子贤孙’的主要罪状。”

杨戈同志沉默半晌,说:“宗英同志,你亲耳听到了贫下中农、基层干部对她的反映,你亲眼看到了她在山区的艰苦努力,你还嘀咕什么呢?出身问题我们帮你调查调查,存而后论吧。我看,你是不是心有余悸啊?”

“她父亲即使是战犯我也敢写她!可基本情况得说明啊。这是写报告文学的起码条件。秦官属的家庭成员中,有七个是搞林的。她父亲,她两个弟弟,两个弟媳,她爱人。你们陕西榆林地区干得颇有成绩的飞机造林,第一批去的成员里,就有老秦的爱人。他俩在大学同系,毕业前夕各自做身新布棉袄结了婚。爱人的专业水平本比老秦高,他干什么这些年任劳任怨,当爹又当妈,和陌生的锅台打交道,苦心钻研孩子们‘罢吃’的酸馒头、腰皮带宽厚的大面条!搞林业,多艰苦……地主……孝子贤孙……他们一家子疯啦,已经是社会主义社会了,竟然野心勃勃,想分霸祖国荒山大漠?他们想当‘林主’吗?!”我不知是跟谁生气,连说话都粗声粗气了。好在杨戈同志并不在乎,笑眯眯地说:“写吧,你就写吧。我们支持你,不要怕。”

我不是胆小的人，也不是很勇敢的人。我只不过是用笔向社会说话。我要尽可能地了解一个人的全部情况，以便把握住他的基本素质。当然，秦官属不是没有缺点。一个人的优点和缺点，往往是一面镜子的两个方面。今天，促成一个人做出成绩的优点，以后又往往成为他犯错误的前因。一个人是好是坏，并不决定他做出成绩的大小、犯过错误的多少。要紧的是素质，而秦官属的情况不清不楚、不明不白……

在“文化大革命”中，我们认识了许多人（包括自己），也一下子知道了许许多多本来不认识的人的事情。一提到某某，人们会说：“噢——我知道。”他们相识吗？不。“大字报上写的……”“小报上登的……”“批斗会上听的……”啊，有多少未设专案的专案，没有入档的材料，以及存而后论的出身、成分、问题……传播四方，抹不掉，洗不清。西安植物园里的同志们，本来对秦官属并没有什么个人成见、个人恩怨。造成如此局面的根由、造成致命内伤的元凶，是万恶的“四人帮”！“四人帮”强迫人们戴上形而上学的眼镜，使革命队伍内部、同志之间彼此相看时，“管窥蠡测”地只看对方的污点、缺点——扩大了的、硬上纲的、变了形的、无中生有的……“四人帮”发明了种种新式刑具，给人们的思想打着冒牌“马列”标记的镣铐，刻着“全面专政”钢印的枷锁……善良的人们啊，让我们尽快地清醒过来，团结起来。

本来，这篇报告文学对我来说，当大雁从北方飞来的时候就可以写了。可是，踌躇再三，难以动笔。矛盾写不写？写出来能起什么作用？目前全国都在大力落实政策，我现在发稿也许过时了吧？没有必要了吧？老秦毕竟是出席了全国科学大会的代表，毕竟比更大量的、默默地工作着的知识分子们的政策落实问题要好办些。从典型的普遍意义来说，真过时，真没必要了，那可是大喜特喜了。我嘀咕来，嘀咕去，仿佛进入了梦乡。我梦见：

大雁飞过我的窗前，盘旋，盘旋。大雁们围在我的书桌前，站成一个半圆，在观看、在议论我写下的草稿。只听得头雁用宽厚的男低音说：“呃，——这种情况很熟悉嘛，很熟悉。我们从北方飞到南方，从南方飞到北方，常常碰到，常常碰到！”

大雁们马上用各种声部参加讨论：“快——研究研究。”“快——研究研究。”

大雁们把我写好的草稿一张一张地衔走了，衔走了。大雁们排成了人字形队列，飞远了，飞远了……

（原载《十月》1979 年第 1 期）

正　气　歌

张书绅

清明节前一天，一股寒潮突然袭击了沈阳城。

阵阵冷风抽杀着街道两旁柳桃的蓓蕾，抽杀着行路人的心。

天是灰暗暗的。没有了阳光，没有了蓝天，也没有春天特有的芳馨。

终日紧闭的沈阳监狱的铁门开了，一辆囚车从高墙里冲出，沿着东北大马路向东飞驰而去。

行人一个个止住了步，望着远去的囚车，心一阵紧缩。

"车里是什么人?"

"没看到贴布告，也没开公审会，这是……"

"是秘密处决吧?"

"……"

囚车在刑场上停下来，一个女"政治犯"走下来。她穿一身绛紫色囚服。瓜子脸，一双秀丽的眼睛很快地扫过刑场，从容地向前迈了几步，面向着东方。

四十几年酷爱整洁的习惯，使她在临刑前，很想梳理一下散乱的头发。但是，她的手被死死地扣在手铐里。于是，她高昂起头，迎风而立。风好像理解了她的心意，把飘落在脸颊上的一绺黑发吹到耳后。她满意了，脸上露出一丝微笑。

就要告别这个世界了，她多想高唱《国际歌》，表达一个共产党员对共产主义至死不渝的信念。她多想高呼"共产党万岁!""毛主席万岁!"像无数先烈那样英勇就义。她多想大声地呼唤那远在北京的老母:"永别了，妈妈!"她多想轻轻地嘱咐身后的一双儿女:"孩子们，要听党的话，好好学习!"然而，她不能了，不能了!"四人帮"及其死党惨无人道地剥夺了一个共产党员就义时高呼口号、高唱国际歌的权利!

英雄无声地倒下了。

时间是一九七五年四月四日上午十时十二分。

鲜血染红了印在囚服上的三个字:张志新……

一

“长太息以掩涕兮，哀民生之多艰！”“岂余身之惮殃兮，恐皇舆之败绩。”

这是二千二百多年前，伟大的爱国诗人屈原面对动乱、危机、濒临灭亡的祖国，用血和泪唱出的哀歌。想不到二千二百年之后，屈原的缕缕忧思重新飘荡在祖国的大地上。

一九六八年二月。一个无星的夜。十一次特别快车在京沈线上飞驰着。机车好像一头被激怒的雄狮，焦躁地向山海关冲来，不时发出悲壮的长鸣。志新坐在靠近车窗的座位上，昏黄的灯光照着她。她身材匀称，瓜子脸，齐耳短发，穿一件青呢大衣，看上去十分清净、质朴，身边的衣帽钩上挂着一条鲜红的长围巾，随着车厢的震颤，微微摆动着。围巾的颜色和大衣的颜色似乎不大协调，但这正是志新性格的特征，要么是青，要么是红，她不喜欢乌乌突突的中间色。

列车在到达天津之前，车厢里闹闹哄哄，一直安静不下来。旅客们大声地发着牢骚：

“晚点，又是晚点！真不像话。这叫首都车站啊，首都！首都！”

“晚点是小事，但愿不要遇上武斗劫车。”

说这话的人立即住了嘴，惊慌地回顾着。接着是可怕的沉默。

人们在沉默中前进。

终于，对于晚点的抱怨，对于武斗的忧虑，被瞌睡战胜了。于是，就在沉默中睡去。

志新却怎么也睡不着，旅客们的议论在她的思想里激起了轩然大波。一年前，她作为辽宁省委宣传部的一个干部，一名共产党员，以极大的政治热情投入了“文化大革命”，加入一个群众组织，参加各种形式的集会，可是，不久她的激情冷却下来了，随着运动的发展，许多事情使她迷惑不解。怀疑一切，打倒一切，群众分裂成几大派，用大喇叭对骂，用大字报攻击，后来又上升为武斗，由棍棒、石块发展到机枪、土坦克。六月一日，在某大学里发生了有上万人参加的全市性武斗，多少无辜的青年倒在血泊中，南湖的树林里出现了令人不忍目睹的学生的新坟，而“屠杀”他们的人，也许就是他们的父亲、兄弟、同学、好友。武斗还在升级，沈阳城内枪声整天时起时伏。听说有的儿童在街上玩耍时被流弹打死了，志新也深为幼小的儿女担忧，同爱人曾真商量好，把孩子送到天津姨家躲一个时期。她原以为只有沈阳这样乱，可是到了天津，天津也在进行大规模的武斗。从天津又到北京，去看望儿个哥哥妹妹，看到北京也在武斗。又听说武汉、济南、重庆、广州……全国都处在武斗之中。这是为什么？难道武斗就是革命？这个善于思索勇于追求真理的共产党员，决心在实践中进一步地探索。她亲自跑到北京街头，倾听着，观察着，分析着。游斗的旋风刮遍了北京市的大街小巷，大大小小的“当权派”，包括中央和国务院部委领导同志，六七十岁的老人，也都戴上高帽，挂上大牌子，在卡车上坐“喷气式”，受到各种难以忍受的训斥和侮辱。她每天都看到一些传单，听到一些传说。“江青点了××的名了！”“江青说×××是叛徒、特务！”“江青说……”江青只要说一句话，北京城的墙壁上、柏油路上就到处出现“打倒×××”“油炸×××”的大字块，连德高望重的朱老总、贺龙、陈毅、李富春等老一辈革命家也在劫难逃。从中央政治局，到街道党支部，所有的党组织都被摧垮了，被中央“文革”和各种名目的“造反总部”代替了。全国数以百万计的大大小小当权派，成了“走资派”“三反分子”“叛徒”“特务”，被关进了监狱，关进了牛棚，关进了“学习班”，靠边站了。党组织瘫痪了，政府瘫痪了，工厂瘫痪了，交通瘫痪了，人们整天陷在派性的旋涡里不能自拔。

那天，志新从街头回到母亲家里，一进屋，看到哥哥的衣服被撕破了，就找出针线，叫哥哥把衣服脱下来给他缝补。志新接过哥哥的衣裳，猛然间看到上面有一片陈旧的血迹。按照血迹的部位，她看到哥哥身上伤痕累累。她问哥哥是怎么回事，哥哥含泪述说了天外来祸。原来，哥哥买了一个相框，想镶一张毛主席像，但是相片大、镜框小，他就把相片的四周剪掉了一条，因此被打成“现行反革命”，遭到严刑拷打。哥哥刚说完，妹妹志勤在一旁抽泣起来。志勤在乐团工作，因为提琴拉得太好，遭到了批判，说她是“黑尖子”“提琴匠”，为“封资修”唱赞歌。从哥哥、妹妹的不幸，志新看到了国家和人民的不幸，她非常难过。受冲击的何止是“当权派”？连小学教员、乐队演奏员也遭到了无情打击。多灾多难的炎黄子孙啊！可是，谁是这灾难的制造者？谁是罪魁？

志新回忆着同父亲的一段谈话。那是在天津旧居里，父亲同女儿久别重逢，唠了些别后之情，很快就谈到了国家的命运。父亲清瘦的脸上严峻得可怕。老人家已年逾八十，在人生的道路上经过了无数的坎坷，正在艰难地走着最后一段路程。他年轻时曾追随孙中山先生参加过辛亥革命，为人刚正不阿，铁骨铮铮，不畏强暴，热爱祖国，他的爱国情绪对幼年的志新产生了重大的影响。父亲酷爱音乐，加上他家的楼下就是琴行，所以志新姊妹从小就喜欢音乐，成了天津市有名的“张氏三姊妹”小乐队，每次演出都轰动全城。虽然家境困难，常常用豆腐渣果腹，但老父亲还是积蓄了一些钱，给女儿买了两把小提琴。父亲经常带着三个女儿为抗日救国作捐款演出,用音乐痛斥国民党反动派的卖国罪行。在漫长的岁月里,父亲到处寻找着富国强民的救国良策,但他终于没有找到。解放了,盼来了伟大的中国共产党,看到了中华民族的崛起。十几年的时间,“东亚病夫”变成了东方巨人。可是好事多磨,如今的“大动荡”“大分化”“大改组”“大武斗”,把好端端的中国糟蹋得不成样子,工不能工,农不能农,学不能学。他忍不住对女儿大呼道:“如此下去,国家不堪设想,爸爸死不瞑目!大清的江山亡于慈禧,今日之中国将断送在何人之手?”说完,老人干枯的眼窝里滚出两大滴泪珠……

列车在暗夜里前进。志新闭上眼,继续沉思着。半月前,她带着一双儿女从沈阳奔向天津,是为了消除对儿女安全的忧虑,想不到,现在却带着对党和人民的更大忧虑从北京返回沈阳。

清晨,志新踏着地上的薄霜,走出沈阳站。刚踏上马路,突然,五六辆武斗卡车从身边呼啸而过。已经跑出老远了,还隐约可见车上刺刀的寒光。卡车在视野里消逝了,迎面又来了一列长长的队伍,拉着一大串“当权派”在游斗。志新不忍再看,赶紧拐进胡同。她路过几家工厂门口,又看到一大排“牛鬼蛇神”大弯着腰在请罪。志新急匆匆往家里飞奔。越走近家门,越想念亲人。她打开家门,见到爱人,第一句话就说:“老曾,这半个月我心里很乱,很不安,天津、北京到处在批斗、武斗,这样下去怎么得了!江青一手遮天,她究竟是个什么东西?我怀疑!”

志新回到了省委机关。熟悉她的人都说,她从北京回来后变了,变得沉默了。她总是一个人长时间思索着、苦恼着、探寻着。她几乎一句话也不说。沉默,一连数日孤独地沉默着,这沉默是痛苦的,又是短暂的,就像一个蓄满山洪的水库,看上去连一点波纹也没有,可是一个大得可怕的爆发已经孕育成熟了。

一天,礼堂里又召开了批斗省委书记的大会。照例是老一套,挂牌子,戴高帽,搞“喷气式”,呼口号。人们对这一套早已看惯了,厌烦死了,却又不得不跟着做。因为这是最时兴的“造反”,最纯粹的“革命”。然而,一件意外的事情发生了,在“打倒×××”口号声的极短的间歇里,会场上响起了悲伤的啜泣声。这啜泣的人就是张志新。

志新再也忍不住了,她有许多的泪要流,有许多的话要说。会后,她在同志们面前失声痛哭,却又滔滔不绝:“你们说‘文化大革命’是保卫毛主席革命路线,可是现在毛主席身边还有几个人了?中央委员、政治局委员打倒这么多人,省委领导全靠边了,难道这些人都是敌人?我想不通啊!老干部总是为党做过一些好事,有些人犯了一些错误,是否都该打倒?这里面有名堂!中央文革里有名堂!我对江青、叶群这些人根本不了解,对林彪就是不信任!”

志新的这些话是对同志们谈心时说的，她还没来得及公开讲出来，就同几万名原东北局、省委、省人委的干部一起被赶到了盘锦五七干校。大家刚放下行李，“清队”的十二级黑风便席卷了干校所有的连队。多少无辜的好同志蒙受了不白之冤，一批又一批的共产党员被审查、专政；没过多久，睡在炕梢的那位副部长被迫自杀了。那一天正是元旦，连里改善生活，这位老干部一个饺子也没吃，就吊死在荒凉的野地里了。死后，在她的脸盆里发现了她的亲笔遗书，上面只写了这样几个字：

“我当时不是党员，我没有出卖过同志。”

这哪里是什么遗书呀，这是一个共产党员的纯洁的心，是向林彪、江青一伙讨还血债的控诉书！

志新久久地凝望着这份遗书，泪水止不住地流呀，流呀，这不是软弱女子伤感的泪，这是忧国忧民的泪呀，正是这忧国忧民的泪水，浇开了光彩夺目的英雄之花，谱写了威武不屈的生命之歌！

二

志新在干校忍着肝病的痛苦，白天和同志们一起劳动。拉车，她把身子尽力前倾着，使出全身的力气；手指粗的麻绳磨破了肩膀，碾碎了厚厚的垫肩，她咬破了嘴唇，坚持着，顽强地坚持着。夜里，借着暗淡的灯光，她拼命地读马列和毛主席著作，寻找答案，解决难题。她沉默寡言，忧心忡忡。

志新默默地劳动，默默地学习，默默地思索，在默默中形成一整套观点、看法，而一旦观点成熟了，她便立即打破了长时间的沉默，冲破了林彪、“四人帮”所制造的封建法西斯的白色恐怖，不畏强暴，挺身而出，旗帜鲜明地、系统地阐发了自己的见解，在和同志们的交谈中，在连排会议上，在后来一次又一次的批斗会上，志新同志庄重申明：

“对江青我就是怀疑，对江青提点意见有什么不可以？中央文革到底是集体领导还是江青自己说了算？江青历史上到底是干什么的？江青审查了没有？江青把很多电影、戏剧都批了，现在就剩几个样板戏，唱唱语录歌，这样搞下去，祖国的文化艺术不是越来越枯竭和单调了吗？江青有问题为什么不可以揭？中央文革也可以揭嘛！

“什么‘顶峰’？什么‘一句顶一万句’？什么‘不理解的也要执行’？这样下去不堪设想！这不是树毛主席的威信，是树林彪自己的威信，我对林彪没有什么信任！

"现在天天搞什么'宣誓',搞这个形式主义干什么?他不忠于毛主席。就是做那些事也不行。忠不忠于毛主席,主要看认不认识真理。中国共产党从诞生以来,毛主席坚持了正确路线,尤其是一九三五年遵义会议以后,确立了毛主席在党内的领导地位,结束了第三次'左'倾路线在党中央的统治,在最危险的关头挽救了党,毛主席的威望不是靠大树特树树立起来的,是在几十年革命斗争中自然形成的,毛主席在党的历史上建立的丰功伟绩是不容否定的。"

在那乌云蔽日、风雨凄凄的日子里,人们啊,连呼吸都要谨慎,连吃饭都提心吊胆,有谁敢对林彪、江青一伙说半个不字!"现行反革命分子""三反分子"等各种型号的帽子就像影子一样,时刻追踪着无辜的人们。在这万马齐喑的时刻,志新同志勇敢地说出了亿万人民的心里话,表达了全党全国人民的心声,向着林彪、"四人帮"公开地挑战,公开地反击了。

同志们为志新的大无畏革命精神深深感动了,对她的革命气节十分敬佩,同时也为她的处境和命运忧虑不安。

同志们私下里找她谈话:"志新啊,你不能再讲下去,这是'反革命'言论啊,无论如何,你必须立即刹闸!立即刹闸!"志新理解大家的心,但是她回答说:"同志啊,这个闸我不能刹!你看看我们伟大的党被践踏成什么样子,看看我们的人民,我们的国家……"

为了"拉"她,一些好心的同志想出一个办法,叫志新最疼爱的女儿林林写信,要妈妈赶快刹闸。

志新读着女儿的信,泪珠在眼窝里滚,那些字儿歪歪扭扭、蹦蹦跳跳,多像天真的小林林!世界上最细心的是母亲的眼睛,志新在信纸上看到了一滴泪痕,她知道,女儿的信并不是女儿的心。志新看完信,微微一笑,立即给女儿写了一封回信:"想念的林林,妈妈知道你的心。妈妈一定坚持真理,做一个名副其实的共产党员,一个值得你们热爱的好妈妈!"

整党开始了。"四人帮"玩弄着拿手把戏,向党的组织和党员又一次下手了。党员们已经两年没过组织生活,像风筝断了线,像孩儿离开了妈,他们重新聚在一起,心似大海翻腾。他们多么希望听听党的声音,多么想向党的组织汇报自己的思想,谈谈心里话,心里的话积得太多太久了,就是三天三夜也讲不完。他们多么希望恢复党的组织,过过正常的党的生活。可是,党员们失望了。"四人帮"的"整党"是要彻头彻尾地整垮党,以"整党"为名,继续整老干部、整党员。他们逼迫党员承认"当了国民党兵",检查,无休止地检查;交代,没完没了地交代。可是,就连这样的整党,志新同志也不能参加,她被立案审查了。

志新独自坐在炕上，房东和孩子们都出去了，屋子里空荡荡。她再也忍不住了，泪水涌出眼窝。离开党的组织，离开同志们，在所有的痛苦中这是最难忍受的痛苦。她呆呆地坐在窗前，夕阳透过窗镜照在她的脸上、身上。她的思想里掀起了一层层狂涛巨浪：难道我真的错了吗？难道我真的离开了党？不，经过几个月的思考，不是我过于固执，也不是个性太强，我看不出错在哪里，怎么能向谬误投降？古往今来，有多少革命者、科学家为捍卫真理而献出了生命，他们是我学习的榜样。卑怯者总是过于看重生命，只有真正的革命者才能比较出真理和生命的分量。她想起了伟大科学家哥白尼向宗教挑战的故事。哥白尼为了捍卫“日心说”，遭到教会残酷无情的迫害，但是他至死不屈。接着，哥白尼的热情赞助者乔尔丹诺·布鲁诺，勇敢地接过哥白尼手中的火炬。在宗教势力猖獗的中世纪，他公然脱掉袈裟，向神圣的教会发动猛烈攻击。

他到处宣布宇宙是无限的，整个宇宙没有中心。他被罗马教廷视为异端分子，被教会当局的异端裁判所逮捕了，关了七年监牢。布鲁诺宁死不屈，于一六〇〇年二月被判处极刑。教会在罗马城的鲜花广场燃起熊熊烈火，活活烧死了布鲁诺。布鲁诺在烈火中忍受着极大痛苦，却高昂着永不低垂的头。后来，鲜花广场的熊熊烈火，竟成了更加巨大的真理的火炬，照亮了罗马，照亮了欧洲，照亮了全球，照亮了未来的新世纪。林彪、江青一伙就是二十世纪的教会，两年来，他们妄图以他们的封建宗教邪说，扑灭马列主义、毛泽东思想真理的火炬。不！这绝对办不到！志新心情十分激动，她决心做一个高举真理火炬的共产党员。鲜花广场的火照红了志新美丽端庄的脸，她的眼睛迸射出兴奋的光。她写道，我没有离开真理，也就没有离开党。我绝不是一个人，我同党在一起，同八亿人民在一起！哪怕暂时只有我一人，我也要参加整党。于是，她下了炕，对着镜子梳了梳浓黑的短发，坐在桌旁，开始了第一次整党学习。

志新精心地阅读毛主席的著作，系统地回顾了“文化大革命”以来出现的一些问题：构成这场路线之争的内容究竟表现在哪些问题？它的由来、发展过程和内容又是怎样？什么性质的斗争？什么特点？错误的一方错在哪里？她如饥似渴地向马列主义、毛泽东思想学习，在斗争中学习，也向历史学习。她仔细地翻阅着历史，总结着历史的教训和规律。

历史上曾经多次重复过这样的情形：当过于强大的邪恶势力作为一种潮流突然袭来时，有少数的人便立即舍生奋起，不畏强暴，英勇搏击，于是就成了英雄，为祖国和人民创造了惊天动地的业绩。大多数的人民群众，则在强大的潮流冲击下，不得不将愤怒和真话埋在心底，不得不跟着走一段路，正如雄鹰有时也顺风滑行一样，但这沉默是短暂的，而一旦人民从沉默中奋起，那就是反动派的殉葬日。在黑云压城的形势下，照例少不了投机者，他们出卖曾经一起工作过的同志，也出卖原来信仰的真理，追随邪恶势力，坑害人民，把自己的命运和最无耻的人连在一起。自然，又有少数的自私者、懦弱者，违心地成了温顺的奴隶，做了些亲者痛仇者快的事。英雄、人民、投机者、懦弱者，这是历史剧不可缺少的人物。当乌云过去胜利到来的时候，人民将敲响锣鼓，欢呼英雄，奏起哀乐，悼念烈士。“帮凶”们将受到历史的公判，而懦弱者、自私者，也将受到“良心”的审判，在哀乐声中忍受精神鞭子的抽打，那痛苦将是长期的和难以忍受的。……

志新决心向英雄们学习，做独立支撑的大树，背靠马列，扎根大地，同林彪、江青一伙斗争到底！这次个人整党收获很大，她眼含热泪，向党写下了心里话：彻底的唯物主义者是应当无所畏惧的，她襟怀坦白，因为不是为了谋求什么私利，不是维护利益相关的某一宗派和阶层，所以不能不坚持真理，不能不旗帜鲜明，政治上采取诚实的态度，是有力量的表现，采取欺骗的态度，是软弱的表现，我要敢于正视真理，不管真理使人多么痛苦！

志新的整党尚未结束，“四人帮”在辽宁的死党就下了逮捕令。一九六九年九月二十四日，在清队的“台风”中时刻惴惴不安的同志们被聚到广场上，他们原以为开什么批判会，可万万没想到，是逮捕张志新同志的大会。志新的爱人曾真，事先一点也不知道，走进会场时才看到“批斗现行反革命分子张志新”的大字横幅，他几乎晕了过去。曾真同志望着台上的志新，心中百感交集，但是他不敢掉泪，因为没有哭的权利。他把泪水吞进肚里，胃溃疡发作了，他用拳头顶住胃部，一眨不眨地望着亲爱的志新，朝夕相处的亲人。

例行步骤做完了，志新被戴上手铐。她昂首挺胸，向吉普车走去。曾真怎么也想不到，这就是他同亲人的永别！

志新被抓走了。但这并不是“四人帮”死党的全部目的。他要抓一儆百，要叫全体干部、群众在江青“女皇”的面前垂手称臣、匍匐在地。在逮捕大会之后，全干校再一次刮起了十二级“台风”，他们叫嚷：张志新背后没有人，没有个摊摊，她的胆子不会那么大，要注意阶级斗争新动向，要将计就计，要盯住那些同情者、支持者，予以狠狠的打击！

在黑风阵阵的暗夜里，各连队都在开会，人人都要表态、声讨，同张志新“划清界限”，但是，志新就像一颗火种，在风暴中没有熄火，反而变成照耀全干校的火炬。在肃毒会上，巍巍然又站立起一个宁死不屈的革命者，他斩钉截铁地说：“我看不出张志新同志错在哪里！共产党员公开阐明自己的见解怎么是犯法？她的观点有道理。”

这位同志当即被捕，判了十八年徒刑，投进了监狱。但是，更多的同志已经被镣铐的铿锵声唤起，斗争在继续……

三

志新同志有着崇高的革命理想，有着坚强的革命意志，有着高尚的革命情操。即使在那漫长痛苦的牢狱生活里，那阴森的高墙，冰冷的手铐、脚镣，无情的棍棒皮鞭，也无法禁止她对同志、对人民、对伟大的党、对马列主义和毛泽东思想的最真诚的爱和尊敬。

她爱同监的“政治犯”，她一进监房，就像投进一块磁石一样，不论是纯洁的钢，还是有杂质的钢，都一下子被她吸引去了。

她在这些难友中很快就获得了信赖和威望。她一个一个地拜访“政治犯”，问她们何时入监？因何判罪？判了多少年？通过这样的调查，她知道了这些人大部分和她是同类型的“政治犯”。她，作为省委的机关干部，一个共产党员，有责任组织起一个战斗集体。于是，她开始了“地下”工作。一个只有二十岁的“现行反革命犯”，从入监那天开始就老是哭泣喊冤。志新像母亲一样爱抚她，劝她不要哭，坚强起来，要坚信总有一天会昭雪平反。这个孩子不再哭了，望着志新，第一次在监牢里露出笑脸。

当她忆起被捕的场面时，心如刀绞。她写道：“这种处境对一个自尊心十分强的人，又怎能容忍？一个女共产党员，机关干部，究竟犯什么罪，被两个大汉抓头发、挂牌子、双臂背扭？”如果她不明确自己是坚持党的政治原则，这样的尝试，就只能使她魂飞气断。但想到党的利益，自己吃点苦头算什么？她相信同志们能够以不同的形式投入斗争的洪流，彼此心心相印，为埋葬人民的敌人做出贡献。

她爱人民，常常怀念老房东。在干校时，有一次过节分了一些糖果点心，她全部送给了房东的小孩。后来，她被专政了，同志们为了“拉”她，请贫下中农给她办学习班。有个李大嫂拉着她的手说：“咱庄稼院有句话，小胳膊可扭不过大腿呀。你，你就忍两天吧，哪有不晴的天？哪有不干的道？”真挚的感情，朴实的语言，深深感动了她，她眼里含着泪说：“多好的贫下中农呀，就是为了他们，我也要坚持真理，不惜一切代价，捍卫党和人民的利益！”

她爱自己的亲人，最惦记的是妹妹志勤。志勤在北京乐团工作。因为钻研业务受到了批判，得了神经官能症。她给志勤写了好几封信。

志勤：

……你这病好治，我给你开个药方。一是听医生的话；二是关心国家大事。记得我们俩一起读《钢铁是怎样炼成的》小说吗？保尔不是说过这样一些话：生命对于人只有一次，人的一生是应当这样度过的。当他回首往事时，不因虚度年华而悔恨，也不因碌碌无为而羞耻，这样，他在临死的时候就可以说，我的一生都已贡献给人类最壮丽的事业——为共产主义而斗争。勤妹，保尔的话应当成为我们的座右铭。人们说游泳是最好的体育活动，能帮助治疗几种疾病。我看投入政治斗争的游泳行列并真正下水学习游泳，也是治疗政治上几种疾病的最好办法。……决心投进去吧！我是下了决心，在政治风浪中学会游泳。

她爱那些革命老干部，对他们怀着真诚的敬仰。在狱中，她认真研究了党的历史，研究了当时被打倒和"靠边站"的朱德、叶剑英、邓小平、贺龙、陈毅等党和国家领导人，从一九二七年南昌起义到一九四九年全国解放，这些老同志在每个关键时刻，在每一个重大的战役中建立的丰功伟绩。她激动地写道：每当重温这些战斗的诗篇，仿佛见到了那些动人的场面，在南昌起义失败的教训里，在皖南事变有理有节的斗争中，在解放战争中由战略防御转入战略进攻的转折时刻，在收复革命圣地延安的喜讯中，在辽沈、平津、淮海三大战役组成的解放战争的新航程中，在向全国大进军的神圣命令中，每一个革命者都应看到，这一切一切都是由千千万万革命先烈用血和生命写成。正是这些革命先辈使反动的蒋家王朝土崩瓦解。这些军事统帅以自己对党的无限忠心，为党、为革命、为人民立下了不朽的功勋，绘成了这可歌可泣的战斗画面。在那些残酷斗争的历史年代里，他们没有被敌人的子弹撂倒，也没有被敌人的铁锁把肋骨压弯，革命胜利了，祖国解放了，社会主义理想在实践中实现了，就在这个时刻遭到了来自党内、来自昔日"战友"的突然袭击，是谁？根据什么做出与事实相背离的武断？是林彪、江青狼狈为奸。写到这，志新再也抑制不住内心的愤怒，她要大声疾呼，为革命的老干部叫屈鸣冤。

她热爱生活，珍惜自己的政治生命。即使穿着难看的囚服，她也总是利利索索，干干净净。衣袖飞了边儿，她为此十分不安，怎么办呢？没有针也没有线，她想出一个办法，用笤帚"迷子"当针，从破衣服上扯下几条线，坐在铁窗下，一针一针地仔细缝补起来，把袖口补得平平整整。补完，穿在身上，又用手扯了扯袖头，脸上露出孩子般欢欣的笑容。一九七〇年十二月二十五日，是她入党十五周年的纪念日。这一天，她早早起了床，仔细地梳妆打扮，把浓黑的短发梳了又梳，然后立在墙边，透过窗上的铁栏，望着天上温暖的太阳，眼里闪着泪花。十五年前这一天，她在党旗下庄严宣誓，成为一名光荣的共产党员。此刻，身在牢房，耳边又响起了入党时的誓词："承认党纲党章，愿为党的事业奋斗到底，在党的领导下勇敢地进行革命斗争，在任何环境下，接受一切考验，永不动摇，永不叛党，为共产主义事业贡献出自己的一切。"

昨天发誓言，今天要实践。她心潮澎湃，感慨万千，挥笔写下了《迎新》诗篇：

十五年前的这一天，
我庄严地宣读了誓言：
为共产主义而奋斗，
为人类解放而献身。
十五年后的这一天，
我严肃地接受"党"的"审判"。
不是我违背了誓言，
也不是党来把我屈冤。
为什么还没有落案？
时间和实践将公正裁判！
追求真理，坚持战斗，
奔向党指引的航线，
驾驶起生命的航船，
铲私根，战恶浪，永向前，勇敢地去接受考验，
用胜利去迎接春天。

这一天放风时，她戴着铁镣，步履却特别有力，还做了几节操。

她像儿女热爱母亲那样衷心热爱伟大的党。同党的感情，铁镣锁不住，高墙隔不断。入监那年的七月一日她要纪念党的生日。找不到红纸，就用白纸扎了两朵小花，扎完了，心里又非常不安，白花怎么能献给党呢？她苦恼地来回踱着步子，然后，面对板床，默默地站着，突然间，有了一个重大发现：木板床是紫红色的，可以用它来涂染！她用双手捧起白水，洒在板床上，用手指搓着，搓呀搓呀，板床上浮起了一层红水，她用手沾着红水，仔细地涂染着一个个花瓣。两朵小白花终于变成了红花，那颜色虽不鲜艳，却有一种特别的美。她打开藏在身边的党章，翻开封皮，露出

党旗，轻轻地放在桌子上。她把两朵小红花分放在党旗两边，面对着鲜红的党旗，脸色庄严而沉静。几年来，党的组织被破坏了，党的生活停止了，党员就像孩子失去了娘，感到没依没靠，孤孤单单。今天，面对党旗，她更加怀念亲爱的党。

她爱马列主义、毛泽东思想，这是她力量的源泉，行动的指南。在监狱里，每人每月只发给两元钱生活费，她除了买点肥皂、牙膏，从不错花一分钱，一元一角地积，一角一分地攒，用这些可怜的生活费，买了几十本马列和毛主席的书。有一天，书店到监狱里卖书，她一次就买了十六元钱的书。为了读书，她还用手纸上的商标，做了几个非常精美别致的书签。在狱中，每天只有两个小时的自由活动，她就用这些宝贵的时间，通读了《马克思恩格斯选集》《列宁选集》《毛泽东选集》共十二卷，还细读了毛主席五篇哲学著作和《共产党宣言》。起初，监狱发给她纸，要她写认罪材料，后来发现她都用来写学习笔记，而且越来越坚定，管教员在她面前经常张口结舌，丢脸出丑。一怒之下，不给她发纸，还收缴了她的笔。可是这难不住英雄，她用木扦蘸墨汁，在手纸上顽强地写下去，写完的手纸堆起老高。五年来，就这样戴着铁镣，写下了几十万字的学习笔记。她入狱后，对狱中的工作人员尽力做些教育启发工作，但对于夺走她的笔，却十分愤怒地痛斥道："身为专政机关之长，你听着！你为什么不敢把笔退还给我，看来我的笔是被你当作枪缴去了，但指挥这支枪的思想你们却永远也缴不去。自称为无产阶级专政的执行者，你们哪一点像无产阶级？你以为利用这一恶劣手段就可以软化革命者的意志，可以向错误路线投降吗？这除了说明你们手中没有真理，在真理面前束手无策、软弱无能外，你们什么也得不到！你们还有什么办法，都使出来吧！行凶者，帮凶者，你们可以逃之夭夭吗？不！我要向党向人民控诉你们！声讨你们！你们将受到历史的严惩！这笔账是要算的！"

"这笔账是要算的！"

这声音震撼了黑洞洞的监狱，吓破了"四人帮"死党的狗胆，他们把志新钉上两副脚镣，戴上背铐，打进"小号"，长达一年半。他们挑动那些流氓、盗窃犯，无情地殴打、折磨志新。流氓们用摧残她作为资本去争得减刑，换来"模范犯人"的称号。

为了彻底打掉志新的"反革命气焰"，逼她投降，他们无耻地施用了法西斯下流手段。

一天，刚吃过早饭，几个大汉突然闯进监狱，把志新五花大绑，推上囚车。为了防止志新抗议、申辩，他们把泡沫塑料塞进她的嘴里，又用透明指纹胶把嘴糊上。

几辆囚车向市郊牛官屯刑场驶去。

志新是在第二辆车上，头一辆车上押的是两个男犯。

见此情景，志新心里明白了，生命就要结束了，但她十分安然，只是略感遗憾。走得太匆忙了，没能向同屋的难友们告别，也没来得及把书籍遗物分赠给她们留作纪念。

志新坦然地望着茫茫大地，挺起腰杆，昂着头，风儿吹拂着她的短发，她是那样庄重安详。

囚车停下了。两个男犯被拖下汽车。

枪声响了，两个男犯被击毙。志新没有被拖下车。原来她是被带来陪绑的，企图以此威吓这个坚贞不屈的共产党员。然而，他们失算了，以小人之心，度君子之腹，"民不畏死，奈何以死惧之"？他们永远也不能理解英雄的精神世界，不明白她何以这样坚定，这样视死如归。

志新有着强烈的爱，也有着强烈的恨，正是这爱和恨的土壤使她获得压倒一切敌人而绝不被敌人所压倒的力量。她凝视着地上的两摊鲜血，嘴角浮现出一丝冷笑。在那淡红的血泊中，她看到了黎明的曙光，在那震耳的枪声里，她听到了死神在猛烈地敲打着江青一伙的窗棂。

四

志新被捕后，看守所、法院进行了多次提审。每次她都是理妆整容，从容地步入审判庭，审判员指令她坐下，她不坐，不让她坐时，她却坐下来，好像在家里一样安然自如。每一次她都郑重申明：我没有罪，我不是罪犯，你不可以用对待罪犯的口气同我说话。审判员几次审问，她都拒绝回答。没有办法，只好改用谈感想的方式提审。下面就是这种感想式提审的部分记录：

> 问：到这儿来以后，有什么想法？对个人问题怎样认识？
>
> 答：九月二十四日批斗后逮捕了我，我没有构成犯罪，我想不通。
>
> 问：你始终不认罪，劲儿到底憋在哪里？
>
> 答：我说的都是事实，是真理。我没有向任何人乱讲，包括我的爱人。我是按照组织原则向党讲心里话，这是一个共产党员起码的权利，怎么会是犯罪？

谈来谈去，审判员得出了如下结论："张志新纯属思想问题，构不成犯罪，无法判刑。”“上头”听了这个结论，大为恼火，认为这是惊人的“反改造”，说这位审判员严重“右倾”，撤离了岗位，派了新的审判员。

前车之覆，后车之鉴。新的审判员一上来就声色俱厉地质问志新：“你为什么这样嚣张地攻击林×××？”

“这是我的看法，这不是反革命行为。”

“反对林×××就是反党、反社会主义！”

“我哪一条是反对社会主义？你回答我！”

审判员在志新的严厉质问下张口结舌了，他强作镇静，牛头不对马嘴地叫着：“你犯了攻击伟大的中国共产党的罪行！”

“我不是攻击党，我是一个共产党员，是党培养我参军、上大学，我怎么会反党？一个共产党员提出自己的看法是符合党的原则的！”

“你拒不认罪，要考虑个人前途！”

“离开党，谈不上个人前途！我没什么考虑的！你还有什么话要说？”审判员的气势被志新的厉声质问压下去了，审判庭内再一次出现审判审判者的尴尬局面。审判员只好草草收场，他无力地说：“回去吧，写一份认罪书交上来。”志新略加思考之后，毅然地回答说：“好吧，我会交给你一份认罪书的！”

夜幕降临了。志新站在铁窗下望着监狱外高远的夜空，耳边响着哗啦啦的镣铐声和时高时低的哭声。她心潮起伏，泪湿前胸，想到国家的命运，想到江青一伙的卑鄙行径，也想到提审时的情景，她奋笔疾书，写下了《谁之罪》这首悲壮的诗篇：

在漫长的岁月里，
在尖锐的斗争中，
夺去党的具体领导，
她可知怎么行？
呼唤没回应，
喉干泪水尽，
在战友的带领下，
她锻炼成长，
红心献革命，
永不忘誓言！
为真理而奋斗，誓死捍卫党。
今天来问罪，

谁应是领罪的人？
今天来问罪，
我是无罪的人！

写完了诗，大家劝她吃一点东西，她摇摇头，在囚室内来回踱着步子。听着脚下镣声锵锵，她为《谁之罪》谱了曲。先是轻声哼唱，继而引吭高歌：

"今天来问罪，谁应是领罪的人？！今天来问罪，我是无罪的人！"

悲壮有力的歌声穿过牢笼震响在辽阔的夜空，有几个难友也跟着唱起来。真理是囚不住的，人心是锁不住的，歌声是关不住的！志新望着难友们，心情非常激动，她从几年来的实践中预感到，埋葬那些王八蛋的日子不会太远了，她鼓励难友们要勇敢地坚持下去，用斗争去赢得胜利！

这一夜，志新通宵未眠。十天之后，她交出了一份长达万言的"认罪书"：

……在这段时间里，我进行了学习和考虑，坦率地讲，没有解决认罪问题，具体地说，就是立场观点不变，态度如前，更坚定了自己的信念……

高举着真理的火炬，走自己的路，让人家去说吧！想要革命吗？你就应该是强者——这就是一个共产党员的宣言！

这是捧向党的炽热的心，这是讨伐林彪、"四人帮"的锋利的剑！哪一个革命者读了这份"认罪书"不慨然泪下！只要还有一点共产党员气味，谁忍心对她再施酷刑？当这份"认罪书"放在审判员桌上时，他的思想展开了激烈的斗争。他的良心受到了责备，反复量刑只能从轻，而他的私心又在作祟，鼓动他狠反"右倾"。良心和私心谈判的结果，决定判十五年徒刑。

省里主管政保的一位"大人物"听到这个决定，再一次大发雷霆：这是首长过问的大案要案，怎么能判得这样轻？你们只会死抠条条框框，不理解领导的意图。他亲自阅卷，亲自审问。志新再一次受到提审，她已预料到事情的严重，从容不迫地来到"大人物"面前，抢先厉声质问：

"你叫什么名字？"

"我叫××！"

"你受谁的指派？"

"我……"

"大人物"口吃了。

志新同志义正词严地揭穿了他们的阴谋,“大人物”威风扫地,理屈词穷,恼羞成怒地咆哮道:“张志新死不认罪,从严,从严,从严!”他推翻了地方法院的意见,判处志新无期徒刑!

志新心如火焚。她对着高窗铁栏忧愤地自语道:“真痛心啊,在我们的国家里,竟有人如此公开践踏法律,如此滥用无产阶级的专政机器!真理啊,你在哪里?”

虽然判处了无期徒刑,但志新从不承认是犯人。在她写的所有材料里,都把犯人二字加了引号。有一天,志新在车间劳动,她负责扎鞋口这道工序。管教员训话时说:“你们每天的定额是一千二百双,争取多干,立功赎罪。”

下午三点钟,管教员发现志新的机器停了,她正静静地坐在那里休息。管教员气极了,大声申斥道:“张犯志新,你怎么停了机器?”张志新连理也不理,还静静地坐着。管教员闯到她面前又喊了一遍:“张犯志新,你怎么停了机器?”志新从容地回答说:“我是共产党员张志新,不是犯人!我做完了一千二百双,那是给国家创造的财富。你说多做是立功赎罪,我没有罪,一双也不多做。”

管教员气得没有办法,就去清点鞋帮数目,想找个碴治治志新,可是数来数去,刚好一千二百双,也只好作罢。

志新的申诉石沉大海,她已意识到,在这血雨腥风的日子里,冤狱遍中国,冤案堆如山,千千万万的革命者在经受着诬陷的痛苦、监禁的磨难、杀头的危险。但是啊,那过多的冤狱不就是过多的火山!地下的火正在沉默中孕育着天翻地覆的明天。志新知道,为了冲破黎明前的黑暗,要流更多的血,付出更大的代价。她为此牺牲心甘情愿!

一九七〇年十月二十六日,志新从盘山被转押到沈阳监狱。像战士调防一样,她勇猛地跨进新的战场,迎接新的斗争、考验……

五

谁人没有骨肉?哪个没有亲人?志新也有一个温暖的家,一张全家照片一直带在她身边。入监那天,她要求带着这张照片,遭到了无理的拒绝。身边虽然没有了照片,但亲人的面孔时刻浮现在她的眼前。她常常向难友们叨念:爱人曾真太老实,胃病很重,家里担子都压在他肩上了,我心里很不安。说到这,志新总是皱着眉,沉默地把爱人惦念。过了一会儿,却又满脸带笑地夸奖她的一对儿女,说女儿林林多么可爱,五岁就学会了弹怀琴。儿子彤彤聪明伶俐,三岁就能随着收音机的乐曲自编舞蹈动作,那天真的样子,真是笑死人,又逗死人。每当说到这里,她就幸福地闭上双眼，于是高墙和铁窗立即消失了，就这样长时间在回忆着过去。当她再次睁开眼睛时，总是对难友说：刚才我看到彤彤、林林了……泪水在眼眶里转。

志新想起了临来干校时的情景，那时，她背着行李，提着旅行袋。爱人抱着儿子，女儿紧靠在妈妈身边。走了一程又一程，谁也不愿先说“再见”。林林已经长得齐肩高，像个大姑娘了，志新望着女儿苗条的身影，轻轻地皱了皱眉。父母都上干校了，社会秩序这么乱，丢下一个十三岁的女孩子，当母亲的怎能放心？她搂着林林的肩头，轻声地嘱咐了些女孩家该注意的事情。说完了，又抱过三岁的小儿子亲了亲。临了，对林林说：“妈妈走了，你要好好学习，有什么事就去找张大娘。再见吧！”说罢加大步伐向前走去，走了一段路，又站下来，回过头，望着正在招手的一双儿女。

她走了，身后传来林林甜脆的声音：“妈妈早点回来呀，早点回来呀！”

整整一年之后，志新回来了，她是戴着手铐回来的。几个公安人员押着她。当她迈进那熟悉的家门时，心情十分矛盾。她想象着突然打开房门的情景。儿子一定不认得妈妈，会瞪大眼睛问，哪来这么个犯人？懂事的林林会怎样呢？她会扑上来，抱着大腿哭叫着，妈妈，妈妈，你是怎么了？警察叔叔，你们是最爱人民的，我小时候走迷了路，不是你们送我回的家吗？你们抓错了人？为什么要抓妈妈？为什么？为什么呀？

志新推开门，屋子里空空的，没有彤彤，也没有林林，孩子们啊，你们都在哪？为什么不来看妈妈？

抄完家了，林林和彤彤还是没回来！

走出楼门了，楼门口有一大群孩子，还是没有彤彤和林林。志新明白了，一定是好心的张大嫂怕吓坏了孩子，把林林和彤彤哄在她家里了。志新的眼睛湿润了。

志新被押上吉普车，车轮转动了，志新紧扒着小玻璃窗，向外边望着。车后跑来一个小孩，那不是我的小林林？林林在车后面追赶着。她已听到了林林的呼叫声：“妈妈——妈——你不能走啊，还我妈妈——”志新擦了擦眼睛，想看得更清楚一些，可是林林不见了，只有灰尘。

吉普车开出沈阳，开始猛烈地颠簸了。志新就在颠簸中闭上眼睛，回忆着可爱的林林……

林林五岁那年，妈妈就教她弹怀琴，她很快就能准确地弹出七个音符，妈妈夸奖她，又教她弹曲子。第一支曲子就是《东方红》，妈妈在女儿幼小的心田上，播下了对伟大领袖毛主席的爱的种子。记得有一次，妈妈带林林去看歌剧《江姐》，林林看到台上反动派的狰狞面目很害怕，把头偎在妈妈怀里，妈妈亲昵地扶起孩子的头，说："不要怕，反动派没什么可怕的，你看，他们很快就要完蛋了，坚强起来，孩子！"林林似乎懂得了妈妈的意思，就昂起头，眼睛盯着台上，一眨不眨地看。林林问妈妈："妈妈，什么叫烈士？"妈妈说："烈士是好人，最好最好的人……"林林说："我懂了，烈士是最好最好的人，江姐是烈士，妈妈也是烈士……"

想到这，志新更加惦记林林，她想，回到监狱第一件事就是写一封信……

一九七一年夏末秋初的一天，身着绿装的邮递员带着志新从狱中寄出的一封信，走进省委宿舍新六楼。他举着信喊道："曾真同志——曾真——"没有回音。又到二楼、三楼继续呼叫："曾真同志——曾真——"还是没有回音。一个男孩子把邮递员领到志新住处的门口，邮递员敲开门，得到的回答是：这不是曾真的家，他是反属，早已赶下乡了。邮递员问："到什么地方去了？"回答是：不知道。邮递员为难了："这封信可怎么投递呢？曾真啊，你在哪里？你在哪里？"

志新怎么会想到，她投出一封"写错了地址"的信，她的爱人曾真拉着十几岁的女儿，背着不懂事的儿子，被赶出了沈阳，来到辽西最偏远的一个小山村插队落户了。志新怎么会知道，亲人曾真由于生活的艰难和精神的折磨，几乎丧了命，一个月里动了三次手术。后来，因为顶着"反属"帽子被赶出疗养院大门。志新怎么会知道，女儿小林林在"反属"帽子的压力下，十几岁的孩子过早地成熟了，学会了看别人的眼色。她写了几十份入团申请书，批了几十次"反革命"妈妈，还是入不了团。志新怎么会知道，儿子彤彤考沈阳音乐学院少年班，初试已经合格，却被取消了复试权。志新怎么会知道，曾真的心有多难，他几次想去探监，一怕重犯不让见，二怕给孩子带来麻烦，被说成划不清界限。这个大老实人被逼得走投无路，才下决心提出离婚，用处理志新衣物为理由赶到沈阳监狱，要求同亲人会面，可是，还是被无理拒绝了。曾真长久地呆立在监狱的高墙下，真是望眼欲穿啊！然而，志新什么也不知道，她只知道寄出的家信给打回来了，没有收到回信，却收到了建昌县法院发来的离婚判决书。

一张薄纸，重如千斤，压碎了志新的心。她双手捧着判决书，简直不敢相信自己的眼睛。从跨进监狱大门那天起，她就做好了一切思想准备：清苦的生活、繁重的劳动、精神的侮辱、肉体的摧残，她准备在高墙里度过后半生，也准备随时为真理献出生命。但是啊，她从来没有想到离婚。这沉重的一击来得太突然，她几乎难以支撑。她多想推倒高墙，冲到亲人的身旁，当面问一问爱人："曾真啊，难道你真……"她要搂住林林，抱紧彤彤，"孩子啊，你们不能没有母亲！"可是，怎能埋怨爱人？又怎能埋怨孩子们？是谁夺走了亲人？千罪万孽来自祸国殃民的林彪、江青。

林彪、江青一伙，为了扑灭真理的火炬，不知残杀了多少人。可是啊，生离死别更狠毒，夺走母亲的孩子甚于杀死母亲，他们企图用这样残酷的手段，降服高举真理火炬的人。

志新流着泪对难友说，世界上母亲千万个，哪一个没有慈母心？难道唯有我张志新的心最毒狠？不，凡是了解我的人，都不可能得出这样的结论。

罗马城鲜花广场的烈火在她的眼前跳跃，江姐临刑前的高大形象在她的眼前出现了。真理的火炬映照着志新，她全身沐浴着真理的金光。

志新擦干了泪，把手里的判决书撕成条条，又把条条扯成碎片，丢在地上，踩在脚下，理理短发，就坐下读毛选。她一边读，一边做着笔记，写下了如下的话：

"一个共产党员，应该是襟怀坦白，忠实积极，以革命利益为第一生命，以个人利益服从革命利益，无论何时何地，坚持正确原则，同一切不正确的思想和行为做不疲倦的斗争。

"两个家庭加起来二十一个人，就是都抛掉了又有什么了不起？为了追求真理，这一切都可以抛开，生活本来就不是这么个小圈圈。现在好了，一身轻，无牵无挂，斗争到底！"

六

一九七五年春天，慷慨的大自然照例用红花绿叶装点了烟雾蒙蒙的沈阳城。第一朵柳桃花在街头悄悄地绽开了粉红色的花瓣。然而，人们无心赏花，因为心中已没有了花，没有了花的春天。

在这无花的春天里，"四人帮"加快了篡党夺权的步伐。"四人帮"在辽宁的死党，动用专政工具，开始了血腥的大搜捕、大镇压。无数革命老干部、革命群众被专政，被"办班"，被投进监牢。志新所住的牢房里，"现行反革命犯"在急剧增加。

志新望着身边的那个辽西来的姑娘，刚满三十岁，已经有了十年狱龄，监狱吞掉了她人生中最可贵的青春。她是怎样被捕的呢？原来，十年前，讨厌的派性斗争使她厌倦了，有一天，她心情很烦躁，拿着笔在报纸上信笔乱写，她也不知道写了些什么。一个善于观察"阶级斗争新动向"的人把这张报纸拿去，做了一番考究。画了各种形状的圈圈，有鸭蛋形的，有烙饼形的，有鸡肠子形的。一共画了二十四个圈圈，圈出二十四条"反动"标语。证据确凿，铁证如山，有口难辩。她被抓进大牢，判了十五年徒刑。志新转过头，望着紧靠山墙的那个四十多岁的妇女。她来自辽南，现在正望着铁窗低低哭泣。她是那么朴实、厚道，有话不会说，有冤不会喊，这个“罪大恶极”的“现行反革命”，只因为做鞋打袼褙用的旧报纸上有一张像，被判了有期徒刑十年。

志新的眼睛里突然流出热泪，她望着对面床铺上一个空荡荡的床位，那是老干部陈钧同志，因为怀疑、反对江青，被打成“现行反革命”，这位原东北局的老处长受到大家的热爱和尊敬。她身患严重高血压、心脏病，志新曾多次半夜起来，守护在陈钧床边，倒水喂药。可是，再也看不到她了，她被活活折磨死了。

监狱是政治斗争的风雨表，“现行反革命”塞满监狱，说明斗争到了决战的时刻，邪恶势力已处于风雨飘摇之中。志新同志手扶铁栏，笑望着火红的太阳，充满了必胜的信心。她抓紧一切时机，无情地揭露、批判江青一伙的反党罪行。

斗争到了关键时刻，祖国正处在黎明前的黑暗。张春桥叫嚣要“杀人”，“四人帮”在辽宁的死党积极照办。他穷凶极恶地说：“张志新死心塌地，活一天和我们干一天，杀了算了。”下令法院办理加刑手续。

四月三日，志新再一次以审判者的气势出现在法庭上，进行了最后一次斗争。经过简单的几句对答之后，志新不等再问，便慷慨激昂地发表了演说，她以法庭为战场，有力地揭露了“四人帮”反党反人民的罪行。她说：“我是一个共产党员，不过说了个共产党员该说的话，我的观点起之有因，立之有据，坚持不改有理！”

第一个审判员被顶下了台，第二个上来了，又哑口无言。审判只好草草收场。法院要志新签字，志新已经看穿了这次审判的卑鄙目的，要求看记录，遭到了无理拒绝。志新抗议道：“不给看记录是非法的，我拒绝签字！送我回监！”

为了杀害英雄，他们竟明目张胆地践踏法律，以这份没有签字的提审记录为根据，改判张志新同志死刑！按照法律程序，判死刑后，应有十二天上诉期，可是，他们杀人心切，第二天上午就执行了。

四月四日，当属于英雄的最后一个黎明来到时，管教员问志新：“你还有什么话要说?”志新坦然地说：“我是一个共产党员，我的观点至死不变！”这就是英雄留下的最后一句话，千古不朽的“正气歌”。

从一九六九年九月二十四日被捕，到一九七五年四月四日英勇就义，志新同志同人民的敌人针锋相对地斗争了二千一百个日夜。没有一刻松懈过斗志，没有一天不奋笔疾书，慷慨陈词。敌人用泡沫塑料没有堵住她的喉咙，用透明指纹胶没有封住她的嘴，用株连、陪决没有削弱她的斗志。敌人害怕了，颤抖了。害怕志新同志在刑场上继续揭露他们的罪行，竟毫无人性地切断了喉管，剥夺了她说话的权利。

志新同志无声地倒下去了。在给烈士遗体拍照时，他们用一条黑布缠在烈士的脖子上。但是，一指黑纱怎能掩盖得了反党反人民的滔天罪行！历史是公正无私的，企图涂抹历史的人，终究逃不脱历史的审判！

伟大的爱国诗人屈原临终前曾引吭高歌："虽体解吾犹未变兮，岂余心之可惩?"但是，残暴的奴隶主比起"四人帮"到底仁慈得多，屈原终于没有被肢解，清清的汨罗江保存了他的完美躯体，而张志新烈士的遗体却在被肢解之后，不知丢弃到什么地方了。

七

志新的老妈妈，一个年近八十的爱国知识分子，听到女儿的噩耗后，悲痛欲绝，放声大哭。刚哭了几声，就用强力克制住了，对女儿志勤说："你到隔壁邻家去一下，要是问我为什么哭，就说你姐姐病死了，她，病，死了……"老人家怕别人知道是"反属"，给活着的儿女带来更多的非难。她哽哽咽咽挥笔写道："我的女儿是刘胡兰，是韩英，绝不是反革命！不看到这样的结论，我死不瞑目！"

老人家的夙愿终于实现了。历史还了她女儿的本来面目。一九七九年三月三十一日，中共辽宁省委召开了为革命烈士张志新同志平反昭雪大会，追认张志新同志为革命烈士，称誉她是中国共产党的优秀党员，中华民族的优秀儿女，号召全省共产党员和人民群众向她学习。

四月四日，在志新殉难四周年的这一天，辽宁省委宣传部召开了张志新同志的追悼大会。林林、彤彤捧着妈妈的没有骨灰的骨灰盒，在宣传部领导同志的护送下，送往革命公墓安放。

在召开追悼会的这天晚上，曾真同志带着林林、彤彤和从北京赶来参加平反大会的烈士的两个妹妹围坐在一起，颂扬着党中央的恩情，回忆着烈士光辉的一生。志勤问："姐姐牺牲前没有留下什么遗书吗?"曾真说，留下了一封信，曾真把一封烈士的遗书双手捧给志勤，志勤急速地读下去：

曾真：

结婚十四年，我们生下了一男一女，我没有也无力完成自己的义务，希望你很好地抚养下一代，对林林要耐心，女孩子每长一年，事就更多，要很好地爱护她，叫她不要早婚。妈妈对不起他们，过去自己修养不好，打骂过孩子，让他们别往心里去。要好好学习，锻炼身体。要改正"没有坚持精神"缺点。让林林好好照看小弟弟。不要伤心，要坚强！

那一百元钱是我平时节俭积攒起来的，打算为父母办理丧事用。请把钱寄给我母亲，这也是最后一次孝敬！我没给父母写信，你也不要把我的事告诉他们，免得受刺激犯病。你平时要多注意身体，为了革命，多照顾自己吧。如果你照看不了孩子，可写信和母亲商量，把孩子放到天津。我不在了，担子都是你的了。对孩子要耐心，我对不起你！

一个人不管是生或死，只要是为了革命就是有意义的。我懂得了革命，决心要为革命贡献一切！真正的革命事业永远是兴旺的，蒸蒸日上的。我愿为美好的未来添点土，出点力，但有没有这种可能，看来不由我决定了！

中国共产党万岁！

伟大的祖国万岁！

毛主席万岁！

这封信是一九六九年一月九日晚写的，但是没有寄出来，被非法扣押，作为志新的反革命罪证装入档案。同时，又复制了一份，并在信的末尾写上“这是现行反革命分子张志新写给曾真的信”，作为曾真的罪证塞进曾真的档案里。

曾真同志百感交集，在信上“这是现行反革命分子张志新写给曾真的信”的后面，写了下面的话：

我在经过了十年又七十一天的漫长岁月之后，终于收到了这封永诀的信……

（原载《鸭绿江》1979 年第 5 期）

船　长

柯　岩

Master,直译是船长或主人。那么,对他,贝汉廷,怎样译更确切呢?

我站在“汉川号”的驾驶台甲板上凭栏远眺,深深地思索着。海风迎面扑来,新鲜而又湿润。远处,是神秘莫测的大海;近处,海鸥在我的脚下飞翔……

刚才,在和海员们的谈话中,有什么搅动了我的心,为了掩饰我的泪水,我才离开船舱。但现在,在这蓝天与大海之间,我仍然不能平静,思绪的波涛追逐着海水,去得很远很远……

不知怎么,我一下子离开主题,忽然想起二十多年前我给小读者写的一首诗,告诉他们什么叫作海员。

我不禁噙泪而笑了。那时我是那样年轻,在生活的海洋里几乎未经沉浮,我懂得海员吗?那时的小读者今天应该也是三十多岁的人了,他们怕也有自己的孩子了。经历过十多年的狂飙巨浪,他们还像儿时那样天真地向往海洋吗?天真,也许是消失了,但向往——还应该向往。那么,就让我再给他们讲一个海员的故事吧!

讲一个海员,一个水手,一个船长,一个master的真实的故事吧……

汉堡港的变奏

汉堡港是美丽的。岸上,一幢幢红色和黄色的建筑物;港口,碧蓝的海水翻卷着银白的浪花……

汉堡港是忙碌的。每天来来往往,穿梭着各国的船舶,码头上吊杆起落……但工人的脚步是稳重的,德国人原是出名的有秩序。一百多年来,汉堡港早就形成了自己的节奏——有条不紊,按部就班,寓丰富于单纯,多变化而又精密……就像成熟的乐队演奏熟悉的乐曲。

但,有一次,汉堡港竟改变了它正常的节奏:港口、码头、装卸公司、服务公司频繁来往,电话不断;货主、代理、大小工头、理货组长和工人们都激动不已,甚至连正好停泊在港口、有尊严而又自信的十几个老船长也打破常规,开了一条小艇,集体下海去了。

是什么引起了这骚动呢？台风吗？惊涛骇浪吗？都不是。一百多年的港口了，任何风浪都改变不了它的节奏。

使得汉堡港变奏的，说也奇怪，是一条船，就是中国远洋公司上海分公司的这艘远洋货轮——“汉川号”。

码头上人头攒动，指指点点，“汉川”“汉川”之声不绝。有的人还特地带了老婆孩子来参观，说是让他们见见世面。明媚的阳光，彩色的裙衫，童声稚气的欢笑，一下子使得汉堡港这支一百多年的古曲，焕发出青春的明丽，奏出了奇异而动人的旋律。

这是 1978 年 4 月的一个星期天。

故事却要从 3 月说起……

3 月 21 日，“汉川号”在驶欧途中接到公司电报，返航时在汉堡港装运天津化纤厂成套设备，国内急用！

但抵港之后，港口却给安排了一些杂货。原来代理认为中国船根本运不了这套设备，因为这套设备极不规则，很多都是超长、超高、超重件，且又贵重，其中任何一个部件有任何一点损坏或漏运，都会误工误时，造成严重损失。何况按照惯例，港口从来都把贵重的成套设备交给他们认为工效最高的德国船运。当然，这些话并未直说，说的是：“这套设备任何一条船也装不下，‘汉川号’尽可以运别的货嘛。”

但是，以贝汉廷为首的“汉川号”还认准了非装这批货不可！理由嘛：一是国内急需；二是成套设备运输费高；三是你外国人能做的，我们中国人就也能做，凭什么小看人！当然，这话也没直说，说的是：“谢谢你们的好意，但是我们可以一船装走。我们行！”

行不行，这可不像国内搞大批判、揪“走资派”那么容易。只要戴上袖章，抢过话筒，哇里哇啦喊一通，谁帽子大、上纲高，谁就胜利。这可是国际港口，面对的都是专家，一张嘴就知道你有多少斤两，空话、大话引来的只有讪笑。何况这是航海，是科学，大海可不是被剥夺了一切权利的“走资派”，大海是要发言的，稍有一点儿不实事求是，不科学，它就要惩罚你！就会让你船覆货沉，葬身鱼腹。因此，这个“行”字可是一字千金，开不得半点儿玩笑！

贝汉廷是有名的老船长了，他坚持说“行”，外国人也不得不掂量掂量，于是一伸手说：“拿来！”“什么？”“配载图。”贝汉廷微笑着摊开了图纸。行家搭眼一看就愣住了，不由得脱口说了一个“好”！

这是一幅何等详尽的配载图啊！图上布满了密密麻麻的图形和数字，成千上万个部件，不仅各有各的装载部位，而且件件有尺码，有重量，有体积，件件有标号。

可怎么有几件甲板货高出了船舱，伸出了船舷？这可是不安全的吧？……

谁知贝汉廷笑嘻嘻地说出了到达、离港及航行中最佳、最差稳心的全部计算数据，同时还分析了4月的沿途气候：英吉利海峡怎样，直布罗陀海峡如何；比斯开湾及北大西洋的冬季风暴已过，地中海也如此；印度洋虽长期平均六七级风，但此刻西南季风盛行的季节还未开始……沿途均属无风暴间隙，正是一年里航海的黄金季节。当然，也可能出现最坏情况，那就是印度洋阿拉伯海南部东经60度以东提前开始西南季风，可能出现八九级大风，那也没关系，我们可以采取改变航向、变更航速、减轻正面迎风及开慢车等一系列技术措施嘛！

好一个贝汉廷！这哪里是什么配载图及其注释，简直是一份科学报告！德国人不由得伸出手拍着贝汉廷的肩说："祝贺你有个好大副。"贝汉廷彬彬有礼地躬了一下身说："谢谢。"

德国人哪里想得到，这张配载图早已超出了大副的业务范围，它是船长、政委、大副和所有技术力量27个不眠之夜的结晶。是他们，利用卸货期每天拿着尺子跑码头，将货物一件件量了过来，并根据船舱甲板所有部位的不同形状、结构及负荷，经过反复的核算和排列，求出了这种最合理的配载方案。

那些日子里，全船像要参加国际棋赛一样，把货舱、甲板的布置图纸(1∶100)贴在木板上，把货物按比例缩小做成硬纸模型，反复组合，这盘特殊的"棋"足足对弈了几百次……

代理不知道，但他被科学说服了，于是开始装货。

一号工头吉亚特是个有几十年工龄的行家里手，两撇小胡子，矮小而精明，极有本事又看不起中国人。"汉川号"的大副根本指挥不动他。

在装第三舱时，吉亚特自作主张将其中两个大件不按配载图装。贝汉廷接到报告后匆匆赶到现场与他理论时，工头满不在乎地拍着胸脯说："我有把握！"

贝汉廷再三劝阻他："这样你会被动的。"

吉亚特翘着小胡子说："我从来没有被动过。"

"如果最后装不下，由你重装，误工误期一切损失由你负责。"

"那是自然。"吉亚特说。

一天过去了，两天过去了，第三天吉亚特满头大汗地来找贝汉廷：果然，一个16米的大件放不下去了，硬放下去也关不上舱盖，而不关舱盖是不能启航的，何况舱盖上早已计划好了配载别的货物呢！贝汉廷早已有话在先，这一下，骄傲的工头可卡了壳啦！支部动员了全船的技术力量，重新修正部分配载，在中德两国工人的共同努力下，最后把一个大件的包装木箱锯掉了一个角，用四个铲车斜着铲了进去，稳稳当当地盖上了舱盖。在场的工人都拍手称好，大叫“精彩”。小胡子吉亚特摊开双手，耸了耸肩说：“太奇妙了！这些货简直是按你们船舱的尺码定做的！”从此他客气得不得了，工人装货尺寸稍有出入，他立即纠正说：“不，不，请按配载图！”

货装妥了。代理等人纷纷上船祝贺，一致说：“像这样的货，我们德国有经验的老水手也绑不好，何况贵船海员多是新手。这么娇贵的货，弄坏一件可不得了哇！这船货，你们公司发财了，光运费就200多万外汇。花几个绑扎费也值得。”

但是，“汉川号”仍然决定自己来绑扎：一是自己绑的货心中有数，便于途中检查；二是我国远洋事业在飞速发展，正好借此锤炼海员；三呢，绑扎费用要好几万马克，船员们舍不得。于是一场绑扎大战开始了。

有的同志背拉着50多米的钢丝绳爬上了6米高的圆锅炉；有的钻到货物下面仰身安装克莱姆；有的在装得满满的、侧身难行的货物间来回运送绑扎材料；有的用墨线一一记下货物位置，以便在风浪中随时检查有无移位……手勒肿了，不哼一声；人累瘦了，不肯休息；年轻的小泮磕掉了门牙也在所不惜。这一切的一切，都是为了在“四化”的储蓄罐里投下一枚枚外汇！

绑扎前验货师曾再三威胁说：绑扎不合格绝不发证书。第一天，贝船长陪他检验一遭，共同找出了几处毛病，他摇了摇头，大不以为然。但是，从第二天起，他就再也找不出毛病了。第三天，他竟然未等绑扎完毕就开来了检货证明，并且声称他已不必再到船上来了，因为贝船长的要求比他更严格。他说：“这样的绑法在海上船摇三四十度也不会出问题，我相信我的眼睛。”

“汉川号”就是这样引起了汉堡港的变奏，为我国的海员，为我们的祖国争得了荣誉。

于是就来到了4月的那个明媚的星期天。在妇女和孩子的欢呼声中，那个交通小艇坐得满满的，绕着“汉川号”转，为的是让行家的眼睛记下“汉川号”甲板配载的各个角度。他们不断地发出赞叹之声，好像着迷的观众围在舞台四周对心爱的艺术家喝彩一样。

而引起如此轰动的“汉川号”船长贝汉廷不但没有频频谢幕，反而连面也没露，他满头大汗地躲在船舱里和政委、大副们一起商量怎样婉谢一定要上船拍照的报社和电视台的记者。

“今天想起来，是多么愚蠢啊！拒绝人家给我们免费宣传。”贝汉廷笑着对我说,“可那会儿,思想就是没解放嘛! 当然,后来在我们离港时,他们还是从雷达站上进行了拍照,而且登在报上说:‘这是汉堡港一百多年没有过的……’”

他挥挥手,不肯说那些赞美之词,怎么也不肯。

从南市来的孩子

人们说:搞远洋航行的人,应该像大海一样渊博,应该既是航海家,又是科学家,还是艺术家……

在没有见到贝汉廷时,我曾猜测过他的相貌。见了面之后,我觉得他——也像,也不像。像,他确实有点科学家的味道,讲起话来有根有据,像计算机一样精确,又像水银一样灵敏。不像嘛,那么小小的个子,穿着一件破衬衫、一条短裤(据说要一直穿到下雪),待人彬彬有礼,哪里像个威严的船长呢!

我知道他受过很好的教育,是老交通大学航海系的学生,是我们最早的几艘远洋轮的船长之一,有很丰富的航海知识,能说很流利的英语,但他是怎样,又是为什么走向大海的呢?

“我生在上海,从小在南市长大。南市,晓得吗?”

南市吗? 晓得的。那是共和国成立前上海比较贫困的商业区。小商小贩很多,文化比较落后……随着他的叙述,我想起了那里泥泞的街道,狭窄的店铺,流里流气的白相人,还有衣衫褴褛、面有菜色的黄包车夫和苦力……

“我最小,哥哥姐姐都只上过一两年小学。后来哥哥做工了,他拼命要让我上学,为这,母亲十分不愿意呢! 小学毕业了,在南市就不得了啦,还要上中学! 亲戚朋友都没听说过。可是哥哥坚持,他后来在一个研究院工作,看见过科学家,他认定了科学和文化会给人光明。他一定要让我考中学,而且必须考有名的上海中学。”于是这个从南市来的瘦小而机灵的孩子就这样跨进了中学的大门。上海中学当时是大名鼎鼎的,来上学的多是书香门第和名流的子女。这些孩子学习基础好,文化素养高。小贝汉廷是多么惊奇地看着有的同学大笔一挥就写出那样优美的作文,老师拿来就在全班朗读。他又是那样羡慕那些数学动不动就拿 120 分、年年考第一的同学。但是他,贝汉廷,惊奇而不泄气,羡慕而不妒忌。因为哥哥告诉他:身边老有需要追赶的人,就好像道路上老有遥远的路标。它永远召唤你,提醒你——人,是有潜力的,有使你自己都惊奇的潜力呢! 于是,小贝汉廷一步步地追赶着,后来简直是奔跑起来了。

到了高中,学校分理、工、商科了。妈妈多么希望自己的小儿子能去学商啊!

上海中学的商科,各大写字间都抢着要呢。一个从南市来的孩子能坐进任何一个写字间都是难以想象的幸福啊！因为那就意味着温饱解决了。

但小贝汉廷又一次违背了母亲的意愿,毅然地选择了理科。因为奔跑得越快,视野就越开阔,知识给人以信心和力量。为什么飞机会飞、火车会跑？为什么瓦特要追求蒸汽机,哥伦布要寻找新大陆？为什么李斯特的《革命挽歌》那样悲怆,契诃夫的《海鸥》忧郁得那样令人窒息,而高尔基的《母亲》却又那样的有力？原来世界上除了老板和学徒、掠夺者和奴才之外还有一种人,这种人不断地追求光明,使人类摆脱愚昧,为生活插上彩色的翅膀,给历史创造奇迹……

世界因有这样的人而更加美好,人类因有这样的创造性劳动者而拉开了和低级动物的距离。小贝汉廷是多么希望也成为这样的人啊！既然生活还有另一个境界,他就要顽强地向那里迈步,拼了命也要飞跃到那里……

是的,生活和感情都是有不同的境界的,而攀登的每一步都要付出汗水、心血和力气。小贝汉廷那时是多么恨他的英文老师啊,每星期要背一课(不是读,而是背),那么一年就要背52课,真是头也背晕了。可是一年、两年、三年过去,等他能直接阅读莎士比亚和惠特曼时,生活在他面前又展示了一个多么瑰丽的天地……

而到了现在,当他能用流利的英语、法语在各个港口向外国友人表达中国人民的情意,同德国人谈歌德、贝多芬、舒曼,同俄国人谈契诃夫、托尔斯泰、柴可夫斯基,同英国人谈拜伦、莎上比亚,同意大利人谈帕格尼尼……看着那些外国人的脸由淡漠变得凝重,由凝重转成钦佩,这个从南市来的孩子是多么高兴、多么满意。这时他是多么感激他的老师,又多么怀念那些顽强攀登的艰辛岁月啊！

吐血的水手

俄国一代名将苏沃洛夫有一句名言:“不想当将军的士兵不是好士兵。”我们的船长贝汉廷有一句与他互为表里的大实话:“没有了水手的船长就不是船长。”

贝汉廷是尊重水手、懂得水手的。他也是从一个水手开始他的海上生活的。当他在东北那艘小泵泵船上实习时,他不但领略了东北零下四十摄氏度那凛冽的严寒,也深切感受到伟大祖国那彻骨的贫寒……

上海临近解放,这一百多个航海系的学生迅速分化了:有钱有势的去了美国等地。大部分穷学生在隆隆的炮声中最关心的一件事就是跑到外滩,看看可还有船,如果没有了船,他们可怎么办啊！

而外滩,那熟悉的、桅杆林立的外滩,果真是一片寂静。滔滔的流水映着空空的蓝天，国民党把所有的船都迫驶去运送“撤退”人员和物资，把不能行驶的船都炸沉了。

什么都没有留下啊，留下的只是毁灭性的灾难……

有的同学改了行，而贝汉廷上了东北这艘小泵泵船。

为什么叫泵泵船呢？因为一共不到一百吨，蒸汽机整天泵泵、泵泵地响着，一条小船上只有六个人，还是条漏水的船。每天吃的是咸菜、高粱米，却要日夜轮班用水泵把漏进来的水从船上抽出去。海上的风浪是颠簸的，贝汉廷先是吐食物，后是吐白沫，继而吐苦胆水，最后吐血，但他一边和同志们面对面地、一下一下啪嗒、啪嗒地压着水泵，一边吐了吃、吃了吐地延续着自己的生命，并把生命交给船……

“是日本人吧？”

大地回春，乍暖还寒。新中国大规模的建设开始了。贝汉廷开始到一艘大船上当实习二副了。船长是个老派的船长，十分严格，每天板着面孔，不苟言笑，穿一身笔挺的制服，右手捏着一副雪白的手套。无论多么大的风雪，见习生也只许站在驾驶台外巡视海面，不许拿望远镜，又不许漏掉一个目标，否则就骂得你狗血喷头。姿势嘛！必须按照条例，手绝对不许插在兜里。零下二十摄氏度也不许吗？是的，不许！零下三十摄氏度呢？也不许！

冬季里只穿一条单裤的贝汉廷有一次实在受不住啦，回头看看没人，刚悄悄把手放进兜里暖暖，后边啪的一脚就踢过来了。

“打人当然是不对的。”贝汉廷笑着说，“可我也真从他那里受到了严格的训练，学会了一丝不苟。”

俗话说“严师出高徒”，而严师也多半是爱高徒的。那个老船长从来没正眼看过贝汉廷一眼，但在挑选二副时，他点名要贝汉廷。他遭到了反对，但他力排众议：“贝汉廷。”又是一阵反对的浪潮。他却仍然是三个字：“贝汉廷！”

贝汉廷就这样当上了二副，然后就来到了广远公司，开始了远洋航行的那一天。

当船长的幸福贝汉廷今天已记不清了。他记得最清楚的却是当船长的痛苦，那就是：只要他在海外显示出一点文化教养和科学水平，外国人就要问他：“是日本人吧？”

有一次，在鹿特丹港，一个领港员因为船上一水是中国人而有意刁难，把舵令用英语说得又快又流利，贝汉廷就迎上去和他用英语对话。领港改用法语，贝汉廷也改用法语，然后有意识地用意大利语和西班牙语向领港员问话。

这个领港员回答不上来了，却说："你的一水不行。"

贝汉廷装没听见，他连说三次，贝汉廷火了，说："你怎么知道他不行？"

"反应太慢。"

"那是你没有必要地说得太快，舵令叫得不清楚。"

"我要求你换人。"

"他是我船上最好的水手。"

"中国人没一个操舵操得好的。"

"各国港口的领港员都说他好，只有你一个人说他不行。"

"我要求下船。"

"可以。三副！立即送他下去。拿来！"

"什么？"

"你的派司。我要在你的引水单上注明，你是一个不合格的引水员，不能给船舶提供良好的协作，从此以后不欢迎你到任何一条中国船上领港。我很遗憾，但看来只好如此了，派司，请！"

面对如此强硬的船长，那个领港员咕噜了几句，再也不响了。

船进了港口，贝汉廷签证了引水单，并没有加任何批注，那位傲慢的引水员十分感激；而那个被船长保护过来的一水，噙着泪水咬着牙，从此日夜念英文……

蓝色的梦

正当我国海员在全世界各个港口赢得尊敬，我国远洋事业蓬勃发展的时刻，"文化大革命"开始了。林彪、江青等人互相勾结，从文艺界杀出来，砸烂公检法之后，开始有步骤、有计划地在各条战线夺权。

贝汉廷在休假中突然被通知到广州集合。他以海员的速度按时到达，去接受新的任务。

但是，并没有任务，却让他进了学习班。

学习班都是熟人，我国开创远洋事业的不少老船长、老大副都来了。老朋友久别重逢，十分开心，各路兵马摩拳擦掌，准备大干一场。可是——笑容慢慢冻结在脸上了。怎么？走路要排队，吃饭也要排队，寄信要请假，说话还有人监督……军宣队宣布全面接管，难道变成了国民党俘虏？

唉！贝汉廷哪里知道，林彪、"四人帮"的革命理论就是：越是有功越要整，越是有成绩越是修正主义。他们所谓的革命就是要革革过命的人的命。

现在看来,真是比绕口令还绕口令!迷信、愚昧到了令人抬不起头的程度。但那时,贝汉廷也像中国大多数革命者一样,十分虔诚地检查自己的不足,俯首赎罪……

首先出来抵制的又是我们的总理。总理说:“如果我们开创远洋事业的骨干都修了,远洋事业的大好形势从哪里来的?”多么无可辩驳,多么义正词严!可是林彪、江青那一伙人哪里听总理的,总理正是他们要打倒的主要目标哩!

于是读语录,谈话;谈话,读语录;逼供,诱供;进隔离室,出隔离室……从追“拍照”到“送情报”,最后发展到追他“里通外国”。本来嘛,搞远洋运输的还能不里通外国?

但世界上的事就是这么不可思议,事物的规律就是这样不可抗拒,他们纲上得越高,贝汉廷就越轻松,到追查里通外国的什么“照片”时,他早已从晕眩到清醒,由虔诚而呼呼大睡起来了……

总理毕竟是他们夺权不可逾越的障碍。就像文艺界的大批骨干被总理保护下来送到部队农场“改造”一样,远洋事业的这批骨干也被保护下来,送到航道局看航标、挖河泥去了。

挖河泥,上海人叫“罱河泥”,贝汉廷和他的伙伴们带着流血的心和解除隔离的欣慰,看起航标,罱起河泥来……

贝汉廷毕竟是贝汉廷,在看航标罱河泥的小船上当三副,专管伙食事务,仍然年年被评为先进。

他从来没过过这样清闲的日子,用他爱人的话说:结婚二十年,在家的日子加起来一共不到两年。现在,每天开开单据,报报账,下了班就可以回家,骑着脚踏车,从路边上买点螃蟹鱼虾,晚上和妻子儿女一起听听音乐……

这在一般人看来是求之不得的幸福啊!可是,他哭了。这个从来没哭过的汉子,他哭了。

他哭了,不是因为邻居的眼色,这个从南市来的孩子从小见惯了各种各样冷漠和怀疑的眼色。

他哭了,不是因为路人的歧视,这个在各国港口为中国争取到荣誉的海员,有的是对付歧视的办法。

他哭了,不是因为亲人们——妻子儿女,特别是哥哥,那个一心一意支持他走上这条路的哥哥的质问。虽然他们疑虑的视线在他心上织起了灰色的和有罪的雾似的迷网……

但，他不是为这些哭的。他哭，是为了他的梦，他的蓝色的梦。

他是这样思念大海，他的梦也尽是蓝色的。当他坐在小船三副的办公桌前想起他的波涛汹涌的大海时，他心如刀绞。

他仍然喜欢独自在黄埔滩头倚栏沉思。每当他看见自己驾驶过的“桂林”“友好”“九江”号从他眼前驶过时，他的心狂跳，他像孩子一样大哭了。他感到它们是那么的漂亮，真是美极了。在他当它们船长的时候，他从来没像今天看它们那样感到漂亮。而今天，当他被活活地从它们身上撕开，目送着它们仪态万方地姗姗远去时，他怎能不泪如雨下……

他的泪水在羞辱的愤怒中干涸了。那是当他听见“四人帮”改朝换代后派出的有的船员竟在外国人面前把“twelve”说成“onetwo”的时候；是当他听说“四人帮”派出的“小兄弟”有失国体地在外国百货公司偷人一双袜子的时候；是知道那些打砸抢的“英雄”们竟在外国港口的垃圾箱里拾破烂的时候……

愤怒把泪水烧干了，但蓝色的梦依然是蓝色的。他怀着钢铁的意志，钢铁的决心，他要回到大海上去。他会回到大海上去的！于是他咬着牙在自己的航海笔记的扉页上写下“勤笔密思”四个字。他重新挺起了胸，点燃了深夜的灯，通宵达旦地啃起《海上保险》《国际海商法》《海上救助》和各种国际航运法规、各国港口资料来了……

伦敦港的友谊

“Who is the captain?”

“I’m the master.”

他果然回到了大海，但这已是一个新的贝汉廷。

如果说过去他只是一个业务熟练的船长，那么，今天他是一个满怀信心的主人。Master 的含意在十年政治风暴的锤炼中，重心有了令人欣喜的转移，而这双重含意在他身上竟是如此和谐、统一。

这里，我只想讲一个小故事，那就是——伦敦港的友谊。

有一次，“汉川号”配载 200 吨滑石粉到伦敦港卸货，途中收到了公司电报：伦敦港最近规定，不卸滑石粉。为什么？不知道，这是新规定。

公司远隔万里，可以不知道。但 200 吨滑石粉压在贝汉廷的冷藏舱盖上，舱里还有送到伦敦的各种冷冻货。滑石粉不让卸，别的货也取不出来，到前边中转，运费要超过货物本身的价值。贝汉廷决定，船仍直驶伦敦港。船一到港，他立即彬彬有礼地去拜访代理、卸货组长、工头、工人……摸清了不卸滑石粉的由来。原来是一个工人看报时偶然发现了一篇化学家署名的文章，分析滑石粉的结构，如此这般，这般如此，作用于人体，就要引起癌症。这个工人在他的工班一说，癌症，这还了得！几个工班一商议，向工会提出：从此不卸滑石粉。特别是中国的，因为包装不好，运输时又马虎，纸袋压得尽是裂缝，卸起来粉末飞扬，不要说卸，工人连手都不愿摸……

啊！原来如此！贝汉廷立即请代理到船上做客。畅叙别情，举杯问候夫人健康，谈英国绘画的新发展，从背诵莎士比亚的片段谈到流行的扭摆舞对青年的影响……谈得十分融洽。代理告别时说："在港口，有什么困难，只管找我。"贝汉廷长叹一声："困难是有哇，可不能告诉别人。"代理马上伸过手来，与贝汉廷紧握："绝不，到我为止。"

"我带来了滑石粉。"

"知道，不就200吨吗？"

"可我因为怕压坏，装在了冷藏舱盖上。"

"糟糕！这可怎么办？"

"我想和工头谈谈。"

"交情深吗？不深——这样吧，我先和工会的负责人谈谈，请他来看你。"

"我去拜访他！"

工会的负责人把头摇得像拨浪鼓一样："这是工人的权利，工会坚决支持。"

"别的港口都没这项规定呢！"

"本港对工人劳动保护特别注意。"

贝汉廷承认确实如此，并且列举了伦敦港工会的种种成绩。他是那样如数家珍，说得工会负责人心里热乎乎的，至于卸滑石粉的劳动保护吗，"汉川号"愿意提供一切条件，口罩、面具……工会负责人说："那么……也许……我试一试！"

贝汉廷说："只要先生愿意帮忙，一定成功。先生知道伦敦的商人为什么远程购买滑石粉吗？"

"为什么？"

"因为我国青岛出产的滑石粉质量好，包装也好。我又装在舱盖上，一点没有破裂……先生知道滑石粉是做什么的吗？是做化妆品的。香粉，脂粉，高级化妆品呀！贵国的妇女那么美丽，从古到今都擦粉，但她们是多么健康！"

工会负责人紧板的面孔开始有了一丝笑意。

"贵国亲友相会，都有接吻的习惯。算算，你们一天要接触多少香粉——多少滑石粉,而你们又是多么健康!”

“哈哈……”在场的人不由得都哈哈大笑了。

“那么,允许我去找工人们谈谈?”贝汉廷说。

“不,我去,还是我去好。”工会负责人匆匆走了。

贝汉廷提心吊胆地从窗口望着甲板,看见工会负责人到工人群中拍肩打膀地说着,说着……突然,从工人中爆发出那样舒心的大笑,他们简直笑得前仰后合了。贝汉廷这一颗心才落到了胸膛里。

代理对他跷起大拇指:“真行啊,Captain 贝!”

他说:“全靠你们老朋友。”

“为什么你还不高兴?”

“我还有事求你帮忙,又不好开口。”

“说!”

“我们还有好多艘船都载着滑石粉呢!”

代理双手齐摇:“就你这一船,我的脑袋差点没裂开。”

“但道理不是一样吗?”

“你何必管别人的船呢?”

“因为都挂着五星红旗呀!”

代理挠挠头:“那……我去试试。”

“一定成功,英国工人是最讲道理的。”

经过反复磋商,终于成功了。从此,凡是挂着五星红旗船上的滑石粉,只要包装不破,伦敦港一律管卸。

我在这里不想叙述因此每条船每个航次为国家节约了多少外汇,因为读者们比我算得更清楚,那是数以万计十万计……我只想说:十年的政治风浪怎样使贝汉廷完成了从一个船长到一个主人的飞跃。因为他时时想着我们的人民——在各条战线上的每个主人十年沉思的伟大力量。正是它,在推动他不断地向前,向前……

“邓小平式的船长”

中美建交,邓小平同志访问美国引起了巨大的轰动。

中美航线打通了。好钢用在刀刃上,公司把首航美国的任务交给了贝汉廷,把他调到“柳林海号”。

但在“汉川号”的航线上,几乎各个港口都打听 Captain 贝。有的转达港口的问候，有的诉说朋友的思念，有的跷起大拇指，有的说："你们中国的船长都像他就好了。"

"汉川号"实习船长、大副甄永祥同志告诉我：汉堡港的理货组长库克和装卸公司的威利先生干脆说贝汉廷是"邓小平式的船长"。

为什么库克先生们给他这样高的评价？只是因为邓小平首访美国，他首航美国的偶然机缘吗？当然不是！

大副和水手们津津有味地给我讲开了故事：

有一次，"汉川号"将到亚历山大港卸货。这个港口在苏伊士运河入口处，经常停泊着上百条等待泊位的各国船只，搞不好一等就得几十天。于是，贝汉廷在途中就接二连三地给港口代理打电话，以便让"汉川号"这三个字一再冲击所有有关人员的脑细胞，加深他们的印象。并且他翻检了自己记忆的仓库和笔记本，理清了这个港口必须打交道的一系列人物的姓名、年龄、脾气秉性、特殊爱好、办事方式……

抵港后，他就直奔港务局，拜访港务局长。他是那样熟悉地称呼着局长的名字，顺利地通过了门岗，又那样亲密地和港务局长谈着家常。当他最后提出要求快速装卸时，局长说："怎么这样急？你们中国人从来不在乎船期。"他说："谁说的？我们现在要搞四化，分秒必争哩！"港务局长像老朋友似的望着他笑。于是他熟练地和所有打交道的人交往着，尽快地办好一切手续，穿过各国彩色缤纷的泊船，用一句古话说："扬帆远航"了，节约了二十多天船期。多么灵活，闪电也似的进击，不像个船长，倒像个军事家。

同"汉川号"一起，我们从国外一共买了四条船。保修期间，发现冷藏舱上有"汗水"，浸湿了货物。贝船长拍下了现场的照片，又请各个港口的验货师签署了证明，还用油漆在船上标出了"汗水"的位置，要回厂求返修。

船厂工程师抱着几尺厚的设计资料翻给他看，满嘴数字、专用名词，就是不肯返修，并说已有两条船来过厂，他们在冷藏舱内侧打了200个洞，找不出问题，已签字同意不返修了。

贝汉廷说："请你看我的船。"

工程师说："你的船，绝缘体是举世无双的优质品。"

贝汉廷说："举世无双的优质品却搞出了前所罕见的'汗水'。"

工程师说："理论上找不出任何错误。"

贝汉廷说："实践上就是'汗水'浸坏了货物。"

工程师有成百上千条理论根据，但贝汉廷有一叠一叠的现实照片，证人签单。

工程师火了:“找不出理论根据,就是不给修,这是国际惯例做法,合同上规定的。”

贝汉廷也火了:“放下你那几尺厚的资料!我拼上几夜不睡也要查出根据来,你吓唬不住我!”

工程师像海水一样莫测高深,但是贝汉廷却像礁石一样坚硬,于是海水退潮了,留下了资料。

于是贝汉廷顽强地用血肉之躯去迎战冷冰冰的数据。这毕竟是专而又专的船舶冷藏业务啊!热学、力学、钢铁、绝缘……几十门学科。但血肉之躯也自有它的好处,那就是它有主观能动性。贝汉廷分析着各个不同的数据,寻找着规律,终于抓住了矛盾的牛鼻子。为什么在冷冻舱的各个部位绝缘体都是180毫米厚,而横梁部分的绝缘体只有90毫米?差距有一倍,这合理吗?贝汉廷一下子跳了起来,跑到冷藏舱实地对照,油漆的印痕条条排列。果然,“汗水”出在横梁部位……

把工程师请了回来,工程师先是点头后是摇头:“没想到啊!没想到问题出在这里!”

怎么办?返修呗!船厂工人连续开了几个夜班,加铺了一层绝缘体,加铺了一层甲板。

这条船修好了,其他的呢?工程师听也不要听。于是,贝汉廷去见总经理。

总经理说:“那两条船已经双方签过字,免修了。”

贝汉廷说:“但道理不是一样吗?”

总经理说:“你知道你这一条船返修用了我多少美金?上20万哩!”

“我很抱歉,”贝汉廷说,“我知道四条船索赔,工厂损失是很大的。但如果不修好,那三条船在全世界航行,等于给你的厂做活广告。那样,你的损失不就更大了吗?”

总经理先是摇头,后是点头,最后抬起头来打量这个个子小小的Captain贝,欣赏起这个好当家人来了。真是:第一流的头脑,外加一副铁腕,好一个铁腕人物啊!四条船冷藏舱设备返修共花了船厂72万美金哩!

水手们还十分钦佩地讲起了大吊的故事:

在意大利,好像是热那亚港,港口当时正好没岸吊。过去都是借用船上的大吊,喏,用就用呗!好像是已成惯例了。但贝汉廷反复研究各港口的资料,发现那是不合理的。

于是他向代理提出:应由货主付费。代理说:“过去都不付呀!”

贝汉廷说:“但那是不合理的。”

“为什么？”

“你想，买这条船时，大吊是船价的十分之一。用了我的大吊，使了我的人工，磨损了我的钢缆……难道不付费是合理的吗？”

“是不够合理。那好，我去和货主谈谈。”第二天代理来讲，货主同意了，因为他如不同意付大吊费，他就得到港口申请岸吊，同样得付费用，而且还得等着调配。

第一次大吊费拿到了，有好几万外汇呢！拿到之后，贝汉廷立刻要求以书面形式，将它作为制度固定下来。

拿到书面材料之后，贝汉廷代表公司和代理谈判，要求所有的中国船以后一律按此办理。

代理说：“你的船，我保证每次如此，但别的船……”

贝汉廷说：“道理不是一样的吗？”

谈判的结果，是拿到了港方的书面合同。贝汉廷立即把这份材料寄回上海，由公司报总公司，向世界其他港口交涉，一律照此办理。

多么精细，多么科学！完全是科学家的逻辑！然而又多么灵活，多么有办法，简直像个出色的外交家。

有一次……

还有一次……

可惜，无法在这里写下政委、大副、水手们向我讲述的所有的故事，我只能记下他们那钦佩的眼光、赞叹的话语——

在海里，贝汉廷像一块冲不动的礁石。

在岸上，贝汉廷是一块千锤百炼的钢铁。

开起船来，又多么潇洒。“汉川号”在他手里不像条船，倒像个芭蕾舞演员，是那样迷人的优美……

水手们都习惯了，多大的风浪也没有人去向他报告。因为你报告：“九级风呢，船长！”他会不动声色地看看海面：“有九级吗？我看还好嘛！”“八级浪了，船长！”他仍不动声色地看看：“有八级吗？我看还好嘛！”贝汉廷懂得一个船长镇定自若的意义，于是再也没有人和他谈风浪问题了。

只有我这个外行，反复问他：“你老是‘还好，还好’，可几级风浪船就会沉呢？”他沉思地看着我说：“多大的风浪也不会让万吨轮沉的，只有船本身的损坏才会沉船。而只有不懂得船也不懂得大海的船长才会把船搞坏，把船搞沉。”

好一个“只有不懂得船也不懂得大海的船长才会把船搞沉”！而船长，master，在做形容词用时，又意味着熟练、精通。

“He is master of his business。”可以这样说：作为国家领导人之一的邓小平和作为船长的贝汉廷，对自己的业务都是那样熟练、精通；面对各自的风浪又都同样镇定自若，勇于驾驭；偏偏在他们各自的航程中，又都具有那种百折不挠、鞠躬尽瘁的主人翁态度。这就难怪贝汉廷有了这样一个光荣的称号——“邓小平式的船长”。谁能说库克先生们没有眼力呢？

海员风度

“SOS”！“SOS”！！“SOS”！！！

塞浦路斯商船“艾琳娜斯霍浦号”不断发出紧急呼号。

船长伊柯优斯眼看这艘28年的超龄船，在九级大风袭击中主机不能运转，全船失去控制，海底阀裂损，大量海水涌入机舱，已齐人脖颈，决定发出弃船求救信号。

“SOS”！“SOS”！！“SOS”！！！

全体船员及一名家属已下到救生小艇，小艇被巨浪颠簸得直上直下，完全没有行驶能力。在望远镜里看见远远一只船影，水手们用全部生命凝视着，但黑影渐渐消失。可能是风浪太大，他们自己也在危险之中，不能靠近。

又是一个黑影远远驶去，又是一个远远的黑影……也可能那只是自己希望的幻影吧，船员们已失去获救的信心……

“滴滴滴，答答答，滴滴滴！”“汉川号”的一个年轻报务员在呼啸的风暴声中突然收到了“SOS”的求救信号。贝汉廷一跃而起，到海图室查明了难船失事位置，他立即命令：“全体船员进入岗位准备抢救！”“满舵！全速进！”超高频无线电话从此不断呼叫：“艾琳娜斯霍浦号！我是中国船‘汉川号’！前来救助，请回答，请回答！！”

一片静默。遇难船早已失去全部通讯能力。

当“汉川号”驶近难船时，只见它船身已右倾三十多度，船尾下沉。在十分危险的状态里，正在狂风暴雪中哑然下沉，下沉……当“汉川号”好不容易驶近救生艇时，一个压顶巨浪把它打回遇难船的舷旁去了。四次驶近，四次打开，贝汉廷下令在它周围游弋等待。直到一个多小时后，第五次驶近时，老水手王敬元一直捏在手中的粗尼龙撇缆绳，才好像脱弦之箭顶风穿雪疾飞过去，被难船水手接住……

这时，只有这时，贝汉廷才腾出空儿来回答整个地中海东部塞得港、马耳他、雅典、塞浦路斯电台及附近船舶的互相呼号：“我是中国‘汉川号’，现在‘艾琳娜斯霍浦号'的船员已安全登上我船,请放心,谢谢……"

但是,"艾琳娜斯霍浦号"船长伊柯优斯却迟迟不肯上到"汉川号"。他和三个船员留在他的小艇中一再坚持靠拢难船。贝汉廷在风浪中再三向他疾呼:"危险!危险!!"但看到他那样坚持,考虑到他仍坐在自己的救生艇上,他还是"艾琳娜斯霍浦号"的船长,有权做出自己的决定。因此只能劝慰他:"作为一个船长,我很了解你的处境和心情。我一定在旁守护,在旁守护!在旁——守护!!"小艇时起时伏地在巨浪的峰波间摇晃着离去!"汉川号"始终在旁边巡回游弋……

17点多,夜幕即将降临,九级的西北风把浪和雪卷上阴暗的高空,风在白茫茫的海上打转,海浪呼啸怒吼,贝汉廷开始忧虑地用汽笛和高音喇叭招呼那位守职的船长。17点24分,小艇终于再次靠近"汉川号"。贝汉廷特地到甲板上去迎接这位不幸的希腊同行。当伊柯优斯得知"汉川号"正在驶往伦敦途中时,他一再要求:

"请继续留在遇险船边,因为我必须守候它沉没。在它沉没后,请把我和我的船员送到希腊克里特岛登岸。"

贝汉廷,这位在他的航海日志上没有误过一天航期的船长,抢船期抢得没有一次是在港口休息日停泊记录的精细至极的船长,这时却毫不迟疑地答应了。考虑到这艘没有灯光漂泊在国际航线附近的遇难船,对附近的船只是个极大的威胁,他不但答应了伊柯优斯的要求,而且立即命令把甲板灯全部打开,守候在它旁边,并反复高声呼号:"航行中的船舶,我是中国'汉川号'!请注意!在你的左舷三浬处有艘不点灯的遇难船,请注意远行,请注意不要碰撞……"就这样通宵守护,防止了一切可能发生的事故,直到难船最后沉没。他整整两天两夜没有合眼!

Seamanship,直译"船艺",意译时,水手们却惯于把它称作海员风度。是啊!人有人的风度,船有船的风度,国有国的风度。"外国人不可能个个到我们国内来认识我们的国家,"贝汉廷常常对他的船员说,"他们就是通过我们每一个海员来了解中国的。中国,是五千年的文明古国,解放了三十年,有着崇高的威望……我们要牢牢记着这点,时时刻刻记住。"

他是这样说的,也是这样做的。因此无怪乎在"艾琳娜斯霍浦号"船员遇救后个个都感到了中国的风度。巴基斯坦船员穆罕默德说:"当我们完全绝望时,看见远远驶来一条船,但直到看见船上Mark是波纹五星时才又重燃起希望之火……"三个到过中国的船员说:"中国人会来救我们的!你们果然来了。而且在那样的风暴中整整守护了两天两夜,多危险啊……"斯里兰卡船员比雷说:"我回去后,要告诉我的家人亲戚朋友,是中国人救了我!在你们围着我们游弋时,我们都明白不用怕了。中国人在等待和保护我们!我一辈子不会忘记,而且子子孙孙也不会忘记。”希腊轮机长阿松年底斯·康诺是全船年龄最大的船员，他要求用我们船上的无线电话和家中通话，当他从电话中听到他妻子的声音时，哭得讲不出话来，十几分钟后才断断续续讲出：“你一定听到我遇难了……放心……中国人救了我们……并且船长、政委和我们……同桌吃饭……”

希腊大管舱佛来季·本德里斯说：“你们不仅救了我，还救了我的妻子。她还有八天就要生育了，这次如果生个儿子，一定要取名‘汉川’，‘汉川’！……”

Seamanship，seamanship，人有人的风度，船有船的风度，国有国的风度！但愿——但愿我们每个人也能时时刻刻记住这一点吧！

船长的苦恼

我望着贝汉廷开朗的面容，他是多么幸福啊！这个精通自己业务、善于驾驭大海的能手，这个在国际远洋航线上有着很高威望的船长，他，可也有什么苦恼吗？

他沉吟了一阵，竟叹了一口气说：“我 53 岁了，正当年，正该大干一场啊，可有时，却不得不睁着一只眼，闭着一只眼过……”

旁边的同志——船员们，还有工作组的同志，纷纷补充说：“现在，谁不想甩开膀子大干一场啊！可掣肘的事就那么多！”

比如：什么呢？

什么吗？大家也七嘴八舌地说开了。比如什么吗？俯拾皆是啊！就比如吧——

有的船员不合格，要求不听，严格一点吧，他就拿出打派仗的办法去反映你，而掌权的居然仍是他的“哥们儿”。

“××号”不就有这么一位水手到处拍着胸脯讲吗：“哼！船长批评我，叫我下船……三天后，下船的是他。闲话一句嘛！”

再比如：××省海运局通过香港招商局买了两条船，得招商局雇用外国水手接回来。这，要花多少外汇啊！而且人还不好找。贝汉廷和“汉川”正在香港，听说这事立即提出：把“汉川”的 62 个船员分出 28 个来，替他们把船接回来。报告打上去，联系了再联系，请示了又请示，研究了再研究，最后终于拖过了时日……

又比如：我们每天运的货，人人都明白这是全国人民省下来的口中食、身上衣……“汉川号”因此也千方百计地为国家挣取外汇，节约外汇，像小泮那样磕掉门牙照样拼命的事多得很。可我们挣回来的外汇呢，是每一枚都用到“四化”上了吗？为什么有的人浪费起来那样潇洒，那样满不在乎呢？

又比如,又比如……哎,何必再说下去呢！难道每个要干点儿事的人,不都经过盖上十七八个图章,也解决不了一点问题的事例吗?

人民多么希望我们能少几个扯皮的干部,而多一些勇于承担重担的 master 啊!

因此,我讲了这个故事。

我讲了一个成长的青年的故事,可绝非只为了青年;我讲了一个海员的故事,可绝非只为了海员;我讲了一个船长的故事,可绝非只为了船长……

那么,我是为了谁呢?是你啊,我的祖国！啊,我的亲爱的,经历了巨大欢乐和痛苦的祖国;我的正在向四个现代化前进,而又困难重重的祖国！我是为你而讲的,你听见了吗?你听见了吗?啊,我的祖国,生我养我的祖国啊……

（原载《人民文学》1979 年第 11 期）

痴　情

理　由

披长发的人

在我们这个古老的文明的国度里,文明的标志之一,就在妇女的形体永远是被遮掩的;而西方的人们酷爱裸体,那似乎是色情的、野蛮的表现。

如果有一位中国的画家,放肆地挥动画笔,画了几个一丝不挂的少女,画出她们丰腴的肌肤,结实的乳房,纤细的腰肢,窈窕的体态;如果这幅画不是悄悄地藏匿在画室里,或锁在箱子底,而呈现在一个人流不息的场合,高悬于墙壁之上,煊赫于大庭广众之间。

呵,画家,你想过没有,我们当中的一些人将羞涩地捂住面孔,好像是你动手剥掉了她们的衣服。我们当中的另一些人,愤怒地瞪大眼睛,好像是你亵渎了他的姐妹。你等着吧,诅咒、抗议,将像雪片似飞来。你甚至会像16世纪威尼斯画派的委罗奈斯那样,因为在一幅神圣的画面的一角画了几个世俗的形象,从而接受法庭的审讯……你是胆大妄为,还是心血来潮?你发疯了吧!

此刻,他正在作画。

他站在一间新建的空旷的大厅里,手中拿着一支画笔,用沉思的、严厉的、挑剔的目光,向那幅尚未完成的作品端详。他的衣衫不整,胸襟上沾满了斑驳陆离的颜色。他的头发很长,很浓密,如一股黑色的激流向上抛溅,又像瀑布似的悬垂于半空,映衬着一张岩石般的面孔,峻峭的棱角,毫不妥协的神情,仿佛一尊粗犷的石像。

喂,你到底从哪里来的?你到底想干什么?

南去列车

风和日暖的残冬。北京火车站。

那时的北京站还不像今天这样拥挤。月台是清洁的，甬道是明净的，车厢里显得很宽松。一个年轻的姑娘，手提旅行袋，登上硬席卧车，在靠近窗口的地方坐下来。

姑娘吸引了旅客们的目光。她长得真漂亮，那样年轻、那样素朴，而又光艳动人。她身上一件剪裁得体的小棉袄，罩一件浅灰色蓝格子外衣，身材修长，脸色白皙，留着一头蓬松的短发，气度优雅、娴静，双眼回盼流波，像是俏丽的江南女子，嘴角挂着一丝倔强的波纹，又带有北国女儿特有的神韵……

火车开动了，驶出北京，向南开去。从北京开到浦口，大约一天半的行程。旅客们陷入了各自的离愁或乡思，靠近窗口的姑娘也在默默盘算如何打发这么多的时间。

从车厢的一角传来喧笑声和议论声，那儿自然形成一个小小的语言岛，聚拢了欢快的一群人。姑娘受好奇心的驱使走了过去，只见人们围着一个年轻男子，那人手里拿着炭笔和速写本，在给火车上的一位穿铁路制服的机修工人画像。

一支普通的画笔在那个人的手里，成了一支奇妙的魔术棒，三两笔就把那位机修工人的神情和特点勾勒出来，像极了。

对一般的观众来说，像与不像，是绘画艺术的最高标准，光凭这几下子，就使半个车厢的人叹服。

“还真有点儿本事。”姑娘在心里称赞着。她的目光从画稿上移开，向小伙子投去一瞥，只觉眼前一团乌黑：乌黑的棉袄，乌黑的棉裤，乌黑的鞋子，和一团乌黑的、蓬乱的头发，组成了沉重的色块，像一块铅似的堵在姑娘面前。其中却有一点儿例外，那是小伙子的棉袄纽扣没扣好，一件紫红色内衣的领子伸了出来，歪歪扭扭的，很扎眼。

这位姑娘素喜淡雅，最讨厌黑色；何况，又掺和着过分的鲜艳。两种极端的色调同时出现在小伙子的身上，使姑娘蓦然产生反感：“哼，一个蹩脚画家，连自己衣服的颜色都不会搭配，还学什么画画儿！瞧他那毛头毛脑的样子，大概是个中专生吧，偏要留着两撇小胡子，装成大人样儿——可笑！”

姑娘矜持地走开了。

车厢里出现了一位女乘务员，协助旅客安置行李，整顿车厢秩序。乘务员看见姑娘坐在靠近窗口的小座位上，便走过来问道：“同志，您没买卧铺票吧？”

姑娘点了点头：“嗯……”

“那没关系。”乘务员热情地说，“瞧，您坐在这儿多不舒服呀，也妨碍别人过来过去。这节车厢还有空铺，请跟我来……”

姑娘顺从地跟着乘务员，来到车厢的一角，放好旅行袋，刚刚坐下，不由得眉头一皱——那团讨厌的黑色又堵在面前。

显然，毛头画家也没买卧铺票，被乘务员打发到这里了。此刻，他靠在对面的卧铺上，手里依然捧着速写本，望着窗外闪过的山峦、河流、田野，在本子上划拉着什么。

姑娘故意侧过头去。过了一会儿，又忍不住朝速写本上张望。她的气度是端庄的、安然的。一个长大成人的姑娘，面对着看起来比自己年轻的男子，总有一种居高临下的自我感觉；两性的成熟期本来就存在着差异，这种差异增加了女方的优越感。她俨然以长者的审视的目光，品评着小伙子勾出的那些曲线。姑娘的目光像是在说："车子跑得这么快，你能画出什么东西！"

小伙子合上速写本，抬起头来，朝姑娘微笑着："你在哪一站下车？"

"浦口。"姑娘说。

"出差？还是探亲？"

姑娘摇摇头："不，我在上学，苏州医学院的。"

小伙子眨了眨眼睛："开车前，我在车站上看见有一个男孩和一个女孩送你，是弟弟和妹妹吧？"

姑娘点点头："嗯。"

"为什么不是大人来送你呢？"

姑娘脸上掠过一丝悲戚："不在了……"

小伙子关切地问道："怎么……"

"我的父母在部队工作，后来都牺牲了。弟妹们被当作烈士子女照顾，送到北京上学，我趁放寒假的机会去看看他们……"

"呵！"小伙子感慨地说，"难怪你们姐弟的关系那么亲密。"

姑娘沉思片刻，忽然想到对方早就在留心自己，观察得还很细致，而自己却对对方一无所知，一味回答单方面的提问，未免太不公平了。她脱口问道："你上哪儿去？"

"南通，回老家看看。"小伙子说。

"你是个中专生吧？"

"不。"

"大学生？"

"不。早毕业了。"

"哪个学校毕业的？"

“中央美院。”

“呵!”姑娘若有所悟,“难怪你画得那么像!”

画家笑了笑:“画得像,并不太难,神似胜过形似。我们讲究以形写神……”

“这么说,是我不懂艺术了……”

“我猜,你一定喜欢艺术。”

“是的。我喜欢看,看画,也看书。”

他和她转入了艺术的对话,从美学谈到文学,又从文学中找到更多的话题。他们谈到了托尔斯泰的《安娜·卡列尼娜》,谈到了巴尔扎克的《高老头》,谈到了夏洛蒂·勃朗特的《简·爱》,也谈到了司汤达的《红与黑》……

奔驰的火车,漫长的旅途,同是一代年轻人,相逢何必曾相识!在生活中,有多少欢聚与悲离的故事,是由穿越大地的沉沉一线牵引而成的!姑娘靠近窗前的小桌,倚手托腮,倾听着对方的谈吐,注视着对方的神情。看样子,他早已不是毛头小伙子,而是一个坚强自信的男子汉了,推算年龄,还应比姑娘大几岁。之前为什么给人那样的错觉?哎,男人的年龄真是不好猜测……

出自女性的敏感,姑娘忽然感到羞怯、腼腆,忸怩不安。刚才那种居高临下的傲慢,现在颠倒过来了,被朦胧的敬慕所代替。姑娘又朝画家的装束看去,那不谐调的黑、红二色,也不那么扎眼了。尽管画家的棉袄还是那么乌黑,内衣领子照样那么歪扭,头发依然那么蓬乱,在姑娘眼里,都成为一个埋头艺术、无暇自顾的单身汉的佐证,触动了姑娘的爱怜之情:“看上去,他是一个有抱负、有才华的人!”

画家取出画板,铺开画纸,对姑娘说:“请允许我给你画一张素描。”

姑娘点了点头。

画家画得很慢,很拘谨,愈想画好,神经就愈加紧张,那支笔变得不听使唤,简直像一个拙笨的新手。好半天,才抱歉地说:“对不起,我画得不好……”

姑娘接过来一看,脸颊升起两朵红云彩。这幅素描比起画机修工人的那幅要逊色多了,那些僵硬的线条都是败笔,不客气地说,把姑娘画丑了。难道我就是这副尊容吗?姑娘有理由提出抗议。可是,姑娘却用甜甜的微笑谅解了画家。说真的,姑娘甚至不愿看到他太冷静,太从容,像面对着画室里的模特儿那样。姑娘已不把“形似”看得那么重要,她“神会”了画家的灵犀。

画纸的一角是签名和年月——袁运生,画于1964年2月。

画家说:“把它送给你吧。”

姑娘说:“谢谢,我要留作纪念。”

“你看,我太粗心了,竟忘了问你的名字。”画家说,“能不能给我写下通信地址?”

姑娘莞尔一笑:“我叫张兰英。”说着,在画家的速写本上写下通信地址。

火车抵达浦口,他们已经像一对熟识的老朋友了。从一个艺术型的医学院学生和一个严肃型的艺术家的身上,可以找到许多共同的气质。同车的旅客以为他们早就相识,把他们当作一对情侣,用“你俩”的称呼向他们告别。

画家送姑娘走到长江之滨,江面上吹来湿润的风。分手的时刻到了,两人都依依不舍。兰英用温存的、眷恋的目光看着袁运生,那目光便是一切!像天空一样清澈,像江水一样深沉……

呵!漂亮的姑娘,你太多情了吧。你了解他吗?这桩由京浦干线和蜿蜒长江交织起来的一见倾心的故事未免太轻率了吧。

洛神赋

在50年代晨光绚丽的日子里,一只嫩弱的少年的手,握着画笔,在亚麻布上认真地涂抹着油彩,画出一个表情同样认真的小女孩,正在模仿姐姐的动作,往自己的颈子上系着鲜红的领巾。

这幅油画从江苏南通送往北京,作为报考美术最高学府的作业,献上少年画家闪闪发光的艺术才能,连同一颗水晶般透明的心。题名《长大了也像姐姐一样》,作者:袁运生。

看到这幅油画,也许人们会认为作者有一种纤柔温顺的女孩子气质。其实恰恰相反,他性格倔强,奔放不羁,像一匹烈性的马驹。他从小喜欢绘画,主要是受父亲影响。父亲在南通的一所中学任职,工作之余,热心地收藏各种美术作品。每年除夕送旧迎新,父亲总要在墙上挂出一批新画,有中国的,也有外国的,像是举办小型的画展,充满了文艺沙龙的气氛。家中收藏的那些画,使袁运生得到艺术启蒙。稍大一些,他去南通市的文化馆参加活动,听讲座,学写生,搞创作,打下了最初的艺术功底。

当他报考中央美院时,父亲担忧地说:“这孩子生来一副犟脾气,叫人不放心。”

哥哥袁运甫也是搞美术的,一个劲儿给他打气:“搞吧,搞艺术的人需要有个性。”

1955年夏天,中央美术学院招考新生揭晓,袁运生名列第一。

如果袁运生报考时的作业可以划进某种艺术流派的话,当属苏联巡回展览画派。这是19世纪产生于俄国的进步画派,模拟生活,强调主题,注重情节,一幅画就像一部小说或一出戏剧。在艺术上继承了伦勃朗的写实传统，又吸收了印象派运用光色的成就，在十月革命后的苏联美术界享有至高无上的地位，又被我国的朝圣者像请佛一样请进了国内。当然，年方 17 岁的袁运生并不懂得苏联巡回展览画派的精奥，更没想到艺术流派关联着政治流派。

他像奔跑在艺术山野里的小鹿，一头撞入苏联巡回展览画派的怀抱。

袁运生受到学校的器重。他的出身好（当时像他这样的出身算是难得的），考试成绩出类拔萃。他坐在一年级的教室里，头上笼罩着一道政治条件和艺术才能的光轮。他当选为班上的团支部组织委员，俨然是又红又专的典范。他也真够卖力气的，干什么都很认真，有一股倔强劲儿，在苏式教学方法的指导下，他接受了严格的训练——

挑选 H 型的硬质铅笔，把笔削得尖尖的，面对着男女模特儿写生。模特儿们是用很高的工钱招聘来的，有裸体的，也有不裸体的，在一定的光线照射下，画者与被画者保持绝对的耐性。先勾出轮廓，再分出“光面”，画上一整天，只画了半个头像；第二天，在相同的条件下继续进行相同的一幕；随后，一位高鼻深目、西服革履的中年人走过来，这是礼聘来的专家。每当他从袁运生的背后走过，脸上常常露出满意的神色。袁运生的素描和油画作业尽得五分，有时还挂在教室里或走廊里供同学们观摩。

这一年，北京召开了全国美术院校的素描和油画教学会议，推广苏联的契斯嘉柯夫教学体系。袁运生所画的一幅中国妇女的半身像被拿到会上去炫耀——苏联在中国土地上开办的艺术工厂生产出来的标准模式。

苏联专家的宠儿，油画系的骄子，一帆风顺，前程似锦。他整天埋头地画呀，手不停地挥呀，像虔诚的信徒拜倒在艺术偶像的脚下，祈祷自己的灵魂也升入那座艺术圣殿，坐在玫瑰花环绕的宝座，戴上珍珠的桂冠……对于当时的油画专业大学生来说，这就是最高的理想了。

但是，天真的信仰是不牢固的，就像建立在单薄而狭隘的地基上的大厦，很容易倾覆。一旦倾覆就招致无穷的苦恼。

苦恼降临了，那是他自找的。一天早晨，他听说礼堂里正在举办一次画展，便朝那里走去。他停在一帧帧复制的油画跟前，投去冷静的一瞥，全身传来一阵电灼般的感觉，心在摇荡，血在滚沸。

这是欧洲后期印象派画家凡·高的作品，画面平凡而质朴：田野，草垛，落日斜映的晚钟，插在陶罐里的向日葵。此外，还有一些肖像画，画的都是小人物：邮差，矿工，刈草的农民，放风的囚徒……在这朴实无华的画面中，作者倾注了最强烈的感情,像酒一样浓烈,像火焰在燃烧!

看,那参差不齐的树木有着桀骜不驯的性格。那起伏的大地仿佛在诉说着痛苦。在那些小人物的身上,倾注着画家的深情。那幅静物写生——向日葵,仿佛摇身变成了活物,向凝固的空间伸出纷乱的触角,在捕捉,在摇曳,在不屈不挠地探求……这哪里是绘画呀,这是画家生命的呼唤,性格的再现!每一线条和每一色块都在流动,通过无形的渠道扑面而来,把人钳制、湮没,卷入巨大的感情的旋涡……

袁运生走出礼堂,脚步摇晃着,像醉了,像受伤了,他的心被一支锐利的艺术之箭射穿了。

他回到宿舍,一头倒在床上。苏联契斯嘉柯夫教学体系的高才生转瞬间变成西欧后期印象派的俘虏,这是具有讽刺意味的。

宿舍的门推开了,他的同屋好友走进来,看见他脸色苍白,神情疲惫,惊奇地问:“运生,你怎么了?”

“我去看了凡·高的画展。”袁运生从床上坐起来说,“苏联巡回展览画派的作品从来没有使我这样激动过……”

他发表了一番感慨。他认为,苏联绘画理论的可取之处,在于强调把对象摆在一定的光线照射之下,用细微的目光去观察层次色调,精心描摹,这是一切绘画的基础。有这个就够了。下一步需要的是挣脱、前进,而不是作茧自缚。

他的话是对的。纵观艺术史上的各个流派,都有其发生、发展、兴衰、沉浮的过程。苏联巡回展览画派在美术界理应占有它的一席之地,无可厚非。一旦把它捧上了天,并用行政手段加以推行,却适得其反,将给艺术带来窒息性的灾难。实际上,在50年代,全世界的画家包括苏联画家在内,都在奔跑、探索、创新。而我们在干着什么蠢事呀?……

袁运生激动地说:“我们跟在别人的屁股后头,把别人扔掉的东西拾起来!”

好朋友了解他的性格,同情他的议论,但,他们替他担忧。当时,一个几亿人的社会拜倒在苏式偶像的脚下,他的话无异于对神明的亵渎。

从那以后,他变得不大安分了,一头温驯的伏尔加式的小鹿,现出烈性马驹的本色。在照例完成课堂作业之外,即兴挥笔,画法凌乱,仿佛在追求着缥缈的目标。

目标,终于找到了,竟然近在眼前。

从中央美术学院所在的帅府园,穿过王府井和八面槽之间的大转盘,大约一里之遥,就是故宫博物院的东华门。当时的美院学生享有特殊的便利,光凭一张学生证就可以自由出入中华古代艺术的禁苑。在这里,他看到了明代陈老莲的《博古叶子》,北宋张择端的《清明上河图》,还有唐代一大批著名画家的真迹……

他最喜欢东晋画家顾恺之的名作《洛神赋》。

长长的画卷,浪漫的构思,多么富有想象力！画景,山水幽奇,意境清旷;画人,栩栩如生,凌空飞舞。是形似？是神似？介乎似与不似之间,那是作者的神思在翱翔……

他把目光贴近画卷,那笔锋历千年而不衰,如春蚕吐丝,细密精致,挥洒自如。他联想到苏联的油画理论否认线的存在。但在我国的绘画中,概括而洗练的线条表现出高超的魅力。

站在这座古老的金碧辉煌的殿堂里,他的眼前掠过了一条滔滔的艺术长河,他的思绪如抛出的一缕游丝在延伸。如果把时髦的西方艺术与古老的东方艺术比作两极,这两极之间似乎存在息息相通的东西。哦,明白了。当我们刻舟求剑、舍近求远的时候,现今那些抽象派、野兽派、现代派、未来派的精灵和魔鬼们,悄悄地从东方艺术中敲骨吸髓,摄取营养,强化他们的躯体,这就是奥妙所在。

祖国呀祖国,你的艺术不是水,不是酒,不是乳,而是神奇的皇浆呵！

虎　丘

兰英与画家在浦口分手后,返回苏州上学。转眼到了阳春三月。春风十里,嫩柳舒黄,著名的小桥流水之乡像少女揭开面上的轻纱,含情脉脉,万般妩媚。

姑娘的心境,也像苏醒的春天一样明丽。

她收到画家从南通发来的信,文笔洒脱,用姑娘的话说:“水平够高的!”信中回忆了火车上难忘的一幕,倾诉了思慕的心情。还说,他的父母兄长很想和姑娘认识一下,如果手头有照片,请寄来一张。

兰英毫不犹豫地翻开相册,挑选一张小照,附上一封简短的回信,寄往南通。这个小小的举动,包含着不寻常的意义,就像最短的电磁微波可以传递重大的信息一样,它明白地表示:姑娘以身相许了。

兰英成长的经历使她习惯于自作主张。她生在山东,长在江南,父母牺牲以后,从小跟随部队迁移,走到哪里,哪里就是她的家,养成了独立生活的能力。这些年,她随时得到来自集体和女伴们的温暖,却从未受过任何约束。或许,别人都有点宠着她,哄着她,使她形成一副执拗的性格。

此刻,她产生一种新奇的感觉,觉得她比周围的人更幸福。因为她有了意中人占据她的心灵,牵连她的情怀,默默享受着初恋的少女秘而不宣的快乐。她甚至想象这个秘密一旦揭开,女伴们该是多么惊讶,何等羡慕！在女伴们的印象里,她的眼界是很高的，她的出身优越，容貌佼佼，男同学里没人敢来高攀，要让她看中可不容易呀。她进行得那么巧妙，既不是父母之命，也不是媒妁之言，旅途相遇，一见钟情，像旋风般带来一切，使姑娘对美好生活充满渴望，真正罗曼蒂克！于是，她用甜蜜之丝编织着未来的情景，焦急地等待来自南通的反应。他收到她的信没有？画家的父母看了她的照片会不会评头品足？是嫌她过于俏丽，还是不够如意？哎！这件事可真难猜测……姑娘的心就像江南三月的天气，乍暖乍寒，时雨时晴。

学校里正在筹备"三八"妇女节的庆祝活动。兰英是班上的文娱委员，重任在肩的主要角色。排节目，出板报，布置会场，时间一晃就过去了。

"三八"节这天，帷幕拉开，众目睽睽，忽然有人叫文娱委员去接电话。兰英抄起话筒，一惊一喜——那是画家从学校的传达室打来的。

兰英极力掩饰激动的心情，转身向同学们含糊地交代了几句，一阵风似的跑到学校的门口。

画家站在那里，手中照例拿着一个速写本。

"什么时候到的？"姑娘问道。

"刚下火车。探亲假结束了，路过这里。"画家说。

"请进去吧，你……是不是要为我们的庆祝活动画几张速写？"

"不进去了。我想请你出去走一走……"

兰英犹豫了一下。她乐意接受这个请求，又感到为难。自从迈入成熟的青春岁月，每年这一天，兰英都是和女伴们一起度过的。今天竟要离开自己的集体，意味着向人生的一个阶段告别。她想到学校的纪律，同学的舆论……

"去哪儿？"兰英羞怯地问。

"去虎丘。"画家的表情毫不动摇。

当他俩走下公共汽车，站在虎丘山的脚下，姑娘不安的心情平静了，轻松了。

和苏州城里狭小的园林相比，虎丘是宽阔、幽静的去处。白居易题虎丘的诗，开头两句便是"香刹看非远，祇园入始深"。沿着石路向园中走去，松柏如云，剑池澄碧，茂林修竹掩映着山坡上的楼台亭榭：花神庙，三笑亭……愈走愈深，愈走愈静，像是走进了甜蜜的梦境。

这是兰英头一次和男人单独地待在一起，姑娘的心中荡漾着神秘的波纹。她觉得有很多话要对画家说，又不知从何说起。

"照片收到了吗？"姑娘问。

"收到了。家里人看了，都很喜欢你。"画家说。

可是，画家很快岔开了话题。他评论苏州的风土人情，介绍江南的造型艺术。

他对这一带似乎很熟悉，知道不少掌故。姑娘听得津津有味，为画家渊博的学识而倾倒。

前面就是虎丘塔了，巍然高耸的塔尖，插向蓝天白云，瑰丽又神奇。兰英和画家兴奋地向山顶跑去。画家伸出有力的手臂搀扶着姑娘，互相贴得那样近，感觉到对方呼吸的热流和心的跳荡。松柏，竹林，摇曳着向后掠去，仿佛在祝福这一对美好的情侣。突然，一股炽烈的感情冲动，他俩同时收住脚步。

这里是山林的怀抱，四周寂静无人。画家盯着姑娘，那目光是坦率的、憨直的；兰英幸福地闭上眼睛，准备接受一次永生难忘的爱情洗礼。金色的阳光穿过树林的枝丫，在姑娘的脸上洒下婆娑的斑影，她的两颊像玫瑰一样醉红，双唇像微微绽开的花瓣，比平时更加艳丽动人。多么纯洁的姑娘呵，敞开心灵之窗，没有一丝灰尘和杂质。虽然这是她与画家第二次相会，她信任对方，信任生活，就像信任自己一样。紧紧拥抱她吧，热烈地吻她吧，她将永远委身于你，从现在直到生命的最后一瞬……

“兰英，我要告诉你一件事。”此刻，她听到的，却是画家冷静的声音，“第一次，来不及。第二次，还不晚。我在上大学的时候被划成了‘右派’。真的，是‘右派’！”

霎时间，山林，古塔，都凝固在死一般的沉寂里……

孤岛上

到过大海上的小岛吗？天连水，水连天，云落云飞，潮起潮落。小岛是一首诗，清新隽永的诗。1957 年的春夏之交，袁运生置身在诗一般的环境里。

他到小岛上深入生活，练习写生。中央美术学院规定，二年级学生有两个月的实习课；暑假前，同学们都分赴全国各地。小岛之行，只有他和另一位同学参加。这里位于黄海之滨，岛上只有驻军，没有居民，方圆几平方公里。小岛给他提供了幸运的环境，远离人世间的喧嚣纷争，逃避陆地上发生的那次剧烈的动荡。

小岛上的人和大自然最亲近。每天凌晨，他背着画箱，徜徉在铺满鹅黄色沙砾的海滩，迎接第一线快乐的阳光。年仅十八岁的袁运生，已经从苏联巡回展览画派脱颖而出，成为中国古典画派与西洋现代画派的朦胧的复合体，心情是焦渴的。当蓝色的海水洒下万颗金星，霞光把无比绚丽的色彩填满他的心胸，这是年轻艺术家生命燃烧的时刻。他急忙打开画箱，摊开画布，收下大自然的慷慨奉献。

小岛很单纯。政治和人口成正比例，这里没有更多的政治话题。每过十天左右，才有一艘驳船开来，投递报纸和邮件。他和同伴借吃饭的机会，匆匆翻开报纸，草草看上几眼。报纸上出现的文章令他感到新奇：

“北京在鸣放了。这篇文章有点儿意思。这条意见应该采纳。照这么改，就好啦……”

他看完报纸一扔，随即忘在脑后。除了画画之外，他对别的漫不经心。他的生活道路上阳光明丽，没有阴云笼罩，没有值得担忧的东西。他关心的是光线、色块和线条的运用。

年轻艺术家面对的唯一政治命题，由当地的驻军向他提出来。一天，他被部队的宣传干事带到一间简陋的工棚里，投向他的是一双信赖的目光。

“小袁，你们曾经要求到另一个海岛上去写生吧？”

“是，我们希望去那里。”

“部队研究过了。你可以去，你的同学留下来。”

“为什么？”

“那个岛在修建永久性的军事工程，去的人要通过政治审查。你们学校填写了两份材料，你的情况单纯。你的同学不能去，主要是因为家庭问题……”

袁运生皱了皱眉头。这次单独的邀请称得上是一种荣幸，既然生活当中存在这样一些规则，自己欣然前往，谁也无可非议。但是，这件事给他带来的烦恼超过了兴奋。他了解自己的同学，都是共青团员，都是学生当中的骨干，为什么硬要加以区分？他凭着搞艺术的思维方式，认定这是良心和友谊的命题。

“喂，我打听清楚了。”他回到住处，对伙伴说，“那个岛上正在修工事，打眼放炮，烟雾腾腾，没什么可画的。咱们出来的时间不短了，干脆打道回府吧！”

不久，他和同学漂过大海，在旅大登陆。凉爽的海风，吹拂着这座优美的城市，触动一番游兴。他俩在街上闲逛，这里景色别致，建筑古怪，到处充满了俄罗斯情调。抬头看着路标，写着“马卡洛夫”之类的街名，又勾起袁运生的满腹牢骚：“活见鬼！中国城市的街道为什么要用俄国的将军来命名？真叫人扫兴……”几天后，他俩站在蓝色的港湾，向万顷碧波投去最后的一瞥，转身踏上归程。

不料，这竟是袁运生向蔚蓝色生活的诀别。

北京变样了。迅雷不及掩耳的反击，势如破竹的批判，校园里的落英缤纷，使海上归来的游子感到惊奇。最令他不解的是院党委书记江丰的处境。听说党委书记犯了错误，因为提倡革命画派过了头，有碍“百花齐放”。袁运生实在弄不明白，“画派”和“右派”之间有什么关系……

袁运生躲到宿舍里去，埋头整理他的画稿。也许，他是安全的。他主张继承中国古代的艺术，借鉴西方的现代艺术，该是有利于“百花齐放”吧，还能不安全吗？一连几天，他追逐着白云、浪花和海鸥，沉浸在海上之游的回忆中……

有一天，他忽然被喊到教室里，站在人们的面前，像一个漏了税的走私犯接受审讯。

摆在他面前的一大堆问题：有艺术上离经叛道的观点，有同情“右派”的言论，有在海岛上和在旅大“放毒”的问题，其中贯穿着一个可怕的罪名——“反苏”。

究竟是谁告发了他，用初等数学就能得出答案，但是这种解答毫无意义。既然他曾这样想过，也这样说过，对谁说都一样，直言无隐，献上一颗诚实的心。

他搜肠刮肚地把说过的话重复了一遍，主持会议的人向他一挥手：“请你到外面等一会儿。”

他离开教室，站在走廊里，心情舒坦而熨帖。走廊和教室只有一门之隔，他听见屋里在争论。

有人说：“够了……”

有人说：“还不够……”

有人说：“态度还好……”

他的好友在替他争辩，另一些人在坚持什么，听起来怪有意思的。接着是沉默……然后，他被叫回屋里。

“小袁，经过研究，你被划成‘右派’了！”

政治运动的油画箱与艺术家的油画箱不同，只有两种颜色——红与黑。点朱泼墨，二者居其一，只能靠占卦卜问凶吉。他与院党委书记江丰年龄悬殊，底色不同，观点对立，照样用黑笔一勾，殊途同归，绘画程序高度简化。

晚上，他骑着自行车，来到白家庄，哥哥袁运甫住在这里。他往沙发上一靠：“我是了。”

哥哥笑着问：“你是什么了？”

“我是‘右派’了。”

“呵？”哥哥大吃一惊，“你犯了什么错误？”

“我没犯错误。”

“那为什么要划成‘右派’？”

“他们说我是，就是啰。”

“糟了！糟了！”哥哥浑身在战栗。

“有什么可糟的？”他平淡地说，“我还照样画画，照样上学，照样搞艺术嘛。”

哥哥望着他那单纯的面孔，望着他嘴上柔软的茸毛，心缩紧了，欲哭无泪。他只有 18 岁呀！被践踏而感觉痛苦的人是不幸的；被践踏尚且不懂得痛苦的人又是多么可悲哪！他太年轻了，还没来得及向生活伸出触角，一旦他那稚嫩的敏感的神经末梢感觉到痛楚，他能活下去吗？

他的确还不懂得痛苦。不久，首都数十万人拥向郊外，在十三陵的峡谷里移山造湖，兴修水库，一颗天真的心被激动了。他想，那么多人齐心合力地做一件事，场面该是多么美好。他骑上自行车，带上油画箱，一口气赶了一百多里路，来到工地指挥部，请求一边干活一边作画。对方拒绝了，解释说，按照规定，不接纳个人来访。

又过不久，他随中央美院的大队人马，浩浩荡荡开进工地，心情是多么昂奋哪！他一个人顶几个人干活，用一条扁担挑六个土筐，在崎岖的山路上跑得风快。晌午，别人午睡了，他捧着画夹，顶着烈日，到山上去写生，直累得精疲力竭，摇摇晃晃地走回工棚，仍然不觉得苦。因为，这是自愿的。他被沸腾的生活所激励，毫不吝惜地付出精力，感到这是莫大的愉快。

可是，工棚里的气氛发生了变化。同学们围着他，指着他，说他不老实，不接受改造，不应再搞创作……他愕然了。他不懂得这是在开批判会，也听不懂那些话。只觉得熟悉的目光变成凌厉的目光，亲近的面孔变成冷漠的面孔，平和的嗓门变成呵斥的嗓门，一张张嘴在动，一双双手在晃。他忽然明白了——仅仅明白了一点：自己和别人不一样！

他睁大布满血丝的眼睛，蠕动焦干的嘴唇，两手抱头，颓然倒下了。

过度劳累加上精神刺激，使他染上严重的痢疾，这场病从夏天拖到了冬天，后来，他被送进学校里一间没有暖气设备的小屋。

小屋阴冷、潮湿，滴水成冰。他发着高烧，浑身滚烫，是死是活，学校当局不再放在心上。一年前，中央美院的骄子，变成了被遗弃的孤儿。这时，他才感到了痛苦，艺术上被扼杀的痛苦，超过了肉体上的痛苦，像是被推进了可怕的地狱。不！艺术的灵境，只有天堂，没有地狱。别人强迫他学会自卑，他永远也学不会。昏迷中，杂乱的思绪在闪烁，像是追随海鸥在飞翔，相伴洛神在舞蹈。他辗转挣扎，发出一串呻吟，仿佛不甘沉沦，要从黑暗的地狱中爬出来……

屋门透进一束微弱的白光，他听到脚步声在响动。凝神看去，他的好友站在床前，向他投来同情的关切的目光。

他霍地坐起来："请不要再来看我。我懂得，跟我接近对别人是一种负担。我需要友谊，但不要怜悯。我现在需要的是孤独，孤独，就让我孤独吧！"

新　月

夕阳向虎丘投去金黄色的一抹，坠落在山那边。山野闪着清冽的幽辉，连接透明的黄昏，映衬着千年古塔的庄严侧影，像一位沉思的老人，在俯瞰山林中的一对青年男女。

这一刻，对兰英来说是够长的。古往今来流传的爱情故事，有悲剧，也有喜剧，吸引着人们一页一页地看下去。然而，兰英的故事翻开第二页就不忍卒睹了。初恋少女的万般柔情：幸福、新奇、欢畅……刹那，像一阵风似的消散了，仿佛有一只残忍的巨手一挥，一切都沉没了，一切都消散了，而把一道难题推到姑娘面前，严峻、冰冷、毫无感情色彩，使甜蜜的幽会变成冷酷的利害选择。

在那个岁月里，在这块土地上，只要人们提到"右派"，眼前就闪过了灰色的一群，像影子，像幽灵。好像他们杀了人，放了火，投了毒。似乎，他们的头上都冠以"杀气腾腾""煽风点火""公开贩毒"等等罪名。他们的灵魂被判处了死刑，只剩下没有灵魂的躯壳。这个躯壳，可以喘息但不能出声，必须劳动但不能收获。社会对他们的唯一宽容，就是给他们比死囚更充裕的时间，使他们的躯壳化为泥土。有谁愿与鬼蜮联姻？有谁愿与僵尸为伴？兰英就面对这样的选择。

在婚姻与政治结为良缘的环境里，要么夫贵妻荣，要么株连厄运，每一个姑娘都不得不做出考虑。就在同一个黄昏里，世间有多少姑娘正在这样考虑呵——询问对方的家庭出身，政治面目，学历，职务，工资，级别……询问对方的直接价值和间接转化为价值的一切，随后放在爱情的天平上称一称。爱情的内容转变了，转变为商品交换的过程，沿袭成风，天经地义。

兰英拥有更多的权利替自己打算。她正在接受高等教育，未来的白衣战士，血管里流动着烈士的血液，组织上正在考虑她的入党问题，骄傲得像名门闺秀，美丽得像白雪公主……生活的各个路口都将为她开放绿灯，世家公子任她挑选，荣华富贵任她享受。但是，生活仿佛在捉弄她，来到身边的并不是爱情的天使，而是黑色的恶魔。立刻断绝来往，现在还来得及，良心与道义上都不用承担任何义务。

兰英陷入痛苦的沉思。她处境优越，经历单纯，很少沾染世俗之气。因此，她还不懂得利害。

政治运动对姑娘来说，像一场模糊的梦。1957 年，她还是个天真稚气的少女，在中学里读书。她参与了那场声讨，用口，用笔，用义愤填膺的感情。姑娘还没来得及看清敌人的模样，战斗就结束了，只看见俘虏们的背影。后来，姑娘稍大一些了，每当听说某人是“右派分子”，总忍不住用好奇的目光看上一眼。她看到，那些“右派分子”当中，有不少是学者、教授、艺术家、作家、业务骨干、社会名流……她还时常听到这样的告诫：有才华的人往往有棱角；有棱角的人往往受磕碰。这个现实生活的正定理和逆定理，曾被人们用各种不同的口气重复过，而姑娘的印象也不断得到强化。

抽象的敌我概念，在姑娘心中导致了具体的结论，对庄严的政治运动是可悲的嘲讽。

眼前的画家又是一个例子。画家以反对苏联巡回展览画派，被宣布为走上离经叛道的歧路，在政治上宣判了死刑。姑娘实在想不通，为什么要把艺术问题化为政治问题？为什么要让一个中国的热血青年，充当被宰割的羔羊，去向外国的神坛献祭？这不是近乎荒唐吗？荒唐的事情居然能够成立。也许，这就更加证明画家不是温顺的羔羊，而是可畏的牛犊，招致了别人的妒忌，这就更加证明了画家的勇气、胆识，不屈的个性和宝贵的才华……什么是才华？在心地纯洁的姑娘看来，它是生命的灵光，青春的花环，蒙昧的超脱，知识的升华，它使金钱财富黯然失色，使毁誉得失成为过眼烟云，像明亮的地平线，划开了天空和大地的清浊。愚笨的姑娘喜欢用珠宝来妆饰自己，高洁的姑娘充满了精神上的渴求。她愿意摘下一颗蓝色的星，镶嵌在爱情的心坎上……兰英打破了沉默，深沉地对画家说：“不要再对我提起你过去的那些事。我不认为你犯过错误……”

画家说：“可是，别人都这样认为呀。即使给我摘了帽子，也是有限的宽恕，一切还同过去一样。跟我这样的人往来，你不能不考虑后果。”

“我不在乎那些后果。不管别人怎么看，我相信自己的直觉。”

“你的直觉是什么？”

“我的直觉，你是有才华的！”

这是对一名“社会公敌”的最高褒奖，语气中包含明显的好感，应使画家得到足够的安慰。但是，画家站在那里，表情冷漠。他的目光因饱经忧患而被磨去了激动的光辉：“世上有才华的人很多，有光荣的胜利者，也有悲惨的失败者。为什么偏看中我呢？将来你会后悔的……”

难怪画家做出冷淡的反应。在把才华糟蹋得像一块抹布的年月里，这句话，他不是头一次听说。谁都可以拿来赠送给他，虚伪的恭维掩盖着刻意的嘲讽。“女子无才便是德”，如今也适用于男人了。即使把他踩在脚下，无情地鞭挞，遍体鳞伤，也可以拍拍他的肩膀，让他爬起来，让他去干活。在当时，才华再也不是令知识分子产生飘然之感的鲜花，而是触动悲伤之情的苦药。

兰英和画家的目光相遇了。画家的目光是锐利的、坦率的，深藏着自尊的火焰，还流露出某种期待，一直射向姑娘的心底。兰英抵抗不住这穿透一切的逼视，心在颤抖……

兰英猛地想起，这是她与画家的第二次相会呀。在这静谧的山林中，远离城市的幽谷。今天不是“三八”妇女节吗？按说，他可以献上温存和殷勤，不费力气地获得姑娘的欢心。可是，他偏偏带来了沮丧，迫不及待地破坏姑娘的平静。他披肝沥胆，剖露隐痛，投下不祥的阴云，明知可能造成不可挽回的后果，又执意去做，究竟为了什么？他是多么正直而坦荡呵！这样的人为什么被说成是可怕的魔鬼？泯灭的灵魂？生活太不公正了！诚实换来灾难，狡诈获得荣升，人世间有多少是非被搞得阴阳颠倒！一时间，兰英觉得横在面前的沟壑、山谷、河流都被填平了。透过迷蒙的暮霭，她看到一颗赤诚的心，像玛瑙一样晶莹闪烁。

兰英激动地说：“我的主意打定了。”

画家问：“你喜欢我？”

“喜欢。”

“我有什么值得你喜欢？”

“因为你诚实，爱情需要诚实。”

画家全身震撼了一下，扑上前去，把头埋进姑娘的怀抱。这个坚强的男子汉，转眼间变成蜷瑟的孩子，泪水在眼窝里滚动。

一弯新月冉冉升起。古塔肃穆，竹林低语。皎洁的银辉洒在姑娘的身上，像一尊浑身银白的女神。

画家像是拥抱着再也不肯失去的珍品。多少年呵，他诚实地生活，诚实地做人，痴情地对待艺术。但是，从来没有人对他做出这样的评价。今天，姑娘对他进行了良心的鉴定，把光明填满落寞的心胸。他知足了，欣慰了，感到多年来蒙受的苦难得到最大的报偿……

双　桥

当代艺术家都在热衷于追求各自的艺术风格，而那些身遭不幸的艺术家，独具的风格是别人所不能代替的。有谁愿意重复像他们那样的经历呢——充当囚犯，颠沛流离，饱尝辛酸……

翻开列宾的画册，看看《伏尔加纤夫》。

我们的面前展现了和《伏尔加纤夫》相似的画面，活生生的画面。赤日炎炎，空气在燃烧。金黄色的打麦场上，有一个小伙子在用伏尔加纤夫的姿势拉石磙，弓着腰，低着头，肩上套着绳绊，双手几乎垂到地面，赤裸的脊背汗水涔涔，油光发亮，在阳光下一闪一闪。

这里是北京的双桥农场，最早兴建的国营农场之一，以机械化生产而著称。但是，来自中央美术学院的艺术家，干的活儿如同畜力。在二十多人当中，袁运生是最年轻的一个，自愿承担最繁重的劳动。他在打麦场上拉石磙，一拉就是一天。

二十几个人住在一间大屋子里，门窗凋敝，苍蝇、蚊子自由地飞进飞出。屋里两排大连铺，桌子用木板搭成。院长、教授、助教、学生，在这里享受着平等的待遇。几年前，在他们头顶上发生的那次爆炸，在每个人的身上引起不同的反应。有的缄默不语，有的没完没了地忏悔，有的泰然自若，有的战战兢兢，就像爆炸力学发展成为一门独特的工艺，可以造成破坏也可以进行建设，使他们的精神型号明显地趋向两极。

袁运生从打麦场回到屋里，头一个动作是扑向放在床头的画板，一头畜力转眼间变成两眼炯炯发光的艺术家，就像魔术师大变活人的奇迹。他夹着画板，到处寻找捕猎的对象，在视觉形象的疆土上，他是万物的主宰。

他在顽强地创新，是自愿，也是被迫。他集劳动改造与艺术创作于一身，不能像油画家那样从容地描摹物象，需要适应新的环境。把中国绘画以线造型的成就运用到西洋油画中去，以前还是朦胧的追求，如今化为明亮的火焰，强烈地吸引着他。试问，有谁在生活中看见过“线”的存在呢？而他却看见了。他观察光线照射的层次，分析物象的光面，力求把握面与面相交的那一瞬，那激变的、过渡的、奇妙的分野，在视网膜上出现了清晰的线条，通过大脑的加工，强调的夸张与恰当的变形，指挥着手和笔，在画稿上勾出坚定的或柔和的线条，像国画那样简约，像西画那样精确，犹如一位京剧艺术家在空空如也的舞台上，用细腻的手眼身段，向人们展示了情景交融的空间——略而不虚，虚中有实，不同凡响的绘画语言。

他想开了。既然他的画再也不会有人问津，更不会拿出去展览，那就可以放纵他的画笔，任其自由地画下去。在农场的日子里，他用钢笔、毛笔、铅笔画了两千多张素描，远远超出美术院校在校学生的作业数量。繁重的劳动，雄厚的功底，向着既定的目标。堆在床头的一大摞画稿就是他信念的积累，精神的海洋。

住在同一间大屋的人们，其中有一位严峻的长者，时常注视着年轻画家的举止，他就是原来的院党委书记江丰。江丰的目光是惊讶的，以前他并不了解自己的学生，现在被袁运生勤奋上进的热忱所感动。

“我真不明白，为什么要把你这样的学生打成‘右派’？”江丰对袁运生说，“画吧,只要你认为是对的,就按照自己的意志画下去!"

这是袁运生从以前的院党委书记的口中听到的直接教诲,不是在堂皇的学府里,而是在艰苦的逆境中。这教诲,使他永远难忘。

一天,同屋人举行生活检讨会。有的人照例做了一番忏悔,而江丰慷慨陈词,批评宣传工作中的浮夸风,批评经济政策与经济基础脱节,批评"左"倾机会主义的危害,俨然像头脑冷静的政治家,丝毫没有罪人的自我意识。他还是他,保持着人的尊严,行使着脑与口的权利。袁运生听着,心中充满了敬佩。

散会后,江丰伏在案头看书。袁运生悄悄地捧起画板,朝他看去。眼前的模特儿是清癯的、憔悴的,一副沉思的样子。然而,在画家的脑海里却映出一个美的灵魂,像钻石一样坚硬透明。画家用酣畅的画笔,为他勾出一幅传神的肖像。

"哦,我比以前瘦多了。"江丰接过这幅素描,感慨地说,"把这幅画留给我吧,你我的友谊是值得纪念的……"

这幅素描配了一副画框,多年来一直挂在江丰家里。

一个被撤职的党委书记,一个被迫停学的年轻人,他们的个性都没有在重压下扭曲。个性一旦战胜了磨难就如铜铸铁浇,承认不承认它都一样……

雨纷纷

画家和兰英在苏州分手,返回长春,时有书信往来。一年后,兰英面临毕业分配。

东北对兰英来说很陌生。在她的想象中,那是冰雪覆盖的遥远边陲,是冷得冻掉鼻子、耳朵和下巴的可怕的地方。同学当中没人愿意分到东北,他们习惯于江南鱼米之乡的富庶条件和温润气候,只要一提东北就毛骨悚然,好像被流放的厄运降临头上。

兰英置一切于不顾了。在姑娘的心目里,哪里有他,哪里就是春天,哪里就有篝火! 只要依偎在他身旁,挨饿受冻也心甘情愿。

当兰英向组织上提出自己的分配志愿时,对方听了一惊:"呀,你已经有了男朋友啦! 认识多久了? 他做什么工作?"

姑娘一五一十地说了。她想,反正早晚也瞒不住。

兰英的故事在全校传开了。口头文学家们不乏想象力,把故事编得像田园牧歌一样美妙——

"喂,你听说了吗? 兰英要求分到长春去。"

“那么远！为什么要到那儿去?”

“她认识了一个男朋友,长春市数一数二的美男子。”

“那个人干什么的?”

“长春电影制片厂的演员,演过好多片子。”

“找个演员当然开心啰！全国到处跑,凡是有制片厂的地方都是大城市,兰英将来爱往哪儿调,就往哪儿调!”

但是,在学校的一间小屋子里,兰英的头上承受着千斤重压,投向她的是盛怒的、失望的目光:“你在政治上太幼稚了,他是什么人?‘右派分子’,反党反社会主义。你是什么人?革命烈士的后代,共青团员,党组织的培养对象。你对得起死去的父母?对得起党吗?”

兰英争辩说:“他已经摘掉帽子了……”

“摘帽不摘帽都一样,谁家若是有这样一个家属,想抖落都抖落不掉,你偏想拣个黑锅背一辈子,多傻呀!”

“我乐意……”

“不要再说下去！你已经当了他的俘虏,站在悬崖上了。必须和他一刀两断,从此不再来往。他给你写信,交到组织上来处理!”兰英坐在小屋的一角,脸色苍白,四肢麻木,像是一个叛逆者在接受审判。她有什么可说的呢?一个心地纯洁的姑娘第一次向别人倾诉爱情的隐秘,理应接受幸福的祝贺。然而,她得到的是粗暴的训斥和强制的干涉,争也没用。她拖着沉重的脚步回到宿舍。

更难承受的是无声的重压。同学们用鄙夷的目光看着她,窃窃私语地议论她,好像她做了什么亏心事。一颗曾被捧在掌上的明珠,忽然变成了被嘲讽的对象,使她尝到世态的炎凉,命运的沉浮,激起强烈的反抗心理。

她提笔写了一封信,寄给杭州的一位阿姨——爸爸生前的战友。

阿姨很快拍来电报,要她速去杭州面谈。

兰英赶到杭州,天下着毛毛雨。阿姨把她接到住处,殷勤招待,笑脸相陪,想方设法叫她开心。可是,兰英满面愁容,像天空一样阴郁。

“愁出病来可怎么好?”阿姨心疼地说,“我陪你出去散散步吧。”

她俩撑着雨伞,来到柳浪闻莺。

西湖在兰英面前展现了一片银灰色。天是银的,水是银的。大气中飘着似雨非雨的银粉末,拂面未觉,沾衣欲湿。

兰英的眉心舒展了:“这里的风景真美!”

“这趟没白来吧。还有一件高兴的事呢,”阿姨笑着说,“我要给你介绍一个男朋友，他是党员，在部队做保密工作，年龄般配，仪表堂堂。只要你肯见一面，保证会喜欢他……"

兰英顿时提起警觉："难道让我来就为了这个？"

阿姨说："我是为了你好呀。感情这个东西是培养起来的，没有感情可以培养感情嘛……"

姑娘只觉胸中硬被塞进一团乱麻，优美的西湖风光也变得面目可憎，脚下的曲径好像布满陷阱。一种被愚弄的感觉向全身袭来，她气愤地说："我谁也不想见。给你！"

兰英把雨伞塞到阿姨的手中，冒着冷雨转身跑了。身后，湖水拍岸，发出有节奏的韵律，像是在声声叹息……

回到住处，兰英收拾东西，准备返回苏州。阿姨凑了过来，心平气和地说："兰英，我知道你的脾气，一旦决定了的事，别人怎么劝都没用……"

"知道这个就好，我就很感谢你。"姑娘淡淡地说。

"我只有一个请求，"阿姨说，"你既然来到杭州，多住一天也无妨，晚上我们好好谈谈吧……"

晚上，兰英和阿姨面对面地坐在灯下。

"兰英，我相信你的眼光，你看中的人是不会错的。"阿姨心平气和地说，"我们党对知识分子实行团结和改造的政策，像他那样的人还是要发挥作用嘛。"

姑娘点了点头："我也是这样想的……"

"不过，让我来交交底吧。"阿姨说，"目前我们还没有一支属于自己的知识分子队伍，不靠他们靠谁呢？既要使用他们，就要给他们一些好处。打个比喻吧，好比哄孩子的糖豆，那一点甜头很快就会融化的。将来我们自己的队伍成长起来，那些人再好，也不能使用。你多想一想吧……"

姑娘听了一番鞭辟入里的分析，如坠五里云雾。她头一次听说，在政策的背后还有政策，生活中的无穷奥妙够她慢慢消化的。

这天晚上，兰英失眠了。在这夜阑人静时分，她思念着远方的画家，渐渐有所醒悟：在他俩之间横亘着比冰雪、风暴、山川更为严峻的障碍。一个势单力孤的女子，无力推开社会的、传统的、心理的重压，感到前途无限渺茫。后悔当初爱上他吗？姑娘找不出谴责自己的理由。他们的爱情青山做证，明月可鉴，没有一丝灰尘。她只能后悔自己出身优越，倍受宠幸，致使爱情也戴上镣铐。为了他，姑娘情愿再投生一次呵……她在昏沉中入睡了，做了一个甜蜜的梦，梦见自己化为一个农家少女，和画家在白山黑水之间相会，整个世界像铺银盖玉一般纯洁……当她醒来时，发觉这不过是痴妄的梦幻，命中都已注定，一切不可逆转，姑娘绝望了。热泪像断了线的珠子似的，从脸颊上扑簌簌滚落下来……

第二天，阿姨把一本杂志摆在兰英的面前："这是我从图书馆里找来的，你看一看就会明白的。"

这是当年出版的一本《美术》杂志。兰英用颤抖的手翻开书页，找到一篇文章。那篇文章批判袁运生所画的一幅油画，附有这幅油画的照片。那是画的什么呀？被缩成可怜巴巴的一小块，看也看不清楚。姑娘总算找到这幅油画的题目——

水乡记忆

"好啦，好啦，再炸该焦啦！"

"轻一点儿，别叫人家听见。"

"我先尝尝——哈，又香又脆！"

"放开肚皮吧，反正不花钱……"

袁运生躺在床上，听到隔壁传来嬉笑声，油锅滚沸的"丝丝"声，贪婪的咀嚼声，伴随着炸油饼的香味扑面而来，搅得他夜不成寐。

这是生产队的仓库，位于苏州附近的一个小镇。不久前，袁运生由双桥农场回到中央美院，回到董希文教授的工作室继续受业。老师建议他选择一处乡土气息浓厚的地区深入生活，为毕业创作搜集素材。他来到江南某镇，被安排在生产队仓库隔壁的一间小屋住宿。当时正是国民经济困难时期，被誉为"上有天堂，下有苏杭"的水乡，也面临着饥馑的威胁。一度流行的狂热的宣传口号消失了，生理本能在人们的身上发挥了作用，这种作用最先在小镇的干部身上显示出来。为了填满几个人的肚皮去坑害集体，压缩别人的肚皮。深夜演出的就是一出率先占有填充材料的喜剧。

袁运生在床上翻了个身，惹得几只老鼠从枕边爬出来，在他的身上跳来跳去。

"有动静！"隔壁的人说，"那个画画的叫不叫他来？"

"别理他！"

……

这就是真实的生活素材！画吧，既然"艺术从属于政治"，这样的生活干预一下也无可厚非。画家躺在床上，心中流动着忧国忧民的感慨。

然而，夜间的梦寐并没给画家留下深刻的记忆。他对艺术的职能有自己的理解。他是为了追求生活中美的因素而来的,生活的灰尘蒙不住艺术家金子一般的心。白天所到之处,使他的追求得到满足。几个星期以后,他满载而归……

回到北京后的一天,吃过晚饭,他靠在床上沉思,一股不可遏制的创作冲动驱使他拿起画笔,信手在稿纸上勾勒,笔尖像行云流水似的畅快,只用去一个晚上的时间,就把毕业创作的草图画出来。

他带着画稿去见董希文老师。老师看了看说:"我看很有特点。工作量不小呀,抓紧干吧!"

他把行李卷、画布和油彩,一股脑儿搬进学校的大仓库。这间仓库是存放大型文物的,有高大的石骆驼、出土的石骏马和汉代大将军霍去病墓前的石虎。地上积着厚厚的灰尘,墙上布满蜘蛛网,像一座阴森的古堡。他把行李卷往地上一摊,不分白天黑夜地干起来。那些石虎石马注视着一个年轻画家像发狂一般地工作。两个月过去了,袁运生请人帮他抬出一幅巨大油画。

这幅油画题名为《水乡记忆》。

《水乡记忆》一时成为美术界谈论的话题。董希文、叶浅予、黄永玉等前辈画家交口称赞,评定毕业成绩时主张判为"特优"。还有一些人摇头、皱眉,连及格的分数都不肯给。

水乡留给年轻画家的记忆是什么?

画面当中是一座苏州常见的小桥,明代留下的传统建筑式样,结构精美,饰有玲珑剔透的浮雕。桥的两侧展现了房屋、街道和春节期间集市贸易的活泼景象。

看,那是搭台唱戏的,那是卖桃花坞年画的,还有卖粮食和蔬菜的,好热闹呀。一个秀丽的农村姑娘在脚边摊开一张报纸,摆好一束束鲜花,期待着人们来光顾。一个淳朴的小女孩刚才卖掉一只小羊,也许因为那个可爱的小动物是经她手喂大的,眼看被别人牵走了,流露出怅惘的神情……强烈的民族格调,淳厚的风土人情,画家的笔下描出了上百个栩栩如生的人物,环绕那座石桥倾诉着一桩桩美好的故事——人们在这里交换着一年辛勤劳动的所得,在丰富多彩的民间娱乐中得到了欢慰。

桥下是一泓清水,波光荡漾。乌篷船、小木船和运载年货的驳船排列拥挤,相擦而过。撑船的人互相谦让着,规避着,为邻船闪出航道。一个青年后生悠然躺在船头,阳光洒满脸上,凝思中怀着对未来的憧憬……

这小桥,这河流,不正是我们民族风貌的再现吗!我们的民族含辛茹苦,当时更处在极为困难的时刻;但是,我们坚忍不拔的民族精神并没有被灾难所摧毁,坚强自信,崇尚礼遇,乐观洋溢,保持着伟大的尊严。以缓慢的节奏,沉着的步伐,举世无双的韧性——走向明天！

谁能猜到这幅作品的最初构思萌发于水乡的那间小屋，那间阴暗的、老鼠跳梁的、与罪恶相邻的小屋。人民的勤劳、画家的纯真，和一壁之隔的贪婪自私、巧取豪夺，形成多么鲜明的对比！画家拂去生活的荫翳，怀着美好的心愿，用绘画艺术的语言宣泄了对祖国和人民的深沉的爱。这正是画家心灵品格的自我剖析呵！

当《水乡记忆》悬挂在中央美院的礼堂公开展出时，观众的反映是热烈的。有人留言，有人拍照，有人临摹。单就它在艺术风格上的创新，就使人们为之惊叹。作者抛开西洋油画情节设计的“三一律”和传统的透视法则，采用了国画散点透视的高妙手段，使画面上相互独立的故事浑然一体。在刻画人物时，作者娴熟地使用西洋油画的工具，大胆地运用以线造型，还吸收了古代陶甬艺术的夸张手法，描绘出神态各异的群像。兼有油画的富丽辉煌，国画的工笔重彩，年画的敦厚朴实和壁画的装饰趣味。

把古今中外的绘画艺术熔为一炉，是作者梦寐以求的渴望，他该如愿以偿了吧！

但是，《水乡记忆》的命运忽然逆转，被人从展览大厅的墙上摘下来，扔进存放废品的垃圾堆。后来，一个热爱乒乓球运动的小伙子发现了它的价值，拖到球台的后边，当作挡球的栏板。再后来，一位美术史系的同学看了怪心疼的，悄悄用剪刀把它裁下来，折成几折，压在宿舍的床铺底下。不料，学校惊慌报案，请来公安部门的同志进校侦察，像是搜索一件有伤风化的禁品。最后，那位热心的收藏家只好把它交出来，校园里的大喇叭立即广播，宣称这是“狠抓阶级斗争的又一个胜利”。

离奇吗？并不离奇。气候在变化，三年困难时期过去了，农村的集市贸易被取缔了，饥肠辘辘的日子被遗忘了。今日的政治向昨日的艺术提出新的要求，画家该被打板子了。《水乡记忆》的作者面对着一堆永远也无法回答的问题：你为什么不画拖拉机？为什么不画丰收的麦场？为什么不画……在所有的指责中从来没人指责他为什么不画深夜隔壁那一幕，尽管那类现象是人所共知的事实。文艺批评的路口只亮着一盏绿灯：左转弯。忠于艺术的艺术家向前直行，被斥责为太“右”。

中央美院前党委书记江丰曾经感慨地说：“如果这幅画尚未毁损，拿出展览，我可以预言，观众会替它平反，恢复名誉。即使从这件尝试性的作品上，也可以看出作者的艺术才能。”

只可惜，这幅画连残骸都找不到了。它所留下的唯一纪念，就是被缩成一张可怜巴巴的小照片，配上一篇振振有词的批判文章，刊在《美术》杂志的一角。画家应该感到荣幸，这是他的作品头一回被制成锌版，加以印刷，流传于世——其中也包括摆在兰英面前的那本。

月台边

兰英在杭州度过的第二天上午，是她最痛苦的时分。

阿姨俨然以监护人的身份站在她的身旁，伸手指着那本杂志，像是找到了有力的证明。阿姨说，像袁运生那样的人，是不会改正错误的，别人也不会宽容他。跟他结合将贻误终身，永远没有出头的日子，还会累及子女。

那本杂志并没能吓退姑娘的爱情，却使她感到问题的严重性。看来，阻拦姑娘与画家结合的，不光是阿姨、学校，还有整个社会。除了姑娘之外，似乎其他所有的人都在发出诅咒，往画家身上泼污水。姑娘还有走向他身边的勇气吗？说到未来的子女，那些无辜的小生命，也将跟随大人在泥泞中度过一生，兰英的心软了。

这是一场难以抵挡的精神围剿。兰英伏在桌上失声痛哭……

阿姨见到自己的良苦用心发生了效力，递过一支笔、一张纸："给他写一封信，把话说清楚，心里就痛快了。他如果真的爱你，就不会再给你找麻烦……"

兰英接过纸笔。

她写得很坚决，声明和画家断绝往来，没做任何解释。她把责任揽了过来，表示愿为自己当初的感情冲动付出终身的代价，永远不再结婚。她在信中祝福画家能够得到另一个人，也像自己一样爱他……当她写完最后一个字，信纸上满是斑斑泪痕。

阿姨接过来看了看，叹了一口气："瞧，眼泪把字迹都沾湿了，让他看了，怀疑你不是真心跟他吹……"

"本来就是被迫的！"兰英没好气地说。

阿姨总算拿到了字据，如释重负，亲手把信封好，贴上邮票，送往邮局。

兰英从杭州返回苏州，度日如年，反复设想画家的反应。画家一定会暴跳如雷吧？兰英实在不愿给画家那颗遭受重创的心增添新的伤痕，信中没写刺激性的语言，但是，画家也会明白事态变化的原因。那封信已构成对他的轻蔑与侮辱，他将把信撕得粉碎，一赌气再不回信吧？还是听从命运的安排，从此消沉下去？或者，姑娘的担忧都是多余的，男人就是男人，拿得起放得下，随即把姑娘从记忆中抹掉，忘得一干二净……

兰英最不情愿发生的，是后一种情况。

画家回信了，措辞生硬，同意告吹，没有一丝央求的口吻，只有一项最后的条件，要求兰英来长春一趟，当面把原因说明白。

像是从空山幽谷听到了回声，兰英攥着这封信跑进学校的办公室。

姑娘把信往桌上一摊："请允许我去长春一趟。"

对方看完画家的信，抬头问道："这是最后的见面？"

"是。"姑娘说，"我们都很坚决。"

学校说不出拒绝姑娘的道理，慨然放行。姑娘动身的那天，学校给长春打了一个长途电话，要求画家所在的单位给予配合，注意兰英和画家的行动，促使双方断交。

火车飞驰，窗外掠过广袤的田野。姑娘心急似箭，以前在梦中都向往的东北风光，这次在旅途中几乎没有留下什么印象。她只记得火车到达长春的那一瞬，在人头攒动的月台上，她一眼就看到了脸色苍白的画家。

兰英走下车厢，画家迎上前来。他的手里依然拿着速写本，故作镇静的样子。但是，他那疲惫、晦暗和压抑着巨大痛苦的面部神情，逃不过姑娘敏锐的眼睛。姑娘希望看到的正是这个，心中升起一阵喜悦。

画家在月台边收住脚步，和姑娘保持几步距离。

"请你现在就做出回答，"画家的声音像野兽在低吼，"你为什么要变卦？为什么要屈从别人的意志？"

姑娘把旅行袋往前一递："你当我到长春来是跟你谈判的吗？"画家一愣，没听懂是什么意思。

"傻瓜！如果要吹，还用得着千里迢迢跑一趟吗？"姑娘嫣然一笑，"今后的日子还长呢，对你也需要考验一下！"

明亮的阳光回到画家的脸上。他竟然忘记去接姑娘的提包，激动得不知如何是好。姑娘向后躲闪了一下，真怕眼前这个失去理智的家伙不顾本国的风俗习惯，在众目睽睽之下扑过来……长春谈判达成一致见解——那些无尽无休的劝说、挑唆、约束，真叫人腻味死了，得采取果断的行动来摆脱。

兰英毕业的这年暑假，和画家结婚了。婚礼在长春举行，没有亲人主持，没有同学祝贺。他们收到的唯一礼品，是袁运甫送给弟妹的一件上衣；他们添置的共同财产，是一条印花双人床单。在一间临时借用的小屋里，他们履行了庄严的人生仪式。兰英的蜜月是在替过去的单身汉拆洗被褥中度过的。随着兰英报到日期的迫近，短暂的蜜月结束了。

人间的王母娘娘到底也没肯让步，故意在他俩之间布下一条银河。

兰英的工作单位是从地图上挑选的。毕业分配时，学校给她的条件却也宽容——除了东北三省之外，其他任何一个城市都行。实心眼儿的姑娘把手指放在地图上，沿铁路线寻找距东北最近的地点。她的指头划过北京，越过天津，落在山海关以南的一个小圆圈：唐山。在她看来，这是人间银河的理想渡口。

她来到唐山不久，就赶上了“史无前例”的那场风暴，游行，造反，两派用大刀和长矛厮杀，整个城市陷入原始部落式的纷争。兰英举目无亲，乱世飘零。每年一度的探亲给她精神上少许安慰。后来，她怀孕了。过度的操劳加上恶劣的生活条件，使兰英落下腰椎劳损的病根，背上像负着一块沉重的铁板，躺在床上翻不过身来。屋里没人生火了，单薄的门窗抵不住寒风的侵袭。腰病使她变得浑身僵直，生活无法自理。直到这时，她才感到多么需要丈夫陪伴在她的身边……

画家奔走求告，终于在长春的一家医院为妻子找到一份工作，又赶到唐山，好不容易通过了重重关卡，拿到调动工作和迁移户口的证件。至此，他们已经两地分居六年了。

兰英坐在火车上，长春的月台又一次向眼前移来，她禁不住百感丛生。六年了，她出于自愿，失去了很多东西——优越的处境，政治上的前途，还有美好的青春。她那俊俏的眼角爬上了愁纹，容颜憔悴，清秀的脸颊变得蜡黄蜡黄。她付出了巨大的代价，只为了换取普通人的平凡的生活，外加一个“摘帽右派家属”的罪名。耿耿银河横在面前，天上人间有着同样森严的礼教。

陋室铭

破木桌上摊开一张纸片，一只小手握住画笔向纸片上涂抹水彩。笔下出现了圆的、方的、不规则的色块，分别代表不同的静物：圆的是洗衣盆，方的是旧木头箱子，不规则的是搭在晾衣绳上的尿布……

这是画家的儿子在写生。他在长春出生，不管父母的生活道路多么坎坷，他还是按照自然规律长大，长到那只小手能够抓住画笔的年龄。

小屋只有 14 平方米。家中又多了一个小妹妹，四口人拥挤在狭小的空间里，一排大连铺占去三分之二的面积。窗前的那张破木桌，平时是爸爸的工作台，夜间是儿子的床位。其余的空间供做饭、洗衣服，此外再没有插脚的地方。

眼前的情景，画家的儿子画了不止一次了，这是他接触生活的第一个题材。这个新中国的可爱的第三代，用幼小心灵中最美丽的颜色反复描摹，积累的画稿有好几十张了。每当邻居们来做客，他就捧出自己的作品在客人面前炫耀。可是，他所听到的评语却大失所望：“唉，兰英，你们的宝贝儿子怎么画的净是贫民窟呀！”

兰英苦笑了一下，有什么可说的呢？儿子画的，是家中的全部所有。

兰英调到长春以后，承担起繁重的家务，日子过得很艰难。以前，她吃惯了食堂现成的饭菜，从来没下过厨房；这时她苦恼地发现，要想把玉米面的丝糕蒸得不发酸，比在医院里完成一次外科手术还困难。在很长一段时间里，全家人吃的丝糕、窝头、馒头都酸得难忍，硬邦邦的，像石头一样。孩子们照样狼吞虎咽，好像那些东西天生就是这般滋味。

家庭经济是拮据的。两个大学毕业生的总收入，抵不住家庭人口的增加和物价的上涨。儿子还算幸运，小时候吃过几天蛋糕。轮到女儿就不行了，父母再也买不起蛋糕，只好去买一角钱一个的面包，给孩子们打牙祭。再后来，父母捧回家的，是廉价处理的黑面包了。即使这样，孩子们也高兴得一天合不上嘴。

他们省吃俭用，还是入不敷出。每到月底，兰英和画家就面对面地掏口袋。

"运生，这个月供应的肉还没买呢。"兰英说。

"干脆买了吧。"画家说，"今天是星期天，该改善一次了。"

妻子早已一文不名。画家把衣服口袋翻得底朝天，凑够买一斤肉的钱。

儿子已经备好小小的冰爬犁等在那里，接过钱，欢蹦乱跳地跑了。

过了一会儿，门口传来儿子的欢呼声："快来呀，肉买回来啦！"

画家和妻子跑出去迎接，不由得一愣："肉呢？"

儿子回头看看，冰爬犁是空的。哎！刚才他光顾上高兴，跑得太快了，把一斤肉颠得没影了……

"采购员"从来没有失职过，这次变得垂头丧气。画家和兰英只好安慰儿子，捧着他那窘困的小脸哈哈大笑。

儿子也笑了。一场精神上的欢笑代替了假日的会餐。

在长春，所谓的"精神贵族"们都在各谋出路。有的人去给饭馆、旅店装潢门面，画几幅画，换回几瓶酒和整箱的鱼。有的人忙于家庭副业，用手工方式生产现代化的家具。还有的人担任家庭美术教师，如果所教的学生家里有来头，那他的处境就会很快得到改善。而袁运生却一点"外快"也没捞，一点门路也不找。他忙得很，白天去上班，老老实实地完成交给他的任务，尽量让别人挑不出毛病；晚上回到家里，纵情挥毫，钻研心爱的艺术，家务事很少顾得上了。

在全家最困难的时刻，兰英曾用试探的口气对运生说："你能不能也像别人似的想点办法？"

"想什么办法？"画家惊异地问。

"我没有更高的要求。"妻子说，"我是说，在可能的条件下，让家里的生活凑合过得去……”

丈夫摇了摇头：“办法是有的。可是，那样做会葬送我的艺术！”

妻子懂得“艺术”二字在丈夫心头的分量。话题一搁，永远不再提起。

兰英累病了，腰椎劳损的痛苦折磨着她，她有时不得不卧床。每当这时，他们家的天就坍下来了，陷入一片混乱。全家人饥一顿饱一顿；孩子的衣服脏了，没的换洗；床单上溅着画家的油彩，好像抽象派的画布……兰英身为医务工作者，对环境卫生有着起码的要求，实在不能容忍了，躺在床上吩咐画家：“今天你把床单和衣服洗一洗吧。”

“好。”丈夫顺从地搁下画笔，捋胳臂挽袖子，仿佛要大干一场。

他把床单和衣服泡了满满一盆。洗着洗着，按在搓衣板上的双手放慢了节奏，目光停留在对面的墙壁上。那里，悬挂着一幅新作，油色未干。他一忽儿侧着头，面露得意之色；一忽儿皱起眉，像是发现了不满意之处。

他霍地站起来，把沾满肥皂沫的手在胸前揩了揩，抄起一支画笔，纵身跳上板凳，在画面上改动起来。

兰英躺在床上，嘴角掠过一丝苦笑。

画家跳下板凳，回到洗衣盆边。过了一会儿，他又忍不住抬头向墙上张望……

一天过去了，花费七个多小时，总算洗完一盆衣服，还没顾上做饭，全家人饿着肚子。兰英又好气又好笑，诙谐地问道：“喂，你从板凳上跳上跳下的，一共跳了多少次？”

画家茫然地晃了晃脑袋。

兰英说：“你不记得了。我替你数着哪——整二十次！唉，真是拿你没办法。干家务活比谁都懒，拿起画笔比谁都勤快……”

天黑了，窗外大雪纷飞，像撕棉扯絮一般。兰英睁眼看着天花板，迟迟不能入睡；儿子一沾枕头，就进入酣甜的梦乡。小屋的另一角，在昏黄的灯光下，画家一手抱着女儿不住地摇晃，另一只手举着画笔作画。他的嘴里哼着即兴谱成的催眠曲，歌声在小屋里轻轻回荡……

漫长的冬天，多少个夜晚，他们一家人就是这样度过的。

兰英的耳边响着丈夫的哼唱，默默地陷入沉思。当初她钟情于他，是倾慕他为人的正直和对艺术的忠诚。如今，她体验到了作为一个正直的画家的妻子的全部甘苦。安于贫困，甘于寂寞，没有正常的家庭生活，看不到隧洞尽头的光阴，只问耕耘，不问收获……除了妻子之外，有谁真正了解他呢？不但得不到社会的理解，还被打入了另册，棍棒时刻在他头顶上挥舞。每当想到这些，贫贱夫妻百事不谐的苦楚随之烟消云散，妻子的心化作一汪春水，充满了女性的柔情。

她想，如果两个人分担家务，结果只是一事无成。明天即使腰再疼，也要咬牙爬起来，挑起家务的重担……

车轮下

袁运生夜里睡得很晚，第二天早上揉揉眼，窗外已是大天亮。“糟糕！”他慌乱地穿上衣服，“又要迟到了……”

兰英早已起床，强忍着腰疼，在为一家人做早饭。

画家惊异地问道：“谁让你爬起来的？你的病还没好呀！”

兰英说：“没什么，反正我还在休病假，你走了我还能躺一躺。”画家匆匆吃过早饭，推起自行车，冲出门外。

在长春，这是滴水成冰、呵气成霜的季节。降过一场大雪，北风一刮，马路上结着厚厚的冰凌。路边的树木缀满银花，建筑物像琼楼玉宇似的闪着耀眼的银辉。

画家的心情很焦急。清晨，对于别人来说是一天工作的开始，对于他却是彻夜劳顿的继续。每当黑夜与白昼相交替的时分，就是他疲于奔命的时刻。

人生该有多少磨难啊！社会的，自然的，意外的……

穿过一条街道，前面就是繁华的路口，车如潮水。他小心翼翼地向前行驶，忽听一阵隆隆的马达声。一辆鲁莽的卡车横穿路口，不肯放慢速度，如入无人之境。速度快，地面滑，加上毫无准备，画家已躲闪不及。砰然一声，猛烈撞击，画家连人带车飞出老远，跌落在地。这时，正巧从对面开来另一辆卡车，画家像被传球似的传到那辆卡车的轮子底下……

街头的行人看见这一幕惨剧，发出一片尖叫，全都愣在那里。

卡车司机失去了镇静，慌乱中忘记了刹车，右脚踏在油门上，继续向前开去。卡车的巨轮从自行车上轧过，钢铁构架发出短促的呻吟，自行车座子被揉成一团儿，卡车又朝画家的身体碾来。

这是痛苦的一瞬，行将死亡的一瞬。完了，只要汽车轱辘从他的胸口一轧，就算完了。他在生活的道路上一再遭受重创，从来不甘心向命运屈服，这次怕难以逃脱了。丢下心爱的艺术，扔下家中的妻子和娇儿，毫无意义地死去……

按照歌德的说法，人对自己和别人的痛苦，只能有三种感觉：畏惧、恐怖和同情——预见大祸将临时的着急，对当前痛苦出其不意的发现和对当时或过去痛苦的同情。然而，倒在车轮下的画家，脑海里闪过的朦胧意识，那三种感觉一概没有。

即使在这样的时刻，也表现了他那倔强的性格，只有一个强烈的念头——抗争！

接下去发生的事，在路边那些吓傻了的行人眼里，简直不可思议。只见倒在卡车下的那个躯体，突然直起腰来，伸出一双臂膀，紧紧抱住卡车前的保险杠。卡车咆哮着，抖动着，像是要把障碍物摧毁；车轮下的人挣扎、滑行，死也不肯俯首。人们在长春街头看见了血肉之躯和钢铁怪物顽强搏斗的一幕。

“千万不能倒下！”画家想，“一倒就再也爬不起来了……”

卡车拖着画家在结冰的路面上滑行，5 米、10 米……直到司机恢复了正常的反应，用脚去踏刹车板，克服了汽车的惯性。

画家遍体鳞伤，浑身的衣服被扯成褴褛的碎条儿。他被送进了医院。

抱病在家的兰英听到这个消息，头嗡的一声，只觉天旋地转，两腿瘫软，好半天才清醒过来。

兰英骑上自行车，也不知从哪儿来的一股劲，不顾一切地赶到医院。存车的时候，她又失去了气力，几乎不敢朝医院的大门看一眼，手在不停地哆嗦，锁车的钥匙怎么也拔不出来。

存车处的大娘认出了兰英：“你是小袁的爱人吧！别害怕，他刚才进医院的时候，自己还能走路。”

兰英这才觉得心里宽慰了一些。

兰英把丈夫接回家中养伤。妻子经过这场精神上的刺激，病体更加沉重。夫妻双双躺在床上。

孩子没人照管了。兰英掏出几角钱，让孩子出去买吃的。过了一会儿，儿子和女儿一人捧回一包饼干，眼泪汪汪地站在床前。

儿子说：“爸爸，给你吃吧。”

女儿说：“爸爸，吃我的吧。”

兰英把孩子搂进怀里，替他俩揩去挂在小脸上的泪珠。孩子已经懂事了，过早地领略了生活中的凄凉和恐惧。兰英只恨拿不出更多的钱来，使丈夫和孩子的心灵上、肉体上得到少许的补偿……

画家养伤期间，肇事的汽车司机和所在单位的负责人来到家里，表示道歉和慰问。他们留下一百块钱赔偿经济损失——画家的衣服、自行车和医药费。

客人走后，画家坐在床头，若有所思。

兰英看看那一沓钞票，悲哀地叹了一口气。那是丈夫用九死一生换来的，看一眼也令人伤心。

画家忽然下床了，在小屋里踱来踱去。

“运生，你疯啦！”妻子嗔怪地说，“你腿上的伤还没好，回到床上去！”

画家走到妻子的跟前，两眼射出兴奋的光芒：“你瞧，我不是能走路吗！你知道，我好久没出去画画了，因为没那个条件。我多么向往陕北的高原、奔腾的黄河，还有那里的人民——我要拿这笔钱到延安写生去！”

这就是刚从车轮下爬起来的艺术家的心灵呼声！这就是一个贫病交困的人的最高奢望！他的要求是那样有限，对一些人来说简直不算一回事，对他来说却是那样遥远，拼着性命才能争取得来。兰英觉得胸口像被猛烈地撞击了一下，心头灼痛，欲答无言。她望着丈夫那副真诚的面孔，全都理解了。既然这样能给他那不甘寂寞的心带来欢乐和满足，那就由他去吧。

数日之后，袁运生拖着尚未痊愈的身体，背着沉重的行囊和画具，在妻子深情目光的送别下，踏上了风雪弥漫的路途……

袁运生陕北一行，历尽艰辛。几个月过去了，他的脸上刻着高原阳光和风沙的印记，行囊里盛着满满当当的画稿，踏上归途。

袁运生路过北京，曾去看望江丰。当时，北京的空气令人窒息。江丰已年过花甲，处境更不如以前了，孤独地住在一座杂乱的大院里，一举一动都受到街道居委会的监视。

袁运生坐在过去的党委书记面前，捎来了陕北老区的今日见闻。那些消息没有什么值得高兴的——中华人民共和国成立二十多年了，沿着当年红军转战的路线走一遭，所到之处，老百姓的生活仍很贫苦。年轻的画家慷慨陈词，抨击时弊，忽然想到隔墙有耳，不禁替老人的处境担心，便收住话题，悄悄看了江丰一眼。

江丰神情自若，安详地倾听着，丝毫没有阻拦他说下去的意思。背后的墙壁上挂着一幅画框，嵌着一张素描，正是十几年前在双桥农场时袁运生给江丰画的那张。老人一如既往地保持着固有的尊严，不愧是个硬汉子。袁运生再一次体验到使人镇静的精神力量。

袁运生打开画夹，把一组陕北的人物素描摆在江丰的面前，其中有满脸皱褶的牧羊人，有用冷峻的目光傲视一切的年轻后生，有低头沉思的农村姑娘……这些人物真实淳朴、性格鲜明，从他们的脸上找不到在一般绘画中常常出现的无缘无故的笑，莫名其妙的笑，矫揉造作的笑。他画出了陕北人民特有的气质。

“这些画现在拿出去，是不会有人给你发表的。”江丰说，“也许，你丢掉了真诚，就会取得赞美。不过，我认为你的路子是对的。搞艺术的不能去搞迎合！”

袁运生又取出一幅山水长卷，宽 68 厘米，长 400 多厘米。这幅画描绘了巍峨的佳集古塔、冲破冰凌的黄河流水和苍莽的高原风光。这是他伫立在凛冽的寒风中，花去整整两天的时间，用冻得坚硬的手一丝不苟地画出来的，笔触缜密、严谨，气势雄伟。

画面的一角注着几行小字："写于1974年12月底黄河水破冰后奔流不息作白描两日归来尽兴。"

江丰看了爱不释手。画面上熟悉的陕北风光唤起延安老战士的激越感情。他说："呵，黄河！一泻千里，奔腾澎湃，掀起万丈狂澜。我仿佛又听见了它的声音……"

春水冲破坚冰，地心喷出烈火，这一天终于到来了！

担担画

"四人帮"从政治生活当中消失了，美术界出现了生机。

美术界一些正直之士，对多年遭受埋没的袁运生深为同情，盼望他能重露头角，施展才华。中央工艺美术学院院长张仃特地写信推荐他去作画。如今已担任河北美协副主席的费正，也为他奔走斡旋。可是，这些努力都碰了软钉子，被用各种借口挡了回来。很明显，袁运生的名字依然是一个不祥之物，受到冷淡和歧视。这个磨砺精深的艺术家，就连画一本连环画册的机会都没有。

乍暖还寒时候，最难将息。

在长春的陋室里，袁运生手里拿着画笔，面对镜子在给自己画像。画稿上出现了一个满面愁容的头像，刀刻一般的皱褶，杂草丛生似的胡须，一头不驯服的长发如垂下万根烦恼丝。他的头发很长了，平时顾不上理，索性很少去理。这副仪容，从艺术的个性出发，和画家艰难的心境、倔强的气质相吻合……他已年近四十岁了，自从《水乡记忆》横遭批判以后，十多年来不曾按照自己的意愿搞过一幅创作，这对这个创作欲望非常旺盛的画家来说，该是多么痛苦的事，怎不令他愁发千丈！

他烦躁地扔下画笔，捧起一本小说来消磨时间。

兰英每次回到家里，总是关切地问："运生，有信儿了吗？"

丈夫摇了摇头，妻子也叹了一口气。

兰英已是中年妇女了。她又生下了老三，挑起五口之家的担子。在家庭的议事日程上，兰英最关心的仍是丈夫的艺术。艺术能给丈夫带来欢乐，丈夫的欢乐就是她的欢乐。她也怀着同样焦急的心情在等待着。

1978年5月，几个朋友的热心努力终于奏效，袁运生获得一次外出写生的机会，目的地是风光绮丽的云南西双版纳傣族自治州。

他接到云南人民出版社拍来的电报，欣喜若狂，马上把这件天大的好事告诉了妻子，全家人像过节一样快乐。

儿子好奇地问道："爸爸，西双版纳是什么样子呀？"

"美极了！"他笑着说，"等我画回来给你看。"

女儿扯着他的衣角："爸爸，西双版纳有什么好东西呀？"

"有好多水果。"他抚摸着女儿的头，"等我买回来给你吃。"

他忙着收拾行装，整理画具，搞得天翻地覆，巴不得立刻就上路。

兰英看看摊开满地的东西，惊奇地问："为什么要带这么多东西？"

丈夫说："机会难得，孤注一掷了！"

是呵，这个多年来备受冷落的画家，想想那一年他从车轮下爬起来奔赴陕北的举动，就能理解他此刻的心情。他渴望深入生活，把这看得比生命更加重要。如今，一个出版单位向他发出正式邀请，使一颗艺术赤子的心像烈火干柴一样熊熊燃烧了。

晚上，兰英找来几块旧布，在灯下替丈夫缝制背囊，一针针，一线线，直缝到天色薄明。

"这次要去多久？"兰英问道。

"三个月吧。"画家说，"你一个人带三个孩子，能行吗？"

妻子笑了笑："你能想到我的难处，我就知足了……"

这年五月，袁运生来到澜沧江畔，西双版纳的首府——景洪。他被西双版纳惊人的美丽强烈地震撼了。抬眼，到处都是浓郁的绿色，到处的风光都堪入画。森林绿得像翡翠，山谷像铺着绿色的天鹅绒，河水像流动的凝脂，湿润的空气也给人水晶似的感觉。难怪傣族人民把西双版纳比作灿烂的宝石，这里的山山水水都闪烁着珠光宝气。

有谁比画家更能感受生活中的美呢？他目不暇接了，像是来到了希冀中的天堂。大自然的造物主仿佛对这块土地特别钟爱，把世界上无比浪漫的色彩遍地倾洒，使他畅饱眼福，满心狂喜！

他住进景洪招待所，稍事休整，准备深入西双版纳腹地。招待所的服务人员很有礼貌地接待了远道而来的画家，把他领进一间中等客房。

画家开口就问："这个房子住一天多少钱？"

服务员说："两块五。"

"还有更便宜的吗？"

"有一天七角钱的。"

“好！我就住一天七角钱的。”

他已习惯于精打细算了。离开长春的时候，他从所在单位借支了有限的款项，旅途中花去了一大半，下一步的经济来源还是个未知数……画家深入生活，各有各的气派，他在生活上甘居末流。

幸好费正又一次支援了他，从河北邮来300元。这是从费正的复员费中拿出的四分之三。这雪中送炭的慷慨资助，使袁运生增添了前进的勇气。

云南人民出版社委派了一位年轻的编辑，陪同袁运生下去写生。当这个傣族的小伙子来到招待所会面的时候，画家搬出了从长春运来的全部行装。

好家伙！大木箱里装着18块三合板，几大捆稿纸，还有一个像麻袋那么大的背囊，里面塞满颜料、画具和生活用品……加起来足有140多斤重。小伙子看了直抓后脑勺，不能想象画家怎样把它们搬下火车，又怎样运进西双版纳的密林中去？

袁运生取出一条扁担，朝小伙子微笑着。

瞧他那副神气，像是要把西双版纳的大自然风光一并收入他的行囊。几天后，他就挑着这条被压弯了的扁担，闯入那葱郁的亚热带丛林……

奏鸣曲

瞧，那就是大榕树！冠盖如云，像一位庄严慈祥的老祖母。

呵，那就是槟榔树，又直又高，当地的青年男女用它来象征忠贞不渝的爱情。

那是檀扇树，枝叶像头发丝一样细密，看上去多潇洒，好似披发长吟的诗人。

就连这里的竹林也不同一般，又繁茂，又青翠，簇拥地生长着，好像孔雀开屏。

西双版纳的植物最美了！充足的阳光和湿润的气候，赋予植物群体以特别丰富、浓郁、繁漪的形象，这里的世界无与伦比，看上去满目琳琅。画家不得不压抑住兴奋，凝聚自己的感情，用更缓慢的办法更精确地保留自己的感受。他站在一棵树前，一画就是一整天。

“喂，那是什么树呀？”画家问同行的编辑。

“它叫贝叶树。”小伙子热情地介绍说，“傣族人用它的叶子代替纸张，很多古老的民间传说都记载在贝叶经里。”

袁运生铺开画纸，画出贝叶树特有的冠盖，井然有序，像披着一身连环铠甲。每一笔都毫不含糊，把绿色生命的活力有层次地表现在纸上。热带的骄阳在画家的头顶上喷射着火焰，酷热难当，他的脑门上渗出涔涔汗珠。草丛里飞出成群的小虫子，赶也赶不走，两条腿被咬得又红又肿，他无可奈何地摇了摇头，索性不去理睬……

中午时分，小伙子捧来两个糯米粽粑，塞到画家的手里：“跟你出来才深有感受，画画真是个苦差事。”

画家笑着说：“美和苦总是连在一起的……”

他俩一直在傣家人的竹楼里投宿。画家从日常生活的角度，了解了这个热情而善良的民族的风俗习惯。

每天吃过晚饭，画家走出竹楼，来到林间空地。这是西双版纳最迷人的时刻。晚霞染红了村寨，染红了树梢，染红了澜沧江水。一群傣族少女姗姗走来，肩上扛着小纺车，手里提着小灯笼，紧身拖曳的筒裙在随风摇摆。她们的身材是那样苗条，步履是那样轻盈，仪态万方，好像一群美丽的仙子从天而降。

“太美了！”画家向同伴抒发着感慨，“瞧，那几个女孩子束的腰带，金灿灿的，银铮铮的，简直像是精致的工艺品。不过，我决不去画她们的腰带，腰带会把形体隔开，破坏了形体的完整。我更喜欢她们自然的装束，看，那几个女孩的装束就很自然。她们的上衣很短，筒裙很长，在上衣和裙子之间裸露一截腰肢，这是高度的审美观点，使她们显得身材修长，亭亭玉立……再看她们的发式，挽成髻，往后一盘，自然地溜向一边，多么富有唐风！这个民族真了不起，她们最懂得细节的美……”

少女们分散到林间空地的各个角落。不知从哪里钻出来三五成群的小伙子，围着姑娘们又说又笑。透过黄昏的薄暮，燃起一盏橘黄色的灯笼，传来一阵阵悠扬的纺车声。傣女从小就知道不靠父母而是靠勤劳的双手为自己准备嫁妆，她们在纺织幸福的爱情。

诗情画意的南疆情调，敲叩着艺术家灵感的窗扉。每当这样的时刻，袁运生就在苦苦思索一个问题：什么是西双版纳美的主宰？

美在你那五光十色的外貌和一身珠环翠绕的宝饰吗？描绘你的容颜，画不出你所特有的神韵；拜倒在你的石榴裙下，只能充当自然主义的奴仆。

面对同一物象，出现在画家视网膜上的印象是相同的；然而，画家心中的自我感受却不尽相同。一百个画家可以有一百种不同的答案，一百种不同的表现方法。

艺术贵在有“我”。他在寻找“我”的西双版纳。

从夏末到中秋，他在一串珍珠似的地名留下足迹，然后来到勐定的一个偏僻的小村寨。

这里显然很少有外界的客人光临，画家的访问在小寨子里引起了轰动。晚上开会的时候，全寨人都向他投来热烈的、好奇的目光，笑语喧哗，好像他的到来是本寨的荣耀。

同行的编辑告诉他，这个寨子叫“鬼寨”。共和国成立前，傣族人无力同病魔斗争，如果有人生病了，就说是“鬼”附到了他的身上。指出同一寨子里的某人是“鬼”的化身，几位“德高望重”的长者一商量，当即就要把某人赶走。久而久之，那些被驱逐的人们组成了一个村寨，聚集起了受歧视的一群人。

“鬼寨”里的人们的遭遇，引起画家深切的同情。画家向他们投去友好的一瞥，发现这里的人们美貌出众。如果说，傣族是一个美丽的民族，这里则是美的精粹。花朵一般的少女，风韵犹存的妇人，体格健壮的小伙子，全都乐于接受画家的请求，给自己画一张素描。到后来，干脆找上门来，落落大方地站在面前，希望引起画家的关注，忙得画家手不停挥。他们天性爱美，以美为骄傲。

小寨子的生活平和、恬静。画家居住多日，没有听说一家吵过嘴。男女之间的经济绝对独立，劳动收入、生活用品和干活的工具都分得清清楚楚。家庭出现裂痕，一般由女方提出迁走，临行前全家人文静地坐在一起进餐，然后由男方挑着担子为女方送行，相敬如宾。老少之间是和睦的，晚辈人尊重长者，殷勤侍奉；长者爱护晚辈，却从不硬性约束……多么单纯的关系呵！不为世俗之气所污染，像一泓溪水那样清澈。

一天劳动归来，青年男女在碧绿如茵的草地上跳起了伊拉赫舞。欢快的鼓点，清脆的小芒锣，汇成了鲜明的节奏。姑娘们排成一队，踏着婀娜的舞步，舒展着柔软的手臂。她们的神情矜持、自尊，朦胧中带有一种庄严的向往。她们在向往什么？

这是泼水节中常见的舞蹈。陪伴画家的那位傣族的编辑，给画家讲了记载在古老的贝叶经里的传说——从前有一个丑恶的魔王，要把各个寨子的俊美的姑娘据为己有。他先后掠劫了六个姑娘，还要强占第七个，遭到了傣族人民的憎恶。姑娘们生出一计，把他灌得酩酊大醉，问他：“你最怕什么？”魔王说，他什么都不怕，只有用他的头发才能把他勒死，可是他的头一沾土地还能再生……姑娘们趁他酒醉未醒，就把他的头勒了下来，为了不让他的头接触地面，由姑娘们轮流抱在手里。一年一度的泼水节，就是庆祝人民战胜残暴，并且冲洗魔王留下来的污脏垢迹，使自由与幸福的春天永远常驻傣族人民心里……

晚上，画家回到竹楼里，月光皎洁，树影婆娑，像流动的水银倾泻在门前。在这万籁俱寂的夜间，他久久不能入睡。

广为流传的神话传说，往往是一个民族心灵的窗口。关于泼水节起源的故事，深化了画家对这个爱美的民族的认识。自从踏上西双版纳的土地以后，他所看到的山川、林莽、人物、风貌，像数不清的色彩斑斓的光点，旋转着，闪动着，在他的脑海里汇集，逐渐熔化为一团明亮的焰火，从思维的天幕上冉冉升起。呵！西双版纳美的主宰，不正是傣族人民崇尚美好未来与伟大爱情的精神力量吗？他们的心地多么干净呀，永葆其民族的纯真的本性。于是，变化多姿、充满活力的植物的群体，和天然质朴、独具美感的傣族妇女，构成了画家的西双版纳的总的形象："我"的西双版纳。这是一个线条的世界，柔和而富有弹性的线条，奔放、流畅的线条，挺拔、秀丽的线条，也有缠绵、缓慢，游丝一般的线条——单纯与丰富高度和谐地统一！

他挥舞着线条，画了几百张白描写生。如果把重彩比作交响乐，白描就是线的独奏曲。袁运生经过多年磨炼形成的艺术风格，在线的独奏中显示了奇异的魅力。那是他怀着诚挚的感情献给傣族人民的一组热情的奏鸣曲。

昆明为袁运生举办了一次画展。他的画稿交付云南人民出版社选编。编者刘绍荟为他撰写的前言，开头就引用了傣族民间叙事长诗《葫芦信》的几行诗句：

公主啊！
你是一颗灿烂的宝石，
但愿我是一个银匠，
把宝石镶在我的心上……

他盛赞袁运生，正是把西双版纳这颗"宝石"镶在了自己的心上。

二十多年来，这是袁运生头一次听到对自己艺术的肯定。

袁运生在云南期间，不断收到妻子的平安家书。

兰英在信中说的使画家每读一封家书，就像饮了一杯甘泉水，清凉可口，舒心开怀。妻子在信的结尾总有这样几句："家里的事尽管放心。好好画你的画吧，画不完就不必着急回来……"

画家宽慰地笑了。他在西双版纳繁忙的日子里，最担心的事莫过于"后院失火"，妻子的信解除了他的后顾之忧。

其实，这是多事的一年。长春刮起一阵地震风，整个城市闹得人心惶惶。人们忙着搭抗震棚，搬东西，向庇护所转移。

画家在长春的一个朋友，想到了画家的妻子和孩子，赶到家里来看望。他不禁愕然了。

这间陋室依然如故，家具和什物都没来得及整理，孩子们在低头玩耍。只见兰英弯着腰，淌着汗，从屋里拖出一个沉重的木箱，箱里盛满画家的画稿，向附近的抗震棚挪动着……

显然，这是画家的妻子心目中最珍贵的东西。她最了解画家的艰辛，从艺术的艰辛中懂得艺术的价值。

朋友的心由于激动而战栗了。这件事，兰英仍然没有告诉丈夫。如果不是那位朋友后来追述了亲眼见到的一幕，他将永远不知道。

壁画之梦

不知什么时候，透过结满冰花的玻璃窗，射进一束朦胧的青光，像仙女伸出白皙的手臂，撩开了轻柔如梦的披纱。屋里若明若暗，电灯的光晕是昏黄的，周围的空气是混浊的，光晕在缭绕的烟气中像翅膀一样扑朔不定。他使劲地晃了晃脑袋，揉了揉眼睛，桌上的画稿化作一团白雾，升腾，扩散，一切都是模模糊糊的。他搞不清楚此刻究竟是醒着，还是依稀在梦境里……

昨夜他睡得太迟了，烟抽得太多了。或者说，他根本就没睡觉，只是在纷乱的画稿和积满烟蒂的烟灰缸旁边趴了一会儿。一抬头，天就亮了。清晨的第一线阳光，抚摸着北京郊区的楼群。他推开窗子，让寒冷的晨风驱赶身上彻夜的疲劳，从梦境回到了现实的世界。

这是 1979 年 1 月，在北京白家庄。

袁运生结束了长达半年的云南之行，归途中经过北京。有一件大喜过望的事，迫使他在北京逗留下来。当时，新建的首都航空港候机大楼如一座富丽堂皇的水晶宫殿，在北京东郊拔地而起，它的设备荟萃了世界上的先进技术。宽敞舒适的候机室和餐厅，自动开合的大门，传送行李的流水线，电子数码显示的计重器，精工舍特制的石英钟，高效能的室内空气调节装置，还有精确的导航、通讯系统……构成了首都宏伟的空中门户，现代化程度在国内无与伦比。在当今世界上，现代化的建筑设计是和精美的艺术装饰融为一体的，古老的壁画艺术勃然复兴，与崭新的工业技术为基础的建筑事业的发展相适应。首都机场的负责人不愧为新型企业的管理者，他们邀请以中央工艺美术学院院长张仃为首的五十多位优秀的艺术家和工艺美术工人，为候机楼创作大型现代化壁画群。沉默了二十多年的袁运生，幸运地得到了推荐，也在被邀请之列。

随着 1979 年初思想解放之窗敞开的一道缝隙，多年来，文艺与政治结成的热度很高的紧密关系，逐渐得到调整，使一些艺术家的头脑趋于冷静。他们重新考虑文艺与政治关系这个古老而又难以说清的命题，对文艺从属于政治的主张给予否定。他们的出发点是善良的、平和的，不愿用艺术之箭去触及敏感的政治问题，以免遭到艺术之外的责难；同时，又希望摆脱风向变幻的影响，保持艺术射程的相对稳定，不致像飘忽的羽毛那样升浮或坠落。而袁运生考虑得更加简单一些，拿他的话来说：“艺术就是艺术，艺术需要的是真诚。”

袁运生的大型壁画设计稿《泼水节——生命的赞歌》，就是基于这个简单的逻辑和客观条件应运而生的。

候机楼旅客餐厅的一大扇墙壁，连同拐过的一角，全都给他了，好大的一块地方！他站在洁白的墙壁跟前，惊愕、欢喜，恨不得把存在肚子里的话，全都向这扇墙壁倾吐。艺术创作从来都是不遗余力、毫无保留的，呈现出艺术家心灵感受中最美的那一部分。二十多年了，他积累的艺术语言和生活语言，像一条滔滔的河流在心中回荡，而西双版纳之行给他留下的难忘印象，则是他的全部生活经历当中美好的高潮，跳跃的浪峰。当时，他想到的唯一题材就是泼水节。他听到的那个记载在贝叶经里的神话传说，凝聚着热带民族烈焰一般的感情，自由奔放的想象和明晰纯朴的哲理。他决定摈弃风俗画和情节画的构思，用多年磨炼而驾轻就熟的线条，表现人们对自由与幸福未来的向往。他说：“在一幅 27 米宽、3.4 米高的巨大墙壁上，画一幅赞颂傣家人的精神、情操的壁画，对我来说，真是梦想不到的好事。”

主张为政治而艺术的艺术家，也可以把这个题材归属于政治。但是，这个构思毕竟离开了具体的政治背景，容纳了较深较远的时间、空间和隽永的主题。倘若在以前，这样的艺术构思是会受到政治干预，当被指责为离经叛道的。这次尚且不知命运如何？

袁运生的哥哥袁运甫，在白家庄的寓所里为他让出了一间小屋，是寝室，也是工作室。不过，那张小小的床位很少用得上。他铺开画稿，就进入了梦境，由流动的线条和绮丽的色彩交织起来的梦境……

在艺术的梦境里也有说不尽的烦恼。别的不说，且说餐厅墙壁当中的那个大门，就叫人恼火。本来，壁画艺术语言应和建筑艺术语言达到协调统一。那座大门却把墙面分割开来，成为艺术构思的障碍。整整一夜的工夫，都在和那恼人的大门搏斗，一支接一支地吸烟，一张又一张地勾着草图。哥哥住在他的对面房间里，可以看到从他的门缝射出彻夜不熄的灯光，飘来呛人的烟味儿。而他的精力、心血和生命也消耗在淡蓝色的烟雾里。第二天推开屋门，他的脸色是苍白的。

“这样搞，身体怎么受得了！”袁运甫说。

“没关系。”他淡淡地一笑，“习惯了……”

在哥哥的眼里，弟弟和过去相比已判若两人。二十多年前的那个晚上，在同一个房间里，当袁运生向哥哥诉说自己被划为“右派”的经过时，他那圆润的面孔充满了天真的神情，仿佛在诉说一件轻松的趣闻。现在，那张面孔经历了生活的风雨，在崎岖的路上跌跌撞撞，早已变得棱角鲜明，神情峻峭，透露出一股韧性。为了重新得到这一次在北京搞创作的机会，他付出了怎样的代价呀！袁运甫理解弟弟此时的心情。

整整一个白天，袁运生把自己关在小屋里，做他的壁画之梦。他从自己所熟悉的苏州郊区拱桥的原理中受到启发，找到了跨过那座大门的方法——“拱桥的两头很厚重，托住高耸而单薄的顶部，在力学上是稳定的，而这彩虹般的曲线又是多么美丽！以傣族人民的活动构筑一条人流的彩虹，这个想法是很迷人的……”（引自《美术研究》1980 年第 1 期，袁运生：《壁画之梦》）

实现这个迷人的想法，真是一项浩大的工程。他的眼前浮现出泼水节绚丽多彩的画面：担水、分水、泼水、舞蹈、赛舟、晚浴，还有傣族人竹楼里恬静的家庭生活和青年男女在黄昏后的丛林中流连的情景……他的笔下出现了上百个人物，每一个人都活灵活现，呼之欲出。这同时又是装饰性的、夸张的、性格化的，富于抒情意味。画稿越铺越长，彩虹一般的人流在延伸。沉浸在创作的狂热中的画家，耳边仿佛有音乐在伴奏。他抓住画笔，好像抓住了交响乐队的指挥棒，通过流动的线条去表现旋律与节奏的转换，那庄严的、热烈的、执着向上的主题歌，渐渐升起了……

又是一天凌晨，住在对面房间里的袁运甫从睡梦中醒来，看见弟弟的门缝里还有灯光。

这些天来，袁运甫也很疲劳。他也参加了首都航空港壁画群的创作，绘制《巴山蜀水》的初稿。如果说，他是凭着经验和素养在艺术的道路上进行探索的话，弟弟则是在用生命进行冲刺了。半个月过去了，十五个昼夜，对面的房间灯光不熄，多么惊人的毅力呵！那对艺术的一片至诚，任是金石也应为之感泣吧……

对面的房间飘出淡蓝色的烟雾，传来沉重的咳嗽声，一声比一声沙哑。然而，他还在画，还在不住地吸烟。咳嗽声不绝于耳，在黎明前的沉寂中听了叫人揪心。他在毁损自己健康的地基上去建设精神的广厦，那画稿上的线条分明是生命的血丝呀！

天亮后，袁运甫对弟弟说：“你大概忘记后天就是旧历除夕了。我劝你好好休息几天，回长春去过年吧。”

袁运生摇了摇头：“时间不够用。第二稿虽然画出来了，可是还没来得及复制。”

“你不在乎自己的身体，也要替兰英考虑。”哥哥说。“你离开长春已经半年多了，春节再不回去，太不近情理。”

提到兰英，袁运生不再执拗了。大年除夕，他赶回了长春，兰英问他：“这次能在家待几天？”

画家说：“春节一过，还得讨论画稿。这一稿还没复制，我把它带回家里来了。”

兰英叹了一口气：“这么说，连春节也休息不好了……”

画家说：“复制并不难，可是很费时间。”

兰英想了想：“那，我能帮得上忙吗？”

画家深情地望着妻子，点了点头。

这是兰英第一次直接参与丈夫的艺术创作。夜里，他们扭开台灯，架起一块玻璃板，铺好半透明的拷贝纸，共同复制泼水节的画稿。这幅赞颂傣族人民的作品，也留下一个汉族妇女的感情的痕迹……

从大年初一到初四，他们就是这样度过的，兰英和画家一起熬夜。

忙碌中的画家竟然没有察觉，兰英那消瘦的脸庞更加枯萎了，被沉重的疾病阴云笼罩着……

牛皮纸

春节刚过，袁运生携带画好的彩色设计稿返回北京。

绘制壁画之前的筹备工作在紧张地进行。为了获得最好的艺术效果，首都机场特地从香港引进了一批丙烯颜料。这是近年来流行于欧美和日本的新型绘画材料，色泽鲜明柔和，具有很强的覆盖力，很适宜多层次的晕染烘托，并在湿润、干燥、冷热变化的各种条件下长久地保持画面色泽的稳定。

参加《泼水节——生命的赞歌》绘制的两位合作者，连维云和费正，也先后赶来了。他们都是卓有成就的中年艺术家，看了袁运生的设计稿，被那中国绘画的传统技法和西方现代艺术聚合的魅力所打动，兴趣盎然，跃跃欲试。

脚手架搭起来了，墙面贴上牢固的底布，一切筹备就绪，已是初夏时节。6月的一天，兰英从长春来到了北京。

兰英这一次专程到北京看病。其实，她的病情早就发现了。在春节前的一次妇科检查中，医生摸到了子宫部位的明显的异物。因为丈夫远行和孩子的牵累，她的病拖了下来。近来迫于病情急剧恶化，不得不到北京找大医院确诊。

在等候看病期间，兰英和丈夫住在首都机场新建的供国际航班机组人员使用的宾馆里，房间不大，却很舒适。弹簧床、卫生间、天花板上的暗窗还表明装有冷气设备。自从结婚以后，兰英还从来没有与丈夫同住过这样高级的住所。但是，夫妻待在一起的时间还是那么有限。每天，透过窗帘射进第一线紫色的晨曦，袁运生就翻身爬起，匆匆地擦把脸，楼道里响起匆促远去的脚步声。忙过一天，回来时已是深夜，一身汗水，一身颜料，像是刚从脚手架上爬下来的房屋修缮工。

好不容易等到确诊的日子。当兰英拿到诊断结果，挪动疲惫的脚步走出医院时，她感到自己的身心在向下陷落，仿佛沉入无底的深渊里去。病情发展的速度是出乎意料的，几个月以前的一小块异物，如今已长成累累的肿块了。兰英自己就是外科医生，有着专业知识和临床经验，懂得病情恶化速度所包含的严重性。她想到癌——恶性肿瘤细胞往往造成畸形的膨胀，而良性肿瘤相对是比较平稳的；倘若不是癌，那仅仅是某种侥幸。她缓缓地走着，脑子里空荡荡的，飘浮着灰暗的迷雾，意识的火花忽明忽灭。出于一种直觉，她痛苦地感到，这些年来因过度的忧心和家务的劳累，体内健康的防线被日复一日的重压所摧毁了。爱人、孩子和未来的一切，究竟还属不属于她呢？

她回到了机场。白天在住处是找不到画家的。她踏过长长的柏油路，走进了候机大楼，站在脚手架旁……

大厅宽敞，肃穆。崭新的玻璃窗映照出蓝汪汪的天空，充裕的光线尽情奔涌进来，又漾了开去，在四壁发出柔和的散射。这里，在六月的炎热的气氛中进行着一场真正的建设——脚手架的巨大结构向屋顶攀缘上升；地面上，杂乱无章地堆放着画笔、调色板和颜料桶，显示了艺术工地的繁忙。兰英抬起头来，在脚手架上找到了丈夫的身影。他猫着腰，手中执着画笔，向墙面上描绘勾勒，乌黑的长发从前额垂落下来，随着身体在空中不停地摆动，好像握着弓弦的大提琴手沉醉于自己奏出的迷人的乐章，周围的世界对他来说都已不复存在……

兰英痴呆地站在那里。此时此地，也许只有她才能深切地理解丈夫的心境。从长春那间陋室的狭小的天地里，到这间气派轩敞的大厅，一个艺术赤子的才华、智慧、压抑在心头的抱负，挣脱了一切羁绊在喷涌。他恨不得把滚烫的生命注入笔端，倾泻着，挥洒着，融化在眼前的画面之中。墙壁上纷纭的线条，呈现了西双版纳茂密的丛林，生机勃勃。随着画笔的移动，如同暗室里彩色显影液中出现的过程，几个傣族妇女的形象渐渐清晰可辨。她们舒展的腰肢，柔韧的手臂，强烈倾斜的动作，增加了泼水场面的运动感。兰英的耳边如同听到小芒锣的欢快的节奏和象脚鼓的激动人心的鼓点。那些妇女面部的神态朦胧带有无限的向往。于是，死气沉沉的墙壁变得活了起来。那是艺术家的生活热情在流光溢彩，美好憧憬的再现。艺术家有限的生命在隽永的艺术中得到了升华！

站在艺术舞台的幕后看艺术，最容易触动对人生的回味。

兰英的心情宽松了一些，离开医院时像堵着铅块一般沉重的感觉减轻了。艺术早已闯入了她的命运，把她从局外人变成了局中人。她从艺术创作的呼吸中得到了精神的补偿。

这时，画家从脚手架上爬下来，一眼发现了妻子，快步朝她走来："去医院检查有结果了吗？"

兰英说："忙你的吧，回去再说……"

妻子安详的脸色解除了画家的顾虑。他说："你应该留在房间里好好休息。"

"不累。"兰英淡淡地一笑，故作轻松地说，"我能帮你们干点儿什么？"

画家认真地考虑了一会儿："噢，这里正需要你。请你给我们比画比画，对一对画稿上的人物动作。"

"好吧。"妻子应允了。

兰英在画家的摆布下做出各种形体动作。幸亏她二十年前是文艺活动积极分子，有一点儿舞蹈的功底，动作自然，修长的身材也很理想。这件事消耗了不少时间，画家左右顾盼，一面导演兰英的姿势，一面审视画稿上的人物。对于抱病在身的兰英来说，这是超额的负担。而她以极大的耐力保持端庄的体态，苍白的、疲乏的脸上露出安详的笑容……

几天以后，兰英登上北去的列车，离开北京。丈夫到车站送行。直到临行前的一刻，妻子也没有向丈夫说出自己的病情。兰英反复考虑了得失。作为一个外科医生，如果给自己开一张治疗单的话，她将毫不犹豫地写下"立即住院，手术切除"。对付无情的肿瘤的治疗关键，不管它是良性的还是恶性的，千万不可贻误时机。但是，她想到了丈夫，还有超越丈夫个人的一桩美好事业。一旦她住院动大手术，丈夫也将毫不犹豫地陪伴她，伺候她，因为在这个世界上她再没有别的更亲的亲人。那样，画家手里的工作就会停顿，至少也会受到影响。丈夫正在艰难的艺术道路上奋力一搏，不可耽搁。兰英只好放弃自己的治疗，哪怕这个治疗意味着生的希望，也要去换取艺术生命的顺延。这个意念，从她爱上画家的那一天起，就埋藏在心底很久很久了。

一声长笛，列车开走了，载着一颗平凡而又伟大的女性的心，消失在迷茫的雾霭中……

袁运生和他的合作者废寝忘食，一忙就是四个月。绘制工作已接近尾声，拐过墙壁的一角，出现了西双版纳黄昏的景色。淡蓝色的清辉中，一株热带丛林特有的鸡蛋树，繁茂的枝叶像一簇绣球，围成美丽的屏风，晚浴的傣族少女手里擎着陶罐，把清冽的泉水向自己的身上倾洒。她们那长长的秀发拂散着，波浪起伏，垂向地面，宛如高山流水的涟漪。浴后的少女正梳理自己的长发，云鬓花颜，脉脉含笑，像是在为自己的青春而骄傲……

环绕着少女的形体，有几根飘逸的线条，那是打底稿时勾出的衣着的轮廓，画家还拿不定主意如何去处理。在描色绘彩的过程中，来往于这座大厅的观望者，对墙上晚浴的少女给予特别的关心，想看看到底给不给她们穿上衣裳。

洗澡（而不是泼水）需要脱去衣服，这是生活中的常识。在生活中，傣家妇女表现得更为天真。画家在西双版纳的日子里，曾多次和傣族男女在井旁、在澜沧江里沐浴。她们落落大方，归真返璞，看待裸体如同大自然的造物，并不觉得很神秘。“我承认，我的封建意识要比她们多。”袁运生诚恳地说，“这使我增加了对她们的崇敬。”在绘画史上，裸体语言是具有丰富表现力的一种艺术语言，早以古希腊的维纳斯为代表，发展成为独立的审美部类。同样地，用裸体语言去表现作者对妇女的崇拜和对生命的大声赞美，就成为壁画当中这一部分特定的场景所必须。更何况他画的是神话传说而不是习俗……

看来，画家打错了主意？

在一些人的眼里，裸体造型乃西方“夷狄之恶俗”！西方的物质生活愈是富有，精神文明就愈是贫困得衣不遮羞。我们恰恰相反，精神文化的大革命与物质生产的大倒退出现在同一时期。十年中，人们的视觉高度净化了，中国妇女甚至不愿穿裙子，不穿旗袍，不穿紧身衫，把全身裹得严严的，以免显露多变的线条，玷污了别人的双眼，亵渎了自己的形体。然而，把美学观点当成邪恶观念革除的结果，并没有淳化社会的风尚，却带来精神的贫乏和堕落。于是，纳清泉于浊流，把艺术和犯罪搅成一池浑水。

盛夏，当“晚浴”的画面脱颖而出的时候，虽然几个少女的形象是装饰性的、象征性的和简约的，仍不免引起一场轩然大波。

这并不显眼的一角却引来一批又一批的观众，有好奇者、过路者、担忧者和看热闹的。人们用不同的口气纷纷议论，惊叹的、严厉的或粗俗的……

这是多年来在中国现代壁画上第一次出现裸体，作者冒天下之大不韪了。如要排难解纷，也最容易不过了，提起画笔，抹上几下，给人物穿上短衫和筒裙，不花任何成本。他和他的全家人就会逢凶化吉，消灾避难。但是，他不愿那样做。他想到历史上围绕裸体艺术问题的一场争论。

六十年前，上海有一批勇敢的画家，为了在教学和创作中运用裸体的问题而受尽辱骂。当时，报纸上刊登连篇累牍的围剿文章，说画家是“伤风败俗”“欲令世界上女子入无耻之地位”“坏我中国男女之大防”……而那时上海的一班轻薄少年、无业游民，拍摄裸体照片招徕贩卖，更给攻讦者以口实。直至触怒了军阀孙传芳，拍电报通缉画家。画家奋身迎战，全无惧色，写文章说：“无赖市侩制作妓女裸体之照片及淫画，诲淫以牟利，鄙人疾之深……于上海美专何尤？于鄙人何尤？”“鄙人提倡艺术之志不能夺……虽赴汤蹈火，鄙人无辞。”那场斗争的结果，画家得胜，军阀败北。

历史走过了半个多世纪，时代不同了，而美术界的一桩旧案犹未了结。

“我们遇到的已经不是人体问题了。”袁运生对同伴说，“这关系着美术界的思想解放！”

他们坚持没做改动。把壁画中的这个细节当作一枚问路石，投向粉碎“四人帮”以后展现在面前的艺术春天之路。

舆论的压力毕竟太大。在绘制工作尚未完成的时候，为了给画家提供安宁的绘画环境，机场和施工单位的有关人士出于善意，将大厅的门窗遮了起来。于是，这组现代化造型的大门，贴上了一层用我国传统方法生产的厚厚的牛皮纸；那幅用进口丙烯颜料绘制的壁画，掩映在古典色彩的暗黄的光晕之中。画家得到了暂时的安宁，继续做他们还没做完的事……

不是结尾

10 月下旬的一天，秋风漫卷黄沙，在北京城市街道的上空掠过。袁运生走在大街上，迎着风，迈着快步，浓黑的长发在风中飘动……

首都机场壁画群的绘制工作已全部结束。以张仃为首的艺术家和美术工人获得巨大的成功。各报刊和电视台竞相载播了一幅幅具有鲜明特色和现代风格的壁画：《哪吒闹海》《森林之歌》《巴山蜀水》《科学的春天》和《泼水节——生命的赞歌》……美术界和社会上像刮起一阵灼热的旋风，引起了强烈的反应。全国第四次文代会召开前夕，一群文艺界、理论界、建筑界、外贸界、新闻出版界的知名人士来到首都机场参加了揭幕式，向艺术家们连连祝贺。

国外发出一片赞誉。外国朋友站在候机楼的大厅里，用鉴赏的眼光环顾四壁说：“北京机场将以它的壁画而闻名于全世界。”“它使人一进入中国就有一个强烈的印象，这种艺术是一个国家国力的象征。”

日本著名画家平山郁夫也赶来参观。他说，中国文化在历史上有两个高峰：汉朝与唐朝，他相信第三个高峰正在到来。他笑着对袁运生说：“看了你的壁画，我觉得西双版纳美极了。真想改变这次旅行的计划到那里去走一走……”

这些天，袁运生忙得不可开交，会见外宾，接待采访，登台演讲，塞满了每天的日程。自甘寂寞的日子已成为过去，随之而来的是荣誉、掌声、祝酒。如同从崎岖的山路踏上开满鲜花的峰峦……他在大街上走着，风沙阵阵扑来，衣襟在随风摆动。此刻，与辉煌的成功所带来的喜悦正相反，他的脸色异样地悲戚、沉痛，像严冰一样冻结，像岩石一样冷峻，漠然中似有无限懊悔……

呵，你是为了什么？难道你还不满足吗？或者你仍在担心政治风向的变化？

不。他并不担心这些，他是自信的。二十多年了，他怀着对艺术的真诚，向着一个既定的目标顽强地探索，在任何挫折面前从来没有气馁。他热爱祖国的艺术，因为和苏联的绘画理论持有异见而被划成“右派”，如今采取相同立场的人被看作是坚定正确的表现。他热爱江南水乡，因为画出农村集市的美好景象而遭受打击，如今遍布全国的集市比那时更加繁荣。生活呵，三十年河东，三十年河西！他已不再相信那些暂时的、轻率的结论了，他本人的个性和艺术的个性都在劫难中得到强化，成为独立于结论之外的存在。

那，你为什么悲伤？为什么沮丧？

只为他的妻子、知己、事业的后盾和患难的伴侣，这时正衰弱地躺在医院里。直到几天以前，他才知道了兰英向他隐瞒的病情。在疾病的煎熬中度过了四个月，兰英的健康崩溃了！她离开长春的时候，病体枯槁，形销骨立。为她送行的女伴从她的脸上看不见一点血色，都把这当作最后的诀别，抱头痛哭，泪洒长街。此刻，她静静地躺在北京的一所医院里，像是累了，一旦卸下肩上的重担，无言，无怨，也无望，只等待手术的判决……

一个人站立起来了，另一个人倒下去了，而她是为他倒下去的。自从他俩在南去的列车上一见倾心，她自愿做出的牺牲实在是太多了。如果妻子果真从此再也不能站起来，那么丈夫取得的今日成功对她来说还有什么意义呢？她是职业医生、贤妻良母，也是献身于艺术的人。她的贡献永远不可能得到报答，在任何一部美术经典中也不会给她这样的妇女留下一笔，只留下刻在丈夫心中的痛苦的记忆。

画家沿着大街奔向医院，内心掀起风暴。他的眼睛湿润了，白蒙蒙的泪花在眼眶里滚动。

他想到在茫茫的大千世界里有两种人最接近于艺术：一种是诚实的艺术家；另一种是虽不懂艺术却纯真而质朴的人，如他可爱的妻子。

他们别无所图，只为艺术。承认他们的耕耘劳作，是容忍艺术存在的最低限度。而他们遭受来自艺术之外的磨难太多了，难道不能少一些吗？

他走在北京的大街上，含着泪水的眼睛射出期望的光芒。

后记：

本文发表后，女主人公经治疗而痊愈。又过了若干年，男主人公只身旅美，世事变迁未可尽述。

——作者

（原载《十月》1980年6月）

中国姑娘

鲁 光

忠诚，就忠诚自己的土壤；
追求，就追求自己的理想。

——引自友人的诗

这是一曲振奋人心的搏斗之歌。它的主旋律，就是祖国的荣誉高于一切！

人们把体育比喻为一个民族精神的橱窗。那么，就让我们打开中国女排这个小小的窗口，看一看我们中华民族应有的精神风貌吧！

圣保罗黎明的灯光

南美洲，巴西的繁华都市圣保罗。公元1977年夏末，午夜之后。

光怪陆离的霓虹灯还在疲惫不堪地闪耀着，车水马龙的街衢却已经空寂无人。坐落在闹市街头的A旅馆的灯火已经熄灭，一扇扇古老的百叶窗静静地垂挂着。从世界各地来参加第一届世界青年排球锦标赛的青年男女们在这儿下榻。

在一个房间里，古朴的百叶窗和深红色的窗帘把宽大的玻璃窗遮盖得严严实实，华丽的吊灯也已关熄，只有那一座台灯在散发着柔和的淡黄色的微光。两张素洁的单人床相距咫尺。周晓兰和韩晓华的眼睛已经闭上了，看样子已经进入梦乡了，其实，她们的思绪却像潮水一样起伏着。

晓兰轻轻地翻了个身。

晓华的眼睛睁开了："晓兰，你睡不着？"

"嗯！你呢？"

两位姑娘把身子朝对方挪了挪，脸冲着脸，几乎闻得着对方温热的鼻息。

晓兰是个秀美、文静而又沉稳的姑娘。她扬了扬修长的眉毛，感慨道："明天，就是我们搏的时候了。"

晓华也感慨起来："是啊，也许，咱们这一辈子就只有这么一次搏的机会呢！"

“睡吧!”她们又互相提醒着。

重新闭上眼睛,合上嘴唇,不再吭气,并在心里一个劲地叮嘱自己:“睡吧!睡吧!别想了!”但是,理智还是经不住感情波涛的猛烈冲击。

晓兰的那对明净的眸子又在闪动了。她想,索性睁开眼睛,也许可以把那些滚滚奔来的思绪赶跑。她看见,那雪白的房顶竟然变成一幅宽大洁白的银幕,映现出几个月前在香港预选赛中发生的情景:沸腾的九龙伊丽莎白体育馆,赢了球而狂抱一团的韩国女选手,失望而去的港澳观众,伤心哭泣的中国姑娘……那一双双哭红了的眼睛啊!

干吗要回忆这些伤心事?晓兰又紧紧地闭上了双眼。但等她再次睁开眼睛时,房顶上又映现出两行赫然醒目的阿拉伯数字:0:3,0:3。

这两个0:3,正是她们在香港预选赛中输给韩国青年女排的不光彩的记录。耻辱啊,这真是一个奇耻大辱!

不过,她清晰地记得,当时她没有哭。不是她不想哭,她真恨不得号啕大哭一场。实际上,酸楚的、悔恨的泪水,已经涌到眼眶里了,她咬着嘴唇,硬是把它憋回去了。当时她在心里对自己说:“好汉流血不流泪。哭,是永远也哭不赢的,圣保罗决赛时再见吧!”兴许正是这把不服输的炽热的火焰,把伤心的泪水给烧干了吧!

现在,她就躺在圣保罗闹市区的旅馆里。她们的对手——韩国青年女排就住在离她们不远的房间里。明天晚上,不,应该说是今天晚上了,离此刻只有十多个钟头,她们等待了一百多个日日夜夜的激战,就要打响了。

“她们会不会也睡不着呢?”晓兰又禁不住开口了。

晓兰说的“她们”,是指三位队友:湖北姑娘周俊芬、广西姑娘温美玲和浙江姑娘林辉。

晓华翻身坐了起来,说:“打个电话试试,如果她们也睡不着,干脆把她们叫来,再一道合计合计。”一边说,一边已经拿起电话听筒,轻轻地拨动了电话号码。

“喂,睡着了吗?睡不着?那就到我们屋来一趟吧!悄声点,不要惊动指导……”

周俊芬、温美玲和林辉,蹑手蹑脚地穿过寂静的走廊,来到晓兰、晓华的卧室。

两张单人床已经并到一块儿。五位中国姑娘趴卧在这张“大床”上,脑袋凑拢在一起。说来也真巧,这五位姑娘都出生在1957年,眼下刚满二十岁。山东姑娘晓华是共产党员,其他四位姑娘当时都是共青团员。二十岁,正是贪睡的年龄呀!

“韩国二传好,但我们个儿高,网上比她们强。”

“她们上半年赢了我们,有点轻敌;而我们憋了一肚子气,赢球心切,斗志旺。”

“从实力看，她们还是比我们稍强一点。不过拼起来，就难说了。”

她们把自己和对方的长处、短处，都摆了个够，又互相叮嘱了一番，鼓励了一番，最后，达成了一个不成文的“秘密协议”：如果输了球，谁也不许哭鼻子；赢了球嘛，可以痛痛快快地哭。

谈呀，聊呀，不知不觉已经到了凌晨4点多钟了。这时，她们才意识到自己是彻夜未眠！在临赛的前夜，这是绝对不许可的。如果此事让领队、指导知道了，挨一顿狠剋是肯定的。

韩晓华毕竟老成一些，已经想到这一点了。她对大伙说：“一旦露了馅，我是队长，我来做检讨。”

晓兰是个挺有心眼的姑娘。她说：“会是在咱们房里开的，要检讨，咱们俩一道写。”

其他三位姑娘发急了，说：“要写检讨，就咱们五个人一道写。”晓华挺幽默地感叹道：“只要赢了球，写检讨心里也痛快呀！”此刻，太阳还没有把黎明的曙光洒向大地，可以躺下来美美地睡上一小觉。晓华和晓兰没有把床再分开，关熄了台灯，紧挨在一块儿，闭上眼，就沉沉入睡了。尽管过不了一会儿，街上就开始喧腾，但那些嘈杂的刺耳的声响并没有把她们惊醒。她们实在太困倦了，让她们安安静静地睡吧，哪怕多睡上几分钟也好。

趁她们熟睡之机，让我们来回叙一下能把眼泪憋回去的这位姑娘的一些往事……

1970年春天，太行山区。启明星吐射着清冷的银光，山野笼罩着月色。一位十二三岁的瘦高少女，背着草绿色的书包，神色惶惶地行走在山野小路上。她每天都顶着月色从山村出发，翻越两座荒山秃岭，步行二十多里，赶到公社小学上课；傍晚，又步行二十多里，沐浴着苍茫的暮色，从公社小镇返回荒僻的山村。在那个“读书无用”的年代里，村上除了她之外，没有一个女孩子读书。男孩子上学的倒有几个，但他们走得快，这个刚从大城市来的少女赶不上他们。所以，朝朝暮暮，她总是只身孤影。

这是一个冬天的雪夜，纷纷扬扬的大雪覆盖着山野。放学后，她踏着积雪，爬上了一道山坡。天已黑咕隆咚的，她偶尔一抬头，看到山岭上闪亮着两团淡淡的绿光。那是什么光呀？在夏夜，山野里有飞动的萤火虫，一闪一闪的，亮着忽明忽暗的绿光。密集的地方，简直可以形成一片绿色的灯海。可是，那两团淡绿色的光，比萤火虫的小小绿光要大得多，况且，现在也不是夏季呀！乡亲们给她讲过鬼火的传闻，难道她真的碰到鬼火了吗？不过，她并不相信人间真的有鬼，自然也不相信有鬼火了。那是什么光呢？她又往雪坡上走了几步，那两团绿色的光盯着她，一动也不动，使人觉得阴森可怕。这个从小在上海姥姥家长大的城市少女的心颤抖了，连她自己都听见心儿怦怦的跳动声，脚也迈不动步了，开始哆嗦起来。她想起来了，乡亲们说过，这山野里有狼。没有错，那一定是狼的两只凶恶的眼睛！

狼是会吃人的动物！在幼儿园里，她就听阿姨们讲过大灰狼的故事。她万万没有想到，自己会在这白雪茫茫的冬夜，在这荒山野岭上，孤身一人碰见它！她几乎要被吓得瘫软了，身子紧靠在山崖上，连气也不敢喘。她摸索着躲进了附近山崖上牧羊人避风躲雨的土洞。

她就是周晓兰。她是随父母亲到山村落户的。妈妈是一位医生，毕业于上海医学院。爸爸是一位工程师。他们本来都在太原一家工厂里工作，如今“臭老九”不吃香，被“下放”到山村来“脱胎换骨”。不过，这两位“老九”还是希望自己的女儿有点知识，宁肯狠狠心，让她每天步行四五十里山路上学读书。

雪，仍然无声无息地飘洒着，山野里万籁俱寂。晓兰蜷缩在山洞里，也不知过了多久。她想，不能老这么躲着，家里人不知急成什么样子了。她大着胆子探头看了一眼，外面只有飘舞的雪花，绿色的光团不见了。可恶的狼呀，你是走开了，还是躲藏起来了呢？她不知道。她要回家，否则妈妈会急死的。她将身子探出洞外，又仔仔细细地观察了好一会儿，还是不见动静。她哆哆嗦嗦地挪动步子，向山坡上走去。开始是慢慢地走，后来就快步走，最后是深一脚浅一脚地飞跑起来。她听见后面有嚓嚓的响声，仿佛那只狼追赶着她似的。其实，那是她自己的脚踩踏雪地发出的声响呀！可那时，她分辨不出来，只顾跑，跑呀跑，一直跑回村里。

离家老远，她就看见那间干打垒小屋里亮着昏黄的灯光，听见从屋里传出来的说话声……她还是跑着，上气不接下气地奔跑着。推开门，她带着一身雪和一身寒气，一头扑到妈妈怀里，忍不住地哭了起来，哭得那么伤心，那么委屈。

这时，已经是深夜 12 点多钟了。

“晓兰，怎么啦？”妈妈忧心如焚地望着女儿。

晓兰隐瞒了路上发生的一切，哽咽着只说了一句话：“下雪天，路难走。睡吧，妈妈，我累了！”她知道，如果把真情实况说出来，妈妈、爸爸是会不让她去上学的。

几天之后，晓兰才把那天晚上的险遇，如实地告诉爸爸、妈妈。不过，她对妈妈说：“乡亲们说，狼怕打腿。我以后带上一根棍，就不怕狼了……”

冬去春来，冰雪消融，山花绽开。晓兰依然只身孤影在山野小路上匆匆而行，手里总拿着一根木棍。她的胆子大起来了。如果再遇到狼，她真的会上去跟它搏斗一番。但从那天晚上之后，她再也没有看见过那阴森可怕的绿色狼眼。也许，豺狼也是欺软怕硬的,知道这位少女变得厉害起来,不敢贸然来犯了。

后来,当她进入山西省队当运动员时,人们也发觉她的胆子特大,大得都有些惊人。

有一天晚上,她去太原一家医院看望住院的妈妈,从医院出来的路上,只有她一个人,而前头却有四个流氓拦住了去路。

流氓们向她招手,嬉皮笑脸地说些不三不四的话:“过来! 过来!”

晓兰的心虽然也咚咚跳得厉害,但她显得十分镇静,大声斥问:“你们要干什么?”

流氓们又招招手:“过来,过来比比个儿!”

她什么话也没有再说,一步一步默默地向前走去。

大概这伙流氓从来还没见过如此大胆的姑娘,一时惊呆了。晓兰走到他们跟前,用手使劲一拨,突然从中间穿越而过,飞快地向前奔跑着。流氓们如梦初醒,紧紧尾追着。她头也不回地飞跑,飞跑,心想:“追吧,我是运动员,你们追得上吗?”

这时,迎面驶来一辆公共汽车,刚刚打开门,她就纵身一跃,跳上车去。汽车响着引擎,疾驰而去,把几个无耻败类远远地抛在黑暗之中。

……

动乱的岁月,苦难的生活,荒漠的山野,孕育出她的独特个性:文静、内向,而又刚强、勇敢。当这种个性与祖国的荣辱结合到一起时,顿时闪射出璀璨的光芒。

天大亮了。晓兰和她的姐妹们还在酣睡。在她那张秀丽的脸庞上,透出一种坚忍不拔的神情,仿佛在告诉人们:韩国的姑娘们,等着瞧吧,今晚非赢你们不可!

重新点燃的希望之火

上午,中国青年女排做赛前练习。汽车从A旅馆出发,穿越闹市街头,向体育馆驶去。中国姑娘们无心欣赏令人目不暇接的异国都市风光,有的在闭目养神,有的在沉思,有的闭上眼睛之后还真的睡着了。

领队阙永伍心里不禁纳闷起来:“大清早怎么就打瞌睡呢?”她就追问姑娘们。起先,姑娘们还严守“机密”,但经不起一再追问,终于有人“坦白交代”了。

车上的空气顿时紧张起来。姑娘们怀着忐忑不安的心情,等着挨剋。

阙永伍是一位四十五六岁的中年妇女,个儿不算高,但清瘦有神。她望望坐在一边的指导邓若曾和曲培兰,默默地交换着眼神。

过了一会儿,机灵的姑娘们就从领队、指导们脸部和眼神的细微变化中,做出了自己的判断:喜悦多于指责。

果不然,阙永伍开口说话了:“中午这一觉,可一定得好好睡呀!”

中午,姑娘们一倒下就睡熟了。阙永伍却像吃了兴奋剂似的,一点睡意也没有。她的思绪回到了十年前,祖国的花城广州。

1967年初,珠江中的小岛——二沙头。虽然是隆冬季节,岛上依然草木葱茏,修竹挺立,绿树滴翠,米兰吐香……阙永伍身穿运动服,坐在江边的石凳上,痴痴地望着滚滚东去的浑浊的江水,眼里噙满了晶莹的泪花。也许这是她参加革命以后头一次掉泪。泪水,伤心的泪水,洒落在江水中。国家女排的姑娘们,站在一边,默默地注视着这位已经三十六岁而未结婚的教练,生怕她突然纵身跳进江里去。

有位队员甚至冒冒失失地问她:“指导,你会不会跳江自杀?”

跳江?她还不至于如此没有出息。但她确实感到空前的委屈和说不出来的伤心——应该说,是极度的悲愤。

再过几天,她将率领中国女排去日本参加世界排球锦标赛。根据当时的实力,中国女排将会名列前茅。但是昨天从北京传来了十二道金牌,勒令她火速回去揭发交代问题。理由只有一条,因为她是排球队里的“保皇派”。这犹如从天上倾倒下来一盆冰水,泼洒在她那颗炽热似火的心上。

在即将出征的关键时刻,朝夕相处的阙指导要离开她们,女排的姑娘们就像丢掉了自己的灵魂似的,不知所措。主力队员董天姝、李杰英、韩翠青,不顾一切地奔到指导住的小楼,砰的一声推开房门,恳求说:“指导,你不能走啊!……”

阙永伍望着窗外粗壮高大的英雄树,眼泪夺眶而出,心里像刀割似的疼痛。

董天姝哽咽着说:“指导,要想得开呀,自己保重……”别的话,再也说不下去了。

几天后,“女皇”江青也降旨了:排球队不要出国,回北京参加“文化大革命”!

对阙永伍来说,这是一个致命的打击。难道自己为之奋斗了半辈子的事业,自己为之不惜牺牲一切的事业,就这样夭折了吗?难道几代中国姑娘为之贡献了青春年华的事业,就这么半途而废,毁于一旦吗?她伫立江边,默默地向大江发问,向苍天发问。但是,她得不到任何回答。她悲愤得几乎要发疯了!

猛烈的江风,吹散了她的一头秀发;滚滚的江水,卷起了她心海的波涛。

她十八岁那年,和她一起参加工作的九位姑娘都先后结了婚。她也被人追求着,“红娘”还是她的一位顶头上司。但她不想过早结婚,趁“红娘”出差之机,将男方送来的照片退了回去,并写了一封表示歉意的信。其实,当时她正在“热恋”。“恋人”就是那只白色的大皮球。

这一年，她参加了在罗马尼亚首都布加勒斯特举办的世界青年联欢节。当时中国人虽到处受到外国朋友的欢迎，但"东亚病夫"的帽子尚未摘掉。有的外国朋友来到中国运动员的驻地，总是好奇地想看一看中国姑娘的脚是不是"三寸金莲"。当时，我国的体育技术水平是相当落后的。中国女排与保加利亚女排打了一场，第一局吃了个鸭蛋，第二局得二分，第三局得四分，三局加在一起才得了六分。在那次比赛中，只有我国著名游泳选手美传玉获得一百米仰泳冠军，在国际体坛上，为共和国升起了第一面灿烂的五星红旗。耳听着雄壮的《义勇军进行曲》，眼看着鲜红的国旗徐徐升起，阙永伍热泪横流。在她的心底里萌生出一个强烈的愿望：献身祖国的体育事业，为祖国的荣誉奋斗终生！

中华人民共和国成立初期，没有一个像样的排球场地。她们在天津民园体育场的足球场上划了一块地方，作为排球的训练场。后来，又搭起一个席棚，作为室内球场。她们就在泥地上滚翻、摔跌，汗水和着泥土，一个个都像泥猴似的。她们在如此艰苦的条件下奋斗了三年，1956 年去巴黎参加世界排球锦标赛时，就取得了优异的成绩，名列第六。

阙永伍因为胃严重下垂，退出了运动员的行列，但她继续战斗在排球战线上。1958 年，她回到故乡成都，当了省女排的教练。她带的四川女队，曾经几次打败过国家队。贺龙副总理点名调她到北京工作。1963 年，她已经三十一岁，正与一位男朋友在谈恋爱，他不情愿她走。她的母亲已经年迈，也希望女儿留在身边。但她表示，只要领导认为她能胜任国家队教练工作，她就服从国家的安排。

她只身来到首都。痴心的男朋友一两天就给她发来一封信，催促她成家。有一封信甚至直截了当地告诉她："只要你同意，我明天就坐飞机去北京结婚。"

结婚？不行，绝对不行！她刚到北京，贺龙副总理见到她时，亲昵地叫着她的绰号，叮嘱她："猴子，把这个队伍交给你了，一定要带好呀！"眼下，她刚上任，新队员刚刚从全国各地集中起来，白天黑夜跟姑娘们一起摸爬滚打，哪有时间结婚成家呀！球队就是她的"家"。说实在的，连写封信都没有时间！她思虑再三，不得不给这位心急的男朋友写了一封直截了当的信："你爱我，就等我，得等几年。等得了，就等；实在等不了，也就只好吹。"那位男朋友倒也挺干脆，说他等不了。这也难怪，有几个三十好几的男人，还能再等几年呢？就这样，她的第二次恋爱又告吹了。

与一个自己喜欢的情人决裂，心中一点也不痛苦，那是假的。她也是一个有血有肉的姑娘啊！不过，没日没夜的繁忙，使她渐渐淡忘了失恋的痛楚。

"文化大革命"爆发前夕，阙永伍已经是一个三十五岁的老姑娘了。在我们这个传统观念浓厚的国度里，到这个年龄尚未完婚的，还会引来各种闲话。热心的同志们在新华社给她物色了一位忠厚老实的男朋友。阙永伍跟他见面时，照例还是那个老条件：得等几年！

等几年呢？天才知道！

调皮的女队员们经常半开玩笑地向她刺探情报："指导，什么时候吃你的喜糖呀？"她总是这么回答："你们不拿冠军，就别想吃我的喜糖。"

当时，日本女排被称为"东洋魔女"，正称雄于世界排坛。中国女排的口号叫"打翻身仗"，追赶的目标就是她们。中国女排与日本女排实力上的差距是相当大的。日本国家队——贝冢女子排球队来访时，中国队只赢过两局球，处于绝对劣势。日本的另一支强队——全国一般选拔队来访时，贺龙副总理很想赢一场球。

"你们打赢了，我请客。"他抚摸着浓密的短胡子笑着说。回到宿舍，阙永伍半开玩笑地对队员说："如果你们赢下这场球，我就请你们吃喜糖。"

说来也巧，中国姑娘们虽然打得很艰苦，而且眼看要败阵了，但她们最后果真反败为胜，把这场球赢了下来。汗水还在流淌，姑娘们就像一群叽叽喳喳的喜鹊，围住指导，不住地嚷嚷："给我们喜糖！给我们喜糖！"阙永伍想起了贺龙元帅感叹万分说的一句话"三大球不翻身，我死不瞑目"。她笑了笑，恳切地说："等打完世界排球锦标赛吧……"姑娘们不干了："指导说话不算数……"阙永伍认真地说："算数，这回真的算数。打完世界锦标赛，我就结婚……"

1965 年冬，日本女排运动员在训练中滚翻救球的最高纪录是四百多次。我们就超过它，创造五百次。极限训练的对象，正是今天青年女排的指导曲培兰。

当阙永伍向曲培兰交代任务时，曲培兰没有吭声，只是使劲点了点头。她知道，等待着她的将是一场多么严峻的考验！前几天，她的同伴于淑文在北京师范大学做过一次这种训练，接连滚翻救球二百五十次，看到小于狼狈不堪的模样，姑娘们都掉泪了。女领队不敢当场掉泪，一次次偷偷跑到休息室哭。而这次，比上次还要多滚翻一倍呢……

训练是在一〇一中学的操场上进行的。小曲上场时，穿一身崭新的紫红色衣裤，精神抖擞。两位男教练轮流给她扣球，一个扣累了，换一个扣。滚翻到一百多次后，小曲红润的脸色变得苍白，浑身上下汗水和着泥水，躺在地上喘着粗气，爬不起来了。球，还是不停地往她身上砸来。四周围观的上千名师生齐声呼喊："加油！加油！"于是她又挣扎起来，顽强地向来球扑去。

"三百……""三百五十……"全场师生齐声数着数。

她摔倒了，挣扎着起来，再摔倒，再挣扎着起来。球，一个一个不停地飞袭而来。在她眼里，除了这白色的排球之外，一切都消失了。她的心里只有一个信念：

“超过日本！超过日本！即使死在场上，也要超过日本！”

崭新的球衣球裤磨烂了，套在膝盖上的两层厚厚的护膝磨烂了，露出了渗血的粉红色嫩肉……

两位男教练目不忍睹，手软了，不肯再往下扣球。阙永伍流着泪，走上去，从男教练手中接过球，使劲向曲培兰扣去。一个，两个，三个……她心里也响着一个响亮的声音：“超过日本！超过日本！”她是凭着这个坚定的信念在扣球的啊！

空旷的操场上，除了阙永伍的扣球、曲培兰的垫球和重重的倒地声，就只有师生们的哭泣声和数数声。

曲培兰奇迹般地挣扎起来，奇迹般地扑救来球，奇迹般地倒地滚翻。

“四百九十七！”

“四百九十八！”

“四百九十九！”

“五百！”当千百个颤抖的喜悦的声音一起呼喊出这个象征着胜利的数字时，曲培兰倒在地上动弹不了了。她像一个从浑浊的泥水里钻出来的人一样，头发水淋淋的，身上没有一块干净的地方。她多么想站起来，向观众挥手表示感谢。但她的双膝软得像海绵，站立不起来。她的双手也不听使唤，沉重得抬不起来。她躺卧在被自己的汗水浸湿的土地上，微笑着。虽然笑得很吃力，但这是一个胜利者的微笑！

当然，用今天的眼光来看，这种极限训练并不一定符合科学，甚至是不足取的。但那一代中国姑娘的精神和毅力，却是十分可贵，值得赞美的。

正当中国姑娘们不惜一切代价，在赶超世界先进水平的征途中前进的时候，中国大地上刮起了一阵大动乱的狂飙，把一切美好的理想变成了泡影。

阙永伍回到北京，独自坐在那间寒冷的北屋里。她看不见熟悉的排球，见不着朝夕相处的队员，面前的桌子上，只有供她写揭发、检查用的一沓厚厚的白纸和一支陈旧的钢笔。她的痛苦达到了极点。当运动员时，她练得那么苦，连男运动员的鱼跃救球她都练会了。当教练之后，她一心扑在事业上，一次次地牺牲了自己的爱情。如今，青春开始消失，鱼尾纹已经爬上她的眼角……她何罪之有？

女排姑娘们面对着铺天盖地的大字报，也百思不得其解！为祖国争光，这不是运动员崇高的神圣的职责吗？怎么变成“为修正主义涂脂抹粉”了呢？不过，她们的理想的心火，并没有熄灭。她们盼望这场暴风雨赶快过去。到那时，阙指导还带她们远渡重洋去出征。因此，在那些日子里，姑娘们每天依然聚集到一起练球。不久，阙永伍的行动也自由了，又来训练场指导姑娘们训练，而且照样那么顶真，那么严格。有的队员关切地问她:“指导,人家不是正批你‘女法西斯’,骂你‘鬼猴’吗?”阙永伍回答说:“批归批,只要你们需要我,我就来指导。”

谁知,她们对形势估计错误了。这场暴风雨一直持续整整十年。她们失望了,开始恋爱,结婚,生儿育女。阙永伍也在三十六岁那年,与一直默默等待着她的老陈完成了终身大事。从此,一代排球明星,在中国和世界球坛上,销声匿迹了。

等到这场“史无前例”的暴风雨过去,祖国大地春暖花开的时候,人们发现,我们的祖国已经到了崩溃的边缘。体育成绩大倒退,与世界先进水平的距离拉开那么远了。老一代的国家队队员们,心有余而力不足了。像董天姝等一些老队员,还站了最后一班岗,带着年轻的新队员,拼了一阵老命。但希望只能寄托在年轻一代中国姑娘的身上了……

整个午睡,阙永伍就这么海阔天空地回想往事。下午是准备会,研究如何打晚上的比赛。她不想责备姑娘们,而想赞扬她们。因为,她看到,老一代中国运动员的责任感和荣誉感,已经在年轻一代中国姑娘身上得到延续。而这,正是中国女排重新崛起的希望所在。埋藏在她心底的希望之火,被姑娘们重新点燃了!在准备会上,姑娘们没有听到领队的一句指责,有的只是满腔热情的激励!

晚上的比赛,是那么激烈!运动员刚出场,比赛还没有开始,观众台上的加油战已经达到白热化的程度。韩国的侨民们举起一把把锃亮的小铜号,鼓着腮帮拼命吹;举起一副副呱嗒板,噼噼啪啪使劲打;而我们的侨胞们,则用猛烈的掌声,为自己祖国的姑娘们加油助威。场上杂乱的声响,震耳欲聋,连站在对面说话都听不清。

谁见了这种场面不紧张啊!中国姑娘们的心激烈地跳动着。

韩晓华生怕同伴们沉不住气,双手合成喇叭,大声说:“别忘了昨晚上说的。冷静,一板一眼打!”

周晓兰望望观众台,大声补充了一句:“台上闹翻天,当作没那么回事。”

比赛开局,中国姑娘就以13:15相近的比分失利。

小号声、呱嗒板声、呼喊声,响成一片。

晓兰紧紧握着拳头,附在女伴的耳边说:“重新开始!还有四局,不要泄气!”

以下的比赛,真是打得难解难分。中国姑娘以17:15相近的比分直下三局。

3:1,中国女排终于胜利了!

欢乐的、激动的泪水奔涌而出。中国姑娘们哭了,真的痛痛快快地哭了。六个主力,哭着抱成一团。泪水擦去了,又流淌出来。擦不干,抹不净呀!干脆任它流吧!六位主力姑娘,又紧紧地和领队、指导抱成一团。替补队员也蜂拥而上,使劲用手掐她们,掐得生疼生疼的。她们高兴得忘乎一切了。后来,别的姑娘都不哭了,周晓兰还在不住地掉泪。同伴们关切地问她:“你怎么啦,晓兰?”晓兰边哭边说:“在香港,我不是没有哭吗?现在我是在掉上半年的眼泪呢!”

这天晚上,周晓兰伏在A旅馆的写字台上,记下了一页动人的日记:

“3∶1打败韩国,这在我国排球史上是第一次。怎么能叫我们不高兴,不欢呼,不跳跃,不歌唱呢!这时,我才深深体会到,什么叫幸福。这就是最大的幸福!当祖国需要我们时,我们能够为祖国、为人民争得荣誉,这就是我们运动员最大的幸福,最大的快乐!”

第二天晚上,中国女队与日本女队决赛时,以2∶0领先,再赢一局,就登上世界冠军的宝座了。但她们“雪耻”心切,对拿世界冠军却缺乏足够的思想准备。眼看冠军即将到手,却打得拘谨起来,结果连输三局,反胜为败。这是多么遗憾呵!也许她们将遗恨终生!不过,这次输球,没有一个姑娘落泪。回到旅馆已经午夜。晓兰和晓华屋里的那盏台灯,又一次亮到黎明。她们各自坐在自己的床上,相对无言,默默地收拾着行装。她们心里都在想,回国后,青年队就要解散了,恐怕没有机会报日本这个“仇”了。但是,一定要记住,将来谁进了国家队,谁就要去报这个“仇”!

阚永伍屋里的灯光,也一直亮到黎明。虽然,她为这最后一场的失手感到无限惋惜,但她的心情却是激奋的。她关掉了台灯,拉起百叶窗。透过宽大的玻璃窗望出去,外面是满天嫣红的朝霞。她心底重新点燃的希望之火啊,就像那嫣红嫣红的朝霞一样,在炽烈地燃烧、燃烧……

挥动黄手绢唱的歌

同年深秋,苍茫的暮色,笼罩着日本的商业都市大阪。

中国女排姑娘们乘坐的大型轿车,顺着五光十色的街道缓缓向前行驶。

多彩的夜景,与中国姑娘们喜悦的心境是相吻合的。今晚,1977年世界杯排球赛进入最后一个高潮——发奖。应该说,中国女排的战绩是值得庆贺的。1974年,中国女排在世界锦标赛中只得了个第十四名。而1976年6月由袁伟民组建的这支队伍,只经过一年多时间的训练,头一次参加世界比赛,就名列第四,这是我国女排自1953年建队以来所取得的最佳战绩。而且在世界杯的预选赛中,她们还打败过“东洋魔女”日本队。这给她们的启迪和鼓舞,也许比第四名的战绩本身还要深远得多。看来,只要努力奋斗,世界上没有打不败的对手!

靠窗坐的那位高挑姑娘，叫曹慧英，中国女排的队长。从外表看，她恬静、文雅，瓜子脸上总露着几分淡淡的笑意。在赛场上，她可完全是一个“要球不要命”的姑娘，同伴们都称她为“铁姑娘”。

你看，中国队与韩国队的激战正在进行。一个险球从曹慧英身边平飘而去。她飞身扑上去。球救起来了，而她倒在地板上，左腿肌肉拉伤，像撕裂似的疼痛。她用手使劲抹着受伤的部位，疼得头上冒出了汗水。本来就偏袒的裁判，看到中国队的主将倒在地上起不来，急不可待地示意曹慧英退场。曹慧英瞥见裁判那种幸灾乐祸的神情，气不打一处出，蓦地站了起来，瞪圆了双眼，忍着钻心的疼痛，继续投入比赛。这局球，中国队虽然以二分之差输掉了，但这位中国女排队长的英勇顽强的精神，却赢得了全场观众的心。“三号！”“曹——慧——英！”观众们用欢呼，用掌声，用各自喜欢的方式，表达着对她的敬意。

她从场上下来时，腿一抬就疼得像刀割似的，伤处出现了紫红色的瘀血。而第二天，中国队还有一场硬仗——对世界强队古巴。外国记者们议论纷纷。有的预测，如果中国的三号不上场，双方实力的均势就将发生变化，中国队的命运是凶多吉少。可是，第二天，当银笛长鸣时，曹慧英居然又英姿勃勃地率领众姐妹出场了，这不仅使许多记者和观众感到吃惊，也给古巴女排在心理上造成了压力。她的扣杀依然那么凶狠有力，救球依然那么奋不顾身，你简直看不出她是一位伤员。其实她的伤情还真不轻，上场前打了封闭针，在伤腿上捆扎了厚厚的几层绑带。她是一位挂了彩而冲锋不息的英勇战士啊！中国队终于以3∶2击败了古巴队。

此刻，这位从小就爱唱歌的河北乡村姑娘，正在心里唱着一支欢乐的歌。今天是她运动生命史上光辉灿烂的一页，大会将颁发给她三个奖：拦网奖、敢斗奖和最佳运动员奖。

扑哧，她笑出声来了。不过，她倒不是为一个人独得三个奖而笑。她想起了一件往事，一件挺逗挺逗的往事。

她还不到十六岁时，已经长到一米七七，在乡村里，每次走亲戚、赶集，都招来乡亲们好奇的目光。她那忠厚老实的父亲可犯愁了，心想，一个闺女家，手长脚丫大，再这么一个劲长下去，怎么得了！想来想去，终于想出了一个并不新奇的老办法：裹脚！

“裹脚？”曹慧英一听，乐得腰都笑弯了。一个高高大大的姑娘，配上一双“三寸金莲”，那成什么怪模样了呢！她嗔怪地对爹说：“你也不琢磨琢磨，如今是什么时代了，还兴这个！”

后来，她的妈妈上北京姐姐家串门。姐姐问：“妹妹长多高了？”妈妈说：“别提她了，高得要命，有个坑都恨不得让她踩进去。”接着，又感叹了一番，“那么个大姑娘了，走路没个走路的样子，走着走着就来个劈叉……”姐夫一听，倒高兴了：“怎么不叫她去练体育呢？”他认识体育学院的一位教练，写了一封推荐信。

于是，曹慧英进了体院青年集训队打排球。青训队的排球班开训已经八个月了，而小曹过去连排球都没有摸过。但好动、朴实、勇敢的性格，使她与排球一见钟情。入队不到两个月，她就上场打主力了。后来，她又到八一女排打主力。1976年重建国家队时，她又被袁伟民看中，调来打主力。她的成长，真可谓是一帆风顺。

爸爸呀爸爸，当初多亏没有听你的，要不“三寸金莲”怎么上场，怎么为国争光呀！她望望自己的那双大脚，心里有说不出来的喜欢。

坐在曹慧英前面的杨希，是小曹在北京体育学院青训队的同窗好友。她出生于干部家庭，从小就受到良好的教育。她长了一副高挑的身材，省体育队和体院的教练都看中了她，让她去打球。妈妈有点舍不得，因为杨希个儿虽高，但身子单薄，怕她吃不了那份苦。爸爸挺开通，说：“大家都说她是搞体育的料，那就让她去吧！”

一到排球班，她就天真地向别人打听：“练什么最苦？”别人告诉她，练长跑最苦。她想：“好，那我就练这个。”

起先，四百米的跑道跑一圈，脸就苍白，喘不上气来，头昏眼花。但她坚持跑，而且每星期加一圈。星期天，别人睡懒觉，她也早早起床，到运动场上跑步。最后，她竟能一口气跑下十七圈。她跟曹慧英一样，从青训队到八一队，然后调进了国家队。球越打越好，观众也越来越多。谁说排球没有人看呢？在日本，出现了一股“杨希热”，崇拜她的观众成千上万。比赛时，只要她一站出来发球，场上就发出有节奏的呼喊声：“唷要——希！唷要——希！”只要她扣杀了一个好球，场上就会发出雷鸣般的欢呼声、掌声。她在街头或旅馆里一露面，四周就会传来阵阵“唷要——希！唷要——希！”的呼喊声。人们簇拥过来，跟她握手。握不上手的，哪怕摸到她的手一下，也感到欣慰。签名的纸板，一摞送到她手上。她自己也记不清签写了几百、几千个名字了。有的日本青年挤到她身边，递给她一支粗大的油墨水笔，然后指指自己的胸前，让她就在他们崭新的衣衫上签名留念，弄得她不知所措。而那些日本青年就将她的手拉过去，往身上写。她也记不清，有多少痴情的日本青年穿着写有杨希名字的衣服，欢笑着狂奔而去。更令人感动的是，有两位日本小姑娘由妈妈陪着，从几百里之外赶来大阪，目的只是请这位中国姐姐签写一个名字。还有许多球迷无缘见到这位中国女球星，就托人辗转送来对杨希的赞美和祝福的录音带，也有痴情的求爱的录音带……听说日本还成立过一个五十人的“杨希接待委员会”。从日本各地给她写来的信，装了一大麻袋。

日本为什么会出现“杨希热”呢？袁伟民曾经向一位日本报纸的记者打听过。原因有四个：第一，杨希是主攻手，球扣得有力，打得漂亮；第二，杨希球风好，风度潇洒，无论赢球还是输球，脸上总是笑眯眯的；第三，杨希的名字，在日本语里，是“有人缘”的意思，叫起来响亮；第四，杨希的长相酷似日本电影明星——《绝唱》的女主角山口百惠。

崇拜者们，几乎到处跟踪着她。中国女排到东京比赛，他们蜂拥到东京看；中国女排到大阪比赛，他们聚集到大阪看。

此刻，在她乘坐的轿车旁边，就有她的崇拜者紧紧相随。只要车子在十字路口碰上红灯停了下来，这些球迷就从各种小轿车里伸出头来，向她呼喊，向她挥手致意。

作为一个运动员，何尝不希望有自己的观众和崇拜者？应该说，杨希是幸福的。

中国姑娘们步入体育馆大厅时，成千上万辆汽车已把广场堵塞得严严实实。身着艳丽和服的日本女郎，已经亭亭玉立地站在入口处。颁奖仪式马上就要开始了。

颁奖，本是激动人心的欢乐时刻。但对中国女排的姑娘们来说，却变成了一个巨大的刺激。第一、二、三名，站立在特制的高高的领奖台上，而中国姑娘却只能站在领奖台一边的地板上。在日本的国歌声中，太阳旗和第二、第三名所在国的国旗，在旗杆上徐徐升起。日本选手和第二、第三名的外国选手，高举着奖杯，向观众致意。而中国姑娘手上有什么呢？每人手里发了一块黄手绢，按规定，她们得不停地挥动黄手绢向得胜者庆贺。

中国姑娘们从刚才来路上欢乐的峰顶一下子跌落下来。如果地板有缝，她们真恨不得马上钻进去。轻柔如云的一方方黄手绢啊，竟重得把姑娘们的手臂都压得抬不起来了。胸前运动衣上的“中国”两个大字和闪闪发光的国徽，变成了两团火，烧得她们浑身发烧，脸发烫。过去，她们也常常听到这句话：“你们是代表祖国人民出去的。”但感受不深。此时她们才真正意识到，她们确实不是几个普通的女排运动员，而是一群中国姑娘，是中国人民的代表。她们深深感到，眼下的成绩，与祖国的地位太不相称。中国人不应该站在地板上，而应该站立到高高的领奖台上去。徐徐升起的应该是我们鲜艳的五星红旗，大厅里回荡的也应该是我们雄壮的国歌。

该曹慧英领奖了，但她仍然痴痴地站在那里。同伴们捅捅她，她才迈出了脚步。她的欢乐劲儿早已烟消云散，她真不情愿去领这个奖。她心里想：“我个人即便得一百个奖,也不如全队拿一个奖杯呀!"

而杨希呢,真恨不得马上离开这儿,不,离开日本,回到祖国去。练得再苦,她也心甘情愿!

颁奖仪式其实才进行了短暂的一二十分钟,但中国姑娘们却感到在这儿像站了漫长的一个世纪。她们不知道自己是怎么回到休息室的。她们默默地聚集在一起,没有人掉泪,也没有人说话,休息室里的空气仿佛已经凝固了。突然,沉寂中爆发出低沉、悲壮的歌声:

"没有眼泪,没有悲伤……"

这《洪湖赤卫队》的歌声,一遍又一遍地重复着。虽然没有任何人指挥,却唱得那么整齐;虽然没有一个人是真正的歌手,却唱得那么富有感染力。这种催人泪下的歌声,在音乐会上是很难听到的。

在歌声中,一位鬓发斑白的长者,慢慢地摘下眼镜,转过身去,匆匆走出了休息室。他就是中国排球代表团团长、国家体委副主任黄中同志。他事后说,如果再待上一会儿,眼泪就要流出来了。

姑娘们唱着这支悲壮的歌,走出体育馆,登上汽车;唱着这支悲壮的歌,穿过闹市街头,一直到踏上旅馆的台阶……

当姑娘们乘坐客机,飞翔在浩瀚的太平洋上空,飞翔在祖国辽阔的蓝天之下时,心里依然在唱着这支悲壮的歌。这歌声里凝聚着她们为祖国荣誉献身的崇高精神,凝聚着她们继续向排球运动世界高峰攀登的勇气和力量。

灵丹妙药

北京初春的傍晚。崇文门外,太阳宫体育馆门前的一蓬蓬迎春花,开得正闹。被簇簇小黄花压弯腰的枝条,竞相往前伸长着,仿佛随时准备迎接从馆里出来的女排姑娘们。

暮色由淡到浓,不久天就黑下来了。馆里灯火通明,姑娘们刚刚练完球,汗水湿透的衣衫紧紧地贴在丰腴的身上。白色的排球撒满一地,姑娘们正弯腰捡拾着。

"谁还想再加练一点?"教练袁伟民冲着这群疲惫不堪的姑娘大声问道。

"我加练一点!"一位灵巧秀气的姑娘抬起头来,抢先回答。她两只手抱着十来个排球,酷似一位杂技演员。

她叫陈招娣,家住西子湖畔,一位典型的杭州姑娘,是曹慧英和杨希在北京体院青训队的同窗,又是她们在八一女子排球队的球友。如果你在街上见到她,大概看不出她是一位女排运动员。其实，你仔细看，在她那江南女子的秀气中，却藏着几分野劲。那才是地地道道的运动员性格呢！

陈招娣把一大抱球放进粗铁丝焊成的筐子里，走到袁伟民跟前，用眼神说："练吧！"

袁伟民用右手的五个手指，从筐子里抓起了一只球，猝不及防地向她扔了过去。招娣敏捷地往后退了几步，稳稳地将球垫了起来。不等她站稳，砰一声，球又从教练手里飞到她的左边，她往斜里飞身迎了过去。球垫起来了，她却摔倒在地上，就势一个滚翻，又从地上爬了起来。

她的加练任务是救十五个球。如果救丢一个，就负一个球。她玩命地向球飞扑过去，滚翻起来，又飞扑过去。渐渐地，她的双腿发沉了，脸色苍白了。但她仍然不顾一切地奔跑着、滚翻着、飞扑着。当她救起第九个球时，倒在地上起不来了。

袁伟民可并不因此而停止扔球。他一边将球狠狠地扔过去，一边大声叫："快！""快起来！"

招娣趴在地上大口大口喘着气，眼看球从自己的身边、头上飞了过去。她不是不想去救，实在太累了，即使站立起来，也追不上那刁钻的来球。她负了两个球了。本来是自己主动要求加练的，练一会儿不就完了吗？谁知强度这么大，难度这么高。招娣心里嘀咕开了："袁指导呀，你也太苛刻了。"

袁指导却不动声色。他一边扔，一边不紧不慢地数着："负三！""负四！"……

招娣也冒火了，愣劲一上来，就不顾一切了，心里说："扔吧！扔吧！扔吧！"霍地从地上站起身，气冲冲地嚷道："我不练了！"走到场外拿起衣裤，就径自朝门口走去。

袁伟民这个人也挺有意思的。他不冒火，也不大声嚷嚷，只是不轻不重地说："想练就练，不想练就不练，那不行。今天练不完，明天开始就练你。"

招娣才走出几步，猛然转过身，向袁伟民快步走来，把衣裤往地板上一扔，气呼呼地说："练就练！"

请别误会，招娣不是一个吃不得苦的女子。她生性好强，从不甘心落后。在青训队时，有一次她的脚腕扭伤走不了路，从宿舍到训练房，有一段相当长的路，而且刚下过雪，但她拄着拐杖一瘸一拐艰难地往前走，到训练房时，拄拐杖的手上打起了许多紫红色的血泡。一位场馆的工人师傅看了感动不已，特地为她的拐杖包捆上一层厚实的海绵。有一段，她每天尿血，医生怀疑是肾炎，不让她吃盐。她自己到处找书看，发现是过度兴奋造成的，就对医生说："不碍事的，注意一点就是了。"仍然坚持进行艰苦的训练。她的腰伤相当严重，有时打完一场比赛下来，好像腰已经断裂似的，直都直不起来。有一位医生甚至不同意她继续打球，说搞不好会造成瘫痪。她含泪恳求医生："打到这个水平，没有为国家做出贡献就下去，我不甘心呀！"她一边配合医生治疗，一边以巨大的毅力坚持锻炼，终于延长了自己的运动寿命。

这一切，袁伟民心里都一清二楚。顶撞一下他，向他发一顿火，他并不计较。说实在的，他非常喜欢招娣的这种泼辣性格。打起比赛来，她还真的拼得出，顶得住。他常说："一个队十二个队员都应该有自己的个性，打起球来才有声有色。如果把她们性格的棱角磨平了，这个队也就没有希望了。"但此时此刻，他只是用严峻的目光瞧了她一眼，轻声地问了一声："开练吗？"

招娣走到红十字箱跟前，撕了几条胶布，裹在手指尖上。不裹，手指尖裂开的口子，实在疼得受不了。如果从她打球算起，她用的胶布，拼凑起来至少可以做一身衣裤了。她裹好胶布，走回场去，把腰往下一猫，那意思是："开练吧！"

袁伟民一个球一个球地扔着、砸着。招娣奋不顾身地向飞来的球飞扑着、滚翻着。好不容易把刚才的负球给补上。九个，她还是只救起了九个球！离十五个还有六个呢！很明显，招娣的动作变迟缓了。终于，她又倒下起不来了。

站在一边供球的姑娘，迟疑地不给球了。袁伟民瞪着眼，叫道："给球！"他仍然不慌不忙地扔着球，冲着躺在地上的招娣喊："球！喂，看球！"

一个，两个，她又负了好几个球了。她感到满肚子委屈，站起身，看也不看教练，拿起衣服，又径直向门口走去。她实在忍受不了了，世界上哪有这么狠心的教练呀！如果说，真有铁石心肠的话，我看他的心比铁还硬。想着想着，眼泪涌出了眼眶，洒落在光洁的酱黄色的硬木地板上。

"走也可以，还是那句话，明天一早就练你！"身后又传来袁伟民那不紧不慢、不软不硬的声音。在平日，袁伟民那夹杂着苏州乡音的普通话，在这位杭州姑娘听来是那么亲切动听，有时她还淘气地跟他说几句婉转似莺啼的苏州土话。但此刻，他的声音不但不亲切，不动听，而是那么冰冷和刺耳，字字句句都像从冰窖里蹦出来的。

她依然往前走着。不过，脚步显然放慢了，一步比一步迟缓。快走到门口时，她站住了。她那被极度疲惫和委屈情绪弄得热昏了的头脑，开始冷静下来，理智回到了她的心中。她像一截木头被钉在那儿，一动也不动。

袁伟民也站在原地没有动弹，目光盯着这位任性的姑娘，他像一尊石雕似的，手里还抓着一个球，一副随时准备砸出去的样子。

姑娘们用担忧的眼神望着他。她们恨他吗？恨！有时恨不得扑过去，狠狠地咬他一口。不过,事后冷静下来想想,又觉得他应该这样。不这样,怎么去赶超世界强队,怎么去为祖国争光呢?

1978年,简直是中国女排的倒霉年!从日本回国后不久,队长曹慧英在一次国际比赛中受了重伤,半月板撕裂,住进了医院。腿伤未愈,又发现有肺病,转到结核病医院治疗。在出访中,又不幸发生车祸,好几位姑娘受了伤。更惨的是,这年去苏联参加世界排球锦标赛,连第四名都没有保住,只落得个第六名。但她们没有在厄运面前屈服,既不怨天尤人,也不灰心丧气。她们从技术上、思想上进行了认真的总结。

她们明白,冲出亚洲并非易事,走向世界更是困难。中国女排的崛起,不能靠侥幸,只有靠自己苦练巧练!

看着招娣那汗湿了的背影,姑娘们的心情是很复杂的。她们深深地同情她,可又生怕这个任性的姐妹真的会离开自己的球场。有两位姑娘沉不住气了,迈动脚步向招娣走去……

正在这时,招娣也迈动脚步了。不过,她不是往前去"抢红灯",而是来了个向后转,步子那么猛,动作那么冲地向球场走来。她回来干什么,不用问了。

加练,又继续下去了。

不知是喘息了一会儿,还是来了一股邪劲,招娣练得完全忘我了。

袁伟民见她那么奋不顾身地扑救来球,就笑着说:"招娣,可以减掉几个!"

招娣用泪眼瞪了瞪他,发狠地说:"不要你慈悲!"

袁伟民的话,其实也是一种激将法,因为他深知招娣的性格。

她终于以惊人的毅力,垫起了十五个球。

当她们淋浴后,走出体育馆大门时,那蓬蓬迎春,正在乍暖还寒的春风中,摇曳着黄灿灿的花枝,热情地赞美这群迟归的姑娘。但是,姑娘们拖着沉重的双脚,匆匆地从它们身边走过,压根儿就没留意迎春花的多情。也许,它们何时发绿长叶,何时含苞,何时开花,她们也没有留意过呢!

回宿舍,她们得上五层楼。五层楼的楼梯有多少个台阶?姑娘们心里可清楚啦。她们用手扶着栏杆,慢慢地抬起腿,龇牙咧嘴的,有的还发出"哎唷""哎唷"的呻吟声。每上一个梯阶,都这么艰难。上上停停,停停上上,凭借着淡黄色的灯光,互相瞧瞧,一个个都是这副狼狈相,真是哭笑不得。谁能想到,一群风华正茂的年轻姑娘,一群充满活力的年轻运动员,上个楼梯竟这么艰难!

在女排训练场上,像招娣今晚这样的"两走两练"的情景,倒不很多。这是由她那直率、坦然而又带几分愣劲的独特个性所决定的。但练得这样艰苦,甚至比这更艰苦的,却大有人在。

这里是湖南省郴州集训基地。这天,温文尔雅的杨希因为大腿肌肉受伤,躺在屋里休息,记者正好访问了她,打趣地对她说:"杨希,过去见你总是笑眯眯的,今天可见到你哭了。"杨希挺实在地回答说:"我哭得可不少,不过,你们不常来看我们训练,见不着就是了。"接着,她又补充了一句,"我们队上哪个姑娘没有掉过眼泪呀!你不知道,我们的指导呀,在训练场上从来没有说过满意的话,总是不满意,不满意。要我们往上呀,往上呀,去赶超世界强队呀。天天努力,天天达不到他的要求。还让我们天天斗争,天天打胜仗呢!一个人哪能天天打胜仗呀!就拿这二十来米的路来说吧,每天一步一步往训练房走的时候,心里都在斗争。今天身体实在太累了,伤也犯了,厚着脸皮请一次假吧,可到场上看别人都那么练,自己又不好意思开口了。忍着伤病练吧。一天练下来,浑身酸疼,饭也懒得去吃。晚上往床上一躺,是一天中最舒服的时候。可一想到明天,又犯愁了,明天该怎么练呀!人们都说,共产党人是钢铁意志,我们真是钢铁意志呀!只要你稍微松一点,就会被他盯上,抓住你补课……"

杨希就给补过一次课,而且还是在国外访问期间呢!她一口气练习滚翻救球四十分钟。两层裤子都磨烂了,两只大腿都磨破了皮,渗出鲜红的血来。夜里,随队医生给她敷药时,说:"如果让你妈妈看见,该心疼了!"也不知怎么搞的,她听了这话,眼泪就禁不住唰地流了出来。

杨希扬扬两道细长眉毛,咬了咬嘴唇,又对记者说:"我们从来都不让爸爸、妈妈看我们训练的。他们看到自己的宝贝女儿练成这副模样,非哭着把我们领回家去不可。平时回到家里,也从来不告诉他们练得如何如何苦,只是说,练的时候累一点,练完了就不累了。他们去看过我们打比赛,我们在场上摔了几下,他们就担心得不得了。回到家里总问:'摔得疼不疼?'我们就说:'不疼。'说真的,人都是肉长的,能不疼吗?不过,比起训练来,比赛算是我们最轻松的时候。还有一次,我回家去,妈见我这么瘦,一个劲地追问我,是不是练得太苦了。我告诉她:'妈,我们运动员不能胖,胖了就跳不起来,打不了球。'妈信了,后来街坊邻居问我为什么这么瘦时,我妈还帮我说呢!"她突然想起什么别的事似的,话题一转,问起记者来,"你说,人有多怪呀?"其实,她并不需要别人的回答,自己笑了起来,接着说下去,"练得苦时,真想休息半天,哪怕受点轻伤休息半天也好。可是等你真受了伤,这么躺在床上,心里就不是滋味,又想马上跟大伙儿一起去练。不过,平时真休息半天时,那可宝贵了,又想美美地睡上一觉,又想写封信,又想看场电影,又想看篇小说……真不知道该怎么过才好呢!"

的确，中国女排姑娘们的生活节奏是紧张的。清晨，朝阳还没有从东方升起，她们像一片美丽的朝霞，从宿舍飘向训练房。傍晚，夕阳已经西沉，她们才像一片绚丽的晚霞，从训练房飘回宿舍。她们常常紧张到没有闲情逸致欣赏大自然的美景。有时候，她们会突然发现马路两旁光秃的树木绿荫如伞，花木葱茏，于是像哥伦布发现了新大陆似的，惊讶地欢叫起来。有一天晚上，陈招娣对记者感叹地说："人家的青春，是在花前月下度过的，而我们的青春却在流汗、疲惫、困倦、头脑发涨之中度过，在紧张、激烈的旋律中度过。"记者回答她说："但你们的生活过得多么有意义啊！"招娣颔首笑道："那倒也是。我们站在高高的领奖台上，当庄严的国歌在我们耳畔回响，灿烂的国旗在我们头上冉冉升起的时候，我们是感到自己所付出的一切代价都是值得的。将来，当我们都变成白发苍苍的老太婆时，回想起今天的生活，将会感到自豪，因为，我们的生活过得很充实，我们的青春年华没有白白地流逝，它曾经为我们的祖国放射过光和热。"

道是无情最有情

如果说，袁伟民在对待陈招娣的加练问题上，有点"过分苛刻"的话，那么，他对待这堂训练课的态度，简直可以说"冷酷无情"了。

坐落在山坡上的餐厅，灯火明亮。餐桌上银白色的火锅，炭火红红，水已经沸腾，冒着缕缕的热气。伙房里，厨师们已切好菜，配好作料，烧热锅，只等坐落山坡下的那幢训练房灯光一灭，就马上动手炒菜。但一直等到晚上七点多了，训练房的灯光依然那么明亮。管理员下去看了一趟，回来说："看来一时还完不了，先退了火再说吧！"

厨师们等着也没有事干，干脆去看姑娘们训练。

训练是从下午两点开始的，绝大多数姑娘都已练完，场上只剩下新手汪亚君没有完成任务了。四川姑娘朱玲和上海姑娘周鹿敏为她垫球、传球。她的任务是扣杀二十组快攻球。三个好球为一组。如果三个球中扣坏一个或扣出一个一般球，这组球就不算数。如果扣坏两个或扣出三个一般球，就得负一组。起先，小汪还不大在乎，心想到下课时总能扣完。谁知愈扣负得愈多。看到那么多人在一边陪着自己，她心里更不好受。扣着扣着，她弯腰站在那儿说："指导，肚子饿了，练不动了。"

袁伟民将球放下，说："休息一会儿再练吧！"

厨师们真想劝说大家先去吃饭。但他们知道，在训练场上，他们是不便插嘴的。他们用同情的眼光瞧了瞧小汪,无可奈何地摇摇头。

小汪喝了几口白开水,又开始扣球。扣了一阵,倒下起不来了,趴在地板上哭着嚷道:“今天我可完不成任务了! ……”

厨师们一听,眼泪唰唰地流出来了。有的转过身,一边抹着眼泪,一边往外走。在场的记者看到这个情景,也禁不住掉出了眼泪。

袁伟民对站在一旁加油的几个队员说:“你们有谁愿意帮小汪扣的,可以上来扣。”

话音刚落,两位姑娘挺身而出。袁伟民一看,原来是四川姑娘张蓉芳和扣球手郎平。

可是,情况并不妙。扣到 8 点多钟,还剩下好几组。郎平举手喊道:“指导,休息一会儿吧!”她独自走到一边,偷偷抹着眼泪。而小汪因为自己连累了这么多人,心里更不好受,哭出声来了。

这时,几乎所有的队员都朝袁伟民瞪眼,虽然谁也没有骂出口,但心里一定都在骂他,恨他。而他呢,仍然站在发球线上,手里拿着球,笑眯眯地喊:“加油呀! 加油呀!”实际上,这“加油”声何尝又不是为他自己喊的呢! 他也已经在场上站了六七个钟头了!

扣杀再度开始时,场上出现了一个挺有意思的情景:所有的队员都把火气冲着袁伟民来了,垫得好,传得好,扣得狠。她们精神高度集中,团结一致,每球必争,达到了玩命的忘我程度,不知扣出了多少个罕见的漂亮球!

训练结束时,已经是晚上 9 点多钟了。

像这类事,绝不是偶尔发生,于是,袁伟民给一些观看过他训练的人留下的印象,就是“冷酷无情”的人。

不过,这位训练场上的“无情人”,一走出训练房,就判若两人了。你看,他和姑娘们一道汗水淋淋地从训练房走出来了。有一位姑娘,眼泪还挂在脸颊上,嘴噘得老高。显然,她还在生他的气。袁伟民笑嘻嘻地打趣道:“噘得太高了,都可以挂两个油瓶了……”姑娘先是把脸往旁边一扭,不理睬他,接着就猛冲过去,使劲捶他的背,然后是破涕为笑,骂他:“你这个人怎么这么讨厌呢!”

在这一捶一笑中,场上结下的“怨恨”顿时烟消云散了。

其实姑娘们一点也不恨他,相反,特别愿意亲近他。他搬入新居时,淘气的姑娘们集体敲了他一次“竹杠”:“袁指导,恭贺你乔迁之喜。请——客,吃馄饨!”

袁伟民笑道:“晚上,你们自己动手!”他急忙给爱人打了个电话,因为他自己对烹饪是一窍不通。

袁伟民的新居在新落成的高层大楼里，是个两间居室的套间。姑娘们人未到，声音先到，一进屋，就沸腾开了，先像走马灯似的在两间房里浏览了一番，对房间的布置摆设发表了一通评论，然后，就捋上衣袖，各显神通。陈招娣发现袁伟民插不上手，就过去跟他下象棋。

袁伟民的爱人郑沪英，在60年代也是一名排球运动员。虽然她早已成了妈妈，性格还是有运动员的特点：坦率、热情。她一边招呼着姑娘们干这干那，一边也跟着说，跟着笑。

等姑娘们说了个够，笑了个够，吃了个够，告辞而去，袁伟民和妻子小郑发现，糖盒空了，瓜子皮撒了一地，桌子上厚实的玻璃板也碎了。不知是哪位姑娘在上面切香肠，手头重，给切碎了。肉馅还剩了一大堆，显然是买得过多了……

如果要指责袁伟民“冷酷无情”，他的妻子最有这个权利。

大年初二，外面到处是爆竹声声和穿红着绿走亲访友的人们。“排球夫人”郑沪英却感冒发烧，躺在床上动弹不得。她把身边的唯一亲人——七岁的小儿子叫过来：“袁粒，妈病了，你去找男排的叔叔，到医务室给妈拿点药来！”

平时挺淘的儿子，突然变得懂事听话了，点点头跑出门去。

第二天，小郑的病情不见好转，而孩子又发起高烧来了。娘儿俩躺在一张床上。亏得邓若曾教练的爱人蔡希秦来串门，看到这个情景，留下来照顾了她娘俩一天。

袁伟民呢？春节前夕就和邓若曾带着姑娘们南下冬训，正在衡阳为观众打春节表演呢！

一年四季，他什么时候把这个家放在心上呵！郑沪英在南京怀孩子时，反应重，呕吐难受，他工作忙，没有回去照顾她。生孩子时，他工作忙，没有回去看望她。孩子都牙牙学语了，还不认识这个爸爸呢！后来，好不容易把她调到北京，照理说，就在身边，可以多照顾照顾了。但她到北京三年，他竟然没有在家过一个团圆年。

忙，忙，忙！他总是没完没了地忙。平日里，早上顶着星星走，晚上顶着星星回。走时孩子还在熟睡，回来时孩子早已进入梦乡。他偶尔也陪夫人看一场电影，但总是那么心不在焉，往往看了后面就忘了前面。可过去他是一个电影迷啊！她交代给他的事，他往往忘到九霄云外，但对外国强队的那些女选手，对她们的长长的名字和身高、打法，却可以倒背如流。他对队里的十几个姑娘的脾性也了解得那么透彻，甚至每个队员在喜怒哀乐时的神情动态，他都可以模仿得惟妙惟肖。

是的，她有权利怨恨他！但是，说来也怪，她一点怨恨之意也没有。过去，她也为我国女排赶超世界水平流过汗。今天，虽然不打球了，她的心与女排姑娘们的心仍然是相通的。她把实现理想的希望寄托在年轻一代姑娘身上，而自己的爱人是这支年轻队伍的教练，所以，她全力支持丈夫的工作，默默地承担着繁重的家务，就连自己和儿子同时病倒的消息也不写信告诉他。而每当他带队出国打比赛，她又为他和她们担惊受怕……

朝夕相处的姑娘们了解他，相亲相爱的妻子了解他，也许，了解得最深的莫过于他的老搭档邓若曾。虽然，邓若曾到国家女排当教练是1979年的事，但他俩相识在60年代初期。

1962年，袁伟民从江苏来到国家男排时，邓若曾是这个队的队长和著名的二传手。袁伟民也打二传。他们为了祖国的荣誉，情感交融在一起，汗洒在一起，共同尝过胜利的欢乐，也一道喝过失败的苦酒。1966年8月，当世界排球锦标赛在捷克斯洛伐克的布拉格举行时，他们曾用红卫兵的语言发誓："誓把捷克（世界冠军）拉下马！"那次激战，起先，中国男排使人眼花缭乱的快攻，把捷队打蒙了，拿下了第一局和第二局，来了个2∶0的下马威。眼看，世界冠军的桂冠，就有希望落到中国队的头上。谁知形势急转直下，捷队加强了封网，钳制了中国队的速度，以15∶11赢回第三局。第四、第五局，虽然打得难解难分，但中国队最后还是输掉了。当时，主要是怕输的包袱压得他们喘不过气来。输了，回国怎么向全国人民交代？方兴未艾的红卫兵会对他们采取什么"革命行动"？越怕输，就越输，事情就这么怪。为了打这一仗，他们奋斗了多少年，吃了多少苦呀！攻球手马立克的左臂脱臼，掉了又捏上，捏上再打，先后掉过一百多次。攻球手祝嘉铭膝关节出水，凸起那么高，一抽就是20CC。抽完了，打了又出水……袁伟民为了鱼跃救球，摔在地板上，碰掉了两颗门牙……如今，这一切努力和心血，都付之东流了。不轻易弹泪的男子汉们，躲到浴室里号啕痛哭起来了。喷洒的热水和着忏悔的泪水，一道往下流淌。他们是沐着痛苦的咸涩的泪水洗了一个永生难忘的澡啊！

他们又背着怕输的沉重包袱出战南斯拉夫队，结果又以1∶3惨败。中国队不用说夺冠军，就连前八名也无望了。南斯拉夫队为他们意想不到的胜利，高兴得抱成一团，在地上打滚。而中国的年轻人傻在场上不知所措，他们输傻了。他们事后说："当时，真像得了一场大病似的，浑身上下没有了一点力气。"

应该说，袁伟民是这支失败队伍中的一个胜利者。由于他在赛场上的出色表现，大会授予他"最佳全面运动员奖"，发给他的奖品是布拉格的著名工艺品——一只雕花玻璃杯。然而，他一点也高兴不起来，全队都输掉了，个人得个杯子有什么意思呢！出于礼节，他还是上台把杯子领回来了。有能力拿冠军，却未拿到，这个滋味有多难受呀！世界排球锦标赛四年一届，一个人的运动生命有几个四年啊？

什么叫遗憾终生？这就叫遗憾终生！后来，他把这个精美的雕花玻璃杯摔掉了。他不愿看到这个失败的纪念物！然而，理想的火焰，在他心底始终没有熄灭。在“文化大革命”中，当周恩来总理指示恢复排球队时，他毅然担任了国家男排的队长和二传手，一直打到三十五岁才下战场。

1976年6月1日，对袁伟民来说，是一个值得永生记忆的美好日子。这天，国家体委将来自全国各地的一群十八九岁的姑娘交给他，重新组建成国家女排，并委任他担任主教练。这天夜里，袁伟民失眠了。他是那么兴奋，兴奋得心儿都发颤了。他默想着：“把自己没有实现的理想寄托在她们身上，让她们去实现我们的理想……”

袁伟民和他的同事们，开始了新的不遗余力的努力。

一天晚上，有人敲袁伟民的门。开门一看，站在他眼前的是壮壮实实的邓若曾，他刚从国外工作归来。在大动乱的岁月里，他失望过，感到自己为之奋斗了整个青春的理想破灭了。但后来，排球队恢复了，他又看到了希望，他振奋起来了。他想：“我们不行了，但可以培养下一代去争，去夺，中国人总有一天要夺到世界冠军的。”只要有工作，他就抢着去干。他到基层体育学校辅导小孩子们打球，带青年女排出征。如今，他看到袁伟民挑起了女排这副重担，又主动找上门来了。

他一见袁伟民，就坦率而诚恳地说：“小袁，我来当你的助手，咱们一道合作，把女排搞上去。”

说出来是这么简单明了的一件事，他却已经酝酿了好久了。邓若曾的妻子蔡希秦也是一位“排球夫人”，是60年代国家女排的队员。她了解自己的丈夫，也了解袁伟民。她问邓若曾：“你好强，袁伟民也好强。你们好比两条强龙。两条强龙的力量合到一块儿，咱们女排就有希望了。如果两条强龙相斗，那可不得了呀！……”邓若曾虽然朴实憨厚，但他听懂妻子的弦外之音了。他说：“这点，你放心吧！我一定全力协助小袁工作。我已经四十多岁的人了，不图别的，只图女排翻个身。需要出力时，我往前；有名的事，我往后。”

当时，国家队的教练韩云波已调往八一队工作，袁伟民正在物色一位新搭档呢，他想到了邓若曾。如今，这位老队长亲自登门来了，他是多么高兴啊！

说起来，他们俩搭伙也有不利的地方。邓若曾打球的资历要比袁伟民长，而且，“文化大革命”中，他们还分属于两派。但他们互相了解对方的为人，有着共同的理想和抱负。即使在派仗打得热火朝天的那些岁月里，他们俩也没有红过脸。

袁伟民紧紧握着邓若曾那双粗大厚实的手：“咱们一起干！”从此，他们又开始了患难与共的生活。每当冬训时节，他们总住一个屋子。一天训练下来，姑娘们精疲力竭。这两位四十开外的指导，也背酸腰疼，浑身疲乏。但他们睡得很晚，一起琢磨新的战术、新的打法，一起研究第二天的训练计划。他们总是互相关心，互相体贴，互相支持。陪练、身体训练一些需要花体力的事，邓若曾总是主动揽起来，让袁伟民腾出手来，多观察队员们的技术、战术。而当队员们与邓指导发生矛盾时，袁伟民总是把责任揽过来，维护邓指导的威信。有几次，队员们练着练着与邓指导顶起来了，袁伟民就从邓若曾手里接过球："我来！"于是，他把矛盾，把队员的火气和怨恨，都引到自己的身上来。他们总是这样互相补台，而从不互相拆台。

他俩的性格是截然不同的。袁伟民比较内向，喜欢思索，爱看书；邓若曾是个实干家，性格比较粗犷，喜欢钓鱼，爱好唱歌。他向姑娘们学了不少支优美的歌曲。吃完晚饭，他常常坐在桌前，戴上那副黑边的老花眼镜，对着唱片轻声哼唱起来。

"军港的夜啊静悄悄，海浪把战舰轻轻地摇，年轻的水兵头枕着波涛，睡梦中露出甜美的微笑……"

说实在的，他唱歌的水平并不高，唱着唱着就跑调了，有时调子还跑得挺远挺远的。淘气的姑娘们一边笑，一边拿录音机往邓指导面前一摆："来一个！"

邓指导一本正经地问："来个什么呢？"

姑娘们将他的军："当然，来个最拿手的。"

"好！"邓若曾在录音机跟前站得笔挺，像演员开唱之前一样，先酝酿感情。

"军港的夜啊静悄悄……"

姑娘们知道他迟早会跑调的，都躲到他身后偷笑去了。有时实在憋不住，就笑出声来。但邓若曾已经进入了角色，旁若无人地继续唱着，而且唱得那么动情……

就是敞开你的想象力，也很难想象得出，这么一位爱唱轻柔抒情歌曲的邓若曾，竟然就是在训练场上充当"打手"的那位一丝不苟的邓指导。要知道，他那势大力沉的扣球，不知把姑娘们扣哭过多少回啊！在"冷酷无情"上，他堪与袁伟民相比。他们同是一对"无情人"！但在他们的"无情"之中，却又包含着那么丰富的人类最美好的感情！

香港的鲜花

喧腾的九龙伊丽莎白体育馆，突然静寂下来了。中国女排与韩国女排的决赛，已经打到最后一局的最后一个球。如果中国姑娘再赢一分，就将以 3∶0 的优势取胜，成为 1979 年亚洲排球锦标赛的冠军！

头一天，中国女排已经以三比一击败日本女排。日本女排自 1962 年登上世界冠军的宝座之后，一直称雄亚洲和世界排坛，被称为“东洋魔女”。从 1976 年中国女排重建以来，虽然也赢过日本队几场，但日本队认为，在重大的国际比赛中，日本队仍将击败中国队。这次，中国姑娘们团结奋战，立于不败之地。郎平漂亮的重扣，孙晋芳高超的传球，张蓉芳、陈招娣的顽强拼搏，周晓兰出色的拦网，使得成千成万观众眼花缭乱。外国记者评论说，中国女排的崛起，意味着“东洋魔女”称霸亚洲局面的结束。

最后一个球的争夺，是那么激烈！白色的大皮球忽而飞到网的这一边，忽而飞到网的那一边，紧紧地吸引着几千双观众的眼睛。

“砰”一声，郎平的一记重扣，激起了全场经久不息的欢呼声和鼓掌声，像海涛击岸，像山洪暴发，像飞瀑倾泻。观众们蜂拥到场子里，将一束束散发着馨香的鲜花，献给教练、领队和姑娘们。

中国女排的姑娘们为这个来之不易的胜利兴奋得紧紧抱成一团。两年前，她们唱着“没有眼泪，没有悲伤”离开日本；今天，她们在香港让欢乐的泪水尽情流淌。鲜花，是观众们送给她们的，她们又将鲜花撒给观众。鲜花撒向哪里，哪里就激起一个欢乐的漩涡。人们都希望抢到一枝中国姑娘撒出来的鲜花带回家去，插到花瓶里，让家人分享这难忘的欢乐。

中国姑娘手中的鲜花撒光了，她们高高举起双手，向沸腾的观众致意。

“亚琼，把这一束花送给你爸爸！”领队张一沛走到一位瘦高个的女排姑娘身边，将一束鲜花交给她。

陈亚琼好像刚刚从梦中惊醒，这才想起来，她在香港的父亲今晚特地来看她打球，此刻还在观众台上呢！

她用感激的目光望望领队，接过鲜花，就向观众台上飞奔而去。

观众都争相伸出手向她要花。亚琼赶忙用抱歉的口吻说：“对不起，对不起，这束花，是送给我爸爸的！”

她的爸爸和她的小侄子看见她了！他们眼里闪动着泪花，双手向她伸过来，伸过来。要不是前头有拥挤的观众挡着，他们会向她飞扑过来的。小侄子很自豪地对周围的观众说：“她是我姑姑！她是我姑姑！”是啊，有这么一位当中国女排主力的姑姑，他多高兴，多自豪啊！

“爸爸，你高兴吧！”亚琼将鲜花送给老人，“这是我们领队送给你的！”

老人高兴地说：“打得好，打得真好！谢谢领队，谢谢大家！”

老人出神地打量着站在跟前的女儿。含着泪花的眼睛看着她，就像隔着一层水，女儿变得模糊起来了。他记得，自己离家时，亚琼才是一个六岁的娇女孩，想不到十七年后，她长得这么高，出落成这么一个有出息的国家女排运动员。

“爸爸，今天晚上我回家住，住几天再回北京去！”亚琼说完跟老人摆了摆手，就往场里走去。

夜已深沉。亚琼靠在汽车软垫上，闭上双目，长长地松了一口气。紧张、激烈的比赛，已经告一段落。女排的姐妹们，明天就将凯旋，而她将与在香港的亲友团聚，过几天与内地球队的集体生活迥然不同的香港生活。

四年前，她母亲从内地来香港与父亲团聚，家中就只留下她一个女孩子了。母亲想把女儿带走，对亚琼说：“一块儿走吧！”亚琼态度是那么坚决：“你们走吧，我要留下来打球！”那时，她与排球结下因缘实际上只有两年时间。

1972年深秋，十六岁的亚琼从侨乡永春到福州的亲戚家串门。福建体委的一位同志见到了她，连声说：“好，好。”亚琼也不知道好什么，疑惑不解地望着对方。

过了一会儿，那位体委的同志给她送来一套崭新的运动衣裤和一双运动球鞋，叮嘱她：“明天，你就到省女子排球队去！”

她瞪大了惊愕的眼睛，天真地问：“去干什么呀？”

那位同志诙谐地说：“你不是喜欢跑步吗？你就跟在她们后面跑步吧！”

第二天，福建女排的队尾，就出现了这个瘦高瘦高的姑娘。她每天准时到，从不迟到早退。队里见新来的这位姑娘为人纯真老实，就将保管室的钥匙交给她。这是一件不太有人愿意干的苦差事：每天练球前，她得先去打开门，拿出球来；而每天练完球，她得将球背回屋里去，没有气的还得打好气，然后上好锁。这件事，她一直干到1978年调往国家队前夕，才把钥匙交给另一个队员。

按照流行的体重计算法，一个人的标准体重，应该是身高减去整数，用零头乘二。亚琼当时的标准体重应该是一百五十二市斤，而实际上她只有一百〇二市斤，太瘦弱了。所以，有的人怀疑她练不出来，但亚琼心里却挺有主见。她想，在队里，我年纪最小，个子最高，而且还在长，为什么就练不出来呢？她憋了一口气，非要练出来不可。

她练得确实太苦了。老队员练完了，省队的教练姚自立总要给她加点“小菜”，再练点防守技术。她的确太瘦弱，人们都戏称她为“钢铁将军”，因为滚翻救球，只要一倒地，就听到她的骨架碰撞地板发出的声响。疼痛是可想而知的，但她还是勇敢地往下倒。她的两条大腿的胯部，着地多，磨破了皮肉，鲜血渗流。过几天刚刚结上痂，滚翻几次，又磨烂了。就这样，烂了好，好了烂。有时，实在疼得无法着地，她就用男子的鱼跃动作救球。久而久之，她的拦网姿势竟然也形成了自己的独特风格：男子式的跨步上。但有谁知道，她的这一“绝招”是怎么得来的呀！

到了国家队以后,她的最大苦恼是扣球老慢半拍。二传手孙晋芳给她传来一个时机很好的球,但她常常扣不上。为这件事,她急得不知掉过多少眼泪。孙晋芳像位温柔的大姐姐,把责任揽到自己身上,总是说:“亚琼,不要紧,这个球算我的!”越是这么说,她心里越是不好受。她明白,自己的扣球动作有毛病。毛病在哪里呢?队里专门把她的扣球动作录了像。教练跟她一起看,一起分析。同伴们也帮她“会诊”,她自己也朝夕苦思苦想。有一次,她往墙上甩打实心球,一口气甩打了几十个以后,又上场练扣杀。不知怎么搞的,这天她扣杀得比往日都顺手,受到了姐妹们的称赞。

“今天是怎么回事呀?”亚琼自己心里也挺纳闷,“兴许是刚才甩实心球甩的。”从此,每天训练完了之后,她总要一个人抱着沉重的实心球甩,一甩就是几十个、上百个,直甩得胳膊发酸发麻,甚至抬不起来。这样甩了一段时间,她扣球的动作协调起来了。

父亲的寓所是舒适的。吃过夜宵,又与家人聊了一会儿之后,她躺下休息了。连日的劳累、兴奋、紧张积攒在一块儿,她是困乏了。但她并没有马上入睡,思想的野马又脱缰而跑了。她在想她的事业:打败了日本和韩国队,冲出了亚洲,不过是实现了多年来最低的夙愿,中国女排的口号是“冲出亚洲,走向世界”啊!她在想她的姐妹们。她们此刻一定跟自己一样,也没有睡着吧?是啊,真正的目标还在前头。她们不会在掌声、鲜花和庆贺的酒浆中沉醉,她们将继续不懈地努力,奋勇地攀登,为祖国人民去摘取世界排球运动的王冠……

大松博文

在中国女排战胜了日本女排之后,应该写一写这位日本人。因为他在中国排球运动的发展过程中,曾经起过特殊的作用。

1965 年 4 月 15 日,一位中等个儿、健壮如牛的日本中年人来到了中国。他就是当时奥运会冠军日本女子排球队的著名教练大松博文。他应我国总理周恩来的邀请,来担任为期一个月的排球教练。

自从日本女排在头年荣获奥运会冠军之后,大松实际上已经不摸球了。当时曾有一位日本记者问过他:“大松先生,你现在想做什么?”大松直率地作了如下回答:“我想美美地睡一觉,然后陪着我的妻子好好地吃一顿饭。”

但是,当他接到中国的邀请后,又拿起球来了,一个人到体育馆进行了半个月的自我训练,然后才来到中国。

对中国运动员的训练是在上海市南市体育馆进行的。这是一种马拉松式的大运动量训练。他分两班训练中国女运动员，先训练几个省队，然后训练联队。时间是从中午12点到晚上10点，后来又延长到晚上12点，甚至凌晨1点。且不说他每天要打出几百几千个变化多端的球，光在场上站立的时间就长达十二三个钟头。

大松的训练是很严的，严得人们都骂他"魔鬼大松"。特别是他创造的那种滚翻救球，使中国姑娘们摔得浑身上下青一块紫一块，腿一瘸一拐的，连站都站不稳。有的姑娘练到后来简直是瘫在地上动不了了。但大松还是一边叫，一边将球猛砸过去。一些被他训练过的姑娘，至今回忆起来还心有余悸。一位当年北京队的队员这样回忆道："练到后来，我头发晕，眼发花，房子也旋转起来了。但我还得不停地去飞扑大松打来的球。他穿的是条绿色的短裤，扣球时一动一动的，仿佛是两盏绿色的灯笼似的。我不顾一切地紧紧盯着那两盏绿灯笼，奔跑着，扑救着。这时，世界上除了那两盏朦朦胧胧的绿色灯笼和模模糊糊的白色皮球之外，我什么也看不见，仿佛连我自己也不复存在了……"

有一位山东姑娘实在忍受不了了，瞪圆了眼睛，大声骂道："你这个鬼大松，我跟你拼了！"

大松问翻译这个姑娘说什么。翻译机灵地告诉他："她说，大松你练吧，我才不怕你呢！"

其实，大松已经从姑娘圆瞪的双眼里听懂了她骂什么了。因为，在日本，那些女排选手也这么瞪着怒眼骂过他。

但是，大松还是被中国姑娘的顽强精神感动了。姑娘们咬牙切齿地忍受着连做梦都想不到的"极限训练"。泪水忍不住流出来了，用手抹去，还在扑救来球，而且脸上还露出笑容，虽然是一种哭笑，但毕竟还在笑！有位四川姑娘练到昏倒在地板上，醒来后还让同伴扶着她去接大松不停打来的球。十八九岁的姑娘，正是爱打扮、爱美的时候，但她们在摔伤的背部和臀部绑上了厚厚的海绵，两个膝关节也套上了厚厚的护膝，变得臃肿不堪。大松事后在回忆文章中写道："尽管变成了那样难看的姿势，但中国姑娘们用手敏捷地抹去眼泪和头上的汗水，仍然紧紧跟随我训练。她们这时已完全忘掉了自己，拼出去了，这可以说是一种庄严的悲痛。"

而那次意外的长跑，更使这位严峻的日本教练感动得眼圈发红。

那天，上海举行盛大的群众示威游行，通往体育馆的路全被堵塞。大松是上午11点进体育馆的，当时游行队伍还没有完全展开。而联队下午3点多钟准备出发时，车辆已无法通行。

联队从上海市体委打电话到体育馆，告诉大松这个情况，说队伍可能要迟到一个半小时。大松一点也不通人情，固执地嚷道："我不管游行队伍堵塞交通还是大轿车开不过来，必须准时进馆，汽车开不动，那你们就马拉松跑过来。""好的，那我们就跑去。不过，就算拼命跑，也得跑一个钟头。"联队的人说。"一个钟头正够时间。说4点钟到，就必须4点钟到。你们马上开跑吧！"大松说。

一个小时以后，中国姑娘们汗水淋淋地跑到体育馆向大松报到了。

不容易动感情的大松，两眼发热，眼圈红了。他连忙询问她们是怎样跑来的。

姑娘们说，街上都是人，她们是穿过游行队伍的缝隙，绕小巷跑来的。大松打量着姑娘们，只见她们头发湿透贴着脸，身上热气腾腾，衣衫水淋淋的，流的汗比一堂训练课还多。他马上拿起电话，告诉他下榻的宾馆服务员，快送五十个苹果来。他要奖赏这些顽强的中国姑娘。他说："如果在日本，即使让跑来，也不会真跑来。最后只能说声'没办法才迟到'。而中国队员却穿过层层的游行队伍，不停地跑到球场。这些年轻人，只要想做什么，就无论如何要办到。这种精神是伟大的，是一种大有希望的惊人力量。"后来，他又在一篇回忆文章中写道："本来，中国人就有不屈不挠的性格。把这种性格带到了球场上，她们就有了一个绝不动摇的信念：为了国家，一切都要忍耐克服。"

中国姑娘的顽强精神，使大松感动；而中国观众盼望振兴中国体育事业的精神，又使他感到惊讶。

一千人的体育馆，每天座无虚席，许多人一直看到深夜才散去。看到中国运动员练不动时，满座的观众就一起拍手呼喊："加油！加油！"

于是，练不动的姑娘慢慢挣扎着开始活动。于是，观众们的呼喊声更响，就像阵雷一般。这又给场上的姑娘们注入了神奇的力量，使她们重新站立起来。于是，掌声、呼喊声越发响了。这成百上千的观众不是旁观者，仿佛是自己在经受着一场严峻的考验。

大松深有感触地说："一个人的斗志可以唤起千百人的呼喊声；而千百人的呼喊声，又能激起一个人的斗志；这种光景，在别的国度里是看不见的。"

在中国，最使这位日本教练折服的是周恩来总理。周总理日理万机，却以那么大的热忱关注着中国排球事业的发展。这个印象，他是从与周总理的一席长谈中留下的。

5月2日晚上，人民大会堂宴会厅。周总理坐到大松夫妇中间，难忘的长谈开始了。后来，大松在自己的一本著作中，对这次长谈作了详细的记载。

周总理兴致挺高地说，奥运会的时候，我在电视上看到你们拿冠军时的情况。你当时的心情，我是非常了解的。后来你的夫人哭了，你的两位千金也抱着尊夫人哭了。无论由谁来看,比赛以前的场上情况,都是苏联队赢的可能较大。可是一旦比赛开始,你的选手们是压倒的胜利。大松,我对于那些选手的力量,的确佩服。

总理这么一说,气氛就活跃起来了。接着,周总理问大松,我刚才听说,大松教练有时打选手,有的时候骂,这有点问题,能不能停止呢?

大松说:"周总理,我没有恶意,不是恨她们。我像教训自己的妹妹或孩子那样对待她们。要是说,你们都快累倒了,休息休息吧。人在这种情况下一下子就会瘫下去。这,总理你是知道的。要加强意志品质,就要那样。就要刺激她们,干什么哪!别老发呆呀!再这样就给我滚回山东去!这样一骂,眼看要倒下的队员就会猛然振奋起来。不激起这样的精神,而在筋疲力尽感到坚持不了的时候停止训练,到什么时候也改变不了现状。"

周总理默不作声,两眼炯炯有神地望着他。

大松继续往下说:"我认为如果怜悯运动员,那练习就无法进行。骂的本身就是爱的表现,这和侮辱完全是两码事。不打屁股,就真要倒在地上不动了。这样做,总理也许想,这不是把运动员当牛马吗?但是并非如此。狮子把幼狮顶下山谷,不正是培养幼狮爬坡的本领吗?老麻雀在小麻雀长得差不多时,为了唤起它离开巢窝的精神,也是一连数日不给吃的,这不使人认为是残酷吗?我就是抱着这种心肠训练运动员的。不管别人怎样想,怎么说,只要队员们能理解就行。"

周总理耐心地说,可是这样就不好办了。中国人民解放军有三大纪律、八项注意,里面就提到不许打人和骂人,还有一条是不许调戏妇女。无论如何对女队员是不许打骂的。

总理把军队的纪律拿出来了,但大松仍然不能接受。他说:"周总理,我是你请来当教练的,我不会侮辱交给我训练的队员的。我只是全力以赴使她们提高技术,使她们成为有坚强意志品质的队员,是为了希望中国成为排球的世界冠军。正因为我是这样想的,所以我才做您要我别做的事情。我请总理对我所做的事不要作声。"

周总理说,那哪行啊,我们有那样的纪律,而我请来的教练破坏了这个纪律,我却对此保持沉默。大松,你想想,那能行吗?队员要拿着三大纪律、八项注意来找我,怎么办呢?……

大松说:"周总理,我在您面前骂队员,您就把耳朵塞上;打队员,就请您把眼闭上。您就装没听见也没看见。"

周总理换了一个坐姿说:"大松,你这话是从何讲起呢,能不能再解释一下?"

大松说:"我曾经对中国的教练和医生们讲过,妇女和男子是有区别的。体质上大有不同。男子一开始练习,便拿出十分力量。所以,一垮下来,就是力量已经用到头了。然而,女选手在开始练习的前十分钟,虽然很有战斗精神,不久,也会倒下来。这不是她们惜力,这是因为女性的身体先天是如此的。过两三分钟,是会恢复的。过不久,她们又不行了,又要倒了。这时,如果认为她们真不行了,那就不对头,还是要刺激她们起来。不这样锻炼,就不能有充分的训练。外表和实际是不同的。这是因为,精神方面较弱,体力也与男子有异。”

周总理又问,这样猛烈的训练,会不会对妇女的身体产生坏影响呢?这一点,有没有问题?曾经从医学角度研究过吗?

大松说:“完全没有问题,这并不是我信口开河。我曾经和一位详细观察选手状态的医生全盘研究过,不仅对于每一名女选手的脾气,就是对于她的体质,也比选手自己都认识得更清楚。甚至哪一位选手当时的状态是好是坏,也完全知道得清清楚楚。由于有了这一长期经验,在训练中国女选手的时候,从每一位选手的态度和动作,以及面颊、嘴唇的颜色等等,就可以了解这位选手的疲劳程度如何……所以,周总理,您完全不必担心,绝对不会把选手练死或者练伤的。当然还有妇女们另外担心的事。我在十三年来,一共训练了近八十名选手,每一位都结婚了,都有了孩子。其中,还有生双胞胎的,母子都健康得很呢!”

周总理听到这里,突然哈哈哈朗声笑了起来,关切地问:“生双胞胎的那一位,母子三人健在吗?”

“都健在呀!”大松答道。

周总理又大笑起来。

大松在后来回忆起这次难忘的长谈时说:“周恩来这位先生非常平易近人,但他有惊人的观察力。在轻松的交谈中,他却看到问题的根本上。我到过世界上很多国家,见过许多总统和总理,却没有见过像中国总理周恩来那样关心排球事业的总理……”

一个月的时间很快就到了,大松将离开中国回国。在离别的前夕,他还进行了最后一次训练。送别晚宴是在深夜举行的。在席间,他动感情地说,中国有这么多顽强好学的女选手,有这么好的观众,有这么关心排球的国家总理,不拿世界冠军是说不过去的。他送给每个中国姑娘一条毛巾,意味深长地说:“我送给你们毛巾,是希望你们今后流更多的汗水……”

前几年,这位闻名遐迩的日本教练,因心脏病突发与世长辞了。在岗山他的墓前,竖立着一块小小的墓碑,是他的那些已经当了妈妈的排球队员送的,碑文只有六个字:有志者事竟成。

年轻一代的中国女排运动员，与大松并不相识。但她们常常听指导和老一代的女排运动员谈起他。的确，他是值得我们纪念的。

十五年前，中国姑娘曾经问过大松："你们是怎样练成世界冠军的？"

大松回答说："对人来说，最苦的莫过于战胜自己。运动员和我本人都牺牲了一切，集中精力于排球。一连多少年除了三天年假，一天也不中断练习；在奥林匹克运动会前，一天的练习时间长达十二小时；不断地想出了和做出了世界上谁也没有做过的事——结果就是世界冠军。"

这是一个多么有启迪的回答啊！

警惕翻船

1980 年 5 月 14 日夜，上海飘洒着绵绵春雨。中国女排与日本女排的比赛刚刚散场，观众如潮水一般从徐家汇雄伟的体育馆里涌流而出。

场内的观众已经散尽，但体育馆门前依然簇拥着一堆一堆的人群。他们冒雨站在那儿等待中国女排的姑娘们。有的想靠得近些目睹她们的风采；有的想跟她们握一握手，表示一下祝贺胜利的诚意；还有一些姑娘们的亲友，想跟她们说几句亲热的话语。

今晚，中国女排着实使上万观众受了一场虚惊。三局球，每一局开始时中国姑娘都处于逆境：头一局以 9∶13 落后；第二局以 9∶12 落后；第三局，先是以 1∶8 落后，接着又以 9∶14 落后。总之，这几局球，中国队只要再输两分、三分甚至再输一分，就要败北。许多观众的心都提到了喉咙口，连气都不敢大口喘。但是每一局都出现了戏剧性：中国姑娘只要一打到九分，就奋起直追，比分扶摇直上，一口气追上六分、七分；而日本队的比分，仿佛被钉死在电子显示牌上，再也动弹不得。最后，中国姑娘竟然以 3∶0 又一次击败了日本女队。

过瘾啊，看得实在过瘾！犹如乘一叶扁舟，在江河里穿风越浪，虽然担惊受怕，却能饱尝那种惊心动魄的情景。

一位署名"一个敬佩你们的人"当即给女排写信："我对别人的要求严格得近乎苛刻，然而看了你们的球赛，却不能不赞不绝口。我从你们身上，看到了中华民族的宝贵品质。技术上的过硬固然难得，但精神上的过硬更难得。日本女队是以顽强著称于世的，而她们却遇到了比她们更顽强的人。你们的顽强精神，使我深深地相信，在你们的心目中，祖国荣誉高于一切。你们打出了队威，打出了国威。你们是中华民族的好儿女！"

一群工人在信中写道："一个人，一个国家，贫穷落后并不可怕，怕的是失掉了方向和信心。只要敢于正视现实，立志赶超，艰苦努力，一步一个脚印地向前迈进，是没有攻不下的难关的。我们的党和国家是多么需要像你们这样不说空话、踏实苦干的实干家呵！"

……

此时，相识的与不相识的人们，三五成群地议论着那些中国姑娘们。

"毛毛的球打得真嗲！"一个戴眼镜的小伙子说。

"毛毛场上的风度也穷嗲呀！"一个壮实的青年附和着。

"毛毛"是一个倍受赞美的人物。

"毛毛"是谁呀？她就是十二号，四川姑娘张蓉芳。她从小就有一股"毛劲"，敢和男孩子一道爬树上房，敢跳进冬天的寒流中搏风击浪。直到如今，仍然保留着一股可爱的毛劲——泼辣顽强。小时候，人们叫她"小毛毛"，如今长成姑娘家了，只好把"小"字去掉，叫她"毛毛"。

她刚上场时，你一点儿都看不出她的"毛劲儿"：微微地弓着腰，左手轻轻地放在背后，两只眼睛细眯着，好像刚刚睡醒，有点睡眼蒙眬的样子。她的个儿，跟陈招娣一样，一米七四，是队里最矮的。总之，她的神情没有什么惊人的地方。但是，只要球声一响，她就变了副模样，精神抖擞，眼观六路，耳听八方，像一位很有经验的老猎人，眯着眼，是为了紧紧盯住他的猎获物。无论是飞身垫球，还是跃起扣杀，动作都是那么敏捷、快速、准确。扣杀过去的球奇巧刁钻，往往使对方防不胜防。有时因扣杀过猛，摔倒在地上，但只要一见来球，又会猛然一跃而起，杀对方一个神出鬼没的回马枪。她灵巧得像山野里的一只猴，勇猛得似丛林中的一只虎。在赛场上，她那张汗水涔涔的脸，总是那么丰满红润，那么光彩照人，透出一种特有的健美。用队长孙晋芳的话来说，"毛毛在场上那才水灵呢"！

雨还在悄没声儿地飘洒着。在强烈的灯光照射下，这绵绵细雨，犹如从天上垂挂下来的千千万万条银色的彩线，在夜风中轻柔地摇曳飘动。日本客人已经出馆，乘车回下榻的宾馆去了，但仍然见不到中国姑娘的身影。人们开始不满起来，有人大声议论道："想见一见都这么难，中国女排也太傲气了！"

突然，从体育馆门口走出一个人来。人们引颈而望，以为女排姑娘们开始往外走了。谁知，走出来的人是体育馆的一位工作人员。他站在台阶上，大声地对观众们说："请同志们回家吧！中国女排正在馆里补课呢！"

"补课？"观众不解地嚷了起来。

工作人员说："是的，是补课。她们说，今晚的球赛没有打好……"

"打得好！打得顽强！"观众不平地喊叫起来。

说句公道话，这场球应该说是打得很精彩的。

袁伟民、邓若曾也承认这场球打得不错。在补课开始之前，袁伟民对围拢过来的姑娘们说："从某种意义上看，这场球比一路领先顺利赢下来还有价值。过去，落后时，我们就没有信心去追赶。而领先时，又怕人家追赶自己。现在，落后时不慌乱，能反败为胜，这是可贵的。这是我们的队伍走向成熟的标志。"

的确，中国女排这些年来经过挫折、失败、胜利的考验，已经成熟起来了。这次在南京举行的国际女子排球邀请赛中，她们先后以 3∶1 和 3∶0 胜了美国队和日本队。在尔后的访问比赛中，再次以相同的比分，赢了这两支强队。今晚是第三次以 3∶0 胜日本女排了。

袁伟民望望不太情愿补课的姑娘们，心平气和地说："但是，我们要很好地想一想，为什么三局球开局时都落后呢？我看，还是我们轻敌了，骄傲了！虽然在准备会上大家也讲了要防止骄傲情绪，但是打起比赛来，还是提不起神。"他停顿了片刻，又意味深长地说下去，"今天补课，就是为了让大家记住，我们开始成熟了，但不能骄傲，如果骄傲了，将来总有一天会阴沟里翻船的。奥运会是四年一次，而我们一个人的运动寿命有几个四年呀？请大家好好想一想！"

本来，有些姑娘对这次补课，心里并不服。她们想，好输不如赖赢，不管怎么说，我们是赢下来了呀！但听指导这么一分析，也就没有再吭气，顺从地拖着疲惫不堪的身躯，又练上了，一直练到午夜 12 点多。当她们淋洗完毕，回到上海市体委招待所时，黄浦江畔的海关大钟传来悠扬的钟声，已经凌晨 2 点钟了。天明之后，她们就将各奔东西，有的去杭州，有的上南京、苏州、无锡……

毛毛将回她的故乡——成都。她这趟回乡与别的姑娘心情不一样，既不是探亲访友，也不是重游故地。在那儿等待她的将是一个庄严的党支部大会，共产党员们将讨论她的入党转正问题。再过几天，她将成为中国共产党的正式党员了！一想起这件事，她的心情就那么激动，把睡意全赶跑了。

她是在十三岁的时候主动找到成都后子门人民体育场要求当排球运动员的。从此，失误、苦练、进步；再失误、再苦练、再进步，使她一步步走向了成熟。

她刚进四川女排时，五个老队员带她一个新队员。她们之中已经有四个成了妈妈了，但仍然和她这个十多岁的女娃娃一道摸爬滚翻。毛毛心里既感动又不安。她心里只有一个想法："好好练，赶快接她们的班。"

有一场比赛，四川女排打得不顺，毛毛在场上该救的球不救，该扣死的也随随便便扣过去就算了。

回到住地,教练严肃地问她:“毛毛,你今天怎么啦?该救的球,为什么不救?”毛毛坦率地说:“我想,反正这场球要输,打好一个球也没有什么意思。”教练摇摇头,心想:“她呀,还不懂得每球必争的意义呢!”

后来,毛毛写了一个赛后总结,在认识上有了一个飞跃。

1976 年夏天,她刚进国家队不久,就参加了一场与秘鲁女排的比赛。毛毛传了一个球给四号位的主攻手,没想到,传出了一个刚刚过网的“探头球”,自己的主攻手打不着,却被对方的攻球手一锤子打死了,而且打得那么干脆。

1977 年,在世界大学生运动会上,中国女排与美国女排交锋。毛毛怕美国大高个拦网,心里一直嘀咕。果然,她几次扣杀过去的球,都被美国高大的队员挡了回来。打不死,心里不服,再打,又被挡了回来。虽然,这场球中国队以 3∶2 险胜,但因为多输了两局球,而失去了争夺冠军的机会。

这两场球深深地刺激了这位四川姑娘。她苦苦思索着:“我的个子是爹妈给的,就这么高,再往上长是不可能的。但是,先天不足可以后天补呀!”

袁伟民对毛毛的要求也是格外严,分外高。他希望这个精灵的四川姑娘进攻上有绝招,防守上更娴熟,虽然毛毛自己已经练得那么刻苦,但他有时还要给她补“课”。

毛毛对传球有点“犯怵”,他就专拣传球练她。

球,一个前,一个后,一个左,一个右,变化多端地向毛毛袭来。毛毛不吭不响地奔跑着,抢救着,累得上气不接下气,袁伟民给的球难度却更大了。练到后来,毛毛火气也上来了,将球接住,狠狠地往场外一扔。

袁伟民严厉地说:“捡回来!”

毛毛犟着不动。

袁伟民问:“想不想练?不想练就下去吧!想通了再练!”

下去?我偏不下!毛毛与招娣在这一点上略有不同。你说不让练,她偏练。一边哭,一边练。哭是哭,练还是狠练。那神态是,我练死在场上,也不会下去的。

正是这种可爱的犟劲,弥补了她的先天不足,使她练就了一身好球艺:眼快,手快,脚快,球路刁,打吊结合好,防守垫球强。这次在南京国际女排邀请赛中,美国女排身高一米九六的海曼,在毛毛的扣吊面前也无可奈何。她不再怕高个,相反,高个被她制服了。

毛毛成熟起来了!在多少次激战的惊涛骇浪中,她像中流砥柱一样,稳稳地屹立其间!

第二天,在向故乡飞驰的列车上,她在沉思默想:一个球队在走向成熟的时候,应该警惕因为骄傲而翻船，那么一个人在走向成熟的时候，难道不也应该好好思考这个问题吗？

中国的“铁榔头”

世界上还有什么幸福能超过人民对自己的信任呢！

47 次列车离开北京，冲进茫茫夜海，风驰电掣般向南，向南……

在卧铺车厢里，一位高挑个儿的姑娘，凭窗眺望。她颀长、结实、健美。微微鬈曲的黑发拢在脑后，分扎成两绺，轻巧地垂挂着。深红色的运动衫领子，悄悄露在深蓝色的外套上，仿佛是一枝“出墙”的红杏。虽然我们看见的是她的背影，但可以感觉到，在这位姑娘的身上洋溢着青春的活力和蓬勃的朝气。

车窗外，一片漆黑，夜色正浓。只有点点灯火，偶尔从她眼前向后飞逝而去。郎平啊，你是在欣赏祖国大地的夜景呢，还是在沉思默想？也许是那瞬息即逝的灯火，把你带回到昨晚为全国十名最佳运动员授奖而举行的健美晚会上去了吧？

对这位刚满二十岁的北京姑娘来说，那确实是永生难忘的。当她接受鲜艳的花束和银色的奖杯时，座无虚席的首都体育馆里，爆发出海涛般的掌声。何止是到会的一万八千人在鼓掌呢，她仿佛还听到投她票的十几万球迷的掌声和没有投票机会的千千万万普通观众的掌声。她手捧鲜花和奖杯，激动得含泪欢笑了。

她欢笑，但并不沉醉。她深深地懂得，自己是代表女排集体来领奖的。排球运动是一个集体项目，赢得的每一个球都要经过几位同伴之手，都凝聚着战友的汗水和心血。个人球艺再高，如果没有同伴的合作，也将一事无成。她想起了朝夕相处的同伴们：风度翩翩的老大姐孙晋芳，沉着顽强的张蓉芳，敢打敢冲的陈招娣，文静果敢的周晓兰，憨厚纯真的陈亚琼，埋头苦干的曹慧英，和蔼可亲的杨希，沉静灵巧的张洁云，聪慧灵敏的周鹿敏，腼腆壮实的梁燕，活泼爱笑的朱玲，还有那严厉而又亲切的指导、领队……总之，她想起了队里的每一个人。

当她和妈妈随着潮水般的人流涌出体育馆时，她用一条驼色的拉毛围巾，几乎把整个脸都严严实实地遮掩起来，只露出那双明亮的眼睛。奖杯呢？它装在一个又长又大的橙黄色的提包里。她一点也不炫耀个人，把自己融进了普通观众的行列。

回家的路上，她的思绪像滔滔的江水在汹涌澎湃。

银杯啊，怎么这样沉？呵，那里面盛满了自己和战友的汗水。

银杯啊，怎么如此重？呵，那里面装着祖国和人民的殷切期望。

回到家里，已经夜深了。但郎平的爸爸、妈妈还围着银光闪闪的奖杯看呀看，总也看不够。郎平的爸爸是个球迷，而她的妈妈，却一点也不懂体育。当初，女儿要去打球，妈妈投的是反对票。她看到女儿身体瘦弱，不放心让她去。而爸爸呢，却苦口婆心地说服她。女儿到了球队之后，只要在北京打的球赛，他总要去看。在外地打的比赛，如果他出差路过，那也非看不可。其实，开始时，他对排球的打法也不是很懂，只不过是为女儿打好而高兴，为女儿失误而焦急、惋惜。郎平开玩笑地对他说："爸爸，你看球，真比我在场上打球还紧张呢！"而妈妈的关心，是别具一格的。她生怕女儿吃不好，每次外出都给她带吃的，什么凤尾鱼呀，糖果呀，总是一装就是一满袋。1979 年夏天，郎平在四川打比赛，给她姐姐写信说身体不太舒服。妈妈知道了，悄悄给女儿寄去两斤巧克力。巧克力送到郎平手上时，已经化了。郎平手捧着滴着咖啡色糖水的包裹，心里比那炎夏的天气还热。妈妈呀，你可真是一片慈母心啊！近两年来，妈妈也开始看球了。她身体不是很好，多半是在电视里看女儿打球。

郎平回家时，妈妈问她："哎呀，你们怎么老摔跟头啊？"

郎平告诉她："妈妈，那是打球需要，存心摔的。"

妈妈可不管存心还是不存心，心疼地说："往后不许那么使劲摔！"

郎平跟妈妈说不清，只得笑笑说："妈，我们以后摔轻一点……"

自从郎平到国家队打球以后，几乎没有机会跟妈妈、爸爸在一起过个团圆年。如今，离春节只有几天时间了，而且她又患着感冒，妈妈是多么希望女儿留在身边多住几天啊！但是女儿的心早已飞了。中国女排不在北京，前几天已经去湖南郴州冬训了。她决定明天就南行，去追赶自己的队伍。温暖的战斗的集体，像一块强大的磁石，深深地吸引着她。

南行的列车，呼啸着飞速向前。此刻，郎平已经困倦了。她曲着腿，躺卧在狭窄的铺位上，沉沉睡着了。趁她酣睡的时候，让我们掀开她打球的简历表看一看。

从孩提时代起，她练过绘画，迷过音乐，又幻想过当飞行员，还想过当工程师。十三岁那年，父亲带她去体育馆看了一场国际排球赛。她惊喜地发现，平日上体育课托不了几下就往地上掉落的排球，在运动员们的手上竟然那么听话，这简直是令人陶醉的艺术啊！于是心里萌生出一个新的理想：当运动员！

别看她现在身高一米八四，可当时还只有一米六几，长得又细又高，体重只有七十多斤，体质很孱弱。但她不管这些，自信自己能当一个好运动员。她跑到北京市第二业余体校报名。那儿的教练张媛庆觉得她太单薄了些，犹豫了片刻，竟然出人意料地同意收下这个瘦弱的女孩。

她盼着有一天自己也能穿上印有"北京"字样的运动衣,代表首都人民参加比赛。于是,她夏练三伏,冬练三九,成千上万次地挥动长臂苦练枯燥乏味的基本功。有一次,她的脚脖扭伤了,怕回家后妈妈不让她来体校,就星期天也不回家。平时回家她也不忘带个球回去,对着墙壁托球,弄得墙头上印满了排球的痕迹。两年后,她跻身于北京女排的行列,而且成了主力队员。但是,她又多么盼望有一天胸前的运动衣缀上庄严的国徽,代表祖国人民去与世界强队争胜负啊!一年之后,她的愿望又实现了。袁伟民决定起用这位不满十八岁的年轻姑娘参加第八届亚运会,而且让她顶替著名的主攻手杨希,打四号位。

在泰国曼谷,郎平像一颗奇异的新星,在排坛上升腾而起。在与韩国队的比赛中,她那力大势沉的凌厉劈杀、森严凶狠的拦网,为中国队的胜利立下了汗马功劳。她被称为"中国女排的新兵器"。可惜在迎战"东洋魔女"日本女排时,她的脚扭伤,影响技术发挥,扣杀常常不能奏效。而且在日本姑娘的严密防守面前,她的扣杀也暴露出过于单调平板的弱点。没有打完一局,袁伟民就把她换下来了。比赛结果,中国女排以0:3败北。一位观众来信指责说:"不该在这种关键时刻,起用一个没有把握的新手,这是中国女排的教练用人不当。"这对一帆风顺的郎平来说,是一个莫大的刺激。她感到委屈,于是,她又把目光瞄向世界几个强队的主攻手,发奋追赶。不到一年工夫,她的发奋努力就结出了成功之果。1979年末,在香港举行第二届亚洲女子排球锦标赛时,她为中国队荣获冠军立下了战功,被人们誉为中国的"铁榔头"。中央电视台播放比赛实况录像时,银屏里是一片"郎平!郎平!"的呼喊声,银屏外也是一片"郎平!郎平!"的欢呼声。她确实像一把当当响的铁榔头,发挥了振奋人心的威力。她的进攻力量,得到了世界排球界人士的高度评价。人们把她称为堪与美国身高一米九六的海曼和古巴的玻玛列斯媲美的世界三大主攻手之一。

列车急速南行,南行。郎平恨不得列车飞驰得快些再快些。经过三十来个钟头漫长的旅途生活,她终于在郴州与自己的队伍相聚了。她是那么高兴,才离别几天,宛若几年。

郴州的春天,细雨绵绵,无休无止,仿佛是穹窿漏了似的。训练基地坐落在北湖公园里。公园不算大,但有山有水,有楼台亭榭,有喷水池,有金鱼,有群猴,姑娘们的宿舍后面还有一片桂花树林。但郎平是无暇欣赏这一切的,除了饭堂、宿舍之外,只有在那座竹席棚顶的简易训练房里才能看见她挥汗如雨的高大身影。

对郎平来说,这是一次极为平常的训练课。暮色已经降临,姑娘们都已完成了任务,拖着疲惫的身子向宿舍走去,但她还在里面练习发球。袁指导给她的任务是再发三组球,每组三个好球,如发两个一般球或两个失误球,就得再加一组。场里除了郎平“砰”“砰”的发球声,就只有袁伟民的裁判声:“一般!”“失误!”她发了好一阵,任务不但没有完成,相反又加了几组。郎平抚摸着酸疼的肩膀,有点发急了。她透过墨绿色的球网望了望教练,袁伟民不动声色地伫立着,双手紧抱在胸前。那神态是说:“完不了,别想下课!”没有一点商量的余地。

郎平自言自语地说:“我奉陪到底!”她发狠地拿起球,又“砰”“砰”地发了起来。

“停!”袁伟民神态严峻地走了过来,“不要发菜球!累了可以休息一会儿。”

什么叫菜球?郎平当然明白。顾名思义,菜球就是送给对方吃的小菜,即没有威胁力的“和平球”。比赛时,好不容易争回一个发球权,发菜球那是绝对不允许的。郎平暗暗责怪自己,怎么发出菜球来了呢?不行,绝对不行。她走动了几步,挥动了几下胳膊,又叉着腰沉思默想了片刻,重新开始发球。

“砰”“砰”的发球声,“好球——好球”的裁判声,一直响着响着,响到很晚很晚。当郎平拖着沉重的步子走出训练房时,一位记者半开玩笑地悄声问她:“指导会不会存心整你?”她用手抹了把脸上的汗水,微笑道:“那可说不准。”袁伟民知道了此事,风趣地说:“今天没有。不过,‘整’过她不少次就是了。”

新春佳节来临了。宿舍的走廊上挂起了四盏古色古香的大灯笼,住屋外面的墙头的窗户上悬挂着缀满“梅花”的树枝。女排的姑娘们也休息了一天,开联欢会,放鞭炮,吃花生,嗑瓜子……这些瓜子是哪里来的?是郎平用她所获得的、首都新闻单位举办的“十佳”运动员评奖的奖金买的。

年初二,她们应衡阳市人民的邀请,去打表演比赛。打完比赛已经是晚上10点多钟了,但领队和指导却不让姑娘们走,说是要补一补课。

“郎平,你怎么不动弹呀?”指导点着名呼叫她。

郎平站在场地外边,依然不动。她正不舒服呢。

教练走过来,又一次问她:“怎么啦?”

郎平说:“指导,我有点恶心,想吐。”

教练心里明白,但他还是说:“想吐就吐,吐完了再上场补课!”教练的心肠就是狠,不近情理!不过,郎平却没有埋怨的意思,你不让她上,她自己还想上呢!她清晰地记得,去年春天,她们出访美国,从香港到斯普林斯,坐了二十多个钟头的飞机。这座高原城市海拔两千多米,疲倦加高原缺氧,使她们非常不舒服。晚上练习时,八个姑娘边练边吐。吐还要练。当时她们真恨教练太不体谅人。但第二天打比赛时,她们却感到精神很好,以3:1赢了美国女排。在整个访美比赛中,她们取得了六胜一负的战绩，其中在旧金山一场，有一局还使美国队吃了一个“鸭蛋”。只有这时，她们才真正明白，教练为什么不顾她们呕吐还要狠心坚持训练。练为战啊！这天晚上，郎平也是怀着这种心情，坚持把课补完的。

这就是袁伟民的“整”。所谓“整”，就是有意制造困难，用各种意想不到的手段，来磨炼她。

说也奇怪，郎平却喜欢指导的这种“整”。虽然有时“整”哭了，觉得苦得受不了，但下来后又感激指导，希望指导以后再“整”自己。因为她明白自己在队里挑大梁的地位，世界上的几个强队，谁不研究她？他们把她的技术动作拍成电影，录了像，正在作为“强敌”，研究攻克的对策。要想使榔头继续敲响，就得不断锤炼。而教练的每一次“整”，不都是对自己的一次锤炼吗？

千锤百炼吧，中国的“铁榔头”！有朝一日，当祖国人民需要你“一锤定音”时，切盼你能够敲得重重的、响响的，敲出我们的国威来！

把掌声分给她一半

“外行看热闹，内行看门道。”一般人看排球比赛，往往把自己的热情，全部倾注在“一锤定音”的攻球手们身上。而内行的观众，却总把自己的掌声和欢呼声，分一半给场上的灵魂——二传手。

二传手孙晋芳，是中国女排的队长。身材匀称，体格壮实健美。在高个如林的同伴中，她的个头并不算高，也许还稍微矮了一点。两只眼睛是细眯着的，一流汗，就眯得更细。难怪同伴们都亲昵地称呼她“小眯”。不过，透过那细眯的眼缝，闪射出来的却是机敏、聪慧而又幽默的目光。她的神态从容不迫，颇有一种大将风度。

仔细的观众不难发现，场上每一个球，在杀向对方之前，几乎都得经过她的手。而她的传球技艺，高超得惊人。无论多么险恶的来球，只要经过她的手一调整，一缓冲，顷刻间就化险为夷，变得平和起来。对于她的球艺，一位体育记者曾经作过如下的描写：“如果说向她飞来的球像一团团熊熊燃烧的烈火，那么，从她手里飞走的球已经变成一缕缕袅袅青烟……”自然，这是艺术夸张，不过，看她打球时又确确实实有此种感觉。

孙晋芳是江苏人，说一口像音乐似的婉转动听的苏州乡音。小时候，人家都说她瘦弱得可以被一阵风刮跑。胳膊肘也细得像一掰就能折断。一个弱不禁风的姑苏少女，怎么会成为闻名世界的优秀运动员呢？是学校里的体育老师看中了她，把她推荐给青少年业余体育学校，此后，命运之神就使她和排球结下了不解之缘。

她朝夕苦练的动人情景，是难以一一描述的。让我们展示其中的一幕，而且是她在训练之余自我苦练的一幕。

石头城南京，孝陵卫宿舍的走廊里。孙晋芳和她的球友张洁云正在练习托球。也许是走廊的廊顶过于低矮，或是两边的墙壁过于拥挤，托不了几下，球就碰落地上。但她们不泄气，捡起球，又一下一下托起来。三伏天，南京是闻名全国的大火炉，闷热得厉害。室外有的是空旷的天地，干吗非要在走廊里练球呢？这是大有道理的：在这又矮又窄的地方如果能传递自如，那么到空旷的球场上传球就更加得心应手了。汗，汗，如雨的汗！原来蓬松漂亮的头发，湿淋淋的，已经粘到一块儿去了。运动衣衫的颜色被汗水浸染得由浅变深，只要轻轻一拧就可以拧出一摊汗水，她们简直像两个刚刚从水里钻出来的人。一边托，一边数，一，二，三，四……一直数到五百多下。廊顶仿佛突然升高了，墙壁和门窗也似乎向两旁闪开，狭小的走廊啊，宛如变成了一个无边无垠的空间。更神的，还是孙晋芳的那双手，仿佛变成了两块磁石，吸引着飞舞的白球。

有一双挥洒自如的手固然是至关重要的，但作为一名优秀的二传手，还必须具有宽大的胸怀。用姑娘们自己的语言来形容，那就是心里要能撑进去一条船。二传手是无名英雄，掌声一般都冲着攻球手，而责怨却常常落到她的头上。而她的自尊心又强，脾气又倔，心海里还曾经有过不少阻挡船只撑进去的暗礁。

这是发生在1979年夏天的一件事。中国女排访日比赛的最后一场。中国队轻取前两局，从第三局开始，处于逆境。新手郎平的重磅扣杀，屡不奏效。孙晋芳提醒她："郎平，注意攻球线路！"郎平竟然毫无反应。过了一会儿，郎平冲着她说："给球高一点！"小孙心里掠过了一丝不悦的阴影。球，在场子里飞过来飞过去，仿佛是一个任人摆布的无情之物。其实，它还是有情有义的。运动员的喜怒哀乐，即使是瞬息的变化，都无不在它的身上反映出来。尽管袁伟民还不知道场上发生了什么矛盾，但从性格外露的苏州姑娘撇起来的嘴巴上，已经洞察到小孙心里有了不痛快事。他叫暂停，把她换了下来。因为场上的局势正吃紧，袁伟民不能离开指挥岗位，便叫坐在身边的邓若曾去跟她谈谈。

邓若曾心里窝了一肚子火。他是队里谁人都知的恨铁不成钢的婆婆嘴。心是好得没法子说，嘴上却数落你个够呛。他对孙晋芳说："不管场上出现什么矛盾，你也得把球打好。有什么事，下来再解决，这是祖国荣誉攸关的事！……"

小孙重新上场时，嘴倒不撇了，也想扭转败局，但遗憾的是怎么也扭不过来，最后还是输掉了这场球。

回国后,领队和教练又相继找她谈心,党小组也开会帮助她。起先她心里还不服。心想,一个新队员,在场上竟然不理睬一个老队员和场上队长的提醒,而且还用那样冲的口吻要求老队员,未免太那个了吧!她跟郎平住一个屋,有几天进进出出都相对无言。但小孙毕竟是个心里藏不住事的姑娘,有天晚上,终于开口了:“郎平,那天场上,你对我的提醒怎么理也不理呀?”郎平惊讶地问:“你提醒我什么来着?场上吵闹得太厉害了,我一点也没有听见呀!”

糟糕,真糟糕!原来是自己误会了人家。当然,郎平年轻气旺,性子也直,老扣不死球,心里焦急,说话口气可能冲了一点,但郎平自己并没有意识到,何况这是一个误会呢。即使郎平真的责怪她,自己也应忍辱负重,以祖国荣誉为重呀!输球的原因,当然是多方面的,但她与主攻手配合失调是一个不可饶恕的过失。要知道,在二传手与主攻手之间,是不能有半点疙瘩的。她悔恨自己心胸不宽阔,决心继续磨炼自己,要把心海中的暗礁一块一块炸平。

看,她是用多么顽强的意志在磨炼自己呵!

明明她是忍受着腰伤坚持训练,但指导却一个劲地点她的名:“小孙,把大家的情绪调动起来!”她不知为此类事抱过多少委屈:又不是我不好好练,干吗老盯着不放呢?指导却说:“你是队长,是全队的灵魂,对你要求就是要不一样。”有时,袁伟民还存心找碴“整整”她。

那天是孙晋芳一个人练防守。不知怎么回事,她的嘴又撅了起来。袁伟民和邓若曾心想,今天就要整整你的这个倔脾气。他们对场上的其他队员说:“你们都不练了,过来看小孙练!”小孙一听,更不高兴。打了这么多年球,她还是头一次碰上这一招呢!我又不是没有完成任务,干吗要跟我这么过不去?但当着这么多队友的面,不好发作,只得强压着心里的火气。

袁伟民对围拢过来的姑娘们说:“今天小孙什么时候说练顺了,就完事。”他不停地给她扔球,小孙前后左右扑救。姑娘们站在一旁为自己的队长呐喊加油。小孙的脸仍然绷得很紧,一丝笑意也没有。

第二次休息之后,孙晋芳终于说了:“指导,我气顺了。”但脸上还是没有一丝笑容。

袁伟民心里也明白,嘴上说是顺了,心里并没有顺。不过,对孙晋芳来说,能当着这么多人的面说出这句话来,还是很不容易的。

当晚,袁伟民找这位同乡谈心。他推心置腹地对她说:“心里的疙瘩还没有解开吧?”小孙突然来了一句:“我的犟劲是向你学来的呀!人家都说你当运动员时,比我还犟呢!”袁伟民笑笑:“犟劲也有好坏之分。你不要学我不好的那种犟劲嘛!”小孙脸上终于有了笑容了。袁伟民语重心长地接着说:“不是我和邓指导要你小孙拜倒我们脚下,服服帖帖地顺着我们。不是的,这是场上的需要,事业的需要。你想想,你是场上队长,我们的指挥,我们的战术意图,都是要通过你去实现的。一局球,我们只能暂停两次,每次只有半分钟。我们的意见再好,你不去兑现,也等于零。况且,你的喜怒哀乐,你的情绪起伏,会直接影响队员,影响胜负……”

这些亲切、真诚的话语,像一股温煦的春风,吹进了她的心扉。她的气,真正顺了。

船呀,终于撑进了她的心海!她熟知每一个同伴的性格、脾气、身体和技术,比赛时总号着她们的脉搏给球。郎平的性格爽朗,兴奋时容易跳早,球要给高些。她身体疲惫时,容易跳不起来,球要给近网,不给远网。招娣敢打敢拼,是一员虎将,但有点愣,发急时,不能轻易给她球,而要提醒她:“招娣,别急!别急!”毛毛勇敢倔强,技术全面,什么球都能打,不过给球还是宁近勿远,宁矮不高,宁快不慢。晓兰性格内向,稳得住。亚琼不能埋怨,要多鼓励。梁艳年轻,眼疾手快,给球的速度要跟得上……

凭着她对每个同伴的这种细致的了解和充分的信任,也凭着每个同伴对她的了解和信任,六个上场队员默契得恰似一个人一样。你看,在发球前的一刹那,同时有两三个攻球手把手伸到身后,向她发出打什么战术的信号。她如电的目光飞扫而过,灵敏的头脑迅速进行分析,而且马上用手势回答同伴……于是,一套套令人眼花缭乱的快速打法:平拉开、短平快、交叉、背蹓……纷纷呈现在你的眼前;一幕幕惊心动魄的战斗场面,就由她导演出来;一支支悦耳的乐曲,由她指挥而生。

一位观众写信赞扬她:“看你打球,使人想起了听交响乐,在你的指挥棒下,可以演奏出各种各样旋律不同的优美乐章。”

现在,孙晋芳已经是一位“世界优秀的二传手”,是一个成熟了的沙场老将。但她的年龄也随着增大了,今年已满二十六岁。“老”与伤又往往是一对孪生姐妹。腰伤较重,病痛常常折磨着她。在赛场上,她始终是那样斗志旺盛、生龙活虎,一走出赛场就往往直不起腰来。去年南京国际女子排球邀请赛时,中国女排力挫日本队和美国队。为了打好这次比赛,她赛前打了“封闭”针。发奖那天,中国姑娘们高举奖杯向观众致意,孙晋芳不得不用手扶着自己的腰。

如果把中国女排的姑娘们比为一颗颗璀璨的珍珠,那么,孙晋芳就是一条闪闪发光的金线,把颗颗珍珠串连在一起,中国女排才成为闪耀着奇光异彩的战斗集体。

应该把欢呼声和鼓掌声分一半给她!

女儿国里的小伙子

如果说，孙晋芳是赛场上的无名英雄，那么，他则是中国姑娘“走向世界”的一块闪光的铺路石。

在南国的小城郴州体育馆里进行的表演赛，已经打了好一阵了，突然观众台上爆发出一阵愉快的笑声。那些本来就爱笑的女孩子们，已经笑弯了腰，笑出眼泪来。

笑源就在一个混杂在中国女排姑娘队伍里的小伙子身上。他穿着一身紫红色的女运动服，正在场上跟姑娘们一道打球呢！据说，有位女排姑娘受了伤，上不了场，他就顶替了她的角色。如果不细看，你几乎分不出他是姑娘还是小伙子。他的个头，比招娣、毛毛、孙晋芳稍高一些，但比起郎平、晓兰和亚琼来，却要略矮一点。今年二十四岁，年龄倒跟几位老队员相仿。身材匀称，秀气，鼻梁挺直而高耸，肤色白皙，爱脸红，老是那么腼腼腆腆的，还真有几分姑娘味儿。

人们不禁会问：“中国女排里怎么掺和进来这么一位小伙子呢？他打哪儿来？……”

1979年初秋，一趟46次列车离开福州，向北京飞驰。依窗坐着一位清清秀秀的小伙子，从他高挑的个头和服装上，一眼就可以看出，这是一位年轻的运动员。他仿佛有什么心事，一直默默地端坐着，眺望着金色的原野。突然，他轻轻地摇了摇头，脸也红了起来。

他情不自禁地伸手摸摸装在衣兜里的介绍信。原来，他是福建男子排球队的一名青年运动员，如今北上是去国家女子排球队报到。一个男排运动员，到一支女子排球队去干什么呢？

刚接到领导的通知时，他心里也这么纳闷地思考过。

省体委的同志告诉他，国家女排很快要去香港参加第二届亚洲排球锦标赛，需要一个男陪练。

啊，他是去当陪练的。一想起今后将整天跟姑娘们生活在一起，他的心就禁不住怦怦地跳动起来。他是那么腼腆，总觉得一个男子汉到姑娘堆中去，挺不自在，怪不好意思的。不过，他心里却清晰地记着队友们的临别赠言：“好好干吧，为我国女排冲出亚洲，走向世界，出一把力！”

不管小伙子心里是怎么想的，列车已经按照自己的运行轨道，轰隆隆地把他带到了北京。

小伙子刚来女排时，那么多姑娘用各种目光打量他。姑娘们笑着、说着，大大方方的，脸都没有红，而他的脸却一直红到了耳根，连头都不敢抬起来了。

怎么称呼他呢？他姓陈，名忠和。叫陈忠和吧，好像不够尊敬。叫陈指导吧，他又那么年轻，比几位老队员还小一两岁。不过，姑娘们是够精灵的，眼睛一眨，就能想出一个主意来。她们在“陈指导”前头加了一个“小”字。

“小陈指导！”“小陈指导！”也不管小伙子同意不同意，姑娘们就这么亲亲热热地叫开了。

他更不好意思了，自己是一个省队的普通队员，而她们都是闻名遐迩的国家运动员，这么称呼他，怎么敢当呢？

“我是来陪练的，叫我小陈吧！”他真诚地这么恳求着。姑娘们一边笑，一边说：“别那么谦虚了，小陈指导！到时候，手下留点情就是了。”

陈忠和根据教练的要求，上场陪练了！别看姑娘们在下面一声一个“小陈指导”的，在场上完不成任务急眼时，可会拉脸了。有一次，他发球，姑娘们垫球。有一位姑娘老完不成指标，就埋怨他，说他的球发得太狠太快。起先，只要姑娘们一嚷嚷，他就依着她们。发球时，软一点；看球时，松一点。可是，袁伟民和邓若曾两位教练不依，一再叮嘱他：“小陈，对她们要严一点！”他感到多为难啊！松一点吧，两位教练不满意；严一点吧，有的姑娘给脸色看。夹在中间的味儿，真不好受呀！

夜晚，他躺在床上，暗暗思忖：我到国家队来是干什么的呀？是来陪练，而不是迁就，我应该当主人，而不应该当客人！

两位教练也常常鼓励他：“小陈，大胆要求她们，我们给你撑腰！”

这天，姑娘们练习发球，小陈站在网的那边当裁判。每个姑娘的指标是发十五组球，每发三个好球算完成一组。

球，飞过来，落在地上。这个球是好是坏，还是一般，全凭小陈一句话。如果他松一松，任务完成得就快；如果他紧一紧，完成任务就难。

大多数姑娘的任务都完成了，还剩下两位姑娘没有完成指标。发球是这天训练的最后一项任务，她们都希望早一点完成，可以早点休息。晚上还有一个吸引人的电视剧，姑娘们都想看一看。所以，球刚一出手，姑娘们就一起呼喊：“好球！”小陈明白姑娘们的心意，说实在的，看到她们酸疼得胳膊都抬不起来的模样，也打心眼里同情她们的困难处境。但是，他还是一丝不苟，秉公裁判，喊道：“一般！”

姑娘们急了，冲着他喊：“唷，这个球还一般？”

小陈听见了，头也不抬。发球的姑娘见他毫无改判的意思，只好挥挥胳膊，重新开始发球。

小陈默默地站在那儿，不慌不忙地继续裁判着："好球！""一般！""失误！"……

他心里明白，平日训练得严，正是为了比赛时过硬。反正姑娘们拿他也没有法子，总不能冲过网来揍他吧！何况，在他的身后，还站着两位严厉的指导呢！

下了训练课，有的姑娘淘气地说："小陈指导，你也厉害起来了！"嘴上是这么说，其实，姑娘们都喜欢他对自己"严"。在场上拉了脸的姑娘，下来后就找他道歉。

他总是红着脸笑笑，挺恳切地说："我是陪练，任务就是陪你们好好练。我要对你们负责呀！"

他做什么事都这么认认真真的。为了赶超世界上的几个强队，需要有假想敌。他又扮演起这些假想敌来。而他过去对自己要扮演的对象，连一次都未见到过。他耐心地向两位教练和女排姑娘们了解情况，自己又一遍遍地看录像，白天夜晚细细琢磨，一招一式地模仿，居然还真的模仿得惟妙惟肖。

于是，姑娘们除了称呼他"小陈指导"之外，又称呼他那些扮演的外国名手们的名字。上场时，他的动作，他的架势，多么酷似那些模仿对象啊！但他的性格，却依然那样朴朴实实；他的表情，依然如此腼腼腆腆。

像"小陈指导"这样的小伙子，在中国女排这个集体里，其实并不罕见。如果把先后来当过陪练的小伙子的名单都开列出来，那将是长长的一串。如果，再把那些默默地做着自己的贡献的随队医生，也加上去，那么，这支无名英雄的队伍，就更可观了。无名英雄们为中国姑娘攀登排球运动的世界高峰，铺筑一道道前进的台阶。但在比赛场上，你见不着他们的身影；在光荣榜上，你找不到他们的名字；在电视银屏上，你看不见他们的面容。

不过，他们确确实实又是"女儿国"里的忠诚公民。他们生活在中国女排这个可爱的集体里，把自己的美好希望溶化在姑娘们的理想中……

爱情啊，请你晚一点来

人类的寿命在延长，而运动员的"运动寿命"，因为人才辈出的加速，却在缩短。对一个运动员来说，能创造优异成绩的"黄金时代"是很短暂的。

女排姑娘们深深意识到这一点，惜时如金，把自己的精力高度集中到心爱的排球事业上。

但是，她们并不是生活在"真空"的社会里。在那些雪片般飞来的观众的信件中，未免也夹杂着一些青年人的求爱信；在那千百万的球迷中，总少不了一些痴情的追求者。甚至，还有从异国送来的温情。但是，不适时机撒下的种子，是不会发芽开花的。面对着一封封情意缠绵的求爱信，面对着一件件别有一番情意的礼物，面对着一张张小伙子英俊的照片，姑娘们不知多少次虔诚地祈求："爱情啊，请你晚一点来！"

不过，随着年岁的增长，爱情还是悄没声儿地降临到她们之中的几个老队员身上了。

社会上不是流传过时下姑娘找对象的"十条"吗？什么一套家具，二老倒贴，三转一响，四季服装，五官端正，六亲不认……还有什么收音机要带照片，缝纫机要带锁边，自行车要带冒烟……那么，我们女排姑娘交"朋友"有什么条件呢？

一位排球姑娘曾经这么考验过她的"朋友"。她显得很苦恼的样子，向她的"朋友"诉说："唉，我老了，又有一身伤，打不了那么久了，你赶紧打'报告'吧！"她的"朋友"一听，赶忙摇头，挺为难地说："那怎么行呢！现在国家正需要你出力……"这位姑娘笑了，高兴地说："你呀，凭这一条，就'达标'了！"

当然，别的条件还有，但这是诸条件中至关重要的一条：她们的"朋友"必须在事业上全心全意地支持她们！

老队长曹慧英身体康复之后，已经二十四五岁了。在社会上正是青春妙龄，而在体育运动员中却已经列入"老"字辈了。如果讲名誉地位，她提了干，入了党，还当选过人大代表，应该说，一个优秀运动员所能得到的，她都得到了。况且，有的医生还不同意她继续打球，说搞不好造成肺穿孔，后果就不堪设想。见好就收，见台阶就下，这不正是有些人津津乐道的吗？但是，曹慧英却选择了另外一条艰难困苦的路。她对她的"朋友"说："一个人的运动寿命本来就不长，我一住院一疗养，又耽误了许多宝贵的时间。我要尽量延长一点，哪怕再打上两三年也是好的。过了几年，要想再为祖国争光，那就没有机会了。吃点苦，流点汗，甚至冒点风险，都是值得的。这样做了，将来回想起来，自己就不会后悔。"她望着"朋友"问道，"你支持吗？"她的"朋友"早已听懂她说这番话的良苦用心了，爽朗地笑着说："慧英，你打吧，打多少年，我都等你，等你哪一天不打球了，咱们再结婚。"

曹慧英归队时，周晓兰、郎平、陈亚琼等几位新秀已经成长起来。她虽然打不上主力了，但她甘心情愿当替补。她想："到关键场次，哪怕能上去顶一局半局也好呀！"如今她已经二十七岁了，是队里名副其实的"老大姐"。她身上虽然有伤病，但英勇泼辣并不减当年，还是那副"要球不要命"的劲头。

二传手孙晋芳的"朋友"，对体育的爱好本属一般，但自从结识了小孙之后，仿佛受到了传染，也迷起排球来了。有一次，小孙拿着"朋友"来信，笑着对队友们说："你们看，他多有意思啊，本来不爱看电视，放我们的'网上群星'时他去看了，从头看到尾。”其实,何止去看电视呢!他还订阅了《体育报》,浏览各种体育刊物,见到有关排球的消息、资料,统统剪下来,贴成一本。他对小孙说:“你是搞体育的,应该搜集资料。眼下,你既然顾不上,我来帮你搜集。”

球队登上飞机出国访问。一位刚刚交了“朋友”的姑娘,从舷窗俯视着渐渐变小了的送行的人们,眺望着渐渐远去的美丽的首都,陷入了沉思默想:

“以前是自己孤身一人,到哪里都无所谓。现在不一样了,有个人牵着自己的心。要干一番事业,就必然得抛弃一些东西,做出一点牺牲。少见面或暂时不见面,也可以算是一点小小的牺牲吧!……人是要有点精神的。特别是一个青年人,要为实现自己的抱负和理想去奋斗。如果整天沉浸在绵绵的情意之中,就会丧失自己的理想,使精神空虚,甚至葬送自己的一生。要把爱情作为动力,更好地激发自己的干劲,更好地工作,这才是80年代青年应取的态度。……朋友,再见吧!任务的顺利完成,将会给我们以后的见面带来更加绚丽的色彩!让我们在广阔的天空里比翼齐飞吧!”

深深的海洋

炎热的夏天,女排的姑娘们到秦皇岛海滨做十天半月的休息和调整。比起训练馆和体育馆来,浩瀚的大海,是一个神奇的世界。往日,不断向她们飞袭而来的是白色的大圆球;而今,展现在她们眼前的,是大海上数不清的洁白的浪花;往日,她们脚下踩踏的,是坚硬、光滑的地板;而今,在她们脚下向远方伸延的,是潮湿、细软的沙滩;往日,在她们耳边响着的是“砰砰”的击球声;而今,在她们耳际轰鸣的,是大海的浪涛声。姑娘们爱大海!爱日出和日落的壮观,爱狂涛巨澜,爱辽阔和粗犷……

大海扬波,靠地球自转、潮汐和飓风;那么,姑娘们心海里的波涛,靠什么力量激荡呢?

这里,不妨展读几封观众的来信。

一位大苗山的瘫痪青年在信中写道:“今天是我二十六岁生日。往年过生日,我都是在极度痛苦和悲伤中度过的。我是个患风湿瘫痪病的青年,已经在床上度过了十二个年头。可是,今天,当听到你们胜利的捷音后,我哭了,是幸福和激动的眼泪……”北京的一位大学生在信中写道:“现在我们才真正体会到,体育能激发人们的爱国热情。当五星红旗升起的时候,当国歌奏响的时候,作为一个中国人,谁能不为此感到骄傲,真恨不得对这茫茫的苍天、茫茫的大地,喊一声:‘我是一个自豪的中国人!'而这一切一切令人感动不已的成绩的得来,全靠你们平时的汗水、战时的毅力和拼命精神,你们是当今当之无愧的最可爱的人。"

河北的一位省政协委员竭力赞扬排球队的那种"坚忍不拔"的精神。他在来信中说,全国同胞只要有这种坚忍不拔的精神,就能早日实现"四化"。这位老人向中央建议,将"坚忍不拔"的精神定为"国魂"。

一位年轻的教师在信中说:"国家兴亡,匹夫有责。由于你们的胜利,为国家民族争得了荣誉,唤起了全国人民,特别是青年学生的爱国热情,也唤起了我对国家前途的信心,使我心灵深处的一潭死水重新荡漾起希望之波。我以前看不到出路,只是徘徊。现在我看到了,为了民族,为了中华之觉醒,我们这一代不能徘徊,要奋斗,奋斗!"

这些信件,是我国男女排在香港世界杯排球预选赛获胜后收到的。不是几十封,几百封,而是成千累万,从祖国九百六十万平方千米的土地上,像雪片般向她们飞来。观众们除了表示庆贺之外,高谈阔论的并不是排球,而是"精神主粮""国魂""理想""信心""希望"……居住在首都的青年们,则把她们请去,尽情地向她们抒发被排球所激起的爱国热情。她们永远忘不了,来到北京大学时,青年学生们一边高呼着"团结起来,振兴中华"的响亮口号,一边把她们裹进了人流。从西门到礼堂,只有一二百米的距离,学生们却抬着她们,簇拥着她们,走了一个多钟头。沿途,学生们挤掉的鞋,不下上百只。

数不清的观众的来信,广大青年的爱国热情,犹如千万股滚滚的爱国热流,汇成了一个汹涌澎湃的海洋。观众们的每一句热情话语,少先队员们送来的每一条鲜艳的红领巾,幼儿园小朋友们寄来的几分硬币,港澳同胞语重心长的叮嘱……这一切无不在姑娘们的心海里掀起一朵朵浪花。姑娘们清晰地听到,每一个浪涛都在响亮地呼喊:"为国争光,振兴中华!"

当读者们读到这篇拙作时,引人瞩目的世界杯排球赛该已经结束了。笔者写作时,尚无法预测这次世界大赛的结果。赛前,中国女排的姑娘和她们的指导都十分清醒,中国姑娘争夺世界冠军桂冠的路并不平坦,赛场上将是一连串翻江倒海般的大搏斗。当然,与四年前相比,中国女排的阵容更整齐强大了,技术、战术也有了显著的进步,她们堪称世界第一流的队伍。用运动员们自己的话来说,离顶峰只差一个台阶了。用徐寅生的话来形容,中国女排与世界冠军只隔着一层纸了。但要登上这最后一道台阶,要捅破这一层纸,并非易事。不过,不管征途上有多大的困难,我们的姑娘们都决心奋力去登攀。四年前,姑娘们唱着"没有眼泪,没有悲伤"的歌,从日本回来。这次她们该唱着一支什么歌回来呢?当今世界排坛强手如林,赛场的风云是很难预测的，会出现某些偶然的因素。但无论胜败如何，三十年来她们为“走向世界”所做的努力，她们代代相沿地为祖国荣誉而拼搏的精神，都是值得赞扬和讴歌的。使人欣慰的还有，就在她们身后，比她们更年轻的一批新手已成长起来，并且正迅速地走向成熟。她们将不间断地搏斗下去，追求下去……

她们追求的目标是世界冠军吗？是的，又不尽然。她们一代一代苦苦追求的，是祖国母亲的伟大前程啊！

写在末尾的话

春节的爆竹，还在空中鸣响，我就匆匆南行，到湖南的小城——郴州，去追赶中国女排了。

行前，听说袁伟民的爱人和孩子病了，特意去看望了她们。袁伟民的爱人郑沪英千叮万嘱，别将她们娘俩病倒的消息告诉她的丈夫。她说：“他那么忙，别让他为这些事分心。”邓若曾的爱人蔡希秦，送来一小包花生米，托我带给她的丈夫。她深情地说：“他爱吃这个，带一点意思意思吧！”他们的独生子，十多岁了，但身有残疾，至今没有上学，父亲不在，闹得挺厉害。小蔡几乎管不住他，心里煞是烦恼。前些天，她写信给邓若曾时，情不自禁地流露了几句。她说：“我真后悔给他说这些事。你一定要告诉他，孩子现在好了，没有什么事，让他放心。”

列车在夜色中南行。我的思绪，被这两位“排球夫人”朴素而又深情的话语深深激动。丈夫为了排球事业，南征北战，顾不了家，妻子不仅无怨言，不责备，而且默默地承担着繁重的家务，承受着生活中的各种烦恼，全力支持和激励丈夫努力工作……人们常说，在眼下的中国，一个家庭里，如果有一个人在事业上要有所作为，多半就得有一个人做“垫背”，做出一些牺牲。这两位“排球夫人”(60 年代的排球女运动员)，不正在做着这种牺牲，支持丈夫在事业上的奋斗吗？

从她们身上，我又联想到成千上万曾为女排赶超世界水平流过汗、出过力的中国姑娘和她们的教练、领队。60 年代，我当体育记者时，曾经在许多地方亲眼目睹过女排姑娘们的冬训生活。千百个姑娘，汗水和着泥水，在中国大地上滚翻救球的壮烈场景，至今还历历在目。她们虽然已无缘登上世界排球运动的峰顶，但无疑都是中国女排走向世界道路上的一块块闪光的铺路石。

不过，以往我还没有一次机会，像这次这样，与中国女排姑娘们朝夕相处。郴州，以它特有的绵绵阴雨迎接我这位北方来客。在那里，我住了二十余天，但只见到过半个晴天。无声无息的雨丝，仿佛永远也拉不断、扯不完似的。说实在的，她们的训练生活，远不如比赛场景那么好看。但从训练中，又能看到许许多多在比赛场上看不到的动人情景。生活是那么单调，训练是那么艰苦，但中国女排的姑娘们却心甘情愿默默地忍受着……

深夜里，我躺在床上，耳听着窗外淅淅沥沥的雨声，苦苦地思索着。中国女排创建近三十年了，她的成员更迭了不知多少，但有一种崇高的精神，却在每一代运动员中闪闪发光。究竟是一种什么精神呢？啊，那是一种伟大的爱，对我们祖国和人民的深沉的爱。正是这种深沉的伟大的爱，使中国女排新老运动员们如此忘我，如此痴情！

同样是这种深沉的爱，激励着我，点燃了我心中写作热情的火焰。今年夏天，北京是格外的炎热，但我内心的激情比这天气还要火热。在一天繁忙的工作之余，我伏案挥汗写作。在一个多月的业余时间里，我匆忙地写下了这些粗糙的文字。

记得，著名的法国作家巴尔扎克曾经说过这样一句名言："从来小说家就是自己同时代人的秘书。"那么，作为一个报告文学作者，则更应该是自己同时代人的一名忠实秘书。写完此文之后，笔者又深感遗憾。在应该讴歌的千百位中国女排姑娘中，笔者只不过接触到一二十位。她们之中的绝大多数，笔者至今还无缘相见。这样，就难免把大量动人的事迹遗漏掉。如果把众多姑娘的事迹都包容进来，那么，这幅画卷肯定要壮伟得多，动人得多。

（原载《当代》1981 年第 5 期）

三门李逸闻

乔　迈

在公元一九八〇年的早春时节，在我们国家960万平方公里地面上的一个角落里，发生了一件很小的又是很大的，平平常常的又是非同凡响的，乍听之下似乎出人意料，细细想来却又尽在意料之中的事。

好事不出门，坏事传千里。消息像插上了翅膀，随着料峭的春风，迅速传往四面八方，在不同的人们中间，激起了不同的反应：有拍案而起的怒责，有幸灾乐祸的冷嘲热讽，有庄严的沉思，有含着苦笑的悲叹……

昔日默默无闻的小村落——散漫地分布在东辽河左岸一片大盐碱滩上的吉林省怀德县十屋公社三门李第四生产队——因此名声大噪了。

这是关于五个共产党员和他们的一段奇异遭遇的故事……

我们共产党人在群众中的位置

旧历庚申年——猴年——的春节快到了。汗如流水苦累了一年的庄稼人，兴高采烈地忙着杀年猪，淘米做豆包，赶集买年画，换粉条子，买鱼，打酒。半天上零星地响着性急的孩子们提前燃放的鞭炮，空气中混合着淡微微的火药味儿，更使年关的气氛足了。

然而，这几天有一件事，比迎接春节更加吸引着三门李庄稼人的心，那是关于联产计酬、自愿结合划分作业组的消息。多少天以来，在积肥场上，在饭桌边，在月光和雪光照射的难以成眠的热炕头，干部们，老农们，父子、叔兄和小夫妻们，咕咕哝哝议论的都是这事。这可不是一件小事啊！包工包产到作业组，人合心，马合套，就不愁多打粮，多贡献，早富。但是，作业组怎么个划法呢？谁和谁在一组呢？人们在焦急地等待着。

终于，大队书记沈春亲自来村里主持召开分组会议了。他先召集本队的五名党员开小组会，要求大家认真贯彻执行党中央关于实行生产责任制的指示，特别提出，分组的时候，党员们不要聚堆，最好分散到各组去，以便加强党的领导。大家点头称是。然后，这才敲钟集合人。这是一个规模空前的社员大会，人们参加会议的踊跃程度可以同土改时候斗地主的大会相媲美。平时总是显得过大而空洞的“队屋子”，此时嫌窄了。来的不但有劳力们，一家之长们，也还有爱凑热闹的小嘎子以及奶着孩子的妇女。大蛤蟆头烟像施放驱霜烟雾似的呼呼升起来，把临时换上的二百瓦大灯泡都熏暗了。然而，屋子里很静，没有往常开会那种没完没了的闲嗑和打趣儿逗哏。

书记宣讲了县委的有关文件，又讲了大队党支部的建议。那个建议很简单，就是根据本生产队劳力、土地和牲畜等情况，认为分成两个作业组比较合适。组划多了，人员不够角儿。

庄稼人心急嘴也急。沈春的话音刚落，有人就呼儿号儿地喊起来：“这个政策行啊！拥护！既是自愿结合，谁就插旗招兵吧！”一人喊，众人应。会场上，呼兄唤弟，喊朋叫友，乱成了一片。

沈春一看，大势所趋，人心所向，心里也觉着高兴，暗暗佩服中央的政策深得民心，作业组一定能划分得好，来年生产错不了，就又急忙讲了划组的注意事项，主要是希望把骨干劳力和弱劳力搭配好，避免出现一头轻的现象，别的地方就有这样的偏差。同时，作为领导，沈春书记当然也没有忘记提醒大家发扬风格，团结友爱，互相照顾，等等。

报名开始了。有人喊：“我们是田富组长！”接着，就哇哇地念了这个那个组员的名字。又有人喊：“我们是王占河插旗！”接着，也哇哇地念了这个那个组员的名字。大队书记一看，更觉高兴，这不是事先就有串联了吗！可见人们对分组积极性之高、对党的政策拥护之热忱了。但是，刚才念名字的时候，会场太嘈杂，念的速度也太快，连汤水不落的，沈书记没有太听清楚都是谁和谁一组，只觉得恍恍惚惚好像田富那个组多数是姓冷的，王占河那组差不多都姓王，似乎还剩下了一些人没进这两个组。沈书记赶紧动员：“既是基本有两个组了，也好，就以他们为基础吧，看看，还没入组的人，哪组要，要上哪组，抓紧时间报吧！”

听了书记的话，刚才热闹非凡的会场忽然安静下来，光剩下了人们使劲咂着嘴唇抽大蛤蟆头烟和分明是不那么自然的咳嗽声。沈书记感到有点诧异，便以诲人不倦的领导者风度，又讲了政策条文，然后问：“都还有谁没进组？举举手吧，先拢一拢，看哪个组欢迎，自己愿意到哪个组去。都有谁呀？”说着，就在人们中间仔细审视起来。

大蛤蟆头烟又使劲地鼓起来了，烟雾先是升到棚顶，再慢慢往下压，快压到人们头上了。人们的目光有点异样。沈书记越发奇怪。他猛然发现了，在大蛤蟆头的烟雾缭绕中,有五个低垂着的头。头垂得那样低,以致稍不注意就看不见他们,即使看见了,也无法看清他们的脸和眼睛。数九寒天,窗户上哈气成霜,可那五个人的发梢额角,却闪着亮晶晶的汗珠。

中共三门李大队支部书记沈春的脸腾地红了起来,好像被一只无形的手狠狠扇了一巴掌。他看清楚了,那不是别人,正是本生产队的五名共产党员。看:身材高大、年纪五十开外的党小组长王才,复员兵、年轻英俊的小伙子荣凤春和刘清洲,河北人、壮年汉子王汉周和他的妻子、剪短发的王淑梅。对啦,正是他们五个人没有进组。在惶惑中,沈春想起了不久以前改选生产队长的事。他们这里硬是把党员队长荣凤春选掉了,换了一个非党员。那是不是今天这种事情的先兆呢?是的。可惜自己当时竟没有留心。

沈春无奈,只好等脸红过一阵以后,勉强把心稳一下,很委婉地说:"我刚才看,还有几户等着入组的,都是社员,总不能甩出去几家,那样也不好。看看哪组愿意吸收他们。"

沉默。

沈春身上的不自在一分一秒地增长起来,好像浑身的血都在往外膨胀,再看自己那五个同志,脑袋越发垂得低了。

"看看……哪组……"沈春的声音越发微弱,以致连他自己都怀疑自己是不是还在说话。

沉默,还是沉默。

屋子里这样静,连小孩子吃奶的声音都停止了。也不知道这样过去了多少时间。

"我们组就这些人啦!"忽然有一个人说,声音很低,语气却很坚决,使得全屋的人都吃了一惊。所有的眼睛都转过去看,却是刚才插旗的王占河。

"我们组也够啦!"又一个红脸汉子跟着高声大嗓地嚷,"书记刚才不是讲让自愿吗?我们就这些人自愿。"

这是封口了。眼珠不叫眼珠,真眼仁(人)呀!

五个共产党员是哪组都不要!……

当天夜里,这几个被抛弃的共产党员不约而同地聚集到了党小组长王才的家里。王才是这几个人中间的长者,有着近三十年的党龄,又当过二十来年的生产队长。这位从八岁起就当半拉子、扛大活的老同志,当年曾是村里的一等棒劳力,后来驰骋疆场受过伤,抗美援朝渡过江,在难忘的1967年,还戴着三尺长的"走资派"

高帽子,在全大队被光荣游斗。如今,霜欺两鬓,英雄老矣!

但他真的老了吗?今晚,王才望着默默聚拢来的同志们,心里边一阵酸楚。他一个个地看着大家的脸,有的垂头丧气,有的愤愤不平。那个唯一的女党员、河北人王淑梅两眼红红的,呼吸之间还有抽咽声在。他想安慰他们几句,却又觉得无话可说。这时候,他们中间最年轻的一个——27 岁的荣凤春说话了:"这不是故意整人吗?咋的,一个不要!真把我们党员一碗凉水看到底了!上公社、上县,也得说道说道。"

"不假!"王汉周接过来了,他在河北曾经当过大队团委书记,很有点理论功底,说话喜欢提到纲线上认识,这时就操着一口河北腔说,"共产党领导一切,分组不要党员,这就是阶级斗争!"另一个年轻党员刘清洲听了,也就着高往上拔,大声说:"可不是咋的!这就是不要党的领导,不要'四个坚持'!跟沈书记说说,他们自个儿成立的两个组不合法,得推倒重来!"

"我看倒不一定扯到阶级斗争上去。"还是女党员王淑梅实事求是些,"人家一多半怕是嫌咱们干活不行。咱也别强求人家,自己成立个组吧,架不住早点起,晚点歇,能总落后?"刘清洲听了也说:"可也是!搞原子弹、人造卫星不行,真格的了,种大地,这么大个子,就干不了?"

七言八语,莫衷一是。王才听着这些议论,心里不住地翻腾。能扯到阶级斗争上去吗?当然是气话。真的是人熊,干活顶不上去吗?也不全对。他总觉得大伙没说到真正的原因上去。是没有看到?还是不肯那么认识?他想引导大家从自己身上找找原因,就说:"咱这五个人,除我过了 50 岁,30 上下的多,就是汉周也才 46,正是庄稼人下力气干活的好时候。可这些年咱们都咋干的呢?我是党小组长,我清楚。你们也不傻,能不知道?不讲别人,就说我吧。自个儿觉得年纪大了,在村子里边,没有功劳还有苦劳,如今两个儿子在城里工作,活泛钱儿多,光自留地一年就收四石粮。自家日子过好了,就想当老太爷享清福了,管大家的事少了,地也不下了,不像个共产党员。今天会上的事,我有责任,我对不起党……"

老王才这一说,其他人都耷拉下眼皮。荣凤春年轻,受不了这话,赶紧说:"你老上岁数了,要怪得怪我们年轻的。我复员回来,庄稼活生了,好当甩手队长,对人态度又不好,挺横的。我结婚以后那阵,听社员有反映,说我穿得溜光水滑,骑个小车,见天嘤儿嘤儿的,东跑一趟,西颠一趟,干拿补贴工分,当时我还有情绪。把我队长选掉了,也不是滋味。如今看,这不是给党抹了黑吗!"小伙子说着,流下了眼泪。

这一来,大伙都检讨开了。有说因为嫌前勤太累,甘心当了保管员的;有说年纪轻轻却操起鞭杆子当小猪倌的;有说利手利脚却不爱再下田的。是啊,我们这几个党员,除去淑梅都当过兵,都当过生产队长,人人能说会道,可就是有一点,马列主义是专冲别人的,把"为中国人民和世界人民谋利益"变成为自己个人谋利益了。

"见椅子歇腿,见酒盅开胃,千里马也架不住恋栈。谁能拥护恋栈的千里马?"见大家说得差不多了,王才总结似的说,"我们党员啥时候变得这样了呢?"他在沉思中,想鼓励同志们几句话,但是找不到适当的词儿。他努力回想着当年在战场上遇到这种情况的时候,班长或连长是怎么鼓励自己的。他终于没有想起来。当年的共产党人似乎没经历过这种失败。当年的共产党人,在人民群众中,如鱼在水,如鸟在林,从来没有听说过被人民群众抛弃不管的事。屡闻不鲜的,倒是老大娘或大嫂子、大伯和大哥们,有时甚至还有刚懂一点人们善恶的小嘎子和小闺女,为了保护一个党员,宁可在敌人的皮鞭和棍棒下血肉横飞,宁可被烧了房子,填了水井,有时甚至不惜满村老幼面对敌人喷火的机枪口,也绝不肯让党员同志受半点伤害。而我们的党员,也可以随时随地,为了人民的利益,极端自觉地献出自己的一切,乃至生命。党是人民的心,人民是党的命。

但是现在,我们五个共产党员不受欢迎了。

怨谁?怪谁?……

在这寒冷的冬天的午夜里,在这间孤零零的小土房的暖烘烘的火炕上,中国共产党的一个小组,以前所未有的郑重态度,讨论着这样一个极其严肃的课题:我们共产党人在群众中间的位置。这是何等发人深思的课题呀!月挂中天,星汉灿烂,大盐碱滩上闪耀着雪一样的色彩。那是使人望而生厌的涩碱,还是月轮的明洁的光辉?

三星歪了,夜已过半,中共三门李四队党小组的讨论得出了一个重要结论:不是群众冷落了我们,而是我们辜负了群众。不是人民不要我们这些共产党员了,而是我们不怎么像共产党员了。

我们怎么办?就此躺倒吗?沉沦下去吗?不,我们从哪里跌倒就还从哪里爬起来!

我们共产党人要做什么样的榜样

分组第二天的黎明时分,一个惊人的消息飞快地在村里传开了:党员们自己插旗建组了。

这个消息立即在村里引起了各种议论。一些人点头称是:"这样好,谁也不沾谁的，谁也不拐谁的。”有人把这意思就说得刻薄些：“党员们也该自个儿劳动养活自个儿了。”一些老年人却觉得过意不去了。他们想起了党员的种种好处，办事公道啊，爱帮助人啊，肯自己吃亏啊，对老年人有礼节啊。缺点是有，特别是这些年，可谁没有缺点呢？再好的马也有失前蹄的时候，就一个也不要人家？他们便埋怨起那些分组的积极分子来了。

但也还有一个人很高兴。那是个老病号，本村的头等穷户，长得小身板像麻秆儿似的，小脸蛋像鸡蛋壳似的，只能放放猪，不能上趟子（下地）。他叫戴洪元。在那晚的分组会上，他曾经很兴奋地自报：“我参加王占河组。”

“我们人够了。”王组的人赶紧说。

“那我报田富那组。”戴洪元有自知之明，因此很能将就，他的意思是有个组就行。

“我们再要就多了。”那组的人也赶紧声明。

戴洪元干翻白眼说不出话来。现在一听党员单独成立了作业组，他赶紧跑回家，让孩子从南大甸子喊回了正在搂毛柴的妻子，然后紧紧闩上门，夫妻两个紧张地商量起来了。他的妻子——跟他青梅竹马、安贫乐处的苦难伴侣——边从头发上往下摘草棍，边听他说话。很快地，一个再庄严不过的家庭决议形成了：报名入党员这组。戴洪元飞起两条细腿，小脸兴奋得通红。他找党小组长王才了，他很有信心。

这个戴洪元，3 岁上被卖到戴家，如今 47 了，既不知道自己是从哪儿来的，也不知道父母往哪儿去了。他在贫困的境遇中挣扎着长大。25 岁那年，他得了一次严重的肠梗阻病，在四平和长春住了三个月医院。有 21 天，滴水不进，全靠打葡萄糖活命。结账的时候，总共花掉了 1600 多元钱，都是集体给报销了。他总说：“我没有亲人，共产党就是我的亲人。我从小没娘，共产党就是我的亲娘。”划分作业组的会上，他寻思自己跟王家组是亲戚（他的养母姓王），跟冷家组是儿女亲家，哪组还能不要？可就偏偏哪组也没要。“谁要他那个累赘！”有的人说。这回他来找共产党员王才了，眼泪汪汪的，他喊：“三舅（他论的是屯亲，其实并非真的甥舅关系），我要参加你们党员这组。别人不要我，我跟共产党，共产党不能把我扔了吧？”

虽然来的是一个半残疾人，王才也很感动，他觉得这时候来找他入组，是一种支持，是一种鼓励，也是一种信任，就赶紧说：“要是你不嫌乎，就来吧。我们吃干的，不能叫你喝稀的就是了。”戴洪元很自卑，他吭吭哧哧地说：“我顶不上个好半拉子，要了我，你们就得少打粮。”王才说：“放心，一粒也不兴少打的，还要比他们那两个组打得多。往年，我们党员没把劲使到生产上，光练嘴皮子了，教训了别人，自个儿不咋的,对不起乡亲了。今年,我们要把劲别过来。党员都下了决心,要在发展生产上起先锋作用,把我们作业组办成全公社第一等的。今年我们党员要出这个风头,哪怕先烂呢,也非当这个出头椽子不可。我们要拼命了,你不嫌累,就来吧。"

这以后,他们还另外吸收了两户没人要的职工家属,正式组成了作业组。大队党支部批准了他们的组成,同时把这几个组按顺序划定为第一、二、三作业组。但是三门李的庄稼人自有他们独特的命名法。他们把以王姓为主的称作"王组",把以冷姓为主的喊为"冷组",而把以党员为主的这个组,别出心裁地叫作"党组"。

啊,"党组"! 这是亲切的称呼,还是包含有某种揶揄?

总之,"党组"的旗帜就这样打起来了,最年轻的党员荣凤春抖擞精神,就任了第一任组长。好心人替他们捏把汗。有人给算了一下,论人头,他们组能有十几个人干活,其中除了三个党员是中青年以外,还有一个病号、三个老头、一个半拉子、六个小姑娘,忙的时候还可以动员起来五个家庭妇女(其中包括两个老太太)。年龄最大的74岁,最小的16岁。这样,他们就集中了全村的老弱残兵。而另外那两个组则全是一色棒劳力。怪不得有爱凑热闹的人给编出顺口溜来:"'王组'强,'冷组'棒,'党组'真够呛!"另有好心人替他们发愁说:"到秋天,'党组'这台戏可咋唱?"戏是可以唱的,事实上,自从"党组"正式组成那一刻起,这台戏已经开唱了。他们不怕拖累,肯于吸收残疾人戴洪元和没有劳力的职工家属入组,显示了共产党人克己为人的宽广胸怀,赢得了善良的庄稼人的敬佩。现在,他们又克服劳力不强的困难,送齐了粪,虽然是跟头把式,连跑带颠干的。

"党组"真正经受考验是在春播时节。

严冬过去了。春风在人们的期待中染绿了柳树的梢头。大盐碱滩也在这里和那里悄悄地冒出一点绿芽儿。绿芽儿渐渐连缀起来,颜色由浅而深,阳光一晃,好像是在大地上镶嵌着一片片翡翠叶子。东辽河的坚冰解冻了,大车路过这里,牲口也总要停下来喝几口清凉甘洌的水,然后昂首向天,咴咴地叫几声再走。在土屋里闷了一冬天的老人们也走出来了,扶着柳条栅子,干活舒活筋骨,眯起眼,长久地望着蓝天上的雁阵。春天来了,有的是希望,有的是时间。三门李人豪兴十足,他们要在80年代第一春里,大干一场了。

三个作业组撒开人马,进到芳香的田野里。就像有人预言"党组"一春天送不齐粪那样,现在又有人预言他们的地要种不上了。当此时机,党小组长王才挺着高大的身躯下地来了。他抓起一把湿土,使劲攥着,宣誓似的说:"我不当舒服老爷子了,豁上这把骨头,干吧!"他早年生活不安定,落下个胃痉挛的毛病,一犯就疼得打滚。这时候,他就带着药瓶子下地,病犯了就吞一片药。每天,他第一个在朦朦胧胧的曙色升起以前就起来,挨家叫醒自己组的同志,踩着早霜下地。往年种拉拉稀苞米,今年他提出种单株密。他拄个小棍,在前边踩格子,不用度量,不用计算,一步一个脚印,步间恰好45厘米,好像他的脚上天然就带着一个电动钢卷尺似的。整个播种期间,他就是这样在走,十五垧苞米地,都是这么样走出来的。每天平均要走两万多米。但这不是在平坦的大路上悠闲散步,而是在疏松的垄台上,深一脚浅一脚,来来去去毫不变样地走。东辽河边上,既无山又无树,风沙很大,有时刮得人平地摔跟头,何况在一条窄窄的松土垄台上。风沙难撼志士身。共产党员王才就这样一步步向前走着。在他的身后,是"党组"的同志们。

王汉周是负责滤粪的。他从河北迁来没有几年。河北不是这样干活的。一方风土,一方活计。到哪随哪。但这些年他没有好好学活计,如今不会使巧劲就只好使笨劲,汗流满面地苦干不歇。荣凤春一春天没穿他那身油光水滑的新郎官礼服了,他早换上了从部队带回来的草绿色军装。经过春风和汗水的漂白,军装很快地褪色了,一张年轻英俊的脸也变得黧黑。他的媳妇心疼丈夫,偷着宰了一只老母鸡,炖上了她在娘家时候拣的油蘑。动筷子的时候,荣凤春对妻子说:"不用宰鸡,我累不垮,力气在心里边呢,使也使不完。"那个本来还很年轻,却被称作"老倭瓜,不起面了"的刘清洲,是除了王才以外最能起大早的一个了。他是怀德十八中的毕业生,说话好讲个遣词造句。"清洲哥,真早啊!""这也叫物极必反了。"他笑一笑说,"以前我是上工没一天不迟到的,现在不早点就达不到新的平衡啦。"

在春耕的紧张时刻,"党组"成员的家属们也都来了。那可真是有人出人,有力出力,出不了力的也来站脚助威。其中有小媳妇,有小学生,还有一位须发如霜、矮小驼背、身子几乎弯成一个圆圈的老人,那是王汉周74岁的爹爹。这些家属,他们有儿子、父亲、丈夫或哥哥"在党"。这些"在党"的亲人今年面临着一场严峻的考验。这场考验的成败似乎也和他们命运攸关。他们嘴上不说,但人人心里想的都是这个。"捧我们'党组'!"这好像成了他们不言自明的行动口号。别组是一个点种的和一人滤粪的,他们至少有两个点种的和两个滤粪的。一副犁杖后边,常常跟着一大串人。他们好像不是在种地,而是在和他们的亲人一起,从事一种神圣的事业。这事业绝不是单纯用工分和经济效益所能表示的。这使他们的精神变得异常专注,情绪变得分外高涨。而人在精神专注和情绪高涨的时候,往往能做出平时做不出的事情来。今年,他们的地就种得又快又好又精细,一点也不像我们北方习惯的大犁划沟、大把扬籽的粗拉拉的干法。

这一年的春播,三门李四队的三个作业组上了劲,工效大为提高。去年种地,全队用了一个月工夫。今年分组,15 天就干净利索地完成了。

好雨知时节。慈爱的大自然母亲也为自己的儿女们及时地助了一臂之力。春播刚完,一场春雨就落下来了。种子发芽,小苗拱土,田野一派绿色。沈春书记组织了一次全大队的苗情检查,有大队干部、生产队干部和各作业组长参加。他们沿着本大队的地面巡视,发现哪块地的苗齐苗全苗壮,哪里的苗色发绿发黑,那就一定是“党组”的。“你看人家‘党组’种那地,地头地尾扔,没一垧缺苗的。”“王组”和“冷组”的人说,有点佩服了。

见苗三分喜。“党组”更来情绪了。“王组”和“冷组”不敢怠慢,赶紧补苗。“‘党组’呛上了,向你们学习!”他们中的一些人诚恳地说。

“‘党组’的苗太密,以后怕不能结棒,要吃甜秆儿。”他们中的另一些人也是诚恳地说。

果然,不几天以后,“党组”满地的青苗泛黄了。这是脱肥了。为今之计,就是要赶紧追肥。化肥最赶劲。荣凤春组长火急奔往公社求援。公社机关立刻紧张起来。他们一直在关注着“党组”的命运啊!“你们这几个人代表着全公社的党员。”这是十屋公社党委书记的话。岂止全公社,就连县委的书记、地委的部长,心都被牵拽着啊!公社很想给“党组”吃一点偏食,可惜手头并没有化肥。十屋公社党委书记亲自出马,去友邻毛城子公社请求支援。毛城子一听是三门李“党组”需要,也紧张起来。“他们这个‘党组’也代表我们这些党员啊!”这是毛城子公社党委书记的话。他们立刻从自己手头分出了六吨硝氨。

硝氨拉回来了,“王组”和“冷组”眼巴巴地看着。这当口追化肥,可真追到点子上了。“到底是‘党组’有党撑腰。咱这没有党员的老百姓组,可成了后娘的孩子了。”他们这样想着。

与此同时,“党组”也在想:共产党员能吃独食吗?我们能做那种光顾自己、不管群众的事吗?好事都归我,见便宜就抢,这是我们共产党员的风格吗?不,不是。我们宁可少打点粮,多吃点亏,也不能把党的性质改了。三一三十一吧。六吨硝氨,一组两吨,平均分下去了。这不是送化肥,是送成吨的粮食啊!这不是送粮食,是送去了党的传统啊!“王组”和“冷组”大为震动。庄稼人心肠软,受一点好处就不得了,何况是紧关节的时候成吨的化肥,他们的心和党员的心往一块贴了。

“嗯,三门李党小组,有点像那么个样子了。”十屋公社党委书记听到这件事,点头说。

“党组”把追肥的活包给了妇女。王淑梅动员起了五个家庭妇女,其中包括王才的老伴和荣凤春的老妈。妇女们干活心细,又不糊弄,组里是放心的。往年追化肥是拿锄头,直着腰板刨坑,大把抓肥往下扔;今年,“党组”妇女们一改常规,拿小木棍扎眼,用汤匙舀肥,弯下腰,一点一点往眼里放,就像给自个心疼的孩子喂奶。农村妇女生活条件艰苦,家务负担重,不少人都有难治的痼疾。荣凤春的妈妈年轻时生过一对双胞胎,落下个病,俩肩膀总是酸疼酸疼的。王淑梅有肾炎,这些日子正犯病,两条腿浮肿,一按一个坑,半天不下去。可她们都坚持着干。在她们的丈夫和儿子面前,她们从来不说一个累字、苦字、疼字,她们汗水淋漓的脸上总是挂着笑容——只有在劳作不息而又家庭和美的劳动妇女的脸上才会有的那种笑容。到晚回到家里,男人们能蹲着或坐下抽支烟,揉揉腰腿,她们却还要趴在灶门脸前烧火,忙忙地淘米做饭。火光映着她们的脸膛,烟气熏着她们的眼睛,而她们粗心的丈夫和儿子总是很难发现她们的手和腿是在颤抖着的。这样一干就是多少天,她们到底抢在雨前,追完了全组的地。

转眼也就到了铲地的时候。三门李地方地多人少,铲地一向是北大荒干法,大夹板锄,两条胳膊悠开了,粗干毛撸,形同赛跑,轰轰隆隆,眨眼之间一大片地就完了,铲下来多少草就算多少草。河北人王汉周初来这里干活时很不适应。他的老家就在万里长城脚下,离秦皇岛不到一百里。那里铲地的方法有点奇怪,最大特点是往后边退着铲。而且铲得非常精细,因为土地少、人口多,绝不肯伤一棵苗,就像大姑娘绣花一样。王汉周来到三门李铲地,冷不丁由往后退改为向前进,觉得十分诧异,不仅干得很笨很慢,而且铲着铲着就又身不由己地往后边退了起来,引起人们一阵阵哄笑。加上他的口音太特别,这里的庄稼人又太好奇,听他把“昨天”喊成“夜个”,把“肚子饿了”叫成“肚子卧了”,无论小闺女和老头子都得笑出眼泪来。有些淘气的小媳妇和大姑娘爱没深拉浅地闹,远远见了他,总要停下步子,尖起嗓子,一齐大喊:“姐夫(谁知道从哪家宗亲论的),夜个你肚子卧了没?”这样一来二去,王汉周就不爱上前勤去了。

但王汉周也有他的好处。今年“党组”铲地要求质量,就是要保全苗、锄净草,“种十成保十成”,“丰收年不收无苗田”呀。这正是河北铲地法的优势所在。王汉周有用武之地了。他下了地,除了仍对向前进感到有些别扭而外,他那种精细劲,那种认真的态度,那种一苗不伤的精神,都叫人打心眼里佩服。素来被人判为“不会铲地”的王汉周成为打头的了。一帮年轻人都跟他学,铲得又细,搂得又深。三门李因此出现了新的铲地法。等到沈春书记又带人来检查夏锄情况的时候,看了“党组”的地,他和检查组的人无不点头赞叹,说是这样的地铲一遍顶两遍了。

我们共产党人好比种子

满地庄稼比赛似的蓬蓬勃勃长起来了。大盐碱滩已经为一片壮观的青纱帐所覆盖。“党组”的庄稼继续拔尖,丰收已成定局。人们的态度也慢慢变过来了。但是“党组”仍旧战战兢兢,不敢有半点松懈。

“人家小看咱们,咱们可不兴小看人家。”还在“党组”处境艰难的时候,党小组长王才就常这样对同志们说,“大家一个屯子住着,哪能总是针尖对麦芒的!分组不分心,共产党员还要讲究风格。”

他们也真是这么做的。夏天,冬小麦黄熟时节,劳力很紧张。“种在冰上,收在火上”,“麦收三晌”,火似的太阳一照,眨眼间麦子就勾头了,不及时收上来,就要掉粒。偏赶上天气预报说要有大雨。抢秋抢秋,真是和天老爷抢收成啊!“党组”劳力虽不硬实,但是能动员起来的人手多,干劲又大。人家一头晌歇两气,他们只歇一气,中午也不休息,忙忙地扒拉一口饭,就又下地了。他们很快就拔完了麦子,运回去了。这时候急坏了那两个组,特别是“冷组”。大片麦子在地里挺着,眼看就要颓秧了。三门李地方粗杂粮多,种一点麦子金贵得要命。来人去客,擀个面条,新年春节,包个饺子,全指靠着这点出产。“冷组”的人急得火上了房,不吃不喝不歇气,拼命干,越着急那麦子还越难拔了。抬头看看天边,黑云彩正由小变大,风也带出凉味了。正当这个时候,一群人轰一声拥进了麦地,立刻烟尘风扬,干起来了。“冷组”人抬头看,正是“党组”派人来了。他们很是激动,一迭声地感谢。“党组”却说:“这也是互相支援呗!”人们的心越发贴近了。

分组以后,农具什么的也照样分了三份,但他们仍共同使用一个仓库,一家占了一个角,从来没发生过什么纠纷。不像有的地方,分了组,就在仓库里垒起高墙,开出几个大门,各走各的,如同路人,邻组相望,鸡犬之声相闻,老死不相往来。

柳枝泛红,北雁南飞,转眼间壮丽的秋天来到了。小杂粮上场以后,“党组”的领先局面以具体的物质成果显示出来了。无论是小麦、糜子、小豆和葵花子,“党组”的人均所得都超过了另外两组,其中有的超出了差不多一倍。四大作物(高粱、谷子、苞米、黄豆)的产量,“党组”也大大领先。全作业组产量高达五十五吨。“王组”和“冷组”也不错。全队三个组加在一起比去年多产粮四十多吨。

这是一个生产上的重大胜利。但引人注目的东西还不止这些。前不久,三门李重新选举了生产队班子,党员刘清洲被三个组一致推为生产队长,“王组”和“冷组”还称他为“总组长”,意思是刘清洲也是他们的组长。在沈春书记看来,这种情况很自然地又成了一个预兆，说明三门李三个作业组的构成将要有所变化了。“王组”和“冷组”已经放出口风，要求“向‘党组’靠拢”。有人还在私下里活动，对某个党员说：“过年你得上我们组来。没有党领导哪行?!”对此事反映最为强烈的是那两组中的一帮小伙子和大姑娘。青年人喜欢用自己的眼睛看生活，他们有自己的追求，不像上岁数人那样注重经济观点，他们更着眼于精神生活的需要。他们很不满意地说：“三门李的分组法大有问题。把党员都给分走了，我们入党、进步的事咋办？谁培养？未必你们这些长翅膀的(非党员)当得了介绍人吧?”对这样的埋怨，他们的父兄是难以作答的。就这样，经过近一年的艰苦奋斗，卧薪尝胆，三门李四队的共产党员们，同乡亲们一道，共同迎来了一个大丰收年。他们在我们国家960万平方公里地面上的这一个小小村落里(在500000∶1的地图上都查不到的)，以党的一个最基本的细胞，重新恢复了党的威信，重新获得了人民群众的信赖。

这威信是怎样失去，又怎样重新获得的呢？三门李大队党支部书记一边谈着，一边陷入了深深的思索。以前不是没有发现过党员们的问题，也不是没有采取措施解决。批评啊，个别谈话啊，办学习班啊，学习十二条准则啊，可就是不起多少作用。这回用了什么办法呢？没有。没用什么办法。大队支部和公社党委甚至没有批评一声，指责一句，可党员们竟一个个奋起改正了缺点，这是什么巨大的权威力量做出的奇迹呢？是生活，是人民群众，是一种极严峻又极公正的社会现实。“我们共产党人好比种子，人民好比土地”，我们党的领袖老早就这样说过了。种子是不能离开土地而生存的，就像巨人安泰离开大地母亲就会被敌人击毙一样。这些年来，我们的教训有一千条一万条，归根到底，其实恰恰是这一条：我们作为种子脱离了人民这块土地。

当我们勇敢地正视这种现实，挺起胸来，不是靠宣言，而是靠行动，不是靠旁人，而是靠自己，去克服缺点错误，去发扬党的传统，去以我们自己的手，恢复我们自己的形象，则我们就必定能够重新开花结果，达到我们的目标，就像在三门李这块丰饶而又贫瘠、富裕而又荒凉的大盐碱滩上，我们五个普通党员所获得的成功那样。

(原载《春风》1981年第6期)

胡 杨 泪

孟晓云

在世界上，胡杨——最古老的杨树品种已罕见。

我在塔克拉玛干大沙漠的边缘，见到了这珍奇的树。它高大，树干弯曲，像弓着背的老人。其貌不扬，却有着很强的生命力，耐干旱，耐盐碱，抗风沙，能在夏季酷热、冬季严寒、年降水量只有十几毫米的恶劣自然条件下生长。维吾尔族农民说，胡杨三千年，长着不死一千年，死后不倒一千年，倒地不烂一千年。

当地人称胡杨是“会流泪的树”。这是因为，生活的环境越干旱，它体内贮存的水分也越多。如果用锯子将树干锯断，就会从伐根处喷射出一米多高的黄水。如果有什么东西划破了树皮，体内的水分会从“伤口”渗出，看上去就像伤心地流泪一样。千百年来，这自生自灭的天然胡杨，总是默默地为人们提供各种财富：它的树干是优良的建筑材料；它的嫩枝和树叶是牛羊爱食的饲料；就是它流出的“泪”，很快变成一种结晶体，叫胡杨碱，也可以食用、制肥皂……哦，这会流泪的树！我抚摸着胡杨粗糙的树干，被它可贵的品格深深感动了。

蓦地，我想到了一位在塔里木结识的农垦大学教师钱宗仁。任何一个陌生人，握住他那粗糙的手，看到他黝黑多皱的脸，绝不会认为他只有 39 岁，也不会想到他是一个知识分子。

整整四个下午、四个夜晚，钱宗仁向我讲述了二十年坎坷自学的经历。他并非一个成功者，甚至可以说是一个失败者。他的一句句话，仿佛是胡杨树上流出的一滴滴泪珠。

离乡歌

1964 年 8 月，从兰州开往吐鲁番的慢车上，坐着一个约莫 20 岁的青年，瘦高个儿，看上去很老实，也很忧郁。他没有行李，没有提包，甚至买了火车票后，已身无分文，既不是走亲戚，也不是做买卖，但他出远门了。这青年叫钱宗仁，湖南湘乡县市州大队人。

火车哐当哐当地响着，沉重的车轮从钢轨上碾过去，碾过去，像是碾碎了他童年的梦幻；窗外一晃而过荒凉的戈壁，像是他流逝的学生时代。也许是命里注定，20 岁就要流落异乡。他是一个本分、勤奋、纯洁的青年，自懂事起，就有一块石头压得他喘不过气来，有一个影子总伴随着他——他是“富农”的儿子。为此，他入不了团，三次失去上大学的机会，甚至连在家乡都无法生活下去。

公平地说，土改时，钱宗仁家的成分第一次被划为贫农，这在情理之中。可是由于一点家庭纠纷得罪了当时的农会主席，他把钱家划为“佃富农”。在急风暴雨式的南方土改运动中，某一点点差错并不妨碍这场运动的伟大，然而就是这一点点差错，竟酿成了钱宗仁前半生的悲剧。

“同志们请注意，我们这趟车比较拥挤，为了维护好车厢内的秩序和卫生，请各车厢推选一名愿为大家热心服务的旅客代表……”列车的广播响了。“就选这个小伙子吧。”一个老头指着钱宗仁。“中，我看行，老实巴交的……”一个抱孩子的妇女搭讪着。车厢里的气氛热烈起来，大家向钱宗仁投去热情和信任的目光。

世界上还有什么比信任更可贵呢？钱宗仁不愿意辜负人们的信任。他不吝惜力气，也有的是力气。在老家，为了挣学费，他挑过红砖，担过水，推过车，眼下这点活算什么呢？扫地、擦地、整理行李，漫长的旅途中，钱宗仁一刻不停地为大伙做事。小娃要拉屎了，他用痰盂接着；老大娘不舒服了，他跑遍了其他车厢找大夫。旅客写了表扬稿，为这，炊事员还在他的饭盒里多添了一勺子菜呢。

一棵长期被压在石板下受冷落、被忽略的小草，居然在这群素不相识的人中，受到了关注、信赖和拥戴。他们并不了解钱宗仁的出身和经历，那些都是无关紧要的。他们看到的是一个活生生的人——一个有着热心肠的小伙儿。

此情此景，令钱宗仁回想起一次特殊的旅行。一年前，华北遇到洪水，郑州不通车了，一群拿着哈尔滨工业大学录取通知书的学生，只好绕道济南，转烟台，再从烟台乘船到大连。哈尔滨工业大学在济南组织了一个返校委员会，一个年轻人跳到广场的台子上，举着大喇叭说：“同学们，在这种特殊困难情况下，大家都不要心急，我们要发扬互助友爱的精神。有个新同学姓钱，他主动帮助别的同学托运行李，把旅店里的床位让出来，自己却露宿街头，我们应该向他学习……”他说的就是钱宗仁，那也是一种像此刻在列车上选他为旅客代表同样的信任。

当时，有谁能理解钱宗仁复杂的心情呢？新生们虽然要延误报到的日期，他们的心情毕竟是快活的——对未来大学生活充满着憧憬。而钱宗仁，手中没有户口迁移手续，他考上了哈尔滨工业大学，但能不能就读，就读多长时间，尚不可知，前途莫测啊！

命运总在捉弄着他。1962 年第一次考大学,钱宗仁的成绩优异,进入全湖南省前十名。清华大学招生小组准备录取他。湘乡二中党支部副书记,利用一个学生干部的嫉妒之心,盗走钱宗仁的日记本,断章取义,将其政审结论改为"出身不好,思想反动,不宜录取"。就这样,钱宗仁落榜了。但他不甘心,第二年又以优异的成绩被哈尔滨工业大学精密仪器系录取。他欣喜若狂,一宿没合眼。

那时长丰公社刚开始搞"四清"试点,公社 S 书记任浒州大队工作组组长,他们正在摸底组织阶级队伍时,传来钱宗仁被录取上大学的消息。当天晚上,村上召开群众大会,S 书记报告,有一段话让钱宗仁毛骨悚然:"我们这里有没有阶级斗争动向啊? 解放二十多年了,这个大队只有一个师范专科大学生,现在有一个富农的儿子钱宗仁考上了大学,还是什么秘密专业(他不懂'精密'二字)。为什么这么多贫下中农子女不上大学,却叫他去上这么好的大学? 还有人批准,你们说这是不是阶级斗争? 我们能叫他上大学吗? 我宣布,他上大学谁批准谁负责,谁给办手续谁负责!"

钱宗仁又气又急,散了会就去找 S 书记了。S 打着官腔:"这是大是大非的原则问题,你不能理解……"难道年轻人的前途又要被儿戏般毁掉? 钱宗仁痛哭流涕,但是,眼泪是感动不了 S 这号人的,他怎么能知道钱宗仁为取得深造机会苦苦奋斗的日日夜夜! 怎能理解他朝思暮想迈进大学门槛的心情!

19 岁的年纪,无法接受这冷酷的现实,钱宗仁回到家里,哭啊、哭啊,又是一夜没睡。大队干部拒绝给他办理迁移户口的手续,恰好这时湘乡二中毕业的十几个大学生回乡度假,听到此消息,气愤地找公社干部理论,又联名写信向教育部反映情况。钱宗仁怀着对党的政策的信任,身带一份报告书,空手登上了赴哈尔滨的旅程。

他的命运操在 S 书记等人的手中。恼羞成怒的 S 书记发函给哈工大,要求取消钱宗仁的入学资格。哈工大党委又派孙景略同志去湘乡市进行调查协商,到长丰公社宣传党的"有成分论、不唯成分论、重在政治表现"的政策,请"四清"工作队允许宗仁上学。那位 S 书记立即组织人马,写了十几页材料,说明钱"政治表现不好"。当孙景略了解此材料纯属编造,据理力争时,S 书记在事实面前蛮不讲理,居然说:"要是我们公社一级党领导机关还搞不过一个地富子女,这会产生什么影响? 你们哈工大是共产党的学校还是国民党的学校? 为什么不支持贫下中农,却支持地主富农!"最后竟耍起无赖,"你们硬要钱宗仁上学,我们立即撤走工作队,这里的'四清'由你们派人搞就是了。"

协商无效。哈工大无奈,只有劝钱宗仁退学。

如烟的往事啊……

告别,告别,这一次不是告别家乡,而是与同窗三个月的好友分手。他所在的班全体同学到哈尔滨火车站送行。钱宗仁流泪了,大家都流泪了。“宗仁,我们等着你归来。”“宗仁,如果你此行回不来,可以在家乡从事文学创作,照样有出息。”“怎么会回不来?学校领导亲口说的,我们是希望你上学的,但有些问题需要你回去对证。”天真的宗仁,你哪里知道,这不过是同学们的一种愿望,哪里会想到从此一去不复返,从此不能再登哈工大的门槛了呢?

告别,又是告别,这回是向考场告别。为了求学,钱宗仁付出了多少代价,可他依然没有绝望。就在前一年被劝退学的那次谈话中,他流着泪还在问:“以后我要再考大学,还让不让我考呢?”哈工大送他回家乡的同志热诚地说:“希望你明年考大学,继续报哈工大,我们欢迎你。”在场的公社干部也一口应承:“没问题,让你考。”钱宗仁轻信了。第二年,他一切准备就绪,去报名时,“四清”工作队从中作梗,他跑了公社九次,九次被拒之门外,报名工作截止了。钱宗仁茶不思,饭不想,沮丧、绝望和忧愁笼罩在心头,他第一次感到了自己的软弱。那年的 7 月 15 日,高三学生们纷纷走进考场,魂系考场的钱宗仁也情不自禁地向那走去。他只能远远地望着。年轻人在专注地答题,多么熟悉又多么亲切的考场,永别了!钱宗仁深情地向考场投了最后一瞥,跑到小河边,抱着苦楝树,一个人长久地哭着,然后写下了两句诗:“理想崇高志永恒,常将寸步比长征……”告别,又是告别。这一次他真的告别了家乡,谁知道这是不是永别。他要到那最荒凉、最荒凉的戈壁滩去。不能上学,他还有一颗心、一双手,可以参加祖国的建设呢。不知为什么,钱宗仁对未来产生一种神秘感,又夹着热烈的向往。他奋笔疾书,在西行的列车上写了一首《离乡歌》:“凝眸回首意难详,去地归期两渺茫。汽笛声催家恋淡,车轮响报路行长。但须后事争前事,也或他乡胜故乡。寻觅英雄用武地,好花无处不芬芳。”

好花无处不芬芳

新疆阿克苏市图书馆阅览室增添了一个年轻人的身影,瘦瘦高高的个子,皮肤被风沙吹打得很粗糙,这青年就是钱宗仁。他在实验林场当工人,月工资 33 元,没有钱买书,他自有办法:每逢星期日,天蒙蒙亮,他就上路了,从林场到阿克苏市有 30 里呢,他疾走如飞到县城,是最早一个等阅览室开门的人。女图书管理员都认识这个小伙子了,你看他,中午啃着苞米面饽饽还在看书呢。《百炼成钢》《林海雪原》《子夜》《静静的顿河》《走向新岸》《悲惨世界》……一些古今中外的名著几乎都是那时候读完的。

"傻瓜,真是个呆子,星期天也不知喘口气。"同睡在一个土炕上的工人,大多是全国各地来的"盲流",他们没有文化,当然无法理解钱宗仁求知的欲望,收工后,他们多数打牌、睡觉,哪里会感到书中有无穷的乐趣?

从来林场的那天起,钱宗仁就被人们称为"傻瓜"了。

钱宗仁本来可以找一个更理想的工作岗位。他的一个老乡李金云和劳动局常局长相熟,小李说他有个弟弟想来新疆找个工作,老常一口应承。就这样,钱宗仁代替李金云的弟弟来阿克苏了。

临到安排工作了,一个干事问道:"你怎么认识常局长的?你和他什么关系?"钱宗仁不会撒谎,一五一十地讲了。干事的脸立刻拉长了:"工作不好安排哟,你有户口吗?能否办来?""没有户口。恐怕一时也办不来。""你有什么特长?""没有。只会劳动。""那么你去林场开荒种树行不行?""行。"

钱宗仁来到实验林场后,向同宿舍的工人学舌一番,大家都嘲笑他是个笨蛋:"你不会说你是常局长的亲戚吗?那样马上可以安排到地区工厂或者机关,户口以后慢慢办嘛,你也太傻了。"钱宗仁或许这辈子也学不会说谎,他已经很满足了,只要政治上不再受歧视,他就是由地狱进了天堂,再吃苦受累也心甘情愿。

他没有足够的过冬的衣服,没有被褥,这些小伙子都不放在心上;要紧的是找一个墨水瓶做油灯,他要学习,要写作。钱宗仁在阿克苏报上发表的散文,在《新疆文学》上发表的短篇小说《开荒队的姑娘》《认识》,都是在这小油灯下写出来的。

钱宗仁的才干开始被林场的领导看重,林场成立了一个业余文艺宣传队,钱宗仁写了不少相声、快板、小话剧;之后,他又当上了保管员,生活得挺有意思。时间,像一个无声的医生,它能使心灵的伤口愈合,使绝望的痛楚消失。阿克苏的土地够肥沃的,不信长不出红花绿草。钱宗仁在这块土地上落脚了,扎根了。

大约是1965年吧,不少工人嫌林场工资低,生活又艰苦,跑掉了。帐篷里只剩下钱宗仁和另一个工人。专区"四清"工作队的何组长到林场检查工作,发现钱宗仁床头上贴着这样一首词:"谁言塞外不荒凉,风沙帐,尘土床。中华儿女,有志此中央。想到江南风景好,挥汗水,改新装。亲人岂可不思量,话心肠,寄爹娘。扎得根深,此地是家乡。望我成材如树木,宜红柳,宜白杨。"

老何连声称好。他在大会上表扬了钱宗仁。信任,又使钱宗仁那颗备受磨难的心受不住了。人与人之间的间隙在缩短,他向老何全盘托出——家庭的历史、个人的遭遇。老何深表同情,建议钱宗仁趁"四清"运动全面展开,到原籍甄别家庭成分。宗仁当时无钱回家,写了一份很长的报告,寄到湖南省委"四清"工作队总部，没想到，这在动乱岁月中竟成了他为家庭成分翻案的一个罪名。这是一根十分敏感的神经。湘乡长丰公社连续九次发函阿克苏实验林场，要求把钱宗仁送回原籍劳动改造。

还是别提那动乱的岁月吧，偌大的中国，几乎每一个家庭、每一个善良的人都有自己一段难以言传的痛苦遭遇。钱宗仁不容置疑地是"黑七类"，有这么几条就够了：一、混进大学，被开除；二、坚持反动立场，为家庭翻案；三、书写反动诗词，发表毒草作品；四、骗取"走资派"的信任，妄图钻进革命队伍。往事不堪回首，反省、揪斗、绑打、苦役、逃亡、到处流浪……

日夜吊起来轮流拷打，拖着沉重的脚镣被关进土牢，有人把他当马骑，用鞭子抽着他去撞墙，用香烟烫他的脸部，钱宗仁难以忍受这种非人的生活。有一天，趁看守打瞌睡时，他把土牢的窗户撬开，逃跑了，逃到乌鲁木齐、喀什流浪，曾在沙漠的废墟中度过那漫长的冬天……

生活把什么都夺走了，剥去了，把钱宗仁从正常人的圈子里开除出来了，入了另册，但是他心里还有一把火没有熄灭。他要学习。坐牢的时候，他默诵古文和诗词，推演数学公式；办"学习班"的时候，他利用写检查之机，学语法修辞。他指望有那么一天，把自己的智慧献给祖国，把积累的知识献给人民。好一个在逆境中自强不息的生命！好一个在苦旱沙漠中倔强的灵魂！

在那漫长的岁月中，人与人之间的间隙开始无限度地扩大，扩大到林场不容钱宗仁立脚，将他遣送原籍；扩大到钱宗仁不得不含泪和他的未婚妻分手，可那钟情的女子，是为了心上的人，不远万里来到新疆落脚的。钱宗仁不得不告别了生活六年的阿克苏。

他在县城里的青石板路上踽踽独行，一个苗条秀气的女子向他走来，是中学同班同学文化南。他想躲开，自从回老家后，他不敢去看自己的同学和老师。"这不是宗仁吗？到我家来坐坐。"善良的文化南听了宗仁的遭遇，同情地说，"你不是学得一手木匠好手艺吗？到二中修门窗来吧，我是管理员。"一番热情的话语，使寂寞中的宗仁感到丝丝温暖。

钱宗仁在二中干了六七天活，被一个老师发现而赶了出来，连文化南也受了一顿好批，说他是危险人物。多伤心哪，连劳动的权利都被剥夺了。钱宗仁挑着木匠担子，拖着沉重的脚步，心灵的负荷使他透不过气来。1974 年的腊月廿九，他又离开了家乡，漂泊去了。向何处去？怎样生活？30 岁的钱宗仁感到一种惆怅和茫然。

在武汉，他有幸认识了一个小漆匠，给他的生命注入了一种新的力量。这小漆匠姓杜，看上去二十六七岁，是个插过队的待业青年。在武汉钢铁公司三矿，钱宗仁为别人做木工活，小杜涂油漆。有一天，钱宗仁在工厂里看批林批孔的大字报，小杜拍了拍他的肩膀："钱师傅，你还挺关心政治的嘛，走，到我那儿坐坐。"

钱宗仁来到小漆匠的住处，那是一座用废板子钉的棚子，屋里有两张床，是用木板拼起来的，上面铺的稻草。给他印象最深的是满床满地的书，书上用钢笔画得圈圈点点，全部是哲学和历史方面的书籍，没有一本小说。这小漆匠正在读《反杜林论》和《美国内战》。

"你看这些书有什么用？"钱宗仁问。

"你知道中国为什么这样动乱？"小漆匠反问道，"我在找寻答案。批林批孔你知道矛头是对着谁吗？是周总理……"

小漆匠从中国革命的历史讲起，解释中国社会当时的政治形势。钱宗仁也述说着自己的经历，然后感慨地说："我有一条抹不掉的影子！"

"唯成分论是唯心论。你背上沉重的包袱是人为的。既然是人加上去的，人还可以去掉……"

这番谈话深深地震动了钱宗仁。他感到自己的贫乏和狭隘。他第一次意识到，应该向自己的"影子"告别，尽管它是那么难以摆脱。影子是虚幻的，而钱宗仁，是实实在在的。

仅仅超过两岁

1981 年的冬天，钱宗仁跳上南去的列车——从乌鲁木齐到西安。他的心情是复杂的。

自 1978 年 7 月开始到 1981 年春，钱宗仁在繁忙工作和沉重家务的间隙中，学完了八门大学课程，写了四十多本笔记，做了二十册练习题，以几乎全是满分的成绩取得新疆广播师范大学毕业证书。1981 年 9 月，他考取西北大学数学系刘书琴教授的研究生，成绩在二十六名考生中名列第一。左等右等，通知书却没有寄来。这究竟是为什么呢？他已经 37 岁了，这或许是最后一次入学深造的机会了，钱宗仁怎能错过？他要去西安问个究竟。

难道我又有什么过错吗？钱宗仁在飞驰的列车中沉思默想。数学中有这样一个名词，叫"条件极值"。某一个量在固定的条件下可变动内在因素，取得最大的值。人，只能在不可改变的条件下，尽量开足马力，争取最大的值。重返阿克苏后的八年，钱宗仁正是以这种积极态度，争取着人生最大的"值"。

与小漆匠分手，钱宗仁回到实验林场筑路队，以往加给他的一切罪名都一风吹了，他又重新当了一名工人。筑路工地远离居民点，在戈壁上搭起帐篷，喝的是浑黄泥沙水，吃的是咸菜玉米馍。扫冰雪，挖冻土，顶着风沙铲石头，这一切苦都不在话下，钱宗仁庆幸从此再没有折磨人的政治运动的折腾，生活安定了，又可以自学了。

他在筑路工地上，在戈壁滩的帐篷里，靠几本字典和一些废纸，开始研究汉字结构。经过无数个不眠之夜，他将所有的汉字一笔一画地进行反复推敲、归类排列，到1975年底，编成一种“汉字笔顺号码排字法”。

可巧，《参考消息》有一篇报道，讲一个美籍华人发明了“丙字检字法”，方法竟与钱宗仁的排字法基本相同。钱宗仁鼓起勇气把自己的排字法和检字表寄给《人民日报》，请他们代为推荐。《人民日报》寄给了商务印书馆。事隔两年，商务印书馆在清理资料中清出退还给钱宗仁，说该馆没有这方面的研究机构，要他改寄其他部门或请有关专家审阅。当年全国科学大会期间已报道有人发明类似的笔顺号码检字法，其后又陆续报道了更先进的方法，钱宗仁望尘莫及。他身居僻地，既无人指导，又缺乏图书资料，与任何科技部门、教育机构都无联系，有谁指引？有谁支持？即使是学到了一定程度，达到了相当的水平，又有谁发现？有谁推荐？有谁承认？有谁录用？

但是，钱宗仁毕竟从中发现了自己的潜力，他决心自学大学课程，报考研究生。

每走一步都要付出心血和代价。钱宗仁无法选择专业——没有任何书籍，有什么书就决定他学什么专业。他在近处寻到一本残缺不全的《高等数学》上册，他向北京、上海、天津等地新华书店发出七十多封信邮购，都是无货。他向内地的亲友联系，都爱莫能助；他向哈尔滨工业大学写信，请求购买原来所学专业的教科书，杳无音信。费尽心机，最后只弄到了几本数学书和一本英汉辞典。

时间是这样安排的：白天，钱宗仁坚持搞好本职工作，尽量挑重担子，公务活动绝不缺席——防止在所难免的非难；正常休息时间，他非干体力劳动（打家具挣钱）不可，不然他无法维持家庭的基本生活——工资低微，上有老人，下有妻小，都要靠他养活。除了五小时的睡眠外，剩下的每一分钟都要抓紧，吃饭、洗脸、走路、上厕所都算作学习时间。三年之间，他从ABC学起，牢记了五千个单词，演算了上万道算术题，身体一天天消瘦，体重一天天减轻，可是顾不上了——这是一个抢时间的特定时期。

他终于考上了，但至今没有得到入学通知书。

沉重的钢铁车身，吭哧吭哧地发出巨大的声响。命运，你为什么对我这样无情？难道我毕生的梦想又要被碾得粉碎？我有什么过错？有什么过错？

钱宗仁终于在记忆深处搜寻出一个错误，他少报了两岁年龄，可只有这样才能取得考试资格呀。1978 年报考研究生年限是 40 岁，1979 年和 1980 年是 38 岁，1981 年减至 35 岁，而钱宗仁已 37 岁。他早早地撑出他生命的船到远处漂泊，时光却在岸边挨延消磨了，这能怪他吗？钱宗仁给西北大学研究生办公室写了报告，述说了自己特殊的经历和求学的心情。他希望得到同情和谅解。

此刻，钱宗仁在火车上，正在默读着这个报告：

“我一生梦寐以求能有进高等学校的机会，哪怕是一个很短的时间。我不是为了什么名声，这对我的经济状况也无所改善；我一生只要求一个基本的生活条件，却渴求一个较好的求知环境。我想实践一下，当国家能满足她的一个儿女渴求学习的心愿时，他的年华能否放出光芒。我愿以两年时间学三年课程，提前结业，以消除年龄矛盾。若在任何时候发现我赶不上其他年轻优秀学生，立即退学……”

回想起到西安复试和与刘书琴教授的接触，这位 74 岁高龄的学者了解了钱宗仁的经历，同情他，喜欢他，认为年龄不是原则问题，历年也有超龄录取的先例，建议学校予以破格录取。陈述的理由是：一、该生考试成绩好，指导教师实测后认为，由于该生是在全无指导下自学应试，其实际水平还高于考试分数所反映的水平，确有培养前途；二、从该生的经历看，其年龄是被错误路线所耽误，本人尽了最大的努力补救，纵然超龄，其情可谅；三、该生生活环境和学习条件都相当差，能如此长期坚持自学，其志可嘉；四、数学系研究生没有招满，既然有培养能力，而国家人才需求紧迫，不应错过机会。这个建议经数学系讨论书面送交学校。

难道我的请求报告及数学系的建议都未获准吗？当钱宗仁来到西北大学，见到研究生办公室负责人那张毫无表情的脸时，他心冷了。

“我代表学校向你宣布，由于超过录取年龄，不予录取。”

真是劈头盖脸的打击。“你们就这么仓促地决定了吗？”钱宗仁讷讷地问。

回答依然是那么冰冷，摆出一副公事公办的架势：“年龄是死的，我们没有什么商量的余地。”

年龄是死的，可人是活的，招生制度是人制定的，难道人不能做一些小的更改吗？钱宗仁的心不死，依然存在着一线希望。

他去看望刘书琴教授，刘老听了很气愤：“我招的研究生，怎么不与我商量一下就不要了？年龄超过了就超过了，35 岁能当，37 岁也能当嘛。你到北京去找教育部，看看年龄问题是否还有活动的余地。我给你带封信，先找一下数学研究所的张广厚，他会帮你的忙的。”刘老从皮夹里拿出三十元钱，让孩子给钱宗仁买了一张去北京的快车票。

张广厚在百忙中接待了钱宗仁。钱宗仁说:"世界上有成就的人,他们的黄金时代在25岁—30岁,40岁前出成果的占90%,我是快40岁的人了,但我想可以算到10%里去。"张广厚连声称赞:"好,你这个人看来很有志气,每个人都有权利争取进入10%的行列,40岁以后出成果的也大有人在。我们与教育部很少打交道,《光明日报》和《中国青年报》有两个记者我很熟,他们很懂政策,你去找他们试试看。"

钱宗仁带着张广厚写的信找到《光明日报》,记者老林十分热心,当即与教育部研究生处联系,并递上钱宗仁请求当研究生的报告。教育部研究生处批给陕西省高教局:"钱宗仁情况确有特殊之处,望陕西省高教局协助西北大学考虑,是否作为特殊情况处理。"

钱宗仁满怀希望,回到西安,再次去见西北大学研究生办公室的那位负责同志,回答是冰冷而圆滑的:"教育部让我们考虑,没有说一定录取。我校中文系有一个应届毕业生也是超龄报考,考试成绩过了分数线,本拟录取,却因中文系过分数线的学生人数多于录取名额,这个超龄生没有被录取。为了一视同仁,我们不能录取你。你没有上成大学,'文革'中又受种种磨难,对此我们表示同情,但这与我们无关。自学成才不一定都要当研究生,在新疆也是大有可为的。"

刘书琴教授又一次震怒了:"太无道理了,你再去一次北京去找蒋南翔、华罗庚……"又掏出三十元钱让钱宗仁赴京。钱宗仁虽然已感到希望渺茫,但为了不辜负刘老的一片心意,第二次来到北京。

教育部研究生处回答,招研究生的主权在学校,如果学校一定不肯录取,教育部也无能为力。钱宗仁无法在京久留,一天两元钱的住宿费使他几乎囊空如洗。他向热心的记者老林辞行,没想到老林告诉他一个消息,使他大有"柳暗花明又一村"之感——陕西省高教局已打电话给哈工大,西大不录取钱宗仁,哈工大表示可以考虑。

钱宗仁在北京耐心地等待了几天,哈工大研究生办公室的回音来了:我校已尽最大的力量,但我们是工科,钱宗仁同志报的是理科,很难找到适合他的指导教师。

多少次燃起希望,又有多少次希望的破灭,钱宗仁的心沉下去了。仅仅因为超过两岁,他奔波行程几万里,历时近百天,破费数百元,倘若能有条件利用这段时间学习,恐怕也越过了一年研究生课程。

人们为钱宗仁惋惜的同时,也发出了这样的慨叹:人的价值在人的本身,两岁,这在人生的长河中算得了什么?我们的一些部门却把这微不足道的外在因素看得那么郑重，神圣不可侵犯，而忽视有才华的人本身。多少人才因僵死的人事制度被压抑、被搁置、被埋没，这种束缚人的制度难道不应改革吗？

"伯乐"，到处都有

钱宗仁，这棵从石板缝中钻出来的小草，并非只遇到冰冷而圆滑的石头，他也感受过春风的温暖和爱抚。他遇到了不少"伯乐"，西北大学的刘书琴教授不就是一个吗？刘老给教育部写的一封信，一直珍藏在宗仁的身边："我认为钱宗仁实际水平很高，各种基础具备，如能使其有一个较好的条件加以深造，定能见效，很有可能做出成绩。……对这种人才仅因超龄而拒之门外，实为浪费埋没人才，我深感不安，似与当前所倡精神有违。……我有信心，敢尽有生之年，在其他同志帮助下，悉心培养之。……我年事已高，难得几回为国家'四化'出力，因此特修书陈请……"每逢读到这里，钱宗仁心中都会涌出一股热流。尽管处处有路障，但到底有人理解他，有人发现和承认了他呀！

还有那位未曾见过面的北京工业学院基础部的杨维奇教授，在青岛一次会议中，遇到张广厚和刘书琴，他为钱宗仁未被录取之事愤愤不平，又深为钱宗仁在逆境中自强不息的精神感动。他决定破格在1982年招钱宗仁当研究生，并征得教育部的同意。虽然，由于种种原因此愿未遂，但杨维奇这番心意，钱宗仁领了，至今，他还与这位素不相识的教授保持通信联系，当他的"校外研究生"。"伯乐"，到处都有，相识的，素不相识的，那些热情的学者、专家、记者，在关键时刻都向钱宗仁伸出了声援的手。二十年过去，钱宗仁遇到了不少坎坷，但也得到了不少人的理解，他没有被畸形的生活所带来的痛苦湮没，反而造就出另一种性格。

考研究生落榜，钱宗仁再次回到新疆。在阿克苏，钱宗仁又遇到了一个"伯乐"——阿克苏地区宣传部长宣惠良，这真是钱宗仁不幸中的大幸。宣惠良读了钱宗仁的自述材料后，深为感动。这个青年人对理想的追求那样执着，没有虚假的夸张和自我炫耀，字里行间跳动着一颗真诚的心。他亲自到实验林场调查了解钱宗仁的情况。他听到一些非议，比如钱宗仁对人冷漠、孤僻，有名利思想，不务正业；但就是对他有意见的同志也承认他经过百般磨难，坚持自学的毅力令人佩服。宣惠良理解钱宗仁，喜欢钱宗仁——他看到了这小伙子的品质和潜在的能力。他走进了这个小伙子的住处——一个破烂的小屋。钱宗仁上下打量了来客，个头不高，戴着黑边眼镜，风度潇洒，没想到这位素不相识的宣传部长竟成了他今后生活道路上的良师益友。

宣惠良是一个值得大书特书的人，自1982年5月初识钱宗仁，半年中帮助他办了三件事。第一步是工人转干部。宣惠良打算把钱宗仁调到阿克苏地区的中学教书，这里图书资料、学习条件都比林场强。先联系二中，二中推托他有湖南口音，不宜教学而未接收；又联系四中，四中说必须把钱宗仁由工人转干部才能算作正式教师。宣惠良跑了文教处、农林处都还顺利，到了地区人事处卡了壳，一个干事说，工转干要9月份统一审批，还要等一个月。

谁知在此期间，钱宗仁收到北京工业学院杨维奇教授的来电，让他速寄档案，北工院要破格录取他为1982年的数学系研究生。机不可失。偏巧钱宗仁的档案又找不到了。1980年新疆石油管理局南疆石油指挥部刚刚上马，需要师资和翻译人才，欢迎钱宗仁去，因此钱宗仁的档案寄到了石油部门，谁知到第二年此单位属于关停并转企业，又不需要人了，钱宗仁的档案就这样遗失了。

北京工业学院二次来电催促，宣惠良的心情和钱宗仁一样焦急。他跑到人事部门去游说，讲述钱宗仁的遭遇，希望得到他们的同情，补办一份档案材料，请他们提前批准钱宗仁工转干，然后将工转干的一套手续作为他的新档案寄发北京工业学院。然而那些干事竟毫不动心，拒绝了老宣的请求。

宣传部长不掌人事权、财权，却有着正义感。尽管处处碰壁，他仍要成全钱宗仁。宣惠良只好超越他的职权范围（这不大合乎中国办事情的手续），将钱宗仁的转干报表、自传、鉴定一一复制，盖上宣传部的大印，寄到北京去了。

但毕竟晚了一步，延误了时机，使钱宗仁到北京工业学院当研究生一事又告吹。宣惠良很伤感，对某些机构的衙门作风以及对人才的难以容忍的冷漠感到义愤，同时为钱宗仁这样的人才被埋没而痛惜。多少良机，钱宗仁一一丧失了。他对宣惠良说："我已被逼上梁山，义无反顾，不管成败如何，我要背水一战，不管采取什么方式，要继续深造，决不容许自己退下来。"那心境很有些悲壮。

一波未平，一波又起。《光明日报》驻新疆记者站的同志给钱宗仁来了一封信，告诉他自治区常委富文同志对钱宗仁的使用有一个批件，大意是应就近调塔里木农垦大学试用后任教。这自然使钱宗仁心中浮起了新的希望，他找到阿克苏地区组织部，这份批件竟被压在抽屉里两个月无人过问。组织部的回答是：我们管区以上的干部，包括教授、讲师及工程师；像你这样的人不归我们管，即使归我们管，塔里木农大是农牧渔业部和建设兵团合办的学校，我们也管不着。于是，这份批件从组织部转到了文教处，文教处又将此件压下无人过问。宣惠良出面追问，从一堆杂乱的文件中找出批件后，再次做说客，带着批件，乘车赶到距阿克苏100多公里的阿拉尔，找到塔里木农大的领导，又跑到实验林场和地区人事处，苦口婆心，终于使钱宗仁在1983年初来到塔里木农垦大学报到。

钱宗仁感叹地说："中国，要是多一些宣部长这样的干部就好了。"是啊，如果我们的人事部门的干部，都能像宣惠良一样常给自己的心加加温，中国的事情将会好办得多。

钱宗仁到塔里木农垦大学任教，终于结束了二十年的坎坷生涯，但愿他在今后的生活中不再扮演悲剧的角色，但愿他能成功。但愿！

"过去的都已过去了。我今后二十年能为人民做些事，得到人们的理解，我的心就得以满足，它将证明我前二十年的努力没有白费。我想通过自己的努力得到社会的承认，使一些刚开始发奋自学又遇到挫折的青年产生信心，也让那些曾打击和阻拦我前进的人看看，小草要破土而出，任什么人也压不下去。我对生活充满着信心，相信命运是可以抗争的。奇迹多是在厄运中出现的。最后，我希望我们现行的政策稳定，哪怕是半个世纪也好。"

我相信，钱宗仁讲述这一切时，他的心是淌着泪的。一定。

人生，这就是人生。这里，有辛酸，有劳苦，也有人的创造和热力，有污浊，更多的却是人的光彩；这里有痛苦，也有克制、忍耐，更多的是自我牺牲中所获得的创造的快乐。

钱宗仁身上印着过去的痕迹，也埋藏着未来的种子，他脸上的表情，他的姿态，都表现出思想、热情和生命的波动，你甚至能听见他汹涌的内心的呼声。他的经历，他的性格，他的人品，他的精神，都使我想起塔里木河畔的胡杨，那会流泪的树。

钱宗仁就是一棵扎根在阿拉尔的胡杨，一个曾被忽略的倔强的灵魂。在沙漠旱风的席卷和盐碱的吞噬中，那被压抑、被扭曲的生命终究要伸直它的躯干。他不抱怨，不灰心，因为，他知道以往个人的悲剧，也是整个社会的不幸。生活前进了，他正和人民和国家一道共享春天的温馨。

哦，胡杨树，壮美的树！

哦，胡杨泪，悲壮的泪！

（原载《文汇月刊》1984年第4期）

原野在呼唤

王兆军

历史和现实撞击出电火，原野上滚过这样的雷声：“请放下古城前那高高的吊桥……”

历史，曾经显示过这样的画面——

萧瑟秋风里，荒野古道上，起义军的马蹄正扬起漫天的灰尘。可以看得见，在那沙风土雾中，每一面大旗上都写着“分田地，均贫富”！揭竿而起的农民为了得到土地，正纵横沙场，逐鹿中原，多少将士，在凄迷冷寂的荒原上留下了血肉模糊的尸体和征袍！天阴雨湿，似有无数的幽灵仍然不肯离去，腥风中低吟着热恋土地的挽歌……

近代。中国乡村，黑夜如磐。

一位偿还不起高利贷的农民，在要么坐牢、鬻女，要么变卖那仅有的一小片田地的严酷事实面前，在地契上痛苦地留下殷红的指印。当天，也许是第二天拂晓，他便领着全家上路了。那片拴着心的小小的土地，昨天还是属于他的，而今天……他跪倒在它的上面，匍匐身躯，拨开厚厚的积雪，一双青筋暴突的大手拼命地扒呀，扒呀，终于扒出一块泥土。他把这泥土揣进怀里。最后，望了一眼那片依依难舍的土地，含着满目泪水，踏上了背井离乡的风雪小道……

这，就是中国人对于土地的深挚的感情；这，就是我们祖祖辈辈将所有的汗水、所有的智慧、所有的希望，都倾注其中的那片热土，那片原野啊！只有在生命和土地之间择其一时，他们才可能舍弃后者；有的，甚至宁肯以身殉地！于是，长久的炽热的情感形成了牢不可破的传统——土地被神化了。五行，土为中；诸侯三宝，地为上。在茫茫中国，几乎每一个村庄都有社庙，即土地庙。人们用自己的感情塑造了这么一个神灵，让它统治着乡村的一切。敬畏、膜拜，祭以牺牲，祀以香火，不敢有些微的逆忤。立春（秋）以后的第五个戊日，无论是耕耘之前的祈祷还是收获之后的庆贺，都在那个小小的土地庙前进行。一碗碗绿豆黄豆，一盘盘小麦蜀黍，一盅盅新米佳酿，陈年的柿饼和新摘的枣子，附以面条、鸡蛋，纸钱与香烛，全献给社神了。人们希望在那欢乐的氤氲中，让社神用绳索将他们牢牢地拴在土地上，永远也不离开。

今天，这是在什么地方？

夕阳西下，火红的晚霞正在变成深紫色。出脱了货物的汉子们点完了一沓沓钞票，喜上眉梢。他们弄来烧酒和啤酒、红肠、烧鸡、花生米，便在农贸市场的台面上坐了，兴高采烈地品赏起城市的黄昏来，没有一点忧郁和哀愁，背井离乡似乎成为一种享受。他们好像已经成为这里的主人了！

看，经过训练的几百名乡村姑娘，从大客车上下来了。大的20来岁，小的只有十六七岁。她们衣着鲜艳，不无时髦。她们是来大城市当保姆的。眼前，一幢幢大楼，一排排树木，车水马龙的大街和琳琅满目的商场，正吸引着她们好奇的目光。乡村狭小而又广漠的世界，已经容不下她们的心和她们的憧憬。她们从原野上走出来，高高兴兴地走出来，那么心甘，那么欢畅……奇怪吗？奇怪！即使是对于社会变化比较淡漠的人也会有疑问：农民对于土地的感情哪里去了？他们为什么舍得离开那温暖的赖以生存的家园，离开那金黄的稻田和绿油油的菜畦？这种变化是怎样发生的，并将对中国社会有哪些启示和影响？在回答我的问题时，请不要囿于某些落套的文章、夸张的报道和枯涩的理论吧，在新的变化面前，朋友，你一定要丢弃往昔的经验，因为潮流已经涌到眼前，几乎每一个人都分明地感觉到了它那严肃的冲击。历史与现实的电火撞击着，在大地上滚过阵阵惊雷。原野在如此殷勤地呼唤我们："放下古城门前那高高的吊桥，认识我们这里的流水、芳草，这里的阳光大道！"

人们吃饱了，但并不满足。列车震破了桃源旧梦。他们来不及拍打裤脚上的尘土，便从原野上出发，走向另一个世界

应着那旷野的呼唤，我来到了河南。

这是一片多么古老、多么辽阔、多么肥沃的土地啊！厚厚的黄土，埋藏着一部中华民族的历史；滔滔的黄河，诉说着这历史的源远流长。千百万年过去了，但历史的字典里依然写着"以农为本""缺衣少食"这样荒唐的成语，在我们这片稼穑为上的土地上，却依然没有消除愚昧和饥饿，就像龙门的石佛依然板着那千古不变的似笑非笑的面孔一样。

直到今天，党的十一届三中全会以后，安徽和四川的暖风吹到了中州，河南才

开始苏醒。可是责任制刚刚实行，便有人担心分田会重受二遍苦。于是，黄河、伊洛河在东张西望中度过了1979年。然而，一年以后的事实证明，河南人民不仅没有重受二茬罪，反而迅速解决了吃饭问题。对于一个人口数量占全国第二位的省份来说，一年解决了上千年没有解决的问题，这难道不是一个奇迹吗？

从南阳、洛阳、濮阳，到虞城、项城、商城，到处都可以看到：黄土古道上是售棉卖粮的大车小车，庄稼人面上的菜色正在消逝，荒原获得了绿色的生命，每一寸田园都找到了知冷知热的爹娘，红薯正在变为饲料，白瓷碗里盛上了热气腾腾的面条。

无数的报道早已将这些事实变为匆匆层叠更替的历史，而我所要追寻的是：解决了温饱问题的人们将怎样开拓新的生活。他们吸着古老的烟袋蹲在墙根晒太阳了吗？他们守着古训“不知有汉、何论魏晋”了吗？我担心，因为我们这个民族是容易满足的。

陇海线上东来西去的列车，昼夜不息地从中原驰过。多少年来，人们只知道那里有黑色的铁轨，看见过列车喷出的团团白气，至于铁道和他们的生活有什么关系，却很少想过，他们坚信自己永远是靠土地生活的，土地能提供他们所需要的一切。

但是，今天的列车却唤醒了这里的村庄，这里的阡陌和这里的人们。

祭城乡白庄村的干部们坐在田垄上，心事重重地望着风驰电掣的列车从他们的土地上经过。高亢的汽笛声震不开他们紧锁的眉心，喷吐的白雾在他们心头立刻变为可怕的黑云。铁路复线工程占去了他们的100多亩好地，这对于一个只有400多亩土地的小村庄，该是多么大的损失啊！原先每人占地6分4厘，现在倒过来成为4分6厘了。他们掰着指头算着：即使亩产2000斤粮食（这是很不容易的），每人也占不到1000斤。按产值计，不过百把块钱，扣除生产成本，只剩几十块钱了。这就是说：辛辛苦苦在田里折腾一年，弄得好也只不过是吃饱肚皮而已。

列车吞去了他们的土地，天地变得如此狭小，像飞鸟发现自己在一个笼子里一样，他们感到了某种恐慌。望着列车，他们忽然在冥思苦索中微妙地感到，这个社会在发生变化，一股强大的潮流正像列车这样冲击到他们的村边来了。啊，铁道为什么要改为复线？运东西，越来越多的东西，煤、机器、生猪、水泥、蔬菜……可是列车上有我们的东西吗？没有，既没有卖出的，也没有买进的。他们感到自己被潮流抛弃得很远很远。为什么咱就不能加入这个潮流呢？我们也有手，难道不能生产出什么东西，加入那个潮流并且从中得到新的利益，从而不再像祖辈先人那样困守一隅地生活吗？列车没有白占去土地，它给乡村的人们以新的启示，在新的奥秘被发现之后，他们欣喜得不能自已。

“对，不能老憋在这几分地上！”支部书记白西川说，“咱们也得想办法挣钱。”

副书记白玉河、白明顺也一股劲地说：“得另找门道，不然，这日子越过越涩。”

对于几千年来以土地为生的中国农民来说，这种离开土地寻找更宽阔的道路，积极加入现代社会的潮流的要求，不能不说是自然而又伟大的觉醒。

开始，他们失败了，他们光想到赚钱，先加工生产履带轴销，但是卖不了多少，后来搞电焊气焊，活也不多。有人说做糕点利大，他们就改做月饼、糖块，还种过银耳、蘑菇。忙活了一年，算一算，没赚到什么钱。

失败提供了教训。白西川和干部、社员们意识到做生意赚钱和种地不是一回事，商业有商业的门道，要看清这个行当，不能老用农民的眼光。社员们提醒他，这些年来，唯有豆腐坊生意旺盛，本地大豆多，豆腐也销得快，豆渣可以扩大饲养业，饲养业可以提供更多的肥料，粮食产量也能上去。

他们决定发展豆制品生产，特别是向干菜方面努力，多做腐竹。

开始做腐竹，完全是土办法。22 口小铁锅，豆浆锅坐在开水锅里，温度达不到，做出的腐竹黑乎乎的，价格上不去。白西川感到这样不行，得想办法改进，首先要向别人学习。

白西川带着几个人，到工艺先进的桂林腐竹厂学习。好事多磨，到了那里，好话说了几箩筐，人家就是不让看。白西川急得吃不下饭，睡不好觉。美丽的山水对他们一行没有半点吸引力，白西川恨不得白给人家当两个月短工，只要让他学习。人家说这是卫生条例的原因，白西川恨不得拿酒精给全身消消毒，换一身新煮烫的衣服，只要叫参观一下就行。他们在冷遇中渐渐感觉到一种商业社会的气味。这种竞争的气息强烈地刺激着白西川那传统农民的朴实憨厚的心。社会已经变化得这么快了，难怪乡村总是那么落后。他决心要赶上这个潮流，加入这个潮流，并且一定要走到前面去。他们求助于党组织和当地政府，好说歹说，终于获得了“粗看一遍”的允诺。那真是粗看一遍啊，按人家指定的路线走，关键地方不让看，问一些技术上的问题，人家又不愿解答。他们贪婪地看着。可惜时间给得太少，只粗略地记得锅炉、磨汁、造浆、蒸盘和烘房等几处主要设施和大概的工作情形。

回到家，凭几个人的印象，便开始建造腐竹厂。买设备、建厂房，依靠本村人的努力，只用了两个月时间，腐竹厂就建成了。4 月 10 日试验，居然一次成功。当第一批腐竹做出来，白西川感慨万千。他为这种快速的成功而高兴。时代的压力，逼得人们变得勇敢而又精明。他想起在桂林受到的冷遇，想到全村人付出的艰苦的劳动，感到追赶这个时代是多么不容易啊！

这个不愁原料、不愁生产、销路也好的腐竹厂建成以后,很快使白庄的劳动结构发生了巨大变化。大量的豆渣,促使他们办一个相当规模的养殖场。养殖场的粪肥要运到田里,必须扩大机械队伍。牛奶和生猪要有专人销售。腐竹厂连续生产,各种工序需要许多劳力参加。豆腐坊和调料厂也在扩大。新生活要求新的住房,必须扩大建筑队伍……这些劳动,占去了全村94.4%的劳力,只有5.6%的劳力从事农业劳动了。这就逼得他们拿出最懂农业技术的人去承包土地,并且大力加快农业机械化进度。那种以为责任制以后无法使用机械的担忧已经被事实击败。白庄的商品经济发展,已经使绝大多数人离开了土地,变为工人了。1983年,他们的日工值已经达到4元,而这个村的社员用水、用电、住房、蔬菜、教育和医疗也全由大队包下来了。

农民学会许多原先不懂的东西。无论工副业还是农业,白庄都实行了严格的承包责任制。合同就是法律,谁违背合同就按章处罚,处罚的办法之一是不让劳动——这是最重的惩罚。

白西川说:“按以前的老办法不行了,我们找到了一个新办法,叫作不打自叫唤。”

当欲望自然地被尊重时,历史前进了。人们从土地上走出来了,并迅速学会了原来不懂的东西

这是一个多么炎热的夏天,从虎牢关到邙岭这片丘陵地已经好多天没下雨了。

巩义贺尧大队支部书记牛新安从来没有这样焦躁不安。他在为大队综合厂的问题发愁。农业包下去,生机勃勃,不用操多少心了。可是这个小厂却越办越赖,几乎到了不可收拾的地步。支部决定搞承包投标,可是意见分歧很大,有人投标很高,有人投标较低,有人反对投标。在纷杂的争论中,他注意到一位青年人的意见,这个人叫李自忠。他尖锐地指出那些高标的盲目性,并且批评了某些人妄图用拼设备的办法获取利润,塞满腰包,然后扔掉工厂的做法。青年人的敏锐和忠诚强烈地震动了牛新安。无疑,李自忠是为全村利益长远打算的。

但是,这个青年所要求的条件是多么难以应允啊!他要厂长责任制,要招聘工人和解雇工人的权力,要升降工人工资的权力,要奖惩的权力,要增添和更换设备的权力,要购销权力……一句话,这个厂交给他,他就要全部说了算。

当过教师、当过队长、当过县接待室的接待员、当过酒厂厂长的李自忠,无疑是一个能干的有头脑的人物。但是,不让大队插手,他自己独揽大权,这能行吗?能

给他这种“便宜行事”的杏黄旗吗？

牛新安陷入难以排遣的烦闷之中。他近来出去看了一些地方，深深感到自己这一代人快要落伍了。一没文化，什么都弄不懂；二是农业搞惯了，思想牢牢拴在土地上，小麦上，红薯上，经商盈利就没本事了；三来许多人从内心就对这种商业经济有看法；再就，精力也不行了。无论如何要起用青年人，能干的青年就在眼前，为什么不用？他要权，就给他权，订个合同，让他干！

就这样，李自忠接手了这个破烂不堪的小厂——陈旧的机器；工人懒懒散散；欠外债36万元，40多家债主轮番索债。李自忠不慌不忙，凭三寸不烂之舌，反复说明困难，真不行就先给人家5块钱搪塞搪塞，或者去菜园里摘几个西红柿招待一下愠怒的债主。然后，他运用权力，先把几个上班看电视、放风筝，又经常拿钢管换酒喝换烟抽的干部子女辞掉，又招聘了几位熟练的技工，重订了厂规厂法，然后开始制造砖机。

他已经对此深思熟虑过了：农民生活正在飞速改善，建房是农民的第一大事，砖瓦都是紧俏货，砖机自然就是畅销品。当他把工作安排就绪以后，向大队提出：“我要拿1000块钱做广告。”

他的这一举动使许多人莫明其妙，花1000块钱在报纸上登那么几行字，一张图画，这不是疯了吗？牛新安却应允了，他说：“自忠，你只管按你的计谋办，赔了大队兜着！”

广告发出去了。李自忠摇着扇子，悠悠然等待喜事降临。其实他心里并不安静，他想试用一下现代社会的新手段，他知道社会已经前进了，凭老一代那种老鹅下蛋不叫唤的办法是不行了，既然要参加到这个社会中去，便要使用一切允许使用的新武器。他干得对。不久本省来了十几封信，定购这个厂的砖机。

实际上，这时的厂子还没有那么充足的生产能力。这么一来，弄得大家手忙脚乱。李自忠仍然“无忧无虑”地看报纸、听广播、喝茶、抽烟，但是，只有夜空的繁星知道，李自忠半夜里还常常冥思苦索，翻来覆去不能入睡。不几天，他想出了新招。他把一些本厂难以加工的部件委托国营大厂代做。当时这些大厂都在调整，工人没活干。他们和洛阳拖拉机厂铸造分厂、三门峡仪表机械厂、洛阳407厂订了合同，大部件镂孔、大齿轮加工都由他们包了，双方都很高兴。

第一批生意就这样成交了。

小厂有了大本钱。工人的劲头也上来了。

本省的生意还没有到头，李自忠又给《安徽日报》发了信，请教能不能推销些砖机，《安徽日报》很快刊登了他们的信。贺尧大队砖机厂一下子收到80多封订货信。有些人要来厂取货,被李自忠挡了驾。李自忠明白:如果来了人,看见他们的工厂这么小,会淡了兴趣的。于是,他在滁州、芜湖、安庆、阜阳、合肥等5处设了推销点,把货送到安徽去。这样,他们1月份收入10万元,2月份收入20万元,3月份收入30万元,4月份收入40万元。有了这100万元的资金,他们扩建厂房,更新配套设备,增聘技工,自己生产所有的零部件,腰杆子壮起来了。一直到9月份,他们的砖机都是脱销的,有的采购员来厂,把零部件都号上,不让别人动。

"现代社会的特点是新东西层出不穷,但很快就被别人学会了。"李自忠已经明白这一点了。他们发广告,别人也发广告。李自忠就亲自把样机弄到展销会和推销点上去现场操作给人家看;别人也会这样做了,他们又实行包安装、包维修、定期征求用户意见的方法,深得用户好评,用户还替他们宣传。别人又学会了这一套,他们就另换一个地方。当许多砖机厂去安徽时,贺尧大队的推销员又去山东了。1982年在山东只花了900元广告费,就卖出去砖机200多台,收入130多万元。别处也四下里推销,他们就在降低价格、提高质量上下功夫,对手老是竞争不过他们。李自忠每天都在绞尽脑汁思索着战略战术。他明白,只要在一个环节上失败了,生意就会垮下来。

"商业不等于骗人,现在做买卖,要实在。"李自忠把新的生意经背得烂熟,"用户是王,质量是命,时间是钱。"

一次,辽宁来了一个跛子。他在巩义转了好几个砖机厂,最后来到贺尧大队。李自忠知道这是一个精明的人,便对他说:"巩县的砖机有好有坏,我们的也不是十全十美。你仔细看看,不买也不要紧,提点意见也是宝贵的。"

那人反复看了,还是不买。李自忠留他吃饭,他不吃。走时,李自忠见他走路不方便,就派车把他送到火车站,帮他买了车票。跛子临上车前忽然退了票,拿出一张一万一千多元的支票,毅然买了280型砖机和搅拌机各一台。

送走跛子,李自忠说:"现在的生意,要开诚布公,哄哥哥骗姐姐,那是小家子气。急功近利,见了人就想掏人家的钱包,常常办不成事。同时也要注意看人,像这样精明的人只有以诚相待,他才信人信机器。"李自忠没有说他是怎样研究人的心理的,他知道,现代的企业家不能像某些老农那样——总想以狡黠取胜反而常常因浅薄吃亏。

1982年,这个大队小厂总产值达420万元,刚接手的那一年这个厂的产值12万元,3年增长35倍。

探索就是一种冒险，但冒险比平庸伟大一万倍。人们离开了土地，走向工业，并且迅速学会了工业管理

丰田小汽车在乡间那满是尘土的小道上飞驰，扬起一股尘烟。

常建国，禹县方山铝矾土矿矿长，参加代表团，踏上了去联邦德国参观访问、洽谈生意的旅途。

他望着车窗外的原野，心潮起伏不平。

一切都是从这里出发的。生命从这里出发，上学从这里出发，挖野菜从这里出发，下坡种庄稼从这里出发，这里是根。10 年前当他意识到单靠这荒山薄地无法过好日子时，便毅然决然地带着 17 个人，来到这人烟稀少的秃岭上。没有树，谈不上木材；没有土，想种一棵草都不可能；只有石头，而且是既不能砌房又不能烧石灰的乱石片。但是，常建国坚信大自然赏赐给他们的山野必定是能够挖掘出有用的东西的。他去巩义看过，那里的铝矾土就很像这里的土石。他和他的伙伴们挖啊，掏啊，无论是夹着雪花的北风还是掺着霰粒的细雨，也无论是烈日酷暑还是深秋严霜，都没能使他们退却。他们为了甩掉贫穷这个魔鬼，像疯魔一样奋斗着。终于，他们找到了希望找到的东西，盘了一个窑，烧出第一窑铝矾土。但是，能不能卖出去还是问题呢！他忽然想到这真有点冒险，如果找不到销路，或者这货根本就不合格，18 个人的辛劳不就付诸东流了吗？

车过三岔路口，前面就是方山。常建国拉开窗玻璃，把头探出窗外。他贪婪地看着这座家乡的山。方山，名不虚传，它不同于任何一座别处的山，没有连绵嵯峨的雄姿，没有幽秀的回峰迭峦，没有黄山那样的松和云，也没有峨眉那样的泉和寺，它只是突兀在这原野上的一座孤立的山，没有圆滑的舒缓的线条，四条棱支在大地上，像一座削去了顶部的金字塔。这是多么具有个性的山啊！那时，他就想：人也是这样，要具有自己的名字，要走出自己的路，就要有独自的特点。他决心给第一窑货找到顾主。

时间多么紧促，贫困的乡亲们多么希望有钱花。他必须尽快地使这些货得到鉴定。原先，他只想到国内市场，而国内的钢铁生产发展不快，接着又调整，耐火材料滞销；国外的钢铁业也不景气。但在这暂时的不景气之后肯定还有一个复苏，一些商人不正在为几年后的发展囤积着铝矾土吗？常建国忽然由此萌生出一个大胆的念头：到海关去鉴定，争取出口。

到现在，常建国也不知道为什么忽然那样异想天开。贫穷中产生的欲望，奋斗

中萌发的胆量，把一个农民的心一下子扩展到了整个世界。这个世界如此丰富多彩，而我们只要有其中的一点点就够了。过去竟然没有想到这个世界，就像祖祖辈辈没有想到方山上的铝矾土一样！反过来说，世界上有这么多人，每一点财富都被许多眼睛注视着，谁先抢到手，谁就是英雄，这里没有施舍，任何守株待兔式的梦想都不应当存在。

于是，也是从这里出发，常建国背上了一袋烧制的料样，匆匆向青岛海关而去。到那里，通过化验鉴定，质量很好，外贸部门答应优先给他们接洽生意，销路是不用发愁的。常建国一下子高兴得浑身轻了 20 斤！这时，他才注意到那美丽的大海。多么辽阔的海啊！烟波浩渺，一望无际，水天一色。隅居山乡的人虽然曾经为陆地的旷远深沉而自豪过，但是当看见大海的时候，就不得不惊叹海的伟大气魄和幽深的底蕴了。当风浪在他脚下拍打时，他产生了这样一个念头：这海的那一边，还有更大的世界，要敢于冒险，跨过海去！

就这样，18 个人的矿，只有 2000 元资金，却和世界的很远的地方联系在一起了。十分艰难，十分艰难啊！不仅是物质生活，思想也总是不得宁静。为了违心地批判自己的“重商轻农”思想，他必须每年向上级写一大摞检讨书，农忙时，他不得不“解散”工人去参加麦收，但夜晚，他们还是去守候自己的窑火。疲倦啊，一躺下就浑身酸疼，一点也不想爬起来，但是，还要干，还要拼命。人们都在注视着这个比卖鸡蛋换钱更多的地方。

从山乡走到海边，又从海边飞向天空，整整用了 10 年。这离开土地的 10 年啊！从 18 个人发展到 1800 人，从 2000 资金发展到 2000 万元资产，人增加了 100 倍，资产增加了 1 万倍。为国家挣得 1700 万美元外汇。这当然有点像奇迹。但这奇迹是用胆量、用汗水、用坚韧不拔的精神换来的。常建国说不出有多么感谢他的伙伴、他的工友和支持他的父老乡亲。只要这些人说好，就齐了，因为这是目的。至于别人表扬与否，那无关紧要，那是和另外一些别的利益纠缠在一起的事情。因此，当养鸡户进省城当劳模而无人敢表扬方山铝矾土矿时，常建国仍然和他的伙伴们在那深山沟里默默地开掘着自己的希望、热情和幸福。

飞机起飞了，从舷窗俯视大地，大地上的一切都是那么井井有条，山岭、河谷、树林、荒漠、城市、乡村……当就要离开国界时，他的心一下子又缠绕到矿上去了。他想过：这个矿为什么能发展起来？第一条，或者说唯一的一条是他有自由。他不需要向这个请示，向那个汇报；工人就是上司，事业就是上司，一个在身边，一个在心中。这多么方便！生活在这个螃蟹篓子一样的世界里，牵一发动全身，或投鼠忌器，或忧谗畏讥，搬动一张椅子似乎都会乱了天下，这是多么坚固又多么脆弱的网啊！幸亏，他不在这个网里。“占山为王”，独立自主，不仅没有那么多限制，反而有那么多自主权：全矿只有5个支部委员，其他几个全都在几个分厂里做工，别无什么科室处所，他决定了的，就能变为行动。当他决定要建一个建筑材料厂制造瓷面砖时，一个76米长的隧道窑，只用了42天就完工了，而这在国营企业里，至少也要8个月！他可以决定招聘技术人员；他可以视劳动和工作情况决定批评、处罚或开除工人；他可以制定财物上的各种规章，从而把每一个人牢牢拴在企业上。这叫作一荣俱荣、一损俱损。推销员不是经常吃喝吗，那就从推销总数中提出一定比例的奖金。销多了得钱多，销少了自己不得。差旅费、招待费等，全在里面了。全厂每一个人的工资都是浮动的，矿上盈余多，都发财；亏了，都吃亏。这样，监督也就无形中形成，质量也保证了……

飞机在蔚蓝的天空航行，实际上空气本身是无色透明的。常建国不知道别人怎么看他，但自知自己是有一颗善良的心的。当开除那十几个工人时，他的心曾经那么不平静。他希望每一个人都能和睦相处，能像天国里那样人人相爱相亲。但这不是天国啊，所以还是要用人间的办法。你们不好好干，偷懒、捣蛋、盗窃财物，损害了我的事业，违反了纪律和制度，那只好抱歉了。常建国曾经怀疑过这是不是有些专制，他认真思考过民主与自由，他不能容忍那种不负责任的行为，那不是民主，那必然导致涣散与腐化，必然导致无休止的争吵、拖延和难以估计的损失。他能够以这种方式取得一点成绩，完全因为自己是农民。这个最低的身份恰恰成为一种奢侈，一种特权。常建国坐在飞机上，看着自己和别人差不多的装束，他真想大声宣告：“我是农民，这是多么珍贵的称号！正因为我一切都没有，所以才有了一切！”

第一站是汉堡，第二站是法兰克福……他到处参观，每到一地都洽谈一到几笔生意。察言观色，揣摩心理，研究行情，谨慎地制订价格，宴会，灯红酒绿，汽车在奔驰，笑脸，支票……常建国开始时有点眼花缭乱，但不久就安静了。他赞赏人家的工作效率和求实精神。一种无形的力量在冲击他那在狭小天地里形成的容量有限的心房，他承认看到自己的缺点和弱点了，单凭宣传所得到的东西是多么片面，人家有人家的长处。他大大方方地向人家学习、求教。

只是当他重新飞回这块大陆，又重新踏上这片原野时，他的心才又慌乱起来。天上的云和地上的尘都曾经留下过的阴影又飘过来了。在听到中央一号文件后，他曾热烈地庆幸自己的运气，但是，这也毕竟是运气。许多的必然还在使他惴惴不安。他，他这一类人，还只能被动地等待什么，而不能主导什么，无论是福还是祸。他能够将企业办得更大，挣更多的外汇，但怕别人眼红。许多人不承认经营是劳动,这使他想起喝酒来。为了企业,他必须喝酒,应付官员的“检查指导”,拉生意,结交同行……都必须喝酒,有时一天要好几场,简直是灾难啊!他嗜酒吗?不,他最想吃的是一碗米饭、一碟青菜或一小碗汤,不寒碜也不奢侈,吃下去舒舒服服,多好!可是这酒,不喝能成事吗?坏了胃,哑了嗓子,豁上身体去抵挡八面来风!得,归于集体;失,留于一己。便纵有千种风情,更与何人说?再者,这样的企业,原料供应全不在计划,钢铁、水泥、仪表、试剂,哪一样不求人能到手?逼着人走后门。积年旧账多了,到头来千人吃肉一人付钱,谁受得了?我得巴结所有的人,要害人物打个喷嚏都吓得我三天睡不着觉。志气如此远大,收入如此可观,但政治上又如此脆弱!怕变,怕统,怕眼红,怕记者,只是不怕自身的得与失,常建国觉得这样东奔西簸,实际上也是在对自己的生命作战。他流泪了。

他多么想模糊掉那些人为的界限!部办的,省办的,县办的,大队办的,除了钞票是平等的,其他都等级森严。脱产的,半脱产的,亦工亦农的,以工代干的,八级工资,二十五级职务。打破他,过一关选一将,谁能干好谁就是好汉,怎么样?为此,他专门聘请了一些国家正式技术人员,他希望把这些门槛踢断,这样简单些。

他多么想聘请几位理论家,为他,为他们的以及全国的企业辩护:到底什么是正道,什么是邪道?怎样不走后门而把事情办好?怎样才算劳动?怎样评价人的名利与功过……

他多么想有一部法律,将那些成功的东西肯定下来,将那些不该伸的手拉住,把那些必须办的事办好……

他下了飞机,下了火车,又坐着丰田小车回到方山,回到矿上来了。当他又站在出发的地方时,无边的山原使他激动不已。他望着山岭上那高大的烟囱,望着那一片厂房和宛若市镇的矿区,听着那里传出的交响乐一样雄壮而又美妙的各种声音,心想:我们终于从茧壳里拱出来了。

是的,农民从土地上走出来,走进这涌动的潮流中来了。觉醒比起床要难得多,因为我们的梦太古老太醉人了。这是一片多么沉重的土地啊!安阳殷墟,龙门石窟,首阳山,三吏三别,古战场的千年的征尘……几乎每一个地名都象征着如海的血汗,锈蚀的兵器和风化了的尸体。我们的民族是从这样的原野上出发的。我们在这原野上行走了几千年,缓慢的几千年啊!然而,贫困和愚昧仍然如毒蛇一样纠缠着我们。虽然各家各户都点过无数的香烛,希望在缭绕的烟氲中得到富足的生活,但这都不过是梦。大地仍然死一样的宁静。乡村里有什么?破败的草寮,沉重的辘辘,还有那没有色彩的路。在那有着深深辙印和牛蹄坑的路上,一头瘦骨嶙峋的老牛拉着一辆破旧的车,年复一年地行走着,步履缓慢地走着。一头牛倒下了，又有一头牛默默地把头伸进轭下，一代接一代，行走着，叹息着，似乎只要我们甘愿这样永远走下去，谁也不会来欺负我们。

可是，这个世界是不平衡的。300 多年前，当李闯王推翻了明王朝以后，我们看见的又是一个清王朝。政治的金字塔尖上坐着帝王，帝王在陈腐得发臭的宫殿做着闭关锁国唯我独尊的美梦。然而，就在这个年代，英国人的工业革命却建立了一个新型的社会，从那以后，财富如同发酵的面团似的膨胀着，商品如潮水一样涌向世界。不久，他们作为殖民者，用洋枪洋炮轰开了大清国的大门，他们从地球的那一边闯到地球的这一边来了。即使有 800 个林则徐，也挡不住“鬼子”的煤油灯和织布机。

少数人觉醒了，便革命；但大多数仍在土地上那枯黄的荒草里沉睡，瘦弱的先觉者被千万条沉重的绳索拴住了脚，才走半步就跌倒了。我们终于又关起门来，任凭大洋的潮头怎样拍打我们的门板，我们仍然在疲劳和饥饿之中诵读着这样的经文：“耕读为上，商贾次之，工技又次之”“务农桑，五十本葱，一畦韭，家二母彘，五鸡”“栋宇、器械、脂烛，莫非种植之物，闭门而为生之具以足，但恨家中无盐井尔！”当 10 亿人都在照这本经书去行动时，草地毁了，山林被砍掉，没有鱼也没有肉，尽管每一个空货架上都挂了语录，但语录仍不能解决吃饭问题。几年前，我们终于又一次觉醒了。一旦开始尊重规律，也便有了路。

路是从那原野上踏出来的，第一个脚印还留着惶乱的迹象，但阡陌很快就形成了。一条条小路，没有头也没有尾，连贯着，交错着，在原野上形成一张崭新的网。人们在这小路上运出了他们的商品，并把路伸向集镇，伸向城市，伸向国际市场。曾经沧海难为水，已经见过新天地的人再也不愿困守穷庐了，他们已经不满足于碗里面条和御寒的棉衣，一切都在变化着。我们的父老兄弟没有丢弃土地，他们只是不满足于温饱，不满足于自然经济了。这个变化可以从被冷落的社神那里看得清清楚楚：那三个曾被奉若神明的土地庙还有人理睬吗？无论是寂冷的夜晚还是喧闹的白天，它都孤独地蹲在那里。荒草一直长到它的头顶上。再没有人向社神愚蠢地献礼。社神在人们的心目中是的的确确被冷落、被渐渐地遗忘了。

原野以从未有过的兴奋向人们呼唤：走下去，从任何一点都可以走向全世界！

当我们看见旷野的小路时，不要忘记行路者双脚上的烂泥——认识这一点，也许比记得前文的叙述更有意义

世界是美的。

这美是谁装点的？

上帝给天空铺上彩云，太阳借给月轮以光辉，大地生育了高山、流水、带露的草树和镶金嵌玉的田野，孩子们用亮晶的眼睛，姑娘们用鲜艳的衣裙和甜美的笑声，艺术家则用灵感去装点人们的心灵……

襄城县养花专业户杨吉祥，用鲜花装点着世界。

这是一个富有色彩、流淌着诗意的事业。然而这个事业的主人却奉献出了过多的汗水和膏血。

他们曾经是穷困潦倒的乡下人。一家9口，靠拉架子车运石头维持生活，偏偏户主杨吉祥被汽车撞伤了，胳膊断了，石膏又没打好，落了残疾，难得温饱。小女儿死了；儿子志刚才14岁，又走上了父亲的道路，可是小驴又被人家偷走了。于是母亲又接替了儿子。拉呀，拉呀，他们顽强地求生。

也许生活太枯燥，太单调，太苍白了，杨吉祥忽然爱起花来。第一次，他从别人家端来一盆月季，那种金背大红月季啊，像火一样，辉煌、灿烂，给人以热烈的召唤和充分的美感。杨吉祥痴迷了。后来又弄到一棵金橘，一年四季，碧绿油油的，给这枯涩的家庭生活以鲜亮的生机。

后来，几位朋友建议他养花。盛三、张殿臣送来一些，王建廷、侯木也送来一些，他们同情这个经济拮据的家庭，希望少看见他们一家人脸上的愁容。杨吉祥动心了。受伤的手臂不能干重活，不妨种些花，一来好看，也能换些零钱花。

艺术之门是地狱之门。杨吉祥一旦迷上了养花，就像着了魔一样。省下每一分勉强可以省下来的钱，去购买花木。为此，孩子们常年吃不上肉，穿不上新衣，上不起学。杨吉祥却只管买各种养花专业书籍看。当他们刚刚有了几个钱时，夫妻俩又决定出外求师学艺。

他们去了柳州，老花工丁文琪教他们怎样加工石头，怎样配置木架，怎样不断陶冶心灵，加深艺术造诣，做到美自心中出并寄于花木，并教他们怎样处理盆景的粗细、内外、远近、幽显。为了开阔眼界，他们想方设法挤进了广州交易会。那里的树桩盆景，深深地吸引了他们。榕树的、地柏的、罗汉松的、黄杨的和福建茶的，千

姿百态,引人入胜。后来又去福州,在西湖公园求教于老花工郑辛勤,技艺越发长进了。回来的路上,他俩盯着窗外,从黎明看到黄昏。他们仔仔细细地看着每一处风景,品评着那意境、那特点、那味道。幽远的山,黛色的树林,大树的古老枯拙,新竹的摇绿滴翠,每一座峰峦,每一个岩洞,山村的竹篱和城镇的小楼,河里的帆船和山壑的流泉,拱桥、绿地、陵墓,他们被大自然的美陶冶了,丰富了。

他们付出了辛勤的劳动,为了那些花。无论多么热的夏天,浇一两盆花总不过是消遣;但是浇 2000 盆花,就得流下半瓢汗。如果是嫁接 2000 棵花,就能把一家人累个半死！但是他们却毫不吝惜地付出了这些劳动。他们渐渐地积累了许多知识,明白了月季在南方为什么开花那么小,牡丹在南方为什么不肯活,蚜虫和介壳虫怎么治,米兰为什么发黄,变叶木怎么培植……

他们有了一点小名气。

省委书记刘杰在接见他时说:“你的蜡梅盆景少,这种盆景别有韵致,若是出口,能换一大批外汇。”刘杰交代他任务:努力培植蜡梅盆景。

到哪里找梅根呢？左寻右访,终于打听到秦岭上有许多老梅树,父子俩便背了 20 条麻袋,带着小锯、铁镐和小刀上路了。

那真是名不虚传的“难于上青天”的蜀道。他们上山时一步步爬,下山时一节节蹭。在壁立的山崖上刨梅树,一不小心就会跌下去摔死。但是,正因为险奇,这里才保存着古老的梅树,保留着美,平淡无奇的地方都被庸俗占去了。他们的唯一乐趣就是这漫山遍野的蜡梅花,在高高的山上,在这冷浸浸的风里,香得那么峻奇高雅,颜色那么峭拔不俗,深沉大方,

追求什么,便以什么为乐趣。

终于,他们的花圃建立起来了。多么美的盛景啊！春天,榆叶梅开着红花,含笑开着白花,瓜叶菊的花蓝得迷人,粉红的绛桃和大红的碧桃争奇斗艳。红腾腾的杜鹃,金黄的迎春、探春和金钟花都开了。它们在召唤春天,装点春天。高贵的牡丹和美丽的芍药开过以后夏天到来了,四季桂、米兰、夏鹃、竹叶海棠像天仙妃子一样各逞风流。一茬未败,另一茬又开了。八月桂花,九月菊花、扶桑开得那么俊秀,银绣球像雍容的贵夫人。即使是冬天,这里的花也五彩缤纷:蜡梅不消说了,仙客来粉面含丹,蟹爪兰挂红披彩,绒墩墩的大岩桐,娇嫩的水仙。特别是那君子兰,丛生的条形厚叶中间,盛开的花串好似一团火,热情、大方、端庄、宁静,多像一位高洁的君子！

为了这些花,除了省吃俭用之外,他们还借债 4000 多元。

美换来了赞叹,换来了钦佩,也招来了丑。

有人来“看看”，直爽地要走几盆花，虚伪些的并不开口，但只要主人说“想要就端两盆吧”，他就拿着，一点儿也不客气。

本地和外地的干部来“参观”“拜访”了，也要几盆花作个“纪念”。

有的装作老熟人的样子，趁杨吉祥不在家，对女主人“大姐”长“大姐”短地叫一阵子，像没出五服似的，也得到了好处。

一个卖瓜的骗去了 20 多盆。

一个派出所的开着摩托来，带走 3 盆扶桑。

1982 年，杨吉祥的女儿做了一个不完全统计，被这样端走的花就价值两千多元。

杨家人并不是小气的，他们也不是为了日后索债，是想知道一年共培植了多少，大体有个数。他们那些被端走的花，有些是真心想送给人家的，那大多是熟人好友，但好友又往往执意不要他们的花。大部分是不得不给。给三回五回可以，一回不给就不行，说三道四，闲言碎语，难听极了。

有的说：“什么君子兰，几片叶子就像蜀黍叶似的，开一朵花，就卖 100 块！”

有的说：“什么铁树，像个烂红薯疙瘩似的，长出几根叶就卖十几块，几根古里古怪的梅花根就值那么多钱？”

“人家杨吉祥见着大官了，咱这样小干部人家理不着了。不就是养了点花吗！”……

县人大常委会和妇联开会，为了布置会场，让杨吉祥搬来君子兰、铁树等花卉。两个大会结束后，主持者叫杨收点钱，杨吉祥各收了 15 块钱。

县委副书记领一名演员来赏花，原先说要两三盆花，后来一下子端走了 16 盆，其中有培育多年的名贵的君子兰、文竹、铁树等，总共值 280 多块。副书记说：“算算，多少钱？开个条。”杨吉祥犹豫半天，有心不要，但价值实在太高了，他和这演员素无交往；如果要，是不是抹了县委领导人的面子？想来想去，开了一个 150 块钱的条子。县委不报销，转到文化局，文化局也不报销，又转到东关剧场……

去年，杨吉祥去看刘杰，主要谈谈培育梅花盆景问题，刘杰问起是否有人白拿花，杨吉祥就如实地讲了一点情况。后来，《河南日报》将这次谈话的记录稿整理发表了。

这三件事在襄城县引起了轩然大波。

“杨吉祥这小子，连油锅里的钱都敢抓！”

“他送给人家演员花，又要钱，有点不像话。”

“他是咱县的人，县里开大会用花，他还要钱！”

一些机关干部经常围在一起，以嘲笑的口吻说："喂，谁拿人家专业户的花了？咱可没拿。"

"这样的专业户是投机倒把，得罚。罚他万儿八千就行了。"

这种鼓噪越来越强，杨吉祥压力很大。

打击一个接一个地来。

杨吉祥与刘杰的谈话，刺激了许多人虚伪卑鄙的面皮，他们恨不得把一切灾难都加在杨吉祥身上。

整整一个春节，杨家是在巨大的压力下度过的。到底犯了什么罪？有什么错？从社会舆论到政法机关，全向一个无辜的专业户伸出了矛头。杨吉祥难过极了，他知道什么叫县官不如现管了，他知道强龙不压地头蛇了。不就是向省委书记说了几句实话吗？而且也没有告状的意思。于是，有人就受不了啦！似乎在那一片地方，谁要当官，连这地方的每一条蚯蚓都是他的！他们喜欢权力无限论，就像孩子喜欢肉馅饼一样。

一年四季，花儿还是那么美，杨吉祥不断地把美散布到四面八方，但留给他的是忧愁和不安。他现在才发现，自己这个专业户是这么脆弱，如同新出土的小嫩芽一样。钱如此可怕，难怪大家不敢富；美，如此不幸，难怪有追求的人必须向庸碌之辈低三下四，借以求得他们的宽恕。这难道是正常的吗？"如果老这样下去，咱不当这受罪的专业户了。"他要求护花神好好保护这些美丽的花和养花的人，唱一出新时代的《秋翁遇仙记》。

原野从未像现在这样充满生机。

看：草芽儿顽强地拱破坚硬的地皮，探出头来，借灿烂的阳光和温暖的春风神奇地给自己披上绿装；耐了一冬风寒的大树也抖擞起精神来，黄河之水颠破迟化的冰块，向着大海涌流；从大洋面上吹来的湿润的空气把沙漠里的红柳唤醒。变幻着、蒸腾着、震荡着，于是，如此广袤的原野上出现了气压的峰和槽，风也就形成了。

社会和大自然惟妙惟肖。当春风掠过原野，回鸣山谷，搅动水波的时候，世界上我们的这一部分也在动荡。没有形成力偶的，正加速前行，这是时代的信使；形成力偶的，便成为旋风，所到之处，迫使每一片树叶都发出各自的声音……

风起了，起于青萍之末。

风，吹皱小商河浅浅的春水。在小商河旁边，是一座轮窑。窑的主人是魏富根。这个小个子农民已经完全抛弃了土地，专门从事这个烧砖的事业了。他与临颍县的一个生产队订了合同，每年付给被吃土的生产队 10980 元，还答应给两个生产队长各买一辆自行车。

烧香引出鬼来！正当魏富根生意兴隆时，那两个全国最小的干部便最大限度地使用起权力来。他们轮番来“借”钱。小商河可以作证，高高的烟囱可以作证，魏富根的同事可以作证：两个人，一个借去红砖28200块，一个拉去34000块，一个“借”800元，一个“借”1100多元。叫他们写个借条，不写。

这些土地之主没有尊重合同的习惯。这些人好像赌场的老板，无论谁发财都得有他们一份，因为你在他的地皮上。不然，就可以搞垮你。那么大一个轮窑，反正你魏富根不能像蜗牛那样一下子背走。

于是，魏富根怕他们翻脸，委曲求全。他们得寸进尺，无底洞填不满。当魏富根稍稍表示异议时，他们就发下话来：不准再朝下吃土！

这等于叫这砖窑停工。

他们又在本来平坦的土地上堆了一些小土堆，说不定这些假坟墓一个要勒索多少钱呢?!

工商业的发展面临着封建势力的阻拦。

魏富根常常站在杨再兴的墓前想来想去。抗金名将杨再兴在众寡悬殊的情况下战死在这里了。魏富根不怕上边，上边就是变，也得有个说法，至少得作个价才能归公吧！但他怕这眼前的祸。他自己一个人，无兄无弟，身小力薄，人家那边户大兵多，哥哥当着大队支部副书记。不用说：“此诚不可与争锋”。难道他也要像杨再兴那样，战死在这小商河边吗？那么他就把这烟囱留下，当作纪念碑，告诉人们，是什么力量扼杀了离开土地的人的生命……

风，既然是风，便不会只吹向一个地方。

许昌地区有一个卖梨膏糖的，领了执照，按月及时交纳税款，每月35元。后来见他生意挺好，税干部不高兴了，叫他补交税款500元。业主请这位没头脑的干部喝了一次酒，税干部高兴了，把税款减为200元。不久，他又叫业主为他弄些盖房用的檩条，业主作难，税干部不高兴，又要升为500元，于是业主赶快为他置办齐了送去，他又高兴了。后来，税干部又看上了人家姑娘，想让这姑娘做他的儿媳，业主不同意，税干部不高兴了，税款又升到500元……

有一个动画片叫《没头脑和不高兴》。中国有许多没头脑的人，偏偏他们又随时随地地不高兴，这可怎么得了！

听一听这里的风声吧，多么阴森凄冷！宜阳县个体户冯电哲因派给他的补税金额太重，不去参加县统战会（冯有重要亲属在外），让其妻王粉娇说明情况。税务所长训她：“那个冯电哲，你告到统战部也不中，统战部是管和尚庙和基督教的（简直是胡说八道！）。它啥单位？你过去是反革命家属，现在至少也是坏蛋家属。

不怕你冯电哲万元户，你有经济实力，却没有政治实力（注意！），你有一万二，我罚你一万三，非把你弄垮不可！”这个所的会计对他说：“叫你交多少就得交多少，不能问，一问罚20元。”冯每月交税191元，现在又叫他重交3822元，他觉得没法活了，就喝了毒药氯丙嗪（幸未死）。

风刮得不小啊！这一场风过，河南省仅工商个体户，一下子就减少了8万，占总数的百分之20%！一有风吹草动，有些人就推波助澜，企图扭转乾坤。

风吹到北京来。一位副部长把一大堆交通事故的照片朝桌上一推，发开了脾气，怨运输专业户多了，压死人了云云。这时，河南省委调研室的一位干部立即奋起驳斥：“是的，找这样三十五十的事例不难，中国的事就是这样，干什么都能找到论据。但是，你怎么不计算一下比例？到底是国营的出事故多，还是个人的多？据我所知，专业户对自己的车是爱惜备至的，每误一个工时，每出一次事故，对他们损失都很大。河南的事实是，运输专业户出车祸的比例很小。中国农民过去那么苦，现在好不容易富起来了，这难道不是进步吗？交通部门谁关怀他们啦？有什么资格这样谴责人家……”

谁能够走到生活的真实中去，倾听一下那私下里的议论，就会发现，争论和生机在那原野上一起滋长。让这种生机发展下去，把问题争论清楚。不然，那青萍之末的风有可能酿成折楫摧桅的飓风，至少，它也会使杜陵的庄稼“禾穗未熟皆青干”。

金字塔将变为绿地。 乡村又一次在包围城市。
河流不睬池塘的悲哀，继续向大海流去。
原野在呼唤：历史上不存在至高无上的东西……

啊，我们的原野从来没有像今天这样“高产”，它不仅创造出数量巨大的物质财富，也在创造着思想。动荡着、发展着、交错着、斗争着，那里有动人的音响，绚丽的色彩，栩栩如生的英雄和小丑，也有美妙的诗和深刻的潜台词……虽然是序幕，但这序幕是如此的辉煌！我们今天的原野已经迫使人们不能再对它熟视无睹了。

静下心来，捡一块葱绿的草坡坐下，聆听一下原野的声音吧。它告诉我们：陶令笔下的桃花源已经不再是中国农民的至美的憧憬，许多概念，诸如家庭、劳动、私有财产、个人利益等等，都应当得到新的评议。我们应当在这种新的评议中找到一把钥匙，无数的事实告诉人们：我们所以能够吃得上饭并不是由于屠户、面包师和酿酒工人的仁慈，而是他们出于自身利益的考虑。“让每一个社会成员去追求他自己的最大利益吧,我从未见过那些假借为别人谋利之名的人做出了多大贡献。”这话,亚当·斯密早就说过了。

但经济学已经不只是亚当·斯密和凯恩斯所在的国家的学科,中国的乡村在为其提供新的东西。英国人以圈地的方法把牧民赶出绿色的草地,从而使英格兰的纺织厂得到了大批工人,我们却以如此自然的、健康的、人道的方式使亿万农民从乡间的阡陌上走出来,加入了现代社会的潮流。我不知道一帮人为什么对这样伟大的变革老是喋喋不休地斥责和攻击!

一本写在原野上的《政治经济学》告诉我们:商品经济必须在自由的空气中才能顺利发展,正所谓“相濡以沫,未若相忘江湖也”。西方工商业是在摆脱了农奴制的束缚,在封建行会不能控制的地方发展起来的;中国自战国以后工商业的发展就超过了西方的相应时期,之所以最终又落后了,主要是封建制度这位大爷过于专横和愚蠢。宋人石介在《石徂徕集》中说:“国家之禁,疏密不得其中矣。”政治和经济不应是爷孙,而应当是夫妻,可惜这样的爷爷在我们的原野上还很多,那些控制着多大地盘就把这里的每一条蚯蚓都视为己有的“领主们”,在为所欲为地打击压制新的经济幼苗,在虐待他的“妻子”,使她手足无措。那些有了固定的私有财富也便有了硬化的思想的人,总是企图削平任何形式的山包,以便他在一马平川上纵横跋扈。但历史的潮流注定了这样一个趋势:金字塔将变为草地——绿色的、鲜活的、承受着阳光也为自然提供财富的草地。

在那片原野上,站出了一批人物,这是一个天天都在增长的巨大的数字。他们从原野上走出来了,变为企业家,变为商人,变为新的教育工作者和艺术工作者。在他们身上,我们看到了被压抑的胆量、智慧和才华如此汹涌地迸发出来,当千百万这样的人物被承认之后,他们所叫出来的声音,所带出来的经验,将模糊这些界限,同时也廓清许多认识,并开拓许多新的领域。先知先觉者从原野上将得到的最大恩赐就是:农民问题不再是他们难以处理的沉重的包袱,而是一只巨大的储油箱。

原野上的景象如此激动人心,不是因为家家有了收音机,不是出了一批万元户,而是体制的改变。你看,他们把大豆做成腐竹,把红薯制成酒精,将水果加工成罐头,将饲料变成猪鸭鸡兔。于是,商品的涓涓细流在原野上汇集了,火车、汽车、商贩的摩托和推销员的三寸不烂之舌,把这些细流引入城市,又把城市的东西带回乡村,商品使整个社会像网一样联结起来。这个商品的浪潮又和大洋的那边连在一起,许多农民的产品打入了国际市场。农民的工厂正以独具的优势同国营企业竞争。自然经济正在向商品经济过渡,中国社会经济的素质在悄悄地向文明方向变化。乡村又一次包围城市了！各种势力都在对此表态。于是，池塘悲哀地哭了起来，它容易满足，又不肯流动，宁愿腐败也不愿丢失什么，所以它骂流动的河水浅薄、粗鲁，还危言耸听地告诉人们：河水泛滥了可扬不得帆！但河流仍然欢唱着，人们仍然在上面扬帆航运，撒网捕鱼。池塘也咒骂大海，因为流水奔向了它，充实了它。大海以巨大的胃口囊括了巨大的财富。大海不动声色，它总是那么幽深，那么博大，那么信心十足。

原野上的波涛真的在拍打古老的城墙了，新鲜的空气正诱惑着城墙里面昏昏欲睡的人们。许多人处在进的担忧和退的惶惧之中，他们为了不让树枝划破头皮而宁肯做一个侏儒。但新的经济，新的思想，新的人和新的体制正在顽强地生长。伟大的难产可能诞生一个辉煌的婴儿。听吧，原野在高声呼唤我们："放开你的步子，写一部新的《创业史》。历史上不存在至高无上的东西，只有创造才是神圣的！"

（原载《报告文学》1984 年第 6 期）

热血男儿

李士非

满腔的热血已经沸腾。

——《国际歌》

一、能见到袁庚吗?

在改革浪潮汹涌澎湃的今天,蛇口工业区和它的领导人袁庚,名扬国内外,越来越引人注目。

但是,我接受写袁庚的任务,未免有点儿冒险。我从来没见过他,手头也没有积累多少关于他的资料,而且听说采访他很困难:他是香港招商局常务副董事长(人们因此亲切地称他为袁董),大部分时间在香港,每到蛇口,都忙得不可开交,实在抽不出时间接受采访。但是,过去几次陪外地作家到蛇口参观,听过介绍,看过录像,袁庚和蛇口已经引起我强烈的兴趣,接受了这个写作任务就可以到蛇口来,这个诱惑是不可抗拒的。“能见到袁庚吗?”“即使见不到袁庚也要写!”所谓“冒险”,无非是写不出或写不好,个人面子不好看罢了,比起袁庚和他的朋友们从事改革所冒的风险,简直是微不足道的。

仅仅为了呼吸一下蛇口改革的空气,到这里待一些日子也是值得的。

“如果你只能待很短的时间,我劝你趁早打退堂鼓,不要重蹈某电影编剧的覆辙。”一位好心的朋友这样劝我。谢谢这位朋友的好意,开弓没有回头箭,退堂鼓是不好打的。

二、夜访梁宪

在蛇口采访真不易。我7月中旬到蛇口,袁庚出国去了,说是7月底或8月初才能回来。最了解他的一个人,东江纵队时期就和他一起工作,现任蛇口工业区顾问的许智明，到澳大利亚探亲去了，归期未定。这里的工作节奏与内地大不相同，“时间就是金钱，效率就是生命”，白天工作紧张，找人谈话很难，晚上访问也要事先约定，因为许多正式的和非正式的会是在晚上开的。一天在办公大楼电梯口碰上袁庚的儿子袁中印，《深圳特区报》记者陈宜浩同志向他介绍了我的来意，他马上说：“有什么好写的？这么多人写过了，要出书收集一下就行了嘛。”我想这是受了乃父的影响，不大欢迎采访。“慢慢来吧，我一定要找你的。”我心里说。

多蒙在这儿挂职当办公室副主任的珠影编剧、女作家黄虹坚同志帮忙，约定了一天晚上 9 点钟去访问工业区管委会委员梁宪。我和黄虹坚、陈宜浩三人，穿过海滨花园，沐着海风，经过灯光璀璨的“海上世界”明华轮旁边，漫步走向梁宪的住处。早已听说，他 1962 年毕业于中山大学外语系，是梁宗岱教授的高足，对法国文学很有研究。果然，一见之下，我就感到他是一个充满艺术气质的人。

他掏出港币，买了几罐冰镇可口可乐待客，然后和我们谈笑风生。

“你们是文人，我是商人。我是弃文从商。我老婆也是文人，她在中央戏剧学院教书。我对她说：你讲的唐诗宋词是很美的，但是解决不了老百姓的肚子问题。中国像你们这样的文人太多，像我这样的商人太少了。”他突然对着黄虹坚说了一句英语，“I will change you into a business woman.”我听了莫名其妙，黄虹坚一时也没反应过来，陈宜浩翻译说：“他说要把你改造成一个女商人。”我们都开心地笑起来。

梁宪大学毕业的时候，老百姓正在饿肚子，大概没有哪个单位需要一个研究法国文学的尖子，后来他到了交通部。1979 年 7 月派到香港招商局工作，比袁庚晚半年多一点。袁庚很器重他，有人说他是袁庚的“智囊人物”。

“我去香港的时候，老婆说：最怕你没骨气，没骨气趁早离婚。当然这点骨气是有的，外派干部只要有一点热血，就不是追求几大件，而是感到抬不起头来！

“刚到香港，每天看电视见偷渡青年戴着手铐，一串串的，海上漂着偷渡者的尸体，我们不能忍受，啪一声把电视关了。

“我们国内建设搞不好，连一些在香港长大的外派干部的子女也瞧不起我们，心里真难受呀。所以，我很理解袁庚搞改革的心情。他说过：‘我之所以这么干，是为了实现我入党时的初衷。’”

一番话说得我心情沉重起来。停了一会儿，梁宪又概括地说：

“我熟悉的人当中，有两个热血男儿，一个是我爱人的干爹刘任涛，一个就是袁庚！”

好一个“热血男儿”！这个词太恰当了，把这两个人相提并论太好了，我不禁怦然心动,觉得找到了通向袁庚内心世界的最佳途径。

也真巧,比我年长20岁的刘任涛,是我尊敬的长辈和忘年之交。这位中国第一流的眼科专家,共和国成立初期是上海劳动医院的院长,曾为刘伯承元帅安过义眼。后来因为写了电影剧本《和平鸽》,改行当了电影编剧,“文化大革命”中在珠影被诬为“历史反革命”,打断五根肋骨,投进监狱。在英德“五七干校”监督劳动期间,他看到一位农村妇女因患白内障而双目失明,不顾自己的政治处境,不顾没有任何医疗条件,决心用刮胡子刀片为患者动手术。好心人劝他:“万一失败,你就是阶级报复,就会重进监狱。”他不听,他终于成功了。“作为医生,我拯救了我的灵魂。”现在的他年过古稀,立下遗嘱:死后把眼睛献给中山医学院眼库。然后为恢复和建立盲童学校而到处奔走呼吁……

刘任涛和袁庚,经历和事业完全不同,但是他们的满腔热血、赤子之心和献身精神,是多么相似呵!我从熟悉的刘任涛想象不熟悉的袁庚,觉得对袁庚也开始熟悉了。

三、“冒险家”

刘任涛以专政对象的身份用刮胡子刀片为贫农妇女割白内障,要冒风险。袁庚在蛇口进行改革,要冒更大的风险:两年之前,不是有人在报上写文章含沙射影地攻击经济特区嘛!

但是,时代毕竟不同了,今天的改革是在党中央领导之下进行的。1983年2月9日,胡耀邦总书记视察蛇口工业区,袁庚在总书记面前披肝沥胆,和总书记有一段精彩的对话。

> 袁庚:关于改革问题,现在就是要搞全面改革。从历史上看,凡是搞改革的人都没有好下场。两千多年前商鞅变法,最后落得个五马分尸。王安石变法也没有好下场。康有为、梁启超只是搞君主立宪,改良主义,结果六君子被杀了头。孙中山搞改革也失败了。现在我们的改革,我想不会落得前人这样的下场,我们是在党的领导下进行的,不会有问题吧,我们值得冒这个险!
>
> 胡耀邦:过去的改革是下层少数人去改,领导者、统治者是压制的。现在不同,我们领导者是带头号召和督促下面去改,现在和过去根本不同嘛!
>
> 袁庚:我们感到,我们的干部是不大怕群众的,只怕顶头上司,怕上司不喜欢就当不成官。就我这个小小的头头来说,我每次来蛇口,一上码头,前呼后

拥的，下面的同志唯恐照顾不周。有时自己不清醒，就会忘乎所以，久而久之，就不怕群众，不怕下级，因为群众、下级撤不了我的职，我只怕交通部，怕顶头上司，只有他们才能撤我的职。

所以，群众监督干部，群众有权选举和罢免干部，这至关重要。我们这里想搞个改革试点，管委会由群众选举产生，每年投一次信任票，如果不信任票超过半数，管委会就得改选，个别委员的不信任票超过半数就得下台。这种公开的、直接的，由群众投票选举的领导班子，就会想群众之所想，急群众之所急，就会真正去为群众做点好事。因为有些领导一旦权在手，就有人自动送礼上门，如果头脑不清醒，不能自律，就会忘乎所以。还有些干部自己不懂又装懂，诸如此类。如果群众有权选举和监督干部，我相信可以改变一下干部的结构和干部的作风。我们想做这样一个不太小的改革，准备冒一点风险。

胡耀邦：（点头）好！很好！

袁庚：总书记说了好，我们就记录在案，马上打报告这样做。

胡耀邦：（高兴地站起来）我们历史上有个著名的戏剧家叫关汉卿，在哪一出戏里我忘记了，讽刺官僚主义者，他不敢骂台上的官，只敢骂戏台上堂前的鼓。有一段唱词说："一棵大树腹中空，两头都是皮儿绷，每天上堂敲三下，卟咚卟咚又卟咚。"就是不懂不懂又不懂嘛！（全场大笑）

党中央总书记和蛇口工业区党委书记心心相印，想到一块去了，这在蛇口的发展史上，是应当大书特书的。

1983 年 4 月 24 日，选举产生了蛇口工业区新的管理委员会。1984 年 4 月 22 日，按期举行了对管委会的信任投票。是不是一定要搞信任投票？组干处处长虞德海说："连我都有点犹豫。因为信任投票的结果是要兑现的，信任票不足半数就得下台。我想是不是搞个民意测验算了。但是袁董很坚决，一定要搞信任投票。"投票结果，管委会成员的信任票全部超过半数，袁庚的信任票最多。当天晚上，全部投票公开，任人查阅，尽管有些票上的批评意见很尖锐，如"某某能力低""某某不堪信任"之类，也不加掩饰。

这是蛇口工业区所有改革中最重要的改革。

四、"那里不肯放，就辞职！"

选举产生领导班子，定期举行信任投票，这是袁庚深思熟虑的一项决定。他深深感到，不改革干部制度，不改变干部结构，任何改革都无从谈起，“四化”也只是一句空话。

有的领导干部，居然问来访的英国剑桥大学的客人：“你们大学建多大的桥？”问来访的美国客人：“英国人讲英语，你们美国人讲什么语？”还有人向中央领导同志汇报他到香港考察的收获：“思想来了个三百六十度的大转弯！”如此等等，令人啼笑皆非。这样的干部，怎能担当建设“四化”的重任！

蛇口还在“五通一平”（通水、通电、通路、通气、通风、平整土地），指挥部只有二十多个干部的时候，袁庚就开始考虑如何培育一支年轻化、知识化、专业化、革命化的干部队伍。1981 年，他排除阻力，毅然决定举办企业管理干部培训班，从全国各地招收理工科大学毕业生。用他的话说，“我是个冒险家，为了蛇口的改革，我从全国各地罗致了一批小冒险家”。

当时蛇口工业区还没有力量派出自己的招生人员，委托交通部下属的交通科学院情报所代为主持，在武汉举行了第一次考试。第一个走进考场的是交通部长、江航运科研所船体研究室工程师王潮梁。

王潮梁 1938 年出生于江苏无锡，1960 年毕业于西北工业大学飞机系飞机设计专业。早在 1958 年，他就参考外国的资料，在我国第一个开始研究飞翔船的气垫原理，并和同学们一道造出了样品，在北京大学的未名湖上表演过。当时英国人对飞翔船的研究只比他们早半年。可是，在“大炼钢铁”比科学研究更受重视的年代，几个毛头小伙的研究只有夭折的份儿。他毕业后被分配到某飞机工厂飞机设计室任产品主管设计员，那时生产要听驻厂军代表的，而军代表只相信苏联专家和苏联图纸。比如某种螺旋桨规定要用乌拉尔的木料，翻砂规定要用乌克兰的型砂，即便中国有更好的木料和更好的型砂，也不准更改。初出茅庐的王潮梁憋了一肚子气，却毫无办法。岁月如流，王潮梁搞了 17 年飞机设计，却看到我们的飞机工业比印度还落后；又研制了四年的飞翔船，却看不到一艘飞翔船下水，那种壮志难酬的痛苦折磨着他的雄心。有一个赴联邦德国考察的机会，唯一的名额给了业务上根本不能与他相比的某部长的女儿。当他从报上看到蛇口工业区企业管理干部培训班招生的广告时，他兴奋极了，“蛇口是凭本事干事业的地方，去！”立刻把广告剪下来，郑重地贴在本子上。

他第一个走进考场，第一个走出考场。笔试、面试，成绩优良。主持考试的情报所林鸿慈同志下了结论：这是个人才，录取！

但是，在中国有一个很大的矛盾：生产资料是全民所有制，干部却是单位私有制。一个单位可以把一个或一批人才冷藏一辈子。

长江航运科研所不肯放人。

1981年11月,袁庚正在广州住院。林鸿慈到广东省医院东病区看他,向他汇报了招生的情况,特别谈到了王潮梁的问题。

袁庚很激动。

“小王是不是党员?”

“不是。”

“不是党员就好办些。不知他有没有胆量,开个头,那里不肯放,就辞职!我这里收。最多就是人家去告状,最后告到国务院。我就想有一两个同志来开这个先例。告到国务院,我们就把这个同志的情况报上去,中央领导会支持我们。新华社社长曾涛同志就希望我们能捅开‘干部私有制’。现在人才浪费问题太严重。人在单位不充分发挥作用,又不让调,这个局面不打开是不成的!”

林鸿慈被袁庚打动了,写信把这次谈话内容告诉了王潮梁,同时通过各种渠道去做说服、疏通工作。终于,用不着王潮梁辞职,单位同意放人了。1982年,王潮梁来到蛇口工业区。

五、企业管理研究生

1982年12月的一天晚上,一个三十来岁的年轻人到了北京西苑袁庚的家里。

这是一次事先约定的会见。

年轻人叫余昌民,刚从清华大学第一届企业管理系毕业的研究生。他原是清华电机系自动化专业1970年的毕业生,工作了八九年,深感中国企业管理的弊病太多,1979年回到清华攻读企业管理研究生。1980年余昌民到日本进修了一年,专门研究日本的企业管理。日本人把这件事当作一个重要的信息,《读卖新闻》为此发了专稿,登了他的照片。如今余昌民毕业了,干什么好呢?学校建议他到国家经委属下的中国企业研究协会去,这当然是个专业对口的美差,但是在武汉工作的爱人很难调进北京。正在这时候,蛇口改革的风吹到了他的耳中。他每星期上街去买《深圳特区报》,得到一本最早的《投资简介》也视为珍宝,如饥似渴地加以研究。不难判断,蛇口工业区正是施展抱负的理想之地。到蛇口去!决心下定了,系里也表示支持。现在袁庚到北京开会,经朋友介绍,他就来登门拜访了。

会面的一瞬间,两个人互相观察了一下。

“这就是著名的改革家袁庚吗?穿件中式棉袄,和一般的老干部没啥差别,不是想象中的那个改革家的模样,而且听说他文化程度不高……投到他那儿是否真的值得?”

真正的一闪念,没容余昌民多想,袁庚已经热情地让座、斟茶了。

谈话开门见山。

“你认为中国经济的致命问题在哪里?”

“在于体制。”

“对了!”袁庚兴奋起来,侃侃而谈,“上海一家造船厂的厂长曾经对我诉苦,说他们要一千人,劳动部门分配来的只有三百人顶用,那七百是搭配的闲人,你再要,就再搭配,再多余,反正是大锅饭,大家糊里糊涂有的吃就行了,还说这是社会主义的优越性!这样,工厂冗员越来越多,工厂成了小社会,在这里懒惰的剥削勤劳的,形成一种可怕的社会习惯势力,败坏着我们的民族素质!这样的体制不改革,我们就没有出路!”

“我的一篇论文,提出了企业的素质问题。”

“有何高见?”

“素质,好比基本作用,像女排,形成了她们的基本作风,就有战斗力。”

“就把一个企业比作球队吧,假如你是教练,别人随便塞人给你,你怎么办?”

“我不要。”

“不要不行!”

“那我不干。”

“对了,就得这样。”

一老一少,越谈越投机,彼此都有知音之感。余昌民内心深处一闪而过的那点疑虑也完全打消了。

“我们这里可要冒点风险。”

“正因为这样才要去,建设好了还去干什么?”

“你个人有什么要求?”

“只要求家属一起去。”

“这个我们来办。”

两个月后,余昌民父亲去世,回家奔丧。这时学校态度起了变化,系里要留他。企业管理系刚刚建立,工作需要,理由是很充分的。但是余昌民的心已经随着袁庚飞往蛇口,收不回来了。

1983 年 3 月,袁庚邀请清华大学校长刘达到蛇口做客,系里派余昌民随行。系领导的目的,是让校长对余昌民有个印象,说服他留下来,同时出面解决他家属的户口问题。

谁知事与愿违。刘达一行一到蛇口,袁庚就问余昌民调动的事定了没有,余昌民暗示要做刘达的工作。

余昌民再一次请求:"校长,让我来蛇口吧。"

"系里要我帮忙留你,我也答应过留你的。"刘校长面有难色。

袁庚一再要求支持:"刘达同志,把小余给我们吧,我们迫切需要企业管理的专门人才。"

刘达心动了。这位参加过"一二·九"运动的老同志,早在 1957 年当林业部部长时就以"包庇知识分子"出名,他对蛇口的需要和袁庚、余昌民的心情是充分理解的。但是他必须尊重系领导,答应回去后和系里研究解决。

回去后,余昌民给系里写了报告,对系里的教育培养表示感谢,说明清华企业管理系有必要让自己的毕业生参加蛇口建设,这对学校今后的调研和信息来源都至关重要。

问题迎刃而解。7 月,夫妇双方的调动手续都办妥了。

当余昌民到工业区大楼报到的时候,在大楼门外遇到了袁庚。袁庚亲热地拉着他的手一直从大门外走到电梯口,边走边说:"你是研究企业管理的,你先熟悉一下情况,有把握了再谈工作……"

袁庚还给刘达写了一封感谢信,其中有一段话:

> 关于小余的事,同志们对您大公无私精神至为赞佩。清华失一小余,无妨大局,蛇口得之,如虎添翼……行看清华桃李满天下,工业区将受其惠。

重感情的刘达,把这封信送给了余昌民,让他留作永久的纪念。

六、星期天的早晨

星期天早晨 8 点钟,顾立基刚起床,洗了脸,正在泡方便面。同房间的四个同学还在酣睡。星期六晚上是可以迟熄灯的,大家都熬了夜,现在让他们多睡一会儿吧。顾立基轻手轻脚,唯恐弄出一点声音来。

"请问顾立基同志住在这里吗?"

门外传来一个声音。顾立基一看,走廊上站着一个六十多岁的老人和一个姑娘。

"我就是顾立基,您是?"

“我是袁庚，蛇口的袁庚。”老人首先伸出手来，“这是我女儿尼亚，她不放心我的身体，一定要陪我来，其实我的身体还可以。你看，骑了半小时车子，轻松愉快。”

顾立基做梦也没想到大名鼎鼎的袁庚会跑到清华大学的学生宿舍来找自己。他深受感动。

“我们到楼下谈吧，同学们还在睡觉。”

楼下有一张靠背长椅，三个人并排坐下了。5 月的早晨，不冷不热，阳光和煦，轻风拂面，校园一片宁静的气氛。

“听说你发起组织了一个企业管理爱好者协会？”

“是的，现在会员有一千多人了，成立大会刘达、于光远都来参加了。”

“还听说你想当厂长？”

“您的信息很灵通啊，”顾立基笑了，“我是说过想当厂长，为此还惹过一些麻烦呢。”

“什么麻烦？”

“有人说我是野心家。”

“岂有此理！想当个厂长是什么野心！‘不想当元帅的士兵不是好士兵’，这是拿破仑说的还是谁说的？一个大学生想当厂长有什么不对！”

“我是学电脑的，但是我感到中国更需要管理人才，所以主动旁听了企业管理系研究生的全部课程。”

“到蛇口去吧，我们那里有个企业管理干部培训班，要培养大量的管理人才。”

“去年 11 月看到关于蛇口的一个录像，我的心就动了，只是还没下定决心。”

“现在呢？”

“现在下定决心了，去蛇口。”

“好！我们欢迎你！有什么困难吗？”

有什么困难？1982 年的初夏，社会上对深圳特区的非议还是不少的，有人在报上写文章大谈旧中国的租界，影射特区有变成租界的危险，造成一股无形的压力，因此有人说“特区前途未卜”。这些，可以不予考虑。顾立基想和袁庚这样的人在一起，冒点风险也是值得的。上海的公司希望他回去，下属工厂任他挑选，这些，对他有一定的吸引力。他自从 1967 年中学毕业，1968 年进上海印染机械修配厂，十年中当过锅炉工、车工、铣工、钳工、电工，当过专职的团总支书记。因为看不惯王洪文的小兄弟控制的工厂造反队的胡作非为，1974 年顾立基和他们争吵过一次，挨了批斗，却受到工人们的同情，和工人们建立了深厚的感情。现在大学就要毕业了，朋友们都希望他回去。打倒“四人帮”后厂里搞清查，他是材料组的负责人,如果不来上大学,早就走上领导岗位了,现在回去,工作安排是不成问题的。但是,陌生的蛇口比熟悉的上海对他的吸引力更大,他还是要选择蛇口。比较麻烦的是,母亲和爱人都不同意他离开上海。上海有宽敞的住房,姐妹们都在外地,母亲希望他留在身边,爱人对上海的留恋更不用说了。这也是人之常情。

"要说服母亲和爱人。"顾立基不好意思地笑着说。

袁庚是很能理解和相信年轻人的。顾立基毅然选择蛇口,使他动了感情,他滔滔不绝地发起议论来。

"你的选择是对的。蛇口大有用武之地。我们为什么要在蛇口办一个工业区呢?为了在那块地方搞改革,搞全面的改革,从企业管理、人事制度到工资制度,都要改,不改就没有出路。过去三十年,极'左'的思想、僵化的体制把我们害苦了。1979 年初我们刚到蛇口的时候,海湾里还发现偷渡者的尸体,都是青年,他们为什么要跑?因为我们穷!

"'四人帮'搞什么'政治边防',越搞跑的人越多。一些村子的青壮年几乎跑光了,真叫人欲哭无泪!蛇口对面就是香港的元朗,相隔只有 6000 米,晴天能看到它的高楼,它就是在我们'十年动乱'期间发展起来的。我们再也不能瞎折腾了,必须把经济搞上去,这就必须改革落后的体制。蛇口工业区虽然只有 2.14 平方公里,对于全国 960 万平方公里不过是九牛一毛,我们改革成功了,对全国就有很大的意义。万一我们失败了也只是九牛一毛,无伤大局。当然,我们一定要尽最大的努力,争取成功,避免失败。我们这一代人是老了,当我们觉悟到要有所作为的时候,时间已经不多了。所以希望寄托在你们身上……"

顾立基觉得自己的血液在加速流动,身上热烘烘的。一直没有出声的尼亚,望着自己的父亲,眼睛也有点热了……

七、新闻发布会

顾立基从培训班出来,当了一个时期的工业区办公室秘书,1984 年 4 月被聘为办公室主任。

7 月份我没等到袁庚,因事回了一趟广州。8 月 5 日重返蛇口,听说顾立基 6 日一早要去香港,5 日晚我去登门拜访。

"袁庚回到香港了。明天下午回蛇口。晚上 7 点半在俱乐部礼堂做报告,我为了听这个报告,推迟一天去香港。报告是公开的,谁都可以听,欢迎你去。"一见面顾立基就告诉我这个好消息。

“能安排个时间和我谈谈吗?”

“恐怕很难,他在蛇口不会待太久,一回来就有许多事要处理。明天听完报告,你最好陪他回宿舍——他儿子的住处,或者宾馆,这样边走边谈,可以谈十来分钟……”

我有点失望。袁庚真的这样难见吗?

不管怎样,先听听他的报告再说吧。

8 月 6 日下午 7 点半,袁庚的报告准时开始。

俱乐部礼堂平时用作放电影,大规模的集会和新闻发布会有时也在这里举行。今天这个会也叫新闻发布会,街上贴出了海报。能容千把人的礼堂,基本上坐满了,放眼望过去,都是年轻的、愉快的面孔。

袁庚和与他一道出国访问的香港招商局发展部经理熊秉权等坐在主席台上,顾立基主持大会。

一开始,袁庚就笑嘻嘻地摇晃着两张纸说:

“大家不要怕,只讲个把钟头。”

人们笑了,其实怕的是他讲得太短。

“这次出国访问,历时 23 天,访问了 4 个国家、16 个公司、18 个城市,从新加坡开始,往西到英国,再到美国、日本,整整绕地球走了一圈。所到之处,受到隆重的、破格的接待,我过去当外交官出国从来没受过这样的接待。这不是人家看重我们四个人,而是由于招商局和蛇口工业区的变化,在座各位都有份的。我深深体会到做蛇口人的光荣。”

袁庚一向主张,出国访问要花自己的钱,花人家的钱就会在谈判中处于被动、软弱的地位。这次出访,他们带了 20 万美金的信用卡,足够用了,所到之处都坚持这个原则,唯独在新加坡失灵了。那时我们和新加坡虽然还没有外交关系,但新加坡有关方面接待非常友好。过海关免检,从飞机场一直送到最高级的香格里拉大酒店,袁庚被安排在最豪华的“总统套间”(在他之前,这里住过英国首相撒切尔夫人;在他之后,住进了美国国务卿舒尔茨),每天的房费折合港币 5000 元。要参观什么项目,全部满足要求。临走结账时,酒店经理说:“在你们到来之前,已经有人付了全部费用。”

他们参观了英国北海油田的后勤基地阿巴丁,英国老板们在海员罢工浪潮的冲击下仍然热情而彬彬有礼地接待他们,给他们留下了深刻的印象。印象同样深刻的是英格兰北部无边无际的盛开的玫瑰。袁庚说:“我们原打算 3 年之内种植 20 万株月季,把蛇口建成玫瑰之城,现在看来太落后了……”

这次出访的重点是美国，主要任务是签订引进浮法玻璃厂的合同。

在匹兹堡，大匹兹堡商会授予袁庚名誉会员称号。

在蒙特利尔，华人女市长李琬若宣布袁庚为荣誉市民，交给他一把金钥匙。女市长在宴会上说："我是百分之百的中国人，也是百分之百的美国人。"袁庚说："我很赞赏她的话。"关于引进浮法玻璃厂的谈判，就不是那么轻而易举了。袁庚说过，"在经济问题上，兄弟无情，六亲不认！何况是与外国人谈判！"

在欣赏袁庚的谈判艺术之前，有必要回顾一下为了引进这个工厂在国内经过的曲折。

还是用袁庚的话来说明问题吧。

1984年3月22日，袁庚在对第三期企业管理干部培训班学员讲话中说：

"中央在3月10日下达了文件，大家听了很高兴，但我们不要高兴得过早。不要以为上面讲了话就什么事都解决了。以前公开挑战的可能没有了，但官僚主义、红眼病、以小人之心度君子之腹的人、穿小鞋的事，还是有的。例如我们正在谈判的浮法玻璃厂，到现在还批不下来。我国每年要进口大量玻璃，为什么不准我们用最先进的技术制造玻璃来取代进口？最近我们派了两位能干的女将去建材总局交涉。她们去的时候，人家一口答应，讲你们回去好了，但等我们企业室派人带合同去盖章的时候，又被他们推翻了。问他们为什么这样干，他们讲：'你们派了记者、作家来，我敢不答应吗？弄得不好，你们要写报告文学，写内参，我受得了吗'？……"

真是好事多磨，交涉了九个月，才过了国内这一关。

和美国人谈判，当然不可能用这么长的时间，但那讨价还价的激烈程度是可想而知的。

美国浮法玻璃厂是个技术很先进的厂，简直是一座玻璃城！它生产各式各样的玻璃。有一种钢化玻璃，用25磅大锤从20米外打去，地皮都震动了，玻璃却安然无恙。我们和美国合资，投资一亿美元，引进一座同样的工厂，买他的专利，以后我们就能再建第二个、第三个。这是合算的。谈判的焦点，集中在每年所付专利费占销售总额的百分比上。

美方要6%，我们还价4%。

美方降到5%，我们加到4.5%。

寸利必争，形成僵局。

袁庚发言了。

"先生们，我们的祖先4000年前发明了指南针，2000年前发明了火药，全人类都在享受这些伟大的成果,可是他们从来没有要过什么专利,我们作为后代从来没有因此骂过自己的祖先是混蛋,而是觉得光荣。请问各位,那时候你们的祖先在哪里?恐怕还在树上哩。请各位看看自己的胸前,是不是毛特别多……”

美国人真的低头看自己的胸前,一个个咧嘴笑了。

“不过各位不要害怕,我的意思不是不付专利费,而是要求公平合理!”

这是典型的袁庚风格,坦率、幽默而又机智。美国人吃这套。换了我们,说不定会抗议呢!“你骂我们的祖先,是可忍,孰不可忍!”

终于达成协议:4.75%,为期10年。

这是相当有利的。某大城市引进一个技术没有这么先进的英国玻璃厂,专利费是5%,时间是12年。袁庚最后充满激情地说:

“美国集中了世界上最好的东西和最坏的东西。我们要学它的长处,绝不能走美国的路!

“世界经济正在衰退,工业结构正在改组。5年前我到世界各地走走,他们还有点生气,现在停滞不前了。

“有人说20世纪80年代后期世界经济的中心就要转移到东方,转移到太平洋沿岸。

“我们的体制过去把人搞懒了,现在正在变化。这次我绕地球走了一圈,今天下午四点半一踏上蛇口码头,就感到无比的清新,感到一草一木都非常亲切。

“10月1日,蛇口的彩车将在天安门前通过!如果震撼人心的话,那是大家的功劳!

“资本主义世界的物质是富裕的,思想是贫穷的。我们正在向上,我们一定要赶上和超过他们!”

只讲了一个半小时,宣布散会了,大家意犹未尽。

走出会场的袁庚立即被人包围了,我放弃了跟上去的打算。

八、“搞什么阴谋诡计?”

8月7日,袁庚开了一整天会,据说8日也不会有空,而9日一早又要回香港了。我对于这两天见他已经不抱什么希望。晚上,我给他写了一封信,说明这一次如果不能和他交谈,我将等待,直到他下一次从香港回来。8日清晨,我把这封信交给了工业区党委副书记乔胜利,请他转交。

8日上午,我到办公大楼访问王潮梁,两人刚坐下来,办公室副主任黄振超匆匆忙忙地叫我:“袁董回来了,快去见他!”

我向王潮梁道了歉,说明另改时间,急忙跟着黄振超向袁庚办公室走去。

工业区办公室和袁庚的办公室是相通的,中间隔着大块的透明玻璃,老远就看见了袁庚,他手里正拿着一大摞文件。

我和他握手的时候,黄振超在旁边向他说明:“只是见见面,不会占你很多时间。”

袁庚却非常随便地笑着说:

“你是《花城》的? 来搞什么阴谋诡计?”

一句玩笑话把距离缩短了,而且我感到这句话的背后似乎有某种潜台词。我知道袁庚对文艺问题也是相当关心的。梁宪说过,前几年在北京开会,有一天袁庚看了张洁的小说《爱,是不能忘记的》及有关的评论文章,问他:“你认识这个作家吗? 咱们把她请到蛇口去!”我相信他对这几年颇为引人注目的《花城》也是有所了解的,“阴谋诡计”的调侃大约是有感而发。

我也笑着说:

“我搞的是阳谋,要写你和蛇口。”

他引我到两个办公室之间的小会客室坐下,舒服地往藤椅上一靠,摆出了准备谈一阵的姿势。“我没有什么好写的。不要说我们这里什么都好,这里问题多得很,改革每前进一步都要经过斗争,到处充满着矛盾。”

我说:“正是这一点吸引了我。”

“一个国家没有民主是不行的,而群众无权监督干部和罢免干部就没有民主。我们在干部制度上进行了改革。在外国,政治家演说,群众可以用臭鸡蛋、西红柿扔他,他用雨伞挡着还是讲。你说他的民主是假的,但这一套对巩固资产阶级的统治有用。我们应当实行社会主义民主。中国资产阶级民主革命不彻底,孙中山是想搞民主的,他死得太早,没搞成。中华民族是伟大的,但是历史的包袱太重了。”

半路走进来的黄虹坚这时插话说:

“我最近接待一位中央负责同志的女儿,她在美国学企业管理,谈起来也说:在美国深有感慨,感到我们这个伟大的民族历史负担太重。

“美国这个民族,就没有什么框框,我在报告会上也说了,他们的总督牌香烟广告有一句口号是‘想做就去做’,这句话香港也接受不了,译成‘应做就去做’。当然,想干什么就干什么是不行的,但我们许多应干的事却干不成。”

接着我问了他的经历,他扼要地做了回答,着重谈了他入党和“文化大革命”中坐牢的情况。不知不觉地已经谈了近一小时,这时管委会副主任王今贵走进来,微笑着站在那里不动，我知道是催他去开会，我们的谈话该结束了。

黄虹坚用电话约好了住在太子宾馆的袁庚夫人汪宗谦同志，我们马上又赶到太子宾馆，和温文尔雅的汪大姐谈了一个小时。重点是袁庚坐牢，对监狱内外情形都比较清楚了。汪大姐慢条斯理而又深情地说：

"许多人经过那样的折磨，出来就蔫儿了，可是他不，他的劲头反而更大了。"

我心里说：这才是袁庚！

过了几天，乔胜利对陈宜浩说："袁董看了我的信，答应下次回来再和我谈。"可是不久他被项南同志请到福建去了。

8 月 25 日上午，我得到袁庚回到蛇口的消息，急忙打电话到太子宾馆和他联系。但是太迟了，他过了中午又要回香港，而上午的时间已经排满，就在和我通话的时候，他不得不放下电话去开门。他说：

"你还有什么问题就在电话里说吧，不要紧的，我们没有秘密。"

我没有准备电话采访，一时想不齐全，只好问他出国访问的几个细节和数字，他一一做了回答："这些也要发表吗？"我说："不一定发表。"他说："发表也没关系，那天我讲话外国人也听了。"

我说："将来排出校样，送给你看看好吗？免得事实有出入。"

"不必了。不要什么都审查，出点差错也不怕。人是有血有肉的，难免出点差错。捅点娄子也不要紧。"

"好了，谢谢您。"

"谢谢。"

我忽然想起袁庚的两句话。

一次袁庚亲自带领企业管理干部培训班学员参观，来到铝材厂门口时，他向学员们介绍：这家厂的厂房施工包给了日本人，23 个日本人仅用 27 天就把它盖了起来，大雨淋得睁不开眼他们也不停工，一个工人从高处摔下来受了伤，他的哥哥跑过去看了看，见弟弟没有生命危险，便又回去干活了。

袁庚说："日本不富没有天理！中国改革不富也没有天理！"

现在我想说：蛇口的改革不成功没有天理！

九、大鹏魂

66 岁的袁庚，魁梧、潇洒，兼有外交家和实业家的风度，具有一种吸引人的魅力。他是从哪儿向我们走来的呢？

拨开历史的迷雾，我们看到了一个热血男儿的坚实的脚印。

他出生于广东省宝安（现深圳市龙岗区）大鹏镇水坝村。家里有一个果园，算是小康人家。大鹏湾的风浪陶冶了他的性情。

1935年，他毕业于广州广雅中学，随后进了测量学校。做了一个短时期的测量员，他又进了陈济棠办的燕塘军校，陈济棠下台后，这家军校成了国民党中央军校的分校。在学校里，袁庚是活跃的足球门将，练就了一副坚强的体魄。军校毕业，他看到那些满嘴仁义道德的教官，一个个腐化不堪，对民族危亡无动于衷，便愤然回到故乡大鹏镇，担任第一小学校长，同时兼任地方自卫队教官。

学校是国民党办的，自卫队是邓演达的第三党搞的，但是学校和自卫队中都有中共地下党员。

戎装佩剑回到故乡的袁庚，在当地是一个重要人物，三种政治力量对他都很重视。

中共地下县委书记王文，和他住到一起，亲自考察他。

革命者和爱国者的心总是相通的。袁庚很快和王文、仲文、赖仲源等地下党员成了朋友，和党组织正在培养的教师王柏等也很亲近。办夜校、演戏，凡是宣传抗日的活动，袁庚都积极参加。一次演《放下你的鞭子》，王柏演卖唱的女儿，袁庚演阻止父亲鞭打女儿的青年，当他高喊“放下你的鞭子”时，他完全进入角色，忘了自己是在演戏，许多观众也跟着他冲了上去……

1939年3月27日，袁庚由王文、仲文两位同志介绍加入了中国共产党，从这一天起，他没有一天辜负中国共产党党员这一光荣的称号。

当地有一个进步刊物《大鹏魂》。袁庚在这个刊物上发表了一幅讽刺国民党的漫画，刺痛了国民党区党部，他的处境变得危险了，党组织于1939年冬天把他转移到党领导的抗日游击队，从此开始了他在东江纵队的战斗生涯。大鹏湾的儿子，像大鹏一样展翅高飞了。

抗日战争期间，美军作为盟军，在延安和东纵各派了一个观察组，担任东纵联络处处长的袁庚，和美军驻东纵观察组保持经常的联系。根据中央指示，东纵和美军观察组交换有关华南日军的情报，对战胜日本帝国主义起到积极的作用。

日寇投降时，英军远在缅甸，一个海军少将只率领一营人乘航空母舰赶到香港。他的兵力不足以维持治安，要求我东纵港九支队不要撤退。东纵请示中央，中央复电：为了对付国民党的内战阴谋，坚决撤离港九地区；同时要求在香港设立联络机构。东纵派袁庚前往香港谈判，袁庚不辱使命，漂亮地完成了任务，并成为驻香港办事处的第一任主任，这个办事处就是后来的新华社香港分社的前身。谁能想到，历史前进的道路竟是如此曲折，二十多年后，这些功绩居然变成了“罪行”。

十、秦城监狱

1968 年 4 月 6 日，袁庚一大早就离开在西苑的家，到机关去上班。北京的 4 月初，春寒料峭，风沙迷眼，加上到处是杀气腾腾的大字报，形成一片肃杀气氛，使袁庚的心情极为压抑。他参加接运印尼难侨的工作，刚告一段落，还来不及喘口气，就回来上班了。近来不断听到东纵的老战友失去自由或下落不明的消息，他于愤懑中保持着镇定。

回到办公室不久，有人通知：“部长有事找你。”他推开部长办公室的门，看到除部长之外，还有两个公安人员。那个名字经常在报纸上出现的部长，面孔板得像一座木雕。

“袁庚，你被捕了！”

下午，机关召开大会，部长在会上宣布：“袁庚是美国特务，已经依法逮捕。”袁庚的好友和邻居、20 世纪 50 年代一道在印尼雅加达总领事馆当过领事的刘亚民和刘丹一，互相交换着悲愤的眼光。1954 年袁庚和他们共同保卫万隆会议、保卫周总理安全的情景，记忆犹新，那时袁庚奔走于雅加达和万隆之间，周旋于华侨社会之中，眼睛熬红了，人累瘦了。这样赤胆忠心竟落得如此下场，天理何在?!

与此同时，汪宗谦同志从办公室被押回家中，勒令交出所有的钥匙，开始抄家。翻箱倒柜，从下午抄到天黑，然后又押回机关抄她的办公桌。出门时，才发现三个孩子被关在门外不准进家，左邻右舍也不敢收留，孩子们在抹眼泪……

从此以后，袁庚在生活中消失了。汪宗谦不知道他关在哪里，也不知是死是活，到哪里打听都说不知道。1969 年，汪宗谦随机关到了设在山东邹县的干校，孩子们留在北京跟姥姥生活。汪宗谦虽然也算“干校学员”，但作为“反革命家属”，她只能干最脏最累的活，如淘大粪、洗厕所之类。她左肩患了肩周炎，痛得胳膊抬不起来，医生建议回北京治疗，干校就是不准。直到 1972 年初夏，她的大孩子中印就要下乡插队了，她请假回京为孩子拆洗衣服，打点行装，才被批准。

1972 年 7 月，袁庚被捕 4 年又 3 个月之后，有人突然通知汪宗谦到秦城监狱去探监。“他还活着，他还活着！”汪宗谦心中被这个念头塞得满满的。

汪宗谦心酸地发现，袁庚行走困难，说话声音也变了，而且他不知道当时是何年何月！

原来监狱里日夜亮着灯，犯人分不清、记不住日夜的交替，失去了时间的概念；

睡觉时只准脸朝外，一条腿总是压在下边，时间长了造成萎缩；长期不讲话，声带都沙哑了。

我曾经听说，袁庚在狱中数年见不到有生命的东西，只有放风时在天井里看到墙根的小草。问他是不是这样，他说：

“不，还有蚂蚁，我对蚂蚁很有研究。”

这句轻松的话包含着多少沉重的分量！

汪宗谦见过了袁庚，就为救他而奔走了。

“没见他不知道他死活，既然知道他还活着，我就怕他死了！问题还没搞清，死了孩子们都得背黑锅呀！他住在楼上，要到楼下的天井放风，上下都很辛苦，我到中央接待站去上访，请求把他搬到楼下来，这个要求被接受了。”

袁庚搬到楼下的一间房，发现席子底下有一团花白的头发，他判断这里关过一个五十多岁的女同志。后来在一次宴会上偶然和王光美同志谈起这件事，王光美说：“没错，正是我住过的那间房。”

袁庚出狱，已是1973年9月30日，整整关了5年半。

在狱中，睡觉时只要一转身，看守就在外边敲门。夜晚，敲门声常常把人惊醒。袁庚回到家里，刚一入睡就惊醒了，这才是真正的心有余悸。过了半年，这种心悸病才逐渐消失。而恢复那条萎缩的腿的功能，却用了更长的时间。每天，汪宗谦搀着袁庚，一步，一步，慢慢地走，越走越远，越走越快，走了一年之久，两条腿才恢复了平衡。

更可悲的是，有的人在狱中常年在牢房里转圈子，出来不会走直路了，一走就转圈，连马路也不能过。人啊，人！人的尊严到哪里去了！

经过一年多的休养治疗，1975年，袁庚被分配到交通部，当了外事局副局长。

一恢复工作，袁庚的头脑便和刚刚复原的身体一样活跃起来。

恢复工作之前，袁庚骑自行车上街，总觉得擦身而过的小汽车太霸道，“不能开慢点吗”！恢复工作之后，自己也坐上了小汽车，有时就觉得路边的自行车碍事了，“不能靠边骑吗”！他很快意识到这种心理状态的微妙变化，在心里警告自己道：“可不能让屁股指挥脑袋呀！”

多年来，这成了他的一个信条。

十一、香港第一课

1978年，做了大半辈子军事、外交工作的袁庚，以花甲之年改行搞经济，被派到香港招商局担任副董事长。

招商局是清朝北洋大臣李鸿章于1872年创办的。1950年1月15日，招商局香港分局的13条轮船起义回到祖国的怀抱，从此成为交通部驻香港的代表机构。历任交通部部长都兼任香港招商局董事长，所以副董事长便是实际上的负责人。从李鸿章算起，袁庚是第29任了。

香港招商局在极'左'思想影响之下，经营单一，困守一隅，搞了几十年没有什么发展。袁庚到任，根据中央定下的"以航运为中心，立足港澳，背靠内地，面向海外，多种经营，工商结合，买卖结合"的方针，以铁腕大力整顿。

袁庚在沿海部分开放城市经济研讨会上的发言中说：

"我到香港的第一课，就是买了一座大楼，非常便宜，只花了6180万（港币）。第一次交订金时，支票2000万。那天是星期五，当时讲好下午2点钟，在一个律师楼里，大家一手交钱，一手交货。我们开了2000万的支票到律师楼去了。卖楼的对方也有好多人来了。楼下几部汽车停在那里，发动机都没有停。一上去之后，大家一手交货，一手交钱，签字。签完字，对方拿着支票，两个人夹住，下去了。剩下一个老板和我们谈善后的事。那张支票用车以最快的速度，马上存到银行里去了。因为明天是礼拜六了，人家银行关门，礼拜天也关门，假如礼拜五下午3点钟之前不到银行去交那个支票的话，他要损失三天2000万的利息。所以他要求按时把支票交给他。我们的财务去了，他回来向我们报告，他说当时那个场面是很动人的。当然，我们闭着眼睛也能想到，资本家对2000万在银行三天的利息为什么那么重视，当时浮动利息是14厘，三天就是几万元的利息。如果是我们内地的同志，那就无所谓。这个支票就放到家里去，回家。他没有这个观念！这就是香港第一课。我也不怕自惭形秽，一窍不通，我接触经济工作，仅仅是5年多前开始的。但一开始我就发现我们中国经济工作问题很多！招商局的子公司多的是，一检查，发现支票在家里过夜大家根本不当一回事。很快我就把这个财务换掉了，换了一个华东财经学院毕业的来。他来了之后，我就给他讲这个道理，一个礼拜之内他就能够接受。他说这里理财和内地理财完全是两码事，立即加以整顿。经过整顿之后，财源滚滚而来。……这个'时间就是金钱'，不是没有道理的。现在很多人骂我，其实这句话也不是我发明创造的。中国很早就讲了'一寸光阴一寸金'，它说得比我还厉害，时间重于金钱！"

招商局走上轨道，袁庚就考虑进一步的发展了。1979年初，他和有关同志带着在蛇口开发工业区的蓝图，到北京向李先念、谷牧同志汇报。李先念、谷牧同志很感兴趣，当时同意把整个南山半岛都划给工业区，袁庚还没有这个胆量，只要了

2.14平方公里。当李先念同志提笔在他们的报告上签字的时候，袁庚心里默默地说：

"先念同志，签吧，您这一笔下去，将造福于中华民族的子孙后代呀！"

十二、清新

1984年8月，蛇口工业区首届书画展开幕。观众进入展览大厅，迎面是一架屏风，正中间挂着一幅草书，苍劲流畅的书法，引人注目，细看那内容，更是气度非凡。这是多才多艺的袁庚的作品。我忍不住掏出笔记本，把它抄了下来。

登微波楼

微波楼上，雨初晴，水浸苍穹澄碧。极目纵横宇宙小，探手银河可摘。鹰掠浮云，鸥翻怒浪，何惧风雷激。掀天揭地，方显男儿胆识。　　梧桐山挹群峰，若游龙，直卷屯门西北。滚滚珠江南入海，洒满伶仃春色。厂舍鳞排，帆樯队列，似神蛇添翼。中华崛起，英雄豪杰辈出。

时维甲子，序属清明，雨后登蛇口微波楼，有清新感，兴之所至，填[念奴娇]。格律工否，非所计也，取其义耳。

宝安袁庚

我很注意"有清新感"四个字。袁庚在给清华大学校长刘达的信中也说过，"每登微波楼，均有清新感"。可见"清新感"一词不是随便用的。

我有同感。

蛇口经过5年多的建设，已经成为一座新型的海港城市。工业区，当然以工业为主。引进项目98个，有52个已经开业投产。几十座工厂，几百栋宿舍楼，海滨的花园别墅，在昔日荒凉的海滩上拔地而起。"厂舍鳞排，帆樯队列"，完全是写实，没有一点夸张。工业区管委会七层办公大楼紧靠五湾码头，许多外国石油公司和财团的代表机构也在这里办公，水翼船来往于蛇口、香港之间。大楼门前，蒲公英似的圆形水雕喷泉飞珠溅玉。大楼背后的山头上，就是引进的具有20世纪70年代先进水平的微波通讯楼。登楼四望，整个工业区尽收眼底，难怪这是袁庚心爱的一个去处。

六湾中央的岸边，停靠着邓小平同志书题"海上世界"四字的明华轮。这艘豪华的大型客轮，诞生于1962年的法国，后来被广州远洋公司买下。21年间，它在海洋上奔波,到过数十个海港城市,如今它退役了,古老而又年轻的蛇口成了它的归宿之地。它虽然不再航行,但风姿不减当年,以它的客房、餐厅、舞厅、商场和游乐场吸引着成千上万的游客。入夜,灯火通明,烟花四起,它仿佛是一座海上宫殿。袁庚去年决定花 300 万元买它的时候,一片反对之声,现在事实说明,它为蛇口添了异彩,对的又是袁庚。

晚上,我到海边散步。坐在麻石栏杆上,观两岸灯火,听一片涛声,历史和现实在脑海里交叉、叠印,我的心像大海一样不能平静。西去不远,就是伶仃洋,就是珠江口。文天祥苦吟"伶仃洋里叹伶仃"的声音,陆秀夫背负宋帝昺投海的声音,仿佛从历史的深处传来。赤湾左炮台上那尊锈迹斑斑的古炮,更是历史的见证。144 年前,面对不可一世的大英帝国舰队,它勇敢地发出第一声怒吼,从而揭开了鸦片战争的序幕。但是,它能打掉海盗船的威风,却打不掉清王朝的腐朽,它和林则徐一道被出卖了。花开花谢,潮涨潮落,一百年过去了,终于迎来了翻天覆地的 1949 年。中国人民解放军炮兵团团长袁庚,指挥炮兵健儿,威震敌胆,一举解放了这片土地,解放了伶仃洋上的大铲岛。但是谁也没有想到,30 年的历史弯路,辜负了这大好河山。一些年轻人对祖国失去信心,月黑风高之夜,来到这荒凉的海滩,从这儿下水泅向对岸的灯火。几多人中途溺毙,涨潮把他们的尸体又推回他们出发的地方。五年前袁庚重返蛇口看到这些不幸者尸体的时候,痛苦的心情真是难以表达。现在好了,才过去五年,不过是历史的一瞬,蛇口的夜间灯火并不比对岸逊色了。据说袁庚曾在对岸驱车遥望蛇口的夜色,他那喜悦的心情想来是同样难以描述的。我望着海滨花园长椅上喁喁私语的情侣,望着在年轻父母身边蹦蹦跳跳的孩子,心里暗暗地说:祝福你们,幸运的蛇口人!

这还是看得见的清新气象,还有那看不见的呢。经济体制、人事制度、工资制度的改革,由这些引起的人际关系和价值观念的变化,这些属于上层建筑领域的清新之处,比那夜间灿烂的灯火更加美丽动人。

啊,清新的蛇口!

十三、心血

清新动人的蛇口,是几千名劳动者用心血和双手雕塑出来的。这中间,袁庚倾注了更多的心血。

工业区创建初期,香港招商局所属远洋公司总经理张振声担任总指挥,他出色地贯彻了袁庚的意图,艰苦深入,日夜辛劳,给人们留下深刻的印象。他调回香港后，袁庚便亲自兼任了工业区的主要领导职务。他既考虑方针大计，又关心具体问题，处理问题总是站在战略的高度，高瞻远瞩。他一天工作十几个小时，中午在藤椅上靠几分钟又工作了，晚上常常熬到深夜。

第一批引进的工厂中，有个华美钢厂，是招商局与香港合资的企业。这位姓施的老板，本来是经营地皮股票的，对办工厂并无兴趣。袁庚在印尼工作时结识的一位华侨朋友，代施老板在国内考察了炼钢技术，认为在蛇口办一间轧制钢材的钢厂有利可图，便极力劝施老板投资。双方有利，一拍即合。引进的设备在国内是先进的，投资额近一亿港元。

1984 年春，钢厂股东和工业区管委会举行联席会议，讨论经营方面面临的问题。港务公司提出一个悬案：建厂初期，厂方有 3000 多吨钢铁堆放在五湾码头的露天堆场，已经 7 个多月，港务公司要追收 60 万港币的堆放费，而厂方拒绝付款，一直未能解决。

这个问题一提出，气氛紧张起来，施老板很激动，把财务经理和总工程师都叫来，讨价还价。他们说，工厂里没有堆场，所以无法提货，这不能怪他们。袁庚提出到工厂去看看，确实没有堆场，但那是管理不善造成的，只要加以整顿，就完全可以清出堆场来。

施老板知道理亏，答应出一半堆放费。事情没有解决，该吃午饭了，袁庚说下午再议。

午饭后的短暂时间，袁庚当机立断，做了我方人员的思想工作，说明吸引施先生投资办工厂不易，应从大处和远处着眼，做出让步。

下午会一开始，施老板就不耐烦地说：

“袁老板，你拍板吧！工厂你招商局也有份的！”

袁庚不紧不慢地说：

“这件事，我看双方都有责任。钢铁既然是工厂的，工厂怎能长期让它堆放在码头？工厂没有堆场，这是管理混乱造成的。港务公司也不对，你们为什么不催货主提货，任凭这些钢铁长期堆放？难道只要有堆放费可收就行了？你们应当考虑工业区的全局利益，考虑如何促进生产。

“出现这样的问题，是第一次，我的意见，这一次堆放费就免了，下不为例，工厂必须尽快把这些钢铁运走。”

这种出乎意料的处理方式，使三十多岁的施老板大为感动。他站起来说：

“谢谢你，袁先生！我口服心服！工厂接受批评，一定限期运走。”

之后施老板积极性大增，双方合作一直很好。

创造良好的投资环境，使投资方有利可图，才能进一步吸引外资，这一直是袁庚的一个指导思想。

1982年在南洋商业银行蛇口分行开幕式上，袁庚宣布装卸费减半，博得一阵热烈的掌声。当时有的同志还不理解，后来事实证明了袁庚的战略眼光，这措施对吸引外资起了很好的作用。

在日本三洋（蛇口）公司的开业典礼上，袁庚风趣地对来宾说：

"先生们，我们希望你们赚钱，你们赚钱就是我们的胜利。"

这当然丝毫也不意味着我们不要赚钱。袁庚又对西方石油公司的老板们说：

"先生们，我要从你们的口袋里掏出钱来。是否掏得出钱来，那就看我的本事了。"

对这些坦率的语言，老板们总是报以掌声。

但是，如果以为袁庚不顾社会主义的原则和工人的利益，那就错了。在根本问题上，袁庚是坚定不移的。

1983年5月，由香港凯达实业有限公司独资经营的凯达玩具厂发生了一件震动整个工业区的事件。

一个时期以来，这家工厂为了追求超额利润，强迫工人超时加班，有时干到凌晨4点甚至6点，一个工人当两个工人使用。许多工人累得昏倒在地，工人发病率急剧上升。不肯加班的就要开除。凯达厂成为工业区人们议论的焦点。

5月下旬，工业区召开首届团代会，凯达厂女工郑艳萍是团员代表。而这时候工厂为了迎接六一儿童节的销售旺季，接受了大量订单，正在拼命赶工。尽管团代会是晚上举行，并不占用正常的劳动时间，厂方还是不准郑艳萍去参加会议。郑艳萍平时劳动质量好，效率高，很少出差错，可还是因为参加团代会而被厂方无理停工，罪名是"拒绝加班"。

工人们愤怒了！蛇口毕竟是社会主义的天下，岂能任资本家为所欲为！

共青团管不了工厂的事，工会来管。

凯达厂是在工业区投资较早、人数较多的一个大厂，当时有1200多名工人，占工业区工人总数的三分之一。筹建工会的时候，管委会副主任熊秉权说："凯达厂工会搞不起来，整个工业区等于没搞！"厂工会建立起来了，由工业区团委副书记端木默兼任工会主席。这个来自江苏连云港的戴眼镜的姑娘，别看才23岁，已经做了三年团的专职干部，在原则问题上是毫不含糊的。去年凯达厂非法搜查工人宿舍，她就向工业区领导写过一个调查报告，当时招商局从全局考虑，没把这件事闹大，平静地解决了。现在端木默又及时地把情况逐级上报工业区领导。

报告送到袁庚手里。

袁庚没见过郑艳萍，但他早在3年前就和凯达厂的女工打过交道，近来更关心着她们的近况。他对她们怀着父亲般的感情。

1981年，袁庚从香港过来，听说凯达厂的女工没有热水洗澡，没有桌子写信，写信要在走廊里写，有些人想家流泪，马上同副指挥刘清林和办公室主任余为平到宿舍去看望工人。他同工人谈心，安慰工人，答应三天内一定解决她们的困难，临走伸出小手指说：

“你们信不信我的话？要不要勾手指？”

姑娘们没想到总指挥这么和蔼可亲，脸上的愁云一扫而光，开朗地笑了：“我们相信！”

“我们相信！”这不是相信袁庚他个人，而是相信党，相信社会主义啊！如今厂方对待工人无理到这种地步，再让步就丧失原则了。

他激动地在报告上批道：

“加班应是自愿原则，要找资方严肃讲清楚，不准他们胡来。”

替工人说话，帮郑艳萍复工，维护独资企业工人的合法权益，工会是责无旁贷的。

根据他的批示精神，端木默深入女工宿舍，反复做了大量的调查。由于工人加班，找工人谈话大都要在深夜12点以后，往往谈到一两点钟。有的工人怕老板报复，在宿舍里当着别人面不敢讲，常在深夜去敲她的门。经过一个多月的艰苦劳动，终于掌握了大量第一手材料。为此深圳市总工会工作组曾写信到工业区党委，赞扬端木默同志警惕性高、组织性强，工作认真负责，积极主动。

接着，在工业区党委、区工会及深圳市总工会的具体指导和各有关部门的密切配合下，把工厂几年来违法的行为，包括去年非法搜查工人宿舍，侵犯人权，以及厂方无限制加班加点，给工人身体健康带来严重危害的事全部搜集起来，整理成材料，向厂方提出：如不改正错误，就诉诸法律，寻求法律途径解决。

厂方明白诉诸法律的后果。还是价值法则起了作用。在多方面的努力下，厂主不得不答应给郑艳萍复工，补发停工期间的工资，工人加班自愿，每天加班时间控制在两小时以内。

斗争胜利了。原来很普通的女工郑艳萍，在斗争中受到锻炼，成了凯达厂工会副主席和工业区工会妇女委员。原来在连云港念过两年英语专业的端木默，现在已由工业区组干处推荐，考上了深圳大学干部进修班企业管理系，凯达厂工会工作的重担落在郑艳萍肩上了。

工业区所有的独资、合资企业都看到了这场斗争,这次斗争的胜利是我方对凯达厂开工以来的一系列不良行为的总回击。那些怀疑蛇口“到底姓社还是姓资”的人,也可以从这里得出必要的结论。

十四、玫瑰之城

“袁庚考虑方针大计,包括种玫瑰花美化蛇口。他批了10万元专款,还从北京请来了二刘。”工业区前办公室主任、现办公室副主任余为平同志向我介绍说。(今年4月,比他年轻的顾立基当了办公室主任,他改任副主任,这就是能上能下。)

二刘,就是袁庚的老朋友刘亚民和刘丹一。

刘丹一,江苏海门人,祖先以种花和养盆景出名,有“田状元”之称,他自己也从小就酷爱种花。1940年参加新四军以后,没有了种花的闲情逸致,“十年动乱”中靠边站,这种爱好才又恢复起来。他种的花在北京颇有名气。刘亚民种花的历史较短,才三年,但由于潜心研究,也称得上种花的行家里手了。他们两位都是北京月季花协会的理事,各自种着几百棵月季。

67岁的刘亚民和64岁的刘丹一都已离休。他们都是相当负责的干部,工资不低,又都有美满的家庭,本应在首都安享天伦之乐,但是袁庚硬是把他们“煽动”到蛇口来了。

“不是袁庚请,我们不会来的。”身材高大、健壮的刘亚民老人说。

刘丹一还向袁庚推荐了一个年轻人,北京月季花协会理事、36岁的龙泉,袁庚亲自写信把他聘请了来,充当二刘的助手。龙泉是湘西土家族人,作家沈从文的表侄,画家黄永玉的表弟,他父亲是中央民族学院的教授。他在故乡长到7岁才到北京父母身边,因为语言不通,9岁才开始上小学。读了9年书,初中毕业那年碰上“文化大革命”,进了北京汽车厂当学徒。红卫兵进厂破“四旧”,把工厂的花盆全砸了,院里拇指粗的枣树也拔了,这位淳朴的土家青年无论如何都不能理解。他可怜那些花木和小树,晚上,他偷偷地把一棵小枣树带回家,栽在院子里,同时开始种起花来。他没有更高的境界,只是本能地觉得应当爱护美好的东西;故乡的山花多美呀,为什么在北京就不能种呢?从此他和花结下了不解之缘。

他后来成了民族印刷厂的干部,却把全部业余时间花在种花上,到了入迷的程度。经过十几年风雨,院中那棵枣树早已长大结枣了;他种的400多株玫瑰,年年换代,驰名京华。别看他没上过大学,北京林学院园艺系主任陈俊俞教授带的研究生,也要他去讲课。1983年5月北京举办第三届月季花展,展出400多个品种,

3000多盆，其中就有他送展的20盆花，每盆一个品种。联邦法国专家玛利安娜前来参观，他陪同介绍，园林局的一位总工程师亲自当翻译。那位专家见他年纪轻轻，貌不惊人，而且颇为土气，就故意考他，指着一株名花问他那是什么品种，他不假思索地答道：

"这是贵国的'明星'、世界十大名种的第三名，在20世纪70年代是最好的。"

联邦德国专家大为惊讶。其实，龙泉不但能识别数百个品种，而且知道许多品种的来历和传说，谈起来如数家珍。

5月6日，他带着600株花苗，乘飞机到达广州，当天工业区的汽车便把他接到蛇口。8日袁庚同他谈话，问他是否适应这里的生活，他说："要做开拓者，决不当逃兵！"他带来的苗成活率在90%以上，5月17日袁庚又让他跟随刘丹一回京，一个月后，再次带了4000多株苗回来。

如今老少三人住着工业区的一套三房一厅，客厅里只有几张藤椅、一台黑白电视机，煮饭洗衣全是自理。按照蛇口的标准，他们的生活可以说是简陋的。但是他们自得其乐。每天上午，两位老人步行20分钟赶到苗圃，顶着烈日指导工人嫁接、施肥；龙泉则早出晚归，整天待在苗圃和工人一起干。

我对种花是外行，听他们谈花经，得益不浅。"优良品种都是嫁接、杂交出来的。"刘亚民老人对我说，"任何花果，不嫁接就退化。比如桃树，再好的桃子，把核种下去长出来就是毛桃，不能吃，只能做嫁接用的砧木。杂交要人工授粉，就更复杂了。"

我心里却想，蛇口的改革，不也是某种意义上的嫁接和杂交吗？多年来我们闭关自守，总以为自己的体制最纯，好像马克思只坐在我们炕头上，结果怎么样呢？大家都知道了。杂交出新，这恐怕是一条普遍规律，包括写文章在内，不能老是墨守成规。

龙泉年轻，想得更多一些。他说，中国从晋朝起就有种月季花的记载，外国原来只有一般的玫瑰，没有四季开花的月季，月季是从中国传出去的。拿破仑的皇后约瑟芬的玫瑰园里，就有从中国引进的月季。鸦片战争以后，随着国家的衰弱，月季的种植也凋零了，现在美、日、德、法等国家都有月季花协会，我们中国还没有，只是北京、上海等城市刚建立起来。人家要和我们交流，我们拿不出什么优良品种。外国人感兴趣的古老品种，像绿萼、铁把红、月季牡丹、粉团月季等，已经很难寻了。

"现在世界上最好的品种是什么？"我问。

"黄和平最好。是第二次世界大战中，一个法国人剪了枝条寄到美国去的。"

"你有什么打算？"

“我想让月季在蛇口生根。一般地说，月季不适应太热的气候，24 摄氏度以上就开不好，现在是 7 月，你看这花朵就很小。我想做些研究，使蛇口不但成为玫瑰之城，而且四季都能开好。”

“你在这里干两年，你爱人没有意见吗?”

“当然有意见。我结婚晚，孩子才 3 岁，我来的时候，她和孩子送到飞机场，临上飞机，孩子喊爸爸，我差点掉下眼泪，头也不敢回。但是我不后悔。为了美化蛇口，个人做点牺牲是值得的。两位老同志就是我的榜样。”停了一下，他又说，“有人说我是为了四大件，为了高工资才到蛇口来的。其实我家里几大件全有了，住的也宽敞。这里每月给我 200 元，可是空军后勤部请我去种花，每月给 250，还有小车坐，我也没去。来这里一个多月了，什么‘海上世界’、购物中心，我不知道在哪儿，我只认得从宿舍到苗圃这条路。”

在玫瑰花苗圃的简易竹棚里，听这位面孔黝黑、瘦削的土家青年倾吐他的心声，我深受感动。天涯何处无芳草，在蛇口更是到处都能看到美好的心灵。袁庚同志，你真行，你把这三位种花人请到蛇口，他们不仅能种玫瑰，而且正在种鲜艳的精神之花。你在英国看到的那种盛开的玫瑰，我们一定也会有的。

十五、激动的工程师

7 月 10 日，《羊城晚报》在头版头条位置登了一条新华社消息，标题是《蛇口观念》。在《当干部就要开创新局面》的小标题下，有一段话说：

> 蛇口有一个“海上世界”，它把一条大型的退役旅游船固定在深圳湾岸边，作为旅馆和娱乐场所。据说这种别致的旅馆在世界上也是少有的。这个“海上世界”的前任经理作风正派，工作辛苦，不久前却被解聘了。原因是他在“海上世界”没有做出开创性的贡献。

“我不同意说我没有做出开创性的贡献!”“海上世界”前任总经理王潮梁工程师十分激动地对我说。

的确，我听到的议论，大部分是同情王潮梁的。说他艰苦创业，为“海上世界”尽早开业做出了贡献；说他只干了 155 天，已经开始赢利，把他换下来是没有理由的；说华轮大部分职工怀念他，如果举行投票，他肯定会占压倒优势……

“对袁董我是很敬佩的，蛇口的改革和成就与他分不开。但是在明华轮的问题上，我不理解他为什么这样做！我一直是按照他的指示工作的，如果说我有缺点，那么谁没有缺点？”

46 岁的王潮梁，个儿不高，精力充沛，说话直言不讳，丝毫不掩饰他的激动情绪。我觉得能够理解他，而且希望和他建立友谊。他搞了 17 年飞机设计，5 年飞翔船设计，壮志未酬，抱着极大的希望来到蛇口，本想趁壮年干一番事业，不料明华轮的事业刚刚开始，却被换了下来，他的痛苦心情是可想而知的。

他平静下来，和我谈了明华轮开业前后的情况。

王潮梁是 1983 年 11 月 19 日被“海上世界股份有限公司”董事会委任为总经理的。11 月 22 日，明华轮被拖到现在的坐滩位置。当时海滩未填平，道路未修好，上船要乘小艇。船上、岸上，工作量都很大。12 月 1 日晚上，董事会决定 1984 年 1 月 15 日试开张，2 月 1 日正式开张。

袁庚对明华轮的开张问题极为关心。他在北京开会，每次打长途电话来必问明华轮。12 月初，他从北京回来了，看到开张准备工作不太理想，十分焦急。

管委会组干处的袁复兴，每天早晨 5 点多开始跑步锻炼。7 日早上，他跑到明华轮附近时，大约 6 点钟光景，四下无人，只见袁庚独自站在海滩边，竖起呢子大衣的领子抵挡凛冽的寒风，默默地望着明华轮出神。深刻理解袁庚性格的这位组织干部，知道袁董对工作的进度不满了。他没有打扰袁庚，继续沿着海边跑去。

当天傍晚，袁庚又来到明华轮附近，正好遇到了总经理王潮梁、副总经理胡宗立和秘书俞奇。

“你们准备几时开张？”袁庚单刀直入，问王潮梁。

“我们准备 2 月 1 日开张。”王潮梁回答。

“我和你没有共同语言！”袁庚不留情面地说。

“他刚上任半个多月……”秘书俞奇小心地说。

“我不管！他是总经理我就找他！”袁庚一甩手，愤然转身走去，几个人紧紧跟在后边。走到海景餐厅门口，袁庚站定，继续说：

“干工作，就要呕心沥血，全力以赴，不能拖拖拉拉。我这老头子都着急，你们不急吗？”

“袁董，我是这样做的。”王潮梁不卑不亢地说。

“我知道你很辛苦。可是 2 月开张太迟了，同志！不能什么都搞好了才开张，可以先部分开张嘛。今天是 12 月 7 号，再过 8 天，12 月 15 号，必须部分开张。”

“我们一定做到！”王潮梁立即表态，同时拿出副总经理胡宗立起草的《海上世界股份有限公司经营方案》（讨论稿），双手呈给袁庚。袁庚接过去，态度已经缓和了，对着女秘书俞奇说："小俞，吃得消吗？你父亲有没有这样骂过你？"

父亲当过某省文化局局长的俞奇，见过各种脾气的领导干部，并不怯场：

"没啥吃不消的。不过我父亲没有这么厉害。"

当天晚上，袁庚几乎彻夜不眠，仔细审阅了《经营方案》，就在方案上面大笔挥洒，写了一个长长的批语：

"这份报告分析基本上是科学的。但经理部门的思想总想求全，什么都搞好了再开张，因此要推迟至明年2月（春节）开业。我个人认为，不要等什么条件都具备才开始营业，早点开业可以逐步改善，逐步练兵。……如果认为什么都搞得好好的才开业，恐怕永远也不可能十全十美。准备开始半年亏损。人是要有点精神的，把企业成败当成个人成败，呕心沥血，全力以赴，搞好经营作风，服务一流，哪怕一时赚不了钱，也是可以允许的，谁也没有把握一定赚钱。但有一点我是始终相信的，蛇口工业区需要像明华轮这样一个'海上世界'，这在全国来说是增添蛇口的异彩。对经理人员我是信任的，应给予他们更大自主权，以便于发挥他们的群策群力的创新和负责精神，让这些年轻人去闯出一条新路子吧，要支持，不要一遇挫折就泼冷水。

"但是他们有时面对困难束手无策或克服困难的决心和勇气不够，则应加以鼓励、批评。

"明华轮坐滩至今已半月了，一直抓得不紧，没有一种紧迫感，现场冷冷清清，船上、地上工程进度慢，互相埋怨，人事部门在调人方面不够有力，董事会有时处于无人拍板的状态……

"明华轮工程和全面工作，我感到很难过，和经理部人员谈话时有激动情绪，可能他们年轻人受不了，但他们事后都表示一定要抓紧船上准备工作，争取早日部分开业……"

第二天上午，招商局远洋公司总经理江波，根据袁庚批语，组织有关部门开联席会议，落实了12月15日开业的具体措施。接着是夜以继日、紧张施工的一星期。

12月15日，明华轮准备好了50间客房，袁庚、江波、王今贵上船检查开业准备情况，表示满意。12月16日，第一批客人上船住宿。12月23日，公司董事长王今贵在明华轮舞厅设宴招待工业区内的外宾和港商。

1984年1月26日，邓小平等中央领导同志上明华轮，在船上用午餐和休息，听取了袁庚的汇报，邓小平同志高兴地书题"海上世界"四个大字。明华轮从此名扬四海。

王潮梁承认,如果不是袁庚抓得紧,明华轮不可能在1月26日接待邓小平等同志。他十分钦佩袁庚的战略眼光。袁庚事先当然不知道邓小平同志要来,但他的紧迫感是完全正确的。不过王潮梁认为自己没有辜负袁庚的委托,他总是觉得委屈。

“你现在筹备第二民航的工作,不是比明华轮更重要吗?可见袁庚还是信任你的。”第二民航是香港招商局和闽、粤、桂等省发起的,王潮梁作为招商局的代表参加筹备工作。

“当然,第二民航如果搞起来,比明华轮不知重要多少倍。但4月11日通知我下来时并没说调我干这个,如果这样说我一点意见也没有了。这个任务是5月7日才交给我的。”

“说不说都一样,反正叫你干了。当时袁庚怎么对你说的?”

“他说:‘你的工作调整以后,我们一直在考虑新的工作,现在叫你去筹备第二民航,如果你愿意干,就先出去跑一趟。’”

“他用了‘调整’这个词,可见不是‘解聘’,更不是‘撤职’。你要想开点,高姿态,不要老是计较。”

“第二民航现在以民航局为主,恐怕搞不成。最近要招考第四期企业管理干部培训班学员,抽我带一个重点招生小组到西北、西南去。”

“这更说明对你的信任,高兴地去吧,别想那么多了。”我像老朋友一样劝他。

王潮梁出发了。但是对于明华轮新任总经理郑奕的非议已经塞满我的耳朵,我开始怀疑,是不是袁庚用错人了?袁庚也是有血有肉的大活人,用错个把人也不奇怪。不过明华轮关系重大……我决定上明华轮去访问这位24岁的总经理。

十六、年轻的总经理

一天下午,我走上明华轮最高一层,敲开了总经理室的门。这个办公室分里外两间,外间是秘书俞奇的办公室,里间是正、副总经理办公室。开门的正好是郑奕,他穿一件花格子上衣,戴着近视眼镜,面孔白皙,还未脱大学生的派头。看了我的记者证,他对俞奇说:

“我有些事要处理,你先接待一下。”

说罢走进里间,把门关上了。

“好大的架子!”我心里想。俞奇也没有立即同我谈,在低头赶写着什么。我只好坐在沙发上等待。

约莫过了半小时,俞奇才客气地同我交谈起来。这是一位 30 岁左右的女同志,显得老成持重,也是清华大学毕业生。我说明了写袁庚的任务,希望从他们这个角度了解一下袁庚用人的问题。

她是非常敏感的,马上对我说:

"我个人同前任总经理王潮梁的关系不错,也认为他是个很好的同志,他热情、正派,工作积极,群众关系好。但是他艺术气质太重,优柔寡断,缺乏魄力,管理跟不上形势的发展。袁董当机立断,换上郑奕,这步棋走对了。这个总经理别看年轻,却很有魄力,有一种管理人才的素质。他上台后的得意之作是改革了工资制度,取消了基本工资,完全实行职务工资,扩大了差别,更能调动干部和工人的积极性。有人对这个改革有不同看法,但袁董是支持的,他说为什么不可以试一试呢。"

这时郑奕从里间打电话出来,只听俞奇说:

"他是来写袁董的,你可以同他谈谈。"然后对我解释,"郑奕认为明华轮的经验不成熟,不接待记者采访,你要写袁董,等一会他同你谈。"接着又谈起袁庚来。

"袁董考虑问题,比我们站得高。他为什么坚持要买明华轮,并且急于开张呢?他是从南海石油这个角度考虑的。工业区现有的工厂,规模都不大,没有太大的发展,如能争取成为南海石油的后勤基地,发展前途就不可限量了。要做到这一点,必须能留住石油公司的人员,而光靠原来的几间宾馆和酒店是远远不够的。在南海酒家建成之前,明华轮就可以起很大的作用。所以袁董很重视明华轮,开业了,管理上不去他也着急。"

郑奕终于开门请我进去了。这时他给我的印象,是坦率,不是傲慢。

"这是一个有吸引力的岗位。"他笑着说,"但是我不是一个合格的经理,我随时准备下台。我干不好会下台,干好了,也会由于某种斗争的需要而下台。也许现在人们能够容忍我,但是我不知道会容忍到什么程度。"

我开始对他有了好感。他毕竟才 24 岁,与我的大儿子同年,有些缺点并不奇怪。

"我们过去也常说干部能上能下,但由于我们的体制关系,根本做不到。现在我们就是要真正做到这一点,这就是改革。上和下,有时可能处理得不够恰当,下去的也必然会有痛苦,但是这种改革的方向是对的,必须坚持。最近我辞退了一个从香港请来的房务部总经理,他每月工资 6000 元港币,工作上没犯任何错误,但是我把他辞退了,唯一的原因是他不会笑!他整天板着面孔,阴阳怪气的,干别的可能无关紧要,在总台这个位子就不行,客人会觉得你是对他无礼。我辞退他,他没有任何意见,说走就走,通过他的朋友问他,也说没意见。在他看来,这很简单,我不能使总经理满意，我就该走。这就是香港人的观念。换上我们的同志，可不得了，会同你纠缠不清。隔一个罗湖桥，观念就有这么大的差别。"

我不仅是好感，简直有点欣赏了。

"我要搞严格管理，希望建立一套既不同于日本又不同于美国，既严格又有人情味的管理制度，搞法治不搞人治。我正在试验。试验可能失败，失败了会得到教训，这也是一笔财富。当然，我有许多缺点，正如袁庚也有缺点，这可能是造成失败的因素。袁庚的缺点对于蛇口可能是灾难性的。我们尽最大的努力避免失败，失败了影响可太大了。"

我不仅是欣赏，简直有点佩服了。

"对一些事情，我和袁庚也有不同看法。比如我们的中餐厅包给港商投资的华苑酒家，是袁庚的主意，我至今有不同看法。他打电话告诉我，不要害怕资本家赚钱，这当然是对的，但是港商的重点在华苑酒家，我们这里只能是陪衬，华苑吃肉这里啃骨头，是不可能搞好的。"

真是有棱有角。袁庚不喜欢唯唯诺诺的人，对这种不同意见不一定会接受，却不会计较。这是郑奕的幸运之处。

"有人说南海酒家一开业明华轮就完了，我不这么看。它不能代替明华轮。一个特色，一个服务，抓好这两条，我们就大有前途。我还要把手伸向内地，在上海、广州等城市设点。旅游业就不能局限一地。"

我心里对自己说：是一个经理人才！

告辞的时候，我说找一天去他家里拜访，他表示欢迎。

我还想了解组织部门对他的看法，便访问了工业区党委委员、纪律检查委员会副书记兼组干处处长虞德海和主管干部分配的袁复兴。

对这两位同志的党性，我是深信不疑的。39 岁的虞德海，原是个工程师，担任工业区最早开工的中宏制氧厂厂长数年，治厂有方，以致香港资本家撤回了全部港方人员，把工厂的一切大权交给他。"我做梦也没想到让我进党委，管干部。我至今连袁庚家的门也没进过。干不好，大不了还去当我的工程师。"我相信他这自白的真诚。谈到对郑奕和王潮梁的看法，他认为两人各有所长，郑奕更有魄力，王潮梁群众关系好，在管理比较混乱的情况下，换上郑奕是对的，组干处是同意的，党委会也是一致通过的。但王潮梁的贡献不能抹杀，对他还要重用。对郑奕开除几个工人，虞德海颇不以为然："我对郑奕说，我在制氧厂几年，没开除一个工人，工厂照样管得很好。"

袁复兴 36 岁了，由于坚持体育锻炼，加上生就一张娃娃脸，看上去像二十几岁的小伙子。他毕业于浙江大学计算机专业，在兰州大学教过几年书。1980 年，一些学生竞选人民代表，说过一些过头话，后来在毕业分配时要卡这些学生，他在系里第一个站出来为学生讲话。“那时候一些政工干部跃跃欲试，以为五七年又来了，又要抓右派了。我最了解那些学生，他们都是平时最用功读书的，有的还是三好学生。他们读书多，接触外国资料多，忧国忧民，为我们国家着急，难免说一些过头话，但我敢担保没有一个以反党反社会主义为目的。”说得真好！难怪他来蛇口以后，一直让他做干部工作。

袁庚考虑以郑奕取代王潮梁时，首先征求了袁复兴的意见。

“从为人的角度讲，郑不管三七二十一，不讲情面；王讲情面，现在船员还说他好。但是我们要靠法治，不能讲个人感情。王用人不当，班子不团结，有的他重用的人在背后拆他的台，该用的却没用。比如有一位从惠阳调来的干部，当过地区的剧团团长和电影公司经理，很有能力，和王的关系也不错，却卖了 3 个月的电子游戏机筹码。王想叫他当娱乐部经理，却迟迟下不了决心。”我了解这个同志，他同情王潮梁，不愿留在明华轮，调到深圳电视台当人事科科长去了。他才 42 岁，据说郑奕说他年龄大了，不想用他，没有把他留住，真是可惜。

“但是王潮梁热情、正派，办法也多。如果第二民航搞不成，还要分配合适的工作。南海酒家总经理由香港资方派遣，副总经理人选我们正在考虑，王也是考虑的对象之一。

“袁庚培养郑奕是有远见的。原来我们也为郑奕捏一把汗，现在实践证明他工作开展起来了，7 月份收支平衡了，能否成长起来，有待他自己总结经验教训。不怕犯错误，老干部也犯过错误。

“袁庚强调用干部有时要像球队教练。在球场上，教练说 4 号下 7 号上，他并不是认为 4 号不行，可能是要试试 7 号投篮准不准，弹跳力好不好……”

这个比喻真有意思。我想起袁庚在一次讲话中也谈过这个观点。“要让干部能上能下，变成正常的。今天你干这个经理，明天你下来让别人上去，是正常的，但是我们许多人把这看作不正常，把不正常的东西变成正常就是改革。”

我忽然产生了一个奇怪的联想，觉得袁庚和女排教练袁伟民的样子有点相像，两张面孔在我脑子里叠印起来了。在某种意义上说，袁庚不也是一个教练吗？这个教练对他的球员是严格的。虞德海和袁复兴都对我讲过的一件事，说明了袁庚对郑奕的严格。

有一个来自上海的会计，郑奕和他谈了一次话，认为他是个管理人才，就决定叫他当明华轮商场经理。但组干处不同意，认为工业区正需要财会人员，便推荐另一个企业管理干部培训班出来的同志。郑奕想不通,跑到管委会找袁庚和虞德海。袁庚说:“在干部问题上听组干处的。”郑奕问:“你们到底相不相信我?”袁庚严肃地说:“既相信你,又不相信你。相信你,所以叫你当总经理;不相信你,就是不知道你能不能当好,所以要继续考核你,天天看你的报表,看你营业的情况,看你在群众中的威信如何。”

后来郑奕想通了,接受了组干处推荐的那个同志,实践证明,他干得很好。郑奕就去向虞德海道歉。虞德海说:“道什么歉呢?这是正常的工作。”

在沿海部分开放城市经济研讨会上,袁庚发言中又提到这件事(当然没有指名),并且上升到理论的高度说:“我们的干部,没有绝对的责任,也就没有绝对的权力。道理很简单,资本家的企业,他负有绝对的责任,也拥有全部的权力。因为财产是他的,因此他有全部的责任,这个企业破产了,他全家上吊自杀。但是我们的企业是国家的财产,是全民所有制的财产,当权、责、利还不是很分明的时候,不应该给个人绝对的权力,用人必须通过人事部门,因为党的组织部门对整个干部队伍了解情况。这场争论是最近发生的,怎样才能发挥干部的积极性,使他们有权、有责、有利,这个问题还没有完全解决。”

一个星期六的晚上,我贸然走访了郑奕的新居。他最近结婚才搬来的,客厅里什么摆设都没有。两个没见过的年轻人在座,显然我来得不是时候。郑奕笑着介绍说:“他们都是经理。我们可以搞个经理俱乐部了。”那高个子是新建立的银星电子工程公司经理陈钢,26岁;矮个子是接郑奕的班当上海酒家经理的朱家骏,25岁,都是大学自动控制专业的毕业生。我想起“教练”的比喻,下意识地把他们比作了运动员,心里为他们祝福:但愿你们在经济建设的竞技场上都能夺得金牌!

他们有事,郑奕答应下星期一晚上7时半到我住的招待所来。

星期一晚上7点10分,郑奕匆匆赶来:“真对不起,今晚有事,咱们改天再谈吧。”说罢又匆匆而去。我站在走廊上朝楼下看去,见他钻进一辆米黄色工具车,一开动就飞驰而去,这人开车也有性格。我知道,“开着小车到处跑”也是人们议论的话题之一,也许一个经理不会开车才算安分守己。但会开车的经理一定会越来越多的。

第二天晚上,郑奕冒着雨来了。

“昨天失约,是因为要和娱乐部几十个职工到香蜜湖烧烤。今晚本来计划和另一些人去的,因为下雨改期。不能让工人老是怕我,要和他们建立感情,让他们从心里爱这个企业,怕从这里被开除。我开除工人有人说,干这些事是不会有人说的。”

我说："要让工人有主人翁感，既尊敬你，又觉得在人格上是和你平等的。"他表示同意。然后话题转到了企业的经营管理方面。

"对我的议论太多了，我没工夫考虑。有些事问到我就解释一下，不问就不予理会。我现在上班后8时至9时处理日常事务，其余7个小时考虑今后几年的发展问题。我正在和香港一个财团谈判，引进大量资金搞一个大型海上游乐场，请你暂时保密。"他说了一个投资数目，那真是非常可观的，如能谈成，明华轮一带海面将成为真正的"海上世界"。"上海设点的谈判已经成功了，过几天我就到上海去签订合同，广州也要搞，许多城市都要搞。光搞一条船是没有什么意思的……"

他谈得滔滔不绝，我听得津津有味。我联想到一些人，觉得他属于优点和缺点都比较突出的那一类人物。在这里，这种人受到重用，得到帮助，能够开创新的局面；在另一些地方，他们的处境就不大美妙了。我越发感到袁庚的可贵。

十七、热血沸腾

在蛇口待了一个月，和袁庚交谈了不到一个小时，他的儿女则始终未能交谈，因此对他的家庭生活了解太少，未免遗憾。有一个年轻人对我说："袁中印谈过许多情况，袁庚的家庭生活很有意思。"我请他介绍一下，他说，"你找袁中印谈吧，我这是第二手材料。"而袁中印出差去了，我不能老在这儿等他。

我敲过袁中印家的门。开门的是一位60来岁的客家妇女，我猜想就是袁庚的弟媳了。袁庚把两个弟弟带出来参加革命，一个弟弟在抗日战争中被日本飞机炸死，这个弟媳一直在袁家生活。这位老人热情地招呼我，可惜我不会讲客家话，只好笑而告退。

上述那位年轻人，在我结束这篇文章的时候，必须记上一笔。

他叫周为民，清华大学毕业。1976年因参加"四五运动"坐过半年牢，打倒"四人帮"后当过清华大学团委副书记。由于某种历史原因，他成了个有争议的人物。来到蛇口后，当了半年宣传处处长，又当了半年通信公司的架线工人，最近几个月才当上房地产公司副经理。这个经历本身就颇耐人寻味。袁庚用他，是要冒一点风险的。他和他的妻子俞奇，曾经做好了离开蛇口的思想准备，终于还是留下来了。

袁庚讲话，青年人爱听。但是，有些话重复多次，有的青年人就不耐烦了，议论说："袁董是不是老化了，变得唠唠叨叨了。"周为民把这些反映，以及其他对袁庚的缺点的议论，收集起来，写信告诉袁庚。几天后，袁庚紧紧握着他的手说："谢谢你！很久没有人向我反映这些意见了。你以后要多提醒我。”

去年胡耀邦同志视察蛇口的时候，袁庚曾特地把顾立基、赵勇、周为民等几个年轻干部介绍给总书记。耀邦同志问了他们的年龄等情况，满怀深情地说：

“前几天有一个电视名叫《状元谱》，上面有两句话，长江后浪推前浪，英雄出自少年郎。大概你们就是少年郎吧。”

蛇口会集了多少有作为的少年郎啊！

短短一个月的耳闻目睹，给了我一个强烈的印象：在这里，热血男儿不只是一个袁庚。仅就我访问过的同志而言，我觉得，不论年长的还是年轻的，男的还是女的，被赞美的还是有争议的，他们都有一个共同特点——热爱蛇口，渴望改革。尽管对某些具体的人和事的看法可能不同，他们的心都是热的，血都是热的。这里真是热血男儿（当然也包括女儿）的天下！

如果可以把城市比作人的话，那么年方 5 岁的蛇口，这个朝气蓬勃的海港小城，正是一个前程不可限量的热血男儿！

蛇口的海港连着祖国漫长的海岸线，蛇口的大路连着祖国广大的土地。从海岸到内地，从乡村到城市，改革的浪潮以不可阻挡之势向前推进。在这浪潮之中，更有多少热血男儿在奋勇搏击！满腔的热血已经沸腾，要为真理而斗争！

真理就是改革！改革就是真理！

（原载《花城》1984 年第 6 期）

中国农民大趋势

——胶东风情录（节选）

李延国

第一章 相会在北京

初春。北京电影制片厂。

我住在这个厂招待所的一间斗室里，正没完没了地修改一个电影文学剧本。一天，值班室的服务员用扩音器通知我：有客人来找。

我走下楼去。几个身穿呢料制服的男子汉正等候在那里。

“弟弟！”我一下把他从人群中辨认出来，他那黝黑的、已经被岁月的犁铧犁出了沟痕的面孔，刚经修饰，显得容光焕发。他彬彬有礼地上前来同我握手，向我介绍同来的人们。他们的神采和装束使我大为惊讶，要知道，他们是文学概念中的“庄稼汉”呀！

“你们怎么来的？”

“自己带的车！”他指指外面的“吉普”。

两千多里路，他们竟然坐上了“专车”。

“你们要去哪里？”

“深圳！”

“到深圳做什么？”

“考察！”

故乡，在我的情思里，那是黄昏的茅屋上一缕淡淡的炊烟，那是黎明的原野上一声悠长的牛叫，那是父亲头上一顶破了边的草帽，那是母亲褪色的衣襟上一块杂色补丁，那是弟弟一双饥饿的眼睛，那是妹妹辫子上一根粗糙的头绳……眼前的景象，使我无法和过去联系起来。

“你们办好去边境的手续了吗？”

“办好了！”

“坐火车去吗？”

“不,坐飞机去!”

“你们是怎样买到飞机票的?”

“作家协会的一位同志帮忙买的。”

我从一个农民走上文坛,足足用了二十多年的工夫,那是一条漫长的路,我仿佛觉得,这条路已经离开家乡很远很远,不料想,兄弟们斜刺里从青纱帐杀了出来,竟一下子冲进了这个世界的核心部位。

他们这一行,是由年轻的镇委书记谢玉堂带领的,其中包括已经声名大震的农民企业家李德海等。他们去深圳不仅是为了开开眼界,原来家乡在那里是投了资的,一甩手拿出几十万、上百万元,现在他们将以“股东”的身份走在深圳繁华的街市上,从那个窗口去瞭望世界!

我不知该怎样招待他们这些“天外来客”。

我忽然想到了我的优势:“我领你们去看看摄影棚吧,里面在拍电影,挺好玩的。”

他们一行人顿时变成了“中国农民电影考察团”,随我向摄影棚走去。艺术对他们曾是遥远的、朦胧的,今天他们要走近前去看个仔细。

我们被挡在摄影棚巨大的铁门外边,这里的制度是严格的,参观的人需经厂保卫科批准。

“中国农民电影考察团”被尴尬地晒在那里。

我忽然又想起了另一个优势:“去看看‘北影一条街’吧!”

“北影一条街”是一个半永久性的露天布景,坐落在厂院后区,巧夺天工的美工师们在这里搭起了具有古典风格的店铺、楼阁、墙垒。走在这里,像走进了陈旧的岁月之中。《垂帘听政》《海囚》《双雄会》《骆驼祥子》等等许多撼动人心的历史场面都是在这里拍摄出来的,中国农民在这里扮演了屈辱和失败的角色!

农民兄弟们巨大的步幅,很快把这一条小小的街道丈量完了,他们好奇地转到布景的后面,一个个不禁哑然失笑:“都是假的呀!”

没有什么事情能唤起他们的兴趣。我决意尽主人之道,把他们领到北影小食堂狠狠来上一顿,花个三十二十的!

“不,跟我们去吧!”他们反客为主。

“去哪里?”

“小洞天,西餐!”

我简直是五体投地!我想象不出来,他们是怎么睁大寻觅的眼睛,在偌大的北京城找到了那个藏在地缝里的“小洞天”的。

我的兄弟们在我面前变得陌生了，这一切变化是怎样开始的？是谁给了他们这新的风采、新的气质？

他们似乎在追赶着什么——乘上飞机，用超音速……

文学，将仰首注视他们！

中国，是世界上拥有农民最多的国家，谁不了解当代的中国农民的变化，谁就不了解当代的中国。

传统的农民观念在我的头脑里发生了动摇。

到胶东去！

到故乡去！

第二章　故乡之门

烟台，我的故乡。

据说，这是一个没有待业青年的城市。一位空军战斗英雄在这里担任副市长；一位从北京招聘来的硕士研究生被委任为市委宣传部长（他们都是胶东的儿子）；留职停薪的教师开办旅游开发公司，市政府领导亲临剪彩；上海交通大学的几位校友创办烟台思源新技术开发公司，经济学家于光远发来贺电；新建的电视台将于7月1日开播；集资兴办的综合性的烟台大学正在开挖地基；现代化的海上游乐园正在崆峒岛上破土动工；东郊的飞机场、西郊的高速公路正在筹建之中；那些农民办的饭店、旅馆、商场、烤鸭店、运输公司更是兴隆昌盛……真个是：昨梦乘风破浪去，满山灯火是烟台。

当天晚上，市委书记王济夫同志来到宾馆。凡来烟台的学者、作家、画家、书法家、记者、编辑、科学家，他总要抽空来看望。他身上兼有军人的敏捷和学者的优雅，讲话却又充满诗人的激情，那浓重的乡音，又使我如见故里。

他也是胶东当代的一个传奇人物。他一会儿身穿西服登上党代会的主席台，一会儿在宾馆和外商洽谈大型旅游服务系统的投资，一会儿又拉着商业局长深入个体饮食店解决原料供应，一会儿又到新成立的画院和画家们评论新作，一会儿又到某郊区县为农民企业家发表辩护演说……此刻为迎接对外开放，他刚刚从海湾对面的姊妹城市——大连考察回来，毫无倦意地坐在沙发上。

“最近写些什么作品了？”他拍拍我刚送给他的《在这片国土上》的单行本，“你很少回家，应该回来看看我们这片乡土。这是一片烈士洒过鲜血的土地，今天发生了翻天覆地的变化。你应该看看农民怎样变成企业家的。”他边说边挥动手臂，仿佛这不是在屋里，而是在一个视野开阔的制高点上，"'牟平七雄''蓬莱八仙''黄县五杰''栖霞三能'……他们都是一窝子一窝子的。英雄无独有偶，都是竞争出来的。三中全会造就了一大批英雄，你应该去看看他们怎样跟着三中全会的旗帜，改变了自己的命运。现在的家乡，可不是昔日的家乡了；现在的农业，可不是传统的农业了；现在的农民，可不是当年鲁迅笔下的阿Q、赵树理笔下的李有才，也不是高晓声笔下的陈奂生了。就是说，这个深刻变化不仅发生在地貌上、生产关系上，也发生在人的灵魂深处，动摇了很多传统的东西……"

来也匆匆，去也匆匆。他走下楼去，站到汽车门前，海风掀起他黑色的衣襟，像鼓起的船帆。他回头说：

"人是复杂的，文学也应该是复杂的。唱改革者之歌的时候，不要忘记他们的辛酸、他们的磨难。任何一项改革都不是在笔直的路上走的……"

车走了，仲夏的海滨卷起一阵旋风。

好有力的旋风啊！

第三章　走进蓬莱仙境

蓬莱阁上

——神话今说

蓬莱，民族英雄戚继光的故乡，八仙过海传说的发祥地，你把魂魄凝聚在小小的蓬莱阁上。不是吗？要不，在这里只做过五天知府的苏东坡为什么留下了"东方云海空复空，群仙出没空明中"的诗句？为什么远离热土的老华侨要登临神堂烧上一炷香烛？为什么那些蓝眼睛的异国人要在参天的古柏前留一帧小照？

在我登上这座建筑在民族心理上九百余年的仙阁时，适逢一批外国友人乘兴游览，导游员刘妍，一位端庄聪颖的农民女儿（她爱好田径，学过武术，酷爱外语），带领他们穿行在神话传说的历史中。

"请问刘小姐，这里为什么叫蓬莱呢？"

"据说，当年秦始皇为了求长生不老药，曾来到这里，他突然发现海里有一片赤色，就连忙问随行的方士：'那是什么？'方士答道：'那是仙岛。'秦始皇又问：'那仙岛叫什么名字？'方士回答不上来，慌乱中发现海水里有一片海草，'蓬'和'莱'都是草名，方士就顺口应付说：'蓬莱。'从此，蓬莱仙岛这个名字就流传开了……"

"刘小姐，您刚才说，八仙过海中的八位神仙，是在蓬莱阁上喝醉了酒之后飘然过海……请问,他们过海到哪里去了?”

“传说很多。不过,今天的蓬莱农村,发生了翻天覆地的变化,我想,八位仙人一定是留恋人间的新生活,投胎为农民企业家、专业户、个体户。如果先生和女士们有兴趣,不妨到蓬莱农村一游……”

刘妍莞尔一笑,博得一阵喝彩!一位外宾说:

“刘小姐,你可以做何仙姑了!”

伊甸园的葡萄熟了

——商品生产观念的形成

今天,庄户人的自给自足的传统观念像雪山一样崩塌了!

大姜家大队的300亩葡萄园,就曾经是一个和传统观念搏斗的战场!

开始,28岁的支部书记姜世谭,决定根据三中全会精神调整农业内部结构,拿出西南洼110亩水浇地改种葡萄,立时受到围攻,上面点名,下面咒骂,连老父亲也质问他:“现在国家提高粮价,你去种什么葡萄?”

为了使葡萄园方方正正,还要耕掉50亩漫脚面的麦苗,于是老队长姜世希领着四个生产队长和姜世谭滚打在一起:

“败家子儿!这是四五万斤麦子呀!”

“老祖宗撇下这么点好地,你穷作!”

“你不是吃人饭长的……”

姜世谭被逼成个“红眼狼”,鞭子一甩:“耕!”他推着雪亮的犁刀,绿生生的麦苗被翻到地下去了!

1983年秋天,葡萄熟了,一嘟噜一串地压满了架子,听听那些名字吧:龙眼、泽香、白茹、枣晶、贵人香、赤霞珠……姜世谭把全村老少六百口子请了来:

“今天请乡亲们来吃葡萄!一百多个品种管尝!大家边吃,边算一笔账,按市价这一嘟噜葡萄能卖一块钱,大家可以数数有多少嘟噜……”

数得过来吗?

最后的账目还是由会计算出来的,一亩葡萄的收益相当于1万斤小麦,100多亩葡萄超过了全村1500亩粮田的总收入!

伊甸园的葡萄熟了,大姜家人的思想飞跃了!

姜世谭又来了第二个惊险的跳跃:建立食品加工厂,生产葡萄罐头,增值!

食品厂在斗争中建起来了,开工40天,产值就达14万元。

“凡是要改革一项事情,总是有阻力。毛主席去世后,两个‘凡是’听得多顺溜？一说毛主席有错误有缺点，农民根本不承认这个事。搞大包干、责任制，可又舍不得丢掉大锅饭；要搞商品生产，阻力更大，这次改革是农民改行呀！农民做工，书记当经理。过去是春天捅一棍，秋天吃一顿，现在像《霍元甲》主题歌里唱的：'沉睡百年，国人渐已醒，睁开眼吧，抬头看吧'，和几千年的小农生产方式决裂了。"

草店流行红裙子

——生活秩序、审美心理一见

一走进草店大队，不时地看到一些穿红裙子的姑娘，那么惹目。

她们来自何方？

两年前，党支部书记王明福六进天津请来一个病休的女工程师，一下子给她涨了20级工资（月工资300元，路费、生活费全包），建起了一个染线厂。结果是：请了一个人，办了一个厂，富了一个村。后来又在染线厂的基础上办起了羊毛衫厂。整个草店的生活秩序改变了，实行生产责任制后的两个"剩余"（剩余劳力、剩余时间）变成了两个"紧张"，又从外村雇用了500多劳力，都是年轻的农村姑娘。

这些来自南庄北疃的姑娘们，一开始是带着一些羞涩和矜持走上草店那带有路灯的、25米宽的大路的。可是织布机很快改变了老一辈留给她们的旧有的生活节奏。她们不再像父辈们那样，日出而作，日落而息。这个"不夜村"里，她们见面不再用父辈的"上山下山"，而是互相招呼着："你夜班？""你白班？""你上班？""你下班？"每当说着的时候，你可以看出她们内心的自豪和欢悦。她们也像城里人一样，提兜里装上一个铝饭盒，吃饭的时候聚在一起，说着班上的一些事情。她们织出的羊毛衫印上蓬莱阁图案，运到了东北、陕北、山西、河南……她们的审美观已不满足于过去的头上插一朵野花、扎一根红头绳，现在她们用自己挣的工资买来了最时兴的红裙子。

去访问一个穿红裙子的姑娘吧！

她叫姜利华，是附近上口姜家大队社员，今年21岁，她胖乎乎的，生着一个端正的小翘鼻子，头发梳成两个"把把"，发梢是烫过的，显得很有韵致。

"你为什么到这里来？"

"不愿意在家种地。"她爽直地向我笑笑，胖胖的手来回搓着。

"家里分那么几亩地，也用不着闺女家，还有她哥，她爹。"陪伴我的离职老队长在一边插言。

"你打算在这里干到什么时候？"

“干到工厂‘黄’了的时候……不‘黄’就在这里干!”

“你去年收入了多少?”

“1010 块,年底开支一大摞,没敢往家喊(拿),公社信用社在这里,存了活期,存折交给俺爹……”

“你花钱怎么办?”

“问俺爹要……哎呀,你记这些干什么?让人家笑话。”

“你爹妈高兴吧?”

老队长:“他们当然高兴,她一个人挣的顶他们全家!”

姑娘抿嘴一笑:“以前俺上下班骑俺二姐的自行车,今年俺爹托人上北沟买了辆‘金鹿’。他说:‘华,这辆车子就是你的了,好好骑。’俺回家一干活他就说:‘不用不用,你去睡觉吧。’大姐二姐都不如我。上夜班带饭,俺妈都非给两个鸡蛋拿着。”

老队长:“你看看那些上夜班的闺女,哪个不拿鸡蛋?早先还有她们的?都是早晨打给她爹她哥吃了。”

“明天王绪庙会,俺妈说给俺和嫂子一人 20 元钱,再添些夏天衣裳。”

老队氏:“还添衣裳!如今的姑娘家,哪个的衣裳都是一身一身的。也不嫌衣裳多了生虫子!”

“出去旅游过吗?”

“还没有!”

老队长:“可不喜去,一点好处也没有。招远的一帮子坐拖拉机上蓬莱阁,车翻沟里去了,一下子死了俩!再说听景有景,看景没景。逛一趟泰山来回得花一百多,还不如在家里喝 100 斤酒!”

姑娘没有吭声,也许她自有主张。

回到招待所里,我思绪不能平息。过去这个村子是蓬(莱)黄(县)公路上的一个马车店,因兼卖草料而得名“草店”。至今老人们还能背下流传几辈子的歌谣:“草店穷,穷草店,吃水要走二里半,去时穿花鞋,回时露鸭蛋(后脚跟),有女不嫁穷草店。”从歌谣中的“花鞋”二字猜测,这歌谣一定是受尽了苦楚的妇女们编出来的。而今妇女们进草店也不是那么容易了。王明福规定,来草店做工的姑娘除了要经过考试外,模样不耐看的不要,个头不高的不要——来记者照相没有机器高那还行吗?以后不光要会说中国话,还要会说外国话的——这里常有外宾来。

在我门口一边,有一个卖杂货的摊贩,五十多岁年纪,戴着一副眼镜,一条眼镜腿断了,是用麻线拴在耳朵上的。在那些杂七杂八的货摊上,竟还摆放着一本《性的知识》，书的后面被老汉用钢笔把“0.32 元”改为“0.45 元”。黄昏，一个穿红裙子的姑娘匆匆走过我的窗前，她向四周瞥了一眼，丢下一元钱，拿起那本书，就红着脸跑开了。

她们渴望了解世界，也渴望了解自身！

尽管还带着一点羞涩。

我看到老汉并未打算给姑娘找零钱，而是从屁股下的木箱里又拿出了一本《性的知识》，摆在原处，好像是唯一的一本。

文明，又被蒙上了不文明的尘埃。生活中的一些事情，往往是这样以多种色调出现的。

村庄里的都市

——金钱观念一瞥

解放上海的时候，在广东同乡会门口的马路上，露天睡着我 27 军 81 师 241 团的一个年轻的机枪手，他有一米八的个子，打着绑腿，怀里抱着一挺“歪把子”。早晨醒来，他看到那高大的楼门上挂着一块牌子：“××股份有限公司”。他好奇地问班长，那是干什么的？班长答不上；问排长，排长也答不上。后来得知，那是资本家集资做买卖……

现在这个机枪手已经 65 岁了，他是孙陶大队“蔚阳农工商联合公司”总经理——孙陶是烟台地区最早改为“公司”的大队。他毕竟不是当年的机枪手了，牙齿脱落，嘴巴瘪瘪的，有点像画中的“太上老君”，而他的改革的某些方面也带有封建家长制的色彩。在“农工商联合公司”的牌子旁边，还挂着一块“村政府”的大牌子。他的穿戴也是几个时代混合着：上身着旧蓝布褂，下身穿军裤，脚上却趿拉着泡沫拖鞋。左右上衣兜甩齐插一支钢笔，显得不伦不类。窗外则同时传来机耕声和豆腐梆子声。

“老李呀，一句话，我抓钱！过去咱总怕钱烧手，现在重点搞经济建设，这个观念不转不行！我现在四个经理部：农业经理部、工副业加工经理部、商业经理部、供销经理部。农业经理部下设机械、饲养、技术队、林业队、二林队、鸡场、菜园子、花场……工副业加工部下设木业、石子场、预制件厂、面粉厂、挂面厂、铸造厂、刀具厂、酿造厂……商业经理部下设中医、缝纫、塑料厂、冷食店、浴池、饭店、商店、糕点、面包厂、水果、牙科诊所、照相馆……应有尽有，我要把孙陶建成个小城市，小上海。”我赞同地说：“你这里成了村庄里的都市了！”

他接下去：“你刚才去洗澡了，我那个浴池怎么样？比你们济南不差吧！花了

9 万块！全是瓷砖铺地，从这里到黄县 25 里，到蓬莱 40 里，没有浴池！现在两毛五一个票，社员不用到河沟里洗澡了。青年妇女最愿意洗澡了，她们愿干净，过去都在晚上到河里洗一洗。凡来洗澡的人都说这是个好事！"

"牙科、照相、水果这些小门面能盈多少利？"

"盈利不多，可碎金子也是金子呀！我的包子铺商号叫'半分利'，它有吸引力，喝茶水不要钱，都愿来。茶水喝多了，刮肚子，肚子空落落的，就要吃包子，不吃包子，尿尿也是咱的肥料。别看这个小店，一年纯利润一万四五千。"

老经理好动，坐在沙发上讲着，不时探出身子拍打一下我的脚面：

"人是钱架的，鳖是水架的。过去是越穷越革命，老鹰拴在鳖脖子上，有能耐也飞不起来！现在，为了抓钱，我还搞了个'集体入股'。最小十元一股，多者千元一股。农民攒钱怕人，这样入股，提高了集体主义思想，他觉得公司也有他的一份。我带头入了一万元的股。股金分红按四六。彭真讲'把社会上资金集中起来，长期使用'，做事要有上面精神，打起官司来有说头。'肥水不外流'嘛！我还向你们牟平李德海介绍过这个法儿。"

我说："这种做法合适吗？"

他并不理会我："上头财政把得那么死，我们自己为什么不能搞活点？反正在这个小村里我说了算。不宾（佩）服？谁的老婆在家干吗我都知道！我宾服李德海这个人，有经济头脑。前一阵子传谣言，说李德海被抓起来了，罪名是什么？'强奸妇女'！当时我就不信。"他忽然压低声音，"别说他那么大的家业忙得没有心思，就是有那个心思，像他这样的英雄还用强奸？……"

对这话，我只能报以苦笑。

神秘的登州商行

——信息观念及其他

如果有人每年花 3 万元租金在城里租一层宾馆，你一定会感到不可思议，如果这个人是一个走出磨道的农民，那你更会惊奇不已！

这是乡下农民进城办的一个商行。宾馆门口"登州商行"四个钢铁铸的大字，是花 800 元从青岛请了著名书法家写的。曾几何时，高晓声笔下的陈奂生在县城的宾馆里闹出了一通又一通的笑话，这个"登州商行"里是否还有陈奂生这样的农民呢？

我在这个商行的总经理室见到的第一个人物是位 20 岁出头的姑娘，她叫吴鸿岩，圆胖胖的脸，扎两个把把，眉眼中带有农村姑娘的憨厚和灵秀。

我进门时，她正俯在一个大书案上从四十多份报刊中检索，把有关商品信息的部分剪贴起来。有些报刊是我从来没见过的：《上海译报》《上海物资市场》《致富报》《市场周报》《经济预测》《农村金融》《深圳特区报》《湖南经济报》……

“你是秘书吗？”我发问。

“没有那么大，是文书。”她赧然一笑。

当知道我是职业创作员时，她竟和我从文学角度探讨起社会问题：“你说现在农民身上有没有阿Q精神？”

我一下子回答不上来。

她认真地说：“我一直在想这个问题。阿Q精神是有的。农民和土地绑在一块儿，受了欺侮也走不出去，就得自己安慰自己。有时候没有阿Q精神就活不下去。”

这话不是在《文艺报》组织的农村题材座谈会上，而是出自一个穷乡僻壤的农村姑娘之口！

她的哥哥吴鸿康走进来了，他是这个商行的副经理，也一起参与“农民政治经济学”的讨论：“农村有些干部很像‘土皇帝’！责任制某种意义上就是分散他们的权力，冲破旧的组合！为什么责任制受到群众那么拥护？不值得干部思考吗？我们为什么进城？就是为了摆脱大队给我们的束缚！人挪活，树挪死。我们出来不是为挣钱的，为了干一番事业给他们看看！”

吴鸿岩插话说：“农民进城办商行，免不了带有农民的痕迹。有了成绩容易满足，遇到挫折容易灰心丧气，办事不讲效率，拖拖拉拉。我们总经理对职员要求：农民进城必须去掉农民意识，搞商品流通，散漫不行。现在是信息时代，一些农民的旧习气不改，根本搞不好商品生产和商品流通。光蓬莱，我们这样的商行就有九家，农民办的就有三家，竞争很厉害，不抓紧能行吗？我们搞正规化，每天五点半起床，跑步；六点钟回来，自学半个小时；七点开饭；七点半上班；中午十一点半下班……晚上九点又和全国各地办事处打电话，互通信息。”

神秘的登州商行！

总经理侯日超出场了，夹着黑色皮包，穿着一身笔挺的西服，他40岁出头，方方的额头，深深的眼窝，尖下巴，眼角有道道血丝，脸上表情淡漠，却隐示着一种坚毅。这个农民似乎是从地平线下突然冒出来的，不，确切地说，他是从土地里走出来的，他大胆地割断了与土地的“脐带”，把承包的16亩责任田，全部转包给别人，只要转包户每年向他全家每人提供200斤小麦、100斤花生，他用国家牌价购买，而他和妻子都投身于这个商行的工作。

他走出土地,同时也走出了自己的历史。作为一个农民,他推过车,挑过担子,整过"大寨田",当过生产队长,还曾被评选为民兵"学习毛主席著作积极分子"。他好读书,好文娱,好搞创新性的玩意儿。当瓦匠,半年就掌尺,因为老瓦匠们舍不得花钱买工具,而他知道石家庄的泥板是最好的。村里搞剧团,他鼓鼓捣捣,组织起十来个人的小乐队。"文革"开始他又学会扎针,社员有个头痛脑热,不上公社医院,来找他。1983 年承包橡胶厂,发了财,三个支部委员和一个大队长,天天去抢账,他一气之下走出了村庄……

现在登州商行有四十多个职工,大都是在村里待得压抑的农民。侯日超一跃成为商行经理,下分经理办公室、供销科、总务科、财务科、信息科、工业科,现在分别在大连、沈阳、天津、北京、上海、青岛、哈尔滨等大城市派设有办事处和信息员。

信息观念在他们身上的建立,使我惊叹不已。

"搞商品流通,必须到经济发达的地方去办,经济发达的地方文化也发达,文化发达的地方,消费也发达,这样才能正确地了解市场。过去是秀才不出门,便知天下事,那是靠读书,现在光靠书本不行了,等书印出来,什么信息也晚了三秋。现在信息手段很多,电话、电报、广播、报纸、电视、联络网、社会交往。生产力发展的历史,就是交往不断扩大的历史……马克思讲人与人之间的关系,是经济基础的核心,只有有了人与人之间的关系,才能去创造财富。现在我们采用了广泛联系的方针,在经济学上叫'广泛联合',我们在这里是经营中心,在全国伸出了若干条腿,借助各地大中心,发挥咱小中心的作用。这叫'经济横向联系'。"他随手撕下一张印刷的信息调查报告表,说,"在外的办事员、信息员、供销员定期一个月寄回两次。"这表上有物品种类、价格、规格型号、数量、信息编号、市场形势、预测分析,"我们还准备搞密码,考虑到经济信息要保密。我们还聘请了法律顾问、经济顾问、政策顾问。"

在我面前的,绝不是"闰土"和"陈奂生"了!

我顺手抓起一份信息剪报,在"山东莱芜羊里公社,可收获优质大蒜 4 万斤寻求销路"这一段文字下面有红笔标示。

"你们准备买大蒜吗?"我问。

"香港八汇有限公司找我们订了 300 吨,照国家外贸价。"

"他们去莱芜联系过了吗?"

"没有。大蒜价格还要落,现在去联系价格不好商量。"

"你何以预测出大蒜要落价?"

"第一个信息,今年蒜薹多,蒜薹丰收,大蒜也必然丰收。现在买是我们求他,将来买是他来求我!”

其机敏可见一斑。

“我们搞的代购代销,是商品流通的一种形式,是市场调节的手段。现在我们也考虑办工厂,先上纸箱厂、饮料厂、瓷雕厂、裘装厂——这个是和外商合办的。还准备买专利……等到1985年可以打个漂亮仗,纯收入拿500万,向国家提供600万元税收。蓬莱缺大旅馆,外国人来了还要回烟台去住。我们准备盖个十三层的高级旅馆,要有占地100亩的高尔夫球场,将来蓬莱以它特有的条件——蓬莱阁成为烟台的贸易中心,吸引外商。他不了解你这些人,怎么投资?”

他回身用拇指指指墙上的彩色挂历,那是一幅夏威夷海滩浴场的照片:“你看这夏威夷海滨,我们蓬莱为什么不能搞成这样?”

他的笑容中或有当年“乐队队长”的率直和快乐。

“中国的革命,在某种意义上说是农民的革命,可是农民还没有得到应有的利益。三中全会解决了这个问题,现在政策允许你的思维发展。过去在农村是智力高的伺候智力低的。古话说:出头椽子先烂,烂也是一辈子。不要珍惜你的生命,一千岁又怎么样?要珍惜社会贡献……有人说我们吹牛×。随他!过去说吹牛×不纳税,现在吹牛×得纳税,不信试试!”

第四章 在历史的接合部上

是的,无数个瞬间,组成了人类历史的长河。

历史学家在研究历史的时候,没有忽视“瞬间”这个历史的“微粒”。战争的决胜,国家的兴衰,在某个瞬间所引起的质变:项羽鸿门宴却步于樊哙之勇,司马懿一念败退于诸葛亮的空城计,希特勒对盟军诺曼底登陆之失算……历史往往在某个瞬间悄悄地开始了一个时代。国家、民族的命运是这样,个人的命运也是这样。但历史毕竟是个记忆衰退的老人,它向后人叙述的,大都是些概念,而文学,却需要到光阴之河里去捕捞无数充满感情色彩的细节,组成它的艺术生命。趁历史还没有走远,我们还来得及去回首看一看那打着时代变革印记的无数个瞬间。

那一瞬间,他们像没娘的孩子
——困惑篇

“辛辛苦苦30年,一夜回到解放前!呜呜呜……”

烟台地区责任制的巨大闸门终于被撬动起来之时,在栖霞县一个山沟的野介大队办公室里,7 个党支部委员对着毛主席的画像伤心地哭了起来。

他们平均 55 岁,7 个人中有 6 个当过八路军、3 个二等残疾军人——个个是共产党的忠诚战士。这里是革命老区,许世友司令员曾住在附近的东下夼。他们给子弟兵缝过军装,养过伤员……是社会主义救了这个旧社会有名的“叫花子夼”,今天有了果园,有了水库,有了马车,有了柴油机和拖拉机……

这些家业,都是他们听毛主席的话带领群众创出来的。今天毛主席订的某些章程要更改了,是在他老人家已经不在了的时候……

“呜呜呜……”老年人的哭声是悲怆的。

那一瞬间,他痛苦地否定了自己
——省悟篇

这是个倔老头儿!

他很少服输。“文化大革命”中一连斗了他 33 次,在黄县,造反派都说他磨山迟家是“小台湾”,而他迟本达,就是顽固不化的“蒋光头”。在批斗大会上,“造反派”踢他一脚,他当即回敬一拳,硬是把“造反派”给打散了。后来,他磨山迟家成了“红色革命根据地”,县里的老干部,干社会主义的“铁柱子”,每天有几百人在这里吃饭。现在他大小机械 100 多台,汽车 3 辆,拖拉机 6 台,果园 1000 亩,还搞不过你的“大包干”?他有空就悄悄往邻队地里一蹲,不是去学习,而是挑刺儿。

和共和国同龄的县委书记杜世成,苦口婆心来劝说:“还是搞责任制好,700 户社员,就有 700 个‘队长’,专业化、社会化是今后的方向。”

老头儿不服劲儿,又不得不做出样子,把大锅饭改成“中锅饭”,一个大队分成两个,12 个生产队分成了 24 个生产组,中央不是说“多种形式”吗?

年底公社列表张榜,挂到会议室正面墙上,迟本达不敢过去正视,因为磨山迟家这个一向当“领头雁”的,一下子变成了尾巴梢子,简直令人不敢相信,却又是千真万确的事实!

那一瞬间,老头子垂下了白花花的脑袋,却装着用手去搔头……

那一瞬间,他失明的双目透进了阳光
——信仰篇

掖县是烟台地区的“西南大门”,紧挨着责任制搞得较早的昌潍地区。当初有的领导同志曾提出:“掖县要挡住西南风!”

一个双目失明的瘦小老人点着一根七尺长的竹竿走出来了,他是掖县过西乡徐家大队的当家人徐斌。这个双目失明的人当了30多年支部书记,他用一根竹竿探路,带着全村600多户人家,两千多口子人,从昨天走到今天。

一切都是摸索过来的。这或许反映了中国农民在特殊条件下的历史进程!

他是怎样把徐家大队领成一个“先进”啊——竹竿上刻着尺寸,翻过的地,他要逐块去量一量,看是否够深度。社员剜谷苗,他要去摸一摸稀疏。到后来,有的社员锄地光锄地头,糊弄他这个瞎汉,他检查生产,不得不点着一根竹竿,向青纱帐深处走去。过去,这一些被当作先进事迹,在各种会议上介绍,那其实是一种多么深刻的悲剧,一种多么令人痛心的象征!!

他率先实行了生产责任制。用竹竿捅破那长期以来形成的不符合实际情况的固有观念!

他率先发展了商品生产,办起了糖厂、面粉加工厂、冰库(这是我见到的第一座农民冰库)、修配厂……

他不能看电影,却在全公社修起了第一座带座位的农民影院;他不能看书,却办起了有数千册藏书的图书馆;他没有孩子在身边,却修起了连联合国的考察团也为之咋舌的幼儿园。

他看不见色彩,却在创造着彩色的生活!

王济夫带着《烟台日报》的总编辑刘鹏雁来到这里,激动不已,对总编辑说:“掖县有了领头人,发个头条!”

理解,你是阳光,把心灵的阴影驱散。

徐斌像保存家珍似的把这份剪报贴在一个本子上。

“还有磁带,是中央电台录制的,我拿给你听听。”他瞎瞎摸摸,挪动着瘦瘦的身躯,哼着小调,把磁带装到录音机里,按动开关,于是,关于他生命的信息,从女广播员那脆亮而充满感情的播音中传达出来:

“《当你回首往事的时候》……”

我坐在他的侧面,看到他仍然沉浸在广播员那动情的朗诵之中。我看到了黑镜片后面那畸形的深陷的眼窝,像两个喷发过岩浆的火山口,他的嘴在微微翕动着。仅存无几的睫毛上沾着水汽,红红的眼窝噙满了泪水,那心灵的潮汛终于汇集成一股水流,向下淌去……

我上车时,他伸出瘦瘦的手来向前摸索着,我知道他是在寻找我,要和我握别。

我握着他的手,久久不愿松开。

在这一瞬间我想到:痛苦在于我们这些不失明的人,让一个失明的战士为我们探路!

他是在用心看着道路。

那一瞬间,他求告无望,横下一条心

——励志篇

笑容,你来得是那么容易的吗?

谭绪佑离开“大锅饭”时也感到过无所适从,过去的一切都是队上的“父母官”包揽,现在,他这瘦巴巴、一头卷发的汉子要自己去闯生活之路。

到淄博去,嫂表弟建议他上个小作坊,生产“浮球式比重仪”,那是一家研究所设计的新产品。谭绪佑壮着胆子接回来试制,二十天后带着五只样品去了,研究所一鉴定,竟然惊奇不已:“这是你们搞的吗? 国营厂三个月拿出来算快的!”

“武宁电器厂”的牌子在这个偏远的滨海村庄挂起来了,赞同的目光,惊讶的目光,疑问的目光,嫉妒的目光都投向这个白漆黑字的木牌牌。

一个夜晚,木牌牌不翼而飞。

扛走木牌的人显然不是因为缺柴烧。

木牌不值多少钱,可那是门面啊,打人还不打脸呢。

谭绪佑去报告“父母官”,路上看到大队仓库的后窗被人撬了,他怀着对集体的感情,一并做了报告。

当天下午,队上的仓库后窗就派人钉上了,谭绪佑却在家等,等,等……

谭绪佑猛然省悟到什么,跺跺脚,自己做了一个沉甸甸的大铁牌子,焊上挂柱,垒进墙里去了。

那一瞬间,他怒发冲冠,破门而出

——求索篇

是铁,就要经受锤炼。

有人向黄县平里院大队书记战学忠介绍,平陵县有一套设备,能使粉渣酿出酒来。

年轻的书记被这桩便宜买卖迷住了,花五万元钱把这套设备买了下来,由那边派师傅帮助安装。

一天、两天、三天……

一个月、两个月、三个月……

社员们眼巴巴地望着,等着出酒哩。

可是酒总出不来。

战学忠打电报叫对方厂长来，杳无讯息。

那天早上，忽然有人告诉战学忠：那两位“人质”跑了。

战学忠赶去一看，果然人走屋空，留在酒厂的设备，成了一堆废铁！

那一瞬间，战学忠血冲脑门，狠狠擂动着门板，他意识到被骗了。牵线人和平陵厂方合谋，把一套毫无价值的设备坑给了他们。

5万元哪，平里院的父老姊妹口挪肚省的血汗钱哪！

战学忠带着合同到县经济法庭控告，花15元钱打印了一份诉状，直奔平陵县。

平陵县的法庭庭长回家收责任田的小麦去了。

战学忠在旅馆等了七天，后来终于见到了法庭庭长，庭长说：“办成办不成，先交2500元的手续费，相当你损失的百分之五。”

他已几乎囊空如洗！

战学忠直接找到了工厂里，厂里的人告诉他，厂长换了，不能办！

痛苦，已经超出了经济的范畴。

那个“一瞬间”成了一服明目的良药，使这个1978年才认识火车的“乡巴佬”学会了商品生产的市场调查、信誉调查。

北京王府井商场一块“电动剃须刀无货”的牌子，使他跑遍了南京、杭州、无锡、上海，亲自写出了一份三万言的电动剃须刀商品调查报告，接着把落满伤心泪的烧酒车间改成了电器车间，前后不到8个月。第一批电动剃须刀组装起来，拿到县里去鉴定，那些长着大胡子的局长、科长还不识其为何物！

平里院电器总厂的大牌子就这样堂而皇之地挂起来了。年产10万只，畅销11个省市，年获利润12万元。

战学忠，这个曾受过骗的农民企业家两眼闪动着智慧之光，一边和我吃着自制的牛奶冰棍，一边给我讲着“企业经”和“做人经”。

“我们乡镇企业是‘游击队’，打一枪换一个地方。国营办一个厂子，光厂房连批带盖得一两年，咱有间房子先干起来，等你厂房盖起来，咱产品又更新了。乡镇企业，必须看市场什么最活，最快……市场变化一天一个样，甚至一个钟头一个样。商品的竞争，是技术的竞争，信息的竞争，也是时间的竞争，有技术不用，转眼成了旧技术，一切都在更新换代。我们队办工业现在是由密集型到分散型——好多工序在社员家里……

“咱平里院人是有志气的。县里调我我不去，不是干不了，也不是因为待遇，我舍不得这么多好群众。在我有生之年，一定要给他们闯出一条路来，让贫穷、愚昧的状况一去不复返，让那些为革命献出血和汗的群众不再寒心。现在大队二十六户烈属,每年补他们每户2000元。现在平里院再不是让人瞧不起的时候了。”

第五章 属于自己的日子

1984年初夏,中南海紫光阁毗邻的一间办公室里,我和人民文学杂志社的周明同志、王南宁同志,以及女作家张洁,坐在一位长者的对面,听他谈农村体制改革的有关问题。他讲话的时候,用手拨动着写字台上的一个玲珑的地球仪:

“如果说中国的农业改革出现了奇迹,它的秘密在什么地方?我认为在‘家庭’两个字。这是逼出来的。现在我们千万不能把家庭经营的基础搞掉。从农业上来说,在发达国家,大量存在的是家庭农场。加拿大家庭农场占百分之九十以上,在美国,取得效益最大的也是家庭农场。社会的发展,还受家庭发展的制约。中国的基本国情是家庭这个细胞根深蒂固。几个家庭结合在一起,就不如一个家庭发展快……

“中国农村的自然半自然、自给半自给的传统经营方式,将要被摧毁。一个巨大的、繁荣的中国农村市场将要在世界上出现!

“太平洋经济时代将要到来!世界的经济重心将从欧洲移到亚洲。在中国将要出现一条黄金海岸……”

他又转动了一下地球仪,世界在迅速地旋转着。

我踏着旋转的地球,从紫光阁下走进了胶东的一座座农屋……

兄弟们

——关于性文化

国外一位学者说过,只有当一个男人和一个女人结合在一起的时候才是一个完整的人,这也许就是某些长期过独身生活的人为什么在个性上存有某种怪癖的原因。

我见到已经40岁的满玉贵时,他刚从滑石坑里爬上来。这个滑石专业户身上沾着白色的滑石粉,坐在那里,没有笑容,没有表情,没有言语,只是闷头抽着烟——他已被生活的雕刀雕刻成一个早衰的“滑石人”!

满家是有名的“光棍堂”,兄弟三个,加一个老父亲。三间草屋住着四个光棍,没有空间容纳异性。

大队干部像在为一块化石做讲解:“……咱村守着滑石山,过去不让开,后来王济夫书记在喇叭里号召大伙儿勤劳致富,弟兄三个去年干了一年,成了万元户……

是不是玉贵?”

满玉贵抬起头来,不正眼看人,“嗯”了一声,又闷下头去。

“去年盖了四间新瓦房,老六说上了媳妇。先弟弟,后哥哥……是不是玉贵?”

这话半带戏谑,满玉贵脖子转了转,没有吱声。

满玉贵也曾有过美好的青春年华,身上充满了生命的汁水。可是,当他进入“青春发育期”的同时,也进入了“饥寒交迫期”。那一年,老五得了“老虎卡”死在医院里,交不上住院费,医院不让往回拉尸首,一家人四处求借,又把一口半大猪卖掉,才把小尸首拉回来。没几天老三得了同样的病,医院干脆拒之门外,活活死在家里了。

从那,900 元的债务一直压得四条汉子直不起腰来。

一位心理学家说,青年期的本能发动是青年人格再造的契机。面前端坐不动的满玉贵,不正是由于两种饥饿、两种压抑造成的性格的变形吗?

“你们都帮帮他的忙啊!”我对众人说。

有人插话:“前天邻村一个治保主任坐拖拉机摔死了,撇下媳妇和两个孩子。”

我说:“抓紧给办!”

一个笑容在满玉贵脸上闪过,充满羞涩,也充满向往,像乌云遮蔽的天空忽然显出的一道霞光,把一个秘密也透露出来——前些年由于物质生活的匮乏,这个老光棍已经断了娶亲的念头,现在的致富之路又唤起了他的阳刚萌动,“死灰复燃”。不久前,县里开专业户代表大会,满玉贵特意去做了一身料子服,他要像个人样地走在女同胞面前!

今天的性文化尚受着经济的制约。当我们清算“左”的路线对中国农村造成的挫伤时,很少把性——这一具有人类意义的事情考虑在内!

“你要去坑里看看吗?就早一些……”满玉贵面孔对着我,眼睛却不看我。

我随他下到了深深的滑石坑里,那里面又潮湿又黑暗,有些地方要趴下身子才能过得去。

他每天就下到这里面,跪在地上,用镐头一下下刨掘着,然后用辘轳绞上去。那是对自己命运的刨掘,对失去年华的刨掘,他要从那里面寻找出失落的希望吗?

回到满玉贵家来,76 岁的老父亲气喘吁吁地对我说:“早年给玉贵提亲的也有,一打听,弟兄多,不干;这几年有提的,问有房吗?一听还没盖,又不干。哥哥没有,弟弟也不找,两个都误下了……这眼下钱不愁了,俺打算再盖他八间房,给老大和老二娶上媳妇,俺也就没心事啦。”

对面是老六的新房。

那是沙漠里的一片绿洲,那是一座不会幻灭的"海市蜃楼"!

新房是一个诱人的红火的世界。顶棚上裱着粉红色的花纸,坑上放着火红花被。屋子里到处都是"花":花瓶里插着的,镜子上挂着的,塑料花盆里"开"着的,还有缝纫机上蒙着的……玻璃板下压着小夫妻到大连旅游结婚留下的合影。有一幅是在圆明园"创造世界"的石碑下照的。新房充满了温馨的气息。

新媳妇从山上回来了,她粗壮,健康,圆圆的脸盘,双眼皮,长得很喜相,而且,她的腹部已经微微隆起……

她走进了这个家庭,不但实现了一个"人"的个性的和谐与完美,也给这个濒于破灭的家庭带来了生气和活力。

新媳妇在炕前叠着从院里收回的一堆衣服,不时用目光瞟一下陌生的客人。

而满玉贵站在门外,一直没有踏进这个"世界",也从不看他的弟媳一眼,只顾闷头抽着烟。阳光下,他的脸有几分涨红。

他站在幸福的门外,
丢掉了钥匙。
他在等待着,
寻找钥匙的人归来……

姊妹们

——关于女性的尊严

这是在著名的"金城天府"招远县城里,一个"姊妹理发店"的招牌,受委屈似的挂在凹进去的街面上。

这招牌引起我的好奇心:"这是农村来的个体户吧?"

陪同我的同志神秘地朝我摆摆手:"别提它了!"

"怎么回事?"

"不正经……卖淫。"

"这不会!"我不知为什么一下子就站在她们的立场上,"光天化日之下,怎么可能呢? 再说有街道,有公安。"

"街上都这么说。"

"你见过吗?"

"没有。"

“我们下午去理理发吧!”

“不……我不去。”

下午,我们还是一起去了。但陪同我的同志跨进姊妹理发店时的神色是紧张的,还下意识地回身看了一下是否有熟人瞧见。

屋里的理发设施一应俱全。墙上挂着《大众电影》《大众电视》《人民文学》和一些小人书。长案上放着一些摇铃、汽车、吹塑动物等儿童玩具,长案下面还放着一些雨伞。经营者的慧心可鉴。

三姊妹身穿白色的工作服,正忙于刀剪声中。她们的年龄在 16 至 25 岁之间。都生得白皙、苗条。老大温柔、沉静,烫着“波浪式”;老二留着“波卷式”,看得出性格比较活泼、伶俐;老三是“青年式”,嘴角上含着一股刚强之气。她们的目光一直低垂着,里面藏着沉重的东西。

大姐理完了一个,淡淡地望了我一下,那就是她的语言了。我过去坐定后,主动和她搭讪:

“你们是从哪里来的?”

“陈家沙埠。”她很矜持。

“家里几口人?”

“七口。”

“分了多少责任田?”

“三亩。”

“种地怎么办?”

“农忙了回去。”

“吃饭呢?”

“原来从家里带,现在买着吃。”

“住在哪里呢?”

她乜了一眼镜子里的我,冷冷地:“城里。”便垂下眼皮,不愿再回答我的问话。

姑娘,你不要误解了文学,生活走到哪里,文学就跟到哪里。它愿做每一个生命的守护神,为她艰难的跋涉喊一声号子,为她暗夜的寻觅送一支烛光。姑娘,愿意向我打开你的心扉吗?

姑娘的名字叫郝朝霞,两个妹妹叫郝彩霞和郝丽霞。这是霞光一样美丽的名字,却落在一个贫穷的村庄里。干部走马灯似的换了一茬又一茬,到如今村里一个工副业项目也没有。队里规定:凡是劳动力都得向大队交费用。男劳力每年交二百,女劳力每年交一百(这和那些商品生产发展比较好的大队,给予农田补贴形成了鲜明的对比)。她们家欠着队里600多元的账,郝朝霞初中毕业后,只得辍学回村,跟着当理发员的父亲学起了理发……

"姊妹理发店"的牌子在招远县城挂起来了!那店牌牌上的字是干了一辈子理发营生的老父亲亲手写的。

农村姑娘进城办第三产业,这本身就是一种挑战,向国营企业的"铁饭碗"挑战,向传统的习俗挑战!这种挑战必然要遇到传统势力的反击。

她们按照美的原则去修剪着生活,而生活却把丑恶推到她们面前——

一群喝醉了酒的青工晚上闯进来,视这些农民的女儿如手心玩物,口出秽言;一个心怀叵测的人把一张纸条塞给姑娘,约她幽会;捕风捉影的谣言随之而起……

在中国,有什么比这种道德的飞短流长更能置人于死地?有人要把无形的裹布重新缠到她们脚上。

这个小小的理发店,离县政府并不远。但愿妇联、共青团的目光早日注意到她们!

临别时我对她们说:"你们可以把土地转让出去,专一在城里从事这项工作,还可以在城里买地皮、盖楼房,理直气壮地生活!"她们不时地发问:"这行吗?行吗?"

行的!扬起头来吧,姐妹们!你们已经作为先进生产力的代表,走上了历史的舞台!用你们手中的剪刀,去剪断传统束缚在你们身上的绳索。这是新的妇女运动史!在韧性的抗争中,取得你们的自尊、自强、自重、自爱!

女性的尊严,在你们自身的创造之中!

夫妻们

——关于夫妻关系

(夫妻关系一:蘑菇,开门吧!)

他,姜希增,腰里掖上一头"猪",千里迢迢去山西原平农学院找一位李教授。他在《中国青年》上看到李教授关于食用猴头菌可以抑制癌症的文章,专程去拜师——他的父亲和祖母都是因为癌症过世的。

他从山西买回了菌种,他回家来搞的试验却失败了。

妻子史春芝犯了胃溃疡,在炕上一边哼哼一边抱怨:"家里穷得连饭都吃不上,你把一头猪胡摆治了……"

姜希增一肚子火气正没处出,吼了一声:"老娘儿们家就会穷叨叨!"

这使史春芝大为伤心,她本来就满肚子委屈。当初和他结婚,那是冲他在外面

"吃国库粮",指望跟他"跳农门",上大城市。1961 年工厂下马,他捧着个"光荣证"回了乡。混不上吃,混不上穿,每年靠一位吃薪金的叔叔捎包旧衣裳、补贴 20 块钱接济。两口子每有龃龉,史春芝总少不了一句传统骂语:"当初俺上了你的当!"

每听到这里,姜希增都不再吱声,好像这桩婚姻完全是由于他的骗局造成的。

他想再去一趟山西,却筹集不起路费。

后来听说莱阳农学院也有微生物课程,便瞒着老婆骑上自行车去了,在学校大门口见人就拦:"哪个老师教微生物?管种蘑菇?"

史春芝一天没有见到丈夫,心中好生纳闷,待傍晚看到他又傻呵呵带着一些菌种回来时,一赌气关上了房门。

"他妈,开门吧!"

没有吱声,和旧生活告别的夜晚是凄冷的。

"蘑菇,开门吧!"

蘑菇向他把门敞开了!他在室内试种了 20 平方米的蘑菇,获得了可喜的收成!

姜希增又拿出半亩责任田来种植他的理想。1983 年收入 9000 斤蘑菇,纯收入 5000 多元;菌种收入 3000 多元。还有个收益是老婆的变化,她的胃溃疡竟然吃蘑菇吃好了,脾气也变好了。

现在姜希增是胶东有名的"蘑菇状元"。他不仅在本村带起了十几个专业户,还搞"技术输出",应邀到各地做技术指导,光缴学费的学生就有 60 多人。

"他出去跑,家里这一摊子就撂给我!"史春芝爽快地对我说。

"你会吗?"

"看也看会了!过去我不是反对他,是对经济不放心。孩子还上学,拉下饥荒怎么办?现在他花 3000 多块钱买设备,我都不说他……"

姜希增自得地坐在"生当作人杰,死亦为鬼雄"的诗联下,他不但敲开了致富之门,也在"拜师"的热潮中得到了一种精神的满足,一种人格和道德的完善。现在他反过来挑剔着妻子:"老娘儿们家眼光就是短浅,光认钱。有几个钱,又烧得慌,要给孩子做'将军服',你怎么不做个'元帅服'、做个蟒袍玉带?老百姓要穿老百姓服!"

史春芝像个少女似的,嗔怪地瞧他一眼:"就你能!"把一杯浓茶摆到他面前……

商品生产调节了这个家庭的夫妻关系,虽然它不免带一点"夫贵妻荣"的封建色彩,但毕竟是靠自己的劳动换来的和谐和荣耀!

(夫妻关系二:空中丝绸之路)

我在牟平龙泉乡访问了一对年轻夫妇,他们乘坐飞机到西藏销售服装,开辟空中"丝绸之路",充满了传奇色彩。这不仅意味着他们的时间观念和生活方式的改变,其中还包含着一种象征:新一代农民在起飞。

小媳妇叫于政芳,今年23岁,她已经不甘于母亲那样的生活——把一双脚用布裹起来,一生厮守着锅台和鸡窝。首先在"终身大事"上,她就摈弃了"媒妁之言,父母之命"的旧传统。

从我记事起,村里就有一些不断翻新的有关婚俗的儿歌:"小嫚小嫚快快长,长大了跟村长,穿皮鞋嘎嘎响……""一个兜的靠边站,两个兜的看一看,三个兜的叫爹也干!"发展到近来已是:"收音机带相片儿(电视),缝纫机带锁边儿,自行车带冒烟儿,手表带跑星期天儿。"这些儿歌虽不能登大雅之堂,却在某种程度上反映了经济变化对人们婚姻观的影响。

而今,姑娘们在寻找发展商品生产中涌现出来的能人。于政芳就是几年前到威海给包工的农民做饭时,认识了"工头"吕宝帅,主动求爱的。

我第一次去吕宝帅家访问,夫妇双双去温州做生意去了,只有外公带着小燕妮(看来他们还是崇拜马克思的)在家看门。

我第二次访问见到了于政芳。她上着粉红色的确良夏衫,下着乳白色的百褶裙,坐在折叠椅上。而炕头上横着一个一米多长的老式大枕头。

挺秀气、时髦的一个姑娘,一张口却不时显露出粗野——她保留着祖辈传下来的一些语汇:"驴××进的""妈拉个腿儿"……而一提及夫妻关系,她总是说成"老婆汉子"。

她讲起坐飞机的感受:"真舒服呀!开始上升的时候难受一阵儿,飞平了什么也觉不出来。云彩绒嘟嘟的,伸手就能抓住,就和画上的嫦娥奔月一样……"乘了几个来回的飞机,她体验了"嫦娥奔月"和"仙女下凡"的滋味。上百元一张的飞机票,节省了14天的时间,这是他们的父辈所不具有的时间价值观。

"死了也闭眼了,不光坐了飞机,还坐了大轮船!"她说着,拿出一本大相册,那上面有他们在各地的留影:有的在布达拉宫,有的在西湖苏堤,有的在上海南京路,有的在天柱峰……那全是用自己的照相机照的,他们过着旅游式的生活。从这些相片上可以看出一个农村姑娘的演变,由"炊帚把"到烫着披肩发;由粗布衣到时髦裙装……她自豪地说:"就差香港和台湾没去了!"我看到茶盘里堆着些废车票,那是没有人给他们报销的。

“现在还去西藏吗?”

“不去了,最后一趟让人坑了一下子。”她不愿讲被“坑”的详情,也不讲丈夫出差去了哪里,忽然对着外屋喊了声:“凯乐!”(那是印度故事影片《奴里》中一条狗的名字)接着一条大黄狗欢跳着跑进来。这个农民的女儿剥开一块价值两盒火柴的金纸奶糖,向空中一丢,大黄狗熟练地一下咬到嘴里,甜甜地嚼起来。她接着又剥开了第二块……

(夫妻关系三:青烟升处有人家)

1983 年冬月,邢春香去江苏金湖县农机厂看望当临时工的儿子,这是她第一次出远门。

她在那里看到橡胶车间全是女工,活儿不累,也挺赚钱,设备只是一个压力板和一个小烘炉。

邢春香带了几个橡胶制品回来,和老头子肖振竹商量:“咱办个家庭工厂吧。”老头子摇摇头说:“上哪弄资金?”邢春香说:“现在兴贷款,挣了再还!”老头子又愁销路,邢春香说:“孩子有个干爹跑供销,能帮忙。再说一回生,两回熟,三回成了老主顾。”老头子还愁没技术,邢春香说:“咱儿子就能当老师!”

经过一番筹措、铺排,第一批货出厂不久,嘎嘣嘣的票子就汇过来了,这一下小山村轰动了!村里大闺女、小媳妇、壮小伙子都争着来当“工人”。现在这位老嫂子自命为“经理”,讲话满口新名词儿:

“眼时咱体制小,用不了这么多人,资金也流动不开。

“这一次生产的都是汽车、火车上用的橡胶制品,销北京汽车装配公司,天津宏光五金厂、吉林铁路上、银川刚拉上关系……跑外都是我,采胶得上远地,沈阳、天津……老头子从来没出过门,打怯……

“说起来我进这家 20 来年了,连个饽饽也吃不上,光吃地瓜。一年分三四十斤小麦,不够来客的,有一口半口好吃的,也都先尽他爷们儿……”

丈夫肖振竹——那个被控诉对象,在忙着做午饭,一直没有搭言。这个种庄稼能手,现在矮了半截。他作为家庭重心的时代已经结束了。

瞧这一家子

——关于家庭内部关系

今天,以血缘关系和传统伦理道德维系着的农村家庭,正接受着新文明浪潮的冲击,正悄悄地产生着一些微妙的变化。

这一家子是掖县徐家公社原家大队人。全家 13 口人,成员构成是 4 个儿子、3

个儿媳、1 个女儿、2 个孙子、1 个孙女,加上老两口。按常规,这个大家庭将面临分家的边缘,家长们也只能靠伦理观念和封建的家长权威来调节儿女妯娌之间的矛盾。

1983 年初,54 岁的原成芳老汉为了给家中的劳力找出路,办了个家庭塑料厂。

老汉和老伴商量:“队上办厂子为什么跨了？就是没有章程,整天打打吵吵,最后只剩下个空房子。”老伴说:“都是自己家里的人,定不定规矩不要紧。”老汉说:“那不行,丑话头里说。现在不定,以后出了问题再定就晚了。”

晚上,老汉召集家庭会议:

“中央叫咱致富,咱得给政府壮壮脸,咱这个工厂要办就办好！现在竞争这么厉害,没有个章法不行,第一条咱得有个厂长!”

当然,没有人敢和老汉竞选,儿女们只觉得新鲜有趣,忍俊不禁举手通过了“爹厂长”。

老汉说:“好,我是厂长了,就按工厂的条条办。麻雀虽小,五脏俱全,下面我来给你们分分工……”

这位“厂长爹”的分工是颇有心计的:大儿子兼会计;闺女兼考勤员;老四负责生产调度和质量检查、现金保管——他没成家,没有私心;老汉兼管技术和供销;老伴管“后勤”。8 个劳力,分四班倒,6 小时一班,每班有定额。媳妇、姑娘工资制,每月 25 元,这是搽胭脂、抹粉钱,年底再分红。坚持考勤制度,迟到 1 分钟扣半天工资,超过 5 分钟扣 1 天工资……

章程订出来了,全“厂”通过,大红纸一写,贴在迎门墙上。

大媳妇娘家是珍珠乡大辛台人,来去 30 里。一次回娘家,她晚回来 10 分钟罚去了 1 天工资。大媳妇第二次回娘家,撇下已经下到锅里的饺子,一身大汗地蹬着车子赶回来。

我去这个家庭工厂访问时,他们已被评为“五好家庭”,女儿原素玮被评为“好小姑”。

我问这位“好小姑”:“你和你嫂子那么好,替她多干一会儿不行吗？干吗要罚呢?”

“好玄！这个嫂子误一会儿,那个嫂子误一会儿,还不把我累死!”

他们不是在人为地创造戏剧。商品生产迫使他们走向社会。在过去从事集体生产时,家庭成员之间的经济关系,基本是在消费领域中。消费和传统的伦理家教,成为联结家庭的两个纽带。现在家庭成了一个独立的生产单位,他们不光用生产者的观点考虑问题了,还要从经营者的角度考虑技术、信息、市场,他们需要提高效率，提高竞争能力。在时间观念上，他们不能再像过去那样只分春夏秋冬，或者含糊地“吃顿饭的工夫”“抽袋烟的工夫”。家庭成员之间不仅有直接生产的关系，还有交换劳动和交换产品的关系，甚至竞争关系！家庭成员之间的分配关系随着生产方式的改变也在发生着变化！他们像艘古老的小船驶出平静的港湾，迎着波涛向彼岸驶去，船上全体人员需要的不是固守那些陈旧的道德规范，而是要务尽职能，变成一个协同一致的集体、奋力如一的整体，当巨轮迎面开过，涌起的惊涛要将它吞没时，它可以迅速地调转船头，驶向新的海域。

第六章　宁海镇的共产党人

你见过罗丹的雕塑《思想者》吗？

他赤裸着身子，肌腱隆起，头颅被思想压得低垂下来。他精神专注而严峻，你感到他是在做自身和人类命运的思考。由于思想，你感到他生命内涵的力量。

现在坐在我对面的，是宁海镇年轻的镇委书记谢玉堂。他中等身材，略胖，浓浓的黑发呈“剑拔弩张”之势，目光兼有敦厚和睿智，举止老练持重，颇有处变不惊的大将风度。在和我交谈的间歇，不时陷入一种沉静的思索之中，那沉静中蕴含着一种激烈的奔腾。

时代把才华和命题同时给予了这位农民的儿子，他热爱生活，热爱土地。借十一届三中全会的东风，他“壮士不下马”，带领全镇人民四年跨出四大步。1978 年宁海镇的工副业项目仅有 20 多个，现在已发展到 800 多个。1984 年全镇总收入将达到一个亿！——宁海镇人提前 16 年翻两番！在我国北方，这可能算得上佼佼者！

我把旋风一样奔忙的镇委书记拖到幽静的“风云林园”。

风云林园也是他的政绩之一。十个林区，修起了十座样式迥异的小楼，有哥特式，有古典式，有东洋式，使古老的山区洋溢着现代化的气息。这些小楼既作为各分场的场部，还准备接待科学家、教授、画家、作家（我是第一个被接待的蹩脚作家）。擅长书法的市委书记王济夫挥毫为总场场部题下“风云楼”三个大字，取风起云涌之意。

“山不高而秀雅，水不深而澄清，地不广而平坦，林不大而茂盛……”谢玉堂坐在“风云楼”内的沙发上，借《三国演义》中描绘诸葛亮隐居之地的文字，自喻风云林园。这位年轻的党务工作者的气质，已远远不同于当年的老镇长、老乡长。

“宁海镇的变化，应归之于三中全会后三个结构的改变。”他像个理论工作者，也像个韬略家，开始给我讲述宁海镇繁荣的奥秘。

“第一是农业内部经济结构的改变。

“中国农村的单一经济，已经走到尽头了！我上任后把65个大队做了一次全面的调查，全社人均一亩多地，城里大队才半亩地，在土地上‘翻番’能翻出个什么名堂？‘汉子推，老婆拉，一天能挣四毛八。’人，这个生产力中最积极最活跃的因素，长期以来被束缚在凝固的传统经济模式里。

“‘三级所有，队为基础’在60年代初纠正‘共产风’的时候，起了积极的作用，但是，‘队为基础’对发展商品生产，起了阻碍作用。土地、资产、劳力、分配，生产队是‘一统天下’，外出搞副业一天挣三块、四块，得交到生产队拉平分配。生产队把劳力死死钉在土地上，要发展商品生产，不放人权，怎么发展？毛主席在《六十条》中对‘队为基础’的批语是‘三十年盯不变’；再按两个‘凡是’的观点，‘生产队’要延续到90年代。那能行吗？

“随着农村责任制的落实，商品生产的发展，劳动力的重新组合，生产队的消亡就成为一种历史的必然。

“82年秋种以后，我把全公社150个生产队长召集到一起，向他们宣布：‘你们的历史使命结束了！生产队一级将从中国的地平线上永远地消失了！这些年你们带领群众立下了汗马功劳，党和人民不会忘记你们。

“生产队的取消，突破了一个根深蒂固的传统观念——农村，就是从事农业生产的地方。解放了的生产力，在完成着自身的历史转折，从‘体力型’转向‘智力型’，从‘农业型’转向‘农工并举型’，不停地改变着农业内部的经济结构。

“随着农业内部经济结构的改变，农村原有的知识结构就不相适应了。农民长期以来束缚在单一的知识结构里，沿袭着神农氏就有的农业知识。机械化虽然给他们带来一些新的东西，但没有根本改变他们板结的知识土壤。过去农业的改革，都限于优良品种的调换，复种面积的增加。农民依靠四大作物创高产致富的希望，像肥皂泡一年又一年地破灭了。现在农民把致富的希望从农业转向商品生产，他们对知识的渴求也转向了商品生产，但是他们没有条件进行专修。我们充分发挥了全镇680多名外请技工的作用，他们用新的知识、新的文化，医治历史留给农民的‘贫血症’。全镇近年又开办经营管理、财会、修配、制图、机械、铸造、电器、塑料工艺、铝制品等42个专业培训班140余期，成千上万的农民从板结的土地上站了起来！

“干部的组织结构的改变，是最重要的一条。改革首先要改‘火车头’，把‘蒸汽机’改成‘内燃机’。我刚来的时候，全镇大队一级干部，60%以上是土改和合作化时期的老同志,习惯了搞单一农业。这几年我们逐步调整了40多个班子,改革用人制度,铁饭碗要打破,铁椅子要推倒,把不适应商品生产、只知道‘腚朝外,头朝里,抡起大镢使劲劈’的干部调换下来。时势造就着一代新人,现在是大将出马,元帅开帐,全镇出现了一大批‘混世魔王’,把个宁海镇闹得天翻地覆!”

我惊叹,这一番“结构学”出自一个年轻的农村基层干部之胸!但作为文学,我需要索取形象。不想他“顺手牵羊”,抬手指指进来送水的林场场长曲松庆说:“他就算一个……”

不拘一格
——用人之道一

这个经营着几万亩林场的场长的出山(或叫“进山”)是别具一格的。他原是桥子大队的一个社员,谢玉堂第一次听到他的名字是从“片长”汇报中,说这个曲松庆为盖房的事情顶撞大队长,片长去批评他,也被顶了回来。

谢玉堂派人把曲松庆叫了来,这个年纪比镇委书记大的庄户人,带着“官官相护”的成见,在他对面坐下。

“曲松庆,你知道我叫你来干什么吗?”

“知道!”曲松庆心有灵犀一点通。

“你头上的小角长得还挺硬邦的呀!”

“我割的肉在家都放臭了,大队长不让盖,把地基都给扒了!”

“你先把房子停下。”

“为什么?”

“因为你和大队有矛盾。”

“当初盖房是党委批准的,现在书记和大队长闹矛盾,把我牵扯进去了,但是没有理由不让我盖房子。我的料都备好了,马上就要到雨季,再说我盖起一幢房也是美化了家乡,美化了祖国……”

曲松庆不卑不亢地对答着。他那布满血丝的眼睛里,透出一种骨气。

“你先回去,等候公社派人去处理。”

“停下不要紧,你什么时候给我解决?”

“三天之内!”

曲松庆临走站起来说:“谢书记,当领导的处理问题首先要搞好调查研究。你的批评涉及我曲松庆,对的地方,我马上执行,偏的地方,我得保留意见……”

那是一个不软不硬的钉子。

一个月之后,谢玉堂第二次把曲松庆叫到办公室里来了。

“你找我……有事吧?”曲松庆带有戒备地看着谢玉堂。

“镇党委决定让你到南山林场担任场长!”

“我……”曲松庆吃惊地瞪大了眼睛,他不敢相信这是真的,“我……行吗?”

在谢玉堂眼里,面前的这个曲松庆已毫不陌生了:他当过生产小队长,他在东北大兴安岭伐过木,他……谢玉堂似乎并不准备打消曲松庆的疑虑,而是像对一个已经任职多年的林场场长那样说:

“几万亩林场,战线很长,那是全镇人民用血汗把它建起来的,你得明白这个分量。现在就由你来着手组林场的班子!”

当我年底第二次见到这位从土坷垃中拨拉出来的风云林场的场长时(现在他已成为一名宁海镇的共产党人),他已经以林场为大本营,把事业的触须伸到了四面八方:办起了宁海刺绣厂、宁海第二百货公司、风云金矿、风云羊肉馆、贸易公司、花木公司、建筑公司、冰库、砖厂、鸡场、客车出租。这个年近半百的人,成了一个大“托拉斯”的董事长。鬼知道他还从哪里弄了一辆黑色的“上海轿子”,进山的客人都用它接送。坐在飞驰的汽车上,你可以感觉得到现代动力正冲击着古老的山区!

好马也吃回头草

——用人之道二

谢玉堂刚上任的时候,杜家疃是有名的“幸福村”。所谓幸福,并非丰衣足食之喻,而是领导班子涣散,社员可以任意逍遥。全村几百口子不仅工副业项目没有一个,1981 年春谢玉堂带工作组进村时,还带去 5000 斤救济粮!

老支书胡风洲和能说会道的大队长孔庆富尿不到一个壶里,而过去来驻点的干部们,大都倾向于老支书(人们惯于对“老”有感情),而把孔庆富说得一无是处。

为了维护领导班子的统一,谢玉堂把孔庆富的大队长职务撤掉了。

孔庆富跑“单帮”去了,到南乡涝夼大队的果酒厂当供销员。

涝夼大队支书张培清,也是胶东半岛上一名豪杰。他利用昆嵛山天然泉水资源办起了果酒厂,出产的枣酒、桃酒闻名遐迩。

孔庆富的“能说会道”成了发展商品生产的优势,他懂信息,会核算,能交往,每到一处都能很快地打开局面。

1982 年 2 月,谢玉堂托人捎信让孔庆富回来。

“你找我?”孔庆富心里忐忑不安。在他被撤之后,曾大大地散布了一番对镇委书记的不满。

“我撤了你的大队长，你知道是为什么吧？”

“知道，我欺负胡风洲！”

“你下台以后有什么感想？”

“挺苦闷的。我年轻力壮，想干一番事业……我想党委撤了我，这辈子不会再用我了！”

“你对村里的工作有什么想法？”

“俺这个村……我干比他们干好。”

“你们那个‘幸福村’穷成那个样子，你有什么施政纲领？”孔庆富丢掉了拘束，对着镇委书记念开了“商品经”：上建筑、上翻砂、上果酒……果然头头是道，高人一等。

谢玉堂说：“党委研究一下，你准备当个工业大队长。我给你厂房，再给你一部分资金，先把果酒厂办起来，你们村还是商品生产的空白……”

一个月之后，杜家疃村果酒厂就酿出了第一批果酒，一口大缸飘溢着醇香。镇党委成员应邀去品酒，谢玉堂酒未沾唇，先已感到了甜意。

姜是小的辣

——用人之道三

1982 年春节前，谢玉堂坐孔家疃大队的吉普车去海阳开会。路上，司机说：“谢书记，我给你推荐一个人吧。”

“谁？”

“王家疃标准件厂的厂长王荣团。你要起用了他，王家疃就有希望了！”

“你这么熟悉他？”

“他是我小舅子！”

这位司机还真有点“内举不避亲”的古人风。

对于求贤若渴的谢玉堂来说，这信息的价值不可估量，因为逐渐落后于形势的王家疃，正需要一个得力的接班人。

从海阳回来，谢玉堂就迫不及待地去了王家疃标准件厂。年轻的厂长站在冲压床前冲压着螺栓，他那宽厚的肩膀，似乎在等待着历史交给他的新使命。

这果然是个难得的能人。开始，他一个人管着大队的扬水站，守着一台柴油机，他不满足于这种赋闲的营生，建议大队利用柴油机办个磨坊，一举两得。

磨坊办起来了，他见市场上缺螺栓，就去买了一块 45 号钢，用钻头钻上眼，再用钢锉加工,做了一个模具,再加上一把铁锤,一个星期就出了第一批产品。附近的丝绸厂听说了,一下子全买了去。一个模具、一柄锤子,一天竟能挣到4块钱,而当时队上的工值是8角。

眼前的标准件厂成为拥有成套设备和200多人的颇具规模的工厂了,它的产品已经打到8个省,收入占全队总收入的80%以上。可是,王荣团还不是党员!而支部5个委员都靠在农业上。

新时期要什么样的共产党员?我们用什么样的新鲜血液充实党的基层队伍?经济工作搞不上去能不能算个好支部?年轻的镇委书记在深思。

任何一种结构的改革,都不是一帆风顺的,谢玉堂遇到了历史因袭下来的强大惯性。

8年前,王荣团向党支部递上了第一份申请书,到现在加起来8次申请、6次填表,党支部还要对他再考验,因为他"太年轻"!

年近花甲的老支书王应运,是城关一带拔尖的好书记,执行政策从来不走样。他资历长,辈又大,村里人都敬仰他。他看不惯王荣团这个"孙子辈"的一些做法。他认为他走的是"白专道路"。有人来厂里联系业务,留下吃饭,老书记得知必说:"不行,咱不能搞不正之风!"去东北买车床,要带点花生米,老书记一摆手:"不批!"两个人碰碰磕磕的,少不了冒点火星。

在王应运眼里,王荣团是一只"刺猬",丢了舍不得,捧着扎得慌。他是王家疃的"财神爷",1981年支部给他定额12万,他咬咬牙干出个20万!1982年给他定了24万,他一下子干了35万!1983年定了40万,他要创到55万!

王荣团像个腾空而起的风筝,扶摇直上九重霄,老支书手中那一缕细线随时都有崩断的可能!

老支书向工厂派去一个"党代表"——一位离休的老党员王典乐,起个"监督"作用。不想"党代表"干了两年,竟和王荣团"通同作弊"。谢玉堂去调查时,"党代表"说:"谢书记,我站在党的立场上说句话,王家疃要得好,非得王荣团来干书记!"

老支书闻风而动:"谁解决王荣团的组织问题,我官司打到中央!"

谢玉堂一次次找王应运促膝长谈。

无效。

就在这时,王荣团撂了挑子。

正值各村向镇里呈报1983年生产计划,老书记战战兢兢地去报了个78万,而镇里要求他们拿到120万。

王荣团要是一直把挑子撂下去，78 万也保不住呀！老支书嘴上起了燎泡，他硬着头皮走进了王荣团的家门，对这个“孙子辈”说：

“你的组织问题，支部早在考虑……”

王荣团把腿一伸：“我不是为‘组织’不干。我是一个群众，没有那么大的能力再干下去了，标准件厂那么大的‘西瓜’，支部不应该去捡起来？”

老支书被噎住了。他万万没有想到，他掉进了这位年轻共产党人的“圈套”之中。这一切，也包括王荣团的“台词”，都是镇委书记一手导演出来的。

这也算“斗争艺术”——狡猾狡猾的！

“孙子辈”治住了“爷爷辈”！

王家疃的这场斗争并没有因此停止，他和后面的故事连接到了一起。

论资排辈

——用人之道四

幼年的时候，我把那相距二里之遥的东油坊看成是“天府之国”。他们在全县第一个办起了农业合作社，第一个小麦亩产过千斤，第一个日工值达到 1 元。他们种植的大蒜创过亩产一万二千斤的记录。那是一片富庶之地，是人间乐土！东油坊找的媳妇，都是百里挑一的！

这个村因有一座古老的油坊而得名。那古老的油锤声虽然早已消失在历史深处，但是，古朴的村风却世代延续下来。至今，这个村里的人不赶集，不站街头，不大吃大喝，有了钱攒起来，包一层裹一层，再套上一把锁。搞传统农业，谁也搞不过他们，从中华人民共和国成立以来他们就在全县遥遥领先，各村的土墙上大都写着这样的标语：“学路线，狠抓纲，坚决超过东油坊！”

东油坊人心里有谱，摆弄土坷垃，够你们赶一气的！

可是，后面的人坐着汽车撵上来了——

孔家疃书记曲培萱，有一天乘坐吉普车到东油坊办事，东油坊老支书曲廷璞看了硌眼，一见到谢玉堂就叨叨：“你说他年轻轻的，不是摆谱吗？挣了两个钱烧的！”谢玉堂说：“不是他‘变’了，是你应该适应新形势了！”

曲廷璞心里不着实，又和本村社员叨叨：“过去的干部，连自行车都不骑，现在有些年轻人坐着吉普到处颠，他们怎个看法？”一个社员当即回答他：“人家书记坐汽车，社员跟着拿坐汽车的钱！咱的书记坐牛车，咱就跟着挣个牛车钱。俺巴不得你去坐飞机，跟着你挣坐飞机的钱哪个不高兴？”

曲廷璞被震动了！不久，又一件事更震动了他：镇党委组织全体支部书记、大队长巡回参观。去了西关,去了新牟,去了王家疃,去了孔家疃,唯独把东油坊隔过去了。曲廷璞当时正住院,听了以后心里难受啊。5尺长的汉子,入党30多年,让人“绕”过去了!(这又是镇委书记的激将法之一)他若在场,真要找块石头碰死!

谢玉堂到医院来看他,安慰他:“你好好养病,让你干20年!”镇委书记知道他的心病,给他吃“宽心丸”。

他已当了16年支书,想巴结着凑个整数——20年(前一任支部书记曲维模任职也是20年)。可是他一出院,谢玉堂就上门让他考虑接班人的问题,好像忘了在医院的许诺。

曲廷璞摇摇头:“我这几年培养了4个,一个好仔儿也没有!”

“孔祥烈怎么样?他行不行?”

“不行!他的外号叫滑石猴!”

“人无外号不发,孙悟空不是石猴出世吗?能七十二变、大闹天宫翻龙府,正好。他搞农业能那么专,搞工业也能专上去!”孔祥烈是当地有名的粮食专家,虽然不算年轻,可是个灵通人。他在一亩地里种出过1740斤玉米。莱阳县杨家庄请他去“指导”,他不用对方开口,就能说出小麦的品种;看看分蘖,就能说出某月某日播的种,这使杨家庄的人大为震惊。他过去不懂工业,学了七天“七大管理”“八大指标”,一下子考了98分!他是个识时务者!

“不行,把权交给他我不放心!”曲廷璞坚持着。

这场辩论一直持续到1983年12月20日,全镇1700名共产党员,集中在当年八路军的根据地嵎峡河大队,进行一年一度的党员整风学习,并进行支部改选。谢玉堂把曲廷璞、王应运,还有嵎峡河的老书记孙承善和王贺庄的老书记王顺成召集到一起。他们是宁海镇的四个元老,他们的身上带着农村工作的每一个历史时期——土改、合作化、“学大寨”、“文化大革命”……现在他们围着火炉子,听年轻的镇委书记讲古:

“刘邦起用韩信而兴汉,韩信年轻的时候,还钻过人家的胯裆;大将周勃是吹鼓手出身;樊哙是杀狗的,相当于咱食品公司的‘杀巴子’;陈平出身贫寒;萧何原来也只是个文书差事;刘邦也不过是‘片长’,十里亭长嘛!用人用其长,用其识,用其才……”讲到半截,谢玉堂出去接电话去了,曲廷璞对着三个老伙伴把拳头一攥、一伸,左右摆了摆,三个老伙伴立时理解了它的含义,那是他们几十年为之奋斗,付出了多少汗水和心血的东西,他们也从那里得到过骄傲和尊严。“这东西不能丢啊!”曲廷璞用强化的语气说。

谢玉堂又回过头来逐个谈心……这一夜，在这个小小的山庄里，老一代共产党人和年轻的共产党人都失眠了。

第二天，曲廷璞早饭也没吃得下，不过，他的话倒是表达了四位“元老”的心声：“我要是犯了错误下去，摔我南墙上没意见，可我没犯错误！我知道车子转弯时要甩下一些人。我18岁当兵，跟党干了这么多年，从来没甩下去过。30年啦，我不想离开，心里难受——可是我听党委的……”

宁海镇的共产党人永远忘不了四个老书记向昨天告别的那一刻。主席台上，党旗高悬，金匾夺目——那匾额金字是镇委书记亲笔题写的：“为革命立功，德高望重；为四化让贤，壮志不已。”四名即将离位的老同志，端坐在主席台上，下面坐着宁海镇的一千多名共产党员，他们默默对望。

静极了！只有时间不停地越过空间。

“……同志们，我们年轻的共产党员，一定要以这四个老同志为榜样，带领群众在经济建设中，把宁海镇的新局面开创下去。任何时候，傲不长，欲不纵，乐不极，志不满，团结一致，奋发向前，用我们的双手，把宁海镇建设成一个富饶的宁海，美丽的宁海，强大的宁海。我们的目的一定要达到，也一定能够达到！胜利既然属于党，属于人民，当然也属于我们——宁海镇的共产党员们！”

镇委书记谢玉堂致辞完毕，四位“元老”手捧金匾，在他们各自的接班人搀扶下——王荣团扶着王应运，王可勇扶着王承善，孙祥烈扶着曲廷璞，王忠武扶着王顺成——向台下走去。他们是戴着红花走下历史的舞台的！

全场起立，向这庄严的场面报以泪水和掌声！

至此，宁海镇的共产党人更新了他战车上的每一根大轴、每一个齿轮。

第七章　敬礼！　西关文化

西关公园及西关人
——向旧文化告别

若是亲爱的读者对这漫长的旅行已感到了疲惫，我们不妨拐进中国农民兴建的第一座农村公园，稍事休憩，看一看“西关文化”。

文明来到了西关这片古老的土地上。公园里经常举行各种各样的农民舞会、农民歌咏会、农民运动会。1984年春节的运动会上，党支部书记李德海连拿200米田径冠军、象棋冠军、举重冠军。出奇的是观看运动会的社员也得奖品，“以资鼓励”，那是为了冲击一下“蹦蹦跳跳何不去抡镢头”的旧观念。

走出公园，穿过宽阔的“文化路”，绕过机声隆隆的“十大企业”，让我们再去看看西关大队的奶牛场，成群的奶牛每天挤出一桶桶的鲜奶，西关人提着暖瓶来把牛奶打回家去，代替以前的高粱糊糊。西关人在改变着食品结构，讲究吃的文化。他们讲究的不是油水，而是口味。讲氨基酸、维生素、高蛋白。母亲和妻子不必在一个锅里做两样饭，把一家人的饭食分成等级，也不必偶尔吃一顿好饭而回避着街坊邻居，因之产生“好饭不怕晚”的俚语，更不会有老观念中的“偷嘴媳妇”。村中心的西关饭庄里有高级厨师和各种山珍海味，社员在家中只要拿起电话，红彤彤的烧对虾、亮晶晶的扒海参、白生生的芙蓉干贝、香喷喷的松鼠鱼，会按时给送上门。打开精制的酒柜，你会看到精装的茅台和罐装的青岛啤酒，餐室里配置有带转盘的餐桌，上面经常摆着北京烤鸭和火锅涮海珍。

我们不妨再看一看西关人住的文化。第一代住房是茅草屋，那也许是人类从原始的进化期就有的——木窗棂，土打墙，又低又矮，这模式一直延续到“文革”后期还屡见不鲜。第二代住房是李德海就任大队支书后由大队统一规划的砖瓦平房，一户三间，对面锅台对面炕，独门小院，也颇宽敞幽静。第三代住房是三中全会后兴建起来的。电灯电话，楼上楼下，却有别于城市里的单元公寓——每家都有个小院，建筑面积 110 平方米。有带晒箱的洗澡间，有瓷砖壁的厨房，有宽敞明亮的客厅和餐室。厨房里用的是煤气炉——大队有自己的煤气站。现在不必再贴灶王爷——习惯和观念都是生活造成的，改造它也靠生活本身。如今富足的西关人也有闲情厕身于艺术，把漂亮的影星请到宽敞的家里来做客，她们有张瑜、陈冲、丛珊、刘晓庆、张金玲——当然，现在还仅限于她们的剧照，好客的主人等待着有一天她们能从银幕上走下来，坐进他们这布满红木家具的第三代“农舍”。不，等她们到来的时候，西关人的第四代住房已经竣工，那是别墅式的小楼，它的建筑面积达 200 平方米，其规格、样式、造价都足以和那些“将军楼”“专员楼”媲美。而在这楼房里生活的老人们，将和国家职工一样地享受退休金，每月 60 元，外加“工龄补贴”。西关人的“工龄”，是从三中全会召开的 1978 年开始计算，这是耐人寻味的。

西关人在创造着崭新的西关文化，这是和物质文明相伴而来的精神文明。他们把自己生活的地方整个儿变成了一个大花园。

“西关文化”的创造，不能不追溯到最初滚动起“锈蚀的车圈”的人——党支部书记李德海。当党中央在三中全会上向全党发出新的指令，许多人还在互相询问“什么？刚才喊的是什么”的时候，李德海已经迎着发令枪的啸音弹跳了出去，成为胶东改革“鱼肚白”时的一颗启明星！他利用巩固的集体经济，一下子转入了大工业，创造了一个又一个的胶东之最——最早达到人均分配1000元，最早实现电视村，最早在村里设了电话总机，最早修起农民公园，最早办起农民中等专科学校……现代化像个活蹦乱跳的怪物，猛烈地冲击着古朴的传统！

李德海语录

——向老皇历告别

老皇历说："正其义，不谋其利。君子谋道不谋食。"

李德海对经济学家薛暮桥说：

"'大锅饭'"与社会主义，挫伤了群众的积极性。不是'我要干'，而是'要我干'，离开干部的眼就要熊。那时候都觉着干部难当，群众不好领导，但却找不到病根。三中全会以后，群众有了干劲。为什么？这是：人叫人干人不干，政策调动一大片。

……

"从分配制度上我们是自负盈亏，应当说这是个好饭碗，但不是铁的，不好好干，碗里就没有东西，干得好，收入还不少于国家干部。所以，我们的生产积极性和服务态度可以比国营企业好。再一个，我们'船小掉头快'，办事自己说了算。官不论大小，说了算就好。不用'商议商议''研究研究'，搞公文旅行。有了这两条，再好好地研究市场，研究消费者需要什么，拾漏补缺，发挥自己的优势……"

老皇历说："知识分子是臭老九……"

李德海对某组织部长说：

"诸葛亮活了56岁，就是不能用人，一个人干，累死了。用兵就是用人，企业管理的核心就是管人，所以我的责任就是管人。管好这个生产力的'最关键因素'。……官僚主义不爱惜人才，他需要奴才！经营一个企业，必须能拿到利润。靠拼体力，顶多能使利润慢慢地增长，而人才是'核反应堆'，使利润成倍增长。

"管好人首先要责任明确。这要有两条保证：政治权力务实，经济利益直接。共产主义时代人们以最高的觉悟代替责任制，到那时应干的，没人不让干，有人不让干，我也要干，不应该给的没人给，有人给我也不要。这就是共产主义觉悟。过去的政治工作，整天翻档案，现在的政治工作，要转向为经济工作服务……

"礼治君子，法治小人，棒子治驴。前两句是孔子的，后一句是我的。"

老皇历说："新三年，旧三年，缝缝补补又三年。"

李德海对新华社社长穆青说：

“我不带头存款,我带头消费。消费可以刺激生产。低标准,低消费,自满自足的生活方式是小生产观念的反映。简朴是一种美德,但简朴不等于安贫。艰苦朴素是我们的传统,但不是我们追求的目的。西关大队要有300万存款就不好领导了,坐着吃利息,导致社会经济瘫痪。猪肥了不动弹。生产,分配,流通,消费,是商品的总体过程,高分配必须伴随着高消费。外国人能享受的,我们中国人到时候也能享受!我们规定:凡购买十四寸彩电者,每台补贴300元;凡购买电冰箱、电风扇、录音机、洗衣机者,每年补贴零售价的25%;凡购买新式家具者,每件补贴购进价的10%,鼓励消费。现在全村彩电和新式家具已达到100%。”

老皇历说:“当一天和尚撞一天钟。”

李德海对剧作家漠雁说:

“我一辈子欠两个人的情,一个是我母亲的情,一个是共产党的情。我们共产党人要干一天打算一辈子。作为一个共产党员,你那个单位搞不好,就起到了反对党的作用,因为你导致了群众对党的不满。我们是共产党人,我们要维护共产党的事业,共产党的事业要令人向往!是真拥护党的路线,还是假拥护党的路线,检验的标准是实践,你能为党办成一点事也好!如果我们每个共产党人都在中华民族历史上做出一点点贡献的话,共产主义的到来就会大大加快!生当作人杰,死亦为鬼雄,君子持德不图其报,我们这些人都是为党死而后已的人,个人有什么呢?”

老皇历说:“知足常乐,安贫乐道。”

李德海对笔者说:

“我喜欢和文艺界的人交往,一是你们说的话不为准,二是能开阔我的眼界。

“历史上改革者都没有好下场。商鞅变革被五马分尸,王安石变法掉了乌纱帽。大将不怕阵前亡,有心当改革者就不怕掉脑袋!对改革的两种看法,过去有,现在有,将来也有!长六指的人本来是怪异,突然割了去也觉得像少了什么。改革者的前提是爱国主义精神。爱国主义精神是最大的精神文明。国家如有难,汝当做先锋。共产党人为改革敢于去攻碉堡,敢于捐躯铺路。我说应该给改革者立功,评一级英雄!

“改革也不是一朝一夕的事情。国营企业没松绑那时候,我们是活人和死人打仗,那还没有个赢?现在一松绑,有些人还麻木不仁,真正想干点事的人,现在就该加快步伐整顿。

“做什么事情不能有把握了再干,有个五六成就动手啊,说不定一干就干成了。

万无一失、手拿把攥的方案是没有的，按部就班，那不叫改革！

“你们写文章要实事求是，不要把改革者写成神。只要写出改革者的苦衷，写出他们为什么要这么做，就行了！让外面知道中国农民是有血性、有志气、有刚火、有才干的，是能够夸耀于整个人类的！”

黄昏中的曲线
——向封建礼教告别

一个小小的村子，一下拿出 20 万元，建起两个露天游泳池，在全国也许是第一家。

西关游泳池开放那天，正逢我在他们大队采访，那是 7 月 16 日，头一天，李德海到游泳池边巡视一圈，觉得这里少了点什么，当即把大修厂厂长和玩具厂的厂长叫了来：

“搞两个跳水台，两个更衣室，要符合规格，美观大方，明天早晨我来看！”

两位厂长不敢怠慢，连夜带领工人铆、焊、锯、接，第二天来参加剪彩仪式的人们瞠目结舌，游泳池端神话般地立起两个高高的跳水台，那是足以和“奥运会”赛场上的跳水台媲美的，另外还有两个小别墅式的浅绿色的更衣室。

姑娘们不好意思走近游泳池跟前，用正眼去看那些裸露着肌肤的小伙子们，但新生活的浪花毕竟有巨大的吸引力，小伙子们在池中的每一声拍击都回荡着文明的呼唤。

于是，有两位姑娘挺身而出，在黄昏时起程，开始了向文明的过渡——她们带着羞颜租了游泳衣和救生圈，在晚霞中显露出自己优美的曲线——世界突然发现了她们，她们解下了束在身上的封建礼教，勇敢地向水中跳去，让肌肤贴着新生活的潮流。

不幸的是，像任何的开拓和探索，都会遇到风浪和波折，一位姑娘不慎将救生圈脱手，这里的水深是 2 米至 4 米，她陷于“灭顶之灾”。

她的伙伴拼命为她呼喊：“快来救命呀！”

在隔壁池里游泳的小伙子们，开始以为是一个玩笑，当发现是事实时，他们比任何时候都更踊跃，争先恐后地游上前来扶腰、托腿、拉臂、抱头……

两个姑娘回到了更衣室。

功勋卓绝的小伙子们都不想离去，刚才忙于救护，没有看清两个“开拓者”的芳颜，他们静静地守候在更衣室的门口，像等待着女皇加冕仪式……

撕去封建礼教的遮布，他们也忽然发现了自己的姐妹，发现了美的曲线！

但是，使他们大为失望的是，两位姑娘不愿以失败者的面目出现在异性面前——从后门悄悄离去了！

游泳池小小的涟漪冲击进西关大队办公室，有人把它传为险情，有人把它当作逸闻，胆子大的人们对李德海进谏：

“你修那个游泳池太深了，穆铁柱下去也不露头！”

“外国说儿童游泳对身体有好处，咱的池子那么深，儿童更下不去！”

李德海没有回答，久久地沉默着。猛然，他拿起电话：

“给我接建筑队……许经理吗？你来一下。”

李德海把建筑队的经理领到游泳池边，用手一指：“在这里再挖一个游泳池，一米五深。3 天以内把土方挖完，5 天砌好！”

推土机隆隆地开上了那块古老的土地，要为姐妹们开辟一个文明的渡口……

不久，新游泳池建成，姐妹们不必再用黄昏和暮色遮掩你们的曲线，在正午的阳光下走来吧，如果你们愿意，也不妨穿上比基尼泳装，新文明的春光属于你们的父兄，当然也属于你们！

文明大厦的崛起

——向愚昧告别

李德海在西关创办了全中国第一座农民中专。

西关农民中专设有乡镇商业和乡镇企业机械制造两个专业，今年首批招生 100 名，也就是说，以后每年都将有 100 个“孙智坤”跨进这个全国第一个由农村生产队兴办的中等专科学校。

这所学校投资 55 万元，对于一个农村生产队，是一笔不小的数目。如今，这所文明的大厦已经矗立在宁海湖边。李德海兼任这所农民中专的校长，聘请山东经济学院院长张文杰为名誉校长，并聘请了 13 名大专毕业的教师。招生对象是高中毕业或具有同等学力的农村青年，参加全省农民中专统一招生考试。学制两年。学习期满、考试合格者，学校发给毕业证书。愿留西关村工作者，经半年实习录用，享受中专毕业生待遇，上学期间学费由西关村退给本人，并每月追发补贴 30 元。

兴办这所中专的深远意义还在于从知识结构上改造农民队伍，由“体力型”转向“智力型”，使之适应现代化的需要，李德海已经看到，仅靠业余教育已远远不够，靠招聘也非长远之计。

这里要提一笔的是，李德海的招贤纳士在胶东是闻名的。这里没有门户之见，招聘来的人可以当厂长,当经理,拿西关最高工薪。在1000多名外来人中,人才济济、藏龙卧虎。他们中有会四种外语的经济专家、有机械行业闻名的工程师、有部队离休的团政治委员、有黄埔军校的军医、有"余热发电"的退休教师、有劳改释放的技术员、有李宗仁主持过婚礼的"右派厂长"、有走投无路想跳水库的技术科长、有备受打击的会计师、有逃婚在外的少女、有被哥嫂打出来的孤儿……

这些人在西关都找到了自己的位置,成为一个有用的人,为西关的起飞做出了贡献!

愚昧,不仅在于没有文化,更在于对文化的轻视和践踏!

随着党风的改进和企业的竞争,这些人才的社会来源将越来越少,西关应有自己的文化大厦,从里面走出自己的厂长、工程师、会计师、技术员。

这就是1984年春天,在病中的李德海为什么急切地把厂长们叫到床前,分派木材厂做桌椅板凳和床铺,分派商场配备炊事用具、教学用具,分派总务主任置办办公设备。而有关人才的选聘,都是李德海亲顾茅庐。

有一天,烟台职业教育局一位处长向李德海传信,本县西留格庄联中有一位哈尔滨商校毕业的民办教师。李德海立时从炕上爬起——学校正缺商业专科教师,他拉上县教育局的离休干部曲维涛登上吉普车。

天已中午,他连午饭也顾不上吃,滴着虚汗,操纵着方向盘,像一个往前方抢运弹药的火线驾驶员。

汽车径直开到那位教师的家门前,那位教师不知发生了什么事情,因为从来没有坐吉普车的人来找过他。

"孔老师,我是来求贤的!"李德海进门第一句话这样说。

这位被岁月夺走了青春的民办教师名叫孔庆埠,1957年商校毕业后,几十年来,他的专业一直没有得以应用。

"你在商校都学过一些什么课程?……西关中专准备设商业班,你愿不愿意应聘?"

"二十多年了,学过的东西都忘了。有些知识也老化了。"

"忘了可以复习,比没有学过要强。去了以后可以边干边学,教学空闲到别的学校走一走,自己深造!"

这个被遗忘在穷山沟里20多年的商校毕业生,做梦也没想到自己的专业还会再有用武之地。他的结发妻子和3个孩子在一边眼巴巴地看着他。

"如果西关需要,李书记你瞧得起,我去!只是不知学校和乡里同意不同意。"

"由我来办!"

李德海又登上吉普车，奔学校，奔乡政府去通融。这样一桩复杂的“人事”，从出车到事情定盘，总共用了 40 分钟的时间。3 天以后，孔庆埠已经成了李德海家里的座上客了！

第八章　故乡的足音

1984 年阴历大年初一，宁海镇举行了有史以来的第一次农民队伍的检阅。

迎着早春的霞光，壮阔的万人长队穿过古老而年轻的镇街。

走在最前面的方队，是宁海镇的农民仪仗队，由 120 名乡镇企业的男女青年组成，身穿一色的将军呢制服，戴着白手套，他们高举着彩旗，吹奏着军乐。他们吹奏“国歌”，吹奏“镇歌”——

前进，英雄的宁海人民，
党的路线指引着我们向新的时代进军！
我们顶天立地，
倒悬沧海，
吞吐乾坤，
敢当历史的巨人。
勇于开拓，
万众一心，
向着光辉灿烂的目标，
前进，前进，再前进！

写着 2000 年的巨大的火车头开过来了（里面罩着汽车）！它喷吐着浓烟，拉着汽笛；它运行的节奏，震撼着大地，它象征着历史的列车飞速奔驰。

紧跟在后面的，是西关大队。“大黄河”上载着男女社员装扮的“八仙过海”。连续 3 年人均分配千元的西关人，意气风发地跟在 1984 年夺得 700 万纯利润的彩牌车后。他们无愧于是胶东改革的火车头！

最先和西关争雄的新牟人追上来了！20 辆幸福摩托车在前面开路，像欢迎某国的总统。气势磅礴的“大解放”车队，分别装有“龙凤呈祥”和大队出产的各种工业品的模型转塔。比这更夺目的是他们打出了在新的一年要实现人均分配 2000 元的彩牌！站在街两旁“吃国库粮”的观众无不为之瞠目结舌。

东油坊的方队、王家疃的方队、王贺庄的方队、孔家疃的方队、文化里的方队……一个方队，一排奔腾的浪涛！

——这是真正的男子汉的方队！队伍里集合了不同年龄、不同气质的应稼汉，他们穿上了一色的“料子服”。那是饱经风霜，像油画《父亲》一样的面孔，那是涂着古铜色的油彩，像黄河船夫一样的面孔，那是有着目光像铁块一样坚定的面孔，那是有着额角像大理石一样平展的面孔。无数流逝的岁月在他们的手上磨起了老茧，崎岖的路程膨胀了他们腿上的筋脉。作为共和国大厦的地基，他们嶙峋的肩架上曾背起过大庆的井架，他们的手腕曾擎起过联合国大厦上的五星红旗！今天他们用新的智慧充实了自己的大脑，用新的物质延长了自己的手臂，在这片古老的大地上开动了马达，建筑起大厦，奏响了仙乐，浇灌出鲜花，创建了法则，塑造了时代！他们扬起男子汉的头颅，那是成熟了的思想果实，历尽了人间的雨雪风霜；他们的双脚是锋利的耧角，在时代的沟垄里插下希望和奇迹——为了使每一个母亲不再为生活垂泪，为使每一个妻子不再为辛劳早衰，为了使每一个女儿不再出卖美丽的发辫，为了使每一个童心的幻想不遭受摧残……

——这是以贤良、勤劳闻名的胶东妇女方队！她们步履整齐，也和男子汉们一样，穿上了一色的呢料服装，她们舍弃了那打着补丁的衣服和打着补丁的日子。她们来自窄窄的磨道，来自低矮的灶台，来自茂密而炎热的青纱帐，来自古老小河边的棒槌石。她们集合在时代的旗帜下，脚上不再像祖母和母亲那样裹着缠足布，脸上不像昨日那样带有菜色。男子汉们不会忘记你们，你们用自己的忍饥受饿支撑了贫穷的日子，你们用工巧的针线缝补了艰涩的岁月。胃袋里的瓜蔓、树皮曾早谢了你们的青春，寒冷的秋霜冬雪染白了你们的鬓发！是你们把辛勤养育的儿子和兄弟送给人民军队，让他们用胸膛守卫国疆。为了每一个父亲、丈夫、儿子都能体面地活在世上，你们把自己的生命变成燃烧的烛光。而今你们挺起了丰满的身躯，衣襟在行进中旗帜一样飘起，像走向丰收的田野，去收获稻谷，去收获商品，收获汽笛一样欢乐的笑声和锻锤一样凝重的尊严，补偿那歉收的年景……

游行队伍里有歌声的舒展，舞姿的奔放，雄狮的跳跃，长龙的奔腾，这是从历史深处走出来的土地的灵魂！

沸腾的宁海镇！激动的宁海镇！

这队伍像解冻的冰川，你可以听到冰块向前流动的互相撞击声；这队伍是流淌的岩浆，你可以感受到那炙烤肌肤的热风，它冲决了凝固了几千年的传统，一直向前、向前，什么力量也不能把它阻挡！

这支按共产党人的构思组合起来的队伍，不再是黄巢的散兵，不再是李自成的败伍,他们是新时期的胶东子弟兵纵队,集合在镰刀、斧头的旗帜下,走进了伟大的中国改革史诗之页,冲撞着21世纪的横线……

(原载《解放军文艺》1985年第5期)

理论狂人

——献给一位无名经济理论家

陈祖芬

这里就是罗陀斯，就在这里跳跃吧！
这里就有玫瑰花，就在这里跳舞吧！

——马克思

夏时制与变革的强制性

“从北京开往西安的35次列车，现在到达西安。到站时间8点06分。

“从成都开往西安的238次列车，现在到达西安。到站时间9点12分。

“从太原开往西安的425次列车，现在到达西安。到站时间9点52分。

“从上海开往乌鲁木齐的53次列车，现在到达西安。到站时间11点16分。

“从广州开往西安的273次列车，现在到达西安。到站时间12点56分。

“从郑州开往西安的4次列车，现在到达西安。到站时间4点14分。”

每次播音员的话音一落，列车里便站起一个个激动不安、迫不及待的记者和学者。1986年5月，从四面八方开往西安的列车和飞机上，突然冒出了这么多“心动过速”的人们——他们的心，早就超越了火车和飞机的速度到达了西安。《人民日报》的记者心急火燎地从北京开着皇冠车，星夜兼程地驰向古都西安。《羊城晚报》的记者，一听说我国20世纪以来发掘的最大的墓葬揭椁开棺，跳上小车去赶广州开往西安的飞机。

2600年前建造的这个秦公一号大墓，为研究中国奴隶社会的政治、经济、文化，提供了大量的实物资料。

按照马克思主义的历史观，铁器是封建社会生产力水平的一种标志。然而秦公一号大墓，一方面以180多个殉葬的棺椁把秦国的奴隶制社会无可辩驳地展现在我们面前，另一方面又以已经出土的十多件精良的铁器，撼动了关于铁器的标志说。难道秦人也要向马克思主义挑战？

我夹杂在“发掘热”的人群里走进了西去的列车。不过我不是想去发掘秦俑的。我要去发掘一个也许是当今了不起的经济理论家。我相信这个人的探索可以为今天中国的经济体制改革提供一些理论依据。

5月4日。我搭乘的279次列车是晚8点多开车。我掐着时间走进列车,一看表,怎么才7点多?是不是我家里那只钟走错了?还是我糊里糊涂地早走了一小时?可我也不至于这么错乱呵!现在到底是7点还是8点?

车窗口的两位穿着蓝西服和灰西服的公民同时亮出表:8点。

但是蓝西服说:“我也搞不清几点了。”

灰西服也说:“我也搞不清几点了。”

表上明明显示着8点,为什么又说搞不清?莫非我走进了一个荒诞派小说的规定情境?

又有一个乘客满在行地说:“现在时间不是往前挪了一小时吗。”

挪前挪后?到底是挪前还是挪后?

“今天开始实行夏时制,”终于有了一个大致正常的人,“时针不是往前拨了一小时吗,所以现在的8点就是原来的9点。”

“不对,现在的8点是原来的7点。”

对了!我的表没有拨过,所以才7点。我自己清醒过来后,这才注意到乘客们愕然不解的眼神,迷乱惶恐的眼神,忧烦木讷的眼神,而在这些眼神的后面,是一种不愿意适应、又不能不适应夏时制而无所适从、无可奈何的被动心理。

夏时制真是一个“不受欢迎的人”。

又有人喊了一嗓子:“每天得提前一小时起床,乱了套了!反正,活的活,死的死吧!”

有那么严重吗?实行夏时制,又不会像长工资似的,谁多长一级,谁少长一级——谁也不会因此而亏了一小时。绝对的平均主义!明明谁也没有吃亏。明明谁也不用为此付出多大代价。明明按照日、地运动的规律办事,就可以节约能源,所以夏时制又叫经济时制。明明在1916年,德、法、英、意等等国家就已采用夏时制了,但是1986年中国的夏时制,还是招来了那么多的惶惶然和愤愤然。

“我独不解中国人何以于旧状况那么心平气和,于较新的机运就这么疾首蹙额;于已成之局那么委屈求全,于初兴之事就这么求全责备?”对我重复着这句话的,自然是鲁迅了。

车厢里响起了很新潮的歌:

阿里，阿里巴巴，
阿里巴巴是个快乐的青年。

不管阿里是不是快乐的青年，反正听这种歌就是感受一种情绪。感受到这种情绪的，便都成了快乐的青年。

实行夏时制的中国，也正像一个快乐的青年，一个处在思想活跃期的青年。

车厢里的灯突然全黑了。怎么这么早就黑灯了？我跑到车厢过道的灯下看表，可不，才 9 点嘛，应该 10 点熄灯的嘛。哦，对了，我到现在还没有拨过手表，我以为反正知道夏时制就行了，连表都懒得拨一下。结果是一下熄了灯，连上床的思想准备都没有。我摘下手表，乖乖地往前拨快一小时。看来变革往往带有强制性，不可能都有了思想准备才变革的。

不过，等我结束了在西安的采访回到北京以后，并没有发现任何因为时间的拨动而引起的汽车误点、火车脱轨、飞机相撞或者神经错乱。人们按部就班，安定团结，再也没有人谈起夏时制。好像夏时制不是从 1986 年 5 月 4 日开始的，而是在公元前就开始了。

只要能下决心变革，中国人的适应能力也是非同一般的。

我在变革的时间和时间的变革里，到达了西安站。

到底怎么写改革

一个逃犯。

我走出西安站，看到一个高人一等的黑大汉，高举着一块“接陈”的牌子。这是我们的“联络暗号”。因为我不认识他，但又希望一到西安就能见到他。应该说一切都很顺利。凯撒大帝有句名言：我来了，我看见了，我战胜了。现在我来了，我看见了，但是我失望了。

我觉得我看见了一个逃犯。

我的第一感觉是害怕。那张长脸好像从来也没洗干净过。他 50 岁。可我觉得他大概从来也没有年轻过，他大概一生下来就这么老了。那莫测高深的三角眼，那阴沉的高鼻。鼻翼两旁像刀刻石凿似的有两道深沟直通向嘴的两旁。而嘴，直接地就像平放着的两把刀。

他的布鞋上打着皮革的补丁。我有几年没见到这样打着大补丁的鞋了。我也愈来愈少地见到他这样黄的眼白，或者压根儿就应该叫作眼黄。这补丁，这眼黄，立刻使我想起贫困、拮据、坚韧、过去。不过他穿着过去不穿的西装。但这西装质地之差,之软绵绵,之皱巴巴,都使人败胃。倒好像是仓促之间从哪儿借来套在身上乔装打扮的。干脆那种油污的旧工作服倒能给人带来一种粗犷的美。

他的头发所剩无几地徒劳地盖在秃秃的头顶上。后来听他说这是染黑的,要不都白了。我想又何必染呢?这么几根头发也值得染吗?

但他说这事儿的时候是自信的,很值得的样子,就如他自信他干的一切都是值得的。

我3月份收到这个陌生人的第一封信的时候,就决定写完手头一篇报告文学后就去找他。我相信不会虚此西行。他给我的信,一开头就使我预感到我将要经受一种新的思想的撞击:“不管在文学作品中和宣传报道中树立多少光辉的改革者形象,都不会使无所作为和反对改革的领导变为果敢锐敏的改革者。改革者的形象只会鼓舞那些希望并赞成改革的人。然而具有彻底改革思想的人并不一定就会是改革家,原因在于他们无权左右局势。因此不在于号召占据领导地位的人成为改革者,而在于使改革者走上领导岗位。……”

但我对这个人毕竟一无所知。他真值得我采访吗?他和常规的好人形象相距太远。我身上揣着《人民文学》的差旅费。我要是虚了此行,《人民文学》固然不会追究经济责任,可是我也得讲究时间效益呵。

他接过我的旅行包:“这个包,我不用叮嘱你不要毁坏,不要丢失,你自然会爱护的,因为你拥有这个包的所有权、使用权和支配权,你是这个包的主人。根本用不着对你进行主人翁思想的教育。我们三十多年来一直对国营企业职工进行主人翁思想教育这件事,恰恰证明了国营企业的职工还不是企业的主人。”

我立时精神起来了,我想起他那封长信的内容——改革的关键,关键的改革,是所有制问题。

他这个人,执拗地叫你想起过去,过去。他又顽强地站立在现在,现在。

精神取代物质和意识决定存在

天安门前站着一个高大黝黑的光头青年。上穿蓝粗布衣,下穿用家染的黑粗布做的抽带肥腿裤。那裤带偏是白的,又偏偏捣乱似的从腰部溜了下来,大模大样地突出在黑裤子中间。但这个光头青年的神情是那么自信、自豪。本来嘛,那年——1954年的《群众日报》登了陕西省考上高校的全部考生的名单。第一名,韩城县中学的党治国,考上了清华大学。党治国到清华报到后的第一件事,就是到天安门前照这张像。

只是那两条白裤带,使照片上的党治国在威风中透着滑稽。这也没什么。清华大学一年级新生党治国就不信还会有什么事情难得住他。白裤带吗,用墨水一抹不就黑了? 行了。很好。不能更好了。至于留头发是不是比光头更好看,制服裤是不是比家织抽带裤更好看,他没想过。他从来不注意服饰。32 年后,他知道我要专程到西安去找他时,他才为没有一件过得去的外衣而有些不安。于是就匆匆添置了那身使我一看就败胃的西装。

一个从青少年时代就以为精神万能的人,最后连购置一套像点样的西装的物质基础都没有。

党治国 16 岁的时候,有一天和同学们在韩城中学连夜排节目。三九天的夜晚,不生火就过不去。但教室外是半尺厚的雪,想搞点煤吧,又觉得冷得出不去——来回得走 2 里雪地呢! 怎么去扛煤呵! 多厚的棉鞋陷进雪地里也是冻脚。同学们倒抽着冷气往后缩了。

党治国叭叭地扔下他的棉鞋,又扒掉他的两只袜子。

"哎,你脱鞋袜干什么?"

"为了证明在雪地里走路不冷。"

"你快穿上吧! 我们跟你去扛煤就行了。"

"我说出话就要算数。"

党治国光着两脚走向无情的雪地。不过他连雪地的无情也感觉不出,因为他的双脚很快就冻木了。当然,这毕竟只是 2 里地,所以他的双脚还能存活。如果是 20 里地,200 里地,16 岁的他怕也是会光脚走去的。那么,他的一双脚当然要为他的无视客观物质存在而付出代价了。

20 世纪 50 年代初的中国,商品经济不发达,物质不充足,但人们的精神状态是安适的。中国人,自我需求总有所节制。不过用精神补充物质的不足,把思想作为物质的代替品,只能在一定的时期,一定的限度内。长此以往,乐此不疲,便可能从以精神取代物质发展到以为思想意识可以决定物质存在。一些"彻底的唯物主义者"抛却了唯物主义的基本观点:存在决定意识。30 年后,党治国在他的一篇文章中写道:"……用社会意识来解释各种社会现象。好的社会现象是好的社会意识的产物,坏的社会现象是坏的社会意识的产物,于是全部问题被归结为对一种思想的宣传和对另一种思想的批判。"

1957 年,这种批判像火灾似的在清华大学里蔓延开来,烧向钱伟长,烧向黄万里……党治国走上台辩论:他们不是"右派"! 党治国走进校党委办公室:他们不是“右派”！

“正是为了真正拥护党的方针政策，”他在会上说，“可以允许人们先怀疑一下。怀疑以后再把自己驳倒，这才是真正的信任，真正的拥护。”

党治国讲话没有一点顾虑。他这个来自黄河边的人，像黄河一样古朴。他对党的感情、对党的忠诚，连一点杂质也没有，自然用不着担心自己说“错”话而成为“右派”。

但是，根据意识决定存在的“原理”，有“右派言论”的人，就是“右派”分子。

无限制地强调意识的作用，结果必定是走向反面——取消思想自由。党治国步他的老师们的后尘，也成了“右派”，而且是“极右”。他的一个同窗好友是个结巴，原先一见他老远就叫“党、党、党、党——治国！”憋上半天才憋出“治国”两个字，实在累人。结巴老弟就把他的名字简化成一个字：“党！”现在自然不敢再叫他“党”了。当着人连话也不敢说。只在没人注意时不用称呼地对他说上一句：“浪子回头金不换。”两个月后，没想到结巴老弟也成了“浪子右派”。浪子二号见了浪子一号，只能摇着头说一句：“往事不堪回首。”

党治国成了“极右”后，三天没吃饭。他怎么会是“右派”呢？不过，党是不会错的。绝对。那么只有从自己身上找原因了。实在无法想通，只好先接受这个结论——是自己错了，再慢慢去想。

1957 年的“右派”里边，有多少人恰恰是先进生产力的代表。1956 年党中央提出了“百花齐放、百家争鸣”的方针，到 1957 年先进生产力就急切爆发出来了。但是，对不起，请君入瓮吧。你们不应该有思想的自由，因为用不着你们思想。

有计划的盲目生产

西安郊区有个新丰砖瓦厂。该厂取土制砖时发现了舍利精室。舍利，是指佛的骨灰。迎舍利，供舍利，是佛家，也是朝廷的大事。释迦牟尼火葬后，八国争夺舍利，百姓求分舍利，分不到的，用金、银、水晶、玛瑙等制作舍利。砖瓦厂发现的舍利精室，就是用水晶做的舍利代用品，水晶舍利装在玻璃瓶里，玻璃瓶装在饰有鎏金狮子、珍珠团花的金棺里。金棺置于饰满翡翠、玛瑙、珍珠、猫儿眼等等的银椁里。释迦如来涅槃后，他的骨灰的代用品都能住进造价这么高的圣地，足见百姓对佛的虔诚。

把自己的命运系在对佛的信仰上，这大约也是中国人的一种祖传吧。“右派分子”党治国看到报上关于亩产水稻 6 万斤，亩产红薯 120 万斤的报道后，不禁对党心悦诚服——国家现在能取得这么大的成绩，自然和清除“右派”有关系。自己成了“右派”，也值得了。

就是买东西很不方便。以前可以招呼售货员：同志，请你给我称点什么。现在怎么可以叫人家同志呢？你已经不是人家的同志了。可是，上去就没头没脑地说，你给我称点什么，又觉得不礼貌。

其实售货员谁知道你是“右派”？你自己干吗老给自己念紧箍咒？问题是党治国的确相信了自己是“右派”。因为他至诚地相信党，相信党的每一项运动，不再相信自己。

既然相信自己是“右派”，就应该保持当“右派”的自觉性，丝毫马虎不得。

清华大学的“右派”师生们被送到北京木城涧煤矿改造。打风钻。放炮。挖煤。背煤。1960 年底，被开除了学籍的党治国回到家乡韩城县。这就是他的家乡吗？棉花掉了一地没人拣；红薯地里，农民们只拣面上的，不管地下的；干活不记工分；吃饭不要钱。每家的小锅都砸了大炼钢铁了。1959 年的誓师会上已经喊出了小麦亩产 100 万斤。1960 年的韩城人每天的粮食却不够半斤。西安火车站挤满了从各地逃荒来的人。

这就是亩产多少万斤的结果？

人有多大胆，地有多大产。思想有多好，产量有多高。这些荒谬的事，为什么没有人出来提意见？“反右”的损失首先不是把几十万人打成“右派”，而是否定了一个民主原则——让人讲话的原则。

唐代长安诗人写过一首有名的《宫词》：

“寂寂花时闭院门，美人相并立琼轩。含情欲说宫中事，鹦鹉前头不敢言。”

面对“鹦鹉前头不敢言”的局面，党治国认真地开始了他的怀疑。一天吃不到多少东西，所以也干不了多少活。他开始大量读书，尤其是读马列著作。三十多年后他在一篇文章里写道：“当不承认重力规律的人从高山上往下跳的时候，重力规律不因为得不到这个人的承认而退避三舍。同样，当个人意志、国家意志以至全社会意志不承认某一经济规律的时候，这一经济规律不仅仍然要发生作用，而且发生作用的方式是相当无情和揶揄的。”“有计划的盲目生产比之生产的无政府状态对生产的破坏更大。”

计划经济要是违反了经济规律，就不是个别的、偶然的违反，而是整体的“有计划”地违反，后果自然严重。

党治国在发生一种变化：由当“右派”的自觉性向做人的自觉性变化。他那长自黄河边的古朴而青春的体内，自信心正在恢复。他写了一副对联：

常保数百卷书千载不做小人　时缺几十斤粮一身仍是大汉

“文化革命”的经济根源

胸挺腰直，血液畅通，大脑能得到丰富的血液供应，人的思维能力便能达到最佳点。党治国为了获得思维的最佳点，每天劳动回来，必定端坐在床前读《资本论》。或者说，是因为需要啃下《资本论》，他才找到这个最佳点。

这是1970年2月，“右派”党治国在理所当然地历经批斗、游街等等“文革”系列把戏之后，被判了20年徒刑。

“我说老党，”同室关押的犯人问他，“你判刑最长，怎么不见你发愁呢？”

“愁什么？”

“等你20年刑满释放出来，你都50多岁了！”

“不会的。”

“怎么不会？你现在35岁，再过20年，不是55岁？”

“不会关这么长。20年是他们的意志。但社会的发展不是以他们的意志为转移的。我相信规律。我相信我最多坐10年牢。”

“嘿！那你整天看《资本论》，演算数学题干什么？瞧瞧，什么价值、增长额、工资、劳动目的！”

“我要研究资本家有多少钱，”党治国狡黠地一笑，“将来我好管理这些钱。”

自然这是一句戏言。不过他在潜意识里认定自己只要不死，就要研究经济问题，研究尚被忽略、但非解决不可的经济问题。因为问题已经愈来愈清晰地显示出来了：一切社会变革的后面，都有经济规律的作用。他党治国落到20年在押犯的地步，中国落到全国上下“脱产闹革命”的地步，绝不仅仅是错误思想的产物，而是有深刻的经济根源的。

（当然，那时的党治国还不知道中国有个“四人帮”——本人侧重谈经济。）

经过三年困难时期，我们汲取了一些教训，采取了一些措施。经济得到发展后，必然要求上层建筑有相应的变革。发展了的生产力必然要求生产关系有相应的变革。这就激化了变革的力量和反变革的力量的斗争。于是批“三自一包”，批“修正主义”。于是高呼“无产阶级专政万岁”。

热昏的头脑是无从知道自己的疯狂行为后边的真实原因的。党治国知道。不是因为他的头脑比人家清醒，而是因为他的经历和感受为他提供了他需要弄清的思想。1957 年他在“清华”眼睁睁地看到那些代表先进生产力的专家、教授被专了政。他自己本是满怀着到祖国最艰苦的地方去的理想而报考了清华水利系。他受了《远离莫斯科的地方》这本小说的影响。他要远离大城市。艰苦的环境本身就是一种吸引力。与困难做斗争本身就是一种吸引力。去做别人做不到的事就是一种吸引力。为伟大理想献身就是一种吸引力。一个全省第一的学生满怀献身的热情出现在清华水利系,这在 50 年代自然也是先进生产力的一个分子,因此也难逃被专政的命运。

后来党治国长年在陕西铜川当井下掘进工。下煤井的活,以前被称为“三块石头夹一块肉”——危险。当时在井下炸煤层,都是正向爆破。就是在煤层打好洞,放进五六个炸药包后,先引爆最里边的那个炸药包,然后一个个往外引爆。爆炸时高压气体膨胀,往外冲出,分散了爆炸的力度。为什么不能倒过来,先引爆最外边的那个炸药包、搞反向爆破呢？那样不就可以爆力集中了吗？党治国违反了操作规程,搞起了反向爆破。开始是悄悄地。在 80 年代,人们会认为反向爆破的道理是再简单明了不过的。但是在 60 年代,谁第一个提出把正向爆破改成反向爆破,是很难得到认可的。

在无人知晓的情况下试验成功了,也就得到认可了。

1965 年,随着国家经济形势的好转,党治国成了当地煤炭先进技术传播团的一个分子。党治国运用这个爆力集中的原理,集中他的精力,一个时期搞一项技术革新。但是,生产力要求发展的结果,是又一次遭到“革命”。“突出政治”,“再论突出政治”。人人政治化,社会泛政治化。生产力就一而再,再而三地受到压制。

于是党治国组织了一个共产主义小组,辅导大家学习《共产党宣言》《马克思主义的三个来源和三个组成部分》等等。30 年后他自嘲地对我说,那时候他其实是个空想共产主义者。不过那时候他可是实实在在地进行他的“共产主义”事业的。他连篇累牍地写文章,不仅批“右”,而且批“左”。他只能打着批“右”的旗号来批“左”。这种逆向思维比反向爆破还危险。所以对有家室的好友,他一个都不让他们参加这个共产主义小组。他只要单身男子。果然不久他就被抓起来了。妻子被逼离婚。于是他也成了单身男子。不过他得侍奉一双父母和抚养一个孩子。

判了 20 年徒刑的单身男子挺胸直腰地坐在监狱的床前,运用爆力集中的原理攻读《资本论》。《资本论》的扉页上,赫然写着:马列主义者党治国。

“你还看马列,人家就是用马列把你关进来的!”

“不。那是违背了马列才把我关进来的。”

后来党治国在他的文章里写道:“无产阶级革命的目的绝不是要用自己的面貌

改造世界,使全社会成员都变成无产者,而是要改变自己的面貌,使自己和社会全体成员都变成有财产的人,最后使一切生产资料为社会全体成员所共有。”

“左”倾路线被认为才是对整体利益的维护。而当大多数人的利益都受到不同程度的损害时,所谓“整体利益,就变成了一小撮人的特权。社会主义并不是一部分人的专利,而是全人类解放的科学。一个国家的社会主义性质只能用每个社会成员的解放程度、自由发展的程度和富裕增长的程度来衡量,而不能用这个社会对自己的评价来判断”。“‘左’倾路线的二十余年,就是不断发起政治运动抑制矛盾、打击改革要求的过程。”是的,极“左”路线下固有的、一成不变的所有制,不可能随时调节生产力和生产关系的矛盾。大跃进。大锅饭。割资本主义尾巴。宁要社会主义的草。商品经济是资本主义经济的代名词,计划经济是社会主义经济的代名词。践踏经济规律的结果,是经济规律迫使我们付出巨大的代价,然后还得按经济规律办事。

我登上西安城南大雁塔 64 米高的顶层向下望去,便想起白居易的诗:“百千家似围棋局,十二街如种菜畦。”从大雁塔通往西安车站的十里长街如同一条直线,很像围棋盘上的棋格。西安的街道使人联想到规规矩矩的单向思维。大雁塔下的景致使人感到单调和缺憾。当年玄奘从印度带回 657 部梵文经典,就在此地译经十载。公元 648 年,唐太宗为玄奘所译诸经写总序。唐太宗实行均田制、租庸调法等经济改革,发展外贸和文化交流,乃至把文成公主嫁给吐蕃王松赞干布等,终于出现盛唐局面。盛唐的长安与上百个国家和地区交往。满载丝绸的商队从长安出发,路经中亚、南亚、西亚,直抵欧洲。丝绸之路沿线的古城楼兰,人称“沙漠中的庞贝城”,是商品集散地和中转贸易站。

唐朝经济的发达,和思想文化的发达是对称的。中国人从小就背《唐诗三百首》,历来都研究唐代文学,可惜太少研究唐代经济。儒家传统主张以德治国,有没有经济一样治国。但是就算 10 亿人都能背下《唐诗三百首》,也依然不能在这个世上立足的。

1300 多年过去了,解放 30 多年了。人们向我介绍西安,不是讲兵马俑,就是讲李白醉卧长安,再不背诵谪仙人的诗:“长安一片月,万户捣衣声。”这使我想起老年人,老人的心态是喜欢回忆过去。

今天的西安即使不和发达国家做横向比较,即使只是自己和自己比,变化是不是也太小了一点?有人对我说:西安地下的比地上的好看。这天我走进城郊一家饭馆,满地的碎骨头剩菜!油垢的饭桌,污浊的塑料酒杯,发黑的香肠和发干的松花蛋。如果唐代的诗人墨客到此一游,恐怕会拂袖而去吧。李白大约会仰天长啸:

吃饭难,难于上青天！不过20世纪80年代的顾客们,习惯地熟练地在这里痛饮饱食。而我觉得难以下咽。更何况跳蚤像小人一样在对我进行防不胜防的袭击。我应该入乡随俗？我应该改造自己的思想,改造自己的脾胃？不,我不想去适应这些今天不应有的落后的、不文明的一切。中国人不应该在80年代的今天还坐在碎骨头剩菜间吃黑香肠。我们必须改造这样的饭馆,使之适应更文明的需求,而不是让我们去适应它。

党治国在他的经济论文中写道:“当社会不是从基本的经济事实出发,而是从原则和原理出发,动员思想的、政治的和法律的力量同客观经济规律进行斗争的时候(‘十年动乱’就是这样典型的时期),社会付出巨额的经济代价,得到的却是败坏的社会风气和死气沉沉的萧条景象。”

头脑比心脏重要

1975年,邓小平同志出来工作了。在押犯党治国感到好像自己刑满释放一样的高兴。他觉得这下自己的思想轨迹能合上中央政策的轨迹了。本来嘛,无产阶级夺取政权以后,发展生产力就是无产阶级的根本利益所在。国家的转机来了,他党治国的转机就会来。他把他的希望全部系于小平同志的身上。

但是他等到的却是批邓。

他的头发一下子全白了,稀疏了。

他这个铁铮铮的黑大汉,一下变成了老汉。以前不管在游街时,在监狱中,他的心里经常回荡着他最喜爱的《斗牛士之歌》的旋律。可是从此他再也想不起他那斗牛英雄了,他只记得伏尔加船夫曲了:唉嗨哟,唉嗨哟……

他并不怕死,准确地说,他最不怕的就是死。但他怕绝望,尤其怕从希望的顶峰突然掉进绝望的深渊。

社会上大批右倾翻案风,监狱里党治国首当其冲。一个彻底绝望的人,就是一个可怕的人。你们不是要批我翻案复辟吗？好,他自己带头批自己——他不仅要复辟资本主义,而且要复辟封建主义,而且复辟原始共产主义。他从头坏到脚,从脚烂到头。

他实在没有生之留恋了。

他本来就不重视他这个躯体的物质存在。1967年西安武斗,有一天他把两手插进大衣口袋,大模大样地走向射击密集地。他当时只不过产生了一个奇怪的想法:人中了枪弹是什么感觉？事后想来,那三四十米的射击区里,只他一个人在做死亡游戏,实在也觉得后怕了——不是怕死,是怕死得没意义。

1968 年他在牛棚里给吊打得晕死过去。迷迷糊糊中,听到有人在说:“把党治国打死了也没关系。他死了更好,少了一个反革命。”不,他可不能这么不清不白地死去!

1970 年铜川市把他判了死刑上报省里,省里那次共有七个死刑犯的名单。但据说这一批只枪毙四个,党治国的名字是第五个。又活了过来。打“右派”有指标,抓“现行反革命”有指标,枪毙人有指标。那就是说,不是因为你有罪才杀你,而是因为要杀你才有罪。

前四个人当时都给枪毙了,后来都给平反了。如果将来科学发达了,平反的人都能复活就好了。不过这四个人已被打得脑浆迸裂,怕是怎么也复活不了啦。

党治国听到前四名死刑犯的命运后,不寒而栗。现代医学认为判断一个人是否死亡,首先是看脑子,而不是心脏。头脑比心脏重要。人要是不能思索,不让思索,那就活像是精神的殉葬。西安郊区的前朝古墓里,当初有多少宫女殉葬,多少工匠被活埋!不过秦朝已经比过去进化了,用大量的“俑殉”代替大量的人殉。秦始皇墓附近有三个兵马俑坑。光是一号坑,就有 6000 件陶俑、陶马,将军俑、武官俑、战袍俑、铠甲俑、跪射俑、立射俑等等。武士俑排成 38 路纵队,保护着秦始皇的僵尸,保护着僵硬的封建体系。

兵马俑馆的一侧,停放着一大溜前来参观者乘坐的汽车。汽车的式样是五花八门的,汽车的产地却只有一个——日本。偌大的兵马俑馆天天吸引着成千成千的参观者。每天有一千多外宾。香港报纸说里根拍中国马屁,因为里根摸了一下陶马的屁股。法国总理希拉克说世界有七大奇迹,秦俑的发现可以说是八大奇迹了。不过,发掘违反经济规律的教训比发掘古迹更紧迫。较之馆内的兵马俑,馆外的奇迹更给我以强大的刺激——一字长蛇阵地摆着的日产汽车,强化了的日本经济发展的奇迹。

经济发展和政治民主是互为作用的。体制的生命力在于自身有新陈代谢的功能,自身能不断选择和更迭各个层次的领导者,自身能不断调整和更新生产关系。党治国写道:“社会主义的扩大再生产还应扩大再生产出社会主义的生产关系。”是的,我们不仅要生产出更多的工农业产品,我们首先要生产出更科学、更合理的生产关系。

生——产——关——系?

文凭可以补发，思维不能重复

活着的头脑是不能停止思索的。1978 年召开全国科学大会的前夕，党治国在监狱里提出他也要向科学大会献礼。他在狱中写了《凿岩机最佳轴推力的研究》和《评皆吉斯朵夫的风钻轴推力公式》等论文，搞了水玻璃泮火机、铿盘的复活技术、自动淬水筛等好几项革新。1980 年他一出狱，浮肿着脸就到处搞科技资料，四方出击地发表了关于热处理、轴承、电炉和风动工具等十来篇论文。

1984 年底他调到西安市民用煤研究所工作。他这个清华大学水利系学生进入“右派”生涯后，有 10 年就是在煤矿里打风钻(即凿岩机)。当初风钻没有支架，往高处打洞时，党治国本可以搬个随便什么物件，站上去打。但他嫌费事。他总是急急地想多干活。他一见活就着急。他举起 60 斤重的风钻顶在头上打洞，他那大高个子就是一个活动支架。不过风钻开动时那每分钟震动 1800 次带来的噪音，整整伤害了他 10 年。为什么还要听任这种伤人的声波在矿里继续肆虐?!

党治国把气动凿岩机的设计图纸送到一些有条件生产的工厂。技术人员一看就明白，可是领导们说:这只不过是图纸，没有样机来证明。

可是，党治国是测试过数据，证实了原理的。

可是，连风钻的使用单位也不想关心这种新型风钻的产生，因为制造和他们无关。

正儿八经搞制造的工厂，一想生产新机器要投资新设备，投资本身就带有冒险性质。冒险的事不干。

洛阳有个厂或许有可能生产。党治国用上他四年没用的探亲假赶去了，住在洛阳一个旅馆里，每天的伙食是四个烧饼。这每天四个烧饼，引起了同屋一个人的注意。他是江苏泰兴一个乡办厂的负责人。乡镇企业有自主权，有变革自己落后面貌的愿望，有靠开发新产品闯出路子的需要。他先是为党治国的四个烧饼所感动，后是为党治国的凿岩机所打动，决定把这个项目带回江苏去搞。

小厂很有积极性，当下投进两三万元的资金。但是，这么一个突破传统结构的凿岩机，让一个乡办小厂搞，从资金到人力，都难以继续下去。具有研制能力的大单位，又不想列入计划。那么，党治国自己集资?

清华大学的教授们，黄万里已经寄来了 100 元，钱伟长就要寄钱来了……

中国几十年来割资本主义尾巴，近几年小心翼翼地提出一部分人先富起来。党治国哪里去找这些先富起来的人? 党治国怎么能筹集这上万上万的资金?

他原先以为出了监狱就是解放了。1980年他是被提前释放的。如果按原判20年的话,他本应服刑到1990年。既然对他是错判,那么能不能还他时间呢?

当然这是幻想。清队时有个人分不清"幻"字和"幼"字,以为只是意思相通读音不同。每每在对党治国们训话时,用上他以为很有学问的话:"一切幻想都是幼想!一切幼想都是幻想!"一个"党治国专案组"五个人一年就得花一万多元钱,应该有人做个社会调查——全国有过多少专案组、调查组,用了多少人力,用了多少金钱,解决了多少问题,制造了多少冤案。侵犯的人权,要不要追究法律责任?浪费的金钱,要不要承担经济损失?

不该查不该调的内查外调所花的巨额投资如果用来开发新产品,那么开发的岂止是产品,还有是积极性,是人!

为了个人的利害关系用公家的钱去整人,是不会心疼钱的;为了企业的发展多揽一件事,又何必找这个麻烦?企业搞不搞新产品,于个人有什么利益?

我站在秦陵二号铜车马跟前,不胜感慨!2000多年前就有这样的工艺水平!一共3000多个部件,根据铸件性能的不同,采用不同的合金比例,青铜的冶铸技术和现在基本相仿,机械连接采用的是现在仍在广泛使用的键连接、铰链连接等等。马身上装配的金当卢、金银泡等饰件和用具就有2500多件。铜车马在地下埋了2000多年了,至今链条非常灵活,车的门窗开关自如!

我们的先人在公元前就有这样的科学技术水平,那么2000年后的今天,进展如何呢?

进展也好,不进展也好,反正照样拿工资。

我打开清华大学第002150号毕业证书。证书上是一张像出土文物似的老人相片。不知是因为五十来岁的党治国照得比他实际年龄更老,还是因为他现在的相片放在大学毕业证书上实在不相称而愈加显老。50年代的清华大学水利系学生在80年代拿到了补发的毕业文凭。不过他已经不想把他的主要精力放在科技上了。

文凭可以补发,思维不能重复。他积几十年之教训,感到首先要面对的是——生产关系。

没有主人的企业

那些国营企业为什么不想创新产品、不想要人才?农村改革势如破竹,为什么到城市以后改革就步履维艰?乡镇企业拳打脚踢,生气勃勃,国营企业为什么缺乏活力？原因是什么？症结在哪里？

党治国的回答是："企业中没有真正的主人。"

工人不是企业的主人吗？解放初，我们就宣传工人当家做了主。三十多年过去了，难道还没成为企业的主人？"三十多年来一直对国营企业的职工进行主人翁思想教育这件事本身，恰恰证明国营企业职工不是企业的主人。"党治国写道，"一对年轻夫妇买了一台彩电，等不到走出商店的大门，对于这台彩电的主人翁思想，便像铁钉一样钉入了他们的脑海，根本用不着对他们进行主人翁思想的教育。"

我们不是承认思想是第二性的吗？那么，主人翁思想也应该是被物质存在决定的才对。党治国的思考方向带有科学性。

我们常常可以看到这种场面：一个工厂突然停电了，或者是机器坏了，工人们喜形于色，奔走相告。因为既可以早回家，又算是出勤了，工资照发。企业的亏损或盈利和职工的利益没有多大关系。群众不能多得，但是可以少劳。职工对企业的冷漠态度，不过是企业所有制关系在职工意识中的反映。

企业的领导是不是主人？当然我们有很多优秀的领导，但是为什么报纸上经常有这样的披露：

"新华社长春7月21日电：吉林铁合金厂9名厂级干部在不到两年的时间里，平均每人晋升5.28级，其中最高的长了7.5级；1984年，每人平均得奖金1770多元，是职工奖金的4.4倍。"（1985年7月22日《西安晚报》）

"鞍钢钢铁研究所联合实验厂三名领导干部'以官论奖'，乱分奖金现象严重。他们在不到九个月的时间里，每人平均分得奖金8600余元，相当于工人奖金的19倍，在职工中造成恶劣影响。"（1985年8月6日《工人日报》）

"这类国营企业的领导人，他们作风上的损害国家及职工利益以自肥，和工作上的极端不负责任，说明他们也不是企业的主人。"

"主人不盗窃自己的财产。"党治国一语道破了问题的实质。

他进一步论证说："主人就是人格化的所有权。作为企业的主人，他个人的利益和命运应该同企业的兴衰和前途是息息相关的。他在企业中的利益，绝不是一个可以忽略的量。例如对于一个拥有1000万元资金和1000名职工的企业来说，每个职工推动的生产资金为1万元。而如果每个职工仅仅以社会全体成员之一，也就是说作为我国10亿人口之一的身份享有对企业的所有权，那么企业的资产对于每个职工来说就只有0.01元。企业的倒闭只使职工个人损失1分钱，又怎么能期望每个职工把企业的存亡当作自己性命攸关的事情呢？"

当一个人对于企业财产拥有的数量，足以影响他的生存并决定他的贫富的时候,他方才称得上企业的真正主人,而不仅仅是观念上的主人。主人的权利表现在参与企业的决策和管理的权利;在企业按劳动参加分配的权利;按对企业财产占有量参加利润分配的权利。

农村实行联产承包责任制获得成功,有人便以为承包万能,在城市里也大搞承包。但“包字进城”并没有取得预想的结果。党治国找出了其中的原因。农民承包成功,关键是权利和义务的对等。超产固然使农民首先得利,歉产也使农民首先亏损。经营责任者没有责任能力(赔偿能力),是国有企业严重存在而又难以解决的实际问题。有的厂长说,我给国家亏损了几十万。可有什么办法?把我这一百多斤交给孙二娘卖人肉包子,也卖不了几个钱嘛。

没有责任能力的时候,就可能不负责任。好比叫一个 3 岁的小孩上街买彩电,他在路上把钱丢了,你也无可奈何,因为小孩没有这个责任能力。

党治国把问题做了进一步的引申,说明国营企业缺乏持久的活力,是一个包括社会主义和资本主义国家在内的世界性问题。我们在理论上承认职工是企业的主人,却不知道主人的财产权究竟在哪里?主人,这是一个确切的经济事实,而不是一个思想概念。它确定职工在企业中的地位,使职工看到关系着自己的命运的可变的经济利益,唤起职工的负责精神!

“走后门”和经济规律

主人不在,后门洞开。

有些紧俏商品,例如名牌自行车,凭票证供应。票证本来是无价的,但是人们通过送礼、行贿从后门搞来的票证,就是有价的了。交换越发展,票证就越能得到它的充分价值。最后,一张票证甚至可卖到 100 来元。

名牌自行车的供销矛盾,本来可以通过调整价格来解决。如果原来值 150 元一辆,可以提高到 200 元、250 元,提高到一定程度,供销就会趋向平衡。每辆自行车多卖的钱,就用来扩大名牌自行车的生产。

但是我们却用票证来限制购买。结果是 100 元钱从前门送不进,只好从后门送给了私人。自行车的充分价格,通过曲折的道路实现了。

所以,经济规律不仅不以人们的意志为转移,反过来还要转移人们的意志。党治国发表了他的论文:《经济规律在行动中——论走后门是济经规律遇阻时发生作用的一种形式》。

“走后门等不正之风不过是国家花巨款买来的社会祸害。它是经济规律遇阻时发生作用的一种形式,也是经济规律对于诸如‘物价稳定’‘等价交换’、否定地租规律等固定观念的惩罚。”“人们所能改变的,只是经济规律发生作用的形式,而不能改变经济规律本身。”

我走到西安的城墙下,城墙周长 11.9 公里,高 12 米,顶宽 12 至 14 米。真是庞大的防御体系。给人安全感和封闭感。这是明朝朱元璋修建的:“高筑墙,广积粮,缓称王。”后来我们继承传统,提出了“深挖洞,广积粮,不称霸”。结果是即使称霸也未必具有威慑力量,至今吃饭还要粮票,西安市中心的地下防空洞改装成了低档的游乐场。洞内墙壁剥落,洞里传出粗重的迪斯科乐声。售票员姑娘在众目睽睽之下用廉价的化妆品细细地对着小镜子抹脸。好像她的工作不是售票,而是做化妆讲座。

有什么样的经济基础,就会产生什么样的生活水准和精神素质。经济规律活动在我们的各个领域中。

尤其突出地活动在住房问题中。我走进城郊党治国的家。屋顶是一根根劈开的树杆,有一根树干上写着一行字:“公元一九八五年金秋九月三日正午新屋上梁大吉。”自然是农民房了。这一间二十多平方米的房,如果在别处就得收月租 35 元到 45 元。但这里近处是铁道,噪音不断。窗后是煤厂的大煤堆。一年四季不敢开窗,免得刮一屋子煤灰,所以月租是 25 元。

“这就是地租规律。”党治国对我说,“这是由供需关系决定的。不过住房商品化至今难以推行,总是有人反对吧。人的本能就是利益的本能。现在有些地方,盖房用了一年时间,分房倒用了两年时间。分房比盖房还难。因为违反了地租规律、经济规律。

“用行政手段分房,来代替经济规律平衡人口的分布,结果是人们将为之付出活动费和贿赂。这只不过是社会自愿放弃的房租的转化形式。贿赂的多少不是由特权者的贪欲或是行贿者的经济状况决定的,而是由地租规律及其受阻程度决定的。”

我想起我走进党治国家之前,附近不少农民在盖房,自然又是商品房。我乘坐的那辆汽车差点和一辆运砖的马车相撞——太挤了。人。砖。水泥。木料。而这个盖房大竞赛的总指挥是:经济规律。

思想的局限

“两栖人”党治国在继续研制气动凿岩机的同时,又在经济理论的岩层上向更深的层次开凿:他的经济论文《论剪刀差》《经济规律在行动中——论走后门是经济规律受阻时发生作用的一种形式》《一个重要的经济规律——论基本分配规律》等一篇篇地发表了。不过都发在科技刊物上。这未必是经济规律受阻,而是学术空气受阻时发生作用的一种形式。

党治国抓住了事物的根本——经济规律的指挥棒,他便能听清思想工作中的不和谐音了:

公有制下的企业,只有在一定条件下,即革命胜利后革命政党和那些受到革命鼓舞的群众还保持着革命热情和充满着革命理想那样一个黄金时代,才能正常运转和迅速发展。随着革命热情被利害的打算冷却,革命理想为日常的现实所冲淡,这些企业的弊病就出来了。

我们曾经把共产主义简化为小生产者的平均主义,并且宣布是马上就可以进入的"天堂"。当这种共产主义的幼稚幻想被残酷的事实粉碎后,又代之以"阶级斗争要搞一万年"的极度悲观的论调,并由此诱发出人整人,狂热。人们对一万年以后的共产主义无从稽考,所以光用共产主义的豪言壮语难以普遍地激发人们的热情了。

对于未来,我们更多谈及的,往往是多少产量、多少收入等等物质生活的提高。很少论及我们的社会主义将有什么发展,我们的所有制、生产方式、分配关系、政治制度、家庭结构、人际关系、思想观念,到时候是什么样子。

当我们常常用未来物质生活如何丰富的数字来充塞人们的头脑时,又怎能希望只用思想和劝善来填补精神的匮乏呢!

现在常常听到责备人们"向钱看"。权利和义务是不可分的。权利超过义务,就会不负责任,以权谋私;义务超过权利,人们就会推卸责任而变得冷漠,并变着法弥补自己被忽略的利益。这两类表现,可以归之于"觉悟不高"或"思想落后"吧。不过这种道义上的谴责和政治上的批评并不能解决根本问题。撤销职务和法律惩处虽然儆戒未来,却无助于弥补已经造成的经济损失。何况被撤掉的职务本来就不属于被撤职者自己。

主人公的责任感,说到底,首先不是一种思想问题,而是一个所有权的问题。只有当每个社会成员清楚地感受到社会主义所有制对自己究竟意味着什么,才会真正关心社会主义经济的现状和未来,才会真正以主人的身份行使自己的支配权、劳动权和分配权。

在这种情况下,反复对人们进行主人翁思想教育,将只会使他们感到诧异。如同你在路上突然被人拉住,向你宣传你要对自己的身体倍加爱护一样。既然人们事实上是社会的主人,并且每个人无一例外地从主人的地位中得到了实际的利益,他们自然而且必然会关心生产资料的正确支配和合理使用,把社会主义事业的发展看作与自己性命攸关的事情。

不能把共产主义这一具有鲜明时代特征的科学等同于自古以来就有的舍己为人、公而忘私乃至降格到积德行善的水平。原始公社时期那种"不独亲其亲,不独子其子"的人际关系,并不是思想觉悟的表现,而是由生产资料公有制的关系决定的。共产主义不是一种孤立的品质,而是一种标志着一个社会发展阶段的生产关系、社会关系的科学。这就如同卖菜时很会算账的同志未必懂得高等数学一样。

理想和热情必须从科学社会主义的经济基础上产生出来,不可能附着在过时的体制上。列宁说:"依靠信念、忠诚和其他优秀的精神品质,这在政治上是完全不严肃的。"这里还要加上一句:这在经济上也是完全不严肃的。

这里丝毫不包含轻视思想的作用,而是说观念是和利益连接在一起的。马克思说,精神从一开始就很倒霉,注定要受物质的纠缠。离开了具体的物质利益,单纯靠思想工作来解决所有问题是不现实的。

党治国企图说明和坚持的,是意识由存在来决定的唯物主义基本原理。

经济一团糟的经济理论家

党治国对社会主义所有制关系的研究,主张要严格区别公有和共有这两个概念。马克思、恩格斯在《共产党宣言》中强调:"在发展进程中,当阶级差别已经消失而全部生产集中在联合起来的个人的手里的时候,公众的权利就失去政治的性质。"党治国由此认为,科学社会主义所有制,是"联合起来的个人"的所有制,即共有制。社会主义共有制是社会主义公有制的必要准备。社会主义公有制是社会主义共有制的必然趋势。公有不能量化,共有可以量化到个人。

公有也罢,共有也罢,党治国自己是一无所有。

他1980年出狱后,到现在已经搬了六次家,这才搬到这间靠着煤山、傍着火车轨道的符合地租规律的农民房里。杜甫当年疾呼:安得广厦千万间,大庇天下寒士俱欢颜。当代寒士党治国和他的父母、儿子的衣物连同他们四个人,加起来用一辆东风三轮就可以拉着跑了。所以尽管东搬西挪地到处借房,倒也不算费事。

1986年的中国，城市里居然还有这样穷困的角落。一眼望去，这间屋里不是板子，就是绳子。旧板子搁在长凳上，是党治国和他儿子的床。他父母睡一张借来的旧板床，床腿绑着绳子倒也能站得住。凳子的腿也绑着绳子。破写字桌上，又是用一根白绳子系着一个自己用烟纸卷就的灯罩。

还有大案板和小板箱。

党治国这30年，从精神到肉体的挨板子，从精神到肉体的被捆绑，终算安定下来了，陪伴他的又多是板子和绳子！我只觉一阵苦楚。

恩格斯说过，马克思是最大的经济学家，可是他自己的经济一团糟。

一位朋友为说话而说话："今天天气很好。"

"1970年的时候，我弟弟唯一的愿望就是但求有个好天气。"党治国说，"当时已经决定判我死刑了。家里人有什么办法？只求能从刑场拉回我的尸体。弟弟借好了架子车，可是我老家韩城离铜川有三四百里地，要是赶上雨天，那一趟泥地够我弟弟拉的！我既然必死无疑，家里人就退一步只希望有个好天气了。"

党治国好像在叙述一件与己无关的事。淡淡的。也许他遇到的悲剧太多了？也许他们韩城人有判刑后发奋的传统？他的书桌旁贴着一幅韩城人司马迁狱中写《史记》的画。党治国在狱中通读《资本论》三遍，自然还读凡能入狱的马、恩、列、斯、毛的著作。监狱里来了新犯人，每每叫党治国来一个节目——背诵《矛盾论》和《实践论》，一字不差。

读书之余便是写作。他这间板子加绳子的屋里，唯一可以进入80年代的，是他妹妹送他的一只红皮箱，箱里全是他写的经济学论文的手稿。在剪刀差、所有制等等的中间，扎眼地珍藏着一部精装本的《简·爱》。这是他第四次买《简·爱》了。抄走一本，再买一本。以他现在还欠债一千来元的经济条件，去买一本不知读过多少遍的小说锁于箱里，足见他对简·爱这个女主角的偏爱了。我不由得望望箱边堆着的脏衣服，那么，箱里的简·爱便是这屋的单身男子的妻了。

没有一个个人问题是超越社会平均水平之上的。

他的个人命运和祖国的命运是完全一致的。

1957年以前国家是发展的，他个人是顺利的。1957年国家受损失，他个人受挫折。1962年国家开始恢复元气，他摘掉了"右派"帽子。1965年国家兴旺了，他参加了先进技术传播队，能力得到发挥了。十年浩劫，他十年监狱。现在他落实政策不那么顺利，因为国家头绪纷繁、问题严重。

"国家、社会解放的程度，就是我自己解放的程度。只有解放全人类才能解放自己，这对我不是一种思想，而是一种不可逃避的命运。"

这就如同他说的，我们搞社会主义不是因为社会主义优越，而是因为这是一种规律。优越是指方案而言的——哪一种方案优越。而规律无所谓优越不优越——必须遵循它，早晚得遵循它，不遵循也得遵循！

党治国不能说已经获得了彻底的解放，如同我们的生产力也没有从不适合的所有制的束缚下完全解放出来。

“我们固有的体制适合搞政治运动，不适合经济发展。”党治国简直成了一个理论狂人。一开口就是体制、所有制，再不就是说：“你对这个问题怎么看？”

党治国咄咄逼人地、愣头愣脑地要人回答这些他整日思考的而别人未必感兴趣的，他以为是最重要的而别人认为是八竿子打不着的，他醉心的而别人无心的，他津津乐道的而别人无动于衷的问题。

他慷慨陈词，满脸涨红。别人应付他：“唉唉，是呵是呵，啧啧！”再不就是把别人吓得怯怯的，一下子从大人变成了站起来回答老师问题的小学生，讷讷地：“我觉得么……”

他满脑门的政治和经济，满脑门的规律和所有制。但别人是凡人，需要了解一些趣闻，一些轶事，一些消息，一些共同感兴趣的现实问题，需要吃喝拉撒睡。

而他似乎只需要吃着政治，睡在经济上。他要和他周围一切的人探讨政治经济。他会吸引一些人，也会吓走一些人。

他的见地每每是独到的，但他过于急切地阐述他的观点，乃至近乎要强加于人。对于“经济”，他的发问更是近乎发难。

他和一般人不一样，他是有些不一般；他和正常人不一样，他可不是不正常。

他关心的正是大众的利益，但是大众未必接受他的关心。

他希望大家都能透过现象关心本质，但是大家往往喜欢谈论现象，而无心顾及本质。谈论现象是一种情绪发泄的需要，顾及本质却需要苦苦地开动大脑。

他不是那种可以用计算机程序计算出来的人。他欠稳妥，欠含蓄，但他“虽有小偏，终有大成”。任何社会变革首先要找到实现变革的社会力量。要打土豪分田地找到了贫农，要打倒老革命找到了红卫兵。今天的改革如小平同志所说是第二次革命，我们需要透辟的经济理论家。

我找到了党治国。不过不是我找他，是他先写信给我，打动了我。我采访受苦受难的人的时候，容易掉泪。但不知为什么，采访这个经济状况一团糟的经济理论家的时候，我一滴泪都没有。是他不需要别人同情，还是和他在一起的人都会变得只剩下粗线条了？

“我不是一个受苦受难的科技人员！不是要人同情的人！”他冲着我大喊，“我是个好汉！是个男子汉！是有思想的！尤其有经济思想！”

思想使党治国永远处于躁动不安的状态中，有时他为了理想忘却了现实，有时现实又催促他去追求理想。前不久他又写完一篇专门探讨所有制的论文：《社会主义所有制关系的发展》。文章观点大胆、新颖、独到。他提出的观点未必就尽善尽美、无懈可击，但是，即使其中包含一些真理的萌芽或片面的真理，也可以活跃我们的思维。“双百”方针实施三十多年了，一个宽松的、发展人们思维成果的环境正在形成。党治国的经济理论的产生和他这个理论狂人的出现，不是偶然的。人为的呼唤和扼杀，不过加速或延缓产生的时间。

能不能搞一个共产主义特区？他想。在强大的习惯势力面前，不能都搞先破后立，需要先立后破。只有实践自己的经济理论，把理论立起来，形成强烈对比，才可以春风至而冰雪消。

他是不是还带有空想的色彩？那么，马克思同志，请允许我提一个问题，您看20世纪80年代中国的改革怎么搞？

马克思会说，提出这个问题的本身就是错误的。

中国的经济体制改革，要靠中国人自己来探索。改革催促着经济理论的发展，呼唤着经济理论家。

终于，《文汇报》上出现了一个醒目的标题：《我们能否贡献一个伟大的经济学家》？文中写道，这个问题对于当代中国“比‘我们能否贡献一个爱因斯坦’或‘能否贡献一个伟大的哲学家和文学家’更为紧迫”。文章又写道：“中国经济体制全面改革的浪潮当是产生伟大经济学家的时代和国度。恰当的时间和地点正呼唤恰当的人。”

“伊索寓言”中有一个说大话的人，吹嘘自己曾经在罗陀斯岛跳得很远。马克思在《路易·波拿巴的五月十八日》一文中引用了这个故事，他说生活本身会大声喊道：

这里就是罗陀斯，就在这里跳跃吧！

这里就有玫瑰花，就在这里跳舞吧！

（原载《人民文学》1986年第7期）

神圣忧思录

——中小学教育危境纪实

张　敏

我们从来都有前人递过来的一个肩膀可以踩上去的，忽然，那肩膀闪开了，叫我们险些儿踩个空。

——作者题记

鲁哀公十六年，孔子要死了。

他拄着拐杖倚门而唱："太山坏乎！梁柱摧乎！哲人萎乎！"唱着唱着就抽噎起来。七天后，他死了。

他一生到处备受冷眼，累累若丧家之犬，明知不可为而为之，到头来还是凄凉而死。然而奇怪的是，那原已衰微的古老文明竟靠着他猛力地一推，又滚滚碾过了两千年！

我们评价不了孔子这一推的功罪，却朦胧地感觉到，一个巨大文明的延续竟如此依赖于传递者的伟力，实在是一种很神秘的历史现象。

这运载、传递文明的伟力，应该是极神圣的。我们是仰仗这神圣的传递力才成为这个星球上拥有最悠久历史的民族的。

曾几何时，历史已成重荷，文明也显古老，我们欲求自强不息，屹立于世界民族之林，而那文明传递的神圣伟力，那如孔子作为教育家的"不怨天、不尤人"的执着精神而今是否仍然存在？

一、文明的断裂

望子成龙众生相

儿子六岁了。想到这只知贪玩的小子从此就要背上书包这副"枷锁"，我不免心头有些黯然。是人都得经过这座文明的"炼狱"，我是懂的。然而，出去跑了一阵入学的门路才知道，我对如今北京城里上小学的艰难，竟同傻乎乎的儿子一样浑然不知。

燠热的七八月呵,不仅对高考生来说是“黑色的”残酷,对于那些从“十月怀胎”起就一往情深地进行各种名堂的胎教的年轻父母们来说,也是焦灼甚而可怕的。

年年每逢此刻,在教育神殿的门槛前,匍匐着数不清的颤悸的心。

似乎只在这一刻,这殿堂的神圣才是无与伦比的。

我也到了该领儿子朝它跪去的时候啦!

恍惚间,当年父亲牵我第一次上学的情景朦胧浮现,记得我蹦蹦跳跳地蹿进校园,那校门好像平常极了。

如今轮到我们这一代领儿子去进哪家校门,就非同寻常了。它不仅将决定孩子今后的命运,而且仿佛还关系着家长的荣辱。学校是分重点非重点的,这区别似乎是宿命地把往后的前程、等级、贵贱都在这一次选择中基本敲定了。每一位年轻的家长都深信,给孩子挑一所“重点”就像他们自己重新选择一次人生。但恼人的是,决定命运的关键,偏又不像高考生那样可以硬碰硬凭成绩分优劣,而是由户口决定的——学龄儿童按户口所在地划片就近入学。于是早在每年一二月间,北京城里便有一场转户口的风潮悄然开始了。

这真是一幕充满机智、狡黠乃至谎言伎俩的滑稽戏。偶闻其中一鳞半爪,便叫我为之恻然。

有“先见之明”者,早在腹中成胎之际,便把户口落进亲友家中,待孩子生下便拥有了“片内”户口,于是就像前清吃“铁杆庄稼”的旗人似的无忧无虑了。

“片内”有亲戚的主儿其实不必这等性急。待孩子长成,再同亲戚去换房站办理户口和住房证的交换手续,但并不搬家,“片内”户口照样唾手可得。

只苦了“片内”无亲无友的了,那就得付出些代价。“片外”某君以四十平方米住房换了“片内”二十七平方米,在寸土寸金的北京城牺牲十三平方米的住房去换个孩子的“重点户口”,虽说亏得狠了些,也是情愿的。

还有更惨的。黄城根南东路口有个售货员,为挤进“片内”,百般换房,不料换了一家住私房的,他把公房让出,那边却不准他再进私房,最后竟落得在“片内”一个门洞里栖身。可怜天下父母心呵!

真换房的、假换房的、认干亲的、假离婚假结婚的,北京人什么招数想不出来?一位母亲领着孩子到某重点小学哭诉,孩子他爹惨遭车祸身亡,只好寄养姨家,虽无“片内”户口,学校怎忍推出?入得学来,那孩子才说:“我爸活得好好的。”

自然,这些都还是平民的招数,有的人是不必要这些雕虫小技的。可户口对老百姓来说,却非同小可,乃至某单位因施工将大门改在另一条街上,引起轩然大波——门牌的移动,立即发生划片归属的变异。

也自然,重点小学的教师们是深知其中奥妙的。每年二月后,需得挨户核实户口和人头,近年来也不得不学点福尔摩斯的本事。每当招生季节随着酷夏来临,重点学校门前便车水马龙,水泄不通。教师们都做好充分准备来迎接这一年一度的灾难和“战争”。家长们围着他们央求哀告,哭的、吵的、闹的、作揖的、要下跪的、摔户口本的、赖着不走的。人们把一颗颗滚烫的爱子之心蘸着辛酸的泪水捧给他们;也用各种精心编制的甜言蜜语、许愿承诺、捶胸顿足、瞎话谎言来浸泡他们、软化他们、激怒他们;右邻左舍的各种关系户、菜店、房管所、派出所、煤气站、副食店、居委会等等,也都蜂拥而至,来索还对他们预先支付的种种人情、照顾和恩惠……

断不清的官司又移交到区教育局。家长们便又一拨儿接一拨儿朝那里拥去。局长像个见不得人的“通缉犯”,出出进进戴一副墨镜,就怕被人盘问:“您是某局长吗?”一旦被人认出,立即陷入重围。人们把他堵在办公室里,不让他做事,不放他回家,有的索性把孩子往他怀里一推就走。孩子在院里撒欢儿,饿了渴了也来闹他。教育局成了幼儿园……

教师和局长就是浑身长嘴也说服不了家长不要迷信“重点”,因为办“重点”的事实是路人皆知的。只是痴心的父母们并不知道,“重点”的承受力不是无限的,如此倾盆大雨地灌将进去,“重点”的优势便立即化为乌有。倘若大都市里那种在商店、地铁、公园、车站等等到处叫人头皮发麻的拥挤状态一旦侵入宁静的校园,那么小学生上课这件极要紧的事,也只好像大街上挤车和胡同里排队上厕所一样讲究不得斯文了,这么一来,倒真的把重点非重点全抹平了。

其实,就在望子成龙的家长们正使出浑身解数拼命奔“重点”的今天,北京市各区教育局却都在那里为绝迹多年的小学二部制终不可避免地要大面积卷土重来而一筹莫展呢。计划生育部门已经发出警报:从今年开始,中华人民共和国成立后第二次生育高峰人口开始进入小学。也许,它就像一场陡然涌来的洪峰,会将大地上所有的河道、沟渠、洼地全都涨满、挤裂、弥平……

西城区目前在校生四万五千余名,未来三年内将以每年一万名的幅度递增,到1990年预计要猛增到七万名。眼下提前开始扩建校舍的学校已经借用别处教室实行了二部制。而对大多数学校来说,无论新建扩建,还都既无资金又没地皮。

宣武区目前小学九百个班,到1990年将增加到一千四百多个班。那里教育局的同志惊呼:“我们是在毫无准备的条件下遭遇这个人口高峰的,校舍奇缺,师资来源枯竭,这学还咋能办好?”

专家们也把人口压迫教育的危急状况，列为中国未来教育十大危机之首。

每一个盘算着自己那个“小皇帝”的锦绣前程的家长，或许就像洪峰尚未到达前的江河两岸的一木一石，对快要降临的灾难是漠然置之的。中国人自古以来就虔诚地笃信着学堂神圣的教化功能和“师哉！桐子之命也”的信条，他们深信孩子只有送进去才会出息，他们把对未来的希望像赌注一样全都押在上面，绝不去理会那些危言耸听之谈的。

我想，悲哀也正在这里！

麻木中的预警声

每年七八月间，当翘首以待却又胆战心惊的人们穿梭往来于各大、中、小学的时候，有一个与他们密切相关的信息偏偏很少引人注意。那是一个很微弱的声音，但却年年必定夹杂在招生热潮的呼吁声中——

1986 年 8 月 14 日《光明日报》的一则消息透露：“今年师院的生源比往年更困难……北京的优秀中学毕业生不报师范，不选择教师职业的问题日趋严重。”

同年 9 月 9 日《中国青年报》也以《师范院校为何依然门庭冷落》为题发表一篇调查：“‘帮我们呼吁一下吧，师范院校招生太惨了。长此以往，教育事业将不堪设想！’教师节即将到来之际，作为培养教师的摇篮之一——北京师范学院的同志却对记者发出了这样的呼声。”

当中小学的大门几乎要被滚滚而来的学生挤破的同时，师范学院这边却门庭冷落、一派凄清。在这冷热、盛衰之间仿佛公然宣称着一个荒诞的逻辑：越是希望子女受到良好教育的人们偏偏越是看不起教育这个行当。在这逻辑后面似乎还暗伏着一个不祥的怪圈：社会的教育功能恰恰在生产着非教育的社会力量，继而形成一种自我窒息的反作用力，结果是人才创造得越多教育反而越萎缩。长此以往，望子成龙之辈还会有什么指望？

我常常被眼下中国的各种怪圈弄得迷惑不解，诸如离婚越难反而离婚的越多，盖房越多城市里人的生存空间越窄，等等，叫人摸不清船究竟是湾在哪里？但我相信，社会机制的紊乱，总有它合乎规律的根源。这怪圈，说到底是规律对人类的报复。荒诞的逻辑一旦公然行世，恰恰证明了某种社会机制的荒诞，而这荒诞说不定正是真理的二律背反。

他叫田畅，父母都是教师。高中毕业时，他却以“这辈子不吃教师这碗饭”的不容商量的坚决态度，向我们显示了一颗早熟、隐痛、凉透了的心——

他太清楚中学教师这种职业在社会上的档次了。用不着别人向他宣传、动员。十六年之久的酸甜苦辣、耳濡目染,使一个教师的儿子在高考志愿表"是否服从分配"一栏里,毫不迟疑地写道:"除师范院校外,其他院校都服从。"

他像躲瘟疫一样竭力躲开父母所从事的职业,这在有着子继父业的深厚传统的中国人看来,是否有些"叛逆"之嫌?

其实,世上没有比父亲更叫他敬重的人了。每当夜间,在那十二平方米的斗室里,父亲怕影响他和弟弟做功课,总是独自躲在角落里、戴着耳机、几乎是贴着荧光屏默默看电视。父亲总是等他们的功课做完了,才使用那张饭桌批改作业。这时他躺在行军床上瞅着父亲的背影,心里有股说不出的酸楚。

他的父亲,一个当年上海复兴中学的高才生、1957 年北大地质地理系的本科毕业生、二十多年来出版过多本著作和译著的知识分子,竟落到连一张书桌都不能独自占有的境地,这让他这个 80 年代的中学生是无论如何也想不通的。父亲所经历的是一段叫他不能理解的历史:学地理专业的大学生被分配到通州农校教书,农校解散后,又转到顺义一个公社的戴帽中学,整天领着学生深翻土地、夏收秋种、大办沼气;自己学的专业丝毫用不上,却是数学、物理、化学、英语、俄语什么都教过。后来妈妈在北京幼师毕业,也到了顺义。直到父亲在那里任教满二十五年才回到城里,等待全家的却是一间十二平方米的小屋。

他和弟弟就在那大人与小孩轮流分享饭桌、每晚拆桌支床的岁月里渐渐长大了。当他们哥俩终于都熬过十三岁时,那条难以企及的分房标准线居然也渐渐在望了——按照规定:中学教师人均面积三点五平方米以下、子女十三岁以上,且夫妇双方都在教育部门工作者具有分房资格。但就在这时,妈妈得癌症死了。小屋里剩下三个男人,人均面积平方米数重新突破三点五……

诚然,他是无力改变父辈的命运的。但如果给他选择的权利,他当然拒绝承袭父辈的命运。父亲在给他以知识遗产的同时,无形中也给了他另一种悲剧性的遗产:他不能走父亲的路。

高考成绩出来了。老师找他谈话:"以你的分数,报考清华师资班和师院比较合适,不然,你就只能读大专了。"

他摇摇头,没有犹豫就选择了北京建工学院工业与民用建筑系。那是一个两年制的走读的大专,可同盖房子有关。呵,一个孩子的房子梦!

我们能责备他的选择吗?

他姓罗，做中学教员到70岁才退休。此刻，我同这位饱经沧桑已入耄耋之年的老人，坐在静静的一隅，听他像是从极远处对我说——

如今教书先生没人干了，大伙儿都挺纳闷。其实要说缘故，也明明白白。人活着总得有个盼头，盼国家好，世道好，自个儿和家里人也好，活得不费劲，再长点能耐，做点正经事。有这么个盼头让他奔着，他活着就带劲儿了。

我是1912年生人。父亲一辈子做小职员，月薪二十一块大洋，一家人生活还算过得去，我还能读私学，十九岁小学毕业。成人了，总想独立，就去考中等师范，吃住都有着落了。毕业后做小学教员，挣四十五块钱。那时不兴涨工资，终身就这四十五块。当时警察月薪是八块，去官府里办事也就二十多块，科长也没小学教员挣得多。中学教员的薪水还要高呢。

那天我和老友们聊起当年，人家都说知识分子清高。倒不是我们故意总瞧不起谁，教书的人讲究洁身自好，不愿去钻营，也没那份能耐，只觉着凭知识吃饭挺如意、挺干净。浑身的穿着打扮，就那么回事儿，倒给了别人一种清高的印象。如今啊，你想清高还清高不起来呢！

我在小学教了七年后考上北京大学农学系。一边上大学，一边还教小学，自己供自己念书。读大学就是为了奔那个中学教员的职位。那会儿教员的身份可不像现在，多少人梦寐以求啊。当时考师范很难，一千多人去考，只取九十个，还能不优秀？你想干还未必有那个福气哩！

这辈子经历了不少事，人生也算看得清楚。1940年以后，苦得很，正抗战，吃混合面，挣的钱只能够自个儿一张嘴。世道一艰难，教书的人就倒霉了。

新中国成立后到这个学校，一口气又教了十年，教不动了才回家。刚解放时，心气儿是向上的，待遇也不低于30年代。1957年"反右"以后，知识分子就瘪了，后来赶上"文革"，教师受的罪比谁都多，从此地位一落千丈。后来拨乱反正了，世道清明了，是不幸中之大幸，可是教师的地位，恕我直言，名曰升，实则降。其他行业的待遇上去了，教师上得慢。到现在，中小学教师究竟算不算知识分子，好像还是悬案。就是中教一、二级的老教师，月薪也不过百十块，还不抵大宾馆里的服务员。这到底是怎么个事？

反正我就知道一个理儿，教师的身份跌得太低了，这个国家就麻烦了。各行各业要是都比教书有利可图，那谁还肯教书呢？人人都看着当官油水大，都眼红权力，这事儿就崴泥了。你可别小看这股劲，一成风气，扳过来就难了。社会上有各式各样的歪门邪道，可教师不能歪。不歪是对的，不是错的。可你顶得住吗？像我们当年，社会那么污浊，自个儿还能清高，有那份高薪水撑着哩。如今你撑撑试试？拎着菜篮到自由市场一转，你自个儿就跌份儿了。话说回来，这副穷酸相，别人也不正眼看咱，也不待敬咱，整个社会都不正眼看教育。这么一来倒好，章程拧倒个儿了，学校办点子事得四处求爷爷告奶奶，求人给点施舍，给盖点房，像要饭似的，这怎么行呢？

亏待了教书的，要受报应的。人才中的上流甭想吸引过来。老北京有几所办出名气来的中学，像一中、惠文、贝满等等，当初都是靠待遇好把各中学棒的老师收罗去了。人同此心，情同此理。两种工作一个样儿的干，一个待遇高，一个待遇低，上哪儿？哪儿苦上哪儿？那是有条件的，得做出评价。自愿报名，给你戴朵大红花，之后就不理你了，行吗？

人要不怕苦，不能老苦。

据悉，鉴于往年师范院校招生难的情况，今年北京市采取了一项特殊政策，即试行师范院校及师资班提前单独招生的办法。此项政策规定：志愿可以文理兼报，考试提前在 5 月初进行，凡是已被各师范院校录取的考生不得再报考其他院校，未被录取的还有资格参加 7 月份的全国高校统考。

显然，这是一项对于考生来说既有诱惑又不带风险的明智的政策，它起码可以在全国统考之前把一批对高考没有把握的高中毕业生吸引到师范院校来。据《光明日报》今年 4 月 19 日的一篇报道披露，往年冷寂的北京师范学院门庭若市，前往咨询的人们络绎不绝，达万人之多。

如今的高中生不那么简单，他们的狡黠有时是颇令人头痛的。招生部门已经发现某些不正常的端倪：不少考生表面上积极报了名，暗地里却做好准备到时漏考最后一科，这样即使他考得再好，也注定不会被录取。他们竟然把这次师范提前单独招生变成了大考前碰碰运气、适应考场气氛、练练竞技状态的一次预演！

呜呼！各家自有各家的高招。中国有句老话：酒香不怕巷子深。究竟是什么让他们对此退避三舍，这才是值得我们深思的。

望而却步

师范院校的生源枯竭已急煞当局，殊不知，已经拢进大门来的一批师范生，还更叫人焦心呢！

师范生的分配去向理所当然是到中小学做教师，然而，如今这在他们中几乎已被视为畏途。年年分配关头，师范生们都各“逃遁”有术，这情形我们在后文还有详笔。这里我们不妨先来看一看，昔日师道的光彩，是何以在当代青年心目中暗淡下去的。师范生们绝不讳言这一点。他们最可爱之处就是永远也学不会掩饰他们对一切的率真评价。

今年春天，我们在一些中学采访时，碰巧遇到了一批正在那里实习的师范生，有北师大的，也有师院的。他们同我们在毫无戒备心和虚伪应酬的气氛中讨论了他们将要从事的职业。自然，需隐去姓名，以免麻烦。

女生 A——

“高考时我没报师范，接到录取通知书我哭了。爸爸妈妈都在大学里教书，劝我，说女孩子当教师也算合适的。有机会再跳出来嘛。从他们身上，我多少知道一点当老师的辛苦。现在自己站到课堂上来，一站四十五分钟，好漫长呵！课上一席话，课下不知要反复磨多少遍。辛苦不说，有病也没法请假。来这里实习，就看到不少老师兜里揣着病假条上课。这工作就像躺在一张橡皮筋编的网上，越坠越沉，似乎下面是个没底的窟窿。我真不愿多想它。反正拿通知书哭了一次，毕业后我更会大哭一场的。”

男生 B——

“我中学成绩一直很好，高考没考好。校长建议我第二年再考，后来不知道哪个老师替我填报了师范。我被录取，完全不是自己的选择。这次来实习，大家都提不起劲来，还生怕干得卖力，被指名留下。不过，中学教师的甘苦，这回真算领教了，工作哪有上下班之分？连走路都得琢磨学生怎么管、课怎么讲。干这活儿你还没法瞎对付，往学生跟前一站，好歹是个师长，稍微讲点脸面的人，总想干好。那你就受累去吧，有多大精力都得熬干！就这么辛苦，到头来还没人念你这点儿好。所以同学们都说，要没这趟实习，不到中学来瞧瞧，明儿分配了，兴许糊里糊涂还能去干；这么一瞧，说什么也不能去呀。”

男生 C——

“社会上只有一天重视教师，那就是教师节。什么好听的话都让教师在这一天听个够，过了这时辰您就捎一边待着去吧。当然也不光是说点好听的，还优待些其他商品，不过据说有的也是乘机推销积压物资。人心是杆秤，教师当真值几个钱，大伙儿心里都明晰。难怪这回我来中学实习在资料室看书，听一旁有位老师问另一位：‘你怎么让那个学生报师范呀，他学习不是挺好的吗？’有回一个中学生还对我说：‘我哥哥学习不怎么样，想报你们学校试试。’你们听听，这种话叫我们师范生听了，能不难受吗？不过冷静想想，人家说的都是实话，咱也别气不顺儿，靠自己哄自己过日子！”

女生 D——

“今年师范提前招生,倒是挺新鲜。不过我看靠这办法想招优秀生,也难。要是师范都招些低分生,那非恶性循环不可。你越掉价儿人家越瞧不起,越招不来好的还真越掉价儿。如今弄得我们这些读师范的也自觉矮人一截,好像比那些函大、夜大、电大还不如。老师真像一支蜡烛,把自个儿烧没了去照亮别人,对这种必定要做出牺牲的特殊职业不采取特殊政策,谁还肯干?!不知道上面为啥算不过这笔账来。”

实习带队教师——

“我是 81 级师范毕业生,因此我很能理解他们此刻的心情。我毕业实习那会儿也经历过这种幻灭的痛苦。在中学见到一位女教师,四十几岁的人看上去就像六十多岁一样苍老,她那满脸的皱纹好像告诉我,这是一种多么销蚀生命的职业,而且是在极其平凡琐碎的过程中被悄悄吞噬掉的。我常想,对于今天这一代人来说,教师的辛苦和清贫也许并不是最难以接受的,最可怕的是在默默无闻的消耗之后仍然得不到心灵的慰藉。许多师范生并不惧怕这职业,怕的是中学里那种狭窄的、停滞的和窒息的环境和气氛,对个性特色及创造性的可容度太小,他们很想有所作为但施展的天地很有限,幻灭之后就想走,又走不脱。这就使后来者望而却步。”

今天的教育事业,面对的就是这样一批继承者。他们自私吗?觉悟低素质差吗?缺乏责任感和牺牲精神吗?人们尽可以这样评价或责备他们。但是,你有力量改变他们吗?你的力量表现在哪里呢?难道就表现在师范招生时那慷慨激昂的动员和大张旗鼓的宣传吗?

是的,我们也很惊异。党的号召,思想动员,政治鼓动,都曾经是很有效的。它造就过一代良师,神话般地孕育过奇迹;但何以今天它会变得如此不中用,而至今仍被奉为唯一的灵丹妙药?我们甚至辨不清:究竟是时代在愚弄人,还是人仍要固执地愚弄时代?

二、蓦然回首灯火阑珊处

——教书的工作为什么叫你那么醉心,醉心得连我们也想流泪?你真的不知道什么叫苦吗?学校天地之小、学生管教之难、教师待遇之低,你乐的是什么呢?

——是啊,乐的什么呢?天知道。可是,凭谁问,廉颇老矣,尚能饭否?

历史还记得他吗

郑怀杰还会等待那十年一次的聚会吗？倘若真有这聚会，他会流泪的。只不知这泪是欣慰还是伤感。

是的，也许只有这种聚会，才能叫人想起那段早被遗忘了的历史。三十年前，北京市教育局长孙国梁在一个欢送应届高中毕业生的会上说："解放后，大批工农子女入学，教师不够，你们的弟弟妹妹没人教。党希望你们留校教书，帮我们拉扯他们一把，凡是考上大学的，保留学籍两年。两年后，你们再去读大学，好吗？"全市三千名毕业生自愿留下了五分之一，这六百多个都是优秀生，大多已被大学录取。郑怀杰也留下了。他几乎是不假思索地就把北京钢铁学院的录取通知书塞进了抽屉，绝没有想到这是一个终生的诀别。两年后，各大学都来函催促留校生快去报到，他又放弃了。三年后，他亲手把一个毕业班送进了大学，自己还舍不得走。这一年他入了党。十年后，在庆祝他们这些留校生任教十周年的宴会上，孙局长又来了，他说以后每十年都要聚会一次。那一次，郑怀杰觉得一切都得到了补偿，虽然那时并不高谈"奉献"。很奇怪，在社会上并不高喊奉献的年代里，偏偏人们奉献得极为心甘情愿。

别以为50年代的人都是"傻帽儿"，不懂上大学的要紧。起码，对于郑怀杰的父亲——留美博士、中国科学院学部委员、我国著名的鸟类学家郑作新先生来说，儿子天经地义是该享受高等教育的。为这，他同金陵女子大学毕业的妻子千方百计给了儿女们一个金色的童年和最优越的初级教育。他绝没有想到，竟是他最钟爱的长子郑怀杰，此生偏与大学无缘。一个博士家的长子甘愿做了孩子王，这事无论在当时多么平常，今天也会变得不可思议了。倘若人生再让郑怀杰选择一次，他会怎样呢？

这问题提得荒唐吗？不。你再听听郑怀杰后来的命运，便知道什么叫荒唐了。

他终于没能盼来第二次聚会。

来的却是整整十五年的苦难。1964年"四清"一开始，他就被开除了党籍。罪名同1957年他被打成"右派"的罪名如出一辙。他无意中曾对学生说，西方人主要吃肉蛋奶，揭发者给他加了个下联：中国人主要吃草茎籽。于是，他忽然发现愚昧是那样强大、冷酷、翻脸不认人。他原本就是为了清除愚昧才放弃了上大学的啊，结果愚昧反而收拾了他。他按月把党费装进一个信封，塞在枕头下面。"文革"一来，他陷入了更深的地狱。一个星期要挨六十场批斗，真真是体无完肤了。当初让他拉扯上把的"弟弟妹妹们"，如今像牵牲口一样拉他去游街、用三角皮带抽他跳牛鬼蛇神舞。他跳着,心里却在想:我为什么要留下来送你们上大学呢……

然而,灾难一过去,他还得拼命送他们上大学。他当了校长,得抓升学率。他把教师、学生、家长都请来,亲自作示范讲公开课。他摸索出一套入学教育的新办法,给初一、高一学生注入强大的“第一推动力”。他还得到处去张罗钱,为了能给教师每月发点奖金、加班费,给负责学生早读的教师供应一碗豆浆、两个油饼……可是,有人突然对他说:你的文凭呢?没文凭你能算知识分子吗?怎么有资格当校长呢?于是,他在五十二岁的年纪还得去奔一张大专文凭。他当年那样轻易奉献出去的东西,如今也板着不容通融的面孔来报复他了。他原来早该是高级工程师或教授了,如今却同儿女一辈为伍去上夜大、函授什么的。

他还保存着那张录取通知书,只是纸已发黄,那“钢铁”两个繁体字,对于现在已经习惯写简化字的大学生而言也写不囫囵了。

百叶箱的梦

睡去了,又醒来了。她眼前总是晃动着那个小百叶箱洁白、亭亭玉立的轮廓。脚下是绿茵,身后是蓝天,红领巾像火苗儿在四周蹿动……

人老了,偏多梦。半个世纪的往事纷至沓来,人影离乱。华北大平原的夜空。偎在妈妈膝头数星星。“跑鬼子”。西北联大黑板上那幅中国地图,犹如雄鸡唱晓。镰刀斧头下的宣誓。炼铁炉里的火苗儿。书记大喊:“同学们快出来看苏联的人造卫星!”“书记,那不是卫星,是气象台放的高空探测仪。”“你行啊,你内行,你大学毕业!”1957 年的酷夏。“朱聪颖,你和右派性质差不多,你的党籍被取消了。”“朱聪颖同志,委屈你了。不过你没正式戴过‘右派’帽子,也谈不上改正了。”……这都是些什么呀?她厌恶地晃晃头,把它们都驱走。她只想梦见那眨巴着无穷好奇的一双双大眼睛。那些小手从后面一拽她的衣襟:“朱老师,我想参加气象组。”她的心就酥了。她这辈子仿佛只为此而活着。

一只挂着锈锁的百叶箱,封满尘埃。二十年前它曾是那样出名。谁不知道北京 128 中学的气象站?虽然很少有人知道朱聪颖这个名字。团市委总结过她的典型材料。四个城区和郊区许多地理教师听过她的讲授;儿童艺术剧院还派演员来体验过生活,回去排了话剧《小雁齐飞》。这些,人们早都忘记了。有谁还能体会得出一个两鬓银丝的中学女教师面对一只百叶箱时的心情呢?

她一看到它,眼就湿润了。1957 年她失去党籍之后,开始有了它。她能把大陆和海洋召唤到教室里讲给学生听,也能编歌谣让他们唱唱笑笑就记住了名山大川、城市铁路,可枯燥的气象知识学生不爱学。她想了一个妙主意,去找市少年科技馆的刘金贵老师。她俩在128中学办起了气象站。那百叶箱在草坪上一立，孩子们全着迷了。一百多人天天跟着她写观测日记，每个人都成了家里的气象预报员。有个叫沈人德的女孩，是沈钧儒老人的孙女，某一期的气象站长。后来她读了农大气象系。朱聪颖从此开始编织一个金色的梦：假若在全市各中学有规划地建立一批正规的气象哨，为国家的一项科研课题——研究"城市热岛"而长期提供数据资料，中学生和地理教师就有了一件大事可做了……但是，如今她在一个展览会的角落里找到了气象组的展品，仿佛是一堆破烂的古董。她把它抱回家去，就像抱着一个夭折的婴儿，一个梦的残骸……

马卡连柯女弟子

"同学们，咱们这个班还叫初二，不叫初一。干吗非让你们留级呢！回家邻居一问，脸往哪儿搁？不就是有些课没学会吗？咱们补上它。大伙儿别伤心，挺起胸膛来！"

刘云莲温情地看着眼前这三十六个学生。他们都是从那六个班里刷下来的，如今全耷拉着脑袋。凭她三十年的经验，她知道一次留级弄不好就会把孩子们的上进心通通摧毁。此刻他们全都站在人生的悬崖上，不拽一把就跌下去了。拽一把呢，说不定会有奇迹。因此，她接了这个留级班后的第一件事，就是宣布它叫初二(4)班。

但这毕竟只是一个心理安慰。要命的是你想教，他还不想学呢。

"刘老师，我不想读书了。"

"为什么？"

"不为什么。我爹妈都同意了，您还管？"

"他们怎么跟你说的？"

"嗨，这还用问？如今还念什么书呀，挣钱去吧！念出来也没做买卖赚得多。"

现在的教师，求学生念书不算，还得求家长让孩子念书。社会上如今赚钱都发了狂，来钱也容易，一个穷教书匠哪有力量同这时尚争夺孩子？但刘云莲不肯撒手。她去找家长："你们可不能搅乱他的心思，孩子挺聪明，把他交给我，会学出息的。今后过了晚上七点不回来，准定在我家，你们就放心，我管饭，书得念！"这孩子毕业后考上了热门的北京饭店服务学校学西餐。他父亲乐得合不拢嘴，可刘云莲还惋惜地说，他直到最后还有潜力没全挖出来。

男孩子心野，她得哄着劝着摁着他们头皮念书。王俭是全班的灾星，从小就有多动症，注意力保持不了十分钟，过了就得吃药镇静。刘云莲把他领回家调教了整整一个寒假,开学后,他终于坐稳了。男生T腿有残疾,同学奚落他,爹妈嫌他累赘,他自己也没了自尊心,整日价浑闹,弄不好就被爹妈扒了衣服撵到大街上罚站。刘云莲有回真急了,赶去找家长评理:“这孩子要让你们给毁了的!”“刘老师,您说他还有救吗?我不求别的,只求毕业拿张证书,能混个饭碗,那我就给您磕头啦!”“我也只求你们别再打他,这孩子的前程我包了!”他毕业时考得很好,虽有残疾,终于被一家医院录用为会计……

三年后,在全区统考中,这个班总平均分达82分,及格率百分之百,居全校第一,绝大多数学生考入高中或中技。这难道不是奇迹吗?只是创造这奇迹的人,已经一身都是病了:高血压、冠心病、淋巴结核、眼底硬化。家里还有一个总得她扶着走路的半瞎的丈夫……

三十六个孩子的命运是靠一颗菩萨心肠改变的。然而,这改变需让这颗心挤出她全部的血。这也是一种交换。一旦成交,那心便枯萎了、衰竭了,几乎都转化到那些新的生命里去了……

蹬三轮的“普希金”

“老黄牛”——这个不知究竟是尊崇还是戏谑的雅号,这个凡奖赏时又要顺便朝你屁股上抽一鞭子的诨名,名副其实地落到了他身上。领导和群众都这样喊他,叫他哭笑不得。他就该仅仅是条“牛”吗?他的价值到底是蹬三轮的力气还是满肚子的俄文单词呢?不错,他蹬三轮跑在公路上时真能成大段地背诵普希金的《驿站长》。

可是,俄语教师孙景珍的确在北京177中学蹬了十几年三轮。当别人都夹着讲义走向教室时,他蹬上三轮往城外去了。跑通州、跑石景山,满处去找金锑合金硅片,拉回校办工厂来提炼黄金。黄金是真提炼出来了,可他却埋在土里没人来提炼。谁还记得他是一个1964年大学毕业、俄语呱呱叫的中学教师?人们只知道他是总务处的孙保管、食堂里的孙采购、校办厂的“老黄牛”。十几年来,他默默承受着这命运,上面叫他干啥他就干啥,他没有想过自己个人的价值。哪里知道,妻子竟头一个嫌起他来了。她是冲着“文化人”才嫁给他的,怎么到头来他居然成了学校里一个打杂的工友?再说她腰有病,发作起来疼得在床上打滚,他却没法请假。待到天黑回家,他已一身臭汗,倒头便睡,想不起来给她端杯喝药的水。她走了,给他扔下两个孩子……牛也是会哭的,哭自己在无边的土地上耕作,却没有收获的权利。

更可怜他忘不了普希金和契诃夫。每个星期天他都到书店的架子上寻找他们。俄语教学的书他照旧见一本买一本,即使进口图书展览会上的俄文原版教科书他也不放过,只是那六千多个单词,就像他十几年洒在公路上的汗水,一滴滴快流完了,而书店里那本四十多块钱的大辞典他摸了又摸,至今没勇气去搬它。家里还有两张嘴呢……

他到人才交流中心去过。“中小学教师除外”几个大字赫然在目。人家告诉他:有规定,中教五级、小教三级以上不准“出口”。他的嘴嚅动了几下张开了,却哑然失声:他说不清,他究竟还算不算一个教师?

十字架下的幽会

他站在北京图书馆社科阅览室门外等座号的长蛇阵里。寒酸衣着掩饰不住的学究气使他同周围的青春和时髦颇不和谐,以至让管理员动了恻隐之心,过来要他的工作证,谁知竟是一场尴尬:“对不起,老同志。我还以为……按规定讲师以上才给照顾的。”

刘彦成只有苦笑。虽然图书馆书架上有他的著作,他却没有领借书证的资格。布告上分明写着:“下列人员可以办证——有工程师、讲师以上职称者,市劳动模范,三八红旗手……”中学教员永远摊不上这等恩宠。他多么想和哪位好心的劳模、红旗手通融通融,若有对线装的善本古籍不感兴趣者,是否将那令他垂涎的“殊遇”临时转让一下……

他命里注定同一切幸运无缘。出身像烙在他额头的一个罪恶的十字架,无论在部队还是大学里都受歧视。只是书香门第的熏陶,叫他即使当了教书匠也苦苦恋着古典文学,一辈子放不下。但他必须把书教得无可挑剔之后才敢忙里偷“闲”去同“情人”幽会。他只好每周一碗炸酱、二十一顿面条,星期天和寒暑假就都花在案头和“北图”的阅览室里。

他还惦着千里之外的妻儿。每每在暮色中走出图书馆,还要到电线杆上去细看“对调启事”,去那千百张字条中寻寻觅觅……

琉璃厂来了《全唐诗》,他疯了一样天不亮就去排队。总共四套,让他抢了一套,却花去月工资的大半。汗牛充栋的中国古籍他能都买吗?于是不得不抄书。上百万字的《十三经注疏》和《唐宋八大家文选》他竟都抄了几十万字。他又偏不会做省力的文章,只仗着功底深厚,专做古籍的校勘、注释和训诂。每每三五语,默默百日功,而他的名字常常只在书的序言中被提及。《〈文则〉注释》一书,他花了两年时间查对五百条引文,有时为了一个用典的出处,得把百多卷的书搬来从头翻起,只有这时,一个中学教员的名字才被允许厕身于专职研究人员之列。他与人合作的《南社》一书，1964 年就付排了，却压了十六年后才出版。他从来不奢望，他只有苦恋……

忽一日，学生家长跑来："刘老师，电线杆子……"十八年的两地分居才结束了。

又忽一日，北京大学中文系邮来一纸公文："贵校刘彦成同志原是我系 1955 级文学专业毕业生，学习成绩优良，有较强科研著述能力，按其实际水平本应分配至高等院校或科研单位，但由于他家庭成分不好，父亲被镇压（现证明无大问题，已在为其甄别），又加上对反右斗争及大炼钢铁等有看法，被视为右倾，当时对他的分配不够公正……"

十字架倒了。他也老了。

当年部队里的战友，如今已有军、师级的了；当年大学里的同窗，大多也是教授、副教授了。

他算哪一级？他还是一个中学教员，而且是注定改变不了的。他只能默默把退休前最后几年时日熬完。那时他就解脱了。

历史嘲弄了真诚

——一位父母官对一代"殉道者"的思考

我是教员出身，很熟悉这一代人。50 年代一部分人考上大学没去，还有一部分人是自愿不考留下的，后来还有从大学里分配来的一批，都是百分之百的骨干。他们在"文革"中普遍受冲击，如今头发都白了，仍然清贫。过去是磨难，他们忍辱负重；如今又眼见物欲横流，他们仍不为所动。而今中国有幸，就因这批人还在死心塌地干事业。可是，以后这种人没有了。历史不再造就他们。为什么？这是一个巨大的苦恼。我和他们常在一起讨论，但没结果。找不到答案的思索是最痛苦的。

现状对我们是一个严峻的警告。中小学教师队伍不稳定、老化、后继乏人。而我们动员高中生考师范也软弱无力，优秀的肯献身的凤毛麟角。如此恶性循环下去怎么得了？

没人再肯献身，你怪谁呢？问题就出在已经献了身的落了个什么样的结局。教师职业是神圣的，这神圣就在于甘愿吃亏。可是如果社会蔑视这种吃亏的人，神圣就消失了。做教师的许多人并不怕累和苦，也不眼红钱财。但唯有一条，他们死活摆脱不了，那就是对学生的爱。除了学生，四大皆空。他们甚至回到家里对自己的孩子都没有耐心，不愿再扮演教师这个社会角色。但无论心情多坏，一上讲台就什么都扔掉了，就入境了。这种心态，社会上有多少人了解？需要他们的时候，都来了:有权的、有钱的、作揖的、奉承的。一旦达到目的,就不理睬了。如果社会把他们遗忘了,他们能不伤心吗?他们还剩下什么呢?

有件事叫我很感慨。北京人都知道八中有个超智儿童班,不少孩子得了华罗庚金杯奖什么的。那天开表彰大会,各级都来捧场,许多领导、专家去了,我也去了。神童们坐中间,家长和教师分坐两侧。鼓号声中,讲话者一个接一个,都是夸孩子们的,就是没人谈到教师。我就来了条件反射了。轮到我讲,我就几句话:“提议为右边在座的老师和今天没在座的小学教师鼓掌,最值得感谢的是他们。忘了给他们鼓掌,就是无情无义!”下面掌声果然比先头响亮。现在体育界在国际比赛中得了金牌,奖励一直追踪到运动员的母校教师,这是明智的政策,其他战线没有这一条,许多成功者早就忘了他的启蒙人。遗忘和蔑视便引来了惩罚:神圣被亵渎了。我们将为此付出代价!

三、师道的陨落

灵魂工程师的生存空间

丹心一颗蚕丝吐尽育出满园桃李

陋室两间蜡烛燃竭照亮几代新人

——挽特级教师张思恭

北京八中师生

赞颂?挽唱?悲歌?还是愤词?

两间斗室,总共十八平方米住着六口人。那样低矮,伸手摸得着天花板;那样阴冷,终日不见阳光,地面渗得出水;那么简陋,冬天透风,夏天漏雨……

这就是一位教龄长达四十年的特级教师的生存空间。他在这里生活了三十三个寒暑,终日伴随他的,是嘈杂、拥挤,是夏日的窒闷和冬夜的寒冷,以及那烟熏油呛的空气。恶劣的环境一天天损害着他的健康。他被肺气肿折磨多年,讲课时常常剧咳不止。越到晚年这折磨越凶。到死他都没能走出这破屋。

四年前他走了,死于肺癌。人们说:像张老师这样的特级教师,一辈子没能住上新房子,让活着的人永远不好受!

他走了。身后留下了那道可怕的不等式。

那不等号连接着两个霄壤之别的值。一端是他的付出,一个硕大而辉煌的数字，所谓“桃李满天下”；另一端则是他所得到的，一个干瘪苍白的字码，抑或是一摊灰烬的蜡泪？

直到今天，人们还在精心编织各种五彩缤纷的花环，敬献到这令人战悸的不等式的祭坛上，为它不断涂抹着新的灵光……

连张思恭的死也不能使这灵光稍许暗淡一些。它果真还能照亮几代人吗？令人忧心！

无独有偶。

南方某大都市中，一位三十多年教龄的老教师，一家八口，居住面积只有二十一平方米。他在患肝癌住院期间，昏迷中还不断哀叫“房子”。弥留之际，家人谎称已分到一套“三室一厅”，他才闭上眼睛，撒手归西……

呵，空间。一个人的肉体能需要多少空间呢？但倘若他不只是一只肉鸡或一条沙丁鱼，你就不能只给他一个只能容纳躯体的空间，把他们堆着摞着。人除了肉体还有精神。精神也是需要空间，而且是比肉体更大的空间才能成活。居移气，养移体。没有精神的空间，人的心首先被挤压。心被窒息了只剩那一躯肉体占着空间还有何用？

教师不是“人类灵魂的工程师”吗？怎么偏偏他们自个儿的灵魂横竖没个搁置的空当儿？

同样是人，为什么有的就能活得那样宽绰自如，而有的偏这般尴尬、窘迫、苦涩呢？

无限的空间呵，你既这样吝啬，让这些人的灵魂备受挤压，怎又同时幻想他们在这挤压中还亮出一个博大的无私的宽厚的胸襟呢？

在北京市西城区教育局基建科分房办公室，负责同志对我说：“国家和上级都很重视解决中小学教师的住房困难。但毕竟是僧多粥少。我区是全市文化密集区，学校多，教师也就多。一百七十多所中学小学幼儿园，教职员工一万三千六百人，住房困难户共有六千七百多家，其中人均住房面积不足三平方米的两千五百户，而去年区教育局系统第二轮分房连新带旧只解决了二百多户。困难主要是两大项：资金和地皮。教育口比不得企业，清水衙门，穷家底，国家财力又有限，拨给多少是多少。地皮就更要命了，光安置拆迁户就得赔进百分之六十多的新建房。这两年郊区地皮宽裕些，盖好了房吸引城里教师去，可城里不能放他们走呀。如今是一个萝卜一个坑，都走了城里孩子谁教？因此，教师们的困难咱解决不了，有能解决的地方，又不让他们去，真是把他们活活儿憋在这里啦！”

走出办公室，我在这院里站了很久没有离去。这里正是我小学母校的旧址，如今早已面目全非。在那“大跃进”时期，我们上的都是二部制的小学，老师们仅用了相当于全日制四年的学时教会了我们六年的功课。

就在这里，我认识了远古的“有巢氏”……

也就在这里，我第一次读到了《茅屋为秋风所破歌》……

这些都让我想起了张老师、傅老师、吕老师……

只是不知道，他们的名字如今是否也排在那六千七百多家困难户的长长名单里？

蜡炬成灰的一代中坚

我从你亲人的手中接过这帧遗像，把它立在案头，就这样，在你的目光里，我向人们讲述你的故事——

马爱媛老师，我在采访中就从教育局听说你被送进医院了。他们说，你是许多接连倒下去的人当中的一个。我很想找你谈谈，谁知竟去迟了。此刻，你从这张彩照上望着我，笑吟吟的，手里还拿着三支粉笔，可我们已经阴阳隔世。你才四十多岁，你的最后一张照片，看上去还那样充满活力，这是在第一个教师节那天照的，三年还没过完，怎么会呢？

听说一年前，你突然胃疼难忍。去找大夫，说是慢性胆囊炎和浅表性胃炎，可吃了药还是疼，剧痛像放射波直刺后背，逼得你要弯腰走路才行。两个班的几何课，一班在本校，一班在分校，往返两三里路，挪每一步都那么艰难。

你不是蒋筑英、罗健夫。你太普通了。你拼命想快点治好这病，一趟趟地去哀求大夫：

“再给我检查检查行吗？疼得厉害呵……”

“疼也没办法。能查的都查过了。”

你还能说什么呢？仿佛你故意泡病号似的，而这，让你在校长和同事们关切的目光下很尴尬。又是一节几何课，虚汗渗出衬衫，你疼得哭起来。学生们也哭：“马老师，您别讲了！”他们搬了张椅子来，让你坐着讲。你没法不服从大夫的“判决”。你无权证明自己有病。

站在四楼窗前，你真想纵身跳下去。跳吧，只需一刹那，就永远解脱了……你偏又往好处想：不是刚刚给教师作过体检？几百人拥进医院，一天工夫全都过了“筛”，报纸上多了一条消息，大伙儿也都自觉平安。也许大夫是对的，忍一忍就过去了。你没权利死。两个孩子还小，爱人又在重点中学，你不能撒手……可深夜疼醒了，你看着他的脸，总说："要不是为了你们……"

也是当大夫的姐姐来了："你去查查 CT 吧。"

姐姐告诉你，CT 能诊断癌症，但费用昂贵。

"做 CT？不行。也没必要！"依然是冰冷的声音。

你只好自己拿钱，到姐姐的医院去做。两周后，检查结果出来：肝癌后期，已扩散，无法手术。CT 成了死亡宣判者。

校长赶来了，你欠起身子说：

"您看，我是有病。这下好了。查出来就好治了。等治好了，您再给我加点课。"

你终于可以心安理得地躺下来了，只是并不知道是在生命的余光照耀下。

你说，我实在太累了，我已经把一生的劲儿都使完了。二十五年里，有十八个春秋你是在远郊区农村中学度过的。一个星期的巴望和四五个小时的颠簸，是你回城看看孩子的代价。真的回城来，教师和主妇两副担子又把你压得喘不过气。长期的奔波劳碌、长期的睡眠不足、长期的营养欠佳、长期的负重过度……

爱人带着多少人的牵挂来看你了：他大学里的七十个同学凑了七百元，做教研员的同事们凑了三百元。不就是几个钱曾经把你挡在医院门外？他们把这一切同病相怜之慨、惋惜悲悯之情、急切希冀之愿都堆到你的床前。他们从你身上看到了自己。他们不能接受你在四十六岁的诀别。他们害怕你这么早就被推入阴曹地府。他们想拉住你……

你却终于走进去了。

那洞开的鬼门关，仿佛还在等待下一个。

下一个该轮到谁了呢？阳间的人都在恐惧。

他们有的老了。有的同你一样，正届壮年却已心力交瘁，健康水平很差。西城区四千多名中学教师里，因病全休者二百三十三人，半休者二百七十二人，带病工作者二百零五人。就在最近的一次体检中，展览路一小四十九名教师中竟查出四十六人有病，其中二十二人生了肿瘤……

15 中学校长说："我们一百个教师中，就有六十五个病号，大多都是中年。他们长期带病教课，弄不好就晕在讲坛上，病误久了再治也难以挽回。"

有研究认为，人类寿命可望达到二百岁。

据悉，1986 年北京市人口平均寿命已超过七十岁。

我从西城区教育局人事科那本厚厚的死亡教师名册上却看到：1985、1986 两年该区死亡教师(包括已退休者)的平均寿命为五十几岁,其中未到退休年龄即死亡者占将近一半。

你,马老师,并未死于非命,也不是死于误诊。与其说你死于病魔,倒不如说你死于某种堂而皇之的不公平——因了你的死,我才知道了世人大约很少注意的一样蹊跷:公费医疗的三联单是有区别的。

企业单位的,医生见了属于放胆开出大方子以求妙手回春之效。企业向国家提供利润,还利于民,天公地道。

事业单位的,若是中小学,加盖了学校医务用章,一次方子价格不得超过三元钱,医生也是无奈,他越有良心就越怕给教师看病。怪谁呢?学校不能提供利润,它只是向孩子们注入知识,孩子们把知识带走了。孩子们是它的产品,而且还只是半成品。社会似乎不肯为这些半成品付款。这桩交换在半腰里中断了。在知识的殿堂里兑现常常是不等值的。

谁又能说这差别不公平呢?

或许只有你这样的死才足以把不公平显示给世人,也未可知。

他,一个北京市凤毛麟角的小学特级教师、区人大代表候选人,竟在今年4月22日凌晨,突然挥刀砍伤妻子和女儿,然后坠楼身亡。这桩惨祸在民间不胫而走,四处流传,不久也刮到我们耳朵里,于是我们立即搁笔前去探访。从某些不愿透露姓名的知情者口中,我们虽然只了解到一些扑朔迷离的现象,却也能够大致勾勒出一代蜡炬成灰者难逃苦境的极端的一例——

Z老师,你躺在太平间里,已经五十多天了。你的死讯,像晴天里一个炸雷,叫人们惊骇得至今魂魄不定,至今难以置信:像你这样精明强干、通情达理的人,正在事业一帆风顺不可限量的旺火头上,怎么会突然如此惨烈地自己毁灭自己呢?

你为什么要这样做?

同事们说,你是一个从来不肯认输的人。为了探索一条培养学生能力的办学路子,你敞开教室大门,欢迎大家都来听你讲课,任人评价。你要向人们证明,小学教师可以不靠演戏作假也能把课讲活。那时候,有几个人敢这样大胆?那分明是把自己暴露到大庭广众之下,直面各种挑剔和诘难,弄不好就会身败名裂的。听课的人从区里扩展到市里,又从市里扩展到全国,常常教室里挤不下,窗外都站满了人。你把门向全国敞开了。你越讲越自由,如入无人之境。你成功了。各地慕名拥来的人把校园变成了熙攘闹市,人们记录你的教案,整理你的课堂教学纪实,给你录像，叫你带徒弟，一带就是十七个。你一切都不能拒绝，包括上面给你的那些荣誉——特级教师、市教育工会委员、区人大代表候选人等等。你从来没有说过这一切你已经承受不了了。在盛名和荣誉的背后，你必须靠超负荷的辛劳和比辛劳更费力的周旋、平衡、应酬来支撑。你得恭敬地承认所有上司都是你的伯乐。你用教书博得的声望，要用处理人事关系的八面玲珑来维持。一方面是无数人来求你传经，另一方面你又得向无数人作揖。你在"两条战线"上挣扎。终于，你的精神承受不了了。

你的同事们已经说不清楚，你的精神是何时出毛病的。他们说，今年元旦后你跌了一跤就开始反常了。妻子回忆说，你常常从梦里惊醒。你告诉她，近来你好几次瞧见已经去世的姥姥和妈妈来看你。人们都把这看作玩笑。后来，你在夜里又总觉得阳台上有个人影。可周围没人意识到这是一个可怕的征兆。你在惊恐之余照样还得天天开门讲课。生活和工作的节奏绝不会因为你的意愿而有丝毫改变。我想，你当时一定会在心底里哀求它停一下，可那是办不到的。你开始出现头疼，做了一次 CT 检查，发现前额里面有瘀血，区里和学校的领导都很着急，让你休息治病。可过完寒假你又要上班，误了几天课你就像犯了多大错误似的内疚。不出一个星期，你便越发地反常起来，以致终于无可挽回地疾速走向崩溃……

人们多么不愿意向我描述你最后的惨状呵！

你先是怀疑十几年来和你相濡以沫的妻子要谋害你，你不肯吃她给你做的饭，不喝家里的开水。继而你又怀疑姑姑、姐姐和全家人都要谋害你。最后，你把共事多年的校长也打进了"谋害集团"。我一直想去请教精神科医生：一个获得很多荣誉的人如此疑心被人迫害，应当怎样解释？你在家里到处搜索窃听器。你把壶里的水碱、墙上的烟油、草根、花瓣都当成"谋害证据"装进一只书包整天背着。你还背着一口铝锅来学校煮水喝，否则就喝自来水。你形容枯槁、神情恍惚，两手抖个不停。明白的人说你精神已经趋向分裂了，某些压根不懂得世上有精神病而只知道世人有思想问题的人，诲人不倦地天天跟你谈话做"思想工作"。你便在这样的"治疗"下注定在劫难逃了。可怜的是，从一开始就没有人懂得怎样救你。人们会培养你、使用你、抬举你，享受你挣来的荣誉和当你伯乐的愉悦，却不知道你被疯魔攫住后如何把你抢出来。于是，你便在疯魔使出的巫术支配下，演了一出人间悲剧……

你留给这个世界让人们去分析、总结、讨论乃至反思的东西太多了。记得加缪曾说过："清醒的自杀，乃是承认生活是不值得的。"你临死前是疯狂的，不清醒的。但你是怎样从理智和清醒走到最后这一步来的呢？虽然这个问题如今大约是很难弄清,也很少有人愿意去弄清它了。你在活着的时候,没法把这一切痛苦向人们解释得清,最后就只有把痛苦以最强烈的方式留给人们去品味和咀嚼了。

我们依然愿意对你说一声:安息吧,Z 老师。这个世界没有权力责备你,虽然它不会隆重地安葬你,评价你。但每一个体验到你的痛苦的人,都会把你安葬在心底的。

他从小就深信自己是一块教书的材料,却偏偏在任教二十五年后,以年过半百之身跳出了中学。他痛苦地向我诉说着一种人生的失败感——

跳出来了,再回头看一眼,恍然如梦。下这决心很难,但有比这更难受的事,心也就横了。我自己都奇怪,干了大半辈子,临老了,竟终于忍受不了。我同教育的缘分真的就尽了吗?

我从小念私塾,读"人之初,性本善"。别人家拿钱来读,我家境苦,给先生捉鸟虫、上小市买菜,才换得书读。那时只迷着跟先生学东西,最佩服先生,觉得当教书先生最神气。

新中国成立后才进小学。读四年级就得做小先生,帮助老师教低年级的同学。我干得可上劲了,觉得自己就是同教书有缘分,要不,中学里怎么就爱给《辅导员》杂志写稿,大学又读了师范?可是,后来真的当了教师,而且足足干了二十五年才明白,我原不该是这教书的命。

教师做人太难了。凡是要求学生做到的,教师都得身体力行。我不是什么优秀教师,但我也得按最严格的做人标准要求自己,我没体罚过学生,没托学生办过一件私事,没图过学生半点好处,年年教高三,把心都掏给他们了。可到头来我落着什么了呢?学生考上大学了,家长夸孩子聪明;考不上就怨老师教得不好。你都得默默忍着。近两年,连学生也常常瞧不起老师,看到有的学生那股傲劲儿,我真受不了。可受不了又怎么着?人家毕业出去甭管干啥,都比你挣得多、比你活得舒坦、比你神气,你穷教书匠有什么了不起?

我有位邻居,过去耽误了学业,想参加自学考试拿文凭,来求我。我想咱就是教书的,诲人不倦是本分,哪能推?凡是她需要的材料我都给她找来,还把教案给她看;后来她女儿考高中、亲戚考大学,也找我,我都一一尽心去办,不敢马虎半分。我们当教师的,在如今"学历卡死人"的时候,就怕耽误人家的前程,恨不得替他们去挣一个。可结果呢?由于一点锅碗瓢勺之间也难免有的碰撞,她就翻脸不认人,冷言冷语说:"你不就是个中学教师吗?有什么了不起?!"

是啊,我们是没什么了不起。可我们也不都是窝囊废,好像甭管多苦多累都是该着的、都不值得尊重。这口气说什么我也吞不下去。我要向他们证明,教师这一行里是藏龙卧虎的!如果干别的,照样呱呱叫。小时候同我一块儿练字的伙伴有的已经成名,我教了二十五年书,长进不大。一生气我就重操旧业,居然也在书法比赛中获了奖,人家就把我调出去了。

最后我就想说一句,韩愈在《杂说》中曾经讲过,世之良马若被当作一般马对待,它会连一般的马都不如。它受不了。

第二次跳龙门的人

跟在蜡炬成灰的一代背后的,是怎样的一代呢?

他们之中有些人,跨进中学任教之前,曾在那扇大铁门外犹豫彷徨;进来后,面对重重无法解决的困难,他们果然灰心,他们便另谋出路,决定想尽办法跳出这扇大铁门。如果说考大学时他们跳过一次龙门的话,那么如今又得咬紧牙关再跳它一回!

奇怪吗?难以置信吗?绝对错了吗?倘若你知道他们当初是怎样进来的,便会觉得挺顺理成章的了。

这得从师范院校的毕业分配说起。

四载虽非寒窗,却也晨读暮诵、春耕秋耘、爽言豪气、秘情私语。待一日日挨近“大限”,分手在即,竟纷争蜂起,乌眼鸡似的厮斗起来。同窗四年,一朝反目,争的什么?躲的什么?我在采访中偶得某师院82级一个毕业生追记当年情景的一篇文字,题为《生死搏斗般的毕业分配》,他说这不过是写来解闷儿的,现在让我们拣来,用在这里——

那些日子,至今想起来肝儿颤!

大伙儿全都眼红了。过去烟酒不分的铁哥们儿掰啦,卿卿我我热乎了几年的相好吹啦,平日里最革命最含蓄的主儿也赤膊上阵啦,老实疙瘩榆木脑袋三脚踹不出个屁来的也都鬼了精了伶牙俐齿啦!全系一百来人有一百多个肚子,一百多个肚子里有一千多条蛔虫,但九九归一都打着一个主意:想法把别人踹到中学去,自个儿逃出来。

其实能逃出去几个?“暗度陈仓”只有两条栈道:考研究生和留校。前一条道,崎岖小径,蹦不过几个去,绝大多数只有望其项背的分儿。留校属于第一轮争夺战,全系经过一番厮杀,十几个获胜者几乎清一色是党员,败阵众辈愤愤然呼之为“分配先锋队”。

第二轮争夺更加较劲儿。大鱼跑了捞虾米。掐不着头茬嫩尖掐二茬。横竖是当孩子王，留城总比到农村教书强百倍。老蔫儿这小子早就算计到这一着。自打入学第一天起，就宣布爹妈双双有病，身边离不了端茶倒水的，天天骑车从西到东横跨北京城回家去住。四年过去了，他没沾过宿舍的床。到这节骨眼儿上，他乐了。一米八的大小伙子成了全班无可争议的“困难户”，第一个确定留城。

蛐蛐儿和黑蹦筋上下铺睡了四年，吃饭都不分饭票，也算得上“肝胆洞，毛发耸，立谈中，死生同，一语千金重”。冷不丁传出一个信儿，他俩得有一个分到郊区，顿时像劈过来一斧子。黑蹦筋跺脚搬出去了。蛐蛐儿不吭不哈，悄悄往班主任那儿递上一张证明：本人从小跟姥姥过，最近姥姥遭了车祸，需要留城照顾。黑蹦筋傻了，又蹦又骂。

老蔫儿和蛐蛐儿的招数，令大伙儿叫悔不迭。一时间，父亲病危、母亲癌症、奶奶骨折、爷爷半瘫，纷纷“报警”。俗话说：锣鼓长了没好戏，戳破了影戏人儿这层纸。大伙儿全都瞎忙——班主任锁上家门走亲戚去了。

架不住还有更绝的。大菊子突然宣布爹妈离婚，她和弟弟各归一方，成了独生子女，轻而易举便把本来有条件留城的胖妞挤到郊区。胖妞哭成泪人儿。女生私下议论：不知离婚是真是假？

反正已经是鸡毛韭菜难辨，大伙儿都哄吧。忽传出婚配者也可照顾，于是学校旁边的街道办事处热闹非凡，大伙儿饥不择食地拽一个挎着胳膊就去排队登记。独生子歪猴儿趁火打劫，把垂涎已久的假西施从秀才手里抢了过来。假西施全校闻名的美人儿，此刻也泪洒相思地，扔下颇有才气定情多年的秀才去了。谁让他爹妈在郊区呢！

乱哄哄半年过去了。每个人学到的东西都比书本上多。末了作鸟兽散。

据西城区教育局对高考改革后四年内分来的大学生的情况调查，来自二十所大专院校的三百八十多人中，不安心工作的占百分之十三，调出教育口的已达四分之一。西城区五年里分来的大学生已走了近三分之一，东城区也走了近四分之一。这些弃教而去者二次跳龙门一般都是四部曲：先是好好干，争考研究生；不让考就泡病号、磨洋工；泡不过就到课堂上瞎讲乱吹，跟学生逗闷子玩；再不行就干脆不辞而别了。

有一位我们的同行，在某专业报做副刊部主任，就是一年多前从丰台某中学不

辞而别的。谈起此事,他便感慨万端:

"我是通过考试招聘到这里来的,没走后门。别人考取了都能录取,就因为我是中学教师,学校卡住不放,只好不辞而别。我是在期末走的,没耽误学生的功课。和我一块儿分来的大学生,已经有四个人这样做了,都被学校除了名。

"刚分到中学时,心里窝火,但并不厌恶。这个学校生源素质差,能考上大学的很少。教师也是颠来倒去折腾一本教材,给自己和学生的发挥余地都不大,因此做教师混日子并不难。我教过语文、历史,也教过外语,让我教啥都能对付。可干了两年多,我就觉得好像站在工厂的流水线上,过来个零件车它一刀就行,都能及格就算完成任务。一有这感觉,就干不下去了。想着一辈子要耗在这上头,非常害怕,于是拼命想跳出来,可又走不脱。

"最初没意识到会被除名的。知道了,心里挺难受,但想想人一生能干事的岁月就那么二十年,也值得。我为了找到自己喜爱的新闻工作,付出了很高的代价,档案至今还在街道上。"

那些分到郊区去的师范生,是这一代里境遇最差因而也折腾得最厉害的。我有一个朋友,是他们中的幸运者。他在城里不断接到那班同学的新消息,听说我写教师,每每当作谈资来同我消遣一番:

"今儿见老程那小子了,他说他前一段接连考了中国青年报社、北京青年报社、中央人民广播电台、北京日报社等好几家新闻单位,屡考屡中,学校愣是不放。他说他都快急疯了。

"听他说,王毅这家伙敢干,干脆辞职啦。回城里到处给人代课去;找不到代课的,他就上火车站扛大个儿,赚了钱满处旅游去,真滋润。前阵子风靡漂流,他还上长江漂流队报名去,人家嫌他是散兵游勇,不要。

"刘海那两口子回不来,天天在家里打架。今天男的找书记,明天女的找校长。头头儿们受不了轮番折腾,让刘海立张字据,放他老婆回城了。女的前脚刚走,刘海就四处活动,据说花了不少钱,也回来啦!

"李维那小子更绝。别人就敢弄张医院证明:粉尘过敏、慢性咽炎、站立性骨关节炎等等去磨缠领导。他不。他四处游说,八方活动,也不知使的什么迷魂阵,让学校党支部闹起矛盾来。这倒好,不用他费劲,人家作揖请他走。怕别处不肯接收,还给他鉴定上天花乱坠一通美言,好歹把他撵回城来了。

"剩下就苦了那些没路子不会折腾的主儿,在那里苦熬。心里窝火没处泄,备不住出事。分到矿区中学的老周,平时就好摆弄拳脚,有回在长途汽车上遇上几个流氓滋事，看不过去，一时性起用水果刀捅死了一个，判了死缓，发配新疆，最近听说他去那儿给劳改犯教书呢。

“也有逼急了搞曲线回城的，壮胆支援西北，两年后重返北京。我们班女生方玲玩儿更悬的，凭着一嘴日语，不知怎么挂上个日本留学生，要他领出去留学。那日本人八成是‘正想瞌睡塞过来一个枕头’，满嘴答应。谁知一回国就杳无音信了，倒给她撇下了一个混血儿。

“反正呀，跳出来的哪个都比过去混得好。有当处长的、报社副主编的；有做经理常去香港溜溜的；也有成万元户的；还有写小说的、搞书法的、大学教书的、出国留学的，等等。我们那会儿一共毕业一百七十多人，掐指算算，如今还留在中学的，也就只剩七八十人了。”

不下“金蛋”的母鸡及其饥饿

1984 年 6 月 2 日《人民日报》刊登了一封题为《值得忧虑的一个现象》的读者来信，作者是山东益都二中教师刘沂生。信中写道：

“这几年来，最艰巨的任务是动员学生报考农、林、水、矿及师范院校。说实在的，学生的志愿是衡量广大群众好恶以及哪些行业得到人们尊重的一杆秤，而且是一杆相当灵敏、相当准确的秤……师范院校的招生名额，几乎占总招生名额的一半，而第一志愿报考的人数却是零。这个现象能不使人感到忧虑吗？它说明，教师在人们心目中的地位并没有真正提高。”

这封信竟立刻产生了意想不到的重大反响。几乎就在第三天，9 月 4 日，中央领导做了重要批示。

三个多月后，新华通讯社发出通稿——

“教育部部长何东昌在接受本社记者访问的时候非常高兴地指出：‘党中央和国务院一直在关怀和研究教师的问题，教师工作将逐步成为社会最使人羡慕的职业之一！’”

这则新闻第一次向全国披露了中央领导 9 月 4 日批示后三个多月里有关部门研究提出的落实措施，其主要内容，《人民日报》以醒目的黑体字赫然标在题头：

工资：明年元旦开始给中小学教师以较大增加

住房：地方为主国家补助筹集中小学住房资金

地位：尊重知识尊重人才尊敬教师风尚在形成

这，可以说是自1957年知识分子逐步沦入“臭老九”境地以来，也是拨乱反正以来令中小学教师最兴奋也最具有实质性的一次福音。他们等了它已经快三十年了。

这福音自然带来希望，带来鼓舞。然而，他们很快就发现：这福音的真正实现谈何容易！国家财政困难，急需用钱的地方很多，还有一个照顾左邻右舍的平衡问题……他们当然也都知道。

“眼下呀，中小学教师究竟算不算知识分子，还悬哪！”她带着一丝苦笑对我们说。她是某师范大学专门研究教育科学的专家。她自己在五十年代为普通教育而牺牲了上大学的机会。

“理论上是非常尊重的，但一具体到现实里，中学教师中无大学学历者，不承认你是知识分子；小学教师就更有争议了。这对他们是一个很大的打击。全国人代会对此呼吁也很强烈。现在要我们搞《教师法（草案）》，就碰到一个怎么计算和估量教师劳动价值的问题。它究竟是简单的重复性劳动，还是复杂的创造性劳动？从一方面看，教师翻来覆去老教一本书，久而久之就成了教书匠；但从另一方面看，教无定法，再好的教材没有教师也白费，全靠教师的教学艺术才能转化为学生的能力。教师的劳动凝结、物化在学生的能力当中，长期处于一种潜在形态；而当这些学生一批又一批成为工人、农民、医生、工程师、作家、科学家以后并大量创造财富时，教师的劳动同这些具有社会现实价值的成果已经离得很远，隔了一层。有人计算，一个工程师和科学家一生所用的知识总量中，在学校教育中获得的仅占百分之二十五左右。教师只有借助他人的成果才能实现其价值。那么，教师劳动的这种特殊性，社会是否应当承认？教师应不应该特殊一些？我们认为应该特殊，应该理直气壮地呼吁特殊政策，比如工资高一级、实行补贴、给予特殊评价和称号等等。可是，这样一来，社会其他职业就有意见，医生、清道夫、售货员，谁不特殊？谁不艰苦？谁贡献不大？社会就害怕失去平衡，于是只好牺牲教师的利益。而这样一来，势必又会导致教师的积极性受挫伤。为了维持局面，学校就得向社会搞‘利益均沾’，一手抓分、一手抓钱，甚至利用家长的关系谋点好处，把教育这崇高的东西亵渎了。教师难以维持自己的职业道德，是一个很深刻的悲剧。他们说：‘班主任津贴只有八块钱，日均一个学生七厘，管一个学生还不如去看一辆自行车，我情愿每月倒找你八块钱也不当这个孩子王’！”

教育是只母鸡。这个概念似乎来自日本。那岛国在二次大战后的绝境中仍未忽视中小学普通教育，这在后来的经济起飞中产生了他们称之为“金蛋作用”的奇迹。

母鸡出毛病了便下不了金蛋。

中国的母鸡究竟得了什么病？我们说不清。不过有一点是明显的，缸里米不多，人还不够吃，舍不得喂它，只弄些谷糠对付它，自然没蛋。

关于教育落后与财政困难这对两难命题，太复杂，我们无力探究，只是从一些公开发表的材料中，仿佛意会到这只母鸡原本是能多吃到几粒米的。

有位权威人士几年前曾发表过这样的谈话：由于我们过去三十年来教育和经济比例关系严重失调，欠账太多，越穷办教育越少，教育办得越少就越穷。只有全党和全社会重视和支持教育，才能把这种恶性循环逐步转为良性循环。欠账欠多少？现在中央对教育和经济的关系这些规律认识比较明确。小平同志讲，实现“四化”，科学是关键，教育是基础。但这个精神并没有被人们普遍认识、理解、接受。往往安排计划，总是先考虑工程，剩下多少钱，再给教育；往往一遇到灾荒和困难，首先拿教育经费来救灾。本人说：现在的教育，就是十年后的工业。我们是倒过来。我们还没有真正把教育摆在优先地位。教师特别是小学教师工资太低，斯文扫地啊！世界银行派代表团来考察对中国的贷款，他们不能理解：你们这么低的工资怎么能办好教育？可是我们同人家谈判时，最初提的各个项目，没有教育方面的。人家说：你们怎么不提教育？人的资源开发是最重要的。后来人家把教育摆在优先援助地位，列为第一个项目。我们要等人家来给我们上课。

其实，母鸡早就饿得等不及了。

它自己到处啄米，也不管谁高兴不高兴。

我们忽然联想到一个久违的名词：曲线。

“曲线救国”，自是早已臭名昭著。

如今，教育却在“曲线”救自己。竟有效益。

北京第八中学里升起一群耀眼的童星：

杨植滨，从 80 年代起开始观测、收集哈雷彗星资料，写成一篇颇得天文学家好评的论文；

徐菁，这女孩独自翻译了四万字的《三十九级台阶》；

马跃，设计绘制了二十三张名为“希望之星”的奥运村系列设计图；

蔡轶春，初一女生，1986 年全国青少年华罗庚金杯赛北京市一等奖获得者；

李兵，小伙子在市化学协会上宣读了两篇化学论文并进行了答辩；

严谨，绘画作品在国际上获中国奥林匹克奖；

李昊,这个少儿班的小男孩夺走了 1986 年计算机竞赛一等奖……

可谁能相信,这些"神童"居然都产生在同一所中学里呢?

但,这是事实。

究其原因,很重要的一条便是校长陶祖伟有个"财神爷"。这"财神爷"并不是哪位财政局长,而是他那个年利润达四十七万元(学校实得二十万元)的校办工厂。靠这笔钱,他可以给班主任十八元津贴,陪早读的再加七八元早点费;任课教师另有课时补贴、教案补贴、超工作量补贴、实验或作业补贴,等等;他还用这笔钱促使教师多办各种课外小组,每带一个小组活动一次,他付给二至五元报酬。于是,这所中学竟有八门选修课:生物医学、形式逻辑、美学基础、古诗词选讲、自然科学方法论、高级英语、初级日语、近代生物学概论,还有管理学、电子琴、京剧昆曲、书法、图画等五十多个活动小组。

兴旺如此,陶校长仍有神通不逮之处:住房。他们几个领导常揣些钱,到"拥挤户"家里去转转,退出门来,当场核计,塞几张"大团结"给寒舍中的教师,虽不济事,也是一点安慰,每每令老师热泪盈眶。他还忍痛把学校操场割让出一半,给教育局盖周转房,盼着分点房子。

别人都很羡慕八中,可陶校长对我们说:

"我不过是在自己力所能及的范围内挣扎。"

三里河小学校长邢佩芸 1977 年来这个学校当家时,差点儿没落到武训的境地,她四处化缘磕头,算她交上好运,从科学院弄来一批本钱,办了一所工厂,每年也有十五万元的进项。老师们第一回领到大把票子,竟全校都扯儿带女奔百货大楼去了,她看着差点儿哭出来。有个老教师得了癌症,注射一种外国进口的针还能维持,但要一百多元一支,过去想都不敢想,她叫医院尽管用,让他多活了一个礼拜,才算觉得没有愧对他。为了这,她又想到活着的,花八万块搞了一个食堂,中午包伙,一人两个菜。她还给退休了的每人订了半斤奶。邢佩芸赚到了一点钱,就仿佛拼命要用这钱向老师们赎回什么来。她是替谁去赎呢?

五年级语文课里,讲到宜兴一处名胜,又触痛了邢佩芸那根筋:老师整天给学生讲名山大川,自己却一辈子没见过,没见过大海,没见过地平线上升起的太阳。于是,年年暑假里她领着老师们去青岛、承德、北戴河。她还跟校办工厂厂长王英伟商量:要让老师们坐一回飞机。

末了,她激动地向我们喊道:

"'四化'需要教师,教师需要什么?如果我们不仅在口头上高喊教师光荣,而且在对教师队伍的思想业务素质实行高要求的同时,在生活福利上也能给予切实保证,高工资、高报酬,那谁还能瞧不起这一行!”

丰台。北京12中。五层实验大楼。

门厅正中是一个微型喷水池。几盆黄洋和天冬草,伴着一池澄澈的清水。满壁淡黄色的暖调子,纤尘不染,恬静安谧。头三层全部为物理、化学和生物教学配置的多种实验室、仪器室、准备室、供应室和标本室。四层里是外语视听室、语音室和一个演播控制室。五楼里是美术馆、电脑馆、阅览室和图书资料库,拥有五百种杂志和一百张座位。顶楼平台还有一座天文馆……

80年代了,一座五层楼有何稀罕?可也许我们看熟了中学那种破桌旧椅、四壁斑驳的景况,竟觉得这楼犹如宫殿一般辉煌。能考上这所中学的孩子,多有福气!如今它的高考升学率虽也是全市数得着的,但谁能相信它在1978年以前还是一所非重点里中等偏下的“收底儿”中学?

它的发迹,最初也是靠同教育风马牛不相及的塑料制品和参茸药材加工,经历了任何一所校办工厂都走过的产、供、销的磨难历程,最后竟有每年纯利百万元以上的赚头,像人参鹿茸似的源源灌进往昔干瘪羸弱的肌体,没几年便丰腴红润、容光焕发了。再加上社会的资助,它几乎一年盖一座楼,五层学生宿舍楼、三层生活服务楼、实验楼,又为教师买了几十套单元宿舍,每年还拿得出千儿八百奖学金,颇有点财大气粗哩。

“我还要盖个体育馆呢,一层是游泳池,二层是健身房,投资三百五十万元。”管行政的副校长赵新华对我们透露说,“这些年我昏天黑地地跑产供销,一个个钢镚儿往里挣;又抓基建、跑材料,同施工队磨嘴皮子,一个个钢镚儿往回抠,仗着还年轻,一天只睡几个小时。不过,我是师范出身,大学里学中文的。如今干的全是同教书不沾边儿的营生。再过若干年,如果教育走上正轨了,我大概就得失业啦。”

他忽然有点黯然神伤。

我们却还沉浸在他的事业的耀眼光彩中,仿佛看到了教育自救的一缕微明的希望之光……

然而,这希望之光并不能普照天下,而且对一些学校来说,也许只不过是海市蜃楼罢了。

有关教育领导部门郑重向我们阐明:校办工厂虽然解决问题,但终非长策。学校的社会职能毕竟不能同时兼顾教育和生产两项,社会也不能要求它这样做。一手抓分,一手抓钱是出于无奈,它怎能不影响教学?况且,并不是所有中小学都能抓得来钱的。成功的只是少数。现在已经有政策规定,不允许占用教学设施办其他事情了。

这也很有道理。

然而，母鸡的饲料问题究竟何以解决？

尾声　报复将在何时？

1957年，苏联第一颗人造卫星上天，美国朝野震惊，由此引发了一场教育大改革。国会组织的以哈佛大学校长康南特为首的委员会在对美国教育质量进行调查后发现，美国中学生的数理化和外语水平低于苏联。委员会提出的报告说：如果掉以轻心，美国跟苏联军备竞赛的成败，将不取决于洲际导弹的多少，而取决于中小学教师和实验室的多少。第二年，美国国会即通过了一项国防教育法案，用联邦政府拨款的形式促进教育改革。

1962年的日本文部省发表的教育白皮书声称：1905年到1960年间，日本用于人的资源开发投资，比物的开发投资多十六倍。这使得他们在战后只用了大约六十亿美元引进上万种新的技术，经过消化吸收，很快便超过了美国和西欧。然而在国内，科学技术的发展也导致工业部门同教育争夺人才，教师出现"外流"。于是在1979年，日本国会第27届会议通过了著名的《确保人才法》，以法律形式确定：中小学教师的工资待遇要高于一般国家公务人员。

世界的此强彼弱，武力的消长，贸易的角逐，科学技术的较量，最终都归结为一个教育的竞争——这是历史的结论。

近二百年来，富国越富，穷国越穷。而在穷国，以珍贵的有限财力，无论是用于发展工业，还是用于教育；是用在培养少数英才人物上，还是用在扫盲和普通教育上，在今天都是一个难以抉择的问题。

中国还背着一个比任何国家都要沉重的包袱：人口压力。它可能将导致文盲大军波及几代人。就在今天，全国每四个人中就有一个文盲或半文盲，而美国每四个人就有一个大学毕业生。

这且不论，新的技术革命浪潮还正在无情地把一大批人重新变成文盲或半文盲。

今天，当我们还必须同历史遗留给我们的愚昧做斗争的时候，教育在全世界的发展趋势，已经走向在历史上第一次为一个尚未存在的社会培养新人了。

历史仿佛遗忘了我们。

可这个星球无法遗忘我们。

"那些正在走向知识和力量的顶峰的国家，怎能不对这个行星上还有愚昧的一大片区域感到担心，甚至苦恼呢？”

在地球这艘被悲观的西方人称为“拥挤、危险的宇航船”上，再过几十年、几百年，我们民族将是一个怎样的境遇呢？

无论我们的忧虑还是人家的忧虑都在折磨整个人类。

我们曾经是优秀的，因为我们曾经很神圣。

呵，古老的神圣，你还能再传递我们一程吗？

（原载《天津文学》1987 年第 9 期）

世界大串连

——中国出国潮纪实

胡　平　张胜友

开篇之前

对于今天35岁至44岁的人们来说，大抵都不会忘记21年前那场摇撼了中国960万平方公里大地的红卫兵大串连。

红旗，标着形形色色长征队名的红旗，红日磅礴时云锦般攒拥。步履，带着榫头般的信念与累累血泡的步履，犹如太平洋风涛般壮观与骤密。红卫兵大串连的洪流，似乎是杂乱无序，遍倾全国——从老一辈革命者曾饮马的源头到历代文人骚客留下诗章的名胜古迹，从被红海洋卷得晕乎乎的繁华都市到边境荒僻的小寨……

当今中国，又掀起一股“大串连”的洪波——这股洪波涌出国门，冲出亚洲，泻向世界。因为它的国际性，我们姑且称之为“世界大串连”。

“留学”这个词，也许对我国广大城乡的工人、农民、干部来说，还显得陌生。这样一句话：“Flight No. 53 to Paris will depart from Gate 6 at 9:30 pm. All the passengers holding tickets kindly proceed to Gate 6 at this time. Thank you.”（飞往巴黎的53号班机于晚上九点半由六号门起飞。请所有持票旅客现在前往六号门。多谢合作。）对于他们更是显得天书般莫测高深……

然而，“留学”确如一个游荡的幽灵，早已在我国人才荟萃的大都会里闹得沸沸扬扬。上面这句话，早已几十遍地响起在我国一年举办四次的众多“TOEFL”（托福）考试考场上。每次它由二男一女重复三遍，几十万名中国人从耳机里听过这极纯正、极富感染力的美国口音。他们知道这是考试开始前一个让自己检查听音设备的步骤，如果听不清楚，自己该马上举起手报告。更多的正待报考托福的中国人也熟悉它，犹如熟悉北京有天安门广场，广场上有人民英雄纪念碑。

仅以北京为例，1981年首开托福考试，考生是285人，1983年是2500人，1985年是8000人，1986年达到18000人。据1987年的前三次考试统计，人数更猛增到

26000人。其中绝大多数是自费留学生。据说,现在世界上每年有40万人参加托福考试,其中一半是中国人(包括港澳台地区在内)。

有关数字显示,自1978年以来,我国留学生数量与“年”俱增。9年来,出国留学人员总数已超过50000人。

当今的“大串连”与昔日的大串连同样恢宏。后者是体现在量上,前者则体现在质上——已经走的和将要走的出国留学人员绝大多数是大学毕业生或研究生。

红卫兵大串连并不杂乱无序。也许当年飞越中国上空的美国大鹏侦察卫星目睹了网络般的轨迹呈现出的某种有规律的变化。某些点好似强大的磁场,向着它们,多少旗帜立马转向,多少步履日夜兼程,多少征尘扑上双肩,似乎一场宏伟的战役前,千军万马在紧急集结——它们便是韶山、井冈山、瑞金、遵义、延安、北京……

当今的“世界大串连”也同样目标明确。它的流向大抵是欧洲、北美——法国、英国、联邦德国、意大利、比利时、加拿大、美国……以赴美者人数最多。今天已有30000余名来自中国内地的中国人在美国1000多所大学学习。

当今的“大串连”远比昔日的大串连长久。一走2年、3年,或者5年、8年,也许还有人就此做了黑头发、黑眼珠的洋人……

当今的“大串连”也远比昔日的大串连深刻。后者泛滥的激情不过是涨得快也退得快的潮水,留驻在人们心田的只是一块荒凉的大漠,成了今天孩子们不可思议的新“天方夜谭”;而前者,则有如执着地盘上大树的青藤,越来越强劲地涌入高楼的长风,它对我们民族各方面产生的影响将是难以估量的……

这是一个耐人琢磨的历史现象。当今“世界大串连”的许多参加者们正是21年前红卫兵大串连的亲身经历者。当年没有谁比他们对“帝、修、反”更义愤填膺的了;今日同样没有谁比他们对奔去那片新大陆更煞费苦心的了。仅以我们读大学时的班级——复旦大学中文系1977级文学专业为例,毕业后分配在上海的20多位同学中,已有10位去了美国,其中绝大多数是“老三届”……

在社会各界,特别是在知识分子中,对眼下的这一次“世界大串连”正议论蜂起,反响强烈——

在北京、上海、广州等大都会,不少有识之士认为,当今中国国门洞开、八面来风,出国留学是党的十一届三中全会以来实施改革开放政策的重要成果之一,应该予以肯定,北京大学的一位青年教师说:“出国留学热是存在于发达国家与发展中国家之间的正常现象,就像水往低处流,人往高处走一样顺理成章,留学热将成为中国高等教育发展的必然趋势和重要的组成部分,中国要实现‘四化’,必须坚持打开这扇大门。”

另一些人则认为,在改革开放的大趋势下,应该把更多的精力投入国内的建设,大家都打着留学的旗号去放“洋”,国内由谁来建设?而且,许多人只是把出国留学当作镀金捞好处的一块跳板而已。

相当一些人脑袋里的那根弦还绷得挺紧,出国留学在他们眼里无异于崇洋媚外。四川一位知识分子与执意要出国留学的儿子尖锐对立到几欲脱离父子关系的程度。少数当年因曾留学海外而在“文革”中被打成“特务”“间谍”的人,仍然未走出心中那片沉沉的阴影,他们担心一旦形势又黑下脸来,自己意欲出国留学的子女又将沦为“特务”“间谍”……一位在公安战线工作的老干部,连着几个月来几乎一日三餐都和跃跃欲试的儿子唇枪舌剑,激烈辩论。他曾在部队当过团政委,现在却感到力不从心,为此,他辛劳而又精心地制作了一本剪报。一日,他一本正经地将它掷到儿子手里,仿佛掷下一颗原子弹。儿子一打开:凶杀、失业、强奸、吸毒、走私、赌博、抢劫、性聚会、同性恋……儿子却轻松地咧嘴笑了:“爸爸,我看你蛮够格编本书了,书名就叫《西方犯罪大全》……”

文学不是评判,不应该等同于某一种结论。在我们眼里,文学历来只是人与人之间寻求理解与抚慰的一种特殊手段。因此,本文着重记述的是已经参加或者将要参加这一“世界大串连”的人们的生活轨迹和心路历程……

一

上海。晨曦微露,大街小巷还处于一夜好梦的袅袅余音里。位于乌鲁木齐中路、淮海路交界处的一幢西式花园楼房前却人头攒动,不一会儿排起一条长龙,争先恐后、熙熙攘攘的情状绝不亚于清晨小菜场里抢购海鲜或是时鲜菜蔬的热闹景致。所不同的是,人们在这儿“抢购”的是一种特殊的也是目前国内最热门的“商品”——赴美留学签证。

大院旗杆上的星条旗和院门上方的一块镶金的鹰之雕像,标志着这里是美利坚合众国驻沪领事馆。

上午8点,一位长着中国人面孔的男职员出现在大门边。那神气却是美国式的,一番半是训斥、半是交代之后,他开始发牌儿了。这是“中为洋用”,为了对付争先恐后的签证申请者,美国人学来了我国大小商店里销售热门商品时常使用的一招——按先来后到发牌儿为序,无牌儿者一律免排,明早再候。

先凭牌儿进了领事馆与美国官员面谈了的人,出来时不外乎两种面孔:一是眉头嘴角溢满了笑意,好似阳光下正融化的奶油蛋糕,这意味着面试及申请通过了;

一是耷头垂脑，满脸冰霜，仿佛刚刚被扒走了装有本月工资的钱包，这显然是因为哪一项手续不合格被刷了下来。外面的人们迅即围拢上去，5 人一伙，10 人一堆：

“你为什么没批？”

“你有啥条件够批？”

“领事先生找你怎么谈的？先问的啥？”

“洋鬼子用中文问，还是用英文问？”……

宛如一个个小型的现场交流会。而且这交流会，一年 365 天，几乎天天召开，风雨无阻。

它们还是“横向联合”，跨省市的。迤逦长龙里，除多数是上海人外，还有不少带南京、杭州、南昌、合肥口音的人。由于美国只在北京、上海、广州等几个大城市设有领事馆（处），其他城市欲赴美国留学者，则必须风尘仆仆赶到距离最近的领事馆递交签证申请材料。队伍里，还有来自几千里外的北京、广州的申请者，他们的申请在当地已被领事馆驳回，“不到长城非好汉”，希冀“东方不亮西方亮”，便又抖擞精神来上海滩再试运气……

北京。秀水东街，美国驻华使馆领事处。

1987 年 8 月 11 日上午 10 点多钟，我们到了这里。房外搭了一个棚，棚里正由安保人员检查申请签证者随身携带的各式提包，杜绝任何武器、凶器被带进房内。接着，又得通过身上稍有任何一点金属件便会让蜂鸣器骤然响个不止的安全门。其检查之严密，不亚于首都机场。据说，这在两个月前是没有的。

棚外，还有上百人在烈日下等候。我们见一位年龄三十七八的男子，手里拿着 3 份用中英文印制的已填好的表格，分别为“留学生调查表”“非移民签证表”“家庭情况调查表”。“非移民签证表”上有六项内容，其中有：是否判刑？是否受审？是否参加共产党组织？是否参加纳粹组织？我们愤愤然了：怎么能将那光辉的“镰刀锤头”标志与那野蛮的“卐”并列！他许是看出了我们的心思，淡然一笑道：“美国佬瞎掰，我们也瞎掰嘛……”在“家庭情况调查表”上，我们看到他有两个孩子，大的是男孩，已有 15 岁，正在北京念初三；小的是女儿，11 岁，却在黑龙江上小学。我们问道：“你一家人两地分居？”“我和老婆离婚了。她是北大荒当地人，1979 年为了回北京我们办了假离婚。回城后我到处做龟孙子，腿都快跑折了，办了 4 年都没能把她给办来北京。1984 年我们真离了……”他沉沉地叹了一口气，嘴里吐出的浓浓烟雾与他眼里的郁郁神色久久未散……

一个大热天也西装革履的二十七八岁的男青年从领事处出来，看那副迷醉劲儿，申请签证准通过了！人们一下拥过来。在他，此刻也有饶舌的需要，好像不如此,那像青岛啤酒泡沫一样咕噜咕噜成串冒着的喜悦压进肚里,非把他憋死不可。他顾不得卸去“铠甲”,依然是位“耐温将军”,扯开嗓子道:

“一进门,一个中国人收去了申请材料,你就跟他走。先是问询处,有啥不清楚的你可再问问,有机玻璃的窗口,小得伸不进拳头。以前发生过哭闹事件,有死乞白赖一定要去美国的,丢尽了咱中国人的脸。窗口能伸进拳头那就麻烦了,别看美国人一个个牛高马大,一样怕死,现在还在窗外加了铁栅栏,只让你低着个头往里瞅瞅……再过去,又是一排3个窗口,我急着和领事谈话,没细看,好像有几个人在那里办公务出国签证。今天是3个领事谈话,一人谈一个,短的十几分钟,长的不超过20分钟。行,当场告诉你;不行,就要你bye-bye走人,这就是美国人的节奏!要是放在咱中国的衙门里,甭说放人漂洋过海这么个大事,就是一件芝麻小事,他抽根烟,喝口茶,再打一通官腔,就得20分钟……3个领事都讲一口流利的中国话,若把那高鼻子、蓝眼珠给换了,走在大街上,我保证没人会拿他们当外国人看。来之前,我打听了,他们3个都在北大留过学,可惜我不是北大毕业的,要不谈话气氛就会更亲热些。你们各位中有北大毕业的或是父母在北大当教师的,可要自报山门,有了校友的情分,没准他们能照顾照顾。我的经验是少说话,领事怎么问,你就怎么答,不要东扯葫芦西扯瓢,更不要做过多的解释,解释多了,领事反而心生疑窦……”

等他终于感到必须卸去“铠甲”了,我们走过去问他:“你今天几点钟来的?”

“早上3点40分到的,排第2号。第1号比我早五分钟到,可惜他未获批准,像是在美国的经济担保人不硬。一谈完,他就颓丧地走了。本来我还想为他出出点子的,都是中国人,出去一趟挺不容易的,得相互帮衬着点不是?”

魔鬼追逐过他。

几乎他一呱呱落地,父亲——一位已有3个孩子并在香港过着优裕生活的高级知识分子,一名不但为刚刚诞生的共和国献上了100多套精选出来的唱片资料,同时也献上了自己的声誉和卓著事业的著名音乐家,就被卷入了一桩长达26年、牵扯数百人的特大冤案!几乎从他懂事起,他就从父亲咚咚的脚步声里踩出的焦灼、母亲温暖的微笑后藏匿的困惑中,感觉到了自己未来的天地有如家里的过道一般狭小,他只有在从钢琴到留声机的仅仅3米的空间里,驰骋起自己一颗海草般拂荡的童心。他分辨音色的本领让父母吃惊,只需指出一次“这是定音鼓”“这是英国管”,他准会在第二次遇见它们时绽开小天使般的笑容……

这小小的空间也岌岌可危了。“文革”伊始,他不得不出入于信托商店:典当,贱卖，家里一只只沉甸甸的箱子空下来，能卖的都卖了，最后只剩下一架莫瑞森牌钢琴和一个收音机。那年月，收音机里“无产阶级司令部”的声音好似夏日蝉雨，害怕听它又不得不提着颗战栗的心听它的父亲，只好决定卖那台陪伴了自己近20年的世界名牌钢琴了。钢琴被抬走时，他觉得自己尚有几分绿意的童年也被劫走了，从此人生的大漠将如眼前的房间一样空空荡荡，充斥虎啸，流窜磷火，自己却无所依傍，无处遁身……钢琴送去旧货商店，标价500元，放了3个月，就是无人问津，又被抬了回来。他紧紧地抱着它，热泪涔涔，宛如抱着自己失而复得的生命。

就是一根钢筋，也有断裂的时候。3年，5年，10年……他父亲忍着、等着、盼着，音乐家做起了统计员，两者唯一的共同处是都得用一串阿拉伯数字。他极力端正着态度，1959年去农村劳动，被人用锄头打瞎了一只眼，滴血的稿纸上竟然还冒出一支小曲，摇摇摆摆飞起来，去歌颂纸糊起来的“大跃进”……终于在一个晚上断裂了。事前不见一点征兆，没有生之留恋，也就没有死前之徘徊，273粒苯巴比妥几乎是一口气吞下去的，这是足以使几个人毙命的剂量。好在他姐姐及时发现了，又及时地送到医院。他拉着母亲冰一般的手，跟在担架后面。一路上神色复杂的眼睛围追不舍：有同情，有悲悯，但更有轻蔑、快意、满足与不甚满足……他没有回头，一步步镇定地走着，似乎前方就是尽头——人的世界的尽头，到了那里，他将永远不再回来，哪怕是要化作几缕轻烟、一阵清风，他也要永远地活在一个音乐的世界里……

他登上江轮，再是火车，又是汽车。在罐头盒般的车体里压缩了12个小时，他像是一口痰被吐在了一个名叫胡集的小站。一个沙着嗓子、黧黑、枯瘦的小妇人走上前来，领着他走过一片又一片了无生气、薯叶摇瑟的荒土岗。他难以置信这竟是先他而来的姐姐。进村后姐姐“嚓”地划着一根火柴，一朵颤抖的小火苗默默地告诉了他一切：裂着缝的泥墙，片片剥落的棚顶，遮着塑料布的窗户，得屈成个虾腰才进得去的矮门……不知怎的，那小火苗突然在他眼里变成了一个星星火炬，对了，那是在上海市少年宫，他和姐姐学跳芭蕾。纱裙。大蝴蝶结。清亮的眸子，宛如一枝带雨的梨花。腾挪的双腿，好似檐下剪春的紫燕。轻盈摆动的两臂，恰如湖风徐来时荷花那舒展的杏黄色花蕊……他几乎失声叫道：姐姐，姐姐，这才是我亲爱的姐姐啊！姐姐端上了一盘馍，这是房东大爷大妈特为他的到来而做的，掺着麸子和秕糠，粗糙得像是沙子捏成的，他咽不下去。他注意到姐姐拿馍的右臂上露出的一道道伤疤。此时，他还不明白童年与自己耳鬓厮磨的姐姐，现在怎么能几乎毫无怨尤地接受这块土地的贫瘠与荒蛮，正像眼前她在默默地咽下那发黑的粗馍……

后来他回到上海，在工厂找到了工作。尽管天不亮他就得离家，因为去厂里有十余里路的奔波；尽管上班8个小时他得像根木桩似的站在打浆池边，灰尘涌进鼻子，涌进耳朵，涌进每一个毛孔，下班时整个人就像是刚从灰堆里爬出来似的；可只要回到家，一洗完澡，他就要走去西墙下的钢琴边，发疯似的练着琴，五指犹如水浪般永不疲倦地波动着。眼神，形形色色的眼神：阴郁，痴醉，嫉愤，迷茫，憧憬……在琴键上雨点般抛洒着，弧光般跳跃着，舟筏般起伏着。这里有令人窘悚的发泄，也有一往情深的寄托，还有精卫填海似的追求。几年之内，他攻下了巴赫、莫扎特、贝多芬等古典大师的众多作品。从1968年到1978年，他报考文艺团体20多次，总政、长影、南京部队、广州部队……几乎每一次，考官们都惊讶得像是从千年墓穴里挖出了一颗还能绽蕾吐香的古莲子般兴奋；然而每一次，他那刚刚萌生几许毛茸茸绿意的希望，又被一阵暴风雨给劈头盖脸地摧残了！

魔鬼追逐过他，魔鬼也塑造了他。他不再那么容易冲动了，他终于明白了生活将一个扎大蝴蝶结、跳芭蕾的少女变成一个黧黑、枯瘦的少妇的严酷力量。他取了这严酷，用一块牛皮将自己血乎拉碴的心给结结实实包裹了起来。以至于1978年，现在他所在的音乐学院来上海招生，在400多名考生里最后录取了5名之时，他竟然不去看榜。

“有你呀，孩子……”他母亲泪眼盈盈，喃喃道。

上帝青睐了他。

由于他学音乐的条件得天独厚，4岁便学钢琴，接触的音乐文献比任何同学都要多，一进校他就是高才生。奏鸣套曲繁复的结构，对别人好似北京迷宫般的大小胡同，对他则似在金秋十月的长安街上潇洒、恬适地散步。他手里像攥了一大把五颜六色的丝线，历史与命运在他的心灵上曾有过怎样的沉思和躁动，他就能据此织出怎样的音符和色调……他是学院里名冠京华的四大才子之一，其他三位渐渐又调了一拨，而他的才华与成就则始终被牢牢铆住。

他的取材于琴曲《广陵散》的大提琴曲《中国之诗》，别致新颖，“像是于嵇康式的洒脱之中糅进了黄河流域百姓那含而不露的机智”。这支曲子获著名俄罗斯作曲家亚历山大·齐尔品之遗孀主办的东方弦乐比赛大提琴作品一等奖。

1982年，香港交响乐团和唱片公司向内地征集作品，讲定由日本著名小提琴家西崎重子演奏。他拿出了《第一小提琴协奏曲》，在灵魂的大痛苦、大不安之后，他已经能相当平静甚至面带微笑地俯视1956年至1976年中国的大地。因此这协奏曲里溢透一种俯视苦难、超拔苦难的高贵气息，令人战栗，又令人沉迷；令人凄婉，又令人向往……接受过世界上多少著名作曲家作品的西崎重子，这回接过他的作品时，诚实地、不无遗憾地说道：“要演奏它太难了……”

1984年,他代表中国作曲家参加在悉尼举行的亚太地区音乐节,他的《西江月——为小型乐队及打击乐而作》由新西兰国家交响乐队首演。总谱的扉页上,他写下了这样一句提示:“人的内心与宏观世界的交流及生活中的诗意。”曲终,日本著名作曲家服部公一第一个跑到他的身边,称赞道:“你的音乐很充实,有坚实感,发自内心。我很惊讶,我第一次听到中国有这种作品。”来自台湾的众多作曲家,一改对大陆代表团的冷漠态度。首席代表许常惠先生走过来热情地说:“想不到你们派了这么年轻的作曲家来开会,由此看出你们那边情况很好。”另一位代表告诉他:“听了你的作品,我对大陆有了一个新的认识。”……他用这弘扬于世界乐坛的音符在人们之间架起了一座桥梁。

1985年12月11日,他的作品音乐会在北京举行。他推出了一部最新作品《地平线》,这是一部包含管弦乐队与人声的单乐章交响作品,由中央乐团交响乐队演奏,黎信昌、胡晓平担任人声演唱。这是他创作风格的一次重大突破,即使是不懂交响乐的人,也能感到它那扑面而来的宏大、洒脱的气势,豁达、明朗的情愫。听过这部作品的女作家戴晴做过这样的描述:耳朵里“触到的一切皆是生命:黎明前的暗夜,暗夜下静谧的原野,原野的野蛮和她蕴含的生机,第一片颤抖的曙色,曙色漫上天际时大地的骚动……大鹏来了,来自遥远的天际,象征了世间万物不可亵渎的自由与高贵。接着是天地间的苏醒,出现了亲切的劳动的节奏。一片澄明之中,太阳磅礴而出。草木繁盛,五谷丰登,田野山河如美丽的新娘”……一向苛求于他的专业与做人的父亲,这次来信评价道:“《地平线》是你开始真正成熟的标志。好像一下子长大了。压抑的心情,小我的牵挂,在这部作品中完全消失了,代之而起的是宏观的构思、豪迈的气势与哲理性的思考……”

上帝青睐了他。不,上帝就在他心里。

他相当自信,且又坦率,坦率到咄咄逼人。他告诉我们:“音乐不像文学、绘画,现在文学界、美术界新人还是挺多的,在作曲这个领域,我敢说再过20年,也不会有什么特别出类拔萃的人才超过我们几个。我们学院是中国音乐界的最高学府了,可从一年级至五年级我接触下来,要出特别出类拔萃的人才很难。我深信,我就是出去10年、20年,回来之后,我的光芒还是不会减弱……”

他拥有上帝。但在中国,在相当一部分人眼里,要服膺于某个专门领域里的“上帝”,比服膺于权势的“上帝”、金钱的“上帝”要难得多。他拥有上帝,上帝却无法保证他享有天国般的宁静……

在他的那次作品音乐会上,一位音乐界的知名人士上台讲了话。讲话非常吝啬:“我们希望支持我们的青年作曲者……”吝啬到就是不肯吐出一个“青年作曲家”来。音乐会结束时，中国新闻社的一位记者采访此公：“今天，学院的四大才子的最后一个都开完了音乐会，请问您有什么感想？”答曰：“什么四大才子？我不知道这个事情，这是一个很俗的说法……”记者为之愕然。

去年评定职称，他的专业成就有声有色地摆在那里。论教学，他教的是作曲系的主课，是作曲系历史上为数不多的本科毕业生教本科的人。他教的学生，在去年全国音乐创作比赛中获得第一名，正式参赛的作品便有 88 首，一等奖仅有 2 名……结果，别说破格提拔，他连讲师也没评上。在四川音乐学院，一位影响尚不及他的青年教师，今年评了副教授；而他，今年第一批名单里仍没有，直到临放暑假前，他和另一位才子，才勉勉强强地评了个讲师……

整个 3 层楼，22 户人家，七八十口人，共用一个水房、一个卫生间。幽暗的楼道则变成了一通到底的厨房与垃圾箱。在这里，他享有一间朝北的小屋，光线暗得白天都得开灯，窗下又是一个幼儿园。白天楼道里静悄悄的，可孩子们的唱歌声、游戏声、做广播操声什么的，拉锯似的在脑海里来回扯着，甭说工作，就是睡觉也不安宁。好容易窗下静悄悄了，楼道里又煎炒烹炸，吆五喝六声蝉雨般大作……作曲时，他的全副身心都必须沉浸在茫茫无际的音律世界之中，那份严谨，那份纤细，连一池碧水边的纤纤春草的拂动都能感应，连少男少女们心灵里的第一次神秘的战栗都能捕捉，他容不得半点杂音去冲撞脑海里那正渐渐明晰起来的音符，去惊飞耳朵边那正渐渐嘹亮起来的韵律。他只好在晚上九十点钟后才开始工作，常常干到凌晨两三点钟。他今年 5 月才新婚的妻子，是天津人民艺术剧院的演员，这几年演了不少电影、电视剧，北京也有单位愿调她来当影视演员，可她不愿来，她觉得当话剧演员才能出真功夫。常年在外面拍戏，来一趟北京不容易，每一趟来她都想多住些日子，“久别胜新婚”，何况又是新婚后的久别！可每一次来见他都是如此——白天莫名地烦躁，夜里如痴地作曲，她不得不住上个三五天便提前离去。她钟爱自己的事业，因此也理解丈夫的事业。

他去找管房子的部门，要求调换一间朝南的房子。“你房子不错嘛，一个人一间，又不用上班，在家里待着，这不挺好吗？”那口气，仿佛他在家里待着不是作曲，而是和孩子一样只是在纸上画着一串串蝌蚪玩……“我那间房光线太暗，老开灯，我的眼睛受不了。再说楼下也太吵，白天根本无法创作。”一句话把他撞上了南墙：“你创作和我有什么关系？该给你什么房子，就给你什么房子！”一位在刚盖好的教授楼里拥有两套房的管行政的负责人，讲得更叫绝：“就这么个条件，爱待就待，不待就走人。你要走我们学院不会留……”《人民日报》的记者采访过他，《亚洲周刊》的记者采访过他，日本驻华使馆的官员拜访过他。他们发现向海内外奉献上一座神圣瑰丽的音乐殿堂的人，竟住在这样一个不见一点儿神圣瑰丽气息的角落，无不感到震惊！这倒使他悟出自己住得太差多少还影响了国家的脸面，中国不是一个很讲面子的国家吗？有段年月百姓们穷得都快揭不开锅了，可国宴上总是美酒如水，奇珍似林；国家折腾得经济都要崩溃了，广播里却总是“莺歌燕舞，流水潺潺”……他又找去了，口气颇是强硬：“你们再不给我调房子，我就要请一批中外记者来参观我的住房。”岂料口气再硬，也硬不过权柄：“你找中外记者没用，你还得找我！”权柄的力量充分显示了！到我们采访他时，他住的仍是那间黑昏昏的小屋。

在别人眼里，他早成了“万元户”。这几年，约他写作品的纷至沓来，电影、电视剧、舞蹈、舞剧，仅电影乐曲，他就写了 6 部，还有各种国内外音乐团体约他写的作品。但很少有人知道，当今百物皆比 50 年代涨了几番，稿费却比 50 年代还低，尤其是作曲的稿费。而且，越严肃、越凝重、越耗去心血的，越是贬值；越轻松、越肤浅、越搔首弄姿的，越是走俏。某些明星晚会上唱上几支歌子，就能弄个千儿八百的；他跟着摄制组跋山涉水体验生活，回来又心力交瘁投进去几个月，一部电影乐曲的稿费不过 400 元。中日合作创作、演出的大型舞剧《浩浩荡荡，一衣带水》，其音乐是由他和日本现代音乐协会主席共同完成的。他承担 2/3，中方付给的稿费是 300 元；那位主席承担 1/3，日方付给的稿费是 100 万日元，约合人民币 26000 元……

照理，作曲得有钢琴，他却买不起一架钢琴，现在，好点的钢琴要 6000 元。为了用一下钢琴，他不得不从靠后墙的宿舍跑去靠学院大门的一幢十几层大楼里，这一来一回，一上一下，常常跑路的时间甚于弹琴的工夫。为了省时间，现在他给逼出来了，不用钢琴，提笔便能进入一个想象中的音律境界，一串串写上五线谱的音符，好似龙头一开自来水哗哗流淌。有的东西他倒买得起，比如一张像样的书桌，房间却狭窄得摆不下，他只好用一张小圆桌，吃饭在上面，作曲也在上面。再有生活必需的煤气，他更买得起，可要配给，他还不够配给的资格，于是有时用电炉烧壶开水，泡方便面吃；有时厚起脸皮“借”邻居的煤气灶使；更多的时候因为生活规律和一般人颠倒了个儿，食堂吃不上，他就上街去吃，大店、小店，见什么吃什么，随便吃，乱吃。在 1984 年去参加亚太地区音乐节之前，他竟闹出了一场急性肝炎……

他害怕与人打交道，昔日，是因为他和他家庭的命运都如同一块端在别人手里的豆腐，摔下来说碎就碎了。现在，他害怕与人打交道，倒不是因为命运仍掌握在别人手里，而是因为有些与自己打交道的人，常常长有一副橡皮面孔，你就是什么事不干，全副心力都铸成一个夯，砸了上去，上面也难见一个坑；你就是生雷霆之怒，它隔音性能极好，还能反弹回来，让你大伤了自己的脾胃……可是，为着自己的事业能得到起码公正的对待和具有起码的物质条件，他又不得不与这类人打交道。

有次看美国话剧《小镇风情》，里面有句台词："刚结婚，嘣一下，就 70 了……"一说出来，坐在他身边的美国驻华大使夫人包柏漪笑了，也许是她觉得这台词挺逗的；他也笑了，笑声里却不无几分苦涩。是的，人的一生太短暂了，自己已经过了而立之年，与形形色色的官僚们耗下去，赔进去的是自己的时间与精力，受百般牵扯的，是自己如日中天的事业。官僚们却不会有什么损失，能吃的，皮带上绝不会为此缩下去一个眼儿；会打鼾的，做梦时也不会因此而少打一串呼噜……

在国度之外，中国的官僚们是很难生存的。他因而想到了出国。

他去年就可以出国。著名的美国伊斯曼音乐学院来函通知他：鉴于他的成就，愿提供一笔奖学金供他来学院深造。到了开学的日子，他没有去，该院又来函通知他：考虑到他的才华与造诣，那笔奖学金将为他保留到明年。这在美国是特殊的，对沙特阿拉伯、韩国、中国台湾等地区来的留学生绝不会这样做。美国人颇了解中国，知道在中国一个人经济状况的好坏不一定与才能的大小、成就的高低成正比，伊斯曼音乐学院不愿意因为经济的拮据而使他丧失成为该院学生的机会。可惜该院不在中国，若在国内，记者们一定会趋之若鹜，奉为重视人才、吸引人才的典型了……

他一直犹豫着，磨蹭着。

自己用得着匆匆忙忙出国吗？有人看他不舒服，可毕竟是他而不是别人从国际乐坛上捧了奖回来；有人不承认他是青年作曲家，可海内外各方面约他写作品的越来越多。今年 9 月、11 月，日本要上演他的《三迭》和一部钢琴曲；明年 1 月，他要为香港写部舞剧；6 月，他要去芬兰参加一个音乐会的首演式，首演式上将演奏他的作品……如果把为电影作曲视作扩大名气的最佳途径，他一下便能同时接下三四部电影。长影厂、八一厂、青年厂、潇湘厂、芭蕾舞团……从领导到下面具体的办事人员，对他都挺尊重，他也工作得十分愉快。

更重要的是，他舍弃不下脚下的这块土地。甭说眼前正用一根结结实实的纤绳要将中国彻底拖出愚昧、落后、贫穷的这场改革了，就是昔日站在那个名叫胡集的小站上，随姐姐走过一片又一片了无生气、薯叶摇瑟的荒土岗，他首先感到的还不是姐姐与自己的悲哀，而是这块土地的悲哀。当时他便暗自叮咛自己，不管将来命运之舟将自己载向何方，他今生今世都非再来这里，为这块土地做些什么不可！这感受已经融进了他的血脉，并且汩汩地浇灌了他笔下的音律世界。他是一个历史意识、社会意识很强的作曲家，而饱经忧患当今脸色渐转红润的祖国，正是他全部作品的伟大摇篮。而且，他的天地如此博大，这些年他常下去采风，可没到过的地方还有很多,其中他最想去的便是高原瑰丽阳光下的西藏……

他还舍不下妻子,他结婚时已过30,婚前,因为他的才华,也因为他的潇洒与脱俗,他没少遭过姑娘们那率真的进攻。然而,在茫茫人海里,他俩一见钟情了!此情似风光旖旎的大海,他们还只在海滩边游过泳,他们还没正儿八经地在一起过上家庭生活,甚至本应有的一个温馨小巢都未及搭起;自己若再一出国,少说也得三四年,已经在感情生活上做了牺牲的他,担心将来随年华凋零,自己会深觉后悔的……

今年年初,为参加在广东省举办的一次全国音乐比赛,中央某艺术团体请他写了部作品《三迭》。闻讯后,想借地利、人和夺魁的广东方面非常紧张,一时间调兵遣将,卧薪尝胆……他如约精心完成了,乐队的10个同志也投进大量时间排练完了,预演前还卖了票。岂料该艺术团的两位负责人不让演,理由是"《三迭》搞资产阶级自由化"。乐队抗争了:"不让演《三迭》,就不去广东参加比赛!"仍是不让演,宁可砸了自己的牌子。他洞若观火,总理和当年的中共中央四号文件都强调了反对资产阶级自由化不得涉及艺术风格与技巧的探索……他明白,面临下台的他们在用《三迭》当一块石头,去打即将上台的×××,而×××正是1978年在上海考区异常赏识他,并不顾"左"的那一套决定录取他的主考官之一。他气愤,架着眼镜西装笔挺不乏翩翩风度的文化人,怎么也干起了这趁火打劫的营生?他深深窘悚了:中国,只要一有风吹草动,就总有人能把自己的私货塞入一个个貌似堂皇的革命的口号之中,纵然这要以扼杀、摧残人的积极性与创造性为代价——而这对于我们民族的振兴是异常可怕的啊!

可怕的还不在于这一现象的消极后果。

可怕的在于这一现象多次重复的惯性。

接着,学院里又有人这样评价他道:"一般人想去美国,苦于没有门路;他放着伊斯曼音乐学院等在那里,迟迟不去,肯定是有他个人的目的,国内有比去美国更好的事情在等着他哩……"

咬咬牙,他去了秀水东街的美国驻华使馆的领事处。

头一次去签证,谈话气氛不那么友好。一个又一个问题,再加上那对警惕的瞪得大大的碧眼,他拂袖而去了。次日,赶巧包柏漪开招待会,他出了口气,还挺横,对大使夫人道:"你们美国人有什么了不起,干吗这样对待中国人?再这样对我,我就不去美国,去苏联!"典雅、温柔的包柏漪,大姐般宽厚地笑了笑:"你再去签一次吧,不会有任何麻烦的。"他再去了一次,没有排队,是大使夫人的一位秘书用豪华的轿车接他进去的,接待他的还是上回的那位官员。

此人此时客气极了,很快给签了证。握手告别时,脸上那绝非做作、流露歉意与祝福的微笑,绽开得好似九月的雏菊……

二

“TOEFL”的全名是 Test of English as a Foreign Language,取其关键词的第一个字母缩写而成。在内地和港澳地区习惯将“TOEFL”译为“托福”。

它是由美国教育考试服务处主办的,始于 1963 年,迄今已有 24 年的悠长历史。它在考核非英语国家留学生英语水平及其掌握语言的熟练程度方面,有一定的科学性和权威性,因而得到美国和加拿大高等学府的认可。这两个国家的许多大学、学院在接受非英语国家留学生入学或授予奖学金、助学金时,常参考托福考试的成绩来考虑是否录取或是否授予。目前,在北美,有 2000 多所院校的进门钥匙是托福。

随着我国进一步对外开放政策的推进和对西方先进的科学技术文化的日益重视,我方多次派员赴美洽谈,商定在中国的北京、上海、广州设立托福考试中心。1981 年 12 月 11 日为第一次考试日期。迄今已举办了 25 次。

考托福,先得报名。10 月考试,7 月就得报上名。这名,不是说去了就能报上,而是先拿号,再按号码的多少在指定的另一个日子去报名。据一位参加过两次托福考试的女同志告诉我们,1985 年 7 月酷暑的一天,她冒着蒸腾热浪骑自行车两个多小时,到了北郊的北京语言学院,该院是托福考试的一个考场。上午 10 点 15 分,她拿到的竟是 8000 多号! 报上一次名实属不易。因之,当临近托福考试时,这位女同志发现已怀上 6 个月身孕的子宫上突然长起鸭蛋般大的瘤子,疼痛异常,住进了医院,医生嘱明日开刀动手术,而明日恰好是托福考试日期。怎么办? 她一咬牙,毅然悄悄溜出医院,天未破晓即从东郊乘车去西郊,一路颠簸不止。下车后又一步一步挪到考场,大汗淋漓挨完 180 分钟如过“鬼门关”的考试,成绩自然不佳。去年,她闻讯行情看涨了,要能拿到号,必须头天晚上去排队,而且那队也没法排,那混乱拥挤,可与北京站售票大厅里通宵达旦候票的黑压压人群相媲美。这时她刚生下女儿,体力尚未完全恢复,出于无奈,只好通过熟人,惊动了著名书法家启功教授,老人拿着她的工作证、单位介绍信,带上她,开了个后门,作为北师大在校学生才把名报上了。北师大也是托福考试的一个考场。新近,北京大学开办的一个托福英语补习班,因补习班的学员具有可以优先参加托福考试报名的优势,一时莘莘学子趋之若鹜。该补习班的一位学员对我们说,她是天不亮即从南郊赶赴北大的，抵达北大校园时才早晨6点钟，拿到的排队号码已是25号了。8点半补习班正式开始报名，老师宣布90号以后的人别排队了，霎时队伍大乱，后面的人死命往前挤。参加补习班每人须交纳120元的报名费。不少的人只是借此途径报上个托福考试的名而已，他们转手又将听课证让给别人了……

考托福还得交纳29美元的支票（加上手续费共30.4美元），这是国际统一的收费标准。30余美元，对于有海外关系的人，对于这几年办"公司"、办"中心"早发了财的公子哥儿们来说，只是钱袋里、存折上的一个零头；而对许多无外币来源、生活也颇为清苦的青年人来说，却是肩上的一块沉甸甸的石头。于是，不得不勒紧裤腰带，去黑市高价套购。在北京，过去到阜外大街甲六号——某回国人员招待所门口，找回国人员换。现在那门口的风声紧了，又去夜幕笼罩下的各个集市上换。因为要的美金数额小，又要得急，因此这些青年人便成为外币倒爷们待价而沽的最佳猎物。一些人饥不择食，急于成交，结果在昏昏蒙蒙的暗处买下伪钞也非罕见。

我们在北京主要的几个外币黑市之一——动物园摊贩市场，目睹了这样一幅景象——一位年轻姑娘以600多元人民币换了100元美金，没走多远便发现这钞票是假的，即返回欲索回自己的人民币，倒爷却不认账了："哥们儿从不干这缺德事，你认错人了。"姑娘说："就是三分钟前在你这儿换的，我会认错人？"倒爷龇牙咧嘴了："你这小妞连一张大钞票都认不准，还不会认错人？莫不是活得太腻味了，要找哥们儿逗乐儿？咱床上功夫倍儿棒，走，咱跟你乐去！"说毕，就去挽姑娘的臂膀。她忙退却几步，围观的人中不知是谁暗中绊了她一腿，她仰天倒在了地上，一副眼镜也飞了。在众人的哄笑声里，姑娘欲骂无词、欲哭无泪的可怜神情，颇似一头掉进陷阱、束手待擒的小鹿……

现在在某些单位，青年人碰到一起，开口必谈托福。人们打听彼此考试准备的进度，在美国或其他西方国家联系了哪所院校，是自费、公费公派？抑或是自费公派。

一项调查显示：在中国科学院攻读硕士学位的5300名研究生中，有65%的人与国外院校有联系，仅某一个班的22名学生中，就有8人正在办理出国手续。

越是著名学府，此风越炽。一位即将去加拿大进修的复旦大学博士研究生告诉我们，今日的复旦园里，已非当年我们在那里就读时的一群群书生"指点江山，激扬文字"的情景，想出国的学生很多，特别是研究生，凡有一线希望出去的，大抵都做3倍、5倍乃至10倍的努力。当然，这些学生大多很单纯，学习成绩很好，遇上国家对外开放这样的好机会，都想出去见见世面，学点本领，学成后回来报效祖国。但国家新规定读研究生者不能自费留学。有的研究生为了出国干脆退学。还有的研究生，毕业后不愿留校，宁愿去一些小单位工作，但得先讲好了条件，什么时候要走绝不阻拦。

据说，北京某科研机关的一位头头，向朋友们感叹道："我们有的研究所都成了空架子，人都请假回家准备考托福了。唉……"

欧阳采薇，女，77 岁，去年年底从新华社对外部退休。她女儿，吴采采，37 岁，北京环境保护监察中心的科研人员，目前正同时准备托福和 GRE(一种要求比托福更高，也是由美国教育考试服务处主办的考试)两门考试。老人心境恬适，细声慢语地告诉我们——

我为什么要让采采出国留学？这还得从我家三代人的命运谈起。

先说我母亲。我父母亲都是日本留学生，母亲先学医，以后又攻读工艺美术。父亲挺封建，不让母亲出去工作。她徒有一肚子才学，却做了一辈子家庭妇女。

我的命运自然比母亲好些，可也没少磕磕碰碰。我还只有 4 岁时，母亲就要我去读书，她对我的学业很关心。渐渐大了我才明白，母亲是把自己失落的希望全寄托在我这个女儿身上……我在燕京大学读书时，大部分学生是教会中学保送去的，又多是贵族子弟，一门子心思几乎都耗在吃穿享乐上。学校里三天两头开舞会、茶会，女士们男士们竞相比着气派和时髦。上课、下课都说英语，似乎谁都以为自己真成了个黑头发、黑眼睛的英国人……我没忘记自己是个中国人，也看不惯这种奢侈的生活方式，读了不到一年，便退学了，以后报考了清华大学西洋语言文学系。

我总觉得一个女人该和男人们一样，先得有文化，然后得为我们这个日渐衰落的古老民族做些什么。但结婚后我没有工作，一直在家里做家务、带孩子。我不甘心哪！我便读英文小说，翻译罗素、爱因斯坦等著名人物关于人生观方面的论述，头几篇登在《大公报》上。还学了点德文，又学写过散文。次年，我便找到了工作。1947 年，美国大学妇女协会给亚非国家学生资助奖学金赴美留学一年，在中国委托美国新闻处在北平、上海、南京等 10 个城市招考。当时，我已经有了 3 个孩子，37 岁了，家里又是这种境况，但我还是去报考了。结果录取了 2 名：一名是上海沪江大学一个搞原子能的，北平的这一名就是我。一年后，我先在洛杉矶南加州大学英国文学系上了一段，以后又到哥伦比亚教育学院英语教学专业学习，并获得了英语教学硕士学位。于是这辈子与英文结下了不解之缘，新中国成立后一直在新华社对外部工作，无论当记者，当编辑，用的都是英文……

我女儿采采，"文革"前的老初三，1968 年去了北大荒，做了 3 年农工，又当了一年半的卫生员。她父亲去世后，组织上照顾我，1972 年底调她回北京，分配去北京焦化厂当工人，跟着一位南开大学化学系毕业的女同志搞化验，跟了一年，色谱仪等精密仪器就能独自使用了。这时，厂里推荐了15个人考工农兵学员，录取了8名，她的成绩比这些人都好，却被甩下了，理由是“家庭出身不好”。关于我去美国留学一年的事，“三反”时就调查过，证明了美国大学妇女协会是一个民间组织。“文革”中又翻出来了，大会问，小会追，我成了“特嫌”。虽然材料一直拿不出，影响却像一条影子一直拖在身后，这不，采采的前程又一次被耽误了！我这当母亲的自然伤心，想不到女人在旧社会想读点书难，在新社会还这么难，而且阻力还不仅仅来自封建思想，还来自那翻云覆雨、叫人啼笑皆非的“政治”……采采这孩子也伤心，但不颓废，学习上一直抓得很紧。1977年恢复高考，她一考就中了，专业对口，录取在北京化工学院分析化学专业，学了4年，后又考上了北京工业大学环境化学专业的研究生，获硕士学位。毕业后分在北京市环境保护局所属的北京环境保护监测中心工作。

采采辛辛苦苦学了这么久，学的东西又很有用，主要研究何种化学物质能致癌。我就希望她能对国家、对人民做出贡献。隔行如隔山，她搞的那一行我不懂，帮不了她任何忙，我就在经济上支持她。她一家人住在我这里，两口子工资只有200来元，两个小孩，请了一个保姆。保姆的工资就得60元，再加上吃饭，一个月得100多元。还剩下100元左右，你说这怎对付四口人？物价还铁了心往上涨，它才不管你中年知识分子可怜不可怜呢。再省不能省孩子嘴里的，可省大人碗里的，两口子又正当盛年，采采是站里的业务骨干，她丈夫正在铁道科学院攻读博士研究生，亏了身体，惹出病来，还不得又成个张广厚？我可不愿白发人送黑发人，好在他们的“知识分子政策”我可以帮忙来落实。我的退休工资，加上我的大部分译稿费，都交给了采采。这样，我辛苦一点，每日坚持译上几百上千字，拿点儿译稿费，全家人的生活可以好一些，采采两口子也没有了后顾之忧，自己的晚年生活过得也挺充实……

我还在精神上鼓励采采。是我要她报考GRE和托福，争取出国的。这不是赶什么时髦，尽管我很少出大门，可出国热我还是感觉到了。在我们这新华社家属大院，男同志不说了，女同志也出去不少，年纪大的有三十几岁的，还有离了婚的，出去了一般就不想回来……我纳闷：美国生活是富裕，可那是在别人的国家里，即使入了美国籍，也不是真正的美国人，油和水能真正融为一体吗？除非你是杨振宁、李政道，除非你是“电脑大王”王安，否则人家对你不怎么看得起。人家的智慧，人家的汗水，200多年来栉风沐雨创造出来的天下，如今你却丢下仍贫困落后、亟待振兴富强的祖国，跑到大洋彼岸去分享，你自己心里也有愧呀！可是国内一些地方、一些单位也不知是怎么回事儿，似乎非要拿根鞭子将人才赶走了才痛快。

关于采采，我是这样想的：论文凭，她已经有硕士学位了。论工作，还顺心，单位对她也重视，去了2年，送她去读了5个月的日语强化班，有什么口译、笔译任务都派给她做；还花了10万元，买了台美国原件、国内组装的色谱仪，交给她负责。论家庭生活，两个孩子，大的10岁，得盯紧她的功课，小的只有2岁半，正是满处疯跑的年龄。我也77了，身体状况不是太好，自然我也希望能有女儿在身边照应……采采并不是非出去不可。但她一直很关注国外与自己相同领域的科研动态；外语又的确不错，今年她站里来了位美国化学家，开办新技术讲座，由她担任翻译，从头至尾都拿了下来。有这样的兴趣，又有这样的条件，出去一趟开开眼界，学习一些新技术、新方法回来，对提高她的研究水准大有裨益。亲友们也都认为她不出去一趟，早晚会后悔。得承认，也有点儿个人打算：再怎么说，我也是风烛残年的人了，能再在经济上支持女儿一家几年？我感到在采采这一代知识分子身上有两个太大的差距：一是他们的贡献与他们的报酬差距太大，二是他们的收入水准与部分体力劳动者的差距太大。前几年报纸上就在喊：一个大学毕业生的收入抵不了一个保姆，现在还不是照样！看来三年五载还得如此。采采出去一趟，她丈夫也准备出去读博士后，总能攒些钱，将家里的经济状况改善一下……

采采出去时间长了放心不下家，同时对国内的情况又不熟悉了。她不会去个3年、4年，也不会同丈夫一道出去，而是两口子轮流出去。俩人也都说："我们是第三世界，学了东西就回来。真要去第一世界当个三等公民，那太没意思了！"

说起来也有意思，我是37岁出国留学的，采采则是37岁决定出国留学的。晚都晚了些，而且又都是非个人的原因造成的。但历史毕竟是进步了，国家毕竟是开放了，要不然，一个"特嫌"的女儿，哪敢再去美国？采采学成回国后会有一番成就的。我想，我九泉之下的母亲将会为她的外孙女感到欣慰……

三

考托福，英语需达到相当水平。托福考试要求相当严格且程序安排也是相当周密的。试题由美国方面直接拟定，试卷也收拢回美国直接评判。准考证于临考前两周由考试协调处向各考生寄达，进入考场时工作人员要当面查验考生所持准考证和工作证上的照片，必须三者相符；评卷时还要核对考生填写的报名表和卷面上的笔迹。真可谓环环相扣，疏而不漏了。然而，也有英语蹩脚而睡觉都在做着出国梦者，不惜花重金请来高手代考"托福"。论其招数堪称上上也，从报名填表开始即由代考人代笔，又设法弄到改换了姓名、照片上盖了钢印的工作证件。据说也有舞弊成功者。这些天衣无缝的谋略，恐怕美国人是始料所不及的。但不知如许“南郭先生”混入美国之后，再有何高招能一直“滥竽充数”下去？当然，这只是极个别的例子，也不可能众人都去仿效。对于高校里的学生好说，英语课、英语老师，近水楼台先得月。社会上有志于此的人们却没有这番“月色”，于是又一种特殊行业应运而生，名称形形色色——

新概念英语班；许国璋英语班；高级口语班；基础英语班；出国留学人员英语训练班；《美国之音》中级美国英语班……从全国各大都会曲曲折折的大街小巷里，从一所所中、小学里冒了出来。翻开《北京日报》《北京晚报》《新民晚报》《羊城晚报》……时不时能见到此类补习班的招生广告。

在北京，学习期限由两个月至半年不等，收费30元左右。外国人教的有一所，即民办的光华外语学校，期限4个月，收费40元。该校设有8个班，学员达三四百人。各校教学质量有高有低，学员们却绝对地虔诚，竖起双耳生怕漏了一个单词。每个星期两个晚上，不论刮风下雨，三伏寒冬，一下班，多数人空着肚子，径直奔向各个教学点。等拖着条近似死鱼的身子回到家里，远的要过10点，近的也已9点左右，胡乱塞上几口后，书包里、案头上还有那么多作业要做，一盘盘磁带要听。学员们同窗苦读一场，却忙得彼此之间叫不出姓名，更不能深交，只是在匆匆交臂中，彼此投上一个疲倦而又会心的微笑……

从出国留学生身上获了利的，不仅有非法的外币倒爷们和合法的形形色色的英语补习班。连香港的某些机构也红了眼，急切切地插上一杠子。

对数以万计的自费留学生来说，去美国是第一选择。然而，近年来美国学校挑选海外学生的标准越来越严格，除了一小部分“托福”考试在600分以上（个别院校要求550分以上）、英语成绩特异者，有幸获得奖学金、助学金外，多数人即使被美国高等院校录取，也必须有足够的经济实力支付在美国学习期间的一切费用，才能获准签证。于是，不少人开始将目光转移到其他英语国家……

1986年下半年起，在广州传出一则新闻：只要交纳一笔报名费，不论英语成绩如何，也无须经济担保，便可到澳大利亚各大学、院校学习。这支“歌曲”的华彩部分是：因为澳洲地广人稀，劳动力缺乏，该国政府将在1988年建国200周年大庆之际，大赦违反移民法的人，届时留学生凡有此愿望的，都可变成澳洲的永久性公民。

不知是香港的某些机构从中悟出了什么门道，还是这则新闻本身就是由它们炮制并进口来的。一时间纷纷开设为大陆同胞联系留学澳洲的业务，从中收取数量可观的手续费，而且这手续费还拒收人民币，只收港币。其中一家名为Academic-Asia 的辅导留学中心，曾在《羊城晚报》上刊登了题为《自费留学英国、澳洲的佳音》的广告，内称该机构将邀请英、澳著名教授，于 1987 年 5 月间赴北京、上海、广州等地访问座谈，解答自费留学的有关问题，届时将有专人洽商具体出国事宜……

自费留学者的大海上，赴美国的大浪未见衰退，赴澳洲的狂潮又在迭起！美联社驻北京记者一下注意到了：昔日门可罗雀的澳大利亚驻华使馆，今日也蒙受着“倾盆大雨”……

签证处官员霍尔姆斯告诉记者说：“申请签证的留学生人数突然激增，结果迫使大使馆小小的留学生签证处从澳大利亚请来临时工加班。同时，有几个星期申请表格供不应求，不得不赶去香港加印。事情变得一团糟，我们被人潮所淹没。工作人员受到不顾一切的学生们的打扰，他们给我们打电话或尾随到我们家中拜访。有一个人为了给一位亲属办签证而谎称同我约好了见面时间，结果混进了签证处……也许他们习惯了走后门，可澳大利亚使馆没有后门可走。谁打扰使馆工作人员，谁就别想得到签证！”

澳大利亚驻华大使馆发言人爱德华兹则向记者表明：由于有谣传说澳大利亚明年将大赦违反移民法的人，因此情况恶化了。目前大使馆已在设法辟谣。

面对此情此景，头佩国徽、铆钉般日夜守卫在西方国家驻华大使馆门前的武警战士们，心中想必会有打翻了五味瓶似的复杂滋味……

> 星期天的一早，我就要起来上教堂，先读查经班，那里有浸礼教会的老师免费教外国学生读《圣经》，然后去大教堂做礼拜。教会的老太太们对我很好，她们说我是这地方从中国大陆来的第一个学生。教会免费供应早餐，但我不爱吃那些洋玩意儿，只是喝杯 ST 了事。我和她们一道虔诚地祷告。我第一次去时，教会的先生和女士们问我最希望为谁祷告，为自己？我回答：为了我在中国的美丽可爱的小女儿、太太以及所有的亲人。他们很感动，他们说他们全体都要为我的女儿和太太祷告，我也很感动。我多么爱我的小女儿，我多么想她，我尽量使自己在做礼拜时想她，因为我平常想她都要想发疯了。在悠扬的唱诗中我眼前那些做礼拜的小孩子好像都是我的曼波，我的心宁静极了。我亲爱的小女儿，爸爸离你而去，并无半点悔意，我将为你去创造……
>
> ——摘自他给她的第 2 封信

1984 年冬天，自从洛杉矶奥运会报道归来，他就特别忙，回到家里，话没有几句，人也显得有些神情恍惚，像是有什么心事。那些日子她住在母亲家，而他，常说在报社值班,夜不归家。她打去电话,又找不到人。也许是即将做母亲的紧张与兴奋,遮住了感情一向细腻的她的眼睛,她没有在意……

满月刚过几天,她突然想回景山的家拿点东西。那是报社分给他的一间平房,16 平方米,朝北,夏季地下冒水,光线也晦暗。临产前,小两口搬到了劲松她母亲的家。回到景山的家,她突然有一种异样的感觉,凭着女人特有的敏感,她不幸证实了一个可怕的事实……她的心"咚咚"地跳,撼着胸部,震着耳膜。曼波生下来后,她常头昏脑晕,此刻,她更觉天旋地转,双眼发黑,恍如有一个巨大的黑洞要将自己吞没……

母亲打开门,她脸色苍白得像张纸,瑟瑟抖动的身子成了一片深秋的黄叶。母亲预感到了什么。她不想说,倒在了沙发上。她想她的命运怎么和妈妈的命运一样。曼波的命运怎么又和她的命运一样。不,还不如她。她还过了十几年幸福的家庭生活。曼波一出生,就笼罩上了浓重的阴影。她哭了。为自己的命运而泣,为女儿的命运而泣……

他回来了,见她不对劲,忙问:"你怎么了?"

"我回景山了……"

他坐在沙发上,好几个小时。眼睛直直的,晚饭也没吃。

"这个女人是谁?"

他说了一个名字。他说他和此人去年 11 月才开始讲话,以后又因为一道采访才熟识的。

"她几次讲起要离婚和我结婚,我从未松过口。你可以相信我,我会将这件事处理好,不会为她而影响自己的前程,更不会因她而毁掉我们这个家!"他嗫嚅地说。

她还清清楚楚记得那个日子——5 月 31 日。

头天凌晨两点,他出的家门。他去郊县考摩托执照,因为还没有执照,他得趁警察们还在睡觉时开去。她不放心,叮嘱他,要他中午打个电话回家。傍晚,电话来了,他说晚上报社有事,不回家了。后来她才知道,他刚接到一封电报,四五月里都在西南出差的那个女人,次日上午回北京,要他去机场接她。

这天下午 3 点多钟,他回到家,衣服上里外都有血,半边脸是肿的。她以为是骑摩托摔的,他也说是摔的。过了一个多小时,来电话找他。接了电话回来,他面如死灰,目似泥塑。他这才告诉她:当他在那个女人家时,本想和她谈清楚,为了彼此都不再做个心怀愧疚的人,俩人的关系到此为止。这时,她丈夫和报社的一个人冲了进来,不容分辩,她丈夫早已用手里准备好的东西劈向他的脸,接着又操起了一件家什……

一个男人，说坚强也坚强。丙辰清明，潇潇细雨，天安门广场上那滚烫的诗潮里有他的诗行。人家按图索骥，追到他这里，他锒铛入狱。将近一年里，他似个被捆得结结实实的粽子，从市区批斗到各个郊县，身上至今仍留有那个狂犬般的年代咬出的齿印。诗是正气轩昂的，人也不能蓬头垢面，无论到何处批斗，他都穿戴得整整齐齐干干净净。

一个男人，说软弱也软弱。此刻，他好像陷于灭顶之灾似的，有一种自己这辈子全完蛋了的感觉。

"我连累了你，对不起你。只要你愿意离婚，我没有理由不同意，一切后果也该由我自己来承担……"

这时，女人往往比男人冷静。

几个月来家庭的完整虽然继续维系着，但是她心里一道深深的伤口却没有愈合。眼下又出事了，如同扯布，那道还未止住血的伤口哗啦一声又被扯开，她悸痛得心都喘不过气来。而且，她隐约预感到：不管眼前的事态如何发展，到头来损失最重的不是他，也不是那个女人，而是无辜的自己和心爱的女儿曼波！

以世俗的"以牙还牙"的原则，她也可以拿一把"刀"，向他的心上戳去……

她却看护着他，站在自己痛苦的废墟上看护着他。沉默、忧郁，甚至还有几分温柔……

片刻间，她想到很多：那次在北戴河海滨散步，他给她讲"四五运动"，讲自己的诗，讲他手里那根笨笨拙拙的针，还有手铐吃进肉里的滋味……她说："你是英雄。"他笑了："我哪是啥英雄，不过爱舞文弄墨，瞎碰上的。"那次昆明湖上荷风徐来的荡舟，他告诉她"文革"时父亲被打成"反革命"，家里生活困难，个子高大的他就去各个厂的篮球队当替补队员，打了这队去那队，一天挣个几角钱补贴家用。她听了泪水潸潸地往下掉……俩人新闻班同学时，他的才气就让她佩服。他写过不少较有影响的报告文学、新闻通讯。在报社，亚运会报道是他去，两年后，奥运会报道又是他去……

她知道他是个很重名声的人。她也知道他是一个锋芒毕露的人，这几年坐下水船，扯顺风篷，在报社里没少与人磕磕碰碰。天下本无事时，几条舌头都能翻起一堆浪来，何况真刮来了这桃红色的风暴？

她明白他担心鸡飞蛋打。他害怕脊背压上一串串阴湿得有如泥鳅的眼睛……

他向她捅了"刀子"。她给他敷了"药料"。这天夜里，他们谈得很晚。她有那么多话要告诉他，可说起来，她的生活的哲学又如此简单：有什么呢？不就是去不成莫斯科吗？不就是当不成本唾手可得的部主任吗？太阳还在。星星还在。大地还有四季次第。生命还有弃旧扬新。只要活着，哪怕是痛苦地活着，只要今后活得诚实，这生活便会有意义……

她先说的第一句话是："我不会轻易地爱上一个人，我也不会轻易地去恨一个人。"

第二天，报社开始派人来，轮着上她母亲家。部主任、保卫科长……口气是严厉的，追问也不含糊。他觉得自己又回到了9年前受审的境地。不，还不如那次，那次，虽受皮肉之苦，心却是坦然的；这次，没有血腥味，心却无法坦然，更无力抗争，好似被打断了脊梁骨。

过了几天，报社发了个文，各部都发到了——他被停职检查。他已有了一定的思想准备，却还是存有幻想：来报社七八年了，今天他脚下踩的并不是流沙，而是以心血与汗水凝结的水泥块。一般的报道不提了，就说9届亚运会报道，起主要作用的是他。全运会报道，他带领一个报道组，驱车前往上海，在那里不分昼夜地工作了近40天。奥运会报道，只派了他一个人，白天，他奔波于新闻中心及几十个重要比赛场地；夜晚，要在与报社约定的通话时间前将稿件写完。每晚最多只留给自己三四个小时的睡眠时间。清晨，脸上是布满血丝的双眼，手里是匆匆咬着的三明治，又陀螺般奔赴各个赛场。他的一系列报道，从不炒冷饭，充满了第一手资料，新鲜、迅捷地发表在报纸及其星期刊上，无论数量还是质量，他都是我国当时派去的90多位记者中较突出的一个。当写完最后一篇闭幕式的报道，向国内传稿后，他突然晕倒，连着几日的高烧使他处于半昏迷状态……回国后不久，他加入了党组织，晋升为部副主任，并被评为全国先进新闻工作者。他的身体状况与他的大块头并不相称，因为常年当体育记者，不断地奔忙与熬夜，他的心脏时有绞痛。报社里一名32岁的记者逝于心脏病突发后，报社医务室为心脏不好的同志配备了保健药盒，他就是其中的一位，衣兜里长期揣着几种以防万一的急救药品。他的扁桃腺炎和腿部静脉曲张都很严重，却腾不出时间去做手术；这回为心脏他不得不去医院了。检查后，大夫告诉他说，他的心脏已像40几岁的人的心脏，而这时他还只有30岁……他料到自己会成为某些人把日子过得更加有滋有味的调料品，但他翘首熟知自己一切的领导会站出来说："列宁说过，青年人犯错误，上帝也会原谅的。我们该相信他在哪里跌倒，就会从哪里重新站起来。也该给他创造一个重新站起来的氛围……"

他困惑了，那以心血与汗水浇铸而成的水泥块去了何处呢？一个人要获得肯定，得付出持之以恒的艰辛努力；一个人要被否定掉，则几乎在一夜之间，几步之距。如果前者是这样虚弱、这样不真实，而后者是如此强大、如此真实的话，那么人生不是太阴沉、太苛刻些了吗？

他又听说自己的预备党员资格要被取消，职务要被撤销。流沙散去，似乎无不波及。他要挡住这流沙，自然仅仅是在“面子”上——他同时递上了“退党书”和“辞职书”。

他有病时没请过病假。现在他想休病假了。他遗忘起报社和报社遗忘起他来几乎同样快。关在家里，似面壁的达摩，像是禅悟出了什么，他隐隐地有了几分后悔：奥运会采访期间，他在洛杉矶的大街上和各个比赛场地，已经看到了不少年轻的同胞们，犹如刚啄破蛋壳的雏鸡，兴奋地、叽叽喳喳地评说着一个新鲜的世界，他预感到将会有更多的雏鸡钻出蛋壳……而且，他还被一位有着百万美元资产的美籍华人所看中：“我告诉你，我很少为国内的亲属做经济担保人，我要担保的应该是有前途的中国青年，你留下来吧。”他毫不犹豫地谢绝了。“前次亚运会采访，去的是印度，一个比中国还穷的国家，他自然看不中。这回去的是美国，那就难说了……”他知道报社领导是顶着一些人的怀疑，派遣他独自出国的。人世间最珍贵的莫过于“信义”二字。他该对得起这二字，为此，在一个如期归来的人之外，他还添上了一叠节省下来的花花绿绿的美元……

忽一日，报社想起了他，要他去驻天津记者站工作。他提出：“我可以去，但报社得给我解决房子。现在那间屋条件太差了，我一家三口人及保姆不能老住在岳母家。”领导觉得合理，转到后勤部门。后勤部门有自己的规矩，从来分配房子都得一批批排着队，哪能给他一个人先解决了？于是，他还得在岳母家待着，他也没去天津。

他就这样在家里休了几个月病假，心却比在奥运会采访时还要累，好似在一堵墙里被挤压了几个月。他不甘心呆坐下去，可真要去报社，无异于将自己塞进一个沙丁鱼罐头里；他不愿进沙丁鱼罐头，可对中国人来说，组织是须臾都离不开的空气。组织管你做什么，想什么，乃至管你生，管你死，就是调个单位，还得有组织鉴定……离开了组织，自己还能做什么呢？

他告诉她自己得出国留学。她没有震惊。几个月来，她看到他夜不思寝，食不甘味，魂不守舍，推着自行车不知骑车，出去买烟却又两手空空回来；她也发现只有一件事能使他的魂嗖嗖地飞回来，那便是读英语课本和听一位外语学院毕业的好朋友来讲课……开始，她绝没有料到因为他在生活道路上的一次失足，竟会闹出俩人得天各一方的境地。她以为人们是会心灵相通的，她一向以自己的宽厚胸怀去度量别人。结果，她看到他被生活无情地打趴下了，他愈挣扎，将愈被动。如果出国留学能打破僵局，能使他的灵魂与肉体重新站起来，她没有别的选择，她肯定只能接受他的这一选择。

她为他向美国发出第一封信，她的舅舅在美国得克萨斯州首府达拉斯市。她在信笺上注满一片灼灼焦虑，一片殷殷期待。她的伤口远未愈合的心上，却被别人不无道理的好心的话语，又撒上一把把盐："他在这样的境遇下出走，将来怕是不会回来了。""有你在身边，相信他有其一不会有其二。去了那人欲横流的世界，就难说了。你不怕他有朝一日抛弃你们母女？"……

她不知道自己这笔下写着的，是不是自己这小家庭未来的讣告。犹如秋之蝉，蜕壳是痛苦的，可还是年年得蜕一样，她只知道自己必须这样做，哪怕由此他将得到再生而自己再度跌入地狱。因为现在自己还是他的妻子，还得尽不掺水、不打折扣的妻子的义务。而将来他是否愿意尽丈夫的义务，那是他的事。

很快，舅舅寄来了经济担保书和达拉斯一所大学同意接收的证明。第一次去领事处签证，被驳回了，理由是经济担保不充足。第二次去签证，经济担保人已换成一位有百万美元资产的美籍华人。他的心还是惴惴地跳。那天当班的一位年轻女士也是美籍华人，来自台湾，据说因在上海领事馆把关严格，被调来北京，不少申请留学签证者见了她，犹如见了早些年壁垒森严的台湾岛一样，调头就走，宁可明日起早再排一次队……可这次一下就批了。事后，他听说凡是由那位美籍华人做经济担保人的，办签证时都很顺利。

1986 年 1 月 9 日拿到的签证。从小道打探到从 2 月 1 日起飞往美国的机票将涨价 50%。没涨价前，由北京飞达拉斯的两段航程的机票价加起来是 2700 元人民币，这一涨，便涨进去一台大彩电！中国人尚拮据呀。美国人乘飞机去世界上哪个角落逛一圈，也许没几个人会被那机票钱压弯腰的，可他要飞一趟美国，得全家总动员。他家里父母和哥哥凑齐了机票钱，小两口工资不高，历来没什么积蓄，便卖了一台十二寸黑白电视机，国库券不要利息兑换给别人，一些质地挺好的衣服也卖了，能卖几十算几十，国外亲属寄给孩子的美金也让他带走，哪还经得住这一涨价？他们费尽心机地在售票处等退票。苍天有眼，总算等到了一张，时间是 1 月 25 日。

周全得又似他从此将永做背井离乡的天涯旅人。她在一个大包里，塞进狗皮膏药、板蓝根冲剂、蛇胆川贝液、红霉素……从治一般的伤风咳嗽，到防止心脏病变的药品，应有尽有。她听说在美国看病特别贵，仅挂一次号，就得花 50 到 100 美金。他把几本剪报也放进箱里，那上面有他发表的全部作品和报道、通讯，都是她平日一一收剪并贴好的。他还买了 3 个排球送去中国女排，邓若曾教练说："你交给我吧。"他拿回来时，女排的全体队员都在 3 个排球上分别签了名。他打算到美国后,一个球送给她舅舅,一个送给担保人,另一个永远留给自己……

25日清晨6点,小两口起了床。他与岳母紧紧地握了一下手,又在曼波的床头站了一会儿,11个月的女儿侧头蜷身睡着,显得那么小,像只煞是可爱、极易受到伤害的小动物,睡态又那么恬静,好似天欲晓未晓之时那沾满晶晶夜露的花萼……他没有惊醒"花萼",只在女儿的额头和面颊上轻轻地吻了几下,一股带乳香的温馨味,撩拨他的鼻翼,他狠狠地吸了几下,似乎要把这气味在胸间压缩、珍藏起来,容日后再渐渐地逸散,并细细地品味。他与她一块儿骑车去大北窑他的父母家。她越骑越慢,他等她,俩人并肩了,没一会儿,她又落在后面。他回过头,想问她是身上哪儿不舒服,他见她不敢看自己,眼睫毛簌簌地抖。他明白了,讲话也颤颤的:"你……别这样。我妈……我奶奶……见了……会更难过。"

对他来说,这是在家里的最后一餐了。饭毕,他哥哥租了两辆车,全家除奶奶外,都去送行。全家人都说好他走时不要掉泪,年近八旬的奶奶在他出门时还是抱住他哭了。他一向孝敬老人,就是结婚后有了自己的小家庭,也常惦记着给奶奶买她爱吃的鱼和山楂糕,星期天常常上街买好,又亲自送去……老人也一向疼爱孙子,他小时她就没少向人唠叨:"这孩子长大了一定有出息。"她弄不明白这几年东奔西跑、干得正欢的孙子为啥要出国,她也不清楚美国究竟是一块怎样的大陆。在她眼里离热土、抛骨肉,去的就是天堂,也无异于当年人们去闯关东!她的哭声是酸楚的,又因为一边将是天涯漫漫孤旅,一边又是行将就木之身,眼前的一别大抵是人生最后一别;老人的哭声还溢满了苍凉,恍如银白的霜夜里茫茫沙原上踽踽老狼的哀号。所有的人都站到了门外,没有谁敢听……

在机场办手续得登记携带的贵重物品。他只有一个大包,里面没有什么物品称得上贵重,连手上戴的表都是天津产的海鸥表,那是去奥运会采访前发的,中国代表团一人一块。海关的一位小伙子随便看了看,便放行了,并对他眨眨眼笑道:"行,轻装上阵。到美国干他几年,回来时你就是个腰缠万贯的富翁了!"

他没有心思接受小伙子的玩笑。那个通向候机厅的门口就在眼前了。只要脚一迈进去,他曾在祖国创造过的一切与拥有过的一切,就都将结束了!此刻,他的心里乃至身上的每一个细胞,都有一种过了电似的震颤,犹如将一棵什么植物从土壤里拔出的最初一瞬间,它的根系、它的脉络都会有的那种痛苦的震颤……他不是满面春风走的,他是失意而去的;他也没有后面几个年轻人朝阳似的脸庞,22、23岁的年纪,也许在国内已经获得硕士学位,十有八九是公派的,他们的神情既兴奋又轻松,像是去参加一个迪斯科舞会或是去游迪士尼乐园。而自己已经30岁了,在这个年纪一切重新开始,一切都得靠自己的力量重新开始,结果会怎么样呢?一股苦涩味，雨水渗进土壤一样渗进了他胸间，他心头漫起阵阵迷茫，迷茫得似他片刻间就要飞越滚滚太平洋波涛而去的那块众说纷纭的新大陆……

他回过头，深情地瞥了她一眼。

她模糊，他也模糊。她泪光盈盈，他也泪光盈盈……

如果说，在这之前，她一直主要是为他的逆境担忧，为他的未来思考；那么此刻，随着那个通向候机厅的门口临近眼前，自己的命运，孩子的命运，还有家庭的未来，犹如几串沉重的冰凌，压向了她的心之枝，枝儿欲裂未裂，连着树干处正“叭叭”地脆响……她又以全副身心的力量，扛起那枝儿，坚毅而又不动声色，只在唇上留下一排清晰的齿印。她觉出了一种悲壮的美，自己终于有勇气将一幕人生的悲剧在那咫尺之外的门口处演到了终结。这不堪回首的一幕总算终结时，自己是一无所求的，自己是问心无愧的。她浑身上下热辣辣地浸浴在一股好似爱情温泉般的充实感之中……

他挥了挥手，扭头进了门。

我上一封信刚发出，就从一个同学那里得知过几天是中国人的中秋节。我心里后悔不迭，因为从学校的洋日历上看不见中国的农历，也就忽略了这一天。我心里直骂自己，为什么不写一些祝福你们的话呢？正好中秋节的当天，老师排定我做课堂演讲，我就把中秋节的历史、中国人在中秋节的团聚活动和亲人们在这天的思乡思亲之情，用英语讲给大家听，大家听了都很感兴趣。有位西班牙籍的同学问我：“如果我在这一天到中国去，中国的家庭是否能接待我？”我告诉他：“当然，但是这一天首先是中国人自己家庭成员的团圆……”正好另一个中国同学带来了几块月饼，我们就分给每人一小块尝了尝。老师对我的题目很感兴趣，也很感动，她说：“谢谢你使我们在课堂上有个美好的享受，因为你给我们介绍了古老的中国的历史风俗。”这里的月饼贵得出奇，四小块一盒，要 18 美金。我没有舍得买，我想吃月饼倒在其次，主要你能理解我心中的一份情就够了，月饼以后是有得吃的，你说对吧？18 美金在这里买鸡能买 30 磅以上，能吃两三个月……

——摘自他给她的第 13 封信

曼波，听到妈妈在信上说我把不好的毛病遗传给了你，爸爸感到很抱歉，你淘气，任性，扁桃腺不好，都像爸爸小时候。但爸爸从小就有自己的想法，就有自己的毅力和韧性。爸爸希望你这一点也像我，不要只像我许多不好的毛病而没有主要的优点，那爸爸就伤心极了。作为一个女孩子，你还要跟妈妈学，妈妈善良、温柔。爸爸目前已经不善良了，爸爸只把对你们母女的深情藏在内心的一块隐秘的天地里……美国是一个非常非常实际的地方，容许你有理想，但绝不容许你有丝毫幻想，用幻想代替理想，在这里只有失败。对一个观念只是大陆观念的人来说，美国会实际到令你吓昏，没有在美国挣扎和苦斗一番的人，我觉得很难领略到人生的真正艰辛。历经种种人世的残酷和金钱的铁面，爸爸已是残酷之人了，对周围的一切都像铁一样。爸爸目前干什么都是快动作的，每天跟打仗一样……爸爸希望你像爸爸也像妈妈，在这个世界上你做人不需要向别人学什么了，只把爸爸、妈妈的东西糅到一起就够你一生受用了……

——摘自他给她的第 19 封信

他每回读她的信，都有如喝一杯陈年的醇酒，铭心刻骨的孤独一点一点地化解了；天伦之乐，骨肉之情，暖潮般酥酥地漫上心胸，痴了，醉了；痴醉中又生出更强烈的思念之情，搅得他心神几天不得安宁……

她接到他的信，当天即回信。几封信下来，彼此都能猜出对方信到的日子。中国人所有的节日都暗淡了，洋人们的复活节、狂欢节、圣诞节更显得苍白，只有信到的日子，才是他们的节日，才是他们一切欢乐的源泉。前几天，他就有点烦躁不安，似乎坐在火药桶上。到了该来信的这一天，无论他在外上课还是打工，无论他离自己的宿舍有多远，只要一有时间，他便常常犹如一头出山虎般开车往返几十公里跑回来，打开信箱。有信，他的眼睛粲然亮了，世界名曲《我的太阳》应该是为此情此景而作。若不见信，他的眼睛一下暗淡了，即使此刻得克萨斯州的一穹蓝得迷人的天上有十个太阳，也全部会被这黑暗所吞没……他担心信丢了，今年年初便丢失过一封信，他视这是践踏人类感情的一种最粗暴的行径。然而，他又宁愿信丢了，他坚信如果是她没能及时回信，唯一的原因只会是她或是曼波病了……

她和曼波是他灵与肉的支柱——

他几乎没有一天不是咬紧牙关挺过来的。每天清早去学校，一直读到下午 2 点。再做每天都是一堆的作业。然后，又去两个地方打工。干到凌晨 1 点半，拖着两条铅块般沉重的腿回到宿舍，还不能马上倒下，得再看一会儿书，或是提笔给她写信。他每天的睡眠从未超过 4 小时。多少次，绷得不能再紧的神经似乎要断裂了，他的脑袋里一阵阵地剧痛；多少回，他真想请个病假，在床上大梦沉沉地躺上一天，哪怕就是早点回来，提前一两个钟头上床也好……每月交 400 美元学费，而每一美分都是自己从淋漓大汗里捞出来的，他从不敢稍稍放纵自己。在美国，“时间就是金钱”从不写在标语、口号上,时间却能涓涓滴滴地变成金钱。而他常常交了这个月的学费,下个月的学费还不知在哪里。即使真病了,甚至体重一下减了30磅,他也得硬支撑起身子去上学、打工。每当他不堪忍受、意志快要崩溃的时候,他就在心里默默念道:你不是一个一般的男人,你是她的丈夫,你是曼波的父亲。你要用你自己的不同去战胜你与许多人相同的弱点!

她和曼波是他心之所系的明天——

美国不崇洋媚外,注重保护的倒是本国人民的利益。读小学、中学免费,上大学对本国学生收费很低,对外国留学生则涨了好几倍。在他来的前一年,他就读的那所大学一学分收外国留学生40美元;他来了不到一年,一学分要收120美元。连来自人均年收入4000美元的台湾留学生也嗷嗷叫了,不得不纷纷外出打工。不少从国内来自费读硕士、博士学位的年轻人,由于过不了经济这一关,甭说是学业难以为继,就是生活也陷于困顿……一年下来,他却奇迹般地站住了,将约合20000多元人民币的美金交去了学院。学业上,由语言的中级班一下跳到高级班。此外,有了稳定的住房,还有了一辆自己的小轿车。第二年存款已经使他在银行里享有信誉。他从在新大陆的一番拼搏中又拾回了那曾在国内有过的自信:他将能自己负责起自己的一切!他还打算明年将着手办理她和曼波来美国的探亲事宜……他在心里无数次发过誓:自己一定要让她和曼波的将来美满幸福!当他把一张张美钞存入银行的时候,他有了葛朗台式的快意;他对自己也是葛朗台式的抠门儿,每年6月,达拉斯的气温已经高达100华氏度,为了省油,他宁可做蒸笼里的包子,也绝不打开车里的空调冷气……

她感觉到了一个男子汉的忏悔,且正以超人的努力来抹去投在她心灵上的阴影。

她有些后悔。她想起在临产前的那几个月,自己全部的视线几乎都系在腹中胎儿的搏动上了,他心上那片从来是盎然生机的林子里,唱春的雀子几乎在一个早上飞得干干净净……

她将他的每一封来信都编了号,精心保存着,等女儿长大了她要给女儿看。让曼波知道,自己的父母经历了多么痛苦与甘甜、多么深邃与丰富的感情历程。对曼波,这将是一部博大的生活教科书。

她在每一封信里都对女儿的近况做了详尽的描述:12个月时,曼波牙牙学语,最先说出口的便是“爸……爸……爸爸”。曼波能讲话了,常常自个儿对着书桌上他的照片讲话——“爸爸,我和娃娃睡觉去了。”“爸爸,妈妈要带我去北戴河了。”“爸爸,外婆今天说我乖”……去年“六一”,曼波看电视剧,上面有一家家父母亲领着孩子玩的画面，女儿突然叫起来："爸爸，爸爸……"曼波刚会画画时，别人问："这是干吗？"……回答是"给爸爸写信"。曼波会跳迪斯科舞，会唱《血染的风采》《让世界充满爱》，唱时还拿一个小玩具当作话筒……

犹如他在信中极少写自己每日的艰辛，她在信里也极少提及自己肩上那副沉甸甸的担子：工作上不顺心，仍住母亲处，景山的房子漏雨，厨房都快塌了，她几次想去收拾一下，都未敢进去。终于请来了工人，修好了屋顶，厨房却不肯给修。去报社要求分房子，有关领导答复说："自费留学生不能参加单位分房子。"孩子入托同样没门："报社里双职工的孩子都解决不了，何况已经出国去的人的孩子！"不是满中国都在唱《让世界充满爱》吗，他不过是去了美国，还没有出地球，而且国籍还是中国，编制、关系也都还在原单位，怎么却一下被剥夺了享有爱的权利呢？不是政府早就宣布对公费、自费留学生一视同仁，某些方面应给予一定照顾，并欢迎自费留学生早日学成归来，为"四化"效力，怎么有的单位干的却是过河拆桥、釜底抽薪，让人难有回国之心的事呢？

大洋两岸，他和她都在执着地走向明天。

无疑，她浇灌下去的心血，将会收获绿盈盈的回报。他将会使她和女儿的明天过得幸福。

再也没有比一种宽容的情怀更能使一个男人坚毅起来，奋发起来，从而绝不被逆转的命运所击倒。

她的心里一直在唱《让世界充满爱》。

如果，所有的人心里都唱起了这支歌，世界将会变得怎样美好呢?!

四

"世界大串连"的参加者中，不乏专业人才，其中有些还是在国内卓有建树、各条战线也迫切需要的优秀专业人才。

他们多是以自费留学身份出国，也多集中于美国，虽然美国驻华大使馆并不将他们当一般自费留学者对待。这前提条件便是，一旦在电脑打字机上打出名字且连接计算机，终端的资料库里会送出一页或几页记载有某些建树或造诣者的履历材料，那么使馆人员必定会溢满了水蜜桃般的热情……据说资料收集得如此齐全，一个人只要在中央一级的电视上、报刊上露过两次名字，那资料库就必定有储存。

以文艺界为例。在电影界，一颗颗"明星"，变成了一颗颗"流星"，他们的消失几乎与他们的成名一样快，诸如陈冲、张瑜、龚雪、斯琴高娃、陈烨等均已留洋。在音乐界，朱明瑛、苏小明这些流行歌手出国的姑且不算，近年来我国在国际歌坛上获奖的西洋唱法演员：胡晓平、詹曼华、张建一、高曼华、傅海静、苗青、叶英、温燕青、曹群……都走了，国内剩下的，只有一个迪里拜尔。现在中国第一流的歌唱家全在美国。管弦乐、键盘乐方面也如此。国际小提琴和钢琴比赛的优胜者，如胡坤、薛伟、王峥嵘、朱大明、王晓东、李坚、贾红光等；我国优秀青年作曲家、指挥家如黄安伦、谭盾、叶小钢、陈怡、罗京、水兰、胡咏言等，目前通通都在美国或欧洲。上海交响乐团几年来走了60多人。为中央文艺团体输送了不少优秀人才的中央音乐学院管弦乐系七八级，一个班32人，现在除了一位改行当了导演，另一个做买卖发了大财的，其余30人全去了国外……

中央歌剧院首席指挥、我国著名女指挥家郑小瑛，从美国和意大利访问、讲学归来百感交集，慨叹大批尖子外流，呼吁重视音乐人才。她痛心地对记者说："据我所知，人才外流趋势还在发展。我所在的中央歌剧院交响乐队已流走1/3，五年中培养的5名歌剧《卡门》主角走了4名。甚至，最近某个对外交流项目要物色青少年优秀演奏家时都痛感'国库空虚'。由于国家对高校在校学生自费留学做了限制，尖子们有宁肯退学的、不上研究生的甚至不上大学的，怕上了就走不成了。现在学习为比赛，比赛为获奖，获奖后出国，几乎已成了规律。我们每培养一个音乐人才，从小学、中学到大学，国家要拿出好几万元。结果呢，外国人用很少的一点奖学金就把我们的人才吸引去了。为什么留不住人才呢？除了外部世界的吸引力外，我认为我国对音乐人才不够重视也是原因之一。比如，首先为胡晓平提供歌剧舞台的是匈牙利人，为迪里拜尔提供歌剧舞台的是芬兰人，而不是中国人。相比之下，我们就没有做到努力创造条件，让一切优秀的作品、有造诣的演员都能经常上演、登台，帮助他们获得成功。"郑小瑛还感情复杂地告诉记者，她在出访时接触到的留学生都对祖国、母校和老师们怀有深切美好的感情，但对何时回国这个敏感的问题却大都避而不谈。有的顾虑"反资"，怕回来发挥不了自己的才能，也怕回来再也出不去了；有的要等待机会成为国际明星。因之，她大声疾呼，希望国家切实采取一些措施，把现在国外的音乐尖子吸引回来，为祖国人民服务。

在体育界，在美国的中国最优秀的运动员绝不是凤毛麟角。前世界女子乒乓球冠军李赫男，早已成为美国乒乓球队的主教练。中国跳水队的李孔政、陈肖霞、李宏平已陆续去了美国。中国体操队的"鞍马之王"李小平，以及童非、李月久、吴佳妮等，均在美国的一些大学体操队任教。前中国女排的台柱郎平也引人注目地飞往大洋彼岸。

此外，许多著名中国选手，大都挑选了欧洲、北美洲和日本作为留学和工作的地点:蔡振华,在意大利;谢赛克,在法国;梁伯熙,在加拿大;古广明,在联邦德国;汪嘉伟、曹燕华,在日本;周兰荪,在澳大利亚……

一位体育界人士忧心忡忡地著文指出:当体育在目前仍是一种国际的激烈竞争,被称作是"和平时期的'战争'"时,中国优势项目的尖子运动员和比较权威的教练员出国,必将对中国的这些领先项目造成潜在的威胁。中国运动员独特的、创造性的训练方法和技术被外国选手所掌握,将使中国运动员在未来的比赛角逐中处于不利地位……

据专家分析:目前外国乒乓球选手比较普遍地掌握了中国式的发球和反手攻球技术,以及近台快攻战术,在近几年的国际比赛中,给我国选手造成了很大压力。中国乒乓球队的成绩开始呈不稳定状态,这与中国优秀乒乓球选手、教练的纷纷出国不无关系。

忧心忡忡者远不止于文艺界、体育界。

在北京的一次座谈会上,某著名学府的一位白发苍苍的老教授痛心疾首,他说他执教半个余世纪,他的弟子从来没有像今日这般争相离他而去的。他近年来一共培养了16名硕士研究生,现已有12名去了美国,而且这12名研究生都是他最得意、最有前途、最有希望、最有才华的学生。他说着说着,禁不住涕泪交流……

有热心者曾在美国一所大学做过一次问卷调查,调查的题目是:学成后是否打算回国服务?接受问卷调查的38名正在该校就读的中国自费留学生中,36名明白无误地在卷面上答复学成后将留在美国服务;有一名留学生答复学成后可以回国去看看,如不行再回来;最后一名明确表示学成后即回国,因为老婆、孩子均在国内,牵肠挂肚地放不下心。调查者面对这一调查结果,一时瞠目结舌……

相当一部分人认为:大批优秀专业人才的出走,对正在向着21世纪曙色艰难起飞的祖国来说,是一种遗憾;在本来就不尽如人意的中国人口质量里,是一次范围不小的"水土流失"……

然而,这是一把双刃剑,一个两面都上了水银的镜子。人们常常看到了此面却忽略了彼面——

据1986年12月2日《文汇报》披露:"上海专业技术人员使用现状及其战略对策研究"抽样调查结果表明,2/3人才积极性未充分发挥。潜力能发挥100%的占20.2%,发挥75%的占12.5%,发挥50%的占39.5%,发挥25%的占35.9%,无潜力发挥的占9.9%。换种说法,在上海现有专业技术人员中,一个人能做的工作,而现在却由两个人或一个半人在做着的,占54.2%。据抽样统计推算,上海55.3万名专业人才中,专业不对口的占19.8%,有1/4的人没有任务或任务不饱满。在一些人才有余的单位，问题更突出，有近 1/3 的人才被积压被浪费。

据同年 10 月 21 日《社会报》披露：上海美国独资企业希尔顿宾馆公开招聘管理人员的广告在报上刊登后，引起了社会上众多大学毕业生、研究生的极大兴趣。报考总人数达 300 余人，学历均在大专及大专以上，不少人还是研究生、大学讲师，有的已在某些领域中有了一定的造诣和建树。在这些众多的报考者中，90% 以上的人所学与宾馆专业完全不对口。竞争十分激烈，录取率为 8∶1。与录取研究生的情况相差无几……

在南方，新中国成立以来分配到海南岛的大、中专毕业生共 1500 多人，在未决定海南建省之前，已经流失了 1200 多人。

在北方，大兴安岭自 1964 年正式开发以来，陆续分配来大学生 1000 多人。从 1979 年至今，已经流走 600 多人。

大兴安岭留不住人，一是由于高寒地区，生活艰苦，中年知识分子健康水平普遍下降。二是由于子女升学、就业难。三是由于大兴安岭地区在艰苦条件和高寒程度上都超过新疆和西藏，但工资类别和地区津贴都低于这两个地区。有的中年知识分子说，现在国家和地方对刚毕业分配到青海、西藏的大学生制定了一些优惠政策，而对已在大兴安岭地区干了 20 多年的知识分子，却似乎遗忘了……

1982 年，43 岁的蒋筑英、47 岁的罗健夫相继谢世，报刊上一阵惋惜，上下间一片唏嘘。然而，亡了羊，牢还没补住。仅 1987 年，在中国科学院，过早谢世的中年高级专家已有 9 位：马氏决策规划专家董泽清，50 岁；数学家张广厚，50 岁；数学家钟家庆，50 岁；地质学家曾庆丰，54 岁；声学家施仲坚，50 岁……在北京航空学院，从 1986 年 7 月至 1987 年元月，50 岁至 54 岁之间的中年知识分子相继死亡 7 人，其中副教授 5 人，高级工程师 1 人，老讲师 1 人。

如果能把全国各省市、各单位过早离世的中年知识分子一一排列出来，相信那名单将是黑压压的一大片，宛如让人肃肃然踏进了烈士纪念堂……

一切有识之士更该对此局面忧心忡忡。

生活里有些广告有声有色，人们看了却无动于衷。

生活里有些“广告”，虽然没有谁在精心设计，散乱而又具有随意性，人们见了却触目惊心，不得不联系起自己的境遇，一起感慨系之，深长思之。

也许，正是某类“广告”作用的结果，大批优秀专业人才有如候鸟般地西去。这一结果，又往往成了一块新的“广告”，让更多的人为投入“世界大串连”而跃跃欲试……

这一“世界大串连”，并不是裹进去的一切人都是被一股膨胀了的“崇洋”情绪驱赶上路的。与其说出国留学者们“崇洋”，不如说他们中的多数人希冀借留学途径改变目前的处境较为妥当，或者说是打算自己为自己落实“知识分子政策”较为贴切。正如《美洲华侨日报》上一篇分析近年移居美国的中国知识分子处境和心态的文章所指出的：“中国知识分子人潮相继拥出国门，拥入美国，现在在美国许多城市的华埠，中国的知识分子真是碰眼碰鼻都是啊！他们中有的是蒙受冤屈而伤了心；有的是遭尽歧视而冷了心；有的是希望落空而灰了心；有的是政见不同而铁了心；有的是为了儿女而狠了心……境遇极坏者，愤然而别；境遇不好者，决然而离；境遇平常者，惶然而行；境遇稍好者，怅然而辞。这真是小同而大异。”说一千道一万，现在的关键是，国家应不打折扣地加快落实知识分子政策，使已出国的知识分子人归心归，使未出国的知识分子人安心安。我们可以这样说，从许多人身上表现出的，正是当今这希望与失望、欢乐与痛苦交织，新体制诞生、旧体制剥落，方生而又未死的时代的一种阵痛——

改革，已经摇撼了旧机制小山般的重重弊端，不断有泥土、石块和残枝败叶哗哗地滚落下来。然而，形成、维护这座小山的深层文化、心理形态仍在，并有着几千年古老、厚实的积淀。不坚决有力地铲除它们，新的机制及其相应的尊重知识和尊重人才的环境，开明与竞争的环境，就很难牢固地确立！

旧机制有了松动，就有了希望……

新机制尚未确立，又萌生失望……

当今的“世界大串连”，便是在希望与失望两座峡谷之间奔湍而出的一股大潮。

它根本上又代表了希望——

毕竟一个新时代的阳刚之气，正在恢宏地兜胸吹来，“人”的意识苏醒了，再不甘心如金又似水的年华抛掷在浑浑噩噩的等待之中，再不愿所学如一张压在抽屉角落里被默默作废了的布票，再不会将命运交给某些非理性、非科学的东西去任意主宰……

从某种意义上，可以这样说：“世界大串连”里，奔湍的是当今中国众多的知识分子们追求创造、渴望爆发的一颗颗骚动的灵魂；汇集的是他们敢于打破旧有的生活秩序、敢于去新秩序里承受风险的崭新精神风貌。

自然，在出国留学热的大潮里，还有负势而下、本身就没有一点重量的泡沫，装饰一新、也只能泛起于一时的沉渣，或许还有隐隐生出某种危机的潜流。但与其不屑地或困惑地盯住它们，甚至夸大它们，不如将目光调回来，在进一步完善出国留学有关政策的同时，对国内的教育制度、人事制度以及许多不成文的用人土政策，来一番严肃、深刻的自省；不如以更热情的双臂，去呼唤正在祖国广袤土地上崛起的经济体制改革和政治体制改革，更坚决些！更深入些！更迅猛些！

毕琦，男，今年35岁，《北京晚报》记者。初中毕业后，在黑龙江生产建设兵团待了7年。到我们采访时，他出国留学手续已全部办齐。

他的叙说，有如一条涓涓小溪一样平静——

小学时，我就朦朦胧胧有将来长大后得出国留学的念头。

我上的小学，原是美国教会办的汇文学校，新中国成立后改成北京市盔甲厂第一小学。实际上是所干部子弟学校。每到星期六下午放学回家，校门口的小车鳞次栉比，恍若奔云：吉姆、伏尔加，那时算好的；其次是华沙、胜利20；最次的是吉普。同学们互相攀比着，谁的爸爸扛着二道杠两颗星，不屑便撇在了嘴上；谁的爸爸扛着二道杠四颗星，瞳孔便放大了些；若谁的爸爸是位少将，乃至中将，儿子的脸蛋上就仿佛绽开一朵朵金花……我所在的班，有28名同学，全班不是高级干部子弟的学生就我一个。我父母都是小干部，照说我是进不了这所小学的。母亲在报社工作，认识市教育局的一些人，我是由后门进去的。

有这么两件事给我的印象很深。当时不是有这么一句话么："新三年，旧三年，缝缝补补又三年。"一般人家的孩子穿打了补丁的衣服很普遍。可在我们班上，就我一个。我父母工资有限，一共养了5个孩子，5个孩子的住宿费、学费、伙食费交出去，父母的工资就去了一多半。穿衣着鞋上，无法讲究，不是打了补丁，就是哪块破得絮絮拉拉。开初一些日子，我每次去学校，男生见了一串哈哈哄笑，女生见了一阵窃窃私语，似乎高雅的校园里进来了一个上海滩的瘪三……平时没办法，一次区里举办校际之间的乒乓球、足球比赛，我又是学校这两支球队的队员，穿着得像个样。母亲咬咬牙，破例为我买了一件灯芯绒夹克，从来都是捡哥哥们旧衣服穿的我，很是珍惜，比赛时才穿上，一赛完赶紧脱下来。一次比赛，球踢赢了，大家都乐得不行，蹦蹦跳跳，又滚成一堆，我将夹克衫随手扔在草地上，也加入进去。走到半路，才记起忘记拿衣服了，扭头就往赛场上跑。夹克衫不见了，腿一软，我瘫坐在地上，眼前一阵发黑……有两个队员问我："毕琦，你怎么了？"我拖着哭腔说："我的夹克……衫……不见了！"他们愣愣地盯住我，像是我哪根神经出了毛病。过一会儿，他们走了，转身时丢下一句话："丢就丢了呗，找你妈，要她再买一件，她敢不买？"

还有一次，星期六下午，我和三个同学结伴回家，他们的父亲一个是总参通讯部的大校，一个是国家统计局副局长，还有一个是卫生部办公厅主任，我和他们的关系一直不错。到了天安门，他们提出要在金水桥上玩会儿，他们徒步回家是权作逛街玩儿,本来三人家里个个都有小车接。坐在桥上的白玉栏杆上,三人又提出看谁敢把钱往水里去。一个掏出五分钱的钢镚儿,往河里打了个水漂;一个说:"你掏五分,我掏一角!"另一个像是武二郎,憋着股喝毕三大海碗酒要上景阳冈的劲头,一下捧出一把钢镚儿来,有五六角,哗的一下,撒进金水河,银光点点……围观的人越来越多,一个个看得目瞪口呆。他们也挺得意的,好似刚从上甘岭凯旋的英雄。我站在一边,心里挺复杂,像是难过,像是沮丧,像是愤懑,更感到深深地困惑:虽同学多年,与他们一下变得陌生了,仿佛他们来自另一个世界。

反差强烈的环境,逼使我走上了这样一条道路——干部子弟们可以瞧不起我没有肩章上缀朵花的父亲,也没有口袋里叮当作响的金钱,但我要让他们没资格去瞧不起我的学习,在学业上我要俯视他们!我那个年级有3个班,我的各科成绩始终是全年级的前3名。也许因为学习成绩好,老师也青睐,一位数学老师对我说:"毕琦,你将来要学理工,我看你是块上清华、哈军工、上海交大的料。"小学的校长曾嘱咐我:"知道吗?学校对你寄予很大希望,希望你将来能出国留学,为母校争光……"这时,我就充满了自信,相信这些自己都能做到。那时临睡时,或者白天走神时,脑子里常常五光十色。当然不会想到美国,美国是臭名昭著的帝国主义国家嘛,正在丛林沼泽地里与矮个子越南人打仗;也不敢想到苏联,因为已开始反修了,广播里《九评》连篇累牍哇哇叫……但绝对是在外国:古色古香、藏书丰富的图书馆,造型精美、流光溢彩的博物院,肤色各异、和睦相处亲如兄弟姐妹的大学生,讲台上站着白发如雪、隆鼻蓝眼的教授……

理想也似乎在向我招手。1965年,北京外国语学院破格招收小学毕业生,也到我们学校来挑了。学校保送了几个人,其中有我。经过看成绩、目测、口试,最后决定录取我和一位女同学,去学习葡萄牙语。招生人员当面告诉我们说:"这么小让你们学外语,目的就是要你们先在国内学几年后再送你们出国去深造。"那份高兴劲儿,别提了。不料母亲听了,眉头却拧得紧紧的,脸上打了一层霜:"学葡萄牙语?葡萄牙是个老牌殖民主义国家,学出来后对咱们祖国没多大用,不过是给洋鬼子们做做翻译。我可不同意你去读!还是老老实实上中学再上大学。要想出国深造,有本事大学毕业后一样可以去……"当时,我气得病病恹恹好几天,话都不想跟母亲说了。"文革"中,我才理解了母亲,她一直是个很正统的共产党员,1965年又已是那样一个"山雨欲来风满楼"的政治气候,对于我的前程,她能不反复掂量、"宁左勿右"吗!

这一错,便错过了个历史性的机会!

先是闹"文革",红卫兵誓死保卫红司令;接着奔北大荒,冰天雪地里炼红心。

1976年底病退回北京。中央新闻电影制片厂考过，广播电视部考过，但因我是病退的，都未录用。我心一横，跑去当了兵。一去就是7年多。后来又去了63军文工团，先当演员，后当创作员。1980年，军级以下文工团解散，我复员回北京。我拿着一叠在部队时发表的小说、剧本、诗歌等作品交到报社，捧上了《北京晚报》的铁饭碗，心，却没往那铁饭碗里去，老在外面悠着、晃着，像绕树三匝的乌鹊，还没寻着个窝似的……

说穿了，就是自己这辈子没读上个大学不甘心哪！从1966年到1980年，15年里，无论我当兵团战士，还是当解放军战士；无论我在冰封的大森林里伐树，还是在简陋的舞台上演唱……一个声音一直在我的意识深层嗡嗡作响：你本来不应该在这里！你本来应该是个大学生，一个早已工作了多年的大学毕业生！当我偶尔路过大学的校门时，我得费好大力气才能压抑住自己想走进去的蠢念头，似乎自己少年时代的理想就在校门内，而且被保存得好好的，没有半点破碎，只要拾起来，就能将它如朝阳般再送上人生的苍穹。当我见一群群佩戴着校徽的少男少女，满面春风地走过大街时，我羡慕他们，关于我们这一代人所经历过的艰辛与忧患，他们只需从小说与电视剧中去领略了，他们正经历的是我们国家几十年来从未有过的安宁。但我有时也在脸上堆出一种高深的冷漠，这冷漠，翻译出来就是：你们别太颐指气使，若不是“文革”，我两个清华大学也能考上……1983年，中国人民大学新闻系招收函授生，第一届考试我就考取了。古代汉语、历史、地理，我根本不用读，轻轻松松地学了3年，去年拿了文凭。我并不以为这就实现了自己的“大学梦”，函授生是非正式的大学生，我读它完全是为张文凭，若没这张文凭，我就是学富五车、才高八斗，也得受憋……

按理说，出国留学不是我这把年纪的人该想的事了。生活上，我早已成了家，有个两岁的女儿。工作上，得心应手，规定每月一个记者连写带编发5000字，我月月超额完成任务，领导也看得起我。1983年，北京牛羊肉供应紧张，国家收购车皮又不够，内蒙古、张家口的牧民们便自己徒步赶着牛羊来北京。我闻讯后，一夜没睡觉，冒着凛冽的北风找到这支队伍，从德胜门到大红门，来回走了两趟，有二十几里路，边走边采访……回来后又赶写了一篇通讯《路遥天寒赶牛羊》，发在晚报上。这篇通讯获得了当年的全国好新闻奖……

我再一次萌生起出国留学的念头是在1985年。这年，我自己联系经报社批准，随文化部的一个中国国际书展代表团赴西德，参加了一个为期12天的“法兰克福国际书展”，它与东德的“莱比锡国际书展”，堪称当今世界上规模最大的两个书展。我在西德待了近一个月，跑了7个城市，老实说对我震动很大！用我多年来所知道的关于资本主义的一些说法去套西德的实际时,却实在感到困惑莫名。自然,也可以挑出他们的不少弊病,但是你不得不承认联邦德国的经济发展、人民的生活水平与文化素养,都远在我们之上。详细的不必说了,我只讲自己感受最深的一件事:我采访过一个小业主,领我去他家时,他脸上很有些惶恐不安:“毕先生,在我们国家按生活水准,我是最下层的人,房子不是自己的,是分配的住房。您若要了解大多数德国人民的生活水准,该去中产阶级的家庭看看……”那心情,像是怕我因他的境况而委屈了他的祖国。我去了一看,他住在一幢公寓式高楼里,居住面积有120多平方米,家用电器应有尽有。此外,他还有一辆自己的小轿车。西德的东西并不便宜,组织上给我的零用钱是400马克,本来想给爱人买双鞋子,可鞋子最低的价格是500马克,最高的价格是1000马克……他一个最下层人,却在这样一个高物价、高消费的社会里过得无忧无虑。与他的担忧相反,我敬佩他的祖国。同时也感叹我的祖国:中国人真是太穷了啊!如果是穷在一连串的天灾或是资源的严重匮缺上,还无话可说。我们是穷在一连串自己砸自己锅碗瓢盆的愚蠢之举上,穷在“患均不患寡”的心理与惰性的习惯势力上,还穷在一根根唯恐人们撒开手脚去创造、去思想、去生活的又长又粗以至于今天尚未朽烂的教条之绳上……这不能不说是几代中国人的悲剧。在西德——这个完全是在废墟上重建起来的国家里走访,你真觉得自己可以每天给《人民日报》写一篇社论:一切空话、假话、套话应该休矣,一切内耗、纷争、折腾也该停止了。埋下头去,抓紧时间搞建设,抓紧时间把人民的生活搞上去,不要说赶上西方,就是能让多数中国人都过上那位小业主的生活,我想社会主义的优越性也就不仅仅体现在概念上,更化作了生气勃勃的实际了。

这样走一趟,我也看到了世界新闻业务的长足发展。在西德,电脑编辑机、电脑传稿机等先进科学技术手段的采用,已经非常普遍。当今不是一个信息时代吗?我估计国内新闻的现代化将会比经济等领域的现代化来得更早些,自己若能出去学习几年,回国后就能比同行们先走几步了……

在国内要办个什么事,我有把握。这要去外国的事,难说,关键要找到个有实力的经济担保人。我有一个相处时间很长的美国朋友,一次聊起个人的经历时,我不禁感叹道:“我这辈子最大的遗憾,就是没能上正规大学……”毕竟是外国人,他惊奇地瞪大了眼睛问:“这有什么好遗憾的?北京就有上百所大学,你去上就是了!”我解释说:“这不可能。第一,单位不会同意一个人中断几年工作去上大学;第二,在中国上正规大学有年龄限制,而我早超过了这个年龄。”他马上就说:“毕琦,你不必遗憾。你来美国吧。在美国,只要你成绩行,又有钱付学费,就可以上任何一所大学。经济上我可以负担你……”经济上我并不想要别人负担,我要自己打工挣钱交学费,付生活费,我只要他肯做我的经济担保人就成。这位美国朋友的情谊,让我深深感动了……

这一年多,我自学英文和学使英文打字机。每天夜里,将女儿哄睡着了以后,我打一个小时的字,学一个小时的英文,天不亮起来又打一个小时,基本上没在12点之前睡过觉。我外甥女是外语专科学校毕业的,这些日子我将她接到家来住,又让她给我补习英语。考“托福”是来不及了,我联系的是洛杉矶的一所语言学院,在这所学院里先过英语关,若成绩通得过,才能去其他大学学习。

虽说国内该办的手续,迄今都办齐了,护照与签证都拿到手了。但真快走了,思想上还是有斗争。倒不是舍不得放弃一些东西,如领导已经说了要提我为新闻部副主任,这一走,此事自然黄了。我是舍不得两岁的女儿。女孩儿听话,长大了也知道疼大人。我非常喜欢我女儿,她也喜欢我,她不爱吃饭,我爱人再怎么喂她也不吃,可只要我喂,她就有滋有味地吃起来了,她早、晚饭都是我喂的……我走了以后女儿吃饭怎么办?她很快还要入托,几年后还要上学,这些事都怎么解决?再有,也不是没有担心,过去虽出过国,那是公派;现在出去得靠自己去闯,去捞世界,是否会弄成个洋乞丐回来,这还是个未知数……

爱人打从恋爱起,就知道我有个未能上正规大学的遗憾,她理解我,也支持我出去。可我观察,她心里也是有矛盾的。倒不是她不放心我,她知道我出去一不会搞女人,闹个艾滋病回来;二不会回国后与她离婚。凭女人的直觉,她相信我还是重感情的,私生活挺严谨。中国有句谚语,“树挪死,人挪活”,但中国人实际上是最怕挪动的一个民族,尤其是当这种挪动发生在要抛弃固有的生活,要去创造未知生活的时候。我自己现在的担心如是,爱人心里的矛盾也如是。当我手续办得差不多了时,她的脖子有点往后缩了:“毕琦,你看你在报社干得还不错,同志们、领导对你都挺关照的;也小有名气;住房两间,家用电器也买齐了,也不需要你出国去捞他个几大件回来,干脆,你还是别去了!”可当公安局找我去,说我的经济担保人的情况还不清楚,回来对她一说,她又为我着急得不行。

我准备11月份走。推迟几个月,为的是给我女儿办妥入托手续。我走了以后,没有工资,两边的父母答应每月各给我爱人50元。家庭生活的顾虑,基本上打消了。这样,我小学时就做过的出国留学梦,很快能得以实现。三十又五,才能真正上一所正规大学,而且还得抛妻离子、远涉重洋,想起来也令人啼笑皆非,酸甜参半……

我肯定要回来的,我热爱我的新闻工作,我热爱我的家庭。

我爱人也这样叮嘱我："你出去后若能将我也办出去转一圈，开开眼界当然好，但要我在人家的屋檐下生活，我是不愿意的。若你在国外学得不顺心，就赶快回来，博士也好，洋乞丐也好，我照样会养着你……"

并非结束语

议论蜂起，滋味万千，但不容否定的是——

当今的"世界大串连"，为众多的中国人提供了一个走向世界的机会，从而使尘封网闭、极需要延揽八方来风的中国，又多了一扇采光辽阔的窗口。

有人将眼下的中国留学生称为第五代留学生。按照这个说法：孙中山、严复、秋瑾等属第一代；周恩来、朱德、邓小平、陈毅、李富春等属第二代；钱学森、钱三强、钱伟长、李四光、华罗庚、邓稼先等属第三代；50 年代前往苏联及东欧社会主义国家留学的如李鹏、李铁映、叶选平等为第四代；我国实行对外开放政策后出去留学的属于第五代。

犹如分别带有阳电、阴电的云团，相互撞击必将产生大雷电、大风暴的壮丽景观一样：第一代、第二代留学生从西方"盗"回了真理的火种，从而在旧中国燃亮民主、自由的熊熊火炬；第三代留学生为新中国一座座巍峨的科学大厦的崛起奠定了坚如磐石的根基；第四代留学生也已成为共和国航船全速前进的动力源。唯有从第四代留学生到第五代留学生中间相隔 20 余年，出现了一条漫长的"断裂带"，这正是"极左"路线登峰造极祸害祖国的可悲记录。因此，我们可以毫不夸张地这样说：前四代的中国留学生们，都在东西方文化、思想、科学技术的结合部上，锻造了一双青铜般的手臂。正是这双青铜般不屈的手臂，在祖国败絮一样的天空上，举起了映彻沉沉历史的艳丽旗旌；也正是这双青铜般坚执的手臂，在祖国广袤的大地上，创造了叫高山仰止、大河改向的宏伟业绩。

在第三次浪潮席卷全球的严峻形势下，第五代留学生们更注重专业的选择。经济管理、计算机科学、电子科学、生物工程和一些边缘的新兴学科，成为大多数留学生孜孜以求的专业目标。迄今为止，已经学成归国的留学生有 16000 多人，他们大多被分配到经济建设的重要部门和科研机构工作，正在成为祖国现代化建设的中坚力量。因之，从长远的观点看，这次的出国热将是一次人才的国际大循环。

据报载，在航天工业部的留学回国人员中，在科研上有突破、发明和创新的，占留学回国人员总数的 24%；业务优良、受到好评的，占总数的一半。清华大学的近 200 位留学回国人员，参加了 423 项科研项目，有 50 多项已通过鉴定，其中近 30 项获得各种规格的科研成果奖。在北京医科大学的留学回国人员中,有 17 人取得了 29 项科研成果,受到医学界人士广泛的赞誉……

纵然,目前尚在海外的留学人员,也并非都不想归国。如正在美国阿留基市学习的郎平夫妇。郎平上的是语言学院,白帆念的是体育管理系。今年 6 月 13 日,郎平对前来采访的香港《文汇报》驻美记者说:“我们所以选择到偏僻的州来学习,主要是为了减少应酬,以便能够集中精力求学。而华人聚居的如洛杉矶等地,中国人太多,朋友太多,不利于专心学习。我已被亚洲排联推选为世界排联的委员,但委员必须掌握两种语言,所以我才来美国攻读英语。过去中国在世界排联中没有位置,所以很多事情我们很吃亏。我一定珍惜这次学习机会,尽快学好英语,为国效力。”白帆也指出:“虽然中国在体育上取得了很大的发展,但是,到目前为止,中国从未主办过一次大型国际运动会。一些国家和地区,比如泰国、印度、韩国、伊拉克、墨西哥等,尽管也是第三世界国家,但都有过组织大型国际运动会的经验,有的还有过数次。中国要组织 1990 年亚运会,争取申请主办 2000 年第 27 届奥运会,以及 2002 年世界杯足球赛。因此,我希望尽快学好体育管理经验,尽快回国为祖国效力。我们中国人是有志气、有能力、有条件把体育事业搞上去的。”

毋庸须讳言,也有不少自费留学生学而有成不想归国,公费留学生逾期滞留率也有上升趋势。逾期未归的公费和自费公派留学人员,大多是中高级专业人才。然而,50 年代,尤其是新中国成立之初,许多留学欧美、旅居海外的中国知识分子,却相继拥回大陆,竟形成如火如荼的“回国运动”。这一鲜明对照的事实,难道不值得我们深长思之吗?

在美国,整容化妆术已经发达到了令人咋舌的程度,可以用占自身重量的 1/4 的假睫毛、假乳房、假臀部等化工产品系列,将一位已过“知天命”之年的妇女,重整成一个“三围”极其符合现代标准的性感女郎。可是,美国社会的这个巨大“美容院”,却极难将中国人心里的胎记整掉。别说那些抛家离子的,在首都机场,在虹桥机场,在白云机场,一步一回首,一步一颤泪;就是孤身一人的,在月白风清之夜,打工、挨生活、夜读归窝之时,那胸中阵阵涌起的故国情结,那不绝如缕的故园乡愁,也绝不是眼前的灯红酒绿所能泯灭的。即使是投身于“世界大串连”的许多当年的“老三届”们,他们虽是在磨难与艰辛一对牙齿的噬咬下长大的,但“老三届”这个历史性的名词,这个象征着以全部青春作为代价进行了不屈不挠的奋斗与探索的名词,本身就让他们在胸中不时萦绕——那北国荒凉的大漠;那南方小山沟里夹有炊烟、新叶、牛粪味的三月晨雨,给了自己五谷、蜂蜜与民谣、传说的土地;还有犹如沿磨道碾磨、围着自己一家人吃饱饭的希望艰难负重转了一辈子的老房东,死后又将这希望带回到村后的那棵酸枣树下隆起的坟头……

因此，去了国外，那磨难与艰辛，不会变成一把剪子，剪掉他们中国人的血脉；而只会让那血脉流得更炽热、深沉。

逾期未归国，不等于不爱国。

这里的情况比较复杂：有的因为个别的学科延长了学时；有的继续做博士后的研究；有的在观望国内政策的稳定程度，大洋这边稍头痛脑热，打起了喷嚏，大洋彼岸他们的心里便严严实实地戴起了口罩；有的愕然于国内报刊、亲友来信里所披露的部分知识分子的现状，害怕回国后，在人际关系、生活等问题上有那扯不完的皮而耽误了事业；有些留在国外的学者说，他们在国外最大的感受是能够一心一意搞业务，而不必在其他问题上扯皮、耗费精力。

也有归国后复又出走的。如我们大学的一个同班同学，他是第一位自费留学归国的博士生，报刊上曾做过连篇累牍的热情洋溢的介绍和宣传，他本人也撰文表示“归根何须待落叶”，矢志要用所学的知识报效祖国。但他的住房问题迟迟得不到妥善解决；更有甚者，他与国内一位女演员正倾心相恋，却受到组织上莫名其妙的干预，致使他愤而再度跨过罗湖桥，重又踏上了美利坚合众国的国土。这不能不说是我们社会生活中颇令人遗憾的事情。

自然，也有的是在等待“绿卡”，打算长期定居异国的。据说，这类人比例极小。

不必指责他们。每个人都有选择自己生活方式的权力。

著名科学家钱学森曾说过：“对不回国的人，不要批评。即使他们马上回来，我们的大企业还没有搞活，也发挥不了作用。在外国朋友帮助下，继续搞研究工作，有什么不好？到1990年，国内情况变了，他们都会回来的，他们不也是当年的钱学森吗！”

今天，地球正变得越来越小。

地球上生活着的人类面临的共同问题——人口膨胀、资源萎缩、生态环境恶化、核武器、艾滋病、国际恐怖活动、吸毒、贩毒……远比区域与区域、国家与国家、理想与理想、观念与观念之间的矛盾和摩擦要大得多。

为了下一个世纪，中国需要越来越多的具有“地球村”意识的公民……

他们——当今“世界大串连”的投入者们，正是祖国第一批具有“地球村”意识的公民。

我们将敞开宽广的胸怀，欣喜地拥抱知识与人才奔涌的潮头。

风物长宜放眼量——

我们寄希望于改革。当经济体制改革和政治体制改革的飓风越来越猛烈地摇撼每一个中国人的窗棂；当祖国剪除了怀里还不时存在的内耗，多了一些温暖与恬静，多了一些宽容与理解之后，她终将召唤起普天下所有黑眼睛、黑头发、黄皮肤的中国人。

当21世纪如世界上许多专家、学者所断言的那样，将成为一个亚洲的新世纪，太平洋地区的经济成熟发达起来，犹如天穹上一枚云蒸霞蔚、金灿灿的太阳，那时又将会出现一次“世界大串连”，此次“大串连”的流向，将是由西方至东方……

世界正走向中国。

中国正走向世界。

从日月经天似的广播、电视里，从江河行地般的报刊、书籍上，从日新月异的经济建设和人们水银一样越来越鲜活的生活方式中，从航空港、火车站那有如蜂群赶着花信的异国形形色色的代表团、旅游团里……

我们看到了这脚步，有如白鸽扑向秋日碧空般急切！

我们听到了这脚步，有如长木叩响黄钟大吕般深沉！

（原载《当代》1988年第1期）

强 国 梦

——当代中国体育的误区(节选)

赵 瑜

畸形的体育迷

昨天,我接触了一位老军人,他70多岁了,身体状况不佳,患有多种慢性疾病,而他对体育却异常地热衷。虽然他未在体育界担任过什么职务,却每每随着中国体育代表团的战事沉浮或喜或悲。按说,他迷体育迷得出了奇,总该懂点行吧;不然,一概稀里糊涂。倘看排球,不知袁伟民为何人,除郎平外,其他运动员也尽数不识。或看足球,亦不知正在进行的是一项什么赛事,什么进军西班牙,进军洛杉矶,乃至最近的进军汉城之战,全然不晓。什么曾雪麟、高丰文、年维泗,什么容志行、古广明、贾秀全,他通通分不清。奇怪的是,他却时常因为赛场上的胜负而严重地影响着一连数日的情绪。这不能不引起我的好奇:这算什么体育迷?

我稍做深入了解更加吃惊:凡国内比赛他绝不劳神儿观看,只看中外之战;而当他督战中国队时,却又只看图像,不要声音。倒不是因为人老耳聋不需要声音,而恰恰是怕声音,怕烦。无声的比赛在电视机的画面上进行,他仰靠沙发似睡非睡,以他独特的心情期待着比赛的结束。末了,儿孙们在一旁提个醒儿:“完啦!”他便从沙发里撑起身子,指一指电视机,示意人们关掉。然后问:

“咋样?”原来他不重过程,只看结果。

儿孙们便禀报比分结果:“赢啦。”

“噢,好好,不赖。”他嘟嘟囔囔地,面呈喜色,转身走向卧室,安然一觉东方白。

而有的时候,也许是更多的时候,中国队战败了。

“咋样?”他还是这老词儿。

儿孙们吞吞吐吐,拐弯抹角:“今儿个雨太大,场地上全是水……球根本就弹不起来,咱们……咱们不大适应……”

老头儿登时气得直冲儿孙们瞪眼,粗暴地打断别人的话:“饭桶!大草包!都他妈该撤换!”闹不清他这是冲谁。

原来,他关注的只是比赛的结果,准确地说,他需要的只是佳音——中国队必须胜利,不许失败。这成了他晚年生活的重要精神支柱。

使我久久不解的是,这样一位以反侵略战争为一生主要内容的老兵,置身今日的和平环境,体育同他究竟是一种什么关系?体育本是一种充满了享受和趣味、特殊的文化的高尚的和平的文明的产物,何以在他竟成了意气的宣泄?

我终于理解了这位老军人。当我上溯中国近代史——一部充满了中国人耻辱血泪的历史,一部中国人失败的记录的时候,当我考察了现代体育运动恰恰也是在这个时刻即19世纪末20世纪初才传入中国的时候,我的思路才渐渐地清晰起来。是的,中国体育运动同世界体育的沟通,不过百年历史;而最初的沟通,正是在全民族忍受着巨大的外来屈辱和多次战争失败的历史条件下,痛苦地与世界体育汇流的。体育在中国一开始就变了形。是的,鸦片战争之后,屈辱的民族心理,低落的民族情绪,羸弱的民族体质,以至丑陋的民族外观——小脚女人,长辫阿Q,遗老遗少,等等,在长达一个世纪的岁月中,像浓重的阴云笼罩着世界上最大的人群。正是这些,整个民族在对外活动中期待着任何一种形式的胜利,不能容忍中国运动员的任何一次失败。越是屈辱的便越是脆弱的。中国运动员这一职业从诞生那天起,就肩负着同胞们无法用语言表述的深切的期望。于是,现代竞技运动在这样极其强烈的民族色彩的背景下,一开始就谱写着充满民族气节,令人荡气回肠的《正气歌》。体坛上的胜利,极大地震撼着亿万国民的心灵。这一切,不可能不给中国体育事业在以后近一个世纪的发展进程中留下深刻烙印。换句话说,我们对待体育运动的态度,在很大程度上是一种民族忧患意识的转移;受压抑的民族心理得到宣泄得到安慰的最便当的形式,莫过于在直接的公开的相对平等的体育大赛中取得胜利了。

那位老军人的情绪,便是这样一种民族情感的凝聚。

在这种情绪的浓重氛围笼罩下,中国当代体育的发展就显得格外斑驳陆离。它怪诞畸形,它利弊混淆。爱它恨它,嬉笑怒骂,最难说清。

我虽然不敢说那位老军人的情绪是大多数中国体育观众的缩影,但是我敢肯定,只问胜负其他概不操心的中国观众确是大有人在。问题还在于,如果有关的领导人,也只是看重金牌与胜负,把“升国旗奏国歌”当成中国体育的唯一主要目的,那么,我们的运动员奔赴国际赛场,伴随而去的总是浓烈的超体育色彩。

泼一回凉水

法国《队报画刊》杂志在1986年公布了世界各国竞技体育实力的评比结果。

他们采用了一种综合打分的新办法，使评比尽可能地接近真实。他们先从当代体育活动中选出 20 个具有代表性的项目，又根据这些项目的普及与影响程度，再划分成四个等级，给每一级赋予一个系数，然后把各国在这些项目中的得分乘以所属级别的系数，求总和，再以各国的总分数排出名次来。

一级运动项目有：田径、足球、篮球、排球和拳击。田径我们没分，篮球我们排第九，排球我们排第八，足球和拳击我们没什么戏好唱。

二级运动项目有：游泳、网球、自行车、乒乓球、汽车和摩托车。这些项目中，我们仅可以在乒乓球上拿一项高分，其余均不上榜。

三级运动项目有：柔道、手球、帆船、体操和举重。我们的举重名列第五，体操可以拿些分。

四级运动项目有：橄榄球、滑雪、冰球、击剑和高尔夫球，我们几乎是零分。

可惜中华武术未能入选。

这样评完分之后，把各项得分加起来一排列，美国位居榜首，达 280 分；苏联屈居第二，亦达 270 分；下来的座次是民主德国、英国、联邦德国、南斯拉夫、西班牙、意大利、法国和加拿大；日本、保加利亚和韩国得分也比我们多，排在我们前头。中国总分仅 78 分，排在第 12 位——如此评分办法让人好没脾气。

读者一定会拿出我们在 23 届奥运会上具有历史性突破的辉煌战绩，例如用 15 块金牌来反驳。但我认为这 15 块金牌并不能反映我们的真实地位。因为我们这些金牌是在苏联等东欧体育强国没有参赛的情况下获得的，那牌子的分量先自轻了。与洛杉矶奥运会同年，苏联人举办了一次专意同奥运会抗衡的大规模运动会，名为“84 - 友谊”运动会，参赛国众多，成绩优异。如果拿我们奥运会冠军的成绩与之相比一番，你也许会更客观一些。

举重。我们在洛杉矶夺取了 4 块金牌。试与“84 - 友谊”运动会同级别冠军的成绩相比：

中国	“友谊”	差距
曾国强 235 公斤	252.5 公斤	-17.5 公斤
吴数德 267.5 公斤	297.5 公斤	-30 公斤
陈伟强 282.5 公斤	322.5 公斤	-40 公斤
姚景远 320 公斤	337.5 公斤	-17.5 公斤

这样一比，差距出来了。如果“友谊”运动会的冠军参加洛杉矶奥运会，我们

这四块金牌很难到手。

跳水。小将周继红以435.51分的成绩，为中国夺取了一块金牌。而“84－友谊”运动会的冠军成绩为483.18分，相差47.67分。

射击。许海峰的枪声震开了中国在奥运会上的崭新历史。他和他的队友们在射击场上为中国夺回了3块金牌。我们试同“84－友谊”运动会的同类别冠军成绩比较：

中国	“友谊”	差距
许海峰566环	578环	－12环
吴小旋581环	583环	－2环
李玉伟587环	592环	－5环

这样，举重、跳水、射击，一共8块金牌飞了。

再说体操。中国在奥运会上拿了5块金牌。试比较：

中国	“友谊”	差距
李宁·自由体操19.925分	19.875分	+0.05分
李宁·鞍马19.950分	19.925分	+0.25分
李宁·吊环19.850分	19.975分	－0.125分
楼云·跳马19.950分	19.9500分	0分
马艳红·高低杠19.950分	20.00分	－0.05分

你看，除李宁仍可保持两块金牌外，其他3块均不保险。这样总的比下来，我们在洛杉矶获得的15块金牌可以保留李宁两块、女排1块、栾菊杰女子花剑1块，一共才4块。算上楼云同“84－友谊”的跳马比赛得分相等的那块，也不过5块。诚然，有内行的同志会提出，在跳水和体操比赛中存在着裁判的因素，这里且不去管他。我们必须承认的是，在那届奥运会以后不久举行的世界体操锦标赛的获奖者当中，有53%的人未去洛杉矶参赛；同时，世界举重锦标赛的全部冠军，也没有出现在洛杉矶赛场。据统计，那届奥运会的比赛水平仅仅是当年世界大赛水平的一半，也就是说，中国的15块金牌是在56%的世界冠军没有参赛的情况下获得的；再说“84－友谊”运动会，在可计量的93个项目中有51项超过了洛杉矶奥运会，并打破了48项世界纪录，而洛杉矶奥运会仅仅打破了11项。

这是夏季项目。

同一届奥运会的冬季项目，非常遗憾，中国一块金牌也没有拿到。

这才该是第23届奥运会的全部。

当然，那15块金牌的开创性的价值是巨大的，我这里只是在做广义上的实力分析。

我们再取一个国外经常使用而中国从来不用的角度，对这些金牌再做剖析。那就是金牌数同全国人口的比例。

姑且按照15块金牌计，中国有10亿人口，平均每6768万人才能分得一块金牌。这个将近7000万的人口数字，在世界上可以构成个不小的国家呢。而这个比例数在该届奥运会夺取了金牌的24个国家中，我们排列在倒数第4位！甚至就亚洲而言，我们也排在日本和韩国之后。

在奥运会上夺取8块金牌的新西兰，人口只有上海市的三分之一（就是这样一个小国的足球队，曾将从一亿人中选一个足球队员的中国足球队挤出了世界杯大赛的决赛圈）。

唉，6700多万人才有一块金牌！

在这届奥运会的次年，即1985年，曾在奥运会上拿了4块金牌的中国举重队征战瑞典，参赛第39届世界举重锦标赛，仅获得2枚银牌、6枚铜牌。须知这还是我国参加世界举重锦标赛以来的最好成绩。

同样是在这届奥运会以后不久举行的第23届世界体操锦标赛上，一共17枚金牌，被苏联人夺走了11块。

少一点盲目的狂热，多一点科学的思索。

在一些人看来，我们的跳高似乎还不错。其实呢？60年代的倪志钦，在同世界强手的抗衡中就是孤军作战，到了80年代的朱建华，又是匹马单枪。中国在田径运动方面远不能形成水涨船高的局面。中国跳高有史以来仅朱建华一棵独苗成绩在2米30以上，形单影只。跳过2米25者累计不过4人。近年来19岁以下的选手仅仅有1人跳过2米18的高度。而苏联，1984年即有8人超过2米30，20人跳过了2米25，征服2米18的多达63人，其中有6人是青少年。而我们的朱建华，成绩并不稳定，还没人能接上班。北京田径队十几年以后拿奖牌的还是1975年全运会上拿奖牌的那批人，他们一直“吃”到如今。新人顶不上去，徒唤奈何！李伟男拿了11年的铁饼金牌，张建英一直到1986年仍排在全国女子100米栏的前三名中，后继乏人。北京田径队现在选入一线的队员连过去三线队员的标准都达不到……围棋呢？像聂卫平这样的高手实在是太少了！

讨论金牌的多寡和专业运动队的水平高低，绝非我撰写这篇报告文学的本意。我只是想通过对我们的金牌和竞技运动真实水平的重新估价，使我们冷静下来，然后大家一道去探索那坚冰之下暗流的走向。

从刘长春到“一条龙”

简单回顾一下中国体育的近代历史，不禁令人唏嘘。20 世纪在三四十年代，中国人参加了三次大型的国际比赛。头一次是 1932 年，在美国洛杉矶举行第 10 届奥林匹克运动会。大会前两个月，国民党政府以“时间仓促，准备不足”为由，正式宣布不参加。时值“九・一八”事变不久，日伪“满洲国”政府却要刘长春、于希渭二人代表“满洲国”赴美参加奥运会，以骗取国际承认。消息传来，激起国内各界强烈反对，纷纷呼吁国民党政府正式派代表参加。7 月 1 日，爱国将领张学良慷慨解囊，自愿资助，遂派遣刘长春及其教练前往参赛。而于希渭因在大连受日本人监视，未能脱身。开幕式上，中国健儿第一个走向世界的先驱刘长春，执大旗挺进，身后跟着四个人，其中三位居然是在美国临时招的。美国报界发表一篇题为《刘长春——代表四亿人的唯一运动员》的文章，对中国人大加讥讽。

中华人民共和国诞生之后，在百废待兴国力尚虚的中华人民共和国成立初期，以国家全部包揽的大气魄，优先发展了现代体育中的竞技运动，并成立了中华人民共和国体育运动委员会。这是多么可以理解又值得欣慰的事啊！从 50 年代起，中国体育精英们不负众望，在强烈的民族色彩的大背景下，演出了一幕幕震撼世界、动人心魄的活剧。如今，我体育健儿终于取得 262 项世界冠军，在奥运会夺得 32 块奖牌，实现了历史性的突破，从而结束了中国人奥运会无金牌的屈辱历史。

中国当代体育运动始终与民族的解放事业，与民族的命运前途，保持着天然的血肉般的联系。应该说，共和国在诞生之初，为尽快洗刷耻辱，医治战争创伤，吸引国民投身体育锻炼，迅速提高全民族健康水平，振作民族精神，发展生产，所采取的国家包办体育以期尽快普及的做法，无疑是起到了积极的有效的作用的，也是非如此不可的，正同扫除文盲必须组织起来是一个道理。事实上，在新中国成立之初实施那样的体育政策，效益显著，深得人心，我中华民族短时期内就取得了令世人瞩目的伟大成就。

38 个春秋过去。形势变化了，往昔之利，有些却成今日之弊。曾经活泼生动的东西，而今可能僵化了。

在一些人看来，中国体育界似乎早已走在了其他行业的最前列，蛮先进的。

其实呢，中国体育界在整个中国的改革大潮中实实在在地落后了。

从表象看，我们现行的体育体制是所谓的“一条龙”。“龙”的尾巴伸到幼儿园，意在从娃娃抓起，开始做最初的选拔。然后，让这些苗子离开书桌放下书本，走入各地县的少年业余体校以及各省市的中心少年体校或运动学校。经过一番比例极高的淘汰，再进入各省市的体工队，算作“龙”的骨架。再经过淘汰，其中的尖子最终升到“龙头”即国家队，接受专门的长期的雕琢，代表中国出赛，直至运动生命的终结。当今我国著名运动员的经历几乎人人如此。还有的干脆从一丁点儿大就直接吸收加入省队或者国家队，在严格的军事化的训练中长大，比如体操界名将吴佳妮，就是10岁进入国家队，直接在国家队进行“小龙”式训练的。再有就是从解放军的八一队进入国家队，如篮球名将吴忻水、郑海霞等。而八一队内部，也基本上呈现“半条龙”结构，或从各地的“龙”身上招来一鳞半爪，进入“八一”后接着再练。中国的体育官员们喜欢把这样的训练体制称作“思想一盘棋，组织一条龙，训练一贯制”，或称“三线”训练管理体制。一线是国家队，二线是省队和各种类型的体育运动学校以及业余体校，三线是学校和基层体育队。而第三线连最基本的训练条件都很差，当然谈不上输送什么苗子，因此，中国体育目前实际上是以“两线、一条龙”为主。

对于十亿人口的中国来说，这是一个相当封闭的系统。它最显著的特点就是官办。自50年代而60年代，基本形成。历经70年代的“文化大革命”，到80年代进一步得到强化。

一切为了金牌。金牌就是“天下第一”，似乎是实行这样一个体育体制的目标。

而体育体制的封闭，埋没了大批有才华或有兴趣的人参加到运动员的行列中来，使体育运动失去了它应有的群众基础，导致我们不少项目无法形成金字塔，反而呈现倒三角形的奇怪现象。中国体育就像一个升在天空的热气球。

比如体操。1987年7月举行的北京市体操选拔赛，名为选拔赛，实际上全然无所谓选拔。因为只有市运动学校和东城区两个单位参加，而东城区仅仅有五六名选手，从第一名到第八名，全部由市运动学校一家囊括，全部选拔赛也不过一二十名运动员参加。由此组成了北京队，参赛全国第六届全运会。北京尚且没有体操运动的基础，别的地方可想而知。各省运动队直至国家队，也只好从小把娃娃们包揽起来，八一队自然也不会有什么新招儿，只得如法炮制。八九岁就入伍参军干体操的绝非个别。这样小的孩子干个几年以后，发现不是苗子，不是材料，又该怎样处理？不过才十来岁呀！孩子的家长们纷纷要求保留军籍。于是，怪事出现了，穿着军装重新去上小学！稍大点儿的孩子呢，一旦退役亦不好办。上中学吧，家长认为太不合算；上大学吧，大学又一般不在部队招生；把人留在部队吧，部队的编制又没法做些弹性式的膨胀。那么，只有申请转业一条路，而转业，地方上又往往不要这类人。于是，就常常出现了退役运动员变成“待业军人”的尴尬局面，甚至连世界冠军马艳红也不能幸免。

就体操而言，一方面在奥运会上升国旗奏国歌，一方面又实在难以从基层招兵买马。基础不牢。名将李宁在一次回答《体育报》记者提问时，就不免流露出他的忧思。

记者：“对于今后我国体操发展的动向，你有什么看法？”

李宁：“第 23 届奥运会我国夺得 5 块体操金牌，占整个代表团金牌总数的三分之一，而现在我国练体操的人却越来越少，令人担忧。为了使我国体操长盛不衰，我希望更多的人来关心体操。”尽管李宁吞吞吐吐，但他的意思已很明白。

我不禁犯愁，体育体制不改革，更多的人怎样去关心体操？且不说竞技体操了，现在就连广播体操工间操，中国大地上又有多少家去关心去做呢？

这个倒三角——国家队队员比省队队员多，省队队员比区县队队员多，越往下越少。

母与子

在沈阳，一位名叫李闻的女性写了一篇题为《母亲的心》的文章。这是一位足球教练的妻子，却在儿子对体育对足球的选择上陷入了深刻的矛盾。

我不是球迷，直到现在我也搞不清什么叫“越位”。可是我这大半生却和足球缠在一起了。老实说，我恨足球。

哪个母亲不在自己儿子身上寄托着无限的希望？哪个母亲不在儿子的童年就编织着未来美好的梦？当我从照相馆取出儿子杨雷周岁的照片时，看着他虎头虎脑的神气，我不禁提起笔来，在他的照片背后写上：“我的威风凛凛的将军。”儿子两岁了，穿着海军服，胸前挂着望远镜，鼻孔朝天地望着远方，我在他的照片背面写上：“我的远洋船长。”儿子三岁了，抱着《看图识字》看得津津有味，我在他的照片背面写上：“我未来的大学生。”

可是，当杨雷跌跌撞撞地闯入自己的少年时代以后，他却迷上了足球。我大失所望。我不愿让儿子踢球，骂过他，打过他。可是他眼泪还没有干，抱起球又跑向了足球场。

杨雷上学后，学习成绩是很好的。我一心想培养儿子成为一个大学生，而他却一心想踢好球。本来，两者应该是一致的、统一的。可是，实际上往往忽视运动员的文化学习，以致运动员不仅文化知识浅薄，作为文化组成部分的运动技术，也难以很快提高。目前运动员文化素质太差，也许这正是运动成绩不能突破的重要原因之一。足球发展到今天，无论是足球意识还是技术战术，都已达到了一个很高的境界，成为一种科学、艺术。而我国运动员的文化素质普遍较低，怎么能深刻领会教练意图？可以说，教练员和运动员的文化水平低，已经大大地影响了足球事业的发展。

我了解一些业余体校的现状，可以毫不隐讳地说，在那里踢球的孩子，大部分是学习不够好又比较淘气的。不少孩子进体校，并不是因为有良好的素质和优越条件，只因为他们不爱学习，才被家长送到体校找出路。有一个足球班孩子的成绩，平均18.3分！他们第一次外出比赛时，给家里写信的四个孩子，几天后又收到了自己写给家里的信——信封上的地址全写反了！我常想，这些孩子也许本来不笨，他们有充沛的体力和精力，如果有一种良好的环境和气氛，加上正确引导，也许不会造成文化知识如此贫乏。

在十分矛盾的心情中，眼看着杨雷进了少年业余体校。从此，他几乎成天泡在球场上，与文化学习的距离越拉越远……我目击孩子进入球场，窗外的雨，像鞭子，无情地抽打我的心。请看中国足坛，多少有志之士，抛弃了家庭，离别了妻子，牺牲了健康，熬白了头发，可是足球，仍然毫不客气地开了他们一个大大的玩笑。“5·19”的教训，还不够记一辈子吗？为绿茵场献出青春和热血的一代又一代中华男儿，哪一个不是以终身的遗憾而挂靴的？足球啊，你给男子汉带来了多少屈辱和痛苦！作为母亲，我怎能眼睁睁地看着儿子去走这样一条布满荆棘的路？

杨雷没有得到我的理解和支持，终于怀着痛苦和依恋的心情，告别家乡沈阳，跑到遥远的江西去继续踢球。

杨雷来信说：“妈妈，您不认为人应该有点志气，有点抱负吗？”读着儿子的信，我流泪了。我25岁的儿子，至今没有谈恋爱，没有为自己筹建安乐窝。他为的是什么？难道做母亲的不该理解儿子的心吗？

可是母亲的心也是需要理解的啊。……我的心又酸又苦。我的傻儿子，你踢的是乙级队啊，中国足球要翻身，难道能靠你们乙级队吗？可是我的儿子仍然埋下头来不顾命地踢，像虎，像牛。

然而，六届全运会之后，我的儿子就要退役了。他从11岁开始踢球，整整踢了15年。这15年，正是他生命中的黄金时代，本应更多地吸取知识、充实头脑，可是却因为安排不当而影响了他的文化学习和提高。最后留给他的只有深深的遗憾。一些著名运动员退役之后，可以到大学去进修，可以得到相应的文凭，但那毕竟只是极少数。为数众多的普通运动员，那些乙级队、丙级队以及一般省市队的运动员退役以后，都有个去向安排的问题。他们不是明星，在通往冠军的道路上，他们只是一粒沙子，一块铺路石；他们不是体坛上的“王子”“皇后”……每一个运动员的背后，都有一颗母亲的心，她们怎么能不为自己儿子的今天和明天操心呢？千万个母亲的情绪，难道不直接影响着运动员的军心吗？

我看着我的儿子，我知道他内心深藏着不可名状的苦恼。然而对这些为足球献身的男人，似乎还未更好地去关心……

多么伟大的母亲！她们为中国体育事业付出了何等的代价。

李闻同志的文章的真正价值，在于她提出了对每一个中国运动员最终归宿的忧虑。这忧虑当然不是怕社会主义国家使挂靴的运动员没饭吃，而是由于他们没有来得及具备生存最需要的文化知识而将一辈子只得混饭吃，这是他们所不甘心的。

为什么我们的体育事业要以无数母亲忧心忡忡的代价为前提而发展？为什么体育这项促进人类全面发展的有益活动，却导致了人的偏废？为什么我们的运动员就很难同时做一个有高度文化修养的人？

发达国家的优秀选手几乎全是受过全面教育并且有着自立职业的人，体育运动只能使他们变得更强，一生更辉煌。

我们的“一条龙”，尽管培养了一批批夺取金牌的运动员，但成千上万的普普通通的运动员，却失去了获取文化知识的最佳年龄。他们中的绝大部分，从童年到少年直到青年，完全地被封闭起来，不知道这世界真实的样子。有一回，某围棋队到一家工厂去参观，一位队员见到工人劳动，非常惊讶：“啊，原来工人是这样做工的呀！”——他不了解本国大多数人的生活状况，社会知识贫乏到可怜的程度，又怎样去摆正自己和社会的关系？

退役、淘汰，今后做什么？会做些什么？能做些什么？

中小学体育的极端落后，制造了无数的“半拉子人”。体育界的封闭正相反，对文化学习的极不重视，又制造了另一种“半拉子人”。头脑装货过多的，四肢虚弱；而四肢发达强壮的，又脑子空虚。

长此以往，体育工作怎么能取得父母们的信赖和支持？

在一份对北京市——包括教师、干部、工人、记者、服务员乃至体育工作者在内的215个家庭的调查中,不愿意让自己的孩子干体育的竟达214家!噢,毕竟还有一家乐意送孩子支持体育嘛,谁知道独此一家的父亲——这位在北京火车站工作的汉子,也不过是说了个活话:“唉,就这么个儿子,如果他别的实在干不了,也只有让他去打球了。”

有的学校为了照顾家长们的情绪,干脆拒绝体育部门在本校招收有可能使全校提高“升学率”的学生。某学生不到“朽木不可雕”的地步,你体校就甭想招走。谁家的爹妈也不愿意让自己的宝贝疙瘩放弃“学而优则仕”的光明前途。这么一来,在我们国手云集的北京,少年体校招生还要花钱登广告。

不能片面地去埋怨这些家长,这种喜欢郎平、李宁,却坚决反对子女去争当郎平、李宁的社会现象,绝非偶然。我们不从中国体育的现实去找原因,去做大的改革,又怨得着哪一个?

退役的人们

中国体育体制的一个突出弊端,是运动员退役后的问题。文化素质不高的人,难以在生活中自立自强。因为绝大部分运动员成不了大明星,他们的出路成了问题。

曾经打入全国甲级联赛的山西女排,在退役队员中,我随便一问——小韩,身高1.76米,现在跑到铁路上一个工程处干了油漆工;许瑞苹,身高1.76米,在一家小旅店当服务员。这是她们当时唯一的出路了。眼下这阵势,哪儿不是人满为患?实在是找不到愿意接收的单位。

而正是一批又一批这样的运动员的出路和结局,被更多的爹妈看在眼里,记在心头了。谁还送自家的宝贝干体育?

在中国,每年被淘汰待分配的运动员多达四五千人,有的竟等了五六年。

遗憾的是,这样大批大批的运动员,在选择出路时,宁肯去端盘子、刷油漆、打杂混饭,也不愿意去当体育教师或继续从事基层的业余体育活动,因为体育教师的社会地位太低了。他们一旦转到其他行业,甚至不愿在人前提起自己曾经吃过体育饭。

共青团太原市委的干事陈红旗,是个退役的游泳运动员,山西省好几项游泳纪录的保持者。当我采访他时,他连连摇头,说:“咱早就退下来了,您不要勾引我再提起那些伤心事。你是作家,最好能给咱们传授点儿对付这个社会的知识。”

极其被动的运动员出路问题与极其被动的运动员来源问题,是一回事,值得中国体育界和全社会共同思索。

不少地方的体育部门在这样困难的条件下,开办大中专班,以帮助退役运动员拿文凭,有的地方干脆搞成新的体育运动学校。当然这也可以缓和一下运动员渴望文凭的焦虑。但是,这是以体育界实行了更大的"一条龙"为代价的,体育界的包袱越来越沉重,体育界进一步走向封闭。这种治标不治本的方式,谈不上实质性的改革。

现在我们要说的是另一种退役现象。这是唯有那些极少数的明星们才能享受的殊荣。

你看,60 年代中国的乒乓球运动员当大官儿的、半大官儿的就已屡见不鲜。到了 80 年代,排球运动员或教练员退役后担任各级领导职务的就更不稀罕。许多省体委在干部年轻化的"改革"中,也纷纷提拔有成绩的排球教练离开赛场去当体委的副主任。有的体育运动学校在提拔干部时,也当然地把搞过排球的人排在最前列。

这些中华民族优秀的体育精英,为国家为民族争过荣誉,功勋卓著,人民曾给予高度的评价,国家也给予了重奖,在国力富足之后即使给予更多更重的奖励亦不过分。其中有些人也确实是体育领导人的最佳人选。但是,难道就一定都要封官加爵吗?

一个好的运动员和教练员不一定就能成为一个好的领导人。这完全是两码事。硬要这样做的结果,可能给这些原先的运动员、现在的领导干部造成难以应付的压力,给他们自己特别是给工作,都带来意料之中的困难。当然,这是绝不能单单指责体育界的,事实上,我们早已习惯于把劳动模范战斗英雄学毛著积极分子勉强提拔到领导岗位上来,对由此带来的种种恶果,视若无睹。

退役的人们处在两极。

中国体育面临"断代"危机。

谁带着智慧的风采

著名球星、英格兰足球队队长基冈——"米奇老鼠",同时也是著名的歌星。他录制的《胜利属于你》《自由的比赛》等歌曲,使无数歌迷如醉如痴,伦敦电视台每周为其录制一次独唱节目。丹麦的门将尼里斯·波尔,居然是一位物理学家,当他所把守的大门前出现平静时,他一面监视着同伴们在场上的战事,一面就近在球门柱上计算复杂的方程式,潇洒至极。超级球星苏格拉底,这位大胡子恰恰是在圣保罗获得了医学博士学位以后，才成为国家队主力的，人们称之为“足球博士”。

然而，我们这个10亿人口的大国所选用的任何一个项目的国手中，似乎还极少看到这样带着智慧风采的“知识分子”。试想，一个民族，倘能多出现一些既能从事英勇顽强的体育运动，又能创造高雅的文化艺术，发明或操纵精密的科学仪器进行高深的学术研究的人，那才算一个“可怕”的民族，一个伟大的民族。

先从足球说起。

国外报刊曾一针见血地指出：“中国人是凭感情踢球，不是凭理智踢球。”这理智是啥？我想就是完整的足球意识吧。南美人把足球同绘画、雕塑、音乐并提，同视为艺术。欧洲人则把现代足球看作一门科学，十分强调智能、理性思维在训练中的作用。巴西人踢球，轻盈优美而潇洒自如，头脑冷静而视野开阔，他们机智灵活敏锐，踢得节奏合理快慢相宜，看这些人踢球，如入艺术迷宫，给人美的享受。而我们，现代足球理论贫乏，必然带来技术落后，至今停留在“体能加技能”忽视“智能”的原始足球阶段。集中的反映，就是运动员的木讷和迟钝。

智能上不去，人的精神素质就上不去。在第14届世界大学生运动会上，中国男排在决赛中迎战南斯拉夫队。论技术实力，我队并不亚于对手。此前我队在访南期间曾先后以3比0和3比1两胜南斯拉夫，并在决赛前专程两次赶去观看南队比赛，进行摸底。南队确非我们的对手。谁知在这种情况下，不期然南队在决赛中兴奋得很，打出了高水平，越打越勇。中国队明显地表现出缺乏思想准备、应变能力差的心理弱势，最后以连输三局的结果，惨败于南斯拉夫，丢掉了一次在世界大赛中拿冠军的极好机会。痛定思痛，中国男排在总结失败教训时说：“为什么该赢的球却输了？问题在于我们虽有夺取冠军的技术实力，却缺乏夺取冠军的精神素质。”

可谓掷地有声，一语中的。

我们这种封闭型的训练体制，“一条龙”，造就了一批又一批的“半拉子人”，很难去提高精神素质。

这里以朱建华为例。按理说，他在奥运会比赛中的那次失败本不必指责，因为胜败乃兵家常事。但是那失败的根子以及后来的一系列失败，包括第6届全运会上他只是跃过了2.24米的高度，其原因却是值得深思的。请听上海市足球协会主席沈文彬的一番议论：

“朱建华现在没法离开教练胡鸿飞。如果讲比赛，两人总要同时到场，一个在看台边上，一个在场地上。朱建华在奥运会上成绩不理想，胡鸿飞回来讲，主要有两个问题。第一是朱建华的依赖性问题没有解决。以往在上海比赛，虽然规定教练员不可以进场,但胡鸿飞总是坐在离朱建华跳高最近的看台上,朱建华在场里跳的时候,先看看胡教练在不在。在,他的心就定了。可这次到洛杉矶,情况大变。虽然准备时间很长,朱建华比其他运动员还早去一个月呢。到那儿后人家问他怎么样,朱建华直到赛前都说一切正常。结果到比赛时却出了问题。为什么呢?他找不到教练胡鸿飞了!在洛杉矶,胡鸿飞不可能像在国内比赛那样,你愿意坐哪儿就坐哪儿。八九万人的体育场,观众哇哇叫,胡鸿飞坐哪儿,朱建华看不到,首先在心理上产生了压力,便不知所措。第二呢,朱建华在比赛中遇到困难以后,便忘记了自己的特长,只想到拼搏啊拼搏,不拿冠军回去交不了账啊。一拼,就把自己的特点长处拼掉了。据说,世界上跳过 2 米 10 以上的运动员的膝关节全有毛病,可朱建华没有,多好的条件啊!"

这位沈文彬,老体育了,虽是干足球的,但体育各项情理相通,他分析得好。

我们的"独苗"长年让捧着,成了温室里的花朵。朱建华三创世界纪录的好成绩,都不是在国际大赛的严酷氛围中取得的,而国内的比赛又专为他制造了不少顺境。怨谁呢?苏联跳高专家奥尔洛夫在南京接受中国记者采访时说得好:"朱建华有那么好的身体条件,现在成绩上不去,反而有所下降,我很难理解,看来是他自己患有头痛病!"他认为,一个运动员要有所突破,不在于别人如何如何,而恰恰在于他自己。一个头痛病患者显然是不可能有所成就的。可是,这病的起因又是什么?

除了朱建华之外,中国其他项目的运动员也有类似病症。有一篇很有见地的文章,议论我选手参加 1987 年第 2 届世界田径锦标赛的表现,发在《中国青年报》上。文章说:"体育竞赛要求运动员具有敢于拼搏、勇于比赛和一上场就兴奋的心理状态,而中国有许多选手在这次大赛中却出现了人还没有上场身体就发软的状态,反映了平时心理训练太差。中国运动员像温室的花朵,这往往使有些运动员成为有名无实的人物,在世界大赛中无所作为。"

文章说出了许多人的共同感受。我们这样的体育体制,看起来在短期内似乎可以出成绩,而长此以往,是跟不上世界体育发展的步伐的。更为严重的是,在这样的体制下不仅培养了一批"头痛病"的人,而且还容易培养出"畸形儿"来。中国乒乓球女队主力,著名运动员韩玉珍,就是这样一个典型。

哈尔滨姑娘韩玉珍,1958 年春天进入哈尔滨少年体校练乒乓球,后入选国家队。在第 26 届世界乒乓球锦标赛上,她与李富荣配合,获世界男女混合双打亚军;又与梁丽珍配合,获世界女子双打第 3 名。她本人获世界女子单打第 8 名,时年19 岁。

韩玉珍以稳固的防守、勇猛的扣杀和高大的身材,成为当时世界乒坛瞩目的新秀，被国际乒联公布为世界女子乒乓球第8号种子选手。

然而在她的心理上却潜伏着一颗不幸的种子。

1962年10月，中国乒乓球队访问日本。月底，中日在名古屋举行了首次团体赛。中国女队由韩玉珍、梁丽珍、王健出场，第一次战胜了26届世乒赛团体冠军日本队。消息传来，国人鼓舞。

11月1日，中国女队到达东京。2日将同日本进行第二场比赛。就在到达东京的当天清晨，与韩玉珍同住一室的梁丽珍慌慌张张地跑进荣高棠的房间，报告说韩玉珍被刺了！

荣高棠等领导立即奔往现场。发现韩玉珍趴在地上，悲痛交加，说方才突然闯入一人，用刀将她的手刺破，又翻了梁丽珍的箱子，将梁的球拍搞破后，越窗而逃。

事发之后，日本警方展开调查。结果报告说，没有发现任何刺客迹象，疑为运动员自伤！我方经反复了解分析，亦认为被刺的根据不足。又经多次做工作，韩玉珍坦白了自己的错误，真相暴露于异国首都。原来，韩玉珍“深知这次比赛的重要，害怕万一输了，领导不让参加27届世乒赛，或参加了不被重用”，于是以刀自伤，临阵脱逃，并佯装遇刺，以躲避这场比赛。而她又怕别人上阵后压过自己，又将另两名主力王健和梁丽珍的球拍弄破。干出了害国、害人、害己的丑事，在东京大丢中国脸面。

此案告破，韩玉珍遂被提前遣返回国。党籍被开除，下放到北京南苑农场劳动。

三四个月之后，经贺龙、荣高棠、李梦华等高级领导同志对她帮助教育，韩玉珍得以重返国家队。

韩玉珍出赛首届新兴力量运动会，戴罪立功。

回国后参加全国乒乓球赛，韩玉珍力克群英独占鳌头，再度名声大震。

国内比赛韩玉珍表现得十分出色。可是，不久在国际乒乓球邀请赛上，韩玉珍与日本深津尚子争夺冠军时，又一次显示了她精神素质的低劣。当深津尚子追上几分时，韩玉珍的意志又垮了下来，在2比0领先两局的情况下，反败给深津。以后一蹶不振，又败给深津一回。

她唯恐再输，影响参加28届世乒赛，两次旧病复发，临阵脱逃，谎称患了阑尾炎，腹部剧痛难忍，企图回避比赛，又被人及时识破。

国家体委随即决定，调韩玉珍返回黑龙江，今后不准再参加国内和国际比赛。可惜人人认为条件优良的运动员——身材好，灵敏度高，技术过硬，却缺乏最宝贵的一个强者的心理素质，患得患失，极端个人主义。

故事并没有结束。韩玉珍返回黑龙江以后,在“文革”中被关进牛棚,接着是严刑逼供,人格侮辱,被打得皮开肉绽,遍体鳞伤。她本不是一张硬弓,哪里受得了这番折磨,一打便招,一审便供,不仅殃及自己,又殃及他人。她常常跑着跑着哭,跑着跑着笑,一会儿装狗叫,一会儿骂自己是叛徒特务假党员。她没有勇气活下去,跳过高塔,吃过火柴头,往自己心脏部位扎过缝衣针……

1978 年,省体委给韩玉珍平了反,正式批准她为省体校教练员。一年以后,即 1979 年 9 月,韩玉珍在教练过程中突然腹部剧痛——这回可是真的,她大汗淋漓昏倒在地。

经过三天抢救,无效,37 岁的中国一代著名选手韩玉珍溘然死去,诊断为突发性肝坏死,直到死后,她心包上还有一根“文革”中自扎的缝衣针没有取出。

韩玉珍的一生,有理想,有痛悔;有光彩,有昏暗;有伤痕,有微笑;有屈辱,有罪过;有理智,有失常,让人无法评述。

我想到的,还是体制问题,还是文化素质问题,还是精神品质问题。体育运动是人类全面和谐发展的极其重要的组成部分,它的功能不仅仅在于培养类似动物那样的高超运动技能,还在于它影响着人类的精神世界、审美意识、价值观念、创造能力和生活方式。人类通过参与体育运动所塑造的活跃而舒展的人体,在物质和精神综合意义上的顶点表现便是美。如果我们的体育目的以及为这个目的服务的体育体制偏离了这种美,那是什么呢?

处在中间环节的中国教练

教练员,处在中国体育的中间环节,至为关键。忧虑之中,我采访了许多执教中国运动队的人,结果更使我忧虑。

在中国体育系统中,受过高等教育者不足 10%,又据对各省市体工队中教员的来源调查发现,由运动员退转当教练的,达 81.77%,各省运动学校的教练亦有 76.61% 来自运动员。在对全国 23 个运动队包括国家队的 119 名教练的统计中,初中乃至小学文化程度者,占 80% 以上。

再看一下世界体育强国,美国 1977 年全美大学生田径锦标赛期间担任教练的 49 人中,100% 为大学以上文化程度。在苏联整个体育系统,受过高等教育的人达 55%。

更加令人叹息的是,在全国 3200 个业余体校田径教练员文化考核中,有半数以上的人不及格,其中有 10 个省的平均分数在 60 分以下。这些教练,大多数也是由严重缺乏文化修养的运动员退转担任的。

青出于蓝本应胜于蓝，所忧者，青出于蓝反不如蓝。近亲繁殖在中国体育界已是普遍现象。你翻开中国足球队走马灯一般频频更换的诸多教练员的名单，再观照一下国内甲级队的诸多教练员，就不难发现，甲级队的教练全由主力队员退役后担任，国家队的教头则是挂靴的国脚。无一例外。教练员确应是谙熟技战术又具备实战经验的人，但是，作为教练，毕竟不是以他自己踢得好赖为标准的。纵观国际体坛，许多超一流的教练并非是赫赫有名的球星。球王贝利虽说技艺卓绝，却无人请他执教巴西队，因为他除非以连考五次的代价，首先拿到学位，然后才可问津教鞭；"凯撒大帝"贝肯鲍尔退役后，由于不曾接受必须具备的教练员学位教育，他只能以领队身份而不能以教练的身份出现在联邦德国；足球强国意大利的名队教练，上任前必须经历五个阶段的考核。

第一阶段：足球理论、解剖、生物化学、生物力学、生理卫生和心理学。及格后进入第二阶段：更深入地学习，然后由专家小组判定你有没有当教练的素质。这一下又淘汰一批人，剩下的进入第三阶段：必须到世界著名球队实习，并有写出该队一切工作计划、详细剖析该队的能力。经过再淘汰，进入第四阶段：必须参加足够的各种报告会、讲习会、讨论会以及与著名专家教练、记者会见的圆桌会议，意在考核一个教练的全部专业知识和宣传自己观点的能力。最后进入第五阶段：总体考试和论文答辩。只有全部合格，才能有被招聘的资格，招聘后还要先当助手，后执教鞭。如此"刺刀见红"的考核和淘汰制度，筛掉了不少虽然球技高超却不具备教练才能的"明星"们。

特别有趣的是，美国著名游泳教练谢曼·查尔伏，是位具有非凡组织能力的人，他执教的美国男队曾获得过 16 枚奥运会金牌，他培养了一批又一批世界冠军，多次打破世界纪录。可是，这位在全世界泳坛有着重要地位的大名鼎鼎的教练，却不会游泳！有一回，他的游泳队在夺魁之后，队员们高兴地把他投入水中，以示恭贺；不料，这位世界第一流的游泳教练却狼狈地呛了几口水沉下去了，几乎葬身泳池。运动员们赶快跃入池中实行抢救。此后，他只要眼看着自己的队员稳操胜券，就赶紧悄悄溜掉，避开运动员们的恶作剧。

谢曼·查尔伏的例子说明了什么？

我们的教练员呢？虽不乏相当出色、成绩卓异者，但却有相当一部分人常常在尽职尽力当中只扮演了一名"领操员""示范员"的角色，甚至领操都领不出什么新招儿来。而一名真正优秀的教练员应该像一个工程师或者艺术家那样时时具有创新的欲望和活力。谢曼·查尔伏靠的不是简单的动作示范，他并不想为运动员制造什么样板，他靠的是科学，靠一整套独特的科学的博采众家之长的训练方法。

某省女排在国内要算不错的队伍了，而一名教练却不得不去求告一位具有高中程度的手下的队员为自己补课，以应付上级的文化考试。我们的一些教练员在执教中，依靠的仅仅是自己在过去当运动员时期的训练日记，然后照猫画虎抄下来。他们制订训练计划的思维方式无非是看去年、想今年，稀里糊涂迎新年，练一段，改一段，修修补补又一段。他们认为，舞文弄墨能提高水平出成绩？训练训练，就是连训带练，你不训他不练啊，师傅就是这样把我“训练”出来的！

这么着，我们的这类教练员在代代相传的“训练”中培养着国手。他们对上一代的经验，对他人的成功，知其然不知其所以然，往往邯郸学步，愣赶硬干。人家大运动量训练，咱也玩命干；人家无氧训练，咱也憋住气试试。于是，运动员练出毛病的，练伤的，练到稀里糊涂退役的，为数众多。最后他倒抱怨开了，说中国人干运动员先天就不行，人种就比人家差，不堪造就！果真如此吗？前年我们请了联邦德国一位教练来华执教，他对我国两名普通田径运动员先是进行了全面测试，然后进行分析，选择出最佳训练程序，合理地安排运动量，改进了我们的教练视而不见的一些技术上的毛病，结果，只练了三个月，这两位运动员一位打破了亚洲纪录，一位打破了全国纪录。

如果一个教练员只懂得让运动员跳圈儿，蹲杠铃，翻来覆去那么几个动作，连最基本的运动生理、运动心理、运动营养都不懂，他手下的运动员凭什么出成绩？

这两年，体育界为了改进提高一下，让一些教练员上一两年大专班，借以改变教练员队伍的知识结构。这自然可以做一些弥补，可是，由于底子太薄，又缺乏系统性，加上有些培训进修流于形式，因此并不能从根本上解决问题，实质上，不过是领了一纸文凭而已。

我听说有这么一档子事情。1984 年前后，中国的“文凭热”越刮越烈。国家体委为了满足广大教练员和一部分退役运动员的美好愿望，在天津体院特意开办了一个大专进修班，以期给大伙儿创造一个学习的机会。参加者有著名教练多人。在入学前，考虑到大家的基础，仅仅考试三门功课，即语文、数学和政治，考题也不难。万万没想到，在报考的几十位中国体育界的佼佼者当中，没有一人的成绩超过三门总分 60 分的，最高者三门加一块 58 分！有考 30 分的，有 20 分的，竟然还有考 7 分、8 分的。在校专修期间，有些人并未置身课堂，仍然住在北京，只是在天津体院挂了个虚名。两载过去，每人一张大专文凭到手，“文凭发放所”胜利完成了任务。大伙儿今后就算是受过高等教育了。

这也难怪，要知道中国的各大体育院校和师范体育系，压根儿就没有什么教练系这一说。

由于我们无法像体育发达国家那样对教练员实行制度性的考核，所以我们对一名教练的优劣高低就无从做出科学判断。于是，最简便的方法也只有任人唯亲了。连锁反应的是，真正有志气有能力有实力有创造性的新人，因为没有严格的评判考核标准而常常失宠，怀才不遇的新人越来越多，他们的命运由不得自己。他们无法摆脱那些惯于发号施令者的捉弄，无法以自身的实力去抗御瞎指挥。这样一来，一支运动队，既可能在一位天才教练的手中创造奇迹，也可能在一个平庸者的瞎指挥中屡遭不幸。

我无法想象，靠一支没有多少文化的队伍，怎样去实现体育强国的梦？

中国足球界在解放初期的50年代，文化程度反而比30多年后的今天要高。像李凤楼、陈成达、苏永舜等，都是正牌的大学生，钱允庆是一名有声望的医生，年维泗也是一个文化程度较高的青年知识分子。你看，随着这支队伍文化程度的不断降低，我们的失败也越来越离奇：从1957年参加世界杯预选赛开始，先是败给印尼，接着是在首届新运会上败给乌拉圭大学生；80年代后，先后在重大比赛中失利于新加坡、新西兰、泰国，最后发展到输给香港。30年来一直行进在极其曲折痛苦的道路上。

现行体育体制降低了中国教练的水准。

想想我们足球的战略战术吧：50年代学习匈牙利的WM阵型；60年代改学巴西的“424”；70年代又转而学习荷兰的全攻全守；到了80年代更没谱了，一会儿照搬巴西的攻势足球，一会儿又推崇意大利的稳守反击，一会儿又觉得法国的欧洲拉丁派地道……真是不遗余力，孜孜不倦，偏偏没有我们自己的东西。我们的国情是什么？我们的特色是什么？我们的长处和绝招儿是什么？怎样去开创一条扎扎实实的胜利之路？我的一位朋友告诉我，两年前，他在昆明海埂训练基地采访了一场高水平的足球赛。中国队对匈牙利劲旅维多顿队。当中国队以3比0战胜对手之后，对方教练吃惊非常，他忍不住问我们的一位国脚：“你们怎么能踢得这样好？”这位国脚实话实说：“就是因为没按教练的部署踢！”

这是多么耐人寻味的一句话呀。

各种技战术的背后，是完整的体育理论、足球理论，我们缺乏的正是这些。

我总是忘不了苏联举重队总教练换人的事情。里格尔特，是个非凡的人物。他曾被国际举重联合会主席肖德尔誉为“哪里出现里格尔特，哪里就出现新纪录”。他曾横跨三个级别，创造过63次世界纪录，是21届奥运会金牌得主。他9次夺取欧洲冠军，6次夺取世界冠军。但是，苏联人却看到他自1984年接任总教练以来办法不多。拥有40多万举重运动员的苏联举重成绩在下降,屡屡败给拥有4千名举重健儿的保加利亚。1986年的世界举重锦标赛,10个金牌,保加利亚夺走7个,罗马尼亚1个,苏联只得2个。苏联的报界评论得好,说里格尔特不善于开动脑筋去研究新的训练方法,"今天大喊大叫'坚持住!'已经于事无补"。在这种情况下,苏联人通过竞选,撤去了虽说是一个伟大的运动员却不是一个够格的教练的里格尔特,换上了专家梅德维杰夫。这位新的总教练1970年至1974年曾经担任过国家队的总教练,但在当时他干得并不出色。而下台后他一直在莫斯科中央体育学院举重教研室深入研究举重理论并担任该室主任,著书立说,发表了许多高质量的研究论文,写过《多年训练计划》等著作。这次复出,堪称是经过了理论和科研的重新武装。苏联报纸评论说,"关键不在于更换专家,而在于他们不同的思维"。果然,在梅德维杰夫上任后的第二年,即1987年的世界举重锦标赛上,苏联队的转机明显开始了,与保加利亚的差距迅即缩小,一举打破4项世界纪录,而保队却只打破2项。

这件事情给我很深的触动,其内涵是丰富的。伟大的里格尔特曾经63次改写了世界纪录,倘在中国,那还得了?如果这样的运动员退转后当了教练,不出成绩,我们会不会换掉?

需要提醒读者的是,绝大多数的中国各级教练的事业心与吃苦耐劳精神是无可挑剔的。无论是一个县一个市一个省的教练,还是国家队的教练,哪个不是呕心沥血?他们不顾及家庭,不顾及金钱,置个人荣辱于度外,表现了崇高的献身精神。在我个人的运动生涯中和后来的采访过程中,随时可以遇到这样的人。在一位姓万的教练家中,他告诉我,体育界同社会的各种矛盾,最集中地反映在家长和教练员身上。每当一批孩子耽误了学业却又没上成中专班或没有被省以上专业队选中的时候,你看吧,家长天天轮番找你,把孩子失去前程的责任一股脑儿推到教练头上。万教练只好含着眼泪躲起来。而你要知道,这些孩子之所以练了两三年没有干成专业,并不全是孩子们成绩不行,而是有关头头们为了急功近利,从外省"买"来了运动员占掉了这些当地孩子应有的名额,夺走了他们应有的机会。可这又没法怨领导,因为买一个成熟的运动员,要比你自己花钱培养一个孩子成熟起来,要省经费得多!头头们的口袋里也穷啊!于是,家长受打击,孩子受刺激,教练受抨击,领导干着急。而处在风口浪尖上的,还是教练。这位万教练的妻子也是一名田径教练,她和她的同事们每天必须上三班:早晨练,上午练,下午练。夏天日头暴晒,冬天寒风劲吹,一年四季天天如此,可是她们每天只能领到五毛钱的补贴,还不够家属院里的老太太打一圈麻将呢!前些年,教练们一两年总要发一身衣服;后来,有的地方改成三年发一身,风吹雨淋,早就烂了。而体委领导们为了向市里的干部们要点儿经费,就只好一套接一套地送,或者叫长期借穿吧。有的领导干部何止接受了两套三套!他穿得了吗?穿不了没关系,给老婆穿上进厨房,给孩子穿上去上学,还能给亲戚做人情嘛!中国教练员的苦衷三言两语是说不完的。比如评职称,地市一级的教练带队参加全国比赛的机会几乎没有,可有的地市评定职称的框框上定了,必须有队员直接参加了全国以上的比赛才算够分。注意,是直接参加,你输送的运动员后来到省里又集训又参赛,对不起,这就不给算数了!倘是足球,又规定,必须输送了7名以上的队员在省里踢主力,这才行。天啊,你算吧,假如每个地市足球教练都要输送7名以上的队员打主力才给评这个教练职称,那么,一个省,最少也要有好几百个主力队员,我们才能都够教练的格!合理不?你放眼一看,许多老教练的学生后来到大学里都当了讲师什么的,而这些教练仍然评不上个教练职称,还在操场上带着队伍干!

远离科学的人们

当今世界,仅靠教练员训练的时代已经结束,代之而起的是教练员、医生、科研人员和运动员的通力合作,实行总体科学训练。

然而,提起我们的体育科研,又是一番扫兴。在前些时候颁布的体育科技进步奖中,获一等奖的只有3项,其中仅有1项是有关运动员选材研究的,另外两项一个是饮料,一个是防治末端病。在1986年的汉城亚运会期间,中国的大小报刊倾其笔墨对金牌进行重点宣传,主要是围绕“升国旗、奏国歌”。但是,在同时同地举行的亚运会科学大会,我们却宣传得极少,鲜为人知。在这个有12项研究学科的大会上,韩国拿出了91篇论文,日本拿出了62篇,中国台北也拿出了19篇,咱们呢?说来令人汗颜,堂堂中华人民共和国只拿出了两篇。

我们每当论及体育的成功之道,无非是“顽强拼搏”“奋勇进取”“为国争光”等等精神动力,似乎无须靠科学。这当然与我们曾经在相当长的时间里不尊重知识,排斥科学作为生产力的意识有关。这是宏观上的错误。而对体育本身,这种错误就更深刻。在众多人眼里,体育和科学是两个离得很遥远的概念。中国历史上的体育英豪们,无论是陆上的、水里的、空中的,腾挪跑跳游滑掷,总是归于一个“练”字;所谓功夫,全凭吃得下苦,多少年习演不辍。所以沿袭而下,认为体育者,不过是人高马大。“平时多流汗,赛时能夺冠”的指导思想贯穿始终。这里头还有一层缘由:体育科研并不能直接产生金牌,搞体育科研必定要有一定的时间,咱先抓了这阵子再说！这就致使体育科研长期以来在中国步履蹒跚。

我们一些教练不大懂得这一套的重要性。他们似乎忘记了站在科学巨人的肩膀上自己便也会高大得多。就眼下情况看,各级体委的训练与同系统的科研所是两张皮。教练们觉得科研所这帮人又讨厌又碍事儿。而科研人员又怕得罪了教练员日后搞科研更难。国家体委一位老资历的科研人员对我发了一大篇牢骚:

“甭提多作难啦！在别的地方搞科研那是吃香喝辣,你帮了农民的忙,除了虫害了,小枣变大枣了,老农民哪个不是千恩万谢的！可到了咱这儿,麻烦啦。你想验尿哩,想搞个什么测定哩,你瞧那个教练,绷起一张大黑脸,你就不要想动一指头运动员。你测动态,他说你影响训练计划;你测静态吧,他又说你影响运动员休息。要是科研人员发现这位教练在训练量或者强度的安排上有问题,对运动员不利,那你也不敢明着提建议。再说,运动员也烦,他也以为你给他添乱呢。这么着,一个科研项目总是拖拖拖,好不容易搞下来,你还得领人家教练的情,哈,倒成了是人家帮你完成任务啦！

“还是人家老外精。咱们花钱请来的外国教练,够高级了吧。可人家三天两头往科研所跑,依靠的就是个科研所,和咱们科研所关系搞得很好。像那个德国教练,每天训练都要参照咱科研所的数据,离了数据他不干。咱们的教练你求他去测试,他讨厌;可人家是主动带队来所里测试,人家还怕你马虎哩！老外说,他们在国外,动用科研单位是要花钱的,说社会主义好,不用花钱就办事。所以他就老跑科研所。咱们的那帮教练,你请都请不来。唉,反过来说,咱们的教练也不是不想依靠科学,他不想出成绩？实在不是他不乐意来,是他那点儿文化水平,来了也没用！就算交给他那些数据,他还是个稀里糊涂,睁眼瞎。

“提起科研所的事儿,我就气。要是拿回金牌来,你看领导那个热闹劲儿;要是你的科研论文在国外获奖了,谁稀罕你？不管哪一茬的领导,精力就是集中在训练部门,集中在奖牌上。就这架势,建体育强国？难！”

人才的滞留

又是一个现今体育体制包括竞赛体制带来的大弊,不容回避。

尽管人们并不否认体育人才交流的重要性,但若是真的试图去挪动他人领地一兵一卒,你非吃闭门羹不可。解放军队的教练在一次国内比赛后提出,能否从其他省市代表队中每一个项目的第十名之外,调配给他们一些队员,结果遭到各地拒绝。十名以外也不行,赶明儿让你们给练好了出来打掉我呀？

1985年10月，美国应聘到我国执教的田径教练丹尼斯，在郑州青运会上遇到了他无论如何也搞不清楚的问题。那些在田径项目上夺得金牌的青少年运动员，在他看来大多缺少继续提高的条件，前途不大；而那些有着明显潜力的运动员，他们本省、本地区的教练又不肯把他们交给丹尼斯。这种尴尬的滋味丹尼斯并非第一次尝受，他在1984年一到中国不久就体味过了。

地方主义正是造成丹尼斯困惑的直接原因。以至于中国体育的后备力量非常不妙，人才滞留。

这里有一份某省体委于1986年3月下发的正式文件，严令禁止体育选手外流。文件先是通报了该省两个市的一些运动员被北京航空学院、北京体院竞技体校和八一队"私自招走"的情况，然后做出如下特殊规定：

一、凡外省、市、区、解放军、全国性产业体协到我省各级体校选招运动员，必须持有省市自治区体委或同级的介绍信，经省体委同意加盖公章后，在指定的地市县选招，如手续不全者，各地市县有权拒绝选招。

二、凡高等院校招收各级体校运动员，必须经当地体委同意，报省体委批准，并要严格按照招生手续，未经当地体委正式推荐和省招生办同意，一律不准乱拉运动员。

三、(略)

四、对于不通过上述正常手续，乱拉运动员，各级体委要通过当地政府有关部门予以制止，并及时上报省体委。对于不听劝阻者，省体委直接向各省市、自治区、国家教委、总政治部等有关单位或部门提出交涉，必要时报请国家体委通报全国。对于各级体委中个别人搞私下交易，或知情不报者，一经查清，坚决追究有关领导责任。

五、……追回流失的运动员，并将追查情况上报省体委。

这个文件是3月份下达的，到了5月，省教育厅和省体委又联合颁发了《关于严格控制体育运动人才外流的几项规定》，特意在原来基础上加了一条更厉害的：

对于各级各类体校中个别教练员私下搞交易，徇私舞弊，放走人才者，一经查清，根据情节，将降低、撤销或不予评定技术职称，直至调离教练工作岗位。如发现教育、公安等有关部门中个别人有类似情况，建议同样给予相应的纪律制裁。

看这文件,多具体。

中国在改革的时代,科技人才要流动,管理人才要流动,教学人才要流动,工农业各条战线的人才都可以流动,这是改革开放搞活的需要,所谓“树挪死,人挪活”是也。为什么最具有活力的体育人才无法流动?这不能不说是我们体育体制、竞赛体制带来的结果。

像这样严令禁止人才流动的,绝非一家,可以说,几乎家家如此。偌大的中国体育界,颇有些“人世难逢开口笑,上疆场彼此弯弓月”的味道。通通为了一个目的:金牌。

河北省自行车队1987年以来让人刮目相看,靠的就是人才的引进。6月,该队不满21岁的赵燚大幅度地提高了女子1000米计时赛的全国纪录,从而使中国诞生了第一个计时项目的自行车国际健将。7月,河北女队又创造了女子3000米团体追逐赛的全国新纪录。令人惊异的是,这支令全国同行和新闻界关注的劲旅,建队还不到三年,何来神力?原来,该队教练王振新,是从自行车运动的强省——山西步入运动生涯而后回归河北的。这个王振新在河北执教以来,又受到山西的热情关照——哥哥是山西体育科研所的领导,嫂嫂是山西省体委的副主任。这样,山西队几十年来的成败甘苦顺风逆境,在王振新那里全不成秘密。加上有了这层“血缘”关系,山西派出了一位最了解、最熟悉中国唯一在世界锦标赛中摘取过自行车奖牌的著名运动员周素英的人——周素英的未婚夫,前往河北助阵。结果,赵燚与周素英的风格竟十分相似。山西助阵的作用不言而喻。

这件事说明两重意思:河北队倘若没有借助山西的力量,站在巨人的肩头以助高,显然不会进步如此神速,说明人才交流之重要;但是,援助的契机,却是兄弟血缘。那么,倘若没有这层关系,山西的人才和智慧就极难交流到河北去。此事又反过来说明了中国体育人才交流的困难。

一家人才济济,内部消化不了,另一家人才奇缺,上下无法配套,这个现象实在不是唯体育界独有。而体育界由于自身体制所决定,又由于多了一个金牌的因素,金牌又直接关系到一个省、一个地区的体育官员的荣辱升迁,所以这现象就显得严重得多。整个体育界的人才浪费十分惊人。

还是山西省。这里从50年代就打下了雄厚的摩托车运动的基础,4届全运会前后山西健儿曾铁骑出山,纵横驰骋在北中国,产生了一批健将级选手和国家特级摩托车手,群众非常爱戴。到了5届全运会,由于大会没有设立这个项目的金牌,山西省体委断然将这个项目下马了(不排除经费困难的因素)。铁骑不再咆哮,铁流不再奔腾,军体大院里出现了少有的寂静。几十辆摩托车在库房里沉沉睡去,灰尘渐渐地覆盖了它们,锈迹毫不客气地在吞噬着它们。人呢?这是比那些赛车更宝贵的。这些摩托车运动健将和特级车手们,带着一身老伤,作鸟兽散,各奔前程去了,有当卡车司机的,有干邮递员的……另有一批无路可走的骨干,留了下来,闲着,心里发慌,无事可干。好几年前我就常常在太原街头遇到健将小白,慢悠悠地开着个偏三轮,在菜铺子跟前讨价还价,然后拉上一篓子菜回去给更多的闲人们做饭。而今,那辆偏三轮残破得气也喘不匀,一天天见老的健将小白还时而开着它跑菜铺。一晃间,六个春秋过去了。近七年来,这群热爱摩托车事业的闲人向省政府有关领导、向省体委打了多次报告(笔者还替他们向副省长的秘书转递过一回),要求领导能够恢复这个项目。并提出,如果领导经费确有困难,他们可以成立摩托车协会,自费办队,或民办公助。眼见得并州街头几千上万辆的民用摩托车奔驰而过,无数的年轻人对摩托车运动有着浓烈的兴奋,为什么我们这些人不可以把大家组织起来办摩托车竞赛事业?为什么不可以以车养车,一边搞为民服务的短训班,维修站,一边注意培养苗子,建立队伍,将来为山西、为中国效力?这样办,既为国家节省了资金,又为民族培养了人才,他们自身也产生了新的价值。这是一群身怀绝技的人才呀!

但这报告泥牛入海了。记得那位当年的摩托车教练,曾在车场上冲锋陷阵九死一生。那天他开着小白买菜的那辆车,拉着我跑省府大院,跑那份报告。希望一一破灭之后,他怅然地驾驶着车,把油门松到最小,任车轮缓缓向前滚动。良久,这位征战沙场半辈子不曾低头的中年汉子,凄楚地对我说:“只要他们让咱干成这个事业,活着别像个死人,咋都行!”

爱的压抑

近来,我又一次来到中国体育的中心地带:北京东城区体育馆路,这里聚集了整个民族体育的精英。三杯老酒下肚,得到两则信息,也算小故事。

先是说起了羽坛两位宿将,女子张爱玲,几度叱咤风云,1981 年首届世界运动会女单冠军、女双冠军,多次获得金牌;男子陈昌杰,亦是一条响当当的中国汉子,同样夺取了首届世界运动会男单冠军,多次在国内外获得过金牌。这两人,天生的一对,女人来自上海,男的来自东北,志同道合。你说,两人相爱,岂不是皆大欢喜?但是不,在中国体育界绝不那么简单。各个运动队的制度是非常明确的:不准往异性宿舍乱跑,男女授受不亲。男女羽毛球队的人们并不是轻易能往来的,最多也不过是女队的姐妹们时而到男队的大宿舍听听教头训话而已。可爱情总是见缝插针的,就这么点机会,两人还是有了那个意思。时逢补习文化,这两位男女队的中国主力队员恰恰又分到了一个课桌,当然更妙,互补了那爱的毛毛雨。料不到,这件本是人之常情毫不过分的事情,却偏偏被抓住不放了。这还了得?不管一管哪行?!于是二人在集体会上少不了挨一顿点名批评。没有规矩,谈何军事化管理?谈何集中精力为国争光?但问题恰恰出在这里,你不批也罢,不公开点名还好,爱情这玩意儿,越批越来劲儿。二人干脆没了顾虑,想聊天聊天,想遛弯儿遛弯儿,明打明地上街逛去!——逼急了,张爱玲冲出一句:"怎么啦,我俩就是真的好啦,你们要怎么的?"当时陈昌杰同韩健住一屋,时常倾诉心中块垒。好,等张爱玲一来,韩健就机灵地溜出去,给二人让个合适。

在一些人看来,这是犯了大忌的,倘不就地处理,成何体统?运动队不是公园,不是结婚证发放处!遂做出决定,二人虽是羽坛中坚,但为了老规矩,不能姑息,必须打发其中一人出队。

可是,要打发张爱玲,女队教练坚决不同意,张爱玲是功臣,是主力,她走了,女队不亏了吗?要打发陈昌杰收拾行李回大连,男队教练执意不从,国家培养一个陈昌杰不容易啊,好不容易顶个主力用了,哪能轻易打发回家?

事情悬了下来。龙潭湖畔中国体育精英聚集的大院里顿时沸扬开来,在 1982 年前后形成一个不大也不小的议论中心,说啥的都有。

干吗非要把我们拆开不可?张爱玲、陈昌杰的心头压上了两块沉重的大石,艰难得很。我们为什么没有爱的权利?

事情越闹越僵,中国男女羽毛球队的正常训练不由得受到影响,时逢国际大赛任务繁重,比赛日期日渐临近,问题必须解决。于是,官司一直打到一位体委领导那里。张爱玲也豁出去了,除了找领导申诉不平,还投书《体育报》,希望得到舆论支持(最近我到该报寻找张爱玲的信,未能寻到,可惜不能令读者一读了)。爱情的苦闷最难煎熬,《体育报》却也一筹莫展。

那位领导经过认真考虑,做出裁决:二人恋爱事小,国际比赛事大,在此出国前夕,实应以大局为重,团结一致,力夺金牌,要做好二人思想工作,胜利完成党交给羽毛球队的光荣任务。这么着,张爱玲和陈昌杰才算都没被打发走。

张陈二人赌了一口气,下决心要在这次出国大赛中拼搏一番,夺个光彩回来。

非常可惜,由于赛前身心憔悴,压力太大;赛间坎坷不断,风云险阻,张陈二人未能获得预想中超过以往的战绩,怏怏回国。

恰在此时,羽毛球队新人也渐次涌现,有关人士执意要打发这两人的决心更加坚定。过了不久，中国一代羽坛英豪张爱玲、陈昌杰先后离开了龙潭湖畔，同羽毛球队的伙伴们无语泪别。

据知情人披露，按当时张陈二人的实力，完全可以再振雄威，为国效力，并不止两年三年。可惜中途落马，只为爱情故，过早地离去了。离队以后，张爱玲在上海，陈昌杰回大连，情丝未断，鸿雁传书，心坚似铁。后来果真结了婚，又调陈至沪，终成眷属。双双出任上海羽毛球队教头。

但是，他们的运动生命，却在多少人的哀叹之中早早地结束了。

这是一个已经过去的故事。另一个故事正在发展演变之中。

中国体操队主力、26 岁的老将许志强，久无爱情滋润，只因终日苦练，无暇顾及。到了 1987 年，许志强在国际赛事上扬眉吐气的时候，同时喜得爱情的滋润，有位澳大利亚姑娘爱上了他。爱得鲜活有趣，美不胜收。每每相遇，耳鬓厮磨，北京地面，偌大的去处，二人却难躲藏，时常在体育馆路广阔的大道边携手漫步。说不公开，实已公开化了。这一公开不要紧，就有“有关人士”前来劝导，晓之以理，动之以情，切盼浪子回头，迷途知返。而许志强却不是那种逃避爱情教化异变的人，一个男子汉，爱上了就是爱上了，为何不敢言爱，谈爱色变？因此，他向“有关人士”心平气和有板有眼地提出了自己的要求：我决定结婚了，和这位澳大利亚女孩。一次要求不成，许志强又提，初衷不变，还是要求成婚。

许志强的要求，没有任何违法的不合道理的地方。

而“有关人士”却迟迟不予决定。须知，许志强是国家队主力，有战略性计划压身，怎敢贸然答复？

事情拖了下来，旷日持久。

这位中国运动健儿的崇拜者、澳大利亚女孩儿不管那一套，凡有时间，必陪许志强，不惜在蓝天上飞来飞去，一直陪同前往广州 6 届全运会，兼或照料志强的训练和生活。

许志强还是那句话：“我该结婚了。”

没办法，“有关人士”答复说：“小许啊，我们没权决定哟，你虽在国家集训队练着，可你是从八一队来的，是现役军人，我们怎么好答应你呢？”

许志强当即向八一队提出申请，没别的：我该结婚了，如果上级不同意，我只好要求退役。虽然我非常热爱体操，留恋体操，但是，我该结婚了。

我觉得许志强的结婚要求是完全可以理解的，也完全合法。一个 26 岁的大小伙子，在别的地方早当爹了。

中国的运动员为什么不可以像正常人那样谈恋爱结婚？

在我们专业运动队内部，眼下实行的是近乎军事化的管理，严格得很。一旦发现运动员像常人那样随着年龄的增长对异性产生正常的慕恋，并以正常的形式表现了这种慕恋，就会给予批评、劝阻甚或严厉的制裁。除非你干得秘密，未曾暴露。多少年来，我们开除或调出了不少少男少女。对许志强，算是例外地温和了。

因此，许多中国运动员的心灵深处是有创伤的，其精神生活是空虚恍惚的。

不少体育专业队的领导和教练们都在像防范洪水那样防范着爱情。大家采取种种措施，一系列的高招儿，来限制爱的萌芽，甚至不惜把男女运动员分别隔离开来。中国有多少运动员都不得不在爱情和退役、开除之间进行着痛苦的抉择。

打开 1987 年 10 月 31 日的《体育报》，可以看到张小鸽、周守瑾二人撰写的文章，记载着中国足球队所走过的道路，内中有这样的片断：

> 足球运动员的付出又岂止在赛场呢？中国队赴巴西训练比赛前夕，中锋马林郑重地递给我们一支烟，悄悄地说：这烟可是有意义的。什么意义？经反复盘问，他才吞吞吐吐地说他已经结婚了，说完又苦苦哀求我们千万别泄露出去。他说：“咱们中国有个习惯，好像结了婚就等于到了运动生命的终点站。如果球迷们知道我结了婚，我非挨骂不可。”

这可真是个奇怪的逻辑，干吗非要把结婚和运动生命终点站连在一起呢？而我们的运动员却非得这么忍着。

我不了解中锋马林的爱情道路，不敢妄加评说。而今他能同昔日的湖南手球运动员李云惠同志结合，我倒觉得是马林的幸运。要知道，更多的中国运动员没有这个福气，甚至连想都不敢想。

这不能不说是中国体育的又一悲哀。由于专业队限制运动员的恋爱和结婚，而运动员一旦身体发育到一定阶段又不得不走上结婚成家的道路，所以造成了这样三种情况：一是运动员在训练期间人性的不舒展、压抑甚至变态。二是到年纪稍大时即不安心，厌恶训练生活，对将来忧虑重重；三是导致中国运动员成为全世界运动寿命最短暂的一群。

1987 年夏末秋初，我曾到国家体委训练局所辖的训练基地采访。在这里，拥挤着中国体育界最宝贵的成百上千名国手。我先后到体操、跳水、乒乓球、羽毛球和女篮等几个队走了走，观察他们的训练生活。我发现了一个值得深思的现象，就是很多运动员的脸上没有笑意，脸上浮现着笑意的我仅仅发现两个人：一是李宁，这位体操“王子”在训练过程中走到长廊口接了个电话,笑了;另一位是女篮的郑海霞,她在训练中精神状态最佳,时有笑声。

大家干吗不快活些?

没有爱情的生活或有爱情不许释放的生活,是没法快活起来的。他们的生活也如同整个体育体制一样,是封闭的。

教练员们对这个问题的解释最主要的一条就是:恋爱影响训练,扰乱军心。而他们却不知道,限制的结果只能迫使少男少女们由正常的恋爱生活转入地下状态。他们偷偷摸摸,长夜难眠,这样恐怕更分心。正常的爱情生活才是人生进取的最大动力!

纵观世界体坛,又免不了令人感慨:

在40年前的伦敦奥运会上,30岁的荷兰选手芬妮,作为当时年龄最大又是两个孩子的母亲的女运动员,一举夺得4项冠军,取得辉煌成就,震惊世界。

自芬妮之后,女运动员在生育以后运动成绩达到顶峰的不胜枚举。美国长跑选手史密斯做了妈妈,在40岁那年,成为世界上第一个打破2小时30分马拉松纪录的女人;著名选手克里斯蒂安森,在生完孩子的五个月之后,即在1984年伦敦国际马拉松比赛中跑出了2小时24分多的好成绩,紧接着,她又打破了5000米的世界纪录;著名短跑选手胡克斯,生了孩子后,在1984年奥运会上一人独得200米、400米以及4×100米接力3块金牌,在获胜之际,她激动地抱着孩子绕场跑了一圈。这在中国是不可思议的。

科学家们认为,从生理学上讲,怀孕有如训练时负重25磅全速跑400米栏一样,一旦重量解除,已健壮了的肌肉会使跨栏选手的步伐加快。胡克斯抚摸着3块奥运会金牌,深情地说:“我肯定,怀孕使我更强壮了。他位于我腹部的最下端,甚至接近臀部位置,结果增加了我的屈肌力量。这组肌肉是否强健,决定了你是否是一名优秀的短跑选手。”最主要的是心理。怀孕使运动员心理上得到了极好的磨炼,使女人们更坚强。许多女选手生育后,情不自禁地说,生孩子比跑马拉松更艰辛。

限制恋爱和婚姻的另一个直接的后果,是导致中国运动员运动寿命的普遍缩短。

国家体委国际联络司的楼大鹏曾做过一个很有意义的比较测定。他拿世界前10名田径选手同中国前10名选手年龄对比,发现前者最大年龄、最小年龄和平均年龄都高于我们。女子15个项目中,外国运动员有11项年龄超过30岁,而我国无一人超过。我们有9项最大年龄小于外国选手的平均年龄。而这些项目正是我们落后的项目，如100米、200米、400米、800米、1000米、1500米、3000米、400米栏和马拉松（男子20项中，外国有12项超过30岁，我国仅有两项）。这样比下来看：

外国女子：短跑选手　平均比我国大3—5岁。
　　　　　中长跑选手　平均比我国大6—8岁。
　　　　　跳跃选手　平均比我国大2—3岁。
　　　　　投掷选手　平均比我国大4—6岁。
外国男子：短跑选手　平均比我国大1—3岁。
　　　　　中长跑选手　平均比我国大1—3岁。
　　　　　跳跃选手　平均比我国大3—5岁。
　　　　　投掷选手　平均比我国大3—7岁。

当然，中国运动员的运动寿命短暂还有其他诸多的原因，比如少年体校教练员急功近利，像挤牙膏一样迫使少年运动员出成绩，拔苗助长，导致过早淘汰等等。但是，体育训练管理当中不准恋爱，没法结婚，则是毋庸掩盖的一个大原因。

田径也好，足球也好，篮球也好，越是成熟的运动项目，越需要成熟的人才能完成。这里面有一种稚嫩的青少年不可取代的成熟美。

如果我们承认那些运动员是非常可爱的，那么，可爱的人为什么不可以去爱和被爱？

尼采说："我们真正的困境在于，出于对人的恐惧，我们已丧失了对人的爱、对人的肯定和成为一个人的意志。"

中国体育理应引导无数青少年走上健康向上的爱的道路。简单的禁欲，粗暴的阻挠，同整个中国发展中的精神文明建设是不合拍的。

而这实在是一个关于人道的大问题。

急剧弥散的病毒

是的，病毒正在体育界内部急剧弥散。

近些年来，中国体坛上的赛风大有偏离体育精神的趋向。各个体工队，以及他们的领导，都把夺取金牌的多寡作为鉴定自己工作实绩的最高标准，以便向更上级领导汇报和邀功。体育界有些人做事，只是为上级看好，所谓"抓了几个人，丢了一省人"的批评非常能概括。他们认为只有竞技运动的成绩才是自身成败仕途升迁的重要标志或唯一标志。为了这个目的，那么好输不如赖赢，管他什么手段？

比赛中的卑劣把戏已有所揭露。一些人有时玩弄比赛把戏就像玩弄七巧板。赛场上，曾经出现过69比0甚至92比0的奇特的足球比赛比分纪录，也出现过争相往自己家篮里投篮以期避开下一组强手的篮球公开赛。还有执法人——裁判员们的所谓“君子协定”。贿赂之风也已开始向体育赛场渗透。所有这些，都是那些地方主义者、本位主义者导演的丑剧，他们使体育竞赛和金牌变成了捞取某些个人利益的手段以及资本，进而践踏了体育，践踏了观众。我们必须正视中国体育赛场上的此类表演。

绿茵场上，烽火狼烟。

一年一度的全国甲级联赛是中国足球较高水平的角逐，于是那“病毒”的渗透就格外可怖。在1985年全国甲级联赛的最后一轮比赛中，山东队与解放军B部队队总进球积分相等，两队各剩一场比赛，赛完后即显出积分差别，必有一队要同其他三队一道，按规则降级为乙级队。谁愿意降级？降下去怎么向领导交代？这就使两个队的兵兵将将颇费精神。单靠实力和技术是很不保险的，必须另辟蹊径。

双方一看各自将要碰面的对手，嗬，一个叫妙，一个喊绝了：B部队队的最后一场将遇到另一支部队队，妙就妙在这场球的输赢对那支兄弟部队队的前途并无影响。B部队队喜出望外，这下有招了，赢他多少都无妨。比赛在蚌埠举行，时间是上午；那么山东队呢，比赛在南京举行，时间是下午。绝就绝在其对手是多年的老朋友大连队，输赢亦不影响大连队的甲级队地位。

好，双方为争取总进球数领先的决战开局了。

先是上午在蚌埠，B部队队与兄弟部队队演练，以5比0的高分“胜”了兄弟部队队，结束了这场洋溢着友谊气氛的比赛。这样B部队队的手里多了5分，看来山东队与大连队交战，够他吃的。有这5分在手，B部队队似乎可以保住自己不降到乙级队去。然而，B部队队的教头，却是深知中国足坛之道的，他放心不下，于比赛结束后立即从蚌埠飞车南下金陵，要观一观山东队同大连队的战事。

下午，山东与大连“战幕”拉开，你来我往，双方攻防有致，踢得倒很热闹。

两队互有建树，观众看得也不算失望，比分交替上升，常常踢出非常漂亮的球来。

那B部队队的教头一看，心说完了，踢得越漂亮，这里头越有“猫腻”。并且，山东队竟以头球和角球得分(天啊，要知道在统计总进球数时，头球和角球是一球算两球的!)。临终场，这教头担心的事到底还是发生了——山东队与大连队的“巧战”以5比5的平局握手言和。这意味着，B部队队虽然在上午捞了5分，却敌不过山东队这5分，头球角球要加倍，等于7分。山东队的总积分显然超过了B部队队。

这真是山外青山楼外楼,强中更有强中手!

B 部队队教头急了,当场提出强烈抗议。而这抗议的力量太小了,人们在同情的同时并不注重这教头的呼喊。谁不明白,你上午那 5 个球,咋就进得那么顺当?

到底,山东队以两分优势,保住了甲级队的地位,将 B 部队队挤出了全国“第一流”。由于这两场球实在是不大光彩,干脆没把比赛结果向外界公布。

我们不禁联想到,1981 年世界杯外围赛上,新西兰与沙特的那场令人气愤的比赛,比分也是 5 比 0!

如此竞赛,中国足球谈何提高?我们再举一例。也是在中国足球最高水平的甲级大赛中,湖北队与××队比赛,观众趋之若鹜,都想一饱眼福。不料想,战幕拉开,双方竟毫无赛意,谁也不抖精神,不卖力气。观众甚为不满,大喝倒彩,更悟到两家又是内定了什么“猫腻”。果然,上半场 30 分钟时,一方队员竟当着裁判员的面,向对方嚷嚷:“嘿,快进球哇!你们进完了,我们好进!”裁判一听,当场气极。偏偏这位执法官又是国际级足球裁判,足坛有名的张大樵。张大樵耳听队员们的嚷嚷,气愤之余,他当场宣布罢吹!比赛只好暂停。张大樵是出于无奈,他唯有以这种非常的方式,去整治赛风,去表示自己的义愤。一直到双方都向观众们保证认真比赛,检查了错误,裁判才重新执法。

足球场上的法制必须健全。

在保加利亚,他们面临世界杯的特级战争,不惜牺牲国家队的实力,在国内甲级联赛中,执法如山,严厉制裁了包括五名国脚在内的舞弊者,课以长时间的停赛惩罚,某甲级劲旅在法制面前被强令解散,名次被取消;就连超级巨星马拉多纳等许多最高贵值钱的选手,在各种大赛中也都受到过严厉的惩处。

我们却极难做到法律面前人人平等。是不是我们各界的官僚主义浑蛋事儿太多早已司空见惯了,所以对足球场上的营私舞弊也不足为奇、法不责众呢?!

1987 年 10 月 18 日,6 届全运会自行车赛女子 70 公里决赛在上海拉开战幕。中国最优秀的自行车姑娘们披挂上阵。在此之前,为提高中国自行车运动的水平,国家体委有关部门明确规定,在国内自行车比赛中平均时速不得低于每小时 35 公里,否则即算违例,比赛结果无效,运动员不计成绩。18 日这一天,上海天气阴冷有风,全运会组织者根据天气和路况决定,将平均时速必达 35 公里,降低为 34 公里,以有利于运动员的安全。不达 34 公里平均时速者,无夺取金牌资格。此决定从教练到队员无人不晓。

枪声响处,几十名运动员踏上了 70 公里的征程。出乎所有人意料的是,赛场上并没有出现人们所期待的那种奋勇争先的局面。相反，倒是争后恐先，人人退缩，谁也不愿意率先领骑。这是因为领骑的人将受到空气的阻力而消耗自己的体力，跟在别人屁股后头骑行是顺风前进，当然省力气，最后争夺就不吃亏啦。在这种"跟"的战术思想指导下，我们可爱的自行车姑娘挤作一堆，以中国人混吃大锅饭的心情，以不及平时训练快的速度，悠然前进。比赛的组织者们发现这种情况后不断地通过广播，提醒运动员们时速未达标准，催促她们奋勇拼搏，加油快进。可惜，广播反复多次，不见效果。姐妹们依然裹作一团，谁也不当出头之鸟，心说要罚都罚，要没资格领金牌，咱就都不要领，我得不着，你们也甭想……尽管广播员在焦虑地呼叫着，重复着，也无济于事，整个车队的时速依然很慢，也没有拉开。有的运动员因车子出故障而耽误了时间，也很快追上了大队。自行车姑娘们就这样跑完了 70 公里全程。

测定结果出来了，她们的平均时速只有 32 公里多。她们集体违例了，通通不达标，没有一个人有领取金牌的资格。普通老百姓也不愁跑不出这个速度啊！

一块金光闪闪的奖牌，就这样上交国家体委了。最严肃最庄重的全国运动会，能赛成这个样子，金牌居然废了，这算什么问题？人民的期望那么高，那么热忱，而 6 届全运会的自行车赛，却没有打破一项全国纪录或刷新一项全国最好成绩，是以往历届全运会从未有过的现象。

多么令人伤感的赛事！然而这类现象却非绝无仅有。近年来，中国泳坛上刮起了一股弃权风。一些运动员一看强手登台，夺标无望，便以种种理由弃权。弄得有时满池碧水空空荡荡，少数参赛者缺少竞争对手，成绩难以突破。

观众怎不叹息，中国运动员志气何在？

责备运动员？责备教练员？这问题的根子在哪里？高尚的体育竞赛何以变得如此鄙俗？

山西第 7 届省运会，出现了更糟糕的局面。参加这届运动会的 18 个代表团，差不多家家都有用票子"买"来的或"租"来的运动员。有的项目干脆是把外省的整个队伍搬来参赛。观众戏称这里举行的是"18 省市运动会"。像晋东南地区，这里曾经是一个培养出篮球健将、自行车健将、射击健将、水上摩托及女子跳伞全运会冠军的地方。有一年，一次就向省以上代表队输送过 42 名运动员，参加全运会的本区运动员也曾一次达到过 28 个项目。《人民日报》曾以头版头条发表过《太行山体育工作在跃进中》的表扬文章。贺龙、罗荣桓、聂荣臻三位老帅曾经同时亲临山西参加体育工作会议，高度赞扬太行山的体育事业……就是这样一个具有雄厚的群众体育基础的地区，如今，连参加第 7 届省运会的男女篮球，都派不出代表队,不得不以重金“租”来驻河南的部队男篮和空军的女篮赴省参赛。许多代表这个地区参赛省运会的外地运动员,从始至终,根本不知道这个地区的体委大门朝哪儿开。他们从各自的省市出发,直奔大同参赛,接着就是为钱而“拼搏”,一只手把牌子往外一交,另一只手接过票子,唰唰一点,往怀里一揣,直接从大同赛区登车回家。在这届省运会上,山西的观众们是这样给运动员“助威”的:

“河北队——加油!”

“河南队——加油!”

好令人寒心的啦啦队!他们还不知道,这届省运会,山西花掉了500万元人民币,否则一定会更加气愤。

事后,正直的山西体育工作者们一边表示自己的痛心,一边长叹:“唉,不这么干不行啊!”

是的,为了名次和金牌,在各地,体育作弊案时有发生:冒名顶替的,谎报年龄的,吃兴奋剂的,行贿受贿的,坑害他人的,伪造户口的,直至借助暴力……单说谎报年龄问题,真是屡禁不绝。为此,国家体委不得不以正式文件,公开制止,采取新的措施:

> 近年来,在全国各级业余体校比赛中,不断发生隐瞒年龄弄虚作假的不正之风。……从1984年7月开始,凡参加全国性业余体校比赛的报告表,必须由参加单位主管业余训练工作的处级负责人签名,否则无效;各赛区从每队抽二至三名运动员,拍摄骨龄照片。对骨龄超龄的运动员,请有关省、自治区、直辖市体委认真调查核实,将调查结果报我委群体司。国家体委也将派人抽查。如再发生隐瞒年龄弄虚作假问题,由派出单位签名人和运动员所在体校负责,根据情节轻重,采取通报全国,停止该单位参加下一年度该项比赛资格,直至建议当地行政机关给予纪律处分……

这个文件是国家体委1984年5月19日下发的。几年过去,各地虽有所收敛,却不能根除,仍有许多人铤而走险。在1987年山西省少年田径运动会上,因为突然采用了骨龄检测的手段,使原先在户口上做手脚的传统一套失效了,大批超龄的“少年”运动员被查将出来,以致太原市、晋城市等代表队几乎全军覆没。真是户口失灵,骨测显圣。而查人的骨龄,就像查树木的年轮,一查一个准,是很靠得住的。

唔,靠骨龄检测,可以限制年龄作弊,而靠什么良药,才能消除整个体坛的病毒呢?

结束神话的时代

长期以来,中国的宣传舆论为体育界抹上了一层神话般的色彩,使他们以民族的榜样出现。我以为打破这神话是很有意义的。革命领袖神一般的形象一旦返璞归真,中国就受益匪浅。要改革中国体育,神话亦急需破除。一个行业被神化以后,民主的空气必然稀薄,社会对它的监督相对减弱了,放松了,那污泥浊水就会多起来。是的,干体育的人,和其他的中国同胞怎么会两样?他们身上既有正直善良美好的一面,也可能有非正直善良美好的一面。因为同样有着山一般沉重的历史重负和社会的落后因素,谁能比谁超脱到哪里去?

《合肥晚报》曾经登载一篇专访,介绍了一位著名教练对体育界内耗现象的看法。这位教练认为,体育界不是真空地带,复杂得很,内耗严重,他举了个例子:有一次,女排在日本输了球,电视一转播,机关里立刻就有人高喊,报告大家一个好消息,中国女排以2比3战胜了日本队!这显然是一种幸灾乐祸的态度。

后来我听说,有领导找这位教练谈了,批评他不该乱发议论,这位教练则矢口否认自己有过上述的谈话。不论是谁说的吧,问题在于这篇专访所指出的现象,引发了人们的思索。实在是这类文章太少了,偶尔披露,倒成了稀罕事。

我们多么渴望知道生活的全部啊,不是全部的,就不是真实的。我们既想知道金灿灿的金牌,我们也想知道金牌的背后。

毫不客气地说,现今中国体坛,其精神风貌远远不及50年代、60年代。且不论我是否也犯了"怀旧"的毛病,但我的职业使我更多地面对现实。你知道吗,有些运动员一听说这场比赛没奖金,他的肚子就疼开了;有的运动员出了成绩别的不问,先问奖金多少;要是打非正式比赛,伸手就要"表演费"和纪念品,否则浑身没劲儿。金钱至上,铜臭熏天。还有,××柔道队的运动员住了宾馆,居然大笔一挥,往洁白的被套上乱写"××柔道队到此一游"字样,生怕人家不知道他们是精神文明代表队。有的运动队,在内部管理中别的招儿没有,就知道个罚款,早晨不出操,罚款五毛,站队迟到罚款三毛,无故外出罚款一块……逾假不归,罚;串异性宿舍,罚;乱骑教练摩托,罚;泄露军机,罚;说教练坏话,罚;罚罚罚!罚到头来,运动员倒有了点子:头天晚上向教练预交罚款五毛,第二天早操我不出了,干脆你们就甭叫醒我!

有的裁判员不能秉公执法,怀里揣了点儿好处费就乱吹歪哨,在比赛中甘愿扮演不光彩的角色。有一位裁判员就因为没得到一个“唐三彩”,当即罢吹,管你什么比赛不比赛;有的教练员到基层招运动员,大捞物质好处,却不管是棵什么苗子。在如今的中国体坛上,索要高价的事屡有发生。至于赛场内外发生的种种殴斗事件,更是屡禁不绝。还有公然违法乱纪杀人作案的事。

据三个省统计,在打击刑事犯罪活动中,被拘留和判刑的运动员、教练员竟达28人之多。

四川省21岁的举重健将邹远春,是个法盲。有哥们儿蒋锡斌跑来找他:“帮帮忙,我杀了人。”于是我们的健将对杀人犯盛情接待,然后替罪犯窝藏了凶器、赃物,借好钱,写好信,为罪犯换了衣裤帮助伪装,送蒋去青海避风。不期风声更紧,杀人犯重潜成都找到邹远春求助,邹再次借钱协助凶手脱逃(后二人被绳之以法)。而正是这位邹某,在事前不久的法律知识考试中,竟得了95.5的高分。真不可思议。

运动员不知法,犯法可怜。而一些体育工作的领导者知法犯法,则可恨。

1987年10月,河北省体委主任、党组书记张瑄,因贪污被开除党籍,撤销职务。这位河北省体育工作的一把手和该省体委训练处处长张某以及省体育服务公司副经理等人应邀出访归国后,在未曾付给外国人任何费用的情况下,居然大报其花账,报住宿、报膳食、报交通、报工杂,以此贪污3600元私分。说实话,这个数目倒不惊人,严重的是,他们在问题暴露之后,竟然去找外国人开假票据,出假证明!在这帮人领导下,河北省体育服务公司严重违法乱纪,犯罪活动猖獗,12名干部职工中,就有5人被检察机关立案侦查,4人被依法逮捕,造成了极坏影响。

受聘前来国家游泳队任教的民主德国著名教练克劳斯,看着中国运动员头疼,“告状”告到国家体委有关部门负责人那里,对他的中国学生提出了尖锐的批评。他摇着头:“我当了这么多年的教练,从来没碰到在中国这段时间遇到的问题。”他真不理解,“我按时到了训练场地,但你们的教练没到,队员也不齐,有的还在看电视。上训练课,有的队员居然熨衣服,看医生。有的队员到了训练时间,还在睡大觉。有的队员不来训练,也不提前报告。你们的教练不积极执行制订的计划,反而迁就队员,为他们开脱,说什么太累。用两个星期出国比赛一次,回来还要休整。有的运动员自以为了不起,高高在上;有的队员的训练成绩有欺骗现象,这样的队员成绩再好,在民主德国也是要开除的!他们不珍惜国家为运动员创造的条件,忘记了其他中国人是在什么条件下生活,不懂得有现在这样的训练条件多么不容易……”

还有一个现象颇值得国人思量:当无数善良的中国老百姓以那些英雄式的运动员为契机,尽情地抒发心底的爱国热忱的时候,而他们——英雄的中国运动员中的某些人却并不见得比人们更眷恋这块贫困的国土。老鸟一口一口地把小鸟哺育大了,小鸟要飞了。他们带着祖国给予的荣誉,远涉重洋,投奔异国而去。如李赫男、李孔政、陈肖霞、李宏平、李小平、李月久、吴佳妮、蔡振华、童非、谢赛克、梁伯熙、汪嘉伟、周兰荪、曹燕华、郎平等。

中国不可爱吗?

诚然,我并不想说出国就是不爱国,爱国不分内外。只是何必太急?中国更需要他们!

这里要说明:大量中国名将的出国,并不属于国际正常交往派出执教的援外人员,都不是。他们有的是自费留学,有的是以探亲之名,有的呢,只是到美国陪读而已。

有的,出去以后,还想着回来,却不多。

有的,出去以后,不想回来的却不少。

中国,为了培养他们,也算得上勒紧裤腰带了。我们的体育体制就这点儿不含糊:从小到大,从默默无闻到名扬四海,用不着你私人掏腰包,国家全包全揽!

有本事你自个儿花银子练嘛!多少国家的运动员不是这样?——一位业余体育家这样说。

还是那句话,怨不着运动员,不怨他们。我只是想打破那神话,弄清楚是超人还是凡人罢了。几番风风雨雨,在今日中国,树立任何神话般的光辉榜样都不是明智之举。

艰难的"体育热"

会有一批读者要责问我,说你咋尽看的是这些东西?你咋就看不见中国竞技体育运动的腾飞极大地振作了民族精神?难道你不曾看到我们通过体坛上的成就,早已向全世界宣告中国人甩掉了"东亚病夫"的耻辱帽子?难道我们在国际赛场上一次又一次的胜利,你就视若不见,听若不闻?

我接受这样的责备,并且这责备也是有力量的。然而,纵向的比较总是最省事,如果真正热爱中国体育,就不应沉湎于自我安慰。

不错,金牌是有200来块,搞得国人乐不可支。可惜只是流于观赏了,它们很难起到推动全民族体育事业发展和增强人民体质的应有作用。绝大多数中国人只有"看"的机会,却无"干"的场合。金牌的意义何在?

在中国,无论走到哪一座城市,你都不难看到,在川流不息疾驶飞奔的汽车旁边,在迷蒙昏暗的路灯下,少年在挥舞着羽毛球拍。我以为这是冒着生命危险的,他们在马路上的娱乐,绝不会引起汽车驾驶员格外的关照。孩子们冒险的行为当然不会激发更多的人来参与此类无知的运动。意味深长的是,这个常见的镜头说明了中国人身上潜在的运动才能和体育精神,被我们极端稀少的体育场地和残破的体育设施所钳制、埋没。

你若到乡间去,打谷场上,不难见到像一个大牌子似的独木篮球架。正面的木板已不齐全,想来是被精力过剩的剽悍后生用球砸断。大牌子寂寞地戳在谷场上,上头依稀可辨四个大字:农村体育。

夏日里,我常到山西省政治文化中心太原市去。这个城市即使拿到世界上也不能说小了。然而在1984年以前,这里仅有一个游泳池,池中比煮饺子还挤。太原是这样,济南、郑州、石家庄、兰州、沈阳、昆明、南京、成都、重庆、广州、上海、天津、北京,哪个大都市不是如此呢?

即便是那些为数很少的体育场馆,一般也不对普通老百姓开放,那是专为拿金牌的人设立的。不幸得很,郎平的铁掌并不能促进群众性球类运动的开展,李宁的托马斯全旋也无助于全国体操运动的普及。

甘当观众的人还是大多数。大批体育爱好者由于各种各样的原因,其积极性正在被挫伤。

从你身边看吧。中国到底有多少人参加体育锻炼?就是说,我们的体育人口究竟有多少?正式的报道说是3亿人,那么这意味着在我们周围,在任何一个家属大院,每10个中国人当中,长期从事体育活动的人当有3位。而在此黎明时分,我站在阳台上,看着远远近近在各自的炉灶边忙乱的邻居们,那么多尚未梳洗的蓬头女人或叼着烟卷的男人,在紧张地操作着,准备早餐。又有多少家庭的夫妇争夺过外出运动的权利?而无数的单身职工,不睡至上班迟到的临界时刻,是绝不会从被窝里起身的。他们一边啃着早点,一边匆忙地奔驰在上班的道路上。

倒不如这样说:在10个中国人当中,有两三个人曾经——是曾经,参加过体育活动。那是在漫长的人生道路上早期的某个环节,例如在校园里。中国人一旦当了爸爸妈妈或者当了干部什么的,就极少再去蹦蹦跳跳,因为那样会让人讥为不稳重,那毛手毛脚的样子显得很不深沉。中国文化深层的东西要紧的是精神修炼,气理平和,吃亏让人,不偏不倚,谁教你到运动场上争强斗勇、大呼小叫去啦?

我们有3亿体育人口一说,实在靠不住。估按中国经常参加体育活动的人数确是3亿,也不到总人口的30%;而联邦德国体育人口为全国人口的61%,美国占64%,挪威占67%,加拿大占59%。就拿中国的强项举重来说,连专业带业余一股脑儿加上，不过两三千人；而苏联举重运动员的人数达40万到45万人，经常保持的世界纪录在15项左右。谁能想到，他们在1964年和1968年奥运会上两度蝉联重量级冠军的选手，竟是一位专业作家——列昂尼德·扎鲍金斯基。

英国和瑞典的女子足球参加者都在10万人以上，联邦德国达到40万人，美国超过100万人；而我们的普通劳动妇女中，有几个踢足球的？男子足球就更不好比，苏联在不到3亿人口中，拥有450万足球运动员；联邦德国在6000多万人口中，就有420万足球运动员，平均每15位居民中就有1人；罗马尼亚仅有2000万人，就有16万人踢足球。这样一个小国，派出一支“希望”队，在1987年5月27日晚，以1比0击败了堂堂的中国二队，取得了长城杯和三菱国际足球锦标赛的决赛权。顺便说一句，诸国如此众多的运动员可不是像我们似的吃官饭拿官饷的，是民间自办或院校学生队，绝非我们可比。

马拉松运动。仅有200万人口的新加坡，竟有上万人参加马拉松大赛。美国和日本也常常是上万人参加，数百万人观战。我们呢？不过是几十人、百把人跑，观众也不踊跃。人口居全国首位的四川省，1981年在全国马拉松比赛中竟没有一人参加。

我们的整个社会体育水平、社会团体对运动竞赛的组织能力，也非常低。绝大多数国家参加世界性大赛的选手是真正的业余，直接来自院校或各自的谋生岗位，像刘易斯、摩西等超级明星就是学生。我们呢？官办专业队，打世界杯是这帮人，打奥运会是这帮人，打青年杯是这帮人，打大学生运动会还是这帮人。由社会上自己组织较大的运动竞赛，我们几乎办不到。

在第23届奥运会前后，中国的游泳池计有1394个，属于中小学的室内池全中国只有1个。而苏联具备42个游泳中心，外加2000多个游泳池；法国的游泳池达到4626个；联邦德国达到6500个；日本更可观，竟有31000个游泳池！

一个拥有2566个市县的堂堂中国，到1982年，才仅仅有41个市县达到了建有“两场（体育场和带看台的灯光球场）、一池（游泳池）、一房（健身房）”的起码要求，到1985年，才增加到84个市县具备这“两场一池一房”。

北京是不是好点儿？也不，在4个城区的471所中小学中，60%以上没有体育场地。上千万人口的北京市，合30万人挤一处体育设施。而近邻日本，平均每2600人即有一座运动场，每3200人即有一座体育馆，几乎是北京市的100倍。

全国平均，每位中国人仅有运动场地0.22平方米，只占民主德国的1/18，美国的1/60。

金牌尽管好看，却没有带动民众练起来。

我们的全国工人运动会,从1955年到1985年,中断了30个年头!职工体育活动开展如何,可见一斑。从1949年到1985年,36年间,我们没有举办过一届全国青少年运动会。全国农民田径运动会,也是在1985年才举办第一届。工人、青少年、农民这三个事关重大的运动会,都是在党中央于1984年10月发出《关于进一步发展体育运动的通知》以后,才于次年举办的。

有人说,啥也甭怨,只因为咱中国太穷。是穷,钱不多是真的;有点儿钱也只重金牌、不重视全民体育投资,也是真的。长期以来,我国体育投资同国民经济的比例严重失调,到1982年为止,体育基建投资仅占国家基建总投资的0.09%,又拿什么去发展各种体育设施?而体育事业费,也仅占国家财政总支出的0.16%,人均1角钱。瑞士,这个比例数为4.3%,人均95元;民主德国为3.6%,人均200多元。

即使按照我们在1984年以后增加到人均体育经费4角钱计算,日本仍比我们高50倍,民主德国比我们高500倍,苏联比我们高出了600倍——中国体育“热”得起来吗?

然而就这4角钱,到头来也不剩多少服务于群众。要知道养活一个省级的专业运动员,一年最少需要2000元,一个国家队员最少要4000元。没了他们,靠什么去夺金牌?

学者总是说:“体育乃是一个文明国家进行全民教育的重要内容。民族素质的内核是三大项:民族体质、民族智力和民族性格,而体质当推首位。”那么,我们发展体育运动的终极目的,究竟是夺取金牌呢,还是强化民族体质进而提高民族素质?我们千万不能把全民体育与竞技运动混同起来,因为前头说过竞技运动只不过是体育中的一项,其作用不外乎观赏而已。

从一个国家整体看,真正从事竞技运动的只是极少数人。问题就在于,我们恰恰过于偏重竞技运动并在很大程度上把它与体育的概念混同甚至以此取代了体育。

如果说,我们忽视竞技运动就失掉了国际比赛中的金牌,那么,我们忽视全民体育就会失掉整个民族的健康!

民族的不幸

一些专家对民众体质的忧虑尽管每每寝食不安,可他们自己呢?如果我们看一看专家们自身的体质状况,那才是真正的可悲。罗健夫、蒋筑英等人华年早逝,已是尽人皆知,不幸的是罗和蒋的命运,却在更多专家身上不断重演。

中国科学院在京研究所的体育活动场所本就奇缺，而今被侵占的现象又十分严重。如电子所，原有4个篮球场，现在一个也没有了。声学所、力学所、化冶所工厂、生物物理所和发育所等单位的体育场地，而今也被占光占尽。君不见科学城内，楼房越盖越高，空地越挤越小，又如何锻炼身体？

当我们为体育精英获得金牌而欢呼的时候，可曾有人想到过另一批“国宝”的健康？

列夫·托尔斯泰曾说：“一个埋头脑力劳动的人，如果不经常活动四肢，那是一件极其痛苦的事情啊！”

蒋筑英、罗健夫、栾福，当他们过早地告别尘世的时候，我们只是给予他们同疾病顽强斗争的精神、抱病工作的热忱以赞美词，却很少有人想到，那疾病本可以靠体育加以预防的。

每一个正直的中国人都应该记住这些数字：

北京。据国家体委科研所李力研对教学、科研等11个单位的10590名中年知识分子调查，患病率高达81.6%。这就是说，每万名中年知识分子中，有8000名以上在病痛的折磨中。

上海。抽查3714名中年知识分子，患病率亦达67.8%。复旦大学仅1986年元月一个月，竟有2300名教师到医院就诊……

每当我翻看这些数字，我的眼前就浮现出一张张脸：戴着厚重的眼镜，黄蜡蜡的面皮，瘦干干的面颊，细长的脖子硬挺着。

无论如何不能相信，在全世界的科学家胜利完成了第一次预防医学革命之后，在中国，这些献身科学的人们却成了最容易发生心血管疾病的人群。他们之中许多人一个紧接一个地倒下去了。

经对北京大学、清华大学、四川大学、复旦大学、浙江大学、武汉大学、中山大学、华中科技大学、洛阳工学院、同济大学、南京大学等院校调查，近年来去世的270位中高级知识分子总平均年龄不足58岁。

在中国科学院这座中国最高的科学殿堂，1986年以来，竟有94次奏响了哀乐——

著名地质学家曾庆丰，终年54岁。

著名数学家董泽清，终年51岁。

著名声学家施仲坚，终年50岁。

著名数学家张广厚，终年50岁。

著名数学家钟家庆，终年49岁。

……

回顾他们短暂的一生,受教育的时间几乎占去一半,继而浩劫十年;而今,他们刚刚劳作了数度春秋,却永别了自己心爱的事业。

雄图未竟身先死,怎不遗恨后来人!

试想,倘在疾病因子侵入他们身体之前,我们能够在他们中积极推行体育活动,强身锻炼,日增体魄,再辅之以医疗保健又何至于此!

前人有道:“一身动,则一身强;一家动,则一家强;一国动,则一国强;天下动,则天下强。”

在这里,我很想谈及一件使人困惑的事情。

自1987年夏季以来,京城里的“气功热”一浪高过一浪。据友人介绍,中华气功已有138个门派人员下山而来。大师们个个身怀绝技。有些报刊誉此为“名手蜂起,流派纷呈,气功从山林走向社会”。而气功师们下山入世的一个大任务,则是“普度民族的精英于苦难,拯救中国知识分子于衰亡”。有关材料说,大师们的出山,“赢得了首都知识界的热烈欢迎”,已有中国科学院、北京大学、清华大学、新华社、人民日报社、中国青年报社等——包括30多所高等院校、20多所科研单位以及首都新闻界、文艺界等6000多位“道友”,踊跃参加了各种以气功健身的速成班,聆听气功师们传功授课。大师们在这些无神论的“圣地”,可谓所向披靡。五个月之内,欣然接受气功治病者已达5000人次。此“热”一直越过1988年年关,仍以持续发展的势头席卷神州,大大超过了以往出现的争练“大雁功”“鹤翔桩功”的热度。

一个寒风凛冽的下午,我抱着久已有之的好奇心,奔赴一个专为首都新闻界、文艺界举办的气功速成班观瞻,地点在东城区的一个小胡同里。当我将要接近胡同中间的那个大院时,但见窄小的胡同已被诸多的小轿车所挤满。同行者抱怨我说:“入班学习是不兴迟到的,你瞅瞅,”他指着那些轿车,“人家前辈名流,早早就到了!”我们的脚步不由得加快。

进得院来,到了小礼堂门口,静悄悄的。我踮起脚尖,款款地推门,轻轻地挤进了那静谧的小礼堂,里头早已挤满了数百名绝非普通百姓的“同道”,大家都在认真听讲。

大师正在讲课。有人说,这位年轻的气功师当前在北京各大门派中独占鳌头,是最有名气的。他二十六七岁,衣衫整洁,身板看不出有什么强健,操着东北口音,生得很像我小学时班上一位腼腆的男同学。

听了一阵子,只觉得大师所讲的内容实不难懂,也并不引人入胜。而引起我关注的倒是另外一些人:中国最著名的大诗人、大作家、大记者和大学问家,还有曾经极其走红的歌唱家等一干人,正端坐前面几排,面容肃穆,专心恭听着这位青年的讲述。仅这一次前来听课的中华高级人才,就足足可以开出一长串震撼海内外的名单来。

正迷惑处,发现周围有人打瞌睡,且发出了鼾声,我想到以赶时髦、满足好奇心而前来的听众还是不少,也未必人人对气功都那么虔诚。只是"同道"们相互询问起是否已具备功力,是否能够发气,是否打通了"小周天"时,想必会有不少人由于生怕被讥为"肉身凡胎"而随声附和道:"还行,有感觉,呀,真的!"——免得被人戴上"气功盲"的帽子。因而这"气功热"便也传播得更快。

我漫步在北京的大道上,慢慢想着,渐渐又觉得单单把"气功热"归结为社会心理之传染未免浅薄,这中间必有其社会基础或物质基础。试想,真要有随处便宜的各种体育设施,恐怕这"气功热"的吸引力就不会太大。再说,气功原也同体育的竞争与开放精神格格不入,前者实属传统儒术之故技,后者才更具备现代社会现代人之风采。要说物质基础,无非是诸贤多在病中挣扎,又无体育关照,打针吃药于事无补,且强身益寿心切,无奈便想从"大师"那里寻求养生之道;也不排除还有一些人长期以来有着"减去十岁"那种心态。但那也毕竟是先病而后求诸他法。诸贤若多雄健,想它在知识界"热"起来就难。这一"热"中,我更多地想到了我们现代大众体育之不兴,想到我们弘扬体育真谛、振奋民族精神之迫切。

自夏日里采访以来,一种复杂的心绪总难排遣。

太阳像往常那样出现,今天比以往上升得更严肃。

(原载《当代》1988 年第 2 期)

大纪录

——中国改革开放四十年报告文学选

时代出版传媒股份有限公司
安徽文艺出版社

Da Jilu

Zhongguo Gaigekaifang Sishi Nian Baogao Wenxue Xuan

全三卷

大记录

——中国改革开放四十年报告文学选

李炳银●主编

APGTIME 时代出版
时代出版传媒股份有限公司
安徽文艺出版社

图书在版编目（CIP）数据

大记录：中国改革开放四十年报告文学选：全三册/李炳银主编.—合肥：安徽文艺出版社，2018.10
ISBN 978-7-5396-6403-3

Ⅰ.①大… Ⅱ.①李… Ⅲ.①报告文学—作品集—中国—当代 Ⅳ.①I25

中国版本图书馆CIP数据核字(2018)第139512号

出 版 人：朱寒冬
选题策划：朱寒冬 岑 杰
丛书统筹：岑 杰 胡 莉
责任编辑：胡 莉 姚爱云 张星航 蒋 晨
装帧设计：丁 明

出版发行：时代出版传媒股份有限公司 www.press-mart.com
安徽文艺出版社 www.awpub.com
地 址：合肥市翡翠路1118号 邮政编码：230071
营 销 部：(0551)63533889
印 制：安徽新华印刷股份有限公司 (0551)65859551

开本：787×1092 1/16 印张：87 字数：1600千字
版次：2018年10月第1版 2018年10月第1次印刷
定价：198.00元(全三卷)

目　　录

上　卷

中　卷

下　卷

只有一个孩子

——中国独生子女意外伤害悲情报告(缩写本)

杨晓升

我一向认为,揭人家的伤痛是一件极不人道的事情,也是一件极其艰难的事情。

但这一次,我不得不去做有生以来第一件违背自己本意的事情,因为这绝不是一般意义上的事情,不像那些天生好奇的人那样只满足于寻找街谈巷议的佐料而不惜幸灾乐祸地去窥探人家的隐私。我所要做的这件事情,绝不仅仅牵涉到那些不幸遭到意外伤害的独生子女家庭,而是关系到当今中国所有的独生子女家庭,乃至中华民族自身的生态现状以及中国的未来。所以,即使我认为不应该去揭人家的伤痛,即使这件事情做起来极其艰难甚至是艰苦卓绝,但我还是决定要做。

我下这么大的决心,其实已经不止两三年。我这个被朋友和同事认为很有社会责任感的人其实是一个地地道道的俗人,我的血脉里天生涌动着与绝大多数人一样的七情六欲。我热爱生命,热爱生活。我尤其喜欢孩子,每每见到那些憨态可掬或天真无邪的孩子,总会不由自主地放慢脚步,频频注目,胸间无限温柔地涌动着欣喜与怜爱之情。

记得还在恋爱阶段的时候,有一次与女朋友上街,途经一家幼儿园时,我对隔栏而望的一群孩子喜不自禁,默默注视,流连忘返,几乎忘了身边期待陪伴的女朋友。可令我意想不到的是,这件事不仅丝毫没有影响她对我的爱恋,我喜欢孩子的特点反而更坚定地促成了我俩之间的婚姻。待到我们有了自己聪明伶俐、漂亮可爱的女儿,我更是无可救药地父爱泛滥。只要一到下班时间,我恨不能早一点回家,与女儿一同嬉戏玩耍。堂堂的七尺男儿,竟然如此儿女情长,这在如今我的许多同龄人看来是很不可思议,甚至是很没出息的事情,但对我来说纯属天性使然。而“爱孩子”这一点,在妻子看来却偏偏成为我身上最大的优点,用她的话说,“这才有人情味”,所以她当初坚定地选择了我。

然而毕竟搞文学的人喜欢胡思乱想。当我们像中国繁华都市里许许多多三口之家那样,充分享受天伦之乐的时候,忽然间却害怕失去什么,以至于后来,当我接二连三地从媒体上获悉某某地方的独生子女不幸夭折的消息时,我内心深处随之感觉到难以言状的颤抖与痛楚。联想到街头上随处可见的“只生一个好”的计划生育公益广告,看着广告上那对年轻夫妇那么忘情、那么心花怒放地呵护着怀里那唯一的掌上明珠时,我不知怎么的就生出一个极不应该,甚至是大逆不道的假设:假如将来的某一天因为某种不可预测的因素,某种无法抗拒的外力的摧残,他们的孩子不幸地如花一样夭折、似玉一样破碎,这对原本无比幸福的夫妇将如何面对这种灾难性的打击?假若这对夫妇因为年龄或健康的原因从此不能再行生育,他们又将如何面对生老病死,度过那风烛残年的余生呢?

我为自己这种近乎荒唐的设想不寒而栗!

但在中国,自古就有“天有不测风云,人有旦夕祸福”之说——谁能否认我这种近乎荒唐的假设存在着变成现实的可能?所有追求幸福、祈求平安的人,哪怕是达官显贵,又有谁能保证自己完全能够把握住自己的命运不受天灾人祸的随时袭击呢?

没有,从来没有。

所以,面对那不幸遭受灾难的家庭,我无比痛心,也充满同情。我不忍心触痛他们,可同时又渴望走近他们,甚至带着一种不知从何而来的悲天悯人的情怀渴望着进入他们的生活,以自己多少有些不自量力的关心、同情去开导、抚慰他们那受伤的、至今仍汩汩滴血的心灵。我想从他们所经受的打击、所面临的困境中考察当今中国普遍存在的一家三口、“只有一个孩子”的家庭模式的血缘生态现状,乃至由此带来的对中国社会、对中华民族现在与未来的影响。

所以,我想对那些我渴望采访、被我无意触痛的家庭和当事人说:原谅我吧,我走近你们,不仅仅是为完成我自己认为此生不得不完成的一个社会使命,更为了你、我、他——我们中华民族的每一个家庭,从现在开始直至未来,能生活得更加美好!

第一章 张晔:眼看着就要上大学却梦断车祸

17 岁,豆蔻年华。正在读高中二年级、准备一年后考大学的北京女孩张晔,一如含苞待放鲜艳欲滴的美丽花朵,在冬天里的一个早晨却突然血溅街头,永远地凋谢了。父母那整日充得满满的人生希望,那寄托在女儿身上的无限梦想,随之像肥皂泡一样在最美丽的时刻异常残酷地彻底破灭……

血色清晨

1999 年元月 19 日的那个早晨,北京的冬天一如往年日短夜长。

已经是6点半了,但天仍灰蒙蒙的。正在上高二的女孩张晔像往日一样推起自行车走出家门,与邻居的另一位女同学一道冒着瑟瑟寒风,骑自行车去上学。今天,是学校期末考试的第一天,身为学习委员、成绩一直在班里名列前茅的张晔已经做好了一切准备,她对这次考试充满了信心。

天空的东边,朝霞如血。街道的中央,人影幢幢,你来我往。

张晔与同伴一前一后、一路说笑地朝学校的方向驶去。行至离家不远的拐弯处,一辆面包车突然如脱缰的野马从侧面疾驰而来,两位如花少女还来不及躲闪,便先后被撞倒在地,血溅街头。

这真是一个血色早晨。两位少女的青春热血染红了北京的街头。这骇人的血色透过氤氲朦胧的晨色,与天边的如血朝霞渐渐融成一体。天地间顿时红成一片,空气中霎时间弥漫着血腥的味道。各种路过的机动车不约而同呜呜地发出凄然的哀鸣。

在两位少女的出事地点——北京南郊南苑机场附近的那条依旧昏暗的小街上,过往的路人被眼前这突如其来的事故惊呆了,人们纷纷停止赶路,有的惊呼,有的哭喊,有的观望,有的则焦急地张罗着打110报警。

肇事司机,经过一夜的疲劳驾驶,困顿麻木的神经也被这突如其来的事故震醒了。面对众人的围困和指责,他别无选择地在好心人的督促和协助下,将两位鲜血淋漓的少女匆匆地送到附近的七一一医院。

父亲张立军是在女儿被送到七一一医院抢救之后才得到消息的。

事实上,女儿出事的地点距离自己的家门口也就几百米远,可张立军和妻子刘俊玲对此一无所知。女儿离开家门之后,张立军也上班去了。妻子刘俊玲下岗在家。张立军大约是在八九点钟的时候才得知女儿出事的消息。当他得知这一消息的时候,他才想起早上刚上班时,有一同事说起早晨距家门口不远处发生的那桩车祸。但那时候晨色微曦,那位同事并未看清被撞者。张立军也没太在意,就如报纸和电视新闻上时常报道的车祸新闻一样,听起来虽然令人伤心,但毕竟与己无关。可能每个人都会觉得,那样的不幸事件离自己毕竟很远很远。而现在,张立军做梦也没有想到,这种以往看似遥远的不幸已经降临到自己的头上。当他的另一位同事、好友马秀魁将消息告诉他时,张立军心一沉,忽然间便有一种不祥之兆。

其实,马秀魁在将这一不幸消息告诉张立军的时候,竭力控制着自己的情绪。作为张立军多年来最好的同事和朋友,马秀魁知道张立军患有心脏病,经不起外来的严重刺激。所以,搜索着适当的词句,尽量地轻描淡写。

“立军,听说你女儿让车给撞了,咱们赶快去医院看看吧。”

张立军隐隐约约感觉到大祸临头，但同时还心存侥幸。他想：不见得会那么严重吧？

张立军是被马秀魁架着走进医院的。一路上尽管他尽量往好处想，但仍然感觉到内心发慌，两腿发软，以至于无力爬医院的楼梯。马秀魁架着张立军坐上了电梯，到了医院的急救室。妻子刘俊玲这时候已先他一步赶来了，是街坊告诉她消息的。

情况比张立军想象的要严重得多。

张晔出事至今虽然已经过去几年，但张立军的另一位同事和好友余小云在向我描述车祸的惨状时，仍感到毛骨悚然："这孩子满脸是血，头发全撇了，脑浆汩汩地往外淌。我一看都傻眼了。立军的同事、好友几乎都赶到医院来了，见这阵势都纷纷恳求医生，说不管花多少钱，都要把孩子救下来！"

同事和好友都没敢让张立军夫妇进急救用的隔离室，怕他俩受不了。

直到医生让看拍出来的 X 光片子，张立军夫妇才知道女儿已经在病危状态。医生尽可能平静，同时也明白无误地说："张晔的生命最多能维持 3 天。"但夫妇俩仍声泪俱下地恳求医生全力抢救，说哪怕是个植物人也要留下，因为张晔是他们唯一的孩子啊！这个已经长到 17 岁的"唯一"如果都没了，自己这一辈子还会有什么指望呢？

七一一医院的医生是善良而负责任的。这所远离闹市、位于京城南郊，平时并不为京城多数人所知道的医院，无论是普通护士、医生，还是科室主任乃至院里的领导，都对张晔这朵行将凋谢的少女之花以及她的父母投以深深的同情，他们有什么理由不进行全力抢救呢？

手术与护理在这所医院紧张而又有条不紊地进行着，医护人员以高度的责任感和前所未有的人道主义精神，全力投入了对张晔的救护行动。

一天，两天，三天……张晔的生命之火在风雨飘摇中顽强地燃烧着，所有的人都全神贯注、满怀希望地祈祷着这羸弱的生命之火能持续下去，期待着这无限宝贵的青春生命能在医护人员的精心呵护下发生奇迹、重获新生，这种祈祷与期待一直进行了 9 天。当第 9 天的如血朝霞照常映现蓝天的时候，张晔这盏燃烧了 17 年又 265 天的生命之火，还是无情地、令人痛惜地彻底熄灭了。

与张晔一同被撞倒的那位同学却很幸运，虽然留下终生残疾，但毕竟保住了命。

假如不发生意外，这是一个幸福的三口之家

我是在距离张晔出车祸的数年之后才开始对她的家庭及亲友进行采访的。实

际上,张晔1999年元月19日早晨出车祸之后,我便在同年3月29日的《北京青年报》上读到了车祸的简短消息。我之所以留意这则简短消息并且小心翼翼地保存下来,是因为我早就开始关注独生子女意外伤害事件,并思考与此相关的一系列问题。

从开始关注到进行实质性的采访,为什么有那么长的时间距离呢?

我想除了公务缠身,其他的原因也不言而喻。与记忆中一部文艺作品的篇名《不要惊醒死者》意思截然相反,我内心深处一直是诚惶诚恐地不忍惊扰生者的。我这里所说的生者,当然是指那些遭受磨难的家属。我所说的不忍惊扰,则是指不忍心早早地惊扰——当家属伤痛未愈的时候,有谁忍心再去触痛他们心头的创伤呢?

几年过去之后的2002年元月的某一天,我却不得不进行这项对任何一位报告文学作家来说都将是极其艰难的采访。

当我多少有些忐忑不安地按照114查号台得到的号码拨通北京电器元件厂的电话,期望查阅到张晔父母张立军和刘俊玲联系方式的时候,不想事情进行得比我预想的顺利得多,因为接电话的恰好是张立军的同事和好友余小云先生。余小云听我说明意图,其所流露出来的热情令我意外。他说:“您想了解张晔车祸事件的来龙去脉,那好啊,我们正在忙着帮助她父亲张立军打官司呢!”余小云立马向我介绍了他的另一位同事,同样是张立军好友的马秀魁。他们仨都是同事和好朋友,现在工厂不景气,他们仨都下岗了,自己都在外面找活路。余小云说马秀魁更了解张立军一家目前的情况,而且能说会道。余小云还自告奋勇地说:“我跟马秀魁打个招呼吧,让他安排个时间接受您的采访。”我说:“我想和你们俩一块聊聊。”余小云爽快地满口答应。

过了两天的一个下午,两位中年男子应约来到我的办公室。从外表上看,余小云清瘦,马秀魁魁梧,但两人都古道热肠。说起张立军的事,两人你一言我一语,既痛心惋惜,又愤愤不平。几年前张晔出车祸被送进医院救治的那段日子,余小云和马秀魁都极其仗义,他俩自始至终奔前忙后。时至今日,他俩还在为张立军打官司的事打抱不平并忙碌着。

说起张晔的夭折,两人都痛惜不已。

马秀魁说:“张晔那孩子学习可优秀啦,每学期考试成绩在她学校的同年级中都能进入前十名。那孩子一米七二的个儿,大眼睛双眼皮,唉!太可惜了……”

不过要说张晔的学习成绩,余小云更有发言权,因为他儿子是张晔的同学。

余小云承认:“张晔学习成绩真的是好,比我儿子好多了。这么说吧,要是张晔考 590 分，我儿子顶多能考 580 分。她原本是要上清华附中的，就是差那么一分两分的没考上，最终上的十八中也非常不错。我儿子成绩都不如张晔，可现在已是北京工业大学二年级学生了。张晔要是不出车祸，现在也该是名牌大学二年级的学生啊！唉……”说着，他不住地叹息、摇头。

马秀魁接着说：“张晔这孩子真的是很有灵气，很懂事，干什么都很有热情。那年放暑假，她去推销化妆品，干得蛮像回事。有一次她去我家，跟我女儿一起唱卡拉 OK，嘿——我发现她唱得很不错！她的书也看了不少，一部美国小说《飘》她看得很入迷，看完了还津津乐道地向大伙讲那小说写得如何如何好。”

我问马秀魁：“你女儿也是张晔的同学吗？”

马秀魁答：“不是。我女儿比张晔大多了，现在在《电子时报》工作。”

听着他俩的描述，张晔的形象逐渐在我的眼前清晰起来：张晔从小就是一个乖孩子，不但形象挺拔出众，而且从小学到高中，学习成绩一直名列前茅。就是在出车祸前的高二那个学期，张晔既是班里的学习委员，又是学校里的升旗手。她的人缘很好，学校得知张晔被撞的事后，组织学生捐款一万多元。同时，张晔从小学到中学的同学纷纷前往医院探视，为张晔叠了一千只纸鹤，为她祈求平安……可想而知，这样一位风华正茂、前程似锦的 17 岁少女，做父母的在她身上寄托着多少希望和梦想啊！

张立军是知青出身，属于人们说的老三届初中毕业生。他父亲是搞技术的，在市政公司工作，修过天安门和北京站广场，“文革”时也挨过批斗。他母亲是家庭妇女。张立军那时兄弟姐妹一共 6 个，全靠父亲一个人的工资养大。

1968 年 12 月底，张立军刚满 16 岁，就跟着他哥哥到山西太谷县农村插队，在农村整整干了 14 年，回城时已经 30 岁了。刘俊玲也已 28 岁。刘俊玲的家境比张立军好些，她兄弟姐妹 4 人，父亲在建筑公司工作，母亲则在外贸公司任职，刘俊玲在家里排行最小。张立军和刘俊玲是回城后在工厂里认识并自由恋爱的，1980 年结婚。1982 年 4 月 29 日，张晔出生。张晔出生时脐带盘在脖子上，差点出了危险。但老辈人说，小孩出生时脐带盘上脖子，那是背着书包呢，长大了一定是一个读书人，而且是一个出色的读书人。这虽然有点迷信之嫌，但张晔的成长历程又多多少少印证着老辈人的这种说法。假若不发生意外，张晔是能够顺利考上大学，毕业后找份不错的工作的。两位被“文革”耽误，都没有机会上大学的中年父母，平日里恩恩爱爱，不玩牌不吸烟，满心欢喜、全身心地将全部希望寄托在这唯一的孩子身上，指望着这唯一的女儿 1 年多后能顺顺利利考上大学。

可天有不测风云，谁曾想到这样一个对未来充满憧憬、和睦幸福的三口之家，会被一场飞来的横祸无情粉碎呢?

如此沉重的打击,对任何一个三口之家来说都是致命的。

马秀魁讲:“出事那天,我在医院一直守着张立军,怕他受不了打击,因为他有心脏病。孩子就在医院的隔离室中抢救,他想见又不能见,也不敢见。临告别时才看了一眼。那时医生已给张晔整了容,不然张晔那血淋淋的惨状,直到现在我回想起来都受不了,何况她的父母?”

马秀魁叹了口气,又接着说:“张晔的丧葬和骨灰的安放也费了一番周折。火化时我们都没让张立军他们夫妇去,那时他俩都哭成了泪人,本身身体又都不好,再有个三长两短可受不了。我们只让他外甥去帮着料理,张晔的同学来了100多个,也都跟着去参加告别仪式。对于骨灰的处置,他们夫妇俩开始坚决不留,既想空(航空)撒又想海(大海)撒。但那时他们精神都处于非常状态,我们怕他们将来反悔,就悄悄留了下来。后来他们也明白了,就先寄存在张晔的姥爷那儿,因为她姥爷信基督教。第二年她姥爷去世了,她姥姥说放在一块吧,最后张晔的骨灰和她姥爷的骨灰一起安放在西北望一块地上……”

谁在往他们的伤口上撒盐

张晔车祸的肇事司机叫朱银友,是从安徽省来京打工的农民。出事的那天早晨,他是疲劳驾驶,在出事前的那一瞬间由于打盹将急刹车错踩到油门上酿成了惨祸。

在路人的督促下,朱银友还算知趣,他在众人的帮助下将两位被撞少女送进了附近的七一一医院,还主动拿来了1万元医药费帮助救治。

交通大队的调查结论是,司机应负全部的责任。他们将朱银友开的那辆白色小面包车扣在了交通大队。

那时候张立军和刘俊玲夫妇悲痛欲绝,他们在亲友和同事的帮助下全身心投入对女儿的救治上。由于交通大队已介入处理车祸事件,车祸刚发生时司机也在配合救治,所以他们并未意识到在经济赔偿上会发生什么意外。

可意外还是发生了。张晔17岁的生命之火彻底熄灭之后,在张立军和刘俊玲夫妇仍难以从丧女的悲痛中解脱出来时,却发现肇事司机朱银友不但再也没有露面,而且已经跑得无影无踪了。

为抢救女儿,张立军夫妇倾尽了一辈子的积蓄,将家里的三四万元全花光了。这区区的三四万元当然不够,张立军的哥哥拿了2万元,山东的一位朋友送来了1万元,加上肇事司机拿来的1万元,还不够,七一一医院出于人道与同情,也减免了一些医药费。

实际上，张立军不是那种不明事理、得理不饶人的人。相反，他是一位心地善良的好人。尽管女儿的不幸夭折给他带来无尽的创痛，但他并不想对肇事者做过分的纠缠和苛求。他认为孩子既然死了，再不能复生，对方该怎么赔偿，都按法律认定的办。肇事司机是外地来京的打工者，生存也不容易，“咱也别讹人家”。他还将女儿学校从学生中募捐来的 1 万余元的捐款送回学校，执意让老师们退还给学生。他说大伙儿活得都挺不容易的，“咱干吗去增加人家的负担”？

然而，面对逃逸的肇事司机，张立军无法沉默。一纸诉状送到了北京丰台区人民法院，丰台区法院也受理了此案。

一审判张立军胜诉，由肇事司机朱银友和车主李秀华共同赔偿车祸并医疗费及家属精神损失费，共计人民币 11 万余元。李秀华是北京大兴人，他因做熟肉生意与朱银友成为朋友。据李秀华讲，朱银友是借他的身份证买的车，法院根据法律判 11 万余元由肇事司机与车主共同赔偿。

李秀华不服，他说我没撞人，凭啥要我赔偿？为此，他上诉到了北京市第二中级人民法院。中院经调查，二审维持了原判，但也略有调整，因为肇事司机朱银友畏罪跑了，判车主李秀华先代为垫付赔偿金，但李秀华拒不执行。

张立军花了数百元手续费，向法院申请强制执行。两三个月后，张立军和朋友马秀魁、余小云等跟着法警，驱车来到位于京郊的大兴县李秀华的居住地，但李秀华已人去房空。周围的人都说，已经好长时间没看到李秀华了，他也没回来。显然，他是负案逃逸了。

望着那空空如也的房屋，张立军的心如行将下雨的天一般，霎时间阴沉下来。这种郁闷的心情与丧女的悲伤夹杂在一起，一直萦绕于胸。

直到 2000 年，法院的法警才在青海抓住了肇事司机朱银友。朱银友身无分文，但他拿出了购车保险单，交给了交通大队。按保险单上的保额，保险公司最高能赔 5 万元。张立军心想这保险额连同那辆肇事白色面包车的价值，这回有希望拿到赔偿金了。于是，他随朱银友拿着保险单到北京中国人民保险公司索赔。但人家拿过保单一看，说这不是北京的保单，是天津宝坻县中保公司下属一家营业公司开的保单。经查询方知，1998 年该公司在北京中保大厦租了一间办公室，前后也就一个多月，弄了些保费走掉了。北京的中保公司还告诉了天津宝坻县中保公司的联系电话。打电话一问，人家承认有这回事，但说办保单的那个机构解散了，那些人都不在了。显然这不是理由，跑得了和尚跑不了庙，反正这保单是你们中保公司的。法院负责此案的法官来到天津宝坻县中保公司，但对方说必须是当事人、车主李秀华,而且说那张保单的有效期是 1 年,现在已经失效,即使有特殊情况需要履赔,也须由车主本人经办。可车主不在呀,连影儿都找不着！很显然,保险履赔是没希望了。一行人毫无办法,一脸的怨恨,一脸的沮丧。最令他们不解的是,外地的保险公司怎么可以易地到北京来开办保险业务呢？这样做履赔能有什么保障呢?!

保险履赔的路看来被堵死了。张立军心想先将那辆白色面包车卖了吧,那 11 万元的赔偿金能先拿回一点算一点。回到北京,他去找交通大队,说明来意。但交通大队的说法让张立军一下又傻了眼:凡交通大队扣押的车辆,按规定每天须交纳 30 元的存车费,那辆白色面包车已经被扣了 2 年多的时间,须交给交通大队的存车费少说也得2 万多元吧?可那辆白色面包车买的时候车价也就是4 万余元,加上折旧,扣除交通大队 2 万多元的存车费,这车还能卖几个钱呢?

无奈之中,张立军又找到法院,要求进一步对车主李秀华强制执行。但接待他的法官说,不是去过一次了吗？他人不在,我们也没办法。你能找到他吗？找不到怎么执行呀?

张立军一听,如鲠在喉。他从没打过官司,从不知道打官司这么艰难。自己是打赢了官司的呀,可执行起来怎么这么难呢？判决执行不下去,这责任难道只能让当事人自己去想办法、自己去负责任了吗？张立军怎么也想不通。

时至今日,张立军打赢的官司仍搁在那里,能否执行遥遥无期。判决书上那白纸黑字写的 11 万余元的赔偿金,张立军仍一无所获。女儿车祸致死花去的那笔巨额救治费、丧葬费,至今仍分文无补。

人到了倒霉的时候,真的是一路不通便路路不通,干什么都不顺啊!

丧女的痛楚,打官司不断奔波的辛苦,索赔不成带来的无尽烦恼……这一切的一切几乎是席卷而来,一股脑儿地落到张立军和刘俊玲这对中年夫妇身上。他们感觉自己眼前的生活如雪上加霜,异常灰暗,冷入骨髓;自身的伤口像被谁又撒了把盐,阵阵抽搐,疼痛难忍……

难以解脱的噩梦

我是在马秀魁和余小云的热心帮助下才采访到张立军的。那天我在办公室采访完他们俩,便提出请他们帮助与张立军联系一下,讲明我的意图。我若自己找张立军,怕太冒失了,希望马、余两人同张立军事先沟通一下,让他有个思想准备。毕竟他们仨都是好朋友,自打张晔出事,马、余两人为张立军奔前忙后,直到现在还在为张立军打官司索赔的事奔忙操心。

腊月里，北京的天异常寒冷。寒风冷飕飕的，不时裹挟着混浊的尘埃，在孤寂落寞的胡同里蹿荡，让人感觉到人生的几分凄凉。

张立军和刘俊玲夫妇，居住在宣武区距离长安街不远的一个大杂院里。这处20来平方米的平房分里外两间，是刘俊玲的嫂子暂借给刘俊玲住的。

痛失张晔这唯一的孩子之后，张立军和刘俊玲夫妇俩宛若惨遭严寒摧残的庄稼，原本生机勃发、挺拔昂扬的两人一下全蔫了下来，精神的支柱几乎全垮了。

尤其是刘俊玲，多少次哭得死去活来，多少个日日夜夜以泪洗面、噩梦重重。她怎么也不相信自己那如花似玉的女儿，那眼看着就要上大学的女儿忽然间便没了身影，永远也回不来了。所以，只要一回到南郊自己那套原本与女儿朝夕相处的楼房里，她便精神恍惚。她一会儿觉得女儿正在水房洗脸，那洗漱的水声清晰入耳；一会儿，她又仿佛见到女儿在写字台前学习功课的身影……这样的错觉日夜出现，让刘俊玲一直精神恍惚，似梦非梦，亦真亦幻。这种状况连续不断，使得刘俊玲无法自已。往日贤惠利索、精神清爽的她忽然间像变了个人似的，只要一回到屋里就时常发呆，寝食不安，精神几近崩溃。这种状况不仅使丈夫张立军日夜担心，就连刘俊玲自己也不免害怕。亲戚朋友看她这个样子，也都伸出关爱之手，劝他们俩不如暂时离开那个环境，到外边散散心。夫妻俩一商量，觉得在理，便搬到市中心的这处简陋狭窄的平房来了。春节的时候，夫妻俩还应表姐之邀到河北保定一带散了散心。

虽然住到了市中心，夫妻俩却时常要回到南郊的那套两居室的楼房去看看。为了纪念女儿，将女儿的音容笑貌永远地留住，那套楼房中女儿专用的书房，所有的用物、陈设，至今都纹丝未动。那张床，那张桌，那盏灯，那个书包，那些书和笔，以及女儿生前喜欢听的录音机和歌曲磁带……这一切的一切，让做父母的一见之下，就仿佛又见到了女儿，眼前又满是女儿的音容笑貌。因此，虽然女儿早已一去不返，但张立军和刘俊玲都不约而同地选择了沉默，谁也不忍心去动女儿的那些东西，唯恐惊动女儿那渐渐安息的灵魂。每次打开女儿的房门，夫妻俩只是默默地看一会儿，然后各自拿一块干净的抹布，小心翼翼地擦去女儿遗物上的那些尘埃……

虽然住到了市中心，但女儿生前的同学好友仍时不时前来探望张立军和刘俊玲这两位长辈。夫妻俩也很喜欢这些孩子，每次见到他们，就像见到自己的亲生孩子一样倍觉亲切。张晔的这些同学好友，有的后来到城里来上高中，上下学路途遥远，张立军和刘俊玲就让他们住到自己家里来，一直送他们上了大学……

在他们现在住的那套平房里，张立军一个人接待了我。由于工厂不景气，妻子刘俊玲提前退休之后在外面找了一份零工,那天都到傍晚6点多钟了,可她还未回家。张立军自己几年前下岗之后,跟着一同下岗的好友马秀魁在外面打零工,帮人家推销低压电器产品。夫妻两人的收入加起来,勉强能够度日。

眼前的张立军跟我想象的差不多:宽肩大脸,典型的北京汉子。丧女的打击和岁月的磨砺,使刚刚年过半百的他,容貌上罩着一层淡淡的忧郁。面对我的来访,早有准备的他仍愁云满面,心事重重。

问及小时候的张晔,张立军的声音缓慢而低沉——

“张晔这孩子刚出生时瘦长瘦长的,几乎是皮贴着骨头。我还担心,这么瘦弱的孩子不知该怎么长大呢!可没想到一转眼十几年过去,孩子说长大就长大了,而且还很聪明,成绩一直很好。小学四年级时,老师就让她上讲台给别的同学讲数学。她还喜欢绘画,后来因为学习紧张,就没什么时间画了。让我们感到欣慰的是,这孩子学习从来不用我们操心,特自觉,我们都看好她考大学。这孩子性格开朗,爱说爱笑,人缘还特好。出事后同学纷纷来看望她,都以为能救活,都想看上她一眼。

“唉!发生这事儿,要说起来还有点迷信色彩呢。出事的前一天,她骑的那辆自行车脚蹬莫名其妙地折了轴,我给她修好了。头一天晚上,她去同学家帮助复习,很晚才回来,我和她一块等她妈妈回来吃饭,饭菜我都做好了。她妈妈从姥姥家回来时,饭桌上三副碗筷都摆好了,叫她妈吃她妈不吃,过来把其中的一副碗筷收了,不想刚拿到手就掉到地上,那碗碎了。当时我觉得心里哪儿好像不太对劲,可也没吭声。到了晚上,张晔进了里屋,说,妈,今晚我跟你一块睡吧。平时她都是自个儿在她的房间睡的。我见此状便说行,我到外边去睡。

“张晔她姥姥信基督教,平时她家里的人都爱跟着戴十字架。考试前的那天晚上,张晔说妈你那个十字架给我戴着,明天我考试考好点儿——嗨,怎么说呢,这些事说起来是有点儿迷信,但回想起来,似乎又都是前兆……”

回想起女儿的车祸,张立军依然是满脸的懊悔。

据张立军讲,张晔出生于1982年4月29日,6岁时她开始上学。

我问:“张晔以前上学,你们做父母的接送吗?”

“小学时当然要接送,后来大了,就不怎么接送了。上初中她自己骑自行车。上了高中,因十八中路比较远,开始我们也不放心,接送了一段时间。我先骑车送她到南苑,然后坐我们厂里的班车去上学。再到后来,她自己就骑自行车了。”

“你们原来对女儿有什么期望呢?”

“我对孩子的要求是学习要好,将来做一个对国家有用的人。她从小特佩服周恩来总理,说将来她也要出国留学,想当教师或者律师。可真的是没想到……唉!现在说什么也没用了。”

张立军不住摇头,感慨良多:

“我与俊玲相爱的时候,她的父母并不乐意,原因是我家庭成分高。她父亲出身虽然也不算好,但他们毕竟怕女儿将来吃苦。那时候家庭出身不好,在社会上就抬不起头来,哪想到社会能发展到今天这样啊。

“孩子出生后一直住在她姥姥家,因为她家有房,宽敞。孩子11个月时我住在她家,因为生活上的小事我被她父母打了出来。我这人脾气不好,到现在我都不去她家。那次被他们打出来后我半年多没见到孩子,待到元旦的时候我爱人才抱着孩子到厂里看望我。后来,孩子基本上是在她家长大的,所以孩子跟她姥姥姥爷都有感情。她姥爷现在不在了,可姥姥还在。张晔出事之后,我们好长时间都没敢让双方老人知道,怕他们都受不了。

“打击真是太大了,好长时间我俩都没缓过劲来。尤其是我媳妇,精神都快崩溃了!所以我特别紧张,生怕家里再出什么事。她受打击到了何种程度呢?她说我到我妈那儿去,我说大冬天的咱们这里有暖气他们那里没暖气呀!她说我就得去我就得去!没办法,我只得找一位开车的朋友送她去。可到了那儿刚进屋门,她又会打电话来说你快来接我吧你快来接我吧——她真的是精神恍惚、六神无主了!在原来的那套楼房里住,我们老有错觉,一进家门就总感觉孩子就在跟前。尤其她,老觉得眼前有女儿洗脸的动作,要么就是发现女儿在跟前看电视。到了晚上更是睡不着觉。

“夜深人静的时候,我们俩躺在床上老想着将来老了该怎么办呀?想得浑身发紧,因为想到老了要是病倒在床上,行动不方便了,拉一裤兜子屎啊尿的都没人给洗,那时候可就惨了……”

张立军哽咽起来,几乎没能再往下说。我心头也掠过阵阵凄凉。因为他们只有一个孩子,可这唯一的孩子眼下却没了,永远不可能复生。他们的晚年能有真正的幸福吗?

迟到的孩子梦

张立军和刘俊玲也曾想到重新要个孩子。那年刘俊玲45岁,觉得还不大呢,再生孩子没准儿还行。孩子的名字也都想好了,还叫张晔。

张立军说:“政策要许可,当初我们就会多要一个孩子,因为张晔的姥爷姥姥都喜欢孩子,我爱人什么花呀鱼呀狗呀猫呀的,一概不喜欢,就是喜欢小孩。”

张立军说着摇了摇头，艰难地咽下一口唾液，语调充满懊丧："唉！现在想要孩子，真的想极了，但毕竟年龄不饶人。我俩都一样，身体状况不行。前几年我心脏病时恨不得每分钟才跳十几下。孩子在时我能辅导她到初一。我上学时数学比较好，我父亲不是也搞技术的吗？所以我一直辅导她数学。"

说到能否再要孩子的问题，张立军似乎酸甜苦辣一下子全涌上心头，话儿又多了起来。其实，那天采访他的好友佘小云和马秀魁，他俩就讲了张立军和刘俊玲夫妇在女儿去世之后，想重新要一个孩子所做出的种种努力。

大约是张晔不在的两三个月之后，他们想，试试看能否再要个孩子。这一念头冒出来之后，他们便开始身体力行，日夜盼着能重新怀上一个孩子。遗憾的是，他俩的愿望一而再，再而三地落空，1 年过去，2 年过去，盼子的愿望不断折磨着这对年近 50 的夫妇。夫妇俩弄不清这到底是什么原因。按说，张立军身体还行，刘俊玲的身体经历了丧女的打击之后，大伤元气，整天病恹恹的，总是提不起精神，但每月还是来例假的，只不过不太正常，经常提前，最多的时候能提前 7 天。问题会不会出在这里呢？

夫妇俩于是到中医医院检查，结论是子宫内膜脱落。医生的解释是，例假周期准是因为有排卵期的支撑。没有排卵期的支撑，例假周期自然不准。这种情况可以服药调理，但能否彻底调理好，各人有各人的身体状况，只能试试看。

刘俊玲满心虔诚地从医生那里买回了药，一心一意地服着，只是总不见效果。于是，刘俊玲情绪低落，天天郁闷。

这期间，刘俊玲从晚报上看到一条消息，说海淀区某医院有一大夫，治妇女不育症很灵验，人称"送子观音"。这消息霎时点燃了刘俊玲内心的希望，她如获至宝地将这个消息告诉了丈夫，并迫不及待地提出去那家医院看看。张立军将信将疑，不太支持妻子去，但妻子死活要去。自打医生查出是她自己的问题，她内心总是充满内疚。其实，在孩子的问题上，丈夫并没有责怪她，还安慰她说不能要就不要了吧，可她比丈夫更迫切。结果她自己先跑了一趟，回来时面带喜色地告诉丈夫："那大夫说行！你跟我去吧。"

张立军蹙了蹙眉，还是不大相信。他将这事告诉了好友佘小云，佘小云很仗义地一挥手，说："嗨，不妨去瞧瞧呗！"于是，他陪着张立军一块去探了个究竟。结果，两人都认定那个所谓的"送子观音"是个骗子，因为那大夫开一个月的药就得 1500 元，还不知道管不管用。张立军一听头都大了，内心一细想，说算了吧，咱一个月才挣多少钱呀？后来有朋友告诉他，那个"送子观音"的药实际上真不管用，听说没多久就被查抄了。

这期间，夫妇俩还一同到妇产医院询问能否申请试管婴儿。医生向他们解释说，试管婴儿是35岁以下还没孩子的夫妇才合适，到你们这种年龄啊，成功率低，医院也不愿意干，因为要是失败就影响了原有的成功指标。再者费用也高，得3次取精、授精，每次2万元，3次就得花6万元——哪儿来这么多钱呀？夫妇俩基本死了心。

张立军的另一位同事对他说，护国寺中医医院有一老太太，是治疗妇女不育症的专家，像刘俊玲这样的症状她能够治好。于是，刘俊玲又开始到那所医院看那位专家，并开始吃药。

总之，为了能再生一个孩子，张立军和刘俊玲夫妇几年来东奔西跑，四处求医，心操了不少，钱花了不少，可时至今日仍不见成效，夫妇俩于是心灰意冷。刘俊玲更是大受打击，整天情绪低落，郁郁寡欢。自打女儿离去，没几年时间，原本身体壮实的她仿佛一下子老了10岁。白头发添了很多，笑容不见了，皱纹爬满双颊。尤其是那层无尽的忧郁，像一层瘟疫，顽固地罩在她那原本精力充沛、满是笑容的脸上，想挥挥不去，想赶赶不走。张立军看在眼里，疼在心中。尽管女儿的离去也给他带来了刻骨铭心的痛苦，但他毕竟是男人，男人天生要比女人坚强。要说盼望能有个孩子，张立军心情更甚。只是相比于妻子，他更内敛些，碰了钉子也更想得开些。他总是想，要不了就不要了吧，想也没用，急更没用，还是顺其自然吧。他这样想，也这样去开导妻子。眼看丈夫如此豁达，刘俊玲虽心存感激，但也依然内疚，依然忧郁……

2001年夏天的一天，张立军应朋友之邀在南苑的一家饭店吃饭。

刚落座，女服务员走了过来，张立军抬头一看，忽然眼前一亮，这位女服务员挺像自己那已经不在人世的女儿。他心头不由得一热，一股暖流涌了上来。席间，朋友们劝酒说笑，异常热闹，张立军一个人却心神不定，眼睛总是瞅准机会左右端详那位服务员。

回到了家，张立军将这事跟刘俊玲说了。俊玲一听，也按捺不住好奇，非要丈夫带她去瞧一瞧。张立军经不住妻子动员，就带她去了。

到了饭店，夫妻俩前寻后觅、左瞅右瞧，终于找到了那位女服务员。四只眼睛齐刷刷地盯住了她，盯得那服务员不得不开口说话："叔叔，阿姨，你们俩是不是有什么事呀?"不说还好，这一说，倒让两位长辈不好意思起来。

张立军的头霎时摇得像拨浪鼓，一个劲地说："没事，没事。"话一出口，又觉得心存不甘，禁不住又补了一句，"实话跟你说，我们觉得你有些像我们的孩子。"

女服务员纯真地笑："是吗?"再一转眼，却发现眼前的这位阿姨已经低下头哭了。女服务员那笑僵住了,转而蹙了蹙眉。

张立军见这阵势,只好如实将女儿已经不在人世的情况告诉了眼前这位女孩。

女孩听罢,出乎意料地说:“阿姨您别哭,要不我给您俩当孩子?”显然,这孩子很善解人意,她是想安慰眼前这对失去孩子的父母。但这话说得张立军和刘俊玲夫妇俩心里热乎乎的,而且不约而同地萌发出一种从未有过的希冀:这孩子长得这么像张晔,她要是真能做咱们的孩子,那该有多好!

刘俊玲抹了抹眼泪,试探着问女孩:“你——你说的当真?”

女孩望着两位伤心的长辈,眨了眨眼,抿了抿嘴,最终笑了:“您二位要不嫌弃,我可以考虑考虑。”刘俊玲破涕为笑,夫妇俩紧紧拉着女孩的手,你一言我一语,竟然把事情给说成真的了——女孩愿意当他俩的女儿。

女孩叫刘红兰,家在东北农村。事情说成之后,她的父母还特意来北京与张立军、刘俊玲夫妇见了面,因为他们家里还有其他几个孩子,所以对刘红兰给他们当女儿的事也表示认同。张立军和刘俊玲夫妇喜出望外,当时就让刘红兰辞掉了工作,跟着到市中心这边来住,并且专门给她腾出平房中的里屋,还买来了一台电脑,让她参加电脑班。衣食住行,夫妇俩对她也都百般呵护。很显然,他们一开始就将刘红兰当作自己的女儿,对她也投入了全部的爱心。刘红兰也感受到了来北京之后从未有过的温暖,她把这个家当成自己的家,把张立军和刘俊玲当作自己的父母,“爸”前“妈”后叫得很亲切。张家的日子忽然间又恢复了生机。

然而,随着时间的流逝,日子又渐渐平淡起来。才两个多月的时间,刘俊玲脸上那难得的笑容又逐渐暗淡下来。自打刘红兰走进这个家,她便将刘红兰完完全全等同于自己那已经不在人世的亲生女儿张晔,她将刘红兰看成是张晔的再生。刘红兰的一举一动、一笑一颦,刘俊玲都要拿她与张晔做对比。这样的一种心态和对比,使刘俊玲对刘红兰越看越觉得不对劲,越看越觉得不顺眼,越看越觉得刘红兰处处都不如自己的亲生女儿张晔。

实事求是地讲,刘红兰许多方面的确不如张晔。她毕竟从小生长在农村,书也只读到初中,而且是乡村里的初中,无论是教育水平、生活水平还是文化环境都没法与北京相比。但就身体和智力而言,小刘也不笨不傻,电脑学了两个多月之后,她打字的速度已达到了每分钟七八十个,这对一个受教育程度不高的农村女孩来说已经很不容易了。这一点,张立军看得比较清楚,可妻子刘俊玲却不然。渐渐地,刘俊玲开始从内心拒绝刘红兰,对她的爱和呵护渐渐冷淡下来,她也开始在丈夫张立军面前发泄对小刘的各种不满。而在怎样看待小刘的问题上,张立军却显得比较理智客观,他不同意妻子总拿小刘与张晔比。他希望妻子对小刘能多一些包容，但妻子总听不进去。为此，两人没少争辩，没少争吵。妻子在这个问题上的固执是惊人的，这种固执让张立军异常苦恼。张立军的心情也渐渐烦躁起来，脸上那好不容易恢复的笑容也日渐消失。到了后来，张立军也不与妻子争论这个问题，他想爱怎么着就怎么着吧，但他不希望让刘红兰走。

刘俊玲的态度却早已让刘红兰看在眼里，她开始苦恼起来。自打来到张家，她感受到了家庭的温暖，作为农村来的孩子，她当然希望能在北京的这个家生活下去，希望北京的这对父母能一直对她好，自己也愿意作为他们的女儿，将来尽职责和孝心。但现在，她已看出刘俊玲对自己的冷淡，也已看出张立军与刘俊玲之间的分歧，她不想勉强，不想让他们尴尬和为难。留与走的思想斗争一直困扰着这位农村来的女孩。

终于有一天，当张立军和刘俊玲都不在家的时候，刘红兰给张立军留下一封信，走了。严格地讲，刘红兰留下的不是封信而是一张字条，那字条简简单单地写道——

爸爸：

我走了。我花你们的钱以后会还给你们。

刘红兰

张立军回家发现字条，内心咯噔一下，酸溜溜地说不清是什么滋味，他极其难受。毕竟当初是自己主动让人家来的，还让人家辞了工作，现在刘俊玲内心却又拒绝人家，怎么说他都觉得有些对不起这位农村女孩。这么想着他火了，冲妻子大声嚷嚷，夫妻俩为此又吵了一架，都在怄气。但事已至此，张立军也没有主动再找回刘红兰的意思，他觉得妻子这个样子，留是留不住人家的。他又想刘红兰都这么大了，在北京也都有过工作，现在又学了电脑，她不至于找不到工作吧？

自此以后，刘红兰再没回来过，甚至连电话也没打过。刘红兰的父母倒是给张立军来过电话，说要劝刘红兰回到张家。张立军回答说，她要有意回来就回来吧，不就添一口饭吗？从内心上讲，张立军是希望刘红兰回来的。毕竟，他们渴望着能有一个孩子啊！

刘红兰在张家的几个月，张家在刘红兰身上花了数千元钱，这是张家当时为数不多的一点积蓄。虽说刘红兰自己说以后会还，但张立军并不希望这样。

现在，下岗和提前退休的张立军和刘俊玲夫妇都在外面找活路，打打工挣点钱。这一方面是为了糊口过日子，另一方面是为了再攒点钱，过些年干不动活了，生活能有所依托。经历了如此大的打击和生活变故,他们几乎已经一无所有。

对于能否再生孩子,张立军的态度是能有更好,碰上就要;碰不上,急也没用,一切顺其自然。至于收养,刘俊玲是绝对不要了。对此,张立军是一脸无奈:“认命吧,还有那么多人结了婚不要孩子呢!”他苦笑,摇头。

让张立军和刘俊玲伤心的是,张晔车祸的赔偿金,法院判决已经过去那么多年,时至今日却仍未拿到。说到如今的法院执行难,张立军愤愤不平:“被判赔偿的车主真的找不到吗?他不是有身份证吗?当地不是有派出所吗?公检法在中国难道是铁路警察各管一段吗?”所以,他认为不是执行难的问题,而是想不想执行的问题。如此下去,中国的法律能有什么威信呢?

张立军的话当然是值得深思的。执行难在中国如果任其成为顽症,且不说这样下去法律没有权威可言,对于像张立军和刘俊玲这样失去唯一孩子、生活遭受惨重损失的夫妇来说,其打击却更为实际甚至致命。因为他们晚年赖以生存的根基异常单薄和脆弱,没有足够的积蓄,谁来支撑他们风烛残年的晚年生活呢?!

第二章　郭宝臣:厄运撞得他的晚年如此凄凉

命运是什么?是永远让人捉摸不透的神灵,还是可以任由自己把握的方舟?似乎都是,也似乎都不是。有时候,人是可以把握自己的命运的。但有时候,人又显得那么的渺小、脆弱,那么的无足轻重和无能为力,比方当厄运降临的时候,恐怕任何人都会猝不及防并最终徒叹命运的乖张……

生命曾经如此辉煌

在文学界,郭宝臣的名字许多人都不陌生,因为他是著名大型文学期刊《当代》的资深编辑。假如再追溯到“文革”刚刚结束之后新时期文学那一次次的轰动效应,你肯定会记住郭宝臣这个名字。因为他与杨匡满合作采写的长篇报告文学《命运》,发表在《当代》创刊后的第二期杂志上,并由人民文学出版社出版了单行本,在全国激起强烈反响,一时间洛阳纸贵,一印再印。这部报告文学一举夺得1979年度全国优秀报告文学奖。掌声与鲜花,名誉与光环,一下子从四面八方聚焦到两位作者的身上。

郭宝臣是一个平静的男子,平静得像一滴水,波澜不惊,泰然自若。这位20世纪50年代从河北农村走出来的男子,1965年从河北大学中文系毕业,分配到中华人民共和国文化部艺术局工作,不但成了令人羡慕的北京人,而且是国务院直属部委机关的干部。不过从性格上讲,郭宝臣秉承了中国传统农民那种内敛、老实的基因。他身材不高,瘦削,戴一副眼镜,见人总是谦和地笑,一副与人为善、与世无争的样子。当然,这些并非郭宝臣性格的全部,他还勤奋、内秀,写作、书法、绘画样样都会,而且大都是无师自通、自学成才的。

作为一位优秀编辑,郭宝臣在组织每一篇作品、培养每一位作者的背后,有多少类似的故事呢?性格内敛的郭宝臣不愿意向我讲述。但郭宝臣所有那些已为人知的业绩,已使他在同事中赢得了广泛的认可和尊敬。这种认可和尊敬,使得他在1996年申请评聘编辑系列中的最高级技术职称——编审中,获得了评审委员会的通过。这一年已经54岁的郭宝臣,眼看着就要走向本职工作的顶峰,实现自己的夙愿。出乎意料的是,郭宝臣最终却没有如愿。对此他没有料到,他的许多同事也没有料到。获悉此一情况,生性内敛的他从此开始郁郁寡欢,一蹶不振……

屋漏偏遭天不测

郭宝臣原本有一个幸福的家庭。妻子芦秀珍在北京某绣花厂工作,是典型的北京人,生性开朗泼辣,贤惠能干。在郭宝臣编审职称的评聘被行政否决的那一年,女儿郭缨已26岁,早已参加了工作。

郭缨上的是中专,学的是机械制造。虽然没有上大学,但她的性格像她的母亲,开朗活泼,干什么都不肯服输。中专毕业后,因为不甘满足于现状,为图谋更好的发展,她先后换了好几个单位,学过电脑,干过文秘。她最后选择的是一家房地产公司,干的是推销。尽管她干得不错,薪水不菲,却还是不满足现状。她渴望继续深造,向领导提出要报名参加外语学习班,不想这一要求未得到领导的认可。郭缨陷入了苦恼,一气之下,生性要强的她又辞掉了工作,在外面报了个英语培训班,专心学习起外语。

郭宝臣有两处房子,一处在东城区朝阳门内大街,离人民文学出版社很近,是北京旧式的两居室,一大一小,没有厅,只有狭窄的过道,所以总面积不大,顶多只有40来平方米。对于工龄很高、资历很深的郭宝臣来说,居住这种面积的房子当然是委屈了他。按规定,出版社后来又在分配新一批职工住房时,为郭宝臣补了一间,格局也是两居室,但与别人合住,厨房、厕所与别人共用,地点位于朝阳区东二环路十条立交桥东北角的东中街。

有了这处房子,郭宝臣便将书房搬来,读书、写作、看稿、编稿、绘画和练习书法,这一切活动都在这里进行。与此同时,这里还成了与同事们聚会的好去处。闲暇时间,《当代》编辑部的许多同事总要会聚到这里来,聊聊天,打打牌,说笑闲谈,气氛十分融洽。郭宝臣原本沉默寡言的性格,在这样的氛围中也潜移默化,稍稍地发生了变化,稍稍地活跃起来。他留恋这样的氛围,从中他充分享受到了工作之外的乐趣,感受到了同事之间人际关系的亲切与融洽。

可自打编审职称评聘受挫,原本已经开朗的性格又回归沉默。他郁郁寡欢,自我封闭。他不再到朝阳区东中街的这处房子来了,再也没有心情与同事们一起说笑聊天、打牌下棋了。除了上班,其余时间他都闭门不出,将自己禁闭在东城区朝阳门内大街距离单位不远处的那套旧式居民楼里,默默地品尝自参加工作以来自己在人生道路上的第一次挫折和由此所带来的苦恼。

这段时间,女儿郭缨在抓紧学习外语。她见父亲心情压抑、足不出户,便提出自己要到朝阳区东中街的那处房子去住。女儿的理由很充分:其一,那里安静,有利于专心学习;其二,我已经长大了,该有自己独处的地方;其三,反正现在爸爸也不去那儿。这三条理由,父母当然没有理由否决。毕竟,女儿已经26岁了,而且已经有了男朋友,她当然不愿意总挤在家里这狭窄的空间里。

于是,郭缨离开家里,一个人住到朝阳区东中街的这处房子来。平时郭缨很少回家,三天五天地往家里打个电话。一般情况下,她每周才回一趟家看看父母。

作为父亲,郭宝臣过去是很关心女儿的学习的。特别是她小时候,他教她写作文,辅导她学绘画,即使是她长大之后,他也时常与她聊天,过问她的工作与学习。女儿辞职学外语,也是事先征求了父亲的意见,并得到父亲支持的。但现在,因为职称问题受挫,郭宝臣自顾不暇,苦恼不已。此种状态,使他不知不觉中疏于和女儿的沟通,也很少过问女儿的事了。

女儿长大了,他对女儿也比较放心,何况女儿总是三天两头地打电话回家,询问爸爸妈妈的情况。但现在这段时间,记不清是多少天了,却总不见女儿来电话,更不见她的人影。芦秀珍觉得蹊跷,她有些坐不住了,不断往女儿的住处打电话,电话却总没有人接;不断打女儿的呼机,也总是得不到回应。

一种不祥之兆倏忽间涌上心头,老两口开始不安起来。

事实上,悲剧早已发生。时间是1997年3月25日。

自打郭缨辞职之后,她的心情也一直不舒畅。因为她本来是希望能在职学习的,现在辞职,她是被迫无奈,万不得已。毕竟自己已经长大了,辞了工作,自然没有工资收入。郭缨原本就有轻度先天性心脏病,医生说这种病不应该喝酒。但那一天,心情不舒畅的郭缨偏偏独自一人喝了点酒,然后走进安装有煤气热水器的公用厕所洗澡(那时候合住的邻居也不在屋里)。由于洗澡时没有打开排风扇,迷迷糊糊的她于是在热气、雾气和一氧化碳交织升腾的世界中,渐渐地丧失了知觉……

阳春三月，金黄的迎春花、洁白的玉兰花已经争先恐后地在北京的街头上悄悄绽放。可悲的是，郭缨——这朵正芬芳四溢、灿然开放的生命之花，却在这个春天，永远地凋谢了！

悲剧发生之后，首先是被同住一楼的居民发现的。最初是有人上下楼经过郭缨住的那套楼房时，透过虚掩的房门，发现衣冠不整的郭缨趴在房间的过道上艰难地蠕动。但由于是衣不遮体的女孩子，路过的人又不明实情，不便上前看个究竟。后来时间久了，郭缨仍一动不动，大家都觉得不太对劲，便前去探个究竟。可惜一切都晚了，从发现到报警，再到将郭缨送进医院抢救，所有的努力都已无济于事。

最初的时候，邻居不敢将事情告诉郭宝臣夫妇，怕他们经受不了这种致命的打击。待到不得不将真相告诉他们时，这个原本幸福安宁的三口之家一如天塌地陷，老两口的精神和身体全线崩溃，一下子都不省人事。芦秀珍的亲戚，郭宝臣在《当代》编辑部的那些好心的领导、同事，将老两口送到医院。医生说，这是精神受到高度刺激之后，压抑和痛苦相互交织所产生的一种半昏迷状态。

没有经历过的人，当然是很难想象出人在遭受这种惨痛打击之后精神上的那种惨状的。

汪兆骞是文学界知名的资深编辑、《当代》杂志原副主编，当时是他与《当代》的常务副主编何启治一同将郭宝臣夫妇送到医院的。说起当时的情景，比郭宝臣年长 2 岁、一直与他共事的汪先生如今仍心有余悸。

“那情景确实太惨了，他迷迷瞪瞪的，一下子变得谁都不认识了，而且不说话，我跟他说话他一句都不回应。我心想他不至于听不到我说话吧？于是我安慰他，跟他说你现在最要紧的是保重好自己的身体，千万不能把身体搞垮了，搞垮了又会造成新的悲剧，毕竟事情已经改变不了……”这么说着，就听郭宝臣突然间哇哇地哭出声来，哭声异常凄凉，几乎是声嘶力竭。这么把年纪这么个哭法，汪兆骞还从来没有经历过，以致后来的日子里，汪兆骞都不敢去医院看他，他承受不了那种凄凉的哭声。

哀莫大于临近晚年失去孩子。

郭缨的死对郭宝臣夫妇的打击实在是太大了，其精神上的惨状难以言状。那些日子，他们俩一直住院，而且一住就是几十天。后来虽勉强出院，但精神的支柱全垮了。

那年，郭宝臣 55 岁，远未到退休年龄。可他痛不欲生，精神恍惚，已经无法上班。单位领导考虑到他的实际情况，同意他提前退休。

那年，妻子芦秀珍也 55 岁，刚好退休。开朗的性格、硬朗的身体，使她原本打算再找份工作做,但突如其来的打击,却无情地将她美好的一切彻底粉碎。她一病不起,身体出现半身不遂,而且终日以泪洗面,时至今日,日夜唠叨着要见女儿郭缨……

风烛残年,谁解孤苦滋味

我与郭宝臣的相识,其实也很多年了。当然论年龄,我同他是两代人,该称他老师的。那时候,我还在《中国青年》杂志工作,一次到《当代》编辑部串门,偶然间见到郭宝臣的毛笔字写得很是悦目,便请其为《中国青年》杂志的标题题字。后来我们之间的联系也增多了。

听到郭宝臣女儿出事的消息,我先是感到意外和震惊,继而是深深的同情与哀痛。无论如何,我是最听不得善良的人遭受不幸的,更何况是我原本认识的人呢?

可除了内心的同情与悲哀,我并未去看望郭宝臣,甚至连打电话都没有勇气。因为我除了能像别人那样说几句安慰的话,别的都无法给予。而人在悲痛欲绝的时候,任何安慰的话对他来说都苍白无力。所以,几年的时间,我未去打扰他,只是从内心深处给予他和老伴默默的祝福。

2002 年春节到来之前,我才决意要去探望他。我已从《当代》编辑部的朋友们那里,知道郭宝臣经过几年炼狱般的情感煎熬,已渐渐从痛苦中走出来,还时不时地到编辑部来。正巧我那天给《当代》打电话时,朋友告知郭宝臣也在。于是我与郭宝臣直接通了电话说明意图,并约好上他家去看望,与他聊聊。

冬日的下午,我提前离开办公室,前往位于朝内大街 203 号大院内南楼郭宝臣的家。

眼前的居民楼,6 层老式楼房,虽然外面粉刷一新,却难以掩盖楼道里的昏暗破旧,像是 20 世纪五六十年代盖起来的。郭宝臣生命中的大部分历程,就是在这栋楼里度过的吧?

尽管是事先约好见面的,但敲门的时候,我还是有几分忐忑。因为我听说郭宝臣的老伴芦秀珍,至今仍未从噩梦中解脱,而且身体异常糟糕。在我的想象中,她的身体也许就像年代久远却又遭遇一次地震打击的大厦,虽未倒塌却已摇摇欲倾,经不起哪怕是一丁点儿的惊扰与撞击。幸好开门的是郭宝臣,他动作敏捷,蹑手蹑脚地将我引入他的书房,然后一转身,迅速将老伴的房门关上,返身又将自己书房的门关上。

尽管如此,我进门时还是见到了他老伴芦秀珍的身影。那是一位满脸皱褶与愁容的老太太。她身材不小,却浑身乏力,走起路来一瘸一拐,其中的一只手还随着挪步的节奏不时画着圆圈。那样子,看着都让人揪心。

郭宝臣歉意地对我说:“她身体太糟了,不能……”他说话的声音低沉、沙哑,令我感到他此时内心的苦楚。

我明白他的意思,便问:“她以前身体怎么样?”

“可硬朗了!”郭宝臣说,“以前家里的什么活都是她干,就连单位分东西都是她扛回家的,哪儿用得着我呀? 可现在,她的身体全垮了,右手都不能动。买菜、做饭、洗洗刷刷什么的,全倒过来了,都得靠我。”老郭说这些的时候,蹙着眉,苦着脸,发音时不断地漏气。这时候我才注意到,经历了一系列生活变故的他,门牙都掉没了,满脸皱纹与沧桑,活脱脱一位风烛残年的小老头!

从他断断续续、语无伦次的讲述中,我慢慢了解到,他们老两口得知女儿出事之后,精神和身体霎时间全线崩溃,很快都被送进医院。郭宝臣住了一个多月,芦秀珍住了两个多月。好在芦秀珍是北京人,兄弟姐妹一共 9 个,六女三男,芦秀珍排行第二,郭缨的后事和照顾郭宝臣、芦秀珍夫妇住院的事,大都是芦秀珍兄弟姐妹和亲戚张罗着操办的。出事的时候,郭宝臣在石家庄市的两个姐姐、一个哥哥全过来了,甚至连侄子都过来了。

——真是患难之际,方显骨肉亲情! 从这一点上讲,遭遇不幸的郭宝臣一家还应该算是万幸的。设想一下中国将来众多的独生子女家庭吧,如果谁遭遇像郭宝臣一家这样的不幸,一人毙命全家瘫倒,那时候又有什么骨肉亲情可以接济呢?!

晚年丧女,真是苦不堪言。

如果郭缨不出事,她现在也该结婚生子了(据说郭缨的男朋友在北京市政府工作)。而郭宝臣和芦秀珍老两口现在也该是帮助带带外孙子、充分享受天伦之乐的时候。谁承想眼前的这老两口,如今会如此孤苦伶仃?

事实上,郭宝臣这个年龄的人,当时还不受独生子女政策的限制,是可以生二胎的。之所以没有生第二胎,郭宝臣说是因为经济上的限制,因为夫妻双方家庭和父母都需要接济。相比之下,他的同事汪兆骞就生了一男一女,而且都已成家立业,他们一家可尽情地享受天伦之乐。现在想来,郭宝臣当然是既羡慕人家,又对自己当时未生第二胎不免后悔。假如有 2 个孩子,他们的晚年又何至于如此凄凉呢?

郭宝臣说,他们老两口勉强出院之后,精神和身体一如被瘟疫所缠绕,一直陷入悲痛的泥淖之中不能自拔,可以说万念俱灰,而且总是浑身乏力打不起精神,甚至连生活都快不能自理了,以至于有一段时间不得不请来保姆,打理他们的起居饮食。

这样一直持续了2年多。有一天,痛苦与沮丧的郭宝臣才忽然间猛醒过来:“女儿没了,只有我们两人相依为命了,我们不能倒下,我们要倒下了就全完了!”尤其是看到老伴半瘫的身体,他开始感到后怕,感到责任的重大。

他强迫自己,必须尽快从痛苦中解脱出来。

老伴仍卧病在床。他辞掉保姆,一个人打起精神去买菜、做饭、洗洗刷刷,他必须照顾身体已远不如自己的老伴。此外,他也强迫自己转移注意力,闲下来的时候,他开始写字、绘画,甚至开始看书、写作。他还走出家门,三天两头地到《当代》编辑部看书看报,与年轻同事聊聊天。到了后来,他还在《作家文摘》报社找到了一份事做,帮助他们看稿、编稿。这主要是想找一份精神寄托,让生活充实起来。他想以此种状态来延缓自己生命的衰老,更想以此去影响精神和身体至今仍一蹶不振的老伴。

经济上,他们老两口倒没有后顾之忧,因为双方都有退休金,虽然数额不多,但还是够养老的。毕竟作为老年人,他们生活简朴,没有更高要求。而且因为发生了不幸,双方单位对他们一直是比较照顾的,尤其是在医药费的报销上,仅芦秀珍一人,每次看病开药,少则数百,多则上千,单位能给报销90%。这一点,老两口都感到欣慰,也感到庆幸。

如今最让郭宝臣担忧的是老伴的精神和身体。虽然女儿离开已经满5年时间了,虽然郭宝臣在强迫自己振作起来之后也不断地开导老伴,可老伴就是无法从噩梦中解脱出来。毕竟女儿是从这套房子长大成人的,半身不遂的老伴如今又无法走出这套房子。在自己熟悉的这个环境里,只要一闭上眼睛,女儿的音容笑貌,女儿的喜怒哀乐,便都会不约而来,历历在目。

郭宝臣又不禁满脸苦楚,连连摇头。他声音沙哑,语调低沉:“老伴做梦都在想她。平时只要是我跟她在一块,她都免不了要唠叨,说女儿怎么怎么的……”

不难想象,丧女的悲痛与绝望,已深深地刻进这对老年人生命的最后岁月,驱,驱不走;抹,抹不掉。尤其是芦秀珍,每天蜗居在屋里,在生命的风烛残年中咀嚼着命运不幸所带来的无限苦涩……

好在郭宝臣自己现在的精神状态和身体状态尚可,两人平时的饮食起居都由他打理。但假若有一天他真的老了,身体和精神都垮了,两人双双活动不便甚至都不能动弹的时候,谁来支撑起他们的这个家?谁来照顾他们的饮食起居吃喝拉撒?——亲戚?保姆?单位抑或是什么社会福利机构?

我不敢往下想。在与郭宝臣告别的时候,我只能在心底默默地祝福他们——愿这老两口能平平安安、健康长寿,好好地多活些日子……

第三章 林为忠：补生孩子的艰辛

聪明懂事的儿子长到16岁时，却在上学的路上被一场意外的车祸无情地夺走了年轻的生命——像当今中国都市里许许多多的夫妇那样，儿子可是这对普通夫妇唯一的生命延续啊！如今，抚养了16年的儿子却突然夭折了，16年总共5840个日日夜夜，所有的艰辛、所有的希望通通付诸东流。痛定思痛，思儿心切的这对中年夫妇决意再生一个孩子。

费尽周折，他们如愿以偿地重新生下了一个儿子，然而却不是一个完全健康的儿子。身为人父、身为人母，所有的艰辛、所有的付出又无可奈何地重新开始，又进入一个新的重复与轮回——个中滋味，此间艰辛，又有谁能够真正体味到呢？

世纪之交，16岁的儿子却突然夭折

没有人不憧憬希望，没有人不祈盼新生。

当时间的车轮缓缓地碾过了20世纪的漫漫征程，眼看就要跨入21世纪的旅途时，地球上所有的人都满怀喜悦的心情期待着新世纪和又一个千禧年的翩翩来临。然而，偏偏就是在世纪之交的前一天——1999年12月30日，在中国的首都北京，一个风华正茂的高中一年级学生、一个16岁的年轻生命，却在这个阳光灿烂的早晨被一场意外的车祸无情地夺走，中国又一个普通的三口之家宣告支离破碎，陷入生离死别的痛苦之中……

儿子的母亲刘春华女士至今仍清楚地记得，那一天，天气异常地冷。一大早，儿子林为华像往常一样紧随母亲起床、洗漱，吃完母亲为他准备的早餐之后便准备前去上学。离家前，儿子习惯性地向母亲打了个招呼，也习惯性地走进父亲的房间，对已经醒来躺在床上看电视的父亲说了声“爸，我走了”，然后匆匆地离开家。儿子长得白白净净，人高马大，聪明懂事，每次离家上学前，总会礼貌地向爸爸妈妈打招呼，而爸爸妈妈也会一如既往地嘱咐儿子：“路上小心。”

然而，做父母的怎么也没有想到，儿子那天那次很平常的招呼，竟然会成为此生此世他们两代人之间的最后诀别！

在儿子离家二十几分钟之后，母亲刘春华也走出家门，推起自行车前去上班。刘春华骑车上班的路线与儿子上学的路线大致相同：他们的家住在北京城西南位置的广安门地区，而她上班的单位和儿子所在的学校，则位于北京市中心偏西一点的西单至官园一带。刘春华冒着飕飕寒风，骑车朝着东北的西门方向，急急前行。

过了天宁寺立交桥,刘春华发现前方的国家经济贸易委员会大楼下面的拐弯处堵车了,过往的行人沸沸扬扬,将本来就不宽敞的单行道堵了个水泄不通。刘春华这时只听到有人在惊呼:“前边出交通事故,撞死人了!”刘春华下意识地停下来,推着车穿过人丛,想上前看个究竟。这一看不要紧,她那张原本还算平和的脸瞬间扭曲了——这是我的儿子、我的儿子呀! 随着这一声撕心裂肺的惨叫,只见她一把将自己的自行车推倒在路旁,连叫带哭疯狂地扑了过去,疯狂地扒拉着人群,疯狂地搂住了早已倒在血泊中的儿子……

这时候,闻讯赶来处理事故的交通警察已经护住了现场,急救中心前来抢救的医生也正忙前忙后,紧张地察看着刘春华儿子的伤情。然而,儿子那毫无表情的脸庞,那冷若冰霜的肌肤,那已经停止跳动的心脏,那已经悄无声息的各项生命指标……这一切的一切,都已明白无误地告诉在场所有的人,这个16岁的年轻生命,已经毫无挽回的余地。面对如此残酷的现实,刘春华一时间感觉到心痛欲裂、天旋地转……

那时候,儿子的父亲林为忠还未去单位上班,他还在家里看新闻。当家里的电话铃声猛然响起的时候,他丝毫也没有意识到灾难已经降临到他的头上——他心爱的儿子早已到了另外的一个世界。甚至当他明白电话是来自交通大队,告诉他儿子发生了车祸时,他也没有意识到事情远比他所想象的要严重得多。当然,为了避免一下子给他太突然的刺激,打电话的交通警察并没有马上告诉他事情的真相,而是尽可能轻描淡写地对他说:“你是林为忠吗? 我是交通大队的。”

林为忠皱一皱眉,答:“我是。你有什么事?”

“你儿子出了交通事故,让人撞了一下。”

林为忠只是有些惊诧地问:“严重吗?”

交警说:“你赶快到交通大队来一下吧,来了你就知道了。”

林为忠听罢,迅速出门。他骑着车,忐忑不安、将信将疑地匆匆赶到了交通大队,发现妻子已经在这里。只是这时候的妻子与早晨出门的那个妻子已经判若两人,当他出现在妻子的面前时,妻子像忽然间被抽走了全部精气神,见到丈夫,她泪痕满面、有气无力地说:“志华,你……怎么才来啊,咱……咱小宝都没了呜……呜……”妻子有气无力,哭得都快没有声了。

林为忠一下子就蒙了。内心却刹那间翻江倒海,但腾起的不是浪花而是串串疑团——这怎么可能、这怎么可能呢? 与此同时,他的脑子里浮现起那条熟悉的路、那条儿子上学的路。儿子刚刚考上那所学校——北京西城区二龙路中学那阵,林为忠还陪儿子走过一段时间,每天早出晚归,风雨无阻。那条路不算窄呀! 噢,对了，就国家经贸委办公楼前那处拐弯的立交桥下路窄，儿子偏偏就是在那里出的事！

据负责处理这次交通事故的警察讲，林为华是在骑车到那个拐弯处，遇上国家航天部属下的某研究所的班车从后面开来，车辆拐弯时，林为华被车体的后半部撞倒。由于拐弯处路窄，车体很长，班车拐弯时车体后部向右一甩，强大的离心力挤住并击倒了路右边并行且同样准备拐弯的林为华，让林为华猝不及防，他连车带人重重地摔倒在地上，要命的是他是脑袋着地，造成严重的脑内伤。开车的司机是一个小伙子，冬天起床可能早了点，迷迷糊糊的，撞人后都没有什么感觉，仍开着车继续前行，直至听到后面有人追上来咚咚地捶打着车门，一声接一声地高喊"你的车撞人啦、你的车撞人啦"，他才懵懵懂懂地将车停了下来。警察在出事后问司机："你看见人了吗？"他竟然说："没有。"……

林为忠在确认儿子真的去往另一个世界的那一刻，痛苦地沉默了好半天。他紧紧地咬紧牙关，脸颊上的肌肉一上一下、不断蠕动。末了他强忍悲伤，对站在他跟前的交通大队的一位科长说："谢谢你……"又转过身使劲搂住自己的妻子，用低沉的、略带哽咽的声音说："建华，咱们小宝真的没了……咱俩，就互相保重！我不希望再有其他什么事情……"

妻子也知道丈夫的身体不好，他患有先天性心脏病，他经不起更大的打击，所以她强忍着巨大的悲痛，冲丈夫点了点头。

这是一对恩恩爱爱、能够同甘共苦的夫妻。丈夫出生于1958年，妻子出生于1956年，比丈夫还大2岁。那时候他俩在同一个单位工作，刘春华是厂里的团支部书记，活跃开朗，能说会道；林为忠一心一意搞技术，勤奋好学。可能是由于两人在一块有着更多的共同语言的缘故，他俩在工作中慢慢地相识、相知并相爱了。

林为忠从小患有心脏病，心房间隔缺损。母亲带他前去医院检查的时候，某医院的医生跟她说："你这孩子恐怕活不过40岁。"母亲见医生一点都不像是开玩笑，原本沉郁的脸上不由自主地又多了一抹愁云。她知道自己的这个儿子心律并不正常，时常感觉憋气，不像同龄的孩子那样可以活蹦乱跳进行激烈的运动，面对医生的判断，她只能从内心一遍又一遍地祈求上苍保佑，能让自己的儿子多活上一些年月。由于自觉身体不好，林为忠也知道自己寿命不长，所以倍加珍惜自己有限的生活和生命。1982年，25岁的他提出与相爱多年的刘春华结婚，双方周围的人都极力反对，一方是因为男方身体不好，另一方是因为女方比男方大了几岁。到单位开结婚介绍信的时候，他们也遭到了单位的阻拦，理由是林为忠还不到当时北京许多单位提倡晚婚的规定年龄：28岁。林为忠一下火了，当即与人家吵了一架。他的理由当然也很充分:“我有心脏病,医生说我短命,我必须尽快结婚享受生活;我已经到了国家法定的结婚年龄,何况女友都快 28 岁了,比我还大,为什么就不能结婚?”

或许是林为忠的据理力争,或许是考虑到林为忠与刘春华这对恋人的实际情况,他们所在的单位最终还是给他俩开出了结婚证明,这对恋人在 1982 年 8 月结成了秦晋之好。

1 年之后的 1983 年夏天,他们的爱情之花结出了硕果——儿子出生了,爷爷从孩子的父母双方的姓名中各取一字,起名叫林为华。

林为华的降生给他们带来了无限的快乐。那几年,林为忠工作之余一直忙于上电大,妻子刘春华便自然而然承担起了照顾孩子和家庭的重担,全身心投入儿子的抚养与培育之中。由于长时间围着孩子和家庭转,曾经是团支部书记的刘春华原来开朗活泼的性格也慢慢地改变了,变得矜持沉稳、文静贤惠,完完全全变成了一个家庭主妇,以至于丈夫林为忠一直都倍感幸福,同时又心存内疚。

好在他们俩对孩子的教育持相同态度:因势利导,顺其自然;不强迫他一定要去学什么,但一定要注重对孩子健康人格的培养。

对待孩子,林为忠主张该管的管,该松的松,要给孩子一定的空间。相比之下,妻子刘春华对儿子要求严些,但与此同时,她与儿子的沟通却要比丈夫多,以至于儿子许多方面显得更像母亲。他也比较听母亲的话,母亲的一举一动、一颦一笑,甚至要告诉儿子什么,哪怕只用简简单单的几句话,儿子很快就会明白。有时候父亲冲儿子发火,母亲会劝儿子:“小宝,你爸工作压力大,再说你确实也有不对的地方,你去跟他认个错吧。”第二天上学前,儿子会来到父亲床前,对着已经醒来但未起床的父亲说:“爸爸,昨天晚上确实是我做得不对,错了,您别生气。”寥寥数语,立刻会使父亲内心的不快烟消云散,变得风和日丽。

所以在父母眼里,儿子一向很懂事。尽管学习紧张,但儿子时不时帮助干些家务,比如洗碗、拖地什么的。不过每次父母都要给他一点劳务费,为的是从小培养他靠劳动自食其力、自力更生的品格,不让他坐享其成。以前给儿子钱,儿子总是拿过手就买零食,后来给劳务费,儿子就用于买书或新的电脑软件。

儿子还喜欢助人为乐。还记得儿子上初中的时候,有一次放学后在楼下踢球,儿子捡到了一个钱包,里面有 1000 多元现金。回到家他问父亲:“爸爸,您看这钱该怎么处理?”父亲却故意测试儿子的道德水准,反问他:“你看呢?”儿子不假思索地说:“交出去。”父亲又问:“交给谁?”儿子的回答令父亲都感到意外:“您带我去找希望工程办公室,我想这钱最好用于帮助贫困地区的孩子。”考虑到钱包里没有任何证件,难以找到失主,父亲立即说:“行。”星期天,父亲领着孩子一路骑车,找到位于东城区的中国青少年发展基金会,将钱如数交了出去。完了之后,父亲问儿子:“为什么不拿那些钱去为自己买点东西?”儿子立刻睁圆眼睛:“那钱又不是我的呀!”父亲又问:“为什么不交给学校?”儿子回答:“要那样,学校肯定会轰轰烈烈表扬一通,我可不想出风头。”父亲听罢,放心了,心情立刻舒坦起来。他觉得对儿子的道德培养,自己和妻子是成功的。

相比而言,在智育方面,林为忠和刘春华夫妇并未对儿子施加更大压力,对他的人生道路没有明确的设计。因为父亲是搞音响工程的,长期受音乐熏陶,所以按照家庭环境和家庭条件,父亲希望儿子学音乐。但这种希望仅仅是停留在希望上,父亲并未付诸行动,他没有发现儿子有这方面的爱好,所以没有强迫他。大概是因为意识到自己身体先天不足的缘故,做父亲的林为忠觉得无论如何,身体好更为重要,身体好将来不管怎么样都能够挣口吃的。相反,身体不好干什么都难。所以对于儿子学什么、将来干什么,林为忠和刘春华夫妇俩一致认为应当顺其自然,家长不要过分给他施加压力,根据儿子的兴趣让其自由发展。

所以,儿子从小学、初中到高中,学习成绩虽然不是特别拔尖,却有其特殊的爱好和专长,比如说他喜欢理科,而且数学成绩比较突出;又比如他喜欢电脑,爱玩游戏机。林为忠见状便因势利导,很快给儿子买来中华学习机,尽管当时儿子还小,尽管当时他这位父亲的月收入才47块5角,但为了顺应儿子兴趣的发展和培养,夫妻俩真可谓“在所不惜”。到后来,夫妻俩又“在所不惜”地为儿子买来了计算机。也正是这种“不惜代价”式的付出,使得儿子的动手能力从小得到了很好的培养。虽然开始儿子仅仅是利用计算机玩游戏,但玩游戏的儿子遇到问题就自己翻书看书,以至于后来他的电脑学得很好。到了高中一年级时他还成为计算机课代表,并且能够制作电脑主页了。更重要的是,孩子在这种因势利导的教育中培养了自主学习的能力。小学三年级之前,儿子还需要父母的督促、辅导,后来就用不着父母操心了。三年级以后的儿子学习一直比较自觉,父亲只告诉他老师要求的必须学,尤其是上课的时候要集中注意力,别走神,这样学的东西容易记住。父亲还告诉儿子,有时间自己也要多学,多动脑子。所有这些儿子是否都听进去了,做父亲的也不敢断定。父亲能够断定的是,儿子的学习已经不用他操心了。

相比而言,儿子跟母亲交流更多些,有话也更愿意跟他妈妈说,而且跟妈妈说起话来无拘无束。究其原因,林为忠觉得可能是自己的性格急,有时候说话缺乏足够的耐心。所以妻子刘春华嗔怪丈夫,说儿子开朗的性格让你给压抑住了。对于这一点,林为忠也不得不承认,因为他发现儿子回到家里都跟他妈妈亲。他妈妈有时用电脑打资料,儿子见状说,妈我给你打,"哒哒哒……"不一会儿工夫,儿子便替妈妈打完了。儿子的电脑确实学得好,在班里也是拔尖的。他能自己设计电脑桌面和屏幕保护,能把自己的照片和名字制作到屏幕上,甚至能设计电脑密码,以至于父亲都打不开电脑。在学校,儿子更是用电脑给班里设计课表和其他的公用表格。上电脑课,老师一般都提问他,因为老师知道他计算机学得比别人好,所以进入高中之后,儿子已经明显地表示考大学要考计算机专业,并且表示大学毕业后再去日本留学,将来要干计算机行业。总之,对于自己的未来,儿子自己都设计好了,而且显得雄心勃勃。

可谁能料到,这场意外的车祸不但将这位风华少年的勃勃雄心毁于一旦,更将他父母人生的蓝图彻底撕碎、将他们赖以延续的血脉拦腰斩断!

痛失儿子的日子到底有多难

原本,他们就只有一个孩子。而现在,他们连这唯一的一个孩子也没有了。

白发人送黑发人,这是怎样的一种人生滋味呢? 一个生龙活虎的青春少年从此便在他的亲生父母跟前永远地消逝了,这样的一个家庭,生活中还有什么能够支撑他们去走完生命的旅程呢?

林为忠出生在一个军人家庭。父亲是陕西人,母亲是山西人。林为忠在家里排行老二,上有哥哥,下有妹妹。小时候,因为哥哥妹妹都跟着姥姥,父母身边只有林为忠,所以军人出身的妈妈在身边这唯一的一个孩子身上倾注了无限的爱怜,母亲最疼爱他。令林为忠心痛的是,由于患有严重的糖尿病,1990 年,年仅 50 岁的母亲不幸早逝了。林为忠的父亲虽然儿孙绕膝,但过早失去老伴,郁郁寡欢、情绪低落,似乎一下子老了许多。

林为忠的儿子林为华出事之后,承受不了打击的首先是林为忠的父亲。孙子的意外夭折,让这位军人出身的老人病倒了,住进了医院。但不管怎样,老人还有其他的孙子和外孙,还有其他的精神依托,满堂的儿孙、儿媳、女儿、女婿也都纷纷围拢过来,忙前忙后地前来看望他、照顾他。

相比之下,失去外孙的姥姥、姥爷所受到的打击要严重得多。因为原本他们就没有自己的亲生骨肉,唯一的女儿刘春华还是从弟弟那里抱养来的。虽然是抱养的,他们对刘春华视如己出,而且对林为华这个唯一的外孙也投入了无限的爱。虽然刘春华结婚之后没有与老人生活在一起,但每逢周末或节假日,刘春华总要带着丈夫和孩子到姥姥、姥爷那里团聚。儿子出事之前,原本他们就说好元旦那天到姥姥、姥爷那里团聚的,谁能想到临近元旦,厄运却降临了,两位老人永远也见不到心爱的外孙了——这个消息如同晴天霹雳，姥姥、姥爷一下子被击垮了，两人双双病倒在床上，晚上闭不了眼睛，怎么都睡不了觉，眼前尽是外孙生前的身影，耳边全是出车祸时外孙绝望的惨叫。姥爷虽然 80 多岁了，但原本身体还很硬朗，天天与老伴一同到外面遛弯，到自由市场买菜，可外孙的突然夭折给了他重重一击，从此一病不起，不到半年时间就不幸去世了。

那一阵子，林为忠只感觉到后背总是发凉，心脏每天都像被压上了一块大石头，他感觉到呼吸困难，几乎要透不过气来，他感觉到人生的无助和生活的沉重。现在回想起来，他都说不清那阵子妻子是怎么撑过来的，反正他自己都自顾不暇。不过，他能想象妻子内心所经历的痛苦。事实上，为了减轻这种痛苦，当警察让他看儿子车祸现场的照片时，林为忠谢绝了，而且也不让妻子看。他不让自己和妻子去目睹儿子出事时那种血淋淋的场面，他要让儿子的美好形象永远留在夫妻俩的记忆之中。

失去儿子的日子，他们的生活没有一丝阳光，他们所有的亲人，心头都弥漫着久久不能驱散的绝望和悲痛。

事故的处理也让林为忠身心疲惫。

根据警方对事故现场的调查，认定车祸由司机负全责，尽管是后轱辘撞倒林为华的，但按规定，机动车与非机动车并排行驶时，机动车应留给非机动车 1 米 2 的距离，可林为华出事时车脚蹬在地上划出的痕在 1 米 2 以内。

班车所在的航天部属下的某研究院是一个事业单位，但班车的管理方式是承包性质的。如果按单位出重大交通事故处理，单位受罚款的数额很高。开始的时候他们强调是后轱辘撞的人，千方百计想推卸事故责任。到后来交通大队认定了事故责任，他们的领导很快来找林为忠，提出“私了”。

那时候林为忠还没有从痛苦中解脱出来，不过他是个理智的人，他对来人说：“出这么大的事，主要还不是赔钱的问题，人都没了，钱有何用？关键是要认真吸取教训。同时，我也不希望司机承受他难以承受的惩罚，毕竟他不是故意伤人。如果你们把所有责任都推到他一个人身上，他不但经济上承担不起，甚至还得坐牢。我的家庭已经受到这么大的伤害，主观上我不希望再去伤害另一个家庭。”

林为忠已经了解到，肇事司机是个年轻的小伙子，也是个老实人，开车时间不长，还未成家，家里只有一个老母亲，他一直与母亲相依为命。对于他的肇事，林为忠一方面恨其鲁莽无知，另一方面又同情他的家庭背景。他想如果小伙子因此而坐牢，罚款罚得老母亲都无法生存，自己确实又于心不忍。毕竟他不是故意的，更无恶意，所以警察征询林为忠对司机的处理意见时，林为忠痛苦而生出恻隐之心。

他强忍着无限的痛苦和怨恨对警察说:“这样吧,定性时,可以尽量减轻对司机的处罚,尽量不去追究刑事责任。”一句话,让眼前的交警蹙起眉,疑惑的眼睛睁圆了好一会儿,因为碰上如此通情达理的受害家属,他还是头一回。

感动之余,交警对肇事司机猛一阵奚落:“你就是给人家跪下个一百遍赔罪都不够,你小子好好吸取教训吧!”并对司机所在单位的领导说,“你们上哪儿去找那么通情达理的受害家属?你们一定要实事求是,深刻反思,吸取教训,千万不要再推卸责任了。哪怕多赔人家些钱,事情也好办。”

司机要上门向林为忠赔罪,林为忠回绝了,因为那时候他住在父亲那里,怕司机来了老人受不了。他对司机的态度是,责任是你的,但单位处理你时我会跟你们领导说不要将你置之死地,毕竟你和你母亲还得生活。

后来在赔偿的事情上,林为忠依然通情达理。他跟对方领导说:“赔偿只要按照法律规定,照章办事,你们负全责赔偿,我不会多要你们一分钱。鉴定处理书下达前你们可以辩解,但鉴定书下达后就得按照规定办,赔偿的钱我也不会多要一分。”如此通情达理,让对方一下子无话可说,而交通大队对这起车祸的善后处理也比较顺利。

表面上看,林为忠在车祸的善后处理上显得比较理智,也比较通情达理。然而,没有人知道他与妻子内心深处却一直经受着难以言状的痛苦,以至于儿子出事之后,夫妻俩一直没有回自己的家。因为那天清晨,儿子上学前最后一次与他们告别,儿子那最后一次的音容笑貌,对他们夫妻俩而言是那样地难以忘怀、那样地刻骨铭心!尤其是妻子刘春华,只要一进家门,家里的任何一样物品,都可能勾起她对儿子的强烈思念和清晰的回忆,弄得她终日心神不定,寝食不安,愁容满面,根本无法过正常的生活。

出于对身体的考虑,林为忠决定离开自己的家,搬到别的地方去住。

他们先是在林为忠的父亲那边住。但后来发现还是不行,因为一到周末,林为忠的哥哥、妹妹都把孩子带来见爷爷了,热闹倒是热闹了,无意间却刺激了林为忠的妻子刘春华,让刘春华见到别的孩子便触景生情。尤其是儿子出事后过的第一个春节,除夕之夜大伙儿都聚集到老人这儿来吃团圆饭,待到大伙儿都端起碗筷时,忽然间发现与去年相比,这个除夕夜缺少了林为华这个孩子。一股凄凉的、强烈的思子之情瞬间攫住了林为忠夫妇,并很快影响到全家,团圆饭没有团圆下去,本该欢乐的除夕夜成了悲戚凄凉之夜。

林为忠的叔叔后来知道他们的这种状况,说这样下去可不行,遂提议让他们搬到他那里去住,因为他有两套房子,两套房子还紧挨在一起,家里又只有老两口和一个尚未成家的儿子，可以让出一套供林为忠夫妇俩暂时居住。林为忠的叔叔是中央某艺术团团长，性格开朗，而且是搞文艺的，考虑到这样的环境有利于身体的恢复，林为忠于是听从了叔叔的安排。

再到后来，单位为照顾他们，重新给他们调换了一套两居室，地址位于西城区，距离官园不远。为了不让妻子触景生情，搬家的时候林为忠有意把原来的家具统统处理掉了，只留下一个电视机。

尽管如此，经受致命打击之后的刘春华，还是元气大伤。虽然她身体向来单薄，比较瘦弱，但儿子出事前也没有什么病，精神状态一直很好。儿子出事后她的精神一下子垮了，整天萎靡不振，一直上不了班。同事或朋友出于关心，纷纷前来看望她，她强打精神跟人家说话，却总是有气无力。本来她睡眠就不是很好，儿子出事后她简直就是睡不着觉，甚至吃安眠药都不管用。饮食也不好，吃不下东西，一小碗米粥她都吃不了几口。眼看着她一天天消瘦下去，林为忠痛在心里，疼在心头。尽管儿子的意外夭折给他带来了同样的痛苦，可他毕竟是男人，是一家之主，他觉得再难也要挺过这道关，否则夫妇俩身体都垮了，生活就更没有什么指望了。所以他一点点、一天天开导、护理着妻子，过完2000年春节，他还特意带妻子到西安的亲戚那里去散了散心。

功夫不负苦心人，林为忠的这种努力，使妻子渐渐地又恢复了气色。那样子一如经历严冬之后的枯树，在春风春雨的抚慰下渐渐地恢复了生机……

人到中年，他们决意要重新生一个孩子

2000年，刘春华的思子之情伴随着夏天的来临而日渐强烈。半年多的思子之情没有让她追索回那一去不返的儿子，当她明白过来并逐渐回归理智时，她又心有不甘——难道这辈子就注定再也没有孩子吗？难道自己注定要像养父养母那样，只能去抱养别人的孩子吗？这种疑问反复缠绕在她的心头，时常让她彻夜难眠。与此同时，一个强烈的愿望如同春天播撒的种子，落在她那经过半年多的调整之后日渐滋润的心田，逐渐地发芽、生根——她想重新生一个孩子！

有一天，刘春华带着几分激动、几分喜悦和几分羞涩，将自己的这个愿望悄悄地告诉了丈夫林为忠。林为忠听罢，久久地凝视着眼前与自己相濡以沫已经二十几年的爱妻，仿佛从来就不认识似的。只见他的眉头悄悄一扬，紧紧地搂住自己的爱妻，眼睛里不停地跳动着闪亮的光斑。很快，那跳动的光斑又平静下来，但他内心深处却翻腾开了。

林为忠何曾不希望有自己的孩子？正是因为喜欢孩子，他才那样迫切地选择

早婚早育。但养育一个孩子,要经历千辛万苦,要有那么多心血和时间的付出,要有那么多的经济投入,眼看着自己和妻子十几年的艰辛付出随着儿子的意外夭折而付诸东流,如今若重新生一个孩子,这就意味着所有的付出、所有的投入就要重新来一个轮回,而自己和妻子的生命资源又要在这种轮回中再消耗一次……这一切的一切,想起来是多么沉重、多么漫长啊!何况,自己与妻子都已步入中年,妻子已经44岁。何况,她刚刚经历了痛失儿子的劫难,身体、精力和财力,这一切都许可吗?林为忠不能不有所考虑,也不能不有所顾虑。

然而生命对谁来说都只有一次,不赶在自己的生育年龄期间补生一个孩子,过了这个年龄,一切都无从谈起,再生一个孩子的愿望更不可能实现——有什么理由不在自己的有生之年夺回自己的损失?有什么理由不满足自己拥有亲生孩子的愿望,从而不给自己的生命留下遗憾?身为女人的刘春华一直被这种愿望纠缠着,而且越纠缠就越发强烈。她将这种强烈的愿望和决心向丈夫袒露了,为了说服丈夫,她还将这种愿望跟住在对门的林为忠的叔叔他们说过。而面对妻子的这种迫切心情,丈夫也不得不认真考虑起妻子的这种要求了。

林为忠温和地对妻子说:“这样吧,你得先恢复身体,等精神状态好了,咱们再考虑这件事。实在不行,咱们可以抱养一个孩子。”

妻子执着地说:“我还是希望要自己的孩子。”

丈夫说:“我考虑考虑吧。”

丈夫这么说,并不是缓兵之计,也不是不同意妻子重新生一个孩子的要求。作为男人,他是理性的。作为丈夫,生孩子不是件小事,而是夫妻生活中的一件大事,他不能草率行事。一旦确定,他必须肩负起对妻子和孩子的责任。所以,他首先考虑到的,是必须去找大夫、找专家咨询。毕竟,妻子这么大年龄了。毕竟,她刚刚经历痛失儿子的情感劫难。她的这种年龄,她的这种身体状况,到底能不能生孩子、适不适合生孩子、影响不影响孩子将来的智力和发育,这一切他都必须慎重考虑。

实际上,对于他们这对夫妻来说,许许多多的实际问题已经摆在他们的面前。从身体的角度讲,林为忠的寿命已经超越当初某医生“至多只能活到40岁”的预言。虽然他眼下已经42岁,但并不意味他的心脏病不复存在了,不是。相反,他的心脏依然不好,而且毕竟已经人到中年,工作等方面都要承受更大的压力。他是学无线电、搞弱电电器工程的,虽然没有上过正式的大学,不是科班出身,但靠着勤奋自学,他掌握了一技之长。1990年,他从某兵工厂调到国家广播电影电视部(现国家广播电影电视局)机要处工作,负责国家大型活动的音响调控和录音工作。这个工作保密性强,服务的对象都是人大常委会副委员长、副总理、政协副主席以上党和国家的高层领导人的活动、讲话录音。开始，林为忠主要是从事音响设备的操作控制，后来又掌握了音响设备的设计和维修，成了单位里技术上出类拔萃的调音师。他曾主持了人民大会堂许多大型活动的转播。纪念毛泽东主席100周年诞辰的活动，军乐团都点名要林为忠主持音响调控。就在他儿子出事前的3个月，中华人民共和国成立50周年大庆，天安门广场上大型的阅兵仪式，2000多人的大型军乐队的音响效果，阅兵指挥部都指名要林为忠负责调音。所以尽管林为忠身体状况一直不好，但靠着顽强的毅力战胜了自己，又靠着勤奋和努力，在所从事的工作领域如鱼得水。人到中年的时候，他更渴望建功立业，渴望在自己的有生之年多做些事情。可谁能想到就在这个节骨眼上，他的儿子却遭受如此致命的意外伤害，这伤害不但无情地夺走了他儿子的宝贵生命，给他的精神造成了致命的打击，而且给他正如日中天的工作和事业造成了难以挽回的损失。仅仅就中华人民共和国成立50周年大庆而言，他原本打算录音活动过后抽时间写出总结论文的，但由于工作忙而一拖再拖，及至儿子出事之后，他的精神遭受严重创伤，且又忙于处理后事，写论文的事也就不了了之。眼下，随着身体和精神状况的逐渐恢复，他希望能够弥补因痛失儿子造成的工作上的损失，更渴望在有生之年抓紧时间，多干些工作，使自己的事业再上一个台阶。然而，假如妻子重新生一个孩子，自己的精力和时间允许吗？

然而，婚姻便意味着责任。为了精心抚养儿子，十几年来妻子牺牲了自己的事业，把她的一切都奉献给了家庭，她付出得太多，也牺牲得太多了。作为精神支柱，当妻子赖以寄托的儿子不幸离她而去，而她又强烈地渴望重树精神支柱时，作为丈夫，他能够断然拒绝吗？显然不能。更何况在痛失儿子之后，林为忠自己也不是不渴望能重新有一个自己的孩子。既然妻子那么喜欢孩子，渴望重新生一个孩子，自己也喜欢孩子，那么有什么理由不支持妻子的选择呢？

思虑再三，林为忠终于同意了妻子的要求。

他独自一个人来到协和医院，挂了个妇科的专家号，就自己担心的有关问题一一请教了专家。专家说没事，你妻子的这种年龄可以重新生一个孩子。林为忠听罢专家的回答，内心一如夏日里掠过一缕清风，心头忽然间舒坦开来。他重新燃起了生活的希望，当天便揣着那一丝外人不易察觉的喜悦匆匆回家。

他把去协和医院咨询专家的事情原原本本告诉了妻子，并郑重其事地对妻子说："既然专家都说可以再要个孩子，那就这样——我支持你，下决心要。但什么时候要，要看咱们俩的精神状态和身体状况。我的意见是要顺其自然，有，咱们好好养育并承担相应的责任；没有，咱们再说。但有一点，你想要孩子，就必须从现在起恢复体质和精神状态。”

丈夫的一番话，让刘春华喜不自禁，一股久违的兴奋在她本已憔悴的脸上荡漾开来……

有了丈夫的支持，刘春华既像吃下了一颗期盼已久的定心丸，又像服下了一粒久违了的兴奋剂，她仿佛是一夜之间变了个人似的来了精神，从原本病怏怏的萎靡状态一下子变得精神焕发、神采飞扬。尽管她的脸上仍滞留着明显的、刚刚经历情感劫难的憔悴痕迹，但心生希望的她更是明显地掩饰不住脸上对孩子、对新的生活、对未来的强烈向往，那样子就如刚刚经历严寒拷打却傲然挺立的梅花一样，以自己特有的信心和顽强的生命力呼唤春天的来临，向世界证明自己活着的价值。

心中有了目标，生活便有了热情。刘春华开始一点一滴地调养自己的身体，原本她不想吃东西、吃不下东西，现在她强迫自己多吃一点、吃好一点；原本她病快快地打不起精神，整天蜗居在家里足不出户，现在她每天在丈夫的陪同下走出户外，呼吸清新的空气，活动活动腰肢，舒展舒展筋骨。

林为忠还时不时带她去检查身体，去各大医院看知名的妇科医生，先看西医再看中医。看西医是因为生第一个儿子后一直执行国家的计划生育政策，一直戴着节育环而且一戴就是 15 年，现在决定重新要孩子，就得先把节育环摘了，让生育功能慢慢恢复正常。一段时间之后，丈夫又陪着她到医院全面检查，看身体各方面的指标是否正常。在得到正常的结果之后，他又带着她到广安门医院挂了著名的妇科专家号，每次仅挂号费就得花 100 块钱，但为了未来的孩子，他必须舍得花这些钱，请专家开中药慢慢调理。

如此这般，持之以恒，经过一系列努力，刘春华的元气逐渐得到了恢复，她的脸色逐渐红润，她的目光、她的笑容，也逐渐恢复了早年间那股动人的神韵。丈夫从她的这股神韵中，看到重新生孩子的希望，看到了开始新的生活的信心……

转眼间到了 2001 年 4 月，刘春华在丈夫的陪同下到医院做妊娠检查，尿检结果呈现阳性，也就是说，刘春华怀孕了。经过进一步检查，医生说她的身体状况一切正常。这个消息对这对经历坎坷的中年夫妻来说，一如久旱之后迎来的一场甘霖，让他们兴奋不已。尤其是盼子心切的刘春华，内心的喜悦更是情不自禁、溢于言表。

新生儿带来的新问题

怀孕给刘春华带来的也不仅仅是喜悦，同时也给她——不，包括她和丈夫——带来了一场严峻的、前所未有的挑战。

由于已经是45岁的高龄，也由于怀第一胎的时间与怀现在这个第二胎的时间间隔十七八年，刘春华的子宫已经出现老化甚至退化。所以在她怀孕半年之后，便出现了严重的宫缩——这是早产或自然流产的先兆——而且宫缩的频率还很高。情况不妙，医生告诉她，必须全力保胎，医生给她开了大量的保胎药。但光吃药还不行，医生说她还必须长时间躺着，轻易不能行走。夫妻俩一听头都大了，原本兴致盎然的刘春华更是感到毛骨悚然。因为距离预产期还长达4个月啊，这4个月120多天的时间，难道就只能天天躺在家里吗？医生说是的，这是最安全的办法了，别无他途。刘春华听罢，不再言语。为了保住未来的孩子，没说的，她什么都可以付出，她愿意迎接挑战。

回想起来，那可真是一场异常艰苦卓绝的抗争啊！那120多个日日夜夜，原本应该增加户外活动的孕妇刘春华，却不得不足不出户，日日夜夜都龟缩在屋里，日日夜夜都躺在那张宽不过2米、长只有3尺的床上。吃饭、喝水她都只能半躺在床上请别人侍候。就连上厕所，她也只能瞅准宫缩的间隙，让别人扶着，亦步亦趋、小心翼翼地前去方便。这种情形，使得他们不得不去家政服务公司请来保姆，日夜陪伴、专职侍候。即便如此，狭窄的空间，单调的生活，仍然让刘春华感觉寂寞难耐、异常难受。

好在她的内心深处，有一种强烈的信念支撑着，有一种憧憬让她时常感觉到激情的涌动，有一种向往让她时常感觉到心潮澎湃，有一种冲动让她感觉到生命的价值和生活的意义，那就是为了即将出生的孩子。

正是内心的这种感觉、这种激情，使得刘春华眼前的生活境界豁然开朗，她的眼前再也不是狭窄的空间、单调的鲜花，而是蓝天白云、绿水青山、鸟语花香，是草原，是大海，是蓝天，是美好的生活，是阳光明媚的春天……

正是这种良好的内心感觉，使得刘春华的精神状态一直保持得不错，她战胜了寂寞，战胜了自我，以惊人的毅力支撑自己，安全地度过了那艰苦卓绝的120多个日日夜夜。

2001年12月27日，在差2天就是第一个儿子不幸夭折整2周年的这个日子，林为忠和刘春华这对中年夫妇历尽千辛万苦，终于生下了自己的第二个孩子，而且依然是个儿子。预产期本来是12月25日，结果比预产期推迟了2天。

新生儿虽然出生了，但降生的过程也历尽艰难。

为防止出意外，他们选择在离家不远的人民医院生产。那时候，经历过4个月保胎期的刘春华体质已经十分虚弱，她已经无力自然生产，只能剖腹产。在医生的全力护理下，孩子总算生下来了，体重6斤半，身体各方面的情况还算正常。

第二天,儿科大夫却发现孩子吃母乳时很费劲,裹不住奶头,老哭。后来儿科专家来了,发现婴儿嘴上的软腭是裂的。正常情况,软腭与鼻腔之间应该是隔着的,可这孩子不是,裹奶的时候漏风,力量不够、效率低下。正常的婴儿,吸奶可能一口是5毫升,而这孩子吸一口可能只有1毫升。孩子饿了却吃不到奶,所以老哭。

再进一步检查,又发现这孩子眼肌无力,有一只眼睛睁开时总是很费劲,而且心脏也不好,有心房间隔缺损。

那天检查时,林为忠并没有在场,大夫也没敢直接告诉孩子的母亲刘春华。大夫打电话让林为忠赶紧到医院来,将检查结果告诉了他。大夫进一步帮助他分析说,你爱人可能是怀孕8—10周时受到了不良的影响。什么原因?尚待研究。但据说,哪怕是从睡梦中惊醒,或者不经意间遭受到一点点的恐吓,都有可能对孩子造成不良的影响。当然,也不排除遗传的可能。但更主要的原因,可能是高龄怀孕所致。与年轻孕妇相比,高龄孕妇由于体质和身体机能等各方面的差距,尤其是长时间不生孩子的高龄孕妇,往往会在一定程度上影响婴儿的正常发育。以前的妇女一直生,时间间隔不长,因为有连续性,一般都不会有问题,一直到五十几岁都可以顺利生子。但刘春华已经间隔十七八年,过了生育的旺盛期,胎盘都已经老化……

对于孩子出现的这些情况,儿科主任告诫林为忠:不要跟你爱人说,月子里的女人最忌讳受刺激。而事实上,儿科主任的这种告诫对林为忠来说纯属多余,因为他是一个理智的、成熟的男人了,除了妻子目力所及的之外,他当然不会将孩子全部的健康情况告诉产后仍体弱的妻子。

对于儿科大夫说的这些情况,林为忠似乎已经有思想准备,他显得比较冷静。由于自己的身体原因,他对这一切有一些基本的了解和判断。一般来说,软腭不好的孩子多半心脏也不好。他对儿科主任说:“孩子既然生下来了,怎么着我都得养,你说什么我都能够接受。我跟我爱人确定生这个孩子的时候就已认定,只要是我们俩的孩子,哪怕是残疾,我们都得承受、都得想办法全力把他养大。”

出院之后,林为忠带着妻子和新生儿回到了家里。妻子对新生的孩子充满怜爱,她叫他小名乖乖,给他起名林冬冉,其间有两层含意:冬天里出生的,冬冉即冬天过去、希望升起;再一层意思是孩子属蛇,冬冉的“冉”取于蟒蚺的“蚺”,“冉”字左边加个“虫”就是蚺,林冬冉就是冬天里降生的蛇,而且是一条充满灵性、像巨龙一般期待腾飞的蛇……

新生儿同样给林为忠带来了久违的快乐,林为忠也像妻子那样喜欢自己的这个新生孩子。只要一回到家里,他就迫不及待地来到孩子跟前,逗他哄他,亲他抱他,其乐融融。

面对嗷嗷待哺的儿子,他也再一次感觉到作为父亲肩上的重任。他在考虑如何将孩子的健康情况告诉妻子。为了给妻子打“预防针”,让她对眼前的这个新生儿的健康状况有些思想准备,他不断地鼓励妻子:既然已经生下来了,他就是我们的孩子,我们要全力抚养、精心护理,不能给乖乖带来任何不利的影响。

林为忠对孩子的爱不仅停留在口头,很快还付诸行动。价格高昂、月薪高达2000元的月嫂(妇产医院经过专门培训、具备相当的婴儿护理知识和护理经验的护士),一般人都请不起或不敢请,请了一般也只请一个月,林为忠却一请就是两个月。绝不是因为林为忠比别人有钱——他在单位的月薪只有2000多块钱,妻子的月薪则仅有1000多元——而是因为他们的这个新生儿健康情况并不好,而妻子体质又过于虚弱,恢复得慢,护理孩子力不从心。仅就喂养孩子而言,由于孩子软腭裂,吃不了母乳,必须冲进口奶粉。即便如此,正常的孩子可能15分钟能够喂完,可这孩子却需要喂上一个小时。喂的人辛苦,冲好了的奶粉喂着喂着一会儿就凉了,又得重新热一下再接着喂,反复几次。而妻子刘春华由于体质虚弱、手臂无力,抱一会儿孩子手就酸得不行,抱不住……不请月嫂显然是不行的。

不但请了月嫂,第二个月的时候林为忠还请来了保姆。因为月嫂只管孩子的护理,不管做家务。而买菜、做饭、搞卫生,尤其是给婴儿洗尿布、屎布等等脏活累活,仅靠林为忠一个人显然也是不行的。即便如此,忙于上班的林为忠每天人虽然在单位,心却时常牵挂着家里的妻儿,一下班就急匆匆赶到市场采购,回到家里又忙里忙外地干活,以至于他对同事自嘲说:“我家里请了一个半保姆。”那半个保姆,指的就是他自己。

补生孩子的代价到底有多大

我大概是在2002年4月份、夏天到来之前采访到林为忠的。在此,我要特别感谢向我引荐、帮助我联系到与林为忠见面机会的全国政协提案处的处长李蓉女士。由于工作关系,李蓉与林为忠认识并且还比较熟悉,而我与李蓉多年前住在北京三里屯的时候又曾经是邻居。

那一天,吃过午饭,我骑着车从自己单位所在的和平门来到位于西城区太平桥街的全国政协大楼,在李蓉那宽敞明亮的办公室见到为了孩子而历尽坎坷和艰辛的林为忠。

时值中午,灿烂的阳光透过窗户,将明媚的春光带到了屋里,让那间本已明亮的办公室更加温暖舒适,春光融融。

这是一个皮肤白净的中年男子,宽厚的脸已不乏皱纹,却依然饱满且充满光泽,一看便知道是从事非体力劳动的、善于自我保养的都市一族。只是他茂密的头发上黑白相间的发丝,看上去很不协调,那已经不容易数清的白发会让人不由自主地联想到他人生路上刚刚经历过的沧桑。

因为事先我已经将见面的意图传真,由李蓉女士转交给了他,所以没寒暄几句,我们就进入正题。他坐在沙发上,面对透窗而进的和暖阳光,眯眼蹙眉,用一种缓慢、低沉的音调,将我和在场的李蓉带回他刚刚走过的那些沧桑岁月。

他讲他的少年时代、青年时代,讲他如何在工作中与刘春华相识、相爱并顶着各方面的压力结为夫妻。他讲他的大儿子,讲他大儿子生前的学习、兴趣和爱好,描述大儿子生前的言谈举止和音容笑貌。接着,他按照我的询问,讲了他大儿子出车祸时的详情以及善后处理的详细过程。再接着,他又讲了他与妻子如何商定要生第二个孩子、妻子第二次怀孕过程和生产过程以及生产之后所经历的种种艰辛……他讲这些的时候,情绪低落,表情凝重,声音一直很低沉。他那白净宽厚的脸庞上,只有黑云压城般的沉郁,让人感觉人生的艰难与沉重。讲到伤心处,他停下来,竭力控制自己那已经哽咽的声音,待自己的情绪缓缓平静下来,再接着讲。

对于他重新得到的第二个儿子,我向他表示祝贺,并用我已经采访过的那些不幸家庭与其相比,告诉他:“相比之下,你和你妻子很幸运,因为虽然也历尽艰辛,但毕竟又有了自己的孩子。”

面对我的安慰,他说了声“谢谢”,却没有半点的喜形于色,相反是一声长长的叹息,那样子如同刚刚完成了马拉松式的一次长跑。

林为忠向我细数起他生第二个孩子的成本:

“你看,从一开始怀他时一次次咨询、检查、调理,到右安门医院看专家,每次光挂号费就得 100 元;吃中药,一礼拜开一次;再有别人介绍的名医、专家,也都去看过,去的这些医院都不是单位的合同医院,所有医药费都得自理,到底花了多少我都数不清了。而且与生第一个孩子比,现在的各种费用都比以前高得多,就说配方奶粉吧,我现在的这个孩子吃不了母乳,只能买配方奶粉。可配方奶粉价格又高,我还没敢买桶装进口的,只买国产袋装的,一袋也得 28 元,够吃 3 天,每个月就得花个 300 来块,还不算别的。

“我们俩的收入都不高。她现在所在单位是我们部机关直属的幼儿园,经济上属于独立核算单位,她又不上班,一个月也就能拿 1000 来块钱。我呢,在机关里搞技术,不当官,满打满算每月也就是 2000 多块钱。那天我算了一下:一袋奶粉吃 3

天，每月就得300来块；请一个保姆，管吃管住还得给她500块，这些加起来就已经小1000元了。水电费也高，因为有孩子，我们用得比别人都多，物业对我们都有意见了，尤其是电用得多。我说是啊，我电热水器老得开着，因为随时都得洗呀刷的；空调也老得开着，尤其是冬天没来暖气或暖气不足的时候。

“经济上的就不说了，重要的是我们俩都这么大年龄，养这么一个孩子，身体和精力远不如从前。现在的这种付出、这种代价，都是年轻时所不能比的。”

林为忠说：“好在我爱人现在的心情不错。但为了孩子，她确实又付出、牺牲得太多。她半年的产假眼看就要到了，我已经跟他们幼儿园的领导提出申请，要求让她提前退休。上班比在家里累，她是个工作很认真的人，可人在单位心在家里也干不了什么活。对于提前退休，她也能够接受，因为一切都为了孩子。我跟她说咱们的乖乖交给保姆不放心，因为孩子软腭裂，喂东西怕呛，要是呛到肺里容易得肺炎、发烧，所以得当心、精心点儿，我又比较忙，所以为了孩子得有一个人牺牲自己的事业。这些我爱人都明白，也能够接受。”

林为忠说他有一个同事因为孩子的腿要做手术，情绪低落，他就劝那位同事：“我的打击比你大得多，且不说我那个已经失去的大儿子，就是我们现在的这个小儿子乖乖身体也不好，5月份还得去阜外医院检查他的心脏到底什么时候做手术；另一个手术是软腭裂的修补，一两岁会说话前得把修补手术做了，否则将来影响发音；再一个手术就是眼睛的肌无力。所以，我起码得面临孩子的三次手术，三次签字。谁都知道手术不都是万无一失的，尤其是婴儿，麻醉有可能醒不过来，输血有可能感染。这些你都没办法，你也只能相信医学，将孩子交给医生，要是赶上有什么不测，手术失败了，也只能算你倒霉，就是这样。可你不做手术也不行，毕竟现在绝大多数夫妇只有一个孩子，你必须全力抚养他，因为你输不起，你别无选择。”

林为忠说，他大儿子6岁的时候，他爱人曾跟他开玩笑：“咱们再要一个孩子吧？”他也笑着响应：“那是不是要个女孩呀？”爱人只是会心一笑，不再言语。虽然这只是夫妻间一次不经意的玩笑，却反映了夫妻俩当时的真实心态：儿子已经6岁，相隔6年，时间很合适，要能让生第二个孩子，那该有多好！现在想来，如果那时候生第二胎，他们现在也不至于碰上这么多问题、受这么多的累啊！但这只能是一种假设。

围绕只有一个孩子的问题，林为忠的话题很快落到当今都市人的生活压力上。

林为忠扳着手指，又列举起独生子女带来的诸多问题：

“因为只有一个孩子，你只能把所有希望，尤其是考上大学的希望全都寄托在自己这唯一的一个孩子身上。为什么大家打破头都想奔大学去呢？社会竞争逼的呀！平常我们都说农民最苦，没什么保障。其实城市里也一样，你说有什么保障？过去供应口粮，有各种定额的供应票，现在有啥？过去没考上大学也有出路，国家给安排工作，现在有吗？现在考不上大学几乎没有出路，因为招聘的工作多数都要求大学本科以上的文凭，逼得家长只能逼自己唯一的一个孩子上大学。所以从小学到中学，大家都抢着上好学校，赞助费少则一两万元，多则八万十万。我儿子中考差两分可以上市重点，但儿子对我说：'爸，咱不花钱，咱上二类学校也行。我不会花这个钱的，考上什么上什么。'我儿子在小学一直是科代表，到初中时入团、当班干部，到高中也是班干部，是团支部书记，老师们都很喜欢他。高一时他还交了入党申请书，参加过市里的团支部书记培训班。他属于比较懂事、心态比较正常的孩子。但有些孩子可不是这样，因为父母给他们的压力太大，小孩压力越大，逆反心理就越强；他的成长没有宽松环境，就可能出现畸形，出现承受不了的心理变态、自杀或杀父母等等。过去有这种情况吗？没有。每对父母都有两三个孩子，将来孩子干什么、有没有出息，父母一般不急，他可以把尺子放宽，不会把所有精力、要求全放到一个孩子身上。东方不亮西方亮，反正几个孩子总会有一个两个能成气候。这种宽松的家庭教育环境，反而使孩子学习更自觉。这让我受到启发，虽然只有一个孩子，我也不逼他，顺其自然。所以孩子的老师有时说我，说你这个家长真怪，你没有鼓励孩子做什么事都要拔尖！我说没有，我比较放任，他反而也比较自觉。以前我们俩天天督促他，后来老师叫家长签字，可他做没做完作业我都签。我对老师说我的孩子很诚实，做完没做完作业都跟我说了。但做完没做完是他自己的事，我签字是因为他的诚实。老师说，那你不检查他做得对不对？我说他抄我都不管，我就是这样惯着他。你没看现在的孩子报这个班那个班，大都是他们的家长逼的。开始时我也一样，我给他报了个英语班，可孩子喜欢的是数学，我就顺着他的兴趣，给他报了个奥林匹克数学班。孩子后来的学习很自觉，我们都用不着怎么操心。

"现在的孩子为什么早恋？许多人都说是因为现在的孩子早熟，从电视剧和电影里学的，可我不完全这么看。依我看，有一个原因一直被忽视，那就是现在的独生子女在家里压力大，与家长没有沟通甚至内心有对立，家里又没有其他兄弟姐妹，怎么办？他们只有到外面找同学，找朋友。因为年龄、心理相近，又有共同语言，孩子与孩子之间能得到最好的沟通，甚至能从异性朋友那里找到一点儿母爱或父爱，找到安抚。你说他们懂什么恋爱？教育其实是个大工厂，它跟家庭、学校乃至整个社会都有关系。学历至上，是社会大环境造成的，所以家长一味逼着孩子考大学，省吃俭用也要挤出钱来让孩子上高价学校。孩子学习都是为了考试，为了升学，而家长也围着孩子的这一切转，千方百计地侍候他(她)，长此以往，孩子将来到社会上的实际工作能力又如何呢？依我说，这也是只有一个孩子才会这样。

"独生子女还促进了高消费。举个例子，两个孩子时的消费、浪费程度反而不会那么大，如衣服，老大穿完老二可以穿，吃饭至多是添双筷添个碗，饭菜增加不了多少，孩子还不至于挑食。只有一个孩子，穿衣吃饭你可能都得惯着他，他的健康上你不敢有任何闪失，视若宝贝。我那孩子出事之后，影响可大了。我们住的那栋楼，所有还有孩子上学的家庭，家长都如临大敌，原本单独骑车上学的，家长再也不让了，再忙也要亲自接送孩子上学放学。这是没办法的事，谁还敢拿孩子的生命当儿戏啊？"

谁能感知生命中真正的疼痛与危机

林为忠与妻子痛失儿子，历尽艰辛又抢在妻子的生育年龄结束之前重新生下了自己的儿子，相比于我之前采访的不幸家庭，他们确实是幸运的。

但经历了太多艰难与磨难的林为忠，并未在我的面前显露出丝毫的轻松，相反，此刻他在我面前显露出来的沉静与冷峻、伤感与无奈，让我强烈地感受到人生的沧桑与无助、生命的苍凉与悲壮……

林为忠向我讲述了痛失儿子之后，生活中和心灵深处那难以抚平的创伤。

他和妻子都是生活在社会中的人，他们在这个社会中都有同事、朋友、同学，更有带血缘关系的兄弟姐妹和各种近亲远亲，每每与人家见面，对方出于关心和同情，都要询问几句安慰几句，但每每都会勾起他们的伤感、对那已经一去不返的好儿子的无限思念。

即使是夫妻俩单独相处的时候，那已经永远失去的儿子其实也仍然永久地装在他们的心里。逢年过节，他们忘不了他；他的生日，他们也无法忘记。随着时间的推移，同事也开始注意到这个问题，一般都不会提林为忠那失去的儿子了，他们怕勾起林为忠的伤心……

林为忠接着向我讲起儿子后事的处理情况，声音仍然低沉、缓慢。

"孩子去世后，骨灰搁八宝山了。但有年限问题，只能放 3 年，3 年以后按要求必须找地方安放。我跟爱人商量以后怎么处理。我说现在咱们有乖乖，你要全力精心抚养他，不要再老去想大儿子。不是说咱们不在乎大儿子，绝不是，小宝是咱们永远美好的记忆，但现在先不要去想得太多，抚养乖乖要紧。每年清明节或节假日，咱们有时间去扫扫墓、看看他。我说我想他了，自己会抽时间去，跟他说……说点儿心里话……"说到这儿，林为忠再也无法抑制自己的情感，禁不住哽咽起来，泪水也夺眶而出。我的心也像被冷不丁撞了一下,只感觉内心酸溜溜的,有一股温热的东西在胸间涌动,我感觉自己的眼眶刹那间也温热了、潮湿了……

沉默。我将脸转向一直在旁听的李蓉,发现这位全国政协提案处处长也正哽咽着,不时地用手抹着眼泪。

林为忠此时掏出手绢,擦着泪。自打我对他的采访开始,他一直竭力地控制着自己的情绪,而现在,他内心深处情感的波涛显然已经难以抑制。

时间大约是过了几分钟——不,也许已经过去了几年——林为忠的情感恢复了平静。他清了清嗓子,眨了眨眼睛,说了声"对不起",用喑哑低沉的声音,断断续续地继续讲:

"……男同志啊,有时有话,压在心底里太久了,也不行。有时礼拜六,我一个人外出,对我爱人撒个谎,说是单位加班,出了家门却独自坐车去八宝山看小宝……"他又哽咽起来,讲不下去。待强制自己平静下来,才继续说,"所以呢,我说我们现在身体还行,每年都还能抽出时间去看他,想看就去看,一般是他的生日、清明啊或是天气好的时候。……刚开始的时候,去得比较多,第二年少些。她去的时候我也去,我一个人去的时候她不知道,到现在也不知道。我不让她知道,是希望她身体好,不分心,全力抚养乖乖。……我也知道她爱我。我倾心照顾她,让她精神愉快,其他的事,我自己承受。开始处理车祸时,我也是这样。包括法医鉴定完了,给孩子整整容,我都没沾边,全权委托我哥和我妹妹。我陪着我爱人,没让她去,坚决不让她去——为什么?我说咱们把宝宝美好的印象留在脑海……所以,儿子至今在我的脑子里就是他那天早上离家前同我打招呼的那个形象,留在我爱人脑海中的则是那天早上离家上学的形象……"

对于儿子骨灰的安放,林为忠也经历了艰难的选择和情感的折磨。

夫妻俩每次去八宝山看望儿子,都得尽可能不让双方的老人知道,否则老人会触景伤情,毕竟是白发人记挂早逝的黑发人,想起来都令人伤心、唏嘘感慨啊!不仅如此,每次看望儿子之前,夫妻俩都无一例外地要到专门卖祭品的商店去买些祭品,每一次,卖主都热情推荐:"去看老人,买些寿桃吧!"这种招徕,虽是无意,却字字如针,针针扎在林为忠和刘春华夫妻的心上,令他们阵阵颤痛,令他们伤心难抑。每次如是,让他们疼痛不已,伤心不已。他们被迫无奈,开始考虑儿子骨灰到底该怎么安放,毕竟按照惯例,八宝山只能给存放 3 年。

夫妻俩考虑再三,觉得最佳的方式还是撒海。至于撒海怎么办理,林为忠都打听好了:目前北京市每年春、秋各有一次,费用是每人 380 元。

为什么要选择撒海的方式呢?

林为忠说："这样以后我们在家里悼念他就可以了，这跟到具体的某一个地方去悼念不一样。比如悼念我母亲，每年清明节我都要去一次，但那是老人，心情不一样；悼念儿子，那种悲痛不一样，那种悲痛让你有些受不了，因为毕竟是非正常死亡。而且，随着我岁数的逐年增加，加上我本身有心脏病，我也越来越受不了。每去一次回来，我的心脏，我的心情，我的体力，都得缓好几天才能恢复。每次去，我想得都很多，包括我自身的生命……"他的伤心又一次阻止他说下去。但看得出，他在考虑自己一旦不在人世，包括他的妻子百年之后，到那时候，如果儿子还是安放在固定的某一个地方，还会有谁再去看望他呢？儿子毕竟没有后续的生命啊……想到这里，我的眼前不由自主地浮现出凄风苦雨、孤冢枯树的惨景，一种生命的无助和悲怆感瞬间攫住我的心头。

是的，生活是那么的美好。而在追求美好的过程中，每一个生命又是那样无一例外地充满了艰辛与磨难。尤其是面对疾病、面对突如其来的天灾人祸之时，生命是那样渺小、那样孤立无助。

但经历了诸多磨难的林为忠，此刻在我的面前似乎已经少了一些悲伤，多了几分沧桑与从容。面对生活和磨难，他感慨道："我之所以同意接受你的采访，是希望这事对你写作有用，能为你提供一点素材。我想，每个人有每个人的心理历程，我经历过磨难，我希望我的处理方式能给别人带来一些启发、警示或者帮助。说实在的，人都是高级动物，许多东西都是后天学的，包括遇到打击之后，你应对打击的方法。不同的人采取的方法不同，各有利弊。还有，每一个人所处的环境也不一样，如何对待打击，采取的方式当然也不一样。旧的困难克服了，新的问题可能又来了。只有生命终结了，你闭上眼睛了，你才会有安稳的时候。只要你活一天，几乎任何一天都会有新的事来打扰你……"

我发现林为忠说这番话的时候，他的心情已经趋于平静，脸上真的是饱经沧桑之后的那种从容。他甚至还告诉我："我不希望将我的经历写得那么悲伤，相反，我希望人们看过我的经历，能从容地面对生活和生命中随时都可能出现的磨难，要多几分信心，多几分坚强。"

这当然是林为忠对世人的美好愿望和良善之言。

但世间的许多事情，毕竟不是以人的主观意志为转移的。尤其是面对灾难，生命中的危机、脆弱和疼痛，到底有多少人能够坚强、从容地应对与承受呢？

我再一次审视眼前这位从磨难中走过来的、如今已头发花白的中年男子。

林为忠说，自己现在的白发，大都是孩子出事之后出现的。这些白发，似乎是在刻意记载经历过的那些磨难。他自我总结，同时又感慨道："唉，人这一生啊，坎坷真是太多了！有时你真的感觉自己快过不去(这道坎)了。生活往往是那样无助,别人只能从侧面帮一点儿,但主要的只能靠自己解决。”

我又一次安慰他:“你是不幸中的幸运者,我采访过的家庭中有的与你们夫妻俩的年龄相当,痛失孩子之后,他们也渴望能重新生一个孩子,遗憾的是已经生不了孩子。”

林为忠说:“这事只能顺其自然。我跟爱人说过,咱们要实在生不了,就想办法搞个试管婴儿,费用当然很高,得28000元。不管是试管婴儿还是用药物调理之后正常的生育,都应该有各种思想准备,就像我现在的这个孩子,出现这些问题以前完全没有想到。所以,孩子刚怀上时,我就考虑出生时要留脐带血,以备将来孩子万一身体不好时所需,孩子将来要没有什么事,脐带血也可以贡献。比如患白血病,治疗的最好办法是干细胞移植,而非血缘关系干细胞的合适配型概率只有十万分之一。脐带血中含有大量的干细胞,我的理解是留脐带血等于留了另一把生命的钥匙。这样生命就有了两把钥匙,万一其中的一把丢了,另一把还可以用上,生命还可以继续。留脐带血时,我找的是人民医院,他们在亦庄有一个内部血库。因为我爱人身体弱,只留了70毫升,正常应该是留100至120毫升,检查合格才能留,每年需要给医院缴纳500元的脐带血保存费。在我留脐带血之前,有人劝我说给孩子买保险,我说保险除了经济上的补偿外,其他无济于事。”

林为忠能留住孩子的脐带血,这让我感到很惊讶,觉得他很敏感,思想很超前。因为那一阵子,我刚刚组织了一篇关于这方面的报告文学,题为《中国呼唤建立大规模的生命银行——一个为挽救千百万鲜活性命的艰难传奇》,讲的是中国目前千百万白血病患者由于国内干细胞严重匮缺所面临的治疗危机,呼唤中国建立大规模的干细胞血库。这篇报告文学,我正打算在我主编的《北京文学》杂志2002年第6期上发表。由于组织这篇报告文学,我对干细胞和脐带血的重要性刚刚有了了解,而孩子出生时在医院的帮助下贮存脐带血,这种意识在全国来说还是很超前的,有这种意识的人在全国也还很少很少。林为忠有这种超前的意识,非常之好,但很显然,他的这种意识是在他痛失孩子之后才有的,他已经深刻体会到生命的脆弱和随时深藏着的巨大危机。而为了应对这种危机,他先于常人捕捉到了应对危机的方法,在了解了这方面的知识之后,果断留下了新生儿的脐带血——尽管保存脐带血每年要付出500元的费用,但我认为非常值得,我为他的这一明智决策感到欣慰……

然而,对于中国目前的绝大多数人来说,在他们的生命和生活没有遭受病魔和天灾人祸的侵袭的时候,在他们仍然尽情地、毫无危机感地享受着健康和平安带来的快乐时，他们当中有多少人会真正地居安思危？又有多少人会懂得在自己的孩子出生之时千方百计地留下生命的另一把钥匙？

没有。绝大多数人在平安和健康的时候，是很难有这种超前的防患意识的。而只有在经历病魔或灾难之后，他们才可能忽然醒悟，并竭尽全力地亡羊补牢。

然而，世间的许多事情，偏偏是不以人的意志为转移的，“亡羊”之后也并非都可以“补牢”，比如生命的毁灭。

而像我等已身为人父或身为人母之辈，在按政策规定只能生一个孩子的我们这个时代，即使没有经历生命的磨难但已经从别人那里知道保存孩子的脐带血、留下生命的另一把钥匙的重要性时，却已经失去机会了，这对于我们来说，真是异常残酷！然而，我们除了徒叹无奈，除了感叹生不逢时，我们还能做何选择呢？

对于我面前不幸之中又比较幸运的林为忠，我依然要发自内心地为他、他的妻子、他的新生儿林冬冉致以深深的祝福。我对他说：“你能够走到今天，真的很不容易，我发自内心地祝福你和你的家人，从此平平安安、快快乐乐……”

林为忠打断我的话说：“谢谢你，这都只是吉利话。其实，生命中的状态与祸福，绝不是以人的主观意志为转移的。对于命运，我迷信，但也不迷信。怎么说呢？我十几年前出差去无锡，对方单位是搞半导体的，他们的一个总工程师负责接待我。这位总工认得一个算命先生，闲谈中，他让那位算命先生给我算了一卦。那位算命先生说我这一生有几个坎，现在回过头来看，他说得有些对。他说我生命中有三个孩子，没有女孩，寿命活不过 78 岁，这当然还难以完全证实。但另一些地方他说对了，比如他说我 32 岁时要失去一个亲人，而我的确失去了母亲；再后面是我孩子，但我绝没有想到失去的是他——我那都已经 16 岁的儿子；再后来我又失去了岳父……”

人在遭受失意和挫折的时候，往往会或多或少地追溯到命、相信命甚至认命，看得出，经历过磨难的林为忠此时也有些相信命了。只不过，他是用经历和已经发生的事实来印证那位算命先生的推断。

痛失外孙的打击，夺走了姥爷的生命，剩下姥姥孤身一人。姥姥今年已经 83 岁的高龄了，现在不得已与一位远房外甥一块生活，让他帮助照应，以保证老人正常的饮食起居。林为忠说：“我们也常常去看她，有时老人也过来。自从有了乖乖，双方老人心情也都好多了，毕竟生命中又有了新的希望。但现在我们活得累啊，自从这个孩子降生，我们在孩子身上的劳累又得开始一个新的轮回。所以，现在我们把自己的身体看得非常重要，不为别的，主要是为抚养孩子。要是小宝（指已经失去的大儿子）在，我即使倒下了也有人接班。所以我有时候跟我爱人说，咱们要都走了,那天可就塌下了！为什么？我说,如果我走了,你孤儿寡母;如果是你走了,我一个人带孩子也承受不了。所以,为了乖乖,我们俩要相依为命……”看得出来,林为忠现在的生命危机感很强,而且已经深深地扎根于心灵深处。尽管重新获得了孩子,却时刻关心着孩子和家庭的安危和未来。

我关切地问:“你的心脏现在怎么样?”

林为忠抿了抿嘴,摇了摇头:“嗨,维持。心脏手术,我小的时候,成功率是十分之三,中国外国都一样。现在的成功率比以前高,但我也没有做,主要是考虑做完手术,自己的日常生活能不能适应。这一关你也得过。但没做手术,将来可能心衰,现在只能是自己多注意一些。”

“好在你现在的心态调整得不错。”

“我必须这样。我跟我爱人说,事情发生了,你自己难受,亲人更替你难受,而周围的人是麻木的——开始人家可能有同情心,可你自己老是悲悲戚戚的提不起精神来,人家也就麻木了。”

说到那些痛失独生子女的父母目前所面临的困境,有着相同遭遇和切肤之痛的林为忠提出了值得注意的设想。他说:“对于此类家庭,我个人觉得应该由政府出面,成立一个基金会,以救济、扶助、抚慰痛失唯一一个孩子之后,其父母所面临的物质和精神上的困境。因为这些父母响应国家‘只生一个孩子’的号召,做出了牺牲,国家应该对其造成的损失负责任,毕竟只生一个孩子不是他们自己的意愿。”

我问:“你的大儿子出事之后,责任方赔偿了多少？处理后事又花了多少?”

林为忠说:“交通大队最后判赔 8 万块钱,这笔钱是按高险种判赔的赔偿金。出交通事故后事处理费用,按规定,国家也给受害方 800 块钱。但这点钱怎么够啊？我买个骨灰盒就得 1200 块钱,还牵涉了那么多精力,光处理后事前后就花了 20 多天。法医鉴定时,每天停尸费用就得八九十块钱;孩子整容是 5000 多块……花费不少。当然,这些费用都是对方单位支付的,共花多少钱我也不知道,他们用支票结的账。但我也原谅了对方,没让交通队给对方单位挂交通严重违规的牌。”

林为忠说的这些,当然只是经济方面的。实际上,类似他这样痛失爱子的父母,精神上的损失与创伤到底有多大,当然是难以估量的。何况对于痛失唯一的孩子,风烛残年之时却无子女赡养,甚至没有子女看望的人来说,他们所面临的经济上和精神上的所有困境,与独生子女政策不无关系。所以,林为忠关于国家和政府需要救济、扶助、抚慰这一类家庭的父母的建议,显然也不是过分的要求,而有其合理的成分。

第四章　意外伤害，悬在独生子女家庭头上的利剑

我国0—14岁儿童意外死亡专项调查显示：在各种死亡原因中，意外死亡已占第一位。

据不完全统计，2000年我国有16000多名中小学生因食物中毒、溺水、交通事故、自杀等非正常原因死亡，平均每天有一个班的学生因意外事故而早早地离开了人世。

我国儿童意外伤害死亡率为发达国家的3—11倍，由此造成的各种损失可想而知。

花季年华，有多少生命如花瓶那般易碎

珍爱生命，是人的本能。只要心理健康，任何一个人都会珍爱生命、热爱生活。

生命是那么宝贵，又是那样脆弱。

我们时常会将"花样年华""花季少年"之类的美好词语赋予风华正茂的青少年儿童，殊不知支撑那片明媚春光的，是他们那花瓶般的生命。

花瓶易碎，生命同样如此。

自从我10年前开始关注"失独家庭"这个特殊群体，工作之余，我便不由自主地开始关注我周围的生命。每每走在大街上，我都要不由自主地注视、观察那熙来攘往的陌生路人，他们或行色匆匆或一路谈笑，或意气风发或心事重重。然而，无论他们是什么神态，无论他们是男是女，或老或少，他们都按照自己的生活方式怡然自得地生活在这个多彩的世界上。

生活是那样的美好。无论是清贫还是富足，无论是得意还是失意，有一份更重要的共同祈求无时不存在于每一个人的内心深处，那就是健康、平安。

"没什么别没钱，有什么别有病。"这句话的后半句，正是这种共同祈求的真实写照。

然而，人世间并非所有的祈愿都能得到满足，也并非所有的主观愿望都能成为现实。天有不测风云，人有旦夕祸福。不幸与伤害，实际上时时存在于这个世界上，随时都可能威胁我们每一个生命的个体，尤其是我们的青少年和儿童，他们当中绝大多数可都是独生子女啊！"独生"意味着唯一，而唯一是经不起伤害，更经不起毁灭的，因为对于只有一个孩子的父母来说，当他们已经过了生育年龄，这唯

一一个孩子便无可代替。

独生子女,如今是当代中国绝大多数家庭的基石。如果有那么一天,活蹦乱跳的孩子突然由于意外事故而丧失了生命,永远离父母而去;或者原本健康活泼的小天使,由于意外伤害致残,这样的情景对于父母、亲人和整个家庭的打击,不啻天降大祸。

“祸兮福所倚,福兮祸所伏。”人世间,芸芸众生,无论贵贱,有谁能绝对避免天灾或人祸的突然降临呢?

即使是环视我们生活的周围,不幸说来也就来了。

2001 年 5 月 7 日下午 1 时左右,就在距我居住的居民小区不远处的北京朝阳区松榆里 32 号楼,一个 12 岁女孩不幸坠楼身亡。

我是在第二天的《北京青年报》“读者热线”上得知这一消息之后,赶到出事地了解情况的,那时候我刚刚断断续续地进入这个报告文学的前期采访。当我赶到时,那里早已是事终人散,周围平静得跟什么事都没有发生一样。几经打听,一位在 32 号楼前乘凉的老太太才断断续续、不甚情愿地告诉我,那个女孩是 602 室家的独生女,今年 12 岁,性格很开朗,正在读初中一年级。楼内小伙伴们听说她从楼上摔下来,都特别吃惊。女孩摔下来时,她的父母都不在家,到下午 3 点,才相继从工作单位回来。得知女儿死讯,夫妻俩都哭得死去活来。

老太太的话,字字句句像针一样扎进我的心脏,我能想象出那夫妻俩痛失爱女的惨状。我想再从老太太那儿了解女孩的死因和这个不幸家庭的其他情况,但老太太并不知晓。

走出小区,来到临街的松榆里 32 号楼东头,我心情沉重地寻找着那个 12 岁女孩灵魂的踪影。眼前的这栋砖楼,高 6 层。临街一位做小买卖的年轻店主告诉我,女孩的家就住在最高的 6 层,昨天中午,女孩就是从她家的南面阳台上掉下来的,至于什么原因,至今一无所知。我抬起头,默默地注视着靠东朝南的那个阳台。阳台不大,是用铁栅围成的。铁栅不高,但看样子也有大人的半身高吧,那个年少美丽的生命,怎么会从眼前这个阳台上陨落呢——是他杀?自杀?抑或是不慎摔落?周围的人都说不知道。反正出事的时候,这里密密麻麻挤满了围观的人,警察也开着警车前来调查处理了,但女孩坠楼到底是什么原因,至今仍没有一个明确的说法。

我注意阳台的周围,杨树、槐树和一些不知名的灌木郁郁葱葱,杨树和槐树高大的树冠撑起的绿荫,衬托出这里的安详静谧。而昨天出事的时候,这里可是人声鼎沸,一派喧哗呀!难道生命的消失,真如流星那样,亮光闪过的刹那间之后,就注定要悄无声息了吗？那对痛失爱女的父母，他们的心境和生活，又如何能够平静呢？

我很想走进眼前这栋楼的602室，去抚慰那对痛失爱女的夫妻那鲜血淋漓的心灵，同时也寻找出女孩生命消逝的缘由。但犹豫再三，我最终还是丧失了勇气。原因不言而喻：在人家还痛不欲生的时候，怎么能够接受一位陌生来访者呢？

同样是在2001年，进入冬天的时候，另一桩惨剧更是近在咫尺地震撼、刺激着我。

那天傍晚，我刚下班回来，推着自行车进入我所居住的小区大门时，院里停着一辆警车，四周密密麻麻地围满了人。我顿觉疑惑，预感可能出什么事了。细一打听，本小区居委会的一个中年妇女忧心忡忡地告诉我，有人跳楼了，在17号楼的西侧。我内心一惊，心情沉重起来。17号楼正是我居住的楼。我快速支起自行车，锁上，然后快速挤过人丛，绕到17号楼的西侧。我伸长脖子一看，发现距离我10来米远的水泥地上躺着一个年轻女子。在她的附近，有几个警察正叽里咕噜地商量着什么。我向身边的人打听详情，才知道那年轻女子是从21层的那个窗口跳下来的。从这么高的楼上摔下来，她的生命显然已经不可能有挽回的余地。身边的一个人说，那女子从高空摔落在地上的声音，是噗的一声，闷闷的，就像沙袋坠地的那种声音。虽然没有那种骇人的惨叫，但可以断定，她肌体里面，内脏和骨骼大都已经粉碎，就像沙袋里的散沙一样。

我忽然感觉全身毛骨悚然。然而，我还是大着胆子往前走，想继续看个究竟。死者的尸体是侧趴着的，而且面部朝着墙的那边，我看不清她的容貌，只能看到她黑亮茂密的秀发，被白色手绢扎成蓬松的马尾，穿着花格上衣和深蓝色牛仔裤。这种发型和装束，不难想象她生命中曾经洋溢出来的青春气息。可惜此时此刻，她的这种生命气息已经毁于一旦。她身下那冰冷的水泥地上，是一摊猩红的血，虽然那摊血在眼下这寒冷的天气中已经有些凝固，但仍然依稀可见那摊血要往外流淌的痕迹……

这时候，有一位警察走到死者身边，将一只手伸至死者的鼻腔前，显然是想试探她是否还有生命的气息。结果，警察还是摇了摇头，跟另一位警察说着什么，接着又用对讲机向谁报告着案情。

——究竟是什么使得眼前这个原本美丽的生命毁于一旦呢？

从围观人群喋喋不休的议论中，我慢慢了解到有关死者的一点点情况：女孩是吉林人，到北京来谋求发展，与北京籍的男朋友在这里租房同居，她的自杀是因为与男朋友出现情感危机……至于死者的其他情况，大家都不甚了解，警方也正介入调查。

情况虽然简单,我的内心却一直翻江倒海难以平静:多么可惜的一个生命!多么可悲的一种选择!仅仅是一念之差,原本美丽的生命就瞬间毁灭,永远不可能挽回——她是独生女吗?她那远在吉林的父母、家庭,将如何承受这灭顶之灾般的打击呢?

2001 年冬天,那个寒冷的血腥的傍晚,那个触目惊心的悲剧,那个美丽的却已经彻底毁灭的年轻生命,让我再一次痛彻地感受到了世态的炎凉、生活的艰难和生命的脆弱!

在灾难和死亡面前,我们提倡坚强,赞美勇敢,呼唤新生,然而,所有的这一切,只能鼓励人们尽快医治创伤,忘掉疼痛,却无法避免不幸与灾难的不期而遇。在我生活的周围,活生生的现实尚且如此,放眼全国,独生子女的意外伤害事件更是此起彼伏,数不胜数。

我不忍心再将其他的悲剧,如此血淋淋地一一向诸君展示。因为每一则带血的新闻,就是花季生命的一次毁灭;而花季生命的每一次毁灭,就是人世间喷溅的又一次血泪,是不幸的家属撕心裂肺久久难以愈合的心灵创痛。

面对这些,我们的心在战栗,在哭泣,在淌血……

触目惊心的数字

2001 年 4 月,北京市儿科研究所丁宗一教授在接受媒体记者采访时说:“我国还没有系统的关于儿童意外伤害的全国监测网,但是根据妇幼卫生项目的局部抽样调查,意外伤害已占 0—14 岁儿童死亡原因的第一位。据统计,意外死亡率已占我国儿童总死亡率的 26.1%。”

60 岁的丁宗一教授从 20 世纪 80 年代开始从事儿童意外伤害研究,是我国少数几位对儿童意外伤害有专门研究和著述的专家之一。

2002 年 6 月,已经同时兼任地点设在北京儿童医院的中澳儿童意外伤害防治中心主任的丁宗一教授,进一步向媒体公布了该中心一项全国性的调查结果:儿童营养不良性疾病和感染性疾病逐年下降,意外伤害在致使儿童死亡因素中已经占到 40% 左右。

为什么意外伤害竟会成为儿童致死的主要原因呢?丁宗一教授认为,由于生活水平逐渐提高,科学技术不断进步,社会环境、家庭环境都比原来复杂了许多。例如,现在的家庭都配备有各式电器、电插座;马路上各种交通工具日渐增多,路况更加复杂；还有的家庭开始驯养宠物。电器多了，孩子难免会因为好奇乱碰乱摸；马路上车多了，交通事故的数量也会增加；家有宠物，如有不慎就可能伤害幼儿。所有这些因素都直接导致儿童意外伤害发生率不断上升。

来自全国死亡监测网的报告显示，无论城市还是农村，意外死亡均为1—4岁儿童的第一位死因，死亡率高达685—941/100000，边远地区5岁以下儿童意外死亡率甚至达到1056/100000。意外死亡与损伤的比例为16∶11，显示出我国儿童意外伤害来势凶猛。

21世纪初，北京儿童医院外科曾对时间跨度为5年的24665例住院患儿做过调查，发现意外伤害共1268例，占5.14%，其死亡率达到同期医院先天性畸形及肿瘤死亡人数的总和。意外伤害中以气管异物、烧烫伤、车祸、意外坠落、宠物咬伤为常见。

20世纪80年代以前，导致儿童死亡的第一位原因常常是传染病或呼吸道疾病。

1987年全国调查显示，0—4岁儿童因意外伤害而致残的占0.1%—0.3%；5—14岁的占0.6%—0.7%。据推算，全国因意外伤害造成伤残的约175万儿童，其中肢体伤残的占60%。因为一次意外事件，导致儿童终生残疾，他们无法过正常人的生活，无法从事正常工作，严重者甚至连生活都不能自理。对于他们这将是一件多么残忍的事，而对于家庭和社会，又会增加多少不必要的负担。

随着生活水平的提高和医疗卫生条件的改善，儿童传染病和感染性疾病发病率逐年降低，病死率越来越低，但意外伤害引起的死亡率不降反升，逐渐成为儿童死亡的第一位原因。

20世纪90年代我国0—14岁儿童意外死亡专项调查显示，在各种死亡原因中，意外死亡已占第一位，占总死亡人数的31.3%；而在10—14岁死亡儿童中一半以上是由意外伤害引起的。据推算，我国15岁以下儿童每年因意外伤害引起的死亡竟有40—50万人之多。意外伤害已经成为我国儿童的第一杀手。

据不完全统计，2000年我国有16000多名中小学生因食物中毒、溺水、交通事故、自杀等非正常原因死亡，新世纪以来，平均每天有一个班的学生因意外事故而早早地离开了人世。

自杀、他杀，更是主要发生在青少年身上，或由心理压力过大造成，或因校园暴力引发。国家疾控中心近日发布数据称，在过去的半个世纪里，我国自杀率上升了60%，其中75%的自杀发生在农村，是城市的3倍。据统计，我国平均每年有28.7万人死于自杀，每两分钟就有一人自杀身亡，自杀已成为15—34岁人群的首位死因。

早在 2002 年 12 月 11 日,北京心理危机与干预中心主任曹连元就指出:“自杀与心理危机已经成为中国一个重要的公共卫生问题。”

据《中国青年报》2007 年 5 月 22 日报道,2007 年 5 月 5 日至 17 日,短短十几天内北京相继有 5 名大学生坠楼身亡。有统计数据表明,2000 年以来,北京高校发生类似事件导致学生死亡人数平均每年都在两位数以上。

中国社会调查所曾经对北京、上海、广州、南京、武汉等地高校 1000 名大学生展开了一项针对“大学生心理”方面的问卷调查,结果显示,超过 1/4 的被访者表示,曾经有过自杀念头。

大学生自杀本身是一件悲惨的事情,给家人、亲人、老师、同学、朋友都带来了极大的悲痛与伤害,也给学校、社会造成了不良的影响。大学生自杀主要是由于个人心理承受能力和客观的社会环境引起的。相对来说,大学生是一个比较理性、素质也比较高的群体。然而有研究资料表明,在自杀率统计中,大学生高于一般青年,重点大学高于一般大学,研究生高于本科生;同时,自杀占到了 20—30 岁年轻人死亡原因的首位……

所有这些,对于对自己的独生子女寄予厚望并含辛茹苦将其送进大学的天下父母来说,不能不说是一种危险信息,它提醒我们:智力的发展并非孩子成长的全部,健康的心理和人格更为重要。只不过谁都不能否认,面对“只有一个孩子”的现实,面对“分数就是一切”的教育现状,独生子女的家长们想两全其美的确是太难了。

与自杀相比,校园里外来的伤害更难以防范。

《作家文摘》2002 年 11 月 29 日《谁来守护校园安全》一文刊载的数据显示:教育部透露,全国中小学生每年因意外伤害受伤或死亡的有 14000 余人。校园暴力和校园安全已经成为一个沉重的社会问题。

当今中国,在普遍“只有一个孩子”的城市独生子女家庭,儿童意外伤害带给社会、带给家庭、带给个人生理和心理上的严重损伤,往往永远无法愈合。因此,儿童意外伤害,已被许多学者视为当今最严重的社会、经济、医疗和公共卫生问题之一。

中国独生子女意外死亡的风险有多大? 有一些人口学家根据全国第五次人口普查资料建立的生命表推算得出如下结果:大约有 3.91% 的人活不到 18 岁,有 5.1% 的人活不到 30 岁,其中 1.17% 是在 18—29 岁死亡的。虽然比率并不是很高,但绝对数量并不少。

中国社会科学院一项研究称,中国目前已有100多万失去独生子女的家庭。卫生部的数据显示,我国每年新增失独家庭7.6万个。2012年,人口学专家、《大国空巢》作者易富贤根据人口普查数据推断:中国现有的2.18亿独生子女,会有1009万人在或将在25岁之前离世。这意味着不久之后的中国,将有1000万家庭成为失独家庭。

意外伤害,犹如悬在儿童及青少年头上的一把利剑,随时都有可能夺去他们的生命和健康!而如果这种危及生命的伤害降临到已经长到16岁以上的独生子女身上,无疑就将已经丧失生育能力的中年父母们置于生命和生活的绝境。

生老病死是自然规律。无论你是达官显贵还是平民百姓,谁都不能逃脱生命的衰老和结束。所以,中国传统中的"养儿防老"观念根深蒂固,"多子多福"几千年来也深入人心。虽然时代在发展,社会在进步,发达国家早已经拥有的养老保障或许会在未来的中国社会中逐渐实现,但就中国的现实而言,养老保障对大多数中国人来说依然如雾中花水中月,可望而不可即。风烛残年之际,生命的呵护靠谁呢?当然是自己的孩子。可没有孩子,孤苦无助之时,该怎么办?

(华艺出版社2004年出版)

香港回归祖国10周年回眸

长　江

1842年8月29日，一个半世纪前，一艘英国舰船，名字叫“康沃利斯号”，在中国江宁的江面上，强迫大清政府和大不列颠签下了不平等的《南京条约》，英国占领香港，得到赔款2100万两白银。

10年前，1997年7月1日，同样是一艘英国的舰船，名字叫“不列颠尼亚号”，在中国南海的海面上，载着英国王储、末代港督彭定康及其家人，于0点47分驶出维多利亚港，离开香港，结束了英国人对香港100多年的殖民统治。

自此，香港回归了，回归到久违的母亲的怀抱。然而回归之路谈何易！历史把一条大河人为地改道，百多年后又让它重新回到了原有的河床——香港如期回归，凭借的是邓小平先生“一国两制”的宏伟设想，这个“设想”乏人拓荒，无人践行。《中华人民共和国香港特别行政区基本法》规定：香港在回归祖国以后依然实行资本主义制度50年不变——“港人治港、高度自治”，这8个字写进《基本法》很容易，但是落实到“治”上，怎么治？什么力量能够对这个社会构成控制与制衡？更重要的，如何保持香港这个有着复杂历史背景和特殊价值观念的社会今天的平稳发展与明天的不断繁荣？中国人起码给自己出了一个现实或者说操作领域的难题——

1945年，香港人口60万；2006年，香港人口700万。

有人说，世界上到目前为止，还没有哪块地方被它的主权国家收回之后发展得会比从前好。中国人偏不信邪，偏喜欢较劲，那世人就要看看了。小葱拌豆腐，端到桌面上自然“一清二白”，这句话不是你们中国人常爱说的吗？对，10年前中国对世界没有许下一句大话；10年后，香港在国际舞台上依然靓丽、丰满、端庄、自信，而且前途更不可限量。至此中国人更是无须张扬了，因为此时，几乎所有疑惑的嘴巴都已经放弃发问。

一、财爷喜“派糖”

2007 年 3 月 1 日,作为中央电视台派驻香港的第九任常驻记者,我来到位于香港港岛中环的一座大厦。这座大厦有一个刚柔相济的名字,叫“美利大厦”。因为整个建筑是悬空建造在半山,白色的楼身由很多根巨型方柱支撑,因此远远望去,大厦就像脚踩了高跷。

我到美利大厦的使命是提前翻阅政府财政司司长唐英年一会儿就要向香港立法会提交的《2007 ~2008 年香港政府财政预算案》。上午 9 点我走进位于 7 层的香港政府新闻处会议室,11 点,唐英年的报告才开始宣读,这样我就有很宽裕的两个小时的时间仔细阅读,先睹为快,早早做好报道的准备。

香港财政司司长唐英年被人称作香港回归后政府的第三任“财爷”,这位“财爷”睿智严谨,又不掩饰自己的信仰爱好,比如他喜爱红酒,不仅嗜饮善品,而且收藏甚丰,这一点香港的普罗市民人人尽知。2007 年“财爷”会给香港人带来怎样的一份《预算案》? 长久以来香港社会一直都在猜测,因为香港的经济从 2004 年走出低谷,此后连续三年一年比一年形势喜人,“今年财爷该派糖了吧?”这是人们的盼望。

果然,我手头翻着一大本厚厚的《预算案》,身边还有服务生不断送来更多的数字统计以及附件说明,眼前都是一些让人欢喜的文字:2006 年香港“本地生产总值”比上一年又增长了 6.8%,这个成绩用香港人自己的话说就是“取得了出人意料的高增长”。3 年前,香港政府对外解释香港的经济形势时还只是小心地使用了“经济复苏”这样的四个字;而到了 2007 年,这四个字已经换成了“强劲复苏”。为了“与市民共享经济繁荣的可喜成果”,唐英年气粗胆壮地在《2007 ~2008 年香港政府财政预算案》中明确提请立法会批准政府在五大方面给予市民“宽免税收”“一次性回馈”等一系列措施,这些措施包括“调低薪俸税”“增设新生婴儿免税额”“宽减两季差饷”以及“调低低价物业印花税”等等,为此政府需要支出的费用高达 200 多亿。

2007 年立春后,香港迎来了多年不见的“暖春”。大年初一我上街采访,发现有人热得已经除去了外套,露出了短衫,春天的脚步走得这样欢快该不是白走的吧? 果然 3 月 2 日香港各大媒体都在头版头条报道了前一天唐英年向立法会提交的报告,人们管“财爷”提出的给予市民的五大方面的优惠叫作“大力派糖”“五大惊喜”,整个社会欢天喜地,就连一贯喜欢对政府各种施政行为挑三拣四的反对派阵营都坦言“好难反对一份派钱的预算案”。

香港回归第10个年头，经济盛开了如此灿烂的花朵，港人高兴，中央政府高兴，13亿内地同胞也为香港举起了庆贺的酒杯。然而“鲜花盛开”的局面并不是得来全不费功夫。简单回望一下历史：1997年7月1日香港回归，1998年亚洲金融风暴就突然席卷而来，2003年SARS又偏偏选中了香港作为重灾区，香港政府2003年的财政赤字已经高达401亿港币；2004年得到改善，下降到40个亿。这个社会从一系列天灾之后真正喘过气来是2005年，这一年香港政府的盈余首次打破了亏损，实现了140个亿；紧接着2006年综合盈余又迅速上升到551亿，这才有了香港2006年“本地生产总值”增长6.8%，才有了2007年可望达到4.5%到5.5%，而2008年到2011年，香港每年的平均经济增长率依然还可以保持在4.5%以上的较高水平。

从踩着高跷迎风站立的美利大厦出来，我那天身心通泰。外面落了一阵雨，雨后天晴，可脚下还显湿漉——这10年香港的“回归”之路走得是何等艰难，有多少人为了今天的成果付出了代价、努力，乃至呕心沥血？

有人闲来曾经作过这样的假设：如果10年前香港一回归，没有赶上疯狂的“亚洲金融风暴”，2003年也没有遇到SARS的无情肆虐，香港的经济就不必挨过那么长一段时间的寒冬。但是说这话的人没有考虑，正是因为挨过了寒冬，人们才懂得春天来之不易，才有机会看到困境中香港人是怎样做到了自强不息，同时又是谁向这片海岛伸出了援助之手——

2003年2月至4月，香港失业率的统计数字是7.8%，而到了2006年同期，这个数字已经下降到5.1%；就业人口却高达300多万，创下了连续6年以来的历史新高。

2006年12月，联合国大学世界经济发展研究所（WIDER）调查全球财富的分配状况，发现香港的人均财富净值（net worth per capita）已经跃升为世界第一，到了20.2189万美元，这个数字比卢森堡高出一成，第三名和第四名才轮到瑞士与美国。

同样是2006年，美国《福布斯》杂志公布了亚洲10大顶级豪宅，排名从第2到第9都在香港。这一年香港股市气势如虹，“恒指”一直处于5年半以来的最高位，从年初的15300多点一路飙升，到年底已经突破了20000点的大关，而且据有关专家预测，未来香港的股市还将“牛足3年”。

2007年3月2日，也就是唐英年刚刚在立法会提交了《2007～2008年香港政府财政预算案》，受到了香港社会的普遍叫好之后的第二天，我对这位“财爷”进行了一次专访，专访所谈内容当然就围绕他在《预算案》中所承诺的“五大惊喜”以及近几年香港经济为什么能够取得上下满意的好成绩。唐英年解释了一些技术的措施，最后说了这样一段话：“2007 年是香港回归祖国 10 周年的喜庆之年，这 10 年香港经济在中央政府的支持下，在内地 13 亿同胞的帮助下，香港人经过自己的顽强努力，终于迎来了一年比一年更好的经济复苏；同时这 10 年，香港的‘人心’也在向着祖国一步步地‘回归’。”

“人心”也在“回归”？

“财爷”的话令我心头一震。这一震是明确地感觉到了什么，感觉唐英年的话里有某种坦然的“承认”，同时也领悟到了唐英年希望通过我们 CCTV 的报道向全体内地同胞表露的一片“致谢”真情，它可喜可贺，但也让我陷入了好一阵子的沉思。

二、香港“倒移民”

1997 年香港回归，准确地说，时间应该是从 1995 年算起，那时候香港人听说大陆不久就要收回香港了，很多人都害怕，都患上了“’97 恐惧症”，于是一股“移民潮”汹涌而来。

中产阶级在这次“移民”中最为踊跃，他们卖了车、卖了房，怀里揣着几百万港币纷纷逃到了加拿大、澳大利亚、新西兰和英国。然而这些人到了国外，处境大都不如原先想象的好，基本上找不到稳定的工作，此外还要被人看作“二等公民”，备受歧视。结果很多“大丈夫”在家里闲得开始后悔，同时回头看了一眼“老家”，发现香港回归后，香港的天地也并没有自此塌陷，虽说不幸赶上了 1998 年金融危机，经济一度陷入低谷，但那也是全球经济的大劫难，谁都没有回天之力。相反中央政府在这个关键时刻并没有对香港几百万的市民撒手不管，倒是想尽了一切办法，全力挺港，这才使得香港经济蹚过了一段泥泞，慢慢复苏，最后迎来强劲发展，老百姓的生活重新捡回了光明与希望。

想当年，根据有关方面的统计，香港移民到海外的人数在 40 万左右，但是 1999 年就有超过 11 万的人“重归故里”，2005 年回流的人数已经过半。这些人从“移民”变成“倒移民”，事业上往往出现落差，收入上一般也大不如前，面孔上的沮丧就像自己误判了股市或楼市的行情，赔得不轻，仿佛比别人突然就矮下去了一截——

我是 2004 年下半年来到香港“常驻”的，很早就想做一部电视系列专题片，片名就叫《香港“倒移民”》。开始听到一位公司老板给我讲笑话，说他有个手下，很能干，“不过移民前他是我的上司，那时候他总是颐指气使、趾高气扬的；但是‘倒移民’后，再返香港，他又回到公司，我已经提了，他却成了我的下级。这样两个人的关系就出现了微妙的变化，无论何时他在我面前总是点头哈腰、唯唯诺诺。我就对他说：哎呀，你别老是这个样子啦，弄得我都不好意思了！可是这个人永远都回不到从前，永远都改不了一副突然自卑下去的奴才相……”

我开始留意“倒移民”，很想找几个“回流者”（香港的说法）听听他们的故事。朋友们说：“那好啊，这样的人可太多了，我的身边左右到处都是。”可是一经拜托帮我介绍，大家又都犯了难。为什么？香港人要面子，“倒移民”不是什么光彩的事，人们不愿意提，更不愿意被记者拽着上电视自我曝光，当众“现丑”。

2006年12月，我以诚心感动上帝，众里寻他千百度，蓦然回首，终于遇到了一位不怕见记者、不怕上电视的人。这个人姓余，电话里我问他：“如果接受CCTV的访问有没有什么不方便的地方？”他说：“没有啊，出去转悠了一圈，吃了不少苦，失去了很多机会，但也学到了不少东西，重新认识了自己、认识了香港，也认识了中国。”

我们相约采访的地点是在介绍人的办公室，一见面，我最关心的当然是这位“倒移民”在离开香港前是做什么的，“倒移民”之后又做什么，两相比较到底有没有反差。

“倒移民”看出我很想知道他的真实姓名，先递过了一张名片，接着告诉我，“移民”前他是干银行的，“一家日本银行，外资，属于中层管理人员”。那么“倒移民”后呢，他说干的工作是“不一定”。“‘不一定’是什么职业？”我问。余先生说：“‘不一定’这不是明摆着的吗？就是能干什么就干什么！”我当场被他逗笑，心情也因他的幽默而变得轻松。

趁着他不介意，我直奔主题：“那您走之前一年的薪水是多少？回来后还能挣到原来那么多吗？”

余先生并不躲闪：“当然不能，我走之前和我太太两个人，一年的年薪加在一起共有100多万，回来以后，说了你也许都不信，连1/3都没有。”

“是吗？那么早知如此，何必当初？当初为什么要走？”

“当初谁也没有料到‘移民’的下场会有那么尴尬。”余先生告诉我，“你问我当初为什么要走，那时候我可不是因为什么‘害怕’，只是随大流。很多同事都要离开香港去移民了，劝我也试一试，我就递了材料，岂知刚过三个月，加拿大移民局就批了下来，连我自己都感到意外，就这样，走了。”

余先生所说的情况我相信基本上属实，事实上1997年香港回归前，很多移民，当时不少人的确并不都是单纯地因为“’97恐惧症”，只是跟潮儿。他们自己有时总结当年“逃港”的原始动机，有些人分析是“羊群心理”，这种心理在香港大面积地存在，直到今天我还可以从很多一哄而起的事情上看到些许痕迹。不过为什么香港“倒移民”再回到老家，“很多人的收入就大不如前，挣不到原来的工资了？”对此我倒是觉得有点费解。

余先生说：“那有什么费解？简单来说，没有位置了，自己的年龄也大了。”

“这种情况回港前可曾打听过？如果打听过，那怎么还有勇气回来？”

“不回来不行啊，拿我来说，到了加拿大，头一个月还觉得挺好玩儿的，新奇嘛；第二个月，看看朋友，继续休息；可是到了第三个月，这种‘好日子’就完蛋了，为什么？一个大活人，过去在香港已经习惯忙碌，突然停下来什么也不做，人都要疯。此外还有个经济的压力呢，总不能眼看着后半生坐吃山空！”

余先生“移民的故事”开始进入细节，我轻易不敢打断他，生怕他讲到伤心处，突然没有心思跟我聊下去——

“为了不让自己在海外移民的日子每天荒废，三个月后我就开始找工作。可是加拿大的工作你知道哪里是那么好找的？人家的社会，各种职位本来就已经饱和了，空余的就业机会不多。而且加拿大，我真的没想到，那个地方怎么也和咱们东方的社会一样，很讲关系、讲人脉啊？用人单位经常根本不看我的资历，也不看我的英文水平，一见面只是说：‘对不起，你没有在当地工作的经验，我们不能雇用。’你看，这话不是明摆着对移民的歧视吗？你不给我机会，我怎么能攒下什么‘在当地工作的经验’？”

所以余先生在加拿大蹲“移民监”（4年累计在当地要住满1095天），当过超级市场的售货员，费劲考下过保安的牌照做过物业公司的保安。其他的很多人，他说：“更多的则是到餐馆里面去打零工，给人家刷盘子洗碗，大部分人干的永远都是part time（钟点工）。”

“太闷了，总是赋闲，又没有固定的收入，哪里有前途？看不到。”

就为了这，余先生决定打道回府。

“可是再回香港‘面子’不是有点不好看吗？”我悄悄摆了一个台阶。

“是啊，但是没办法，人没饭吃，‘面子’还顾得上？再说人又不是为了‘面子’而活着的！”

回到香港，余先生经过朋友介绍，起初打算再回到原来的银行重操旧业，但是四处求见、四处碰壁。不少银行老板讲：“现在，我的位置还不如从前你的高，怎么能雇用你做我的下级?”他说这是“表面原因”,而真正的原因是香港当时经济不景气,没有工作位置,“不然我怎么宁肯‘低就’,所有的银行最后还是没有一家要我”。

“你能想象我返回香港后找到的第一份工(‘工’是工作的意思)是什么吗?”接下来余先生反问我。

我摇摇头。

余先生脸上一派自嘲:“杀虫工!”

“杀虫工?”

“对,杀虫工。”余先生说,“杀虫工就是清洁公司的饭碗,我做不成银行的‘白领’,倒是穿起了白大褂儿,每天到宾馆、酒店去给人家打老鼠、赶蟑螂、灭蚂蚁。”

“是吗?这可没想到。”

余先生大笑:“你没想到?我的家人、父母更不能理解,大家都说:‘嘿,你有没有搞错?原来你可是银行的大经理!’”

过去在香港,余先生不仅作为银行的高级白领,每个月拿着好几万元的薪水,此外他的西装口袋里还时时揣着一张公司给他的金卡,一种特权,自由“签单”,随时可以请客户吃饭、花销应酬(当然都要见回报);然而几年后,就是因为“倒移民”再“回流”到香港,别说过去的“风光”早已不再,万般无奈,余先生最后连“杀虫工”的工作也不敢再挑剔。

余先生的境遇在众多香港“倒移民”中并不是个别现象,有人走前拥有豪华地段的大房子,回来后手里的钱就只够买一处偏远的小房。一些人忍受不了这种反差,整天愁眉苦脸、无精打采。个别爱走极端的,想不开还步上了绝路。但是大部分的香港人,我在这里特别要说,没有自暴自弃,他们心里只有一个字——“挺”,做得了“白领”就穿西服;做不了“白领”,他们也可以穿“水靴”。

香港人在失落与逆境当中,最难能可贵的就是这样的一个信念:“从头再来”。

在香港,从2004年到2007年,不到3年的时间,我看到很多大小餐馆的服务生,堂堂五尺男儿,嘴里都能说一口流利的英语,知道他们个个来历不凡,但是人家就是那么整天乐呵呵地为食者上菜、服侍,做着“跑堂儿”。

“竞争社会嘛,人到了哪一步只能说哪一步的话。哪一份工能挣钱,就先干什么,都是过渡,日后的前程只要自己努力,总会改变。”

采访结束,余先生对我说了这最后的几句话,说完,他一身轻松,而他目前的身份,我又看了一眼名片,那上面写得分明,已经是一家药品公司的“业务经理”……

三、“CEPA”与“自由行”

2003年6月,SARS的魔影还没有完全退去。29日,中央政府与香港特别行政区政府就签署了一份重要的协议,并于2004年元旦起开始实施。这份协议是中华人民共和国国家主体与其单独的一个关税区第一次签署的一份含金量极高的贸易优惠政策,名称为“内地与香港更紧密经贸关系的安排”(简称“CEPA”)。当时香港人并不完全了解中央政府的用心,接下来在“CEPA”实施的第一至第四阶段,人们才慢慢咂摸出这个协议对香港不仅仅是一剂良药,而且是一种滋补性很强、作用异常久远的靓汤。

“CEPA”内容全面、丰富,不仅包括了货物贸易自由化、服务贸易自由化以及贸易投资便利化,还包括了内地与港澳在金融、旅游、专业人士资格互认等等领域的一系列合作。仅举一例,在经贸政策上,“CEPA”实施以后,香港出口到内地的“原产地产品”,货物贸易关税几乎全免,这个“全免”就是“零关税”,而这个“零关税”,说来容易,拿出来做做人情也非常体面,但是香港很少有人知道,如此巨大的政策优惠会给内地厂家带来多么巨大的冲击!2004年香港在“CEPA”的带动下,当年经济增长就提升到了8.1%,2005年又呈现了7.3%,此时香港人愣住了,这才明白自己手里端着一碗甜水,身边还有一眼已经掘好了的深井。

2006年6月22日,香港回归9周年之际,时任全国政协主席贾庆林27日至29日来到香港,出席为庆祝“CEPA”签署3周年而举办的“内地与港澳经贸合作发展论坛”,并在香港进行了多项参观访问。香港商界人士感谢贾主席,说:“由于有了‘CEPA’,香港经济增长强劲,目前已经有上千种产品进入内地,实现了完全的‘零关税’,香港经济已经再度回到了回归以来的高峰状态。”

据悉,“CEPA”实施后的头两年,各项优惠政策直接为香港创造的新就业职位就有大约29000个;截至2006年一季度,内地累计进口享受零关税待遇的港澳货物总值已经达到4.94亿美元,税款优惠总额为3.02亿人民币。

3亿多元人民币,当时这点具体的数字听起来并不惊人,然而这是一扇“免税”的大门,今天香港人进入这扇大门可以省下几个亿,日后,原本需要的税收支出统统都不必再掏腰包。

自“CEPA”签署以后,内地与香港(包括澳门)又先后签署了一连串的补充协议,其中协议允许香港(包括澳门)居民在内地开设个体工商户,经营范围涉及零售、餐饮、美发美容、保健服务、洗浴服务、家电修理以及其他的日用品修理等,并同时规定“港澳个体户与内地个体户待遇相同”。这条政策公布以后，根据商务部提供的数据，截至2006年3月底，已经在内地注册的港澳个体工商户就达到了2261户，从业人员5111人。

此外，“CEPA”自2003年签署到2007年的今天，中央政府一路在降低香港的法律、会计、建筑等行业的专门人才进入内地提供服务的门槛，因此很多香港这方面的人才也大举进军内地，不但使这些人找到了新的“用武之地”，同时也开发并发挥了香港的人才优势。

有件事，是个说法，也是个做法，后来给内地和香港的老百姓都带来了不小的“实惠”，这就是我们大家现在已经朗朗上口的“自由行”（香港也叫“个人游”）。

2006年1月，中央电视台新增了一个专门反映香港社会生活的栏目——“直通香港”，约我为他们采访香港旅游发展局前主席周梁淑怡。我见了周梁淑怡也按照香港人的习惯叫她“周太”，然后问到“自由行”究竟是怎么来的。周太很自豪地对我说，2002年她在内地见到了当时的国务院总理朱镕基，“那时候我就琢磨这个问题已经很长时间了，一直都感到两地的旅游很不对等，就大着胆子向总理提出，‘现在香港人什么时候想去内地，说去就去，很方便；可是内地人想要来我们香港看看就很困难。因此，国家能不能开放一条政策，让广大的内地同胞想来香港就能来，这样也可以让我们多一些旅游的客人和收入’”。

为了发展香港的旅游并以此带动整个香港经济，周太“拉客”都拉到了国家总理这里。

“那当时总理的态度怎么样啊？”我问。

周太说：“很高兴啊，当时总理就表态‘好’。当然那个时候国家其实也已经在考虑用这个办法来帮助香港。内地人多，政策一旦放宽，香港的旅游一定会有一个巨大的发展。”

2003年7月28日，从这一天开始，内地连续批准了对北京、上海、广东、福建等16个省、市的49座主要城市开放“居民以个人身份赴香港、澳门自行旅游”，其中广东省因为毗邻香港，陆续开放的城市截至2006年12月已经多达21座。

2005年年底，香港迎来了当年第2000万个访港旅客，周梁淑怡亲自到机场迎接，这个“2000万”的数字不仅突破了香港过去多少年来的历史纪录，而且其中很大比例都是通过“自由行”来到香港的内地人。

2006年中国内地居民出境规模共有3452万人次，其中“首选目的地”很多都是香港。而2007年春节期间，仅经深圳罗湖一个口岸来到香港过年的内地人就高达60万，这不能不说和“自由行”有关。

由于有了“自由行”，内地人在香港吃、在香港住、在香港大把大把地花钱消费，这种政策乐得普通内地人再也不会把去趟香港当成奢望，同时更乐得香港的商家人人笑口常开，直到今天都合不拢……

四、人心可归？

香港回归10年，经济上遇到了一次次的重创，其中“金融危机”与SARS两场不期而遇的灾难，是命运对香港的考验甚至捉弄。但是香港挨过了，这条大船冲破迷雾，绕过激流险滩，如今又从美丽的维多利亚港湾起航，走向世界。至此，没有人再担心共产党接管了香港，搞乱了香港的经济，破坏了香港的生态。然而香港主权回归，人心是否也同步回归？这个问题不在大海平静的表面，而在海水深处——

2004年我到香港后第一次看到来自香港大学的一份民意调查，问卷的题目是：“你是什么人？”这道题又被分为四个细致的小题目：“你是中国人？”“你是香港人？”“你是中国的香港人？”“你是香港的中国人？”当时看了基本摸不着头脑：为什么港大的民调要截取这样四个级差很小的提问？它渴望了解的是香港人什么样的心态？

接下来有一次我随香港的人大代表到广东梅县进行考察，路上碰巧和一所知名大学的校长坐在一起。这位校长显然把我当成了中央电视台的资深记者，向我提出了一个难度极高的问题：“依你看，现在香港的问题是什么？”我不假思索：“经济，赶快把经济搞上去。”校长先生说：“对，但这只是表面，不是根本，根本的问题要我看是人心。”

作为香港当时8所高校的校长之一（后来增加到9所），我知道这位校长大人是一个地地道道的“香港人”，当然也知道他是勇于承认自己是一个“中国人”的。不过香港的大学校长为什么会向我一个内地的记者提到“人心”？1997年香港如期回归，“香港人”当然就是名正言顺、意义单纯了的“中国人”，这个问题还有什么可争议的价值吗？然而当我冷静下来仔细咂摸，特别是设身处地地为香港人着想，身份一换位，立刻就明白了问题何以成为问题：1997年香港告别英国人100多年的统治回到了祖国的怀抱，从民族自豪感上来讲，人们的腰杆挺直了，不再为自己生长于中国，当局统治者却举着一张“鬼佬儿”的面孔而尴尬。但是以往的几十年，“中国人”在世界的舞台上没有地位，他们是“贫穷、落后、愚昧甚至被赤化了的一族”，香港人在这一点上有很多的疑虑，或者说他们的追求很“务实”——回归后，如果香港的现实社会依然稳定、思想气氛依然自由、经济发展依然向好、老百姓的生活水准依然很高,那么过去的“香港人”并不会太在意自己究竟属于“什么人”;然而1997年回归,紧接着铺天盖地“金融危机”当头棒喝,再接着就是SARS的疯狂肆虐,经济到了2003年已经全面陷入低谷,这时候有人偏要“哪壶不开提哪壶”,问香港人你究竟愿意做哪里的人,让他们怎么回答?如果问我我又怎么回答呢?

也许我们可以作这样的一个假设,假设英国人1997年还在香港,突遇1998年亚洲金融危机,2003年又遭到了SARS的夺命砍杀,香港人的命运还掌握在英国人的手里,那么这两场“灾难”扫荡过后,香港人的生活水平会不会有所改变?

可惜我不能要求每一个香港人都像我这样思考问题,历史不能假设,香港人“务实”的习惯使这种“假设”至少在一段时间之内会被远远地推到视线以外。此外还有一个现实:1997年香港回归之前,几百万香港人并不是人人都真实地了解内地、了解中央政府以及十几亿内地同胞对香港所持的态度及感情,这一点当然也会阻碍他们对祖国的认同。

2007年3月,北京召开全国人大和全国政协年度会议,香港《经济日报》的记者在3月16日国务院总理召开的中外记者招待会上向温家宝总理提出了这样的一个问题:“今年是香港回归祖国10周年。请问总理,对香港回归10年来的表现,您有什么样的评价?”当时我在香港,在看香港很多媒体都在实况转播的这场记者会,记得温家宝总理从容地回答:“香港回归10年来,确实走过了一条不平凡的道路。这10年来,中央政府坚定不移地贯彻执行‘一国两制、港人治港、高度自治’的方针,坚决按《基本法》办事,没有干预属于香港特别行政区内部的事务。香港特别行政区政府团结香港市民,战胜了亚洲金融风暴等一系列的困难,经济得到稳定、恢复和发展,民生得以改善。”同时温总理在请这位记者转达他对香港同胞的问候时还说道:“值此香港回归10年之际,我衷心希望香港更加繁荣,更加开放,更加包容,更加和谐。紫荆花盛开了,今年花儿红,明年花更好!”

香港回归10年,中央政府包括13亿内地同胞并没有要求香港的“人心”一定要立刻发生什么变化,但是客观地讲,这10年,香港的“人心”已经和正在加速地发生着改变。回到2004年我初到香港时看到的那份港大的民调,当时那四个小问题香港人所答“我是中国人”的比例着实没有过半,很多人扪心自问还是只愿意表明“我是香港人”或者模棱两可地承认我是“香港的中国人”。然而接下来的2006年,同样的一份问卷,答案不同了——香港大学民意研究计划最新的一次民意调查显示:有56.3%的被访市民对中央政府在香港实施的政策给予了正面的评价,这个数字比上一年同期大幅上升了20个百分点,而对此依然抱着负面态度的受访者只有9.9%。

香港是一个自由的社会，人们的思想、立场、态度不会被“个体意识”以外的任何因素所强加或左右，有一是一，有二是二，统计数字相对少有水分。为什么香港回归10年，港人终于渐渐改变了他们过去对内地特别是对中央政府怀疑以及冷眼旁观的态度？因为“人心”毕竟是肉长的，中央政府在这10年中一再推出“挺港”的诸多措施，不仅为香港解了一时的燃眉之急，还为香港的明天做出了很多方面的设计和安排。香港人毕竟把这些都一一看在眼里，身受其惠，不再否认自己的真实身份，不再忌讳自己是一个堂堂正正的“中国人”。

1990年4月4日，第七届全国人大第三次会议通过了《中华人民共和国香港特别行政区基本法》，1997年以后，香港政府每年都举办《基本法》颁布纪念年的大型研讨会，整个社会到处可见各种各样的“国情教育”，这些成系列的说服、感化不仅实在、客观，而且全部都是由香港人自己来举办的。香港人为什么要主动地与祖国靠拢？因为他们知道香港今天乃至未来的出路只有一条：“背靠祖国，面向世界。”换句话说，不“背靠祖国”就没有基础“面向世界”。祖国内地经过30年的改革开放，经济发展已经突飞猛进，各种体现在政治、经济、文化、价值观念等方面的变化，也已经和香港人越来越具有“共同语言”。

2006年“五四”青年节，香港金紫荆广场举行了隆重的升旗典礼。我去现场报道，看到广场上伴着音乐缓缓升起的有中华人民共和国的五星红旗，也有带着紫荆花图案的香港特别行政区区旗。升旗仪式以后，一个旨在持续性地对香港青少年进行爱国主义教育的《国歌、国旗、国徽——通识学习计划》也随之展开。而从这一年开始，香港以后每年的“五四”，民间都要用这种“升旗典礼”的庄严来提升全港青少年对民族精神、国家观念以及中国人身份的认同感——同样是没有人要求他们这样做，他们的热情只来自自身对祖国的渴望。

封闭了几十年的两地关系需要时间使彼此通过交往相互了解、相互理解。10年香港回归，在历史的长河中只是短暂的一瞬，这“一瞬”要与过去100多年外族对香港的统治相对照，它更显得急促，更不能指望一夜春风，梨树尽白。

世上没有无缘无故的恨，也没有无缘无故的爱，内地人敞开了胸等待香港同胞发自内心的相拥一抱，这一天或长或短，什么时候能够真正到来都不是时间的问题，而是一种必然，这种“必然”如今已初现端倪！

五、“负资产”与“人民币”

还是在20世纪90年代中期，香港经济正处于谁都乐享其成，谁都恐惧，但谁都不知道泡沫究竟会在何时突然破灭的边际，那个时候香港的楼价天天飞升，股市放纵不羁，政府官员的工资待遇一步步攀高，中产阶级甚至包括所有的普罗大众，三搞两弄腰包也都很容易被涨到饱满，直至今天，很多香港人提起当年的“市面好景”还不能忘怀。

英国人临走之前把香港整出了一片“锦上添花”的好生活，他们要走了，当然不必太多顾及香港的未来，然而接下来谁继续经营这个高台？谁会想到仅仅一两年的时间，香港的楼市就会突然下滑，物业市值竟然会跌至比欠银行的余款还要低的程度？于是香港社会很快就出现了一个崭新的阶层，叫作“负资产”，这就是泡沫经济终于孕育而出的人数高达10万户之众的“资不抵债”人群。

有人说：在香港，当年与“泡沫经济”伴生的还有“泡沫政治”，这是指末代港督在20世纪90年代初中期极力推动的所谓的“政制改革”。这一急促上马、强行推进的“免费政治快餐”破坏了香港原有的政治生态，树起了政制激变的目标，从而也催生了一批畸形的政客，引发了民主发展认识方面的某种社会性错乱。

中国人历来面对世界都有博大的胸襟，过去上百年我们内忧外患，民弱国贫，被列强任意欺凌，不得不一次次割地赔款，隐忍屈辱；然而百年之后，这头嗜睡的狮子再一次醒来，“龟兔赛跑”那只不过是一种精神上的自勉。20世纪80年代以后，中国人用了30年的时间不仅让世人看到一个面目疮痍的大国是如何在艰难中一步步崛起，而且也让世人明白了，说到底，中国根本就不是一只“乌龟”！因此1997年香港回归前后，尽管人们已经看到了“山雨欲来风满楼”的台前幕后，但是勇敢承担，必须承担，中央政府和内地十几亿同胞对香港只有义不容辞的满腔热血和坚定不移伸过来的一双援手。

1997年香港回归之前，无论在内地还是香港，港币都比人民币要光彩照人，谁都渴望把自己兜里的那点人民币尽快想办法换成港币或者美元。然而这种情况到了8年之后突然变化了，不少人开始把人民币紧紧地捂在怀里，有人手里有港币，甚至赶忙兑换成人民币，悄悄地带回内地存储或者投资。

2004年我到香港，记得当时的人民币与港币的比价还是1.06∶1。2007年1月11日，按国际市场中间价计，二者已经达到1∶1，紧跟着就出现了“倒挂”。

2003年11月19日，经国务院批准，中国人民银行宣布开始为香港银行开办个人人民币业务提供清算安排；2004年1月18日，内地有银联标志的人民币卡被允许在香港使用；2005年11月1日，央行再一次决定扩大为香港银行办理人民币业务提供平盘及清算安排的范围，其中包括提高目前一些业务的金额限额及允许香港居民个人签发人民币支票支付在广东省的消费性开支……

从1997年到2007年10年间，人民币与港币汇率发生了变化，这并不表明内地要与香港叫板，只是一方面自然呈现了内地经济连续多年快速发展的基本事实；另一方面国家更考虑在香港回归之后把内地与香港的携手共进放到一个大盘子里来设计。这不仅会提升香港人对祖国实力的信心，而且使中央政府可以很好地利用香港这个国际金融中心的地位，将香港作为人民币未来注定要走向世界的一块不可多得的试验田。

2007年3月北京召开两会期间，我为《新闻联播》在香港制作了一期《人民币业务在香港不断放宽》的专题节目。当时设计到莎莎化妆品店去实地采访一下内地的游客（“莎莎”是内地人最喜欢的购买化妆品的香港名店），看看到底有没有内地人使用人民币来香港消费。到了店里，起初我还担心不会遇到这样的顾客，完全没有想到摄像师刚刚把机器打开，一位来自四川的姑娘就正好在往外掏“银联卡”。之后我从莎莎总部的企业传讯总监口中得知：近两年来，内地客人在莎莎买东西，其中70%不再使用港币而转用人民币。而2007年头两个月，莎莎的营业额比去年同期提高了8%。

截至2006年12月底，香港银行各项人民币业务发展稳步、有序，资金清算渠道畅通，正常开办人民币业务的银行已有38家，人民币在香港的存款余额已实现了227亿。这个数字虽然从百分比上看，比起港元和外币在香港的存款还相对较少，但是10年前谁能想象香港人或内地人在香港存款不使用港币或美元，却大胆地使用起人民币？

国家整体经济规划从“十一五”开始已将内地与香港的发展放入了一张统一的蓝图，人民币在香港不断被放宽业务，此举并不会有违《基本法》规定的香港在回归祖国之后“港人治港、高度自治”的基本原则，也不会一下子冲击港币，最终使港币边缘化，而是能够进一步密切内地与香港的经贸关系，便于两地居民互访和旅游消费，互惠互利，打造双赢。这是初衷所在，愿望所在，将来也必然是结果所在。

六、香港的本能

翻开尚不算太远的历史，人们不难看到，香港与内地其实并非只在“’97回归”以后才开始交往合作，尤其在经贸领域。2007年3月9日至15日，香港贸发局在海运大厦展览大厅举办了一个名为《商贸世代——香港贸易40年》的展览。人们在展览上看到了一样样过去港产工业的“老产品”，这些“老产品”中，有大家十分眼熟的老式收音机、电视机、大暖瓶、大挂钟以及呆头呆脑的塑料洋娃娃和色彩鲜艳但俗不可耐的塑料花。20世纪60年代是香港物资匮乏的年代，用香港人自己的话说就是“一家八口一张床”。那个时候，香港的工业刚刚起步，纺织、塑料、五金、玩具就是香港的制造业龙头，“我们由‘山寨厂’做起，今天‘串’胶花，明天‘啤’公仔，后来才逐步建立起了香港的多元化的工业体系”。

香港经济真正的腾飞发生在何时？20世纪七八十年代。为什么历史选择了这个年代让香港腾飞？1978年，中国内地改革开放，国门洞开，饱受劳工、土地不足困扰的香港企业家忽然发现了一个庞大的新天地已经现身于珠江三角洲，就在自己的身边，从此便开启了香港经济与珠三角“前店后厂”的合作。香港多种新兴工业迅速崛起，传统行业的经营手法被更新，快速转向了高质素、高增值的品种，于是制衣、玩具、电子、钟表、珠宝等等由规模较小的行业魔幻般地变成了主流，从而推动了香港产品整体迈向了国际市场。

今天，稍微了解一些香港事情的内地人都知道，香港作为亚洲最活跃的自由经济和服务性经济地区，她的头上至少有三顶桂冠：“国际金融中心”“国际航运中心”“国际贸易中心”。除此以外肩头还飘动着许多条鲜艳的彩带：“会展中心”“旅游中心”“人才中心”。这些“桂冠”和“彩带”不是自我标榜，而是有着国际上认可的一系列强硬纪录，其中“金融”与“贸易”，香港在亚洲不仅稳坐“老大”的席位，在世界“集资市场”“全球最具竞争力的经济体系”“最佳营商城市”等评选中也已经成为“老二”；而在“运输”方面，香港凭借维多利亚港天然深水港的优势以及香港人长年不懈的努力，到了20世纪90年代已经成为“全球最繁忙”的货柜港、“全球最繁忙”的国际航空货运中心之一……

2005年香港中文大学曾经邀请台湾国民党名誉主席连战先生来给学生搞过一次讲座，我到现场报道。连战先生讲到他的老师很多年前曾经说过这样的一句话赞美香港，很俏皮，也捎带了一点外围人对香港酸溜溜的妒忌：“香港不就是海边的一块石头吗？可几十年，人家几百万人竟把自己经营得那么好！”我当时听了，嘴里像含了块硬话梅，很长时间都满口滋味。

那么香港的本能是什么？

挖空心思，敢想敢为，无孔不入。

这种本能从他们百年奋斗的艰辛历史中可以看到，从回归10年一时身处逆境而决不言败的信心与智慧中也可以看到。让我来举一个“嘴巴”的例子——

鸟儿一样地栖息香港，哪一天能离得开吃？

从传统上说，香港的饮食文化高度发达——酒楼食街遍布港九，全世界各种风味的饮食在这里几乎都能找得到踪影。已经记不得多少年了，人们脑袋里诞生了这样的一个概念:香港人从早到晚好像都在吃——早茶、午茶、下午茶,吃过了晚饭还有夜宵。一句话,整个香港,如果只计较嘴上的这点事儿,简直就是张“大饭桌”!

香港是张“大饭桌”,或者说香港一直是享誉世界的“美食天堂”,能不能就把“天下第一吃”的美名加冕到自己头上?

2004年开始我常驻香港,那时候香港的经济还没有全面恢复过来,香港人怎么利用“吃”来大做文章?我想不到,想不到以后我会通过“嘴巴”看到香港人的精神世界。

2006年春节大年根儿,香港举行了一场名副其实又感天动地的“大吃大喝”行动,“吃法”的名称起得极响亮——“万人盆菜宴”,地点就选在港岛中环添马舰广场(Tamar Site)一块马上要建造政府新大厦的空地,这块空地的大小和足球场差不多。

1月8日,这一天离“三九”只差几十个小时,那天晚上香港的气温还不到12度,这样的天气在北京,还不要说在哈尔滨,根本算不了什么,可是在香港就已经快冻死人了。果然次日清早,我翻开报纸,香港天文台确认:1月8日是香港2006年入冬以来最冷的一天。《东方日报》还登出了一篇报道:因为寒流骤袭,香港“严寒杀四人”。然而就在这样能“冻死人”的夜晚,添马舰广场巨大的空地愣是从下午就开始摆上了1100张餐桌,每张餐桌可以坐下12个人,1100乘以12就是13000多位食客。我的妈呀,“万人盆菜宴”?我猜想这怕是要冲击吉尼斯纪录。接着打听了一下,果然是。

因为要采访,我们中央电视台的记者下午5点多就来到了添马舰。现场风大,所有纸做的和布做的东西都在风中被抖得哗哗直响。站在“万人盆菜宴”的广告牌前,我手拿话筒,穿着厚大衣还直打哆嗦,这让我有理由怀疑:今晚这么冷的天气,还会有上万人来露天广场吃饭吗?听说本场“大吃大喝”还吸引了很多日本人、韩国人,以及西方世界的各国“鬼佬儿”(香港对“洋人”的称呼)。

然而不到7点,1000多张桌子就已经被坐满,这当中有香港人、内地人,也有外国人。人人大衣、围巾、手套、帽子,喧闹着等在风中,守着“大盆菜”,等待主办方在广场中央临时搭起来的高台上兴奋地大叫:“一、二、三——开吃!”

1000多张餐桌、1万多张嘴巴、2万多支筷子,寒风、音乐,火锅冒出来的热气,其情其景何等壮观、何等奇伟!

尽管,香港渔农护理署作为这次“大吃大喝”的主要倡导者声称:本次“万人盆菜宴”目的并不在单纯地“吃”,因为这次“吃”所用的材料绝大部分都由本港渔农户生产,因此如果说有意义,第一就是推广香港本地的渔农产品;第二,借助“万人盆菜宴”弘扬香港饮食文化的魅力，以吸引更多的海内外游客。

为了满足这次“大吃大喝”的物质需要，我在采访主办单位的负责人时获知，他们提前准备好了的各种食材竟然超过了2万斤。2万多斤？这是什么概念？猪腩肉3850斤、活鸡2750斤、龙趸（大型石斑鱼的一种）2750斤、萝卜3850斤、芋头2750斤、生菜3300斤，这么多材料还不算其他的配料、汤料以及面条、矿泉水等等，试问，天下哪有一家酒店一下子能够买来这么多的东西准备一顿饭？

2006年1月8日，香港添马舰广场的1100张餐桌，每一张桌上只有一个菜，这道菜被装入了一个盆子，大小如同普通的洗脸盆，鼓鼓的，就放在桌子中央，没吃之时上面都包着大红纸，闪闪亮亮。而很多内地人也许并不知道“大盆菜”的来历，这是香港过年、婚嫁，或者烧香上供时的一道风俗饮食。追究它的历史，相传南宋末年（距今大约700多年前），宋朝的最后一个皇帝赵昺被金兵追赶，仓皇南下跑到了新界，那时候皇帝和他的残兵败将已经是人疲马倦，可新界的村民不懂得宋家王朝就要灭亡，听说自己的皇帝突然驾临了，人人激动不已，家家都拿出自己最美的食物来招待三军。当时新界老百姓敬神要用九道菜，“九”表示无限虔诚，于是大家就赶紧制作“九菜大宴”，结果菜做好了，转身发现盛菜的容器不够，急慌之中各家就都搬出大木盆，洗洗干净，把九种菜一一地放到盆里，这样“盆菜”就世代相传。

我不知道是谁最先想出要把香港家庭式的传统年饭扩大到一万人来一起吃。一盆热乎乎的饭菜，如果是一家一户围在一起动筷子，这并不奇怪；而成千上万的人围在一个露天广场，同样的桌子同样的菜，就在瑟瑟寒风中集体大吃，这样的辉煌让人瞠目，让人不可思议，甚至让人想想都觉得可怕！

“可怕”？这是不是如今人们评价“天下第一吃”的标准？我突然想到。

2006春节，香港“万人盆菜宴”到底打破了世界纪录，而在我看来，13000多名食客围在一起，嘴上“吃”的行为是一个纪录，而想出这个点子并以此来推广香港、创造商机、带动旅游更是一个思想上的创举。

“商机”与“吃”紧紧联系，这不仅体现了香港人的精明，而且也体现了香港人的精神。过去香港人把饭桌当成谈判桌，今天香港人把添马舰广场当成了生意场，说来香港人骨子里对“吃”所寄予的期望并不是只在“吃”的具体行为本身，后面关联的内容直接是“摆脱困境、振兴经济”。

我在添马舰广场那天晚上高兴，也甩开了腮帮子。

吃完了一抹嘴儿，大家议论起这顿饭的价钱：好家伙，每桌“大盆菜”1800元港币，真贵！可是主办单位在接受我的采访时早就为自己开脱过：“贵吗？不贵！你知道每个人今天晚上吃下去的都是些什么宝贝？”

鱼,那不是鱼,是年年有余!

虾,那不是虾,是大笑哈哈!(香港话的“虾”发“哈”音)

肉,那不光是肉,是表示肥美富裕!

蛋,那也不是单纯的鸡蛋,是代表着团团圆圆!

此外更不要说1800就是一定要“发、发、发”!

试问:天底下哪会有这么便宜的贺年大餐?

香港“万人盆菜宴”,说到底可不是你们北京的“折箩”,也不是东北的“乱炖”。

七、“牙牙学语”

回想2004年9月我初到香港,那时候能够为香港写下些什么原本还是奢望,千难万难第一难的并不是树雄心立壮志,大显身手挥毫泼墨,而是不懂得这里的语言,无法与人交流,更别提细致地打探这个社会。这就把我绊住。

记得安营扎寨的头几天,我一直在整理从北京运来的物品,物业管理人员好心地想帮我,问:“你屋企在几层啊?”我一点都不明白,“屋企”?什么“屋企”?后来知道了“屋企”就是香港人所说的“家”。晚上在浴室洗掉了一天的泥汗,从镜子里看到自己傻乎乎的,竟像个婴儿,又比婴儿多了一层成年人很容易受伤害的自尊心——在香港做记者,连个“屋企”都不知道,今后还要写香港?这不是找不到梯子都想上天吗?不行,我得学习,赶快抓紧时间学习粤语——然而一个内地人初来香港,看看粤式中文还将就,如果把“看”换成了“说”,就要憋死人,什么长音、短音,开口、闭口,挺大的人必须非常夸张地遵守——普通话有4个声调,粤语有9个;普通话有拼音,粤语也有,但是二者完全不是一码事,开口说粤语,你越想按照拼音来找发音,那越瞎,越会说得乱七八糟,让旁边碰巧听到的人笑得东倒西歪。

如果我不亲身体验根本不相信一个内地人在香港要学“白话”(广东话)有多么艰难。不过同样是艰难,香港人就不怕——1997年香港回归,10年间越来越多的香港人意识到他们要想尽快了解内地,尽快地和内地人做起买卖,普通话不过关是不行的,于是就开始自觉地学习起普通话。

2006年5月24日,一场题为“当中国走向世界”的“中国民营企业海外融资上市峰会”在香港隆重开幕。本次论坛旨在提供一个良机,让香港金融界与内地民营企业家直接对话,为内地企业走向世界提供一个更加广阔的融资上市渠道。主礼嘉宾在当天上午的开幕式上有一篇致辞,内容很扎实,比如2006年,如果以市值来计,香港的股票市场已经在世界排名第八、亚洲第二;目前内地在香港上市的企业数目已经超过了340家，总市值已经占到了香港股票市场总值的42%……我想要这篇发言的文字稿，编入新闻，想来可以提高新闻报道的质量，于是就向会务人员要求复印一下致辞的全文。不一会儿，工作人员把我叫到了会外，说："长江小姐，不必复印了，主礼嘉宾就让我把这份原件交给您。"我接了原件，连说谢谢，然后折返会场，复又坐到桌前。然而展开来一看，可不得了，脑袋里立刻滚来了一声闷雷，同时还好像响起了类似交响乐的悲壮演奏——好家伙，这篇致辞的原件以后简直可以进博物馆：繁体中文，2号仿宋体，每一个字大得都能赛过拇指盖儿，每个"拇指盖儿"的头上还都标着汉语拼音，而且每个拼音的上方还加注了"平、扬、上、去"的不同调名。最惊人的，开篇首页，有一行中括号，里面用中文繁体写着这样的"提示"："在朗读本文时需变调的词语，按变调注音。"

我一页页地翻着这份致辞，脑袋里一任"闷雷"和"交响乐"滚来滚去——难怪，刚才我听到那位主礼嘉宾在台上讲普通话，怎么觉得那么慢、那么费劲啊，原来他手里的稿子有这么多的"机关"！想来主礼嘉宾不是刚刚起步学习普通话，就是年龄过大（至少年过花甲），怎么学也进展不快。然而，香港六七十岁的老人干吗还要费劲地学习普通话？还要在几百人的论坛上专门用"国语"来发言？这种事儿如果发生在内地，六七十岁的老人，你让他再学一门外语或者再学习一种方言，有几个会接受？儿女若要晓以利害，老人一巴掌早掴过去了。

在我的眼前，近几年，香港政府官员、商界领袖，出租汽车司机、店铺售货员，甚至包括街头的小商小贩，很多人不分男女老少、地位高低，大家"学普"的积极性一浪高过一浪，普通话水平也是突飞猛进，学习成效显著。

八、香港有张"月亮"的脸？

如果我客观，如果我够胆，香港人对大陆客10年前的称呼就不能不提。

10年前，香港人对大陆客的称呼中使用频率颇高的要算"阿灿"和"表叔"。其中"阿灿"，是20世纪90年代香港的一部电影里，一个没有见过世面、傻乎乎、特能吃、经常出洋相的"大陆仔"。香港人这样明里暗里地看待内地客，不管怎么说都透着一种轻视与鄙夷。而"表叔"，让人想到《红灯记》里李铁梅的"我家的表叔数不清"，这里面的讽刺甚至调侃就更加意味深长……

1993年，我到韩国采访后回京第一次途经香港，那时候香港在我的眼里也是一个地地道道的"外国"，很想停下来开开眼，买点东西。结果我如愿了，但同时也受到了莫大的刺激。因为那一次，我一个穷记者，竟然敢走进一家金店，迎客的店员开始误把我当成日本人或者台湾人了，赶紧向我拥来，先把我拉到柜台前，让我在一拉溜小圆座儿前坐下，天热，还特别端来一杯“王老吉”凉茶让我先“慢慢饮”——妈呀，当时我被感动得发誓回北京一定要写篇文章，认真地赞美一下香港的顾客至上，还以为自己真的在香港做了一回“上帝”。可是这家金店的店员后来一口咬定我是日本人，我就不高兴，说我不是日本人，“I am Chinese”，立刻，这位店员的脸就变了，头一转，走到了一边，再也不理睬我。我一连“哎、哎”了好几声，想问问一枚我看中的戒指要多少钱，可他却装作没听见。当时金店里还有好几位店员，个个也都没事，但是人人都跟着装傻，好像他们谁都听不懂我说的英语是什么意思……

十几年前的这份“遭遇”事后让我很长时间都惊诧：香港的店员一见穷人，变脸的速度怎么会那么快？唰的一声，穷人在富人面前就被扒光了衣服，让人有地缝儿都来不及钻。然而10年后我再来到香港，以CCTV记者的身份在这里常驻，领了香港居民身份证，学会了几句粤语，有时，特别是溜达到大街上，自己俨然也是一个香港人，可是这件事儿我却怎么也忘不了，好几次都想拿着信用卡，再去一趟那家金店，非要买回当年我看中的那枚戒指不可！可是十余载光阴，当年的小金店如今仙踪何处我已无从查找，同时身边还有一个拦路虎总是会适时地站出来阻止我、嘲笑我，说人家香港的店员现在对内地人态度早已经和从前不同了，现在内地的很多“阿灿”和“表叔”，如果他们再来香港，大小商铺，店员不仅不会再行歧视，相反，很多人的脸上还会挂着对待衣食父母般的殷勤。

2006年新年过后，我习惯地走进跑马地一家小什杂店买菊花，泡普洱茶。那家小店我过去不止一次光顾，10块钱一包的菊花也是已经买过了好几回。可是那天小店里的菊花不知怎么突然涨价了，10块钱一包变成了13块，这是怎么回事呢？跑马地作为香港的“高尚住宅区”，本来东西就比其他地方的要贵，我是因为考虑时间成本，才宁肯多花几块而不去跑远路。于是就问老板：“头先你们的菊花不是10元一包吗？”老板的脸有我平时熟悉的友善，此时却多了一抹无奈：“没办法啦，这些菊花都是从你们内地运来的，现在内地发达啦，人民币不断升值，我不加价，亏本啦！”

回家的路上，我兜里的硬币少了，心里却莫名地漾出来一样东西，这样东西是什么？高兴，为什么高兴？小店的老板肯定不理解，我自己也没想得太深刻，只是人逢喜事精神爽，嗓子眼儿就涌来小曲儿，哼哼唧唧的，很认真。突然我打住了，自问：“什么？我刚才在唱什么？‘你看，你看，月亮的脸，月亮的脸偷偷地在改变。’”天呀，我的嘴巴怎么会冒出这支歌，是谁在提醒我什么？

2006年1月9日，中国国家统计局发布了关于中国GDP历史数据修订结果的公告，按照被修订后的GDP数据重新计算：1979年至2004年，中国GDP连续25年每年平均增长率为9.6%。为了配合发布这条消息，中央电视台的《中国周刊》栏目特别约我在香港为他们采访世界一流咨询机构——高盛公司在中国地区的首席经济师梁红女士。梁女士同意接受我的采访，大家坐下来交谈，一上来她就反问："不知道你还记得不记得，1957年，中国提出了一个响当当的口号，叫作'超英赶美'？"我说："记得，怎么能忘记？好多那个年代出生的人，有人的名字干脆就叫'超英'！"她说对，就是"超英"。现在，2005年，中国经济实力已经超过了英国，在世界已经坐到了"第四大经济体"的席位，而再过5年，中国的经济还有可能超过日本，日本在世界上目前可是排名第二……

从跑马地小什杂店买菊花回来的那天路上，我一路欢歌，当时想的其实更多的是经济预测专家告诉我的中国"超英"的好消息，下一步就是"赶美"的时间表（最晚2041年）——祖国大陆在香港正北已然成为一棵大树，让香港背靠，将来还可以让他们充分乘凉，这是何等令人快慰、骄傲之事！多花了三块钱，我倒乐得像捡了个大便宜，一到家就泡上了一壶"菊普茶"，一人边饮、边笑、边思量。

1993年，我离开香港时要写的那篇小稿儿，现在，是到了该动笔的时候了。

可是写什么呢？

其实买卖人，"无利不起早"，甚至"看人下菜碟儿"，说到底并不是香港商家独有的毛病，天下商人谁能摆脱这种"小气鬼"的胸襟？但是商家看人是不是也有"看人"的眼光？货真价实、童叟无欺，这当然包含着人类的传统美德，但是"看人"的学问还有智慧、前瞻与理性。假使今天，一位顾客走进了金店，他买不起钻戒，明天呢？明天是一个多大的变量？想不到"明天"，小店员当然有理由唰地一转身，再也不搭理这位穷顾客；可是想到了"明天"，情形就有可能改变，小店员不仅不会再转身，脸上还会继续保持着微笑，因为明天，"穷顾客"也许依然还在受穷；也许人家已经发达——再进金店，点名要的就是一颗"钻戒"，而且论个头儿，还是最大的，这一点，谁又能提前说得好呢……

九、内地人难道不该受点"刺激"？

香港回归10年，特别是2003年7月开始实施"自由行"，内地人到香港的数量大了，带旺了香港的人气，帮助了香港的经济，这自不待言。但是内地人通过"自由行"自己得到了什么？满足了"来看看"的欲望这是其一，背回去了大包小囊是其二,那么其三呢? 收获了更多精神上的东西,这些"东西"包括开眼、认识,受启发、受教育,甚至包括方方面面的"受刺激"。

让我先说内地人在香港感到最风光的一面:

2006 年年初,我的四位朋友通过"自由行"来到香港,她们当中只有一人是首次来港,其余的三位都是多次。这些女人到了香港,一是吃喝,二是购物,走到哪里出手都特别"大方",把香港人看得目瞪口呆。比如有一次在一家眼镜店,因为过去我曾经在那里挑上过一副眼镜,大家看了都觉得挺好看,于是就决定让我引路带她们去看看。到了眼镜店,好家伙,有人买了一副,有人买了几副,最多的一个"眼镜欲望"不经意被突然点燃,最后竟在香港买下了 7 副,回到住处摆在床上,白被单衬了 7 双花花绿绿的大"眼睛",还特意请我去看,立时愣得我不知道应该给她道贺还是应该把她痛斥一顿——"烧包"!

"从什么时候开始你们内地人变得这么有钱?"

她们走后,眼镜店的小老板问我。我说:"啊,我们内地人比你们香港人有钱吗?"小老板没听出我的"弦外之音",还接着说:"当然啦,你想想看,我们香港人什么时候买东西是这个样子? 大家一般选中了哪些物品,特别是一些昂贵的名牌货,总要反反复复地看上好几回,然后等到商店打折了,他们才会往外掏钱。"

小老板描述的情况基本上是实情,香港人虽然比内地人富裕,但他们毕竟也是从过去的贫困当中走来,因此懂得货比三家、避贵买贱,而且养成了习惯;内地人的富裕虽说只是近几年的事,但是在香港消费却能吓坏当地人。这种"大款"的姿态不只是在证明他们现在的腰包的确鼓了,而且个中还有一种心理的满足,时运轮流转,贫富两重天,一片"翻身道情"的滋味儿。尽管他们在家,完全不会这么"潇洒",也根本没必要如此"摆谱儿"。

举完了内地人在香港购物开心的例子,我就要说说"受教育",特别是"受刺激"了。这种"刺激"依我看只有利用"自由行"才能"享受",如果换了"公务",出差的人走到哪里,个个有身份、有地位,还不处处都得让自己尽可能地显出"正人君子"样?

2005 年 9 月中旬,香港迪士尼乐园开幕,紧跟着就是内地国庆 7 天长假的"旅游黄金周",因此很多内地游客都选择了"十一"扶老携幼来到香港"先玩儿为快"。

10 月的香港,天气还很热,大家在"迪士尼"玩转了一会儿就满身冒汗。

同样是热,香港人受得了,内地人却受不了,这本是常情,可是你内地人别在香港的文明世界里肆意而为呀——有人热到无奈,找到一条长椅,坐下来就把鞋子脱掉,赶快放两只大脚丫子出来透气风凉。这样的举动在内地也许并不一定会让人觉得有多么缺少教养,公共场合,又不是密不透风的小屋子。可是香港人就看不下去——于是“十一”长假还没完,当地的很多报纸就开始连续多日有文章指责内地人“没有公德”“没有教养”“当众脱鞋”“随地吐痰”,甚至“一个人霸住了一条长椅竟然躺下来休息”“有人一时找不到厕所干脆就让小孩子随地大小便”,哎呀,香港人对这些简直接受不了……

面对铺天盖地的“埋汰”,我看报、上网,心里颇不是滋味儿,可是又有什么办法呢? 人家香港人数落的难道不是事实?

如果没有“自由行”,如果没有一个社会的普通老百姓到另一个社会的普通老百姓当中去彼此相见、彼此碰撞,人们也许永远都不会知道凡事一经“比较”,印象就更加深刻。

有几次我回家不知道该对谁发火,一个劲地对老公说:“哼,香港人真是得理不让人,好像他们自己就不是刚刚从落后与愚昧中走出来。哦,别的不说,光看到内地人到你们香港来到处‘散德行’,他们怎么就不看看这么多的内地人到香港来消费,给香港社会带来了多少好处?”

老公没有顺着我,相反倒是非常理智:“嘿嘿,桥归桥,路归路,你可别把两件事情弄到一起,这样要是嚷嚷到了外面,显得咱多‘护犊子’,多小家子气!”

我明白老公提醒我的话有理,文明与贡献本来就是两个层面上的不同事情。对于内地游客的种种“低素质”,即使香港人不骂,我自己在朋友圈子里也会经常抱怨:“净出来给大家丢人现眼!”

香港回归已经10年,两地人员的交往日益频繁,这个过程人们注定要互相影响、互有摩擦,但利大于弊是本质,“恨铁不成钢”的心理不仅我有,香港人一定也有,只是时候不同、方面不同、层次不一样罢了。

十、“拆了墙”更是一家

1997年香港回归后,香港作为中华人民共和国的一个“特别行政区”,每年不需要向中央政府交税,这件事从根本上讲应该是对香港天大的“利好”。但是这个话题,我来香港以后很少听人提起,相反2004年我刚到香港驻站后的第一个周末,记得要和先生上街购买生活必需品,先生说:“记住,兜里头装上点散纸,今天是香港的‘卖旗’日,否则,手头没零钱,到时候咱可就得往外掏大票儿。”

“卖旗”? 当时我并不知香港的“卖旗”为何意,也不知道原来香港的慈善机构在向政府申请获得批准后,每年都可以上街进行一次募捐筹款,这种活动一般只在每周六的上午进行,叫作“卖旗”。因此一年52个星期,每次到了周六,满街都是来做义工的中学生,这些孩子身上都会挎着个大大的钱袋,手里则拿着好几张不干胶的小贴纸(原来是一面面的小旗子),见了行人就要求你“买旗”。此时,行人多半都会把一两块的零钱交给他们,他们就撕下一张上面印着某某慈善机构名称的不干胶,往你的衣领或胸前一贴,就表示你今天已经对社会表示过爱心了,别的慈善团体再见到,就会放你过去。

香港的“捐献文化”我曾经由衷地钦佩,历史悠久,社会认同度高。他们捐钱捐物,并不认为自己的行为有什么惊天动地、可歌可泣。曾经有位朋友晚上约好了和我一起外出办事,一见面她就说:“真不好意思,我得先去找家银行的自动取款机。”我问为什么,她说:“刚才有个社团组织对内地贫困儿童的募捐,我把兜里的钱都捐了,现在是身无分文,什么事也干不了。”

内地人和香港人同根同祖,血管里流淌着的是同一腔热血,因此两相融合本不会生出排异。但是香港人对内地人的支持,内地人深怀感激;内地人对香港人尽了手足之情,不知道为什么,我在香港经常感到,他们却不会轻易地被感动。

2007年春节过后,我到香港后写的第一本书《晚来香港一百年》即将付梓,我的那位为内地贫困儿童捐款可以捐到“身无分文”的朋友来到我家做客。我们谈到目前香港与内地的关系,她听我说了很多香港的好话,有些不耐烦,就打断我,说:“哎呀,从你的嘴里,我怎么尽听到恭维,为什么你对香港人从来就没有一句埋怨?”我说:“是吗?那好,那我现在就说说你们香港人的不是。”朋友洗耳恭听,我也不客气。她最后怎么也想不到我会说出下面这样一句话:“你们香港‘不懂得领情’!”之后大家都沉默,过了一会儿,朋友把眼光端正,冲我点点头,同时解释:“香港人不爱说,不善表达。”

如果小做总结,香港回归这10年,连香港人自己也承认,港人的生活自觉不自觉地已经和内地发生了很多方面的融合。2005年,据有关机构统计:香港共有2.49万宗申请了“寡老证”的男性公民与内地的女性在港结婚,而香港女性与内地男友结婚的人数也接近了5000,比4年前整整增加了一倍。

2006年,30%的受访香港应届会考生表示愿意“北上”就读内地的高校,香港的孩子为什么会有这样的意愿?因为他们在内地读大学,所交学费和生活费用不仅远远低于赴海外留学费用,而且香港的学生,父母挣的是当地的工资,但是他们的子女在内地却可以享受和内地的大学生一样的学费标准以及政府补贴。

香港政府规划署调查发现:香港回归以前,到内地定居,这种事情对香港人来讲简直是不可思议!然而回归以后,香港人返迁内地去生活渐渐已经成了大趋势,每两年都以50%的速度增长。

“香港人,”我继续对朋友说,“要是能够懂得自强不息也懂得领情,那就更好、更可亲可爱。”

朋友点头的频率不断加快,她说:“是啊,其实不用你讲,有时连我自己也觉得我们香港人好像永远都不知足,这种心理是好是坏我一时也难下结论。”

我说:“香港回归很快就10年了,大家有目共睹,这10年香港与内地的合作大家都见到了双赢的局面,以后的岁月,两地people就谁也不要再给谁脸子看啦,赶紧手拉手,努力打拼,一块去追赶日本、美国,那该有多牛?这不就应了《红灯记》里的那句戏文:‘不拆墙我们是一家,拆了墙我们就更是一家’了!”

朋友说:“对呀,几十年后,当中国人在世界舞台上腰更粗了,气更壮了,中国的人口不仅在世界上排名第一,经济实力以及各种综合国力也都能让全球刮目相看。到了那个时候,我们再举杯,饭桌上不管坐的是香港人还是内地人,人人都有理由喝个一醉方休、酣畅淋漓!”

朋友的话说得真好,说进了我的心里,谁说香港人“不爱说,不善表达”?

2007年4月初的几天,我一连采访报道了几场由政府和民间组织的“热烈庆祝香港回归祖国10周年”系列活动的“启动仪式”。后来得知:仅政府一个方面,此次准备拿出来搞大庆的活动经费就高达9000万。而香港社会各民间团体陆陆续续也将要举办的各种方式不同的庆典更是不计其数,当然花费也绝对不在小数——香港人不是很讲实惠、很务实吗?为什么全体上下对“10年回归”的纪念如此地不惜重金,如此地倾注热情?

看来香港人心还是热的,他们不是嘴巴笨,而是该说话的时候才说,该动情的时候自会动情!

(原载《北京文学》2007年第7期)

木棉花开

李春雷

到广东上任的时候，他已经66岁了。面皱如核桃，发白如霜草，牙齿全部脱落了，满嘴尽是赝品。心脏早搏，时时伴有杂音，胆囊也隐隐作痛。但他显然还没有服老，1米71的个头，80公斤的体重，敦敦实实，走起路来风风火火，踩得地球“咚咚”直响。

省委门口有一个副食店，每天凌晨3点钟，黑黝黝的寒风中，市民们揣着鱼票、油票、糖票等花花绿绿的票证，开始在这里排队抢购。什么物资都缺，广东产鱼，广东人更喜欢吃鱼，可市民们每人每月只有5角钱的鱼票，而且还不能保证供应。副食店7点30分才开门营业，买鱼人的队伍长长的，比鱼还多。排在前面的阿公阿婆实在困倦了，要回家再睡一觉，于是就放下一个个“替身”：一把凳子，一顶帽子或者一只菜篮子……

几天后的一个傍晚，他又来到了深圳的文锦渡口。放眼望去，河对岸就是被英国政府租管的香港，高楼大厦，灯火璀璨。而自己这边呢，黑灯瞎火，四野无声。

就在一年前，这里曾经发生了一起震惊全国的大逃港事件。7万多饥民身背行囊，扶老携幼，面对着荷枪实弹的边防军，冒死闯关，出逃香港。一位村党支部书记向着黑压压的人群哭喊：“跟我回去！跟我回去！”因为在跑过界河的人群中，还有他患难与共多年的妻子。但隔着界河抛过来的却是一句比石头还要生硬冰冷的诅咒：“死了以后骨灰都不要吹回这边来！”……

黑格尔称中国历来就是一个“灾荒之国”，亚当·斯密则认为中国下层农民的生活状况，比欧洲的乞丐还要凄惨。

枯黄的秋风吹乱了他的满头白发和满心愁雾。

这个人就是1980年11月的中共广东省委第一书记任仲夷！

疯狂的年代过去了，苦难的中国终于找到了自己的轨道，而濒临香港、澳门和台湾的广东省还是一片低地。长期以来的战争思维，国家在这里基本上没有工业项目投资；交通更是落后，京广铁路在广东境内竟然全是单行线。从广州到珠海、深圳，中间都要转乘四五次轮渡，需要花费一天的时间。农业也不行啊，是全国最大的缺粮省份，虽然国家每年都要调进5亿公斤粮食，但人们仍是饥肠辘辘。1979年全省工农业生产总值人均只有520元，远远低于全国平均数字636元。还有一个数字更让粤人汗颜，偌大的广东省，面积是香港的200倍，而每年的创汇总量却不足人家的1/10。与台湾相比，更是无法同日而语。

台湾海峡对岸的蒋经国一直在宣称，让共产党划给他两个省，看看国民党的治理水平。香港、澳门也像两只复杂的眼睛，在冷眼观望着这一块沉浮未定的大陆。

也许正是这诸多的原因，中央政府才下决心在广东试办经济特区，先行一步。于是，在前任书记习仲勋上调中央后，就选派了任仲夷。

应该说，在共产党的高级干部里，任仲夷是一位少有的既懂政治又懂经济的通才。青年时代，他在中国大学攻读的专业就是政治经济学；抗战时期，他曾担任八路军某军政干部学校校长，并主编了党内第一本《政治经济学》教材；共和国成立后，长期担任黑龙江省委书记，他的政绩至今仍然传颂在松花江畔：主政辽宁三年，这个"文化大革命"的重灾区，不仅政局平稳，经济发展更跃至全国三甲之列。

可他毕竟已经年近古稀，又是第一次来广东，这片土地，能接受他吗？

省委大院里植满了榕树，这南国的公民，站在温润的海风中，悬挂着毛毛茸茸、长长短短的胡须，苍老却又年轻，很像此时的他。

但他似乎更喜欢木棉树，高大挺拔，苍劲有力。二月料峭，忽地一夜春风，千树万树骤然迸发生机。那硕大丰腴的花瓣红彤彤的，恰似一团团灼灼燃烧的火焰，又如英姿勃发的丈夫，用刚健的臂膀傲然挽起娇美的新娘，虽然来去匆匆，却也轰轰烈烈……

他的血液像珠江一样奔腾起来。

他摸了摸满头霜草，似乎那是蓬蓬勃勃的南国春芽……

查阅《中国统计年鉴》：1978年广东省的经济总量为185亿元，列全国第23位。可仅仅到任仲夷离任的1985年，广东已经赫然位居榜首。短短的几年时间，这是一个怎样超常规的跨越啊！

20多年后的今天，回味那一场硝烟散尽的"战争"，好多故事仍然令人瞠目结舌，不可思议。

放开物价、市场经济、私营企业、出让土地、政企分离、股份制、外资银行……在那个严格的计划经济体制年代里，这一切都无异于玩火弄险，又无异于雾中疾行，而路途中又是一个个隐蔽的雷区，随时都有可能被炸得人仰马翻……

2007年8月，我应邀到广州采访丰田汽车公司，晚上和广东作家吴东峰、鲍十诸位喝茶。聊及广东经济已超越新加坡和中国台湾、香港时，话题自然而然地谈到了已故的中共广东省委原第一书记任仲夷先生。吴东峰兄喟然长叹：任仲夷是广东的恩公，实在应该写一笔。

此时，窗外桂兰氤氲，室内茶香袅袅。我心内猛然一顿，似乎感应到了一个神圣使命的深情呼唤。

在哈尔滨，我曾听到关于他亲手研制和推广冰灯的传说，那里的人们至今仍然尊称他为“冰灯之父”；我也去过辽宁，他冒险为烈士张志新平反的故事更是妇孺皆知。其实，在座各位并不知晓，我与任仲夷本是同乡，家乡相距不过百里，他的传奇在我们冀南一带也早已广为流传。

于是，年底的时候，我再一次赶到羊城，开始了有关任仲夷的采访。

很多广东人至今仍然清晰地记着当年的“鱼骨天线”风波。

经济状况稍稍好转，广东沿海地区的不少家庭开始有了黑白电视。可有了电视却没有可看的节目。内地电视台节目频道少，信号不稳，且播出时间太短。很快，不知谁发现了一个好看的，那就是香港电视节目，只需要一根带有放大器的鱼骨架形天线，用竹竿伸进天空，指向东南方向，就可以直接收看。于是，美味的食品，漂亮的服饰，欢快的主持人，批评总督的辩论，自卖自夸的广告，还有邓丽君的情歌，恋人的拥抱和接吻……哇，香港人竟然是这样生活的！资本主义社会原来就是这般模样？

一时间，家家户户效仿，很快就在整个珠江三角洲普及了，连广州市中心高高矮矮的楼顶上也发豆芽般地长出了密密麻麻的“鱼骨天线”，像葵花一样，仰望东南。

当时正值全国舆论开始猛烈围攻广东的时候，“鱼骨天线”事件犹如火上浇油，再次引爆了海潮般的谴责声，又赶上中央主抓意识形态工作的负责人正在酝酿发动“排除精神污染”活动，广东更成了众矢之的。

“香港电视每分每秒都在放毒！”

“广州已经香港化了！”

高层某领导公开批评：“广东变修了，变烂了！”有关部门更将此定性为“反动宣传”，必须“坚决打击，依法严惩”。不少内地城市甚至打出了“反对广州的精神污染”的标语。

“资本主义道路”属于意识形态的高压线，是当时最敏感的政治问题。迫于压力,广东省委、省政府紧急制定措施,严禁收看香港电视节目,对违反的党员干部进行严厉处分,并严令各地派出工作组,动用消防车逐村逐户地强行拆除。特别是每每有中央领导人莅临广州时,位于东莞某地的一个大功率干扰电台就会施放出强烈的干扰信号,使得整个珠三角地区的电视屏幕里飘满茫茫大雪。

老百姓竟然想出了一个当年对付日本鬼子的办法:空舍清野。工作组未进村,消防车刚出动,家家户户的"鱼骨天线"就快速地撤下来。夜幕降临之后,再悄悄地送上屋顶,当地人称之为"晚上升旗,早晨降旗"。有的党员干部家庭被查到了,也有解释:"孩子老婆不是党员,他们觉悟低,是他们看的。"无法处分,只能收缴。但仅仅是在当天晚上,另一架"鱼骨头"就伴随着恶毒的咒骂声再一次升上了天空。

群众骂声如蝉鸣蛙鼓,鱼骨天线似春树满山。于是,全省各地的数百辆消防车,像热锅上的蚂蚁,四处出击,疲于奔命,焦头烂额。各地收缴的"鱼骨天线"像柴垛一样堆成了小山,又成吨成吨地卖给了冶炼厂。

外商们意见更大。此时,佛山、南海、江门、中山、顺德、东莞和惠州一带的"三资企业"正渐成气候,无数的港、澳、台客商及东南亚华侨资本家,如过江之鲫,纷纷来粤试水。他们都在驻足观望:连香港电视节目也不让看,还算什么经济特区?我们的生意怎么做?我们的信息哪里来?我们的娱乐何处寻?

"鱼骨天线",恰如鱼骨在喉,顿时成为任仲夷最为棘手的火辣辣的难题。

广东省委宣传部原副部长张作斌告诉我,当时的省委真是左右为难,中央三令五申,严禁收看,坚决拆除,而城乡群众怨声载道,情绪激烈。长期下去,不仅进一步激化干群矛盾,而且将严重影响外资的引进。任仲夷苦思许久,终于下定了决心。一天,他打电话把张作斌找去,给他布置了一个特殊的任务。

1983 年 5 月上旬的一天,张作斌带着两名干事,悄悄赶到深圳,住进了临近香港的一家旅馆里,专门找了一台信号清晰的电视机,三天三夜没有合眼,把香港电视所有的节目一一记录下来,并写出了一份详细的调查报告,交给了任仲夷。报告中分析,香港两家电视台的电视剧和综艺节目,是为了迎合一般香港市民的口味而设计的,比起还处于起步阶段的内地电视剧和文艺节目,自然具有较大的吸引力。而知识分子喜欢的是香港电视台快捷的新闻,尤其是那些转自 CNN、BBC 的快讯,中央电视台要么没有,要么隔一天才能看到。低俗无聊的节目时有所见,而黄色和反动的宣传几乎没有。

几天之后的一个上午,任仲夷来到省委宣传部,召集宣传文化系统负责人开会,正式表明了自己的看法和意见。

采访时,我想方设法找到了这份当年记录的讲话稿。

在这份约5000字的讲话里，任仲夷主要谈了两个问题。一是不提倡看香港电视，要与中央保持一致。第二就是要千方百计办好自己的广播电视节目，丰富群众的文娱生活。

正是在这个讲话里，他第一次提出了那个著名的观点：排污不排外。自觉排污是必要的、明智的，但绝不能因噎废食，笼统地反对一切外来思想文化，盲目排外是错误的，愚蠢的。排污要分清界限，要排真正的污，对资本主义国家先进的科学技术和优秀的文化成果，我们不仅不能排斥，还应当积极地吸收借鉴。

在整篇讲话里，对于拆除"鱼骨天线"和干扰香港频道，他只字未提。

就在此后的不长时间，中共中央总书记胡耀邦来到广州，住进了珠岛宾馆。按照惯例，服务员把他房间电视的香港频道全部锁闭了。任仲夷发现后，马上吩咐解除频道锁闭，并把所有的电视频道全部打印出清单来，放在电视机旁边，方便客人选择收看。

连续几天，胡耀邦始终没有提出什么意见。

从此之后，香港电视在任仲夷的任期内再也没有受到强行干扰，"鱼骨天线"也成了南粤大地一道独特的风景，在悄悄地却是猛烈地唤醒着传统的岭南意识……

正是这个时候，发酵的珠江三角洲像一个硕大无比的香喷喷的蛋糕，依靠毗邻港澳的独特地理优势和侨乡众多的人文优势，以较低的土地价格和充足的廉价劳动力吸引了大量外资的直接进入，尤其吸引了港澳台制造业的大规模转移，以"三来一补"（来料加工、来样制作、来件装配、补偿贸易）为主要贸易形式的外向型企业迅速遍布城乡，如春风野火，熊熊燎原，形成了星河般繁密的群落，掀起了中国改革开放之后的第一轮经济大潮……

搬掉罗湖山，填平罗湖洼地，是深圳特区建设的第一项大工程。可刚刚开工，就遇到了种种人为的难题，任仲夷不得不亲临现场疏通。

正是从这个问题中，他又觉察到了一个更大的问题：特区的领导班子不够协调团结，靠这个班子打不开局面，更别说"杀出一条血路"了。经与省委刘田夫、梁灵光、吴南生等人协商后，决定马上动手调整。

经过多方考察后，他认定省委常委、广州市委第二书记梁湘是最佳人选。

身材魁梧的梁湘是军人出身，共和国成立之初即跟随叶剑英南下接管广州，他不仅是一位具有开拓精神的实干家，还十分熟悉城市管理和经济工作，更重要的是，他身上充溢着一种饱满的理想主义激情。

但62岁的梁湘毕竟是一位老资格的省级干部了，而且性情刚烈如火。他明确表示不去深圳，愿意继续留任广州。

反复谈话，梁湘仍然不情愿。不少资料在叙述这一段历史时，都记载了一个相同的情节：梁湘曾为此事与习仲勋大吵一架。这应是笔误或者是以讹传讹，因为习仲勋此时早已离开广东到中央工作了。如果实有此事，吵架的对象应是任仲夷。这的确是一个颇具戏剧性且无比珍贵的文学细节，只是缺少鲜活文字的详细描述。采访时，我曾刻意多方搜寻，但因为两位当事人俱已作古，当时无人在场，笔者又不能妄自虚构，所以只好无奈地望风而叹了。

不过，任仲夷并没有轻易放弃，他再一次约见了梁湘。

这一次谈话时，他的秘书琚立铭正好值班。那是1981年1月的一天晚上，心事重重的梁湘步履蹒跚地走进了任仲夷的办公室，这可以从他的满脸愁云里看得出来，也可以从他上楼时拖沓迟缓的脚步声中听得出来。任仲夷微笑着从座位中走出来，与梁湘握手后，又亲自为他沏了一杯热茶，而后就随意地坐在了旁边的一把竹制藤椅上。

据琚立铭回忆，直至凌晨时分，任仲夷办公室的门才缓缓打开。他进去的时候，两人的正式谈话已经结束，原本诙谐幽默的梁湘又回复了本性，他似乎刚刚讲了一个广州时下流行的笑话，任仲夷猛然“哈哈”大笑起来。他仰躺在竹椅里，一前一后地晃悠着。雪亮的灯光下，浑圆的银白色的笑声在四壁间清脆地撞击着、回响着，他头上的丝丝白发也仿佛是一绺绺导电的钨丝，在闪烁着明晃晃的光辉。

1981年2月，梁湘慷慨赴任。

随后，任仲夷又从各地选调一批专业对口、德才兼备的精锐干部，为深圳特区打造了一个特别能战斗的领导班子。

从此之后，深圳特区建设驶入快车道，开始上演一幕幕惊天活剧！

但是，一切都在试验摸索，藩篱重重，荆棘遍野，跨越常规，冲破体制，特事特办，很多创举连最高决策层也无法明确表态，这就使得深圳的道路显得格外地血腥和惊险。

要加快发展，必须面向世界招商引资；要招商引资，必须提供诱人的优惠政策，这是一个简简单单的道理。对此，梁湘的“蚂蚁理论”很是明确：只有让第一批蚂蚁尝到甜头，才会引来更多的蚂蚁。于是，深圳特区政府经过相关立法程序，制定了特区土地管理法规，允许外商参与开发特区土地和缴纳土地使用费使用特区土地兴办企业，并于1982年1月1日起正式颁布施行。

这项法规刚刚出台，便引起国内震惊，传统封闭的国民意识如何能承受这种

"卖国行径"呢？一时间，舆论如鞭似刀，黑云压城："深圳除了九龙关门口仍挂着五星红旗，一切都已经资本主义化了。""姓梁的把国土主权卖给了外国人，是卖国贼！"……正在这时，中央针对广东开展了大规模的反走私斗争，而深圳又深陷其中。更让人惊骇的是，中央有关部门还专门下发了一个白头文件：《旧中国租界的由来》，矛头直指深圳！政治气氛骤然紧张。在高层会议上，某领导人甚至声言"要收回失地""要杀一批头"。果然，不久之后，广东海丰县委书记和一名副书记就被枪毙了……

向来敢说敢干、敢冒风险的硬汉梁湘，此时也胆怯了，常常紧锁双眉，沉默不语，缓缓踱步，狠狠抽烟。

梁湘当年的秘书邹旭东清清楚楚地记得，就在这气氛最为肃杀的一个多月里，平时很少亲临的任仲夷竟然连续三次来到深圳，时间分别是2月2日、2月18日和3月6日。每次到来后，他都要与市委领导班子全体成员见面谈话。针对北京方面和理论界的质疑，他旗帜鲜明地对大家说："有的同志怀疑办特区是否有损主权，是不是会变成殖民地，我们要肯定地回答：不会！恰恰相反，只有掌握主权才能办特区，办特区是对主权的运用，是行使主权的表现！"

谈话之后，重点就是与梁湘谈心，释消他心底的顾虑。最后一次谈心是在任仲夷下榻的宾馆房间里，关着门，谁也不许打扰，一直进行了3个小时。两人具体讨论了什么内容，谁也不知道，但送别任仲夷时的场面大家都印象深刻：两人紧紧握手，相视无言，一个笑靥如菊，一个满面春风。

从此之后，梁湘如释重负，依然故我。

地球人都知道，正是在这短短的几年时间内，深圳以她特有的"深圳速度"，从一片偏僻的小渔港蜕变成为一座繁华的大都市，成为面向世界的最靓丽的东方传奇……

几年后，67岁的梁湘悄然卸任。站在市府大楼门口，面对着近千名依依不舍的深圳人，他满眼泪花，哽咽着说："如果我必须生一千次，我愿意生在这个地方；如果我必须死一千次，我也愿意死在这个地方！"那一天阴云密布，电闪雷鸣，但所有的人都黯然不动，任凭冷雨浇淋。梁湘汪然出涕，猛地扔掉雨伞，双手抱拳，大声鸣誓："我在此先立下遗嘱：死后骨灰安葬在梧桐山上！"说到这里，整个深圳泪流滂沱，号啕失声。

历史已经证明，梁湘是这座城市的英雄！而成就梁湘的正是任仲夷！

他们之间肯定有着太多的故事和秘密，只是可惜无法探知了。但有一个细节让我感慨不已：多年以后，梁湘病重，80多岁的任仲夷不顾年老体衰，多次亲趋探望。病危通知书下达之时，任仲夷正在医院输液。听到消息后，他马上拔掉针头，执意让家人搀扶着，赶到病房，紧紧握住梁湘的手，无语凝咽，老泪纵横……

在采访中，我还听到一个任仲夷和袁庚的故事。

深圳腾飞的同时，位于其西部一隅的蛇口工业区也以惊世骇俗之举引起社会瞩目。蛇口工业区隶属于国家交通部，管委会主任袁庚也是一位老干部，曾任中国驻印尼雅加达总领事馆领事、交通部招商局常务副总经理。此人有胆有识，敢作敢为。任仲夷经过多方考察后，深知袁庚是一个不可多得的干才，考虑到特区工作过于繁重，而梁湘又身兼两职，便以省委的名义向中央推荐袁庚拟任副省长兼深圳市市长。中央组织部经过相关程序后，同意省委意见，并颁布了任命。

可是，出乎所有人意料的是，袁庚竟然拒不赴任。他表示蛇口的改革试验刚刚全面启动，自己不愿离开。另一个原因是自己与梁湘性格相近，一山二虎，恐生矛盾。更主要的是本人无意为官，决心为中国的经济改革和政治改革做一些实质性的探索。

任仲夷经过慎重考虑后，理解并同意了袁庚的请求。后来又反复向中组部解释，最终收回成命。

不久之后，任仲夷主持省委常委会，专门为蛇口工业区制订了一个《31 号文件》，赋予蛇口四大特权，使之成为中国大陆上第一个真正实现政企分离的企业，为袁庚的改革扫平了道路。果然，蛇口很快便成为中国最先锋也最鲜亮的“改革试管”。

如果说深圳是中国改革开放的皇冠，那么蛇口就是这顶皇冠上的明珠。

深圳和蛇口，梁湘和袁庚，相互避让，相得益彰，成为一段历史佳话。

那一年，青涩男孩郑炎潮还是华南师范大学的一位在读研究生，专修经济学。

这时候，他用自己的眼睛惊奇地发现了一个天大的秘密：马克思经典著作与广东现实之间竟然存在着尖锐的矛盾！

按照马克思《资本论》中的界定，个体经济的雇工不能超过 8 人，超过这个数目就不是普通的个体经济，而是资本主义经济，其性质是资本家剥削。根据这个论断，1980 年出台的《中央 75 号文件》，对个体经济的帮工和学徒数目进行了明确限定，不允许超过雇工 8 人的个体经济存在和发展。但是，广州的现实情况却是大相径庭，几百年通商口岸的历史在这里积淀了丰厚的经商传统，政治气候稍稍回暖，以手工业者和小商贩等为代表的中国第一代个体户已在街头巷尾星火重燃。特别是近年来，随着与港、澳地区联系的增多和外资企业的逐渐进入，以服装、皮具、电器、餐饮等行业为主的大量家庭作坊和私营工厂的规模越来越大，雇工数目何止8人，有的已经突破80人，甚至800人。这是一种什么性质的经济呢？他们都是新兴的资本家吗？

此时，“私”字在中国还是一个让人谈虎色变的名词，官方理论界仍然坚持马克思的说法，言词很是霸道，甚至杀气腾腾。他们说，个体企业的再扩大就是私营化，而私营化就是私有制，私有制就是地地道道的资本主义经济，允许私有制经济发展，中国就是走资本主义道路。正在这时，1981年12月30日，国务院又出台了严格控制农村劳动力进城务工的规定，舆论界更蔑称其为“盲流”。

面对这种现状，郑炎潮很是担心，但这个课题却又强烈地吸引着他。于是，这个初生牛犊不怕虎的研究生在毕业论文里悄悄地列出一章，进行专门探讨。他走街串巷，对广州市雇工超过8个的个体企业进行了大量调查，为这种新兴的经济形式定义了一个名字：“社会主义初级阶段的私营经济。”无疑，这个概念太敏感、太越轨了。论文答辩前夕，导师明确告诉他，这一章必须放弃，如不放弃，答辩肯定不能过关，他也不能毕业，更分配不了工作。

郑炎潮很迷茫，很痛苦，也很不甘心。这时候，他偶然听到一则消息：省委第一书记任仲夷很重视个体经济的发展，最近曾要求广东学术界专门研究这个问题。于是，1982年5月的一天，他突发奇想，把这一敏感的章节单独抽出来，买了一张8分钱邮票，用平信寄了出去。

让他做梦也没有想到的是，仅仅几天之后，任仲夷的电话就来了。

任仲夷的电话是亲自打给学校研究生院办公室的，说要找小郑。办公室人员根本没想到对方就是省委第一书记，说小郑不在，有什么事我们转告吧。任仲夷说这个事可没法转告，我要和小郑本人见面谈谈。于是就留下了一个电话号码，让郑炎潮晚上与他联系。

那一天晚上，这个平时羞与人言的农家小伙子忐忐忑忑地拨通了省委第一书记办公室的电话。

“您是任书记吧？”

“是啊。”

“我是郑炎潮，您打电话找我吗？”

“是啊，我打电话找不到你呀。”

“您有什么事吗？”

“你的论文，我收到了，感觉非常好，我想约你谈谈这个事，你有没有时间来？”

“好啊，我也想请教您啊。”

“明天来吧，怎么样？我接你过来。”

“不用接，不用接，我自己坐车就行了，我知道您在省委。”

“你不用自己来，我派车接你。是我请你的嘛，怎么能让你自己来？”

郑炎潮的心激动得“嗵嗵”狂跳，他不敢想象省委第一书记的专车到学校接他会引起什么后果，他只是不想让别人知道他的秘密。于是就在电话里结结巴巴地解释着，坚持要自己去。最后，任仲夷只好同意了，并约定第二天下午3时在省委办公楼三楼办公室等他。

谈起那一天，郑炎潮永远记得。

第一次走进省委大院，而且是面见省委第一书记，对于这个乡下出身的孩子来说，实在是太离奇了，太紧张了。当走进那栋神秘的办公楼时，他越发地双手颤抖，心如撞兔。他被领进了一间宽大且简朴的办公室，一位满头白发满脸皱褶的老者微笑着迎了出来，拿住了他的手，用力地握着。当郑炎潮明白这一掌温暖，这一泓微笑就是任仲夷时，心底那一只惊慌的兔子竟然倏忽不见了，他猛地感到面前这位慈善的老者极像自己乡下的父亲。这位慈善的“父亲”告诉他，自己46年前上大学时，专业也是经济学，自己也曾对理论感兴趣，后来在战争间隙还写过一本书叫《政治经济学》……话题就这样徐徐展开了。

原来，以任仲夷为首的广东省委，对新兴的个体经济和雇工经营不仅没有任何“制止”和“纠正”，而且一直在努力为其争取着合法地位。上一年底，广东省工商局就出台了全国第一个鼓励支持个体经济发展的具体措施，就在十多天前，佛山市还成立了全国第一家个体劳动者协会。

郑炎潮不知道，此时的任仲夷正在被“陈志雄事件”困扰着。

陈志雄是广东省高要县沙浦公社社员，1980年承包鱼塘141亩，夫妻俩参加劳动，雇请固定工1人，临时工400个工日；1981年承包497亩，雇请固定工5人，临时工1000个工日。广东省委认为“集体增加了收入，承包者也有所得益”，应大力推广。但在1982年初召开的全国农业生产责任制问题讨论会上，认为陈志雄已经不是以个人劳动为基础，而是以雇佣劳动为基础的大规模经营，其资本主义性质是明显的。于是，新华社某记者以《广东沙浦公社出现一批以雇佣劳动为基础的承包大户》为题写了一份内参，引起高层重视。几天后，主管意识形态的中央领导的批示送到了任仲夷的手上：“附上材料一份，不知确实性如何。如果属实，不知省委怎样看法？我个人认为，按这个材料所说，就离开了社会主义制度，需要做出明确规定予以制止和纠正，并在全省通报。事关农村社会制度的大局，故提请省委考虑。”

这个批示，无疑是下了一道讨伐“雇工”令。

正是这个时候,任仲夷收到了郑炎潮的来信。

郑炎潮结合调研资料和一些具体案例,对自己的观点进行了阐述。

任仲夷说:现在对于个体经济,只能扶持不能压制,但要扶持,首先就要正名,如果头上始终悬着一把“资本主义”的达摩克利斯之剑,那还怎么发展?马克思关于个体经济有一个“8 人规定”,但是雇工超过 8 人的个体经济到底应该叫什么?我们也没有想好,刚好看到你的论文,这在理论上是一个重大突破和创新,为我们的决策提供了依据,我支持你!我们还要围绕你的这些观点,制定一个政策,给它取一个正式的名字,就叫作“私营经济”怎么样?让它发展,让它壮大。

从此,中国改革开放史上正式诞生了一个全新的名词:私营经济。

接着,任仲夷深深地叹了一声:“在中国搞学问不容易啊,有风险。”

“是啊,导师提醒我有麻烦,答辩可能过不了关。”

“你已经超出了马克思的书本,人家说你怎么样你就怎么样,说你反马克思你就成了反马克思。”

“我没有反啊,马克思也主张解放生产力,列宁还有‘新经济政策’呢,为什么我们不能借鉴呢?”

“不过你不要怕,时代在进步,你要根据自己掌握的材料,选准自己的研究方向。选准了方向就要坚持下去,坚持自己的学术品格,不要为任何非学术的评价所动。”

……

窗外的木棉树在静静地谛听着,思考着。

谈话时,任仲夷的眼睛一直在慈祥地抚摸着郑炎潮。据不少见过他的人说,任仲夷相貌清奇,最奇迥的就是那一双凸出的大眼:愤怒时猎猎如火,静思时深邃如渊,兴奋时明亮如灯。“文革”的时候,造反派画漫画,就抓准他这个特点,三笔五画,就是一副肖像。多少年后,郑炎潮依然铭记着那一双慈祥的眼睛,热热的,亮亮的,像一盏灯,在他的心底温暖了几十年。

这次见面之后,郑炎潮的论文答辩顺利过关。毕业后,他也走上了经济研究之路,直至成为广东一名优秀的经济学家。

这一年,广东有关部门专门召开了一次关于雇工问题的大型研讨会。由于是国内理论界第一次公开讨论这个敏感话题,立时引起社会关注,中央有关部委也派负责人前来参加。经过激烈争论后,会议认为:在我国现阶段里,雇工经营有利有弊,利大于弊,对雇工经营应因势利导,兴利除弊。会议还进一步认为,对改革开放中出现的一些新情况、新矛盾,要多做调查研究,对一时看不清楚的问题,要多看一看，不要操之过急，更不应动辄指责和取缔。

这一年，广东省进一步出台了一系列支持个体私营经济的措施，并组建广东省和广州市个体私营协会，同时划分皮具、服装、美容、饮食、眼镜等行业分会，西湖路灯光夜市、一德路咸杂干果市场、文园电器城、番禺易发商场等专业市场纷纷成立。

“东南西北中，发财到广东。”一时间，广州成了个体私营者的天堂，成了试水者冒险家最早的乐园，大街上挤满了操着南腔北调，提着大包小包的外地批发商……

喇叭裤、牛仔装、运动鞋、电子表、计算器、烫发头、迪斯科、邓丽君……“广式潮流”引发的蝴蝶效应，像春风一样吹绿了全国城乡的角角落落，为正在从动乱和贫穷中走出的10亿国民送上了第一束五彩缤纷的时尚之花。

据不完全统计，截至1985年年底，珠江三角洲地区的个体私营从业人员已经超过500万人。

这500多万名个体私营企业雇工，连同“三资企业”里的数百万打工者一起，共同掀起了声势浩大的第一轮中国民工潮，汹涌澎湃，直至今天。

他们为传统的中国带来了时尚，带来了财富，带来了活力，也带来了方向……

那是一个乍暖还寒的时节。一棵初试天地冷暖的幼苗刚刚出土，或冻死荒郊，或傲霜凌寒，只要挺过惊蛰前的冰雪肃杀，她就是天之骄子，她就占领了整个春天。

那是一个意识形态过分敏感的年代，“公”和“私”，“资”和“社”，“左”和“右”，这几个金属般生硬的字块常常在天空中碰撞着，碰撞得火光四溅，铮铮作响，浓雾弥漫，空气中的每一丝颤动，都有可能引爆一场惊雷和闪电……

1981年，广东旅游部门开始组织内地公民香港游，这是中国大陆第一批惊艳的眼睛。

也是在这一年，香港歌星第一次来广州演出。按照多年的模式，歌者只能端庄地站在舞台上，对着固定的麦克风，像做报告一样表演。但是这一次却出了大乱子，唱到兴奋处，这位名叫罗文的著名歌星，一把抓过麦克风，拉起电线，在舞台上边跳边唱，指手画脚，摇头摆尾，煞是陶醉。这一下引得舆论大哗，各地报刊纷纷开炮，痛批“资产阶级腐朽台风”。

炮声越来越响，硝烟愈来愈浓，任仲夷不得不出面表态：马克思怎么说的？难道站着唱就是社会主义，走着唱就是资本主义？我们共产党的省委应该只管唱什么，不应该管怎么唱。

东方宾馆最早开设了一家营业性音乐茶座，很是火爆。笙歌悠悠中，霓虹明暗里，青年男女在这里唱歌，跳舞，喝咖啡，广州人开始享受一个个温馨浪漫的彩色之夜。

时尚渐起渐盛，街头巷尾处处飘起了港台流行的抒情歌曲，浓浓的情歌情调中，款款而行的是烫发头、喇叭裤、迷彩服、高跟鞋、超短裙……内地传言成虎：广州街头到处是“美军”（因男青年的迷彩服上襻多、兜多，类似美国军服）！到处是妓女！内地一位副省长来广州出差，看到种种场面，气愤得在旅馆里擂墙大哭：“没想到我们社会主义国家竟然变成这个样子了！”还有一位老将军，更是跺足捶胸，仰天长叹：“靠这一代年轻人当兵上战场，我们部队如何能打胜仗？”于是向中央写信控诉，痛骂广东，坚决要求“收复失地”。

1981 年 4 月，国务院副总理万里来广州督导疏港（因广东进出口量剧增，港口吞吐量太小，致使不少外国货轮无法报关，在公海等候，形成国际纠纷），看到大街上的花花世界，这位中国农村改革的先行者也有些担心，便以一个老朋友的口吻好言相劝：“仲夷，还是管一管吧，北京议论很大啊。”

任仲夷半开玩笑地说：“万里同志啊，我们要管大事，这些生活小事还是随他吧。留胡子，我们共产党的祖师爷马克思就是大胡子。穿喇叭裤有什么不好，我们老祖先在唐朝就开始穿了。至于迪斯科，不就是蹦蹦跳跳扭扭屁股吗？男女并不贴身。我们过去跳交谊舞，可都是男男女女搂在一起的。在延安时，我们党的领袖们不是每个周末都举办交谊舞会吗？”

白天鹅是第一个来粤试水的海外来客。

这是中国内地出现的第一家五星级宾馆，由香港霍英东先生投资，设计楼高四十多层，是当时广州的最高建筑。可想而知，白天鹅从开工的第一天起，就引起国内舆论热议：“共产党怎么能和资本家签约呢”“五星级宾馆里允许开妓院”……

白天鹅本来是涉外宾馆，服务对象是境外客商，可是为了汇聚人气财气，1982 年试营业时，霍英东决定向全社会开放。于是，门童的斑马裤、礼仪小姐的旗袍、银制的餐匙、精致的牙签、室内的瀑布等等都惊爆了广州人的眼球。

可好景不长，尴尬事接踵而至。原来不少广州人此时还没有见过牙签、餐巾等一次性用具，顺手就牵走了。当时卫生纸在普通市民中还未普及，因此酒店卫生间的厕纸也成了抢手货，一天就要补上几百卷。更让店方痛惜的是，一些男青年穿着时髦的带有铁掌钉的皮鞋，在大理石地面上随意踢踏，留下了难以修补的斑斑点点。

宾馆不得不有所规定：衣冠不整者禁止入内，皮鞋掌钉者禁止入内，并在门口专设了拔除铁掌钉的工具和工作人员。

这一来，引起举国诉讼，羊城内外，南北媒体，口诛笔伐，气势汹汹地围攻这一只刚刚出巢的白天鹅：根本不合中国国情，倡导资产阶级生活方式，歧视国人，是旧中国“华人与狗不得入内”的翻版。

霍英东忧心如焚，悔恨自己投资大陆过于冒险了。

苦恼中的霍英东决定在白天鹅宴请任仲夷，于是便试探着发出了一份请柬。

身边人员劝说任仲夷，这种场合还是不要去了吧，一旦出席，明天的香港报纸就登出来了，北京也都知道了。你吃一顿饭，人家就会说你与资本家穿连裆裤，是“把兄弟”。

他一边打领带，一边哈哈大笑：“广州和香港不是‘把兄弟’，而是亲兄弟，不仅合穿连裆裤，还同吃一个奶（指同饮珠江水）。今天亲兄弟请客，又是一个出名的好机会，我为什么不去？况且，谁规定共产党的省委书记不能去五星级酒店呢？”

席间，面对着境内外的新闻记者，西装革履的任仲夷与港澳各界商人谈笑如故友，满堂生春风。

霍英东喜出望外，唤来纸笔，请他题词。

任仲夷环视大家：“题什么好呢？”稍稍构思，援笔立就，是李白的浪漫诗句：“两岸猿声啼不住，轻舟已过万重山。”

白天鹅起飞之后，李嘉诚、胡应湘、郑裕彤、利铭泽、李兆基等港商投资的中国大酒店、花园酒店也先后落户羊城。接着，连官方的东方宾馆也扩建成了五星级。

1985 年，中国公布了第一批五星级酒店，共 5 家，前 4 家全在广州。

一场突如其来的风暴，几乎击碎了广东的春天。

那是 1982 年的早春二月。

广东率先放开物价等几项大胆的经济改革引起了各地恐慌，在价值规律的作用下，国内流通渠道里原本十分匮乏的商品物资纷纷流向广东，周边几省惊呼“广东是特区，我们变灾区”，于是在省界各路口设立岗哨，严查过往物品和商贩。财政部、经委、计委、税务总局、工商总局、外贸部、物资部等国家机关也叫苦不迭，因为当时实行严格的计划经济，而广东的市场经济是对全国一盘棋的巨大冲击。还有意识形态的开放和自由，也让内地省份视若洪水猛兽、瘴氛瘟疫。这一切，都使得中央高层屡屡震怒，甚至曾严厉斥责：“任仲夷还是共产党员吗？”

风暴在云层里剧烈地酝酿着。

伴随着经济的突飞猛进，广东沿海也出现了较为严重的走私现象。于是，走私事件便成了这场风暴的导火索。

1982年1月11日，中央以2号文件形式下达了一个《中共中央紧急通知》，矛头直指广东，言词之烈，让人心惊肉跳："对于这个严重毁坏党的威信，关系我党生死存亡的重大问题，全党一定要抓住不放，雷厉风行地加以解决。对那些情节严重的犯罪干部，首先是占据重要职位的犯罪干部，必须依法逮捕，加以最严厉的法律制裁。"

文件下达后，中纪委主要领导立即带队进驻广东，调查办案。

不难想象，此时的南粤大地已是山水战栗，群鸟惊飞。

事态还在继续恶化。2月上旬，中央书记处紧急电令广东（还有福建）所有的省委常委立即进京开会，集中整顿。接到通知，任仲夷大惊失色！本党针对某一个省委班子采取如此特殊的严厉措施，在"文革"之后还从未有过。

会议气氛极为紧张。中央大员纷纷发言，认为这是"资产阶级又一次向我们发动的猖狂进攻"，"宁可让业务上受损失，也要把这场斗争进行到底"！因为"文化大革命"后已经宣布不再搞政治运动，所以就讲这场斗争是"不叫运动的运动"，"绝不能手软"！由于过去对走私罪没有规定死刑，会上就有人提出要修改刑法，要准备枪毙一批人。某领导人在讲话中明确表示，广东已经变了颜色，过去的租界就是糊里糊涂送给外国人的，经济特区就像当年的租界。还有人说，广东这样的地方，是资本主义的熟门熟路，不应当用思想解放的人，必须用金刚钻。广东出了那么多事，任仲夷为什么见怪不怪？甚至提议免去他省委第一书记的职务。

同时参加会议的福建省委书记项南附在他耳边，善意地提醒："开了两天会我才明白，原来福建是来'陪绑'的，（这次会议）实际就是针对你们广东。"

会议结束后，任仲夷扛着一颗覆满白发的沉重的脑壳，踉踉跄跄地回到了广州。刚刚坐下，胡耀邦的电话又急急火火地追了过来，说书记处将会议情况向中央政治局常委做了汇报，政治局常委认为广东省委主要负责人的思想还是不通，有些问题还没讲清楚，明确指令任仲夷一个人马上再次回京。

这就是社会上传说的所谓"二进宫"。

见面后，胡耀邦代表政治局常委再次对广东进行严肃批评，并希望他站稳立场，明确表态。最后，责成他给中央政治局写出一份书面检查。

任仲夷呆若木鸡。

胡耀邦摊开双手，同情却又无可奈何地说："我都（口头）检查了啊。"

当天晚上，任仲夷回到宾馆后，枯坐无言，感慨如海。参加工作近50年，他还从来没有写过检查。"文化大革命"中，他曾受到过2600多次大大小小的残酷揪斗，鞭鞭见血，唾液满脸。一年冬天，红卫兵把一桶臭臭的墨汁兜头浇下，棉袄棉裤全湿透了,他彻底被涂成了黑人。虽然皮肉受苦,脸面受辱,可他的心底是坦然的,清白的。但这一次写检查,他是违心的,扭曲的。作为一个历经政治运动的省委第一书记,他清楚这份检查意味着什么。但是,如果不承担这一份责任,不仅自己过不了关,整个广东的干部都难逃一劫啊。

夜色如铁,冷月似冰。昏黄的灯光,映照着任仲夷乱草般的白发,和乱草般的愁绪。47 年前,就是在这里,就是在北京,自己还是中国大学的一名学生,秘密加入了共产党,从此舍生忘死,投身战火。中华人民共和国成立后,从最北端的黑龙江,又到南端的广东,兢兢业业为党工作了一辈子,总还算是一个合格的党员吧,难道中央真的要开除自己的党籍吗?他的心在颤抖,在泣血,他哆哆嗦嗦地拿起了笔……

在以后的日子里,他一直在挂念着这一份沉痛的检查。退休后,他曾多次向有关部门申请,想复印一份,留作永远的纪念,但至死也未能如愿。

书面检查交上去了,所幸邓小平、胡耀邦等领导人并没有表态处分任仲夷。

但另一道难关却在广州等待着他。

如何向全省传达会议精神呢?广东的各项改革刚刚开始,正是如火如荼的时候。现在不少地方墙壁上"千万不要忘记阶级斗争""阶级斗争一抓就灵"的"文革"标语还没有洗刷干净,人们对那一场刚刚过去的大灾难还心有余悸。如果把会议实况全部传达下去,势必会浇灭大家的热情。还有,会议明确提出要查处一批,杀掉一批,但他坚信,广东的干部除极个别害群之马外,绝大多数是清白的。面对这些披荆斩棘、冲锋陷阵的亲爱的可敬的勇士们,他如何能下手呢?

几天之后,全省三级干部大会庄严肃穆地召开了。

风声鹤唳,草木皆兵。各路诸侯早就闻知了中央会议的内幕,不少人战战兢兢,如临大难,有的人干脆带来了行李,准备接受随时可能到来的审查和询问。

但出乎所有人预料的是,在会上,任仲夷仍然镇静自若,谈笑风生。他在检讨自己对"走私犯罪"重视不够并申明将加大打击力度的同时,反复重点强调的仍然是"改革开放坚定不移",并正式提出了"对外更加开放,对内更加放宽,对下更加放权"的"三放"政策,希望大家进一步放开手脚,加快发展。

省委班子里一位年龄稍长的老干部闻听此言,心内暗暗吃惊,在会议休息时间悄悄地拉住他,担心地说:"现在都是什么时候啦,你怎么还讲这些话?最近北京的报刊都不讲了。"

任仲夷盯着这位好心的老友,看了一会儿,又故作轻松地反问道:"中央文件并没有不让讲啊。"

讲到大家最为关心的干部处理问题时，任仲夷霍地站了起来，深深地注视着在座的各位，双目炯炯似火，然后，慢慢地却是庄严地、斩钉截铁地承诺："只要没有往私人腰包里装钱，而是按照省委部署抓工作的，即使出些问题，也由省委负责，主要由我负责！"

这时候，整个会场鸦雀无声。旋即掌声雷动，泪飞如雨。

广东的那一批干部至今都在感谢任仲夷。他们说，如果任仲夷是一个明哲保身的官僚，或者是一个胸怀野心的政客，他完全可以顺着高层的旨意，严厉清查干部队伍，进行人人过关，撤职一批，判刑一批，甚至杀掉一批。他自己不仅可以金蝉脱壳，顺利过关，而且还可以博取上悦，邀功讨宠。如果那样，广东肯定会是另外一种样子，广东就没有今天！

这一场风暴总算过去了。但是，有谁知道任仲夷为此付出的是一个怎样沉重的代价？

那一年的秋后，中共"十二大"即将召开，以他的资历、能力、政绩和威望，本来已经被列入中央领导班子的考察人选，并很有可能出任十分重要的职务。但他到广东后的所作所为，在社会上引起了太多的是是非非，更惹恼了一个庞大的官僚群体，他的名字最终被删除了，并且永远地被删除了。

历史上的改革者大抵如此。他们在冒险革除社会痈疽的同时，往往也革除了自己的前程。

香一年，臭一年，香香臭臭又一年。

在这香香臭臭、坎坎坷坷的雾途中，是任仲夷和岭南人倔强的背影。

走私事件之后，中央政府及有关部门把下放给广东的外贸进出口权收了回去，在很多有关经济政策的文件中也特别注明"经济特区也不例外"或"经济特区也要执行"的字样。内地一些省市也采取措施，把广东运往各地的许多物资当作走私物品扣压、冻结。广东的供销人员到外省市进行正常的业务活动，也受到冷落，有的还被当作走私分子看待，轻者收去证件，重者无理扣押，有些省市甚至明确表示不准供销人员去广东做生意……

全国各地的邮政部门对来自广东境内的邮品也格外虐待，随意拆封检查。在他们的意识里，广东就是全国黄货毒品的老巢，精神污染的源头。

这种现象也渗透到了意识形态领域。在那些年拍摄的电视和电影中，几乎形成了一个固定模式，但凡经济领域的反面人物都被刻画成了广东人，讲一口半生不熟的粤语。这种现象甚至一直遗留到今天。

一段时间，北京曾纷纷传言，要将任仲夷撤职，开除出党。

经济特区的思路是邓小平提出的，但是几年来，他一直在观察，在思考，不否定，也没有肯定，他只是说："深圳经济特区是个试验，路子走得是否对，还要看一看，搞成功是我们的愿望，不成功是一个经验嘛。"

境外不少媒体就此大肆渲染，夸大中共高层的分歧，说深圳只是一个试验品，很可能是牺牲品，最后肯定还要斩马谡。

那些年，中国的经济改革正是全面探索时期，连国务院的官方文件中也表示"要摸着石头过河"。的确，在那个复杂的年代里，在那个特殊的环境中，处在那个敏感的位置上，任仲夷需要摸的石头太多了，不仅有经济的，还有政治的，文化的，稍不小心，这些石头们就会突然飞起来，无情地砸破他的头颅。

他的秘书琚立铭告诉我，年岁的逐渐增大，工作的极度繁忙，心理的重重压力，再加上生活习惯上的巨大差异，使得任仲夷的健康状况频频亮起红灯。他的牙齿很快地全部下岗了，满口假货，吃东西很不方便，且极易损坏，常常要去看牙医。

1983 年春天，任仲夷明显感到心律不齐，去医院检查，连医生的脸都白了：他的心跳竟然每天早搏 3 万次。劝他马上动手术。他笑一笑，说自己身体好，能扛得住，拒绝了。又劝他半天工作半天休息，可这无异于与虎谋皮，怎么可能呢？

任仲夷的工作量之大让人难以想象。有一个细节可窥一斑，他在任期间极少乘坐轿车，他的专车就是一部 12 座的丰田面包。为什么？就是为了利用坐车时间听取汇报和讨论开会。面包车就是一个流动的办公室，而他就是一台永远不知疲倦的机器，每时每刻都在高速地高效地运转着……

驾驭着羸弱的身躯，背负着沉重的压力，任仲夷像一个无所畏惧的孤胆英雄，高擎着自己的灵魂之火，透支着全部的生命能量，义无反顾地行走在广袤的岭南大地上。他在探求着一条道路，他在追寻着一个梦想。

那是百姓的福祉，那是文明的微笑，那是人类的大道！

……

他的胆囊又开始隐隐作痛了，愈加剧烈，发展到腹胀，厌食，疼痛难忍。

1984 年元旦过后，他被送进了医院。胆囊结石，严重发炎，必须马上切除，否则，腹背受敌，危及生命。

手术开始后，所有的医生惊呆了，做了这么多例手术，还从来没有见过如此畸大的胆囊，畸大的胆囊被撑得鼓胀胀的，像一个熟透的桃子，随时可能爆裂。打开"桃子"，医生们更是目瞪口呆：里面塞满了 16 枚圆圆滚滚的结石，大的像鹌鹑蛋，小的似花生豆、黄豆、豇豆……

哦,怪不得老家伙如此生猛,原来他的胆囊里揣满了石头!

哈维尔说:政治是求得有意义的生活的一种途径,是保护和服务人的一种途径。

但在中国,政治是一个复杂、危险而又甜蜜、高贵的特殊职业,大大小小的官员们大都只是在使用和享受着政治的特权和舒适,而很少去理解和履行真正的政治责任。"实事求是"和"不唯上,不唯书,只唯实"等等这些崇高的信条在官场重复学习了几十年,但真正执行到位的又有几人呢?当群众的根本利益与上司的私家利益发生冲突的时候,他们往往不敢坚持前者,而是乖乖地选择了后者。这种传统、落后而又根深蒂固的"官本位"思想,不能不说是我们中华民族政治文明的一个大大的悲哀。

其实,真正的政治家,并不仅仅是那些手握国柄、经略风云的股肱巨擘,而是每一个公务员,他们是不是在各自所处的岗位上尽到了应尽的社会责任。从这个意义上说,绝大多数的人都有所欠缺,而任仲夷则是一位伟大的政治家。他在广东省委第一书记的任职上,竭尽全力,敢踩逆流,不避斧钺,为天地立心,为生民立命,为岭南开太平,尽到了当时的历史条件下所能尽到的几乎全部天职。

但他又是一个清醒的现实主义者,他阅尽沧桑,大彻大悟,洞察世事,知其能所为,亦知其不能所为。这就注定了他的一生是一位奋勇的开拓者、冒险者,同时又是一位清醒的孤独者、失落者。

任仲夷离休的1985年,广东的经济总量已经跃居全国第一位。岭南大地已经全面发酵,物阜民丰,山河肥美,而只有他自己萎缩了。他的体重比上任时减少了近30公斤,身材也矮了5厘米,他瘦弱成了一个干巴巴、颤巍巍的岭南阿公……

卸任前,他又一次去了深圳。站在文锦渡口,眺望着两岸星河般灿烂的灯光,他笑了,他的笑容一如这星河般灿烂。

挥挥手,他要告别这一片灿烂的星河了。

这是一次平静而隆重的谢幕……

任仲夷离休时,中央本已安排他到北京定居。但是,他的感情已经在这里深深扎根,他决心把自己的余生交给这片土地了。

生为岭南人,死亦岭南土!

他的身体在一天天地衰老下去,像一株粗皴枯朽的木棉树,但他思维的枝叶依然滴青流翠,激情的火焰仍旧时时喷薄迸溅。而且愈到晚年,其情愈殷,其心愈烈,烈烈如火,殷殷似血。他用颤抖的双手高捧着自己滴血的心脏,向他的后人、向这个民族奉献着最后的真诚……

他惋惜邓小平的人生憾事主要是没有利用自己的崇高威望,在经济改革基本成功之际适时地进行政治改革。

他大胆建议,中国可以借鉴经济特区的成功经验,进行政治体制改革试验,然后再逐步推广。

对于建设“和谐社会”,他也有着自己独特的慧解:从字面上看,‘和’左边一个‘禾’,右边一个‘口’,表示老百姓张开口要吃饭,首先要解决的是温饱问题,也就是民生问题。‘谐’字左边一个‘言’,右边一个‘皆’,表示人人皆言,言无不尽,也就是实行民主。一个民生,一个民主,这两个问题解决好了,社会和谐就不难了。所以,和谐社会的基础应该是经济发达,生活富裕,社会民主,言论自由。

……

哦,人之将死,其言亦善。让我们理解这位可敬的老人的一颗大爱之心吧!

任仲夷晚年交往的多是思想界人士。

2004 年 3 月的一天,他突然吩咐儿子把家院的门槛锯掉,家人大惊。原来是北京的好朋友于光远要来了。于氏小他一岁,已经瘫痪,出行需乘坐轮椅。

于光远终于来了。90 岁的任仲夷颤巍巍地推着轮椅上的老友,慢慢地在东湖边散步、聊天。哦,两个历尽沧桑的思想者,他们的躯体已经垂垂老矣,但他们的心理依然青春,他们思想的羽翼像两只轻灵的鸟儿,在高远的天空中自由地飞翔着,鸣啭着……走不动了,就坐下来,静静地看着湖畔晚霞般蔓延的猩红的木棉花,那是生命的火焰,那是岁月的叹息,那也是他们永远的遗憾和隐痛啊……

2005 年 4 月 5 日,在广东省中医院住院的任仲夷,再次约见郑炎潮。他仰躺在危重症病人监护床上,浑身插满了导管,喘着粗气,竟然交谈了 3 个多小时。临别时,他语重心长地说:“大胆地想问题,讲的时候要谨慎。我们过去批评胡适的‘大胆假设,小心求证’,但他是对的。鲁迅和胡适都是伟大的,鲁迅是揭露黑暗的人,胡适是在黑暗中点亮蜡烛的人,在黑暗中点亮蜡烛的人更重要。”

郑炎潮没有想到,这竟是任仲夷留给他的学术“遗嘱”。

公元 2007 年 11 月,我去广东采访的时候,任仲夷已经去世两周年了。

我穿过繁华的广州街市,去银河公墓凭吊。浩瀚的碑群中,静静地矗立着一块普通的石碑,碑面上只是嵌刻着他的名字。如果不注意的话,来往的人们根本不会联想到他。可他的碑石似乎是一块奇异的磁铁,吸引了几乎所有人的目光和脚步。

人们站在他的面前,垂首弓身,默默地致敬,或上前抚摸一下石碑,似乎在与主人对话,似乎在与主人握手。而那块幸运的碑石,早已被抚摸得光光亮亮的了,像老人慈祥的笑脸。

他的儿子告诉我,临终时,任仲夷早已不能言语,但意识里仍然半明半昧,交代完遗言后,似乎仍有牵挂,便用手指为笔,在儿子的手掌上哆哆嗦嗦地写字,让把生前所用的老花镜、放大镜、收音机、钢笔与他的骨灰放在一起。

哦,可爱的老人,即使在天国里,也在惦念着这片土地,凝视着这个民族……

我相信,一千年之后,当广东的后人们在数念起20世纪时,仍然会敬重他的名字。

岭南的疆土上肃立着数不清的木棉树,像一把把硕大的火炬,在默默地燃烧着……

(原载《广州文艺》2008年第4期)

休息的革命（缩写本）

王宏甲　刘　建

序　言

人类经历了远古的“农业革命”、近代的“工业革命”、当代的“高技术革命”，到了今天，因高技术支持的生产力空前发达，人类才第一次有可能，并需要经历“休息的革命”，为今天和未来的生活质量开辟新路。但是，非常难，因近代以来资本与技术结盟的经济发展模式依然统治着世界。巨大的困难，并不在经济领域，而在精神领域。所以，这是文学关心的命题。

“休息”在中国古代文化中意为“休养生息”。从剧烈的秦统一战争结束再到秦朝覆灭，西汉采取“与民休息”政策，使经济复苏、社会发展，并使中华多民族国家的统一在汉朝得到巩固。这“休息”所蕴含的社会和人生智慧，至今仍可探寻。

当今所称的国际金融危机，其实并非孤立地发生在金融领域，几乎所有生产领域的困境都不是由于生产能力不足，而是过剩。科技的迅猛发展及其在生产中的广泛应用，已使人类不需很多人员挤在工业生产中进行相互耗损性竞争，但这场危机却使人们陷入更激烈的竞争。

难道别无道路？审视三大产业结构，当发达国家的农业人口缩小到5%左右时，中国有80%的农业人口；当发达国家工业人口缩小到10%以下时，中国工业人口接近50%。今天，第三产业正在发达国家成为容纳最多就业人员的产业，中国第三产业则是薄弱环节。倘能看清形势向第三产业转移，也不失为一种理性选择。

旅游业是第三产业的龙头，是典型的消费型经济。文化产业亦然，而旅游业与文化产业的“联姻”正在创造出前所未有的绚丽奇景。今天和未来，“休息的革命”可首先在第三产业开拓的“休闲经济”里获得一种启蒙，这是值得全社会关注的。

“休息的革命”当然不是不干活。本书以旅游业为主要描述对象，可以从中看到最为典型的实践。30 年前中国发展旅游业，正是从“走出去，玩一玩”的“休息”中发展出一片很大的天地。

由于我们长期重视科技、经济、教育等等，很多人对旅游这个“吃喝玩乐”的行业究竟有多大作为不大关注。迄今很少人知道，中国旅游业正以年均约 12% 的速度增长，高于同期国内生产总值的平均增长率，已是国民经济重要支柱产业。而且，贡献远远不只体现在经济效益方面。

遍布中国的古迹，多是旅游行业挖空心思地一个个修复或再造，然后就像“王婆卖瓜”那样不遗余力地吆喝那“瓜”有多么好！因他们的吆喝，过去被批判为“腐朽的封建主义”的东西，变成恢宏的数千年中华文明，温情地回到了我们的山山水水，成为我们精神中辉煌的民族记忆。

旅游盘活的也远不只是古迹。单看艺术与旅游业“嫁接”，传统音乐、舞蹈以及 56 个民族色彩斑斓的文化在旅游中复苏与创新，书画家的作品价格飙升，凡此种种，对增强一个国家的文化力，是沛然化雨渗透到万万民众之中的。各省市“旅游大篷车”还吆喝到国外，对中华风景与悠久文明的“推销”，规模和影响都是空前的。直到这时，旅游业的重大作用仍未被足够认识。很少人知道，旅游业每增加 1 人就业，可促进相关产业增加 5 人就业。世界上还没有一个产业，像旅游业这样与各国人们广泛接触，与民生休戚相关，与百业相连。岂止是经济支柱？更养育精神，承载如此宽广的社会担当，可谓一业九鼎重千秋。

今天回头看看，中国旅游业 30 年来以“马超龙雀”的发展速度营造出的巨大消费市场，已然是拯救金融危机时期经济困境的一支宏伟力量。联合国世界旅游组织预测中国到 2015 年将成为世界最大的旅游目的地国家。中国旅游业方兴未艾，可谓“九万里风鹏正举”。本书的完成并非给中国旅游业过去的 30 年画个句号，而是为促进当今和未来社会各业的和谐运转，提供一个新的起点、新的观念。换句话说，这是一本为今天和明天写的书。

“休息的革命”，不只是对眼前的全球性经济困境而言。

从欧洲国家开发殖民地以来，到现代科技迅猛发展，“优胜劣汰”“以强汰弱”的意识影响到世界各地。由此形成的快速发展、争先发展的意识和行为，促使工业时代对资源的掠夺性开采把地球刨挖凿钻得百孔千疮，到 20 世纪人类的生存环境发生了全面危机。为了不被别人灭掉，仍然要绞尽脑汁争强夺胜，奋力竞争。这是个无休无止没有宁日的人生消耗战。许多好时光都折腾进去了，各种压力无孔不入地摧残着人的健康。人类到底在被什么驱赶？生活本身的乐趣在哪儿？生命的尊严、美好在哪儿?

人类并不是生产的奴隶。人类需要从疯狂地追逐发展速度中觉醒,从疯狂的相互耗损性竞争中觉醒,以新的生活方式和精神,给自己疲惫的生活、受伤的心灵放假。

今天人们寻求“可持续发展”,在我看来,更智慧的意识该是中国古典智慧中重视的“和谐运转”。当生产能力过剩,运转失衡,重要的就不是哪个行业如何发展,而是整个社会如何和谐运转,不能和谐运转就有危机。过去的30年,中国重视发展贫困地区的旅游业,这里就有强弱结合,资源互补,并不是“以强汰弱”,而是重视相互依存。这渊源联系着中国古老的智慧,君不见中国远古就有阴阳和谐观吗? 和谐运转不仅包括解决产业结构的失衡,还包括如何解决贫富差距等问题。

所谓“休养生息”,就是在激烈的争锋中,在人类付出的惨痛代价中,要冷静地寻找有利于人类生息相存的生活智慧来拯救自己。在科技发达、生产能力也空前发达的当代世界,人类需要发展休闲经济来革新发展经济的方式。

在人类通过一次次“生产革命”“技术革命”来营建生活的历史进程中,倘能觉悟到可以通过发展休闲经济来促进社会各业趋向平衡,这是更高层面的可持续发展,并可望普遍地提升人类的生活质量。这无论从思想认识、精神境界和经济形式上都是深具革命性的。在这个世界性的背景上来审视“休息的革命”,将发现这是个庄严的命题,具有值得我们去深究的丰富内涵。

“休息的革命”无疑需要人们以清醒的头脑智慧地参与,这需要认识它为人生带来的好处。仍以人类以往走向旅游的经历为例,可以看到游历对于人生的全面发展有多么重要。

人生之旅,就得去“履”。一个人在一个地方待久了,生活环境会对自己造成封闭。人们还可能把习惯当真理,这就需要走出去。所谓“履历”,不应限于读书工作的经历,这“履”是穿着鞋天南海北去游历。世界因此而广阔,人间因此而亲近。没有旅游的经历怎有履历?

“博览群书”(未必要读万卷书)与“行万里路”同等重要。闭门读书会读成书呆子。鞋里存储的记忆,比在学校读十几年书更牢靠、立体、开阔而有用。

孔子周游列国,丰富了识见。司马迁游踪达半个神州,才有生动翔实的《史记》。李白年纪轻轻仗剑去国,辞亲远游。“飞流直下三千尺,疑是银河落九天。”他的诗歌自由如云,得益于山川造化。和尚云游四海,弘扬了佛教文化。《西游记》取材于玄奘取经,而玄奘游记显然不只是传播了佛经。

曹孟德观沧海，陈子昂登幽州台，王勃过滕王阁，很多人生识见在行旅中领悟得到。湖光塔影，海浪江涛，能引起诗人的遐想，也能启迪书法家的胸怀。王羲之将郊游视为“游目骋怀”，“仰观宇宙之大，俯察品类之盛”，才留下不朽的《兰亭集序》。

宋代游记名篇辈出。王安石《游褒禅山记》，范仲淹《岳阳楼记》，欧阳修《醉翁亭记》，都是极好的散文名篇。苏东坡在逆境中也是开开心心的，登山临水，写字画画，喝酒吃肉，吟诗赏月。“一点浩然气，千里快哉风。”举手投足间洋溢着超凡而不脱俗的大度，支撑他的是心中广博的中华文化。

徐霞客22岁开始步行远游，成为伟大的地理学家。郑和七下西洋，更是令世界震撼的壮游！“天下兴亡，匹夫有责。”这是顾炎武的名言。顾炎武一年中有一半时间在旅店里住宿，每到一处，把实地考察与书本上的记载对照研究，《京东考古录》《昌平山水记》等书，就是他旅游治学的成果。孙中山游历美国，萌生了他的新思想。蔡元培游历欧洲，回国出任北大校长。周恩来游学法国，那“难酬蹈海亦英雄”的豪情，是容纳中外也是承前启后的。

因远行而打开识见，提升的不仅是个人。四大文明古国中没有希腊，但古希腊人被称为“全然的旅行者”，正是旅游使他们走到了发达的两河流域和古埃及，吸收他人文明而使希腊成为欧洲文明的发祥地。

中国历史岁月中的旅游，其实多么悠久绚丽。中国话“观光”，语出《易经》。谓“观国之光”，意为观览国之光辉。3000年前周穆王巡游非只游山玩水。一国之主，不游历国土，不知国情与民情，何以治国？周穆王远游波斯（今伊朗），最早踏出中国通往西域的道路。秦修大道，车同轨，沟通天下，与其说为秦始皇出游带来方便，莫如说为中国的统一开辟了大道。汉武帝七登泰山，六出萧关，出游打破诸侯封闭，九州热土，千秋归汉。隋炀帝扬帆出游，促进了大运河开发。游历会大大开阔君王眼界，以及当代领导者的智识和胸怀，从而影响一个民族或一个企业。

古典时代先人走向旅游，或许有“天人合一”的更多默契。那里的“天”，包括自然也包括社会。到现代，我们可能以“革命加拼命”的方式覆盖了先人丰富生命质量的智慧。游历对于人生与社会的全面发展是深具意义的。可以肯定地说：不读书不能治愚，不远行难有出息。为人父母要有意识地带孩子去远行。如果你依然埋头于读书或工作，尚未意识到旅游对于人生举足轻重的塑造功能，其实是一种损失。一旦体会到，你也将会从这种“休息”中感受到一种“革命”的心灵震动。

一、开放之门

国门在哪儿？在天上？1978年，中国民航飞机的日利用时间才1.9个小时。国门刚开一条缝，西方人就来了。住宿难惊动中南海！开放国家“禁苑”迎游客，调军用飞机把旅客送往天津住宿，这事反映国情也反映人情。紧张状况延续到1982年，空军部队还派出1800多架次飞机协助空运游客，此种情景举世无双。

1. 国门开启一条缝

关于改革，人们常说是从小岗村实行承包制开始的。很少人想过，开放，是从旅游业打开国门拉开序幕的。

1978年3月5日，中共中央下发红头文件，增加对外开放城市，成立旅游机构，发展旅游业。当时人们并未感到有多大动静，这却是件历史性的大事。这意味着对外开放，意味着封闭多年的国门由此打开。外电评价：这是“红色中国”第一次公开允许外国人以旅游者身份进入中国。

此时，中共中央十一届三中全会尚未召开，安徽凤阳小岗村18户农民也尚未召开那个按手印的“大包干”秘密会议。

今天人们常说，改革开放，国门大开。

其实，1978年，国门只是刚刚开启一条缝。

那时候，还不是你想来就能来的，有名额限制和一套内控条例。在签证时，对入境的外国人卡得很严格，记者就不让进。那时候，西方称苏联是“铁幕”，称中国是“竹幕”。

对世界来说，中国还是个巨大的谜。这大门里生活着10多亿人呢！所以，国门初开一条缝，国外的捷足先登者挤进来了，还有更多的外国人挤在这条缝外，进不来。

虽然，国务院已经下发了发展旅游、挣取外汇的文件，但在对外开放的问题上，当时某些高层领导还有种种疑虑：

“是不是开放得太早了？”

“会不会把特务放进来，窃取了情报怎么办？”

“国外资产阶级生活方式会不会腐蚀我们的干部？”

“会不会把我们的干部带出去？”

“我们落后的地方，不能给外人看。”

在十一届三中全会召开之前，1978 年 10 月 9 日，邓小平会见美国泛美航空公司董事长西威尔，就对陪同会见的国家旅游局和民航总局的负责人说：“民航、旅游这两个行业很值得搞。”

小平还说：“一个旅行者花费 1000 美元，一年接待 1000 万旅行者，就可以赚 100 亿美元。就算接待一半，也可以赚 50 亿美元。要力争本世纪末达到这个创汇目标。”

1979 年 1 月到 7 月，邓小平又连续发表了《旅游业要变成综合性的行业》《旅游事业大有文章可做》《发展旅游事业，增加国家收入》《把黄山的牌子打出去》等四篇讲话。他毫不犹豫地说：“旅游事业大有文章可做，要突出地搞，加快地搞。旅游赚钱多，来得快，没有还不起外债的问题，为什么不能大搞呢！”

于是，门缝拉大了。

中国向世界旅游者打开了一扇门。

“到中国去！”这是近百年来第一次出现的国际时髦声音。

不同国家、不同种族的四海宾朋蜂拥而来。一种世界性的冲动，开放的大戏，在中国旅游领域拉开了序幕。

当五洲四海语言不同、肤色各异的朋友三五成群频频出现在长安街时，相当多人还不明白是怎么回事，念叨着：这不是“文革”中要打倒的“帝国主义”吗？怎么跑到长安街来了？还有人说，八国联军的后代，怎么成了“义和团”后代的“座上宾”？我们还坚持社会主义吗？

但中国毕竟有礼仪之邦的悠久传统，大多数国人具有与生俱来的好客古风，所以也有很多人向外宾送去友好的微笑。

从接待来说，“内紧外松”，接待者的心情也很复杂。因为内部还绷着“阶级斗争”之弦，中国国际旅行社的导游每次陪团都得花几小时写出“情况报告”。导游小心翼翼，如履薄冰，不能有任何疏忽和闪失。

一对台湾老夫妻跟随香港旅行团入了境。公安局担心他们是“特务”，嘱告导游“不要给他们单独活动的机会”。实际上，这对时隔 30 年才返乡的老夫妻也在思忖：“共产党会不会对我们怎么样？”

1979 年了，我们的国门是打开了，但我们的意识还很不开放。我们开放的步伐，还没有迈开大步。

“当时外国人要进来不容易，首先要取得国旅的指标，而国旅指标是有控制的，像发粮票一样，年初分配名额给法国、英国、美国等各国的旅行商。旅行商为争取到更多的名额，经常与国旅争得面红耳赤。"王尔康说。

王尔康原是个外交官，一身文气，早年担任国旅总经理，是中国旅游业的"活档案"。他清瘦挺直的身材，敏锐的眼睛，让人过目难忘。他说国外旅行商常抱怨说："我们是拼命发展旅游，你们是限制旅游。"

1979 年，美国有 17 万人申请来华旅游，只有 2 万人获准。在日本年轻人中，4 个人就有 3 个想到中国旅游，报名到西安的就有 120 万人。各国要求来华旅游的人数都远远超过国旅定额。海外华侨来华，归中国旅行社负责统筹，也有名额限制。有些华侨登记排队好多年了，还没有获得签证。五洲四海的声音都在问："你们不是也想挣外汇吗？为什么有钱不赚？"

在当年还相当简陋的会议室、办公室里，国家旅游总局组织学习小平讲话精神的春夏秋冬，大家都还记忆犹新。这记忆告诉我们，封闭久了，打开我们的观念之门，并不比下个文件打开国门容易。

春夏秋冬，我们像大扫除那样，一次次地清除旅游工作就是"吃喝玩乐""洋奴思想""为资产阶级服务"等"文革"遗留的影响。大扫除后，我们的会议室、办公室里也布置出新的景观。新景观能形象地说明，我们已经认识到，旅游业是"无烟工业"，是"无形贸易"，是投资少、见效快、多创外汇的综合性经济事业。我们还记住了陈云同志的话："旅游收入实际上是'风景出口'，比外贸出口收入来得快。"

那时，很多人还不了解外汇，但开始对有外汇的人刮目相看。搞旅游工作的则开始懂得，外汇储备是一个国家在国际经济活动中实力的象征。国家持有的外汇储备可以保障国家进口重要战略物资、关键技术，还能保障金融体系的安全。万一发生战争、灾害，或者国际经济形势突然变化，国家银行可以用充足的外汇储备来应对突发的金融风险。

旅游外汇换汇率比出口物资换汇率高。按 1978 年计算，出口的物资，平均约二元七八角人民币的东西换回一美元。有些轻工业产品由于花色品种不适应国际市场的需要，卖不出好价格，往往要用四五元人民币的东西才能换回一美元外汇，而旅游外汇，只需要一元五角多人民币就可以换回一美元。

中国地域辽阔，山水风光、文物古迹、民俗风情等旅游资源丰富，是世界旅游资源大国，发展旅游有独特的优势。国务院成立了以主管副总理为首的旅游工作领导小组，各地政府也相继成立领导小组。不管怎么说，旅游业开始从"贴钱"转向挣钱。这个进步很重要。

"莫畏途难时日远，鸡鸣林角现晨曦。"一个旅游业的新的早晨苏醒了。但就像夏日的北京仿佛没有早晨似的，大街上很快就车水马龙。这时，“旅游业工作者”都感到自身压力重重了，而且很快就感到“压得喘不过气来”。

2. 今夜宿何方

有朋自远方来，不亦乐乎？当四海旅游者蜂拥而至时，我们却乱了方寸，慌了手脚。我们还没有建起与此相适应的旅游市场秩序，面临的突出困难一下子就推到了我们鼻子跟前：条件简陋、住房奇缺、交通困阻。

旅游工作者们竭尽全力，想让外宾住好吃好，可是 1978 年的北京，只有 7 家涉外饭店，能拿得出手的床位充其量还不上 2000 张。从全国来说，也只有 137 家有点样子的饭店。

北京国旅、中旅捉襟见肘，天天愁的就是客房。饭店走廊全都住满，标准间中间加铺，会议室打起通铺，还有客人等待在大堂。饭店里再也没地方可塞床位了，大厅乱哄哄的，客人翘首盼等，怎么办？

有的把客人拉到北京“上海西餐厅”，把吃西餐的小桌子拼起来当大床；或拉到“莫斯科餐厅”打地铺，男女屏风挡隔，权且将就。当时来华观光的旅游者，有很多是腰缠万贯的富翁，叫人住在这种条件的地方，也真觉得丢了国家的面子。

还有个办法是用“缓兵之计”。这批外宾下了飞机，前批宾客还没退房。于是先把客人连行李一起拉到故宫、颐和园去游览，这边紧张地腾房间。那时外宾旅游也真够累的，你想想，乘了 20 多个小时飞机，到达北京后，时差还没有倒过来，就要拖着疲惫的身子去参观。到晚上，等上一批客人走了，才能入住宾馆。

像这样当晚能入住的旅游团，还算是幸运的。

有一次，青旅接了一个美国团，北京实在无处下榻了，打电话向时任团中央书记的李瑞环汇报。李瑞环也没法子，硬着头皮给小平打电话。小平打电话给空军，动用军用飞机连夜把外宾运送到天津去过夜，第二天又用飞机运回北京来观光。

坐飞机易地投宿，现在来说是不可思议的事。而那时，为解决住宿问题，通过国务院李先念、陈慕华等副总理调军用飞机把客人送往天津等地住宿，是常有的事，最远的送到南京。

1978 年，全国旅游入境人数超过 180 万人次，比以往 20 年宾客总和还要多。到 1979 年，客人成倍增加，而宾馆不能像孙悟空拔根毫毛那样呼之即出，住宿矛盾更加突显。外国游客在大厅里打地铺已不奇怪，戏称在东方野营；在机场里围着毛毯候飞机，犹如战后在某个边境机场等待联军来接难民。

京城缺旅社，今夜宿何家？这个问号，就是深深的记忆。

北京东长安街6号，当年是国家旅游局和国旅总社所在地，经常有蓝眼睛、高鼻梁的洋人坐在门口的台阶上，等住所，等机票。这样的风景，在当时大国中，恐怕绝无仅有。

早在美国总统尼克松访华前夕，北京饭店新建了一座23层的大厦，现在远远安排不下蜂拥而至的宾客。北京饭店总经理手头只有7间住房的机动权，其他房子的钥匙掌控在国务院谷牧、陈慕华、余秋里、王震4位副总理的手里。先给谁得副总理协调发话，一时成为天下奇闻。

一些客人久仰北京饭店的大名，宁肯在大堂静等，也不愿去别处投宿。有一次全部客人都安顿好了，还剩一个没着落，怎么办？结果他在同行者卫生间的浴缸里，蜷曲着过了一夜。

不仅住宿难，而且条件差。

中国旅游协会副会长兼秘书长李玉莺，说起她当年带一批美国客人去招待所住宿，她说美国人一看，缩了回来，不肯入住，认为条件比美国监狱还差，当即给美国使馆打电话，使馆人员叫他们先去使馆。李玉莺苦口婆心劝阻。天又下起了雨，她就把这批客人拉到北京饭店大堂，每人发个毯子，在沙发上过夜。她也陪着外宾在椅子上度过漫长的夜晚。

这是发生在20世纪80年代初的事。不能怪美国人挑剔，与国外饭店相比，我们的条件确实差太多。那时的招待所是个什么状况？几乎所有招待所的房间都没有卫生间，一个楼层两大排客房，走廊尽头有个公用厕所，散发出的异味弥漫整个走廊。洗澡间大多设在厕所隔壁，你脱掉衣服洗澡的时候，感觉隔壁的臭气直接侵袭你的全身，让你感觉全身都有洗不掉的臭味。而且，每天只供应两小时热水，你进去洗澡的时候也许已经供水1个小时50分钟，但你并不知道，你脱光衣服擦上香皂，突然热水没了，你只好光着身子干着急。餐厅实行8小时工作制，过时恕不恭候。

条件略好的涉外宾馆，也存在许多问题。耗子夜袭旅客，外宾彻夜辗转。宾客带的食品常被老鼠啃得乱七八糟，连照相机的皮背带也被咬断。有时半尺长的大老鼠突然从空飞降，“啪”的一下正落在宾客的床上，于是有外宾称中国饭店为“老鼠饭店”。

一位外宾就绘声绘色地讲述：“晚上我看见老鼠在我眼前跳舞。”他随身带着老鼠咬过留有牙痕的巧克力，拿出来作为介绍“老鼠饭店”的证据。

靳羽西来了，这位海外名人也被老鼠闹得夜不安宁。住的房间没有天花板，老鼠在房梁上东蹿西跳,灰尘洒落。一开灯,老鼠逃走,一关灯又出来了。几只老鼠还从她的床上爬过,吓得她一夜都不敢入睡。

武汉某饭店,浴室遍地是水,每个旅客都在为马桶漏水发愁。桂林旅馆水泥屋顶竖着蓄水塔,只见水头不见水,所有客人又都为断水而抱怨。成都某涉外宾馆房间壁橱里灰尘厚积,地毯又黑又硬,床单、被子、枕套都脏兮兮的,令人恶心。卫生间墙上镜子破成两块,一条发黑的胶布刺眼地粘在上面,败陋状况令客人感觉好像来到战后的城市。

一个美国旅行团的领队柯娜·梅·邱夫人,致函中国国际旅行社,尖锐批评饭店卫生不佳现象,其中写道:

"客房的蟑螂钻进我的行李包从北京运到兰州。在乌鲁木齐,蟑螂更严重,竟爬到床上来。对此,我只能置之一笑。卫生间不起作用,马桶在漏水。不干净的设施和爬虫之害,可以直接影响旅行者对中国的特殊好感。"

今夜不知何处宿,不只是在北京。

热点旅游城市,饭店都人满为患,床位紧缺。

在桂林,海外侨胞和港澳台同胞有的被安排在大礼堂的舞台上,男男女女都打地铺。有一首打油诗流传很广:"桂林山水甲天下,我到桂林住地下……"

在上海,当时虽有锦江、和平等7家上档次的饭店,但有时几千名外宾同一天要在上海过夜,急得上海市旅游局茫然无措。安置不下的宾朋,常常临时拉到杭州、苏州去过夜。忙得顾不上吃饭的导游姑娘,跳上跳下地解释着,经常急得泪汪汪的。

3.票!票!票!

1979年春,桂林机场。浓雾迷天。

一天,两天,桂林的雾,依旧那么浓。10多个航班延误了,宾客焦急的情绪,也像雾一般在候机室内外弥漫,机场一片混乱。

外宾是有日程的,签证到期该回国了,回国机票也早买了,可是卡在桂林出不来,怎么不焦急上火?3天后,天空终于开雾了。几天滞留下来的旅客黑压压一片,机场乱哄哄的。每个团都想先走。协调、安慰,增调航班,喧闹数天的游客最后总算都散了出去。

中国民航从1979年4月1日起,在国内对外开放的城市中相继开辟了8条新航线,每周共安排了545个航班。外宾最集中的北京、上海两地,班机由原来每周的15班增加到24班。

桂林是最热门的景区,要求去桂林游览的外宾越来越多。民航广州管理局已把从广州到桂林的航班,由原来每周15班增加到24班。北京、上海、杭州、贵阳、天津、重庆、成都、武汉、长沙等地,每周都有班机进出桂林。

在当时情况下,民航已竭尽全力,但还是无法满足旅游班机需求。1978年底,中国民航只有162条航线,飞机的日利用时间才1.9个小时,民航的运输总周转量世界排名第33位。飞机性能差,30年前乘坐过中国民航飞机的人,对当年那颠簸的飞机和轰鸣的噪音记忆犹新。

票!票!票!机票、火车票,两票难求。外宾进得来,出不去,成为主要矛盾。外国、侨胞旅行团因购不到机票而被打乱行程,滞留、改线现象经常发生。

有一次在桂林,一个美国团班机延误,眼见签证即将到期却走不了,客人闹了起来了,挥舞拳头抗议。全陪导游老黄想,打电话向国旅总部反映,时间都来不及了。急中生智,他直接把电话打到分管旅游工作的陈慕华副总理办公室。陈慕华连夜向空军司令张廷发求助,临时调军用飞机救急,才平息一场风波。

当时缓解航班紧缺的办法,只有通过国务院、中央军委高层领导找空军司令张廷发特批空军包机。紧张状况一直延续到1982年。空军部队1982年共派出1800多架次飞机,协助旅游部门空运游客近6万人次。1985年,空军正式成立旅游包机公司,飞机短缺的状况稍有缓解。

火车票同样紧缺,卧铺票更是难求。常常是一个团只能分到几张卧铺票,而旅游团中年龄偏大者居多,一个团下飞机,多数是白发老人,被称为“银发族”。导游陪同常为拿不出足够的卧铺票而内疚。

法国飞行78团凭票到火车站上车,车站告知走不了,要改乘凌晨2时的火车。等到凌晨2时,铁路方面又通知说这班车次取消了,要9时才有火车。旅客通宵未眠,遇上这种情况,怎能不生气!

有一次火车途经昔日丝绸之路走过的名城,有个法国旅游团上车。因没有软卧,客人和陪同发生争执,团队中有80多岁的老太太。列车长也很为难。正在无可奈何之际,甘肃省委一行人知道情况后,带队的领导对列车长说:“这样吧,我们12人的软卧全部让给旅游外宾。”说着就招呼人从软卧车厢把东西拿了出来。

法国客人进入软卧车厢后,迷惑不解地问:“他们怎么愿意把软卧让出来?”当得知为他们让出卧铺的是省级领导,顿时感动不已。

“在有限的条件下,解决宾客交通困难,我们尽心尽力。”王尔康给我们讲了个导航轮的故事。

故事发生在20世纪80年代初。这天王尔康刚上班,总经理室的电话就响起来了。空军机场告知,原定明晨6时起飞的一架图-154包机导航轮要更换。图-154是苏联产的飞机,早已从苏联采购、用火车托运的一批导航轮,却因东北嫩江发大水,失去了联系,火车皮现不知道在哪儿。如果不更换导航轮,飞机就不能起飞。王尔康一听急了,飞机延误就要打乱客人下一站的旅行计划,这150多人的旅游团,一处乱就一路乱,怎么办?

空军也在想办法。全国发电报寻找,终于在空军所属的乌鲁木齐机场找到一个备用导航轮,但是得有专人去拿。王尔康一看飞乌鲁木齐航班还赶得上,马上派人出发赶飞机。如同一场争分夺秒的"战斗",终于在当晚12点前把导航轮送到空军机场,机械师连夜装换。第二天黎明,一声轰鸣,飞机按时冲上蓝天。王尔康与在场的国旅总社人员一直悬着的心,总算平静下来,脸上有了欣慰的微笑。

1978年到20世纪80年代初,中国民航、铁路都极其薄弱,交通与住宿,同时成为发展旅游的主要瓶颈,外宾对此啧有烦言。抗议呀,叫喊呀,但由于条件限制,都难以较快改善。当这些外宾回国后,形成的舆论却相当可怕,给中国的国际声誉造成的不良影响,还不容易改变。

20世纪80年代初,连续5批130多个美国客人在中国住不好,吃不好,特别是又因机票受困走不了,问题从民间反映到官方。不久,美国官方公开发布消息,说美国人到中国出不来,没地方住,对中国之旅亮出红灯。随即美国旅客骤减。美国旅行商说:"等到你们条件改善,我们再来。"

中国旅游业,是在种种尴尬的情况下起步。

4. 意想不到的尴尬

"民以食为天。"中国美食天下扬,正宗的有鲁菜、徽菜、浙菜、苏菜、闽菜、粤菜、川菜、湘菜等八大菜系,还有满、蒙、回、朝鲜等民族的特色口味,如烧、烤、涮。高档的有燕窝、鱼翅;中档的有甲鱼、螃蟹;北京烤鸭,杭州宋嫂鱼,四川太白鸭……任君享用,更不消说还有天南海北形形色色的风味小吃。说到吃,在中国总没问题了吧?

"你们想错了。"程文栋先生说,"当时在餐桌上出现过不少尴尬。"程文栋曾任国家旅游局副局长,担任过中国驻意大利大使,获过意大利"大十字骑士勋章"。他身材高大,声音洪亮而浑厚。他向我们讲述当年陪美国内务部次长一行人游桂林的事。

美国客人到餐厅坐下,提出要喝啤酒。

“对不起,没有了。”

“那就来点冰激凌。”

冰激凌是什么?服务员还是第一次听说,去问餐厅经理。经理脸红了,知道是知道,但餐厅目前还不会做。最后,客人说:“那就来杯冰水吧!”

经理派人出去跑,打电话到处联系,就是找不到冰水。

美国宾客耸耸肩,疑惑地瞪大眼睛问程先生:“冰水也没有?”

程文栋说起话来中气十足,说到这里,仰面哈哈大笑起来:“你看现在,要什么饮料没有?那时候连啤酒都没有呀!青岛啤酒,年初就拿钱去预定的,按计划供应。需求上报了,但只批下极少量。”

1979 年,14 个省市 54 个涉外饭店有个统计,每年短缺啤酒 2778 吨,而且多数啤酒质量很差,外国旅游者对喝不到啤酒很有意见。美国人晚餐想喝鸡尾酒,更让我们的餐厅经理傻了眼。那时只有少数涉外宾馆才有调配鸡尾酒的人才。

还有香槟酒问题。香槟酒是礼仪用酒,国外宴会大开香槟酒助兴,以显示宴会的隆重。可是,我们的餐厅香槟酒也奇缺,喝都不够,更别说是弄得“香槟喷溅宾朋乐”。

除了物资紧俏,由于对外国饮食忌讳不了解,也闹出一些不愉快的事。比如泰国游客忌吃牛肉,事先已通过陪同向餐厅打了招呼。数分钟后,服务员忙中出错,偏偏把一盘牛肉端上桌。

“哎,我们不是说了吗,不吃牛肉。”一桌人都火了,因为这被视为对客人信仰的侮辱!

港澳游客忌讳“炒鱿鱼”,因为在他们那里,“炒鱿鱼”是失业的代名词。但餐厅服务员对炒鱿鱼这道菜叫惯了,上菜就大声唱道:“炒鱿鱼了!”

海员忌讳“翻”。某餐厅服务员帮忙,把下半边未吃的鱼翻了个身,谁知外国海员无法容忍,把筷子一摔离席而去。

在饮食习惯上,国内外存在很大差异。外宾喜欢分餐制,中国餐厅总是老规矩,10 人一桌,合而食之,有时不足 10 人还不上菜,客人面面相觑,饥腹以待。

大多数外宾早上爱吃西餐,而许多餐厅还做不了西餐。早餐通常是稀饭、冷菜、点心,西方宾客很不适应。

还有一个让外国游客不满的是餐厅定时开饭,过时不候。早上得早起赶吃饭,晚上又没有专供客人喝酒聊天的酒吧间。

中国有“食在广州”一说,天上飞的,地上爬的,水里游的,经过煎炒烹炸、蒸煮炖煨，无不成了席上的佳肴。然而，那些精心烹饪的名菜端上来，外国游客问，这是什么？当得知这是某些飞禽走兽时，他们不吃了。餐厅说，你点的，我们做了，你怎么能不要？客人说，你写的不是这个东西。人家说得没错，我们写的“龙凤呈祥”，外国游客能知道那是什么？矛盾的焦点则是：有些“洋客人”反对屠杀动物。

许多餐厅还没有菜单，更没有英文菜单。每次吃中餐，外宾好奇地询问各种菜名。我们的传统菜名写在小竹签上，高高一排悬于墙，外国宾客不知那是什么。菜单可以充分展示一个餐厅的优势和特色，可惜那时我们还不知道利用。

有些问题一经外宾指出，改起来并不难。很快，印有中英文的精美菜单出现在各宾馆的餐桌上；也有了夜间小吃部，备有各种名酒、饮料、点心、冷菜、热菜。就餐时间不再限定。街头相继出现酒吧间，并迅速增加。

在旅游点进餐，更大的问题是卫生差。某些餐馆苍蝇就像轰炸机一样向饭菜袭来，外宾见了头皮发麻。有些餐馆厨房与餐厅只隔一矮墙，客人可以看到师傅打赤膊在大锅台上烫面条，食欲大减。

别小看“吃”，一日三餐谁能少？没有好的餐饮企业，就没有好的旅游环境。一个城市餐饮市场的成熟程度，反映了它的旅游接待力和综合实力。

为了让旅游外宾吃饱吃好，我们的餐厅师傅费尽了心思。常言道：“众口难调。”何况这“众口”来自不同国家和地区。甚至同一个团队，由于年龄、体质、职业、宗教信仰等不同，对饮食也有不同的要求，要细心地做到“看客做菜”。

师傅们很快了解到西欧人口味清淡，东欧人口味比较浓厚；非洲人以咸辣味为主，爱吃咖喱；法国客人吃点心，喜咸不喜甜；美国人饭前要喝饮料，日本人喜欢海鲜鱼虾；而尼泊尔等一些内陆国家对海味和水产品都不太适应；朝鲜人则喜欢蒜味辣味，对花椒八角等香料不喜欢；川菜，酸、甜、苦、辣、麻，五味俱全，外宾就消受不了，得改进。连炒个鸡蛋也讲究，有的要荤烧，有的要素做。这鸡蛋本来就是荤的，怎么个素做？荤的又分煎炒，素的还讲老嫩。

北京饭店等许多涉外饭店让宾客吃得最为满意。餐厅中西餐齐备、品种俱全，任君自选。中餐花样繁多，别具风格。山珍海味经高级名厨的妙手高技，做出色香味绝佳令人见而增欲的美味佳肴。包括茅台酒在内的多种饮料，任凭客人吃喝。咖啡、冰糕等冷饮都能及时送到。上菜、送酒、端饭，讲究礼貌，有条不紊。外宾们认为，在这里用餐是一种美的享受。交口称赞：“中国菜是世界第一流的。”

但是，那时没有太多的地方能像北京饭店那样。

5. 情动中南海

那时的中国旅行游览事业管理局，频于应付各种难题，像救火的消防队。北京和各地持续的住宿难的呼声，惊动了中南海。党中央、国务院领导清楚地认识到：住宿问题已严重制约、影响了旅游业的发展，乃至经济发展，得下决心解决住房“卡脖子”状况。临时建房来不及，原有的内部宾馆则是可利用的资源。1979 年，国务院一声令下，决定将北京和全国各地的内部高级饭店对外开放，划归旅游局实行企业化经营，挣外汇。

于是，中共中央、国务院、总参内部使用的北戴河疗养区别墅院舍、钓鱼台国宾馆其中两幢楼，率先对外开放，接待自费旅游者。

北戴河疗养区一开放，日、美、英、法、瑞士、加拿大等国的外宾一批批来到了北戴河，喜笑颜开地游山海关，在海滨沐浴阳光，划船游泳。

北京钓鱼台宾馆是名闻中外的国宾馆。800 多年前，金王朝迁都燕京后，金章宗皇帝常到大水池边钓鱼，流传下“钓鱼台”的名称。清朝，这里是皇帝行宫。中华人民共和国成立后，这里接待过许多元首级外宾。住房在湖水岸旁绿树丛中，环境幽静，高贵典雅。卧室宽敞、整洁，电冰箱、电视机等现代化的实用设备，一应俱全。1979 年 8 月 1 日，国宾馆首批接待了菲律宾首航旅行团，包括菲使馆人员共 70 人。接着又连续接待了日本、美国的旅游客人。宾馆还向每位入住客人赠送绣有“钓鱼台迎宾馆”字样的桌布、檀香扇。外宾为能入住原来只有国家元首下榻的国宾馆而感到兴奋和荣耀。

国务院开放国家“禁苑”，各省市争相仿效。

行动最快的是山东，把当地最好的济南南郊宾馆、济南饭店拨出。随后河北、四川、云南、天津、黑龙江、吉林等 10 多个省市都将本地“禁苑”开放，拨给旅游部门管理使用，自己要开会时就住一般饭店和招待所。

广东把白云宾馆和南湖宾馆拨给省旅游局管理使用，湖南省委将当地的“国宾馆”蓉园改为蓉园宾馆，接待旅游者。

浙江省委规定，省委开会一律不准占用接待外宾的饭店和宾馆。同时，让省机关事务管理局所属的新新和大华两个饭店，按照先外后内的原则安排用房。

广西南宁的西园饭店，人称“南宁国宾馆”；湖南蓉园宾馆，重庆市渝州宾馆，都是当地接待来华访问高级官员和中央首长的高级饭店，这些内部宾馆如无接待任务，都是常年空锁着。开放后，为国家挣到大笔外汇，结束了年年向财政部门要补贴的历史。

上海先后开放兴国宾馆、西郊宾馆和锦江中楼。

兴国宾馆又名丁香花园，相传是清末李鸿章宠妾丁香居住的地方。园内有三幢别墅式的建筑，内有苏州式的庭园，小桥流水，曲径幽回，假山亭榭，错落有致。

西郊宾馆是上海最大的内部宾馆,“十里洋场”少有的幽静处所。高级套房,豪华的客厅和新颖别致的酒吧、茶座,此外还有百亩诱人水面,可供住客划船、垂钓。

锦江中楼原来是接待国家元首用的专用楼,使用率极低;遇有重要国宾,则不光是中楼,连整个饭店都要提前控制床位,其他外宾不接或少接;任务过后,中楼还要休整两天搞卫生,清规戒律很多,没有接待任务只准空着,亏损由国家财政补贴。

各地高级宾馆原有的规章,在1979年被彻底打破了。

这些举措给旅游业发展吹来一缕春风,从一定程度上缓解了外宾食宿困难的矛盾。更为国家挣得许多外汇,可谓一举多得。

开放“禁苑”挣外汇,表明中国旅游开始从“外事接待型”向“积累外汇型”转轨,表明了中国高层领导支持搞旅游的决心。

除了开放全国各地“禁苑”外,国家旅游总局号召旅游部门紧急行动起来,改造原有招待所,解决住宿“卡脖子”问题。

当时提出的口号是:时间就是外汇,速度就是金钱。早一天改建成,为国家早一天收入外汇。

北京及全国各地都开始把老式的招待所住房,改造成带卫生间的套房。安装锅炉,整理床位,添置设备,疏通道路,组建车队,新建餐厅、礼堂、俱乐部……任务非常紧迫。

上海提出“修好一间,布置一间,安排一间”的口号,大挖住房潜力。在短期内改造、扩建旅游标准床位3000多个。

杭州马不停蹄,改造扩建2000多间标准接待用房。

有的地方“临时抱佛脚”,像救火一样抢时间。江苏有4个团百余客人将到达,住宿安排不下。如果临时打退堂鼓,既损坏信誉,又影响外汇收入。怎么办?省委听了汇报后指示:“接,决不能退!”马上组织人员装修双门楼宾馆三、四层。

这时,离接团的时间只有一周。楼体虽已建起,但还是个水泥框架,室内工程尚未动工。那时人干起活来有股子冲劲,不分昼夜,不讲报酬。南京一建公司多工种工人同时作业,安灯通水、油漆门窗、粘贴墙纸、为地板打蜡。无锡家具厂赶制的弹簧床、沙发,水运太慢,市城建部门抽出20多辆大卡车连夜送达。苏州提供灯具,镇江赶制拖鞋,扬州运来大浴巾,女工连夜缝被子。没服务员怎么办?调江苏旅游学校30名即将毕业的学员,提前上岗实习。

一周后,港沪119团等4个团如期到达,外宾们高兴地住进新楼。他们不知道，为此许多人连日忙得顾不上吃饭，一周就瘦了一圈，有的工人累得晕倒在施工现场。

重庆是刚开放的城市，接待条件底子差。市委下决心拨出200余万元重新装修宾馆。加班加点，为每个房间装电话机，铺地毯，安装空调，装淋浴设备。每栋楼添置了制冰机和电冰箱，还在宾馆内设立了邮政、电信、兑换外币的服务点和小卖部等。

还有个办法，像打仗一样争分夺秒投入"抢房间"战斗。

什么叫"抢房间"？

比如上海锦江饭店，有一批南斯拉夫100多位外宾早上6时刚离店，紧接着澳大利亚"珊瑚公主号"游船外宾100多人上午8时要入住，前后只有2小时空隙。10多个服务员争分夺秒，打扫房间，重新换上被套、枕套、毛巾、浴巾，在客人到来前已把一切都整理得井井有条。这办法，后来就叫"提高住房周转率"。

这样的紧张战斗，实际上不只是"抢出了房间"，多赚了外汇。我们从前许多跟国际通用的经营管理方式不接轨的观念，在这些从省级领导到普通服务员合力的"战斗"中，被扫除了，更新了。旅游业，其实是最早努力跟国际接轨的行业。

二、开放初年的阳光

20世纪的国际旅游业，在二次大战后开始重建。西班牙宣称："向世界出售太阳和海滩。"新西兰的旅游业已成为本国最大的产业之一……这是一个从旅游业开始恢复国际交往，进而重新结构各国实力的时代。中国旅游业严重落后，但我们毕竟有了新的开始。虽然刚走出"文革"，改革开放初年，那时的人心和品德，仍有多少纯朴动人的美景，值得抚今追昔。记忆告诉我们，那时"硬件"很差，但爱国之情、纯朴善良之心等蕴蓄民间的"软实力"却可以感动天地。

1. 梦醒时分

在改革开放前的30年，中国人并非不努力。中国人自力更生、勒紧腰带苦干了30年。但我们认识上出了偏差，我们对经济的认识严重不够，对旅游的认识就更加不到位，我们也还不懂得如何有效利用世界上的种种资源。

世界旅游组织于1975年正式成立，总部设在西班牙的马德里，到1979年已有101个成员国。同年，联合国报告说，旅游业现在是比钢铁与军备更大的企业。

改革开放之前的30年，我国旅游业几近于零，仅是为了扩大政治影响，搞些外交礼节性的接待，仅象征性收费。说白了，是贴钱的买卖。“文革”结束后，中国旅游业迈出了历史性的步伐。

外国旅游者第一次来中国，一下飞机，接触的第一个中国人就是导游。导游的一举一动、一言一行代表着中国人的形象。

一位意大利的旅游者对导游说：“马可·波罗向我们介绍了古代的中国，你带领我们游了当代中国。”

导游被称作“民间大使”，当个好导游是个不简单的事。有人羡慕导游，但不知导游艰辛，以为导游整天坐飞机、游天下，吃风味，工作就是游玩，优哉，游哉。有人看不起导游，“不就是个带路拎包的吗？”把导游看作是“伺候洋人”的差使。

导游有自己的自豪，最牛的语言当推这句：“在外宾面前，我是中国。在内宾面前，我是首都。”

王连义先生是河北人，大学毕业后一直在国旅从事导游、翻译工作，说话风趣幽默，是历届旅游大赛的裁判长。现在虽退休了，还在为培养旅游人才奔忙，写了不少导游方面的文章，是中国著名导游翻译专家。他说，导游是一项崇高的职业，导游的好坏，关系到祖国的声誉和尊严。

王连义还说，那时导游奇缺，特别是懂外语的导游更缺。在机场刚送走一个团，不用回来，下一个团马上就飞到了。名单早已在怀里装着，得掏出来熟悉熟悉。一年365日，多是车马船上行。未婚的导游没机会与恋人见面，已婚的导游常常要听爱人的怨声。十天半月不着家，这家还像家吗？中年导游，上有父母下有小，更有一本难念的经。

国旅总社有位日语女翻译，一年有200多天都在跑，年幼的孩子送“全托”，见到小孩时，孩子认不出妈。还有一对双职工，常年在外带团，丈夫回家妻离家，妻子回家夫出发。两人只好靠纸条传递思念之情。有的导游一年中登了300次长城，跑细了腰，磨破了嘴，倒地而宿。但能让来华的旅游者带着好印象依依回归，一年到头累是累，却也是充实的。

李维瑜大姐是中国旅游协会副秘书长，还是国家旅游局夕阳红舞蹈团的团长。30年前，李瑞环动员她转入旅游行业工作，从此改变了她的后半生。多年从事旅游宣传工作的她，十分健谈，她讲了这样一个故事：

有个美国老太太步履蹒跚，拎着两个大包，特别大。那时候，美国人认为中国物资贫乏，什么都带，大包装有衣物、成打的一次性袜子，巧克力、饼干等各种零食，各种药品，包括卫生纸，应有尽有。这个老太太的女儿也在这个团里，美国人的儿女是不大帮助父母提行李的，或许美国的老年人也喜欢自立。导游小张主动帮助老太太拎包，一路对她也特别关照，扶上扶下。

10多天后，分别的时候到了。在首都机场安检处，这位80多岁的美国老太太，动了真情，紧紧握住导游姑娘的手说："你能不能够跟我去美国？我收你为女儿。我有好多个儿女，他们从来不管我。我有10多处房产，可以送一处给你。"

姑娘回答说："我们国家的旅游业现在需要我，我的父母也需要我照顾。"最后她俯在老人耳边说，"将来，有机会我会去美国看您，您多保重！"

青旅接的100多人的华侨团，一路上住也住不好，吃也吃不好，汽车又颠簸，华侨很不满意。两个女导游急得不知怎么办才好。忽然，她俩站起来说："对不起大家，我们给你们唱支歌吧！"

她俩一起唱起了《我爱你中国》，一边唱着歌，一边流眼泪。华侨们被深深地感动了。最后导游说："请你们喜欢我们唱的这支歌，我们的条件一定会好起来，欢迎你们再来。"全团人员热烈鼓掌，有人也掉下了泪水。

有一次，北京飞西安的飞机发生故障，机身晃动，飞机上乘客是个美国团，机舱顿时出现骚动。两位导游是从北京第二外国语学院借来的大三女学生小李和小燕，她们很镇静，在高空中微笑着应对突发事件。

小李大声说："有亲人的请举手！"

一下了，大家举起了手臂。

小李和小燕也举起了手。

小李举着手说："我也有父母，还有一个小女儿。我不希望父母失去孩子，也不希望孩子失去父母。请你们相信，中国的航空是最安全的，中华人民共和国成立以来还没有掉过飞机呢！"

经她这么一说，大家的情绪安定下来。事后，人家问她们为什么那么镇定，两人都不慌神，配合挺好。她们也说不出为什么，但她们经历了有生以来最勇敢的时刻。

这时，空姐出来告诉大家，飞机将降落在太原整修。在太原等待的时间，为调节情绪，导游小燕开口说："我给你们说说我插队的故事吧！"她开始讲述怎样去北大荒，怎么学会干农活，怎么学会开拖拉机，怎么又考上了"二外"。

"有什么不理解，你们可以提问。"

客人很感兴趣，气氛立刻活跃起来。有人问起了"文革"这个敏感话题。"文革"与"改革"，一字之差，有着天壤之别。两位插过队的导游，对"文革"灾难有自己的理解，并没被难住，做了理智的答复。

有一老者感动地站起来说:“我们原来不敢问这些事,怕伤害你们。相信你们的国家,一定会一年年好起来。”两小时后,飞机重新起飞。

“我现在连她们叫什么名字都记不起了。”坐在我们对面的李维瑜大姐,回忆起这段往事时,感情充沛,眼角眨出泪花。

2. 穷得有志气

英国有个旅行商曾经带队到过 100 多个国家,深有感触地说:“只有在中国,不用付小费,也不必担心自己的行李。”

TIP(小费)是英语 To Insure Promptness(为了保证迅速)的缩写词。在国外,凡想得到快捷、舒适的服务,就得额外付给小费。这渐渐成为国外旅游业中的惯例。国外服务员都渴望得到小费,而且小费收入往往超过工资。

中国人不收小费,在当代是同“爱国主义、民族气节、外事纪律”糅合在一起的。在旅游行业形成的共识是:为宾客服务是应该的,不能收受额外的小费,也不应接受旅客馈赠的礼物。刚开始,外宾对中国导游、翻译,包括行李员、清洁工在内的饭店服务员一律不收小费,很不理解。

小刘是北京小天鹅酒家年轻的厕所保洁员,每当外宾塞给她小费时,她总是婉言谢绝。有位瘫痪的外国老太太,小刘小心地搀扶着老人上完厕所,帮老人穿好衣服,又把老人推回餐厅。老太太要给她小费,她坚决不要。老太太要回国时,不顾陪同的劝说,偏要专程到酒家卫生间再去看望一下“那个善良的姑娘”。

1979 年 6 月的一天,国旅翻译小王全程陪同比利时华兹旅行团游长城、十三陵,十分劳累,正准备休息,一外宾请他到团长房间里去一下。小王心想还有什么事没办好,匆匆跑去。一进团长房间,发现已有 6 位外宾坐在床边等他。团长拿出一个大信封说:

“我们这次来中国旅行太愉快了。你对我们非常友好,十几天来一直陪我们参观,很辛苦。为了我们,你离开了你的妻子和孩子,我们很感动。这是大家拼凑的两千元钱,表示我们的一点心意。”

小王慌了,连忙摇头摆手谢绝:“钱我不能收,绝对不能收。你们的心意我领了。”他的回答使外宾们既惊讶又不安。

国旅沈阳分社翻译小张陪一个美国旅行团,该团领队几次要给她小费,小张都笑着谢绝了。在该团出境时,领队竟发了“火”,丢下装有美元的信封上了飞机。小张无奈,只好先收下,按规定上交给社里。

老干部们都说,当时导游都不收小费的,就是收一支笔也上交。这是导游的天职。“选择了导游这个职业，就等于选择了奉献。我们是中国人，要表现出有国格，有人格。”那时，这话很普遍。

还有太多拾金不昧的故事。

香港同胞张送和夫妇到八达岭游长城，忙于拍照，过后发觉自己携带的黑色小皮包丢失了，里面有护照和全部随带钱物。午餐时，桌上气氛沉闷，同伴都在为他俩发愁。忽然，门帘拉起一角，八达岭交通警察彬彬有礼地探头询问：“你们这里有叫张送和的客人吗？”

张先生惊愣地站了起来：“我就是。”

“您的皮包被解放军同志捡到了，请您清点一下吧！”

一句话顿时打破了室内沉闷许久的气氛，全队客人不约而同地站起来鼓掌，热烈地鼓掌。皮包内有万元港币、支票和有关证件，无一缺少。张先生热泪夺眶，激动地紧紧握住交通警察的手说：“奇迹，奇迹，简直不可想象啊，太感谢解放军了！”

对外友协参观团一位外宾，不知怎么把夫人结婚时赠予他的金手表丢了。他说这块金表的价值并不重要，重要的是他爱情的信物。正躺在床上郁闷时，帮助寻找的陪同翻译回来了，笑眯眯地向他伸出右手。天哪，他的“思念之物”居然在导游掌心上闪闪发光。外宾高兴得像孩子般从床上跳起来。

“在哪里找到的？”他问。

“是两位重庆工人在大街上捡到的。”

“大街上？”

“对呀！他们捡到，看这东西不像是当地人的，就马上送到这住外宾的宾馆里来了。”

“上帝啊，中国人不可思议！”

法国全球旅行团卢尔丹勒夫妇走出王府井书店。

闹市中，卢尔丹勒夫人忽然惊叫皮包不见了。只见有个中年人穿越人群快步朝他们跑来，手上挥动着她熟悉的法式小包。来人气喘吁吁地说：“刚才，你们在我身边买磁带走后，我发现这个包，是你们的吗？”

卢尔丹勒夫人连声说：“是，是。谢谢，谢谢！”

陪同的翻译请他留下姓名和工作单位，他微微一笑：“我是北京小学老师。”说罢，颇有礼貌地用手势告别。

卢尔丹勒先生说，西方这种事情已经很少见了，而偷窃在西方国家猖獗，使旅游者生畏。“中国人的美德，同你们的万里长城一样，太棒了！”

停泊在大连港的日中九州友好之船，晚上9点要起航出境。傍晚，一位老年团员神情紧张地对陪同老赵说：“我有40万日币忘在宾馆房间的床下面了，怎么好？”

老赵很自信地说：“别焦急，只要您没有记错，就一定能找回来。”老赵当即把此事转告辽宁大厦保安部，大厦保安立刻到客人所住的305房间床底下寻来找去，没找到。最后是在枕头套里找到了一叠日元，清点后不是40万，而是57万日元。国旅沈阳分社马上派专车将钱送上船，这时离开船还有一个多小时。

失款复得的日本老人含泪鞠躬：“真是听说千遍，不如一见。中国人的道德是世界上最高尚的。”他抽出一大叠日币，酬谢前去送钱的翻译。

“这是我们的职责，您拿钱感谢是不合适的。”翻译说。

“对不起，对不起！请原谅，我失礼了。”日本客人再次鞠躬，热泪滴在甲板上。

说起来宾客们也太粗心了。虽然陪同人员经常提醒客人妥善保管好随身物件，叮嘱客人不要将贵重物品和钱币随便乱放，但旅游途中遗忘钱物时有发生。有的把瑞士表留在洗手间，有的把珠宝掉在沙发缝中，有的把钱包丢在柜台，有的把装巨款的手提箱忘在餐厅……

北京饭店、民族饭店、友谊宾馆、和平宾馆等涉外宾馆，1979年来就有1500多起拾金不昧的事。多的一个皮包就有数万美金，除了现金、旅行支票外，还有照相机、摄像机、录音机、手提箱、手表、金银珠宝等等。

许多失主情真意切地拿出金钱财物表示感谢，但没有一人肯接受。一位饭店服务员，面对外宾3000元酬谢，淡淡地说了句“弯腰之劳不用谢”，继续埋头擦餐桌。

那时，我们刚刚走出“文革”的岁月，大家都不富裕，但穷得有志气。这种“贫贱不移”，令外宾敬佩不已。

这些拾金不昧者都是些普通百姓，有领班、出租车司机、空姐、清洁工、餐厅服务员，还有工人、农民、售货员。改革开放初期的人心人情中，有那么多的阳光。外国人听说中国有个雷锋，赞扬说“中国遍地雷锋”，这并不过分。尽管“文革”也给西方人留下复杂的记忆，但改革开放初期，许许多多的外国旅游者，就从遍布中国各地普普通通的拾金不昧者中，认识到真实的中国人，他们用不同的语言说出一个共同的声音：“中国人，了不起！”

3. 世界需要热心肠

这里所述的故事，有些是救人性命的大事，更多还是生活中鸡毛蒜皮的小事，无论大小,都在讲述:世界需要热心肠。

70 岁高龄的美国史密斯先生在攀登到长城第四座烽火台时,突然软瘫晕倒在地,脸色苍白,头冒冷汗。正在长城上执勤的某部警卫连指导员带领几名战士,把史密斯先生背到长城脚下休息室,又请八达岭特区医务室大夫赶来抢救。经诊断,是高血压病突发,幸亏及时抢救,使史密斯先生病情缓和,转危为安,事后未收分文诊费。史密斯先生感动地说:"在美国,一点小病求医都是要付出昂贵医药费的,中国不可思议。"

有一年冬天,在西安旅游的日本游客高田先生,晚餐多喝了点酒,带着几分醉意,一个人抱着刚买的"三彩马"走到宾馆湖边时不慎一脚踩空,连人带物跌入宾馆内的湖中。立刻有三个宾馆工作人员跳了下去,费了好大劲,才把冻得发抖的高田先生救上来。当知道他买的"三彩马"还在湖中时,正在看电影的渔工老雷赶来打捞。老雷在冰冷的湖水中,东摸西找,好一会才找到。

"救人还救马"的故事传开后,团长杉木宽先生带领全团人员对全馆工作人员表示衷心感谢。高田先生激动地拉着救命恩人的手说:"中国伟大,中国人民伟大。"

希腊专家维内察努是个幽默的老太太,乘"伏波号"游船游漓江。午后天气骤然转寒,阵阵呼啸的江风掠过,维内察努上衣单薄,下身穿条绸裙子,全身冻得直打哆嗦。她躲进船舱,在胸前画着十字,闭着眼睛喃喃祈祷:"上帝呀,给你儿女一盆火吧!"

没想到她的祈祷还真灵验,过一会儿,一盆暖融融的炭火变魔术般地出现在她的面前。老人高兴得蹦起来,飞身旋转跳起希腊舞。原来是航运公司干部老周见她冻得不行,生了这盆火。

日本 CITC26-217 团的翻译小吴下午在昆明西山游览时,突然发现该团成员安田正士先生走丢了,他是位 73 岁高龄的老人。小吴焦急地向国旅昆明分社报告。

客人失踪这事非同小可。大家奔赴现场寻找,几个小时都没找到。正急得要向公安局报案时,出人意料,安田先生比寻找他的人先回到了昆明饭店。原来是一位采草药的青年山农护送他回到饭店。分手时,安田先生把钱包里所有的钱倒出来,要送给他。青年人坚决推辞,连垫付的船、车、电话费也不收。

年轻人说:"你迷路了,人生地不熟,送你回来是应该的,不要感谢我,每个中国人都会这么做的。"

安田先生感到遗憾的是,他忘了问这个青年的姓名。

西欧旅游团正在无锡第一缫丝厂参观,兴致正浓时,大家发现一个上了年纪叫瑞特的外宾不知上哪了。一找,原来瑞特先生因为手术留下的后遗症,不方便蹲坑,大便拉在裤子里,困在厕所出不来了。陪同的是个大姑娘,急得团团转。

一个工人师傅说了句:“交给我吧。”

这位工人师傅带他去洗澡,又给他找来裤子换上,叫车送他回饭店休息。瑞特先生感激地说:“在无锡,我不仅游览了江南水乡美丽的风光,还领受了中国人的美好心灵。”

4. 百闻不如一见

北京全聚德宴会厅,青旅正宴请回国观光的香港同胞,酒过三巡,席间气氛达到高潮。

一个20多岁的年轻人,悄悄地把当时主管接待的董衡拉到一边,说:“你猜我是哪来的?”

董衡说:“你不是从香港来的?”

他神秘一笑:“不,我是从台湾来的。”

董衡当时是团中央青年旅行部部长,听了一愣,但马上反应过来:“那更要欢迎了!来了,有什么感受?”

“我在台湾听说共产党都是青面獠牙的,很凶,六亲不认的。老百姓生活很苦,现在我亲眼看到的,和以前听到的,完全是两回事。”

数十年的封闭,造成世界不了解中国,中国也不了解世界。

1976年1月,邓小平的头像首次出现在美国《时代》周刊的封面上。封面左下角注明“周恩来的继承人:邓小平”,右上角的醒目标题则是:“中国:朋友还是敌人?”这种说法明白地在告诉世界:对于红色中国,他们还摸不透。

很久了,西方人对中国一直有一种“神秘感”,对中国的认识还停留在几十年前甚至百年前的清末,不少国家的不少人,以为中国人穿着长袍马褂,瓜皮帽的后边还拖着一条长长的发辫。我们对外界也不了解。1972年“乒乓外交”之后,我们才改变“美帝纸老虎”的说法。

因为封闭太久,在刚开放的一些内地城市,金发碧眼的女郎,高鼻子白皮肤的外国人一出现,常常有人围观看热闹。胆大的小孩,蹲在地上去摸外国人腿上长长的黄毛。

1982年,法国可尼旅行社一行26人来华旅游。该团大部分成员都是首次来华,带着对中国的种种猜疑而来,甚至有人认为中国还处于“文革”动乱之中,年轻人还戴着红袖章。十几天内,他们参观了工厂,在农村用餐,漫步街道,同中国百姓交谈接触,他们的看法变了,惊叹不已。他们感受到中国人民是勤奋向上的,中国不简单,要保证十亿人民吃饭穿衣,维护着社会安定,这几乎是一种奇迹。

研究中国问题的学者,十分关心中国的人权问题、用人制度问题。改革开放后中国干部政策也有了变革,取消了用人看阶级成分的做法。上大学、分配工作、婚姻、考核等许多方面,阶级成分不再是考虑的因素。过去因所谓"出身不好"而受歧视,使之终生不与别人平等的现象已经得到纠正。这是改革开放以来政策上一项最大的改革。这些情况让外宾们听了看了耳目一新。

前西德旅游者古斯塔夫·穆里瑞说:"中国之行使人满意,作为一个从遥远的欧洲来到你们国家的旅游者,我看到了中国的希望。"

有个由教授、医生31人组成的美国旅游团,带着各种偏见到中国来旅游。埃德先生是康斯坦丁大学教授,他一直认为中国人思想和行动都不自由,工作艰难,生活困苦。其情形也有点像我们以为他们那儿的人民"生活在水深火热之中"。

埃德先生为了证实自己的观点,带了10打彩色胶卷,准备拍摄"证据",以便回去说服不同意他观点的人。到北京的第一天,他起了个大早,自己一人从前门饭店走到虎坊路口,只见人行道上的行人和大街上的骑车人,都衣着整齐,精神愉快,有的还微笑着用英语友好地向他问候:"早晨好!"

埃德先生迷惑了。

最后,他说:"看来,过去听说的不是事实。"

这个团的狄先生是美国有名的医学博士,到上海患了感冒。陪同劝他去医院治病,狄先生摇摇头说:"中国还没有给我看病的设备。"

陪同拿出自备的中药板蓝根,用开水冲开后对他说:"你试试,这种药与咖啡味道差不多,能解暑降温呢!"

博士半信半疑地喝下去,没想到第二天一早就不打喷嚏了。狄先生夫妇笑着找到陪同又要了几包。事后狄先生说:"太神奇了!简直不可思议!"临别时,狄先生一下子买了200包板蓝根带回国。

这个团有个精神病老专家利奥奈德,在去云冈石窟的路上,洪水从公路漫过,汽车过不去。正当游客们站在水边发愣时,有个过路农民微笑着走到利奥奈德先生身边,边说边打手势。

老专家想想,掏出了钱包。

农民急得直摇头。

陪同翻译赶忙解释:"他是说水不深,他可以背你过去。"

老专家为自己的误解感到内疚。

农民背起利奥奈德先生涉水往前走,其他外宾纷纷脱鞋挽裤,兴奋地跟在后面,顺利地到了对岸。过后,利奥奈德先生告诉陪同,他的两个身强体壮的儿子也在这个团,但只是站在他的身边袖手旁观。

百闻不如一见。这个团在中国经过短暂的17天行程,离境时他们坦率地承认,事实让他们改变了对中国的看法。

美国哈佛大学5位美国大学生回国后给国旅总部寄来感谢信,信中说:“我们在美国听到的中国,同我们在北京亲眼看到的中国,完全不一样,中国人民十分友好!”类似这样的海外来信,每个月能收到一大摞。

40多年前曾在北京生活过的泰国徐安纳女士故地重游,兴奋地说:“北京变得认不出了,比想象中还好。”

世界已经看到一个日益开放的中国。

5. 公鸡太太汤

当年,有许多友好人士对我国新兴的旅游业导游短缺、航班延误、火车晚点、服务欠缺等种种问题,提出过很多批评。

八达岭火车站没有候车亭,只有一块站牌,旅客上下火车非常不便。等候乘车的旅客,只能在空旷的野地里站着。烈日暴晒,下雨挨淋,外宾对此反映强烈。于是旅客候车亭相继出现,车站、码头、街口醒目的指示牌多了起来。

飞机行李舱的门打开,舱里的行李哗啦啦都掉到接运卡车箱里。外宾看到这种“快速卸货法”,惊讶得张大了嘴巴。有人对这种野蛮方法提出批评,机场很快就改进了。

广州宾馆小卖部只收港币,美国、墨西哥外宾要喝可口可乐没港币便买不到。能否通融一下,用美元或人民币呢?服务员说:“上面规定,没办法。”反映到经理那里,死规定变活了,宾馆有了外币兑换窗口。

韩素音女士曾激动地问,为什么饭店服务员不帮助游客搬行李?起初,我们确实还没有这种观念,有人提出,也很快改进。

有些服务员认为自己一天到晚伺候洋人,低人一等,这样的心理感觉也是存在的。如此,哪能有笑脸?干活也没劲。宾馆开展了“微笑服务”活动,我们开始懂得,如果出了差错,微笑能代表道歉。微笑是快乐的精灵,一个微笑能使人快乐一天。

国外酒店同行热心地向我们介绍国际酒店十条标准:笑容、礼仪、整洁、责任、守时、忠诚、尊敬、服从、效率、勤勉。我们组织员工学习，开始认识到在客人眼中，"我就是酒店，酒店就是我"的道理。

刚从招待所转成外宾接待的，服务员带有招待所的老传统，把被子叠得方方正正，外宾一眼看去像到了军营。经指点也学会宾馆的做法，平铺于床，为客人掀好一个角，这有如道一句"晚安"，使人安然入梦乡。

英语指示牌常出错，"游客止步"的地方挂着"自由出入"，甚至男女厕所英语的使用也不正确，使人哭笑不得。一经提出，及时更换。

问题总还是有很多。桂林一些宾馆水泵压力不够，导致房间缺水，服务员就一桶桶提上楼去。但是，导游，特别是服务员外语水平差，一时却难以改变。

在外宾下榻的宾馆里，翻译不可能处处相陪，吃饭点菜、问讯、洗衣、打电话、拍电报、兑换外币、修理物件等，都找服务员。由于语言不通，只有靠比画、猜想办事，闹过不少笑话。

外宾想吃荔枝，端来了辣椒；想上洗手间，端来了一盆水。有位刚洗完澡的客人，向服务员要一个接线板，服务员却请来一个医生。一位美国老太太怕冷，说要加一床毛毯，而领班听成白兰地，于是送去一瓶酒，老太太掩嘴而笑。一个日本游客反映暖气管漏水，服务员赶忙送来两壶开水，游客着急地说："我不是要水！"

在一次宴会上，端上来一盆"人参母鸡汤"。

日本客人问："这是什么？"

翻译忘了"母鸡"这个词日语该怎么说。灵机一动，指着盆里的母鸡，笑着对客人介绍："这是公鸡太太和人参做成的汤。"

客人们听后全都捧腹大笑。

有些不懂外语的服务员，见了外宾能躲就躲，能避就避，溜之大吉。不敢主动和外宾接触，怕外宾提问题自己听不懂，出洋相，外宾一按电铃就发怵。有的宾馆为应急，把仅有的几个会外语的服务员调来借去，非常被动。

国旅杭州分社想出救急办法，编写了56句短小的日常用语，用英文、中文和汉语拼音分别印在56张状如扑克牌的卡纸上。当双方因语言障碍陷入窘境时，就可找出卡片中表达其意的那一张，解决问题。

更好的办法是突击学外语。许多宾馆掀起了学外语高潮，服务员虽然文化水平都不高，但学习相当刻苦。利用一切空余时间，练口语，听外语广播。有个服务员已是两个孩子的母亲，东方刚放亮就起身学习，晚上躺在床上也念念不忘背单词。

冬季是旅游淡季，全国旅游行业掀起了冬季练兵热潮，餐厅服务员练端盘子基本功，客房服务员练清理房间卫生的速度，晚上又上夜校学外语。

三、破冰之旅

一个变革的时代，各种观念可以来自四面八方，但富有成效的行动，总是出自那些颠沛跋涉的实践者。谁曾想到，旅游业在开放初会如此艰难地为突破旧观念、旧体制，充当着开路先锋的角色……过去的年代，问题恐怕不在于观念陈旧，多少人应有的独立思考功能受损，就无法创造性开展工作。旅游业的破冰之旅不唯发展了旅游，在改变社会营造新风诸方面，可以用一句著名的诗来表述：“沉舟侧畔千帆过，病树前头万木春。”

1. 传奇局长卢绪章

卢绪章这个名字你也许不熟悉，但提起电影《与魔鬼打交道的人》，许多人会想起影片中的男一号张公甫。张公甫的形象，就是依据卢绪章的传奇经历塑造的。

卢绪章曾经长期从事共产党的地下秘密联络工作，公开身份是大老板。他与国民党上层人物陈果夫、陈立夫等打得火热，并取得了国民党少将参议的头衔，通过孙科等头面人物与苏联做生意，为共产党挣取了数十万港币的活动经费，国民党高官蒙在鼓里，中共也只有周恩来等极少数人知道他是“红色资本家”。中华人民共和国成立后，卢绪章出任中国第一任进出口公司经理，后担任外经贸部常务副部长，人们敬佩卢绪章，常在他面前拿电影《与魔鬼打交道的人》说事。他自己并不喜欢这个称呼，一切都已过去，他再也不是“与魔鬼打交道的人”。

1978 年 10 月 17 日，卢绪章走马上任。这时旅游面临的困难重重，他可说是“受命于艰难之际”。贯彻对外开放、对内搞活的政策，搞好旅游业，是他的重任。我国有发展旅游业的丰富资源，首先要搞好铁路、机场、码头、电讯等基础设施，还要动员各方面力量来办旅游，大胆利用外资、侨资来办旅游。

为加快引进外资步伐，小平授意国务院成立“利用侨资、外资建设旅游饭店领导小组”。由国务院副总理谷牧任组长，陈慕华、廖承志等人具体分管，办公室设在国家旅游总局内。

“小组”于 1978 年 11 月成立。名为“小组”，实为国家部级的机构。小组成员有国家计委、国家建委、外交部、轻工部、商业部、外贸部、铁道部、交通部、民航总局、财政部、中国人民银行等有关部门的负责人。可外商不理解，经常问：“你这个小组是什么级的？”为此还得费一番口舌。

小组下设办公室，简称“侨外资办”，卢绪章兼任办公室主任。卢绪章熟谙市场经济经营之道，举止沉稳，丝毫没有“大干部”的派头。上任伊始，卢绪章动用自己的“老关系”，以国家旅游总局的名义，邀请一批实业家、旅游专家组成海外旅游考察团到中国考察，目的就是请他们了解中国改革开放的好机遇，吸引他们前来中国投资，对中国旅游设施的改进提建议。考察团成员有美国波士顿财务公司、凯悦国际酒店集团等机构的负责人，夏威夷大学的校长和旅游学院的院长，还有世界著名的美籍华裔建筑师贝聿铭，香港企业家杨元龙、车家骐、朱民康、杨敏德及旅馆、酒店专业人士。

广州、上海、南京、扬州、无锡、苏州，夏威夷旅游学院院长朱卓任每到一地，都向旅游同行们介绍世界旅游业的发展情况。朱民康先生从凯悦国际酒店集团选来了18套有关旅游接待、酒店管理和旅游从业人员训练等方面的影片，沿途放映，使各地的旅游业人员大开眼界。

经卢绪章牵线和实地考察，国旅总社和香港侨美旅游事业有限公司于1978年11月13日签订了投资协议书。主要内容是在北京、上海、广州、杭州、南京、苏州、无锡、扬州等地分两期合作建造五万间房间的旅馆，全部利用外资，待旅馆建成后以部分房租逐年偿还。

“老去又逢新岁月，春来更有好花枝”，这是多好的开端，卢绪章兴奋得睡不好觉，恨不得马上付诸行动。

可是这时党的十一届三中全会还没召开，投资软环境还没形成。姓“社”姓“资”还是个敏感的话题。什么能干，什么不能干，大家心中都没底。这一协议在北京实施时就遇到阻碍，包括征集土地、税收标准、拆迁政策等等，当时都是一片空白。国家旅游总局碰到了难题，一时无法进一步商谈。

外宾来了，不是来上“五七干校”的。得让人家住好、吃好、玩好，他们才愿意来。这就需要搞活旅游业，需要把旅游业作为一种重要的产业来抓。

为了争取时间，卢绪章当机立断，干不了大的干小的，建不了新的改旧的。马上促成侨美公司和北京市第一服务局合作，签订了北京香山、西苑两饭店的建设和民族饭店的加建、改造工程的合同。民族饭店率先请香港的名设计师改造装修了两间富有民族风味的样板房，供参观仿效，同时开始兴建燕京饭店。

广东珠海最先展示出“大手笔”。自1979年以来，珠海先后引进一亿五千多万港元的资金，以合作或合资、独资的形式兴建宾馆、酒店、游乐场、度假村等。1980年10月最早建成的珠海石景山旅游中心，是国内第一家外资独资的饭店。

1978年底，船王包玉刚先生提出要来观光。

当年参与接待的袁宗堂先生，如今已是76岁的古稀老人，先后担任过国家旅游局企业管理司、资源司司长兼北京兆龙饭店第一任总经理。如今他已是中外酒店业内的知名人士，如同“酒店活神仙”。2007年获得了“中国酒店业终身成就奖”，中国获此殊荣的只有两人，另一位是侯锡九先生。

袁宗堂回忆当年，说包玉刚要来的三天前，卢绪章就叫他去北京饭店要住房，要不到，袁宗堂就坐在那儿等，还是没有。到晚上只好打电话向国务院反映，经过国务院同意，好不容易调整出一间单人房。结果与包玉刚同来的妹夫李伯忠只能在他的房内打了个地铺。

包玉刚是世界船王包兆龙的接班掌门人，与卢绪章是姑舅亲，又都是宁波老乡，两人私交甚深。这对30多年未见面的亲戚加老乡见面时，没有“泪汪汪”。包玉刚直言不讳：“你这个旅游局长是怎么当的？连我来，房间还要加塞，如果传出去，岂不是天大笑话？”

卢绪章为人忠厚朴实，不善辞令。他充满歉意。

几天后，包玉刚了解到当时国内旅游宾馆出奇地困难，国家旅游总局办公场所也特别小，几十个人挤在一起，两个人才一张办公桌。两个副局长共一个办公室，来个人谈事，另一个还得主动回避一下。包玉刚表示，我出1000万美金，800万盖个饭店，200万给你们盖楼。此行他还捐资给上海交通大学建图书馆。

应该说这是“天上掉馅饼”的好事，但还是有人反对。

因为包玉刚提出，饭店的名字要用“兆龙饭店”。兆龙是包玉刚父亲的名字。反对者说：“这不是为资本家树碑立传吗？”

包兆龙为包拯第28代嫡孙，也是个爱国华侨，曾屡捐巨资赞助祖国建设。对那些反对者，我们今天能说什么呢？只能说，为什么总有些人的思想如此僵化、不开窍？

卢绪章很高兴，他说包玉刚的爱国不是挂在口头上，而是实实在在表现在行动上。他是继承中国传统美德的国际企业家。卢绪章直接想办法把消息报告给邓小平。邓小平明确表示支持，并说，人家要表示孝心，用父亲的名字，有什么不好？后来小平不仅会见了包玉刚，还亲自为“兆龙饭店”题写店名，亲自参加了“兆龙饭店”开业庆典，此为后话。

2. 第一批旅游饭店

李玉莺曾陪同宋庆龄访问苏联，见过斯大林。她还担任过郭沫若的外事秘书，曾是国家旅游局的一支“笔杆子”，人称才女，改革开放初期许多文件出自其手。

她参与了建国饭店、长城饭店、金陵饭店、白天鹅饭店等涉外饭店的谈判，对中国引进外资建设的进程，可说是了如指掌。

2008 年她 78 岁了，两鬓如霜，依然才思敏捷。李玉莺大姐向我们敞开记忆之门，讲起了 30 年前引进外资建饭店的艰辛故事。

“第一个引进外资建造旅游饭店的意向书，是在北京饭店签订的。时间是 1978 年 10 月 8 日。”李玉莺说。

外方谈判代表是泛美航空所属的洲际饭店公司董事长保罗·希莱恩。小平同志对这次谈判非常关注，外方到达的第二天上午就亲自会见了泛美航空公司董事长西威尔和洲际饭店公司一行客人。

西威尔提出拟建 5000 个房间的饭店。

小平说：“我们要积极努力创造更多的条件，建 5000 个房间的旅馆是可以商量的，也可以再多一点。先建 5000 间，还要看建在什么地方。”

小平还说：“这里边有些具体问题，建房条件要研究。”

但小平同志亲自过问的这个项目，却因种种原因再无进展。此后，最先谈成，又经国务院批准的中外合资项目是北京建国饭店，接着有北京长城饭店和中日航空食品公司，这三个合资项目都是旅游企业。

李玉莺大姐说：“我说说建国饭店从审批到施工建成的过程，你们就会知道，开始引进外资的时候，有多么艰难。”

建国饭店外资方是美籍华人陈宣远，他是廖承志的远房表亲。廖承志举贤不避亲，动员他来中国投资。陈先生是个爱国的建筑师，在美国经营一个建筑事务所，在美国加州旧金山拥有帕萨迪娜等四家假日饭店。他对投资中国充满信心，1979 年 2 月就到北京考察，有关建国饭店的谈判进展相对顺利。陈宣远真心诚意想为国家做点贡献，许多条款都做了让步。他甚至表态：饭店经营 10 年后，把他的股权以 1 美元价格，卖给中方。

既然只卖 1 美元，那为什么不干脆白送呢？

陈宣远说，不能白送。按照美国的法律，在国外投资白送就是违法。但可以卖，至于卖多少钱由业主说了算。

如此说来，外方的条件是相当优惠了。可是，当时许多人，包括有些国家部委办的领导都不理解，对建国饭店建与不建的问题各持己见。国家某部委负责人说：“合资饭店都是亏本赔钱的，怎么能借钱干赔本的买卖？”

有人还拿出“可行性分析”，认为建国饭店经营 22 年后，要还清借贷的本息，还差 2 万美金。这个“可行性分析”被作为一种“科学论据”，有人据此反对上马。

反对呼声强烈！

小平同志还是在关于同意建造建国饭店合资酒店的批文上签了字。今天我们仍能看到，在这份批文上，有国务院总理、14位副总理和全国人大常委会副委员长廖承志等共16位国家领导人的批字或圈阅，对建造一个饭店如此慎重，是很少见的。

李玉莺大姐清楚地记得，审批的时间是1979年6月12日。批语中还强调："这是我国与外资合作建造和经营的第一个旅游饭店，可以作为试点，创造点经验，请各有关部门积极给予支持配合，争取尽快动工建成。"

有了"尚方宝剑"，事情看来可以一帆风顺地进展下去，哪知道阻力依然很大。在设计、选址、拆迁、贷款、施工等过程中，依然困难重重，几乎每走一步，都遇到阻力。

陈宣远本人就是建筑师，由他设计是顺理成章的事。反对意见来了："中国的饭店，为什么要外人来设计？"

庄炎林是归侨，时任国家旅游总局副局长，又是"侨外资办"常务副主任，许多具体事务得跑上跑下，忙前忙后，常常到下半夜才进家门。多干事者多受气，种种飞短流长向他袭来：

"请客的钱加起来，就可以盖一座大楼了！"

"建合资饭店是与外国资本家联盟，一起赚中国人民的钱。"

"咱们卫星都能上天，还怕盖不成饭店？"

"这点事，要去求洋人，岂不是丢中国人的脸吗！"

还有人写匿名信，用语从"崇洋媚外"到"卖国主义"，还有"丧失阶级立场""丧失民族气节"等等，引进外资建饭店，简直就是罪大恶极了。

李大姐说，现在看来十分明白的道理，在那年月却是说不清。引进外资建饭店，面对四面八方的反对意见，有些声音可以置之不理，有些意见你还一定得去解释。

1980年9月五届人大三次会议期间，建国饭店已经开工了，一些全国人大代表就引资建饭店提出质疑。庄炎林只得带着李玉莺等人去向人大代表作解释，就饭店的合作方式、建筑设计、材料装修、偿还能力等问题一一作说明，并强调旅游住宿如何困难，争取人大代表的理解与同情。

建设建国饭店的批文1979年6月就批了，到1980年6月20日才正式破土动工。我们整整失去了一年宝贵时间。

谷牧副总理当时分管旅游工作，他曾在国家旅游局情况汇报中批示："我很同情旅游业，现在谁也没有否决权。”

施工期间又遭人为阻挠。原来建国饭店后面是国务院某部的宿舍楼，他们怕建成后会遮挡阳光，不让建。

其实，原定方案已做了修改，在后面有宿舍的一方只建四层半楼房，以保证阳光能照到一楼窗户。但有些人白天公然到工地吵闹，晚上把笨重的搅拌机掀翻，拆毁施工围墙。施工受阻，“侨外资办”只好向国务院求助。

邓小平在百忙中批示：“有理也不能闹，何况无理！”

这才平息事端。

与此同期，另一合资项目长城饭店，经过 5 次艰苦的谈判才算成功。从立项到开工建设，共有 8 位副总理先后做出重要指示或批示，最后是谷牧副总理批示：“我主张继续干。”

长城饭店的施工时间也延误了一年之久。

北京丽都饭店是与新加坡侨商罗新权合作的项目。对方按照协议在国外设计和订购材料，花了不少美元，我方因此想告吹。罗新权没办法，写信给邓小平求助，诉说情况。小平接信后立即批示：必须守信。当时有许多行将夭折的项目在小平的亲自关怀和支持下救活了。

李玉莺大姐说，建国饭店后来的事实，让反对者鸦雀无声，更重要的是为后来引进外资树起了榜样。饭店 1982 年 4 月开业，当年开业当年受益，全店员工人均创汇超过 2 万美元。此后，利润一年年往上翻。仅仅用了 4 年时间，就连本带息全部还清了汇丰银行 2000 万美元贷款。10 年所创的税利等于 7.6 个建国饭店的投资。

当初的改革开放基本是两个大思路：一个是农村家庭联产承包责任制，还有一个就是开始引进外资。“京字第一号”的建国饭店，其意义不仅是建了个饭店，而是开启了新时期中外合资的先河，为全国各行各业引进外资树起一个鲜明的标杆。

之后，北京长城饭店、兆龙饭店，广州白天鹅宾馆，南京金陵饭店，各地引进外资新建饭店如雨后春笋拔地而起。

1988 年 3 月，陈宣远在美国寓所溘然病逝。

国家旅游局发了唁电。大家没有忘记这位海外赤子。是他不惧风险，开拓了中国引进外资之路。人生一世，草木一秋。我们不知道他是否早有生命的预感，在 1979 年的谈判桌上就提出“10 年”这个限期，以“1 美元”的价格把饭店股权卖给祖国。在这个圆满的句号画上后，他才放心地离开人世，而他为中国旅游业发展所做的贡献，永载青史。

往事已成历史,但大量的记忆令我们深思:为什么当初那么多饭店的建设都需要邓小平亲自过问、亲自批示,要总理和副总理,还有全国人大常委会副委员长批示、画圈,才能做成?国家领导人以下的不少干部,也是职权不小的领导干部,而且应该是具体担当职责的干部,为什么不敢担当,有的人还积极地成为阻碍者呢?仅仅用“当时人们思想观念不解放”来描述,是否真实?

问题恐怕不在观念陈旧,也不是不聪明,而是作为一个人、一个领导者,在过去的年代中,应有的独立思考功能受损,无法创造性开展工作。

邓小平为什么那么明智、高瞻远瞩?有一个重要因素是他能够独立思考。一个民族,需要许许多多富有责任感且能够独立思考的人,才可能大踏步地开展创造性工作,才会复兴。

3. 韩克华走马上任

1981 年春,原任外交部副部长的韩克华调任国家旅游局局长兼党组书记,面对的首要问题是“局社分家”,这是在开放实践中悟出的必要变革。此前,从国家旅游局局领导到各司司长,经常担任“消防队”的角色,被住宿、机票等问题搞得焦头烂额,接待任务也主要在北京,因此被戏称为“管天子脚下”。

局社分家后,国旅总社统一经营外国旅游者来华旅游业务,实行企业化管理;国家旅游局作为管理全国旅游事业的行政机构,不再直接经营组团和接待任务,统一管理全国旅游工作,就被称为“管天下”了。

这是一项难度颇大的重要改革。经一年努力,1982 年 7 月,国家旅游总局与国旅总社分开办公,各司其职,结束了自 1964 年以来长达 18 年的局社合一格局。8 月,中国旅行游览事业管理总局更名为中华人民共和国国家旅游局,由外交部代管局升格为国务院直属局。

从“管脚下”到“管天下”,标志着中国旅游业新的飞跃。韩克华感到肩上的担子重了。“天下”那么多问题,从何入手?如何才能运筹帷幄,决胜千里?

国务院提出,今后一个时期发展旅游事业的方针是:“积极发展,量力而行,稳步前进。”要做的事情很多,但韩克华没有料到,有一个亟待解决的问题是厕所问题。

今天有人说,旅游业在开放中抓了最难的两头建设,一是冲击头脑的保守观念,二是管了最脏的厕所卫生。当年国外媒体则批评:“中国人只讲究进口(餐饮),不讲究出口(厕所卫生)。”厕所的脏臭不改善,不仅直接影响旅游业发展,更直接损害礼仪之邦的文明形象。

厕所非小事。修建公厕，成为当务之急，重中之重！

当年的旅游厕所，是个什么状况？

旱厕居多，异味明显，无人看管。许多景区厕所年久失修。有的屋顶渗漏，蛛网盘结；有的厕门损坏，内墙剥离；有的地流黄水，难以插足。有些卫生状况好些的，又全是蹲坑，老年外宾很不习惯，特别是胖老太太，根本蹲不下去。

某些景区没有厕所，只是简陋至极的小“茅坑”，脏得简直无处踏脚，臭气冲鼻，坑下蛆虫蠕动，硬着头皮进去方便一下，能叫你恶心半天。京旅211团菲律宾籍的官女士在某风景点上厕所，刚进去就跳了出来，没走多远，在树下直吐。她的丈夫气得挥舞双臂说：“再也不能来这里了。”

在浙江某些区域，当地厕所都是“敞篷式”的，甚至建在街旁的厕所，无门无遮挡，一览无余，外宾望而生“羞”。当地彼此熟悉的男女上厕所时，还挺自然地互相说话，传递手纸。

当时有个广为流传的笑话，说一个外国游客，好不容易凭嗅觉找到了公厕。一进门，只见坑槽污迹斑斑，气味刺鼻，赶紧跑出来“打的”往下榻的五星级宾馆，以解内急。许多地方都出现不同版本、内容相似的笑谈。报刊时而冒出“公厕臭名远扬”“如厕难于上青天”的批评文章。

再一个问题是公厕严重不足。这种情况在热门风景名胜区和全国重点旅游城市尤为突出。厕所门口排队等候是许多风景区一道令人尴尬的“风景”。排队上厕所的窘况，比排别的队难堪。

上海冒出个新行当——“导厕”，因为在上海繁华街市找不到厕所的问题尤其突出，游客内急找不到厕所，没有人“导”，这事不得了。七转八弯，带到了游客的“向往之地”，看到的是一列长队，还得等！这时刻游客往往满头大汗，女士化的妆也被汗水冲得容颜复杂，等啊等……经过万般着急难堪的等待，当你大气长舒走出厕门时，方觉天下什么是幸福。

韩克华下决心要解决厕所问题。

厕所问题并非难登大雅的话题。

古有欧阳修构想文章来自“马上、枕上、厕上”之说，想其厕所必是洁净如居。康有为在《大同书》中就大谈理想之厕：“以机激水，淘荡秽气，花露喷射，花香扑鼻，有图画神仙之迹，令人超观思玄；有音乐微妙之音，令人和平清静。”

清末苏州人外出旅行，都要带便桶。因苏州人不习惯上厕所蹲坑，客栈又无马桶。讲究的人还带夜壶箱，四四方方像一只小书箱，上面刻有诗句：“诗清只为饮茶多。”这诗句中的“诗”和“尿”，在吴方言里是同音。

厕所是人类日常生活的必备设施，也是人类社会文明进步的标志之一。法国设有电脑厕所，发行厕所报纸。日本有“厕所节”，每年举办一次“全国公厕日”，届时议员要亲临公厕现场办公。美国、新加坡等国定期评选“名厕”。

过去厕所常被说成“茅房”“茅坑”。开放后，我们也习惯称厕所为“洗手间”“卫生间”。国内姑娘们早就把上厕所称为“上一号”“上高楼”。

国外对上厕所的说法更为艺术化。

在人民大会堂宴会间，一位绅士派头十足的英国人走到导游跟前，俯下身子耳语：“May I answer the call of the nature?”（我能去响应一下大自然的召唤吗？）

一位澳大利亚人问：“Where is the hap-py-room?”（快乐的房间在哪里？）

你要能听懂，就会忍不住快乐地笑出声来。

港澳同胞习惯把如厕称为“唱歌”，他们把这种说法传进国内，现在大部分导游带团时常说：“下车有唱歌的地方，唱完歌我带你们到更美的地方去游览。”

当年兴致勃勃而来的中外游客，常因内急而兴致全无，内急心如焚，哪还有心情观美景？不少游客摇头说：“中国公厕不改善，我们再也不敢来了。”

一个外宾在批评信中尖刻地说：“你们中国可能有最好的大炮，但你们的厕所像这样，你们还是得不到世界的尊重。”

国家旅游局前所未有地郑重召开全国“涉外厕所会议”。随即分两批拨款 458 万元，在长城、泰山、黄山、苏州园林等主要景区修建 167 座符合卫生标准的旅游地厕所，使厕所紧缺问题有所缓解。

北京颐和园、天坛、碧云寺等处新建成一批卫生厕所。新建厕所有专人管理、合乎卫生标准，厕所内设有抽水马桶、单人小便池、洗手池、梳妆镜、挂衣钩，还提供卫生纸、香皂等，并有冬季供暖设备。

颐和园是北京热点景区之一，日游客量多达数万人次，园内 26 个厕所，每天游客流量少的上千人次，多的达几千人次。保洁员已经有了一个崭新的意识：管理厕所要像管理客房那样精心。

此后，国家旅游局采取出部分资金、地方财政配套的方式，促使各地旅游区都开始大抓厕所建设与改造。

今天回头看 30 年前，我们确实还不知旅游业中有个多么大的世界。不懂要学，我们毕竟已经有很大的改善。1983 年 1 月，全国旅游系统先进集体先进工作者表彰大会隆重开幕，这是国家旅游局召开的第一次群英会。时值隆冬，出席大会的

304 名代表心里都暖乎乎的，他们来自 29 个省、市、自治区和 5 个直属单位。广东深圳西沥水库度假村、苏州市旅游汽车公司、杭州饭店、国旅无锡支社等单位受到表彰。在受表彰的 226 名先进工作者中，有翻译导游人员、服务员、厨师、汽车驾驶员和后勤人员等。

同年 2 月，国家旅游局首次在北京举办了中国国际旅游会议。大会将使用中、英、日、德、法、西班牙六种语言，需要安装国际电传、电话以及同声传译等设备，大家常常忙得连吃饭的时间都没有，几个烧饼就算是午餐。这是中国旅游界与世界旅游界首次在中国握手。

来自 45 个国家和地区的 700 多名代表中，有各国旅游部长、旅游局长、民航局长和其他高级官员，还有各国旅游协会和旅行社的负责人以及旅游记者。世界旅游组织秘书长罗伯特·洛纳蒂参加了大会，国内有关部门和各省、市、自治区有关方面的负责人和代表 200 多人也出席了会议，与会总人数超过千人。

中国与世界的交往从此更加频繁。驻外办事机构从无到有，先后开设了东京、纽约、洛杉矶、伦敦、巴黎、法兰克福、悉尼 7 处。至今，增加到 17 处。

1986 年 1 月，经国务院批准成立“中国旅游协会”，这是第一个全国综合性旅游全行业组织，其英文名称为 China Tourism Association（CTA）。

但在发展过程中，旅游业出现了一些陆续冒出来的新问题，如收取回扣、索要小费、套汇倒汇等现象开始出现。国家旅游局开始抓旅游行业的道德规范教育。在体制改革方面，还存在许多运行不畅、管理不善的问题。要把中国旅游业搞得红红火火，还有许多难题。

四、马超龙雀

“马超龙雀”是中国旅游业的图形标志。原形取自甘肃武威出土的东汉青铜马。昂首扬尾，四蹄腾空，自由奔放，马的速度超过天上的龙雀。此马也是个性的象征。旅游业由原来只有国家涉足，变为国家、地方、部门、集体、个人“五个一起上”。最关键是开放了对“个人”的限制，纠正了对“个人”长达 30 年的偏见，这是思想观念开放的伟大变革。《周易》说：“挠万物者，莫疾乎风。”开放之风多又从旅游业刮起，推动、带动相关行业风起云涌。

1. 花龙盘盘上紫云

1986 年，“七五计划”把旅游业列在第三十七章之内，这是旅游业第一次在国家计划中出现，旅游的产业地位首次得到确认，这是旅游产业发展的一个重要标志。

邓小平南方讲话，引发中国第二轮改革。中共中央、国务院《关于加快发展第三产业的决定》进一步明确旅游业是第三产业的重点，旅游业的产业地位进一步提升。

回首新时期30年对各产业的认识，变化最大的恐怕是旅游业。早先没人知道，旅游业每增加1人就业，可促进相关产业增加5人就业；接待一位外国游客的创汇，相当于出口4台电视机；且是永远的朝阳产业，是最优秀的出口产业。旅游业不断超乎人们预料的发展，促使国家有关部门把它从接待型机构变成企业，又从确定为旅游产业到定位为支柱产业。

下面这些数字有些枯燥，显示的快速发展却也一目了然。

1978年全国的“入境旅游”人数180万，2007年这一数据为1.3亿人次，是1978年的73.3倍，中国成为全球第四大入境旅游接待国。

1978年中国旅游外汇收入2.62亿美元，1996年外汇收入超过100亿美元，2007年旅游外汇收入达419亿美元，是1978年的159倍。

中国旅游业在世界上的排名一路飙升。1978年中国旅游外汇收入在全世界排名第41位，2000年跃居世界第5位，2001年加入WTO后一直保持在世界第4位。

2007年全国旅游业总收入出现历史性超越，突破1万亿元。这个“脚下的事业”，在国民经济收入中的确已占有举足轻重的地位。

中国人出境游的发展速度，有人夸张地比喻为“像过山车”动人心魄。这“动人心魄”是不算夸张的。改革开放初，中国出国的人寥寥无几。1950年至1978年，中国出国总人次30万。2005年一年中，中国出境人次达到3100万，是开放前28年出境人数总和的100倍。2007年中国公民出境旅游人数已达4095万，成为亚洲最大的出境旅游客源国，出境人数跃至世界排名第3位。这是中国综合国力、居民生活水平提高，社会开放的直接、生动的证据。仅旅游一项，就让世界看到中国改革开放的成就的确不小。

中国出境旅游市场的发展壮大，日益增加了中国在国际社会的影响力。“出境旅游”成为“官方外交”的一部分，签署旅游目的地(ADS)仪式成为一份“国礼”，也是谈判桌上一个有分量的筹码，为国家的外交战略、区域化合作和两岸和平统一事业做出了重要贡献。

中国在联合国世界旅游组织的影响迅速提高。2007 年，中文正式成为世界旅游组织官方语言。中国被推举为世界旅游组织执委会成员国。

2008 年 6 月 17 日，中国公民赴美旅游首发团 250 人从北京、上海、广东三地启程，飞往美国。这标志着中国公民赴美团队旅游正式启动。7 月 4 日，中国大陆居民直接赴台湾省旅游首发团启程，首批游客 760 余人分别从北京、上海、南京、厦门、广州五地出发，搭乘两岸周末包机赴台。这是 1949 年以后，中国大陆居民首次从大陆直接飞抵台湾省，被称为“世纪首航”“世纪圆梦之旅”，它跨越了近 60 年的隔阻。

30 年间，中国旅游业的总收入正以年均约 12% 的速度增长，高于同期国内生产总值的平均增长率，也大大高于世界旅游业平均涨幅的速度。国外旅游同行对中国“从俯视到仰视”。全国旅游业展现出的新景象，可以借用一句古诗来形容：“飞香走红满天春，花龙盘盘上紫云。”

2. 一业九鼎重千秋

直到今天，即使我们不再把旅游看作“享乐主义”，但旅游在一个民族的发展进步中，在每位“个人”的人生中，究竟占有多大的地位，仍未被充分认识。今天，当我们获得“煮酒话当年”的良辰，还该看到旅游业的贡献远远不仅休现在经济效益上。

由于传统观念的影响，30 年前，即使奉命搞旅游的人，自己也有点心虚气短。但是，自开放以来，确实是这个让人“在休闲中玩一玩”的行当最早引进外资，最早中外合资，也最早经历打破“铁饭碗”，最早尝试改制……加入 WTO 后，旅游业对外开放幅度更大。旅游业一路走来，一路担当着开路先锋的风险，其艰辛与业绩，大多鲜为人知。

你可想过，新时期城市面貌的改变，多从建旅游饭店大厦开始。北京长城饭店初建如“鹤立鸡群”，上海静安希尔顿、广州白天鹅……天津、西安、桂林、杭州等一批旅游城市都是从建涉外旅游饭店开始改观。直到今天，我们住过不少星级宾馆了，但不一定清楚是他们冲破各种束缚，把中国大大小小的招待所变成星级宾馆，才使我们的城市像一座现代城市。

有了星级宾馆，仍然不够。城市的活力从哪里来？我们不能生活在钢筋水泥的丛林中。缺少绿树、芳草、鲜花，就没有蝶飞鸟鸣。缺少上下几千年的文化风采，也会缺少来自五洲四海的欣赏目光。国家旅游局启动创建优秀旅游城市工程，各大城市党政主要领导亲自挂帅,“创优”工作纳入城市经济和社会发展总体格局,许多与旅游不搭界的部门通过创优捆到一起,“横向到边,纵向到底”,创优热潮波及中小城市,强劲推动全国城市建设,一个个城市神话改变着国家形象。

秦砖汉瓦,唐诗宋词。在中国,每一块热土都有过波澜壮阔的历史乐章,每一种文化都有精神的故乡。遍布中国的古迹,多是旅游行业挖空心思地一个个修复或再造,过去被批判为“腐朽的封建主义”的东西,变成恢宏的数千年中华文明,温情地回到了我们的山山水水,成为我们精神中辉煌的民族记忆。

旅游盘活的也远不只是古迹。单看艺术与旅游业“嫁接”,传统音乐、舞蹈,以及 56 个民族色彩斑斓的文化在旅游中复苏与创新。凡此种种,对增强一个国家的文化软实力,是沛然化雨渗透到亿万民众之中的。

中国加入 WTO,机遇与挑战犹如阳光和风雨同时降临。美、日、德、英、法、澳等国的世界前十大旅游集团挺进中国,中国成为旅游企业全球化程度最高的地区之一。改制、资产整合、企业重组、上市融资……促进中国旅游企业集团应时而出,并促使旅游业从“各踞一方”到“连线成片”,典型如泰山、华山、恒山、嵩山、衡山,成立“五岳联盟”。中国旅游产业集群开始走出国门。

各省市“旅游大篷车”吆喝到国外。中国大型旅游促销团赴美,在美国行程四千多公里,沿途举行“中国之夜”演出推介会,不仅“营销”中国风情,还宣扬中国文化。“魅力四川”倾倒巴黎,自贡市彩灯点亮多伦多,峨眉山全球卖风景,开中国景区在外设旅游机构之先河。

“捧出古国的盛情,迎接你走进东方的锦绣,体会一个真情的中国。不要说世界太大,其实我们的心相距很近;不要说天涯太远,有意我们即刻就能相逢。”这是唱响世界许多著名城市的歌。

美国迈阿密市长号召市民:“请把到中国旅游立刻写在你的日程表上吧,这是一个人一生中一定要完成的一件事!”

2004 年中国被评为全球最佳旅游目的地。中国已拥有世界文化遗产 37 处,中国已从一个旅游资源大国发展为世界旅游大国。

把“旅馆”办到列车上,夕发朝至,节省时间和费用去旅游,火车提速促进中国高速度发展。丰盛的“吃”,令外国游客叹息胃太小。旅游“六字真言”促进行、游、住、食、购、娱六大经济文化领域全面发展。

鼠标点击新旅游,网络在颠覆传统营销模式的同时,成为大众获取话语权的重要途径。中国第一批互联网旅游企业诞生,如何通过资源共享,抑制过去的“竞争”方式？如何通过“透明”营造信息时代的文明？诸多陌生经历在旅游界多有“先行一步”的体验，旅游界在为建设世界旅游强国，也为民族进步，探索新路。

世界上还没有一个产业，像旅游业这样与各国人们广泛接触，与民生休戚相关，与百业相连，岂止是经济支柱，更养育精神，承载如此宽广的社会担当，可谓一业九鼎重千秋。

21 世纪的书记、市长若不懂旅游，就不是合格的领导者——这已是新理念。

结语：最重要的开放是思想的开放。

今天看来，30 年前处于十字路口的中国，正是有了开放国门的胆识和决心，才复苏了旅游业，更迎来整个民族的新生。中国旅游业，一直是在开放中改革，在开放中发展，在开放中创新。中国旅游业发生的巨变，是中国 30 年改革开放史的一个缩影。

它贯穿着一条清晰主线，就是不断地解放思想，不断地赋予思想解放以新的内容。因而最重要的开放是思想的开放，是人的解放和素质的提升。旅游业 30 年开放发展史，实际上是一部波澜壮阔的思想解放史。

今天，面对国际金融危机和日益严峻的经济困境，国务院部署十大措施，以扩大内需促经济平稳较快增长。我们还将不断听到“拉动消费”“促进消费”的声音。人们可能认为，要是经济危机到来，大家将有过“紧日子”的思想意识，还怎么促进消费？贫困群体又拿什么去消费？这里需要分清，“消费”和“发展消费型经济”是两个概念。

由于旅游业是第三产业的龙头，是典型的消费型经济、休闲经济，我们在撰写本文中日益意识到：中国旅游业 30 年来以“马超龙雀”的发展速度营造出的巨大消费市场，已然是拯救眼前经济困境的一支宏伟力量。

在开放的信息化时代，面对全球经济困境的挑战，中国旅游业正在谋求实现这样的转型——

从观光产业走向休闲产业。就是说，从以往的参观游览型，转向生活休闲型。

从产业发展走向目的地提升。就是说，以往我们注重把旅游地搞起来，吸引人来参观，今后不能满足于此，而要注重让人们身心度假，而不是跑得更累。

从规模时代走向质量时代。就是说，要让人在真正的“休养生息”中使人生质量得到提升。旅游业也不只是“朝阳产业”，它对自然与人的生态保护，还是一个可以找回蓝天的产业。

不能忽视这样的转型。在人类通过一次次“生产革命”“技术革命”营建生活的历史上,人类觉悟到可以通过发展“休闲经济”来促进社会各业趋向平衡,这是更高层面的可持续发展,并可望普遍地提升人类的生活质量。这无论从思想认识、精神境界和经济形式上都是深具革命性的。

因此,“休息的革命”是个庄严的命题。它不只是对眼前全球性的经济困境而言,它对自然与人文环境的良性塑造、对给每个普通人带来的深刻影响而言,都有我们还想象不到的海阔天空。

联合国世界旅游组织最新预测,中国到2015年将成为世界最大的旅游目的地国家。中国旅游业至今方兴未艾,可谓“九万里风鹏正举”。

(原载《北京文学》2009年第3期)

闪着泪光的事业

——“和谐号”:“中国创造”的加速度

蒋 巍

为什么我的眼里常含泪水?

因为我对这土地爱得深沉……

——艾青

引 子

20世纪70年代,一位西方政要访问中国时登上长城,他看到一个古老大国的沉雄奇伟,也看到一个民族的封闭与落后。归国后他发出这样一句感慨:“一个停滞的民族是没有前途的。”

1978年那个静悄悄的雪夜,地球似乎突然晃了晃,整个世界都感觉到来自东方大陆的震动。一位睿智的中国老人靠在中南海的沙发上,他目光深邃,沉思良久,做出这样一个判断:中国不改革开放,不发展经济,不改善人民生活,只能是死路一条。

从此,中国进入改革开放的新时期。从此,中国铁路进入一个崭新的历史阶段……

八九十年代,铁道部挥师鏖战,先是“南攻衡广,北战大秦,中取华东”,后来又“强攻京九、兰新,速战宝中、侯月,再取华东、西南”,中国铁路版图的红色箭头有了强劲的延伸。

2008年6月24日,“中国速度史”上一个闪闪发光的日子。那天有雨,乌云密布,但耀眼的闪电不在空中而在地上,那就是中国铁路最新的“形象大使”——造型优美时尚的乳白色“和谐号”。司机李东晓浓眉长目,体形壮硕,身着笔挺制服,衣袋里装着“中华人民共和国铁道部CRH3型动车组第0001号驾驶证”,号称“中国一号铁路司机”。此刻他手握操纵杆,稳稳上推,列车渐渐加快,城镇绿野飞速向后掠过。铁道部的相关同志屏息注视着驾驶室内不停闪烁的屏幕,显示时速的数字不断跳跃冲高,人们的心跳也不断加速:150,200,250,300,350……394.3!

“今天天气不好，不要冲了！”铁道部总工程师何华武大声对司机李东晓说。他的声音激动得有些暗哑，但这句话已被淹没在热烈的欢呼声和掌声中。394.3公里——由国产动车组创造的中国高铁最高时速纪录诞生了。

这样的速度，插上翅膀就可以起飞了！

笑声和掌声中，在场所有的铁路人都泪光闪闪。

“中国高铁速度”的第一座里程碑昂然崛起！

29分43秒，“和谐号”抵达天津，比开车从北京的东直门到西直门还快。后来北京市长对天津市长笑说：“看来我是你的北郊了。”天津市长笑答：“不，我是你的海边了。”

三十年河东，三十年河西。从牛背上的中国到高铁上的中国，最伟大的变化就是：速度。“中国速度”已成为中国发展的代名词。“和谐号”诞生的速度和它创造的速度，让整个世界为之震动。大洋彼岸的白宫就被惊动了，奥巴马总统在他的第一部国情咨文中这样表述他的心情：“我们没有理由让欧洲和中国拥有最快的铁路。”

一、涌动的人潮：“中国之梦”和“中国之痛”

仿佛一夜之间，南国一个贫穷破败的小渔村忽然变成梦幻般绚丽的大都市。那是世界上最年轻的大都市。

就是它创造的“深圳速度”，唤醒了亿万农民的渴望与梦想：打工去，赚钱去！农民们扛起简单的行李卷，从乡村的泥泞小路跋涉到长沙、贵阳、成都、郑州等中西部的大小车站，然后坐在行李卷上茫然四顾。其中很多人没有预定的目的地，只要买到向东向南的车票，扛起行李就出发。于是在改革开放的中国，形成人类文明史上一个前所未有的奇观：范围最广、规模最大、持续时间最长的人口大流动。30年来，亿万脸色苍黑的农民工汇集成全球最壮阔的“候鸟群”，一年一度，春节前“回巢”，春节后“南飞”，在中国版图上像海浪一样潮涨潮落、涌来涌去。他们在追寻和创造文明的同时，也领悟和接受着文明。

这是20世纪80年代以来充满生机和诱惑的“中国之梦”。但是，或许没有多少人意识到，正是这个令人振奋的“中国之梦”，同时造就了一个范围最广、规模最大、持续时间最长的“中国之痛”。

你听到了吗？多少年来，延伸在全国各地的两条钢轨一直在颤抖和呻吟！你看到了吗？那么多铁路员工在谈到自己和同事的辛劳、付出和牺牲时，谈到家庭、老人和孩子时，眼里都闪着痛楚的泪光。新时期以来，在中国，大概没有任何一个行业，像铁路这样承受着巨大的压力，付出极大的努力，却又遭受着无尽的责难。他们半委屈半幽默地说："我们累个半死，又给骂个半死……"

中国铁路无愧于"国脉"的光荣称号。那时，它仅占世界铁路营业里程的6%，却承载了世界铁路25%的运输量。全国85%以上的木材和石油，80%以上的钢铁和冶炼物资，60%以上的煤炭和大部分"三农"物资，都是通过铁路运输的。但是，国门打开之初，当我们好奇地张望这个陌生世界的时候，让一些人最眼热、最心跳的不是铁路，而是民航、高速公路和互联网——民航更快，高速公路更便捷，有了互联网就不用出差了：这才叫信息化和现代化！至于叮当作响、老旧不堪、趴在轨道上喘粗气的火车，一些人认为它已经沦为"夕阳产业"，未来只有等着进博物馆了。

一批批从欧美购入的飞机在各大城市间翱翔起落，一条条高速公路在大江南北迅速延伸，但穿行于群山荒野和城市里隔着斑驳老墙的铁路，似乎成了"被爱情遗忘的角落"，延伸在蒸汽机车喷出的团团白雾之中……

但是，"国脉"在艰难地、坚忍地默默运行着，因为亿万民工和普通百姓需要它！日夜不停地运往全国各地的煤炭、矿石、木材和石油需要它！来自城镇、乡村并享受半票优惠待遇的大学生们（这在世界上是独一份）需要它！在冰冻灾害、汶川地震、玉树地震等大灾大难中，驰援军队、救灾物资、运送伤员需要它！现代文明史上一年一度的人口大流动、中国最独特的社会景观——春运需要它！

那一幕记忆犹新——

咣当，咣当……冬夜的冷风中，刚刚参加工作的列车员小曾（后为广铁集团干部）抱着一位旅客发高烧的1岁女儿落泪了，他一筹莫展。他服务的是棚车，俗称"闷罐车"。20世纪八九十年代春运期间，因客车数量不足，只好临时用货运棚车来装人，一节车厢里塞进二三百人，挤得像沙丁鱼罐头。地板上铺些稻草，角落处打个洞就算"方便"的地方。列车员的"服务工具"主要是手电、钳子和铁丝。入夜，小曾一定先用手电检查一下旅客的安全和状态，再用铁丝把大铁门拧死，以免中途有人想透透气被甩下去。因为车厢里人太多，想"方便"都无法移动，大家只好在黑暗中就地解决。小曾只能站着喊着，或者像走过瓜地一样，跨过席地而坐的旅客们的脑袋进行服务，等到中途有人下车了，他才能在稻草铺上歇歇……

那一幕惊心动魄——

2008年春，冰冻灾害席卷南国，广州地区聚集了350万等待回家的旅客大军。春节前10天，仅广州站就拥入200万人。站前广场上，每平方米平均站8个人以上，体重轻的脚都悬空了，几昼夜动弹不得，想出都出不来。有的孩子挤晕了，旅客们就高举双手组成长长的“天桥”，把孩子传出来。时间长了，人海昏昏欲睡，浪潮般东倒西歪。铁路和部队、武警派出上万人，手挽手在外围组成六道铁壁铜墙。一会儿，半睡半醒的几十万人一齐向南歪倒，过一会儿又向北歪倒，只要外围用血肉组成的“长城”顶不住，一旦被冲垮，多少人将被踩踏在地……有时，心情焦灼的几十万旅客激动亢奋起来，一起高喊着“回家！回家！”，向站前候车室潮涌而去，咆哮的人浪、声浪、气浪如怒海狂涛，难以遏止。“长城”们被撞得头破血流，但他们仍然手挽手肩并肩，好言劝解，屹立不倒。登车而去的旅客们可以吃喝和睡觉了，而“血肉长城”不吃不喝不睡，夜以继日地挺立在人民的周围，守护着生命的价值。以至于铁道部不得不下达了一道死命令：“让大家轮流休息，每人每天不得少于2小时！”

客运员高惠英刚做过心脏搭桥手术，每天引导十几万旅客排队上车，春运结束回家后，鞋子被踩得变了形，袜子只能用剪刀一块块剪下来，因为和血肉模糊的脚粘在一起了。

电路中断，信号灯失灵，张权林顶着严寒，手挥信号旗在风雪中挺立了整整18个小时。第二天接班的李建强赶到时，浑身凝着霜雪的“冰制信号灯”张权林砰地摔倒在地，已不能弯曲的手仍然保持着举旗的姿势，李建强抱着严重冻伤的战友大哭不止……

2月6日大年三十上午，集中在广州站的200万旅客终于全部被安全送走，站前广场空空荡荡，只有旅客扔下的行李和被踩掉的鞋子堆积如山。一些筋疲力尽、依然守在广场上的工作人员歪靠在栅栏上就睡着了，很多媒体的年轻记者目睹这一幕都掉了泪。他们说：“你们创造了世界铁路史上的奇迹！”

那一幕令人心痛——

因风雪阻隔，西安至广州的L307次列车被困在湖南益阳境内的一个小站望城。断水断电断粮，乘务员的进餐停了，休息车的供暖停了，自备的厚衣服给老人和孩子披上了。没水，19名列车员带上水桶和脸盆，冒着风雪，在列车和农家小院的300米距离之间组成一条传水人链；黑夜中，厨师杨大伟带人摸索到附近村庄，总算买到350斤大米和一些面条、蔬菜（一棵白菜卖到20元啊！），4个小时后扛回列车。一批盒饭做好了，两天两夜没有进餐的列车组人员一盒未动，而是像押送钞票一样，前面乘警开路，车长负责殿后，中间列车员护送着一车水一车盒饭，他们宣布：“首先保证老人和孩子进餐！”

受阻第四天，旅客们的忍耐力已经超出极限，哭声、喊声、叫骂声响成一片。他们觉得，两条轨道好端端地摆在那儿，火车不动，就是列车长“怕出事，磨洋工”。

一群人围住车长发泄着满腔怒火，制服被撕碎了，帽子被掀掉了。几位女列车员用身体挡住那些失控的拳头，她们哭着喊："你们以为就你们想家啊？我们车长的2岁女儿已经生病住院了；我们厨师刚刚接到岳母病危的电话；为了大家能吃上饭，我们乘务员已经两天没吃一口饭了！你们怎么能这样？"

车长的眼圈也红了，他平静地说："其实，我们大家都是同样的心情，如果有什么不同，那就是我们肩上还有一份责任！如果你们觉得打我一下骂我一句就能解气、就能回家的话，那就打吧，骂吧。"

铁路人坦率地说，春运对他们而言就是一场灾难，年年躲不过。为尽可能缓解春运期间"一票难求"和"黄牛党"倒票的问题，从电话订票、团体订票、上门送票，再到2010年在广州、成都试行的"实名制"，中国铁路人绞尽脑汁，想尽了一切办法，同时他们给自己制定了世界上最严格的管理制度：售票员的手机禁止带入工作室，禁止内部人"走后门"购票，等等。2009年春运，广铁一位售票员为亲戚从内部购买了一张全价票，上午发生的事，下午她就被警告处分并调离现职。她是哭着走的。

承受着世界上最大运输压力的中国铁路人不愧为一支铁军。他们是一群把"家"安在轨道上的人；他们是送人民回家过年而自己不能回家过年的人；他们是扛着压力、咬碎委屈而把微笑送给群众的人。他们从事的是"闪着泪光的事业"。

二、从"加快"到"跨越"：中国等不及了！

一个人口最多、发展速度最快的大国，坐在两条脆弱而行驶缓慢的轨道上，那不就是"大象走钢丝"吗？2002年，中国火车平均时速只有50多公里。全国铁路日装车请求量最高达到30万辆，铁路只能提供10万辆左右。中国铁路无疑处于泰山压顶、四面楚歌的巨大压力之下。无论铁路人付出怎样巨大的辛劳与牺牲，赔上多少委屈和笑脸，只要"一票难求、一车难求"的现象不能从根本上扭转，人们怨气冲天甚至跳脚骂娘就是不可避免的。

现实不相信眼泪，需求不相信眼泪，市场不相信眼泪。

历史已经到了这样的时刻：站在新世纪的大幕前，望中华大地风起云涌，千帆竞发，百舸争流，积重难行的中国铁路究竟向何处去？铁路人必须做出选择，必须向人民、向时代提交自己的答卷了。

要加快发展，要跨越发展，中国已经等不及了！国家需要重如山，人民利益高于天。为实现铁路的跨越式发展，200万铁军誓师出征，开始了一场排山倒海的大决战。

提速，提速，再提速！从1997年4月到2007年4月，中国铁路共进行了6次大提速。10年间，纵横全国的主要干线时速相继提升到120公里、160公里乃至200公里以上，催逼得国人走路似乎也快了许多。登上流线型的“和谐号”，人们忽然有了许多新鲜感和愉悦感。看来，“老土”的铁路人终于和时代接轨了，“一站直达”“夕发朝至”“旅游专列”等等，成了那几年的流行语，女列车员们的服务与微笑也变得分外温情和靓丽。第六次大提速时，曾担任京津既有线时速200公里动车组首任列车长，后又担任京津城际铁路时速350公里动车组第一任列车长的徐颖，见证了中国铁路从提速到高速的巨大变化。徐颖身材高挑，容貌姣美，服务细致入微，是网上的明星级人物，人气极旺，堪称中国高铁的“形象大使”。“和谐号”驶过的第一个母亲节，她和同事们向所有“母亲旅客”赠送了5000朵康乃馨。旅客们高兴地对她说：“姑娘们和空姐绝对有一拼了，我们就叫你们‘动姐’吧！”

天上有空姐，地上有动姐，我们的生活变得分外美丽了。

但是，没多少人知道，在6次大提速的背后，铁路人付出了何等艰辛的努力！在遍及高山平原、穿越江河峡谷的线路上，所有客货列车都在紧张地运行，所有时限都不得突破。因此，沿线换枕、换轨、换岔和线涵桥隧的整治工程、电气化改造工程，大都必须在下半夜，在列车行驶的间隙当中插空进行。数十万建设大军就这样默默无闻，夜战数年。一列列灯火通明的客车风一样掠过，没人知道他们的名字，甚至没人看到过他们的身影。

为适应大提速，必须精简铁路沿线层层叠叠的管理机构。2005年3月18日，那是个悲壮的日子。在全路电视电话会议上，铁道部正式宣布，从即日起撤销43个铁路分局，由四级管理改为三级管理。一夜之间，数万名科以上干部进入“待业”状态，许多对政治前途抱有热望的青年干部和“后备干部”，自此加入“等待重新分配工作”的行列。但他们是经过“铁律”训练出来的人。他们忍下巨大的痛楚与失落，需要继续在岗位上尽责的，就默默守在岗位上；不需要的，就默默清理好自己的办公桌，走上新的岗位。经历了涉及人数如此之多、牵动面如此之广的体制性“大手术”，那个夜晚，中国铁路安然无恙，稳如泰山，安全正点！

2002年，中国铁路营业里程为7.2万公里，人均铁路长度仅为5.5厘米，“还不如一根香烟的长度”。如此严峻的现实意味着，仅靠现有铁路提速是远远不够的，必须加快速度，建设更多的运量大、能耗低、占地少的现代化高速铁路！大决战的前夜，几间堆满国内外资料的“暗无天日”的房间——全世界的“铁路”从最落后到最现代的都装在里面了。铁道部精英云集，全员出动，茶杯里泡着让人亢奋的浓茶，烟缸里插着不睡觉的烟蒂，墙上挂着巨大的中国地图。历经几个月智慧与勇气、激情与思考、技术与梦想的激烈碰撞，房间里云遮雾罩，火花四射，键盘山响，图纸纷飞，墙上的中国地图用红蓝铅笔画了那么多穿山越岭、粗重有力的线条……

入秋，国家发改委会同铁道部将一份关于铁路发展规划的建议送达国务院。2004 年 1 月 7 日，国务院常务会议讨论并原则通过了《中长期铁路网规划》。这是大力推进铁路建设的纲领性文献。

号角已经吹响，道路已经指明。规模空前的铁路建设大潮澎湃而起，中国铁路实现“陆地飞行”的历史时刻即将到来！

三、中国“高铁模式”：没有失败者的大国博弈

2004 年 1 月，49 岁的何华武出任了铁道部总工程师。

他出生于四川省资阳市一个宁静的小镇，每天走在上学路上和夜里睡觉时，他能听到的最嘹亮的声音，也是小镇上唯一代表工业文明的声音，就是成渝线上隆隆而去的火车声，那雄壮的汽笛声仿佛是对他青春之梦的召唤。因此，上大学、读硕士，他都毫不犹豫地选择了铁路专业。接受高铁任务的那个夜晚，何华武对身患胃癌、体质极为虚弱的妻子说：“以后工作会比现在更忙了，我恐怕抽不出多少时间来照顾你了，孩子也在读大学，我们都伸不上手，你可要照顾好自己啊！”同为铁路人的妻子泪水盈盈地说：“你去忙吧，我理解，我会照顾好自己的……”

何华武唯一能做的，就是给妻子备下一些方便食品，然后毅然走向紧张繁忙的高铁建设现场。从选址到组织重大工程攻关，从主持关键技术试验到论证各种建设方案，何华武全身心投入崭新的高铁事业之中。京津城际铁路通车之后，何华武专门陪妻子登上“和谐号”，让妻子体验一下今日中国的“高铁速度”。妻子兴奋得两眼炯炯闪光，那驾风驭电的速度是丈夫的梦想，也是她的梦想啊……

在北京城市建设规划中，北京南站原本没有如此宏大的规模。正是京津城际铁路和京沪高速铁路的建设，催生了京南这座富于流线美、闪耀着人文光辉的椭圆形建筑。能容纳上万人的宽阔候车区，进出方便快捷的无障碍通道，能发电、采光、保温、隔热的 5700 块太阳能板，把城市地铁、轻轨、公交、出租全部纳入“内循环”的精妙设计……这一切都闪耀着以人为本的熠熠光辉，使北京南站成为中国高铁“皇冠上的明珠”。当然，还有新建的武汉站、广州南站、上海虹桥站……在迅速延伸的高速线上，一座座各具特色、造型优美的现代化建筑拔地而起，犹如五线谱上一个个华美的音符，共同汇聚成一首凝固的“交响乐”。

2004年4月，国务院召开专题会议，就发展高速铁路和机车装备问题提出一个重大指导方针："引进先进技术，联合设计生产，打造中国品牌。"在"中国铁路"这个世界最大的棋盘上，一场需要深谋远虑、大智大勇的大国博弈开始了。

中国决定海纳百川，博采众长，走"引进消化吸收再创新"的技术道路。于是，掌握和代表着当今世界高铁技术制高点的四大跨国集团——德国西门子、法国阿尔斯通、日本川崎重工和加拿大庞巴迪纷至沓来，进入中国的旋转门。红地毯上出演了真诚而热烈的美酒加咖啡的欢迎仪式，中国东道主们个个西装革履，彬彬有礼——因为他们都是地道的"学生辈"。改革开放以来，铁道部的诸多领导和高层技术人员都曾到这几个国家或留学，或考察访问，或参加相关学术会议。那时，他们还年轻，坐在西方的高速列车上，风一样的速度让他们眼界大开，激动不已——火车原来可以跑得这样快呀，"火车跑得快，全靠车头带"的模式原来可以改变，牵引动力可以分散到各个车厢啊！他们不断向东道主表达着真诚的敬意，同时又觉得脸上一阵阵潮红，中国的火车何年何月才能赶上西方的速度啊？

可以肯定，当时他们谁都没有预料到，这个激动人心的时刻来得这样快，这个伟大的历史使命竟然是在自己的手上完成的。改革开放，为他们缔造人生辉煌提供了千载难逢的机遇！

那是2004年初夏的早晨，学生和老师分坐在谈判桌两侧。中国"学生"们注意到，座中的德国老师们不仅鼻子最高，神情也相当倨傲。他们确实有恃才傲物的资本——德国高铁堪称世界一流，他们的精密制造技术也一向是称雄世界、无可匹敌的。

中方郑重表示，希望引进各国高铁机车车辆制造的先进技术，不过，铁道部明确表示："参观过故宫的外国朋友都知道，进入中国大门是有门槛的。我们的政策是：中国铁路市场不搞'诸侯混战'，只有一个买主，就是铁道部。从整车技术到任何一个零部件，都由铁道部代表中国政府，统一招标，统一向制造商下订单。要进入中国铁路市场，必须实行关键技术全面转让，必须使用中国品牌，实行本土化生产，必须价格合理……"

行事谦恭的日本人频频点头，性情浪漫的法国人报以灿烂的微笑，表情深沉的加拿大人不动声色，只有盛产哲学家的德国人保持着"哲学式"的孤傲。在他们看来，一流的德国高铁技术是中方非买不可的。不过，两个月后，铁道部一位小科长十分同情地对西门子公司谈判代表说："可惜啊，你们德国人长着方脑袋！"

德国人不好意思地笑了，那笑容分明含着几丝苦涩——因为他们出乎意料地出局了。

那些日子,长春客车公司同时拉住法国阿尔斯通和德国西门子分别谈。那意思很明白,谁的价格优惠就跟谁合作。但过于自信的德国代表根本没把法国对手看在眼里,也完全不考虑中方意愿,“方脑袋”和大鼻子挺得高高的,就是不肯变通,咬住每列原型车单价 3.5 亿元人民币、技术转让费 3.9 亿欧元的天价,死不松口。

他的一口价就是“底线”,天下哪有这么做生意的?

所有谈判进程当然都在铁道部的密切掌控之中。开标前夜,即 2004 年 7 月 27 日,双方依然没有达成协议。关键时候,必须由总工何华武出面了,他把话说得语重心长,直截了当:“作为同行,我们对德国技术是非常欣赏和尊重的,很希望西门子成为我们的合作伙伴,但你们的出价实在不像是伙伴,倒有点儿半夜劫道、趁火打劫的意思。我可以负责任地表明中方态度:你们每列车价格必须降到 2.5 亿人民币以下,技术转让费必须降到 1.5 亿欧元以下,否则免谈。”

德方首席代表靠在沙发椅上,不屑地摇摇头:“不可能。”

何华武坚定地说:“中国人一向是与人为善的,我不希望看到贵公司就此出局。何去何从,给你们五分钟,出去商量吧。”

“方脑袋”确实像个撬不开的钱匣子,商量回来,脑袋仍然很“方”,没有一点变通的余地。中方翻译都忍不住了,他瞅瞅何华武的眼色,然后礼貌地说:“各位可以订回程机票了。”

第二天早晨 7 时,距铁道部开标仅有 2 个小时,长客宣布,他们决定选择法国阿尔斯通作为合作伙伴,“双方在富有诚意和建设性的气氛中达成协议”。大梦初醒的德国人呆若木鸡。早餐桌上,得意扬扬的法国人品着香甜的咖啡,还不忘幽了德国哥们儿一默:“回想当年的滑铁卢之战,今天可以说我们扯平了。”

“德国人从中国的旋转门又转出去了”,消息传开,世界各大股市的西门子股票随之狂泄。放弃世界上最大、发展最快的中国高铁市场,显然是战略性的错误。西门子有关主管执行官递交了辞职报告,谈判团队被集体炒了鱿鱼。

不过,西门子知道,他们还有一棵“救命稻草”,即中国北车集团唐山轨道客车公司。富有戏剧性的是,在铁道部这次招标中,雄心勃勃的唐车和野心勃勃的西门子同时“流标”,被关在中国高铁事业的大门之外。

唐车,始建于清末的 1881 年,迄今横跨 3 个世纪,被誉为“中国机车车辆工业的摇篮”。中国第一台蒸汽机车“中国火箭号”,供慈禧太后乘坐的第一辆专列“銮舆龙号”,就诞生于唐车。中华人民共和国成立后,唐车青春焕发,贡献卓著,但在 1976 年唐山大地震中又遭受重创,厂房大面积坍塌,员工和家属死伤过半,并遗留下由工厂扶养的“八百孤儿”，活下来的员工也大都深陷丧亲之痛。老厂长说，“八百孤儿”进入结婚年龄以后，他作为唯一的“家长”，参加过的婚礼不计其数，每次都让他喜笑颜开又老泪纵横。大地震之后的唐车似乎再没恢复过元气，干部职工每月只能领到二三百元的最低生活费，许多人被迫流落到社会上打工，或者蹲街头卖羊肉串儿。

2003 年，山雨欲来风满楼，唐车人嗅到浓烈的临战气息。他们搜集了大量国外高铁资料进行学习，并主动送到部里以期引起重视。他们勒紧腰带，组织力量清理环境，翻新厂房，准备迎战。他们还自筹经费造了一辆“高速样板车”，欢天喜地、披红挂彩拉到北京，让部里看看他们是多么积极主动，干劲冲天，志在必得。听说世界高铁技术四大巨头的谈判代表到了国内，他们立即派人联系游说，期望合作。但那时的唐车困难重重，老外根本不理睬他们。倔强的唐车人不甘心，“没有门就跳窗户，没窗户就撞墙”！开标之前，他们费时数月，精心制作了一套一尺多厚的投标书递了上去……

2004 年 7 月 28 日，铁道部开标之日，气氛空前紧张。凌晨 3 时，眼睛熬得血红的唐车老总王润（后出任北车集团副总工）对结果已经有所预感，他命手下给西门子总部发了一份传真，大意是：如果贵公司在这次招标中出局，我们愿意与你们精诚合作，争取下次机会。文中颇有点儿惺惺相惜、同病相怜的意味。不想放弃中国市场的德国人很快给唐车回了一份传真，算是给自己留了一条“后路”。

这个夜晚，聚集在北京的 30 多位唐车人无事可干又都没有合眼。睡不着，“我们就像等待宣判的囚犯一样”，女工程师出身的党委副书记孔学云说。上午，派到现场的工作人员终于打来电话，声音极为沉重：“流标了！”

所有的努力付诸东流，梦碎了。守在房间里的唐车人全哭了。王润铁青着脸跟大家说：“你们在北京哭个够吧，不过绝不能把这种情绪带回厂里！”过后，王润依然干劲十足，要求全厂振奋精神，不可松懈。他说：“我们还是大有希望的。其一，现在引进的高铁技术时速是 200 公里，中国的雄心绝不会停止在这个水平上；其二，西门子的高铁技术是有优势的，只要价格合理，铁道部的大门对它还是敞开的，我们只要抓住西门子就有希望……”

孔学云嘲笑他：“你就天天给我们画饼充饥吧！”

2005 年，铁道部启动第二次招标。唐车与西门子同时意识到，对方是自己必须抓住不放的最后一棵“救命稻草”。这回，西门子终于放下身段，同意以每列车 2.5亿元人民币、技术转让费 8000 万欧元的价格与唐车合作。

一举中标！

与德国人第一次出价相比，中方节省了90亿元人民币采购成本，但中国的“高铁模式”没有失败者，德方也获得一份巨额订单和广阔而统一的中国市场——双赢！

德国人的脑袋其实还是很“圆”的。

四、“山高我为峰”：一个民族的雄心与胸怀

高速铁路自1964年在日本发端，首开时速210公里的纪录，此后在西方国家走过漫长的40多年发展道路，运营时速一直在250公里上下徘徊。这显然与他们民航和高速公路比较发达、高铁缺少紧迫而巨量的市场需求有关系。而在中国，辽阔的疆土、广阔的市场、人民的需求和高速发展的国民经济，一切让铁路人疲于奔命、泪光闪闪的巨大压力，都转化为助推高铁事业呼啸猛进的强大动力！

天下争雄，舍我其谁！现在来看看中国高铁令人目眩的发展速度：

——从2004年、2005年相继引进日本、法国、加拿大和德国的高铁技术，到2010年3月，中国投入运营的高速铁路长达6552公里，时速和里程都冲到世界第一的位置。

——时速高达380公里的动车组日前刚刚下线，这是中国创造的高铁运营速度的更高纪录，同时意味着世界上更快的京沪高铁将很快投入运营。

——时速400公里的检测车、时速500公里的试验高速动车组及相关路网、信号配套系统，正在紧张的研发之中。

前后不过6年，中国一举跨过发达国家高铁40年的发展道路，创造了后来居上、自主创新、领跑世界的奇迹！

一个国家的雄心，会激发出全民族巨大的精神能量。回望高铁6年征程，我们看到，众志成城的举国体制和闻风而动的统一政令，展现出强大的动员力和凝聚力。50多名院士，15万科研人员，150多家核心企业，数百家产业链上的企业，200万铁路大军，数十万筑路工人，全国各行各业的有识之士和支援团队，一呼百应，呵气成云，攻坚克难，所向披靡……

辉煌就这样被创造出来并在祖国大地上迅速延伸。

集中力量办大事，一心一意谋发展——中国特色社会主义制度的优越性又一次得到验证。

毫无疑问，中国高铁超乎寻常的发展速度，首先源于我国综合国力的迅速提升，源于几代铁路科研人员的技术积累。但是，还有一个重要的助推力是我们不应

当忘记的，那就是发达国家近半个世纪的科学探索和技术研发，给我们提供了一飞冲天的平台。“山高我为峰”——那是因为我们站到巨人的肩膀上了。

按照合作协议，青岛四方、唐山客车曾分别派出一批青年工人，到日本和德国学习铝合金车体焊接技术。洋师傅们对中国工人普遍十分友好，认真负责地传授了相关的知识和技术。所有这些工人回国后，无一例外，全部成为企业的技术骨干。青岛工人离开日本时，日本师傅与他们紧紧拥抱，相约再见，洒泪而别。

张雪松，唐山客车工人技师，两获“全国技术能手”称号，“河北省十大金牌工人”之一。他从钳工转入数控机床操作，再转入装调维修，每次都成为行内“状元”。这样一位优秀的专家型工人，他的勇于探索的积极性，有一次却遭到德国工人的严厉批评。那天，他趴在焊接机器人下面的地上，正在为排除故障冥思苦想时，耳畔传来一句生硬的德语。张雪松爬出来抬头一看，一个高高瘦瘦的西门子工人紧皱眉头站在面前。德国人看张雪松没有听懂他的话，于是招手叫来一名翻译。

翻译对张雪松说：“他问你在设备下面干什么。”张雪松说：“设备坏了，我在修设备。”德国工人又问：“你有维修焊接机器人的资质吗？”张雪松摇摇头：“我是负责数控设备维修的……”德国工人严肃地说：“如果你没有维修资质，你就不能维修这台设备，请离开吧。”

“谢谢你！”面红耳赤的张雪松脱口而出。那是他发自内心的声音，那一刻他深刻认识了德国式的“一切都有规矩，一切都按规矩办”的严谨作风。正是这些看来似乎过于“刻板”的规定和纪律，培育了德国精密制造在世界上的崇高声望。

唐车因此在全厂展开一个学习运动，要求广大员工全面学习、模拟和落实德国严格、严谨、严密的工作方法和工作作风。

日本川崎重工的专家和技术工人进入青岛四方以后，也让四方人耳目一新，深受震动。过去中国工人把机车线路接上头并保证无差错，就算完活了，日本专家却要求线路配管一定要“横平竖直”。日本工人到达工作点，首先铺开一块布，把工具按顺序排好，工作结束，再按顺序裹起来带走，一样不会丢失。而中国工人用一个大背篼，用什么掏什么，干完稀里哗啦一装，走人。一把钳子就这样遗忘在动车组车厢里。为此，日本专家石野主动召集中国工人开了个班组会，他严肃地说，把工具忘记在产品里，“就像医生做手术把钳子刀子遗忘在病人肚子里”。深受教育的青岛四方，为此在全厂轰轰烈烈开展了一场长达半年的“向不良习惯说不”的运动，厂报记者每天四处抓拍中方工人随意、粗放的行为表现，登报示众，进行批评。工人们说，平时没感觉，登报一对比，“真是惊出一身冷汗”！

在长期的合作中，中国工人和外国专家结下深厚的友谊，过年过节，德国专家被请到家里一起包饺子,法国人、加拿大人被请到联欢派对上跳舞唱歌。在青岛四方工作的日本专家归国后,有些人借休假之机,还自费到青岛来看望他们的中国“师兄弟”。看到中国工人夜以继日地奋战,德国专家布拉赫激动地跑进唐车领导人办公室,强烈要求安排工人休息。看到中国工人那么辛苦,一些德国人不计报酬,和中国工人一起加班……

唐车建厂 129 年,青岛四方建厂 110 年,都是中国民族工业和产业工人生长发育的“摇篮”。但是,面对西方数百年工业文明打造的科学精神、优良素质和严谨作风,中国铁路人看到自己的巨大差距并用心学习、奋起直追,这无疑是我们更为重要、更具长久意义的收获。

和平、发展、合作是当今时代的主题。谈判桌上的讨价还价、唇枪舌剑都是“各为其主”,不必苛责。虚怀若谷,海纳百川,始终保持清醒的头脑,善于学习借鉴世界各国的文明成果和发达国家的先进经验,才是一个伟大民族的胸怀和希望所在。

五、让闪电掠过大地:中国铁路人在行动!

引进消化时速 200 公里动车组技术—自主研发时速 350 公里动车组—创新研制时速 380 公里动车组——6 年时间,中国高铁完成了惊人的“三级跳”。

高铁是当代新技术、新材料、新工艺集大成的产物,除了没有翅膀(却多了两条信息化、现代化的轨道),其复杂程度几乎与航空航天技术不相上下。让中国高铁运营速度冲到世界第一,没有强大的自主创新能力是不可能办到的。

——那个夜晚,在千里冰封、万里雪飘的塞北大地,赵明花“冻成了冰棍儿”。2007 年冬,京哈线上的一列动车组在行驶中因突然断电而停车。长客副总工程师赵明花立即带领一批专家赶往现场了解情况。旅客安全“摆渡”登程之后,浓浓夜色中,只剩下孤零零、空荡荡的动车组。这位身体单薄、性情文静的朝鲜族女性与同事们一起登上车顶,查找故障原因,测试各种数据,最后认定:速度飞快的动车组从北京到哈尔滨,经历了急剧变化的温差,造成车顶出现冷凝水,导致电路短路。赵明花和同事们意识到:“这肯定不是偶然的事情,如果不从内部结构上加以防范,在高寒地区有可能经常发生!”由赵明花主持的一个设计团队迅速组成,几个月之后,一项动车组电器内部构造的创新设计完成了,从根本上杜绝了冷凝水断电故障。一个看似偶然的事故,激发出一项中国创新!

2009 年圣诞节前夕,穿越英吉利海峡海底隧道的“欧洲之星”高速列车遭遇大雪天气,进入隧道后因冷凝水浸漫导致断电,4 列列车被堵在隧道里动弹不得,“欧洲之星”被迫停运3天。赵明花看到这则新闻，感慨地对同事们说：“幸好我们早有发现、早做预防了！”

——高铁“水土不服”的难题就是多。北方有冰冻，南方又多雨。飞驰在武广线的动车组，面临着长时间的雨季漏水和潮湿浸润的问题，在唐车副总工程师杜会谦的主持下，又一项防雨防潮的创新设计诞生了。

南辕北辙，各有高招！

——赵秀丽“叫板”两条大汉的故事，是高铁建设工地上的一段佳话。2005年7月，京津城际铁路开工建设，中铁六局丰桥公司承担了14910块无砟轨道板的预制任务。轨道板是无砟轨道结构体系中最基本、最重要的部件，精度要求非常高。按德国工艺要求，轨道板必须用超细水泥制作，而国内尚无厂家能够生产，如果全部进口，不仅价格昂贵，工期也很难保证。

一个受制于人的大难题横在高铁人面前。丰桥公司副总工程师赵秀丽跑遍华北各大水泥厂，动员游说厂方进行试制。一次次试验的失败，令多家水泥厂先后告退，只有一家还在犹豫不决。厂长是个膀大腰圆的汉子，赵秀丽对他说：“你一个大男人，还不如我坚强吗？”几个月后，符合国际标准的高规格水泥终于试制成功，实现了原材料国产化的重大突破，仅此一项，为丰桥公司节约资金1500多万元。

但是，赵秀丽的思考与探索没有停止。超细水泥不仅成本过高，而且耐久性差。能不能用改进的国产普通水泥替代呢？她和同事们废寝忘食，反复研究试验，寻找最佳配比和路径。京沪高铁开工以后，赵秀丽找到山东一家水泥厂，厂长一听她对水泥成分的新要求，吓了一跳，连连摇头说：“我们的产品已经达标，不愁市场。你的要求我们做不到，算了。”赵秀丽向他介绍了中国高铁的宏伟计划，说：“高铁市场这么大，要是把新型国产水泥搞出来，将带来源源不断的效益，你连这点雄心壮志都没有吗？”

这位山东大汉热血沸腾了。经过数百次反复试验，又一项创新成果——国产新型“绿色高性能水泥”问世，世界一流的无砟轨道板诞生了，为企业节省投资7000万元，更为今后中国高铁大发展提供了充足可靠的材料保障！

——中国幅员辽阔，地形、地质之复杂是国外同行不曾遇到的。郑州至西安，是全世界唯一建造在黄土地带的高铁，何华武说：“黄土缺少支撑力，遇雨就沉降变形，像水浸过的面包一样。”高铁路基架在这样的土质上，如果固化不好，轨道就变成“面条”了。十几位院士和一批专家汇集到黄土高坡上“集体会诊”。就凭着这样的集体智慧和创新勇气，郑西线的湿陷性黄土地基、武广线的岩溶地基、广深港和甬台温的淤泥地基、合宁的膨胀地基、哈大线的高寒软土地基等高铁修建难题，都被中国铁路人一一攻克,并实现了“零”沉降!

再来看看空中的创新。

2009年12月9日,在武广线试运行过程中,中国动车组以“双弓重联”的方式,创造了时速394.2公里的速度,这是当时的又一项世界级的新纪录!

所谓“双弓重联”,就是将两列动车组共16节车厢联挂运行,上部同时升起两个受电弓,从空中的接触网导线获取动力。这种大编组联挂,无疑会大大提高运输效率。但这绝不是“1+1=2”的简单等式,因为列车前弓高速冲击接触网后,会引起接触网的振动,使后弓与导线的“密贴跟随性”(专业术语称之为“弓网耦合”)大为降低,剧烈的振动有可能造成后弓离线、撞线,产生大量火花,严重的时候可能会出现烧线、刮弓,引发重大故障。此前,仅有西门子在西班牙高速铁路上做过“双弓重联”试验,尚未在正式运营中应用。

中铁电气化局年轻的副总工程师董安平率领他的团队,承担了攻克“双弓重联”这一世界性难题的重任。回忆这段艰辛的历程,董安平感慨良深,他说,中铁电气化局是个老企业,搞了几十年电气化铁路建设,过去把导线一挂,平直度差个一两公分无所谓,只要不出现波浪弯和扭面,跑起来不打火就算万事大吉。武广高铁建设按标准要求,导线在1米长的范围内平直度不得超过0.1毫米。中国这些架线老手必须从零开始,在上千公里的辽阔线路上,那些粗糙的大手仿佛在一针一线地“绣花”。完工之后经检测,武广线牵引导线的平直度平均达到0.05毫米,比头发丝还细。这不仅是工程质量、技术水平的质的飞跃,更是中国工人在素质、理念、作风上的跨越性进步!

高铁系统对导线性能的要求是极高的:一是要有足够的硬度,受电弓几十万次与它高强度、高频率的摩擦,硬度不够、耐磨性低是不行的;二是必须有很高的导电率。但在金属材料学中,强度和导电率恰恰是一对矛盾体:强度越高,导电性越差;导电性越高,强度越差。比如铜比铁软,导电性却比铁高。

那么,能不能找到一种新的合金材料,两种性能都能得到足够的保证呢?董安平知道,20世纪80年代,日本研制出一种性能良好的PSC导线,于是他向日本有关方面表示,希望引进这个技术。日方专家经过内部讨论,最后以“我们的技术还不成熟”为由,拒绝了中方要求。毕竟,中国曾是远远落后于他们的角色,如今变成强大的竞争对手,他们必须小心提防了。

中国高铁发展的前景,又一次遭遇受制于人的瓶颈。董安平的心情久久不能平静,他和同事们开始探寻自主创新之路。一个偶然的机会,他们与浙江大学金属材料研究所所长、博士生导师孟亮教授遇上了。窗外一弯月,桌上几杯茶,海阔天空聊起高铁上的导线，孟教授说，中国航天器上用过一种新材料，他进行过专题研究，还发表过论文。

董安平大喜过望，双手把桌子拍得山响，茶杯都跳起来了。电化设计院总工程师王立天迅速飞往浙江，在孟教授的实验室看到一小块样品，那一刻，他激动得眼泪都涌出来了！“我们成立个合资公司怎么样？”王总当即提议。铁路系统的河北一家制造商闻讯自愿加盟，十几天后合资公司正式启动。

年近六旬的孟教授有胃病，试验过程中，他天天靠冷水吞药片顶在第一线；董安平瘦了十几斤，笑称“攻关就是最好的减肥运动”；项目经理何劲松 35 岁时才要孩子，为了高铁事业，妻子怀孕 5 个月时他“离家出走”。孩子渐渐大了，会认爸爸了，妻子只能抱着孩子到公司大厅的光荣榜前，指着何劲松的照片说：“那是爸爸……”

“中国导线”终于在千里武广线上横空飞架，牵引着“和谐号”高歌猛进。

通信信号是铁路的“神经系统”。从当年“李玉和”式的手摇信号灯，到今天集成创新的数字技术控制，与共和国同龄的中国铁路通信信号集团做出了重大贡献。研发中心总工程师江明那一年 32 岁，他的话可以代表所有高铁科研人员的心声：“我们的工作很有干头，因为我们解决的都是前人和别人没有解决的问题。”他还有一句更牛的话：“什么难题我们都能找出办法来，主要是时间不够用。唉，人类为什么要睡觉呢？”

在迅猛前进的高铁事业中，还行进着一个默默无闻的庞大群体——中国新一代知识化、专业化的产业工人。他们全是 80 后甚至 90 后，个个朝气蓬勃，英姿勃发。就是这些被父辈视为掌上明珠的独生子女一代，构成中国新一代“铁军”。

——“五朵金花”坐在我面前，谈起这些年的艰辛与劳苦，全哭了。她们是青岛四方的“女焊花”：史秀华、曲先华、孙国华、于延伟、崔恩霞。

“和谐号”工程上马之初，还没有机械化焊接设备，由她们负责焊接铝合金车体。从接受任务的第一天开始，她们就成了一群“不要命也不要家的女人”，被不叠、衣不洗、锅不刷了，化妆品扔抽屉里了，几乎天天踏着晨露上班，顶着星光回家，一进家门骨头就散架了。吃奶的孩子，狠狠心断了奶，扔给老人。上学的孩子，经常一连几个星期见不到妈妈的影子。那天曲先华半夜回家，丈夫去上夜班了，她一进门就听 3 岁女儿在梦中喊“妈妈”。黑暗中，曲先华坐在床头热泪长流，哽咽不止。

她们无数次答应过孩子：“等妈妈忙过这阵子，就带你去公园，看电影。”可她们从未实践过自己的诺言。读小学的孩子批评说：“你是最不守诚信的妈妈！”上大学的孩子说:“放假我再也不回家了,你们都在厂里忙,剩我一个人守着空房子有啥意思!”

背过身,妈妈怎么也抹不尽滚滚而下的泪水。

终于有一天不加班了,史秀华乐疯了,脱下工作服就往家跑,跑到家门口才发现自己忘乎所以,拎包和钥匙都锁在工具箱里忘带了,只好敲门。孩子上学,老公在单位,家里只有瘫痪在床多年的老母亲。老母亲挣下床,在地板上爬了近半个小时,才颤巍巍支撑起来把门打开。门开的那一刻,史秀华抱起母亲,一边往屋里走一边哭……

——一列动车组有几万个接线头,接线工必须成年累月以跪蹲方式进行工作,那大概是世界上最枯燥的劳动,一天忙下来眼花缭乱,夜里做梦,满脑子仍然飞舞着五颜六色的线头。唐车接线工高向丽,文静柔弱,走路和说话都是轻轻的。因为长时间跪蹲工作,第一次怀孕不幸流产。但就是她,以惊人的定力创造了两万根接线无差错的纪录。唐车所有接线工都保持着极高的无差错纪录,德国专家说,你们已经超过西门子的水平。

——身材纤秀、容貌端丽的孙斌斌,是唐车选送到德国培训的首批青年焊工之一,家里三代都是唐车人。中华人民共和国成立初期,唐车制造出第一辆火车头,上面的毛泽东像就是她爷爷亲手刻制的。好家风培育了一个意志坚定、好学上进的好女儿,孙斌斌在德国顺利通过“国际焊接教师”的资格考试,成为全球第一位获得此项资格的女性。她受邀走上讲台,为西门子培训德国学员——她又成为“中国第一人”。因为她授课耐心细致,德国学员们把好几位本国教师赶走了,说:“你们能上哪儿就上哪儿吧,我们只让中国老师教!”

在唐车动车组奋战的第一代优秀青年焊工,都是孙斌斌一手“克隆”出来的。

——女工吕开香,两个姐姐在地震中不幸遇难,她成了父亲唯一的掌上明珠。唐车决定送她去德国培训时,父亲老泪纵横,不愿意女儿跑到那么远的异国他乡去,但她还是扔下2岁的女儿,和同厂的丈夫一起踏上征途。从她离家那天起,女儿每天夜里都抱着妈妈的枕头睡觉,而且不允许任何人碰那个枕头,因为枕头上有“妈妈的味道”。

说到这里,吕开香泣不成声。

女人是水做的,中国高铁女工们是汗水和泪水做的。但她们无比骄傲和自豪,她们说:“我们做出了世界上最好最快的动车!”

截至目前,中国南车和北车集团已经出口轻轨动车组成套设备达23亿美元。

无论多么绚丽的梦想,无论多么伟大的设计,当最后一道工序完成时,站在旁边默默擦汗的一定是一群工人。他们是中国高铁真正的钢轨和基石。他们如同春蚕,用自己的爱和生命,默默吐出一条流光溢彩的钢铁的“丝绸之路”。

尾　声

2009年9月,中华人民共和国成立60周年大庆前夕,北京南站披红挂绿,热闹非凡。铁道部组织全路上万名劳模,登上京津“和谐号”城际列车,以领略中国高铁的建设成就。伴随着速度显示屏上节节上升的红色数字,劳模们站立起来,激动地挥动双臂,齐声高喊,仿佛不是接触网上的巨大电流,而是他们的喊声在推动列车飞速前进。那是“中国创造”的加速度,那是几代铁路人的梦想与追求,那是中华民族走向伟大复兴的激越步伐啊!两鬓飞霜的老劳模老泪纵横,气宇轩昂的青年劳模热泪盈眶……

是泪花,也是骄傲与自豪,在他们的脸上闪闪发光。

十六大以来的8年,中国铁路谱写了辉煌壮丽的篇章:从世界上最快的“和谐号”到地球上海拔最高的青藏铁路,从6次大提速的技术集成创新,到运煤专线大秦线(大同至秦皇岛)创造的世界重载最高纪录——那可是壮观到令人惊叹的景观啊!第一位上线的“和谐号”重载货运列车司机程利甫是西北汉子,英眉朗目,虎虎生威。他告诉我,大秦线上每天飞驰着95对重载列车,年运量达4亿吨。一列重载列车最高载重达2万吨,编组200多节车辆,总长2.5公里,最高时速120公里,这意味着大秦线平均每秒飞过去13.7吨煤,如同一条波澜壮阔的煤河,每天源源不断地从大同流到秦皇岛……

中国铁路人终于在大地上画出最新最美的图画。高速、高原、重载、既有线提速等创新成就一鸣惊人,傲立于世,并在国际上一举打响“中国创造”的最优品牌。“火车一响,黄金万两”,这是国人对轨道交通价值意义最通俗也最精到的概括。到2012年,随着京沪、京广、沪汉蓉、沪昆等“四纵四横”高速铁路网的建成,闪闪发光的高铁将如一条条彩带,把北京和各省会城市紧密联系起来,从“1小时生活圈”到“8小时生活圈”,再到西部边疆省区的“一日生活圈”,56个民族组成的“中华大家庭”载歌载舞,仿佛都汇聚到辉煌壮丽的天安门广场……

横空出世、光彩熠熠的高铁,成为中国递给世界的一张亮丽名片。国际铁路联盟高速铁路部总监说:“中国正成为全球领跑者,世界铁路的未来在中国。”一位曾在广州车站当过春运志愿者的大学生,在经历和目睹了太多的崇高和感动之后,写下这样一首温情的小诗:

有一种车次，千百趟的终点
都是同一个站名——家
有一种运送，千百趟的目标
都是同一个向往——团圆
有那么一群铁路人，日夜工作
都是同一个希望——让您回家团圆
因为他们的坚守，因为他们的温暖
这个除夕不太冷

中国铁路人以对国家和人民的勇敢担当、艰难奋斗和炽热情感，在中华大地建立起一座以"无私奉献"命名的历史丰碑。

面对这座丰碑，我们充满敬意。

（原载《人民日报》2010年6月11日）

让百姓做主
——琴坛村罢免村主任纪事

朱晓军　李　英

引　言

琴坛村是浙西偏僻贫穷的小山村，海拔1000多米，地势较高，山势险峻，在金华市素有“小西藏”之称。这个村是箬阳乡最偏远的村，村到乡还不通公路，村民去乡里不想走4公里山上小道的话，就要兜一大圈，多跑20多公里冤枉路。

琴坛村像它的名字一样美，依山傍水，风景秀丽。可是，它犹如分糖果时溜出去的孩子，被时代遗忘了，被财富遗忘了。在经济发达的浙江，像别墅区似的村庄随处可见，琴坛村却停留在20世纪80年代似的，满是一片破旧的土屋。村民靠茶叶和高山蔬菜维生，日子像扎在腰的裤带勒得很紧。穷像根鞭子，把村民往城市赶，村里三分之一的人在金华或经商，或打工。

2009年10月下旬，村主任邓士明将一条像飘逸的哈达穿村而过的龙潭溪承包出去，在城里讨生活的年轻人不干了。农村自治不等于村主任自治，龙潭溪是村里仅有的集体资源，他凭啥擅自承包出去，而且承包价还不到其他地方的十分之一？

年轻人“杀”回了村，他们要邓士明收回龙潭溪，要罢免邓士明，要选出自己放心的村主任……

这座被时代遗忘的山村犹如落进龙门山地震带，频频发生“地震”，“震波”不仅传到金华市、浙江省，还传遍全国。

在“地震”中，村民掂量出了自己手中选票的分量，懂得了选村委会就是选择自己的未来；在城市讨生活的年轻人明白了，不论在城里赚多少钱，都不能丢下自己的家园，要关心琴坛，热爱琴坛，要为她多付出点儿。这些年轻人在村里树起了威信和号召力，也找到了自己的价值。他们是新版的“我们村里的年轻人”。

一、村里出事了！

2009年10月27日傍晚，一阵秋风扫过之后下起牛毛细雨。

廖祥海赶往东关超市。他没撑伞，让街灯柔和的灯光和蒙蒙细雨尽情洒落在脸上和身上。他刚30岁，那张娃娃脸挂着掩饰不住的稚气，尤其笑起来就像孩子似的无拘无束，天真无邪。此时，他却笑不出来了，愤懑像把草塞在心里。他想借酒浇愁，半瓶白酒下去了，那把草不仅没被冲走，反而像给愤懑注射了一针兴奋剂，让它在血液里奔突起来。

下午，荣海打电话说，村里出事了，邓士明把龙潭溪给包了出去，一年才16000元。

荣海姓张，比祥海大12岁，不仅是祥海的亲娘舅，还是无话不谈的好友。

琴坛村不大，历史却比美利坚合众国还长，至今已400多年。全村有五大姓：廖、张、邓、邹、罗。最先来琴坛的是姓邓的和姓廖的，随后才迁来其他三姓。他们都是福建移民，说着福建版金华话，或者说是金华版福建话。后来居上，现在村里最大的是张姓，最小的是罗姓。村里到金华市区45公里，2000年前要走五六个小时山路才能到安地镇。当时的村主任申小妹说，金华市的一位副市长来村里视察，从安地走到村里就把鞋子走破了。他见这里的村民闭塞，生活太苦了，拨给15万元，让琴坛村修公路。琴坛到安地的公路通了，到乡的公路还没通。

偏僻闭塞，村民的婚姻只得“自力更生”“就地取材”。这么一来，村里亲戚套亲戚，可谓“亲网恢恢，疏而不漏”，一竿子打不到，两竿子准搭上。廖祥海跟荣海是亲戚，跟邓士明也是亲戚。祥海的父亲是邓士明爷爷的养子，这样算来士明还是他的堂兄嘞。士明跟现任村支书邓士根也是堂兄弟。在琴坛是“我家的堂兄表弟数不清”嘞。

廖祥海19岁就离开了村，当了几年油漆工，现在跟妹夫合伙在模具城开一家模具公司。生意忙，他一年到头也回不了几次琴坛。别看祥海年纪不大，已是两届村支委。琴坛村134户农家，374人，三分之二在村里。琴坛跟其他经济欠发达的村子一样，留守的是“386199特种部队”，除了女人、孩子，就是老人，年轻力壮的没几人。

“两委”成员也分为两地，以邓士明为首的村委会有三位村委，驻守村里；以邓士根为首的支委会的五位支委，三位在金华市区，两位六七十岁的在村里。邓士根也在模具城做生意，另一位支委在金丽温高速公路出口处打工。

荣海还说，承包龙潭溪的 Y 老板在邻镇茶山那边也承包一条溪，一年 166600 元。

荣海属于“两栖”人，一脚在城里，一脚在村里。他有一辆柳州五菱小货车，在金华的市场门口拉脚。一是有车方便，二是老婆孩子还在村里，回村频繁。他老婆是三位村委之一，村里的消息自然灵通。

“他们的溪比我们的短，河道也没我们的宽。凭什么我们的承包费还不到他们的十分之一？再说，这么大的事邓士明怎么能一个人做主？”廖祥海一听就火了。

“合同签了 28 年。”荣海说。

“开什么国际玩笑！”廖祥海吼叫一声。

荣海的话像星星之火，转瞬就在廖祥海的心里燎原了。一年亏 15 万多，28 年亏 420 多万元！420 万对于富村算不了什么，对于琴坛来说那就是天文数字！再说，这不仅仅是钱的问题，村界内的龙潭溪长近 5 公里，是溪的源头，清澈见底。它是村里的母亲河，村民是吃着溪水长大的，小时候还在溪里游泳嬉戏，捕鱼捞虾，他们对这条溪有着不同寻常的感情。邓士明将它以不到其他地方十分之一的价格承包出去，这是对龙潭溪的亵渎，是对琴坛父老乡亲的污辱和出卖！

琴坛村没有集体经济，山都包给了村民，这条溪是村里唯一的公共资源。这事要不要管，该不该蹚这浑水，有没有必要操这份心？近几年，他的生意不错，赚了些钱，刚刚花六七百万元购进三台数控设备，忙得焦头烂额。他连问自己几遍，没有答案。

琴坛村虽然不大，可是关系复杂，哪人身后没有一个家？哪家没有三亲六故？有时得罪一人就等于得罪大半个村子，常常有些事明知不对，也没人站出来反对。他是在金华了，可是他母亲还在村里。再说，得罪他邓士明没什么好处。邓士明的一个弟弟在金华最大的一家百货公司当副总经理，另一个在监狱任执法大队的大队长，廖、邓两家毕竟还是亲戚，逢年过节两家人还要聚聚餐，吃顿饭。

荣海似乎想到了这一点，在电话里说：“这种情况要是没人站出来的话，以后全村的利益就更没保障了。”

是啊，留在村里的除了老人就是女人和孩子，他们哪个敢得罪村主任？村里的“能人”都在城里“发展经济”，没有时间和精力管，也不想管村里的事。这不就等于村里唱了“空城计”，村主任想干啥就干啥了？不行，我得召集大家伙商量一下。

“溪滩？他连溪滩都敢包掉，这么大胆啊？刚当一年多村主任，别的没干，先卖东西了。”张林军气愤地说。

张林军 27 岁，在城里闯荡五六年了，现在金华一家投资公司当会计和跑业务。

“有意见就碰碰面，听听大家的。”张明华不紧不慢地说。

张明华是能人。他38岁，不仅脑袋灵光，而且很有能力，20多岁就当上了村主任，10年前跑到金华经商，现在是红双喜婚庆广场的老板。能人大抵都有这个特点——消息灵通，是信息的集散地。溪滩承包的事，他两天前就听说了。他不相信，打电话问在村里的老爸，老爸和表哥都是村民代表。老爸说，这事情是有的，他也跟着在承包合同上签了字。“这么大个事情，你也不问一下？”张明华忍不住埋怨老爸一句，也就将它放下了。做生意就是要钻进钱眼里，眼睛一睁一闭想的都是钱，哪有精力操闲心？廖祥海一提醒，他也觉得是件大事，想商量商量，看看有没有挽回的余地。

金华市区不大，不论是对事儿关心，还是对聚会有兴趣，大家丢下饭碗就跑了过来。

7点半，琴坛村的13位年轻人就聚集在东关的超市。这是村民余金炉开的，租的是邓士勇的房子。

邓士勇是老村主任申小妹的儿子。4岁时，他的户口就迁到了市里，在市里读书，又从市里参军。转业后，他在中国银行金华分行工作。邓士勇是村子里的城市人，不仅文化水平高，有头脑，有能力，而且还拥有人脉资源。他在这座城市生活了几十年，有同学、战友和同事，还有以各种各样方式结交的朋友。邓士勇就住在超市楼上，廖祥海之所以选择在这里，就想请邓士勇参加，让他这个城里人给出出主意，策划策划。

“龙潭溪被承包出去了，我们怎么不知道呢？”关心此事的村民一见面就抱怨，不是对这事不满，而是感到自己被村里忽略了，有点儿恼火。

“这么大个事儿，没经过‘两委’讨论，没召开村民代表大会，也没经过乡招标办公开招标，他邓士明就把合同给签了，承包费还这么低，是不是有什么猫腻？”廖祥海说出自己的猜测。

“溪滩是全村人的，要卖也得卖个好价钱，也不能贱卖呀。”张明辉说。

张明辉在金华开家电器商店，生意不错，一年能赚二三十万，在村里人眼里算得上大老板了。

说是“贱卖”显然用词不当，夸大其词，琴坛村人讲话不讲究准确，讲究的是如何表达自己的感受和情绪，没人会纠正这种概念错误的。

超市太小，除了货架货物之外，空间有限，十几个人挤在里边有点压抑，好像这人呼气时，那人才能吸气，影响思维。外边的雨善解人意地戛然而止，他们把凳子搬到外边，围成一圈，一边喝茶，一边嗑瓜子儿，一边聊天，一边商量事儿。

“溪滩这东西不是个人说了算的，那是村里的资源，是祖宗留下来的，不是说随便拿出去包给别人28年的。”张明华说。

在政府机关，说话的分量往往不在于说者聪明还是愚蠢，而在于其级别的高低；在民间，说话的分量有时不在于对错，而在于说话者的威望。张明华说话声音不大，却很有鼓动性。

“我们要想办法把这龙潭溪收回来，不能这样就算了！”廖祥海建议。

“让邓士明把钱退回去，把溪滩收回来。要承包也要经过公开、公正、公平地招标投标才行，他们的合同无效，废掉废掉。”

这些年轻人不同于村里的老人，在城市闯荡多年，不仅见过世面，而且接受了现代文明。

“邓士明上来之后什么事都没做起来，还乱讲话，搞得村里不得安宁，我看趁早把他免掉算了。”张林军说。

张林军说话直言不讳，从不转弯抹角。

聚会的主题可能是一个，动机和想法往往是N个，有的想把承包合同废掉，将龙潭溪收回来；有的想发发牢骚；有的想凑凑热闹。他们都称得上村里的精英，哪怕知道自己算不得精英，也希望被看作精英。不过，有一点是肯定的，多数人没想罢免村主任，要知道有这一动议的话，也许就不来了。聚会不同于开会，开会犹如龙潭溪，只要不发洪水就会顺着河道流淌下去，聚会是每个人的想法都是一条溪流，流到了一起，说不定在哪儿就掀起巨澜，甚至于决口。大凡政权不大稳定，统治者最怕的就是群众聚会，国民党统治时期许多茶馆酒楼都贴着“莫谈国事”，怕的就是这个。

张林军的话有人称赞，有人沉默，有人开心，有人胆怯。张林军根本就不管他人是怎么想的，索性像竹筒倒豆子似的把自己的想法统统倒了出来：“我们再也不能这样了，不能再对村里的事不管不问了，应该为村里做点什么了……”

“是啊，等我们老了，还得回村呢，那里还是我们的家呢！”张明华悠然地说。

邓士勇提议成立个组织，就叫同乡会好了。什么叫有头脑？这就是有头脑，让别人的想法顺着自己的河床流淌！在座的人不禁拍案叫好，让邓士勇负责起草同乡会章程。他们已不同于传统意义上的“村民”，他们除出身农家、户口不在城市之外，已同城里人没什么区别，知道与了解的东西不比城市人少多少。

“我们要把村里那些有志向的、正派的年轻人都吸引进来，每人每年出点儿钱，为村里办点实事！”廖祥海兴奋地说。

大家兴奋地聊到半夜12点才散去。

次日晚上,大家在世贸大厦张林军的办公室再次聚会,参会人数陡增至17人,其中有村支委余根基。这一天,余根基休班,回村看望父母,搭张荣海的车返市里时听说了此事,饭没吃就跑来了。

人无头不走,鸟无头不飞。这次聚会的头一件事就是选举同乡会会长。大家过去就佩服邓士勇,昨晚之后就更佩服他了,一致推举他为会长,张明辉为副会长。邓士勇是有心人,早已起草好同乡会章程。章程的主要内容是:以主持正义,扶贫扶弱,团结同乡,共同为村子的发展尽力为宗旨,共同帮助同乡村民致富;会员将尽自己所能上缴会费,每年不得低于500元,所交费用用于主持正义、扶贫扶弱及本会的正常运转;会员做的所有事都是义务。章程在表决后通过。

对做生意的人来说,500元会费算不了什么,可是对余根基、廖枣红等打工的来说,这可不是小数。余根基的月工资只有1200元,加上补贴才2000来元。他40岁结婚,孩子才1周岁,开销很大,另外每月要还六七百元的房贷,还要贴补父母一点儿,一下拿不出500元。他提出分期交付,先交300元,等缓缓劲再交200元。其他人见余根基都交了会费,没带钱的借钱交了,连平时一毛不拔的人也都痛快地掏出了钱。

不想从她那得到什么,却愿意为她而付出的地方叫家乡。他们相互感染着,激励着,感动着……

接下来的议题是罢免村主任。邓士勇说,这好办,回去把他的公章收回来就行了。

"不妥,村主任是行政官。我们得给乡政府打报告,让乡里把他撤掉。"有人不同意地说。

在中国,村主任可以说是最小的官,小到连国家干部都不算。除村民之外,几乎所有人都不拿村主任当干部。2002年,湖北省某乡镇干部随便给村主任写个便条,该乡镇的一位姓谭的村主任就乖乖地辞职了;2003年,山东省枣庄市泥沟镇政府居然撤销了合法当选的村主任秦实华的职务。所以说,琴坛人不知道怎么罢免村主任并不稀奇。

廖祥海和张林军上网查过,没查到罢免村主任的办法,只查到几则报道,了解到罢免远比选举复杂,要成立罢免委员会,要村民投票表决,许多村子折腾了一番还没成功。这俩人可不是"杀猪不吹——蔫退"的主儿,敢想敢为,所以不论成败都要走一遭。

邓士勇起草罢免申请书,众人纷纷提供罢免理由。

“他的村主任当得不称职。事情呢不做，村庄整治到现在都没有搞上去，在乡里都倒数了……”

“他领人查了一年多的账，误工费就花了好几万……”

“他把村里的礼堂无偿让给邹旺根的小姨夫搞来料加工……”

邹旺根是村委，是邓士明的得力助手，也是张林军的亲娘舅。他们舅甥本来关系不错，自从邓士明当选村主任，邹旺根当选村委之后，他们之间的分歧越来越大，关系越来越僵。

“他阻挠修筑琴南公路，叫几个无知的妇女躺在挖掘机下边，还煽动几个年纪大的人睡到挖掘机上，想获得高额赔偿，搞得村里到乡的公路至今还没有通。”

写这种材料对邓士勇来说是小菜一碟，唰唰唰，很快就写完了。他将大家的意见归纳整理，高度概括为：

琴坛村两委罢免申请

箬阳乡人民政府：

我村村主任邓士明因不顾村集体利益，未经正常程序出让村集体资源，极大地损害了村民的利益，有出卖集体利益的可能。加上上任后不做实事，只停留在无根据的事上乱翻，管理杂乱，使全村处于不断的争吵当中……现村民按序联名特提请上级部门批准罢免村主任及部分村委并同时提前进行改选。

特此申请

琴坛村民　联名：

廖祥海和张林军率先签字画押。

有人傻眼了，这白纸黑字、鲜红手印，将来想反悔都来不及。邓士明和邹旺根等人要知道自己背着他们参与和策划了罢免，在村的家人还有好果子吃吗？内幕，什么内幕，内幕只是媒体吸引眼球的字眼，中国还有多少内幕可言？有人扎牢过口袋，没人扎牢过嘴巴。今晚的聚会，谁说了什么，说不定明天邓士明他们就知道了，也许今晚散会不一会儿就知道呢，指不定谁要倒霉，倒大霉！

当非洲的野牛群与狮群相遇时，公牛会犄角朝外地守着牛群。这时，即便饥肠辘辘的狮子也不敢轻举妄动。一旦哪头公牛恐惧了，掉头就跑，牛群会轰然而散，哪怕剽悍的公牛也会成为狮子腹中的食物和丢弃在荒野上的白花花的骨头。怎么样才能不散群？牛没办法，人有办法。邓士勇提议起草一份承诺书，承诺同心协力，共进共退。为防止有人违约，承诺书加了一条：“为树立个人信用，特此承诺，如有违反,即通过媒体向社会公布。”最后,每个人都在自己的承诺书上签了字,画了押。

邓士勇举着承诺书对大家说:“有了承诺就谁也不能退出,共同坚持到底。谁要是退出,谁要是出卖我们,或做了对不起我们的事情,我们就把这张承诺书贴到村里去,叫他没法做人!”

二、村主任邓士明

琴坛村依山傍溪,土坯的农舍从溪北的水泥路旁错落有致地叠到半山腰,远远看去居然有点儿布达拉宫的味道。溪滩里的水不舍昼夜地流淌着,溪面点缀着的一块块被水打磨光滑的巨型鹅卵石是一道迷人的风景。琴坛村两侧的山峰上耸立着一对石人,一个头上盘发髻,像一孕妇;一个挺胸直背,遥望苍天,不失真人风度。它们面面相对,长相厮守。有人说,“茶圣”陆羽带着妻子寻访天下名茶,途经琴坛口干舌燥,向一老妇人讨水喝。老妇人用自己刚采的茶叶泡了一碗给陆羽,他端茶一闻一品,顿觉眼前一亮,心想:这不就是我要找的好茶吗！为此,陆羽夫妻就在琴坛村住下了,以种茶砍柴为生,再也没有离去,于是变成了两尊石人。

邓士明家的房子建在溪南,背山朝北,几乎照不进阳光,显得格外清冷。门前有座石桥,通往溪北。山外是深秋,山里已初冬。温和的风刮到山里就像一把刀被磨得锋利,脾气也暴躁了起来,呼啸着掠过山坡,像老鹰爪子似的将树叶一把把扯下来。山上的阔叶树一夜之间变衰老了,无精打采地垂着。

一大清早,邓士明就坐在门口,望着那汩汩流淌的溪水,地上扔满烟头。可能失眠,他那张饱经风霜的脸看上去比平时憔悴。当下意识地将手指探向烟盒时,他却发现烟盒已空,将空烟盒揉了一团,起身回屋时,突然看见村委邹旺根。

邹旺根看出他没烟了,递过一支说:“士明,城里的年轻人开会要罢免你,我外甥林军也跟着乱搅和。”

邓士明看一眼邹旺根,满不在乎地说:“我早知道了,他们没那个能耐,瞎起哄而已。”

邹旺根见他没在意,又补充一句说:“他们还要收回龙潭溪。”

邓士明说:“收回去?没那么容易。我就不信,他们还能翻了天。”

邹旺根说:“你老爸当支书那会儿,穷是穷,可从来就没有这么多烂事儿。”

邓士明说:“是啊,是啊。”

他老爸先是当村长,那时不叫村长,叫生产大队大队长,后来又当支书。那时村里就穷,他老爸为改变琴坛的面貌,早晨天刚亮就出了门,天黑才走出深山。他先后去绍兴等地参观学习,然后又把专家请进来,经过土质化验之后,选种200多亩的茶树。他老爸为琴坛鞠躬尽瘁,49岁就病逝了,引进的茶树至今还在造福琴坛。父亲去世时,公社的干部和大队的社员都来参加追悼会,许多人流着眼泪说,邓支书是一个难得的好支书!

世道变了,他老爸那个年代的村干部多么有威信,大事小情都说了算,哪像他这个村主任当得憋气加窝火,这一年到头苦没少受,累没少挨,亏没少吃,那帮在外边捞钱的年轻人还不满意,还要罢免他。

邓士明是在2008年4月换届选举时当选为村主任的,这既出乎意料,又在情理之中。

最初海选出来的候选人有两位:张新德和张清福。这两个人能力和威望都不差,张新德"土改"时当过儿童团团长,后来又担任公社团委副书记、琴坛大队大队长,改革开放后当过一届村主任,遗憾的是他已68岁,年近古稀;张清福当过将近30年的生产队长,无论魄力、能力还是口碑都不错,可惜的是他已66岁。乡政府规定,60岁以上的村民不能再当选村主任。于是,邓士明被增补为候选人。

邓士明在兄弟中排行老二,大哥邓士品在乡小学教书。琴坛村穷是穷,可是特别注重知识,看重读书人,再加上年轻人都曾经是邓老师的学生,年老的亦曾经是邓老师的学生家长,所以他在村上特别受敬重;二弟是狱警,在监狱任执法大队的大队长;三弟阿贵是金华一家大公司的副总经理。邓家兄弟四人,只有邓士明书读得少,仍在村里当农民。

选举哪能不拉选票?美国总统大选还要像海鸟筑巢似的奔波演讲。可是,邓士明既没有口才,又没有威望,村里有些人根本就瞧不起他,所以只好让德高望重的邓老师和受人敬重的三弟阿贵出面了。

邓老师挨家挨户地为邓士明做工作,诚恳地对乡亲们说,让士明当当村主任吧,我们兄弟都在外面,就他一人还在村里。

有人认为,邓士明单纯实在,想啥说啥,没有弯弯绕,人也不坏,做事较真,再说,反正琴坛村也是贫困村,想发展连门儿都没有,这么个村主任谁当还不都一样?士明要当就给他当当吧!也有人认为,他根本就不适合当村干部,一是能力比较低,二是做事没头脑,三是爱乱讲话。有一单位到村扶贫,他愣是在村口把人家拦住说:"你们以后不要再来了,你们的扶贫款都进了村干部的口袋。"

有人直言不讳地说:"邓老师,你大弟是不好当这个村主任的,如果你要来当,我们百分之百同意。你大弟没文化,人又粗鲁,再说连个组长都没当过,怎好当村主任呢?”

廖祥海说得更是干脆:“他这个人根本就不是当村主任的料,什么能力都没有,不要说当村主任了,能把自己的家管好就不错了。”

多数人都给邓老师面子,张明华、余根基不仅答应投邓士明的票,还帮忙做工作。张明华对关系不错的村民说:“让邓士明当当吧,我都支持他了,你们还不支持?”余根基劝大家:“我们就相信邓士明他们哥儿几个一次吧!”

邓士明在竞选中说,村里每年都有扶贫款进账,上届村主任干了三年,村里却一点儿变化都没有,那些村干部肯定有经济问题。如果自己当选,先把账查个水落石出,然后再一心一意把村子弄上去。他的竞选承诺更是出手不凡,深得人心。他表示当选后要“以‘公开协商’的原则处理财务,做到村务公开、财务公开,村中大事征求广大村民意见,由村干部集体研究决定”。承诺为村民办两件实事:一是每人每年 20 元的合作医疗款由村财政支付;若村经济有困难,由本人向外界讨;若仍得不到扶助,由本人为村民支付。二是树立敬老扶贫的村风,每年年终对年满 60 周岁以上的村民进行慰问,对受天灾人祸、生活困难的村民做力所能及的帮扶。为了表示自己的诚意,在选举之前,他把竞选承诺打印出来,分发给村民。

他的竞选承诺出自邓老师之手,集中了两代人的智慧。“公开协商”原则是邓士明的堂叔提出的。堂叔退休前是乡干部,认为村民比较看重公平、公开、公正的原则。替村民交合作医疗款是邓老师的主意。琴坛村三分之一的村民在外地,每年村里为这笔合作医疗款就要支付六七千元的差旅费和误工费,全部收上来的话也就八千来元钱,还不如村里直接支付。村里的账面上有 20 多万的扶贫款,足以支付这笔钱,所以承诺的“若村经济有困难,由本人向外界讨;若仍得不到扶助,由本人为村民支付”,不过是个姿态。

琴坛村的村民文化水平较低,忽略了前提条件,理解为邓士明当了村主任,每人每年的 20 元合作医疗费就不交了,村里交不上,他邓士明交,他邓士明没钱交,那么就用邓老师的工资交。邓老师每年的工资怎么也超过八千块钱吧?在经济发达地区,20 元钱算不了什么,对于琴坛村民来说,这 20 元钱是绝对不能不当回事的,一人 20 元,一家六七口人那就 100 多元呢,三年下来就是半千呢。

老人是绝对不可忽略的选票,村里的中青年都在城市,未必回来投票,选票会委托给父母,父母想投谁就投谁,所以把老人打点明白,基本上就没问题了。每年慰问老人的钱自然要三弟来出,阿贵也愿意出这笔钱。

竞选村主任不但是邓士明的事,也是邓氏兄弟的事,是邓家男女老少的头等大事!邓士明要是当选为村主任,往大说,邓家的父子都当过村主任,对琴坛村做出了应有的贡献；往小说，子承父业，邓士明给老爸争了光，邓家在村里的地位得到提升；对在琴坛村的老妈来说，其他三个儿子再风光也是村外边的事儿，邓士明当了村主任那才是村里的风光，真正的风光！选举的前一天，74岁的老妈去村口的庙上烧了三炷香，祈求观音菩萨保佑她的士明当选村主任。

选举的那天，邓老师和阿贵都回了村，站在投票的礼堂门口，对村民一一地说："支持士明一下吧，我们是不会让大家吃亏的。"

邓士明大获成功，全村339位选民，他获得298票，高票当选！

张明华和余根基把家里人的选票都投给了邓士明。廖祥海和张林军没有回村，委托父母投的票，至于父母投给了谁，他们也不清楚。听说邓士明当选后，张林军嘲讽地说："傻瓜一样的也能当村主任了，这回村里要有苦头吃，想发展就更难了。"村民都清楚，他们的票不是投给邓士明的，而是投给邓氏兄弟的，确切点说是投给邓老师和邓副总经理的。他们并不指望村主任能带领大家致富，他们寄希望于新选出来的当家人能够从外边多讨点扶贫款，大家都跟着沾沾光。他们相信邓老师和邓副总有这个能力。

新官上任三把火，邓士明首先是查账，想彻底清查，任何蛛丝马迹都不放过。没想到花去数千元差旅费和误工费，却没有个结果。张明华生气了："他动不动就查这账，查那账，他又不是反贪局。村上过去给前来扶贫的单位送几斤茶叶、几斤牛肉，他也要去问一问，查一查。搞得我们村形象很差很差的，谁还来扶贫？他这个村主任是傻子，农民讲就是二百五，脑子不大清楚，这种人还能做事情？跟他都没法交流了。"

张林军说："他们拿着审计报告对我外公外婆说，上届村委会多收了他们1450元的修路费。我外公气得要跟上届书记和主任拼命，外婆天天去骂他们，跟他们要钱。我对外公说，村里欠不欠你的，你自己还不清楚？那个审计报告前三页有公章，后边的十五六页没有章，一看就知道是邓士明他们自己订上去的，我在公司当会计还看不出来？人往往就是这样，说少收了你的钱，你肯定不相信；说多收了你的钱，你一定会找他算账。我外公外婆总认为是多收了他们的钱。我怕他们气坏了，就掏出1450元钱，对他们说，村里多收的钱呢，让我给要回来了。我外婆高兴得一个劲儿说，'我的外孙事情办得好！'你说，他那个村主任当的，不干正事，净制造矛盾。"

乡里搞村庄整治工程，要求村里先垫款施工，然后乡里再拨款，因种种原因也没有启动，村民们不满意。乡里修琴南公路，解决琴坛村与箬阳乡不通公路的问题，因征地赔偿，邓士明带领部分村民阻挠而搁浅。收合作医疗款时，村里没替村民交,邓士明也没付,最终还是向村民收的,村民怨声载道。

邓士明没想到几把火没烧好,反而燎了自己。山里人是看重承诺的,合作医疗款是他的一块心病。一天,阿贵和Y老板聊天说起了龙潭溪,Y老板很有兴趣,想承包下来搞漂流。老板到琴坛村考察后,表示愿意每年出16000元承包费,承包28年。他准备投资3000万,在琴坛村搞旅游开发。邓氏三兄弟喜出望外,这笔钱支付医疗合作款绰绰有余了。邓士明上任后,村里人想承包龙潭溪养鱼,每年交村里800元钱,他没同意;村外有人想搞漂流,每年交2000元,他嫌承包费太低,也没同意。Y老板出16000万,这是800元的20倍!

2009年10月16日晚上,邓士明、邹旺根和Y老板来到礼堂,通知村民代表来开会。邓士明拿出溪滩承包合同说:"这个合同你们看一下,满意了,对老百姓有利了,你就盖章,觉得没利就不要盖章。"

村里人管摁手印叫"盖章"。村民代表看过合同后,没有异议,于是就摁了手印。

老板掏出中华烟说:"我就不一支支地递给你们了,每人一包拿去自己抽吧。"说罢,给了每位代表一包烟。邓士明追问一句:"你们没意见了,我的章就盖出去了!"

他说的章指的是村委会的公章。见大家没意见,他在合同上盖上了公章,交给Y老板一份。接着Y老板交付了第一年的承包费16000万元。不知邓士明他们是疏漏,还是有意遗漏,村民代表没有全通知到,20位村民代表来了17位,还有3个代表没通知到,其中之一就是邓士勇的母亲申小妹。在村里,申小妹算得上既有政策水平又有头脑的人物,担任过村支书兼村主任。她要到场的话,琴坛的这段历史也许就要改写了。申小妹说:"我要是去的话,肯定会反对的。邓士明他们知道我会反对,所以就不让我参加。承包龙潭溪必须经村'两委'讨论通过,要请示乡政府的;另外,1万元以上的项目,要由乡政府组织招标。我当支书和村主任时,村里建两个水坝,那都是乡政府组织招标的。邓士明这人没有知识,没有能力,嘴巴乱讲话。他的话很多,没做的先讲出去,又不实事求是,可是河道承包,这应该讲的呢,他又不讲了。"

邓士明做梦也没有想到,这纸合同居然成为村民要罢免他的导火索。

三、村里村外的冲突

2009年10月29日,四辆车浩浩荡荡开进琴坛村。廖祥海、张林军、张明华、余根基、张荣海等16人出现在村口。这些年来在外边的年轻人平时很少回来，更没有这样成群结队回来过，哪怕过年都没有，琴坛震动了。他们的父母闻讯来了，乡亲也围了过来。

没有不透风的墙，尤其是农村的土墙。廖祥海他们成立同乡会，要罢免村主任的消息早已像深秋的落叶刮得满村都是。落叶是没有生命的，从树上飘落时多大就多大了；传闻生长在舌头上，是活的。传闻在村东头是松针的话，哗啦哗啦地到村西头就可能变为了巴掌大小的梧桐叶。村民的想象力和创造力是丰富的，他们不追求准确，但追求生动，追求如何充分地，甚至有点夸张地表达自己的思想和情绪。村民说邓士明查账花掉差旅费和误工费好几万，那绝不是说花掉了1万元、2万元，或者3万元，那是相当于说花掉老鼻子钱了，可能是三五千元，也可能是六七千元；说邓士明把龙潭溪给卖了，那也不是真认为他就是卖了，而是表明对他的做法的反对。可以想象"同乡会""罢免村主任"这两个关键词从村头刮到村尾会是什么样子。

廖祥海他们回村是征求所有村民意见的。他们认为罢免申请最起码要有一半以上的村民支持才能有效。要取得半数以上村民的支持可不是一件容易的事。百姓百姓，就是百人有百个想法，是难以统一的。尽管许多村民对邓士明不满意，怨怼不已，可是未必想罢免他；即使有意罢免他，也未必会在罢免申请上签字画押，而是希望别人来罢免他，自己坐享其成，也就是说他们只同意而不支持。廖祥海他们商量来商量去，认为应先争取在市区的三分之一村民的同意和支持，再通过他们向村里的亲朋好友渗透，最后再回村争取其他村民的支持。

廖祥海、张林军早晨起来就坐着张荣海的车在市区转悠起来。他们先拜访了在农贸市场卖炒货的老余。老余50多岁，是村里最早来金华经商的人，如今不仅买卖做得大，而且朋友很多，在村里是位举足轻重的人物。老余和邓士明兄弟关系不错，跟承包溪滩的Y老板也是几十年的朋友。Y老板去琴坛签承包合同就是他陪着去的。廖祥海开门见山地跟老余讲明来意，然后虚心讨教："您作为前辈，对这事有什么看法？"老余也是爽快人："起草合同时，我提醒过邓士明，这样做是不是太草率了？至于罢免村主任的事，我不参与，既不支持你们，也不支持他。"

廖祥海等人如释重负地舒口气，幸好老余保持中立，他若反对的话，恐怕真就没戏了。

听说同乡会小邹的父亲和叔叔进城来帮助他装修房子，廖祥海他们以为小邹都签字了，老邹肯定会签字的。没想到老邹看了罢免申请后，冷若冰霜地说："我不签。"

“为什么呢?”廖祥海不解地问道。

“还为什么,”老邹恼怒地看了看这三个年轻人说,“要知道我们在琴坛走路都要低着头。在琴坛,谁能斗过他邓士明?他跟书记打架那天,村里有30多人聚集在他家,商量怎么对付书记,让书记赔钱,让书记坐牢。你不想想,在琴坛哪个人能召集那么多人,而且事后又不走漏风声?你们也不想想,你们几个哪个吃得消他邓士明?”

廖祥海、张林军、张荣海被说得一愣一愣的。他们长年在外,对村里的情况知之不多,没想到自己从来都没瞧起的邓士明会出息成这样,在村里如此有势力。可是事到如今哪怕是鱼死网破也要做下去了。他们从小邹家出来,强鼓勇气一家家跑下去。还好,在市区的村民绝大多数支持罢免,少数认为溪滩包得不合理,把合同收回废掉就好了,没必要罢免邓士明。个别村民表示,自己不想对此发表意见。廖祥海他们明白,他们是反对罢免的。

下午三四点钟,廖祥海他们就把市区跑完了。同乡会立即开会,研究下一步怎么办。大家看着罢免申请书上的一百来个红手印,不禁信心满怀。他们算了一下,再加上同乡会在村的亲朋好友,差不多够半数了。

“我们立即回村,今天就把字签完。”有人十分乐观地说。

“在市区的这些人素质比较高,也不像在村里的人那么怕邓士明。村里的就是签了字也会变卦,天天都在邓士明的眼皮底下,只要邓士明说几句好话,许个什么愿,或者送点儿什么东西,他们就会反悔,就会不认账,甚至说是我们逼他们签的。”廖祥海不放心地说。

有传闻,邓士明三件东西不离身:手机、村委会公章和数码相机。村里的大事,打电话问哥哥和弟弟。公章用塑料纸包着,需要村委会和支部盖章时,支部不盖章他不盖;支部盖章时,他掏出相机立照为证。

“邓士明有照相机,明华有摄像机,我们把签字过程拍摄下来,还怕他们不认账?”张林军说。这位80后圆圆的脸,戴着一副黑框眼镜,有时像孩子似的有几分顽皮,做起事来有板有眼,稳稳当当。

于是,他们16个人带上张明华公司的婚礼摄像师,回到琴坛村。廖祥海觉得这是一个难得的机会,对乡亲们说:“各位乡亲,我们这次回来是想征求大家对罢免村主任邓士明的意见。邓士明当选村主任之后,不仅没有兑现自己的承诺,又不经过全村村民同意,把龙潭溪承包出去了……”

“他竞选村主任时说替我们交医保,结果赖掉了。”有人不满地说。

“过河拆桥,没诚信就该下台!”有人迎合道。

"把龙潭溪包出去了,谁晓得他从中得了多少好处!"

村民们是大路边上打草鞋——有的说长,有的说短。有的村民担忧的是溪滩包出去了,溪那边山上的烧柴、毛竹和茶叶怎么弄过来。总不能对人家说:"你的漂流停一停,让我把毛竹拿过去。"

有人对廖祥海他们说:"你们这帮人在城里发财了,房子车子都有了,还来管村里的闲事,是不是刮燥了?"

"刮燥"是当地土话,意为"吃饱了撑的"。

"乡里乡亲的,谁当皇帝都一样,弄点事端出来干啥?这样折腾对谁都没好处。"

"是嘛,手捧苞谷棒,除了皇上就是我。七主意八主意,吃饱饭就是好主意。"

反对者是少数。不过,这些话让年轻人感到很不舒服。你以为我们爱管闲事咋的?我们每人出500元钱,用来帮助村里;我们或丢下自己的生意,或请了假跑回来,不就是为你们这些村里人的切身利益吗?否则,我们折腾个啥?邓士明当不当村主任,跟我们又有多大干系?真是皇帝不急太监急!

村支书邓士根匆匆赶过来。廖祥海他们找过老余之后,邓士根就接到Y老板的电话:"邓书记,你在村里有威信,叫那帮年轻人不要搞了,不要罢免邓士明了。我承包龙潭溪,承包费虽说少了点,但我不会让你们村吃亏,我要投几千万发展旅游业,游客多了,你们就富起来啦。"

邓士根扬扬手,围聚的村民散去了。他不是来制止廖祥海他们的,是怕他们与邓士明等人发生争执,导致肢体冲突。他把廖祥海等人拉到一边,问清情况,忧虑地说:"这可是大事,有没有把握啊?"他像问廖祥海,又像在问自己。

"现在看来,应该没问题。"廖祥海挺有信心地说。

"事情恐怕不会这么简单吧?这件事你们可要慎重啊!"邓士根还是不放心。

廖祥海他们开始走访,征求意见。有的村民用那像树根似的手分别在三份罢免申请书上签了自己和家人的名字,又在每个名字上摁下鲜红的手印;不认字的村民请别人代笔,然后认真地摁上手印。有的村民恐惧不安地叮嘱道:"你们做了就要做到底,否则你们在市里的没事了,我们在他眼皮底下倒霉了。"

若不是信任,这些平日胆小怕事的村民怎么会签字摁手印?廖祥海他们感动了,无论如何也不能对不起这些父老乡亲!他们让这些年轻人看到了琴坛的希望,年轻人让他们看到了琴坛的未来。

"请放心,我们要是搞不好的话,过年也没脸回来了。"张林军说。

摄像师忠实地将村民签字的情景完整地拍摄下来。

没走几家，张明华的手机响了，又是Y老板："明华，听说你们回村了，想把溪滩收回去，把邓士明罢免掉？不要那么不上(让)路，大家都是熟人，你帮我，我帮你，多好。"

"不是我要搞的，是我们村大多数村民对合同有意见。"张明华争辩道。

张明华跟Y老板认识20多年了，过去Y老板做木头生意，有时到琴坛采购木头。如今人家已是大老板了，相形见绌，张明华和他的联系也就少了。

"他们能兴多大的浪？只要你不领头，他们什么事儿也做不成。"

"这次不是我领头的。我们也不是为你承包的溪滩，主要是这个村主任不做事情，村庄整治也不搞，不干实事……"

Y老板告诫道："你再干下去绝没有好果子吃！"

Y老板见张明华不买账，又拨通邓士根的电话。

"这是他们自发的行动，跟我没关系。"邓士根推脱着。

"谁不知道你跟邓士明有矛盾？你们好歹也是堂兄弟，都是一家人嘛。你就不要在背后策划这事啦，搞倒邓士明，你也没什么好处……"

"我邓士根不是这么卑鄙的人。我最后说一遍，这事跟我无关。不过，我认为这些年轻人做得对！"邓士根打断Y老板的话。

他与邓士明有过节，所以是"黄泥落裤裆不是屎也是屎了"，这嫌是避不了啦。

"你们要不停止罢免行动，别怪我不客气，别说我让你在金华待不下去，在模具城混不下去！"Y老板气恼地说罢，挂了电话。

廖祥海等人没理会Y老板的威胁与恐吓，继续一家一户地争取村民的支持。太阳快下山时，他们走到位于村中心的礼堂附近，这意味着他们已走访了一半。突然，邓士明领着邹旺根、邹福根等几个人冲了过来。邹福根一把就将摄像机夺过去，摄像师吓得急忙将摄像机抓住，两人都不撒手，僵持在那里。邓士明他们不仅要抢摄像机，还想抢廖祥海他们手里的罢免申请。

"你凭什么抢我们的摄像机？"廖祥海质问道。

同乡会不敢上前抢夺摄像机，怕把摄像机损坏了。

"你们假冒记者，没经许可私自拍摄！"邓士明厉声喝道。

"把他们的摄像机砸了！"邓士明那边的一位村民喊道。

"我们不是记者……"摄像师更不敢撒手了，死死地抱着摄像机解释道。

"不要以为有一点蛮力就好，这东西不是说砸就能砸的，砸了是要赔钱的。"余根基警告道。

他嘴上是这么说，心里很害怕。这几个村民除了邓士明的家里富裕点，其他的都是贫困户，真要把摄像机砸了，他赔不起你也没办法。

“你们没经过我们同意就拍摄到了我们和我们的房子，这是违法的。你们必须把拍摄的东西毁掉，否则就不给你们摄像机。”邓士明强硬地说。

“我们没拍你们，也没拍你们的房子，拍的是证据……”摄像师说。

“那你就放给我们看看，我们看过就还给你们。”

许多村民的心一下子提到了嗓子眼，尤其是那些上了年纪的老人吓得不知如何是好了。他们签字、摁手印的情景要是让邓士明看到了，那还得了？

“如果你把承包溪滩的合同收回，把钱退还 Y 老板，我们就把摄像机拍的删除，把罢免申请撕毁，你还当你的村主任。”廖祥海见此，只得让步。

“这个合同我不会废掉的，又不是我一个人做的主，有村民代表盖章的，有本事你们就把我这个村主任罢免掉，让我去坐牢好了！”邓士明寸步不让地说。

瞬时剑拔弩张，火药味很浓，随时都可能打起来。邓士明见自己这边仅三五人，对方有 20 来人，可能想到真要是打起来未必能占到便宜，于是掏出手机拨 110 报警。

当警察从 30 公里外的派出所赶到时，夜色像浓墨泼染了天空，摄像师、邹福根的手和胳膊早已麻掉了。警察从他们手里拿过摄像机，让双方各派一名代表去派出所，如果检查发现有违法内容则删除，然后将摄像机还给那个倒霉的摄像师。双方都没派人去，警察只好将摄像机带回派出所。

邓士明等人走时，威胁道：“你们这些人到不了金华，半路就会被拦住打死！”

半夜，廖祥海他们在回金华的途中绕到派出所，将摄像机取回来。警察没发现有违法内容，拍摄的内容也没有删除。同乡会的行动虽然受挫，可是战果丰硕，罢免申请上已有 183 枚鲜红的手印！支持罢免的村民已经过半，估计邓士明的村主任已是兔子尾巴——长不了了。同乡会不禁欣喜不已。

次日一早，廖祥海、张林军、余根基又坐着张荣海的车赶到箬阳乡政府，把盖有 183 枚手印的罢免申请书递交上去。乡党委对这事很重视，立即安排党委副书记陶顺法接待了他们。陶顺法看一眼罢免申请就皱起了眉头，半晌没有言语，墙上的挂钟不紧不慢地走着，秒针那“咔咔咔”的声音像是踩在廖祥海等人的心里。

“这个东西没用，抬头就错了，”陶书记说，“不应写‘琴坛村两委罢免申请’，应写‘村主任罢免申请’。”廖祥海猛一拍前额，罢免村两委指的是罢免村委会和村支部委员会！

“罢免村主任不要说我们乡，就是婺城区，甚至金华市还没有先例。”陶书记说完，上网搜了一下，找到了《中华人民共和国村民委员会组织法》，对他们说：“你们看第十六条规定:‘本村五分之一以上有选举权的村民联名,可以要求罢免村民委员会成员。罢免要求应当提出罢免理由。被提出罢免的村民委员会成员有权提出申辩意见。村民委员会应当及时召开村民会议,投票表决罢免要求。罢免村民委员会成员须经有选举权的村民过半数通过。’”

廖祥海、张林军等人这才明白当初完全没必要回琴坛找村民签字,市区签字的村民已超过五分之一。同时,他们也清楚了,罢免不是自己想的那么简单,他们现在只是万里长征走完了第一步,以后的路还很长。陶顺法说,《中华人民共和国村民委员会组织法》讲得比较笼统,让他们去咨询一下婺城区民政局。

他们在区民政局了解到罢免申请不是交给乡政府,而是交给村委会,也就是交给邓士明。邓士明接到申请后,在一个月内依法启动罢免程序。他们在区政府又查到《关于资金资产资源的管理规定》和有关法律法规,得知河道溪滩为国有矿产资源,开发承包利用需经国土、水利等有关部门审查批准,并且农村所有处置变现资源,必须召开村两委会、村民代表大会或全体村民大会通过。如果标的在 1 万元至 20 万元以内的,必须进入乡招投标平台,20 万元以上标的必须进入区招投标平台进行招投标。

四、被邓士明吓得屁滚尿流

2009 年 11 月 8 日,廖祥海、张林军、余根基等八人回村递交罢免申请。

按理,递交申请实在没必要这么兴师动众,随便一个人回来就行了。可是,自摄像机事件后,提起邓士明来谁都有点儿打怵,不肯回村递交。他们商量来商量去决定集体行动,凭着人多,相互壮胆。另外,有人已放出了风,说同乡会肯定会有人倒霉的。言外之意,不全部收拾,邓士明也要从中选择一两个来收拾。收拾又不是摇奖,谁愿意成为这一目标?要想不被收拾,那就不能出头,就得猫在人群里,不显山不露水。递交罢免申请,这无疑是出头露面的事,弄不好被邓士明当成领头的,岂不就被收拾了?

这段时间还发生两件令人震惊的事,一是同乡会内部出现了“奸细”,这边刚开完会,对方就知道了内容,搞得他们特别被动;二是当初说“如果谁退出或出卖我们的,或做了对不起我们的事情,我们就把这张承诺书贴到村里去,让他没法做人”的会长——邓士勇退出了。

在廖祥海心目中,不论谁退出,会长邓士勇也不会退出,同乡会是在他的倡议下成立的,同乡会的章程是他起草的,承诺书上的许多条款也是他提出来的。没想到，廖祥海等人去乡里递交罢免申请的那天，他发现邓士勇在电话里有点儿不对头，于是让张荣海去中国银行金华分行找邓士勇，问他同乡会下一步怎么办，让他再想想办法。邓士勇对张荣海说："你们不要罢免邓士明了，不会成功的，也不可能成功的。"他还说，"这个事情我不参加了，你们也各自想好自己的后路吧！"

同乡会开会，邓士勇说参加。结果，他们十几个人从晚上 7 点等到 10 点，邓士勇都没到。打电话，他不接，最后发来一个短信："你们不要搞这个事情了，都想想自己的后路吧。"这犹如晴天霹雳，同乡会所有成员都蒙了，邓士勇的退出肯定是有原因的。这原因是什么？接下来将出现什么？他们不知道，知道的只是他的退出，意味着成功希望渺茫，危险随时都有可能出现。

有些人也动摇了，想打退堂鼓了。邓士勇是同乡会里最有实力的一位，他都不敢干了，别人干那不是拿鸡蛋往石头上撞吗？邓士勇只有老妈和姐姐在琴坛，他的户口和组织关系都在市里，琴坛村是不能把他怎么样的。他的老妈申小妹当过支书兼村主任，在村里很有威望，没人能把她怎么样。即便如此，邓士勇都吓得不敢再参加同乡会的活动，可见遭受的威胁有多么大。邓士勇的态度对同乡会是一重创，犹如在每个人的头上泼了一瓢冷水，把那股热情浇得七零八落。

怎么办？廖祥海、张林军等几个人商量。张林军态度决绝，不管谁退出，他都要干下去，干到底。廖祥海表示，不能辜负那些签字画押村民的希望，不论多么艰难都要走下去。可是，出头露面的人越来越少了，几乎所有的事情都落在廖祥海、张林军、余根基、张荣海的身上。为改变这一现状，他们决定这次采取集体行动。

在哪儿递交罢免申请，怎么递交？他们商量了一番，邓士明的家是断然不能去的，在路上递交又有失郑重，最理想的地点是村委会办公室。谁来把邓士明约到办公室呢？有一点谁都清楚，在这八人当中，邓士明最恨的肯定就是约他来的人。最后，这副重担落在了余根基的身上，他拨通邓士明的电话："士明，你在哪里？在山上砍柴？那么你下来一下，我们找你有事，在村委会办公室门口等你。"

邓士明清楚余根基是同乡会的骨干，找自己肯定没有好事。管他呢，伸头是一刀，缩头也是一刀，干吗不去？不去就等于示弱，去！他把柴刀别在腰间下山了。走到家门口，他想把柴刀放回家，洗把脸再去见余根基。他家在溪南，村礼堂在溪北，门前有座石拱桥，只要过桥东行几十米就到村礼堂。村委会办公室就在礼堂边上。当邓士明走上拱桥时，突然看见礼堂门口有十来个人，于是踌躇片刻，改变了主意。同乡会内部有人给他通风报信，说廖祥海他们想用车轮战术，要把他的脑筋搞糊涂。他清楚自己没他们有文化，脑筋转不过他们，怕给搞糊涂了。一糊涂就会收下罢免申请，一收下来就得启动程序，那就等于自己的刀削了自己的把，傻瓜才会这样干。他要是过去了，他们给，他不收，弄不好就得打起来。俗话说，“好虎架不住一群狼”，他们十来个人，自己只有老哥一个，吃亏的肯定是自己。他想报警，转念一想，他们只是约自己见面，又没干什么。

“我不过去了，你们有什么事就来我家门口好了。”邓士明眉头一皱，计上心来，给余根基回电话说道。

人在胆怯时，最好待在自己家。家不仅仅是吃饭睡觉的地方，也是最安全的地方。

廖祥海、张林军等人朝桥对面望望，见邓士明坐在桥头，腰里别着柴刀，身旁还站着他的老妈，胆怯像滴入水里的墨滴，在心里扩散了。

他们相互用询问的目光看看，谁也没说话。过了片刻，廖祥海打电话说：“士明，你过来一下吧，我们把件东西给你吧。”

“我不来，要你们来。你们来我家，我又不会吃了你们。”邓士明坚定不移地说。

邓士明的态度很明了，你们爱过来不过来，不来才好呢，又不是我找你们有事。

与其说廖祥海等人怕邓士明，还不如说怕他妈。老人已72岁，精神矍铄，特别护着她的士明，他的士明要是受了委屈，她就会去拼命。她那么大年龄，谁又敢把她怎么样？这还不是廖祥海他们最怕的，他们最怕的是她突然躺在地上不起来，愣说他们打她了，让他们有口难辩。“殴打老人”在这个有着百善孝为先传统的山村可是件大逆不道的事，这样不仅他们“这一小撮”要背上恶名，还会让邓士明赚得同情分。中华民族素有同情弱者的传统，当年台湾竞选，陈水扁已处颓势，被一颗莫名的子弹袭击后，让他化腐朽为神奇，捞取不少选票，达到了连任的目的。

邓士明死活不过来，他们要是不过去，只有“望桥兴叹”了。他们从金华到琴坛，跑40多公里，因不敢过桥，功亏一篑，岂不让人笑话？廖祥海无奈地说：“没办法，过去好了。”其他人相互看看，没有反对。

总得有人把这份罢免申请书递交到邓士明的手里吧，谁来呢？这既是件小事，又是严峻的问题。众人面面相觑，沉默无语，只有溪水汩汩的流淌声。廖祥海大义凛然地说：“你们都不想递，那么我来递好了。反正我跟他是亲戚，无所谓的。”

廖祥海说罢，转身向桥走去。其他人也只好急忙跟过去。

邓士明的老妈见突然来了这么多人，怕他们跟士明过不去，于是骂开了：“我的士明又没有吃你们的肉，你们这样恨他，这样搞他……”她边骂边用手里的扫帚指着廖祥海他们。她越骂越激动，手渐渐颤抖了，扫帚上的灰尘飘落下来。

“这不是吃不吃肉的问题。我们是对事不对人，你儿子做错了事就要承担后果。”廖祥海反诘道。他担心老人节外生枝，急忙将罢免申请书递给邓士明：“这是罢免申请,你收一下。”

邓士明恼羞成怒:“我不要,我不收这个东西!”

这下坏了,他不收你又不能强迫他收。这罢免申请书交不到他手,罢免程序就没法启动。廖祥海想到此,朝邓士明家走去,想把罢免申请书放在门口的凳子上,赶快撤离。没想到,老人一把拽牢了他:“祥海呀,你就放过士明吧!你把他罢免了,他以后在这村里还过得下去吗?”她说着,“扑通”一声跪在地上。

这阵势,廖祥海还是人生第一次经历。在山里人看来,被年逾古稀的老人跪拜是件折寿的事情。廖祥海也顾不得这些了,他最害怕的是她已到了桥上,万一掉进溪里,那事情可就闹大了。

“你放开我,我把申请收回……”廖祥海哀求着,然后慌忙收起罢免申请书,逃也似的跑掉了。

老人哭着骂着,朝这帮年轻人几步一跪拜,吓得他们狼狈逃窜。抱着儿子站在桥上的余金龙没来得及逃掉,被老人抓牢了,惊恐得不知所措。事后,余金龙不满地埋怨道:“你们都跑了,把我一个人扔在那儿了。”

邓士明怒发冲冠,猛地从背后抽出柴刀,跳着脚骂道:“你们这帮小流氓,到我们门口打我妈,我劈死你们!”

同乡会的人逃到了廖祥海家,邓士明的老妈在后边喊道:“我要住到你们家去,死在你们家里!”

邓士明跟了过来,在廖祥海家门口一个个地点名骂一通。廖祥海蒙了,急忙给乡里的陶书记打电话,问邓士明不收罢免申请书怎么办?可不可以用快递寄给他?

陶书记说:“他不收也没关系,你们交到乡里好了。一个月后,他不启动罢免程序的话,乡政府来启动。”

廖祥海如释重负,经历这些事后才知道罢免村主任有多么艰难。罢免程序还没启动呢,不知有多少坎坷和磨难等在下一个路口。

五、不对等的谈判

深秋的夜空繁星点点,月亮在白莲花似的云朵里穿行着,同乡会的年轻人从四面八方赶往新天地歌厅。聚会地点与心情可谓反讽,大家心事重重,气氛沉闷,似乎有片重如泰山的黑云将要压下。虽说罢免申请被视为递交,一个月后,罢免程序将启动,可是廖祥海他们已感到内外交困、步履维艰了。

他们从琴坛“逃”回金华后,琴坛村到处流传:廖祥海的店被砸了;张明华被抓起来了,老婆被黑社会吓疯癫了!张林军逃跑了!同乡会的人抓的抓,跑的跑,已经散伙了……

村里有人说,同乡会的那些人一个个都要吃苦头的。

廖祥海的父母吓坏了,慌忙给儿子打电话询问他的情况。张明华的父母也忐忑不安地打电话说:“明华,Y老板在金华很有势力,你可千万不能惹他……你就别再参与罢免的事了。你参与这些事对自己有什么好处?经济上没有回报,还要白搭钱和时间,何苦来呢。”

“你不参与,我不参与,村里也就没前途了。大家在一起像捆木头一样,少了谁都不可以。”张明华跟父母解释道。

不仅父母劝张明华,亲朋好友也劝他。想当年,家里穷得读不起书,他十几岁就跟老爸去种山,20岁时上山烧木炭,住在山上的茅铺里,连个电灯都没有。22岁承包茶园,采茶的季节,他昼夜不息地忙着炒茶,三天四天不睡觉。10年前,他把两个弟弟供到大学毕业,有了不错的工作,自己才出来经商,先后开过快餐店、锯板厂、婚庆公司。如今,他的生意红火,要房有房,要车有车,在琴坛村也算得上个人物了。可是,山外有山,天外有天,跟Y老板相比,他就跟琴坛的贫困户差不多了。亲朋好友都劝他好好做自己的生意,别给自己找麻烦,眼前这一切来之不易,可别失去了。

张林军的父亲打电话说:“林军,你们花这么大精力和力气去搞,又搞不成功,他邓士明家的势力多大啊,你们还是不要搞了吧。”

母亲紧张不已地在电话里说道:“林军,村里传说,你们那伙人抓的抓,跑的跑,到底有这回事没有?”

“他们神经啦?哪会有这种事情呢?别听他们的,他们尽乱讲话的。”张林军生气地说。

母亲接着说:“你舅舅说,我可就这么一个外甥,他这样搞下去,要遭暗算的!你跟那帮小子说一下,不要再搞了,算了吧。”

张林军的舅舅就是村委邹旺根。

“妈,我又不是被吓大的,别理他。他觉得吓唬我们不行就吓你们。妈,你放心,我们这帮人都这么大年龄,都有老婆有儿女了,也要有尊严的。既然做了这件事情,就一定要做到底。村里那么多人支持我们,我们还搞不好的话,过年都没脸回村。那些摁手印的村民都说,这个事情你们要做就一定要做到底,做成功啊,如果失败了,你们在金华没什么,倒霉的可是我们哪,我们要天天面对他邓士明的。你说,我们能不做下去吗?”

没两天,张林军的妈妈又来电话了:"邓老师对我说,'这帮人哪,肯定要有几个人进去的。进去了就不太容易出来了。你们的儿子还好,告诉他,能不去做就不要做了,能退出来就退出来吧。'你们可小心哪,他们想把你们弄进去。"

"妈,你放心好了,你儿子又不干什么坏事,他想弄也弄不进去;你儿子要是干坏事,也用不着他弄,自然会有人把我抓进去的,跟他也不搭边。"

惶惶不安的何止是那些同乡会成员的父母?那些在罢免申请书上签字、摁手印的村民有几人睡得着觉?他们夜晚躺在床上辗转反侧地想,邓士明要是下不了台,自己的麻烦可就大了,不要说他给自己穿小鞋,就是给紧紧鞋带也够喝一壶啊!他们越想越睡不着觉,越想越害怕,越想越后悔。于是,爬起来,不管什么时间就拨廖祥海、张林军、余根基等人的电话,忧心忡忡地一遍又一遍地叮嘱:"我们可都在你们的罢免申请上签了字的,你们要是不干了,散伙了,我们可就惨了。"

从村里回来的第二天,阿贵带着四位五大三粗的男子到模具城找廖祥海算账。老妈给他打电话说,廖祥海领几个人来,要打你哥哥,劝他们不听,我给他们跪下了才走。你快想想办法吧,再这样下去要搞出人命的。阿贵一听就怒火万丈,廖祥海这小子居然领人去他家,逼得老妈给下跪,是可忍,孰不可忍。阿贵压根儿就没把邓士勇的同乡会放在眼里,尽管"大懒汉"——邓士勇的父亲是他的堂叔,可是邓士勇在他的眼里也不过是个"小懒汉"而已。同乡会那几个头儿根本就算不得什么成功人士,有的还跟他借过钱,其他那些也不过是虾米了,有的连吃饭都成问题。要成立同乡会也得有自己这样的人物。真正的同乡会一要为村里服务,二要协调有关部门的关系,哪里会像他们这样,上来先是阻止溪滩承包、罢免村主任,逼得他老妈下跪,这算什么狗屁同乡会?

溪滩承包出去有什么不好?一年16000元,那是村里人出价的20倍!再说,Y老板准备在琴坛投资几千万搞旅游开发,将来村里的茶叶、粽叶、野生猕猴桃的价格也都上去了,再办些农家乐,村里那些老年人也有事做,村里不就发展起来了吗?自从二哥当村主任后,他们兄弟可没少出力,他每年出5000元钱慰问村里的老人,给他们送米、白糖和饮料,村里许多文件和材料都出自大哥的手,结果不仅没落个好,他们还要罢免二哥,真是越想越气。

"你昨天领一帮人回村里干什么了?"阿贵闯进廖祥海的店,气呼呼地质问道。

"你那哥哥把我们的溪滩包掉了,我们要把他罢免掉,给他送罢免申请去了。"

廖祥海看一眼阿贵带来的人,有的手臂上还有文身。在电影里,只有黑社会才文身,莫非阿贵找来的是黑社会的?听说黑社会残忍无度,只要给钱什么事都干,砍下一只手,剁去一只脚,割下两个耳朵。这几个人看上去没像影视里的黑社会那么凶神恶煞,廖祥海却有点抑制不住地恐惧。再看看在一旁的妻子和妹妹,早已吓得浑身绵软,不知所措了。

"你要对这事不满,可以向区里、市里、省里反映,你带一帮人吆三喝四地去吓唬我妈,让老家人跪来跪去的,你也太猖狂了!"阿贵毕竟是读书人,想动粗也粗不到哪儿去。再说,他戴着一副近视镜,掩饰不住他的那几分文弱,那几分文质彬彬。

"我没让你妈妈跪下。我尊重你,也尊重你哥哥,特别是你大哥,我们都是他的学生。但是,我们对事不对人,不管谁当村主任,做出这样的事,我都要这样做,这是为了全体村民的利益。"

"我告诉你,我妈妈没事情还好,有事的话,你们这几个人飞都飞不走,要你怎么样就得怎么样。我什么世面没见过?到时候别说把你们模具城都给围牢!"

"你想怎么样就怎么样吧!只要合同不废掉,我们还会继续干。"廖祥海看出来了,阿贵不过想吓唬自己一下,干不出打砸抢抄之类的事的。

"合同不可能作废的!咱们走着瞧!我警告你,再有一次,我就不客气了!"阿贵可能也发现干这种事不是自己的强项,难以奏效,于是瞪着廖祥海狠狠地说罢,带着人怒气冲冲地走了。

阿贵会不会去找其他的人?廖祥海急忙给余根基打电话:"根基,阿贵带人到我这儿来过,可能过一会儿去你那儿。你自己要想想清楚,不要害怕,有什么事情大家一起承担。"

余根基说:"邓士明刚给我打过电话了。"余根基刚才接到一个莫名其妙的电话,看来电显示是公用电话,那人没说自己是谁,开口就邀他到离琴坛最近的镇——安地去喝碗酒。他警觉地说:"我在上班,喝酒就再找时间吧。"那人说:"合同的事,我是不能废的。Y老板是有来头的,你们想把我的村主任罢免,那就把你们的本事都使出来吧,那就去区里、市里找关系好了!"这时余根基才发现打电话的人是邓士明!

余根基突然想起几天前在沃尔玛超市碰到过阿贵,也是这么说的。阿贵先说:"当初你也是支持我哥当村主任的,也投了他的票,就让他当满好了。"

"他要是当得好的话,不仅可以当满,还可以连任。他当不下去了怨不得别人,他自己最清楚。"余根基毫不买账地说。

"你们这样搞下去也是没有用的。你们要是有本事就去市里找好了。"阿贵恼然地说。

余根基又想起邓士勇最后说出来的退出理由:"区里的一位领导给我打电话了,让我们不要搞下去了。你们也不要搞了,再搞是没有好果子吃的。"看来这不是空穴来风，对方肯定找过区里领导，他不禁感到一种前所未有的压力。

压力，就像降临的夜色，披着黑色的大氅向这帮年轻人裹来。这时，他们才意识到自己的年轻和幼稚，把事情想象得太简单了，没想到现实远远超过了他们的想象力，没想到会遭遇如此之大的压力和阻力。张明华说，我们村也是倒霉，出了这么一个村主任，还是我们自己选出来的。现在我们自己还要把他罢免掉。他们开始反思了，反思选举时的草率，没把这个穷得没有希望的村的村主任当回事，甚至认为村主任好坏跟自己没关系。有的人不回村投票，有的人将选票作为人情送出去了，有的还帮忙拉票。如果不是这样，他邓士明怎么能当上村主任？这怨不得别人，要怨就该怨自己！

人与人是有差别的。有人坚强，有人软弱；有人有能，有人有耐；有人动摇了，有人顶不住了。继邓士勇之后，又有两人退出了。还有人想退出，他们或舍不得离开这个群体，或是碍着面子，只好撑着。摆在同乡会面前的是：罢免行动还要不要坚持下去？许多人犹豫了，毕竟退一步海阔天空，挥挥手把烦恼忘掉，没脸见乡亲父老就少回去，反正平时一年顶多回去两三次。

“做了就要做到底，不能对不起村里父老乡亲的信任。”廖祥海、张林军、余根基等人的态度仍然坚决。廖祥海说，“我们要有点儿当家做主的勇气。”是啊，过去他们太拿自己当外人了，村里的事能不问就不问，能不管就不管，现在该找回自己的主人翁责任感了。

聚会选在了歌厅，不仅可以商量事，还可以唱歌。有人唱起了《爱拼才能赢》，其他人就在这歌声中断断续续地商讨着。

“我们绝不能半途而废，一定要顶住压力。”张林军说。

“以后再有恐吓电话，就用手机录下来。”张明华建议道。

“他们也就能恐吓恐吓，没什么本事，我们不能退却！”有人说。

“团结不是嘴巴讲出来的，我们要成为一个整体。”张明华讲。

……

邓士勇退出了，同乡会不能没有会长。于是，张明华被推选为新的会长。

张明华也不谦让，发表就职演说：“大家都要我当会长，这是好事情。今后，我的会费比你们多出 10 倍好了。我们同乡会有事聚聚，没事也聚聚嘛，哪怕谈谈生意，聊聊赚钱也好嘛，14 个脑袋总比两三个好啊。”

张明华想让大家轻松一下，可是谁都清楚，往后的斗争将会越来越激烈，越来越残酷，很可能像村里流传的那样：将有人倒霉，要吃苦头。在村里人眼里，他们都是个人物；在金华，他们都算不上强者。只有团结，才有望取胜。廖祥海提出：“今后，不论谁遭到对方的报复，被打伤了，打残了，我们大家要共同承担他的住院费和医药费。”

这种担忧不是没有道理的。一是权，二是钱，大凡涉及这两方面的矛盾冲突都易于暴露出人的残酷与狰狞的面孔。几个月后，江西上饶县罗桥街道办横山村村主任周小飞和罗桥街道办党工委书记涉嫌“非法挪用、贪污、侵占、截留50亩被征山林的补偿款60万元”，村民们想罢免周小飞，请求江西饶苑律师事务所主任律师助理冯永忠提供帮助。在冯永忠的帮助下，数百名村民在罢免申请书上摁下手印后，冯永忠被陌生男子刺伤，罢免计划被迫暂停。法律专家认为，虽然《中华人民共和国村民委员会组织法》对村委会成员的罢免方式有所规定，可是村民罢免权仍然很微弱。

廖祥海的话得到大家的一致认可。接着，他们每人又签下一份承诺书：“琴坛村同乡会再有人遇到上门寻衅滋事，其他成员要及时地赶到现场。如果有人出事，大家要有钱出钱，有力出力，共同承担后果。”

他们被自己感动了。张明华感慨地说：“我们琴坛村的人从来没有像今天这样团结！”

过去，不论谁找张明华喝茶聊天他都不反对，可是不能谈村上的事。他说，我不喜欢参与我们村上的事情，我们这个村一直都很不团结。

张林军说：“今天，我们看到了琴坛的希望！”

C对廖祥海说：“Y老板的哥哥找过我，明天要请我们几个喝喝茶，你也跟去坐坐吧。”

同乡会许多人都认为，C就是叛徒，是奸细，是他给对方通风报信的。在任何时候叛徒与奸细都是最可恨的，敌对双方可以握手言和，叛徒和奸细总要遭受最严厉的惩处。C特别恐惧，据说有人要剁掉他的脚。廖祥海他们同情、理解C，认为假如他真是叛徒、奸细，那也是被逼无奈的，揪出来的话，他恐怕真就没法做人了。他们认为，以后有什么重要事背着他点儿就是了，都是兄弟，何必把他逼到绝路呢？

廖祥海说：“我跟他是没什么好谈的。你跟明华去吧，看看他们是什么态度。不论他提出什么条件，给什么好处，都不要答应。”

明华跟Y老板的哥哥很熟悉，而且明华有着丰富的社会经验，见过世面，跟各种人都打过交道，关键时进退自如。

次日，张明华、张林军、邓士勇和C如约来到茗士茶楼的一个雅间时，Y老板的哥哥已恭候在那里。这是位闻名遐迩的大老板，有人说，他跺一脚，金华都得颤抖。

他想怎样？震慑、威吓、收买，还是诱惑？张林军心里不禁打起了鼓。他是接到 C 的电话去的，C 可能考虑到他是同乡会的重要人物，具有一定的影响力。邓士勇毕竟是同乡会发起人，Y 老板跟他又比较熟，也被邀请去了。

Y 老板的哥哥开门见山地说："大家都是朋友，何必搞得这么紧张？只要你们不罢免邓士明，我可以将溪滩的合同无偿奉还，我的前期投入，比如勘察、规划和设计的费用，一概不要你们琴坛村承担。"

张明华他们惊讶地望着对方，没想到他会退回合同。他在茶山那边投标 16.66 万承包那段溪滩之后，以 1.6 万承包了龙潭溪。有人猜测 Y 老板会为龙潭溪而放弃已交付给茶山那边的 10 万押金，这样 28 年下来，将节省 421 万元。他放弃承包龙潭溪的承包合同就等于放弃 421 万真金白银，怎么肯放弃？

天底下的事情几乎没有多少是板上钉钉的，一切都存在变数。变与不变，怎么变，都掌控在利害的手中。解铃还须系铃人，箬阳乡乡长张时达去找阿贵，希望他想办法将溪滩承包合同收回来，以平息村民的不满情绪。阿贵也担心这样闹下去也许局面难以控制，弄不好二哥的村主任真就没法当，邓家兄弟也就在琴坛威风扫地了。于是，他对 Y 老板说，为了琴坛村的安定，这纸合同能不能暂时先拿回去。Y 老板或许同情邓氏兄弟的处境，或许考虑到较起真来那纸承包合同未见得起什么作用，不如送个顺水人情。这事邓氏三兄弟不好出面，只好由 Y 老板出面了。

张明华说："这事呢我做不了主，得跟大家商量。"

Y 老板的哥哥说："你把同乡会的人都找来，我们坐下来商量一下，如果接受这个条件，我当场把合同撕掉。我是宁愿不包溪滩，也不愿你们去罢免邓士明。"

溪滩的承包才导致这场罢免风波，导致琴坛村出现罢免与反罢免的斗争。政治斗争能让敌对双方握手言和，也能让至亲至爱成为敌人。这场斗争深入到琴坛的家家户户，导致了夫妻反目、父子反目、兄弟反目、亲朋反目……有的夫妻一方支持罢免，一方反对罢免，夫妻俩先是激战，吵得面红耳赤，继而转为冷战，谁也不理谁。张林军为这事跟舅舅邹旺根和堂舅邹福根的关系空前紧张了。余根基也跟舅舅闹崩了，舅舅和舅妈见了他像是仇人似的。舅舅是村民代表，在溪滩承包合同上签过字，摁过手印。他认为余根基要收回合同那不仅是跟邓士明过不去，而且还跟他过不去。余根基知道邓士明答应给舅舅办低保，舅舅怕他这个外甥这么一闹腾，把低保给闹腾黄了。余根基还对舅舅说，你有 3 个儿子，吃什么低保啊？说出去名声也不好啊。舅舅一听更来气了。俗话说："外甥是狗，吃完就走。"看来的确没错儿。

几天前，余根基他们回村收合作医疗费时，邹福根家人口多，老人长年患病，生活特别困难。他的老婆痛快地掏出 210 元钱交了。邹福根回家知道了，跑过去找到余根基他们把钱要了回去，还大骂道：“谁让你来收的？溪滩卖掉的钱你们不让交，你们要拿去花啊？”一位张姓村民也跟着余根基他们身后对其他村民说：“你们不要交这个钱，村里会替你们交的。”可是，许多村民都不理他，纷纷表示：“我们宁可自己交钱，也不要邓士明把溪滩卖掉来抵。”这些在过去将块八角钱都很当回事，当初为不交这笔钱而投邓士明的票的村民，肯为溪滩而每家每户交数百元钱，不仅让这些年轻人感动，也让他们发现这些平时胆小怕事、懦弱自私、随风摇摆的村民内心深处还潜藏着对集体的关心，对村里的爱。

若在前几天，Y 老板这个条件他们会答应的，可是现在情况变了，许多该发生和不该发生的事情都发生了。村民们不仅要收回溪滩，而且更要罢免邓士明了。张林军认为，同乡会应该对那些签字画押的村民负责，接受这一交易就是对那些村民的背叛。他毫不犹豫地说：“你来投资，我们欢迎。关于投资的问题，我们是可以谈，罢免邓士明的问题就没得谈了，这个事情肯定要做到底的。”

“等你们把程序走完了，已经到了换届改选的时候了，何必呢？你们应该知道政府的办事效率。”Y 老板的哥哥说道。他可能感到这位 80 后实在是天真幼稚。在商人的眼里，现实社会就是一个大商贸，买卖不成是开价不够，没有什么东西是不可交易的。

张林军坚定不移地说：“哪怕罢免程序要走到他任期满，我们也要走下去！”

对方的脸陡然变色，恼火地说：“你想没想到后果？乡里乡亲的，抬头不见低头见，难道非要搞个你死我活吗？”

气氛一下紧张起来，雅间陷入沉寂。C 急忙打圆场：“有没有办法让两边都有个台阶下？”

Y 老板的哥哥能请他们喝茶也算是给足了面子，没想到张林军是“初生牛犊不怕虎”，不知深浅。

邓士勇接过话说：“村主任确实违背了民意，教训一下也就可以了。这个事情搞下去会两败俱伤，付出代价会很大，对大家都没有好处。”

张林军在桌下踢了邓士勇一下，让他千万不要松口。邓士勇的话不仅没使气氛缓和，Y 老板的口吻反而更强硬了：“我劝你们不要搞下去了。再搞下去，你们中间肯定有几个人要倒霉的。”

“你这样谈下去，我们就不要谈了，这样谈下去有什么意思？”张林军说罢，起身离去。

张明华毕竟是见过世面的人，为人处世也比较老到，既不想放弃罢免，又不想得罪这两个大老板，只好坐在那儿耗下去，直到不欢而散。

六、罢免办法投票表决通过了

亚里士多德说：“人是天生的政治动物。”罢免村主任就是琴坛村的政治，而且是最大的政治。

政治打破了山村的寂静，无论是同乡会的支持者，还是邓士明的支持者，抑或两边都不支持的人，心都无法平静。琴坛突然变得警觉了、敏感了，哪怕风吹草动都不放过。桥边树下马路旁，三三五五的村民谈论着、议论着、争论着、辩论着，大道消息、小道传闻、风言风语、飞短流长在众口传播着，心似雨中的浮萍在传闻中上上下下，起起落落，像要被刮断根似的惶惶，忐忑不安。廖祥海、张林军等人不时接到村里的电话，焦虑不安地问道：“你们到底搞得怎么样了，怎么还没有结果呢？邓士明说你们都被他摆平了，是真是假？”

“什么时候能有个说法？我们字也签了，押也画了，你们要是撤了，我们麻烦可就大了。”

村里人急，同乡会也急，再急也得按法律规定的程序走不是？为安抚民心，这些年轻人只好多回村几次，在溪滩边的公路上走一走，在屋前屋后转一转，亮一下相，让村里人看看，知道他们还都在，既没逃跑，也没被公安局抓走。

2010 年 1 月 8 日下午，琴坛村将召开户主大会，对罢免办法进行投票表决。婺城区人大、组织部、纪委和民政局的领导，以及乡党委、乡政府的所有干部都来了。民政局副局长朱育清担心的是能否有三分之二的户主到会。法律规定必须有三分之二以上的户主到会才具有法律效力。琴坛村有 134 户，如果有 45 家户主拒绝到会，那么就达不到法定人数。罢免成功与否，那不是政府的事，政府要做的是让老百姓真正当家做主，让罢免在法律范围内进行。开会人数达到法定标准，罢免办法被否决是一回事，人数不到则是另一回事。

要让 90 位以上户主与会，这确实不是件容易事。村里许多家的户主在外谋生，大部分集中在金华市区，小部分在邻近的义乌、武义、永康等县市。对这些人来说，生活与奋斗的重心已移到城市，一年到头也不回来几次，他们肯放下生意，或放弃一天的工资回村开会吗？

无论如何也要凑够这个数！同乡会进行了分工，每个人负责多少个，动员他们回村开会。在金华市区的，同乡会出车把他们接到市民广场，不便于接的打的报销。同乡会花 600 元钱租了一辆大巴，将集中在市民广场的村民送回琴坛。

村里有些人平时遇事绕着走，树叶掉下来都怕砸了脑袋，要让他们表决什么，那比杀头还要难。张明辉给在大房山做生意的表哥打电话，动员他回村开会。姑姑和姑父知道后，说什么也不让儿子回来。姑父过去就忧心忡忡地对张明辉说："你加入同乡会，去罢免邓士明，这样我在村里的事情就难办了。你们要是弄不掉他，我的麻烦可就大了。"他们对罢不罢免邓士明并不在意，在意的是不能给他添麻烦。为此，张明辉跟姑姑差点儿闹翻。最后，表哥自己选择回村开会。

琴坛村村民会议如期举行。琴坛村热闹得像过年似的，白发苍苍的老人捧着暖手用的火笼、拄着拐杖来了，多年未回村的村民回来了。破旧的礼堂挤满了人。全村 134 户，有 116 位户主与会，超过法定最低户数，支持罢免的来了，反对罢免的也来了，连邓士明的母亲都到会了。罢免村主任对村民来说是大姑娘上轿——头一次，他们不了解罢免程序，不清楚若到会户主低于三分之二这会就开不成了。

会议由村党支书邓士根主持。《中华人民共和国村民委员会组织法》规定，被提出罢免的村民委员会成员有权提出申辩意见。可是，邓士明拒绝到会，只好取消了这一内容。邓士根宣读了《琴坛村村委会主任罢免办法》，然后投票表决。发出选票 116 张，收回来 110 张，同意罢免办法的为 98 张，《琴坛村村委会主任罢免办法》顺利通过。于是，箬阳乡人民政府发布了 2010 年 1 号公告：琴坛村村民罢免委员会成立，党支部书记邓士根担任主任，张明华、张明辉担任副主任，廖祥海、余根基、张荣海等人担任委员。乡政府成立工作指导小组，乡长张时达任组长。最后，琴坛村村民罢免委员会发布公告：罢免表决日期定在 2010 年 1 月 29 日。

琴坛村沸腾了，担心同乡会年轻人半途而废的村民喜笑颜开，奔走相告。老人感慨万千，我们琴坛已几十年都没开过这样的会，没这么齐心合力做过一件事了。这些年来，村民都忙着过自己的日子，做自己的生意，赚自己的钱，采自家的茶，已很少这样为村里着想了，很少想为村里做点什么了。张贴公告和投票结果的村礼堂门口聚满了人，有人看了一遍又一遍，不识字的让人读了一遍还不肯走，他们没想到自己不仅有权选村主任，还有权把不称职不满意的村主任罢免掉。他们说不出这是民主政治的进步，讲不清村民自治之类的大道理，可是已真切地感受到民主的春风。

是啊，在中国，对广大农民来说，罢免村主任还是十分陌生的。在许多人的眼里，这是可望而不可即的，这是难于上青天的！他们对于那些大肆敛财、胡作非为的村干部所采取的办法就是忍，忍到他期满，忍到他躺在床上干不动为止。可是，琴坛村的年轻人凭着自己的勇气、胆量和魄力，还有对村子的爱，成功地推动了罢免程序的启动。

同乡会的年轻人在晚上10点多钟才回到市区，他们突然想喝酒，特别想喝，于是相约今夜要尽兴喝酒，不醉不罢休。他们找一家小酒馆，十几个人频频举杯，庆祝这两个多月的艰苦奋战，庆祝首战告捷。酒瓶空了，心事满了，这两个多月多么不容易啊，忍受多少委屈，承受多大压力，付出多少艰辛？有几人后院没起火，谁的老婆没有意见，甚至提出离婚？

张明辉是做电器生意的，一年赚二三十万元，为罢免村主任不仅天天开会，而且隔三岔五就要回村，老婆生气地说："你不好好做自己的生意，干吗要去搞那个事？"

廖祥海的店是和妹夫合伙开的，这段时间店里生意全交给妹夫去打理。他起五更爬半夜的，把老婆惹火了："你天天忙这种事，花钱，搭时间和精力，耽误生意不说，还得罪人，搞得家人整天为你担惊受怕。你跟邓士明是亲戚，又没有什么深仇大恨，干吗要得罪他呢？你还想不想过了？"

张林军跟老板既是亲戚又是朋友，每当老板去安徽、山东等地出差，都由他来开车，白天他们边走边聊，晚上一起饮酒。听说张林军参加罢免村主任的事后，老板劝道："别做那事儿，劳神费力，还得罪人。"后来见张林军全身心地投入进去，连公司的事都没心思做了，老板发话："你是公司的人，就得守公司的规矩！"潜台词很清楚，你要不干就走人。接下来，张林军的工资停发了。老婆恼火地说："你晚上开会开到半夜十一二点，早晨五六点钟爬起来就走了。遇到麻烦不回家，要商量解决办法；成功了也不回家，要喝酒庆祝。你每天晚上回来时我睡了；早晨走时，我还没醒，十天半个月也见不到你的人影。"最后，老婆给他发一条短信："你再跟村里那帮人搞下去的话，我们明天就去民政局开一张。"

张荣海的老婆和孩子在村里，生活靠他在市场外边拉脚维持。他过去每天赚300多元钱，日子过得还算滋润。参与罢免活动后，许多活儿都推掉了，生意不做了，整天开着柳州五菱小货拉着廖祥海他们到处跑，钱没赚到不说，轮胎跑破，老本贴进了万八千元，后院能不起火吗？

余根基在金丽温高速公路出口打工，为村里的事，请假成为家常便饭。他在2008年才结婚，孩子小，老婆在一家幼儿园当园长，工作很忙。他晚上不回家，小孩哭闹，老婆连饭都吃不上。老婆说："你再这样下去，我幼儿园也不办了，咱们离婚。"余根基英雄气短，自己收入低，又增加了额外开销，除交会费，还有各种各样的捐助。

小酒馆地上空酒瓶越来越多，大家喝得面红耳赤，有了几分醉意，可是还在说着想着村里的事。

下午，老妈去开会了，邓士明把自己关在了家里。他感到委屈，感到窝囊，这个村主任当得他自己没少费力不说，还搭上了哥哥和弟弟。过去自己的日子在村里还算富裕和滋润。采茶的季节回村里忙忙，忙过之后去弟弟的公司当当保安，轻松加自在，一年有几万块好拿。自己跟弟弟在金华开家茶叶店，每年净赚 8 万多元。他们的茶叶连续两年获全国金奖，金华市政府每次奖励 1 万元，婺城区奖励 5000 元。当这个村主任当得累不少挨，气没少受，罪没少遭，这一年零八个月损失惨重。上任后，领着几位村民查账，奔波劳累不算，人还没少得罪，经济上损失不少。以前打一天工赚一百多元，村里的误工费每天才 25 元。别人的误工费都发了，他还一分钱没取，谁让自己是村主任呢？自己少收入好几万元不说，春节、重阳节慰问村里的老人还要搭进去 14000 元。这个村主任官不大，责任不小，每逢下雨时就提心吊胆的，不管乡里来不来通知，自己都要和村委值班，村民的危房要去看看，龙潭溪还要监视着，万一发大水淹了溪边的人家可不是小事。他们说村庄整治我没搞上去，村民不满意，这怨得了我吗？我哥哥、弟弟帮了多少忙？找人测量规划，村里一分钱都没花，乡里看过规划图后，认为在乡里 14 个村庄中是最好的一个。我弟弟说了，钱不够他还可以找一些老板捐助点儿，可是实施起来阻力重重，许多人都想说了算，我有什么办法？修乡到琴坛的公路，我捐了一块山地，525 平方米，没跟乡里要一分钱，公路没修下去，那是补偿不合理。溪滩承包，我说谁出钱多给谁包。村里人出 800 元，我没答应；有人出 2000 元，我也没同意；乡里有人介绍来一位，说出 13000 万元，我还是不同意；Y 老板出了 16000 万，我让村民代表看了合同，并且跟他们说，这个合同，你们认为满意，对老百姓有利，你们就盖章，没利就不要盖章。村民代表同意了，盖章了，我才把公章盖上。同乡会要罢免我，我问心无愧啊，下对得起老百姓，上对得起乡政府。同乡会那十几个小流氓来找我，说是送什么罢免申请，其实是要打我，送申请来那么多人干啥？母亲为了让他继续当村主任，同时也怕他挨打，跪下来拜求，他们才跑。自古以来，上跪苍天，下跪父母，让老妈给那帮二三十岁的小流氓下跪，这对他这个当儿子的来说是奇耻大辱！

乡人大副主任找他谈话，指出三条路好走，一终止承包合同，取得村民的谅解，继续当村主任；二是自己主动辞去村主任；三是等着罢免程序启动。最后劝道：“你好好考虑一下，有 183 位村民要求罢免你，你吃不吃得消？”他不相信有这么多人要求罢免自己，要求鉴定一下那两页半手印的真实性，有没有一人摁几个或几十个的现象。Y老板同意交回合同,这已经是很给那些年轻人面子了,他们却不接受,坚持要罢免。那就随他们去吧,我邓士明奉陪到底,最终是鱼死还是网破还不一定呢!

这个下午,可谓“正在烟柳断肠处”。邓士明一支接一支吸着烟,想着心事。短促的烟团从他口中喷泻,很快随风飘散,家门前那条没心没肺的龙潭溪水哗哗流淌着。人活一张脸,树活一张皮。村里人再穷也讲面子,常说的一句狠话就是“叫你没法做人”,也就是让你没脸见人。邓士明要当这个村主任,从某种意义上说,也是要个面子,要的是他邓士明的面子,他们哥儿几个的面子,他们老邓家的面子。如果被罢免了,那不仅是没面子,而且是丢了大面子。

事已至此,他已无计可施,于是丢下烟蒂,用脚踩灭,脚还旋了一下。

七、邓士明被罢免了

2010年1月29日,琴坛村举行村民罢免村主任投票表决大会。

琴坛村挂出了横幅,贴上了标语。村口挂着一条十分醒目的红底黄字横幅:“严禁以暴力、威胁、欺骗、贿赂等手段干扰投票表决。”这是琴坛村挂的第一幅跨路横幅。

5天前的晚上,罢免委员会为这次投票顺利进行,在金华工商城开过一次会。那天下着雪,气温降至0℃,指导小组组长、箬阳乡乡长张时达特意从山里赶来。会议对每一细节,以及可能出现的情况都进行了认真的讨论。晚10时30分,会议结束时会议室烟雾缭绕,烟缸里的烟蒂已像小山,茶杯里几经冲泡的茶叶已变成了“白茶”。按照罢免办法,外出不能参加投票表决的选民可以委托他人代理。罢免的委托与选举不同,选举时在外的选民可以打电话给选举委员会主任说:“我的选票让我爸爸领去好了,我不回去投票了。”罢免则要求在外不能回村投票的选民在罢免表决的前二日向村罢免委员会指明委托人,并出具委托书。有相当一部分村民不能回村投票,这部分选票关系到罢免的成败。有人想将选票卖给同乡会,这帮年轻人说,我们为的是村里的利益,不会出钱买选票的。邓士明的支持者放出风说,选票500元一张。有人动心了,许多家七八口人在外,如果能搞到他们的委托书的话就能赚三四千元。

同乡会进行了分工,每个组联系那些需要委托的村民,绝不容许买卖选票的现象出现。廖祥海、张林军、余根基和张荣海开着柳州五菱小货车连夜进山,到乡政府拿花名册。有了花名册才能知道哪些人需要委托。大雪纷飞,山路崎岖,车灯撕开夜色，将公路裸露。他们赶到乡政府已是半夜12点，从值班人手里取到花名册后就急忙往回赶。他们到金华时已是后半夜1点多钟，稍微休息了一下，凌晨3点又爬起来。有几位村民在深山打工，天一亮就要上山砍毛竹，天黑才能下山，只有在起床之前才能找到他们。这些村民的住处特别偏僻，难以找到。在熟人的带领下，廖祥海他们找到那间竹棚时，天还没有亮，竹棚里的村民还在睡梦中。他们只好在外边等一个多小时，当那些村民起床见到他们时都惊呆了。他们把村里近三个月发生的事告诉这些村民。那几个村民不禁心头一热，好多年来已没有人如此关心村里的事情了。他们爽快地填写了委托证书，感动地说："琴坛村需要像你们这样的年轻人！"

在福利院，他们见到一位从没见过的40多岁村民，她是一位残疾人，身高只有半米多，靠板凳行走。她在这里已住了十多年，已经被琴坛村遗忘了。听说有一帮琴坛村人来见，她吓得说不出话来，以为家里发生重大变故。当弄清廖祥海等人的来意后，她激动地说："为了村里的利益，我支持你们！"尽管这么多年来村里没人来看过她，可是她对家乡的挚爱并没减弱。这番乡情深深地感染着这四个年轻人，他们觉得自己更应该爱琴坛村，应该帮助需要帮助的每一位村民。那一天，同乡会的年轻人几乎找到了所有需要委托的村民，他们对这些村民说，你们想委托给谁都没有关系，我们都会帮你们办好。有人把自己的选票委托给邓士明的支持者，他们也给带了回来。

最初，邓家兄弟和Y老板可能没把那些年轻人放在眼里，觉得他们不过是龙潭溪的几尾小鱼，翻不起什么浪，想合同不收回，村主任照样当。当得知有183位村民支持罢免时，他们这才不得不重视，于是Y老板出面要放弃承包合同，保住邓士明的村主任位置。这对他们来说已很不容易了，很没面子了，没想到那些年轻人还不接受。接着，年轻人又成功地召开了户主会，通过了罢免方案。可能考虑到邓士明文化水平低，说话办事直来直去的，连个弯儿都不打，所以邓老师和阿贵只得出面收摊了。阿贵硬着头皮来到红双喜婚庆广场见同乡会会长、罢免委员会副主任张明华，赧然一笑，说："明华，我这段时间很忙，一直出差在外，本来早就想过来坐坐，谈一下我二哥的事情。真没想到事情会弄到这种地步。事情已经这样了，就不要再往下弄了。"张明华急忙让座倒茶，毕竟是一块儿长大的，还是表亲，再说阿贵在金华市也算得上有头有脸的人物，许多老板都买他的账，何况他张明华呢？

张明华说："这事呢也不是我一个人说了算的，是全村人的意愿。这也不是针对你哥哥的，是针对这事情的。"这也是实情，即便他想给阿贵面子，同乡会的弟兄也不会答应，那些签字画押的父老乡亲也不答应。话说到这分上，实在难谈下去了,阿贵坐一会儿也就讪讪离去了。阿贵不甘心就这样拉倒,又来过几回,每次话说几句,坐一会儿就无可奈何地走了。

在关键时刻,阿贵无论如何也要帮二哥的,他跟二哥的感情不是一般人所能理解的。父亲病逝那年,他才 6 岁,三哥读小学,二哥读初一,在雅畈公社当代课老师的大哥也只有 20 岁。老爸没了,顶梁柱折了,他们的家坍塌了,12 岁的二哥退了学,回生产队放牛去,帮助母亲抚养两个年幼的弟弟,供他们读书。那日子实在是苦啊,家里时常揭不开锅,二哥就领着他们上山挖野菜。让阿贵终生难忘的是读小学时,上学要走将近 4 公里山路,经过一座小木桥。桥面低矮,一下雨水就漫过桥面。每逢这时,都是二哥背他过桥。读小学四年级时,大水冲走了木桥,二哥怕他放学回来掉进水里,冒着大雨在河边等了好长时间。他初中毕业,考上浙江银行学校,当时三哥在读警校,家里实在拿不出钱供两个中专生。二哥领他去乡里的信用社贷款。信用社主任对二哥说:“你没有担保能力,我们不能给你弟弟贷款。”他忍不住哭了,不读书就走不出这大山,就得像二哥那样当农民。在他将要失学之际,二哥领着他去武义的亲戚家借钱,一家一户地借,不知借了多少家才凑够学费。为供他和三哥读书,二哥 37 岁才成家。

没有二哥,也就没有他阿贵的今天,他一直不忘二哥的恩情。经济条件好了之后,先是花四五万元钱给二哥买辆昌河货车,让二哥到城里跑运输;后来他又跟二哥合伙在金华开家茶叶合作社,让二哥负责采茶加工,他的妻子负责销售。有一年,山里发洪水,他冒着生命危险连夜开车进山,把二哥一家接到了城里。当年,二哥要不是为了他们那个家,为让他和三哥有书读,哪会辍学回家去放牛?如不辍学,哪里会当一辈子农民?二哥的忙,他阿贵无论如何也要帮的。

投票表决的前一天晚上,同乡会开会时张明华没有到。过一会儿,廖祥海接到电话:“廖祥海,我是明华。我跟 Y 老板、邓老师和阿贵他们在一起呢。他们一定要我带他们过来谈谈,我也没办法,我今后还要做生意,不想得罪他们。他们坚决要求让邓士明辞职,不要罢免了,我只好同意。你们认为不妥就坚持一下好了。”

这些日子,Y 老板已找过张明华多次,想见同乡会的这帮年轻人。廖祥海他们清楚 Y 老板无非是想让罢免程序停下来,于是决定不见。为防止开会时 Y 老板找上门来,他们经常更换地点。没想到今天晚上,邓老师、阿贵和 Y 老板来到张明华的店里。尽管邓老师没教过张明华,张明华却一直很尊重邓老师。

邓老师说:“明华,不要搞了,让士明当满,大家都是本村人,抬头不见低头见。士明这个村主任是你帮忙选上来的,现在你又参与罢免他,这样传出去也不好听。”

村主任的任期也就三年,再有一年零两个月也就到届了,何必非要弄个鱼死网破,一点面子都不给呢?

张明华本来就为当年帮助邓士明拉选票而后悔不已,邓老师可谓“哪壶不开提哪壶”,他愤懑不快地说:“这不是我个人的意愿,你这个弟弟太不会办事情了。再说,当时竞选是怎么承诺的?”

邓老师说:“明华,你们这么搞也是没用的。你看看,村里这么多人是支持我们的,”说着掏出一份名单,“你们把票给我们,帮帮忙,要不我们让别人来买也行。”

张明华听说了,邓士明在村里说,谁要反对罢免票,就给谁40元钱。有村民说:“不要说40元,就是给我一万元,我也不会把票卖了!”

张明华冷冷地说:“你估计有90张反对票,那么别人的我做不了主,我把我家里的全都卖给你,你也不够。”

Y老板也表示,要不惜一切代价,保住邓士明的村主任。

“钱,我也出得起。我给你两万,你拿去买好了,关键是你买不来。你出再多的钱也买不来的。”张明华不屑地说。

他们没辙了,阿贵只好取出一份辞职报告交给张明华:“投票表决大会就不要开了,让我二哥辞职好了。”

村主任被罢免,无论在浙江,还是在全国,都极为罕见,邓家兄弟担心一旦被罢免,这将会引起媒体的关注,搞得沸沸扬扬,不可收拾,所以与其被罢免还不如辞职。

张明华说:“这事我一个人做不了主,必须请示乡政府。”

他们要跟同乡会其他人谈谈,要跟张明华来见廖祥海、张林军、余根基他们。

Y老板、邓老师和阿贵要来了,这怎么办?有人说,邓老师和阿贵真要上门求情,我们也不能一点儿面子都不给啊。谁能说不同意邓士明辞职?这话谁也说不出口。Y老板兄弟在金华怎么说也是个人物,明华觉得不好办,我们也不好办啊。

张林军急中生智地说:“撤,赶紧撤!”

大家急忙向楼下跑去,没想到一出门就碰上Y老板、邓老师和阿贵。其他人慌得连招呼都没打,钻进车里就跑掉了。余根基被阿贵叫住了:“我跟乡长和书记说好了,他们同意我二哥辞职,明天那个会就不用开了。”为证明真跟乡长和书记通过话,他掏出手机给余根基看了一下记录。可是,余根基又能说什么呢?

下午1时投票表决,同乡会的年轻人在上午8时就赶回琴坛村。张时达乡长也提前赶到村里,对他们说,阿贵已把二哥的辞职报告送到乡里了,你们商量一下怎么办。张林军说:“我们不知道他们的真正用意是什么。那份辞职报告一看就不是邓士明本人写的,上面写着‘为减少村民内部矛盾,制造不团结’等提出辞职,邓士明说不出这样的话，肯定是他哥哥或弟弟写的。后边的签名也不是邓士明签的，他写不出那么好的字。我们投票表决大会不开了，他要是说我没提出过辞职，谁也代替不了我，那么怎么办？”

张明华说：“确实有道理。辞职报告又不是他本人递交的。”

廖祥海说：“辞职报告是他弟弟送来的，也只有我们知道他阿贵是琴坛人，其他人不知道他是个什么东西，我们不能接受。”

余根基说：“我们早已通知在外边的村民，做生意的放弃了生意，打工的已请了假，下午就赶回来投票了，他的辞职报告递交得也太晚了。”

于是决定不接受邓士明的辞职，罢免表决如期举行。

2010年1月29日下午1时，投票表决正式开始，婺城区委、区政府对此特别重视，区委组织部、区人大法工委、区纪委、区民政局的领导，以及箬阳乡党委、乡政府的领导都赶到琴坛村坐镇指导，公安派警力维持秩序，报社、电视台等媒体赶来采访。

投票表决在村礼堂进行，一个用纸箱做成的投票箱立在桌子上，它的外表包着一层红纸，上面贴着两道写有“琴坛村村民罢免委员会”的封条。为了保证投票表决的真实性和公正性，程序安排得非常周密。村民一个接一个地凭选民证和委托证到设在村礼堂侧门口的领票处领票，然后从侧门进去，在指定的填票处填写好，到投票处投票，最后从正门出来。有几位村民从领票处领到票后，以“还要再考虑”为由，想把选票拿出去填写，被工作人员制止了。工作人员说：“你可以先把选票还回，出去考虑考虑，想好之后再领取选票，在指定的地点填好，然后投掉。”

“怎么不给我选票？我们也是村里人。”人群一阵骚乱，两个30来岁的妇女冲进礼堂。

廖祥海赶过去，把她们拦住，解释道：“你们是从外地嫁进来的，按理说应该是村里的人，可是你们的户口没迁过来，所以没有选举的权利。”

“没有户口就不是人了？”两个妇女纠缠道。

一波未平，一波又起。邹旺根跟他的姐夫、张林军的父亲张俭梅吵了起来。邹旺根在领取在外打工的儿子的委托书时，负责此事的张俭梅叮嘱道：“委托书你领去，后天一定给我交回来。”邹旺根赌气地说：“我后天没时间。”张俭梅也不高兴了：“你没时间那是你的问题。”要投票时，邹旺根拿着一张没有委托人签字和手印的委托书来领选票，因不符合罢免委员会的要求，张俭梅拒发选票，两人争吵起来。张俭梅见邹旺根的女友在一旁帮腔，气愤地说一句：“你算个什么东西？”她是外村的，还没嫁给邹旺根，却总参与村里的事。邹旺根火了，冲过去要打张俭梅，被众人拉住了。

张林军对舅舅说："你拿的委托书不符合要求，当然不能给你选票了。这样吧，时间来得及，你给你儿子打电话，让他打的回来投票，几百元的出租车费由我来出。"

舅舅没话说了。他又劝父亲："今天是投票表决的日子，我们不要跟他一样，被骂几句也没关系。要是打起来，把事情搞砸了，对不起全村的乡亲，要冷静，一定要冷静。"

张俭梅默默地望着儿子，没想到，经过这件事儿，林军成熟了，稳重了。

这边刚平息，那边又吵起来了。邹福根的六个兄弟回来了，可是他们的老婆孩子没有回来，又没有委托书，工作人员拒绝发他们的老婆孩子的选票。

"我回来了，我一定要领到我老婆孩子的选票！"他们吵了起来。

"我们一定要走法律程序，民政局的领导在那边，你们有意见跟领导说一下。"廖祥海劝道。

邓士明抱着 6 岁的女儿，坐在石拱桥上，身边有五六位他的支持者。

邓老师孤独地站在道边，一脸苦笑地对路过的村民恳求道："你家的票呢，选选我们家士明啊，让他当当满。我们还很感谢你的，你家孩子还在我那里读书的嘞。"

这一兄弟的情义实在让人感动，可是谁还会为一份感动投出自己手里的这张票呢？经过这场罢免，村民的民主意识成熟了许多，已掂量出了选票的分量。

投票在希望与失望、激动与躁动中结束，公开计票开始了，那只红色投票箱成为村民关注的焦点。选票倒了出来，由廖祥海唱票，计票的人用粉笔在木板墙上统计。木板墙前，重重叠叠、里三层外三层地站满了人，看不见的村民索性站在桌椅板凳上。

"同意罢免，同意罢免……"廖祥海唱道。

"念大声一点儿，念出声来才有意思。"后边的村民喊道。

"同意罢免，同意罢免……"廖祥海提高了嗓门。

每唱一声都赢来一阵阵的欢呼。

"不同意罢免。"廖祥海念到第九张时，才念到一张反对罢免的选票。

31 岁的村民张小宝来晚了，挤不到前排，就搬来一张凳子，站在凳子上看唱票。

"老邓大势已去，这回罢免肯定成功！"他对同伴低声说道。他是放下在义乌的外贸生意，特意赶回参加投票表决的。

整整20分钟过去，木板墙上所统计的反对罢免的票数寥寥无几，支持罢免的已经排列出密密麻麻的“正”字。

这时，坐在石桥上的邓士明可能已经预料到最终的结果，没好气地说：“好歹也算当了一回村主任。妈妈的×，以后就是给我皇帝也不当了！”

他的支持者笑了，有人附和道：“是啊，是啊，有什么好当的！”

邓士明微笑着任由女儿在怀里闹腾，天伦之乐抚慰着他心中的创痛，憋屈已久的心感觉好多了。在这个世上，还有什么东西比亲情更重要？细想想，他这辈子也值了，拥有那么好的哥哥和弟弟，他们为他真是赴汤蹈火，在所不辞。

下午4点45分左右，投票结果出来了，全村有选举权的选民339名，参加罢免投票表决的选民302名；收回选票280张；同意罢免票265张，不同意罢免票14张，弃权票1张，同意罢免票占选民总数的78.2%。

箬阳乡乡长、乡派驻琴坛村罢免委员会指导小组组长张时达宣布：罢免村主任邓士明的表决获得通过。

让大家意外的是，宣布罢免结果时，预想的种种情况都没有出现，小礼堂依然风平浪静，大家仿佛早都预料到这个结果。只有几位村民走到木板墙前，用手机拍下了画满“正”字的木板墙。他们说：“留着当个纪念，我们能选村干部，也能罢免村干部，这才是真正的当家做主。我们第一次这样做，心里很激动。”

坐在桥上的邓士明看着村民们一个个从村礼堂里走出来，没人过来跟他打招呼。他转头看了一眼身后站着的73岁的老母亲，他知道老人更在意这次罢免表决的结果。寒风吹动她的满头白发，失望使得她那张脸更加苍老了。邓士明感到一阵心酸，眼眶里有液体在蠕动，他扭过了头。

事后，乡、村两级干部多次到邓士明家做工作，要求他交出村委会公章。他以误工费没有结算为由拒不交出公章。

龙潭溪在他们脚下流动，一如既往地滋润着两岸的草木。

尾声：琴坛村又选出新村主任

2010年4月1日下午，琴坛村再次召开村民大会，进行了村主任补选工作，张荣海以279票高票当选村主任。

他得知自己当选村主任后，心里很平静。在罢免邓士明时，许多人就议论选谁来做琴坛村的当家人，大家开始说的并不是他。经历罢免邓士明的过程，这副担子最终却落到他的肩上。他深切体会到：老百姓可以选你，也可以罢免你，对他也是一个警示。

2011 年春,廖祥海放弃年收入数十万的生意,回到这个穷山村担任支部书记。

鲜为人知的琴坛村,拨动了民主政治的琴弦,弹出了一首罢免村干部的曲子,一举出名。琴坛村村民用 183 个红手印成功地启动了村主任罢免程序,最终导致村主任被罢免的新闻,在全国数十家报纸和 3500 多家网站转载,引起广泛的关注。

村民们说,邓士明不是什么贪官,也没犯什么大错,也没有欺压百姓的行为。那么为何一定要罢免他?一句话,他不称职!因为邓士明不尊重我们多数人的意愿!当年邓士明以高票当选,证明他有良好的群众基础。而不到两年时间,又被高票罢免,为何会有如此大的反差?这诠释了一位哲人所说的准则:为民办事,要看群众愿意不愿意,高兴不高兴。

《浙江日报》金华分社社长徐晓恩说:琴坛村村民罢免行动,表明了农村村民的民主政治意识增强了;罢免成功,说明了我们农村建设的进步,民主政治的进步,从法律、法规等制度上保障人民群众行使当家做主的权利。这件事对当下个别通过不正当手段参选的人有警示意义!

一位媒体工作者说:如果说改革开放伊始,小岗村农民用摁血手印方式领农村经济改革风气之先,今天琴坛村民同样用摁红手印方式表达了政治民主的诉求。一个是经济,一个是政治,都有里程碑的意义!罢免村干部甚至更大的官,也时有报道,然而在金华的琴坛村发生,可见改革的深入。

婺城区委书记陈陆一说:"琴坛村的村民们用法律捍卫自己的民主权利和集体利益,完成了这次罢免,对于农村民主政治有着里程碑式的意义。水能载舟,亦能覆舟。随着农民的法制意识、民主意识不断增强,他们会用好自己的权,选好自己的当家人。当官的不尊重民意,不为老百姓办事,老百姓就会抛弃你。民意是天啊。"

经过罢免村主任的风波,琴坛村恢复了平静。龙潭溪水仍不知疲倦地从村口缓缓流过,溪滩两岸那经历冬天拷问的翠竹仍是绿汪汪的,一株株新笋探出了头,悄然发出毕剥毕剥的孕育新生的声响。又一个春天来临了!

(原载《北京文学》2011 年第 4 期)

难回故里

郭 冬

我舅，台湾海军陆战队上尉，河南籍老兵，一生中挫折大于平顺。像很多漂泊的中国人一样，他把“回家”当成了无可置疑的生命追求与归宿，然而“叶落”却未能“归根”。

舅舅走了，和他相同命运的老兵已经或即将抵达天国。这些被政治强力所侵吞的一批特殊人，早被自己原先所属的社会所抛弃，因而他们就比其他海外游子，更渴望被原来的生存空间接受。

他们正在带走一个时代，那个时代中关于他们的秘密，将沉入深不可测的海底，无声无息地融化。而他们，这些在历史记录中原本就是缺位或一笔带过的小人物群体，再过二三十年，也就成了远离后人记忆的缥缈的孤帆远影。

当舅舅在台北荣民总医院辞世时，我清楚，夺走舅舅生命的，剥夺他回家意愿的，不仅仅是病魔，甚至不仅仅是众所周知的两岸局势。

第一章　你从哪里来，我的舅舅

初次见面

1988 年 4 月 23 日，一个普通的日子，母亲派我接舅舅。

母亲交代的线索是，你舅洪洲，57 岁，台湾人，乘坐京广线列车抵达北京站。

我不知道这个年月会被载进中国当代史，——当然，舅舅并非历史人物，他在庞大的台湾海军陆战队中，不过是个退役上尉；我也没有意识到一个世人瞩目的事件正急剧降落到我们居住的这片土地上。

没有车次、时间，只有等待。我站在熙熙攘攘的人流中，一见港台模样的壮年男性出站，就迎上搭话：“请问是洪洲先生吗？”

“不，不是，不是不是。”

无数张矜持或自负的脸面从身边闪过，无数只滑轮皮箱从脚边拉走。

那个下午，我伫立在北京站出口，足足等了两个小时。

姥姥临终前对舅舅的评价是，到底不是亲生儿子啊，说走就走了，连个信也没有。姥姥对舅舅的彻底失望，使我一直不肯原谅这个没有见过面的人。

我掉头往家走，心说：不等了，当年他离家出走，让姥姥苦等了一生，现在又轮到我来等。

第二天凌晨，尖锐的电话铃声长响不断，是母亲的电话。她的语气充满兴奋："你舅昨天午夜到家，飞机降落在天津，他是从天津搭乘出租车到北京的。"

我才知道，舅舅作为台湾当局"允许民众赴大陆探亲"方案实施后的首批老兵之一，是从台湾飞到香港，后经罗湖口岸到广州，再到北京的。他们这些想家想了近40年的人们相约着出来，就像鸟儿逃离了樊笼。

舅舅没能购买到从广州直达北京的火车票。他在信中说，想圆梦，沿着京广线一路看下来，看内地，看河南，看黄河，一解思乡之苦。

1988年的广州车站售票窗口前，人头攒动，纷乱熙攘。舅舅已经不习惯无序状态，惊讶地注视着推来搡去的人潮。他不知道，大陆的改革正从这个门户，壮阔地涌向北方大地。

有人走到他身边，是票贩子。"北京软卧哦？没福气啦！"贩子劝他，"改搭飞机快得很咧！"舅舅急于逃离广州，立马从皮夹里抽出美元，以3倍价格购买了抵达天津而不是北京的飞机票。

我直奔母亲家，推开门，正见舅舅的笑脸。

一股暖暖情谊径直地流淌到我心里。

这就是后来留在我印象里的舅舅。他壮壮实实，腰板挺得很直，是那种训练有素的军人气质；他身着毛料西装，染过的头发有序地分梳在两边；眼睛不大，一笑就眯起来，显得很亲切。

这是一张和善的面孔，和善到让你忘记了姥姥的哀怨，忘记了几十年生活境遇的区别，忘记了彼此的距离，仿佛大家从来就是这样一起生活，素无间隙。

舅舅第一次置身于我们这个人丁兴旺的大家庭，喜得不知怎么办才好。他看看这个，看看那个，老是眯着眼笑。

我扎进厨房，赶紧干活。在中国人欢聚的场合，吃饭是第一位的。

舅舅随我进了厨房，慈爱地看着我，将红包塞给我。可能是青少年时代屡经冷遇，我一直不习惯收礼，再说昨天还在埋怨人家，今天咋好收红包呢？

舅舅看出了我的尴尬，用毋庸置疑的口气说："小冬，这是'人头份'，大人小孩都有份！"他抓住我的手不放，很有力气。他的手又宽又厚，无名指上戴着一个很大的绿翠戒指。

舅舅在北京住了两个月。最让他骄傲的是,当返乡老兵凑在台北聊天时,旁人说大陆亲戚要钱要物,而舅舅却说他收到的东西多得带不走。在往后多年的日子里,一提这事,他就笑眯了双眼。

听妈妈讲那过去的事情

"老天送给我们一个舅舅。"

妈妈摇头:"哪里!你舅50多年前就在咱家落根,和咱们血脉相连了。"

妈妈就给我们兄弟姐妹讲开了——

你们都知道的,你舅不是我亲弟,这要从家世说起。

你姥姥是河南人,家境殷实,嫁给你姥爷后,光景就差下来。可姥爷没让姥姥失望,他是个有远见的人,早早从商,到县城开办馒头铺,起名玉兴馍铺。凭着诚信发达,雇伙计,买骡子,还盖起了二层小楼。

你们都知道孟子的话,"不孝有三,无后为大",你姥姥接受的就是这种文化。她接连生养我们姐妹仨,没有儿子。不管族人是否数落,她自己就被"无后"的观念压得抬不起头。痛苦的还在后头,我的姐姐和妹妹先后死于疾病,只剩下我这个中腰的。尽管我从小学念到师范,成绩拔尖,远近有名,但都不能给这个家庭带来继承香火的荣耀。

一件偶然的事情挽救了这个家。那是1932年,时逢大灾,黄河泛滥,土路上满是背井离乡的人。有人捎来口信,说一家逃荒人要给儿子找条活路。

姥爷当即说:"咱认下这个儿,让他传宗接代。"姥姥自然同意,买了小孩衣服,我们一家三口搭坐驴车,往邻村赶了去。

那是个风沙天,很冷。我们进了人家里,就见一对衣衫褴褛的夫妻在等。

男孩2岁,没穿衣裳,裹在一堆破布里。我伸出手指逗他,男孩闭着眼睛全无反应。他娘怕我们不要,赶紧解释:"小孩没奶吃,到现在还不会说话。"你姥姥的眼泪掉下来,低头给孩子穿衣裳,又掏出准备好的10块银圆,捧给逃荒人。那夫妻俩又喜又悲,千恩万谢地去了。走出门口,他们再次回头张望穿上了新衣裳的男孩,但孩子仍旧闭着眼睛没反应。

你们猜得对,这就是舅舅了。

家里算是有了儿子,之后请客接风,把男孩视为珍宝。

当地一位有相面奇术的方士称:"这孩子命里缺水,必须取个多水的名字。”

一番推算之后，算命人拍了板：“水大为洪，有水必有洲，就叫‘洪洲’吧。”

我突然有了悟性，拦住妈妈的话：“是不是水太大，把舅舅放到了被水包围的‘洲’——台湾岛？”

妈妈警告我：“不要乱讲话，你舅可能还不知道自己的身世！”

舅舅的回忆

一夜之间，舅舅完成了身份的转换。

他照样挺着军人的腰板，照样洋溢着军人的气质，可腰里拴上了妈妈家门的钥匙。他喜欢听钥匙啪啦啪啦撞击的声响，那意味着找到了家，他喜欢这种提示。

他哼着常香玉、马金凤、崔兰田的豫剧段子，进进出出居民楼。

邻居们会说话儿：“是舅舅来啦？看您姐弟俩长得多像！”

舅舅笑眯了眼：“亲姐弟能不像？”

那时，我遍查报纸，都找不到河南豫剧团到京演出的消息，只好一趟趟送来赶制的豫剧录像带，像《卷席筒》《斩包拯》《穆桂英挂帅》《花木兰》《秦雪梅吊孝》《抬花轿》《香囊记》《陈三两爬堂》，足有二三十盘。那是舅舅最快乐的时光，他和着豫剧带子的旋律，用戴着绿翠戒指的大手，一下一下拍打着沙发扶手，不时哼唱出声来。

我知道，舅舅渴望这种温馨的家庭生活，已经很久了。但有时，他也会发出一声悠长的叹息。

我忍不住，就问舅舅为什么叹气。舅舅的眼圈红了：“想你姥姥咧，她一天好日子没过上，要是能像现在这样，手拉手，一起看戏听戏，我死也知足了。”

那天，舅舅向我讲述了他的童年——

你姥姥，我叫娘。在娘身边的日子，是我这辈子最有福气的时候。娘爱爹爱，我从2岁玩到6岁，凡事不愁。那时，咱家乡下有地，县城有铺，是出名的好人家。

一次，馍铺伙计要笑我的处境是要星星不给月亮，我一听就吵着让爹给摘月亮。爹是铺东家，平常少言寡语，伙计害怕他，我可不怕。爹聪明，用剪子把蛋糕铰成月牙，月牙黄黄的，他捧在手心里哄我：“看，刚给我儿摘下的月亮，趁着软，快吃吧。”

说来好笑,昨天你妈告诉我,就因为爹娘偏疼我,她那时还哭了咧。

我像富家子弟那样,6岁念书。只要我愿意,爹能一直供我,可惜我不成器,一进学堂就逃课,跑到村外瞎折腾,结果只念了两三年。这是我这辈子最悔的事。

我闹出了圈,给家里惹过大祸。

一次,绑匪趁我出村玩耍,劫了我,要价10担赎粮。尽管咱家不短吃喝,可1担100斤,10担粮是1000斤啊,够全家吃上一年的。这对小生意人来说,等于揭了房顶啦。

我被绑匪关在茅草屋里,心想爹一准不赎我了,就闭着眼睛等死。那时,我小心眼里好怕呀。

谁知没过多久,绑匪"咣当"一声拉开门,朝我说:"你爹来了,回家吧。"

我以为是绑匪戏耍,不理他。可绑匪又说:"你爹来了,回家吧!"

我腾地跳起来,站在屋门口一看,可不,爹来了,正卸车哩。那骡车上码的粮食好高啊!我见着绑匪没哭,被关在茅草屋里没哭,可一见骡车上像小山一样的粮食,我哇地哭了!那是爹娘起早贪黑干活挣的哩!

爹抱起我,用手帕给我抹泪。他的眼神,让我一辈子忘不了,多疼爱、多怜惜!

卸完车,爹把我安顿在空车上,他一个指头没戳,一句气话没说,搂着我就赶车回家。娘在村口等了一整天,她泪流满面地把我抱在怀里,我当时就感动得哭开了。就为这,我心里许下愿,要当孝子,日后为爹娘养老送终!

家里的买卖越做越大,人家的馒头是一斤5个,咱的馒头随便抓起4个,一称准有1斤多,不使碱,面白面暄,价钱还便宜。爹会做生意,给老客户发了优惠折子,回头客越来越多,馍铺就开了分号。爹成了县城里的人物,他仍旧少言寡语,可在街上一走,人们全迎着这位身着狐皮长袍的老板打招呼。爹不再干活,凡事不问,全交给账房管,伙计也多了起来。

要是没有后来的变故,这个家的日子该有多好!

爹不大回家了,在外头娶了二房,就是你二姥姥。我们私下管她叫老二。

当时,我是孩子,不明白爹为啥娶二房。俺娘是全村公认的美女子,她双眼皮,大眼睛,黑黑的头发拢在脑后,又能干又善良,我可为娘骄傲了。那一次,娘哭了,哭过后,她平静地对爹说:"恁别在外头住,搬回来一起过吧。"

就这样,老二进了家,我的好日子也到了头。这老二比娘年轻多了,仗着爹宠幸,把谁都不放在眼里。一天,那年轻女人戳着我的头说:"嘿,小子,你大了，不能吃白饭，卖馍去吧。”老二一句话就改变了我的身份，这样，我10岁那年，就成了小伙计，每日领馍外卖，回家报账交钱。卖不掉，没饭吃。

有一次，没卖完馍，老二不让吃饭。娘看见，不干了，她碰上讨饭逃荒的都送馍，咋能看我饿肚子？老二不怕娘，喊开了：“这小子是啥人，凭啥吃白饭？”娘平时不多言语，可这会寸步不让：“啥人？他是我的儿，吃白饭也理当！”老二一甩头，叭地把笼屉扣上了。

平时的积恨涌上心头，我跺脚朝老二喊：“你个贱小婆！”

我把“贱”字拉得又重又长。娘愣了，赶紧回身护住我。

老二“嗷”地一叫扑上来，隔着娘，照我脸上就是一巴掌。

小冬啊，就从那时起，我右边的耳朵聋了，到现在还听不真。

后来，日本鬼子打来了，馍铺开不成了。我姐，就是你妈，去抗日；老二生了儿子，爹带着老二单过。自打那以后，这个家就散了，从此我再也没有见过爹。

娘领着我躲日本兵，回到村里。娘种地纺线，有口馍，先给我吃；扯块布，先给我做衣服。我懂事早，每日抢着帮娘担水劈柴，怕娘想姐心疼，总是哄着她高兴。要是用几个字形容我和娘这8年的日子，那就是：相依为命！后来，抗战胜利了，姐来信让我们去江苏徐州找她，我们三口才算团聚了。

不知妈啥时进屋的。

妈插话：“洪洲呀，咱们从江苏徐州迁到湖南长沙，是1948年吧？”

舅说：“是的，姐。”

妈终于道出了应当在1948年说的话：“那是咱家最难的日子，你姐夫买了扁担箩筐，要你卖菜贴补家用，你、你怎么不吭一声就离开家了？”

我知道，这是舅舅最难过也是最难面对的事情。

他挺直的腰板弯下来，声音低得像自语：“我那是被抓壮丁抓走了……”

妈的声音也软下来：“你知道咱娘伤心一辈子临终还念叨洪洲洪洲的吗？”

舅受不住了，他抬起头，眼眶里溢满泪水。

“我，我，我呀……”舅说，“我想娘想了一辈子啊，姐！”

他爆发出一声男子汉的呜咽。

舅舅失踪的真相

舅舅为什么出走？我家两代老人为这个问题寻思了半辈子。现在，我从妈妈与舅舅断断续续的谈话中,摘出了下面这段家事。

让我们回到1948年的长沙。

那时我还没出生,上面有三个哥姐。爸爸在20世纪末被中国作家协会授予抗战作家纪念牌,当年他是报纸主编,写过发过很多抗战诗歌,可战争一结束,他就失业了。

爸爸送爷爷去台湾时,停靠在广州黄埔港的轮船"噗噗"地冒着白汽。时任国民党军军官的爷爷紧紧拥抱着爸爸,颤声说:"我的儿子,报馆关张了,你失去薪俸,老人孩子等着吃喝,为什么还留在大陆?"爸爸不回答为什么,只是坚定地重复:"我不走。"爷爷踏上轮船的那一刻,说了一句令爸爸终生难忘,后来几次转述给我的话:"你,真的相信那些'左'派朋友?"

爸爸的眼泪流下来。这是父子俩多年不同的政见。

招手,招手,招手;再见,再见,再见。

那逐渐缩小的身影,最后消失了,永远消失在了两个人的生涯里。

爸爸和爷爷从此没能再见。

冬季的长沙,空荡而寒冷。

爸妈、姥姥、舅舅和我哥姐,一家老少七口人围着炭盆吃饭。那时,爸爸做起小生意,妈妈钩织帽子外卖。不巧,幼小的哥姐赶上发烧,两支盘尼西林下去,家里就断了炊。

炭盆里发出的红光,越来越弱,最后,火星全熄了。姥姥叹着气,把炭盆扣到木门外,家里没钱买木炭了。妈妈钩织帽子的手,冻肿得老高。

那年舅舅18岁,挑着箩筐上街卖菜。

他心气老高,每逢迎着太阳上菜的时候,都在盘算一个希望,咋能让家里的日子变一变呢?

变化的时刻来了。

两个军人兜头迎上来,舅舅刚想招呼买菜,两人开口了:"喂,送你去个吃饭的地方。"

舅舅看势头不妙,抓起箩筐要跑,但一个人已经按住了他的肩。舅舅挣扎着喊:"我有娘,得问娘!"另一个人随手撇了箩筐说:"先看看兵营再问娘。"

在抓兵人的押解下,舅舅挪动着双脚。

那时,舅舅是个没有见过世面的乡村孩子,不知道全国的战争形势,不知道辽沈战役中解放军全歼国民党军47万人,淮海战役接着开打;不知道国民党军屡战屡败、屡败屡退，为补充兵力而大规模抓壮丁；不知道共产党已经在筹备建立中华人民共和国。

被50年后的舅舅评述为“是权力之争也是治国方略之争”的这场国共战争，给予当年舅舅的心理感受只是恐惧与茫然。舅舅分不清共产党、国民党、解放军、国民党军，更不知道自己成了壮丁。

走啊走，太阳升高了。

舅舅心里也升起了一个太阳，早先盘算的那个希望亮堂起来：穿上一年半载军装，拿上钱回家，娘和姐就能吃饱饭了！

舅舅轻松起来，索性挣脱押解人的手臂，自己大步走进了兵营。

历史在这里停住了脚步，舅舅的农民身份就在这一刻结束，从此，他成了国民党军士兵。

第二章　一江之隔

海峡这边与那边

国民党军队伍不分日夜一径朝南开，舅舅慌起来，他知道家在北边，想逃走，可就地正法的案例使他的思维转了向。舅舅在这个乌合之众的群体里第一次认识了自己的智慧和组织能力，他鼓动伙伴，先干，瞅机会跑。

军队再歇脚的时候，他们南行到了一个无名的小岛。所有的士兵都在叫骂，不明白军队为啥不打仗，径直朝远离家乡的蛮荒之地撤退。

舅舅继承了爹娘少言寡语的性格，这使他在那批叫骂的士兵中显得老成稳重，从而引起了长官的注意。几个月后，舅舅没找到逃跑机会，反倒一步一步升任当了排长，每日带着士兵在小岛上操练。他后来对我说，在这段日子里，能够冲淡他思乡情绪的是一只白色小狗。那狗儿每日夜间定时叫他起床查夜，于是舅舅就不管军规军法，醒了就抱着狗儿在兵营里巡查。新兵都害怕他的威严，说没见过排长的笑脸。可舅舅说，如果不是怕牵连整排人，他早开小差找娘去了！

小岛上的日子有了头，队伍集合待发。一心一意指望回家的士兵，在茫茫大海的涛声中，在人民解放军的炮声中，在大船停泊、小船乱撞的码头，在万千士兵向北方捶胸顿足的哭喊声中，在无数人抓着绳梯苦苦爬向大船舱门的时刻，骤然明白了自己的处境。

1949年,120万大陆国民党军人、军属分批登上了开赴台湾的舰艇。那时,舅舅撒手放走了悲声哀号的小白狗。

经过整编,舅舅进入了正规的海军陆战队。这海军陆战队是台军参谋本部直属的战略预备队,专门担负陆上、海上快速反应作战任务,是被视为"攻势作战"的兵种,也是被其他士兵羡慕的兵种。

就在这个部队乱哄哄换防时,舅舅出乎意料地见到了一个极为重要的人。

那时,舅舅率队在台湾一个小城市的车站待命。他正窝火的当儿,身边走过了几位年长军官。舅舅看呆了,为首的人儒雅挺拔,像谁呢……像、像、像姐夫!那当然不是姐夫,从年龄上说,应当是姐夫的父亲!

各位读者,舅舅的姐夫,就是我的父亲啊!

舅舅腾地跳起来,他知道,迟上几分钟,在人山人海中就永远找不到长官了!

舅舅火速冲上前,叭地立正、行礼。儒雅挺拔的长官站定,和蔼地说:"小鬼,你有事?"舅舅说:"长官,我姐夫是××,您是不是……"

舅舅紧张地看着长官,好似那人决定着他的命运。长官笑了,一把抓住他的手说:"好哇好哇,我们是亲戚,我给你留个地址!"

我爷爷从勤务兵手里接过笔,匆匆写着字。这位高官在返回大陆无望的第二年,接走了除我父亲以外的所有家眷。

天助我家。许多年后,就是凭着这层关系,我们在台湾的叔叔姑姑,当然还有舅舅,到北京找到了我们一家。

在台湾,不能忍受的事接连发生。最可怕的是头几年部队开不出饭,士兵日日以番薯、野菜充饥。

官兵不知道,蒋介石当局与美国签署了有关共同防御的规定,把从大陆带来的黄金倾力投入军费里。几十年后公布的数字证明,20世纪50年代台湾军费开支占财政总预算的70%以上,60年代还占50%,而官兵与家属却在他们"同心同德、返乡复国"的教义下忍饥挨饿!

从策略上看,蒋介石当局将台湾作为休养之地,推出"一年准备,两年反攻,三年扫荡,五年成功"的计划。也就是说,蒋介石当局预计在1954—1955年重新占领大陆。

成为牺牲品的,不光是1949年赴台的60万官兵与60万随军家眷,加上1950年从海南岛、舟山群岛等地陆续赴台的官兵及家眷,赴台者已达200万之众。

蒋介石当局只好草草安置眷属,台湾的学校、寺庙、农舍、牛棚塞满了大陆人。这些后来被称为"眷村"的贫民窟,全台湾有763个,眷户高达96082家。后来从眷村走出来的名人,比如宋楚瑜、吴小莉、李立群、邓丽君等人,在撤至台湾初期,都与他们的父兄共渡艰难,不得不以番薯、菜叶充饥。

就像割倒的韭菜那样,一拨一拨的士兵倒下去了。饥饿,浮肿,水土不服。

舅舅饿得头昏眼花,站不直身子。那年头,如果石头是软的,他也会往嘴里填。舅舅和老兵们凑一堆,常常互相按脸按腿,比比谁按下去的小坑深,接下来就是骂娘,把这个龟孙那个龟孙的劣迹痛数一番,横竖不管军规军法。

之后就是痛哭。

台湾海峡被封锁了。再大胆的人也不敢冒"通敌叛国"罪名叨唠回家,于是,士兵们就在军营里发疯般地哭爹喊娘。

舅舅独自守着无边无涯的大海,一宿一宿地落泪,一宿一宿地与娘说话。他想起了我姥姥纺纱织布的情景,那时姥姥哼着豫剧唱腔,他围着织布机跑,边耍边应和;他想起了我姥姥牵着他的小手串门的情景,姥姥帮他穿上锦缎丝袄,戴上撑有两根铜棍花瓣的帽子,那花瓣一走一颤,惹得一街娃儿艳羡;他想起了我姥姥受二姥姥排挤的情景,发誓终生保护我姥姥不受气;他甚至幻想满地跑着他洪洲的娃儿……

深沉难耐的苦,是从故乡从亲人中被剥离出来的孤独之苦。舅舅不知道,那苦才刚刚萌芽,它将发芽长大,之后缠绕舅舅一生,逼得他后来几近发疯。

退役的日子

大半辈子的光阴,说没就没了。

舅舅受不了部队里种种非人道束缚,以台湾海军陆战队第651团上尉副连长的职务提前退役,兵籍号码629581。按规定,他享有终身俸。由于习惯了简朴生活,他每月花销不多,后来又找了一份工作,日久天长,积蓄渐渐多起来。

一天,他在同乡老柳家喝酒,悲痛中突然倒地,这时他才知道,无痕的是积淀进心底的哀伤。老柳太太果断地招呼人把舅舅抬进了医院。

心肌梗塞。

医生说:"你岁数大了,不要吸烟不要喝酒不要急躁。"

他听话,戒了烟酒,那时房价正低,他打算购买一套房子,在台北过安生日子。

老柳太太也是河南人,这个家她说了算。爽快热情的柳太太当机立断:"洪洲兄弟,把房子盖我家房顶上,咱就成了一家人!"

这里是台北万大路,穷人居住的地方,面临着城市改造。

舅舅犹豫,怕给别人添麻烦。

老柳是厚道人，退伍老兵，看太太定了调，就也力劝舅舅搬了来。

舅舅禁不起两人劝说，敲定了，盖房！

盖了三间。原来楼下的三间，柳先生一家照旧住；楼上新起的三间，是舅舅的家。后来，舅舅说，那盖房钱足够在好地界买套新房。

就这样，舅舅成了柳家人。每日下班回来，一起吃饭、打牌、聊天，倒也其乐融融。

可后来，舅舅发现事情不对，柳太太掌管着老柳的账目，也月月收走他的退休金，舅舅开销得伸手要钱。

舅舅不愿被管束，在一次取来退休金后，留下一半，柳太太就变了脸。

这之后，柳家的孙子孙女三天两头缠着舅舅要零花钱，柳太太与女儿每逢出国旅游也张口朝舅舅要钱。

舅舅每日上班，越来越少在柳家吃饭，也越来越懒得爬回自己的二楼新居，但仍旧仗义地缴纳着生活费，也照样管着柳家孙子孙女的零花钱。他有时也反问自己：咋把日子过成这样了呢？但他总是有理由说服自己：人家把你送进医院救了你的命，这恩情不比啥大？

寻找大陆亲人

当年血气方刚的士兵，背驼了，腰弯了，白发上头了。许多老兵如同当年舅舅的景况，在路上被抓到兵营，家里毫不知情，因此，多年来，他们只想传递给亲人一句话，就一句：我活着。为这三个字，老兵们忍了十年、十年又十年，但后来不能忍了，爹娘逐渐衰老了。他们开始冒着坐牢的危险相聚，商讨怎样将话递给爹娘。

各位读者，这里说的“坐牢的危险”并不夸张。台湾作家廖信忠在《台湾老百姓自己的故事》里用“白色恐怖”形容当时台湾的政治氛围，“这个词对于台湾的意义，大部分就是指国民党自统治台湾以来对异议分子或嫌疑者的肃清及迫害。台湾人民长期处在这种环境里，有话不敢说，有意见不敢表达”；廖信忠还提到这种政治高压对下一代的渗透：“蒋中正的影响力一直到20世纪80年代末90年代初都还存在，在我小学时都还要背‘蒋公遗嘱’，音乐课也要学唱‘蒋公纪念歌’；而每次老师一提到蒋介石或‘国父’孙中山先生时，大家都要正坐或立正一下表示尊敬。”

20世纪80年代后期，我在台湾的叔叔委托我给他寄一本《鲁迅书信集》，按照他的指点，我首先将《鲁迅书信集》包上封皮，写上其他书名，寄至香港，然后由香港朋友改换成香港印刷品包装，再寄至台湾。叔叔在信中说：一定要谨慎，查出来是要坐牢的！

像老兵的忍耐达到极限一样，这个时代的忍耐也涨到了极限。

1979 年 1 月 1 日，全国人大常委会发表《告台湾同胞书》，称人民解放军停止对金门炮击，希望实现通航通邮。

1981 年，台湾《时报周刊》、台北《展望》杂志社就“中国统一”主题举办专题座谈会。

1982 年 6 月，由蒋经国之子蒋孝武任社长的台湾《自由中国之声》杂志发表专论，主张中国和平统一分“三个阶段”进行。

后来，美籍华人陈香梅谈到了这段历史。她在 2004 年 8 月 21 日答新华社记者问时，披露台湾老兵回乡探亲问题由邓小平率先提出。她说，20 世纪 80 年代初，邓小平向她提议，可以先让在台湾的老兵回家探亲，说大家都是中国人，都有父母、兄弟姐妹、老婆、孩子。于是，陈女士就去台湾，向台湾方面转达了这层意思。

老兵们从台湾当局禁止收听的大陆广播中，知晓了有关探亲的一切信息。就为邓小平上述通情达理的见识，舅舅念念不忘邓小平的恩德。他最后一次到北京时，有位艺人给他画像，把他的脸孔描画得蛮像邓小平，舅舅竟然乐出了声，把它带回台湾，贴在了自家墙头上。当然那是后来的事。

老兵们费尽心机地寻找着与家乡沟通的途径。功夫不负有心人，机会来了。

那是一个阳光明媚的日子，老兵们邀请几位赴台的香港生意人喝茶。戴着金丝眼镜的香港人很斯文很仗义，说都是中国人都是手足同胞都有父母妻小自然可以转信；老兵们感动得眼圈发红，说不会让他们白干，自会付些酬劳。香港人说，那就不客气了，在商言商，冒着杀头危险转信还是要多收些手续费的。老兵们放下茶碗，齐刷刷声明不怕花钱。香港人说生意人讲信用，你们五天后交信交钱，两个月后自会见到大陆亲人回信。

老兵们呼地站起来相拥而泣。他们全不顾茶馆高雅幽静的氛围，不睬茶客们抗议的目光，只管捶胸顿足，高喊老天开眼了。

舅舅兴冲冲地跑到彰化市去找我叔叔要地址，爷爷和叔叔都住在彰化市。与舅舅比起来，我爷爷幸运得多，他早就托付九龙的朋友转信，舅舅去彰化时，爷爷、叔叔已经与爸爸互通过好几封信了。

我爷爷一生低调，信中从不炫耀个人业绩。父亲告诉我，爷爷才华横溢，诗书棋画均有造诣，说我们后代无人能及。讲到通信，还有个趣事。我爷爷能写一手好字，他在托付九龙朋友转信前，就亲临香港将写给我父亲的信直接寄到了湖北云梦老家。爷爷当然不知道我们早到了北京，他的信居然没有被拦截，直接投递到了村庄。那是我们的“文化大革命”期间，海外来信一律被视为投敌叛国的证据，可就因为信封上的一笔好字,生产大队会计舍不得上交,把它珍藏下来了。爷爷没能够坚持到我父亲以大陆作家身份访台的90年代,他老人家由于中风,在病榻上躺了几年,80年代后期就故在彰化了。

舅舅开始书写生平第一封信。他很不自信,不停涂改,后来还是把笔交到了老柳女儿——一个中学生手里。舅舅说一句,中学生写一句,正写在兴头上时,柳太太插了一句:"洪洲,你别是剃头挑子一头热吧?"舅舅看了她一眼,发现她表情怪怪的,大有不愿意舅舅与大陆亲人联系之意。

老兵们的信足有一提包,连同另一提包台币,以及几十年沉甸甸的期盼,全部交到了香港人下榻的饭店。戴着金丝眼镜的香港人仍旧很斯文很仗义,慢慢重复着请放心之类的安慰话;老兵们也仗义地邀请香港人喝酒,举杯庆祝就要实现的愿望,他们似乎已经难以承受即将到来的喜悦之重。

之后是等待,等待。一个月,两个月,半年,所有的老兵都没有收到回信。

一个在老兵们心中多次跳闪的猜疑变成了判断,那被事实证明了的判断如同钢鞭一般直抽老兵们的心窝:香港人敛足钱,回港过好日子去了!被欺骗的老兵悲愤地集体号啕,当他们醒悟到要清算几位香港人的无耻行为时,才发现根本就没有留下他们的任何信息。

天无绝人之路。与老兵一样,这个时代的有识之士在保持了数十年的缄默后,迸发出一叠震耳欲聋的吼声。

1986年4月,高雄市议会通过提案,要求国民党当局准许外省籍人士与大陆亲人通信,"以慰亲情"!

1986年成立的民进党,主张"人权至上,不分党派,人道为先,亲情第一",于1987年初发动"返乡省亲运动"!

1987年4月18日,多位国民党籍"立委"提出质询,要求台湾当局重新检讨"三不"政策,以符合现实需要!

1987年5月2日,台北6000余位大陆籍人士成立了"外省人返乡探亲促进会",要求准许他们返回大陆故乡。他们穿着写有"想家"两字的白衬衫,散发传单,游行示威。5月10日,他们齐聚台北中山纪念馆前,举办"遥念母亲"活动。这个组织的声明打动了无数人的心:

> 由于严厉的禁制,40多年来,多少人把刻骨铭心的思亲念头压抑在内心深处,我们已为国民党耗尽了宝贵的青春,并已沉默了40年,现在该是我们大家团结起来,站出来讲话的时候了。我们只求,父母若健在,让我们回去奉上

一杯茶；若不在，则让我们回去献上一炷香……

舅舅这个生有反骨的人，无疑支持所有抗议活动。他是国民党员，曾经信奉国民党中央，但当腐败现实击碎了他的返乡梦想之后，他就自由脱党，拒交党费了。

1987年初，蒋经国指示有关部门研议开放民众赴大陆探亲的可能性。

1987年7月27日，台湾交通主管机关、内政主管机关联合宣布，解除自1979年4月实行的不许台湾同胞以港澳作为出境旅游第一站的限制，允许台湾民众前往香港旅游，但不准进入大陆。此举使两岸离散的有钱人陆续前往香港会面。

1987年10月14日，国民党中常会通过了台湾居民赴大陆探亲方案，"允许民众赴大陆探亲；除现役军人及公职人员外，凡在大陆有血亲、姻亲、三等亲以内之亲属者，均可申请到大陆探亲"。

冰山坍塌了。

这之前，我家也从爷爷信中知道了舅舅的地址，于是托香港朋友转信，一封、两封，在丢失了几封信以后，终于有一天，舅舅收到了我们的信，而我家也收到了舅舅通过香港朋友转寄来的信。

读者朋友，请注意这里，舅舅在万大路住所丢失过几封信，我后面还会提到这件事。

从那以后，舅舅再不用别人代言，他用心一笔一画地向我们诉说着真情。

从1948年提着扁担箩筐跨出家门的那个早晨起，舅舅最不能忘记的，就是自己终日看惯了的、将头发盘在脑后的日日操劳的我姥姥。在他眼里，娘就是村庄，就是家园。他盼了太多的时日，渴望像小时候那样在娘怀里哭泣、倾诉，可终于，这些期盼在1975年，他45岁正领兵操练的辛苦岁月，变成了永不能实现的梦想。

我姥姥是在当代中国的"史无前例"时代，因感冒转肺炎离世的。她熬到了"文革"结束前1年，经历了我家最屈辱的日子。噩耗在10年后才传递给了舅舅，当舅舅从北京家信中知道姥姥病故的消息时，哭得瘫软在地上。他在心中一次次描绘的与娘相聚相拥的亲热画面，为爹娘端饭送水的温馨场面，都在那一刻坠落在地板上了。当时，舅舅就发誓，不能为爹娘养老送终，也要回乡建墓立碑。

后来，就有了1988年4月23日，舅舅作为民众赴大陆探亲首批人中的一员，从台湾到香港到广州到天津，再到北京我们家的那次行动。

那一次，我们不许舅舅花钱，送给他的东西不算，还为他购买了不少礼物。比如，送给台湾荣民总医院医生的珍贵狐皮，因为那位医生主刀救了他的命；送给柳太太的兰州夜光杯，因为柳太太在他病情发作时果断送他上医院劳苦功高；送给工厂老板的宜兴紫砂茶具，因为老板对他很关照；送给工厂小友的玉镯，因为小友们常给他过生日……

舅舅整理了两大皮箱礼物，满心欢喜，因为他能够以自己的方式还报台北朋友对他的关爱了。可是，他也发愁，这一路太辛苦，要从北京到广州，经罗湖口岸到香港，飞到台湾，再从台湾桃园机场回到台北万大路，“到桃园机场是夜里，连公车都没有，只好搭计程车！”舅舅叹口气。我知道，舅舅舍不得乘坐出租车，他对别人大方，可把再少的钱花在自己身上也心疼。我担心的是另外一件事，这一路行程，对舅舅这样患有陈旧性心梗的病人来说，是个可怕的考验。

舅舅历尽辛苦，终于回到台北了。后来我才知道，那夜，柳家全体人都开灯等候着舅舅。当他肩扛手提地跨进万大路家门时，老老少少都跑出来，把我们全家十几口人精心准备的大大小小礼物，兴奋地拉拽进了各自房间。当舅舅无奈地爬向二层自己的住所时，还能听见柳家女人孩子分抢东西的嬉闹声。如果不是因为后来柳太太与舅舅发生了剧烈的争吵，大概他们的日子会一直这样过下去。

第三章　第三次回大陆

回老家

1990 年 10 月，舅舅第三次到北京。他将返回河南老家为爹娘建墓立碑。

前面说过，我姥姥生有三女，长女、三女早年夭折，因此姥姥随二女即我母亲生活，并拉扯大了我们五兄妹。姥姥故去后，她老人家的景泰蓝骨灰坛就供放在母亲家，像她老人家生前那样与我们照旧一起生活。我姥爷根据新中国的一夫一妻制，与二姥姥在贵州定居，姥爷于 1962 年故于灾荒，二姥姥还健在。

亲爱的读者，下面的事情有些琐碎，可是，这些事情改变了舅舅的一段人生计划，所以请您慢慢看。

舅舅以他多年带兵形成的组织能力实施着自己的心愿。第一，他计划为我姥爷兄弟两人在老家各建一座墓，我姥爷的墓分为三室，除姥爷与姥姥各居一室外，还留有二姥姥之位。第二，他联系上了远在贵州的二姥姥，请求二姥姥同意为我姥爷移墓。第三，他联系上了我姥爷弟弟的孙子金柱，因为要为姥爷弟弟即金柱爷爷建墓，要金柱协助。

这三件事，舅舅筹备了两年半。除我二姥姥坚决拒绝为姥爷移葬外，其他事情都很顺利。舅舅偕我母亲先行赴县里联系丧葬事宜，我母亲在县里有些声望，县乡又注重政策，所以很快落实了墓地。其余，舅舅统筹安排，把活儿摊派下去，造墓的造墓，刻碑的刻碑，打棺材的打棺材，有条不紊。

这里说的金柱，小我几岁，早年随他母亲从村里进了安阳市。他母亲开烟酒小店，他在工厂干供销。金柱受了舅舅的委托，闲时就到乡下督工。他母亲与舅舅是叔伯姐弟，以前虽无往来，可这次一见面，他们的激动与热情并不亚于我家。

舅舅回乡，惊动了县对台办，县上人再三表示欢迎舅舅落户，乡里也说要为他分地盖房。舅舅不知是否动了心，没答应也没拒绝，只是搓着大手笑。毕竟，他少小离乡，时时惦念的就是这一方水土。

1990 年 11 月，天气冷了。舅舅筹划的送姥爷姥姥返乡的大事启动了。我向单位请了假，捧着姥姥的骨灰坛，随舅舅、妈妈回老家。

如同舅舅 1988 年在广州车站购票那样，卧铺票极难买，我在北京站排了半宿队才拿到了去往安阳的硬卧票，心疼得舅舅一个劲地说："回北京的票得让金柱帮忙买！"

我们到达安阳车站时，天刚刚放亮，金柱迎上来。那是我第一次见到柱子，他个子不高，胖墩墩的，一只眼睛有些红，满脸挂着淳朴的笑。我与妈妈被安排坐进吉普车，金柱却拦下了舅舅。我就听见车外金柱与舅舅的对话。

金柱："舅，我娘昨天回村，把烟酒带了去，让您别再买了。"

（我想，姨真厚道，办丧事要用不少烟酒呢。）

舅舅："柱子，我送给你母亲的日本彩电收到没有？"

金柱："收到了收到了，您给的 24K 足金戒指，我给了妈，还有给××、××、×××的，谢谢啊。"

舅舅："怎么不知道回封信呢，让我记挂。"

金柱："……"

舅舅："金柱，我问你，我上次寄给你的 20 件台湾产新衣服，让你分给××、××、×××，你怎么都换成了旧衣服，让人家骂我？……"

我有些吃惊，赶紧看妈妈，正好迎上她的目光。妈妈显然也不知道这件事，对我摇摇头，我明白她要我别管。

舅舅与金柱上了车，空气很沉闷。

金柱没话找话："舅，你们回北京从郑州搭火车吧？"舅舅没吭声，好像还在生气。我问："车票好买不？"金柱瞟了一眼舅，口气大起来："俺亲妹子在郑州铁路上工作，铁路局就跟咱家开的一样。"我赶紧敲定："柱子，三张郑州到北京的火车卧铺票，交给你办行不？"金柱眨着那只很红的眼睛一口应承："没问题。"我用手推舅舅:“金柱帮咱买火车票呢。”舅舅的脸开朗起来了。

吉普车向我们祖辈生活过的村庄疾驶,我的心装满了神圣,我要将姥姥送还给她所思念的这片土地,要在这个地方陪舅舅生活几天,一同圆他的故乡梦。

一辆手摇纺车在我眼前晃动,是姥姥在讲述她的青春,是姥姥在讲述老辈人的故事。就从这辆纺车里,摇出了绵长的线,线儿像这个中原村庄的历史一样长,像这里人们的情义一样长。现在,我陪姥姥回村了,这个令姥姥和舅舅梦魂牵绕的村庄一定很美丽吧?

一个小时,两个小时,那坑坑洼洼的土路颠簸得我骨头生疼。我紧紧抱住姥姥的骨灰坛,不敢说话。

太阳升得老高了。终于,咔的一声,吉普车很响地拉上手刹,停稳了。

我睁开眼睛,跳下车,顿觉茫然。这个仿佛滞留在苍茫旷远历史中的小村庄,就是姥姥和舅舅铭心刻骨思念的家乡?盘桓于中原大地几千年的那文明种族的活力,在哪儿呢?留在这里厮守着村庄的后人们,你们明亮的瓦房呢?你们可心的新衣呢?你们如同集市一样繁华的小街呢?我去过改革春风掠过的江南土地,那里,每踏上一步,都像是踩着一首亮丽的田园诗。

这里是初冬。我拉好毛围巾,树叶黄了,飘零的树叶落在我肩上。一条枯瘦的狗夹着尾巴,从吉普车旁倏地跑过。紧跟着,我看见了在路上找食的羊、猪、鸡、鸭,尽管它们看来瘦弱无力,可却像自己的主人一样享受着无人干预的自由。

舅舅俨然成了人物,认识与不认识的村民们都围上来,数说着他的孝道。舅舅在头里走,步履稳健,后面簇拥着一群大人和孩子。我猜想他当年带兵打仗就是这样在队伍的前面走。

舅舅被引到一间土屋里,我和妈妈坐在当院。很快,我发现事情不对劲了。用土坯垒起的小院满是人,大家争着朝舅舅的小屋挤,出来的人面带笑容,没进去的人着急万分。

我也挤进去,一看,便退了出来。原来舅舅在兴致勃勃地分发礼物,他见男的发电子手表,见女的给纯金戒指。喜出望外的男人女人们张着两手,不出声地在空中争夺物件。

族里爷爷陪着妈妈进屋了,表情严肃地唤舅舅一道去灵棚。舅舅赶忙收起礼物,可人群并不离散。

村里空地上搭起了庄重肃穆的灵棚,姥爷、姥姥的遗像悬挂正中,供桌上摆放着水果点心饭菜,还有香炉蜡扦以及一些供器;灵台左右两侧悬挂着白布帘,是守灵的位置;灵台下,两口黑漆棺材很厚重醒目。族里爷爷介绍说,棺木如何如何好,油漆了多少多少遍，舅舅点着头。

姥姥的棺木里放了骨灰坛，姥爷的棺木里放了我从北京买来的一套西服，还摆放了舅舅带来的一些物品，以及老礼道规定的东西。

因贫穷而寂寞的小村喧腾起来，杀猪的、炒菜的、蒸馍的、摆席的，穿梭不停，周围十里八村的乡亲听说有个台湾孝子回乡办丧事，也纷纷赶来看热闹。这个村庄的人气就像滚开了锅的沸水。

我们全都穿上了粗白布孝服，立在灵棚下，迎送着一批批吊唁的远亲与宾客。所有前来吊唁的人都会对舅舅说上一句："爹娘没白疼你一场啊！"

我想，对舅舅来说，这是最中听最受用的夸奖。这句话这场面，他一定等待多年了。

那天夜里，我与舅舅为姥爷、姥姥守灵。

长明灯亮着。

舅舅突然对我说："小冬，办完丧事，我死也闭眼了。"

我不许他瞎说。

舅舅的表情极为平静，他说："先前我就剩这一件事没办，现在办了，心就安了。"

我知道，舅舅的心脏先天狭窄，在台北万大路发病那次，荣民总医院为他做了冠状动脉造影，造影显示：三根主动脉，一根堵塞，一根正常，一根发育不良。医生连续疏通那根堵塞的动脉血管，竟然失败了，最后，没有安放支架，也没有"搭桥"。医生拉着舅舅的手，郑重地说："您是依靠一根正常动脉支撑的人，要比任何人都在意自己。"

我安慰舅舅，说科学正在进步，说只要小心不会出问题，说好日子刚开头要有信心，说他的生命属于全家，说我姥姥、姥爷的在天之灵会保佑他。

舅舅不作声。他这个人就是这样，你很难说服他什么。有时我觉得自己难以企及他独自遨游了太久的境界。我感觉到，坐在灵棚里的他，仿佛是在面对他自己的遗骸，从容地盘点着如何发落自己。我突然想，他是不是想在这片土地上落户，百年后也葬在爹娘身边？

第二天上午 9 时，是出殡的时辰，即"辰时发引"。摔盆、烧纸、起杠，鼓乐齐鸣，花圈挽联纸人纸马一片。舅舅打幡，我搀扶着妈妈，出殡队伍浩浩荡荡不见队尾。至今我也不明白，哪些是孝属哪些是亲友哪些是观者，大概金柱爷爷那一支的后人很多吧。只记得通往墓地的路有 3 里地长，70 岁的母亲本已坚持不住，而到达墓地前的几十米，整个队伍的行进改成了疾跑，这一点杠夫本有交代，但母亲还是几乎瘫倒在我身上。

之后，杠夫将棺木摘肩落地，大绳将灵棺缓缓系入墓内，我清清楚楚地看到，姥爷这口墓里，除了姥姥外，还留了二姥姥的位置。

我姥爷弟弟的那口墓里，也系下了由舅舅定做的黑漆木棺。

那天，酒席摆了一路，十里八村相识不相识的人不用招呼，坐下就吃就喝，女人、小孩儿的嘴里口袋里都塞得鼓鼓囊囊的。

晚上，舅舅订了电影放映。人们如同过年一样，在屏幕正反面摆放了多排条凳，女人边嗑瓜子边聊天，男人边抽香烟边看电影，个个悠闲。小孩则在屏幕下钻来钻去。

我们回了屋，就听见金柱妈正对舅舅说笑。金柱妈从年轻时进安阳市就很少回村，这次为办丧事，特意关闭她的烟酒小店回来了。她黑黑瘦瘦的，一开口就笑，看着挺厚道。她说话速度很快："洪洲啊，别忘了给我烟酒钱，烟是××条，酒是××箱，糖是××斤，一共是×××元人民币。"

这话可不厚道，我方明白自己原先估计的金柱妈自愿奉献烟酒钱是没影的事。话说回来，这次发送的死者不是有金柱妈的公公吗？从情从理说，她怎能朝舅舅要钱呢？我是小辈人，不便说话，倒是旁边陪同的乡干部打抱不平了："这位大姨，您的烟酒咋按高价算呢？比咱乡里商店的货贵多了！"

金柱妈收了笑，眼一瞪，就要发火。

舅舅赶紧给金柱妈搭了个台阶，高门大嗓地招呼："姐，金柱，咱结账！"

我就见金柱揉着那只很红的眼睛，掏出已经准备好的本本，开始念账了。账老长，什么墓碑、刻字、棺木、油漆、轿夫、香烟、白酒、面粉、生猪、青菜、豆腐、粉条、供品、响器班、放电影，念了一页又一页，舅舅手里没有计算器，也不打算盘，只是听。

金柱准备得很充分，高声大嗓地念着，直到舅舅摆手叫停，这账就算结完了。我知道，舅舅先前把一大笔美元交给了金柱，金柱现在就是报告这笔美元的去处吧。之后，舅舅分别递给金柱妈与金柱一些钱和首饰，大概这些礼物的数量未及他们的期望值，所以两人从屋里出来时，脸都拉得老长。

后来我问过舅舅："那账对不对？"舅舅笑了，他眯着眼反问我："你说对不对？"他后来告诉我，预算里已经留出了贪污账，幸亏没超得太多。

舅舅居住的小屋又挤满了人，没有得到手表与戒指的伸手抢，竟然把手伸到了舅舅的口袋里，而得到东西的人也不走，磨着舅舅请戏班唱三天大戏。

我和妈妈在院里坐着，一任舅舅兴致盎然地散发他带来的最后财物。突然，舅舅拨开人群脱身出来了，他脸孔涨红，似乎有些恼。看身后没人跟上来，他从裤兜里摸出五个红绒小包递给我说："就剩这五个戒指了，你替我保管。"我一看，那全是有台湾良记银楼保单的足金戒指，就赶紧掖进口袋里。回到北京后，舅舅用去三枚，至今还有两枚我替他保管着。

第三天五更，我和舅舅都睡不着，就在村头溜达。

舅舅对我说："没有你姥姥、姥爷收留，我早死在逃荒路上了。"

我心说，我们一家老老少少几年来小心谨慎呵护的这个秘密，敢情您早就知道了，于是追问一句："您咋知道自己身世的？"

舅舅说："我还是小孩子的时候，就有村里人告诉我了。所以，我一直感谢爹娘花 10 担粮食赎我之恩。"

现在，我觉得什么都能对舅舅说了，就把想了好几天的另一个问题和盘托出："舅啊，我不知道您的亲爹娘是朝哪个方向逃荒走的，您要是愿意，我陪您朝那个方向磕头，也算谢他们生您一场。"

这毕竟是舅舅与亲生爹娘相守相离的土地，他们的血脉，他们的亲情，是生死不变的永恒事实。我想，这里不正是舅舅与亲爹娘对话的最好时机与场景吗？

完全没想到，舅舅一摆大手，口气不容置疑："我在海边想的是你姥姥、姥爷，从来没想过他们。生我不养我的人……"

他没有说完。

冬天的晨曦露头晚，我看不清楚舅舅的表情，可感觉到了他的失望。他的失望，似乎不是来自将他遗弃的亲生爹娘，而是来自多年期盼的实现。在年复一年的期盼中，他将脚底下这块生他养他的土地描画得特别美好。其实，当他第一次从北京返台听见其他老兵议论时，就应当有这份心理准备的。

他分明叹了一口气。也许是感到了灵与肉的分离。他的身子是着着实实落在故土上了，可他这个人却成了故人眼里的台湾客人。他在心里积蓄几十年的炽热情感，本来是要倾力抛洒在故乡沃壤中的，可现在他突然明白自己与这片土地，与自己想了几十年的这个村落，一丁点关系都没有了。乡干部昨天还在等待他关于分地盖房的答复，他该怎样回答呢？

舅舅和我坐在田埂上，各想各的。许久，他用大手捏碎了一块土坷垃，下了决心："——回家！"

我明白这两个字的含义。就从此刻起，他放弃了脚下这块抚养他长大的土地，割舍了这个曾经带给他无尽欢乐，令他疯狂思念过的家乡。现在，他只有北京的姐姐家了。

吃早饭时，一位爷爷建议，村里人会堵着我们要钱，不如赶明儿个清早上路。

说来有点黑色幽默的味道。第四天早晨，我们在村领导的指挥下，爬上拖拉机，就像做了亏心事的人一样，匆匆逃离了那个曾经被舅舅日想夜思，现在又埋葬着亲人的故乡。

拖拉机轰轰地驶在起伏不平的黄土路上。抬眼望去，收了秋的大地一片平坦。我突然想起“平均”这个概念。大自然不讲平均，物竞天择，动物纷争。现如今的社会也不讲平均，改革催生的竞争意识已经铺遍大江南北。想过好日子的父老乡亲们啊，应该上哪里竞争，上哪里去淘换自己那一份幸福呢？为什么一定要厮守着姥姥们留下的老纺车老田地老房子呢？

小路上蹿来一辆自行车。听姥姥说，我妈是全县第一位学会骑自行车的女学生。那时，不仅全县闺女艳羡的目光追踪着妈妈，就连绑匪也寻思开了活计。幸而我妈离家抗日去了。

骑自行车的是一位不相识的女子，她大概有30多岁，将头包裹在方布巾里，只露出了眼睛。她边挥舞手臂，边朝我们叫喊。我寻思该不是要钱的吧？拖拉机慢下来，那女子就紧蹬车轮，跟着拖拉机并头骑。拖拉机轰轰地叫着，女子就盖过拖拉机的声音，大声朝我们喊话，她说自己是谁家的媳妇正在打离婚要上城打工朝舅舅借些盘缠钱……舅舅没有吱声，他是个要面子的人，我知道，他带来的钱已经花净，要不，后来在郑州买火车票、吃饭，他不会任我掏钱。

金柱食言了，没有帮我们买火车卧铺票，他和他的母亲，就像那些吃完酒席的人一样不辞而别。

我趴在郑州火车站窗口，对一脸冷漠的女售票员说：“这是我们的证明，购买到北京的卧铺，软卧硬卧都行。”

叭——三张硬座票飞出来，这就是说，老人们只能坐硬座到北京。

我赶紧把脸贴近窗口，请求道：“两张，行不行？给老人！”

女售票员梗着脖子不看我，用河南话喊：“下一个！”

我们没有地方可去，离开车还有七八个钟点的时候，就站在郑州车站前圈起的广场候车区里，排在队首，以为能够按序上车。哪知道，后来广播里刚一宣布准许上车，队列就乱了，没有人维持秩序，没有人排队，我们立即被后面不排队的强大人流推搡着，一下就冲散了。

我从来没有见过那种阵势，人们挥舞着拳头，生生打开前面的人，自己往前冲。我死死护着妈妈往前跑，只怕妈妈跌倒。及至上了火车，才发现舅舅没有跟上来，就返身去找舅舅，走了好远，才见舅舅坐在通道上已经动弹不得，蜂拥而上的人群似乎没有看见地上的人，呼啸着穿过他。

我赶紧搀起舅舅,那一刻,我发现他的脚已经难以吃劲。后来,他靠着我的臂膀好不容易上了火车。列车启动后,我反复与列车长交涉,才换上了一席软卧。就那样,妈妈与舅舅合坐在一张软卧铺上。

故乡的风,在火车两侧呼啦啦地吹。小村庄低落下去,最后和遥远的地平线一般高了。舅舅闭着眼睛,不肯扭过头回望他的故乡。自此,他与它不再彼此相属。

舅舅到底坐上了京广线的火车,那个在台湾拟制的,给他带来过无限希望和遐想的返回故乡的梦,现在是结束了。

我想,在他心里,故乡一定幻化成了碎影,星星点点隐进他深沉的记忆中。

实实在在的是伤痛。北京医院的 X 光片显示,舅舅的脚踝骨折,必须打石膏。

第四章　家在哪儿

办理收养公证

1993 年 5 月,舅舅第五次到北京。

温馨的家庭阳光,是怎样辐射进舅舅心房的?——什么事?什么时候?通过哪一扇门窗?

哦,是我们合家商议,要给舅舅安排一个未来的家。

舅舅的态度很坚决:我不娶太太,把小冬过继给我,我有了这个女儿养老送终,再无所求。

那时,舅舅的身体已经很不好,连续心绞痛,多次住院了。老来无依的担忧袭击着他,他需要一个能够养老的家。

对舅舅的请求,爸妈慨然允诺,看来他们已经商量好久了,我与丈夫泰来虽然刚刚知道,但也没意见。

不管把家安在哪儿,我们都得去公证处办理过继公证。

北京市公证处的民事组长是个胖胖的女同志,她纠正我说:“是办理收养公证。”同时告诉我们程序:先办大陆公证,之后由台湾海峡交流基金会核准大陆公证书后,再到台湾方面办理收养公证。

于是,我们按照要求,分别东奔西走,准备了一大摞证明材料:台湾的、大陆的,舅舅的、爸妈的、我的、丈夫的,工作单位的、派出所的……然后,我们又偕三位老人一起到公证处办理手续。还好,事情算是顺利,过了一段时间,我们就领取了京证台字〔1993〕第 492 号收养公证。公证书这样记录着:

兹证明洪洲与××、×××(作者注:××、×××是我父母亲的名字,下同)商定,并征得被收养人郭冬的同意,洪洲于1993年8月23日收养××、×××之女郭冬为养女,洪洲为郭冬的养父。

北京市公证处

公证员××

1993年9月7日

公证书是法定机关对于民事上权利义务关系所做的证明,舅舅自然懂。领到公证书时,舅舅已经回到台北,我就在电话里给他一字一字地念,他显然十分重视。我的话音刚一落,他就落实道:"这就是说,自1993年9月7日起,北京市公证处确认了我和你的养父养女关系!"

我说:"是啊是啊,舅呀,我是不是得改称呼啦?"

舅舅在电话那头哈哈大笑,他说:"等台湾公证员协会的文件下来,咱就改口!我要告诉所有战友,我有个教授女儿!"

我赶紧声明:"舅,是副教授!"

舅舅说:"那你明天当正的,我后天再告诉他们!"

我说:"行!"

我们就笑。说实话,我很感动,也很感谢,舅舅为人低调内敛,他在不经意间冒出的话,说明他因我而骄傲,这是我们交往中出现的绝无仅有的一次话题,以后再也没有过。

那是个秋天,可春风吹进了舅舅的心田,他的希望发芽长叶了。后面的事情如我们所愿,台湾海峡交流基金会于1993年12月31日发来了公证书核对证明文本。

舅舅收到台湾海峡交流基金会发来的公证书核对证明文本后,抛却了所有的不快。按照程序,他再到台北公证员协会办理完我们的收养公证,新生活就要开始了!

这时,一件意想不到的事情发生了。

前面提到,如果不是因为柳太太与舅舅发生了剧烈的争吵,他们的日子会一直在万大路过下去。从舅舅的薪水不再交给柳太太起,他们之间的相处就存了疙瘩。后来,舅舅不断回大陆,不断动用自己的储蓄,这就使柳太太十分气恼。大概读者也猜到了，舅舅与柳太太的最大冲突，就在于舅舅发现了被柳太太扣押的北京来信。在舅舅看来，亲人所书写的每一封信，都是他生活的光亮，是他生存的寄托，更何况柳太太扣掉的是来自北京的最初两封信，那时舅舅正望眼欲穿地等待着亲人的消息。这是他们仅有的一次吵架，也是终结他们关系的争吵。这场无人能够调解也无可避免的战争爆发后，柳太太冲上楼，把舅舅的铺盖和箱子一股脑扔到了楼梯口！

舅舅陷在沙发里，往舌头下塞了一片硝酸甘油，之后拉开搁放存折的抽屉。如果此时他给我打个电话，事情还有逆转的可能。我会劝他冷静，还会给柳太太打电话，尽量平息他们的矛盾。可是没有，舅舅习惯了自我决断。他的存款已经不够在繁华的台北市买房，他当天就去往台北新庄市购买了一套两居室。他要用那所新房迎接我和泰来的到来。

离开万大路时，舅舅将当年花重资建盖的二层小楼与冰箱、彩电、录影机、空调、衣柜等所有值钱物件都留在了柳家。他弯下腰，拥抱着已经坐在轮椅上的战友老柳。他们互相都感受到了对方的衰老，都预感到是最后的告别，便手拉手，强忍眼泪，互道珍重。柳太太一定后悔了，她跟着不望她一眼的舅舅，追到院门口，伤感地说："洪洲，有空来坐坐。"

舅舅的男子汉尊严昂起了头，他转过身，不看她，一字一顿地说："我日后如果讨饭……"

柳太太赶紧说："哪里、哪里会讨饭，你是吉人自有天相！"

舅舅只管说下去，仍旧一字一顿："我日后如果讨饭，走到你这一家，要绕过，去下一家！"

他拖着行李箱，头也不回。

坦率地说，我后来反省过这件事，也给柳太太打过电话。且不说舅舅当年将房子建在柳家屋顶上是对是错，只说他迁离万大路，离开柳家这件事，难说是上策，因为那套位于台北新庄市的新房，后来招惹了无人能够预料的灾祸。

迁进新庄市新房最初的日子愉快无比。没有人管束，没有人伸手要钱，自己是自己的，自由自在。舅舅变得轻松起来，时常哼着豫剧唱段。他有了自己的电话，老是打电话问我愿意当记者还是教书，说他主张泰来当自由撰稿人。后来他又想起给自己找个活，说我们仨可以一起经商，他喜欢前店后厂的房，他愿意坐堂卖货，让我们当老板。总之，舅舅经常为自己一厢情愿的翻新花样，激动得睡不着觉。

就在我们以为交上好运，好人得了好报时，舅舅在台北办理的公证活动撞上了红灯。

我知道,舅舅这一辈子最怕填表写字,最不愿意与老兵之外的人打交道。可这两件事,他都赶上了。

当舅舅将一摞材料送进台北公证员协会的窗口后,公证员告诉他,台北市收养政策有多条规定,舅舅只有一条不符合,那就是:养父养女年龄应当相差20年。舅舅绝望地申辩:“我和外甥女年龄相差19年零8个月,是19年零8个月、19年零8个月啊!”公证员温和而果断地摇摇头:“先生,不能办理。”

舅舅跌坐在公证员协会门口,用手捂着胸口。

后来的事情发展令我吃惊,一生宁折不弯的舅舅竟然违了自己的性格,独自去寻访前台湾“行政院长”郝柏村。

舅舅这样一位普普通通的老兵,怎么敢惊动郝柏村?他为什么去找郝柏村,而不是别的主管高官?我倏地想起了舅舅给我讲述过的一段经历。

金门之战

1992年,舅舅带给我们一包邮票。他点着其中一枚的画面说:“在这个地方,我九死一生!”

那是金门。

我叫起来:“哇,舅,你敢跟解放军开战!”

舅舅眯着笑眼,只有饱经沧桑的人才能表现出那份淡定。

我为此去查金门史料。

金门岛及烈屿、小金门,大大小小计13个岛屿。大金门岛长20公里,东距厦门10公里,形状似哑铃,东部多高山,西部多丘陵,北岸为黄白色沙质硬滩,适宜大规模登陆。

那时,在美国艾森豪威尔政府的支持下,蒋介石当局频频向金门增兵,除了大担、二担两个小岛已有蒋军驻守外,至1958年夏季,金门已增至10万蒋军。无疑,金门成了两军必战之地。

1958年7月17日晚,中国国防部部长彭德怀传达了炮击金门的决定。

1958年7月18日晚,毛泽东召集各军事部门负责人开会指出:金门炮战,意在击美。

1958年7月19日至8月中旬,解放军调集兵力,在福建前线部署了地面炮兵36个营、海岸炮兵6个连,459门火炮,海军80余艘舰艇和海、空军200余架飞机。

金门炮击最激烈的时刻,蒋介石派遣蒋经国到金门督战。蒋介石操着浙江奉化口音对儿子说:“我最不放心金门,那个岛离大陆太近,离台湾却很远,我10万将士人人抱定拼死一战的决心，坚守5日，美国必会出兵助战。如3天都守不到，那就没有人会来救它了。你要常去金门，越有紧急情况越要去。金门必须确保无虞，那里的事情办不好，你就不要回来。”

为遵父训，蒋经国一生共去金门123次。

美国政府不负蒋介石所望，紧急向台湾海峡调遣海、空力量。美国海军第七舰队主力远道而来，美国第一批海军陆战队近4000人在台湾南部登陆，远在中东地区的第六舰队舰只也驶向台湾海峡。不到10天，小小的台湾海峡就布满了航空母舰、重型巡洋舰、驱逐舰等各种现代化军舰，而天上也盘旋着第九十六巡逻航空队、第一海军陆战队航空队的飞机。台湾海峡成了举世瞩目的战场。

舅舅部队在这时接到了上岛命令。

那不过是小金门的一个岛屿，上司规定，要派员先行侦察，然后根据侦察结果部署作战计划。

命令一下达，没有打过仗的士兵便人人自危。一个说法不胫而走：解放军海陆空拉好了一张网，谁上金门谁个是死！

与舅舅相熟的人央求：“洪洲，不要派俺啊。”

与舅舅不熟的人央求：“长官，我还小，俺娘等俺养老啊。”

舅舅担任分队地面指挥，原本不执行具体任务，然而他禁不起年轻部下的央告，竟身先士卒地跨上了战车。按规定，四人一车，也就是说，还有三个士兵应该与他同车。

“老吴！”舅舅大手一摆，招呼战友，“他们小，咱俩去执行任务，两人一车！”

老吴磨磨蹭蹭，不情愿地钻进车，发动机轰响起来。舅舅挂上挡，一脚踩下油门，老吴嘶叫起来：“洪洲，娘就俺一个儿呀！”

舅舅立马踩住刹车，痛痛快快地说：“好，你下车，我自己去！”

他的平静与宽容，令老吴和所有的士兵吃惊。

老吴下车后，跺着脚对跑远的战车喊：“洪洲，你回不来，俺为你娘送终！”

那是一次凶吉难测的侦察。舅舅开着美制两栖突击战车，轰隆隆地下海，又轰隆隆地爬坡登陆。28岁的舅舅也许并不知道打什么仗，也并不愿意伤害谁或被谁伤害，可是当没有人情愿执行任务的时候，血气方刚的他宁愿代替兄弟们上阵。

天上盘旋着低空搜索的共产党飞机，车旁穿梭着炸开花的弹皮。海涛阵阵，硝烟茫茫。一个小时，两个小时，三个小时……在每一分每一秒都存在死亡威胁的恐怖时刻，舅舅的水陆战车跑遍了小岛的每一个角落。

“报告，”舅舅用无线电喊话，“岛上空无一人，报告完毕！”

"很好,返航!"对讲机那头喊。

我们不知道舅舅是不是愿意返航,反正,当金门之战后的第四年,也就是1962年,蒋介石计划反攻大陆,拟派海军陆战队从青岛登陆,舅舅第一个报了名。他的想法很单纯:山东紧挨河南,从青岛登陆就跑回河南老家,谁给他蒋军卖命!当然,由于蒋介石取消了登陆计划,舅舅也就放弃了自己逃跑回家的梦想。

接下来的事,使舅舅兴奋了许多年。

孤胆作战的舅舅,受到了嘉奖。颁奖会上,39岁的国民党第九师师长郝柏村向他走来。

郝柏村是蒋军中最年轻的将军。这位黄埔军校第12期毕业生,1956年初就担任金门防卫司令部的炮兵指挥官,睿智过人,他上任后就推倒金门炮兵阵地上的全部沙包掩体,建立了永久性的钢筋水泥掩体,因此,当解放军的密集炮火摧毁了岛上蒋军几乎全部通讯系统时,唯独郝柏村的师部通讯还一直与"总统"办公室保持着联系。

据统计,郝柏村当时驻守的小金门承受了解放军发射炮弹总数的近一半,有578人阵亡。在一次视察途中,郝柏村刚离开厕所,一发炮弹便轰然炸掉了厕所的左角。这个长着浓眉的郝柏村,简直就是蒋军中的传奇人物。

39岁的将军把金灿灿的绶带披在28岁的舅舅肩头上,他大概是舅舅一生中接触过的最高级别长官。最让舅舅不能忘记的是下面的场景,郝师长使劲摇着舅舅的手激动地说:"洪洲啊,你是我们大家的榜样!"

气壮山河的呼声,长久不息的掌声,全场有节奏的"洪洲——洪洲——"的呐喊声,无疑是舅舅此生获得的最高赞誉。所有人都看到,冷面的舅舅,绽开了一脸灿烂的猩红。

1958年后,金门之战渐渐演变成了象征性战役。中共中央、中央军委规定,逢年过节停炮三天;再往后,一般炮弹只装宣传品,打炮就变成了政治攻势。这样的"炮战",从1958年秋冬延续到1979年元旦,整整打了20年。舅舅早就不闻不问,也早就不提当年之勇了。

第五章 舅舅的婚姻

1995年4月,舅舅第六次进北京。

他明显衰老了,进家一会儿,就歪躺在床上。

我守在舅舅身边,劝他长留北京,或是购置一套房子,娶个老伴;或是搬进我和泰来的家,安度晚年。

“我何尝不想有个家?”舅舅坐起身,叹口气,“小冬啊,我也本是有过家眷的人!”

我不相信。与舅舅办公证时,我无数次阅读过他的户籍,那上面明明填写的是“未婚”。他是在何时、何地有过家眷,能在何时、何地有过家眷呢?

舅舅赶紧说:“小冬,你别用这样的眼神看我。这件事在我心里存了太久,我本来想烂在肚里的。”

我不吭声,舅舅这人独处惯了,心里搁得住事,他不想告诉人的,你再问也没用。

我把茶杯捧给舅舅,他开始述说了。一段陈年往事,随着茶水飘出的雾气,徐徐铺展开来。

读者朋友,我想您听完,可能会和我一样感慨,舅舅的这段经历,简直就像个民间故事。

江西妹俚

这件事,发生在舅舅被抓壮丁后不久,1948 年的冬季。

舅舅换上军装,随部队往南开,一天一天地行军,走到江西收了脚。舅舅当然不知道蒋介石登陆台湾之前背水一战的攻略,还奇怪队伍怎么会在江西安营扎寨,让他们过上了农家生活。

舅舅出身农民,进小村如鱼得水,每日抡镐挥锹、担水劈柴,毫不惜力。身边几个没出过村的河南小兵都听舅舅的话,指望舅舅能带他们回家。

那是个偶然,排长发现了舅舅的鼓动能量,命他做了班长。于是,就在江西一个偏僻的小村庄里,舅舅成为村民们热议的人物。

紧跟着,美事从天降。

房东大妈对舅舅说:“班长呀,你多大?”舅舅正要担水,停下脚步说:“周岁 18 咧,大妈。”房东拉住舅舅的扁担,扯他进场屋,郑重地说:“我看你是个下力气做活的人,我家妹俚 20 岁,许给你愿意不?”舅舅憋红了脸,抓住扁担要走。房东说:“上面长官管不到你的,不说谁晓得?往后她就是你的人,随你到哪里去。”

妹俚在里屋嗡嗡地织布,麻麻利利,织出的布泻到了地上。妹俚一定是听见了,织布机突然没了声响。

妹俚结结实实,人好手巧,咋能让她失望呢?

舅舅的血一热,忘记了我姥姥。他吐出了一个字:“中。”

就这样，没有法律文书认定，只有月亮做证的是，我们这一代有了个舅妈。咱们假定舅妈叫崔氏，在村庄由班长说了算的小天下，舅舅不请示，不汇报，与崔氏过上了新婚日子。他差不多忘记了自己是一个兵，也忘记了带弟兄们回家的承诺。

天暖了，舅舅赶着拉犁的牛下田，崔氏在田埂上跟着走。舅舅说："恁和我，就是牛郎织女。"崔氏崇拜地望着舅舅："你晓得的蛮多嘞。"舅舅大笑："我娘会讲好多故事，会唱好多戏文哩！"

村庄里有条沿河的沟，长了满满一沟绿野菜，舅舅查岗回来，就与崔氏一起给猪挖野菜。崔氏说："卖了猪，有了盘缠，我跟你回家看娘。"舅舅就拉住她的手，指着延伸进荒野的黄褐色土路说："就从这儿往北走，恁记住，是河南。"

崔氏是个贤惠女人，没出过村庄，踏踏实实持家，一心一意跟定了自己的男人。每当黄昏时分，舅舅就帮她挑好水，烧上几把柴，不等饭熟，就去兵营吃饭了。崔氏不知道，就是那座简陋的茅草房，成为舅舅生平唯一的小家；她给予的温暖，也是舅舅这一生中难得的情爱。

可惜，日子仅仅过了两个月，猪儿长得正壮实，队伍就开拔了。

舅舅记起了自己是一个兵。他对泪水涟涟的崔氏说："我要是回来，一准接你，咱们去找我娘，往后和娘过日子；要是 2 年没音讯，你就改嫁。"

崔氏顺着长满野菜的绿沟跑，踩塌了一沟野菜；之后又跳上延伸进荒野的黄褐色土路，如果队伍往北开，她就跟着走。可队伍朝南开了，崔氏一屁股坐在路边大哭起来。

从此，这个队伍再没有给过舅舅一方像江西村庄那样的自由天地，他也就永远失去了逃离队伍的可能。

从此，那一沟绿野菜，那沿沟奔跑的自己的女人，幻化成了硕大的影像，在舅舅脑海中闪回了一辈子。

舅舅喝着茶，不再说话。

我脑海里一直晃动着那个沿沟追跑的年轻女子形象。有谁知道，这女子是多么悲哀、多么绝望？她等待了多少年？吃了多少苦？算起来，现在舅舅 65 岁，崔氏应该是 67 岁，正常的话她当健在。我就对舅舅说："有没有地址？我陪您去江西走一趟！"

舅舅染过的头发有序地分在两边，微微晃动："十多年前，我就给这个小村写过信，人家没有回音，怕是改嫁了，咱对不起人，不能再打扰了。"

我知道，蒋介石政权逃台初期，为反攻大陆，下达了禁婚令，禁止所有赴台军人结婚;违者,军法处置。

就这样,无数赴台军人沸腾的情爱、宝贵的青春年华,都被葬送进冷冰冰的反人性的禁婚令里。数万万老兵被抓时孑然一身,返乡时依旧孤影相伴。我的叔叔,一位卓尔不群的国军文员,在禁婚令废止后,只好与一位自己不喜欢的女子结婚,抑郁追随了他终生。

我想探究到舅舅的心底,就问:“舅啊,您在台湾过了大半辈子,就没遇见一个可心女子?”

舅舅的话又让我吃惊了,他说:“怎么没有? 我还有儿子呢。”

唉唉唉,你这个舅舅啊,到底藏掖着多少我不知道的事!

“都是陈芝麻烂谷子的事了,”舅舅说,“哪里想瞒你!”

我续了水,茶水飘出的雾气重新弥漫开来。往事一定触动了舅舅的伤处,他用大手捧着茶杯,讲得很慢,语调里掺着凄凉。

读者朋友,下面的事情,就像一部出乎人们意料的悲剧作品情节。

台北之恋

舅舅是个不畏惧军法军规的人,当他意识到已经没有可能再与崔氏团聚时,正好遇到一位姑娘。

姑娘是居住在眷村的大陆女子。舅舅没有说她的姓名,我们姑且称她为郑小姐。郑小姐是护士,干干净净,犹如天使一般圣洁。他们可能在谁家初遇,也可能被谁介绍相识,这些都不知道,知道的是他们经历了花前月下的盟誓,度过了海边肌肤相亲的夜晚,他们焕发出了年轻人轰轰烈烈的激情,决心永生永世不分离。

如果就这样悄悄幽会,如果就这样组织一个地下家庭,他们说不定能够坚守到废止禁婚令的一天,那时将这份纯洁的爱情告白于天下,他们就成为世界上最幸福的伉俪。

可是,有一天事情急剧地朝反方向逆转。

那是一个没有月亮的夜晚。他们原约定晚上 7 点见面,这时舅舅接到了公务,原本应该辞掉约会,可他辞掉了公务。他站立在街头的屋檐下等候。

7 点,8 点,9 点……舅舅的脚麻木了,腿麻木了。军人不喜欢坐,他是个固执的人,郑小姐不来,他就会永远站下去。

第二天凌晨 3 点,郑小姐到了。

舅舅等待她开腔,或是解释,或是抱歉,不管说什么,舅舅都希望郑小姐说点什么。可是,没有,郑小姐什么都没说。

军人胸腔里的怨火倏地蹿出来,他伸出大大的巴掌扇过去。

郑小姐的眼泪涌出来,她猛转身,怀着愤怒疾步去了。

没有人举报舅舅。所有战友都想修复这场历时不足1年的恋情。人们说解铃还须系铃人,唯有舅舅道歉才能挽回爱情。人们说舅舅脾气太大应该好好改一改,可舅舅说她小郑心里有我自然回来,没我不回来也不可惜!

不知道郑小姐心里有没有舅舅,也不知道那晚她迟到的原因,反正,郑小姐没有回来。

几个月后,舅舅的战友老张带来的消息令所有人大吃一惊:郑小姐生下了舅舅的儿子。

舅舅捶胸顿足,才知道郑小姐那晚迟到的原因可能与怀孕相关。

可是,心寒彻骨的郑小姐没有留给舅舅认错的机会。舅舅的战友老张说,郑小姐患了精神病,住进医院,只能将儿子送还给舅舅。

不管舅舅多么渴望以自己的儿子为中原父母续上香火,不管舅舅多么憎恶束缚人性的军法,他都清楚自己的处境。为军规,他无法收留儿子;为儿子,他不能让孩子蒙羞成长。唯一的办法,是将儿子暂时留在有妻有女的战友老张家里。

就这样,儿子随了张姓,为不忘家乡,起名张中原。

张中原一天一天长大,他知道洪洲叔叔与父亲亲密无间,知道洪洲叔叔总是给他钱花,不知道洪洲叔叔每月向父亲提供着他的全部生活开销,也不知道他的生母长年住在医院里。

张中原长成了壮小伙。老张无数次地说:“洪洲,告诉孩子实情吧。”可舅舅说:“老张,再等等吧,你付出的心血太多,那样对你不公平啊!”

张中原到了娶妻的年龄,舅舅花钱筹办了婚事;张中原到了生子的年龄,生了两个女儿——张台凤、张台凰,舅舅倾其所有。应该说,除了没有名分,舅舅也算儿孙满堂了。

张中原有一份稳定的收入,每日骑着摩托车去公司上班,舅舅看着高兴。

日子就这样一天一天地过,没有大惊大喜,也没有大悲大怨。平安是福,舅舅这样说。

可是,有一天,不平安了。

报信人说,32岁的张中原在台北出了车祸,当街身亡。

梦想,又一次被轰毁。

舅舅觉得天塌下来了。他闭住眼睛,泪水横流,恨不得死在当街上的是自己。

孙女台凤、台凰的母亲,就是舅舅的亲儿媳,决定改嫁,后来偕二女嫁到了另一座城市。自此,舅舅已经没有太多理由去看望自己的骨血。他偶尔带上一笔钱看望孙女,倒使儿媳妇吃惊。就这样,舅舅与她们越来越少走动,更无法亲口言说事情真相。到老张去世后,已经无人为整个事情正名。

他只剩下了自己。

幼年失去父母,中年失去妻子,晚年失去儿子。

人生的几股飓风刮过去了,风过无痕。

公安局的罚款

其实,我们说服舅舅居京的工作已经进行好几年了,舅舅就是担心时局有变,不敢住在北京。却不过我们的盛情,这次进京,他一口就答应了。

到京两天后,舅舅感到体力恢复了些,爸爸陪着他去派出所报户口。

舅舅的腰板又挺起来了,用木梳将头发有序地分在两边,不知道他是不是想以那种训练有素的老兵形象进出共产党的派出所,反正他的神态很好。

我们完全没想到,一个意外的变故中止了本可能实现的计划。

户籍科的年轻民警看看机票说:"先生,您超过了24小时,按规定得去局里报户口。"

年迈的爸爸陪着有病的舅舅叫了出租车,去局里报户口。没有人告诉他们详细地址,两位老人找啊找,找了两个小时。路上,舅舅就感到心绞痛,含了硝酸甘油。

区公安分局户籍科的民警很和气,但也很坚决:按规定,罚款500元人民币。

舅舅的脾气上来了:"我要不报户口呢?"

民警依然和气而坚决:"您自己负责后果。"

罚款交了,临时户口报上了,而舅舅也躺在床上了。

晚上,他单方面推翻了集体确认的家庭结论,一句话甩出来:"我是外乡人,绝不把家安在北京!"

这句话算是板上钉钉,到死他都没有更改。

我说:"舅舅,派出所罚款,事出有因,我有责任,应当在24小时之内去派出所说明,但这是个偶然,它与您定居北京没有必然关系。"

这话讲出来,我都觉得太原则,硬邦邦的,好像是在念文件。舅舅一摆手,根本不想听。

我换个角度说服他:"您是大陆人,叶落归根总要回乡啊。"

舅舅纠正我:"大陆、台湾都是中国的,台湾也是我的家。"

这是我第一次知道舅舅的观点,他反对“台独”。

我挨着舅舅坐下来,轻声问:“您真的不想回大陆吗?”

舅舅好久才说:“哪里是我不想……”

两行浑浊的泪水从他紧闭的眼窝中流淌下来了,他的声音充满了委屈:“是人家不要我啊。”

最后的舅舅

1997 年 1 月,舅舅大病初愈,第七次来北京。

我从舅舅脸上读出了岁月的沧桑,他的背微驼,已经不再拥有军人挺拔的形体。但是,我知道,他心里永远有一股坚韧的精神。

果然,舅舅说:“明年咱俩去贵州,看望你二姥姥。”

我说:“您还想为我姥爷迁墓啊?”

舅舅用手撑着沙发扶手,慢慢坐下来:“看天意吧。”

我一口答应去贵州。当时我没有料到,老天可能不会恩赐给我们这个机会。

舅舅摆手时,我见他的手指空空的,就问:“舅,您的戒指咋没了?”

舅舅手上的戒指老是被人要走。我曾经为他购买过一块上好的玉,舅舅回台北到金店打了一个金配玉的大戒指,戴了 2 年就没了。

舅舅说:“让台湾工厂里的小女工抓跑了。”

我埋怨他:“戒指很大呢,小女工要你就给?”

舅舅一笑:“钱是身外物呀。”

我说:“舅,您下次来,我送您一块缅甸 A 翠,咱打一个更大的戒指,您不能再送人。”

舅舅笑得很开心:“一言为定。”

我与舅舅早已经像父女一样生活,每次他进京,我都会给他准备一笔零用钱。舅舅每次委托我兑换的美元,我都坚持在他离境前塞回他的皮箱。

舅舅临走前委托我给他买些礼物,说是所在工厂里有位常姓女工,在他住院期间受老板委托负责护理,不怕脏累,极其友好,要买高级狐皮送给常小姐,还要买一件上好的皮夹克送给常小姐的先生,常家先生开计程车,用得上。我都照办,到王府井建华皮货店买了上等皮货。

那时,我还没有注意这位常姓女工,不知道她已经介入了舅舅的生活。

我和哥哥商量,既然无法劝说舅舅居京,就动员他在北京找一位太太,随他去台湾,帮他料理生活。舅舅考虑了两个月,直到离京才点头同意。

我与哥哥在婚介所为舅舅填表寻偶，大概想去台湾的人不少，没几个月，女方填写的约见单就累积了厚厚一摞。我们锁定了一位 50 岁的护士长，我用挂号信，将护士长的照片及详细资料寄给了舅舅。

一封，没有回信，两封，还是没有回信。

我耐不住，就给舅舅打电话。

电话是个年轻女人接的，我吓了一跳，赶紧说："你好，请问你是哪位？"

对方很警惕："你是谁？"

我说："我是北京的，请让我舅舅听电话。"

对方说："他不在。"

我说："请你转告我舅舅……"

女人已经挂断了电话。

我暗自思忖：她是谁呢？常小姐吗？可口音是北方人啊。

晚上，舅舅回电话了。

我问："舅舅，您收到我的信没有？"

舅舅很惊讶："没有啊！"

我说："是挂号信呀。"

舅舅在北京的一次家庭聚会上说过，他有个单独信箱，那信箱里存着他的希望，他每天都要开锁看信。说完，他还乐呵呵地添了一句："谁写信多，我回来有奖励呀。"那时，我们都笑起来了。

电话那头，舅舅没吭声。

我明白是怎么回事了。怕舅舅为难，我岔开话题："舅啊，我当教授了，批文下来啦。"

这个原来带给过我们无比快乐的话题，此刻如同直落进棉花垛里，没有激起任何回响。

"舅啊，你有事要告诉我？"我问。

舅舅果然说了："今天接你电话的人叫樊月，山东人，她嫁给了我的战友，战友上个月死了，她没地方住，坚持要住在我这里，我怎么撵她她都不走，我又不能推搡拉拽，只好自己搬到外面住。你给我打电话时我就在别人家。"

又停了停，舅舅说："樊月不走，一定要嫁给我，她从家里追到家外，见人就说我收了她，很烦人。她比你都小，我怎么能娶她？她成天叨叨的，我不同意不成。"

我的心倏地沉下，沉到了没有回声的深渊。

我只好问："樊月品行怎么样？"

舅舅："她对我倒是蛮好的，给我换着花样做饭，把屋子收拾得亮堂堂的。咳，你不知道我这个屋原来有多乱！她还说要给我养老送终，不嫁我不离开台湾……"

我的舅舅啊，您那种贯彻终生的成熟的清醒，到哪里去了？

我握着话筒，说着自知软弱无力的话："您可要考虑好呀，舅！"

舅舅倒是胸有成竹："你放心好了，按婚姻政策，我得回大陆登记。那时先到北京，让你妈和你看看，你们批准了再结婚，行不？"

说到最后，他竟然笑起来。我能想象他眯缝着笑眼的样子。

舅舅的心灵是不设防的心灵，他的善良永远如一泓清泉，明澈澈的。

遗留的事情

当舅舅从感情上已经接受樊月的时候，我就知道，他涉进了一条不归的河，他绝没有机会再从河的另一头返回。可是我无法终止他的行为。

舅舅不再给我们写信，甚至不再打电话。

1998 年末，舅舅患直肠癌，做了切除手术。他不会再来北京，我原希望能够跟他在北京长谈的梦想算是破灭了。

我不知道舅舅怎么会得了那种积劳积怨方易形成的气滞肠寒无法善终的绝症。他知足常乐、豁达开朗、淡然处世、与人无争，老天怎么会把这场灭顶之灾抛给他呢？

1999 年春节，我拨通了舅舅的电话。

舅舅一听到我的声音就很感动，他说，正在做化疗，情况不是很好；他已经把遗产分配好了，让我转告母亲，也要我放心。我知道，他是暗示我，给我母亲与我都留够了钱。

我的眼泪流下来，这时候怎么能谈遗产呢？

舅舅说：我知道你想来照顾我，按规定，除了你母亲，你们谁也不能来台湾，可是你母亲年近八旬，难以承受舟车之劳了。

我想，当时樊月一定不在舅舅身边，因为舅舅为了让我高兴，还唱起了《卷席筒》，在北京家里时，他一高兴，就把录像带推进录像机里，用河南话说上一声：看看《卷席筒》！

舅舅放下电话的时候，心情一定是沉重的，因为第二天，远在澳洲的大姐就给我打来了电话。舅舅要大姐转告我，他已经与樊月结婚，因无法向我启齿，没敢在电话里告诉我。

后来，从台湾人嘴里，从大姐到台湾户证所查阅的户籍资料里，我知道了事情的大致面貌：

樊月，山东某市郊区女工，相貌姣好，在大陆死了丈夫后，嫁给台湾老兵；老兵死后，她在限期离台的最后日子里，一举迁进舅舅住处，展开女人的全面攻势，要求嫁给舅舅；当舅舅处于癌症化疗阶段时，她不顾医生再三阻拦，坚持偕舅舅从台湾飞到香港，后经罗湖口岸到广州，再去往山东。1999 年 1 月 15 日，在北方严寒彻骨的季节里，在她老家与舅舅完成婚姻登记手续，并举办婚礼，大碗喝酒吃肉，之后才放舅舅独自返回台湾。按照台湾规定，新婚妻子要在大陆等待，直到批准方可入台。

就是那次的寒冷与酒宴，整个摧毁了舅舅正在恢复的身体机能，全面激活了经过化疗本已被抑制的癌细胞。那一次山东之行，樊月稳稳地把持局面，不准舅舅赴京，不准通知北京任何亲人，不准北京亲人参加婚礼，甚至不准舅舅触摸电话机。

舅舅到底是舅舅，他固守了自己行为的最后防线。他坚持将自己终生所有钱款，分成几个存折，除樊月外，留给我母亲的存款是 100 万台币，并将分配结果告知常小姐和几个战友。这就是舅舅最后告诉我的都“分配好了”。当然，善良的舅舅不会想到，他留给我们的存款，一旦通过樊月之手，就根本到不了我们手里。樊月凭借着信誓旦旦的“转交”保证，到底将几个存折都拢在了自己手里。

最善良者也许是最不幸者。不设防的舅舅，良心安歇了。他没有想到欺骗，特别是来自枕边女人的欺骗。

1999 年 5 月 1 日，我给舅舅住宅打电话，没人接听。

我顿感不祥，急拨给舅舅工厂的常小姐。常大叫：“你舅舅过世了，4 月 30 日！”我心一沉，紧问：“舅舅过世时你在身边吗？”常答：“没有，他过世后我只看望了一次，医院就不许我去了！”停了停，她补充道，“洪州先生给你母亲留了 100 万！”

我放下电话，放声大哭！

哭后，我不能相信，要自己证实。现在我的电话本上一片红色笔迹，就是那时抓起一支正在阅卷打分的红笔书写的。

我打给台湾荣民总医院：“我是北京，请转接太平间！”

我对太平间说：“我是北京，请查一下是否有位叫洪洲的先生死于 4 月 30 日？”

那边有了回复：“是的，一位叫洪洲的先生死于 4 月 30 日早晨。”

我的眼泪再度涌流。

我又给泌尿科打电话：“我是北京，请查一下，洪洲先生是不是死于直肠癌？”

回复:“不,不是。”

我再给心血管科打电话:“我是北京,请查一下,洪洲先生是不是死于心梗?”

回复:“请找病房,洪洲先生住 A191 病房 23 床。”

我打给病房:“我是北京,我是病人家属。请找合作病房主任,我想查询 A191 房 23 床病人洪洲的死亡原因。“

回复:“病人死于心力衰竭与直肠癌并发症。”

据知,舅舅临终前痛苦万分,他始终记得樊月要给他养老送终的承诺,因此他的叨念一遍比一遍凄凉:樊月怎么还不来?

据负责老兵事宜的台湾退伍会皇辅导员介绍,舅舅最后的历程应该是:

1999 年 1 月 20 日,舅舅自山东独自返回台湾。

1999 年 4 月 15 日,舅舅因直肠癌复发,住进台湾荣民总医院。此时直肠癌已达四期,医生只好切除部分直肠,做了人工肛门,外接粪袋。

1999 年 4 月 30 日凌晨,舅舅心力衰竭,肌体全面崩溃。临终前他不再讲任何话。

1999 年 4 月 30 日,台湾退伍会迅速封闭舅舅的新庄住宅,查看票据,发现舅舅存折里仅剩 2 万元台币。所有大额存款,于 1999 年 1 月初樊月返山东前被悉数取出。退伍会还惊讶地发现,新庄住宅已经过户给上面提到的女工常小姐!

皇辅导员在电话里对我说:我们为房产事研究过,如果新庄住宅是最近过户的,我们会保护洪洲先生的利益,以洪洲病重神志不清为由,退伍会向有关方面申请过户无效,可是一查底档,发现新庄住宅已经在 2 年前就过户给了常小姐!

明白了。樊月在 2 年前,她上一位丈夫还在世时,就为征服舅舅做努力了,这一点在她后来与我通电话时得到了证明。据知,常小姐在发现樊月的攻势后,捷足先登,竟然软磨硬泡地以极少的台币购得了新庄住宅的产权,不过允许舅舅长期居住在这套新宅。我与皇辅导员同样不理解,舅舅为什么能够突破自我保护的底线,将正居住着的房产转让给常小姐呢?常小姐怎样说动了舅舅?与舅舅有着怎样的约定?这个谜底,在活着的人中,恐怕只有常小姐自己清楚。

退伍会放弃了对新庄住宅产权的查证,立即赶赴银行验看账目,发现舅舅账目上,除了上面说到的 2 万元台币外,还有利息 10 万元台币未及动用。哦,舅舅到底为自己留存了一笔可能被樊月忽略的利息款!

皇辅导员说:“正是洪洲先生这两笔钱加上当月退休金,退伍会才能给舅舅办一个比较体面的葬礼。”

1999 年 5 月 5 日,身着一袭黑色衣裤的樊月抵达台湾。

1999 年 5 月 12 日，樊月以遗孀名义参加了我舅舅的追思会。面对来自台湾四面八方的老兵，披着黑纱的樊月不停跪拜，不停鞠躬，也不停地收取着礼金。她漂亮的脸上流着汗，神色倦怠，人们都说她可怜。

追思会很隆重，几十位战友前来告别，花篮花环连成一片。我姑姑姑父代表我们全家参加追思会，也送给了樊月一笔不薄的礼金。

舅舅被安葬于台北县荣民墓地，樊月没有接受骨灰，委托退伍会代为保管。

2006 年，我们为姥爷、姥姥和舅舅在北京建了墓，这是一块很大的多穴墓地。我们希望，舅舅永远结束颠沛流离的日子，不再遭遇童年的绑架、青年的抓壮丁、壮年的妻离子散，不再受到贪财人的算计，不再孤独厮守。他的生命将得以轮回，就像小时候那样，又安睡在我姥爷、姥姥身边。

现在，我的首饰盒里躺着一块碧绿鲜亮的缅甸 A 翠，也许有一天，我们能把舅舅的骨灰迎回来，那时，我就可以把这块绿翠送给舅舅了。

舅舅，中国的一位普通人。没有人知道他出生于何省何县，没有人知道他生身父母的姓名、籍贯；他在河南人看来是台湾人，他在台湾人看来是大陆人，他在北京警方被认为是台湾同胞，他在河南众亲友以及台湾柳太太、常小姐眼里是拥有财富的单身男人，他在妻子樊月眼里是个能够带来户籍与金钱的台湾丈夫。

这关乎一个哲学命题——他是谁？从哪里来？

舅舅以长达 68 年的时间，不懈地寻找自己的家。这是灵魂对自己生命源头的膜拜，是生命对精神初始地的回归。不论这一辈子有无荣华富贵，有无官位俸禄，有无困顿屈辱，甚至有无肉体的生命形态，都不打紧，那种膜拜与回归正是中国化的人生归宿，它将无可阻挡地奔向安身立命之所，就仿佛是在完成前生的约定。

可是，当那终生约定不复存在的时刻，当那遥远的家园轰然坍塌的时刻，舅舅应该对谁膜拜？朝哪里回归？

现在，围绕舅舅涌动过的一层涟漪已经复归平静。可是，还有多少像舅舅一样归心似箭的台湾老兵找不到回家的路？还有多少像樊月那样在法律许可范围内以结婚名义堵截老兵返乡的人？还有怎样厚重的国民劣根元素，那些与他沾亲或不沾亲的乡友故人，打压着与舅舅一样的老兵？

历史的书记官，从不记录小人物徒劳的牺牲。可是，我的舅，天底下有着与我舅相同命运的或生或死的舅舅们啊，你们是否打算宽恕这个民族对你们牺牲的遗忘？

哦,宽恕会留下无奈和辛酸;可不宽恕,你们、我们、大家,这个民族,还应该做些什么呢?

(原载《北京文学》2011 年第 5 期)

国　　家

——2011・中国外交空前行动

何建明

如果离开了自己的国家，你还会有什么？
如果没有了自己的人民，国能是什么样？

——题记

在中国，除了天安门、人民大会堂和新华门外，有一个地方，迎风飘扬的五星红旗和高高悬挂着的国徽，让人感到既庄严肃穆又崇高神圣，它就是中华人民共和国外交部。

外交部大楼从正面看，那巨型的扇面式建筑，像是一架手风琴，布在"风箱"上的一个个闪着光芒的窗口，密集有序，充满神秘。在这座大楼里，每天都弹奏着一个国家和整个世界之间交往的外交乐章，时而紧张激越，时而惊心动魄，时而柳暗花明，时而又像潺潺流水般和缓动听。

现在，我走进这座大楼，走近我们的外交官们，静静地倾听他们的讲述……于是一件震惊世界外交界、让无数国家的外交同行和政要们高竖拇指的大事内幕，徐徐在我面前展开。这件值得铭刻石碑的大事，只属于中国，只属于正在崛起的、以人民福祉和人民生命为至上的我们的国家——

2011 年 2 月 21 日，一个国家决定的产生

黄屏，外交部领事司司长。在这座扇面式大楼里，他是上百位司局级干部中的普通一员。这一天清晨，他是从办公室那张临时搭起的行军床上起来的。他和副手、领事司副司长兼外交部领事保护中心主任郭少春等人已经两天没有回家了，这仅仅是大战开始的前夜。

利比亚的形势每天都在恶化，其发展速度根本无法预料。从 2 月 19 日开始，我驻该国大使馆向国内发来的电文一封比一封加急：

"利比亚政府已经失去对多个地区的控制，局势发展对我在利工作的数万名建

筑人员和公民形成万分危急之势……

“20日晚起，这里已陷入全面动乱状态……

“形势已万分危急，我在利建筑工地多处遭遇袭击和破坏。有的公司财物被抢劫一空，并有数百上千人被暴徒残忍地赶到荒无人烟的沙漠之中……”

“我们是领事司，维护海外中国公民的生命和财产安全义不容辞。现在几万名在利同胞身处险境，我们必须时刻坚守岗位，全力以赴投入战斗！”黄屏斩钉截铁地说。

对黄屏和领事司的同事们来说，现在他们面临的这场战斗绝对是超级大战：要从远在万里之外的非洲战乱之地，将几万名随时处在生死危急之中的同胞接回来……

“怎么接？

“什么时候才能接完？

“要动员多少人力物力？

“拖上十天八天，要是死了几百几千人咋办？”

黄屏一说起当时十万火急、迫在眉睫的危急形势，语速快得就像连珠炮，脸涨得通红，情绪格外激动。

必须把同胞接回来！接到咱祖国的土地上！必须让他们平平安安地回到自己的家！

这是黄屏和领事司同志们共同的心愿，也是他们掷地有声的誓言。

“2004年6月，中铁十四局到阿富汗参加援建工作的11名工人被武装分子袭击遇难，是我去机场接的。当看到排得整整齐齐的11口棺材时，我的心痛啊！你想想看，11口棺材哪，那都是我们自己的同胞。接机的遇难者亲属也在现场，他们个个哭得死去活来……这一幕我永远忘不掉。”泪光在铁骨铮铮的黄屏的眼眶里闪动。

“这一回是几万同胞啊！他们身处水深火热的险境，利比亚炮火连绵，枪声四起，流血冲突和暴力事件每分每秒都在发生。一旦他们被交火双方当成人质，出现成百上千的伤亡，那可是天大的悲剧啊……”黄屏的嘴唇在颤抖，尽管事情已经过去了一年多，他依然激动不已。

“所以，我们外交部、我们领事司的任务，就是要想尽一切办法，及早把我们的同胞安全地接回来！”黄屏重重地补了一句，“一个也不能少地全部接回来！”

黄屏深吸了一口气：昨天杨洁篪外长主持召开紧急会议的情景还历历在目——

亚非司司长陈晓东汇报利比亚形势:“目前的判断,从利比亚的内部看,卡扎菲高压统治已经42年了,政治上四面树敌,经济建树也不多;从外部看,西亚北非政局动荡来势凶猛,虽然卡扎菲本人试图讨好西方,但仍被视为异类,必欲除之。利比亚形势将继续恶化,很可能变成全面内战。”

“我同意晓东的看法,”国际司司长陈旭说,“从我常驻联合国代表团那边报来的情况看,西方国家正在酝酿出台有关利比亚的提案,意在整垮卡扎菲。”

“那么,如果局势恶化,我们人员撤离会不会受到冲突双方的阻碍呢?”外交部党委书记张志军提出一个关键性的问题。

“肯定有困难,但总体上应该不会遇到阻拦,因为中利双边关系还算正常,反对派方面要争取国际承认,也很看重我安理会常任理事国的大国地位,不大可能得罪我们。目前我们在卡扎菲和反对派两边都有关系,只要工作到位,政治层面应该有保障。”外交部副部长翟隽说。

杨洁篪外长一直沉默着听大家的意见。张志军书记看看他说:“看来,我们要把工作往前赶,也要做最坏的打算。”

“看来要撤人了。”杨外长终于说话了,只听他用低沉的语气道,“人是第一位的,人命关天,首先要考虑的还是我们自己的人要安全。现在最要紧的事是:政策司、亚非司把情况搞清楚;欧洲司、非洲司先准备起来,关键时刻要能找得到人、说得上话、办得成事。把这么多人撤出来需要时间,要尽可能争取时间。”

杨外长抬头环视了一下在座的副部长和司局长们,指着财务司司长胡建中说:“兵马未动,粮草先行,先和财政部的同志沟通好,可能需要特事特办。”

“明白。”胡建中重重点头。

杨外长随即宣布:“现在部里需要成立处理我在利公民安全事宜的应急领导小组,请志军书记挂帅,宋涛、翟隽为副组长,黄屏、陈晓东和各部门一把手为小组成员。”

“好,大家按照杨部长的布置行动吧!”张志军书记说。

“听着,从现在起,我们这里的所有人,除了上厕所,一刻也不能离开岗位了!”按照惯例和业务职责,领事司和所属的领事保护中心,毫无疑问是具体行动的主要执行单位。黄屏在领事司说完这句话,又小跑着赶到领保中心重复了同样的话。

“有多少人呀?”

“听说有一万多!”

“何止,少说两三万呢!”

“天哪！这可怎么弄呀?”领事司和领保中心的年轻人近些年也经历过大大小小十余次撤侨行动,但这么遥远,这么多人,又这么紧迫,他们可从来没有遇到过。几万人的生命安危此刻与他们息息相关,亿万民众和数千万海外侨胞在热切关注,其压力之大可想而知。

此等事态外交部没有遇到过,中华人民共和国也没有遇到过。

20日晚,紧临外交部居住的不少北京市民看到那栋手风琴式的扇形大楼有不少窗户彻夜通明……

21日早,黄屏和郭少春就从领保中心赶到部会议室参加应急领导小组碰头会。平日总是笑容可掬的杨洁篪外长也来到会上,此刻杨外长的脸上已经没有一丝笑意,他用极其深沉的语气再次强调:“继续密切关注利方局势发展,尽快做出撤我同胞的方案。”

是啊,大战将至,几万人的撤离方案怎么做？谁来做？

“由宋涛牵头,办公厅协助,领事司和领保中心打头阵,其他部门全力配合。”外交部应急领导小组组长张志军下达命令。

碰头会用了不到半小时。接下命令后的黄屏和郭少春对视了一下,不约而同地最先站起来。

“黄屏、少春!”宋涛叫住了他们,“你们最好中午前把撤离预案给我,下午一上班要开部内协调会,紧接着是各部委之间的协调会。没有方案不行啊!”

黄屏和郭少春会意,这分明是“迫在眉睫”之上再加四个字:十万火急!

“是！宋副部长,我们一定在中午前拿出预案!”黄屏回答得干脆利索。他拍了一下郭少春,两人一路小跑着往领保中心赶。

“接下去的半天是怎么过来的,我真的想不起来了!”黄屏摇着头说,“反正我和少春的脑子就像开足马力的机器,全速运转。领事司和领保中心的几十号人也都被动员起来,有的收集前方信息,有的研究撤离路线,有的测算运力计划,有的与驻利比亚和周边国家的使馆联系,还有的紧锣密鼓地与商务部、国资委、公安部、民航局等单位沟通。总之,我们以最快速度做出了一份高质量的撤离预案报告,中午前送到了办公厅,送到了宋涛副部长那里……”

这天中午,有人看到宋涛根本就没扒几口饭,办公厅的张明主任都没时间端饭碗。他们的任务是马上把撤离预案改成上报部长和主管外交工作的国务委员戴秉国同志的正式方案。与此同时,外交部牵头、有十多个部委参加的部际协调会也在紧张地准备着。

下午2点30分,外交部的部内协调会首先召开。各部门领导参加,并形成七点意见，其中最重要的是撤离方案，而方案已经涉及海、陆、空联动，甚至考虑出动军队……

乖乖，这是啥阵势！有人在窃窃私语时瞪圆了眼睛。

4 点整，由外交部牵头，公安部、安全部、交通运输部、农业部、商务部、国资委、海关总署、国家质检总局、民航局、解放军总参谋部及相关公司负责人参加的部际协调会在外交部大楼召开。宋涛主持会议，并向各单位布置撤离事宜的相关任务。

会上出现了一些意外，某在利比亚工程建筑公司负责人说着说着，竟然哭了起来："我们的工地从 19 日开始，已经被那边的暴徒们连抢了好几次。他们都是拿着枪的，我们有好几位工人被打伤了，可怜的是那些女同志，个个吓得不知咋办。刚才来开会之前，我又跟那边联系了一次，说他们已经顶不住暴徒们的洗劫了，撤到了沙漠的营地里。几分钟前我连续又打了十几个电话，可再也联系不上……这几百号人，要出了问题，我可咋向他们的家属交代呀！求求你们外交部，求求政府，快帮忙吧！"

那是位平时说话气壮山河的国企大老板。他的哭求，让会议顿添几分悲忧。

"所以说，局势已经到了十分危急的时刻，大家必须怀着对人民负责的态度，迅速行动，争分夺秒，尽可能地确保我在利公民的安全，顺利完成撤离任务！"宋涛高声强调。

"那就把任务分配给我们吧！"

"对，叫我们干什么，尽管说来！"

"还有我们……"

各部委的态度，让外交部的同志非常感动。这时，办公厅有人来向宋涛报告："戴国委马上到，他要见你。"

"抱歉，我要去见一下国务院领导。"宋涛一听，立即中断会议上的发言，又朝办公厅主任张明使了个眼色，两人匆匆赶到办公室。

国务委员戴秉国、杨洁篪外长、张志军书记前后脚进屋。

"老领导，你事先也不打个招呼，我好到门口接您去呀！"宋涛有些措手不及地给首长让座。

"这是我的老家，还用客套吗？"戴秉国随手脱下长大衣，往椅子靠背上一放，笑眯眯地对自己的老部下说。

作为主管国家外交事务的国务委员，戴秉国曾在外交部工作了 30 多年，几乎认识机关里的所有人。新老外交官们对他更熟悉，因为他对所有人都特别亲和，见了人就眯眯笑，所以外交部上上下下都亲昵地称他是“可爱的小老头”。“快过70了，个子又小，还不是小老头?”这些年，戴秉国逢人总这样说，说完又一脸笑眯眯。

真是位可爱至极的领导人！但是此刻，戴秉国脸上的笑容很快消失了。当他听完关于利比亚撤离方案的简短汇报后说：“我在利比亚的人员到底是两万人还是三万人，或许更多？这么多人要在短时间内撤回来，形势严峻，事关重大，外交部恐难独立应对，应当上升至国家层面来研究。”

戴秉国只在外交部停留了不到半小时，但就是这半小时，完全改变了外交部原先的撤离预案。也就是说，一场中国有史以来最大的海外撤侨战役，从外交部层面一下上升至国家层面！

“马上命令各部门按照戴国委的指示，迅速重新部署！”杨洁篪指示宋涛，当即以外交部应急领导小组的名义，向部机关和前方使领馆发出新的战令。

黄屏接到的部里命令是，要他马上成立以领保中心为主的外交部利比亚撤侨应急指挥中心，其任务为：全力配合和协助国家有关部门进行利比亚撤侨工作。

领事司的内部动员会即时召开，三四十名业务骨干被抽调到领保中心的应急队伍之中。

“大家听着，我们要打大仗了！从现在开始，全体人员都要进入24小时应急状态，直到撤离战斗结束！”黄屏像个前线指挥官，站在领保中心那间办公室中央，这样命令着。

副司长兼领保中心主任郭少春做出具体分工：“中心需要分为联络组、信息文电组、包机组、电话值班组……所有同志一律两班倒，24小时全程值班！”

“今晚要在中央电视台《新闻联播》节目中和新闻频道上滚动播出我们领保中心有关利比亚撤侨的热线电话，接电话的同志安排好了没有？至少两位同志。我看还是女同志当接线员好一些，她们态度好，公众容易接受。女同志谁上呢？郝雨和陈枫吧！今晚开始你们就要提前进入战斗了！有没有问题?”黄屏吊着嗓子问。

“没有!”郝雨、陈枫两位女同志异口同声道。

“家耀，抱歉了。今天是你儿子满月后上班的第一天，却不能让你回家……”黄屏拍拍联络组组长、领保中心副主任朱家耀的肩膀，满怀歉意地说。

“把前线的情况赶紧摸清楚，就算是我最对得起儿子和他妈了!”朱家耀连头都没回一下，已经俯身操起办公桌上的专用电话，向中国驻利比亚大使馆喊着：“是王大使吗？请把你们那边的情况再跟我说说……”

“民航局吗？请你们确定在这几天里能抽调多少架飞机……”包机组的张赫群、张良轮番给民航局打电话。

“司长,请你马上审阅……”领保中心的另一位副主任张洋将已经拟好的公民告示和热线电话电文,递到黄屏手里,“如果没问题,电文将在中央电视台《新闻联播》中和新闻频道滚动播出。”

“我看可以。少春,你再推敲一下。”黄屏迅速扫了一眼,随即塞给郭少春。

郭少春认真看完电文后,果断地说:“就这样吧!”

黄屏拿着手机,边接听电话,边拉过郭少春说:“部里指示,让我们把撤离方案报告再审核一下,立即送中央……”

几十分钟后,《新闻联播》节目开始,亿万人民都看到了屏幕下方一行不断滚动着的文字——外交部在利比亚中国公民领事保护中心应急热线电话:(010)65963747、(010)65964095……

从这一刻起,外交部领保中心的电话铃声,片刻都没有停息过,它连着亿万国人牵挂的心,连着世界各地……

“第一天、第二天我还能扛得住,后来我的胳膊全都麻了。麻了也要不断地抬着,习惯性地伸缩。总之,你问我一天接多少电话,我根本记不清,有好几百个吧!”接受采访时,陈枫说。

“电话多数是在利比亚工作同志的家属打来的。有人第一次打来就哭,那是焦急地哭;第二次打来还是哭,是高兴地哭,知道我们帮他们找到了亲人;第三次打电话接着哭,因为知道自己的亲人平安无事后,激动地感谢党和政府……”郝雨说。

热线电话里除了哭,就是喊,不停地喊着“求政府”“求外交部”“求大使馆”救救他们的亲人。也有人从战乱中的利比亚打来电话,请外交部向他们国内的亲人转告平安,还有人惊慌失措半天说不出话,只是一味地哭泣……

所有人都在着急,所有中国人都在为远在万里之外、身处险境的同胞们着急!

此刻,还有一位更着急的人,他就是国务委员戴秉国。

从外交部出来,应是快下班的5点来钟。戴秉国赶着去钓鱼台参加一项重要的外交活动:陪国家主席胡锦涛会见某国总统。原本这是一次礼节性活动,然而今天我们的国务委员肩负着神圣使命,他要当面向胡主席请示,把利比亚撤侨战役上升至国家层面。

前线形势越来越严峻,每一分钟的延误都有可能给我几万同胞带来不堪设想的严重后果。

“主席,关于利比亚撤侨的事需要向您请示……”傍晚,戴秉国见缝插针,在胡锦涛主席宴请总统的间隙,凑到胡主席身边,俯着身子轻声汇报。

胡锦涛不时点头,时而转过头,一一指示戴秉国……

很快，戴秉国离开了钓鱼台，乘车直奔中南海的办公室。

“接外交部……”戴秉国进办公室门的第一句话就对秘书说。秘书抓起电话的那一瞬间，有些心疼地看了一眼自己的首长：他可已是70岁的人了！

晚9点，外交部办公室里，宋涛正在与我驻利比亚大使王旺生通话：“形势十分严峻，国家层面的撤侨行动马上要全面开始，你们一方面要尽全力做好在利人员的保护和撤离工作，也要加强防范，确保自身安全。”宋涛语气坚定，又充满感情地吩咐道。

“请部里放心！请党中央放心，我们一定坚守到底，完……成好……祖国交给的任务！”

“你的嗓子怎么了？已经哑了吗？老王，你身体怎么样？顶得住吗？战斗就要开始了……”宋涛不无担心地问，又心疼地叮嘱，“你和同志们千万要注意身体啊！”

“我挺得住，请放心……”远方传来的声音断断续续，还伴随着呲呲啦啦的杂音。

宋涛看了看手表，对办公厅张明主任说：“的黎波里的通信状况已经变得不大稳定了，情况在恶化。事不宜迟，你叫上晓东、黄屏他们，10点钟到我这里，咱们再开个紧急碰头会。”

9点50分，办公厅、政策司、亚非司、领事司等几个部门的负责人提前到达外交部会议室。宋涛说：“中央正在研究我们的报告，部里的工作必须提前进入战斗状态。这样，一旦中央的决定下达，整个撤离战役就会以排山倒海之势展开。人命关天，从现在起我们不能耽搁哪怕是一分钟的时间！”

停顿了一下后，宋涛看着黄屏、郭少春，下达指示：“你们必须立刻通知驻埃及、土耳其、突尼斯、希腊、马耳他等国的使领馆做好相关工作，请当地政府为我们从利比亚撤离人员提供一切可能的入境及安置便利；还有，要以最快的速度了解从有关国家租用飞机、轮船等交通工具的可能……”

会议开了不到半个小时，但宋涛发出的指令足有几十条，每一条都十万火急！

办公厅、亚非司，尤其是黄屏、郭少春他们的领事司和领保中心，背回去的任务具体落实起来足有几卡车那么多！

回过头来再看中南海的一连串“国家决定”程序。

外交部的撤离报告送至戴秉国手里后，随即被呈报到总理办公室。

总理温家宝神情严峻而凝重地在关于利比亚撤侨“一级响应”的请示报告上

写下长长的一行重要批示……

一直等待最高领导决策的国务委员戴秉国，此时刚想脱下衣服往床上靠一靠，红机电话铃响了："秉国同志啊，总书记和总理批示了，让我和你一起来指挥这场战斗……前方的形势很紧急，你看我们是不是明天……不对，现在已经过零点了，应该是今天一早就开第一次国务院应急指挥部会议？"

是政治局委员、副总理张德江来电。

"好，我完全同意。不过建议今天的会比平时早一点开。"戴秉国说。

"那好，就定8点正式开会。我来安排人往下通知，你眯一会儿……"张德江说。

副总理和国务委员之间的电话暂时放下。随即，中南海的电话将一个个相关人员叫醒：

"尤权副秘书长，请您8点务必准时参加国务院召开的会议……"国务院副秘书长尤权接电话的时候，还没有睡。

"杨外长，请您8点务必准时到中南海参加紧急会议……"杨洁篪接到通知时间为凌晨1点左右。宋涛比黄屏接到会议通知早十几分钟。

国资委副主任黄丹华接到会议通知时，大约为2点钟。

中建总局、国家民航局领导们则在凌晨3点左右接到通知……

这一夜，中南海的许多人彻夜未眠，因为需要为8点所召开的会议准备各种材料。

数十个部委的主要领导者同样不能睡觉，他们多数人接到电话通知后就知道中央必定有特别紧急的大事，谁还能睡得着呀？那些住在城郊的同志干脆在接到会议通知后，直接开始往中南海赶了……

6点50分，黄屏带着他与郭少春用几个小时准备和修改好的撤离草案，随杨洁篪、宋涛等赶赴中南海。

"我们到国办会场时，还不到7点半，所有参与行动的相关单位的负责人几乎都到齐了！"黄屏对那一天的会议情景记忆深刻。平时国务院开会，都是在9点开始，2011年2月22日这一天例外。因为这一天的前夜，国家主席胡锦涛和总理温家宝正式做出了从利比亚撤侨的决定，采用的是"国家一级响应"。

何为"国家一级响应"？用通俗的话讲，即为国家最高级别的动员，与应对2008年汶川大地震同等级别！

22日8时整，国务院副总理、利比亚大撤离行动国家应急指挥部总指挥张德江来到会场。

“嘿，都到齐啦！看来我们的队伍真是拉得出、打得响啊！”副总理满意地点点头，然而这仅仅是瞬间的轻松。会议开始，气氛骤然凝重和紧张起来：利比亚形势瞬息万变，每一分钟都在向不可预测的方向恶化……

“那天的会议上，我们心情都很沉重，但大家又都很有信心，都朝着一个目标努力：按照中央领导的意见，克服一切困难，把我们的同胞救出来！整个决策和方案都充满智慧，各单位纷纷请战，令人感动。”采访时，杨洁篪外长这样对我说。

“从利比亚撤侨，涉及几万人的身家性命，事关大局，我们一定要千方百计保障我方人员安全，千方百计保障我财产安全，千方百计维护我国家利益……”张德江强调的这三个“千方百计”成为整个撤侨战役的行动方针。

“这么大的战役，我们要有对困难的足够估计，也要有死人的准备……必要时，请求中央军委出动军事力量。”戴秉国补充道。

会议宣布张德江为总指挥，戴秉国协助张德江，国务院副秘书长尤权为总协调。各相关单位请战情绪高涨，外交部被指定为国务院应急指挥部办公室，部长杨洁篪主抓，部党委书记张志军为外交部应急、领导小组组长，宋涛、翟隽为副组长。

外交部实际上担任了整个撤侨行动的前线指挥部职能。

战斗部署完毕，一场有史以来中国最大的撤侨行动开始了——

前方，战乱惊心……

“砰……”这第一声枪响，是利比亚反对派 2011 年 1 月 14 日在班加西市一个叫苏卢格的施工现场打响的。当卡扎菲的女保镖将这一消息告诉他时，这位“非洲之王”不屑一顾地“哼”了一声说：“我是穆阿迈尔·卡扎菲，不是本·阿里！想搞倒我没有那么容易！”

“砰砰……”这回是两声还是三声枪响，似乎谁也没有在意，但反对派枪管里射出的愤怒子弹已经在昭示着什么。这一天是 2011 年 10 月 20 日，距卡扎菲听到前一次枪响时隔 9 个月零 6 天。这回卡扎菲又说了话，说得断断续续、战战兢兢：“我是这个国家的领导人，是你们的父亲、孩子，你们不能这样……”然而没有一个人听他的话，躲藏在水泥涵洞里的他被人拖出，死在乱枪之下，死状特别地血腥……

1 月 14 日在班加西市苏卢格工地上响起的枪声，是一帮抢房子住的百姓与前来维持秩序的警察发生冲突引发的。此前卡扎菲在一次公开场合上说过这样一句话："我的人民必将拥护我，因为我正在为你们建许多许多房子，有的已经快建好了，你们可以住上好房子，过上好日子！"

令卡扎菲想不到的是，那些祖辈无房的贫苦百姓一听这消息，疯狂地冲到了那些正在盖建的房屋工地上，见到已经建好或快要建好的房子，便兴高采烈地写上自己的姓名，然后又蹦又跳地欢呼"我有房子住了""我有房子了"。这一喊不要紧，喊醒了千千万万生活在底层的平民百姓，他们一个比一个疯狂地冲进建房工地，于是引发了全国性的抢房狂潮。

君不知，利比亚的建房工程，几乎全由中国人承包施工，动乱时首当其冲的自然是我们的同胞。这是后话。我们需要粗略了解一下在2011年开始几个月里，利比亚和卡扎菲命运发生变化的背景。

对于全国的抢房乱象，卡扎菲很生气，后果当然很严重。他发出命令，可乱象依旧，他脑子一热动用大量警察去驱赶抢房百姓。火势暂时扑灭了，但卡扎菲并不明白，那些不听命于他的臣民们为什么选择了1月14日这一天闹事。

其实，这一天除了自以为强大无比的卡扎菲本人外，几乎所有的人都在关注他们的邻邦——突尼斯。一场"大革命"仅仅用了27天时间就彻底改变了一个国家、一个政权的命运：74岁的总统本·阿里这一天晚上再也招架不住，携家人仓皇离境出逃，从而结束了他四次连任总统、统治突尼斯长达23年之久的历史。

据说，突尼斯总统本·阿里出逃的消息传到的黎波里卡扎菲的豪华露天帐篷内时，卡扎菲很不以为然，并说："西方侵略者靠几条狗的一把火想烧毁非洲的革命阵营，只会是白日做梦！"

卡扎菲小视了"一把火"的威力。他整天逼着利比亚人民背诵他的语录，却忘记了一句经典的话："星星之火，可以燎原。"其后，突尼斯的动荡像是导火线，在非洲引发了一连串波澜壮阔、惊心动魄的大事件，埃及、也门先后发生动荡，埃及总统穆巴拉克、也门总统萨利赫相继下台，让全世界都为之震惊。

也门与利比亚同属阿拉伯国家，埃及和突尼斯则在利比亚的一东一西。周边国家如此巨大的政治风暴和民众革命，怎能不影响利比亚？尤其是西方世界早已对这个拥有巨大石油资源的地中海南岸国家垂涎三尺。堡垒往往先从内部攻破，利比亚的问题主要出在内部，或者说是出在一心想当"非洲之王"的"卷毛狂人"、国家元首卡扎菲自己身上。

利比亚是非洲富裕国家，人均收入居于高位。尤其是它的石油，其品质无与伦比。然而，这个只有600万人口、富得流油的国家，民众却没有像同样盛产石油的阿联酋、卡塔尔人民那样过上好日子。

利比亚实行计划经济，这并不能说是绝对错误，问题的关键是卡扎菲声称自己搞的是不同于社会主义和资本主义的第三条道路，却没有把广大民众的生活放在第一位予以重视。相反，他利用家族控制了利比亚的经济命脉。建设方面由于过度依赖外国劳工，不重视基础工业和民生工程，百姓的失业率不断攀升，生活水平近年不断下降。

一心想做非洲“王中王”的卡扎菲从20世纪90年代开始，将雄心放在整个非洲，对外援助非盟他十分慷慨，由此当上了让他内心深感满足的非盟主席。卡扎菲在国内除了不重视民生，留下后遗症外，还有一点也是致命的：他对自己的家乡和“革命圣地”——他当年发动军人起义的根据地等地区的发展很给力，却极不重视东部城市班加西等地的经济建设，资金投入极少。多少年来，首都的黎波里繁荣发展，高楼林立，高速公路畅通便捷，而利比亚第二大城市班加西却萧条破落，市内道路坑坑洼洼、破烂不堪……

反对和支持卡扎菲的东、西部落之间积怨不断加深，在邻国突尼斯、埃及“革命风暴”影响下，反对派的力量正在聚集并窥伺着机会，班加西的地位此刻就显得越来越重要。

2011年初的利比亚，看起来似乎很平静，到处依然张贴着卡扎菲的头像和绿色旗帜，其实整个利比亚已像一片临近燃烧极点的枯草地，只差有人划上一根细细的火柴，一场席卷全国的燎原大火必将燃起——后来的情况果真如此。

这次“划火柴”的是一位律师，他叫法思·特比尔，班加西有名的“阿布萨利姆家属”组织发言人。2月15日，法思再次准备到班加西当地的卡扎菲政权去“说理”，却被警察投入了监狱，于是法思的支持者们得知情况后就上街游行抗议。

第二天，当局不得不将法思释放，以为这样就可以平息了事，没想到从此上街游行的人越来越多，且一直蔓延到利比亚其他城市，包括首都的黎波里……

有必要交代一下法思为什么上街，他和“阿布萨利姆家属”组织有何渊源。

20世纪初，利比亚是意大利的殖民地。1927年至1934年间，利比亚领土被意大利统治者一分为二，同时白人大批拥入这块地中海南岸蕴藏大量石油的国家。“利比亚”这个名字也是意大利人在1934年时启用的。二战期间，利比亚人奋起反抗殖民主义者，代表人物叫奥马尔。如今班加西街头到处还有这位民族英雄的头像，就连目中无人的卡扎菲也称奥马尔是“国父”。

之后的漫长岁月里，利比亚的外部环境尚算平静，卡扎菲“革命”成功之后，几度与西方决裂，后来又“反省”。特别是新世纪以来，利比亚出现了“开放”迹象。这个时候，一件并不经意的事却发生了。2006年2月17日，意大利驻班加西领事馆门口聚集了大批民众，他们是来抗议的，因为一个意大利人身穿着印有被全世界穆斯林视为“亵渎真主”的丹麦画家漫画形象的外套，在班加西招摇过市。

在这场抗议过程中，有个14岁的男孩上了意大利领事馆大楼的屋顶，欲将意大利国旗拔下来。结果利比亚当局开枪扫射，随即便引发了冲突，14名平民在这场冲突中死亡。这一天在利比亚人民心中留下了极深的伤痕，班加西人称它为“愤怒日”。

法思在2011年2月15日被当局逮捕的原因，就是卡扎菲军警人员认为，法思是在准备为两天后的“愤怒日”组织一场反政府示威。

“阿布萨利姆家属”则是另一个事件。话得从卡扎菲统治下的20世纪90年代说起。他通过军警逮捕全国持不同政见人士，把他们关在的黎波里阿布萨利姆监狱。由于卡扎菲实行的是残酷的“逆我者亡”的高压政策，1996年6月29日，阿布萨利姆监狱内的1200多名政治犯因为抗议狱中的非人道行径而被卡扎菲当局枪杀。他们的尸体被运到郊外秘密地集体埋葬了，这些死者多数是班加西人。

这样一桩惨案，利比亚人一直以来不敢刨根问底，皆因慑于卡扎菲政权的残酷手段。2004年，一心渴望获得西方好感的卡扎菲承认了“阿布萨利姆事件”，此后有相当多的遇难者家属要求政府公布遇难者名单和他们被埋葬的地方。

强人卡扎菲对此既不妥协，又一直不松口，致使“阿布萨利姆事件”中的遇难者家属近几年来一直不停地举行集体抗议活动，故在利比亚有了“阿布萨利姆家属”组织。律师法思是这个组织的成员，也是他们的发言人。法思的一个哥哥、一个堂兄和一个姐夫就在这1200多名死者之中。法思是弄清“阿布萨利姆事件”真相的坚定拥护者，所以自2004年开始，他每个星期都会到法院门口进行抗议。那些年里，只有法思一个人这样做，他也因此坐了七次牢，并且屡遭严刑拷打。然而法思从来没有屈服，这也使得他成为班加西有名的反政府人士。

邻国突尼斯出现政治动荡，总统在2011年1月14日深夜出逃，消息很快传到利比亚。一直对卡扎菲政权心怀仇恨、持对立态度的班加西人，认为时机已到，应当顺势揭竿而起。然而，谁来领导推翻卡扎菲的斗争呢？

法思！法思是他们的英雄，他有足够的勇气和智慧！于是从2月14日深夜至15日清晨，不断有人来到法思的住处，他们兴奋地怂恿心目中的英雄，挺身而出擎起反卡扎菲的大旗。

“以真主的名义，我愿意为推翻暴君和专制挥洒鲜血……”法思面对群情激愤的拥护者，也毫不含糊地亮出自己的主张。

当局的秘密警察很快发现了法思及其追随者的动向，15日当天就将法思逮捕了。消息传出，班加西的“阿布萨利姆家属”组织立即到街头示威游行，要求当局释放法思。迫于群众的压力，害怕几个邻国接二连三的反政府抗议浪潮席卷到利比亚，班加西当局在16日释放了法思。不想为时已晚，或者说卡扎菲政权没有想到的是，那些久积在利比亚民众心中的反卡扎菲统治的愤怒之火此刻已经点燃，迅速蔓延开来，变成熊熊大火，再也无法将其熄灭……

2月17日，是班加西有名的“愤怒日”，人们纷纷上街游行，开始是几百人，后来是几千人、几万人，再后来仿佛是全城男男女女、老老少少都加入了游行队伍。

问题的关键是，这一天的群众性纪念活动，后来其内容发生了变化。这要怪卡扎菲和他的统治集团犯了一个极其严重的错误：他们派出大量的军警人员和秘密警察、情报人员，甚至还有外国的雇佣力量对群众施暴。这些人戴着黄色帽子，手持剑、铁棍及石头，军警们更是明目张胆地举着枪，对游行示威的民众劈头盖脸一阵乱打，甚至开枪伤人。

冲突愈演愈烈，纪念日的游行成了反卡扎菲的民众运动。班加西城内有人直接举起了推翻卡扎菲的旗帜，民众高喊“卡扎菲下台”的口号，与军警等各种镇压者展开针锋相对的斗争。他们用石头和砖块回击军警的枪弹和催泪弹，用木棍和门框及汽车轮子抵挡装甲车进攻，用火柴和打火机焚烧卡扎菲的画像以及他的“绿皮书”——这些几十年来曾经都被利比亚奉为神圣不可侵犯的“领袖形象”和“领袖思想”。更让卡扎菲政权不能容忍的是，这样的“叛徒”和“卖国贼”行为，不仅在班加西出现，利比亚其他的大城市也都出现了类似的大规模反政府、反卡扎菲的群众怒潮，从此利比亚陷入全面的混乱状态。

2011年2月17日，因此成为利比亚“革命”的一个具有标志性的日子。

利比亚出现的动荡，让西方世界特别是美国方面欣喜若狂，他们早就期待着阿拉伯反美阵线彻底瓦解。当日，美国国务卿希拉里在白宫公开支持利比亚的反对派，谴责卡扎菲政权的镇压。英国首相自然也跟着起劲地出来谴责卡扎菲。这回法国更是走在西方列国的前头，总统萨科齐的调子比希拉里还要高出几分贝。联合国人权事务高级专员皮莱也加入了谴责卡扎菲的行列。所有这些，都像是火上浇油一样，让利比亚境内的反政府势力获得了精神和行动上的巨大支持。

卡扎菲是个不服输的主儿。18日当天，他发表了全国电视讲话，一则威胁示威者，说“以人民和革命的名义”，将采取严厉措施惩罚那些包括上街游行的混乱制造者；二则表明自己不会辞职，宁可不要生命，也不会离开利比亚。

卡扎菲的强硬态度，引来反政府民众的强烈不满，反抗情绪更加高涨。19日，双方展开针锋相对的冲突，造成了更大的流血伤亡。一队队穿着穆斯林服装的男男女女抬着一具具用白布裹着的尸体上街，此情此景让世界同情，残酷枪杀无辜平民的罪行让人无法容忍，卡扎菲政权陷入了怒海狂涛般的声讨和谴责声中。

“打倒卡扎菲”“推翻暴行政权”的口号，已经成为利比亚全国多数民众的实际行动。

“卡扎菲必须交权”“利比亚现政权已经失去合法性”“卡扎菲必须接受国际审判”等说法，则在以美国、法国为首的西方世界的话筒里频频传出。有关人权组织及时做出一个统计：截至 2011 年 2 月 20 日，卡扎菲政权的连续镇压，已经造成 300 多人死亡，逾千人受伤。

21 日，半岛电视台突然传出消息，称卡扎菲已离开利比亚，前往南美洲国家委内瑞拉。这个消息让利比亚国内一阵狂欢，正在街头“革命”的民众又是放鞭炮，又是跳舞唱歌庆祝。然而没多长时间，卡扎菲的儿子赛义夫在电视上公开辟谣，称他父亲决不会离开自己的国家，即使战斗到最后一个人也绝不投降。

利比亚是个部落国家，反对和支持卡扎菲的两股势力此时不分上下，于是全国性的混战便全面开始……赤手空拳的反卡扎菲人士和民众拿起土制的枪支与石头、铁棍，政府军警则动用迫击炮、机关枪和防空导弹。

卡扎菲还声称，本·拉登的“恐怖组织”也已进入利境，加入了暴乱队伍。当局的电视台还证实了，政府军已经从班加西撤离，这意味着利比亚东部完全失控，反对派开始执掌这一地区。可时隔几小时，又传出卡扎菲将派军队轰炸班加西。到底是怎么回事，谁也弄不清楚，总之利比亚已经是一片乱局。到处是打砸抢，到处流血，也分不清究竟是谁干的行径。一个国家的民众在这种情形下没有了自己的国家政权，一个国家的政权在这种情形下没有了自己的民众。

利比亚人民陷入了苦难深渊。

陷入苦难深渊的不只利比亚自己的人民，还有成千上万的外国建设者，他们十分依赖这里的工程项目和庞大的劳动力市场。

据说，在利比亚最多的外籍劳务人员是埃及人，有上百万人。埃及与利比亚是邻国，两国共有几千里的国境线，动乱一开始，成千上万的埃及人便越过沙漠地带，逃亡回国。

然而，还有更多远涉重洋来建设利比亚的工程建设者和劳务人员就麻烦了。他们人生地不熟，回国的路程那么遥远，可谓困难重重。局势失控的利比亚，机场、边境关卡及港口全都陷入无政府、无秩序的状态，更为严重的是动乱带来全面的暴乱，外国人及他们参与的工程、拥有的财产等，一时间皆成了利比亚成千上万暴徒袭击和抢劫的对象……除了石油设施之外，由外国承包和建设的项目多是住宅项目，而这样的项目十有八九是我们中国人在干。

利比亚陷入动乱后，武器散落民间，部分地区陷入了治安真空，一些暴乱分子有机可乘，肆意抢劫，中国工地成为他们的首选目标。结果，我们在利比亚承包的工地所遭受的冲击也是最罕见和血腥的。下面是部分中国在利比亚工程人员的亲历讲述——

员亮（中国水电集团公司利比亚公司负责人）：

我们中水电公司在利比亚有三个大项目，都是盖房子的，其中两个在利比亚东部城市班加西附近，一个在利比亚的南部塞卜哈那边。最先遭受暴徒袭击的班加西附近的两个工地，一个在迈尔季，一个在贝达市，共有1000多人。贝达市的暴乱从2月17日就开始了。为了保证我方人员安全，中水电公司见形势不妙，就在18日白天将贝达市区的100多名建筑工人撤到了郊区的另一个营地。没有想到的是18日当地时间晚7点（北京时间2月19日凌晨1时）左右，数十名不明身份的当地暴徒，手持土枪，肆无忌惮地开着抢来的车辆，向我营地疯狂地袭击。为保护公司财产，我方营地200多名员工勇敢地捡起石头、瓦片等奋力回击。对峙之中，暴徒开枪射击，造成我方11人受伤。现场项目部领导果断做出决定，所有人员撤出营地，向附近的一座小山丘撤离。暴徒并没有因此罢手，他们随即抢劫了营地的汽车、泵车等大部分设备和物资，并纵火焚烧了仓库和营地。躲在山丘后面的我200多名工人兄弟，一边擦着身上的血，一边流着泪眼睁睁地看着大火将自己的营地焚烧成烟……那情景令人心碎，又无可奈何。

唐忠良，人称“老唐”，他是员亮所说的被暴徒们袭击营地后逃往荒山野岭的那群工人之一。有记者采访了他，老唐嘴里的经历更惊心动魄：

我所在的工地是在贝达附近的一个叫斯蒂哈姆瑞的小镇，那儿临近地中海，2月的最低气温只有摄氏零度左右。2月18日，正是中国农历元宵节刚过的第一天。那天下午时分，工地负责人特意通知工人们提前下班，回宿舍好好包顿饺子吃。傍晚时分，我刚吃完饺子，本想出去溜达溜达，看一看西山头浸染的落日霞光，忽然，听到营地有人大叫起来：“带上铁锹、镐柄，到公司大院紧急集合！”

我和工友们不知道发生了什么事,赶紧一路小跑地来到公司大院。这时大伙才发现,我们的公司大院已经被利比亚当地的暴徒们冲击了,并且抢走了一些车辆和设备。“一会儿他们还会来的,大伙赶快拿起能够自卫的家伙,保护自己安全,保护公司财产!”工地领导紧急号召道。我心想,央视四台节目里说的事真闹到咱这儿了!

很快,我和300多名工友被编成五个工队,分别把守大院的前后大门和围墙四个方向。

再次前来袭击的暴徒们手持冲锋枪、土枪,气势汹汹地乱枪扫射,企图再度洗劫工地。我生来第一次见这等场景。躲已无屋,退更无路,工友们顽强地手持石块和棍棒,等歹徒往里冲,就用雨点般的石块予以回击。恼羞成怒的暴徒不再含糊了,“砰砰”几声枪响,几个工友应声受伤倒下。我们只得往后退让。最让我惊心的是,我躲在一辆车后面正准备用石块还击暴徒,突然车前面一声巨响,我被震出几米远……

从傍晚时分,一直到半夜,暴徒们好像要彻底洗劫我们的工地,虽遭工友们的全力反击,仍屡屡进犯。工地领导意识到这样下去,会造成我方重大伤亡,于是经请示上级,遂决定放弃公司,连夜紧急撤离。

可寒气逼人的深夜,四周荒山野岭,撤到何处呢?谁都没有头绪,大伙只好沿着山路漫无目的地向前走。也不知走了多远,借着月光,人们发现不远处的山头上有一间房子,原来是一座牛棚羊圈,屋里屋外全是牛羊的粪便。大家也顾不了那么多,先把几个重伤员抬进去安顿好,300多名落魄的中国工人就在这牛棚羊圈里外做暂时的躲避。

稍稍安顿,我才发现自己的身子正在瑟瑟发抖,原来极少下雨的利比亚,竟然在这个冬季里下起了寒雨。我和工友们是在惊吓中逃出工地的,谁也没来得及穿上厚实的衣服。此刻,寒风吹来,我们才感到浑身刺骨发冷。

让伤员们和老同志进屋里暖暖,是大家一致的决定。

风雨交加、胆战心惊之夜,我和工友们相互照顾,终于苦挨到了天亮。

为防不测,现场的工地领导决定再次转移。几经周折,我们来来回回,最后终于登上了上级派来的转运车辆,到了中水电在迈尔季市郊的另一个承包驻地,与这里的另外几百名同样被赶出工地营房的工人兄弟们会合,等待生死未卜的命运……

马可为(中国土木工程集团公司利比亚翻译):

我们土木公司在利比亚大工地有19个,小工地也有20几个,主要承接当地的铁路建设项目,大多在利比亚首都的黎波里以西沿地中海一带。我们的项目总部在的黎波里。19日之前,也听外面传说到处在游行和打砸抢,虽然有些紧张,但似乎感觉不到会危及我们。可到了19日晚,当我清清楚楚地听到首都街头的枪声时,真的一下感到了紧张。这是我第一次听到枪声,那声音与鞭炮声不一样,叫人提心吊胆。最可怕的是20日后,当地的通信不畅了,只能靠网络,这让人心都揪紧了起来! 22日晚上天刚黑,我们公司在扎维耶的工地打来电话,说他们的工地被暴徒洗劫一空,所有人员被赶出工地,六七十人想尽办法弄了两辆中巴车,正朝我们总部逃难过来。大约2个小时后,中巴车到了总部,车上下来的人个个灰头土脸,多数人双手空空、一无所有……有工人甚至哭着喊着:“这咋办!”“这让我们怎么活呀!”我们看着心酸,赶紧给他们做暂时的安置。还没有安排妥当,祖瓦拉工地传来更可怕的消息,说暴徒已经将我们工地团团包围,扬言不交出汽车和足够的现金,就要大开杀戒了!

“大使馆!大使馆!请求帮助。救救我们的工人……”于是我们赶紧向驻利比亚使馆求助。哪知,王大使那边则告诉了我们一件更紧急的事:的黎波里那所有名的伊斯兰学院里有我们几十位留学生,其中有十几位女学生。暴徒冲进学院后,不仅抢了我留学生们的财物,还企图向女学生们施暴。愤怒的中国男学生们拿起一切可以拿起的东西,挺身而出:“你们抢我们的东西可以,但想凌辱我女同胞,绝不行!”

中国男学生们与持枪的暴徒对峙起来,情况万分危急,大使希望我们派人前去支援,将学生们接到安全地方。于是我们又冒着枪林弹雨,赶紧行动……

高晓林(中水电顾问集团公司女职员):

我们的工地在祖瓦拉,离突尼斯边境不太远,承包了利比亚一个5000套住宅项目。我们那里自20日至22日,连续三天遭到武装暴徒们的袭击。当地人有个习惯,白天天热,他们睡觉,一到晚上就出来活动,动乱时期的暴徒也是这种行动规律。

第一天晚上,6名当地人驾驶车辆,横冲直撞而来。进工地后,他们踢开员工宿舍门,用长刀和铁棒,威胁我方人员交出车辆钥匙,把我们用的手机、电脑、摄像机和现金等物品抢走。

第二天晚上,更多的暴徒冲进营地。那天我正同四位女同事在屋里煮面条。由于我到利比亚时间最长,又因为工作需要,经常在祖瓦拉城市许多部门出现,当地人都认识我,暴徒们也知道我,所以那天他们直冲我而来。虽然公司给我配了保镖,但面对持枪的暴徒,保镖们根本挡不住。

暴徒们在门口叫嚷,要车钥匙。我一听,迅速抓起桌上的一把车钥匙从厕所的小窗口往外一扔。暴徒们一进门,就用枪顶着我让我交出钥匙,我说没有。他们就拔出刀子,在我面前晃动,说不交就剐耳朵,并粗暴地朝我胸口猛击两拳,我眼前一黑,倒在地上。可暴徒们依然不依不饶,乱脚踩向我身上,见我不屈,又无计可施,最后见我脖子上戴着首饰,就抢了,并抢走了我没来得及藏好的现金,扬长而去。

22 日中午,暴徒们又来袭击。这时我们通过关系,寻求到部落武装——"青年委员会"来协助保护我们。但由于暴徒来的人数多,我们公司的全部人员只得撤出工地,成了战乱中一群无路可走的难民……

余连来(湖北某建设集团海外公司项目经理):

2 月 20 日下午 4 点左右,我们所在的扎维耶市的事态进一步恶化。当地的警察局被烧,浓烟滚滚。我一再叮嘱公司的人不要出门,待在项目部内。

当晚 10 点半左右,七八个当地的彪形大汉手持 60 厘米长短的刀具,闯进我们的项目部。我赶紧让大家不要乱动。暴徒们用夹杂着英语的阿拉伯语向我们索要车钥匙,其实我们听得懂,但还是装糊涂。歹徒们用手比画着汽车钥匙点火的动作。我们仍然摇头。这帮家伙就在屋里砸了一通后退了出去。

这一次惊魂未定,我们马上采取措施,将女同志和可以转移的物品,放到自认为安全的地方。安顿一番后,我刚刚想躺下,突然我的宿舍门被"嘭"地一声撞开,这回是三个暴徒,举着三把刀,直奔我而来。他们把刀尖冷冷地顶在我胸前,口里嚷着:"Car(汽车)! Car!"我摇头,回答:"No!"其中一个家伙看样子生气了,瞪着眼珠,朝我做了一个动作,用手在脖子上抹了一下。我也不知哪来的勇气,镇定地连声说:"No! No! Sleep(睡觉)!"这三个暴徒以为我真的没有车钥匙,只好出了屋子。

我起身往外一张望,见外面站着一群他们的人。随即见他们分成两拨,一拨抄我们的项目部办公室,一拨抢工人宿舍。这回他们是满载而归了——那些他们认为值钱的物品被席卷一空，一台丰田汽车也被发动开走了。当时我很心疼，那可是几十万元哪！不过心里还在庆幸，因为真正最值钱的东西没有被暴徒发现……

哪知好景不长，又过了两个来小时，也就是21日的凌晨2点半左右，项目营地第三次遭袭。这回营地被停电，我们紧急启用了自己的发电设备。暴徒冲进来后，开始对我们每个人进行搜身，这一下让我们的人愤怒了，有人情绪激动地试图反抗。我连忙暗示大家千万不能动手，否则后果不堪设想，现在是保命要紧，不要管歹徒们抢劫，这才没有冲突起来，可是我们先前藏起来的值钱物品，大半被发现并抢走了。

有的同志看到营地一片狼藉、公司项目部和个人财物被抢的现场，心痛地哭泣和愤怒起来。我劝大家说，那些东西抢就抢了，大伙的命最重要，我们自己不在乎，也得为国内的家人想一想，他们在等我们回家呢！

这样一来，大家的情绪暂时稳定了一些。可刚过了一个多小时，第四拨抢劫者又袭击了我们的营地。他们更加疯狂，见没有大件物品可抢，就把我们营地里外倒了个底朝天，这回我们藏下的所有物品几乎全都被劫掠。最可恶的是，我们的个人文件如护照等也被毁了。

凌晨5点左右，第五拨暴徒又来袭击，惊恐了一夜的我们，完全失去了抵抗和愤怒的能力，任其摧残和欺辱。三个工友被打伤，好在伤势不是太重。我的工友们被彻底摧垮了，大伙真正感受到了什么叫悲惨，什么叫无奈，什么叫异国他乡的难民。这当口，除了活命外，我们最想的是家人和祖国……

“没有报来情况或失去联系的工地，更是不计其数。几万同胞正处在前所未有、十万火急的险情之中……”大使馆的一份份电报向国内发送，成批成批的中国工地和我方人员还在不停地遭受更加危险的战火袭击。

怎么办？我们现在到底怎么办啊？工地没了，宿舍毁了，与家人断了联系，护照全都丢了，食物已经断绝，他们——利比亚人却还在相互猛烈地开枪开炮，甚至出动飞机轰炸……

难道我们就这样成了无依无靠的难民，死在异国，弃尸他乡了？

万里之外的同胞在等待，在哭泣，在祈求！

2月21日，在中国国内的各大媒体上，利比亚局势还只是国际版的零星话题。关于利比亚的一切，还没有大范围进入公众视野。普通中国人根本不知道在遥远的北非，有数万名中国人正面临着生死考验。这天晚上，外交部新闻司一等秘书王亚丽加完班回到家里，临睡前习惯性地刷新了一下微博。

忽然，一条发自利比亚的微博，带着醒目的感叹号，闯入了她的眼帘。“救救在利比亚的中国公民，我们很危险！”发微博的人叫徐峰。事后知道他是中铁十一局在利比亚的一名员工。在电话和手机信号中断、各方都联络不上的情况下，绝望的徐峰抱着抓住最后一根救命稻草的心情，在新浪微博上发出了这条求救信息。

这是发自利比亚的第一条中国公民求救微博。这也是微博在中国出现以来，首次与上千生命直接息息相关的一条微博。4 个小时过去了，这条注定会写入历史的微博，却无人问津。在每秒钟产生上万条消息的微博社区，一个普通人说了一句话，如同一页纸进入了图书馆，一枚针落入了太平洋。徐峰的微博只有几十名粉丝，传播力非常有限。

随着时间的推移，焦急地盯着屏幕的徐峰，心情在一点点地沉入谷底。忽然，他灵机一动，开始将这条消息抄送给许多微博“大佬”，想借助他们的影响力完成第二次传播，让更多的人知道。他抄送了“微博女王”@姚晨，地产商@潘石屹等人。但微博上这一类消息很多，有时真假难辨，徐峰内心并不敢奢望微博名人们会转发他的消息。令他没想到的是，23 点 36 分时，潘石屹转发了这条微博，并在转发理由中写道：“不管是不是真的，救人要紧！”潘石屹在微博上的影响力真是惊人，很短时间内这条微博就迅速被转发 4000 余次。

23 点 50 分，王亚丽看到了由无数人接力转发的这条微博。她进入徐峰的页面，看到了更多更细更紧急的微博：“利比亚中国公司告急，形势非常严峻，我们许多项目驻地被砸，通信中断，急需国内支援，潘总帮忙转下，帮忙联系下外交部，我们很危险，急急急！！！”

“紧急情况。100 多暴乱分子包围我们驻地了。急急急！”

相关微博被转发超过 13000 次。在这些微博下面的评论里，很多微博网友开始出主意。有的建议打外交部电话，有人准备通过私人关系找个外交官。有人干脆呼吁：“外交部，我们的公民在国外被困了，你在哪里？！”

“我在这里！”这个午夜的微博社区，王亚丽的热血已经沸腾，她立即转发了徐峰的微博，并附加了简单评论：“外交部的前来报到，正在了解情况……”

之后她又发了一条微博：“已联系外交部领事司领保中心。他们已知悉所有情况，据说预案已经出来了，大家不要着急，坚持住！”

看到这条微博，徐峰心里似乎踏实多了。指望国内马上来人飞到自己身边是不现实的，一时困难也可以想办法克服，重要的是要有希望。现在他和在利的几万同胞知道祖国一定会来救他们的！王亚丽则彻夜坐在客厅里抱着电脑，和微博社区的徐峰一直保持对话。

凌晨6点45分，徐峰发微博称："请大家放心，我们现在人员安全，我要去守夜了，最新动态实时更新！"

22日上午，真的是在一夜之间，利比亚局势和中国公民的境况开始成为微博社区的焦点，更成为主流媒体的中心话题。

"不，不能在此等死！不能让暴徒任意抢劫和摧残我们的财产与生命！"中国人不是吃素的，虽然他们谁都没有经历过战争，但施工队伍中不乏军人出身的领导者和组织者，许多人曾经还是民兵，他们懂得起码的自卫和有效的防御。

你看，我驻祖瓦拉某工地上：

公司经理从附近的兄弟工地得知暴徒们连续袭击的消息，打听了一下情况后，立即找来50多位挖掘机师傅，说："强盗马上要来，你们给我用尽所有的本领，3小时内，在工地的四周挖出一条宽三五米、深三五米的壕沟！"

挖掘机师傅问："干啥用？"经理说："防狗咬！保命用！"师傅们顿时明白，一声"好嘞"，便立即发动起几十部大型挖掘机，左右前后、东南西北一齐挖，那情景好不壮观。与此同时，工地经理又组织其余人员将一切值钱的和有用的装备物资全部转移到挖掘机正在操作的中央地盘。

如此几小时下来，等到太阳从大沙漠落下时，一个用沙土垒起的庞大"城堡"崛起在工地上。果然，不出一小时，几群饿狼般的当地暴徒，驾着从另一个地方抢来的数辆汽车，从三个方向朝这边的工地袭来。等暴徒们抵达工地一看，当时就傻了眼，此地四周清一色的大深壕沟，人和车根本无法冲入其内。"妈的，走吧！到另外的地方去！"暴徒们愤怒地朝"城堡"内扫射了一阵枪子后，只得无功而返。

"壕沟战！嗨，壕沟战！我们是中国的建工队……"看到一群群暴徒悻悻地远离后，"城堡"内的中国工人情不自禁地边流泪，边用熟悉的《地道战》的腔调唱开了，那份胜利的自豪和心惊肉跳的经历，让工地上的几百名同胞悲喜交加。

这样的成功"战例"在东部迈尔季的中水电二局工地也用过，且非常有成效。这也使得中水电迈尔季营地能够完整保留下来，为在班加西地区的10000多名同胞提供撤离条件，立下了可歌可泣的功勋。

"撤！不惜一切代价撤出利比亚！"

22日中午至23日早上，利比亚境内的多数中国公司和中方人员陆续接到这样一个振奋人心的消息。这是祖国向危难之中的同胞发出的声音。它通过各条途径传递到了利比亚每一个有中国人的地方……

还是中土公司利比亚项目总部的年轻翻译马可为，他说：“我们的陈志杰总经理参加完张德江主持的应急指挥部会议后，便与公司财务主管乘土耳其航班，辗转抵达的黎波里。当他们带着祖国的决定回到公司营地时，我握着他们的手，只说了‘你们总算来了’这句话，就忍不住泪水横流。”

“哭什么？赶快组织我们的人，准备撤回祖国！”总经理陈志杰朝这位小伙子吼了一声，其实他自己也满脸泪水。

“特别行动小组”

这是外交部向中央报告撤离方案中的一个特别重要的预案，即在最需要时派遣“特别行动小组”。这个行动小组以外交部的工作人员为主，同时从公安部、商务部等部门抽调专业人员参加，到事发地代表中国政府或外交部负责处理现场情况，外交部内称他们是“工作组”，事实上就是特别行动小组。

不过我国的特别行动小组，与美国等西方国家通常派出的“特别行动小组”性质不太一样。电影电视里经常看到美国派出的特别行动小组，基本上都是武装人员，他们深入事发国家或地区，进行武装行动，如解救人质等。有的特别行动小组是以搜集情报、颠覆敌对国政权为目的的。我国的外交特别行动小组主要是开展撤侨行动，所承担的是和平使命，都是文职人员。

“现在的世界形势非常复杂，一些国家的政局不稳定，随时有可能出现政权更迭，一夜之间出现国家动乱，解救自己的侨胞是一个国家的使命和责任。近年来我国多次处理过类似情况。比如，2006年汤加发生政变，街头枪声乱起，当地居民到处逃窜，中国侨民更是吓坏了。遇到这种情形，侨民们认为唯一保险的地方就是我们的大使馆。开始我们的大使馆根据所掌握的情况，以为也就几个侨民。第二天一早，使馆大门口突然出现了黑压压一大片侨民！大使吃了一惊，怎么一下冒出这么多人啊？原来，随着中国公民以令人震惊的速度和规模走出国门，中国政府对巨量的流动人口越来越难以做准确的统计。在许多来到汤加的中国人中，有的是合法进入的，有的是通过第三国进入的，有的根本就是非法进入的，还有的你就根本弄不明白他是怎么回事。大多数国民进入外国境内后，没有到中国大使馆登记的习惯和意识，而且很快分散，使馆所掌握的侨民情况与实际情况差异太大，这也是当下我驻各国使领馆所面临的一个尴尬问题。但一出事，保护和解救自己的公民就成为我国外交战线的使命。解救侨民，保障他们的人身安全这时成了重中之重。

遇到此类突发事件，使馆自身就身陷险境，跟国内联系再不畅通，往往容易陷入被动局面。而且，中国外交队伍的编制基本上还保持着过去的样子，与迅速上升的国力和对外大开放的局面形成了巨大反差。如从1949年到1978年改革开放前，我国出境人数合计只有28万人次，而2011年时中国公民出境人数却已经超过7500万人次，但中国政府在海外负责领事保护的专业人员加在一起还不到500人。因此，派遣工作组前往事发地执行特别任务便成了一种惯例。他们一方面对国内的意图掌握准确，另一方面执行力强。近几年里，我国在撤侨行动中多次派遣过这样的工作组，效果十分明显。”参与撤离方案制订工作的领保中心副主任张洋这样介绍特别行动小组的职能与功效。

22日中午，杨洁篪外长从中南海回到外交部后告诉宋涛：“马上组建特别行动小组，挑最过硬的同志参加！”

“还要尽最大努力保护好他们。”张志军书记叮嘱道。

“嗯。”回答只是简单的一个字，宋涛心里却涌起千层浪。

每一次派遣这样的工作组，对部里的领导来说都是一件非常痛苦的事。参加特别行动的都是些年轻有为、政治素质高、业务能力强的小伙子，他们必须不惜一切代价完成任务，并做随时牺牲的准备……

“所有撤侨任务中，利比亚这一次面临的局面最危险，任务又最重，派谁去呢？”宋涛不免感到头痛。

“小彭，你把黄屏叫来。”他对秘书说。

当敲门声响起的时候，宋涛深深吸了一口气。等黄屏落座，宋涛看了一眼自己的爱将，缓慢而坚定地说：“现在，利比亚的情况特殊，国内对前方复杂情况的了解少之又少，而且卡扎菲政权与反对派之间的出招瞬息万变，加之我们在利的人员太多，必须考虑派遣执行特别行动的工作组了。”

其实黄屏在来的路上，心里已有三分数：“我明白，领导，我们一直在想这事来着。”

“那就好！你们马上会同干部司、办公厅等单位，迅速拟定名单，限3个小时组建完成，名单要送我过目！”

名单很快出来，一共21人，分为三个小组。他们中除了外交部抽调的人员外，公安部、商务部和国资委各抽三名人员加入。

黄屏带着名单来的时候，宋涛一边翻看他们的简历，一边问：“这些同志都有什么困难和要求吗？”

“没有。每个人都表示坚决完成任务，什么要求也没有提。”

“个个都是好样的。明天我要为他们送行！”宋涛的眼里渐渐闪出泪光……

“好的，我来安排。”黄屏的语调也难掩沉重，他马上吩咐郭少春他们迅速通知所有列入名单中的人员，必须在第二天即23日上午上班时全部到外交部报到，准备随时出发。

更需要交代一下外交部此刻正在进行的两件紧急的事：一是郭少春他们通知已确定的特别行动小组人员，让他们立即准备行动；二是与有关部门进行协调，确定航行路线后，联系办理飞行许可。

时间：00：10

“民航局，请你们马上调出两架飞机，准备飞往利比亚首都的黎波里。”外交部领保中心包机组向国家民航局发出指令。

时间：00：20

“驻利比亚使馆，请你们马上与的黎波里机场取得联系，通报我们明天有两架包机赴利执行任务，同时尽快联系办妥飞行许可。要以最快时间报告此事的落实情况。”外交部领保中心联络组向我驻利大使馆发出指令。

时间：00：30

“驻蒙古国使馆、驻俄罗斯使馆、驻哈萨克斯坦使馆、驻土耳其使馆……请你们注意，明天国内派出两架包机前往利比亚，途经你们驻在的国家，务请迅速办妥驻在国的过境飞行许可。”外交部领保中心联络组发出指令。

时间：01：00

“民航局报告，两架国航包机已准备就绪，听从外交部调遣随时准备起飞。”

时间：01：50

“驻利比亚王旺生大使报告，已派人赴的黎波里机场，但机场已处混乱状态，无法正常降落。建议我包机暂缓赴利。”

黄屏和郭少春一看这份报告，心头猛地一冷。按行动方案，特别行动小组之所以分三个小组，是根据现有我在利比亚人员分布情况设定的。他们将要到三个地方：一是位于北部的的黎波里，二是东部海港城市班加西，三是南部沙漠地带的塞卜哈。前方机场不能降落，特别行动小组尚未出动，行动已受阻。

“怎么办？”郭少春用目光询问黄屏。

“再等等看。”黄屏压住火气，他知道后面的难事何止一两件。沉着是前线指挥员必需的素质，他必须在领保中心几十号人面前保持沉着。郭少春知道自己也应该如此。

“小组的成员都通知到了吗?”黄屏问。

“全都通知到了,明天一早来部报到。”郭少春回答。

……

23 日清晨 6:30,黄屏刚刚往脸上擦了一把冷水后睁开眼睛,就有人直挺挺地站在他面前——是特别行动小组组长费明星。

“你来得还挺早嘛!任务清楚了?”

干练的费明星点点头:“是。”

“马上熟悉一下那边的情况,准备 11 点飞。”黄屏指指桌上一堆已经准备好的相关材料说。

“是。”

费明星后来向我介绍,他前一天在部里上班时,知道了利比亚的一些情况,晚上在跟一个朋友吃饭时还嘀咕说,可能部里会派出工作小组赴利比亚执行任务。不过他万万没有想到又会派他去。“事实上,我应该想到的。”费明星说。他说这句话是有依据的,因为费明星是有三次参与撤侨实战经验的外交官。

“2000 年 4 月,所罗门的霍尼亚拉发生骚乱,当地暴民见中国人开的商店就打砸抢,华侨生命处在极度危险之中。我国与所罗门没有外交关系,但那里有中国公民,保护他们的生命和财产安全是国家的责任。于是我国政府紧急商请澳大利亚、新西兰、巴布亚新几内亚等国政府帮助保护我侨民,那时我在驻澳大利亚使馆,作为国内工作组人员去了所罗门。有件事印象特别深刻。有个长得很像中国人的女难民,跑到我那儿,恳求救她。后来一问,她不是中国公民,我们不能带她走。她很愤怒地骂了一句脏话后说:‘我要是中国人多好!’所罗门骚乱时,当地的唐人街被暴乱分子洗劫一空,到处是焚烧后的惨状,我国共接回了 310 名身处险境的侨民。”

费明星还有一次撤侨经历,是 2006 年的汤加政变。那时他已是使馆的参赞,配合国内完成了 193 名侨民的撤离。

“部里这回考虑派我到利比亚去,肯定是因为我有些实战经验。当时,郭少春问我能不能带一个小组到利比亚,我说没问题。一晚上老婆不停地辗转反侧,也不说话。天不亮,我悄悄起来收拾东西,在洗手间里正刮胡子呢,一扭头见老婆也起来了,眼圈红红地给我找了个塑料袋装牙刷。十几年相守,她知道我的工作意味着什么,虽然不知道我要去哪儿,但知道这肯定又是一次命运未卜的生死考验……”

外交部里有句话一直流传了几十年,那就是当年周恩来总理兼任外交部长时定下来的，他说中国外交官是不穿军装的“文装解放军”。外交部组建初期，许多高级将领加入外交队伍，周总理要求他们继续保持革命军人的优良作风。60 多年来，中国外交队伍虽然在人员组成上发生了很大变化，但这个传统却代代相传。

现在，费明星他们又要以“文装解放军”的身份，到那个遥远的、战火纷飞的异国去战斗了！如果是参战的解放军，他们每人手中都应该有武器。然而，身为“文装解放军”的外交官，他们不能随身带武器，他们只能用血肉之躯和一颗忠诚于国家的赤诚之心去迎接枪林弹雨下的战斗。

这是何等悲壮的考验！

这就是外交官的特殊使命！

费明星他们的特别行动小组人员庄严地接受了国家交给他们的生死任务——为拯救身陷战乱中的数万同胞，赴汤蹈火在所不辞！

23 日 7:00，外交部领保中心接到我驻土耳其使馆报告，飞越该国上空的专机航空许可证办妥。接着，专机经蒙古、俄罗斯、哈萨克斯坦等国的飞行许可手续相继办妥。友好国家关键时刻真的很给力！

7:30，外交部为 21 名特别行动小组人员办妥护照。

8:00，黄屏召集陆续到齐的全体特别行动小组人员开会，交代任务。这是一次庄严肃穆、激昂悲壮的会议，出征的小伙子们不知，黄屏和郭少春却知道，杨洁篪向宋涛私下交代过：此次利比亚工作组任务艰巨，充满危险，要做好一切准备。“后面的话领导虽然没说，但我们清楚是什么意思。”黄屏告诉我，根据当时的情况，部里是做好工作组成员回不来的准备的。形势便是这等严峻，是战争就会有牺牲。

11:00，外交部南门。特别行动小组成员站成三排，组长站在排头。副部长宋涛以充满期待的目光，面对这些年轻而又淡定的面孔，发表了出征动员令：

“同志们，这次利比亚撤侨行动在我国外交史上是史无前例的。你们此行责任重大，使命光荣！你们肩上扛着的是中华人民共和国的重托，你们身上寄托着三万多个家庭的希望，请你们一定要带着受困同胞得胜归来，毫发无伤！等你们回来的时候，我一定去机场迎接！”

“保证完成任务！”回答气壮山河。

就在 21 名队员即将出发之际，宋涛突然提出，他要与每位队员照张相，于是年轻的队员们欢呼了起来，因为他们平时跟部领导单独合影的机会并不多。在一旁看着照相的黄屏和郭少春等领事司的同志鼻子有些发酸，有几位女同事预感到什么，要么走开，要么扭过身去，因为她们的眼里已满是泪水……

飞往的黎波里

的黎波里,那是一个什么样的城市?那是一个与中国直线距离超过万里的城市,我国民航开通这条航线还不足一个月,战争之火已经烧红了这个曾经风景如画的地中海城市。

现在,全世界都在聚焦战火纷飞的的黎波里。卡扎菲政权有被颠覆的可能,这让盼望已久的西方世界欣喜若狂。自命不凡的狂人卡扎菲坐在火山口犹自不知,狂妄地叫嚣着,举起屠刀准备对一切企图推翻其“王朝”的反对派施以血腥暴力。的黎波里到处都是新闻,被全世界瞩目。

就在中国派出特别行动小组前往的黎波里几小时前,我驻利比亚使馆政务参赞王旭宏、华昱清前往的黎波里机场查看情况。他们到那儿一看,简直不敢相信自己的眼睛,几天前还好端端的一个国际机场,如今乱得像一个路边集市。机场工作人员大半不见踪影,荷枪实弹维持秩序的警察和士兵也失去了控制,数万难民将机场里外堵得水泄不通,到处杯盘狼藉、垃圾遍地。枪声、喊声、尖叫声、绝望的哭声交织在一起,响彻机场,像是人间地狱。

难民的生命和尊严被肆意践踏,不时有被枪杀、被踩死的难民尸体像垃圾一样,被随意丢在一旁。在这里,人性泯灭;在这里,血泪横流。谁早一点离开,谁就能保住生命。

欧盟等数十国的飞机强行降落着陆,失控的机场跑道上挤满了失去理智的难民,他们不管不顾地疯狂拦截着一架架飞机,想方设法要登机逃命。

的黎波里机场彻底混乱了,惨剧不断发生,有可能还会加剧。现在,中国的特别行动小组必须抵达那里,不管代价有多大!

“你们必须推迟起飞!否则无法在的黎波里机场降落。”前方警告。

“不能再推迟了!必须马上起飞!”国内一次比一次紧急地催促。

“起飞也没有用,降不下来怎么办?”前方这样回答。

“降不下来也要起飞!从北京到的黎波里有十几个小时,飞了再说!”国内强行指令。

“起飞!”23 日下午 17:48,北京首都机场的一架专机,在呼啸中冲向云端,飞向那个地狱般混乱的地中海南岸城市……

“当时,偌大的机舱内除了机组人员,只有我们 7 个人。一上飞机,我就把小组人员召到一起开会。我说现在我们是一个战斗小组,一定要团结一心,然后我宣布了分工。我让曾经在利比亚待过的刘翔同志介绍当地情况。”费明星说，“看得出，接受紧急任务的小组全体人员个个精神饱满，同时也略显紧张。我要求大家先休息，自己跑到飞行员的驾驶舱内，要过机长手中的话筒，与外交部领事司通话。这是我有生以来第一次在飞机上用飞行员的电话通话，觉得很不一般，强烈地感受到此次任务的特殊性。”

“请问，我们到底飞往哪儿？”费明星询问道。

“现在还不能确定。”郭少春说。

“那怎么办呢？”

“等待通知。”

费明星与机长对视了一眼。没有办法，飞吧，往西飞了再说！这是少有的航空飞行任务。这是战斗任务。

回到机舱，费明星看看他的队员，没一个人睡。“怎么都没睡呀？”费明星有些生气，想这样质问，因为保持良好的身体和精神状态很重要。话到嘴边，没说出口，队友们有的在记笔记，有的在思考，他知道大家的心里不平静。身为组长的费明星，此刻的心情比队员们还要紧张和不平静。

“费明星，你是组长，我要叮嘱你两件事：一是到了前方以后，如果遇到一些突发情况，来不及跟国内请示报告，你可以自行处置；二是不用经国内批准，你可以雇用当地的安保力量，怎么雇用，什么时候雇用，全部由你根据前方的情况做决定。明白吗？”

“明白。”

“费明星，我让你带这个工作组对你只有一个要求：你们是中国派出的第一架专机，必须在第一时间冲进利比亚。现在情况不明朗，是从马耳他、埃及或是希腊哪个国家进入利比亚，还不能确定。你必须随时跟航空公司保持联系，第一时间冲进利比亚，把当地的情况报回来！明白吗？要不惜一切代价，把情况报回来！听明白了没有？”

“听明白了！”

费明星怎能睡得着！他的耳边不时响起临上机前，黄屏和郭少春跟他“咬耳朵”说的话。字字重似千钧，压得费明星喘不过气来。他心头的压力，外人并不知道，却被他儿子在看电视时发现了。

费明星临出发前在首都机场接受央视记者采访，他说：“我们知道此行使命光荣，责任重大，我们将全力以赴做好工作。”

费明星的儿子在家边看电视，边对料理家务的妈妈说：“嗨，爸爸今天可有一点夙。”

费夫人停下手中的活问：“什么意思？”

孩子说：“我看他说话时心里跟没底似的。”

费夫人笑笑没说话，只是意味深长地叹了一口气——那是作为外交官妻子深埋在心中的一份担忧。

此时身在空中的费明星并不知道他家里发生的这一幕。他最为关心的是他们的飞机能否“冲进利比亚”，从哪个地方往里冲。

黄屏司长在临行前一再用“冲”这个字提醒他，让他倍感压力。“冲”意味着什么？置之死地而后生？不管不顾冲锋陷阵，还是冲破险阻取得先机？其中弥漫着强烈的战斗气氛，他不能不紧张。费明星忍不住从飞机窗口向外看去，除了无边无际的黑暗，什么都没有……

要是天空没有国界多好！要是这个世界没有战争多好！那样我们的飞机想飞哪儿就飞哪儿，想到哪儿降落就可以“冲”向哪儿。世界都是一家人，我们住在地球村，何时能实现世界大同呢？

利比亚的几万同胞每一分每一秒都处在生与死的边缘，费明星 45 年来第一次感到焦虑和责任重大！他是行动组长，是探路者，是急先锋，身上寄托着大家殷切的希望和期待……

费明星不敢往下想。他再一次跑到机长所在的驾驶舱。

“刚接到地面电话，让我们在雅典机场降落。”机长给费明星带来喜讯。

“太好了！”当费明星把这个消息告诉队员，小伙子们立即兴奋起来。他们知道，雅典与利比亚仅隔一个地中海。

专机在雅典机场刚降落，参赞郑曦原便登上了飞机，与费明星接上头。

“什么时候我们能飞抵的黎波里？”费明星的全部注意力都在这一点上。

“不知道。只能等利比亚方面的消息。”郑曦原当头给了费明星沉重一棒。

“不能快一点？”费明星口气很生硬地冲比他资格要老不少的郑曦原问。

“这得问卡扎菲了！”郑曦原说。在远隔祖国万里之遥的异国，面对异常严峻的使命和任务，这两位四川老乡失去了往日的亲热劲儿。

费明星无奈地看看郑曦原，只得沉默。心急如焚的费明星他们，现在只能做一件事：等，等利比亚方面的消息。

“好了，可以飞了！”一个多小时后，郑曦原和机长几乎同时对费明星说。

“哥们儿，回国后我到川办好好请你撮一顿！”费明星猛地热烈拥抱住郑曦原说。

郑曦原则重重地拍了拍费明星的肩膀:“千万保重。”

载有中国撤侨第一特别行动小组的专机,呼啸着从雅典机场飞向地中海对岸的的黎波里……

在叙述第一特别行动小组的动向时,时间其实已经跨过了十几个小时。而这期间,利比亚的情况不断出现变化。当日,电视里播出了卡扎菲23分钟的电话采访,他猛烈地抨击他的反对派,称他们是基地组织的帮凶。

“你们是怎么回事?你们这些本·拉登的帮凶是在给我们的孩子洗脑,难道这还不清楚吗?所以,我将毫不留情地打击你们,直到彻底消灭你们!”卡扎菲一副誓死战斗到底的架势。与此同时,班加西的反对派营地大门处,两挺机枪不停地向天空扫射,以示他们根本不怕卡扎菲的恐吓。

2月23日,利比亚的局势全面进入拉锯式的战争状态,执政当局和反对派到底谁厉害还看不出。这正是最要命的时候——对无数在利比亚的外国人来说如此,对中国政府和执行撤侨具体行动方案的中国外交部来说也是如此。

“现在已经是24日了!第二架包机必须起飞!”黄屏再三权衡,经请示于24日凌晨2点向民航局下达了明确指令。

28分钟后,载着赴班加西、塞卜哈的第二、第三特别行动小组的第二架专机从北京首都机场起飞,目的地——“未知”。

机长得到的指令是,先向迪拜或开罗方向飞,到时再说。

此时,三个行动小组皆在天空,他们等待着未知命运的安排。利比亚啊,你太让人忧心如焚了!

……

“的黎波里,我来啦!”

现在是什么时间?当地时间24日零点刚过。

此刻谁最着急?

利比亚东部临时指挥部的中建最着急,班加西岸边少说还有五六千人没着落,他们在等待的后面接应的几艘邮轮还不知啥时出现在海面上……暴雨和枪弹同时在袭击他们,每一刻生命都在悬着。他们不着急不行。

东边,我驻埃及使馆也在着急,已经从利比亚边境过去的800余名同胞,现在正在亚历山大港口飞机场等候国内民航飞机来接,但一路经过的几个国家的通行许可证还没有着落。埃及政府已经给了很大面子,原先说好中国撤离人员直接从边境上接到机场后，直接上中国飞机回国，不在埃境停留。照这样下去，中国自己的飞机迟迟不到，意味着中国撤离人员就得在埃境长时间停留，问题就会发生变化，这属于“外交事件”，如何处理？“埃及各地白天尚不安宁，夜间又要宵禁，我们近千人在人家土地上，不好办呀！”我驻埃及使馆不能不诉苦。

西边我驻突尼斯使馆也在着急，他们那里同样已经有近千人从利比亚过境，回国的飞机还没有着落。估计再过一天，从利比亚边境口岸拉斯杰迪尔过境到突尼斯的同胞人数将达到三四千人。“突尼斯的边境小机场，平时只能飞一两个航班两三百名乘客，我们一下滞留三四千人，甚至更多。如果国内的飞机晚来一天，我们压力太大！”我驻突尼斯使馆报告说。

利比亚南部临时指挥部更急，到现在为止，他们这里的五六千人唯一的撤离通道就是天上了。假如天上不来飞机，他们只能困在卡扎菲军队和反对派武装最后决战的地方，处境不堪设想……

但是，最着急的还是深陷最严重危机的利比亚首都的黎波里我驻利比亚使馆的王旺生大使。

“我们需要同所有的中资机构和中方在利比亚工作人员落实情况，还要动员他们及时撤离，向附近撤离地点集结，安排何时走，一次走多少人，等等。现在光滞留在的黎波里机场的男男女女、老老少少就有几百名，他们已经在那里待了三天三夜，没吃没喝的，再不走会出大事的！”

“包机到底啥时候到啊？”王旺生大使让手下的人问了国内几十次，自己至少也催问了几十次。

“快了！就快了！”国内郭少春他们一次次这样回答他们。前方在骂国内的领保中心。

“我去骂谁？”黄屏浓眉紧锁，颇为无奈地冲郭少春说。

前方需要的一切也都是国内正在全力组织和处理的事。民航局、国资委、商务部……皆在全力协调处理之中。可是，对黄屏他们来说，现在最需要的是得到前方的指挥主动权。上百个撤离单位，几万的撤离人员，分散在面积几百平方公里的地方，相互之间从来不曾有过密切联系和协调，通信处在全面瘫痪状态，形势一天比一天紧张，西方诸国正在步步紧逼，要跟卡扎菲玩一把“绝杀”……在这般形势下，肩负国家撤离任务的外交部领保中心比火烧眉毛还急！

“眉毛烧了算啥，哥们儿、姐们儿快被烧身焚心啦！”唐立、张洋和朱家耀三位副主任说。

“战斗能否取胜，对指挥员来说，取决于心中对整个战局情势的了解和把握。

做到心中有数，才能正确地指挥，才能争取战斗的胜利。”黄屏此刻心里比谁都着急的是，他掌握的利比亚境内的情况十分有限！

通信不畅是主要问题。断断续续、零零碎碎报来的情况需要分析、筛滤，而且重复信息、多头，出入极大，所有这些直接影响着国内领保中心的整体指挥与安排。因此外交部和黄屏、郭少春他们把向前方派遣工作组看得特别重要——事实上这也是整个撤离战役中最为关键的一步。

可是飞向利比亚的两架包机、三个特别行动小组至今还全都悬在空中……

“吉机长，你们快到了吧？”此时是北京时间 24 日凌晨 6 点左右，郭少春再一次直接同 CCA060 航班机长吉学勇通话。

“还有 2 个小时就能到达了。”吉学勇回答。

中国国航 CCA060 专机现在正处地中海上空。一个多小时后，开始从万米高空俯冲而下……地中海南岸已经在飞机航仪里呈现。

“报告，现在机外的气温为摄氏零下 23 度，的黎波里地面机场的风速为每小时 70 公里，有大雨……”70 公里的风速等于 8 级大风，通常这是个不能降落的危险风速。

吉学勇看看仪表，又往机舱外瞅了一眼，然后将手中的握杆再次握紧。“地面给我们的降落时间有限，现在我们做好紧急迫降准备……”他镇静地向机组发出指令。

CCA060 专机瞄准机场跑道，开始迎风俯冲……

“不好！前面的跑道上有个庞大的移动物！”吉学勇一声惊叫，机组人员的目光不约而同投向跑道上。可不是吗，只见一个方形的物体随风滚动着，正向专机下降的跑道方向移动着，移动着……吉学勇一把握紧方向杆，滑行的机身微微转向，小心翼翼地避开那个移动着的物体。

“是个集装箱。”

好险哪！吉学勇抹了一下额上的汗珠，向外张望了一眼，这就是的黎波里？外面黑乎乎的，没有地面人员来接应，没有通信信号。吉学勇拿出国内为他事先准备的利比亚制式手机与中国使馆联系，结果根本打不通。

“我们下去！”费明星他们行动了！

乘务长张奇峰帮助他们打开机舱门，突然一阵狂风，将费明星等人吹得七倒八歪。

的黎波里给了中国特别行动小组的小伙子们一个下马威。好在不是机枪子弹，而是飓风和雨水袭击。

费明星直起身，重新站到舱门口。怎么没人来管他们呢？他思忖着。依照国际惯例，飞机一落机场，舱门一开，地面人员便会上前给飞机接下机的舷梯，还有工作人员前来核对人数等程序。

利比亚的黎波里机场搞特殊不走这些程序？

“砰！砰砰砰！”突然，不远处几道细细的火光在黑暗的雨夜里闪动。

“是枪声吗？”有人问。机上所有的人都把耳朵竖了起来。

有人答：“估计是。”

这就是的黎波里。啊，的黎波里，我们来了——中国政府的撤侨工作组来了！

费明星等小伙子的心头一下坚定了起来。

“没人管我们，我们就自己下！”费明星早已等不及履行前线指挥员的职责了。

“我跟刘翔先下吧！”李玥请求道。他是领事司认证处副处长，自然是费明星这组的得力干将。

“行，先到候机楼里看看情况，尽快找到我们的人。”费明星表示同意，并让他们带上一部卫星电话。

“报告司长，我们已经到达目的地。”费明星看着李玥、刘翔下去，心里却异常担心。他回头打开另一部卫星电话，在舱门口拨通了国内的电话。北京时间此时正好是24日早上8点，的黎波里时间应为凌晨2点左右。

“太好了！你们的任务，一是马上与使馆王旺生大使他们取得联系，二是把滞留在机场的200多名同胞送上飞机……”两天来心急如焚的黄屏接到费明星的来电，顿时振奋起来。现在，国内总算可以及时了解前方情况并直接指挥撤侨。

李玥和刘翔带着沉重的卫星电话直奔候机楼，一看情形就傻眼了。人山人海的现场，混乱至极，各式各样的人都在等候乘机，可是机场工作人员不知到哪儿去了，只有武装的军警在那里维持秩序。想逃离此地的各国侨民似乎并不在乎军警的阻挠，不停地想往机场里面冲，如此举动，换来的是一阵阵令人恐惧的怒骂声和“砰砰”的示警枪声。

两人不敢在候机楼里待着，便想走出去碰碰运气，看能不能租辆车子到使馆。从国内出发时，李玥他们得知我驻利比亚使馆距的黎波里机场也就一二十分钟的车程。

“你们是国内来的工作组吗？”正在李玥、刘翔四处张望时，一个急匆匆的中国人过来问。

“是，你是……”

“我是使馆的政务参赞王旭宏。”

“哎呀，是你啊，老王！我们都急死了，半天也联系不上你们呀！”李玥一把搂住王旭宏说，“我们一起来的人还没下飞机呢！”

王旭宏一听便说：“那我先进去把他们接出来。”王旭宏哪能想到平时几分钟的事，这回他用了一个多小时才办成。这让费明星他们整整在飞机上待了近两个小时。

“我们的人在哪儿？我去看看。”费明星一到候机楼，第一件事就是想看看自己的同胞——他知道他们已经在机场待了三天三夜。“这个鬼地方，待一天烦死，待两天臭死，待三天想吊死都找不着地方！”接应的王旭宏指着挤得里三层外三层的候机大厅，对费明星一行说。大使馆于 21 日开始就在这儿准备送一批同胞出去，可就是出不去。现在在机场有两三百人，多数是妇女和儿童。

“你带我去跟机场的人说说，我要带我们的同胞马上离开这儿。”费明星提出。

“只能试试看。”王旭宏说他这几天几乎天天来跟机场的人说，希望他们安排中国人离开，但没一次是成功的。

费明星不懂阿拉伯语，见王旭宏叽里咕噜跟机场管理人员说了半天没什么效果，便把王旭宏拉到一边说：“你当翻译，我去试试。”

于是费明星走到一位官员模样的利比亚人面前，说：“我是中国政府派到这儿来接人的，希望你们帮个忙。”利比亚人只管摇头，并不答应。费明星又说：“我们接人是为了他们的生命安全，这是因为你们国内发生了状况，所以我们才这样做的。”

费明星为了赢得对方的好感，便编了一个故事，说他家乡四川的人一讲起非洲，就会说非洲是中国的朋友。“既然我们中国与你们是朋友，朋友帮朋友，你们让我们的人上我们派来的飞机吧。”“朋友”似乎友好了一些，但坚持认为机场已经管制，所有飞机都不能飞行了。

“那我们不是刚刚才飞进来的嘛！”费明星说。

“你们是进来，他们要出去就不行。”

活见鬼！费明星心里骂了一句，脸上却仍然笑眯眯地说：“问题是我们的人已经在机场几天了，他们都是妇女和儿童，再不走，他们会有安全问题。”

“这个……这个我们也管不了。”

利比亚确实乱极了，乱到他们对自己国家的事都不知如何处置。

“能让我去看看我们的同胞吗？”费明星提出。

利比亚人答应了。他看到费明星还带了两个人，便伸手阻止：“只能去一个。”利比亚人态度很坚决，看到费明星肩上挎着照相机，便使劲摆手，一把抢了过去说：

“这个不行!”

无奈,费明星只好空手随一个利比亚人向机场候机楼的一侧走去。在一个较偏的角落里,费明星看到横七竖八躺了一地的中国妇女和儿童,以及一些年岁显大的中国男子。

费明星的出现,令他们一阵骚动。“各位同胞,你们辛苦了!”不想费明星的一句开场白,顿时让现场哭哭啼啼起来,许多妇女甚至有些情绪失控。

“大家听我说,听我说,我是国内派来的工作组组长,我给你们带来了党、政府和全国人民的问候!你们的亲人也在家里等待着你们。我们还带来一架包机,是专门来接你们回去的!”

现场的哭声即刻变成了掌声和欢呼声。

“是不是现在就走?”

“走啦!”

“别急!大家别急!”费明星嘴里说着,额上却一下淌出了汗珠,“飞机到底什么时候走,我们使馆正在和机场协调,请大家相信,你们很快就能回家了!”

又是雷鸣一样的欢呼。

“走!你必须走了!”几个利比亚人对费明星生气了,他们又扯又拉地将他赶到了刚才的候机大厅。在这里,费明星见到了王旭宏和李玥、刘翔等同机的6名队员。

“把机场的事交给我们!你们上使馆去吧。”王旭宏见费明星不放心,便这样说。

到使馆的路并不算远,但费明星一行看了看王旭宏的小车,便知道这趟路绝对不好走。王旭宏车子后窗玻璃已被子弹打碎,两边的车门显然被硬器敲砸过。再看看机场外的道路上,一队队利比亚军人个个荷枪实弹,眼睛警惕地盯着每一个来来去去的人。“他们怕反对派的人混进的黎波里来,也害怕外国派间谍和特种兵到这儿,所以我们行动必须小心点,尽量表现出很光明正大的样子。”王旭宏说。

“我们本来就是光明正大来接自己的同胞。”工作组的队员们又生气又无奈地挤进王参赞和华为公司派来的小车里。一路上,与他们迎面而过的是一队队卡扎菲的军队。费明星和队员们真正强烈地感受到了战争的恐怖气氛。

“到使馆时,已经天亮。王旺生大使和使馆同志为我们备了热汤热饭,他们尽量表现出一副轻松的样子,可我心里有些痛,他们一个个脸色阴沉,难看极了!”费明星在接受我采访时说。

费明星虽然能够想象王旺生大使和驻利使馆的工作人员这一个星期来是怎么

度过的，但如果不是亲身经历，再丰富的想象和猜测在残酷无情的现实面前都显得苍白空泛，面对一个个生死未卜的白日和恐怖异常的不眠之夜，任何个人或是群体都是刻骨铭心、终生难忘的！

王旺生和使馆工作人员在过去的一周里，几乎把中国外交官在海外所能遇到的危险和困难都经历了。在西方力量的支持下，反对派势力迅速崛起，这时候中国坚持的尊重主权政府的外交方针，受到了最严峻的考验。这是王旺生大使最苦恼与无奈的时刻：当利比亚整个局势日益动荡，当局政府岌岌可危时，你还必须与之打交道和表态。

利比亚局势动荡的背后，有一只巨大的无形之手，那就是以美、法为代表的西方世界。南斯拉夫事件中的中国使馆被美国强盗式地袭击，至今清晰地留在我们记忆中，王旺生和他的使馆同事不会想不起中国外交史上这少有的惨烈一幕。

“没有，我们真的没有感到特别惊慌和紧张，一直按照国内的指示，始终坚守在使馆。”王旺生只差十几个月就要退休了，就要永远离开他工作了一辈子的外交岗位。在采访他之前，我想象着这位大使一定有许许多多苦水向我倒，可是我竟然没有听到他的一句牢骚话。

在利比亚撤侨前后，国内有不少对他和大使馆的非议，比如说，他们事先对利比亚局势缺乏准确把握和预测，对在利中资企业和中方人员的情况了解太少，等等。王旺生听后十分淡定地笑笑说，从突尼斯动荡开始，他们就已经警惕和动员起来。当时他们就向国内报告了针对这一地区的看法：执政者长期以来搞独裁，下层民众诉求得不到合理解决，早晚将引发国家动荡。这些意见和情报对我国日后处理中东、北非地区的外交事务起了积极作用。

对于在利中资企业和中方人员，大使馆了解的情况与实际确实有很大出入，这也是后来加大撤离工作难度的一个突出问题。

“中国对外开放后，尤其是近几年，国内企业和普通公民在‘走出去’方面的动作比过去大大加大，渠道也多种多样。比如，在利中资企业，有的是直接投标进去的，有的是通过搭乘外国公司进去的，有的甚至是转承包第三国、第四方才进去的。这导致了我们官方估算的在利人数与实际人数有很大出入。利比亚时局一乱，中资企业、中方人员都来找我们使馆，都希望使馆帮助他们解决困难，使馆工作人员全力以赴，扶危济困。我们问心无愧，认真履行了国家赋予的职责。”王旺生大使说。

在王旺生大使身上，有一种可贵的精神和心态：任何时候，听不出他的急躁，听不出他的埋怨，听不出他的情绪，听不出他的夸张，实实在在，平静始终，机智大度……这不就是一个职业外交家的素质和国家大使的典型形象吗?

我听到许多关于王旺生大使和使馆工作人员在大撤离前后的感人故事。

当国家决定撤离后,使馆通知到某中资企业时,对方拒绝接受撤离命令,理由是他们公司在利的承包工程有十几个亿的金额,且项目已近收尾阶段。“如果现在走了,我们损失太大!”公司负责人这么说。

“撤离是国家的命令,你的手下有上千人,他们的生命更重要。”王旺生说。

“人的生命固然重要,但国家利益我必须捍卫!”公司负责人态度坚定,仿佛只有他是国家利益的守护者。

“你要相信,只要利比亚主权在,只要我们使馆在,我们就不会放弃中国在利比亚的利益。”王旺生回答。

“那我服从你的指令,我们同意撤!”这位公司负责人终于答应。第二天,公司派人来到使馆,找到王旺生大使,说光有口头的承诺不行,大使馆还得给他们公司做后盾。他们的项目工地人一走,所有设备和东西都没有人管了,请使馆出面帮助他们跟当地武装或长老联系联系,争取请对方保护好公司的项目工地,以便利比亚日后稳定时再回来完成项目。

“这没问题,你们放心撤就是了。”王旺生痛快答应。

后来王旺生大使派武官和参赞数次冒死穿越炮火连连的战乱区,跟当地长老商谈,请他们看护中国公司施工工地,并签订相关协议。这类事王旺生大使和大使馆做了不计其数。试想一下,当一个个中资公司的撤离人员大举离开施工现场,甩下追赶他们的暴徒和躲避子弹炮火之时,王旺生大使和使馆工作人员却与撤离人员逆向而行,去那些最危险的工地找武装力量或长老们谈判,求取对方出面保护中方公司利益。这是何等的精神?这样的事,王旺生大使自己说不清做过多少件,使馆也没有记录过,他们只告诉我一句话:“这都是使馆的义务。”

我知道这义务是要用生命去履行的。

那批滞留在的黎波里的人员以妇女、儿童为主,其中有十几名年轻妇女是前面提到过的女留学生。在她们遭受暴徒围攻的紧急时刻,使馆人员挺身相救;她们决定撤离时,校方坚持“要走就放弃学籍”的态度,为此,王旺生大使多次出面与校方交涉,直到校方最后同意我留学生撤离,同意保留她们的学籍。

在的黎波里,除中资企业外有一批以私人名义来投资的中方人员,他们大多是开饭馆或办旅行社的。撤离的指令下来后,这些人不愿离开,他们担心自己的小本经营泡汤,也有人怀着看看再说的侥幸心理,消极对待撤离。

王旺生大使只得派人去做工作,去一次不行,就去两次,实在动员不了,王旺生大使还得亲自出面。“都在打仗,你生意何来?”王旺生对中国小老板们说。

“赚不了钱,也不能血本无归。”小老板回道。

“命要紧还是钱要紧?”

“两者都要紧,眼看投资就要泡汤了,人想办法毕竟还能活着。”

“人能不能活下来,今天说了不算,明天、后天你能保证就活得下来?”

“怕啥,你王大使不也在这儿待着吗?”

王旺生大使只能苦笑:“我是代表国家,只要政府没有撤使馆的命令,我就得做到人在使馆在。你不一样,你的钱和你的命是你自己的。”

小老板开始对大使肃然起敬:“那……我们跟你一起走!”

王旺生又笑:“我是大使,即使利比亚口岸海关全关了,他们还得放我出去。你不一样,到那时你就出不去了。”

小老板一想,说:“对,还是听你的,我们撤!”

王大使和大使馆在利比亚撤侨过程中,除了指挥成千上万人的国企大队伍,还要做一些分散的不知从哪个地方突然冒出来的个体户和自由散居中国公民的工作。

首批准备从的黎波里撤离的人员,原计划在21日、22日就要走的,但一直联系不上飞机,后来国内决定直接派包机来接应。可利比亚航空当局处在混乱之中,连人都找不到,办中国飞机出入港的许可证难住了王旺生大使他们。好不容易拐弯抹角找到利比亚方人员,人家说:“你们中国跟我们友好,干吗要撤?”王大使他们说:“你们这儿乱了,不安全。”人家满不在乎地说:“不会乱,子弹飞不到你们中国朋友的头上。”那人刚说完,就被不知哪儿来的子弹打掉了下巴,血流如注。王旺生他们拿到的中国飞机在的黎波里机场的出入港许可证能闻到血腥味……

战乱时的大使是最难当的。

23日,在听说国内派出的飞机已经从北京起飞后,王旺生大使就和使馆人员清点滞留机场的第一批准备回家的中方人员,以便飞机上能坐多少人就走多少人。就在这一天的凌晨时分,王大使还没有起床,使馆工作人员在迷雾中看到一个蓬头垢面的中国人摇摇晃晃地向使馆走来。他身上只穿着一件短袖衫,手里拿着一个塑料袋。他说他在一个日本企业工作,老板不放他走,所以连回国的工资都不给他,他的相机也被收走了,只给了他一瓶矿泉水和一个面包。“我走了四天四夜,我想回家,我想只有找到我们中国的使馆我才能回家……”这位黄先生到利比亚才十几天时间,人生地不熟,他说他能走到大使馆,要归功于他平时爱好摄影。“那天我从使馆办证后,在去那个日本公司的一路上,沿途拍了不少照片。我这次亡命逃难,就凭这些照片上的路标和街景。”黄先生哆嗦着从塑料袋里拿出几张照片,这是他的救命稻草。

“你们是我的救命恩人!”为照顾受尽苦难的黄先生,使馆破例在第一架,也是唯一一架直接到利比亚接侨的包机起飞时,安排他与其他222名中国妇女和儿童一起离开的黎波里。

“再见了,的黎波里!”

“别了,战乱的利比亚!”

北京时间24日13点30分(当地时间24日上午7点30分左右),的黎波里机场突然响起“请中国乘客马上登机”的广播,已在候机楼等待三昼夜的200多名中国妇女和孩子及部分老年男子,激动得热泪盈眶。他们纷纷拎起随身行李,走向出境口。

“中国人走了!”

“中国人多幸运!”

几万人拥成一团的大厅内,又是一阵不小的骚动,各国侨民用无比羡慕的目光看着中国人从死亡线上离开……

25分钟后,CCA060航班迎来瞬间露出的一片晴空,腾空而起,朝着东方大国飞去。

“各位同胞,大家好!欢迎乘坐中国国际航空公司的包机。我是机长吉学勇,现在我和机组全体人员,向你们表示祝贺,祝贺你们胜利回家!希望国航的这次飞行能将祖国的温暖传递给你们,祝大家旅途愉快!”

机长吉学勇通过机舱内的广播刚说完这番话,机舱内便爆起一片欢呼声。

“我们回家啦!”

“感谢国航!”

“祖国万岁!”

此刻,地面上的王旺生大使对费明星说:“向国内报告吧,CCA060包机已载223名同胞从的黎波里起飞……”

“黄司!我是费明星,现在向你报告……”

利突边境,上演万人方队……

“费明星啊费明星,部里派你带队冲向火线是干什么的?利突边境现在有上万同胞出不去,你好意思闭着双眼睡安逸觉?起来!立即出发!”费明星惊出一身冷汗,噌地从地板上跳起来。

“黄司,我没睡！郭司,我真的没睡!”费明星瞪大眼睛,四周寻觅黄屏司长和郭少春副司长……人呢？他们没在我身边嘛！费明星揉揉眼,明白自己是在做梦。

“费明星！费明星！回话！回话!”卫星电话里传来的真是黄屏司长的声音！

“黄司,有何指示?”费明星迅速用卫星电话请示国内。

“现在你们在哪儿?”黄屏问。

“在使馆。”费明星一边接电话,一边见身边的几位队友像几年没睡过觉似的,东倒西歪地躺在地板上,便用脚一个个踢醒他们。

“利突边境和米苏拉塔都很吃紧,这两个地方的撤离一线,你小组全权负责。出了事,我向你问罪!”黄屏的口气很凶,凶得很像巴顿将军。他顿了顿,很快又换了种口吻:“你也一定要平安回来！把你的小组成员都平安带回来！无论谁出了事,我都饶不了你!”费明星听了这话,心里既沉重又温暖。

费明星他们到达的黎波里后,由于王旺生大使不同意他们马上到前线去,无奈之下他们只好等着使馆下达可行的通知。“也就眯瞪了一两个小时,这不,国内的紧急指令就把大家全叫醒了!”李玥其实没睡,他悄悄地用QQ跟国内的领保中心同事发了上面的这句话。

这一天,费明星着急死了,他想出去到的黎波里街头看看局势,王旺生大使不让他去,说是外面乱得很,要出去也必须坐他的车。可他的车随他忙着跟当地各中资企业和利比亚政府部门及相关人士联络千头万绪的事情,根本没有一点空闲工夫给费明星他们用。下午费明星主动与东部班加西、中部米苏拉塔及南部塞卜哈的中方前线临时指挥部取得联系,得知中部的米苏拉塔形势相当紧张,便又想连夜去那儿。

“那里在打仗,我要对你们的生命负责！再说,我们的武官在那儿,眼前的事由他处理。”王旺生还不松口。

“我们不是来吃干饭的!”血气方刚的费明星哪受得了这般束缚。

“这样吧,今晚你们先到武官处去住下,等候我的出发通知。”王旺生大使考虑了一下说。

这一夜费明星和队员们虽有地方落脚,但每时每刻都心急如焚。好不容易盼到天明,但大使馆依然没有下达允许他们出发的通知。

“不行,我们必须行动了！我们是国内派来的工作组,得对撤离全局负责。”费明星在请示国内和征得王旺生的同意后决定,小组一分为三,由他带懂阿拉伯语的宗宇、公安部出入境管理局的林先昱和使馆的李庆生,负责去利突边境打通那个地方的万人撤离通道；再派李玥和商务部的郭虎到米苏拉塔；剩下的队员留在使馆帮助协调和联络。

谁心里都清楚，前往利突边境和米苏拉塔的两支小分队，等于是往死里冲，那两条路线从 23 日起，已经完全处在混乱之中。当时，卡扎菲和反对派都想控制对首都的黎波里形成直接威胁的胡姆斯和扎维耶，而这两个城市及其周边，是费明星他们两个小分队必经之地，此番征程，凶多吉少。

临行前，费明星命令小分队成员把从国内带来的全部装备都武装在身上，什么防弹衣、头盔、警棍……没有当过兵的年轻外交官们颇有些新奇感，仿佛有了真正军人的样儿。

“不行，头盔不能戴。你这一戴人家不知你是哪个派的，弄不好子弹先朝你飞来。”王旺生大使不建议他们戴头盔。

“警棍也太显眼，你一带它，反而让对方感觉你有袭击他的可能。这也不要带了。”王旺生大使又说。

“防弹衣最好穿在里面，不能露在外面。”

刚刚全副武装的小伙子们全被王旺生大使卸了个光，有些泄气。“这样反而更安全。”大家最后觉得王旺生大使的意见是对的：我们既然是为人道与和平而来，就要让激烈打仗的双方理解，最好以平民与和平的方式出现。

费明星拿出从国内带来的两面国旗，自己留了一面，同时给了李玥一面。“关键时刻，它比什么都重要。”他说。

第一特别行动小组要分开出发了！作为组长，费明星神情变得异常凝重，他看了看从一架飞机上出来的队友，他们的表情也异常凝重。“同志们，现在我讲几句话……还是像在飞机上说的，如果我们几个人出发了却没能回得了家，但两三万同胞能够平安回家，那我们就没什么可遗憾的了，因为祖国和人民会永远记着我们的。请牢记我们的任务！”费明星用简短的话做了战前动员。

“我们七个人合个影吧！省得到时……”有人提议，但大家互相对视了一下，没人响应。合影没有照，他们只是相互拥抱了一下，那是无声的、生离死别的拥抱！

“出发！”费明星带队上车。他的小分队最先行动，共四辆车，其中有两辆是中资公司的随行车。费明星雇的是两个利比亚司机，他们相对熟悉路况，并且能应对路途上的突发事件。

车子启动的那一刻，的黎波里城内突然响起连续的巨大爆炸声，显然是反对派所为，政府军立即无目标地回击，于是枪声响成一片……

“我们绕道而行。”坐在副驾驶座位上的费明星对利籍司机说。从的黎波里到利突边境口岸拉斯杰迪尔路程并不远，近 300 公里，中间经过扎维耶、塞卜拉泰和祖瓦拉，而这三个城市则是反对派在控制班加西之后，从西线围攻首都的黎波里的主要阵地。卡扎菲自然清楚，东部的班加西失控后，他已经等于断了一只左胳膊，如果西线这几个城市再失去，那么好比他的右胳膊也被砍断。

因此从 24 日起，扎维耶、塞卜拉泰和祖瓦拉的争夺战到了白热化的程度，而从这一条路逃向突尼斯的难民也是最多的。当东部的利埃边境关闭后，西线的利突边境就成了唯一一条可以从陆路撤离的通道，几十万各国难民纷纷拥向拉斯杰迪尔口岸，使得这一小口岸基本处于瘫痪状态。

究其原因，除了它无法一下接纳这么多的人员出境外，更重要的是口岸海关人员大多数是外籍雇员，他们早就逃之夭夭了，留守在那里的只有少数利籍职员和大批军警。口岸的混乱可想而知，然而想从这里走出去的中国公民有万人之多！

形势十分严峻。国内领保中心最为担心的就是这多达万人的同胞被困在这东不着村、西不着店的沙漠之地，后果将不堪设想！

泰山之担，现在压在费明星他们肩头。

小分队刚出的黎波里不到 10 公里，突然大路中央出现一队持枪军人，远远地在挥手。

“像是卡扎菲的军队，靠过去。”费明星轻声命令司机。

哪知司机做了一个与费明星命令相反的动作，猛地刹车停住。

“为什么？”费明星的心一下提到了嗓子眼。

“我不敢过去。他们会把我们当成班加西派来的……”司机吓得已经在打哆嗦。

“你这样不更容易被他们怀疑吗？”费明星觉得司机思维有问题。

“不行，我不敢。”司机坚持道。

费明星无奈，只得带着队友宗宇从车子里下来。他想这样也好，可以让前面的军人看到他们是中国人。

“中国人，你们到哪儿？干什么去？”当费明星往前走时，那些持枪的军人远远喝问道，示意费明星他们把手举到头顶。

“我们是中国政府派来的外交人员，到拉斯杰迪尔口岸去帮助我们的人撤离。”费明星边说边让宗宇翻译，并且亮出护照。

军人们并没有放松警惕，枪口一直对准费明星他们。验明身份后，进行搜身，费明星很聪明，离车时有意把手机塞在座位底下不易被找到的旮旯里，但宗宇的手机却被没收了。

宗宇有些急了:“这个我有用!”

费明星赶紧使眼色:让他们拿去吧。

第一关并没有将费明星他们怎么样,但他们却损失了三部手机、一部照相机。这也足够要命的,不管是小分队,还是随行的中资公司人员,没有手机等于聋了耳朵。最引人注目的是那部卫星电话,利方军人没有见过这机枪似的玩意儿,非要没收,费明星极力坚持道:“我们是中国政府派到你们这儿来撤侨的,如果没了它,我们就无法与国内联系,也没法及时通过我们的使馆与你们政府有关部门取得联系。”军人们听了费明星的话似乎觉得有些道理,眼睛却盯上了车上的一箱箱物品。

费明星心领神会:“搬! 让他们搬几箱!”

这算是第一道关。可就是第一道关下来,帮费明星开车的两个利籍司机开始不停地嘀咕起来,说他们不敢顺着大路走了。费明星也看到,军人们在盘查他们几个中国人时,有军人拿着枪,直接对着两个利籍司机的头,叽里咕噜问了一大通,那口气就像是查问间谍似的。

费明星想了想,觉得司机的话也有道理,绕道走可能会少一些盘查的关卡。于是,四辆车避开大路,由司机引领,时而穿梭在村庄与沙漠荒野之间,时而越过城镇偏僻的非干线公路。小分队哪里知道,这些地方其实同样是反对派武装和当地准军事部队厮杀之地。

“趴下! 趴下!”

“我们是中国外交官!”

“叫你趴下!”

“听我们向你解释……”

“闭嘴! 闭嘴!”

在一个小城路口,一队准武装人员见费明星他们的车队过来,不分青红皂白上前将车上所有的人拉下来,然后用枪命令他们一个个举起双手,俯卧在地。费明星想开口告诉对方自己的身份,人家根本不予理会,一顿吆喝之后,又在车上抄了个底朝天。有个头头模样的人一把揪起费明星问:“干什么的?”

“我们是中国外交官,去拉斯杰迪尔,那里有我们的中国公民需要帮助出境。”费明星说。

“那里不能去!”

“为什么?”

“没有‘为什么’,那边在战斗,你们中国人不能去。”

费明星从对方的口气中品出一些味道:对方在怀疑我们中国人的立场。利比亚动乱初期,由于中国政府在联合国有几次没按照西方国家拟定的制裁利比亚政府的方案行事,使得利比亚国内的一些反对派势力认为中国偏袒卡扎菲政权。这种误会在当时确实存在。

“请你们相信,我们中国政府从来不会干涉你们国家的内部事务。我们尊重你们国家的主权和人民意愿,同样也希望你们尊重我们的权利。现在你们的国家在打仗,我们那些前来帮助你们盖房修路的公民无法工作了,他们要通过拉斯杰迪尔口岸回国,我们前去帮助他们过境,这就是我们往那边去的全部目的。”费明星严正陈词。

准武装人员用拳头捅捅费明星和其他队员的背心,他们知道是防弹衣。“脱下来,留给我们吧。”这个要求是否算对方某种回应?费明星等相互使了下眼色,有队员说:“给吧,不给走不了啦!”

“先别忙着脱。”费明星用眼色制止,“要给也是我给。”战友们的安全是费明星心头另一个重要职责。

“是这样。”费明星换了一种口气,向纠缠他的准武装人员解释,“你们知道,我们是政府派出来的人,所有身上的装备,在国内时都有签字,是不能丢失的。如果要其他的东西,你们可以挑。”

又是一番折腾,车上再次被搜刮走一批物品。

“这样下去,我们到口岸差不多只剩下裤头和背心了!”队员们沮丧地调侃起来。

“只要能活着到边境,即使被扒光了也算是一种经历吧!”费明星一面鼓励战友,一面指示大家收拢一些密藏的现金:“后面的关口,恐怕得靠这些‘武器’了!”

“如果用这个‘武器’能保全我们的性命,那就阿弥陀佛了!”车上的人说。

前面就是扎维耶了!费明星他们远远就听到了城内激烈的枪声,通往扎维耶的大大小小道路上,奔走着各式各样逃命的人群,混杂其中的武装人员不时开着乱枪,其情其景,令人恐惧。

“费,你能放我回家吗?”利籍司机突然一脚踩刹车,把车停在路边,哭丧着脸乞求费明星,“我有老婆和四个孩子,他们希望我活着回去……”

要命!这是费明星最担心和忌讳的事之一。不是离开了雇员他费明星不能开车,而是有利比亚人在车上,一路与利方各种人员沟通起来必然好处多多。费明星看看两个司机,皱了皱眉头,然后和蔼可亲地道:“我知道你们担心生命安全,这能理解。不过我们现在确实需要你们的帮助,因为在你们利比亚边境上有我们上万人过不了境。他们原先是来帮助你们盖房子、修路的,他们家里也都有老婆和孩子，他们也想回家跟家人团聚，可现在就是因为出不去，面临被你们的人乱枪打死的危险。一万多人啊！这一万多人都是你们的朋友，是来为你们建设家园的中国朋友……我们就想请你们帮帮忙，把我们送到边境，事后你们就回家。行不行？”

司机沉默。

“那好吧，如果你们一定要回去，就把这个带给你们的家人……”费明星掏出两沓现金，分别交给利籍司机。

“我们上车吧。”费明星朝自己的队友挥挥手。

“费，等等，我们去！我们愿意跟中国朋友一起到拉斯杰迪尔！”两名利籍司机改变了主意。

费明星笑了，高兴地腾出驾驶座。车队继续向扎维耶挺进……

“嗒嗒……”不知从哪儿突然响起一阵猛烈的枪声。“趴下！”“趴下！”费明星一个骨碌，从车子里翻滚出来，然后摔倒在路旁的一条浅沟里。他伏在地上，见车上的其余几人学着他的样子，全都连滚带摔地贴地伏在沟里。

“回国后有人问我，子弹从头顶飞过是什么感觉，我告诉他们，啥感觉都没有。因为那一瞬，我们的脑袋里都是空的，啥都不知道了！”费明星后来经常对熟人这么说。

过了一阵，枪声消失，子弹不再从头顶飞过了。费明星拢了拢头发，把尘土拂掉，想竭力表现得镇静，但他发现自己说话时舌根有些硬。再看看大家，一个个脸色铁青。什么叫恐怖？这是真正的体验。

好一阵子车上死一般地沉默，没有一个人说话，只有隆隆的发动机轰鸣声，长龙般的飞尘在车后被甩得远远的……

前面又是一个关卡。几十名警察见费明星他们的车队过去，一拥而上，举着冲锋枪、短枪，不问一句话，像赶鸭子似的将费明星一队人赶到一个角落。“完了，这伙人是要对我们下手了！”有人轻声说。再看两个利籍司机的裤裆全都尿湿了。

“死也要死个明白。”费明星让宗宇跟着他，跑到一个头头模样的警察身边，先是套近乎，再是聊天。

“你们最好不要出声了！”那警察头目狠狠地瞪了费明星一眼。

小命真的要交代了？费明星把嘴紧闭上，上牙咬着下唇，心想，就这么完了？自己完了不要紧，边境上一万多名同胞怎么办？不行，临死前至少还得争取一下。

“你看我们……”费明星刚张嘴，那个警察头目就用手做了一个“NO”的动作，说：“现在外面在戒严，你们不能行动！”

原来如此！费明星一下瘫在地上。他回头示意同伴：“你们还站着干吗？就地休息吧!”

“不杀我们啦?”队员们欢呼起来。

“没人想杀我们,是他们在戒严……”费明星觉得自己的后背一下变得冰凉冰凉的,像淋了一场雨。

“从的黎波里到拉斯杰迪尔口岸,我们绕了500多公里,走了整整8个小时,前后经过50多个关卡。这期间,每一次经历,都可以写成一部小说的惊险片段,用‘惊心动魄’‘生死考验’‘彻底崩溃’这样的词来形容当时的情景,我看一点不过分。总之,到过最后几关时,我们的神经基本上麻木了,要剐要毙,随他们办,只要放行就成!”费明星后来在给我讲述这段经历时,连续用了几个“不堪回首”来形容。

其实,费明星他们遇到的惊险和困难才刚刚开始。

“怎么回事?他们为什么出不去?”一路上,因费明星对拉斯杰迪尔口岸的情况不是很清楚,自然满是疑问。

等到了拉斯杰迪尔口岸,费明星才知道什么叫乱七八糟,什么叫乱象丛生。一个边境小口岸,四周是一望无际的沙漠,几间房子周围,聚集了准备出境的各国难民,有几万人之多。海关大厅里早已挤得水泄不通,口岸附近的几块足球场那么大的沙漠地上簇拥着坐满了人,在他们身边,是小山一样的垃圾堆。

口岸建筑的门框和栏杆不是破碎就是断裂,持枪的军警在人群中来回穿梭,一旦发现可疑者,上前就是一阵拳打脚踢,若有反抗者或逃跑者,必定被无情地击毙……这就是拉斯杰迪尔。费明星找到几个中国工人问利比亚方面为何不放行。

“我们没有证,他们就不放我们!”中国工人有气无力地说。

“你们来这儿几天了?共有多少人?”

“两天三夜了,有500多人。”

“有生病的吗?”

“有,前一天夜里下暴雨,他得病了。”有人指指地上躺着的人说。

费明星过去俯下身子,拍了拍躺着的工人,顺手在他额头上一摸:“可能发烧了!”

不能这样下去!必须尽快想法让他们出境。费明星一下感到问题的严重,因为除了这里的数百名中国工人外,整个西部地区还有近万人正在向拉斯杰迪尔口岸集结,他们将同样面临无证出不去的问题。

正当费明星想着如何应对眼前的困境时,突然他发现一群又一群的中国工人带着惊喜的脸,向他奔拥过来。他以为出了什么事,心头一阵紧张,他们要干什么?

但他马上就发现,工人们并没有扑向他,而是绕过了他……

费明星回头一看,哟,原来是宗宇把他们带的那面五星红旗高高地举了起来。

“我们来人了!”

“我们有救了!”

中国工人们围着国旗,转啊转,说啊说,有的甚至高唱起来,好像见了久别的亲人,好像冬日里看到了太阳……费明星感动了,国旗、国家,对那些在海外遭受苦难的同胞们来说精神慰藉是如此之大,他们对其热爱和依恋的情感是如此强烈,这样的感动也许只有在海外才能真切体会,才会珍惜其分量!费明星的眼眶一下湿润起来。

“来,把它高高地竖起来!”工人们真的有办法,也不知是谁,三下两下就把宗宇手中的国旗用一根杆子挑起,高高地竖在那片沙漠地上,于是四周原本零散坐着的中国同胞们纷纷围在了国旗跟前,有人在哭泣,有人在抚摸它,更多的人在凝视它……这一幕让费明星牢牢地印在了脑海之中。

“同志,你们是国内派来的工作组吗?我是中南院的,这里口岸的情况我比较熟悉,你们需要我时尽管吩咐!”一位年轻的女同志意气风发地主动过来向费明星请战。

“请问你的大名?”

“我叫高晓林,是森林的林。”

费明星笑了,心想,真是一位很有男性化风格的女同志。“晓林同志,刚才我到口岸上与利方人员交涉时,发现他们对我们的态度很不友好,你知道是怎么回事吗?”

高晓林将费明星拉到一边,轻声说:“是我们这队人白天想过关,可身上又没证件,于是跟利方海关人员顶起牛来。生气的中国工人把口岸的门给踢坏了,这样利方人员对我们中国人的态度也发生了变化。”

原来如此!

费明星沉默片刻,叫上宗宇,出现在那几个利方头目面前。他把自己的名片递上,陈述自己是中国政府派到此地的工作组组长,对方爱搭不理地瞥了一眼名片,说了一句不冷不热的话:“我管不了这事,你们去找头儿。”

辗转了三个来回,费明星总算知道口岸上最大的头目是利比亚军队的一位“司令”。

“不行,他们没有证件,我们不能放行。”那位司令很傲慢地回答费明星。

这可怎么办?费明星只好回到工人们待的地方,拿起卫星电话向国内请示道:

“黄司,碰到难题了……看来得找利方高层来帮我们做口岸工作了!”

“好的,我们马上处理。”

……

“王大使,请你想法与利比亚方面联系……”

“明白。”

北京和的黎波里的外交专线在黄屏与王旺生大使之间频频连通。

半小时过去,王旺生大使告诉费明星,利方外交部副部长答应帮忙跟拉斯杰迪尔口岸的负责人通话。

好消息!费明星精神一振。

可又过了一个小时,口岸方面仍然没有动静,那位司令的态度仍然很生硬和冷淡。

“王大使,能把那位副部长的电话给我一下吗?我想直接跟他通话。”费明星等不及了。拉斯杰迪尔口岸上,每一个小时都会增加几百几千逃难者,秩序越来越乱,军警却在随意开枪伤人,饥饿、寒冷、绝望之中的中国工人们的情绪也在不断激化,随时有可能爆发无法抑制的恶果。

“可以。”王大使很快让利方的外交部副部长跟费明星通上话。

“我们正在跟拉斯杰迪尔口岸联系。”那位副部长很热情地告诉费明星。

费明星觉得时机基本成熟,于是他又一次出现在那司令面前:“长官,我们的人没有护照并非他们不想带,也不是没有,护照有的放在你们移民局,有的被当地的坏蛋抢走了。这是没有办法的事,如果我们的人不离开这里,也会给你们带来很多麻烦。”

说着,他拿出一份国内郭少春他们传来的“回国证”,这是为那些因特殊原因失去护照的海外中国公民特别制作的证件,上面用英文写着姓名,并盖有中华人民共和国外交部印章。“您看,我们可以用这样的回国证替代他们的护照,在其他国家我们曾经用过。”

那司令瞅了一眼,然后把证件还给费明星,冷冷道:“不行!”

奶奶的!费明星气得直想骂,但他还是强压怒气,赔着笑脸继续解释,讲理。

“想走可以,第一,你要把回国证明改了,上面的英文要改成阿拉伯文。”那司令开口了,“第二,必须贴上每个人自己的照片;第三,照片上要盖你们大使馆的章。”

费明星一听就傻了,眼下这个时候,能搞得定这三样东西吗?

“搞不定你就不要来找我。”那司令的口气很强硬。

这回费明星知道不能再跟对方硬了："好吧，我们一定按照长官的意见办！"

说完这话，费明星自己先犯起愁来："荒漠野地，到哪儿去给那么多人照相啊？"

"我们可以帮你们照啊！"这回司令反倒热情起来。

"是吗？"这是费明星没料到的。

不一会儿，司令真的把照相的人找来了。费明星很高兴，可仔细一看，又跳了起来，那人用的是数码相机，照完了到哪儿去冲洗照片呀？

"祖瓦拉有冲洗照片的商店！"照相的利比亚人说。

天哪！祖瓦拉现在去得了吗？即使去成了，那洗照片的商店还在吗？再说就算这些问题都不存在，可等照完冲洗好再送到这里要多少时间呀？

"快的话，两天就办到了！"照相的利比亚人说。

"两天？还要两天？"费明星眼珠都要瞪裂了。

"一定要贴照片？"

"一定！"

"不贴行不行？"

"一定不行！"

费明星不用动嘴，盯着司令，用眼神跟他交流。司令不动声色，眼神傲慢，一副居高临下的神态。

明白了，他是想假公济私赚点零花钱！费明星不再跟司令讲道理，他知道对方要什么了。

"准备照片吧！我们就按他们的意思办！"费明星对中国工人们说。

照片问题解决了！

英文改阿拉伯文怎么办？

"喂喂，谁懂阿拉伯文？"费明星问大伙。

"我懂。"

"我行。"

"好，就你们几个，跟着我们的小宗。他怎么写，你们就照猫画虎。"

现在只剩下大使馆的印章了。有人说，这不难解决，用肥皂或是萝卜刻一个章就行啦！费明星一瞪眼："胡闹，丢人现眼都丢到非洲来了！"

是啊，章怎么解决？费明星作难了，世界各国的海关人员可以不通识各国的文字，辨别不清出入境人员的面孔，但对每个国家的印章是必须要熟记的，也就是说哪个国家的国徽是什么样，他们都烙在脑子里，这是海关人员的职业要求。

费明星无可奈何，只好给的黎波里的大使馆打电话。他看了一下表，是当地时间半夜1点多。电话打过去,是大使夫人接的:“费组长,大使出去办急事了,没在使馆。”

费明星内心一阵感动,王大使都是58岁的人了,还在没日没夜地工作!

“这边有几百人出不去,他们没有证件,海关不放他们走,非要盖使馆的章。我估计这种情况还会有,我想派人回去取一下使馆的章。”

“哎呀,这我可做不了主。”大使夫人说。尽管她也是使馆的工作人员。

“使馆的章只有一个呀!”她补充说明。

“嫂子,人家并没有说一定要使馆的章。既然没有说,我们就拿个使馆其他什么部门的章用一下。”

“明白了,我马上找。”大使夫人回答。

费明星立即派人前往的黎波里。“抄近路,越快越好。最好在天亮前返回这里。”他叮嘱道。

“明白。”取章的人走后,费明星马上着手让宗宇和高晓林等与口岸海关方面联系,争取让他们给予中国工人出境方便。

一阵寒风刮来,费明星打了一个冷战,下意识地将里外衣服紧紧裹了一下。可当他把目光转向坐在地上的那些同胞时,心里一阵紧缩,外面太冷了,他们又几天没吃饭,这样下去怎么行呢?

“绝不能在非战斗情况下减员!这一条适用于你们工作组的成员,也适用于所有撤离的同胞!”黄屏司长临别时说的话,突然在费明星耳边回响。

费明星看看露宿在沙地里的同胞,心头一阵酸痛。这些有家有室的同胞,不远万里来到非洲,本来是想给家里挣几个钱的,没想到现在却露宿荒野,身无分文!如果明天再走不了,病倒一片该怎么办呢?想到这里,费明星心头顿时紧张起来。

“让中资公司先垫钱,我签字,以后还他们。快去给工人们买点吃的!另外,看看附近店里能否弄到毛毯什么的,大伙不能这样在野地里睡觉嘛!”

“我去。”宗宇主动请战。

办事利索的宗宇很快把这些搞定。面包和矿泉水都买来了,每人两个面包、两瓶矿泉水。

“还需要吗?店里还有。”宗宇问。

“给人家留一点,别全买光。”费明星说。

“为啥?”

“你买光了,这里还有那么多其他国家的公民,他们去买怎么办?别招人家恨我们!”

费明星的话令宗宇很佩服。

宗宇又说:“那老板说了,毛毯可以弄到,不过价钱贵。”

“多少钱?”

“比平常大约贵两三倍。”

“不算贵,若有人冻出毛病的话,要花的钱就更多了!买!一人一条最好,不够的话两人盖一条也行!”

四五个小时后,296床毛毯发到了工人们手里。冻得瑟瑟发抖的工人们拿到毛毯时,激动得直嚷嚷:“这是国家给的。”

“真暖和啊!”

一晃眼,就是早上五六点了。太阳从东方升起,风还是吹个不停,但费明星感到无比欣慰,因为他看到几百名熟睡的同胞身上都严严实实地盖着毛毯……

费明星有些激动,鼻子酸酸的想掉泪,但他忍住了。他知道,新的一天已经到来,更大、更艰巨的战斗等待他去迎接!

这天是26日,按照国内的指示和大使馆提供的情报,将有4000多名中国同胞集结到拉斯杰迪尔口岸,并且必须在当天撤到突尼斯那边。

任务全都压在费明星身上,他的肩膀上现在扛的是整个驻利使馆的重担,是中国外交部的重担,是中国政府的重担,是亿万中国百姓的期待!

费尽周折去的黎波里取使馆印章的人回来了,拉斯杰迪尔口岸上中国万人大撤离战幕,就要拉开啦!

首先必须争取利比亚口岸方面给我们开辟一条专用通道,否则这么多人要走多少时间呀!这个任务交给宗宇和高晓林。费明星和林先昱等人组织队伍准备行动。

在费明星的指挥下,撤离同胞很快完成了编队。每20人一队,每队有一个小队长负责全队秩序。

这时,公安部出入境业务出身的林先昱在一旁忙着按利比亚口岸司令提出的三点要求为中国同胞做回国证……

不说别的,几百个钢印盖下来,手酸背痛。林先昱使劲起落着胳膊,盖得满头大汗。

费明星过去一看,说:“你把前面20张给我盖得清楚点,其他的就少花点劲儿。”

林先昱笑了笑,明白了,后面再盖时,他的胳膊省了不少劲儿。

拉斯杰迪尔口岸最高长官的办公室里,宗宇、高晓林一副与司令很熟悉的样子,将准备好的几份重新制作的中国公民回国证递上去,让其过目审定。“司令,我们可是完全按照你的指令办的,可费劲了!我们整整忙乎了一夜……”宗宇做了个胳膊都抬不起来的痛苦状。那位司令一边看着中方的回国证,一边瞥了一眼宗宇的可怜样儿,心头似乎得到了极大的满足。

“就这样吧!”司令说。

“噢,太谢谢司令了!我们中国和利比亚是永远的朋友!”高晓林猛地伸出双臂,无限热情地上前要给司令一个拥抱,就在离他身体还有半尺的地方,她突然将双臂迅速收拢回来,做了一个伊斯兰教合掌致意的动作,弄得那位司令忍俊不禁。

费明星的热血都在沸腾:“宗宇,现在就看你和高晓林能不能带第一批队伍闯关成功了!”

“没问题!”宗宇也受了感染,身板挺得笔直。

“费头儿,我有个建议……”高晓林对费晓明说,“第一批闯关的20人,最好由我们中南院昨天没能出去的人组成,他们素质相对高些,如果给利方海关人员留个好印象,后面的人就会通畅了!”

“就这么办!”

“准备出关!”费明星一声令下,第一支由中南院职工组成的20人出关队伍向出境口走去。

高晓林走在最前头,后面由宗宇压阵。

特制的中国公民回国证放到出境口的利方海关人员手上,那人看了看,疑惑起来:“这个……”

“这是经你们司令同意,并且按照他的要求补办的。你看,用的是阿文,有他们的照片,这儿是大使馆的章……”高晓林立即凑过去说。

“可是人家用的都是护照。”那人还是疑惑。

“你都认识我了,我们中国人出境都是我带出去的。不会有错,你们司令都认可了……”高晓林正说着,那位司令正好从旁边路过。

“司令,司令!我们的回国证是按照你的要求做的!”高晓林特意把一份回国证递到司令面前。

司令似乎已经懒得再看一眼了,对海关人员点了点头:“让他们过吧!”

“是!”那海关人员立即握住出境章,“啪”的一声敲在中国公民回国证上。

“走!快走!”高晓林激动地将一个又一个中国工人送出出境口……20人很快,高晓林又带着他们走向第二道关口。

“报告组长,第一批顺利通过,快让后面的人过来!”宗宇悄悄地在出境通道口用对讲机告诉百米外的费明星，对讲机是中资公司留下来的，这回工作组可派上大用场了！

“好！”费明星一挥手，第二支20人队伍疾步跟在第一支队伍的后面，以同样的方式办完出境手续。

“第三队跟上……”

“第四队准备……”

……

“报告组长，我们所有的人都出去了！”这是宗宇的报告。

“都出去了？再说一遍！”费明星看看手表，也就一个多小时。他的心在剧烈地跳动，如果是真的，太值得庆贺与激动了！

“是，都出去了！”宗宇重复一遍，用更大的声音。

“好！”费明星立即给国内的郭少春和黄屏发了一条短信：“滞留利突边境的600余名无护照人员顺利出境。”

不出一分钟，国内就有了回信：“奇功已成，再接再厉！”虽只有短短的八个字，却让费明星觉得如同得了一块奥运会金牌，他在沙地里兴奋得直蹦。

“大使，我们闯关成功，请迅速通知西部撤离的各中资单位马上向拉斯杰迪尔口岸集结……”费明星通知我驻利使馆。

“明白。”

26日这一天，拉斯杰迪尔口岸是属于中国的。对于忍饥挨饿、思家心切的中国撤离人员来说，这是一个异常出彩、异常兴奋的日子，值得永生铭记。

成千成千的大队人马浩浩荡荡开来了。这是一支奇特的队伍，他们整齐划一地乘车而来，显得纪律严明、训练有素，可他们乘坐的车辆却是五花八门、各式各样，有卡车、面包车、拖斗车，甚至还有当地的警车。很多中资公司跟当地人关系非常和睦，利比亚地方武装或是军队听说为他们盖房子的中国朋友要离开了，专程出来欢送，场面很是热闹。

费明星感慨万千，这世界上什么事都可能发生，在利比亚更是如此。

几千人要出境，办手续得花多长时间呀。这是现场总指挥官费明星需要考虑的。他沉思片刻，把中资企业的领导找来分配任务。不管眼前这些大老板掌握着多少亿的资产，号令着多少万员工，费明星顾不上跟他们客气：“你们现在每个单位就是一个战斗团，我们今天几个团都要出去。因出境的人太多，需要加强组织，严明纪律，否则会节外生枝，误了大事。大家必须一个方队一个方队地组织好，每个方队400人，方队每排队为20人。这样前面走完一个队，后面紧接上去，中间要衔接好,不能掉队或是断队。每个方队要有方队长,每20人排队要有小队长。听明白了没有?”

“明白了!”

“好,回去组织列队!”费明星站起身,指着不远处一块他早已看过的空地说,“所有队伍都在那里集合整队,以我们的国旗为中心点。现在行动!”

“是!”

“行动!”

公元2011年2月26日,利比亚拉斯杰迪尔口岸,在数万外国难民面前,中国员工站在迎风飘扬的国旗下,气概昂扬,精神焕发,展示着独有的风采。他们肩上挎包,手握护照或是回国证明,一个个像刚入伍的民兵。虽然服装五颜六色,个头高矮不一,但他们的步伐坚定有力,步调一致地向着回国的方向迈进。

“现在是中土方队出境。”

“宏福方队跟上……”

一个个出境方队开始向海关走去,方队前是费明星他们小分队的队员,手中都举着一面鲜艳的国旗。一个方队走完,就有第二个方队紧跟上,那一面面国旗就在方队之间传递。当国旗从同胞身边传递而过时,一张张带着自豪的脸上泛着光辉,他们似乎在合唱“祖国好”“中国好”的歌……这样的场面不会有太多的重现,它比电影镜头还要精彩,还要感人!

这是撤离出境吗?

这简直就是一个阅兵式!

这是人心惶惶的难民队伍吗?

这简直就是钢铁长城!

利比亚海关人员看呆了!边境军警看呆了!成千上万疲惫不堪的外国难民看呆了!他们都被眼前这支整齐而奇特的出境队伍所震惊,中国人太了不起了!

“你们为什么能让中国人出去,却不让我们出去?”海关大厅内的外国公民开始羡慕,责问利比亚海关人员。

“你们能像中国人一样有纪律吗?你们的国家派人来组织你们出境吗?”海关人员反问道。

没有人回答。于是只有中国人可以这样出境。

26日这一天,费明星粗略算了一下,共有3200多名同胞从拉斯杰迪尔出境。他把这个数字及时向国内做了报告,同时又向的黎波里的王旺生大使做了报告,并请他们转告我驻突尼斯使馆,以便中转接应。

与此同时，王旺生大使向费明星他们转达情况——27 日当天，将有近 5000 人通过拉斯杰迪尔口岸。

“明天比今天的人还要多啊！”沙漠营地里，宗宇与费明星肩靠着肩，一边吃着从工友那里捡来的中国产火腿肠，一边望着夜幕下天空中偶尔露出的几颗星星，做着新一天的战斗准备。

“你怎么吃这么多！”公安部的林先昱冲过来一把抢掉宗宇手中的火腿说，“这东西少吃一点，有瘦肉精！”

“去你的！”宗宇怒了，一把又从林先昱手中抢回火腿，然后往自己的嘴里猛塞，“什么瘦肉精不瘦肉精！老子觉得今天的火腿是世界上味道最好的中国火腿！不信你问问费头儿！”

同样在猛吃的费明星笑了：“我已经有五年还是十年没吃火腿肠了，现在看来是个错误。至少在今天看来，我认为火腿肠是世界上最好的东西，它既能当菜又能当饭。”

露宿荒野，又冷又饥，当紧张的战斗停歇下来时，才感知身体的疲惫与辛劳，同时也能体味战斗的特殊乐趣。费明星和他的队友其实根本不能休息，各个点的撤离队伍此时都在从四面八方向口岸集结，电话时断时续，无法确定各支队伍的路线与到达时间。关键是拉斯杰迪尔属于边境地区，利比亚边防军依然存在，反对派的武装也已经进入这一地区，混乱之中双方常常把往拉斯杰迪尔口岸撤离的各国侨民队伍误认为是敌方队伍，所以危险随时存在。这让费明星他们异常担心。

“费组长，现在中铁十一局的 40 多辆车被边防军扣留，你们马上派人过去营救！马上！”27 日凌晨，大使馆方面向费明星传来紧急指令。

“宗宇，你和小陈马上过去看看是怎么回事，想办法带他们过来！”费明星命令宗宇和使馆的小陈立即去执行任务。

“是。”

宗宇和小陈叫上驾驶员，向扣留中国公司车辆的利比亚边防关口驶去。到了地方一打听才知道，这支撤离车队在经过利比亚边防时，边防关口关闭了。

“怎么办？”宗宇来电请示费明星。

“能怎么办，找他们当地的警察和边防军啊！”费明星说。

于是宗宇他们赶紧寻找当地的警察，向他们说明情况并请求帮助。警察倒是很热心，很愿意帮忙。跟边防军沟通时，要多费些口舌，宗宇解释说因为要赶在 27 日出境，车队必须一早到达拉斯杰迪尔口岸。警察见边防军士兵有些犹豫，便打包票说：“我可以替中国朋友保证，他们没有问题。”

“走吧!”边防军终于开启了关口。

“车队过来时,我正好站在路旁看着。当时是凌晨两三点钟,我远远地看到一支浩浩荡荡的队伍,前面是警车闪着警灯引路,后面是清一色的翻斗车改成的运人车队。每辆翻斗车的翻斗里坐着 30 多人,整整齐齐。工人们真听话,我们的国企公司也真能想得出这招。晨曦下,所有的车子前面都闪着两道明亮的灯光,它们一辆接一辆地驶向拉斯杰迪尔口岸,十分壮观。这是我第一次在夜景里看到如此多的车辆威武地从我身边通过。当时我想,我们在利比亚干得真漂亮,利比亚人也非常给力,应当感谢他们。”费明星后来这样对我回忆道。

这支队伍到达拉斯杰迪尔口岸后,费明星他们及时与口岸的海关人员协调,使其成为 27 日首批从专用通道过境的中国公民。1000 余人整齐有序,在一面中国国旗的引领下,迎着朝霞,略显几分雄赳赳地列队进入突尼斯……

“报告! 不好了! 我们丢失了一车人! 他们还在边防关口那儿被扣着……”过境的中资公司突然向费明星报告,说他们在清点队伍时,发现少了几十个人,而且这些人根本就没有到达拉斯杰迪尔口岸。

这太危险了!

“林先昱,你和李庆生快去看看是怎么回事!”费明星顿时急出一身冷汗。几十人散落在边境地区,一旦遇上打仗,死在炮火之下实在不足为奇。费明星能不急吗?

这回是林先昱亲自驾着他们从的黎波里开来的面包车上阵。

“行吗?”费明星第一次放自己的人在异国开车,而且是去执行紧急任务。

“不会有问题!”林先昱踩下油门,向出事地点飞驰而去。

果不其然,就在今天凌晨放行的那个边防关口,当地警察局把一辆车上的几十名中国工人扣住了,而且车辆也被没收了。

“车辆已经被征用。”警察说。

林先昱从工人的口中得知,他们坐的最后一辆车不是翻斗车,所以当浩浩荡荡的翻斗车车队通过边防关口时,边防军发现最后一辆车与前面的不同,认为可能是另外一帮非法越境者,于是将其扣住,并交给了当地警察局。

“他们和刚才那批过关的人是同一家公司的,请放行吧。”李庆生说。

警察摇头说:“他们没有护照,什么身份都没有,怎么证明你说的他们是中国人呢? 所以我们要扣留他们。”

这个问题一下把李庆生、林先昱难住了,是啊,在这样敏感紧张的时期,一群什么证件都没有的人来到边境,边防军和警察扣住他们完全在情理之中。他们明明是中国人,但他怎么来证明呢?

“你可以看我的证件,我是中国政府派来的撤侨工作组的,我可以证明他们是我们中国人!”李庆生再次与警察交涉。

“不行,你的证件只能证明你是中国人,但不能证明他们。”警察摇头,抱歉地冲林先昱笑笑。

“他们会唱中国国歌!”突然,李庆生灵机一动,高声对利方警察说。

“唱中国国歌?”

“对,如果不是中国人,他即使会说几句中国话,一般也不会唱中国国歌!”

“这道理……似乎成立。”警察点点头。

李庆生立即转过身,向几十位中国工人说:“大家听好了:立正,向左转,一起唱国歌!”

工人们一下明白了,纷纷自觉列队。

“预备……唱!”

“起来!不愿做奴隶的人们!把我们的血肉,筑成我们新的长城!中华民族到了最危险的时候,每个人被迫着发出最后的吼声……”几十名中国工人不知哪来的力量,声情并茂,唱得很投入,把国歌唱得那么高亢昂扬,充满情感!

利方警察被镇住了,不错,他们都在唱,都会唱。

“你,出列,唱!”一个警察指着队伍中的一名工人说。

于是那工人昂着脖子,大声唱道:“起来!起来!起来……”

“还有你!唱!”

于是那名中国工人唱道:“我们万众一心,冒着敌人的炮火,前进!冒着敌人的炮火,前进!前进……”

“走吧。你们都是中国人!”警察热情地鼓起掌来,然后对李庆生一挥手道。

“出发!”李庆生带着队伍走路,林先昱驾车返回报信。

大路上,这群失散的中国工人兴高采烈地走向拉斯杰迪尔口岸。3 公里的路途上,他们一直高唱着国歌。

这可以成为经典的一幕。

这是中国人在异国他乡证明自己身份的经典一幕。

费明星见同胞们唱着国歌走到口岸,放声大笑,笑出了眼泪,那眼泪里饱含着感动,饱含着深情。

27 日白天,拉斯杰迪尔口岸再次出现中国人壮观出境的场面,仅北京建工集团一个单位,就开了 182 辆车子来到口岸。当时费明星他们划出的中国撤离营地集结的人数达4000余人。如此多的人，集体出境谈何容易。他们在费明星等人的指挥下，先在集合区域列队准备，再按单位组成一个个巨型方队，每个方队前面都有一名费明星工作组人员做领队，每名领队手中举着一面五星红旗，五星红旗指向何处，后面的方队就会整齐地紧随其后……

400人……400人……

又是400人……

原本乱哄哄、吵嚷嚷、悲切切的拉斯杰迪尔口岸，因为庞大的中国出境队伍的出现，一下变得庄严肃穆，变得有序。

“中国人太厉害了！”

“中国人太了不起了！”

看着一队队中国人走过利比亚边关，口岸上聚集的其他国家的几万难民既羡慕又感慨，就连在口岸上工作的利比亚人也是如此。

夜幕降临，边卡关闭之时，中国西线撤离队伍已基本全部出境，任务提前圆满完成。

当看到最后一个方队走出拉斯杰迪尔口岸，走向突尼斯境内时，费明星倒下了，倒在了沙地里。他四肢张开，朝天空深深地喘了几口气，然后侧过头问也躺在沙地里的宗宇：“今天撤走了多少人？”

“4736人。”宗宇回答。

“没有算几十名越南人。”一旁的林先昱说。

“那不是我们的任务。”宗宇说。

“算是我们的情谊吧！”费明星的脸上露出一丝笑意，他在回想当时越南人趁海关人员松懈之际，混进中国撤离队伍的情景……

“报告费头儿，有越南人混进我们的方队，怎么办？”有方队队员向费明星报告。

费明星开始有些紧张，怕这样一来给整个中国人员过关造成麻烦，便犹豫起来。

“大哥，我们中越两国是同志加兄弟，让我们一起走吧！”几名越南人操着中国话，来乞求费明星。

费明星看着眼前可怜兮兮的越南人，内心泛起几分怜悯和痛楚。让他们一起走吧，出门在外都不容易！

这些越南人后来都安全地出了海关。

28日，费明星一行完成任务，国内指示他们立即撤到突尼斯境内。也许是过于劳累，也许是过于兴奋，当越过突尼斯边境线，看到等候在那边的我驻突尼斯使馆人员时,费明星这几个身强力壮的小伙子竟然一个个瘫倒了……

“快告诉我们,现在你们最想吃什么好吃的?”我驻突尼斯使馆接应人员扶着英雄的特别行动小组的小伙子们一路问着。

“什么都不想吃,就想洗个澡,睡一觉。我们五天没洗了。”费明星吃力地说。

说完他自己笑了,队友们跟着笑,使馆接应人员也在笑。他们一起笑得直不起腰,笑得地中海岸边浪欢风舞……

(作家出版社 2012 年出版)

蛟龙探海

——中国“蛟龙号”挑战深海（节选）

许　晨

一、吹响深海集结号

寒风凛冽，雪花纷飞。那是北京多年来少有的一场大雪啊！

2001 年 12 月 7 日，冰雪封堵了路面，交通大面积瘫痪，整个城区的大街小巷似乎都成了阡陌相连的停车场，北京市政府为此破天荒地发出了一号扫雪令。大雪、周末、堵车，让市民出行成了一个“艰难的旅程”。当天，路边伸手招车的人不计其数，可路过的出租车全数爆满；偶有靠站的大公共，乘客蜂拥而上，没有半小时工夫关不了门……

位于京城海淀区的北京友谊宾馆会议室，却洋溢着一片春天般的温馨和活力。科技部高新技术司、国家“863 计划”自动化领域组正在这里召开竞聘“7000 米载人潜水器”总体组成员会议。总体组相当于整个专项的龙头，负责组织调度研发的计划、进度、技术上总体协调等等，说白了，它就是一场大战的前沿指挥部。只有首先选聘好了总体组，确定好了作战方案，各个“战场”才能相应展开。

全国相关单位——海洋局，大洋协会办公室，中船重工集团 702 所、701 所，中科院声学所、沈阳自动化所等代表济济一堂。科技部高新技术司冯纪春司长主持会议，他首先做了热情洋溢的开场白：“今天外面雪花飘飘，是个好兆头，瑞雪兆丰年嘛！我们等于在这里摆下一个擂台，各路豪杰把你们各自的优势亮出来，让评委们好好选一选……”

这是一个全新的组织形式——过去研制新装备，往往是某个研究所行为，力量有限，也不是专为用户来办的，而此次科技部决心突破体制，设立一个机构统领，主导这个项目。总体组应运而生。而一直为海洋装备奔走的中国大洋协会，理所当然地被推上了前沿。作为大洋办主任助理兼项目管理处长的刘峰，责无旁贷。

几位竞聘者陈述过后，冯纪春司长宣布：“现在请大洋办的刘峰做应聘报告。”

刘峰应声而起，走上前台，向大家鞠了一躬，朗声说道：“各位评委、各位领导，上午好！我的陈述报告分三大部分，一是个人简历，二是对863重大专项计划的认识，三是参加重大专项总体组工作的初步设想。下面我结合幻灯片汇报……”说着，他将早已制作好的PPT应聘材料播放在大屏幕上。材料翔实而生动。

作为大洋协会项目管理处长，他参与组织制订了有关规划，使协会的海上勘探、技术发展、环境研究、船舶建设等项目得以协调发展；在国家863重点项目——6000米自治水下机器人研发中，他任总体组成员，具体负责制订深海环境下的技术要求，船上收放设备与机器人衔接；更为重要的是，他曾组织专家提出了深海载人潜水器需求论证报告……

最后，他清了清嗓子提高声音说：“作为总体组成员，我的初步设想是：一、形势紧迫，时不我待。世界正在进行蓝色圈地运动，我们中国人不能当看客。目前结核富矿区已被瓜分完毕，国际海底管理局正在制订海底硫化物、海底富钴结壳规定，但我们苦于没有手段，无法进行详细调查。二、条件具备，加速发展。我国在深海运载器技术领域已经具有一定基础，可以再接再厉。现在有了明确的用户需求和业主支持，我们大洋协会基本方针就是‘持续开展深海勘查，大力发展深海技术，适时建立深海产业’，要求在‘十五’期间研制出能实用的载人深海运载器。应该说，万事俱备，只欠东风。如果我应聘成功，一定在上级机关的有力领导下，团结各个单位科研人员，克服各种困难，圆满完成这项任务，为我国的深潜事业、为大洋开发做出应有的贡献。我的陈述到此结束，谢谢各位评委和领导！”

“哗——”他的话音刚落，立时响起一片热烈的掌声。

与会专家学者领导们，对刘峰的应聘报告印象深刻、十分满意，认为有观点、有思路、有例证、有信心，看得出来，他做了充分的准备，既熟悉研发7000米载人潜水器的来龙去脉，又具有高度的献身祖国深海开发的责任感和事业心。当所有应聘人员陈述完毕，评委们开始了紧张的评判工作。晚餐时间到了，他们还在激烈地讨论……

经过严格科学、公开公正的选拔程序，评委会从有利于全局出发，综合考虑各个方面的因素，确定了总体组成员名单：刘峰（大洋协会主任助理、项目管理处处长、教授级高工）、徐芑南（中船重工702所研究员）、万正权（中船重工702所副所长、研究员，后改为崔维成，702所所长、研究员）、吴崇建（中船重工701所所长、研究员）、张艾群（中科院沈阳自动化研究所研究员）、朱维庆（中科院声学研究所研究员）。刘峰为总体组组长。

那天晚上，虽说飘飞了一天的大雪停止了，天气转晴，但温度极低，尚未清扫干净的马路上冻结了一道道车辙印，人来车往都像个小脚女人似的，小心翼翼还免不了东滑西斜。刘峰好不容易回到家里,已经是深夜12点多了,可他没有一丝一毫的倦意,一直沉浸在兴奋与激动之中。他明白:使命光荣,责任重大!开弓没有回头箭。从小喜欢唐诗宋词的刘峰,反复默念着王昌龄的那首绝句:“青海长云暗雪山,孤城遥望玉门关。黄沙百战穿金甲,不破楼兰终不还。”心中充满了迎接挑战和机遇的豪情……

犹如一部大型电视连续剧,围绕组织实施这个国家重大专项,国家海洋局、大洋协会办公室,特别是以刘峰为组长的总体组全力以赴,一幕紧接一幕,一环紧扣一环地铺展开来。首当其冲的是研讨通过《7000米载人潜水器总体方案论证报告》。

事实上,这项工作早在动议研发大深度载人潜水器之时,已经启动了。前面说过,中船重工702研究所曾提交过类似报告,只不过未能得到落实。如今有了大洋协会这个用户,柳暗花明又一村,列为国家“863计划”重大专项。不用说,这个报告的起草工作又落在了中船重工702所头上。主要领军人物——吴有生和徐秉汉,是中船重工702研究所的两位工程院院士,也是最先呼吁研发中国载人深潜器的科学家之一。

生于1942年的吴有生,是浙江省嵊州市人。1968年他从清华大学工程力学系研究生毕业,被分配到中国船舶科学研究中心(702所前身)结构力学实验室工作。虽说处在风云动荡的年代,吴有生像许多胸怀大志的科学家一样,丝毫没有沉沦,而是利用一切机会学习、实践。20世纪80年代初,国际上享有盛誉的二维水弹性力学理论创始人、英国伦敦大学的比绍帕教授应邀前来讲学,惊奇地发现吴有生的研究水平已经很高了。爱才心切,当得知吴有生即将赴美进修时,立即建议他改往英国学习,并愿意帮助解决一切手续和学习费用。

1981年6月,吴有生到达伦敦,决心要在这优越的条件下实现学术上的超越。他每天工作十几个小时,没有星期天、节假日。当他终于把自己的第一批研究成果交给导师比绍帕时,导师感到由衷的高兴。面对打印好的、凝结着三年心血的厚厚博士论文稿,面对那张外国人习惯给亲人或父母献词的扉页,吴有生感慨万千,沉思片刻,郑重地用英文打上了久藏心底的一句话:“献给我的祖国!”

1984年10月,英国伦敦布鲁纳尔大学,博士论文答辩正在进行中。

“我注意到了,您这儿写的‘献给我的祖国’,而不是一个以大写字母开头的人名,是吗?”答辩委员会主席雷诺斯教授看着吴有生博士论文扉页上的一行英文字,亲切地问道。

“是的。”吴有生掷地有声地回答。

“那你打算留在英国吗？这里有很好的研究和生活条件啊！”另一位答辩委员会成员史密斯博士试探着问。

“我感谢校方和老师们的厚爱。但祖国需要我，在国内，我还有许多没有做完的研究。”吴有生礼貌地回答。

“您的祖国会为您感到骄傲的！”也许是被眼前这名年轻学子的拳拳爱国之心深深打动了，雷诺斯教授主动站起来与吴有生握手致意。

他的导师比绍帕教授对吴有生的离开深感惋惜，但也深深理解他的心情，专门给 702 所所长写了一封热情洋溢的信。“我们即将失去吴有生，而你们却将重新得到他。当你看到他的论文的时候，你会发现这简直是一篇杰作，它表明吴有生是水弹性力学与船舶力学的一流专家。”

回国时，吴有生用省吃俭用攒下的 120 英镑，买了 6 个当时在世界上最先进的加速度传感器，送给 702 所做实验用。后来，在他的影响和带动下，我国终于有了一支颇有国际声望的水弹性力学研究队伍。1992 年，吴有生出任中船重工 702 所所长，1994 年当选为首届中国工程院院士。在成功和盛誉面前，吴有生更加努力。他书斋里那不灭的灯光，构成美丽的太湖岸边一处别样的风景。

同样，徐秉汉也是这样一位优秀的科学家。他比吴有生大 9 岁。1933 年 8 月 21 日出生在浙江省鄞县乡下一个普通家庭里。徐家为其取名秉汉，就是希望他将来有出息，做一个堂堂正正的男子汉。不幸的是他幼年时父母亲双亡，依靠两个姐姐度过了童年的生活。

新中国的成立，才使这样的穷孩子有了上大学的机会。1955 年，他在上海交通大学毕业后，被选送到苏联列宁格勒造船学院读研究生，并参加船舶结构力学教研组工作。他很快如鱼得水，在知识的海洋中遨游。徐秉汉常说：“少年时代的贫穷生活锻炼了我艰苦奋斗、努力向上的意志，在国外的那几年，则培养了我独立生活和独立研究问题的工作能力。”

1961 年初春的一个夜晚，列宁格勒电台晚间新闻，报道了中国留学生徐秉汉全票通过答辩并获副博士学位的消息。老师和同学们向他表示祝贺，并请他留下来工作。徐秉汉的目光扫过攻读了四年半的房间，桌上一只中国帆船模型触动了他的神经，中国海洋史特有的辉煌和屈辱的历程，使他心潮起伏：船！造船！让我们在海上筑起坚不可摧的钢铁长城！

回国后，徐秉汉被分配到国防部第七研究院从事流体力学和结构力学的研究，经历了时代的风风雨雨，科技报国之志始终不渝。后又转任 702 所结构研究室主任，在我国潜艇发展中的几次重大试验中，做了许多开创性的工作。他所领导的研究课题分别获得国家二等奖1项、三等奖2项。1997年，已经67岁的徐秉汉当选为中国工程院院士。

本来，随着中国海洋意识的增强，以及中国大洋矿产资源研究开发协会的成立，并且被联合国批准为第五个深海采矿的先驱投资者，承担了30万平方千米洋底的探测任务。徐芑南参加的CV－01无人自主式潜水器进展顺利，以吴有生、徐秉汉两院士为代表的702所船舶专家们，看准了国家的需要，力主研发大深度载人潜水器。不料，由于时机不太成熟，只得到一句："再等等看吧……"

这一等就等了将近十年。如今时来运转了，他们怎能不欣喜若狂、全力以赴呢？他们立即组织力量，详尽筹划，在大洋协会金建才、刘峰等人的组织协调下，整理出了一份严谨科学、便于操作的《7000米载人潜水器总体设计方案论证报告》。应该说，这就是日后的国宝——"蛟龙号"的胚胎，也是一份值得保存在国家档案馆的"作战计划"。

7000米载人潜水器由载人潜水器本体和母船支持系统组成。

潜水器本体包含潜水器总体性能集成、水动力系统、载体结构系统、重量调节系统、应急安全系统、动力源系统、液压系统、作业系统、控制系统、通讯定位系统、观察系统和生命支持系统等部分。由中船重工702所、701所，中科院声学所、沈阳自动化所等单位负责研制。

母船支持系统由7000米载人潜水器的用户（中国大洋协会）负责保障。

此外，报告还论证了美国、日本、法国等国家的同类型潜水器的技术特点，国际市场上的浮力材料、光学仪器、加工工艺等行情，指出借助国际深潜科学界的宝贵经验，坚持需求牵引、技术引进与自主开发相结合的原则，高起点、跨越式发展我国深海潜水器技术，切实可行，有信心也有能力在2005年研制出满足用户需要的载人潜水器。

2001年12月23日，科技部高新技术司、"863计划"重大专项组在北京组织召开评审会，通过了《7000米载人潜水器总体设计方案论证报告》。这就等于签发了中国大深度载人潜水器的准生证，一场精心组织实施的深海潜水器大战拉开了序幕……

二、退休"老帅"再出山

东方不亮西方亮。这是一句俗语，却十分形象地说明了我们赖以生存的地球的特性：一刻不停地自转和公转。当中国人还在紧张工作的大白日里，西半球上的美国则相差了13个小时，已是繁星满天，夜幕笼罩了。

2002年年初的一个晚上，忙碌了一天的人们正准备上床休息，一个来自中国的越洋电话打到美国某地。接电话的是一位老人，他的名字叫徐芑南。这就是本文多次提到的主人公之一，中船重工集团702研究所研究员。此时，他已经退休六年了，与老伴方之芬来到在美国定居的儿子家里安度晚年。可这一个电话，让他的生命之树绽开了新花……

中国工程院院士、曾任702所所长的吴有生教授在电话中告诉徐芑南："老伙计，7000米载人潜水器立项了！我们想来想去，还是要请你出山，这个总设计师非你莫属！"

"是吗?！太好了！"对徐芑南而言，潜水器是他永远割舍不下的情缘，在此之前，有缆的无缆的，无人的载人的，几乎所有种类的潜水器，他都做过。而做大深度载人潜水器，则是他多年的夙愿："我一定参加。不过，我年龄大了，做个顾问就行了。"

放下电话，徐芑南激动得在房间里走来走去，招呼妻子、儿子马上订机票，恨不得第二天就要回国。可家人们担心：这年他已经66岁了，而且身患心脏病、高血压、偏头痛等多种疾病，一只眼睛仅存光感。当初参加6000米水下机器人的海试归来，查出一天心脏早搏1600多次——是需要安心休养的时候了！

"盼了多年的项目终于通过了，是令人高兴，可你身体行吗?"妻子方之芬与他同在702所工作过，深知丈夫的心愿，更了解病痛对他的折磨，一时间处在了两难之中。

"爸，你就别逞强了。如果累坏了身体，自己受罪不说，还会影响项目进程。我们不同意你回去。"儿子、媳妇坚决表示反对。

徐芑南摆摆手，说："你们啊，只知其一不知其二，我一思考潜水器，头就不痛了，血压也不高了。只要能为国家做好潜水器，我身上就感觉舒坦。"

一时间，谁也说服不了谁。

夜深人静，月亮升起来了，又大又圆。徐芑南夫妻俩一丝睡意也没有，还在你一言我一语悄声谈论着。方之芬毕业于华东理工学院，身上凝聚着科学家和家庭主妇的素养，这些年不但把家务全担当起来，还为丈夫的科研事业做了大量辅佐工作。大深度载人潜水器终于立项了，她同样欢欣鼓舞。只是丈夫的身体，令她充满了担忧！

"我知道这个机遇太重要了，不过……"方之芬欲言又止。她想起了曾为发展中国水下机器人奋斗过的蒋新松院士，正是在66岁那年积劳成疾突然离世的，如鲠在喉的话终于出口了：“艺南，今年你也是66岁了，而且身体又不好。虽说蒋院士身后得了很多荣誉，可我就是想要一个健康的你啊……”

刚说完这句，方之芬就后悔了，怎能“胡乱”联系呢？然而徐艺南非常理解相濡以沫半个世纪的妻子的心情，一句看似“不吉利”的话埋藏着多么深厚的爱啊！他拉过妻子的手，紧紧握着：“别担心，如果不让我参加，成天思虑这件事，可能更不利于身体。咱们把这个项目做好了，过世的新松老兄，还有许多前辈的在天之灵都会高兴的。再说，我不是有你吗！你就是我的幸运星啊！”

“你呀……”方之芬被丈夫的一席话打开了心结，脸色多云转晴了。

徐芑南走到落地窗前，拉开厚厚的窗帘，一缕明亮的月光照进了卧室，感觉到犹如家乡伸来了一双热切的手。他回身向妻子点点头，又指了指窗外。方之芬会意地一笑，轻轻过来依偎在丈夫臂弯里。两人久久凝望着窗外的圆月，心儿已经回到了长江之畔、太湖之滨……

两天后，徐芑南和老伴说服儿子、媳妇帮助办好手续，放弃了安逸休闲的晚年生活，携手飞回国内，投身到7000米载人潜水器的研发与试验之中。

按说，国家“863计划”对于一个项目的总设计师，是有年龄要求的：60岁以内的在职工程技术人员。徐芑南也做好了当顾问的准备，只要能参加这个项目就行。可是，大家分析来分析去，感到他最合适。做总师要有两个基本素质：一是业务全面；二是协调能力强。这些徐芑南都具备。

负责组织攻关的总体组组长刘峰，早在20世纪90年代初，就通过研发无人自治式潜水器结识了徐芑南，深为他的学识人品所折服。7000米载人潜水器重大专项刚一获批，刘峰首先想到了这位老专家，力促其担任总设计师。可徐总工已退休多年，事情操作起来并不容易。求贤若渴的刘峰便直接给时任所长部焕秋打电话，甚至半开玩笑半认真地说：“你们要是不把徐总请出来，这个项目就不知花落谁家了！”

“呵呵，你不用激将法，英雄所见略同，我们早就想到他了。”

果然，徐芑南答应“出山”后，中船重工702所和项目总体组联名向主管部门打报告，科技部领导慎重研究破格批准：聘任已经66岁的徐芑南为7000米载人潜水器总设计师。这一任职，就是整整十个春秋……

有人说，徐芑南的人生高度，几乎可以用中国深海潜水器的下潜深度来衡量：600米、1000米、3000米、6000米、7000米！可以说，中国载人深潜每前进一步都有他的杰出贡献,他的梦想随着潜水器的下潜,不断深入更蓝更深的海域。

是啊,世间能有多少这样厚重的人生呢?从风华正茂的少年到鬓发染霜的古稀老人,从普通的潜艇兵到世界级载人潜水器的总设计师,贯穿徐芑南整个人生旅程的只有一条主线——深潜!让祖国的潜水器潜入海底,去领略那充满奥秘的海底画卷,去探寻那无穷无尽的海底宝藏。

徐芑南是浙江宁波镇海人,1936 年 3 月出生,正是"国破山河在,城春草木深"的年代。镇海地处甬江入海口一带,招宝山被称为"浙东第一山",地势险要,为历代海防要地。鸦片战争时,钦差大臣裕谦监防督战,在此顽强地抵抗英国侵略军。最后,强敌攻破了镇海城防,裕谦投海殉国。这种有海无防、落后挨打的屈辱,深深印在徐芑南的心灵里,他从小立下了好好学习、将来科学报国的志向。

1953 年 2 月 19 日,毛泽东主席视察东海舰队"长江舰",亲切接见年轻的水兵,合影留念,并挥笔写下了振奋人心的题词:"为了反对帝国主义的侵略,我们一定要建立强大的海军!"这年,刚满 17 岁的徐芑南正巧从上海南洋模范中学毕业,深受鼓舞,更加坚定了为保卫海疆当一名造船工程师的理想。他如愿考入了上海交通大学船舶系。

四年半的大学生活,使徐芑南打下了扎实的理论功底。毕业时,他填报的分配志愿是船舶设计所或造船厂,一心想亲手为国家造大船。不料,却被分配到了中国船舶科学研究中心(702 所前身),他以为只是研究单位,找到管分配的老师想换一换。老师说:"研究也要设计,人家想去还去不了呢!你去了就知道了。"

"是吗,那我服从分配。"当时,我国海军建设和国防科研事业发展迅速,但基础薄弱、技术缺乏,急需科技攻关。来到船舶研究所后,徐芑南被派去做潜艇试验。本来他的毕业设计是"水面舰船",这一下要改变方向了,可想到国家的需要,徐芑南毫无二话,由此他的事业就从水上潜入了水下。

20 世纪 80 年代,美、法、俄、日先后研制出 4000 米至 6500 米级的深海载人潜水器。而我国海洋工程也在大力发展,徐芑南作为总设计师,带领中船重工 702 研究所等 5 个单位的技术骨干,成功完成了我国第一台单人常压潜水器和双功能常压潜水器的研制,达到当时国际同类产品的先进水平。

80 年代末,徐芑南被任命为船舶总公司总设计师,提出了赶超国际先进水平,攻克具有光纤通信的缆控水下机器人技术方案。这就是以援救为主、兼顾海洋油气开发的大功率作业型缆控无人潜水器。1992 年起,徐芑南受"863 计划"自动化领域首席科学家蒋新松之邀,又担任了 6000 米自治水下机器人的总设计师,一举成功。

“无人、载人，有缆、无缆……几乎所有种类的潜水器，我都做过了。唯一想做而没机会做的，就是大深度的载人深潜器。”徐芑南不无遗憾地说。

20世纪后半叶，深海技术被认为是与航天技术、核能利用技术并列的高新领域，而载人深潜器则是海洋开发和海洋技术发展的制高点。1996年，花甲之年的徐芑南心有不甘地办完了退休手续，以为自己为之奋斗一生的梦想就此搁浅了。然而，希望往往出现在拐角处。

退休6年后，徐芑南有机会重新披挂上阵，担当了7000米级载人潜水器的总设计师，带领一批中青年科研人员，在大时代中续写深潜传奇，成就了事业的深度和人生的高度……

三、有志男儿聚无锡

富有“太湖明珠”之美誉的无锡，位于长江三角洲平原腹地，北倚长江，南濒太湖，自古便是美丽富饶的鱼米之乡。如今，无锡更因是中国载人潜水器“蛟龙”号诞生地，而闻名遐迩。

负责研制总装“蛟龙号”的中国船舶重工集团公司第702研究所，简称中船重工702所，就坐落在风光无限的太湖之滨——无锡。它依山傍水，逶迤绵延数华里，规模宏大，设施配套齐全，堪称船舶研究机构的远东之最。高大宏伟的科研大楼顶上树立着八个醒目的大字：兴船报国，创新超越。

2002年10月17日，一向宁静的702所大院里热闹起来了，来自北京、沈阳、武汉、南京、杭州、广州、青岛等地的科学精英云集这里，参加一个具有里程碑意义的会议。

在办公大楼庄重而宽敞的会议室里，国家海洋局副局长倪岳峰、大洋协会理事长陈炳鑫、科技部高新技术司司长冯纪春、大洋协会秘书长毛彬、中船重工702研究所所长部焕秋等领导，以及中科院声学所、沈自所和702所、701所等单位的科研人员济济一堂。

红底黄字的会标高悬在主席台上方：7000米载人潜水器总体组和总师组成立大会。原来，国家“863计划”重大专项组、中国大洋协会已经正式下文批准两个组的组成人员名单，今天特意在这里宣告成立。

总体组组长为刘峰，成员是徐芑南、万正权、张艾群、吴崇建和朱维庆。总师组由徐芑南任总设计师、万正权任副总设计师（后改为702所所长、研究员崔维成）、王晓辉（沈阳自动化研究所水下机器人室主任、研究员）任控制系统副总设计师、朱敏(声学所副研究员)任声学系统副总设计师、吴崇建(701所所长、研究员)任水面支持系统副总设计师、刘涛(702所副研究员)任结构设计副总设计师、胡震(702所水下工程室主任、副研究员)任动力与设备副总设计师。

主持人宣布:“现在请总体组成员上台领取聘书!”

年富力强的刘峰第一个走上前来,从毛彬秘书长手中接过大红的聘书,紧紧握手,转过身来面对全场,迎来一片热烈而羡慕的掌声。可是,细心的人发现他只是笑了一下,很快就绷起了脸。他心里清楚,这不是表彰或获奖的证书,而是一纸“军令状”啊!

如此重要的大会,可以说是7000米载人潜水器重大专项启动仪式和誓师会(此时我们的国宝尚未被命名为“蛟龙号”),为何放在无锡的一个研究所内举行呢?因为它是中国载人深潜器诞生的母体和大本营。

过去,我国研制的载人潜水器深度只有600米。从600米到7000米,这是一道很难跨越的天堑。根据设计方案,项目领导小组和总体组明确了分工:中船重工702所负责本体设计加工、总装联调,中科院沈自所负责自动化系统,中科院声学研究所负责水声通讯系统,中船重工701所负责水面支持系统,国家海洋局北海分局负责试验母船改装。此外还有中船重工725所、750所、6971厂,青岛海丽雅集团、河南新乡电池研究院等单位组成的攻关团队,开始了“蛟龙号”的研制之路。

其中,以徐芑南为总师的702所水下工程研究室,承担着潜水器本体成形和最后调试的重任。为此,702所专门组成了7000米载人潜水器领导小组和办公室。全所一盘棋,全力攻难关。徐芑南召集大家开宗明义:“这是一项系统工程,完成这样一项工程,在我看来最重要的是八个字:全局观点,统筹兼顾。”

这八个字说来简单,实施起来难度却非常之大。徐总师从容应对,调动起自己全部的人生积累,与所内吴有生、徐秉汉等专家学者密切探讨,充分发挥集体智慧,严格遵循“设计理念、专家咨询、样机试验、实物考核”的研制程序,确保“下得去,能干活;上得来,保安全”的总体设计理念得到落实。

当时最大的困难是缺人。702所的水下工程研究室正处于人才的“断档期”。研制“蛟龙号”,总师班子就需要好几个人:总设计师、副总设计师、总质量师……除此之外,深潜器的分系统有12个,每个都需要主任设计师。而且,由于国外技术封锁,从最初设计到最终海试,都得自己闯。这支研发团队怎样搭建呢?

这次,徐芑南所花费的心血,比以前所任的总师要多上几倍。“总师重要的是做好顶层设计,但更重要的是在实战中带出一支年轻的队伍。”说这话时,徐芑南俨然是运筹帷幄、决胜千里的统帅了。他与第一副总师、702 所副所长崔维成商量,将几位已经退休的老研究员请回来当顾问,又加紧培养年轻人,并让他们担当重任。

第一副总设计师崔维成,也是一位富有传奇色彩的人物。他是江苏海门人,1986 年毕业于清华大学工程力学系,保送进入 702 所读研究生,两个月之后即被派往英国布里斯托大学留学,获得博士学位后再做博士后研究。1993 年,崔维成怀着一颗拳拳报国之心,谢绝了国外的高薪聘请,携妻轻装踏上归国的旅途。

从小生活在海边,饿了就去海里捕鱼、热了就去海里游泳的经历,令崔维成了解到海洋里有着丰富的资源,立志献身海洋事业。自大学时代起,他在学业大进的同时,还特别崇拜李叔同,将其作为人生楷模:"他诚实守信、一诺千金的性格深深影响着我。"崔维成如是说。

回国后,他在中国船舶科学研究中心先后担任研究实验部主任、研究员、博士生导师。1999 年 4 月被上海交通大学船舶与海洋工程学院聘为"长江学者"、教授、副院长。2002 年,随着 7000 米载人潜水器的立项,崔维成被任命为 702 所所长,协助徐芑南总师攻坚克难。后来,他考虑到必须全身心投入研发中去,便毅然辞去了所长职务,担任副所长。

不少朋友劝道:"没必要辞职嘛,安排好了工作,你照样可以专心做项目啊!"

"不一样!"崔维成坚决地摇摇头,"在其位就要谋其政。只当副职,就有时间更好地去研究、做试验。"

这就是科学家的胸怀,在"官本位"大有市场的当下,崔维成的选择令人十分敬佩。

然而,开始研制 7000 米的载人潜水器,可谓是白手起家。整个本体组只有徐芑南在国外参观过载人潜水器,但也没有参加下潜。其他人还只是从照片上、视频资料里看到过,潜水器内部是什么样,没人知道。为了让大家首先有个基本了解,徐芑南听说浙江大学的陈鹰教授曾去日本访问,进入过"深海 6500 号"潜水器里边,便组织各系统的主任设计师们,如胡震、刘涛、叶聪、程斐等人前去拜访。

由于大家都想多了解一些情况,各自准备了很多问题,有的用 A4 纸打印出来几大张,十几个人组团结队地奔赴西子湖畔,团团围住陈鹰教授,七嘴八舌地询问。开始,陈教授还"吓"了一跳,以为出了什么事情呢!继而他就释然了,为这些科学同行们的探求精神所感动,便尽自己所知道来了个"竹筒倒豆子",和盘端出。

"你们看,这是我拍的'深海 6500'照片,外观与'阿尔文'差不多,只是这几个地方有些改动……"

“那他们的巡航设计采用什么原理呢?”

“内部电力系统是如何分配的?”分工不同的设计师们最关心本专业信息,连珠炮似的发问。

“这个……说实话,当时我没想到咱们这么快也搞起来了,就没在潜器本身上多留心,只是专注于我的研究方向了。”

“那请陈教授多讲讲印象深的观感吧!”

“好好!”陈鹰结合着当时拍下的一些图片,尽量回忆介绍着……

尽管杭州之行收获不大,但还是给702所的访问者们一定的感性认识。回来后,他们便在徐芑南、崔维成等人的领导下,经过热烈而细致的讨论,分头考虑自己的方案,然后制作一个1∶1钢架木制模型,将它平卧在那座红砖车间里。

各个分系统的设计者们就围绕着这个“假家伙”,一点一点地摸索着、研讨着,有时皱着眉头瞅上半天,茶饭不思;有时陷入针锋相对的争论,面红耳赤。

——据压强计算公式,水深达到7000米,压强会达到每平方厘米700千克,即每平方米要承受7000吨的压力。陆地上坚固的钢板,此时变得像纸片一样“软弱”,听任海水挤压折叠。什么样的材料,才能让“蛟龙”在水下成为一条真正的中国龙?

——与太空空间站可利用太阳能不同,深潜器在海底只能靠自身携带的能源。浸泡在可以导电的海水中,潜水器的能量之源——电池系统需承受的考验更为严苛。

——整个潜水器上的电线电缆多达几百根,有些故障只有在深海几千米的水压下才会发生,等潜水器返回,电缆状态已经改变,很难再排查故障。怎么办?

一块块难啃的技术骨头背后,是数不清的尝试、挫折、改进和提高。各路人马分工不分家,呕心沥血,精益求精,一点一点探求着,闯过了一道道难关。

多年后,徐芑南回忆说:“这台潜水器有12个分系统,每个分系统都有自己的难点,每个问题都必须要解决,不能有短板。我们通过不断地仿真分析和模型实验,实现了12个系统在技术上的无缝对接……”

为统筹组织好载人潜水器12个分系统的工作,他根据以往的工作经验,通过与其他技术、管理人员的研究实践,进一步提高了输入、输出、约束、支撑四要素分析法,协调和固化各分系统之间的技术接口和管理接口,将每一个分系统的时间节点、约束条件、支撑性能串连起来,制成表格,按表工作,大大提高了效率和质量。

载人潜水器要想在海洋中自由上下,按常规就必须得有足够的能量来源,但这无疑会增加潜水器的重量,而增加重量必然会影响整个潜水器的技术指标。最后,设计师们选择了“无动力下潜上浮技术”。

徐芑南说:“我们在潜水器两侧配备 4 块压载铁,重量可根据不同深度与要求调整。在下潜过程中,压载铁使潜水器具备负浮力,按照一定速度下潜;当潜水器到达设定深度时,可操作抛弃其中 2 块压载铁,使潜水器基本处于零浮力状态,保持在这个深度上实现作业,包括航行、拍照、取样等;当任务完成,再抛弃另外 2 块压载铁,使潜水器具备正浮力,按照一定的速度上浮,到达水面。”

按照这样的设计,“蛟龙号”载人潜水器最快下潜上浮速度是每分钟 42 米,也就是说到达 7000 米海底大约需要 3 个小时。然而,即使下去了,直接面对的就是复杂的海洋环境,7000 米深海区,要求载人潜水器上的所有设备都必须承受相当于 70 兆帕的深海压力,并且耐得住海水的腐蚀。

此外,还要有语音、文字和画面传输的技术,在深潜器内部配备完善的水声通信系统、水声定位系统和视频系统、自动化控制系统等等。这些都需要我们的“龙之队”精心设计、密切配合,才能获得成功。

整整 5 年的时间里,四面八方的有志男儿汇聚无锡。除了 702 所本体组的人们天天忙碌在设计室、车间之外,还有中科院声学所、沈阳自动化所、北海分局等单位的科研人员,也一连几个月“蹲”在这里上班。以至于传达室的保安员、食堂里的炊事员,都以为他们已经调到本单位工作了,熟悉地叫着老张、小李的名字。

就这样,按照中国特色的“土办法”“攻坚战”,中国载人深海潜水器一点一滴地成长壮大起来了……

四、总体组牵动海内外

兵分数路,另一条战线同样在紧锣密鼓、夜以继日……

自从启动仪式举行过之后,设在北京的 7000 米载人潜水器总体组就开始了紧张而繁忙的工作。几位成员分工把口,齐头并进:徐芑南、崔维成负责潜水器本体设计和总装联调,吴崇建带领 701 所余建勋等人承担水面支持系统,张艾群、王晓辉在沈阳自动化所组织做潜器控制,朱维庆指挥学生朱敏等人研发水声通讯设备。

组长刘峰则如同一部大片的总导演,总体通盘考虑,负责整个潜水器从设计制造、材料经费到培训人员、海试验收等工作,上对科技部、国家海洋局、大洋协会、重大专项领导小组,下对分布在全国的各路攻关大军,横向各有关单位的联系协调,以及国外合作的谈判与签约。大家亲切地称他为“总舵主”。

据不完全统计,参与研制单位达到了103个,涉及北国、江南的研究所、高校、公司企业等等,分为四大系统,也就相当于四个方面军。一是潜水器本体研发试验;二是水面支持系统——包括母船改造与布放设备;三是潜航员系统——这是载人潜水器重要的一环,从招收到培训;四是应用系统——潜水器研发出来,要考虑怎样去应用,由谁管理、维护、经营。

四大系统缺一不可,只有把它们有机地衔接起来,才能使载人潜水器真正发挥作用,而这正是总体组的重任。每一项工作里都饱含着太多的酸甜苦辣、喜怒哀乐。下面,笔者根据采访讲述几个小故事,从中可了解他们遇到的困难和工作状态。

1. 酒的魔力

"干杯! 尊敬的院长。中国有句古话:生意不成情意在,我们还是朋友,请干杯!"

"好好,话是这么说,但是我们都很忙,不是专程来喝酒的……"

北京一座星级酒店包间里,正在举行一场别有意味的晚宴。一方是中国大洋协会、7000米载人潜水器总体组的成员。有大洋办副主任、总体组长刘峰、中方代理商等人。另一方是以俄罗斯圣彼得堡克雷洛夫船舶研究院院长拉维奥罗夫院士、副院长彼拉也夫教授为首的俄方人员。尽管中方上的是国内最好的高度白酒,主陪副陪们也在不断地敬酒,可本来善饮的俄罗斯人总是打不起精神来,只是低着头喝闷酒。

事情起因于一场不欢而散的谈判。

我们的载人潜水器走的是一条自主设计、集成创新的道路,站在世界高科技的前沿上,到国际市场上购买材料、委托加工,完成自己的设计理念。这样就比等待国内工艺材料都达到先进水平再做快得多。这是当今各国科技界惯用的一种方式。其中,载人球体需用钛合金制造,强度大,比重轻,耐高压耐腐蚀。经过反复权衡对比,总体组决定请具有高超工艺和成功经验的俄罗斯克雷洛夫船舶研究院加工制造。为此,以刘峰为团长的大洋协会代表团数次前往俄罗斯访问、洽谈,终于在价格、标准、工期等方面有些眉目了,便邀请他们前来北京最后敲定、签字。

由于历史和现实的原因,俄方专家愿意与中方合作,共同研制开发深海载人潜水器。他们一行7人,包括两位院长高高兴兴地来到中国,经过一周的友好磋商,就所有合作细节比如付款方式、交货日期等都达成了协议。大洋协会办公室决定搞一场正规而热烈的签字仪式,大造声势,为建造中国深海载人潜水器开一个好头。不料,计划报到有关领导部门,却卡壳了:“立项还在走最后程序,先不要签。”

一句话,让具体参加谈判的总体组很为难:技术上都已经谈妥了,总不能在国际合作中失去信誉吧?可又不能告诉俄方实情,只好采取拖的办法,请他们去参观或者休息。一天过去了,两天过去了,还是没有回音。人家看出是中方出了问题,在一次例会上,拉维奥罗夫院长一摔笔记本,脸色不悦地说:“不谈了,我这个院长,国内还有许多工作呢,没有时间在这里空等。马上订明天的机票回国。”

稀里哗啦,几位俄罗斯人拉开椅子,起身要走。这可使中方人员有点着急了,因为好不容易谈好了合同,如果不能及时签字生效,前景难以预料,那就可能影响载人球舱的制造。刘峰与在座的同事们互相看了看,不甘心就此作罢,说:“对于这种情况,我们十分遗憾也很抱歉。你们明天要走,今晚我们请各位吃饭,也算是饯行吧。”

俄方人士尽管心中不快,但不好推辞:“好吧!”

一场表面热烈而实则尴尬的宴会就这样开始了。刘峰和中方代理商作为东道主不断地向客人劝酒:“来来,多喝点,中国人说‘不打不成交’,虽然今天没有签订合同,但我们进行了真诚的谈判,从现在起就是好朋友!”

“是啊,是啊。来,干杯!”俄罗斯人大多有酒量,也喜欢中国的白酒,看到陪同人员如此客气,慢慢缓解了情绪,脸色多云转晴,一杯一杯地干了起来。为了表示主人的诚意,几位中方人员不管平时酒量如何,也都“舍命陪君子”。

酒过三巡,菜过五味,气氛开始热闹了,刘峰斟满了一杯白酒,悄悄将院长拉到一边说:“我个人非常敬佩院长先生的学识,再敬您一杯,瞧,干了!”一仰脖子,满满一杯酒热辣辣地灌了下去,由于已经喝了不少了,加上急了点,眼泪差点激出来。

拉维奥罗夫感动了,也毫不犹豫地喝干了酒,一亮杯子,两人笑了起来。刘峰接着说:“院长啊,您先回国,能不能让您的副院长留一留?估计再有两天就会有结果的。”

铺垫做好了,一切顺理成章,拉维奥罗夫爽快地点头了:“可以!就让他晚走两天吧。”

最后,双方喝得痛快淋漓,一个个摇晃着走出了餐厅。俄方人员就在本饭店里住宿,而刘峰和代理商送走了客人,互相搀扶着不知从哪儿出了门,一溜歪斜地找不着自己的车了,只好各自打车回家。忠实的司机竟在停车场苦等到天亮。

幸亏这一顿黑天昏地的“大酒”,最后挽留住俄方副院长彼拉也夫又等了三天,程序终于走完了,传来一声福音:“合同可以签了!”

事不宜迟,刘峰马上组织有关人员加班加点做好准备工作,连夜举行简朴的签字仪式。中俄双方在这份来之不易的合同上郑重地签了字。时间已到凌晨一点多了,在场的人员没有一丝睡意,在响亮的掌声中,大家开心地举起香槟酒,互致祝贺,共同度过了一个难忘的不眠之夜。

虽说原本计划中的仪式应该轰轰烈烈的,现在显得有点冷清,但却是经历了几次三番磨难,来之不易啊!这一签,7000 米载人潜水器最关键的部件落实了!

2. 紧急出国

深海潜水器除了钛合金球舱之外,还需要一种优质的浮力材料,使其在水中具有超强的浮力,便于完成海底作业后迅速上浮。经过在国际市场上反复比较、遴选,总体组选中美国一家公司生产的浮力材料。它由硼硅酸盐原料经高科技加工而成,具有质轻、导热低、强度高、化学稳定性良好等优点。

不料,这种浮力材料却没有通过美国政府出口许可审查。载人潜水器研发虽然作为民用科研项目立项,中国大洋协会是项目的最终用户和业主,也承诺不用于军事目的、不转让第三方,但由于其应用范围的敏感性,还是引起了美国官方的猜忌。作为折中和让步,美方出口审查小组同意将浮力材料的性能降低一个等级后出售给中方。

那家公司负责人找到中方,双手一摊:“没办法,我们必须服从政府的决定。”无论中方如何解释,对方只是耸耸肩,表示爱莫能助。

为了不影响大局,中方决定接受这一现实,适当增加浮力材料,但这对潜水器整体设计产生了巨大影响:增加材料,意味着增加潜水器的体积和整体重量。由此,潜水器的总体布置、设计图纸必须重新再来,布放回收系统的起吊能力和母船的改装,也都必须另行复核论证……

没说的,大家憋着一口气,想方设法,逐一克服!

一波刚平,一波又起。根据合同约定,这种材料需运到美国公司设在英国的工厂,按照中国的设计方案加工成型。合同生效后,浮力材料公司分两批运往英国加工。第一批顺利完成交货运抵上海,而第二批在希斯罗机场发运时却遇到了麻烦:英国海关决定在已经加工成型的浮力材料上打孔取样,测定实际比重。如此,几箱已经加工成型的浮力材料被扣押在伦敦希斯罗机场……

消息传到北京,总体组长刘峰坐不住了,会不会再节外生枝?他立即上报主管领导,得到一句话:马上出国解决,尽快促成英方按照合同规定的期限交货、发运。

十万火急,刘峰用最短的时间办妥手续飞往伦敦,立即找到中国驻英大使馆科技参赞,说明了情况:“请赶快帮助想个办法,就这么扣在机场,可真耽误大事了!”

"别着急,先坐下喝口水。"参赞一边倒水一边思考,"如果进入了检查程序,是不能取消的。但我们可以抓紧协调,请海关方面加快速度。"

情况摸清楚了:浮力材料是按照合同规定生产加工的,比重在工厂经过检验是合格的。英国海关开展的是出关前复查,程序正当,无可厚非。但是,对中方用户来讲,这种把关来得有些迟了。即便在中国驻英大使馆的积极沟通协调下,检测和审核过程还是耽搁了近两个月的时间,才予以放行。

五、海试第一潜:"下不去"与"联不上"

哦,南海!蓝水晶一样的南海啊!

她全名为中国南海,周边被中国大陆、中国台湾岛、菲律宾群岛及中南半岛所环绕,因位于中国大陆南边而得名,也称南中国海。这里是中国最深、最大、最纯净的海,面积356万平方千米,约等于我国渤海、黄海和东海总面积的3倍,仅次于南太平洋的珊瑚海和印度洋的阿拉伯海,是世界第三大陆缘海。

其中属于中国管辖范围——九段线之内的有210万平方千米左右,平均水深1212米,最深处达5567米。南海有四个群岛,分别是东沙群岛、西沙群岛、中沙群岛、南沙群岛,分布在一望无际的深蓝色海面上。如果从空中俯瞰,宛如一朵朵睡莲盛开怒放,又如一串串珍珠晶莹璀璨……

中国第一台深海载人潜水器的海试场就选在这里。2009年8月初,试验母船"向阳红09"船载着海试团队和精心打造的"和谐号",出长江,入东海,在绿华山锚地避让"莫拉克"台风,同时做好海试文件宣贯、组织制度建设、机械设备检查、操作规程演练和队员抢险救生等各种准备工作,一路乘风破浪,驶到了南海三亚以南某海域。

按照预先确定的试验原则:由浅入深,逐步推进。载人潜水器海试划分为1000米、3000米、5000米和7000米级深度四个阶段,其中第一阶段又包括50米、300米和1000米三个小阶段。每一步都有详细的试验计划,阶段试验结束后召开专家会议,对试验结果进行评估,海试领导小组再根据专家意见集体研究决定下一阶段的任务。

经过严密的分析研究,他们把南海试验海域分为A1、A2、B1、B2等几个海区。50米级海试主要在A1区,这里也就作为中国载人深潜器的摇篮,走进了流芳百世的当代科技史。

8月15日,一个特殊的日子——1945年8月15日,正是日本宣布投降的那天。现场指挥部决定在这一天,在三亚锚地南25海里处,实施水面布放试验,这也是整个海试的第一潜,意义非同寻常。

试验目标是:复核潜水器与母船布放回收系统之间的工作匹配和协调性,完善潜水器从甲板到水面布放和从水面回收至甲板操作规程,积累操作经验;水声通信机和定位声呐的调试;潜水器各系统和设备在海上的功能复核。潜航员初步得到海上操控潜水器的实践,锻炼各部门、岗位的协同配合能力,通过实践修订、完善作业规程,提高现场指挥部指挥控制能力等。

天蒙蒙亮,水天线刚刚分开,"向九"船的后甲板上就忙碌起来。水面支持系统、担负解挂缆的"蛙人"小分队和各个保障岗位的海试队员们,按照各自的分工和平时的演练,各负其责、有条不紊地工作着。上午8点30分,两位年轻人——潜航员唐嘉陵、声学所的技术人员张东升先后进舱。

紧接着,载人潜水器第一副总设计师、702研究所副所长崔维成沿着小梯下到舱内。他兼任现场指挥部成员,负责潜水器本体组织领导,从一开始研制就明确表态:"作为设计者,我们有信心先下潜。徐总师年纪大了,这就是我义不容辞的责任!"所以,他胸有成竹,一点儿也不紧张。早上船医傅晋领按惯例给他测量血压:80/120,十分正常。

8点55分,主驾驶唐嘉陵熟练地检查完各种设备,一切正常,向指挥部做了报告。随着一声"布放"的口令,机声隆隆,轨道车后移、A架前摆、主吊缆下放并与潜器对接、起吊、副钩接上、A架向后摆动。突然,A架摆到位了,潜水器吊离船体,却发现副钩无法脱开,反复操作几次仍不能脱钩。负责操作A形架的701所大个子工程师余建勋,脸上冒汗了,本来就白皙的面庞更显灰白。

潜水器舱内,三名试航人员被吊在空中,迟迟下不了海,他们满腹狐疑,尤其两位年轻人,面面相觑。还是崔所长沉着冷静,安慰说:"你们不要紧张,紧张也没用,就把紧张留给外面的同志吧。我们该干什么就干什么。"

小唐和小张脸色缓和了,相互讨论起潜水器操作规程来。这时,现场指挥部命令"收回潜水器"。A架把他们放到轨道车上带回甲板。技术人员迅速检查,发现是起吊时主缆收得不到位,两只副钩只挂上一只,由于作用在一只副钩上的力过大,从而使受力的副钩不能解脱。

故障排除,潜水器再一次起吊并顺利入水,试航员开始进行水面检查。张东升启动声学系统调试,结果与水面联系不上。承担母船与潜水器无线电通信的甚高频(VHF)一片嘈杂声,根本听不清楚。主驾驶小唐和声学技术员小张急得抓耳挠腮,一筹莫展。事情报告给声学负责人朱敏研究员,他同样忙得满头大汗,却始终解决不了问题,后来无线电信号干脆中断了。

按照海试规范,水面与水下通信建立不起来,潜水器是不能下潜的。总指挥刘峰不得不再次下令:回收潜水器。接连两次布放入海、水面调试都出现了一定问题,出师不利,但检验了组织指挥系统的通畅性、融合性,提高了各岗位操作的配合程度,保证了首次海试的安全,探索了实施海试的特点和规律,也算是一个收获。

当晚,指挥部深入分析,认为水声通信不畅是主要问题,必须立即解决。否则海试将无法进行下去:潜水器入海如果没有建立通讯联系,等于"盲人骑瞎马,夜半临深渊",相当危险。潜水器声学组人员真是"压力山大",特别是中科院声学所的研究员朱敏。他是7000米载人潜水器通讯系统总设计师朱维庆教授的学生,也是副总设计师,他代表朱教授带领一批年龄多在30来岁的年轻人张东升、杨波、徐立军、刘烨瑶等,冲上了调试水声通讯的第一线。

当然,他们不是单打独斗。"老总"朱维庆教授最初也来到了船上,只是因身体原因没有出海,坐镇三亚基地远程指导。而整个中科院声学所,更是他们的强大后盾,热线电话随时保持联系。潜水器本体总设计师徐芑南,也与大家一起攻关。"向九"船大副李玉波曾当过无线电师,主动帮助查找问题。经过连夜的故障排查、紧急抢修,终于有了好的结果。

8月17日,"向阳红09"船奔赴A1海区50米等深线,"和谐号"将在这里进行50米深度第一次下潜。清晨,东方海面上刚露出一片鱼肚白,隔海相望的三亚城的灯光,还像调皮孩子的眼睛一闪一闪地眨着,"向九"船装有潜水器的后甲板上已经热闹起来了。为了对相关设备进行维护检测,以及调整压载块的重量,需要拆除相对部位的轻外壳和浮力块。

一大早,702所的张桂宝、顾秋亮、张建平等人就穿好防滑鞋、戴上安全帽聚集到潜水器身旁。在船侧灯的光照下,踏着摇晃的脚手架,登上披着露水的潜水器,一丝不苟地精细操作。很快便在试验前拆除了轻外壳,安装好了压载铁,做好了下潜的准备工作。大家擦着脸上的汗水,望着东方涌出的一轮红日,露出了欣慰而愉悦的笑容。

试验开始了,"和谐号"顺利布放入水,主要内容为调节潜水器均衡。然而,就在蛙人顺利解开龙头缆和拖曳缆,水面检查正常,刘峰总指挥发出"下潜"指令后,意外发生了:压载水箱注水系统启动,直至注满,按说应该自由落体逐步下潜了。可是似乎很留恋和它一起成长起来的工程师们,潜水器仍然浮在水面上,就是不往下潜!

指挥部里一片茫然，不知发生了什么事情。刘峰手拿着话筒，一遍遍呼叫着："和谐、和谐，检查水箱！"

"注水正常，已经全部注满。"

"使用自身推力器。"

"是。"试航员一边应着，一边操作下潜装置。不料还是不行，潜水器好似与大家开玩笑似的，在水面上漂浮着，就是不潜下去。好家伙，潜水器成了不敢扎猛子的旱鸭子？

后甲板上，总设计师徐芑南一直站在那儿默默观察着，心里完全明白毛病出在哪儿了，他自言自语地说："保守了，太保守了……"原来，"和谐号"采取的是配重和抛载的无动力下潜上浮，毕竟是第一次来到大海上试验，原则是"安全第一"，"下得去，上得来"，确保潜水器和试航员的安全，因而在配重压载铁时过于求稳，计算过轻了，以至于注满了水箱，潜水器还是轻于海水比重。下潜失败。

总结会上，徐芑南心情沉重地说："不应该犯这样的低级错误，丢人哪……"

"徐总言重了，你和方老师这么大年纪跟我们出海，这就很不容易了！"临时党委书记刘心成劝慰道。

总指挥刘峰接上说："是啊！徐总，试验嘛，就是这样不断总结经验教训，一步步前进的，下回就好了！"

是的，海试团队就在这样的情感氛围和必胜信念的支撑下，不断迈步向前。

吃一堑，长一智。接受了失败的教训，总师组在徐芑南率领下，连夜修改配重方案，配重增加至 140 千克，同时水声通讯系统也进行了改进，指挥部决定趁热打铁，再次海试。

第二天——8 月 18 日，一个晴好的天气。东南风 3—4 级，浪高 0.6—1.4 米，流速 0.7 节，气温 29.1℃。海试团队在 A1 区继续进行 50 米载人潜水。潜水器本体主任设计师之一叶聪担任主驾驶、唐嘉陵担任左试航员，而右试航员座位上则是于杭教授——这位著名的海洋科学家，担任此次海试的技术专家组组长，本不需要亲自下潜海试，可他有过多次在海外乘坐深潜器的体会和经验，特别是对祖国深潜事业的一颗赤子之心，使他毫不犹豫地身先士卒，以身作则，给年轻的潜航员巨大的信心和勇气……

"各部门准备！"随着刘总指挥的一声令下，又一次海试，也是总第 8 次下潜开始了，内容还是以潜水器均衡调节为主。

10 时 35 分进入部署，10 时 48 分试航员进舱，潜水器布放入水。而后在水面注水10分钟，叶聪操作推力器下潜，在28.5米深时停下，进行各项调节试验。于教授和唐嘉陵在一旁协助，分别对避碰声呐、测深侧扫声呐等5种声呐进行了测试，工作良好。进而，“和谐号”下潜到38米，稍作停留开始上浮，距海面10米时进行抛载试验，随后迅速返回，当它红色的脊背露出蓝色的海面时，“向九”船甲板上的人们一片欢呼。

虽然仅仅是下潜38米，与7000米设计目标相差甚远，但毕竟是海试团队通过努力，迈出了走向大海深处的第一步，也是中国载人深潜的第一步。当“和谐号”被吊装回母船，三名试航员依次出舱时，拿出携带至水下的一面鲜红的五星红旗，并肩携手展示在大家面前。“哗……”迎来一片热烈的掌声。

指挥部成员与三名试航员一起振臂高呼，合影留念，然后一起在国旗上签名纪念。《海试快报》则以“热烈祝贺我国载人潜水器首次潜水成功”为题发表特刊。

千里之行，始于足下。相比之后的一次次百米、千米的巨大成功，这个小小的38米在深度上微不足道，但意义却十分重大。这说明我们的自主设计、集成创新的潜水器可以安全下潜和上浮了！

2009年10月3日，中国载人潜水器下潜1000米海试成功。

2010年6月22日，已经正式命名为“蛟龙号”的中国载人潜水器，在我国南海下潜3000米海试成功……

六、惊心动魄的深海警报

虽然下潜深度突破了3000米，但是试验项目还远没有做完。

2010年7月8日，“向九”船从三亚向3000米试验海区航渡，准备冲击新的深度和解决海试中出现的问题。因为世界海洋平均深度为3682米，科技部社发司领导要求载人潜水器本年度试验应超过这个深度。而原先确定的下潜点只有3500米，指挥部决定向东南方向移动4海里，坐标点为北纬18度35分，东经116度28分。

凌晨3时许，“向九”船航行到达修改后下潜海域，首先进行CTD测量作业，北海分局大洋技术中心随同海试的技术人员曾现敏、黄云明操作，测量深度达到3765米，4时30分结束。北海分局大洋技术中心副主任张洪欣开始使用Bathy2010进行测线作业，东西南北共2条测线，每条长度4海里，6时30分结束。这是每次下潜试验前必须做的工作，为潜水器提供了可靠的技术参数。

今天计划进行第33次下潜，试验内容：无动力下潜上浮；接地检测性能复核；

液压系统和航行功能复核。由唐嘉陵、叶聪、崔维成执潜。

上午10时，指挥部发出“各就各位”号令，十分钟后“蛟龙号”入水。而后，一路顺利下潜。10时56分，潜水深度达到了1100米。11时06分，潜水器到达1700米左右。就在这时，一直紧盯着电力接地检测仪的崔维成忽然说：“不好！接地值又开始升高了！”

“是吗？”叶聪和唐嘉陵也赶紧看了看仪表，果然指针在向上移动，心里不免有些紧张。

接地检测值是报告水密电缆和水密插件的漏水警报。要知道，载人潜水器身上布满了大量防水密封的电缆和插头，供给潜水器的控制系统、水声通信、生命支持系统和舱外机械手、摄录设备，以及照明灯光的动力。简言之，这些电流通道就是潜水器的血管和神经，必须经受得住海底几百个大气压的压力，不漏水不短路，才能保证潜水器正常工作。万一穿舱泄露，海水在巨大的压力的作用下射进载人舱，其威力如同子弹一样，潜水器和舱内人员的后果可想而知……

为了及时监测了解水密电缆和插件情况，本体设计者702所的专家们特意安装了一台接地检测仪，检测值必须保持在一定的数值以下，才能保证安全，最大值不得超过1.2。如果超过了最大限定值，说明电缆有可能进水，必须立即停止试验，抛载上浮。去年，在1000米以下海试时，这个问题不太明显，基本上保持在正常数值内。今年陆续超过2000米，进入3000米海深时，接地检测值不断偏高，有时甚至超过了1.2，以至于不得不无功而返。

可是，试航员们发现了一个奇特的现象，当潜水器上浮到1000多米时，接地检测仪指针又恢复到0.07以下。特别是回收到甲板上，潜水器维护部门抓紧检查时，却什么故障也没有发现，所有电缆和插件都是正常的。几次三番，弄得大家十分头疼。如果这个问题不能从根本上解决，就像一颗不定时炸弹，是一个严重隐患，海试将无法进行下去。

经过再一次全面细致的检修，更换了所有可能漏水的零配件，海试队满怀期冀地实施第33潜次试验了。702所副所长、潜水器本体副总设计师崔维成亲自下潜，看看到底是怎么回事。前边一直正常，到达2000米左右时，那个故障又一次出现了。0.9、1.0、1.05……三位试航员采取了相关措施，暂停通信联络，关闭舱内电源，都无济于事。

“向九”母船指挥部大屏幕上，同样实时反映出潜水器水下情况。本来，大家都在期待奇迹出现，看到下潜接近2000米了，还在正常值内，以为已经攻克这个难关了。中央电视台随同采访的女记者还在与大家轻松说笑。不料，就在超过2000

米时,潜水器接地检测报警显示变成了红色字体,指挥部的气氛顿时凝重起来,一下子变得鸦雀无声,进出的人们都小心翼翼地走路、开门,而那位女记者不知道什么时候悄悄从前排退到了后排。人人捏了一把冷汗。

海水下面的“蛟龙号”舱内,更是一片紧张,接地检测指针一路上扬,从1.05到1.16,即将达到最大值1.2了。当潜水器下潜到2050米时,指针升高到1.338,这预示着随时可能发生不测事件。母船上的现场指挥部不得不下了死命令:“立即上浮!”最后,潜水器终止在2088米的深度上,叶聪操作抛载了压载铁,上浮返航了。没有冲破曾经到达的3000米,也没有做任何试验科目,徒劳无功,这是一个失败的潜次。

令人啼笑皆非的是:就像前几次一样,当上浮到1000米左右深度时,报警自动消失,接地检测指针又回到了0.07以下。潜水器返回母船后,深潜部门长胡震立即组织电力与配电小组的工程师程斐、杨申申、王磊等人进行全面检查。拆开潜水器,一点一点搜索故障点,并且邀请了专家咨询组一起深入分析,把可能想到的地方全部检查了一遍,还是没有找到真正原因。万般无奈之下,只能采取缩小故障范围的措施,把最受怀疑的电源至应急液压源一路直接接入舱内,若再出现异常,就依次断掉相应的线路。

这个办法行不行呢?只有到深海里去检验才能确认。可是,隐患未除,万一在水下电路失效,那将带来灭顶之灾。

当天晚上,潜水器总师组召开扩大会议,分析问题,商议解决措施。现实就这样严峻地摆在面前:要解决接地报警问题,也就是电路绝缘问题,在母船甲板上的检修手段非常有限,必须下潜!经过充分讨论,各系统的主任设计师们纷纷表态:“我们的设备不怕压!下吧!”

“对,传感器就是坏了,也不会造成大事故,我们有备件,上来就换。”

最后,总师组形成了统一意见:在保证安全的前提下,也就是说只要接地数值不超过1.2毫安,就大胆下潜,让深度把问题彻底压出来。现场指挥部与专家组认真研究后,认为可行,决定继续下潜试验。

不料,情况更加严重:在第35潜次海试中,当潜水器下到了40多米后,接地值就开始升高,一路下潜一路报警,到300米时竟高达1.5毫安。再往下潜到了800多米,指针又回落到了0.9。看来故障点极不稳定。为了安全起见,指挥部要求他们立即上浮返航。

执行此次海试的于教授,与主驾驶叶聪、试航员杨波商量:这样上去,还是找不到具体原因,我们只有再深入一步,在水下采取检测措施,才能把这一顽固的故障“逼出水面”。再说,通过这么多次的深潜,已经深刻感觉到潜水器性能安全可靠。只要密切观察,做好各种准备,安全是有保障的。是啊,不入虎穴,焉得虎子。同意!继续下潜!三人把手紧紧握在了一起。

这是需要冒着极大风险的,万一不明故障造成了短路断电甚至是爆炸进水,后果相当严重。这一大无畏壮举犹如董存瑞手举炸药包、黄继光飞身堵枪眼,我们的科学家、试航员在不断报警的情况下,脸不变色心不跳,勇敢下潜、下潜……

写到这里,笔者的手在颤抖、心在激荡,仿佛看到数千米的深海里,试航员们驾驶“蛟龙号”一步步向海底逼近,向阻挡中国人实现“海洋强国梦”的难关冲击。明知山有虎,偏向虎山行。他们是真正的勇士,是可歌可泣的英雄!

诚然,他们不是蛮干,不是硬拼,而是建立在科学保障的基础上,凭着对祖国载人深潜事业的挚爱和对“蛟龙号”安全性能的自信,将生死置之度外,沉着、镇定、果敢地处理面前的问题。当下潜至1800多米深度时,报警数值再次升高,他们冷静观察,对用电设备逐个采取隔离措施,同时继续加大下潜深度,延长报警出现的时间,以求固化故障点……

苍天不负有心人。他们终于揪住了这只时隐时现的“幽灵”尾巴。“蛟龙号”顺利返回母船后,于教授、叶聪向维护人员反映了水下观察到的问题。电力与配电小组连夜检查,发现在一根32芯线电缆的插头根部有电火花烧蚀的微弱痕迹,进一步检查,锁定了多次出现的副蓄电池泄露报警原因是水密插头进水。两根导线在平时由绝缘胶皮相隔,相安无事,可当进入深海1500米以下,压力增大,将导线紧紧压在一起,细微毛刺造成短路报警。而当上浮到水面时,压力减小,两根导线分开,则一切又正常了。

哈!众里寻他千百度,蓦然回首,那人却在灯火阑珊处。找到原因,对症下药,彻底解决。指挥部决定,各有关部门连夜排除故障、检查系统软件、修改作业流程。当晚,现场指挥部、潜水器准备室、声学控制室、后甲板、灯光下,到处都是忙碌的人影,直到天边亮出了鱼肚白……

七、五星红旗在海底飘扬

2010年7月12日,又是一个值得中国深潜人自豪的日子。

经过一夜检查排故,维修保养,解决了长期困扰潜水器接地检测报警的元凶,进而又更换了全新的蓄电池箱。全体海试队员信心大增。现场指挥部决定乘胜前进，今天进行第36次下潜，海试任务是：在南海海底插上中华人民共和国国旗、布放“龙宫三号”标志物、使用热液取样器提取海底水样、接地检测复核等。试航员为叶聪、唐嘉陵、刘开周。

原计划9时30分开始试验，但在8时对潜水器下潜前综合检查，安装轻外壳时，责任心很强的技工顾秋亮——他是702所的老师傅，技术高超，曾获“江苏省技术能手”称号，突然发现备用蓄电池箱周围几个螺栓有油迹，进一步检查，原来是蓄电池箱出现了一条细微的裂缝。胡震立即带领配电组更换，直到中午12点才完成。

“怎么样？胡总，今天还行吗？”指挥部有些担心。

“没问题！我们保证把一切都准备好了。”胡震斩钉截铁地回答。

“好，13时各就各位！”在指挥部号令下，各部门紧张有序地操作起来。

13时15分，“蛟龙号”布放入水，建立水声通信后下潜。13时48分，潜水深度1000米，之后一路“顺风”，2000米、3000米、3682米，15时16分到达3757.31米，平了7月9日的纪录，安然坐底。

接下来，唐嘉陵、刘开周两人负责观察、巡视，主驾驶叶聪操作机械手，准备布放海底标志物了……

在深海里留下自己的纪念性标志物，是载人潜水器的一项特殊任务。早在去年300米海区试验成功在即时，总指挥刘峰就想到了这一点，找到临时党委书记刘心成说：“下一次试验，潜水器要坐底，咱们能不能做一个标志性物品，用机械手放入试验区海底，它将永久证明我们试验的真实性。”

“这个想法好，我完全同意。走，咱们找船长商量商量。”他们说着来到船长房间，向窦永林说明了意图。

窦船长是个明白人，立即找来轮机长刘军、副支队长陆会胜、于教授一同研究。大家考虑到保留时间尽量长，在水中要有稳定性。刘心成提出用3毫米钢板加工一个倒T字形构件，上面印上“中国载人深潜试验留念　2009.9”字样。陆会胜建议：为了使潜水器机械手顺利布放，可在构件上方系一段浮力缆。同时为了保证在水下目视清晰度，底色涂成白色，字体用红色。方案确定，由船长组织加工。

一个多小时工夫，在轮机工作间内完成了构件加工，水手长李斌组织人除锈，刷两度防锈漆，两度白油漆。李玉波大副和刘洪俭水手负责刻字。他们技能娴熟，干得既快又漂亮。刘峰总指挥看后夸奖道：“船员中能人真多，没有干不成的事。”印好字后油漆还不干，很多人就来拍照，因为一旦放入海底，除非潜航员，一般人永远见不着了。

2009年9月20日上午进行第18次下潜试验。一大早，于教授在胡震主任等协助下，小心翼翼地把标志物放入潜水器前下方采样篮中，正常下潜了。9时30分，潜航员报告：在292米坐底成功。北纬18度59.985分、东经112度37.225分，操纵机械手成功布放了中国载人深潜试验标志物。

大海作证：2009年9月，一群敢于闯荡深海的中国人在此留下了足迹。

时光转到2010年，3000米级海试又开始了，中船重工702所早就准备好了海底标志物：一面旗杆高50厘米的国旗，一个直径30厘米的八角形盘子，上面印有五星红旗图案和“中国载人深潜海试纪念：2010年”字样，起名“龙宫三号”（前期已经把“龙宫一号”和“龙宫二号”布放到了300米试验海区），两项均由耐高压防腐蚀的钛合金制成。

历史性的一刻终于到来了，叶聪一边稳定住潜水器，一边用机械手从舱外采样箱里取出了那面钛合金制的小型五星红旗，小心翼翼而又郑重其事地高举着伸出去，选择了一块平坦的地方，牢牢地插在南中国海的海底！在明亮的舱外灯照射下，鲜红的国旗矗立在透明的海水里，永远伸展着，随着洋流轻轻摆动，俨然迎风飘扬在万里晴空！

三位潜航员久久地凝望着那面挺立在深海的五星红旗，心潮澎湃，热泪盈眶，感到无比的光荣和自豪。那一刻，他们如同战场上的旗手一样，冲破重重枪林弹雨的拦阻，将胜利的旗帜插上刚刚攻克的制高点；又仿佛天安门前的国旗班，迈着整齐雄壮的正步，迎着清爽的晨风，把凝聚着神州儿女热血红心的国旗，与霞光万道的太阳一起升起来……

这是中华人民共和国的国旗第一次出现在南海海底，意义非同寻常！

八、深海与太空的对话

全中国乃至世界瞩目的一天终于到来了！

公元2012年6月24日，在浩瀚的西北太平洋马里亚纳海沟海域，东经141度58.50分、北纬10度59.50分，中国“蛟龙号”载人潜水器开始正式冲击7000米深度。早晨6时30分，大雨如注，海浪翻飞，现场指挥部和临时党委在功勋卓著的试验母船——“向阳红09”船值勤甲板上，冒雨举行试航员出征仪式。

夜幕还没有完全退去，明晃晃的甲板大灯亮如白昼，一条写有“中国载人潜水器7000米海试试航员出征仪式”的大红横幅格外光彩夺目。从2002年立项起，直至如今2012年第四年海试，这句“7000米”早已耳熟能详了，经历过了种种风风雨雨、坎坎坷坷，闯过了一道道难关，终于将在今天成为现实了！

指挥部和临时党委的所有成员，身穿蓝色的海试队服，头戴安全帽，整齐列队，久久注视着那横幅上的十几个大字，感慨万千，神情激动。三位重任在肩的试航员——“蛟龙号”主任设计师、首席试航员叶聪，中科学沈阳自动化研究所副研究员刘开周、中科院声学研究所副研究员杨波，站在队前，左胸前的五星红旗标志分外醒目，映照得他们年轻的脸庞一片红光。

仪式由刘心成书记主持。

刘峰总指挥脸色凝重而坚毅，向即将第一次冲击7000米（总第49潜次）深度的三位试航员做了简短动员，随即一挥手：“现在我宣布，试航员出发！”

现场指挥部、临时党委成员与他们一一握手、紧紧拥抱，此时没有了言语，只是用手在背上重重拍了几下。这是重托，也是祝愿。

三位试航员健步登上维护平台依次进舱。主驾驶叶聪最后一个进去，特意回身招了一下手，显示出一定要完成任务的信心和决心。雨虽然很大，但所有送行人员没有撤离现场，各个岗位继续按照部署开展工作，人们的衣服淋透了，内心里却充满了阳光。

7时整，指挥部宣布“各就各位”。轨道车移动、拆除限位销、挂主缆、起吊、A架外摆、挂龙头缆、布放入水、解缆等动作一气呵成。潜水器逐渐漂离母船尾部。不远处，“海洋六号”船在担负警戒任务。

自从5000米海试开始，新闻媒体公开报道“蛟龙号”情况以来，为了统一口径，海试队建立了新闻发布制度，由临时党委书记刘心成代表现场指挥部做发言人。现在，他第一次向随船采访的媒体记者权威发布：“‘蛟龙号’7时29分入水，7时33分建立声学数字通信，现在正以每分钟41米的速度下潜，潜水器设备正常，试航员状态良好。”

现场指挥部屏幕上的数据不断跳动着：1000米、2000米、6000米，随着深度的增加，刘心成的心情更加凝重：出征以来漂洋过海，迎“玛娃”台风而不畏，遇“古超”气旋尤奋勇。可变压载、推力器等遭遇深海高压几次受挫，团队逆境而上，挑战极限，一路拼杀。哽咽、泪水、走麦城交替出现，鲜花、贺信、掌声一路同行。当想到……他不敢多想，也没有时间多想了。10时05分，刘峰总指挥提醒道：“老兄，该做第二次权威发布了。”

“好。”刘心成核对了一下数据，清了清嗓子，对记者们说，“‘蛟龙号’于10时04分下潜到6000米深度，目前以每分钟35米速度下潜。潜航员叶聪报告设备正常，人员状态良好。”

指挥部鸦雀无声。大家目不转睛，紧紧地盯着显示屏，有人还不时地揉揉眼睛，唯恐看不清闪烁变化的数字：6900 米、6935 米、6970 米……10 时 55 分，“7005 米”跳出画面，指挥部一片欢腾，掌声久久不息。这是共和国，不，是全世界搭载三人深潜的新纪录！刘峰与刘心成情不自禁站起来，双手紧紧握在了一起，久久没有松开。

总指挥眼睛又一次湿润了，而临时党委书记则抑制住心中的激动，因为中央电视台正在视频连线直播，他要时刻发布新闻，让公众看到“蛟龙号”海试团队敢于斗争、勇获全胜的精神风貌。而恰恰就在这一天，正在太空中遨游的我国“神九”飞船，即将实现与此前发射的太空舱“天宫一号”手控对接。如果同一天成功，那将是中国人创造的“上天入海”的两大奇迹！

激动人心的一刻说来就来了！

11 时 25 分——北京时间 2012 年 6 月 24 日 9 时 07 分，深海中传来了主驾驶叶聪的报告声：“‘向九’！‘向九’！‘蛟龙号’于北京时间 2012 年 6 月 24 日 9 时 07 分，下潜到马里亚纳海沟 7020 米深度，成功坐底。潜航员叶聪、刘开周、杨波祝愿景海鹏、刘旺、刘洋三位航天员与‘天宫一号’对接顺利！祝愿我国载人航天、载人深潜事业取得辉煌成就！”

好啊！这是中华民族昂首挺胸的时刻！这是炎黄子孙扬眉吐气的一天！47 年前的 1965 年 5 月，新中国的开国领袖毛泽东主席曾在一首词里展望的“可上九天揽月，可下五洋捉鳖，谈笑凯歌还”的梦想，竟在今天变成了现实，全国人民、世界华人，乃至五大洲的朋友们怎能不欣喜若狂、无比振奋呢！

刘心成激动得声音有些颤抖：“大家都听到了，我就不用再发布了。刚才，我们的‘蛟龙号’创造了历史！”

现场的新华社、中央电视台、《科技日报》、《中国海洋报》记者谁也没有抬头，只是会意地点点头，双手飞快地敲打着面前笔记本电脑的键盘，在第一时间将这一重磅新闻发布出去。

更加令人称奇的是：当晚中央电视台《新闻联播》，在报道“蛟龙号”深潜 7000 米和“神九”与“天宫一号”手控交会对接成功的消息时，有一段航天员祝福潜航员的报道：只见航天员景海鹏、刘旺、刘洋身穿蓝色航天服，胸前印有同样鲜红的国旗标志，飘浮在“天宫一号”轨道舱内，由指挥长景海鹏代表三人一字一顿地说：

“我们三位航天员向在太平洋下潜 7020 米深度的深潜员叶聪、刘开周、杨波表示祝贺,祝愿我国载人深潜事业取得辉煌成就!”

由此,中国两大高科技新成就随着电波传遍全世界。每一个黄皮肤、黑头发的中国人无不感到由衷的自豪! 原来,经过中央电视台与北京航天指挥控制中心联系,潜航员的祝福被及时送到远在太空飞行的“神舟九号”飞船上。景海鹏等三名航天员,心领神会,也在第一时间做了回应,把祝福传回地面的指控中心和中央电视台。

这是历史性的对接! 这是深海与太空的对话!

在7020米海底的中国潜航员与远在太空的中国航天员互致祝福、互相激励,意义非同寻常,影响波及世界,极大地鼓舞了国人的精神和士气,提升了国家形象和地位,令全球友好乃至不友好的人都刮目相看!

那么,这绝妙的值得大书特书的一笔是刻意所为呢,还是纯属巧合? 事后,曾有许多人就此事询问海试队。实事求是地说:既不是刻意,也并非巧合,而是勤劳智慧勇敢的中国人,在中国共产党的坚强领导下,艰苦奋斗、团结拼搏到今天的一个必然成果!

九、海洋上腾飞“中国龙”

公元2013年5月17日,共和国首都北京,人民大会堂。

高大宽敞的西大厅里灯光明亮、金碧辉煌,洋溢着一片喜悦的气氛。一支身穿海蓝色服装、胸前印着鲜红国旗标志的团队,怀着激动的心情来到这里,依次排列成整齐的队列等候着。他们就是胜利完成中国7000米级载人潜水器“蛟龙号”研发、海试任务的科学家、工程师、潜航员和技术保障人员……

随着一阵阵热烈的掌声,中共中央总书记、国家主席、中央军委主席习近平,中共中央政治局常委、国务院总理李克强等党和国家领导人走进大厅,微笑着与站在第一排的代表们一一握手、交谈。

哦,这是全国海洋工作者倍感振奋、深受鼓舞的一天。

中共中央、国务院决定授予“蛟龙号”载人潜水器7000米级海试团队“载人深潜英雄集体”荣誉称号,授予叶聪、傅文韬、唐嘉陵、崔维成、杨波、刘开周、张东升等同志“载人深潜英雄”荣誉称号。今天,在人民大会堂隆重举行表彰大会。会前,习总书记等领导人亲切会见了深潜先进单位和先进工作者代表。

习近平微笑着向大家招手致意:“我代表党中央、国务院,向胜利完成‘蛟龙号’载人深潜海试任务的广大科技工作者、干部职工表示热烈祝贺和诚挚问候! 希望大家团结拼搏、开拓奋进,继续推动我国海洋事业不断取得新突破,为建设海洋强国做出更大成绩。"

他关切地询问"载人深潜英雄"叶聪、傅文韬等人的工作和身体情况,当看到潜航员唐嘉陵时,说:"你这么年轻,多大了?"

曾经几十次下潜深海脸不变色心不跳的小唐,此时此刻却激动得没有听清问话,立正答道:"报告总书记,我们最深下潜到7062米。"可见他满脑子全是深潜了。

旁边的叶聪不愧是大几岁的老大哥,显得从容多了,马上代他回答:"唐嘉陵今年29岁,是'五四'奖章获得者。"

"我说怎么面熟,原来咱们在前几天的'五四'青年座谈会上坐对面呢!"总书记亲切地说。

会见结束后,这成了大家与小唐开善意的玩笑的话题。

实际上,自从7000米级海试成功之后,"蛟龙号"载人潜水器及其海试团队就已成为了国人心目中的明星。

2012年10月26日,上一届中共中央总书记胡锦涛等全体中央政治局常委,来到北京展览馆参观"科学发展成就辉煌"大型图片展。在国家海洋局展出的"蛟龙号"模型前,胡锦涛等停下脚步,饶有兴趣地观看,并向陪同的国家海洋局局长刘赐贵详细了解"蛟龙号"研制、海试等情况。不久,党中央便做出决定予以表彰。

无论是高规格的会见,还是对"蛟龙号"的关注、表彰,都体现了党中央、国务院对载人深潜工作的肯定和高度重视。而我国在深海研究领域取得的成就,只是海洋事业全面发展的一个缩影。

毕竟时代不同了,如今国家给予贡献巨大的人们,不仅仅是崇高的荣誉,还有经济上的奖励,就像国家科技进步奖、奥运会冠军、鲁迅文学奖一样。颁发给"载人深潜英雄"的奖章,是一块地地道道的金牌,价值20万元。当然,他们创造的成就,不能用金钱来衡量。

今非昔比。记得当年"两弹一星"元勋邓稼先,面对诺贝尔奖获得者、老同学杨振宁询问研制原子弹获多少奖金时,先是沉默不语,继而在反复催促下,伸出了一个手指头。

"100万?人民币还是美金?"杨振宁不明就里。

"10元人民币。"

"啊?别开玩笑了。怎么可能呢!"

"这是真的,不是开玩笑。"邓稼先正色回答,"我们这些人一心只想为国家做事,哪里有时间考虑奖金?!这还是原子弹试爆成功后,国家奖励给全系统一笔钱,分到个人手中正好10元。”

“这个……”杨振宁一阵唏嘘,不知说什么好。

在那个全国人民砸锅卖铁也要上马“国防利器”的年代,在毛泽东主席愤而批示“核潜艇,一万年也要搞出来”的背景下,许多中国科学家,甘愿放弃国外优越的生活条件,抛家舍业,含辛茹苦,甚至隐姓埋名默默奉献,用生命对待事业,为今天的人们打造了安全的天空、陆地和海洋。他们不是为了什么奖金,而是为了中华民族再也不受人欺负!

今天,我们的生活好了,有能力重奖英雄和功臣,但那种精神、那种气节、那种干劲,需要世代传承、继往开来……

与此同时,人力资源和社会保障部、国家海洋局还做出了表彰“蛟龙号”载人潜水器7000米级海试先进集体和先进个人的决定:授予中国船舶重工集团公司第702所水下工程研究开发部、701所潜艇研究部等22个集体“蛟龙号载人潜水器7000米海试先进集体”荣誉称号,授予徐芑南、刘峰、刘心成等19名同志“蛟龙号载人潜水器7000米海试先进个人”荣誉称号。

决定指出:“蛟龙号”载人潜水器全体参研参试单位、广大海洋工作者要以受表彰的先进集体和个人为榜样,紧密团结在以习近平同志为总书记的党中央周围,认真学习贯彻党的十八大精神,高举中国特色社会主义伟大旗帜,抓住机遇,开拓进取,团结协作,勇攀高峰,为全面推进我国海洋事业又好又快发展,早日实现建设海洋强国宏伟目标做出新的更大贡献。

上午10时30分,在雄浑嘹亮的《义勇军进行曲》歌声中,表彰大会正式开始了。《中国海洋报》记者高悦、孙安然现场采访,及时写了一篇题为《心情振奋 使命崇高 任重道远》的侧记,真实而热情地再现了当时的场景:

从波涛汹涌的太平洋,到庄严的北京人民大会堂,他们走来了……5月17日,“蛟龙号”载人潜水器的研制者、潜航员、技术保障人员一一步入中国载人深潜表彰大会现场,带着光荣和梦想,再次相聚。

如果有人问,2012年什么留给你的印象最深刻?许多人都不会忘记在盛夏的太平洋上,闪动着中国“蛟龙”的飒爽身影。这条红白相间的中国“龙”矫健地跃入大海,向着深海洋底义无反顾地前进……

表彰、颁奖、握手、致意……这一刻,接过闪闪的奖牌、红红的证书,崇高的荣誉属于深潜英雄们。一个个熟悉的名字,一张张灿烂的笑脸,一队队先进集体，一位位载人深潜英雄……

人民大会堂内乐曲高奏，真情潮涌，热烈的掌声经久不息。辛勤的努力和付出没有白费，在“蛟龙号”的研制和海试中，他们没有单位、只有岗位，在严谨求实、团结协作、拼搏奉献、勇攀高峰的中国载人深潜精神的激励和感召下，敢为人先、敢于担当，一次次创造纪录，又一次次刷新纪录，让浩瀚的太平洋见证了中华民族进军深海的伟大壮举……

然而，如此隆重热烈的场面，如此光彩荣耀的时刻，有一位重要人物却没有到场。他是谁呢？

曾记否？在各方争论大深度载人潜水器有没有必要立项、能不能海试之时，他利用自己丰富的深潜知识和知名科学家的特殊身份，出于为民族强大的公心，上书直陈利弊，建议立即实施。

曾记否？在四年风吹浪打的海上试验历程，他放弃国外优越的工作和生活条件，毅然与海试团队同舟共济。面对初次潜海的巨大风险，年过半百的他总是要求率先下潜，极大地鼓舞、激励了年轻一代，被称为“定海神针”。

曾记否？在严格规范、多达数百项数据的现场考核验收中，他欣然受命担任总指挥顾问、技术咨询专家组组长，每一次海试结束，带领各领域专家认真总结归纳，提出改进意见，保证了“蛟龙号”一年一大步，直至完美通过了考核验收……

不用多说了，他，就是自始至终为“蛟龙号”殚精竭虑、做出非凡贡献的于杭教授！“蛟龙”成功了，可他表示不需要宣传自己。国家尊重他的选择，但并没有忘记他的功绩，仍然授予他“载人深潜英雄”的光荣称号。他当之无愧！

这样，成为“深潜英雄”的一共是 8 人，且都是贡献突出、临危不惧、下潜超过 7000 米海深的科学家、试航员。只不过在大红的光荣榜上、在中央电视台的镜头中，没有于教授的照片，而是一枚金灿灿的奖章！

他是真正的无名英雄，不为名利，不图回报，与当年的邓稼先、钱学森等科学家一样，一心一意为了可爱的祖国和民族的复兴奉献所有的聪明才智。他就像一颗闪亮的启明星，当满天彩霞升起的时候，带着欣慰的微笑隐去了……

“古老的东方有一条龙，它的名字就叫中国……”

龙，是我国古代传说中一种有鳞有须、能兴云作雨的神异动物。人类始祖伏羲、女娲皆龙身人首，又被称为“龙祖”。所以，千百年来，龙是中国人的图腾，也是中华民族的象征。生活在这片土地上的儿女，作为龙的传人，勤劳、勇敢、智慧，创造了灿烂的人类文明。然而，近代 100 多年以来，这条曾经呼风唤雨、世人瞩目的巨龙衰落了,陷入了泥潭水沟,被一些鱼鳖虾蟹戏弄欺侮……

深海大洋,那里才是龙的世界,是它施展身手的舞台。龙的腾飞,首先要从海洋上奋然崛起。中华人民共和国成立之后,特别是进入改革开放的新时期,重视海洋、经略海洋,东方巨龙正在蓄势待发、昂首天外。21 世纪是海洋的世纪,未来世界的流行色是深蓝色:蓝色的经济,蓝色的文化,蓝色的强国梦……

如此看来,中国研发成功深海载人潜水器,具有无比深远的历史和现实意义。我们的党和政府,以及人民群众像对待航天登月工程一样,高度重视“蛟龙号”的横空出世,也就顺理成章了。从各项技术指标和功能上看,中国“蛟龙”一飞冲天、一鸣惊人,一举超越了目前世界上同类型深潜器——

它,长 8.2 米、宽 3.0 米、高 3.4 米,空重不超过 22 吨,最大荷载是 240 千克,最大速度为每小时 25 海里,巡航每小时 1 海里,当前最大下潜深度 7062.68 米,最大工作设计深度为 7000 米,可在占世界海洋面积 99.8% 的广阔海域使用,具有五大功能和三大技术优势……

金风送爽,云淡天高。

秋天来了,秋天是北京一年中最好的季节。天是蓝的,水是绿的,风是软的,就连烦躁不安、扯着脖子嘶喊了一夏的知了,也变得温文尔雅,叫声柔和起来了。刚刚度过火热的暑假,走进校园的孩子们活泼可爱,精神十足。

2014 年 9 月 1 日,北京市汇文第一小学举行隆重的开学典礼。同时,以助力中国少年梦“深海探秘,太空揽月”为主题,开展了一次实实在在又非常有意义的科学普及和爱国主义教育活动。

曾经与我一起参加“蛟龙号”2014—2015 年试验性航次第一航段科考的张凯亮,就是这所学校的科技老师。他为孩子们讲述“蛟龙号”下潜的故事,并拿出潜航员带到深海的试验品,引导孩子们进行探究“海水的压力有多大”的实验研究。同时,展示了曾随“蛟龙号”一起下潜的区旗、校旗,还将学校与海洋局合作,“大手拉小手”科普教育的情景,用年代尺的形式做成寄满学生科技梦想的 10 米长卷,请中国首批潜航员叶聪、唐嘉陵、傅文韬在上面签了字。

最令孩子们高兴的是,“蛟龙号”载人潜水器海试和科考队总指挥刘峰叔叔,也应邀来到了学校,与师生们见面座谈。他是中国“蛟龙号”从立项到打造成功的功臣之一,十几年来,他与团队一起一心一意为国家干成了两件大事,一是积极奔走,协调研发了“蛟龙号”;二是从潜水器业务化应用出发,促成了设立国家深海基地。如今,曾经为“蛟龙号”付出心血的中国大洋协会办公室主任金建才退休了,刘峰又被任命为大洋办主任,工作十分繁忙,一般没有精力参加额外的活动了。

然而,当他接到汇文第一小学的正式邀请时,还是欣然答应:“好,我再忙,也要抽时间去跟孩子们见个面。海洋教育要从娃娃抓起嘛!”他和共同完成了四年海试的副总指挥李向阳一起,按时来到了学校,受到了校长、老师和同学们的热烈欢迎。

在整洁而明亮的教室里,小学生代表给刘峰和李向阳叔叔系上鲜红的红领巾,将手高高举过头顶,行少先队礼。而后,伴随着一阵热烈的掌声,孩子们安静地坐在那里,瞪着大眼睛,倾听两位叔叔讲述“蛟龙探海”的传奇和意义。

刘峰站在台前,双手按在课桌上,环视着四周的一切,仿佛回到了自己的少年时代,回到了鲁西南乡镇上的小学校里。当然,今非昔比,恍若隔世。他说:“同学们,大家好!站在这里,我有一种重当小学生的感觉。只是我小时候不能跟你们相比,没有这么漂亮的校园和教室,更没有包括海洋科普这么丰富多彩的活动。所以,我好羡慕你们,大家一定要珍惜啊!”

说到这里,他停了停,问道:“现在,我想问问哪位同学到海边去过,看过大海呢?”

“我看过大海,我去过北戴河……”

“我也看过,暑假在青岛……”

孩子们争先恐后地举着小手,像小鸟一样叽叽喳喳地说道。

“好好,今天生活好了,许多同学在爸爸妈妈带领下去海滨城市旅游过了。就是没去过的,也会在书上、电视电影里看到过。大海很大、很深,那里边潜藏着丰富的生物和矿物资源。我还想问一个问题,我们中国有多大面积啊?”

“我知道,我知道,960 万平方千米……”

“是的,教科书上是这样写的,实际上,我们还有 300 多万平方千米的蓝色国土,那就是国家领海和专属经济区的海洋面积。在深深的海水下,有石油、天然气、锰结核矿,有种种奇特的海洋生物。我们的‘蛟龙号’就是下潜到海底,去探索其中奥秘的。但是还很不够,将来还要有更多的‘蛟龙号’。希望你们从小热爱海洋,好好学习,长大以后当一名海洋科学家,为建设海洋强国做出贡献,大家愿意吗?”

“愿意!我愿意!……”

天真烂漫而又充满梦想的小学生们仰起红扑扑的小脸,此起彼伏地嚷着、喊着,胸前的红领巾在微风中飘动着,宛如一朵朵小红花盛开怒放,把整个校园映照得光彩夺目。

啊！这是真正的中国“蛟龙”，正在崛起的“中国龙”！

刘峰想着，心中涌来了海浪一样的豪情……

（作家出版社、青岛出版社2016年联合出版）

袁隆平的世界(节选)

陈启文

这是一场如同生死竞速般的竞赛,一个不可违背的铁律:人口与粮食必须成正比,一旦粮食增速赶不上人口增速,就会出现粮食危机。马尔萨斯认为,人口成几何级数增长,粮食成算术级数增长,粮食的增长远远赶不上人口的增长,人类在这两大需求之间存在严重的矛盾。而以中国人口之多,增长基数如此庞大,一旦出现粮食危机,即便买光了全世界用于出口的粮食,也难以满足中国这个巨大的胃口。这就是美国世界观察研究所所长莱斯特·布朗发出的警世的呼唤:谁来养活中国?

——写在前面

警世的呼唤

岁月像一条深不见底的长河,那些前尘往事或随风流水散,或旷日持久地沉淀在河底,或化作推动后浪的前浪。袁隆平是一个从不耽于回忆的过来人,他那双眼从未深陷在岁月里,永远如初开的眼光,充满好奇地憧憬着未来。

频频回首的其实是我等历史追踪者,或许是旁观者清,在蓦然回首间,反倒能看清事物的本质。对于中国杂交稻的继往开来,1995 年是一个非常关键的年份。这年,随着中国独创的两系法杂交水稻宣告育成,袁隆平在杂交水稻和遗传育种领域又打开了一道玄之又玄的众妙之门,接下来的一切已经不是悬念,只待时间去一一验证。除此之外,还有许多值得载入史册或袁隆平年表的事情,这年 5 月,在一次次落选中科院院士之后,他终于众望所归地当选为中国工程院院士;10 月,他获得了联合国粮农组织“粮食安全保障”荣誉奖章;12 月 16 日,在湖南杂交水稻研究中心的基础上正式成立了国家杂交水稻工程技术研究中心,从此他既是湖南杂交水稻研究中心主任,也担任了国家杂交水稻工程技术研究中心主任,肩负起了双重的职责和使命。

科学探索之路漫长而又缓慢,一代代科学家也在这路上缓慢地变老。这也是袁隆平的切身感受，每取得一项重大突破，人就要老好多岁。他从 57 岁开始两系法攻关，到如今他已 66 岁，换了一般人，应该歇下来颐养天年了，但对于他，生命只是刚刚又打开了一扇门。“雄关漫道真如铁，而今迈步从头越，从头越，苍山如海、残阳如血。”一个伟人的长征诗篇，特别适合用来形容他此时的心境。这是一条关山重重之路，雄关之雄，漫道之漫，如铁一般凝重而遥远，每闯过了一关，他又要从头再做部署，而前途依然是苍山如海、残阳如血，如果没有那豪放劲健的气魄和顽强意志，又怎能迈开下一步、闯过下一关？而他接下来还将不断超越自我，发起一轮又一轮的攻关。

当两系法杂交水稻开始在生产中推广应用之际，国际上早已掀起了超级杂交稻研究的热潮。超级杂交稻，全称为超高产杂交水稻（Super Rice），简称超级稻。说来，又是日本先声夺人，早在 1981 年，日本农林水产省便组织全国各主要水稻研究机构开展题为“超高产水稻开发及栽培技术确立”的大型合作研究项目——“逆753 计划”，这让日本成为世界上最早提出并开展水稻超高产育种及栽培研究的国家。按他们设想的路线，先通过籼稻和粳稻杂交的方法选育产量潜力高的新品种，对水稻亚种间的杂种优势进行利用，再辅之以相应的栽培技术，计划在 15 年内，把水稻单产提高一半以上（将亩产从 420 至 540 公斤提高到 630 至 810 公斤）。在 1981 至 1988 年的 8 年间，日本共育成了 5 个超高产水稻品种（明之星、秋力、星丰、翔和大力等）。按计划，日本的这一设想将在 1995 年实现，而中国独创的两系法杂交水稻也正是在 1995 年大功告成。不同的是，中国两系法杂交水稻成功了，而日本和他们此前在杂交水稻研究上的遭遇差不多，他们从未输在起跑线上，却总是在半途铩羽，他们培育出来的这些品种，大多在抗寒性、抗倒伏、结实率和稻米品质方面存在这样那样的问题，无论他们怎么左冲右突，都难以冲出他们的试验田在大田里推广。

国际水稻研究所的起步较晚，他们于 1989 年正式提出水稻超高产育种计划，后又改称“新株型”育种计划，试图育成一种有别于以往改良品种的新株型水稻，并计划到 2000 年时，育成产量潜力比当时最高品种提高两成以上的超高产水平（从 670 公斤提高到 800 至 830 公斤）。1994 年，就在袁隆平宣告中国独创的两系法杂交水稻可以推广应用的前一年，国际水稻研究所抢先一步向世界宣布，他们利用新株型和特异种质资源选育超级稻新品种已获成功，一些品系在小面积产比试验中的产量已超过现有推广品种的两至三成。实在说，这已是了不得的成就了，然而实在中还有实在，他们也像日本科学家一样遇到了很多难以攻克的难题，也同样走不出科学家的试验田。一项科研成果无法得到实实在在的推广应用，对水稻亚种间的杂种优势利用亦如纸上谈兵。如果他们搞成功了,那就直接跨越两系法进入超级稻时代了。尽管这些先行者都没有搞成功,但不能不说,他们的探索有着开创性和启示的意义。袁隆平对他们的探索与试验也从不使用"失败"一类的词语,他只是说:"由于指标高、难度大、受技术路线的限制,他们的计划仍在努力实现中。"换句话说,他们的目标至今也未实现。正因为超级稻一直难以从根本上突破,搞了许多年一直没有搞成功,因此被人们称为一个"超级神话"。

那么,以袁隆平为代表的中国科学家,继中国独创的两系法之后,又是否能把这个"超级神话"变成货真价实的超级稻呢?当袁隆平把目光投向超级稻,就有人早早为他捏着一把汗了。按一般人的想法,他在三系法杂交水稻研究成功后,就已功成名就了,成为享誉中外、当之无愧的"杂交水稻之父",如今又锦上添花,育成了两系法杂交水稻,最要紧的是爱惜羽毛,不能再冒险了。何况他年岁实在不小了,这么多年来一直风里来雨里去,也该享享清福了。事实上,无论此前,还是此时,都有人好心好意地提醒他:"您现在已是国际同行公认的'杂交水稻之父'了,国家和省里都对您寄予了厚望,万一搞砸了,岂不坏了名声?"

这种担心并非多余,任何科学研究都有失败的可能,而失败的几率比成功率要高得多,有人说,成功是"万一",连万里挑一都不止,而不成功则是"一万",这世上有多少科技人员在默默无闻地探索着,又有几人能功成名就?如此渺茫的成功率,也让一些成功者抱有见好就收的心态,这也是一种比较普遍的心态,有些人取得了一项成果,便会百般地爱惜和呵护,在科学探索之路上变得谨小慎微,生怕一个什么闪失就毁掉了自己来之不易的一世英名。然而,以袁隆平的人生境界,他考虑的又岂是自己的一世英名,他的人生目标是造福人类,何况长江后浪推前浪是自然规律,杂交水稻更新换代也是必然趋势。袁隆平一直在鼓励也真诚希望后来者能够超越自己,他也一直在不断实现自我超越。一生酷爱运动的袁隆平能走得这么远,一方面就得益于他从小一直在锻炼自己的体魄,运动也让他领悟到了其间的人生与科学哲理。他常用跳高来打比方:"搞科研如同跳高,跳过一个高度,又有新的高度在等你。要是不跳,早晚要落在后头,即使跳不过,也可为后人积累经验,只要能解决老百姓的吃饭问题,个人的荣辱得失又算得了什么?"

从三系法到两系法,袁隆平一直走得稳健而从容,但他也有压力,也有紧迫感,他说过这样一番话:"人类的历史,像江河之水,总是奔流不息;科学技术,似接力赛跑,你追我赶,强者胜。我国杂交水稻的研究,亦如江河之水,赛跑之势,在绿色革命运动中,你追我赶,形势逼人,压力很大。"

这压力,不仅仅是国际科技竞争,更多是来自一个农业科学家的天职:让每一个长了嘴的人都能吃饱肚子。这其实也是一个国家不可动摇的意志,那就是保障国家粮食安全。而就在袁隆平做出这一抉择之前,1994 年 9 月,美国世界观察研究所所长莱斯特·布朗向中国也向世界发问:Who Will Feed China? ——《谁来养活中国》? 有人将其称为“警世的呼唤”(Wake Up Call)。他那篇长达 141 页的报告,其实还有一个诡异的副标题——“来自一个小行星的醒世报告”。在苍茫浩瀚的宇宙中,地球就是一个微不足道的小行星。布朗是在中国逐渐融入全球化的背景下发出这一疑问的,而在全球化的背景下,贫困与饥饿跨越了国界,不是哪一个国家关起门就能处理的家务事,而是全人类都必须共同面对的问题。他关注的其实不是中国,而是世界,如果中国人不能养活自己,那么他们将使世界挨饿,而饥饿对于一个古老的泱泱大国也从来就是一个挥之不去的魔影。而他提出的也的确是一系列充满了灾难性而又难以破解的难题,也有人称之为“布朗的魔咒”,一个饥饿的中国仿佛巨大魔影笼罩了整个地球。

这个对世界粮食问题充满了忧患却把矛头指向中国的美国观察家,甚至比救饥饿为己任的美国科学家、“绿色革命之父”诺曼·布劳格在中国的名气更大。这里且不说布朗是居心不良还是杞人忧天,先看看袁隆平这个“杂交水稻之父”怎么看。他和布朗也曾有过一面之缘。那是他在加拿大参加一个国际会议时,布朗也参加了,但那会儿他还不认识布朗,布朗也不认识他,袁隆平从不主动去与一个国际人士套近乎,两人也就没有直接打交道。他们走得最近的一次,是在餐厅里,但两人也不同桌,还是有个朋友指给袁隆平看,说那就是大名鼎鼎的布朗。在那匆匆一瞥中,布朗也给他留下了一个颇深的印象,“很深沉的一个人”。对布朗发出的警世的呼唤,袁隆平是这样看的,“他的论证是非常充分的,他对中国的情况了如指掌,如人口增长多少、土地每年减少多少、水资源情况等等”,布朗所列举这些问题,将是中国在 21 世纪所面临的三大难题:人口、土地与水资源。而他所列举的都是有据可查的数据,而对未来的预测也是来自精确的计算。

这里就不妨算算账。由于粮食与人口直接对应,中国人早已习惯于把粮食称为“口粮”。先看人口。1995 年,中国有两个直接对应的宣告,一个是袁隆平在当年 8 月宣告两系法杂交水稻诞生了;还有一个是在 2 月 15 日零点,北京妇产医院一个呱呱落地的婴儿,宣告中国第十二亿个公民诞生了。据国家统计局预测,到 2030 年中国人口将达到最高峰值(14.8 亿),此后将开始逐渐下降。这里先不论那个预测的人口峰值,只说近 20 年来已从预测变成了现实的人口增长。尽管我国从 1970 年起就采取了计划生育政策(提出计划生育的试点阶段则更早),但人口依然一直保持高速增长,截至 2015 年末,中国大陆总人口早已突破了 13 亿大关,直逼

14 亿。有人估计,如果加上由于各种原因没有进入统计的人口,已超过 14 亿。又无论你统计未统计,凡长了嘴的都是要吃饭的。在未来的 15 年间,随着全面放开二胎生育,在如此庞大的人口基数上净增两亿人口,还是相当保守的估计。事实上,中国政府一直以 16 亿人口为最高峰值,作为应对国家粮食安全的大前提。

那么,这里又按国际上公认的粮食过关线(人均 500 公斤)计算,每个人都可以做一道简单的算术题:16 亿×500 公斤=8000 亿公斤。而 1996 年,中国的粮食产量创下我国粮食总产量的历史最高纪录(达到 4800 亿公斤),按当时的 12 亿人口计算,人均 400 公斤,这已达到了温饱线,但仍未达到国际上公认的粮食过关线。再按中国人口峰值所需粮食做一道更简单的减法题,8000 亿公斤减去 4800 亿公斤,这个差额有多大? 哪怕到了今天,以 2015 年国务院政府工作报告的数据为准,"我国粮食产量达到 1.21 万亿斤",这里说的是市斤,不是公斤,也就是刚刚突破 6000 亿公斤,离 8000 亿公斤也还有近 2000 亿公斤的缺口,这同布朗的预测惊人地一致,他认为到 21 世纪 30 年代,中国达到人口峰值时需要净进口粮食两亿吨,也就是 2000 亿公斤,而这数据,恰好又是每年国际谷物的总贸易量。这一道道简单的算术题,得到的是一个残酷的结论,布朗发出的警世的呼唤绝非杞人忧天,如果中国粮食的增产赶不上人口的增速,没有足够的粮食去填补这个巨大的缺口,就必须买光全世界的粮食贸易量,才能填补养活中国 16 亿人口的那个巨大缺口,可世界上的其他粮食进口国吃什么? ——这就是布朗预测的一个世界粮食的灾难性后果:中国粮食缺口将导致全世界粮食短缺和粮价暴涨,造成全球性粮食危机。又无论是中国发生粮食危机,还是将危机转向世界,那巨大的粮食缺口都无法从地球这颗小行星上转移,必须用数亿人的生命去填!

粮食不仅与人口直接对应,也是与水土、气候、生态直接对应的。从耕地上看,"中国以占世界 7% 的耕地养活着占全球 22% 的人口,即 12 亿人",这一直让中国人充满了自豪感,也的确是中国对世界的巨大贡献,却也是一个大限。自中华人民共和国成立以来,中国耕地基本上开垦到了极限,人口有增无减,而耕地自 20 世纪 50 年代以来一直呈现净减的趋势,进入 80 年代后,随着改革开放推动经济和城市化的快速发展,中国耕地以年均 300 万亩(20 万公顷)的速度递减,相当于每年减少了 500 万人口的口粮。即便中国严防死守 18 亿亩耕地的红线,也是底线,那"占世界 7% 的耕地"也不可能增加。除了先天不足的耕地,还有先天不足的水资源,中国人均水资源占有量仅为世界人均的 1/4 左右,在农耕时代勉强能够维持,一旦迈进工业化、城市化、现代化的进程,日益严峻的水资源危机以及污染所带来的水质性危机,必将直接加剧中国的农业危机和粮食危机。再加之生态环境的恶化使得各种自然灾害频繁袭击我国的农业生产,水土流失加剧,这各种灾难性的危机叠加在一起,对我国的粮食安全构成极为严峻的威胁。

于此可见,布朗所列举的三大难题绝非居心不良,他只是提前揭开了我们很多同胞不愿直面的一个严峻而惨淡的现实。这不只是中国的问题,也是世界的难题。还是那句话,整个地球就是一个小行星,而全球人口在以前所未有的速度迅猛增长。在人类跨入新千年的前夕,联合国人口司根据人口统计资料用数学方法计算出地球上的第 60 亿个居民将在 1999 年 10 月的某一天诞生。这年 5 月 4 日,联合国总部一楼大厅竖起一座人口钟,由一个“6”和九个“0”的模型组成,“6”字模型上的人口计数器显示,目前世界人口每秒钟增加 4 至 5 人,而这年世界人口日的主题就是“60 亿人口日开始倒计时”。经历了 5 个多月的倒计时,一个日子终于降临,10 月 12 日凌晨,在前南斯拉夫的范围内,在波黑首都萨拉热窝的一家医院里,第 60 亿个人类居民降临地球,又是一名男婴。这天被联合国确定为“世界 60 亿人口日”,时任联合国秘书长安南在这位婴儿诞生的前一天就专程赶往萨拉热窝,并定于 12 日下午前往医院看望婴儿母子,这是一种关爱,也是一种关注,以唤起人们对人口问题的高度关注。

2016 年 9 月,我赴菲律宾国际水稻研究所采访时发现,在展览馆大厅里也高悬着一座人口钟,构成了国际水稻研究以至粮食生产的一个大背景。如今,世界总人口已逼近 73 亿,依然在以咄咄逼人的速度增长(公开数据显示,全世界每秒钟大约出生 4.3 人,每分钟大约出生 259 人,每小时大约出生 15540 人,每天大约出生 37 万人,每年增长约 8296 万人)。又据联合国预测,到 2025 年世界总人口将超过 80 亿。另据科学家的分析,到 2080 年世界人口将达到顶峰,突破 100 亿大关。面对这庞大无比的人口基数和增长迅猛的人口,不说布朗,每一个在理智上保持清醒的人都会下意识地发问,谁来养活 21 世纪的中国?谁来养活 21 世纪的世界?

事实上,布朗发出的“警世的呼唤”,不只是呼唤中国,他也在不遗余力地“呼唤世界各国的领导人,不要拿经费来备战,制造兵器,而是要重视粮食生产,发展农业”。他那深重的危机感,也在世界上引起了强烈的危机感。1996 年 11 月,在罗马联合国粮农组织总部召开了史上第一次以应对粮食问题为主题的世界首脑会议(World Food Summit)。据联合国粮农组织当年发表的公报,全世界有超过 8 亿人遭受饥饿。罗马会议分析了世界粮食安全的严峻形势,重申了“人人享有免于饥饿、获得充足食物的基本权利”,指出贫困是粮食不安全的重要根源,号召全球各国立即行动起来,担负起实现当代和子孙后代粮食安全的责任,并确定了要在 2015 年之前把全世界营养不良的人数减少到目前人数一半的近期目标。——这也是当时的世界各国首脑对全世界人民做出的庄严承诺。时至2015年，一个长达近20年的承诺到了最后一年，应该兑现了，但据中新社纽约10月5日电，世界银行最新预测称“2015年全世界极端贫困人口将减少到7.02亿人，这也将是全球贫困人口首次降低至10%以下”。而据新华网北京10月12日报道，“据世界银行统计，2015年全世界仍有8亿多人生活在贫困之中”——这两个数据让我感到特别奇怪，同样是世界银行的数据，为何会有这样大的差距？或是贫困与极端贫困人口之间的差距吧，而极端的贫困就是饥饿。又即便按乐观的或降低了贫困标准线的统计，全世界近20年的努力，也只把贫困人口降低了一亿，远远低于世界各国首脑在罗马会议上做出的庄严承诺，于此可见，消除贫困、消除饥饿还有多么漫长而艰难的路要走。

看了世界，回过头来又看中国。对“谁来养活中国”这一“警世的呼唤”和跨世纪的忧患，中国没有沉默。尤其对于经历过饥饿和半饥饿的中国人，上上下下都有强烈的危机意识，中国政府和中国科学家都做出了一系列的积极回应。时任国家科委主任宋健在第七次恩格尔贝格论坛上，直接针对布朗的发问，做了题为《也论“谁来养活中国人”》的回应。他首先从人口上做出回应：“解决这个人口、资源与环境搅在一起的复杂问题对下世纪的中国确实具有头等重要意义。中国科学界达成的共识是：控制人口增长是解决这一复杂问题的关键。今天，中国以占世界7%的耕地养活着占全球22%的人口，即12亿人，任何人都无权抱怨中国的人口太多，因为这是历史形成的遗产。没有一个人可以被认为是多余的。我们的信仰是，所有的人生来就是平等的。但是，到下一世纪，如果中国的人口在30年内再翻一番，那将出现可怕的情景！那将是真正意义上的人口爆炸……让我们感到欣慰的是，中国已经制定了正确的计划生育政策。”

在回应了人口增长的问题后，宋健又针对粮食安全的定义给予了回应：“世界粮食组织认为，粮食安全应包含如下三个目标：确保生产出足够的粮食，保证供应流通的稳定性和确保需要粮食的人们得到供应。就中国将来的粮食安全而言，生产足够的粮食并实现‘自足’，是决定性的因素。‘自足’这个词并不意味着自己生产所有需要的东西。但是，对中国来说，它的确意味着生产足够谷物以保证生活水平接近‘小康’时全部人口的食物供应。换句话说，对于21世纪中叶16亿人口而言，每年的谷物收成要达到6.4亿吨才能保证人均400公斤。根据中国和国外农学家们的研究与分析，这是一个必须达到而且可能达到，也是有相当充分依据的目标值。1996年中国的粮食产量达到创纪录的4.8亿吨，人均400公斤。中国必须在未来的30至40年内，使年产量再增加到1.6亿吨，才能达到6.4亿吨，即年产量比现在再增加30%,这要求粮食供应平均每年增加1%。根据中国农业过去的生产情况以及资源潜力,我们深信,这个目标无论从经济上还是从技术上肯定是可以实现的。”

随后,他对“谁来养活中国”给予了一个明确而又充满信心的回答:“中国的科学界和政府一致认为,中国能够养活自己,并且在21世纪上半叶将能够达到中等发达国家的水平。当然,大家都承认,这是一个巨大的挑战,是整个国家的攻坚战。所有这一切要依靠科学技术的应用和进步。经过当代和后代人的不懈努力,中国将有一个美好的未来,中国不会陷入绝境。谨以此回答全世界许多朋友提出的警告。”

宋健的回应,表明了中国在保障粮食安全上的两条途径,一是“将人口增长控制在某一限度之内”,二是不断提高粮食产量。时至今日,中国的人口峰值还没有到来,但也为期不远,而随着二胎生育的全面放开,那个人口峰值很可能超过原来的预测,中国若要自己养活自己,就必须让粮食增产赶上人口的增值,这是常识,也是一条不可违逆的铁律。然而,即便中国能死死守住18亿亩的红线,在这红线中约2/3为中低产田,而摆在中国面前的唯一一条出路、一条活路,就是宋健那句话,“一切要依靠科学技术的应用和进步”,才能在现有的、十分有限的耕地上竭尽所能地提高粮食单产。只有归根结底地算清了这样一笔账,你才能归根结底地理解袁隆平,如果不按一条不可违逆的铁律进行一番梳理,你就难以理解一个以拯救饥饿、解决吃饭问题为天职的农学家,在攻克了三系法、两系法之后,为什么又把目光瞄准了一个更高的目标——超级稻。这是一种不可逆转的必然选择。

对布朗发出的“警世的呼唤”,袁隆平从一个农业科学家的视角给予了科学解读,他不觉得这是美国人发出的“中国威胁论”,但他认为“布朗只看到了中国庞大的人口将侵占大量的人类资源,他的最大弱点,是对科技进步提高农作物生产力的巨大潜力估计不足,而恰恰农业科技进步是支持粮食增产的第一生产力”。其实,布朗在《谁来养活中国》一文中也提到了农业科技进步,但他通过对当时现实的观察得出了悲观的结论:首先是很多人把希望寄托在基因工程上,但基因工程搞了20年,对提高农作物的产量还是没有明显的贡献,然后又有很多人把希望寄托在国际水稻研究所的超级稻上面,结果超级稻也没有搞成功。——这是实情,也是难题,而袁隆平接下来要攻克的就是这道世界性难题,他坚信“中国人通过科技进步和共同努力,不仅能养活自己,而且可以帮助发展中国家解决粮食短缺问题”,这绝非盲目地自信,而是基于他执着而坚定的科学信仰。

1996年,中国的粮食安全至少有两件值得载入史册的大事。当年10月,国务院发布了《中国的粮食问题》白皮书，其中明确指出“农业科技在中国农业增产中的贡献率约为35%”，并突出强调要把科技作为“中国粮食生产再上新台阶的巨大动力”。第二件大事是，农业部根据袁隆平院士提出的超级杂交稻的育种设想与目标，正式启动了为期10年的中国超级稻育种计划。第二年，中国超级稻育种计划又由国务院总理基金和国家863高技术计划立项，在袁隆平的统领下，组织全国20多个科研团队协作攻关。——这已是袁隆平第三次率领全国科研团队协作攻关。

中国超级稻育种计划的启动时间比日本晚了16年，比国际水稻研究所也晚了7年，但中国有句俗话：先上船不一定先到岸，欲速则不达。随着中国超级稻在未来岁月的一步步推进，这一计划实际上已成为保障国家粮食安全的战略决策之一，而无论在战略设想还是技术路线上，袁隆平都扮演了一个战略家的角色，有人甚至把他称为这一领域的“战略之魂”。然而，每一个战略在付诸实施和取得战果之前都是有风险的，而“中国超级稻育种计划”明确由袁隆平牵总头，也就是负总责的首席专家，他理所当然必须承担随之而来的风险。按袁隆平提出的第一期产量指标，就要选育出亩产达到700公斤以上的超级稻品种，不说别人替他捏了一把汗，连那些追随他多年、对他言听计从的学生和助手们也充满了怀疑：“袁老师啊，这怎么可能达到啊？”他们的怀疑，其实已经被日本人用16年的时间、国际水稻研究所用7年的时间验证了，还真是达不到。但袁隆平却对他的助手们说：“别人没做到的，不等于我们不能做。杂交水稻以前别人没有搞成，但我们搞成功了。现在我们已经搞成了中国独创的两系法杂交稻，如果能把三系法、两系法的优势一起运用在超级稻攻关上，我们就有比别人更大的优势，抢占杂交水稻研究的国际制高点。”

随着袁隆平率中国科学家开始超级稻协作攻关，在全球范围内，日本、国际水稻研究所和中国成了在水稻王国逐鹿的三驾马车，前者已先声夺人，后者正奋起直追，而谁将捷足先登、马到成功，还需拭目以待。

第三次飞跃

一直以来，人类一直不遗余力地提高农作物的单产，主要是通过两条途径：一是品种改良，一是形态改良。这两条途径并非平行线，可以交叉兼容，把两种优势结合在一起利用，所产生的不是加法效应而是乘法效应，甚至可以促使农作物呈几何级数增产。

从品种改良看，最原始的方式就是农民在稻田里选种，拣穗子大、籽粒饱满的，留作来年的种子；还有就是“施肥不如勤换种”，在同一块田里，老是种着一样的种子,那种子再好也会退化。在杂交水稻问世之前,农业科技人员主要是通过改良常规品种和改变育种技术、栽培技术而提高作物的产量,但这样的改良增产潜力有限。直到杂种优势利用的潜力被开发出来,才让品种改良出现了质的飞跃,事实上这已经不是改良而是一场革命,而杂交水稻就是袁隆平在中国稻田里掀起的一场划时代的绿色革命。

从形态改良看,主要是因地制宜,改良株型,以提高作物的光合效应和抗逆性。如被誉为"中国半矮秆水稻之父"的黄耀祥先生开创的"水稻矮化育种"及其培育出的半矮秆水稻,就是一个经典之作。以国际水稻研究所为代表的各国水稻育种家,一直以来主要就是采用改良常规品种和改良株型这两种方式,也曾创造不少奇迹,但他们在超级稻上却没能再创奇迹,难以实现超高产的预期目标。这是被实践验证了的事实,无论是对常规品种的改良,还是单纯的形态改良,增产潜力都很有限。这也是人类把目光转向杂种优势利用的主要原因,而且成为20世纪农业科技革命或绿色革命的主题。

按袁隆平早已提出的分"三步走"的战略构想,从三系法、两系法到一系法,与之对应的则是杂种优势利用的技术路线,即从品种间杂交到亚种间杂交最终过渡到远缘杂种优势利用或分子间杂交。——这里特别需要辨别一下,很多人误以为超级稻就是比两系法更高级的一系杂交稻,这是一个大误会,超级稻只是两系法杂交水稻的发展和延伸,通俗地说,就是杂交水稻的升级版和加强型,其基本原理和两系法一样,也是采用水稻的两个亚种——籼稻和粳稻进行杂交。这反过来又验证了,如果不通过两系法,从三系法的品种间杂交是不可能一下跳到超级稻这一更高的科学境界的,若要进入超级稻时代,袁隆平从三系法到两系法这段路没有白走,两系法是跨不过去的,它本身就是一道连接过去和未来的桥梁。谁不想获得跨越式发展呢,但无论你采用怎样的科技创新手段,也只能让你的脚步加速,那一个接一个的关键步骤,你是不能骐骥一跃而跨越的。尽管两系法对亚种间的杂种优势利用比三系法的品种间杂交可以释放出更强大的能量,但超级稻也吸收三系法中的一些经典的方式,而当超级稻发展和延伸到后一阶段,它将越来越接近一系杂交稻的一些特征,如远缘杂种优势利用或分子间杂交。一句话,超级稻就是利用水稻的一切杂种优势来追求高产优质的目标。从三系法、两系法到超级稻,一向喜欢拿比喻说事的袁隆平又开始打比方了:"如果常规稻是鸟枪,杂交稻就是大炮,而超级稻就是核武器!"

按水稻领域的主流观点,水稻只有籼稻和粳稻两个亚种,也有一些科学家认为爪哇稻是水稻的亚种,但主流观点则认为爪哇稻属亚热带粳稻。从中国稻作区分布看，一般是南籼北粳，这两个亚种的亲缘关系比较远，而亲缘越远，其远缘杂交的生物学优势就越强，但两者之间也有一个问题，由于亲缘太远了，亚种间遗传分化程度大，就会不亲和，存在一定的生殖隔离，从而导致杂种受精结实不正常，看上去穗子很大，但大部分是空壳，一般只有两三成的结实率。据袁隆平当时估计，如果结实率正常的话，通过籼粳杂交将产生强大的杂种优势，亩产可达到900公斤甚至突破1000公斤大关，这在当时，可真是一个"超级神话"了。但袁隆平坚信这个神话是可以实现的，关键是如何突破"不亲和"这个生殖隔离问题。

对于亚种间的生殖隔离，早在20世纪70年代，辽宁省农科院水稻研究所的杨振玉等科研人员就开始了打通籼粳之间生殖隔离的尝试，他们通过连续6年的试验，首创了"籼粳架桥"制恢（人工创造恢复系）技术，这一技术对两系法杂交稻的探索具有借鉴意义。日本科学家在这方面也做出了难能可贵的尝试，他们在杂交水稻探索之路上总是率先起跑，但又一直坎坎坷坷，大多是半途而废，但他们也有很多重要发现。如袁隆平的老朋友池桥宏早在1982年就揭示了籼粳稻的不亲和性以及由此引起的杂种结实率低的原因，并首次提出了"水稻广亲和现象"，在籼稻和粳稻两个亚种间找到一些中间型的水稻，如爪哇稻，这种中间型的水稻品种具有广亲和基因，无论是与籼稻杂交，还是与粳稻杂交，试验显示都能正常结实。

池桥宏的发现，为袁隆平攻克生殖隔离问题找到了突破口。他针对中国水稻具有丰富的广亲和资源、亲和谱各异等特点，在攻克两系法时就主张"把光、温敏核不育基因与广亲和基因结合起来"，随后又在国内率先提出"水稻亚种间亲和性模式"，进一步阐明和发展了池桥宏提出的"水稻广亲和现象"，从而提出了比池桥宏更全面、更深入的"广亲和基因"和"辅助亲和性基因"的理论，按亚种间亲和性表现，将水稻品种分成广谱广亲和系、部分广亲和系、弱亲和系和非亲和系。在这个理论基础上，袁隆平和他的科研团队对广亲和资源进行大量的筛选和遗传研究，发现广亲和材料中还存在另外一些广亲和基因，这些基因在克服亚种间杂种的不育性方面同样具有重要作用。经过协作攻关，以袁隆平为代表的中国科学家终于为水稻亚种间的杂交打通生殖隔离，又攻克了一道世界性难题。池桥宏虽说是提出"水稻广亲和现象"的第一人，但他的设想在日本没有实现，而是在中国长沙付诸实施的，这让他对袁隆平、对长沙抱有很深的感情，先后五次来长沙和袁隆平探讨交流，两人在稻田里结下了深厚的友谊。科学无国界，这也是一个典型事例。

袁隆平一只眼盯着种子，另一只眼也盯着株型。想想也知道，那超高产的水稻倘若结出了沉甸甸的稻子，如果没有强有力的稻株又怎么能承受得起？我在前文述及，在杂交水稻诞生之前，水稻育种的技术路线主要是从植株的高矮、形态着手进行改良,如黄耀祥先生当年培育的半矮秆水稻,就是这方面的经典范例。矮化育种可提高水稻的抗倒伏能力,在大田推广后的亩产为250公斤上下,这在当时已很了不起了,而按农业部分期制定的中国超级稻产量指标,第一期(1996—2000年)亩产就要达到700公斤,那该要多么高大的稻株才能支撑起这么多稻子!很明显,矮秆和半矮秆株型是不成的,必须拥有高大的株型,但稻禾一高就容易倒伏,这就必须培育出一种高大壮实的株型,既具有高度的抗倒伏能力,又能承载起高出半矮秆水稻两三倍的稻子。而中国稻作区分布广泛,从平原广泽到丘陵、山区,由于生态条件复杂,气候变化多样,在株型设计上均要立足当地,到什么山上唱什么歌,这就需要众多的科研人员参与,也是协作攻关的意义所在,每个协作攻关的科研人员都必须因地制宜、对症下药地琢磨如何改良株型。袁隆平一直紧盯着长江中下游流域,这是中国最重要的稻作区,播种面积占全国水稻总面积的近一半,若能大幅度提高这一地区的水稻产量,对确保我国粮食安全具有举足轻重的意义。

有人把袁隆平喻为一颗持续发光、热力不减的恒星,倒不如说他一直在经受烈日的长久考验。当田间的农人都回家歇晌后,那几个依然在稻田里俯身寻觅的身影,便是他和他的助手们了。在茫茫稻海中想要寻找到一种理想的稻株,希望非常渺茫,而偶然又必然的发现已是袁隆平一次次为我们展现的神奇风景。这一次发现,并未来得太迟,就在中国超级稻育种计划启动的第二年,1997年,袁隆平在观察两系法杂交组合"培矮64S/E32"时,便发现这是一个株型优良、极具高产潜力的组合。这一组合以湖南杂交水稻研究中心选育的低温敏核不育系"培矮64S"为母本,经罗孝和研究员与江苏省农科院邹江石研究员等协作攻关,最终筛选出了一个两系法杂交稻新组合,既可作中稻栽培,又可作为连作晚稻,还可作再生稻的理想品种。当然,袁隆平最看重的就是它的株型,其株高超过1.1米,秆高超过1米,那深绿色的叶片又厚又直,尤其是那三片功能叶,其横断面呈瓦状(V字形),剑口挺拔,剑叶角度小。这株型让袁隆平眼前豁然一亮,又灵机一动,顿悟出超级稻的理想株型模式。这样的灵感或顿悟,在袁隆平的一生中频频发生,正所谓"迷闻经累劫,悟则刹那间",一刹那的灵感乍现,让思维发生突变或飞跃,这其实是创造性思维的普遍形态,任何顿悟必须有明确的问题思考为大前提,同时顿悟必然要经过对此问题长期、认真甚至艰苦的思考才可能出现。

但要塑造出超级稻的株型模式,单凭一个灵感或顿悟是不可能完成的,还有反复观察、分析和试验。——袁隆平先生给我讲解,农作物高矮之间的关系,涉及一个力学公式,稻秆是空心的,这里就以一个空心钢管为例,它所承受的压力和它高度的平方成反比,钢管越矮,它所能承受的压力就越大。经测试,一根高70厘米的钢管，比高一米的型号相同的钢管所能承受的压力高一倍。按这个力学公式，袁隆平参照“培矮64S/E32”的植株形态，并针对长江中下游流域的气候与水稻的性状特性，对超级稻的生长态势进行了量化分析，从而设计出了理想的超高产稻株形态模式：一是冠层要高，即上面的叶子高度要在1.2米以上，这有利于水稻的生长和结实，而抗倒伏是超高产的一个前提，倒了就会减产甚至颗粒无收，因此斜都不能斜，斜了以后，叶片就会相互遮阴，光合作用受到影响，养料运输受到阻碍，就不能达到超高产。这就必须对上叶进行塑造，叶片要轻，并且是长长地、直直地向上举着，这样既能增强其抗倒伏能力，又不会遮挡下面的阳光，还能充分提高群体的光能利用效率，实现有效增源；二是穗层要矮，即稻穗的位置矮，当稻子成熟的时候，穗尖离地只有六七十厘米，它所有的重量（重力、重心）自然下垂，这样才有更强的承重力。为了让广大农技推广人员和稻农们熟记这些诀窍，袁隆平把理想的超级稻株型概括为几句口诀：“高冠层、矮穗层、重心低、库大而匀、高度抗倒。”

就在袁隆平主持“中国超级稻育种计划”协作攻关的第二年，他这个负责“牵总头”的首席专家开始为捉襟见肘的科研经费犯愁了。这样一个关乎国家粮食安全的大工程，国家理所当然是最坚强的后盾。还别说，他又赶上一个机遇了。1998年8月，国务院组织一批优秀专家和教师去北戴河休假，袁隆平也在其中。在前往北戴河的火车上，他与国务院办公厅副秘书长徐荣凯和秘书三局局长袁隐坐在一起。而在此前不久，国务院成立了国家科技教育领导小组，由国务院总理朱镕基任组长，常务副总理李岚清任副组长，徐荣凯担任领导小组成员兼办公室主任，办公室设在国务院办公厅，具体工作就由秘书三局承办。袁隆平的这次北戴河之旅，还真是赶得早不如赶得巧。徐荣凯和袁隐对袁隆平打心眼里敬重，但凡中国人，谁又不敬重这位发誓“不让老百姓挨饿”的“杂交水稻之父”呢？说来有缘，袁隐还和袁隆平亲热地攀起了本家，徐荣凯还半开玩笑道：“你远亲不如我近邻，我是重庆人，我家住在南岸，与袁先生老家所在的下浩只有一公里呢！”几个人就这样说说笑笑的，越聊越亲热，越聊越投机。当两人关心地问起超级稻科研攻关的进展时，袁隆平也实话实说，技术上的困难他可以和科研人员一起攻关，但经费上的困难还需要国家大力支持啊。两人听了袁隆平的一席话，觉得责无旁贷，这正是他们的分内职责啊，他们建议袁隆平赶紧打了一个报告，按照程序，通过徐荣凯呈送给了朱镕基总理。朱镕基在第二天就做了批示：“良种培育和基因转换都很重要，同意按需要增拨经费。”随后，朱镕基又一次批示“国务院全力支持这项研究”，并从总理基金中特批1000万元专项资金予以支持。

一个报告这么快就得到了总理批示，再次凸显了吃饭问题多么重要，而科技则是保障国家粮食安全的一个战略支撑点。2008 年发布的《国家粮食安全中长期规划纲要(2008—2020 年)》,对此有一段简明夺目的表述:“通过加快改良品种、提高农田生产力、推广现代生产技术和手段等,使我国粮食单产登上一个新台阶。”当然,朱镕基总理在袁隆平的报告上两次做出批示时,离 2008 年还有整整 10 年,而就在这 10 年间,袁隆平和他率领的科研团队,将向超级稻的第一期、第二期、第三期目标连续发起攻关,一次次刷新水稻超高产的世界纪录。

从中国杂交水稻发展史看,每到一个承上启下的关键点,袁隆平都会从理论和技术路线上做出纲领性的阐述,而在探索与实践中,他在这一领域的科学预见能力也在进一步强化。1998 年 8 月,第十八届国际遗传学大会在北京国际会议中心开幕,这是 20 世纪国际遗传学界的最后一次盛会,大会的主题是“遗传学——为民造福”。中国现代遗传学奠基人之一谈家桢院士在致辞中以“人寿年丰”高度概括遗传学对于人类的意义。人寿,就是提高全人类的生命质量;年丰,就是提高全人类的生活质量,丰衣足食。袁隆平院士做了题为《超高产杂交稻选育》的学术报告,对超级杂交稻理论和选育技术路线进行了极具指导性的阐述,他提出超级稻必须以“增源”为核心,并由此而提出了超级稻产量指标、株型模式和选育的技术路线,育种应采取旨在提高光合效率的形态改良与亚种间杂种优势利用相结合,辅之以分子手段的选育综合技术路线。此外,还要针对超级杂交稻的特点,建立与之相适应的超高产栽培技术。

按照袁隆平设计的技术路线,他率协作攻关的科研人员发起了一轮轮攻关。

1999 年,由湖南省杂交水稻研究中心罗孝和研究员提供母本,江苏省农科院邹江石研究员培育出了世界第一个投入大面积生产的两系法杂交稻组合“两优培九”,这一成果通过鉴定,被国家农业部、科技部认定为“超级稻”,袁隆平也认定这是超级杂交稻的先锋组合。这标志着,中国第一个超级稻杂交组合诞生了。这种水稻根系十分发达,茎秆粗壮,穗形大,杂种优势非常强大。每一个新品种在科研人员的试验田里试种后,还必须按照严格的科学程序走,逐渐扩展到示范片试种。示范片一般由当地农民种植管理,但有科研人员的悉心指导,而示范片也是不断扩大的,从百亩示范片扩大到千亩示范片,示范片的数量也会不断增加,并且分布在不同的地区,除了测试种子的效果,还要测试各种不同地域的环境因素的影响。这是一个反复试验、不断修正的过程,对种子的选择是一个十分严格的过程,一粒种子可以承载人类的命运,也可以给人类带来难以估量的灾难,科技人员在自己的试验田里可以大胆试验,但在大面积推广应用之前,每走一步都谨小慎微,连每一个细节、每一个在试种过程中发现的或可能出现的问题都必须考虑到。

这年的试验结果显示,“两优培九”仅在湖南就有四个百亩示范片平均亩产超过了700公斤。而此前提到,罗孝和和邹江石合作选育的另一个被袁隆平确定为优良株型范式的“P64S/E32”,随着不断的改进和升级,这年在云南永胜县试种时,竟然创下了亩产突破1000公斤大关(1139公斤)的世界纪录。但这一纪录仅仅是小面积的试验成果,它预示了水稻杂种优势利用的巨大潜力,但并未作为科学认定的依据,而中国第一个超级稻杂交组合,还是认定为“两优培九”。按农业部分期制定的第一期超级稻产量指标,“两优培九”已经提前一年达标了,但这年并未做出达标的认定,还要进一步扩大试种范围。到2000年,“两优培九”又进一步扩大试种范围。这年8月25日、9月10日,在湖南郴州两个示范片举行了中国超级杂交稻现场验收会。郴州地处南岭山脉与罗霄山脉交错、长江水系与珠江水系分流的地带,在这里示范播种具有普适性。经专家验收,郴州两个示范片均达到第一期超级稻产量指标。那么在长江流域的湘西山区试种的情况又如何呢?这里就以地处武陵山脉腹地、“连荆楚而挽巴蜀”的龙山县为例,该品种在龙山县连续两年播种的两个百亩片,亩产均达到700公斤。而在当年,全国有16个百亩示范片和4个千亩示范片亩产均达到和超过了700公斤,大面积的试种结果充分验证了这一品种既可在一般生态条件下大面积推广,也可在地形复杂的山区推广。一粒种子的普适性十分重要,决定了它能否大面积推广、大幅度增产。全国有16个百亩示范片和4个千亩示范片亩产均达到和超过了700公斤,除了产量,还有质量,经鉴定,第一期超级稻的米质就达到农业部规定的二级优质米标准。这也标志着,从1996年中国启动超级稻育种计划,到2000年,历经4年,在人类跨入新千年、迎接新世纪的2000年,中国超越了日本和国际水稻研究所等先行者,率先跨入了超级稻时代。

此前,袁隆平在《中国稻米》1999年第4期上发表了《杂交水稻选育的回顾、现状与展望》一文,这是他在世纪末对新中国的粮食发展之路和杂交水稻的科学探索之路所做的梳理和总结:“迄今,我国在水稻育种上已有两次突破,并且都处于世界领先水平。第一次是矮秆水稻的培育成功,第二次是杂交水稻的研究成功,两次突破使单产潜力均在原有品种的基础上增加20%左右。现在启动的超级杂交稻研究,其产量指标是比现有杂交稻增产30%左右,它的实现将是水稻育种上的第三次突破。因此,培育和推广超级杂交稻对于解决我国21世纪的粮食问题具有极其重大的战略意义。”

这里就具体看看水稻,诚如袁隆平先生所说,在中华人民共和国历史上粮食产量出现了三次突破,也可谓是三次飞跃,水稻占了一半功劳,尽管水稻种植面积仅约占我国粮食作物面积的三成,但产量却占了粮食总产量的一半。而这三次飞跃,从科技支撑的视角看,第一次飞跃,是以黄耀祥为代表的稻作育种专家在20世纪50年代后期培育出来的半矮秆水稻,从六七十年代开始大面积推广,在70年代中期登上了亩产250公斤的台阶;第二次是以袁隆平为代表的育种专家培育出来的三系法杂交水稻,在70年代末80年代初开始大面积推广,促使我国水稻平均单产在80年代中期登上了亩产300公斤的台阶,其后,从三系法到两系法所产生的增产效应,到90年代初期,又把单产提高到400公斤的水平,可以视为第二次飞跃;而超级稻作为两系法杂交稻的升级版或加强版,一经问世就显示出了愈加强大的杂种优势,由于产量高、品质好,具有广适性,适宜在我国南方大部分省区推广种植,大推广必然会带来大增产——这是杂交水稻发展史上的第三次飞跃,也是一个强有力的引擎,必将推动中国粮食产量的第三次飞跃。

在铆足劲儿攻关4年后,袁隆平终于可以长长地吁一口气了,对于布朗那警世的呼唤,还有助手们当初的怀疑和不自信,他现在可以底气十足地回答了:"我们的超级稻计划比日本晚了16年,比国际水稻研究所晚了7年,但现在,我们跑在世界最前沿!"

曾记否,布朗在"谁能养活中国"中的那个诡异的副标题——"来自一个小行星的醒世报告",而就在1999年10月,经国际小天体命名委员会批准,中国科学院北京天文台施密特CCD小行星项目组发现的一颗小行星(8117)被命名为"袁隆平星",猛地一想,还真是觉得神了,冷静地一想,又觉得一切都是自然而然的。

在危机中挺进

弹指一挥间,人类已跨越新千年,进入21世纪,又一个科学的春天来临。

2001年2月19日上午,一场必将载入共和国史册的科学盛典在人民大会堂举行。一个刚从稻田里走出来的黑而且瘦的身影,一旦出现就是一个不用辨识的形象。一个解决了亿万中国人吃饭问题的"杂交水稻之父",天下何人不识君?这次,他登上了国家最高科技奖的领奖台,那灿烂耀眼的光芒,瞬间聚集在他充满沧桑感的身上。这是中国首次颁发国家最高科学技术奖,其规格之高、奖金之重,在共和国历史上都是前所未有的,评选也极为严格,每年度获奖人数不超过两人,获奖者必须在当代科学技术前沿取得重大突破或者是在科学技术的发展中有突出成绩的科学家。

吴文俊是中国科学院第一位获得这一崇高荣誉的院士。他那白净而儒雅的面孔,一看就是一位从实验室里走出来的科学家。他卓越的成就是在代数拓扑学领域的奠基性工作,半个世纪以来对国际数学领域的发展产生着广泛而积极的影响。他运用计算机进行数学定理证明和非线性方程组求解,彻底改变了数学机械化领域的面貌,为信息时代的数学发展开辟了新途径。

袁隆平则是中国工程院第一位获得这一崇高荣誉的院士,即便登上了国家最高科技奖的领奖台,他依然朴实得像一个刚从稻田里走来的农民,尽管他自称是一个种了一辈子水稻的农民,但谁都知道他是一个“伟大的农民”,他伟大的成就是突破经典遗传理论的禁区,提出水稻杂交新理论,实现了水稻育种的历史性突破。从对水稻杂种优势的实际利用看,当时我国杂交水稻已占全国水稻播种面积的一半以上,平均增产20%,产生了巨大的经济和社会效益。

国家主席江泽民为他们颁发了由他亲笔签发的奖励证书和奖金,两位科学家分别获得五百万元奖金。朱镕基总理在讲话中充满了对科学和科学家的敬意,他那带着湖南乡音的普通话,在人民大会堂里铿锵而又振聋发聩地回响:“崇尚科学的民族,才是最有希望的民族”,“他们的卓越成就,不仅对我国科学技术和经济社会发展具有重大的影响,也是对人类文明进步的重要贡献。这再一次证明,中华民族是富有智慧和创造力的民族”。

袁隆平的获奖感言依然像农民一样实诚而谦逊:“这个奖是奖给全国农业战线的科研工作者的。我个人在杂交水稻的前沿工作中起了一点带头作用,但杂交水稻是大家干出来的,单枪匹马不可能干出来,靠国家,靠集体,靠方方面面支持,每取得一项成果,都是全国很多人协作攻关的成果。”他表示,在实现中国超级稻第一期目标的基础上,还要继续探索,追求更高的目标。

中央电视台还特意给吴文俊和袁隆平做了一个专访节目,尽管展现的只是一些短暂的片段,却折射出了以不同的方式走过的岁月。这也是两位科学家头一回面对面地交流,却一见如故,言笑晏晏,一个风趣,一个幽默。吴文俊是在1919年五四运动后不久诞生的,比袁隆平年长10岁,此时已82岁,满头白发似雪。相比之下,袁隆平还是一个小老弟,但吴老对他特别敬重,刚一落座便说:“大家都称您是‘杂交水稻之父’,按学科说,农业和数学的关系向来非常密切,数学计算最早来自对农田的丈量,如几何,这个词就来自希腊文的丈量土地。从历史上看,要发展农业,必须观天测地,观天发展成了天文学,测地发展成了几何学,这就说明了几何的来源。从中国来看,尤其是这样,因为中国社会向来是以农业为主的,历史上,中国的数学发展过程里面,有许许多多的问题都来自农业。”

这一番话,三句不离本行,却也道出了数学与农学之间那命运般的早已被预先设定了的联系，袁隆平连连点头说："数学是科学之母，任何科学技术发展到最高阶段，都要数量化、公式化。"

吴文俊接过话头，又谦虚地说出了一个真理："搞数学、搞科学的人都要吃饭，农业也应该算是科学之父。"

从"科学之母"到"科学之父"，这两位科学家的坐而论道，还真是趣味盎然又意味深长。

袁隆平又说起自己小时候数学成绩不好，初中时向老师提问为什么"负负得正"，结果就很不理解，最终"知难而退"了，到现在也还是没弄清楚。吴文俊听后摸着下巴哈哈大笑，说他小时候对"负负得正"也是百思不得其解，但他越是不理解越是想搞清楚，从很不理解到"知难而进"，结果呢，后来就成了数学家。说起来，他一直到高中毕业时的兴趣都在物理而不在数学，一次物理考试题很难，他却成绩出色，毕业时校方讨论保送，他那目光独特的物理老师却认定他物理考得好的原因在于数学，而攻读数学才能使他的才能得到更好更多的发挥，于是推荐他学数学。

两位科学家从过去的岁月谈到未来，吴先生这么大岁数了，一讲到自己接下来的科研课题，不知不觉就提高了嗓门儿，脸上和眼神里都焕发出一种比灯光还亮的光泽，他那年轻的心态，让袁隆平感受到了一种不老的生命力。而袁隆平此时才70出头，正年轻呢。当主持人邀请他拉小提琴时，他毫不犹豫地接过了小提琴，那双手，尽管终日与泥巴和秧苗打交道，可一触琴弦，他仿佛一下又回到了血气方刚的岁月，那琴声中充满了喷薄而出的朝气与活力，却又多了从岁月深处一路走过来的迂回与曲折……

谁又能想象，一个刚刚还站在国家最高科学技术奖领奖台上的科学家，在当天便飞赴海南三亚南繁基地，一下飞机就直奔自己的试验田。他不能不赶回来，一个目标已经摆在眼前，按农业部制订的中国超级稻育种计划的第二期产量指标，亩产将要比第一期增产整整100公斤，达到800公斤，这一目标预定在2005年实现。

5年，说长也长，说短也短，袁隆平一刻也不敢耽误，执着而稳健地推进。一个与新中国一路风雨兼程走过来的人，经历了太多的坎坷与挫折，对狂飙式的大跃进一直保持高度警觉。自从中国迈进超级稻时代后，从第一期超级稻开始，他的每一步都是稳打稳扎，步步为营。我发现他特别喜欢"矮子爬楼梯"这个比喻，一个迈向科学高峰的登攀者，其实很少有抬头仰望的姿态，更多的时候，他都是低着头，躬着身，一步一个台阶地往上登，哪怕登得再高，他也是一副俯身于田间的姿态。

就在袁隆平率协作攻关的科研人员向第二期目标挺进之际，布朗那"警世的呼唤”和灾难性的预言仿佛就要应验了,一场粮食危机正在逼近人类。2003 年 10 月秋收过后,我国粮价突然出现大幅度上涨,这是国内粮价在连续 6 年持续下跌后的首次全面上扬。每天吃着大米饭的人们,很少会想到那些稻田的播种耕耘者,而一旦粮价上涨,顷刻间就让每一个人绷紧了神经。其实,中国当时并未出现粮食危机,粮价上扬的幅度并不足以引发大规模的恐慌。然而,一个从饥饿和半饥饿中走出不久的民族,是极容易发生条件反射的。尤其是在 20 世纪 70 年代以前出生的人,几乎都经历过粮食和物资紧缺的年代,一有风吹草动,一下就勾起人们对饥饿的恐惧。

除了粮价上扬引起的条件反射,当时还有一个不可回避的因素,这里又该用枯燥的数字来说话了。翻检《中国历年粮食产量、人口和人均粮食量总览(1949 - 2012 年)》,1996 年我国粮食总产量首次突破 10000 亿斤大关,人口突破了 12 亿大关,由于粮食的增速赶上甚至超过了人口的增速,中国人均粮食占有量首次突破 400 公斤大关,尽管比国际标准的粮食过关线还低 100 公斤,但这三大突破在中国历史上都是创纪录的。可到了 2003 年,我国粮食总产量非但没有如人们预期的那样逐年递增,反而又跌破了 9000 亿斤(4307 亿公斤),而人口则有增无减,直逼 13 亿(12.9 亿),人均粮食占有量又跌到了 300 多公斤。这是当时粮价上扬的一个大背景。不过,即便是国家权威部门的数据也有出入,如此前提到国家科委主任宋健在《也论“谁来养活中国人”》一文中指出,“1996 年中国的粮食产量达到创纪录的 4.8 亿吨”,也就是 4800 亿公斤,这也是国务院政府工作报告中的数据。这里,就以此为基数来看,从 1996 年到 2003 年七八年间,我国粮食总产量减产了近 500 亿公斤,若以人均占有粮食 400 公斤的标准计算,仅一年的粮食减产量就少养活一亿多人口,也就是说,中国至少有一亿多人口出现了粮食缺口。而在粮食减产和人口增长的对冲效应下,人均占有粮食减少了近 70 多公斤(2003 年我国人均粮食占有量 333.3 公斤),这已远低于国际公认的粮食过关线(人均 500 公斤)。透过这一系列精确到了小数点的数据,不说中国发生了粮食危机,也可以说国家粮食安全的形势非常严峻。幸运的是,由于多年来的积累,中国当时拥有充足的储备粮。如果没有大量的储备粮,在不少地方已出现了抢购粮食的情势下,我国粮食势必出现巨大的缺口。

对保障国家粮食安全而言,2003 年还真是中国的一个坎,但这个坎必须迈过去。谁都知道,粮食为万物之首,粮价为百价之基,从来不是单纯的粮价,一旦上涨,牵一发而动全身,导致整个物价水涨船高,而随着恐慌情绪的蔓延,甚至会引起社会动乱。为了止跌回升,从 2003 年开始,我国开始实施鼓励农民种粮的惠农政策,这是保障国家粮食安全的政策支撑,而要使粮食增产,还必须有强有力的科技支撑。由于2003年的粮食减产和粮价上扬,在2004年3月召开的全国两会上,一度被忽视的粮食问题又成了一个热议的焦点。袁隆平作为全国政协常委,在会上做了一个《高度重视我国粮食安全问题》的发言,他提出了四点建议:一是坚持自力更生为主的粮食安全战略;二是充分发挥科技对粮食安全的保障作用;三是切实保证一定规模的粮食播种面积;四是切实保护和提高农民的种粮积极性。这次两会期间,他还向温家宝总理提交了一份报告,这个报告基于第一期、第二期超级稻的研究成就和进展,以及水稻在理论上的产量潜力,提出了第三期超级稻育种计划,这是中国超级稻育种的第二个十年计划,目标是在2015年实现一季稻大面积示范亩产达到900公斤。

在粮价不断推高的同时,袁隆平也正带领协作攻关的科研团队把粮食单产不断推向新的高度,这也是那几年的奇特风景,一边是频频告急,一边是捷报频传。还在粮价上扬之前的2002年,第二期超级稻就在龙山县百亩示范片突破了800公斤大关(平均亩产817公斤,最高亩产835.2公斤),成为长江中下游地区首个平均亩产突破800公斤大关的百亩示范片。2003年,第二期超级稻又在5个百亩片达到了亩产800公斤的预期目标。2004年,在湖南中方、汝城、隆回、桂东等12个百亩片和一个千亩片,第二期超级稻均达到了亩产800公斤的攻关目标。这标志着,中国超级稻第二期攻关目标提前一年实现了,但正式通过农业部的验收审定还是2005年。屈指一算,第二期攻关目标从启动到验收达标,也是历时5年。就在这年,在全国推广种植超级杂交稻,第一次被写进了中央一号文件。

当然,这里有必要再一次诚实交代,示范片的亩产不能和大面积推广播种的亩产画等号,这是必须打折扣的。袁隆平先生算了一笔账,如第二期超级杂交稻推广后,大面积的平均亩产达600公斤,比一般的杂交稻增产约三成,按年种植两亿亩计算,每年增产的粮食就能多养活一亿人口。

时至2006年,农业部又启动了中国超级稻第三期育种计划,而袁隆平总是先行一步,2005年3月,第三期超级杂交稻试验就已提前一年在湖南启动。这一期攻关目标为亩产900公斤。在此前的示范片中,这个产量已不止一次达到了,甚至创造过突破1000公斤大关的奇迹,然而,还是那句话,那"只是小面积的试验成果,它给人类预示了水稻杂种优势利用的巨大潜力,但并未作为科学认定的依据",若要真正在百亩、千亩示范片里普遍达到这一目标,袁隆平觉得,常规手段基本上用到了极限,必须将分子技术与常规育种结合起来攻关。——这也是袁隆平酝酿已久的"远缘杂种优势利用或分子间杂交的技术"。他坦承,在第一期和第二期超级稻攻关中,基本上是采用常规手段,在进入第三期后,随着现代生物技术的迅速发展,使作物育种能在分子水平上进行遗传操作。

袁隆平一只眼看着世界遗传育种科技的最新进展,一只眼也盯着愈演愈烈的全球性粮食危机。联合国粮农组织发布的 2006 年世界《农业收成预计和粮食现状》报告显示,"粮食危机已经席卷了第三世界国家,全球共有 37 个发展中国家面临粮食短缺、产量锐减、价格涨幅过大,整个世界有可能陷入 30 年来最为可怕的粮食恐慌与危机"。当时有报道称,目前全球的粮食储备只能勉强支撑人们 50 多天的需求,已经跌破粮食储备 70 天的安全线。又据联合国粮农组织称,最主要的粮食作物国际价格都创出历史新高,这一轮粮价暴涨已使全球超过一亿人陷入饥饿困境,每天都有人正在经历痛苦和死亡。

2008 年 4 月,南美洲的传统农业国秘鲁发生了饥荒,数千名饥肠辘辘的妇女怀抱着襁褓中的婴儿聚集在国会门口,阳光把飘扬的国旗和她们饥饿的身影照得特别清晰,一张张面黄肌瘦的脸上,那形销骨立的颧骨凸显出饥荒的真实,她们一边有气无力地敲打着空罐和空盘子,一边嘶哑地哭喊着政府"想想办法","我们没有饭吃,孩子没有奶喝……"。

南亚的孟加拉国,一个以大米为主粮的国度,大米的价格比去年猛涨了一倍,吃不起米饭的人们走上街头,向政府请愿,这其实是公民们最无奈的选择,而政府也无可奈何,只能奉劝老百姓少吃大米,多吃马铃薯。

粮食危机不只是全世界的水稻减产,小麦、玉米等主粮也遭受重创。在西非的多哥共和国,那个就像一把门闩似的首都洛美,这里人的传统食品为玉米面团,到 2008 年时,他们的玉米团已从"大拳头"缩水为"小网球",但售价却翻了一倍。当饥饿成为日复一日的生活,很多人都不知道自己最后一次吃饱肚子是什么时候了,而这像"小网球"一样的玉米团根本填不饱肚子,很多人只能靠喝莫诺河的河水来充饥,这是他们的母亲河,在饥荒中也成了他们养命的河流。

喀麦隆共和国是非洲中部地区的政治经济强国之一,在这场粮食危机中也未能幸免,连政府官员也将一日三餐减为两餐,那些底层老百姓就更惨了,很多人在街上走着走着就饿得晕倒了,有的人再也没有醒来,那些活着的人则在饥饿和绝望中挣扎度日,谁也不知道这场饥荒什么时候过去,谁也不知道自己能不能度过这场饥荒活下来。

除了第三世界国家,一些发达国家也受到了粮食危机的波及,如日本,其粮食自给率只有 40%,尽管他们有雄厚的资本,但对国际粮食市场的依赖程度很高,很多超市一度出现了部分食品断货的情况。据日本媒体称,这是他们 40 年来第一次面对食品短缺危机。不过,既精明又充满了危机感的日本人早已有着应对各种灾难和危机的充分准备,他们拥有150万吨大米的储备,而美国则是他们粮食供应的最大的后盾,这些储备粮绝大部分是从美国进口的。在没有遇到粮食危机时,日本政府不让这些大米流入市场,以免冲击当地农民的收入,而一到危机时刻,这些储备粮就可以极大地缓解这一压力。

而远在大西洋的岛国海地就没有太平洋岛国日本这样幸运了。2008年4月12日,由于出现了大规模饥荒,海地总理亚里克西遭国会弹劾,成为在粮食危机中第一个被迫下台的政府首脑。这也又一次验证了,饥饿是最大的人道主义危机,其实也是最大的政权危机,而我转述的这一幕幕惨状,还只是冰山一角。

让世界充满惊奇的是,尽管国际粮价飞涨,不断冲撞着中国粮食安全大堤,但撼山易,撼中国难,布朗那个"谁来养活中国"的大问号,在中国似乎不是什么问题。其实,中国也并非稳如泰山,东南亚飞涨的米价一度对近在咫尺的中国南方产生水涨船高的传导效应,幸运的是,从2003年那个低谷或拐点开始,到2006年,据国务院政府工作报告中的数据,"全年粮食产量达到49746万吨(即4974.6亿公斤),实现了连续三年增产"。这一数据已超过了1996年我国创纪录的粮食总产量(以国务院政府工作报告为准)。由于粮食连年丰收,国家粮仓里有着充足的储备粮,据国家发改委当年发布的数据,我国全部储粮是5000亿斤(2500亿公斤),约占全国全年粮食消费的一半,比全世界粮食库存占年消费的比重(17%)要高出一倍以上,这让国家发改委可以底气十足地宣告:"中国完全有能力保障粮食安全。"与此同时,铁道部紧急启动了"北粮南运"计划,从东北调运1000万吨粮食以平抑南方的稻米价格,广州的国产大米价格随即开始回落。——这就是中国用事实对布朗"警世的呼唤"做出的强有力的回答,也足以证明充足的粮食储备对保障国家粮食安全是多么重要。正因为有了这样一个基础,中国才能抵挡全球粮食危机和国际粮价飞涨的冲击,巨大的中国,不仅没有像布朗预言的那样成为世界粮食安全的巨大威胁,而且还为拯救全人类的饥饿做出了越来越大的贡献。从2006年1月1日起,在全球粮食危机的大背景下,联合国停止了对华粮食援助,这标志着中国26年的粮食受捐赠历史从此画上了句号,随着一个非凡的转身,中国由此而成为世界第三大粮食援助捐赠国。

袁隆平深知,尽管此时我国粮食安全的形势已较2003年大为好转,但诚如古人早在春秋时代发出的警示:"居安思危,思则有备,有备无患,敢以此规。"中国人能否把饭碗一直牢牢地端在自己手里,此时他还不太乐观。一方面,他在两会期间反复提醒,要查实各地粮库是否存在虚报的问题,必须保证国家和地方的粮食储备充足；一方面，他对我国人增地减的严峻形势充满了危机感。随着第三期中国超级稻育种计划正式启动，他在2006年底又提出了“种三产四”丰产工程，即种三亩超级稻，生产出现有四亩地的粮食。——这一工程于2007年率先在湖南示范，湖南省针对水稻生产的不同条件，同步采取三套增产方案：一是在中低产田实施“种三产四”丰产工程，通过超级杂交早稻+超级杂交晚稻的“双超”等五种模式，实现粮食大面积丰产；二是在高产田实现“三分田养活一个人”的目标；三是抓紧第四期超级杂交稻攻关，实现早、中、晚超级杂交稻百亩片平均亩产分别达到600公斤、1000公斤和750公斤的目标。实践证明，无论哪一种方案或模式，都大幅度提高了现有水稻的单产和总产，到2011年时，湖南省的“种三产四”丰产工程新增稻谷就超过了十亿公斤。袁隆平计划到2015年，在全国推广“种三产四”丰产工程6000万亩，实际上相当于8000万亩的生产水平，哪怕保守估计，每年新增稻谷也可以多养活两三千万人口。

谁都希望粮食增产，可粮食增产也是一把双刃剑。有一次，袁隆平去一个示范片察看超级稻，一个老农看见了他，拖着两腿泥巴从稻田里跑了过来。这是袁隆平经常会遇到的，他是农民心中的米菩萨啊，谁都想亲眼见见他，跟他说说心里话。但这个老农的一番心里话，却说得他一寸一寸地揪心：“袁老啊，我种了一辈子的水稻，从来没有这么高的产量，我们种田佬都感谢你老人家啊，你可真是我们农民的米菩萨啊！可我们也有一肚子怨气，你让稻子越打越多了，可稻子多了不值钱，我们还是不赚钱啊！”袁隆平下意识地低下头，看着老农那一双沾满泥巴的赤脚，还有那副被烈日烤得焦黑如炭的脸庞，他心里不知是什么滋味。他知道这位老农说的是老实话，这也是他一直焦虑的。“长太息以掩涕兮，哀民生之多艰。”一个生活在湖湘大地的农业科学家，心里也有浓烈郁结的屈子情怀，而对任何事，他又必须以科学的辩证思维来考量，这让他既担心粮价过高，加重市井百姓的生活负担，又担心谷贱伤农，眼看着粮食年年增产，这些黑汗直流的稻农却不能增收。一个可怕的后果是，倘若农民都不种粮了，这试验田、示范田里的超级稻就是再高产，却不能大面积推广，又有何实际意义呢？如今谁都想吃又便宜又好吃的大米饭，但再这么便宜下去，到时候大家恐怕都没饭吃了，谁又愿意做那赔本的买卖呢？

谁都知道，粮食是商品，却又是非同一般的商品，始终都是最基本的生存保障和国家的战略物资，这也是国家一直难以把粮食全然交给市场的原因，否则一遇丰年，当粮食供大于求时，粮价势必大跌，甚至会跌到生产成本以下，而一遇灾年，粮食供不应求，则粮价飞涨，并推动所有的物价疯涨，那些投机商人就会囤积居奇，变本加厉，这也是旧中国最常见的现象。粮食安全，关乎每个人的身家性命，关乎国家的生死存亡。一个拥有13亿多人口的大国,如何保证每一个人都能吃饱肚子,始终是治国安邦的头等大事,真是高不成、低不就,进亦忧、退亦忧啊。也正是在反复权衡之后,国家才出台了粮价补贴,但如何补,一直充满了争议,袁隆平觉得目前的粮价补贴还有很多值得完善之处。身为省政协副主席和全国政协常委的他从未将此身份当作荣誉、虚职,每年省里和全国召开两会期间,他都会提交精心准备的提案和建议,并且都是直面严峻的现实。在2012年的全国两会上,他提交了《关于粮价的建议》。他依据湖南省物价局的调查统计数据,2011年农民种植一亩水稻,除去国家的粮食补贴,纯收益仅有七块五毛钱!这让他特别伤心,也让他大声疾呼:“七块五啊!太少了,农民多穷啊,农民多可怜啊!”他呼吁政府要以较高的价格收购农民的粮食,只有“大大提高农民种粮的积极性和收入,保住农民的基本利益,才能保障民生,保证老百姓的日常生活水平,保证国家粮食的安全和价格的平稳!”而现在的补贴是按田亩补,不管你种不种粮,高产低产,给的补贴都是一样的,也就是所谓普惠制,这不合理,难以调动农民种粮的积极性。为此,他提出了一个更合理的建议,那就是给种粮的农民按售粮的多少进行直补,生产的粮食越多,得到的实惠就越多,那种粮的积极性自然就被激发出来了。

“杂交水稻之父”一开口就成为众所瞩目的焦点,而他在这次两会上一改平日里的低调平和,竟然还提出了这样一个引起了激烈争论的建议:“补石油不如补农民!”在众声喧哗之中,他仗义执言,为农民的利益而据理力争:“国家每年拿上亿的钱来补贴石油企业,这更不合理。石油那么贵,都是高价、高利润的垄断企业,做石油的人都是有钱人,用石油的人都是开小车的人,哪里还需要国家的补助呢?为什么不拿这个钱来补贴农民呢?农民辛辛苦苦种一亩地得了100块钱,就是很多有钱人的两包烟钱!”此言一出,一片哗然。其实,只要冷静地想一想,他这既是在为农民鼓与呼,又何尝不是“两头兼顾”?轿车不是人人都有的,但一日三餐却是人人要吃的,很多人都以为这钱是补给农民的,却很少有人意识到,这其实也是国家给每个人饭碗里的补贴,如此我们这些不种粮的人,才能吃到便宜的粮食,这不就是“两头兼顾”惠及整个民生吗?这一番道理很朴素,却并非每个人都能朴素地理解,当场就有人好心提醒和劝阻袁隆平,为农民争取补贴可以,但不要“抨击”别人哪。但袁隆平还是直言不讳:“我怕什么?我那么大把年纪了,还不能说几句实话?憋死人啰!”

除了粮价,让袁隆平忧心忡忡的还有耕地。这么多年来,他一直在田间地头行走,他见证过大包干时农民分田到户的喜悦,近年来却看见背井离乡、外出打工的农民,把大片耕地抛荒了,很多粮田甚至被用来盖房子和做垃圾场了,那疯长的荒草和臭烘烘的垃圾让他痛心疾首："耕地多宝贵啊，现在全国的耕地越来越少，如果得不到保护，耕地面积一年年减少，我们就没有退路了啊，以后粮食不够了可怎么办呢？到哪里去种呢？"这一直是他最担心的，如果那18亿亩耕地的红线守不住，就算培育出了亩产超过1000公斤的超级稻，也没人没地种啊，到了那地步，布朗的预言还真是一语成谶了。

一个农业科学家，就是在这种强烈危机感的驱使下，一步一步把超级稻推向更高的台阶，而科技支撑一直都是保障国家粮食安全的一个顶梁柱。为确保实现"第三期亩产900公斤、力争第四期亩产1000公斤"的超级稻攻关目标，在袁隆平的指导下，协作攻关团队相继育成了四个超级杂交稻新组合（Y两优2号、Y两优8188、Y58S/1128、广占63S/1128），在不同的地域进行百亩示范片试种。这里就以"Y两优2号"为例来看看实际效果。该品种为湖南杂交水稻研究中心研究员邓启云主持育成的"Y两优"系列品种之一。这一系列从20世纪90年代开始培育，被业界誉为"高产世家"，2001年研发出"Y两优1号"，第二年又在此基础上开始研发升级版，历经5年攻关，到2007年终于育成"Y两优2号"，育成不久就被国内一家企业以650万元的价格拍下了专属使用权，被媒体惊呼为"一粒卖出天价的神奇种子"。实际上，这一品种在海南试种时，亩产只有750多公斤，别说作为三期超级稻主打品种，离第二期超级稻的产量指标都还差一大截呢。但"杂交水稻之父"的眼光就是非同一般，在百里挑一中，他偏偏就看上了它。那双久经历练的火眼金睛一般是不会看走眼的，尽管这一品种在实际产量上尚未表现出明显的优势，但它具有超级稻高冠层、矮穗层的理想株叶形态，叶片松散适中，上三叶挺直，群体通风透光良好，耐高温、低温能力都比较强，后期落色好，具有高产稳产、穗大粒多、茎秆粗壮、耐肥抗倒、抗逆性强、米质优良、口感好等诸多优点。一个发现者的眼光，不能只看见眼前的产量，更要能看见它未被开发出来的潜力，袁隆平预测，这一杂交组合具有产量突破900公斤的潜力，因此将其确定为第三期超级杂交水稻攻关的首选苗头品种，在湖南隆回县羊古坳乡等示范片里试种。

那么，结果如何呢？2011年9月18日，第三期超级稻在历经5年攻关后，迎来了中国超级稻育种计划的第三次大考。这次现场测产验收，由中国水稻研究所所长程式华担任组长，验收点就选在羊古坳乡第三期超级稻"Y两优2号"示范片。此地位于湘中偏西南的资江上游，地处雪峰山余脉望云山脚下，虽是山地，但这一方水土的小环境可谓得天独厚，是特别适合种植超级杂交中稻的一方福地。2000年和2004年，第一期和第二期超级稻试种先后在这里取得成功，而在第三次大考中，这一方福地是否能再创奇迹？

在验收的四天前,袁隆平就来这里看了稻子的长势,那是个大晴天,金黄色的稻田把空气都映衬得金灿灿的,袁隆平看得一双眼都笑眯眯的,他唯一有些担心的就是接下来几日的天气。“只要老天爷他帮帮忙,900 公斤 100% 能达到啦!”他有 100% 的把握,可老天爷却像是偏偏要跟他们作对,就在验收的前一天,一场暴风雨突然袭来,顷刻间把田间的稻农打得晕头转向。清醒过来了,又一个个急得直跳脚,老天啊,这么大的风雨,再结实的谷粒也会被打脱啊。袁老师年纪大了,他们不好打扰人家,就给袁隆平的助手邓启云打电话。邓启云是“Y 两优 2 号”的培育者,这里的每一粒种子就像他的孩子一样,他也正日里夜里地惦记着呢,一天 24 小时,手机都不敢关机。一个电话火急火燎地打来了:“邓老师啊,大事不好啊,羊古坳又是风又是雨啊,连人都站不住啊,何时得了啊?”邓启云听见了农民兄弟那焦急万分的呼唤声,也听见了呼啦啦的风雨声和沉闷的雷声,但他还真有一种处变不惊的大将风度,他的声音很平静,很有底气,让农民兄弟只管放心,没事,他这个品种不受风雨影响,那稻子长得很结实,不会落粒的。可那些农民还是不敢相信,世上哪有风吹雨打不落粒的稻子啊?邓启云停了一下,脱口冒出了这样一句话:“我的孩子我清楚!”

这句话后来传开了,如今都成了邓启云的一句名言了。

第二天,风雨过后,在阴沉的天底下,那稻穗全都低垂着头,那是因为挂满了沉甸甸的稻子,看上去比在阳光下多了几分深沉。天刚亮,羊古坳的稻农们便来田里仔细看过了,每一株稻禾都挺身站着,在田里也找不着几粒被风雨打脱的稻子。一夜惊心,现在一下放心了,一个个都说多亏了老天爷保佑,真是神了!尽管一场风雨刚刚过去,从田埂到田间都被雨水冲刷泡软了,但农业部派来的专家没有等待,现场测产验收按原定计划照常进行。专家自有专家的道理,一个合格的品种必须能经受住恶劣天气的检验,在大自然面前,没有任何特殊情况或特殊品种是可以特殊照顾的。一切都是按照严格的测产验收规程进行,专家组首先对分割成 18 块田的代号进行现场随机抽签,分别抽取出三块试验田进行现场人工收割,然后在田间打谷脱粒装袋,最后进行水分检测与称重。由于昨夜下了一场大雨,谷粒含水率超过了仪器的测量范围,必须减至达标的含水率(13.5%)才能准确测算出这批超级杂交稻的亩产量。尽管颇费了一番周折,得出的却是一个令人惊呼的结果,第三期超级稻“Y 两优 2 号”百亩示范片不仅达到了亩产 900 公斤的产量指标,而且创造了世界水稻种植史上大面积亩产的最高纪录(平均亩产高达 926.6 公斤)。说来还有一个小插曲,对这次测产的结果,有人不知是出于谨慎,还是别的什么原因,建议袁隆平不要提亩产突破了 900 公斤这个具体数字,只说获得了“高产”。袁隆平一听就冒火了:“怎么能不提突破了900公斤?我就是要攻关900公斤!”

这一结果随后便由湖南省农科院举行新闻发布会公布了:“袁隆平院士指导的超级稻第三期目标亩产900公斤高产攻关获得成功!”

袁隆平的梦

一份满意的答卷刚刚交出,接踵而来的又是一份新的试卷。从2012年起,袁隆平又率协作攻关的科研团队向第四期超级稻发起攻关,目标:平均亩产1000公斤!

是的,袁隆平又比农业部的正式启动时间抢先了一步,也可谓是一个前奏。

每到一个关键点,这个科学家和国家总是会出现高度默契的呼应。就在2012年初,中共中央、国务院又发布了一个关于三农问题的中央一号文件,对农业科技创新进行了突出的强调和重申:“实现农业持续稳定发展、长期确保农产品有效供给,根本出路在科技。农业科技是确保国家粮食安全的基础支撑,是突破资源环境约束的必然选择,是加快现代农业建设的决定力量。”

2013年4月9日,在博鳌亚洲论坛举行了以粮食安全为主题的农业圆桌会议,刚一散会,时任农业部部长韩长赋就直奔三亚南繁基地超级稻育种攻关现场,与袁隆平院士共同宣布启动第四期超级杂交稻的攻关项目。随后,农业部又组建了“7+1”(七个科研单位加一个企业)的跨地区、跨部门协作攻关团队。作为牵头人(首席专家)的袁隆平,此时已是一位84岁的老人,岁月不饶人,也让人难免担心,他老人家还能否再创奇迹,实现中国超级稻的“四连跳”?不过,只要你亲眼看见了那个传说中的“杂交水稻之父”,就会发现担心是多余的,他身子骨还杠杠的,一张脸黑是黑,却闪烁着风尘不染的光泽,那心态就越发年轻了,他笑称自己是“80后”:“带领一帮年轻人在从事超级稻这个年轻的、蒸蒸日上的事业,我觉得非常好!”

这年五一国际劳动节来临之际,正在稻田里忙碌的袁隆平接到通知,赶紧洗脚上田,赶赴北京参加全国劳动模范代表座谈会。4月28日上午,中共中央总书记习近平微笑着走进会场,走向站在前排中间的袁隆平院士,他用两只手一上一下地握住了袁老的手,那不是一般的握手,而是用双手热乎乎地捂着一个农业科学家的手。座谈时,习近平又回忆起第一次和袁老见面时的情景,“我1998年去过你们那,当时咱们见过面”,“我那时在福建当省委副书记,主管农业,十分关心种业问题。杂交稻育种,是一个很伟大的事业,要继续抓好”。

这次座谈会的主题是总书记与劳模代表“共话中国梦”，袁隆平就是带着梦想而来，他拿出两张超级稻的照片递给总书记，说：“我有两个梦，一个是‘禾下乘凉梦’，一个是杂交水稻覆盖全球梦，这就是我的中国梦。”

袁隆平的第一个梦，是一个早已被广泛传播的梦，也是所有采访过他的人都不愿割舍的一个梦想，但各有各的讲法，有人说是他儿时的梦想，有人说是他在杂交水稻刚刚研究成功时的梦想，还有人说是一个老人的梦想。而我亲耳听袁隆平先生说过：“我在年轻时做过一个好梦，我梦见我们种的水稻，长得跟高粱一样高，穗子像扫把那么长，颗粒像花生米那么大，我和几个朋友就坐在稻穗下面乘凉……”但他又说，这是他两次做过的同一个梦，年轻时做过，年老时也做过。一个有梦想的人，也许从未老过。每次讲起这个梦，他那双闪烁发亮的眼睛里，竟然闪现着孩童般奇异的梦幻色彩。袁隆平的第二个梦，他其实并未梦见过，他说：“前一个是我真实做过的梦，后一个是我多年来的梦想，实现这两个梦是我终生的追求。”

在这次座谈会上，袁隆平从他的两个梦开始，很自然就谈到了第四期超级稻攻关目标，对此他充满了底气和信心，“根据目前的研究进展，我们有信心在三年内达标”。而这并非他的终极目标，“科技进步永无止境，在我有生之年，亩产1000公斤我也不满足，我还要向选育第五期、第六期超级杂交稻进军，直到实现我的‘禾下乘凉梦’”。为了实现第二个梦想，他还向总书记建议制订更加开放的政策，允许两系法杂交水稻走出国门，扶持龙头种业企业，把长沙打造成杂交水稻的“国际种都”，早日让杂交水稻覆盖全球，那将是人类的福音。

习近平侧耳倾听着一个农业科学家的心声，他用充满期待的目光看着袁老说：“感谢您做出的贡献，希望您再接再厉，再攀高峰！”

这次座谈会，无论是总书记，还是来自各行各业、各个不同时期的全国劳模们，说是“共话中国梦”，但一个个都讲得非常实在。实现中国梦靠什么？靠实干，靠辛勤劳动、诚实劳动、创造性劳动，一切都可归结于总书记的一句话，“幸福不会从天而降，梦想不会自动成真”。

刚散会，袁隆平又匆匆赶回了他的试验田。他已经在总书记面前做出了承诺，他也深知自己将要攻克的是世界水稻史上迄今无人登临的高峰，天时、地利、人和，缺一不可。而超级稻要达到更高的产量，必须有更高、更壮实的稻禾才能承载，为此，他在攻关协作研讨会上提出了培育新型高秆超级杂交稻的技术路线，同时还要把以往的攻关中取得良好效果的“良种、良法、良田、良态”等四良配套结合起来攻关。按照他设计的技术路线，随后在全国主要稻作区布置了20多个示范片。

那个在第三期超级稻攻关中创造了世界水稻史上大面积亩产的最高纪录的羊

古坳，这次又被选为第四期超级稻高产示范点。这次选用的种子是“Y 两优 900”，该品种是通过进一步塑造动态理想株型、扩大利用籼粳亚种间杂种优势而育成的超级稻新组合。在攻关的第一年，经农业部组织的专家组现场测产验收，平均亩产再创历史记录(988.1 公斤)，但还没有达到第四期亩产 1000 公斤的产量指标。从结果看，只能说是“失败”了，但袁隆平总能从貌似失败的结果中看到成功的希望，“Y 两优 900”在首次攻关中就能达到这样高的产量，证明超级杂交稻第四期攻关技术路线的可行性。

2014 年，袁隆平再次选择“Y 两优 900”作为攻关品种，在地处大湘西的溆浦县选取示范片。溆浦属怀化市，也就是原黔阳地区，袁隆平在黔阳安江度过了近 20 年岁月，这一方水土早已成为他的第二故乡。追溯“溆浦”一名，最早见于屈子的诗篇《涉江》，而这一古老的县域也被称为“楚辞的源头”，是湖湘文化的一个精神源头。袁隆平从 20 多岁时进入大湘西，在此工作生活了 30 多年，深受屈子忧国忧民、上下求索精神的影响，也深深感受到了科学探索“路漫漫其修远兮”。在安江农校任教时，他就在溆浦搞过制种试验，对这里的地理、气候了如指掌。从第二期超级稻攻关开始，他就在溆浦县设立了兴隆、红星、黑岩三个超级稻百亩攻关片，在接连突破第二期、第三期攻关目标后，他又寄希望于第四期超级稻攻关目标在溆浦率先实现。

转眼，又一个秋天来临，袁隆平在立秋后不久就从千里之外的长沙赶到了溆浦。

古人造字多与农时有关，一个“秋”字由“禾”与“火”字组成，秋阳似火，稻禾渐渐散发出成熟的味道，这个季节，对于一季稻子的收成，无论是气候还是田间管理来说都到了节骨眼上。对于天气，哪怕到了今天你也只能听天由命，种田就是这样，老天爷当了一半家，但田间管理则事在人为。这次袁老是抱病而来，上路时，家人和身边的工作人员都劝他等病好了再去，但农时耽误不得，他怎么也放心不下，一定要去现场看了他才放心。

溆浦共布下了四个百亩示范片，分布在横板桥乡、水东镇等山区乡镇。一个 80 多岁的老人走过的路，我后来也走过，湘西的贫困一望触目，进村的路还是坑坑洼洼的砂石路，车轮卷起一阵阵砂石，打得车窗沙沙作响。但这条路再难行，也阻挡不住这个老人倔强的脚步。这已是他第三次来溆浦现场指导了。溆浦县农业局长张克松和技术组长舒友林陪着他一连转了好几个地方，还有一块示范田路途较远，路况又差，他们担心老人受累了，实在不忍心带他去看了。但袁老说什么也不肯放弃，这么多年来，越到最后一段路他越是锲而不舍。这是一个科学家认定了的真理，如果你已经费了95%的功夫，为什么要放弃那最后的5%呢？而一件事的成败往往就取决于最后一刻，一个不经意的小细节很可能就会改变人生和命运，甚至可以改变历史。

车又开始在山道上颠簸前行，天空如黑压压的锅一样扣下来，乌云几乎把整个天空都吞下了。到了那块示范片，袁隆平一下车就闻到了雨水的气味，也闻到了稻穗扬花灌浆的甜丝丝的气味。他踩着田埂钻进稻丛，那茁壮的稻禾比他的胸脯还高，一低头就看不见人了，只有他知道自己在哪儿。他弓着身子，拨开一株株稻禾，像一个老中医一样望闻问切，看这稻子有什么病症，该补充什么营养。还好，这里的田间管理很到位，稻子长势很好。他又数着稻禾上的谷粒，在心里默算着一株稻子该有多少收成，一亩田又该有多少收成。他一遍遍地数着、抚摸着，风飒飒地吹着稻禾，像风声，又像雨声。其实，当袁隆平钻进稻丛里时，细雨就开始飘落了，袁隆平全神贯注地察看着稻禾，竟然没有发现下雨了。等他从田埂上走出来，脚下的泥土已变成了泥浆，半截身子都已湿透。张克松和舒友林生怕他老人家着凉了，一个劲地催着他上车。临行前，他又千叮咛万嘱托，后期田间管理很重要，还有天气，这天气谁也没法改变，但要根据气候来搞好田间管理。一一交代过了，他才若有所思地说："这个品种好，眼下这稻禾的长势也很好，只要后段天气正常，田间管理到位，亩产有望突破1000公斤！"

此时雨越下越大了，张克松和舒友林看着一个在风雨中迟迟不肯离去的老人、一张被雨水淋湿的脸，两人都感觉被一种难以言说的感动渗透了。

袁隆平走后，雨还在下，一直下，秋风秋雨愁煞人，谁也不知道，这阴雨连绵的日子还将持续多久。这稻田里的守望者几乎每天盯着日历和天气。在超级稻攻关中，除了袁隆平这个首席专家，还有许多人长年累月坚守在第一线，舒友林就是其中之一，他是县农技推广中心高级农艺师、县农业局超级稻攻关办主任。说起来，他是安江农校毕业的，也算是袁隆平的学生。无论天晴还是下雨，他每天都蹲在稻田里，每隔不久就要给袁老师打电话，从稻子的长势如何到抽查稻穗颗粒有多少，还有天气，他都要一五一十告诉袁隆平。袁隆平连一个细节都不会放过，一旦发现了什么问题就会进行技术指导。他最担心的还是天气，这样久雨不晴，日照不足，土壤温度低，空气湿度大，如果不及时排出积水或发生大水串灌，极容易发生稻瘟病，而这种可怕的病症在整个水稻生长期都有可能发生。

幸好，到了9月下旬，老天开眼了，溆浦终于从淫雨霏霏的日子里走出来，对稻田里的守望者，那感觉真如重见天日一般，又加之田间管理和对稻瘟病的防治到位，袁隆平最担心的灾害没有发生。此时，离收割季节越来越近了，能否达标，就看最后十来天了。其实,关心超级稻命运的还不只是袁隆平这个首席专家,还有当时的湖南省农委。到了9月底,湖南省农委便组织七位专家,按照国家农业测产标准来溆浦测算了三块田,毛谷亩产最高达到了1300公斤,但除水去杂后,离1000公斤大关还差10多公斤。这个结果让大伙儿心里打起了鼓,有人估计这一次又过不了关。袁隆平也有这个心理准备,但他根据测算数据和稻子的长势仔细分析了一番,眼下离农业部测产还有十天,稻子还处于生长期,他估计,每亩每天还可以增加五六斤,十来天还能增产30公斤左右。当然,这只是他的预测,而天有不测风云,人算不如天算。

2014年10月10日,中国超级稻迎来了第四次大考。这次的验收组组长又是隆回县羊古坳乡第三期超级稻验收组组长程式华。此前,来自全国各地的验收专家已先期抵达溆浦,还有上百名扛着长枪短炮的记者早已闻风而至。中国超级稻育种计划自1996年启动以来,历经18年攻关,一直备受国内外水稻领域关注,而这次能否攻克1000公斤大关,"杂交水稻之父"袁隆平又能否再创一个"超级神话",也就成了举世瞩目的焦点。但袁隆平这个焦点人物却差一点就来不了现场,就在验收的两天前,张克松接到袁隆平秘书的电话:"袁老师身体不好,不能过来了。"

张克松放下电话,长长地叹了一口气,一脸失落地告诉舒友林:"唉,袁老师不来了。"

对农业部这次测产验收,张克松心里一直没有底,一听袁老师来不了,更一下没了主心骨。没想到,第二天中午袁隆平的秘书又打来了电话:"袁老师决定亲自过来。"这让张克松又长长地舒了一口气,仿佛袁老师一来,这个1000公斤的重负就能卸下了。这其实是他的心理感觉,作为首席专家的袁隆平也改变不了那个最终结果,农业部的测产验收比高考还要严格,现场测产时,所有参与攻关的人员,哪怕沾了一点边的都不得参与其中,只能作为旁观者。这个,张克松自然知道,但袁老师一来,他莫名地就平添了一股底气,还有几分豪气。

那是个秋高气爽的艳阳天,没有什么比阳光更懂得稻子,金黄的阳光映照着金黄的稻田,这其实是一种互相映衬,天地间都透射出金黄灿亮的光泽。在稻田边上,一块牌子高竖着,老远就能看见那牌子上被阳光照亮的大字:"超级杂交稻第四期亩产千公斤高产攻关示范基地;面积:102.6亩;首席专家:袁隆平。"它的存在,仿佛时空中的一个坐标,从春到秋一直竖立在这儿。此时又以此为中心,里三层外三层地围满了人,但见人头攒动,却不见稻浪翻滚,那水稻宛如垂下来的瀑布一样,连风也吹不动,这让很多记者在结果出来之前就发出了惊呼:"天啊,这就是传说中的瀑布稻啊!"

在袁隆平赶来之前,现场测产验收就已经开始,刚打下来的湿谷子太重了,连磅秤都被压得颤颤巍巍,但这还只是毛谷,而按严格的现场测产程序,那可真是容不得一滴水分、一粒沙子,还必须晒干水分,用风车去杂后,才能称重验收。每个人都在等待那个最终的结果。而在正式结果公布之前,时间变得特别漫长,就像一个漫长的悬念,让人心情特别紧张,还有些莫名其妙的复杂。就在这时,一个熟悉的身影终于出现了,见过的,没见过的,都认得他是谁。袁隆平还没走到田边,就被呼啦一下拥上来的老乡和记者们前呼后拥地包围了。

袁隆平一边亲热地跟他们招呼、握手,一边问张克松:"收割完了吗?"

张克松凑近他说:"两个点已经收割完了,还有一个点正在收割呢。"

他压低声音把两个点的毛谷数量报给了袁隆平,又紧张地看着袁隆平的反应。

袁隆平淡定地笑了笑说:"过千公斤应该没问题。"

张克松听了,那紧绷的神经又稍稍放松了。

那三块抽签选定的测产田,用了一个上午才收割完。这顿午饭,袁隆平和大伙儿就是在田边上吃的,每人手里都捧着一个乡下人吃饭的粗瓷大碗,没什么菜,那米饭则是用这次攻关的"Y 两优 900"超级稻做的饭。一个"杂交水稻之父"追求的不仅仅是高产,还有稻米纯正的品质、香味和口感。在产量揭晓之前,那香喷喷的大米饭,每个人都美美地吃了一大碗,一边吃还一边竖起大拇指,用湖南话说:"好呷,真好呷!"这里还有一个小插曲,一个老农吃光了一碗,拍拍屁股上的泥巴,又去添了一大碗,都堆得冒尖了。袁隆平一看乐了,上前问这个老农:"这个种子好不好?"没想到老农竟然摇了摇头。这就怪了,难道这大米饭不好吃?吃着不香?很多人都惊奇地看着那个老农,老农却不紧不慢地开腔了:"好是好,就是划不来啊。"袁隆平一听,更觉奇怪了,这个种子还没在大田里推广呢,还只是免费给他们试种的,是不是有人乱收费,收了他们的种子钱呢?袁隆平对农民的利益格外关心,如果有人这样坑农伤农,那可要追查。那老农连连摇头,没有人收他们的种子钱,但他却老老实实地说:"这米饭实在太好呷了,一碗不够啊,吃了还想吃呢!这么下去,一餐就要多呷两碗饭,这可划不来啊!"袁隆平和大伙儿一听,都乐了。

到了下午 3 点光景,最后一刻终于来临。所有人一下静了下来,中国水稻研究所所长、农业部验收组组长程式华几乎是一字一顿地宣布:"这次百亩片平均亩产 1026.7 公斤!"那寂静的现场又持续了几秒钟的寂静,仿佛被一个结果震住了,又突然被一种蓄积已久的力量猛地一掀,顷刻间爆发出暴风雨般的惊呼声。那的确是一个足以让世界震惊的结果,就算把后边那个零头忽略不计,亩产达到 1000 公斤，也刷新了世界水稻史上大面积亩产的最高纪录，这是“杂交水稻之父”的又一个巅峰之作。这是一个世界级的新闻，一个小时后，农业部就在北京召开新闻发布会，向世界宣布了这一消息：中国超级杂交稻第四期亩产千公斤攻关取得成功，这个原定于2020年实现的目标，提前6年实现了！

对这一结果，农业部做出了这样的评价，这“表明中国人有能力有信心依靠自己的力量解决国家粮食安全问题，也将对维护全球粮食安全产生重要而深远的影响”。

与此同时，国家科技部做出了这样的评价，这“标志着中国杂交水稻研究再次登上世界之巅，将载入世界农业科技史册，不仅是中国人的骄傲，更是一个世界奇迹”。

对这个世界奇迹，一向镇定自若、成败不惊的袁隆平也难掩激动之情，他感觉自己向“禾下乘凉梦”又迈出了艰难而坚实的一步。回首中国杂交水稻一路走来的历程，从三系法、两系法到超级稻，从超级稻的第一期到第四期目标，从最初的亩产500多公斤，到现在示范片平均亩产突破1000公斤大关，作为首席专家和总设计师的袁隆平，每取得一项科技上的突破，从未归功于自己名下，他首先想到的是国家的支持和团队的力量，并从政策和科技这两大支撑予以诠释：“一方面是杂交水稻一直在国家的强大支撑下不断长大，一方面是参与杂交水稻攻关的科研团队非常优秀，非常有战斗力，敢于勇攀高峰！”

一直以来，他最不愿提到的就是自己，这是一个科学家虚怀若谷的谦逊，其实也是他真诚的坦言：“一粒种子再神奇也不可能改变世界，只有两方面都到位了，中国杂交稻水平才能远远领先全世界，中国人才有能力牢牢将饭碗端在自己手里。很多人都把功劳算到我头上，这是不对的，我充其量只是起到了部分带头的作用。”

当然，他不会忘怀自己和习近平总书记“共话中国梦”时做出的承诺：“现在我可以向总书记和全国人民报喜了，下一步，我要向每公顷十六吨目标攻关！”

多事之秋

接下来的一切，还得从2014年的那个秋天说起，那个反差太强烈，一边是袁隆平担任首席专家的中国超级杂交稻第四期攻关，亩产突破1000公斤大关，登上了世界水稻史上“迄今尚无人登临的一个高峰”；一边是“安徽万亩袁隆平超级稻减产绝收，被下‘逐客令’”。那触目惊心的大标题，将矛头直指袁隆平——“杂交稻，隆平造”。这两大新闻事件几乎是在同一时间发生的，在阳光与阴霾的大逆转中，一场阴霾密布的灾难转眼间就把一个金色的秋天推向了一个多事之秋。一位令人崇敬的“杂交水稻之父”,转眼间变成了一个千夫所指的罪魁祸首,而一粒拯救了亿万苍生的神奇种子转眼间变成了灾难的祸根,甚至是一股汹涌而来的祸水。那些遭此劫难、深受其害的可怜老百姓,发誓要将“杂交稻,隆平造”逐出他们的稻田……

若从新闻的时效性看,那篇极具轰动性和杀伤力的新闻报道,却也并非在第一时间曝光的爆炸性新闻,其实是一个迟到的新闻。事发于 2014 年 10 月,而报道的时间已是 2015 年 4 月 9 日,时隔半年,一个新闻早已变成了旧闻,但那“几乎同一时期”发生的两个事件,一正一负,像特写镜头一样被嫁接在一起后,哪怕时过境迁,那强烈的反差依然极具轰动效应。从新闻效应看,“好事不出门,坏事传千里”,越是负面新闻越是能迎合人们的逆反心理。而在这样一个网络媒体高度发达、信息爆炸的时代,像袁隆平这样一个长期以来为人敬仰又家喻户晓的正面人物形象,连同他所开创的杂交稻和超级稻,几乎从来没有遭遇过如此具有杀伤力的负面新闻,一旦舆论反转,那突如其来的负能量几乎如掀天翻地的风暴一般,几分钟内就有数百万人被席卷,从门户网站到自媒体,从网络传播到无数人奔走相告,形成如螺旋般扩散和放大的“风暴效应”,这一切几乎可以在瞬间完成。

作为袁隆平和中国超级稻的追踪者,我第一时间看到那篇报道时也如坠云里雾里,这一切到底是怎么回事呢?若要搞清楚真相,其实并不难。灾害发生后,安徽省及受灾区五河县两级农委便对这次灾害进行了深入调查,并做出了明确的鉴定:“绝收或减产的区域,在孕穗和抽穗期间遭遇低温连阴雨,属于典型的穗颈瘟危害。”这种“典型的穗颈瘟”,其实就是稻瘟病的一种。稻瘟病位居水稻三大重要病害(稻瘟病、白叶枯病、纹枯病)之首,也是此次灾害真正的罪魁祸首,被称为“水稻的癌症”,凡有水稻的地方就有稻瘟病,只有轻重之别,发病后一般减产 15% 以上,重者绝收,对稻米品质也有严重影响。——这也是迄今为止难以被人类攻克的一道世界级难题。一直以来,国内外的科学家都致力于对稻瘟病的研究,然而至今也未能在高抗性上取得突破性的成果。所谓癌症,换句话说就是不治之症,至少是顽症。由于无抗性强的品种,近年来此病发生面积呈上升趋势,若防治不力,将会给水稻生产造成巨大的损失,对粮食安全构成严重威胁。

那么,在科技高度发达的今天,是否又有根治的可能呢?这其实是我接下来要追踪的一个问题。要说呢,也不是没有,如今人类已开始尝试用分子或基因技术来治疗癌症,对于人类自身而言,这是为了救死扶伤,似乎没有什么争议。但如果利用分子或基因技术来防治农作物的病症,譬如说针对某一病虫害将抗逆性基因转入农作物中,这一难题是有可能从根本上攻克的,但只要一涉及分子生物技术,尤其是转基因技术,人类立马如临大敌,谈“转”色变。目前在中国,无论是国家层面,还是袁隆平等科学家,在这方面也一直是高度审慎的。由于转基因技术不能在水稻、小麦等主要粮食作物生产中推广应用,目前也就只能采取传统的常规手段,以趋利避害或避重就轻为前提,如在选择种子时,对稻瘟病抗性不强的品种,就选在稻瘟病轻发区种植,而所谓的轻发区也是相对的,一旦遭遇阴雨连绵、连日不开的天气,就为稻瘟病提供了温床,轻发区有时候会成为重灾区。对此,迄今以来最有效的手段就是将防治措施落实到位。

在杂交稻和超级稻攻关中,袁隆平一直把稻瘟病视为心头之患。他也不止一次地坦言,超级稻在对抗稻瘟病等水稻病症上并不“超级”,在这一世界性难题被攻克之前,超级稻也只能和其他常规品种一样,以防治为主。对此,那篇将矛头直指“杂交稻,隆平造”的报道者也做过调查,并做出了理性的报道:“稻瘟病的发生原因较为复杂,即使水稻品种在审定时达到了抗甚至更高水准,但也存在因抗性下降、外界环境变换等原因引发稻瘟病的危险。”这是大实话。我在前文提及,在湖南溆浦的第四期超级稻攻关示范片,也曾遭遇了长时间阴雨天气,袁隆平一再叮嘱田间管理责任人要将预防措施落实到位,而溆浦示范片最终没有因灾减产,反而创纪录地突破1000公斤大关,一个重要原因就是适期预防措施落实到位,否则别说创造世界纪录,而且极有可能像安徽五河县一样发生“减产绝收”的灾害。

对于“安徽万亩袁隆平超级稻减产绝收”的灾害,安徽省及五河县两级农委调查组已做出了结论:“此次稻瘟病是由于2014年安徽特殊的天气和适期预防措施不到位所致。”——这就是事实真相,再明白不过了,一是天灾,还有一个就是“适期预防措施不到位”。而调查组还特别说明这“不完全是农民的过错”,这话里的意思我相信谁都能看明白,至少我是一眼就看明白了,说来这也是近年来的一个普遍问题,农民承包的责任田是有边界的,但稻瘟病以及其他病虫害是没有边界的,如果仅凭农民单家独户是难以有效防治的,必须在农技人员的指导下,采取有组织的预防措施。这次灾害既“不完全是农民的过错”,在鉴定意见中也没有一个字说是种子的错,而罪魁祸首就是极端气候,说穿了也就是一场自然灾害。对于此次灾害的成因,除了安徽省及五河县两级农委的调查,还有一些参与调查的专家,均一致认为,2014年“的确属于历史罕见的稻瘟病高发气候”。如果排除这一主要原因,许多事情你根本没法解释。据我后来走访调查,除了这次受灾的品种“两优0293”,安徽的其他水稻品种,包括如今被人们津津乐道的常规稻,在同一时期普遍都出现了稻瘟病,而其受灾减产的情况,则看其适期预防措施的情况而论,防治措施越到位,受灾程度越低。从大面积的情况看,2014 年“两优 0293”在安徽共种植了 18 万亩,但出现减产或绝收的只有这次报道的一万亩左右,约占 5%。由此可见,这次的受灾品种“两优 0293”不是遭受稻瘟病灾害的个案,却是灾害损失惨重的个案,这也更加验证了安徽省及五河县两级农委的鉴定意见是尊重科学、符合事实的,那是一个具有结论性的鉴定。一句话,如果适期预防措施能够落实到位,这次“万亩减产”,其实是一场不该发生的灾难。

这里姑且不论导致“万亩减产”的原因,只说一个被那篇报道紧紧揪住不放的话柄——“杂交稻,隆平造”,那粒惹祸的种子又真是袁隆平制造的吗?对此,我等门外汉知其然而不知其所以然,还是应该以调查结论为准。除了安徽省、五河县两级农委的调查,还有一个更权威的调查结果,国家农业部在组织专家深入调查后也给出了相关结论:这次事件实际上与袁隆平的关系不大,第一,“两优 0293”并非由袁隆平选育,其完成者是别的研究人员;第二,与涉事种子有关的“隆平高科”是由湖南省农业科学院、湖南杂交水稻研究中心、袁隆平院士等共同发起设立的农业高科技股份有限公司,但袁隆平从未参与“隆平高科”的经营管理;第三,则是对此前鉴定意见的又一次确认:导致这次稻瘟病的主要原因还是气候和“适期预防措施不到位”。尽管有三级鉴定结果明摆着,但袁隆平从维护农民利益的高度出发,并未高高挂起,他一听说此事,在第一时间就责成“隆平高科”尽快做出处理,“隆平高科”随即采取了一系列措施,无论涉事种子“两优 0293”有没有问题,一律停售,随后又派公司高管两赴安徽,协调当地政府通过保险的方式先给了受灾农户一定的赔偿,还承诺为农民免费提供种子进行补偿,并将筹建种子行业灾后救助基金。

在整个事件中,有一个一直被报道者紧紧抓住不放的细节,在“两优 0293”外包装袋上明确标注“抗性:稻瘟病平均 5.6 级”,但撕开包装袋后还有一张小纸片,在注明抗性 5.6 级之后又添加了四个字:“最高 9 级”。——抗病的程度,有平均值,也有最高值,这没有问题。这和水稻亩产面积的数据是一样的道理,在百亩示范片现场测产验收时,有的田亩最高可达到 1000 公斤,有的则只有 900 多公斤,而最终采用的是平均值,当然也可以标明最高值。如果内外包装一致,这个小纸片可以说毫无问题,但问题是,种子的内外包装不一致,这还真是一个谁也不能否认的事实。对此,“隆平高科”的一位相关负责人也没有否认,但他做出了这样的解释:“标签可由内外标签组成,《种子标签管理办法》并未明确要求要把特征特性全部都印到外包装上,只要内标签是完整的,就不存在违规问题。”——这样的解释,这样的理由还不足以说服我。真实是新闻的生命,也是报告文学等非虚构类文体存立的根本,而生命在于立诚,若要揭示真相必须秉持客观公正、不偏不倚的立场,我只追寻事实真相，决不预设立场，更不会选边站。为此，我到经销过“两优0293”的种子店进行了调查，又对种过该品种的农户走访调查，我的调查结果和那篇报道是一致的。

随后，我又带着疑问采访了湖南杂交水稻研究中心常务副主任邓华凤，这位与我差不多同龄的育种专家，也是袁隆平先生的主要助手之一，我想听听他们是怎么解释的。邓华凤似乎早已习惯了这样的问题，他可能回答不止一百遍了，但他依然眉头紧锁，习惯性地用两手撑着桌子，隔桌望着我，在沉默片刻后方才开口。而他一开口，却一点也不含糊：“企业在营销流程中，对种子包装的内外说明必须一致，并且要真实反映品种的特征特性，这事关企业的诚信问题，不能含糊。如果种子包装存在内外抗性说明不一致，肯定是不对的，种子推广方应该引以为鉴，再也不能出现类似的情况。”他说话时不是那种铿锵有力的口气，却表明了他斩钉截铁的态度，丝毫没有护短的意思。

诚然，这里又有一个事实是必须澄清的，湖南杂交水稻研究中心只是种子的研发方，并非种子的经营方，即便内外包装不一致，那也是种子公司在经营销售中的问题，与种子研发方并无直接关系，与种子本身更没有关系。这绝非我为一粒种子辩护，而是对客观事实100%的尊重，以100%的诚实向读者报告。众所周知，研发方研究出了某一品种，然后交由生产方生产出产品，再进入市场销售环节。从研发方到生产方，一个在技术上严格把关，一个在生产上必须保证是合格的产品，但合格不合格，他们说了不算，我们这些报道者说了更不算，还要严格按国家标准来检验。种子是非同一般的产品，是关乎粮食安全的第一要素，国家一直是高度重视和严格把关的，对种子的鉴定比一般产品更为严格，只有审定通过后，才能在生产中推广应用。那么，“两优0293”又是不是审定通过的超级稻品种呢？这也是很多人特别关注的一个焦点。邓华凤给了我一个明白的答案：这一品种是湖南省审定通过的超级稻，但不是国家审定通过的超级稻。

听了他一番解释，我才明白，对超级稻的认定分为两级，一是农业部认定，一是省级农业厅认定。选育单位可以向本省农业厅和国家农业部两级的超级稻专家委员会申报认定，经专家们开会研讨，以严格的超级稻认定标准进行鉴定，达到标准才能称为超级稻。“两优0293”是通过湖南省农业厅认定的超级稻品种，既然省级农业厅有认定权，理所当然为合格的超级稻品种。但该品种属于第一期超级稻，在当时审定通过时还算是很好的品种，最大优点是抗倒伏，其次是产量较高。当然，每个品种都不是十全十美，都有一定的适应性、区域性，而这一品种存在致命的弱点就是对稻瘟病的抗性不理想。——这里还得补充一下，“两优0293”虽不是农业部认定的超级稻,却也是经国家审定通过的两系法杂交水稻品种。2006年,这一品种在第一届国家农作物品种审定委员会第五次会议审定通过。为此,我还查到了中华人民共和国农业部公告(第706号),对该品种的性状特征有着清楚的表述:"该品种熟期适中,产量高,中感白叶枯病,高感稻瘟病(穗颈瘟),米质一般。适宜在福建、江西、湖南、湖北、安徽、浙江、江苏的长江流域稻区(武陵山区除外)以及河南南部稻区的稻瘟病轻发区作一季中稻种植。"很明显,这一品种并非广适性稻种,在农业部的公告里也强调了其"高感稻瘟病"的缺陷,并明确标出适合在"稻瘟病轻发区"种植。按照这一国家标准,"两优0293"既是经国家审定的合格品种,安徽省也是明确标示出来的适宜推广种植区。

又诚如邓华凤研究员所说,如今这个品种推广应用已近10年了,根据自然规律,一个水稻品种,在大田种植的高峰期最多只能维持五六年,在大面积推广10多年后,如果仍能保持优良品性和长久的生命力,那就堪称世界稻作史上的奇迹,这样的奇迹不是没有,却也少有,一般而言,一个品种无论是常规品种还是杂交品种,在播种五六年后就会逐渐老化,性状发生退化,而品种的研发、审定、推广、退出,均需本着遵循科学、实事求是的态度。一直以来,水稻品种审定都没有使用年限之说,法律上没有规定品种的退休期,如果审定的品种出现重大缺陷,普遍不受市场欢迎,推广面积越来越少,就可以按程序或优胜劣汰的市场规律退出了,但淘汰需要一个过程,在一些广适性新品种没有研发出来之前,这些独特性的品种还有市场空间,还可以继续使用,但在使用时要注意它的特殊性和区域性,尤其是企业在推广这个品种的过程中,要时刻了解这个品种的变化情况和环境变化情况,这样才能尽量规避灾难带来的损失。

邓华凤那俯身倾斜的姿态挺有亲和力,我也一直在倾听,生怕漏掉了一个字。经过邓华凤这样一番解释和梳理,我脑子里那些模棱两可、不明不白的问题逐渐清晰明澈,事实真相也越来越清晰,我可以得出自己的结论了,"安徽万亩袁隆平超级稻减产绝收"的根本原因从头到尾都不是种子的问题,更与袁隆平没有什么关系,除了前面提到的"极端气候"与"预防措施不到位"两个主因,还有一个原因就是该种子的"内外包装不一致",若说"涉嫌造假"言重了,但也很有可能对农民产生误导。哪怕退一万步讲,即便"两优0293"的根本原因就是种子问题,那也仅仅只是个别品种的问题,并不能说凡"杂交稻,隆平造"都有问题。这里以事实为依据,2014年安徽"减产绝收"风波涉及的只是100多个超级稻品种中的一个小品种,其种植面积非常小,目前全国推广面积第一大、第二大、第三大的超级稻品种都没有问题,这些真相都不难搞清楚,若从最基本的客观、公正和真实的立场来说,都没有必要"向整个超级稻泼脏水",这不是我的话,而是袁隆平先生的原话。

我与邓华凤握手告别时,他又坦诚地表示,"安徽万亩水稻减产绝收事件"不管由谁负责,对所有农业工作者来说,这都是一个值得吸取的教训,未来对水稻品种的研究,抗性将会放到更重要的位置,如何研发广适性更好的新品种,一直是所有"杂交水稻人"努力的目标。他这一席话,让我看到了科学的境界,一篇关乎科学的报道,必须尊重科学和新闻真实性这一底线,任何一家媒体都可以对某一焦点问题采取"新闻系列追踪报道",这是新闻工作者的权利,也是天职,但除了权利还必须恪守职业道德和新闻伦理。如果一家媒体反复炒作一场原本不该发生的灾难,又不顾及完整的事实真相,攻其一点,不及其余,由此而掀起一轮又一轮的风浪,对于科学、对于人类,这又何尝不是一场不该发生的灾难?用袁隆平先生的话说,这是"居心不良"。但说句心里话,我还真没有从"居心不良"上来猜测报道者,我尽可能从善良的意愿来理解他们,这让我挺佩服他们,而他们的质疑和追问或许会成为推动科技进步的另一种力量。至少对于我,正是因为他们的报道,我才把目光投向了他们抓住的两个焦点,一个是产量,一个是质量,而以袁隆平为代表的中国科研人员研发的杂交稻、超级稻,在他们看来"被强调的是产量,被忽视的是质量"——这两个问题在我脑子里也闪回了无数次,一直都很纠结又难辨真相,我相信这也是亿万中国人最揪心的两个问题:袁隆平为什么一直不遗余力地在创造超高产的杂交稻?为了追求超高产,袁隆平又是否无暇顾及或根本不顾杂交稻和超级稻的质量?

这两个焦点其实又可归结为一个主题——舌尖上的安危。

舌尖上的安危

舌尖上的安危,借用袁隆平先生的一句话,可以做出很朴素的诠释,"既要让老百姓吃饱,也要让老百姓吃好",只有满足了这两个题中之义,两者缺一不可,才是完整的诠释,否则就是致命的缺陷。为什么从联合国到每一个国家都要一再突出强调粮食安全?只因粮食在古今中外都是一个不稳定的、充满了灾难性的存在。

这里先看第一焦点,"被强调的是产量"。一旦涉及这一话题,我又感觉报道者的立场非常有趣,他们一边认为袁隆平创造的杂交稻"被强调的是产量",但列举的事实又怪有意思的,尽管以袁隆平为代表的科研团队已将百亩示范片的超级稻亩产量提高到1000公斤以上,但他们又指出"中国水稻实际亩产却远远达不到这个水平"——这还真是有根有据的。2014年国家统计局发布的《中国统计年鉴》

显示,2013 年,中国实际水稻平均亩产量仅为 447.8 公斤。既然有根有据,而且是权威依据,一个问题又来了:中国超级稻的亩产突破了 1000 公斤大关,而我国水稻的实际水平怎么连一半也达不到呢?

这其实是一个老问题,袁隆平先生和有关专家不知解释多少遍了,一个水稻品种,从科学家的试验田走向老百姓的稻田,那个亩产量是不能画等号的。对粮食产量的描述,虽说有时候必须斤斤计较,甚至是锱铢必较,精确到小数点,但按通俗的说法,一般以 50 公斤为一关,100 公斤为一大关。为了厘清事实真相,这里不妨重新梳理一下新中国水稻生产的发展历程。1949 年以前,我国水稻平均亩产仅有 200 公斤的水平。在杂交水稻问世之前,农业科技人员一直致力于培育和改良常规品种,但增产潜力有限。直到黄耀祥先生开创的水稻矮化育种被推广应用,推动了水稻大幅度增产的第一次飞跃,平均亩产跃升到了 250 公斤至 300 公斤。这里就以此为底线,来看看杂交水稻对中国粮食的贡献。1976 年,随着三系法杂交水稻在全国“大推广、大增产”,我国水稻产量至少提高了 20%,平均亩产突破 400 公斤大关,从很大程度上缓解了我国粮食长时间紧缺的困局。1995 年中国杂交水稻迈进了两系法的时代,产量又提升了 10%。1996 年农业部启动了中国超级稻育种计划,到 2014 年,袁隆平率科研团队,在历时 18 年的协作攻关中,攻克了中国超级稻第一期目标到第四期目标,其中示范片的亩产从 700 公斤、800 公斤、900 公斤到 1000 公斤,以每百公斤为一个台阶连续完成了“四级跳”,而在大田推广播种的产量与之对应,从 550 公斤、600 公斤、650 公斤,大致以每 50 公斤为一个台阶递增。目前,第四期超级稻尚未大面积推广,袁隆平预计推广后的平均亩产可以突破 700 公斤。截至 2014 年那个多事之秋,中国杂交水稻从三系法、两系法到超级稻,历经近 40 年发展,袁隆平率协作攻关团队把中国水稻平均亩产从原来不到 300 公斤的水平,一步一步提高了一倍以上。“不积跬步,无以至千里”,这个过程其实并不适合用突飞猛进来形容,只有袁隆平和参与攻关的科研人员才能切身感受到,这每一步都举步维艰。尽管从亩产看,增产 50 公斤、100 公斤不算什么,但亩产与总产量构成了一个巨大的乘法效应,如果把每亩增产的粮食乘以全国杂交稻、超级稻的种植面积,那就是一个天文数字了。这里我不敢妄加猜测,必须以国家权威部门发布的数据为准。2014 年 10 月,就在一正一反两个事件发生强烈的对冲效应的背景下,农业部在“农业科技创新”新闻发布会上公布了一系列数据,这其实也是一种针对杂交水稻质疑的回应:从 2010 年开始的这三四年时间里,在黑龙江、辽宁、江苏、安徽等 17 个省区市,育成了一大批产量高、抗性强、适应性广的超级稻品种,每年的示范推广面积都超过了一亿亩,并且实现了“双增 100”(每亩增产 100 斤,节本增效100元)的目标。目前,我国超级稻面积占到了杂交水稻总面积的近三成(28%),仅通过超级稻大幅度提高单产而增产的粮食就足以养活四亿人口。

对农业部公布的这一组数据,迄今我尚未发现有任何一家媒体质疑和否认,但若要还原真相,还必须正视下面的数据:

中国目前的杂交水稻播种面积,迄今占水稻播种总面积的六成左右。

中国超级稻的种植面积,目前还不到杂交水稻总面积的三成(28%)。

看到这里我就明白了,“2013年,中国实际水稻平均亩产量仅为447.8公斤”,这不是杂交稻和超级稻的问题,而恰恰是杂交稻和超级稻还没有在更大的范围内推广到位。这里还有一个不能混淆视听的概念,水稻产量不等于就是粮食产量,更不等于杂交水稻的产量,杂交水稻的产量也不等于是超级稻的产量。由于杂交稻尤其是超级稻所占比例并不像人们想象的那样覆盖了全中国的粮田和稻田,它的增产效应平均下来就被常规品种或一般杂交稻品种拉低了。——通过这一系列简单的算术题,谁都会算出一个不简单的答案,如果没有杂交稻和超级稻的增产效果,2013年我国实际水稻平均亩产量能达到447.8公斤吗?从历史数据看,可能连400公斤也达不到。而哪怕就是这样的产量,用袁隆平先生的话说,“这是非常了不起的数字”。

若要理解这句“了不起”的话,除了自己跟自己比,也不妨跟别的国家对比一下。袁隆平先生也是用数字说话,目前全世界水稻种植面积在22亿亩左右,平均单产为300公斤,即便在日本等一些农业科技发达的国家,平均单产也只有450公斤,最高的是澳大利亚,由于其得天独厚的地理条件,又加之农业科技高度发达,澳洲一直是世界上水稻单产最高的地区,其亩产平均约为660公斤。这个亩产,我国已经推广播种的第二期、第三期超级稻已经赶上了。——这个迈进望九之年的老人,还有惊人的记忆力,还有这样清晰的思维,他随口说出的一串串数字,我后来根据相关资料核对过,基本上八九不离十。目前,我国水稻生产已经形成了以第四期超级稻为牵引,以二、三期超级稻为骨干,以两系法杂交稻和第一期超级稻为主体的结构,在杂交水稻科研上一直处于世界领先水平。随着第四期超级稻的推广播种,赶上和超过澳大利亚只是迟早的事。袁隆平最担心的不是中国超级稻的科技水平达不到,这个他底气十足,他就担心有人混淆视听,干扰超级稻大面积推广。而他接下来发起的第五期超级稻攻关,还大有潜力可挖。

在袁隆平看来,尽管中国超级杂交稻一直跑在世界的最前沿,倘若有所分心、放松,很可能就被别的国家迅速赶上并超过。但袁隆平更看重的还不是这种农业科技领域的国际竞争,而是与人口的增速竞赛。布朗的一句“谁来养活中国”,犹如警钟一样敲醒了无数高枕无忧的中国人。尤其是2003年,在世界粮食危机的大背景下,中国粮食总产量一度跌入低谷而粮价上扬,让国人对粮食安全产生了强烈危机感。那时候,没有谁会觉得自己是一个站在国家粮囤子外边的旁观者,更没有谁会指手画脚地指责"杂交稻,隆平造"这也不是,那也不行,袁隆平是人人尊敬的"杂交水稻之父"、活灵活现的"米菩萨"、当代"神农",谁都眼睁睁地盼着他能再创奇迹,高产,高产,超高产。

当年,布朗提出"谁来养活中国"这一天问时,也曾充满善意地向中国提出了一系列很具体的建议,一是要坚持计划生育政策,减少人口数量,争取不突破当时预测的人口峰值(16.6亿);二是要严格保护耕地,大力增加对农业基础设施的投入,集中力量开发国家特别需要的农业新技术。从杂交稻到超级稻,正是中国"特别需要"的且一直在不断创新、领先世界的现代农业高新技术,在这一技术体系的支撑下,中国粮食增产一直在与人口增长赛跑。这是一场事关生死的竞赛,一个不可违背的铁律,人口与粮食是必须成正比的,一旦粮食增速赶不上人口增速,就会出现粮食危机。马尔萨斯认为,人口成几何级数增长,粮食成算术级数增长。这就是说,粮食的增长远远赶不上人口的增长,人类在这两大需求之间存在严重的矛盾。因此,马尔萨斯得出的结论是悲观的,甚至是绝望的,如果不严格控制人口,随着时间的推移,人口爆炸的力量将远远超出地球向人类提供生活资料的能力,人类将生活在贫困与绝望之中。而以中国人口之多,增长基数如此庞大,一旦出现粮食危机,即便买光了全世界用于出口的粮食,也难以满足中国这个巨大的胃口。

在这种高度的危机感驱使下,中国研发和推广杂交稻、超级稻,绝非袁隆平的个人行为,也绝非他凭一己之力所能完成的,而一直是国家保障粮食安全的战略。一个拥有十三四亿人口的泱泱大国,偶尔冒出那么几个吃饱了肚子犯糊涂的人是难免的,但无论是国家还是在国家粮食安全中举足轻重的科学家,必须始终保持理智上的清醒,除了死死守住全国保持18亿亩耕地这条红线,中国的粮食增产若要赶超人口的增速,只有一条别无选择的路:通过提高单产来挖掘粮食增产的潜力。而中国不是一个孤立于世界的国家,一旦发生了粮食危机,势必会对全球粮食市场产生传导效应。据国外专业机构评估,中国只要有5%的粮食波动,就会对国际粮食市场产生重大冲击。反过来看,设若中国过分依赖国际市场,就会受制于人,等于把自己的脖子伸出来任人宰割。

2013年12月,中央经济工作会议提出了2014年经济工作的主要任务,"切实保障国家粮食安全"首次跃升为六大任务之首,粮食安全被提升至2014年国家一号战略。

2015年7月1日,《国家安全法》正式通过并实施。将粮食安全列入《国家安全法》,再次凸显了国家粮食安全的战略地位。

2016年中央一号文件又是一个以“三农”问题为主题的文件,一个贯穿始终的亮点就是“用新理念引领农业农村发展”,提出要“持续夯实现代农业基础,提高农业质量效益和竞争力”,“让农业成为充满希望的朝阳产业”,“强化现代农业科技创新推广体系建设”。文件还将“加快推进现代种业发展”单作一条,提出要“加快推进现代种业发展。大力推进育繁推一体化,提升种业自主创新能力,保障国家种业安全”——这对推进现代种业发展有非常重要的意义,国家种业安全,是保障国家粮食安全、关乎食品安全的第一前提。

我一直觉得“粮食安全”是一个根本不用解释的词语,安全就是没有威胁、没有危险、没有隐患、没有恐惧。所谓粮食安全,就是让人类免于饥饿的威胁、危险、隐患和恐惧。对此,联合国粮农组织也有明确的定义,“保证任何人在任何时候都能得到为了生存和健康所需要的足够食物”。

布朗的预言在世界上一语成谶,随后发生的全球粮食危机验证了他并非杞人忧天,但在他最担心的中国却没有应验。中国能够举重若轻、化解危机,一直凭借着两大支撑,一是国家保障粮食安全的政策支撑,二是不断促使粮食增产的科技支撑。从2003年那个拐点开始,我国粮食总产量在此后的12年里实现“十二连增”。据国家统计局发布的数据,2015年全国粮食总产量再次突破6000亿公斤大关(6214.35亿公斤),而中国人口总数也比2003年增长了近8000万人(达13.7亿人)。这多出的8000万人都是要吃饭的,由于我国的粮食增速赶上和超过了人口的增速,不但没有出现粮食危机,人均粮食占有量还大大提高了(从2003年的333.3公斤提高到了450公斤)。——这里不妨把时间距离拉得更远一些,到2015年,中国人口已比中华人民共和国成立时翻了近三倍,但中国粮食总产量却翻了五倍,目前我国粮食人均占有量已高于世界平均水平,这绝非那篇报道声称的“所谓增产被减产填平”了。应该说,以袁隆平为代表的中国杂交水稻科研队伍,没有辜负国人和世界的期望,从三系法、两系法到超级稻,他们一步一步地推动着粮食增产,用增产的粮食回答了布朗的发问。对此,袁隆平的欣慰之情溢于言表:“面对布朗先生的提问,我们可以郑重地回答,中国人不但能自己养活自己,还将有更多的优质稻米出口,养活世界上更多的人。”

我们不能关起门来算账,还得看看国际上的评说。英国经济学人智库最近发布的《2015年全球食物安全指数报告》,从食品价格承受力、食品供应能力和质量安全保障能力等三方面的安全指数进行评估,并有多达27个严格的定性和定量指标。该智库根据这些指标一项项进行测算和评估(共评估了109个国家),美国的综合排名位居全球第一,新加坡和爱尔兰分别位列第二和第三位,中国位居第42位。这份报告将中国列入“良好表现”一档。但对这样一个中上游的位次,也有国内意见人士不太满意,“这与我们日益塑造的大国形象完全不符合,我们是世界第二大经济体,而在食品安全上却远远逊色于其他发达国家”。但国际人士却不这么看,中国作为一个发展中国家,人均GDP在这100多个国家中排名第52位,而在食品安全上却是“为数不多的食物安全水平大幅超越其社会富裕程度的国家之一”。

中国粮食能取得这样的成就,袁隆平倍感欣慰,却并不乐观,作为一个比我父亲还年长10多岁的前辈,他一再告诫我们:“粮食如果出问题,就是全局性的问题,千万不要以为现在粮食多,价格也便宜,就认为粮食生产不重要了,农民种粮的积极性高不高没关系了。全国13亿人,人口基数太大,不能盲目乐观,不能掉以轻心,那种认为现在粮食多就可以不抓粮食生产的想法,很危险!”他感觉自己头上有一个紧箍咒,那就是他念念不忘的、为时不远的中国人口峰值,“到2030年,我国人口将达到16亿,怎样才能保证我国60%的以稻米为主食的人口有饭吃?粮食问题始终是戴在我们头上的一道紧箍咒,而要解开这道紧箍咒,唯有提高单位面积产量!”这是从深重的忧患到认准了的一条路,他语重心长地说:“中国多一点粮食不怕,若少一点粮食,你试试看!关键时刻,一粒小小的粮食,将绊倒巨大的中国!”鉴于此,中国一直奉行“以我为主、立足国内、确保产能、适度进口、科技支撑”的国家粮食安全战略,这也是袁隆平一再疾呼的“中国人必须把饭碗牢牢端在自己手里!”

饱汉不知饿汉饥,不了解过去,就无法认识现在,更难以理解一个“杂交水稻之父”深重的忧患意识。“国以农为本,民以食为天”,以农立国的中国先人,早已道出农业和粮食于国于民之重要,然而数千年来,饥饿始终是中华民族难以化解的最大难题,中国是一个具有悠久农耕文明的国度,由于耕地太少,中国不可能采取广种薄收的方式,勤劳的中国农民也一直以精耕细作的方式春播秋收,然而传统的农耕所造就的农业发展水平一直极为低下,约有80%的人口,长期处于饥饿和半饥饿的状态,一旦遭遇天灾人祸,更是饿殍遍野。反观中国历史上的每一次大饥荒,又无不酿成大规模的农民起义。中国农民,土生土长的土命,他们朴实、本分、沉默、隐忍、宽容、和平,只要嘴里还含着最后一粒活命的谷子,他们就绝不会把他们的镢头、锄头、镰刀和斧头当作起义的武器。只有当饿死成为必然,更准确地说,只有在饿死和在别的死亡方式中做出最本能的生命选择时,反叛才会成为农民在耕耘之外的另一条活路,换句话说,他们选择了一条比成为饿殍要痛快得多的死路。中国的农民起义,换句话说就是饥民起义,中国的红色革命,换言之就是土地革命。

而饥民起义和土地革命，说到底就是为了粮食，为了争取最基本的生存保障，所谓精神食粮，哪怕再高，也高不过生命的价值和人民的生存权。

如今中国已进入消费时代，连袁隆平和杂交水稻都成为媒体和舆论消费的对象。这是一个脍炙人口的膏腴时代，一个物资过剩的时代，一个富足得需要节食减肥的时代。尤其是20世纪80年代后出生的人，他们没有经历过动乱、饥荒和剧烈的历史震荡，很多人对饥饿是无感的，对吃饭甚至是厌腻的。但那些拼命想要减肥的人也许不知道，肥胖，其实也是一种饥饿的后遗症。那曾经像瘟疫一样四处蔓延的饥荒，在丰衣足食的日子里似乎被人遗忘了，但那只是一种暂时处于休眠状态的假象，哪怕没有经历过饥荒岁月的人，也会从父母乃至更久远的祖辈身上遗传饥饿基因，这是瑞士和法国科学家的发现。试验证明，饥饿基因既受身体需求的影响，也受环境因素的影响，能够条件反射地发出饥饿信号。譬如说，那些经历过饥饿和半饥饿的人们，往往特别容易发胖，那就是饥饿基因在起作用，一旦能吃饱饭了，身体就会本能地聚积脂肪，以抵挡下一轮可能发生的饥饿。

作为一个20世纪60年代出生的过来人，我觉得对年轻一代提醒一下是有必要的，但我没有一点责备的意思，甚至很理解这一代人，饥饿时代的悲惨境遇，膏腴时代的生活图谱，自然会出现代际差异，一切价值都在重新评估。只是，当你重估一切价值的时候，是否重估过饥饿与死亡的代价？哪怕到了今天，贫穷问题依然是当今世界最尖锐的社会问题之一，贫困与饥饿并非绝版的故事。至2015年，全世界依然有超过7亿的极端贫困人口，而中国占了1/10。据国家统计局公开发布的数据，2014年全国农村贫困人口超过了7000万，而国家扶贫办国际合作和社会扶贫司又公开指出“中国现有8000多万贫困人口”。谁都知道，贫困与饥饿是紧密相连的，按1998年诺贝尔经济学奖获得者阿玛蒂亚·汤森的界定，“所有居民中那些缺乏获得各种食物、参加社会活动和最起码的生活与社交条件的资源的个人、家庭和群体”就是贫困人口。

据新华社2015年6月24日的一则报道，半年来，新华社派出九支调查小分队，分头前往中西部贫困地区，实地体察父老乡亲的生活状况。“推开一扇破旧的木门，记者让眼睛适应一会儿，才逐渐看清了屋内情形：屋子分成两半，左侧是牛圈，杂草上散落着牛粪，空气中弥漫着一股刺鼻的味道。右侧是人住的地方，借着手机光亮才能看到床铺——一块木板搭在四摞砖头上。屋中央，地面摆了三块砖，上头架锅，底下烧柴，这就是炉灶。没有一张桌子，连个板凳都没见到。土墙被多年的炊烟熏得一片漆黑。——这，就是四川省大凉山区美姑县拉木阿觉乡马依村村民尔日书进的家。锅里煮了些土豆，便是他一家五口的午餐，有的土豆已经发了芽。对他们来说,吃米饭和肉是一件奢侈的事。大米每十天逢集时才能吃到;肉一年最多吃三次,分别是彝族过年、汉族春节及彝族火把节……”这悲凉的情景,让记者伤心地感叹,“大凉山,一个贫困样本”。这又何尝不是全国贫困人口生活现状的一个样本。

只有在理智上保持高度的清醒,才能穿过迷雾看清真相。袁隆平认为某些媒体有“居心不良”之嫌,我也觉得,一个人在做出是非判断之前,不光要摸摸自己的脑袋,还要摸摸自己的心口。袁隆平为什么一直不遗余力地创造超高产的杂交稻?为什么“被强化的是产量”? 这还真是说对了! 与其说“被强调的是产量”,不如说被强调的是国家的粮食安全、每个人的生命保障。如果说食品安全是“舌尖上的安全”,而粮食安全则关乎“舌尖上的安危”,先必须保证人人有饭吃,吃得饱,这是必须摆在首位的,必须一再强调和重申的,永远。在这个第一前提之下,才能谈如何吃得好。所谓“舌尖上的味道”,对于饥不择食的人是奢侈的,只有在吃饱肚子后才能细嚼慢咽,用舌尖去细细品味。

当然,袁隆平在率领科研人员发起一轮又一轮攻关时,也并未像那篇报道所说的那样“被忽视的是质量”。这也是我接下来追踪的第二个焦点。从粮食安全到食品安全,又可以用两句话来概括:“民以食为天,食以安为先。”

从杂交稻到超级稻,吃了又是否安全呢? 米质又怎么样呢? 说来,杂交水稻的质量和产量一样,也是一步一步提升的。从杂交水稻第一个出发点看,袁隆平先生说得很明白,在我国粮食长期紧缺的特殊历史背景下,1976 年杂交水稻开始在全国大面积推广,主要是为了提高产量,解决温饱问题,“我国是世界上第一个在生产上利用水稻杂种优势的国家,杂交稻比一般水稻每亩增产 100 公斤左右,1976 年至 1991 年全国累计种植杂交稻 19 亿多亩,增产粮食近 2000 亿公斤,由此可见,杂交水稻的推广,对解决我国 11 亿人口的温饱问题发挥了极其重要的作用”。随着温饱问题逐渐解决,中国人走向了一个丰衣足食的时代,一个以前很少在中国出现的词开始流行起来——生活质量。以前是为了吃饱,现在还要吃好,人们希望能买到更好吃、营养更丰富的大米,而农民也必须种出更好的大米才能有经济效益。也就在这种背景下,对让很多人吃饱了肚子的杂交水稻,很少有人再说什么感恩的话。你不能说这些人不知好歹,更不能说他们是吃饱了撑的。袁隆平先生觉得这是人情入理的,生活质量日益提高了,对一日三餐都少不了的大米饭自然就有些挑剔了,这是人之常情,也是人类社会的进步。吃饭第一,人类的生活质量首先就是在饭碗里提高的。

在中国,谁都知道上海人的精明,尤其是他们对生活的讲究与细致,这里,就有一个时常被拿来说事儿的话题。20 世纪 90 年代初,上海一家米店有一天突然挂了一个牌子,“今天不卖湖南米”。好家伙,一下就有很多人排队来买米。这家米店并未标明他们不卖的是湖南杂交稻米,但谁都知道湖南是杂交水稻的发源地,湖南米也就成了杂交稻的代名词,而杂交稻又成了劣质米的代名词。后来,一家报社还请了一些有头有脸的人物来座谈,有人说杂交稻是“三不稻”,“米不养人,糠不养猪,草不养牛”。随后,该报头版刊发了“座谈纪要”,惹起了一场不小的风波。在众声喧哗的推波助澜之下,且不说那些吃杂交稻的人,连一些研究杂交稻的人也感到前景黯淡,随着人们对米质的要求越来越高,搞杂交稻似乎没有什么前途了。

袁隆平不知经历了多少大风大浪,无论别人怎样兴风作浪,他都早已有一种“曾经沧海难为水”的从容与淡定,但有一点他是毫不含糊的,那就是科学。一个科学家,必须用科学的事实来说话。面对误解和偏见,他没有理直气壮地激辩,而是心平气和地摆事实,讲道理。为此,他甚至不是以一个科学家的身份,而是以一个普通读者的身份给《人民日报》写了一封“读者来信”,这封信以《杂交稻既能高产又能优质》为题在 1992 年 6 月 18 日公开发表了。他坦承:“的确,在我国南方生产的稻谷中,有相当一部分米质较差,这主要是双季早稻,目前积压的稻谷以及历年来粮店出售的大米,大多数为这种早籼稻。杂交稻、常规稻与任何其他农作物一样,品种不同,产量和品质是有差别的,有的甚至很悬殊。一般地说,大多数杂交稻品种的米质属于中等,其中也有个别杂交稻品种的米质较差,但绝不能以个别品种的优劣来概括一般。”此外,米质与季节也有关,袁隆平说:“双季晚稻和一季中稻一般品质较好,粮店偶尔出售这种稻米时,则出现排长队争购的现象,而杂交稻则占双季晚稻和中稻面积的 80% 左右,产量占 90% 以上,因此,说杂交稻属劣质米与事实不符。”他还举了一个在当时很有说服力的例子,如参与协作攻关的谢华安院士主持育成的杂交水稻新组合“汕优 63”,就是一个“最好的例证”,在当时这是全国种植面积最大、产量最高的一个杂交稻品种,不仅产量高而且品质好,还被评为全国优质籼稻米,获得了国家科技进步一等奖。你能说这样的杂交稻米质不好吗?

看了这封“读者来信”,你不一定要懂得科学,你只要知道常识,就不会再说那样的怪话,除非你真的跟自己的肚子过不去。袁隆平既以科学事实澄清了真相,又以科学的方式揭示了杂交水稻可持续发展的趋势,杂交水稻不但蕴藏着巨大的增产潜力,其米质还有一步一步提升的空间。一如常言道,没有最好,只有更好。为了让人类吃到更有品质的优质杂交稻米,袁隆平当时在不断挖掘增产潜力的同时,也一直在不遗余力地寻找既高产又优质的杂交组合。但当时由于杂交水稻研究还处于初级阶段,也就是三系杂交稻时代,由于其系统内存在遗传制约,那时候要选育一个优良杂交组合非常困难。几年后，随着两系杂交稻问世，如同进入了优势组合的自由王国，又加之幅员辽阔的中国有丰富的优质遗传资源可以利用，还可以利用国际上的资源，选育优良组合的概率大大提高了。

这里又要说到袁隆平的助手周坤炉了，他利用出国进行技术指导和合作研究的机会，大量收集优质水稻的亲本材料，凭自己用嘴咀嚼的感觉，选择具有香味的优良单株。回国之后，他一头扎进优质香型杂交水稻研究中，先后育成了香稻不育系和用香稻不育配组成“香优63”等系列组合，为了早日定型育成新的优良组合，他打破常规，不断更新育种技术，一年种植四季，创造了水稻育种史上的新纪录，终于育成了既高产、优质，又抗性好，而且稻穗上结出香与不香两种籽粒的杂交香稻，其稻米是食用时再不需要掺和的香米，被誉为超级香米、超泰米，其食味有口皆碑，超过泰国米。到1999年，“香优63”推广种植达100万亩以上。除了这一优质杂交稻品种，在袁隆平的指导下，由尹华奇研究员培育的优质两系杂交早籼组合——“香两优68”，米质优良，米饭清香柔软，作为两系法杂交稻，在20世纪90年代的产量也不低了，亩产超过500公斤，堪称高产优质杂交稻。

尤其是进入超级稻时代后，从第一期到第四期超级稻，不只是产量节节攀升，米质也越来越好。超级稻的米质怎么样，我说了不算，媒体说了不算，哪怕袁隆平先生说了也不算。谁说了算？国家有严格的检测标准。如袁隆平选用的攻关苗头品种“Y两优1号”“Y两优2号”均达到了国颁三级以上优质米标准，而率先突破1000公斤的大关的“Y两优900”，其主要米质指标更是达到了国颁一级优质米标准。凡是经国家严格把关、审定通过的杂交水稻品种，普遍具有丰富的营养，稻米中含有维生素、铁等有利于人体健康的物质。但像我等升斗小民，大多把米质混同于单纯的口感、口味了，这样一来就比较复杂了，由于每个人从小生活的环境不同，饮食习惯不同，自然养成了不同的口味，对米好不好吃就仅凭舌尖上的感觉了。

譬如说像生长于洞庭湖畔的湖南人，从小到大吃惯了籼米，那里甚至管这种米叫仙米。而杂交稻中的晚籼米，一直最对我的胃口，那细长的或椭圆形的米粒，像一粒粒透明的或半透明的小珍珠，煮出来的米饭软韧有劲而不黏，细腻可口，还有一股清香，我觉得非常好吃。但我用这种米饭来招待从小生长在北方的朋友，他们却觉得不对胃口，甚至觉得吃米饭伤胃。可见，如果没有一个统一的米质标准，对一个水稻品种的评判就只能因人而异了，也就没有什么标准了。如法式大餐名列世界西餐之首，你要我品尝一次还挺新鲜，你要我连吃三餐绝对受不了，但我不怪人家味道不好，是我不习惯那个味道。因此，米质只能以国家的检测为标准，不能以个人的口味为标准，否则就乱套了。

哪怕是同一品种，怎么种，在哪儿种，在什么时候种，也有千差万别。前几年，广东一度抵制湖南大米，一下又连累了杂交稻，因为在这种杂交稻米里检测出了重金属超标。这其实又是城门失火、殃及池鱼了。重金属是否超标，与种子没有一毛钱的关系，如果你那稻田里的土壤或灌溉用水重金属超标，哪怕你种的是来自太空的种子，也会出现重金属超标。但一般人不管这些，尤其在情绪失控之下，总是直接指向某某品种又出了问题，而天底下几乎所有的杂交稻、超级稻都和袁隆平有关系，而一旦扯上了袁隆平和杂交稻，就是爆炸性新闻。一粒种子，一个"杂交水稻之父"，不知为此而背了多少黑锅。袁隆平很少为自己辩白，他也没有那么多时间和精力。但他一直在强调，一粒种子很重要，但还必须采取良种、良法、良田、良态等"四良配套"，良种是核心，良法是手段，也就是良好的栽培技术。若要高产优质，还要有良田，土地要肥沃，排灌要方便，水土要保证干净无污染。还有一个因素也很重要，就是要有良好的气候和生态环境。为什么泰国米质好，一个重要原因就是那里的气候和生态条件优越，环境保护好。又以越南为例，他们也是典型的"杂交稻，隆平造"，可他们的米质也很好，这也是由于他们的生态条件和环境保护都比我们优越。中国并不缺少良田、良态，但这几十年来，多少良田沃土、大河小溪、自然生态都难逃被破坏、被玷污的命运。这是一粒种子和一个"杂交水稻之父"都无能为力的，袁隆平也一直在为保护耕地、保护生态环境而奔走疾呼。而他能掌握主动权的，一是培育出优良的种子，再就是按良田、良态的标准选择超级稻攻关示范片，采用良法精耕细作。其实，这不只是狭义的超级稻攻关示范片，也是打造现代绿色生态农业的标本。

每次见到袁隆平先生，他都要我尝尝他们超级稻的味道，"我们那个亩产 1000 公斤的超级稻，我已经给 100 多人吃过了，都说口感非常好"。这时候的袁隆平，一脸天真无邪的表情，就像个热情好客的孩子，在炫耀他们家里有什么好吃的。袁隆平的热情好客也是有口皆碑的，他带出来的博士研究生邓启云，是"Y 两优"系列的主持研发者，他还扮演了一个有趣的角色：煮饭者。每次要招待客人吃饭，袁老师便一个劲地喊他："启伢子，快去淘米煮饭，把你最好的大米拿出来，把你的看家本领使出来！"还别说，这个角色还真非邓启云莫属，袁隆平从第二期到第四期超级稻的攻关品种，都是选用"Y 两优"系列，而目前产量最高、米质最优的就是袁隆平说的那个亩产 1000 公斤、口感非常好的超级稻——"Y 两优 900"。在邓启云的汽车尾箱里，就放着小袋包装的"Y 两优 900"样品，他还送了我一袋，让我尝一尝。我两次在湖南杂交水稻研究中心长时间驻点采访，每餐吃的都是超级稻米饭。在食堂里吃饭的人很多，很多都是国外来参加杂交水稻技术培训的学员，我们吃的是大锅饭，但那米饭还真是好吃，也许是特别对我的胃口吧，我连一粒米饭都不会剩下，觉得剩饭简直是暴殄天物了。我也偷偷观察着那些国外的学员，他们饭量很大，一大碗热腾腾的米饭都堆成尖儿了。他们吃不惯火辣辣的湖南菜，有的人就光吃饭，但没有谁狼吞虎咽，都是一口一口地品咂、咀嚼，看那有滋有味的样子，我也觉得挺享受。

袁隆平先生讲起，有一次他去香港，见到了一位港商。这位港商对袁隆平毕恭毕敬，却从来没吃过袁隆平发明的杂交稻米，一直只吃泰国米。袁隆平就笑着问他，想不想尝尝中国超级杂交稻的味道？这位港商出于礼貌也不好谢绝。那顿饭，就是用袁隆平带来的一小包超级稻米煮的。看得出，那位港商开始只是想尝一尝，这一尝，那筷子就停不下了，整整吃了两碗饭。眼看着还剩下一小碗饭，他抚着肚子笑着说，这大米饭真是太好吃了，比泰国米还好吃，可惜再也吃不下了。袁隆平也陪着他笑笑，心想人家毕竟是客人，他这样夸奖也许带着一种礼貌和客套。但这位港商告辞时，竟然要来了一个饭盒，将剩下的米饭颗粒不剩地装下了，说是要带给家人尝一尝。袁隆平心想，这就不是礼貌和客套了，看来这超级稻还真是对他的胃口。

每次讲起这个故事，袁隆平先生都有一番感慨，那神情与言谈间也充满了欣慰："过去认为，产量高的米质不好，米质好的产量不高，这是片面的。在 20 世纪，我们杂交稻确实主要是解决温饱问题，以产量为主，品质放在次要地位，现在大家生活水平提高了，老百姓不满足于吃饱，还要吃好，所以我们在进入新世纪的时候就做了战略调整，要高产优质，但是我有个前提，不以牺牲产量为代价来求优质，我们要在高产的前提下求优质，这个转变难度很大，但我们做到了。"

然而，那篇报道里却没有提及杂交稻、超级稻达到了国颁优质稻标准，我相信这不是故意的，也许是没有注意到，但他们援引日本农林水产省研究员 Hiroshi Nakano 博士的话来证明超级稻"重量不重质"。1981 年日本发展超级稻是为了"feeding animals"（喂牲口），因此才会"重量不重质"，2013 年，日本超级稻的产量为 11 万吨，全部用于动物饲料，然而中国在发展超级稻应对粮食安全时，并没有提及这一至关重要的差异。此言一出，又是一个爆炸性新闻，在国内一下炸锅了。这也深深刺痛了国人敏感的神经，太伤中国人的自尊了，超级稻竟然是日本人用来喂牲口的，而袁隆平带头发展超级稻，这不是把中国人都当牲口吗？冷静，这时候千万要冷静，因为他们说的是大实话。事实上，很多国家都把稻米、小麦、玉米等三大谷物都用来做饲料，无论是常规稻还是超级稻，只要人能吃的，也是牲口能吃的，常言道，人畜一般嘛。据布朗在《谁来养活中国》一文中分析，随着中国人的生活从温饱走向小康，膳食结构必然会从谷物转向多样化，而肉、奶、蛋、禽、鱼等动物性食品的产出，需要更多的粮食转化，因此造成了对粮食的更大需求，一吨猪肉约需要消耗四吨粮食。尽管人类习惯于把动物的食物称为饲料，但饲料和粮食在营养上并没有本质的差别，一切生命都不能缺乏营养。哪怕日本人真是用超级稻来喂牲口，也不必大惊小怪，优质的饲料可以生产出优质的肉、奶、蛋、禽、鱼等动物性食品，这也同样是供人类食用的。关键是，那种有高产能力的"饲料稻"如果像那篇报道声称的"重量不重质"，那些追求高品质生活的日本人，不一样也在吃低劣的动物性食品吗？

当然，中国超级稻也绝对不是日本那种用来喂牲口的"饲料稻"，这里又不妨听听邓华凤怎么说。这位温和谦恭、很有涵养的专家，一听此言也忍无可忍了，厉声呵斥："简直是胡乱之说！"他说，科学界对超级稻的定义也不只是单纯的超高产，通常是指在产量、品质、抗性等方面显著超过现有水稻品种的水稻，其认定的标准主要考量三个方面：第一是产量要求高；第二是品质标准上，要求米质达到部颁优质二至三级，对有些晚稻要求达到二级，早稻和中稻则要达到三级；第三是要达到抗当地两种及以上主要水稻病虫害的抗性标准。但无论是哪种用途，在耕地少人口多的国情下，水稻研发的创新标准首先必须是高产。——他这一番话，让我对一场灾难的追寻可以告一段落了，而从一场不该发生的灾难到逐渐浮出水面的真相，按照严格的逻辑推论出来的并非荒谬的谎言，而是一个常识。

如今在中国一提到优质大米，很多人首先想到的不是国产大米，而是日本米、泰国米，如泰国的"茉莉香米"，日本的"越光米"，都让人们津津乐道。这里就看看"越光米"，说来话长，在二战末期的1944年，日本新潟县农业试验场就开始越光稻的杂交育种试验，1953年正式在新潟县和千叶县开始种植。越光稻耐高温，稻穗饱满，米粒颗粒均匀、饱满、胶质浓厚、色泽晶莹透亮，口感香糯、柔软且味道上佳。但这一品种也有很多缺陷，如易倒伏，对稻瘟病的抵抗性较弱。为了解决这些缺陷，在中国杂交水稻研究成功后，日本育种专家进一步采取杂交育种的方式，在进入21世纪后，先后培育开发出了对稻瘟病抵抗强的一系列品种，统称为"越光BL"，如今在日本已广为栽培。可见，越光稻也并非常规水稻品种，从最初开始杂交育种试验，到大功告成的"越光 BL"系列品种，实为杂交水稻。特别值得一提的是，日本越光国际水稻奖事务局对"杂交水稻之父"袁隆平也非常尊重，在1998年11月给袁隆平颁发了"越光国际水稻奖"。如今有人拿日本的"越光米"来贬低袁隆平和杂交稻，实在让人啼笑皆非。

更让人啼笑皆非的是，在"杂交稻，隆平造"掀起的一片质疑声中，很多中国人对“越光米”却是一片追捧。在淘宝网店就有标明为“南鱼沼有机越光大米”，看那标价，吓我一跳，每公斤竟然卖到了三百元！没错，不是日元，是人民币。除了“越光米”，还有一种名曰“一目惚”日本米，实际指的是产自日本宫城县“一目惚れ”，翻译成中文为“一见钟情”。我们很多同胞对这种大米还真是“一见钟情”，尽管其价格高得离谱，竟然还是被一抢而空，在媒体和不明真相的消费者中也引起轰动。后来有网友爆料，这种“一目惚”天价米的实际产地为中国东北，为辽宁盘锦一家中外合资公司——东华农业发展有限公司开发，据该公司总经理徐广平证实，“东华农业生产的‘一目惚’大米通过订单方式销往日本”，但中国市场上的天价米“一目惚”是否由该公司所产，则不得而知。但我觉得出口转内销是有可能的。如果真是盘锦所产，这种天价米在当地售价最低每公斤仅六元。这和中国人赴日疯抢的马桶盖产自杭州的新闻一样，无关米质，而与时下某些人的暴发户加崇洋媚外的浮躁心态和情绪有关，由此徒招戏谑与嘲弄。也不能怪人家日本人在忽悠你，实在是你自己忽悠自己。也有媒体记者把此事往“食品安全”上引，在2016年两会上，有记者向全国政协委员、农业部原副部长牛盾提问：“购买天价大米是否与食品安全有关？”牛盾是这样回答的：这种天价米无关食品安全，这只是“礼品大米”，非大众消费范畴。诚哉斯言！我觉得每个人也可以问问自己，即便你买到的天价米原产地真是日本，而且真是米质好得不得了，这种天价米又有多少老百姓能吃得起？这个不用扪心自问，只需摸摸自己的口袋，你一天能挣多少工资，才能吃得起300块钱一公斤的大米？这笔账，还真必须算清楚。我也算过，一算心里就明白了，我可以偶尔尝尝鲜，吃吃进口的优质米，但作为一天三顿饭的口粮实在吃不起。

这里面有一个恩格尔系数，这是19世纪德国统计学家恩格尔研究消费结构的变化得出的一个规律：一个家庭收入越少，家庭收入中（或总支出中）用来购买食物的支出所占的比例就越大，随着家庭收入的增加，家庭收入中（或总支出中）用来购买食物的支出比例则会下降。据国家统计局的数据，2015年我国的恩格尔系数仍然超过30%（30.6%），这就是说中国的人均食物开支仍超过了总收入的三成，而发达国家一般在二成以内。咱们老百姓一天三餐、一年365天都能吃得起价格不菲的进口优质米，眼下还是一个梦想。

其实，以中国幅员之辽阔，完全可以利用杂种优势培育出不亚于“茉莉香米”“越光米”的优质米，如江苏省农科院粮食作物研究所所长王才林将日本大米品种“乳玉王妃”与江苏省内的品种杂交，育成了“南粳46”“南粳9108”等新品种，口感上已超过了作为参照品种的日本“越光米”。还有黑龙江的五常大米，因其独特的地理、地质、地貌、气候、土壤、水质，也就是袁隆平先生特别强调的“良态”，其米质特别优良,一直以来都是朝廷的贡米,在清代就盛传着慈禧"非五常大米不吃"。但一个优良品种得以传承与延续,还必须不断推陈出新,如今口碑极佳的"五常稻花香大米",则是一位号称"东北袁隆平"的水稻专家田永太培育出来的良种。尽管中国不乏优质米资源,但目前这些国产优质米,由于产量低,价格高,也不是一般老百姓能够享受的。此外,国产大米还有一个比较普遍的问题,没有日本那样善于经营的品牌意识,如有着"中国粮食第一股"之称的金健米业于1998年登陆资本市场,虽然生在粮食生产大省湖南,坐拥"鱼米之乡",但其粮油加工的主营业务却每况愈下,一直难以形成强势的品牌效应。又如江苏的"南粳46"优质杂交稻,早在2007年就申报为国家植物新品种,但其产业化推广和对大米品牌价值的塑造还远远不够。

中国超级稻只能从中国国情出发,既要物美,还要价廉。这也是袁隆平先生几乎别无选择的追求,如我品尝到的超级稻米,也是"隆平造",已经可以和国外一些高品质的大米媲美了,但那还是示范片里具有标本意义的成果,而目前在我国普通稻田里种植的杂交稻、超级稻,同国外那些优质大米相比还有一定的差距,这不仅仅是种子的问题,还有良法、良田、良态是否能够配套的问题。还有一点,无论如何都必须清醒地认识到,若中国超级稻不计产量、不计成本,从纯粹的高品质上去追求,不是生产不出与国外媲美的优质米,但那绝非一般的升斗小民能够消费得起的。走笔至此,我也可以诚实地向读者报告,袁隆平先生和中国超级稻的科研团队追求的是"高产、优质、环境代价小"又让平民百姓都能吃得起的价廉物美的稻米,这是一个平民科学家的追求,面对天下苍生,关乎舌尖上的安危,他别无选择。

向极限挑战

回头再看那个灾难性的话题,说来还真是惊人的巧合,就在那篇《安徽万亩袁隆平超级稻减产绝收》的新闻横空出世之际,一个过去式的新闻,正好赶上了一场现在进行时的新闻。就在同一天,2015年4月9日,"清明前后,种瓜点豆",别地还是播种季节,海南却已是热火朝天。三亚南繁基地,早已是"稻花香里说丰年,听取蛙声一片",在袁隆平先生的主持下,这里正在举行"第五期超级稻观摩培训会"。对于中国超级稻第五期攻关,这原本是一个具有里程碑意义的新闻,但一场如同暴风般席卷而来的负面新闻,将人们关注的目光一下逆转了。

这不免让人产生疑问:从时间点上看,难道这仅仅只是巧合吗?

站着说话不腰疼。一个农业科学家,只能弯着腰,一辈子都保持向下的姿势,从早到晚在稻田里忙碌。但此时此刻,很多人关注的已不是那个一心扑在稻田里的“杂交水稻之父”,而是一个“被卷入舆论旋涡”的袁隆平,有的媒体甚至还把他形容为“超级稻风暴眼中的袁隆平”。那么,这位86岁高龄的“杂交水稻之父”,又会做出怎样的回应呢?——这是人们最关心的,却不是袁隆平最关心的。从他开始杂交稻研究以来,他经历了多少是是非非或似是而非的风言风语,早已见惯不怪、处变不惊了。对那篇“杂交稻,隆平造”的报道,我一直试图从正面去理解,他们的出发点,也许是为受灾的农民鼓与呼,是正义的呼唤。果真如此,这其实就是袁隆平一直以来的追求:如何让老百姓吃饱肚子,如何保护农民的利益,如何让农民在同样的农田里多打点粮食,多挣几个血汗钱。一个科学家的追求,就像一个老农一样实在和朴素。但很遗憾,那篇报道没有提到这一点,而把矛头直指他和他的科学追求。

那么,一场原本不该发生的灾难,又是否真像报道所说的,让“高产凯歌戛然而止”?

某些媒体的力量不可低估,但一个科学家的力量更不可低估,人生可以抵达某种巅峰状态,但科学是没有尽头的、不知道终点的旅行,袁隆平从未停止攀登的脚步,这是任何人和任何力量都不能阻挡的。在连续打破世界水稻单产纪录、实现了水稻单产1000公斤大关的历史性突破之后,一曲举世瞩目的“高产凯歌”又一次奏响,袁隆平预言,也是誓言,他要力争在自己90岁时实现第五期超级稻目标,每公顷16吨(亩产1067公斤)。而此时,在天涯海角热力四射的阳光下,又一茬稻子散发出了成熟的气味。稻田的阳光,总比别处更多了一种生机、一种味道。那从天涯海角吹来的海风,吹拂着稻子灌浆的气息,让人陶醉,每个人都不知不觉地向着那稻香倾着身体,仿佛想要把这第五期超级稻的模样看清楚。袁隆平在田埂上停停走走,早已被露水和泥水打湿了裤脚,一副黝黑瘦削的脸颊,多少年来似乎都没有改变模样,尤其是那执着而专注的神情。在他身后,就是来自全国各地的科研人员,每一个都是杂交水稻领域响当当的人物。从海棠湾到亚龙湾,这是我走过的一条路,也是袁隆平科研团队的试验基地或示范片。在这弥漫着稻香的田间行走,你一下就能猜到一个老人健康长寿的原因。袁隆平先生有时候也抑制不住得意地说:“在这么好的空气和环境里生活,每天和这些生气勃勃的稻子生活在一起,那心情该有多好啊,怎么不健康长寿呢?”

袁隆平选用的第五期超级稻攻关品种,也是他首次亮出的“秘密核武器”——“超优千号”(又称“超优1000”或“超优一千”),这是他主持育成的一个超级稻新品种,不仅具有超高产的潜力,还是高品质的软米。在第四期超级稻平均单产突破

1000 公斤大关的世界纪录后,袁隆平预期“超优千号”能够更上一层楼。当然,每一个预期目标都要用结果来验证。这年 5 月,就在这次观摩培训会后不久,转眼就到了收割季节。经来自广东、广西、湖南、海南等地的水稻专家现场测产验收,分别在海棠湾基地一类田、二类田、三类田各选一个点,每个点不少于 500 平方米,一类田亩产超过了第五期超级稻的产量指标(亩产为 1096.66 公斤),直逼 1100 公斤大关。但这还不能说是达标了,还必须将一类田、二类田、三类田的亩产加在一起,算出平均亩产,这样一算就只有 900 多公斤(941.79 公斤),竟然连第四期目标也没有达到,更不说第五期目标了。不过,这在袁隆平的预料之中,毕竟还是第五期目标攻关的第一年,他抚摸着那颗粒饱满的稻子微笑着说:“亩产 940 多公斤,这已打破海南水稻亩产的历史最高纪录,但还有潜力,大有潜力!”

这未免又让人有些奇怪了,一个连连刷新世界纪录的科学家,怎么会看重打破海南历史最高纪录?说起来我又是一个少见多怪的门外汉了,我原以为在海南这样的气候下,水稻亩产应该超过别的地方,搞清楚情况后,我才发现这个亩产还真是不可小看。由于海南海拔低,昼夜温差小,生长期短,虽说在加速育种繁殖上有得天独厚的优势,但在水稻增产上没有太大的优势,而同一品种,如果在长江中下游等主要稻作区种植,产量还会更高。袁隆平看中的正是这个更大的增产空间,而他也早已开始布局,在全国范围内为第五期超级稻选了 39 个百亩示范片。

这半年里,很多人都在琢磨一个“超级稻风暴眼中的袁隆平”,但风暴的中心却显得一如既往地平静,袁隆平似乎压根儿就没有感觉到什么风暴,一心琢磨着如何攻克第五期超级稻的预定目标。对于一般人,最清晰的时间观念莫过于一天 24 小时,而一个农学家的生物钟,则一直不停地围绕着农时运转。当“超优千号”在海南经专家验收后,袁隆平和他的团队又带着种子从三亚赶回长沙,在当地中心试验田里播种,而后又在遍布全国各地的示范片奔波。这里就记下他的几行足迹——

2015 年 7 月上旬,袁隆平赶往广东梅州,这里有一个“华南双季超级稻年亩产 3000 斤技术模式”的试点,试验品种为第五期超级稻首选攻关品种“超优千号”。而这一模式是广东省为全面推进农业“转方式、调结构、促进粮食生产持续稳定发展”而推出的,从 2015 年起在全省多个生态区试点,由国家杂交水稻工程技术研究中心、华南农业大学、广东省农业科学院和广东省农业技术推广总站协作攻关,采用“袁隆平院士团队选育的优良品种 + 华南农业大学唐湘如教授团队研究的双季超级稻强源活库优米技术 + 钵苗机插技术”,在良种、良法、良田、良态“四良配套”后,还与“良机”(机械化)相结合,目标是力争在三年内达到双季超级稻年亩产

3000 斤(1500 公斤)的产量指标。——这里特别说明一下,我在本文叙述中的亩产量,一般都是单季稻,而广东的气候适合双季稻种植,如这一目标能够实现,将创造水稻年亩产量的世界纪录。

这已不是袁隆平第一次来梅州,早在袁隆平向第一期超级稻发起攻关时,他就将当时的主打品种“两优培九”推荐给梅州蕉岭种植,平均每亩增产 100 公斤以上。但那时袁隆平还没有来到蕉岭,他的第一次蕉岭之行是 2002 年 6 月下旬,来此现场察看超级稻的种植情况,他对这一方水土赞不绝口,梅州是一个好地方,这儿的光、温、水、气自然条件优越,这里人一看就活得很宁静,很干净,很有精气神儿。一粒种子再神奇,还得看天时、地利、人和等综合因素,一个人活得滋润不滋润,也得看天时、地利、人和等综合因素,这儿能够成为闻名遐迩的健康长寿之乡,就是这些缺一不可的因素在起作用,而袁隆平一次又一次地选择在梅州进行超级稻攻关,也是看中了这些缺一不可的因素。

除了袁隆平,参加这次现场测产验收的还有中国科学院院士谢华安,中国工程院院士、华南农业大学副校长罗锡文等农业领域的顶尖专家,这么多只闻其名、难见其人的农业科学家,一同走进了客家人的稻田,在这一方水土上还是破天荒的头一回,而那田野里的稻子,也是客家人头一回看到,其长势不只是喜人,而是惊人,每一棵稻禾上结出了那么多的稻子,却又昂然不倒,像是有一股挺立向上的力量。不是像,那是真的。可结果一出来,老乡们一个个就像霜打了的茄子,蔫了。这次百亩示范片的早稻,平均亩产刚过 1400(1407.8 斤),是市斤,不是公斤,也就是刚过 700 公斤。这个产量显然比袁隆平的估计要低,他分析了一番原因,一是因为在早稻生长的关键期遭遇异常天气,又是提前一周收割,应该说这个结果已经不低了,何况这是双季稻,早稻损失在晚稻上还可以补回来,一年不成,还有两年、三年,按计划就是三年攻关嘛。他这一番话,让老乡们又来劲儿了,把这股劲儿都使在晚稻上了。要说呢,这个“杂交水稻之父”还真是给他们带来了福气,这年的晚稻,从插秧后一直是要风得风,要雨得雨,到了扬花吐穗的季节,又是秋高气爽,阳光朗照。到了 11 月中旬,岭南水稻的秋收季节来临,示范片的最高亩产突破 800 公斤(1694.6 斤),创造了梅州晚稻亩产的最高纪录,平均亩产也突破了 750 公斤(实测为 1519.4 斤),比一般晚稻品种增产 400 多斤。但把早晚稻产量加在一起,还是一个不尽如人意的结果,离“亩产 3000 斤的攻关目标”还有 70 斤的差距。不过,这一次老乡们并不灰心丧气,他们都记得袁老的话呢,头一年不成,还有第二年、第三年,这天底下,还真是没有那么容易的事。——从科学的角度看,要缩短这个 70 斤的差距还真不容易,当你开始向极限挑战,每提升一斤一两的产量都极为艰难。

从春播到秋收，袁隆平这年几乎一直在路上，那感觉就像他第一次去雪峰山，一直在抵达之中，一生都在抵达之中。

这年也并非风调雨顺之年，据世界气象组织发布的报告，2015 年是全球有气象观测记录以来最炎热的一年。而在这最炎热的一年中最炎热的三伏天，袁隆平马不停蹄地奔赴重庆山区、河南信阳、山东日照、湖南湘西等多地考察第五期超级杂交稻百亩高产攻关示范片。一个农业科学家，对气候是高度关注的，这极端炎热的天气，其实是厄尔尼诺暖流再一次发威，把太平洋中巨大的热量转移到大气中，将会导致大规模的风暴、洪水、高温干旱和低温严寒等难以预测的灾难。从历史经验来看，厄尔尼诺爆发时，首当其冲的便是农业，而每一片示范田，都让袁隆平牵肠挂肚。

在袁隆平奔波的这些日子里，有一个日子是不能忘记的。那是 9 月 7 日，白露前夕。农谚道："白露白迷迷，秋分稻秀齐。"此时，那半青半黄的稻子晒着秋天的太阳，正在秋风中奔涌壮大。而此时正是秋收之前田间管理的关键时期，也是袁隆平最操心的一段时间。这天，他又走进了湘西龙山县石羔镇中南村。别看这是一个在地图上用高倍放大镜也找不到的小山沟，却也是一片特别适合水稻生长的生态区，被袁隆平选为第五期超级稻高产攻关示范片。一个叫胡昌祥的农人，像往日一样正在稻田里忙碌着。这 50 多岁的汉子，是当地的一个种田的好把式，承包了这个示范片的种植和田间管理。胡昌祥正在稻田里忙碌着，忽然听见从田埂上传来一阵脚步声。他抬眼一看，一个熟悉的身影正朝这边走来。啊，袁老师！他惊喜地喊了一声，就连泥带水地跑了过去，想要搀扶袁老师，一看自己那泥巴糊糊的两手，又赶紧缩了回来，还不好意思地笑了笑。没什么不好意思的，袁隆平是很敬重这些农民兄弟的，只要看见了他们，远远地，他就会把一双大手伸向他们，就像此时，他一下就握住了这个农人沾满泥巴的双手。那是一双让我暗自吃惊的大手，其实，除了我，连那些农民兄弟也很吃惊。庄稼人的手原本是又黑又大又粗壮的，可他们握着袁隆平的手时，一个个也特别惊讶，我已不止一次听到过他们的惊叹：啊呀，袁老师的手怎么比我们耕田的还要粗呢？

一个农业科学家和一个农民，就这样手牵着手在田埂上走过，那亲热的样子就像两个老农在打量庄稼的长势，盘算自家田里又一年的收成。这时候正是水稻从抽穗到谷粒渐渐成熟的时期，也进入了旺盛生长时期，这就需要及时补充营养，重在保穗、攻粒、增重、防秕，还要防倒伏和病虫害。尤其是在安徽发生的稻颈瘟，把农民辛辛苦苦种出来的上万亩稻子给糟蹋了，袁隆平可以不理会那些是是非非，但农民的利益受损，稻子减产绝收，却像刀子一样扎心。这也是他走到哪里都要再三叮嘱的，越是长势喜人，丰收在望，越要高度防范病虫害。但胡昌祥似乎不用多叮嘱，他还真是一个种田的好把式，田间管理很扎实，没有发现病虫害，也没有杂草。如果每块稻田都像这样管理，那些虫子再厉害，又哪有什么空子可钻呢？他越看越兴奋：“好，好，长势喜人、丰收在望。水稻高产，除了需要良种外，更离不开良好的田间管理和合适的生长环境啊！”这既是夸奖，更是勉励，老胡听在心坎上了。

两人在稻田里转了一圈，那咄咄逼人的太阳，逼出了他们一身透汗，人有时候还是要出一身透汗，痛快，痛快啊。这天的中午饭，他们是蹲在田坎上吃的。这不算什么，袁隆平早已习惯了。直到袁隆平走后，胡昌祥忽然猛拍了一下脑袋瓜，他想起来了，这天，正是袁老师 86 岁的生日啊！这个“米菩萨”的生日，很多农民都知道，胡昌祥也早已记在心里呢，怎么这天就偏偏没有想起来呢。其实，谁又能想到，一个登上了世界水稻种植科学巅峰的科学家，他的生日竟然就在一个偏远山村的稻田里不知不觉度过了，连他自己都忘了。

眼看就到了秋收季节，农业部组织的专家验收组又要测产验收了。不过，这一茬稻子的现场测产验收，没有选在龙山，又一次选在了我此前反复提及的隆回县羊古坳乡。而结果不说是失败，也令人多少有些失望，羊古坳乡第五期超级稻百亩示范片平均亩产突破了 1000 公斤（1004.3 公斤），但比 2014 年在溆浦第四期超级稻的产量还要低。这也证明了，尽管有人指责袁隆平的杂交稻“被强调的是产量”，而真正要把产量提升一点点，也是极为艰难的。此次测产验收虽未达标，但测产验收专家对“超优千号”都很看好，稻禾株形好，长势均衡，抗病性强，高抗倒伏，穗大粒多，结实率高，没有发现主要病虫害。这些优势，让专家们都对这一品种的增产潜力充满了期待，攻克第五期超级稻目标，也许为期不远了。

在羊古坳乡测产后不久，从云南省“超级杂交水稻个旧示范基地”传来捷报。这是一个屡创水稻高产纪录的基地，从 2009 年起就开始进行杂交稻的示范种植，并于 2010 年 11 月正式挂牌成立了“国家杂交水稻工程技术研究中心高原育繁示范分中心”。6 年来，个旧市杂交水稻种植面积不断扩大，亩产量也在不断增加。2015 年，在百亩连片“超优千号”攻关中，他们率先突破了袁隆平院士提出的第五期攻关目标（每公顷 16 吨，亩产 1067.5 公斤），刷新了百亩连片平均亩产水稻的世界纪录。不过，这个示范点海拔较高、光照充足、昼夜温差大，适应水稻生长的良态非常突出，这在全国稻作区是比较少有的，这一高产纪录也就不具有代表性，只能作为参考数据。与此同时，袁隆平和他的团队选育的“超优千号”在河南信阳、湖南衡东的百亩超级水稻示范基地，均已达到了惊人的每公顷 16 吨的产量。

尽管这三个百亩示范片都达到了袁隆平此前预期的第五期超级稻产量指标

了，但他此时已经不满足于这个目标了，又根据攻关的实际情况调高了产量指标，"我争取在三年之内，在我们的试验田达到每公顷17吨(亩产1133公斤)。17吨是我正式提出的目标，把常规谷种和分子技术结合起来，高产的同时实现高效，一是成本要低，二是绩效化，同时要确保米质好、品质要高"。——这一目标还远远不是他锁定的终极目标，他对自己的生命力和创造力充满了信心，在90岁后还要向每公顷18吨(亩产1200公斤)攻关。一个老骥伏枥、壮心不已的科学家，绝不是凭着一股激情在驱使自己，更不是像大跃进时放"卫星"，动不动就亩产几万斤几十万斤，一切都凭理性的科学精神在支撑。那么，水稻还有多大的增产潜力？这个在没有验证之前只能从理论上去预测。袁隆平认为水稻每公顷达到18吨是有可能的。根据日本植物生理学家吉田长一的计算，水稻在热带的极限产量是每公顷接近16吨(15.9吨)，在温带是18吨。如果充分利用光能，按光能利用率来计算，以盛产水稻的湘中一带为例，每公顷可以达到22.5吨(亩产1500公斤)，那么至少还有500公斤的潜力有待科研人员去攻关，500公斤，已经超过了如今全球水稻平均的单产量，如果能够开发出来，利用起来，足以再养活一个地球。当然，他从来就不是一个人在战斗，这么多年一轮一轮的攻关，他培育出了一茬胜过一茬的超高产水稻种子，也造就了一茬一茬的中青年科学家，他坚信这些年轻人将一直攻关到每公顷20吨(亩产1333.3公斤)的目标，即便如此，也还不是水稻王国的珠穆朗玛峰，还有继续攀登的空间。

这年10月9日，秋天的味道已经越来越浓了，袁隆平穿着一件红黑相间的方格子衬衫，又出现在鄱阳湖畔的稻田里，他几乎一刻也没有停下脚步，在一天时间里就跑了两个地方，从800里鄱阳湖的东岸跑到了西岸。这两个地方，一个是南昌市成新农场，一个是上饶市鄱阳县饶丰镇，都是超级稻示范基地。鄱阳湖平原，一直是中国重要的商品粮基地，而江西省也是中国从未间断输出商品粮的两个省份之一。这里只说成新农场。2013年底，国家杂交水稻工程技术研究中心与成新农场正式签约，袁隆平在该农场设立院士工作站。一个数十年来默默无闻的农场，只因袁隆平这个江西老乡带来的一粒种子而一举成名，成为江西唯一、全国第四个超级杂交稻"百千万"高产攻关示范工程基地。2014年，该农场连片种植了"Y两优900"等超级稻品种，今年又种植了1700亩"超优千号"，这样大面积地种植在全国也不多见，这与百亩示范片是不同的，可以说是大田生产了。袁隆平穿行于如同油画一般的金色稻田里，那波澜壮阔的感觉唤醒他青春岁月的激情，他有一种想要奔跑想要歌唱的冲动。不是有人预言一曲"高产凯歌戛然而止"了吗，这时候他还真想奏响一曲"高产凯歌"。可惜，他没把小提琴带在身边，但他那风趣的比喻张口就来:“你们看看我们这超级稻的长相,青棵到老,就像大家闺秀,徐娘半老也风姿犹存,能不孕育出丰满的果实来吗!”

这又是一个不能忘怀的日子,就在袁隆平赴江西考察超级稻的同一天,10 月 9 日,此时那篇灾难性的报道已过去了半年之久,袁隆平终于公开发表了一篇回应文章——《请别再向超级稻泼脏水》。在过去沉默的半年里,没人知道袁隆平想了什么,但很多人都知道他在干什么。他其实不想做出什么回应,他也一直相信清者自清,浊者自浊,“谣言止于智者”,只要走进稻田,他就充满了希望,但那“系列追踪报道”却让他真的有些失望,而且正在向“谎言重复一千遍,也会变成真理”的趋势演变。我不相信有人是在故意撒谎,直到现在,我也深信他们是从善良的愿望出发,但据我的追踪调查,那确实是一篇不能呈现完整真相的报道,至少是部分失真。袁隆平一向是宽以待人的,他甚至可以容忍别人向他本人泼脏水,但绝对不能容忍别人“向超级稻泼脏水”。

他发出了一连串追问:“超级稻有什么错啊? 到底是多花了钱去做研究,还是没做出什么成果来? 还是老百姓没有受益?”他对杂交水稻的优缺点,就像对自己性格中的优点和缺点一样,从来不加掩饰。他坦承,超级稻从来不是十全十美的,在技术上仍有一些问题有待解决,如“近期出现的质疑也暴露了超级稻本身存在的一些问题,比如其对病虫害尤其是稻瘟病的抵抗性还不甚理想”,也在文章中表示,“我理解社会对于我们农业科研的高期待,但农业科研和生产从来不能一蹴而就。超级稻的生长和改进周期很长,起码需要三年五年时间,即便你晚上加个大夜班也无法那么快就解决问题。”而“对于育种者而言,其目标都是培育高产、高质的种子,但标准太高,像你以姚明作为身高标准,我们就算长到一米八,那还是达不到要求的,还是矮子”。任何事物都是相对的。对这次“减产绝收”的灾难性事件,他原本没有任何责任,但他从未推卸责任,并且一再表示要汲取教训,而说到底,“无非就是超级稻在发展过程中,有些品种不抗病,这是研究中出的问题,不能说整个项目不对,否定整个项目”。

对于负面报道,他的态度也是宽容而鲜明的,“任何事情,有赞成的,也会有反对的,要说没有一点反对的声音,这也是不正常的。有些人从他们的专业角度、技术角度提出看法,这也很正常”。但超级稻的科研工作不能因为出现质疑的声音就停止,他会汲取合理的意见不断完善、改进,将之变得更优秀、更完善。事实上,他从一开始就不想追究那篇报道,结果呢,越是这样越是被人家不依不饶地抓住不放,好像他真是一个“罪魁祸首”,真的是“罪证如山”,这个 80 多岁的老人,不得不这样认为:外界部分质疑之声有“居心不良”之嫌。这位平日一向谦逊温和、蔼然有长者之风的“杂交水稻之父”，终于以其少有的坚决给那些“居心不良”者以回应：“请别再向超级稻泼脏水！”

他知道，仅凭他这样一篇澄清事实真相的回应文章，难以让那些“居心不良”者偃旗息鼓，他预料到还会招来又一轮的纠缠，事实也像他的预料一样，又有报道紧紧抓住他的片言只语大做文章，但袁隆平在澄清了事实、表明了态度之后，再也不去理会那些“剪不断，理还乱”的是是非非了，他太忙了，对于他，分分秒秒都是贵比千金的时间。

每次看着这一个老人奔向稻田的背影，我就会遥想另一个在麦田里穿行的身影：诺曼·布劳格。他在墨西哥的麦田里掀起了一场绿色革命，“帮助了一个饥饿的世界，为之提供了面包”，曾经那样为人们崇敬和礼赞，然而到了晚年，这位依然在第三世界的麦田里奔走的“绿色革命之父”，却遭到“时尚环保主义”者的群起而攻，而攻击布劳格和他的高产农业，在当时也成了一种盛行一时的时尚。很多人认为农业技术带来的问题甚至要超过农业技术要解决的问题，布劳格在墨西哥麦田里掀起的绿色革命其实并非转基因小麦，但很多人在批评转基因技术时也会把矛头指向布劳格。布劳格一开始也像袁隆平一样，在失去了科学常识的攻击之下保持沉默，不予理睬，但那些攻击者却紧追着他不放。终于，忍无可忍的布劳格开始愤怒地反击：“他们从没有亲身经历过饥荒，我则在发展中国家待了整整 50 年。那些人哪怕就是在那待 1 个月，就会哭着喊着要拖拉机，要肥料，要灌溉管道，如果那些时尚的精英主义者不愿提供这些东西，他们同样会愤慨万分的。”在面对人口增长这一严峻问题时，布劳格的观点也和袁隆平高度一致，布劳格一再发出警示：“世界人口如果持续以现在的速度增长下去，我们会毁灭这个物种。”为了拯救人类这个物种，布劳格一生都在同人口的增长速度赛跑。当然，历史最终也会把一份永恒的敬意和公正的评价献给他，联合国世界粮食项目执行主席史瑞说：“在拯救的生命的数量上，布劳格超过了人类历史上任何人……他的心胸和他的智慧一样广大，但感动世界的却是他的激情和同情。”

这发自肺腑的敬意和评价，又何尝不能用在“杂交水稻之父”袁隆平身上？一位“杂交水稻之父”，一位“绿色革命之父”，他们在晚年的遭遇，何其相似乃尔！但无论遭遇多少误解和非议，袁隆平也像布劳格一样，为了拯救人类这个物种，将以毕生的精力同人口的增长速度赛跑。

（湖南文艺出版社 2016 年出版）

“神舟”天路

——中国载人航天工程纪略

兰宁远

时光进入21世纪,我国空间科学实验的重大战略工程——载人航天工程已由梦想变成了现实。从航天员首次飞向太空到第一次太空漫步,从“神舟”“天宫”实现“太空之吻”到女航天员的首次出征,从航天员的太空授课到太空33天的全新征程,回望“神舟”飞天的壮丽航程,中国航天人在迈向建设航天强国的征途上,走出了一条“自主创新,重点跨越,支撑发展,引领未来”的飞天之路……

“神舟”从东方起航

自古以来,浩瀚宇宙,璀璨星河;嫦娥奔月,吴刚折桂;牛郎鹊桥会织女,敦煌伎乐舞天宫……数不尽的神话传说寄托着炎黄子孙对飞天的梦想和遐思。千百年来,虽然人类时时刻刻都在受着地球引力的束缚,但从来没有停止对飞天的探索。

当人类文明进入20世纪,世界上的一些大国将探索太空奥秘、寻找能够利用的空间资源的目光瞄准了距离地球300—500公里之遥的太空,这里具有高真空、高温差、微重力、超洁净等独特环境。在这个轨道高度上运行的载人航天器可以进行地球环境与资源探测、开展生命科学和空间医学实验、进行卫星释放等太空活动。

20世纪50年代,刚刚从战火中走来的中国人从过去百年的屈辱史中深刻地体会到落后就要挨打的道理,也把目光瞄准了正在飞速发展的航天技术。面对新的国际局势和高技术发展的迅猛势头,1956年春,在周恩来总理的主持下,国务院成立了科学技术规划委员会,组织全国600多名科学技术人员历时半年,研究制订了《1956—1957年科学技术发展远景规划纲要》,明确提出,在航天技术方面要发展喷气和火箭技术。

1956年10月8日,中国第一个导弹研究机构——国防部第五研究院成立,刚刚归国不久的科学家钱学森被任命为首任院长。这一天,是中国火箭导弹事业的奠基日,也是这一天,中国的航天事业在“一穷二白”中迈出第一步。

1957年10月4日,苏联第一颗人造地球卫星成功发射。毛泽东主席在第二年5月召开的党的八大二次会议上,发出了"我们也要搞人造卫星"的号召,重新唤起中华儿女的千年飞天梦想。中国航天人凭着"可上九天揽月"的雄心壮志,开始探索我国载人航天事业的发展路途。同年,在中国西北部的内蒙古巴丹吉林沙漠开始破土动工建设航天发射场。1966年5月,一项"以科学实验卫星作为开始和打基础,以测地卫星特别是返回式卫星为重点,在此基础上发展载人飞船"的规划设想开始实施。在当时没有运载工具的情况下,规划先从探空火箭开始。这年7月15日清晨,中国第一枚生物试验火箭搭载着一只名叫"小豹"的小狗发射升空并安然返回。7月28日,我国又成功发射了第二枚生物试验火箭,箭头生物舱被完整无损地回收,随舱搭载的小狗"珊珊"与白鼠等小动物均平安返回地面。

1970年4月24日,随着"东方红一号"的发射成功,我国成为世界上第五个独立研制和发射人造地球卫星的国家,开始了探索外层空间的新纪元。钱学森向中央建议:发展载人航天事业。毛泽东在国防部五院和空军联合起草的"上马宇航工业"的报告上批示"同意",随即着手载人飞船的研制工作。5月,中央军委下达选拔航天员的任务,从空军歼击机优秀飞行员中选拔出了20名预备航天员,集中生活、训练,计划在1973年年底发射第一艘载人飞船,命名为"曙光一号"。虽然"曙光一号"计划点燃了航天人继"两弹一星"后的热情,然而,处在动荡时期的中国,无论是经济能力、工业基础,还是设计、制造工艺,特别是航天发射、测控水平,远不具备开展这一庞大系统工程的条件。"曙光一号"计划最终只停留在了一个两舱式全尺寸的飞船模型上,但航天科技工作者探索太空的脚步并没有因此停止,依然在一步一个脚印地稳步推进。1975年11月26日,我国第一颗返回式遥感卫星由"长征二号"火箭发射入轨,绕地球飞行3天47圈后被成功回收,这是我国进行的首次卫星返回技术试验。

1979年,中国改革开放的总设计师邓小平赴美国访问时,特意参观了美国航天博物馆。他坐在美国的月球车上,清楚地看到了中国与世界先进国家的差距。他意识到,20世纪60年代,没有原子弹、导弹,在世界上说话就不算数;70年代,没有人造卫星说话也没有分量;80年代以后,航天成为世界各国高科技发展的主流之一,中国作为一个有着飞天梦想的文明古国、一个正在崛起的航天大国,没有理由缺席。

在这个科学发展的春天里,中国航天人瞄准国际水平再一次迈开了向宇宙进军的步伐。1980年5月1日,我国第一支远洋航天测量船队起锚远航;5月18日,我国研制的第一枚洲际运载火箭飞向太平洋;1984年4月8日,"长征三号"火箭将我国第一颗试验通信卫星“东方红二号”送入赤道上空……

与此同时,席卷全球的高科技竞争拉开了帷幕。美国为促进科技和经济的全面振兴实施“星球大战计划”,欧洲各国为发展未来高技术联合实施“尤里卡计划”,苏联随即也提出了自己的高科技发展纲要。面对这场迅猛的科技革命浪潮,邓小平指出,中国必须在高技术领域有一席之地。

1986 年 3 月,一封攸关我国高技术发展的来信呈到了邓小平面前,王大珩、王淦昌、杨嘉墀、陈芳允四位科学家联名提出了《关于跟踪研究外国战略性高技术发展的建议》。他们说,真正的高技术是花钱买不来的,建议国家制订“高新技术发展规划”,集中现有的科研实力出成果,同时培养新一代高技术人才。两天后,邓小平在这封信上做出批示:“此事宜速作决断,不可拖延。”8 个月后,中共中央、国务院批准了一项具有深远意义的重大决策——《国家高技术研究发展计划纲要》,也就是著名的“863 计划”。航天技术被列入七大领域之中,两大主题项目都与载人航天紧密相关:大型运载火箭及天地往返运输系统、载人空间站系统及其应用。

1987 年,“863 计划”正式启动实施,中国的航天事业发展开始进入加速期。载人航天工程作为“863 计划”的重点发展项目,开始进行技术经济可行性论证。当时的国防科工委组织成立了由屠善澄、任新民等航天科学家组成的“航天技术专家委员会”和两个下属主题项目专家组,负责研究载人航天技术的发展途径和总体方案。原国防科工委主任、中国载人航天工程首任总指挥丁衡高院士回忆说,“863 计划”整体来说是一个探索性的项目,载人航天对我们来说也是探索性的,怎么起步是很重要的问题,所以就提出来了概念研究。概念研究搞了 4 年,从总体上到各个分系统都搞得比较细,使得可行性论证和立项论证仅仅用了半年的时间就完成了。后来,在概念研究的基础上,确定了整个载人航天工程的技术途径。

专家们在深入航天领域的各大系统中考察时,欣喜地看到,我国独立自主研制的 11 种不同型号的“长征”系列运载火箭已走向了世界;“长征二号 E”捆绑式大推力火箭将近地轨道的运载能力提升到了 8 吨。同时,还掌握了返回式卫星的制造和回收技术;建成了酒泉、西昌、太原三个航天器发射场;航天测控网也已初具规模。当时的中国已成为世界上第五个能独立发射卫星特别是地球静止轨道卫星、第三个能回收卫星、第四个掌握了一箭多星技术的国家,积累了数十次成功发射的经验。更重要的是综合国力和技术水平较 20 年前有了长足的发展,已具备启动载人航天工程的基础。考察结束,专家委员会得出的结论是:时机成熟,条件具备,载人航天工程可以“立项”。

专家们结合国际研制载人航天器的情况,筛选出空天飞机、火箭航天飞机、小型航天飞机、可部分重复使用的小型航天飞机、多用途载人飞船等5个技术途径方案。当时，国际航天界应用较多的是载人飞船和航天飞机方案。专家们对这两种方案争论了数年，并逐渐倾向于采用航天飞机方案，拟报中央。报告呈送到钱学森的案头。时年78岁的钱学森曾亲历了中国探空火箭的研制并领导了“曙光一号”方案的制订，他通过对当时国情、国力进行综合集成分析，经过深思熟虑后，在给中央的报告上慎重地加上了一句话：“应将飞船方案也报中央。”钱学森的建议得到了专家们的重视。中国工程院院士王永志是中国载人航天工程的首任总设计师，他回忆说，载人航天工程需要巨大的投资，我们不盲目追随国外先进的国家，完全根据自己的独立思考和实际需要，结合我们的国情，有重点地发展、跨越式地赶超。最终，钱学森的建议得到中央的采纳，从而结束了载人航天的技术途径之争，推动了载人航天工程的决策实施。

1991年，联合论证组完成了《载人飞船工程实施方案》，并提出《关于我国载人飞船工程立项的建议》：航天飞机造价昂贵、技术复杂，中国还不具备生产的技术条件，中国的载人航天工程应从飞船起步，最终建成空间工程大系统。6月，时任国务院总理、中央专门委员会主任的李鹏主持中央专委会议，决定“从飞船起步，立即发展我国载人航天技术”。会后，当时的国防科工委和航空航天部迅速成立载人航天工程领导小组，由时任国防科工委主任的丁衡高出任主任。

1992年是“国际空间年”，也值得中国航天人永久铭记。这一年，中央专委第七次会议决定由原国防科工委组织开展载人航天工程研制，并做出了分“三步走”的发展规划：

第一步，发射载人飞船，建成初步配套的试验性载人飞船工程，开展空间应用实验；第二步，突破航天员出舱活动技术、空间飞行器的交会对接技术，发射空间实验室，解决有一定规模的、短期有人照料的空间应用问题；第三步，建造空间站，解决有较大规模的、长期有人照料的空间应用问题。

这次会议结束时，李鹏总理请参加会议的每一位同志都在会后形成的《会议纪要》上签名。李鹏说，此事要向中央政治局常委汇报，在座的每个人都要负责任，立军令状。

9月21日，江泽民总书记主持召开中央政治局常委会议，认真总结和分析了当前国际航天事业以及我国航天事业的现状，讨论通过了中央专委提交的《国防科工委关于开展我国载人飞船工程研制的请示》，批准了“三步走”的战略蓝图。江泽民说，我们今天就做决定，要像当年抓“两弹一星”那样去抓载人航天工程，要坚持不懈地、锲而不舍地把载人航天工程搞上去。这一天，我国历史上规模最大、系统组成最复杂、技术难度最高、协调面最广的国家重大工程——载人航天工程正式启动。

载人航天工程立项时由工程总体和七大系统组成，分别是：航天员系统、空间应用系统、载人飞船系统、"长征二号 F"运载火箭系统、酒泉发射场系统、测控通信系统和着陆场系统，各系统分别建立了行政和技术两条指挥线和总指挥、总设计师联席会议制度。考虑到工程总体与各系统之间关系密切，且工程耗资较大、研制进度较紧的特点，经国务院和中央军委批准，专门成立了中国载人航天工程办公室，作为统一管理载人航天工程的专门机构，对工程实施专项管理。

1994 年 10 月 28 日，北京航天城在北京北郊唐家岭开工奠基。空间技术研制试验中心、航天员培训中心、指挥控制中心等多家航天机构在这里集中建设，各大系统的设计和研制工作也同时全面展开。中华民族的飞天梦想化作国家的发展战略，开始了实实在在的行动。

实现载人航天飞行，势必要面对飞天路上的重重挑战，运载火箭要确保把飞船安全送入轨道；载人飞船要保证稳定地在轨运行，提供满足人类生存的舱内环境，安全地将人送回地面。这些要求远比人造卫星难得多也复杂得多，而且，国外对中国实行严格的技术封锁。中国航天人面临着巨大的挑战。如何攻克这些难题？中央明确要求，我们起步虽晚，但起点要高，要从总体上体现中国特色和技术进步。

"保证航天员的安全"是载人航天工程始终坚持的首要原则，其核心问题是要确保航天员的安全。用最可靠的火箭，将航天员安全地送入太空，是运载火箭系统研制者的郑重诺言。接到研制载人火箭的任务后，运载火箭系统原总设计师、中国科学院院士刘竹生感到压力重重：一般的运载火箭，对安全性要求不是很高，可是用于载人运载的火箭，却对安全性和可靠性有极高的要求。为此，火箭系统在"长征 2E"捆绑式火箭的基础上进行改进，提出了载人运输火箭安全性指标要求必须达到 0.997，并将可靠性指标提高到了 0.97。这一标准之高在中国航天史上是空前的，世界上也只有个别型号的运载火箭能达到。根据这个目标，运载火箭系统原总指挥、中国工程院院士黄春平提出了一个创新的方案：火箭系统增加两个系统，一个是故障检测系统，一个是逃逸系统。这两个系统可以在火箭待发段和上升段出现故障时，自行检测、诊断，自动发出信号，逃逸救生系统能迅速实施自动逃逸或地面控制逃逸，确保航天员的生命安全。新的运载火箭研制成功后，被命名为"长征二号 F"，这枚火箭的起飞重量为 480 吨，可将 8.5 吨的有效载荷送入近地轨道，是我国目前可靠性最高的运载火箭。

载人飞船是整个工程的核心部分，也是难度最大、对安全性和可靠性要求最高的系统。载人飞船系统原总指挥、总设计师、中国工程院院士戚发轫接到任务时说:飞船方案一开始就要把功能设计全,使它成为标准的定型天地往返运输工具。戚发轫把设计目标瞄准了世界上最为先进的第三代飞船——苏联的“联盟 TM号”,采用具有中国特色的三舱一段方案,即由返回舱、轨道舱、推进舱和附加段构成,具有起点高、具备留轨利用能力等特点。在戚发轫等的带领下,研制人员在短短几年时间内,先后攻克飞船三舱的分离解锁、调姿制动、升力控制、防热、回收等五项关键技术,完成各种复杂的大型地面试验。飞船的主要分系统——结构与机构、制导、导航和控制、数据管理、推进、热控、无线电测控、电源、返回着陆、环境控制与生命保障、仪表照明、应急救生系统等技术也相继取得了一系列创新成果。1996 年,飞船全系统的电气设备开始桌面联试,经过 5 个月的测试获得成功,证明了飞船电气系统方案的正确性,飞船进入初样研制阶段。

经过 5 年的艰苦创业,1997 年到来的时候,运载火箭、发射场、着陆场、测控网,这几个系统都已经具备了执行发射无人飞船的能力。但是,上天的飞船还在研制阶段,没有生产出来。12 月,时任载人航天工程副总指挥的沈荣骏来到承担飞船发动机研制任务的上海航天局考察。此行的目的是如期完成“争八保九”的目标。“争八保九”指的是,第一艘飞船要争取 1998 年、确保 1999 年首飞。然而,飞船其他产品可以由初样产品改制,发动机产品却必须是正样状态,才能确保飞行任务成功。发动机产品主要是新研类型,可靠性试验子样还很少,正样研制任务重、时间紧,发动机产品研制成了整个工程的短板。上海航天局领导表示,“争八保九”是我们对中央的承诺,一定全力以赴,保证完成任务。

中国航天人做到了,1998 年到来的时候,飞船和火箭如期竖立在发射台上——

1998 年 1 月 9 日,工程总指挥、总师联席会议决定:在 1999 年利用“长征二号F”运载火箭首次飞行试验的机会,发射一艘试验飞船,重点考核火箭的可靠性和飞船的舱段分离、返回控制等关键技术。

1998 年 5 月,载人航天工程第一次在刚刚落成的酒泉卫星发射中心载人航天发射场完成了合练,全面检验了火箭、飞船、发射场各系统之间的匹配性和协调性;7 月,飞船参加整流罩横向解锁试验获得成功;10 月,至关重要的模拟真实飞行程序的运载火箭—飞船的零高度逃逸救生飞行试验程序取得成功,逃逸救生技术获得突破。

当得知我国载人航天工程前期工作连获喜讯时,江泽民同志亲笔为正在制造的第一艘试验飞船题名“神舟”。

1999 年,举国欢庆 50 周年国庆和澳门回归的喜庆日子里,在中国西北大漠深处,秘而不宣的中国载人航天工程正悄悄准备着首次奔向太空的腾飞。11 月 20 日,成千上万的人在戈壁黎明的寒风中兴奋地等待着,翘首以望一座全新的巍然屹立的发射塔架。6 时 30 分,随着发射指挥员“点火”命令的下达,大地震颤,烈焰喷腾,“长征二号 F”火箭托举着中国人自主研制的“神舟一号”无人飞船冲上云天……

中国人来到太空了

20 世纪 90 年代,一颗外国卫星在太空中发现,中国西北荒漠,一座全新的、体量巨大的钢铁结构正悄然竖立,与之相距 1500 米的是一栋蓝白相间的单层建筑。国外航天界猜测中国正在进行一项重大的太空计划。

卫星上的那片建筑就是中国酒泉卫星发射中心载人航天发射场。这里是中国的航天第一港,我国第一枚导弹在这里发射,第一颗卫星在这里上天,第一枚洲际运载火箭从这里飞向太平洋。这里积累了丰富的实践经验和雄厚的技术基础,拥有完善的测量、控制、通信、气象、计量、铁路运输、发供电设施设备,可完成多种轨道卫星的测试发射任务,具有良好的载人航天发射试验基础。同时,中心处于戈壁平原地带,人烟稀少,地势平坦,视野开阔,气象条件优越,对跟踪测量的限制小,发射前后航天员应急救生条件极好,年可发射时间长达 300 多天,有利于发射场各项设施的建设。1994 年 7 月 3 日,载人航天发射场在大漠深处奠基。总装备部原副部长、发射场系统原总指挥李元正中将参与了发射场的早期论证和建设,他回忆说,我们的建设思路非常明确,载人航天发射场一定要赶上世界同类发射场的技术水平,一定要采用世界上最先进的技术体制和技术方案,来确保我们国家载人航天发射的安全可靠。

1998 年建成的中国载人航天发射场,采用的是当时具有国际先进水平的“三垂一远”发射模式。“三垂一远”指的是:垂直组装、垂直测试、垂直整体运输和远距离测试发射控制。“三垂一远”发射模式最大限度地减少了技术状态的变化,大幅度提高了载人发射的安全性和可靠性,具备短时间内连续发射的能力,同时满足未来空间站应急救援发射的需求。

随着中国“神舟”的第一次壮美升空,各大系统迎来了首次全方位的重大考验。

浩瀚苍穹,“神舟”飞船穿行其间,会受到空间各种干扰。为了保证飞船及轨道舱的正常工作,并确保飞船顺利返回,必须通过由飞行控制中心、地面测控站、海上测控站和中继卫星构成的天地一体化的测控管理体系来对飞船轨道进行实时跟踪和控制。如果把飞船比作风筝，测控系统的专家就是手握风筝线的人，测控通信链路就是那根至关重要的线。而 20 世纪 80 年代建成的中国航天测控网，却只能完成测控卫星的任务，无法满足载人航天工程高精度、大容量的数据传送和大覆盖面的要求，必须采用新的技术手段，并扩大和完善全球布站。曾担任测控通信系统总指挥的董德义回忆说：天地通信是一大考验，各种数据、调度指令、语音和视频通话等信息，在千里之遥的天地间传输，是复杂的系统工程，任何节点发生错漏，都会导致无法挽回的后果。工程立项后，我国自主研发了集遥测遥控、测距测速和话音图像传输等功能于一体的 S 频段统一测控系统，新建了青岛测控站和两个国外测控站，形成了由北京、西安、东风三个中心和遍布国内外的测控站、船组成的载人航天测控网，不论是测控覆盖率，还是测控精度，都实现了大幅跃升。经过这些重要的技术补充，陆、海基测控网建设更加完善，可以覆盖整个中国和世界三大洋。

"神舟一号"飞船在轨运行期间，地面测控系统和分布于公海的 4 艘"远望号"测量船对其进行了跟踪与测控，成功进行了一系列科学试验。11 月 20 日 18 时，当"神舟一号"第 14 次飞临南大西洋海域上空时，正在这里待命的"远望三号"测量船准确地发出了返回指令。随后，飞船建立返回姿态，制动发动机点火，从太空开始返回。

工程立项之初，在中国 960 万平方公里的疆域中，要找到一块既能够满足着陆条件，又符合飞船轨道要求的区域并不简单。着陆场系统的技术人员对河南、内蒙古、辽宁等所有理论上适宜飞船着陆的地方，经过 6 次大规模的实地勘察，最终将主着陆场定在了地势宽阔、平坦的内蒙古自治区中部的四子王旗阿木古郎草原，副着陆场选在了内蒙古阿拉善盟额济纳旗的中南部地区，恰好处在飞船返回舱返回主着陆场的途中，如果主着陆场的气象条件不好，可选择在这里降落。

"神舟一号"飞船在太空中飞行 21 个小时后，于 1999 年 11 月 21 日凌晨 3 时 41 分顺利降落在预定主着陆场。我国自主研发的"救生回收地理信息电子显示系统"，首次实现了搜救现场方位态势的三维实时显示，极大地方便了指挥通信，提高了搜救效率，一个具有中国特色，配套齐全，适应载人航天高安全、高可靠性要求的载人航天着陆场系统已经建成。

"神舟一号"任务的圆满成功，标志着我国载人航天技术获得了重大突破。但"神舟一号"还不是一艘正样飞船，只是一艘处于初级技术状态的电性船。飞船所有分系统设计的正确性、合理性、协调性和可靠性，以及飞船与其他大系统之间的协调性和可靠性，都有待于在"神舟二号"上得到进一步验证。

“神舟一号”成功后，科研人员将飞船变轨列为重大技术攻关项目。他们将原定飞船第 14 圈返回时变轨的设计方案，在“神舟二号”任务中提前到第 5 圈，同时加上了回归轨道的设计，这样可以让飞船每天都有返回着陆场的机会。此外，飞船还增加了由航天员控制的手动应急程序，大大提高了返回的安全性。

2001 年 1 月 10 日凌晨 1 时，“神舟二号”发射升空。这是我国第一艘正式用于太空试验、功能基本齐全的无人飞船，自主飞行 7 天，绕地球 108 圈，变轨程序在飞船运行到第 5 圈时启动，并获得了成功。“神舟二号”检验了各系统的工作性能，仪表照明、应急救生、乘员和有效载荷等分系统工作在这次任务中全面展开，并重点考核了环境控制与生命保障系统的功能，进一步检验了飞船系统与其他系统的协调性。“神舟二号”任务中最引人关注的应该说是“模拟人”了。身着白色航天服、戴着透明头盔的形体假人，安然坐在座椅上，这套由人体代谢模拟装置、拟人生理信号设备以及形体假人组成的拟人载荷系统，能模拟航天员在太空生活时的多种重要参数，如脉搏、心跳、体温、血压、饮食等与真人一样的生理信号并传回地面，随时接受地面指挥中心的监控，地面医监人员可以通过监测这些生理信息来判断航天员的健康状况，从而保证在真正载人飞行时能对航天员的生理信号进行正确的采集、处理和传输。

“神舟二号”飞行试验对载人航天工程各系统从发射到运行、返回、留轨的全过程进行了全面的考核和检验，获取了大量试验数据，于 2001 年 1 月 16 日 19 时 22 分返回地面。之后，“神舟二号”的轨道舱进行了留轨运行，在轨工作的半年时间里，成功进行了微重力环境下的空间生命科学、空间材料、空间天文、空间物理等四大科学领域的空间应用试验。

2001 年 9 月 30 日，“神舟三号”飞船运抵发射场。这是一艘经过改进的正样飞船，技术状态与载人飞船基本一致。在发射前进行的技术测试刚进行到第三天，工作人员忽然发现飞船的穿舱插头有一个连接点出现不导通问题。尽管这只是所有同类插头 2000 多个接点中的一个，而且所有使用这个插头的信号都是双点双线连接，一个连接点出问题未必会导致任务失败，但考虑到“神舟三号”飞船要严格考核飞船的载人性能，专家们建议拆换飞船内所有同类插头，重新生产。但飞船一共使用了 77 个插座，共有 1500 多点，如果全部重新设计、重新投产，飞船的发射至少需要推迟 3 个月时间。当时来自各地的实验队已经进入发射场，撤场势必会造成巨大的经济损失和发射时间的延误，而按照原计划，江泽民同志是要亲临发射场坐镇指挥的。工程总体的压力很大，一时难以下决心，指挥部专门向中央做了汇报。中央军委原副主席、总装备部原部长、时任中国载人航天工程总指挥的曹刚川上将回忆说:"正在这个时候,江主席闻讯打来电话说,你们一定要保证产品质量,什么时间能发射,就定在什么时间,不要按我计划去的时间。这使我们很受感动,对工程给予很大的支持。中央领导的指示及时地解除了大家的思想负担,指挥部最终决定推迟发射。"

"归零"是中国航天人创造的一个名词。在载人航天工程的管理规定中,这个可以简单解释为"从头开始查找故障原因"的词语被进一步细化为5个步骤:定位准确、机理清楚、故障复现、措施有效、举一反三。

出现故障的穿舱插头拿回北京"归零",结果发现插座设计存在根本性缺陷,是批次性问题。针对查出的问题,载人航天工程各大系统展开了一场翻箱倒柜式的"质量归零战"。中国空间技术研究院在这次"归零"中,还发现正在生产的用于首次载人航天飞行的"神舟五号"飞船返回舱壳体也存在错焊缺陷,研究院没有去修修补补,而是将这个返回舱壳体作为警示钟放在厂房里。这件事极大地教育了全体参试队伍。当时正担任中国空间技术研究院院长、载人飞船系统总指挥的袁家军回忆起当时的情景时说:通过这件事,我们把"严、慎、细、实"的作风贯穿到后来飞船系统的研制生产过程中,无论受到怎样的挫折,为了航天员的安全,再大的压力也要承受。

3个月后,一批经过重新设计、生产的"神舟三号"飞船专用插座在北京通过专家组鉴定验收后,运抵发射场。

2002年3月25日,江泽民同志亲临发射场指导并观看"神舟三号"发射,他说,"神舟三号"发射成功,举国振奋,大长了中国人民和中华民族的志气。这次任务之前,江泽民还为"长征二号F"运载火箭亲笔题名"神箭"。

"神舟三号"任务期间,工程各系统在全状态下参加任务,逃逸与应急救生功能首次全面启用,火箭控制系统首次实现了控制系统冗余,同时,还增加了火箭上升段偏航机动、纳米比亚测控站、"远望四号"船上行遥控、飞船轨道舱偏航试验等内容。"神舟三号"在太空绕地球飞行107圈后开始返回,着陆场系统获取了飞船黑障前后返回舱测量数据,完成了遥测接收和遥控发送,返回舱于4月1日16时51分返回地面。

8个月后,深冬的戈壁滩已是一片萧瑟景象,"神舟四号"飞船运抵发射场。12月21日,距离预计的发射时间只剩下8天,一股罕见的西伯利亚强劲寒流突然袭击了发射场,最低气温瞬间下降到零下30摄氏度。按照惯例,火箭发射时,最低气温不能低于零下20摄氏度。低温发射会导致火箭密封圈失效,引起燃料泄漏,诱发管路堵塞,造成电缆插头接触不良。尤其是火箭发动机的可靠性要求极高,倘若低温环境超越底线,后果不堪设想。而此时,火箭燃料已加注完毕,可以说是箭在弦上,不得不发了。为了给火箭保温,发射场成立了临时“火箭飞船抗寒抢险小组”,迅速展开一系列保温工作。工作人员先是弄来两台小型热风机,放在发射平台上,向火箭发动机舱内送热风。但火箭舱体为金属材料所制,受热快,散热也快,加之外面温度很低,热风送进去很快就凉了。接着,又启动了二十多台大功率空调,昼夜不停地给火箭强行送暖。再接着,给火箭、飞船套上“防寒服”,贴上泡沫塑料,再用几千瓦的电灯泡照烤。但是,火箭飞船袒露在戈壁滩寒冷的冬夜里,热量很快就散去了。情急之下,发射中心的官兵火速从营房中扛来200床军用棉被,包裹在火箭和飞船的关键部位上……在这样的努力下,火箭和飞船没有受到低温的影响,始终保持着正常的待发状态。直到12月30日,发射场的气温开始回升,达到了发射规定的温度时,“神舟四号”飞船才成功发射升空。

“神舟四号”任务是载人飞行前的最后一次彩排,飞船的技术状态与载人飞船完全一致,设计师们根据前几次飞行试验中暴露出来的问题,对部分技术状态进行了改进,设计了八种救生模拟方式,完善了应急救生系统功能,增加了航天员手动控制系统,增强了整船偏航机动能力,以便在不同阶段出现意外时都能保证航天员安全返回。

“神舟四号”飞行中,先后进行了对地观测、材料科学、生命科学实验及空间天文和空间环境探测等一系列科学技术实验,于2003年1月5日19时16分,安全返回地面。

“发射一次,前进一步”,这四次无人飞行试验对工程总体和各系统从发射到运行、返回、留轨的全过程进行了全面的考核验证,特别是“神舟三号”“神舟四号”在全载人状态下连续发射成功,都相继在第5圈完成变轨任务,使“神舟五号”飞行一天返回成为可能。时任总装备部副部长、载人航天工程副总指挥的胡世祥中将回忆说:首飞任务要想成功,必须有成功的子样,我们从“神舟三号”开始就确定了技术状态,“神舟三号”“神舟四号”“神舟五号”的技术状态要一致,如果前几次都是成功的,我们就可以下决心在“神舟五号”上人了。从“神舟一号”到“神舟四号”,四次无人飞船的连续发射成功,预示着我国载人航天工程无人飞行阶段的结束和载人飞行阶段的开始。

载人航天工程是中国航天史上规模最大的跨世纪工程,航天员是这项工程的最后实践者。工程立项后,创立于1968年的宇宙医学及工程研究所,更名为航天医学工程研究所,具体负责航天员的管理和训练。当时,美、苏两国的载人航天事业经过40多年的发展,已经掌握了一整套完善的航天员训练方案,拥有一批经验丰富的教练员。而对我国的航天员系统来说，培训航天员不像其他系统的工作那样具有一定的继承性，一切都要从零开始。20 世纪 90 年代，通过临床医学选拔、生理功能检查、心理品质测试和面试、家庭查访、综合评定等工作，我国从空军 1500 多名现役歼击机飞行员中选拔出 14 名预备航天员。载人航天工程原副总设计师、航天员系统原总指挥、总设计师宿双宁回忆说：航天员训练的成功与否直接影响到载人航天工作的成败，当时大家都暗暗下定了决心，一定要战胜这个挑战。航天员的训练要建立一个完整的训练体系，首先是要组建一支特别能奉献、特别能攻关，有扎实基础理论知识和科学训练方法的教练员队伍。

1996 年，航天员吴杰和李庆龙奉命赴俄罗斯加加林航天员训练中心接受培训，他们仅用了一年的时间就把通常需要四年学习时间的课程全部学完。回国后，他们和教员们一起研究摸索出了一套适合中国航天员特点的训练模式。

1998 年 1 月 5 日，一个简短的仪式翻开了中国航天史上的重要一页——中国航天员大队正式成立，并正式由空军部队移交原国防科工委管理。从这天起，中华民族的飞天梦想、共和国几代航天人的希望，都落到了这 14 位空军骄子的肩上。

航天员从事的是神圣的事业，更要面临严峻的挑战。他们的职业是要离开人类适合生存的地球，去一个不适宜人类活动的区域工作，要在密闭狭小的飞船中经历超重、失重、低压、旋转相互交替的过程，必须通过特殊的训练来主动适应。因此，走进航天员大队，远不能说明冲过重重关卡的幸运者就是一名完整意义上的航天员，这只是拉开了航天员职业生涯的序幕。此后的几年，他们向着自身的生理、心理和意志极限发起了挑战。

正规的学习开始，一座巨大的科学殿堂矗立在了航天员们面前。他们首先要闯过的是航天科学的基础理论，包括空气动力学、飞船设计原理及舱载系统等与航天技术有关的课程，天文学等与航天环境有关的课程，解剖生理学、航天医学、心理学等医学课程，还有高等数学、流体物理、力学、电工电子学、英语、哲学等共 8 大类 58 个专业。

为了让航天员适应太空的特殊环境，提高他们对各种负荷的耐受性，教员们最大限度地模拟太空中的各种环境。在这个非常艰苦的过程中，既有利用旋梯、滚轮、蹦床、旋转秋千等器材提高前庭功能的训练，针对提高低压缺氧耐力的游泳、攀岩训练，也有为提高超重耐力专门进行的胸、腹部和四肢肌肉的训练，还有模拟飞行任务的直升机吊救训练、跳伞训练、飞行失重训练……这种被称为“魔鬼训练”的强度之大、要求之高，远非战斗机飞行员训练可比，其精神和体力的巨大付出不是一般人可以承受的，需要一项项克服，一个个战胜。

就在航天员艰苦训练的同时，首次载人航天飞行任务的决策工作也在紧锣密鼓地进行。2002 年 10 月 17 日，中央专委同意按照“1 名航天员、飞行 1 天”的方案，在 2003 年实施我国首次载人航天飞行。胡锦涛同志做出批示：“这是 2003 年度最重大的科研实践活动，一定要高度重视、精心组织。”

2003 年春节过后，国际航天界噩耗频传。2 月 1 日，美国“哥伦比亚号”航天飞机返回时突然解体，7 名宇航员全部遇难；5 月 4 日，俄罗斯“联盟 TMA-1”飞船返回时，落点偏离 400 多公里，险些酿成严重后果；8 月 22 日，巴西 VLS 系列运载火箭在发射场爆炸，21 人不幸丧生。在国内，一场“非典”疫情不期而至，工程遇到了前所未有的严峻挑战。

获知“哥伦比亚号”航天飞机失事的那天，正是中国农历的大年初一，载人航天工程指挥部的领导们匆匆赶到了航天员们中间。而出乎他们意料的是，14 名航天员平静地表示，加入这支队伍，职业的荣誉、百姓的目光，已使他们忘记一切。航天员的光荣，正在于把生命融入人类探索太空、征服宇宙的征程中。这样的回答坚定了总指挥部按照原计划当年发射“神舟五号”的决心。5 月 9 日，载人航天工程指挥部通过各大新闻媒体正式宣布：“神舟五号”飞船将于 10 月如期发射。提前发布消息，足以证明中国对自己的首次载人航天飞行充满了必胜的信心。

这时，航天员已完成了 5 年多的学习训练，即将面临“毕业考试”，要对每个人进行全面综合的考评，再根据成绩进行首飞梯队的选拔。根据我国载人航天的计划，载人飞行任务的密度不大，是用不了 14 名航天员的，当初之所以选拔了 14 个人，主要是考虑到“淘汰率”的问题。美国和俄罗斯在航天员训练过程中的淘汰率一般为 50%。借鉴国外的经验，工程指挥部决定，在最后的考核评定中，不合格者将被淘汰。7 月 3 日，经过由工程指挥部领导以及航天医学工程研究所专家组成的选评委员会严格、公正的考核评定，揭晓了考评结果：14 名航天员全部通过考核，创造了“零淘汰率”的奇迹。这一令世人惊叹的结果，意味着我国已创建了具有中国特色的航天员训练体系。在接下来进行的“首飞梯队”选拔中，经过三轮筛选，航天员杨利伟的成绩始终名列第一，他和排名第二、第三的翟志刚、聂海胜入选了“首飞梯队”。

10 月 14 日，“神舟五号”飞船发射的前一天，任务总指挥部决定，由杨利伟执行载人飞行任务。这一次具有划时代意义的出征，牵动着党和国家领导人以及 13 亿华夏儿女的心。当天下午，中共十六届三中全会一闭幕，胡锦涛同志就赶往酒泉卫星发射中心，为中华民族历史上的一次伟大出征壮行。在 10 月 15 日清晨举行的出征仪式上，胡锦涛深情地说：“杨利伟同志就要作为我国第一个探索太空的勇士出征，肩负着祖国和人民的重托去实现中华民族的千年梦想。相信你一定会沉着冷静、坚毅果敢，圆满完成这一光荣而神圣的使命。我们等待着你胜利归来。”

晨曦中的酒泉卫星发射中心圆梦园，挤满了赶来为航天员壮行的人群，军乐队奏响《歌唱祖国》的雄壮乐曲，身穿白色航天服的航天员杨利伟迈着从容而稳健的步伐，向载人航天工程总指挥李继耐上将报告出征。随着总指挥庄重有力的“出发”命令，杨利伟一个标准的军礼，定格在了共和国的航天史册上。

9 时整，在举世关注的目光中，火箭腾空而起，驶向浩渺的太空。发射场和地面指挥大厅里，所有的人都屏住呼吸。9 时 9 分 47 秒，甩掉最后一级火箭的“神舟五号”飞船进入了预定轨道。“飞船一切正常”，得到杨利伟来到太空后的第一声报告时，地面指挥大厅里掌声雷动。杨利伟在《飞行日志》上写道：“为了人类的和平与进步，中国人来到太空了！”飞船飞行到第 7 圈时，杨利伟展示了中国国旗和联合国旗帜。“和平利用太空，造福全人类”——这声“太空宣言”穿越茫茫宇宙，传递着一个民族飞天梦圆的心声。

在“神舟五号”飞行期间，测控通信系统按照飞控计划与太空中的杨利伟进行了天地通话，通过生理遥测参数和电视图像监视他的身体状态，对飞船进行了跟踪测量和监视控制，圆满完成了与航天员通信联络及图像接收处理、测控计划生成、遥测数据接收与处理、遥控与数据注入、轨道控制与确定、天地校时等任务。

10 月 16 日 4 时 19 分，“神舟五号”飞船环绕地球飞行了整整 14 圈后，接到了北京航天飞行控制中心下达的返回命令，开始返回。6 时 28 分，“神舟五号”飞船返回舱在红白相间的巨大降落伞的拖带下，安然降落，距理论着陆点仅 4.8 公里。经历 21 个小时的太空洗礼，杨利伟的双脚重新稳稳地踏在了祖国的大地上。阿木古郎草原迎来了中国第一位巡天归来的航天员，蒙古族群众用传统的礼节为他献上了洁白的哈达。人们紧紧地把杨利伟围在中间，无数双手把他高高地抬了起来，每个人的目光中都透着一种无法抑制的兴奋和喜悦。这时，杨利伟举手投足的每一个瞬间，都成为世界的焦点。“飞船运行正常”“自我感觉良好”“我为祖国感到骄傲”，杨利伟用这样的三句话概括了自己的太空之旅。这一刻，千年的梦想、十几年的研制、5 年的训练、21 小时的飞行，证明了一个事实：中国人飞向太空不再是梦。

首次载人航天飞行任务成功后，中国载人航天代表团前往香港、澳门访问。所到之处，欢迎的民众自发地排成长队，挥舞着五星红旗及特别行政区区旗，激起了极富精神意蕴的“航天热”。“中国的飞船飞得有多高，海外华人的头就能抬多高。”飞天梦想的实现，给海外华人带来的是国家强大带给他们的荣耀。联合国秘书长安南在祝贺声明中专门用汉语说出“航天员杨利伟”。美联社报道说:“继美国和苏联之后,中国成为世界历史上第三个有能力这样做的国家。”路透社报道说:“神舟五号”的成功,使其带领中国跨入由苏联和美国垄断40多年的太空俱乐部的任务宣告完成。

太空中的中国步伐

2004年5月19日,中国载人航天代表团在美国访问时,专程来到位于纽约的联合国总部。身着蓝色航天服的中国航天员杨利伟将一面曾和他一起飞向太空的联合国旗帜递交给时任联合国秘书长的安南,向世界诠释了中国人开展载人航天的意义——“和平利用太空,造福全人类”。

2005年的世界航天领域,发生了许多未曾预料的大事。新上任的美国航空航天局局长格里芬宣布了“新登月计划”。美国“发现号”航天飞机重返太空时,发射过程中出现绝热瓦和绝热泡沫脱落现象,引发了全球对太空探索、航天技术安全问题的极大关注与辩论,也从一个侧面提醒中国的研制队伍,“成功并不等于成熟,一次成功并不等于次次成功”,一定要把高质量和可靠性作为最重要的原则,贯穿工程始终。

2005年2月3日,中共中央政治局常委会议做出了启动载人航天工程第二步第一阶段任务和实施“神舟六号”任务的战略决策,明确提出“精心组织、精心指挥、精心实施,确保成功、确保万无一失”的要求,“神舟六号”任务进入了加速推进的关键阶段。

“神舟六号”是一次承前启后的飞行,将实现多人多天的任务目标,充分考核人在太空中较长时间生活和工作的能力。与“神舟五号”任务相比,“神舟六号”任务无论是飞行产品研制,还是组织实施,都呈现出很多新特点、新挑战。其中,最核心的问题仍然是如何确保飞行的可靠性和安全性。

杨利伟执行“神舟五号”任务归来后,曾对火箭系统“长征二号F”火箭的设计人员说,在火箭上升到30多千米的高度时,火箭和飞船突然急剧抖动,产生了大约20秒的振动,让他身体感觉非常痛苦。而在此之前,箭体的振动频率被认为是对航天员没有影响的。杨利伟和设计人员交流了感受,运载火箭系统总设计师荆木春立即带领火箭系统的科研人员开始查找问题。他们从火箭飞行数据分析中发现,一台重要的设备——伺服机构在飞行过程中发生停摆。虽然火箭本身的冗余度和容错能力使故障没有影响发射成败,但在举国欢庆首飞成功的日子里,他们还是开始了紧张艰苦的“归零”工作。技术人员发现，火箭从起飞后126秒开始，出现了逐渐增大的纵向单频振动，频率约为8赫兹。而人体对10赫兹以下的低频振动非常敏感，人的内脏会因此产生共振。而且，这个新的振动叠加在大约6G，也就是大约6倍体重的负荷之上，一般人是根本无法承受的。他们严格按照研制程序和操作规程工作，认真地清理问题，复查数据，100多项试验内容，无数次的试验验证，终于发现“8赫兹振动”现象是助推器动力输送系统产生的问题。研制人员在用于发射“神舟六号”飞船的火箭上，采用使用变能量蓄压器来抑制振动的新技术方案，大大提高了火箭的舒适度，彻底解决了这个问题。同时，火箭第一次安装了图像实时测量系统，将从起飞到船箭分离等动作的画面实时传回，帮助地面更加准确地观测和判断火箭状态。

在“神舟五号”飞行中，杨利伟的工作仅限于返回舱内，未进入轨道舱使用生活设施，也没有进行空间科学实验操作。在“神舟六号”飞行中，航天员要从返回舱进入轨道舱工作、生活，这是对飞船生命保障系统的全程考核。返回舱和轨道舱之间有一扇舱门，它的开启和关闭直接关系着航天员的安全。这扇门连接的是两个独立的舱室，如果两个舱室气压不同，舱门要么无法打开，要么会被弹开，撞击到身上，对航天员造成伤害。同时，舱门的密封性至关重要，飞船返回前、两舱分离后，舱门必须严丝合缝地关闭，一旦漏气，返回舱就会在几秒钟之内变成真空世界，航天员的生命面临严重威胁。在国际载人航天事件中，曾发生过因为舱门关闭失败，导致舱内失压、航天员牺牲的惨剧。载人飞船系统为保证这道“生命之门”的安全，创造性地研制成功了舱门密闭快速自动检测装置，并进行了上万次的地面试验。

2005年10月12日，“神舟六号”飞船在酒泉发射场整装待发。清晨，挂满自信笑容的航天员费俊龙、聂海胜在漫天飞舞的雪花中向载人航天工程总指挥陈炳德上将报告出征。

上午9时整，“神舟六号”成功发射，点火后第583秒，飞船与火箭在高度约200千米处成功分离，进入预定轨道。航天员费俊龙打开返回舱与轨道舱之间的舱门，进入轨道舱开展空间科学实验。他惊喜地发现，舱内专门放置了食品加热装置和餐具等生活必需品，墙上挂着一个睡袋，供他们轮流休息用。轨道舱中还特别配置了一个专门的清洁用品柜，航天员可以用里面的湿巾等物品进行清洁。“神舟六号”航天员聂海胜回忆说：因为轨道舱的增加，我们的活动空间就大了，吃喝拉撒睡都在轨道舱，私密性好，个人卫生打理上也方便一些，确确实实给我们带来了很多方便。舒适的太空生活进入了第三天，费俊龙就想让地面的人们知道他们的生活状态。他回忆说：当时我就想，以什么样的形式展现我们的太空生活，让祖国和人民放心，让亲人和战友知道，我们生活得很愉快、很轻松呢？以前，我在资料片中看到，国外的航天员在空间站里做过前滚翻。我想，外国航天员能做到的，我们中国航天员也能做到。我一连做了 4 个前滚翻，就是要让国际同行们看看，中国航天员同样出色。

5 昼夜的太空之旅，费俊龙和聂海胜在太空中创造了一项又一项的纪录：第一次进行多人多天太空飞行实验；第一次进入轨道舱；第一次实施对地观测、海洋污染监测、大气状况监测、植被状况监测以及生物科学和材料科学的研究；第一次在太空完成压力服穿脱试验、吃上热食和复水食品……

10 月 17 日凌晨，“神舟六号”准确着陆于预定区域。紧随着飞船返回舱的开启，人们看到的是费俊龙、聂海胜淡定的笑容和两个“V”字形的手势。令科技人员欣慰的是，这次 115 小时 33 分、绕地球 77 圈、320 万公里的飞行，所有备份设备都没有启动，数百个应急预案都静静躺在抽屉里，每一个细节和步骤都与设计数值高度吻合，以完美的零缺陷圆满收官。

至此，我国已经掌握了飞船较长时间在轨载人飞行的技术，全面实现了载人航天工程第一步战略目标。紧接着第二步的目标是：突破和掌握太空出舱和空间飞行器的交会对接技术，发射空间实验室，解决有一定规模的、短期有人照料的空间应用问题。其中，“出舱活动”这一历史性的重任落在了“神舟七号”肩上。

出舱是载人航天需要突破的三大技术之一。掌握了出舱技术，就可以为下一步建造空间站、在轨维护航天器、开展外太空试验，以及未来载人登月等航天活动，奠定重要的技术基础。仅仅过去三年、完成两次载人航天飞行之后，就实施航天员太空出舱活动，技术难度之大在世界航天史上前所未有。横亘在科研人员眼前的现实是：底子薄、任务重、时间紧、风险大，特别是用于保障航天员完成出舱活动任务的飞船气闸舱和舱外航天服这两项关键技术将经受实践的考验。

舱外航天服是进行出舱活动的关键。在太空真空、微重力、高辐射、高低温交变、微流星体的撞击等恶劣环境中，不仅要为出舱航天员提供适合生存的环境，还要保证航天员能开展操作、维修等太空作业。这就对舱外航天服的功能提出了极高的要求。因此，确切地说，舱外航天服是一个拥有衣服外观的小型的载人航天器，涉及几十个学科专业、上百种新技术，是衡量一个国家航天科技发展水平的重要标志。

按照最初的计划，中国从俄罗斯引进舱外航天服，在 2007 年发射“神舟七号”，实施出舱活动。但随着工程的进展，决策者在反复思考，如果用俄罗斯舱外航天服出舱，虽然能够完成出舱活动，但我国其实并没有完全突破和掌握出舱技术。将来中国自己的舱外航天服研制出来后，还需要发射飞船进行试验。可如果现在自行研制，又面临任务进度与技术难关的尖锐矛盾，究竟是引进还是研制？载人航天工程总设计师、中国工程院院士周建平综合大家的意见后说：载人航天要想长期可持续发展，这是必须突破的一项技术。每一次飞行试验都要付出很大的研发代价，如果掌握的技术是不完整的，我们对国家、对老百姓都不好交代。工程总体经过严密论证，认为应该真正实现突破和掌握出舱技术的任务目标。最终决定，中国航天员要穿中国的舱外航天服出舱，将原定于 2007 年进行的“神舟七号”任务调整到 2008 年进行。

舱外服研制周期通常是 8 到 10 年，而此时，距“神舟七号”发射只剩下不到 4 年时间。舱外服的研制成了整个工程的难中之难、重中之重、急中之急。一场史无前例的打造航天员“生命盾牌”的科研攻坚战役打响了。大到整体结构和外形，小到元器件、原材料的性能指标，都需要从头设计，所需的设施、设备都是边研制、边建设。年轻的研制队伍迎难而上，选择了一条瞄准世界前沿技术、既有继承又有所创新的攻关之路。其中，舱外服关节技术是公认的世界性难题，既要保证气密性和强度，又要保证关节活动自如。这一对看似矛盾的两个要求，在研制人员的努力下迎刃而解，他们创造的独特的“滚、旋、套、叠”结构的服装活动关节成为中国舱外航天服的创新亮点之一。47 个月，100 多项大型系统试验，100 多家单位的团结协作，为舱外服成功地打上了“中国制造”的烙印。喜讯传到中南海，胡锦涛同志欣然挥笔题名“飞天”。

2008 年，“神舟七号”任务被国家确定为与北京奥运会、纪念改革开放 30 周年并列的三件大事之一。紧张备战“神舟七号”任务的载人航天发射场，成为奥运火炬传递的重要一站，预示着中国航天人将要在太空的大舞台上为世界带来更多的惊喜。

“神舟七号”任务最耀眼的亮点就是走出太空舱，虽然舱内、舱外只有一步之遥，但对于独立自主开展载人航天的中国人来说，却是开天辟地头一回。按照国际航天界惯例，对于有两个可供航天员驻留的压力舱的飞船，在执行出舱任务时，需要设置一个气闸舱，作为过渡舱支持出舱活动。气闸舱上有两个门，一个通向宇宙空间，另一个通向返回舱。“神舟七号”飞船和以往一样，也是推进舱、返回舱、轨道舱的三舱结构，并没有单独的气闸舱。如果重新研制飞船，时间来不及，而要从轨道舱中隔出一个气闸舱来，有效空间又不够。载人飞船系统总设计师张柏楠经过深思熟虑提出了一个“一舱两用”设计方案：利用飞船现有构型，保持三舱结构不变，让轨道舱既保留生活舱功能，又充当出舱活动需要的气闸舱。在轨道舱兼作气闸舱的研制中，他带领技术人员先后进行了出舱活动操作空间设计、扶手等限位助力保险装置设计、增大出舱活动通道设计、泄压复压功能设计、出舱活动通信功能设计、出舱活动操作显示界面设计、出舱活动照明摄像功能设计等多项技术创新，实现了气闸舱和生活舱一体化的设计。

2008 年 8 月 8 日，第 29 届奥运会开幕的日子，全世界的目光都聚焦在古老的北京城。这一天，北京市全城放假，所有的市民都在电视机前静静地期待着圣火燃起的时刻。就在同一天，距离奥运会主会场“鸟巢”18 千米的北京航天城内，却是一片忙碌景象。备战“神舟七号”任务的航天员们没有因为奥运会的到来有丝毫的改变，仍在紧张有序地训练，以自己特有的方式迎接奥运的到来。

在“神舟七号”任务所要突破和攻克的三项关键技术中，有一项是专门针对出舱航天员的训练的。航天员进行出舱活动时，在太空处于失重状态，必须加强失重训练，首当其冲的是要研制出全新的地面训练设备。由航天员系统研发的模拟失重的中性浮力水槽、舱外航天服试验舱、出舱活动程序训练模拟器，这三项训练设施代表着世界先进水平，可以囊括航天员出舱训练所需的各项功能。训练设施建成后，受工程研制进度的制约，留给航天员的适应和训练时间仅有半年左右。但每一项训练对航天员来说，都是向极限挑战的过程。“神舟七号”航天员翟志刚回忆说，航天员最不容易的是日复一日进行这种超越常规的训练，锲而不舍，不谈放弃，永远积极地在努力，任何时候都要把自己最亮丽、最光鲜的精神面貌体现在训练场上。尤其是承受着选拔的压力，对我们来说是巨大的考验。经过一次次这样的考验之后，身心都能够得到锻炼，这支队伍也逐渐迈向成熟。

2008 年 9 月 25 日傍晚，曾经三次入选任务梯队的翟志刚和刘伯明、景海鹏成为执行这次任务的航天员，他们向载人航天工程总指挥常万全上将报告出征。20 时 10 分，“长征二号 F”运载火箭准时点火，“神舟七号”飞船发射升空。

与“神五”“神六”的太空之旅相比较，“神舟七号”的巡天之路似乎“障碍重重”。进入太空飞行的前三天，由于受到失重环境的影响，航天员最容易发生航天运动病和减压病。而按照任务计划，“神舟七号”航天员乘组却需要在第二天完成出舱活动。9 月 27 日，翟志刚和刘伯明开始在太空组装舱外航天服，这是一项艰难而又细致的工作。由于天地操作差别，地面上很容易做到的事情，在太空中却变得异常困难。原计划 16 个小时的组装工作却用了近 20 个小时。连续的工作已使他们十分疲惫，但却不能停下来休息。16 时 33 分，北京航天飞控中心发出指令：“打开轨道舱门，按程序启动出舱。”翟志刚开始开轨道舱的舱门。这个动作，他曾做过无数次的地面模拟试验，从来没有出过问题。但在太空开启舱门时，气闸舱已泄压到 1 千帕，完全符合打开舱门的条件。然而，当翟志刚胸有成竹地用力拉了三下，门却丝毫没有反应。飞船在测控区的时间是有限的，如果不能尽快打开舱门，地面就无法观测到出舱的过程。此时，飞船即将飞出测控区。地面工作人员和观看电视直播的亿万观众的呼吸似乎凝固，时间在一分一秒流逝。任务遇到障碍，翟志刚不免着急，操作也有些吃力，这时，刘伯明压住他的右手大声说："稳住，深吸一口气，压下来顶住！"翟志刚迅速冷静下来，用辅助工具撬了两次，刚刚打开一点缝隙，残留的气体又把舱门紧紧吸上了。但就是这一点缝隙，让翟志刚看到了胜利的希望，也坚定了他的信心。他咬紧牙关，坚持，坚持，再坚持，把全身的力气都集中在手上，在刘伯明的帮助下，终于打开了通向浩瀚太空的舱门。此时，距离北京航天飞控中心下达出舱命令，已经过去了 7 分多钟。正当翟志刚准备出舱时，"意外"再次出现。飞船突然传来报警提示，并不断重复："轨道舱火灾！轨道舱火灾！"尽管后来确认这是一场虚惊的误报，但在当时，还是令许多人捏了一把汗，如果出现火情，后果会十分严重，甚至航天员将有去无回。此时生死已经不在翟志刚考虑的范畴，只有完成任务才是最重要的，他毫不犹豫地纵身跃出舱门。

此时，全中国的目光都锁定在距地面高度 343 千米的"神舟七号"——通过摄像机，人们可以清晰地看到翟志刚迈入太空的这历史性一步。安装在轨道舱上方的摄像机实时传回了飞船外的美丽画面，推进舱上展开的太阳能帆板如同飞船两只轻盈的翅膀，背后的太空漆黑如墨，映衬在太空中的地球现出一片蔚蓝，此时的飞船正翱翔于大西洋的上空。

按照原计划，翟志刚出舱后的第一项任务是取回暴露在舱外的固体润滑材料。在太空中展示国旗，是"神舟七号"飞船发射前 20 天才定下来的事情，最初的计划中并没有这个动作，在地面也没有进行过相应的训练。那么，航天员出舱之后，什么时候展示国旗最合适？指挥部决定把权力交给任务乘组。随着轨道舱火灾的"警报"不断传来，在舱内的刘伯明果断地调整了任务步骤，他将航天科技工作者们用"十字绣"一针一线亲手绣成的五星红旗递给翟志刚，对翟志刚说："先展示国旗吧。即使我们回不去，也要让五星红旗在太空留下永远的瞬间！"在黑色天幕和蓝色地球的映衬下，翟志刚挥动国旗向全国人民、向全世界人民问好。鲜艳的五星红旗和雪白的飞天舱外航天服在茫茫宇宙中构成了一幅无与伦比的美丽图画。

紧接着，翟志刚要完成出舱肩负的另一项重要任务——取回暴露在舱外 40 多个小时的固体润滑材料试验样品。这是我国第一次由航天员直接操作的舱外科学实验，是一项很有意义的基础性材料试验项目。小小的试验装置，包括 15 种材料

80个样品,这一试验的关键和难点在于,航天员需要在失重环境下,对试验样品要能锁得住、解得开、拿得回。翟志刚按照“拨、拉、压、提”四字口诀,一气呵成,单手完成了解锁和回收工作,操作十分顺利。所有的试验任务完成之后,太空变成了翟志刚的个人舞台。转身、飘移、再转身、再飘移,整个身子都飘离轨道舱,潇洒,自由。翟志刚第一次开始了他的,也是中华民族在太空的浪漫舞步。直到接到地面“可以返回轨道舱”的命令后,翟志刚才结束了他的舱外之旅。这次太空行走共进行了19分35秒,他在舱外飞过了9165千米。这19分钟,是翟志刚个人的一小步,但却是中国人和平利用太空的一大步。茫茫太空中第一次留下了中国人的足迹。

9月27日19时24分,“神舟七号”飞船飞行到第31圈时,准备启动此行的又一项重要任务——释放伴飞小卫星。这是我国首次开展此类试验。与“神舟七号”伴随飞行的这颗只有40千克的小卫星是我国自主研制的微力型卫星,它安装在飞船轨道舱前端,通过弹簧装置给予初始速度后,伴随在“神舟七号”附近做周期性相对运动,可用于观测飞船、拓展主星功能。19时24分45秒,景海鹏按下伴星释放按钮,6秒后,伴星拍下了第一张飞船彩色照片,这是中国人第一次在太空中看到“神舟”飞船的全貌,从此,太空中多了一双既能看天又能看地的眼睛。

9月28日17时37分,夕阳西照,彩霞满天。“神舟七号”飞船返回舱安全着陆,实现了“准确入轨、正常飞行、出舱活动圆满、安全健康返回”的目标。翟志刚取回来的固体润滑材料也一起回到地面,它让“神舟七号”飞行任务“有人参与”的空间试验变得更加具体,是我国载人航天工程开展空间科学试验中有人参与和舱外试验的里程碑标志。在这次任务中,我国自主建成的第一代全天候、全天时、区域性卫星导航定位系统——“北斗”试验卫星导航系统以及“天链一号”中继卫星全面启用,加上新研制入列的“远望5号”“远望6号”航天测量船远征大洋,我国的航天测控覆盖率大为提高。

中国式“太空之吻”

2001年3月23日,盛极一时的“和平号”空间站在南太平洋上空坠毁,从而结束了俄罗斯在空间站领域的霸主地位,取而代之的国际空间站成为唯一在轨长期运行的载人航天器。这个建成于1998年,重458吨、长108米的庞然大物,由美国、俄罗斯、欧洲、日本等多个国家合作建设,一度成为引领世界先进航天技术的标志。2006年,美国国家航空航天局在正式发布的“重返月球计划”中说,他们将在

2014年左右放弃国际空间站而于2020年前后“重返月球”。面对国际环境的变化，中国的载人航天工程自信地继续走自己的路，稳步推进“三步走”战略。

2008年之后，我国已经成功掌握了载人天地往返和出舱活动这两项载人航天关键技术，接下来的重大难关就是突破空间交会对接技术。中国载人航天工程总设计师、中国工程院院士周建平谈到中国的交会对接技术方案设计时说：交会对接是载人航天非常重要的基本技术。从载人飞船的任务来讲，最重要的能力是为在轨道上运行的空间站或者空间实验室提供运输服务，这是长期保证人能够在轨道上有效工作的最恰当也最经济的一种方式。

交会对接是一项国际公认的高难度航天前沿技术。在中国之前，世界上掌握这项技术的只有美国和俄罗斯。美、俄两国在交会对接任务中曾多次出现严重事故。据统计，1960年至1998年，俄罗斯载人航天飞行任务的33次重大故障中，交会对接故障就占到了24.3%。为了验证交会对接技术，美、俄在进行载人航天器交会对接之前，分别进行了3次飞船与飞船之间的对接，也就是说，发射了6艘飞船。空间实验室系统总设计师杨宏采用的是一种更为经济、高效的技术方案——发射一个目标飞行器，分别与3艘飞船进行对接。这种方式减少了两次发射，大大降低了成本，还可以提前验证建设空间站的若干重要技术。

2009年，一个神秘礼物出现在这年中央电视台春节联欢晚会的舞台上，它就是我国自主研制的目标飞行器——“天宫一号”的模型。由此，我国载人航天工程的第八个系统——空间实验室系统正式亮相。

“天宫一号”是在飞船轨道舱基础上研制的全新的空间实验室雏形。高10.4米、重8.5吨，分为实验舱和资源舱，舱体的最大直径达3.35米。与之前的载人航天器相比，“天宫一号”为航天员提供的可活动空间大大拓展，达15立方米，能够同时满足3名航天员工作和生活的需要。实验舱前端装有被动式对接结构，可与追踪飞行器进行对接。根据任务计划，“天宫一号”要在轨飞行两年以上。而只有6个月寿命的轨道舱技术已经远远满足不了任务要求。如何保障“天宫一号”内500多台设备在两年多时间里正常运行，成为研制人员要攻克的新难题。为此，他们在地面进行了大量试验，有的设备试验次数甚至达到了万次以上。针对可能出现的故障，他们还制订了几百种预案，从系统到分系统再到单机，各层面都做了备份，为“天宫一号”长期运行加上了“双保险”。

2011年6月29日，“天宫一号”运抵酒泉卫星发射中心。7月23日，用于发射“天宫一号”的“长征二号F”运载火箭也到达了发射场。运载火箭系统总指挥刘宇满怀信心地说：“火箭各个系统都针对最后实现的目标做了相应的改进工作，新的整流罩从直径和长度上来讲,都是目前国内最大的,还有,我们采用了迭代制导的技术,使火箭入轨的精度达到了国内最高的水平,可靠性的指标、安全性的指标,又有了很大的提高。"

可就在距预定发射日期只剩下12天时,任务总指挥部突然下达了"暂停发射"的命令。原来,此前一直保持着100%发射成功率的"长征二号丙"火箭在8月18日发射"实践十一号"04星时发生了故障,卫星未能进入预定轨道。"长二丙"火箭与即将发射"天宫一号"的"长二F"火箭同属"长征"系列,发动机也由同一厂家生产。导致"长二丙"失利的原因会不会也隐藏在"长二F"上呢?"天宫一号"任务总指挥部连夜召开会议,决定在问题彻底查清之前,暂停"天宫一号"发射计划。这给工程人员心头蒙上了一层阴影。接下来的几天,整个发射场都弥漫在一种紧张的气氛之中。技术人员和专家们夜以继日地进行数据分析、仿真和试验,直到查明故障原因,采取改进措施,彻底排除隐患之后,任务总指挥部才再次对外公布:"天宫一号"将于9月27日至30日择机发射。

9月29日21时16分,经过漫长等待的"天宫一号"终于踏上征程,并成功进入预定轨道。与此同时,"神舟八号"飞船已经进入发射场开始测试。按计划,它将在1个月后与"天宫一号"在太空中交会对接。

让两个飞行器的所有机构在太空高速飞行中精准对接,如同千里之外的"穿针引线",这也意味着空间交会对接机构将是我国目前最为复杂的空间机构,它包括多个控制器、电机、传感器和上千个齿轮轴承、数以万计的零件和紧固件。在它内部,还有数百条导线纵横密布,任何一个部件出现失误,都可能造成空间交会对接的失败。关于交会对接的核心技术一直以来被国外封锁,我国的方案论证是从一张白纸开始的。

1994年,研制人员瞄准国际先进水平,采用"导向板内翻式的异体同构周边式构型"开始启动对接机构预研工作,5年后,第一台原理样机问世,并成功开发了空间对接机构缓冲试验台、空间对接机构综合试验台、空间对接机构整机特性测试台、空间对接机构热真空试验台4个大型试验设备,创造了"外国有的我们有,外国没有的我们也有"的试验条件,使国外同行刮目相看。2006年,方案样机总装完成后,又进行了上千次对接和数百次分离试验,才保证了空间对接的万无一失。

"神舟八号"飞船既要突破交会对接技术,又要实现载人运输飞船的定型,因此,全船600多台套设备一半以上发生了技术状态的改进变化,实现了更新换代。载人飞船系统总指挥何宇说:"针对任务特点,我们开发了一套在交会对接过程中使用的测量系统,保证在各个距离段上都有测量设备来进行支持,可以做到相互备份，可靠性很高，精度也很高。”

经过这一次改进后，“神舟八号”飞船不再做大的改动，将真正成为空间实验室和空间站至地球的天地往返运输工具。

从飞船和目标飞行器准确入轨，到实施交会对接、航天员进驻“天宫”，再到安全撤离返回，要进行高精度的频繁轨道控制和真正意义上的双目标协同飞控，对测控通信系统提出了更高的要求。原测控通信系统总设计师钱卫平说，交会对接的过程实际上是由远及近逐渐逼近的一个过程。飞行控制和轨道控制的精度，决定着交会对接是否能够成功。他们在不断提升测控精度外，还加快完善天基测控系统，拓展陆基测控站点到五大洲，增加海基测控远望船队新成员。“神舟八号”任务前，各个测控节点将点对点的传输方式变更为扁平化信息传输网络，全部实现了升级换代。2008 年和 2011 年，随着两颗中继卫星——“天链一号”01 星、02 星的发射和组网运行，测控通信覆盖率发生了质的飞跃。

2011 年 11 月 1 日 5 时，“神舟八号”踏上了与“天宫一号”的赴约之路。11 月 3 日凌晨，经过两天的太空追逐和 5 次变轨，“神舟八号”到达了“天宫一号”的运行轨道。此前，“天宫一号”已经从 350 千米的近圆轨道降低到约 343 千米的轨道面上。两个航天器相距只有数十千米时，测控网无法对它们的相对位置提供精确支持，需要航天器之间互相配合，逐步接近。当“神舟八号”和“天宫一号”相距 100 千米左右时，各自不同的交会测量设备开始启动，对它们之间的相对距离、速度和角度进行准确测量，并渐渐地由远及近。1 时 36 分，茫茫太空中上演了这样的浪漫一幕：“神舟八号”“轻吻”“天宫一号”，接近、捕获、缓冲、校正、拉紧、密封、刚性连接、信息能源并网，对接一气呵成。

实现对接后，“天宫一号”与“神舟八号”组合体的控制、管理与分离同样充满风险。从交会到对接上，使命只完成了一半；对得上，还要控得住、分得开。特别是分离是否成功，直接关系到航天员能否顺利从空间实验室或空间站撤离。11 月 14 日晚，“天宫一号”与“神舟八号”成功实施了分离。随后，为验证测量设备对强光的抗干扰能力，两个航天器在光照区又进行了第二次对接。11 月 16 日 18 时 30 分，“神舟八号”飞船与“天宫一号”目标飞行器再次成功分离，返回舱于 11 月 17 日 19 时返回地面。

“天宫一号”与“神舟八号”的交会对接是无人状态下的自动交会对接，而一项完整、成熟的空间交会对接技术，不仅要求能自动交会对接，还要能手动交会对接。可以说，手控交会对接是对航天员操作技能的极大考验。掌握了此项技术，才意味着完全掌握了交会对接技术，具备了建造空间站的基本能力。

2012 年,“天宫一号”与“神舟九号”载人交会对接任务正式启动,首要任务就是实施有人参与和自动相结合的交会对接。6 月 16 日 18 时 37 分,景海鹏、刘旺、刘洋三位航天员迈着坚定的步伐向太空出征。他们将进驻中国人在太空中的第一个“家”。

6 月 17 日凌晨起,北京航天飞行控制中心对“神舟九号”实施了多次变轨控制,完成抬高近地点、修正轨道面偏差、抬高远地点、轨道圆化和组合修正,控制飞船到达距离“天宫一号”后下方约 52 千米处,经过远距离导引段变轨,转入自主控制状态,经寻的段自主脉冲控制,“神舟九号”于 6 月 18 日 2 时 41 分抵达距“天宫一号”正后方约 5 千米处的停泊点,以自主导引控制方式逐渐向“天宫一号”靠近,飞抵距“天宫一号”30 米停泊点后,以每秒约 0.2 米的相对速度向“天宫一号”缓缓靠拢。14 时 14 分,“神舟九号”与“天宫一号”对接环轻轻接触,经过捕获、缓冲与校正、拉回、锁紧等技术动作,成功实现精确自动交会对接,建立刚性连接,形成组合体。17 时 06 分,景海鹏先后开启组合体的实验舱舱门、返回舱舱门、轨道舱前舱门,与刘旺进入了“天宫一号”,将各种设备设置成有人状态后,刘洋也进入“天宫一号”。中国航天员首次访问在轨飞行器获得成功,“神舟九号”和“天宫一号”两个航天器成为真正意义上的一个整体。

外界对“神舟九号”任务给予了极大关注,不仅因为要在任务中实施首次手控交会对接,更引人注目的是,中国的第一位女航天员飞上了太空。

2009 年 5 月至 12 月,经中央军委批准,我国实施了第二批航天员的选拔工作,从空军部队符合条件的现役飞行员中,择优挑选出 5 名男航天员和 2 名女航天员。这是实施载人航天工程以来,首次选拔女性航天员。

刘洋,作为我国第一位飞天的女航天员,是第二批航天员中首位参加飞行的。在“神舟九号”任务中,她主要负责航天医学实验和空间技术试验管理。刘洋说:男航天员在体力、耐力,包括果敢、决断上面,会比女性占有一定的优势。但是女航天员性格更细腻、更认真,对狭小空间的耐受力会更强。这对于未来长期的太空飞行是非常有利的,更适合在太空中开展一些比较精细的空间科学实验,积累女性在生理、心理及航天医学方面的飞行试验数据。

“神九”乘组采用“新老搭配、男女配合”的方式,除刘洋外,执行任务的还有两名男航天员:景海鹏和刘旺。

景海鹏曾执行过“神舟七号”任务,此次是“二度飞天”,并由他担任指令长。在驶向发射塔的车上,景海鹏望着窗外挥手送别的人群,悄悄拭去了眼角的泪水。那是对中国航天人十几年艰苦创业、不畏艰难、勇攀高峰的航天精神的衷心致敬。

回想起当年的场景，景海鹏说：“那一刻我感受到了全军将士的信任，感受到全国人民给予我们的厚望，这种信任、这种厚望，给了我们能够圆满完成任务的动力和信心。”

坐在景海鹏旁边的刘旺，是首批 14 名航天员中最年轻的成员，脸上始终挂着从容与自信。从 1998 年进入中国航天员大队到迎来自己的太空“第一飞”，他整整等待了 14 年。这次手控交会对接，就由刘旺“掌舵”。在太空中，他要准确判断两个航天器的相对位置，手动控制飞船的姿态、速度和方向，将与“天宫”之间的角度严格控制在近乎苛刻的范围之内。为了“一枪中的”，实现精准对接，刘旺在地面进行了 1500 多次模拟训练，熟练掌握了手控交会对接的操作技能。在出征前，有记者问他有几成把握时，他的回答是“百分之百”：“我坚信，我们国家的载人航天技术是一流的，工程科研人员是一流的，我们中国航天员也是一流的。因此，我有充分的信心完成这一次手控交会对接任务。”

6 月 24 日，是“神舟九号”来到太空的第 8 天。飞船撤离至距目标飞行器约 400 米处，然后自主控制接近目标飞行器，在 140 米处停泊。12 时 38 分，坐在返回舱中间座椅上的刘旺轻轻握住位于身体两侧的平移控制手柄和操作姿态手柄，包裹在白色手套里的指头上下左右灵活拨动，从容而自信地瞄准目标飞行器十字靶标，实施偏航、滚动、俯仰等 3 种姿态控制，组合体对他的各项操作都做出了准确响应，逐步接近“天宫一号”。12 时 48 分，对接机构成功接触，7 分钟后，对接机构锁紧，“神舟九号”与“天宫一号”再次实现刚性连接，形成组合体，中国首次手控空间交会对接试验取得成功。至此，我国继掌握天地往返、出舱活动技术之后，载人航天三大基础性技术的最后一项——空间交会对接技术获得突破，掌握了这项技术，建设空间站的梦想便不再遥远。

在太空飞行了 13 天后，“神舟九号”即将踏上回家的路，飞船从“天宫一号”撤离时，同样以航天员手控方式进行。返回舱于 6 月 29 日 10 时 03 分成功降落。“天宫一号”再次转入长期运营管理状态，等待“神舟十号”飞船的到访。

迈向空间站时代

太空探索是人类共同的事业，为了开发太空资源，必须建立能长期运行的生活和工作基地，因此，进入空间站成为世界各国航天人努力的方向。20 世纪 90 年代，美国、俄罗斯、欧洲航天局、日本、加拿大和巴西 6 个国家和地区的太空机构联合推进了一项宏大的合作计划——国际空间站。共有 16 个国家或地区组织参与其中，唯独对正在蓬勃发展航天事业的中国实施技术封锁、势力遏制，拒绝给中国留出一席之位。

20年后，随着空间交会对接技术的突破，独立自主的中国航天人已成功叩响“空间站时代”的大门。

空间站是载人航天技术的标志性产物，也是中国载人航天工程“三步走”战略的最终目标。建设什么样的空间站、如何应用空间站……一系列问题受到党中央的高度关注。2010年9月25日，中共中央政治局常委会议审议并通过空间站建设立项报告，会议批准的《载人空间站工程实施方案》中明确要求，在2020年前后建成具有中国特色、能够充分发挥效益的空间站。随着空间站工程的立项，载人航天工程又增加了六个系统：货运飞船、载人空间站、光学舱、“长征五号B”运载火箭、“长征七号”运载火箭和海南发射场系统，扩展至十四个大系统。

2013年，中国的载人航天飞行进入了第十个年头，“神舟十号”将在这一年发射。细心的人们发现，中国飞天的航天员也将达到十位。在这“十全十美”辉煌的背后，中国的航天人更欣慰地看到，中国的载人航天已从探索、突破、掌握载人航天技术开始向空间科学实验和应用试验转变，进入了他们期待已久的应用、发展的崭新阶段。

“神舟十号”的主要任务是为在轨运行的“天宫一号”提供人员和物资运输服务，是面向长期飞行的一次验证性应用飞行。

6月11日14时28分，习近平总书记来到酒泉卫星发射中心航天员公寓问天阁，为即将执行“神舟十号”任务的聂海胜、张晓光、王亚平三位航天员送行。17时38分，“神舟十号”飞船承载着民族的飞天梦想再度起航。

2013年6月13日13时18分，“天宫一号”目标飞行器与“神舟十号”飞船成功实现自动交会对接。3名航天员进入飞船轨道舱后，北京航天飞行控制中心向航天员下达了进入“天宫一号”的指令。二度飞天的航天员聂海胜开启“天宫一号”舱门后，3名航天员依次进入“天宫一号”。在未来十几天的太空生活中，他们不仅要验证组合体对航天员生活、工作和健康的保障能力，做一些建造空间站的实验，而且，还要完成一项特殊的任务。

6月20日，在北京人大附中的一间报告厅里和距地球340千米外的“天宫一号”中，300多名中小学生和执行“神舟十号”任务的航天员们组成了一个特殊的天地课堂。这是我国首次在载人航天飞行中开展教育类应用任务——太空授课。航天员王亚平担任了主讲老师，在聂海胜和张晓光的辅助下，分别进行了质量测量、单摆运动、陀螺运动、水膜和水球等基础物理实验，展示了失重环境下物体运动、液体表面张力等奇特的物理现象。全国8万余所中小学的6000余万名师生同步收看了现场实况转播。知识与梦想在天地间传递,让所有的人都感受到一份中国力量。“面对浩瀚宇宙,其实我们都是学生。”王亚平独特的自信和亲和力让冰冷的太空充满了温情,为中国开展载人航天的目的做了最好的注脚——飞天梦永不失重,科学梦张力无限。

王亚平在返回地面以后,收到了很多很多孩子的信,他们在信中说,我一定会好好地学习,将来也要成为一名航天员,去探索美丽的太空。每次看到这些,她就由衷地感到幸福和欣慰,“这次太空授课不仅仅激发了孩子们对太空的向往、对科学探索的热情,也让他们更多地走近航天、了解航天、热爱航天,激发了他们的求知欲和爱国心”。

看似简单的太空授课,考验着3名航天员之间的默契与协同,更需要天地通信链路的支持,这次持续40分钟的天地互动是在我国三颗中继卫星的支持下实现的,它们的亮相标志着中继卫星系统全球组网运行,实现了低轨道80%的覆盖率,我国第一次有了比较完整的“陆基、海基、天基”一体的测控通信系统,为载人航天工程向深空挺进提供了有力的保障。

6月24日早,就在聂海胜成功执行手动交会对接任务后的第二天,习近平总书记来到了北京航天飞行控制中心,同航天员进行天地通话。习近平说,航天梦是强国梦的重要组成部分。随着中国航天事业的快速发展,中国人探索太空的脚步会迈得更大、更远。

航天员张晓光执行任务归来后最难忘的就是这次天地通话,他回忆说:“在太空中,让我内心非常激动难忘的事,就是天地通话,当主席说道‘我想问问晓光、亚平,你们第一次上太空感觉怎么样?’,就像唠家常一样,那时感觉到我们不是在遥远的太空孤独地飞行,而是有一个强大的团队在地面支持着我们,全国人民的心都和我们连在一起,让我们感觉到祖国人民赋予我们的情怀。通话结束以后,我跑到睡眠区,流泪了。”

由于未来空间站的核心舱、实验舱以及飞船都将分别发射,因此必须通过“绕飞”技术,在不同方向上使载人飞船、货运飞船与核心舱进行对接。“神舟十号”在轨期间,进行了一次绕飞验证和演练。6月25日,“神舟十号”按照预定程序进行变轨控制,从“天宫一号”上方绕飞至其后方转为正飞姿态,“天宫一号”则转为倒飞姿态,地面控制“神舟十号”接近“天宫一号”,顺利完成近距离交会对接。

6月26日清晨,“神舟十号”飞船圆满完成了各项预定任务,在内蒙古主着陆场成功返回。牧民们用鲜花和哈达迎回了三位遨游太空的追梦人。至此,我国载人航天工程第二步第一阶段任务完美收官。

2016年，恰逢中国航天事业创建60周年。4月24日，中国第一个“航天日”宣告诞生。这个具有特别意义的年份，也是我国载人航天工程发展进程中极为重要的一年。生态、环保、开放的新一代航天港海南文昌航天发射场建成使用，优化了我国航天发射场的总体布局；新一代高可靠、高安全、无毒、无污染的中型液体运载火箭“长征七号”火箭发射升空，将满足发射货运飞船和未来载人运载火箭更新换代的需求；新一代航天远洋测量船“远望七号”正式入列，大大提升了测控精度和效率……当然，这一年中最令人瞩目的当属“神舟十一号”飞船与“天宫二号”的交会对接任务。这是改进型载人飞船和改进型运载火箭组成的载人天地往返运输系统的第二次应用性飞行。

作为载人航天工程“三步走”计划第二步第二阶段的开山之作，“天宫二号”是我国首个正式的空间实验室平台和面向中期驻留的大型航天器。未来建立空间站，在轨维修、太空加注、舱外观测等等，都需要在“天宫二号”中逐步完善。“天宫二号”由实验舱和资源舱组成，设计寿命为两年。相比于五年前发射的“天宫一号”，“天宫二号”有了质的飞跃。最主要的是配备了智能化的“大脑”——控制计算机系统和自主研发的操作系统，可自主地进行航天器飞行轨道、姿态调整、运行状态的智能化诊断。

2016年9月15日22时，月朗风清的中秋之夜，在“天宫一号”在轨运行即将达到三周年之际，“天宫二号”飞向太空。十天后，成功完成两次轨道控制，调整至距地面393千米的轨道上，静静地等待着“神舟十一号”的到来。

“神舟十一号”飞船在继承“神舟十号”技术状态的基础上，调整了轨道控制策略和飞行程序，将交会对接轨道和返回轨道高度由343千米提高到393千米；优化了货物装载布局方案，提高了随行运输能力；新配备的宽波束中继通信终端设备，可以扩大测控覆盖范围，提升飞船姿态快速变化时的天地通信保障能力；同时，为满足未来空间站交会测量设备长寿命使用要求，还对飞船的交会测量设备进行了升级换代。

10月17日清晨，执行“神舟十一号”任务的景海鹏、陈冬两名航天员，迎着朝阳向载人航天工程总指挥张又侠上将报告出征。已执行过“神舟七号”“神舟九号”两次飞行任务的景海鹏已是三度飞天，并担任这次任务的指令长，他的搭档是38岁的航天员陈冬，他是我国第二批航天员中第一位飞向太空的男航天员。

7时30分，承载着“神舟十一号”飞船的“长征二号F”火箭冲天而起，把一团橘红色的烈焰留在了湛蓝的大漠长空。7时49分，飞船准确进入预定轨道。12点

56分，飞船成功实施第一次远距离导引控制，抬高了近地点高度，经过多次变轨，于19日1时11分转入自主控制状态，向"天宫二号"逐步靠近。3时24分，"神舟十一号"与"天宫二号"两个飞行器对接成功，形成组合体。凌晨6时32分，两名航天员打开返回舱舱门，进入轨道舱；紧接着，开启"天宫二号"实验舱舱门，以漂浮姿态进入"天宫二号"实验舱。景海鹏惊喜地发现，比起自己四年前入住的"天宫一号"，"天宫二号"内部发生了很大改观，为营造更人性化的居住条件，"天宫二号"舱内色彩、光线、降噪等都做了人性化的环境布置，不仅铺设了地板，安装了可手动调节亮度的米黄色灯，为每位航天员增加了床头灯，还设置了一个多功能小平台，可以写字、吃饭、做科学实验。此外，实验舱内还配备了蓝牙耳机和蓝牙音箱，便于航天员与地面进行通讯联络，一切都很温馨，真的像是太空中的一个家了。

10月23日7时31分，为进一步验证小卫星的在轨释放、驻留和伴飞技术，"天宫二号"成功地释放了一颗伴随卫星。这颗伴随卫星属于新一代先进微小卫星，具备高效轨道控制、灵活姿态指向、智能任务序列处理和天地测控通信高速数传的能力。比8年前的"神舟七号"伴随卫星体积更小、能力更强。10月24日，景海鹏50岁生日那天，伴随卫星装载的红外相机将"天宫""神舟"组合体首张图像传回地面。10月25日，另一台2500万像素的可见光相机也传回了所拍摄到的图像。

11月9日下午，景海鹏、陈冬正在开展机械臂人机协同在轨维修技术试验时，习近平总书记来到中国载人航天指挥中心，同他们进行天地通话。"海鹏同志、陈冬同志，你们辛苦了。"习近平亲切的声音穿越茫茫太空，在"天宫二号"中响起，为两位航天员送去了冬日里暖心的关怀。至此，我国天地通信的传输速度已能满足各种发送需求，航天员与地面无障碍通信已成为现实。

景海鹏和陈冬在太空一共生活了33天，是迄今为止，我国载人飞行时间最长的一次任务。33天时间里，他们既要担任"驾驶员""科学家"，又要充当"医生""工程师"等多个角色，创造了太空跑步训练、太空种植、太空养蚕、失重心血管功能研究等载人航天史上的多个"第一"。

11月17日，组合体已在太空飞行了整整30天，即将返航。景海鹏和陈冬把太空试验的丰硕成果全都搬进返回舱，依依不舍地关上"天宫二号"舱门，回到飞船轨道舱。12点41分，"神舟十一号"同"天宫二号"成功分离，踏上归途。

11月18日13时59分，冬日的内蒙古阿木古郎草原这片在蒙古语中意为"平安"的地方，将巡天归来的航天员迎接回家。飞船着陆后，景海鹏自主打开返回舱舱门出舱。这在我国载人飞船的历次返回中，还是第一次。我国第六次载人航天飞行任务在美丽的草原画上了一个完美惊世的句号。

“天宫二号”与“神舟十一号”载人飞行任务实现了“稳定运行、健康驻留、安全返回、成果丰硕”的任务目标，标志着我国载人航天工程空间实验室阶段任务取得具有决定性意义的重要成果，为后续空间站建造运营奠定了更加坚实的基础。

就在“神舟十一号”在太空中飞行的时候，2016 年 11 月 3 日 20 时 43 分，用于发射空间站主要舱段的“长征五号”运载火箭在海南文昌航天发射场冲天而起，将直径 5.2 米的整流罩包裹着的太空摆渡车——“远征二号”上面级成功送入预定轨道，我国重型运载火箭关键技术取得突破，跨入世界大吨位火箭发射行列，中国航天事业迈进了崭新的大火箭时代。

对中国载人航天工程来说，空间应用始终是发展的主题和追求的目标，中国航天人在为“仰望星空”付出诸多努力的同时，没有忘记“脚踏实地”地顾及民生。经历工程发展中的多个里程碑之后，飞船发射的常态化让民众已不再仅仅关注火箭腾空的一瞬间，而是把目光更多投向科技成果为国民经济和民生带来的实惠。作为载人航天工程主要系统之一，空间应用系统主要负责空间科学与应用任务的管理和实施。空间应用系统总指挥高铭说：我们有两个目的，一是认知外太空，探索外太空；二是和平利用太空。从“神舟一号”到“神舟十一号”，他们先后研制出上百种船载科学仪器和设备，开拓了空间材料科学、生命科学、天文观测、地球环境监测、空间环境探测与预报、流体物理等科学领域。空间应用系统总设计师赵光恒说，我国近年来开发使用的多种新材料中，大部分是在航天技术的牵引下研制完成的。近 2000 项空间技术成果已移植到国民经济各个部门，取得近千项国家级发明专利和科技进步，带动了卫星通信、导航定位、气象预报、减灾防灾、远程教育等相关领域事业的发展。特别是，“天宫二号”上安排的空间科学实验和地球科学观测与应用共有十几个大项目，是历次载人航天任务中最多的一次，主要项目的研究水平已经处于国际前沿，技术发展位列国际先进行列。

2016 年 11 月 18 日深夜，空间应用系统的工作人员将“神舟十一号”搭载的综合材料实验样品、高等植物培养实验返回单元连夜送回北京的实验室。两项样品分别由设计团队进行检验。首先打开的是综合材料实验样品，这些样品共有 12 个，包括金属单晶、纳米复合材料等目前最为热门的材料样品，进行解剖分析研究后，实验成果将有望改善人类的生产生活。和材料样品相比，高等植物培养的返回样品显得非常娇贵，不仅配备了自己单独的温度计，还被包裹在了一个黑色的小匣子里，里面盛放的是拟南芥种子。科学家们尝试在“天宫二号”飞行过程中，完成第二代种子的培养。实验的结果，令科学家们很满意，经历了 48 天的空间培育生长，这些种子已抽薹开花和结荚，完成了从种子到种子的全部发育过程。目前，返回拟南芥样品一部分已做固定处理，拟南芥果荚将在实验室继续培养。除此之外，还有 6 个样品被留在“天宫二号”中继续在轨进行装置热特性测量实验，以期揭示在地面重力环境下难以获知的材料物理和化学过程的规律，获得优质材料的空间制备技术，指导地面材料加工工艺的改进与发展。

“神舟十一号”飞船返回后，“天宫二号”继续在 395 千米的轨道上独立飞行，等待“天舟”货运飞船的到来。

2017 年 4 月 20 日 19 时 41 分，搭载“天舟一号”货运飞船的“长征七号”遥二运载火箭在海南文昌航天发射场发射升空。4 月 22 日，“天舟一号”货运飞船与“天宫二号”空间实验室顺利完成首次自动交会对接。一天后，“天舟一号”与“天宫二号”组合体开始进行推进剂补加试验，这是两个航天器进行的第一次推进剂补加，也是我国首次推进剂补加试验，试验持续了大约 5 天时间，于 4 月 27 日完成。至此，“天舟一号”飞行任务取得圆满成功。作为我国载人航天工程空间实验室飞行任务的收官之战，这次任务不仅突破和检验了空间站货物运输、推进剂在轨补加等关键技术，还标志着中国载人航天工程第二步战略目标的胜利完成。从这一天起，中国航天事业正式迈入了“空间站时代”。

放眼未来，站在迈向民族伟大复兴的新起点，中国航天已经踏上了“加快建设航天强国”的新征程。太空探索永无止境，对中国航天事业而言，每一个新高度都是一个新起点，每一次叩问都是下一次探索的开始。在先后掌握了载人飞船、大推力火箭、空间交会对接、航天器长时间自主运行、航天员中期驻留等技术后，我国将按照“建设国家级太空实验室”的总体目标，从 2017 年开始，逐步开展大型、长期有人照料的近地载人空间站的建设工作。中国空间站总体构型是三个舱段：一个核心舱、两个实验舱，每个舱都是 20 吨级，整体呈 T 字构型。空间站预计在不久后建成和运营。载人航天工程总设计师、中国工程院院士周建平说：“我们的目的不仅仅是为中国的科学家，也为全球的科学家提供一个良好的从事空间科学和空间应用研究的平台，推动我们国家空间科学的发展，促进人类科技文明的共同进步。到那时，我国将成为世界上又一个掌握近地空间长期载人飞行技术、具备长期开展近地空间有人参与科学技术试验和综合开发利用太空资源能力的国家。可以预想，到 2024 年国际空间站退役时，中国将有可能成为全球唯一拥有空间站的国家。”

从航天员第一次飞向太空，到第一次太空漫步，从“神舟”“天宫”实现“太空之吻”，到女航天员的太空授课，回望“神舟”飞天的壮丽航程，中国航天人走出了一条“自主创新，重点跨越，支撑发展，引领未来”的飞天之路；培养造就了一支站在世界科技前沿、勇于开拓创新的高素质人才队伍；探索形成了大型工程建设现代化管理模式；培育铸就了“特别能吃苦、特别能战斗、特别能攻关、特别能奉献”的载人航天精神，向全世界展示了强大的中国精神和中国力量，为中国梦插上了腾飞的翅膀。随着探索太空的脚步越来越大、越来越远，中国的航天事业必将进一步发挥服务国计民生的科技引领作用，不断把超越梦想的飞跃标记在太空之上！

（原载《神剑》2017 年第 5 期）

智慧之翼

李青松

我们必须仰望天空了。因为,在智能时代,谁掌握了天空,谁就掌握了未来。

——题记

初识无人机

若干年前,我在某森防部门任职时,初识了无人机。当时,某地一片森林发生了一种罕见的病虫害,且呈蔓延态势。我受命带领一个专家组,前往执行防控任务。那片遭灾的森林处在一座险峻的高山上,迎面尽是悬崖峭壁,飞瀑喷雪,荆棘横生,森防人员凭借脚力很难到达现场。病虫害的具体情况不甚明了,怎么办呢?——必须搞清受害树种、受害程度和受害面积才能施策防治呀。情急之时,呼叫后方就近调来一架无人机。

那是我头一次接触无人机。

操控人员像放飞一只鸟那样,随手一抛,无人机就上天了。嗡嗡嗡!空中的无人机似乎很调皮,忽左忽右,忽上忽下。在场所有的人都仰着头,目光被无人机牵着,忽左忽右,忽上忽下。我当时心里嘀咕,这东西能行吗?

顷刻间,视频图像却已经实时传回地面——森林里的"虫情""病情"以及正在蔓延的"灾情",在电脑屏幕上清晰可见。更奇的是,视频图像的各种不同颜色还能自动分割,如同毕加索的画笔般绘成各种轮廓,轮廓线条在电子地图上生成一个一个的"斑点"。接着,那些"斑点"又变魔术般生出大脑和慧眼,识别并统计出各种各样的情况和数据。——哪些树是健康的树,哪些树是枯死树,哪些树是遭受了病虫害的树,各自的面积是多少,一目了然,清清楚楚。

我立时目瞪口呆了。深切感到,这个世界与以往不同了。

很快,专家们现场会诊,对症配药,用无人机对那片森林的病虫害进行了精准施药,控制了灾情。太阳偏西的时候,我唤了一声:"收工喽!"大家收拾家什,背上背囊迈着蹒跚的脚步,开始下山。

行至半山间一草庐时,忽闻柴门里传出妇人嘤嘤声。叩门打问才知晓,妇人家里一腔羊丢了,四处找寻,未见踪影。我的身后一个声音说:“让无人机找找。”——说话间,无人机已经上天了。一圈一圈地找,黄豆地里、花生地里没有,玉米地、高粱地里没有,柞树林里、榛子灌木丛里没有,附近山岭溪涧青纱帐里找遍了也没有。我的心里打了几个问号——会不会被狼叼走了呢?会不会被贼人偷走了呢?就在我揣想各种可能的时候,无人机抖擞精神,翻过一座更远的山岭,终于在一条河湾里找到那腔羊。

“是它吗?”操控人员指着电脑屏幕上那腔羊的视频图像问妇人。

“嗯,是它。耳朵上有块黑。”妇人擦擦眼睛肯定地回答,“这个该宰的东西!”——破涕为笑了。

原来,山岭那边的河湾里的草实在太肥美,那腔羊贪吃,竟索性不归了。无人机上前驱赶,那腔肚子吃得溜溜圆的羊咩咩地叫了几声,挤出几粒粪蛋蛋,扭头拼命往家跑。嗡嗡嗡,空中的无人机紧紧跟随着,生怕它再丢了。

忽然,一只游隼闪进视野,在无人机身后跟飞,忽上忽下,忽高忽低,如影相随,画面甚是有趣。

大疆的秘密

民用无人机帝国,大疆是当之无愧的王。在中国,民用无人机领域可以说是群雄并起,群星璀璨。除了大疆,还有昊翔、亿航、星图、零零无限、极飞科技、数字绿土、零度智控、科比特航空等等,能列出一长串的名单。

大疆似乎有些另类。——我们认识大疆最好不要依照常理来认识,否则,会处处别扭和拧巴。

如果说全球民用无人机市场是十分天下的话,那么中国占七成,欧美占两成,其他加起来也不过一成。如果把民用无人机再分出微小消费无人机的话,那么微小消费无人机,就性能和便携性而言,大疆目前几乎是一骑绝尘。

大疆无人机产品中,从飞控、飞行平台、动力系统,到电源系统和影像系统都是自己研发的。所谓消费无人机的“消费”二字,其实就是玩的意思。对于玩家来说,无人机不过就是个玩具。大疆微小消费无人机,从设计上剔除了可能导致心情不愉快的各种可能,最大限度地体现了好玩的各种因子——隔震、精巧、有趣、可折叠、机身轻、续航长、画质清晰。

大疆无人机,可以像手机一样放进衣服口袋里,也可以像矿泉水瓶一样塞进背囊的网袋里。在你开始一场浪漫之旅，向着诗和远方大步迈进的时候，它不是负担，不是累赘，不是麻烦。相反，它却能为你带来更多的意外和惊喜，还有欢愉和快乐。

大疆的秘密在于它的大脑——飞行影像控制系统（简称“飞控”）的不可超越。没有这个“飞控”，无人机就是无头苍蝇，也成不了天上的眼睛。而这个“飞控”取决于算法。算法既要安全稳定地飞行，又要能够避障，保护无人机，防止坠毁。也可以说，无人机就是算法的集合。是啊，任何足够先进的科技都与魔术别无二致。

美国人喜欢什么从不掩饰。世界首富比尔·盖茨喜欢大疆，苹果公司之父沃兹尼亚克喜欢大疆，好莱坞导演詹姆斯·卡梅隆喜欢大疆，西部农场主喜欢大疆，美国警察喜欢大疆。——为什么喜欢？因为操控简单，甚至无须操控。无须像驾驶汽车那样要经过培训，顶风冒雨，要熬够多少学时，还要天天指纹打卡，要考试，取得了驾照才能驾车上路。——而大疆则不，可谓到手即飞。无须组装这个那个，无须加装相机摄像机。当然，别忘了要装上电池，要把智能手机连上啊！

大疆总部在深圳。大疆，乃大志无疆之意。它创立于2006年，刚刚十二岁，还是个涉世未深的少年嘛！大疆拥有一万两千名员工，却有五千名研发人员专注于技术创新。在海外七个国家的十七个分支机构的工作人员中，主要也是研发人员。“精益求精，止于至善”——大疆在自己的发展壮大过程中，从来不去搞关系，不去追风口，不去追资本，不去炒概念，不去赚快钱，甚至连上市的念头都没有。它不屑追求那种千篇一律的所谓成功，而是选择了一条最难走的路，那就是一门心思研发和制造打动人心的产品。

大疆无人机产品的迭代速度快得惊人，一直使追赶者气喘吁吁，望尘莫及。

“当今企业之间的竞争，不是产品之间的竞争，而是商业模式之间的竞争。”——这是管理学家德鲁克说过的一句话。大疆是什么模式呢？我不得而知。但我却知道无人机未来的发展方向，是在应用领域的创新，而不是价格上的竞争。大疆的研发力量是竞争对手的十倍以上。大疆紧紧盯住的不是盈利模式，而是技术创新。

创新，意味着改变，意味着突破，意味着把不能变成可能。

创新，创新，创新。——创新，是大疆的不二法门。

话说无人机

想不到的是，风筝居然是人类最初的飞行器。古时称“鹞”，亦谓之“鸢”。

1887年,英国人道格拉斯·阿奇博尔德把相机装在风筝上照相,这或许就是无人机最早的雏形。

然而,无人机名称的出现,已经是20世纪二三十年代的事情了。1927年,世界上第一架无人机在英国皇家海军“堡垒号”军舰上问世。历史不是某一个发明造就的,它是在社会、经济和科技进步的相互作用下,随着时间的到来而到来的。其实,无人机真正的历史也不过一百余年的时间。

中国无人机研制始于20世纪五六十年代。刘亚楼、钱学森、范绪箕等都曾提出过“要造出我们自己的无人机”的构想。1966年12月6日,“长空一号”首飞成功。从此,共和国的蓝天上,有了属于中国人自己研制的无人机。“长空一号”总设计师——赵煕,一生只做一件事,研制无人机。

何谓无人机?专家告诉我,无人机是飞机,但不只是飞机。这话怎么理解呢?完整意义的无人机,指的是无人机系统。这个系统是由无人机平台、任务载荷、起降系统、测控与信息传输系统及地面保障系统等组成。无人机无人驾驶,因此被冠以“无人”。实际上,它具有多重有人驾驶飞行器的特征和功能,故而“似人非人”才是“无人”的真正内涵。而无人机也不一定无人,有的无人机也可以载人——比如,以色列“空中骡子”无人机就是可以载人的。“空中骡子”造型怪异,如同一堆废弃的烂铁,毫无美感。这不要紧,以色列人注重的是实用。别看“空中骡子”长相粗鄙,却能垂直起降,能在空中悬停。载人载物,不吝力气。在自然界,能在空中悬停的鸟类,只有蜂鸟。

常见的无人机有三种类型。其一,固定翼。就是翅膀固定,靠流过机翼的风提供升力。一般而言,军用无人机多是固定翼。固定翼飞行速度快,高度高,抗风能力强。其二,是直升机。靠一个或者两个主旋翼提供升力。其三,是多旋翼。就是具有四个或者更多旋翼的直升机。其实,这个也是直升机,但为了突出它的多旋翼,就叫多旋翼,而不叫直升机了。

无人机是人的创造,人在创造无人机的同时,也创造了无人机的秘密,而无人机的秘密里隐藏着人的秘密,那秘密里有人的思想、趣味和审美。

无人机的出现令人兴奋。它一直更像是科幻小说,而非现实技术。早先,在先人的眼里,让机器自主动作并且飞来,这简直是神才有的能力。

按用途来分,无人机可分为军用无人机、面向行业应用的工业级无人机和面向大众玩家的消费级无人机。而工业级和消费级均属于民用范畴。

2017年全球无人机产量三百万架。无人机系统种类繁多,在尺寸、重量、航程、飞行高度、飞行速度等方面都有较大差异。美国的“全球鹰”(翼展三十五米,重量十几吨)是无人机中的巨无霸。看起来它很像一头虎鲸,黑白分明,流线优美;器宇轩昂,威风凛凛。就续航时间、飞行距离和飞行高度而言,它是目前世界上最先进的无人机。

无人机是现代战争的利器。“彩虹”无人机系列,是中国军用无人机方阵中的尖兵。“彩虹”察打一体无人机(目前,察打一体无人机主要由中美两国设计制造),复合式挂架,可挂载十六枚空地导弹,载重量可达一吨。它一出手,顷刻间就可以摧毁一个坦克连。它携带的雷达可穿透墙壁,能够辨认和追踪建筑物内的目标。续航时长四十小时,最大飞行距离超过一万公里。这就意味着,三千公里以外的目标,它能直接扑过去,可以执行“定点清除”或者“斩首行动”。外电报道说,这是中国无人机里“最可怕的杀手”。

“彩虹”的另一款大家伙是太阳能无人机。它是用太阳能做动力,机体不携带燃料。机翼上全部是太阳能板,翼展四十五米,飞行高度超过两万米,任务区域广阔无边。“彩虹”太阳能无人机的最大特点是,其一,飞得高,高到什么程度?高到几乎要出大气层了,准确地说,就是要出未出大气层的高度。这个高度,即便是风电雷暴,哪怕是强台风,也都是在它的下面,毫无影响。故此,它又有“准卫星”“大气层里的卫星”的说法。其二,飞得长。主要指续航时间长,一口气续航时间可以超过二十四小时,如果需要更长时间,它甚至可以留空数天数月数年。

“彩虹”太阳能无人机,不用加油,不用补充能量。因为它本身在吸收太阳能的同时,就创造了能量。它体能充沛,脑子灵光,耐力极强。可军用,可民用。

中国的“翼龙”个头也不小。“翼龙”机长十一米,高四米盈余,翼展二十余米。可凌云直上九千米,续航二十小时,翼下的复合挂架可挂载十二枚导弹。即便稍纵即逝的目标,也能立斩无赦。“翼龙”,亦乃强国之利器也。

2018 年 1 月 12 日,我走进“彩虹”总部——中国航天空气动力技术研究院。“彩虹”总设计师石文不无感慨地对我说:“无人机在中国令人惊叹的高速发展,其实并不是一个独特的孤立现象。这背后是我国改革开放四十年来技术积淀和强大的工业、科技基础。没有数字电传飞行控制、先进导航、综合航电和指挥控制等技术的突破,就没有无人机发展的今天。”

无人机又被唤作空中机器人,一个重要的原因——它的运行空间原本并不属于人类。无人机以及无人机所包含的自动化技术,其运行方式是人类永远不能的。它并非抢走了我们的工作,而是开始进行我们永远无法从事的工作。

在我们看不到的空间里,有一个更广阔的空间。我们虽然看不到,但无人机看到了。无人机看到了,就是我们看到了。

其实，无人机的原理无处不在——小的传感器通过网络连接到信息处理算法，以我们从未做到，甚至从未想到的方式处理来自我们的数据。——显然，无人机是超越了人类自身的机器人。它的思维方式与人类的思维方式绝对不同。它不是沉重的工业机器，也不是头重脚轻的滚动装置。它是什么？

——它是我们无法理解的智慧物种。

——它是负载着我们梦想的空中精灵。

无人机改变了什么？

想象注满能量。

如果只关注过去和现在，那么很有可能错过未来。科技进步带来的变革，正在颠覆着这个世界已有的秩序和逻辑。无论是抵制，或者拒绝，还是畏惧，都无济于事，因为未来已经到来。对于熟悉手机熟悉网购熟悉共享单车的孩子们来说，科技从来就不是什么新事物，就像麦当劳和肯德基，没有什么特别，也没什么实质不同——它们本来就存在着——这就是他们的生活方式。

现代生活随着数据、传感器、机器智能和自动化的影响，而一天天改变着我们对世界的认识，而世界在这种改变中，妙趣横生，多姿多彩。

无人机的新功能被不断创造出来，我们对无人机的审美标准也在发生相应的变化。无人机到底会走向何方？也许，将来的某一天，天空上的事情比地面上的事情要多得多。

我们不得不仰望天空了。因为无人机，天空上的故事突然多了起来。那些故事跟我们的今天和明天密切相连了。

未来，人，是不是可以乘坐无人机去月亮上或者火星上去旅游？——这是完全可能的。无人机将成为标准化的交通工具，我们或许还可以省去打包和装卸行李的烦恼，甚至可以直接把家搬过去，搬到月球上去，搬到火星上去。埃隆·马斯克信誓旦旦，有一段时间逢人就讲，他要搭无人机去火星上建一座农场，种蔬菜。然后，在火星上退休。他在国际宇航大会上发表演讲时说，他已经制定了一项宏大计划，十年后他要陆续把数十万人送往火星。无人机将频繁往来于地球与火星之间。往返一次需要六个月时间。

“这种无人机的载重量将达到一百吨。”马斯克绘声绘色地描述道，“太空旅行并不寂寞，机舱里的设施本身就都很有趣，乘客有零重力室、咖啡厅、电影院和其他多种娱乐消遣可以选择。”

有人请他透露一下飞往火星的无人机票价，他不无认真地说，每个座位最初票价大约二十万美元，最终要降到十万美元。因为无人机及其系统装置可以重复使用，运营成本降低，票价自然就降下来了。他说，这种无人机的另一个名字叫——太空飞船。

马斯克是著名太空探索专家。2015 年 5 月 31 日，他的“龙飞船”太空舱成功与国际空间站对接后返回地球。他开启了太空运载的私人运营时代。世界上掌握了航天器回收技术的，只有三个国家一个人。三个国家是：美国、俄罗斯、中国，一个人就是埃隆·马斯克。马斯克的话，或许不是开玩笑。

马斯克说：“人类文明会朝着两个不同的方向发展。要么永远居住在地球上，直到最终灭绝于某个天灾人祸；要么离开地球走向太空，到多个星球去生活，建立起完整的能够自我维系的文明秩序。”马斯克喜欢读科幻小说，多次来中国访问。2017 年 12 月间，他在清华大学与钱颖一教授有过一次精彩的对话。他说：“火星是人类走出地球唯一现实的选择，我们正在朝这个方向努力，这个时间窗口可能很长，也可能很短，而我们应该赶早不赶晚。”

是的，地球上的人太多了，太挤了。有宽敞的地方，干吗不去呢？

无人机改变了空间，改变了时间，也改变了人。这个时代充满传奇，也充满诡异，没有什么事情不可能发生。

人类在一些事情上，已经不如人工智能，不如无人机了。尽管人工智能和无人机是人的创造。

人类是地球上最聪明的物种，我们自己也这么认为。但是，人如果造出了比自己更聪明的工具，即智能超人的空中机器人——无人机，那么人的生存状态就被颠覆了。而一旦颠覆就不可逆转。我们是走在一条不归路上吗？

无人机，在搅动天空的同时，也搅乱了我们那颗安宁的心。美国学者罗斯坦说：“这不是一部分人的责任，这是我们所有人的责任。”

多面角色

民用无人机除了航拍照相以外，还能做什么呢？

当然，它能做的事情多了。植保、救援、防火、防虫、医疗、巡护、测绘、检测，乃至具体到一次别具创意的有浪漫故事的求婚。总之，它可以做许多超出我们意料的事，而且不知疲倦，从不抱怨。

农业植保每年所用农药（原药制剂）一百二十万吨。传统的作业方式是农民用喷雾器喷药，如果防护不当，药液很容易通过口腔、呼吸道和皮肤等途径侵入人体。我国每年农药中毒人数有九万人,其中致死致残的就有八千人,大都是因为施药防护不当导致的。

近年,无人机喷药作业大受农民欢迎。一架无人机一小时作业六十亩,相当于人工作业的四十倍,而且安全、防治效果好。

在南方某农田防治现场,一架无人机正在离地面三五米的空中作业,喷洒农药。那架无人机搭载四个喷头,旋翼产生的气流作用于雾化药剂,可让药剂到达农作物最靠近的土壤部分。喷头是静电喷雾装置,由高智能控制,能够定速、定高飞行和定流量喷洒,精准到位。无人机作业时,几乎看不到药雾弥漫的景象,喷洒的药液通过静电吸附功能,瞬间全部附着在庄稼叶片上,即使叶片的背面也能均匀受药。

奇怪,现场怎么没有那种刺鼻的农药味呢?原来这架无人机用的农药是飞防专用农药——晟天发。此药是由河北天发生物科技有限公司研制生产,把传统农药当中的有害溶剂,如苯、二甲苯等,完全替换掉了,使得农药没有了过去的刺鼻气味。

无人机有航线断点记忆功能。无药了,也不要紧,它可以自动记忆坐标点。加完药后一键返回断点处,继续喷洒作业。断点断在哪块田、哪条垄、哪些作物,它记得清清楚楚,从不糊涂。

无人机不投机取巧,不偷懒耍滑,忠诚,可靠。

正在现场指导无人机防治作业的,是一位干练的有害生物防控专家,名叫谢春春。她穿一件橘黄色卫衣,一缕秀发垂在额头。她半蹲在田头,膝盖上架着一台笔记本电脑,正在埋头调取无人机作业相关数据。她抬头看了我一眼,嘴角挂着笑意,说道:“植保无人机虽然体型娇小,但植保效果却一点不打折扣。”

她一边说话,一边在键盘上操作着,屏幕上不断有数据闪烁。这位曾在海外留学多年、潜心研究过北美航空植保装备和技术的女专家,有着丰富的一线防治经验。她说:“传统的农药喷洒方式存在效率低、成本高、安全隐患多等问题,用无人机作业就不存在这些问题了。”

“一架无人机,一天可防治作业多少?”

“三百亩至四百亩不成问题。”她说,“特别是山区和丘陵地区的农田,人工不便操作,无人机轻轻一飞就解决问题了。”

“是不是浪费水浪费药?”我故意问,“无人机在空中,无法掌控,一场风吹来,作业能靠谱吗?”

“呵呵呵……”谢春春笑了。她合上笔记本电脑,递给助手,然后转过身来说:

“这项技术已经相当成熟，无人机是精准喷药。与传统作业方式相比，不但不浪费，而且还相当节省呢！”

“有数据吗？”

“当然有啦！能节约用水八九成，省药三五成，杀虫有效率在百分之九十五以上。”

“嗯，看来农业智能化作业就是好啊！”

农民的利益在哪里，农民的心就在哪里。据统计，2017 年，光是植保无人机，我国农村的需求就有一万五千架。如同犁和镐头一样，喷药除虫，无人机将成为田间地头会飞的农具。农业部官员说，无人机属于农机新产品，已经被正式纳入国家农业补贴范围。我国有二十亿亩农田，三十一亿亩森林，三十三亿亩草原，防虫防病防火任务繁重，植保无人机大有可为呀。

可惜，会操控植保无人机的飞手少之又少。培训更多的飞手是当务之急呢。

人是情感的动物，喜欢干有趣的事情。对于枯燥、重复、肮脏、污浊、艰难、危险的事情正愁无人代替呢，而无人机正好可以派上用场了。民用无人机的角色真是不少。它是突发事件急救员，它是航拍摄影师，它是会飞的缉毒警察，它是地形遥感测绘员，它是野生动物巡护员，它是投递邮件的邮差，它是空中的喷雾器，它是放牧的牧羊犬，它是给心上人送花的爱的使者。它还是什么？这要看我们希望它是什么。

当然，无人机不能取代一切——或许，它能解决的问题，也是非常有限的。但是，我们必须去想象我们希望拥有的未来。

它在我们幻想的世界升空，又在我们现实的世界回到地面。从这个意义上说，无人机与我们的生活既是联系的又是割裂的。

嗡嗡嗡。不管我们喜欢它还是讨厌它，它都已经在我们的头顶嗡嗡存在了。然而，罗斯坦却说：“无人机似乎又是不存在的，因为它笼罩在幻想和错觉中。”就无人机而言，不但意味着事实与虚构，还意味着希望与幻想。它，承接着人类复杂的历史，也演绎着人类想飞起来的故事。

当然，无人机也常常干出惹是生非的勾当。在华盛顿，一架无人机居然优哉游哉降落于白宫南草坪。由此，引发了人们对美国的空防体系的质疑。在东京，一架无人机携带一瓶放射性废料，也携带着环境保护主义者的愤怒，降落于日本首相官邸楼顶，引来首相官邸里的人一片惶恐。在伦敦，犯罪分子用无人机向监狱里运送毒品、手机和武器的事情也不是什么新闻了。

据报道，2017 年 4 月 21 日，仅仅三个小时里，成都双流机场就遭遇了四架“黑飞”无人机的干扰，导致五十八个航班备降其他机场，四架飞机返航，一万余名旅客出行受阻。在此之前，多处机场发生无人机闯入机场净空区事件。仅2017年上半年，全国各地机场就发生五十余起无人机影响航班运行的事件，影响航班超过二百七十架次。好家伙，无人机“黑飞”惹出的乱子可真是不少。

表象上，无人机被我们遥控着、操纵着，听从我们的指令。事实上，它也在操纵着我们的思想，令我们焦虑和困惑。无人机也有脾气和性格，它出其不意地会“炸机”，有时变成一具“僵尸”，干脆不听我们的摆布了。

——有什么办法呢？能有什么办法？耸耸肩，摊摊手。

如此而已。

幽灵乎？恶魔乎？

军用无人机最初的角色并不怎么光彩——它是作为目标靶机而出现的，也就是说用自己的粉身碎骨来培养空军飞行员的实战能力。因而它相貌粗鄙，结构简单，声音嘈杂，也就没有更多人在意了。

二战时期，美国共生产了一万五千个靶标无人机。

某日，在洛杉矶一个组装工厂的车间里，一个手套上油渍斑驳的女子正在组装无人机的遥控模型。她是那么地与众不同——即使工作服和手套上油渍斑驳，也遮挡不住那种由内而外涌动着的美。《星条报》摄影记者举起相机，把她和她组装的无人机定格在胶片上。这也许就是记录无人机生产的最早照片。然而，在那张照片上，没有人还记得无人机，人们记住的是那个女子的美貌。那个女子后来成了好莱坞明星，红遍全球。——她的名字叫玛丽莲·梦露。

而无人机则一直籍籍无名，甚至被遗弃在角落。

1962年，梦露突然辞世。角落里的无人机又重现身影了。美国五角大楼用它尝试另一种可能——用于隐形间谍活动。于是，此间的美军“火蜂”无人机偷拍功能得到强化，它开始频繁在越南战场上搜集情报。当时，苏联投放越南战场的战斗机和直升机的型号和数量，没有一架逃过“火蜂”的眼睛。美国军方当然不满足于无人机光干一些间谍活动。不久，他们还用“火蜂”无人机发射了导弹，并准确击中目标。

1991年，在海湾战争中美军动用大批无人机，完成了战场侦察、火炮校射、通信中继和电子对抗任务。美军在伊拉克、阿富汗等地的战场上，动用无人机攻击达数百次。2001年，美军用“捕食者”无人机摧毁一辆塔利班坦克。而在伊拉克战争中，仅“全球鹰”无人机就执行了十五次作战任务，美军使用它所收集的目标情报，摧毁了十三个伊拉克地对空导弹连，五十个地对空导弹发射架，七十辆导弹运输车，三百辆坦克和三百个地空导弹箱。不是打不打得准的问题，而是想不想打的问题。“全球鹰”绝对是美军的利器。

俄罗斯虽然没有最先进的无人机，但却拥有最先进的反无人机作战系统。俄军组建了世界上第一支反无人机部队。俄军的“蔷薇”电子战系统，可以对无人机进行大功率信号压制，也可以进行指令欺骗。还有一种新型武器——能够造成所有“蜂群”无人机系统电子器件瞬间瘫痪。

军事专家说：“战争中的自动化是极其可怕的。但是，与军事自动化画上等号的不是巡航导弹，不是机灵炸弹，而是无人机。”有人说，美国空中力量的军事实力无法再现昔日辉煌了。我不是军事专家，但从我近期掌握的情况来看，这是一种错误的认识——美国从来就没有停止前进的脚步。美军研制的无人机型号超过六十种，总数上万架。美军的规划显示，未来无人战机将超过有人战机。

继“火蜂”“捕食者”后，2016 年，美军的“灰鹰”无人机入役。某个早晨，“灰鹰”从“卡尔文森豪号”航母上腾空而起，飞往菲律宾执行任务。“灰鹰”比“捕食者”要厉害得多。最新版本的“灰鹰”续航时间可达五十三小时，载荷五百五十八公斤，机身安装了避撞系统，能够自动起飞和降落。“灰鹰”翼展十八米，机身长九米，可以携带四枚“地狱火”导弹（“捕食者”只能携带两枚）或十几枚较小型的导弹。

谈起军用无人机，军事专家王明亮教授说：“军用无人机有四大品质。”

“哪四大品质？”

“一曰不怕死。无人机无人，因而它是忠实履行战场使命的亡命徒。二曰累不死。有人机靠飞行员驾驶，续航力要受到人的生理极限的巨大制约，巡航时间一般不超过八小时。无人机可以无间歇作战，令敌方毫无喘息之机，最后被拖垮累垮。三曰讲团结，无人机的价值，不仅是平台的，而且是体系的。多平台集群组网，精准分工，密切协作，蜂群作战。四曰高智商。人工智能，依靠强大的计算能力穷举所有路数，进而选择最佳策略。高智商是无人机的灵魂所在，它的精算能力是空战的制胜要素。未来，无论是有人机作战，还是无人机作战，都将追求战争的最高制胜境界——算死你。”

军用无人机，一方面追求大，一方面追求小。大个头的，比如美国的“全球鹰”，中国的“彩虹”和“翼龙”。小的，仅有几克重。比如，比蜜蜂仅仅大一点的“杀人蜂”。我是在一个视频短片里看到“杀人蜂”的，它的处理器比人类思维快一百倍。它由人工智能操控，上下翻飞，忽左忽右，随时躲避人类各种追踪和狙击手的狙击。在人不经意的时候，它穿堂入室，飞进建筑里，飞进会议室里，飞进卧室里，飞进飞机里，飞进火车里，飞进汽车里。可以说无孔不入。“杀人蜂”体内装带有三克重的微型炸弹，它会面部识别，只要把目标图像信息输入它身上，就能精准找到打击对象。你戴口罩，戴假发，做拉皮手术，甚至改头换面也没有用，因为它的识别准确率是百分之九十九点九九。一旦找到锁定的目标，就一头撞去，“弹个脑瓜崩”，微型炸弹随之爆炸。瞬间爆头。炸弹虽小，却威力无比。

2016 年，某国高科技公司宣称，用“杀人蜂”无人机进行了三千次精准打击试验，无一例失败。厉害吧！

此视频公之于众的时间是 2017 年岁尾，具体场合是在日内瓦召开的、有超过七十个国家代表出席的联合国武器公约会议上。一时间，引起世界恐慌。

我们知道无人机是什么，可是我们似乎又不太明白它到底是个什么东西。它是什么东西呢？它是飞行器？它是计算机？它是数字技术？它是空中机器人？它是空中杀手？是，也不是；不是，又好像是。它带给人类的是进步还是灾难？

1981 年，发明了氢弹的特勒说：“无人机的重要性，堪比 20 世纪 30 年代的计算机。”

这个世界，科技的脚步太快了，而思想认识和社会结构还没有跟上。或许，人工智能和无人机，不仅仅是人类手和脚的延伸与替代，而可能是人类自身的替代，更可能是毁灭这个世界的恶魔。

马斯克说：“我们需要万分警惕人工智能，警惕无人机，它们比核武器更加危险！”

物与算法

肯定，还是否定？——这是个问题。

毕竟，人类社会的发展，不能光有技术的进步，而不要伦理。人类与别的动物不同，人类一直在制造新工具，使自身能力得以延伸。是的，我们习惯了——把工具的所能当作了自己所能。但是无人机及其人工智能与以往的工具不一样了——它可以不受设计者的限制，能够在获得海量数据的过程中通过算法快速反馈，自我修正，自我完善。最终，其思维过程也不是人类能够理解的了。此时，也许工具不再是我们能力的延伸，而是对我们能力的否定了。

按照人工智能的逻辑——人工智能的自我发展和自我生存的过程，就是自我学习和把成千上万的海量数据汇聚到终端的能力，然后通过算法，进行分析，做出选择,做出判断。

无人机并不是作为一种独立技术存在的。构建无人机的子系统是一整套的航空、计算机和自动化技术。尽管它正以不可思议的方式改变着世界,但是它反映的,仍然仅仅是这个时代科技进步的一个小小的侧面。

续航技术决定无人机飞行的时间,而续航技术取决于电池技术。电池技术可能是小型无人机最重要的限制因素,因为增加电池的尺寸就意味着增加无人机的重量,需要更大的推力,因而也就需要更高的功率。

无人机无论怎样灵巧,它也是一种基于数据的算法,也是人类的一种工具,是要在人类的掌控之下运行。无人机再智能,也是没有意识的。意识是人之所以为人的理由。无人机再智能,它不过是在执行科学家输入给它的算法。归根结底,再拟人、再可爱、再聪明的人工智能,其本质上也是 0 和 1 两个数字的排列组合。说到底,无人机还是人创造的物,而人借助物创造了历史。

其志洁,故其物芳。什么意思呢?就是说志向高远干净的人,所造之物也都是美的,弥漫着芳香之气的。心要静,也要净,无邪念,造出的物,才具有灵动的美,艺术的美。从这个意义上说,无人机,既是科技的产物,也是艺术的产物。

人,不可能一下生出翅膀来,但是人造出的物却可以长出翅膀。人,通过物改变了自身。无人机与人的关系,其实还是人与自身的关系,人的个体与个体,个体与群体之间的纵横交错的关系。人借助物来安置这种关系,调整这种关系,组合这种关系,创造这种关系。这种关系既在时间和空间中,又时时超越了时间和空间。

飞飞飞

“我们最缺的不是市场,不是资金,甚至也不是技术,而是人——看清楚,想明白,有品位的人。”

大疆有自己的企业信仰,自己的科学精神,自己的企业文化,大疆甚至有些另类,这又有什么关系呢?大疆人平均年龄不到二十七岁,他们是早晨八九点钟的太阳。“对年轻人一味地限制和训导一定是错的。”大疆没有非常严格的职级制约,能解决问题的人可以迅速获得资源支持。几年前,一位还在大疆实习的年轻人,想出了能让无人机脚架折叠的设计方案,解决了无人机在航拍过程中三百六十度拍摄而不会被脚架阻挡的问题。——多好的创意啊!

创意带来了变革。

大疆立马在组织上和资金上给予支持——一百多人的团队由这个实习生领

导，并投入一千多万元资金，使其设计方案成为现实的可以折叠的无人机产品。研发跟着“问题导向”走，后来，折叠无人机又发展成了变形无人机，接着，航拍一体无人机也面世了。

大疆的可贵，在于对人才的尊重，只要你有了翅膀，就会给你提供翱翔的天空。大疆的可贵，在于想的不仅仅是赚钱，不仅仅是市场，而是创新，是不惜血本、一心一意地研发创新。有了人才，有了日日不断的创新，天下怎么可能不是大疆的呢？

我在大疆采访时，得到消息：三年内，位于深圳西丽的大疆总部新大楼——“天空之城”将拔地而起，横空出世。设计师就是设计美国硅谷苹果总部大楼的那个人。在未来，“天空之城”将成为大疆人造梦和圆梦的乌托邦。在此不便呈现更多细节，但可以这样说，“天空之城”或许会是又一个建筑美学的经典，也或许会成为深圳新的地标建筑。

随着智能时代的到来，谁掌握了天空，谁就掌握了未来。

飞飞飞——飞吧！大疆！

人类，请认识你自己

2017 年 12 月 8 日夜。

“广州《财富》全球论坛”开幕式上，无人机出尽了风头。广州塔下，一千一百八十架无人机的表演，惊艳了世界。在躁动勾魂的音乐伴奏中，无人机舞动翻腾，各种炫目的图形，变幻莫测地闪耀在激情喷薄的夜空。

一会儿是“一行白鹭”，一会儿是“财富”，一会儿是“中国版图”，一会儿是“航行的轮船”，一会儿是“盛开的木棉花”。

无人机群，与小蛮腰、东西塔，相映成画，相映成趣，想不完美都不太可能。财富任性，科技任性，艺术任性，三者结合在一起，想怎么嗨就怎么嗨了。

不过，此次参与表演的无人机并非大疆的产品，而是亿航白鹭的产品。这令我多少有点意外。可是，仔细想想，大疆无人机没有出现在这样的场合，又恰恰符合大疆的逻辑。

就在这届“财富”论坛上，马云放言，人工智能和无人机会取代很多人的就业，而人类将会从事更有创意、更有创造和更有体验的工作，服务业一定会成为未来就业的主要来源。近来，很多场合都少不了马云，又当评委，又写字，又唱歌。说句实话，他写的字，他唱的歌，还真不敢恭维，但他的言论还是有见地的。

是啊，新时代会面临新的问题，而同时又会拥有更多的机遇。人类有灵魂，有信仰，有价值观。而这些，无人机是没有的。——未来，人该怎么办？

“我……不知道。人该怎么办？”我无法回答这个问题。但有一点可以肯定，人类前行的脚步不会就此停止。人，无论是作为智人，还是作为智神，人只会更有尊严，更有价值，更有创造力。

我抵达深圳的次日，深圳发生了两件具有新时代意味的新闻。其一，腾讯总部员工，上班打卡改为“刷脸”。腾讯总部滨海大厦，真是一座集数字化和智能化为一体的智慧大厦啊！员工进进出出只凭一张真实的脸。当然了，化妆太浓的女生，面上动过美容刀子的女生，还是有点小麻烦的。其二，无人驾驶公交车上路运行。这是一种高度智能化的公交车，车上配有激光雷达、毫米波雷达等智能设备，能辨识红黄绿信号灯，能感知周围情况，并对突发状况做出反应。虽然无人驾驶，但此车能够从容减速避让，紧急停车，障碍物绕行，变道，自动按站点停靠等。总之，比有人驾驶车还规矩，可靠，安全。啧啧，无人驾驶胜过有人驾驶。

本来，当地朋友约我去乘坐，亲身感受一下，结果七差八差错过了机会。不无遗憾。

此时，我手捧着大号标题的报纸，不禁感慨万端了。

四十年前，深圳还仅仅是个小渔村。十几条渔船，十几张渔网。空气中日日弥漫着海腥味。那些摇橹的渔民，怎么也没有想到，他们晒渔网晒鱼干的地方，会以最快的速度生长出一座城市，而这座城市又用科技和智慧创造出了一个一个的传奇。

当年，“时间就是金钱，效率就是生命”——这句中国人熟悉的标语最早出现在深圳街头的时候，曾引起轩然大波。但是，深圳人不争论，而是埋头做事，埋头创新，用“叫得响，数得着”的成果来诠释这句话的深刻内涵。太阳，每天都是新的。四十年，深圳创新的脚步从未停歇。继互联网和智能手机出现之后，人工智能、基因工程、纳米技术、无人驾驶等各类技术也在深圳大放异彩，气象万千。——为什么是深圳？

大疆人说，没有改革开放，就没有大疆。大疆不是突然间冒出来的，而是改革开放催生出来的。改革开放提升了科技人才的层次和能力水平，反过来，人才带动了信息聚集，生产资料聚集，也强化了科技创新的基础。

不驰于空想，不骛于虚声。——或许，这就是深圳的魅力所在吧。

苏格拉底说过一句著名的话：“人类，请认识你自己。”

不得不承认，此次深圳之行和对无人机的采访，我的固有的观念和思维、常识与经验，以及规则与逻辑，都被改变了。

当今世界，不创新不行，创新慢了也不行。无人机呈现了新时代中国人的梦想，显示了人类的智慧和潜力具有无限可能。

安·兰德说："每一代人，只有少数人能完全理解和实现人类的才能，而其余的人都背叛了自己。不过，这并不重要。正是这极少数人将人类推向了前进，而且使生命具有了意义。"

我不完全赞同安·兰德的话。但在此，我要向那些造出强国利器和智能美物的人们致敬！正是他们的智慧和创造，改变了世界对中国的看法。正是他们的智慧和创造，让我们这个民族，在面对世界时有了足够的底气和自信。

是的，他，他，他们——没有背叛自己的灵魂。

（原载《人民日报》2018年2月28日）

改革开放40年优秀报告文学存目

（作者名空白均为同上）

《在湍流的涡旋中》　徐迟
《地质之光》
《人妖之间》　刘宾雁
《三十七层楼上的中国》
《八面来风》　黄宗英
《橘》
《小木屋》
《扬眉剑出鞘》　理由
《倾斜的足球场》
《世界第一商品》
《元旦的震荡》
《南方大厦》
《特邀代表》　柯岩
《奇异的书简》
《癌症≠死亡》
《美的追求者》
《祖国高于一切》　陈祖芬
《挑战与机会》
《经济和人》
《划破夜幕的陨星》　王晨　张天来
《一个冬天的童话》　遇罗锦
《省委第一书记》　袁厚春
《百万大裁军》
《在这片国土上》　李延国

《废墟上站起的年轻人》

《根据地》　李延国　李庆华

《无衔将军》　李延国　许晨

《命运》　杨匡满　郭宝臣

《海葬》　钱刚

《唐山大地震》

《洪荒启示录》　苏晓康

《自由备忘录》

《马家军调查》　赵瑜

《革命百里洲》

《寻找巴金的黛莉》

《火车头的震荡》

《王家岭的诉说》

《西路军女战士蒙难记》　董汉河

《只有一条长江》　岳非丘

《南京大屠杀》　徐志耕

《中国的眸子》　胡平

《禅机:1957》

《战争状态》

《历史沉思录》　胡平　张胜友

《风帆起珠江》　张胜友

《雪白血红》　张正隆

《古老的东方有一条龙》　贾鲁生　王光明

《爱河横流》　麦天枢

《西部在移民》

《昨天——中英鸦片战争纪实》

《守望家园》　徐刚

《黄河万里独行客》

《国难》

《苏州老乡》　杨守松

《沂蒙九章》　李存葆　王光明

《大王魂》

《中国知青梦》　邓贤
《大国之魂》
《中国希望工程纪实》　黄传会
《我的课桌在哪里?》
《中国新生代农民工调查》
《以人民的名义》　卢跃刚
《黑脸》　一合
《走出地球村》　李鸣生
《澳星风险发射》
《国家大事》
《发射将军》
《震中在人心》
《商战在郑州》　邢军纪　曹岩
《第一种危险》　邢军纪
《最后的大师》
《共和国告急》　何建明
《科学大师的名利场》
《根本利益》
《落泪是金》
《江边中国》
《那山那水》
《钢铁是这样炼成的》　李春雷
《宝山》
《摇着轮椅上北大》
《我的中国梦》
《没有家园的灵魂》　杨黎光
《瘟疫,人类的影子》
《大国商帮》
《淮河的警告》　陈桂棣
《中国农民调查》　陈桂棣　春桃
《用胸膛行走西藏》　党益民
《守望天山》

《无极之路》　王宏甲

《中国新教育风暴》

《唐约道路》

《农民》　王宏甲　刘建

《大国长剑》　徐剑

《东方哈达》

《浴火重生》

《中国申奥亲历记》　孙大光

《大江北去》　梅洁

《汉水大移民》

《生命的呐喊》　张雅文

《香港启示录》

《与魔鬼博弈》

《深圳传奇》　倪振良

《国运》　吕雷　赵洪

《南方冰雪报告》　陈启文

《共和国粮食报告》

《命脉》

《大河上下》

《天使在作战》　朱晓军

《高官的良心》

《在大时代的弯弓上》　蒋巍

《我们工人有力量》

《国之盾》

《不能缺失的心》　沙林

《毛乌素的绿色传奇》　萧亦农

《一号文件》　莫伸

《中国农民书》　高艳国　赵方新

《懒汉治村》　徐锦庚

《玉米人》　刘先琴

《低天空:珠三角女工的痛与爱》　丁燕

《板仓绝唱——杨开慧手稿还原毛泽东的爱情》　余艳

《粮道》　任林举

《猎狐行动》　吕铮

《问故乡》　王兆军

《中国机器人》　王鸿鹏　马娜

《试飞英雄》　张子影

《中国速度》　王雄

《重返 1976》　袁敏

《飞天梦》　赵雁

《刀尖上的舞者》　沙志亮

《雕刻人生》　纪红建

《乡村国是》

《空巢》　彭晓玲

《最后的龙爪村》　孙翠翠

《因为信仰》　李万军

大记录

——中国改革开放四十年报告文学选

时代出版传媒股份有限公司
安徽文艺出版社

Da Jilu

Zhongguo Gaigekaifang Sishi Nian Baogao Wenxue Xuan

全三卷

大记录

——中国改革开放四十年报告文学选

李炳银●主编

APGTIME 时代出版

时代出版传媒股份有限公司
安徽文艺出版社

图书在版编目（CIP）数据

大记录：中国改革开放四十年报告文学选：全三册/李炳银主编.一合肥：安徽文艺出版社，2018.10
ISBN 978-7-5396-6403-3

Ⅰ.①大… Ⅱ.①李… Ⅲ.①报告文学一作品集一中国一当代 Ⅳ.①I25

中国版本图书馆CIP数据核字(2018)第139512号

出 版 人：朱寒冬
选题策划：朱寒冬　岑　杰
丛书统筹：岑　杰　胡　莉
责任编辑：胡　莉　姚爱云　张星航　蒋　晨
装帧设计：丁　明

出版发行：时代出版传媒股份有限公司　www.press-mart.com
安徽文艺出版社　www.awpub.com
地　　址：合肥市翡翠路1118号　邮政编码：230071
营 销 部：(0551)63533889
印　　制：安徽新华印刷股份有限公司　(0551)65859551

开本：787×1092　1/16　印张：87　字数：1600千字
版次：2018年10月第1版　2018年10月第1次印刷
定价：198.00元(全三卷)

目　录

上　卷

中　卷

下　卷

伐木者,醒来!(节选)

徐　刚

罗马俱乐部与人类困境

森林,地球上的绿色王国。

这是另外一个世界,任何一片森林都含有上千种灌木、藤本植物、草本植物、苔藓植物以及各种真菌,还有无数种的昆虫、走兽、飞禽,它们奇妙地以一种平衡使彼此连接在一起。森林生命的织锦是如此细微而复杂。

人类最初从森林中走出来的时候,便是粗心大意的,并不了然森林的细腻和奇妙,并且有砍伐的本能,斧子是最初的工具和武器之一。

日益残破的森林哺育着日益膨胀的人类。

1968 年春天,全世界的森林都在向罗马致敬。和以往一样,北美洲、大洋洲、南亚的热带雨林,总之在散发着松香味儿的林地上,积雪融化了,有一条蚯蚓开始了耕耘,悄悄地大梦初醒一般探出半个身子。其实,在大千世界中最早报春的不是布谷鸟,而是其貌不扬、无声无息的蚯蚓。一个个小小的蚯蚓的粪堆,是森林中最早的春的瞭望台。与此同时,半年以前飘落在林地上的金色和红色的秋叶却在这时候成了平静的黑色,而不再炫耀于春天面前。取而代之的是千万种无名的小植物竞相开花,随意地毫无构思地在林中涂抹各种色彩。在树木的华冠遮住天空以前,它们想开一次花,它们觉得自己很美,它们早早地开花了。

意大利罗马俱乐部告诫人们:我们的子孙也许将不再知道森林,不再能享受森林的美!随着一片片森林被夷为平地,世界已失去平衡,人类正面临着困境。

"条条道路通罗马",这是古罗马鼎盛时期为世界所瞩目的写照。20 世纪 60 年代末期,罗马再一次成为西欧乃至世界关注的中心,几个专家、学者默默筹建的罗马俱乐部在罗马林赛科学院集会成立。四年后,罗马俱乐部提出第一份关于全球问题和人类困境的报告,对西方文明的挑战是猝不及防的——新技术革命的潘多拉盒子打开后失去控制,人类在对自然界开发与征服的同时,正在侵犯自己的生存基地,并且在掠夺子孙的资源。人类赖以生存的整个生命圈正在日渐缩小,自然灾害将会空前地增多并趋向恶性,现代人和未来人的生存空间将被沙漠捷足先登……

人类的贪得无厌和聪明才智使人类活动对自然界的毁坏越来越规模巨大,而在这一切毁坏中后果最严重的、延续时间最长的是对森林的滥伐,天然植被的被破坏。作为陆地生态系统最复杂最重要的一部分的森林,它的绿色的繁荣与否是地球上一切生命繁荣与否的象征,它是自然界物质和能量交换的最重要的枢纽,是大自然四季更替、晴雨冷暖的"总调度室",如今这个"总调度室"自己已经千疮百孔、朝不保夕了!

地球表面最初曾有过76亿公顷的森林,覆盖率为60%。关于森林面积数字说法不一,一说为47亿公顷,而每年消失的森林的惊人之数却是大体相近的:1500万公顷! 到2000年,由于森林被伐,人口增长,会有30亿人面临严重缺乏燃柴的局面。

中国的森林面积为17.29亿亩,覆盖率为12%,这是大兴安岭火灾前的统计。我们的森林与日益贫乏的世界森林相比,则是更加贫乏的,而减少的速度却又是更加惊人的!

这样一种近于毁灭森林资源同时也是毁灭我们自己毁灭我们子孙的速度,因为城市膨胀、人口增加、乡镇企业的不合理布局和土地,尤其是耕地面积的难以控制的减少,以及玩忽职守的官僚主义者对毁林、生态破坏的无知及漠不关心,总之中国人对财富和物质文明的野蛮的追逐,使这样的毁灭还在加速之中!

1968年,当罗马的罗马俱乐部成立并向着世界宣传全球面临人类困境的信息时,被权力斗争折磨的中国,同时又在进行着自以为可以拯救世界的"反帝反修"的"世界革命"。一方面,经历了砍伐树林炼钢铁的"大跃进"之后,农民又上山烧荒伐木学大寨;另一方面,知识和科学被视为垃圾,一大群学者、知识分子成为劳改农场、劳教农场、"五七"干校的廉价劳动力。在散发封建气息的土地上,无知和愚昧胶合成了一道坚实的笆篱。近20年以后,中国人才知道罗马不仅有竞技场,还有一个罗马俱乐部。

在整个人类面临的困境中,中国人难道可以独独例外吗?

中国,一座山和一个人的困惑

我要去寻访武夷山,为了名山的诱惑,也为了一个人的吸引。寻找武夷山的过程是痛苦的，想象与现实之间的距离太大，早先的武夷山太美！武夷山以“溪曲三三水，山环六六峰”构成了山水之妙，而滋养着武夷山水的是武夷山的百年古松、白楠、香樟等树木。

武夷山的岩石结构有“骨山”之称，一座山就是一块巨石，拔地而起，横生出大王峰、隐屏峰、水帘洞、鹰嘴岩、玉女峰等等有刚有柔有骨有情的无数景象来。只是在峰巅、岩趾点缀着一层薄薄的沙泥石壤，覆盖着一层落叶。就凭借着这薄薄的立根之地，当年的武夷山却是古木参天、竹林满山。倘是秋日，三角梅满山遍野，红枫的落叶飘飘洒洒。宋朝刘子翚有诗云：“幔亭落日笙箫断，毛竹连云洞府深。”1616年，徐霞客首入闽寻访武夷山，在《游武夷山日记》中记下了在天游峰纵目时看见的“落日半规，远近峰峦，青紫万状”，以及小桃源的四山环绕中，有平畦曲涧，围以苍松翠竹，鸡声人语俱在翠微中，而水帘洞奇观则是“岩既雄扩，泉亦高散，千条万缕，悬空倾泻，亦大观也”！

武夷山的树实实在在不是扎根于高山岩石之间的，它找不到裂缝。完整的一块巨壁一架骨山，怎么扎根？因而武夷山的树、竹、草都是靠着根的蔓延使自己独立，又在年深日久的纵横交错中形成了武夷山的植被保护网络。在武夷山随处可见这些蛰伏在岩壁上的已经枯死而成了标本的根蔓，在一棵棵大树被砍倒之后，它们仍然不肯离开武夷山而成了昨天的见证，人们就连这一点苦心也不予理解——这样的根蔓也往往被山民、游人随意地从岩壁上剥下，然而因为几十年上百年的缠结和拥抱，它们把自己的影子深深地刻到了石头上。

就是武夷山的树，它的一枝一叶、根根蔓蔓，吸附着尘沙泥土，积聚着阳光雨露，在冬天满树白雪，在雨季一棵大树就是一个小水库，保护着山林水土，防止了山洪暴发。

山清水秀源于树绿。

1962年，九曲溪上尚可泛舟，现在只能行走竹排，有的地段竹排擦着水底的卵石才能过去。仅1985年一年，九曲溪的水位下降了27厘米！

一旦九曲溪干枯——这绝不是危言耸听——武夷胜景安在？

水帘洞的飞瀑本来是“悬空倾泻”的，在名山的瀑布中，它有陡壁之险又有山洞之幽，游人无不叹为观止。现在，当笔者前往观瞻时却滴水全无，石壁上有水流摩擦过的痕迹，让你想起这是当年的瀑布，斗转星移流水不回，水帘洞大睁着眼睛，欲哭无泪。

这是为什么？

大王峰人称武夷第一峰，据史料记载，大王峰上顽石高堆几乎无路可走，灌木从生却有飞鸟成群，更加宝贵的是峰上“古木参天，浓荫铺地”。这参天古木历经劫难，到1974年时尚存300棵，300棵虽然少却还可以半遮半掩使大王峰不至于太露，可时至今日又被大斧砍去298棵，只剩下2棵。项南在福建治政时大呼：你们把大王峰的衣服都剥光了，这还了得？

不仅是大王峰，1984年武夷山所属的吉安县的部分乡农砍树一直砍到玉女峰——这是每天晚上都要在电视屏幕上出现的福建省的标志，连玉女的裙子都要往下扒！

武夷山上的斧子绝不仅仅是这些，近几年来毁林事件愈演愈烈，全然不顾国家大法、省政府的布告以及关于国家级风景区的各种明文规定，凡此种种，笔者在下文还有披露。先要敬告读者的是，武夷山长此下去将要成为无衣山，九曲溪里将会出现骆驼，我们将愧对子孙，子孙将鄙视我们！

这是在武夷山管理局工作的一个爱山爱树如爱命的人告诉我的。

我一看就知道是他，瘦瘦的黑黑的，手里拎着一顶竹笠，只有眼睛的明亮才使他明显地区别于别的人，我想他准是在武夷山得到了什么灵气。有人说他是怪人、怪杰，也有人说他是“难剃的癞痢头”，乡民说他是守林的、修路的。他是管理局的基建科科长，他知道科长也是个官儿，在百姓、科员之上，带着施工队修路修厕所。就这么一个官儿，他自己刻了一枚自己的官印：狗官建霖。

他叫陈建霖。

他说：“我是武夷山的看山狗，谁砍树我就咬谁，我就是狗官！”

在中国的官场上，自己称自己是狗官的大概就只有他了。有比他更大的官问他：“怎能自称狗官？”他说：“我是说我自己，跟你无关。每个月去领工资盖上这个印，就得想一想自己做了些什么，亏心不亏心，是不是白吃了人民的血汗，这武夷山我看好了没有。”

他家住崇安县城，每天清早起来做一点家务，煮好早饭，自己吃上一大盆饭喝一大瓶水，骑自行车走了，来回36里山路，早出晚归天天如此。一到风景区就上山，一边施工一边守树，看见砍树的他总是先劝后求，直到声泪俱下。鹰嘴岩旁屹立着一棵巨松，一个农民挥动大斧砍着，毫不犹豫。陈建霖先是听见砍树的声音，闻声追去，农民只想到家里的老虎灶要用柴来烧，哪里听得进陈建霖的劝告？陈建霖只好从口袋里掏钱，只有5元，太少了，砍树的农民不干。陈建霖告诉他：“我家里还有钱，我马上下山骑车回家拿钱，5点钟以前赶回来，你千万别砍了！”陈建霖如约回到鹰嘴岩拿出了60元钱，买下了一棵松树的命。砍树的人怀里揣着60元走了，走得很轻快，陈建霖抚摸着已被斧子砍进去1/3的受伤的松树，哭了！

这一天的傍晚夕阳特别鲜红,在晚霞雾霭之中,他偎依着这棵松树不想离去,他想:武夷山还经得起多少把斧子来砍?武夷山,巨大的岩石骨山,所谓土层其实是厚不过一寸的一层地衣,长一根草尚且艰难何况一棵大树?摘一片树叶尚且心疼何况砍伐?为什么有一些中国人在金钱和良心面前,就这样落落大方地选择了金钱践踏了良心?这样的以破坏生态毁灭文化为手段的富裕,实质上是以子孙的贫穷作为代价的。当未来的穷山恶水展现在他脑海中的时候,太阳落山了,月亮出来了。

陈建霖终于知道了自己的渺小,他挡不住那么多板斧,那么多板斧中的一把甚至连他也可以轻而易举地砍倒在地;他也不想再掏钱了,一个月七八十元工资,还要养家糊口,哪来的钱?他给各级领导写信,他给报纸写文章,力诉武夷山毁林的事实与危害。

舆论的作用也是有限的,山民自有山民的一定之规:山高不怕皇帝远。《森林法》太远,省里的布告也不近,他们怕现管的乡里和县里的官,有一些不大的官手里握着权,而且还知道为本乡本土人着想总是袒护着,法律有什么用?再往上告,省里的官无非是听地委的汇报,地委的官无非是听县里的汇报,县以下就更不用说了,一顿吃喝什么事情都好办!这就是腐败的官僚主义的可怕之处——下级只对上级负责,上级只听下级汇报,又为着在自己的辖区和任期之内的成绩而再图晋升,谁都采取大事化小小事化了的办法。大兴安岭本来可以扑灭的小火终于成为历史罕见的大火,不就是这样烧起来的吗?这也就是为什么假话不能杜绝、马屁能够盛行的症结所在。

关于武夷山风景区的汇报上永远是“成绩是主要的”,而且“山山有树,岭岭披绿”,砍树只是个别的,都已经教育过了。

果真如此吗?

武夷山毁林之风得不到制止的原因并不复杂:代管武夷山风景区的某些人有法不依,有意包庇,有的乡村干部带头违法。

1983 年 12 月 7 日,南源岭良种场的职工未经许可进入风景区绝对保护的狮子峰后的老虎巢毁林开荒造成大火烧山,破坏植被 375 亩,毁林 6000 多棵。就在上级政府决定捉拿毁林者、不得随意将木材外运时,崇安县在一天之内将火中取材的 121 立方木材运到了江苏!

武夷山公社黄柏大队的主要负责干部亲自率领乡民到风景区金鸡洞砍伐风景树 18 棵,最小的直径 30 厘米,最大的直径 80 厘米。笔者在今年 9 月份踏访武夷山时被告知:武夷山上直径 80 厘米以上的大树已被砍光因而绝迹!

且看这样的严重违法事件是如何执法的：罚款200元！呜呼！哀哉！

陈建霖说："应该把带头砍树的干部枪决！他的孩子我来抚养，我保证把他教育好，待如亲子！"这枪决是不是量刑过重？也未必，今年夏天北京抢西瓜的那几个浑小子的头儿不是还判了无期徒刑吗？

真的，这事儿真没法比！

陈建霖不知道该怎样保护武夷山了，他急了，他的眼里冒着火星，他更加不识时务！他以为每个人都有一张嘴，嘴的任务是吃饭和说话，吃饭只要随便能吃饱就行，千万不能吃人民的血汗，他这个基建科长管着好几个施工队几百万元钱，不要说每一分钱都清清楚楚，他还从来不在工地上吃饭，因为他要上山而且他怕占便宜。说话的要旨是说真话，想怎么说就怎么说，一旦口是心非，嘴歪心也歪。他是崇安县的人民代表，他大骂崇安县的一个领导："腐败！这种人当权国家完蛋，武夷山完蛋！"他骂对了，这个接班人上台不到一年，走了一趟香港带回来的黄色录像他津津有味地连播了13天，武夷山上有人砍树算什么？

省里来了一位领导干部，中午休息刚躺下，陈建霖气急败坏地去敲门："快起来，山上有人砍树，你管不管？"别人看他像是个造反派，其实，他在别人都造反的时候刻了一块竹匾，上书"白眼看鸡虫"，挂在他的斗室的门口。

北京，中央某部门一位领导人来武夷山，宴会时陪吃的人实在太多，陈建霖路过看见，想到制止砍树的时候，这些陪吃的人哪怕有几个陪陪我也好，可是上哪儿去找他们？他当面向这位领导人提出："你们天天反对大吃大喝，为什么你一人下来，这么多人陪吃？"口说无凭眼见为证，陈建霖又拉着这位领导走进幔亭宴会厅一数，恰好和武夷风光中的"三三之胜"对上，整整九桌！

1985年，美国一个旅游团到武夷山，有关方面在大宴宾客之后捧出贵宾留言簿请美国人留言。一位美国朋友写道：请你们在有钱时不要把它扔掉！另一位更加幽默些：如果你们要扔掉，请打个电话通知我，我来捡！

一方面是大砍，一方面是大吃，武夷山你还有救吗？

一方面是玩忽职守、有法不依，一方面是吹牛拍马、装模作样。正直的人说真话的人为什么总是倒霉？陈建霖忽然想起了沙漠，砍树加水土流失等于制造沙漠，一个十分简单的公式，付了多少学费也学不进。那也因为还有另一种沙漠，在心灵的土地上。有一种人在人民的疾苦面前绝不冲动，绝对稳重，没有丝毫的激情……

一座名山和一个痴人，就这样苦苦地思索着。

你说有的人麻木，也不尽然，他们有时很"机敏"，甚至有点神经质。

在幔亭山房前面，竖立着一块大鹅卵石，正面是"福建省武夷山管理局"，反面是用小鹅卵石填成的这样一行字:"要呼唤人民世世代代珍爱这块美好的土地"。这是陈建霖刻在心里的话。这一切出于陈建霖的构思,也是他的劳动成果。

1985 年,地区的一位领导人在幔亭山房吃饭时把陈建霖叫去,让他把"要呼唤人民"这五个字涂掉,因为"有强烈的政治煽动性"。

怪也不怪?

这是神经脆弱还是神经错乱?

陈建霖愤然而去。第二天,管理局派人把这五个字涂掉了。

寻访名山胜地,到处可见的是各种碑,从骚人墨客到商贾巨富、大小官吏,或勒石述怀,或歌功颂德,总之中国到处可见功德碑,而不见耻辱碑。其实,哪一个民族哪一个国家没有自己的耻辱?

一个偶然的机会,陈建霖在一个农民家中发现了一块石碑,上刻清朝乾隆二十八年四月,建宁府为保护武夷山寺庙茶园惩办贪官污吏的布告,将十多名敲诈勒索的地方官员的罪行、恶名一一刻于石碑之上。陈建霖顿时生出不少感慨,当即自己掏 5 元钱买下,在风景点云窝里竖起这块旧碑时,一个立今日毁林之碑的想法也出现了。他当即拟草稿,用文言文,四六句子相间,写得音调铿锵,内容是申述毁林之害,揭露了当年刮"共产风"和大炼钢铁而烧山伐木的恶果,点名批评了一些大队干部和社员近年来盗毁林木的行为,虽愤激之情溢于言表,但也有劝诫之词,并引经据典地指出:一千多年前南唐保大二年李良佐建会仙观于武夷宫便明令樵禁,叹曰:"古时且尔!"又道:"今者保护森林,政府有明令,凡我人民宜各有责遵守之,况性有自觉,心有自尊,肥己损公被人鄙,非君子所为,砍毁迹敛,则名山胜概益增华美。记事勒石,示告诫焉,幸勿自治伊戚!"

武夷山毁林之碑兀立于幔亭,有人著文为这一块碑叫好。山房的入口处,中外游人无不驻足,砍树之风也有所收敛。名字上了碑的毁林者看见陈建霖便一再解释说:"我要去开拖拉机了,我不砍树了,你把我的名字涂掉好吗?"

陈建霖始所未料的是,这样一块毁林之碑尽管情真意切旨在护法护林功在千秋万代,字里行间所流淌着的爱憎之情呼之欲出,只要眼睛不瞎心不偏的人一看就能明白,却因为揭了疮疤,使管辖武夷山的当地的某些领导觉得丢脸、难看,虽然碑上无名却也于心不安——倘若追查起来,这顶乌纱帽不就得落地?于是为着这毁林之碑的该毁还是不该毁,整整三年风波不断。诚然,立毁林之碑把毁林人的名字刻在石上,也实在是万般无奈之后的极端之举,可以商榷,也可以从长计议。问题的根本在于:必须有坚决的措施制止毁林风!国务院副总理万里在武夷山说:"武夷山石头上长树很不容易,可不能砍,砍了不得了!"这样语重心长的告诫起了多少作用？

陈建霖毫不退让，宣称“以血护碑”！也有人知道陈建霖的脾气，怕他一头撞到碑上弄出人命案子来更不好收拾，再加上舆论界对毁林碑的支持，那些欲置毁林碑于死地的人一时便无从下手。

1986年12月，一位有名的记者曾有武夷山之行，他采访了陈建霖。

于是有关部门接连找陈建霖谈话，要他交代。陈建霖是这样交代的：“他对我说大小兴安岭问题严重，总有一天要出大事儿。中国人，只要有一点良心想一想子孙后代，也不能这样砍树呀！”

毁林碑保不住了，今年春天武夷山特别阴冷，某日，管理局雇请民工到幔亭山房前将毁林之碑推倒。对于那些对碑恨之入骨的人来说，心上的一块石头落地了，他们可以弹冠相庆了，至于草木如何、山河如何，与他们何干？

我想起了故宫内至今还保存着的一只景泰蓝小罐，罐中立着36根干草，这是乾隆皇帝立下的“寸草为标”的规矩，勉励自己也勉励子孙：山河寸草不能丢！不肖如八旗子弟，竟也没有把这小罐砸碎！

清王朝几代不衰，历经300年，毁于慈禧专权和过得太舒服因而腐败得也快上不了马的八旗子弟。

历史的另一个别名是：立此存照！

陈建霖没有去死，在同伴和朋友的苦苦劝说下，砸碑之日他一人提着一瓶“武夷留香”酒，到了天游峰——陡壁危立，无欲则刚。天游峰认得陈建霖，在那仙凡分界处开山路，选路线，陈建霖手抓岩壁烈日下爬行几个小时，倘不是神仙保护他早没命了！留下了这条命就得为武夷山做点事情。他躺在地上，喝一口酒看一眼山上山下的风光，九曲溪缓缓流去，隐屏峰历历在目，云彩也朝他涌来。他经常觉得没有人可以说话，他便上山，跟山说话跟树交谈，对着清清的溪水喃喃细语，哭一场，痛痛快快地哭，眼泪流进九曲溪是一滴水，淌到石头上或许能长出一根草。

他说他要在毁林碑被推倒的地方，栽一丛红杜鹃，春天就想种的，别人告诉他春天种不活杜鹃，到秋天再种。他说：“我这几天就种，明年你到武夷山一定要来看看红红的杜鹃花……”

就在毁林碑将毁未毁之时，武夷山砍伐之声更加甚嚣尘上，砍伐者们明确无误地感觉到了有人包庇他们，没有好下场的准是那个立碑的陈建霖。

1985年，崇安县贷款20万元给红星大队党支部书记叶广昌，这位书记每天雇民工150人上山砍树，在九曲溪的发源地三宝山实行烧光、砍光、卖光的“三光”政策，先砍大树再砍小树然后放火烧山，伐木5000多立方米，占崇安县当年伐木量的1/4。

叶广昌伐木毁林有功，当上了县劳动模范。

1986年，叶广昌继续砍，陈建霖化装成无业游民于9月24日到三宝山现场查看，120人砍树不止烧山不止。

陈建霖的眼前突然一片空蒙，幻变出了一场大雨，山洪暴发，不再有森林不再有植被保护的三宝山上，雨水裹挟着泥沙汹涌而下，九曲溪成为九曲沙砾，我们的后人将凭借着先进的科学仪器在这里考察、挖掘，怅然地怀念着九曲溪里有水的时候，那清冽，那水中山的倒影，那溪流拐弯时的一片细微的涛声……

毁林碑虽毁，毁林的劣迹却毁不去，官僚主义者的愚昧、顽固，只对自己、对上级负责而绝不对人民负责的恶行也毁不去！历史将记住他们！子孙将咒骂他们！

就山川草木而言，有地貌的变化为证；在人们的记忆之中，心灵的碑石不朽。他们可以不说，冷眼看着那些大大小小的鸡虫，这样的碑谁能来摧毁？

毁林碑推倒前后，从1986年12月到1987年8月，武夷山风景区毁林事件迭起，从树围6厘米的小树到44厘米的大树格杀勿论！武夷山还有多少树可砍？

另有不完全统计：

烧山167亩。

毁林13起。

建炭窑4座占地30亩，砍杂木毁林2万斤，烧炭8700公斤！

我徘徊在武夷山的小径上。

一个叫卖竹子拐杖的小青年，十六七岁，穿着不像山里人，一条紧身的牛仔裤，尖头皮鞋，头发很长。

一根竹拐杖卖1元，在旅游旺季一天可卖80根左右。我买了一根，为了和他多说几句话。“这竹子是批发的吗？”

“砍的！”

“在哪儿？”

“山上。”他挥起右手一指。

“没有人管吗？”

“大家都在砍，不就一个陈建霖吗？”

我顿时语塞，拐杖那么沉重，那是一根武夷山特产的方竹，上面印着五个字：“武夷山留念”。真的，真是一个很好的留念。

这样的竹拐杖在很多个体户的店铺里摆着，一大捆一大捆，任游人挑选。

我想：在武夷山的方竹被砍完之后，留下的这根竹拐杖，将是稀世之宝，可以进博物馆、拍卖行，锣声一响黄金万两。

秋日夕阳的余晖将要从这一片杂木林中消失了，大王峰的山顶上还笼罩着一层橘黄色。

我和一个砍树的乡民对话：

“村里不都有护林员吗？”

“就是护林员带头砍的，护林员还是党员，十有八九是乡长支书的七姑八姨小舅子，一个月拿40元钱护林费，自己照样砍树，我们这些小百姓为什么不能砍？”

“大一点的干部砍吗？”

“他们也有砍的，不过砍不砍没有关系，有人送上门不更好？”

乡民的话使我想起：崇安县100多个科局级干部中84个违章占田盖房，他们新房的大梁中不知有没有武夷山的树？

黄河故道和洪荒及大火、战争的再启示

1987年10月12日晚，电视新闻：陕北高原的黄土山脉继续因为开山而受到破坏，大量的泥沙倾泻到黄河中。

超负荷运行的黄河沉重而痛苦，在与人类积聚了几千年的因为不理解而生出的恩恩怨怨之后，有一天黄河的报复将会百倍地超过以往，它将追逐并淹没黄河两岸文明的一切，包括逃命逃得很快的人类，以及耕地、果园、所有的建筑。在尽情地宣泄之后，它将平静下来，留下贫瘠的黄沙、裸露的顽石、无数的沟沟坎坎，概而言之，把成片的荒芜铺向人间……

地质学家和生态学家已经一再证实，黄泛区的地层下至今还残留着当年森林和茂密的水草的痕迹，还有在原始森林中曾经活跃的、既可以自由地对天长啸也可以悠闲地在林中散步的走兽的尸骨化石。人们还有十分充足可靠的理由去想象昆虫与花草之间的缠绵、色彩斑斓的草地和沼泽上雾气缭绕的情调，还有各种飞禽。

后来没有了。在森林被砍倒伐尽之后，所有的花草枯萎了，翅膀折断了……

因而黄河并不忏悔。在远远近近的人们的“治黄”的声浪中，黄河无动于衷，我行我素。

历史说：黄河是中华民族的摇篮。

历史也说：对森林和植被的最大规模的破坏，也是从黄河流域开始的。在失去了绿荫之后——我们的祖宗种下的深重的罪孽——几千年子孙们付出了，并将继续付出家破人亡田毁地荒的代价！

我也曾在录像机前畅游于黄河的发源地及黄河上游的青山碧水、花木飞鸟之间。

中央电视台黄河摄制组拍摄的黄河纪录片,在制作的过程中我曾有幸先睹为快。我惊讶于黄河的源头那么平静,黄河的上游那么美丽,我没有见过那样清澈见底的河水,没有见过那样洁白如玉的浪花,没有见过如此众多的无名的美丽的山花野草……

黄河原来是这样的!

大片的连绵不断的森林。

出没在森林中的野鹿,已经变得十分稀少的野马……

花草们因为无人欣赏而尽得天然之美,况且它们并不孤独,在花草之间它们自有它们的交流,而这种交流又是平等的。

一个岛屿上的景观更使人类汗颜:那么多种类的鸟,有的凶猛,有的柔弱,有的美丽,有的笨拙,有的会在这小岛上衔几根草筑一个窠,有的一无所有却在晚上归来认定是自己的家。彼此间只有嬉闹没有斗争,都是雌雄双双同居,并且共同负着"养儿育女"的责任。而对于破天荒地闯到这个岛上来的人,它们也毫无惊恐,只是伸长脖子看着,以为是它们大家族中新的一员,有几只红嘴长腿的鹭鸟甚至款款走近。

这里的一切都维持着从久远的岁月遗传下来的生态平衡,自生自长自灭。鸟类从草原上获得食物,又用粪便滋养草原。野兽之间厮杀争斗的大规模战争已经结束,竞争以后生存下来的动物以各自的优势保存并发展自己,弱肉强食的现象在动物世界是不会灭绝的,但同时又是优生的一种手段。

森林有很多角落。

草原也非常辽阔。

牧民们似乎并不担心别的凶兽,他们养狗是为了防止狼的偷袭。一只狼不可怕,可怕的是群狼,狼的集团作战术连狮虎都畏惧。牧民说,没有狼,我们的牛羊将不会聪敏,猎狗也会变得懒惰。

总之,倘若没有人的干预,没有双管猎枪、霰弹、毒针,动物世界的一切纠纷将会以它们特有的自我调节的形式进行,并且兽类也绝不会灭绝。

这一切似乎都与黄河无干,其实息息相关着。在森林和植被的保护下,水土不会流失,泥沙无法蠢蠢欲动;而同时黄河作为这一带生态平衡网络中的一条关乎命脉的血管,源源不断地提供着清水的滋润,不会有饥渴的草地、小鸟和走兽。

于是黄河便书写着时而平静,时而激动,时而仿佛要在一个湖泊中休养生息,时而又穿越于高峡险谷的壮丽史诗。

它的水的颜色是与青草绿树一致的。

它的平静的舒展是黄河母亲的胸怀。

它的激越是面对险阻、冲突而必须穿越的一支高昂的歌，赞颂大自然中的强者，也激励弱者。

没有泥沙。

没有灾难。

黄土高原与黄河是不可分割的，不仅因为几千年来黄沙滚滚入黄河，还因为4000多年前这里曾是连绵的原始森林，水源丰富，土地肥沃，孕育了中华民族的历史，产生了为世人所瞩目的黄河文化。

据古籍记载，在周代，黄土高原的森林有4.8亿亩，黄河流域的森林覆盖率高达53%。

这样一幅中国古文明史上如此壮观的森林与黄河的图画，后人是无法想象的，也无法用语言表达。人们只能感慨于人类在生产力极其落后的情况下如此疯狂而巨大的破坏力，一斧一斧地把一株一株大树砍倒，造田种植的短暂的繁荣之后，便开始了长荒久旱的灾难的历史。直到今天，生产力和科学技术的发展已经使月亮瞠目结舌，可是人们无法使“黄河变清”，而只能作为豪言壮语留在教科书和宣传手册上。

中国长期的奴隶社会和封建社会中，农业经济是主体、是基础，农民是以吃饱饭为生产和生活目的的。这样一段漫长的历史和极度的贫困不断地磨损和削弱了中国人的优良素质，使他们习惯于苟生和偷安，同时又使农民不得不去毁林开荒、毁草开荒，以最简单的手段获得最简单的生活必需品，也留下了最复杂最庞大的后患。

且以史书上记载的“两汉繁荣”为例，西汉末年垦田800万顷，东汉垦田700万顷，至此，黄河流域的森林全部倒地，落木草地一概化为灰烬，黄河流域的土地也全部垦完。庄稼长起来了，田园无数，农民交纳的赋税奠定了两汉繁荣的基础，也是黄河流域衰落并走向灾难的开始！以致今天这里的43万平方公里的土地上，千沟万壑，水土流失严重，满目所见都是荒山秃岭，茫茫荒原！

这哪是昨天的黄河！

黄河你自己也说不清，你自己也洗不清，你就这样变黄了，成了全世界含沙量最大的河流，洪水期间含沙量竟高达50%，一条黄河就像一锅泥浆。如果用黄河每年下泄的16亿吨泥沙筑一条高、宽各1米的长堤，可以绕地球32圈。黄河每年带走的氮、磷、钾肥4000万吨，相当于全国每一亩耕地被冲走50斤肥料！

一位美国朋友说：黄河流走的不是泥沙而是中华民族的血液，不是微血管破裂而是主动脉出血。

我们正是大出血的民族中的一员，我们的精神和气色总是不太好，有时神经衰弱，有时手脚麻木，眼睛也有毛病，不是近视就是老花，或者散光，好猜疑能嫉妒，心胸不开阔，虽然我们也去义务献血。

从南北朝到唐代，人们的目光已开始转向长江流域，好在上帝赐给我们两条大河。长江的水土流失也在日益严重，长江将要成为第二条黄河的警告已发出好几年了，长江上游的森林还在被砍伐之中！

我们还有第三条长河吗？

新时期有一本反映环境问题的书曾风行一时，虽没有到洛阳纸贵的程度，却也为驻马店地区、洪汝河两岸的群众争相传阅。1976年开始的河南大水灾就这样先是由一个记者继之由一个作家而使社会有了了解。

这一场水灾来得如此凶猛，黄河支流的洪汝河、沙颍河、唐白河一带连降暴雨，三天内降水800—1000毫米，板桥、石漫滩水库大坝终于不敌而决口，决口之后的黄水席卷子民百姓苦不堪言的情景，那本书已有记述了，本文不赘。

笔者追寻昨天的痕迹，有一个疑问：板桥、石漫滩两个水库被冲垮，是不是不可避免的？假若这两个水库固若金汤，洪荒之灾时人民也能得以幸免。之后的调查证明：被毁的两个水库上游和库区周围的森林常年被毁，植被受到严重损伤，森林覆盖率只有20%。而在同样的暴雨洪水冲击下的薄山、东风水库却因为森林覆盖率高达90%而安然无恙，保护了多少生命和财富。

突发事件使人们措手不及，但，在被冲垮的两个水库中各种预兆都有，毁林的情况虽有简报制止却不力，或者说根本制止不了。我们的中原人民连黄泛区内好不容易才长起来的一片小树林都要砍，更何况库区周围粗壮的树木？

板桥、石漫滩水库的水经常是混浊的，即便是一般的雨量小到中等的雨后，也是泥沙俱下，每年的淤积量高达30—40厘米，库容量不断减少，暴雨之下岂有不垮之理？

薄山和东风两个水库平日水清树绿，每年泥沙淤积量只有1.3厘米。在大雨倾盆时，又有库区周围的大树以每天吸食1吨水的速度加以蓄积，并且保护了泥沙的流失，从而也保护了水库。

以上所述，能不能算是洪荒的再启示呢？

一切都是那样简单——从远古到现在——我们曾经有过森林，后来被砍伐了；

我们曾经吃尽了洪荒之苦,可是我们仍然不去爱护树木!

祖宗把灾难留给了我们,我们又把灾难加倍地留给子孙!

救救森林!

救救子孙!

人类有多少灾难,森林就有多少灾难。护卫着人类的森林,它所承受的又往往是人类强加给它的灾难。自然界的奥妙最终却又在于:随着时间的流逝,人类才发现有的惩罚都是人类自己给自己的。

大兴安岭的大火是由几个违章操作的人引起的,大兴安岭的火种却是那些玩忽职守的官僚主义者播下的。在阳光特别明亮空气特别新鲜的绿色丛林中,至少有一些角落是黑暗的:吞噬漠河的大火最终吞噬不了漠河县长的住宅,面对着席卷森林的熊熊烈焰,一个消防队长居然指挥消防车不去灭火不去救老百姓,而去保护县长和他的住宅,为了这种保护是有效的,又用推土机推倒了县长住宅周围的别的民宅——没有比这个例子更生动更具体的了!

森林危机从本质上来说,滥伐并不是唯一的,还有——

人类共同的财富不再被看作是人类共同的。

治理森林的人并不懂得人在自然界的位置,并不把森林看作人类的母亲和朋友,而仅仅是砍伐对象。

对森林有管辖权的官僚以及属于官僚的特权,使他们成为森林的皇帝、森林的占有者,不是森林的利益高于一切,而是长官的利益高于一切。

以干部的权力,在国有化的森林用国有化的现代器械为自己谋私利,如同产名酒的地方酒是贪污贿赂者的最佳礼品一样,木头的诱惑因为其本身的价值也许更加迷人,这也使出木头的地方,很有可能成为最黑暗的地方!

我们统计出了兴安岭大火所受的损失,但,我们无法计算出十多年来有多少珍贵的兴安岭的木材撑饱了多少人的私囊。

这是真正毁灭性的破坏,坏人得志,好人被打击,人和森林一起失望。

1987 年 9 月 30 日,《人民日报》载:“国务院严肃处理大兴安岭特大火灾事故以来,黑龙江省委、省政府查出了省直机关存在的一批官僚主义和机关风纪问题。”被查处的 15 名违纪干部中有以 11000 元公款为自己装修住房的,还有税务局的正副局长、正副处长、正副科长接受纳税人的“礼品”——应为贿赂等等,读完这则消息后仍不免惆怅:这与“国务院严肃处理大兴安岭特大火灾事故”有何相干?这样的以权谋私执法犯法者还要等兴安岭烧得满目疮痍后国务院出面才去处理吗?

那么黑龙江省应对大兴安岭大火负一点责任的官僚主义者在哪儿呢?哪一个

局?哪一个处?哪一个科?黑龙江省的木材年产量约占全国的一半,而黑龙江的森林面积近几年来正以每年净减1.7%的比率迅速减少!原因是什么?毛病出在哪里?

黑龙江的森林地域也是一处“禁区”,国家粮库可以偷空,人民的财产成为己有,是非不分。1983年秋天,兴安岭要出大事故的警报早已有了。但,记者不能去,作家不能写。

又据报载:北方的美丽城市哈尔滨自1983年起患绦虫病、囊虫病的人数每年激增,从60例到1984年的150例,再到1985年的200例……已经出现食源性疾患,患者却又说不清病源是何时何地怎样进入自己体内的。

最后查明:是德惠县县委一个副书记的一张便条胜过国法,将45万斤痘猪肉放行,由哈尔滨的食品加工厂做成罐头和肉食品投放市场——贴着国有标签的毒药!

笔者仍然不清楚:这是一种什么样的病源?为什么能这样轻易地毒害老人和孩子?

哈尔滨亚麻厂爆炸!

松花江渡轮倾覆!

松花江铁路桥被炸!

红色的和黑色的警告,太阳岛也不再像前几年那样有魅力了。人们爱太阳岛,却害怕痘猪肉。这种病会使人抽风猝死,或成为痴呆,甚至成为完全没有意识的“活死人”;还可以使人双目失明,大睁着眼睛却什么也看不见!

活死人,睁眼瞎,能吃能拉什么都感觉不到,一切都看不见,森林大火、爆炸、翻船从此都与己无关。无声,沉默,这不是更加深重的悲哀吗?这又仅仅是一种痘猪引出的身体上的疾病吗?

1987年5月,中国,大兴安岭森林大火,使中国人看见了一个如此巨大如此鲜明的红色的警告!而火,却从来都是人类的朋友,曾给了我们多少温暖和佳肴!

170万年前,人类的始祖最先发现的火也是在森林之中,是雷击造成的雷火。当我们的老祖宗发现火能使生肉变成熟肉这样的美味时,古文明便有了一个巨大的飞跃,人类的文明史在火光的照耀下翻开了新的一页。从某种意义上说,历史的车轮是由火推动的。

但,同时也有了玩火、失火、放火、林火、战火……

现代化战争的熊熊大火对人类以及人类生存环境造成的破坏是无法估算的。

1961年至1970年,美国在越南南方1/7的土地上进行了2万次喷药飞行,喷洒各种落叶剂7200万千克，使1400平方公里的红树林遭到极度破坏，西贡北部和西部的硬木林死掉一半，毒死昆虫、两栖动物、爬行动物不计其数，这一地区的孕妇生产的死胎和残疾胎儿急剧增加！1971年，停止喷药后又以大规模的推土机群铲除森林植被，造成450万亩土地裸露。战争期间，越南被消灭的森林达1800万亩！

我们怎能不诅咒战争？

人类却又离不开战争，每天晚上的电视新闻中倘若没有战争的消息，人们反而会惊讶：怎么不打了？

战火无处不在：山，旷野，森林，海湾，天空……

人类正在用各种手段制造悲剧、制造沙漠，人类不仅在为自己掘墓，也正在真正惨无人道地埋葬子孙后代！

战争以后给人的丰富启示也许并不比战争本身来得简单。20世纪50年代初的朝鲜战争也曾是震动了世界的，人们现在议论的焦点是南北朝鲜的各自和谈建议，板门店两方的相互抗议，而在人们不去注意的三八线附近那一条无人的长243公里、宽4公里的非军事区域，却出现了较之于南北朝鲜战后任何一项惊人的变化都要惊人得多的奇迹——这个人迹不至的非军事区域，现在是森林茂密的世界上最大的野生动物的乐园。

一个美国记者是这样描写的——

> 我们在这里首先看到一对丹顶鹤。它们正在一个浅塘里寻找小鱼，时而舒展双翅，时而翩翩起舞。它是最大的飞禽之一，1974年时人们认为已经绝种，现在在非军事区内和附近地区发现了170只。还有大雁群，它们从沼泽地里起飞，队形整齐，翱翔盘旋。3只鹰懒洋洋地在大雁群的上空盘旋。鸢、隼和其他小猛禽以及野鸭和各种小鸟多得难以计数。我们还看到一只面部呈鲜红色、洁白的羽毛夹杂着粉红色的朱鹮，它是濒于绝灭的一种鸟，目前全世界幸存的只有11只……

多好！多美！能不能说这是绿色幽默？

这些树这些鸟，它们的祖先也是战争的受害者，人与人在拼个你死我活的时候是绝不会顾及树和鸟的，相反会连同妇女和儿童一起加以扼杀，这是仇恨的力量。这些树这些鸟，是在提醒我们记住战争呢还是离开昨天？

森林学家告诉我：任何一块砍伐之后垦殖的耕地弃耕后，如果无人过问，只要10年时间便能看到一片新的森林正在形成。这与三八线附近的无人区非军事区本质上是一致的。

这个世界上应该有更多的“无人区”。

大自然正在默默地争取着无人过问的权利。

在阳光下和月光下，中国的盗伐之声

在大都市，高楼和水泥预制板把人们互相隔绝着，习惯带来的惰性使我们对远离大自然，对听不见鸟叫看不见树林已视为平常，负离子发生器的出现使人们更加麻木，以为从此以后在自己的斗室里空气便会永远清新。大自然是不能再造的，可以再造的就一定不是大自然。

孩子的天性使他们的目光里充满了渴求。他们在2平方米的阳台上孤独地看着天空，盼着群楼中间那几棵长不大的小树能给他们一点绿色；把雪白的大米撒在阳台上，期待着麻雀来啄食，他们以为麻雀在这个世界上几乎是唯一最美丽的小鸟。

植树节给人带来的短暂的喜悦已经过去，很少有人关心这些小树能否成活，因而能活下来的只有1/3。当人类在把自己的生命和树木的生命联系在一起之前，仅仅把植树当作是摊派的任务时，人与树之间的距离和隔膜是无法消除的。通过电视媒介人们还发现，就在这一天有很多人还没有去种树，而是去拍照了，十几个、几十个镜头对着一棵树，前呼后拥的人把刚种下的树周围的松土踩得结结实实。人们对于自己上镜头或者把别人送入镜头，要比种树有兴趣得多。

也许就在植树节的那一天，或者是刚刚过去之后的春天的某日，当大自然又把一年一度的新绿送到人间时，忽然发现，那种朴实的对春的期盼和歌的轻柔已不复存在，在春风一样的林中散步，贝多芬在维也纳郊外的小森林里对每一片叶子每一只小鸟的倾心相诉，已成为遥远的过去。中国人不认识贝多芬，很少有人知道他的这句名言“我爱一棵树甚于爱一个人”，在他最痛苦的时候只要想到树木、旷野，他就会重新激发对生活的热情，田园，在他的每一个音符里延伸着希望……

代之而起的是什么呢？

无论在阳光下还是月光下，只要屏息静听，就会听见从四面八方传来的中国的滥伐之声。正是这种滥伐的无情、冷酷、自私组成了中国土地上生态破坏的恶性循环：越穷越开山，越开山越穷；越穷越砍树，越砍树越穷！

1987年3月，广西南丹县国有林场被哄抢，1米多高的树根上至今斧痕累累，一片荒芜连着一片萧条，谁能想到这里曾是面积为19万亩的浩瀚森林！

1984年以来，乡民结伙哄抢、盗伐这个林场的林木，在兰店堂、马老门等处，约1000亩成材林被盗伐一空，人们又将八腊坡等地的400亩森林砍光伐尽。1987年春节，在爆炸声中长湾站的150亩林木顷刻倒地。有一些人尚觉得砍树拉树太累，干脆哄抢已由国家按计划砍伐好的成堆木材。两年多来，这个年伐木量1万立方米的林场被盗伐15000立方米，合人民币400多万元！

那里的万元户很多。

那里的万元户当得很容易，只要敢偷敢抢。

那里的万元户愈多，南丹县的森林就会愈少。

4月，距广西山口林场盗伐不到一个月，贵州黎平县的很多村寨都堆放着木材，德顺村一个村民组的33户人家门前，所堆放的木材计有1000多立方米，以致楠竹林场附近的公路两旁，堆放的无证采伐的木材长达1公里，体积1万多立方米！

这些数字可观的从国有林中砍伐的木材转眼之间已经不是属于国家的了，而属于那些已经富起来和将要富起来的万元户！

一切都是轻而易举的。洪洲区以更新国有林为名，向县政府报告要求砍伐摩天岭国有林场。县里同意砍伐500立方米木材，区政府将指标承包给5个人。因为这5个人砍伐了993立方米，便引起一些群众的哄抢滥伐。要富一起富，要穷一起穷的结果是大伙儿上山一起砍。中国人在需要主持正义的时候总是十分成熟稳健犹豫踌躇，可是为一己之利而去破坏的时候倒是无所畏惧的——摩天岭国有林场计3000亩，无数栋梁莽苍苍一片毁于一旦！

这个县的水口区林场有林面积5700亩，1985年区里将领导权下放给水口镇，水口镇党政机关修办公楼缺乏资金，县人民政府同意从林场里伐木200立方米收入5万元。结果办公楼和卖木材的钱都无影无踪。

水口镇的负责人还带头砍树造房，群众跟着砍，盗伐事件接连不断，白天砍不够晚上接着砍，一个国有林场，5700亩森林被活活砍去80%！

靠近县城的国有花坡林场，国家投资200多万元，有林面积63000亩，就在县委、县人民政府的鼻子底下，干部、农民哄抢林木已成家常便饭，现已查明有2万多亩森林被砍被偷被抢——被毁！

这个县的县太爷们坐得住吗？

几次大规模的砍伐国有林均先由县人民政府同意，然后严重失控，大片森林被砍倒。

更使人惊讶的是，仅1986年，由这个县的领导人批条子被砍伐的木材达10万多立方米。

“批条子”也是中国的特色，一个权势者的一句话一张巴掌大的纸条几个歪歪扭扭的字，其实效超过了多少法律、法令、通告、布告之类。从黑龙江德惠县的45万斤瘟猪肉到贵州黎平县的10万多立方米木材，无不如此。而让人民不堪重负的是，在封建社会知县只一个，管的事儿还不少，就算他也批条子不就他一个县官吗？现在的县里光正副县委书记、正副县长不下十个，无怪乎这条子变得越来越沉重了！

可以肯定的是，在这种地方《森林法》《森林法实施细则》尽管已颁布多年，违法犯罪者却不会得到严厉制裁，因为上梁不正下梁歪。

在有林场的地方，生财之道也是五花八门的，起主要作用的“杠杆”是权和利。黎平县采伐证的发放权都控制在县、区、乡、镇政府手中，按规定每张采伐证应收工本费0.50元，但有的乡镇政府规定：每采伐1立方米木材收款15—30元不等。一些不法分子乘机贩卖采伐证、伪造公章、伪造运单，内外勾结大发森林财。

森林，就在这样的重重包围之中！

一个“钱”字，使社会、使人生出了多少困惑！

今天的一部分人富了，明天面对的却是一片荒野秃岭，从长远来说其实比过去更穷了！

福建安溪县以出产铁观音茶闻名，这几年铁观音茶时来运转，销路大增，因此发财的不少。于是毁林毁地种茶成风，短短三五年时间，水土流失已经显而易见。这种现象如成为恶性循环，失去了生长铁观音茶的高山竹园所特有的环境及气候条件，到时候农田既毁，树木已不复存在，而茶园也势必凋敝，山民何以为生？子孙何以为业？留下的也许只是现在到处流行的一纸关于铁观音茶的广告——

> 安溪铁观音茶是我国乌龙茶中的极品。竹园地处安溪高山，自然气候条件得天独厚，其特殊的采制加工技术历史悠久，所出品的铁观音茶，香气清郁，滋味甘醇，以独特的铁观音韵味而驰名中外。饮后回甘，去暑解热，消食利尿，杀菌疗疾，提神醒酒，消肥降压，还能防牙蛀、抗辐射、防癌，是当今原子时代的高级饮料。

这一篇广告全文是笔者从一盒铁观音茶的包装盒中得到而实录的。铁观音驰名中外此话不假，从防牙蛀到防癌抗辐射，广告已做绝，笔者也不敢怀疑，无限感慨的只是：后人将怎样品味我们？历史将怎样品味今天？

使福建省林业部门大为不安的还有,如为种植食用菌——银耳、香菇等,大量砍伐阔叶树种。为赚钱而不惜砍树,赚小钱而失去了本应造大福于今人和后人的森林,令人不寒而栗!古田县以古田银耳闻名,在消耗了大量森林资源后,现在全县仅剩下阔叶林蓄积18万立方米,老树所剩无多,从今年起砍伐幼林。闽侯县的三个乡,在1986年因生产食用菌便砍伐了2万多立方米的木材!

食用菌何以如此风行?原因是周期短,投资少,效益高,许多贫困乡都把生产食用菌作为扶贫致富的主要手段。而贫困乡几乎一律都是森林少、土地薄,于是在把自己的树木砍光之后又去邻乡邻县购买、偷伐。

1986年,福建省为生产食用菌而消耗阔叶树木材138万立方米,全省现有的阔叶林蓄积量已锐减至1.3亿立方米!

阔叶树造林不易成林更难,而且生长周期长,有关专家已经发出了福建省阔叶林资源即将枯竭的警示,我们还要啃祖宗的骨头,吃子孙的种子吗?

我们并不否认在耗去了如此众多的森林之后,铁观音和银耳能使一部分农民脱贫,然而由此付出的代价却是一处处脱血的荒山和田野!

城市也不甘落后。为了美化城市的有之,为了弄钱的也有之,于是大家都往山上跑。有消息说,地处我国“三北”地区的青海西宁,从六盘山、贺兰山移植常青树、花、灌木达20余种,包括青海云杉等野生植物14万余株。而“三北”地区的森林覆盖率是最低的,仅5.9%。这样大规模地到山上挖掘野生植物,或移栽以为城里人观赏或制作盆景高价出售,结果是越有开发利用价值的野生花卉植物、越是森林植被较好的地区,遭到破坏与灭绝的危险性就越大越快!近两年来,名贵观赏植物如苏铁、山茶、杜鹃、兰花、百合等野生资源已大大减少,有的濒临绝迹!

而距崂山海岸20公里的长门岩岛上,我国北方唯一的十分珍贵的观赏植物——野生茶花正面临灭绝。这种原始物种是常绿阔叶树,于冬春之交开花,群体花期达半年之久。蒲松龄笔下太清宫山茶花化为花仙降雪的故事,更是流传天下。太清宫位于崂山,山茶花即长门岩野生茶。当地人民一直把山茶花当作仙花,野生茶长期以来一直覆盖着大半个海岛。时至今日,崂山陆地野生山茶已经绝迹,只有长门岩岛上尚存549株,且已衰败。这种绝不容易生长、保存的原始植物,被人们毁于一旦时却并不费力:一些渔民、花贩子折花挖树采种掘苗无所不为,不到三年时间,连同一个美丽的神话,我们都将最后失去!

人类至今还不懂得这样一个道理:当他们使生存在这个地球上的森林及别的野生植物陷于困境的时候,最大的受害者是人类自己;人类必须从自私的心态中解放出来,学会和森林和睦相处;当人类以爱心对待一株树一根草的时候,这一株树这一根草也同样会以爱心关照人类。

一个曾使我们很多人疑惑不解的例子是，那些被人们小心翼翼地从山上挖掘回来，并珍养于花盆中、阳台上，日日施肥浇水的野生植物却最终养不活而枯死了！

两年前，美国一个植物学家做了这样一个实验：让一个人当着一根植物的面折断了另一根植物，然后由一队人在没有被折断的植物面前经过，仪器表明，当那一个扼杀另一根植物的“凶手”经过时，它的同类发出了呼救的信号！

人不可能占有一切。

人的狂妄、自私与愚昧如果不是因为大自然的及时的惩罚而稍受挫折的话，人类毁灭自己的速度将会更快！

在人们通常提及文化素养、文明程度这些名词时，我们时常忘记了对大自然的古老文明的崇敬、爱戴和珍惜。我们作为家长对孩子的教育是爱惜每一分钱，而不是爱惜每一根草；我们习惯于把心灵锁闭在很窄小的天地中，而不是去展开想象的翅膀；我们无疑应该爱护老人，但我们为什么不能也帮助老树？

1979 年春天，笔者曾有海南岛之行，一路上风光秀丽绿树成荫自不必说，在踏访五指山时却为扑面而来的滚滚浓烟所挡，询问之后才知道这是山民在烧山，从每年春节到 5 月是这里群众烧山的季节。刀耕火种，原来如此。

往浓烟深处走去，烟雾时浓时淡忽远忽近，在树木间飘忽。火光里一棵棵大树小树先是被浓烟吞没，继之是一树绿色变成焦炭状，然后小一些的树成为枯木倒下了，大树们则虽死犹立，必须再砍几刀才会倒下。

1986 年 5 月，有朋友从海南岛归来说及那边刀耕火种的情况，他所亲见的一如当年我所见到的，更令人不安的是盗伐森林的现象也日趋严重。刀耕火种是当地人民，尤其是黎族、苗族等少数民族几千年的习惯，借以获得粮食而谋生的；盗伐者却不一样了，就是为了发大财，而全然不顾一些珍贵树木的珍赏价值，窃为已有。我们谈到有待开发的海南岛，尽管闭塞、落后，自然资源却是十分丰富的，这一片片绿色便是难得的宝库啊！共和国成立以来，海南岛上除了天然的森林以外，又种植了大量的以木麻黄、相思树为主的防护林带，抗风防沙，作为岛上自然森林植被的第一道防线，海南岛的海水蓝树木青花朵美无不与此息息相关。

不可想象的是，海南岛上的绿色日渐见少，它将意味着什么？

保亭县位于五指山南麓，日照长，温度高，植被繁茂。共和国成立初期，保亭县有热带天然林 112 万多亩，森林覆盖率达 41%。到了 60 年代，因为乱砍滥伐，112 万多亩的热带天然林已消失近一半，剩下 69 万亩，森林覆盖率下降到 25%。随着日历一张一张被撕下，这些数字还在一点一点地下降，这种逆反趋向的后果又是什么呢?

这一个县的统计资料表明:大自然在森林遭到破坏的时候,它对人类也绝不是以宽大为怀的,相反,报复非常及时。

保亭县的老人都说,这天变了,气候变了,雨也少了!保亭地区的冬春年降雨量,在20世纪50年代平均为433.6毫米,60年代为389.6毫米,70年代为319.7毫米。雨量的减少还造成了雾与雾日的减少,50年代是102天,60年代下降到81天,70年代仅77天,这就是温度上升旱灾严重的主要原因。保亭县的热带天然林曾经阻挡了一次次暴风骤雨,保护了山山水水。60年代保亭县的平均风速还只是0.9米/秒,70年代增大到1.4米/秒,1981年5号强台风在海南岛登陆,原来列阵布防使强大台风望而却步的森林已被毁去大半,于是风卷残木,转瞬间摧毁了保亭县半数的橡胶林。橡胶虽可赚钱,奈何飓风折之!

一亩地的森林可比无林地多蓄积20立方米的水,破坏森林也就是破坏水源。春雷水电站50年代发电量为2500千瓦,现在仅为1000千瓦,不是因为机器陈旧,而是由于水源不足。50年代全县有自然水灌溉的农田10000余亩,到了80年代仅剩1000亩!

在森林被砍伐之后,我们所面临的沙漠、暴风、干旱、饥渴的危机有的已经尝到了苦果,有的已经迫在眉睫!

开发海南岛的呼声不绝于耳,在这块宝岛上我们自然可以做很多事情,笔者以为最紧要的应是保护森林,最大限度地植树造林,然后才是别的项目的开发和建设!

保护海南的热带森林已刻不容缓,盗伐之声、放火烧荒应该休矣!

毫不夸张地说,阳光下和月光下的砍伐之声,遍布了中国的每一个角落,我们的同胞砍杀的是我们民族赖以生存的肌体、血管,从这个意义上说,中国是一个天天在流血的国家……

让我们把目光从海南岛投向新疆,投向那里的大漠与绿洲。我们不要再歌颂沙漠了,那正是因为砍伐森林流血过多所造成的一大片又一大片的不毛之地,还有骆驼队,谁愿意来世也变个骆驼,去踏出一条新的丝绸之路?

新疆也有绿洲,我们吃的哈密瓜一定不是沙漠的产物,而是在绿洲里培育出来的。一条条防护林带小心翼翼地保护着绿地。应该说新疆、青海等地是处于人类和沙漠对峙的最前沿,沙漠之害也是最直接的,可是在这样的地方,那些应视为生命一般重要的、为了人类的安宁而始终屹立着与咫尺之遥的风沙搏斗了多少年的胡杨林,河谷林,坚硬、矮小、生命力极强的红柳、梭梭等荒漠灌木林,却面临着被砍被毁的危险。据《新疆日报》1986 年 5 月 12 日透露，阿瓦提县每天在胡杨林拉柴的马车驴车竟有 1200 多辆。和田地区以烧柴为主的砖窑、石灰窑有 200 余座，每年烧掉胡杨、红柳 1000 多万公斤。如以一亩地产 5000 公斤柴计算，光是和田地区的这 200 多座窑的烧柴，每年就毁林 2000 亩！

新疆一些地区同时又面临着农田沙化，草场退化，人退沙进的灾难。

沙漠正在前进！

青海乌兰克县什克乡赛什克村的村委会，在 1987 年 4 月 7 日早晨做出了一个惊人的决定：动员村民砍伐村北防护林带的青杨树。70 多名手执斧头、十字镐的青年人和中年人一起甩开膀子砍树，这个一向寂静的乡村顿时伐木之声遍野。乡党委书记发现后立即制止，但已伐下青杨 208 棵，毁坏林带 100 多米，不折不扣的百米防护林毁于一旦！

最使笔者难忘的是三峡之行。谁都知道三峡是惊险而美丽的，长江是富饶而绵长的。李白曾写下“两岸猿声啼不住”，如今已无猿可见无声可闻了；至于杜甫吟唱的“无边落木萧萧下”现在更是难以寻觅，两岸的山岭岩石裸露，灌木稀疏。诗，总是有夸张，可是从地理位置来说，三峡上接巴蜀天府之国，下连两湖鱼米之乡不假。而据史书记载，三峡两岸森林茂密，草木繁多，几百种动物出没其间。只是到了近代，盲目的毁林开荒使生态环境急剧恶化，从 20 世纪 50 年代到 80 年代的 30 多年中，各县森林面积减少了一半。如奉节县森林覆盖率由 32.3% 下降到了 17.4%，巫山县由 24.6% 下降到了 11.7%。森林的减少使野生动物无处藏身，再加上人类的过度捕杀，梅花鹿、白鹤、天鹅、金鹏等珍稀动物已明显减少。云豹与金丝猴只能在高山上人迹罕至处才能偶尔看见，华南虎几乎绝迹！农民的耕地大部分是坡耕地，而且都是毁林开荒所得，水土流失日甚一日，土地肥力下降，每亩粮食单产只有 100 斤至 200 斤。川东、鄂西的人均粮食只有 600 斤，比全国少 1/3。

三峡上游的万县，竟出现土层完全被冲光的光板田 6000 多亩，水土流失之严重实为罕闻罕见！

三峡如此之富又是如此之穷！

三峡如此之美又是如此之丑！

三峡之富之美均在于独得山水之天然，有“山水画廊”之称；三峡之穷之丑从根本上说，是对天然森林的破坏导致水土流失、田穷地薄，再加上治理和管理不当所致。

三峡的城镇本来依山傍水，多数分布于长江沿岸和支流的汇合口。现在，本应有的山城之美实难寻觅，满眼都是零乱、垃圾，几乎看不见像样的绿地和行道树。

商店、摊贩、行人、大小车辆一起拥挤在又脏又窄的街道上，噪声之大不下于北京或上海！沿江排放的工业废水绝大部分未经处理，城镇垃圾普遍向长江倾倒。长江是中国的命脉，也是中国容量最大的流动垃圾场，可是日积月累的垃圾眼下颇有岿然不动之势，有的巨大的锥状垃圾堆，就连洪水季节也难以被冲走。

还有源源不断的泥沙，因森林植被破坏被冲洗而下。据宜昌测报，长江上游的平均输沙量多年高达5.3亿吨，三峡区间的输沙量为1000吨/平方公里。就这样，祖国的肥田沃土由滔滔江水裹挟进了茫茫东海！

三峡地区又是长江沿岸崩塌滑坡集中分布地区，近年来滑坡事件不断，云阳鸡扒子滑坡、新滩滑坡达1000立方米以上，正在活动的尚有黄蜡石滑坡、链子崖滑坡。所有滑坡的地方森林资源均被破坏，几乎没有植被保护，再加上开山挖石或挖矿，更是加剧破坏。而人们最担心的是，一旦滑坡带来的滚滚乱石倾泻长江，后果又将如何？

然而，巫溪滑坡中的受难者还在病床上挣扎，三峡仅剩的一点森林中的砍伐便又开始了，从上游到下游，长江所面对的是递增的人口、递增的泥沙、递增的垃圾，而唯一能使长江得到保护和温暖的森林却在减少！

一切都有极限。

长江的吞吐量以及负荷量也是如此，这也就是长江如不及时加以治理必将会成为第二条黄河的道理之所在！

长江两岸应该有人们悉心培植的防护林带，在不宜种树的地方则种草，无论什么草，只要有成片的绿色就能起到保护水土的作用。

长江岸边的芦苇荡，尤其在下游的江滩上，是独具特色的。芦苇并不粗壮，耐水耐风，自有纤纤风骨，而且芦根纵横交错，生长极快。笔者从小与芦苇结伴度过了清苦而富于想象的童年，现在笔者被告知随着始于二十年前的围垦以及近几年芦苇经济价值的被发现，芦苇日渐见少，大片的芦苇荡更加不易寻觅。

我不禁想起了芦叶船伴我度过的孩提时代，那一只载走了我最初的想象的绿色的小船，还会属于现在和以后的江南水乡的孩子们吗？

就在笔者从福建、浙江的林海中走出来，在上海写这篇报告文学的初稿时，《解放日报》在1986年10月11日载文，呼吁：上海经济区农业生态环境日趋恶化！

这种恶化的趋势在中国随处可见，都是因为向大自然索取过多，造成自然资源短缺和被破坏，从而水土流失，耕地减少，森林覆盖率下降。上海经济区所面临的另外一些问题较别的地区更加突出，如乡镇企业对农村绿地的污染，基本建设用地扩张等。江苏省人均耕地仅1.1亩，是全国最少的一个省，可是基本建设用地惊人，使全省耕地面积以每年0.8%的速度递减。南京市在1985年减少耕地2680公顷，其中农民盖房就占去371公顷，若每年以这种速度减少，100年后南京将无地可耕！呜呼，金陵古地，石头城外，后人将何以为生？

几天后，上海的《新民晚报》又有报道，称某处街道的几株路树因保护不当正在死去。这一条简短的消息使我抬起头来认真地看了一番上海的树，显然不是枝茂叶盛的。在上海这块土地上，到了春夏能多少有一点绿色已属不易了，苏州河黄浦江的水怎么能使它们根深叶茂呢？

阳光下和月光下的盗伐与破坏又何止于此？

清晨，在武夷山，一个挖掘树根的人在游人上山之前，已经满载而归了！

也是武夷山，仙游峰下的方竹上，用刀片刻上了各地的游客的大作——“到此一游”！笔者对此深恶痛绝之余还想到：假如我们有更多的留言簿满足游览者抒发一番感慨，也许在方竹上树上古建筑上刻画留名的会少一些。

武夷山云窝，相传当年李商隐读书的山洞里，一根新竹从石缝中挺立，又从洞口斜长着伸出去，它扭曲自己是为了最终能接引蓝天。陪同的朋友说不远处今春还有一根竹长得更加奇妙，先在一块岩石上绕一圈，然后亭亭玉立。就在一个夜晚，这一根新生的奇竹也被盗伐而去！

云窝下是一个山洞，相传是云雾的聚积之地，当年从来看不见洞的深浅，现在云散雾开，洞底的一切历历在目：除了废纸、酒瓶外，还有大便。

泰山，早晨的进香者总是一批老太太，她们头上插着泰山的松枝，有的手里还拿着一小把。待落日余晖下，她们下山时，头上插的已换成玉皇顶上并不众多的山花，喜气洋洋地踏上了归程。泰山松本来就少得可怜，历历可数，经得起这番折腾吗？我曾在雁荡山上见到过好几对恋人，从山下到山上一路摘花折草。恋情与花草总是分不开的，可是花草一旦离开土地又干死得很快，于是便丢弃再去摘新的，这样对待大自然中如此美又如此小的草木生命，岂不是太残酷了吗？

几年前，我见到的黄山迎客松已经左牵右绑岌岌可危了，最近听说迎客松的躯干上已包了保护物——铁皮之类的——大自然不得不以盔甲面对人类……

我曾读到过一篇激动人心的报道，记者告诉人们，1979年在湖南省城步县境内发现了58棵银杉，这是我国独有的珍稀树种，是一亿年前生存下来的植物王国的“活化石”，人称“植物界的大熊猫”，世界将为之侧目。然而，正如很多有识之士在电视机前看到某地发现一个新的风景区时所担心的那样，发现便意味着被践踏、被破坏，而破坏的速度是如此之快，破坏的花样又是如此之多！58棵银杉一经发现，谁都想将这些国宝置于自己的管辖之下以便发财，于是为权属纠纷，新宁县和城步苗族自治县打了整整 6 年的官司，直到 1986 年邵阳地区做出裁决：银杉所在地沙角洞周围 8200 亩山林归城步苗族自治县管理。

有一些人的信条是：我活不好，也不能让你活好；我得不到，也不能让你得到！

从此，新宁县一伙人以 58 棵银杉为敌对目标，斧砍刀挖，大肆破坏。有一次竟出动 130 多人，将城步县建立的保护区管理所全部砸毁。不得解恨，他们又先后在 9 棵银杉树上刮皮，挖洞。有一棵属国家一类保护植物的长苞铁杉被烧后倒伏，压在一棵银杉树上。到此仍不停止，剥皮打洞之余又拔走野生的银杉苗，将结有果实的银杉枝剪走，扒走银杉树下的表土，真是非欲斩草除根置之死地而后快了！

他们想到过这是国家的财富、人类的瑰宝吗？

如果说山民不知此理，那么新宁县的书记们长官们呢？他们的手里有红头文件，天天说要为人民服务，他们理应是知法、学法、守法的吧？他们在干什么？

为了充分显示野蛮和丑陋，这些人不仅破坏银杉，自去年 7 月以来，他们在银杉保护区内剥光了 150 棵桂树的树皮，连根刨倒 120 棵桑树，砍了 5 棵樟木，还推倒了保护区内修建的 8 座木桥。至此，国家银杉的生存环境被破坏到何等程度，读者已可想而知了！

笔者不能理解的是：盗走秦兵马俑的头与剥国宝银杉的皮，就其性质而言有何不同？谁更严重？

只有杀人，才算凶手吗？

倘若阳光下的罪恶中不包括这一伙人，那么，我们的太阳一定出了什么毛病，不是黑子太多就是遮挡阳光的乌云太厚！

不能不补记的是：新宁县一伙人的胡作非为是受着新宁县林业局个别领导人指使的，并拨有专款为他们发工资。1986 年 8 月 10 日打砸银杉保护区气象站前，曾有“紧急通知”下发到界福村村民小组：“接县委指示，明天(8 月 10 日)北京夏令时间下午 1 时，18 岁以上的青年劳力全部到王友群家集合，来时请带菜刀、锤子、钢钎，工资问题请大家放心……”

破坏银杉的组织者指挥者是手中握有权力的人，如果真的依法办事何难之有？

冬天了，被剥了皮的银杉你冷吗？被打了洞的银杉你疼吗？

世人以为一亿年之前因为第四纪大陆冰川的袭击而绝迹的银杉，在中国被发现了，那些残留着冰川撞击伤痕却又留恋着中国大地的银杉的根须，被砍断挖走了！

从保护森林来说，我们可以自豪的东西还能剩下多少？

沙漠! 沙漠!

几年前,笔者从中央人民广播电台的《新闻联播》中曾听到:沙漠正在包围南昌。这个消息使我震动,也触发了我最初写作此文的冲动。而实际上面临这种危险的,又何止是南昌?作为滥伐森林的最终的后果便是水土流失之后的土地沙化、沙漠进逼,只是因为都市的高楼大厦、霓虹灯、大汽车小汽车阻挡了我们本来就短浅的目光,即便沙临城下也会视而不见。

辽宁朝阳地区,1983年夏末,笔者因为前往讲学而着实领受了一番风沙的滋味。

早晨,太阳和天空便是灰蒙蒙的。

街心仅有的一棵还算粗壮的大树下,众多的老人和孩子散步,练拳,享受这朝阳市里也许是唯一的一点早晨的绿色。

为什么说是早晨的绿色呢?太阳升高后温度很快升高,稍稍平静一点的风沙随即漫卷,树叶上便是一层厚厚的沙土。出朝阳市,路边要么无树,要么立着几株半死不活的小树,如同一个小卒面对着千军万马似的风沙。

不知道是风卷起的黄沙,还是黄沙刮起的风。

山坡上的一大片将死未死的荒草中只有星星点点的业已衰败的绿色,更多的是荒山秃岭。

农田里的高粱比一根筷子略长,颗粒可数。

行人的脸上身上无不灰尘仆仆。

就在那几天,我第一次真切地感到了树的可爱,看不见绿色时心的孤独。

这是一个全国出名的贫困区,没有树木没有森林,怎么能不贫困呢?

查朝阳地方志,几百年前,这一带还是水草茂密、气候湿润的,蒙古族人民在这里辛勤游牧,牛羊成群,土地肥沃。至今朝阳地区还有不少蒙古族的后人。战争和砍伐带来的变化就是眼前的这一番景象——它与沙漠之间的距离可谓咫尺之遥了!

朝阳的例子并不是绝无仅有的。

据侯仁之先生考证,我国乌兰布和沙漠也是因为砍伐森林和绿植而形成的。在汉代开垦之前,这里是一望无际的大草原,阴山为森林所覆盖。汉朝屯垦之初,设朔方郡,下辖6个县。东汉史学家班固记载说,这里“数世不见烟火之警,人民炽盛,牛马布野”,鼎盛时期人口有13.6万余人,到后汉只有7800余人。垦殖破坏了植被，地方叛乱后汉民退却，垦区荒芜。已经没有植被覆盖的土地被加速侵蚀，表面沉积黏土被强风剥落，沙砾随风飘扬无可阻挡，最终导致了沙漠的形成。

沙漠里出土的汉墓棺底层高出墓外地表一半多，足见这里的地表由于强风所蚀下降了一半多，以致现在仍为不毛之地。

我国东部科尔沁地区，在宋朝还是“地沃宜耕种，水草便畜牧”的好地方，至金代由于过度放牧和滥伐使草场退化。明末清初，这里战火未及，人们又疏于耕种，因而有短暂的复苏。19 世纪后期，清政府为了增加财源，实行放荒招垦，仅 1907 年一年，王公贵族在科尔沁右翼中旗放荒 8 万多公顷，净收入白银 23.8 万两。无极限的索取、过量的垦殖后又因天然肥力不足而弃耕。但，草原植被已破坏殆尽，风蚀之后沙质沉积层掀起，肥沃的草原成了今天的沙地。

古老而神秘的中美洲文明的瑰宝——玛雅文明从热带森林中崛起，到 250 年时，玛雅文化、建筑、人口达到鼎盛时期，科学的发达甚至使当今寻找玛雅遗迹的人都感到惊奇。然而，因为森林破坏造成环境恶劣，800 年，玛雅文化开始崩溃，不到 100 年时间几乎人烟绝迹，世人惊呼：玛雅文明在一个晚上消失了！

1987 年早春，大旱。

长江不再是长江，浅浅地更加浑浊地沉重地流经武汉，像一条浑浊的小河。

武汉三镇的人们大开眼界：长江几乎江底朝天了，长江大桥八个大桥墩，只有三个尚在水中，其余五个都赤裸在春天的阳光里。

孩子们在江滩上追逐，一片片的泥沙，一堆堆的乱石，先前因为江水掩盖了一切，现在人们看见了，长江的河床正在不断抬高，淤积了越来越多的泥沙。

长江，水的源泉。

也是沙的源泉。

不敢想象的是，如果这一场干旱继续延长，或者每年出现，中华民族的又一根命脉会不会堵塞？在堵塞之后，这些泥沙会不会泛起，在铺天盖地的狂风中，武汉三镇有没有可能被掩埋？在原先的鱼米之乡、中国的腹地会不会出现沙漠瀚海？

黄河的水土流失前文已经写过，长江在今年春天使武汉人看到的那一片白色的沙土，却只是它全年水土流失面积 36 万平方公里中的一点！

全国水土流失面积已从共和国成立初期的 116 万平方公里扩大到 153 万平方公里，约占国土总面积的 1/6。每年流失土壤 50 亿吨，等于在全国的耕地上削去 1 厘米厚的肥土层，流失的氮磷钾相当于4000 多万吨化肥，接近目前全国化肥的年产量！

这些可以测算的数字足以使中国人惊心动魄，而数字以外所包含的灾难却是要从现在开始的几代人来体验的,那就是土地沙化面积的扩大。

我国的沙漠及沙漠化土地,在共和国成立初期为10亿亩,至今已扩展到19.5亿亩,占国土面积的13.6%。在这扩大的9.5亿亩沙漠化土地中,草场占7.7亿亩,耕地1.8亿亩。就在我们为了国事家事公事私事,为了自己和儿子孙子占房提干入党挤进第三梯队而忙忙碌碌时,眼下1亿亩耕地和全国1/3的天然草场,正面临着沙进人退的威胁。

中国土地沙漠化的速度,正以每年1000万亩的面积居于世界领先地位!

面对这样一番情景,我时常怀疑这是梦——

失去森林之后黄河与长江的愤怒的两种表现:或是让土地龟裂或是让洪水淹没乡村、城市,其结果都是沙漠的出现。

沙漠在推进。

沙漠在吞噬一个山头。

沙漠在吞噬一片草原。

沙漠在吞噬一处村庄。

沙漠的吞噬有时借助着风,有时却是无声的,在人们的梦里。沙漠没有梦只有目标,谁要说沙粒不团结谁就是蠢驴,沙漠是一支组织得极好的进退有序的专与人类为敌的队伍。它先前的蛰伏极有耐性是因为它熟知人类的德行中的贪婪和欲望,人类太爱护自己太贪财,人类迟早会把树砍光的。在小树还没有长起来之前,它们出发了,不动干戈却能让千里沃野成为不毛之地,进而它们窥视着已隐约可见的城市,城墙早已拆光,人们依旧在寻欢作乐,在它们前进的道路上,正是人类充当了它们的开路先锋,它们没有比听见砍伐之声更加兴高采烈的了,这意味着树木正在倒下,道路已经开通……

人,可以局部地治理沙漠,却无法从根本上抵挡沙漠。

人也绝没有伐木时的勇气。

凡是沙漠前进的地方,人类便逃遁。

逃遁的路上倘若有树,照样砍……

终于有一天,我们的后人无处可逃,不再发疯似的从日本、西欧进口高级轿车,而是赶紧从非洲买来骆驼,驼峰将成为新的时髦,重新去踏出一条丝绸之路……

我真的做了一个梦。在楼兰古城。

一位挖掘女尸的考古学家,我的同乡上海人,20世纪50年代北京大学毕业的高才生、我的大师姐。

我跟着她一起挖掘一具女尸,挖掘历史的一个碎片,挖掘一个噩梦。

“黄沙百战穿金甲，不破楼兰终不还。”我念着这两句诗壮胆。

沙漠。风蚀土堆。露出地面的云母石。

罗布泊，当年一个烟波浩渺的内陆湖，因为水源枯竭现在滴水不存。没有水的湖是死去的湖，只有死一般的沉寂，而且它已成为这一大片沙漠上黄风的归宿。

在一个陡坡上，有外露的已经风干的树枝和芦苇秆。

我想起了这里原先的树木和水草，芦苇是只能生长在河边泽国的。

女考古学家却由此发现了一个古罗布泊人的墓葬，一具女干尸，尖下颏，深陷的眼窝，高而尖的鼻子，薄薄的嘴唇紧闭着，真美！

女尸的上身裹在一条手织的羊毛布里，下身围着一块羊皮，头戴羊皮小帽，帽子上还插着两根雁翎。

墓穴里还有草编的箩筐及篓子。

这是一个少数民族的劳动妇女，如果她活着，现在是3900岁的高龄，她死的时候40多岁，因而现在看来还是风韵犹存的。

另一个奇迹是，女尸身上的虱子作为当今世界最稀有的寄生虫标本也保存下来了，连毛都是完整的。

我真希望女尸能重启朱唇，说说3900年前的楼兰，城内纵横的街巷，酒楼小肆，还有佛塔下前来朝拜的各路高僧，由楼兰走向内地的来自波斯、印度、大月氏、叙利亚的使者。

后来，晋代高僧路过这里，寻访楼兰不遇，他实录的这儿是“恶鬼热风，遇者皆死，无一全者，上无飞鸟，下无走兽”。

楼兰已经被沙漠埋葬。

而波光水影、芦苇摇曳、水草丛生的罗布泊也已成了“恶鬼热风”的地盘！

为什么美好的事物总是短暂的？

为什么青青的草地总是脆弱的？

为什么邪恶如沙漠却能横行无阻，侵吞一个古城不算还要风化一个湖泊？

我问女尸。

我问骆驼。

我问天我问地我问昆仑山我问孔雀河。

我问楼兰残剩的佛塔。

我问彩色壁画的痕迹。

一切都是沉默的，只有风沙的肆虐。

木鱼声，诵经声，祈祷声，我佛慈悲，怎么连你也给埋葬了呢？

一束残存的木简。

依稀可见的是魏晋时期西域长史府属官和屯田垦边将士所写的文书档案。

祖宗们实在想不到，屯垦的丰收给后人留下的是沙漠和废墟！为了种粮，红柳砍光了，胡杨砍光了，芦苇砍光了。

女尸的无言是在说还用得着说吗？

3900年前，她的墓坑里有树枝、芦苇、草编的篓筐，那时候有树有草有水。

她身上的羊毛和羊皮告诉后人，那时候的罗布泊湖边，饮水的牛羊是悠然自得的，罗布泊里倒映着天上的白云，在夜晚，则是一湖碎了的星光月色，是流动着的湖底的水晶宫殿……

女尸的帽子上插着两根雁翎，那时天上的飞鸟也一定和人很亲，它们在湖畔的水草丛中驻足，然后再飞向自由的蓝天……

一切都不是想象。

罗布泊畔的女尸实际上是一幅楼兰当年的风俗图。

绿色的丛林。

清澈的湖水。

飞翔的大雁。

丛生的野草。

在这一切自然景观的掩映下，是楼兰，是古罗布泊人的居住地，是平静、富足而又充满着宗教色彩的西域风光。

当屯垦兴起，绿色渐少，古罗布泊人生活的平静被打破了，可是谁也不知道这最终意味着什么。女尸地下有知，她终于没有弄明白为什么忽然间她曾希望来生转世仍然去耕耘的土地没有了！罗布泊也没有了！她曾多少次在湖边顾影自怜，娇羞而又自豪地看着湖水中的自己，把雁翎斜插在羊皮小帽上……

楼兰，你知道吗？

从你被埋葬以后，风沙四时不断。

沙漠一天一天在扩大。

人类一天一天在退却。

而且，还有人在砍树，把胡杨林当作柴火烧掉。

沙漠已经把楼兰的后人赶到了昆仑山下。

人们会去昆仑山砍树吗？

沙漠会把昆仑山吃掉吗？

在沙漠的进逼面前，人类当然不是完全无所作为的。只是我们不要再以征服者的姿态出现，而要以诚挚的善良之心去谅解自然体贴自然，为我们已经作了孽的祖宗赎罪，为我们将来的子孙造福。

把真、善、美还给大自然，大自然将会给我们更多的真、善、美！

河北与内蒙古交界处的塞罕坝林场，坝上草原。这一片 90 万亩的森林 4 亿棵树，集结在塞外，那么年轻那么朝气蓬勃。与森林相邻的草原上牧草青青，黄羊无所顾忌地飞跃而去，鸽子花、断肠草、喜鹊花、虞美人这些美丽的小花与高大的落叶松、樟子松、云杉、水杉一起生活着，共同享受着阳光和空气，以及从滦河源头流出的汩汩清水。

白天，我第一次看见天那么蓝。

夜晚，我第一次看见月亮那么大、星星那么亮。

更使我震惊的是，这是一片人造森林。也就是说这 90 万亩林地在造林之初，是一锹一锹挖出来的；这 4 亿棵树是在 30 个年头里一棵一棵种下去的。为了这一片森林，先是 1956 年创建小型林场的近百人，到现在的 1584 人，从住“干打垒”开始，每年大雪封山 8 个月，日夜与树木做伴哺育而成的。

林场的工人说：谁不怕苦呢？人要不去侍弄树树就长不起来，要是没有这一片森林，坝上草原就保不住，滦河源头没有了森林和草原，水土流失势在必然，风沙淹没北京和天津不过是迟早而已。

既然不可能大家都去北京登龙庭、做大官、享清福、遛弯子、提鸟笼，“那就我们在这里干吧，苦是绝对的，乐也有，看着这一片森林闻着这清香，人舍不得树，树也舍不得人”！

我走在森林中间，在这绿色王国里我必须小心翼翼地走路，唯恐损害了这林中有的还只是刚刚长大的像孩子一般稚嫩的小树。林中没有风，比站在坝上草原温暖多了。厚厚的落叶，拨开落叶，还能见到久远年代留下的残存的树根，半已枯朽半已风化，却留着这点痕迹在这新生的林中不肯离去。

场长告诉我，在清朝康熙年间这里还是一大片原始森林，1690 年，木兰秋幸时康熙曾策马从承德行宫来这里射鹿。道光年间清政府为了增加财政收入开始砍伐，到清朝没落时这一片原始森林已荡然无存，一个连栋梁也不要的皇朝也就不复存在了。

1957 年筹建小型林场时，坝上草原已经开始退化，原始森林消失之后的天气、温度的变化，使很多飞禽走兽哀鸣着离去，在流浪中寻找不为人知的新的归宿……

场长说：“有了森林，一切都回来了，飞的走的开花的不开花的！”

这 90 万亩森林使河北、内蒙古的一大片地域处于绿色的保护之下，草原、耕地、乡村、城镇。风沙被锁在远处，在绿色发达时它们也只好后退！

夜晚，这里的秋风已经是寒冷的了，我裹着场长借给我的棉大衣，信步走去看滦河源头。那是一处方圆不过十多米的水坑，水声淙淙不绝。我把手伸到水里，冰凉而清爽，深不过尺许，而更深处的地层中的奥秘却是无法探测的了。

我的周围是无边的草原，那高高耸立起的一片梦一样的黑色是森林，这月上中天的时候，草与树正在承接着天上的露水……

我曾经感叹过：引滦入津的工程已经载入史册，可是那些保护滦河源头的人呢？那些种植了4亿棵树木的人呢？那些造出了森林的人呢？

在中国，有砍树的也有种树的。

砍树的人要比种树的人多得多。

种树要比砍树难得多。

砍树带来的祸害多。

种树带来的福音多。

这些道理之简单接近于小学一年级算术课本中的“1+1=2”。

然而，我们总是不会演算。

这是一群面对着沙漠与黄河进逼的科技工作者，常年在这里工作的只有五个。吐鲁番自古就有“火州”之称，一年中气温高达35℃的有100天，高于40℃的酷热有40天。大风、高温、干旱形成了异常剧烈的风沙流，风沙袭来，禾苗一概被埋没，井渠顿时消失，房屋也能轻而易举地被推倒，人们望沙兴叹节节后退。在这儿治理沙漠确实是不同寻常的，几乎是无望的，因为沙漠实在太辽阔了，黄风实在太猛烈了，那种干燥那种窒息那种荒凉只使人想起死亡和地狱。1973年，治沙站在寸草不生的沙地上种20000棵胡杨树，结果只活了1棵，这也就是说在这一片沙漠瀚海中，对于树木来说生的机会是1/20000！

沙漠实在想不到的是，这五个科技工作者和他们的同伴一起，在沙窝里一蹲五年，寻找能与大漠黄风抗衡的先锋树种，又摸索出了以坎儿井冬季存水为灌溉水源的方法，到1980年时便奇迹般地在沙海中种出了5000亩沙拐枣灌木林。

5000亩树木！5000亩绿色！对于吐鲁番的昨天来说，这是痴人说梦一般的天文数字呀！

此外，还有一座占地200亩的沙漠植物园，有沙漠植物145种，植物园已向和田、石河子、伊犁、内蒙古、甘肃推广固沙植物10余种，提供苗木100万株。也就是说，在科学和知识分子的献身精神面前，会有更多的绿色出现，这也是人类唯一可以从沙漠的进逼中挣脱的希望之所在。客观地说，这样的希望得来何等不易，而我们面临的巨大的困惑却是:制造沙漠的人远比治理沙漠的人多得多!

林中散步

我走在天目山的森林中。

我的思绪是纷乱的,从罗马俱乐部、林赛科学院,一直到黄河故道的昔日与今日,楼兰和玛雅文化还有罗斯福总统,中国的森林大火,黑龙江的痘猪肉,促使罗斯福制止砍伐的报纸和记者,不让进入大兴安岭的中国的作家,开大会做报告哼哼哈哈不知所云的人,大熊猫呼救森林告急,长江和黄河里日夜奔流着中华民族的血液……

一片飘落的枫叶。

森林中的日历告诉我:今天是1987年10月20日。

晚上,《新闻联播》之后的一个很受欢迎的节目是:《历史上的今天》。

这是一个多事的世界,我们继承的是多事的历史,而正在创造的也是多事的现实。

每一天都值得纪念值得回顾。

五大洲四大洋。

战争。

灾害。

政治上的风云人物,生生死死。

超级大国,核爆炸,火箭登月。

军事政变。

争权。争利。

上台下台。明杀暗杀。

上了台的被人赶下台,赶下台的想再上台。

学生示威,工人罢工。

大熊猫交配。

埃塞俄比亚灾情日益严重,举着空碗的不再走得动路的黑人孩子正用他们愈来愈陌生的、恍惚的目光看着这无论如何也看不透的世界……

等等,不一而足。

有没有被人类忘却的纪念?或者竟是被人类抹杀的纪念?

史前文明中无与伦比的光辉的里程碑——4亿2000万年前由海洋出发的植物

第一次登陆，开创了地球上不再荒芜一片的绿色新纪元——为人类奠定了可以生存、发展的最好的环境。遗憾的是随着一次又一次技术革命浪潮的冲击，对生态环境的破坏日甚一日，森林因为其木材的价值大而最先遭到破坏。

那么，人类是想让地球回到植物登陆以前的荒芜中去吗？

正如罗马俱乐部所指出的那样，在目前这个人类的全球王国时代，人类的知识在不断扩展，知道的事情越来越多，但是对于自己生存环境的业已变化却又知之甚少。

这是近乎自杀性的无知！

而同时，如同托夫勒所言，关于今日之世界上的科学和技术的发展及它的负效应，“可以毫不夸张地说，从来没有任何一个文明，能够创造出这种手段，能够不仅摧毁一个城市，而且可以毁灭整个地球。也从来没有整个海洋面临中毒的问题。由于人类贪婪或疏忽，整个空间可以突然一夜之间从地球上消失。从未有开采矿山如此凶猛，挖得大地满目疮痍。从未有过头发喷雾剂使臭氧层消耗殆尽，还有热污染对全球气候造成巨大影响”。

托夫勒是危言耸听吗？不是！

看一看绝对是不完全统计的 1987 年的中国和世界的灾难——

早春，西欧为严寒和风雪困扰。

中国干旱。

兴安岭特大火灾。

希腊夏天高温，无处躲藏的人想方设法寻找水和树。

孟加拉国洪水泛滥。

哥伦比亚塌方。

海湾风云变幻，战火不断。

秋天，中东地区接连发生洪水、风暴、地震等自然灾害。

战火不断的黎巴嫩贝卡东部地区暴风时速达 113 公里。

埃及连降大雨，威胁着阿斯旺大坝。

世界的各个角落都在惊呼：地球变了！气候反常了！

我问森林，森林沉默。

我想起了 1853 年 6 月，新英格兰的植物学家和荒野考察家亨利·戴维·索罗的一段话：“如果一个人由于热爱森林而在林子里散步，消磨他的光阴，他将被看作是一个游手好闲的人；但是如果他作为一个投机者，整天在森林里砍掉那些树木，却会被认为是勤劳和有魄力的——让大地提前变光头！”

恩格斯的话要更直截了当一些,他说:“美索不达米亚、希腊、小亚细亚以及其他各地的居民,为了想得到耕地,把森林都砍光了,但是他们梦想不到,这些地方今天竟因此成为荒芜不毛之地,因为他们使这些地方失去了森林,也失去了积聚和贮存水分的中心。”

恩格斯所说的美索不达米亚平原,即是笔者在前文写过的古巴比伦文明的发祥地。这个文明是如何毁灭的,恩格斯的记载已颇为形象了。

先人们归去已很久了,可是在任何一片深林中都埋着他们先前说过的话,静静地在林中倾听,你一定能听见。

不要以为森林就是树木,森林是一个世界。在这个世界里有各种植物各种昆虫各种飞禽走兽还有地底下埋着的石炭纪森林变成的煤块。在这个同样有高有低有大有小的立体的世界里,树木是绿色大厦的巨大的“柱子”,其他森林生物大半悬挂在这些“柱子”上,高矮的层次使森林世界变得更加深远,无声和宁静则是生命长久的最好的标志,粗糙的树皮包容着极为精细的树木的细胞结构以它的不可思议的为了生存、生长和繁殖而采用的工作方法。森林中常见的杜鹃和绣球花使人想起洞开的窗户、阳台上的鲜花,那些小鸟如同是这个世界的宠儿,也是不倦的歌者,而狮吼虎啸是捍卫这绿色世界的庄严、肃穆及力量的象征。从山外走进山里走进森林,就像跨越了两个世界的界线,树木给生命创造的无比优越的一切光是用脚就能感到——再也没有这样又松又软的土壤了!潮湿而有弹性。深深地呼吸,疲劳顿消,在树木的清香中心脏更加舒畅、平和,同样的血液常给你更多的活力、更多的想象,你会情不自禁地想到诗歌、音乐与油画。森林里不会有大风,绿色的树冠、树枝一层一层地阻挡着,只有小风像孩子的手从你的身上抚摩而过,开始你只听雨声而不见雨滴,只有当叶子湿透时,水才会滴下,其中的一半却永远也到不了地面。

森林,这是一个多么平静多么含蓄多么富有的艺术世界!

我们有了更多的森林,我们还怕风还怕雨吗?

森林不仅使地球美丽,更使地球冷暖适度。是森林的绿色冠冕,是森林的盘根错节给了土地给了人类温存和安全。

也蕴含着想象和神话……

然而,森林毕竟不是铜墙铁壁,在远处,每一棵树的被盗伐,这里的树木都会颤抖,更多的落叶飘到了林地上。

还有无度的往地心深处的开掘。

几个常规的数据:

矿井的深度一般 3—4 千米。

采矿场深 1300 米。

有些钻井为 10 千米。

全世界一年开采的煤为 39 亿吨、石油 26 亿吨、铁矿石 35 亿吨,矿床采矿总量超过 200 亿吨,同时疏松的脉岩高于以上数字的 3 倍!

人类在农业生产过程中迁移的土壤为 3000 立方千米。

森林被砍伐之后一年剥蚀的土壤为 70 亿吨!

可以毫不夸张地说,地壳正变得越来越薄!

我们的脚下到处是陷阱!

同样可以毫不夸张地说,在失去森林的保护之后,地球顿时变得脆弱、郁郁寡欢,甚至有点神经质,易于动怒,因为地球自身的失落,地球上的居民你能心平如镜吗?你能怡然自得吗?你能自强不息吗?你能永保平安吗?

1974 年,西德科学家乌·希普克把地球比作一艘宇宙航船,进而还提出:"地球这个宇宙航船还能有救吗?"

希普克说:"在人类宇宙航船——地球一号上,现有 36 亿乘客,载有 5 万亿兆吨空气和 13 亿立方千米的水,其中只有 2% 是淡水。地球一年的运转速度为每秒 30 千米,每年航行 10 亿千米。它在长期的漂泊中第一次明显表露出死亡危险的征兆。航船负荷过重,一半乘客在挨饿,生命攸关的储备已接近枯竭。"

对于希普克的这种地球未来命运的理论,全世界众说纷纭。笔者却以为作为一个科学家,他发出的警告是真实的而且是及时的。

宇航员在空中拍摄的照片生动地展示出地球确实是一艘宇宙飞船,它哺育了人类。截至 1987 年,地球上的人口已经超过了 50 亿!

然而,这个小小的星球上的空间并不是无限而是有限的,它所给予人类的资源同样也不是无限而是有限的,这也就决定了:它的承受力是有限度的,它的被索取的能力也是有限度的。它可以献出,而且已经献出了那么多的资源和财富,然而它也需要爱护,需要补充,需要属于它自身的休养生息。

超载、超负荷的运行的惨痛教训已经由不久前菲律宾海难事件被空前地证实了。一艘客轮、一艘油轮;客轮上载有超负荷的 1000 多人,油轮上是 8800 桶原油;海上风平浪静,两船相撞了!相撞起火,原油在海上起火,火球不断地腾空飞去,客轮上的人纷纷落水,在海上在原油燃起的火焰中被活活烧死。

两艘船都声称有防撞装置,那么多的人死了,观察家却惶惑于找不到肇事者!谁之罪?

海上的轮船如此，天上的飞船呢？还是以森林为例，有计划的间伐和择伐，有计划的种植烧柴用林，等等，我们的林业部门都有过详尽的安排，《森林法》也是周密的，保护森林的呼声已经日益高涨，问题只是：有很多人、很多相关的官员对此却不以为然，滥伐的消息每天都在传来，人类共同的资源，应该属于子孙的财富，或者被惊人地挥霍、浪费，或者被掠夺进一些人的腰包里。而新技术革命所带来的各种废气、污染在毒害人类的同时也使地球面临着窒息的困境！

人都说很累，殊不知伤痕斑驳的地球更累！

人都说孤独，殊不知独往独来的地球更孤独！

地球给了我们那么多，我们给了地球什么？

我们每一个人都只有一个母亲，人类共有一个地球。什么时候，人类世界能少一点强权，少一点争斗，少一点厮杀，而把地球当作是一个古朴的自然村，人类中的每一个成员都是普通的村民，小心翼翼地爱护着属于人类的这个自然村的一切？

人的一生是短暂的，生命的延续除了生命自身的能力外，还有赖于生存环境的改善。

我听见了从世界各个角落传来的呼唤：救救面临危机的全球热带雨林！

由印度政府倡导的、从20世纪50年代开始的商业性伐木，使喜马拉雅山的森林减少了40%，世界屋脊本来是要显得更为年轻一些的。不仅如此，北方邦的灌溉工程不得不下马——面对着每年60亿吨被冲走的地表的肥土，谁也无计可施。孟加拉国发大水，成千上万的人民死于洪灾……

在中美洲，从1961年至1978年，39%的森林被砍光变成牧场。在巴西大量伐木用作化铁炉燃料，一度雄浑茂密的大西洋雨林——可爱的并且愈来愈稀少的灵长类动物的老家——已减少到只剩下几座小林子的地步！在中非和东非的森林地带，能采集的柴薪急剧减少，迫使日益增多的居民吃生的食物度日。也许这是一个明确无误的提醒：人类将森林砍伐殆尽之日，便是新的茹毛饮血的年代的开始！

人类的进步是参差不齐的，文明的积累所经历的是水滴石穿一般的岁月与艰难，而人类的破坏却是步调一致的，并且有着明确的目标，比如滥伐森林、猎杀动物，等等！

我在这片森林里，感到了森林的颤抖！

我不再是个轻松的散步者。

我的心和我的脚步都是沉重的。

我为自己羞愧！我为人类羞愧！

在这人类的世界里，多少聪明才智，多少金钱财富，被用于强权、霸权、征战和人与人之间的互相毁灭上。

对人如此，何况对树对草对鸟对自然？

据联合国环境规划署估计，从1986年起到20世纪末，全球防治沙漠化所需的费用为900亿美元，平均每年60亿美元，而目前全世界每年的军费开支高达8000亿美元。

也就是说人类正以130倍的差距，勇敢而迅猛地互相冲杀轰炸从事破坏人类环境的事业！

我走出森林，我知道总要回到群楼中间，一身灰色望着满目灰色。可是，我仍要在地球上放号——无论我的声音是多么细小——

伐木者，醒来！

（原载《新观察》1988年第2期）

毛泽东以后的岁月

——1978～1980:安徽农村纪实

王立新

序章　葬礼进行曲

——1976:中国向何处去

公元1976年9月9日,中共中央主席毛泽东逝世!

全国的新闻广播全部中断,反复宣读那份《告全党、全军和全国各族人民书》。这份狂飙而落的讣告,每个字和每句话都像强大的冲击波,洞穿着每个人的心。天安门广场垂下半旗,各大报刊都在头版刊登了镶着黑框的毛泽东遗像,沉重的哀乐弥漫了共和国的天空……人们千百次地见过死亡,但是谁也似乎不曾想到悲剧会降临到毛泽东同志的头上。人们既不相信自己的耳朵,更不相信自己的眼睛。悲痛如潮,华夏欲倾。

中国共产党哭了!

中华民族哭了!

奔涌的黄河、呼啸的长江也在号啕。

是的,作为大自然赋予的人生,毛泽东走完了他曲折、复杂而伟大的全部行程;作为历史选择的领袖,毛泽东曾是人们信念的支柱,而一旦失去,人们便感到这是多么巨大的、不可弥补的损失。

毛泽东追悼大会在天安门广场隆重举行,这是自中华人民共和国成立以来的第一次规模巨大的国葬。在同一个年度里,周恩来、朱德先他而去了,葬礼三部曲似乎使人们的绝望情绪达到了顶点。

哀乐又回响起来了!

它像普天而降的暴风雪席卷了全国各地,到处是凭吊的灵堂,到处是祭奠的白花。天安门城楼失去了炫目的光泽,变得雕塑一般凝重。从中华人民共和国成立到“文化大革命”检阅红卫兵,这里的每根廊柱都印下了他的面容,这里的每块红砖都倾听过他的声音。而今,这一切都成了历史沉痛的记忆。

上午9时,追悼大会开始。正是太阳从东方大地上冉冉升起的时刻,而亚洲的中华古国却是一个悼念太阳陨落的盛大祭坛。

大地在震颤。

人们在呜咽。

连奔驰的列车都减缓了速度,拉响了凄厉的汽笛……

9月,正是金秋时节。然而,中国人民却失去很多很多,这个似乎亘古未有的灾难时刻,将镂骨铭心地镌刻在风云变幻的新中国编年史中。

历史的车轮没有因为巨人的逝去而减缓它的速度。从悲痛中渐渐平静下来的人们,开始思考又一个严峻的问题:

“失去了毛泽东,谁来领导中国?”

“中国将向何处去?”

全世界的政治家们,都把疑虑的目光,投向了毛泽东逝世后的中国,投向了没有毛泽东的新的历史车轮将如何启动。

危难之秋
——1978:安徽大旱荒

血火大地

现在,让我们把文学摄像机,对准1978年的共和国东南一片苦难的大地。

百年一遇的特大旱荒正疯狂地焚烧着困顿的安徽,被文人墨客吟咏为“日出江花红胜火”的长江和“两岸垂柳淡如烟”的淮河十三万九千平方公里的土地,正被烈日燃为一片焦土。

“祸之大,莫过于水;祸之烈,莫过于旱。”

1934年安徽大旱,持续了80天……

1966年安徽大旱,持续了120天……

最长的一次恐怕要上溯到公元1856年,即清朝咸丰年间,从春到秋(相当于阴历三月至九月)未雨,饿殍遍野,“数百里尽赤”……

然而,这三次大旱较之1978年的大旱,实在是“小巫见大巫”了!

如实叙来,惊心动魄。

这次特大干旱始于1977年少雪的冬天,当地人称之为“暖冬”。到了翌年春天,“暖冬”便成了流火的前奏。3 月旱象初露端倪,8 月旱象开始笼罩整个安徽全境。到了 9 月初,大旱已持续了 6 个多月。江淮丘陵区和皖南山区,早、中稻严重减产,大片晚稻无法插秧,大片秋作物枯死。滁县地区大面积黄豆、玉米等晚秋作物歉收。该地区有 3000 多个生产队,人畜用水已相当困难,部分生产队人口外流。芜湖地区河流、池塘全部干涸,水库亮底。广德县 22 万亩晚稻,有 18 万亩受旱,禾苗已枯死 9.2 万亩。天上飞的鸟雀,因干渴坠地而死,山上奔跑的野兔和河塘中的龟鳖因干旱而亡。安徽省省会合肥市平均气温在 32—36℃,街道两旁树木凋落飘零,一派肃杀之状。

江河在绝望地呻吟……

全省除长江、淮河,绝大多数河川断流。长江流量也明显减少,水位比往年低 1—2 米。全省十大水库(含淮河上游五大水库)储量只有 23 亿立方米,比往年减少 28 亿立方米,全省少插秧 360 万亩,即使按亩产 400 斤计算,也将少收稻谷 14 亿斤。定远、凤阳、嘉山、肥东等县的丘陵区,不少社队无水饮用,要靠省军区、驻地野战军、省地县直各部门派出的 100 多辆卡车运送饮用水维持生计。

风魔也乘虚而入……

受旱以来,连刮了三次干热风:第一次是在 4 月,正当小麦灌浆,刮了 10 天,温度高达 34℃;第二次在 6 月,正当早稻扬花,刮了 15 天,持续高温 40—41℃;第三次是在立秋前后,刮了 20 天,水分急剧蒸发……

瘟疫亦开始蔓延……

省委提出了“倾家荡产,奋力抗旱”的号召,全省上下投入了抗旱斗争,省委和省革委机关每天组织 4 万多劳动力赶赴抗旱救灾第一线,除马鞍山钢铁厂、铜陵铜矿、两淮煤矿等重工业企业外,大多数企业已停电让路。抗旱用电从 33 万千瓦猛增到 47 万千瓦,拖欠电费高达 9800 万元。由于长期抗旱费用极高,已耗去中央拨给的 2200 万元、省里筹措的 1600 万元,贷款 5000 万元、社队筹款 5800 万元、群众自筹的 1100 万元也都告罄。

尽管广开水源,抗灾抗旱,但是,人的力量之于旱象的威胁,是极为有限的。无论怎样挽救和争取,1978 年安徽全省大幅度减产已成定局。

1978 年的秋天,无所收获而动荡不安的秋天。

大逃荒

成千上万,不,数十万衣不遮体、食不果腹的灾民,悲怆地提篮携筐,倾家出动,一步三回头地告别了繁衍生息的故土，踏上了遥远的乞讨之路……

在上海，挤满了来自安徽的灾民。上海动员数千民兵维持秩序，在嘶哑的吆喝下，把灾民像羊群一样驱赶到一些狭小的空间。光线暗淡，霉气熏人，腐烂的稻草上爬满了虫虱。他们强撑着孱弱的躯体，待凑够了人数，便被人用闷罐车运回皖东重镇蚌埠。这种特殊的列车不是一列、两列，而是十几列、几十列，然而，常常是刚被遣返归来又转身扒上了另一列烟尘弥漫的火车，饥肠辘辘地再跑到另一个地方去。“拉兹”生涯固然不如故土熟稔情深，但是，只要肯张口，总可以讨口饭吃。

故乡对他们来说，实在无所寄托——

土地是荒芜的。

粮袋是干瘪的。

他们是流动的，流动便是生活的一切。

迫不得已的抉择
——省委六条：摆脱困境的突破

与其抛荒，不如借地给农民

飞金流火，多事的1978年之秋，带着1961年那种恐怖的色彩和死亡的威胁，向痛苦呻吟的江淮大地，向安徽省委发出了尖锐的挑战。

9月1日，正是生死攸关的当口。在安徽省委机关大院常委会议室里，召开了紧急会议。会议的议题既简单又严峻——如何度过这百年一遇的特大旱荒？

很显然，1978年秋天安徽省粮食大幅度减产的趋势是难以逆转了。旱象仍在无情蔓延，灾难仍在加剧。眼下，正值刻不容缓的秋收秋种时节，如果不采取果断措施，大片大片土地将被抛荒，明年的早、秋季庄稼就会颗粒无收。

怎样摆脱困境呢？

不仅农村干部发愁，省委也忧心忡忡，处在了进退维谷的“独木桥”上……

主持会议的是才来安徽走马上任一年半的省委第一书记万里。他出生于山东省东平县农村，1936年5月加入中国共产党，上过师范，当过县委书记和地委书记，对土地有着深深的眷恋，对百姓一往情深。

动乱年代，万里最为功勋卓著的是在邓小平主持中央工作的1975年整顿期间，出任共和国的铁道部部长，创造性地工作，并制定了一套新的政策，扭转了铁路交通混乱的局面，得到过“安全正点万里行”的赞誉。但是，到了“深入批邓，反击右倾翻案风”的1976年，他受到了猛烈冲击，罢官卸职，惨遭迫害，腿部患了严重的脉管炎，左小腿要比右小腿粗一寸多，时至今日尚未痊愈。粉碎“四人帮”后8个月，即1977年6月，中共中央政治局召开了解决安徽问题的重要会议。他被派往安徽省出任省委第一书记。从此，他的命运便和江淮大地紧紧地维系在一起了。

受命于危难之际的万里，使命崇高而艰巨。

尽管医生千叮咛万嘱咐地“警告”他，不要过度劳累，然而，他拖着一条随时可能卧床的伤腿，开始了三千里路的巡行。短短的三个月内，他跑遍了安徽十几个地区的县、市、工矿和农村。他发现，虽然城市中工业萧条，秩序混乱，供应紧张，但是，安徽作为一个农业省，作为十年动乱中的重灾区，农村的问题远比城市严重得多。他知道农民手中无粮到底是怎样的焦灼，知道“拉兹”们沿街乞讨到底是怎样的痛苦，知道一家老小在贫寒的茅舍里怎样瑟缩……

最令万里心惊的是金寨之行。

汽车驶进了斑竹园公社和燕子河公社交界的深山区，在一个农户家里，见到了蹲在锅灶口的一个老人和两个姑娘，万里亲热地同他们打招呼：“老大爷！”

老人未动。

“老大爷……”

老人仍未动。

万里很纳闷。

陪同的人告诉老人，这是新来的省委第一书记，老人才缓缓站起身来。这时，万里惊呆了，老人竟未穿裤子，光着下身。

他又招呼那两个姑娘，姑娘也不肯移动半步，村里的人说：“别叫了，她们也没裤子，天气太冷，就坐在锅灶口取暖！”

万里眼一酸，泪水夺眶而出。

这天中午，万里没吃饭，他感慨万千地叹道：“我们革命这么多年，老百姓还穷得连裤子都穿不上……”

早在2月4日，大旱荒初露端倪的时候，谈到农业生产，万里曾作过言简意赅的发言。在“以阶级斗争为纲”的口号还很盛行的情况下，他结合安徽农业生产的实际，大胆地提出了“以农业为中心”。

他说：“农业生产有其固定的特点和规律，一定要自觉地把农业生产作为中心工作，其他一切工作都要围绕生产进行。凡是有利于生产的事就干，凡是妨碍生产的所谓工作任务都要改变。谁耽误了农时,谁就会犯新的错误……”

7月12日,当大旱荒已经严重威胁着安徽的时候,万里又一次从历史的高度敲起了警钟。

他说:“安徽在历史上搞浮夸、虚报和‘一平二调’是出了名的,导致的教训是惨痛的。对农民严酷征购,使种田人饿肚子,历史证明:谁搞‘一平二调’,谁剥削农民,谁把农民当作奴役对象,非垮台不可!所以,总结正反两方面的经验教训,比什么都宝贵。只要把千百万农民的积极性调动起来,安徽大有希望……”

一个全新的思想变革,进入了安徽省委决策的中枢。

这不仅仅是应战大旱荒的思想准备,也是向极左的农村政策挑战的思想准备。

对于农民心灰意冷的状况,我们在动乱年代早就痛彻心扉地领悟到了,然而,要真正恢复农民作为土地主人的地位,尊重农民的自主权,使沉沦的绝望上升为复苏的希望,并以此突破安徽农村困境,为其注入新的活力,还面临着艰难的甚至是冒险的探索。

因为农民并不相信空洞的许诺,唯有大地的富足才是判断历史是非曲直的唯一尺度。

调动农民的积极性是度过百年一遇特大旱荒的关键。

如何调动呢?安徽省委承受着各方面的压力:指望“大呼隆”显然难以奏效,会把安徽推向更深的水火之中,不给农民以土地的自主,要想阻止外流断然是不可能的;但是,要给农民少许的土地自主,势必滑向“包产到户”,这是红头文件所不允许的。作为省委一级组织,甚至会被指责为违背党性原则。

党性与人民性在这里发生了不可调和的尖锐冲突。

在9月1日的紧急会议上,万里动了感情:“要全力抗旱,能多收一斤就多收一斤,多收一两就多收一两。保不住收成,一切都是空话!农民很穷,他们手中无钱,就是国家供应返销粮也买不起,这怎么行呢?!我们不能眼看着农村大片土地撂荒,那样明年的生活会更困难。与其撂荒,倒不如借部分土地给农民……”就是在这次会议上,省委做出了一条上下兼顾,既不违背党性原则,又不至于让农民失望的重大决策:借给每个农民三分地种菜;对播种小麦的旱地不计征购;利用荒岗湖滩种植油粮作物,谁种谁收……

一个“借”字,泰山般重量!

这是安徽省委的机智创造!

事情的微妙之处也许就在于此:迫于无奈的度荒之策,给被极左路线捆绑得麻木不仁的农民以久违的松动。如平地春雷，神奇地诱发了一场中国农村改革的漫天风暴。

“省委六条”的诞生

“借地给农民”的决策，并非一朝一夕所萌，亦非茅塞顿开所悟。如果把它比作一泻千尺的黄山人字瀑，那么，它源于绝顶上的霞溪。

这就是“省委六条”！

它的诞生，实在是一个耐人寻味的过程。

当时，大寨是中国农村必须效仿的样板，为配合“农业学大寨”运动，安徽省委专门设置了“农业学大寨办公室”，几乎取代了原来农委的职能。与此同时，以周曰礼为主任的农委政策研究室在密切关注着农村愈演愈烈的严酷现实。

周曰礼是个铁匠出身的农民，早年在苏北参加革命，辗转来到安徽。1961 年，他曾任曾希圣同志的秘书，对那段起死回生的历史怀着难以泯灭的眷恋和执着。当“农业学大寨”运动铺天盖地，如江如潮从虎头山狼窝掌漫来的时候，他却有独到的清醒。他认定“一个模式不能套全国”，未去大寨参观，反倒去了最穷困潦倒的凤阳县蒋庄大队蹲点。为此，他挨过林彪、“四人帮”在安徽的代理人的点名批判：“你跟我们唱对台戏！”

“大寨办”和农委这两条泾渭分明的线，都直接通向省委，都在争取省委第一书记的支持。

万里处在斗争的焦点上。

“农业学大寨”的口号喊了多年，并没有给安徽农村带来希望的转机。万里对那些“假、大、空”和报喜不报忧的材料不感兴趣。他得知遭受冷落的周曰礼熟悉农村的现状，决定在自己的下榻之处找周曰礼做一次长谈。

阴暗面被揭出来了。

周曰礼反映的农村现实一针见血：“男劳力上工带扑克，女劳力上工带纳鞋。”“头遍哨子不买账，二遍哨子伸头望，三遍哨子慢慢晃。”这种消极怠工的状态，实际危害比罢工还要厉害，几乎是慢刀子割肉般的毁灭。说到底是政策问题，是人和土地的问题。安徽农村干部中流传着这样一句嘲讽的歌谣：“江苏政策稳，山东政策狠，安徽政策驴打滚。”驴打滚的结果是紧箍咒套得更紧，凋敝的安徽更没有出路。

万里颇有同感地插话道：“安徽农村的问题，比城市严重，‘左’的问题更突出……”

推心置腹的谈话一直进行到深夜,双方都感到言犹未尽。

第二天上班的时候,农委的同志问起谈话情景,压抑了很久的周曰礼从未有过这般激动:“一拍即合!”

事隔不久,为了给省委的决策提供切实可靠的依据,省农委起草了一份反映农村极左路线危害严重的“绝密件”呈送万里。

万里认真看了“绝密件”,特意叮嘱周曰礼:“你们能否搞个针对性的政策意见?”

于是,省农委派调查组去了皖东的滁县地区。

滁县地区位于长江、淮河两大江河之间。全区辖六县一市,土地总面积 1.33 万平方公里,人口 343 万,其中农村人口 303 万。这里属北亚热带季风气候,四季分明,气候温和,适宜水稻、小麦、棉花等多种经济作物生长。津浦、淮南铁路贯穿其间,公路水运四通八达,是个历史悠久、人文荟萃、物产丰富的好地方。令人惋惜的是,从 1958 年到 1978 年 20 年间,全区粮食总产和农业总产值年递增率分别为 2.20% 和 2.61%,人均口粮只有 500 多斤,社员集体收入只有 70 元左右。全省著名的落后区“凤(阳)、定(远)、嘉(山)”就在这个地区。不少社队口粮只有 300 斤左右,人均年收入只有 50 元左右。全地区常有大批农民外出逃荒。土地无人耕种,生产上不去,生活无着落,如此年复一年,恶性循环,陷入焦灼的困境……

经过大量调查,省农委在滁县地区召集了各地、市农村工作部门的负责同志,就当前农村的突出矛盾和解决办法,进行了充分讨论。大家统一了认识,集体起草了“六条”,即《关于目前农村经济政策几个问题的规定》的草案。

“省委六条”的主要精神是尊重生产队的自主权,允许农民搞正当的家庭副业,其收获在完成国家任务后可以到集市上出售,生产队可以实行定任务、定质量、定工分的责任制,只需个别人完成的农活可以责任到人。

这是在粉碎“四人帮”后徘徊的中国,所出现的第一份关于农村政策的开拓性文件。

它触动的神经是很敏感的。

1977 年 11 月,安徽省委召开地、市、县委书记参加的常委扩大会,逐条讨论。一石激起千层浪,围绕着“省委六条”你争我吵,互不相让,爆发了一场激烈的思想斗争。

从极左噩梦中刚刚苏醒的中国共产党人,虽然痛彻心扉地感受到了历史的压力,但是,要彻底甩掉自己的枷锁,仍不是那么自觉的,还需要漫长的实践和理论认识过程。

“这不是社会主义方向!”

“给农民的自主权太多啦!”

“这样下去,会不会滑到1961年……”

持怀疑态度的人不在少数,形成了不小的阻力。原来准备写进去的一些更宽松的条文,不得不暂时搁置起来。人们对极左那一套已经适应了,好像只有那样才是社会主义。人们存有顾虑是完全可以理解的。

针对这种心态,万里特意嘱咐农委:“不要勉强！有些同志思想不通,要耐心等待,因为具体工作还要靠下面的同志去做。如果硬写进去,他们接受不了,反而会把事情搞糟……”

做了修改的“省委六条”一经发出,瞬间轰动了全省,继而吸引了全国。

红旗杂志社、人民日报社和新华社纷纷派人来安徽组稿。1978年3月,新华社播发了万里同志《落实农村经济政策》的文章,成了当时的重大新闻。

刚刚恢复工作的中共中央副主席邓小平同志,对安徽“省委六条”给予了热情的肯定。在出访巴基斯坦的途中路经四川,他向当时的四川省委主要领导同志做了推荐。

邓小平同志说——

我们现在需要有些新概念,不能老是原来的老框框。我们“文化大革命”前,企业管理中的那一套是学苏联的,是世界上比较落后的,“文化大革命”后,我们把这一套也砍掉了,那就什么也没有了。

农业的路子要宽一些,思想要解放,只是老概念不解决问题,要有新概念……只要所有制不动,怕什么！工业如此,农业如此。要多想门路,不能只是在老概念中打圈子。

思想解放运动正在唤醒着中国,苦难中的四川也正在进行新的命运选择。如何使天府之国走上富裕之路?

四川省委顶着极左的压力颁布了“十二条”。从此,安徽和四川两省最早点燃了中国农村改革的火把,照亮了饥饿和贫困的中国。

“口子开大了……”

“省委六条”和“借地给农民”的决策传达得很快,当我们某些领导者还怀着忐忑不安的心情斟酌字眼儿寻找论据的时候,沉闷的江淮两岸一夜之间又一次出现了“分田分地”的狂潮。

丈量。

备种。

修耙。

标桩。

热热闹闹,沸沸扬扬,奋发而起的农民远比我们某些干部高明。几乎就在传达和理解的同时,便付诸行动了!

因为自种自收,多余自售,多年来无人问津的河滩荒丘人喧马嘶,第一次响起了开荒的浪声。农民迷恋土地,土地系住了农民的心。过去不知采取了多少强硬措施也未能遏止的乞丐大军外出逃荒,仅仅每人 3 分地便以强烈的吸引力改变了他们生活的流向。

封闭的土门被推倒了、扒开了……

死寂的村庄重新飘起了梦幻般的炊烟……

人们又恢复了自己的尊严!

新的问题出现了。

借的土地实在太少了,“人心不足蛇吞象”:一方面要从事少量的“借地”生产,另一方面又不得不在集体的大田作物中做着无谓的消耗。1961 年尝过“包产到户”甜头的农民迫不及待地希望像当年那样把土地分个精光。这种想法固然带有危险的性质,但是,由于“借地”的契机,一种潜在的渴望正如地下炽热的岩浆酝酿着新的奔突!

这奔突,终成事实了。

具有揭竿而起传统的安徽农民实在“胆大包天”,竟违背“省委六条”中明令“不准包产到户、不准联产计酬”之限制,自发地扩大了“借地”范围,有的不仅分了全部田地,而且,分了全部牲畜和农具。

口子越开越大!

1961 年的“包产到户”始于合肥郊区,这次历史又在毗连的地域上演了同一出戏剧:肥西县最落后、最穷困的山南区委爆响一声惊雷,率先搞起了“包产到户”。

“包产到户”的出现,震动了安徽省委,上上下下,舆论哗然。调动群众积极性是我们共产党人常挂在嘴边的口号,然而,常常是群众消沉的时候,我们喊得震天价响;一旦群众积极性真的被调动起来了,我们有些共产党人却在那里摇头晃脑,评头论足。

万里密切地注视着“包产到户”的出现。其时,省委已经撤销了“农业学大寨办公室”,恢复了农委的职能。他没有因为“省委六条”中明文规定过“不准包产到户、不准联产计酬”拴住自己的手脚，而是让群众的实践来丰富和调整自己。

他对周曰礼说：“你们如果有农村情况反映，可以直接送来！”

他迫切需要来自农村基层的信息。

几天见不到“情况反映”，万里就显得焦躁难耐，急促不安，一再跟农委的同志打招呼——

“你们最近下去没有？”

“老周在不在？”

“我们聊聊！”

“对‘包产到户’和‘联产计酬’，你们要注意调查研究，不要急于表态。要任其发展，到时候再研究不迟。不然，会挫伤群众积极性……”

肥西县距省城最近，所以消息也多。山南区委的大胆创造在省委机关引起了不小的冲击波。众说纷纭，各持一端。

省委不表态不行了！

万里主持省委会议，统一对山南区委“包产到户”做法的认识，结论是：不宣传，不推广，不见报。要看一看，让实践证明其是否正确。

这种态度又是相当机智的。

既不违背中央精神，又对群众的做法表示了默认。

然而，真正起来闹“包产到户”的暂时还是极少数。由于它与中央指示精神直接对立，所以，这“极少数”也面临覆灭的危险。

当省委默许“包产到户”的时候，我们某些不敢越雷池一步的基层组织，却在制造扼杀的悲剧。

庐江县迎松公社申山大队十二担生产队，有个农民叫朱正启。一次，他到肥西县山南区走亲戚，看到人家正在“包产到户”，回村后他秘密地约了 5 户农民也自发地搞起来，早稻和夏季庄稼获得了少有的大丰收。朱正启在“大呼隆”期间最好年景只能分得 2900 多斤粮食，“包产到户”不到一年，麦子收了 400 斤，大粮作物收了 3200 斤。

然而，这并未给县委带来喜悦，反而遭到了县委批判——

“这是越轨行为！”

“乱了全县的套！”

县委如临大敌，调集 7 名干部组成调查组，开赴十二担生产队，搜集朱正启的“罪证”。

批斗。

报捕。

只是抱有同情心的县公安局局长坚持不报，朱正启才免遭囚禁的命运。

调查组并不松手，坐镇十二担生产队，不准朱正启那"包产到户"的5户农民下田，一直折腾了两个多月，致使晚稻没能及时灌水严重减产。调查组又以此来论证"包产到户"的失败。

朱正启的悲剧震动了一些想搞和正在搞"包产到户"的农民。面对压制、围攻和打击，各地农民纷纷到省和中央上访。

他们理直气壮地质问调查组——

"增产粮食犯不犯法?"

"真理标准问题的讨论，在农村兴不兴?"

"听说国家还吃进口粮，'包产到户'难道不比吃进口粮好?"

他们逼调查组回答这些问题。

后来，一位县委领导不无感慨地叹道："包产到户一年，我们害怕了一年，被动了一年，捂了一年，群众反抗了一年，大干了一年，增产了一年……"

当然，我们许多共产党人也在演出喜剧。

来安县烟陈公社，有一位革委会副主任叫张家法。大旱荒之年他来到了只有21户人家、101口人、男女劳力41个、耕地165亩、能使用的耕牛只有可怜的4头的魏郢生产队蹲点。

他发愁!

他下决心搞"联产计酬"。

结果，男女老少举家出动，未足半月便将全部土地追上了肥料，连公社党委都称赞"联产计酬"是救生之宝。

在全县公社书记会议上，一位县委负责人拍案而起，把魏郢的做法指责为"'包产到户'的翻版""刘少奇路线回头"。

说奇也不奇，凡是群众搞"包产到户"和"联产计酬"的地方，总会冒出那么几个大加反对的领导来。

魏郢生产队大丰收的1956年，粮食总产9万多斤。然而，在以后的23年中一直徘徊在8万斤上下。而在1978年实行了"联产计酬"的旱荒之年，粮食总产量一跃达到12万斤，超计划，超历史。

魏郢吸引了所在的滁县地区领导者的目光，也吸引了正在痛苦中踌躇的人们。

1978年9月，即省委提出"借地给农民"的决策不久，滁县地委召开四级干部会议。这本来是一次例会，但是，两种思想的交锋却相当激烈。许多公社书记纷纷提出一个发人深省的问题——

“农业上不去，究竟原因在哪里？”

“一个公社上不去，两个公社上不去，全地区两百多个公社为什么都上不去？难道我们都是他娘的笨蛋吗？”

他们强烈要求地委解放思想，放手让下边干。干对了，不图表扬；干不上去，自动滚蛋！

地委火烧火燎，欲罢不能。一方面向万里同志汇报，一方面派人到魏郢参观。

眼界大开！

“他娘的，就这么干！”

地委要求各县先搞一个大队或一个公社的试点，消息传出，要求当试点的挤破了门。后来连一些不是试点的也“试”起来了。不管有人怎样限制，“包产到户”和“联产计酬”这个禁区，到底被农民奋力突破了。

据 1978 年统计，实行这两种责任制的已扩大到全省 3 万多个生产队，简直是前所未有的奇迹。全省秋种面积为 2900 万亩，1979 年夏粮总产达 78 亿斤，使安徽省平安地度过了百年一遇的特大旱荒。

万里实事求是地向中央做了汇报：“少数地方搞起了‘包产到户’和‘联产计酬’，是否可以试试？有什么错误，省委负责！”

冬天里的春天

历史不会忘记 1978 年底那个寒冷刺骨的冬天。从西伯利亚袭来的漫天风雪，越过空旷的内蒙古大草原，越过残缺的长城垛口，漫向了燕山腹地，漫向古都北京。

人民大会堂东门外停满了小汽车。尽管当时还处于秘密状态，但上下班路过天安门广场的人，还是敏锐地感觉到这里正在召开一个重要会议，这就是中国共产党第十一届三中全会。

从漫天风雪中走来的中国共产党人，从四面八方汇聚到这里。他们的心情，像铅状的云层一样压抑。

灰暗的氛围，笼罩着苦闷的国度……

1976 年，神州大倾斜！

1976 年，历史大断裂……

谁也不知道未来的中国将是什么样子，谁也不知道未来的中国将走什么路。

然而,就在这严峻关头,历史选择了新的继承者。

粉碎"四人帮"后举国欢腾,华国锋成了"我党我军当之无愧的英明领袖"。那是中国政治生活急剧变化的日子!

"实践是检验真理的唯一标准"的大讨论,促进了中国人民对个人崇拜的觉醒。人们顿悟到:毛泽东生前关于农业的决策,并不是理想的道路,继续走下去,中国农村还会在失望中徘徊不前,还会产生1960年经济困难这样的悲剧。

只有勇敢的否定,才有无畏的超越。

1978年的冬天,人们心中的严寒远比自然界的严寒沉重得多。

严寒也在包围着安徽代表团驻地,包围着省委第一书记万里。

数日来,他一直耿耿难眠。江淮大地上正在掀起着"包产到户"浪潮。一个百思不得其解的问题,缠绕在他的心中:群众是那么衷心地拥护"包产到户",而我们有些同志却是那么视之为洪水猛兽。问题的症结在哪里呢?

答案是:如果不从根本上摆脱"两个凡是"的束缚,那么,"包产到户"这种生产责任制必将被再次扼杀。

两个月前,为参加三中全会做准备,万里走遍了江淮两岸许多县、区、社、队,就中国农村如何摆脱困境的问题做了调查研究,提出了自己的见解。这些见解,反映了挣扎在苦难深渊中的普通百姓的心声,共产党人的使命感使他想即刻站起来大声疾呼。

这份题为《农业上需要解决的几个重大问题》的发言提纲就带在他的身上,这是安徽29年来农业发展经验和教训的总结。在这份提纲中,针对"强行捆绑"式的人民公社体制,万里尖锐地指出了它的弊端——

> 现行的人民公社体制是"政社合一",实际上是"党、政、社"三合一。
>
> 第一,从表面上看似乎加强了党对人民公社的领导,而实际上既不能集中力量抓党的工作,又不能集中力量抓生产,往往出现顾此失彼的现象。
>
> 第二,集公社党、政、生产于党委书记一人,权力过于集中,容易出现利用职权、按照长官意志管理和指挥生产。
>
> 第三,人民公社是社会主义的互助互利的集体经济组织。应当充分发挥群众当家做主的精神,而用党、政领导取代社委会领导,是不利发展生产的。
>
> 鉴于上述原因,吸取高级社时管理体制的经验,参照国营企业只是作为经济单位,而不是权力机构的情况,建议对现在的人民公社管理体制进行改革,

实行政、社分离。可以考虑以现在的公社为单位设乡，大公社设大乡，小公社设小乡……

那是在1978年秋，中国上空冻云并未退去，万里就提出对“政社合一”的人民公社改革的建议，实在是难能可贵。他不仅剖析了现实，也预示了未来。

针对风行全国的“农业学大寨”和“普及大寨县”运动，万里更是一针见血地指出——

从安徽来看，真正学得好的是少数，学得差的是不少的。比如收回自留地，取消家庭副业，关闭集市贸易，搞政治工分，记“大概工”，出现了劳动计酬上的平均主义，以及不顾客观条件的可能随便改变所有制形式，搞扩社并队，搞穷过渡，在新农村建设和农田基本建设上大搞形式主义，造成了严重后果。

……

就全国来说，不宜提“普及大寨县”的口号。建设大寨县的要求，实际上是不容易办到的。

针对“政治运动年年搞”的状况，万里强烈呼吁道——

解放28年来，农村的政治运动几乎年年不断，而每一次运动都对各级领导班子进行一次冲击，致使变动频繁。领导班子不稳定的情况，地、县委较普遍，农村基层干部队伍更为严重。

为了做到领导班子相对稳定，能否考虑在若干年内在农村不搞政治运动，把主要精力转到生产建设和技术革命上来……

这不是一份普通的发言提纲，而是刻在江淮大地上的沉思录。这是新的思想路线的启迪，这是新的思想路线的胜利。它不仅仅属于安徽，也属于全国；它不仅仅属于现实，也属于未来。

值得庆幸的是，十一届三中全会停止使用“以阶级斗争为纲”的错误口号，做出了把工作重点转移到经济建设上来的战略决策。

同时，会议制定了《关于加快农业发展若干问题的决议（草案）》和《农村人民公社工作条例（试行草案）》两个重要文件，强调放宽农村政策，减轻农民负担，鼓励和扶持农村搞家庭副业，建立农业生产责任制。特别是允许包工到组、联产计酬,为它的肯定并推向全国开辟了道路。

大地在解冻。

“《人民日报》我们也能上!”

1979年,春天又降临江淮两岸。十一届三中全会公报高度评价了“实践是检验真理的唯一标准”的讨论,对于决定中国命运的重大意义,但是,作为特定的历史环境的产物,仍然明确规定:“不准分田单干,不准包产到户。”

恰在春耕大忙时节,中国大地上突然刮起了一股颇猛烈的纠偏风……

3月15日,《人民日报》在通常刊登社论的显要位置,发表了一封题为《“三级所有,队为基础”应当稳定》的读者来信。

作者是甘肃省档案局的一名干部,他在来信中用指责的口吻写道——一次回故乡河南洛阳地区探亲,听说和看到了“不少县社,已经、正在酝酿将要‘包产到户’”,忧心忡忡。他借群众之口说这不是中央精神而是“土办法”。他在肯定了“如果从便利管理,加强责任心着眼,划分作业组是可以的,但是轻易从‘队为基础’退回去,搞分田到组,包产到组,是脱离群众,是不得人心的”,认为“干部、群众的怀疑和担心是有道理的,顶着不分是对的”。“同样会搞乱‘三级所有,队为基础’的体制,搞乱干部、群众的思想,挫伤积极性,给生产造成危害,对搞农业机械化也是不利的。”“应当重视并解决这个问题。”《人民日报》在转发这封读者来信的同时,发表了编者按,推荐这封来信,占了整整半个版面,其重要性显而易见了。

这封信首先在作者的故乡河南洛阳激起了不小的风波。中共河南省伊川县委通讯组的谢梦冠同志在给《人民日报》的一封信中写道:“3月15日突然发表了读者来信,一时人们大为震惊”,“老实农民强劳力户,原来很希望搞好责任制,一听广播,往地里送的粪也不送了……还有的人乘机造谣,说什么洛阳地委犯错误了”。为了制止这种混乱局面,洛阳地委从3月18日至20日召开了各县、市委第一书记会议,会上大家议论纷纷。洛阳地委常委、地革委副主任胡兆祥非常气愤,当场作打油诗一首:××不写好文章,一瓢冷水泼洛阳……这首诗代表了县、市委书记们的思想,一时流传很广。

这封来信的发表,对安徽这样一个在全国最早实行了新的农业生产责任制的省份来说,其影响几乎是带有爆炸性的,信中列举的事情,虽然指的是河南,却牵动了江淮间的安徽。信中强调纠偏的是“包产到组”,而安徽却早已冲破了这一界限，搞起了“包产到户”，比河南走得更远。

安徽，一下乱套了！

来信在中央人民广播电台《新闻联播》节目中作为头条消息播出的时候，凤阳县各区社正在召开旨在动员春耕生产的三级干部会议，顿时，主张搞“大包干”的人心神不定、情绪不稳，以为又会发生什么重大变故；而对于不主张搞“大包干”，把“大包干”称为“三级半所有”的人，正中下怀。一时间，风云四起。

“这是党报的声音！”

“准是有来头的！”

“肯定是‘大人物’说话了！”

“赶快纠正，不然会犯大错误……”

中共凤阳县委处在惶恐不安的窘境中：继续搞吧，“上头”不允许，硬要坚持说不定会“蹲班房”；停止“大包干”吧，把分开来的社队再强行收拢也不可能了。

县委召开紧急常委会，大家情绪激昂，争论不休。轮到县委第一书记陈庭元发言，他用几乎是颤抖的声调平息道：“现在纠偏，后果不堪设想。凤阳不能再折腾了，也没时间再争论了，群众的积极性刚调动起来，你们只管干，出了问题由县委负责。如果追究责任，就说是我陈庭元让你们干的……”

滁县地委不放心。

地委书记王郁昭亲自打电话给陈庭元，关切地询问大家对读者来信的反应。

“怎么样？”

“议论纷纷！”

“你们是怎么想的？”

“我们是王小二盖猪圈——心门朝南……”

3 月 16 日。《人民日报》发表读者来信后的第二天。

从巢湖地区前往滁县地区全椒县了解春耕生产情况的万里一走下车，便处在了愁眉苦脸的县委领导们的包围之中。

万里也感到吃惊。

面对无所适从的干部和群众，万里不得不发表自己的意见。他深沉地解释和劝慰说：“甘肃档案局那位读者的来信，我是在一个内部材料上见到的，没想到能公开发表。我看那封来信并不反对‘包产到组’，只是反映了‘包产到组’中存在的问题。《人民日报》批评的那些问题是支流，不要怕，先搞一年再说……”

县委领导仍惴惴不安：“《人民日报》编者按，说‘包产到组’是‘错误做法'……"

万里答道:"什么是好办法?能叫农业增产就是好办法,能叫国家、集体和个人都增加收入就是好办法,适应生产力发展、叫农业上得快就是好办法,反之,就是孬办法。谁吹这个风那个风,我们也不动摇。肥西县有的生产队搞了'包产到户',怎么办?我看既然搞了,就不要动了,一动就乱……"

县委领导又反映:"我们这里有人说'包产到组'是三级半所有……"

万里明确地说:"'三级半'有什么不好?这也是经济核算单位嘛!四级核算也可以,家庭也要搞核算,那不是'五级'了吗?!"

县委领导还是担心《人民日报》来头太大,怕将来招架不住。万里有些激动:"《人民日报》我们也可以上!究竟什么意见符合人民的根本利益和长远利益,这要靠实践来检验,绝不能读了一封读者来信就打退堂鼓,挫伤了群众的积极性。产量上不去,农民饿肚子,是找你们县委还是找《人民日报》?《人民日报》也不能管你饭吃嘛……"

当天,万里就在滁县地区直接拨长途电话给国家农委主任王任重,汇报说:"我们已经干开了。不宣传、不推广、不见报,保护群众的积极性。备个案,搞错了省委做检查……"

王任重同志说:"既然省委做了决定,可以干嘛!"

北京宣武区的一家招待所里,来自安徽省农委的辛生、卢家丰两同志,正在伏案疾书,向那封读者来信发出挑战。

3 月 30 日,《人民日报》也在头版位置发表了辛、卢两同志撰写的题为《正确看待联系产量的责任制》的读者来信。信中尖锐地批评了那封读者来信和编者按:"在我们这里造成了混乱","已经搞了以组作业,联系产量责任制的干部和群众担心又要挨批了,原来害怕党的政策有变化的人,现在顾虑更大了,有人看到报纸好像找到了新论据,把联系产量责任制说得一无是处"。"为什么要把它当作'错误做法',要加以纠正呢?在'四人帮'横行时,'包'字被视为洪水猛兽,不但不准包产到组,就连小段包工也被批判","应当相信大多数群众是有鉴别力的,只能画个大框框,不能硬要群众只能采取这种办法,而不能采取另一种办法"。

《人民日报》也为这封读者来信加了题为《发扬集体经济的优越性,因地制宜实行计酬办法》的编者按,指出 3 月 15 日刊登的读者来信和编者按"有些提法不够准确","今后应注意改正"。同时,强调"包工到组,联系产量是一种新的计酬方法,在试行中出现这样那样的问题是难免的。只要坚持生产队统一核算和统一分配这个前提,不准搞包产到户和分田单干,就可以试行”。

1979年的春天,是两种思想激烈大论争的春天,是多种责任制异彩纷呈的春天。

纠偏与反纠偏!

突破与反突破!

思考与反思考!

“给‘包产到户’报个户口吧!”

“包产到户”仍是不可逾越的禁区,尽管“实践是检验真理的唯一标准”的大讨论深入人心,尽管“包产到户”的社队获得了空前大丰收,但是,“上头”仍是坚持“不准包产到户”。这六个字像六座山挡住人们的去路,更为严峻的是,它庄严地写在党的红头文件上,谁想跨越它,谁得首先掂量一下自己的分量。

天下总有“胆大”者!

安徽正向禁区发出更为勇猛的超越。

1979年安徽省委是在艰难中度过的,承受着外界的巨大压力,这种压力几乎使安徽“四面楚歌”。

正如肥西县的山南区是安徽的众矢之的一样,率先搞起了“包产到户”的安徽也成了中国的众矢之的。安徽一再冲破禁区,不允许搞“包产到组”的时候搞起了“包产到组”,不允许搞“包产到户”的时候居然又搞起了“包产到户”,颇有点天不怕、地不怕的咄咄逼人之势。

邻省坐不住了!

江苏与安徽地连地、界搭界,仍在“大呼隆”中一筹莫展的江苏农民,怀着惊诧的目光注视着安徽这边的巨大变革。将“包产到户”视为“罪孽”的人们,分明感受到了来自安徽的冲击和威胁,唯恐这股“复辟”“倒退”之风刮进自己的田园。

接着,便可以看到这样一幕:在江苏与安徽交界的乡村、路口、岗坡、田头,赫然醒目地刷出了大标语,许多乡村用高分贝的大喇叭向安徽发起了猛烈的“进攻”——

“坚决抵制‘单干风’!”

“坚决反对复辟、倒退!”

“坚决批判‘三自一包’‘四大自由’的流毒!”

更有甚者,个别报社甚至准备了十几个版面,扬言要对安徽的“包产到户”打“排炮”。

然而，堵是堵不住的。

这里是那个在喇叭里大喊大叫的江苏六合县竹镇公社双龙大队下胡生产队，与它连街隔省的是安徽来安县龙山公社秦港大队刘郢生产队。

刘郢生产队的自然条件，特别是水利条件，远不如下胡生产队。农业合作化以来，一直是个穷队，1979 年，这个生产队实行“包产到户”，一年大翻身，粮食总产量创历史之最。这家家增产、户户丰收的喜悦景象引起了下胡生产队的注意，社员们纷纷埋怨领导只准搞定额包工，不准搞“包产到户”。

秦港大队党支部副书记刘江对来访的记者说：“我们江苏人很羡慕安徽人，安徽人快活得腚沟沟都流油了……”

历史在制造着小小的幽默：一边是大喇叭高喊“坚决反对‘单干风’！”，一边是江苏的姑娘硬是从大喇叭下往安徽跑。刘郢生产队先后有 6 对青年结婚，其中 5 对是来自江苏的姑娘。

人心所向！

冷漠也罢、白眼也罢，“包产到户”越来越显示出神奇的魅力。

由于实行了“包产到户”和“联产计酬”的农业生产责任制，1979 年安徽省粮食总产多达 320 亿斤，超额完成国家计划。其中超过历史最高水平的有滁县、安庆、池州、芜湖四个地区和无为、颍上、凤阳、舒城、濉溪等 21 个县。除阜阳地区因涝灾减产外，淮河以南只有霍邱、长丰两县减产。全省著名的三大穷困区即泗（县）五（河）灵（璧）固（镇）、定（远）凤（阳）嘉（山）、宣（城）郎（溪）广（德）十个县，粮食增长了三成。

1980 年 1 月，安徽省召开县委书记以上干部参加的农业工作会议。这是对责任制实行一年的总结和检阅，也是对春耕生产的部署和动员。这是一次趁热打铁的会议，理所当然地引起了全省人民的莫大关注。

在颍上县报捷后，因减产而显得局促不安的霍邱县县长在众目睽睽下走上讲台做了检查。

检讨完后，万里严厉地批评道：“你们没有特殊情况，颍上县增产，你们为什么减产？”

“……”

“说到底，你们没按群众的意见办事。本来很好的势头，却让你们搞糟了！”

“……”

“你们不要跟群众‘对着干’！我们拿颍上和霍邱对比你不服气，那么你霍邱周集区增产，全县和周集区相比条件并不坏，为什么却大减产，给老百姓造成这么大的损失？这个班子不及时调整我看不行！如果再不搞就贻误时机，我是不怕得罪人的，按原则办事，不能拿老百姓的利益做交易！省委搞不好，我们向中央请罪，哪个县搞不好，哪个地委搞不好都要负责，不这样我们安徽搞不上去！你县委犯错误，我们不能让老百姓挨饿，有的口粮只有二百来斤，这样大的问题，不讲行吗……"

如此在大庭广众下大光其火，还是万里上任以来的第一次。他决心撤掉霍邱县委第一书记的职务。

周曰礼说了情："认识问题，没经验，加上天灾。可以调动一下！"

该县委书记调至他处任职，这是后话。

尽管有些领导同志不得不接受实践的检验，但要一下切断同"大呼隆"的感情维系远不是那么轻松的。特别是从初级社、高级社、人民公社走过来的领导同志，很难一下转过弯来，总觉得对不起毛泽东同志的在天之灵，总觉得有离经叛道、心神不安之感。有这感觉的，不在少数。

会上又展开了互不相让的论争。滁县、宣城、六安地区主张搞下去，而安庆、合肥、芜湖、阜阳等地区却不主张搞。最能表达否定者心声的是宿县地委负责人的发言，他喉头呜咽、泪流满面，几乎要抱头大哭起来——

"这哪像社会主义！毛主席他老人家辛辛苦苦几十年，我们呢？一步退到'解放前'……"

这感情是真诚的。

然而，也正是这种真诚的感情，锁住了开拓的脚步。

他觉得对不起老人家，可又有谁对得起我们的农民兄弟，对得起母亲般的大地呢？

不解决这种"感情上过不去"，要想取得人民和土地的彻底解放，仍是不可能的。

因此，万里在会上作了《要敢于改革农业》的长篇讲话，既有批评也有说服，既有分析也有提醒。他像一个参加党小组会的普通党员那样，向与会者袒露了自己的心扉。

"从'反右'开始，长期没有个安定团结的局面。为什么江苏发展比较快？大反复比较小。至少没像安徽这样死几百万人。因此，在这个问题上大家要接受历史教训。它给人民的创伤很大，给干部的创伤很大。为什么包产到户，在安徽引起这么大的舆论呀！我们顶了多少年，来的时候就顶了，开始制定《六条》，反映就来了，给我扣帽子，了不得呀！有些善良的人，叫我不要犯错误，这就是心有余悸了。有人说：再坐'喷气式'，受不了！我都60岁了……还是怕呀！昨天街上有我的大字报，很长，有写万伯伯的，还有写万书记的，反正贴吧！哪一天贴大字报，哪一天生产就上不来……

"'包'字是个好东西，凤阳的大包干，火车上的三八包乘组，这是中国人一种土的说法，不要怕这个'包'字！在那些长期经济落后、集体经济搞不好、极左思潮干扰严重、群众生活一直非常贫困的情况下，群众习惯于小农经济，这有历史根源和阶级根源。'包产到户'并不是我们主张，问题是已经有了，已经生了孩子，他妈妈挺高兴，哎呀，可解决大问题了，给报个户口吧，孩子挺好的！许多人去看了看都闹很兴奋的，回来以后就凉了半截。为什么呢？不合法，要批判呀！'包产到户'没有什么可怕！我们的根本态度是不能打击群众的积极性，群众已经认可了，苦苦哀求：'让我们干两年好不好呵！'同志，批准！为什么不可以？为什么责难那么多？我是不同意这种意见的……"

以"包产到户"为主体的农业生产责任制，从"不宣传、不推广、不见报"的秘密状态中走出来，跃身于无限广阔的农村政治舞台了！

冒险的实验

——肥西：历尽艰辛的"包产到户"

"汤大胆"旋风

一股旋风，凌厉的旋风！

到达肥西县的第一天晚上，我就在县委招待所里见到了身宽体阔，立如松、声如钟的原山南区委书记汤茂林。他走路、说话、动作都是快节奏的，刮到哪里哪里顿时掀起一阵波澜。由他刮起的波及全县、全地区、全省乃至全国的"包产到户"旋风，不亚于闹了场强烈地震。

山南区是肥西县的热点，而汤茂林则是热点中的热点。

他调任山南区委书记的第3年即1978年，正值百年一遇的特大旱荒。田园冒烟，塘坝干涸，早稻虽已收割，但秋耕秋种却根本无法进行。人们一筹莫展。秋种撂荒，等于来年卡了脖子。

其时，省委已经公布了《六条》和"借地给农民"的决定。决策的松动，给汤茂林提供了大胆施展才能的机遇。

让我们去追寻那已经翻过去的,却永不会忘却的沉重日历吧!

1978 年 9 月 1 日

酷热难当的夏夜,汤茂林在柿树公社黄花大队的一间茅舍里,伴着半明半暗的灯光,召开全大队 23 名党员参加的党支部扩大会,边讨论省委《六条》边探讨战胜旱荒、保耕保种的出路。

"难道秋种就种不下去了?"他率先发问。

长吁。

短叹。

天闷热,人心更闷热。

终于有人声调沉缓地说话了:"汤书记,办法有是有……"

"快说说!"

"只有一条路……"

"什么路?"

"就像 1961 年那么干……"

"'包产到户'?!"

"对!"

"我的奶奶呀!"汤茂林整个身子从座位上弹起来,眼睛瞪得铃铛大,连连摆手,"不行,不行! 上边不准'包产到户',不准'分田单干'!"

"那就没别的办法喽!"

"真的没有?"

"没有……"

尽管汤茂林心里害怕,会上还是七嘴八舌地议出了一个"试试看"的权宜之策:定土地,每个劳动力包 5 亩麦子,包 5 分油菜地;定产量,小麦亩产 200 斤,油菜亩产 100 斤;定工本费(种子、化肥),每亩 5 元;定超产奖励,每亩超产 100 斤,奖励 60 斤粮食;定惩处制度,减产 100% 赔偿。党员们蛮有把握地说:"要真这样干,10—15 天秋种任务也许能完成……"

他不敢表态,可又不能不表态,沉思良久,抛下了一句模棱两可的话:"我回去跟区委的同志们通通气……"

9 月 2 日

这天,恰好县委第一书记常振英来到山南区。

汤茂林把黄花大队的做法刚汇报完,常振英一阵摇头:“这办法不行……”

“为什么?”

“我心里赞成你们这样搞,但是,不能超过政策界限,省委《六条》中也没讲可以这样做,你们真要这样干,性质就变了!”

汤茂林愕然。

不过,除此别无他途,他想奋力争取,恳求道:“我们试试看,怎么样?”

“好吧……”常振英无可奈何。

送走了常书记,汤茂林便召开紧急区委会。出乎他意料,7 名委员一致同意黄花大队的办法。汤茂林有点激情难耐,会后迫不及待地赶往黄花大队,召开了党群干部联席会,公布了区委会的决定。

话音刚落,喜出望外的与会者们“啪啪”地鼓起掌来。

9 月 17 日

爆炸性的决定,出现了爆炸性的效果。久旱逢甘露的农民,几乎在一夜之间便掀起了“包产到户”的热潮。土地按水、旱、岗三搭配,全大队 1700 多亩土地在短短的两天内,竟分掉了 1420 亩,占总数 2/3 还多。

将我们困顿多年的“大呼隆”体制,几乎在瞬间就动摇了!

9 月 18 日

喜不自胜的汤茂林在黄花大队召集附近的 3 个公社的党委书记和 9 个生产大队的支部书记开会,推广黄花大队的办法。

汤茂林用征询和试探的口吻说:“天旱得厉害,麦子实在种不下去,怎么办?我们在黄花大队搞了‘四定一奖、责任到人’的办法,你们看行不行?赞成不赞成?”

发言十分热烈……

又是出乎意料地一致通过。

9 月 19 日

一场更大规模的“包产到户”热潮,席卷丰乐河岸边。

9 月 20 日

汤茂林高兴得太早了!

正当他为大面积推广"包产到户"而东奔西忙的时候，一封署名"人民群众"的匿名信送到了省委第一书记万里手里。

信中措辞十分尖刻——

"汤茂林领导'十万人'想豁出去了！"

"这是刘少奇路线的'翻版'！"

"这是曾希圣'阴魂不散'！"

万里批转给顾卓新同志阅了，顾卓新又批转给王光宇，要求交省农委调查处理。省农委派人到肥西，和县农委的领导同志一起风尘仆仆赶往山南区。

调查者与被调查者彼此都很熟悉。汤茂林在家里准备了便饭和一瓶酒为他们洗尘，让汤茂林感到蹊跷的是对方婉言谢绝了。

"不在你家吃！"

"我们去食堂……"

汤茂林一阵茫然。

调查者终于亮了底："我们是来调查你的！"

县农委主任示意省农委的同志不要讲，省农委的同志愤然道："怕什么，屁事没有！我老家就在肥西农村，农民对包产到户的要求我知道……"

调查者与被调查者看法如出一辙。

最后，调查者还是在汤茂林家吃了饭。

但汤茂林不仅未如释重负，反而心情更见沉重起来。

9 月 21 日

汤茂林突然接到常振英的紧急电话："立即到县上来！"

在县委招待所的会议室里，满脸愁苦的常振英告诫道："老汤，'人民群众'来信把你告了。说你搞'单干'！"

汤茂林愤怒反驳："我们不是单干！"

"那是什么？"

"责任田！"

"责任田？"

"对，'四定一奖，责任到人'！我在山南给你汇报过的……"

常振英仍面有难色："办法好是好，可还是不能联系产量……"

汤茂林被逼出火来了："常书记，不管联系不联系产量，反正我们山南区已经干开了！黄花大队干了 500 多亩了……"

覆水难收！

常振英无能为力了，不得已又一次认可说："那——你们就干吧！"

9月22日

汤茂林"造反了"！

在山南区召集的各公社党委书记会议上，汤茂林直言不讳地发表了激情澎湃的讲话："'人民来信'说我们搞'倒退'，县委书记又不让我联系产量，说是要联系工分，实际上是一回事。不管怎样，麦子要种。照黄花大队的办法干……"

没有人表示反对。

也就在这一天，喜讯传到了区上：3个公社的小麦和2000多亩油菜已经全部播种完毕。

10月5日

全区7个公社、78个大队的2万多亩大麦和14万亩小麦也全部播种完毕。不仅完成国家指定性计划，还比正常年景多播种8万多亩……

1979年2月2日

省农委主任周曰礼率领考察组一行10人在山南听取了汤茂林的汇报，周曰礼出现了少有的激动。在山南，他看到了当年的影子，看到了未来的土地之光。

周曰礼赞道："这样才好！"

"我很担心……"

"不要怕！'大呼隆'不好，你们就这样干下去！"

回到省委，周曰礼向万里汇报了山南区"包产到户"的做法。

2月3日

汤茂林的堂兄、堂弟和一位中学教师跑了20多里路，惊慌失措地来找他。

汤茂林深感诧异："干什么来了？"

"看你！"

"我有什么看头！"

"队上都风传你……"

汤茂林一怔："说什么？"

"犯法了！逮捕了……"

2月11日

这天是元宵节。

省委书记王光宇去山南途中,走进了仍在搞“大呼隆”、产量低、上来迟的长岗区四分公社毛墩大队。只见田野空旷,人迹空寂。

偶然遇到了一位社员。

王书记问:“去年收成怎么样?”

“不怎么样!”

“怎么搞的?”

“像山南区那样干就好喽!”

“可以干嘛!”

“上边不让干!”

王光宇缓缓地摇摇头,失望地走了。

当他一踏进山南公社刘老家大队,沸沸扬扬的热浪迎面扑来。“包产到户”的农民正汗如雨下地从坑塘中往麦田运粪肥。

他问道:“正月十五,你们还干?”

社员答道:“有饭吃哎！王书记,这样干有饭吃哎,有饭吃……”一口气说了三个“有饭吃”。

5月21日

微风吹动着郁郁葱葱的麦苗和油菜,一辆轿车穿过这芳馨的田野,在山南公社门前停下,车门打开,走下来省委第一书记万里。

走进公社,周曰礼指指迎上来的王立恒,向万里介绍:“这位是山南公社党委书记……”

万里边握手边问:“你可怕?”

“是有点……”

“不要怕！在你们这里搞试点,我是点过头的……”

走进会议室,刚刚坐下来,万里又接着刚才的话题问:“你到底怕什么?”

“破坏‘三级所有,队为基础’!”

“还怕什么?”

“怕‘五统一’统一不起来。”

“搞错了,不要你负责!”万里果断地表态,转而提醒道,“不过,集体经济不能瓦解!”

“这些问题,我们都有具体措施。”

“可有争水争肥、争耕牛和农具,吵闹打架、破坏公房的?”

“我们明确规定:不准侵犯集体利益!”

“这我就放心了!”万里点点头。

午饭后,万里到了馆西大队小井生产队。一听说来了万书记,乡村沸腾了!连外村在田头干活的社员都扔下农具赶来了。

万里开门见山地问道:“这样干,你们有什么想法?随便提,随便问……”

第一个发言的是小井生产队会计李祖忠:“万书记,可允许‘包产到户’?”

“大胆干,省委支持你们!”

“我们有点怕!”

“怕什么?”

“怕变!”

“不会变!”

“‘包产到户’比‘大呼隆’好,多干几年就有吃的了!”

“那你们就多干几年嘛!”

“万书记,你能不能给我们个准话,到底能干几年?”

“不放心?”万里笑起来,“你们就这样干!不过,仓库、牛棚要保护,用水要有秩序,不能破坏集体经济!‘包产到户’的目的是为了增产,让群众吃饱吃好。你们只管干下去,不要有思想顾虑,秋天我来看你们的收成!”

这时,赶来了大汗淋漓的汤茂林,他是被人叫来的。万里热情地从椅子上站起来,说:“你们搞得不错!”

“噢,搞错喽!”

汤茂林准备挨批。

“没错!”

万里肯定道。

汤茂林这才满怀信心地抬起头来。

万里的山南之行,留下了深沉的嘱托和热望。对于踌躇不决的探索者来说,实在是难以忘怀的。

春华秋实。

1979年,山南区夏粮获得了空前的大丰收。单夏季大小麦总产量就高达2010

万斤,较之1978年翻了两番。

“重新组织起来”

山南区的“汤大胆”旋风,席卷了肥西大地。急剧变化的事实在逼着县委表态,大变革前夜的领导难当啊!

山南越来越红火。尽管县委做出了“不宣传、不提倡、不推广”的决定,但是,山南之风却不胫而走,吸引了全县的那些强烈要求“包产到户”的人们。

“撑死胆大的,饿死胆小的!”

“传染得太快,实在捂不住!”

这就是当时群众和干部互相矛盾的心态。

不管县委怎么对包产到户加以限制,1979年7月,山南区1006个生产队中继续以生产队为单位劳动的只有39个、“包产到组”的有186个,而“包产到户”的占了绝大多数,同时,“包产到户”闯出了区界,波及其他一些社队。1979年春天,肥西县实行“包产到户”的生产队只占生产队总数的23%,到了夏天抗旱栽种时猛增到了37%,到了秋天又猛增到50%以上,成了不可遏止的大趋势。

1979年秋天,决定命运的秋天,也是两种思想尖锐对抗的秋天,并且是最热闹、最动乱、最复杂、最令领导者头痛的秋天。

当时的肥西尚属六安地区管辖,地委对“包产到户”存在严重分歧,主导思想不赞成。上边压得紧,下边吼得凶,同意吧,上边不允许;反对吧,下边不答应。中共肥西县委好像坐在了火山口上,既可能被上边撤职,也可能被下边挤垮。作为党的一级组织,总不能没有鲜明的态度,于是“鲜明”这个中国最普通的词在这里可就举足轻重了!

恰在这混乱的当口,原县委第一书记常振英调至地区任职,新任县委第一书记李尚德又到省上学习,全部担子都落在了县委副书记、县革委会主任张文题身上。

我曾经两次来肥西。第一次未能见到张文题。去联系,他说正在接待外地客人;又去联系,他不在;再到他现在工作的县人大主任办公室登门造访,谁知他去了合肥。千里迢迢,“三顾茅庐”未能如愿,连陪同我的县委宣传部副部长也不耐烦了——

“唉,大概是不愿谈这段历史!”

后来,我是在县委农村经济委员会,知道关于他和那段历史的。

历史不容回避。它已经写在了肥西农村改革的编年史中,它已经写在了肥西广袤的大地上。

回忆历史是困难的，正视历史就更加艰难百倍。

是时，中国农村正在进行命运的搏击和决战。“包产到户”成了到底是社会主义还是资本主义的争论焦点。跨越一步，可能使农村面貌得到根本性改变，后退一步，就会使农村重新降临灾难。

那时的县委常委们，常常开会到深夜，仍是举棋不定。讨论来讨论去，离不开上边的“框框”。

墙里开花墙外香，山南引起了全国关注，记者们纷至沓来，可县委恐怕走漏了风声，仿佛怕让全国知道肥西有个“错误”典型似的，极不热情，就连把门槛都快踏平了的省农委负责同志来山南检查工作，也被告知为：“没有介绍信，不能接待！”

导致县委终于从忧虑滑向阻拦，从犹豫滑向遏止，是因为争水打架风波和死牛宰牛风潮的刺激。

因为包产到户带有自发性质，相伴而生，而又几乎普遍存在的问题很快便出现了——“种田使死牛”的现象日益严重，耕牛过度劳累又得不到精心喂养，6 月份，山南公社插秧，使役过度累死了 3 头耕牛，社员们纷纷推到市场上销售。1979 年是“包产到户”大发展的一年，也是牛肉上市最多的一年。

社队集体经济也受到威胁。山南公社的晒场旁大都有两三间窝棚，用来堆放粮食和农具，分队时拆掉了。集体派工找不到人，甚至连开会都成了问题。为了防风抢险，生产队只得给参加者提取报酬，出工 1 天给 1. 5—2 元，另外给粮食 2—3 斤。

“争水打破头”的耸人听闻的事件又出现了。因水闹事、大动干戈的纠纷屡禁不止。一位农村妇女为争水发生口角，眼看水田得不到灌溉心急火燎，竟服剧毒农药饮恨身亡……

县委震惊了！

不能再让这些乱象继续下去！

不能让集体经济土崩瓦解！

不能再让争水之风酿成村仇！

再这样下去将无法收拾！

正是这突如其来的、始料不及的冲突，使县委急剧改变了态度，“纠偏”的思想占了上风。

争水吵架和死牛上市闹得正凶的 1979 年 7 月 13 日，县委召开工作会议，张文题在长篇讲话中,再次提出"不准搞'包产到户'"的主张,并作为县委正式文件下发。

这就是轰动全县的"46号文件"。

全县一片哗然。

"46号文件"的传达给已经有一半实行了"包产到户"的肥西县农村带来巨大的震撼。一片阴影笼罩了肥西许多社队。

然而,"46号文件"的贯彻并未收到预期的效果,搞了"包产到户"的社队无动于衷,想"包产到户"的社队依然梦寐以求。文件几乎等于没有实行,除了引起更大不满外,别无收获。

如果说前一段人们对山南的做法存有异议的话,那么,现在矛盾的主导方面却转向了县委。

"让我们干两年吧!"

"等我们有了吃的,拢在一起也不迟!"

"求求县委!"

"求求你们!"

老百姓一片恳求和呼唤之声。

部分社队强行纠正,社员干脆不干活,采取罢耕罢种的办法来对抗,农民群众在逼迫县委做出新的反思和新的决策。

对当时的情况,原县农村政策研究室副主任,现农委主任施道周说:"'46号文件'发下去以后,反应强烈。县委要求各级党委层层贯彻,提高到下级服从上级的党性原则上来。但是,基层干部和群众不服,接着就有人到省委告状。省委打电话要县委书记和革委会主任到省里汇报'46号文件'的情况。"

万里问:"听说你们想改变'包产到户'?"

"我们担心!"

万里严肃批评道:"对'包产到户'不宣传、不推广、不见报,但是,不要跟群众闹对立,不要挫伤群众积极性!"

这次谈话的核心是"两个不要"!然后,省委派王光宇书记来到肥西,正式传达了省委常委的意见。县委虽然迫于压力改变了原来的做法,但思想认识问题并未从根本上解决……

张文题是地地道道的农村干部,1978年调任肥西县委副书记兼革委会主任,他熟悉农业，酷爱农业，大半生的心血和精力都倾注在了农村的土地上。

我第二次来肥西，仍决心见到张文题。说来也巧，他正准备外出到官亭区去，我赶到了。

“你看，我要走啊！”

“少谈一会儿行不行？”

“好，谈半个小时！”

“1979 年春天，省农委在山南区搞‘包产到户’试点。县委定了个原则：不宣传、不推广。当时，我们想搞‘包产到组’，不反对‘包产到户’，但是，感到步子迈得太大，心有余悸……‘46 号文件’起草时，县委书记有批示：‘不提包产到户。’说我反对‘包产到户’没有事实，只是心有余悸，怕犯方向路线错误……”

告状者

“46 号文件”下达后不久的一天清晨，合肥长江路南侧的安徽省委机关门口，风风火火闯进一位 50 多岁的壮年汉子。他就是肥西县芮店公社党委副书记、革委会主任王学洲。

他是专程来告县委的。

他不仅仅代表自己，也代表公社党委，代表全社“包产到户”的农民，代表那块让山南之风吹得沸沸扬扬的人地。

芮店同山南一样是个穷地方，从 1950 年到 1960 年的整整十年中，粮食产量一直徘徊不前。1961 年实行了“包产到户”，获得了大丰收，群众的印象极为深刻。所以，1979 年省委在山南搞试点，王学洲也跟着推广“包产到户”。尽管区委不让干，可性情耿直的王学洲硬是坚持了下来，并渐渐影响到全区。

正当芮店公社重整旗鼓，准备总结经验教训，进一步巩固和发展“包产到户”的时候，县委“46 号文件”晴天霹雳般骤然而至。

愤愤不平的王学洲专程赶到县委去找新来的县委第一书记李尚德，要求说：“争水争肥的队是极少数，不能以偏概全说‘包产到户’都不好。实在不让搞‘包产到户’，我们就不包水田包旱田……”

李尚德频频摇头：“不是县委不让搞，而是地委不让搞！”

王学洲在县上遇见了地区驻军的一位领导，满以为能得到支持，谁料对方的态度更加严厉：“不能搞什么‘包产到户’！过去肥西有个唐家圩（当地大地主），你们也改名叫张家圩、李家圩好了……”

“群众想搞！”

“不行，按‘46号文件’精神办！”

无论怎样申辩，到头来都是否定。王学洲失望地返回了芮店，低着脑袋生闷气。

在公社党委会上，围绕“46号文件”好一阵争吵。武装部长赞成“46号文件”精神，同王学洲唱反调。武装部长在陀龙大队蹲点，耳濡目染了“使水打破头，耕地使死牛”的悲剧，说：“县委的决定是正确的，再这样下去集体经济非垮台不可……”

“作为党员，我下级服从上级！”在党委会上，王学洲简直要哭出声来，“可我不能眼巴巴地看着夏粮受损失啊！”

与此同时，远在花岗公社青阳村的老婆孩子也正受到刁难：“你家老头在芮店搞‘包产到户’，我们不给口粮！”

老伴哭诉到区、社，得到的同样是训斥：“搞‘单干’就是尿出香味来，也是犯法的。毛主席领导我们干了30年，你家老头却在走回头路！”

阻拦“包产到户”的人大都有个共同的语言，那就言必称“毛主席”，言必称“复辟”“倒退”。他们以既定的观念来判断是非，却不管“包产到户”的实践是否正确，真理标准的讨论根本没发生过似的。这是两个“凡是”体现在农村干部中最显著的特征。

王学洲被逼到了悬崖上。

他决定越级上告，这是共产党人神圣的权利。公社委员们支持他：“王光宇书记在咱公社蹲过点，你熟悉，去吧！”

于是，他一阵风来到省城。

王光宇书记去了安庆，王学洲扑了个空。他并不气馁，既然来了就闹需弄个明白，他索性进了办公厅。

接待人员听罢陈述，摇头说：“你这事情，我们答复不了！”

他又去了农委。

这回闯对了！他见到了周曰礼。

他满腔愤怒地拿出肥西县委的“46号文件”，并把芮店公社“包产到户”一年的巨大变化详详细细地做了汇报。

周曰礼递过来一份万里刚刚批示过的，反映山南区向阳生产队“包产到户”一年粮食翻番的调查报告。

万里写道：“我看可以这样搞！”

“你们不如下文件!”王学洲请求文件保护。

“现在全国都在开展‘实践是检验真理的唯一标准’的大讨论,你们确实增了产,证明了‘包产到户’是正确的,为什么不让搞?”

“上边不给搞!”

“那是不对的! 万里批示了,省委决定了,就可以搞!”

王学洲不虚此行,有了主心骨,慨然表示:“我回去坚持搞! 不过,请王书记回来后到肥西县去一下……”

“我们反映你的要求……”

第三天,王光宇书记专程来到肥西,提醒县委领导同志说:“还是要瓜熟蒂落,水到渠成,让群众自己搞,即使肥西搞错了,不就一个县吗? 省委知道!”

王光宇还见了王学洲,鼓励说:“我已经跟县委讲了,就让你们这样干,按‘包产到户’的办法搞下去……”

王学洲满面春风地回到了苪店公社。

坚持“包产到户”的不仅仅是人民群众,还有像汤茂林和王学洲这样的一批共产党人。他们是一股强大的力量,构成了中国农村变革的中坚。

压力,来自……

山南区委并未因丰收而减轻压力,也未因省委支持而改变观潮者的嘲讽。

4月下旬,一位爬过雪山、走过草地的部队老首长来到肥西,见到了汤茂林,竟以长者训斥儿子和将军训斥士兵的口吻,训诫道:“你们山南在搞‘倒退’!”

“我们不是‘倒退’!”

“怎么不是?”

“我们是责任制……”

“什么责任制? 毛主席领导我们从土地改革、互助组、初级社、高级社到人民公社,你们偏要搞‘单干’……”

汤茂林的压力又陡然加重了。

他连连问自己:“连部队领导都是这种态度,难道‘包产到户’真的错了吗?”

他召开了区委会。

正巧王光宇来山南检查工作,见会议室坐满了人,问道:“讨论什么?”

“还干不干……”

“你怕什么? 万书记是支持你们的,我们省委常委绝大多数是支持你们的……”

“王书记……”汤茂林声音颤抖了，“我准备坐牢……”

“没那么严重！”

9月，安徽省委在“29号文件”中正式转发了中共凤阳县委推行“大包干”一年的经验，对肥西县委来说不亚于“重型炸弹”。大势所趋，不可逆转。在新的形势下，县委开始转变态度，改“包产到组”为“包田到户、水泵到组”，并在雷麻公社搞试点，树立新的典型。

10月，国务院的一位副部长一行三人千里迢迢来到山南。这位副部长的来意，至今还在山南区干部群众心里留着一片疑惑。他似乎对空前的大丰收不感兴趣，甩开区委专门找缺乏劳动力的困难户做调查，搜集了“包产到户”九大问题的反面材料。

阴影，从上边压下来了。

交锋开始了。

副部长直言不讳地同汤茂林摊了牌：“你们这是什么‘责任田’？实际上是‘包产到户’！”

汤茂林洗耳恭听。

“增产倒是增产了，可弊病很多，不能解决生产队的实际问题，性质变了，水的问题、军烈属的问题、困难户的问题很突出，这样下去，集体经济越来越弱了……”

这就是副部长对山南“包产到户”做法的判决。

汤茂林不服，去找随行前来的一位处长诉苦：“你们光从弊端上找问题，却不从农业丰收这个大事上讲，怎么能说服人？”

处长推脱说：“你直接去找部长！”

晚上，汤茂林跨进了副部长的下榻之处。面对着国家的副部长，一个穷乡僻壤的区委书记激动而坦率地发表了自己的看法：“部长，你们对我们山南区两年来责任田的实际，客观上承认‘不坏’，实质上却有意见……”

“什么意见？”副部长怏怏不乐。

“你搜集的材料是单方面的，不能代表全部。我一直在农村工作，酸甜苦辣我尝过。人民公社搞了这么多年，也没解决吃饭问题，实行责任田才短短两年就解决了。你讲‘死驴死牛’，实行责任田以前也存在这种情况；你讲‘闹水源纠纷’，过去也有过，不能都推到责任田头上。1975年并没有责任田，可为争水争肥打到了坝台子上，险些出人命，实行了责任田以后没有一个生产队打到坝台子上的。至于五保户和困难户，我们照顾了工分，他们每人每年口粮达到700多斤。你光说弊病，根本说不过去……”

土屋里的气氛十分紧张，仿佛顷刻间就要爆炸。

最后，副部长拉长着脸说：“好好！我明天走了，到霍邱去，你有什么事情跟处长商量吧！”

又把问题推给了处长。

汤茂林说什么好呢？创造者的压力不仅仅在于千百年贫困的桎梏，还在于极左思想的锁链。不冲破这人为的禁锢，想要前进一步几乎是不可能的。

“我向你提六个问题……”

1979 年 12 月 13 日，距 20 世纪 80 年代的到来只有 18 天了，万里专程来到了山南。

他曾经许诺来看收成的。

然而，与上次截然相反的是，颧骨微微突出的脸上并没有挂半点笑容，一双阴沉、压抑、严峻的眼睛凝视着苍茫的原野。

人们都羡慕省委第一书记显赫的权力，可有谁知道他也正“腹背受敌”呢？

上边的压力自不待言，下边的阻力也够他招架的。何况在省党、政、军机关内部，也有人正在“打横炮”（干扰），这三股力量团团包围着万里，我们的省委第一书记可就成了“炮轰”的目标。

山南区的“包产到户”引起了社会一片震荡，地方干部议论纷纷倒也罢了，然而，驻军部队的“炮火”却也异常猛烈！

这段时间，驻军部队正在召开党代会，一些同志纷纷向来到会上的省委第一书记提问：

“军队大多数干部和士兵家在农村，如果都‘包产到户’，让土地拴住心思，谁还当兵？谁还带兵？还不都跑回去种地？”

“军心动摇，长城不稳啊！”

“这是关系到国防建设的原则问题！”

万里只是听，既没有解释，也没有回答，但他极其重视军队同志提出的这些质疑。会议一散，他就带着满脑子问题来到山南，他要问问这里的干部群众，问问这里的高山流水，问问这里刚刚收获的田野和刚刚起步的新生活……

他一坐下，便开门见山，单刀直入地把部队党代会和社会上提出的问题一齐端给了汤茂林。

万:我这次来,想问你6个问题,请你回答!

汤:只管提,万书记。

万:部队的同志反映你汤茂林在山南区搞"包产到户",是"扰乱军心""毁我长城",你怎么回答?

汤:(从容地)这种担心是不必要的!我们山南区有现役军人14名,区委一一去信介绍家乡"包产到户"后获得了大丰收的消息。同时,告诉他们:家中有"责任田"的,照顾得很好,超奖减赔,工分照顾,分配兑现。一般困难户照顾1000工分,对军烈属每年另外照顾150—200元现金……

万:那你不是"扰乱军心""毁我长城",而是巩固国防喽!

汤:是的!

万:我再问你第二个问题:合钢(合肥钢铁厂)工人不上班了,要求回家种地,你看怎么办?

汤:也不是这种情况!刘老家大队有一个合钢工人家属叫熊祖华,一人带4个小孩。没搞"包产到户"以前每年收入150元左右,"包产到户"以后,基本口粮420斤,还超产1650斤,还养了1头重200多斤的大肥猪和7只鹅。过去每年都超支,今年生活有所缓和,没有超支……

万:那不是工人要回乡,而是双工资喽!

汤:对,相当于双工资!

万:我问你第三个问题:烈、军属和五保户、困难户没人管了,你看如何解决?

汤:不是没人管,而是比过去管得更好了!我们在金牛公社搞试点,五保户每年给口粮700斤,稻草1000斤,食油5斤,生活全包,还给30元现金零花,已在全区推广。至于军烈属比"大呼隆"时好多了,那时工值很低,每年不过25元,现在超过4—5倍……

万:我再问第四个问题:破坏水利设施的,可有?

汤:我们过去在大集体时,争水争肥的现象也存在。"包产到户"后我们确实发现李桥大队有3户农民为争水打架,后来把水塘划开了,也就安稳了。关键是领导问题。大塘有专人统一调配、统一管理,水利设施完好……

万:现在问你第五个问题:耕牛、农具怎么保护的?

汤:牛、犁、耙统一折价落实到户保管,损失要赔。"大呼隆"的时候,说是生产队管,实际上没人管,各户负责比那时管理得好,责任心也强得多……

万:现在,我问你最后一个问题:“包产到户”的穷队,今年能不能取得丰硕成果?

汤:能!

万:举个例子!

汤:馆东大队瓦屋生产队“包产到户”后,光生产队长卫先柱一年就产粮2万多斤。

汤茂林的回答,把笼罩在万里心头的乌云吹散。压抑的神情消失了,取而代之的是如释重负后的轻松和微笑。

他站起他那山峰般的身躯,向门外走去,招呼汤茂林:“好,去看看你们的打谷场!”

从昔阳到凤阳

——小岗:18颗鲜红的手指印

“我像看小说一样,看了两遍!”

合肥是一座以长江、淮河为图腾的城市,奔腾不息的人流终日拥动在长江路和淮河路上,像跌宕起伏的波涛。稻香楼则是一座河湾里的岛屿,花团锦簇,莺啼鹂啭,据说明朝永乐年间此处是一官吏的花园,后败落成一座荒丘。当年的省委第一书记曾希圣看中了这块“风水宝地”,1954年选址,1956年动工,建成了这座风格别具的宾馆。

在这座宾馆人字形交叉的一个小路口,两棵葱茏的白绣球簇拥着一座古色古香的平房。

万里临时居住在这里。

1980年1月10日深夜,整个城市都已酣然入梦,西苑平房仍灯光明亮。万里坐在办公桌前,兴致正浓地审阅着中共凤阳县委呈送的关于梨园公社小岗生产队题为《一剂必不可少的补药》的调查报告。

报告虽非出自文学家的手笔,却有着文学家难以达到的真实和生动。

小岗生产队,原是一个小岗村。合作化前有34户,175口人,30头牲畜,110亩土地,全村正常年景粮食总产都在18万—19万斤,好的年景可达20万斤。那时,全村根本没有外流的,人们都把外出讨饭看作不光彩的事。

1955年办初级社时,这个村没办起来。1956年加入了高级社,动员入社的黄专员说:“你们一步跨入了‘天堂’!”入社的第一年景况还不错,全队收了31万5千斤粮食,平均每人600斤,留下种子,其余4万斤都卖给了国家。这是小岗合作化以来的第一次,也是以后二三十年中最后一次向国家做贡献。1957年反“右”扩大化反到了小岗生产队,在讨论优越性时谁要说个“不”字,不管你是贫农还是佃农都要大批一通,甚至被戴上“反社会主义”的帽子。从此,政治上鸦雀无声,上边叫怎么干就怎么干。那年冬天,小岗生产队就开始发粮票供应了。

以后几年,由于“五风”越刮越大,生产力受到严重破坏。1960年小岗只剩下10户,39人,1头耕牛,100多亩耕地。当时全村是满目断壁残垣,处处杂草丛生,很多人至今不寒而栗。

1961年,被社员称为“救命田”、官方批为“复辟田”的“包产到户”责任田之风吹到小岗已是强弩之末了。尽管如此,社员还是搞了“责任田”种上了小麦。种上后,上级硬要“改正责任田”,收的时候又拢了“大摊”,抢的抢,偷的偷,结果只收了965斤,还没种下去的2400斤种子,每人分了1斤半,剩下的900斤硬留作种子了。从此,小岗队就出现了“种20(斤)收18(斤)”“不用镰刀用手拔”的说法。以后几年稍为安定,生产刚想抬头,1966年“文化大革命”又席卷了小岗……

这些落后的地方到底怎样搞,在粉碎“四人帮”前,很少有人去了解它、研究它,特别是领导很少光顾。小岗生产队在自家门口见到“北京牌”“小面包”“伏尔加”是近年来的事情。有些小孩第一次见到小汽车在土路上扬起灰尘时,竟大惊失色。

今年春天,县委在贯彻三中全会决议精神和中共中央关于发展农业的两个文件过程中,根据群众要求,从实际出发,在全县有领导、有步骤地推行了“大包干”生产责任制。开始,这个20户、115口人的生产队划分为4个作业组,不行,又划成8个,还是不行。以后,社员就“偷偷摸摸”地搞起了“包产到户”。

公社觉得这个队太难缠,有点“人心不足”。

这件事,被在农村工作几十年、尝过酸甜苦辣的县委主要领导同志知道了,他深知党的“规矩”,更同情群众疾苦。全县300多个生产队,一个生产队搞了“包产到户”,就算“复辟”了,也无关大局。于是,就告诉公社的同志说:“算了吧,就让他们那样干吧!”小岗队“包产到户”就这样幸存下来了。

实际情况怎样呢,今年全队粮食总产132370斤,相当于1966年到1970年5年粮食产量的总和。油料作物25200斤,生猪饲养量135头,超过历史上任何一年。今年粮食征购超任务3800斤,过去的二三年中一粒未交还年年吃供应,今年向国家交售24955斤,超7倍多。

“包产到户”对小岗确实是一剂必不可少的“补药”,他们唯一的希望是让他们这样干下去,干上三五年,对国家有点贡献,个人积点钱,盖盖房子,添点家具,用自己的辛勤劳动,来改变这里的落后面貌。

……

小岗生产队“包产到户”是“偷偷摸摸”干起来的。一年来谁也没有去总结它,更没有人去宣传它。在县里整理的一些材料中偶然出现小岗的例子也都谨慎地删去了。但是,这里的事情却在一些地方,特别是在那些穷困的地方很快传播开了。有的把这种传播叫“吸引力”,有的叫“影响”。在梨园公社那些和小岗情况差不多的生产队,已经成了群众议论的中心。他们说:“同是一个政府,小岗能干,为什么不叫我们干呢?”尽管公社三令五申,讲得严厉,不准“包产到户”,可在今年秋种时,有的地方还是采取“瞒上不瞒下”的办法,群众一夜之间把田划开了,把牛分好了,鸡一叫就下地种麦了。

这种情况下,有的干部埋怨起小岗来了。他们说,都是受小岗的“影响”。小岗在影响着一些地方,这是事实。但是,小岗从来未去宣传自己,更无权向其他地方发号施令。为什么小岗能吸引那么多地方,其他很多地方却“影响”不了小岗,这个问题从小岗过去出现过的一件事上可以找到最好的答案。1974年,公社下决心改变小岗的落后面貌。公社书记挂帅,人保组长坐镇指挥,一行18人进驻小岗(当时小岗是19户)。一个负责人在动员会上说:“你们小岗再走资本主义道路不行了,今天我们左手牵着你们的鼻子,右手拿着无产阶级的刀、无产阶级的枪、无产阶级的鞭子,非把你们赶到社会主义道路上去不可!”18个人兴师动众“赶了一年”。结果小岗的粮食在原来很少的基础上又下降了很多。

小岗队“包产到户”目前仍是“众矢之的”。尽管人们不得不承认这种办法在长期落后的地方比其他责任制更能调动群众积极性,更能增产……

小岗的办法吸引着别人,这使小岗感到自豪。由于吸引着别人反带来了麻烦,连自己也不能搞了,心里又有难言的苦衷,这使小岗产生了一种新的矛盾心理……

这份来自乞丐之乡的调查报告,强烈地震撼了万里的心,令他耿耿难眠。制止外流,一直是万里来安徽任职中最关切的、最头痛的问题,而“包产到户”却实现了他的愿望,这不能不使他欣喜异常。他的心完全被小岗的命运扣住了……

他翻罢了最后一页,睡意全消,禁不住在屋里来回走动。

夜已浓……

更已深……

他又激动地返回到办公桌前坐下,从头看起……

天刚亮,万里走出西苑平房门口的台阶,迎面见到来省里开会的中共凤阳县委第一书记陈庭元。

万里迫不及待地告诉陈庭元:“小岗的材料太好了!我像看小说一样,一口气看了两遍……”

“一号文件”

在我们未对小岗的故事展开正面描述之前,先对凤阳“包产到组”的“大包干”生产责任制的诞生,做一次回溯。

凤阳的“大包干”始于马湖公社,那里也有个像肥西山南区汤茂林那样的大胆书记。他是个人高马大的汉子,名叫詹绍周。来到凤阳采访,县委的同志们一再向我谈起他的故事。

我很想见到他。

他如今是县交通局局长,工作很忙,整天东奔西跑,白天实在没有时间。

晚上,他来叩门。

他热情爽朗,我们一见如故,一起度过了两个不眠之夜。拖着浓重的地方口音,他向我展示了5个虽已逝去却终生难忘的春天……

1972年春天

这位1955年入党的老党员,来马湖公社担任党委书记的时候,正是断粮断炊的春荒时节。

全社4800口人,从2月到6月短短的4个月中就吃返销粮32万斤,几乎是靠国家的救济来维持起码的生活。因为动乱加灾荒,人心浮动,社员怨干部,干部怨社员，怨来怨去，把人心“怨”凉了。从此，马湖竟成了饥饿之湖。

詹绍周坐不住，在生产队长会议上大光其火：“不好好干，能搞到吃的吗？”

“詹书记哎，你不调查研究乱发火！谁有饭吃，不愿意生产？肚子饿得挨不住呵！”

他本想给干部们鼓一把劲，不想却反挨了干部的批评。他回头看，说话的是与自己年龄不相上下的金淮二队队长，这使他着实吃惊不小。他本想回敬两句，又怕火上浇油。思忖再三，没有再说什么。

会议不欢而散。

春荒怎么度过呢？

头发涨！

愁煞人！

最挠头的还是粮食问题，“磙子上场，两头要账。群众要吃，国家要粮”。想来想去没个出路，愁得詹绍周昼不思食，夜不能寐。

结果，这一年的群众积极性没能调动起来，田无心种，草无心除，荒无心垦，粮食产量越发下降……

1973 年春天

又是一年春荒。

詹绍周苦思冥想，决定搞评工记分。

人心散乱的情况比他预想得严重得多。在一次群众大会上，詹绍周几乎骂了街：“你们怎么搞成了这个样子！吃没吃，住没住，得讲讲规矩，定定制度，从今以后下田干活哪个晚出一脚也不行！”

话音刚落，坐在身边的一个面黄肌瘦的矮个子中年妇女，扯着嗓门，伤心地叫道：“詹书记哎，你知道吗？这个队已经 11 年没挖‘头交田’哩……”

自从 1961 年“包产到户”夭折至今，这个生产队的土地从未得到过基本耕耘，几乎是在荒地里种庄稼。

詹绍周诧异道：“你怎么记得这么清楚？”

“我嫁到这 11 年喽……”

为了结束无“头交田”的历史，詹绍周当众宣布：搞评工记分，谁无故缺勤、谁瞎胡闹就扣分处罚。

评工记分并未收到预想效果。评工簿上只见加分不见减分，因为怕得罪人，甚至连加了分的都不敢要，怕遭讽刺。偶尔扣了一个偷懒的社员两分工，女人便冲着评工小组跳脚大骂，脏字满口，生生把评工记分的办法给搅散了……

1974 年春天

“搞包工！”

詹绍周吸取两次教训，心“狠”起来。把生产队划分为 4 个作业组，大粮作物不敢包，来了个“包烟叶生产”。收 1 斤烟叶记 1 个工，并给 5 角钱报酬。群众对这种办法相当拥护，积极性顿时高涨起来。

然而悲从中来。

区里举办路线教育学习班，詹绍周因主持日常工作未能前往，区里点名批评他们的做法是“方向、路线问题”，勒令改正。

大队党支部书记听得不耐烦了，第二天清晨火烧火燎地来找詹绍周。

“詹书记，娄子捅大了！昨天区里点名啦！”

詹绍周心咯噔一沉，转而开脱道：“我让你们搞的，还能让你们‘打倒’吗？”

“说不定会戳柱子，挨批判……”

“戳就戳呗！”詹绍周有些愤然。

“你真要‘戳柱子’，我主动‘陪拐子’！”

面对甘愿为自己“陪绑”的大队书记，他心头好一阵热。他立即动身赶往区学习班，把责任承担过来——

1975 年春天

已经挨过批的詹绍周，虽说不敢明目张胆地搞“包烟叶生产”了，但是，心里却和坚持要搞的群众息息相通。

原来搞“包烟叶生产”的有 8 个生产队，6 个已经被上边压垮了，只剩下两个。

这两个生产队的队长也有点心神不定，试探地来找詹绍周。

“詹书记，烟叶还包吧？”

“明知故问！”詹绍周故意板起了脸。

“我们不会往你身上推！”队长说开了悄悄话。

“你们看着办！”

春种时，“看着办”的两个生产队“偷偷摸摸”搞了“包烟叶生产”，秋季获得了少有的丰收。

1978 年春天

县里要求前倪生产队完成6万斤的粮食指标，这可是个不小的数字！要让一个常年吃返销粮的生产队一年提供这么多粮食，显然是完不成的。

詹绍周又发了愁。

他找生产队长商量，生产队长提出了一个连詹绍周都始料不及的大胆设想："如果粮食也像烟叶那样包下去，不要说6万斤，就是再加1万斤也能完成……"

"真能完成？"

"保证行！"

"你能超产，咱们就包！"

詹绍周显然被生产队长的许诺打动了。

一研究，又害怕了。

批判之声还余音在耳，他不得不谨慎从事，最后决定凡是不动磙子的农作物就包。

掐手一算：山芋、玉米、花生等不动磙子的，一下就占去了60%的土地。然而，群众对此仍不满足，不仅要包豆类，还要包秸秆。这样算下来，占去了95%的土地，只剩下水稻。

仅仅几天的工夫，土地分开了，耕牛和农具也分开了。一个同丈夫离了婚的中年妇女，春种时把300元"离婚费"都掏了出来买化肥，追到了自己的包产田上。

县委第一书记陈庭元来到马湖。詹绍周只汇报了"包产到组、联产计酬"的一个生产队的情况，陈庭元沉吟片刻，点头说："我看可以搞，只要能增产！"

詹绍周见县委书记不但不反对，还热情支持，胆子越发大起来。这一来，群众的热情更高，原来的8个生产队一下子化成28个作业组，实际上等于整个路西大队都搞开了"包产到组、联产计酬"。

速度如此之快，詹绍周始料不及，有些担心了。黄昏时分匆匆赶往县城，直奔陈庭元的住所。

"吃饭了没有？"

"没有！"

陈庭元让妻子去煮面条，转而问詹绍周："你来干什么？"

"向你汇报！"

"汇报什么？"

"搞开了，搞多了……"

陈庭元也惊异地沉默了，一根接一根抽烟。

詹绍周忐忑地悄声说："陈书记哎，这办法好！照这办法干，只会搞好，不会搞坏……”

陈庭元仍在不停地吸烟,直到又一支烟的烟头燃到手指,这才用力拧熄在烟灰缸里,挥手道:“已经搞开了,就算了!1960 年的‘责任田’,全省那么严重,不都纠正过来了吗?”

由于县委书记再次放行,马湖公社“包产到组”之风又出现更大的高潮。到了麦收的时候,已经扩展到了 38 个生产队。

正当詹绍周雄心勃勃地准备继续推广前倪经验的时候,炽热的天空中突然响起了令人焦灼不安的雷鸣……

对“包产到组”的各种批评从四处传来。

这一下,马湖顶不住了,詹绍周感到头晕目眩,体力不支,回到家养病。

次日中午,前倪生产队长气喘吁吁地跑来了:“詹书记哎,快回去吧!”

“干什么?”

“社员议论纷纷,说什么的都有,没人干活了,生产没法搞了,正等着你呢!”

詹绍周不语。

“你去也得去,不去也得去!”生产队长简直要流泪了,“如果因为我们搞到饭吃让你倒霉,就把家搬到前倪去,我们生产队养活你……”

两双泪眼,真诚相望。

詹绍周回到公社。一进门,他就通知广播员:“通知全社,今晚 6 点钟召开紧急广播大会!”

也许是命运攸关的缘故吧,不到 6 点钟,各大队广播喇叭下的坡坡坎坎都站满了人,要听听给他们带来希望的詹书记在挨批之后,到底发表怎样的宣言。

广播准时响了!

“我们马湖公社实行的分组作业、包产到组、以产计工、超产奖励、减产赔偿的生产管理办法,不错的!‘六十条’中第 31 条讲的就是劳动组合,允许耕牛划分到组;第 32 条讲的就是评工记分。烟叶生产我们搞了包产到组,最能体现马克思讲的‘各尽所能,按劳分配’的原则。5 月 30 日《人民日报》在《一份深受群众欢迎的县委文件》中提倡的也是评工记分;淮南煤矿也在实行以煤计资。这就是我们这样干的依据和参考,不错的!如果错了,我顶着!”

上上下下一片欢腾,他稳住了群众的心。

谁又来稳住他的心呢?

一连几天他都在翻材料找论据。最后,他给有关上级写了一封旨在申述“分组作业、按工记分”联系产量责任制理由的信件,赶往区上投寄。

半路上遇见了区委副书记何德。何德看罢,双手都在打战:"我说绍周哎,你写信有何用?! 你有本事,寄给邓小平去……"

小平同志刚刚复出,想必处境也不那么轻松。一想到这些,詹绍周只好作罢了。

马湖公社的情况,引起省委的关注。周曰礼专程来到马湖,搞了一份《加强生产责任制的一个好办法》的调查报告,在江苏苏州召开的全国人民公社经营管理座谈会上散发了100多份,成了引人注目的新闻。

此后,国务院农村政策研究室的同志来到安徽,对马湖的办法颇感兴趣,约詹绍周到合肥一谈,并给予热情肯定和鼓励。

1979年1月,凤阳县委召开四级干部会议,让马湖公社介绍大包干经验。

詹绍周大步流星地走上讲台,举起中共马湖公社委员会《关于按照经济规律办事,搞好生产经营管理,加强生产责任制的若干规定(草案)》,面对全场,幽默地说:"这是我们马湖公社的'一号文件'……"

最初的开端

"大包干到组"是凤阳农村改革的最初突破,其获得意外成功得益于一位决策人,就是陈庭元。

他是凤阳第14任县委第一书记。上任一年多,他几乎没进过办公室,天天在下边跑。

凤阳农村问题很多,但是,最突出、最急迫、最困难的是每年有几万农民大量外流。为解决饥饿问题,他曾以县委的名义向地委申请4000万斤粮食和300万元救济款,不然,老百姓的日子实在过不下去。

但是,外流大军仍波涛滚滚,到了大旱荒的1978年,外流达到了高峰。

腊月二十七距春节只有3天了,王光宇在陈庭元陪同下来到了梨园公社前王生产队。只见整个村庄光秃秃的,不仅集体土地大片撂荒,就连社员房前屋后的菜地也未种。王书记心里很急,找来铁锹和陈庭元一起挖稻板田。过去我们常说领导的行动就是无声的命令,可眼下这命令失效了。省、县两级党的书记累得满头大汗,除了几个不懂事的孩子站在一边看之外,没有一个社员前来助战。

王光宇问:"人呢?"

陈庭元叹道:"大都逃荒去了!"

他们惴惴不安地从田头来到村头。当时,省委对重灾区实行节日照顾,每人供应3斤大米、2斤面、半斤肉。他们看遍了全村11户人家，除了一户小箩筐中有一小块猪肉外，其余10户清锅冷灶，全无粮食。

王光宇又问："你们怎么不买啊？"

一位社员答道："没钱……"

王光宇眼窝发潮。他们又走进了社员史成柱家，只见一家3口挤在露了天的破草棚里，只有一张床，还缺了条腿。

离开前王，王光宇来到临淮关火车站。从南京遣送回来的难民，个个蓬头垢面，瘦骨嶙峋，满脸菜色；满是补丁的衣裳，甚至遮不住姑娘们的身体……

"不讨饭不行吗？"王光宇问。

"没得吃……"老人摇头。

人们似乎对此麻木了。

县委机关有人不以为然地说："凤阳自朱元璋时候起，就有要饭的'传统'……"

陈庭元在干部大会上大发雷霆："这是对老百姓的污蔑，没有一点感情！数九隆冬，冰天雪地，你也要一趟试试……"

与此同时，实行了"包产到组、联产计酬"的马湖公社却是另一派生机勃勃的景象。

男女老少顶旱下种，家家户户不仅有山芋还有粮食。但是全国都在推广大寨经验，马湖公社的办法显然"越轨"。

为此，县委做出了"不宣传、不推广、不制止"的决定。

决定的要点是"不制止"。

1978年12月，省委召开县委书记会议，传达十一届三中全会精神，解放思想的号角传遍全安徽。1979年1月，县委召开四级干部会议，让詹绍周在会上介绍了联产计酬的经验。大多数人是支持的，同时，也认为这办法过于烦琐，普遍建议把一个生产队分成若干组，把队里的耕牛、土地、农具和任务也包产到组。

在县委讨论群众意见时，陈庭元兴致勃勃地说："凤阳县现在农村责任制有多种形式，主要是大包干。1961年搞过这种形式，干脆就叫'大包干'吧！……"

这是永载史册的1979年1月20日。冰雪初融，远远地，已能听见隆隆的春雷。

十一届三中全会后的第一个春天啊！

6月15日，正值麦收结束的时候，万里来到了凤阳。在县委招待所的小楼里，听取了陈庭元关于实行“大包干”责任制的汇报。

凤阳是安徽最穷的县，所以，“大包干”责任制也最牵动万里的心。

“什么是‘大包干’？”

“凤阳生产责任制的主要形式是‘大包干’！”陈庭元汇报说，“内容就是：‘大包干，大包干，直来直去不拐弯。保证国家的，留足集体的，剩下都是自己的。’目前，全县实行‘大包干’的已占农户总数的80%……”

“效果怎样？”

“老百姓说：‘大包干，就是好，干部群众都想搞。只要搞上三五年，吃陈粮烧陈草。个人集体都能富，国家还要盖仓库。’”

听着这老百姓创作的顺口溜，万里开怀地笑了，他大声说：“那好！老陈，我就批准你干三五年……”

绝密会议

然而，任何经验都不是固定不变的。在某种意义上，“大包干”实际上只是从“大呼隆”转向了“小呼隆”，并没有完成对“三级所有，队为基础”这种“一大二公”体制来个彻底的、根本性的突破。

尽管“大包干”在一些社队收到了明显效果，不少最穷困的地方仍然被无数的困惑缠绕着，即使三五户也拢不到一起。“大组不如小组，小组不如‘单干’。”他们迫切需要一家一户式的家庭承包责任制，即1961年的“责任田”。

任何一场真正的、推动历史前进的变革，都不会是先知的启示和个人的业绩，而是人民的创造。就在凤阳的“包产到组”的“大包干”方兴未艾的时候，第一个悄悄实行了“包产到户”的小岗，像辰星升起在凤阳的土地上……

让我们把时针倒拨到1978年11月24日，在冬日寒风中瑟缩的梨园公社小岗生产队18户农民，聚集在一间茅舍里，召开一个秘密会议。

尽管“大包干”之风也吹到了小岗，由于底子太薄，人心太散，土地太瘦，虽然把115人先划为4个作业组，后又扩大为8个作业组，仍调动不了大家的积极性。

难道穷透了底的小岗，竟无半点拯救的希望了吗？

生死攸关的春种时节，硬逼出了三位首先吃螃蟹的农民。

第一位是生产队长严俊昌，曾在上海游荡的乞丐。“学小靳庄”的时候，他就是生产队长，上午赛诗下午唱样板戏，一天农活干不了3个小时。盛怒之下，他撂了挑子。公社书记逼他上任:“干也得干,不干也得干!”干来干去,全队揭不开锅了,连一队之长也离乡背井,踏上了外流之路……

第二位是生产队副队长严宏昌,曾流浪江浙的乞丐……

第三位是会计严立学,同样做过乞丐……

他们向全村最年长的关庭珠老人请教:“怎么干,才能有吃的?”

“只有一条道儿!”

“什么道儿?”

“包产到户!”

三人私下议论开了:“如果‘包产到户’能干好,咱们就豁出去,不然,也是饿死!”

死亡也是动力,逼着人们做求生的冲刺。他们决定召开绝密会议,对 18 户农民的命运做出庄严的选择……

小小茅舍里挤满了愁眉苦脸的农民。

面面相觑。

鸦雀无声。

不知过了多久,传出一个苍老而低沉的声音,年过六旬的老人严国昌说话了:“你们放心,这样搞下去准能搞到饭吃!不过……不过,你们倒霉肯定不得轻,说不定会打成‘现行反革命’,那时可就毁喽!”

又一位老人严家芝接着说:“你们这样搞下去,一家老小可就成问题喽!”

沉默被打破了!

愤懑难抑的农民七嘴八舌呼喊起来:“你们要是倒霉,我们帮助把你们的小孩养到 18 岁……”

“全村养着!”

会场沸腾了!

一个共和国极普通的乡村,为了种地,为了维持生计,竟甘愿轮流抚养生产队干部的一家老小,的确是令人欲悲欲泣的传奇!

3 个生产队干部在逃荒中都未流过泪,面对如此舍身相护的群众,泪如涌泉,再也抑制不住了。

严宏昌从衣兜里掏出一份早已拟好的条文,声音打战地说:“就是杀头也让脑袋掉在富窝里。为混口饭吃,死也值得,别的话没有!我们写了一个保证书,对咱们小岗搞秘密‘包产到户’做了两条规定,如果同意就请各户按上手印……”

“再补上一条!”

“把你们的孩子抚养到18岁!”

严宏昌掏出钢笔热泪盈眶地补上了这灼人心肺的第3条,然后,把预先准备好的印泥取出来,轻轻地放在一张破旧桌子上。

18户农民争先恐后地站起来,拥到桌前,用粗糙的食指在殷红的印泥中有力地摁了摁,把一簇簇硬茧托起的沉重指纹,依次摁在16开的白纸上。

保证书

一、“包产到户”要严守秘密,任何人不准对外说。

二、收了粮食,该完成国家的就完成国家的,该完成集体的就完成集体的,粮食多了,要向国家多做贡献,谁也不要装孬。

三、如果因“包产到户”倒霉,我们甘愿把村干部的孩子抚养到18岁。

签字人

严宏昌(手印)	严家齐(手印)
严俊昌(手印)	严美昌(手印)
严立学(手印)	严国平(手印)
严立富(手印)	严家芝(手印)
严立华(手印)	关在江(手印)
严立坤(手印)	关友德(手印)
严金昌(手印)	关庭珠(手印)
严学昌(手印)	吴友章(手印)
严富昌(手印)	韩国云(手印)

1978年11月24日

如今,这份“绝密文件”陈列在中国革命博物馆里,天长地久,向人们昭示着十年前掠过中国大地的那场疾风骤雨。

我看你能跑到哪儿去!

小岗的做法,还是传出去了,公社党委书记张明楼着实吃了一惊,他怎么也不明白,这些人何以如此大胆,真吃了熊心豹子胆了吗?

张明楼1954年入党,为人耿直憨厚,工作勤勤恳恳,标标准准、不折不扣地执行上级指示,不越雷池一步,是他做人和工作的准则。

一次生产队长会议上，张明楼问道："听说你们小岗在搞'单干'？……"

"没有！"

小岗生产队干部极力掩饰。

张明楼脸色铁青地吼道："你们说没有，可群众有反映！历史的车轮不能倒转，刘少奇是国家主席，推行过'三自一包''四大自由'，怎么样？还不是活活折腾死了！你小岗本事再高，还能有刘少奇的本事吗！我看你们能跑到哪儿去……"

为了把小岗拉回"社会主义道路"，张明楼用强硬的行政手段规定："稻种、贷款和化肥，凡是共产党给的，小岗不能享受！你们的'单干'问题，我还没调查清楚，一旦属实严肃处理！"

这等于卡了小岗的脖子！

严俊昌、严宏昌、严立学三个队干部吓得双腿打战，叫苦不迭。

令他们想不通的是，他们不单单为自己，更为全队 18 户人家能混口饭吃，一个公社书记怎么就横竖不允许。

局势，陡然严峻起来。

一天清晨，张明楼来到小岗。在返回公社的路上，严宏昌送了他足足二里路远，边亮底边争取公社书记的支持："张书记，我们小岗穷尽了，生产实在搞不好了！过去没给你讲过，今天实话告诉你吧，我们确实'包产到户'了！……"

尽管张明楼早有耳闻，但还是因为这消息被证实而惊恐万状。他的五官都险些挪了位置，用一双不能容忍的目光紧紧盯着严宏昌。

严宏昌恳求说："张书记，你尽管放心！就是砍掉我的脑袋，也不说你让干的……"

"这是何苦呢！"

"实在没路了！"

"就是你说不是我让干的，我也跑不掉！"

农民怕挨饿，干部怕丢官。

张明楼并不是从本质上反对"包产到户"，如果文件允许，他也会支持小岗干下去。正是因为没有文件依据才忧心忡忡。这不仅束缚了群众，也束缚了自己。

星移斗转。

沧海沉浮。

经过了一场生死攸关的命运大搏斗之后，如今，"包产到户"的争论已风停雨歇了。

张明楼呢？

他调离梨园公社到板桥区任研究室副主任。在中国农村改革之初，他被某些人称为“党性最强”的领导者，然而改革大潮漫卷的今天，却遭到了门可罗雀般的冷落。

告别小岗，我向陪同的县委宣传部孙副部长提出要见见张明楼。

傍晚时分，我们到了板桥区，跨进这座灯光灰暗的农家小院式的房舍，坐在我面前的，是一位古铜色脸庞的长者。他谈起话来并不口若悬河，却结实、沉重。

面对陌生的采访者，他并不回避这段风云激荡的历史，并不对自己的结局耿耿于怀，更不把采访者拒之门外。他坐在小桌对面的藤椅里，两只真诚的眼睛透过迷蒙的光线凝望着我，仍然那样规规矩矩，堂堂正正，保持着一位领导者的持重和尊严。

他苦涩地说道——

“我是两头受气，上边不叫干，下边非要干，实在难搞啊！我怎么不想‘包产到户’呢？荒村荒地没人种都外流了，没吃的那滋味我也尝过的。1961年的时候，饿得走不动路，外出开会，几里路歇了七八次才赶到，腿都浮肿了，一按一个坑。我也想改变贫困面貌啊！1977年秋天，梨园公社就试验过超产奖励的办法，规定亩产超过200斤的剩下归自己，可后来县里派宣传队去了，说：‘不对，不能这样搞！’结果，压下去了！1978年秋天，老百姓穷得都想分组，不分过不了日子。到了1979年春天县上同意干了，当时只准到组不准到户，群众还是不满足，悄悄自由结合，像小岗生产队就搞开了‘包产到户’了。上边不让这样干，谁要‘包产到户’要开除党籍哩！我就给小岗‘上上劲儿’，干脆不给稻种和贷款，不这样捂不住，‘包产到户’的范围还会扩大。那时，谁也不知道政策的深浅，我摸不着底，不敢公开搞。我是共产党员啊，又是公社书记，不能不对党负责……”

他谈得很坦率，也谈得很诚恳。

连他自己恐怕也不会想到坚决执行党的指示，怎么会反受了委屈。改革并不只是解决生活上的饥饿和贫困，还要解决思想上的饥饿和贫困。完全苛求于张明楼是不恰当的，因为那是个禁锢的时代。

但愿这悲剧不会在祖国大地上重演！

“先吃花生，再开会！”

在即将赴京担任国家农委主任之前，万里终于完成了他魂牵梦萦的小岗之行。清晨，瑞雪初霁，很快便被破雾而出的太阳融化了。坎坷不平的土路上黏糊糊的，天气干冷干冷的，西北风凄厉地呼啸，像是弹拨着激越的琴声。

省委第一书记来到这穷乡僻壤，可谓开天辟地头一回。

乡村轰动了！

万里踏着泥泞挨门挨户地走访。当他来到人口多、劳力差的关友江家，见到竟贮存着数千斤粮食，由衷地赞道："呵，这回'讨饭窝'不再饿肚子了！"

万里又走进了严宏昌家。

严宏昌向万里诉苦道："有人说我们小岗搞'包产到户'是'拉历史车轮倒转''挖社会主义墙脚'……"

万里显然被激怒了，神情庄重地回答："谁这样说，你就问问他：如果他有更好的办法，能使农民富裕，就照他的干。如果没有更好的办法，谁要说你'拉倒车''挖墙脚'，不准你们干，这个官司交给我万里给你打好了……"

人们这才放下心来。

"我也出身农村……"

万里坐在木板凳上，像拉家常似的回首遥远的往事，讲他从小给地主放牛，讲他 18 岁起打游击，讲他动乱年代在大西北苏武牧羊式的生活，讲他在日本访问时见到的有两排小楼和拖拉机、小汽车的家庭农场。历史穿梭，岁月纵横。最后，回到了那份调查报告中所描述的小岗全村逃荒的命运上。

万里既同情又感慨地说："农村很落后，对这些我们了解得太少了，没想到老百姓这么苦，这么不幸……"

一连看了十几户，最后来到严俊昌家。这时，全村的人都会聚到这里来了，连步履蹒跚的老太太也一步一挪地赶来了。

严俊昌把一大箩刚炒熟的花生端上，招待万里一行。

万里客气地摇摇手："不吃，不吃！"

"不要钱！"严俊昌幽默地说。

在场的人都笑了。

老太太说话了："万书记，以前想给你吃也没有，现在多了，也不在乎了……"

"那好！"万里点头，"我带点给常委们尝尝你们'大包干'的成果！"

在省委常委会上，万里把装得满满的花生"哗"地倾倒在会议桌上，欣喜地大声说："咱们先吃花生，再开会！……"

此后不久，万里便离开了工作两年多的安徽，也离开了正在腾飞中的江淮大地。

这是历史性的告别！

告别了贫困，告别了沉沦，也告别了饥饿……

“要吃米，找万里。”这发自农民内心的赞颂，成了他到国务院任职的欢送词。

小岗的百姓对万里怀着深深的眷恋之情。1986 年 4 月，国务院副总理万里来到阔别六年的安徽，在合肥打电话给凤阳县委，说要再到小岗生产队看看。

小岗百姓奔走相告。

他们迎着春寒，自发地拉石渣铺平了土路上的坑洼，为的是使轿车不至于过于颠簸。

他们在度日如年地期待万里的来临。

一天过去了！

又一天过去了！

再一天过去了！

万里没有在村头土路上出现。

万里因病未能完成第二次小岗之行，不得已乘飞机转道上海回京。临行前，打电话一再请凤阳县委转达他对小岗的歉意。

万里在怀念小岗。

小岗也在怀念着可尊可敬的万里。

沉思明皇陵

凤阳，朱元璋的故乡！

对于凤阳，人们并不陌生。

不管你是否踏临过这片土地，都可以从那首凄凉悲怆的歌谣中，了解这贫困的所在——

说凤阳，道凤阳，
凤阳本是个好地方。
自从出了朱皇帝，
十年倒有九年荒。
大户人家卖骡马，
小户人家卖儿郎。
奴家没有儿郎卖，
身背花鼓走四方。
……

朱元璋是中国历史上唯一一个农民出身建立了王朝的皇帝。

他称帝之后的洪武七年，亲御故土，展望连绵丘陵，兴致大发，赐名“凤凰山”，而中都城“以凤凰山为殿，势如凤凰，斯飞鸣而朝阳”。

这就是凤阳古称之由来。

今天，作为历史的后来者，我的愿望之一就是拜谒梦幻中几番出现过的明皇陵。

少有的怅惘！

少有的失望。

明皇陵既无故宫的辉煌，又无十三陵的宏伟，像被遗弃的瓦砾一样俯卧在雨雾迷蒙的无尽旷野之中。高耸的碑亭不复存在，神道两旁的相兽残缺不全，隆起的坟冢高高低低，空留着僵冷的威严。“旧城南郭外，一经断垣中。荒碑欹蔓草，万马卧幽宫。”我想起这古老的诗句，心头一阵悲怆。

我站在朱元璋亲撰的皇陵碑前不禁慨叹万千……

如何对待农民，是决定中国命运的关键之所在。

当年，朱元璋手下有个翰林学士朱升，曾提出过“高筑墙、广积粮、缓称王”的治国之策，朱元璋拍手称赞，“命帷幄密议”，从而赢得了天下。然而，正是他又把父老乡亲推入水深火热之中，使他的王朝坍塌在另一位农民领袖李自成掀起的起义大潮之中。

我们也曾沿用朱升的策略，提出过“深挖洞、广积粮、不称霸”的口号，结果不佳。

在合肥，周曰礼赠给我一本他撰写的长达 33 万字的《家庭承包制探讨》，使我茅塞顿开。他用自身的痛切感受，论证了农民问题对巩固中国共产党执政党地位至关重要的作用。

他深刻地写道——

“我国是个农业大国，十亿人口，八亿农民。农民的状况如何，对我国经济发展和政权的巩固关系极大。团结和依靠广大农民应当是我们党的政策的出发点。我们支持农民搞家庭承包制，有人就说是迎合小农心理；我们宣传按劳分配，让一部分农民先富裕起来，有人就说是提倡两极分化；我们支持专业户发展商品生产，有人就说是助长小生产者的私心；我们主张充分的生产权、分配的自主权，有人就说这是放弃计划经济；等等。这些意见分歧，实质上反映了如何看待农民的问题……

只有正确看待农民，才能紧紧地依靠农民。离开了信任农民这一点，就离开了人民群众是历史创造者这个唯物史观的基本立场，农业改革就失去了基础……”

中国的历史，在一定意义上说就是农民的历史。

当我告别凤阳的时候，禁不住又回首斑驳脱落的城垣上“万世根本”那四个醒目的大字，它像星辰一样昭示着后人。它草于哪年哪代，它出自何人手笔，并不要紧，只要我们理解它的深刻内涵也就足够了！

土地啊，我们赖以生存的摇篮，让我们忘情地拥抱你，热诚地亲吻你，奋力地开拓你，只有你才是我们须臾不可离开的生命之根，信念之根，理想之根！

悲剧不会重演

——1980：安徽大洪灾

历史在继续证明

母体般承载着我们的地球，实在是多灾多难的星体。变幻莫测的大自然，不仅制造遍地狼烟的旱荒，也在制造陷人于灭顶的洪水。

1980年，一场20年未遇的特大洪灾吞噬了刚刚“包产到户”一年的安徽。

6月至9月，连降几场特大暴雨，滂沱如注，山洪暴发。长江水位陡升，距警戒线只有0.62米，淮河距警戒线只有0.88米。淮河干流已有四处破堤引洪。大别山区的梅山、响洪甸两大水库接近限制水位。巢湖距水位警戒线只有0.5米，因长江水位上升，湖水很难排出，库塘水满，沟河泛滥，致使大片村庄和农田被淹。仅在7月15日，安徽全省受灾面积就多达922万亩，有4至5万人的生命受到严重威胁。

7月18日，又一次更大的暴风雨袭击了安徽省会合肥市区。合肥至安庆、寿县、蚌埠和南京的几条主要公路，因低洼地段积水和桥梁被毁全部中断。

这是自1954年以来26年未见的特大洪灾，安徽数百万亩庄稼绝收。

为了夺取抗洪抢险的胜利，省委为沿江地区民工调集了235万斤粮食和1175万斤煤炭，并从地方财政拨出600万元用于抗灾，然而，这点钱只够用于防汛，而无助于救灾。为了弥补财政的不足，安徽省委紧急向党中央、国务院，恳请支援800万元防汛费、800万元救灾款和7000吨化肥，但是，国务院只给了200万元防汛费和3000吨化肥，远远满足不了需要。

“希望再拨给一些救灾款和物资！”

国务院频频收到来自安徽的呼吁，但是，十年动乱后的中国，已囊中羞涩，无力再给哪怕些微的援助。

安徽在危急中！

1978 年飞金流火的安徽，仅仅两年后又沦为无尽的泽国。

乞丐的风潮会不会再次席卷这片刚刚苏醒的大地？

这一年，安徽省粮食减产高达 22 亿斤，这是个令人咋舌的数字！

“包产到户”的生产责任制，受到了大自然的严峻挑战。但是，“包产到户”的能量却在这历史的又一次大劫难中得到了凝聚和释放。

一个耐人寻味的现象出现了——

“大包干”占 70% 的滁县地区县县增产，粮食总产量突破了 30 亿斤大关，比历史最高水平的 1979 年还增加了 9.4%。“包产到户”占 56% 的六安地区基本平产，其中肥西、霍邱等县几乎是全部增产。然而，在未搞“包产到户”的舒城县却大幅度减产达 1 亿斤。在“坚决不搞包产到户”的安庆地区，县县减产。

当“大呼隆”的生产队面对特大洪灾一筹莫展的时候，“包产到户”的生产队却在日夜抢收，棒打手搓，将损失减少到最低水平。“大呼隆”的生产队秋季作物好不容易种上了，田间管理却十分困难，派工下地却动不了锄，造成大面积土地抛荒。“包产到户”的生产队却天一晴就下地，就是雨天也顶着斗笠以手代锄。

“包产到户”终于经受住了大自然的考验。

悲剧并没有再现……

尾声　大倒退——大腾跃

——“包产到户”：一座历史的丰碑

新的十字路口

穷有穷的困惑，富有富的烦恼。

对于实行了“包产到户”的安徽农村来说，最大的困惑是什么呢？

粮满为患！

初来安徽，我望着沿途那黑压压的茅屋群落，曾产生过灰色的感觉。然而，当我走进一些茅舍的时候,才惊讶地发现,几乎每个家庭都堆着几年吃不完的粮食。

在凤阳马湖公社前倪生产队,我坐在摆设着一套全新家具的队长倪兴邦的家里,边喝着绿澄澄的黄山雾茶,边望着成垛的粮食向他表示祝贺。

谁知,他却长叹一声——

"难哪!"

"难什么?"

"卖不脱!逃荒那阵子,做梦都盼粮食,眼都盼蓝了!如今,粮食堆成山,国家收购有限,整夜蹲在粮站门口也排不上队。到自由市场去卖吧,现在家家都富裕了,谁还想费那些子事呢?"

"那怎么办?"

"搞副业!"

他热情地领我看了他家的油料加工厂,厂房是破旧的,机器却是全新的。他又领我转了几家,差不多每个家庭都有这样的工厂。一个出名的讨饭村,不仅摆脱了饥饿和死亡的威胁,而且,正在由农业型向农工型过渡,实现农村变革的新超越。

在肥西,"粮满为患"的现象更突出。这个县的粮食常年库存量为 500 万斤,实存 1 亿斤以上,但是,仍有 57 个露天场院堆放着 1200 万斤粮食。粮站不愿多收粮食也有自己的苦衷,因为外调难。1979 年全县小麦外调计划是 3800 万斤,经过多方努力,还有 3000 万斤粮食调不出去。

喜人的丰收却带来了意外的烦恼。群众对粮食部门有意见,这样下去势必挫伤农民种粮的积极性。况且,许多地方的农民已经不愿多种粮食……

针对肥西县出现的卖粮难问题,赵紫阳同志曾怀着不安的心情作过如下重要批示——

请立即布置在安徽多收购一些粮食,为中央粮食部调运(按议价给款)。现在我们一方面用外汇进口粮食,一方面却发生农民有粮卖不出,地方有粮运不出,岂非怪事!这种情况,无论如何应该结束。还有类似安徽这种情况的,也应照此办理。

新的课题带来了新的思考,新的思考带来了新的冲击。

农民手中的粮食多了,农民空余的时间多了。他们已经不再满足那种"日出而作,日落而息"的古老、单调、重复、沉闷的生活。他们不再甘心"三亩地一头牛、孩子老婆热炕头"的简单生活。他们走出低矮的农舍,走出泥泞的土路,试图去捕捉另一条命运的绳索,去迎接更加辉煌灿烂的富足之光!

如何看待这一新的趋势呢?

滁县地委第一书记王郁昭写了一本长达15万字的、很有见地的专著《大包干与大趋势》。

他写道——

"'大包干'开创了当代中国农村改革的大趋势,也培育了传统农业的对立物——现代化和商品经济,激发了农村经济的又一个传统竞争者——城市经济的发展。

"因而,当人们四顾左右,不能不吃惊地发现这样一个严峻的现实:在新的改革大潮中,'大包干'既是搏击者,又是被挑战者。'大包干'使家庭这个社会细胞的能量充分释放出来,这种能量的凝聚和释放使农民逐步成为独立的商品生产者。一个以亿万农民为主体的商品生产集团,正在迅速地兴起。

"'大包干'的实行,使农业摆脱了令人焦烦的困境,也把农业置于了靠科技进步,不断发展生产力,还有囿于传统农业的樊篱,在现有的水平上徘徊这样一个十字路口……"

安徽农村,正处在这样新的十字路口。

中国农村,也正处在这样新的十字路口。

战胜了饥饿并不等于战胜贫困,超越了历史并不等于超越了未来。我们在"包产到户"中激情满怀、大干特干的农民兄弟,将如何在这第二个十字路口上,实现新的超越呢?

这就是农村的第二步改革。

第一步改革是短暂的,第二步改革更艰巨、更沉重、更严峻,因而,时间也更长……

未来的端倪

在凤阳采访期间,现任滁县地区副专员兼凤阳县委第一书记胡成功,约我做了一次推心置腹的长谈。

他是凤阳第15任县委书记。1965年毕业于安徽农业大学畜牧系。1986年陈庭元调任省人大常委会副主任之后,他便来凤阳任职。

他不属于那种叱咤风云式的人物,性情温和,温文尔雅,是典型的知识分子。

"凤阳名气很大,前几年上得比较快,这几年为什么又掉下来了?所以,这个时候让我来,压力很大……"

他慢声细语地开始了冷静的叙述。

“凤阳能不能不浮夸？一害人民，二害党，三害自己。不是你在这儿我不愿讲，好像就你实事求是！去年农业获得了丰收，小麦报了3亿5千万斤，和1985年平产，我到农村座谈，许多干部和群众都说小麦受灾减产。在年终统计大会上，我说：‘不管报多少，一定要实事求是。’统计结果3亿2千万斤，砍掉3千万斤，年终粮食总产9亿6千万斤。为了稳妥，又压缩了2千万斤。为此，有人告到北京，说我堵大家的嘴！实事求是报产量，切实做到剩留有余，说起来容易做起来难，闹不好就说你否定前任。所以，在凤阳工作难度很大。

“光搞农业怎么能继续落实富民政策？还是要向农村工业化发展。‘大包干’不仅适用于农业，也适用于工业。今年乡镇企业上得比较快，去年是1亿1千万，今年是1亿7千万，增加了6千万，这是凤阳历史上从未有过的。

“中国是个分母很大的国家，我们经常在报纸上看到年产粮食多少多少亿斤，中国有10亿人口，一除每人剩得很少，即使增加10亿斤，每人平均才1斤。所以光靠土地不行，全国人均耕地一亩半，这是要发挥农村工业的优越性。凤阳资源丰富，有金矿、石英矿、石灰矿，只要合理开发，第二步改革的目标还是可以达到的……”

他坐在我的对面娓娓道来，既有心中的焦虑，又有对未来的向往。想不到，凤阳明天的蓝图，在他那新思维型的脑海里，竟是那么动人！

农民依托于土地，然而，土地也束缚着农民。农民用自己的辛勤劳动赢得了土地，又必须告别土地才能开辟更广阔的前景。这种相互依存又相互分离的矛盾，裂变着未来的端倪。

土地的解放正孕育着人的解放。

“中国农村第一步改革叫‘包公案’，第二步改革叫‘捉放曹’！”

“有趣的比喻！”

“说‘包公案’是敢于承包、敢于改革；说‘捉放曹’是要尊重价格规律。从1979年‘包产到户’试行到1984年‘包产到户’在全国铺开，主要是建立农业生产责任制！从1985年开始到现在这一段时间，主要是从农产品价格方面一会儿收一会儿放，农民不太满意，影响了生产积极性。如果说第一步改革的突破口是‘三级所有，队为基础’，那么，第二步改革的突破口是‘统购统销’。不解决这些问题，第一步改革的成果就会有得而复失的危险……”

“具体怎么解释？”

“1984年，全国农业大丰收，突破了历史最高水平，国家统购统销对农产品补贴很多,财政出现赤字;以后,国家不再搞统购统销,开放农村市场,农民很高兴,但是,城市居民对市场农产品涨价反映强烈,国家又开始限制农产品价格,农民又不满意了,就这样放放收收,收收放放……”

这是我在合肥同农委调研处辛生处长的一段对话录。

他向我介绍了许多安徽农民实行战略大转移的人物和故事,那是比“包产到户”更加壮丽的史诗、更加深沉的颂歌。

非常可惜,这已不是这篇旨在揭示中国农村改革前夜的报告文学所要叙述的内容了。

但愿江淮大地早传捷报!

淮河的启示

“走千走万,不如淮河两岸。”自古以来,人们就这样由衷地赞颂淮河两岸那肥美丰腴的土地。

淮河,一条燃烧的河!

淮河,一条流金的河!

淮河啊,我向往你,我钟情你,我叹慰你,我赞美你。你像一条情浓意烈的帆影,牵动着我魂牵梦萦的心灵之舟。

第一次见到淮河,是在黎明时分。听说到了淮河,我从睡梦中惊醒,迫不及待地凭窗远眺,只见晨雾轻弥的原野上,从南向北抛过一条长长的带子。在我的印象中,天下只有黄河最雄浑,然而,当列车驶上大铁桥的刹那,我却发现淮河也是一样雄浑。是历史的流沙,还是岁月的沉积?一队机轮船在无言地诉说……

第二次见到淮河,恰是初夜时分。即将告别淮河,我又从座位上一跃而起,恋恋不舍地俯视窗外,只见轻纱般的月光洒在朦朦胧胧的旷野上,沉吟的淮河像一位文静的琴师,在弹奏着神秘的《月光奏鸣曲》。是沉醉于梦幻,还是憧憬着未来?跳动的渔火闪烁着沉思的眼睛……

雄浑和神秘,便是淮河所给予我的最深刻的印象。

淮河,的确是雄浑的。从陈胜、吴广的大泽乡起义到刘邦、项羽的垓下之战;从秦晋对峙的淝水交兵到金宋挥戈的顺昌争夺;从红巾军的旌旗高举到烽烟淮北的捻军血泪;从慷慨悲歌的皖南事变到凯歌高奏的淮海战役……历史在这里演出过无数悲剧和壮举,留下过无数耻辱和殊荣!

淮河,的确是神秘的。从大饥馑到大旱荒,从“责任田”到“包产到户”,开创了中国农村改革的先声。正是这样一场蓄之已久的、悄然无声的改革,席卷了960万平方公里的土地,把一个不可遏止的改革大趋势展现在世界东方。既是经济体制改革,又是政治体制改革。它的创立和发展,向一切阻碍生产力发展的旧体制和旧观念发出了咄咄逼人的挑战,古老而封闭的中国农村,正在创造着新的业绩和新的奇迹!

再见了,中国农村改革的故乡!

被称为第二次革命的中国改革是从农村开始的,而安徽省又是中国农村改革的策源地。全中国乃至全世界都在注视着这位于江淮两岸英雄土地上所上演的伟大故事。

这故事,远远只是开始!

一个饥饿的时代就这样结束了,一个中国农村改革的辉煌序幕就这样拉开了,一个决定中国8亿农民命运的伟大战略转移就这样开始了……

当列车车轮滚动在江淮大地的时候,我的耳畔正回响着党的"十三大"政治报告中那充满激情的声音——

"九年来的成就,是全国各民族人民团结奋斗的结果。请允许我以中国共产党的名义,感谢人民对我们党的信任和支持。一切亲身经历了这九年伟大变革并贡献了自己力量的中华儿女,一切关心祖国命运的炎黄子孙,都有理由为我国历史性变化感到自豪。"

(原载《昆仑》1988年第6期)

步鑫生现象的反思

周嘉俊

夜归的我，通过长街上一个接一个的窗口，把断续传出来的播音员带着惋惜的声音连成了片：

“闻名全国的步鑫生被免去厂长、经理、副支书职务……他的海盐衬衫总厂决定向社会招标……”

河水沉寂下来，议论戛然止住，出现了瞬息的静场。几年来那种朦胧的、不祥的预感，不幸地变成了现实。我意识到这是历史的抉择，我惴惴不安地赶到了钱塘江畔，跨进了我惦念着的工厂。

厂区花圃庭院依然，苍松翠柏，小池立鹤，工人们在操作台前劳动。阳光辉煌地在照耀，但是人们异样地沉默，把异样警惕的目光投射到每一个外来陌生人的脸上。一种茫然的失落情绪，紧锁住大门……

蓦然，我想起4年前的5月8日，在那个向来以恪守传统、尊重旧俗著称的英国名记者尤恩·麦克斯基尔发自北京的通讯中的那句话：“中国浙江海盐衬衫厂厂长步鑫生，如今已成了中国最有争议的人物之一……”

我无法准确推测这旧话重提的价值，但这个“最有争议的人物之一”如今又成为人们议论的热点，却是毫无疑义的。

“我要反思。”——步鑫生费力地打开沉默的铁闸，吐出一句话来。

历史的倾诉

于是我紧跟着历史，跌入了一个痛苦的过程。我的笔，应该为英雄立传，恰恰我的面前坐着一位自称是一出活剧中失败的主角。

反思总夹带着痛苦，带着历史的重压，但是也有那么一丁点儿诱惑的魅力，毕竟它能给人以清醒，以新的前进的动力。

小镇的居民神秘地告诉我一个传说，在遥远的一个乌云翻滚的午夜，钱塘江在狂风的鼓动下，曾掀起过一次大潮，几乎吞没这座古镇。4年前，又掀起了一阵旋风，那样震慑和牵动武原镇父老兄弟的心扉，旋风却来自那位以后经常在电视屏幕上出现的步鑫生。瘦骨伶仃的身子，机灵的小眼睛，滑稽的手势，以及当时被视为不可思议的改革。小镇人多半是善良而拘谨的，时间使他们接受了新的现实，无数的信息反馈，就像贯流镇中那条浑茫的盐平河一样，无时无刻不在告诉他们，古镇又出了能人。于是，这位步家裁缝的后代，又成了小镇人的楷模，他们踏着拘谨的步子，学着偶像的模样儿，一步一步朝前走，古镇活跃起来了，全国活跃起来了。

现在，仿佛又是这条永不停息的盐平河，带来了令人沮丧的消息，那奔忙的钱塘江，又掀起了不祥的狂涛，步鑫生——他们心中的偶像出事了！

……

那一天，走进他自行设计的、带有农村味的豪华接待室，我的心情有点沉重，我想在回顾逝去的历史中，寻觅这个神奇人物的踪迹。

印花地毯，工艺精巧的高背藤椅、茶几，嵌镜的墙壁，闪光的产品陈列柜，菱形吊灯，好像经过精心的拭擦，却总感到蒙着一层尘雾、一层阴晦。

这几年，他已不再接待记者，他的这种固执引起过麻烦。今天，他破例接待了我。

他坐在三人藤椅中间特意准备的海绵软垫上。他更瘦了，坐着，仿佛远山之间隐约的一个点。如是而已。

他对我凝目注视，似探询，似回答：

你要知道什么呢？失败？成功？幕起？幕落？

我猛然想起，一位省委书记说他是夏伯阳式的人物。可是，我却产生了奇怪的念头，在我写他几篇数万字的文章时，总有一个不祥的预感，无端地困扰着我。

到过武原镇的人都知道，小镇的桥南有一家茶馆，人们捧着油亮发黑的茶壶，议论的老话题是步家裁缝的兴衰，带着一种同情、惋惜和小城人士的世故，哀叹：唉，这个步鑫生！

然而，从几张长着几颗老黄牙的嘴和一只墙角上的“喇叭头”所获信息毕竟是有限的。他们习惯依据的是盛极衰来的道家老皇历。

小镇的盛典

越发精瘦的步鑫生，显得茫然、颓丧，同时，仍有荣耀之人的傲气：“我现在承受的压力，是任何一位厂长所经受不住的。”他机灵的眼睛扫视着辉煌的四壁，然后又愣愣地望着我。

可不，我曾是他这段历史的同路人。

1984年盛夏，这位被中央指名号召学习的改革者也是坐在这只三人藤椅上发出了他的命令：就是要像模像样地庆祝一番！

一周以后，这里出现了旷古未有的盛典：

是日，上海市、浙江省有关机关、单位、新闻界都来了人。轿车几乎把小镇街道挤满，公安局出动了民警来维持秩序。小镇上爆竹声此起彼伏，处处飘荡着煎鱼烧肉的香味，见人开饭，十人一桌，台上表演的是闻名全国的三个大剧团的拿手好戏。歌颂改革英雄，谁不趋之若鹜！

大幕拉开，步鑫生，在灯光追踪下，米色的西装笔挺，红色领带闪烁光彩，昂首，宣读受他奖励的全国参加报道他的工厂改革业绩的记者名单。

……

是夜，小镇人一夜未眠。步鑫生兴奋地思考小镇的命运、国家的命运。改革，这个新鲜而有着无限魅力的字眼，从此在古镇上扎下了根。

步鑫生，满面红光，又坐到三人藤椅上来。十里长席，终于散了，小镇出现了狂欢后的冷寂，似乎连小镇原先的繁荣都跟着盛典的旋风而远去了。

还是这间被来访者赞誉备至的接待室里，步鑫生端坐在长藤椅上，手上摆弄的是来自全国十几个省市签订的数十万件衬衫的订单，然后，便不屑一顾地将它摞在面前的茶几上。他有点儿不能自已。是的，就是要改革，没有改革，就没有步鑫生——

他有点幻觉，却又是事实。他清晰地记得，半月前的那天晚上，中央人民广播电台重要预告新闻里的话：明天有重要广播，本社明天有重要广播……隔天就广播了关于他的改革的事迹、中央的批示。

步家裁缝后代有很好的记忆，这样庄重的仪式，在几年前有过一次，那就是播送十一届三中全会公报的前夜。当然，他没有理解此举的深层含义。

从小就拈针引线的步家裁缝后裔，没有读过几年书，缺乏现代人的价值观，但是他强烈地要求改变现状，要发展他小小的工厂，打出他的牌子。一句话，商品经济的规律，促使他需要冲破多来年套用的陈规旧习，旧的框框，旧的机制，他自然地喊出了“不改革就没有出路”顺乎潮流的呼声。加上他的机灵、大胆，于是，决口在这儿被他打开了，他取得了人们已经知道的胜利和拥护！政府及时抓住这个典型，推向全国！

县委的一位报道组组长告诉我，他做了一个粗略的统计，自从共和国的太阳普照大地至今，报纸杂志上宣传个人事迹的文章之多，也许除了雷锋，就是步鑫生了！

但，如果把我国几年前所开始进行的改革看作是一次革命，对于这位小镇能人的宣传就不足为奇了。

那时，人们不仅熟读了关于他的报道，也熟悉了电视屏幕上他那瘦小好动的形象、带点滑稽味儿的手势、过分自信的谈吐。

只要他在屏幕上一出现，观众都能叫出：步——鑫——生！

中国，第一流的西装线和第一块大石头

胜利，是人们所向往的，但急于胜利又往往成为导向失败的指路牌。

今天，人们在议论他决策失误的时候，第一热点是西装，这曾是一股困惑成千上万经营者的怪潮。

深夜，接待室灯火辉煌。工人们是熟悉的，这个灯光告诉他们，他们的厂长在思考，在工作，在开会。他们信任自己的司令员，灯光给他们欣慰。

他们怎么也不会想到，他们信赖的带头人进行的是一项导致翻船的错误决策。

室内烟雾弥漫，每个人都困倦了，有人甚至在打盹。但是，他们运筹帷幄的却是决定工厂命运的大事。

“老步，我们可以做做西装。”二轻局局长，又被称为“政委”的老沈从蝴蝶花纹藤椅上直起身，凝视着步鑫生说。

西装热，这是一股从1983年底形成，1984年即进入高潮的带点滑稽、讽刺味道的旋风。有些人把穿西装作为时髦、拥护改革的标志。从庄严的人民大会堂上的要人，到普通老百姓，从公司经理到街头卖生煎馒头的个体户，从笔挺挺的到皱巴巴的西装，穿到各色人等的身上，买的、送的、半买半送的。西装走红就像发生在中国的“国际玩笑”。就在这家衬衫厂里，每天像蚕宝宝吐丝，成百成千条的领带哗哗地往外吐。

“不——搞！”他终于表态了，轻轻地摇摇头，但是，他那双机灵的小眼睛分明在告诉你，他正认认真真地盘算着哩，我步鑫生不傻哩！这位祖上承制过清朝官宦、商贾宝眷们花衫旗袍的老裁缝后代，正毫不含糊地在他灵活的脑子里盘算着利害得失呢！

步鑫生站起来，又一次坚定地回答：“不，我是从衬衫发展起来的，不搞西装！”

这是春天。越过了夏天，秋天来临了。

这位老沈又来了：“嘉兴搞了，海宁也在搞，我们小搞搞吧！”

于是，领带车间建立了，印染车间建立了，庞大的衬衫车间正在生产着“三毛”

“双燕”“唐人”这些引为殊荣的产品，再建立一个西装厂，那不就成龙配套了吗？眼前已经出现了宏伟景象，使改革家的雄心勃发了。

“搞！”向来坐不住的厂长蹭地从藤椅上站起来，挥动着人们在电视里熟悉的手势，瞪大了机灵的小眼睛，“好，8 万套。搞条流水线，进口，去日本！”

两小时——谁也不能想象，这样重大的决策，他俩竟是在两个小时中拍板的。

他不明白，企业立于不败之地，依赖于决策的透明度，依赖于蛛网般的信息网络，依赖于科学手段深层的探测。今天，他以胜利者的自信，性格上的傲慢，作风上的随意性，做出了这一危险的决定。

他遭到了抵制，一向为他的改革家气魄所折服的副厂长小沈提出了异议：“不能这样匆忙决定，要研究一个可行性方案！”这位管着大印的青年人敢于犯上了。

但是，被后来批评为“刚愎自用”的厂长轻率地否定了：“你懂什么，老三老四！”

小沈感到委屈，他坚持很久，不愿在上报的申请书上盖印，但最后，他屈服了。

我们不应苛求他，这是当时唯一明确表示异议的青年干部。我们应该赞扬他的这种勇敢。事实上，他远比那些身居要职，明知不对，却一味奉承，举手赞成，事后又高唱所谓“违心”的人的品质高出百倍。

接着，他提出了一份年产 8 万套西装、18 万美元的估算和外汇额度的申请。

加快了车速

沿着杭嘉湖大平原丰饶的绿水田陌，他乘上轿车，颠颠簸簸，一路风尘赶到了省政府。厅长热情地接待了他，香醇的龙井茶，双手捧到为全省争了光的改革家面前。

“行，行！”他一迭声地赞扬改革家的又一大胆创举，“就是要有这种不断改革的精神！”厅长呷了口茶，以一副更具气魄的神态说，“我说，要搞就搞大的，年产 30 万套，到 1990 年，就 80 万套！嗯？”为了显示决策的气魄，他故意作了一个短暂的休止，此时无声胜有声——我是多么坚决支持改革！

8 万变成了 80 万！

中国人素有“好大”的癖好，“大跃进”“文化大革命”，只是结果总不是那么美妙！

轿车驶上归途，颠颠簸簸，返回盐平河畔。

在宏观上，从县到省，竟没人把关，反而加大了规模。多么可怕的锦上添花！

“喜讯”在盼望中接踵而来：

轻工业部批准了他们的计划；

国家经委批准了他们的报告；

由省、市、县有关人士参加的审计会议严肃而热烈地开始了。

6000 平方米西装大楼的方案以异乎寻常的速度拟就。征地、拆迁、进人、贷款……

失控的列车，疯狂地向谷底滑去！

消息，在盐平河边传开了，从工人到家属，从镇上学校到商店，终于又传到了乡镇的新闻集散地——桥南的那爿茶馆。

“喔唷，促海盐要造大楼哩！”

“喔唷，步家裁缝的后代要出洋了！”

“喔唷，步鑫生要做西装了，西装是专门卖给外国人的！”

坐在这趟列车上的这位“小镇伟人”却预想着未来的胜利，他踌躇满志。他也像所有历史上的人物那样，胜利使自己放松了对自身弱点的警惕，尘埃扑上了双眸。

大厦出现倾斜，一再追加的基建投资，几乎超出了全部固定资产的总和，一把给了我们多次惩罚的经济规律之剑，开始出鞘。

但是，借贷暂时支撑着改革家肩上的重负。

我想起了 1985 年春节。我应邀赶到交通大学的外宾餐厅，参加他的宴会，只是校长没有躬身莅临，使我很感遗憾。那时我正在探索，一个在国际上有声望的名牌大学校长如何给一位乡镇小手工业者出身的企业家以理论上的指导，并促进他的自身完善。对步鑫生来说，这是多么至关重要。这样的结合在外国不乏先例，在国内，当时尚未出现。

辉煌的灯光下，步鑫生穿一套淡色西装，显得潇洒而精悍，却仍是一副坐立不安的好动模样。

“我就要去日本，××服装株式会社邀请的，这就走，机票已订好了。”他兴奋地握着我的手。

“祝贺你又有了新的开拓。”我随口应和着。

“啊，是嘛！”他用道地的海盐口音接上了话茬，“改革如果不和开拓结合起来，那么改革就没有方向、目标、前途！”“小镇伟人”有使用同义词的习惯，有时也不无闪光的语言和在断断续续中自成一体、不无道理的观点。

“唉，你过些日子来看吧，西装流水线一引进，那边大楼造好，年产 30 万套，到

1990年是80万套。嗯,海盐厂就算是配套成龙了!”良好的自我感觉摧毁了他精明的防线。

锦上添花,喜讯接着喜讯——新华社报道:著名改革家步鑫生增补为全国政协委员。亿万人民又一次在荧屏上见到了令人感动的一幕:德高望重的邓大姐,迈着艰难的步履,在人群中找到了这位小个子的改革家,谆谆祝愿:“步鑫生同志,你要继续改革。你有什么困难吗?”

“没有,没有,现在一切都很顺利!”小经营者常有的狂热和沾沾自喜同时流露出来。小个子改革家怎么也没有预料到,一块大石头已悄悄地搬上了自己的脚面。历史已经写下,无法抹去。

世界仍在注视着他

中国经济改革,继续成为世界瞩目的中心,而在这改革潮头上翻飞腾跃的冲浪者,仍然是钱塘江畔这家小小衬衫厂中那位裁缝出身的厂长,引起了西方好奇的新闻记者的浓厚兴趣,他们不满足于一年前长城饭店那次短暂的会见。太神秘了,太有新闻价值了。外交部不断收到外国驻京记者雪片似的申请,请外交部设法为他们安排去实地采访步鑫生的活动!

他们习惯用观察和猜测来确定对待中国一切事物的方式,龙的国家以这么高规格来宣传步鑫生,显示未来的一种模式、一个信号、一个信息!

是日,一支长长的豪华车队,浩浩荡荡地挤进了武原镇,南斯拉夫人、法国人、美国人、苏联人、波兰人,镇上的父老兄弟真是打心眼里感激这个步家裁缝后代为武原镇的家家户户光耀门楣。

记者招待会开得很有气魄。步鑫生独占一个三人长藤椅,风度极好,一切都妥帖得体,就像厂里熨烫的衣服一样平整。

“先生,你说你的衬衫能赶上或是超过美国名牌衬衫吗?”一位美国记者颇有兴趣地提问。

“当然,那是毫无疑问的。”身材瘦小得只有89斤的步鑫生习惯性地侧转头,不假思索地回答。其实在这一年多来,他的厂房顶上虽然还通宵地亮着“信誉至上,质量第一”的霓虹灯招牌,实际上已疏于去顾及“第一”的质量问题了。

他的回答,引起在座记者们一阵风似的低语。

“步先生,你能告诉我们吗,‘文革’前贵国经济上的主要问题是什么?”这是一位法国记者的提问。

“是吃‘大锅饭’!”步鑫生用这句形象生动的语言概括了我们多年来的弊病。他很神气,仿佛圆满地回答了老师的课堂提问。

“这是你们国家独有的吗?”

“不,各位先生,”步鑫生激愤起来,加强了手臂的挥舞动作,他敏感地意识到这句问话的内涵,“我们中华民族一向勤劳勇敢,‘大锅饭’是20世纪50年代从国外引进,1958年全面推广的。”

他的回答没有结束,记者们已经开怀地笑起来,闪光灯像雷雨天的雷电一样闪烁。

“先生们,我说,这‘大锅饭’不是我国发明的,我们不要这个发明权!”他进一步发挥。

又是一阵哄笑。

这是一次既成功又不成功的记者招待会。一位新华社记者说:“老步,你长了社会主义的志气!”但是,事后他再也拿不出更好的衬衫。他的“唐人”“三毛”“双燕”,始终在原地踏步,不仅没有“当然”地赶上美国的名牌,而且,他的掌上明珠“唐人”牌衬衫,在青岛全国衬衫评比中被扣了15分,以0.05分之差,落选了!这是1985年的金秋,可惜季节没有给他带来相应的硕果。这是又一个不祥的征兆。但是,改革家的目光始终没有在这重要问题上停留。

海盐县武原镇首幢大楼——他的西装大楼,已经打好桩基,吞钱的闸口就此打开。

与此同时,一衣带水的那个服装株式会社轻快地收下他们的数十万美元的巨款。

他,应该坐下来,认认真真地运筹帷幄,脚踏实地地思考了。

他应该明白,正是中国这一经济上的改革,才产生了步鑫生,不是步鑫生掀起了中国的这场经济改革!

在逝去的一个冬天的深夜,我曾在步鑫生的办公桌上,看到一位科学工作者,从遥远的北京的来信,是给这位已经红遍全国的步鑫生的:“改革是一场伟大的事业。作为一位改革家,你要戒骄戒躁,更加谦逊谨慎。峣峣者易折,皎皎者易污。木秀于林,风必摧之;行高于人,众必非之……”

中国的思想家,用凝聚智慧的语言,唤醒无数的沉睡者,使他们清醒、理智,使他们鹏程万里。

“这封信,很有意义!”我说。

“唔,好,藏起来,以后好好地看。”他颇有诚意,随手交给正在理信的副厂长小沈。

信藏起来了，自然再也没有回忆起它。

接着，从遥远的北京赶来了各国驻华使节，他明白，世界仍在关注他。

接着，国家各部委的负责人来了，省市的领导来了，总书记的夫人也特地来看望他，代表总书记向小镇上的改革家问好。

改革家，面颊显得消瘦，整天冥思苦想，他自我告诫：应该考虑改革大局，应该面向全国！

（他哪里会预料到三年后的今天，他面对我说："我的事业在海盐！"悲壮而又凄楚。）

他乘着火车、乘着轮船、乘着飞机，奔忙于全国各地。

他和教授、大学校长发起一次又一次全国性的关于改革的讨论会，农村的、城市的、文教的，拥挤在一起，在庄严的讲台上，讲着他自己也不甚了了的问题。他远远地离开了他的海盐、他的事业，他仿佛承担了整个国家改革的使命！

不过，他有一种很好的自制能力，他从不享受邀请单位请他夫人同往和休养的待遇。尽管在滨海的八大关和羊城为他预订了舒适的房间，他总是预订返程机票，匆匆而返。

他仿佛要充分体现他的自身价值，然而，离开了武原镇南边那家衬衫厂，他会失去真正的价值，来自乡村的企业家，没懂得这个质朴的真理！

这时候，中国大地上涌现了新的改革英雄，马胜利出现了，这个冀中大汉在会上宣称：我是学习了步鑫生的事迹才闹起改革来的；

浙江的鲁冠球出现了，他也说，走改革之路，走步鑫生之路，才能搞好我们的企业！

后来居上——可悲又可喜的事实！

大厦开始倾斜

这时候，他的西装大楼又砌高了一层，这是他从南方的大学讲学归来偶然发现的。然而，大楼却停止了上升。

"为什么？"

"没有钱了。"几位年轻的副厂长回答。那时仅土建一项就花去70万元。

"可以借嘛！"步先生挥一下手，他的神态就像在合肥的改革讨论会上做报告那么潇洒。

他不大看报。那时,国家财政拮据,出现高额的赤字,银根紧缩了,基建战线迫不及待地收短了,无力去“喂”那些特殊企业了。

“老步,需要我们时开个口就行了。”一年多以前,银行的同志总是这样笑脸相迎,唯恐他不光顾。

现在,冷若冰霜了。这当然是一种进步。

一切陈旧的,带着浓重行政色彩、感情色彩的狭隘的旧意识统治下的生产关系就应该统统摈弃,金融必须登上商品经济的历史舞台,主宰一切!

“小镇伟人”端坐在长藤椅上,听着财务科科长老陆的汇报:

水泥从600元一吨涨到1600元一吨,20万元的流动资金已全部投入。

建成的西装大楼又检查出偷工减料,这是南京一家建筑队的“杰作”,钢筋生锈,露出了水泥……不值一文钱的职业道德,展示着它的丑态,折射出卑劣的灵魂。

基建被推迟了。小镇的能人沉寂了。

我却记起了他高峰时期在北京的一次讲话,他的听众是掌管全国劳动人事的厅局长:“一个企业的厂长、经理,与一个家长当家一样。一个月收入除了柴米油盐酱醋茶开门七件事,其他钱是给阿大添裤子,还是给阿二添袜子,都要盘算,量力而行!”多么生动、形象、幽默、智慧。

显然,现在他陷入窘境是因为没有买足油盐酱醋,就为阿大添了裤子、阿二添了袜子,并且还添置了全毛西装!这是真理,真理就这么朴实无华。

然而,这位“家长”毕竟有他过人的机智和独特的创造力,在这窘迫时刻,他提出了召集小镇居民,每人出1000元,即可进入工厂工作。他给了个名称:集资户。将资金变成资本,然后去扩大生产、投入市场,这是商品经济的基础,是获得利润的钥匙。

海盐厂在武原镇有着无可置疑的崇高的荣誉和诱惑力,没费多少日子,三百多人就投到工厂的怀抱里来了,这不仅给步鑫生瘦削的脸庞上增添了几丝笑纹,而且增加了一种常胜将军的自豪感。

制造西装的人员进来了,其中有几位是高薪的老西装裁缝,他们是上海的退休工人。在改革年代,不乏一批寻找发挥余热的人才。然而,他们的技术毕竟是过去时代的了,皱巴巴的前摆,皱巴巴的驳头,毫无时尚气息。

步鑫生的工厂造出了西装,不管是套在乡村干部身上,还是套在路边炸油条、卖烘山芋师傅结实的身上。

这时全国的报刊上,西装热已成为人们议论的热点。

半夜,他回到厂房后面那幢住宅楼的顶层房间,他的夫人意外地还没有睡去,脸上被一层焦愁泪影所笼罩,这是一种为丈夫担忧的善良、贤惠的妇人的典型表情。

"听说西装卖不掉?"她怯生生地问。

"啥人讲,瞎话三千!"他是好强的。

其实,海盐衬衫厂的西装已出现了滞销的迹象。但是,衬衫厂的西装依然以它原来的速度生产着。人,是一种奇怪的动物,常常以主观的臆想去看待事实。

"中国会有这么多人穿西装吗?"妻子睁着疑虑的眼睛。

"十亿人中,只要一百人中有一个人穿西装,用新西装线投产也来不及做呀,要想得远一些!"

"穿西装要打领带,多麻烦!"农村妇女总有那么一点执拗和唠叨劲。

"睡吧,你不懂!"

朦胧的危机感逐渐明朗起来。他显得心烦意乱,喝着桌上半热的粥。胃不好,粥是他的主食。

他的窗是面向钱塘江的,夜静,常闻涛声,只是他并不去聆听那令人感奋和联想的诗一般的呼唤声。

灿烂的星辰悄悄地滑过

他毕竟是幸运的。

5月,我们的总理在省委领导的陪同下,光临了他的工厂。对步鑫生来说,这是机会。

总理颇有兴趣地注视着这位中国改革的风云人物。是呀,在改革潮流已经风起云涌的今天,他要来看看这个"源头"的变化。

"……啊,我是慕名而来呀!"总理一跨下汽车,就握着他的手说。

他给总理汇报,陪总理参观他的工厂。

"……那是印染分厂,那是领带分厂,那是从日本引进的西装分厂,我们已经开始生产西装……"他自信而自豪。

总理迈着坚实的步子,习惯性地将左手放在背后,看着、听着、思考着。

——要主动争取上海方面的支持;

——可以多搞些时装,加强应变能力;

——夹克衫很好,随便,老小都可以穿。

总理对于步鑫生津津乐道的西装,似乎没有给予多大关注,更没有给予赞扬。

步鑫生的思维突然地出现了一个空白，出身于小裁缝的企业家，缺少这种经营意识，这使他无法上一个新的台阶，他有点愕然："是的，是的。"他不断地应诺着，缺乏政治经验的乡村改革家，没有敏锐地意识到这是一个战略性的经济信息。

他不能自拔。悲剧继续深入，像一只雄鹰从翱翔的天空折翅，跌向深渊。

……

如今，他已经悔悟不及，他看着眼前那块印着厂标、被千万人景仰和脚踏过的羊毛大地毯，黯然神伤地对从数百里外赶来见他的我说："我怎么会没照总理的话去做呢?"脸上呈现失败者的沉痛。

其实，就是从那时将船掉头，也为时晚矣!

他太缺乏现代企业家的素质了，他的奋起，是由于旧生产关系长久束缚后产生的反弹力的一种表现。现代企业需要更高的素质要求，需要经营者在社会、心理、科技、文化、国情、管理等领域的钻研和准备，即使某种程度的涉猎也是有益的。

改革家的视角仍在扩展

早晨，在食堂的餐桌上，他疲惫地呆坐着。剩下小半碗稀粥，他放下了筷子，桌上的凉拌豆腐未动一筷。

"中午不要给我准备了。"他懒懒地关照正准备给他添菜的服务员。

"先生，你吃得太少啦!"焦急的服务员真诚体贴地说。这是工厂的当家人呀!

52 岁的步鑫生成了一个小老头。

岁月，像盐平河水平静地奔流，又送走了一个季度。冬季来临了。珍贵的 200 万元的流动资金投进了土里。

匆匆上马的印染车间，花去了近 130 万元，由于技术没过关，只有几个农村散打散干的染缸师傅凑起来的一班人马，他们一月只挣数十元的工资；领带分厂的效益也降到了冰点，看不到一点希望。那位副厂长小李也不是一位好的经营者。

"小李，你那里的效益怎么样?"充满了失落感的改革家带着希望询问。

"我已和杭州、嘉兴联系了，喔，我还要到江苏去走走，唔，人家说要回升的。"他支支吾吾。

"这样是不行的，不行的，办厂总要讲效益嘛!"步鑫生涨红了脸，他那小眼睛上的浓眉，几乎要蹦跳出来。这个所谓分厂虽然被小李说得天花乱坠，却总是看不到一分一厘的利润,这一切深深地炙烤着自己的心,现实向他进行无情的嘲弄。

衬衫,年产量高达120万件,是这里的吃饭产品,还支撑着门面,但是,财务科长两次告急:"先生,进面料的款子没有了。"

"新疆伊犁不是有一笔款子汇来吗?"他的记性颇佳。

"给银行抵债了!"财务科长无可奈何地回答。

"势利!"他愤愤然。

用一句商人和金融界的行话:银根紧了,掉不转头寸了。曾经被新闻媒介多次渲染的海盐县第一家年产值超过1000万元的工厂,全国最早的一家以改革闻名海内外的工厂,露出了败象。

然而,这位改革家仍不由自主地随着那个惯性的旋律,驰骋于各地,面对全国甚至海外发表着长篇大论:《谈谈对城市改革的看法》《谈当前改革中的若干问题》……

这些报告不仅仅在工厂,还在机关、学校甚至部队宣传。有限的精力被分散到无限的报告中去,本应投注他全部精力的自身改革和经营,受到了冷遇。

一切排场仍未收缩:厂庆耗资7万元;横向联系、赞助、广告费近20万元!

而1985年的纯利润仅52万元!

何等惊人!

这是用几十万条领带、近百万件衬衫、近千人的辛勤劳动所换得的呀!

旧传统意识的重负——阔绰的排场吞噬了来之不易的利润。甚至工人拿不到厂长亲口允诺的奖金,流水线上工人的奖金在逐月递减。

出现了争吵,出现了懈怠。他的权威受到了严重的挑战!

"你答应的条件,为啥不兑现?"一个副厂长据理力争。

"这样我们还拼命干啥?"

出现了实际上的怠工:供销人员懒于火车、轮船、飞机的奔波,留在办公室里聊大天!

"为啥会这样?"我问一位副厂长。

"步先生太自作主张!"

时代不同了。诚然,现代管理学最突出地表现为"意志"和"权力"的集中,而它的基础却是民主,是决策的透明度。经济管理学家早已明智地看到了这一点。

于是,企业中至关重要的凝聚力消失了。

领带、绞索、领带官司

“步鑫生被绿杨领带厂告到法院去了!”

“步鑫生上法院了!”

“海盐衬衫总厂和上海绿杨领带厂打官司!”

在价值观念重新复苏的今天,几乎一夜之间,我国所有新闻媒介都把这一特大新闻传送到亿万读者手里。名人名事,历来是新闻记者乐于攫取的高价新闻。

在中国,知名度往往和谣言是成正比的。我记得迄今有过两次关于步鑫生的谣言高潮,第一次是他去北京开会期间,说他被逮捕了;第二次就是在他兴旺时期,他的名字在报纸上销声匿迹了,有人传说他因贪污被审查了。记者在最近一次出差的火车上,听邻座的一位海宁县的供销员说:“步鑫生被逮捕了。”

几乎已经是四面楚歌的步鑫生,端坐在宽大的、铺放着厚海绵垫子的藤条椅上。

被接待的是一位30来岁的妇女,笑容可掬,后来反目而成为原告的上海嘉定绿杨领带厂的女厂长、上海市新长征突击手,时髦的称呼为“女强人”。依次排坐在雕花藤椅上的是她的几位副手,另有一位年近花甲的工人模样的老人——

“这是我的干爹!”女厂长开口介绍,“我的干爹是老印染工,老内行!”

“哦,哦!”步鑫生沉思着,闭一闭眼,眉宇间闪动了一下。

“哎哎,步厂长,这就是我的过房囡。”这位老工人满是皱纹的黑红脸膛上浮起了笑容,“步厂长,你的名声大,各方面兜得转,帮帮我过房囡的忙吧!”

“喔,好说,好说。”步鑫生轻飘飘了,他那小镇人生意经上的警惕性受到了影响,他的感情型的气质占了上风。

“我这过房囡厂里的领带,你帮她推销推销,他们的质量是不错的。”老工人亮出了底。

“你那印染车间需要帮忙,呶,有我过房爷!”女强人轻松地笑了。

“啊,啊!”老步应着,心里盘算着眼前那个上不去的印染车间的印花线生产,正是那个自己一无所知的玩意使他烦恼,使他得不到起码的效益,这是他的第二个沉重的包袱。

“让他做你们的顾问!”她继续做着宣传。

“好好,老施就做我们印染车间的技术指导。”

客人满意地走了。

“步先生，我们的领带也不好销呀！”耿直的副厂长小沈，在没有旁人的情况下怯生生地提醒他尊敬的上级，海盐衬衫厂已经无法周转了，哪能再背上新的包袱？

“唉，想办法，要向远处看。”他有点虚弱，总盼着柳暗花明的时刻。

“步先生！”小沈又怀着希望唤叫了一声，眼里噙着泪，几乎要落下来。

“你懂什么！”改革家的语调变得粗暴，他不愿别人干涉他的决策，眼前经济上的拮据，从反方向增强了他的致命弱点，也是一种逆反心理。

“步先生，你应该三思！”小沈没有示弱，他已经看到了西装线的悲剧，而悲剧是完全可能重演的。

他却扭转头，站起身，拉开背后的小门，走进办公室。

这一笔在后来被认为继西装分厂上马后第二个让厂里大伤元气的领带事件，终于未被阻止。

经过一番短暂而匆忙的来往，由领带厂起草的合同终于签成了。

13 万条双绉、斜纹领带，22 万元巨款。代销变成了购销。那个“过房爷”销声匿迹了，没有给印染厂以任何技术指导。

几天后，衬衫厂供销人员在领带厂发现了领带质量问题，他们为了全厂职工的身家性命、工厂的前途，回厂和副厂长小沈商量后，决定发一个电报给领带厂，请他们暂勿发货，同时向步鑫生汇报，请他采取措施，步鑫生没有给予重视。那位女强人倒是颇有远见，隔天的深夜十一点半亲自押车，将 68776 条领带闪电般地送进了海盐衬衫厂警卫森严的大门。

步鑫生终于发现了领带的质量、面料、规格、类别上的问题，决定退货，遭到了领带厂的拒绝。

“我们不付款！”一向以为有无限权威的厂长发怒了。领带厂很快就上诉法院，要求衬衫厂按合同付清货款。既合法，又冷峻。

到此，中国第一个响当当的改革风云人物，终于被传到被告席上。

事实上，是他自己一步一步走上被告席的。

上诉、答辩：

衬衫厂说领带厂的领带质量有问题；

但是，领带厂却说衬衫厂没在限期内提出，应视为合格。

是的，一切都已无济于事了，因为超过了期限。

把法律推得远远的步鑫生绝不会知道，世界众多的企业经营者为了自身权益，每时每刻都准备和对手在斯德哥尔摩的国际商业法庭上决一死战。

在他们看来，竞争就是你死我活，中国式的温良恭俭让，是不能进入商品经济海洋中的。

最后高级人民法院做出了调解:“本院认为,领带厂交付的领带确有少部分面料、品种不符合同的规定,应承担一定责任……衬衫厂没有在收货后十天限期内提出书面异议,应视为所交产品符合合同规定……双方均应从中吸取教训……”

报纸、电台、电视台尽情地做了渲染。千余职工含泪听完了广播、看完了报纸,这一天,全厂职工怨愤满怀,跌入了深深的沉默。

债台高筑，面包车开走了

积压的领带,最后以几毛钱一条的低价,被一位无锡个体户收购。这样,步鑫生肩上又背上了22万的巨债。

如何筹措?诚恳老实的副厂长,畏畏缩缩地来到上级省厅告贷。找财政厅。

“厅里没有钱!”

找总公司。

“你们自己想办法。”

可敬的领导们忘记了,如果不是西装线的包袱,海盐厂还清这22万元还是游刃有余的哩!

告贷无门,窘相毕露。

拖欠、拖欠。

工厂走向了深渊。是日,在人们还没醒悟过来的时刻,厂里的两辆卡车,被法院派来的司机开走了。

但是,22万元,岂是两部旧卡车所能抵消的?这一天,从上海又来了几个人,其中一个是司机,他们的目标是那辆海盐镇上最漂亮的小面包!

工人们愤怒了,老工人噙着泪,关上了铁门,堵起了人墙:不准!不准!!不准!!!

但这是法院的判决,是法律!

是呀,这里不可能有温情,只有铁一般的严峻!

桥南的那爿茶馆又有了新的信息传播。

“嗐嗐,步鑫生欠下的债是还不清的,明天啊,嗨,人家还要来分厂哩!”

“啊!啊啊!”

在浙江一带农村,那些“桥头阿七”“茶馆阿八”,是最有效的新闻媒介。那些形形色色无可稽考的谣言,一夜之间会传到四村八舍。

于是，金灿灿的太阳还没有从钱塘江的水平线那边发出它无比灿烂的光芒时，就有人站到厂长面前：

“把1000元钱还给我吧！”

又来一个：“还给我们吧！”

“还给我们，1000块！”

由执着地索讨发展到愤懑地怒吼！

“我们不会少你们一分一厘的！”干部们劝阻。

“不，还钱，还钱！”

厂长的信誉受到严重的挑战！

当年改革创举，变成今日的灾难！

这笔30多万的巨款，何处去寻？

步家裁缝出类拔萃的后代，此刻显得沮丧、疲惫。

翌日，全中国所有报纸、电台、电视台，都报道了叱咤风云的改革人物，走进了西子湖畔高等学府——浙大教室读书的消息：海盐衬衫厂厂长步鑫生进浙大深造……

——步鑫生体面地下台了。

桥南茶馆里又开始传播出新的消息。

在这种困难时刻，一家以宣传法制为己任的报纸，又以步鑫生拒绝采访为内容而洋洋洒洒写了两大版文章，说步鑫生忘恩负义，过河拆桥，忘记了未出名时如何热情接待记者，甚至说他老婆的户口是利用职权从农村迁入市区的；因为积极与港商做生意便诬陷他收了两枚金戒指，说得有鼻子有眼，这当然是不必经过深刻的反思就可明白的事。步鑫生对此既愤慨又坦然，就在这次相见时他还对我说：“他们有时间造谣，我没时间辟谣，我的苦恼是我自身素质的欠缺，我的反思只限于自身的内省。”往日叱咤风云的改革家，陷入了苦恼的回顾。

盐平河啊，在悄悄地翻腾。

海盐，善良的人们想着你

……心悬悬呵意迟迟，多好的词！多动人的箫声。静夜，我又想起了海盐，想起了阔别已久的钱塘江畔那位“小镇伟人”。

1986年3月，步鑫生在县、市政府向省要求下回到厂里。

不久，我坐在黑色轿车的边座上，我前面坐着一位秀气而端庄的小姐。宽松的原白绸衫,淡色的西装裤。

她递过来一张名片:张海英——新开发企业有限公司(香港)。

“喔,张小姐,去海盐?”

“是呀是呀,找步厂长做生意。”一口闽南话,很真诚,毫无矜持。

“啊,老客户?”我感到奇怪,在我和步鑫生较长时间的交往中,好像没见过这位张小姐。

“哦,新客户中的老客户,这一个月中我来了三次啰!”她微微一笑。

司机告诉我,张小姐刚下飞机。

“步厂长有信誉……”汽车戛然刹车,张小姐的话被打断。

刚开始的谈话就此终止,小车沿着沪闵公路、金山卫大堤、钱塘江大堤一直向海盐县武原镇奔去。

已是暮色苍茫了,走进厂门,啥也看不清。我踏进了熟悉的接待室,四周高背的藤条椅、壁灯、垂落的大窗帘。他在哪里?哦,在三人大藤条椅上坐着,步鑫生依然是一套米色薄西装,淡色斜纹领带,但是,精瘦的脸庞失去了往日的风采,伤感又一次不由自主地袭上我的心头。

“我错了!”他拉着我的手。

我愕然,在“小镇伟人”嘴里,我第一次听到“错”字。蓦然,我想起一位哲人的话:“认识自己是伟大的发现。”

“嗯,嗯。”我拉着他的手,他在颤抖。

“没关系,只要厂在,人在,我就不怕,一切从零开始,三年,翻它个身!”

他又一个习惯手势,挥个弧形,侧过脸,向着前方,小而机灵的眼睛里又闪出神彩!喔喔,我无法用一个作家的心智去感悟他现时的心境。

——你先听听,去看看,晚上再谈。

哦,我发现张小姐姗姗过来了。

——我的事业在海盐。

3 月,我从浙江最高学府归来。

春天里,冬青竟变得焦黄、零落。

门卫不在,金鱼池水枯了。我去看车间,冷冷清清,他们没有看见我,还是故意回避?我走进食堂,连椅桌都转了向,蜂窝式的小菜橱门都七零八落地敞开着,大灶也已经塌了。

昔日繁荣安在?怪谁?我?

账上,亏损已接近 300 万元。今年年初,花 1 万元开订货会,只来了七位客户,却没有一位经理到场。昔日趋之若鹜,今日门庭冷落。

有人在赌博;有人拿着工厂发的衬衫在桥头摆摊叫卖;有人大白天在桥头新开张的咖啡厅跳迪斯科,喝饮料,一身新潮服饰,耳环、戒指,骂娘、打牌、扭腰……

一个40来岁的技术工伏在杂货柜台里。

“步厂长,回来了?”

“你怎么在这里?不上班?”

“退啦!春节镇上哪爿厂不发两三百元奖金,伲厂?10元,不够给儿子买炮仗。三天两日停工。步厂长,你不是在读书?还回来。”

哼,过去有谁敢在这位“小镇伟人”、改革家、步厂长面前如此大胆放肆讲话!

无可奈何花落去。

深夜,两位青年副厂长走到他跟前。

“步先生,让我们分出去吧!”

“什么?”

“我们把印染分厂带走,你的负担也好轻一些。”显然,他们经过商量。

小沈——那位曾在西装和领带问题上向他提出过异议的副厂长,终于也离开了他。他们对他感到失望。他们不能让自己绑在一辆冲向深渊的战车上。

他站到盐平河畔,流水和他絮语——

——他们抛弃了我。

——不,首先是你抛弃了他们,你自以为是万能的神!盐平河回答。

——我是厂长,我要决策!

——你的傲慢抵制了他们的智慧,他们有力量抗御非理性的戏弄。

——我该怎么办?

——回去吧,回到历史中去,为历史构思新的浪花。河水在奔涌。

面对困境、寻觅生路中的步鑫生,显得有些失魂落魄,甚至也有点愤愤不平。去浙大读书前,那位曾把8万套西装提高为30万套的厅长,又慷慨宣传厅里将拨款200万填补他的亏损,结果也成画饼,未见一个子儿。步鑫生在叹惜之余,终于又想再做一次拼搏。他自信,能把十几个人的红星成衣社变成海盐衬衫总厂的改革家,也一定能将这破船撑向新生的彼岸。

又回到了这个接待室,开会。干部、工人愣愣地凝望着。他们过去见到厂长的机会太少了,厂长被洋人、领导、记者,以及一些不相干的人包围了,厂长也用自己织起的网络裹住了自己。

他推开话筒,侧着头,看一眼那样品橱窗里的“唐人”“三毛”“双燕”,做了一个稍稍思索的动作，说：“我错了。”他刚说了一句便又收住了，沉默下来，仿佛故意要拉长时空的距离，让人们咀嚼他说话的分量、滋味。

“我对不起党组织，对不起海盐的30万群众，对不起海盐厂全体职工。”他又打住了，似乎想说些具体的东西，但果断地否定了，“我说，你们要走，我不拦；要分，也不拦。我希望跟我一起干下去，我今年53，还有劲干，3年，翻它个身。跟着我干，帮助我，你们不要走！”

面对往日自傲矜持、不易近人、刚愎自用的厂长朴实的内省、自责，人群中出现了骚动，激起的兴奋赶走了刚才的沉闷、疑虑、不悦和怨尤。但毕竟是开始，人们的态度仍然是保留的。

“现在劳动纪律不好！”不知谁埋怨地插了一句。

“我晓得，有人打人，有人赌博，有人把厂里的东西带到外面去了（他很机灵，没有说一个‘偷’字），你们还骂我，我一律不追究了，以后好好干！”

“春节我们只拿了10元奖金，买炮仗还不够哩！”有人嘀咕了一句。这事一直成为镇上人们的笑料。

“今年加一个零！”

“零？”有人怀疑，不解！

“100元！”政委马上补了一句。

全场沉默。

“我们还有600万元的债，每月利息就近10万哪！”半路杀出了程咬金。

重重的一锤子，把刚刚活起来的会场打翻了，好像当胸一拳，让人窒息得不吱声了。

可不，10万元相当于全厂两个月的工资！

政委的身子在坚硬的藤条椅上禁不住颤动了一下，对于只有150万固定资产的衬衫总厂来说，这个数字简直是一座无法移动的大山。这座大山是由200万元的西装大楼，130多万元的印染厂，那个领带生产线，失败的领带官司负债22万元，还有那300多位朱三太式的集资工紧急索走的30来万元以及各种亏损而堆成的。步鑫生在那高等学府攻读的几个月，他为筹措五六万元的工资，没有少叩头拜佛呀，到后来，工资也凑不齐，只能靠停工、打折扣来解燃眉之急。前些日子，银行听说步鑫生返厂，人家要索取每月的利息了。

刚刚挥着手说完加个“零”字的步鑫生，瞬间凝成了一座不动的塑像，机灵的小眼睛正对着橱窗中那件有些儿泛黄的唐人牌高级衬衫上——那正是他三年前改革的产物，他也曾亲自带到五运会上，送给当时一跃而成为破世界跳高纪录的朱建华的手里,他很喜欢讨吉利,期望也有震惊世界的一跃!

会就这样草草地结束了。

……

“我当时承受着全中国任何一个厂长都难以承受的困难!”5个月之后的今天,他这样对我说。

当时,困难正像钱塘江大潮,全线汹涌着向他袭来。

“还是让我们走吧!”大会以后,那两位曾经和他同过患难的年轻厂长又来了。

“好吧!”他终于咬着牙答应下来。

船翻了,总得让船里的人逃生呀!

“请先生批一下。”他们还沿用这至上的称呼,但要求是苛刻的。

——扫帚、畚箕、桌、凳……

“好!”他颤抖着手签上了名字,“以后好好办,缺啥再来拿。”他终究比年轻人更懂得创业之艰难。

“我们还要几个机修工、电工——”递上了名单。

“喔——”凝视着名单的厂长愣然了,那几位正是自己欣赏的技术工呀——“好吧!”他终于把名单递还了他们,全身顿时一阵发软。

我熟悉这几位离他而去的人,他们年轻,有活力,甚至有点儿艺术细胞,海盐城,全中国第一首厂歌,倾注着其中一位的智慧。

“你是用了不当的人,还是不当地用人?”我静视着他。

“唉,唉,我错了,错了!”他巧妙地避开了。

讲究企业精神的今天,不能回避人才运用问题,这是企业发展的内部条件。而历史又证明,用人得失是古今中外治乱兴衰所系之大事。

幸运的星辰还会升起吗?

破碎的家,破碎的工厂!

他清早起来,抚摸着沿围墙而植的冬青,仿佛在思考什么。云柏凌乱蓬松,他找到一位勤杂工:“师傅,请你修剪一下,好吗?”

“步厂长,你到车间去看看!”车间主任小金一脸焦虑地来拉他。

“我——知道!”他的心在战栗。

“知道什么?”小金噘起了嘴,“七点上班八点落班,七上八落,上回好不容易接了一批加工衬衫的任务,没人,到咖啡厅去拉,我还给他们骂。”小金几乎涌出眼泪。

是的，就在桥南茶馆的附近市场上新开了一家咖啡馆，虽然带着乡土气，对于小镇上的青年来说，够得上是一个新潮的刺激。厂里没有活，工资七折八扣，上班就七上八落，有人在这里寻觅跳厂的路子，寻觅获利的交易。小镇青年对个性解放、自主意识有着独特的理解。

"回去，做生活！"

"喔唷喔唷，做啥生活？厂都要关门了，省省吧。"

凝聚力已经逝去，剩下的是一堵剥落的粉墙。

"谢谢你们，有生活了，厦门接来的，同志，帮帮忙！"车间主任几乎下跪。

"小阿妹，你也帮帮阿拉忙！"小师傅不甘示弱，举起饮料在这位车间主任眼前晃晃，"你也帮帮忙，弄两张大团结吧！"是嘛，乡村青年也有他的自我价值观，当然，那是低层次的愿望——钱！

半拖半拉，半骂半喊，小师傅被女车间主任揿在工作凳上，然而，领角一高一低，纽扣眼忘锁，线缝稀疏了。

"我知道。"厂长眼睛里喷着火，含着泪。

3 年前一位副厂长迟到 3 分钟，他在财务科送来的单子上毫不犹豫地签上扣款的数额。

他已经感到由于自己决策错误所带来经济失控的严重性了，工人们拿不到奖金，甚至工资也要拖欠，而物价却在上涨，他仿佛找到了问题的症结。他对着几位厂级干部说："应该让工人长长膘！"面对投来疑虑目光的干部，又说，"实行计件制，做一件拿一件工资，不做，一分也不给！"

盐平河两岸、桥南茶馆、咖啡厅那边有了新的议论，新奇惊异，喊喊喳喳！

见不到那几个女车间主任在咖啡厅、落弹场上，像赶鸭子、捉小鸡那样把工人们拉回车间缝衬衫、搬衣料的滑稽场面了。

"主任，我的任务快完了，下面的活可要抓紧准备好，闲下来可要你补给我钱哪！"小青年一边低着头赶制衬衣，一边催促领导。

不久，财务科的老陆报出一连串令人吃惊的数字：海盐厂平均工资从 80.5 元一跃而达 160 元！多的高达 300 元或 400 元！

人们惊讶地嚷开了：这是浮肿，不是长膘！

对于这一"长膘"事件，在全厂职工中自然是褒贬不一的，长膘者作喜，未长膘者作怒。实行计件制是一种改革，但需要伴随着严格的科学管理，合理的计量、定时……

"我能想到那么多吗？"他苦恼地自问，他寻觅着答案。

香港女经理

步鑫生的失败,并没有使我忘却海盐衬衫厂工人、干部甚至客户们为挽救厄运中的帆船所做的努力,他们是善良的。我想起了那位小有接触的胖墩墩的张小姐。

那天深夜,我独自一人在衬衫厂厂区的过道上散步,寻找逝去的繁华。记忆总是带给人们过多的烦恼和惆怅。手中的那只袖珍半导体,轻声地报道当天最后的国内国际经济信息。

我意外地发现了接待室的灯光。我走进去。

一幅令人惊喜、令人深思的画面:

几个人伏在铺展在地毯上的几张剪样上,他们是车间主任、生产科长、副厂长小刘、香港的女经理张小姐。

剪刀、铅笔、纸样,低声地磋商。

"喔,您还没睡?"首先和我搭腔的正是和我同车到达海盐的张小姐——一位秀丽文雅的福建姑娘。

张小姐选择海盐做她的业务伙伴自然是在步鑫生名扬海外的时期,这是十多位港商伙伴中的一位,是一位热情的伙伴。

在这几天的接触中,海盐厂的几位女干部在我面前毫不吝啬地运用她们所知道的褒誉之词——平易近人,诚恳辛劳,有事商量,有活一起干,打成一片,不摆老板架子,还爱和女干部们一起吃些小零嘴,嘻嘻哈哈,不拘小节等,来评价张小姐。

她的公司在香港商业中心租了几间办公楼。从香港到厦门,到上海,到海盐,空中,陆地,旅途劳顿,但是她终于寻到了钱塘江畔的这家衬衫厂。

前年,张小姐的开发公司碰到了难题,香港市场需要乔其纱女式衬衫,原来交美国一家服装厂加工生产,但其时适逢封关,女经理找到了步鑫生派驻厦门的代表小刘。

"接不接? 12 天,4000 件!"小刘在长途电话中拔高嗓音问他的厂长。

美国、中国,在这个小小的女衣制作上形成了一个热点,要展开一场竞赛。

"接!"

12 天,4000 件精美别致的女式乔其纱衬衫,像奇迹一般运到了张小姐的面前。

中国有个步鑫生,去找他!

她介绍的吴小姐,要最新式的女式时装 12 套,按时完成!

她又介绍了她的服装伙伴。

海盐厂出现了艰难的局面,失误了,工人的心散了,嗣后的 22000 打衬衫失约了。长途电话的冲击波也激不起原有的活力,派经纪人来,看到一副败落的景象,哭了!

“哭得够惨的,男子汉呀!”见到过当时那副可怜相的服务员小高对我说,“海盐厂身败名裂了,人家不来了。”

到后来我才知道,这位女经理既守信誉,又讲情谊,她在那批订单完成后,又拨来一批 6 万套衣服的业务,却被海盐厂回掉了。

这位面目清秀的张小姐是“文革”期间从国内出去的。她热爱自己的家乡,自然也谙熟它的脾气,因此坚持“合理想象”——在这块日夜眷念和熟悉的土地上的业务伙伴。

她抚弄着搁在膝上精致的港式手提包,有点不在乎地说:“人人都会有失败,打官司,败诉,胜诉,在我们那里天天有,数不尽,跌倒了,爬起来再干就是啦嘛!”

她的胜败观,确是具有商业场上久经沧桑后的坦然,深烙着现代商人的经商意识。副厂长告诉我,在今年春夏之交,这位略显发福而风韵极雅的女经理,带着她近 20 万套的服装加工业务,飘飘地降落到这块土地上。

今晚,她伏在地毯上就是和恢复海盐厂生机的骨干们研讨一批出口意大利的运动服的剪裁、式样、用料等问题。腰缠万贯的老板,也照样熬夜苦战,这也是一种启迪。

我坐在藤椅上,趁着间隙,问张小姐:“你不怕担风险,同海盐厂做生意?”

“嗨呀,做生意总要担风险的嘛!”她浓厚的闽南音中带着很自信的味道。

“在资本世界里是大鱼吃小鱼的呀,你是在有意支持海盐厂吧?”我说。

“你说得太好了,都是一家人呢。我大鱼算不上,一条普通的鱼,大家一起游嘛!”她笑了,脸上红艳艳的。她告诉我,她有七个妹妹,都靠她供给生活费、学费,她三十七岁了,还没有结婚,要带着七条小鱼(七姐妹)一起游嘛!

沙漠里的几滴水

善良的人们还想助他一臂之力。

电话铃又闹起来了。

“老步,我在伊犁。”哦,是供销员从天山脚下打来的长途,“这里的纺织品站李经理愿意支援我们,他们有几万尺面料在常熟,叫我们赶快派人去看,合适的话就拿来加工衬衫,不要付钱,卖掉后,我们拿加工费!”

“行!”步鑫生的眼泪在涌动。

这是一笔不用先拿钱买面料的无本生意,这是一种友谊的援助。

又来了一个同行,远在郊区的新友服装厂厂长、县政协委员陆友根,61 岁了,紫铜色脸庞,硬朗挺拔。

“你不要灰心,衬衫厂的事就是我的事。”他深深地吸了一口烟,“你有服装任务,我帮你做。做衬衫没劳力,我派人来,你们带,渡过这个难关!”

门口忽然传来大声吆喝和重重的开门声响,接着门卫小季、小吴奔进来了:“诸暨装来 35000 尺面料,特地赶来的,书记押车。”

“卸吧!”厂长看看手表,夜里十一点半。

叫醒了仓库管理员,加上门卫,加上伏在地毯上的这批辛勤的熬夜者,一个小时,面料整整齐齐地进了仓库,汗水滴进了被海边夜雾润湿了的土地里。

但是,这却如干旱沙漠里的几滴水,无济于事。感情,在经济规律面前是最无能的一种自嘲!

不是光明的尾巴

搞财务的人,有他特殊的内在素质,总是那么实在、那么精细、那么一丝不苟,财务科长老陆除具有以上特点,他又是一个不易乐观的人。坐在藤椅上,他严肃而忧虑地对我说:“海盐厂的苦日子还在后头!”这话一点不假。

这天,他从银行回来,双眉立成了山。

他开始汇报:1987 年 1 到 4 月亏损 265000 元,这月工资——发不出,银行坚持不借钱给亏损户,流动资金利息 60 万元,积压物资、设备、衣料、服装有 200 万左右,只能回收 60%,至多 70%,加工所得进款都被银行扣除。

瘦脱了形的步鑫生用他竹节般的手,紧紧地握住藤椅扶手,心里盘算着工厂的家底,脸上的阴云又升起来了。

“通知所有的供销员外出时要收回过去未收齐的欠账。”改革家虽然不知欠账的底里,但为客户加工后费用不及时去收的事,他是有所耳闻的。

“平湖还有一个小集体单位欠我们 3 万元面料钱呢!”老陆又提醒厂长。

“对,老陆,”厂长接上财务科长的话头,“麻烦你去调查统计一下,到底还有几笔欠账在外面,请外出人员落实追回。”

“还有行政费用,步先生,这也是一笔可观的数字,上个月就花 15000 以上。”

“对对。”精明的厂长受到了启发,兴奋不已,“你记住,以后非生产开支一律冻结，碰到修厂房、添置零配件，凡是上 200 元的，除了主管领导批准以外，你要交给我审批！”他开始节流。

“步厂长，”财务科长抬头望了厂长一眼，似有犹豫，但还是接着说，“还有请客吃饭？”

“我亲自批！”他的语气更坚决了。

可不，处处要用钱。

但已是杯水车薪，无济于事了。

“生财、理财、聚财的能手啊，你为什么不早早提醒我呢？”改革家沮丧地凝视着财务科长。

精明的科长报着数字，将手指依次地揿倒：工商银行贷款 645 万，省财政借款 77 万，县财政贷款 135 万，省二轻公司借款 30 万，县二轻公司借款 12 万，库存损失 60 万，于是，近 1000 万借贷的资产逐渐变成了一个冷峻的负数！厂长的脸庞上，似乎也游动着内疚和痛惜交织的神色。

入不敷出，负债累累，海盐厂由于经营失策，已陷入破产窘境……

一切都无法挽回了！

企图以三年时间来挽回败局的努力，到此宣告结束。从经济的视角剖析，竞争总伴随着失败。转化，需要新的条件。

曾经活跃在改革旋风中心的步鑫生平静下来，回顾童话般的往昔，陷入了痛苦的反思。

不是最后的对话

在他的临时卧室里，我和刚刚接到免职令的步鑫生相对默望着。我曾多次和这位闻名的企业家单独对话，但都进行得那么艰难，那么短暂。找他的人太多了，有谈改革的，有谈学校的，甚至有叫他谈计划生育经验的。他开始苦恼地东躲西藏。但是，不乏能干的记者竟将他藏起来，企图搞独家新闻。

我力图从他脸上寻找通常人在猝遭超常打击时常有的沮丧和尴尬情绪，我惊讶地失望了。他的眼睛喷射着激动和祈望的光芒。他自己从五层楼下的食堂为我打来了开水，不一会儿又上来一个炊事员，请我去吃晚饭，我这才知道他在打水时做了关照，炊事员态度和蔼亲切，这倒引起了我的感慨，我有点感动。

室内很静，楼下车间里也没有人坐夜班。

我们的对话继续下去。

“我没有预料到会有这个结局。”他说。

“为什么?”

“我是全心全意扑在事业上的。”

“这我完全相信。”我说。白天,副厂长小刘就毫不讳言地对我说过:“到现在为止,我敢说步鑫生是厂里工作热情最高的人。”

“但作为企业家,这还是远远不够的。”

“西装、领带、用人、脾气——”他自语着,旋即又否定似的摇摇头,“是我的素质没有提高。”

“唔——”我应了一声,无话可答。我是企业管理的外行,时代是在前进的,企业家的自我完善将会是一个重要课题。旧的自我在实践中淘汰,新的自我又在反思中诞生。

“我本来打算让海盐厂三年内翻过身来,可是刚刚过了一年——”他把话题拉了回来。

我凝视着他,我捉摸不透他目前的所思所虑,我等待着他把话说完。

“其实,今天的决定对我是好事而不是坏事,我要更好地反思,我还要开拓,三年之后,还是我这个步鑫生!”他瘦小的手又挥动起来。

我无意中发现他床头的几封信,几乎都是大学生热情的笔迹,来自西北、来自浙江、来自北京、来自上海。我惊讶地发现,这些信的写作日期几乎都是新华社播出免职通知的当天——16 日。这个细节会引起人们的注意。一位同济大学研究生说:

> 公司倒闭,经理下台,也属正常,并不意味你的人生道路的失败。
>
> 你曾经是一面旗帜,但这面旗上的污点不少。现在被免去了,这反映了我们党有错必改,处事坚决果断且有分寸。没有哪一个人能不犯错误,而要善于解剖自己,吸取教训,不断前进,坚强而不固执,才是真正的男子汉!……想要做什么事业,任何时候都不迟。

此刻,我眼前出现了一瞬间的回顾。不久前,年迈的经济学家于光远先生专程来到海盐,目睹现状后,握着步鑫生的手,说:“你只要接受教训就可以了。世界上获得成功的企业家没有不摔跤的,不摔跤的企业,不可能成为真正的企业……”他看得很远,这无疑也是一种鼓励。

信和对话都显示了社会宽松自由的氛围正在形成,显示舆论对重大社会事件的倾注,表现了一种来自群众的意向。

我们不能糊涂地把一切与某种决定的不同看法视为“逆反情绪”“逆反心理”,这恰恰会成为一种可利用的遁词,回避了问题的实质。

步鑫生说得好,他应该进行认真的反思。然而,难道仅仅是步鑫生一个人的反思,而不是步鑫生现象的反思?从海盐厂的盛衰过程,就不难看出客观环境的作用,在某些具体环节中甚至起到举足轻重的作用。我在海盐城的采访中,听到了不少人的议论,表现了对步鑫生某种做法的不同看法。有人说,该免职的难道仅仅是步鑫生!一位车间干部对我说,把一切责任推到步鑫生身上是不公道的!有的新闻工作者提出,把步鑫生当作一个孤立的人物,只从个人道德、伦理品质等方面去评述成败,而没有从宏观的、历史的角度来考察,就会失真。人们开始自由评说。

改革是社会整体的运行,又是一个历史的过程。它需要摆脱许多陈旧的羁绊,需要寻找出新的、符合人们愿望和经济发展规律的社会机制,这就需要经过无数次尝试。这便是目前进行的这场牵动亿万人心的大改革的艰难所在。个人的一切行动离不开客观环境,个人素质的自我完善离不开历史条件。

步鑫生现象的反思带有深刻的历史意义!

此刻,我又想起几年前有人对步鑫生改革说过的“三月桃花一时红”的话,会不会又被人提起呢?也许会的。但这样的预言是必定要失败的。纵观全局,我们的改革不是正在蓬勃地开展着吗?困难和曲折是存在的,却正在被克服着。

我们不仅祈望三年后又是一个步鑫生,也祈望有更多的改革家在广阔的土地上诞生!

(原载《文汇月刊》1988 年第 9 期)

昆山之路

杨守松

开头（之一）

中国是一个梦。

十月革命一声炮响，马列主义顺势而入，从此中国便做起了社会主义的梦。30多年以后，有500年历史的故都北京在一夜之间，所有的城门钥匙都换了主人，共和国国旗在28响礼炮声中冉冉升起。

又过了40年，东欧局势如雪山崩塌，中国梦也变得沉重，变得空前地艰难……

开头（之二）

1968年最后一天，一辆破旧的三轮车把我从火车站拉进了破旧的小城。低矮的屋檐，窄窄的街道，随处可见歪斜的马桶刷子和飘零的裤裆片；冬日的太阳只是象征性地画了半个圆便匆匆归去了——6点不到，小城便寂寞地进入了梦乡。

第二天，我就到城东的西河村“接受贫下中农再教育”。

城边上也有不少草屋。全县有好几万户。

这就是“天堂”。这也叫“天堂”？

“穷山恶水血吸虫”，一位县委书记对苏州的昆山做了这个形象的概括。

忽然间这一切都飘逝了、消失了。老城焕然一新，新区拔地而起。西河的草棚变成了瓦屋，变成了楼房，又变成了厂房和办公楼。56米宽的马路横穿腹部，几十家企业变魔术一般相继出现。冰箱、彩电已进入寻常百姓家，录像机也正在悄然潜入农户家中……城乡处处欢声笑语，车水马龙；一年四季商贾云集，游人如织……

过去说，“小昆山”“小六子”，现在改了，叫“小上海”“小蛇口”……

不是天堂，但可与天堂媲美。

开头（之三）

我和他的驾驶员周一起喝酒。假如他也在，我一定会敬他一杯。尽管我知道他是滴酒不沾的。事实上，我也不会喝酒……我曾经做过他的秘书，只是连我自己也无法相信的是，近10年来，我和他说话的时间通通加起来也不到1分钟。我是跑跑写写而不会说说笑笑的那一类秘书。关于他，我从来没想到要说点什么或写点什么。但此时此刻，我却急于想见到他，并且想到应该说点什么也写点什么。这种强烈的欲望全是因为他的“退”而触发的。我忽然想到他的可贵，他的了不起。我甚至妄想和他讨论一下“社会主义”这个大题目——凭直觉，他是有自己的见解的。他一直在做，做的人最有发言权。

借着酒劲，我找到了他的家。因为坦诚，只几分钟，我们便各自理解了对方。

第一章 借东风催开花千树

一、1+1≠2

大上海旁边有个小昆山。昆山虽小，每年却能卖几亿斤商品粮。“田多劳少，产量不高，贡献不小，分配蛮好。”这是在全县流传的顺口溜。自给自足也自满自足。小昆山小乐胃也见出明显的小家子气。

忽然有一天，小昆山发现周围的世界大热闹也大变样了。江阴、无锡的乡镇企业突飞猛进。张家港、常熟也急起直追。唯独昆山自得其乐，稳坐钓鱼台……

1984年，姗姗来迟的春风例行公事一般给昆山抹了些许绿意，与往昔不同的倒是给年过半百的吴克铨捎来一顶“县长”的乌纱帽。

这是一个不寻常的年代。改革开放唤醒了沉睡5000余年的土地，蕴藏在10亿人血液里的一切善和恶，一切积极因素和消极因素都释放出来了。国土热火朝天，国人眼花缭乱，国家日新月异……

无论如何，历史前进了，昆山也前进了，只是一个严峻的现实是：昆山比人家慢了一步。

一步落后，步步脱节。无锡、江阴靠的是下放工人的机遇，张家港、常熟靠的是插队青年的机遇，而且他们都曾享受过税收上的优惠——这一切，昆山都没有！

然而，吴克铨却要上。昆山是顾炎武的家乡，“天下兴亡，匹夫有责”，这有气节也有气势的名句,昆山无人不知,昆山人更不会自甘落后……

可是昆山缺资金、缺技术、缺设备、缺人才、缺管理经验。

“缺”是事实,“上”只是一个美丽的梦。

吴克铨从梦境中醒来面对现实,去找老书记,去找本地的工业行家,还去找满天飞的采购员……

渐渐地,他脑子里浮出一个思路:昆山缺的,东面的邻居上海都有。能不能借一下“东风”,能不能和上海攀个亲?当然不是白借,也不是两手空空地巴结。昆山也有自己的优势:地理位置好,交通方便;土地多、水面多,农副产品开发潜力大;劳动力多,而且廉价。这三个“优”正好是上海的三个“缺”。不是讲“优化组合”吗?昆山和上海“组合”一下可不可以?

这里有个很容易被忽略的常识。生活本身就是加减乘除,就看你怎么做或者怎么“组合”。1+1,可能是2,可能是0,也可能是3或4或其他。“加”得好,可以有“乘”的效益,反之,则可能是“减”或“除”的结果。

所以,吴克铨反复宣传1+1≠2的道理,作为借“东风”、横向联合的“理论依据”。早在1983年,他做副县长时,就给县经济发展总公司出点子,在水泥厂搞补偿贸易,从上海市协作办公室引进了500万元资金,使水泥厂的生产能力从4万吨提升到10万吨;同时,又竭力促成了昆山印刷厂和上海少儿出版社联营建成了全国第一家儿童印刷厂。当时,他还开玩笑地对分管工业的副县长说:“我把你的权夺过来了。”

毕竟是副县长,他还不能完全放开手脚。

现在可以了,他要按照自己的思路借“东风”来设计昆山的经济了。

二、不准“自由恋爱”

万事开头难。诸葛亮借东风,靠的是“天意”。吴克铨借“东风”,却只能靠人为。

纺织厂的联营一开始便是有意识的选择。

纺织厂是1958年“大跃进”的产物,可惜的是,20多年以后,它仍然破败不已。有人说它最要好的朋友是税务官,因为它是靠免税才勉强维持生计的。纺工部一个部长看过后说:“没有想到,国内还有这样落后的工厂。希望抓紧技术改造,但最好能保留一块,作为纺织工业的一个文物……”

为了使这个“文物”进入现代文明,吴克铨想到了钱一平。这时他在上海担任经济协作办公室副主任。吴克铨毫无保留地介绍了纺织厂的情况,提出了合作的意向。钱一平对吴克铨的想法十分欣赏,两个人越谈越投机,后来吴问:“龚兆源,龚老,你熟悉不?”钱一平点点头说:“对了,他是你们昆山的地下党党员,他更应该为建设家乡出力!”

乌鲁木齐路,上海市经委顾问龚兆源家中来了两位不速之客。他是个热心人,离休后在家也没一天真的清闲过,常有家乡的人来找他办这办那。他看到自己和妻子杜淑珍还有许多共产党人冒着生命危险为之奋斗的故乡至今没有什么大的变化,心里总不是滋味;但他又十分清楚,解决点紧缺物资什么的,只能救急而不能救穷,现在家乡的人来找他,一杯茶喝出了味道!这一回,家乡可以“上路”了!

与此同时,县工业局的局长也和上海二纺机的厂长严永生联系上了。

严是个有知识有眼光的企业家,但同时他也清楚现实环境。从一般人的想法来说,上海和昆山风马牛不相及,双方怎么可能共同去搞一个企业的?所以他既感到昆山人能提出这个意向是个大胆的创造,但又怕条条框框紧箍着,即便开了花也不能结果。所以开头的接触是艰难的。

吴克铨心中清楚:这个世界高喊改革,但改革究竟是怎么回事心中都没底。于是无数改革者只好摸着石头过河。谁也不能保证自己不喝一口水就轻松地到达彼岸,第一个吃螃蟹的人总是要付出代价的。他说,不管怎么样,还要谈……

再说龚兆源,他和钱一平一起,亲自出马,跑到金山石油化工总厂,请他们提供切片。石化厂和昆山初次签约时,同意给300吨材料。后来吴克铨把钱一平请到金山来看。钱一平对这一行熟悉,他说:“老吴,300吨肯定不赚钱!”吴克铨心想,就是要你说这句话,就问:“那你看怎么办?”钱一平快人快语:“这事你别说,我去找他们!”

果然,钱一平去找厂长,批评说:“这样搞,怎么能赢利?”对方知道瞒不了他,就说:“300吨只能‘开伙’罢了。”钱一平说:“再给300吨备用设备好不好?”对方笑了:“钱主任的话,我敢不听?”吴克铨又抓住这个机会提出,再搞300吨零部件……就这样,一下子搞了近1000吨!

耐人寻味的是,在这个过程中,龚兆源几度“重操旧业”,做起了秘密的“地下工作”,所不同的是,过去是为了政治上的解放,现在是为了经济上的开放;过去的斗争对象是腐朽的国民党反动派,现在的“对象”则是我们自己政策中某些保守僵化的条文。

终于,由吴克铨和龚兆源在龚老家中秘密磋商、逐字推敲修改的协议,被拿到谈判桌上半公开地进行讨论了。

1981年12月21日,上海二纺机厂、上海石油化工总厂涤纶一厂和昆山工业二局正式草签了一份叫作《关于协作建设纺丝机实验工场的协议》。

不知读者有没有注意到，这里面的字眼是极为考究的。首先是“协作”，一个宽泛的、笼统的概念，谁都可以接受；接着，是“实验工场”，是“实验”，不仅是原则性的，而且冠冕堂皇；又曰“工场”，不是工厂，是小工场小作坊，一点也不引人注目；最后，是“协议”，谦虚且得体，够谨慎的！

然而，就是这样一份至今仍被人细心保存着的协议，在当时还是关关受阻，寸步难行——

跑到苏州，苏州回答：上海是省级市，我批昆山县的企业可以，上海一方，我哪有权批？

到南京，南京答复：江苏还没有跨省市协作办工厂（工场就是工厂，这个“阴谋”被戳穿了）的先例，你和上海一起搞，那你就到上海去批吧！

到上海，上海答复：好哇，上海人不为上海办事，你跑到江苏去办什么“工场”？还有，我上海怎么好批你江苏的企业呢？即便批了，我也拿不到（部里的）计划。

这就像是自由恋爱，各自看中了，却没有地方领“结婚证”。

当时有句话说：“不准东张西望。”

吴克铨是个经济型人才，搞经济不可能离开市场，所以不可能不“东张西望”。小小一个昆山，无论如何不可能孤立地存在和前进。

他说，上海不行，南京不行，我们跑跑北京好不好？于是他们多次北上，到纺织工业部找处长、找司长、找部长……

现在说来有些不可想象：从签订协议到批准项目，经过了整整两年的时间！

就在这个项目开始实施的时候，吴克铨担任了县长。也正是纺织厂，还有儿童印刷厂、水泥厂的实践，使他逐步形成了一个概念，找到了一种依托，寻思出来一条符合昆山实际的发展经济的路子。于是，他规划了一个梦一般的蓝图——

昆山要上 14 个 500 万元以上的重点项目，总投资 1.5 亿元。

国务院批准了 14 个沿海经济开发区，昆山不是开发区，但要上 14 个重点项目。

这是真的吗？

真的。

三、“吃大亏者”言

我们的人民从来不拒绝改革，但对改革又往往存有一种矛盾的心理。中国是一个农业大国，农业人口多。聪明和愚昧、勤劳和懒散、伟大和渺小……这些都相伴相生着。把握住这一点是一门艺术。只看一面,非左即右,或太快或太慢。其实中国的事情是不可不急,不可太急,不可不改革,也不能“一步到位”,一口吃出个胖子来。

昆山人也是矛盾的,既羡慕大上海的繁华,又嫉妒他们的“阔绰”——“高工资”的上海“阿拉”到昆山喜欢到市场“抢购”,有时会不问价钱只说一句“我全要了!”

现在吴克铨却要依托上海的优势来发展昆山的经济——和“阿拉”结为好友,把“阿拉”们一批一批地请到昆山来待为座上宾!

于是有些人就表现出一种情绪,说上海人太精,和他们打交道要吃亏。

吴克铨说,吃亏不吃亏,就如怕上海人来了会抬高物价一样,这笔账,看你怎么算。

其实,首先感到“吃亏”的不是昆山而是上海。

说一个很有一些传奇色彩的小故事。

一次,吴克铨到北京去,拜访国务院副秘书长顾明。顾明是昆山人,一来二去就熟悉了。顾明很看重吴克铨清醒独特的经济思路和务实精神,那一回还亲自送他到飞机场。就在机场候机室,顾明提到,上海金星电视机厂引进设备他出了不少力。言者无意,听者有心。吴克铨马上接过话说:“秘书长能不能写个便条,我去上海找他们认识一下,有可能的话,在我们昆山办个分厂。”顾明热心,当即就在北京飞机场的候机室里写了封信让吴克铨带着去找金星电视机厂的一个柯厂长。

好事多磨。厂长态度很积极,却有人认为大厂和小县联营是降低身份,要吃大亏。但他们又碍于顾明的面子,不好明确拒绝。吴克铨并不灰心,一连跑了四五趟上海,反反复复,后来才勉强有了个协议。好在柯厂长看得远,他认为扩大生产势在必行,而昆山最具建分厂的条件,他力排众议,不改初衷。

最后一次,吴克铨在他的小会议室里为协议的草签一直商量到夜里 11 点多钟。

上海方面理顺了,昆山自己又感到“吃亏”了。

吴克铨却开宗明义,公开宣称:就是要让投资者赚钱!

一个简单得不能再简单的道理,没有好处,上海跑到你昆山来干什么?

推而广之,一切横向的联营,所有国内外的投资者,都是冲着有钱可赚、有利可图来的。

只想自己赚,只考虑自己的好处;对方只可“奉献”,只有“义务”,一看人家有赚头或赚多一点就眼红,就咬紧牙关憋足了劲死不肯签约,表面上看这是“精”,是

"聪明",是"原则性强",实质上,这倒是最狭隘、最可怜、最没出息的小家子气,说到底,也是真正的吃亏者。

这个重点项目差一点就泡汤,成为一个梦。

建分厂,要给上海一次性技术转让费15万元,每生产1台黑白电视机再给商标费15元。

有些人就喊"吃亏",说这是"不平等条约"。

吴克铨说,技术就是金钱,人家的技术凭什么要无偿送给你昆山?昆山自己生产的电视机用自己的商标拿出去卖,人家买你昆山牌的还是买上海金星牌的?就是多花50块100块也还是要买金星的……这就是竞争。金星的牌子打出来了,名牌本身就是金钱!

竞争是平等的。之所以感到不平等,是因为还不知道什么叫作竞争。

从本质上说,只有竞争才有平等。有多少竞争就有多少平等,没有竞争就没有平等。

自然界如此,社会上也一样。

商品(产品)的竞争是血淋淋的。这里没有温情,没有谦让,也不讲"主义",它只有一句话:优胜劣汰,不叫你死我活,至少也可以说是你上我下。

什么叫作吃亏?跳出谈判双方,看全局,看大局,生产发展了,经济上去了,全社会都有好处,谈不上谁吃亏。

有时候,在某个特定的情况下,"不平等条约"体现的倒是真平等、大平等!

干大事业者不仅能吃小亏,还要敢于吃大亏!

就是说,要在"不平等"里看到平等,要在"吃亏"里面看到便宜。

不然,怎么可能做到起步晚而起点高?

吴克铨的胆识、眼力、干大事业的大将风度,一开始就咄咄逼人,并且始终表现出一种不同凡响的既超前又实在的意识。

四、孤独的父母官

14个重点项目在全县城乡铺开了,那声音、那阵势、那气氛、那劲头,真有些像南泥湾大生产,又有些像20世纪50年代的"合作化"。

这是一片波滚浪翻、喧腾咆哮的土地,几天之前,还是沟渠纵横、青黄相间的田野,现在它已经成为金星电视机厂昆山分厂的基建工地。

吴克铨站在这片新旧交替的土地上,脸上露出一种创造者的笑容。然而,总是有人不高兴,总是有人不理解,当改革开放后第一次宏观控制的旋风刮下来的时候,金星电视机厂昆山分厂的筹建工作很快陷入困境,于是矛盾的焦点又一次集中到吴克铨身上。

一下子铺那么多摊子,是不是好大喜功?是不是头脑发热?

好社会主义之“大”,喜改革开放之“功”,这一点,他不否认。他始终觉得,作为一个共产党员,他欠人民的太多太多,只要有机会,他就要为人民建功立业,做出最大的奉献。从这个意义上说,好大喜功的人不是多了而是少了,太少了。

头脑发热?他觉得有些好笑。1947 年他 15 岁就到银行做练习生,共和国成立后始终在经济战线上南征北战,从无锡到上海,从广州到武汉,从国家计委到河西走廊再到五七干校的窑厂……正面的反面的、酸的甜的、苦的辣的,一切的一切都告诉他:无论如何都不能再搞政治运动,无论如何都不能再用搞政治运动的那一套来搞经济建设。正是在把握这个基本点的前提下,他苦苦地寻觅出“东张西望”、横向联合的路子,在充分调查论证的基础上才确定了 14 个重点建设项目。

他是县长是父母官,然而他也是一个人,他不可能没有自己的想法、自己的顾虑,也不可能没有他的苦闷、他的孤独与彷徨!

白夜。黑昼。世界的迷离混沌和颠倒反差无情地扰乱了他的思绪。他居然找不到一个说话的地方,当然只是一个很短暂的过程。他生出来一种少有的孤独感。这使他在家里不开心,影响了妻子的情绪,在外面也不开心,有时竟会莫名其妙地激动得脸红脖子粗。好在家里的、外面的,做官的、做老百姓的,一般也了解他的为人,理解他的艰难处境,所以谁也不会计较他。越是这样,他越是感到忧心如焚,苦闷无比。他真想飞到北京去,和中南海的决策者们做一番理论。

唉!也只能是想想,中国的改革开放还没有到一个七品芝麻官可以随时和总书记直接对话的地步。

那么,和最基层的厂长书记们对话总可以吧?

阳澄湖畔的巴城镇,古镇旁边正在崛起一个新厂。这是全县 14 个重点项目之一。厂长名叫陆大荣,曾经因为 2000 元的“经济问题”吃过官司。党委书记和镇长跑到人事局找方局长,又跑到组织部找沈部长,在分析了陆大荣的历史后提出:此人可不可转干?可不可当厂长?可以。又问:可以当一个投资 1400 万元的大厂的厂长吗?也可以。像这样的人还可以入党吗?根据你说的,当然可以。

就是这个陆大荣,用拼命三郎的精神创造了“巴城速度”:十天一层楼;工程保质保量保速度了,每上一层楼他就扛了一头杀好的猪送到工地犒赏“三军”!

吴克铨来到工地上,明显地感受到了一种气氛,一种从群众内心深处诱发出来的巨大的积极性。

我们的人民永远是可爱的。

人民迫切希望改变现状,他们欢迎并无条件地参加一切改革,只要这个改革能够给他们希望,给他们带来好处。

吴克铨问陆大荣:“你这速度是不是‘太快’了?”

答:“要不是下雨,还可再快一点。”

又问:“还有没有什么困难?”

答:“困难是有的,但同县里的比,就算不上什么了——我们别的不能做什么,千方百计把这个项目建成,尽快见效就算是对县委县政府的一种支持……”

吴克铨紧握住陆大荣的手,说:“谢谢!”

谢谢全县50万人民,谢谢全县上千名厂长、书记……

五、“老吴要高速度”

不思量,自难忘,平生坎坷多少事,总把真情相向!

吴克铨从内心里感谢并永远记住那些在困难时候给予自己理解和支持的所有的人。

14个重点项目,他一个一个跑过来,听汇报,看工程,和基层的厂长书记座谈。他看到的是一批实实在在的奋斗者的足迹,感觉到的是一种抓住了机会就拼命改变现状的热烈气氛。人民不是用语言而是用行动来称赞改革的。

人民拥护改革,改革属于人民。

还有两个人,他要深深地感谢他们。

苏州市委书记戴心思来了,他也是听到一些风声后跑来的。

平时都很忙,开会了,书记又要照应到各个县市,不可能只听你一个昆山的县长说。

现在可以了。

先看,先问,边看边问,然后,在第一招待所,他听吴克铨的汇报。

吴克铨还是第一次比较系统地向市委领导汇报自己的经济思路。

戴心思听得极为认真。在大的原则问题上,他是从来不轻易表态的,但这一次,他却十分明确地说:“看起来,照你这个路子走下去,昆山有希望。”

市委书记一句话,使吴克铨挺直了腰杆。

然而,由于宏观控制的影响,原定由上海金星厂投资的钱拿不出来了。

这个联营厂就这么半途而废了?

多情总被无情恼。多少心血与汗水,到头来全付于一江春水东流去?

吴克铨不相信，也不甘心。

没有钱不可以借吗？你不好借，我们出面借行不行？

吴克铨立刻赶到上海，说明来意："婚姻"大事，不敢儿戏！联营厂总要办成办好，资金问题，上海一方的由昆山出面以上海的名义借。

古今中外，不知有没有过这种先例。双方恋爱结婚，甲方应出的钱拿不出了，就由乙方以甲方的名义去借……

改革是一个万花筒。改革时期人民的智慧和创造要比平时大大提升。

心诚则灵，志坚则成。金星电视机厂昆山分厂就这样在一片风雨中建成投产了！

14 个重点项目在克服难以想象的困难中又以难以想象的速度筹建、生产、发展。

14 个重点项目是吴克铨的 14 个心思，14 个心思编织着一个彩色的梦：在适度风险中创造适宜的速度，让昆山的经济尽快起飞，使昆山的老百姓得到更多的好处……

然而我们的生活中总是有太多的"然而"，要是少一点，少到不至于让人遗恨终生，更不至于让民族后悔的地步就好了——然而，还是有人对他的路子表示"不理解"，并且有意无意地制造着一种舆论、一种压力……

市委书记不是明确表示肯定了吗？

省委省政府不也给予关心和支持了吗？

但这还不够，或者说还不足以说明问题。

"大气候"或曰大政策是压缩，是控制。

昆山的"高速度"不是和中央唱"对台戏"吗？

有一阵子，昆山是苏州市乃至更大范围内议论的重要话题。

薛暮桥到苏州来了，似乎他对这个话题也感兴趣。

他是提出要实行宏观控制的经济学家之一。

可是昆山却似乎不受这个"控制"的约束。

昆山依然保持"高速度"！

这是怎么回事？

他要问个究竟。

吴克铨开始是谨慎的，他小心翼翼的，甚至不敢把昆山经济发展速度的百分比说出来。但他很快就发觉，这种顾虑是多余的，因为他感到，和经济学家谈经济，也许更加有利于阐明他的观点和思路。他条理清晰，如数家珍，从头至尾汇报了昆山的经济现状,14 个重点项目的确立和筹建过程,还提出横向联合的依据,等等。

薛暮桥听了大为惊讶。他没想到一个县长居然会独立思考创建适合本地情况的独特路子,也没想到在国家实行宏观控制的情况下这个县仍然能够稳中求快,迅速地改变着原先的经济面貌。他越听越觉得有滋有味,忍不住频频点头,说:“昆山搞得不错嘛!”

吴克铨接过话来:“现在中央批超高速度,我们完全拥护,宏观失控了,就得从宏观上去控制;但我也感到,再好的方针政策,都不能搞一刀切,不能仅仅从表面上去理解,也不能简单地生搬硬套,这样做,好像是‘坚决照办’,实际上是偷懒,是教条,也是一种对中央政策不尊重的表现……薛老,我的话可能说重了……”

薛暮桥连忙摆摆手。显然,身居高位的他是很难听到一个七品芝麻官对他说真心话的,现在有人向他敞开了心扉,显然是对他的极大信任,他感到高兴,也觉得欣慰,忙说:“老吴,你说下去!”

“举个简单的例子,我们昆山的一些项目,已经投入了,厂也建成了,投入了而不产出,实际是一种浪费,所以我们就克服困难让它产出。有人就说,这是超高速……”

批“超高速”,是薛暮桥的一贯主张,听到这么说,他不由得想了好一会,这才说:“我不是笼统讲的,我是说‘固定资产投入不能超高速’,而且,这是就全局就国家的宏观一头来说的,像你们这样,从实际出发,走自己的路子,已经投入了,那就应该尽快见效嘛!”

吴克铨心中一热,他感到两个人的心已经相通了。

仿佛意犹未尽,薛暮桥又加重语气说:“老吴,要高速度。”

好痛快、好潇洒的薛暮桥!

吴克铨吃了“定心丸”,薛暮桥也觉得不虚此行,两个人越谈越投机,越投机越想深谈,可惜薛暮桥不能逗留太久,吴克铨就请他题词留念,薛老略加思索,便提笔直书——

以上海为依托,发展横向经济联系,促使经济高速度发展。

毕竟是著名的经济学家,也毕竟是经过了太多的风风雨雨的人,薛暮桥绝没有因为自己批判宏观上的“超高速”就不加分析地一概否认微观上的“高速度”;相反,他实事求是地肯定了昆山的经验,并且用十分明确而又凝练的语言,把这个经验概括得恰到好处。

无论你是什么“家”，也无论你是什么权威，都得具备这种胆识，都得具有这种气量、这等胸怀才行，否则，人民就不会尊重你，你这个“家”也就脆弱无比，一碰即碎……

社会主义不是也绝不可能只是一个刻板的模式，社会主义是千百万人的永无止境的创造，你想用一把刀“切”出个社会主义，就如要一口吃成个胖子一样，那才是真正的虚幻真正的乌托邦。

第二章　静静地孕育着辉煌

依托上海，借“东风”，摸索出一条横向联合的路子，这是吴克铨艰苦思索冒险实践的重要贡献之一。但生活绝不可能也永远不会如作家笔下所描述的那么简单、那么平淡。昆山的路，究竟是怎么走过来的，我能够采访能够知道的也仅仅是一部分。创造者的痛苦又无形中转移到了创作者身上。一个人要得到理解是多么艰难。人与人有许多共通之处，但人与人又绝对不一样。天下父母官多如牛毛，如焦裕禄者几人？如吴克铨者又有几人？昆山走出了一条自己的路，走出特色，也走出了成效。社会主义不是乌托邦，就因为千百万人在那里默默地实践和创造。创造就意味着奉献，能够奉献的人是快乐的。于是吴克铨只字未提他曾经遭受到的压力，实在避免不了时就轻描淡写一句带过，他只是平静地思路清晰地回忆着过去的岁月……

六、并非异想天开

就在实行横向联合的同时，吴克铨开始构思另一篇大文章，做起了自费开发经济技术开发区的梦。

这在当时，一般人连想都不敢想。

他不仅想了，而且要做！

金星电视机昆山分厂既是他形成开发区思路的契机，又是他最早的也是成功的一个实践。

批准了的开发区，是国家投资的，政策也是特别优惠的。你要我开发吗？那么，拿钱来给我用。于是，成千上万甚至是几个亿的人民币如雪花飘飘可以用车载船装堆成一座小山似的过来了！

昆山自己搞开发区，初步匡算，基础设施要几千万元。县里财政少得可怜，吴克铨是两手空空一身“轻”的七品官，至于国家财政，你不在册，那一分钱也不能给,优惠政策一条也不能有!

这还不是主要的。

要紧的是风险,这里有经济上的,更有政治上的。建设开发区,好大的口气,好大的胆子!你的“高速度”已经和中央唱“对台戏”了,难道还要别出心裁自作主张搞什么开发区吗?

当然,他已经找到了横向联合这条路子,但这还不够。作为昆山经济这个总的“盘子”,方方面面都是联系在一起的。你要“横联”,你就得具备横联的条件;你要“外向”,你就得具备吸引外商外资的动人之处。所以开发区绝不是他突发奇想,更不是心血来潮,一切都是事物本身发展的规律让人产生灵感产生欲望的。这里的关键就在于你能不能及时抓住这个契机,敢不敢超前一步做出决策。

这是需要胆识的。

钱从哪里来?不可能等,不可能要,也休想靠什么人的施舍,唯一的也是最可靠、最踏实的办法是自力更生——

建设社会主义只能靠自力更生。建设社会主义不可能靠恩赐,也不可能依赖谁的支援。输血只能救急,而不可能创造一个活生生的生命,只有依靠本身的机制增强造血功能才会有新鲜活泼的生命!

搞开发区,即便是国务院批准的,国家也只能给予少量投资。归根齿结底要靠自力更生,何况,昆山是自己的积极性、自己的要求呢?

他相信,过去有不少东西搞错了,但也有很多东西搞对了,不能因为错过就把对的也否定了。自力更生难道也不对?自力更生符合中国国情,搞社会主义也离不开自力更生!自力更生永远不会“过时”,自力更生必须也一定要延伸到现在延伸到将来。

只有自力更生才能给昆山的开发区带来希望。

在县长办公会议上,他系统地谈了自己的设想和打算,又拿到县委常委会上去讨论。吴克铨的主张得到了一致认可。

消息传开,有人反对,有人怀疑,风声雨声一阵紧过一阵,他呢,也有自己的主意:你说你的,我做我的。

于是他开始选址,开始做多方面的调查和考察。

昆山的还有外地的经验和教训给了他很多启示。首先在选址上,他果断地否定了在远离城区的地方,也否定了在老城区基础上的方案。远了,基础设施没有可以利用的条件,开发费用必然大大增加;近了,在老城区,也不行。老城区 4 平方公里,人口早已突破 5 万,按规定,人均 100 平方米,这个标准已经是超过了,怎么可能在旧址上再建造一个新的开发区？

于是选择县城东边的一片土地。这里紧靠苏沪公路，交通极发达，又和老城区紧紧相连，有不少事可以借助现有的力量。再说，这里已经有了几个不大的工厂，要发展，也算有一定的基础……

他把上海的、苏州的和南京的规划专家请了来，一遍遍地考察，一次次地论证。省里还在昆山召开规划论证会给予支持……

七、沉重的搬迁

规划只是一个梦、一张纸上的蓝图，实施却是一种艰苦卓绝的战斗——苦就苦在既要开发，而又不可能向上面要一分钱，苦就苦在既要与方方面面打交道争取他们的支持，而在事实上又只能偷偷摸摸地进行！

吴克铨担任了新区的总指挥。接着他调兵遣将，把城建局裴局长和陈副局长推到了第一线，后来王接任局长也被派到了新区。有的事做得很辛苦，但起点不高，他看了就不客气地批评，也正是伴随着各种议论和怨言，开发区一天天地在改变面貌。1988 年，开发区从“地下”转到“地上”，6 月 4 日，他又派县委副书记石泉忠担任常务副总指挥。

新区指挥部就设在娄江河边。只有几间平房，简陋得不如农民的灶屋。斜对面是金星电视机分厂，与那高大整齐的厂房、办公楼相比，它就显得更加寒酸。

这使我想起了延安的窑洞和“干打垒”。

就在这里，吴克铨把一张地图挂到了墙上，图上的线条如蛛网密布，每一根线都意味着一场耗人心血的苦斗。

搬迁难，难于上青天！你说要开发工业区，他不相信，以为是哄小孩，骗他们。封建和封闭是孪生的一对。对黄土地的眷恋和对新生活的怀疑使他们宁可选择过去也要抵制未来。以前因为规定一个范围内不准造房，农民结伙起哄，把大队办公室的桌子都掀翻过几次。

搬迁，新区开发工作的一个不大的组成部分。但就是这，也不知要耗费多少精力！

最紧张、最困难的是朝阳路的拓宽改造，它牵涉到 18 个单位，拆除房屋面积达 6894 平方米，绝大多数又是无偿拆除。为了保证工程的顺利进展，吴克铨亲自做了动员，又和石泉忠研究了具体的方案。这条路正好在苏沪交通要道上，每天 7000 至 8000 辆的车流量！又不能断路，只好边通车边施工。下雨天，车的钢铁、路的泥泞，还有人的焦躁组合成一个现代的古战场。争吵摩擦、骂天骂地、拔拳相向也并非绝无仅有,但无论多么纷繁复杂,无论多么恨之入骨,到后来,说明了情由取得了谅解,双方一个"罢了"的眼神,一支和解的香烟,还有握别时潇洒的一挥手,都见出来一种"改革了",大家都要忙自己的了。所以"请多关照"的务实精神,也正是这种精神,使得拓宽筑路始终没出一个大的事故,这在专业部门看来,也是极为难能可贵的……

在"偷偷摸摸"的心境下埋头苦干,在得到认可之后便轰轰烈烈地建设。规划是富丽的,实施却是勤俭的、踏实的。只要隔个十天半月,新区就会给人一种新鲜感。脚下的路,每时每刻都在延伸……

新区并不是一座"孤岛",它和老城区是一个完整的构思。新区是在一张白纸上画图,老区却要在画好的图纸上进行修改。从某种意义上说,老区的改造比新区的建设还要难。

无论是新区还是老区,最基础、最关键的都是一个字:路。

路是线条路,是骨架路,是蓝图的筋络,甚至还可以说路就是规划本身。

在我的记忆中,老城多为"裤裆巷"。裤裆巷没有故事也没有风流,有的只是马桶刷子和"龙须沟"。不过,小城的人也习惯了,"文革"10 年,照样闹得天翻地覆;噩梦过去,也仍然一天一天地沾沾自喜着,活得自在、活得舒服、活得坦然。只是到了 1984 年的元宵节,小城的平静才被打破,于是小城也有了故事。

元宵灯会,不算什么大的事,昆山的父母官们却专门开会,还成立了一个指挥部。县委书记蔡长林和吴克铨都是谨慎的,他们担心看灯的人太多而道路太窄,结果观灯的人数还是远远超过了事先的估计。倾城而出,一下子就把街道胀得饱嗝连天,老态龙钟的小城颤颤巍巍地发出了既快乐又痛苦的呻吟。现场指挥是副县长徐崇嘉,他提着报话机,站在粮管所的楼上喊得喉咙嘶哑也无济于事。拥挤不堪的观灯群众潮水一般在一瞬间就把整个小城的主要街道淹没了。据事后"清场"的人说,被挤掉的鞋子收拢来能够装满一辆小板车……

老城区非改造不可!

吴克铨当副县长时,就做了两件事,第一件事是改造农民的草房,第二件事就是拓宽人民路。在县委和老县长孙福贵的支持下,他下决心在 10 米基础上翻一番,扩到 20 米。虽然很难,有些人想不通,又有些人到上面告状,但吴克铨认为,昆山要起步,必须甩掉包袱,大拆大建——

东西向三条马路,南北向一条主要干道,再加上环城公路,"三横一竖一转圈",这就是全城人都知道的道路改建规划。

也许你很难相信县长会做"乞丐",但我们所有的县长都做过"乞丐"。城建三年包干经费是600万元,实际支出是1480万元。还有880万元从哪里来?其中一条重要来源就是县长做“乞丐”讨来的!

吴克铨是第一个“乞丐”。

他说,我既做“叫花子”,又做“强叫花子”。那意思很清楚:他晓得你底细,知道财政包干任务不重,你有钱,要是不给,那就不客气地摊你底牌,做“强叫花子”。所以,他讨钱,不敢不给。

轮到徐崇嘉讨钱时就难了。他只好反反复复苦巴巴地求情,说事情多么多么重要,而办事的人又多么多么可怜,所以希望局长行长厂长经理兄弟哥儿们,发发慈悲行行好给个三万五万也好把路铺下去……就这么说着他动了感情,当着那么多中层干部的面竟也忍不住流下泪来……

哦,县长哭了!县长不为自己哭,他是为干事业哭,为人民谋幸福哭,一个不想干事业不想为人民谋幸福的人,怎么肯去做“乞丐”?又怎么可能在这种场合流眼泪呢?

当然,资金也不全靠乞讨,必要时,就得看“吴老板”在资金上能不能给予支持。

浦江路计划铺柏油路,后改为水泥路,这就要增加100万元。吴克铨一再强调,主要干道不能搞“裤裆巷”,不能三年两年破开了肠子再缝起来。这就要“一步到位”。徐的想法正合他意,他便说:“好,再给你100万元。”

这期间,玉山城建办公室两个副镇长全力以赴,一个是周,技术型的实干家;另一个就是潘,主要搞拆迁,3年动迁近千户人家,差不多平均一天一户,那个烦,那个难,常人无法想象。好在两个人搭档,文戏武戏都唱得来。他们还有个后台“老板”——镇党委书记俞寿金,俞对他们说:“大胆放手去做,得罪人也不要怕,党委支持你们。”

说是这么说,告状的人总是有,告潘也告周,告俞也告徐。徐的“后台老板”吴克铨知道了,他能够体会到一个人在背后遭到暗算时的心情,就对徐说:“这没有什么,要告,叫他们来告我!”

八、路的延伸

新区和老区比翼齐飞,而从这里构思和铺开了头的道路也逐步朝乡区辐射,向921平方公里的河湖港汊中延伸。

昆山多水多桥,曲里拐弯的河、星罗棋布的湖以及成百上千的大小桥梁,把全县勾画成一幅旖旎无比的图画。在这里,田园便是公园,整个县城便是一个园林式的“威尼斯”。美则美矣,但从发展经济的角度、从古老的封闭文明向现代的开放文明过渡的需要来看,就有些美中不足,就生生地少了一个字:路。

提起路,昆山无人不知老县长孙福贵走的乡路最多。他在当县长的几年中,带着秘书跑遍了全县每一个大队(村),无论刮风下雨,无论冰天雪地,也无论酷暑当头,他的办公室永远在田头路边。现在他已是县人大常委会主任。因为他走的路最多,体会特深,所以他对吴克铨关于路的规划也特别支持。在一次人大常委会讨论这个问题时他突然中风,经过抢救好不容易才脱离危险,但他仍然念念不忘农村公路的建设,还是抱病听汇报,一起修订规划。他还和徐崇嘉一起带上秘书小陈,多次下乡察看线路。有一次夏日如火,跑了20多里后到一个镇上停下来,秘书浑身乏力得不想进一粒米,病中的孙福贵累到什么地步更是可想而知。

吴克铨深感路对于发展经济的重要性。他接任县长的第三年,就实现了乡乡通公路。交通局的两任局长陆宗敏和钱长明付出了艰苦的努力。到去年,总通车里程延长到186公里,其间修建、改造的大中小桥梁就有264座。

多水多桥使昆山的公路要比别处多投入几倍甚至十几倍的资金。1公里柏油路要20万元,水泥混凝土路则要40万至45万元。路是用"大团结"一张一张地铺起来的!

钱不会从天上掉下来。国家只有一个口袋,你能"掏"多少?吴克铨来了一个"四拼盘":国家投入一点,地方负担一点,企业支持一点,交通部门挤出一点。人、财、物,全从这个"拼盘"里出。说得通俗一点,还是那句老话:自力更生。

社会主义建设不搞自力更生只能是乌托邦,或者就必须换一个称呼不叫社会主义而叫另外的一个什么"主义"。

偏僻的金家庄一条路筑通后,受益的农民取党委书记潘的谐音喊他"潘大人",那么全县乡乡通公路,71%的村通公路并且是泥石路向黑色化(柏油路面)和灰色化(水泥混凝土路面)改造,对此,老百姓又该怎么称赞吴克铨呢?

吴克铨的思路当然不仅仅是字面上所说的一条"路",实际上,公路在向城区周围延伸的同时,政治、经济、观念和文化也由县城延伸和辐射到乡镇、村落。

经济开发区,无论上面知道不知道、承认不承认,也无论外面怎么议论、怎么评头论足,它的实际作用已经发挥出来,并且很快被其他乡镇领导所接受和效仿。路在延伸,其更深一层意义上的效益在这里被聪明的昆山人做出了更为精彩的文章。

全县20个乡镇,建起了15个各具特色的自费经济开发区、220家企业,1989年的产值有10亿多,占全县工业总产值的25%。

现在我们回过头来,看看由吴克铨直接管理的自费经济开发区的路是怎么走过来的。

由于是“偷偷摸摸”,所以开发区一直在使暗劲,它默默地、悄悄地孕育着自己的辉煌。

然而,也正因为是自立、自建、自费开发,没有得到上面的认可,更谈不上批准在册,所以在没有得到权威性的肯定之前,吴克铨的心总是悬着的。

不过,一个开发区,一个牵涉方方面面的经济区域,怎么可能始终保密,一点风声也不透出去呢?

1986 年秋,省委书记韩培信到了昆山。这可使蔡长林和吴克铨犯了难:开发区的事要不要向他汇报呢?那一片虽然就在县城东侧,但至今还小心翼翼地对外保密的地方要不要让他看一看呢?

再三犹豫,还是没敢汇报。

但是陪同的市委副书记林瑞章说:“不要紧!去看看吧……”

吴克铨和蔡长林被“逼上梁山”,只好让“丑媳妇”去见“公婆”。

韩培信边看边听汇报边思考,然后,回到招待所,对吴克铨说:“搞得不错嘛!你把开发区的总体构思说说看。”

吴克铨已经感觉出来,韩培信丝毫没有要批评责备的意思,倒表现出了浓厚的兴趣,所以连数据都要反复问清楚。吴克铨有了这个小小的但是非常了不得的“底”,说话就放开了,他如数家珍,从头至今,娓娓道来……

可以说,这次韩培信昆山之行是整个经济开发区从“地下”走向“公开”的转折点。

回到南京,韩培信在省委常委会上讲了昆山自费搞开发区的事,建议有可能的话都到那里去看看……

没过多久,省委副书记沈达人、省长顾秀莲、副书记孙家正先后到了昆山,县里的乡镇的开发区都看了,很高兴,很肯定。在当年的省人代会上,顾秀莲在省政府工作报告中还专门提到了昆山的经济技术开发区。

吴克铨从此放开手脚了。他紧紧抓住这个好机会,立即打报告到市里、省里,征用了土地,并且在原有开发 3.75 平方公里的基础上又向南区延扩,开发区的规划确定为 6.18 平方公里。

也就在这年冬天,中央和上海的党政领导来到昆山,在县委书记毛阳青和县长吴克铨的陪同下参观了开发区,给予了充分的肯定和赞扬。

开发区一炮打响,但开发区的设计者吴克铨的儿子却生病住进了医院。

九、“爸爸,快救救我”

横向联合的势头正旺,吴克铨紧张地穿梭于上海、苏州、南京、北京和“三线”

厂之间，洽谈接待的日程安排得满满的。偏偏这时候妻子又生病在上海住院，他照应不了妻子也顾不了儿子，儿子要考电大复习功课自然也顾不了爸爸，父子俩谁也顾不上谁。有时候很晚了，爸爸回家，看一眼神色疲惫的儿子就不忍心再打搅他，而是自己动手下一碗面条便休息。

这天，他接待了金星电视机厂的客人，因为双方的发展意向完全一致，所以大家都很开心，他不会喝酒，便用饮料表示自己的一片诚意。本来晚上他还要到陈墓镇去，不知是谁提醒他：明天还要做报告，是不是稍微早一点休息，是不是就别再下乡了？或许是冥冥之中有什么安排吧！按往常惯例他不会同意的，但这一次他居然点了下头，他让办公室主任沈到陈墓去，自己就回家了。

家在三楼，不算很高，但他爬得很吃力。工作时再累也会聚精会神，一旦想到休息要放松一下，全身就像散了架似的一股脑儿往下瘫，他好不容易才摸出钥匙开门。

门开了，灯亮着，却没有声音。此时此刻，连日劳累的他多么需要有人端上来一杯茶，体贴地送上来一个亲切温暖的微笑啊！但妻子在上海住院，病人更需要有人陪伴，他没有尽到这个义务，又怎么能奢望其他？

然而，儿子小江是在家的呀，往日回来了他总要招呼一声的，今天怎么不见人，也没有声音？

他轻轻推开儿子的房门，不在。正诧异，隐约听得卫生间有微弱的呻吟声。他的心骤然一紧，赶快过去一看，只见小江脸色惨白地蜷曲在地上。小江看见爸爸，泪水潸然直下，艰难而又急迫地哀求道："爸爸，快救救我……"

秘书的门被县长敲开了："快，帮帮忙……"

县人民医院急诊室，县长心急如焚地守候在已经痛得没有力气喊痛的儿子身边。只查出白细胞高，却不知是什么病；只晓得满肚满肠子的绞痛，却又吃不准到底痛在哪一个部位。

怎么办？他束手无策，只能用企盼和恳求的眼光望着医生，那神色分明在说："求你们，救救我儿子……"

医生只好来个"急办法"，"中间开刀"，开出来再找病因，救人要紧，救命要紧啊！

吴克铨也顾不上许多就急急地签了字。

儿子被推进了手术室。

他的心他的一切也都被带进那个生死未卜的白色世界里去了。

见惯了各种疑难险重病人的医生，这次却表现出惊愕与困惑：开刀后，见到的全是脓！血与脓、脓与肉一片模糊！

县长的儿子病了怎么拖到这种可怕的地步才来开刀？

阑尾穿孔成了严重的腹膜炎，要是再晚一个小时来医院，就是华佗转世、扁鹊再生恐怕也无能为力了。

假如，吴克铨晚上到陈墓镇去了呢？

这一夜，他没有也不可能合眼，尽管他知道自己没有方法减轻儿子的痛苦，但他仍然要静静地守候在儿子的病床前，他觉得唯有如此，才能略微补偿一下心中的愧疚。

第二天一早，儿子在发高烧，昏迷中喊着“爸爸”和“妈妈”。妈妈在上海，也在住院，爸爸就在病床前，可是爸爸又不得不支撑着站起来——他还要去做报告。

他丢下病中的儿子，然后强制着平复了一下自己的心绪，就到电影院去做报告了。报告的内容不是别的，就是关于昆山的经济开发区——现在他不再担心什么了，再也用不着偷偷摸摸地搞了。他伸直了腰，理直气壮地宣讲建设开发区的必要性和可能性，讲开发区已经取得的成就、各方面的评价和今后的打算……

听得有滋有味、听得全身发热、听得忍不住要为昆山大声呼喊“哦，你真了不起”的听众们，你们是否知道，为开发区倾注了全部心血的吴克铨县长，此时此刻，他的内心深处正在为两个病中的亲人流着血……

第三章　昆山有玉　玉在其人

十、大学生多多益善

中国必须发展经济。经济上去了，什么话都好说，什么事都好办。离开这个“中心”去奢谈其他，一切行动、一切思想都可能是“乌托邦”。

发展经济需要奉献。不能一说改革就不讲奉献了。吴克铨的所得也许还不如一个驾驶员或一个乡镇企业的看门老大爷，但他做出了最大的奉献。奉献是一种精神——人活在世上，总还是要有一点精神的。

发展经济需要人才。吴克铨当县长时，全县包括助理工程师在内的技术人员只有150人，人才如此奇缺，要使昆山经济多快好省地发展是根本不可能的。吴克铨把人事局方长林、王桢禄找来，下硬任务：一年300个（引进200，分配100），只许多不许少！

过去，外地人上门来求人事局想调昆山也调不进，现在，人事局到外地去觅宝似的招聘人才,想方设法把你“挖”过来。

读者也许还记得最早的联营企业“纺丝机实验工场”,这个企业需要一个懂行的领导,开始,卢厂长通过上海方面关系三次去某化纤厂,把工程师张昌华借了来。这个北京化纤学院毕业的大学生,专业知识比较丰富,还翻译过《合成纤维加工手册》,与人合编过《日英汉纺织工业词汇》。借用了几个月,便舍不得放了,想调过来,但张昌华在那边有自己的事业,一时拿不定主意。吴克铨爱才如命,他下决心要把张昌华“挖”过来。留住人,更要留住心,考虑到张昌华在上海有老母,需要人照应,妻子出生在上海,到外地工作也不习惯,就采取了果断措施,把她调来昆山,并且作为昆山常驻上海办事处的工作人员,又通过闸北区政府为其安排了两套房子,一套作为办公用,一套作为住宅用。他又亲自找张谈,诚心希望他能来昆山工作。县长考虑得如此周到,他怎么好再推托?没多久,他办好手续调到了昆山……

一旦转变了观念,人事工作就搞得有声有色。最多的一年引进了 300 人。在吴克铨任县长的 6 年中,先后引进 1300 多人,加上分配的有 3000 多人。

三千精兵,十万子弟,昆山的经济,就是这么起飞的。

这里还有个小小的插曲,有些人爱嚼舌头,听说外地调来个姓吴的,就说是吴克铨的亲戚,调来个姓张的,就说是他爱人张德森的亲戚。事实上,一个也不是。在一次会上,他说:“如果说是,也不错;只要能为昆山建设出力,所有引进的人才都是我的‘亲戚’。”

倒是真有一个亲戚,他的妻弟,想要调来昆山,但是他没有同意。

人才也有嫌多的时候,多的时候更能显出一个领导者的水平。

1989 年,大学生分配成了一个难题,以前是“抢”,现在是“推”。吴克铨把王桢禄找去,说:“不能只考虑眼前,急功近利,从昆山经济发展的总体规划来看,眼前用不着的,将来可能要用,到时候,一下子也急不出来。平常我们和大城市争人才,争不过他们;现在人家不要,正是一个机遇。”王和陆就到省人事局要了个名单,全是国家重点大学的毕业生,居然没人要!吴克铨说:“他们不要,我们要。”于是在计划外又要了 139 个大学生!1989 年,昆山接受和分配的大学毕业生 600 多人,是历年来分得最多也是落实单位最快的!

省人事局看到昆山有这种不俗的眼光和非凡的气魄,就到昆山开会,把全省的人事干部请了来,吴克铨两次到会上发言,他说:“大学生是个宝,人才是个宝,我们搞经济,建设社会主义,什么都缺,但最缺的还是人才,从很大的程度上说,有了人才就有了一切,所以我们欢迎大学生到昆山来工作……”

十一、走出“误区”

靠分配和引进并不是吴克铨人才观的全部。他一开始就把教育和培养自己的人才纳入“昆山之路”的总体构思。

我请宣传部部长陈伯荣谈，他以前是文教局局长，这本账他最清楚。

昆山原先的基础很差，被称作“苏南的苏北”。吴克铨当县长后，和县委书记蔡长林一起，花了很大力气，使全县的教育总体水平赶上(有的还超过)了苏州发达地区，这在全省教育系统是一致认可的。

如同经济上的突破一样，在教育上，要没有独立的思考和独特的措施，怎么可能在几年中就有大的改观?

1983 年，昆山开始筹建职业中学，为了省钱，就和经委职校建在一起，地址就选在昆山中学后面，共 10 亩地，已经在城建的规划图上圈好。对此，不少人都很满意，因为毕竟昆山也有了自己的职中，吴克铨却不满意。他和徐崇嘉、陈伯荣一起到了现场，经过一番考察，他果断地说，昆中是县里“最高学府”，将来肯定要发展，这里的土地，一寸也不能动；职业中学不是搞这一所，也不是就搞这么个小的，何况还有个经委职校，一共 10 亩地，无论如何都不够。徐、陈巴不得他说这句话，搬到别处去，经费势必增加，吴克铨当然考虑到这个，他别的方面“精”得很，昆山人称“一支笔”，但对教育，他却是少见的充满大气魄的“大老板”!

两个职校都搬了，第一职中在朝阳新村，征地 28 亩，至今已投资了 200 多万元；经委职校则另外划地 50 亩，和电大一起，已投入 400 多万元。

“教育方面像模像样地花钱，是在吴克铨当县长之后。”陈伯荣这样说，“比如，全县校舍 32 万平方米，其中 22 万平方米主要是 1984 年以后新建改建的。光 1989 年，校舍和教学设备的投资就有 1038 万元!”

教师住房，是一大难题，吴克铨下令，每年解决 100 套! 1985—1987 年，真的造了 300 套。但矛盾仍然突出，吴克铨又调度资金，重点投入，1988—1989 年两年就造了 300 套。这不仅在昆山历史上从未有过，在整个苏州地区也是罕见的。

公办教师的各项补贴，全部纳入县里财政解决，每人每年 600 元上下，全县近 4000 人，一年就是 200 多万元——这一点，苏州各县市包括市区在内，做到的也只有昆山一家!

民办教师历来“低人一等”，但昆山从 1988 年开始，对民办教师经济上各项补贴(副食品补贴除外，因为民办教师都有菜地)和公办教师一样对待，并且一样实行结构工资制，一样发给岗位责任奖金……仅这一条，民办教师每人每年收入就提高500元左右。

公费医疗，实行财政包干后，每人60元，有些人超过了的，个别乡镇就不肯报，把发票压在口袋里。吴克铨听说后，就明确规定：教师医疗费的改革和机关同步进行，在目前情况下，超过的部分不能由学校承担，更不应由教师本人承担，而一律由乡财政解决，确有困难的，再向县财政申请补助。后来，在一次乡镇党委书记会议上，吴克铨说："如果以后再有教师看病的发票没地方报，就叫他们到财政局去报销，报过后县财政再向乡财政去要！"这一项措施，也只有昆山实行，别的县市都没有实行。

十二、请"老虎"下山

昆山的教育正在走出"误区"，人才的观念超前，这才使全县的文化素质有了明显的提高，也才使吴克铨不是永久的孤独者，不是"鹤立鸡群"而仅仅是众多的人才的一个代表。也正因为此，在这里才形成了一种氛围，一种你追我赶争先恐后创新创优的氛围。从县委、县政府、人大和政协的领导到工厂企业、乡镇干部，平时都有一种紧迫感，思想的机器总在不停地转动，认为已有的成绩不是终点而是起点，独创的经验不会终结，而是在实践中不断完善、不断丰富……

于是横向联合的路子，新区开发的路子，苏州第一家中外合资企业所提供的路子……条条大路通罗马，条条大路都在吴克铨的构思中发出越来越明丽的亮色。

昆山有个寒山牌冰箱厂，开头还不错，到后来，冰箱行业名牌迭出，寒山就逐渐显得"寒酸"了。一个副厂长到上海出差，住在旅馆里谈起这件事，旁边有人说："你们不可以和贵州风华冰箱厂谈谈吗？他们是航天部的，技术、设备的力量都很雄厚。"那人还告诉他，风华厂的厂长这几天正在上海探亲，可以去找找他……副厂长立刻赶回昆山向许厂长汇报，许一听，马上飞车东去，找到了风华厂的吴明展厂长，对他说："我们想请你到昆山去看看。"吴明展望着这个不速之客，两手一摊，抱歉地说："我昆山无亲无友，去做啥？"许厂长说："我们小县小厂，请您去指导指导。"终于把吴明展拉到了昆山。

不看则已，一看还真来劲。原来上海旁边还有这么一个好地方！昆山的冰箱厂就在新区，有一定基础，发展前途很广，要是把贵州那边的技术和设备拉过来，这厂不用花多少钱就可以跃上一个新的档次。

吴克铨得到消息，立刻和吴明展见面。他全面介绍了昆山经济发展的路子，明确提出要和风华厂联营……

这时吴明展心中已经有了意向，他却开玩笑说："早知你们有这个'阴谋'，我就不到昆山了!”

不多久,副县长郑慧珍和皇甫等人一起到贵州风华厂,向全厂的领导介绍了昆山的情况,引起对方极大兴趣,联营的事很快进入了洽谈具体项目阶段……

大“三线”大有文章可做！吴克铨准确及时地抓住“三线”扩散的时机,一方面亲自出马,到贵州等地去宣传昆山的优势和横向联营的诚意,同时,在全县号召大家“把眼光看得远一些”,“把手伸得长一点”,只要有线索有路子,就千方百计去争取。

于是就引出又一个故事。

重庆汽车厂党委书记陈世生,昆山人,他到上海一带考察汽车销售情况,打算开辟一个窗口,顺道回家探亲,也拜访了他的老师金达。

退休了的金达也知道昆山出了个横向联合的经验,看到自己的学生是大企业的领导,灵机一动,就去告诉吴克铨,吴克铨叫协作办公室的王顺保去找陈世生,邀请他去看看几个厂。吴克铨说:“你看看昆山有没有可以为你们厂服务(配套)的地方?”陈世生觉得这是不可能的,他印象中的故乡工业基础太薄弱,与重汽不可同日而语。但他看了几个厂以后,这种想法改变了。于是在中午吃饭时吴克铨就介绍了昆山的投资环境,透露了想联营的意向。陈世生说:“我回去商量一下,就给你答复。”

没多久,电报来了,陈世生请昆山派人去谈联营的事。郑慧珍和金达一起赶去,到了红岩汽车厂。原来这个厂在荒无人烟的山沟里,军工改民用,产品生产了很多,但都积压在仓库里,销售上有许多难处,比如他们的汽车就进不了上海市区。郑慧珍说:“我们可以做工作,争取上海放宽政策,为重汽打开方便之门。”重汽的人将信将疑,心想,我重汽是国家一级企业,实力和声誉不可谓不小,但努力了多少年也没能进入上海,你小小的昆山一个县就有这么大能耐?郑慧珍笑笑,没有把话说满,但说一定尽最大努力……

回到昆山,郑慧珍向吴克铨汇报,吴说:“我们一起做工作。”

信不信由你,重汽的车进上海市区,这路就是昆山人打通的!

车子能进上海,不等于就有人要买你的车。这时候,昆山的农机二厂已濒临倒闭,双方谈妥,就在这个厂的基础上办联营厂。8月签约,9月就在昆山以联营厂名义开订货会。郑慧珍当场保证订货会销5辆。陈世生一听,瞪大了吃惊的眼睛,怀疑自己是不是听错了,然后就找个机会,偷偷地对她说:“你的口气是不是太大啊?只要你能销2辆,我这个家乡人脸上就有了面子。”郑慧珍笑笑说:“陈书记您放心,我不会给您丢脸的,到时候要销不了5辆,我昆山也要把它吃下来!”

一个月后,订货会开始了。这时的联营厂还没有成型,还没有牌子,就匆匆忙忙做了个木牌子,挂在农机二厂的大门口。重汽的人看了,不觉心灰意冷,对订货会根本就不抱多大希望。因为就在这个订货会前,他们在峨眉山也开过订货会,总共没有订出去三四辆,现在到昆山,在这么简陋可怜的一个厂里开订货会,能有人要吗?

但是奇迹出现了:昆山的订货会签售 60 多辆,当年兑现的就有 10 多辆!

"小昆山"一鸣惊人!双方的"恋爱"以闪电式的速度结婚了,并且很快有了"结晶":双方各投资 50%,由重汽提供汽车底盘,在昆山进行改装,1987 年到 1989 年,3 年改装 230 辆之多;上海宝钢一期工程全是进口的"日野",二期工程则全部采用昆山的改装汽车……

十三、昆山的"秘密武器"

横向联合的思路在吴克铨手里是一篇得心应手永远也作不完的大文章。

当昆山和上海联营的经验在外地推广以后,人们统统把"目标"集中到了上海,这时,吴克铨又把联合的思路延伸到了"三线"军工企业,扩散到了全国各地;而有些人在浅尝辄止小有所得就沾沾自喜的时候,吴克铨又把一厂一品联合上升到全行业的联营,并在这个基础上又进一步建立了纺织品出口基地。

这里先要说一下花桥镇新浦村的杨秋林。开始他带几个人到上海龙桥乡,在鸭棚里开出来一爿整烫衬衫的工场。不久工场搬回新浦,一次农忙,有 3 万件美国童装急需整烫,他借了一台拖拉机,来回运货。一天一夜一万件,三天三夜全部完成!后来周贵积担任上海衬衫总厂厂长,他看准大势,意欲扩大加工面。杨秋林听说,和乡长贝聿综一起,主动提出,在花桥建联营厂。周贵积说:"要搞,就大刀阔斧,像模像样地干!"

机不可失。回来后,他们先后征地 30.5 亩,同时到县里去贷款。黄继忠、郑慧珍两个副县长还有县政府办公室曾勇、经委宣炳龙、计委戴修良等,拧成一股劲,全力以赴跑上海,疏通关节,筹集资金,忙得不亦乐乎。当年 9 月,就草签协议,双方各投资 100 万元,联营办厂生产出口衬衫。

年底,周贵积厂长带了一批人到昆山来专门看望吴克铨,表示衷心的感谢。他说:"我在上海要搞这么个分厂,别的不说,光图章就要盖 72 个,72 个圆图章至少要跑 3 年。"这就是说,在上海 3 年办不成的事,昆山 3 个月就办成了。

吴克铨想的却是另一面,他真诚地说:"要我们自己搞,3 年也达不到出口水平;在你们的帮助下,3 个月就全部出口了,所以应该是我们感谢你们……"

真心实意，又是互惠互利，衬衫厂的前途越发光明了。吴克铨抓住这个契机，几次奔走于上海和昆山之间，力主把衬衫厂办成上海的分厂。上海方面也感到和昆山打交道可信可靠，便让衬衫厂1985年7月15日正式挂牌：上海衬衫厂分厂。

吴克铨请上海派人来当厂长。

有人不理解：一个杨秋林就够了，为什么还要请个上海人？

吴克铨说："上海的管理水平高，再说，人总是要面子的。来了厂长，就会更加用心出力，联营就会更牢靠，分厂就会办得更好……"

事实证明，他的观点是正确的。这一年，新上两条流水线，生产衬衫54万件，产值540万元，创利50万元，创汇125万美元；截至1989年已经有8条流水线，产值1540万元，创利270万元，创汇850万美元，均为全市村办企业之冠。

吴克铨明确宣布："所有的联营厂，凡是条件具备的，都请上海（或其他省市）人当厂长。"

苏州市有个领导说："这是昆山的'秘密武器'！"

为什么昆山的联营厂一般不是貌合神离而是貌联神合？为什么都说上海人很"精"不好打交道，而昆山和上海的联营却越来越广泛、越来越紧密？

因为吴克铨不俗，所以昆山人不俗。

俗，可能精明，但不可能高明；不俗，可能不精明，但可能高明。

高人不多。

高人在，能人幸；高人无，能人再多也无用。

一县如此，一市一省一国也如此。

昆山人不俗，吴克铨不俗，上海人也不俗，梅寿椿、王金林也不俗，所以有了一个衬衫分厂，接着又有了五个纺织行业的联营厂。

六个厂，虽然少得可怜，但作为一种努力方向，上海和昆山的纺织行业实行了全行业的联营。

当然，吴克铨想的是下一步。

1986年4月，昆山县人民政府与上海市纺织工业局开始商谈建立纺织出口基地的事。

3月15日，吴克铨和王金林专程去南京，向省长顾秀莲汇报了这个打算。顾秀莲给予充分的肯定，她说："昆山与上海联合，起步迟，起点高，效果好，对国家、对上海、对昆山都有好处，路子是对的。"

顾秀莲又及时向省委书记韩培信汇报。韩培信明确表示支持，并指示省里有关部门主动配合，不要"打坝"。

在这期间,纺织工业部何副部长也积极做工作,促成昆山和上海的联营升级。

4 月 3 日到 4 日,上海市纺织工业局局长梅寿椿、副局长王金林,昆山县委书记毛阳青,县长吴克铨,副县长汪国兴、郑慧珍,还有上海市经委顾问龚兆源,一起在昆山进行了为期两天的会谈。作为这个会谈的结果,签订了在昆山建立“上海纺织品出口联合生产基地”的协议。

联营的作用,合作的威力,一个正确的思路所能够释放出来的能量是没有止境的。正是依靠这条路子以及这条路子所积累的实力和思想,1987 年,在全县 14 个重点项目全部完成并投产见效的基础上,吴克铨又组织了第二个大的“战役”——再上 29 个重点建设项目。除极个别外,已陆续竣工投产……

十四、费孝通说“很好”

去年 10 月,吴克铨在苏州向费孝通先生汇报他的经济思路,在讲到“三线”工业时说:“过去那些地方我们不能看,保密厂,谁敢去?中央提出搞活国有企业,‘三线’的军工厂要扩散,我们就主动去看了。有些厂的设备封存 20 年了,从来没人动过,人呢,也一样,等于封存。我说,我们拿产品来生产,行不行?他们不积极;到我们这里来做,他们愿意了。我们环境好,位置优越,所以他们有积极性。我认为,国家应该支持他们出来。”

费孝通点点头,赞同他的意见。

吴克铨进一步阐述自己的想法:“开始我们也担心,与‘三线’军工企业合资办企业,会不会动摇‘三线’大本营军心?实践证明,搞了联营,非但没有动摇军心,反而更稳定了。比如,我们与航天部风华机器厂联营办了风华冰箱厂昆山分厂,开始贵州有些担心,实际上,这个厂有不少技术人员是南方人,比如上海人,在贵州好多年,一直想回来,但调动很困难,有的工作也不安心。现在办了分厂,一些工程技术人员可以来昆山安家落户,到上海也很近,可以早晨来昆山上班,傍晚回到家里休息,这样大家都很满意。而且,国家一旦需要,这些人还可以回到大本营。”

费孝通高兴地说:“你支持了我的‘三线’军工企业扩散论!”

第二天,费孝通就到了昆山。临行前,他就说:“可以让新华社发个消息,说我到昆山实地调查,开发区的情况很好。”

考察的结果是十分满意的。昆山的实践、吴克铨的思路,与费孝通长期研究所形成的理论框架不谋而合。昆山之路就是强国之路。要强国,就必须把经济搞上去,而发展经济只能靠自力更生。昆山之路之所以可贵,就在于不是你要我发展经济搞开发区,而是我自己要改革开放要搞开发区,所以才不是眼睛向上伸手要钱,而是眼睛向下动手苦干！不在编、不正名、不给政策也干，只要对国家有利、于人民有益、符合改革开放的大势就坚决地干。缺人才、缺资金、缺技术就“横向”联营，把东西南北风都借来。没有条件自己创造条件，创造出一个实实在在生机勃勃的开发区，然后让你大吃一惊，不得不佩服，也不得不承认：昆山之路是成功之路，也是强国之路……

在考察中，费老还发现，昆山不但有吴克铨这样经验丰富、思路明晰的决策者和身体力行的领导，还有一批能量都极其充沛的人。昆山虽小，却不可等闲视之；昆山起步虽迟，但是一旦觉醒，就疾步起飞，因为在这里有一群不凡不俗、锐意进取的能人志士。

费老高龄，难得有机会到昆山一回，吴克铨诚恳地请他题词留念。一向不喜欢多题字的费孝通先生，这次却毫不吝惜地写下了八个字：

昆山有玉　玉在其人

十五、“借鸡生蛋”的风波

1985 年 1 月，王金华担任城北乡党委书记。他遇到的第一个问题就是学校老师纷纷要求调动。学校条件太差了，中学建造在泥潭之中，下雨上班自行车没法推，只好扛在肩上……这当然是由来已久的问题，他却感到有愧，为此想到要为老百姓办点事。

但是城北没有钱，穷。过去说“白手起家”，而真正的“白手”是根本不可能起家的。无米之炊，无鸡生蛋，岂不是天方夜谭？

这时候，吴克铨也面临着同样一个问题：昆山要发展，开发区要实施，没有钱，只好唱“空城计”。在综合分析和冷静思考的基础上，他提出借钱办企业，办好企业再还债，边借债、边生产、边还债。他明确倡导的横向联合，其动因或说是目的之一，就是通过横联引进资金。借鸡生蛋，有了蛋就可以孵小鸡，鸡可还鸡，也可以再生蛋。深奥的经济学原理被他用浅显的比喻说得让很多人开了窍。从此“借鸡生蛋”伴随着横向联合的构思，成为昆山发展经济的又一个公开的秘密。

王金华就是照这个思路去做的，只是他做得比别人更大胆、更彻底，也更富有创造性。

党委九个人，六个搞经济。他们用艰苦拼命的精神、用诚恳专一的信誉、用使人信服的效益东进上海，北去京都，四面八方，筹借资金。别人摸不着的门槛，他们熟门熟路;别人不敢进的单位,他们被待若上宾;别人连想都不敢想的资金,他们照样能借得来……

有了钱就办企业,办好企业赚了钱就好还债,也好发展生产为当地老百姓做实事。

原先,这里沟沟坎坎、坑坑洼洼,只有几家零散的小企业和几个不成型的村落,如今,这里已经是个名副其实的"昆山大世界"了。

苏州市委副书记周治华在城北调查后,总结出这么几句:教育为本,科技兴乡,文化搭台,经济唱戏。

然而,就是这么一个乡,就是在短短几年中使城北发生了几乎是不可思议的变化的王金华,却遭到了强烈的非议。

非议和责难的焦点集中在借债上。

吴克铨再清楚不过,发难的由头在城北,而真正的矛头还在县委县政府,在于他这个领头人。

再说,基层的干部辛辛苦苦拼命工作遭到不公正的议论和责难时,作为上一级的党委和政府,如漠不关心听之任之的话,其后果必将挫伤积极性,再要继续实现昆山经济的稳步高速发展就不可能了——谁还愿做出头椽子,谁还肯拼命卖力呢?

这当然不是一般性的工作方法上的分歧。

1988 年 11 月,吴克铨带了顾厚德,"不带任何框框",到城北实地调查。他们先听汇报,然后要王金华和乡长余增荣把几张报表拿出来,当然是正规的统计报表。而且,在昆山谁都知道,吴克铨是经济上的行家、通才,无论怎么样也是无法瞒过他的眼睛的。他这次来,就是要掌握第一手资料,就是要看一看,他构思中的一个必要环节——"借鸡生蛋"到底效果如何,值不值得推广?

看了报表,不看企业。

吴克铨心中有底了。

外面说欠几个亿,实际上当时只有几千万。

还有生的"蛋"呢?

还有城北乡的老百姓得到的实惠和好处呢?

还有企业的后劲、企业的未来、企业的经济效益呢?

如果不借债,如果不联营,城北绝不可能有今天,更不可能有将来!

吴克铨从城北的经验中进一步确认和丰富了自己的路子,他和顾一起草拟了提纲,吴克铨的观点、思路、对城北的肯定和支持,全都由顾写成了一篇长稿。

县委常委就这事做了专门讨论后,决定在城北召开一个现场会,把全县的乡、镇长和党委书记，还有县机关部委办局的头头们都召集到城北，到那里看企业，听介绍，各自发表意见，进行开放式的讨论。然后，县委书记毛阳青根据吴克铨的调查代表县委县政府做了总结报告。

明朗而坚决的态度给王金华撑了腰，给全县基层干部鼓了劲，也给了吴克铨本人一种启示：作为领导，无论在什么情况下，总要站在实干的同志一边，要理解他们、支持他们、保护他们、提拔他们……

于是昆山把城北作为一个典型报到苏州市委，市委书记高德正到城北调查之后，又把城北作为苏州市的典型加以推广……

今年春，吴克铨在谈到这件事时，仍然记忆犹新。高德正说，借债问题，其实是从小农经济向社会主义集体化生产转变的一个观念问题。中国农民祖祖辈辈梦想的只是一头老牛一方田，自给自足，一旦负债，就要卖儿卖女，每到年关，就提心吊胆。共和国成立后，互助组合作化，后来"共产风"走极端，翻来覆去，总没把社会主义这个题目说清楚，也没有从西方的发展中吸取有益成分，所以一听说借债，就怕得不得了，几十万、几百万哪！哪年哪月还得清？一个包袱压得直不起腰抬不起头。其实，不在于借不借债，也不在于借多借少，关键是项目有没有吃准，吃准了，再多再大的债也应该借！

高德正又说到，小农经济思想是改革的一大阻力，昆山也是农业县，现在要改革开放，从某种意义上来说，就是要跳出昆山这个小圈子、小天地，不跳出这个小圈子、小天地，就永远是小生产、小经济、小家子气，也永远不可能把昆山这个小地方建设好。

高德正还说到和吴克铨说过的大同小异的一些观点：改革也是政治，改革需要思想，改革不可能只是单纯的经济；没有思想，不懂政治的人，不可能搞好改革，不可能搞好经济，相反还会影响经济的发展，阻碍改革的前进。

用小农经济的思想来参加改革、建设社会主义，恐怕这才是中国最大的悲哀，也是最大的误区。

为什么一些人把社会主义称作"乌托邦"？

因为中国选择了社会主义而社会主义给中国的好处来得太慢也太少。

要告别乌托邦赶走乌托邦这个令人丧气的乌鸦，那就必须告别小生产的观念，首先把封建封闭和保守愚昧这个恶魔赶走！

好在从中央到地方（比如昆山）已经有越来越多的人想到了这一点，并且正在用顽强的毅力和坚忍不拔的意志朝着既定的方向跋涉攀缘。

吴克铨的思路或者说昆山之路，正是与这个基本点吻合，否则，他就不会花那么大的精力和财力办教育，也不会不惜一切引进人才、培养人才，更不会在风雨浪头上挺身而出，关怀和保护每一个为社会主义增添光色的人才。

第四章　拥有了千万个笑容

十六、第一个吃螃蟹的人

岁月是一张网，人总是在一张网的世界里生活。大网如天，恢宏无比，你要冲破这张网犹如揪住自己的头发离开地球一样地不可能，而且网眼到处都是，漏洞随时可见，于是乎青春和爱情包括机会和机遇，都在默默地不知不觉中漏掉了、失落了……

1984 年秋，一位患过小儿麻痹症的中年人在昆山城区东侧的泥路上踽踽行走。他永远随身携带着他的公文包，也总有一副近视眼镜伴随着他。他站定，用一条健康的腿支撑着他的身体，又用一只结实的手在半空中虚画了一个圆圈，嘴里不由得念念有词……

他是日本苏旺你有限公司的老板三好先生。

他怎么到昆山来的？

这又是一个偶然而又必然的结果。

那天，吴克铨接到一个电话，是计委汤帆打来的，汤帆说他和银行何副行长到苏州去，偶然听说苏州中国银行的人说昆山有手套厂，日本人搞合资联合生产手套，怎么到××县而不到昆山？这个信息立刻使吴克铨想到了经济开发区的未来，第二天，他就跑苏州，到轻工局，然后到计委找主任陈辉。陈辉也是第一次和外国人谈项目，就说，昆山和××竞争，谁条件好就给谁。

吴克铨的高明之处就在于，一旦看准了，就死抓住不放。

他一连跑了七趟苏州！

正式谈判开始了。副县长李锦舫、郑慧珍、夏梁鑫先后出场。谈得很艰苦，有一次，好动感情的三好先生竟然激动得哭了起来。

最后，吴克铨出面拍板，很快达成了协议，于是双方设宴庆祝，三好在和吴克铨碰杯时，突然激动得放声大哭！

吴克铨是个绝对经济型人才，但他又绝对不是个纯经济学家。在中国，除了搞专门研究的理论家和学者教授外，你要做个“纯粹”的经济领导或企业家是根本不可能的。政治是经济的集中表现，经济是政治的物质基础。搞经济不可能完全脱离政治，没有思想没有政治头脑是不可能搞好经济的。改革开放，是政治还是经济？既有政治也有经济。如果一个人的目光仅仅囿于一个厂一个县的小范围，那归根结底也只能是小生产小农经济，又怎么可能和社会主义大生产大经济搭得上边？所以吴克铨着眼在经济，而又清楚大政策的导向；着眼在昆山，又把握着大经济的趋势。也正因此，他能够抓住契机，办成了这个合资企业。

是的，三好接触过不少中方官员和企业界人士，但他很难遇到像吴克铨这样的人——既懂经济，人又厚道；既不会让你无代价地占便宜，又要让你得到好处……

跟这样的官员打交道，他有一种安全感。

他说："吴先生，我很高兴能结识你……"

吴克铨说："祝我们合作愉快，让我们双方都能赚大钱！"

1985年3月，苏州市也是江苏省县级第一家中外合资企业"中国苏旺你有限公司"正式开工投产了。

现在，我们似乎可以对"昆山之路"或吴克铨的思路做一个简单明确的表述——

东依上海，西托"三线"。内联乡村，面向全国，走向世界。

因为在实践中逐步形成了这样一个比较完整的思路，所以吴克铨"敢为天下先"。"先"不是出格，"先"是在总体上把握住国情国策和改革开放的大势，因而"先"得不俗、"先"得不凡、"先"得有板有眼、"先"得有声有色。也正因为此，别人不敢想的他想了，别人不敢做的他做了，等到别人也想到也做到的时候，他又把文章做活了、做深了、做得更加丰富多彩得心应手了……

紧接着，吴克铨又率先搞了土地有偿出让和企业兼并……

至1990年初，全市已有40多家企业被外地大企业或本地优势企业兼并，效益普遍看好。

跟着感觉走
紧抓住梦的手
脚步越来越轻越来越快活
尽情挥洒自己的笑容
……

当一个人的思路、一个人的才干趋于成熟的时候，犹如一个成熟而又具有自己个性的作家，做起文章来就不会打疙瘩，就会"尽情挥洒自己的笑容"，就会敢于出奇兵,用大笔横书,做无人敢做的文章。土地转让,企业兼并,就如开头的横向联合、自费经济开发区一样,无不出人意料,细想却又在情理之中……

十七、“昆山之路”

写到这里,我们可以对“昆山之路”做一个数字上的表述了。

1978 年,昆山的工业产值只有 2.2 亿元。

1983 年,增加到 5.7 亿元,5 年翻了一番多。

1984 年,吴克铨担任县长,从此昆山的经济发展纳入了他的思路之中。

1989 年,工业产值 40.34 亿元,比 1983 年增长 6 倍;外贸收购额 4.092 亿元,比 1983 年增长近 20 倍;财政收入 1.23 亿元,比 1983 年增长 121%;人均生产总值 3256 元,增长 290%。

全市工业固定资产总额 10 个亿,10 亿富翁,是 1978 年的 13 倍。

还要特别提一下的是,6 年粮食总产 262 万吨,比前 6 年总产增 1.09%,成为全国交售粮食先进县(市);多种经营产值 7.37 亿元,增长 152.4%。1989 年农民人均收入 1233 元,比 1983 年增长 400.6 元。

经济的发展尤其是工业生产的发展,并没有以牺牲农业为代价,相反,昆山的农业在稳定中有了新的发展。

市财政局局长严文奎说,这是难能可贵的,是一个十分了不起的贡献。

这也恰恰是作为科学的“昆山之路”的又一个有力的佐证。

六年,一台有声有色的戏!

六年,一场多姿多彩的梦!

六年,走出了一条“昆山之路”,为建设具有中国特色的社会主义做出了一篇独立思考的好文章!

六年,还是那山那水那些人,但昆山人自己都不认识自己了——无论是衣着、风度、言谈举止,也无论是思想观念、文明程度,都有了明显变化,跃上了一个更高的层次……

这一切,都是和自费经济技术开发区紧紧地联系在一起的。

商业局罗局长说得好:“不是开发区沾了昆山人的光,而是昆山人沾了开发区的光。”

开发区是吴克铨的也是全昆山人民的骄傲。

开发区属于昆山也属于江苏省属于全中国,甚至还可以说她属于整个社会主义。

大聪明者既非庸碌的俗物又不是出世的神仙。大聪明者总是实事求是的。中国有 11 亿人,中国“封建”了几千年,这是中国的最基本的国情。在这里,愤世嫉俗、杞人忧天都无济于事,关键还是要把经济搞上去。只有发展经济才能埋葬封建主义,也只有发展经济才能建成社会主义。吴克铨懂得这个国情,所以他的思路很实在,他的思路始终围绕着发展经济这个中心,而且实实在在地使昆山的经济前进了一大步。

有人对我说:“外面的文章你写了不少,不能为昆山宣传宣传吗?”

然而本地的文章不好写。“不识庐山真面目,只缘身在此山中。”越是接触得多,越是难以把握。更难的是,文章有文章的规律,写人写事都得从文章的构思出发,而且写一个人的一些事不等于肯定他的一切,更不等于就否定或贬低他人……总之,文章就是文章,而有人却偏会把文章误解成为是组织的决定或是按官方的表彰名单论功行赏……

正是从这一顾虑出发,加上其他一些原因,我没有贸然动笔,而是把新华社和《人民日报》的记者请了来,让他们从“旁观者”的角度进行采访。这两个记者都是大手笔,看到我提供的资料后就一心要做篇大文章。果然,1988 年 7 月,《人民日报》头版登出来了,是专写自费开发区的,还特别地配了一篇评论,题目就叫作《“昆山之路”三评》。

昆山立刻名声大噪。

1988 年冬天,国务院经济技术开发区在天津召开理论讨论会,一年以后,又在烟台召开同一专题的政策研究会,有资格参加会议的当然只是国务院批准的 14 个开发区,但昆山作为唯一的一个“特邀代表”,两次都出席了会议。

吴克铨走不开,他让办公室的顾厚德去参加,他自己则有个书面发言。

让我们看看下一个意味深长的比较——

全国 14 个开发区,第一期工程 40 平方公里,已花 41 亿元,每平方公里 1 亿多;昆山第一期开发 3.75 平方公里,到去年年底,花了 4700 万元,基础设施已达到七通一平(通路、电、水、讯、排水、煤气、蒸气,道路平整),每平方公里 1200 万元,相当于国批开发区的 12%。

见效之快也令人瞩目。昆山开发区已有 30 个企业,其中有外商投资的 11 家,国内联营的 16 家,1985 年到 1989 年,完成工业产值 15.39 亿元,出口创汇 4079 万美元,累计利润 4541 万元,上缴税金 5383 万元,税利合计 1.1 亿元!其中,1989 年产值 5 亿多,超过 1983 年全县工业产值的总和。倘再把全国 14 个国批开发区的产值排列个名次,那么,昆山这个不在编的自费开发区名列第三,仅次于广州和上海！1989 年，江苏两个国批开发区上缴国家税金，一个是 200 万元，一个是 300 万元，而昆山这个自费开发区却上缴了 800 万元！

“昆山之路”在会议期间引起了极大的震动，1988 年那一次，11 期会议简报 5 期提到并热烈称赞昆山的路子：“他们的经验主要是自力更生，量力而行，勤俭开发，先主后辅，先生产后生活，先向外后向内……”

南开大学国际经济研究所陈荫方教授说：“国家没有投资，也没有给一条优惠政策，昆山能够取得这么好的成绩，的确令人振奋……”

还有一些专家和教授则从纯理论的海洋中跳出来大声疾呼：“必须重视‘昆山之路’，让我们的开发区尽快走出误区！”

需要走出误区的也许不仅仅是一个经济技术开发区，“昆山之路”不正是对强国之路的一个重要启迪吗?!

十八、给我一点空闲

一辆普通的深蓝色皇冠轿车平稳地朝上海开去，平稳中又隐含着些许焦虑。驾驶员十分清楚，这趟车早该开了，可是一直拖着，一拖就是 3 年，6 年——啊，不，是 9 年……

3 年副县长、6 年县长，一共 9 年。

现在他是市长。

1989 年 9 月 28 日，昆山撤县建市。作为昆山历史上的第一任市长，他在 100 面彩旗、10 万盆鲜花和 50 多万张笑脸的簇拥中显得异常地平静。他感到幸福，为昆山；他觉得慰藉，为自己。他深深感谢改革开放的政策，感谢全市人民的艰苦奋斗，感谢各个部门和单位的理解和支持，感谢上海的、北京的、南京的、苏州的、三线的、国内国外的领导和朋友们的关心帮助和友好合作……

我终于让千百个企业纳入了我的思路。

我终于拥有了千千万万个真诚热烈的笑容。

啊！往事如梦如烟，往事苦乐酸甜，往事又有太多的失落和遗憾，人道是世事总难全！

给我一点空闲，让我想一想遗憾。

经济技术开发区，至今还在另册，在国批 14 个开发区之外。

1989 年、1990 年费孝通先生两次考察昆山的经济发展，他说，昆山的开发区要“正名”，“已经成功了，要给予承认，承认昆山开发区应该享有的权利……”

1988 年 1 月 13 日，江苏省委、省政府向党中央、国务院报送了《关于加快发展外向型经济若干政策问题的请示报告》(苏政发〔1988〕1 号文件),要求批准昆山经济技术开发区享受沿海开放城市经济技术开发区的同等待遇。

1990 年 2 月 7 日,江苏省政府再次向国务院报送了《关于要求批准昆山经济技术开发区的请示》(苏政发〔1990〕16 号文件)……

什么时候昆山的开发区才能编入"正册"呢?

他多么希望这一天能够尽快地到来。(天遂人愿。就在这篇稿子准备发出的 6 月 20 日前后,省长陈焕友、副省长高德正,率领全省 11 个市的市长和省政府各个职能部门的主要领导,参观和视察了开发区,听取了昆山市委书记吴克铨和市长周振华、副市长王金华的汇报,并且正式宣布:省委、省政府决定,把昆山列为江苏省重点经济技术开发区,加快改革开放的步伐……)

吴克铨露出了从未有过的欣慰笑容。

昆山的经济技术开发区得到了省委、省政府和党中央、国务院有关领导的高度评价,吴克铨的思路在更加广泛更加深入的意义上得到了延伸和发展,他的梦他的追求带上了更加绚丽多姿也更加辉煌的色彩……

倘说梦,还有很多很多遗憾,还有很多很多没有成为现实——

外向型经济,1985 年的政府工作报告,就放到了第一条的重要位置,但是想到了而没有做好,至今创汇还很少……

企业集团,像点样子的只有一个。还有儿家可以做到的,但还没有重视还没有成型……

还有,昆山虽可,也并非尽如人意,以权谋私、送礼行贿、滥吃滥喝、贪污腐败……那些人那些事那些丑恶的现象,还没有彻底查处,也不可能很快就从根本上加以杜绝……

别忘了,还有他自己。人非完人,他也是留下了很多遗憾的。为了工作,他顶撞过也得罪过一些人,有时说话让人接受不了,叫人不愉快;在一些问题上,他会使人觉得固执……

啊,过去了,全过去了,"一阵风,吹落了恩恩怨怨",无论谁对谁错,都不必要记着什么,计较什么了……

人的政治生命是短暂的,只有事业永存。

腰又生疼,他艰难地挪动了一下,可惜没带三合板。他外出开会,总要带三合板。南京的昆山办事处,就有一块木板。他去省里开会,就得把那块显然是削窄了一些的木板拿到住处去。席梦思他没福享受,腰身下垫块木板才能睡。沙发也不行,坐硬靠背椅反而好一点。烟也不抽,酒也不沾,回到家里,除了面最好是一碗白粥……

吴克铨,你到底图什么?

他不答。他默默地但是执着地追求,为社会主义添砖加瓦,为人生旅途充实内容。他想他做到了这一点,所以回首往事,他觉得有一种问心无愧的慰藉。

于是他想到了家,想到了自己的病,他提出了退下来的请求。省委、市委原意都是让他接任即将空缺的昆山市委书记,而他则建议由年轻的同志“组阁”。终于得到了理解,于是他带着这个小小的秘密对妻子张德森说:“我可以松一口气了,我要到上海去检查身体了。”

张德森快人快语,这时却很少说话。对于昆山所取得的成绩,她由衷地高兴,这里总有她丈夫的一份心血啊!然而平心而论,她又觉得跟他结婚真是吃了一辈子的苦:结婚时半间草屋六块钱(一块钱结婚证、五块钱喜糖),她生两个孩子时都没吃到过一只整鸡。丈夫当县长后她就更苦了,一次结肠发炎,没人照应,只好自己拎了痰盂到玉山医院去。挂盐水没人陪,同病房的妇女说:“县长家属看病连我们农民都不如呀!”她是20世纪50年代的大专生,当时就是培养对象,因为跟了他从广州到武汉到北京到甘肃河西走廊……多年漂泊天涯,人到中年才稍有安定之所,偏偏他又当了县长,一头扎进他的“思路”之中。如今,她虽然拿到了财务工作30年的荣誉证书,但除此之外一无所有,只有太多的遗憾……

有时候,两个人一起说心里话,她就忍不住要发牢骚,要说说心中的委屈:“老吴啊,你对得起党,对得起人民,但是你对不起我,对不起儿女,也对不起你自己……”

他理解妻子的话,体谅她的苦衷,他低头无语,惭愧难言。

现在好了,他退下来了,他就想要补回对妻子儿女包括对他自己欠下的情分——先看病,然后尽一点做丈夫做父亲的义务。因为天伦之乐对于一个党员干部来说同样是不可或缺,缺了就该补上的啊!

于是他到上海去检查身体。

结果使全家人都感到震惊:腰椎炎,肩椎炎,心脏病,萎缩性胃炎,早期肝硬化!

更加使他震惊的还在后面:从上海回来后没几天,上级派人找他谈话,要他接任市委书记,过渡一下,然后再说……

没能退,反而进了一步。

那么,他的家他的身体呢?他什么时候才能对得起妻子儿女,也对得起他自己呢?

结尾（之一）

南方的冬比北方的冬还要冷。

摊开稿纸手就发抖，心也发抖，笔尖就在纸上打滑。

找到第一招待所，想借个有暖气的房间，偏偏客满了。小吴所长只好把办公室旁边尘封的仓库打开。这里依然像一个冰屋。好不容易挤出了一个有太阳的房间，于是我喜不自禁一气呵成。晚上，在家里誊抄。半天一夜，近7000字的稿子第二天就送走了。

不到一个月，《人民日报》打样拼上了版面。

想了一下，还是和他打个招呼，就写了个字条告诉他这件事。

电话打来："我是吴克铨。《人民日报》的稿子不要发。"

我不能理解，我想说服他。

不行。说了一个多小时，最后当场拿起电话要北京的记者。记者有些不悦。《人民日报》上篇报告文学并不是那么容易的。但……

我让他和记者直接通话。

最后，稿子还是撤了下来。

结尾（之二）

以前昆山人外出，总觉得低人一等，哪方面都硬不起来，只好缩在角落里。

现在不同了。讲经济有开发区，有横向联合；讲文化有"大世界"，在全国也有有影响力的代表人物……昆山人终于也有了自己的神气，也有了自己的骄傲。"朋友，请到昆山看一看——不是说建设有中国特色的社会主义吗？昆山可以给你启发。"

什么时候，中国人在外国也能这样实在、这样神气就好了。

这就是我的"中国梦"。

结尾（之三）

回到本文开头。

东欧局势的变化，显然是一次撼动全球、震惊数十亿人心灵的历史大事件。社会主义从一国实践到多国实践,又从一国失败到多国失败,悲壮还是悲哀?伟大还是可怜?是滑铁卢还是奥斯特里茨?凄凄切切的挽歌还是振奋人心的进行曲?是“始兴终亡”的验证还是优胜劣汰的规律?

马翁如何回答?列宁做何感想?毛泽东还会用他那如椽大笔再次挥洒雄文,在宇宙的天幕中亮出一句“只有社会主义才能救中国”吗?我问三位市(县)长。

吴克铨之前的县长孙福贵为官一任,两袖清风。吴当县长后他做人大常委会主任,不久前因年事已高全退了,在宣布这件事的时候,全国劳模竟动了感情,差点哭出来……

但孙福贵还是退了。不会很久,吴克铨也要退。

他们走了,

走向辉煌的夕阳深处……

现在的市长是周振华。

我和三位市(县)长讨论:社会主义是不是乌托邦?

他们的看法综合整理如下。

无论是中国选择了社会主义还是社会主义选择了中国,这都无关紧要,要紧的是,只有社会主义才能救中国。在中国,其他任何“主义”都不能代替社会主义,任何政党都不能代替共产党,因为其他任何“主义”、任何政党都不能把中国11亿人凝聚到一起。

社会主义不比别的任何“主义”差,问题是社会主义的优越性没有充分发挥。1985年,吴克铨到日本厚木市去,一了解,30年前,厚木市还不如当时的昆山,但现在有17万人口,很发达。他就想,同样的基础搞发展,你搞资本主义,我搞社会主义,我肯定用不了30年就可以超过你的水平。所以说,要是没有那些翻来覆去的折腾,中国的建设不会比西方慢。

一些年轻人只说外国好,中国一无是处,干部腐败,没一个好人。一次过年时,吴克铨请合资企业的日方经理吃饭,家里地方太小就拆拆空,腾出地方,连台子都是临时向招待所借的。尽管这样,日方经理还是大为惊讶:县长家就这么点地方、这么点东西?后来他对人说:“我知道中国的政府官员是什么样子的了!”当然,人家说我们好,不等于我们没有问题。不管怎么说,搞社会主义得有社会主义思想,不能一改革就不讲奉献精神了,用封建主义、资本主义思想来搞社会主义是不行的。

建设社会主义不能教条,更不能一刀切。一刀切就乱了,就完了。“昆山之路”也只有在昆山这块土地上才产生得出来。昆山有昆山的特点,苏州有苏州的特点，各市县都有各市县的特点。但这里有个基本点，就是实事求是，自力更生也要实事求是。世界是多元的，世界上没有也不可能只有或只允许一个“主义”。就是在一个“主义”中，也有不同的模式。世上的路并非只有一条，条条大路通罗马。不管白猫黑猫，只要能使全社会富裕并且和平就是好猫。

社会主义是不是乌托邦？能做到两条就不是：一要把经济搞上去，经济上去了，什么都会改变，否则，一切都是“乌托邦”；二是党要管好自己。管好自己的关键就是要摆正公仆和主人的位置，就是公仆要为人民服务。吴语中有句民谚：“一代鲜鲜一代烟，代代鲜鲜碰着天。”社会主义要一代一代搞下去才行。

大江东流去，几度夕阳红。问苍山黄土，说千古兴亡。我忽然莫名其妙地想到了一句话：江山不会生癌。又莫名其妙地想到了自己写的一首诗——

在你手中
有一块金子
这块金子永远属于你
不管海枯石烂
也不管天崩地裂
你千万千万
不要把它抛弃
中国梦
永远属于你

（原载《雨花》1990 年第 10 期）

飞向太空港(节选)

李鸣生

通向宇宙的门前

一、西昌:同步卫星的故乡

一踏上西昌的土地,便有一种热乎乎的感觉。

卫星、卫星、卫星。车站里,公路边,饭馆中,小摊旁,人们都神神秘秘地谈论着卫星、卫星、卫星。

一对青年夫妇,领着一个大约五岁的小女孩,急匆匆地朝我走来。

"同志,请问去卫星发射基地咋走?"

"问这干什么?"

"听说要发射美国的卫星,孩子和我们都想来看看。"

"你们从哪儿来?"

"遵义。"

"是国防工厂的吗?"

"不是,我们是个……个体户。"

"叔叔,"小女孩突然拉住了我的手,"发射卫星,能让小孩看吗?"

"能,肯定能。"我忙蹲下去,双手捧起小女孩的脸,在她的额头上轻轻留下一吻。

西昌,我的第二故乡。

十六年前,当命运的列车轻轻一颠,便将我抛在了这块荒凉的土地上时,我的心远比严冬的大凉山还要凉。我仿佛一下失去了自由,失去了爱情,甚至失去了生命,失去了一个人应该得到的一切。我做梦也不会想到,在这片被上帝遗弃的土地上,日后还会升起什么"亚洲一号"卫星。

然而今天,我踏上这片亲切而又陌生的土地时,一下子便深切地感到,有一股无形的冲动和热能,有一种大树的根须抓住了泥土样的恋情,在反复折磨着我的心。眼前沸沸腾腾的情景,似乎在向苍天昭示着什么。我不知道也无法知道,这次发射是幸运还是倒霉,是成功还是失败,但我分明看见,过去的一切正在逝去。在原始与现代、文明与愚昧、东方与西方美好而残酷的碰撞中,一个红扑扑的如同朝阳般的希望正在悄然跃起。我仿佛不是回来采访,而是回来寻找——寻找我的青春曾经留下的脚印,寻找我的日子曾经苦恋过的梦想,寻找我的热情曾经燃烧过的希冀,寻找我的生命曾经拥有过的月亮和太阳!

西昌位于四川南部,地处成昆铁路中段,扼成都、昆明两大旅游区之要冲,北上成都577公里,南下昆明543公里。从成都搭乘去昆明或金江的列车,12小时便可到达;若乘坐西南航空公司的飞机,只需45分钟。

西昌是凉山彝族自治州的州府,为全州政治、经济和文化的中心。这里具有亚热带高原气候特征,全年日照时间长达320天。年温差小,日温差大,冬无严寒,夏无酷暑。最冷的1月,平均气温9.4℃;最热的7月,平均气温22.5℃;而年平均气温则只有17℃。故这里“万紫千红花不谢,冬暖夏凉四季春”,享有“小春城”之美称。而且这儿空气质量特别好,一年四季,绝大部分时间都可见到月亮。尤其是在晴朗的夏夜,当静静地置身于星空之下时,你便会看到一轮比地球上任何一个地方都更为硕大明亮、圆润清澈的月亮。故西昌又被称为美丽的“月亮城”。

西昌是全国最大的彝族聚居区。除汉族、彝外,这儿还有藏族、回族、蒙古族、苗族、壮族、傣族、傈僳族、布依族、纳西族等十余个民族。彝族历史悠久,民风淳朴,待人热忱,十分好客。假如你有机会走进彝家山寨,主人定会十分高兴地留你做客,并为你奉上颇具彝家风味的“坛坛酒”和“坨坨肉”。

“坛坛酒”是以玉米、高粱和荞麦等杂粮为原料,再配以十余种草药装进瓦罐里酿制而成。这种酒喝起来香甜爽口,却并不醉人。“坨坨肉”一般是用一种叫“仔猪”的肉烹制而成。由于这种猪长年散放于山坡野林之中,活动自由,食物丰富,能长就一身紧肉,故吃起来细嫩软糯,香而不腻。待你吃饱道别时,主人还会将一条猪腿或半个猪脸送给你,以示对客人的尊重。

两年前,我曾陪同北京一位老作家钻进深山老林,在一个彝家山寨的草地上美美地吃了一顿“坨坨肉”,喝了一罐“坛坛酒”。尽管“坨坨肉”和“坛坛酒”把我的肚子早已撑了个饱,离去时我却依然恋恋不舍。我听说,这次有几位参加发射“亚洲一号”卫星的美国人刚到没几天,就吵嚷着要去彝家吃“坨坨肉”,喝“坛坛酒”。

彝族的重大节日是火把节。西昌的彝族火把节被称为“眼睛的节日”,远在汉、唐时代便有文献记载。火把节除了在白天举行斗牛、斗羊、斗鸡、赛马和姑娘舞蹈、小伙摔跤等活动外，晚上村民们还要成群结队，手持火把，遍游于山冈丛林之间。点点灯火，闪烁四野，如天女散花，似繁星落地，其景象奇特而又壮观。更有意思的是，节日期间还要举行传统的姑娘选美活动。男女双双，可以随便谈情说爱。倘若你是一位未婚而又有艳福的男子，躲在伞下的彝家姑娘，也许还会为你张开爱的风帆。

西昌是一座历史悠久的古城。早在石器时代，这片土地便有人类繁衍生息。据载，中国历史上许多著名的人物都曾涉足此地，譬如司马迁西征巴蜀、诸葛亮五月渡泸、忽必烈南征会理、杨升庵夜宿泸山、石达开兵败大渡河，等等。

西昌是西方学者和旅行家探险的乐园。1275 年，意大利探险家马可·波罗来到西昌，成为来到西昌的第一个外国人。此后，从 1868 年至 1909 年的 41 年间，法国旅行家安邺、英国旅行家巴伯、法国亲王奥尔良、法国人凡尔赛、法国军医吕真、英国人布洛克，以及法国人多龙率领的考察团，也都先后来过西昌。

西昌是中国工农红军长征的途经之地，脍炙人口的刘伯承将军和彝族首领小叶丹“彝海结盟”的故事，便发生于此。

当然，让西昌一举成名的，还是 1984 年 4 月 8 日的那个辉煌的夜晚。这个夜晚，中国第一颗地球同步通信卫星在西昌成功发射，于是全世界都知道了中国有个西昌，西昌有个卫星发射场。

西昌卫星发射场位于西昌市以北约 60 公里处的一条大山沟里。美国人把这条山沟称为“神秘的峡谷”，而当地彝族老人则说：“什么神秘不神秘，这山沟就是我们过去放羊的地方！”故当地人称其为“赶羊沟”。

这是一条不为外界所知的大山沟，宽二三公里，长约 10 公里。或许是在亿万年前的某一时刻，当两个漂移的大陆板块在这里猛然相撞时，海底裂开了一道缝，等洪水消退后，便留下了这么一个大山沟。

这是一片蛮荒之地。荒凉的大山，空寂的野林，潮湿的云雾，发霉的砂姜土，历史在这里留下的是一片空白。千百年来，它如同一个昏昏沉睡的梦，连上帝似乎也忘了将它唤醒。直到 20 世纪 70 年代初，一支身穿绿色军装的神秘队伍，从茫茫大戈壁浩浩荡荡而又小心翼翼地来到了这里。他们头顶云天，脚踏青山，逢山开路，遇水架桥，在这默默无声的大山沟里，用一双双长满老茧的大手支起了第一顶绿色的帐篷，点燃了中国第一团现代科技文明的圣火！于是，古老蛮荒的山谷震颤了，野草丛中的小生物惊呆了，原本无欲无望、平平静静的山民们的日子也开始产生了潜移默化的变化,渐渐有了生气与活力、企盼与梦想。

发射场定点于20世纪60年代末,始建于20世纪70年代初。当年,为了选定一个理想的发射场,国防科委组织了数十名专家,对4个省的31个县进行了空中和地面的立体勘测,最后经过分析、比较、论证,认为这儿地处横断山脉南段的西缘,纬度较低,离赤道较近,地理位置十分优越。发射卫星时,可利用其独特的地理优势,提高火箭的运载能力,有利于把同步通信卫星送入36000公里高的赤道上空。此外,火箭从这儿发射起飞后,按设计的航向飞行,整个航程可以避开大中城市,不会危及沿途人民的生命和财产安全。加上这里气候宜人,空气洁净,为火箭、卫星的测试工作,提供了非常理想的温度、湿度和空气洁净度,所以是发射地球同步卫星的好地方。

当然,专家们当年在论证、选定这个靶场时,怎么也不会想到20年后这个原始的大山沟居然会发射美国的卫星。倘若当初想到了的话,或许这个发射场今天就不在西昌,而在"南昌"或者别的什么"昌"了。

二十年来,这支队伍在这荒山沟里默默地生活着,默默地创造着,也默默地期待着。他们用青春和热情、热血及生命,铸起了一座举世瞩目的航天港,同时也经历了一个常人无法想象的苦难历程。

一切都是在无声中存在,一切都是在秘密中进行。这支队伍开创着人类最神圣也是最艰难的事业——空间文明,却置身于一个近似原始的生存环境之中,甚至他们所从事的神圣而伟大的事业,也只用了一个再简单不过的代号"331工程"。

然而,自1984年1月29日第一颗卫星从这里升起,到1990年3月,已经有六颗卫星从这里飞向太空,其中有五颗都是同步通信卫星,而且发射成功率高达百分之百。这在世界航天发射史上,也是不多见的。

所以,无论是中国人还是外国人,都不得不承认,这里拥有一支坚韧不拔而又特色鲜明的发射队伍;大山沟的一草一木,自然也会记得这支发射队伍中的每一个人;而历史更不会忘记那一个个惊天动地的辉煌时刻。

不过,当一颗又一颗卫星由他们发射入太空时,或许恰恰最容易被忽略甚至埋没的,就是他们这群被"保密"的外衣紧紧包裹着的活生生的人!

1986年,西昌卫星发射基地宣布对外开放,承揽外国商业卫星发射业务。此后,西昌发射场开始从封闭型的试验基地,向开放型的发射中心转变。

于是,数以万计的中国公民和海外华侨、港澳同胞,纷纷来此观光旅游。他们像是来寻找一种精神寄托,又像是来朝拜一方圣地。

一位六十五岁的华侨,远涉重洋来到西昌发射场。望着那十一层楼高的发射塔,他激动得久久说不出一句话。临别时,他面对发射塔,深深鞠了三个躬,然后站在发射塔下,让摄影师为他留下了一个苍老而满足的笑。

此外,还有 20 多个国家、50 多个卫星组织的外宾,也先后来过这里。

1988 年 10 月,外交部新闻司组织了 18 个国家的 48 名外国驻京记者和他们的夫人来这里参观访问,西昌卫星发射基地同样给他们留下了深刻的印象——

美联社驻京首席记者艾博伦在报道中说:“世界各国的航天组织再也不能无视中国西昌卫星发射基地和它那十一层楼高的发射塔了,它们标志着中国已进入国际卫星发射市场。”

英国路透社记者耿必儒在报道中说:“中国趁 1986 年美国航天飞机发生惨剧和阿里亚娜火箭卫星发射计划连续受挫之机,加快发展其商业卫星发射业务。”

法新社记者莱斯科在报道中说:“征服太空是中国军队和科学家们为之奋斗的事业,西昌是中国为实现其成为仅次于西欧世界的第四个卫星强国的夙愿之希望。中国军人和科学家已把目光盯在 2000 年上,中国将参加卫星发射的贸易战,因为发射一次卫星,至少使中国获得 1 亿美元。”

难怪,西昌卫星发射基地外事处的戚处长向我介绍情况时,一开始便非常自豪地说:“‘三个世界’的外宾和记者参观了西昌卫星发射基地之后,都有一个共同的印象。这个印象概括成一句话,那就是‘中国了不起!’”

我问戚处长,“了不起”这三个字具体怎么讲?

戚处长说:“第一世界说中国了不起,是想不到中国在这样艰苦的条件下、如此短的时间内,能把航天事业搞到这个水平;第二世界说中国了不起,是想不到中国一下子竟成了他们的竞争对手;第三世界说中国了不起,是想不到中国的航天事业完全依靠的是自己本国的力量。”

更出乎意料的是,西昌卫星发射基地不仅吸引了一般的外国友人和外国记者,而且还引起了美国高层人士的关注。

1986 年 10 月 8 日,美国国防部部长温伯格访华。两天后,温伯格在北京突然神秘“失踪”。正当外界纷纷猜测温伯格究竟去了哪里时,温伯格乘坐的专机在大凉山温暖阳光的照耀下,悄悄降落在西昌青山机场。原来,邓小平在会见温伯格时,特意谈到了中国对外发射卫星这件事,并邀请温伯格参观中国西昌卫星发射基地。所以,温伯格专程飞到西昌,一下飞机,便赶往西昌卫星发射基地。

基地副司令员佟连捷在指挥控制大厅接待了温伯格。佟连捷向温伯格介绍完情况后,特意说了一句:“西昌卫星发射基地可以把 1.4 吨重的卫星,送入离地面

36000 公里的赤道上空。”温伯格听后很高兴,然后坐在大厅最前排中间的椅子上,静静地观看了中国“长征三号”运载火箭从运输、测试、组装到成功发射的全过程的录像。看罢,佟连捷对身边的温伯格说:“今年 2 月,这里发射卫星时,我们国家的总理,就是坐在您坐的这把椅子上观看了发射全过程的。”温伯格抚摸着椅子的扶手,高兴地说:“好,看来这是个好兆头!”

接着,温伯格一行又来到“长征三号”火箭测试厂房。厂房负责人指着躺在大厅中央的长 4456 米的乳白色的“长征三号”火箭,对温伯格说:“我们就是用这枚火箭,把我们的同步通信卫星送入离地面 36000 公里的赤道上空的。”温伯格立即对眼前这个庞然大物表示出极大的兴趣,他谢绝了中方陪同人员请他坐下来边看边听介绍的好意,而是自己径直走到“长征三号”火箭旁,从头至尾,仔细观看了一番,同时还询问了“长征三号”火箭连接部位的有关情况。

最后,温伯格一行驱车来到面对山谷、背靠青山的卫星发射场。他站在发射场的中央,看了看雄伟的发射塔,又望了望清澈的蓝天,这才用一个国防部长的口吻,对随行的记者们表达了自己的看法:

“中国西昌卫星发射基地,确实已经具备了发射卫星的条件,而且还有很大的潜力,给我留下了很深刻的印象。这个发射中心目前正在进一步改善设施,以便执行中国人自己的太空计划,并且准备发射外国的商业卫星。这个中心的发射能力,显然是可以令人信服的。”

二、发射场:原始与现代同构的神话

或许,这是航天城有史以来最激动、最振奋、最繁忙、最紧张,也是最艰难的日子。

一进山沟,我就发现,这儿所有的人都很忙,所有的人都很累。无论是“城里人”还是“沟里人”,不管是中国人还是外国人,是大专家还是操作手,是指挥官还是炊事员,是政工干部还是科技人员,是高级领导还是普通士兵,个个行色匆匆,满脸疲惫。不管你走到哪里,都有一股热浪在撞击,仿佛每个人的心里都燃着一团火。

尤其是到了发射场,当你站在通向宇宙的门前,望着那伸向云天的发射塔,望着那一个个匆忙的身影以及那一双双渴望腾飞的眼睛时,一下便能感到一种决战前的气氛,一种顶天立地的英雄气概,一种勇于开拓的创世纪精神。好像这个神秘的山谷二十年来的全部奋斗与所有等待,都是为了这一天。

西昌卫星发射基地政治部副主任武丰起告诉我说,这儿的每一项工作,都像是在打仗。

西昌卫星发射基地作战试验处参谋何宇光告诉我说，从去秋到今春，大伙一直在拼着命干！

事实的确如此。西昌卫星发射基地自1989年起，便同时面临三大任务：一是要抢建一座新的发射场，二是要发射中国第五颗同步通信卫星，三是要准备“亚洲一号”卫星的发射。有人开玩笑说，这三项重大任务，简直就像压在头上的“三座大山”！

而且，更为严峻的是，正当基地全体官兵为这三大任务拼命苦干时，无情的大自然偏偏又发起了脾气——

1989年9月3日凌晨，当劳累了一天的通信总站的官兵们刚刚进入梦乡时，一场百年不遇的泥石流突然暴发了！霎时，滚滚的泥石流沿着山谷海啸般倾泻而下。仅半小时，房屋倒塌了，铁路被冲垮了，桥梁被摧毁了，公路崩塌了，通往发射场的公路、铁路、小路以及所有有线通信线路，全被切断了！人员伤的伤、残的残、死的死。等发射基地的人们从睡梦中爬起时，往日干涸的山沟已变成了一片汪洋。

泥石流持续了整整一个星期。

在这一个星期里，“亚洲一号”卫星的准备工作被迫中断。

在这一个星期里，通信总站全体官兵的生存处在极大的困难与危险之中。20立方米的石头横卧路中，大卡车、小汽车浮在水面，铁轨横七竖八躺满一地，200多间房屋淹于水中；还有成百上千的官兵和家属，要穿没衣服穿，要吃没东西吃，要睡没地方睡，甚至连喝一口水都很困难。

面对大自然的挑战，基地全体官兵并未退缩半步。在基地领导的得力组织下，从司令、政委，到战士、家属，甚至几岁的小孩，全都行动起来。他们挽起裤腿，卷起袖子，踩着泥水，踏着泥坑，不顾狂风暴雨，不管千辛万苦，白天黑夜，齐心协力，同大自然展开了一场你死我活的搏斗！

本来，基地官兵们那一双双充满智慧的手，是用来按动电钮的，是用来构筑现代文明大厦的，是用来托举火箭卫星的，是用来开辟通向宇宙的道路的。然而，面对大自然的凶猛袭击，他们的双手又不得不去从事最原始的劳作：扒稀泥，拾砖块，推石头，垒锅灶，甚至还不得不忍着干渴、饿着肚子、顶着寒冷、冒着危险，用一种近似原始的生存方式苦度灾日！

泥石流过后，通信总站的全体官兵从泥水中很快爬起，含泪掩埋了战友的遗体，又火速投入通信线路的抢修之中。他们重新铺设了79公里的地下电缆线、52公里的地下光纤电缆线，完成了35公里的明线架设和104公里的线路整修，同时还按时完成了新型卫星地面站的抢建工作。结果,本需半年才能完成的任务,他们只用了一个半月的时间。

正是靠着这种顽强不屈的精神,西昌卫星基地全体官兵最终战胜了泥石流的巨大灾难,渡过难关,迅速恢复了"亚洲一号"卫星发射的准备工作,为"亚洲一号"卫星的发射按时开了"绿灯"。

先进与落后并存,原始与现代同在,是西昌卫星发射场的又一特色。

当你踏进发射场,你既会被标志着现代文明的70多米高的"通天塔"所震慑与感动,又会为发射场四周那刀耕火种般的劳作方式和田园牧歌式的美丽风情所困惑与吸引。

站在发射场上,你能看到一条弯弯曲曲的盘山公路,一端伸向遥远的荒山野岭,一端连着通向宇宙的大门。而盘山公路则像一根坚实的扁担,一头挑着现代文明,一头挑着愚昧贫困。公路上,"解放牌"与老水牛狭路相逢,"桑塔纳"与毛驴车比肩同行;既有手持钢枪的解放军,又有身披"查尔瓦"的老彝族;既有戴着眼镜的工程师,又有露着屁股的放羊娃;既有坐着"奔驰"的"洋专家",又有赶着牛车的山里人。

站在发射场上,你还能看到远处彝家山寨里升起的缕缕炊烟,近旁荒坡上一堆堆冒着热气的新鲜牛粪,以及发射塔附近一个个农夫扶犁耕地的身影。望着那锈迹斑斑的犁铧,也许你会想,贫困与愚昧曾经怎样在这片生长着野草和五谷的土地上一页一页地翻动着历史,现代高科技如何在这原始的大山沟里映衬着古老的文明。

然而,站在发射场上,当你望着那威武雄壮、高耸云端的"通天塔",幻想着一声令下火箭冲天而起那伟大的一瞬间,你绝对想不到,这些即将把"长征三号"火箭和"亚洲一号"卫星托举上天的发射官兵,竟会屈居在"水帘洞"里。

所谓"水帘洞",即指西昌卫星发射基地的一栋"协作楼"。而所谓"协作楼",就是专门为外来协助参加发射任务的专家技术人员新盖的一栋楼。由于"协作楼"尚未交付使用,正在兴建过程之中,所以楼上楼下,屋里屋外,一片混乱不堪;水泥、污水,满地都是;厕所、水房,一概不能用。

但是,发射"亚洲一号"卫星在即,外协科技人员和抢建新发射场的工程人员等数千人全都拥进了发射场,造成小小山沟人满为患,住房成了西昌卫星发射基地一个突出的大难题!

怎么办?

西昌卫星基地的头头脑脑们思来想去，别无他法，最后只好被迫决定：把基地发射官兵原来住的房子倒腾出来，让外来的专家技术人员住进去，而基地官兵们则搬进了“协作楼”。

由于“协作楼”正在抢建之中，从早到晚，拌水泥、和沙子、装窗户、刷墙壁，噼里哐啷，叮叮咚咚，每天响个不停。所以无论是中午还是晚上，都无法睡觉。

更为严重的是，“协作楼”的大梁上、墙角边，一天到晚，总是滴答滴答不停地滴着污水；加上时值冬季，山沟里本来就冷，新房又很潮湿，所以屋里寒气侵骨，衣服、被子仿佛都能拧出水来；有时遇上某个水管突然爆裂，房间里便会一片汪洋，满屋子都是一只只漂浮着的拖鞋。

于是，大伙把“协作楼”戏称为“水帘洞”。

发射“亚洲一号”卫星的基地指挥官们，便住在这样的“水帘洞”里：每人一张单人床，外加一张办公桌。桌上放着一部电话、一台电视机以及一堆文件、资料，剩下的四分之一地盘，便是运筹帷幄、发号施令的地方了。

假若不是我亲眼所见，无论如何也想象不出，中国的火箭发射指挥官们，竟是在这样的条件下组织指挥发射“亚洲一号”卫星的。

而且，住在“水帘洞”里的所有工作人员包括发射指挥官们，每晚都要加班至深夜，有时甚至要干通宵。但他们每晚领到的夜餐，就是两包大多数中国人再熟悉不过的方便面。

这就是中国发射卫星的人。他们一方面从事着这个世界上最尖端的科学事业，一方面又不得不在偏僻荒凉的环境和很差的物质条件下艰难生存。尽管几十年来他们一直在神秘面纱的遮掩下苦熬着一个个春夏秋冬，但他们用心血和智慧播种的是光芒四射的现代文明！

在西昌卫星发射场，还能见到另一群人。

每天傍晚，他们三人一伙，五人一群，或者沿着山道，或者顺着公路，或者围着发射塔，一边散步，一边聊天。他们当中，有男士有女士，有老人有青年，有专家有工人。劳累了一天之后，他们借助散步，做一次短暂的休息。

这群发射塔下的散步者，便是航空航天部组织的参加“亚洲一号”卫星发射的工作队。他们来自北京、上海或别的某个城市，都是中国优秀的火箭专家和技术人员。

正是这支队伍，把设计、研制、测试好的“长征三号”火箭，先从北京用专列护送到西昌发射场，而后与西昌卫星发射基地的官兵们一起，再对火箭进行一系列的测试检查,直到安全发射上天。

这支队伍长年奔波在外,走南闯北,风餐露宿。大漠、荒原、高山、峡谷,到处都留有他们艰辛的足迹。每一次发射,短则两个月,长则半年,有时甚至是一年。于是他们的家人常常开玩笑说,他们是一群浪迹天涯的“野人”!

他们来西昌基地,这次已经是第七次了,不少人都成了“老山沟”。西昌基地发射了六颗卫星,其中有五颗都在春节期间发射——因为这期间是发射通信卫星的最好时间,所以,他们中大多数人已在这穷山沟里熬过了五个春节。

倘若稍加留意,便会发现,在这群散步者的队伍中,一些往日大家熟悉的身影,此刻已不在了。仅以上海航天试验队为例,曾在西昌卫星发射基地参加过发射任务的,就有四名航天专家已经先后离开了人世。

还有那位从北京来的姑娘,她兴冲冲来到这里参加卫星发射。每天傍晚,她喜欢迎着夕阳、伴着晚风、踏着山路,独自散步。她热爱航天事业,喜欢发射场,还极富幻想,发射塔附近那弯弯的山道上常常洒下她一串串泉水叮咚般的笑声;尤其每当山风拂起,她那一头柔美漂亮的披肩发,在晚风中夕阳下轻轻地飘荡着,显得分外动人。

但今天,在这群散步者的队伍中,再也见不到她那一头漂亮的披肩发了。由于发射场一次偶然的事故,她身遭不幸,卫星上天后,她二十二岁的生命永远留在了发射场。

“长征三号”火箭副总设计师龚德泉,已经连续七次来西昌卫星发射基地参加卫星发射了。我与他一起散步时,他给我讲了这样一个故事——

一位叫余福良的火箭专家,妻子在苏州,家在上海。他有一个十五岁的女儿,患了一种怪病:脊椎骨猛长,使肺部受到挤压。后来女儿动了手术,脊椎骨取掉一截,再用两块薄体钢拉上。余福良每天一早骑车去上班,中午骑车回家替女儿翻身,下午再骑车去上班。

几年前,余福良要来西昌卫星发射基地参加卫星发射,躺在床上的女儿哭喊着从床上爬起来,紧紧拖住他的双腿,死活不让他走。女儿从小跟着他长大,感情极深。但他是火箭平台系统的主任设计师,而平台是火箭的核心部位,一旦出现问题,火箭便会失去平衡,在空中乱飞。当他向女儿讲明这一切后,女儿的双手慢慢松开了。

去年,为了保证“亚洲一号”卫星成功发射,余福良白天黑夜连续攻关。他早就感到肚子疼痛,却一直顾不上去医院。后来实在痛得受不了,到医院一检查,已是直肠癌晚期。

……

是的，发射场不是战场，却同样有牺牲与死亡。从去冬到今春，航空航天部工作队的专家技术人员已在这荒凉而孤寂的大山沟里闷了近半年。从现代化的大都市到原始般的荒山沟，吃饭、住宿，还有身体等各个方面都面临着诸多的不便与困难。特别是不少专家已届中年、老年，甚至有的已年过七旬，来到山沟后，水土不服、气候不适应，加之远离家庭无人照顾，度过这段艰难的日子，实属不易。

由于他们长时间离开家，后顾之忧自然也有不少。比如，有的有年迈的父母必须照料，有的有幼小的孩子急着入托，有的年轻的恋人等着结婚，有的孤单的妻子就要分娩，有的大白菜需要买好贮存过冬，有的煤气罐等着从一楼扛到六楼……

但，为了“亚洲一号”，这一切的一切，都被他们自己悄悄省略了。

前不久的一个晚上，还出现了这样一个场面：航空航天部工作队的爸爸妈妈们，围在电视机前，激动地看着一部录像。这部录像既不是武打片，也不是喜剧片，而是单位的领导把他们家里的孩子召集在一起开了个茶话会，让孩子们给远方的爸爸妈妈讲几句最想说的话——

一个七岁的男孩说：“妈妈，昨天我已把家里的卫生全部打扫了，就是不小心把裤子刮破了个洞，同学们老笑我的屁股。爸爸是个大笨蛋，怎么也补不好，后来还是老师替我补好的。妈妈，发射时你给我打个电话好吗？我好趴在家里的阳台上看卫星！”

一个八岁的女孩说：“爸爸，妈妈的病已经好多了，请爸爸一定安心地放卫星，我保证每天都给妈妈泡方便面！”

看着看着，爸爸们的眼圈红了，妈妈们则忍不住偷偷地抽泣起来。

三、酒吧：一个中国人与三个美国人的对话

时间：1990 年 4 月 1 日晚。星期日

地点：西昌腾云楼宾馆小酒吧

翻译：罗韬先生、袁红灵小姐

夜。宾馆。

香槟。啤酒。台球。乒乓球。

乐曲。舞步。男人。女人。

这是美国人夜生活的世界。

跨过太平洋。飞越西半球。飞机、火车、汽车。安装、测检、调试。干了一天，

忙了一天,累了一天,是该轻松轻松了。

美国人的到来,对西昌这片古老的土地,无疑是一次强大的震动、有力的冲击。

该怎样认识这些远道而来的美国人呢?

我想到了对话。

1990年4月1日晚7点30分,我准时步入西昌卫星基地腾云楼宾馆大门。之前,袁红灵小姐打电话告诉我,已替我约好了三位美国朋友,都是休斯卫星公司的专家。一位叫维克特,他对中国很有感情,富有责任感,是一位合格的父亲。另一位叫马克,他虽然交了许多女朋友,却仍属未婚青年。还有一位叫弗罗里克,他性格豪放,学识渊博。据他自己说,这个世界他最喜欢两个字:疯狂!

当我走进酒吧时,三位美国朋友已经落座,正仰着脖子在那儿灌着啤酒呢。翻译把我介绍给他们,大概说了这是刚从北京赶来的作家之类的话,三位美国朋友马上热情地伸出手来,与我的手握在一起,并在一张纸上记下了我的名字,然后问我来点什么,啤酒还是可乐。我说:"No,no,no,我喜欢喝茶。"

彼此坐定后,我开门见山,直入主题。

我说:"三位先生,见到你们我很高兴。天下如此之大,我们却在西昌发射场相识,或许这是上帝的安排。"

马克说:"谢谢!我们有幸接受中国作家的采访,也感到很高兴。"

我说:"你们是第一次来中国吗?"

弗罗里克说:"是的,我们都是第一次来中国。"

我说:"请随便谈一点你们到这儿后的感受好吗?"

维克特说:"好的,我先说。"

维克特,中等个儿,大胡子,四十岁左右,面目慈善,性情温和。说话时,感情特别真挚诚恳,一双淡蓝色的眼里似乎盛着某种淡淡的忧愁。他说:"我从小就向往中国这块土地。这次来之前,有朋友告诫我,去中国后,要少同那儿的人讲话。可飞机刚一着地,我就对这里有了一种天然的情感。我亲眼见到了这儿的一切,现在我的心里,好像已经深深爱上了这片土地。我要回去告诉我的妻子、儿女和我的朋友们,中国很好,真的很好!我还想来第二次、第三次,我还希望今后有机会把我的妻子和儿女们也都带来,让他们好好看看中国。当然,我也很希望中国人能有更多的机会到美国去,这样好有个比较。"

接着说话的是马克。马克,大高个儿,大胡子,高鼻梁,说话极富幽默感,且显得血气方刚。他说:"西昌这儿的天气特别好。晚上在发射场看月亮很美,星星也很亮,还有这儿的太阳也特别棒!太阳从东方升起,这是你们中国的专利。我来之前，在我想象中，西昌这儿到处都是一片恐怖，所有的人都是在枪杆子的威逼下工作。但我到这儿看到的不是这样。这儿的人都快乐地说话、爬山、跳舞，还自由地谈情说爱。而且，我觉得他们都安居乐业，生活得比较愉快。"

最后说话的是弗罗里克。弗罗里克，高个子，大胡子，长着一双"狡猾"的大眼睛，一举一动都透射出一股热情的豪放劲儿。他说："西昌这儿天气不错，但很封闭。这儿的人对我们的到来感到很新鲜，甚至对我们穿的衣服和骑的自行车都很有兴趣。有的人一见面就问我们家里有多少辆汽车、几部彩电，每月工资多少。同时我也发现，这儿的人都很善良，他们都很爱这块土地。我虽然来西昌不久，但已交了许多朋友。今天我又到茶馆去了。"

我说："你们来这儿后，生活上习惯吗？"

马克说："习惯。在来之前，我想西昌这地方一定很穷，老百姓肯定填不饱肚子，也担心发射中心的伙食不好，于是就从美国带来了一大堆食品，什么面包、饼干、罐头、巧克力等等。结果，到这儿后我都吃这儿的东西，自己带的东西基本没动。"

我说："你们每人给我讲一个来这儿后最高兴的故事，或者讲一件最不愉快的事情。"

我刚一说完，马克和弗罗里克便用手拍了拍脑门，然后站起来说："李先生，对不起，我们去趟厕所。"我猜想，这两位"狡猾"的美国人，一定是到厕所编故事去了。

于是，酒吧里只剩下我和维克特。

维克特说："我来这儿后，有许多令我高兴的事情，但最令我高兴的是，终于踏上了中国这块土地，实现了我几十年来的愿望。并且，还有幸和中国朋友一起携手并肩，共同参加发射'亚洲一号'卫星的任务。"

不一会，马克和弗罗里克回来了。刚落座，马克便学着中国老人讲故事的样子，风趣地给我讲起了他的故事："在很久很久以前……（大笑）有一天我骑车去发射场，路过一个村子，一个彝族小孩刚一见我，吓得转身就跑，并啊啊地大声叫喊着。我想他一定是在喊：'妈妈，快来看呀，那边来了一个大妖怪！'不一会儿，村里的人全都围了上来，看我的头发、眼睛和大鼻子，像看一个怪物。后来，我和他们成了朋友。他们领我看了农具、牛羊和缸里的粮食，还做了一顿'坨坨肉'给我吃。我吃得很开心，很想多吃点，又怕撑坏了肚子。瞧，现在肚子还鼓鼓的。"马克说完，拍着肚子，爽朗地大笑起来。

弗罗里克说："有一天，我去西昌玩，走进了一家茶馆。茶馆里的中国人对我特别好,他们为我泡了茶,后来茶馆的主人还给我做了碗面条。可我刚吃了几口,就满头冒汗,哇哇直叫,原来面条里放了许多辣椒。主人见我不能吃辣椒,又重新给我做了一碗鸡蛋面,味道很美,我吃得开心极了。临走时,主人还送我一袋茶叶,死活不收钱。我心里非常感动。"

我说:"请你们谈一点对西昌卫星发射基地的看法好吗?"

维克特说:"中方在生活上给我们安排得挺好。这儿的所有工作人员,包括翻译,都尽了最大努力为我们创造条件。技术人员都很勤奋,工作态度也好。该让我们看的地方都看了,我感到很满意。"

马克说:"卫星发射基地的技术人员在各自的专业上都是很棒的。这儿男女很平等,有不少女技术人员。在美国,女工程技术人员只占5%,男人的地位要比女人高。这一点与我原来想象的不一样。不足的是,中国发射场的设备要比美国的落后,但这儿的发射从来没失败过,这一点很了不起。"

弗罗里克说:"从整体上看,这儿的高级专家特别棒,对自己的专业很精通。但发射场的设备比较落后,有时上下信息不通。不过,我认为搞发射,不管用什么方法,只要你发射上去就好。美国有美国的方法,中国有中国的方法。这次中国只要把我们的卫星发射上去,我就承认你们厉害。另外,希望你们在争取人类进步时,不要得到了一个东西就把另一个东西丢掉了。印第安人的文化是非常好的,但美国人赶走了印第安人,把他们的文化废掉了。这儿的彝族文化是非常好的,中国在这儿发展现代科学文明,不要丢掉了彝族文化。在这一点上,你们应该吸取美国人的教训。"

我说:"弗罗里克先生,你的这点意见非常好,谢谢你!另外,在人类空间史上,中国和美国这是第一次合作,请你们就此谈一点看法或感受。"

弗罗里克说:"我们双方工作都很努力,同官方的合作也很好。当然,我们面临很多困难,因为双方都是第一次,许多技术上的问题都是前所未有的。但情况在一天天变好,现在每天都有协调会,大的问题已经没有了。我的总体感觉是,中国人是非常愿意合作的。"

我说:"这次合作,我想恐怕不单单是一次空间技术的合作,也是两个民族、两种文化、两种情感的一次交流与沟通;不光是发射一颗卫星,也是中美两国科学家在一起共同创造空间文明。因为开发宇宙,造福人类,是全人类的共同使命,不知你们是否也这样认为?"

马克说:"是的,李先生的话说得很妙。把钱花在空间技术上,这有利于各国人民的利益。虽然我们这是第一次合作,但我相信,这不是最后一次。"

弗罗里克说："由于中美双方是第一次合作，在发射场上可能会遇到许多阻力和麻烦，但我坚信中美之间的合作能够继续进行下去。因为我们都是开拓宇宙的先锋，我们是在共同创造历史！"

我说："对，我们是在共同创造历史！我的提问到此为止，谢谢三位先生的合作！你们若有什么问题需要问我，我愿意效劳。"

维克特说："你的作品发表后，能寄一份给我们吗？我们很想读到你写这次发射的作品。"

我说："当然可以。"

马克说："最近美国和法国的发射连遭失败，你们中国对此是否暗暗幸灾乐祸？"

我说："航天发射，是人类史上一项颇具风险与悲壮色彩的伟大事业，无论成功还是失败，在我看来都是正常的。至于近期美国和法国的几次失败，我个人没有所谓的幸灾乐祸，有的只是深深的惋惜和遗憾。我相信，我的同胞中绝大多数人也和我的心情一样。"

弗罗里克说："李先生，你认为你们国家目前最重要的问题是什么？"

我没想到美国人会从这个角度提问题，竟一下愣了好几秒钟。我深知这是一个敏感的问题，但又是一个必须回答的问题。

我说："以我个人的一孔之见，我们国家目前最重要的问题，是如何进一步增强中华民族的凝聚力和提高全体国民的文化素质问题，以及怎样强化、振奋民族精神的问题；同时还有一个问题，就是面对当今这个大科学的时代，如何不失时机地举起'科教兴国'的大旗，去迎接新世纪的到来。我们中华民族曾为这个世界创造过灿烂的文明，可近三四百年来，远远落在了西方先进国家的后面，我们因此失去了许多宝贵的东西，这是事实。不过我们毕竟还有一样东西没有失去，那就是百折不挠、自强不息的精神，以及重新选择机会和争取再次腾飞的权利！我们中华民族是世界上最古老的民族之一，要实现真正意义上的腾飞，还有一个艰难而沉重的过程。可喜的是，现在我们已经站在了一条新的起跑线上，并迈出了关键的一步，比如这次发射你们美国的卫星，我想就是一个很好的开头。"

弗罗里克说："好，下周就要发射了，祝你们发射成功！"

马克说："上帝保佑，阿门！"

我说："谢谢！再见！"

结束采访，我步出宾馆。

星空下,我久久伫立。

“月亮城”睡了。寂静中,我仿佛听到古老的土地在发出沉重的喘息声。或许,这是东方与西方相互碰撞时发出的声响;或许,这是一个民族腾飞前的急促心跳。

是的,弗罗里克说得好,“我们是在共同创造历史”。随着现代科技文明的飞速发展,宇宙变得越来越小。今天,中国的火箭、美国的卫星,终于走到了一起。

然而,这一切,是怎样开始的呢?

历史,从昨天的弯道走来

四、20 世纪的中国与美国

1971 年 7 月 9 日中午 12 点,一架巴基斯坦国际航空公司的大型客机,在北京郊区南苑军用机场徐徐降落。

六名美国人,踏着又惊又喜的步子,匆匆走下舷梯。

他们双脚刚一着地,便禁不住连声惊呼:“OK,中国! 中国,OK!”

这六位美国人,便是尼克松总统专程派往中国的秘密使者:基辛格博士率领的秘密访华谈判小组。

这是二十二年来,第一批踏上中国国土的美国政府官员。

众所周知,由于历史原因,中国与美国长期以来是一对冤家。几十年来,除了在朝鲜战场上有过你死我活的较量,以及在板门店谈判等中有过针锋相对的触碰外,两国政府很少有交往。

显然,百年挨打史,在中华儿女的心中,烙下了苦痛的伤痕;尤其是圆明园那一截截直刺苍天的残柱,成了中国人民的耻辱柱。

而在 1949 年之后的岁月里,美国第七舰队驶进台湾海峡,封锁中国经济和阻挠中国进入联合国;朝鲜战争、越南战争等更为中美两国的关系,投下了一层层厚重的阴影。

据传,20 世纪 50 年代还发生过这样一个故事:

在 1954 年召开的日内瓦会议期间,有一次中国总理周恩来在酒吧与美国国务卿杜勒斯相遇。周恩来主动伸出手去想同杜勒斯握手,杜勒斯却把脸一转,故意装作没看见,拒绝了周恩来的握手。而周恩来伸出的手则顺势朝着服务员一招,不失风度地说:“小姐,请给这位先生来杯可乐,账记到我的头上。”说罢,周恩来微微一笑,信步离去。

当然,听说后来也发生了中国外交官员拒绝同美国人握手的事情。周恩来得知后指示说:“第一,我们不主动和美国人握手;第二,如果他们主动伸出手来,我们不要拒绝。这叫礼尚往来嘛!”

1964 年,曾经认真研究过中国及其历史的戴高乐总统承认了中华人民共和国。当一位西方记者问他为什么要承认中华人民共和国时,他回答说:“因为中国是个大国、古国,又一直备受欺凌。”

尼克松上台后,对中国的想法开始有了变化。戴高乐和阿登纳都曾对他说过:“美国同中国发展某种关系是必不可少的。你最好趁早承认中国,而不要等中国强大了,你再不得不承认它。”

尼克松上台时,在他的就职演说中有这样一段话:

> 要让一切国家都知道,在本政府当政时期,我们的通话渠道是敞开的。我们寻求一个开放的世界——对思想开放,对物资和人员的交流开放。一个民族,不管其人口多少,都不能生活在愤怒的孤立状态中。

后来,尼克松在参加美国《时代》周刊记者的一次访谈时,也这样说道:“如果说在我去世之前,有什么事情要做的话,那就是到中国去。如果我不能去,我希望我的孩子能够去。”

1972 年 2 月 21 日,中美关系终于翻开了新的一页。

这一天,美国总统尼克松正式访华。

这一天,中国总理周恩来身披灰色呢大衣,迎着呼啸的北风,在北京首都机场恭候尼克松的光临。

在历史的一瞬间,当尼克松伸过手来与周恩来的手紧紧相握时,周恩来幽默地说:“总统先生,我们已经有二十五年没有交往了啊!今天,您终于把手伸过了世界上最辽阔的海洋。”

尼克松也风趣地说:“是啊,周总理先生,我做梦都在想着这一天啊!”

下午 3 点整,在中南海迎宾室,中国主席毛泽东和美国总统尼克松,双手紧紧地握在了一起。中美两国领导人的这次划时代的会晤,长达 65 分钟!

据后来的资料表明,当晚尼克松在日记中这样写道:“当我们的手相握时,一个时代结束了,另一个时代却开始了。”

一周后,即 1972 年 2 月 28 日,周恩来与尼克松又在上海会晤,中美双方签署了《中美联合公报》。在公报中,双方声明:“中美两国关系走向正常化符合所有国家的利益。”这标志着中美两国和平交往的开始。

为表示纪念,周恩来和尼克松还在杭州亲手种下了一棵尼克松从美国带来的红杉树。据说,这棵红杉树是美国加州公园中最老、最高的一棵红杉树的后代。

后来尼克松回忆说:“当时,我们二人谁都不能肯定这棵树能在中国的土壤中长大;但事实证明,土壤和气候都是友好的。”

1987 年秋,美国一位叫基恩的州长来华访问。在杭州,基恩州长亲眼见到了这棵红杉树。此时的红杉树枝繁叶茂,葱绿挺拔,约有 28 米高。杭州一位负责人对基恩州长说:“用这棵树培育的 4 万棵树苗,已经扎根在了中国 7 个省份的土地上!”

1979 年,中国同美国终于建立了正式外交关系。

就在这一年的 1 月 29 日,邓小平作为新中国有史以来第一个正式访问美国的国家领导人,适时地跨进了美利坚合众国的大门。

美国总统卡特在白宫门前,以欢迎外国元首的礼仪迎接了邓小平副总理的到来。美国的星条旗和中国的五星红旗,第一次并肩升起在美国总统府的上空。

在美期间,邓小平会见了美国前任总统尼克松,瞻仰了林肯纪念堂,参观了世界最大的航天博物馆——华盛顿美国航空航天博物馆,并出席了中美科技合作协定和文化交流协定的签字仪式。

休斯敦是美国著名的航天测控中心,当邓小平乘坐美国总统的“空军一号”专机飞抵休斯敦时,还特意坐上航天飞机,进行了一次从 3 万米的高空向地面着陆的模拟飞行。

同时,邓小平还参观了约翰逊航天中心。为他担任讲解员的,是第一个绕地球飞行的美国人格伦参议员。据说,那天邓小平兴致极好,几次掏出香烟,又几次放了回去。

邓小平在美国八天,美国掀起了一股“中国热”。当有记者问邓小平,这次中美会谈都谈了些什么问题时,邓小平抖了抖手指夹着的香烟,不慌不忙地说:“从人间到天上,无所不谈。”

在卡特总统为欢迎邓小平副总理而举行的国宴上,两双不同肤色的手紧紧相握,频频举杯。

卡特说:“让我们为人类的幸福干杯!”

邓小平说:“让我们为世界的和平干杯!”

十年后，尼克松在他的一本专著中这样写道：

如果中国继续走邓小平的道路，我们孙辈的世界将有三个超级大国，而不是两个——美国、苏联和中华人民共和国。

今天，美中两国人民在中国的发展事业中已结为伙伴。假如双方坚持走这条道路，21世纪的美中关系将是世界上最重要、最互利的双边关系之一。为了生活在下一个世纪的儿孙们，我们必须确保两国关系继续存在并得到发展。

美中两国人民都在世界上最能干的人民之列，天赋的潜力都极大。展望21世纪，我们看到的是，土壤和气候都适于培育美中关系。美中关系大有可为，它能把这个世界的和平与自由推至前所未有的高度。

当然，无论是尼克松还是卡特，不管是毛泽东还是邓小平，可能都没想到，自1972年中国与美国在陆地进行了第一次握手后，十八年后的今天，当中国的火箭与美国的卫星在西昌进行对接时，中国与美国又在空间技术上进行了第一次“握手”。

那么，中美的这次“握手”，是否也意味着一个新的空间文明时代的开始呢？

五、举起火箭的大旗

历史的选择，常常带有偶然性。

1984年，对于中国的航天界来说，既令人躁动不安，又叫人欣喜若狂。

年初，有关部门宣布：对外招标，购买外国卫星。

于是，美国、法国、英国、联邦德国纷纷来投标。

有关部门由此决定，从这四个国家中，购买一颗中国所需的通信广播卫星。

但卫星买回来后，请谁来替中国发射呢？

后经反复调研，决定选用法国的“阿里亚娜”火箭和美国的航天飞机。紧接着，中国就向法国和美国预订了4个座位，并向法国和美国分别预交了10万和20万美元的发射订座费。

中国有自己的火箭，也有自己的卫星研制队伍，还有自己的发射队伍，却要花重金去购买外国卫星，而且还要用法国的火箭和美国的航天飞机为其发射，这不免让一些人大为光火，甚至十分震怒！

但话又说回来，不这么做又怎么办呢？当时的中国，正值改革开放初期，全中国都在等着用通信广播卫星！有关部门之所以要这么做，也是无奈之举，被迫为之！

说来也巧，就在这时，即1984年4月8日，中国的“长征三号”运载火箭在西昌一声“怒吼”，一下就把中国的第一颗同步通信卫星送上了太空！

中国震动！

世界震动！

当时所有对中国火箭的发射能力持怀疑和观望态度的人，也被震得目瞪口呆。

更有意思的是，历史老人偏偏在这个时候又开了一个不大不小的玩笑：1984年4月30日这天，当中央军委、国务院领导和中国的航天精英们在北京人民大会堂举行隆重庆祝中国通信卫星发射成功的大会时，《参考消息》却登出了这样一条新闻——中国有关部门，与美国和法国签订了购买通信卫星的合同！

实事求是地说，中国有关部门根据当时现状，出于不同角度的考虑，购买外国卫星并请外国发射，无可非议，更无过错。但此事却恰恰说明了一个问题，即当时的中国，对自身的运载火箭究竟有多大能耐，是缺乏清醒和统一认识的；而且更不会想到，原本需要请美国发射卫星的中国，短短几年后居然会反过来为美国发射卫星。

当时只有一个事实确定无疑，这就是“长征三号”火箭把中国第一颗同步通信卫星发射上天后，全世界都多多少少感到了中国的分量。

于是，中国航天界一批大智大勇者，便悄悄地有了自己的梦想：中国的“长征三号”火箭，能不能打入国际商业市场，去发射外国的卫星呢？

上官浑身都是金

北京。黄寺大街。

夜，很深了，国防科工委大楼的一间小屋里，还透出一束橘黄色的光亮。台灯下，一位中年男子正在面壁苦思。

这是1984年初夏的一个夜晚。四周很静，只有星星伴着月亮在天上散步。中年男子身材不高，却显得仪表堂堂，脸上总是挂着些许不易被人察觉的微笑。他给人的总体感觉是，温文尔雅，气度非凡，既有学者的派头，又有外交家的风度。特别是宽宽的额头下，那双充满着东方男子汉智慧与胆略的眼睛，只要留心看上一眼，便很难再从记忆中抹掉。

这位中年男子，名叫上官世盘。

上官世盘是中国卫星发射测控系统部副主任。他最大的特点是，人人都承认他身上有一种男子汉的魅力，但又谁都说不清这种魅力究竟是什么。

国务委员宋健，对上官世盘曾有这样一句评价："上官浑身都是金！"

而上官世盘的部下王建蒙先生则对我说："上官就是一部长篇。他思维敏捷，卓有远见。就像下棋，你刚刚还在想第一步，他已经想到第四步、第五步了。"

"上官善于在夹缝中求生存，善于在没有条件把事情办成的情况下把事情办成。"翻译许建国先生也这样对我说，"他简直就像墙上的一只壁虎，没有任何依靠，也能攀上去，而且能稳稳当当地贴在那儿，绝不随风偏倒。"

据说，上官世盘还有一个特点：特能抗困！晚上加班熬夜，每当困得实在不行时，他便往墙角一站，两拳紧握，双目怒睁，10 分钟内绝不眨眼，很快便额头冒汗，困意全无。他说，干事业，这是基本功，得练！

这个晚上，上官世盘刚刚练完"基本功"，便孤坐灯下，面壁苦思：中国的"长征三号"运载火箭怎么才能打入国际商业市场？

这个问题在六年后的今天看来，既合情又合理，可当时在有的人眼里，却是天方夜谭。

上官世盘 1936 年生于福建，1958 年毕业于厦门大学物理系。大学毕业后，他去了戈壁酒泉卫星发射基地，一直从事航区的测控工作。其间，他曾出任过高级技校的教师，如今这能说善辩的口才，与那段当教师的经历有关。

从 1958 年至 1990 年，上官世盘在发射场摸爬滚打，一晃便是三十二年。三十二年来，上官世盘曾参加过中国第一枚导弹、第一颗人造卫星、第一颗返回式卫星、第一颗原子弹、第一颗氢弹、第一颗同步通信卫星等发射试验任务，同时还参加组织过"154"跟踪测量工程的研制工作和"远望号"测量船的研制、论证工作。

毫无疑问，积数十年发射场之经验，上官世盘对中国的航天技术水平以及发射队伍的现状是非常熟悉的，而且对这支队伍的过去、现在和未来也有着较为清晰的认识。

在采访过程中，当我问上官世盘，当时国防科工委和航天部为什么会想到要把中国火箭发射技术打入国际商业市场时，他坦率地谈了自己的看法。他说：

"第一，我觉得航天事业就应该有所开拓有所创新，而不能因循守旧，只走老路。当时，国防科工委的领导和我们不仅想到了这个问题的艰难，甚至还准备为此付出牺牲和代价，但中国的出路在于改革开放。一个人，一个部门，如何在自己的行业里体现这一国策，是问题的根本。中国有一支过硬的航天技术队伍，已经具备了数套完整的发射、测控设施，并且又有'长征'系列火箭。因此，如果我们能将中国的航天技术打入国际商业市场,岂不正是改革开放的最好体现?虽然肯定是困难重重,但我们认为是完全可以做到的。

"第二,国防科工委在全国有几个承担着不同试验任务的基地,总的来看,每个基地的任务都不是很重。有的一年最多发射两颗卫星,这就使得几万人待在大戈壁或者大山沟,常年没有多少紧迫的事情要干。同时,航天部有一大批专家年纪都不小了,而年轻一代一时还未接上茬,如果再不采取有效措施,那老一辈专家所开创的航天事业,很可能就再也无法发展下去了,甚至还有断送的可能。

"因此,中国的航天发射必然面临两种选择:一是精简队伍,砍掉一些基地,因为中国的航天队伍全靠国家财政支撑。如果不砍,国家很穷,像国防科工委这样一支庞大的科技队伍,长久下去,靠什么来养活?如果砍,随之而来的问题是,航天发射的需要是多种多样的,从我国当前的现状和发展趋势来看,哪一个基地也少不了。将来一有新的发射任务,技术力量没有保留下来,怎么办?而另一条路,就是打出去!利用我们航天技术的优势和余力,承揽国外发射任务,这样,既可以造福人类,为国家赚取外汇,还可以保存、锻炼、提高技术队伍,使中国的航天事业不断发展、壮大下去。

"第三,国务院、中央军委一再提出要军转民,但国防科工委的发射队伍如何军转民?生产产品,对各基地来说,又不是根本的出路。如果光搞生产经营,小打小闹,急功近利,不仅没有出路,长久下去,还会削弱技术力量,甚至会拖垮这支队伍。但如果我们把航天技术打入国际市场,从这里杀出一条血路,便能从根本上实现军转民的问题。否则,火箭故乡的子孙们永远直不起腰杆。"

上官世盘说着,竟按捺不住地站了起来,在屋里踱起了步子。

望着上官世盘那一副忧国忧民的面孔,我突然想起法国大作家雨果先生的话:"世界上最广阔的是海洋,比海洋更广阔的是天空,比天空更广阔的是人的胸怀。"

是的,历史进入20世纪80年代后,中国究竟靠什么来重塑自己在国际舞台上的形象,这个问题如同肚子饿了就要吃饭一样,早就摆在了我们的面前。

中国曾以"四大发明"闻名天下,也以"火箭的故乡"著称于世,但这些老本早就吃光了。中国的形象,无疑需要今天的火箭子孙们重新塑造。既然中国有了可以造福人类的"长征"系列火箭,当然应该让它走向世界。不然,总不能让它永远留在本国尘封的宫殿,去做祭奠"四大发明"的供品吧。

记得波尼亚托夫斯基在《变幻莫测的未来世界》一书中说过:"生活的唯一答案,就是生存下去。所谓生存,就是思考和行动。"

看来,中国目前最需要的,正是"思考"和"行动"。

蒙古大汉与陈老板

英雄所见略同。

几乎在同一个夜晚，国家科委主任宋健坐在灯下，扶着眼镜，认认真真地读着一封来自航天部的信。

这封来信说：

> 利用“长征三号”运载火箭搞商业发射，把中国的航天技术打入国际商业市场，我们认为完全可能。
>
> 其理由是……

宋健后来说，那天晚上他看完信后，心情久久不能平静。

宋健曾是航天部副部长，让中国的火箭走向世界，也是他多年的梦想。因此，他看完信后，想了想，又拿起信来看了看，而后才将信慢慢展开，拿起笔来，在信的天头批道：

> 我完全同意这个建议。希望你们为中国的火箭走向世界而努力奋斗！

写这封建议信的人，便是如今中国长城工业公司的两位副总经理：乌可力和陈寿椿。

中国长城工业公司，是一家全国性的具有法人资格、独立经营权的工贸结合、技贸结合的进出口贸易公司。自中国宣布进入国际商业发射市场起，长城工业公司便成为中国政府批准的经营运载火箭发射服务、卫星合作业务的唯一机构。长城工业公司自成立以来，已同世界70多个国家和地区的公司、经济组织有着广泛的贸易合作关系。特别是中国“长征号”系列火箭进入国际市场以来，长城工业公司已先后同五大洲几十家公司建立了业务联系，并签订了多项卫星发射及卫星搭载订座协议的合同，积极发展了与各国公司之间的经济贸易与友好合作，受到客户的赞誉。

1990年夏季一个炎热的上午，我在中国长城工业公司见到了乌可力先生。

乌可力是成吉思汗的后裔。他的父亲，便是大名鼎鼎的乌兰夫。

乌可力原名“乌宾”。这是他刚刚来到这个世界时,父亲特意为他取下的名字。但当他考入哈军工即中国人民解放军军事工程学院后,便自作主张,将名字改成了“乌可力”。“乌可力”在蒙语中,就是“牛”的意思。

乌可力的确像头牛,高大的个子,粗壮的身板,宽阔的胸脯如同一堵厚实的墙。我俩会面这天,他穿一件花格子短衬衫,满头白发,两眼有神,乍一望去,颇像一位来自欧洲的大商人。尤其是嘴唇上方那撮贺龙式小胡子,既潇洒漂亮,又显出几分刚毅与傲气。

“这胡子还是贺老总让我留的呢!”说到胡子,乌可力伸出胖胖的指头理了理,眼里竟闪烁着泪花。

那时,乌可力还是一名二十来岁的大学生。一次,贺龙到他家里看望他父亲,他刚打开门,贺老总当胸就给他一拳,说:“小子,你这胡子长得不错啊!”

乌可力望着贺龙的胡子,说:“贺伯伯,不错是不错,可您是老总,是国家元帅,胡子想怎么留就怎么留,而我还是个学生娃娃,学校不让我留胡子!”

“是吗? 这好办!”贺龙理了理自己的胡子,说,“你回去告诉学校的头儿,你的胡子就这么留定了,就说是我贺龙批准的!”

“这太好了,贺伯伯!”乌可力欢呼着,转身拿起一块西瓜,一下塞进贺龙的嘴里。

乌可力的胡子,便这么留下来了。

后来,有人见他这撮胡子长得实在太漂亮了,而且很像贺龙的胡子,便给他的胡子取了个绰号——贺龙式小胡子。

据说,近几年来他总喜欢对着镜子抚摸自己的胡子;每当抚摸着胡子时,他总会想起贺老总,想起新中国一大批老元帅。

1940 年,乌可力告别内蒙古大草原,随父亲去了延安,并在延安度过了半军事化的少年时代。在延安上小学时,乌可力就是有名的“乌大胆”。有一次,他独自一人,挽起裤腿蹚延河水。不料,他刚一下水,上游的洪水便一个劲儿地猛涨,眼看就要奔泻而下! 就在这时,一匹骏马沿着河岸向他飞奔而来。马上的汉子跳下马背,几步蹚进河里,一把便将他抱回岸上。等他脱下裤子,擦了一把河水,回头一看,这人竟是周恩来伯伯!

还有一次,他和一群小同学正在路边“打仗”,忽见一辆美式嘎斯正朝他们这边开来。他急忙领着小伙伴们冲上前去,往路中央一站,手中的“枪”一举,大喊一声:“停车! 什么人?”车乖乖地停下了,随后从车上走下一位高大魁伟的人来,双手高高举起,脸上却露着慈祥的微笑。他定睛一看,原来是毛主席! 他一下便扑了过去，欢快地叫着："毛伯伯！毛伯伯！快给我们讲个打仗的故事吧！"

乌可力天资聪明，加之后天环境的影响，刚满十三岁，便被选去当了电报员和骑兵通讯员。在哈军工学习期间，他和科研小组的同学一起，研究成功了人工降雨火箭；而他自己研制的耐高温材料，还获得了国家专利。大学毕业后，他去国防科技大学深造了五年的空气动力学，接着就搞起了飞机设计。

但是，父亲的权位并未给乌可力的人生道路铺上鲜花，反而一度带给他的是厄运！

1967 年，乌可力因受父亲的牵连，锒铛入狱。

然而四年的监狱生活，并未折断乌可力鹰一般的翅膀，反而铸就了他一颗蒙古大汉的雄心。在蹲监狱的日子里，每当夜深人静之时，他常常凭窗眺望，一颗孤独的心，便会随着先祖成吉思汗的铁蹄，在辽阔的内蒙古草原自由狂奔；而每次他被发配去埋死人时，则会想到另一个问题：一个没死的人，该为自己的祖国干点什么呢？

1982 年，他调到航天部担任科技预研局副局长。其间，他对中国和世界航天的局势，做了透彻的分析和科学的预测。所以当 1984 年 4 月 8 日"长征三号"火箭发射成功后，他和陈寿椿、黄作义等人，很快便想到了如何把"长征三号"运载火箭打入国际商业市场的问题。

陈寿椿是这次发射"亚洲一号"卫星的新闻人物。他的同事和部下都称他为"陈老总"；但外国朋友还有港商，则习惯叫他"陈老板"。

我在西昌卫星发射场见到了陈老板。陈老板很忙，忙得不可开交。凡是去了西昌卫星发射场的记者都想找他，但几乎都没找到他。

一天傍晚，我趁他刚刚放下碗筷的时候堵住了他。这是一位用一个脑袋可以同时思考三个问题的人物。一进他的房间，他用下巴夹住电话筒，一边给北京打着电话，一边复印着文件，一边不时看看复印的效果；同时怕冷落了我，还总是抓住点滴间隙，与我天南海北，侃侃而谈。

陈老板戴一副眼镜，穿一件棕色夹克衫，说话办事，都是"短平快"，一看便是个爽快利落、性情急躁的人。而且不用多问，听口音便可断定是个地道的广东人。

陈寿椿 1960 年毕业于苏联莫斯科机械工程学院。回国后，曾担任过"长征一号"火箭的主任设计师，在航天部总体设计部整整干了两个七年。陈寿椿胸怀大志，加上南方人天生就有一个会做生意的脑袋，所以他最终还是舍弃了设计师的宝座，当上了推销中国火箭的大老板。

乌可力和陈寿椿等人的建议,得到了航天部领导的大力支持。

1984 年 4 月下旬的某个晚上,航天部部长李绪鄂和原副部长刘纪原专门召集乌可力等人谈话,具体讨论了中国航天技术打入国际市场的有关问题;并指示乌可力全力以赴,负责开展“长征三号”火箭打入国际市场的工作。

接着,航天部拨款 20 万元人民币,组织成立了以乌可力、陈寿椿、黄作义为首的“航天开发十人小组”,开始了中国空间技术走向世界的早期活动。

六、序幕在戴高乐机场拉开

1984 年底,一份关于把中国“长征三号”运载火箭打入国际商业市场的正式报告,摆在了国防科工委领导的办公桌上。

这份报告,既体现了国防科工委和航天部决策者们的远见卓识,又表达了航天战线一大批科技精英希望早日把中国火箭打入国际商业市场的美好愿望。

此报告受到了国防科工委领导的高度重视。根据国防科工委的指示,张敏参谋长很快组织航天部、西昌卫星发射基地、西安测控中心、洛阳测量通信所和科工委有关部、局负责人,对报告进行了充分的讨论与研究。

同时,国防科工委领导还向张爱萍将军做了汇报。

张爱萍将军听了后,兴奋不已,竟激动地从藤椅上一下站了起来,用手中的黄藤手杖连连戳着地面说:“好! 让中国的火箭走向世界,是壮国威、壮军威的大事,一定要想方设法尽快干成。我们既然有了这个能力,就要敢于竞争,敢于向世界挑战,而绝不能落于人后,更不能受制于人!”

接着,国防科工委和航天部的领导又向中央军委和国务院有关领导专门做了一次口头汇报。

中央军委和国务院有关领导听完汇报后,对此表示了极大的兴趣,并对这一设想给予了充分的肯定与鼓励。国务院领导最后还指示说:“希望科工委回去后抓紧这一工作,尽快拿出具体的方案和意见来。”

于是,1985 年 4 月 2 日,国防科工委在国防部大院五楼会议室,召开了关于“长征三号”运载火箭发射外国卫星可行性的论证会。

会议认为,航天作为一个产业,在国际上正处于开发的初始阶段。航天发射获利非常之大,仅运载火箭,欧美每年获利都达 5 亿美元。目前欧美正为航天技术商业化进行激烈的竞争,苏联也在积极探索如何参与这一竞争。从中国航天的现状来看,中国是世界上同时拥有运载火箭和卫星测控网的国家之一。为了开发航天产业，进入国际市场；为了开展国际合作，加速提高航天技术水平；为了促进四化建设，增辟一条新的财源，中国应该让自己的航天技术打入国际市场。

国防科工委主任丁衡高说："这个工作是一定要干的，否则将来就很被动。中国的航天，就是要在国际竞争中求发展。只要第一次打开了局面，今后的路就会越走越宽。"

国防科工委副主任沈荣骏也说："发射外国卫星，这是我们前人从未干过的事业，肯定会遇到不少困难和阻力，甚至还要冒风险，但我们首先要树立起雄心，要有敢于开拓、敢于创新的精神。只要我们下决心脚踏实地地去干，终归能把事情干成。因为这不仅仅是国防科工委的一件大事，也是整个中华民族的一件大事！一旦做成，就会改变中国在世界的形象，同时也会在历史上留下深远的影响。"

1985 年 6 月，国际航空航天展览会在巴黎举行。

这是一次规模空前的盛会，近 100 个国家的代表，200 多名各国记者，纷纷聚会法国首都巴黎。

中国，这个火箭的故乡，有史以来第一次将自己的火箭、卫星等高科技产品送到国际航展会上。

而中国代表团的团长，正是乌可力。

那天，航展会开幕仪式在戴高乐机场隆重举行。当五星红旗第一次在巴黎上空徐徐升起时，乌可力和代表团的所有成员，全都忍不住流下了自豪的热泪……

是啊，巴黎既是一座英雄的城市，又是革命的摇篮。它不仅孕育了法兰西民族灿烂的文明，还对中国的一代革命家产生过深远的影响。当年，周恩来、朱德、邓小平、聂荣臻、李富春、陈毅、蔡和森、王若飞、徐特立等一大批中国留学生，曾抱着研究马克思主义真理，寻找改造中国出路和"科学救国"的思想，漂洋过海，来到巴黎，勤工俭学。岁月匆匆，往事如烟。而今半个多世纪过去了，经几代中国人的不懈奋斗，终于有了代表中国实力的"长征三号"运载火箭和同步通信卫星，并有机会展示在世人的面前。这实在是一件令人欣喜、令人自豪的事情。

而作为火箭故乡的子孙，乌可力更不会忘记：一个世纪前，美国在费城举办某科技成果博览会时，美国送展的是第一代发电机和莫尔斯的发报机；英国送展的是瓦特发明的蒸汽机；而中国送展的，却是一双小脚女人的绣花鞋和一只手工制作的挖耳勺！而今天，中国向世界展示的，是世界高科技的先进成果——同步通信卫星和"长征三号"火箭！

因此，当乌可力站在飘扬的国旗下，不停地抚摸着自己那撮骄傲的贺龙式小胡子时,内心涌动着的是一股奔腾不息的滚滚热流……700 多年前,他的先祖成吉思汗率领铁骑横跨欧亚大陆,用武力将中国的古代火箭传入欧洲;700 多年后的今天,他这个成吉思汗的子孙,却在鲜花与笑脸中将中国的现代火箭带出国门,让欧洲人再一次目睹了中国火箭的风采。

这难道是历史的巧合吗?

开幕式结束的第二天,乌可力便在戴高乐机场附近的一家私人餐厅举行了新闻发布会。

他站在餐厅的中央,西装革履,风度翩翩,来自世界各国的 200 多名记者将他围了个水泄不通。当他大声宣布中国的"长征三号"火箭将投入国际商业发射市场时,全场报以热烈的掌声。

新闻发布会从下午 1 点进行到 4 点,他回答了记者们 100 多个提问。

新闻发布会的召开,让中国的火箭在展览会上一开始便掀起一个高潮。第二天,法国各家报纸纷纷报道了这一消息,而乌可力的照片也出现在《巴黎日报》头版头条的位置上,照片上那一撮贺龙式的小胡子,更是格外引人注目。

一天傍晚,乌可力和王若飞之子王兴先生走进一家法籍华人开的饭馆。二人刚一落座,老板和服务生便围了过来,指着乌可力问:"您就是乌先生吧?"

乌可力有些莫名其妙:"是啊! 你们怎么知道?"

老板说:"哎呀,您的照片我们在报上都看见了。你们来巴黎宣传中国的火箭,我们太高兴了! 过去,不仅外国人不知道我们中国有火箭、卫星,就连我们这些中国人都不知道呢。今天这顿饭,算我请客了!"

说完,老板亲手做了几个中国菜,还拿出两瓶世界名酒,免费请他俩吃了一顿。

航展会期间,国务院副总理李鹏外访途经巴黎。乌可力得知后,忙跑到中国驻法大使馆,找到李鹏,向他汇报了中国这次参加国际航展的情况,以及在世界各国产生的影响,希望他能到航展会上看一看。

听了乌可力的介绍,李鹏异常兴奋。据乌可力后来说,李鹏在窗前站了片刻,才重新坐回沙发上,向乌可力问起有关中国火箭打入国际商业市场的进展情况。最后,李鹏表示:明天一定去国际航空航天展览会看看!

第二天,李鹏忙里偷闲,来到国际航空航天展览会现场。在乌可力的陪同下,李鹏认真观看了中国参展的火箭和卫星。一边看,还一边详细询问了有关情况。当他亲眼看见世界各国的同行纷纷拥向中国展厅并不时发出由衷的赞叹时,高兴得不停地晃动着右臂;特别是当他看到不少白发苍苍的华侨一边看着中国的火箭、卫星,一边擦拭着热泪时,更是激动难抑。

但是，当李鹏看到美国、法国、日本、苏联等国的展厅又豪华又气派，而中国的展厅却小得可怜时，却沉默了。

片刻，李鹏问乌可力："你这展厅的面积有多大?"

乌可力有些不好意思地回答说："18 平方米。"

"怎么不搞大一点，气派一点?"李鹏说。

乌可力无可奈何地摇了摇头，笑了："没钱!"

李鹏："没钱?"

"对。就是这个展厅的资金，也是想方设法，好不容易才凑足的。"乌可力说，"当然了，中国的'长征'系列火箭和同步通信卫星是第一次在全世界面前亮相，我们心里都没底。怕一下搞大了，万一人家不来看，不买账，到时就很难下台了。"

"没关系，可以再搞大一点，再搞气派一点嘛!"李鹏说，"要知道，这代表的是我们中国的形象!"

有了李鹏副总理的尚方宝剑，乌可力很快就把中国参加航展的面积，由 18 平方米变成了 81 平方米。

于是，中国航展的影响越来越大。许多外国朋友看了中国的展品后说："过去，我们只知道中国有原子弹、氢弹，没想到中国还有'长征'系列火箭、返回式卫星、同步通信卫星。而且，还有像'长征三号'这样的世界第一流的火箭!"

巴黎航展，拉开了中国空间技术走向世界的序幕。

巴黎航展结束不久，即 1985 年 6 月，由苏联、美国、日本、澳大利亚等国联合举办的国际空间技术会在日内瓦举行。就在这个会上，陈寿椿代表中国代表团，作了关于《中国向外国提供发射服务可能性》的报告，并向世界正式宣布："长征三号"火箭发射服务的价格，将比国际市场同类低 15%。因为中国并不借此谋取高利润，同时也因为中国的原材料和劳动力比较便宜。

此报告在会上引起各国代表的强烈反响。会议主持人当即在会上郑重宣布：没有中国参加的空间会议，是不完整的。

同年 10 月，中国又一次将一颗科学探测卫星和技术试验卫星发射成功。国防科工委副主任沈荣骏及时组织有关人士召开会议，认为面对急剧变革的世界形势，中国再也不能沉默了，中国航天，到了必须做出选择的时候。

于是，10 月 27 日，由航天部部长李绪鄂以答新华社记者问的形式，正式向世界庄严宣布：

中国自行研制的“长征二号”和“长征三号”运载火箭将投入国际市场,以优惠价格承揽国外卫星发射业务,并负责培训技术人员;而且,中国人民保险公司愿意以国际市场的优惠价格,为要求发射卫星的外商承担经济保险。

这是一个民族的心声;

也是一个民族的胸怀;

更是一个民族的气魄!

中国,这个火箭的故乡,走过了几千年蒙昧苦难的岁月,今天终于敞开空间技术的大门,面对挑战的世界,第一次举起了火箭的旗帜。

七、天时·地利·人和

中国火箭承揽外国卫星发射业务的消息刚一宣布,一股强大的“中国火箭热”很快蔓延全球。

于是,机遇的脚步,随之向着中国走来;公正的阳光,开始照在了中国这片文明古国的大地上。

而恰在这时,美国、法国的航天发射连连惨败。世界航天局势,陡然间发生了戏剧性的变化。

1986 年 1 月 28 日上午,数以万计的美国人拥挤在美国肯尼迪航天发射中心,等待观看人类历史上最壮美的一次飞行。

随着一声隆隆的巨响,一个庞然大物在滚滚烈焰中,徐徐升向天空。

然而,当这个庞然大物升空后仅 73 秒钟突然一声闷雷般的巨响,成千上万的碎片在火光和烟雾中拖着熊熊的火焰,纷纷撒向离发射点 10 公里的太平洋,前后持续时间竟达 1 个小时之久。

这就是人类载人航天史上最悲惨的一幕:美国“挑战者号”航天飞机大爆炸!

“挑战者号”大爆炸,震动了白宫。布什副总统即刻赶赴发射场,慰问遇难者家属。当天下午和晚上,里根总统向全国发表广播、电视讲话,赞扬 7 名宇航员是航天事业中的先锋和英雄,并强调美国将继续探索太空。两天后,里根总统还亲自出席了在休斯敦约翰逊航天中心举行的万人追悼大会。

两个多月后,即 4 月 18 日,美国“大力神 –34D”火箭在美国范登堡空军基地携带一颗价值 5000 万美元的军事侦察卫星发射升空,不料几秒钟后随即爆炸。这是“大力神 –34D”(以下简称“大力神”)火箭继 1985 年 8 月 28 日爆炸后的第二次爆炸。

5 月 3 日,美国用“德尔塔”火箭发射一颗气象卫星,因火箭发动机故障而失去控制,升空后仅 91 秒便被地面指令炸毁。

接着,在 5 月 31 日,法国“阿里亚娜”火箭继 1985 年第 15 次飞行爆炸后,在第 18 次飞行中又不幸惨遭爆炸！ 发射被迫停止 16 个月。

后来有人总结说:1986 年,是世界航天史上的“大灾年”。

上述航天史上连续四次罕见的大失败,迅速改变了世界商业卫星发射市场的行情,从而使西欧诸国陷入一种十分尴尬的局面。

从美国的情况来看,三次连续大失败,打乱了原有的航天发射计划。因为航天飞机和“大力神”火箭,是美国当时运送大型卫星仅有的工具。相隔 80 天就出现两次失败,使其航天活动几乎陷于瘫痪。所以美国被迫宣布:航天飞机的飞行计划至少推迟一至两年。美国宇航局局长詹姆斯 · 弗莱彻说:“航天飞机拟在 1988 年第一季度才可恢复飞行,在以后的三至四年,可能仅有三架航天飞机提供发射卫星服务。”

由此造成的结果是,各国卫星发射计划陷入一片混乱。已经列入发射计划的卫星用户,捶胸顿足,叫苦不迭。全世界几十颗亟待升空的卫星,只好无可奈何地躺在冷冷清清的仓库里或者生产线上;一些原定使用美国航天飞机发射的商用卫星,也只得推迟发射;而有的卫星用户则干脆取消了用航天飞机发射的合同,重新寻找火箭为其发射。

然而另寻火箭谈何容易!

由于在过去几年里,美国政府对航天飞机的发射服务给予了特殊的政策,美国国内的火箭根本无法与之抗衡,致使“大力神”“德尔塔”和“阿特拉斯”火箭纷纷败下阵来,大部分生产线均已关闭。所以,尽管航天飞机失败后里根政府曾宣布,为承揽美国及国外民用商业卫星的发射,“大力神”等多种火箭要竭尽全力恢复生产,以便同国外的运载火箭竞争。可惜,马丁公司的“大力神”火箭,至少要等两年之后才能飞行;麦道公司的“德尔塔”火箭要恢复生产,最快也需一年半至两年;而通用动力公司的“阿特拉斯”火箭,由于大多数是为国防部提供军事服务的,目前也仅剩下一发库存。

所以,美国企图用火箭在国际卫星发射市场东山再起,在短期内是不现实的,也是缺乏竞争力的。

再看看法国的情况,“阿里亚娜”火箭是由法国、联邦德国、英国等 11 个国家组成的欧洲空间局共同研制而成的。在美国“挑战者号”爆炸之前,“阿里亚娜”火箭是世界上唯一可与美国航天飞机抗衡的运载工具。1984 年,“阿里亚娜”火箭首次承揽商业卫星发射,第一年就发射了 9 颗卫星,一跃而成当年世界上最佳商业发射火箭。截至 1985 年底,“阿里亚娜”火箭已占领全世界 42% 的商业卫星发射市场,而且正暗暗发奋,要在 1986 年至 1990 年间,夺取 50% 的国际商业卫星发射市场。

为此,“阿里亚娜”公司于 1985 年不惜耗资 12 亿美元,在库鲁新建起了可供国际卫星发射的第二个发射场。其现代化的发射能力,可达每月发射一颗卫星。

而且,为了稳定商业发射任务,提高竞争能力,从 1986 年 1 月起,“阿里亚娜”公司的保险子公司也开始正式营业,其保险费率仅为 11% ~13%。

但是,由于“阿里亚娜”火箭在 1985 年和 1986 年连续两次失败,人们对它的可靠性也产生了怀疑;加之“阿里亚娜”公司为了补偿美元的贬值,又决定对新的国外卫星发射用户大幅度提高发射价格,必然大大降低其威信,削弱其在国际市场的竞争能力。

那么,航天大国苏联的情况又怎么样呢?

苏联的“质子号”火箭,具有相当大的运载能力,一直在积极寻求国外卫星发射用户,力争打入国际市场。但由于苏联多年来实行的不是开放政策,西方世界担心一旦用苏联火箭发射卫星,其卫星技术就会流入苏联,所以严格限制本国卫星进入苏联;而另一方面,苏联对“质子号”火箭的技术资料保密非常严格,致使国外用户很难了解到“质子号”火箭的真实可靠性。尽管两年前苏联利用电视台播放了 51 秒钟的介绍“质子号”火箭的电视新闻,但西方世界对苏联发射服务的政策,始终持怀疑和观望的态度。

因此,尽管苏联的“质子号”火箭发射卫星的价格相当低廉——比中国还低,但苏联的火箭在欧美国家用户中并不受欢迎,所以至今也未打入国际商业市场,无法形成很强的竞争力。

由此可见,1986 年的国际航天形势,导致欧洲诸国均处于被动不利的局面,而对中国的火箭打入国际商业市场却十分有利。

于是,有人分析了这一年的世界航天局势后,信誓旦旦地说:“1986 年,中国火箭走向世界,真是天时、地利、人和。”

然而,初次上阵的中国,能否抓住这一契机呢?

八、周游列国的中国专家们

1986年4月初的一天,中国商业卫星发射服务代表团从北京乘坐波音747飞机,前往美国进行有关卫星发射的商务接触。代表团团长乌可力,副团长上官世盘。

自中国宣布对外承揽发射业务后,特别是美国的"挑战者号"航天飞机爆炸后,中国的"长征三号"火箭,一下子成了全世界瞩目的对象。

早在两个月前,瑞典公司便抢先与中国第一个签订了为其发射一颗邮政卫星的订座协议。紧接着,不少国家的公司也表示了愿同中国进行接触、磋商和洽谈的意向。如此良好的开局,对初出茅庐的中国来说,多少有点惊喜的感觉。

但中国航天人同时也意识到,面对如此局势,世界各个航天大国绝不会等闲视之,也绝不肯让这种局势长久持续下去。比如,美国宇航局就迅速采取了各种弥补措施,正加紧提高竞争力;法国四处招揽生意,乘机扩大自己在国际市场的地盘;苏联也不肯放弃打入国际市场的雄心壮志,匆匆宣布将"质子号"火箭投入国际商业发射市场,并在短短3个月里组织成立了卫星发射服务机构;而身居岛国、一向精明的日本人,更非等闲之辈,早就瞄准了这一时机,果断取消了具有800公斤发射能力的某火箭发射计划,而直接加紧研制具有2吨发射能力的H-2大型运载火箭,并以惊人的速度,在华盛顿设立了卫星发射服务办事处,其目的显而易见,就是要乘机挤进国际商业发射市场!

那么中国唯一的选择,就是抓住这一空隙,乘机出击!

而出击的第一个对象,就是威震天下的航天大国——美利坚合众国。

这是华盛顿的一个礼拜天。

上午8点整,中国商业卫星发射服务代表团在中国驻美大使馆一个会议大厅举行关于"中国商业卫星发射服务"的报告会。

这一天,100多名听众济济一堂,会议大厅座无虚席。听众中,有美国外交部、国防部、运输部、商业部、宇航局等各政府部门近30名大小官员,还有媒体记者、各界名流、友好人士以及美籍华人等。他们既怀着一腔的热忱,又揣着好奇的心,第一次来听漂洋过海、远道而来的中国人谈中国的火箭。

首先,乌可力致开场白。他刚一走上讲台,全场便响起热烈的掌声。他用目光扫视了一下台下,又理了理嘴上那撮剪得整整齐齐的贺龙式小胡子,然后才亮开了嗓门。

在短短30分钟的演讲中,乌可力既讲了30年来中国航天事业走过的艰难历程,也讲了中国航天发展的美好前景,同时还讲了中国“长征号”火箭的性能、特点以及各种优惠政策等。讲着讲着,这位感情丰富的蒙古族汉子,眼里竟涌出了泪花。

乌可力后来说,在那一刻,他仿佛感到自己不是站在国际讲台上,而是跪在先祖传说中的草原天堂“蒙兀圣地”上。

接下来,上官世盘以中国政府官员的身份,作关于《中国商业卫星发射服务》的报告。

上官世盘的报告,同样激起听众一阵又一阵的掌声。人们听到的,仿佛不是上官世盘个人的发言,而是多年沉默的中国向世界发出的声音。

的确,中国不能再封闭下去了,也不能再沉默下去了。千年的封闭与沉默,导致的是科技的衰败、生产力的萎缩。今天,尘封的国门已经开启,昨天的秘密不再是秘密,中国到了应该讲讲自己的时候了,也早该讲讲自己了。因为中国不光搞出了原子弹、氢弹,还搞出了火箭、卫星;不光有了向世界展示自己的资格,也有让世界认识自己的责任。你不讲,别人怎么知道你?你不说,别人怎么了解你?不知道你、不了解你,怎么走向你?如何接近你?

果然,上官世盘的报告刚一结束,几十名记者便拥到他的身边,就中国火箭要承揽外国卫星发射问题,纷纷提问;之后,所有的华侨也都来到前台,向全体代表团成员表示问候与祝贺!

一位老华侨拉着乌可力的手说:“你们代表团来美国宣传中国的火箭,太让我们高兴了!不过,你们知道美国人说什么吗?”

乌可力问:“说什么?”

“他们说,中国人在美国只能开饭馆!”

老华侨说完,潸然泪下。

乌可力的内心,也禁不住一阵酸楚。

老华侨接着说道:“我们听了后,泪水只有往肚子里咽呀!”

这时,另一位白发苍苍的华侨也走了过来,拉着代表团成员的手,眼泪汪汪地说:“中国是火箭的故乡,今天,火箭的故乡终于来人了。我活了70岁,终于盼到了,盼到火箭又回到了火箭的故乡!”

而几位年轻的美籍华人,则拉着代表团成员的手,一定要请他们到华人餐厅去喝上几盅!

当晚,几位知名美籍华人还来到代表团的住处,热情诚恳地向代表团介绍国际卫星市场的一些行情和背景。他们对代表团说:“你们到了美国,人生地不熟,千万不能轻举妄动。商业卫星发射市场,是商人们驰骋的世界,里面的事情复杂着呢!如果遇上不摸底的公司找你们签合同,你们一定要先把情况摸清之后,再做决定,而不能见人就同意,有合同就签。这好比说,本来是一个叫花子到你家门口讨饭,你却把他当贵宾接待。这样就会把中国火箭的牌子搞砸了,以后的生意就很难做了!”

第二天,《纽约日报》《华盛顿日报》等,以头版头条位置推出一条新闻:《中国商业卫星发射服务代表团到美国游说,企图与美国争夺卫星发射市场!》。

是的,既然是国际商业市场,买卖就该大家做,竞争就该人人平等,任何国家和个人都不能独霸市场。这是市场经济的规律。

为了扩大影响,中国商业卫星发射服务代表团又分成 4 个小组,分别在华盛顿、纽约、洛杉矶、旧金山等地,宣传中国的火箭,并同十多个卫星公司进行了广泛的接触与交流。

然而,远在东方、初出茅庐的中国,想到称霸世界的航天大国来“抢饭碗”,并不是一件容易的事。

中国商业卫星发射服务代表团最先接触的,是美国休斯卫星公司。由于中国火箭专家首次涉足世界商业发射市场,一无基础,二无资本,三无关系,靠的仅是几张皱皱巴巴的火箭图纸和几张嘴。所以,代表团第一天到美国休斯卫星公司,首先就感觉让人瞧不起,美国人压根儿就没把他们这群黄皮肤的中国人放在眼里。美国休斯卫星公司的人与中国代表团的专家们见面握手时,伸出的手既无力度,也无温度,更无诚意,完全是一种礼节性的表示而已;甚至有个别美国人环抱双臂,爱理不理,眼睛里还透露出几丝轻蔑。

中国商业卫星发射服务代表团与第二家美国卫星公司接触时,情况同样不妙。中国代表团按照事先与对方的约定,风尘仆仆地赶到美国这家卫星公司时,却被对方当成皮包公司的说客,毫不客气地拒之门外。

中国商业卫星发射服务代表团又找到第三家美国卫星公司。这家公司还算不错,总算给了面子,让他们进了公司的大门。可当这家公司的一位副总裁出面接待时,并不热情,也看不出有多少诚意;尤其是当中方提出希望就某些发射事宜进行洽谈时,这位副总裁态度很是傲慢,看了中国专家一眼,张口就说:“洽谈?洽谈当然可以。不过,按我们西方人的规矩,得先付洽谈费!”

“洽谈费?什么洽谈费?”乌可力一头雾水。

“就是先付钱。”

乌可力一听要钱,觉得不可思议。

之后,乌可力又掏出一份三四页纸的意见书,用试探的口气对这位副总裁说:“我们准备了一份意见书,请您看看,是否有合作的基础?”

这位副总裁拿起意见书,翻了一下,说了一句话:“等你们能拿得出一尺厚的意见书之后,再来谈吧。”

“为什么?”乌可力问。

副总裁抬腕看了看表,说:“先生,对不起,我们约定的时间已到。”

一连在三家公司受挫,中国商业卫星发射服务代表团颇感沮丧。

这时,有的美籍华人便指点他们说:“你们与美国的公司打交道,光凭嘴说不行,得有一个招标书之类的东西。”

但美籍华人说的这“招标书”,具体是什么,中国商业卫星发射服务代表团并不明白,有的团员甚至还是第一次听说。比如,招标书在商务中起什么作用,起多大的作用,怎么运作,他们一点也搞不清楚,脑子里只有一个大致的概念。至于招标书具体怎么写,更是一无所知。

于是,他们只好找到第四家美国公司,想请对方帮他们编写一份招标书。在他们的概念中,请美方帮着编写一份招标书,就像在国内随便找个人帮着起草一份企划稿,小事一桩,算不了什么。

“我们想请你们编写一份招标书。”他们来到一家公司,开诚布公,说明来意。

该公司负责人听了后,说:“帮你们编写招标书,当然可以。”

乌可力一听很高兴,几天来的一件心事总算有了着落。

“不过,”这位负责人说,“得先付定金。”

一听又要钱,乌可力转身就想走。但在走之前,他还是小心翼翼地试着问了一句:“要付多少定金啊?”

“一百万美元”!

“什么? 一百万美元!?”

乌可力和代表团成员个个惊得目瞪口呆。等清醒过来后,第一件事就是急忙握手,马上“拜拜”。

接下来,他们又找到另一家美国公司。可他们刚与这家公司的人见面,对方就让他们介绍自己的专业背景,意思是看你有没有谈论发射火箭问题的资格。等他们介绍了自己的专业背景后,对方又提出一个稀奇古怪的问题:“你们西昌发射场四周都是山,发射卫星时,要是火箭喷出的大火把山冲倒了,山再翻过来,把火箭推倒了怎么办?”

乌可力一听这话,感到非常窝火,便来了脾气,毫不客气地回敬说:“你说的这个问题,根本就不是个问题。我们西昌发射场发射了那么多颗卫星,从来没有出现过像你说的这种情况。很显然,你提的这个问题没有根据。如果你不信的话,我可以邀请你们去西昌发射场参观一次我们的发射,看看到底是不是像你说的那样。”

其实,上述发生的这些不愉快,算不了什么。乌可力告诉我,真正让中国代表团感到气愤的,是后来与美国特雷卫星公司打交道时发生的一件事。

那天,按事先的约定,乌可力与美国特雷卫星公司总经理舒尔兹先生进行会谈。两人相见后,乌可力刚一落座,舒尔兹先生便将一本画报递到他的手上,说:“看看吧!”

乌可力接过画报一看,惊呆了!画报第9页竟有这样一幅漫画:4个啤酒瓶组成一个“发射架”,“发射架”上挂着一个又粗又长的鞭炮,鞭炮上写着:中国“长征三号”!

“奇耻大辱!简直是奇耻大辱!”乌可力气得手指发颤,半晌说不出话来。

舒尔兹先生叹了口气,说:“这就是有些美国人对你们中国航天技术的评价!他们认为你们的发射架是啤酒瓶做的,不保险;而‘长征三号’火箭,则像一挂小孩子玩耍的鞭炮!”

乌可力啪地合上画报,说:“是的,我这次到美国来,有人还问我,中国有没有自来水?”

“什么?竟有这等事情?!”舒尔兹反倒惊诧起来。

“我回答他们说,中国不仅有自来水,还有原子弹、氢弹、亿次计算机!还有同步通信卫星,还有‘长征号’火箭!”乌可力一口气说完,非常激动,一脸通红。

舒尔兹先生望着气呼呼的乌可力,深感歉意,什么话也说不出来。

片刻,乌可力转过身来,说:“舒尔兹先生,谢谢您今天让我看到了这幅漫画!不过,我有个小小的请求,不知能否如我所愿?”

“什么请求?请讲,我一定尽力而为。”舒尔兹先生说。

乌可力抖了抖手中的画报,非常平静地说:“这本画报,您能不能送给我?”

舒尔兹先生说:“你要它干吗?”

乌可力说:“我要把它带回我的祖国去,让我的同胞们都好好看看!然后,再将它放到博物馆里,做个永久的‘纪念’!”

“既然如此,那就随意吧。”舒尔兹先生说。

乌可力抓起画报,转身离去。

……

中国代表团此次去美“游说”,长达半月。在这半个月里,尽管代表团碰到了许多坎坷,遇到了不少挫折,甚至还经历了一些有苦难言的心酸,但到了后期,当休斯公司一位首席科学家认真听取了中方介绍的“长征”系列火箭的详细情况后,认为用中国的“长征三号”运载火箭发射美国的卫星,在技术上是可行的,也是可信的。这让美国一些卫星公司对中国火箭的信任度明显增加,双方最终还是进入了商务性谈判阶段。

因此,就首次出征而言,中国代表团这次“游说”美国,虽不能说首战告捷,但也算可圈可点;不光与美国泛美太平洋公司、多美尼影视卫星公司等签订了 6 个订座协议,还与美国特雷卫星公司草签了 2 个发射合同。

九、轨道大转移

中国承揽外国卫星发射业务这一史无前例的举动,不仅在国外引起很大震动,在国内也引起强烈反响。从中央到地方,从航天专家到普通老百姓,无不对此表示深切的关注,也无不对此表示莫大的担心。

众所周知,近代以来中国是一个贫穷落后的国家,中华民族是一个长期备受欺辱的民族。直到 1949 年 10 月,用毛泽东的话来说,中国人民才站起来了。

但是,站起来了,并不等于一定能走下去。任何一个国家,任何一个民族,要想在这个世界上求生存、求发展,有威望、有地位,不受外来侵略、不受外来欺侮,除了必须具有完善的社会制度,还必须拥有高度发达的经济、军事和科学技术;尤其是历史发展到大科学时代的今天,科学技术发达与否,事关重大,举足轻重。

因此,在当今这个大科学时代,“科学社会化,社会科学化”已然成为一种日益发展的新趋势。科学技术的发展,不仅对社会生产、社会生活以及军事领域等的连锁变革产生了深远影响,而且对社会经济也产生了重大作用。

众所周知,“热兵器”时代的诞生,使得“冷兵器”时代成为历史;舰船、飞机、大炮、坦克和战略导弹的出现和应用,使人类的战争舞台上出现了海军、空军、机械化部队和导弹部队;而 1957 年 10 月 4 日,苏联将人类第一颗人造卫星送上天,又把人类带入了神奇的航天时代。

而中国,这个早在一千多年前就发明了世界上第一枚火箭的国家,这个过去连自行车、汽车、飞机都不能制造的国家,1970 年 4 月 24 日,将中国第一颗人造卫星"东方红一号"成功地送上了茫茫太空!

此后,中国开始了向现代火箭技术的挺进。经过几十年的艰苦奋斗,不仅研制成功了近程、中程和远程火箭,而且在航天技术上实现了三次重大突破:飞向太空,返回地面,发射同步通信卫星。

而今天,中国的火箭又将走向世界,为国外发射商业卫星,实现从国内试验轨道到国际商业轨道的大转移。这是中国航天发射的一个重大转变,也是一个民族一次新的飞跃。

中国改革开放后,整个国家工作重点转移到社会主义现代化建设上,1985 年 5 月的军委扩大会议上,中央对国防科技工业也提出了要求——国防科技工业也要实行相应的战略大转变。

但国防科技工业如何实现这一转变,却是一道大难题。

产冰箱,搞彩电,固然是条门路;造轮胎,做灯泡,也是一种办法;开公司,办工厂,外加技术输出,同样无可非议。

问题是,若是长此下去,最终的出路到底在哪里?

过去,中国所有的发射,都是属于科研试验性质。也就是说,无论是火箭还是卫星,都是科研试验产品,不能像食盐、酱油、红薯、土豆那样随便拿到市场去卖,所有的研制经费都是靠国家拨专款支撑;而且,高科技必然是高投资。

但是,如果能发射外国卫星,就属于商业性质的发射,就是一种不出国门的高技术服务。换句话说,中国的高科技就可以从原来的科研试验轨道,一下转移到商品经济的轨道。除了壮国威、壮军威、鼓士气,还可创造经济价值,赚取大量外汇。而中国改革开放后,要引进大量的先进技术、先进设备,急需的正是外汇!

同时,发射外国卫星,是一种商业性质的国际技术交流与合作。通过这种交流与合作,中国的发射队伍和测控队伍,可以开阔眼界,获得实践和提高业务水平的机会,从中学到不少宝贵的经验,借以改进不足,促进自身技术水平的发展。

此外,由于发射外国卫星是商业性质,国外厂商对发射质量的要求必然十分严格,甚至相当苛刻,这就逼着中国的科技队伍必须提升自己,去适应和满足国外市场的要求。

当然了,既然发射外国卫星是商业性质,就必然要考虑经济效益问题,这就迫使中国从思想观念到思维方式、从技术革新到队伍管理等各个方面,来一次彻底改变。

因此,发射外国卫星对中国而言,不光是一次技术革命,更是一次思想革命!

1986年7月17日上午,国防科工委和航天部领导在国务院第十三会议室就发射外国卫星问题,向中央财经领导小组专门作了详细的汇报。

很快,国务院、中央军委下达了正式文件,将发射外国卫星列入国家的重点工程。

于是,有关发射外国卫星的工程、技术及生活等各方面的准备工作,很快在全国展开。仅西昌卫星发射基地亟待抢建的工程,就达十项之多!

十、面对世界的挑战

厄运降临时

1986年夏,国际空间技术商务会议在美国华盛顿举行。中国代表团怀着忐忑的心情,第一次迈进了这个会场。

就在这次会上,中国"长征三号"运载火箭第一次在美国、英国、法国、日本、澳大利亚等数十个国家的代表面前正式亮相,并经受了对方各种各样的考验,当然也包括某些刁难。

此后几个月里,美国、加拿大的4家保险公司和17家空间技术公司先后与中国开展了业务联系,20多颗不同类型的卫星开始微笑着向中国靠拢。

1986年底,中国与美国西联卫星公司签订了用"长征三号"火箭发射"西联六号"卫星的发射订座协议。

此外,印度尼西亚、澳大利亚、加拿大、联邦德国和泰国等,则与中国在洽谈之中;而其他一些公司,也表示了要让中国发射卫星的意向。

中国对外商业卫星发射,可谓形势大好,前景喜人。

然而,竞争激烈的国际航天发射市场毕竟不是什么人都可以随便出入的,更不是任凭中国随意运作的。正当中国在通向国际商业卫星发射市场的路上春风得意并铆足了劲儿拼命往里挤时,一场似乎早已注定的商业危机却悄然降临了。

由于国际商业市场中某种微妙的原因,一双双神秘的大手最早伸向的是已经和中国签订了发射订座协议的美国西联卫星公司:不仅银行纷纷拒绝为它提供贷款,所有"绿灯"也突然统统对它关闭。最后,在残酷的商业竞争和无形的外力挤压下,西联卫星公司被迫倒闭!

西联卫星公司倒闭后,美国特雷卫星公司的总裁施瓦兹先生却接过西联卫星公司的六号卫星订座协议,亲自率领几名专家来到中国,坚持继续用中国的火箭为其发射卫星。

施瓦兹先生是位美籍华人，对中国感情极深。他之所以要前仆后继，知难而上，一方面出于某种商业道德的考虑，另一方面则出于对中国的深厚感情。当他千里迢迢来到北京时，中方代表曾提醒他说："美国西联卫星公司已经倒闭，请您务必慎重行事。"但他说："正因为西联卫星公司失败了，我才要接着干下去。我这一生最后的愿望，就是要在亚洲地区建立一个庞大的专业卫星通信网络，让亚洲地区的人民，充分享受到中国火箭带给他们的欢乐与幸福。我要用自己的行动来向世界证明，中国的火箭完全能够发射美国的卫星，中国的火箭一定能够打入国际商业发射市场！"

于是在取得特雷公司的大力支持后，施瓦兹先生开始周游列国、游说八方，最后终于获得了加拿大、澳大利亚等财团的资助，很快与中国草签了协议书，并预付了第一笔定金。之后不久，在北京香格里拉饭店，施瓦兹先生坐在一个月前西联卫星公司总裁签字的同一位置上，挥笔与中国签订了正式合同。

这是中国发射外国卫星的第一个正式合同。

可惜，特雷卫星公司最终还是和西联公司一样，没有逃脱破产的命运。据说，当施瓦兹先生收到中止合同的法律文书时，这位六十岁的总裁竟流下了满脸热泪。

至此，中国好不容易签订的两份正式发射合同就这样作废了。

更惨的是，不到一年的时间里，最后除瑞典一家外，国外所有公司与中国签订的发射合同与订座协议，通通退得一干二净。甚至某些过去曾向中国大献殷勤的外商，也纷纷退避三舍。

这是怎么回事呢？

中国政府自宣布对外承揽卫星发射业务后，世界各国的卫星公司先后来到中国，在北京万源公司、西昌卫星发射基地和西安卫星测控中心等地进行了一系列的参观、访问和洽谈活动。尽管他们不得不承认，中国无论是火箭的设计、研制水平，还是火箭的发射、测控技术，都还不错。但国外的专家和老板们不是理想主义者，他们拒绝空谈，只认事实，在没有绝对把握的情况下，是不可能把一个公司的命运随随便便系在中国的裤腰带上的。

那么，到底是什么原因致使中国陷入如此难堪的境地呢？

第一，中国火箭发射次数太少。"长征号"火箭尽管已经成功地发射了几颗卫星，但与国外相比，发射的次数太少——只有两三次。由于发射次数少，所以火箭技术缺乏令人充分信服的根据。其可靠程度就难说，也不好预料。

第二，中国西昌发射场尚未达到国际标准。虽然西昌发射场在中国算是一个最现代化的发射场了,但当年筹建这个发射场时,可能什么都想到了,就是没想到今后有一天中国的火箭会发射外国的卫星。因此,尽管外国人承认中国的发射场具有发射外国卫星的能力,但从实际情况来看,在设施、交通、通信、生活等方面,目前尚未达到国际标准。比如,没有符合国际标准的卫星测试厂房,没有从美国直达西昌的航班,这一点对讲究时间效率的美国人来说非常重要;甚至连一个像样的宾馆也没有。虽说老外们也亲眼看到,西昌发射场确实正在抢建之中,但他们无法相信,如此复杂庞大的工程,中国能在一年时间内抢建出来。

第三,国际保险界对中国火箭缺乏信任。发射商业卫星,属于高投资、高难度、高风险的行业,无论是火箭飞行阶段,还是卫星与火箭分离后从同步轨道到定点静止轨道,每个阶段随时都存在失败的可能,所以国际上有专门的保险公司出面为其担保。但美国、法国近期几次发射失败后,世界不少保险公司严重亏损,最后被迫退出空间保险市场,有的甚至彻底破产。在此情况下,一方面,国际空间发射保险率急剧上涨,由原来的15%上涨到近40%——即便如此,保险商仍然不愿出面担保;另一方面,国际保险公司对中国火箭的可靠性本来就缺乏认识,再遇上美国、法国的连连失败,就更不愿出面为中国火箭保险了。中国的保险公司又从未担任过空间保险,再加上中国尚无一个完善的保险机构,保险问题便成了一大难题。而只要发射商业卫星,就必须有保险公司承保;没有保险公司承保,万一发射失败,谁来赔钱?

第四,金融界不愿贷款。中国人办事,是钱多多办事,钱少少办事,没钱就不办事。外国人则不同,有钱要办事,没钱也要办事,而且还要办大事。这就是靠贷款。外国商家要购买一颗卫星请人发射,至少需要上亿美元。如此一笔巨款,别无选择,只能靠贷款。但是,当时国际金融界对中国的火箭缺乏了解,或者说不信任,所以不愿轻易为其贷款。

第五,美国卫星出境困难。在美国,卫星属于高技术产品,而高技术产品的出境,必须经美国国务院、国防部、武器出口控制委员会等有关部门批准;此外,还要受到国际巴黎统筹委员会的限制。而巴黎统筹委员会是由英、美、法、德、日等多国组成的一个专管高技术出口的国际性组织,全世界所有高技术产品的出口,都要在它那里注册备案;凡是未经批准者,一律不许出境。所以,外商们对中国到底有没有能力打通这一系列的关口,最后搞到卫星出境许可证,持怀疑、观望的态度。

第六,西欧某些国家在暗中进行抵制、阻挠。客观地说,不是所有西方国家都欢迎中国进入国际商业市场,甚至有的国家一开始就对中国进行抵制。所以在谈判过程中，他们在一些条款、技术、价格等问题上，总是想方设法出难题；有的还在背后散布一些对中国火箭很不利的言论，甚至不时搞点小动作。

基于上述六点，外商们纷纷离去，也就不难理解了。

对此，中国火箭研究院院长沈辛荪深有体会，他说："外国公司并不希望我们中国的火箭进入国际市场，成为他们的竞争对手。记得 1988 年我去法国库鲁发射场参观'阿里亚娜'火箭的第二十五次发射，临走前领导对我说，去了法国要多做工作，多向外商说明，我们一年只提供两枚火箭来发射外国卫星，只作为国际商业市场的一个补充，我们主要是满足国内的卫星发射。带着这个任务，我见到他们就宣传，可得到的反应却非常强烈，也很一致，他们激动地说：'你说得很轻松，中国一年才提供两枚火箭发射，我们一年才八枚火箭呢！'这次给我留下的印象是，我们要进入国际市场，他们不欢迎，绝对不欢迎！"

现在的问题是，面对如此困境，中国怎么办？

全世界都知道，中国要发射美国卫星。不仅海外华侨、港澳同胞翘首以盼，亿万中国人民也望眼欲穿，而今如此狼狈不堪，如何向中央汇报？怎么向国人交代？

更为严峻的是，动用了上亿元的专款来抢建的发射外星的工程，正处在争时间、抢速度、大干快干拼命干的热烈气氛之中。但现在，生意突然做不成了，这些工程是继续上马，还是悬崖勒马？

"这是一段最叫人伤心而又难受的日子！"有人后来回忆说，"在这段日子里，我们顿顿吃不好饭，夜夜睡不着觉。"

发射测控系统部和长城公司的人，无论走到哪里，都会被人问：

"怎么，听说全砸啦？"

"你们是怎么搞的，没有吃准，咋就乱签合同呢？"

"下一步怎么办？是进，还是退？是上马，还是下马？"

办公室，发射场，饭桌上，电梯里，到处议论纷纷：

"我早就说了，这事办不成！"

"花了那么多钱，现在又搞砸了，这简直就是犯罪吗？"

"早知今日，何必当初呢！老老实实待着，不比啥强？我看都是吃饱了撑的！"

有人询问，有人感叹，有人抱怨，有人指责，甚至还有人指着鼻子骂娘。

……

是的，用中国的火箭发射外国卫星，是中国人的一件大事。身为火箭故乡的子孙，谁不关心？谁不着急？发点牢骚，讲点怪话，可以理解，也很正常。

问题是,面对善良的人们,有苦难言的航天专家们能说什么呢?

1985 年初,欧洲航天界一位权威人士就说过:中国的火箭进入国际商业市场,至少需要 5 年。

说这话的人,叫吉普森仁。

吉普森仁是欧洲空间局第一任局长,国际宇航联合会副主席。欧洲空间联合共同体,就是在他的倡导下建起来的。这是一位对中国的航天事业有过积极贡献的英国人。1984 年春天,在日本东京召开的国际宇航联合会上,中国也是在他的支持下迫使台湾退出,才正式加入国际宇航联合会的。

1985 年初,孙家栋副部长和乌可力到欧洲各国进行卫星发射市场的调研时,首先对他进行了私访。

那是巴黎一个很美的夜晚,吉普森仁将孙家栋和乌可力迎进他的小别墅。几句寒暄后,他便从地窖里拿出十几种世界名酒,请两位中国老朋友入席。

吉普森仁的夫人是位钢琴家,为了助兴,特意为两位中国朋友弹奏贝多芬的《命运交响曲》。吉普森仁酒量过人,且有收藏名酒的嗜好,地窖里存有几千瓶世界名酒。孙家栋喝酒不怎么样,但乌可力是海量,因此彼此喝得很是痛快。

席间,孙家栋谈起中国火箭打入国际市场一事,吉普森仁听后很激动,说:“中国火箭若能打入国际市场,当然是好事。不过我要提醒你们的是,火箭发射打入国际商业市场,是件非常困难的事。因为火箭发射是高保险、高投资,用户选择的条件是十分苛刻的。”

孙家栋说:“我们对这方面确实还缺乏了解。”

吉普森仁说:“我们的‘阿里亚娜’火箭当初面临的是美国航天飞机的竞争,所以一开始采用的是免费发射的办法,接着又用低价格为对方发射了两发,最后才打入国际市场的。这就像卖东西,让你先尝尝味道怎么样,然后再谈价格,再说交易。”

乌可力说:“您认为中国的火箭打入国际市场,有希望吗?”

吉普森仁说:“中国的火箭要打入国际市场,我相信可以办到;但是,现在你们的问题是没有经验,而且面临的又是美国和法国这两个非常强大的竞争对手,因此要有长期的打算。”

“大概需要多少年啊?”乌可力举起酒杯,急不可待地问了一句。

吉普森仁也举起酒杯,却停了停,说:“依我之见,恐怕至少需要 5 年!”

后来的事实证明,吉普森仁的预测是正确的。

是的,发射外国卫星,并非易事。

截至 1990 年底,能进入国际商业卫星发射市场的,全世界只有美国和法国,而法国还是靠 11 个国家的力量才进入的。它的"阿里亚娜"火箭打入国际市场,前后用了 8 年时间。甚至连苏联那样的航天大国,至今还板着委屈的面孔,被冷落场外。

再说,商业卫星发射市场,已被美国等航天大国垄断了 20 多年,其甜头妙不可言,他们当然还想继续垄断下去,绝不希望有第三者来抢饭碗。所以在通向西方人把守的国际商业市场的道路上,暗藏着温柔的利剑和美丽的陷阱,中国简直防不胜防。

此外,中国是第一次踏进西方人统领的禁区,别说经验,连教训都没有;加上国门封闭太久,刚一打开,就急于挤进国际商业发射市场。这一急,当然就会摔跟斗。

所以说,中国想一下子就挤进国际卫星发射市场,是不现实的。

但是,面对如此困境,中国航天决策者们一致认为,发射外国卫星的工程绝不能下马,不管有多大的困难和阻力,一定要坚持下去!

因为中国正面临着一个开放的世界。发射外国卫星,既是改革开放的一个伟大壮举,也是中国科技史上的一次重大革命。而历史的经验一再证明,机会是非常重要的,如同维纳斯的断臂,一旦失去,便永远无法续接。所以,在科学技术发生重大变革的关键时刻,一个国家只有利用科学技术的先进成果,抓住时机,才能实现腾飞。中国近几百年之所以落在了世界的后面,其中一个很重要的原因,正是在科学技术上错过了几次腾飞的机会。例如:

——明末清初之际,中国历史上兴起了第一次科技革命。当时,江南一带商品经济勃勃兴起,在手工业中出现了资本主义萌芽,这与欧洲最早的资本主义国家几乎同时起步。就在这时,以意大利人利玛窦为首的西方传教士来到中国,带来了天文学、地理学和火器等西方近代科学技术。于是,中西方两种科学技术产生了巨大的接触与碰撞,使中国长期以来死气沉沉的科学技术第一次出现了复苏的景象。遗憾的是,由于封建社会的重压,中国科技的翅膀最终还是没有展开。而远在欧洲的英国,这时却抓住了历史赐予的大好时机,迅速赶超了意大利和荷兰,一跃而成为世界头号工业大国。

——19 世纪 60 至 90 年代,中国兴起洋务运动之时,正是世界第二次科技革命爆发之际。当时,中国的科技在沉沦了 100 多年之后,爆发出新的活力。但终因内外交困,国力贫弱,腾飞的翅膀最终还是无力起飞。

——19 世纪末,西方爆发了以相对论和力学为标志的科学革命,继而在 20 世纪四五十年代又兴起了第三次技术革命浪潮。本来,中国的民族资本主义这时已有一定的发展,可惜因战火纷飞的社会环境和贫困落后的经济,最终失去大好时机。

——1949 年之后,本来 1956 年至 1966 年是中国科技发展的“黄金时代”。那时,单就航天技术而言,中国与西方的差距并不遥远;而日本在某些方面还落在中国的后面。但“文化大革命”一场浩劫,竟长达 10 年! 等中国从噩梦中醒来,世界科技的车轮早已滚滚向前。甚至与中国几乎处于同一起点的日本,也一跃而起,比中国早一个月发射了第一颗人造卫星!

那么今天,当世界科技革命的大潮再次将中国推到时代的十字路口时,中国能否背水一战,抓住这一大好时机呢?

1988:希望与危机同行

历史是个魔术大师,总让人难以捉摸。

当岁月的日历翻到 1988 年时,世界航天的局势又发生了奇妙的变化。这一年,世界航天事业东山再起,重振雄风,全世界一下就发射了 125 颗不同的卫星。其中,苏联 100 颗,美国 11 颗,欧洲空间局 7 颗,中国 4 颗,日本 2 颗,以色列 1 颗。

此外,美国航天飞机恢复了发射功能;苏联“暴风雪号”航天飞机首次发射成功;法国“阿里亚娜”火箭重整旗鼓并连续进行了 7 次发射,将 14 颗不同国家的通信卫星送入了太空。而且,1988 年 6 月 15 日,“阿里亚娜—4”型火箭首次发射成功,为法国争夺国际卫星发射市场又提供了一种新的运载工具。

让人吃惊的是,在欧洲空间局频繁的活动下,截至 1990 年,“阿里亚娜”火箭已夺取 50% 的国际卫星发射市场,各国的发射订座已排到了 1991 年,获利 150 亿法郎。而且,为提高在国际市场的竞争能力,法国还压低了“阿里亚娜”火箭的发射价格。

这种咄咄逼人的世界航天局势,对中国不仅是挑战,更是威胁!

然而,“物竞天择,适者生存”。

外国公司纷纷退出,虽然对中国是当头一击,但中国航天人却认真反省,吸取教训,不断改进。比如,外国专家看了中国发射场,提了许多建设性的意见;外商谈判中对发射提出这样那样的要求;中国通过到国外参观学习,也长了不少见识。这样一来,中国航天人渐渐明白:中国的火箭要想打入国际商业发射市场,在技术、生活设施等各方面必须具备哪些符合国际标准的条件。于是中国一边继续加紧同国外有关厂商的业务联系,一边狠抓发射场的技术和生活设施的建设。

而与此同时,有关部门也采取了许多积极的措施,譬如,中国人民保险公司愿冒着风险,以国际市场优惠价格为外商提供经济保险;中国海关决定对入境的外国卫星实行免检政策;中国人民银行对发射外国卫星所需的贷款,表示尽力给予保证;负责发射设施改造和工程兴建的设计部门以及施工单位,也愿意通力合作,拼命苦干,确保按期完成任务;等等。

1988 年 3 月 7 日,“长征三号”火箭又将一颗通信卫星成功送入太空。世界的目光,再次转向中国。

据说,一年前,当外商纷纷退出中国时,西方一位记者曾打了一个比喻,说中国的“长征三号”火箭就像一只又大又肥的螃蟹,刚刚摆上国际餐桌时,各国卫星公司的老板们纷纷伸长了鼻子,抢着去闻香味,尽管个个垂涎三尺,却又谁都不敢先尝第一口。

没想到,一年后,终于走来一个敢尝第一口“螃蟹”的人。

这个敢尝第一口“螃蟹”的人,便是而今誉满全球的亚洲卫星公司。

亚洲卫星公司是在香港注册的一家卫星公司,它由英国大东电报局、中国国际信托投资公司、香港和记黄埔公司三家共同投资,并各持相等股份。由于三家公司均有雄厚的资金和技术专长,所以不惜巨款,冒着极大的风险,购买了美国休斯公司的“亚洲一号”卫星,第一个让中国的“长征三号”火箭将其送入太空。

1988 年 9 月 9 日,通过中国多方面的努力,美国国务院正式批准用中国火箭发射 3 颗美国通信卫星的计划。

这是有史以来美国政府第一次批准由一个社会主义国家发射美国卫星的计划。

为此,中国外交部发言人在当天发表声明说:“美国的卫星运到中国发射,安全是有保证的。”并在答记者问时,再次表示:“中国对美国政府支持中国为外国提供卫星发射服务表示赞赏。”

但是,这仅仅是事情的开始。

十一、外交场上的风云

1988 年 11 月 24 日,中国谈判代表团前往美国进行第二轮关于商业卫星发射服务问题的会谈,代表团团长孙家栋。

这天,航空航天部部长林宗棠、副部长刘纪原亲临机场送行。临上飞机时,刘纪原握住孙家栋的手,一再嘱咐说:“这次谈判,无论遇到多大的困难与阻力,只能成功,不可失败!”

飞机起飞时,清晨的阳光洒满北京首都机场。机场上,送行的人群使劲地挥动着祝愿的手臂;其中两位女士,眼里还含着泪水。

发射外国卫星,看起来好像只是一次国际性的商业活动,但实际上除了两个公司之间要签订有关合同外,两国政府之间还必须签署正式的协议文件。

这就需要谈判。

此次谈判,若是成功,“亚洲一号”卫星的出境许可证便可颁发;倘若失败,则一切就此结束!

因此,中国代表团此次出征,不管是飞机上的谈判代表,还是飞机下的送行人员,无不感到深深的忧虑与担心。

10 月初,中国航空航天部起草了一封信函,通过中国驻美大使韩叙先生转交给美国国会。在这封信中,主要阐明了中国卫星发射进入国际商业市场的理由。

美国国会收到中方信函后,由美国空间委员会主席罗伯特·罗埃先生召集国会有关人员讨论了中方的意见,然后将国会意见提交里根政府。里根在原则上表示同意,但要求中美双方必须就如下三个问题进行会谈:

> 第一,卫星是高技术出口,中方如何保证其技术安全;
>
> 第二,中国不属于联合国空间责任条约国,万一火箭发射失败,危及第三方国家,如何承担责任;
>
> 第三,有关卫星发射中的商务问题,必须落实到具体的条款中。

于是,10 月中旬,中美两国政府代表团在北京钓鱼台,就卫星技术的安全问题和卫星发射的责任问题,举行了第一轮会谈。

会谈中,双方各持一个谈判稿。几轮谈判下来,中美两国政府终于达成一致意见,签订了关于《卫星技术安全》和《卫星发射责任》两个协议备忘录。

而与此同时,全国人大常务委员会也通过了中国加入“外层空间”三个条约的决议,为“亚洲一号”卫星的发射奠定了相互信任的基础,并具备了可靠的法律保证。

可惜,此次谈判最终未达成一致协议,故两国政府的谈判桌,又从北京搬到了美国。

飞机穿破云层，在12000米的高空翱翔。

飞机下方，就是波涛滚滚的太平洋，但飞机上的中国代表团所有成员，谁也顾不上去看一眼。

本来，10月在北京谈判结束时，双方约定，这次在美国的谈判，由美方先拿出一个谈判意见稿，作为谈判的基础。但不知何故，美方迟迟未将意见稿寄出。后几经催促，直到11月22日下午，中方才收到美方寄来的谈判稿。可中方打开谈判稿一看，意见相差甚远。本想推迟谈判，但机票已经定好，只好匆匆启程。

为了在这次谈判中争取主动，一上飞机，中国代表团便分三个小组，对美方提交的谈判稿进行修改。小组修改完之后，再交到孙家栋的手上。

孙家栋是此次赴美代表团的团长。此刻，他靠在舷窗前，正逐字逐句地推敲着美方拟定的谈判稿。

孙家栋是东北辽宁人。1950年，尚未从哈军工毕业。他便参了军，成为空军志愿军一名年轻而出色的翻译官。1952年，他赴苏联茹柯夫斯基空军工程学院深造。在6年的学习中，他因各科成绩优异，荣获苏联茹柯夫斯基空军工程学院金质奖章。

1958年，孙家栋回国，因他俄语出色，常作为高级翻译陪同中国代表团前往苏联进行有关谈判。1982年，他作为中国代表团副团长，出席了联合国空间代表大会；1984年，他作为中国代表团副团长，先后同英国、法国、联邦德国和意大利进行有关空间合作的谈判；1986年，他同巴西进行关于中巴资源卫星合作的谈判。因此在国际谈判席上，堪称一位经验丰富的高手。

孙家栋宽宽的额头，胖胖的脸，留着一个小平头。他能言善辩，口才极好，特别能讲故事。他肚子里似乎装有一个故事公司，一讲便是一个系列。无论多么重大复杂的事情，他只要讲一个小小的故事，便可让你一清二楚。并且，每当讲话时，孙家栋的脸上总是洋溢着一种充满智慧与慈善的微笑。这种微笑，能让你获得一种信任，感到一种轻松，留下很难抹去的印象。

但此刻，孙家栋的脸上毫无笑容，全是忧虑。等他合上谈判稿，抬起头来，将疲惫的目光投向窗外时，旧金山已近在眼前。

华盛顿。美国总统商务代表处。

这是一幢充满商业气息的简易小楼。中国代表团到华盛顿的第二天，双方便在此摆开了谈判的阵容。

美国总统商务代表处，是总统府下设的一个商务机构。世界各国同美国的各种贸易活动，都必须与美国总统商务代表处洽谈后，再由商务代表处向总统直接报告。

中国代表团11月25日抵达旧金山后，一下飞机，便用了一个下午和一个晚上的时间，对美方的谈判稿再次进行了复议、修改，并将修改后的中文稿译成了英文。第二天下午，又从旧金山赶到华盛顿。一到华盛顿，马上找到中国驻美大使馆大使韩叙先生，就此次谈判一事，专门向他做了汇报。

韩叙是中国第一任驻美大使，在美国政界享有很高的威望。早在五六十年代，他作为周恩来总理政府代表团的随行人员，参加过1954年和1961年的日内瓦会议、1955年的万隆会议，出访过欧亚11国；曾参与接待了大量来访的各国元首或政府首脑，比如1971年基辛格访华，1972年尼克松访华，参与1982年中美"八一七公报"的后期谈判以及1984年两国首脑的互访等。1982年出任中华人民共和国外交部副部长，1985年出任中国驻美国大使。

韩叙大使听了代表团汇报的情况后，和代表团商量，决定第二天就开始与美方谈判。

当晚，代表团在大使馆就第二天谈判的有关对策，再次进行了讨论。

代表团成员中，有一位叫王秀亭的女士，因一路匆忙，昼夜加班，头发乱得不成样子也顾不上。大使馆的理发员小王发现后，主动找上门来，要为王秀亭烫发。小王说："明天就要谈判了，应该打扮得漂漂亮亮的。让美国人好好看看，咱们中国女谈判家的形象！"于是，小王连夜为王秀亭烫了一个漂亮的"东方式"。

第二天一早，中美双方拉开了谈判的序幕。

美方代表团可谓实力雄厚。团长是尤金・麦卡里斯特，首席谈判代表是威克逊。威克逊是一位经验丰富、有着多年外交工作经历的谈判老手。美国同国外的所有商务联系，几乎都是由他出面进行主谈，因而在西欧诸国享有盛名。

美国人似乎天生富有幽默感。这天，中美双方代表在谈判席上刚一握手相见，威克逊便指着楼下的房间，对中方代表说：

"尊敬的中国朋友们，你们远道而来，请允许我向你们表示诚挚的欢迎！不过，在谈判前，我想提醒一句：你们知道我这楼下过去是干什么的吗？"

中方代表看了看，不知所以然。

"告诉你们吧，"威克逊说，"在美国南北战争时期，这儿曾是专门关押俘虏的地方！"

“关押俘虏的地方?”中方代表更是不解。

“是的。”威克逊说,“你们这次谈判要是输了,我就把你们留在楼下啦!”说罢,威克逊笑了。

中方代表这才恍然大悟。

“尊敬的威克逊先生,”孙家栋笑眯眯地接过话茬道,“这次我们谈判要是赢了呢?”

“那……那就把我关在楼下!”威克逊说罢,哈哈大笑起来。

“我看呀,”上官世盘插话道,“最好的结局,是谁都不要被关在楼下。”

“对对对,睡席梦思毕竟比躺地板强!”威克逊说完,双方代表都笑了。

威克逊的开场白,看似一个玩笑,但中方代表分明预感到,这是对方有意发出的一个挑战信号,此次谈判,绝不会轻松。

果然,第一个回合下来,美方便占了上风。

美方在谈判中说:中国的火箭不应进入国际市场,因为有国家力量的支持;而美国的火箭公司是商业性的私人公司。这违背了平等竞争的商业原则,不符合一般商业规律。

美方在谈判中还说:中国的火箭发射价格太低,是利用倾销价格进入国际市场,这就扰乱了国际市场价格。此外,中国在挤进国际卫星发射市场的过程中,某些做法不符合商业规则。

……

此次谈判,由于一开始是以美方的谈判文本为基础,加之中方代表团又是第一次触及此类问题,所以一涉及对外发射服务中的国际贸易问题,中国代表团就感到很陌生,一下子处于被动局面。

中方出师不利,有人面露尴尬,有人忐忑不安。

而恰在这时,中方的主谈人又不幸病倒。

下一步怎么办?

谁来接替原来的主谈人?

当晚,中国代表团第一次出现了集体失眠。

身为团长的孙家栋自然更是睡不着了,本来就发白的头发一夜间仿佛又白了许多。他深知这次谈判的重要,清楚一旦谈判失败,后果是什么。

中国的火箭要发射美国的卫星,无论是在国内还是国外,呼声都越来越高。前天,他刚到美国,就接到不少美籍华人打来的电话,纷纷询问中国代表团这次谈判情况,并向他表示鼓励与祝愿。有的在电话里当即表示说:“一定尽全力支持中国谈判代表团!”有的在电话里满含深情地说:“中国的火箭只有成功地走向了世界,我们这些海外的华人才能真正抬得起头,挺得起腰杆!”

孙家栋再也无法入睡了。他把代表团全体成员召集起来,再一次认真研究了美方的谈判文本,然后具体拟定了第二天的谈判对策。鉴于原主谈人生病,他又果断决定:由上官世盘出任主谈人。

第二天,上官世盘的发言,有礼有节,不仅情感真挚,而且在外交分寸的把握上恰到好处,游刃有余。于是局面开始发生好转。

第二个回合,双方打了个平局。

谈判仍在继续,且越谈越难。

20 天时间,一晃而过。

谈判,从第一稿,谈到第十稿。

1988 年 12 月 17 日,孙家栋终于代表中国代表团草签了中美两国政府间的最后一个协议文件——《关于商业发射服务的国际贸易问题协议备忘录》。

中国代表团离开美国那天,美方代表团的团长尤金·麦卡里斯特前往机场送行。麦卡里斯特握着孙家栋的手,说:“孙先生,这次谈判我什么都想到了,但就是有一点没想到。”

孙家栋问:“哪一点没想到?”

麦卡里斯特说:“你们竟然在飞机上就将谈判文本改了一稿!”

孙家栋忍不住笑了,说:“麦卡里斯特先生,我们这也是被你们逼上梁山的啊!”

麦卡里斯特说:“中国代表团不仅效率高,谈判水平也高。我祝贺你们!”

孙家栋说:“祝愿我们下一步的合作顺利进行!”

麦卡里斯特说:“好,希望如此。”

北京。首都机场。

这一天,以刘纪原为首的欢迎中国谈判代表团凯旋的队伍,早在机场等候多时。

中国谈判代表团乘坐的飞机刚一着陆,人群中就传来一片欢呼声。

孙家栋率先走出机舱。他一边向迎接的人群挥手致意,一边匆匆走下舷梯,然后抢先握住刘纪原的手,第一句话就说:“老刘,谈判成功了!”

望着孙家栋明显消瘦的脸庞,刘纪原副部长笑了:“当然成功了,你不想想,你们身后站着一个强大的中华人民共和国!”

十二、布什:不愿得罪十亿中国人

1989年1月23日,北京人民大会堂江苏厅。

下午4时,中国长城工业公司副总经理乌可力代表中方,亚洲卫星公司执行总裁薛栋代表用户,签署了关于用中国“长征三号”运载火箭发射“亚洲一号”卫星的正式合同。

全国人大常委会副委员长荣毅仁,国务委员邹家华和国防科工委、航空航天部负责人出席了隆重的签字仪式。

当晚,在人民大会堂宴会厅举行庆祝宴会。300余名中外来宾和记者,济济一堂,频频举杯。

迷人的灯光,成功的笑脸,舒心的乐曲,飘香的茅台,整个人民大会堂宴会大厅,洋溢着浓浓的喜庆气氛。

乌可力端着酒杯,穿梭于各个座席之间,与外宾们频频碰杯。乌可力不仅在外交场上是一位谈判能人,在酒席上也是一位常常压倒对手的强者。年轻时,他一仰脖子,能灌下两斤白干;现在,一斤白酒,依然不在话下。

据说,有一次在联邦德国谈判时,联邦德国卫星专家听说乌可力是位蒙古族汉子,特能喝酒,便拿出几瓶84度的酒,要与他豪饮一番。乌可力也不客气,端起酒杯,与他连连对碰。结果,这位号称“海量”的联邦德国专家刚喝下三杯,便放下酒杯,拱手承让道:“乌先生不仅谈判是这个(竖大拇指),喝酒也是这个(竖大拇指),佩服,佩服!”

可今天,乌可力刚喝下第八杯茅台,便有些醉眼蒙眬,一种疲劳之感频频袭来。

他,实在太累了……

从提议发射外国卫星,到今天正式签订发射合同,整整5年。

5年来,为了把中国的火箭打入国际商业市场,乌可力的足迹几乎遍布全球。从亚洲到美洲,从美洲到欧洲,他跑了30多个国家和地区,光乘坐飞机的时间就有4200多个小时,共计行程90多万公里!

1988年,为了卫星等谈判之事,有一次他从中国飞到洛杉矶,再从洛杉矶飞到巴西;从巴西飞到联邦德国,再从联邦德国飞到伊拉克;从伊拉克飞到巴西,再从巴西飞回中国。连续一个星期,几乎全是在上万米的高空中度过的。

当然,还有比累更令他难受的事情。

1986年,他带领中国代表团去加拿大考察,与某卫星公司洽谈有关发射的问题。按国家规定,出国考察人员每人每天费用只有52美元,显然不可能去住四星级、五星级的宾馆。因为这样的宾馆,一晚上就是250美元。于是他和代表团成员住进了加拿大最普通、最便宜的旅店——“大马店”。

有一天,乌可力打电话跟那家卫星公司联系,希望能派车接他们去公司洽谈。那家卫星公司问他们住在什么地方,乌可力把住址告诉对方后,那家公司并没有来人,而是派了两辆出租车过来。

更令人气愤的是,他们到了公司后,别说公司董事长出面接待,就连一个副经理都没露面,只派了一个科员出来应付了几句,便起身送客。

在回来的路上,乌可力一言不发,心里生着闷气。出租车司机是位侨民,见乌可力愁眉苦脸,便问了一句:“先生,你们是干什么的?”

乌可力一听司机会说中国话,一下多了几分亲近,说:“我们是中国卫星发射代表团的,这次来加拿大,是谈发射卫星业务的。”

“什么?! 你们是卫星发射代表团的?”出租车司机突然一个急刹车,脸上露出惊讶与疑惑。

“怎么啦?”乌可力说。

出租车司机说:“坏了,这家公司把你们当成骗子了!”

乌可力愣了:“什么,骗子? 不可能,我们的确是中国卫星发射代表团的,怎么会是骗子呢?”

出租车司机这才说道:“你知道你们住的大马店,是咋回事吗?”

乌可力说:“不知道。我们只知道它便宜。”

出租车司机说:“加拿大的大马店,是过去赶大车的马夫住的地方。你们想想,哪有堂堂中国卫星发射代表团住这种地方的? 瞧你们这副寒酸样,他们能不把你们当骗子吗?”

听罢出租车司机的分析,乌可力恍然大悟。本想发泄一通,却又一句话也说不出来。

当晚,乌可力来到中国驻加拿大大使馆,找到大使说:“由你们大使馆出面发请帖,明天我要请客!”

大使见乌可力脸色不对,忙问:“怎么了? 请什么客?”

乌可力说:“我要把加拿大所有大的卫星公司的总裁全部请来,让他们见识一下,中国卫星发射代表团到底是地道的正牌货,还是江湖骗子!”

第二天,加拿大各大卫星公司的总裁准时来到大使馆。中国驻加大使和乌可力等,依次站在大使馆的门前,同前来赴宴的大老板们一一握手。

席间,乌可力端着酒杯,故意走到冷落他的那家公司的总裁面前。翻译忙向那位总裁介绍说:“这是中国商业卫星发射服务代表团副团长乌可力先生!”乌可力举起酒杯,理了理贺龙式小胡子,说:“总裁先生,我们今天第一次幸会,来,喝上几杯!”乌可力说罢,一仰脖子,咕咚咕咚,一连灌下三大杯。

后来有人说,单凭乌可力那喝酒的气势,便把对方震得目瞪口呆!

第二天,那家公司的总裁给乌可力打来电话,要回请中国商业卫星发射服务代表团,并在电话里简单表示说,愿意用中国的火箭发射他们的卫星。

是的,5 年奋斗,5 年辛酸,5 年风风雨雨,5 年坡坡坎坎。今天,中国终于签订了第一个正式发射合同,乌可力当然欣慰不已。

于是,乌可力又端起酒杯,走到亚洲卫星公司执行总裁薛栋先生面前,感叹地说:“来,薛先生,为了今天的合同,为了下一步合作成功,我俩再干一杯!”

“好!”薛栋先生举起酒杯,一饮而尽。

接着,薛栋先生斟满一杯茅台,高高举起,乘兴向在场的各位嘉宾和新闻记者们宣布道:

“各位女士们、先生们,中国是火箭的故乡,‘长征号’系列火箭可靠性强,有很高的信誉。我愿意在此宣布,我们从美国休斯公司购买的‘亚洲一号’卫星,将在明年初由中国的‘长征三号’运载火箭发射到预定轨道!”

薛栋先生话音刚落,全场立即响起一片掌声。

然而,正当“亚洲一号”卫星的发射工作逐步往前推进时,1989 年那个火热的夏天,中国震惊世界的政治风波发生了!

于是,本来美国政府已经同意发放的卫星出境许可证,立即遭到冻结。

没有许可证,美国的卫星不能插翅飞到中国,无疑等于取消这次发射。

而就在这时,国外有的卫星发射服务商乘虚而入,想挖走“亚洲一号”卫星的发射业务;法国的“阿里亚娜”火箭也再次降低发射价格;甚至有的客商还明确表示,不惜一切代价,也要从中国手上夺走这颗卫星,另找发射的主人!

这对中国来说,无疑又是沉重一击!

几年来,为了拿到"亚洲一号"卫星的发射许可证,中国外交部、中国驻美大使馆、中国航空航天部以及中国卫星发射测控系统等,通过各种渠道,采用各种方式,向美国政府和国际巴黎统筹委员会做了大量难以描述的工作。

几年来,为了拿到"亚洲一号"卫星的发射许可证,航空航天部部长林宗棠远涉重洋,找英国、美国、联邦德国、意大利等国的大使,让他们向各国政府反映中国的情况,然后各国政府再向巴黎统筹委员会反映中国的情况,最后好不容易才形成国际舆论,促使美国政府和巴黎统筹委员会同意发放"亚洲一号"卫星的许可证。

可万万没想到,万事俱备,只欠东风,眼看离成功只有一步之遥,又要擦肩而过。

13,在西方人的眼里,是一个不吉利的数字。

但 1989 年的 12 月 13 日,对中国人来说,却是一个可喜的日子。

这一天,经中国驻美大使馆与美国有关当局联系后,孙家栋副部长为"亚洲一号"卫星的许可证一事,专程赶往美国,同美国国会议员、美国空间委员会主席罗伯特·罗埃以及美国国务院代理助理克里斯托弗·汉金进行会谈。

1989 年 10 月 5 日,林宗棠部长曾在北京钓鱼台国宾馆三号楼,同美国大使和美国科技参赞就卫星许可证一事,进行过一次专门的会谈。美方当时表示,对中国的心情表示理解,愿意及时将中国的意愿转告美国政府。

但是,由于离合同所签订的发射日期越来越近,而且"亚洲一号"卫星许可证又是有期限的,所以为防止夜长梦多,节外生枝,孙家栋副部长决定再次亲赴美国,促使"亚洲一号"卫星许可证尽快得以落实。

孙家栋同美方的这次会谈,是在相对平静的气氛中进行的,而且双方都显得真挚与坦率。

会议一开始,罗伯特·罗埃先生便坦诚地说:"中国与美国打交道,不能只与行政当局打交道,还要和议会打交道。美国期待中国采取行动的信号,这将是极其重要的,愈早发生愈好。两国人民之间误解的消除,将有助于增进政府、议会间的了解。"

片刻,罗伯特·罗埃继续说道:"新的一年马上就要到了,人们在旧的一年快结束时都愿意进行反思,愿意做出妥协。如果能采取某种行动,对于中美之间的友谊的恢复实在是太重要了。我们期待着能到中国去访问。"

接下来，国务院代理助理汉金说："我们非常清楚'亚洲一号'卫星许可证的期限，目前高层正在做决断。我们知道时间不多了，但具体发放许可证的日期还不太清楚。本月 15 日发放'亚洲一号'卫星许可证是一个大概的时限。我们正在考虑，最高层也在积极考虑，在此特提请中国政府予以注意。"

孙家栋听了美方的发言，首先表示感谢，然后强调说："'亚洲一号'卫星许可证的发放，牵涉发射场各项具体准备工作的安排与实施。为了确保明年 4 月能够发射，卫星必须在 2 月运往西昌发射场，现在时间已经相当紧迫了。"

孙家栋说完，停顿了一下，继续说道："至于中国发生的事，我国政府领导人已清楚地向美国朋友做了介绍。为了取得美国人民和议会的了解与支持，也一再做了阐明。最近美国已派特使对中国做了访问，会晤了包括邓小平在内的中国领导人，这对某些问题的解决是有益的。我希望能按他们商量的意见，一步一步地去做。"

最后，罗伯特·罗埃先生表示，"亚洲一号"卫星许可证一事，一定尽快予以答复。

会谈结束后，罗伯特·罗埃先生当即向美国国会做了报告。

据说，当美国政府最后商定是否给中国发放"亚洲一号"卫星许可证时，会场上出现了两种不同的意见。值此关键时刻，布什总统起身走到窗前，沉思片刻，而后望了望东方，转身轻轻说了一句：

"我不愿得罪十亿中国人！"

于是，1989 年 12 月 16 日，美国白宫发言人菲茨沃特正式宣布：

> 布什总统今天批准了"亚洲一号"卫星(及其他两颗卫星)的出口许可证。这项决定是基于美国的国家利益做出的，因为它将为美国公司赢得 3 亿美元的生意！

尾声　走向新大陆

一个月后。

美国洛杉矶长滩。休斯公司总部大楼。

这是一个阳光温和的上午。孙家栋和乌可力款步走进休斯公司副董事长鲍夫曼先生的办公室。鲍夫曼先生急忙迎出,张开热情的臂膀,同两位中国友人紧紧拥抱。

鲍夫曼:“孙家栋先生,祝贺你们啊!”

孙家栋:“鲍先生,也祝贺你们啊!”

鲍夫曼:“你们发射上天的卫星,现在工作得很好!”

孙家栋:“是吗? 那太好了! 鲍先生,您对中国的这次发射,不知有何评价?”

“太棒了!”鲍夫曼伸了伸大拇指说,“我个人认为,中国这次有三点干得非常漂亮。”

“哦,请问有哪三点?”孙家栋问。

鲍夫曼说:“一是气象预报准确;二是发射时间准,说 9 点半发射就 9 点半发射;三是卫星入轨精度高。而且,发射成功后,向我方报轨道参数也非常及时!”

孙家栋问:“卫星入轨的偏差数测算出来了吗?”

鲍夫曼说:“测算出来了。本来按我方原来的要求,不能超过 100 公里,但经我们的测量结果表明,只偏差了 54 公里。后来我们又做了进一步计算,实际只偏差了 9 公里! 这个数据,是我们休斯公司发射的 80 多颗卫星,入轨精度最高的一次!”

鲍夫曼一说完,便激动地站了起来,来回地踱着步子。

这时,休斯公司另一位主管卫星工作的高级助理也兴奋地说:“休斯公司自从 1962 年开始发射第一颗卫星到今天,我一直是参与者。这么多年来,还从未发射过这么高精度的卫星。方才董事长说到的三个方面的情况,已在我们公司传为佳话!”

“是吗?”孙家栋站了起来。

“是的,是的!”鲍夫曼先生接着说道,“这些日子以来,我们一直在兴奋地谈论着中国的这次发射。有人说,中国是个神秘的国家,也是一个很神奇的国家。有些看起来很容易办的事情,就是办不好;但有些很复杂的事情,比如像这次发射‘亚洲一号’卫星,条件这么差,时间如此仓促,却居然干得如此漂亮! 而且速度之快、效率之高,令人吃惊! 甚至在计划上还撵着美国人走,逼着美国人提前。过去,我们是竖一个大拇指;现在,我们是竖两个大拇指!”

鲍夫曼先生说完,双手伸出大拇指,比画着走到 20 层楼高的窗户前,哗地拉开了天蓝色的纱幔。

窗外,人流如潮,云层似海。孙家栋仿佛看见,一轮鲜活的太阳,正从东方的地平线上缓缓升起。

是的,历史记住了1990年4月7日。

在中国"长征三号"火箭腾飞的一刹那,全世界都感到了中国的分量,同时也感到了人类智慧与力量的伟大。20世纪末,中国以自己的实力,又一次显示了自己的存在;中国以新的形象,再一次受到世界的瞩目!"亚洲一号"卫星的冲击波,很快就传遍了地球这个小小的村落。

美国休斯公司一位负责人说:"这次发射成功,是美、中在太空方面长期合作的开端,并将成为继续改善美、中两国人民关系的基础。"

联邦德国的德新社驻京记者报道说:"这次卫星发射意味着中国以其经过考验的运载火箭进入国际卫星商业市场,与美国人和欧洲人竞争的努力取得突破。中国的卫星发射技术被外国专家认为是可靠的。中国的口袋里已经装着另外一些外国卫星的发射合同。"

泰国《中华日报》发表社论说:"事实证明,中国发射卫星技术优异,而收费比西方国家便宜,将有更强的竞争力。"

英国《泰晤士报》报道说:"中国火箭将美国卫星送入太空轨道,这表明中国已经成为国际航天工业中一个重要的商业竞争者。"

美国《基督教科学箴言报》报道说:"对中国来说,'亚洲一号'卫星的成功发射,不仅是一项技术成就,还是一项重大的外交成就。"

日本东京消息说:"中国发射的'亚洲一号'卫星,作为一颗超越亚洲各国和地区间的'政治篱笆',象征信息国际化的卫星而引人注目。"

苏联《消息报》发表评论说:"中国第一次把美国卫星送入轨道,说明中国长城公司终于开辟了这条通往国际商业服务市场的艰难道路,开辟了亚洲远程通信和通信发展的新阶段。亚洲问题专家相信,'亚洲一号'今后将于亚洲国家生活的各个方面——社会、实业和经济产生影响。"

一位香港人士说:"这次发射终生难忘。这不单是一次技术性发射,它提高了中国的威望,使人们看到了中国的高技术形象。国内有这么好的技术,我们要研究投资的可行性问题。比如在香港搞卫星制造业,利用内地的技术人才,利用香港的地位和资金搞合作。"

……

然而,中国火箭发射国外的商业卫星,东方与西方携手架设空间桥梁,这毕竟还是第一次。严格说来,在通向国际商业发射市场的道路上,中国才迈出了一小步。一切还刚刚开始,也仅仅是开始。

美国让中国发射卫星,除了信任中国的航天技术外,还有诸多因素,比如价格便宜。如果我们就此关起门来,夜郎自大,只见长城,不见世界,甚至将此事作为一种民族的炫耀,满足民族虚荣心,那未免也太浅薄了!

此时离21世纪还有10年!

已故现代航天之父布劳恩曾大胆预言:“21世纪,将是在外层空间进行科学活动和商业活动的世纪,是载人星际飞行和开始在母星地球之外建立永久性人类立足点的世纪。”

是的,科技已经改变了我们的生活。原子弹早把人类的命运紧紧绑在了一起;通信卫星的升天,已把偌大的地球变成了一个小小的村落;当第一枚威武的火箭撞开通向宇宙的大门后,人类便发现,自己赖以生存的这个星球,原来竟是如此的孤独、渺小和可怜!

而地球——这个人类的母星球,如今已是遍体伤痕,岌岌可危。人口、资源、环境、粮食、能源等问题,如同五条粗壮的绳索,紧紧勒住了人类的喉咙。生存与发展,将是未来的主题。战争,已不再是人们重视的热点。人们着眼关注的,是未来历史进程中,人类如何在新的世界和新的生存空间中和谐共处,生存发展。

于是,开拓天疆,造福人类,成为世界响亮的口号,成为历史赋予人类神圣而伟大的使命。尽管我们只有一个地球,但生活在这个地球上的50亿同类,有一个共同的未来!因为宇宙空间将是人类另一个美丽的家园,随着航天技术的不断发展,人类走进宇宙母亲的怀抱,将越来越近,越来越近。

进军宇宙,开拓空间的战略,早已受到世界各国的关注,更受到美国政府的高度重视。早在1984年初,里根总统在国情咨文中,便首次将开拓宇宙空间列入国家的战略目标,并将建立一个永久载人空间站,计划于1992年送入太空。

1985年,里根总统还宣称:开拓和利用太空,是美国的第二次革命,是一场把知识和空间的边疆向后移,从而使我们达到进步和新高度的革命,更是一场把世界和平和人类自由的美好希望带到地球之外的革命。

当然,探索宇宙、开拓空间的伟大事业,绝不是一个民族、一个国家的事情,也不是一天、一年或者一个世纪的问题,而需要的是全人类世世代代的共同合作与奋斗!

今天,中国与美国,东方与西方,第一次成功地在25亿亚洲人头顶的上空,架起了一座空间文明的桥梁。相信在世界的明天，全人类也将携手并肩，踏着阳光的阶梯，向着宇宙隆隆挺进！宇宙间一切的一切，时空中所有的所有，都将在地球纪元2000年后，逐一向人类一一展现。

那时，太阳将不再是红色，月宫将不再会清寒。人类大踏步走进的，必将是一个远比地球更加美好的大同世界！

（原载《当代》1991年第1期）

东方风来满眼春

——邓小平同志在深圳纪实

陈锡添

南国春早。

一月的鹏城,花木葱茏,春意荡漾。

跨进新年,深圳正以勃勃英姿,在改革开放的道路上阔步前进。就在这个时候,我国改革开放的总设计师、各族人民敬爱的邓小平同志到深圳来了!

在我国社会主义现代化建设的关键时期,小平同志的到来,是对深圳特区最大的关怀和支持,是对深圳人民最大的鼓舞和鞭策。

一

1月19日上午8时许,在深圳火车站月台上,几位省、市负责人,和其他迎候的人们,在来回踱步,互相交谈,他们正以兴奋而激动的心情等待着……

来了!远处传来马达的轰鸣声,接着一列长长的火车徐徐进站。时钟正指9时整,列车停在月台旁边。

一节车厢门打开,车站服务人员敏捷地把一块铺着红色地毯的长条木板放在车厢门口。

不一会,邓小平同志出现了!人们的目光和闪光灯束都一齐投向这位领一代风骚的伟人身上。

他,身体十分健康,炯炯的眼神,慈祥的笑脸,身着深灰色的夹克、黑色西裤,神采奕奕地步出车门。他的足迹,在时隔八年之后,又一次踏在处于改革开放前沿的深圳这块热土上。

下车后,邓小平同志满面笑容地同前来欢迎的广东省委书记谢非、深圳市委书记李灏、市长郑良玉一一握手。

握手时,谢非说:"我们非常想念您。"

李灏说:"我们全市人民欢迎您的光临。"

郑良玉说:“深圳人民盼望您来,已经盼了八年了。”

简洁的话语,充分表达了全省、全市人民对小平同志的想念和崇敬之情。

邓小平同志同省、市负责人登上一辆中巴,一直驶到下榻的市迎宾馆桂园。在这里恭候的市委副书记厉有为、市委常委李海东迎上前来,同小平同志握手并向他问好。

千里迢迢,舟车劳顿,市负责人劝他老人家好好休息。

但是,小平同志却毫无倦意。他说:“到了深圳,我坐不住啊,想到处去看看。”

众所周知,邓小平同志是创办经济特区的主要决策者。早在 1979 年 4 月,他在听取当时中共广东省委主要负责人的汇报后说:“可以划出一块地方叫作特区,陕甘宁就是特区嘛。中央没有钱,要你们自己搞,杀出一条‘血路’。”次年八月,全国人大常委会正式通过并颁布《广东省经济特区条例》,中国经济特区就这样诞生了。深圳特区是邓小平同志亲自开辟的最早的改革开放的试验地之一。它的发展情况,小平同志当然十分关注。1984 年 1 月,小平同志曾到深圳视察过。一晃,八年过去了。深圳的面貌又发生了什么样的变化？老人家急不可待要亲自看一番。

随行人员说邓小平同志身体好,昨晚在车上休息得不错,既然他兴致高,就安排活动吧。

在桂园休息约十分钟,小平同志和谢非等同志在迎宾馆内散步。

散步时,邓楠向小平同志提起他在 1984 年 1 月 26 日为深圳特区题词一事。邓小平同志接着将题词一字一句念出来:“深圳的发展和经验证明,我们建立经济特区的政策是正确的。”一个字没有漏,一个字没有错。在场的人都很佩服他那惊人的记忆力。

1984 年,特区建设遇到不少困难和阻力,有些人对办特区持怀疑观望态度。是年 1 月 24 日,当时任中共中央政治局常委、中顾委主任的邓小平同志,同王震、杨尚昆同志在中顾委委员刘田夫和广东省省长梁灵光的陪同下,到深圳视察,给深圳特区题了词,肯定了深圳特区的建设成就,肯定了办特区的方针是正确的,给了特区建设以决定性的支持,坚定了人们办特区的决心和信心,使特区的建设事业继续向前推进。

散步后,小平同志在省、市负责人陪同下,乘车参观深圳市容。

车子缓缓地在市区穿行。这里,八年前有些还是一汪水田、鱼塘,羊肠的小路,低矮的房舍。现在,宽阔的马路纵横交错,成片的高楼耸入云端,到处充满了现代化的气息。小平同志看到这繁荣兴旺、生机勃勃的景象,十分高兴。正如他后来说的:“八年过去了,这次来看,深圳、珠海特区和其他一些地方,发展得这么快,我没有想到。看了以后，信心增加了。”

小平同志边参观，边同省、市负责人亲切交谈。

当谈到办经济特区的问题时，小平同志说，对办特区，从一开始就有不同意见，担心是不是搞资本主义，深圳的建设成就，明确回答了那些有这样那样担心的人。特区姓“社”不姓“资”。从深圳的情况看，公有制是主体，外商投资只占四分之一，就是外资部分，我们还可以从税收、劳务等方面得到益处嘛！多搞点“三资”企业，不要怕。只要我们头脑清醒，就不怕。我们有优势，有国营大中型企业，有乡镇企业，更重要的是政权在我们手里。有的人认为，多一分外资，就多一分资本主义，“三资”企业多了，就是资本主义的东西多了，就是发展了资本主义。这些人连基本常识都没有。

车子行至火车站前，邓林指着火车站大楼那苍劲有力的“深圳”两个大字对小平同志说：“您看，这是您的题字，人们都说写得好。”

邓楠打趣说：“这是您的专利，也属知识产权问题。”说得小平同志笑了起来。

当谈到经济发展问题时，小平同志说，亚洲“四小龙”发展很快，你们发展也很快。广东要力争用二十年的时间赶上亚洲“四小龙”。停了一会，他补充说，不仅经济要上去，社会秩序、社会风气也要搞好，两个文明建设都要超过他们，这才是有中国特色的社会主义。新加坡的社会秩序算是好的，他们管得严，我们应该借鉴他们的经验，而且比他们管得更好。

车子不知不觉到了皇岗口岸。皇岗边防检查站、海关、动植物检疫所的负责同志，热情地欢迎小平同志的到来。

小平同志站在深圳河大桥桥头，深情地眺望对岸的香港，然后察看皇岗口岸的情况。

皇岗边检站站长熊长根向小平同志介绍说，皇岗口岸是 1987 年初筹建，1989 年 12 月 29 日开通的。占地一平方千米，有一百八十条通道，最高流量可达五万辆次和五万人次，是亚洲最大的陆路口岸。最近每天约通过七千辆次和两千人次。小平同志听了很高兴，不断点头，露出满意的笑容。

二

国贸中心大厦，高高耸立，直插云霄。这是深圳人民的骄傲。深圳的建设者曾在这里创下了“三天一层楼”的纪录，成了“深圳速度”的象征。到深圳来的中外人士，总要登上楼顶的旋转餐厅，远眺深圳市。

1月20日上午9时35分，小平同志在省、市负责人陪同下，来到国贸大厦参观，该大厦的女职工，整齐地站在两旁，鼓掌欢迎小平同志，并齐喊“邓爷爷好！”，小平同志高兴地向她们招手，并鼓掌致意。

在五十三层的旋转餐厅，小平同志俯瞰深圳市容。他看到高楼林立，鳞次栉比，一派欣欣向荣的景象，很是高兴。

坐下来后，他先看一张深圳经济特区总体规划图。接着，李灏向小平同志汇报深圳的改革开放和经济建设的情况。李灏说，深圳的经济建设发展很快，人民生活水平有了很大提高，1984年，人均收入为六百元，现在是两千元。改革开放也有了很大的进展。他还说，这些年来，我们的精神文明建设和物质文明建设是同步发展的。深圳人对建设有中国特色的社会主义坚定不移，并且充满信心……

听了汇报后，小平同志和省、市负责人作了较长时间的谈话。

小平同志充分肯定了深圳在改革开放和建设中所取得的成绩。然后，他说，要坚持党的十一届三中全会以来的路线方针政策，关键是坚持“一个中心、两个基本点”。不坚持社会主义，不改革开放，不发展经济，不改善人民生活，只能是死路一条。基本路线要管一百年，动摇不得。

小平同志又说，要坚持两手抓，一手抓改革开放，一手抓打击各种犯罪活动，这两只手都要硬。打击各种犯罪活动，扫除各种丑恶现象，手软不得。

小平同志思路清晰，记忆力强。他谈笑风生，有时一两句幽默的话语，引得大家发出一阵阵笑声。在场的省、市负责同志聚精会神地聆听他老人家的谈话，不时还插上几句，谈话气氛轻松活跃。

小平同志侃侃而谈。他还谈到中国要保持稳定，干部和党员要把廉政建设作为大事来抓，要注意培养下一代接班人等重大问题。

在谈话中，小平同志强调要多干实事，少说空话。他说，会太多，文章太长，不行。谈到这里，老人家指着窗外的一片高楼大厦说，深圳发展这么快，是靠实干干出来的，不是靠讲话讲出来的，不是靠写文章写出来的。

小平同志精神健旺，谈兴甚浓。在国贸大厦旋转餐厅，老人家谈了三十多分钟，使在场的人深受教育和鼓舞。

当小平同志离开旋转餐厅下到一楼大厅时，大厅的音乐喷泉，随着优美的乐曲，喷出图案多变的水柱和水花，蔚为壮观。一楼到三楼，站满了群众，黑压压的一片。人山人海，秩序井然。人人心花怒放，个个喜笑颜开。这是多么令人难忘的时刻！人们为有幸能一睹小平同志的风采而激动万分，也为小平同志的身体健康、精神饱满而无比高兴。

群众在尽情地鼓掌,阵阵雷鸣般的掌声响彻国贸大厦。这掌声,表达了群众对倡导改革开放政策的小平同志的爱戴和崇敬,反映了群众对身受其惠的改革开放政策的坚信和拥护。

小平同志非常高兴,满面笑容地频频向群众招手致意。整个场面十分热烈,呈现出老一辈无产阶级革命家同人民群众融洽无间的动人情景。

三

离开国贸大厦后,小平同志乘车去深圳先科激光公司参观。

先科激光公司,是一家高科技企业,引进荷兰飞利浦公司的先进生产技术,是我国目前唯一的生产激光唱片、视盘和光盘放送机的公司。邓小平、江泽民、李鹏、王震、田纪云、刘华清等中央、国务院、中央军委领导的车子到达先科激光公司时,该公司董事长叶华明等人迎上前去,和小平同志热烈握手。

有人介绍说,叶华明是叶挺将军的儿子。

小平同志握住叶华明的手亲切地问:“你是叶老二吧?”

“不是,我是老四。”叶华明伸出四根手指回答说。

“呵,我们快四十年没见面了。”小平同志深情地说。

“是的,我那时是小孩,现在五十多岁了。”

“你弟弟叶正光在哪里工作?”小平同志对革命家的后代十分关心。叶华明说:“在海南岛。”

原来,叶挺将军于1946年飞机失事不幸遇难后,叶华明于当年5月离开延安直到1953年,叶正光于1952年到1960年,都是生活在聂荣臻元帅家里。小平同志同聂帅常有往来,所以那时见过他们兄弟俩。

在公司贵宾厅,小平同志听取了关于公司情况的介绍。先科激光公司于去年10月12日正式投产,使我国成为继荷兰、日本、美国之后第四个能够生产激光视盘、唱盘的国家。该公司可年产激光唱片五百万张,视盘一百五十万张,激光视盘、唱盘放送机五万台。

邓楠拿起一块闪光锃亮的激光视盘给小平同志观看。这种恍如镜子般的盘片,能储存十点八万帧色彩逼真的清晰图像,可长久保存,永不破损。小平同志听了,十分感兴趣,问:“是什么材料?”公司的同志答:“塑料上面镀一层银。”

小平同志又兴味盎然地看了激光视盘的特性、音响效果、功能和检索能力表演。当他看到传记资料片《我们的邓大姐》时,对身旁的广东省委书记谢非说:“我今年八十八岁，邓颖超同志和我同年，都是1904生的。我是8月出生，她比我年大半岁。"

小平同志出生于1904年8月22日，家乡是四川省广安县协兴乡牌坊村。

小平同志接着说："邓颖超同志是河南人。"他女儿邓楠说："不，是广西人。"小平同志纠正说："她的原籍是河南。广西是她出生和长大的地方。"小平同志对邓大姐十分熟悉。

接着，公司一位四川籍的业余歌手赵敏，为小平同志演唱了一首卡拉OK《在希望的田野上》。邓小平同志对他这位老乡的歌喉及音响效果十分赞赏，听完后带头鼓掌。一边起身，一边说："很好，我听得很清楚，不走调，音响效果不错。"

从贵宾厅出来到激光视盘生产车间，经过三十米长的过道，许多职工在过道侧热烈鼓掌欢迎小平同志。

小平同志问："这些职工多大年纪？"

叶华明答："大多数是二十五岁到三十岁，由全国各地招聘来的，大部分是科技人员。"

小平同志听了高兴地说："很好，高科技项目要让年轻人干，希望在青年人身上。"

在激光视盘生产车间，当叶华明介绍他们每年要生产一部分外国电影激光视盘时，小平同志问："版权问题怎么解决？"

叶华明回答说："按国际规定向外国电影公司购买版权。"

小平同志对此表示满意："应该这样，要遵守国际有关知识产权的规定。"

小平同志边走边问，对公司的情况问得很仔细，他还问及原材料是否进口，我国目前能否生产，产品质量怎样保证等等，公司负责人一一做了回答。

当小平同志看到几位女工正在擦拭刚生产出来的激光视盘时，便停下来问："你们是什么地方人？"女工们回答："汕头人。"小平同志笑着说："我一看就知道你们是广东人。"说得大家都笑起来。

临离开车间前，小平同志问到公司今年的生产目标。叶华明说："今年要生产五十万张激光视盘，二百五十部激光视盘电影，国产片和外国片一样多，其中还有科教片和一部分卡拉OK。总产值可达三亿多元，利润八千万元。"小平同志高兴地说："很好，希望你们努力实现这个目标。"

小平同志到先科激光公司参观，给了该公司的职工以极大的鼓舞。公司董事长叶华明对记者说："我是一直在党内老同志关怀抚养下成长的，见到邓小平同志身体很健康，我心里特别高兴。我决心在深圳第二个十年建设中，努力把工作做得更好,不辜负小平同志的殷切希望。”

四

1月21日,是华侨城建设者永远难忘的日子。这一天,小平同志到这里的中国民俗文化村和锦绣中华微缩景区游览。

锦绣中华是集中国名胜古迹于一体的世界最大的微缩景区。中国民俗文化村,是中国民俗艺术的荟萃之地,是集民间艺术、民族风情、民居于一园的大型游览区。

上午9时50分,小平同志在省、市负责人陪同下,乘车来到中国民俗文化村东大门广场。民俗文化村顿时沸腾起来了。广场上欢声雷动,鼓乐喧天,身穿鲜艳民族服装的各族青年男女,载歌载舞迎接小平同志的到来。

在广场西侧,小平同志登上电瓶车,由徽州街西行,缓缓驶经各个民族村寨。所到之处,各少数民族的演员都在尽情地跳舞欢歌,敲鼓击乐,充满欢乐祥和的气氛。小平同志一行在这里领略了千姿百态的民族风情,欣赏了古朴纯美的民间歌舞。而那别具一格的徽州石牌坊群,富有民族特色的贵州鼓楼、风雨桥,云南藤桥,金碧辉煌的西藏喇嘛寺等,又把小平同志一行带进了中华民族源远流长的传统文化长河中。

正在这里游览的群众、港澳同胞和外国朋友,纷纷驻足道旁,鼓掌向小平同志致意。小平同志亦频频向他们招手。

到新疆维吾尔族民居,小平同志走下电瓶车,在这里坐下来,兴致勃勃地观看维吾尔族舞蹈。这时,小平同志的小孙子走过来,邓楠抱住他,说:“亲亲爷爷。”小孙子亲昵地吻了一下小平同志的面颊,小平同志十分开心。

小平同志接着到锦绣中华微缩景区游览。在“天安门”前,小平同志走下电瓶车观赏了“故宫”景色。然后,他走到“故宫”景点旁边的小卖部,很感兴趣地欣赏玻璃柜内的纪念品。

在“布达拉宫”前,小平同志分别同家人及亲属、陪同的负责同志合影留念。

在回迎宾馆途中,小平同志和陪同的负责同志亲切谈话。

小平同志说,走社会主义道路,就要逐步实现共同富裕。共同富裕的构想是这样提出来的:一部分地区有条件先发展起来,一部分地区发展慢点,先发展起来的地区带动后发展的地区,最终达到共同富裕。如果富的愈来愈富,穷的愈来愈穷,两极分化就会产生,而社会主义制度应该而且能够避免两极分化。解决的办法之一，就是先富起来的地区交点利税，支持贫困地区的发展。当然，太早这样办也不行，现在不削弱发达地区的活力，也不能鼓励吃“大锅饭”。

他接着说，不发达地区又大都是拥有丰富资源的地区，发展潜力是有的。总之，就全国范围来说，我们一定能够逐步顺利解决沿海同内地差距的问题。

当深圳市市长郑良玉汇报到在发展经济的同时，把社会主义精神文明建设搞好时，小平同志说，只要我们的生产力发展，保持一定的增长速度，人民的精神文明建设也可以搞上去，我们完全有能力把社会主义精神文明建设搞好。

小平同志还谈到要尽快把经济建设抓上去。他说，有条件的地方要尽可能搞快点，只要是讲效益，讲质量，搞外向型经济，就没有什么可以担心的。

五

1 月 22 日，深圳阳光明媚，仙湖植物园内春意盎然。今天，小平同志和杨尚昆主席带领两家三代人到仙湖植物园种树和游览，给园内园外带来了无尽的喜悦。

上午 9 时 45 分，小平同志在省、市负责人陪同下，来到仙湖植物园。随同来的有他的夫人卓琳，女儿邓林、邓榕和小孙子。随后，邓朴方同志也来了。

先到这里的国家主席杨尚昆，同小平同志热烈握手。接着步入展览厅，观看仙湖植物园模型。小平同志听了关于植物园的情况介绍后，高兴地说：“植物园大有可为。”

杨尚昆主席是 1 月 21 日到深圳视察的。小平同志和杨主席两位老战友在仙湖植物园相逢，自然高兴万分。

“我们在一起几十年了哦。”小平同志深情地说。

“我们是 1932 年认识的。”杨主席说着扳起指头数起来，“四十二，五十二，六十二……九十二，六十年了！”

这时身背三部相机的杨绍明走过来，握着小平同志的手说：“邓伯伯，新年好！”

邓榕说：“他是全国摄影协会副主席呀！”

小平同志幽默地说：“你们杨家有两个主席啰！”全场大笑起来。

接着，小平同志和杨主席一同步入室内观赏植物区。这是一个大温室，培育着种类繁多的珍稀植物，林林总总，使人目不暇接。

他们首先观看据说距今有一亿五千万年的恐龙时代的树种——桫椤。

小平同志说：“还有一种古代树种，叫水杉，现在全国都有了。一棵很大的，在三峡附近。”说着，他还用手比画一下。

植物园负责人陈覃清说:“是的。水杉树种距今约七千五百万年,是在三峡附近湖北省境内发现的。”在场的人都很佩服小平同志丰富的知识和记忆力。

小平同志说的那棵很大的水杉,是1946年薛纪如先生发现的,他采集了标本。1948年,由胡先骕、郑万钧先生定名为水杉,公开发表,轰动了当时国际植物界。人们称此树种为活化石。这棵树胸径二点四米,高三十五米,在三峡附近湖北省利川县谋道这个地方。

接着,小平同志和杨主席仔细观赏其他植物,兴味极浓。

看到一种叫“发财树”的植物,邓榕风趣地对小平同志说:“以后咱们家也种一棵。”

小平同志指着“光棍树”问:“为什么叫光棍树?”植物园负责人回答:“因为它不长叶子。”

在湘妃竹、人面竹、方竹前,小平同志伫立观赏。植物园负责人介绍说,毛主席的诗句“斑竹一枝千滴泪”中的“斑竹”,就是指这种湘妃竹。相传很久以前,一个妃子逃难到九嶷山,哭得很伤心,一滴滴泪水滴在竹子上,就成为现在的湘妃竹。

小平同志说:“成都竹子很多,有红的、黑的、紫的、黄的,也有方的。”植物园负责人说:“成都的望江公园各种竹子都有。”在场有人说,这里有的竹子就是悄悄地从成都“弄”来的。小平同志开玩笑说:“这也属于知识产权问题啊,我是四川人,要你们赔偿啊。”周围的人全都笑起来。观赏植物区里笑语声喧。

小平同志被这些珍稀植物吸引住了,他观赏得很仔细,注意听介绍,还不断提问。他指着一棵天鹅绒竹芋问:“它长不长芋头?”植物园负责人答:“不长,只供观赏。”邓榕接着说:“爸爸很喜欢吃芋头。”植物园的同志说,这种竹芋的叶子,摸上去像绒布。小平同志听了,好奇地摸了一下。杨主席随手捡起一片叶子,风趣地说:“带着留个纪念。”杨主席也在以极大的兴趣,观赏着各种奇花异草。他观看猪笼草、鸟巢蕨时,鸟巢蕨那活像鸟巢的模样令他十分开心。他问这植物开不开花,靠什么繁殖,植物园负责人一一做了回答。

这里有一种兰花,很奇特,叫“跳舞兰”。植物园负责人指着一朵兰花给小平同志介绍:“这兰花样子像个姑娘。这是头、身子、裙、腿。它在跳迪斯科哩。”小平同志笑着说:“是,很像个姑娘在跳舞。”

从观赏植物区出来,小平同志和杨主席等人向大草坪走去。置身于美丽的大自然中,满眼是青山绿水、茂林修竹,小平同志感到心旷神怡。他高兴地同家人在这里合影留念。

这里,绿色主宰了大自然的风光,使人流连忘返。小平同志说:“这里的环境真优美。”杨主席赞叹道：“真是天上人间，世外桃源。”

10时10分，小平同志和杨主席在一片开阔的草地上，种下一棵常青树——高山榕。小平同志和杨主席挥锹培土，接着，小平同志的家人也拿起铁锹，使劲地将土铲到树根上。邓朴方在旁人的帮助下，也培了几锹土。然后，小平同志和小孙子一起端起个红色的小水桶浇水。

杨主席同小平同志一家栽好树后，又领着自己一家在不远处种下另一棵高山榕。杨主席和家人一道培土、浇水，动作非常敏捷。

高山榕是一种亚热带植物，桑科榕属，是广东省的代表树种之一。生长快，树冠大，四季常青。

小平同志和杨尚昆主席在这里种下常青树，给深圳增添了无边春色，也将为子孙后代造福遮阴。深圳人民一定会记住这个日子，记住他们为建立新中国、为改革开放所做的卓越贡献，记住他们对深圳特区的关怀和支持，记住他们那长久而深厚的情谊。

种完树后，小平同志和家人在湖边散步，一家人其乐融融，尽情享受这温暖的阳光和清新的空气，欣赏这如诗如画的湖光山色。

小平同志精神奕奕地迈着步，表现出他对祖国的未来充满信心。摄影记者们纷纷按下快门，拍下这令人高兴的镜头。

六

1月22日下午3时10分，小平同志和杨尚昆主席在市迎宾馆接见了深圳市委、市政府、市人大、市政协、市纪委的负责人，亲切地同他们一一握手。

接着，小平同志和杨主席同深圳市五套班子的负责人合影。合影时，坐在前排的有：小平同志、国家主席杨尚昆、中央军委副主席刘华清、广州军区司令员朱敦法、广东省委书记谢非、新华社香港分社社长周南、广东省委副书记郭荣昌，深圳市委书记李灏、市长郑良玉、市委副书记厉有为。

合影后，人们都围拢过来，同小平同志握手，小平同志亲切地和大家交谈。

新华社香港分社社长周南握着小平同志的手，向他问好，并邀请他1997年访问香港。小平同志连声说：“好，好。”

广州军区司令员朱敦法中将向小平同志敬礼、问好。中央军委副主席刘华清上将向小平同志介绍说：“朱敦法同志在淮海战役中是个连长。”小平同志笑笑说：“那时还是个娃子哩。”在淮海战役这场波澜壮阔、规模宏伟的人民战争中，负责淮海前线一切事宜、统一指挥中原野战军和华东野战军的总前委，由邓小平任书记。

今天，小平同志同省、市负责人作了重要的谈话。

小平同志说，改革开放胆子要大一些，敢于试验，不能像小脚女人一样。看准了的，就大胆地试，大胆地闯。深圳的重要经验就是敢闯。没有一点闯的精神，没有一点“冒”的精神，没有一股气呀、劲呀，就走不出一条好路，走不出一条新路，就干不出新的事业。不冒风险，办什么事情都有百分之百的把握，万无一失，谁敢说这样的话？一开始就自以为是，认为百分之百正确，没那回事，我就从来没有那么认为。

李灏说，深圳特区是在您的倡导、关心、支持下才能够建设和发展起来的。我们是按您的指示去闯、去探索的。

小平同志说，工作主要是你们做的。我是帮助你们、支持你们的，在确定方向上出了一点力。

小平同志还指出，社会主义的本质，是解放生产力，发展生产力，消灭剥削，消除两极分化，最终达到共同富裕。证券、股市，这些东西究竟好不好，有没有危险，是不是资本主义独有的东西，社会主义能不能用，允许看，但要坚决地试。看对了，搞一两年对了，放开；错了，纠正，关了就是了。关，也可以快关，也可以慢关，也可以留一点尾巴。怕什么，坚持这种态度就不要紧，就不会犯大错误。

在谈话中，小平同志还谈到了：现在建设中国式的社会主义，经验一天比一天丰富；在农村改革和城市改革中，不搞争论，大胆地试，大胆地闯；我们的政策就是允许看，允许看，比强制好得多，等等。

七

时间过得真快，小平同志在深圳，一晃几天就过去了。1 月 23 日，小平同志在广东省委书记谢非的陪同下去珠海特区。

上午 8 时 30 分，深圳市负责人以及警卫、服务人员，在市迎宾馆热烈欢送小平同志。人们都依依不舍，多么希望小平同志能在深圳多住几天啊。

小平同志和市负责人一一握手告别。

同车前往蛇口送行的有李灏、郑良玉、厉有为等。

车子在宽阔的笋岗路向蛇口驶去。在车上，小平同志和省、市负责人亲切交谈。

李灏向小平同志简要地汇报深圳改革开放的几个措施：调整产业结构；放开一

线，管好二线，把深圳特区建成第二关税区；加强法制，依法治市，加强立法执法工作；把宝安县改为深圳市的三个郊区等等。

小平同志听了后说，我都赞成，大胆地干。每年领导层要总结经验，对的就坚持，不对的赶快改，新问题出来抓紧解决。不断总结经验，至少不会犯大错误。

李灏说："您讲的非常重要。我们要争取少犯错误，不犯大错误。"小平同志说："我刚才说，第一条是不要怕犯错误，第二条是发现问题赶快改正。"

谈着谈着，车子到了蛇口。李灏说，南山区管蛇口这一片，南山区发展势头非常好，南山的荔枝很有名。全世界荔枝最好是中国，中国荔枝最好是广东，广东荔枝最好是东莞、增城、深圳等地方。

这时，邓榕插话："那么，全世界的柚子哪儿最好呢？"车子里爆发一阵哄堂大笑。

原来，小平同志平时在家里，常对孩子们夸耀四川的柚子最好。孩子们都不同意，认为沙田柚子最好。

笑声过后，小平同志说："四川柚子最好，但认识统一不起来。"

邓榕说："说沙田柚子好的人多，说四川柚子好的人少。"

车子在蛇口一个地方停了几秒钟，邓榕指着远处"海上世界"对小平同志说："这是'海上世界'，是您给题的名。"

车子接着到赤湾港，缓慢地行驶。小平同志坐在车上察看赤湾港码头。

李灏介绍说，赤湾港在蛇口里面，可停三点五万吨的船，准备建成停五万吨船的码头。妈湾港在蛇口外面，可停五万吨的。深圳东部、西部都有港口，去年吞吐量达一千四百万吨，将来要达到上亿吨。

车子到达蛇口港码头。下车前，李灏对小平同志说："您这次来，深圳人民非常高兴。我们希望您不久再来，明年冬天来这儿过春节。"小平同志下车后，同前来迎接的珠海市委书记、市长梁广大握手。然后，小平同志同深圳市负责人李灏、郑良玉、厉有为一一握别。小平同志向码头走了几步，突然又转回来，向李灏说："你们要搞快一点！"

把握时机，快一点将经济建设抓上去，这是小平同志对深圳的期望，也是时刻萦绕在小平同志心头的一件大事。

李灏说："您的话很重要，我们一定搞快一点。"

上午9时40分，小平同志乘坐的轮船离开蛇口港。

1992年1月19日到23日，小平同志在深圳的这段日子，是极不寻常的日子，它将永远记载在深圳建设的史册上，永远铭记在深圳人民的心坎里。

“东方风来满眼春。”小平同志来到深圳，使深圳进一步涌起改革开放的春潮。小平同志在这里发表的许多重要谈话，对深圳的改革开放和建设，对整个社会主义现代化建设事业，都有重大而深远的意义。

敬爱的小平同志，我们衷心祝愿您健康长寿！深圳人民一定沿着您倡导的有中国特色的社会主义道路奋勇前进！

（原载《深圳特区报》1992 年 3 月 26 日）

长江三峡:中国的史诗

卢跃刚

长江是伟人和天才们施展智慧和伟力的场所,三峡工程是他们留给我们的一个世纪性的历史命题。在这个不可避免的命题面前,我们多少有点茫然彷徨,多少有点忐忑不安,甚或多少有点恐惧和宿命感。

无论是三峡工程的赞成派还是反对派,他们都在民主与科学的旗帜下,精忠爱国,关心民族现代化大业,在半个多世纪的时间里,肝胆相照,激烈论辩,构成了一部撼动世界的宏大史诗。

我把这部史诗叫作三峡史诗!

——题记

一

1992年4月3日下午,林一山略有些反常。他没有睡午觉的习惯,中午对他来说,是个快乐的时光。每天午饭后,12点到2点,他都要一字不漏地听完中央人民广播电台所有的节目。可今天,躺在床上的那只高性能九波段半导体收音机似乎受到了冷落。他下意识地摸到床边,拿起收音机,凑到耳根打开,听不一会儿,又若有所思地扔回床头。

林一山已经双目失明,他只能靠收音机保持着与外部世界的联系。

这位81岁的老人在大客厅里来回地踱着,像往常一样地镇定、熟练,可他内心的激动和焦急,却瞒不过家里人的眼睛。

30多平方米的大客厅空旷而简单,两对旧沙发和一个长沙发,一张三屉桌。唯有东、西墙面上高挂着的几个大镜框光芒耀眼。

这些镜框似乎都在证明着这个貌不惊人的小老头昔日的举足轻重和灿烂辉煌。

西墙上,四个大镜框依次排开:荆江分洪闸(1952年)、湖北陆水三峡试验坝(1958年)、丹江口水利枢纽(1958年至1968年)、葛洲坝水利枢纽(1971年至

1988 年)。这些都是林一山亲自主持的在中国水利史上惊天动地的工程。

东墙上的大镜框,正在叙述一个故事:1952 年 2 月,周恩来冒雪视察长江中游荆江大堤。周恩来在大雪纷飞中侧耳倾听着长江水利委员会主任林一山讲述着什么……

客厅里,此刻仿佛响彻着毛泽东 50 年代接见林一山时戏谑的湖南口音:"哦,你这个长江王!"

林一山则操着浓重的胶东口音问候毛泽东:"主席好!"

一切都仿佛近在咫尺,一切都仿佛十分遥远。

林一山常常仰首"凝视"着西墙:何时能在葛洲坝之后排上三峡大坝的雄姿?

他梦寐以求并毕生为之奋斗的理想,今天快要实现了!

他居住的北京和平门内新壁街 49 号,异常寂静。这座典型的北京四合院,正屏住呼吸,等待着往东 700 米处人民大会堂的表决。

这将决定着三峡工程的命运。

二

七届人大五次会议 4 月 3 日下午的闭幕式,气氛非同寻常。会前,台湾代表黄顺兴坐在进大休息厅过道的第一张桌子旁,向中外新闻界散发了《关于三峡工程议案表决方式的动议》。

黄顺兴在"动议"中说:"按往例,国务院处理建设工程,无须提交人大会审议,然而,因为三峡工程,不仅在中国,而且在世界上都史无前例。无论是科学技术涉及面之深广与复杂、对长江流域生态与环境影响之严重,还是移民数量及工程经费之巨、施工周期之长,都堪称世界之最,举世瞩目。虽然代表们都努力认真审议此案,但由于涉及领域宽广,未知因素太多,疑问不少,审议讨论时间太短,反面资料与意见的发表不充分,对工程建设的利弊尚难有深入、正确、统一的认识。因此,我们认为表决这样一个重大议案,应特别慎重,应将本案作为重大议案处理。应有 2/3 以上代表赞成才可通过。"

本来,闭幕式是一个轻松愉快的程序,因为在此之前,所有提交表决的"报告"、"决议"草案,事先已得到与会代表的充分审议,"报告"和"决议"都尽可能地体现了代表们的意志,可黄顺兴把"动议"的风一放出来,闭幕式的弦便绷紧了。闭幕式成为中外新闻媒介关注的焦点。

一开会,摄影记者们便有意识地往台湾代表团旁边凑。

3点20分许，主持大会的万里委员长说："现在开始表决《三峡决议》。"

《三峡决议》表决结果：

赞成：1767票；反对：177票；弃权：664票；未按：25票。赞成票刚刚超过2/3！

万里宣布："赞成票超过半数，《三峡决议》通过！"全场响起了热烈的掌声。

《三峡决议》在人民代表大会获得通过，这意味着三峡工程的兴建走完了法律程序，任何力量都难以阻挡。

当天，消息传开后，许多人老泪纵横，许多人设宴庆祝，一醉方休。

林一山更是狂喜。他见了我就说："不容易呀，不容易呀！"从1919年孙中山先生在《建国方略》中提出利用三峡水力发电到现在，已逾73年矣！

一个工程，花了73年的时间，才走完了论证的过程！这是人类文明史上从未有过的事情。无论是赞成派还是反对派，熬到今天这种结果，会是一种怎样的心情呢？仅仅是高兴或者沮丧吗？仅仅是喜悦或者悲哀吗？仅仅是胜利或者失败吗？

在这73年的时间里，从1946年美国大坝权威萨凡奇推动美国政府与国民党政府合作，到1958年中共中央政治局成都扩大会议做出的《三峡决议》；从1984年国务院确定"150方案"（即以吴淞口基面为准，海拔150米正常蓄水位），到1992年七届人大五次会议通过的《三峡决议》，惊动了多少能改变历史、主宰人类命运的伟人：孙中山、罗斯福、毛泽东、周恩来、邓小平……风云变幻，世事沧桑。

三峡已经成为一个世界性的话题。从古至今，从内到外，近一个世纪中，人们激烈论争，据理抗辩，生出多少是非曲直、恩恩怨怨，生出多少人生蹉跎、悲欢离合，生出多少鸿篇巨制、奇思妙想。

今天，我们在长江宽阔的胸膛上航行，还能强烈地感受到那些天才和伟人不朽的灵魂，从那巫山烟雨中踏歌而来，与我们结伴前行；还能强烈地感觉到三峡夹岸数百公里那山的严峻和对峙，如同两个营垒，以江为界，水火不能相容，论辩声若洪钟大吕，在山脉间回荡，可谓振聋发聩。

"三峡是'上帝的恩赐'！"

"三峡工程是人类伟大的理想。"

"三峡工程是长江中下游防洪不可替代的方案。我们的结论是，建比不建好，早建比晚建有利。"

然而，上面的判断和说法遭到了反对派强有力的驳难。

正是半个多世纪的激烈论辩，正反两方面意见的相互碰撞和驳难，使三峡论证的科学化、民主化得以深化和发展。

正是半个多世纪的激烈论辩，为我们揭开了"三峡史诗"的第一章。

三

潘家铮在《科学家》杂志一篇自传文章的篇首,用那种中学生作文的浪漫笔调写下了一段话:

“他将与缪斯女神的初恋和翱翔蓝天的遐想珍藏在心灵的深处,走遍祖国的天涯海角,制服一条桀骜不驯的江河……”

其实,潘家铮压根儿不想将缪斯女神“珍藏在心灵的深处”。

我在1992年第七期《科技发展与改革》上看到了他的一篇科幻小说:《机器人的爱情悲剧》。讲的是本来攻水工结构,后又沉醉于计算机的向普陶教授与他制造的机器人康柯的恋爱故事。小说充满了调侃和诙谐的味道,心态十分年轻。

他的沙发靠椅紧挨着你,毫不遮饰,让你能仔细地观察他:小小的个儿,已花白了的头发,西服皱皱巴巴的,脚上那双半高跟皮鞋加上绍兴腔的普通话,多少有几分迂。当他说“我爱写小说”时,他高度近视的眼睛闪耀着那种文学青年的真诚、热情和痴迷。我把英国科幻小说大师威尔斯的小说集送给他时,他如获至宝。“哦,威尔斯,久仰大名,久仰大名。”然后急急地翻几页,那神态,仿佛世界上没有比小说更重要的事情了。

真是不能想象,他几十年来,曾主持设计了包括新中国第一座大坝——新安江水库大坝在内的数座大坝,发表、出版学术文章和著作600余万字,怎么还能腾出工夫来写小说?

真是不能想象,这位65岁的著名大坝专家,这个集三峡工程论证领导小组副组长、技术总负责和能源部总工程师,中科院学部委员,清华大学和浙江大学名誉教授等重任于一身的小说迷,怎样在1986年6月至1988年底两年半的时间里,主持了世界瞩目的三峡工程重新论证;怎样在各不相让、尖锐对立、火药味很浓的气氛中,正襟危坐,在全国相关领域412名一流专家学者面前,保持着应有的长者风度。一位老先生慷慨陈词,长篇大论,坚决反对三峡工程上马。发言结束后,潘家铮说:“我来归纳一下刚才发言的要点……”没想到老先生当堂大声喝道:“不要你归纳!”十分不给面子。潘家铮顿时噤声。

真是有点难为我们的小说家。他曾说过,他不写小说搞水利纯属“历史的误会”,“自幼热爱水电建设”云云“更是与事实相去万里”。他一听到别人说他为中国的水电事业卓有贡献,总是面红耳赤。

坦率得不能再坦率了。

读了他刚出的《春梦秋云录》，一大厚本，30 万字，字里行间都让你感觉到，搞水电，是为了生计，是赶鸭子上架。

1986 年中共中央 15 号文件，要求水电部组织各方面专家，重新论证三峡工程，并重新提出可行性报告。作为当时的水电部总工程师，潘家铮便理所当然地成为论证领导小组的技术总负责。

谁都清楚，这是三峡工程最后一次机会了，专家评议的结果，将在技术和理论上决定三峡工程的命运。

潘家铮也很清楚，他被卷进了中国一个既敏感又错综复杂的大旋涡里了。

由“文学梦”而“三峡梦”，成为历史赋予他的唯一选择。

四

这种选择是突如其来的。

1958 年中共中央政治局成都会议《三峡决议》后，由于毛泽东的犹豫，三峡工程一直处于冷却阶段，60 年代和 70 年代初期，虽然小有起伏，但是仍然没成气候。

1982 年底，出现了根本性的转机。

11 月 24 日，邓小平在听取国家计委关于 20 年工农业总产值翻两番的汇报，当汇报到为适应翻两番的要求，准备兴建三峡工程时，邓小平当即表态说：“我赞成搞低坝方案。看准了就下决心，不要动摇。”

之后，陈云、李先念、胡耀邦等都先后同意了邓小平的意见，形成了三峡工程党内最高决策层从未有过的高度统一。

这就出现了后来的“150 方案”。具体的指标是，可有防洪库容 140 多亿立方米，装机 1200 万千瓦，移民不超过 40 万人。尤其是移民比七届人大五次会议审议通过的“175 方案”（吴淞基面，正常蓄水位海拔 175 米）的 113 万移民减少近 2/3。

1984 年国务院批准“150 方案”，并要求即刻进行“三通一平”等前期准备工作，筹组三峡特别行政区，争取 1986 年正式开工。

与此同时，三峡工程著名的“缓上派”李锐上书党中央，对三峡工程立即上马的方针，对三峡工程是否合理，对泥沙、航运、移民等重大技术问题提出了全面的质疑。

这些置疑和反对的声音，促使中央对三峡方针进行了根本性的调整。

1986 年，中央决定撤销已工作运转了快 2 年的三峡省筹备组，成立国务院三峡经济开发办公室，并责成水电部对三峡工程可行性报告进行重新论证和审查。

正是在这一背景下，潘家铮走上了三峡的历史舞台。

这种局面，他是很难应付的。

五

围绕三峡工程，几十年来的所有重大技术问题，由于各种政治斗争积淀下来的恩恩怨怨，眼下都一股脑地搬到了桌面上，问题和矛盾全部公开化了。许多几十年彼此知名而未曾谋面的对手，今天终于坐到了一块，兵戎相见了。

专家论证结果：403∶9。

论证报告上有9位专家10人次没有签字。

主上派以压倒多数的结果，为半个多世纪的三峡工程论证拉上了沉重的帷幕。

然而，论证结束了，论争并没有结束。

况且，论证过程中，反对派虽然是“极少数”，也对主上派构成了威胁，也向主上派提出了严峻的挑战，使主上派不能像许多工程那样马马虎虎，顺利过关。

三峡工程，严格地说，是个严肃的科学问题，随着时代的推移、历史的变迁，渐渐地不那么单纯了。

潘家铮作为一个纯粹的科学家，似也看出了些端倪，心里恼火，却也无奈。历史上确实发生过这样的事情，由于“左”的影响，领导说了算，严重损伤了知识分子的积极性和热情，给两代知识分子留下了许多惨痛的经验教训。如三门峡工程。潘家铮大声疾呼：为什么不能进行同志式的讨论？!

一位德高望重的老先生在大会发言后即转身离开会场，他不愿听对方的反驳或者说明。

“不用听，所有的解释都是陈腔滥调！”另一位老先生断然说。

潘家铮心里很难过，为什么不能平心静气呢？

七届政协五次会议上，一位记者采访某著名水利专家，请他谈谈三峡工程。他反问：“你怎么看？”记者说：“眼下国家财力匮乏，能不能缓上？”

“放屁！缓上就是不上！”记者一愣，没想到这位受人尊重的专家也如此粗鲁。

一位老先生说，把降雨云团阻挡住，让暴雨降到长江险段以外别的什么地方。

这种以“空中调水”来取代三峡防洪的方案，受到许多科学家的嘲笑和挖苦。

这时，一位老专家为方案的提出者挺身辩护，他在列举了人工降雨灭掉1987年大兴安岭山火后，说：“如果长江上游各支流星罗棋布的水库群，通过几代人的努力都修起来，把暴雨人为地迫降到该处，不是可以起到治水作用吗？个别人……除掉缺乏这方面的科学知识还有什么别的话可说呢!"

一位水利专家提出了"160 方案"。

而一位反驳者即说这是一种"缓兵之计",与李锐的缓上三峡工程如出一辙。并向与会者暗示,这种"缓兵之计"有某种政治含义。

一个事关民族大业的科学问题随着政治动向而发生了转变。

反对派向主上派扔出了白手套。他们在各种会议上顽强地表达着意见,影响着决策。

主上派也发起了反击。

1987 年,原国家计委经济研究所副所长田方与该所研究员林发棠合作编写了《论三峡工程的宏观决策》,由湖南科技出版社出版,第一次汇集了反对派的意见与公众见面。而计委一位领导以老朋友的口气向田方传达了"上面的意思",希望停止公开发行《论三峡工程的宏观决策》。

这种压制出版反对意见的做法,适得其反。

因为这本书由国家科协主席、著名科学家周培源作序,其中的作者都是中国乃至世界知名的专家学者,谈的问题都没有超过三峡工程的范围。

这一压不要紧,紧接后面,又"压"出了《再论三峡工程的宏观决策》,"压"出了《长江,长江》这本更加轰动的书来。

而某些单位和个别人,却把此事上纲上线。在 1989 年 9 月向《长江,长江》中被采访的专家学者所在单位或原单位机关党委寄信,并提供了相关材料,供"单位在清查和考察干部时参考"。

这种用政治判断、用告密来解决学术争端和不同意见的"文革"式的做法,当然遭到了许多单位领导人的抵制。理由很简单,这些反对意见由来已久;更重要的是,这些持反对意见的专家学者的拳拳爱国之心不容怀疑。观点是否正确,另当别论。

就拿孙越崎老人来说,1985 年已是 92 岁高龄,却以惊人的毅力,与其他 7 位老专家一起跋山涉水,对长江中下游地区进行了 38 天的实地考察。目击者说,孙老不要人搀扶,精神矍铄,真是难以想象。

对反对意见的作用评价很高的潘家铮,听到那些出格的故事后,直皱眉头。

他对两边的过激言行都有看法。

他作为主上派的关键人物,实际上扮演了两种角色。一种是科学家和论证技术总负责人,必须牢牢地站在科学的和客观公正的立场上听取意见,并将正反两方面意见的有益成分归纳吸收进来,为决策提供没有任何偏见的参考;一种是艺术家，对三峡，他有态度，有梦想，有激情，而梦想与激情被前一种角色的社会要求给压抑了。他必须寻找一种渠道来直率地表达自己的真实想法。

他找到了文学。

1991 年，他在《大江文艺》上发表了报告文学《三峡梦》。

六

为了实现“三峡梦”，潘家铮也拿起了剑，向对方扔出了白手套。

潘家铮首先做的梦是一个噩梦：

他乘坐时间机器，穿过时间隧道，来到同治九年（1870 年）的湖北宜昌城头。他看到，“长空漆黑如墨，大地阴风怒号，整个四川、湖北笼罩在暴雨云团之下。那雨，倾盆倾缸，无休无止。百川千溪，各汇长江。江水日升夜涨，4 天之内长江流量由 4 万立方米/秒猛涨到 10 万立方米/秒。城里乡下，不论是官吏百姓、富豪平民，都面如死灰，烧香磕头，祈求上苍开恩”。

半夜里突然锣声四起，哭天喊地，“大水进城了！”全城乱作一团。他混杂在逃难的人群里面，拼命奔跑，可这两条腿又怎能逃得出这全城灭顶之灾呢！一个巨浪打来，他被卷入浊流之中。等他再睁开眼，已在空中飘荡。他明白自己已成为百万水底冤魂之一。低头一望，滚滚江流，无际无涯，南扑洞庭，北吞江汉，以排山倒海之势，席卷着一座座城池和一片片乡村。江湖已连成一片，什么江陵故郡、公安新城，什么松滋、石首、监利、嘉鱼、咸宁、安乡、华容……全部消失了。

这便是著名的 1870 年千年一遇的大洪水。

这是锲而不舍修建三峡工程最根本的动因。

水灾惨状，不忍直视。潘家铮赶紧钻进时间机器。“这一次，我飞进了已经是小康水平、繁荣昌盛的 21 世纪。”不幸的是，1870 年的水灾正在重演，数百万生灵涂炭。

近几百年的水文资料证明，长江枝城站洪水，流量超过 8 万立方米/秒的有 8 次，其中超过 9 万立方米/秒的有 5 次，1860 年、1870 年这两年则超过了 10 万立方米/秒，而下游防洪的安全泄量只有 6 万立方米/秒。

据我所知，“长办”（即长江流域规划办公室，下同）12000 多人的队伍中，有一半以上从事水文勘测基础工作。全流域共有基本水文站 894 个，水位站 1418 个，雨量站 4697 个，“长办”还有水文勘测队 7 个，河道观测队 10 个，整编水文资料 91934 个站年，刊布 239 巨册。河道观测共刊布 23 册资料。

为了搞清历史洪水情况，从 20 世纪 50 年代开始，“长办”即组织了雄厚的力量调查历史洪水，即进行所谓的“水文考古”，查得 153 年以来，重庆至宜昌 600 公里河段 1200 处洪痕，特别是对 1788 年、1860 年、1870 年等特大洪水的调查，有相当高的精度。

长江数百年水文资料的完整和权威远近闻名。

1964 年，存放水文资料的大楼发生爆炸事件。毛泽东闻讯后，大为震惊，焦急地问中南局书记王任重：

“水文资料损失没有？”

“没有。”王任重肯定地说。

毛泽东才大松了一口气。因为他知道，“长办”这套水文资料是长江流域唯一的一套完整的水文资料，如果损失，后果不堪设想。

毛泽东当即请王任重转告林一山，将水文资料复制 4 份，分置全国各地，以免毁于一旦。

七

潘家铮面临的最大难题是生态环境问题。

加拿大一批环境保护主义者，在加筹组了“国际生态环境法庭”，审判 10 座大坝，三峡大坝首当其冲。

美国旧金山召开的国际河流网系会议上，各国专家把三峡大坝列为世界 20 座可怕的大水坝中的第一位。

1988 年，中国科学院三峡工程生态与环境科研项目领导小组编写了《长江三峡工程对生态与环境的影响及对策研究》，其结论是，三峡工程对生态与环境产生的影响，有弊有利，但弊远大于利。

内压外迫，不胜其力。

他正在经受一场噩梦。这是他的《三峡梦》中最让他痛苦的一场梦。他梦见自己被押上“国际生态环境法庭”的被告席。

检察官的公诉书说：

“自从世界上出现大坝这个家伙后，森林遭毁，河道变态，严重威胁人类生存。大坝实为恶魔，三峡大坝尤为首恶。被告置世人反对于不顾，悍然主张修建这一超级坟墓，使库区良田沃土尽沉水底，百万移民流离失所，泥沙淤积，长江驼背，地震频繁，库岸崩坍，航道堵塞，破坏中国生态，祸延全球，务请法庭依法严惩，以儆效尤！”

没有律师为他辩护。

他只好自己为自己辩护。

“庭上，起诉书所称，纯系不实之词。三峡库区并无亚马孙森林；三峡调节库容，不到河道总径流量5%，何至于森林被毁，河道变态？三峡水库乃河道型水库，排浑蓄清，永久使用，‘长江驼背’实属无稽之谈！建库淹地35.7万亩，其中水田11万亩，仅占有关县市耕地总面积的1/40，良田沃土尽沉水底，缘何而来！移民皆安居乐业，城镇均建扩建，库区橘园如云，工厂鳞次栉比，农民收入成倍增加，加之每年从发电收入中提成建设库区，使昔日贫困之地一跃为富饶发达之乡。若无三峡建设，何谈这云泥之变？原告席中库区代表空缺，实在令人不解。至于说地震频繁，航道堵塞，更是幻觉梦呓，全非事实。”

“胡说，三峡建坝，弊大于利，天下人皆知，你还敢抵赖？”

“庭上，三峡工程对生态环境有利有弊，此在‘论证报告’中述之详矣。依我看来，利之大远胜于弊。中游洪灾已得控制，千里平川免受分洪之累，此其功之一也；三峡水电站替代了18座百万千瓦之火电站，减少巨量废气毒气排放，全球为之一爽，泽被子孙万世，此其功之二也；八百里洞庭已近湮废，今日湖库相济，洞庭烟波，长留华夏，此其功之三也。试问检察官对此等丰功伟绩何不稍稍提及？”

“被告狡诈万端，妄图逃脱罪责。为建三峡，张飞庙、孔明碑、牛肝马肺……百里画廊，千古胜迹，尽数消失。人类付出了何等惨重的代价！三峡乃人类之共同财富，中国无权处理。未得海外华裔的首肯与国际认可，被告胆敢冒天下之大不韪，使三峡长眠库底，罪该万死！”

潘家铮抗辩说：“庭上，公诉人说三峡长眠库底，实系缺乏常识。三峡两岸重峦叠嶂，隐天蔽日。三峡建库后，汛期前水位抬高不及80米，又如何使三峡沉入水底？建库以来，消失者唯恶礁险滩，减弱者仅若干河段之‘峡感’耳！然瞿塘不失其峻，巫山更增其秀。云雨依然，烟波不减，加以大坝锁江，巨轮登天，天然胜景与人工奇观交相辉映。旅游事业之繁荣前所未有，岂非明证！至于孔明碑、张飞庙，乃后人缅怀先贤所建，卧龙先生从未在碑上挥毫，翼德公亦不曾驻马庙中，依式迁建，足资凭吊。牛肝马肺不过两块钟乳石，今日人体器官当可移植，牛肝马肺取下另粘又有何妨？”

“审判长！三峡水库不仅毁我人间仙境，而且残及珍稀物种。库区固遭灭顶之灾，下游中华鲟、白鳍豚亦近绝种。如此可爱之物种即将消失，我人类心中岂能安逸？上帝岂能宽恕者乎？”原告端出一只奄奄一息的白鳍豚。看上去，端的可怜。

“庭上，库区并无特殊珍稀物种。中华鲟、白鳍豚之危机在于滥捕乱杀。经中国政府及生态学家的努力，已得到有效制止。现已不断生息繁殖，丁口日旺。不唯如此，一切受影响的生物，均有专款改善补救，务使人物共荣，同享太平之福，岂不懿欤！”

“被告避重就轻，负隅顽抗。须知三峡利在明处，弊在暗处。暗中之弊，至重至大。中游数千万亩农田将成沼泽，河口大上海之命运亦已堪虞。理论上言之，建库必然影响到下游，无可否认！”

“庭上，三峡水库对天然流量之调节幅度至为有限，且均在天然变幅之内，何至于千万亩农田化为沼泽？上海远离三峡1800公里，建库影响微不足道。若非从理论上推断不可，则在三峡撒泡尿亦将污染上海，甚至影响大洋彼岸。难道法庭能据此对撒尿者课罪，或受理美国政府之抗议乎？”

潘家铮不顾法庭警告，继续慷慨陈词：

“庭上，千百年来，人类为了生存与繁衍，对自然界只知索取，不加保护，以致恶果丛生：森林消亡，水土流失，物种灭绝，环境污染。因此，目前强调保护生态环境，此理所必然，人所共愿。但亡羊补牢固为重要，因噎废食则大可不必，言过其实，更非科学态度。三峡工程是功是罪，事实俱在，请庭上明察。”

此刻的潘家铮，活脱脱一个血气方刚的愤怒诗人，与那正襟危坐的谦恭长者判若两人！

法庭的宣判出乎意料，我们的诗人将被“开除人籍，永堕魔道，发往阴司地狱，去受凌迟之苦！”

诗人在梦中大呼：“公理何在！”

诗人的敏感和心理压力，不是没有人间依据。

三峡大坝修成蓄水后，四川奉节夔门旁的白帝城将四周环水，成为一个孤岛。清华大学一位老教授说，将来应该像杭州岳王庙那样，在白帝城铸三尊像，一女居中，二男居左右，都面朝长江跪在那里，女的是×××，左男是×××，右男是一红脸汉子，代表那些积极上三峡工程的头脑发热的人，让小孩子们朝他们撒尿。

在这位老教授眼里，那些主上派，足以与岳王庙前秦桧夫妇同类，千人唾骂，遗臭万年。

八

潘家铮不是那种剑拔弩张的人，生性柔韧，含而不露，即使发火，也很有节制。

他不善交际,亦不善直面答辩,却有一手好文章。

他内心世界波澜汹涌,却在表面不动声色。

所以,他一回家,就钻到书房里不出来,全不顾夫人和女儿的反对,全神贯注向这无声的世界倾诉肺腑之言。

他不习惯这种争斗、倾轧,不习惯互相嘲弄、攻讦,不习惯敌视、诅咒。他多次说,他要去“改行写小说”。

1987 年秋天,论证正紧张的时候,潘家铮率代表团赴法国考察,因为经费紧张,他们住在巴黎市中心一家叫“ARGEN - SON”的小旅馆里。

北京与巴黎,8 个小时的时差,生物钟很难调过来,晚上难以入眠。

这位来法国考察大坝的中国大坝专家,每天晚上都不停地写,10 月 1 日,他完成了以留法学生真实生活为题材的短篇小说《花都遗恨》。

更有意思的是,这位老先生 1991 年再次访问法国时,偏偏又带着这篇小说,远渡重洋,在巴黎将第三稿改定。仿佛这次访问让他期待了 4 年。

这种寻找艺术感觉的虔诚,这种无须解释的执着,着实能让那些专业小说家汗颜。

潘家铮有一个梦,但可以肯定地说,不是三峡梦。他自己曾明确地说过,三峡工程也不是个理想的工程。这个梦当然应该是为理想而构筑的梦。

对于这个功成名就,有着崇高威望的大坝专家来说,这是个什么样的梦呢?

九

真正做三峡梦的人,是毛泽东。

三峡,确实是梦幻般的地方,确实是个能勾起人无限遐思的地方。

毛泽东朝三峡走来了。这位伟人“自信人生二百年,会当水击三千里”,以其开国封疆的宏大气魄,以其改天换地的伟大理想,为三峡塑造了一个更新更高更有魅力的世界。

1956 年的一天,长江三峡这一巨大的历史舞台正上演着最辉煌的一幕。江水湍急,惊涛拍岸。千帆掣过,飞猿啸哀。高唐神女,裙裾袅袅。巫山云雨,梦魂萦绕。多少英雄豪杰,今天荟萃于此,觥筹交错,对酒长歌,寻找着昔日的风骚。一个浓重的湖南口音吟诵那气度恢宏的诗篇《水调歌头 · 游泳》:

才饮长沙水,

又食武昌鱼。
万里长江横渡，
极目楚天舒。
不管风吹浪打，
胜似闲庭信步，
今日得宽余。
子在川上曰：
逝者如斯夫！

风樯动，
龟蛇静，
起宏图。
一桥飞架南北，
天堑变通途。
更立西江石壁，
截断巫山云雨，
高峡出平湖。
神女应无恙，
当惊世界殊。

如此磅礴的境界，可谓是占尽了人间风流！

2年后的1958年1月，毛泽东便把“高峡出平湖”的理想，端上了在广西南宁召开的中共中央政治局扩大会议的桌面上。

这里必须澄清一个历史误会。我相信有相当一部分人，是怀着一种复杂的心情来读毛泽东《水调歌头·游泳》的。一方面为毛泽东诗篇的魅力所倾倒，一方面又认为“截断巫山云雨，高峡出平湖”乃诗人之一时兴起，便在其神圣的光环下被鼓噪为长江治理之蓝图，并被草率地作为三峡工程毫无根据的“总动员令”，以此证明三峡工程早期决策之幼稚和荒唐。

这似乎不太公平。

毛泽东不仅是一位浪漫的诗人，更是一位伟人，是一位立志改天换地的政治家。与当今许多著名的政治家有所不同的是，他是那种带着浪漫色彩的政治家，他是那种能把自己的政治抱负和宏大理想变成华丽乐章流传千古的政治家。一句话,他是一位充满了诗人气质的政治家。他不太懂经济,曾经带着诗人或开国元勋的自信说:世界上还有比打仗更困难的事情吗?搞经济比打仗还难吗?然而,恰恰是在治理长江和三峡问题上,他采取了相当谨慎的态度,以致抱恨而终。

十

三峡筑坝、蓄洪发电的设想,有着久远的历史渊源。

1919 年孙中山提出"闸堰"开发的想法后,1944 年,中国战时生产局顾问、美国经济学家潘绥提出了在三峡修建水力发电厂的"潘绥报告"。这份报告引起了另外一个美国人——美国垦务局设计总工程师、世界著名大坝权威萨凡奇博士的极大兴趣。经过实地勘察,萨凡奇在中国同行的帮助下,于四川长寿县完成了《扬子江三峡计划初步报告》,即著名的"萨凡奇计划"。他在致国民政府资源委员会的信中说:"三峡计划之初步报告,是我从事工程 40 年来之一大快事。我能参与研究此项空前伟大的工程,至为甚幸。"

早期真正推动三峡工程车轮飞转的,就是这位萨凡奇博士。

在局外人看来,萨凡奇是个神秘的人物。他怎么会有如此大的神力推动三峡?

当时在美国,他是公认的大坝杰出设计师。二战前,他提出要在美国西北部的哥伦比亚河上建造世界最大的大古力坝。1938 年,美国土木工程协会在芝加哥集会,斥责萨凡奇为什么花那么多钱到一块不毛之地建坝,是不是老糊涂了?结果罗斯福总统力排众议,支持萨凡奇,因此大古力水电站在二战期间为战时生产提供了大量的电力,也为西部带来了繁荣。因此,务实的美国舆论认为:萨凡奇赞成的事一定是对的,萨凡奇想干的事一定能干成。

更重的砝码是,萨氏来华前,已设计建成了 60 多座大坝,包括居世界四座最大水坝之列的美国鲍尔德峡和大古力坝。其权威享誉世界。

萨氏来中国时,已是 63 岁。

他是个古怪的美国老头。大块头,胡子总是刮得干干净净,沉默寡言,除了谈工作,什么都不谈。待人接物,按照曾在长寿县陪同过他的陆钦侃先生描述说:"很认真,很老实,很严肃,不太爱说笑。但是没有权威的架子。"他唯一的爱好和乐趣是,早上在长寿龙溪河的山上跑步。

他在美国的生活似乎也很单调。他早年丧妻,一直鳏居,家里由一个老姐姐操持。在丹佛进行三峡初步设计时,他对中国工程师很友好,经常请中国工程师到家里去聚餐。

他是个固执的老头。他到中国后，即要求踏勘三峡坝区。

当时日本人已经占领宜昌，在三峡出口南津关，能看到日军前沿阵地和钢盔的反光。日机还经常到三峡区沿江轰炸。因为太危险，当局请他放弃踏勘计划。萨氏干脆立下“遗嘱”，以表示生死在所不惜的决心。那架势，像是去追求一个永恒的恋人。

在国民党第六战区副司令兼江防司令吴奇伟的陪同下，萨凡奇完成了长江三峡区历史性的踏勘。这次踏勘的重要成果，就是选定南津关作为三峡水库的坝址。

1944 年 10 月，国民党政府将“萨凡奇计划”委托在重庆访问的美国战时供应局局长唐纳德·内森转交罗斯福总统。据美籍华人、著名水利专家徐怀云先生回忆说：“白宫将此世界最大水利工程透露给新闻界，轰动了全球！”

这是中国三峡大坝——这一人类历史上前无古人，也可能将后无来者的水利工程，第一次向世界亮相。

在萨凡奇的推动下，抗战胜利后的 1946 年 6 月，国民党政府先后派出了 54 名由徐怀云先生为领队的工程技术人员，赴美进行三峡工程的初步设计工作。由于国民党忙于内战，资金短缺，完全丧失了一个巨型工程所必需的社会环境。1947 年 5 月 16 日，初步设计被迫中辍，人员遣散。

一直到 1953 年，长江水利委员会主任林一山在“长江舰”上，才向雄心勃勃的毛泽东重温了三峡旧梦。

十一

林一山突然接到中南局的通知：毛泽东要在“长江舰”接见他，并要他陪同巡视长江中下游地区。

1953 年 2 月 19 日，已是上午 9 点多钟，平时喧闹的汉口码头出奇地清静。

突然从入口处开进几辆黑色的“吉姆”轿车，毛泽东在罗瑞卿、汪东兴等人的陪同下，登上了停靠在专用码头的“长江舰”。

“长江舰”在“洛阳舰”的护卫下，缓缓驶离码头。这是满腹雄才大略的毛泽东在中华人民共和国成立后第一次巡视长江。呵，长江！苏子瞻在《念奴娇》中说什么来着？“大江东去，浪淘尽，千古风流人物！”

宽阔的楚江，长长地舒展开，稳稳地托着“长江舰”航行。九江登舰时，也是个春光明媚、朝霞满天的清晨。岸上的群众发现了毛泽东，一下子都聚拢到长江岸边，朝着渐渐离去的“长江舰”欢呼：

“毛主席万岁!”“毛主席万岁!”

毛泽东走出舱来,凭栏向岸上成千上万越来越小的群众挥手致意。

林一山从未见过这样的场面,他被这种场面震撼了!

林一山在汉口登舰后,毛泽东即在二楼卧舱里接见了他。

“你见过我没有?”毛泽东问。

“见过。”林一山说。

“在哪里?”

“西安事变后,我是白区代表,去延安开中央会议时见过您。”

那时的毛泽东,面容憔悴。

十二

在新壁街49号,我与这位埋在沙发里的双目失明的老人交谈着。我实在是弄不懂,当初为什么偏偏选中他而不是别人,来担任长江水利委员会主任。

林一山是传奇般的人物。

翻开他的履历,在他当“长江王”之前,实在是看不到“水”的影子。

南下之前,林一山任辽南省委书记兼省军区政委,南下时,任南下工作团秘书长,1949年赴南京接管国民党“YVA”(“扬子江流域委员会”),回到武汉后即改行水利。

“不,抗战时期,我搞过水利。”林一山纠正说。

那时,林一山在胶东抗日根据地当游击队司令,曾经试验过旱地改水田。“《解放日报》还登过我们的经验呢!”他说。

想一想,倒也确有个“水”字。可是,在田边地脑挖几条蛔虫般粗细的引水渠,和在中华民族的大血脉上叱咤风云,与天下英雄博弈,实在有天壤之别!亏他敢说。

林一山作为白区代表去延安开会,第一次见到毛泽东之前,担任北平师范大学党支部书记。他最值得大书特书的事是,为了能去延安开会,又不被校方发现,他想了个绝妙的主意。他糊了个大信封,大信封里套了几个写好了地址的小信封,然后寄给家乡的姐姐。信中嘱咐,按期将小信封发回北平学校,发完为止。他跟校方说:家里逼他回家娶媳妇。获准后,即朝向之往之的革命圣地远走高飞了。校方还蒙在鼓里,隔三岔五地收到山东寄来的信——那些事先写好的证明林一山在家乡“度蜜月”的信。

再翻开他的履历。

林一山,山东文登县人,1935 年考入北平师范大学历史系。因为闹革命,搞地下活动,经常不上课,点名簿"林一山"的名下都是"缺席"的符号"〇"。都是"缺席",早晚会被撵出校门。于是他找到教务处同情革命的青年教师,自己拿过点名簿,统统在"〇"下加了"一",由"缺席"变成了"迟到"。从此,"迟到"便成了林一山的代名词。那么,对水利来说,他也算是个彻头彻尾的迟到者。

正是这位"迟到者",鬼使神差,1949 年放弃了继续南下赴广西给张云逸当副手的机会,不爱当官爱水利,一头扎进长江,在武汉组建了长江水利委员会,在较短的时间里,完成了革命家向水利专家的转变,在长江水利委员会实力很强的知识分子群中树立了很高的领导和技术权威,对毛泽东关于长江的治水思想有着重要影响。

十三

毛泽东是有备而来的。

他带着治国安邦的宏大设想来找"长江王"林一山。当时的林一山已有较强的实力。1952 年,在他的主持下,出色地完成了新中国第一个大型水利工程——荆江分洪闸。他手里掌握着新中国草创时期任何单位和部门都绝无仅有的技术力量。

毛泽东问林一山:"你有多少工程师?"

"270 个。"

"工程师讲百呀!"毛泽东眼睛一亮。

"有多少技术员?"

"1000 多。"

"啊,技术员讲千呀!"

毛泽东没想到林一山手下有一支如此庞大的技术队伍。简单地寒暄后,毛泽东即切入主题。

"北方水少,南方水多,能不能把南方的水调一部分到北方?"毛泽东问。

"可以。"林一山答。

"这个问题你研究过没有?"

"没有。"

"为什么?"

“我不敢那么想。”

毛泽东展开林一山带上舰的纪念《申报》创刊60周年印制的《中国地图》。

他用红蓝铅笔指着四川北部的白龙江问：“白龙江水大，能不能调到秦岭以北？”

“不行。”林一山说。

“为什么？”

“秦岭以南的水，由西北向东南注入四川盆地。越往下，水越大，但是地势低了，秦岭高大，打洞过不去呀，既不经济，又不可能。上游工程量小，但是水小，不划算。”

毛泽东觉得言之有理，便没有再问。他又用笔指着嘉陵江干流上游的西汉水问：

“这里行不行？”

“不行。”

“为什么？”

“道理和白龙江一样。”

接着毛泽东的笔又指向汉江：

“汉江呢？”

“有希望。”

毛泽东见林一山回答得那么肯定，追问道：

“你说有希望，道理何在？”

“汉江与黄河、渭河平行，中间只隔着秦岭伏牛山。越往东，山越小地势越低，水量越大，引水工程却越小。”

毛泽东顿时精神振奋。他在汉江干流陕西汉中以下的一个小峡谷上画上一道红杠：

“这里修个坝行不行？”

“可以，但是水小。”

他又沿汉水在陕西安康以下的位置画了一道杠：

“这里行不行？”

“也不太好。”

红杠又画到湖北均县。

“这里行不行？”

“这里还可以。”

回答比较勉强。

毛泽东又把红笔画到了丹江口。

“这里行不行?”

“这里可能最好!”

“为什么最好?”

“这里是汉江下游,水量充足,而且引水不用过洞,又在大巴山脚,保持着一定高度。这里我们做过规划。当时没有考虑南水北调的问题,但是很有希望。”红笔又指向丹江口以下。

“再往下呢?”

“那可不行了。”林一山说,“再往下游,河谷变宽,河水进入南阳、襄阳平原了,没有高山,没有条件建高坝。”

毛泽东立即说:“你即刻派人查勘,有资料就给我写信,不一定要等到系统成熟了才告诉我。”

一张大地图,一条汉江,从上游到下游,被毛泽东的红笔一道道拦腰切断。

那气势仿佛在说,我就不信,南水不能北调。

这种焦急的心情,是可以理解的。

中国水资源分布极不平衡。受亚热带季风气候影响,南北雨量差距很大。南方诸河平均年入海和出境水量都在94%以上。北方的海、滦河入海比重只有56%,黄河62%。而且黄河和海河、滦河流域入海水量占天然径流量的比例随年代递减的趋势很明显。枯水年份,入海水量的比例更小。黄河历史上也多有断流现象,1991年、1992年连续两年都有断流。这都表明,海河、滦河流域和黄河流域水资源开发利用程度已经很高,缺水矛盾相当突出。不仅工农业供水不足,城市,诸如青岛、北京、西安等,甚至出现了生活用水危机。

可以看得出毛泽东此行长江,是想在新中国百废待兴的情况下,通过大规模的水利工程,兴利除害,维系民心,以达到权威的整合。

南水北调是“兴利”,那么“除害”呢?

22日,毛泽东请林一山吃饭。照例两菜一汤,味道都辣,而且是素菜。林一山曾跟毛泽东一起吃过六七顿饭,只有两次荤,其中一次在武汉的“老通城”吃豆皮。山东人林一山,不吃辣,而且1952年后患有严重的胃病。这是与毛泽东第二次单独吃饭,这是一个一般人看来千载难逢的机遇。第一次是前两天,毛泽东听他汇报完后,看来谈话效果不错。

林一山谈话很有魅力。他知识面广,快人快语,思维敏捷,谈锋甚健,上知天文,下知地理,旁征博引。说到兴头时,佐以手势,甚或起而蹈之舞之。党内高层都知道林一山嘴厉害,善论辩,三峡工程反对派讥之曰:“煮不烂的鸭嘴巴。”

其最大的特点是,从不唯诺,因而畅快。

饭后,毛泽东和林一山来到甲板上。

毛泽东指着长江对林一山说:

“要驯服这条大江,一定要认真研究。这是一个科学的问题。长江的水文资料,你们研究得怎样?”

林一山汇报说,这几年“长办”组织了一批力量,整编了长江历年的水文资料,这些资料页以万计,重以吨计。

他谈到,如果汛期四川洪水洪峰到达中下游地区时,中下游地区也下暴雨,往往极易造成大洪灾。

毛泽东警觉起来,马上问:“长江洪水的成因是什么?”

林一山说:“是暴雨。根据资料,1935 年 7 月 1 日开始的一次暴雨,中心在湖北省五峰县,降雨量达 1500 毫米,一夜淹死了汉水中下游 8 万余人,澧水下游 4 万余人。至于‘川西天漏’地区,年降雨量可达 2000 毫米。”

“真了不得!”毛泽东笑着转身问公安部部长,“罗瑞卿同志,你这个高个子有多高啊?”

“一米八几。”罗瑞卿说。

“嗬,长江真能下雨,有的地方年降雨量,比你罗瑞卿还要高呀!”毛泽东惊叹。

毛泽东又问道:“怎样才能解决长江的洪水灾害?你有什么设想?”

林一山展开《长江流域水利资源综合利用规划草图》,海阔天空,侃侃而谈。他指着图上的大小水库说,计划逐步在长江干流和主要支流修建一批梯级水库,拦洪蓄水,根本解决长江洪水灾害。青藏高原、横断山脉、四川盆地、长江中下游平原、整个长江流域,无所不谈,无所不论,纵横捭阖,十分投契。时而讲,时而论,时而问,时而答,不觉已经深夜。窗外一轮明月在天空上高高悬挂着,它注视着“长江舰”二楼还在闪耀的灯光,脸上露出几分诧异。它不明白,这间闪耀着灯光的卧舱里正在进行着一次决定长江命运的历史性长谈。江面上泛着银光,远方几星点渔火明灭,在那早春寂寥的夜色中,偶尔能听见惊起的沙鸥掠过长空的哀鸣。

长江流域覆盖青、藏、川、滇、黔、鄂、豫、湘、赣、皖、苏、沪、甘、陕、桂、闽、粤等 18 个省市,180 万平方公里,此时都装进了这间小小的卧舱。

毛泽东十分兴奋。“太好了,太好了!”他在规划图上画了个大圆圈,说,“修这许多水库,都加起来,你看能不能抵上三峡这个水库?”

“这些水库都加起来,还抵不上一个三峡水库。”林一山说。

“那为什么不在这个总口子上卡起来,毕其功于一役?就先修那个三峡水库怎么样?”

林一山实际上在汇报中,绕了个大弯子说三峡水库的重要和势在必行,以试探毛泽东的口气。没想到毛泽东那么直截了当地表达了他的意见。

林一山顿时兴奋起来,他说:“我们很希望能修三峡大坝,但现在还不敢这样想。”

毛泽东笑了:“都加起来,还抵不上个三峡水库,你不是也这样说了嘛!”

紧接着又谈到了“萨凡奇计划”。

毛泽东问:“那时修三峡,造价多少钱?”

“13 亿美元。”

“美元和人民币怎么比?”

“不知道。”

“把罗瑞卿叫来……”

罗瑞卿说,13 亿美元,约合四五十亿人民币。

“不算贵嘛!”毛泽东轻松地说。

十四

“长江舰”谈话,是严格限定在毛泽东和林一山两个人之间的。快到此行的终点站南京时,毛泽东特别把林一山叫去,嘱咐“三峡问题暂时不要公开,我只是摸个底,中央分管这项工作的同志,你也不需跟他讲,但南水北调工作要抓紧”。

但是,经过几天长谈,林一山非常清楚,毛泽东关于长江的想法再明白不过了,他想在长江上干成两件大事:一是南水北调,一是三峡工程。前者贯通南北,使长江、黄河这两条中华民族的“母亲河”连为一体,在我国干旱缺水的北方行灌溉舟楫之利。后者则要“毕其功于一役”,彻底根除长江中下游水患,创造一个世界奇迹。何等壮丽、何等激动人心的构想啊!生活在 90 年代的人可能无法理解当时人的心情,可能无法体会当时人的痛苦与喜悦。1840 年后,100 多年的外侮内乱,满目疮痍,民不聊生,仁人志士,痛心疾首。毛泽东由一个韶山冲立志改造中国的农家青年成为四万万五千万同胞的领袖,他必须向全世界证明年轻的共和国生命力之所在。毛泽东的理想自然托付给了林一山。林一山本人,也有一种实现毛泽东理想“非我莫属”的气概。他曾多次对作者说过,毛泽东曾当面对他说:长江的事情，“我找了好多年才找到你这么个人”，大有相见恨晚的样子。20 世纪 60 年代初，三峡论证处于低潮，中南局书记王任重和水电部部长刘澜波多次有将林一山调回北京之动议，都被周恩来拒绝，周恩来最知道毛泽东肚子里揣着什么心思，只要这种心思一息尚存、没有化作灰烬，林一山就不能离开长江。刘澜波见周恩来不允，便打电话给正在北京的林一山，要他跟着一块去找周恩来谈。“我都订好回武汉的票了。”林说。“把票立即退了！”刘态度坚决。“那怎么行！那样总理会怎样看我林一山？”林也不妥协。他也非常清楚，他后半生的历史使命，就是实现毛泽东的伟大理想，把三峡工程推上马，把南水北调工程推上马。而且这一历史使命，别人不可替代。刘澜波见林一山是这种态度，话还没讲完，气得把电话摔了。林一山笑着对作者说：我和刘澜波闹了个“摔电话事件”。他说：“刘澜波是好心，他想让我到水利部当官，害怕我干成几件事后，陷在长江出不来，不能回北京和他一块干。”

林一山和他主持的长江水利委员会，当然把“长江舰”谈话精神当作长江规划治理的基本指导方针，并在 40 年的时间里，始终不渝地为实现这些指导方针而努力。

今天，当我们在三峡工程走完法律程序、把理想付诸实施的时候，去追踪和挖掘形成这个人类划时代结果的历史原因和细节，我们不能不面对“英雄创造历史”这样一个基本事实。

这需要有起码的心理准备，或者说需要有起码的常识：绝大多数人都注定是小人物。

当我们看到“长江舰”二楼卧舱彻夜不眠的灯光时，当我们看到一个大个子和一个小个子在长江和炮塔的衬托下相对畅谈时，我们就应该意识到，长江后来发生的事情包括三峡大坝，都是命中注定的了。

当然，毛泽东此时的三峡设想留着“天机不可泄露”的余地，一直到 1954 年长江发生百年一遇的特大洪水，严重威胁中南重镇武汉，这种设想才公之于世。

十五

1954 年大洪水过后，毛泽东决意要把三峡工程摆上议事日程了。

12 月中旬的一个傍晚，林一山上了专门停在汉口车站的一辆专列。这时，会议厢中毛泽东、刘少奇、周恩来三个人正在等着他。

刚坐定，互相简单问候后，毛泽东就问林一山三峡大坝技术上的可行性问题。

林一山说，如果中央要求在较早的时间上，自己的技术力量加上苏联专家的帮助可以完成。

毛泽东问，依据何在？

林一山说，苏联正在建设的水利工程，技术和规模与美国已差不多。萨凡奇有信心建三峡，相信苏联水利专家也有同样的水平。如果不用苏联专家的帮助，我们自己建，那必须等到丹江口水利枢纽建完取得经验后，因为丹江口水库的规模也算得上世界一流的大工程。那样的话，三峡工程可能要晚些时间才能兴建。

毛泽东问到坝区地质情况。

林一山说，选定的三斗坪坝区是花岗岩地带，从已做的地质工作看，风化比较严重。

毛泽东担心地问："花岗岩风化最严重的情况怎样？"

"根据已掌握的资料，世界上花岗岩风化层最深可达百米。"

"如果三斗坪也有100米，那么100米以下呢？"

"100米以下当然是新鲜岩石了。"林一山见毛泽东露出失望的神色，又补充说，三斗坪风化层只有30米，而且可能是这一地区最深的了。还有一段坝区是片麻岩区，目前还没勘探。

刘少奇问："什么是片麻岩？"

没等林一山回答，毛泽东便用他那张开五个手指晃动的习惯性手势，情不自禁地对刘少奇说："好了！好了！片麻岩是花岗岩的变质岩，在片麻岩地区选坝址没有风化问题。"

这次京汉线上谈话后，周恩来即照会苏联部长会议主席布尔加宁，请求苏联派专家帮助中国修建三峡工程。

毛泽东1956年填《水调歌头·游泳》时，以三峡为主体的长江流域规划已初具轮廓，并已有了三峡建坝肯定性的结论，所以才有了"截断巫山云雨，高峡出平湖"的诗句。

十六

然而，事情并没有那么简单。

作为一个超巨型的、牵动国民经济全局的大坝，80年代中开始的重新论证所遇到的问题，在当时都是存在的，拦腰截断长江，平地起高坝，以防洪为主、综合利用的水利枢纽，一些重大的技术问题很难解决，诸如生态环境、移民、泥沙、航运、机电设备、坝工技术等等。在此之前,除了日本人外,中国人自己修建的最大的水电站,是四川长寿县龙溪河下硐水电站,发电量只有 3000 千瓦。而几年后便要搞一个发电量超过下硐水电站 5000 倍的水电站,实在是差距很大。别的不说,发那么多电,卖给谁用? 而且,移民、泥沙、生态环境等问题,当今都是世界十分复杂的重大问题,而 40 年前的认识是非常幼稚的。在认识非常幼稚、技术水平不高、资金很难保障的情况下,把三峡工程仓促推上马,后果将会如何呢?

理想与现实之间,就这样无情地拉开了距离。这个距离,毛泽东即使有超凡的力量,也难以弥合。1958 年 1 月的"南宁会议",毛泽东建三峡的提议,在党内最高决策层遇到了阻力。3 月份在成都召开的中共中央政治局扩大会议做出了《中共中央关于三峡水利枢纽和长江流域规划意见》的决议(简称"三峡决议"),毛泽东在草稿上批了"积极准备,充分可靠"八个字。可是分析这份决议的全文,完全可以把这个"决议"理解为一个对三峡"冷处理"的"决议"。据参加过"成都会议"并参加了"三峡决议"起草的李锐回忆说,"成都会议"是一个掀起全面"大跃进"的会议,会议通过了三十几个决议,唯有"三峡决议"是个"调子偏冷的决议",以至于一些主上派对此非常不满。有人曾在一个大会上说,"成都会议"所有的决议都是"跃进"的,只有"三峡决议"是"跃退"的。因为"三峡决议"无论怎么表述,有一点是非常明确的,那就是目前不予考虑。

潘家铮同意"成都会议"对三峡是"热背景,冷处理"的说法。他认为,1958 年上三峡,无论是国力还是认识能力、技术水平、经济条件都不具备。在"大跃进"的情况下"热"上去,一两年后肯定要停下来,后果将是严重的、灾难性的。

林一山和现任长江水利委员会主任魏廷琤不同意这种说法。他们认为,当时三峡工程与其他建设项目不同,已做了充分的技术准备。魏廷琤告诉笔者,现在的三峡方案,基本就是 1958 年的格局。魏廷琤风趣地形容他与林一山的关系,是"萧规曹随"。言下之意,眼下长江的事情,包括三峡工程,都是林一山治水思想的延续,都是在一步步实现毛泽东的生前夙愿。

"三峡决议"还能确凿无疑地证明,在这个庞然大物面前,与林一山和"长办"乐观、亢奋的情绪相反,毛泽东犹豫了。

他的犹豫,把三峡问题搁置了。他考虑问题的热点已随着世界和国内局势的变化转移了。

1958 年、1959 年的"大跃进"失败,60 年代初期被迫反省,进行调整。毛泽东在六七十年代,在"无产阶级专政下继续革命理论"和"阶级斗争理论"的支持下,对国内政治局势做出了完全错误的判断,几乎把所有精力都用来解决党内斗争和意识形态问题，以致发生了“文革”浩劫。外部环境也很恶劣。苏共二十大后，赫鲁晓夫清算斯大林，与中共发生公开论战，撤回所有苏联专家，蒋介石嚷着要“反攻大陆”，美国人发动越南战争、中苏边境战争……毛泽东对世界局势的判断是，在冷战的格局下，世界大战早晚要打起来。其对应的策略是“深挖洞，广积粮，不称霸”，建设大三线，把工厂和机器都搬到深山老林、人迹罕至的地方藏起来。而在光天化日之下建一个大坝，不是找死吗？1969 年 10 月，湖北省革命委员会主任张体学当面向毛泽东请求上三峡。毛泽东慢悠悠地说：“现在要准备打仗，你脑壳上顶 200 亿方水，怕不怕？”六七十年代，毛泽东数次拒绝上三峡的请求。

今天我们考察拒绝的原因，除了 1963 年毛泽东自己说的泥沙以及水库长期使用问题外，其他几次都是“战争”。

其实技术问题是次要的，或者只是某种敷衍。打仗，战争的因素，世界大战的考虑，才是毛泽东犹豫的真正原因。

在 1963 年的一次政治局会议上，毛泽东对朱德说：“三峡问题，你过去反对，我赞成，现在我也不干了。林一山哪里去了？好久不见了。”

1969 年“九大”时，毛泽东问湖北省革命委员会主任张体学：“林一山在干什么？”

“林一山靠边站了。”张体学答道。

“靠边站，有问题没有？”

“没有。”

“没有，能不能站出来呀？”

其实，不管国内外局势如何恶化，毛泽东仍是念念不忘林一山，念念不忘三峡梦。他曾伤感地对人说：“将来我死了，三峡修成后，不要忘了在祭文中提到我呵！”

与三峡结缘，并在关键时刻影响了毛泽东决策的，还有一个重要人物：李锐。

十七

李锐也是个精力过剩、永远不知疲倦的人。他比林一山小 7 岁。略胜林一山一筹的是，他耳聪目明；又略逊一筹的是，哮喘病把他搅得寝食不安。而林一山眼不见，心不烦，放宽了心养老，身体棒棒的，放出大话来：“我这身体，感冒都不会得。”

李锐住的北京医院 404 号病房，哪像病房，完全是个大工作室。桌子上堆着书，抽屉里、柜子里收着各种各样的资料。他正在赶写一本研究毛泽东晚年思想的书，医生也拿他没办法。

星期一、三、五和星期天，家属探视时间，他夫人瞒着医生，大包小包的资料、书籍往病房里拎。夫人埋怨说："整幢楼的病人，没有像你这样的。人家探视都是大包小包的水果、糕点，你看我拎的都是些什么！"

"我都74了，还有那么多东西要写，比不得这些年轻人了。"

李锐，湖南平江人。5岁时丧父。其父是早期同盟会会员，民国元年国会议员，袁世凯解散国会后，即追随孙中山赴广东参加非常国会。其母，晚清师范毕业，会写文章。李锐乃独生子，家教甚严，母对其期待甚高。1934年，李锐考上武汉大学机械系，参加学生运动，母亲亲往武汉督学。"一二·九"运动时为武汉秘密学联负责人，抗战前夕加入中国共产党。1952年，李锐由湖南调任燃料工业部水电总局局长。1958年，任毛泽东秘书，直到1959年"庐山会议"打入反党集团获罪为止。他"一辈子坐过共产党两回牢"，一回是延安时期，为期一年，幸得周恩来搭救；一回是1967年至1975年，关押在秦城，其隔壁是陆定一。1979年平反后，任水电部副部长、中组部副部长，现为中顾委委员。

李锐，高个，魁梧，大眼睛警觉而敏锐，言谈举止间，能让你感觉到他青年时期的英俊潇洒来。

十八

李锐是三峡工程著名的反对派。他的后半生是反对三峡工程上马的后半生，是与三峡奇缘不解的后半生。

谈起三峡，他是满目苍凉，万般感慨。"唉，就因为这三峡，耽误了我20年大好时光呵！"

李锐仰天长叹。

十九

在北京医院，李锐送我一本《龙胆紫集》。这是他在秦城监狱吟就的旧体诗集。蓝色皮纹纸书皮，一枝孱弱的"勿忘我"，一扇牢房的小窗子，窗外的暮色中，一轮橘黄色月亮，清冷寂寞。这本诗集1980年出版后，即引起不小的反响，一年后再版。诗中真实记载和叙述了李锐充满传奇色彩的人生，记载和叙述了包括三峡论争在内的许多重大历史事件。更重要的是，这本蓝皮小书本身，就是一个传奇故事。

“日丽云轻闻噪鸟，风恬波静绝行舟。碧光万顷独呼吸，翠色千重一览收。”

1967 年 11 月，李锐在安徽佛子岭磨子潭水电站那与世隔绝的田园生活被打破了。

当几个解放军把李锐从磨子潭流放地押走时，当地那些纯朴善良的老百姓才发现，这位教国文的老师，原来是一个大人物，一个“京畿要犯”。

李锐到合肥后的第二天，即被用专机送到北京，投入北郊小汤山下的秦城监狱。

李锐的一生，享受过两次专机待遇。前一次是 1958 年 1 月，毛泽东下令派专机把他从北京接到“南宁会议”上，听取他对三峡工程的意见。而这次则是作为罪囚之身，被押解回京。两次乘坐专机的性质有着天壤之别，心情也不可同日而语。然而，这两次飞机却有着逻辑关系，没有 9 年前那次飞行，也绝不会有今天这种结局。李锐苦笑着说：“没有和林一山关于三峡问题的论争和纠缠，我 1958 年就不会去南宁，不去南宁，毛泽东就不会选我当他的秘书；我不是毛泽东的秘书，1959 年的‘庐山会议’就不会参加，不参加，后面这些故事就全没有了。”

命运就是这样捉弄人，而人也正是在被捉弄的过程中，创造并完成了历史。

很多事情是命中注定的。对此，李锐也深信不疑。他认为，他人生蹉跎，是“在劫难逃”，“像我这种性格的人，‘庐山会议’不倒霉，往后也会倒霉！”

李锐到秦城后是单身监禁。他的囚号是：67126。

“67”是入狱时间，“126”可能是序号。如今“126”已经成为北京最畅销的“BP机”传呼台的总机号了。但愿因此会有更多的人能记住李锐的“囚号”。

从此，“李锐”这个名字便消失了。犯人不配有名字。

“67126！”

“到！”

“出来！”

“是！”

看守人员互相议论，也绝不说人名，只是说“67126”如何如何。

“单身监禁”，有人猜想那可能像是住旅馆，不住通铺，住单间，那是你的运气，免了多少嘈杂。

8 年的“单身监禁”生活下来，李锐说，这是“世界上最重的刑罚”，“马克思和恩格斯通信集里，我也看到这种说法”。

李锐说：“据我所知，秦城单身监禁逼疯了 20 多个人！”说得人毛骨悚然。

没有身临其境，恐怖的情景是难以想象的。

李锐开始还挺乐观，以为自己没什么大不了的问题，待不了多久就会出狱。可一年后的一天，他看见院子里来了大吊车，监狱要扩建，他明白一两年他是别想出去了！

空虚、烦躁、无聊、绝望……朝他袭来。

他必须面对现实，必须做好长期坐牢的准备。

为了保持身心健康，他开始在牢房中坚持慢跑，开始根据报纸新闻练习作诗。

当时不准带书看，只有随身一本《毛主席语录》，实在是闲得无聊，便一韵到底，吟成五言"毛主席语录歌"二百句。这些枯燥的诗句还得到了看守的表扬。

1972 年底，在他的苦苦哀求下，"提审"开恩，从他六铺炕家里拿来了 20 多本书，有《辞海》《英汉字典》《资本论》《剩余价值学说史》等等。

1973 年，有一回跑步李锐不慎摔伤了肘关节，找医生要了点龙胆紫和棉签。上药时，李锐突然灵机一动，发现这些可做"奇墨怪毫"，用于书写。后来李锐有诗记录当时欣喜若狂的心情："怪墨奇毫不废书，今朝发现喜何如！鲋鱼涸辙忽天雨，病叟怡然一榻居。"

到目前为止，我都不太明白，像李锐这样单独关押的高级犯人，已经完全与外界隔断了联系，也就是说对政权或者任何人任何组织都没有威胁，为什么不能拥有一支能书写的笔？防止自杀？有这种先例吗？

这之后，看守发现李锐在牢中的行为有点古怪。他总是靠墙坐在床头、面朝着看守的监视孔看书，规规矩矩的样子，一坐便很长时间。这种姿势一直坚持到 1 年后被看守发现为止。这时，他已经用棉签蘸龙胆紫，在两卷集《列宁文选》上的空白处吟抄了几百首诗词了！这严重触犯了监规。《列宁文选》被没收了，但是，龙胆紫和棉签并没被拿走。李锐又继续在《剩余价值学说史》的空白处写，又被发现没收了。

说和写，冒死也要说和写，这是文人的一癖。仿佛说和写是他们唯一的生存形态，如同贾宝玉的"通灵宝玉"丢了，便会魂不守舍。可这监狱，就是剥夺你自由权利的地方，包括剥夺你说和写的权利，或者说剥夺你自愿想说和自愿想写的权利。这种要求非常之低，只是想把一个健全的大脑所思所想的东西准确无误地表达出来，只是想在一种幻想的自由空间里将那不安宁的灵魂停放一会儿，只是想将这一生无限的爱与无限的憎说给根本不存在的读者听或者说给自己听，只是想面对着铁窗面对着厚墙，悄悄地倾诉久久压抑在心中的喜怒哀乐、悲欢离合，只是想用凄风寒雨轻轻地弹奏起那落满了尘埃的记忆琴弦。马克思、恩格斯、列宁，他们的革命学说曾经鼓舞过这位落难的诗人，他们应该宽恕诗人的“胡乱涂抹”，他们甚至应该和美丽的诗一起帮助诗人回到10多年前风流倜傥、叱咤风云的年代……

二十

1958年1月，“南宁会议”。

李锐此行，给毛泽东急于上三峡的想法泼了盆冷水，可是毛泽东不仅没有责怪他，反而一反常规，在政治局扩大会议上，当着大家的面，突如其来地指着李锐说：“你当我的秘书。”

周小舟（湖南省委书记）打趣说：“李锐，你中了状元。”李锐在此之前，并不熟识毛泽东。他曾写过一本《毛泽东的青年时代》，流传颇广，但是毛泽东并没见过他。

事情来得太快，没容他认真地想想，一切便成了不可更改的现实，他由反对上三峡而进入了中国政治的最高层。

“南宁会议”实际上是准备“大跃进”的“成都会议”的预备会。在会议的最后阶段，毛泽东把三峡问题正式提交政治局讨论。毛泽东说，把林一山接来。

当即有人提醒说，林一山赞成三峡，也有反对搞三峡的人哟！

毛泽东问：“谁？”

“李锐。”

“那把李锐也接来。”

一位是三峡工程的积极推动者，一位是三峡工程的坚决反对者。在毛泽东的调度下，两个人在邕江水畔相遇了。在饭厅吃晚饭时，人们笑他们是“两个冤家碰了头”。

这是三峡论证史上一个极具戏剧性的场面。

二十一

其实，在“南宁会议”狭路相逢时，林一山和李锐就已经打了两年的笔墨官司。

他们是老相识、“老冤家”了。

1956年，《中国水利》五、六期合刊，刊登了林一山两万多字的长文：《关于长江流域规划若干问题的商讨》。

针对林文，当时任电力工业部部长助理兼水电总局局长的李锐，也以个人署名的形式回敬了两万字：《关于长江流域规划的几个问题》，并组织了一批专家分别著文，在当年的《水力发电》“长江规划专号”刊出，就长江规划总的指导思想、防洪、发电、航运等方面的问题，提出了完全不同的意见。

简单地归纳起来，对于长江流域规划，林、李争论的根本要点是：林一山认为，首要防洪，先干后支，一步到位；李锐认为，应综合考虑，先支后干，分步实施。

这便是水利、电力界著名的“林李之争”。

站在今天的立场上，分析1956年关于三峡工程的公开论战，做出一些客观判断是不难的。

而李文的可贵之处在于，里面包含了“经济”的思想，包含了“动态”和“综合”的方法。

两文应该有很强的互补性。可惜，一些非常好的意见未能得到及时的利用，反而演变成为怨怨不解的根源，演变为打击对方的素材。

因为涉及国民经济的整体布局，三峡论争的高层化就成为必然。

二十二

事出蹊跷。1958年1月中旬的一天，李锐忽然接到中央办公厅的通知，让第二天乘专机经武汉接上林一山飞南宁。李锐忽然想到飞机要到武汉接林一山，必定是讨论三峡问题。于是，立即请一位老工程师赶制了一张全国各大水系近期、远景应予开发的大中型水电站示意图。

飞机到武汉后，林一山和他的秘书魏廷琤已经在机场等候了。

两个冤家第一次迫不得已坐到了一块。他们互相礼貌地打了招呼，举止多少有些不自然。

这两位长江上的风云人物，一路无话，然而“知己知彼”，互相都知道此时此刻对方肚子里念的是什么经，都知道“南宁会议”等待着他们的将是分庭抗礼、一场你死我活的激烈厮杀，心里都把对方的分量掂量了一遍。

林一山和魏廷琤在商量着什么事情，李锐则看着窗外的风景，大家都故意保持着一段距离，做出互不相干的样子。

李锐，林一山，他们至今还保持着距离。这对有趣的冤家对头，曾经互不相让，当庭论辩，甚或嘲笑挖苦、讽刺攻讦，却又私下互相倾慕，绝不敢小觑了对方。

李锐在一篇回忆文章中说，在他调到北京之前，湖南省委几位负责人参观荆江分洪工程，林一山“天文地理侃侃而谈”，李佩服林“很博学，知识丰富”。

李锐曾对作者说:"毛泽东、林一山谈话都很有魅力,都是人物。"

林一山也曾对作者说过:"李锐大个,长得可英俊了,而且写得一手好文章。他的夫人原是重庆一枝花,要不然怎么会跟他?'南宁会议'时,他拿了张水电站分布图,一目了然。"

可谓都是"道"中之人。

李锐"单刀赴会",当时的政治气氛对他反对上三峡的意见十分不利,此行可谓"凶多吉少"。

大家都为他捏了一把汗。

1958 年初,"春江水暖鸭先知",再迟钝的人也能感觉到日益增长的政治热度。在农村,将要加快人民公社化的进程,准备为尽早跨入共产主义铺路架桥。经济上,赶英超美,层层加码,为即将展开的群众性的大炼钢铁、大兴水利作了舆论铺垫。

"南宁会议"也开得不轻松。

李锐中午刚到,毛泽东的秘书田家英便急切向他通报了会议情况。

预感到社会主义建设高潮即将来临的毛泽东,情绪高昂。反对上三峡,当三峡的反对派,往毛泽东高昂的情绪上泼冷水,李锐是冒着很大的政治风险的。

李锐在这种形势下,内心略有些不安。然而,事已迫近,容不得他有丝毫犹豫。而且,毛泽东召他来,就是要听取上三峡的反对意见。

当晚,林、李便一块参加了已近尾声的"南宁会议"。

会议室布置得很简单,中间一张长条桌,大家围桌而坐,似乎没有专设"主席"座。

林、李被安排坐在同一边,对面便是毛泽东。毛泽东左右,坐着刘少奇、周恩来、朱德、彭真、李富春、李先念、薄一波,还有各大区和中南各省的一把手。

大家坐定后,毛泽东即问林一山:"你要讲多长时间?"

"两个小时。"

毛泽东又问李锐。

"半个小时。"

李锐自然谦让主管长江的林一山先讲。

林一山打开话匣子,便是滔滔不绝。他从西汉贾让治水谈起,长江 2000 多年洪水危害,平均 10 年一次;辛亥革命以来,平均 5 年一次,只有三峡能够控制川江洪水,解除荆江大坝的严重威胁和洞庭湖区的洪灾。同时阐述了三峡工程发电、航运的诸多益处。他提出了水库正常蓄水位"200 ~ 210 米方案",可装机 1340 万千瓦，年发电量1000亿度以上，投资约需72亿人民币。

说到投资，周恩来插话道："少装机，装500万千瓦，50亿够不够？"

"够了。"

"就按你说的50亿。"毛泽东说，"你会不会中央决定上马后，你又说不够了？"

"不会。"林一山口气肯定。

"为什么呢？"毛泽东又问。

"我们不搞'上马预算'。我们都算清了，没算清的，从多不从少。"

苏联专家对三峡投资的估算是200亿人民币。林一山认为这种算法，是不够了解长江的具体情况的结果。

汇报加上插话，林一山发言超过了2个小时。

李锐发言则针锋相对。他将带去的全国水电开发示意图铺在长桌上，引起了毛泽东和与会者极大的兴趣。他在阐述了三峡短期不能上的理由后说，"左右三峡修建时间的是国家财力，是经济发展需要，是电力而不是防洪；按水库高程200米，一个装机近2000万千瓦，能发1000亿度电的大电站，何年需要投入呢？最乐观的估计，三峡这样大的电站，中国要几十年后才可能有此需要。"

从会场的气氛看，李锐的发言打动了人心。他看见"那些为他担心的人和担心三峡上马的人，似乎有一种宽松了一点的表情"。

李锐顿时增添了几分自信。他心中暗忖："如同下围棋，林一山执黑先行，可是现在棋局的主动权已操在执白者手中了。"

林、李讲完后，毛泽东突发奇想，说："讲了还不算数，你们两人各写一篇文章，不怕长，三天交卷。第三天晚上再开三峡的会。"

毛泽东还专门嘱咐林一山："你能不能写一篇像样的文章？让王任重给你当政治委员，帮助你好不好？"

"好！省委第一书记当政治委员当然好！"林一山说。

毛泽东当堂命题"作文"，这一着，林、李在开会前都万万没有想到，不免有些吃惊。

至此"林、李冤家聚头"这出戏，被推向了高潮，推向了极致。

这是一场异乎寻常的竞赛。

三天交卷，时间太紧了！

林一山一来手头材料缺乏，二来他的右手腕在1938年2月指挥胶东著名的"雷神庙战斗"时，被日军子弹打残废，只有一只小手指尚有些知觉，平时写作就很困难。可他凭着惊人的记忆力和毅力，用残废的手半握着笔，居然2天写了2万字，洋洋洒洒，提前一天交卷。

第三天早晨，胡乔木还没看见李锐有什么动静，急忙跑来找他："林一山的已经印发了，怎么不见你的？"

李锐说："已经写好，这就交出。"

李锐似乎写起来更难些。他说："我的材料更少。林一山还跟着个秘书，拎着个大皮箱，我只夹了个寒酸的小皮包。"他写了 8000 字，按期交卷。

林、李两篇文章，第三天晚上便作为会议文件印发给了与会者。

这真是一场智力量级相当的天才较量。无论从哪个角度看，这两篇"作文"都不同凡响。

林文纵横捭阖，材料丰富，逻辑严谨，有如长篇论文。这篇文章后来成为"长江流域规划"的概论。

李文提纲挈领，观点鲜明，且行文流畅，深得毛泽东嘉许。毛泽东在会议最后，指着李锐说："我们要有这样的秀才……大家都要注意培养秀才。"

毛泽东给"南宁会议"的三峡问题定了一个基调："中央并没有要修建的决定。对三峡我还是有兴趣的。"

"三峡的事情交给周总理管吧。"毛泽东说。

周恩来谦让道："还是主席管吧。"

"我哪有这么多时间？"毛伸出四根指头说，"你每年至少管 4 次！"

"南宁会议"，林一山和李锐的较量，或者说主上派与反对派的较量，后者略占上风。

李锐是非常聪明的。对于众多没有水利和电力知识，又缺乏经济建设经验的宏观决策者来说，他在介绍情况和写文章时，都尽可能地避免使用专业术语和不容易记忆，反而会影响视听效果的数据，通俗易懂而又不失其深度，深深地影响了政治局扩大会议上的听众和读者。

在政治局这样的最高决策机构，在研究重大问题时，直接听取反对派意见，并让反对派实际上扭转了原来的形势，让毛泽东的态度发生了根本的转变，这是没有先例的。

这之后，李锐参加了在长江上举行的"三峡会议"，又以"话不投机惊满座"的效果参加了成都会议"三峡决议"的起草，吸取了正、反两方面的意见，成功地阻止了三峡工程被"大呼隆"上去。

当然，李锐取得这种效果，与当时毛泽东身边的田家英、胡乔木等人的策应有关，与朱德、薄一波等人的意见有关。

李锐作为“执白者”,被毛泽东“点了状元”,真是何等风光!占尽了人间殊荣!

这一切都来得太快了点,这一切让人眼花缭乱。

这让李锐产生了一种说不清、道不明的预感。回北京,见到电力部长刘澜波,他开玩笑说,这是“自投罗网”,“碰鬼”喽。没想到,这些话,竟一语成谶。

二十三

此时,李锐在秦城,用棉签蘸着龙胆紫书写着以往瞬息即逝和梦幻般的风流倜傥,只是一腔苦涩和怅惘。

……

二十四

谁都没有逃过“革命”和“斗争”的洗礼,谁都没有逃过历史的厄运。

说起来,李锐还算是幸运的。秦城监狱,是国内级别最高的监狱,与外面社会的混乱、疯狂和歇斯底里相比,秦城不啻文明的天堂了!起码没有生命之虞,皮肉之苦。

老冤家林一山就比李锐惨多了。

就在李锐被投进秦城时,林一山也被“长办”的革命群众关进了“水牢”,而且还要被革命群众吊起来毒打,断了六根肋骨、一根腿骨,有一只腰子被打移了位。

林、李二人罹难关在牢里,有一点是相同的,那就是“死不悔改”:李冒险吟“反诗”,林筑坝防“洪水”。也正是在这一点上又反映了三峡主上派和反对派的某种区别。

林一山待的“水库”,是“长办”新楼地下室,100 多平方米,一个人住,真是够宽敞的!所谓“水牢”,因“长办”紧挨着长江,水位高,施工质量不好,水渗出来,地下室一片汪洋。

您不是治水专家吗?那就请您进“水牢”。

林一山一进“水牢”,便有事情可做了。他首先说动革命群众中的“内奸”,秘密给他拿进来些沙子、水泥和碎砖头。先勘察冒水点,然后筑坝防洪。开始技术欠佳,屡筑屡溃。后来摸索出经验,全部成功。由于全是手工操作,一双手被水泥烧烂了。他夫人张彬说:“那双烧烂的手,看上去真吓人!”

防洪成功,“水牢”变成了地牢。

他也和李锐想的一模一样,必须保持身心健康。所以,天天坚持在水牢中跑步,天天研究筑坝。他坚信,早晚他要回去主持长江大业。

一段时间后,革命群众以为林一山早就垮了,便组织另外的革命群众前来参观林一山身心被摧残后的狼狈样。没想到这个家伙,还身体棒棒地朝着小铁窗外探头探脑的人笑呢!

第二天,愤怒的革命群众贴出大字报:林一山还在笑!

二十五

"九大"后,张体学传达了毛泽东解放林一山的意见。

1970 年 2 月,林一山拖着被打得快散架的躯体,懵里懵懂被召到北京开计划会。

经过几年非人的折腾,一下子从地狱来到天堂,角色一时半会儿还转换不过来。革命和反革命,走资派与革命派,真像是你中有我,我中有你,一句话,便可能分不出是非伯仲了。

开会时,周恩来大声喊:

"林一山到了吗?"

"到了。"林一山答。

"解放了吗?"

"解放了!"

"我祝贺你!"

周恩来说完,带头鼓掌,顿时会场响起了一片祝贺林一山解放的掌声。

"毛主席、周总理还惦记着我呵!"想到此,林一山一阵委屈和辛酸。

林一山哪里知道,这次计划会是准备让他唱主角的会。

计委已经起草好了一份很厚的关于兴建三峡工程的报告,下发给每个与会者。可是,后来报告突然被全部收回了,没有任何解释。

看来,毛泽东在"备战、备荒、为人民"的形势下,拒绝了三峡。

二十六

林一山又被闲置了。

但是,1970 年,林一山脑子里的这根弦却非常紧张。

五六月份,林一山在武汉突然接到周总理的电话:即刻来北京。正准备走,周恩来又来电话:暂时别来了,随时等候通知。

看仍没动静,林一山拔腿去了郑州。“想看看黄河流域、淮河流域。”他说。

可他到郑州后,刚进宾馆大厅,一位服务员就迎上来问:“林主任吗?”

“是。”

“北京刚来电话,周总理请你即刻赶到北京。”

可慌慌张张赶到北京后,周恩来的秘书却在北京站告诉他:“谈不成了。总理走了。请你在北京稍等。”

谈什么呢? 这电话和人一来一往的。林一山隐约感觉到正在紧张地谋划着一件大事,一件与长江有关的大事,但肯定不是三峡。他被明确告知,他在北京,一是等周恩来,二是等武汉军区司令员曾思玉。后者正率领着一个军事代表团访问朝鲜。后来又知道,周恩来紧急去了庐山,参加导致陈伯达下台、毛泽东南方讲话、林彪出逃的著名的“庐山会议”。

在北京饭店,林一山一等就是2个多月。

二十七

历史是这样有趣。

“南宁会议”12年后,林一山扮演了与李锐一样的角色。

12年前,林一山力主三峡工程上马;12年后,却极力反对先于三峡高坝而修葛洲坝,成了名副其实的“反对派”。

在长江规划中,葛洲坝是三峡工程的一个组成部分,是三峡工程下游反向调节的航运梯级。规划是先高坝而后葛洲坝,或者高坝、葛洲坝同时建成。

如今完全颠倒了。

先修葛洲坝,问题是明显的。一是葛洲坝先建,抬高了水位,会给未来高坝造成水下施工的困难局面;二是葛洲坝在规划时,工作深度不够,很多基础工作都没做,更谈不上初步设计了。所以葛洲坝是一个严重违反基建程序的“三边工程”(边勘测,边设计,边施工)。

林一山极度矛盾。年初刚被毛泽东、周恩来从“牛棚”中放出来,1月的全国计划工作会上周恩来祝贺他的掌声还在耳畔嗡鸣。要么面对可能发生的恶果,随大流,苟且偷生,要么实事求是,犯颜上谏,担着身家性命。他选择了后者。

终于等到了周恩来的接见。12月17日,上午,中南海西花厅,周恩来办公室。

参加会议的有曾思玉、钱正英。

曾思玉将军首先汇报。他说:“毛主席说,要修葛洲坝。”

“主席在哪里说的? 不要强加于人。”周恩来纠正道。

当时曾思玉作为武汉军区司令员,还兼任湖北省革命委员会主任。“林彪事件”后,他与武汉军区政委刘锋作为林彪一党被免职。

曾思玉汇报完后,林一山便起而反对。他认为葛洲坝有许多重要问题无法解决,比如将来三峡水下施工问题。

“可以降低一半水位。”曾说。

“放低一半,意味着发电量就要减一半。”林提醒。

“还有这个问题呀!”曾显得有些吃惊。他是职业军人,技术问题根本不懂。

周恩来插话道:“你管这个事,不会就要学嘛!”

钱正英说:“三峡淹没没问题。长江水深40米,减20米,只增加20米,无所谓。”

林一山讥曰:“三峡如果修纵向围堰,是冬季枯水季节,水深是‘零’,你增加20米,0除20,在数学上是无限大!”

林一山的反对意见听完后,已是中午。周恩来说:“你把反对意见写出来,送给伟大领袖毛主席。”

后来,国务院业务组副组长纪登奎告诉林一山,要他的反对意见,是毛泽东的意思。

晚秋季节,天气冷得紧,枫叶已是繁霜重重,但那鲜红的颜色仍不失其性格的刚劲和浓烈。

下午,周恩来便打电话到饭店急催“意见书”。

这一夜,林一山没有睡觉,洋洋数千言,上书毛泽东、周恩来,反对葛洲坝在毫无准备和违反科学逻辑的情况下,仓促上马。

1970年12月25日,周恩来把林一山的意见书附在武汉军区、湖北省的报告和中央批复送审稿后,一并直呈毛泽东。

二十八

1970年12月26日,毛泽东对兴建葛洲坝水利枢纽工程作了后来争论不休的,也给后来研究者带来无限烦恼和迷惑的批示:

“赞成兴建此坝。现在文件设想是一回事,兴建过程中将要遇到一些现在想不到的问题,那又是一回事。那时要准备修改设计。”

毛泽东书法大有怀素遗风,奔腾狂放,淋漓畅快,气魄宏大,如同他的诗词。可是葛洲坝批示的字迹却是那么迟滞和犹豫,笔画拐弯抹角,发“犟”,发“涩”,有一种老人的企图控制又无能为力的抖动。有人分析说,这种“抖动”是毛泽东看到“高峡出平湖”的伟大理想即将实现,心情激动所致。

这未免把毛泽东看得太简单了。毛泽东作为伟人,什么样的场面没见过?何况葛洲坝与三峡高坝相比,不过就是一个小池塘!虽然其规模位居全国之榜首。

二十九

林一山陷在大沙发里,眼睛平视着,这是他失明后惯常保持的谈话姿势。门前有几只觅食的麻雀在叽喳跳跃着。他认为他的意见书对毛泽东有重要的影响,关于长江事务,他知道他在毛泽东和周恩来心目中的分量,以至于毛泽东的批示留了“活口”。

“可那时,毛泽东和周恩来已经决定了,你再说还有什么用呢?”我说。

“那怎么行!仓促上马会坏大事。我看到了,为什么不说?我必须对毛主席负责,必须对周总理负责,必须对党的事业负责!”林一山斩钉截铁地说。

事情正如林一山所预料的那样,葛洲坝工程动工两年后,由于重大设计问题和施工质量问题而被迫停工。

当时的情况,在今天看来简直是不能想象的。

光天化日之下施工的葛洲坝,对外界是保密的,代号曰“330 工程”,典出于毛泽东“成都会议”后的 1958 年 3 月 30 日视察三峡。

工程的第一指挥长是曾思玉,第二指挥长是宜昌军分区司令员李地山。施工队伍数万人在师、团、营、连、排、班的军队编制下,进行着军事化的管理。清晨,军代表要带着工人“跑操”,工地上数万人喊声震天。

10 万人会集在狭窄的工地上,在毛主席指示的号召和鼓舞下,人拉肩扛,红旗招展,歌声嘹亮,可谓是“气壮山河”!邱忠恩说:“那时的人都奇怪,干活不觉得累,白天黑夜 24 小时干活都不觉得累。必须下命令,工人才睡觉。”

可是,狂热代替不了科学。

大体积混凝土浇筑,不搞温度控制,施工的主要负责人说:可以不“吃冰棍”。加上质量控制不严,使已经浇筑的 1 万多立方米的混凝土强度很低,到处可见“蜂窝狗洞”,出现了重大的质量事故。

技术这一摊更是糟糕。为建设葛洲坝中央专门成立了1000多人的庞大设计团。设计团中虽然有刚刚解放出来的一流大坝专家,但他们处于卑微的地位,很难发挥作用。体制上又推广石油部经验,搞所谓的干部、工人、技术人员“三结合”设计,从群众中来,到群众中去,设计方案都要到基层施工单位听取广大干部和工人的批评意见,出现了葛洲坝“千人设计,万人校核”、技术图纸无人签字负责的怪现象!

以下的结局便是必然的了。

葛洲坝大坝蜂窝、狗洞29处!大的狗洞1米多!大坝裂缝86条!

枢纽布置方案,船闸、航道方案,因各方意见争执不下,无法定论!而此时大坝施工已有两年整了!

三十

周恩来愤怒了!

1972年11月8日和9日晚,中南海西花厅国务院会议厅里气氛紧张。听汇报的国务院领导人有周恩来、李先念、纪登奎、李德生、余秋里、刘西尧、王观澜、陈华杰。参加汇报的有国家计委、建委、水电部、交通部、一机部、农林部、湖北省、“长办”、宜昌军分区、三三〇指挥部的主要负责人。大家的脸都不好看。

周恩来大声的斥责震撼着与会者的魂魄:

“第一指挥长、第二指挥长,都是司令员、军分区司令员,都没有搞过,怎么能搞?容易瞎指挥。”

三三〇指挥部负责人汇报时说:

“长江出了乱子,不是一个人的事,不是你的事,也不是我的事,是整个国家整个党的问题。你学了主席的批示了嘛,怎么不吸取教训?”

三三〇指挥部负责人谈“设计现在还没定”时说:

“开工前应该准备1年。我们当时不想马上上,就是你们急得不得了,以为机不可失。最积极的就是张体学同志,还有一个曾思玉同志。”

“我也是积极分子。当时体学同志说,葛洲坝出了问题,把脑袋挂在天安门上。”纪登奎说。

“要挂都挂,不是他一个人挂!”周恩来说。

第二天,西花厅继续开会,周恩来当众表达了他对长江筑高坝“战战兢兢,如临深渊,如履薄冰”的恐惧心理。

林一山待在会场不显眼的地方。他在观察，他在思忖。他隐约感觉到，周恩来主持的西花厅会议，好像专门是为他设计的。在整个汇报过程中，周恩来紧紧地抓住毛泽东批示的最后一句“要准备修改设计”不放。张体学说：“三三〇工地有困难，有办法，有希望，要鼓干劲。”周恩来立即把方向扭回来：“光鼓干劲不行吧！主席批示不是这样。主席批示兴建过程中将要遇到一些现在想不到的困难，要修改设计，重点在这里。”大家都不明白，这葫芦里装的是什么药。

林一山还注意到，周恩来十分有意识地把会议焦点往他身上引。

“林一山，你身体好吗？”周恩来问。

“眼睛不好。”林一山指指眼睛说。

“你去看过吗？”

“去了。”

“你可能有点不同意见吧？”

“没有不同意见，讨论过了，现在是如何把工作做好的问题。”

“都一致了？不见得吧！不会没有不同意见，总有点吧？是顾全大局。”

后来提到提意见问题时，周恩来大声说：“我与林一山没有共过事。林一山敢提意见，敢提就是好。提意见有正确的，很好，意见提得不对也不怕。党员就是要坚持真理。”

他紧紧抓住林一山不放。

“泄洪出问题，发电不成，航运更谈不上。林一山，要你去挂帅，敢不敢？”

林一山说：“我不是那块材料。”

“你不敢？”周恩来将林一山的军。

“设计，他当统帅；队伍，他管不了。”李先念在一旁帮腔。

“大家领导，我当参谋。”林一山谦让道。

“这是长江的工程，是在长江上建坝。葛洲坝设计出问题，找林一山可不可以？你不能看笑话。”李先念语气严肃。

“当然，主席批示的工程，我绝没有看笑话。出了问题，由我负责。”林一山只好同意，当场领了军令状。

周恩来见火候已到，接着林一山表态同意的话音，又重新朗读了一遍毛泽东批示，说：“现在，请林一山同志主持讨论。”

之后，周恩来拿出两张早就拟定的名单，明确林一山为葛洲坝工程技术委员会主任，他麾下的委员有水电部部长钱正英，湖北省代理第一书记、省革委会主任张体学，国家计委副主任袁宝华，国家建委副主任谢北一，交通部常务副部长马耀骥，一机部副部长沈鸿，水电部副部长王英先，三三〇指挥部主任廉荣禄。

人们恍然大悟，开了几天会，绕了半天，真正的目的，是要改组葛洲坝核心决策层，推林一山执掌帅印！

三十一

大家万万没有想到，毛泽东、周恩来会在葛洲坝命运攸关的时刻，起用“反对派”林一山来充当葛洲坝的灵魂，把挽救葛洲坝的权杖授给林一山。

这种违反常规之举，着实令与会者吃惊不浅。

大家都明白，周恩来交给他们的是一个不容商量、只能无条件接受的现实。败将岂敢言勇？

林一山临危受命，当仁不让。事情虽然来得突然，然而他有预感，葛洲坝这个摊子，早晚要他林一山来收拾。

然而，林一山并不轻松。他面前不仅有葛洲坝这个烂摊子，而且还有包括他顶头上司在内的中央各部委意见相左的大员所组成的技术委员会。

我问林一山：“技术委员会有 7 个部长、3 个中央委员，您只是‘长办’主任，有把握领导他们吗？”

他不假思索地说：“当然有把握！理由有四条：一、毛主席、周总理任命和信任；二、我的官比他们大（林一山解放初期就是行政七级，曾在东北局任辽南省委书记）；三、长江的事情，我比他们懂；四、我有‘长办’这支不可替代的技术队伍。”

一副“舍我其谁”的大将风度！

林一山主持葛洲坝工程技术委员会后，即大力革除以往争论不休、论而不决，最后无人负责的弊端。他说以往工作方法，是“筑室道谋，三年不成”，提出了技术委员会三条工作原则：一、委员会是“联合国安理会常任理事国”，不是少数服从多数，而是“大国一致”；二、各委员点头摇头都要有根据，都必须把问题弄清楚后再表态；三、委员会每次会议达成协议的文件，委员会成员都要签字负责，不同意见，一并上报。

从 1972 年 11 月到 1982 年 1 月，在林一山的主持下，葛洲坝工程技术委员会先后召开了 13 次会议，每次会议都对葛洲坝建设过程中的重大技术问题展开充分讨论，协调各方意见，取得一致或比较一致的看法后，即行上报，使委员会成为一个有效率的决策机构。当然，争论也十分激烈，各部的委员都提到各自的问题，也代表着各自的利益，经常给林一山难堪。袁宝华看不下去，大声说：“林一山是毛主席、周总理派来的，请大家注意尊重他！”林一山则不以为然地说：“不同意见可以发表，可以争论。”10 年时间里，每一次会议结果，都由林一山亲自起草给国务院报告，各委员签名后，上报。

“您写那么多东西，手行吗？”我问。

“那怎么不行？”他举起残废的右手，“这只手写累了，再换左手。我练习左手写字在当时已经八九年了！”

可是，饱经“文革”造反派摧残的林一山也累。

周恩来在汇报结束后给他的重要嘱托，压得他喘不过气来。“长江上如果出问题，砍头不是你一个人，要砍头，我带头。砍头也不行！这是国际影响问题。共和国成立二十几年了，在长江修一个坝，不成功，垮了，要载入党史的！”

第一次在技术委员会忙下来，林一山回到饭店，想静静地休息一会。可休息不成，右眼疼，疼得钻心！

三十二

葛洲坝是人类首次在世界三大河流（亚马孙河、尼罗河、长江）之一的长江干流上拦河筑坝。

葛洲坝工程技术委员会全体签名，向中央郑重报告：我们正面临一些前人未经历过的重大技术问题。

更严重的是，工程技术委员会延续了前期研究不够、仓促上马的重大技术疏漏，为此已经投资 2.6 亿，还有近 3 万人的施工队伍嗷嗷待哺！

以林一山为首的全体委员十分清楚他们所面临的尴尬处境：他们穿上了红舞鞋，却是在危机四伏、随时都有灭顶之灾的沼泽地跳舞！

而恰恰在这种关键时刻，林一山病了！医生诊断，他患了癌症！一种很奇怪的癌症：右眼脉络膜黑色素瘤。而且癌细胞已经突破骨膜，病情严重。

周恩来听说林一山得了癌症，大为震惊！在林一山的主持下，修改设计工作刚刚步入正轨，重大技术问题经过梳理，已是初见端倪。这种时候，不能没有林一山！林一山不能死！

周恩来安排林一山住进北京同仁医院，并亲自过问治疗方案。为了十分稳妥和保险，在周恩来的干预下，林一山被转到上海华东医院，由北京和上海的一流眼科专家会诊，组成医疗小组，制定万无一失的手术治疗方案。为此，周恩来和当时中共中央的一位副主席专门致电上海，必须竭尽全力保住林一山的生命。

真是奇人得奇病。

林一山老人指着已被摘除了右眼球的空眼眶说："脉络膜黑色素瘤很顽固，钴60都杀不死。这种癌，白种人容易得，黄种人极其少见。有资料说，白种人发病率比黄种人高2000倍！为这病，全国的专家讨论了100天。我说，别讨论了，允许有误诊，干吧！说起来，都是造反派干的，把我关进水牢，根本没有光线，还要逼着写交代材料！"

当确诊为癌症时，医院和家里都瞒着他。他却对周围这些愁眉苦脸的人说："你们不说，我也知道。我得的是癌症，你们得的是恐癌症！"

林一山快人快语，把医生和家里人都逗乐了。

他安慰日渐消瘦的夫人："我死不了！革命那么多年，八次阎王关都闯过来了，第九次也能闯过来。葛洲坝建不起来，我林一山怎么能死呢？"

手术方案由上海报水电部，又由水电部报给周恩来，由周恩来亲自批准实施。林一山从住院到治疗方案、治疗效果，整个过程都在周恩来的密切关注和监控之下。这种情况，是极为罕见的。

一切都是在林一山非凡的毅力下完成的。

他在北京同仁医院住院期间，正在筹备召开第三次葛洲坝工程技术委员会会议。

这次会议，将最终确定悬而未决又非常棘手的坝线方案。

20世纪50年代末，在进行三峡工程设计时，葛洲坝作为三峡枢纽的"航运梯级"，只进行了规划性设计。在宜昌至前坪5公里河段内，研究了上、中、下三个坝段，认为三个坝段同属一个地层，均能建坝。其后根据诸方面条件，选择了横穿葛洲坝的中坝段作为以后勘测设计的重点。

1970年葛洲坝上马时，亦选定了中坝段坝线。而且，在该坝线，已完成了一期围堰和基坑土石方650万方，浇筑混凝土10万方，并在附近修建了公路、铁路和企业。

然而，其后重新研究暴露出来的船闸通航、泄水闸消能防冲、大江截流等重大技术问题，向原设计坝线提出了挑战。

首先是航运方面的挑战。

有专家认为，由于出南津关后，长江水流湍急且复杂，葛洲坝上游静水航段太短，行船危险。建议坝线下移450米至700米。

这种方案有一定道理，因为葛洲坝的问题，必须首先考虑航运问题。周恩来和李先念多次表示，如果葛洲坝碍航，那就要炸掉大坝通航。

但是,这种方案意味着前功尽弃。

有没有两全其美的方案来替代呢?

北京城南,四维路饭店一间小会议室里,烟雾弥漫。这些人在这里面,整整闷了一天一夜!大家脸都绿了,却个个精神亢奋,毫无睡意。

林一山右眼还塞着纱布,便从医院偷跑出来,组织专家为委员会起草文件。

静水航道解决不了,交通部这关就不能过,再好的设想都白搭。

凭直觉和经验,坝线可以不移,但是缺乏说服力。

南津关到葛洲坝不到3公里,这一河段极为奇特。长江出南津关后,海拔高度由300米突然降至70米,河宽由300米展开为2100米,水流湍急紊乱,形成了巨大的"泡漩"。林一山给我描述着:"长江水从南津关出来,突然遇到一个斜坡,水又翻卷回来,咕嘟嘟,咕嘟嘟,嚯,好大的泡!好大的漩!张瑞瑾教授主持的葛洲坝模拟试验,一放水,他就跑来找我,'林主任,那水流得奇怪'。我问'怎么奇怪'?他说'你去看看'。我去一看就笑了,'这水流不奇怪,应该是勾股,不该是弦'。'为什么?'他问。我说勾股水深,摩擦小,弦水浅而粗糙,水当然就不走弦了。他拍着脑袋恍然大悟,这是河流学问题。这长江水,怎么流,怎么走,她是有性格有脾气的,摸准了才能分而治之。"说得兴起,老人从沙发倏地站起来,用那龙钟步态和手势,模仿着长江水翻卷起伏、变化多端的姿态,仿佛他就是那长江水,在自然的状态中流动、奔腾、旋转、咆哮;仿佛他就是那江之精灵,如痴如醉地融化在长江中,用那赤诚的心灵依偎着生命的水流,喃喃诉说着一个亘古不朽的神话;仿佛只有让那长江的波涛拍打着他的脸颊,才能证明他的存在,才能让他感知到一个生命光亮明媚的世界。他身上涌动着的活力,令人惊骇!后来,他创造了所谓"关刀宝剑"——大坝中部向上游两条垂直平行的长堤,或叫"竖坝",一柄曰关刀,一柄曰宝剑,劈波斩浪,约束了湍急诡谲的江水,将长江分隔成了三条平静如镜的人工运河,根本上解决了原坝线不动、静水航道太短的通航问题。为了顺应江水流态,他还数年坚持并力排众议,创造了一个"没有葛洲坝的葛洲坝",奇迹般地搬走了足有800万土石方的葛洲坝,为后续大江截流、下泄洪水等重大技术措施的实施创造了有利条件。"关刀宝剑""没有葛洲坝的葛洲坝"这些曾被百般嘲笑的技术措施,后来成为葛洲坝工程独具特色的奇观,被专家称为"天才的想法"。

那都是后话。当务之急是要给不移坝线找到一个妥协的办法。

桌上铺着图纸,大家切磋着、争论着,却没有结果。

林一山以为一个上午便能解决问题,可是,从上午到下午整整一天都没有解决,晚饭后,继续接着干。过了午夜,还是没有眉目。而且他的眼睛疼痛,看东西看人都变了形。

著名的泥沙专家,现武汉水利电力学院名誉院长张瑞瑾望着坝线发呆,突然,不知哪根神经被天使轻轻地拨动了一下,他突发奇想:能不能坝线不动,闸门下移,修两条人工运河,保证800到1000米的静水航道?

林一山一听,沉吟片刻,猛地大声叫绝:“妙呵!我们可以给大坝开两个大抽屉。”

林一山及时总结归纳这个方案的精髓所在:“这是一个最坏的方案,但是它可以保证最好的方案出笼。正是因为可以开抽屉,我们将来才可以不开抽屉!”这便是著名的“开抽屉方案”。

这个方案,是葛洲坝停工修改初步设计的一个重大转折点。这个方案并没有实施,它的重要意义在于打破了僵局,有效地平息了争论,使其他重大技术问题迎刃而解。

整个局面豁然开朗!沉闷的气氛顿时活跃了。

“天亮了!”不知谁喊了一声。

大家早就没了时间概念,这一声喊,把大家从那忘我的欢欣鼓舞中拽回来,突然感到了困倦和疲乏——极度紧张后的极度困倦和疲乏。有的人坐在那里便睡着了。

初春的阳光,悄悄地踱进这间刚刚产生了天才想法的会议室,人们关了灯,打开房门,烟雾渐渐散去,房间里充溢着温暖和生机。

林一山跳起来,“睡觉!睡觉!”一路呐喊着出去,坐上车,便往同仁医院奔。

回到医院病房,医生和夫人张彬都埋怨地盯着他。“睡觉,睡觉。”林一山做出一副知罪的样子,倒头便睡,弄得大家哭笑不得。

三十三

上海华东医院的手术非常成功。

林一山右眼球被摘除,左眼高度近视,几乎看不见东西,处于半失明状态。正是在这种状态下,他以非凡的生命力,继续主持了1973年10月以后的10次葛洲坝工程技术委员会会议。

技术委员会有效的工作以及一些重大的决策,为葛洲坝1974年复工、1981年大江截流、1988年基本建成创造了可能和条件。

林一山大难不死,在某种意义上来说,既是他本人的幸运,也是长江和我们民族的幸运。葛洲坝不起，中华民族何颜自立于世界民族之林?!

葛洲坝被认为是三峡工程的“实战准备”。葛洲坝不起，何谈三峡?! 至今思来，惊心动魄!

三十四

林一山多次对我说：“能做葛洲坝，就能做三峡。”言下之意，三峡大坝在工程技术上比葛洲坝简单。“为什么?”我不解。三峡大坝比葛洲坝大了好多倍，怎么可能建三峡反而会比建葛洲坝简单呢?

周恩来也怀疑这种说法：“你原来主张先做高坝，后做低坝，你那个高坝不是更难?”

林一山说：“葛洲坝的位置、地形、地质、河势都比三斗坪复杂得多。”

从工程技术的角度看，这种说法也许是正确的，能建成葛洲坝，三峡也不在话下。

据统计部门提供的资料，截至 1990 年底，中国一共修建了大、中、小型水库 83387 座，号称 86000 座，水库总数居世界之冠。其中大型水库有 366 座(库容在 1 亿立方米以上)。修建了一批如龙羊峡、刘家峡、三门峡、丹江口、葛洲坝等堪称世界一流的大坝。中国拥有一流的坝工技术，无可怀疑；中国拥有一流的专家，中国人能建成三峡高坝，也无可怀疑。

然而，我们必须承认，三峡是当今世界独一无二的超级大坝，她所涉及的许多问题，都可能是前无古人、后无来者的。她牵涉范围之广泛、因素之复杂，中国乃至世界所有已建成的大坝皆不可同日而语。她的难度，远远超过了大坝本身。

泥沙淤积、生态环境的影响、库区移民等，特别是包括四川、湖北两省的 4 个地区、39 个县市的 113 万移民，其规模和难度，令世人瞠目结舌。

在三峡所有问题中，移民安置问题，被公认为是“最关键”“最困难”的问题，甚至被一些反对派人士称为三峡的“死结”。

李伯宁来了。这个河北任丘人，就是来解三峡这个“死结”的。1985 年，水利部副部长李伯宁被国务院任命为三峡省筹备组组长、党组书记，全盘负责三峡库区移民这一世纪性的工作。

他一到位，即成为三峡重新论证的风云人物。此后，三峡推动过程中的一些重大行动，几乎都能找到他强有力的影子。

三十五

三峡库区的每个角落,都有李伯宁的传说。

见李伯宁之前,我先见到了他的秘书小冯。

小冯给我一摞资料,其中有李伯宁的简历。

李伯宁,国务院三峡经济开发办公室主任。第六、七届全国政协委员,第七届全国政协经济委员会副主任。中国花卉协会副会长,中国水利电力文学艺术协会主席,北京杂文学会顾问。著有儿童小说集《铁娃娃》,获宋庆龄儿童文学奖。先后出版小说《梅香如》、报告文学《随中国农民代表团赴苏联参观记》、诗集《感时吟》等。他手头还有几十万字反映抗日战争的长篇小说,还未写完。

与这位 74 岁的老人对话,我已经预感到了一种反差的兴奋。

三十六

李伯宁行走如风,总是那么匆忙。每天的生活和工作,都是按钟按点的快节奏,清癯,伶俐,跟他谈话,你能感到他的大脑清晰而活跃,不像古稀老人,更不像吞吞吐吐、把自己的观点藏着掖着的在职高级官僚。

他身上时时透出一种与官场毫不相干的诗人气质。敢于说话,敢于坚持自己的观点,上自党的总书记、国务院总理和副总理,下至部里的顶头上司,意见不合,刀架在脖子上,他也要把话说完。这一点,与林一山、李锐极其相似。

不算当三峡省筹备组组长之前,光是 1985 年到现在,他就为三峡等国家事务给党和国家领导人、中央各部委写了数千封信,有的数百言,有的数千言,甚至上万言。秘书给他统计了两年:1990 年 570 封,1991 年 700 多封。可谓是高产书信作家。我挑了几封看,情绪之激烈,观点之鲜明,用词之锐利,绝无闪烁或世故,语言气度,多有燕赵慷慨悲歌之古风。

有自己的观点,坚持自己的观点,在一个灵活多变的政治氛围里,是显得有点不识时务和倔的。

几乎所有采访三峡的记者,都把李伯宁在三峡论证后期的决定性作用忽视了,都没有注意到,从 1985 年开始的三峡区移民试点工作所取得的直观效果,是促使决策层最终下决心扩大移民试点,并将三峡提交人大表决的一个重要因素。

三峡工程 1986 年开始对可行性报告进行重新论证,经过 2 年零 8 个月的论证后,以 403 人赞成、9 人反对,提出了 14 个专题论证报告。1989 年 9 月,李伯宁向国务院提交了重新写出的可行性研究报告,但因其他原因被搁置了。

1990 年 3 月 24 日,李伯宁等政协委员向政协七届三次会议提交了《建议将长江三峡工程列入'八·五'计划》的提案,李伯宁又写信给政协副主席王任重。王任重将此提案直接交给了中共中央总书记江泽民,希望中央"常委能抽出几个半天时间,听听有关三峡工程的汇报"。这个提案促成了"国务院三峡工程论证汇报会"。而汇报会的结果,成立了由国务委员兼国家计委主任邹家华担任主任,国务委员兼财政部部长王丙乾、国务委员兼国家科委主任宋健、国务委员陈俊生为副主任的国务院三峡工程审查委员会,委员由各部委和机构的负责人担任。其后,审查委员会通过了新编的可行性报告,即所谓的"175 方案",使三峡论证获得了实质性进展。

1991 年政协七届四次会议期间,李伯宁对《国民经济和社会发展十年规划和第八个五年计划纲要》和《政府工作报告》中没有强调三峡表示不满,他给王任重写了封措辞激烈的长信。王任重即将此信转给江泽民、李鹏和邹家华。江泽民批示:"看来对三峡是可以下毛毛雨,进行点正面宣传了。"

中宣部将"下毛毛雨"的指示通报首都新闻界,并布置了正面宣传的要点。

中宣部和水利部随即包租了"天鹅轮",组织了记者团,购买了机票,赴三峡区采访。后因华东水灾,此行取消。

这便是著名的"下毛毛雨"的由来。

"下毛毛雨",以及华东水灾后,要新闻界的三峡宣传"下中雨",这是 1985 年以来,正面宣传三峡工程的又一个高潮和转折点,有人称之为"东风压倒西风"。

李伯宁谈到三峡区开发型移民,从发端到今天初具规模,总结可资借鉴的经验,大有一言难尽的慨叹。

他着实被"短命的三峡省""闪"了一下。

1984 年 2 月,国务院批准"150 方案"后,即决定筹组"三峡行政特区"(后又更名为"三峡特别行政区")。1984 年 10 月,在国务院的专门讨论会上,全国人大政法委员会认为"三峡行政特区"的提法,与《宪法》有悖,建议改为"三峡行政政区",后又改用"三峡省",才名正言顺。

谁来当三峡省筹备组组长和未来的三峡省书记?在此之前钱正英部长奉命找李伯宁谈话,请他担当此任。李伯宁知难却步,但又不能不服从组织纪律。他提出了三个条件:

一、三峡区划,湖北、四川 30 个县市,都不能动;

二、由他挑选一位中意人选当省长；

三、他年纪大了，只是负责组建，组建完后，仍回水利部当顾问。

可是在国务院讨论人选时，先提的两个人选都当场被否定后，才提到“也找李伯宁同志谈过话，但是他不愿意”。

万里当即说：“伯宁同志行。”

“伯宁行。”当时某重要领导人也支持万里。

“当堂点将”，大庭广众之下，当着本人的面，臧否人物，选拔领导人，恐怕是没有先例的。

可是，筹备工作不到两年，移民试点工作刚刚起步，三峡省刚刚有了雏形，李伯宁在湖北宜昌的三峡省筹备组组长的板凳还没有坐热，“三峡省”便在一片质疑声中，随着“150 方案”的流产而流产了。

然而，正是草草率率的两年，奠定了李伯宁开发型移民的基础和思想；正是草草率率的两年，使他了解到库区人民贫病交加的真实情况，为改善库区人民生活，坚持为移民试点而奔走呼号。

三十七

1985 年 11 月的中央农村工作会议，李伯宁作为三峡省筹备组组民出席会议，爆了个大大的冷门。

农村实行承包制后，到 1985 年，农村经济取得了突飞猛进的发展，这种发展，使中国经济体制改革柳暗花明，引起世界瞩目。然而，农村经济的增长，却掩盖了农村一些初见端倪的矛盾，掩盖了广大贫困地区人民生活水平仍在贫困线以下的事实。

李伯宁参加西南组讨论，满耳灌的都是“大好形势”，他终于憋不住了。

“大家都讲大好形势，我讲不好形势！”李伯宁一出口，场面便有些愕然，“杜老（杜润生，中央书记处农村政策研究室主任）在报告中说，全国贫困人口有七八千万人。我问，到底有多少？他说，恐怕 1 亿多。我问，为什么不讲？他笑着说，不能讲太多呵！为什么不能讲呢？无非是怕给‘大好形势’抹黑，影响改革开放形象！”

李伯宁到三峡地区时间不长，跑遍了区划所属的绝大部分县市。那里贫困的程度，大大超出了他的想象。他告诉我，他曾去过宁夏西海固地区，“说西海固穷，一家几口人合盖一床被子，可这三峡比西海固更穷，不但穷，而且还有地方病，贫病交加！”

美好的三峡,壮丽的河山。多少文人墨客穿峡而过,留下了多少赞美的诗篇;多少游客拍下那奇险峻拔的峡谷,记下那美丽的神话,以志永恒的纪念。然而,这壮丽的大山背后,尚有数百万人吃不饱肚子,却被人们遗忘了。

他对省委书记们说:"三峡地区地处武陵山脉和大巴山脉的腹地,江汉平原的边沿。85%的面积是丘陵山区,是历史上一个出名的老、少、山、边、穷困地区。30个县(市)中,有24个县是中央和地方挂了号的贫困县,每年国家财政补贴3亿多元。"

他对省委书记们说:三峡区"1984年人均工农业总产值仅510元,居全国第25位,农业人均产值288元,居全国第28位。尤为严重的是,全地区尚有30%至40%农民(即500万至600万人口)没有解决温饱,有269万人和230多万头大牲畜饮水还有很大困难,还有140万人患有严重的地方病,过着贫病交加的悲惨生活"。

他对省委书记们说:"以(四川)彭水县为例,1984年全县农村人均收入在80元以下的有4.35万户,21.4万人,分别占全县总户数、总人数的39.7%和43%。因家境贫困找不到对象的30到40岁未婚男子4300多人。该县小厂乡,全乡社会总收入人均50至100元,有70%的农户欠国家贷款,30%的农户人畜共居一室或住岩洞、窝棚,50%的人无棉衣,30%的农户无棉被,冬天只能全家偎依在火塘边过夜,有的小腿上的皮肤都烤焦了。有的钻在玉米皮中度夜,情况十分凄惨。农民赵寿合,全家财产只有1口烂铁锅和1只烂木箱,作价不过5元,3年未吃过一片肉,有时连盐巴都吃不上。毛朝均一家三代合盖一床用了几十年的烂棉絮。像这样的人家,彭水全县不下400户。……彭水县群众中还流传着'小厂乡的跛子,大同乡的驼子,郁山乡的瘫子,饿死不嫁鹿青乡的傻子,这个县人均寿命只有44.1岁。(湖北)巴东县边连乡庄尾顶村238户,有78户住草房,62人无棉衣,34户无棉被。该村农民向仕根一家五口,仅有1间半旧房、1只破木桶、1床烂棉絮、3个饭碗,全部家当值不了40元。"

他对省委书记们说:"解决上亿人的温饱问题,对我们国家来说,这不是一般性的问题,而是有关安定团结和巩固农村大好形势的大事,应该提到战略地位来对待这个问题。"

田纪云副总理听说李伯宁有这个发言,第二天专门到西南组来,李伯宁又复述一遍,田纪云和在场的省委书记们,莫不为之动容,莫不为之潸然。

这些情况为什么几十年没有披露?李伯宁分析说,很多干部害怕给"大好形势"抹黑,所以遮着掩着,下情不能上达。而李伯宁本人,从1949年就在水利部任职,长期的都市生活与这里形成了强烈的反差,给他以极大的刺激。

李伯宁在会议期间,还向大会播放了由他组织录制的纪录片《穷山在呼吁》,通过形象诠释,证实了李伯宁的发言,引起了很大的震动。

李伯宁把片子带回北京,要求有关部门将此片分送中央和国务院领导,该部门认为该片过分渲染了阴暗面,拒绝呈送。

李伯宁不服。他凭借长年在北京工作人熟地熟,将片子复制了几十套,政治局委员和常委,国务院总理、副总理,国务委员、政协主席、人大委员长和其他领导同志,人手一套。

国务委员陈俊生告诉李伯宁:“不看不知道。看了,触目惊心!”

李伯宁还带着录像机和片子,分别到民政部、卫生部、农业部、林业部等部门,放给部长和司局长看,并现场解说:这部片子还只是在汽车能到的公路旁拍摄的,更穷更惨的地方根本进不去!

卫生部部长崔月犁看后,感到震惊,对在座的卫生部官员说:“三峡地区的地方病那么严重,我也不知道,你们也不汇报!”

李伯宁为三峡贫、病山民的一片赤诚有了结果。卫生部和有关部委决定凑出七八百万来,组织医疗队,专门去三峡地区治病、防病。民政部也专门拨款支援这一地区。

三十八

三峡省撤销后,“三经办”并没有拿到当时许诺的那么多扶贫和移民试点款。“七五”又许诺10亿,落实下来,只能每年2000万,后来又变成每年1000万。一落再落,总是看落不看涨。

三峡移民是件非同小可的事情,要想将来得以顺利进行,根就得培植好。移民试点成功与否,关系到初步设计184亿移民经费是否够用,关系到移民安置的政策方向,关系到三峡工程能否顺利兴建的大问题呵。

关于移民试点情况,看过的国务院领导和人大、政协考察团,都肯定这是成功经验。但也有人说三峡移民经验造假,拍电视片,移民试点柑橘累累,都是到柑橘研究所拍的;又说,柑橘根本不可能在如他们所说的海拔高度上存活;还说,移民就地后靠,环境容量不够,就地后靠缺乏应有的生产和生活条件;更有甚者说,库区淹没怨声载道,上面根本听不见库区移民和当地政府反对的呼声。

根据我的实地调查,前两种说法不存在,实验地里,我们看见拳头大的脐橙挂在树上。可以肯定地说,果树管理得很好。就我所跑到的沿江县,如丰都、奉节、巫山、巴东、秭归等,都有相当的移民安置环境资源。使我们感到惊讶的是,三峡库区人恰恰把三峡的兴建看成是一种机遇,一种脱贫致富的机遇,改造由于长期没有投资或投资很少的困窘面貌。这与我们的移民常识有很大区别。反对的呼声,并不来自库区干部群众。这是试点还能够搞下去的根本原因所在。当然,我也看到了一些费解的现象。1991 年 1 月 11 日,我登上奉节码头,在清晨雾霭的环绕中,只见那山的高处,矗立着一幢豪华建筑。在这破旧的县城中,有鹤立鸡群之感。想必是宾馆,走近一看,外贴黄瓷砖,窗户都是铝合金框和茶色玻璃,六层楼,大理石柱,还有电梯预留。移民局的人告诉我们,这是县政府刚刚竣工的办公楼,县委也盖了处别墅式的办公楼,都在淹没线以下!可据我们所知,奉节是财政赤字县,县级机关经常是好几个月发不出工资来!可这办公楼的水平,敢与北京的一些政府机关和东南沿海富裕省份的政府机关比高低!“要想富,下水库。”看来奉节县委、县政府对这种做法,做出了不应该做的表率。

这种情况,给我们以警示:超大规模的移民能否成功,取决于地方各级政府的合作,如果哪一级政府在某一个环节出于某种考虑,略有一个小动作,那就麻烦大了。

从整个建设过程看,移民是最敏感的问题。这方面,我们有几十年的经验教训。

李伯宁是中国水库移民政策近半个世纪演变的见证人。三峡工程实行“就地后靠,就近安置,开发型移民”的方针,改一次性补偿为帮助移民建立一个良好的生产和生活环境,并站在社会系统工程的高度制订移民安置规划,使中国水库移民有了一个全新的概念。他说:“组建水利部不久的 1951 年,我就是工务司第一副司长,负责基建工作。那时就接触到了水库移民问题。特别是 1958 年水利运动,我是水利部水利运动办公室主任,大规模地搞水库,大规模地移民。那时移民很简单,政治动员,大家爱国嘛,建设社会主义嘛。都是低标准的一次性补偿。标准低,而且还层层克扣,到不了移民手里。移民到新地区定居后,有的当地人欺生,加上背井离乡,手里没钱,又不会经营,有困难时没人帮助,所以水库建成后,返迁数量很大。40 多年来,全国建了 8 万多座水库,1000 多万移民,基本评价是‘三三制’,三分之一的生活比较稳定,三分之一能够勉强生存,三分之一没有安置好,有这样那样的问题,有些则返迁、闹事。‘文革’初期到水利部上访造反的,有相当部分是水库移民。其中给我们以很大启发的是三分之一安置好的部分。如山东烟台地区,移民安置就是生产生活一起抓,帮助移民旱地改水田,搞水利基础设施,建设结果是土地少，生产好，收入高。这便是开发型移民的雏形。我们70年代还在山东开过现场会，推广他们的经验。”

然而，三峡移民难度将远远大于历史上任何一次水库移民，包括三门峡、丹江口、新安江等。

按照移民规划，先迁72万人，2010年迁完113万人。真是一个浩大工程！

所以，国务委员陈俊生在视察三峡区时，多有感慨地说：嗨，怪不得人家都说，这三峡移民是“李伯宁工程”！

这三峡对于李伯宁来说，确是魂牵梦绕的地方。

三十九

美国人在80年代一份官方报告中，把三峡工程称作“史诗般的治江壮举”。

萨凡奇老人把三峡大坝称作“中国大坝”。

1946年，萨凡奇在重庆召开的记者招待会上说，三峡计划是他“一生中最得意的杰作”。“我已经65岁了……如果上帝给我时日，让我看到三峡工程变为现实，那么，我死后的灵魂一定会在三峡上得到安息！”

1963年，82岁高龄的萨凡奇十分伤感地对前去看望他的徐怀云先生说：“中国大坝是一定会建起来的。你们中国有许多聪明人，不会把巨大的财富长期摆着不用。只是，对于我，已是一个失落了的美好而又痛苦的梦境啦！”

毛泽东生前曾对林一山说：“你能不能找个人替我当国家主席，我来给你当助手，帮你修建三峡大坝？”三峡渺茫，他又把“高峡出平湖”的理想寄托在葛洲坝上。然而，遗憾的是，葛洲坝不像请示报告者所估计的那样，只需要“5年左右竣工”。而是足足干了18年！毛泽东没有等到这天。没有根据的空想与现实就这样无情地拉开了距离。

作为科学家的萨凡奇与作为诗人和革命家的毛泽东，怀着对三峡工程的那种痴恋和怅惘，走完了他们的人生旅程。他们的心情是那么惊人地相似。

四十

李锐还记得当年周恩来的那一番话：“1955年‘南宁会议’，李锐反对长江筑坝……李锐现在关着。可以把（葛洲坝）现在的设计给李看一下，提点意见，也是劳动嘛。总得有对立面，没有对立面危险得很。要有对立面。”

李锐还不显老,为了保持思维和身体的活力,他几乎每天上午去北京养蜂夹道游泳。对于他来说,好像并不在乎 403∶9 的论证结果。他一生为缓上三峡工程已经写了两本书 20 多万字了。他还在继续写。1992 年元旦这天,他完成了给党中央的“最后一次上书”,仍然是建议推迟三峡工程的兴建期。他好像也不在乎人大已经“决议”。我去北京医院看望他,他鼻子插着氧气管,还对我说:“只要我不瞑目,我就会坚持到底。”

他的行动似乎顽强地证明着,论证结束了,论争并没有结束;论证结束了,民主精神和科学精神还在继续。

李锐和他所代表的一批“缓上派”专家,林一山、李伯宁所代表的“主上派”专家们,还有已经故去的毛泽东、周恩来、萨凡奇等等伟人、大师和科学家们,一块筑起了一座“中国大坝”。这座大坝向世界顽强地证明着一种生命现象:人类对幸福的追求,对人格的追求,对科学和民主的追求,都将经受历史的考验,直至永恒!

四十一

1985 年春天,湖南科学技术出版社出版了李锐的《论三峡工程》。李锐将此书序言和另一篇文章寄给报社。报社将清样送中央审阅,胡耀邦批示不同意发表,并在一次书记处会议上讲李锐“不服从纪律”。因为中央曾决定,不公开争论三峡问题。当时胡耀邦也曾明确表态支持上三峡。

1988 年,李锐将《论三峡工程》送给胡耀邦。胡耀邦看了李锐的著作后,又知李锐擅写旧体诗,故写了三首旧体诗交李锐修正。

这三首诗是李锐关于三峡的所有资料中最珍贵部分,原诗从未发表过。

李锐将一张折叠的硬壳纸交给我,上面是耀邦用钢笔书写的原迹:

戏题李锐同志不赞成修三峡水库论著

妾本禹王女,含怨侍楚王。
泪是巫山雨,愁比江水长。
愁应随波去,泪须漂远洋。
乞君莫作断流想,流断永使妾哀伤!

此诗经李锐修订后刊于《新观察》1989 年第 8 期。

妾本巫山女，含怨侍楚王。
泪滴三春雨，愁染六月霜。
泪愁应随东逝水，乘风直下太平洋。
乞君莫作断流计，天地灵药八千方。
石壁立，平湖望，流断永使妾哀伤！

我从未见过耀邦诗作，我只知道他是个充满激情、十分有魅力的革命家，万万没想到他能写出这般幽怨流长、愁结万端的婉约诗来。

人是这样的丰富，又是这样的复杂。伟人更是在所难免。

李锐改诗虽未超出耀邦诗作原意，增加了原诗的气势，但有些过于强化了原诗对三峡的态度和意见。原诗有赞成李锐想法的意思，但情绪似乎更曲折、更复杂些。原诗侧重于“侍楚王”的“怨”“愁”和“禹王女”对“断流”的“哀伤”。

耀邦在九泉之下，以为然否？

四十二

我沿江而下，涪陵、丰都、忠县、万县、云阳、奉节、巫山、巴东、秭归等县市在那灯火明灭中发出深深的叹息，10 多年后，它们将会带着对过去平静生活和祖宗基业的无限眷恋而沉没。10 多年后，将有 100 多万移民完成一次前无古人的迁移；我们所熟悉的自然景观将会有较大改变……

无论是谁，想到这里，都不免伤感，更不要说那些环境保护主义者了。

人的伟力和人的局限，人的梦想和人的短视，人类社会企求改变生存现状和逐渐恶化的生存环境，就是这样奇怪而矛盾地纠缠在一起，无法简单地做出孰是孰非的判断，历史自会评说。

最让我们痛苦的是，我们已经看到了人类的局限和短视及其无可挽回的后果，却不能不去牺牲，去殉道，去付出代价。

这是发展中国家所面临的共同处境，这是“生存与发展”所必须回答的沉重主题。

轮船一进夔门，便拉响了汽笛。崇山峻岭中回荡着呜咽的声音。人们在瞿塘高峡下匆匆穿行，生命显得那么渺小和脆弱。我的胸中充满了苍凉和悲壮之感。

半个世纪前，萨凡奇老人冒着挨日军飞机轰炸的危险去勘察三峡工程坝址；34 年前毛泽东顺流而去圆那“高峡出平湖”的梦想。他们似乎都看到了生命的尽头，看到了历史赋予他们的有限,看到了那不远处可望而不可即的三峡大坝。

中华民族是一个创造史诗的民族,它注定会不甘寂寞,继万里长城、京杭大运河之后,为世界做出些惊天动地的事情来。

这是一个历史的宿命。

在长江上航行,我被这种宿命感深深地笼罩着。

四十三

长江三峡,这真是中国人的一个伟大梦想么?这真是人类的一个伟大梦想么?以至于需要近一个世纪的历史空间来让中华民族承载她的痛苦、忧伤和欢乐?

(原载《中国作家》1992 年第 6 期)

解冻（节选）

贾宏图

引言　举世瞩目的时刻

大西洋的温度在升高，太平洋的温度在升高，北冰洋的冰川加快了融化，气象学家称此为“厄尔尼诺现象”。

人类社会也在跨进暖和的春天。

和平的碧绿正代替冷战的血红，对话的笑声正代替对抗的炮声，越来越多不同肤色的手，透过硝烟，穿过铁蒺藜，紧紧地握在一起。国际政治家们预言：世界所处的战争与革命的时代正向和平与发展时代过渡。

在这样的时刻，全世界注视着中国和苏联——这两个冷冷地对峙了30年的大国，能“第二次握手”吗？

1985年10月9日。北京。

秋阳把人民大会堂福建厅绿色的地毯染成金色。穿深蓝色中山装的邓小平健步走上去，紧紧握住前来访问的一位欧洲老朋友的手。接着，邓小平与这位来自黑海之滨的客人进行了亲切诚挚的谈话。邓小平说，当前国际形势发生了变化，和平的力量、制约战争的力量有了相当的发展。只要全世界人民一起争取，战争可以避免，和平可以迎来。他说，从对国际形势的估计出发，我们确定全力以赴地进行经济建设，我们决定裁减军队员额一百万。

世界舆论对这次“礼节性”的会见并未格外注意，尽管他们援引了新华社的消息。十分遗憾的是，他们没有得到这样一个极为重要的信息，就是在这次会见时，邓小平请这位客人带口信给苏联共产党中央总书记戈尔巴乔夫，中国倡议举行中苏最高级会晤；并重申，中苏和解要有条件，希望中苏之间能够消除三个障碍：苏联从阿富汗撤军，苏联迫使越南从柬埔寨撤军，在中苏边境地区减少军事对峙，包括苏联从蒙古人民共和国撤军。

这位客人是会完成老朋友的嘱托的。人们还记得,1969 年 8 月 3 日,美国总统尼克松也曾请他向中国领导人传递他和中国改善关系的意愿。两年零六个月后,尼克松乘坐的“空军一号”专机降落在北京的首都机场,他快步走下舷梯握住了周恩来的手,之后他又走进中南海那间并不宽敞的书房,听大哲人和大诗人毛泽东纵论天下事。几天后,《中美联合公报》在上海发表。

1986 年 7 月 28 日,苏联远东最大的城市符拉迪沃斯托克(海参崴),苏联共产党中央总书记戈尔巴乔夫在这个地区进行了七天视察之后,今天风尘仆仆地登上这个城市为纪念被授予列宁勋章而举行的群众大会的主席台。他摘下软毡帽,戴上金边眼镜,发表了令整个世界震惊的讲话——

“在这个可以说伸手可及中华人民共和国的城市讲话时,我想谈谈我们同中国的关系中的主要三点。这些关系是极其重要的。这有许多原因,首先因为我们是邻邦,我们有世界上最长的陆地边界,因此我们和我们的子孙后代已命中注定是‘从今之后世世代代’并肩地生活。

“最近几年,我们两国的关系有了显著的好转。我想重申:苏联准备在任何时间、任何级别上同中国最严肃地讨论有关造成睦邻相处的情势的补充措施的问题。

“我们希望,在不远的未来,把我们分隔开的(而我想说,把我们联结起来的)边界变成和平与友好的地带。

“据我判断,我们同中国优先要做的事情是相似的,这就是加快社会发展和经济发展。为什么我们不互相支持呢?为什么不在显然对双方都有好处的地方、不在实现各自计划方面合作呢?关系越好,我们就越能更多地互相交流经验。”

就是在这次讲话中,戈尔巴乔夫宣布,苏联将从阿富汗分阶段撤军,今年年底前连同武器装备一起撤回六个团。他又说,目前苏联正在同蒙古领导人讨论从这个国家撤出“相当大一部分苏军”。

他的讲话激起热情的西伯利亚人一阵阵掌声。

8 月 6 日。莫斯科。

衣着华丽的戈尔巴乔夫的夫人赖莎满面春风地走进在这里举办的中国经济贸易展览会。这是自 1953 年以来中国首次在苏联单独举办的经贸展览。据在这里的外国记者报道:“中国展览的影响是爆炸性的。参观展览会是需要购买门票的,苏联人为了购票,排起长达 1 公里的长龙,在烈日之下晒 2 个多小时才能进入大厅。”赖莎仔细地观看中国的每一件展品,不时提问,发表观感,还向中国人说些风趣的话。赖莎在展览大厅流连了 1 个多小时,临走时,她对中国展览团团长说:“展品使我看到了中国各方面的成就，我祝愿我的邻邦在今后取得进一步的成就。”

赖莎亲切友好的行为，让漏掉这条消息的外国驻莫斯科记者悔恨终生。

9月2日。北京。

中共中央顾问委员会主任邓小平，在波光粼粼的中南海岸边的紫光阁接受了美国哥伦比亚广播公司《60分钟》节目记者迈克·华莱士的电视采访。华莱士是世界级新闻明星，他被同行称为“提问题专家”。和他打交道，许多有丰富经验的大政治家也深感棘手，可邓主任却应付自如，在碘钨灯和电视摄影机前，更显得容光焕发。

问：您对戈尔巴乔夫在海参崴的讲话有何看法？您是否想见见他？因为他说过，愿意同您在任何时候、任何级别上谈任何问题。您愿意同他进行最高级会晤吗？

答：戈尔巴乔夫在海参崴的讲话有点新东西，所以我们对他的带积极性的东西表示谨慎的欢迎。如果戈尔巴乔夫在消除中苏间较大障碍，特别是在促使越南停止侵略柬埔寨和从柬埔寨撤军问题上走出坚实的一步，我本人愿意和他见面。我可以告诉你，我现在的年龄不小了，过了82了，我老早完成了出国访问的历史任务。我决心不出国了。但如果消除了这个障碍，我愿意破例到苏联任何地方同戈尔巴乔夫见面。

邓小平舒缓而铿锵的四川语调，震动了这个星球。

1988年12月2日。莫斯科。

中华人民共和国外交部部长钱其琛，沿着猩红的地毯，走进辉煌的克里姆林宫。他是31年来走进这座大厅的第一位中国外长。戈尔巴乔夫走上前去微笑着和他握手。他打破了惯例，在两国外长仅进行了一轮会谈时就会见了钱外长。谈话在亲切友好的气氛中进行。他们指出，苏中两国领导人都在考虑举行最高级会晤问题，这一问题具有重大意义，会晤可能在明年上半年举行。

这次会见使所有国家主要报纸的头版增加了一条重要新闻。

1989年2月4日。上海—北京。

在上海西郊宾馆的接见厅，满面红光、精神矍铄的邓小平握住了苏联外长谢瓦尔德纳泽的手，抬头仔细端详着这位满头银发的新朋友，他说：“今天我们是第一次见面，以后日子会更多。”84岁的邓小平通晓中苏关系问题。20世纪20年代他曾留学苏联,20 世纪五六十年代他曾同上自赫鲁晓夫下至普通外交官员打过交道。他认出了随行的副外长罗高寿:“我们认识,五六十年代我们两国吵架时,你是翻译……”说着,他和其他在场的人都笑起来。会见时,邓小平说:“结束过去,放眼未来,这是我们面临的任务。”谢瓦尔德纳泽说:“我们也认为应该把过去的事情一笔勾销。应该遵循的一条真理是,要从过去时代取火,而不是要取灰烬。”

邓小平说:“上次钱其琛外长访问莫斯科,现在你来北京,中苏开始了关系正常化的进程,但中苏关系正常化的正式开始还是中苏高级会晤,也就是我同戈尔巴乔夫的会晤。”

会见结束,谢瓦尔德纳泽旋即飞回北京,接着在国际俱乐部举行记者招待会,当场宣布:戈尔巴乔夫将于今年 5 月中旬访问中国。

然后,苏联外长一行又回到首都机场,同欢送他们的中国官员握别。当他们乘坐的专机再次掠过北京上空,街头正奔涌着购买年货的人流,新华门的门楼上挂起大红的宫灯,幽深的胡同里不时传来清脆的爆竹声。中国人正在向龙年沉重的隆冬告别,准备迎来生机盎然的蛇年之春。

就在这样一个举世瞩目的时刻,我来到中国最北部靠苏联最近的省份采访,我看到了,并将鉴定这样一个事实:黑龙江解冻了。

第一章　黑河:与邻邦鸡犬相闻的城市

我站在白雪覆盖的黑龙江畔。

江的那边是苏维埃社会主义共和国联盟阿穆尔州的首府——布拉戈维申斯克市(海兰泡)。

江的这边是中华人民共和国黑龙江省黑河地区的首府——黑河市。

此刻,透过淡淡的晨雾,我看得见对面城市沿江的街道上奔跑的汽车、活动的人影和广场上飘动的红旗;我也听得见对面城市一栋栋大楼里传来的音乐声、街道上汽车的鸣笛声和工厂里机器的轰鸣声。用“鸡犬之声相闻”来形容这种情形,是很贴切的。

我面前的这条黑龙江,它的父亲是来自内蒙古自治区东北部的大兴安岭西坡的粗犷的额尔古纳河,而它的母亲是来自蒙古国北部肯特山东麓的温柔的石勒喀河。他和她似乎满怀赴约的激情,一路上奔腾不息,终于在漠河以西的恩和哈达附近的密林里拥抱交合,生出新的生命——中国人称它为黑龙江,而俄国人叫它阿穆尔河。

这是一条富饶的江河，它流经茂密的森林、万富之源的金矿和取之不尽的煤矿；它流动的生命里生息着名贵的大马哈鱼、鳇鱼和鲟鱼。而这条河又是一条神奇的江河，它哺育着强悍的猎人、粗野的淘金狂和豪爽的伐木者，在这里你随时可以听到惊心动魄的传说和故事。这条江河又是一条豪放的江河，它蜿蜒奔流，沿途接纳了结雅河（精奇里江）、松花江和乌苏里江，在苏联的哈巴罗夫斯克（伯力）城前打个折，经过共青团城、尼古拉耶夫斯克，再注入鞑靼海峡，汇进浩渺的太平洋。现在全长4350公里的黑龙江有1000多公里是中苏的界河。世代沧桑，黑龙江解了又冻，冻了又解，或顿失滔滔，或波浪滚滚，它始终像一条纽带，把世界上两个最大的国家连接在一起。黑龙江在我们的眼前是一条多么巨大的河流——不可轻易逾越的鸿沟；然而，如果你在另外的星球上看它，不过是一个球体上的一条细微的线，不过是地球村上的两家村民之间的一条小溪。

我身后的这座城市，位于黑龙江上游和中游的交界点。它是中苏边境线上最大的口岸城市，是我国唯一设在边境的地区级政权所在地。黑河市与江对面的布拉戈维申斯克市是中苏边境最大的对应的姐妹城市，如黑龙江主干上长出的两片叶子。黑河俗称“大黑河屯”，满语称之为“安巴萨哈达”，“安巴”是大的意思，而“萨哈达”则是黑色的河。考古证明，早在几万年前的旧石器时代晚期就有人类在黑河生息。商朝时期，黑河区域属于以狩猎为主的肃慎族，唐朝时期属于以狩猎为主并有低级农业的室韦族。中原王朝对这里的室韦族部落行使管辖时，在黑龙江西部设置了室韦都督府。可以说，这是我国实施有效管理的发端。然而，黑河真正成为我国对俄贸易的重要港口，还是100多年前。当时，清朝已在黑龙江上游右岸设有许多边卡，并有清兵沿江巡边；俄方在黑龙江上游的左岸也相应地设立了军事哨所。在这些卡和所的附近，中俄双方军人开始进行物与物的交换，接着附近的村民也逐渐加入交易活动，这就是最早的边境贸易——卡座贸易。1858年《中俄瑷珲条约》在离黑河35公里的古城瑷珲签订。就在这一年5月的一天，在黑龙江对面被中国人称为“海兰泡”的只有几十户人家的屯子里，英诺森大主教正在主持一座东正教堂的奠基仪式。参加这个仪式的穆拉维约夫将军当众把这个曾经是中国的海兰泡宣布为“布拉戈维申斯克”城（BLATOBEL LECK），即“报喜之城”。这大概是这位踌躇满志的东西伯利亚总督以此向沙皇亚历山大二世邀功请赏吧。为了使它真正成为一座城市，俄国人开始在那里破土兴建，首先得到发展的是商业。到19世纪末，这里的人口已达4万。与此相对应的黑河也发展起来。一时间，这里成了来自中国内地的山东、河北等地的淘金汉、伐木者、开荒人的集散地、中转站和销魂处。他们从深山里走来,把带在身上的金沙、银圆和兽皮、山珍换成辛辣的白酒、生活必需的食盐、衣物和女人的温存,以慰藉他们孤独的心灵和思乡之情。其中不乏精明者,在大雪纷飞、黑龙江冻结的季节,赶着马爬犁,满载着酒、盐、白面和大豆,越过黑龙江,顺着结雅河向俄国人的村落进发,换回俄国人的猎枪、火药、大芟刀、毛皮、毡靴和一切中国人喜欢的东西,然后返回黑河,短暂休整后,再顺着古驿道向南跑,一直到把“洋货”卖完。在他们的来往中,黑河也繁荣起来,转瞬间已是店铺林立。当时布匹店、绸缎庄、钱粮店、估衣店就有 100 多家,烟馆、茶楼、赌局、客栈、妓院也有几十家。街上走着汉族人、满族人、俄罗斯人、日本人、鄂伦春人、达斡尔人、朝鲜人……市面上流通着银圆、江钱(黑龙江省内流通券)和羌洋(俄国卢布)。这里不仅可以买到中国内地的货物,还能买到俄国的、日本的、德国的甚至美国的货物。有作为的中国商人不甘心在江这边等客上门,他们纷纷越过黑龙江到布拉戈维申斯克做生意,于是这个城市的商业几乎被中国人垄断了。当时仅华人经营的店铺就有 500 多家,其中,最大的店铺有广东人开的华昌泰、山东掖县人开的同永利和永和栈。这正中俄国人的下怀,他们远离俄国中心,衣食住行都得益于中国人。商业交流带来文化交融,促进两国的边塞文明的发展。自由贸易带来相当程度的开放,两国人民可以互相深入对方境内几十公里去采购和销售,两国人民甚至可以自由通婚,现在在黑河还经常可以看见中俄混血儿,他们的近亲就在江那边儿。

战乱毁灭了和平和繁荣。1900 年沙俄制造了“海兰泡惨案”和“江东六十四屯事件”。沙俄士兵把江东六十四屯的中国老百姓驱赶过黑龙江,又放火烧毁了瑷珲古城和新城黑河,繁华如锦的一座城市,顷刻间化为一片灰烬。当时遭受苦难的不仅是中国人民,生活物资的奇缺,也使布城的生产力萎缩,经济陷于萧条。清末至民国初年,由于俄方黑龙江岸采金业的兴起,在俄华工达 10 万人,加之俄国国内战争造成货物奇缺,中俄边境贸易又恢复兴旺景象。尤其在 1918 年到 1920 年达到鼎盛时期,双方最高贸易额达 768 万两白银,瑷珲海关征税最高达 18.8 万两。1933 年随着日军的侵入,两岸处于敌对状态,贸易再次停止。中华人民共和国成立后,中苏边境睦邻友好,两市人民情同手足,交往密切,贸易扩大发展,黑河又得现往日的繁荣,并有新的发展。可惜好景不长,从 1960 年开始,由于人所共知的原因,双方贸易逐年下降。黑龙江冻结了,进入了长久的冰期。黑河市也冷落萧条起来。

1969 年初春,一个阴冷的日子里,我曾来到黑河,也站在黑龙江畔,透过浓雾,我看清江中的主航道处已扯起铁丝网,对岸有坦克和军人在树木后移动,高大的钢架瞭望塔上巨型的聚光探照灯正对着黑河这座空城。我跳下军车，来到黑龙江畔，站在江边的风雪中，不觉义愤填膺。然后我裹紧黄大衣，坐上敞篷汽车，顺着黑龙江畔的公路向小兴安岭深处奔去。在公路的尽头我又换上马爬犁，在风雪迷茫中飞驰，我不时下来跟着马跑，怕冻僵我单薄的身体。当夜我回到了自己所在的兵团连队，在油灯下我在桦树皮订成的本子上写下这样的诗句："手握钢枪胸有朝阳，哪怕风虐雪狂，筑起反修长城，用我青春的热血和胸膛。"

20 年后的今天——1989 年 1 月的一天，我还是站在这里，面前还是这条黑龙江，身后还是这座小城，可一切都变了。江上奔跑的汽车打破了往日令人恐怖的沉寂，一条条黑色的车辙把两个城市联结起来，每天你来我往的几百辆汽车载着两国易货贸易的几千吨物品，也载着两国人民友好往来的情意。街上一栋栋四五层的米黄色、淡蓝色的大楼代替了板夹泥木刻楞的小房，笔直的水泥大道代替了只能走马车的土路。商店前五彩缤纷的广告牌和闪烁迷离的霓虹灯招揽着来自对岸的穿皮大衣、戴皮帽子的苏联客人，手帕、洗发香波、口红、铅笔和电子表都成了他们的抢手货，"赫拉少(好)"的赞美声不绝于耳。附近一所学校里朗诵俄语和用俄语演唱《喀秋莎》的声音吸引了苏联客人，他们拥进学校亲吻着孩子们的红脸蛋，自己竟热泪盈眶。黑河刚刚修好的机场变得狭小了，长途电话台的小姐们忙得满头是汗，小城里散发着香水芬芳的宾馆和弥漫着蛤蟆烟气的大车店一律爆满，南来北往的操着南腔北调的人齐集黑河，他们的目的只有一个：到江那边去找贸易伙伴。

黑河成为全国的"热点"。国外新闻界的同行也趋之若鹜。手脚麻利的日本人捷足先登了，几乎与我同时，日本共同社的特派记者松尾先生也在黑河采访，1 月18 日他发出题为《黑河——中苏和解的最前线》的报道。连一向沉稳的苏联同行也在 12 月 26 日《真理报》发表了长篇报道《在河的那边有伙伴》。

苏联同行在这篇报道中为我们提供了许多饶有兴味的材料。他不会想到他在文中提到的"河那边的红卫兵"——我，也站在黑龙江畔，面对着自己曾挥舞过拳头的江那边，也写下一篇如下的报告。

历史总是充满戏剧性的。

一、历史性的边境之行

烈日当空，风轻水静。黑龙江抖着满身金鳞缓缓东去。黑龙江黑河岸边绿荫笼罩下的长堤上，游人稀落，长椅上有人在乘凉，江边斜坡上有人在洗衣服，江中有人在轻快地游泳，激起一层层涟漪。

这时一个身材不高的老者,背着手轻轻地在江堤上走过,他身穿浅灰色的便装,头发整齐地向后梳理着,风掠起他的上装衣襟,露出挂在腰间的红色计步器。

“胡耀邦!”江畔长椅上有人小声地惊呼。他觉得眼前走过的这个人,怎么这样像他经常在电视里看到的胡耀邦同志?

“不可能,你看花眼了!”旁边的同伴说,“总书记怎么可能上咱们黑河大屯子!”

这位老者正是胡耀邦同志。这是第一个这么近地注视着对岸我们非常熟悉又十分陌生的邻邦的最高领导人。

此刻是1984年8月11日14时。

这一天的清晨3时,一列火车悄无声息地开进离黑河200多公里的嫩江粮库的一条火车专用线。5时,黑龙江省委书记李力安和两位记者登上专列。刚刚起床的胡耀邦同志和他们握手寒暄。“我从北戴河来,中央要在那里开会,开会前到边防来走一走、看一看,研究点问题。”胡耀邦对他们说。

9时30分,胡耀邦及其随行人员乘坐的两架直升机在嫩江的一个小型民用机场起飞。10时10分,飞机降落在黑河机场,然后他们乘吉普车,半小时后进入黑河镇,落脚在临江的黑河宾馆。

“哪里能看到苏联?”这是胡耀邦同志走下车问当地领导的第一句话。他们陪着他登上宾馆的主楼,打开宽大的窗了,黑龙江就在窗下流过,江对岸的布拉戈维申斯克城近在眼前。

胡耀邦同志接过高倍望远镜从左往右,又从右往左缓缓地移动着。他通过镜头,可以看清对面江畔上游人穿着什么样的衣服和城市建筑物上的标语。

“噢,这个城市楼不少,建设得蛮好啊!”他边看边说。他又把望远镜转到我们这一边。“对比人家,我们破破烂烂,搞不好,我们脸上无光!”说着,他放下望远镜,用手摸了一下自己的脸颊。

接着他让人打开电视,苏联莫斯科电视台和阿穆尔州电视台在两个频道同时播出。胡耀邦坐在沙发上认真地看着。莫斯科电视台的一位播音员正在郑重地播送着新闻;阿穆尔州电视台正在播出民族歌舞,身穿各色民族服装的演员伴着欢快的节奏载歌载舞,场面相当热烈。胡耀邦同志笑了。

午饭后,胡耀邦谢绝了各级领导的陪同,自己在江畔散步,警卫员远远地跟在后面。他在江边悠闲地走了一个多小时,不仅完成他日行万步的“健康定额”,而且黑龙江畔留下了中国最高领导人的足迹。对岸的苏联边防哨所例行公事地用望远镜观察着这里的一切,他们没有发现也没有想到,有这样一位重要领导人物正在注视着他们。

13 时 45 分，胡耀邦同志乘车游览黑河市容，到城郊的边防八连看望战士。只用 20 分钟，胡耀邦同志就在颠簸中看完了这个城市并到达了八连驻地，他感叹："黑河公路是万墩(吨)公路。"

他登上六层楼高的观察所，看望正在值勤的战士。他用望远镜又仔细地观看对面这个城市。这时江上起了淡淡的雾，战士们指点着告诉他，哪儿是体育馆、宾馆、学校，哪儿是列宁广场和穆辛公园。

21 时到 23 时 30 分，黑河宾馆二楼小会议室的花吊灯一直亮着，胡耀邦同志在听取黑河地委和黑河市委的工作汇报。他坐在会议室西侧的紫红色沙发上，戴上眼镜，把一张黑河地区的地图铺在前面的茶几上。他边听黑河地委书记王海彦的汇报，边看地图。"你们黑河的 4 县 3 市 83 个乡，像个土豆形状。"他用手比画着。

他关心黑河的建设："你们这个城市 13 万人口，江北 21 万。我听说苏联是在 1960 年发展起来的。从 20 世纪 60 年代以来，他们的生活的确提高了。边疆城市怎么个开放法，我给你们出个题目，问你们，三年到五年，今后若干年，你们把边疆城市建设成什么样子?"地委领导说："黑河穷得要命，是打起仗不要的地方，准备打仗搬过两次家，1000 多万扔在道上了。"

"我看打不起来，他不敢打。"胡耀邦同志问，"你们谁到那边去过?""我去过。"军区参谋长唐洪岗说。"你来讲讲，讲讲你看到的情况。"

唐洪岗介绍布拉戈维申斯克很干净，城市管理比哈尔滨市强，城市住宅建设发展很快，群众精神面貌好，他们很重视对青少年的教育。他还介绍了苏方市场，物价情况，那里市场不丰富，缺少轻工业品和农副产品。他还说："苏联群众和中下层军官主动和我们表示友好，每次过去会晤，还请我们到他们家做客，而到了我们这里，我们不敢往家请。"

"要争取群众啊，我们的方针是既要坚持原则，又要坚定不移地做下层工作，我们要真心实意地同他们搞好关系，公开讲，打和平的旗帜嘛！要放开手脚做友好工作，越是做工作，仗越是打不起来。友好是比氢弹、原子弹都有威力的。可以到他们家里做客，也可以请他们做客嘛！我们小平同志访问美国，到基辛格家里做客，基辛格老婆做的菜呀。中曾根去年就请我到他家吃饭，我也是脱鞋子，坐在那里，吃了一顿饭。今年他来，我也在家接待，我的爱人出来了，我的孙子也出来了。也没有什么丢脸的嘛!"

8 月 12 日，胡耀邦同志按惯例还是 6 点钟起床，在院子里散步，收听中央台的《新闻广播》。7 点 30 分和地市的县团级以上的干部合影，8 点钟开始给他们做报告。他说自己嗓门大,不用话筒,他昨晚说过要连夜准备讲话提纲,可此刻面前没有一片纸。他时而坐下,时而站起,以他特有的热情和幽默以及富有感染力的手势吸引了在场的几百名干部。

“同志们,我不是来这里视察,我在北戴河准备开会,来休息,来边疆看看,和建设边疆保卫边疆的同志们见见面,问问好!我这里代表党中央,代表全国人民向你们,向全体为建设边疆保卫边疆出了力、做了贡献的同志问好,致敬!”

说到这儿,胡耀邦同志站起身来,向全场同志深深地鞠躬,一阵热烈的长时间的鼓掌,有的同志在擦眼角的泪。

“我国与邻国,究竟采取什么方针?归纳起来四句话,三十二个字,叫作‘力争长期睦邻友好,坚决反对任何侵略,不要别国一寸土地,不给别国一寸土地’。这是长期的方针,20 世纪 80 年代、90 年代,21 世纪我们这么干,22 世纪我们也这么干。

“我讲的四句话三十二个字,在边疆工作的同志怎样才能坚决执行好,怎样才能有创造性地实现这个方针呢?第一,要把经济搞上去。这是第一位的。经济工作搞上去了,外事好办,国防也好办。第二,一定要把你们黑河市建设好。对面的那个城市可漂亮嘛。你们近几年大有成绩,但对黑河市的现代建设,我只能摇头,这个是讲实话,讲真话。大家要想办法,各方面出力把黑河这个面对苏联的窗口办好。要积极发展对苏贸易。最后一条,对苏联的干部、苏联人民要有正确的态度,要做工作,要讲友好,要比较开放,‘解放思想,大胆工作’方针就这八个字。中苏人民的友谊是永存的。苏联是列宁的故乡,他们广大干部对中国人民,对中国共产党是有感情的,正如我们的广大干部、我们的军队、我们的人民对苏联有感情一样。

“我看黑河是个可待的地方,要建成可爱的地方。南有深圳,北有黑河,南深北黑,比翼齐飞!我想困难再大,总要建好,5 年不行,8 年可能?可以和南方的深圳比美!”

时隔一年零十一个月的 1986 年 7 月 28 日,苏联共产党中央总书记戈尔巴乔夫在靠近中国的符拉迪沃斯托克(海参崴)发表了那篇要改善和中国关系的讲话,这一讲话立刻成为世界的重要新闻,所有的政治家都在研究它。

胡耀邦的边境之行和他的讲话并未广而告之,却开辟了黑河乃至整个黑龙江边疆地区新的历史。因为他的行动和讲话使这里的干部和群众的思想出现了转变:从准备打仗转到经济建设,从敌视对抗转为友好和平。这是一个符合时代潮流的伟大转变。

胡耀邦同志的黑河之行,给这里的人民留下最珍贵的礼物,就是这句“南深北黑，比翼齐飞”的话。作为中国改革大业的重要组成部分的沿海发展战略，已经取得举世瞩目的巨大成就。深圳从一个荒凉的渔村，已经跻身当今世界现代化城市的行列，作为一个对外的窗口，它无疑对西方世界具有极大的魅力。处于北方边陲的黑河的开放，将向苏联等东欧社会主义国家打开一个窗口，它无疑对东方世界是有吸引力的。南北两个重要窗口的开放，标志着中国的全方位开放。然而黑河和深圳毕竟相差太远。20 世纪 70 年代，当黑河还在绷紧备战的弦，在“打后再建”的思想指导下，在破破烂烂中维持简单再生产的时候，深圳人已开始了迫于生计的民间的走私活动；当打倒“四人帮”后，黑河从噩梦中苏醒又不得不防备着江那边的时候，深圳已趁天时地利大干起来，并很快创造出深圳模式和深圳速度。当然，深圳的条件是得天独厚的，它有中央特殊政策的偏爱，又面对着香港，香港后面是整个西方大市场。而黑河长久地被人们遗忘了，它面对着黑龙江，江那边是空旷、荒凉的西伯利亚和几个远不如欧洲发达的城市。但是，黑河毕竟有几度繁荣的辉煌历史。历史给黑河人的最大启迪就是开放国门。国门开，则黑河昌；国门关，则黑河衰。明白这个道理的在黑河也不乏其人，可谁能说！谁又敢说！现在终于有人说话了，又是这么大的人物！

死气沉沉的黑河地区躁动起来，慢条斯理的黑河人振奋起来。各方贤达仁人纷纷为开放黑河、振兴家乡献计献策：复建北黑（北安—黑河）铁路（当年日本人修建，后被苏联红军拆除），修建飞机场，扩建黑龙江码头，建设坑口电站，引进黄牛良种，兴建肉牛出口基地，大搞粮油加工，开发地下资源……黑河地委行署的官员们走出小城黑河，到哈尔滨，到北京，就黑河的发展战略，问计于专家学者。各位有识之士对黑河的开放表现出极大的兴趣，甚至比黑河人的热情还高。他们在哈尔滨、北京连开了三次咨询论证会，一张张蓝图在烟雾缭绕中展现出绝非海市蜃楼的壮丽景色。黑河人已按捺不住了，几万劳动大军开上了长满灌木和蒿草的北黑铁路旧径，开始了“地方铁路地方建，全区人民做贡献”的战斗……其他各项建设项目也展开了。

这是一幕威武雄壮的活剧，总导演是 47 岁的地委书记于万岭。这位从政 20 多年的黑龙江大学中文系毕业生，不留恋齐齐哈尔市委副书记的职务，一心想在无人愿意去的黑河作一篇好文章。1986 年底，他终于和他的同事们拿出了两万字的《黑河地区经济发展战略》，其中的精华之处是一个十六字方针：“内改外联，综合开发，建港通贸，兴边富民。”这一方针迅速变成了全区 151 万人民的积极行动。

5 年过去了，这里发生了该地区历史上最大的变化。胡耀邦感叹的“破破烂烂的黑河”已面目一新。据市政府提供的数据，到 1987 年城市房屋总面积 137 万平方米,是中华人民共和国成立初期的5.7倍,而这些建筑主要是1984年以来建的。胡耀邦笑讽的“万墩公路”已不复存在,全市已铺装路面的街道7条,长8.7公里,9.9万平方米。说起这几年黑河的变化,每个黑河人都能和你说上几天几夜。我在黑河采访,接触的每一个人都说到胡耀邦,连在江边乘凉的人都后悔那天没和他多说几句话。许多同志让我转达,请耀邦同志再来黑河走一走,看一看。

这已经完全不可能了。但我们可以告慰胡耀邦同志的在天之灵:黑河人没有忘记您的嘱托,黑河人没有辜负您的期望。

二、春江水暖和“西瓜事件”

采访他很难,秘书长本是个大忙人,何况他又管着“热门”部门——对苏贸易。黑河行署秘书长赵国滨是个温和慈祥的长者,中等身材,穿着灰黑色的夹克衫,头发已经花白,说起话来有板有眼。和苏联人打交道,对他来说并不陌生。30多年来,他一直在黑河工作,1953年到1963年,他在黑龙江边的逊克县当县委负责人。提起那个时代,引起他许多美好的回忆。

“50年代,黑龙江两岸友好往来很多,领导人逢年过节都要互访,像走亲戚似的。五一节、国庆节、‘十月革命’节不用说,连我们过春节,他们过圣诞节,互相都往来欢聚。苏联人爱喝酒,喝完又唱又跳,双方无拘无束。遇到遭灾落难的事儿,更是互相帮助。那时我们医疗条件很差,谁得了重病,女人难产了,阑尾炎要做手术,向对岸发个信号,他们夏天派船冬天派车过来接人,又管吃又管住,治好病再送回来。有了灾害也互相通报。一天我正在县里开会,对面一个镇子波亚尔科沃的负责人跑来了,告诉我要发大水了,快做准备吧!1956年大兴安岭着大火,我们是过江经西伯利亚大铁路坐火车赶到漠河对岸,再过江抢在火头前打火的。是呀,喝的都是一江水,远亲不如近邻嘛!那时边境贸易十分活跃,他们给我们生产用的各种农业机械和工业机器,我们给他们吃的、穿的、用的,双方都有实惠。那几年黑河的经济还真有发展,老百姓的生活也不错。”

赵秘书长介绍,中苏的新型边境贸易是从1957年开始的。9月2日中方在黑河展销出口商品,邀请苏方代表选样订货。9月7日苏方在布市展销出口商品,邀请中方代表选样订货。在相互参展、看样选货的基础上,确定进出口货单。这一年苏方出口的商品有挂钟、大斧、大锯等;中方出口的商品有白梨、圆葱等。当年黑河的进出口总额为88286卢布。到了1958年,边境进出口商品的品种大幅度增加。苏方出口的商品有发电机、割草机、芟刀、三铧犁、种马、种牛、猎枪、摩托车等30多种,中方出口的商品有陶瓷、红砖、水果罐头、红茶、针织品、成衣等30多种。这一年边境贸易进出口总额为上一年的60倍。到了1959年,边境贸易的品种有160多种,双方都增加了对方紧缺的商品,这年的边境贸易总额是1958年的2.4倍。

1960年中苏边境贸易开始出现阴影,进出口的品种减少,交货不及时。1961年边境贸易继续逆转,双方签约,进出口总额只有19万卢布。1962年边境贸易矛盾明朗化,谈判桌上的争吵激烈。1964年边境贸易开始冻结,双方没有再签订合同。这一年苏方只有一人到黑河两次,而中方只有两人到布市四次。边境贸易萎缩,双方的关系紧张了。黑河从背靠"沙发",一下子变成了"反修"前哨,黑龙江也从友谊江变成了阴阳界。说起这些,赵秘书长的心情很沉重。

"人们说黑龙江是镶金边的,资源特别丰富,可我们黑河这些年过的是穷日子,财政不能自给,50%以上靠财政补贴,每年国家拨给2300多万,真是捧着金饭碗要饭吃。不是我们不想富,这20多年都准备打仗了,哪有心思抓生产?胡耀邦同志批评我们破破烂烂,我们当然不愿意这样,打起仗来,黑河是准备放弃的,不是要诱敌深入吗?群众穷得要命,有了点钱都吃了喝了。干部不安心,千方百计要挪窝儿。这样下去能行吗?这几年,边境的紧张局势日趋缓和,经济也慢慢发展起来了,但和内地比还是相差太远。我们也着急,可就是没有办法。真正转机还是胡耀邦1984年8月来黑河视察,听了他的讲话,干部心里有了底,大家开始在发展边境贸易上下功夫了。"

赵秘书长告诉我,黑河和对岸贸易的解冻是在1987年,苏联方面首先亮牌。1987年7月25日,苏联阿穆尔州的苏中友好协会主席莫依希年科给黑河地区中苏友好协会来了一封信,两地虽一江之隔,鸡犬之声相闻,这封信却绕道莫斯科、北京,若干天后才转到黑河。信的内容很简短,传达的信息却很重要。他邀请地区负责人去布拉戈维申斯克商谈恢复边境贸易的问题。这对于黑河人来说,真是求之不得。

7月28日,地区行署副专员谢振中带领黑河边贸公司经理刘兴泉登上绿色的快艇。作为十七年来第一位出使苏联阿穆尔州的地方高级长官,他神情庄重地站在甲板上。江风吹拂着他青色的西装和紫红色的领带,他百感交集,没有"风萧萧兮易水寒"的感觉,却有那么一点"春江水暖鸭先知"的味道。

太近了!垂直距离900米,快艇只用了一支烟工夫就抵达了对岸。阿穆尔州执委会副主席——52岁的西蒙涅茨正在岸边迎候。他和走下快艇的谢振中、刘兴泉紧紧握手,他们互称"达瓦利什"(同志)。虽然是第一次见面,可一握手好像成了老朋友。接着他们在布市进行了三天友好和谐的谈判,顺利达成双方进行边境贸易的十条协议。第一笔买卖从哪里做起呢?苏联朋友提出要黑河的西瓜。也许黑河的西瓜给他们留下的印象太深了，20 年了，还余味在口。谢副专员当场给苏联朋友打了包票：“想吃西瓜，这好说！”

从布市一回来，刘兴泉就跑西瓜地，他到处看瓜选瓜。瓜农们一听要向“老大哥”出口西瓜，一个个都争先恐后。这下子刘兴泉成了“大红人”，瓜农们围着他身前身后直转，那些天他尝的西瓜，比他这几十年来吃的都多。8 月 30 日，他通知选中的瓜园下瓜，一时间，碧绿色带浅黑色条纹的大西瓜在江岸码头摊了一地。搬运的人小心翼翼，生怕碰坏了一个。

1987 年 9 月 2 日，这一天应该写进两市友好往来的历史。上午 9 时，从对岸布市江岸驶过一条花白色的千吨驳船，缓缓地停靠在黑河的码头，船头上站着穿花条西装的西蒙涅茨。

站在岸边的刘兴泉远远看见站在船头的西蒙涅茨正向自己招手，不禁一阵激动。一个州执委会副主席，相当于副省级干部，亲自坐船来接西瓜，这事非同小可。他马上跑去给谢副专员挂电话。其实，这时谢振中已来到岸边，只是坐在车里观看动静。一见西蒙涅茨亲自来了，他也坐不住了，立刻走到岸边和西蒙涅茨招手，请他下船。可海关的同志不同意，西蒙涅茨使用的是免签护照，即未经中国驻苏使馆签字的护照，不能上岸。谢振中亲自和海关同志商量，希望通融一下：人家这么大的干部，亲自来接西瓜，总不能把人家撵回莫斯科去签了字再来吧！海关同志笑了，他们变通了一下：允许上岸，但不能上街。不能上街，就不上街。他们钻进谢副专员的小车直奔新落成的友谊宾馆——茅台酒正等着他们呢！

这下可把刘兴泉急得满头是汗。

怎么把这 208.19 吨怕压怕碰的西瓜装进 3 米深的千吨驳船船舱？装卸机用不上，搬运工干不过来，这是 2 万多个西瓜呀！他灵机一动，请学校学生帮忙。他给离江边最近的第五中学挂电话，说这是出口任务，给苏联朋友搬西瓜，校长二话没说，带领几十个学生赶来了。于是江边码头上排成两条传送线，学生们小心而庄重地传递着每一个西瓜，好像接过一件件珍贵的文物，把它们一个个摆到船舱里。学生们轮换了两次，一直干到天黑也没装完。

这正中苏联客人下怀，好在中国住上一夜。不过，西蒙涅茨心里有些不踏实，早上和夫人说了当晚必归的。谢振中说，这好办。他让西蒙涅茨写了个条子，然后派边防军的快艇送过去。不到半小时，快艇返回来说，信送到了。西蒙涅茨高兴异常，这夜，他忘了戈尔巴乔夫同志的禁酒令——多喝了几杯茅台，他说从来没喝过这么好的酒。他说，这么多年只能隔江用望远镜看中国，这回可真看到中国了。中国的改革好！我要直接给戈尔巴乔夫同志写报告……哈哈，这个苏联高官酒后吐真言了。

第二天，装着满船西瓜，也载着中国人民友好情谊的千吨驳船返回布市。

黑龙江封冻之后，圣诞节的前一天，黑河方面的车队驶过厚厚的冰面，从苏联布市拉回3600吨尿素化肥，完成了这具有历史意义的黑河地区和阿穆尔州解冻之后的第一次易货贸易。

以“西瓜外交”为发端的黑河地区的边贸一发不可收。黑河地区的边贸公司如雨后春笋般地建立起来。全国各地政府官员和企业家们变“南下”为“北上”，像淘金者一样拥到了黑龙江畔。1988年来黑河的竟有1200多人，其中副省长级的官员百余人。黑河人真有点受宠若惊了。外地人是来做买卖的，搞经济合作的，眼睛盯着江那边。黑河口岸于7月1日到7日举行1988年夏季商品展销、经济合作洽谈会。国内18个省市的30个经协代表团和495个厂家参加了展销活动，共展出商品8500种。

江那边急不可待，苏方先后两批派62人参加展销会，选样订货。第一批由西蒙涅茨带队，连布拉戈维申斯克的边防部队也随队来了，看来谁也抵挡不住商品的诱惑……这两次来往中，两岸成交1300万瑞士法郎。苏联朋友感到意犹未尽，他们又邀请黑河地区和黑河市再到江那边举行展销会，黑河人当然乐不可支。7月26日到8月5日，黑河方面又在布市展出9大类2700多个品种的商品。这成了布市的一大盛事，7500多人参观展销会，其中有俄罗斯联邦共和国参加布市召开的对苏贸易研讨会的全体成员和阿穆尔州执委会全体人员，还有其他各州、区、市派来的代表。在此期间，中苏双方又成交3500万瑞士法郎。在这次交往中，阿穆尔州米哈伊洛夫区与黑河地区的逊克县、康斯坦丁区与孙吴县也结成了贸易伙伴。

当然两岸的合作绝不仅仅是做买卖。来料加工方面，苏方提供板皮原料，由孙吴县加工的木质纤维波形瓦楞板等五项工程已经投产；合资兴办饮料厂、家具厂、洗衣机厂等项目已进入考察论证阶段；从苏方引进电力、天然气等项目已达成意向性协议。

一天，西蒙涅茨又来找老朋友谢振中了，希望黑河能派人过江承包他们的建筑装修工程。他说得很恳切：我们的州立医院主体工程已经建成好几年了，内部无人装修。我们的话剧院也已经盖起四五年了，内部也没装修。还有宾馆、孤儿院、居民住宅……谢振中一想，这可是送到嘴边的肥肉，经过一番考察谈判，签订了合同，承包了三项工程：州立医院、话剧院和旅游者宾馆。不久，400名建筑工人拿着他们的“武器”——瓦刀、大铲和铁锹，越过黑龙江，在能看到自家烟囱冒烟的异国他乡，打场为祖国争光的硬仗。黑河热闹起来，布拉戈维申斯克也不清闲。西伯利亚各地的企业家们、供销社的经理们也拥到了黑龙江边的布拉戈维申斯克。西蒙涅茨成了“热门人物”,他走到哪里,都有人追在后面。“副主席同志,什么时候我们能买到中国商品?”于是,他又过江来找黑河边贸公司的经理刘兴泉。

“经理同志,快帮帮忙吧!”西蒙涅茨同志递上长长的货单,刘经理不禁一阵高兴。可组织货源总需要时间,而西蒙涅茨已急不可待了。

“这样好不好?‘三八’节快到了,先来点花手绢吧,女同志很喜欢。”

“好!”刘经理爽快地答应了。

接着他连夜派人赴齐齐哈尔和哈尔滨,又星夜兼程把各色各样的手绢运回来。3月8日,3万条手绢投入苏方市场,两天就销售一空。我们这里每条5角钱的手绢在那里卖到3卢布。

中国商品在远东、西伯利亚,乃至苏联内地找到“知音”,不仅使黑河人高兴,还令各地的企业家喜出望外。哈尔滨暖瓶厂因为产品滞销而濒临倒闭,结果因苏联方面急需,一次就订购11万只气压暖瓶,竟使该厂转危为安。这样一来,黑河能不具有特殊的吸引力吗?

看来,黑河将成为国际口岸城市,这并不是幻想。无怪乎日本商人预言:小小的哈尔滨,大大的黑河。

第二章　绥芬河:繁忙的口岸

告别黑河,我又来到绥芬河。

这是一座清幽秀雅的小城,像一颗明珠镶嵌在长白山脉太平岭起伏的群山之中。全城所有建筑有层次地排列在山坡上。虽然是个边塞小镇,建筑物却相当讲究,多为两三层砖木结构的小楼,都刷上浅灰或淡黄的颜色,间或有尖顶或房顶有饰物的别致建筑,十分引人注目。小城街道直且宽,建筑新颖而不拥挤,一切都好像按图纸建设的,不像中国其他许多地方由村落发展起来的缺乏道路规划的城镇,拥挤而杂乱。

早上6点我从牡丹江市乘上火车沿滨绥线东进,中午12点到达终点绥芬河。随着熙熙攘攘的人群走出站台,整个小城就像挂在我面前的一幅油画。早春时节山还没有绿,可小城还是别有一番风情。首先映入眼帘的是高耸的苏联红军解放纪念碑,碑前有几棵松树。穿过站前小广场,顺着石阶登上小山坡,看见一座米黄色的东正教堂,钟还在,只是教堂屋顶已没有十字架了。教堂后面是一栋栋淡雅别致的俄式小楼,楼前楼后有树木环绕。一路上我在想,为何明明是一座山城,却以河命名？

我请市委宣传部的同志找来史志材料查阅，有关的记载不多。1934 年 1 月日本人嘉村龙太郎在《绥芬河事情 · 绥芬河历史》上写道：“绥芬河乃是铺设铁路时形成的所谓新开地街，到铁路开工的 19 世纪末，这里连一个中国居民都没有。”而同年出版的《满洲地方志 · 绥芬河市政概观》却有不同的说法：“绥芬河为中国人自古的称呼，在中东铁路未通车，距今 40 年前，就见到采人参、割鹿茸或种鸦片的中国人迁居到这里。”无论怎么说，绥芬河作为一个城市的诞生还是和这条铁路联系在一起的。

1860 年 11 月，中俄《北京条约》签订后，划定了绥芬河市东侧的中苏边界。1896 年 3 月，沙俄政府迫使腐败的清政府签订了不平等的《中俄密约》，轻而易举地夺取了在中国领土修筑东清铁路（民国后称“中东铁路”）的特权。第二年 8 月 28 日，以海参崴为起点的铁路进入中国境内，在今东宁县三岔口的小绥芬河畔并未修成，只得移到距原址 100 多里的现在的位置，与苏联境内的“第四站”格罗捷阔沃城相连，而站名却保留了“绥芬河”。当时从海参崴招募而来的居住在那儿的 5000 个中国山东籍劳工，在哥萨克骑兵马刀铁蹄的驱赶下，辟山伐木开路，以筑路工人为顾客的山东商人开始来往，俄国商贩也在这里摆设摊床。开山辟路的炮声，打破了山民们田园经济的迷梦，随着两条钢轨的延伸，小城展现出殖民主义的畸形繁荣。1901 年 11 月火车通车，一部分劳工返籍归乡，有的在这里定居下来，一些俄国铁路员工也把家眷接来在这里落户。1902 年，铁路机关已建成，进行了城市规划，有了下水道、电灯，还修建了教堂和俄语学校。这个原本毫无名气的小城在 20 世纪初就显示了现代城市的文明。“火车一响，黄金万两。”作为中俄铁路的联结点和物资集散地，这里很快成了商埠。沙俄把大批商品运到绥芬河和内地倾销的同时，又把东北的资源及绥芬河周围大量农副产品源源不断地运回俄国境内。外国列强岂容俄国人独吞这块肥肉？接着，日本、英国、法国、美国等十几个国家的商人纷纷拥入，他们在这里办厂开店，把中国廉价的原料加工成能赚大钱的产品，然后通过铁路运往国外；或把外国廉价的商品高价卖给中国商人，再通过铁路运向中国内地，许多冒险家在这里发了大财。为这些外国商人服务的旅店、饭店、茶馆、妓院应运而生，啤酒、白酒、糕点、面包、矿泉水作坊疯狂发展。

到 1926 年，弹丸之地的小城商户竟有 490 多家，各种作坊 46 处，人口七八万。英、法、德、日、俄等 18 个国家在这里设置领事馆，当时从火车站向山上望去，鳞次栉比的楼上五颜六色的各国国旗随风飘动，蔚为壮观，此城遂有“旗镇”之称。那时与中东铁路一线相连的海参崴、哈尔滨也都是知名的国际商埠。待到 20 世纪 30

年代日本侵略者的膏药旗也伴着枪炮声飘进了这个城市,与苏联相通的铁路被封死,外国商人逃之夭夭,中国老百姓躲进深山,绥芬河变成了一座衰微凋敝的死城。

1945 年 8 月 7 日,苏联红军跟随坦克驶过离绥芬河 5 公里的中国边境,冲进火车站,一炮炸掉了盘踞在东正教堂的日本关东军的据点,教堂上的十字架也随之飞上天空。两个月后苏联红军组织当地中国老百姓在火车站前修了个纪念碑,纪念那些为解放这座城市牺牲的年轻的红军战士。

这之后,中苏火车相通,绥芬河成为我国向苏联开放的一个陆路口岸。20 世纪 50 年代,双方每天有四趟车对开,平均日换装量为百节车皮,年过货量最高达 200 万吨。小城又繁荣起来。无奈好景不长,到了 20 世纪 50 年代后期,中苏贸易萎缩,最低的年份过货量只有 7 万吨。绥芬河成了东宁县的一个公社所在地,附近的“友好村”变成了“反修大队”,俄语音译的地名一律改起汉语新名,边境镇与镇、村与村的交往停止,连接两国的公路长满蒿草。几乎一夜之间友好之城成了“反修前哨”和政治边防的“冻土带”。这里没有人再敢来了,虽然每天还有一列客车从牡丹江开来,可旅客稀少,有一次整整一列车仅有 7 个人。1969 年珍宝岛战斗打响之后,这里和黑河一样,机关和群众大撤退,绥芬河几乎成了空城,只有那座当年外国商人喝茶谈生意的“人头楼”(楼上雕有外国美人头而得名)还有点点灯光,那时两国的军人外交官在那里唇枪舌剑,在他们各自身后的山林里坦克已发动,炮弹已上膛。人们告诉我,绥芬河险些成为第二个珍宝岛。

绥芬河车站像中苏关系的温度计,从 1980 年开始,这里的过货量越来越多——中苏贸易的额度在增加,友好的热度在增加。1983 年过货量为 27.4 万吨,1984 年为 51.3 万吨,1987 年为 71 万吨,到 1988 年达到 119 万吨。我走进绥芬河车站,只见车场内 27 条线路上挤满了火车的长龙,来自格罗捷阔沃城的苏联火车上装满了木材、水泥、化肥,驶向格罗捷阔沃城方向的中国火车上装满了纺织品、农副产品。因为中苏火车不同轨(苏联比中国宽 8.9 厘米),两国货物要在这里换装,于是车站的 300 名职工和 5 台挂吊都加班加点,然而还是有许多货车出不了站,他们向哈尔滨告急,向北京告急! 国务院的一位副秘书长亲自来这里现场办公,铁道部的专家正在起草和论证扩建站场和增加绥芬河至牡丹江的铁路复线的方案。客运比货运更紧张,从牡丹江到绥芬河的客车天天爆满,已从 6 节加挂到 9 节,还是有许多人连站票也买不到。每天中午 12 点 30 分,有近千人从火车上下来,拥进这个只有 8000 人口的小城,其中许多是穿西装扛皮箱的商人,他们要吃、要住、要谈生意。于是,绥芬河能住人的机关都成了旅店、酒家,110 多家个体旅社也应运而生。那座“人头楼”也被一位有见识的哈尔滨青年企业家以年租 11 万元承包了,挂上了"哈尔滨饭店"的显赫招牌。于是驻在原俄国中学和教会那两座淡灰色小楼的绥芬河市委和市政府向全市28000名父老乡亲(包括三个农村乡)发出"北联南开,通贸兴边"的号召。这下子能穿西装的都穿上了西装(但领带都系得不地道),只会几句俄语的也成了翻译,他们堂而皇之地和等候在这里的中外商人谈起生意来了;能挂牌子的房门都挂起了牌子,仅外地在这里的办事处就有53家,外地的公司、企业就有23家,该镇从此又有了"牌镇"之称。小城的官员们雄心勃勃,他们立志要在三五年内恢复绥芬河昔日"国际商埠"的繁荣。黑龙江省政府已批准在这里建立"通贸兴边"试验区,市里已计划要在山城坡下的那片2.5平方公里的平缓地带建设新区,设计方案已招标,天津、沈阳、哈尔滨、牡丹江的6家设计院正在激烈争夺。如果新区建成,"绥芬河市"就可名正言顺了,绥芬河的一条支流就从那里流过。

在绥芬河的土地上,也曾留下大人物的足迹。1924年的一天,一列火车缓缓驶入雾沉沉的绥芬河站,从车厢上走下一位戴黑边眼镜、穿长衫的人。他就是李大钊,作为诞生不久的中国共产党的代表去莫斯科参加共产国际"五大",在这里换乘苏联火车。

1950年8月的一天,一列来自苏联的火车开进了戒备森严的绥芬河车站。身穿黑色西装的中国末代皇帝爱新觉罗·溥仪作为战犯,在苏联军人的枪口下走下火车,在这里被引渡回国。这一幕在30多年后出现在电视剧《末代皇帝》里。

1984年8月16日,在蒙蒙细雨中,两节专列悄无声息地停在绥芬河市郊的一个小山坡上。胡耀邦同志走下专列,呼吸着新鲜空气,伸展一下腰,把前来迎接他的绥芬河的党政军领导请到车上,仔细听取他们的汇报,然后又和他们一起乘坐汽车,冒雨眺望边境线,还登上边防哨所和战士们谈笑风生。一路上,他对绥芬河的领导说:"你们一定要做好中苏两国人民的友好工作。要解放思想,要前进,要搞好对苏边境贸易。"

说着,他做了个手扣手的动作。"就要做这种手扣手的以货易货的贸易。这件事我给你们做后台,省委给你们做后台。"说到这儿,他笑了,陪同他的领导都会心地笑了。

后来,戈尔巴乔夫在离绥芬河最近的苏联远东城市海参崴发表了那篇有关发展苏中关系的讲话。

因为有了他们的讲话,才有了我后面说到的故事。

一、老站长的传奇

有了铁路,才有了绥芬河市。这样一来,作为管着铁路的绥芬河火车站站长的地位在小城就很显赫了。老站长徐君术的名声绝不比市委书记、市长小。这里的地方长官不知换了多少茬,可徐君术已经在这个车站工作了48年。

1903年中东铁路通车,几乎同时这条铁路的第五站被正式命名为绥芬河车站,到现在也不过80多年的历史。可徐君术不像人们想象的那么老态龙钟。他梳平头,浓眉下的两只眼睛像年轻人一样有神采,鼻子高而挺直,透着一股刚毅,脸上刀刻一样的皱纹标记着他度过的不平凡岁月。他言谈举止相当稳重,口音里听不出一点当地的土味,间或还可以说出几句熟练的俄语。

在相当长的时间里,徐君术是绥芬河市的"外交部长",因为来到这个城市的外国人几乎只有苏联人,都是顺着铁路来的,总是他出面和他们打交道。他又是最权威的苏联问题专家,只有他才有机会到苏联去,能说清苏联现在是什么样子,连胡耀邦同志来这里视察时都把他找到专列上谈了两个多小时。

徐君术是当地农民的儿子,家境贫寒,小学毕业就回家种地了。1941年4月16日,18岁的徐君术考进铁路系统,在日本人管的绥芬河列车驻寨所当清扫站台的杂役,后来又当了列车员和行李员。

1945年8月8日,苏联红军攻克绥芬河市,100多名关东军落荒而逃。徐君术和工友们从山林中钻出来回到火车站,红军战士看他们衣不遮体,为他们找来更生布的衣服,有人还把自己的军装脱下来给他们披上。9日开始,车站的40多名中国铁路员工陆续上班,铁路由苏联铁道兵接管,中国职工干辅助、杂务工作。1946年苏联红军撤退,铁路又交由中国员工管理。1950年2月签订的《中苏友好同盟互助条约》确定中长铁路(原中东铁路)由中、苏共管,绥芬河车站设中、苏两个站长,苏联人为正站长,中国人为副站长,主要技术人员都由苏联人担任。当时徐君术任运转副主任。

1952年中长铁路完全交中国管理,这时徐君术和他的同事们真正当了主人。按规定,中国火车到了格罗捷阔沃要遵守苏联的规章制度,苏联火车到了绥芬河要遵守中国的规章制度,双方站长每月会晤一次,这个月在苏联,下个月在中国。那时这条铁路相当繁忙,苏联援建的大批设备物资从这里入口,中国偿还苏联的猪肉、水果和大量纺织品经这里送到格罗捷阔沃。两国员工你来我往,关系相当密切。可到了20世纪60年代初期,绥芬河车站却是阴云密布了。

"此时正是中国遭受严重困难时期,赫鲁晓夫突然撤走专家,又向中国逼债,我们真是心里有气!抗美援朝,我们中国人付出多少生命,苏联支援枪支弹药也完全应该,结果还要中国人还钱,实在不像话!我们和苏联的关系也紧张了,同志关系变成对抗关系,互相共事都很谨慎。我们有事都一一向上请示!"徐君术回忆说。

那时他已是副站长了。

这个边境小站也未躲过“文化大革命”的狂澜，因为这里是“反修前哨”。各种群众组织纷纷成立，矛头指向国境线那边，谴责克里姆林宫为什么把红星熄灭了，声称要防止中国革命红旗变色。小城的人们陷入一种狂热，本来这个淡黄色的砖木结构的小站很雅观，现在一下子被涂成红色，候车室里安上了大广播喇叭，凡是从这里过往的中国旅客都要“三敬三祝”；凡是从这里过往的苏联铁路和外贸人员，都要立正站好，接受《毛主席语录》的再教育，什么“反动派你不打他不倒”……开始苏联人涨红了脸向中国人抗议，可“造反派”的调门更高。后来苏联学会了“对着干”，他们大声朗读《列宁语录》。

“现在听起来很可笑，可当时就是这么干的。从 1969 年 4 月开始双方站长不再会晤，最严重时有一个星期连车都不通了。我的处境也不好，造反派信不过，让我烧了两个月锅炉，又组织专案组对我查了几个月。”

两国站长的会晤是 1973 年 5 月恢复的，中断 4 年以后徐君术又出使格城了。格城只有六七万人，街道整洁，楼房秀雅，全城在绿树掩映中显出一种宁静和安详。这里并不像国内的人们想象的那么森严和恐怖。在站台上迎接他们的笑容可掬的苏方新站长，矮个子、黑头发的乌克兰人瓦古连柯，与徐君术是同龄人，也是老相识了，20 世纪 50 年代初，他曾在绥芬河车站当过值班员、交接员，对中国员工是有感情的。瓦古连柯迎上前和徐君术握手，老徐感觉得到他手心的温暖。

苏联方面对经过两三年的千呼万唤，站长会晤才得以恢复是有意见的。寒暄中瓦古连柯话里有话：“徐站长你会钓鱼吗？请问在什么地方能钓着大鱼？”徐君术并不示弱，他笑着说：“钓鱼的事，你可问你们的列检主任斯达拉切克。我问你会不会打猎，在什么地方可以打着……”瓦古连柯马上岔开他的话，他知道徐君术要问他在什么地方能打着“北极熊”。会谈的气氛平缓下来，双方就货运的具体业务交换了意见。

当徐君术第二次来到格城会晤时，受到瓦古连柯异乎寻常的热情欢迎。他从城里请了十几名厨师，为徐站长和翻译准备了相当丰盛的午餐。大餐厅里的长桌上摆满了佳肴和美酒，瓦古连柯请徐站长和他请来的许多陪客一起进餐。老徐为难了，上级有明确要求对苏联要不冷不热，而且规定在苏联只能吃一顿饭。他马上对瓦古连柯说：“谢谢你们的好意，我们已在绥芬河吃过饭了！”瓦古连柯双手一摊，现出失望的神情，他又说：“请您喝点茶总可以吧！”没有办法，徐君术硬着头皮，喝了几口茶，马上退出来，他看到在场的苏联人都很尴尬。下午会谈，瓦古连柯表情严肃。按规定，徐君术晚上可以在这里吃饭了，可酒席撤掉了，只有简单的饭菜了。徐君术知道,他伤了苏联人的感情,可他只能照章办事。

可有一次,徐君术也“违章”了。也是 1974 年的事儿。他又来参加会晤,在晚宴上他碰到了乌苏里铁路局国际联运科科长巴宾斯基,这个热情的胖子和他握手,并对在场的人说:“我知道徐站长很能干,认识他我很高兴。按照俄罗斯人的惯例,和朋友第一次见面要赠送礼物的!”说着他接过工作人员递过来的一个用红飘带扎着的礼品盒,恭恭敬敬地举到徐君术面前,这时在场的人起立鼓掌。徐君术三次鞠躬谢绝,可巴宾斯基还是把礼品举到他的面前,全场有节奏地鼓掌。徐君术只能示意翻译李尚德把礼品接过来。回到住地后,他打开一看,里面有一台电子钟、两瓶酒和一盒巧克力糖。这回徐君术犯错误了,地区铁路局党委书记带着他到哈尔滨铁路局检讨,到省外办检讨,最后绥芬河市里又出面做了工作,总算没有给徐君术处分。

“当时,我们的外事工作太僵化、太死板了,吃几顿饭,收什么礼都规定死死的。还要不冷不热,让我们十分为难,不知怎么个分寸才算不冷不热。和苏联人打交道,总是提心吊胆的。这么多年,上级让怎么干就怎么干,不能有一点越格,就怕在政治上犯错误。到了苏联几点几分干什么了,和什么人谈了什么话,回来都要记录汇报,把我的记忆力都练好了!”

胡耀邦同志 1984 年 8 月的边疆之行打破了这里发展对苏关系的禁忌。那天绥芬河市委书记刘源东等同志陪同胡耀邦视察边境,一路上,胡耀邦谈笑风生,开始大家还有些紧张,一会儿就像老朋友一样了。刘源东把想了很久的问题提出来了:

“我有一个长期不理解的问题,想请教胡总书记。”

“你说好了!”胡耀邦说。

“多年来,上边一直要求我们同苏联接触中坚持不冷不热,这让从事外事工作的人很难掌握分寸,中央是否能明确一下,怎样才算不冷不热?”

胡耀邦同志笑了,他吸了一口烟,徐徐吐出,说:“中央有中央的考虑,你们下边对苏联人民要热情,要大胆和他们来往,积极发展边境贸易。”

车上的人都笑了,他们深深吸了一口气,好像获得了一种解脱。

胡耀邦同志走后第二天,刘源东早起跑步,在街头上碰到了正在散步的徐君术。他们站在道旁的树下唠起来,竟不知不觉唠了 3 个小时,都是憋了很久的心里话。刘书记说:“繁荣绥芬河的出路就在于发展对苏联的贸易,你能不能打开对苏联的关系?一次不行,两次,我给你六次机会!”徐君术笑着说:“你能给我一次就够了!”

这又是一次“西瓜外交”。

几天后的早上，徐君术和翻译李尚德乘坐的“摩托卡”顺着闪光的铁轨向格罗捷阔沃站驶去，车上10个筐里装着1000斤滚圆的大西瓜。对徐君术来说，来往格罗捷阔沃是家常便饭，可这一次不知为什么这么激动，也许盼望了二十多年的中苏和好的日子真的来了！临行前，他给瓦古连柯打了电话：“今年中国西瓜丰收了，我们请你们品尝大西瓜！”瓦古连柯连说了好几声“欧钦赫拉少（非常好）”！徐君术听出，苏方老站长比自己还激动！

当他们的“摩托卡”驶进站台时，瓦古连柯和格城波格拉尼奇区的执委会副主席、苏中友好协会主席库坚克夫等许多同志正列队等候在站台，这是一次超越规格的接待，仿佛在接待重要的国宾。在欢迎仪式上，徐君术说：“中国有句老话，远亲不如近邻。中国人还有一个习惯，叫作丰收不忘老朋友。西瓜不多，表达我们一点心意吧！”

库坚克夫说：“中国人民是我们最好的朋友，你们给我们送来了最珍贵的礼物，这是两国人民友谊的象征。我们决定把西瓜送给城里的五个幼儿园，让孩子们记住你们的友情，让友好的种子在孩子们的心中扎根、开花、结果！”徐君术坚持送给了区执委会（当地最高行政机关）一筐，送给了老朋友瓦古连柯和车站的员工一筐。当晚库坚克夫、瓦古连柯设盛宴欢迎徐君术和他的翻译兼“摩托卡”的司机。徐君术破例喝了酒，瓦古连柯比他喝得还多，他们相识30年，第一次喝“知己”酒。

几天后，徐君术再赴格城，这次他的身份是绥芬河市中苏友好协会副主席，他正式邀请格城苏中友好协会访问绥芬河市。

不久，格城以库坚克夫为首的七人友好团访问绥芬河。这是三十多年来苏联对这个城市的第一次高规格的访问，自然受到热烈隆重的接待。近在咫尺，又几乎隔绝的两个城市的领导人终于坐在一起，在绥芬河国际旅行社的会议室里出现了兄弟团聚般的动人情景。绥芬河市市长、中苏友好协会会长刘海涛向苏联同志介绍了中国的改革开放政策和发展对苏边境贸易的良好愿望。

库坚克夫发言：“我们今天来到绥芬河，中国人民对我们非常友好。你们的开放政策太好了！发展边境贸易好，我们非常赞成！我回国后，要连夜向第一书记汇报。”

细心的翻译做过统计，库坚克夫不足10分钟的讲话，连说了17个“好”字。

这一年的苏联“十月革命节”，以绥芬河市市长、中苏友协会长为首的七人友好团，又回访了格城，徐君术也在其中。格城执委会的5台伏尔加轿车到站台迎接他们，然后送他们下榻燕子宾馆。当夜格城执委会在红军俱乐部举行报告会，全场军人和干部群众起立长时间鼓掌,欢迎中国朋友。第二天他们登上在列宁广场临时搭起的主席台,检阅游行队伍。看着热情向中国同志欢呼跳跃的苏联群众,徐君术掉泪了……

绥芬河和格罗捷阔沃的友好往来就这样开始了。

这一年的12月26日,徐君术提前半年退休了,让位给比他年轻的洪梦飞,当时中国正提出要实现领导班子年轻化。瓦古连柯听到这个消息哭了,他曾和徐君术约定,60岁他俩一起退休,可现在徐先退了,他很伤心。

这些年,这条铁路把他们的两颗心紧紧连在一起,工作上的互相理解和支持,使他们的友谊日益加深。1983年夏天,苏联滨海边疆区发大水,一批要运往苏联内地的木材困在格罗捷阔沃车站,再不运走就要造成堵塞,急得瓦古连柯吃睡不宁。他急中生智,能不能把这批木材转让给中国呢!但他又怕绥芬河的卸货能力不足,给中国带来压力。他试探着给徐君术打了个电话。

“老朋友有困难,我们一定帮忙!”徐站长爽快地答应了。他立即帮助苏方办好十分复杂的手续,又亲自组织全站职工用自制的5吨吊车卸下来自苏联的木材。他们冒雨干了10天,终于把苏联的500多节车皮的木材全部换装到中国货车上。

苏联朋友帮助我们的时候也不少。1984年12月,我国出口苏联的20节保温车的橘子,到了绥芬河发现橘子快冻坏了,如不赶快换装到苏联保温车上,这批橘子全得烂掉。瓦古连柯听说了,亲自指挥苏联工人连续工作12小时,把中国橘子全装上了苏联保温车,避免了损失。

年龄相同,长期共事,配合默契,情趣相投,使他们结下了情同手足的情谊。如果有几天见不到面,他们会互相牵挂。只要徐君术去格城会谈,瓦古连柯就为他准备最好的葡萄酒;而瓦古连柯每次来绥芬河会谈,在酒桌上徐君术总是保护瓦古连柯,既让他喝到量,又不让他喝醉。当然,徐君术不忘为老朋友上一大盘木耳炒肉片,他知道瓦古连柯最爱吃这个菜。

瓦古连柯日夜思念着已经退休的徐君术,他多么想再和他见上一面。他郑重其事地连着三次向中国方面发出对徐君术的邀请。经省外事部门批准,1985年2月3日,徐君术带着新站长洪梦飞一起来到格城。旧地重游,老徐感触万端。令他最感动的还是苏联朋友的真情,全站员工把他当作亲人一样接待,连在外地休假的邱古诺娃也赶回来和他见面。他和苏联朋友一起喝酒,一起唠家常,一起唱歌。老站长瓦古连柯当场向他赠送一套洗扩照片的设备,这是他和邱古诺娃、列检主任斯达拉切克、翻译娜佳赠给他的礼物。瓦古连柯说:“听说你喜欢照相,退休以后多照吧,你一定要把洗好的照片寄给我们……”他哽咽起来。

离别的时候到了,车站的苏联朋友一个接一个地和徐君术拥抱。两位老站长紧紧地抱在一起,热泪直流!瓦古连柯满脸是泪,连连拍着徐君术的后背,一句话也说不出来。哭得最伤心的是邱古诺娃和娜佳,中国老站长的脸上印满了他们带泪的吻痕。中、苏两国铁路员工的眼泪洒在苏联格罗捷阔沃的站台上。

几个月后,瓦古连柯也退休了。

徐君术也同样邀请他到中国做客,在绥芬河火车站也同样上演了如上的一幕。

徐君术在一座新落成的五层大楼里给我讲起这些情景时,仍然很动情。我看到他眼睛都湿润了,尽管他是一个很内向的人。他现在是绥芬河兴合进出口公司的顾问,还继续和苏联朋友打交道,还兼着市中苏友协副会长的职务。

他说,有机会还想见一见老朋友瓦古连柯,不知道他现在干什么呢。

二、"农民军"走出国门

1988 年 5 月 13 日,世界上没有发生什么引人注目的大事,可这一天对边疆小城绥芬河可非同小可。

晨曦微露,小城还在沉睡中,火车站前却车水马龙,全城的要员都出动了——市委、市人大、市政府、市政协和市纪检委及各有关方面的负责人齐集火车站站台。他们要迎接什么高级官员吗?要欢迎什么重要外宾吗?不,都不是。他们要在这里欢送 67 个去苏联种菜的农民。农民的劳务出口,这在本市本省是第一次,就是在全国也属首例。如果中国有改革开放史记,此事当记录在案。

菜农们走来了,一个个西装革履扎领带,步伐虽不整齐,倒也十分雄壮。只是他们拎着不同花色的包裹有些不伦不类。请不要笑话我们的农民兄弟,他们之中有的还是第一次坐火车呢。为首者高头大马,一米八的身材,40 多岁的年纪,满头黑发,仪表堂堂。他就是该市农委主任,这支种菜队伍的负责人李树臣,因体重 203 斤,人称"203 首长"。可惜没有"小白鸽"相随,此队全为男性。此队名曰"农业专家",其实就是此地种瓜种菜的高手,是从成千上万的菜农中选拔出来的。市领导和 67 位农业专家一一握手,千叮咛万嘱咐"要为祖国争光"!农民心眼实、话不多,只是一个劲地憨笑。

列车开动了,不一会儿便越过了国境。菜农们向窗外望去,只觉山是一样的绿,水是一样的清,没有什么新奇之处。他们心里直嘀咕,这就是出国了吗?

行驶了 90 分钟后,菜农们乘坐的专列钻过三个山洞,随着一声长鸣驶进苏联边城格罗捷阔沃车站。突然,鼓号齐鸣,只见以波格拉尼奇区执委会主席罗仁克为首的政府官员早已列队等候在站台上,隆重欢迎中国农业专家,其阵势比绥芬河那一幕还大。李树臣等人下车后,阵容整齐的军乐队奏起节奏分明的欢迎乐曲。小地方的农民哪见过这场面,一下火车就昏了头,怎么也踩不上鼓点,一个个涨红了脸,手足无措。两排穿着华丽的少先队员向每个中国朋友献上鲜花,菜农们习惯性地看了“203 首长”一眼,而后才小心翼翼地接过来。花拿在手里,心咚咚直跳,不知是高兴,还是害怕。接着罗仁克同志致欢迎词,李树臣代表菜农们致答谢词。双方在热烈的气氛中互相握手、拥抱亲吻。李树臣见过世面,动作亲切自然,而其他菜农从来没来过“这个”,一个个也照“203 首长”的样子抱了一下苏联朋友,却羞红了脸。

欢迎仪式结束后,主人在本镇高级的“麦穗餐厅”款待中国同志。宴席相当丰盛,都是俄式菜点,主人为照顾中国朋友口味,还端上咸味的热菜。服务员小姐私下说:“为了这顿午餐,我们准备了三天。”尽管这样,还是有些忙乱,他们要教每个中国朋友使用刀叉。将要与中国朋友合作的巴拉诺夫斯基农场场长瓦洛比耶夫站起来向中国朋友敬酒。说是酒,其实杯里装的是饮料。苏联是禁酒的,每月仅定量供应一次酒。中国农民过境时也带了一点自饮的酒,常使苏联朋友垂涎三尺,这是后话。

中苏双方合作种植蔬菜是一次大胆的探索。近几年随着两市关系的发展,双方都不满意简单的易货贸易,都在努力扩展新的合作领域。应苏联方面的要求,这一年的 4 月 26 日,绥芬河市一位主管农业的副市长带领农业专家去苏联格罗捷阔沃进行了一番考察。苏联朋友相当热情,餐桌上摆满了具有丰富动物蛋白的食品,而绿色的蔬菜只能作为点缀,每次宴会都不可缺少的酸黄瓜,竟是又短又粗又老的黄瓜腌制的,这样的黄瓜在我国夏季的农贸市场上,几毛钱一堆,也鲜有人问津。他们看了一下蔬菜商店,货架上除了土豆,基本是空的。中国人常吃的西红柿,在水果店里才能买到,比我们的苹果价格都高。苏联同志开玩笑说:“中国妇女长得苗条,是因为常吃蔬菜,苏联妇女又粗又胖是因为蔬菜吃得太少。”

他们又仔细考察了巴拉诺夫斯基农场,这里土地广阔,劳动力缺乏,全场 2000 人,10 万亩土地;而绥芬河农业人口 8000 人,只有 35000 亩土地。农场地多人少,以手工劳动为主,对栽培和管理要求较高的蔬菜种植业自然不容易发展。从生产力的构成来看,苏方具备生产资料,而中国具备最基本的要素——劳动力。中苏两国间的这种互补性就为双方的合作提供了可能。经协商,绥芬河市和巴拉诺夫斯基农场签订了《关于中苏双方合作种植蔬菜合同书》。合同规定,由我方提供技术、种子和劳动力,由苏方提供土地等全部生产资料,按双方议定的价格地头交货,苏方包销产品,总产值苏中双方按六四分成,以易货贸易形式结算。因两国货币都不是国际通用货币，我方收入以汇率相对稳定的瑞士法郎换算，就地购买苏联的木材、水泥等。农民收入则按交纳产品数量多少，按合同的价格在国内领取人民币。

虽然苏联朋友把这批中国菜农当作贵宾来接待，可菜农们明白，他们不是来做客的。午饭后，他们坐上大卡车进入巴拉诺夫斯基农场靠近河边的一片荒地，在苏联八名技术工人的帮助下，终于在天黑前搭起帐篷，安营扎寨。当星星眨眼时，大家都躺下了，可谁也睡不着，倒不是因为没有"老婆孩子热炕头"，而是大家心里都在盘算着这里的活计怎么干。精明的中国农民知道这是一笔好买卖，无论为国为家都要把菜种好，特别是在异国他乡，千万不能怠慢。

第二天清晨，浓雾在小河边扯起轻纱，农民已来到他们要耕种的土地上，拿起工具开始清理现场。"203 首长"虽然领着各个作业组的负责人开了大半宿的会，可来到地边，站在这四面环山的一马平川，不由得又思量开了。这里与绥芬河只有几十里之遥，绥芬河无霜期 90 到 110 天之间，可这里无霜期长达 158 天，土质肥得流油，农业机械又配套成龙，为什么没有人种菜？劳动力少固然是一个原因，可吃"大锅饭"，经营者积极性不高则是要害所在。他决计要把中国的承包责任制带到苏联，只是包干到户变成了包干到组、到人，实行以地定产，以产计酬，多产多分，超产奖励。原定承包苏联 40 公顷土地，由于中国菜农积极性太高，承包规模又扩大到 87 公顷。土地分完后，农民们甩开膀子干起来。这里土地虽很肥沃，但多年荒芜，杂草丛生，苏方派拖拉机把土地翻耕过来。中国农民深耕细锄，整地起垄。大家天一放亮就起床，一直干到天黑地里看不着苗，真可谓披星戴月，80 多公顷土地上洒满了中国菜农们的辛勤汗水。

中国菜农耕种的这片土地吸引了农场的职工，地头前总有人参观。起初，他们看到菜农们在土地上覆盖了一层塑料薄膜，有点迷惑不解。在中国，地膜技术几年前已广泛推广了，而在苏联远东地区还属于"新技术"。苏联朋友打着手势问中国农民地上铺盖了塑料膜，菜苗怎么能钻出来。菜农用手在塑料膜上挖了一个洞，告诉他们，这样苗就可以长出来了。铺膜，一可保持地温，二可留住土壤水分，三不让杂草生长。仅此一项措施，就可以提高 30% 的产量。苏联朋友听了大为惊讶。播种以后，开始由于气温低，苗只长出一半。一场雨之后，地表结了层硬壳，细弱的小苗拱不出来，菜农们就用手指抠开地皮，补种菜苗。过了几天，气温升高，菜苗们纷纷钻出来，遍地齐刷刷一片嫩绿，出苗率达到 90%，苏联朋友更为惊讶！中国菜农事事抓紧抢前，只用了 22 天，到 6 月上旬，全部完成整地、施肥、播种、移栽等活计。接着大家又齐心协力战胜了低温、草荒和虫害等。只见田垄成行，秧苗翠绿，菜地如锦似绣，令苏联朋友赞叹不已。海参崴报社、电台的记者闻讯赶来，又是照相又是录音,连莫斯科中央电视台的《时代》节目摄制组也来到田头摄制专题节目。海参崴、伯力、阿穆尔州的农业专家也来现场考察,更有性急者要当场签订明年的种菜合同。这时,“203 首长”头戴巴拿马草帽,身穿白府绸小褂,与各位来宾握手寒暄,好不风光。

瓦洛比耶夫场长天天到现场观察,农民们如此热情劳动,如此精耕细作令他惊讶,更令他不解。他当场向“203 首长”取经,李树臣笑而不语,他请随队的农技师陈书礼回答。

瓦问:“你们用什么方法使农民这样积极劳动,效率这么高,质量这么好?”

陈答:“我们实行的是社会主义按劳分配制度。”

瓦摇头说:“太笼统,太大……”

陈说:“就是多劳多得。”

瓦问:“能不能详细解释?”

陈答:“就是土地承包,以产计酬,也就是包产到人,交多少产品给多少钱。”

瓦洛比耶夫连连点头:“这是好办法,好办法。”

10 年前,中国安徽省凤阳县梨园乡小岗村的 18 户农民冒着坐牢的风险,率先包产到户。当时他们的想法很简单——为了能吃上饭,由此引发了中国农村的又一次伟大的“土地革命”。10 亿人民吃饭的问题,是大得不能再大的问题了。为此中国共产党人经过半个世纪的努力,有过成功,也遭受过失败,现在终于找到了比较符合中国国情、符合中国生产力水平的办法——包产到户,于是中国农村发生了历史性的巨变,连我们的敌人也承认我们基本解决了 10 亿人民的温饱问题。现在中国绥芬河的农民,把他们的承包办法带到了苏联的土地上,它神奇的效果令苏联同志为之振奋。

说实在的,“203 首长”和他的“农民军”本来是打短工的人,可是承包制使他们成为“土地的主人”,这对将要推行新的土地租售制的苏联农民无疑是个启发。

大自然在有意考验中国农民。7 月 6 日到 9 日,连续不断的大暴雨下了四天四夜,整个巴拉诺夫斯基农场的土地一片汪洋,农场的大田和中国菜农种的绿茵茵的菜田全部被大水淹没了。瓦洛比耶夫场长赶到现场一看,两眼发直,垂头丧气地说:“完了,完了,彻底完了!”当即心脏病复发,被送进医院。

苏联农场的大田撂荒了,我们的菜田怎么办?中国农民中也引起一场骚动,有人痛哭流涕,有人想卷起铺盖回家。“203 首长”马上召开临时党支部会议统一思想,然后召开全体农民大会。他振臂一呼:“要坚持阵地,千方百计抗灾夺丰收,用实际行动为国争光!”当即,“203 首长”和大家一起拿起铁锹,钻出帐篷,下地挖沟排水，抢救秧苗。他们在泥水里滚了一个星期，终于抢救出64公顷菜地。对于这些菜地上的秧苗，他们像母亲护理病儿一样精心侍弄。功夫不负有心人，到8月份，这些菜苗开花结果开始上市。绥芬河菜农的蔬菜新品种为冷清的远东蔬菜市场增色不少。红色小灯笼似的西红柿“北京红桃”乐煞了苏联朋友，他们买来舍不得自己吃，作为礼品捎给外地亲人；别号“绊倒驴”的萝卜，因为个头太大，人们竟不知是什么东西，吃起来又脆又甜，他们权当水果；名叫“特大新红宝”的西瓜，个大（最大的达18公斤）皮薄，甘甜可口，不仅在格罗捷阔沃受到欢迎，还被运到海参崴、哈巴罗夫斯克、乌苏里斯克，那里的居民们说：“我们从没吃过这么好的西瓜！”过去他们吃越南的西瓜，运到时要么烂了，要么还是白瓤的。巴拉诺夫斯基农场的职工对“203”和“农民军”真正服了，他们真想喊：“中国农民，乌拉！”

当然，中国菜农心中也铭刻下苏联同志的情谊。当两国农民都苦于春天缺少副食时，农场给每个帐篷的中国菜农送去几十斤鳕鱼，还派尤拉和谢辽沙每天为中国农民送牛奶。农场一位女副场长亲自动员当地居民用鸡蛋换我们的土豆，帮助我们的菜农调剂生活。农场还派医护人员为他们免费看病和检查身体。菜农张学森腰上长了疖子，副场长彼得洛维奇多次亲自为他敷药。他们常来和中国朋友进行体育比赛，邀请他们看电影。“朋友来了有好酒”，中国菜农拿出酒请客，苏联朋友欣喜若狂。酒过三巡，常常是又说又笑，有时热情的苏联朋友还要引吭高歌。歌声飞出帐篷，飘荡在晚霞中，为宁静的小河增添几分诗意。

9月30日，“203首长”带领“农民军”回国。他们在雄壮的乐曲声中走进站台，一个个步伐矫健，落落大方。他们主动和苏联朋友握手拥抱，显得亲切自如。他们见过世面了，把怯懦和自卑留给了昨天。绥芬河的中国农民没有给祖国丢脸，5个月里他们用自己辛勤的汗水浇灌出92.29万公斤西瓜、西红柿、黄瓜、胡萝卜和甘蓝。当然他们也得到应有的报偿，5个月人均收入4200元，最高者收入7000元。“203”领导的种菜指挥部还盈利10万元。他们终于实现了“用外国土地，富裕中国农民”的目标。可“203首长”并不满意，他说：“若不是受了涝灾，蔬菜产量还可以提高一倍，每个人的收入也可以翻一番。”

中国农民终于走出自己的家园，在异国土地上显示了他们的价值，为祖国争得了荣誉。

绥芬河对苏首次劳务输出的成功，终于为中国农民走向世界打开了一扇大门。

冰雪还未消融的初春，绥芬河近邻的东宁县的33名农民沿着去年“203首长”带领的队伍走过的道路，开进了勃克洛夫和西尼洛夫两个苏联国有农场，他们受到更高的礼遇——农场为他们准备了粉刷一新的住房，每人一张席梦思床和一套全新的被褥,还有一条毛毯,并为他们准备了煤和液化气罐。讲究礼尚往来的中国农民,到场四天后就为两个农场完成了早熟甘蓝的育苗播种任务。

几乎与此同时,嘉荫县的农民,经黑河海关越过黑龙江进入辽阔的东西伯利亚大地,来到距犹太自治州首府比罗比詹市38公里处的彼得洛夫农场,承包了一个土质贫瘠、十分荒芜的漫岗,他们在这里打井、育苗、盖大棚,竟惊动了比罗比詹市委第一书记,他来现场接见中国农民,赞扬他们出色的劳动。现在已有9400多名黑龙江人进入远东,其中有种菜的农民、伐木的工人、搞基本建设的工人,还有在苏联工厂搞机械加工的工人。当然进军远东绝非黑龙江人的专利,沈阳的工人来了,大连的农民也来了,还有内蒙古的、吉林的……

中国人在远东拉开了阵势,要和在那里出劳务的古巴人、越南人、日本人比试一番。

第三章　哈尔滨:“东方莫斯科”

如果说绥芬河有点洋味的话,那么哈尔滨就简直洋化了。当你第一次走进这个城市,望着那一座座穹隆和尖顶的教堂上指向蓝天的十字架,听着那悠长深沉的钟声;当你漫步在这个城市著名的中央大街那石块拼铺成的道路上,看着路旁那巴洛克式的外文书店深邃变幻的光影,那马迭尔宾馆隽美流畅的曲线和那折中式的秋林商店滑稽乖巧的帽头屋顶;当你在晚霞中站在闪着橘红色光环的松花江畔,看着太阳岛绿林深处那古堡式的别墅和具有神秘色彩的猎人小木屋,听着从江心荡漾的游艇上传来欢畅的手风琴声,你会感到犹如身处异域他国。人们说哈尔滨是“东方的莫斯科”,并不是毫无根据的夸张。

中国没有哪座城市像哈尔滨一样和俄国发生这样深远的联系。

现代的哈尔滨人,并没有因为远古的“哈尔滨人”和周口店“北京人”齐名而自豪。更多的人知道,哈尔滨作为一个城市是近代工业的产物。中东铁路蒸汽机车的一声笛鸣,宣告了这个城市在钢轨上的诞生。

如“绥芬河”一章所述,1896年6月3日,沙俄政府使用各种卑鄙手段,迫使清政府签订了不平等的《中俄密约》,攫取了中东铁路的修筑权。1896年9月2日,在沙俄的威逼下,清政府又签订了《中俄合办东省铁路公司合同》十二条。第二年3月成立了“东省铁路公司”,总部设在彼得堡,分部设在北京。同时对铁路干线进行了勘测。1898年5月,他们又确定以哈尔滨为铁路中心,接着成千上万俄华修路劳工拥来,各种筑路机械开来。从此这个满族人的渔村和闯关东汉子聚居地的传统生活方式被打破了。1905 年,俄国政府公然在这里设立“特别市”,使其成为“国中国”。日本、德国、意大利、美国也在这里插足,享受和俄国同等的待遇。于是列强争相在这里用中国的劳动力,用中国的砖瓦沙石在美丽多姿的松花江畔修筑他们穷奢极欲的“天堂”,也为中国劳动人民制造了地狱。1899 年 5 月 1 日,俄国人在这个城市的中心广场修筑了以尼古拉命名的亚洲最大的天主教堂,教堂的钟声整日在这个城市上空回荡,数以万计的俄国教徒拥来,祈求主给他们幸福与安宁,其中也夹杂着半信半疑的中国人。在相当长的时间里,尼古拉教堂成了这个城市的象征。那时的哈尔滨,一边是沙俄洋马车铃与手风琴、萨克斯管交织的异国情调的浪漫曲,一边是乞丐沿街苦求与妓女浪笑、哀鸣混合成的痛苦呻吟。

殖民主义掠夺和剥削的副产品是这个城市的现代工业文明。沙俄等帝国主义在哈尔滨开办数以千计的工、商、金融企业,并设立商业会所,专营进出口贸易的商行,其分支机构遍布全国,同东京、大阪、伦敦、巴黎、柏林、纽约等世界大城市都有直接联系,于是哈尔滨成为中国东北最大的商品交易市场和物资集散地。哈尔滨通过两条钢轨走向蔚蓝色的海洋,走向世界,实现了超世纪的飞跃,在中国北部最早闪现出资本主义都市的灯光。

当然这里也最早聚集了无产阶级大军,这支大军由中俄两国工人组成。当时工人最集中的是为装修火车机车车辆而成立的铁路总厂(因其有 36 个工棚,俗称三十六棚)。这里有 3000 多名中俄两国工人,加上其他铁路员工,有 10000 多人。其中的俄国工人是沙皇政府从国内招募来的穷苦工人,而中国工人,大部分是从山东、河北和辽宁等地招募来的破产小手工业者和农民,他们在沙俄统治者的皮鞭下,长年累月过着牛马不如的生活。俄国工人首先揭竿而起。1907 年 1 月中旬,三十六棚的俄国工人为了纪念 1905 年彼得堡工人罢工“流血星期日”两周年,准备举行一次罢工。由于走漏了消息,沙俄军警逮捕了 10 名俄国工人领袖。中国工人得知消息,义愤填膺:“他们要杀害俄国工人兄弟,我们也不给他们干了!”1 月 22 日这一天,中国工人举行了总罢工。随着白色蒸汽设备发出震耳的响声,各分厂工人齐向大账房拥来。大总管巴切罗夫吓得脸色苍白,结结巴巴地说:“被抓的人在霍尔瓦特局长那里,我说了不算。”上万名工人又集合起来,直奔铁路局。霍尔瓦特企图诱骗工人上班,当场被工人代表严词拒绝。霍尔瓦特不得不答应工人的条件,释放被抓的俄国工人代表。俄国工人一放出来,就和中国工人热烈拥抱,高呼乌拉。他们说:“中国工人兄弟友好地支援了我们,才取得罢工的胜利!”

1907 年 5 月 14 日(俄历 5 月 1 日),三十六棚的中俄工人又发起庆祝五一大游行。一大早,全市工人、学生打着红旗向松花江畔拥来,机务段的俄工还组织了管弦乐队,乘坐四轮马车,来到江边。铁路局局长霍尔瓦特调动沙俄军队准备下毒手,游行组织者立即通知工人过江。上午9时,两国工人在现在叫作“太阳岛”的地方召开庆祝大会,临江的一个高坡当作讲台,四面插着红旗,旗上写着“五一万岁”“劳工神圣”“全世界无产阶级联合起来”等口号。中俄两国工人争先恐后地发言,揭露沙俄的残暴罪行和对工人的剥削。大会进行中,江北附近各屯子的农民闻讯也赶来参加。会场上集结了一万多人,声势之浩大,在哈尔滨是史无前例的。

哈尔滨的历史就是这样复杂,沙俄在这里掠夺,白俄在这里躲藏,红色的布尔什维克在这里斗争。这之后,苏联红军又出兵解放了这座城市。1945年8月9日,苏联红军出兵东北;8月18日晚7时,苏军第一批空降兵120人在札别林中校指挥下,在哈尔滨马家沟机场着陆并占领机场。随机到达的远东第一方面军副参谋长谢拉霍夫少将在机场向日本关东军参谋长秦彦三郎宣布了要求日军投降的最后通牒。第二天,苏联红军进驻哈尔滨,在他们的军管下哈尔滨市政府成立。1946年4月21日,苏联红军撤离哈尔滨。28日,东北民主联军进驻哈尔滨,受到75万人民的热烈欢迎,国民党接收大员南逃,这一天宣告哈尔滨成为中国共产党解放的第一座大城市。

苏联红军撤退前,哈尔滨人民在火车站前和尼古拉教堂广场修筑了两座苏联红军烈士纪念碑,碑文是:

为中国的自由与独立,在解放东北作战中牺牲的苏军英雄们永垂不朽!

20世纪50年代,这两座纪念碑前经常摆放着鲜花。几万名苏联侨民还生活在这里,苏联援建中国的156个重点建设项目有13项在哈尔滨,几千名苏联专家来到这个他们十分喜爱的城市,他们逢年过节要来这里献花,而许多人不忘到尼古拉大教堂去祈祷。柳树街5号的那栋米黄色的二层小洋楼仍然是全市人民瞩目的地方,那里成立了中苏人民友好协会,还经常举行友好活动,出版了中国第一本介绍苏联的刊物《苏联介绍》,同时创办了辅导全市人民学习俄语的月刊。

那时哈尔滨最流行的歌曲是《莫斯科—北京》,哈尔滨上层人士第二官方语言是俄语,哈尔滨女孩子最爱穿的服装是列宁装,哈尔滨人最快乐的事情是参加松花江畔新建成的中苏友谊宫的盛大周末舞会——在这里中苏两国的许多青年相识并相爱。这个城市迅速成为新中国重要的工业基地。苏联朋友帮助建设的锅炉厂、电机厂、汽轮机厂使哈尔滨成为中国的“动力之乡”,哈尔滨生产的水力、火力发电设备占全国的三分之一。苏联援建的其他企业也是全国同行业的排头兵。

哈尔滨并不永远是幸运儿,20世纪60年代突变的国际政治风云,使这里从“背靠沙发”变成“背靠铁丝网”,经济建设受到致命的伤害。备战备荒,深挖洞,埋了一批企业；建设“大三线”，北厂南迁，垮了一批企业；建设“小三线”，工厂进山洞，扔了一批企业。当然遭受损失的绝非哈尔滨，据有关方面统计，国家的“三线”建设总投资3726.72亿元，为了那场“反修斗争”，我们付出了巨大的代价！

这个时候，苏联专家撤走了，苏联侨民吓跑了，那栋米黄色的小洋楼前的“中苏友好协会”的牌子也摘掉了，当然也没人再到苏联红军烈士纪念碑前献鲜花了。“文革”爆发，哈尔滨人认清了“历史的耻辱”，他们用木板封闭了尼古拉广场上的苏联红军烈士纪念碑，本来还想封闭火车站的烈士碑，可终因它太高（34米）而作罢。愤怒的造反派拆毁了尼古拉大教堂，顷刻间把它变成一柱冲天大火，照红了半个哈尔滨的天空。这个旧址上，曾经建起一个正方的立柱体，上面刻着林彪的“四个念念不忘”，终因市民的反对不得不拆除。人们念念不忘的还是尼古拉大教堂，它毕竟是一座很美的建筑物。

20世纪70年代末期的某一天，有人把钉在尼古拉广场苏联红军纪念碑上的木板拆掉了，并把碑上的红军战士的塑像油刷一新；又有人把火车站那个烈士纪念碑前的垃圾清扫了，接着在反法西斯胜利纪念日和“十月革命”节的时候，又有地方官员在这里摆上了中断多年后的一个花圈。

到了20世纪80年代，随着一个接一个的苏联代表团来到这个城市，纪念碑前的花圈多了起来。不久友谊宫又装饰一新，而且增建了东西两翼，在欢迎老相识新朋友的酒会上有热情的拥抱、令人落泪的肺腑之言。于是斯大林公园的长堤上来自莫斯科的朋友久久伫立；于是哈尔滨所有俄语学习班一律爆满；于是迪斯科舞厅又回荡着《喀秋莎》《红莓花儿开》的旋律；于是早春时节街上流行毛呢长裙，和布拉戈维申斯克苏联妇女穿的一样……

——列宁格勒的老战士来信了，巴夫洛维奇在信中回忆说，他们荣获红旗勋章的近卫团，是从满洲里入境突进哈尔滨的，他们参加了1945年9月16日在哈尔滨的阅兵式。最近还活着的老战士集会，他们想念哈尔滨人。想知道哈尔滨现在什么样子，并想得到几张照片。哈尔滨市政府给他们寄上哈尔滨人民的问候和一本印制精美的《面向未来的哈尔滨》大型画册。

于是原柳树街5号那栋米黄色的神秘小楼的新主人李根深——一位身材瘦高、额头宽阔、戴黑边眼镜的学者，一次又一次接见来自莫斯科，来自那片世界上最宽广的国土上任何一个地方的客人。他不用翻译代劳也可以和他们自由交谈。他对他们是熟悉的，20世纪50年代他曾留学莫斯科，在莫洛托夫研究院这个人杰荟萃的地方专攻流体力学，并获得副博士的学位。在那里他曾用俄语向他的异国同学背诵《红楼梦》里“黛玉葬花”一节，竟使感情丰富的俄罗斯姑娘泪流满面。现在这位中国第一流的汽轮机专家是中国共产党中央委员会的委员,并担任哈尔滨的第一书记,他和他的同事们在这座小楼里指挥着这个城市的改革和建设。他召集这个城市众多的专家学者研究制定经济、社会发展战略,更多地考虑如何面向东方,利用这个离苏联最近的大城市的水陆空交通优势和雄厚的工业实力,架起欧亚大陆桥,以恢复这个国际大都市的繁荣,为共和国的发展做出应有的贡献。

这位市委书记李根深和市长宫本言——一位有气魄的改革家——一次一次地进北京向李鹏同志汇报他们的设想,争取中央和国务院的支持;他又亲自乘船沿松花江而上,探查水路,制定方案,争取中苏早日水上通航……

这个城市的每块石头都能讲述许多关于中国和苏联的故事。

一、亚麻厂在凌晨爆炸

这是惊心动魄的时刻。

1987 年 3 月 15 日凌晨 2 时 39 分,哈尔滨亚麻厂发生了大爆炸。随着一阵轰隆隆的巨响,蘑菇状烟云托着巨大的火球在亚麻厂腾空而起。顷刻间,梳麻、前纺、准备三个车间的 13000 平方米厂房,变成了一片被浓烟烈火包围的废墟。

爆炸是从贯穿这三个车间的 1570 平方米的粉尘通道开始的。含有亚麻纤维粉尘微粒的空气在一瞬间完成了燃烧、膨胀、爆炸的反应,产生了原子弹爆炸般的威力,一尺厚的水泥盖被击碎,手指般粗的钢筋和水泥砖筑的墙壁被炸得变形倒塌,十几吨重的机器被抛向空中,强大的气浪把锯齿形房顶的玻璃压成碎渣,窗框震飞到百米之外。从地下冲出的火球,在车间腾飞滚动,把一切可燃物点着。顷刻间,正上夜班的 477 名工人身陷一片火海。亚洲最大的、被称为中国纺织工业明珠的哈尔滨亚麻厂受到毁灭性的打击。在这场灾难中 181 名工人受伤,58 名年轻的工人献出了宝贵的生命,多数是纺织女工。

大爆炸一个月后的 4 月 17 日,两位身穿呢大衣的外国人急匆匆地走向大爆炸现场,展现在他们眼前的是一片凄惨的景象。曾经被绿树花丛环抱的厂区变成一片残垣断壁,已经熄灭的大火化成白色的雾气,在这片死气沉沉的废墟上弥漫。东倒西歪的机器残骸上闪着冰冷的光,上面还飘着未烧尽的麻线……这两位外国人紧蹙眉头,显出痛苦的表情,不一会儿,他们眼圈红了,又涌出了泪水,顺着脸颊滴落下来。他们一位是苏联机械进出口公司的处长马尔采夫,另一位是工程师波伊诺维奇。他们是专程赶来研究如何帮助亚麻厂恢复生产的。马尔采夫对身旁陪同他的厂副总工程师程际千说:“哈尔滨亚麻厂在我们心目中,已成为苏中友好的象征。这里的一切都是苏中共同建设起来的,我对它有特殊的感情。看到它毁成这个样子，我难过极了……”他说不下去了，掏出手帕擦拭着脸上的泪。在场的中国同志也忍不住掉下眼泪。

马尔采夫的眼泪深深打动了程际千的心，作为亚麻厂的开创者之一，他理解苏联同志的感情。亚麻厂的确是中苏友好的象征，它是苏联援建中国的第一座工厂，从设计到施工，从安装到调试、到科室的设立、各种管理制度的建立，都是由苏联引进的。这里的一草一木都饱含着苏联人民对中国人民的深厚感情。

程际千副总告诉我，有人把亚麻厂也算作“一五”期间苏联援建的一百五十六项之一，其实它的建设要早得多。1948 年虽然东北已经解放，但关内还是炮声隆隆，哈尔滨作为共产党解放的第一座大城市，担负着支援前线和保证整个东北地区物资供应的任务。当时东北人民的穿衣是个十分棘手的问题，关内还未打通，南方的棉花运不进东北。东北人民政府只得向苏联求援，苏联政府马上表示，可以帮助我国上一个大型亚麻项目，用麻代棉，同样可以解决穿衣问题。黑龙江是全国最大的亚麻产地，日本占领时建立了几个加工厂，疯狂掠夺我们的原料。这回我们可以用这些原料为自己生产。这个意见汇报到莫斯科的克里姆林宫，斯大林当即批示：要派第一流的专家为中国设计建设出第一流的工厂。接着来自苏联各地的专家集中到莫斯科国家轻工业部，组成了以当时苏联纺织工业最高领导人纺织局局长茹科夫为首的哈尔滨亚麻厂苏联专家团。180 名专家中有搞设计的、搞土建的、搞安装的、搞调试的、搞企管的，甚至还包括帮助我们操作纺织机的高级工人。这支配套成龙的专家队伍，或从莫斯科直飞北京、哈尔滨，或坐西伯利亚大铁路的火车到满洲里，再转乘中国火车，到哈尔滨，一路风尘，陆续开进中国哈尔滨东南的一片荒原上，与中国工人阶级风餐露宿，艰苦奋斗，用双手建起一座纺织城。建设的速度是惊人的：1949 年开始勘察设计，1950 年 2 月 1 日破土动工，1952 年 11 月这座占地 68 万平方米，建筑面积 17.6 万平方米，年产 190 万平方米亚麻布的大型亚麻纺织企业正式投产。

程总说，亚麻厂的建设确实达到了斯大林要求的一流专家设计建设一流工厂的水平。在建设过程中，茹科夫坐镇哈尔滨，各方面专家努力工作，工厂的全部设计精心合理。无论是厂房、家属区，还是绿化带，都透出一种秀美、流畅的韵律，直到现在，一些建筑专家考察亚麻厂的建筑时，还是称赞不已。

1957 年苏联专家从亚麻厂撤走了，以后若干年程老总和他们的联系只能从报刊上收集到俄文技术资料。二十多年后的 1979 年，国家经委召开的一个座谈会又把亚麻厂和苏联联系起来。程老总可能和苏联人有特殊的缘分，他和总工程师陆跃云参加了这个会，国家经委的同志转达了苏联驻华使馆官员的原话：“我们可以帮助中国改造一批由苏联在中国援建的民用工厂。"后来国家经委和省里商定把哈尔滨亚麻厂作为苏联帮助改造的对象,接着,陆总和程总又参加了苏联驻中国大使馆举行的"苏联轻工纺织机械设备样品展览会"。就是在这个规模不大却意义非常的展览会上,他们邂逅了苏联机械进出口公司管轻工机械的处长马尔采夫,并决定订购苏联产的20台片梭织机和12台纺纱机。这之后,马尔采夫来到亚麻厂参观并留下了深刻的印象,他对程总说:"没想到你们用我们早已淘汰的机器生产出这么高质量的亚麻布,中国工人阶级了不起!"当然马尔采夫也对这个还保留许多俄式建筑,人们的生活中还带有许多俄罗斯风情的工厂和城市格外垂青。他请厂里的同志在哈尔滨各个有特色的地方照了许多相片,他说回去要给那些来过哈尔滨又十分怀念这里的老朋友看一看。

1982年3月24日,勃列日涅夫在塔什干群众大会上讲话时说:苏联不否认在中国存在着社会主义制度;不支持"两个中国"的概念;苏联对中国没有任何领土要求……两天之后,中国外交部发言人说:我们注意到苏联勃列日涅夫主席在塔什干发表的关于中苏关系的讲话;在中苏两国关系和国际事务中,我们重视的是苏联的实际行动。

1983年12月11日,陆总、程总随中国纺织机械代表团登上了北京—莫斯科的伊尔62型飞机。苏联有关方面的这次邀请,就是勃列日涅夫讲话之后,苏联愿意和中国改善关系的"实际行动"。飞机起飞2个小时,他们已飞越了蒙古人民共和国,来到苏联上空了。凭舷俯瞰,西伯利亚崇山峻岭蜿蜒起伏,茂密的森林郁郁葱葱。机舱内的空气十分宜人,可以容纳160人的座位只坐了三十几个人。据说,这是我国民航国际航线最空闲的航线,但莫斯科和北京毕竟有了来往。

中国纺织机械代表团访问了列宁格勒。涅瓦河平静的水面在灿烂的阳光下,发出耀眼的银光。这个集聚了欧洲文化珍宝的城市,这个"十月革命"的发祥地,让代表团成员流连忘返。但是最使他们震惊的是列宁格勒和他们后来参观的奥尔沙的亚麻纺织厂。无论是亚麻织物的产量、质量,还是技术、设备、自动化程度,苏联都堪称世界亚麻王国。在他们参观过的工厂里所有机器设备都相当先进,绝非人们想象的那样"傻大黑粗";他们又以行家的苛刻仔细检查了苏联将向中国出口的亚麻设备,结果完全符合要求,当即决定发往中国。在这里他们不仅感到温暖,而且看到了真诚。谈判桌上还要打些官腔,而酒桌上都是肺腑之言。苏联的工厂领导和技术专家对他们说:"不管上面怎么样,咱们下面要好,我们要给你们最好的机器,价钱也是最便宜的!"

1984年初,苏联的设备陆续到货,亚麻厂马上投入安装。当年9月,全部安装调试完毕，投入生产后，效益大幅度提升。工厂当即决定，主要用苏联设备对亚麻厂进行全面技术改造。订货单从北京飞到莫斯科。

就在这时，大爆炸发生了。陆跃云和程际千两位年近六旬的老专家竟痛心地哭了。几天以后，他们忧心忡忡又心急如焚地登上哈尔滨去北京的 8 次列车。现在设备被严重破坏了，向苏联订购的设备能否提前到货，是他们最焦虑的。工厂要恢复生产，就等着这些设备了，不管莫斯科相信不相信眼泪！其实莫斯科已经知道哈尔滨亚麻厂发生的事情，中国为数不多的订户已经在《真理报》上看到苏联政府感情真挚的慰问电——亚麻厂毕竟是他们帮助建设的。陆、程两位老总赶到北京时，从莫斯科专程赶来的马尔采夫和波伊诺维奇正等着他们呢。握手是有力的，马尔采夫急切询问爆炸的原因和情况。程老总告诉他，原因正在调查中，设备严重破坏，死伤了许多工人。马尔采夫听后显得十分沉痛。

“请告诉我，你们恢复生产最需要什么？”马尔采夫问得很诚恳。

“梳麻、前纺两个车间破坏最严重，工厂目前最需要的是节梳机，我们要 8 台。”两位老总也没客气。

“好，我马上给莫斯科发电传！”马尔采夫他们转身走了。没想到他们给苏联出了难题。苏联只有一家工厂生产节梳机，不可能短时间里生产出 8 台，刚刚生产的 4 台已被一家纺织厂运走了。苏联国家轻工业部部长当即决定，把运到这家纺织厂的 4 台机器追回，重新包装，转运中国哈尔滨！马尔采夫又向苏联发出电传，哈尔滨还需要 48 台精梳机，可是这种机器苏联已不生产了。轻工业部又下达了指令，为援助中国，原厂家重新组织生产，按时交货。这雪中送炭、先人后己的精神，使两位老总热泪盈眶。亚麻厂的干部、工人得到消息，慨叹：“苏联老大哥，真够哥们！”

几天后，马尔采夫又来找两位老总，郑重地向他们宣布苏联政府的三条决定（与此同时，苏联驻华使馆的官员也在邀见中国经贸部的一位副部长，向他宣布三条决定）：一、政府派一个专家组，到亚麻厂帮助进行技术改造，无偿服务；二、只要是亚麻厂需要的，要什么给什么，合同上有的按厂家要求的时间提前供货，合同上没有的只要工厂需要，苏联也全力满足；三、赠送给哈尔滨亚麻厂 100 万卢布，帮助其恢复生产。这突如其来的好消息使他们手足无措，他们首先表示感谢，但如何答复要请示上级。

“我个人认为应该接受这笔赠款！”工人出身的纺织工业部部长吴文英很爽快。她马上向国务院领导请示，很快得到答复：可以接受苏联政府的三条决定。据说，这是中国政府第一次因为一个工厂受灾而接受外国捐助。

4月12日，两位总工向马尔采夫道别，再次向他和苏联政府表示感谢。马尔采夫似乎意犹未尽，他试探着问："你们对我们还有什么安排没有?"程际千心领神会，他们是想到工厂看一看，又不便说。随后，两位老总又向吴文英部长请示，当然得到批准，他们马上又找到马尔采夫一行，对他们说："如果你们有时间的话，欢迎你们到哈尔滨亚麻厂看一看!"马尔采夫一听，大为高兴，也十分感动。"你们真把我们当朋友了!"他拍着程际千的肩膀说。"我们本来就是朋友嘛!"程老总没有说出本想说出的"同志"两个字。

当然马尔采夫也要请示莫斯科，他也很快得到答复。他和波依诺维奇终于登上了北京到哈尔滨的17次列车。他们终于站在亚麻厂大爆炸的废墟旁洒下一把真诚同情的泪。在亚麻厂的那些日子里，马尔采夫也熬红了眼睛，他和工厂的技术人员一起探讨爆炸原因。他说1972年苏联也发生过两起亚麻粉尘大爆炸，他认为可能是静电引起的，他建议苏中合作一起研究防爆问题，还可请瑞士专家参加，他们在这方面很有见地。他了解到亚麻厂要发展生产还缺少一台联合漂白机，这是保证产品质量的关键设备，但工厂拿不出这笔巨款，马尔采夫当场表示，无偿赠送给亚麻厂的那100万卢布正好够这套联合设备的价款，如果厂里自己购买，一台要花几百万美元的外汇……

现在这套设备就安装在亚麻厂新建的大厂房里，程际千同志带着我爬上这座90米长，5米高，由100多吨高级合金钢制作的庞然大物，正好看到一位专程赶来的苏联专家领着在苏联培训的6名中国助手，对机器进行调试。程老总说，这套设备马上要投产，亚麻厂就如虎添翼了!

二、被劫持的飞机在中国降落

1985年12月19日14时25分左右，黑龙江省甘南县长吉岗农场的上空突然传来飞机的隆隆声。正在场部大街上来来往往的人们都很奇怪:这里不通民航，附近也没有机场，哪来的飞机呢?

他们抬头望去，是一架银白色的客机。飞机越飞越低，机体上印着的外国文字都可以看清。飞机在农场场部的上空转起来，当转完第二圈后，向着一片白雪覆盖着的、平展的、狭长的麦茬地俯冲下来。飞机在这片被冻得结结实实的土地上滑行363米后，稳稳地停住了。

这时是北京时间14时30分。

飞机很快被长吉岗农场的群众围住了。飞机降落的地方离场部只有5分钟的路。人们认出了从飞机上走下的是苏联人，懂外文的也认出了机体的"CCCP"是

"苏联"的缩写。

农场公安局局长李文迅速赶到现场，他看到从飞机上下来的确实都是苏联人，心里禁不住咯噔一下：一架苏联客机突然在这里迫降，必有缘故！于是，马上向县公安局汇报。他听说飞机上有人喊口渴，又组织人把开水送上飞机。不久，甘南县和齐齐哈尔市的公安人员赶到了现场。飞机驾驶舱的门打开了，走下一个中等个子的年轻人，他有些紧张地说："飞机是我劫持的。"我公安人员一听，立即把他带走了。

在被劫持的飞机降落在长吉岗农场5个小时后，一列只有两节车厢的火车默默地从哈尔滨站驶出，越过松花江大桥后，急速地向齐齐哈尔方向飞驰而去。车上只有25名特别乘客，他们是由省外事办公室、省公安厅和省边防局组成的专门处理劫机事件的"别动队"。为首者是省外事办公室主任王耀臣、省公安厅厅长杜殿武和省边防局局长朱汉超。王耀臣身材高大，方脸背头，一副学者风度，此时他表情严肃，思绪重重。他是下午4时得知这一事件的，他知道这是飞到中国的第一架被劫持的外国飞机。绑架人质，劫持飞机已成为国际航空安全的最大危害，各国民航组织对此采取一致行动，坚决制止和打击这种犯罪行为。我国是国际航空组织《东京条约》《海牙条约》《蒙特利尔条约》的条约国，当然要严守国际信义，不过问题的特殊性在于，这架被劫飞机是苏联的。对于苏联他并不陌生，王耀臣曾在那里留学5年，能讲一口流利的俄语，他当大学教授时也十分注意苏联科技方面的信息。可这一次他不是去执行一项科学研究任务。30年冷眼对峙的大国之间任何一个细小的事情背后都有相当复杂的背景，何况这是一起劫机事件，对每一个国家而言都是十分棘手的。他感到自己的担子很重，立即召集大家开会，成立了组织，研究了对策。车上还有一个青年却十分镇静，他30多岁，高挑个，浓眉大眼，说起话来是动听的男中音。在这个车上他也许是最早和俄国人打交道的。他就出生在哈尔滨，邻居是苏联人。从小在和苏联小孩玩耍时学会了俄语，包括用俄语骂人。在中学他是俄语尖子。1968年上山下乡，他挑选了离苏联最近的一个农场。珍宝岛战役打响后，他被送到黑龙江大学俄语系培训，准备当战地翻译。后来仗不打了，他到了边防部队，专门和越境分子打交道。现在他是哈尔滨国际机场边防检查站的科长。下午3点他接到紧急通知，脱下军装换上这身黑皮夹克，担任这次特殊行动的翻译。他叫郝国利。

晚上11时20分，专列驶进了齐齐哈尔火车站。此时，这座北方工业重镇灯火阑珊，多数人已进入梦乡。

20日凌晨2点50分，王耀臣一行到达长吉岗农场。这里失去了往日的清静，军分区、公安局、外事部等20多个单位的几百人集聚在这里，“欢迎”来自异国的不速之客。他们已经十几个小时没有休息了，陪着飞机上的苏联客人，披着大衣在刺骨的寒风中跺着脚。

当地负责人向来自省城的领导汇报，他们已做了如下工作：一、对机上苏联乘客的生活做了安排，送上皮大衣39件，送上热水、橘子汁、面包等食品，他们接受了。当时嫩江平原的温度是零下30多摄氏度，苏联人穿得不多，上身有皮衣，可下身很单薄，妇女都穿着裙子，男的也就是一条绒裤。机舱内的温度是4摄氏度～5摄氏度。二、向乘客做过一两次动员，叫他们下飞机去齐齐哈尔休息，但不见效。他们说：“在没有和我国驻中国大使馆代表见面之前，我们不能有行动。”三、已经把劫机犯隔离起来，并初步问了一下情况。他承认是自己劫机的，用的是刀子，是一把折叠水果刀，刀刃有一豁口，刀把略长一些。

王耀臣听过汇报后，组织一部分人再次登机做动员下机的工作，另一部分人审理劫机犯。他和公安厅、边防局的负责人亲自审问劫机犯。

审问在场部的一间会议室进行，主审是省边防局局长朱汉超，王耀臣和杜殿武坐在旁边的沙发上旁听。劫机者阿利拉穆多夫被郝国利带进来，隔着一张桌子，坐在他们的面前。他穿着深蓝色的苏联航空制服，袖口上镶着几条金黄色的细带。他脸色发红，头发秃得很厉害，脑门和头顶锃亮，留着小胡子。他紧张地看着面前的中国人，不知他们将怎样处置自己。

郝国利用俄语对他说，中国边防当局和你谈话，你要把自己的身世和劫机的过程交代清楚。

他做了如下的叙述：

我阿利拉穆多夫·沙米利·哈吉－奥格雷，33岁，出生在阿塞拜疆的巴库市，列兹金族（苏联的少数民族，只有25000人）。我的父亲是工人，参加过卫国战争，牺牲了。还有哥哥、弟弟和妹妹。哥哥是苏共党员。我上过三次学，都是学航空的，函授毕业于列宁格勒航空学院，取得了飞行员工程师证书，在雅尔库茨克市民航局联合飞行队当副驾驶员，工资加补贴，每月800多卢布，相当于部长级工资。有过妻子，音乐教员，已经离婚，5岁的女儿让她带走了……

对于劫机的原因，他说是因为政治上受到压制，因是少数民族，虽技术出众，但长期得不到提拔，他给领导提意见，受到打击报复。他上访告状到航空部，最高苏维埃，甚至给勃列日涅夫写过信，问题却没有得到解决，反而被开除。他成了“上访专业户”，整日泡在莫斯科，每天到有关部门上访，花掉了1万卢布的积蓄。他得到航空部长家的电话，不分昼夜地打，搞得部长寝食不安，只得给他复职，还让他回到原单位当副驾驶员。他要求恢复名誉，没有办到。他感到对国家和社会都失望了，早已蓄谋劫机出逃。1985 年 3 月，他恢复空勤，和自己的老同学阿布拉米扬驾机，自己则时刻寻找出逃的机会。

19 日这一天，他们从雅尔库茨克飞往伊尔库茨克。他事先做好了准备，一把刀、一根锰钢条，用塑料布包好，放在他的包里。一开始往南飞，到赤塔再转北。离中国边境的额尔古纳河很近了，机会到了，他从包里拿出锰钢条想向领航员的头上砸去，但迟疑了。领航员平时待他很好，他不忍心下手了。他自己吓得一身冷汗。机会又来了，领航员上厕所，驾驶舱里只剩下 3 个人。他回过头来对机械师说："飞机可能漏油了。"机械师站起来，到后舱检查去了，这时他站起身来，把驾驶舱的门关紧锁好。然后把刀从兜里掏出来，来到机长背后，把刀对准机长的脑袋。他说："阿布拉米扬，按我的旨意行事，你不准动！"机长回头一看，非常惊讶，便叫着他的小名："你怎么啦，你发疯啦！我还有妻子、女儿呢！""我没发疯，我要到中国去，你不按我的旨意做，我就杀死你！"他又说，"你不要管怎么回事，就按这个方向飞！"这时飞机向南飞，已偏离了正常航道。地面上发现了，呼叫询问。他逼着机长说："飞机被劫持了，凶手让我飞，我只好飞。"机长阿布拉米扬，从耳机里听到地面的指示："按航空守则办理。"他心里有底了，苏联的航空守则规定，在这种情况下，第一要保护乘客和飞机的安全。他开始和阿利拉穆多夫合作了，他们驾驶着飞机，平稳地飞过额尔古纳河，又飞过边境，先奔海拉尔机场，想着陆却没有把握，又一直往前飞。飞机快到齐齐哈尔时，油不多了，阿利拉穆多夫对机长说："就在这降落吧！"机长看看下面有两个小村庄，担心机上人太多，吃饭成问题，又往前飞了一会儿，看到有电视转播塔的铁架，还有大烟囱，机长估计是个较大的行政中心，于是准备降落。经过一番盘旋，找到一片平坦的麦茬地，平安地降落了……

机舱门打开了，乘客们大吃一惊，地下是白茫茫的麦地，不远处有低矮的民房，他们不知降落在什么地方。阿利拉穆多夫和机组人员都走下飞机，阿利拉穆多夫说："我到目的地了，给你们添麻烦了，你们回去不会倒霉。"他拍着领航员的肩膀说："我原来想把你打昏，可下不了手。"领航员掀开上衣给他看别在腰间的马卡罗夫牌手枪，意思是说你若下手，我会开枪的。阿利拉穆多夫把手中的锰钢条交给领航员说："留个纪念吧！"他又把兜里的一些钱分给机组人员，说声"再见"后，向飞机不远处的中国人走去。

审理从凌晨 4 点一直持续到早上 7 点。劫机者被押走，那边的动员工作还是毫无结果。王耀臣同志带着两台有暖风的面包车来到飞机旁。他找到机长阿布拉米扬，用俄语对这个矮个子、卷头发的苏联人说："我们非常关心全体乘客的安全，请你们下飞机,我们可以把你们送到齐齐哈尔的宾馆,然后再和苏联驻中国大使馆联系。”

机长说:“对你们的友好表示,我非常感谢,但我不能离开飞机,乘客也表示要和机组人员在一起。如果你愿意的话,可以直接和乘客谈谈。”

王耀臣顺着舷梯走进机舱,他用俄语对乘客说:“朋友们辛苦了! 你们如果感到冷,可以到飞机旁的两台面包车里暖和暖和,过一会儿我们给你们送早饭来。”

7 点 30 分,当地人送去了面包、奶酪(正巧这个农场有个配制品厂,还是专门生产奶酪的,苏联朋友还真有口福)、热牛奶、鱼罐头、肉罐头。除了面包以外,其他的他们都吃了。

“你们送早饭来,我们非常感谢!”

“斯巴希巴(谢谢),斯巴希巴!”乘客对站在寒风中的中国工作人员说。他们一夜未睡,现在才吃到早饭!

苏联乘客已开始一批批下到面包车里取暖。

9 点钟,一架直升机降落在长吉岗农场的麦地上,这架飞机来自北京,是专程来处理这一事件的。从飞机上走下黑龙江省副省长何守伦、中国外交部苏欧司副司长戴秉国等人,他们听取了王耀臣的汇报后,也来到飞机现场,戴司长代表中国外交部向大家慰问,并问他们有什么困难和问题。乘客们纷纷说,非常感谢,等使馆来人,再决定他们的行动。戴司长说:“大家安心,你们使馆的人或许 1 个小时以后就到。”

中午将近 11 时,又一架直升机降落在长吉岗农场的麦地上,从机上走下三个人,为首的是苏联使馆领事部主任格里山,他不到 50 岁,高个子,黄头发,戴金丝边的眼镜,曾担任苏联外交部副部长贾丕才的秘书,精干的中国通。还有一位二等秘书和一位翻译。我国外交部戴司长迎上去和格里山握手。他们是老朋友了,戴秉国曾长期在驻苏大使馆工作。格里山说:“我认识戴比认识我夫人都早。”

格里山要看望乘客,王耀臣等中国工作人员陪同他来到飞机旁。这时太阳正当中天,风也停了,苏联乘客一部分在车里取暖,一部分靠着飞机,在向阳的一面晒太阳。

格里山见到机长,板着脸,很严肃地说:“怎么个情况?”机长知道他是大使馆的,话没说,眼泪先流下来了。

这时中国工作人员都在场,其中许多人都懂俄语。格里山拉着机长说:“我们散散步吧!”说着他们踏着雪向田野里走去,大约谈了半小时。

格里山回来对中国工作人员说:“我一个人做不了主,要和大使馆通话。”戴司长马上派出一辆小车送苏联外交官火速去齐齐哈尔。格里山又回到乘客中。

苏联使馆来人了,乘客还不下飞机,戴司长和王耀臣着急了,这时天色转暗,冷风又刮起来,如果苏联乘客再在飞机上过一夜,他们的身体就顶不住了,特别是其中的十个妇女和一个小女孩。他们马上向哈尔滨指挥中心报告。

哈尔滨。省政府大楼一间宽大的办公室。侯捷省长站在电话机旁,他让工作人员通过保密机专线,要通北京,要通中南海,要通国务院秘书长陈俊生办公室。秘书说:"秘书长在休息,我马上去找。"在等电话时,侯捷对在场的省公安厅的同志说:"昨天晚上俊生几乎没有休息,后半夜还给我打了电话,他说总理还没休息,一直在询问这件事。"讲到这儿,陈俊生来接电话了。他仔细听了侯捷的汇报后说:"我马上找外交部钱其琛,让他和苏联外交部联系,天要黑了,又冷,不动员乘客去齐齐哈尔,要出问题。"陈俊生熟悉那里的情况,他曾在齐齐哈尔担任过市委书记。

北京。中国外交部。副部长钱其琛要通莫斯科中国大使馆。

莫斯科。苏联外交部。中国驻苏联大使李则望已约见苏联外交部副部长贾丕才,向他通报了在中国黑龙江省甘南已经发生的事情和现状。贾丕才马上说:"机上人员不下飞机是错误的,我立即通知苏联驻华大使馆。"

17 时整,中国设在长吉岗农场的指挥部得到苏联使馆让机组人员和乘客立即去齐齐哈尔的口信,这时那两个到齐齐哈尔打电话的苏联外交官还在路上奔波。

17 时 30 分,戴秉国司长、王耀臣主任向全体乘客传达了苏联大使馆要求他们立即乘车去齐齐哈尔的指令。

20 时,一长列车队离开长吉岗农场,奔驰在甘齐公路上,卷起一阵雪雾。39 名乘客和机组人员坐在有空调的两辆面包车里,他们感到一种温暖,那个女孩子竟安详地睡在母亲的怀里。

23 时,车队驶进灯光闪烁的齐齐哈尔,苏联朋友下榻在与龙沙公园毗邻的湖滨宾馆。丰盛的晚宴和热水澡,使他们忘了是在异国他乡。

24 时,席梦思床上传出他们的鼾声。

21 日 0 点 40 分,北京专电:苏联飞机下午 1 时 30 分到哈尔滨接乘客,一切参观活动不要安排了。

上午,两架装着苏联乘客和机组人员及中国工作人员的直升机从齐齐哈尔机场起飞。临行前齐齐哈尔市政府设宴招待苏联朋友,并向每位苏联朋友赠送一件羽绒服,颜色由他们任意挑选。那个小孩还得到了一些玩具,非常高兴。

11 时 55 分,直升机降落在哈尔滨太平机场。

11 时 56 分,从苏联赤塔飞来的图 – 134 客机也在这里降落。

接着中国工作人员陪同全体苏联朋友走进机场餐厅,参加中苏友好协会黑龙江分会举行的宴会。

王耀臣主任讲话,表示对苏联朋友的慰问和欢迎。被劫飞机机长阿布拉米扬讲话,对中国政府的真诚合作和中国人民的友好情谊表示感谢。

宴席丰盛,气氛友好。苏联朋友赞不绝口:“菜好极了,口味好极了!”有位白发老者说:“40 年没喝到这么好的啤酒了!”又有人说:“多待几天就好了!”在场的人都笑了!桌上没喝完的白酒、果酒、啤酒都被苏联朋友珍藏了——装进自己的兜子里。有位苏联工程师意犹未尽,他拉着同桌的省外办翻译李广的手说:“我没有什么东西留给你作纪念,咱俩换换手表吧!”于是他们互换了手表。

哈尔滨人向每位苏联朋友赠送一本《黑龙江画册》,苏联朋友请在座的每位中国人签名。最后,又赠送他们每人一个气压暖瓶,他们高呼“乌拉!”

17 时 30 分,苏联被劫持的 47845 号安 - 24 客机的全体乘客和除劫机者外的机组人员登上了苏联的图 - 134 客机。戴司长和王主任站在舷梯旁,向每位苏联朋友挥手告别。他们登上飞机后,还在向中国朋友挥手,这时有人竟哭起来。这异乎寻常的中国之行是会使他们终生难忘的。

中国新华社 12 月 23 日发出一条消息:苏共中央总书记戈尔巴乔夫今天会见了途经莫斯科的中国国务院副总理李鹏。

苏联塔斯社 12 月 25 日发出一条消息:前些天,苏联一架安 - 24 客机,由于机上一名武装犯罪分子采取暴力行动被迫改变了航向,并在中国东北部着陆。中国方面就此采取了让乘客和机组人员尽快回国的措施。苏联方面对中国当局在这种情况下表现出来的睦邻友好精神表示感谢。

1986 年 1 月 3 日,以苏联航空部飞行局局长带队的 7 人专家组,在中国民航总局飞行司司长(当年周总理专机机长)的陪同下来到长吉岗农场,对停在那片麦地上的苏联客机进行检查,然后苏联飞行局局长亲自驾机返回苏联。行前,他又对中国政府和中国同行的真诚合作表示深深的谢意。

3 月 7 日,在中国哈尔滨大法庭,哈尔滨市人民法院审判员裴兴宣布:被告人阿利拉穆多夫·沙米利·哈吉 - 奥格雷,以暴力胁迫手段,非法劫持飞行中的民用航空器飞入我国境内,其行为危害了公共安全,已构成犯罪,应予惩处。依照《中华人民共和国刑法》第三条、第十条、第七十九条,比照第一百零七条的规定,判处罪犯有期徒刑八年。宣判前,中国黑龙江省哈尔滨市人民检察院检察员张维孝宣读了起诉书,并当场展示了阿利拉穆多夫作案的工具。接着哈尔滨市最著名的女律师为被告做了法庭辩护。

苏联驻中国大使馆派员旁听了审判。

被告对起诉书中所列罪行供认不讳,他没有向上级法庭提出上诉。至此这件引起国际舆论强烈关注,使中苏双方都很棘手的事件终于结束。有好事者对这样的结局并不十分满意,而更多的国际政治家似乎从这件事中品出点味来:中苏和解正在悄悄进行。

尾声：黑龙江流向大海

黑龙江这条沉睡的巨龙,在春风中苏醒了。它轻轻地翻了下身,于是坚若钢板的冰层开始松动、开裂,发出一阵阵轰响。它又顺势打了一个滚儿,喷吐着白色的泡沫,把自己溶进深绿色的江水之中。江面上漂动着巨大的浮冰,像是它刚刚脱落的鳞片。

黑龙江欢快地奔流着,发出声声咆哮,席卷着岸边的残雪。它戏弄着漂浮在水中的冰块,让它们互相撞击,发出震天动地的声响,响声回荡在两岸的山间平原。这声响呼唤着黑龙江所有的兄弟和子孙,它们都苏醒了,从深山走来,从平原走来,也浮动着巨大的冰块,翻卷着浑浊的浪花,顺着曲折的河道,奔跑着,汇进黑龙江那宽广的怀抱之中。

观看冰排的哈尔滨人告诉我,这是“文开江”,要是“武开江”那才叫厉害,几十里外都能听到冰排相撞的雷鸣声,严重的时候还能堵塞江道,发生洪水涌上江岸的灾害呢！不管“文开江”,还是“武开江”,终归是解冻了,松花江解冻了,黑龙江解冻了,它们汇在一起,汇成一江春水,最后都流进鞑靼海峡,注入蔚蓝色的太平洋中,把一缕令人不快的浊黄留在入海口。

流经世界上两个最大国家的黑龙江,以不可阻挡之势汇入了太平洋,中苏和解的暖流,同样以不可阻挡之势汇进当今世界的春潮。

春天也来到了北京。

5 月,最美好的季节。中南海姹紫嫣红,颐和园的昆明湖里轻舟荡漾。

5 月 15 日,全世界都注视着北京,注视着东郊的首都机场。30 年前,也是在这里,苏联共产党第一书记、部长会议主席赫鲁晓夫同前来送行的中国领导人握手话别。这之前,在欢庆中华人民共和国成立 10 周年的庆典上,在雄伟的天安门城楼上,他告诉毛泽东,苏联已不准备再帮助中国发展核武器了。几个月后,苏联终止了与中国签订的 600 多个合同。世界上两个最大的共产党的决裂不可避免了,先是争吵,后是谩骂,甚至兵戎相见。

30年后的今天,也将有一位苏联共产党的第一书记到首都机场,这绝非历史的巧合。

北京时间12时整,一架苏制的伊柳辛－62型座机徐徐降落在东南的停机坪上。机舱门打开,露出苏联漂亮的空中小姐的笑脸。接着身着藏青色的西装,系着一条紫红色领带的戈尔巴乔夫颔首微笑,快步走下舷梯。他身后跟着笑容可掬的夫人赖莎,赖莎穿一身乳白色的套裙。等候在舷梯旁的杨尚昆同志迎上前去,和戈尔巴乔夫紧紧握手,两双手交加相叠上下摇动了几下。世界上有几亿人看到了两双手相握的特写镜头。在场的1200多名记者见证了这一历史性的场面。中国中央电视台精心转播了欢迎仪式的实况。12时12分,戈尔巴乔夫走进从苏联空运来的"吉尔"牌高级防弹轿车,汇入一列由60多辆奔驰、皇冠轿车组成的车队驶进北京城区。

现场采访的记者得到了戈尔巴乔夫的书面讲话:

"我们是在春天来到中国的。这是个大自然苏醒、万象更新的美好时节。世界各国人民都把更新和希望寄托于春天。

"我是第一次来中国,希望能够亲自了解一下这个对人类文明的发展做出了巨大贡献和具有古老文化特色的伟大国家,并了解它的人民在40年来的社会主义发展中所取得的成绩。"

戈尔巴乔夫的车队绕南三环路,经六里桥、公主坟进入国宾馆钓鱼台。

当晚6时14分,杨尚昆主席又会见戈尔巴乔夫主席。他们一起坐在人民大会堂的会见大厅里。

杨尚昆用一句俄语开始了这次会见。1927年到1931年,杨尚昆曾在苏联莫斯科的中山大学学过俄语,现在仍然记得一些日常用语。戈尔巴乔夫于是颇感兴趣地说:"您俄语学得很好嘛!"

"大概只能得3分。"杨尚昆笑着说。

"这就及格了。"

"刚刚及格。"

接着杨尚昆告诉戈尔巴乔夫:"我是1931年从苏联回国的,后来又去过苏联几次,都是去开会的。"

戈尔巴乔夫说:"你回国的那一年,正是我出生的年份。"他开玩笑地对杨尚昆说:"你今后去苏联,不允许带翻译,要不然你的俄语会全忘光的。"

杨尚昆对中苏高级领导人30年没有会晤感慨万千,"时间过得真快,我们两国高级领导人很长时间没有会面了,也没有可能进行双边会谈。"

戈尔巴乔夫代表苏联领导人对过去发生的事情表示遗憾,他说:“在某种程度上说,有我们的责任,现在终于结束了,太好了!”

而后,杨尚昆向戈尔巴乔夫谈及了中国改革。他说,无论政治、经济体制改革,每个国家都有自己的具体情况,不改革中国发展就没有希望,老路是走不下去的。然而一方面要改革,一方面又没有现成的改革模式。1 小时会见结束后,两位领导人一起走进宴会厅,军乐队高奏《迎宾曲》,戈尔巴乔夫和夫人赖莎同等候在那里的李鹏总理和夫人朱琳一一握手。

宴会进行中,乐队演奏的《友谊传四海》《喀秋莎》《莫斯科郊外的晚上》使中苏两国来宾都感到十分亲切。

5 月 16 日上午 10 时,在人民大会堂东大厅门口,满面红光、身穿深蓝色中山装的邓小平同志紧紧握住了戈尔巴乔夫的手,此刻等候在这里的 100 多名中外记者纷纷举起手中的照相机和摄像机,摄下这次中苏高级领导会晤中最精彩的一幕。

这是 20 世纪最重要的握手,代表了对这个星球命运有决定意义的两个大国以及他们的人民的心愿。为了让记者教务记录下这个具有历史意义的会面,两位世界著名政治家的握手持续了 1 分 30 秒。

他们感到意犹未尽,又特意再次握手。在炽烈的闪光灯下,他们微笑着,显得很有神采。这一场面出现在世界各国当晚的重要电视新闻中。

邓小平说:“我希望同你见面已经有 3 年了。”

戈尔巴乔夫说:“能够见到你,我感到非常高兴。”

说着他们在东大厅中央的沙发上落座。他们的背后是中苏两国国旗——都是鲜红的颜色,旗的后面是巨大的松鹤图——它象征着吉祥。邓小平自然地倚靠在沙发的靠背上,戈尔巴乔夫的身体略向前倾,像面对着一位敬慕已久的长者。

邓小平打着手势,口气徐缓地说道:“3 年前,我托朋友带信给戈尔巴乔夫同志,希望能消除三大障碍,早日实现彼此间的见面与对话。”

戈尔巴乔夫表示:“我记得此事。这对我们的思考是很好的促进,看来一切做的都是及时的。”

邓小平说:“我们这次会晤,可以概括为 8 个字:结束过去,开辟未来。”戈尔巴乔夫点头赞同。

当会晤进行到 12 分钟时,邓小平对戈尔巴乔夫说是否可以借此机会宣布一下中苏两国关系正常化。他的提议得到参加会晤的中、苏高级官员们热烈的掌声。

邓小平和戈尔巴乔夫坐在沙发上又一次将两双有力的手握在一起。

等候在红线之外的 100 多名记者又记录了这一激动人心的场面。他们被破例允许在这里停留了 12 分钟。

原定 2 个小时的会晤延长了半小时,邓小平与戈尔巴乔夫再次出现在记者面前,邓小平满面含笑地站在戈尔巴乔夫和赖莎中间留影,然后,他扬手对埋没在照相机、摄影机中的记者们说:“告诉你们,我们谈得很好。”

戈尔巴乔夫紧接着说:“我赞成!”

我以及我在此文中写到的每一个中国人和苏联人都为中苏和解的到来而无比欣慰。30 年是漫长的,又是短暂的,往昔已矣,历史给我们两国人民都留下了许多值得反思的经验和教训。今天,我们两国关系没有必要再回到 50 年代的老路上,连接中、苏两国关系未来的金桥是在“和平共处五项原则”的基础上建立新的睦邻友好关系。中苏和解,世代友好,这无疑是全世界和平和稳定的一块基石。这个星球上每一个爱好和平的人都会祝福我们的!

我站在松花江畔,看滚滚碧波向东流去。中苏间冻结 30 年的坚冰已经融化,正形成一股巨大的暖流,冲击着太平洋,冲击着这个世界。

(四川人民出版社 1995 年出版)

好梦将圆时

——90 年代初三军现代化掠影

江永红

现代化的军队,现代化的国防——一个从晚清魏源等先觉那里便开始萌生的中国梦。“师夷长技以制夷”,其思想光芒如流星行空,在千年黑暗的苍穹中留下一线希望之光。然而,一次次播下希望的种,又一次次收获失望的泪。李鸿章办洋务,建立起当时堪称现代化的北洋水师,可悲甲午一战,舰沉军灭;袁世凯小站练兵,开中国现代陆军之先,却练出一批北洋军阀,窃国媚外,混战不已,令人不堪回首;一代先驱孙中山,辛亥革命驱皇室,倡共和,办黄埔,练新军,然而逸仙甫逝,兵权即归民贼,枪口遂向人民。呜呼!一部中国近代史,亿万炎黄子孙泪。

1949 年,毛泽东登上天安门城楼,给国家带来了好梦成真的契机与希望。小米加步枪可以得天下,而要自立于世界民族之林却不可没有现代化。20 世纪 50 年代初,毛泽东为三军题词,念念不忘建立强大的陆军、强大的海军、强大的空军。“两弹一星”上天,核潜艇下水,无不倾注着他的心血。然而他亲手推动的现代化进程又被他亲自发动的“文化大革命”拉向后退。阶级斗争为纲日,不是好梦成真时。

再次启动三军现代化发动机的人是我们的“总设计师”——邓小平。16 年前的 1978 年 5 月 13 日,他在召集总参谋部领导同志谈话时问道:

“打起仗来和过去一样光靠电话吗?”

这一问,在当时的中国可谓惊世骇俗,即使在今天,也不失为一声警笛。那时,我军的大多数指挥员还被禁锢在“左”的模式中,对现代化指挥系统几乎一无所知。时任副总长的杨成武上将刚从法国访问归来,法军以计算机为中心的自动化指挥系统让他大开眼界:其信息传递之快捷之准确,其情况掌握之及时之全面,虽神话亦不能及也,指挥员甚至可以在屏幕上清楚地看到分队行动和单兵战斗动作。

就在这一次谈话中,“总设计师”从法军的指挥自动化谈到美军普及计算机的曲折过程,准确地标出了我军在全球现代化坐标系中的位置,斩钉截铁地指出:“指导思想要明确,就是要解决现代化问题。”他的谈话为我们描绘了包括大裁军在内的三军现代化建设的最初蓝图。从此,我军走上了以现代化为中心的“三化”建设的轨道。

时间进入20世纪90年代初。经历了百万大裁军和种种改革洗涤后的三军将士，与现代化这个曾经非常陌生的“精灵”共舞。跳出的是飘逸起伏的华尔兹，还是稳重端庄的布鲁斯？抑或是激扬潇洒的探戈？他们是怎样找到感觉的？是怎样与自己的“新舞伴”从踩脚、摔跤到形成默契、融为一体的？

陆军篇

笑着出去哭着回来的英雄士兵

这是一支英雄的陆军部队。究其来历，可谓名副其实的“井冈山上放过哨，万里长征开过道，鬼子头上撒过尿，美蒋头上拔过毛”，战功赫赫，彪炳史册。尤其是抗美援朝战争，打得美军丢盔弃甲，闻风丧胆，成为我军一只名副其实的铁拳。

这支“铁拳”部队的装备本来就“羊群跑马”，令人钦羡，自个儿也引以为豪。时值20世纪80年代末90年代初，上级又令其某坦克团锦上添花，准备接新装备。说任务光荣艰巨，要求派文化程度高、军事技术好的12人直接去厂家接回。

炮四连连长赵国根带着11名从各连挑来的尖子，坐上了火车。说起当时的心情，就好比久旱的禾苗逢甘霖，大龄小伙儿娶媳妇，心里甜得像抹了蜜，美得腰板挺直，人仿佛陡然长高了几厘米。首先用新装备，此乃本部之光荣；最先去接新装备，更是光荣之上加光荣。12人的脸上都笑出了花。

然而，刚下火车，他们便“热锅贴了个冷灶”。厂方接待人员十分怀疑地问道：“就你们来接新装备？”

“怎么，我们咋就接不了新装备？”小伙子们不服气。

“别急。请告诉我你们的文化程度？”

“全部高中毕业，训练尖子！”

尽管回答得理直气壮，整齐洪亮，但负责接待的工程师还是默默地摇了摇头：“这装备你们接不了！”

原因很简单，文化程度太低，“一个大学本科生学4年毕业，还得钻一阵子才能搞清它的原理构造。新装备是我们千名工程师多少年的心血，让你们乱鼓捣，我们不放心”。

赵国根和他的士兵们差点没骂出声来。这也太欺负人了！从1927年平江起义算起，咱部队在什么恶仗大仗面前皱过眉头？在什么艰难困苦面前打过“退堂鼓”？绝不能这样善罢甘休！

“不懂，咱们有信心从头学起。从今天起，就请厂方为我们办学习班，非完成任务不可！”

好！壮志可嘉。厂方答应试试看，派工程师为这个小分队上课。

3 天课上下来，男女工程师们终于发现，他们讲课尽管做到了深入浅出，但仍然无异于对牛弹琴。“听懂了吗？”一问三不知；“谁能回答？”一个个面面相觑。工程师急了，不得不问道：“你们说个实话，究竟有几个是正儿八经的高中生？”

说实话，就掉底儿了。他们基本都不是真正的高中生。其中的“猫腻”不言自明——当初为了争着去尽义务，文凭上搞了“假冒伪劣”。

没有真正的高中数理化基础，课自然无法继续上下去。再高明的老师，也无法在短时间内对一个也许还不是一个成绩优良的初中生讲清由计算机控制的火控系统以及雷达、通信、机械等方面的高技术。但既然来了，就参观一下吧！

如果不是那昂首天外可任意调节的火炮，新装备简直让人难以相信它是一件武器，倒颇像是一部车载的电子仪器。小伙子们只觉四面均是面板，上面密密麻麻布满了各种开关，还有数字显示的仪表及屏幕。这个叫什么？那个又是干什么的？谁也说不上来。想动手摸摸，立即被工程师制止：“只准看，不准动！”

作为一名军人，也许没有比这更令人垂头丧气的了。这叫什么？这就叫吃败仗！不是败在战场上，而是败在新装备面前。

从炮二连挑来的技术尖子鲁志新恨无地洞可钻。回去咋交代呢？临行前，连长、指导员拍着他的肩膀，嘱咐说：“你是咱连的代表，去了要虚心求教，刻苦训练，回来就是咱连第一个掌握新装备的人，大家还指望你教哩！”现在甭说教不成，连摸都没让摸一下。勇敢地承认吃了败仗回来，可“对手”究竟是个啥样，说不清呀！哎！“不怨天不怨地，只怨自己文化低！”炮四连的赵国亮和刘明生仿佛是在安慰战友，又像是在安慰自己：“伙计们，认了吧！咱们这些初中生只有当炊事员和给别人打下手了。谁叫咱念书少呢？”（后来新装备接回来就放在炮四连，赵国亮真的被调到了炊事班，刘明生则在供弹班，做辅助工作。）

连长赵国根听大家七嘴八舌地议论，气不打一处来，不禁大声吼道：“咱们军的战士，啥时候这么没出息过？革命军人在困难面前要经得起挫折，经得起失败的考验嘛！……”

但不知为什么，他说着说着，眼眶里转出了泪水。似乎流泪也有传染性，12 个人的眼睛都湿润了。赵国根含着泪水，起草了他当兵以来第一个承认无法完成任务的电报和一封长长的汇报信。他在信中说了这样一段耐人琢磨的话：如果说以往的换装是从简单机械到复杂机械,从低性能到高性能,是在量变中上升,是“改朝”但并未“换代”的话,那么现在则是要一步跨入信息化的阶段,是名副其实的换代,即进入高技术的时代。也许我们不得不承认,在高技术时代到来之时,我们的思想准备、知识准备、人才准备却都是相当不足的。

是的!早在我军装甲兵组建之初,老司令员许光达大将就说过,没有技术就没有装甲兵。失败要失败个明白。此次接装的失败,从实质上讲是在高技术面前准备不足。高技术造成的冲击波,冲破了我们长期奉为经典的已经驾轻就熟的那一套,包括训练思路、人才选拔和组训方法、保障办法在内。

师、团首长看了上面沾着泪滴的信,心情比赵国根还要沉重。在高技术面前,我们总是埋怨装备的落后,总是以为是装备落后于人,殊不知恰恰是人的素质的提高速度落到了装备更新速度的后面!多少年来,这个担负迎接外宾表演任务的开放师,哪一次表演不是让外宾赞不绝口,赢得如雷掌声?可现在呢?是该收敛一下“傲气”的时候了!是该上上下下清醒头脑的时候了!

按照赵国根和厂方的意见,师长决定:挑选 10 名大专以上文化程度、有真才实学的军官重新去接装。在机关挑选干部的同时,先派一位善于做思想工作的干部去传达师里的决定,接装失败的所有责任全部由师里承担,不责备任何官兵,让他们放下包袱,愉快回营。

然而,上级愈不追究,赵国根一行愈是感到有辱使命。12 条铁骨铮铮的汉子,笑着出去却哭着归来,悄悄地含泪回到各自的连队。

这是一种泪水汪汪却听不见声音的哭,在军营中却不啻一声惊蛰春雷。它宣告了一个旧时代即将结束,而一个新时代就要到来。这个新时代,就是我军战斗部队高技术的春天。

区区两个连,忙煞一个团

新装备接回了一批,又接回了第二批。某团那些日子天天像过年似的热闹,试训的任务交给了炮四连和坦克九连。

试训分队首先沐浴到高技术的阳光雨露,自然兴高采烈。但高兴劲还没过去,便碰到一个难以通过的“地狱之门”。团司令部、政治处命令,对有关连队的官兵进行调整。全团士兵高中文化以上者参加数理化考试,择优录取方可进入,尤其是驾驶专业和炮长专业,报考者还必须是特级驾驶员、特级炮手。

严格的报考条件和严格的考试,挑选出达标的官兵。除去军官,士兵中主要是两种人:一是老兵中文化高的技术尖子,二是高考差几分没达线的新兵。新单位倒是人才荟萃了，可回头一看，老单位最有发展前途的技术骨干却来了个“大放血”。

被抽走了骨干的连长们鼓起了腮帮子，质问团领导：“你们这样喜新厌旧，影响了战斗力谁负责？”

喜新厌旧？“掌握了新装备，一个连可以对付旧装备一个营。不喜新行吗？让新装备形成了战斗力，就可以母鸡下蛋，以新带旧，一个连可以带出一个营、一个团，其成功经验可供全军受益。”再说战斗力，啥是最大的战斗力？科学技术是第一生产力，是不是第一战斗力？这确实是个值得思考的问题。

其实，比抽走了骨干的连队更有失落感的，恰恰是使用新装备的连队。第一次接装铩羽而归的炮四连连长赵国根有幸留任，可他数了数调整后的人头，四连的老兵剩下不到10人，而且留下了也难当大任。前面提到的那个老兵赵国亮，就只能乖乖地去当炊事员。坦克九连仅驾驶、炮长、通信三大专业上，就集中了全团25名数得着的“特级能手”。可仔细数数，老九连的不过占个零头。连长陈岩与赵国根一样，心里实在不是滋味，只因为换装，就使曾经朝夕相处的战友离他们而去。道理固然一讲就明白，感情的经纬却不是几条道理就能理清的。调进调出，来来往往，背走一个背包，就像挖掉了他们心头的一块肉。这种告别也许过于残忍，没有像老兵退伍那样敲锣打鼓，那样抱头痛哭，一切都是静悄悄的。无言地握手，无言地送行，无言地回眸。谁心里都明白，新装备所代表的新时代无情地将不适应其要求的人淘汰出局了！他们只能去继续摸他们已经熟悉的老装备，度过尚未期满的服役期。打个不恰当的比方，牛犁地，马套车，各尽所能。

高技术的冲击波是全方位的，但感受最强烈的还是被挑选入局的人。

团里请来了近百名工程师，来给两个连的官兵上课。他们有的来自军队院校，有的来自科研院所，有的来自生产厂家。每天上午学理论，下午上车实习。让我们暂时撇开那绞尽脑汁的理论学习，先来看一看炮四连战士于钢在实习中遇到的故事。

每一个战士刚入伍时，总是要好奇地摸一摸他心爱的武器，如农夫之于耕牛，驭手之于辕马，此乃一种无言的对话，一种微妙的感情交流。可新装备到来之初，这一起码的神圣权利竟被剥夺了。“只准看，不准摸！”军官们像守护自己的恋人一样，绝不准任何人染指。“哼！又不是大姑娘，不让咱小伙子动手。”于钢私下发起了牢骚。

让他想不到的是，等到实习上车时，挡住他的真的是一位漂亮的大姑娘，女工程师。当于钢猫下腰准备一头钻进车内时，一只纤柔的手伸出来，说道：“别慌，先把手伸出来检查检查。”这算哪门子规矩？当兵两年，也算个老兵了，还从未听说训练前要检查手的。现在没辙,只好乖乖地接受检查。于钢悄悄地瞧了瞧老师的脸,嫩着哩!比自己大不了多少,不过二十五六岁。她笑得真美,像一朵绽开的花。老师的手真软乎,他感到有点发痒,手直往后缩。这是他成年后第一次接触女人的手,想不到是在军事训练当中。不容他胡思乱想,女工程师严肃地命令道:“回去把指甲剪了,把手洗干净再来。”于钢从未听到过这样的命令,一下没反应过来,直愣愣地站着没动。女工程师再次抓起他的手,说道:“你自己看看,指甲缝里黑乎乎的,有多脏,弄干净再来!”

于钢按照吩咐剪了指甲洗了手,重来上车时又被挡住了。怎么啦?又犯了哪条规矩?女工程师指指他的脚下,“看看你的鞋,有多脏,擦干净再上。”于钢真有点蒙了。这与以往训练中不怕脏不怕累的要求咋就翻了个个儿呢?似乎是怕于钢受的震动还不够,女工程师拍拍他的军衣,嗅了嗅,说道:“你的衣服几天没洗了?脏兮兮的。照说也不合格,今天放你一马,下次不行!”

天哪!仅是上一次车就这么啰唆。于钢真要气得顶起来,但有啥法子呢?只有规规矩矩地听人家摆弄。在她面前,连长、营长不也是老实得像个孙子吗?

半天实习,女工程师只教了他两个开关的作用和使用方法。和一个漂亮的异性一起关在装甲车甲板之内,又有空调,本该十分富有诗意,可于钢老是有一种心理上承受不了的感觉。因为从那樱桃小口里,偶尔会冒出几句让人听了难受的话:“看你小伙挺精神,怎么就笨手笨脚呢?”“让你向右,你怎么又向左了?没上过大学,左右总该分得清吧?”

实习半天下来,他没出多少力,却流了不少汗。呸!都是被女老师气的。他有点恨女工程师了。自以为多读了几年书,就瞧不起咱当兵的,又嫌咱脏又嫌咱笨。要不是为了掌握新装备,你算老几?!但事情就那么怪,你越讨厌她,她偏找上门来了。

“小于!”她边喊边进了士兵宿舍。见于钢鼓着嘴,她心里便明白了几分。“你以为我对你太不客气了,是吗?”她笑问道。不等于钢回答,她接着说:“你千万别误会,不是我不客气,是新装备不客气。你操纵的系统是电子计算机,不允许有灰尘来沾染她,否则她就会生病,就会出故障。车里为啥装空调?就是怕热坏了计算机。”闹了半天,咱用空调是沾计算机的光。她像个姐姐似的拍拍于钢的头说:“别生气了,把脏衣服都换下来,我来帮你洗。我到外面等你。”说罢她便出去了。

于钢本来一肚子气,听了这一番话,不仅气全消了,而且觉得不好意思起来。老师帮我洗衣服?不好意思啰!但他还是把脏衣服全换了下来,塞进脸盆里端了出来。

女工程师和于钢一起搓洗衣服，搓出一汪汪的黑水。“你要知道，新装备不喜欢脏主人。”她的幽默羞得于钢满脸绯红。她继续说：“我考考你，澳星第一次发射失败的原因是什么？”于钢摇了摇头，答道：“咱文化低，说不上复杂的高技术问题。”女工程师停下手中的活，说道：“一点也不复杂，就因为混进了一粒金属屑。没想到吧？”于钢不觉呵了一声……

自打新装备接到部队以来，于钢变了，全连的官兵都变了，变得干干净净了，变得轻手轻脚了。外连的兵不觉诧异：“这是练兵呢，还是当新郎官呢？这样的兵还能打仗吗？”

“告诉你吧！”于钢不无神秘地说，“咱要一按电钮，一炮一个准儿。眨眼工夫，一秒钟，炮弹一窝蜂就出去了。到时候你等着瞧吧！”

一下当上连长的两个士兵

在装备不变的情况下，老兵就是老兵，新兵就是新兵，不一样就是不一样。但在新装备前，大家都成了新兵。新装备铁面无私，不认人的资历，只认知识和技能。

新兵刘洪文本是一名步兵，通过考试被挑到了炮四连。他对记者说：“开始听工程师上课，我像听天书一样，什么十进位换二进位、内存、外存……反正是不懂。管它懂不懂，我先硬着头皮记录下来，再用一个录音机，将教员讲的录下来，课后就翻笔记，听录音，反复几次。我靠着当兵前高中的基础，加上刻苦学，慢慢地弄懂了火控系统的工作原理。后来，我又觉得这样闷头学不行，要多问多请教，所以课堂上有啥不懂的，我就举手提问。提问也是要有基础的，啥都不懂，就问不到点子上，问得太离谱了，教员也无法回答。好在教员都十分热心，有问必答，一遍不行，就两遍三遍，直到大家弄懂为止。一个多月的时间，我是天天加班加点，不是出力气，而是动脑子，看书做习题。功夫不负有心人，理论考试我得了优秀。这个优秀来之不易，我的腰缩了一个裤带眼。

“实习每天下午整整 4 个小时，教员手把手地教，从一个开关一个开关如何使用教起。摸了半个多月，才初步弄清每个开关、按钮如何操作，哪个先哪个后，哪个什么时候什么情况下使用，同时也学到了一些查找排除一般故障的方法。

“我们急着要实弹射击，但教员不肯，领导也不肯。教员说：‘你们都是种子，将来还要教新兵，头一波煮成了夹生饭，以后就不好办了。’领导也说：‘咱不能年年都请那么多工程师来当教员，人家还有人家的事，再说咱也请不起。’头一年，我们光训练，一发实弹也没捞上打。

“第二年开训，团里又把工程师们请了来。部队拉到野外，排除一切干扰，天天钻在车里练。我们连的二排长(现炮兵参谋)吕明稳专门跟着工程师,每个人、每台车、每一个细小情况,他都记录下来,一个人一个人,一台车一台车,一个细节一个细节地过。直到教员基本满意之后,才决定打实弹。

“可能是因为我的理论考核和实际操作都不错,连里决定我放头一炮。老实说,我心里一点底也没有。连夜又翻了一遍使用说明书,老厚老厚的,把有关内容重新看了一遍,把操作步骤、要领在心里不知默念了多少遍。第二天实操,我心里像揣了只兔子,蹦跳不停。连长说,你怕个啥?没听工程师说吗?要相信新装备,相信科学,按程序来就错不了。他越这样说,我越心慌。稀里糊涂一炮出去,偏了。这一偏,咱心里反而有了点底:慌慌张张才偏这么一丁点儿,稳住劲就偏不了。果然第二发出去,炮弹把靶子摧了。接着第三发直射靶心。打完单发打连发,完全由计算机控制,几秒钟,呼呼啦啦像流星雨,准得连我自己也不相信,那么多炮弹,基本上都上了靶。

“‘神了!神了!’我钻出车外,全连都欢呼起来。我说,我神个鬼,是新装备神。不相信科学不行,不服高技术更不行。我给大家讲了实弹射击体会,最重要的一条是相信教员讲的,按程序来,即使第一发不上,第二发肯定上。其他车按我讲的,接着打,果然台台都是神炮。

“据连长说,这样好的成绩,用旧装备是做梦也不敢想的。第一次打实弹,就打出了新装备的威风,也打出了咱炮四连的威风。想当初,咱连长去接装哭着回来,现在咱们初步掌握了它,能不叫人高兴吗?指导我们训练的工程师们也高兴得跳了起来。如今的炮四连已不是当初的炮四连了!我们可以自己教新兵,培养掌握新装备的新一代士兵了。”

刘洪文脸上充满了自豪,但仔细观察他,仍然是一脸稚气。二十郎当岁就扛上了中尉军衔,当上了连长。从新兵到连长,这一步也跨得太大了吧?刘洪文笑着说:“我这个连长完全是新装备送给我的。要没新装备,我多半当不上干部。我力气没有别人大,在老装备上多半干不过别人。如果干不出成绩,连考院校的资格都没有,还谈什么提干?是新装备帮了我的忙,她不在乎你有多大力气,而非常挑剔你的知识,偏爱那些有文化肯钻研她的人。也许因为我是第一个打靶的人,并且后面多次为内外宾表演都打得不错,所以老连长赵国根被提为炮兵股长后,我这个炮长便直接破格当了连长。”

无独有偶,同样使用新装备的坦克九连,也有一位士兵直接当上了连长。他的名字叫花炳新。提起花炳新,在师里甚至军区几乎无人不晓。因为他打的第一炮,曾经牵动了上自大军区司令员,下至每个士兵的心。

军区组织了一次高技术条件下的现代化演习。新坦克究竟要不要亮相,谁也没把握。九连才用它训练了短短一个月,万一出洋相,脸就丢大了,因军委江泽民主席以及党和国家领导人都要坐在观礼台上看。上还是不上?实验一下再说。花炳新被确定为试打第一炮的人。

瘦削白净的花炳新说话不紧不慢:"当时选中我,因为我是炮长班的班长。著名教授、号称'全军第一炮'的王志公大校和其他工程师亲自教我们,开始听不懂,我就晚上到招待所去请教,我先弄懂了,再回来现炒现卖,教大伙,这样我比别人就学得深一些。

"要我先打我也没谱,但不害怕。我相信我不是吃干饭的。打之前,营长林国民、连长陈岩和我,3 个人把装备彻底检查调试了一遍。师长和军区一位副参谋长把我叫去说:'不要有什么压力,打不上谁也不会责怪你。'我这人实在,本来就没考虑那么多,他们这么一说,我更没包袱了。我们 4 名乘员协同好,准备开打。我对驾驶员说,油门踩到底尽管跑,开到最高挡。心里想,要么就不打,要打就要打出一个大大超过旧装备的效果出来。至于把握,我相信只要操作好绝对错不了。在高速运动中,我一炮便摧毁了目标,接着第二炮、第三炮……没有一发脱靶的。

"我的几炮打得战友们欢呼雀跃。因为这个效果是旧装备无法达到的,高了不止一个档次。当时军区副参谋长现场拍板:大演习要上新装备。军区司令员讲,这个演习要展示部队现代化建设的新成就,在协同、综合战斗力上争取超过×军的×××演习。你们要好好练,到时候打给江主席看。

"我们炮长班的 16 名射手,淘汰了 4 个当二炮手。剩下 12 人,从预习到正式表演,都是百发百中,没有一发炮弹脱靶。这充分说明了新装备掌握不容易,但一旦掌握就所向披靡。过去师、团首长说,掌握了新装备,一个连可以对付旧装备一个营,大家还有点将信将疑,实弹一打,现场一表演,没有人再怀疑了。激光、计算机这类新技术,你不服不行。"

你是怎样当上连长的呢?"这……"花炳新似乎有点不便开口,他望了望老连长陈岩,不敢回答。陈岩反倒十分爽快,说:"你讲嘛!反正我处分都受过了,还怕人说?"花炳新这才慢慢地讲:"演习顺利结束之后,在返回营区的路上出了重大事故,开了个连队立功,连长却受了撤职处分的先例。其实,连长也够辛苦的,连队能掌握新装备,他是立了头功的。论技术、论组织指挥,都没说的,偏偏碰上这档子事……"

"别讲这些了。"陈岩说,"过去的事就让它过去吧!我被撤职之后没有现存的能全面掌握新装备的干部。连队不可一日无长,上级听取我们的建议,提花炳新当了连长。提他，大家服，因为他不仅新装备掌握得最好，而且有组织指挥和管教能力。”

据团里首长讲，花炳新能当上连长，其实与陈岩被撤职没有多少关系。如果不出事故，陈岩被提拔是早晚的事。师团党委的指导思想很明确，就是要把懂新装备的人提拔起来，促进部队的现代化建设。让花炳新当连长团里早有考虑，绝非偶然，不存在“捡了个便宜”的问题。

刘洪文和花炳新，同为士兵直接当了连长的幸运儿。幸运在哪？值得每一位官兵深思。新装备的到来，给每一个人以平等竞争的机会。如果说有些岗位的干部还可以走后门滥竽充数的话，那么新装备却不允许你打马虎眼，谁能掌握它，与之融为一体，谁就是获胜者。要讲新装备的冲击波，这是最大的冲击波，它像一座警钟在时刻提醒每一位官兵：优胜劣汰，规律无情，当心！

破格提拔两个士兵，在全团掀起一股学习高技术、钻研新装备的热潮，因为谁也不愿被新装备所抛弃。

喂！陆军老大哥……

1994 年 10 月 6 日，《解放军报》在第一版刊出消息：《我陆军质量结构实现重大飞跃》，副标题为“以炮兵、装甲兵、工程兵、防化兵为主体的兵种部队在陆军编制中占三分之二以上”。

这条消息，对于关心中国人民军队现代化的读者来说，无疑是一个特大喜讯。“小米加步枪”的中国陆军正在发生质的飞跃，曾经让我们引以为豪的“小米”早已成为过去，“步枪”也所剩不多，已经占不到陆军总员额的三分之一了！

在世界军队发展史上，陆军的历史最悠久；在中国人民解放军中，共和国成立前几乎只有陆军。历史悠久加上实力最强，所以人们习惯称呼为“陆军老大哥”。

在陆军中，又以步兵的历史最悠久，资格老加上靠它最后解决战斗，所以人们又习惯地称呼为“步兵老大哥”。

然而在现代化建设的今天，原来意义上的“步兵老大哥”的地位似乎正在发生着微妙的变化。诸如“以步兵的胜利为胜利”“最后解决战斗还得靠步兵”之类曾经是天经地义的原则，虽然不能轻言过时，但起决定作用的已非仅靠步兵了，至少不是传统意义上的步兵。几乎可以肯定地说，从第四次中东战争到海湾战争，决定战争胜负的关键是装备了计算机的合成军，其中尤以特种兵的作用更为明显。这些，只要不带偏见和稍微留意一下世界军事动态，便可一目了然。撇开资历和数量，纯粹从技术上讲，陆军已难称“老大哥”，步兵更成了“小弟弟”。

“现在不是承不承认是‘老弟’的问题，而是如何改变‘老大哥’地位的问题。”现任副团长的林国民一脸严肃地说，“我们不少同志老是埋怨装备落后，新装备来了之后又埋怨新装备不行，就是不承认人的素质不行。新坦克从火车站下车，是我带人开回营房的（当时任三营营长）。以后我一直带着九连训练。驾驶、火炮、通信三大专业，又认真地摸了3年。我认为新装备是相当不错的，其主要战、技术性能无不超过旧装备许多，基本适合中国国情，也比较容易掌握。掌握的关键是人，而不是车。人的基本素质，好比理工科‘大本’100个小时可以掌握，高中生起码要1000小时，初中、小学10000小时也不一定掌握得了。按照现在的征兵条件，大多数士兵服役3年掌握新装备是不太可能的。比如火控系统，在输入目标参数之前，必须先输入的地球物理参数就有几十个，温度、湿度、地球自转等等，这些你对初中生、小学生讲得清楚吗？新装备的一些故障，仔细分析解剖一下，大多也是人为造成的。比如车应加什么油、什么温度，都有严格的规定，你不按规定来，能不出事吗？再比如，一个开关要你右开，你非左开不可，弄坏了还埋怨不好。这些都是简单得不能再简单的问题，但还是有人搞错。原因就两个字，不懂。”

说到这里，笔者想到60年代末刚入伍时，本连发生的一个悲剧。连队菜地里有个供潜水泵用电的变压器，未曾高架，放置于离地1米高左右。为了安全，每晚均派哨兵站岗。连队几乎天天都要强调，千万别碰变压器，碰上高压电要死人的。这个道理只要上过初中的人一听就懂，照说不会出什么问题了，可偏偏有个文盲老兵不信高压电这个“神”，轮到他站岗时，用枪刺悄悄碰了一下三根线中的一根。算他运气，碰的是零线，侥幸未触电。谁知他老兄第二天就在班里散布：“连队干部骗人，胡说高压电碰了要死人，我碰了就没事。”接着绘声绘色地讲述他碰变压器的经过。连里知道后，专门请电工来讲课，从电压、电流、电阻、绝缘体、导体一直讲到人体导电，无奈他老兄文盲一个，如听天书。他口里答应再不碰变压器，心里仍不信那个邪。等到他再次单独执勤时，又一次用枪刺碰了变压器。这一次他碰的是火线，一道电光闪过，他浑身被烧焦，连脚下的胶鞋都分别被打出两个洞……这个悲剧永远不会从笔者脑子里抹去。

诚如毛泽东主席所说，没有文化的军队是愚蠢的军队。今天，军营里也许再不会出现这种由于愚昧而酿成的悲剧了。但是，人的素质与新装备、新科技的反差显然不是缩小了，而是拉大了。过去，一个文盲通过3个月的训练可以掌握步枪；现在，一个初中生通过3年训练无论如何无法掌握新装备。林国民副团长说：“我们在新装备上第一批训练出的16名射手（中间淘汰4人），都是高中生，原先都是特级射手。如果全部换装，我去哪儿挑那么多合格的人?!”

是的！未雨绸缪，人才先行，现代化建设的当务之急呀！然而，许多部队的人才标准，仍然停留在“打靶看环数、投弹看米数”上，仍然信守着“陆军特别是步兵不需要多少文化”的传统观念。两伊战争，其装备不谓不先进，可世界舆论几乎众口一词地认为他们“用先进的武器打了一场落后的战争”。何耶？人才队伍建设滞后，观念滞后也。当我们为他们扼腕叹息时，当我们在埋怨装备落后时，也许未曾想到人才滞后的问题正在咚咚咚地敲我们的门，一个声音在高声地喊着：“喂！陆军老大哥！”

海军篇

“没它盼它，有它怕它”

要论对新中国海军的关心者，也许莫过于毛泽东。1953 年 2 月，毛泽东第一次视察海军舰艇部队，分别为“长江舰”“洛阳舰”“南昌舰”“黄河舰”“广州舰”题词。意味深长的是，喜欢立异标新的毛泽东接连 5 次写下了内容完全相同的一句话：“为了反对帝国主义的侵略，我们一定要建立强大的海军。”

毛泽东将自己的迫切心情跃然纸上是不难理解的。从面积上说，我国是一个陆地大国，有 960 万平方公里的国土；也是一个海洋大国，有 18000 余公里的海岸线。但是自 1840 年鸦片战争以来，有海无防、有边无防的状况留下一部血染泪渍的历史。纵观近代列强侵华之路线，十之八九是从海上轰开国门的。新中国的建立，给延续百年的屈辱史打了一个结。伟大的爱国者毛泽东怎能不将建立强大海军的夙愿萦怀？但是，能解伯牙琴声者，钟子期也。要完全理解毛泽东此时的心情，只有对海军实力知根知底的人才可充当“钟子期”。

据人民海军的创始人、第一任司令员张爱萍上将回忆，从 1949 年 4 月 23 日人民海军在江苏泰州白马庙宣告成立，到渡江战役后，我军只有从国民党第二舰队等起义及投诚者手中接收的 25 艘船、45 只艇，加上从上海等地接收的，总数不及百艘。仅此一点家当，1950 年还被国民党空军炸沉炸伤 30 多艘，其中军舰 8 艘。毛泽东此次视察乘坐的“南昌”号，原是国民党海军的“长治”号。为避免轰炸，1949 年 9 月曾自沉于南京燕子矶，后打捞出水命名为“南昌”号。原国民党最大的巡洋舰“重庆”号起义后，经敌机四次轰炸，被迫自沉于葫芦岛海域。这些情况，毛泽东比谁都清楚。共和国成立伊始，他亲自批准拿出 1.5 亿美元给海军司令肖劲光购买军舰，这些钱占当时国民收入的 7%，毛泽东的魄力不可谓不大。但抗美援朝对飞机的迫切需要,迫使毛泽东又不得不亲自将这些钱从肖劲光口袋里掏了出来。

岁月蹉跎,道路曲折。我年轻的人民海军直至20世纪70年代初才拥有第一艘自行设计制造的导弹驱逐舰,即号称“新中国第一舰”的“济南”号。邓小平同志第二次复出时,曾视察该舰,题下了“建立一支强大的具有现代战斗能力的海军”。从此,中国海军的建设又进入了一个新的阶段。至80年代末90年代初,具有高技术水平的多用途驱逐舰、护卫舰进入海军序列。

当第一艘新舰编入某驱逐舰支队时,狂喜的眼泪模糊了每一位官兵的双眼。它是一个全封闭的海上堡垒,具有势不可挡的战斗力。这正是官兵们朝思暮想的呀!

“从今天起,我们每个人都成了百万富翁。”有人这样介绍新军舰。因为如果以它的造价作分子,全舰官兵人数作分母,平均每人超过100万元。

“从今天起,我们享受住高级宾馆的待遇。”也有人这样向战友们夸耀自己的新军舰。可不是吗?脚下铺的是地毯,房间里有空调,无论春夏秋冬,恒温不变。唯一不如宾馆的,是房间还不够大,缺少席梦思。

这种全封闭的军舰没有一扇窗户,对天、对地、对海面、对水下的观察全凭先进的雷达与声呐。与立体作战相配套的各类武器,也不再需要手工操纵,改由计算机控制。每个官兵的战位上几乎清一色的是荧屏。对键盘的敲打和按钮、开关的操纵代替了昔日笨重的劳动。年轻顽皮的水兵不无骄傲地说:“我们每个人都可以在战位上打电子游戏机。”

新装备当然绝不允许用来玩电子游戏,也绝不像玩电子游戏机那样容易。尽管舰队首长下了命令,新装备要尽快形成战斗力,要用系统(全舰为一个母系统,分若干个子系统,形成一个计算机网络)操作、打靶,尽管科研单位、生产厂家对官兵进行了突击培训,然而一年多过去了,系统却还是没能动起来。原因复杂而简单,人机不友好。计算机系统似乎欺生,像一匹未经调教的马,不是罢工便是撒野。于是乎,对新装备的爱变成了怕,爱有多深,怕便有多大。“没有新装备盼新装备,有了新装备怕新装备”,一时成为普遍的心态。结果是愈怕愈不敢用,愈不敢用愈怕。用不了新的便用旧的。旧的虽然落后,但旧的轻车熟路。如此这般,颇有些像一个驾驶不了联合收割机的农民,不得不重新捡起他的镰刀,并且对着联合收割机抱怨道:“中看不中用的东西!”

“啪!”舰队首长气得拍了桌子,“新装备给了你们,为啥不打系统(即用系统打靶)?!”

面对舰队首长的严词质问,士兵的回答是:“不是我们不用,而是新装备不行。”

一阵令人窒息的沉默。但表面的沉默之下,一个滚烫的问号在跳:究竟是人的素质不行,还是新装备不行?

奖励"鸭蛋"奖出个"满堂红"

在1号舰将快马当作老牛骑时,2号舰又列编了。2号舰舰长邱延鹏十分老成谦恭,个子不大,貌不惊人,但心里有一团火。他总觉得,国家花那么多钱造成新装备,难道是为了给我们当旧装备用的吗?马必须派马的用场,不能当牛使。经过一段时间的摸索,他主动请缨,要求打新装备系统。

"不行!打不好你负得了责吗?"训练基地一位部门长死活不同意。

"训练不是为了打仗吗?不从实战复杂情况出发,用老办法打那么多优秀又有多少用呢?"邱延鹏还是不紧不慢地说。

"你能保证用新系统打优秀吗?你能保证不出事吗?"一连串的问题,像一座座压过来的山。邱延鹏何尝不知道,训练成绩是考核一个军官,尤其是一个舰长的主要指标。即使自己不在乎,是否会拖大家的后腿?是否会影响大队、支队的成绩?但是,他实在是不甘心,守着新装备却不使用,不是失职吗?可惜他又实在没有把握,万一出了事,损坏了装备,那娄子就捅得大了。

新装备还是新装备,老一套还是老一套。

90年代第一个春天。驱逐舰支队换了三个新官:支队长丁一平、政委陵敬昌、副支队长张展南。

不知是偶然的巧合,还是上级的精心搭配,这个海上"三人行"的第一步就迈向新装备。丁一平和张展南都是将门之子,丁一平阅历丰富,为人沉稳老练、胆大心细。他已摸了多年的指挥仪,几乎指挥过我军海军的各个舰种,是个精通海军的专家。一看到新的指挥系统,便像关羽见到了赤兔马,眉开眼笑,爱不释手。"这么好的东西,我们要用呵!"张展南的父亲当初本欲让儿子到自己的老部队去当陆军战士,而张展南却选择了海军。这也许与他勇于挑战的性格有关。他闯了出来,从士兵当上军官,又当上舰长、大队长、支队参谋长、副支队长(1992年已任支队长)。他们从父辈那里继承了作为一个军人的忠诚、勇敢、果断和不屈不挠的精神,又在现代海军建设上学到了父辈所欠缺的科学知识。一正一副,两位军事指挥员所精通的专业如珠联璧合,对新装备信心十足。幸运的是他们碰上了一个好政委陵敬昌,他在专业上虽不如他们精通,却是个不折不扣的科技迷。在政治工作上,以擅长调动科技干部的积极性而著称。

"我看就从咱们党委一班人带头学起,老丁老张边学边当教员,我边当学生边做鼓动工作。出了事我来擦屁股,你们放开胆子干。"陵敬昌政委白净精瘦,像个文弱书生,平时谦逊得让人感到柔弱,可关键时刻如中流砥柱,敢作敢为。他最后说:"新装备要不能在咱们任期内用起来,就是失职,就无脸面见上级首长和广大官兵。"

也许没有必要叙述那艰难的学习过程了。只需了解一点,读者便可以猜个八九不离十。前边《陆军篇》中的新装备与海军的新军舰相比,只是其中一个子系统中的一件武器而已。掌握一件武器尚且那般艰难,要将若干个子系统联动起来,其困难可想而知。丁一平和张展南常常是夜间编教材,白天一课一课地上,一点一点地教。如此一年下来,又到了海上打靶季节。

没的说,新舰一定要用系统打了。打靶结果,1 号舰全优,2 号舰"光头"。

一个"光头"把全支队搅得沸沸扬扬。尤其是在几条老舰清一色打了"优秀"的情况下,"新不如旧"的舆论一时又占了上风。2 号舰舰长邱延鹏更是成了议论中心。"去年就逞英雄,没让他打系统还不服,怎么样? 吃了'鸭蛋'舒服了。"邱延鹏也百思不得其解,论学习的时间和对系统掌握的熟练程度,应该说,我们比 1 号舰好一些。可为什么人家打"优秀",我们"推光头"呢? 他个子本来不高,这时仿佛更矮了一头。

"原因总是会找到的,先开党委会统一思想再说。"陵敬昌主持召开了一次不同寻常的党委会。

"新不如旧"的论点本就跛了一只脚,一推便倒。1、2 号舰同时用系统打,1 号舰打了超优秀就是明证。但丁一平支队长绝不想就此为止,他深沉地说,问题在于,为什么使用新装备遇到一点挫折,就会冒出"新不如旧"的论调? 是因为新装备太娇气? 不错。新装备确有不完善的地方,不像老装备那样经得起磕碰,经得起折腾,故障率比旧装备高。但不少故障恰恰是人为的。比如过去某个动作做错了,纠正过来就是了。现在则不然,一个开关开错了,一个电钮按错了,整个程序都会乱套,有时造成"死机",甚至酿成故障和事故。张展南副支队长不动声色地说:"提高装备的可靠性、可维护性,我们有建议的责任。但是,我们更应该做的文章是如何适应新装备,如何不开错一个开关,不按错一个按钮。"这次党委会整整开了三天,每天都开到熄灯号响,月上柳梢,慢慢地刨到了问题的根上:在旧装备上练成了专家,甚至练成了权威,而新装备迫使昔日的专家、权威统统变成了小学生,一下经历这一巨大的落差,难免使人头晕目眩。老一套吃不开了,但老一套学会容易吗? 也是经过了正规的大专、本科教育,在海上漂了多少年才练就的呵! 就像一位珠算专家总想与计算机比赛,一位熟练的排字工总想与激光照排较劲一样,实在有点不甘心。但是,新技术革命无情,要想不被时代淘汰,就得重新开始。能不能放下专家、权威的架子,甘当小学生,是能否掌握新装备的关键。

就在这次党委会期间,2 号舰逐项查阅原始记录,找出了吃“鸭蛋”的原因:系统事先调试不够,特别是全系统的调试未能很好进行,致使系统运转不正常。打个比方,就像电视机的频道、对比度、光亮度不事先调好,画面岂能不出毛病?何况系统比电视机不知复杂多少倍呢!一个“鸭蛋”换来一条多么宝贵的经验呵!过去打靶前的准备,往往把主要精力放在人的动员和武器擦拭保养上。这些现在当然还不可偏废,但是离开了对系统的全面调试,“冰锅冷灶”地上,非出问题不可。

这次党委会做出了两个决定。第一是对吃了“鸭蛋”的 2 号舰和优秀的 1 号舰一起进行奖励,以鼓励率先用新系统;第二是从今天开始,新型舰必须用系统练用系统打(此时又增加一批新舰),用老一套即使打了优良的也算不及格,不算舰长的年考成绩,不能评为合格舰长。此条后来被舰队作为法规性文件认可。而海军官兵都知道,舰长的年考事关其命运。

两条决定,一条奖“鸭蛋”,一条“赶鸭子上架”。异乎寻常的决定带来异乎寻常的效果:翌年全支队的新舰全部用系统打靶,条条都是“超优秀”。说起那次党委会,大伙不无幽默地说:“支队党委高,奖励‘鸭蛋’奖出个‘满堂红’。”

计算机,我新的无言战友

蔚蓝的天,湛蓝的海。我驱逐舰编队高速驶向远方。在舰尾犁出的白练上,一群海鸥紧追不舍,不时俯冲下来,捕食被白浪翻起的鱼虾。然而,带队出海的张展南副支队长和他的官兵,没有欣赏这大海神韵的闲情逸致,他们担负着一次重要的任务,为外宾展示新军舰的各项战、技术性能。

那位带队的外国将军就坐在军舰上。在北京听了有关方面的介绍之后,他要到海上亲眼看一看中国军舰的风采。当然,还要检验一下我们的介绍是否名实相符。

用新装备为外宾表演,这是头一次,本来就有些紧张,不料大海像一个喜怒无常的妖怪,悄然间便拉起了雾幕。雾愈来愈浓,愈来愈厚,吞没了太阳,吞没了大海。大雾一统天下,叫人不辨西东。海上航行,台风与大雾为两大“天敌”。台风是凶神恶煞,以暴风骤雨、狂涛巨浪玩弄船只于股掌之中;大雾乃温情杀手,轻柔飘洒,寂然无声,引诱你误入浅滩或触上暗礁。这在以往,唯一的办法是尽快返航,溜之大吉。因为大雾,打靶不成,数次无功而返并不罕见。但这次不同了,新军舰的先进设备足以使大雾弥漫如同晴空万里。张展南果断下达了“继续前进”的命令。

军舰穿云破雾，准确到达打靶海域。打不打颇费思量。此前打靶均是好天气，打的是系统，“审计”仍用老办法。就像计算机算出了结果，再用珠算验算一遍一样。可现在老办法已毫无用武之地，肉眼失去了观察的作用，得完全靠电子眼和计算机了。也许是因为事关重大，张展南心里也有些发毛。他问枪炮业务长“敢不敢打”，枪炮长摇了摇头。“那你就暂时靠边吧！”张展南生气地说。他根据自己对士兵的了解，点名拼凑起一个尖子队。待尖子们各就各位后，他急匆匆地跑到炮瞄雷达战位，问自己亲自教出来的两名士兵：“打，有没有把握？”回答是：“有八成把握。”“好！”张展南拍着水兵的肩膀说，“有八成把握就打。”

整个系统有条不紊地运转起来，战舰颇像一个漂在水上的科研所，每个人面前红绿灯闪烁，屏幕上显示出空中、水上、水下的各种情况，计算机将各类情况进行汇集、分析、整理，跳跃的数字不时显示出有关参数。舰长坐在指挥位置上，看着屏幕，通过令人眼花缭乱的各类开关和按钮指挥全舰。在他的左右，有数个计算机终端，每个终端管一个部门、一个系统，部门长靠它指挥本部门的每一个战位，将上情下达，将下情上报，以及与相关部门横向联络。战舰在雾中高速航行，系统也在高速运行，但除了发动机的声音或微机偶尔出现的蜂鸣声之外，没有任何人的声音。射击目标在雷达上显示出来，各种射击参数，包括距离、温度、湿度以及相应射击诸元，都在计算机上显示出来……射击准备就绪，只等舰长的手按下发射的按钮。

“打不得，千万打不得！这么大的雾，万一打着了拖靶船谁负责？”从靶区传来设靶者的呼喊。

舰长看了看张展南，显然是请示该怎么办。张展南镇定地说道：“别理会他，要相信科学和我们的训练水平，打！”

射击按钮按了下去。炮弹鱼贯飞出炮膛，主副炮一连发射几百发……随着大炮的怒吼，人们的心也提到了嗓子眼儿。在这黑夜似的大雾天，这一串连珠炮出去，谁敢保证不误中拖靶船？

拖靶船上听到炮声曾发生一阵惊恐，冒出了“瞎胡来，拿生命开玩笑”的咒骂。炮声停息之后，他们庆幸老天爷没让自己挨炮弹。当他们接到检靶的命令时，颇不情愿地嘟哝：“肯定是光头，还检什么靶？”但是，事实让他们一个个惊呆了：这么小的靶船，主炮副炮命中这么多发？这可能吗?！再检一遍，准确无误。

按照原考核标准，这一成绩是“优秀”的数十倍。

一直沉寂无声的军舰上欢呼起来。那位一直不动声色只顾仔细观察的外国将军，终于满面春风地站起来，与张展南握手。接着又倒了两杯葡萄酒，与张展南碰杯之后一饮而尽。他说：“中国能造出这么好的军舰我不怀疑，中国水兵这么快能掌握这样先进的军舰,让我想不到。”

好一个“想不到”。这么出色的表演,连表演者自己也未曾想到!

这次被大雾“逼上梁山”的表演,一下拨响了驱逐舰支队全体官兵头脑中自觉性这根弦。如果说以往是逼着与计算机系统打交道的话,那么现在则是自觉地与它交朋友。前边是领导逼着搞“拉郎配”或“包办婚姻”,现在是“自由恋爱”。这种感情的变化,可以从军官们的一句话中显露无遗:“不会使用计算机,就没有资格当一名海军军官。”你瞧,多么新派,又多么自豪!

邱延鹏和黄新建是对老搭档,邱任2号舰长时,黄是副舰长;现在邱当了大队长,黄接任舰长。在舰长室里,他们谈起第一次打“鸭蛋”的教训和后来的实践,说了一段意味深长的话:“对计算机这位新的无言战友,仅仅学会使用它是不行的,必须与之配合默契直至融为一体。从一定意义上说,她与骑兵的战马一样,也是通人性的。”他们称新装备的使用直到形成战斗力是“一场名副其实的革命”。这种新技术革命几乎涉及训练的每一个岗位、每一个环节。

——多年来,挑炮手要挑身强力壮的大个子,所谓“大个子炮兵”,三军一样。但在新装备系统中,火炮实行了电脑程序化,可以自动扬弹,再不用人工装填;炮身电子联动,用不着手工左右。因此,对炮手的体力要求远远不如对智力的要求高了。

——以往各个部门长一般可以独立组织训练,枪炮练枪炮,航海练航海,对空的练对空,对海的练对海,反潜的练反潜。一个部门长只要掌握本部门的专业知识和技能,便算个合格的部门长。现在,一个部门往往无法独立组织训练,部门长不仅要掌握本专业,而且要熟悉相关的五六个专业甚至十个专业。

——过去,哪个舰长能指挥军舰一次靠上码头,大家就会跷起大拇指;组织训练和对海对空射击,谁的口令洪亮,谁目测距离准确,谁就是“大腕”。这一切曾经让舰长们引以为豪的东西,现在已经显得黯然失色了。“警报”一响,舰长不必像过去那样往指挥台上跑,而是要往指控中心钻。在这个全封闭的世界里,部属无法看到你的手势,也不要听你的嗓门,一切情况都靠数据屏幕来显示,一切指令都靠电脑传送,需要静默指挥。且不说一舰之长要熟悉各个部门的工作,就是面前那数十个按钮也够拨拉一阵的。

——训练方法上,先打单兵基础,再合练几乎是天经地义,但在新装备面前,单兵几乎已无法自个儿打基础,上完理论课之后,就得进入系统,舰长、部门长、士兵就得同时练,系统不运转起来,一切等于零。士兵的基础仍然重要,但必须在系统中打基础。

两位新装备的训练专家一口气讲了十多个方面的变化，最后总结说："新技术革命革到自己头上，唯一的办法就是老老实实地钻进新装备的怀抱，按规律来。规律不管你的资历、职位，就是'顺我者昌，逆我者亡'。"

的确如此。就在打"鸭蛋"之后不久，还是2号舰，还是那些人，桌面大的小靶，只发射×发便一举中的。这一成绩超过"优秀"标准几十倍。

再看对空打拖靶，陆上一个连能打下一个就相当不错了，一个连甚至一个营"剃光头"并不罕见。但2号舰仅发射若干发，便将拖靶打得燃烧起来。这一成绩已不是老考核标准所能衡量的了。

2号舰在北方某海域为兄弟部队表演，枪炮长不在位，由主炮分队长代替，照样打出了超优秀。2号舰从打"鸭蛋"变成了创造奇迹的领头舰。

邱延鹏笑容满面地说："一旦与新装备融为一体，它是很讲'义气'的，你敬她一尺，她报你一丈。"

事物的发展就是这样，会什么便愈爱吆喝什么，会什么便愈爱干什么。水兵们对新装备从盼到怕，再从怕到抢。在训练中心，蒋宁副处长讲了一个意味深长的现象：过去如果哪个兵不听话，军官就会对他说，你要再不听话，就把你分到驱逐舰某支队去。一听这话，很多人便吓得够呛，因为掌握新装备实在太难。现在反过来了，唬人的话变成了：你要不听话，就不让你到驱逐舰某支队去。因为现在观念变了，士兵认为不学新装备，就学不到新东西。

事物的发展就是这样，敢于向"必然王国"冲击，就能逐渐进入"自由王国"。1号舰从列装到打系统用了2年时间，3号舰列装2个月便打上了系统。全支队最年轻的舰长韩小虎在他那简洁的舰长室里对作者说："本舰列编便用上系统，得益于前边几条舰的经验。我们把住了军舰出厂的机会，提前到工厂，做到能把图纸看清楚、各部分的关系搞清楚，让各种线路跑得通，能排除小故障。这样一接装便可开训，2个月便可开打。"从2年到2个月，这是一个多大的变化啊！目前，全支队已有20余个像韩小虎这样的全训舰长。这些新一代的舰长，出访能用外语与外宾交谈，训练中白天打一般气象已不值一提，在夜间、雾中和恶劣海情也照打不误，成了"全天候"。他们甚至专挑台风来临之前或其他种种恶劣气候率舰出海训练、打靶。按大纲规定的射击条件打靶已大大不过瘾，增大距离、缩小靶幅照样打出超水平，不仅能打同向运动靶，还能打高难度逆向运动靶。

昔日手把手地教士兵的张展南，任支队长后已把主要精力放到了战术上。单舰技术水平的提高，迫切呼吁战术的改革。他一口气给作者讲了八个方面的工作，说："我总算是务正业了。开始我和老丁干的是基层干部兼高中数理化教师的工作,十分辛苦但不是正业。我的正业是编队战术。”现在,他们已完成编队战术的全部训练内容,包括电子对抗条件下的实弹演习。

作者站在海港内,看着一条条来来往往的新型军舰,突然想起邓小平同志16年前与总参负责同志谈话时所说的:“前不久我看到美国的一个资料,说到使用电子计算机,开始军队不接受、不赞成,说是不懂,掌握不了。后来,美国政府下了很大的决心去搞,现在装备到团以下,陆、海、空军都用上了吧。我们现在还没有想到这个问题。要解决这个问题是很费劲的,但思想要统一,要逐步实现指挥系统的现代化,总不能拖得太久吧!”16年过去了,伟大战略家的设想已部分变成现实。然而,我们的思想准备、知识准备落后于“总设计师”多远呵! 春天已经来了,可我们不少人还停留在冬天。我想,小平同志所说的“费劲”,也许最“费劲”的还是观念的转变,即把头脑中那个传统的军人概念转变为操纵计算机的新型军人的形象。总有一天,每一位军官要履行其职责,就必须与电脑这个无言战友打交道。

这个驱逐舰支队先走了一步,并且走得很好,走出了一个榜样。我向大海立正,面对着军港,向他们致以敬佩的军礼。

空军篇

新一代蓝天骄子:1小时一个“大款”

特级飞行员、飞行大队长率永利喜滋滋地回到家里,对妻子说:“做几个好菜,我要喝两杯。”

妻子不觉诧异:吃飞行灶的丈夫平时回家吃饭从不挑剔,今天吵着要加餐,其中必有缘故。妻子不禁问道:“你是立功啦还是升官啦?”

“嗨! 立功、升官算啥? 告诉你一个特大喜讯,我要改飞新战斗机,先进的战斗机。”率永利自豪地对妻子说。

“先进到啥程度?”妻子好奇地问。率永利既不能向妻子透露任何一个技术参数,又没法以“无可奉告”作搪塞,巧妙地答道:“新战斗机吸收了当今世界的新技术成果,技术性能整整跨越了一个时代。她将使你过去看到的飞行表演相形见绌,顿失光芒!”

“乖乖!”妻子惊讶地瞪大了眼睛,“这么大的事,怎么没听你说?”

在这之前,率永利谁也没说,包括对自己的同事和下级。改装(即更新)新型战斗机后,将使部队跨入先进行列。这一天,是蓝天骄子们企盼已久的一天,是每一个军人梦寐以求的一天。但是,新战斗机并不是每个飞行员都可以飞的。她对飞行员的科技文化、技能、身体、心理诸方面都提出了很高的要求。因此,飞行员要在全空军中挑选,百里挑一,强中选强。“我够格吗?”率永利不知将自己掂量了多少遍,多次想主动提出申请又多次打消念头。

然而,改飞新飞机对飞行员的诱惑力是巨大的,这最能体现一个飞行员实现自身价值的光荣感。在空军,能当上飞行员,是谓蓝天骄子;能最先驾驶新飞机,无疑便站到了蓝天骄子的第一排,乃是骄子中的骄子。尤其是首批为数不多的几个人,将成为新飞机的教练员,这是多么光荣呵!反复思考之后,他自信地向师长张建平家里走去。

年轻的师长张建平以“好斗”而闻名。空中强烈的紫外线未能晒黑他的皮肤,他总是显得那么白净潇洒。他中等个头,衣着整洁,一看便是个受过正规教育、十分有教养的人。然而一上飞机,一上指挥塔,他便会变成一头雄狮、一只猛虎。空中特技、空中格斗他是一把尖刀,闯训练禁区、补飞行空白,他是一名尖兵。他曾在青藏高原将2架不明国籍的飞机驱逐出境;曾率领五机“箭”形编队参加国庆35周年阅兵式,飞过天安门广场;更有无数成功的飞行表演和战术示范的光荣纪录。他既是一师之长,又是一流的飞行员。他27岁当团长,当师长时才30出头。当改装新型战斗机的重担压在他的肩上时,他首先想到是要无愧于这支英雄部队的光荣历史。

张建平所在的师从1950年下半年组建到1951年参战,训练不足1年,飞行员平均飞行时间不到100小时,却取得了击落击伤敌机111架(击落87架,击伤24架)的辉煌战绩。全师击中敌机的飞行员占总数的71.4%,涌现出击落击伤敌机29架的“英雄的王海大队”,击落击伤敌机17架的赵宝桐“英雄中队”,击落击伤敌机9架的一级战斗英雄特等功臣王海和赵宝桐,分别击落击伤敌机8架和7架的一级战斗英雄、特等功臣刘玉堤、孙生禄,击落击伤敌机6架的二级战斗英雄、特等功臣范万章,还有分别击落击伤敌机4架的特等功臣杨振玉、焦景文、罗沧海等等。在为击落击伤敌机百架祝捷庆功时,毛泽东主席亲笔批示:“向空×师致祝贺。”中央军委发了嘉勉电。熠熠生辉的过去,灿若星河的英雄,像一只巨大而无形的手,时时推着他向前闯,颇有点生命不能承受之重的感觉。20世纪50年代初的前辈们不过是小学、初中文化程度,最少的只飞行了60多个小时便能打下敌机,无疑创造了世界空战史上的奇迹。今天,他手下的飞行员绝大多数是大专、本科文化程度,又给了最先进的飞机,还能再创昔日辉煌吗?

当然,激情沸腾之后,他又清醒地看到:20世纪50年代敌我双方的飞机和现在相比都是低层次的。武器愈先进,愈需要高素质的人才,愈需要时间去掌握。一件冷兵器一个文盲在短时期内可以掌握,而一架现代化的飞机,一个本科生也需要相当长时间的刻苦训练才能驾驭。革命热情要似火,科学态度应如冰。这是一个合格领导者应该牢记的辩证法。他想了许多,最后归结为,第一步得自己带头去走。作为一个飞行师长,飞行技术理所当然应当是全师第一流的,甚至应该是第一号的。同时,要挑选出足以担当示范教练任务的尖子先飞一步。他是以带尖子名冠空军的,一个个尖子飞行员在他脑子中闪过。正在这时,率永利来敲门了。

"我请求首批飞改装新飞机,我行。"率永利毫不谦虚,直截了当地说。张建平佩服他的勇气和自信,也了解他的技术水平,他充当首批候选对象是完全合格的。但是,首批才选12个人,除师长外,其实只有11个人,张建平还得仔细权衡:"你的要求我十分理解,但确定人员还要党委集体研究,并报上级批准,你就先回去等候通知吧!"

率永利以为没戏了,但不久便接到了被选中的通知。他将信将疑地问团长,团长笑了:"是挑上了你,马上准备上航校改装吧!"他将这一喜讯藏在心里,跑回家里,要爱人加菜。爱人明白了,从现在起,他将一头扎进新飞机之中,忘却妻子、忘却孩子,甚至会忘却自己,他将很难回一趟家了。她十分爱她的丈夫。他虽然只有1.66米的小个子,却是人中的尖子,天上的骄子,其光芒足以照得为妻者浑身亮丽。但是飞行员不能像普通人那样,每天成双成对,卿卿我我。作为飞行员的妻子,那飞机发动机的轰鸣,那银燕在空中的一举一动,甚至空中飘来的云彩,地上刮来的风,无不牵动着她们的心。她们的神经似乎老在一种紧张之中,只有当丈夫实实在在地来到她们的眼前,心中的那块石头才算暂时落地,给丈夫以加倍的爱抚。在节假日或飞特技课目时,飞行员的妻子们往往会自发地买上东西去机场,不是慰问自己的丈夫,而是慰问地勤人员。道一声"辛苦",说一声"感谢",还有一句没说的话双方都心照不宣:"千万细心呵!我丈夫的生命至少有一半掌握在你们手里哟。"率永利和许多飞行员一样,完全理解妻子的心情,但也将这种过分的担忧斥为"对科学的无知"。而无论你如何详细地给她讲解科学,都难以驱走她心头的那片愁云。特别是改装新飞机,她能不担心吗?

师长张建平率领11名飞行精英,来到了某航校。越是性能优越的飞机,其构造越复杂,原理越深奥。数门理论课同时开,学习方法非同寻常,课后必须将听课内容默记下来,等于一天几次闭卷考试,折腾得这些拥有第一流身体素质的尖子飞行员也不堪重负。天天训练至深夜12点,累得他们常常和衣而睡。航校离市区坐公共汽车不过十几分钟的路程,但你若问这个城市咋样,这些蓝天骄子竟茫然无知。他们压根儿没进过城,全部时间甚至梦中都在最新科技理论的王国中遨游。命运之神从不欺骗执着虔诚的追求者。到底是尖子中的尖子,理论考试,12 人全部满分,并且每人都写出了漂亮的心得体会。小个子率永利一人写了 16 篇,在航空理论知识竞赛中得了一等奖。扎实的理论基础为掌握现代化的飞机创造了条件,该上机实习了。

"一遍不行,再来两遍,两遍不行,再来三遍。"这是我们通常用来表现刻苦学习的几句话。但是,你若用此来教导这些飞行精英,那就大谬不然了。师长张建平严肃地对大家说:此型新飞机不是黄金,胜似黄金。且不算别的,教官带飞 1 小时,所花的人民币就相当于一个"大款"!你一遍不行再来二遍,就得多准备一手提箱的钱。我们的国家还很穷,有限的国防经费不允许我们一遍不行再来二遍,更不允许当了"废品"再回炉。

大家都没有说话,但谁都感受到了这几句话的分量。飞行员是用黄金练出来的。一个民航机机长的练成,所花的钱换算成黄金,其重量几乎与他们体重相等;而一个新型战斗机飞行员的练成,所花黄金将超过他的体重。"时间就是金钱",这一商战语言用到新飞机训练中同样恰如其分。精英们别无选择,必须用最少的时间来练硬自己的翅膀。而科学又是老老实实的学问,你要节省空中时间,首先在地面必须比别人多付十倍甚至百倍的代价,"地面苦练,空中精飞"。

数千个技术数据,顺背了倒背;数百个技术动作,口念手动反复做;座舱的各个部件、各类仪表密密麻麻,各种线路宛若蛛网,必须闭上眼睛一摸就准。12 个飞行员,仅座舱图每人就默画了数百张。此时再上天,让教官大吃一惊:"我熟悉座舱花了一个星期,你们怎么一上天就熟悉呀?"怎么说呢?只有该熟悉的都熟悉了,你才肯把位置让出来给我坐,从而最大限度地利用空中实习时间呀!

12 名精英完成两种气象的改装新飞机飞行,最多的用了 28 小时,最少的率永利只用了 23 小时 20 分。而按惯例,达到上述水平需 30 余小时。节约时间就是节约金钱。他们节约下的钱换算成黄金,一个人挑着也够沉的。高级人才的价值,在这里体现得淋漓尽致。人格是平等的,而人的价值是不平等的。如果说在低级劳动领域,这种价值差异表现得还不明显的话,那么在高级劳动领域则是一目了然的。国防建设现代化对高级人才的呼唤日甚一日,我们听到了吗?

张建平带领他的飞行员穿云破雾,驾驶新一代战鹰回到自己的机场,开始向高难度动作冲击,其惊险足以把任何人吓出一身冷汗。他们的妻子更是心惊肉跳。率永利的妻子自打为丈夫准备了那顿丰盛的晚宴之后,很难见到丈夫一面。相距不过咫尺,却宛若关山万重。她实在放心不下,带着孩子来找他。只见率永利面前放着一个笔记本，闭着眼睛，嘴里念念有词，背诵着她咋也听不懂的专业名词及动作要领，两只手还像在座舱一样，配合“台词”做着各种动作。不知为啥，悬着的心一旦落地，眼泪反而哗哗直往下掉……率永利却笑了，笑得幸福、自信。他对妻子说：“我正在向成为世界第一流的飞行员努力。”这难道不值得做妻子的骄傲吗？是啊！丈夫第一批赴航校学习新飞机飞行，第一批放单飞，第一批向高难度动作冲击，第一批成为新飞机的四种气象（全天候）飞行员、教员、指挥员，第一批参加表演，第一批使用新飞机的所有火器实弹射击……甭说这么多第一，就是一个第一也够让人自豪的了。对了，我们得看看他的飞行表演了——与我们一起观看这次表演的有中央军委、三总部和陆海空三军的高级将领。

表演者除率永利外，还有他的团长张宝忠。两个人均是特级飞行员，第一批掌握新装备的佼佼者。说时迟，那时快，只见两架新飞机滑行出来，不过数百米，便腾地昂首起飞，角度大得几乎垂直。飞机迅速爬升，突然蓦地打了半个滚，竟倒转反向，从几乎贴着主席台前的上空飞过来。观看者根本无暇鼓掌，相反许多人的脊梁上不觉冒出了冷汗，紧张得心提到了嗓子眼。吁！太玄乎了！这要稍有差池，掉下来咋办？似乎不容紧张者思考，飞机又突然横着滚了 360 度，接着爬升，又一个滚转 540 度。天哪！新飞机在天上竟比武术高手在地上还要灵活，使空中飞人之类的杂技表演不值一提。双机开始高速盘旋，两机相距不过 10 余米，如此高的速度，如此小的间距，如此复杂的动作，飞行员若非技术炉火纯青，岂能操纵若定，玩飞机于股掌之中？看完顺飞倒飞、直滚横滚等令人眼花缭乱的高新动作之后，疾若闪电、动如雷霆的飞机突然变成了两只悠闲自在的银色蜻蜓，慢慢地、轻柔地通过主席台前。这是他们一气呵成的 24 个动作的最后 1 个，按照行话，曰“小速度通场”。

此时，观众席才响起了雷鸣般的经久不息的掌声。这就是我军新一代的飞机，这就是我军新一代的特级飞行员！时任军委副主席刘华清概括道：“今天是开了眼界，长了志气，受到了鼓舞！”

类似表演，率永利他们进行了 20 多次，次次圆满成功。

“强”吃牛肉“软”戒烟

师长张建平站在新飞机上，向欢呼的人群招手。人群中有时任军委委员、国防部部长迟浩田及国务院有关部委的负责人。张建平与另一飞行员刚为大家进行了一场扣人心弦的飞行表演。他们起飞 300 米即垂直拉起，一个反斤斗，接着双机密集并列画“8”字，低空横滚……双机起飞，双机落地，好不干净利落！

然而，愈是听到这褒奖的掌声，愈是听到这赞美的欢呼，他的心愈是惴惴不安。

邓小平同志17年前的一段话老是响在他的耳边:“新的武器装备一来,行不行呀?懂不懂呀?指挥能力够不够呀?就是自己行,下面的人行不行呀?你不训练,就是不行。”

邓小平同志17年前的预见,与他今天面临的现实可以说不差分毫。“进了××师,人人减工资,当官十几年,进了新兵连。”这段在军官中流传的戏谑的顺口溜,描画出他部下一些人的心态。新飞机的续航能力强,过去若干个架次才能完成的课目,现在一个架次即可完成。因此飞行时间相对少了,飞行时间少了,飞行补贴也就少了,所谓“人人减工资”,此之谓也。对此,飞行员们不过说说而不会当真。但要改变当“新兵”的状况,却不是上几堂政治课、突击几个回合就能解决的。在一定意义上说,这需要进行“脱胎换骨”的改造。

现代化的装备,呼唤现代化的人才;尖端的新装备,只有靠尖端的人来掌握。一项新技术,一件新装备,即使再先进再尖端,少数几个人掌握它也许并不难。他们或有这方面的天才和特殊的灵感,能够“心有灵犀一点通”;或有扎实的基本功和超人的勤奋,能够“春江水暖鸭先知”。出一两个“天才”式的顶尖人物,只能做精彩的表演,而无法让部队全面形成战斗力。现在,张建平的手里已经握着几张“王牌”,可以表演出令人眼花缭乱、心惊肉跳的空中格斗,但是要整团整师的飞行员都变成尖子,飞出一流水平来,还有成片的荆棘需要清除,成堆的困难需要克服。

许多困难,有些他已经考虑到了,并采取了果断措施克服,有些却是他未曾充分估计到的。

对飞行员的文化、身体、年龄以及飞行基础,张建平该考虑的都考虑到了:学历要大本,身体要甲等,年龄要35岁以下,飞行要900小时以上……对于他提出的这些苛刻要求,空军首长无不言听计从,有求必应。人员先在军区空军范围内挑,不够可在全空军内挑,挑谁给谁。“大换血”式的人员调整,已使他的队伍今非昔比,面貌一新。但同时他又落了个“狠心”的名声。所谓旧的不去,新的不来。进新人就得出旧人。偌大一个师,才筛出几个人上新飞机?多年的老部下老战友被调走,双方的心情都不是好受的。尤其是一些原在外地的干部,“过五关斩六将”,费了牛劲调回到“家门口”,新飞机一来,又被“赶”到该去的地方,难免要掉下无可奈何的泪来。

而对于飞行员身体素质,张建平想不到会有如此之大的差距。在新飞机上,有的飞行员飞1个小时就感到疲劳,有的甚至出现眩晕和十分危险的“黑视”现象(瞬间啥也看不见)。显然,此乃身体素质不适应新装备所致。按空军的行话讲,主要是抗载荷能力达不到要求。战斗机飞行员与民航机的不一样,除了必须有更为壮健的身体外，还必须穿上抗载荷服。否则，在强大的载荷力作用下，轻则受伤，重则不堪设想。在飞特技时，抗载荷能力要求更高。而开新飞机，要具备比飞老飞机强许多的抗载荷力。

身体素质不行，锻炼！飞行军官们每天练长跑，一跑就是5000米；打篮球，踢足球，一打就是一个半小时。谁要说他们锻炼不刻苦，那是睁眼说瞎话。按照常规，经过一段时间的刻苦锻炼，他们的身体素质应该提高，抗载荷能力应该增强。然而，不知为什么，飞行员在飞机上反而感到更加疲劳。经测试，抗载荷能力非但没有提高，反而降低了！

于是乎，空军航空医学研究所的专家们被请了来。专家一席话，让训练组织者顿感羞愧："你们练的是耐力，而不是抗载荷力。长跑、踢球之类的运动叫有氧锻炼，而提高抗载荷能力必须靠无氧锻炼。何谓无氧锻炼？即瞬间缺氧的运动，如短跑、举重等增强爆发力的项目是也。"

想不到锻炼还有这许多名堂。常人按常规办法锻炼，就能增强体质；非常之人如飞行员对身体有特殊的要求，就得按特殊需要来锻炼。专家们根据每个飞行员的不同情况，制订出不同的体能训练计划，大大增加了无氧训练的比重，减少了有氧训练的比重。其中，尤其突出了短跑和哑铃、杠铃、拉力器、自行车等配套综合练习项目。只是，综合练习器械完备的健身房飞行部队过去就有，但很少有人问津，总觉得那是一种贵族运动。从电视上看到外国人上健身房，便讥之曰"玩派"，"锻炼还要那玩意吗？到室外跑一跑，既呼吸新鲜空气又节约，还不照常锻炼？"现在才发现，不是人家"玩派"，而是自己"土老帽"了。仔细想想，"土老帽"讥笑科学的事还少吗？不只在锻炼上。

航空医学专家们还给飞行员们规定了强制性食谱。所谓如饥似渴，饥渴的滋味谁都知道不好受，但强迫你吃不愿吃的东西，那滋味却不是每个人都能体会到的。喝苦口的中药，硬着头皮喝几服便行了，而强迫你吃东西可是日复一日难有穷期。飞行员本都是"杂食"，但毕竟各有各的口味。有的不爱吃牛肉、羊肉，有的不爱吃鱼，有的见到黄油便恶心，有的闻到奶味便腻味。现在顾不了那许多，得拿出"牺牲奉献"的精神来，填鸭式地往嘴里填。只不过填鸭是人硬往鸭嘴里塞，飞行员是自己硬塞到口中。你若玩猫腻儿剩下来，对不起，有人监督着你。我们这支由小米加步枪起家的部队，从井冈山的红米饭、南瓜汤到延安的小米、黑豆，指挥员从来都是为部队吃不饱而发愁，也许未曾想到今天在飞行部队里要为把高能量食品硬吃下去而发愁。尽管营养学家们一直呼吁讲究吃的科学，但中国人仍然不肯放弃那点爱吃什么便吃什么，想吃什么便吃什么的自由。

欧洲的足球运动员上场像公牛，我国的足球运动员上场像面条，原因很多，其中之一是对吃的自由理解不了。真正的吃的自由，乃是科学饮食的自由。我们的飞行员们在吃上先行了一步，开始从满足嘴巴的需要向满足工作的需要迈进。

科学的锻炼和科学的饮食，取得了超出预想的效果。飞行员们在新飞机上普遍感到精力充沛。有的原先飞1个小时就感到疲劳，现在飞4个小时也毫无倦意。科学测试表明：飞行员的抗载荷能力，已大大提高，基本适应了新飞机的需要。人人都喊良药苦，药到病除始觉甜。正是如此。现在，飞行灶上再也见不到哭丧着脸硬塞牛、羊肉的情景了，代之以满面春风，按食谱进餐如饮醇醪也。新装备使驾驭它的人改变了饮食习惯。

这里用近年来流行的一句话，叫作“不服不行”。你想驾驭我吗？那就得按我的规矩练，按我的规矩吃！

新飞机的冲击波甚至使飞行员的个人嗜好也发生了改变。酒，是飞行前严格禁饮的。但在没有飞行任务时，喝上两杯也并无不可。节假日无值班任务，有的飞行员可谓海量。自改装新飞机之后，飞行员即使原来馋酒的也绝无再饮者，连啤酒也不沾了。何耶？新飞机对飞行员行为能力要求更高了，必须时刻保持清晰的思维及注意力，保持对飞行因素如缺氧、过度负荷及前庭刺激的稳定性。再说烟。以往飞行员见面时相互递支烟，聚会时发上一圈烟，人之常情，社交之常事。可现在你即使主动给他让烟，他是死活不会再吸了。在飞行员宿舍里，已无一人抽烟，“瘾君子”已被“完全、彻底、干净、全部地消灭之”。新飞机的警告比医学家吸烟致癌的“威胁”更为有效。因为在三度空间的大载荷下，你的气管即使有一点感觉不到的毛病，或者胸部肌肉力量稍有欠缺，吸进去的气就可能呼不出来，到时候谁也没有办法来帮助你。还有打扑克之类，曾经是飞行员们闲暇的主要消遣。奇怪的是，新飞机一来，扑克迷们便销声匿迹了。他们干什么去了呢？不是上了健身房，就是埋在了书本中。新飞机对身体素质和文化素质的高要求，迫使你放弃纯粹的消遣。新飞机简直成了一个无处不在、无所不管的幽灵。

当然，新飞机对飞行员最大的考验还是在空中。他们虽然都是大学生，但要熟悉驾驶、领航、火控诸系统，要熟悉数十种故障提示，要适应高强度高智力的飞行要求，显然步步都须艰苦跋涉。我们暂且撇开这复杂的技术问题，单讲一个黑匣子。

新飞机上的黑匣子，是一个训练监控系统。飞行员在空中干了什么、说了什么，它可以完整记录下来。对于个别飞行中避难就易，甚至虚晃一枪的人来说，它无疑是一个严厉的裁判员。在改飞新飞机前，曾有过这样的例子：某飞行员因身体和技术素质不够，每次飞特技课目时便远远溜一圈，看看时间够了便飞回来。因为飞机上天后，不可能再派一架飞机去专门盯着他，所以领导还以为他认真完成了训练任务。等到真考核时，他才露了馅。他的日记中写道："我最怕飞特技项目，一听特技便打战……"教训十分沉痛，但解决这一问题并无良策。黑匣子的出现，使训练监控落到了实处。你的训练质量如何，黑匣子拿出来一放，领导一看便明白了，自己也明白了。团长张宝忠举了一个小例子：飞机着陆要求有个最佳角度，过去用肉眼看，你说他大了，他往往不服气。你的眼睛又不是角度器，看得就那么准，连1度2度都能区别开来？现在谁也不争，看黑匣子的记录就行。有个飞行员着陆角度为14度，比规定的10—12度超出2度。二话不说，作检讨，查原因，研究改正办法。这要在过去，又是一件"无头案"，最后首长拍板，拍了下面也不服气。

在新飞机装备下来时，时任军委副主席刘华清曾指示"尽快开飞"。空军某师快到了什么程度呢？在师长张建平、大队长率永利等教练员的指导下，仅用2个月的时间已完成两种气象的飞行。这不是吹的，有黑匣子为证。当然这仅仅是起步。

突破"瓶颈"：一张小小的卡片

当我们把眼光聚在天上，观看新战斗机的精彩表演时，也许不曾想到制约新战斗机尽快形成战斗力的"瓶颈"不是在天上，而是在地下。

飞机飞得再高，是从地上起飞的；飞得再远，也得回到地上。地上有航空的港口，有飞机的家。"家里人"虽不像空中骄子那般可与日月争辉，可与彩霞媲美，但"儿行千里母担忧"。飞机出发，备好一切为之送行；飞行归来，为之洗尘为之保养为之补给。即便飞机翱翔于蓝天之上，"家里人"也没有片刻的安闲，就像一个放风筝的人，盼望着好风凭借力，送汝上青云，又担心大风吹断了手中的线。多少祝福，多少担忧，一升一降，一颠一簸，情系魂绕，地勤机务人员之于飞机，绝不亚于慈母之于游子。

然而，新飞机的到来，使"家里人"与"游子"之间产生了一条我们不曾预料到的鸿沟。虽然与调整飞行员一样，机务人员也全都换成了大专以上的科班生，但仅靠文凭并未填平这条新的鸿沟。

旧型飞机加油严禁通电，新型飞机则必须通电。就这一个小小的改变，竟吓得我们一位大专毕业的机械师不敢动手。通电之后出事咋办？头脑中根深蒂固的老规定，颇像老太太几十年固守的老习惯一样，自然地抵制着新规定。某日夜航，飞机已插入夜空。一位机械师满头大汗地跑来向机务副大队长王长生报告，"我少加了×百公斤油"。一架飞机少加几百公斤油，如果飞行员不觉察，这架飞机就可能因燃料耗尽而无法返航。王长生立马报告塔台指挥员，通知飞行员注意油表，控制飞行时间。加油，应该说是一件并不复杂的工作，为什么还会出差错呢？新飞机的加油量是按公斤（质量）来计算的，而我们的加油设备是按公升（容积）来计算的。因此，每次加油必须进行一次质量、容积的换算。我们这位机械师忘了换算，稀里糊涂地把1公升当1公斤“卖”了出去。幸亏他在飞机起飞不久便想了起来。

想起来了，便避免了一次隐患，如果想不起来呢？这使机务处处长王伦文想起一个统计数据：空军1986、1987两年发生的维修事故中，“错、忘、漏”导致的事故占28%之多。而“错、忘、漏”的核心是“忘”，即我们以往在分析事故原因时常说的“没有想到”。旧型飞机我们摸了多少年，已经积累了丰富的维护保养和检查修理的经验，尚且会出现“没有想到”的情况，新飞机才刚到，又将会出现多少“没有想到”呢？

旧型飞机的机务分为传统的四大专业：机械、军械、特设、无线；新飞机一下增加至17个专业，其中火控、电子对抗、导弹、飞行参数测试等，过去基本未曾接触，即使是传统已有的专业，也增加了全新的内容。一句话，全变成了计算机程序控制。在某种意义上说，如今的机务人员都变成了专业计算机工程师，对飞机的检测、保养与修理须臾离不开计算机。过去要找到一个故障，几个小时能找到便算“大腕”，几天找不到也不稀奇，而现在计算机只需几分钟甚至几秒钟，便能一目了然地告诉你故障在哪。如果说传统的机务在很大程度上要靠经验的话，那么现在主要是靠程序。规范化的程序一步也不可少，因而“错、忘、漏”带来的危险变得更大了，一次“没有想到”后果就不堪设想。

作为管理专家，就是要通过管理来消灭“没有想到”，而要你“必须想到”，不想到便让你过不去。过去为消灭“没有想到”，记不清开了多少次会，分析了多少次原因，无非是“业务不熟练”“责任心不强”“把关不严”，等等。不错，这些都是造成“没有想到”的原因，但为什么会“责任心不强”“把关不严”呢？王伦文、许来华、王长生等机务专家开始怀疑我们沿用了多少年的机务条例和制度了。这套制度以《工作日记》为核心依据。所谓《工作日记》，就是机械师将每日的工作，如发现、排除故障，维护保养的项目等，逐项记录下来。领导以此作为了解飞机技术状况的基础。这种建立在人的觉悟和责任心基础上的制度，在实践中的漏洞是明显的。最主要的是常常出现“没有想到”的情况，哪个机件的使用寿命到了，该更换了，“没有想到”；哪项周期性工作该进行了，“没有想到”；哪一部分该保养了，“没有想到”……一方面有许多“没有想到”，一方面又做了许多不需做的工作。曾经有这样一个例子，有架飞机的起落架上的一个轮胎刹车有问题，原因是新换了轮胎而未能调整好。这只轮胎是谁换的？什么时候换的？查遍了《工作日记》竟无一人记载,成了一笔无头账。显然,旧的机务工作制度已到了非改不可的时候了。

如何改?王伦文的眼睛盯在一本杂志上。该杂志介绍了国外一种全新的机务保障方法:所有工程机务人员参加机务准备工作,必须备有“检查项目表”和“工作卡”,前者是从事机务准备工作要做的维修检查项目清单,后者是指定工作的派工单。几行简单的介绍,让他的眼睛突然明亮起来。这简直就是专为我们开的药方,简直就是专门对付“错、忘、漏”的制度!学习西方发达国家的先进管理经验,上级讲了多少次,可我们许多同志常常认为这是地方上的事,似乎与己无关。然而,当新装备将旧的管理制度远远抛在后头的时候,这一问题不得不摆上工作日程。

学习世界先进的机务工程管理办法的议题,从机务工作会议提到了师党委的会议桌上。对于旧制度的落后,师长张建平早在当团长的时候就深有感触,并且亲自主持过一次改革。那时,有近三分之一的飞机因机务保障跟不上而停飞。他深入调查解剖,一下抓住了问题的症结:由于机务人员由各中队调配,每个中队人数最少的专业分队能保障多少飞机,就出动多少飞机。每个中队均有弱项又均有强项,各中队的弱项累计起来,岂能不“王小二过年”?张建平让大家换一下脑筋,将各中队各自为战改为大队统一调度,以甲中队之强项补乙中队之弱项,乙中队之强项补丙中队之弱项……如此优势互补,则强项更强,弱项也变强。此项改革使飞机出动率提高一倍以上。他的改革与当今世界先进管理水平有相似之处,但在质量控制、消灭“错、忘、漏”上仍有差距。这除了未曾想那么细之外,主要是受旧的机务制度的束缚,不敢扔掉那本沿袭了几十年的《工作日记》制度。新飞机的到来给机务改革带来了新的契机,到了该扔掉《工作日记》,用先进的制度代替它的时候了!

师长、政委拍板了:“改!”不过在改之前,先得将要学习的东西搞清楚。他们一方面找有关中外文的资料,一方面派人到地方去请教。

果然,当机务副大队长王长生一行来到某航空公司考察时,发现他们先进的机务保障早已将《工作日记》式的旧制度抛到后头。撇开复杂的技术问题,可以用两个词来形容:大开眼界、豁然开朗。过去是民航学空军,现在倒过来,王长生感慨不已。不改革开放,就没有出路,就要落后!

在经过剧烈的“阵痛”之后,一项新的机务保障制度诞生了。说白了,她不过是一种小小的卡片,由一张张“工作指令卡”组成的“机务工作卡片制度”。一般人也许会感到她枯燥无味,毫无魅力,但管理专家会感到奥妙无穷,美不胜收。

你瞧,她把管理上的那个循环圈封闭得多圆。干什么?谁去干?干得怎样?还有什么问题?卡片从质控中心出来,又回到质控中心去,一个圈圈画得圆,领导者一目了然。

你再瞧,她把人的行为约束得多规矩。卡片规定你干什么,你就得干什么,干一项签一项字,出了差错,你跑也跑不掉。如前所说,新飞机的机务已由经验型变为程序型,你必须按卡片规定的程序来干,卡片专治你的"健忘症"。

你再瞧,她简直够得上是一个立法、行政、执行三权分立而又紧密结合的"政权"。卡片上的指令好比法律条文,机务人员按法条"行政",质检组负责监督,复查后也在卡片上签字。如此环环相扣,天衣无缝。

这个全新的制度,使机务信息回收率达到100%,各个专业基本维护内容共54项周期性工作和有寿机件的控制从未发生过一次差错。一言以蔽之:即使你想"错、忘、漏",她也不让你"错、忘、漏"了。

"瓶颈"就这样被突破了。她给人们的启示可以写一篇长篇论文,但有一条也许是不为外人所注意的,那就是现代军官必须至少懂得一门外语。

军官要懂一门外语,早在100多年前,克劳塞维茨和约米尼便提出了这一要求。他们之所以提出这一要求是立足于打国际战争和境外作战。现在我们可以撇开境外作战这一点,仅从掌握现代化的武器装备和学会现代化的管理上讲,掌握外语也成了最起码的要求。道理十分简单,你连外文资料都看不懂,何谈了解国际信息?因此,你见到军官们用外语会话,业余时间叽里呱啦地念外语时,千万别误会这里是外国语学院。就连政治委员邓铜山,口袋里也装着外语单词的卡片,有空就摸出来念一下。

邓政委莞尔一笑地说:"在高技术部队当领导,手下的军官几乎都是大学生,要不懂点外语,一涉及国外最新信息,就像聋子对话,还谈何领导?"他谈起新飞机刚来时调整机务人员的一段往事:"我们原想起用一些老中专生当机务部队的领导,为啥呢?中专生听话。可事实无情,他们听领导的话,但新飞机不听他们的话。上级也提醒我们说,别自己不懂技术,不会领导,还木匠的斧头一面砍,说什么大学生不听话。现代化的装备一定要交给有现代知识的人,要选懂现代化的人当领导。思想弯好转,感情弯难转。'老中专'们过去是立过汗马功劳的,但也得狠心地淘汰。最后全师才挑出22名合格者保障新飞机,其他全从外面调进。正是依靠这些新人,才托起了新飞机的翅膀。"他特别提到一位27岁的特设师季耀勤。此人翻译出20余万字的有关资料,对机务技术的提高起了重要作用。

随着机务"瓶颈"的突破,新飞机的训练成绩直线上升,已有许多飞行员能飞四种气象,包括导弹、火箭在内的打靶成绩项项全优。无论是在训练内容上,还是在训练难度上,都创造了前所未有、令人耳目一新的奇迹。

物质是第一性的。恩格斯在《反杜林论》中曾经指出，新兵器的出现将强制性地迫使战术发生改变。其实，改变的远不止战术，它给部队带来的是全方位的变革。邓政委像个哲学家似的说："在所有这些变革中，人的观念的转变是关键。如果说机务滞后曾经是新飞机尽快形成战斗力的'瓶颈'，那么落后的人才观则是部队现代化建设的'瓶颈'。等到新装备来强迫我们突破这一'瓶颈'时，就会显得晚了些。"

并非尾声

三朵报春花捎来一份"索礼单"

曾经以为现代化是那样遥远，想不到她正一步紧一步地走近我们，以至于她已经投入我们的怀抱，而我们还不知晓。上述陆、海、空三支部队的报告，恰如三朵报春花。春天既然到了，好梦将要圆了，我们何苦被动地"为伊消得人憔悴"？何不做好准备主动向她奔去？

她不欢迎两手空空、腹中空空的求爱者，因而我们必须准备一份起码的见面礼。三朵报春花为她捎来一份"索礼单"，就像一位执拗的未婚妻所开的索礼单一样，你要不照单行事，她就要与你"拜拜"。与恋爱不同的是，我们有许多挑选对象，一个不成可以再来第二个，而现代化只有一个，非娶她不可以强军强国。因此，我们只有老老实实地研究这份"索礼单"，并抓紧准备齐全。这份"索礼单"目前有以下内容（军官类）：

A. 身体素质：强健。海军、空军与陆军特种兵中的某些专业如飞行员等，必须达到"甲 A"（千万不可把力气与身体素质等同起来。装备愈先进，操纵它愈省力气，但对身体综合素质的要求更高，尤其是脑力消耗成倍增加，疲劳程度更甚）。

B. 文化素质：大专以上，陆军特殊专业及海军、空军需大本，计算机、外语为必备基础（新装备新就新在计算机控制上）。

C. 军事素质：熟悉本专业并懂相关专业及诸兵种合同战术（除单兵武器外，其他武器都将是系统工程，子系统合成母系统，单打一的军官将无法执行勤务）。

D. 精神、心理素质：在"硬"打击尤其是在"软"打击面前意志坚定，镇定自若；既有群胆，又有孤胆，具有单车、单舰、单机作战能力（武器愈先进，其自身合成程度愈高，独当一面、单独执行任务的机会愈多，其成败对全局的关系愈大）。拿破仑关于"在战争中，精神之于物质是三比一"的名言并未过时。

如果我们能达到这份“索礼单”的要求，人与武器的结合就将是一对“恩爱夫妻”；否则充其量不过是一对“捆绑夫妻”，她将处处与我们闹别扭。上述三支部队的实践已经从正反两方面证明了这一点。但是，仅靠换装的部队来备齐这份“索礼单”显然是不现实的。正像某坦克团副团长林国民所担忧的：“如果新装备成批地来，我到哪里去挑人？”因此，与其说新装备是对使用她的人的挑战，不如说是对军队建设的宏观挑战更为确切。

挑战之一：军官培训标准。自粉碎“四人帮”之后，我军恢复院校培训军官的制度，形成了高、中、初三级院校培训体制，院校数量远远超过“文革”之前，可谓门类齐全，首尾衔接，但许多院校毕业生对新装备几乎一无所知。三军之中，军官文化程度最高的当数海军。一艘驱逐舰上的军官几乎100%为大专以上文凭，其中本科又占60%以上。如此高的文化程度，照说使用新装备不成问题，但为什么开始还不行呢？因为在学校压根儿没见过新装备，教员也没有教过新装备。那种“一本教材讲一生”的陈旧教育，如桃花源中人，“乃不知有汉，无论魏晋”，已经远远不适应现代化的要求。令人十分欣慰的是，海军不少院校已采取教员参加新装备的制造、接装、试训的全过程，然后现场教学的方法，从而整舰、整艇地输送人才，学员一毕业即能驾驭新装备。陆军一些院校也已采取与使用新装备的部队对口教学的方式，培养出合格人才。但是，那种“基层军官不需要多少文化”的说法仍然时不时地干扰着院校教育，影响着新生入学的文化水准。持这种观点的人，实在是一种可悲的目光短浅者。

挑战之二：征兵文化标准。现行征兵标准除部分专业要求高中学历外，大部分为初中学历。无论陆军、海军、空军，都已证明初中生无法在服役期掌握新装备。一位曾到部队教新装备使用的女工程师说，很简单的问题，有的战士却怎么也弄不懂。没办法，我得为他们补习高中数理化。奇怪的是补课也听不懂，一问才知，他的初中文凭也有水分。很难设想将高技术的新装备交给那些名曰初中实际只有小学水平的人去掌握。且不说研制者会心疼，就是算经济账也是一种巨大浪费。某驱逐舰舰长对所属士兵进行了一次文化摸底考试，竟发现其中有两个文盲。要他们来操纵计算机，那不是天方夜谭吗？再怎么教他也教不会时，也不能怪他，他是满腔热情来为国家尽义务的。问题的根子在于，一是征兵标准对文化要求过低，二是把关不严。使用新装备的三军部队无不建议，至少是在换了新装备的部队，征兵文化标准应定为高中学历，并经过文化考试的。否则，将严重影响部队现代化进程。

挑战之三：保障体制。首先是“硬”保障。装备愈现代化，其保障比使用更为复杂。诚如电视机人人会开,但修理电视机非专业人才不可。新装备的磨合期长,除了部队的人员素质之外,保障滞后至少是同等重要的原因,甚至是更重要的原因。新装备所缺零部件无处请领,经费远远不够,甚至无经费保障,且现有的修理人员根本不懂。在坦克某师,就出现了修理分队将新坦克拆开了装不上去的笑话。新装备一旦出现故障,部队就得找厂家,而一台新装备涉及百余个厂家,部队的困难可想而知。要新装备尽快形成战斗力,工程技术保障不跟上是绝对不行的。其次是“软”保障,新装备到装时,应同时下发相应的操作规程、训练大纲,可惜往往只有一份厂家的使用说明书……

好梦的确将圆了,春天的气息已经十分浓烈了。年争时,春争分。我们焉能春眠不觉晓?好梦最后成真的钥匙,毕竟是握在我们自己手里了呵!

（原载《解放军文艺》1995 年第 3 期）

智慧风暴（节选）

王宏甲

前　记

市场陈列着希望，也埋伏着陷阱。你听到钱币里生长出钱币，那是一种神秘莫测的声音。计算机正在许多领域取代齿轮，互联网正使人类获得空前的资源共享……这个世界正在发生重大变革。

第一章　陌生的世界

（1948—1966 年）

没有什么比“认识”更能影响你的前程，没有什么比“抉择”更能影响人的一生。人是通过认识他人和世界，才使自己聪明和成长的。认识是抉择的前提，是创造前程的出发点。

一、一个曲高和寡的神话

这是什么？

$$\frac{1}{2}\sqrt[3]{\overline{AB}}+\left\{\sqrt{\frac{\dfrac{\sum_{I=1}^{N}S_I^2+\prod_{k=1}^{M}S_k^2}{\frac{1}{2}ER}}{\sqrt{\dfrac{\int_1^2\frac{B_{C_{CC}}^{S^{SS}}+\frac{1}{2}S^2}{RT}dx}{RTY}+\left(\frac{ER}{FG}\right)^2}}}\right\}=\left\{\begin{matrix}\sqrt[n-m]{\frac{ER^a}{TRY}}^{2} & \overline{ABC} & \boxed{DEF}\\ \overrightarrow{GJI} & \overleftarrow{JL} & \overline{\overline{MKNO}}\\ \widehat{GJI} & \overline{JKL} & \widehat{MNO}\\ \widetilde{PQR} & \underline{STU} & \underrightarrow{VWX}\\ \underleftarrow{XYZ} & ABC & \underline{\underline{DEF}}\\ \underbrace{PR} & \widetilde{\underbrace{STU}} & \underbrace{VWX}\end{matrix}\right\}$$

这是北大方正激光照排系统的基础。

这是知识。

1975 年那个冬天,王选趴在冰凉的桌面上苦思苦算,虽有无限数学想象,也不会想到在这种算式的基础上生长起来的高技术会使他成为中国大陆第一个获得欧洲专利的人。

从知识转变为经济,北大方正在中国高校企业中是一面率先走“产学研”道路的旗帜,在全国也是一个曲高和寡的神话。在这个神话中,王选从一名教师变成了中国科学院、中国工程院和第三世界科学院“三院士”,还是全国人大常委、中国科协副主席……但要真正认识王选,还得首先忘掉他的成就和荣誉。

1954 年的秋风吹动了未名湖畔的树叶,吹起了王选的白衬衫,刚从南方考进北大的王选,穿一双布鞋,他还是个 17 岁的学生……

二、七宝镇的灯光

高考前填志愿,王选填了三个:北京大学数学系、南京大学数学系、东北人民大学数学系。家在上海,没有一个志愿填上海。你可听见 20 世纪 50 年代青年的心声……那是一个对新中国无限憧憬的时代,胸怀祖国,奔赴远大前程,是许多人心中真正的志愿。

来到北大,王选很快发现自己并不出众。这年北大数学力学系招了 200 多名新生,都是全国各地的数学尖子。同学中还有系着红领巾来的被誉作“神童”的,那时没有人注意王选。多年后,王选回忆说:“有一批同学的数学才华比我高,有的不是高一点,而是高很多。比如张恭庆。”

他第一次强烈地感到,这是北大!一间大屋住 24 位同学,冬天没暖气,你依然感到这里阳光灿烂。新中国人才济济的景象,同样呈现在这摇篮般的陋室。

“我一生中第一次大的抉择,发生在大学二年级下学期。我要选择专业了。”王选说。

我不怀疑,这是关乎一个 19 岁的青年将来干什么的重大抉择。但是,我仍然感到,不能忽略他更早的一次抉择。

那年他 11 岁。

11 岁的王选升入上海南洋模范学校初中部,这是上海最有名的私立学校。可是,该校初中部在上海郊区七宝镇,去读,就得离家住校,生活自理。时值 1948 年,上海兵荒马乱,人心惶惶……王选 1937 年 2 月 5 日生于上海,“八一三”事变日寇向上海发动大规模进攻,他才半岁,战乱中父母把他拉扯大多不容易,现在哪能放心他独自离家。

“不行,你不能去。”大哥说。

“你应该就在我们家附近的这所中学上学。”二姐说。

王选有两个哥哥和两个姐姐,他们都不同意他去。

王选坚持要去。

你可以想见,他 11 岁的抉择,是一件多么不容易的事。

但是,他成功了。

田野的气息围绕着郊区学校,某种渴望自主的东西在少年王选身上滋滋地生长。这恐怕是人生中值得庆祝的一个事情,这是生长出一种对一生的抉择都会产生支持的气质。

七宝镇没有电灯,学校的宿舍里用的是煤油灯。透过油灯和王选组成的形象,我依稀看见王选父母的身影……祖籍江苏无锡的父亲少时到上海求学,一直读到上海南洋大学,毕业后到一家国际贸易公司任会计师。母亲出身于书香之家,外祖父曾东渡日本留学,回国后在晚清的学堂里教过化学……父母的文化素质使他们最终选择了保护小儿子的个性。

1948 年,世界上还发生了一件同王选的未来有关系的事:美国数学家申农提出了信息论。就在王选奔跑在校园操场上的日子里,信息论日益发展为信息科学的基础理论之一。同年,美国贝尔实验室的肖克利、巴丁、布拉顿共同发明了晶体管,电子学领域的一场革命由此发端。

从 11 岁到 19 岁,仅仅 8 年,王选在北大选择专业时已经面对着世界上关于计算机与航天技术的消息……但是,当时班上最热门的选择是纯数学。

三、动人的创造从何处萌生

纯数学,真的很迷人。这恐怕要追溯到北大的理科在 1952 年全国高校院系调整中得到加强时。那时,北大从城内沙滩原址迁来城外的燕京大学校址,燕大的文、理、法各科系并入北大,工科并入清华,一些大学的著名理科教授调入北大,加上马寅初校长非常重视基础课,江泽函、程民德、丁石孙等一流的教授和讲师来任教一年级的基础课。

老师说,有人讲“上帝是按照数学语言来创世的”。恩格斯写道:“数学在一门科学中应用的程度,标志着这门科学的成熟程度。”总之,纯数学的光芒可以照耀到一切科技领域。至于力学,牛顿建立了经典力学的基本体系也有近300年了。

计算数学是一个分支学科,北大刚设这门专业,连教材都缺乏,可谓冷清而荒凉。当学生的谁不想多学点东西?所以选择计算数学的很少,王选就选了这“冷门”。你会不会问,为什么?

多年后,王选看到美国心理学家荣格写的一个公式:

I + We = Fully I

眼前突然一亮,他觉得这个美国人把他多年来做抉择的方式“抽象”出来了。在这个式子中I代表“我”,We代表“我们”,相加之和就等于“完整的我”。

他说他选择计算数学是看了我国1956年1月刚刚制订的12年科学发展远景规划,“我看到规划中把原子能、自动控制、计算技术列为重点发展学科。周恩来总理也说,计算技术是我国迫切需要的重点技术。”

如果说王选11岁的抉择已很有“我”,19岁的抉择看起来却没有多少“个人意志”,很像是听从了“国家的需要”。

其实,这次选择真正的收获是,选择了把“我”与时代的国家的迫切需要相结合,这将使他在“天时”“地利”上受益。此外,当我们把“需要”抽象出来认识,还可以注意到,在社会公众的需要中,永远蕴藏着人生的大好前程。

至于“冷清与荒凉”,那才是更容易出彩的地方。没有那么多高大建筑,阳光会更直接照耀到你的身上。

就在第二年,苏联凭借电子计算技术把人类第一颗人造卫星送入太空,北大校园的歌声也飞翔着自豪……然而也在这一年,1957年,王选的父亲在上海戴上了“右派”帽子。

这一年王选20岁,20岁的王选忽然感到世界变得陌生了。父亲王守其,一辈子人如其名安分守己,会计的职业还培养了他小心谨慎的性格,父亲怎么会变成右派分子呢?王选想不明白。关于父亲,王选记得,上海沦陷时期父亲几年没走过外白渡桥,那桥横跨黄浦江两岸,本是交通要道,但桥上悬挂一面日本国旗,过桥者需向日本国旗鞠躬方许通过,父亲不堪其辱,宁可不过那座桥。还记得姐姐有一次买回几支日本铅笔,父亲大怒:“我说过不要买日货,你不知道吗!”

姐姐申辩说:“日本铅笔便宜……”

“再便宜也不能要!”父亲夺过铅笔扔到火里,全家人眼睁睁看那铅笔化为灰烬。

21岁王选大学毕业,时值1958年我国掀起研制计算机热潮。由于计算机人才奇缺，王选当初选择的正是这个专业，学校正需要用人，王选被留校当助教，并成为设计硬件的主力之一。这大约是王选首次从自己的人生选择中收获到好处。

四、没有什么比跨领域研究更能为前途开辟道路

为研制中型电子计算机"红旗机"，北大成立了"红旗营"。曾担任王选计算机课的张世龙老师不到 30 岁，已算得上是我国研制计算机的先驱之一，他被任命为"红旗营"营长。1959 年夏，王选刚刚完成"红旗机"的逻辑设计，张世龙老师却被定为"右倾分子"，下放农村。

张老师要走了，他把一只手放在王选的肩上，一句话也说不出。

王选感到一个重担已经压在肩上。

这个秋天，秋风依然吹动未名湖畔的树叶，吹起王选的白衬衫，他比任何时候都更加感到自己渺小，非常渺小。

这使他拼命地想把"我"融入"我们"中。他似乎成功地钻进"红旗机"里去了。1961 年，某种扩大认识的思考使他做出了成年后的第二次抉择：从硬件转向软件，但不放弃硬件，而是从事软硬件相结合的研究。

24 岁的王选很快看到了这次抉择带来的好处。"我已经搞了 3 年的计算机，如果有人说我不懂计算机，我能同意吗？可是现在，我忽然发现，只有了解了软件，才能真正懂得计算机。"

这其实是选择了"跨领域"研究。

如同阴阳结合孕育出生命，没有跨领域就没有创新。世界上第一台电子数字计算机是 1946 年问世的，那就是数学和电子技术相结合的产物。发明人埃克特和毛奇利也都得益于既懂数学，又懂电子技术。当 200 多年的工业经济使世界朝能源危机、资源耗竭的方向发展，20 世纪后半期一批低耗高效的高技术，都是从跨领域的研究中诞生的，从而为人类的前途开辟道路。没有"跨领域"研究，王选就不会是今天的王选。

"我当时有种茅塞顿开之感。"王选说。

也就在这一时期，王选还做出了一个重要选择：每天收听半小时英国 BBC 广播的英语。王选在中学学过英语，在大学学的却是俄语。计算机是在美国发明的，那时中美还没有建交，王选还是隐隐约约地感觉到，自己进行这项研究还是需要从美国学东西的，因此有必要继续学英语。这项选择后来果然给王选带来了很大的用处，可以算得上是王选人生中的第三次重要选择。

这是王选人生中一边如饥似渴地吸收新知识，一边如琢如磨地深入研究的时

期,人生在这样的时刻,就是将做出大的发明创造的前夜了。没想到就在这年夏天,连续的劳累把他击倒了。

他算得上把青春和生命都投入了"红旗机"的研制,不管身体有怎样的不舒服,他都挺着、熬着,没想到生命比想象的脆弱……他的病辗转首都几家医院,持续1年久治不愈,身体一天天虚弱,他不断地想起母亲……1962年王选才25岁,6月,同事和朋友把他从医院护送上列车,列车长鸣着把王选带走了,不少人感到好像经历了一场诀别。

五、在生命最脆弱的日子里

母亲在上海站见到儿子,泪水掉了下来。

但母亲马上说:"没事,会好的!"

母亲姓周名邈清,生于1901年。外祖父在清政府尚存时就为她取的"邈清"这个名字,似乎真赋予她某种东西。母亲一生都坚强而凛然。现在,母亲开始竭尽全力地拯救儿子。

儿子已熬出多种疑难杂症,在上海治疗仍然未见寸功。

母亲从未失去半寸信心。

母亲自幼没有裹脚,62岁的母亲脚步匆匆,出门请医、寻药,回来煎药,一碗碗送到儿子唇边……王选躺在床上,对于母亲夏去秋来的努力,他感到身体的内部有一个强烈的声音在说,"你可不能让母亲失望啊",感到生命力在很深很深的地方被一点点地召唤回来。每个人都有母亲,世上还有什么比母爱更无私更让人感动的呢! 在母亲的身上,实际上还有留洋归来的外祖父的理想,白发皤然的母亲,把顽强把坚韧不拔的毅力和爱,一点一点地灌输给儿子……在王选生命力最微弱的日子里,母亲才是他真正的保护神!

隆冬过后是春天,王选的生命出现转机,他可以下床走动了。在母亲身边10个月,王选犹如再次体验了诞生。

七宝镇的田野和未名湖畔的绿树,又生机盎然地回到记忆,生命如同一只重新长出羽毛的鸟,渴望飞翔……一个念头冒出来:他想搞一个计算机高级语言编译系统。

这是一个近乎妄想的念头。可供研究的资料在国内外都少得可怜。这就像一只病中的孤雁想重新飞上蓝天一样不可思议。但是,这是坚定地朝他选定的跨领域研究挺进!

他开始托人四处收集资料。一天,朋友给他带来了一本《ALGOL 60修改报告》。王选翻开,像看天书一样,但是,他知道,这是极其珍贵、极其难得的国外计算机高级语言。

“谁托你带来的?”

“陈堃銶老师。”

陈堃銶就是北大计算数学专业的青年女教师。王选不是一只孤雁了。此后几年,他就在上海家中,以惊人的毅力和卓越的总体设计,与北大许卓群、陈堃銶、朱万森等人一起向这个难题进军。

1965 年夏,母亲为王选整理行装的情景,让我再一次想起保尔·柯察金要归队时母亲为他整理行装的那一幕……孩子长大,一个个都飞走了,只有负伤或生病时才会回到母亲身边,刚好点儿,又要走了……“妈妈,学校把我们搞的‘系统’列入了北大的科研计划,我该回校了。”

是的,孩子是国家的。65 岁的母亲再一次把儿子送上火车,汽笛响了,母亲热泪盈眶地微笑着。母亲怎么也不会想到,儿子这一去,还将经历另一次劫难。

王选回到北大了。

就像一尾鱼回到大海,有了更多同人的帮助,这个项目终于开花结果,为我国推广计算机高级语言做出了宝贵的贡献。这一贡献被载入了中国计算机发展史。

他首次看到“我们的”研究成果进入应用。这时的王选已是我国少有的精通软、硬件的“两栖”专家。用王选自己的话说:“软、硬件两方面的知识和实践,是我后来能够承担激光照排系统总设计的决定性因素。”

知识向着理想的方向增长,前途像抉择的那样光明,突然,一夜之间……王选看到自己的名字被涂到墙上,踩到地下。他不是因言获罪,是因“听”获罪。他曾每天收听 BBC 的英语广播,罪名是“收听敌台”。他在下乡劳动的途中病倒,1961 年的病症全部卷土重来。

他被送到京郊十三陵分校。这儿根本没有医疗条件。失去医疗救治,王选如同被抛到岸上的一尾鱼,病情日趋恶化……此时,北大还会来看他的人只有陈堃銶。

“王选,你不能在这里等死。”陈堃銶说。

王选不知道还有什么办法。

陈堃銶说:“回北京,我照顾你。”

王选想了想,说:“不行。”

陈堃銶说:“我和你结婚,谁还能说什么!”

同时代的消息与参考故事：

1938 年(王选诞生的第二年),美国贝尔实验室发明了世界上第一台继电器式数字计算机;1940 年,提出电子模拟计算机的基本概念;1948 年,威廉·肖克利、约翰·巴丁和沃尔特·布拉顿在贝尔实验室发明了晶体管。我把这看作 20 世纪最重要的发明。因为只有发明出晶体管,才可能研制出现代意义的电子计算机。电子计算机一旦问世就如同瓦特蒸汽机的诞生,标志着一个新的经济时代诞生。多年后这个时代被称为“知识经济时代”。

(贝尔 1847 年生于英国爱丁堡,1876 年在为美国独立宣言发表 100 周年举办的博览会上展示了他于当年发明的电话机,人类的信息传递进入一个新时期。)

埃克特和毛奇利 1946 年发明的世界上最早的电子数字计算机 ENIAC,是一台巨大的装置,占地 3000 立方英尺,重 30 吨,用了 18000 个电子管,需大量电流,同时冷却成为主要问题,计算机不能长时间连续工作。同年他们离开宾夕法尼亚大学,去组建计算机公司以实现自己的梦想。1951 年他们完成了世界上第一台通用的商业化计算机 UNIVAC,提供给美国人口统计局使用,埃克特和毛奇利由此完成了电子计算机从实验室走向社会应用的历程。

第二章　太平村童话

(1954—1965 年)

那个年代乡村教师犹如夏夜的繁星,遍布中国的穷乡僻壤,照耀着孩子们充满幻想的童年。没有这样的照耀,张玉峰不会成为日后北大方正集团的董事长。从乡下进城去考“完小”,20 里乡路宛若一种象征,那是老师领着张玉峰走出的通往北大的第一段路程。他们欢呼雀跃的脚步声,就是新中国的教育前进的步伐。

一、洋槐树下

他出生的村庄早先叫河南庄,庄里每一户人家都是从河南逃荒出来的。附近还有山东庄、安徽庄……1953 年全国第一次人口普查,工作组说,不能叫河南庄了。为啥?因为这方圆一带叫河南庄的太多,这名得改。

改啥名呢?工作组说,这村现在也发展了,别叫“庄”了,叫个什么“村”吧。不知谁起了个挺吉祥的名,大伙一听都说好,从此家乡就叫太平村。

太平村就像藏在渭河平原的山冈里,不见瓦房,只见窑洞。张玉峰能在黄土地上奔跑时知道了自己的老家在河南南阳。更大些,知道了爹是民国十八年(1929年)随爷爷奶奶逃离故乡的。

张玉峰成为方正集团的总裁、董事长后,人们对他的了解仍然很少,不少人觉得他“神秘”,这大约与他不爱说话有关系。其实,童年时张玉峰就疏于用嘴而勤于用眼,百看不厌的就是村庄里大人们下象棋。

这是父老乡亲从故乡带出来的唯一的娱乐。棋子是细木棍锯出来的,棋盘刻在木板上,下起来啪啪响。这方寸之间包含就这一小块空间能容下村民无限智慧,能给穷困的生活带来无穷乐趣,庄稼人跃马行车之间颇显英雄气概!“观棋不语真君子”,这大约是张玉峰所受到的最早的公德教育。

一个初冬的上午,洋槐树的叶子落尽了,空旷的黄土地上一片静寂,阳光照耀着窑洞前一串串鲜红的辣椒和金黄的玉米棒子。爹说:“你给摆好棋子,我去泡茶。”

爹下棋在村里是有名的,常有人上门来挑战,这日来的是一位老汉。张玉峰摆好了棋,就坐在爹的位子上,仿佛是个棋手。

“你想下吗?”老汉望着对面的孩子。

老汉是无意间问的。张玉峰不说话,架了一个中炮。

老汉想逗小孩玩玩,应了一招。张玉峰又走一步。

老汉看他走的是老规矩,再应一步……如此啪啪下着,待玉峰他爹把茶泡出来,这一老一小已棋入中局,且老汉处于被动局面。

“你等等,”老汉对玉峰他爹说,“我得把这盘棋下完。”

玉峰他爹变成了观棋的人。

三个人都没有想到,老汉输了。

老汉决意再下一盘来挽回面子。

没想到连下三盘,结局是一样的。

玉峰他爹叫张同德,张同德如同目睹了一场事变。这段日子,张同德与老汉正下得棋逢对手,难分输赢……张玉峰生于1946年4月18日,这年7岁,他爹从未见过他下棋,他怎么不声不响就赢了呢?

张玉峰有兄弟姐妹八人,他是老六,前面五个都没有读书,爹就此决定:“明年,送老六去读书。”

二、窑洞小学

1954年王选考进北大的日子,张玉峰8岁,正与同村一个与他一般大的孩子抬着一张条凳去上学。

学校在杨家山,离太平村有一里多地。初秋,黄土地上一片金黄,天空高阔而清朗。他们赤脚踩在土路上,高高兴兴来到了杨家山。杨家山小学在窑洞里,总共只有一个半窑洞,4个年级,16个学生,1个老师。老师叫朱自新,30来岁,就住在窑洞内一侧又挖进去的那半个窑洞里。

课桌是土坯垒的,座位就是每个学生从家里抬来的条凳,黑板是用石灰粉刷在窑洞的壁上再漆成黑色,写着写着就露出里面的白来,看上去花花点点的。没有上课的钟声,只有老师的哨声。

学校里也没有时钟,老师全凭看日头吹哨子。每天上午约10点半就放学了,然后回家吃第一顿饭。下午约3点又放学了,回家吃第二顿饭。每天只吃两顿饭。不仅小孩这样,大人也是这样。家乡的黄土地缺水,小麦、糜子靠天收,收成甚少。庄稼人想出的好办法就是饭分两顿吃,活分三段干。

如何分三段干?清晨早起下地干活,约10点半回来吃饭。饭后再去干活,下午3点回来吃饭,饭后又去干活。傍晚回来就不吃了。天黑上炕睡觉,睡着也就不觉得饿了。

童年时张玉峰不知道世上还有吃三餐饭的人。老师的铁哨子则是张玉峰童年记忆中一个相当神秘相当高级的东西。好几年里,他把哨子视同老师的象征,不知哨子还有什么别的用途。

学校里最新的当然就是课本。崭新的课本放在土坯桌上,每一页都为孩子们打开一个远方的世界,张玉峰是从这里认识北京,认识五星红旗、天安门……就在这一个窑洞里,朱老师给4个年级的学生轮番上课。你就想象吧,那该怎么教?

语文、算术、音乐、图画、体育,老师什么课都教。唯有音乐和体育4个年级一块上。8岁的张玉峰上一年级时,二年级有十七八岁的男生和女生。“今天还在上学,明天就结婚了,不来上学了。”

不知老师来自何方,只知他来自远方。在读初小的4年里,张玉峰只见过朱老师的妻子从远方来过一次,至今记得老师的妻子穿一件蓝底白花的土布衣裳,她把朱老师屋里能洗的都洗了……今天,张玉峰的女儿在美国读博士,是否还能望见故乡的窑洞?

父亲的窑洞小学听起来就像遥远的祖先的故事,其实,这就是父亲的故事。这故事有一种出奇地令人忧伤的魅力,像一道能引起你无限情感的风景,这风景里有一种能催人奋进的奇妙动力。

张玉峰读的一年级有6个同学,3男3女,6人一直坚持读到初小毕业,据说这是杨家山小学一个很大的成绩。那时实行国家教育部1952年规定的全国小学“五年一贯制”,拥有一到五年级的小学就叫“完小”。杨家山小学还没有五年级,他们隶属的翔村乡也没有五年级,12岁的张玉峰要离乡去求学了。

1958年夏,王选大学毕业,陕西的天空下,杨家山小学的朱自新老师正带着张玉峰等6名学生上县城去考“完小”。

“上县城喽!”

谁说清贫的日子里没有幸福,所谓欢呼雀跃,正是应该描述这样的情景的,6个学生像6只小鸟簇拥着老师向县城走去……多年后回望那段路程,我们依然能看见那个年代乡村教师的卓越贡献。中国有如此辽阔的农村,像朱自新这样的教师犹如夏夜的繁星,遍布中国的穷乡僻壤,照耀着孩子们充满幻想的童年。20里乡路宛若一种象征,那是老师领着张玉峰走出的通往北大的第一段路程。他们欢呼雀跃的脚步声,那就是新中国的教育前进的步伐。

三、美丽的洋槐花

家乡所在的城市就叫蒲城,陕西省蒲城县是杨虎城将军的故乡。他们考上了县城北门外的北关小学,这是距离他们村最近的“完小”。12岁的张玉峰开始了寄宿小学的读书生活。

一间大屋一排通铺,挤20多个同学,没有一个同学有草席,光光的床板上只有被子。冬天,屋檐下有一尺长的冰凌。没有窗玻璃,只有一层纸糊住窗户,纸常常被某个同学捅破,冬天的风就在那个破洞打着呼哨。从高小到高中毕业,张玉峰寄宿7年,从未睡过枕头。这一切在今天看来让人难以相信,但这就是张玉峰的少年生活,一个西部少年的读书生活。

从前,母亲只有年月日的概念,现在母亲有了非常明确的“星期”的概念。每到星期六,峰儿就回来了。星期天,母亲就给峰儿蒸上够他吃一个星期的馍,用口袋装上。下午峰儿背上一袋馍,又踏上进城读书的路。

“背馍上学”的孩子聚一堆吃馍,是张玉峰日后在方正大厦的员工食堂用餐时仍会在大脑里闪现的一道风景……放学的钟声响过,城里的同学回家吃饭了,“我们这些‘背馍’的学生也拿出馍来吃”。

“吃什么菜?”

“用一个洗干净的墨水瓶装着盐,把馍掰开,用开水一泡,再撒点盐,就这么吃。”

“没菜?”

“大家都这样。”张玉峰说，“我们家里也这么吃的，一碟辣子一碟盐。老家缺水，种不了菜。”

“有开水吗？”

“学校有开水房。”

冬天，开水房外面的阳光下，西部的太阳照耀着一群背馍上学的孩子。馍被冻得很硬很硬，要在开水里泡上好一阵子才能下咽……1936 年美国记者斯诺深入陕甘宁边区采访，曾描述这片有着悠久历史文化的土地如今文盲多达 90% ……现在，这群背馍上学的西部孩子，为了求知，为了这片土地的明天，坐在 1958 年的阳光下吃着开水泡馍，就已经是激动人心的诗！

夏天，到星期三，馍就长毛了。他们用开水洗一洗再吃下去。从 12 岁到 19 岁，张玉峰背了 7 年馍，也吃了 7 年长毛的馍。

很多同学没有坚持下来，辍学了。蒲城县城北有一座山叫尧山，张玉峰中学时代的母校就叫尧山中学。这原是杨虎城将军兴办的私立学校，1997 年尧山中学请张玉峰写一篇关于母校的文章，张玉峰脑海里冒出的最美的图像是洋槐花。

尧山上有不少洋槐树，树上开着白色的花。

美丽的槐花在他的梦中会奇妙地结出馍来……而许多个真实的日子，把花摘下来放在水里一泡就像泡馍似的……他说他是靠了故乡的槐花挺过来的。

他说他在那个正长身体的饥饿年代坚持把书念下来了，是他一生中最大的胜利。几十万人口的大县，1962 年张玉峰上高中时全县才招了 3 个班。新中国的教育在那个困难年代首次遇到了挫折，很大的挫折。但是，总算有一批人坚持下来了。

“今天回想起来，母校的老师都非常优秀。”张玉峰说。

四、初三的“转折”

那时学校里绝大多数是男老师，老师的家属大部分在乡下种地。他说老师和学生一样都睡光板，没有炕。张玉峰说：“对我影响最大的老师是我上初三时的班主任。”

老师就姓任，教物理。初三开课第一天，任老师在班上宣布：“张玉峰，你来当物理课代表。”

张玉峰说这让他感觉很突然，“我初三以前什么都不是，而且属于那种会和老师捣蛋的坏学生。我从来没做过家庭作业，回家就是干活”。当了课代表，就要负责收发大家的作业本。15 岁的张玉峰感到内心有了一种奇妙的变化。

“我突然想学好。”

初三毕业前夕，张玉峰成了共青团员。

任老师有关节炎，到冬天行动不便，学校照顾他给他修了一个炕。缺柴，张玉峰经常领几个同学去拾柴。

“来，快脱了鞋，上炕来暖暖脚。”老师说。

几个同学都脱了鞋上炕，把脚伸进老师的被窝，团团围着脚对脚……在那共同创造的温暖中，张玉峰感到自己长大了。

这是张玉峰一生中的一个重大转折。由于任老师对他的信任，他内心奇妙地产生“严格要求自己”的意识。这就是人生极重要的一个成长点。15 岁的张玉峰知道要求自己了。这是初中生张玉峰真正的成长，这是教育真正的果实。

从初三到高三，学校只要评模范，就有张玉峰。这一切都因为张玉峰的内心已有“严格要求自己”的意识，而不因为老师要求他怎样。张玉峰当课代表之前从未发现自己有什么组织才能，一经担任就看见了一片此前未见的世界。这经历为张玉峰日后管理企业打下良好的基础。

高三，张玉峰的学习成绩在班上名列前茅。他对待课本知识如同对待棋局，老师教给学生这是“马”，那是“炮”，还教学生怎么“走”的规则，但关键在于能不能机智地调动那些知识。他的成绩得益于从童年就知道的：每一步都得靠自己去走。

高考填志愿时老师都鼓励他：报北大。他就填了北大。考完就回家种地去了。他觉得考不上也不丢人，因为全县也没几个人能考上。他已经把书读到高中毕业，这就很不错了。“考不上不奇怪，考上才奇怪。”结果，他成了那奇怪的。

从高小到高三，背了 7 年馍，走了 7 年上学路，张玉峰还从未坐过汽车，也没见过火车。1965 年，张玉峰首次坐上火车进京上大学。

如果说王选到北大并不出众，张玉峰一到北大却比较出众。他一米八以上的大高个，穿着母亲为他缝制的崭新的对襟衬衫，连纽扣也是布的。他背着一床被子，里面有他的对襟棉袄和单衣，此外，他还背来了一袋馍。

同时代的消息与参考故事：

晶体管的发明人之一肖克利在 20 世纪 50 年代前期（晶体管的制造技术也显著提高后）离开贝尔实验室，来到斯坦福大学。这不仅因为斯坦福用高薪聘请他，更因为斯坦福已经在校园里划出土地，出租给周围的企业，创建起工业园区。肖克利可以在斯坦福附近的帕洛阿尔托创建一个肖克利半导体实验室,同时还可以建半导体厂。在这里,他的科学实验和生产相结合的工作方式,成为具有开创性工程技术团体的摇篮。

1957 年,美国 31 岁的奥尔森和 28 岁的安德森创建 DEC 公司,开始小型计算机的研制工作。由于此前的计算机都是庞然大物,动辄数百万美元,奥尔森想造出一种价低、简便,用键盘和显示器就能与之交流的小型机。小型机问世使计算机朝社会化发展迈进了一大步。因赢得大量顾客,DEC 公司发展成一个拥有百亿美元资产的大公司,被称为“小型机王国”,还被誉为“技术与市场结合的典范”。

1949 年中国学龄儿童入学率 20%,全国人口中的文盲占 90%。1965 年 3 月,北京大学注册学生 9398 人,其中男生 7291 人,女生 2107 人。

第三章　走好第一步
(1975—1976 年)

刻苦钻研、艰苦奋斗、锲而不舍就能取得成功吗?大多数人以为王选是我国最早研制汉字精密照排系统的人,其实不是。在他之前,国内另有 5 家攻关班子在抓紧研制。5 家都实力雄厚,都经过了极刻苦的奋斗。为什么这 5 支劲旅在英勇奋斗多年后都不得不悲壮地接受失败,王选领导的这支队伍又是凭什么成功?

一、认识自己之不行,才可以行

“文革”10 年,是王选在病中顽强地活下来的 10 年。

1975 年他 38 岁了,仍“病休在家”。人生还能做些什么呢?就在这一年,王选做出了他一生中第四次重大抉择。

这是一件同每个中国人都有关系的事。

中国是印刷术的故乡。印刷,在我国出现的时间比西方人以为的都要早很多。印章,在春秋战国时期已广泛使用。秦始皇焚书 388 年后,东汉灵帝于 175 年下令把儒家经典刻在 46 块石碑上,供世代抄录,后人为了免除抄写的辛劳和错漏,发明了从碑石上拓字的办法。拓字与盖印相结合,便诞生出雕版印刷术。世界上现存最早的印刷品是 868 年我国印刷的《金刚经》。毕昇约在 11 世纪 40 年代发明了活字印刷术,第一代产品是用细胶泥刻烧成的泥字,后人又搞了木字、铜字、铅字,活字印刷已有近千年的历史。

如今,随着电子计算机和光学技术的迅速发展,西方率先结束了活字印刷术,采用电子照排技术。当代印刷技术发生的革命性变化,将比过去1000年里产生过的作用更加显著,我国如果仍停留在铅印阶段,怎能跟上世界步伐?

1974年8月,经周恩来总理批准,我国开始了一项被命名为"748工程"的科研。这项科研分三个子项目:汉字通信、汉字情报检索和汉字精密照排。一天,陈堃銶意外地听说"748工程",便回来告诉王选。一个关乎王选未来的故事就在这一刻发生了。

此时已是1975年,王选仍病休在家。对"748工程"王选最感兴趣的是"汉字精密照排",这个项目国内已有5家单位在搞。这5家除了中国科学院自动化研究所是独家研究,其余4家都是多个单位甚至十几个单位组成的联合攻关班子,都实力雄厚。换句话说,这项由国家确定的"工程",已经组织力量在攻关,没人要求王选做什么。但是,王选决定了:我要做。

这不是谁想做就能做成的,王选究竟凭什么成功?

我首次访问王选教授时他对我说:"我年轻时就在很多方面自我感觉不好。"他接着说:"松下幸之助讲过他小时候有三个弱点:一是穷,这使他奋斗;二是没好好受过教育,这使他日后努力自学;三是身体不好,这使他懂得要依靠别人。"王选说松下把三个弱点变成了三个强项,松下讲的第三点,对他启发最大。

这真是惊人之语了。因身体不好,再加上自我感觉不好……这就是成功的奥秘?除了这些,王选还有别的特长吗?渐渐地,我发现,王选王选,他一生中最令人钦佩的本领若用一个字概括就在这个"选"字。我相信这"选"字不断作用于他的大脑,对他是有影响的。他不唯有超群的选择能力,还有超越群雄的选择能力。特别是中年以后,他在选择中神驰群峰、心游万仞的历程,能给世人很多启悟。他说他青年时自我感觉不好,并非谦辞。

认识自己之"不行"才可以"行"。这里是有智慧的。人在看见他人之长才知自己之短,而唯有承认自己之短,才易得高人相助。今人常说你要靠自己,不要依靠别人。其实,自己能力再强也是孤灯一盏。那些有非常之功者,无一不是既有自己,更依靠众人。

二、阳光洒落肩头,有一支歌向前途轻轻飞去

1975年春,王选强打起精神,拖着还很虚弱的身体,日复一日地挤公共汽车去中国科技情报所查阅外文杂志。从北大到地处和平街的情报所,坐公共汽车要花

3 毛钱,少坐一站可节省 5 分钱,王选总是选择少坐一站。连续病休 10 年,只拿每月 40 多元的劳保工资。现在的奔波不是组织派的,是他“自选”的,因此没有任何经费。此时,王选的生活到了节省 5 分钱都非常重要的田地。

但是,没有关系。1975 年的春天,首都街头的树枝已发芽,王选在和平西街就下车。阳光洒落肩头,你可听见,有一支歌,正穿过街市,向前途轻轻飞去……走到情报所,王选就该使劲喘气了,但资料上的海外消息,像氧气那样可供他呼吸。“我常常发现,我是那些杂志的第一个借阅者。”王选回忆道。

他看到,世界上第一台照排机是“手动式”的,1946 年在美国问世。20 世纪 50 年代美国发展了“光学机械式”二代机。1965 年德国推出“阴极射线管”三代机。1975 年,英国研制的“激光照排”四代机即将问世。再看我国,正在研制照排系统的 5 家,分别选择了二代机和三代机。

“我怎么选择?”

王选用了排除法:不能搞二代机,也不可搞三代机。那么,能不能搞第四代?他的排除法具有前瞻性,却也很容易被看作不切合实际。最初,只有陈堃銶能够理解,她知道在现有的条件下,唯有考虑四代机,才可能成功。

为什么?

多年后,王选得知了这样一个故事:钱学森回国之初,苏联和美国的洲际导弹都还没有过关,钱学森建议,我国应该先搞导弹,理由是搞导弹容易,搞飞机难。因为飞机上天要保证安全,材料的难题非常尖锐,中国的基础工业不过关,我们需要一个很长的周期来解决;而搞导弹,材料是一次性的。国外感到搞导弹最难的是制导技术。“制导”主要靠计算通过“电子”来实现。在钱学森看来,这些从大脑里产生的计算的办法,中国人有办法……结果证明钱学森是对的。

王选听了这故事,立刻领会其中奥妙,因为自己当初选择“激光精密照排”,也是基于相似的原因。

由于我国基础工业落后,搞二代机将有一系列的精密机械动作严重制约我们。三代机的模拟存储方式也很难过关。西方搞照排,对付 26 个英文字母相对容易,汉字多达数万,常用字也有三千,加上印刷所需的不同字体和不同字号,存储问题比西方要困难得多。如果不另选道路,即使搞出二代机、三代机也是落后的。新的道路在哪儿?

王选,其实是以别无选择的方式向自己的大脑要出路。

难,非常难。

如果走四代机激光照排的道路，"汉字存储问题"将更尖锐。因三代机的阴极射线管可以瞬间改变光点直径和焦距，激光却不能。若把印刷所需的汉字全部变成能适应激光照排的点阵信息，需要几百亿字节的存储量，俨然一片天文数字，是一个"难于上青天"的巨大难题，简直不可想象。怎么办?

中国字重于表意，而不仅仅是对语言和语音的记录，汉字凝聚着中华民族博大精深的思想、情感与智慧。现在，却在电子技术面前遇到了严峻挑战。古老的汉字，难道就这样成为我们推进现代化建设的障碍？汉字遇到严峻挑战，就是中国文化遇到严峻挑战。甚至有人发出"要不要废除汉字"的疑问。应该保存古老的汉字，还是为后代考虑而另辟蹊径？这甚至是中国伟人考虑过、讨论过的问题。

现在，王选在考虑，搞四代机，能不能用"数学方式"来破解呢？是的，能不能实现，可以先用数学算出来。1957 年苏联把人类第一颗人造卫星送入太空，其依据就是牛顿约 300 年前算出来的。"当一个物体以每秒钟 7.9 公里的速度被抛出，它就会进入环绕地球的轨道运行，成为人造天体。"这就是第一宇宙速度。

王选以数月苦算，总算提出了一套方案，这是个璀璨的"阶段性成果"。只是，有没有人能识别呢?

三、即使后天会有辉煌，今日谁来相助

每一项惊世骇俗的事业都有弱小的童年，此时的任何扶助，都不是微不足道的。数学系的黄禄萍老师是最早认定出该方案价值的人。数学系把当时隶属无线电系的"王选方案"打印上报，不久该方案被列为北大科研项目。王选随后参加了 1975 年 11 月在北京"北纬旅馆"召开的汉字照排系统论证会。

这是一次群英会，国内那 5 家企业和北大，都将在会上介绍各自的方案。轮到王选，他身体虚弱得连说话的气力都不够，只好由陈堃銶介绍。

北大方案因特别新颖曾让大家为之一振，但最后被认为是"数学游戏""幻想一步登天"，被淘汰了。

被淘汰，就不可能得到国家的科研经费，像这样的高科技项目，北大本身没有经费来支撑，连节省"5 分钱"都很重要的王选，还能搞下去吗？这个冬天，王选怎么过来的呢?

王选依然每天趴在冰凉的桌面上算啊算……

此时的王选，除了绞尽脑汁，没有别的办法。

就在 1975 年 12 月，王选终于开创性地以"轮廓加参数"的描述方法和一系列新算法，研究出一整套高倍率汉字信息压缩、还原、变倍技术，从而使"激光照排"

成为可能。

西方在20世纪80年代中期才开始采用“轮廓加参数”的描述法,王选是世界上使用这种办法的第一人。这“第一人”要被认可,真是太难了。1976年王选方案仍处在被淘汰的困境。曲高和寡,他的高超办法依然在期待知音,期待扶助。

四、其难度不亚于搞“两弹一星”

我们应该记住张淞芝,作为“748工程”办公室的工作人员,他没有轻易放过那个被称为“数学游戏”的北大方案。一天,他出现在王选面前:“王老师,我想再听听你的见解。”

他一次又一次主动深入北大拜访王选,然后报告给郭平欣。

我们还应该记住郭平欣,作为主持“748工程”的电子工业部计算机局局长,当他听到张淞芝的报告时,“精密照排系统”的研制任务已下达给别的部门,部分经费也已经下拨……他决定立刻对王选方案进行考察,随后惊叹道:“我们要改变决定了。”

我一直感到张淞芝和郭平欣的故事是不能忘记的。没有哪一个领导能一贯正确,郭平欣能如此果决地修正自己的决定,就是做了最令人敬佩的事情。张淞芝更像是老天派来帮助王选的,王选方案已在论证会上被否定,张淞芝作为“748工程”办公室的工作人员,与他已没多大关系。可他那么放心不下,一次次跑北大……我试图写这本书,要采访方正集团的老总们,总是很难见到他们,我请方正公共宣传部主任金鸥女士帮助我,金鸥对我说:“宏甲老师,你不知道,我们在公司里其实是很普通的人,我们也起不了多少作用。”我于是在电话里把张淞芝的故事讲给金鸥听。然后我说:“请记住,即使你是一个非常普通的人,只要你乐于帮助别人,你就会变得非常重要。”

第二天金鸥来电话:“宏甲老师,我把你的话告诉我们办公室的每一个人了。”那以后,我去金鸥他们办公室,发现他们那儿所有的人都对我非常友好。我再次感到这是张淞芝的工作赐予我们的智慧。我想,我们不会都是王选,也不会都是领导者,但是,一项有益的事业需要很多人帮助,说不定什么时候,我们也可能以自己渺小的力量对一项伟大的事业提供重要帮助。

北大对王选方案继续给予支持,成立了以北大张龙翔为组长的会战组。张龙翔从这时的会战组组长到后来的北大校长,都对王选的科研给予了鼎力支持。

然而要选择“第四代激光照排系统”,还要有“激光”。1976年4月,王选得知邮电部杭州通信设备厂制成了一种高分辨率报纸传真机,该设备是采用录影灯作光源。王选突发奇想:能不能把传真机上的录影灯光改成激光呢?对光学,王选是外行,但他知道自己不行可以找行的,他找到北大物理系的光学专家张合义。

张合义很快答复王选:“可行。”后来,张合义按王选设计的照排系统对速度的要求,设计出四路激光平行扫描方案,并与另一位专家李新章共同实现了这一方案。

王选这次抉择历时年余,终于在 1976 年 7 月正式决定:直接研制激光照排四代机。

1976 年 7 月 28 日唐山大地震,北大围墙倒塌 27 处,66 栋楼房出现裂痕,王选在抗震棚里继续把他的科研向前推进。9 月 8 日,这个必将对我国印刷业乃至文化事业产生深远影响的科研项目,正式交给北大。

由于王选的选择曾被认为“幻想一步登天”,这使他想起“顶天立地”一词,后来的实践则使他越来越明白,当代科研开发就应该尽可能选择“顶天”的技术。欲顶天,就得突现技术上的跨越。因此,王选人生中“第四次选择”最宝贵的地方,不在于选择了“第四代激光照排系统”,而是选择了“技术上的跨越”。

这时候,绝大多数中国人还不能理解“选择技术上的跨越”对中国发展所具有的重大意义。

接踵而至的难题是,王选要攻下“顶天”的技术还不算太难,要把“顶天”技术变成产品,并到世界上去占有一席之地,就难乎其难。多年后钱学森曾这样说:“要使中国高科技产业在世界上有一席之地,其难度不亚于当年搞‘两弹一星’。”

同时代的消息与参考故事:

50 年代,肖克利集科研和工程于一体的方式吸引了美国一批具有相当科技才华的青年来投奔他。他本人在 1956 年获诺贝尔物理学奖。1957 年诺宜斯、摩尔等 8 个先前来投奔他的年轻人离开他,去创办“仙童(Fairchild)半导体公司”。

1968 年诺宜斯、摩尔、葛洛夫离开“仙童”,在硅谷创建了英特尔公司。1971 年英特尔的霍夫研制出世界上第一颗 4 位元微处理器 4004,这个拥有 2000 多个晶体管的芯片只有指甲般大小,已是微电脑的心脏。同年,美国《微电子新闻》周刊编辑霍夫勒创造了“硅谷”这个名字。1972 年英特尔的费根主持开发出 8 位元的 8008 芯片,1974 年再推出 8080,处理速度比 4004 快 20 倍,微电脑时代的黎明真正到来。

1974 年,一家位于美国新墨西哥州阿尔伯克基市的小公司 MITS 以 8080 设计出全球第一台微型电子计算机,这台微机没有键盘,没有显示器,面板上最夺目的是几个闪光的灯泡,它被命名为"牛郎星"。

微电脑时代的黎明时分,也是微电脑软件的破晓时分。1975年,20岁的比尔·盖茨和22岁的保罗·艾伦因在《大众电子学》杂志上看到为"牛郎星"微机所做的广告,这两位大学都没有毕业的朋友也来到阿尔伯克基市开了一家小公司,开始为微电脑开发软件,这就是日后举世闻名的微软公司。

第四章　红叶染遍香山的季节
(1977—1981年)

国门刚刚打开,一个陌生的世界突然就顶到你的鼻子前面了。如果你的技术不能尽快变成产品,就会变成废物。祖先发明的汉字,此时成为我们抵挡英国人、美国人的最后一道天然屏障,一道汉字组成的万里长城。但是,我们还可以利用这道天然屏障的时间已经不多了……

一、1978年的春天

科研成果要变成产品,需要通过工厂来实现,但要找到很理想的厂家并不容易。用王选的话说,"在落实协作单位的过程中,郭平欣和张淞芝可以说是费尽心机。"

为照排系统找总承厂,先是在上海、苏州和天津的一些厂家中选择,其中有些生产军工产品的厂家能力不错,但他们不可能接受其他任务。到1977年7月14日上午,必须做出选择了。这天,科研组所有人都参加了讨论,新华社是当时的协作单位之一,也派了项目负责人来参加。

会议在北大文史楼一间10平方米的旧屋里召开,前面放了一块小黑板,用来书写可选择的厂家的基本情况。可供选择的有多家,其中有一家是山东潍坊电讯仪表厂。讨论到潍坊厂时,大家都不同意选择这家电讯仪表厂,力争由苏州计算机厂来承担,只有王选一人出人意料地主张选择潍坊这家。

"我的理由是积极性最重要,而潍坊的积极性最高。只要积极性高,技术力量可以加强,北大还可以指导和具体协助。"王选还说,"我想,我们这个'748工程'会战组2年多来在如此困难的条件下没有垮掉,就因为主要骨干积极性高。"

最后,大家都尊重了王选的意见。

工厂缺乏积极性就会失去创造性，王选更注重“积极性”。尽管潍坊厂当时还不是计算机厂，却因“令人感动的积极性”先期迎来了一个可望较快发展的机会。1978 年 1 月，潍坊厂派出第一批技术人员来北大学习和掌握系统方案，到春节前夕回去过年。新春正月十一就返回北大，正式投入研制工作。此时，全国科学大会还没有召开。

1978 年 3 月 18 日到 31 日，全国科学大会在北京召开，出席的代表近 6000 人，王选是其中之一。在这个大会上，郭沫若发表了著名的书面发言《科学的春天》。郭老讲科学也需要幻想，有幻想才能打破束缚，才能发展科学。

1978 年王选 41 岁了，我不能忽略这次科学大会对王选的激励。这次大会是我国科学史上的盛会，对我国科学界、知识界乃至寻常百姓的鼓舞也是巨大的。在北大，王选走到哪儿都能感到许多人投来羡慕的眼光。因为许多人都感到，能参加“748 工程”真是个美差。不料，到 1979 年，情况突变。

二、未曾料到的困境

国门刚打开，西方人来了。在照排领域最早到来的就是世界上最先发明了第四代激光照排机的英国蒙纳公司。从 1976 年到 1985 年，他们的英文四代机是世界上唯一的照排机商品，闻名全球。

200 多年前（英国发生工业革命后），英国就开始瞄准中国市场。1792 年英国政府首次派遣使节团来华谒见乾隆皇帝，就是试图打开这个亚洲最大的市场……现在蒙纳公司瞄准中国巨大的排版印刷市场，也搞了汉字激光照排系统，并于 1979 年初派人来华，定于这年夏天在上海、北京展示产品，以争取用户。1979 年我国刚刚搞改革开放，但许多人大脑里还没有市场经济的意识，英国人的“电脑”已经做好了大举进入中国市场的准备。不久，日本人、美国人搞的汉字照排系统接踵而至。

从前，王选一心只想努力研制出好设备就能为祖国、为社会服务……没想到，国门刚打开，一个陌生的世界突然就顶到你的鼻子前面了。就像一觉醒来，发现英国人、日本人都端着先进武器堵在你的房门口了。如果你的技术不能尽快变成产品，就会变成废物，根本无法进入应用。

“1979 年，我一下子被打晕了。”王选说。

“中国最多的厂，就是印刷厂吧？”王选说，“我想不出，还有什么厂比印刷厂更多。”可是，这个阵地，我们快守不住了……王选差不多听见了自己在呼救的声音。

多么渴望有更多的才华卓越者来相助啊！可是,出国潮开始了……王选比任何时候都更加钦佩钱学森那一代掌握了高级科研本领的中国人。当年,他们冲破重重阻挠,想方设法从国外归来……如今,许多有才华的人在踊跃“出去”。

是人不一样了？是时代不同了？

国内此时热门的是著书、写论文……写论文难道有什么错吗？1978 年 1 月《人民文学》在全国科学大会召开之先就发表了《哥德巴赫猜想》,“文学”是那样激动人心地描绘着“科学与科学家的故事”,陈景润正成为全国人民向现代化进军的楷模。陈景润的主要成就即写论文。

“我们的项目突然变成了不得人心的项目。”王选说。

“为什么?”我问。

然后知道,这是说“人心”不在“项目”上了。

“1978 年底北大开始恢复职称评定,是好事。”王选说,“可是评职称主要看论文,这对从事应用项目的科研人员就非常不利。我们搞的激光照排系统实际上是科研和开发一体的项目,需要耗费很多精力来解决十分具体和烦琐的技术问题,没有时间去写论文。”

在北大,人说评上教授不算啥,评不上可就啥都不算。职称与晋升、调资、住房息息相关……王选努力多年争取来这个项目,似乎只是争取来一个干活的资格。没时间去写论文,评职称排不上号,这个项目组就变得没有吸引力了。

王选遇到的难题,并非他独有的难题。此时科研人员写论文正是热潮,对从事“科研项目”则几近避之如猛虎。1981 年春,聂荣臻元帅为此专门给有关领导部门写信,指出:“当前对科技干部晋升职级时,有的片面强调有何著作,发表过什么论文……在此风影响下,有的科技人员不愿动脑子解决生产中的实际问题,而热心埋头著书写论文。”聂帅深感焦虑,呼吁要改变这种倾向,否则就没有国防科研的重大成果了。

1979 年的王选就处在这种困境中,一方面是国外强大的先进生产力不断入境;一方面是我国许多颇有才华的科研人才不断外流,以及国内许许多多科研人才在为晋升职级而写论文。王选怎么也没想到,偌大一个北大,他要维持住一支攻关队伍,竟在“科学的春天”到来之日,遇到未曾料到的困难。

三、九死一生的历程

在西方人踊跃来华的同时,中国人继续踊跃“出去”。

许多中国人说:西方国家很先进,很繁华。

许多西方人说，中国很落后很贫穷，特别是中国的市场上还有那么多空白，这就是最可以去发财的地方。

毕竟还是有一批业务能力很强的中年教师放弃出国，放弃著书，放弃写论文，留下来与王选并肩战斗。正是这一时期，王选做出了他一生中第五次重大选择：决战市场。

此时王选尚存的优势，就是他发明的高倍率汉字信息压缩技术，这技术能使字形复杂多样、数量庞大的汉字自由地进入电脑，自由变倍。英国人可以灵巧地对付26个字母，但要驾驭如此浩大的汉字方阵，还很难做到快捷轻便。我们祖先发明的汉字，在这时成为我们抵挡英国人、美国人的最后一道天然屏障，一道汉字组成的万里长城。

但是，我们还可以利用这道屏障的时间已经不多了。

春天在未名湖畔茂盛地生长，夏天就要追着脚后跟来了。我们似乎一分钟都没法歇息了。留在攻关组的人员每天都是上午、下午、晚上，三段满负荷上班。英国“蒙纳系统”用的是大规模集成电路……王选攻关组搞的是小规模集成电路，软、硬件开发条件都非常差，由于所用的国产集成电路质量很差，每次关机、开机都会损坏一些芯片，严重影响进度，这使他们不得不采取不关机通宵值班的办法……就这样的现实条件，即使日夜不停地干下去，能赢吗？

1979年8月11日，《光明日报》头版头条以通栏大标题赫然登出：汉字信息处理技术的研究和应用获重大突破，并加了副标题：我国自行设计的计算机——激光汉字编辑排版系统主体工程研制成功。同时发表评论员文章，还配发了一幅该系统排出的报纸样张的照片。这篇报道像一颗炸弹，在我国新闻出版界和印刷行业、在国内外同行，都引起了强烈反响。

《光明日报》所登的“报样”照片，国内外的研究者都可以用高倍放大镜看出，中国照排系统输出的汉字清晰优美，无懈可击。这“样报”是7月27日在北大输出来的。第二天上午，方毅副总理亲自到北大来参观，给科研人员以很大的鼓励。但这张样报，是出了几十次才得到一次总算可供参观的。由于整个系统尚未完成，原理性样机硬件刚调出，还很不稳定，当时新闻界认为这一成果尚不成熟，不宜报道，也是有道理的。后来，北大“748科研组”被报道为“获重大突破”而名声大振，如果有人去写出“北大样报真相”“原理性样机内幕”，写出该设备其实还怎么怎么落后，也会引起另一种轰动的。所幸的是，1979年还没有这样的人。1979年，科学的春天真的在许许多多中国人心中春光明媚。《光明日报》在总编辑杨西光的支持下,由女记者朱军写了上述热情洋溢的文章。这篇文章不仅对研制者起了很大的鼓舞作用,也广泛鼓舞了中国人民的心。

中国人说"一寸光阴一寸金",《光明日报》这篇报道,也在一定程度上为我国研制的照排系统与外国照排系统争夺中国市场争取了金子般宝贵的时间。

特别宝贵的是,就在排出那张样报时,王选心里比谁都清醒:"我们决定见好就收,不再致力于这种样机的试制和生产,而只是对付鉴定会。"

这不啻惊世骇俗的决定。其实,王选对这台样机的感情是非常深的啊!"原理性样机的设计和调试,是我一生中从事的难度最大、挑战最多和最富有创造性的工作,有些设计,算得上'首创'。"王选说,"可惜,由于我们是1975年开始研制的,我们只能全部采用国产元器件,这些硬件只达到国际60年代初的水平,这就使我们很多所谓的'首创'性工作变得毫无价值。"从1979年9月起,王选就把主要精力放在Ⅱ型机上。这是他迈向市场的一大步。他把这称作"内外交困中启动的Ⅱ型机",把通往市场的道路称为"九死一生的历程"。

1979年秋天的阳光,正从窗外照进来,照在那张《光明日报》和王选决定放弃的样机上,宛如一种仪式、一种告别,王选对大家说:"我们要对得起这篇报道,要用今后的事实,证明这确实是重大突破,证明这报道是及时和完全如实的。"

四、正当梨花开遍了天涯

1979年10月,美国麻省理工学院美籍华人李凡教授来中国帮助清华大学建立硬件实验室,特意来拜访王选。

麻省理工学院创立于1865年,算得上是世界上最懂得"将学术上的远大抱负和追求利润紧密联系"的大学。李凡指导的麻省理工学院的研究生正在研究高分辨率汉字字形的信息压缩问题,采用的是部件组字方案。李凡和他的学生看了北大输出的底片后,都预见到了这一系统巨大的前景,也看到了中国当时很落后的硬件开发环境,对外渠道也还不通畅,从美国进口一些元器件也有困难,而与英国蒙纳公司的竞争却已经短兵相接,李凡建议王选:"你到麻省理工学院去工作一段时间,我可以申请福特基金会资助,你能利用美国很好的硬件开发环境,把汉字激光照排系统的研制工作很好地继续下去。"

王选仔细思考后委婉辞谢了李凡的好意,李凡便向北大提出合作建议。此时的北大校长周培源针对李凡建议,还主持校务委员会专门讨论,并请王选列席会议。会上大家一致同意王选的意见。

假如王选接受了李凡的建议,1979年去美国,把他的发明在美国变成产品是容易的，王选会成为富翁大约也没问题。王选没走，他的发明又难以尽快变成产品，在激烈的国际竞争中，他的发明还缺乏知识产权保护，是有危险的。这情况甚至使李凡也为之忧虑。此时的中国还没有实行专利制度，11 月，李凡写信给方毅副总理，建议王选的发明应该在国外申请专利，并表示他愿意帮忙。

方毅副总理、周培源校长和王选都很重视李凡的建议。周培源带着王选，专门去找了国家科委外事局和成果局，他们受到了热情的关心。但是，现实的情况是，中国的成果去外国申请专利还走不通，此事只好搁浅。这样一来，王选的发明只能继续在无保护状态下与西方照排系统激烈竞争。

英国蒙纳公司延至 10 月，终于在京沪两地召开了展示会。我国有关部门把是否引进“蒙纳系统”的问题摆上议事日程，有关会议一个接一个召开，王选也被邀请参加讨论。此时，有几人能理解王选的心情呢？

郭平欣、张淞芝在一切场合反对“整套引进”，并阻止电子部下属单位介入引进，防止在“引进”的名目下成为外商的“买办”。国家计委、科委、电子部和教育部的一些领导也赞成扶植国内系统。但是，引进风仍然刮得很猛。

此时，另一项艰巨的任务就是设计和调试软件。这项工作一直是由陈堃銶负责。当时没有软盘，没有显示器，总量十多万行的程序全用汇编语言写出，其艰难是今天从事软件开发的青年们难以想象的。终于在 1980 年 9 月 15 日上午排出了《伍豪之剑》，这是中国在告别铅字的历程中排出的第一本书，也是检验照排系统功能的一个重要标志。

周培源校长随后给方毅副总理送去样书，并请转送给政治局委员人手一册。方毅于 10 月 20 日在随书附上的北大的一封信上热情洋溢地写道：“这是可喜的成就，印刷术从火与铅的时代过渡到计算机与激光的时代，建议予以支持，请邓副主席批示。”

10 月 25 日，邓小平批示：“应加以支持。”

1981 年 7 月，他们研制的原理性样机通过了部级鉴定，大家都很高兴，王选却对科研组人员说：“我们的成果是零。”因为通过鉴定的未必能成为商品，“松一口气就会彻底完蛋。”当然，通过鉴定并非没有意义，最实用的意义就是，能为后续实用型系统争取到研制经费。

这年初夏，陈堃銶发现自己便血，以为是痔疮，继续忙于软件调试没去医院。7 月去参加鉴定会那天，她是搭乘校长张龙翔的小轿车去的，半道上忽然连连呕吐……她感到有点奇怪，又想，一定是为了赶鉴定连续加班累的。她没再深想，只为自己弄脏了小车而内疚。鉴定会后是暑假,她本该有时间休息的,只是至少6年来,她都放弃了节假日休息,这个暑假,她又忙于Ⅱ型机整个软件的换代工作,直到10月5日才抽空去医院看病。6日,被确诊为直肠癌!

我无法描述王选接到诊断书的恐慌。

这是妻子。

妻子。

在王选生命最微弱的日子里,没有陈堃铼就没有王选、没有现在的宏伟事业……青年时入大学,王选早先从事的是硬件研究,陈堃铼一直是研制中文照排系统软件方面的绝对权威,没有任何人超过她……她仿佛就是为王选和他所选择的事业,而来到这个世上的。

我无法知道陈堃铼那时的心情,王选的事业还没有成功……那研究成果还只是样品,而不是商品,王选这时非常需要她……陈堃铼住进了医院,王选独自回到他与妻子的家,这是他与堃铼在1980年底因被"破格提拔"为副教授才搬进来的新居。独自回到家,屋子变得如此空旷,想给妻子做些好吃的,家里什么吃的都没有……已经是80年代了,这一对教授成天琢磨高科技,家里却没冰箱,也没彩电……堃铼一生有过什么爱好吗?她的故乡也在上海,先王选一年考进北大,毕业后就留在数学系……据说,她大学时代热爱音乐,50年代电台播放贝多芬交响曲《命运》,她太喜欢了,可是没有收音机,就跑到别人的窗外,站那儿听……

10月,正是红叶染遍香山的季节,陈堃铼要动手术了。王选去看护她,大家也去看她,还没走进病房,听到她与同室病友一起在唱50年代的苏联歌曲:

正当梨花开遍了天涯
河上飘着柔曼的轻纱
喀秋莎站在峻峭的岸上
歌声好像明媚的春光

同时代的消息与参考故事:

英特尔推出微处理器不久,德州仪器、摩托罗拉、国民半导体、仙童等著名的半导体公司都先后推出微处理器。一个微电脑"百花齐放"的时代就要到来。如同文艺复兴萌生于意大利,工业革命始于英国,一场必将影响全球的信息革命就要轰轰烈烈起于美国硅谷。

硅谷有一批"电脑迷"在业余时间将芯片拼拼凑凑,组装供自己使用或"玩"的电脑。世上的创造,当许多“个人”能自由参与时就一定会发生一系列奇迹。1976年26岁的乌兹尼克在业余时间组装了一台能显示彩色的微机,性能优异,成本低。他把微机抱到他供职的惠普公司去,不料公司认为这东西没有什么前途。他的好友乔布斯(21岁)看到了,把这东西送到电子商店去“投石问路”,两天竟得到1200多台的订单,乔布斯受到市场鼓励,卖掉自己的汽车作为最早的启动资本与乌兹尼克共同创办了苹果公司。

1977年他们推出的苹果Ⅱ型电脑由硬盘驱动器、显示屏和键盘组成。乔布斯把苹果机外壳设计成白色,力求美观优雅,这就为微电脑进入家庭创造了亲切感和吸引力。他的这一外形设计从此为全世界的台式电脑“定调”,乔布斯被认为是第一个把微电脑定位为“个人电脑”的人。

微电脑被定义为“个人电脑”,这是通往知识经济时代的一件大事。世上的创造,当致力于为每一位“个人”着想时,就会获得最大效益。1980年25岁的乔布斯已是美国最年轻的亿万富翁。1982年乔布斯登上美国《时代杂志》封面。里根总统也称乔布斯是美国青年心目中的英雄。

一个新经济时代因一个小小晶体管、小小芯片的诞生而拉开了序幕,但是,将出现在这个舞台中心的不一定是科学家和发明家,青年乔布斯和青年比尔·盖茨都是例证。这是为什么呢?

第五章　苏醒的中关村
(1980—1985年)

我相信21世纪会有越来越多的人认识到,中关村电子一条街的兴起,是中国20世纪生产力发展中最具划时代意义的大事。它的显著特征是科技、教育和产业的融合。它标志着中国科技知识分子直接登上产业的舞台,成为新兴生产力的代表。

一、市场的教导

这似乎注定是一项悲壮的事业。中国人与西方人争夺中国市场的故事,其实已有100多年。

1984年中国以更坚定的步伐把改革开放又推进了一大步。松下电器、奔驰汽车、IBM电脑等大量舶来品涌入中国。美、英、日等国研制的汉字照排系统,也以比从前更进步的技术,形成“联军”似的战斗力,向中国的报社、出版社、印刷厂发起进攻。

中国的计算技术在哪儿？中国没有计算机吗？

不是。1975 年我国发射第一颗返回式卫星成功。1980 年向太平洋海域发射运载火箭成功。刚刚过去的 1983 年,“银河”巨型计算机系统研制成功……这都是重大成就。但是,我们缺乏走向市场的产品,许多尖端科研没有变成社会生产力。我国有数十种计算机产品在外国计算机到来的时代,因严重缺乏市场竞争力而躺在仓库里,而且永远不可能进入柜台了,是真正的废物了。

此时,王选主持研制的照排Ⅱ型系统仍不能正常运行。人民日报社召集了关于是否引进外国照排系统的专家座谈会,最有力的观点是,《人民日报》是中国最重要的报纸,照排设备出任何差错都可能引起政治后果,因此应该采用质量过硬、效果可靠的系统……几乎全部的与会人员都主张引进。有的专家直言道:“北大设计的系统即使搞出来也是落后的。”

王选也被邀请参加论证,这似乎是一件残酷的事情,是要王选自己发表反对自己的意见吗？会上大家也都在等着王选说些什么。王选该说什么呢？

但是有一人发出了不同的声音,那就是新华社的傅宗英。“我认为从外国引进中文照排系统是不可取的,应该相信‘748 工程’能搞出来。”但傅宗英的发言在众人的反驳声中似乎成为一种可笑的声音。这就给了王选站出来说话的勇气。感谢上苍,此时促使王选慷慨陈词的似乎不是为了支持自己,而是如不站出来说几句,怎么对得起傅宗英呢？王选站起来了。

他一站起来,大家就安静了。

他的眼睛在镜片后环视众专家,环视着 1984 年在人民日报社的这个时刻,这个中国的电子产品在这一年几乎被舶来品冲垮的时刻,王选还是讲了北大照排系统的优越性……但是,他不可能在此时此地改变众人的看法是注定了的。

来自日本的“写研”公司以汉字照排三代机就攻下了《人民日报》海外版,1984 年他们的在华努力已使中国出版、印刷界“言必称写研”。此时“748 工程”进行 10 年了,王选不仅是站在一个退无可退的地方与外国公司争夺中国市场,也是处在一个退无可退的时间,王选攻关组却几乎没有招架之力。

虽然他早于 1979 年就选择了逐鹿市场,但几年来仍主要是在技术上努力,以为只要技术领先就能守住中国阵地……为了保护在技术上领先的知识产权,在钱伟长先生和香港星光集团董事长黄金富先生的帮助下走通了申请欧洲专利的渠道,王选终于在 1982 年成为中国大陆第一个获得欧洲专利的人。这项专利可证明欧洲人在处理汉字照排技术方面还没有超过王选的。可是,拥有世界领先技术,却眼睁睁看着外国系统在我国长驱直入……这是什么原因呢?

最前沿的"现实"在帮助王选开阔眼界……就在这时,他看见那些"集团"了,他面对的是一个个外国集团公司,再看看自己的科研队伍,尽管协作单位有好多家,仍然是由科研部门和生产厂家组成的松散的研制组。这样一个松散的研制组,要同多国集团公司决战市场,其困难可想而知。

集团公司有专门的经营人员去为产品进入市场架桥铺路,有的外国公司还拨出专门的招待款项,正在招待潜在的中国用户去海外考察……这真是战斗啊!兵贵神速,单刀直入,反客为主,暗度陈仓,招数五花八门。时间分秒前进的声音已有如大军开进的脚步……转眼间,我国几十家出版社、报社、印刷厂,购进了五种不同品牌的美、英、日照排系统……国内照排系统似乎大势已去。参加北大"748 工程"的协作单位也有提出撤走人员的,王选的硬件组从最初热热闹闹的九人走得只剩下王选和吕之敏两人……王选说过自己得益于懂得依靠他人,现在可依靠的力量在哪儿呢?

就是在这一时期,王选对自己"决战市场"的第五次抉择有了更深入的认识,这注定了他必将产生又一个重大抉择。

二、硅谷的启示

1978 年后中国许多人出国考察,中科院物理学家陈春先出国考察是值得后人记住的一件大事。

他是作为中美互访的科学家之一赴美的。当他驱车前往旧金山海湾南端那片地势平坦的谷地,汽车绕过莫菲特海军机场,经过肖克利当年在那里创办半导体公司的帕洛阿尔托,然后穿过圣克拉拉山谷……他在这片谷地访问的日日夜夜是他终生难忘的。这是硅谷,这就是硅谷。

很难用语言来描述这位曾经毕业于莫斯科大学的中国科学家眼里看到的硅谷。那些黄昏和早晨,就在看太平洋薄雾轻轻裹着的那一片神奇的谷地时,他还会想起自己遥远的故乡四川,他的眼睛湿润了。一定是身后的祖国赐予他激情。他是那么按捺不住,飞回祖国就提出应该效仿硅谷"技术扩散模式"在中关村建"中国硅谷"。这是 1980 年 10 月的事。

这个 10 月,是他一生中发生重大转折的季节。心情无法平静,一直无法平静。他 1934 年生于成都,24 岁毕业于莫斯科大学物理系。回国后,他亲手建起了中科院核聚变等离子物理研究所。他的经历和他所看到的硅谷一碰撞,就裂变出大能量,这能量使他那么强烈那么清晰地看到,中国的科研如果继续沿用苏联模式,就没有前途！怎么办呢？他听到内心有个声音在召唤他："走吧，陈春先，到街上去，去办公司！"

可是，这声音在1980年能被谁理解呢？一个科学家你不专心搞科研，竟然想去做买卖。谁会支持你，你有资金吗？你自己愿去承担风险，可有人能为你做风险投资吗？1980年中国还处在计划经济向市场经济转变的过程中，一个企业的领导者难道可以不是政府任命的吗？难道是你想当就当的吗？1980年在中国你要去办公司比在硅谷办公司难一千倍。而且，你毫无办企业的经验，你能成功吗？你完全可能身败名裂。这年陈春先46岁了，在"科学的春天"到来时，作为一个有资格参与"中美互访"的科学家，他有很好的地位和名气，需要跑到大街上去东奔西跑地冒这个风险吗？你究竟应该在科学院里继续受到社会的尊敬，还是应该跑到大街上去做买卖？46岁的陈春先站在中科院和中关村的十字路口，阳光洒落肩头，两手空空，马路上只有他和他的影子，该往哪儿走？陈春先遭遇抉择，那是他人生中最大的抉择。

一定是爱国激情赐予他力量。已经是80年代了，中国总得有人来做这件事吧！不论从前自己做了什么，不论今后会不会成功，陈春先已经有所觉悟——既然已经看到了感觉到了，能不走出去吗?！到底有人被他的激情打动，北京市科协借给他200元钱，陈春先用这极有意义的200元钱在银行开了个账户，联络了中科院15位同人于1980年12月23日办起了中关村第一个民营科技实体——先进技术发展服务部。

陈春先会是想入非非吗？今日中关村已受到越来越多海内外人士的关注。就像硅谷曾吸引全美许多青年去创业去取经，也许有一天你也会从很远的地方来中关村问路。在踏进中关村之前，或许，你也值得了解一下它的历史渊源和"文化力"。

我从书籍中去寻访古时的海淀，得知它早先是一片浅湖水淀，最早的开发者傍淀而居，据说这就是"海淀"地名的由来。这名最早见于记载是在元初，元朝在北京建大都后被来此游玩的人写进书里，海淀也在此时得到较快发展。明代官宦人家来郊游邀宴的更多，这儿便修了不少园林别墅。清人入关后在此建有八旗营房和包衣三旗，更在东起海淀镇西至香山的20里区域建筑了规模空前的园林和殿阁，最著名的就是圆明园与颐和园。至于中关村，据《北京百科全书》载，因"清代某中官(太监)于此置立庄田，故名中官村，后谐音更今名"。

1911年，清政府用美国退还的"庚子赔款"在圆明园的废墟旁建清华园，初为一所"留美预备学校",1925 年起逐步改办为大学。1919 年,由北通州协和大学与北京汇文大学合并,在圆明园南侧建燕京大学,当时这是美国基督教教会在中国办的大学。1952 年,北京大学迁入燕京大学校址,燕京大学并入北大和清华。此时,中国科学院院部在北海文津街 3 号,从国民党手上接管过来的"中央研究院"下属的大部分研究所也在北京市中心区。1953 年,共和国政府决定选址中关村建"中关村科学城",此后一大批国家级科研院所迁入中关村,一大批大专院校也来海淀安营扎寨,从此形成了中关村科教文化人才会集、技术密集的格局。

我们可以把海淀中关村同硅谷略作一个比较:北京海淀区 426 平方公里,进入 90 年代,有高等院校 51 所、科研机构 138 个(截至 1993 年 6 月)。硅谷约 640 平方公里,周围有大学 16 所。陈春先在 1980 年 10 月就讲过:"中关村的人才密度绝不比旧金山和波士顿地区低。"这是他认为可以在中关村建中国硅谷的理由。

陈春先把硅谷的成功归结于"技术扩散",他一心一意要在中关村搞"技术扩散"。他从"先进技术发展服务部"到创建"华夏硅谷集团",他任董事长,公司最有规模时资产也有几千万,但最后都赔掉了。早于 1978 年,陈春先在中科院就和陈景润等不到 10 人从助理研究员被破格晋升为研究员。有人对他说:"你如果不去搞公司一定是院士。"陈春先用一个微笑向对方的惋惜表示回应。不错,他的一批同事,包括原先在他领导下的同事先后是院士了。今天的陈春先不但不是院士,由于离开科学院,他也没有任何劳保福利。就是做企业,他也好像是个昙花一现的人物。今天中关村车水马龙轰轰烈烈,人们知道王选,知道柳传志,也知道把毕生精力花在"哥德巴赫猜想"上的陈景润,有几个人知道陈春先呢?在一些认识他的人看来,陈春先确实是失败了。

呜呼,何谓英雄?英雄不必是成功者。古往今来的英雄,往往因悲壮的失败而成为令人无限感慨和赞叹的英雄。英雄是那敢以个人的渺小去做很难做到的事情的人,是那知其难仍一往无前的人。

陈春先正是这样的英雄。1980 年冬,他的激情如同一把火把自己点燃了……春先,春先,他确实是"科学的春天"到来之时,身体力行要把知识变成经济的一个报春的先驱!

从这个冬天到 1983 年春,陈春先是孤军奋战吗?

不是。他与海淀区四个集体所有制的小厂建立了技术协作,帮助海淀区创建了海淀区新技术实验厂和三个技术服务机构。请再看一眼陈春先当时所说的"技术扩散","技术扩散"与把技术"束之高阁"和锁在"保险柜"里是截然不同的。陈春先身体力行的就是要把我国已有的但束之高阁的技术"扩散"到企业中去,到生产者中去。这就是科学家和企业生产力结合的极其宝贵的实践了。

中关村人还应该记住新华社有个叫潘善棠的记者在1983年写了一份极宝贵的内参,这篇内参题为《研究员陈春先搞“新技术扩散”试验初见成效》,内参写陈春先在做一件大有前景的好事,“却受到一些领导的反对”。这份内参引起了中央领导人的重视,领导做了批示,由此再引起北京市领导及海淀区领导的重视,从而放宽了对科技人员在中关村办公司的政策,中关村发展第一次获得良机。

这时,中关村的不少人看到陈春先2年前就开始燃烧的星星之火了。1983年5月,中科院技术局的钟琪和力学所的范良藻创办了“科海新技术开发公司”。7月,中科院计算所王洪德等8人与海淀区联社联合创办了“京海计算机机房技术开发公司”。1984年5月,“四通公司”成立。11月,“信通电脑公司”成立。不久,人们讲中关村几乎言必称“两通两海”。也是1984年,柳传志领头创办的“中科院计算所新技术公司”(联想集团的前身)悄然问世……以上勇于创办科技企业的人才大部分出自中科院。清华大学也于1984年4月和5月,先后创办了“海华新技术开发中心”和“华海新技术开发公司”。

包括陈春先在内的这批知识分子集中地体现了那一代知识分子铭心刻骨的爱国情怀。虽然他们不久就要被议论为“向钱看”,但他们的胸怀和眼界恐怕比那些指责他们的人要高很多。他们确实是非常的爱国者,他们比一般人更早认识硅谷,不是因此投奔硅谷,而是在中关村胼手胝足发愤图强。是这些高级知识分子而不是一般的商人在80年代前期使中关村电子一条街兴起。

1984年,北大还没有一个公司。北大,北大,你落伍了呀!

你是中国最有名的学府,现在正被学问所困。

我曾想,新时期北京最早出来办公司的高级知识分子为什么首先出自中科院?清华办公司又为什么早于北大?

知识经济的萌生是20世纪人类最重大的事情,中关村电子一条街兴起便是中国当代生产力发展最具进步意义的实践。科学家与科技人员有多种类型,他们是这样的一群人:他们带着对自己的信任投身街市,不仅仅认识到科技重要,更认识到必须通过企业运作去把科技的能量发挥出来。他们不再依赖、坐等政府投资。他们自由组合、聘用人才,没有那么多繁文缛节。他们的技术和产品连同自己今后的一生,都直接交给市场去检验。“科海”“京海”“海华”“华海”……许多带“海”字的技术公司相继在“海淀”诞生,“下海”一词逐渐成为走向市场的代称。知识分子“下海经商”,确实是对中国几千年“儒不经商”的传统意识的全面冲撞。他们的奔波造次注定要遭到“争议”。这不可避免地增加了人们认识他们的困难。

陈春先失败了吗？他当初激情满怀倡导的就是要在中关村建中国硅谷。他不是喊喊而已，他第一个去实践。虽然他办的公司几经曲折没有做好，但中关村起来了，而且必将以其特殊的知识经济地位对整个中国的经济前途产生巨大影响。

每个人的一生所能做的事都是有限的。事实上，陈春先具深远意义的实践在1984年就已经完成。人生能以自己对祖国的忠诚去倡导这样一件事并看到它后继有人日益光大，就是很值得满足的了。虽然他不是院士，并且永远不会是院士了，但他所倡导的这件事比任何一项具体的发明创造都重要。历史应该记住陈春先这位如今什么也不是的小人物，这位老知识分子，确实是倡导并投身到中关村建"中国硅谷"的先驱。

三、"产学研"的先声

王选1979年就切身体会到英国蒙纳公司咄咄逼人的市场进攻，他想让技术走向市场，与西方公司争夺市场的考虑比陈春先更早。更为珍贵的是，王选在西方高技术产品不断入境的冲击下，还保持着自主技术的先进性，问题是要把这先进性变成产品去占领市场非常之难。此时王选关于"决战市场"的思考已焦距到关注企业，因为没有公司你无法到达市场。1984年王选走进中关村，他相当敬佩"电子一条街"那些来自中科院的勇闯市场的知识分子。6月11日，王选几乎是以按捺不住的心情向新任校长丁石孙提出建议：北大应该成立科技开发公司。

丁石孙校长于6月13日下午主持召开了北大校务委员会扩大会议。这是北大在新时期讨论校办产业的第一个会议，会议在办公楼103会议室召开，人坐得很满。

王选在会上的发言提纲至今仍在。他的发言是从教学的角度谈起的，他说，北大的重点是培养一流的人才，应该发展基础理论，也需要发展高新技术，比如计算机技术。他讲到北大在"文革"期间因研制每秒钟运算百万次的计算机，高新技术有过一个非常兴旺的时期。"文革"后，硬件专业没有招生，软件专业情况也不乐观，可以运行的系统很少，许多教师没摸过微机就讲课，教学水平严重受限。所以北大应该重视应用，支持搞应用的项目，成立科技开发公司。

"这样，"王选说，"可以吸收北大的一些散兵游勇，可以形成一个个试验基地，发挥出北大的长处，还可以赚钱。"

北大较大规模地办工厂始于1958年"大跃进"时期，"文革"期间学工学农，北大仍有一批校办工厂，后来基本砍掉了。如今王选提议办公司，可以说是新时期的现实需要在他头脑中的反应吧。几年后北大出现"产学研结合"的说法，我以为王选1984年的建议与其联系着教育的思考,以及丁石孙校长主持的这个会议和大家的讨论,可以看作是北大“产学研结合”的先声。

在会上,王选还提出了“总经理”人选,可惜还是找不出人来当总经理。这年中关村电子一条街上的科技企业已达到40家。在北大依旧连家属都认为:“做学问的,怎么去搞公司?”

此时的各大报刊也几乎以一致的声音讴歌“不被办公司经商所诱惑,埋头科研耐得住寂寞”的科研人员。

8月24日,时任北大党委书记的王学珍召集常委开会,会议决定由常委、副教务长花文廷负责科技开发工作。10月10日,丁石孙主持的校长办公会议决定学校增设“科技开发部”,花文廷兼主任。

花文廷是江苏淮阴人,1956年考入北大化学系。此时的开发部总共3人,花文廷领导着开发部副主任陆永基和办公室秘书吴育彦开始在北大广泛物色办公司的人选。

最早物色的人选是北大无线电系的高级工程师楼滨龙,因楼滨龙与人合作,已开发出一个可供海关用的“检查仪”,在某海关试用。海关总署正欲调走楼滨龙。花文廷去请楼滨龙:“调走也是搞科技开发,你就在北大搞,不也很好吗?”

然而海关总署也很有吸引力,楼滨龙一时拿不定主意。

花文廷说:“我们等你!”

转眼1984年过去了。这期间物色的人当然不止楼滨龙一个。1985年春节过后,花文廷与陆永基来到了张玉峰的小屋。

“为什么物色到张玉峰?”我曾这样问。

花文廷说:“主要考虑到张玉峰读的是无线电系,又在物理系任教多年,又搞科研,他学的、教的、科研的,都最接近应用。另外,张玉峰很能吃苦。”

四、北大第一个出来办公司的人

“爸,我要睡了。”小女儿的声音又在耳边响起。

张玉峰看了看与他共用一张写字台的女儿,只好收拾起自己的书本……这间屋9.8平方米,这是80年代中期了,一家四口住的平均面积比陈景润在70年代一人独有的6平方米还小得多。当初陈景润在中科院没桌子,把床铺当桌子。如今张玉峰的女儿夜夜把父亲备课做学问的写字台当床铺。

这是北大红3楼209室,早先是长女张萌睡这写字台,如今张萌13岁,写字台容不下她了,改由小女儿张燕睡。张燕这年也9岁了,再过几年,咋睡呢?

“爸,我俩啥时候能有一间房?”

这话,女儿问过许多年。这个问题伴随着姐妹俩长大,也是她俩童年、少年时代的梦想……前面讲过,晋升、调资、住房与职称有密切关系,1978年底北大恢复职称评定后许多人埋头著书写论文……现在,北大的职级晋升情况如何?

到1984年上半年,北大先后进行了三次提职工作,共确定和晋升职称的人员2890人,定为教授的仅198人,其中包括待批而尚未批的31人。为什么像北大这样的高等学府在“文革”结束后8年了,被评为教授的人还这么少,这么难?

再看住房:1984年校内现有住户中,教授193户,其中158户住在3~4间一套(70平方米~100平方米)的居室,还有35户未达到这一水平。一般地看,似乎评上教授,大部分教授就可以住上三至四居室。但是,从教授的人数与现有的住房条件看,似乎关键不在北大有多少人达到了教授水平,而是现有的住房硬件在限制着北大的教授数量。

当然,如果再看副教授的情况,则上述说法又大大不能成立了。因为评上副教授的有539人,其中只有264户住上70平方米(建筑面积)的三居室,尚有275户未达到这一水平,有些副教授甚至还住在一至两间的不成套住宅内。1310户讲师中有589户也住在一至两间不成套的住房内,198户还住在10平方米至14平方米一间的房内,他们的年龄大都在40岁以上,子女多已10岁以上,最大的20岁。许多讲师是四口之家,父母子女同室,特别是大儿大女的同居一室,生活极为不便。假如称之“北大知识分子中的困难户”,他们自己也觉得羞于启齿。另外还有450名教师和助教正在等房结婚,或婚后仍分居在男、女集体宿舍。

从张玉峰的故乡北去是陕北高原,在那里我听过信天游,那是用来歌唱劳动和爱情生活的,不管生活多么清贫,那曲调都是那么纯朴、高亢而悠长,在西部荒凉的土地上唱起来如诉如泣……现在,在北大教师们拥挤的住宅区,也能听见苍凉的音乐。

看到了这些,就能理解,为什么在“科学的春天”到来之时,王选在北大要维持住一支搞技术开发的队伍会这样困难。既然晋升职级主要看论文,仅仅为了改善眼前极其艰难的窘境,他们也会很努力地去做论文。遥望北大知识分子们在极拥挤的空间里与孩子共用一张写字台,要做出有创见的科学论文来,不但万分辛苦万分不容易,也很让人辛酸和感慨!

“爸,我们啥时候搬大房子呢?”1985年女儿又长1岁了。

这年春节刚过,花文廷与陆永基来到张玉峰家。

“愿不愿意出来搞公司?”

“我想想。”

的确得想想……张玉峰38岁了,再一次抉择自己未来的职业。此时,女儿能理解父亲吗?恐怕只有与他一同来自陕西的妻子知道他要完成这一抉择并不容易。

回想起来,从窑洞小学到北大依然像个梦……如果那年高考没考上,回家种地,没啥遗憾。既然考上,那就珍惜。他兄弟姐妹八个举全家之力,共同支持张玉峰读到大学,这是全家人、全村人都感到光彩的事情。儿子要去走北京了,娘一针一线为他缝制了新衣新布鞋。儿子临走那日,娘又早早为他蒸了一袋馍……黄土地上依然是如此贫穷,娘拿什么送你上路呢?1965年有粮食了,这就非常不错。那个清晨,娘守在土灶前,看着锅里的热气袅袅飘升,泪水顺着鼻梁掉下来。

太阳升起来了,黄土地上,夏季将要过去,洋槐树依然是浓郁的绿色,村庄里那么多人来送行,张玉峰穿着崭新的衣裳,站在乡亲们中间那么突出……在这片土地上,只有过年,只有结婚,才可能穿成这般模样。

童年时一起读书的伙伴满眼是对他的羡慕,村里人说,这不是进京赶考,这是考上了……再望一眼故乡古老的窑洞,这次离乡进京,他是下决心要把书念出个不同寻常的结果。

北大毕业后他被留校。“文革”后他在教学的同时也从事科研。他参加的一项科研,题目是《半导体中杂质和缺陷的相互作用》。这项科研就在1985年有了成果,张玉峰成为北大科技进步一等奖的获奖者之一。然而在这前一年,他已看到IBM的个人电脑涌入中国,那里面就有英特尔公司那些半导体专家的杰出创造。再看自己的科研成果,虽获奖,但如何能变成产品呢?

“我决心出来办公司,主要还是中关村这一条街对我的影响。要说考虑,我从1983年出现‘京海’‘科海’就想过这个问题。”这是张玉峰后来的表述。

3月初,张玉峰来到花文廷的办公室报到。

“我们很高兴。”花文廷说,“年前,我还没有想到,北大第一个出来办公司的人会是你。”

五、尴尬的起步

不久,楼滨龙决定不去海关总署了。花文廷就有了第二个愿来办公司的人。随后到来的是无线电系的黄晚菊老师,数学系的黄禄萍老师。楼滨龙比张玉峰年长9岁,是高级工程师,资历最高,在技术开发方面已有可喜的成就。黄晚菊与楼滨龙年岁相当。黄禄萍就是最早认出王选方案价值的人之一,比张玉峰大5岁。38岁的张玉峰最年轻。

北大办公司就这样开始了。起初,也不知要申请执照,但有一个公章:北京大学科技开发公司。学校定花文廷兼科技开发公司主任。

没执照,其实就是不合法的公司,但已经开始对外"谈生意"。这当然得有经理,楼滨龙任总经理,黄禄萍、张玉峰任副总经理。北大的"公司"就这样开始运作了,当时大家也感到很庄严,只是某天得知原来还要申请执照,光学校党委决定不行,才蓦然感到有点尴尬。

今天人们讲方正的创业史,总说,"起初,北大只给了一间10平方米的办公室"。其实,这"10平方米"就是花文廷当时的办公室——北大副教务长的办公室。花文廷把人找来办公司,连个放桌子的地方都没有,怎么行?当时的北大,要办公司,窘迫到一间办公室也腾不出来,简直令人不能相信。

然而,堂堂常委、副教务长花文廷也无计可施。

他说:"我腾出了副教务长的办公室,包括一部电话,然后我有1年时间没有办公室,夹一个皮包,整天去各个系走走。"

今天人们讲起方正的历史,也每每说,"是学校给的40万元起家的"。其实,头一年,学校没给一分钱。

为什么?因为学校穷。我在北大1984年向上报送的一份报告中看到,北大要求增加汽油配给量,文中写道:"目前每辆车每个月只配给70公升汽油,根本不够使用,北大每辆车每月要行驶2000多公里,至少需要300公升。"哪里挤得出钱来办公司呢?但是,经过1984年的酝酿,毕竟在1985年春天起步了,没钱而能决定办公司,也是有魄力吧。

同时代的消息与参考故事:

IBM公司全称是国际商业机器公司,成立于1914年,是工业经济时代的著名企业,也是当今世界最大的信息产业公司,在全球150多个国家拥有20多万员工,是20世纪罕见的跨着两个经济时代迄今仍然称雄的世界级著名企业。中国古代描述一支大军有"战将千员"之说,IBM有"经理千员"。其经理都穿蓝色服装,IBM被称作"蓝色巨人"。IBM在发展大型机和小型机的时代一直拥有强大实力。微处理器问世后,IBM将近10年采取漠视态度,直到苹果电脑问世并迅速进占市场才震动了这个"巨人",由此决定进军个人电脑。1979年IBM在佛罗里达的波克镇成立研制小组,着手开发微机。后来为了尽快与苹果电脑争夺市场,第一次放弃了完全靠自己的技术来生产计算机的传统方式,决定采用市场上现有的技术。

苹果公司采用的是摩托罗拉的微处理器,曾有力地促进了摩托罗拉的发展,而使发明了微处理器的英特尔感到危机。现在,IBM 决定选用英特尔的微处理器,这个世界级巨人的选择,使英特尔从此开始了站在巨人的肩膀去发展自己的历程。

IBM 接着为微机选择操作系统和编译程序,先找了美国海军研究生院的计算机教授基尔道,因基尔道 70 年代研制出微机上的第一个操作系统 CP/M 已广为流行。基尔道鉴于自己的操作系统已广受欢迎,表示每套要收 200 美元权利金。IBM 接着找比尔·盖茨,打算用他的编译程序。盖茨面对这个世界级巨人,立刻意识到一个不可再有的机遇已经放在他的眼前,只是,如何才能抓住?

第六章　知识就是财富

(1984—1986 年)

十多年前从深圳传来一句响亮的口号:时间就是金钱;今天,我们应该叫响另一个声音:知识就是财富。如果说"百万劳工下深圳"的时期,人们的注意力是南下,今日的目光就该北上。中关村已成为中国知识经济的发祥地,从那里正不断传出新鲜的消息。

一、第一个到中关村做生意的港商

1984 年 11 月,有个叫张旋龙的香港商人来到中关村,此时他还不知有王选,不知有张玉峰。如今他是北大方正在香港的上市公司的总裁,总管着方正在美国、加拿大、日本、新加坡、马来西亚的所有海外方正事业。暂不说他如何走到这一步,他为什么在此时来到中关村就是一个值得了解的谜。

这是深圳特区创建的第五年。一趟趟的"劳工专列"比先前更火爆地把全国各地的打工仔、打工妹拉到深圳。火车到站,汽笛声响得让人心慌。走下来的不仅有乡下人,也有来自北京、上海的教授、科学家、博士和硕士。1984 年深圳所具有的特殊的政治和经济环境、世无其匹的巨大劳务市场及其廉价劳动力,加上距离香港最近,所有这些都形成了港商在深圳投资的最好环境。许许多多海内外渴望发财的眼光,渴望给生活带来转机的注意力都望向深圳。这个张旋龙却望向了北京,成为"第一个来中关村做生意的香港商人",为什么呢?

我是在中关村路口燕山大酒店主楼第17层的11号房里见到张旋龙的。这是燕山大酒店最高层的一个有客厅有卧室有餐桌有小厨房的大套间。张旋龙在香港有一座“金山大厦”,也是17层,他的办公室就在17层。多年来他到北京就住燕山大酒店这个1711号房间,他对这儿的感情就像这是他在北京的一个家。

渐渐地,我感到了,这是他们家族对故乡对祖国深深的眷念。在他们的血液中、他们饱经风霜的身躯里,藏着一个愿望:他们比内地人更不愿意动荡,更渴望安居和稳定。

“1984年以前,你来过深圳吗?”

“来过。我知道在深圳办厂能赚钱,但我赚不了这种钱。”

“为什么?”

“大陆劳工的薪水本来就低,赚体力的钱不算本事。”

“赚什么钱才算本事?”

“赚高科技的钱。有本事你卖聪明,那生意就做得厉害了。技术越先进,钱就赚得多,也越好赚。而且,跟我合作的科学家也能多赚钱。这是对双方都有好处的事,我愿做这种事。”

我开始感到了张旋龙的不寻常。

二、“北京的金山”

中关村早先只是海淀的一个村,1984年张旋龙到来,在“电子一条街”周围还能看见许多菜地。他的到来是一种偶然,还是出自“目标明确”的选择?我们又遇到“选择”了,一个商人的选择恐怕比一个穷汉的选择更需斟酌。从一定意义上说,投资的本领全在于选择。选择失误,可使富人变穷汉。

“我们很注意看大陆的报纸。”这大约可表述为,市场经济状态下的商人,甚至比大陆的不少干部更自觉地关注政治对经济的影响。1984年10月,《中共中央关于经济体制改革的决定》发表,张旋龙看到一个已经到来的机会。“我看到大陆的城市改革开始了。”他差不多是一刻都没有耽搁,11月就直奔北京。这年,张旋龙28岁。

“中国人本来就聪明,大陆人才又是从很大的基数里选拔出来的,他们有很多很高级的技术,但是没有变成钱。北京这样的人才最多。”张旋龙这话大抵把来京的目的讲出来了。

张旋龙带来了IBM电脑和打印机,还有英特尔的芯片,他最初是与电子部“做生意”,接着是铁道部……到中关村,最先接触的企业是“科海”“海科”,后来才是

“四通”。在最初的接触中,他让那些部机关先用他的电脑,后付钱。让若干公司代销他的IBM电脑也是先卖,后给他付款,这无异于让人做无本生意。

此时还没人知道,他到北京想做的真正生意不在于卖几台IBM电脑,而是试图通过做买卖来寻找、物色在他看来最可合作的大陆科技企业、拔尖人才。不久他选择了四通。那时四通创办不到1年,还不是中关村最有名气的公司。

“我跟四通接触,发现他们跟电子部的人不一样。他们思想活跃,对市场的想法比较超前,我听了感觉蛮新鲜的。另外,他们做生意的手法也灵活,我就决定和这些人合作。”

这次来京,张旋龙最大的收获是看到北京人对接受新事物并不保守,对电脑已很感兴趣,只是购买能力很低。回到香港,张旋龙与父亲和弟妹就坐在一起开家庭会。

“IBM电脑那么贵,政府部门还买得起,学校就买不起,个人更买不起。但是你把它价格降下去,那大陆的市场就厉害了。”

全家人立刻行动起来,从美国买进微处理器等,在香港生产IBM电脑的兼容机,取名Super,意为超级电脑。1985年底Super机问世,随后送到中关村市场。这是张旋龙自1984年来中关村后在商海中的第一个创造。此时,IBM电脑在北京的价格一台在3万多元,张旋龙决定让四通卖他的Super机,一台只卖1万多元。张旋龙的Super机质量如何,怎能这样便宜?张旋龙究竟何许人?他开始让中关村人感到神秘。

“我们开始做电脑时,海关很多人还没见过电脑。我最初是用火车运过来,后来飞机可以运,就用飞机空运。那时四通很艰难的,货到机场,四通的人自己到机场用板车去拉货。”

这时四通卖张旋龙的电脑尚缺资金。张旋龙则从一踏进中关村就想好了,中关村是他将去开拓的一个根据地,一座“北京的金山”,因此他要做的第一桩事就是得让人相信他,让中关村了解他。用什么办法呢?打广告是要人了解你,张旋龙没做广告,古人说欲取先予,张旋龙仍然让四通先卖他的Super机,卖完了再付钱。

四通门前一下子出现了排队买Super机的景观,如果Super机质量不行,当然不会出现这样的场面。这场面经常出现,因为Super机经常脱销。四通的电话响个不停,话筒里的声音总在询问:“Super机到了没有?”

三、一个“工农兵学员”的创造

就这样,张旋龙单枪匹马来到中关村,靠四通的人去运作,靠客户奔走相告……他所期望的局面出现了,当时在中关村最知名的公司不是 IBM,更不是微软,是香港的金山公司。

对张旋龙而言,卖电脑最主要的对手也不是 IBM,是电子部的长城计算机公司,他们有长城 0520 机。这是大陆生产的能处理汉字的最早的个人电脑。这里应该讲讲长城 0520 电脑。

长城 0520 个人电脑在我国出现是一件了不起的事。要知道,1983 年与 IBM 兼容的 PC 机在美国刚刚出现,中国计算机工业总局就在 1983 年召开全国计算机协调工作会议,把生产 PC 兼容机定为中国微电脑发展的方向。当然,要实现这一步,就要有能在 PC 机上处理汉字的软件。这在当时是一个难题。据说全国百余家大学、研究所竟没有一家承担这一开发任务。怎么办?

还可以来看看日本的情况。日本 NEC 公司于 1984 年要求微软公司为他们在日本的 PC 机开发日语版本的 MS－DOS。NEC 不是小公司,在 1987 年全球半导体公司中排名第一,而赫赫有名的英特尔排在第十名。NEC 公司的办法是把这个问题交给微软。

中国怎么解决这个难题?谁料到,后来是个“工农兵学员”出身的技术员开发出来的,这人的资历在当时还不足以参加 1983 年全国计算机协调会议。这人叫严援朝。

我没有采访过严援朝,有关严援朝的故事,我是从刘韧、张永捷所写的《CC－DOS 严援朝》中读到的。严援朝花 5 个月时间开发出能处理汉字的 CC－DOS。CC 是汉语拼音“长城”二字的拼音首字母,“长城”可以作为中国之象征。我之所以在此也写下严援朝,是因为总感到我们应该记住他。如今人们谈起比尔·盖茨,第一印象就是“世界首富”。盖茨是买下西雅图计算机公司现成的 DOS,经修改后变成 PC－DOS 和 MC－DOS,分别提供给 IBM 公司和其他公司使用,从此进入“快速致富”的轨道的。这严援朝不仅开发出能处理汉字的 CC－DOS,随后又主持开发出供长城 PC 使用的配套图形汉字显示卡,接着还是长城 0520 电脑的主要设计者,因此获得了一台 18 英寸彩电的奖励,这就很让他兴高采烈了。到 1986 年,CC－DOS 获了国家科技进步二等奖,严援朝得了 2000 元奖金。

迄今,盖茨已名满天下,严援朝鲜为人知。然而在我心中,这位我从未见过的严援朝是令我尊敬的。我总想,岂止是一个严援朝,我国有许许多多才华卓越者,因种种限制,大量才华远没有发挥出来,这应该是中国的巨大潜力吧!

我还记起,很久以来,人们都说中国的基础科学落后,应用技术不错。一个 CC－DOS,那么多科研院所未敢承担,让一个“工农兵学员”出身的人做出来了,可以证明“应用技术”不错吗？应该说，一个 CC－DOS 根本算不上难题。真正的难题是，我国此时大部分科研已严重与生产实践相脱离，应用技术严重落后。

因此，长城 0520 机能在美国 IBM 兼容 PC 问世不久就在中国问世，这就是中国内地当时跟进最快的行动了。由于长城电脑的汉字系统比美国人搞的汉字系统更好，价格也比 IBM 电脑便宜，这样一来，IBM 专为中国设计的 IBM 550 在中国就不好卖了。一时间，长城电脑差不多可称扬眉吐气地称雄中华。

当了解了上述故事，再看张旋龙有能处理汉字的 Super 电脑，这个港商就让中关村搞科技的人也对他刮目相看。

四、四通门前排长队的景象

“我跟四通做电脑，跟长城做对手。”

这是张旋龙的典型用语。他说的“做电脑”不是制造的意思，是指“做生意”。他的用语后来也影响了张玉峰等许多走向市场的知识分子，他们的词汇中不断出现“做公司”“做企业”“做市场”。

张旋龙能跟长城做对手，因为他也有一张汉卡。“我的计算机里加一个汉卡，就可以读长城的软件。”张旋龙说。

这意味着张旋龙的 Super 电脑不仅与 IBM 电脑兼容，也与长城 0520 兼容，可以“共享”长城电脑上使用的一切软件。

为什么是跟长城做对手？一是因为长城 0520 电脑已使 IBM 电脑在中国不好卖；二是因为我国的经济当时主要还是计划经济，单位买电脑要上级批准，批下来，按文件规定就要买长城 0520 机，长城电脑占据多项优势。如此，张旋龙的电脑如何挤得进来？

除了用“市场”的办法，别无他法。长城机一台 2 万多元，张旋龙的 Super 机如果只比长城机便宜几千元，吸引力还不够大，因为当时公家买电脑的多，为几千元去“冒犯”文件规定，很多单位会觉得不值；但如果买一台长城机可以买两台 Super 机，且质量不在长城机之下，就有人动心。

“我的 Super 机让北京很多大学提前用上了电脑。”张旋龙还这样自我肯定，“其实，我也为国家节省了不少钱。”

我想，更大的意义还在于，Super 机在中关村出现，是一个真正走市场而不是走计划的产品，它的价格也很为中关村初涉电脑市场的人们打开眼界——真真切切地看到了高科技的利润。这对于鼓舞人去开拓我国计算机市场，对于中关村电子一条街的发展，作用岂可小看？四通门前排队买电脑的景象，其实是中关村电脑业第一次从“天价高难问”朝着“普及”的方向迈进一大步的历史性画卷。

中国还穷，你不把那价格降下来，就不能普及，不能普及就没有生意。为了生意兴隆，张旋龙正在我国信息产业的发祥地中关村把计算机朝普及的方向推进。

在以往的历史中，中国商人对经济发展的作用曾被长期忽略，今天张旋龙这个商人，他的“生意”对中关村发展所起的历史性作用不应该被历史忘记。

随着对张旋龙了解的深入，我还总想起《威尼斯商人》。16 世纪欧洲的航海技术因中国指南针的传入而迅速发展，威尼斯商人安东尼奥经常乘商船出海做生意，这种互通有无的商业活动给欧洲的发展带来蓬勃生机，莎士比亚站在肯定商业资本的立场，讴歌了当时新兴生产力的代表人物安东尼奥。今天，张旋龙以一个香港商人的眼光，在一个新的经济时代正在到来的黎明前来认识北京、认识中关村，前来交朋友、做生意，我们应该以怎样的眼光认识张旋龙呢？

再说，“联想”的第一个自有产品也是“汉卡”，在 1988 年获国家科技进步奖。这汉卡对联想的发展起了很大作用。张旋龙的汉卡没有谁为之评奖，但这张汉卡使他在中关村做得开电脑生意，这就够了。

张旋龙还有更早的一张汉卡是用在苹果兼容机上的。来中关村之前，他先搞出了苹果机的兼容机，这在香港是第一家，早于大陆。就是这个香港商人张旋龙，对开拓中国兼容机市场所做的贡献是非常大的。

我还该写下，苹果兼容机也只是金山公司的第二个产品。第一个产品叫 CMC－80机，CMC 是中国微电脑的缩写。1980 年这个产品的出现，是与大陆株洲电子研究所合作的果实，是张旋龙将买进的美国芯片从香港背到株洲电子研究所，再利用该所的科研力量，初始搞出单板机，再改进为双板机。CMC－80 双板机，在 1983 年全国第六届人大会议中受到表扬，大会还提到全国科研单位要学习株洲电子研究所的经验。

张旋龙不懂技术，但懂开发技术的好处，懂把知识转化成经济的办法。如果只把他看作一个商人，他最出色的买卖不是卖电脑，而是懂得用钱去买高级科研人才头脑中的知识。张旋龙的故事对许多不拥有技术的人是个鼓舞。你看，并非只有科研人员才能搞开发，商人可以用商人的方式搞开发，甚至是投资开发的主体，是“老板”。

改革之初，我国的计划体制还极有规模，那时依靠国家部级机关的购买力及其影响下属单位的权力做大宗生意，都是许多公司力图去争取的。有全国第六届人大会议表扬 CMC－80 双板机这一情节，张旋龙在大陆要去政府部门卖电脑或与国家有关部门合作，也有些“资历”了，但他没有让注意力停留在这上面。他在权力、市场、知识诸项可利用的因素中,坚定地选择了投靠市场和知识。

为了让某一家“火”起来,他决定让四通当 Super 机的独家代理。单枪匹马来到中关村的张旋龙,试图让中关村知道他的愿望很快达到。日后,张玉峰就是因为听说他,才来找他。

同时代的消息与参考故事:

比尔·盖茨生于 1955 年,父亲是律师,母亲是教师。少年盖茨数学成绩十分突出,约在中学二年级接触到计算机,学会 BASIC 语言。18 岁入哈佛大学,20 岁离开哈佛去办公司。设计的第一个产品就是利用学会的 BASIC 语言发展出 BASIC 语言的编译程序。该产品在 1979 年已行销百万套,正是这些最初的成就使 IBM 能知道有个盖茨。

1980 年 IBM 的来访是盖茨一生中最关键的时刻,盖茨此后创造的巨大成功,不在于他本人会开发软件,而首先是得益于他非凡的认识能力——他认识到,如能有个操作系统供这个世界级巨人使用,前途就将发生巨变!可是,盖茨没有开发过操作系统,只有眼前看见的这个良机,良机转瞬即逝……怎么办?盖茨表示愿意立刻为 IBM 特别设计一套操作系统,而且要价极低。同时,他希望自己将来还可以向其他客户销售略作修改的操作系统版本。这个要求被认可,双方欣然签约。

此时他已把公司搬回故乡西雅图。他迅速以 5 万美元就近从西雅图计算机公司买断了一套操作系统 DOS 的版权,经修改后将 DOS 系统提供给 IBM 使用。盖茨此举不仅利用了西雅图计算机公司的成果,又利用了 IBM 遍布全球的营销力量,从此开始了他踩着“巨人之肩”去创造奇迹的历程。

盖茨这年 25 岁(与乔布斯同龄)。世界上那些获大成功者,没有一个不是善于汲取、借鉴他人之长,并懂得加以利用的人。盖茨是一个擅长借用他人之力的典型。

第二十章　伟大的会师

(1995 年)

古人曾说:“凿井当及泉,张帆当济川。”谁不希望自己的科研成果变成经济效益?可是,多年来我国的科技成果十有八九没有开发为经济实力,人称“公鸡技术”,只见打鸣,不会下蛋。这是一个需要英雄开辟道路的时代,1995 年正是在这样的背景下,北大的新兴生产力走出了自己的道路。

一、立地难于顶天

1995 年是方正集团发展极为重要的 1 年。

这年 3 月 29 日，英国前首相撒切尔夫人来到北大方正参观。世界上最早研制出激光照排系统的是英国的蒙纳公司，最早研制出汉字激光照排系统并打入中国市场的也是蒙纳公司。如今“蒙纳系统”在中国完全被“方正系统”淘汰。据说撒切尔夫人站在“方正系统”前凝神良久，说了一句：“中国人很聪明。”

6 月，晏懋洵任方正集团总裁满 3 年，北大考虑方正总裁的换届问题，在一个小范围内征求意见，张旋龙建议说：“你们可以让公司的人投票选举啦，大家会告诉你的。”北大在一定程度上采纳了张旋龙的建议，在方正集团 130 多名中层干部中进行民意测验，90% 以上的干部投票推举张玉峰出任集团总裁。6 月 29 日，北大决定：张玉峰任方正集团总裁。

晏懋洵任方正总裁这 3 年，主持了方正集团的诞生，并为推动它的发展勤勤恳恳地付出了自己全部的心智和辛劳。晏懋洵任上，先后接待了江泽民、李鹏、乔石、李瑞环、尉健行、李岚清等党和国家领导人到方正视察，并接待了十多个国家的元首。这 3 年，公司与研究所密切合作，为“科”“企”进一步的结合打下了一个良好基础。

公司与研究所进一步结合的时期终于到来。

方正集团新一届领导班子成立，王选就建议研究所全员并入公司。“我不善于搞经营。我们所里那些骨干也不善于搞经营。”这是王选对“为什么不自办公司”做出的一种解答。王选还说，方正有一批人善于经营，“研究所和方正集团公司紧密结合，走向一体化，才是正确的选择”。

同年 7 月 1 日方正集团建立了方正技术研究院，王选任院长，这是张玉峰一经担任总裁便与王选精诚合作办成的一件大事。至此，研究所和公司两支队伍胜利会师，成为一家。

在这个日子到来之时我还有必要记下，此前，王选就曾经这样写道：“美国华人中流传着一种比喻：用下围棋形容日本人的做事方式，用打桥牌形容美国人的风格，用打麻将形容某些中国人的作风。”进而论及：下围棋是从全局出发，为了胜利可以牺牲局部的棋子；打桥牌是与对方紧密合作去夺取胜利。“打麻将则是孤军作战，看住上家，防住下家，盯住对家，自己和不了，也不让别人和。”王选这话其实已表达了自己决心要和公司密切结合的心迹，是他做出人生中又一次重大选择的心灵依据。

现在我们可以说:选择会师,这就是王选人生中的第七次重大选择,也是方正集团发展中的第六个重大决策,北大"产学研结合"的著名模式也由此得到了比较充分的体现。

王选对方正模式还有个说法,叫"顶天立地模式和一条龙体制"。这"顶天立地"概括得极为经典,但被许多媒体报道为"以技术顶天,以市场立地",我以为这一阐释似是而非,没有真正讲出王选这一概括的最大好处。

为什么? 1979 年,王选最初也是考虑要与"蒙纳"争市场,后来才看见驰骋市场的企业集团实在太重要,"顶天立地"这个经典说法,最具指导意义的是"以科技顶天,以企业立地",科技和企业结合,才有利于共同走向市场。换句话说,若把市场比作海,你得为自己的技术找到一艘船,才能远航。或者,你也可以把科研部门直接变成科技企业,总之,你得"以企业立地",否则,虽有先进技术和远大抱负,也会无立锥之地。

再看王选领导的研究所,是国家重点实验室、硕士点和博士点、博士后流动站、国家工程研究中心,堪称"四星级"单位,这"四星"均属"顶天"范畴,加上"集团公司"才真正做到"顶天立地"。上述"四星"汇入方正集团,北大方正就成了"五星级企业"。建成这种从尖端科研到售后服务浑然一体的一条龙体制,就是王选所说的"顶天立地模式和一条龙体制",便有了飞腾之势。他们随后推出的一个大型排版软件,就叫"飞腾"。

如果想想,王选郑重地向丁石孙校长建议北大该办公司是 1984 年,王选渴望有一个集团公司其实是很久的愿望了。换言之,他渴望"立地"到 1995 年才得以实现,比他取得欧洲专利花去的时间多得多。为什么? 恐怕需要认识:立地难于顶天。

二、一个充满沧桑的背景

一经结合,要做的第一件大事就是如何把与张旋龙合作的香港方正变成在香港的上市公司。这是一项相当细致而又相当陌生的工作。一天,张玉峰来找张旋龙谈学校决定的关于把香港方正变成上市公司后各方占的股份各是多少。

张旋龙道:"有什么新情况,你说。"

张玉峰说:"你只能占 11% 。"

张旋龙一愣:"你有没有搞错哦,跟我开玩笑?"

方正与金山公司合资的香港方正,原本就是各占 50% 的股份,香港方正所属的加拿大方正、美国方正等海外分公司，全都是张旋龙亲手建起来的，“怎么我突然就剩下11%了呢？”

“不开玩笑。”张玉峰说，“要把方正技术研究院放进去上市才有作用，否则这个上市公司没有强大的科研实力，香港的股民是不会看好的。”

这一点，还是张旋龙早就告诉张玉峰的。现在，张玉峰继续对张旋龙说：“王选奋斗了20多年，你说，该不该占10%？”

张旋龙说：“应该。”

张玉峰又说：“王选领导的研究所，也就是方正技术研究院，要不要占10%，方正要不要占10%，北大要不要占个10%以上？还要有公众股，你就只能占11%。吃亏是吃亏了，但也还是第二大股东。”

他这个“第二大股东”，怎么是在这儿听凭学校方面的分配，这是什么规则？张旋龙如何接受？张旋龙告诉我：

“后来公司的人笑话我说，你建议投票选举，张玉峰上了台，结果张玉峰来给你讲这个价钱。我说我当然希望张玉峰当总裁，那也是他应该坐这个位置。不过，要不是张玉峰，谁来跟我这样谈分成呢？既然张玉峰来谈了，我也就没什么说的了。”

再说，一个香港股民都知道，一个公司若自己没有雄厚的科研实力就不会有前途。回头再看内地企业，是怎样的情况？

由于历史的原因，我国大部分企业缺乏科研力量，科研力量主要在科研院所里，属国家干部，食国家俸禄，其科研内容往往囿于能不能出成果，能不能获奖。在这种模式中，多年来我国科技成果十有八九没有转化为现实的生产力，人称“公鸡技术”，只见打鸣，不会下蛋。

这“不会下蛋”的损失，就不只是科研院所自身的损失。

现代企业不可能靠对传统设备进行技术革新吃饭。现代竞争主要是以凝聚在商品里的科技含量来交战的，随着改革开放的深入，中国的市场已日益国际化，凝聚着高技术的西方新产品昨夜在我国登陆，今天就可能打入我国各大城市的商场，我国营业员会相当卖力地宣传：“这是进口的……这是原装的。”我国城乡大多数企业的科技含量落后，就会在商战前线遭遇难以抵抗的困难。企业一旦失去柜台，工厂就失去大门。21世纪的竞争将更突出地表现为高技术的竞争，企业若缺乏科技创新能力，将不仅是“下岗”，而是无法存在。我国职工下岗的原因、企业困难的原因，即使可以讨论出一千条，只要“企业内缺科研力量”这一条，企业就足够垮台。

诸多科研成果没有产生经济效益，科研院所也非常困难。

可以看看我国最尖端的科研部门工作和生活的基本环境。

1999 年 1 月 21 日《科技日报》发表记者郑千里写的《中关村科学城改造紧锣密鼓》,从中能较详细地看到中关村科学城的一些情况:

> 中关村科学城现有中国科学院科研人员 15000 人;约占总数 1/6 的 100 多位科学院院士和工程院院士在此居住;1998 年在科学城的 25 个研究所里在读博士、硕士研究生 2200 人,博士后 250 多人,作为中国科学院最重要的科研基地和产业辐射基地,称中关村科学城是我国人才资源最密、人才素质最高的地方一点也不过分。

文章接着写道,中关村科学城始建于 1953 年,"历经 40 余年,中关村科学城科研、生活的支撑条件和环境与它的地位已经极不相称"。如何极不相称?

> 由中国科学院和北京市人民政府共同成立的中关村科学城改造建设领导小组办公室提供的一份材料表明:中关村科学城设施陈旧老化,能力严重不足,尤其以电力供应、道路条件和供热系统为突出。电力供应即使全部用于生活,居民户均仍不足 1 千瓦;交通堵塞,噪声和大气污染指标均超过国家规定集中区域的标准;供热系统为自管分散燃煤锅炉,冬季取暖期的大气污染尤为严重;严重缺乏全民健身设施和场所,科技人员英年早逝屡见不鲜;科技人员居住条件与环境不尽如人意,现有住房的 40% 是 60 年代中期以前建成的,标准低,格局不合理,并且仍有 1500 余户科研人员生活在合住单元或筒子楼,300 余户住在简易平房,更有以青年科技人员为主的大量无房户……

我不必再摘引了。放下文章,我不知该不该相信这是真的。

改革开放 20 年了,我们仍然看见陈景润 1978 年以前的住宿条件,看见张玉峰出来办公司前后北大的住宿环境。在上述人才中最有潜力的就是"青年科技人员",而这"以青年科技人员为主的大量无房户"怎能不是发达国家的公司挖掘的对象呢? 20 世纪就要过去了,中国科学院的英才们仍住在这样的环境里,让人说什么呢? 他们无疑为我国科技事业和共和国的建设事业立下了丰功伟绩,他们都是最有能力创造"第一生产力"的人,但他们巨大的潜力没有充分发挥出来,他们在科学城里成为困难户。

我不禁想起钱锺书先生描写知识分子的那部小说《围城》。所谓城外的人想进去，城里的人想出来……进入80年代，城里有一批人陆续冲出来了，中关村电子一条街就是中科院的科技人员率先发展起来的，是他们破天荒地启动了我国高科技产业的开端，那是一个伟大的开端。由于他们英勇的实践，我们今天可以这样说了：

很久以来，人们都很熟悉这句话："搞原子弹的不如卖茶叶蛋的。"如今我们或许需要从另一个方面来接受这句话的真理性，即这符合市场法则，卖茶叶蛋的直接面对市场。

我这样表述，不是说科研人员都要去经商。我国科研的主力和产业大军的脱节状况是一个普遍现象。而仅仅"脱节"这一个因素，就足以使科研院所和企业双双陷入困境，也足以使任何一个民族贫穷落后。

你会不会问，为什么把王选和张玉峰"会师"的故事停下来，写这背景。我想，如同作画，我该画下这样一个广阔背景，这是中华民族在困境中寻求道路的时代，我们已经奋斗了很久，走了许多曲折的道路，而我们正在以很有希望的方式向成功挺进，王选和张玉峰正是在这样一幅历史画卷中走到一起的。我以为这是一个充满沧桑充满奋斗也充满希望的波澜壮阔的背景，我应该加以描绘，只有描绘了，才能让人们更清晰地看到，这样的"会师"有多么宝贵！

1992年后不少人下海，教授、机关干部也不乏其人，三五人就能成立一个公司，张玉峰对此有一个很生动的说法："就像一个地主，雇三个长工。这就是公司了。"

《新民晚报》曾报道："上海高校校办产业'千余散兵'不如一家北大方正。"其实，北大在1992年后也有过一个"村村点火，户户冒烟"的时期。任彦申曾这样描述："起初，大学办企业，有人把它看成是校长或系主任腰里拴着的一个宝葫芦，没钱就晃它，摇出几个小钱来。北大方正这条科学家和企业家结合的道路，给北大带来了一种观念的变化，对北大科技产业的影响是非常大的。北大很快扭转了'村村点火，户户冒烟'的局面，形成了几大具有国际竞争能力的集团公司。"

三、五星级的科学家和企业家

张玉峰原是香港方正的董事长，公司要上市了，张玉峰提议由王选来当上市公司的董事局主席。"我不是谦让。"张玉峰说，"王选来当董事局主席，对公司更有利。"

就在香港方正上市前夕，1995年11月6日晚18时30分，联合国教科文组织在巴黎把本年度"科学奖"授予中国王选，以表彰他在中文排版印刷领域做出的具世界意义的贡献。

方正在香港上市的这一天终于到来。时辰是1995年12月21日上午9时50分。香港联交所交易大厅,一排穿红马甲的交易员端然正坐,交易所的总裁、副总裁手举酒杯。王选教授作为方正上市公司的董事局主席,给公众的印象是,知识含量,科技含量,就是方正的鲜明形象。

王选站在大厅中央的红地毯上,发表了他对方正美好前景的演讲。他说:"我们不把中文排版系统进入海外市场看作走向国际的标志,只有非中文领域的产品大量进入发达国家市场,才算真正的国际化。"

全场掌声雷动。

如果说,拿破仑讲他跺一下脚能让阿尔卑斯山震动,那是因为迎风飞舞的鹰旗下,列队站好了他的士兵。今天,王选站在这红地毯上,手举酒杯,从容地向世界宣布:"再过1年,我们就要打开日本市场。"这是由于他身后有一个方正集团。

王选的演讲博得了阵阵掌声。此刻站在红地毯上的还有张旋龙,他是香港方正上市公司的总裁。张旋龙也很了不起啊!

一天,张旋龙这样告诉我:"后来我才知道,张玉峰那天是编了一个故事来跟我谈价钱。其实,王选根本没有股份,张玉峰、校长、书记都没有股份,只有我有。所以后来他们跟我开玩笑说:张旋龙你应该多干点,你有股份。"

我说:"我曾听张玉峰说,11%是让你吃亏了,你觉得呢?"

张旋龙说:"方正这些人一分钱股票都没有,也是这么做,我还有这么多股票,我更应该做了。钱,我这辈子也够了,花不完了。现在,王选老师是我的直接老板,我很高兴。我一心就想跟王选老师去打开日本市场。打日本市场,我们不是搞中文的,是搞日文的,我很相信王选老师,我们一定能搞定它!"

在我国科研和生产脱节的地方,非科研人员能不能对此有所作为?这一点,在商人张旋龙身上恐怕体现得相当充分。

1984年张旋龙一个人来到中关村,那时他的香港金山公司也是缺乏科研力量的。历时11年,他成为香港方正这个高科技上市公司的总裁,是香港方正个人持股者中最大的股东,北大王选领导的方正技术研究院整个变成了为香港方正提供创新科技的团体。从张旋龙的人生奋斗来看,他做到了这些,简单吗?

张旋龙的故事是值得许多企业领导者、经营者,许多有心去做公司的人学习的。不懂技术的张旋龙挖掘出求伯君,进而成为北大许多科研人才的"老板"便是一例。

现在,王选与张旋龙就双双站在这国际舞台的红地毯上,张玉峰则在观众席里……回首往事张玉峰曾说:“当时,泪水模糊了我的视线。”如何理解这泪水模糊?

许多年前有一次,张玉峰去出差,同行一次次问他:“你们什么时候脱离北大?”从教研室出来办公司的张玉峰,曾开过“康北轩”古董店,也办过“北达”,可谓敢想敢做,但他终究没有脱离北大,却在多年前就立下目标,要把方正变成公众性的国际化大公司——走向国际,走向公众!那时,有几人知道他心中的盘算?3年前找张旋龙结合,那是他走出的第一步。在不被理解的日子里他对自己说过,如果有一天,是在我负责方正集团的时候,这事做成了,我一定要找个地方去哭一场。现在,他就坐在观众席里泪水模糊……我想起了我的一位东北好友曾对我说:人生若能做成一件了不起的事,最幸福的莫过于把你最信任的伙伴推到前台,把自己变成观众,坐在台下鼓掌。现在张玉峰就在观众席里热泪盈眶地鼓掌。

直到今天,有人可能仍会认为,王选当初领导着研究所自办公司会更好。我想,或许还可以这样说,王选或张玉峰,在从前的一定时机若像乔布斯、比尔·盖茨那样去“私人自办公司”恐怕更好。这并非没有可能,中关村电子一条街上大量是类似比尔·盖茨初办公司的那种“合伙制”。然而我们不能忘记,王选的道路,楼滨龙、晏懋洵、张玉峰的道路,是一段历史,在特定的历史岁月,在有着经济的、科技的、体制的种种困难的日子里,他们是这样相互支持、相互补充、相互照耀、相互创造,才走过那些如王选说的“松一口气就会彻底完蛋”的艰辛岁月。

时光过去多年,王选仍然说:“方正在香港上市,张玉峰做出了很大的贡献。”我相信,即使时光流过百年,这些在艰难岁月中精诚合作的往事,仍会鲜如朝阳,温暖人心。

当历史走到1995年的日子,在这香港的红地毯上,我看到,方正模式中的结合不只是王选与张玉峰的结合,还有与香港商人张旋龙的结合。生于上海的王选、来自陕西的张玉峰、香港商人张旋龙,1995年方正集团内这三人的联手,是难得的。三人中缺一,方正都不是今日之方正。

张玉峰说,王选来当董事局主席,对公司更有利,不错,方正以强劲的知识经济形象出现在国际舞台,在香港上市1年多,市值即从原来的10亿港币升值到50亿港币。

我常想,用枪炮的战争结束之后,经济的战争在世界上一天也没有停止。在今日这个以发展经济为主战场的时代,谁是将军?由于我国企业尚存的困境,今天实际上是一个呼唤我国将军似的企业家和科学家的时代,方正集团被誉为“五星级企业”,倘把王选、张玉峰、张旋龙誉为五星级的科学家或企业家,我看不过分。

只要想想我国绝大多数企业迄今还很缺乏科技创新能力,我国高校、科研院所则有大部分科研成果没有转化为现实的生产力,王选以“顶天”的技术去寻求“立地”的故事,北大科研力量与企业力量会师的故事,对我国高校、科研院所和企业,都有启示。虽然,由于我国科、企分离的历史性因素,我国科学家和企业家之间的合作非常困难,尽管合作之后也还可能存在矛盾,甚至尖锐的矛盾,但我们仍然可以从北大方正1995年的故事中看到:我国的科研力量与企业力量,只有实现“伟大的会师”,中华民族才能真正走出贫困,顶天立地站起来!

同时代的消息与参考故事:

如果用销售额来反映方正的成就,可以看出:王选与张玉峰会师的1995年,销售额是25亿元。1996年,上扬到40亿元。1997年,再增至60亿元。

1995年8月24日,比尔·盖茨邀请了2500名各界贵宾和记者云集微软园区,在此宣布同时向全球推出十多种不同语言的视窗95版本,并通过卫星电视向世界各主要国家作实况转播。为宣传视窗95,微软还在英国买下视窗95发布日的《伦敦时报》全部的广告版面,并对公众赠阅150万份当天报纸。还花钱使纽约102层楼高的帝国大厦全身布满视窗95的图案色彩。微软为此花的广告费达5亿美元。视窗95发布会,是世界计算机历史上规模空前的产品发布会。

负责微软视窗3.1与视窗95开发的布兰德·斯尔文伯格也是1990年从其他公司跳槽到微软的。参加视窗95开发的数百名才子,都是从世界名校物色来的年轻人。如此众多的人才,靠谁去物色呢?

(新华出版社2000年出版)

4万:400万的牵挂

——高官厚禄拴不住的心灵

张雅文

亲爱的读者,在我上手术台之前,我要把我所采访、所亲历的一切告诉你们,希望中国几百万像我一样徘徊于生命边缘的心脏病同胞能认识他——著名心外科专家刘晓程。

愿上帝赐我神来之笔,否则我将有愧于我的主人公,有愧于千千万万亟待拯救的生命,也有愧于我这颗生死未卜的心。

——作者题记

序

读者朋友,当你看到这份来自国务院的数据报告,一定会感到振聋发聩,触目惊心。

“心血管病是人类健康和生命的主要杀手之一。我国现有400多万心血管病人等待手术,而全国每年仅能完成4万多例。泰达国际心血管病医院的建成,将为改善我国心血管的治疗做出贡献,给广大心血管病患者带来福音。”(摘自吴仪发给泰达国际心血管病医院开业典礼的贺词)

另据报道:中国每天有1万多人死于心脑血管、癌症等疾病。北京平均每小时就有一人死于心血管疾病。

中国现有400多万需要手术的心脏病人,但得到手术的比例仅为1%,剩下那几百万心脏病患者将揣着“破碎”的心,日夜盼望着白衣天使能拯救他们的生命。但是,或因昂贵的医疗费用,或因排不上号住不上院,或因庸医的误诊,多少病人苦苦等了三年五年,甚至十年八年,从而错过了最佳治疗时间,过早地结束了本该延续几十年的生命。而排不上号住不上院、交不起医疗费的,多是那些没职没权没钱没关系的普通百姓,尤其苦了那些贫苦农民和下岗职工。

这种严重的供需失衡现象,深深地触动了一位医生的良知,他因此而做出的一次次惊人之举，像地震一般震撼着中外医疗界，震撼着千百万亟待拯救的生命，也震撼着中国亟待改革的医疗体制——

面对一个个乞求的生命，他不知该把这张生死牌发给谁

贝多芬说："我要扼住命运的咽喉，它绝不能使我完全屈服！噢，能把生命活上千百次该有多美！"

生命是美好的，但它属于人只有一次，任何人都扼不住命运的咽喉。

1987年5月，春天带着不可抗拒的活力，从遥远的天际涌来，冲破坚硬的寒冷，把鲜活的生命撒向枯黄的世界。饱尝了严冬的寒冷与沙尘的北京人，踏着春色，漫步在华灯初放的长安街上，欣赏着绚丽多姿的夜景，享受着春天的馈赠。但在全国唯一一家心血管病专科医院——北京阜外医院一间门诊室里，却上演着司空见惯而又令人痛心的一幕。一位中等身材、精明干练、两眼蓄满善良与睿智的中年医生，被一群走投无路的心脏病患者及家属团团围住，一直下不了班。他就是两年前从澳大利亚留学归来、38岁的主治医师刘晓程。

"刘大夫，听说你是佳木斯人，俺是鹤岗煤矿的，咱们是老乡呢。"一个又黑又瘦的下井汉子怀抱3岁的孩子，操着山东口音，跟刘晓程一个劲儿地套着近乎，"刘大夫，求你看在老乡的面上救救俺老婆，俺们再也等不起了。她都快不行了！刘大夫……"汉子说不下去了，低头呜咽起来。他身边瘦弱的女人用胳膊肘碰碰他，嗫嚅道："要不俺不治了，俺回家。"却遭到汉子的一声呵斥："你不治就得死！你死了俺的两个娃咋办？呜呜……"下井汉子挖煤塌方被砸断一条腿都不曾掉过泪，现在却被老婆的病急得放声大哭。他一哭，女人和孩子也跟着哭起来。

刘晓程刚想安慰那汉子几句，却被一个穿着破旧、满脸沧桑的中年农民打断了。

"刘大夫，俺把房子都卖了，还借了一万多元钱。俺爷儿俩从黑龙江跑北京两趟了，这次再手术不上，俺们全家就活不下去了！求你看在家乡人的面上救救俺儿子吧，他才14岁。俺爷儿俩给你下跪了！"

"别别！千万别……"刘晓程急忙上前制止，但晚了，一老一小"扑通"一声跪在了他面前。

瘦得像铅笔杆似的少年瞪着满含泪水的大眼睛，可怜兮兮地望着刘晓程。父亲却发出一阵令人心碎的哭号："刘大夫，求你救救俺儿子吧！救救俺全家吧！呜呜……"

望着这对父子，望着这一张张求生的面孔，刘晓程的眼睛湿润了，一种深深的疚痛与同情，紧紧地攫住了他那颗虽然每天被病人揉搓却依然慈悲的心。他知道，这些普通老百姓本来就很穷，偏偏又患上这样那样的心脏病。他们卖房卖地拖儿带女，千里迢迢地跑到北京，整夜整夜地排队挂号，把全部希望寄托在医生身上，但他却令他们大失所望。他们苦苦地哀求他，给他下跪，不为别的，只为一张小小的入院单——一张求生的“通行证”。他何尝不想大笔一挥，给每人开一张入院单，让他们痛痛快快地接受手术，痛痛快快地活下去？可他每天只能开一张入院单，一个月只有30张的权力。一下午就要接待五六十个患者，许多病人都需要手术，他真不知该把这张“生死牌”发给谁。30多年的坎坷生涯从没有难倒过他，可是面对一群向他哭诉的家乡父老，他却难过得不止一次地掉下泪来。他觉得自己有愧于做一名医生。

这时，药剂科的丁飞主任手拿一包方便面走进来，进门就嗔怪他：“刘大夫，都10点钟了，快吃点方便面吧！你天天这么折腾，早晚会被折腾死的！”丁主任看到刘晓程天天被患者“糊”得可怜，心疼得几次落下泪来。

可是，面对一群看病比登天都难的父老乡亲，面对一个个本应该尽快手术的心脏病人，刘晓程却无论如何也不忍心离开。令他终生难忘的是那位27岁的姑娘。此刻，她就像死人似的，瞪着一双美丽而无神的大眼睛，凄婉地望着他。

“你为什么不早点来？”刘晓程问她。

姑娘的眼泪唰地掉下来了，忙从衣兜里哆哆嗦嗦掏出一张已经发黄的入院通知单，双手像捧着命根子似的，小心翼翼地捧到刘晓程面前，啜泣道：“我8年前就来了，开了入院单没有床位，大夫让我回家等通知，可我等了8年也没等到通知，实在等不了啦！”

刘晓程的脑袋“轰”的一声，忙接过那张已经被8年时光磨损出几处破洞起了毛边的入院单，看到上面赫然写着“1979年4月23日”，心里不由得发出一阵惊愤的慨叹：可悲呀！8年，一个心脏病患者手拿入院单却没有等来住院通知！一个严重的先天性心脏病患者怎么能等得了8年？人的一生又有几个大好的8年？8年，一个花样的少女变成了27岁的大姑娘，而一颗破碎的心却因漫长的8年而失去了治疗机会。现在，她的心脏已经无法接受手术了，等待她的只能是死亡。可她完全可以不死，完全可以活好多年，完全可以结婚生子，过正常人的生活，可这一切，就因为8年的耽搁而变得永远不可能了。

这位来自黑龙江农村的姑娘并不知道刘晓程的内心，而是可怜巴巴地乞求道：“求求您刘大夫，让我住院手术吧，我实在等不了啦。我不想死，我才27岁，我已经等了 8 年啦!”

面对这双对生命充满渴求的眼睛,面对足足等了 8 年却不得不提前告别人生的家乡姐妹,刘晓程无论如何也不忍心告诉她实情。他怎么能告诉她:“你不能手术了,你只能回家等死了。”他怎么能说出这种没有人味的绝情话?

他想:如果这些病人是我的兄弟姐妹,是我的亲生父母,看着他们得的并非不治之症,只是因为住不上院而一拖再拖,最后不得不提前告别人世,我该是怎样一番心境?该是何等痛苦?他心里忽然发出一阵悲愤的质疑:为什么天远地远初次来就诊的病人就已经是手术禁忌证了?为什么还是手术适应证的病人又要争那张维系生命的小纸片?为什么得到了这张纸片的人还要继续等下去,甚至一直等到死?我这个医生再出这种门诊,再发这种毫无价值的纸片,还有什么意义?我到底是救死扶伤的医生,还是误人性命的“罪魁”?我是诚实善良的大夫,还是整天用谎言安抚病人及家属的“骗子”?

宁可再被毁灭一次,也要学习!

刘晓程出生于黑龙江省佳木斯市。父母都是 1945 年参加革命的医务工作者。母亲是妇产科医生,父亲是佳木斯医学院著名的外科主任刘沛。刘晓程是姊妹五个中唯一的男孩儿。

1968 年,刘晓程下乡到宝清县生产建设兵团。艰苦、压抑的“知青”生活,过分的体力透支,使他得了肺结核,每天咳嗽,低烧不止。下乡的第四个年头,他提前返城了。

不久,被打成“反动学术权威”的父亲落实政策,刘晓程获得了一个工作指标,面临当工人和实验员的选择,犹豫再三,他走进了令人谈虎色变的“臭老九”行列,成为佳木斯医学院生理教研室一名实验员。并非子承父业,他不想当医生,他也不喜欢整天跟生理不健全的人打交道。他从小最崇拜爱因斯坦和爱迪生。但正像马克思所说:当年轻人选择职业时,社会早已经为他决定好了。

实验员,就是洗刷各种试管和器皿,把兔子、青蛙、老鼠准备好,供大学生实验时使用。但工作之余可以旁听老师的讲课,这是刘晓程选择当实验员的真正原因。一位在“文革”中也被打成“反动学术权威”的老医生气得骂他:“你还要念书?吃一百个豆还不知豆腥气?”但对刘晓程来说,求知成了他最需要的精神食粮。他宁可因求知而再次遭到毁灭,也不愿浑浑噩噩地混下去了。他不相信中国会永远像现在这样知识无用。没有知识,一个国家靠什么发展?一个民族靠什么前进?

他一边工作,一边玩命地学习。初、高中学的是俄语,改学英语必须从 ABC 学起,晚间说梦话都叽里咕噜地背着英语单词。一年后,就是张铁生高考交白卷的 1973 年,医学院基础研究所以满票通过,推荐他走进了哈尔滨医科大学,成为一名 24 岁的“工农兵”大学生。当他满怀鸿鹄之志跨进校门准备苦读时,却发现梦寐以求的大学校园,到处充斥着声嘶力竭的政治口号,以及越来越离奇的“教育革命”,偌大的校园竟然放不下一张平静的课桌。

1979 年,“十年浩劫”结束后,刘晓程决定报考研究生。当他一切准备就绪,手拿《招生简章》准备填写志愿的那天夜里,父亲突患脑血栓住进医院。紧接着,结婚不久的妻子又因妊娠中毒症,怀孕七个月的第一个孩子流产了。

沉重的打击接踵而至,一边是需要呵护的亲人,一边是大学学府强烈的呼唤,面对人生的最后一次抉择,他一连数天彻夜无眠。

“生老病死是人生规律,你不要管我,今年你一定要考！为了学本事干事业,你能考到伦敦、纽约才好呢。那才是你对父母的最大孝敬!”父亲对守候在病榻前的儿子语重心长地说。

“你去考吧,我们以后还会有孩子的,别惦着我。二位老人我会尽力照顾的。”从小同窗、一向贤惠善良的妻子洪依舒也一再鼓励他。

刘晓程含着泪,在研究生志愿栏里一连写下三个志愿:第一志愿,北京中国医学科学院心血管病研究所阜外医院;第二志愿,阜外医院;第三志愿还是阜外医院!阜外医院是中国心血管病研究和治疗的最高权威机构,他立志要成为一名优秀的心血管外科医生。

1979 年秋,30 岁的刘晓程以骄人的成绩,考进了中国医学科学院心血管研究所阜外医院,成为一名心血管外科研究生。他发誓:一定要无愧于阜外医院和导师的录取,无愧于父母和妻子的支持,更无愧于自己的选择!

许多研究生同窗跟刘晓程一样,都经历过蹉跎岁月,都格外珍惜这来之不易的求学机会。刘晓程更是怀着强烈的求知欲,在广博的医学海洋里没日没夜地搏击,连吃饭和睡觉都变成多余的了,只有学习才是生命中最需要的。听英语录音,一听就到凌晨 4 点;上课的路上,要背会 30 多个英语单词……他决心把空耗的时光夺回来。

3 年后,刘晓程以出色的成绩完成学业,并留在阜外医院工作。1984 年,阜外医院又破例提前送他去澳大利亚留学深造。

你是人，我也是人，凭什么不如你?

美国前总统卡特说:“我们不可能人人都像牛顿、法拉第或爱迪生那样有伟大的发现,也不可能像米开朗琪罗或拉斐尔那样有传世之作,但我们可以抓住平凡的机会并使之不平凡,进而使我们的人生变得更加壮丽。”

澳大利亚很美,碧水,蓝天,风光旖旎。

但是,第一次踏上澳洲的刘晓程却无暇光顾这一切,第二天就走上了手术台,面临两台大手术,而且要给主刀医生当第一助手。

第一次走进布里斯班市查理王子医院心血管外科手术室,一切都是陌生的,金发碧眼的医护人员,令人眼花缭乱的各种器械,几位主刀医生各自不同的操作方式,叽里哇啦一句都听不懂的俚语、方言……更糟糕的是,他就像从慢悠悠的牛车上卸下来的一枚螺丝,忽然被拧到一台高速运转的机器上,一上来就得适应人家那种快节奏、高效率的工作方式,丝毫不存在你是新来乍到给点时间让你适应一说。而且主刀医生盛气凌人,开口就训人:“拿镊子！不不！不是剪刀,是镊子！你懂不懂英语？不懂回去学会再来!”

嗨,那场面别提有多狼狈了,当场他就出现了“文化休克”,也就是老百姓所说的傻眼了,听不懂人家说什么,当然不知道该做什么。按照手术惯例,主刀医生给病人开完胸,建立起体外循环,助手就该从患者腿上取完大隐静脉,递给主刀医生做搭桥术了。可他没有取完静脉,主刀医生立刻嗔怪起来:“太慢了！简直太慢了!”这使刘晓程越发手忙脚乱,大汗淋漓,不知所措了。

主刀的奥布来恩博士是世界著名的心外科专家,刘晓程只是一名中国留学生,遭训斥是在所难免的。可是,对于自尊心极强的刘晓程来说,却像童年唯一一次挨父亲的皮带一样。父亲的皮带是抽在他的屁股上,而这次却是抽在他脸上,抽在一个中国人的自尊心上。他发誓:“我就不信你们能做到的我做不到！你是人,我也是人,我凭什么不如你？我一定要把你们的技术学到手,绝不能给中国人丢脸!”

下了手术台,他急忙把主刀医生的操作程序全部记录下来,把剩下的静脉搜集起来,从护士长那借来手术器械,回到宿舍苦练搭桥术,设计出各种高难度的吻合方法,边缝边做思索,边画图……几个月下来,他不仅把四位医生不同的操作方式背得滚瓜烂熟,而且对四位医生的手术方案取长补短,形成一套自己的独特手术方法。

白天,他要给四位导师当第一助手,常常忙得连杯咖啡都顾不上喝。一台手术下来，导师去喝咖啡，他却忙着写手术记录，填卡片，下术后医嘱，看下一台手术造影片子，没等做完，下一台手术护士又在叫他："刘医生，手术开始了！"他一天最多跟过五台大手术，从早 8 点一直忙到晚 9 点，回到宿舍累得连眼皮都抬不起来了。

在一次主动脉瘤的手术中，患者突然大出血，奥布来恩博士竟然无端地冲刘晓程发起火来："谁让你把着的(指血管)？"

"你让我把着的！"刘晓程早已受够了导师的傲慢与训斥，破天荒地顶了他一句，心里却愤愤地说，"你牛什么牛？不就是你们国家比我们国家富点儿吗，有什么了不起的！我们国家早晚会富起来的，早晚有超过你们的那天！你说你是虔诚的天主教徒，还说大家在上帝面前都是兄弟姐妹，其实你根本看不起我！我告诉你，我跟你一样是人，不是一条狗。你别张口就来训斥我！我一定要教训教训你，导师也应该学会尊重人。今后，绝不许你再侮辱我的人格！"

血止住了，奥布来恩主动向刘晓程搭讪，刘晓程却不理睬他。

第二天上班，奥布来恩又主动跟刘晓程打招呼，刘晓程装作没听见。

奥布来恩是个虔诚的天主教徒，在权威与人格、傲慢与尊严的较量中，他心理开始失衡了，开口向刘晓程道歉："对不起，晓程，昨天是我的错，我向你道歉。"接着又说："晓程，今天你来主刀，我来给你当助手！"

刘晓程不敢相信自己的耳朵，因为澳大利亚的法律严格规定，外国医生只能当助手，不能主刀手术。

"我让你做的，一切后果由我承担。"奥布来恩说。

于是，就在这所世界著名的澳大利亚查理王子医院手术室里，中国医生第一次走到主刀位置，第一次打破澳大利亚严格而冷酷的法律，划开了洋人的胸膛……当刘晓程以熟练的技法，稳健而准确、轻快而严密地做完心脏搭桥术，在场所有的人都惊呆了。奥布来恩绝没有想到这个多次被自己训斥的中国留学生，竟然有这样一手好功夫。

当晚，奥布来恩请刘晓程共进晚餐。两人从此成为要好的朋友。

"晓程，你是我见过的最有骨气、最优秀的中国人。"奥布来恩向刘晓程举起酒杯，"我相信你会成为世界一流的心外科专家。"

"你也是我见过的最优秀的心外科专家，最令人敬佩的导师！"刘晓程说道。

奥布来恩虽然傲慢，却丝毫不讲师道尊严。

一次，刘晓程发现奥布来恩没有切开极容易被忽略的薄内膜就要开始做血管吻合，就急忙提醒了他。奥布来恩连声道谢："谢谢！太谢谢你了，晓程。我的疏忽险些危及患者的生命。"

在这里,任何人的脸面都不重要,重要的是人的生命,是如何做好每一个手术细节,使手术最大限度地获得成功。几位导师还采纳了刘晓程提出的一些改良手术的建议,风趣地称它为“刘氏法”。导师们一切为了病人、一丝不苟的治学精神,使刘晓程受益匪浅,成为他一生工作的典范。

从此,奥布来恩不顾法律约束,不仅让刘晓程在洋人身上主刀,而且做一些连澳大利亚本国高级医生都轮不到的高难手术。一年内,刘晓程参加了600多例手术,主刀完成50多例,仅冠状动脉搭桥就做了二三十例,患者最高年龄83岁,无一例死亡或发生并发症。

刘晓程以其独特的人格魅力及高超的医术,终于赢得了同行们的爱戴与尊重。留学一年期限到了,奥布来恩主动带刘晓程去州卫生主管部门申请延期,让他再研修一年。

1985年,国际心脏外科会议在澳大利亚召开,走上讲台,代表澳大利亚查理王子医院做学术报告的不是别人,正是我们优秀的刘晓程。他流利的英语、精湛的发言,令全场震惊,从而成为第一个享此殊荣的外国人。

留学期限到了,奥布来恩让刘晓程把家属接来,一切手续由他办理。他说这里的条件比中国好得多,对刘晓程今后的发展大有益处。

在查理王子医院,一名普通医生的年收入高达几十万美元;而在阜外医院,一名主任医师的年收入也不过几千元人民币。而且,中国留学生陪读热方兴未艾,多少人都梦寐以求地想借此机会搭上出国的列车,从而开始另一番人生之旅。从阜外医院一起来澳洲留学的医生已经把家属接来了,劝刘晓程也这样做。可是,刘晓程却忘不了童年时代,父亲多次给他讲的钱学森等科学家从美国归来报效国家的故事。他舍弃不掉对祖国、对家乡的那份刻骨铭心的眷恋。

一次,他跟同事到澳大利亚花城土温巴山去旅游,看到山顶有一只标着世界各国方位的坐标,就面向自己的祖国,迎着落日的余晖,唱起了思乡曲:“乡间小路,带我回家。那个地方,我永远属于她……”唱着唱着,一行思乡的泪不知不觉地流了下来。他知道,他的心永远属于那个虽然贫穷却不能忘怀的祖国,属于那个无论多么优越的条件都无法取代的母亲!

“导师,中国的病人太多,太苦了,那里非常需要医生。如果我们学成了都留在国外,那谁去解救他们呢?中国有句俗话,叫作‘儿不嫌母丑,狗不嫌家贫’。这里的条件虽然优越,但并不需要我。我的祖国虽然很穷,但她需要我,我也需要她。”刘晓程婉言谢绝了导师的挽留。

奥布来恩听了很受感动，说："我很理解你，也很赞成你的选择。回国以后有什么困难尽管告诉我，需要学什么欢迎你再来。我的邀请永远对你有效。"

随同刘晓程一起归来的，还有整整两箱子国内奇缺的体外循环插管和接头。在查理王子医院，刘晓程看到在国内奇缺的体外循环插管和接头，用过一次就丢进了垃圾袋，而在国内用过几百次都舍不得丢掉，就对同事们说："我的国家还很穷，可不可以请你们别丢掉这些东西，让我攒起来带回国去用？"同事们不但没有耻笑他，反而帮他将这些东西一根根地收集起来，刷干净，消好毒，替他保存起来。

阜外医院麻醉科主任看到这两箱东西，高兴地喊起来："噢，太好了。这可解决大问题了！"

"我的不幸的乡土哟，我恨你，我又不能不爱你！"

这是巴金老人多年前发出的感慨。

像许多海外归来的学子一样，刘晓程怀着满腔热血扑向朝思暮想的祖国，扑向自己的事业。他的心就像喷薄欲出的太阳，充满了激情与渴望，渴望把自己所学的医术全部报效给祖国，报效给民众，拯救那些亟待手术的病人。可是，他很快就发现，面对阜外医院原先那种慢节奏、低效率的工作环境，就像当初到查理王子医院突然面临那种快节奏、高效率的环境一样，他同样感到不适应了。他觉得自己就像一颗日夜运转磨得锃亮的螺丝，忽然被拧到一辆慢悠悠的牛车上，无论怎样卖力气都快不起来了。

他感到痛苦而茫然，一系列的问题常常叩击着他彻夜难眠的心：阜外医院每年仅能做 1000 例手术，排号却排到了 14000 例。按照现有的速度，许多病人要等到 10 年以后才能手术。全国需要手术的心脏病人有 300 多万，而全国每年仅能手术的不到 1%。那 300 多万患者不知等到猴年马月才能手术，而绝大多数病人一直等到死都上不了手术台。这种尖锐的供求矛盾何时才能解决？在澳大利亚，他一年可以做几百例手术。回到国内，他这位主管四个病区的主治医生一年只能做 88 例。全院上自院长下至年轻医生，都想多干工作，多救病人，可都觉得有劲使不出来。这到底是为什么？

1987 年春节期间，阜外医院派刘晓程带队到黑龙江省牡丹江市开展心脏手术。他看到家乡十几万心血管病人处在投医无路、求治无门的水深火热之中，感到很痛心。一天，一个农民带着患有严重先天性法乐式四联症心脏病的 13 岁男孩，顶风冒雪找到刘晓程,说他带着儿子跑了好几家医院,都做不上手术,求刘晓程救救他儿子。可是,刘晓程带队出来时阜外医院有指示:到条件差的地方开展心脏手术,不要做复杂的,以免发生意外。刘晓程留下父子俩的地址,劝父子俩先回去等候消息。父子俩一走,刘晓程立刻电话请示阜外医院的导师郭加强院长。郭院长问他有没有把握,他说:"虽然有风险,但我还是有把握的!"郭院长说:"那你就做吧,但一定要慎重,要预防术后并发症。"

于是,刘晓程不顾外面风雪交加,乘着牡丹江励副市长的三菱吉普,立刻去追赶那对父子。吉普车在风雪弥漫的山路上颠簸了三四个小时,几次险些翻到沟里,晚间 9 点多钟,终于在距离小说《林海雪原》所描写的"座山雕"威虎厅不远的偏僻山沟里,找到了父子俩的家——一间东倒西歪、窗户上钉着塑料布、房顶压着厚厚积雪的破草房。屋里除了几张瘦骨嶙峋的脸,只有一盏如豆的油灯呼呼啦啦地摇曳。直到许多年后,刘晓程都忘不了这个"家"。

半夜 12 点,当父子俩乘火车,搭马车,艰难地跋涉了十几个小时,雪人似的回到家里时,眼前的情景就像一盏灯,猛然照亮了爷儿俩几乎冻僵的心,也照亮了这个被世界遗忘的家庭。

农民汉子一把抓住刘晓程的手,老泪纵横地哭喊道:"刘大夫,你是俺们全家的救命恩人哪!俺们做梦都没想到啊!"

这个五口之家本来就穷得叮当响,孩子有病更是雪上加霜,四处磕头作揖借了几千元钱,可都扔在铁道线上了,两次去北京手术都排不上号。农民汉子呼天不应,叫地不灵,几次想一头撞死在北京大街上,可转而一想,自己死了一家老小怎么办?现在,北京来的大夫却顶风冒雪找上门来了,来接儿子回去手术,天底下竟然有这么好的医生?!他不敢相信这是真的。

"刘大夫,你这北京来的专家,用市长的车来接俺儿去做手术,俺不是在做梦吧?"

"文化大革命"期间,刘晓程的父亲冒着坐牢的危险,顶着造反派的压力,抢救过被医生放弃、濒临死亡的农村孩子。今天,刘晓程担着手术风险,在风雪弥漫的山路上跑了上百里路,为了找到一个素不相识的农家孩子。因为他知道,在这极其偏僻、方圆几十里见不到人烟的山沟里,一个患有严重先天性心脏病的孩子,如果不能尽快地接受根治手术,那将意味着什么。如果这次巡回医疗不能为孩子手术,这孩子就不知会等到哪年哪月了。

刘晓程连夜把父子俩接回医院,第二天就为孩子成功地做了手术。这次巡回医疗,他在牡丹江成功地做了 8 台心脏手术。

巡回医疗很快就结束了，可是，黑龙江十几万心脏病同胞求医无门、备受煎熬的情景，却历历在目，一直蹂躏着刘晓程的心。

回国两年，他的内心苦苦思索了两年，斗争了两年。

经过多少个不眠之夜的思考，这位海外归来的学子斗胆发出了天问：造成这种日益尖锐的供求矛盾的原因到底是什么？难道仅仅是因为我们穷吗？

“不！我们不单单是经济和科技落后，还有封建思想残余及诸多因素造成的低效率和看不见摸不着却处处存在着的内耗！这种内耗大量地表现在扯皮、推诿，或有劲使不上的工作上。在大城市科研单位里死争死挤，却难以发挥作用的人，何止一二？有了技术人才，宁可自己封存不用，也不肯放走的大单位，何止一二？教了三年打铁，临出徒才放手让他打一把炉钩子的师傅，又何止一二？一代又一代，周而复始。可悲的传统观念，根深蒂固的封建思想残余……难啊，我们的知识分子真是太少又‘太多’了！

“谭嗣同为了唤起中华民族的觉醒，甘愿献出生命。他在断头台前从容地喊出了‘死得其所，快哉快哉’的千古绝唱。谭嗣同大义凛然、视死如归的精神，令多少人感慨不已。资产阶级革命家为国为民尚有如此壮烈之举，我们20世纪的共产党人就不能牺牲点儿什么，来治治有目共睹的通病和顽症吗？”（这段激越之词，摘自1993年刘晓程以全国优秀中青年干部身份，在人民大会堂向中直机关和科研院校代表做的报告《人生蹉跎，丹心一片，为国为民，不虚此生》。）

这番令有识之士感慨万千的肺腑之言，无疑是对中国医疗体制与传统观念的挑战。但是，他太渺小了，他仅仅是一名留学归来、满怀忧国忧民之心的医生。他所能左右的仅仅是他自己，而非一个沉寂几十年、远远滞后于社会发展的国家医疗体制。于是，他向自己提出了一个天大的难题：我为什么不能回到家乡，为备受病痛折磨的父老乡亲建一所心血管病专科医院？

于是，他做出了一个重大抉择：回家乡，为家乡父老做点儿力所能及的事！

可他觉得，这样做太对不住妻子和儿子了。他和妻子结婚八年分居了六年。现在，妻子刚从东北调到北京邮电医院，孩子被安排在师资雄厚的大木仓小学。阜外医院刚分给他两室一厅的住房，一家三口终于在北京落户了，刚刚有了一个安稳的家。可现在，他却要亲手砸碎它……一想到这些，一种深深的自责便噬啮着他的心：我有什么权毁掉这一切？又有什么资格把他们母子再拖回到前途未卜的动荡之中？

又是一个无眠之夜。刘晓程在与妻子彻夜长谈。

"看到家乡人倾家荡产地跑到北京来找我,看着他们走投无路、求医无门的样子,我常常觉得自己很无能。你想想,如果那些人是我们的父母,是我们的兄弟姐妹,眼看着他们排不上号,住不上院,病情一天比一天严重,你说我们心里是什么滋味?"刘晓程长叹了一声,"唉,老百姓看病真难哪。尤其咱们黑龙江,天寒地冻,心脑血管的发病率均居全国之首……"

妻子洪依舒瞪着大眼睛幽幽地望着他,许久不说话。

她理解晓程内心的痛苦。她经常看见他夜里辗转反侧,唉声叹气。可是,看看这个来之不易的家,想想眼前这令多少人可望而不可即的一切,她实在不忍心丢下。可她太了解晓程的个性了,只要他认准的事,哪怕是刀山火海也毫不退却。"文革"期间大串联,一群学生豪言壮语要步行去北京见毛主席,坚持到最后的只有晓程和另一名男同学,一双脚都走烂了。

刘晓程见妻子久不言语,就说:"我知道你为我付出得太多了。这样吧,你和孩子留在北京,我一个人回黑龙江。"

"别说了。"妻子打断了他,"从我的工作和孩子的教育考虑,我确实不想走,可我怎么能放心让你一个人回去?我还是带着孩子跟你一起走吧。"

"……"刘晓程一时语塞,一把搂过这位行动永远胜过语言的妻子,久久地拥在怀里。

为了慎重,刘晓程专程回佳木斯去征求父母的意见。

父亲,他心中永远的太阳!

克林顿曾说:"母亲告诉我永远不要放弃,不要屈服,不要停止微笑。无论发生多么可怕的事,第二天一早起床,母亲都会微笑着站在我面前,她从不把痛苦露给别人。"

克林顿有一位伟大的母亲,刘晓程则有一位伟大的父亲。

父亲刘沛是佳木斯医学院享誉四方的外科专家。他精湛的医术、高尚的医德,不知恩泽过多少人。老人家过80大寿,佳木斯市委书记带着市委、市政府的"五大班子"去为老人祝寿。1988年,刘晓程和父亲同时享受首批国务院政府特殊津贴。

父亲对晓程的管教很严。一次,父亲得知晓程从家里悄悄拿了两元钱买栗子吃,又对母亲说谎,第一次用皮带把晓程的屁股抽成了紫茄子。7岁的晓程却永远记住了父亲的教诲:"做人要诚实!不许说谎,说谎是万恶之源!"

在晓程的记忆里,父亲每天早晨5点就去病房查房,父亲常常蹲在厕所里观察病人的大便,以便做出准确的诊断。晓程不记得父亲让他给吃不上饭的病人送过多少次饺子,也不记得父亲掏钱给过多少贫病交加的病人,不知父亲从家里给病人偷偷拿过多少鸡蛋,更不记得多少病人感激涕零地跪倒在父亲面前,他只记得病人看到父亲眼里所流露出的目光——那种拜见上帝般的感激与崇敬。这给他幼小心灵打上了永不磨灭的烙印。

多年前,一位市委书记夫人乳房上长了一个良性肿瘤,要出省治疗,让父亲刘沛出诊断。父亲却说:“用不着出省,没必要花那份钱!”一句话把市委书记夫人顶了回去。

“文革”期间,一个罕见的患先天性中肠旋转不全的农家孩子,被医生放弃治疗,家属被告知准备后事了。孩子父母抱着奄奄一息的孩子正悲恸欲绝,被打成“日本特务”“反动学术权威”的父亲在清扫垃圾,急忙奔过来说:“千万不要放弃孩子,我能治!”

造反派立刻质问他:“你敢承担这孩子手术的后果吗?”

父亲说:“一切后果由我来负!”

这时,忽然响起一阵惊天动地的口号:“打倒日本特务刘沛! 打倒反动学术权威刘沛! 敌人不投降我们就叫他灭亡!”

就在一片“打倒”与“灭亡”的口号声中,身陷囹圄的父亲担着可能毁掉自己一生声誉,甚至可能因“陷害”革命群众而被判刑、被枪毙的风险,脱掉清扫服,匆匆走上了久违的手术台……孩子得救了,父亲又回到“牛棚”里继续清扫厕所。

“名誉与生命相比,毕竟是微不足道的。在毁誉与病人的生命面前,必须勇敢地选择后者,这才是一个好医生。”这是父亲的人生信条,也是他对儿子的训诫。

父亲不媚上、不卑下,博爱济贫,珍爱他人生命的做人准则,成为刘晓程一生的楷模。“文革”期间,刚学会游泳的晓程不顾淹死的危险,跳进松花江救起一名遇险的教师。当了医生以后,他更是处处以父亲为楷模,以母亲的遗训为座右铭,严格自律。母亲 73 岁那年,因患严重风湿病连筷子都拿不住,却颤抖着双手为儿子留下一条遗训:“医乃仁术,好自为之。”这条遗训一直挂在晓程的办公室里。

“风萧萧兮塞外寒,壮士一去兮不复还!”

父亲得知刘晓程决定回黑龙江创业,竟说出一番令晓程大为感动的话。

“当初我让你出去闯荡,是为了让你多学本领;现在我像当初一样支持你回来,你应该把学的东西为家乡父老贡献出来。”

得到父亲的支持,刘晓程回黑龙江创业的决心越发坚定了。

此刻,中国正处在“出国热”的大潮之中,多少海外学子都挖空心思留在美国、澳大利亚等发达国家。当然,他们的选择无可厚非,人各有志,中国封闭得太久了,耽误得也太久了,人人都有选择人生道路的权利。但是,我们不能不为刘晓程逆潮流而动,选择艰苦人生的勇气而叫好,不能不对他“先天下之忧而忧,后天下之乐而乐”、以天下为己任的境界而肃然起敬。

1987年5月13日深夜,刘晓程来到儿子床前,抚摸着熟睡中的儿子脸蛋,轻声道:“儿子,爸爸也许对不起你。爸爸没权利剥夺你现有的条件,等你长大以后也许会埋怨爸爸,到那时爸爸再向你解释吧。”

经过两年的痛苦挣扎,一颗崇高的心灵终于得到了解脱。他的心境变得从未有过的旷达与坦然,就像暴风雨过后的大海,浩瀚而平静,又像鼓满风帆的航船,期待着新的远航。他开始伏案疾书,给院领导写《请调报告》。

这不是一份普通的《请调报告》,而是一次自我心灵的剖白,一张人生价值的答卷,一份向旧医疗体制宣战的檄文——

“20岁时,我为‘人为什么活着’这个严肃的问题而苦恼过,求索过。在那个动荡的年代,我心中的希望之光泯灭过,我也曾颓废过,消沉过。但我终于自拔了,振作了,并在坎坷的道路上奋斗了20年。而今,作为一名80年代的中年知识分子,作为一名炎黄子孙,我又为‘怎样度过余生’这个严肃的问题,而苦苦思索,认真探求。经过人生的苦、辣、酸、甜,我真正地认识到,人为了自己活着,就会永远感到空虚和不满足,而为了人民去工作和奋斗,就会感到充实。这种思索与探求,使我的心灵得到净化,使我抛弃了小我,去追求人生的真谛。

“到阜外医院8年,我由一名基层医院的普通医生,成长为一名心血管外科主治医生。回想8年来的一幕幕,我不禁心潮澎湃,思绪难平,对给予我一切的阜外医院和我的启蒙导师,心中充满了对亲生父母般的赤子之情,有着永远不能忘怀的感激与眷恋……

“我国现有300多万心脏病人等待着手术,而全国每年仅能完成几千例,存在着严重的供求矛盾。心血管疾病虽然不像霍乱、天花等烈性传染病那样被视为洪水猛兽,但却毫不留情地吞噬着千万人的生命。我由衷地赞同、支持我院当前所搞的心血管外科临床协作和建立全国培训中心,但也清楚地看到,当前这种协作方式达到真正奏效的难处……我觉得,各地方搞心血管外科唯一有效的途径是建立心血管专科医院。像阜外医院、上海胸科医院等有实力的大医疗中心,应向全国搞协作和培训,不应像蜻蜓点水,飞走后又是一潭死水;而应像一架播种机,到祖国的沃土上去播种……舍出几个卒子，甚至几员大将，必将走活一盘死棋。

“黑龙江是我的故乡，那里因气候寒冷，经济文化落后，先后天心脏病的发病率都高于全国平均数，10 万病人处在投医无路、求治无门之中。我决心抛弃北京优越的生活条件，离开培养我的阜外医院，为家乡水深火热中的父老兄弟筹建一座心血管病医院，为中国的心血管外科事业开辟一条新路。我深知，自己的精力有限，时光有限，业务水平和行政能力也有限，也许今生今世难遂夙愿。但我情愿做铺路石，做人梯，让后人继续去开拓，去登攀。我的离去，对阜外医院的损失只是暂时的、局部的，却有可能改变家乡千万人的命运。我向领导正式提出，请把我当作第一粒种子播下去吧！”

10 页报告，一蹴而就。

他最后写道：“心底无私天地宽。站在人生的十字路口，我的心境从未像现在这样开朗，头脑从未像现在这样清晰，决心从未像现在这样坚定。风萧萧兮塞外寒，壮士一去兮不复还！”

写得有几分悲壮，几分苍凉。

这份在阜外医院建院以来从未有过的《请调报告》，就像一枚炸弹，在医院里掀起一场轩然大波。人们猜测着刘晓程调离阜外的真正原因，是领导对他重视不够，还是家属安排不周？仔细一想，阜外医院对他不错，送他出国留学；破格提拔他为四个病区的负责人；刚分给他两居室的住房；他妻子被调到邮电部医院……而且在学术上，他成功地完成了全院第一例正后壁梗后室壁瘤切除术并搭了两支桥；他使术后停跳 45 分钟的病人心脏复苏；他参与了国家“七五”攻关重点科研“冠心病心肌血重建方法”的研究和协调工作；他建立起液氮保存的同种生物瓣实验室，并将该瓣首次应用于临床，填补了国内空白。这一课题获得国家自然科学基金和中国医学科学院科研基金……

“晓程，是工作不顺心，还是院领导考虑不周？院领导一直很器重你，希望你不要走。”院党委书记陈德林同志找刘晓程谈话。

“告诉我，晓程，到底因为什么？”郭加强院长是刘晓程的研究生导师。刘晓程是郭院长最得意的弟子，两人私交甚好。郭院长直言不讳地问道。

“导师，黑龙江是心血管病的高发区，10 万心血管病人急需手术，那里更需要我。我准备在黑龙江建一座心血管病医院！”

“噢，原来是这样，并不是因为人际关系或者待遇问题……”郭院长的心里感到一丝安慰，“我看你还是把关系留在阜外，先回去干一段看看再说，觉得不理想再回来嘛。”

“谢谢导师,可我必须破釜沉舟,背水一战,否则会动摇我的意志!”

“你还是好好考虑考虑吧!”

院领导不放,刘晓程只好去找曾担任佳木斯合江地委书记、现任中组部副部长的曹志同志说情。曹志给卫生部陈敏章部长写信说:“刘晓程立志到下面去,为人民解除病痛,这种精神应给予支持。”

看到刘晓程去意坚决,郭加强院长只好忍痛放行。

“既然是这样,我也就不勉强留你了。今后无论遇到什么困难尽管告诉我,导师的大门永远冲你晓程敞开着!”

“谢谢导师的关怀!”

临行前,一群收入微薄的护士凑钱请刘晓程到烤鸭店去吃烤鸭,约好每人送给他几句话,可到了餐桌上一句话都讲不出来,只有一片呜咽声。中层干部送别会上,一位副主任说:“晓程,你想到了我们大家想过的事,却做出了我们没有勇气做的事。”后来,这位副主任果然去了海南。一群研究生把刘晓程拉进宿舍,几杯薄酒为他饯行:“晓程你先走,我们为你壮行。这条路走对了,我们毕业后也回家乡!”

院器械处给刘晓程送来大量的器械,并把空压机换了马达,怕他用坏了没处修;麻醉科主任给他送来一大袋麻醉用品;历来有“把家虎”之称的监护室护士长,破天荒地送给他一堆难买的小器械;药剂科的丁飞主任眼含热泪叮嘱他:“今后不管什么紧缺药,只要阜外有的就有你晓程的!”病房的病人听说他要走,纷纷爬起来为他送别。

人们赞扬刘晓程的妻子洪依舒很伟大,竟然舍弃北京优越的环境,跟丈夫回黑龙江去受苦,这在一般女人是做不到的。刘晓程也觉得妻子很了不起,但在临行前一天晚间,洪依舒看到昨天还温馨流溢的家,忽然变得冷冷清清一无所有了,她哭了。他拥着她在空空荡荡的屋里站了很久。他知道,这个家再也不属于他们了。

世界因为他而改变

凤凰卫视资讯台总编阮次山先生说:“如果一个人年过30,你胸中的理想依然存在,你必然会有前途。就是做一个升斗小民,也可以选择做一个什么样的升斗小民。”

1987年6月14日,刘晓程起程回黑龙江。

决心回黑龙江之后,他的首选地是故乡佳木斯。春节放假期间,他曾找到市政府领导谈,说他要回佳木斯建一所心血管病医院,为家乡父老做点贡献。这位领导却以资金紧张为由回绝了他。之后，他来到距离佳木斯很近的牡丹江市。牡丹江的东安医院曾派医生到阜外医院学习过心脏手术，他曾带过他们的进修生。1987年春节期间，他带着巡回医疗队就在东安医院做过 8 台心脏手术。这次，他向牡丹江市政府领导说明了来意，立刻受到市政府领导的欢迎，并任命他为东安医院的党支部书记兼院长。就这样，以美丽的镜泊湖著称的牡丹江市，张开双臂热烈欢迎这位赤子的到来。

然而，随着他们一家三口的到来，一些流言蜚语却像空气一样悄悄地弥漫开来。

“他肯定是在北京干不下去了，要不从国家大医院跑到这大集体医院来干啥？”“听说在镜泊湖给他盖了一幢别墅呢。要不，他从北京跑这穷地方来图啥呀？”

东安医院是一所区级大集体医院，小日本侵略中国时盖的，半个多世纪的风剥雨蚀，早已经老掉牙了。墙壁一碰就掉白灰，地板使劲一踩就会陷下去。全院仅有 2000 平方米房舍、70 张床位，却有 200 多名职工。医院穷得叮当响，背负几十万元的外债，没有像样的麻醉师，没有得力的助手，没有像样的器械……刘晓程一家三口挤在一间狭小的办公室里。难怪老百姓要问：刘晓程来牡丹江到底图啥？

可是，刘晓程却感到一种从未有过的畅快，终于扔掉一切束缚，可以甩开膀子干了。第二天他就走上了手术台。就在这所简陋得令人难以置信的医院里，就在这间用竹竿支起塑料布、用来接住屋顶剥落的白灰及缓霜滴水的手术室里，靠几位仅受过初级训练的医护人员协助，他一台接一台做起了世界最先进的心脏手术，一周就完成了十几例。

这里还经常停电，一停电体外循环机就停了，只能用手摇泵继续手术。一次，《健康报》的两名记者来采访又遇到停电，从未见过心脏手术的记者用颤抖的手擎着手电，为刘晓程继续手术照明。过后，两名记者带着一群患者家属去找市长“请愿”，市长特批为东安医院增加了双路电，这才解决了停电问题。

牡丹江能做心脏手术的消息不胫而走，各地的心脏病患者纷至沓来。小小东安医院原来门可罗雀，现在却一下子火爆起来。但刘晓程深知，即使他长出三头六臂日夜不停地手术，也远不能解决医患之间严重的供需矛盾，必须尽快培训出一批能独当一面的心外科医生。可是，医院要钱没钱，要人才没人才，要培养出一批心外科医生，谈何容易？

但是，在刘晓程眼里，一切困难都不过是脚下的沙砾，人生的道路就是由诸多沙砾组成的。他一边手把手地教年轻医生手术，一边四处抽调人才，一边游说各级领导筹建心血管病医院。他教诲年轻人："你们这些人要以天下为己任，要让自己尽快成熟起来！拿破仑说，不想当元帅的士兵不是好士兵。我要告诉你们，不想超过师傅的徒弟就不是好徒弟！"

在刘晓程看来，每个人心灵深处都隐藏着一种激情，只要你把他们心中的激情点燃，人人都会焕发出一种不可估量的能量，只有周围的人都能充满激情地对待工作，对待生活，才能形成一股强大的核心力，才能干出一番事业。

刘晓程的到来就像一团火，点燃了死气沉沉几十年的医院，也点燃了一颗颗沉闷多年的心。大家纷纷被激励出从未有过的生机与活力。

这里的医生从未见过心脏四联症根治术，不懂心脏换瓣，更没有见过国内只有少数医生能做的冠状动脉搭桥术。刘晓程就带领大家去电影院，趁人家放电影空隙，借用电影放映机来观看病人带来的心脏造影片子。可是，刚一开机片子就忽然起火了，吓得放映员急忙关掉了机器。原来国产造影片子放映机拉不动，一拉就烧。他只好带着大家在观片灯下一片一片用放大镜看，边看边给大家讲解各种心脏手术，看完一个造影片子要花六七个小时。为了强化医护人员的英语，在资金十分紧张的情况下，他为大家订购大量的外文书籍和期刊，请来全市最好的英语教师教大家口语。他要求医护人员平时尽量用英语对话。而且，在导师奥布来恩博士的帮助下，这所小小的大集体医院竟然派出30多名医护人员到查理王子医院留学。

刘晓程不仅重视医术，更重视全院医护人员的医德。

他向全院职工提出："假如病人是你的父母、兄弟、姐妹和孩子，你该怎样对待？"他第一次打出了"患者就是上帝"的口号。手术失败了，他和大家一起寝食无味；手术成功了，他和大家一起欢呼雀跃。为了抢救亟待输血的病人，他毫不犹豫地伸出自己的胳膊；为了一个复杂手术，他16个小时没下手术台；为了救活一个病人，他三天三夜未合眼，晕倒在手术台上……

每当手术结束，当刘晓程向病人家属出示从他们亲人心脏上取下的病理标本，从病人家属颤抖的双手上，从他们感激涕零的目光中，医护人员似乎读懂了人生的真谛——"人为什么活着"这个简单而复杂的命题。试想，还有什么比拯救他人的生命而使自己活得更崇高、更充实、更有价值呢？

刘晓程说："有人曾说，世界上三种人是最幸福的，一种是母亲看孩子洗澡；另一种是大人看小孩玩沙子；最后一种就是我们医生治好了病人。"

一天，一位55岁的农民苦苦地哀求刘晓程救救他，说他不想死，家里上有老下有小，一大家子人都等着他呢。刘晓程却发现这位农民的心脏像篮球似的，任何搭桥术对他极度衰竭的心脏来说都无济于事了，要想拯救他的生命，只能做心脏移植。但就现状，到哪儿能弄到一颗鲜活的心脏给一个农民换上？

也许，这位农民前世修来一份天缘，就在这时传来一个消息，说一名被判处死刑的杀人犯临死前良心发现，要求死后把自己的器官捐给社会。听到这个不知真假的消息，刘晓程急忙跑到看守所，费尽口舌见到了罪犯。

罪犯20多岁，男性，一副心如死灰的表情。

刘晓程问他："你真决定要把自己的器官捐给社会吗？"

青年毫无表情地点点头。

"你为什么要捐献自己的器官呢？"

"为了赎罪……"

"你不为你的决定后悔吗？"

"有啥可后悔的，人都死了留着它有啥用！"

刘晓程向青年伸出一只手来，青年却迟疑着："我手上沾满了鲜血……"

"我是医生，我手上也沾满了血。"

"可你是为了救人……"

"我为你感到遗憾，因为你是法盲。可我很敬佩你做出这样的决定，我要谢谢你。"

青年疑惑地盯着刘晓程，迟疑地伸出手来握住他的手："你……为什么要谢我？"

"因为你将拯救另外一个人的生命。"

青年用那呆滞的、走到人生尽头的目光，茫然而惊讶地望着刘晓程，久久不动。

刘晓程跟这个即将告别人世的青年成了朋友，一连几次来探望他。临刑前一天晚上，他还为青年设了一顿便宴。

"刘大夫，你这么把我当人，我死了也知足了。"青年满眼泪水，将杯中酒一饮而尽。

在一个烟雨蒙蒙的清晨，刘晓程目送着青年一步一步向刑场走去，青年留下的最后一句话是："如果我能早点遇到你，也许不会走到今天。"刘晓程感到遗憾，他拯救过千万人的生命，唯独拯救不了这个年轻人。令他聊以自慰的是，他帮助青年实现了最后的夙愿。就在这一天，那位55岁的农民获得了第二次生命。手术做得相当成功，时间是1992年7月5日。

紧接着,刘晓程又为一名38岁的农民成功地完成了心脏移植。医护人员给两名移植心脏的病人起名叫大宝和二宝。痊愈之后,大宝和二宝戴着红袖标,为医院担任起警卫和导诊员。

在完成心脏移植的基础上,刘晓程又完成了我国首例心、肺联合移植术,使小小牡丹江医院成为全世界能开展此项手术的五十家医院之一,使我国跻身于世界心血管外科的先进行列。国际心肺移植协会邀请牡丹江医院加入了世界心肺移植协会。

当年,"八女投江"的故事曾为牡丹江塑造了血染的风采。而今,刘晓程又使牡丹江名声大噪。他的事迹震撼了国内外专家、学者。卫生部部长陈敏章写信表示祝贺。国外一些专家、学者纷纷向他伸出援助之手。联邦德国某厂家赠给牡丹江医院200根体外循环插管;加拿大朋友说服了加拿大政府,为牡丹江医院提供了价值240万元人民币的设备;美国10位朋友在1989年9月,顶着美国政府的压力,带着20万美元的捐赠设备专程来到牡丹江。美国慈善机构总裁麦根先生问刘晓程:"你为什么在国内国外都要牺牲自己?"

刘晓程回答:"为了千千万万贫困的病人。"

麦根总裁大为感动:"我来中国27次了,中国要求援助的单位很多,但我决定将你的名字放在我们名单的第一位。你缺什么尽管告诉我,我会全力支持你!"

5年之内,麦根总裁4次援助刘晓程价值十几万美元的药品及器材。麦根不仅亲自带器材来中国,还派儿子从美国专程飞到中国给刘晓程送器材及药品。

澳大利亚的朋友利用假期纷纷自费飞到牡丹江,来举办讲座,与刘晓程在简陋的手术室里同台手术。临行前夜,导师和澳大利亚的朋友一定要去看看刘晓程的妻子和儿子。当看到著名心血管医生一家三口住在简陋的办公室里,他们的眼睛湿润了,紧紧地拥抱着刘晓程说:"我们还会来的!"等他们再来时,给刘晓程带来一个惊人的好消息:经澳大利亚朋友的努力,澳大利亚国际发展援助署决定,为牡丹江医院培养专科技术人才。

江泽民说:"晓程啊晓程,你是晓得事业能够成功啊!"

1989年10月6日,对于几百万心脏病人来说,是一个非同寻常的日子。

下午3点,应国家人事部之邀,31名海外归来的天之骄子,英姿勃发地走进了中南海小会议厅,与江泽民总书记座谈。刘晓程也在其中。

到牡丹江以后,刘晓程一直在为筹建心血管专科医院的巨额资金而四处奔波。

尽管黑龙江省、牡丹江市领导对他大力支持,在财政十分紧张的情况下,为筹建新医院投资1000万元,但距离创建一所现代化心血管医院还相距甚远。他正在为资金问题发愁,忽然接到国家人事部的邀请,请他赴京参加江总书记与留学生代表的座谈。聪明过人的他立刻意识到机会来了。所以,当江泽民总书记面带微笑地坐下来,30名留学生还沉浸在兴奋与拘谨之中,坐在前排的刘晓程却第一个发言了。

“我是从澳大利亚留学归来的刘晓程,我在牡丹江东安医院工作。当年,我的导师让我留在澳大利亚,我说:中国有句老话,叫作‘儿不嫌母丑,狗不嫌家贫’。澳大利亚虽然条件优越,但并不需要我;我的国家虽然很穷,却很需要我。为了报效国家,我从澳大利亚回到祖国。为了拯救更多的心脏病人,我又从阜外医院回到了黑龙江。目前,我国有三四百万心脏病人需要手术,可我们每年仅能手做1%的手术,存在着严重的供需矛盾。许多病人都在苦苦地等待着手术,可绝大部分病人一直等到死都排不上号。所以,我们计划在牡丹江创建一所心血管病专科医院。今天,我请江总书记支持我,请在座的各位领导支持我,帮助我们解决资金问题!这不是支持我个人,而是支持广大留学生报效祖国的事业,支持我们解决老百姓的疾苦!”

“好!晓程同志讲得太好了!”江泽民同志立刻赞扬道,“我就喜欢晓程说的那句话,儿不嫌母丑,狗不嫌家贫。如果中国人都像晓程同志这样,以天下为己任,那我们中国的发展就快了嘛!晓程同志,请你放心,我一定全力支持你!在座的各位也一定全力支持你!”

“那我代表家乡的父老乡亲谢谢您,谢谢江总书记的支持!”刘晓程急忙说道。

会议原定两个小时,却开了3个多小时。末了,江泽民同志握着刘晓程的手,笑道:“晓程啊晓程,你是晓得事业能够成功啊!”

座谈会不久,国务院开会并形成会议纪要:“支持刘晓程同志创建心血管病医院,此事由李铁映和宋健同志负责。”

第二天,《人民日报》发出消息:澳大利亚归来的留学生刘晓程,为了解决百姓疾苦,向江泽民总书记提出创建心血管医院的建议,得到江总书记的大力支持。

之后,江泽民同志在会上多次表扬刘晓程,胡锦涛同志也接见了刘晓程。

得知国务院形成会议纪要的当天,刘晓程和副院长王铁林连夜起草报告,两人带着省、市各级政府的批文火速赶到北京,找宋健、李铁映同志批示,说服国家计委、科委、财政部、卫生部、物资部等各级部门的领导……

“李科长,我是黑龙江牡丹江东安医院的刘晓程。这是我们申请创建心血管医院的报告。为了解决众多被病痛折磨得走投无路、处在水深火热之中的心脏病人,我们要在牡丹江创建一所心血管病专科医院，得到了江总书记的支持，请您也给予大力支持！您不是在支持我个人，而是在支持千千万万排不上号、住不上院的心脏病人，支持我们的兄弟姐妹，支持我们的医疗事业……”

游说完科长游说处长，游说完处长再游说局长，一个接一个地游说，说得口干舌燥，脚上磨出了血泡，一连几天连饭都顾不上吃。

人们常说，精诚所至，金石为开。

他们一心为百姓解决疾苦的真诚，深深感动了所有有社会良知的人。财政部李明安司长说：“财政，财政，理财参政。这钱给谁与不给谁，就是最大的政治！你们一心为百姓办事，我们虽然财力有限，但一定要支持你们！”

中央各部委相继为牡丹江新医院筹集了 2000 万资金及中央外汇。刘晓程为其换过心脏瓣膜的北京建筑设计院高级设计师潘志英同志提出：“即使不给钱也要帮刘晓程设计医院大楼。”牡丹江的群众得知新医院开办经费不足，纷纷送去钱、布匹、冰箱、彩电……

1991 年 7 月 31 日，中国第二所心血管病专科医院在牡丹江市隆重开业。已经成为全国人大秘书长的曹志同志、各部委领导及黑龙江省委书记、省长都来参加典礼。当时，洪水冲垮了铁路，却没有阻挡住中外朋友前来参加开业庆典。奥布来恩博士和查理王子医院院长斯太堡先生，带着刻有中澳两国地图、用红线连接两座城市以表示姊妹医院的牌匾（另一块相同的牌匾挂在查理王子医院）及 15 箱医疗器材，专程来参加新医院的开业典礼。说来奇怪，数天阴雨绵绵，这天 9 点钟剪彩时却忽然云开雾散，艳阳高照。人们说，老天都为之感动了。

刘晓程来牡丹江 7 年，为来自全国 23 个省的 3000 多名患者做了心脏手术，病人成活率高达 98.6%；他 6 天内完成了 2 例心脏移植，完成了中国首例心、肺移植；他创建了中国第二所现代化心血管医院；他培养出一批能独立操作的心外科医生；为黑龙江省医院、哈尔滨儿童医院、哈尔滨 242 医院及印度尼西亚万隆医院等多家医院，培养了大批全套心血管技术专业人才。

短短 7 年，千千万万个生命因他而改变了命运，因他而提高了生存质量。但是，没人知道刘晓程家庭的故事，无论是对过世的还是活着的，他都欠下一笔永远无法弥补的人情债。

1991 年 12 月 10 日，处于弥留之际的母亲，用她游丝般的声音艰难地呼唤着儿子：“晓程，晓程……”老人想在离开人世前再见儿子一面。可是，此刻的晓程却东渡日本，正为建立新的双边关系而奔忙。等他赶回佳木斯，留给他的却是蒙在白单下的母亲遗容了。

“妈妈,晓程回来晚了!晓程对不起您啊!”晓程趴在母亲遗体上痛不欲生。

儿子是心脏病专家,却没能为死于心衰的母亲尽一点儿力。儿子抢救过千万人的生命,唯独没能抢救生养自己的母亲。儿子心灵深处留下了永远无法释怀的疚痛与遗憾。但是,母亲留给儿子的那张“医乃仁术,好自为之”的条幅,却像母亲那双慈祥的眼睛,永远激励着儿子,彪炳着儿子恢宏的事业,勉励着儿子永远以仁者之心对待病人。

镜泊湖距离牡丹江市仅一百多公里,那里湖光山色,景致很美。他却从没带妻儿去过。妻子在牡丹江二院眼科工作,3 天一个夜班,他忙她也忙,家里弄得盆朝天碗朝地的没个家样。夜半归来,他常常看到小手小脚黑乎乎的儿子手拿吃剩一半的面包,蜷缩在沙发上睡着了,他忙把儿子抱到床上,给孩子脱去鞋袜盖好被子,内心酸酸的,充满了自责:“儿子,爸爸对不起你。如果真有来世,爸爸一定当个好父亲。”

来世是虚幻的,现实才是真实的。他的个性决定了他今生的选择,也决定了他今生的命运。

1994 年 5 月的一天上午,市委领导来到牡丹江心血管病医院礼堂,向全院职工公布了一个消息:中组部发来调令,刘晓程被提拔为中国医学科学院及中国协和医科大学副院长及副校长……

全场顿时鸦雀无声,人们都像傻了一样。

瞬间,7 年来许许多多斑斓灿烂的回忆,充盈在所有人的脑海,撞击着他们敏感而脆弱的神经,全场响起一片抽泣声。这是怎样艰苦而又痛快淋漓的 7 年啊!

春的觉醒,夏的苦斗,秋的收获,冬的拼搏。水与血的交融,不似亲人,胜似亲人,既是领导又是导师,既是情同手足的兄长,又是望“子”成龙的“严父”。因他而改变了多少人的命运,因他而拯救了多少个不幸的家庭。在人们心目中,他是一座伟岸奇绝的山峰,让人在污泥浊气中领略着圣者的风范;他又是一本内容丰富的书,令人百读不倦。然而,他却要调走了。

此刻,坐在台上的刘晓程也是泪眼朦胧。他舍不得离开这些风雨同舟的同事。全院职工跟着他没日没夜地折腾了 7 年,苦了 7 年。现在刚刚好转,他却被调走了。他为职工盖的 120 套宿舍刚刚收尾,托儿所刚刚动工,他本想为职工创造更多的福利,可是……他觉得对不住这些患难与共的同事,可他不能不听从中央的调动。

老百姓更不愿让他走。许多群众听说刘晓程被调走了,一连几天堵在医院门口要见他……

调令来了三个月,刘晓程一直没动身。他向新接任的院长一一交代清楚,又看着年轻弟子主刀做完了最后一批高难手术……临走,他像导师叮嘱自己一样叮嘱弟子们:"记住,今后遇到什么困难都要告诉我,我的大门永远冲你们敞开着!"

动身那天,全院职工及病人用泪水和歌声为他送行:"送战友,踏征程……革命生涯常分手……一路多保重……"

歌声中饱含着情同手足的深情,也饱含着难舍难分的悲伤。

然而,谁都没有料到,调回北京的第六个年头,2000年,刚刚51岁的刘晓程却向卫生部递交了辞呈。高官厚禄,为什么留不住他?

又像当年一样,人们对他百思不得其解:刘晓程为什么要辞职?是没有得到提拔重用,还是领导班子不和,还是想下海去赚大钱?

这时的刘晓程已经是中国医学科学院党委书记兼副院长,管辖着协和、阜外、肿瘤、整形等六大医院,十几个国家级研究所,30名院士、2000多名教授和数万名职工,权力大得令人羡慕。他处事果断,一身正气,群众威望很高。他又是博士生导师。1994年,他创建了协和医院的心外科;1996年,他在国内率先使用了动脉心脏搭桥。据国外统计,静脉搭桥十年的通畅率为42%—45%,动脉搭桥为90%—95%。他在心外科领域声誉很高。北京一些医院在心脏手术中遇到难题,常常向他求救。

在他任职的6年里,工作干得相当出色,上下一片赞誉。他被评为"国家级有突出贡献的中青年专家""全国先进工作者""有突出贡献的回国留学人员";英国剑桥和美国北卡罗来纳国际传记中心将其列入《国际知识分子名人录》《国际传略词典》等国际权威传略文献;他的事迹被拍成电视专题片《求索》《脊梁》及故事片《归国的留学生》;他被选为党的"十四大"代表……

1995年卫生部派他到中央党校学习,参加了被人们称为"黄埔军校"的第一批省、部级学习班,该班学员大部分都被提拔到省、部级领导岗位。刘晓程也被中组部列为卫生部副部长人选。

1996年,世界卫生组织向中国要一名助理总干事,卫生部首推刘晓程,希望他能为世界卫生事业做出贡献。世界卫生组织助理总干事年薪10万美金,可以带家眷,工作地址坐落在瑞士美丽的日内瓦湖畔。刘晓程赴瑞士接受即将担任世界卫生组织总干事的布伦特兰女士的面试。布伦特兰女士让他谈谈对世界卫生组织的认识，刘晓程谈到世界卫生组织应为人类防治疾病、提高健康水平做出贡献。布伦特兰女士却问他："你怎么看待在本组织中的男女平等问题？"

刘晓程说："男女平等是人类社会和各级国际组织应为之努力的永恒主题，但不是世界卫生组织所应关心的首要问题。世界卫生组织应该关心和解决危及全人类健康的迫切问题，不仅仅是本机构内职员的性别比例。"

生性秉直、刚直不阿的刘晓程从不会顺情说好话，更不会取悦他人。无论是在这位出身名门的挪威前首相面前，还是在美国前总统老布什面前，他都不失一个炎黄子孙的人格与尊严。

1997 年，刘晓程受美国"艾森豪威尔外国高级访问学者基金会"之邀，随同中国首批 30 位著名中青年学者及管理者出访美国。美国为每位来访者出资 4 万美金，让其自定考察项目，任其在美国随便考察。说是考察，其实就是向来访者灌输美国价值观。两个月考察结束后，董事会主席老布什总统亲自出席考察结业式，并让每位来访者提一个问题，由老布什来回答。

刘晓程却给老布什出了道难题。他说："总统先生，据我所知，美国年生产总值 10 万亿美元，其中 14.5% 用于卫生事业，但美国却有 2200 万国民没有医保。美国建国以来，宪法修改了 20 多次，联邦宪法和很多州宪法在衣、食、住的基础上，又把教育列为基本人权。我赞同受教育权应是文明社会的基本人权，但不知总统先生如何看待教育与健康的顺位？如果教育是基本人权，那么健康更应是基本人权。没有健康，人们怎么接受教育？请问您如何看待这一问题？如何解释花这么多钱用于卫生事业，却有那么多国民得不到医疗保险问题。"

老布什向这位看上去温文尔雅却有着独立见解的中国人礼貌地笑了笑，说："这个问题提得很好，确实是美国的实际情况。但我对卫生领域所知不多，您的问题我解答不了。很抱歉！"

刘晓程不但没有遭到排斥，反而成了最受欢迎的中国学者，后来成为美国"艾森豪威尔外国高级访问学者基金会"中国出访人员的考官及国际顾问委员会在中国邀请的唯一顾问。

但是，布伦特兰女士不是老布什。世界卫生组织助理总干事的职位刘晓程落选了。后来得知，布伦特兰女士是一位女权主义者，但布伦特兰女士给刘晓程发来一封信，说她很敬佩刘晓程的人格和才干。

此刻的刘晓程，坐在中国医学科学院党委书记兼副院长的位置上，可以说要什么有什么，名誉、地位、专车、宽敞的住房，前呼后拥，风光无限，而且，只要他好好干，别出什么差错，卫生部副部长的位置在等着他呢。

人们不禁要问:你刘晓程到底还要什么?你还有什么不满足的?你还折腾什么劲儿?

一位政治家曾说,每个人都有自己的生存法则,只有读懂了他独特的生存法则,才能理解他人生的潮起潮落,云卷云舒;才能理解他所选择的山高路险,河流湍急。

蹉跎岁月,留给他的并非都是蹉跎

瞿秋白在牺牲前曾说:"光明和火焰从地心里钻出来的时候,难免要经过好几次的尝试,试探自己的道路,锻炼自己的力量。"

一个人的经历,决定着一个人的情感与人生。

1968年冬天,北国边陲黑龙江特别冷,零下42℃,不少南方来的"知青"都冻坏了手脚。凌晨2点,正是老百姓称为"鬼龇牙"的时刻,在宝清县建设兵团853农场21团一座最原始、最古老的石灰窑里,一群身穿黄棉袄的"知青"已经开始劳作了。

那个年代能穿上黄棉袄是一种荣耀,一种革命的象征。唯有一个瘦弱的少年身穿一身黑棉袄。只见他第一个跳进刚出完石灰、滚烫的石灰窑里开始"平窑"。这种原始的石灰窑形状如同日本鬼子的炮楼,上面填石灰石和煤,下面出烧透的石灰。直径几米的上口既是进料口,又是烟囱。所谓"平窑",就是蹦到冒着火苗和浓烟的窑里,徒手把堆得小山似的石灰石码平。外面零下42℃,窑里有五六十度,一冷一热,温差一百多度。黑棉袄少年忍受着炼狱般的痛苦,拼力码着石头。别人换班上去休息了,他却仍然继续干下去,直到把整个窑平完了,他才筋疲力尽地爬上窑顶。他的黑棉袄肩头蒙上一层厚厚的、汗水浸透的白花花的盐卤,刚发下来的皮手套磨出了窟窿,露出冒着血丝儿的十个指尖儿,一碰就钻心般地疼痛。

苦难犹如手中的铁锤,而少年的身躯却像脚下的石头,在无数次的锤炼中变得无比坚强,就像他和战友们写在石灰窑上的《石灰吟》诗:"粉身碎骨浑不怕,要留清白在人间!"

"文革"时期,头戴一顶"黑五类"狗崽子的帽子,已经压得人喘不过气来,而这位少年居然戴了三顶帽子:爷爷是地主;父亲是"日本特务"兼"反动学术权威"。三次抄家,母亲被剃"鬼头",父亲被关进"牛棚"。一个好端端的知识分子之家,转眼就变得支离破碎了。

接踵而至的打击,使高中还没有毕业的晓程感到十分痛苦。他极力想用革命行动来证明自己是革命的,极力想改变"黑五类"狗崽子的命运,就割破手指写成血书，强烈要求到生产建设兵团去改造自己。因为“黑五类”子女无权加入生产建设兵团，所以只能用血书自荐。然而，并非是血书起了作用，而是853农场21团宣传队需要一名手风琴手。当时能拉手风琴的凤毛麟角。少年晓程才华横溢，聪慧过人，不仅拉一手好手风琴，还唱一手好歌。直到今天，他偶尔还会拉起心爱的手风琴唱起《三套车》呢。

他成了生产建设兵团里最下等的公民，一切脏活、累活非他莫属，烧石灰，打炮眼，淘粪，伐木头……然而，对一个19岁的少年来说，更大的伤害并不是体力的透支，而是无休止的心灵打击。生产建设兵团的“知青”都是腰扎宽皮带，身穿黄棉袄，一副准解放军的打扮，唯独他没有这个资格，他只能穿黑棉袄。853农场的宣传队员都可以载歌载舞，登台表演，唯独他一人只能躲在幕后为别人伴奏，不许登台露脸。而且有人监视着他的一举一动。

他那颗孤寂痛苦的心灵在蛮荒空旷的世界里，踽踽独行，无人为伴，找不到解脱，更找不到欢乐。唯有一天劳动结束了，月亮升起来了，他背着自己心爱的手风琴来到郊外，尽情地拉起来。一群“知青”闻声而来，眼含泪水唱起了俄罗斯歌曲：“茫茫大草原，路途多遥远。有位马车夫，将死在草原……”歌声充满了悲凉与感伤。只有在这时，他心中的孤独与苦闷才会随着琴声发泄出来，才能感受到人与人之间那份应有的平等与和谐。

逆境能使人叛逆、颓废，也能使人迸发出无坚不摧的毅力。像后来许多有成就的“知青”一样，无论怎样艰难困苦，无论怎样受尽凌辱，他从没有气馁过。他心灵深处一直蕴藏着一股岩浆般的激情。它渴望着喷发，渴望着人生的转机，苦苦地等待着机会。他抓到一切能抓到的书来读，《毛泽东选集》《国家与革命》《马克思的青年时代》……读得最多的是那本影响了几代人的《钢铁是怎样炼成的》。奥斯特洛夫斯基的那段名言影响了他一生：“人的一生应该这样度过，当他回首往事时，不因虚度年华而悔恨，也不因碌碌无为而羞耻……”

蹉跎的岁月，没有尊严的生活，超出承受力的体能透支，把一个天真少年抛到了人生的最底层，使他成为一个逆境中的弱者，饱尝了底层人的艰辛与困苦，也饱尝了一个弱者的渺小与渴望，从而使他与底层百姓结下一种深厚的、永远不可割舍的情感。

这段生活影响了他的一生，也决定了他的一生。

这也是他屡屡做出惊人之举，向自己、向医疗体制提出挑战的原因之一。他的心是属于平民百姓的，任何官位与金钱都无法撼动他的初衷。

闪光的“琉璃塔”，却包裹着一颗痛苦的灵魂

艾森豪威尔曾说过这样的话:“我们切不可把短暂的人生都放在无谓的名利上,不可把浮躁和骚动强加给我们生命的宝贵时光。”

在刘晓程看来,中国改革开放20多年来,其他行业都在突飞猛进地发展,医疗卫生事业却一直裹足不前。老百姓看病难、手术难的根本问题没有得到解决。就拿心血管病来说,全国有400多万心血管病人需要手术,每年仅能手术四五万例,只占百分之一二。而且,药品层层扒皮,吃回扣,从药厂卖到老百姓手里要翻上几倍、几十倍,甚至上百倍。得一次感冒,没有几百元休想治好;住一次院,没有几千元、上万元就别想出院;医生对病人开大处方,大检查;你头痛,就让你做CT,做核磁共振,说怀疑是肿瘤,你不敢不做;你嗓子痛,就给你开几百元的药;你要手术,除了支付昂贵的费用,还要给医生送红包,少则几千,多则上万……有的医院不愿收医保病人,因为医保是后付款,愿意收现金;不愿收疑难病患者,怕担风险。有的医院为病人做心脏造影,居然连“备皮”都不做。有的医生竟然给心绞痛病人打杜冷丁止痛。老百姓说,去医院看一次病,半夜三更去排队挂号,楼上楼下一顿折腾,没病也气(急)出病来了。而且,中国享受医保的人数只占全国人口的8%,92%的下岗工人、个体户、8亿农民都不能享受医保。

医生收红包已经成了极普遍的现象,成了行规,不给红包医生就不高兴,患者也提心吊胆,怕医生给自己小命“穿小鞋”。一名主刀“名医”一年可以成为百万富翁。可想想那些穷苦农民和下岗工人,省吃俭用、卖房卖地,甚至卖血凑的一点儿血汗钱,花着昂贵的医疗费不算,还要给医生送“红包”。有的穷苦农民,卖房卖地还不够给医生送红包的呢。这哪是让老百姓治病,分明是让老百姓“致穷”,要老百姓的命嘛！这种不顾脸面、不顾尊严、明目张胆的索要行为,哪还是什么救死扶伤的“白衣天使”？简直就是趁火打劫的强盗！

悲哀呀,我的同行们！刘晓程不禁发出悲愤的慨叹:从希波克拉底到李时珍,古今中外,历来都崇尚医学,尊重大夫,救死扶伤从来都是有灵魂的人从事的事业。为什么到了我们这一代,却变得这般见钱眼红,这般不近人情了？

但是,刘晓程绝非一个只看现象不看本质的肤浅之辈。他觉得一味地谴责医生收“红包”并不公平。几次全国人大会议都提出了医生收红包问题,可有谁透析过“红包”现象形成的原因？有谁了解过医生的付出与收获的严重失衡,以及“红包”背后所蕴藏的深刻的社会问题？

刘晓程认为,“红包”现象是医疗体制造成的。人所共知,早在20世纪80年代就出现了“脑体倒挂”的民谣:“搞导弹的不如卖茶叶蛋的,操手术刀的不如操剃头刀的。”20世纪90年代以来,改革开放使多少人富得流油,一名歌星的出场费高达几万元,甚至几十万;一个房地产开发商转眼就腰缠百万、千万,甚至上亿元;一名大权在握的官员不贪不占,也有大把大把的额外进项,更不用说那些灰色收入了。可是,一位拯救他人生命的主任医师,月工资不过3000元。这个收入远远低于世界其他国家,连亚非拉一般发展中国家都不如,只高于亚洲个别社会主义国家。中国医生吃的是草,挤的却是奶。他们拿着微薄的收入,却要承担救死扶伤的天职。医生也是人,也要生存,也要生儿育女赡养老人,也要生活,他们为什么不能像别人一样富起来?他们心理能平衡吗?医生收“红包”是他们兜里空,患者送“红包”是为了买安全。

刘晓程觉得,“红包”现象只是我国医疗卫生体制浮出水面的冰山一角。改革20多年来,我国医疗卫生体制远远滞后于社会发展,存在着严重的问题。13亿老百姓对此怨声载道,600万医务工作者更是满腹牢骚。

他觉得,首先政府对公立医院定性不准,是建立福利型、公益型的医院,还是建立福利加公益型的医院?没有明确定性,使公立医院处于两难的尴尬境地。

加拿大、英国、澳大利亚、新加坡等发达国家,实行全民医保,病人住院连伙食费都有补助。而我国政府对公立医院的投入,除退休职工工资外,只够发在岗员工20%的工资。院长难为无米之炊,只好向职工宣布:“你们的工资和奖金只能由你们自己去挣!”这种明显的利益驱动机制,必然导致内行哄外行、采购吃回扣、医生收“红包”、医院坑病人的局面!而且,公立医院大多都背着沉重的包袱,许多医疗单位的冗员多达三分之一。

其次,政府对医疗卫生重视不够,投入太少。

按照世界健康的社会形态,政府对医疗卫生的投入应该随着国民经济的发展,形成逐年上升的趋势,而在中国却恰恰相反,政府对医疗卫生的投入是越来越低。去年“非典”过后,新任卫生部部长吴仪在全国卫生工作会议上讲道:“改革开放以来,我国卫生事业费占财政支出的比重逐年下降,已由20世纪80年代的平均3.1%下降到2002年的1.7%,大大低于发达国家,也低于大多数发展中国家。2001年,在世界卫生组织191个成员国中,我国政府人均卫生投入占卫生总费用的比重居第131位。1995年,全国疾病预防控制机构的支出中,财政拨款占75.2%;2002年,这一比重下降到41.7%。我国政府的卫生投入不适应公共卫生发展的需要。”

美国对医疗卫生的投入占国民生产总值的15%，加拿大占9%，日本占7%，就连许多发展中国家都远远高于中国。

而且，我国的医疗资源严重不足，却又存在着严重的浪费现象。

国家对城市建设、街道布局都有明确的规划，但对医院建设却没有统一规划。仅北京东单地区，不足5平方公里，却设有协和、北京、同仁等三大医院。而且，中央各大部委、中央党校等单位，都建起漂亮的、配有高档医疗设施的医院（而不是卫生所）。这些医院的利用率很低，大多都在低水平上重复。这还不够，人们正在以更快的速度在北京疯狂地建医院。按北京现有的医疗状况，每千人所拥有的床位、大夫、核磁共振等医疗设施，超过了亚洲四小龙。但在边远地区却存在着严重的缺医少药现象。在发达国家，国家配备的医疗机构往往是塔形的，除了国家中心医院，社区要配备一、二级医院，病人可根据病情去医院就诊，而不会出现感冒、发烧也去协和排队了。

再次，国家没有自己的医药科工委，国家对民族医药业支持力度不够，致使大量昂贵的洋药、洋器械涌入中国市场，大大地加重了老百姓的负担。

一个进口冠状动脉球囊扩张管要上万元，一个冠状动脉支架高达一至三万元，一个心脏瓣膜要两万元，一个心脏起搏器最贵的高达十几万……有人为了拿回扣，极力帮助外商促销，使中国的药厂被挤垮，使本来就虚高的药价越发虚高。心脏病人做一次支架或搭桥，少则四五万，多则十几万。想想，中国的老百姓能吃饱肚子才几年？有的地区至今连温饱都没解决，他们怎么能消费得起这些与国情极不相称、只有发达国家才能消费的洋器材、洋药品？一个月收入不过几百元的普通家庭，几万元对他们来说意味着什么？意味着卖房卖地、东挪西借，一家老小背上几十年的外债过日子！

昂贵的药品，昂贵的器材，再加上不菲的“红包”，“三座大山”压在中国老百姓头上，有多少人被压得喘不过气来？又有多少本来就一贫如洗的家庭，雪上加霜，越发穷得叮当响？又有多少人被疾病折磨得家破人亡？

中国有强大的国防科工委。我们可以让火箭上天，宇宙飞船遨游太空。中国已经成为世界第一电话大国、第六经济大国、世人瞩目的军事强国，可我们为什么不能成立医药科工委，让中国老百姓享受物美价廉的国产医药产品？

刘晓程觉得，政府对医疗卫生事业的管理，只存在自由竞争，没有宏观调控，没有形成有效的医疗保障体系。目前，农村合作医疗被挤垮，卫生防疫站形同虚设，一些传染病又卷土重来，成为百万群众的大敌。中国的地方病防治机构大部分都已取消，而各地的地方病却仍然相当严重。中国的艾滋病人数已引起世界的高度关注，仅河南就有38个“艾滋村”。中国艾滋病的发展趋势已经到了决战临界点，如果再控制不住，其后果不堪设想……这一系列的问题不能不令人担忧。

刘晓程觉得，中国的医疗卫生体制是中国最滞后、最需要改革的领域之一。它就像一辆老朽的牛车，在万马奔腾的大好形势下慢悠悠地转着，承受着老百姓怨声载道的唾骂与责怪，丝毫没有进展。几年前，曾发生过这样的事，中央政府就医疗卫生改革问题让各部委提出方案，八大部委对中国卫生体制都提出了提案，唯有卫生部本身没有提案。

刘晓程觉得医疗卫生关系到国计民生，关系到国家的安全稳定，关系到老百姓生存的基本权利，关系到老百姓的生死存亡，弄不好，是要死人的。他虽然身在高位，却不是一个唯“官”是从的人。面对医疗卫生界的弊端，身为中国医学科学院党委书记兼副院长的他，觉得自己有责任、有义务向上级反映。因此，他多次向卫生部、向中央有关领导进谏。

他提出：国家应该加强对医疗卫生的宏观调控，建立明确的医疗卫生保障体系；政府对公立医院应该有明确的定性，不应把公立医院变成商业性医院，商业操作必然导致医院坑病人、医生骗患者的局面；政府应加大对医疗卫生的投入，改变目前这种远远落后于发达国家、连许多发展中国家都不如的局面。国家穷，没有那么多资金投入，可以增加吃、喝、玩、乐等娱乐业及房地产暴利的税收，用来解决国民的医疗卫生问题；国家应该成立医药科工委，支持民族医药业的发展。医疗卫生的改革是“一把手的工程”，只有中央政府高度重视，痛下决心，从上而下地进行改革，中国的医疗卫生才能真正启动改革机制，才能改变老百姓看病贵、手术难的现状，才能造福于百姓，将纳税人的钱返回到纳税人身上。

高度的社会责任感强烈地呼唤着他、驱使着他，使他一次次做出了非同寻常的惊人之举。

2000年4月28日，身为中国医学科学院、中国协和医科大学党委书记、副院长、副校长的刘晓程，同中国医学科学院、中国协和医科大学院长和校长一起，联名向主抓医疗卫生的国务院副总理上书，向副总理当面反映原卫生部某领导“抵制卫生系统教育管理体制改革；对卫生领域的科技体制改革能拖就拖；任人唯亲，不公平正派；沽名钓誉；搞非组织活动；对违法乱纪者姑息养奸，使中国医学科学院和协和医科大学体制改革无法进行”等诸多问题。他们在信中最后写道：“如果×××部长这样对待中国的卫生事业又得不到限制和纠正，我们二人唯一的选择是共同愤然辞职，以谢天下！”

刘晓程对副总理直言不讳地讲道:“有些人不是以天下社稷为己任,而是‘唯上唯书不唯实’。长此下去,中国的医疗卫生事业非毁在这些人手里不可!中国的医疗事业已经到了非改革不可的时候了!”

后来发生的一系列事情,充分证明了他的正确性。

2003年,中国爆发了震惊世界的“非典”,令中国政府及国人猛醒。卫生部部长被撤职。“非典”过后,政府亡羊补牢,增加投入,但仍然没有从根本上解决问题。多少有识之士发出强烈呼吁:“中国爆发‘非典’是偶然中的必然。中国必须加强医疗体制的改革!”

2003年12月17日,《参考消息》转载美国《时代》周刊一篇题为《世界卫生组织官员认为中国公共卫生系统需要改革》的文章写道:“联合国1998年的调查发现,中国贫困线以下的人口中,不少人因为曾经生过一场大病致贫”,“全国4000个基层防疫中心要自己提供50%以上的预算,而在其他多数国家,类似机构都是由国家出资”,“许多在毛泽东时期已经基本得到控制的传染病现在又重新抬头,肺结核、乙肝等传染病现在又开始扩散。现在中国有5%的人是乙肝病毒携带者,而在美国只有1%。世界卫生组织2000年的一份报告显示,191个成员国中,中国的医疗体系排名第144位,落后于印度尼西亚和孟加拉。中国卫生部统计显示,去年中国有81万人感染了血吸虫病,几乎比1988年增加了一倍”,“在中国的所有国际组织都发出了明确信号:中国的公共卫生系统需要改革。但是迄今为止,我们还没有看到任何回应。”

2003年,国务院颁布了《突发公共卫生事件应急条例》《中医药条例》《医疗废物管理条例》《乡村医生从业管理条例》……

温家宝总理上任不久就说:“要把群众看病贵、看病难的问题当作本届政府的一项重要工作。”

这一切,都印证了刘晓程三年前的呼吁。但在当时,他提出的许多建议、多次进谏,都在毫无反馈的时光中无声无息地消失了。他只能发出无奈的感叹:“难哪!医疗界的改革太难了!”

邓小平同志曾说过:“经济体制改革必须和政治体制改革同步。”中国医疗体制的改革必须涉及政治体制改革。这远远不是一个刘晓程所能改变的。

他感到自己虽然坐在中国医学科学院党委书记兼副院长的位置上,但他仍然是棋盘上的一个小卒。尽管他使出浑身解数,可他瘦弱的肩膀仍然推不动这部陈旧的机器,因此陷入难以名状的苦闷之中。他觉得自己下过乡,当过“黑五类”,饱尝过蹉跎岁月之磨难,也留过洋,受过中央总书记接见,与美国总统座谈过,大荣大辱都领教过，到了这把年龄，一切都看淡了，唯独看不淡的是那份为人为医的天职。

古语说，不为良相则为良医。他觉得中国的医疗改革，任重而道远，自己已经51岁了，再这样耗下去实在耗不起，与其整天在文山会海、接来送往的繁杂琐事中空耗生命，莫不如趁自己还有足够的体力和精力，做点儿力所能及的事，为中国的卫生事业闯出一条新路，为饱受病痛折磨的心血管病人带来一点儿福音，也算不枉活一生。自己瘦弱的肩膀既然推不动事业的发展，就下去建一所梦想中的医院，用实际行动去为老百姓造点儿福吧。

2000年12月31日，当人们沉浸在新千年到来的喜悦之中，一个知天命之人却站在新旧千年的交叉路口上，迎着扑面而来的千年之风，向卫生部正式提出：第一辞去一切官职，第二要求提前退休。因为只辞职不退休，还要受人事制度约束，不能随便离开单位易地工作。

于是，他再一次向自己、向传统观念、向医疗体制发出了挑战。

从中央到下属的各级组织，纷纷向他发出挽留与恳谈。但，一切努力都是枉然。领导和员工们，为他举行了盛大的告别宴会。

临走前，他把所有的荣誉证书付之一炬。帮他收拾东西的党办主任看到这么多国家级的荣誉证书化为灰烬，十分心疼，几次呼喊着从火堆里抢出来："哎呀，这是全国先进工作者证书，烧了多可惜呀！"

刘晓程却说："留着它有什么用？过眼烟云，什么都没用了。"他只让党办主任留下一个蓝色医疗证，"这个留着，等我得大病的时候用。"

无官一身轻，万岁老百姓。

2001年元月，一个挣脱了体制束缚、摆脱了功名利禄、打碎了世俗桎梏的人，迎着新千年的曙光，气宇轩昂地走出了办公室，目送他的是一片惋惜而又充满敬佩的目光……

在当今这物欲横流的世界里，有几人能够抵住官位的诱惑，又有几人能挡住金钱的吸引？反之，为金钱和官位折腰，甚至断送性命的人，却如雨后春笋，屡禁不绝。相比之下，我们不能不为刘晓程超凡的人生境界而赞美、而叫好，而献上一束鲜花了。

我可以丢掉一切，唯独丢不下病人

刘晓程说："我上辈子可能欠别人的太多，这辈子来偿还了。"

他从澳大利亚留学归来时,就梦想有一天在中国的土地上创建一所世界一流的心血管病医院,让国人也享受世界一流的医疗服务,从而实现自己"博爱、济贫"的抱负。然而,岁月沧桑,花开花落,梦想一直还是梦想,转眼年过半百,但他心中的梦想并未因时光的流逝而泯灭。辞官以后,他决心要实现这个梦。他很快就遇到了知音,天津市委、市政府,天津开发区管委会的几位领导全力支持他提出的宏大构想——在天津经济技术开发区(英文字头缩写 TEDA,简称"泰达")创建一座世界一流的国际心血管病医院。

企盼十几年的梦,终于可以实现了。

52 岁的他,完全沉浸在实现梦想的兴奋中。就像 14 年前到牡丹江一样,他以超人的精力,火一般的激情,率领几十名职工,一边借天津开发区医院的房舍开展心脏手术,一边创建心血管病医院。

"这两年是空前的辛苦,却是空前的欣慰!"这是刘晓程最深切的感受。

2002 年 10 月末的一天傍晚,秋风瑟瑟,凉意袭人。从天津塘沽狭窄的火车站口走出一位憔悴不堪的中年农民,怀里抱着骨瘦如柴的妇女。他们从牡丹江上车坐了二十几个小时的硬座,他足足抱了她二十几个小时。这妇女患有严重风湿性主动脉瓣、二尖瓣双瓣膜心脏病,已属晚期,心衰三度,不能行动,体重不足 38 公斤。她的生命就像秋风一样盘旋在细若游丝般的呼吸中,随时可能飘走。十几年来,他们倾家荡产跑了好多家医院,最大的收获就是那份沉甸甸的、被宣判死刑的病历……这次,他们终于打听到刘晓程的下落,就怀着最后一线希望千里迢迢跑来找他。

中年农民抱着妻子一出站口,有人迎了上来:"请问你们是从牡丹江来的吧?"

"嗯哪。你是……"中年农民不觉一愣。

"我是刘院长派来接你们的。"在电话里得知病人不能行走,刘晓程派孔祥荣主任开车来接他们。

一听是刘院长派车来接自己,这对走投无路、连卧铺都买不起的农民夫妇来说,实在受宠若惊,眼里顿时泪花闪闪。

可是,面对被多家医院宣判死刑、随时可能死去的重患,面对刚刚起步、还没有拿到心脏手术正式批文的开发区医院的有限条件,这个手术到底做还是不做?重大的抉择考问着刘晓程,也考问着与他共同创业的全体职工。

做,失败了,对刘晓程、对刚刚起步的事业的负面影响是不可低估的;不做,找个借口将病人推出去,等待病人的只有一个字:死。而且病人的病情容不得半点儿拖延。

有过无数次类似经历的刘晓程，丝毫没犹豫，手一扬，命令道："准备手术！"这是刘晓程一贯的作风。

10 月 27 日，天津市卫生局组织专家来评审开展手术的条件，答应下周一（10 月 31 日）发批文。但病人的病情已无法再拖，刘晓程恳请卫生局领导和专家组，破例批准他先手术后补批文。他为病人高度负责的精神感动了大家，默许他"违法"于次日进行手术。

麻醉师是借的，体外循环医生是借的，手术室护士长是现请来的……

10 月 28 日 9 点，全院职工聚集在手术室门口，一双双沉重的目光，默默地目送着病人进了手术室……这是医院的第一例心脏手术，大家都知道这次手术成败的分量。对全院来说，她不仅是一条生命，而且是一个开端。从上午 9 点一直到深夜 23 点，一连 14 个小时，全院职工的心都一直悬着。

一个濒临死亡的灵魂一直徘徊在无影灯下。刘晓程要为病人心脏实施主动脉瓣、二尖瓣双瓣膜替换术，而且由于病人肝功能极差，渗血不止，无法关胸。23:15，死神终于退却，手术获得了极大成功。

10 月 28 日从此成为泰达国际心血管病医院的纪念日——为了纪念一个普通农妇的新生，也为了纪念救死扶伤精神在国际心血管病医院永远发扬光大。

术后，8 名医护人员对病人日夜轮流监护。病人没有毛衣，护士长车慧将自己的毛衣送给她；医生护士每次打饭都多打一份，给买不起饭菜的病人丈夫。

数天后，病人痊愈出院了。农民夫妇握着刘晓程的手久久泣不成声，末了说道："俺们这辈子报答不了你，只能等下辈子报答了！"

如果不是遇到刘晓程，如果不是医院为她免去两万多元的医疗费用，如果不是全体医护人员对他们关怀备至，这对濒临绝境的农民夫妇，很难说会走到哪一步。

刘晓程任心外科医生 25 年，手术 8000 多例，不知经历过多少这样的事情。患者的感谢信多得数都数不清。老抗联战士、黑龙江省老省长陈雷同志赠给他一幅牌匾，刻着"晓界生死，程接古今"八个大字。

但，刘晓程不是神医，在拯救濒危病人的手术中也有失败的时候。

一名 23 岁的年轻人两年前在某医院做了心脏肿瘤切除，但术后效果不佳，又复发了，生命垂危。一家三口苦苦哀求刘晓程为其做心、肺移植术。刘晓程深知这种手术风险极大，成功率极低，尤其这种晚期肿瘤加上第一次手术已形成广泛粘连的病情，更增加了手术的风险。但不做心、肺移植，病人必死无疑。做，也可能生，但没有十分把握。如果失败了,他也可能因此而名誉扫地,可他必须竭尽全力去做,这是他做人的准则。

“我不敢保证他能活,但我会尽全力。”他坦诚地告诉病人家属。

手术那天,小伙子面带微笑向亲人告别,看来他心里做好了各种准备。

手术进行了十几个小时,很遗憾,死神还是夺走了年轻人的生命。遗体已经装上车了,家属却坚决不走,必须要见刘院长,谁劝都不听。

大家都为刘晓程捏了一把汗,以为家属要找他算账,就说:“刘院长,你可要挺住啊!”

刘晓程却说:“没什么挺不住的,我们尽力了!”

没想到,死者父母见到刘晓程却扑通一声跪下了,拽都拽不起来。

“刘院长啊,我儿子上手术台前一再叮嘱我,说他死了也要我来谢谢您!”死者父亲握住刘晓程的手,悲恸欲绝,“刘院长啊,我替我儿子来向您道谢了。您为他尽力了!”

此情此景,催人泪下。不是为了生者,而是为了告慰死者,来感谢一位并没有救活死者的医生。

“我很遗憾,没能救活他。”刘晓程的声音沙哑,他已经耗尽了体力与精力。

“刘院长您千万别这么说,您已经尽力了。我儿子死而无憾了!”

没过几天,这位名叫郑铭长的死者家属将一幅写着“仁心仁术除疾患,全心全意为患者。柳叶神术冠天下,济世丹心惠众生”的牌匾,送到了刘晓程面前。

死者家属给医生送牌匾,在当今的医疗界,谁曾听说过?

中国的老百姓已经够苦了,
我们还是为老百姓积点儿德吧!

与刘晓程一起共事的人都承认,刘晓程的精力过人,工作效率更惊人。

2002年3月28日,新医院破土动工,不到一年半,2003年9月26日,投资7.2亿、亚洲最大、占地11万平方米的泰达国际心血管病医院,在天津经济技术开发区举行隆重的开业典礼。

这座设有600张病床,集医疗、教学、科研与康复四位一体的心血管病医院,是天津经济技术开发区继摩托罗拉、丰田、雅马哈、雀巢、三星等3700家企业之后,又一家令世界瞩目的企业。

卫生部副部长朱庆生同志在开业典礼上宣读了吴仪的贺信。信中写道:“心血管病是人类健康和生命的主要杀手之一。我国现有400万心血管病人等待手术，而全国每年仅能完成4万多例。泰达国际心血管病医院的建成，将为改善我国心血管病的治疗做出贡献，给广大心血管病患者带来福音……”

这所世界一流的医院，是刘晓程的理想、意志与追求的完美体现，它处处充满了人文关怀。医院里刻着刘晓程一生的座右铭“博爱济世”。走廊里，装有防止病人摔倒的软包扶梯；住院处设有病人休息的阳光室；宽敞、舒适的病人家属等候区，摆有沙发、茶几、大型薄屏彩电……病人可以享受高档的“总统”病房，也可以享受50元一天的二人普通病房。所有病房都配有日本原装多功能床、电话、小型薄屏彩电、卫生间、热水、纯净水、中央空调，医院还设有咖啡厅、商业街、花店、贵重物品存放处、24小时快餐厅、商务中心、屋顶儿童乐园。

医院配有世界最先进的各种检测、治疗心血管疾病的高科技仪器：双梯度核磁共振、十六排CT、ECT、平板式数字减影心导管机、三维实时成像彩色B超……还有一台病人不用穿刺动脉做心脏造影，就可以确诊有无心脏病的世界第三台、欧亚第一台电子束CT。在这儿，病人不用端着大小便到处找化验室，医院特为他们设立了可以传递标本的特殊卫生间。化验室设有全自动条码扫描、运送、分检、离心、取样的检验线，按一下电钮，就通过自动物流系统传到化验室，医生可以通过信息系统随时看化验结果。全院看不到胶片和纸张，这是中国真正的数字化医院。

刘晓程以院长身份公开向社会承诺：“国际心血管病医院对每种疾病将实行公开、透明的每收费限价，保证收费低于医保部门核定的单病平均收费标准，保证以优质的服务为广大群众解除疾苦。坚决杜绝吃回扣、收红包、大检查、大开方的各种不正之风！”

医院规定，对请不起专家的贫困病人，将主动为其安排专家，而专家的报酬将在医院的二次分配中解决，与病人交费不挂钩。

医院对各种医疗设备及药品全部实行公开竞价招标。由于对厂家压价压得太低，厂家推销员拖着哭腔说：“刘院长你压得也太狠了，还让我们厂家活不活？”

刘晓程却说：“你还是考虑让老百姓活不活吧！这些仪器和耗材的价钱，最后都要压到老百姓头上。中国的老百姓已经够苦了，卖房卖地来看病。我们还是为老百姓造点福吧！我们一不要回扣，二不需要培训。你把压到老百姓头上的虚高价钱压到最低，看我们能不能接受？”

王铁林是刘晓程的大学同窗，曾与刘晓程共同创建了牡丹江心血管病医院，是刘晓程的金兰之交。这次得知刘晓程又要创建国际心血管病医院，王铁林毅然辞去珠海中山大学第五医院院长之职，到这担任行政副院长，跟刘晓程一起创建这所医院。这位中国医院建设和装备学会副秘书长兼《中国医院建设和装备》杂志副总编,在中国医疗建设方面享有很高的声誉。这次建筑国际心血管病医院,创造了包括开办费在内每平方米6000元的最低成本,以及利用不到一年半时间建成一座大型现代化医院的世界纪录。

在购置设备的竞价中,刘晓程和王铁林一个唱红脸,一个唱白脸。刘晓程思维敏捷,口才雄辩;王铁林性格内向,沉稳多思。两人对西门子、飞利浦等几十个商家单兵教练,轮番轰炸,让商家分头单独报价,从上午一直唇枪舌剑到第二天凌晨4点。

商家从未见过这样的院长,人家都是趁机想大捞一把,他俩却分文不要。商家不得不被院长的人格所折服,最后以令人咂舌的低价成交:一台全功能手术台从18万降到10万,刘晓程还向厂家白要了两台;700张日本原装全功能病床以2.5折成交,还白送两套总统电动轮椅;一台西门子呼吸机要价4万美元,最后以1.9万美元成交。

三天三夜,成交了1.8亿元人民币的仪器和设备。

在这里,病人不用给医生送红包,医生绝对不敢拿你的小命"开玩笑"。刘晓程不仅率先垂范,而且公开宣布:"那些被红包喂肥了的'专家',技术再好也不可能登上我们搭的舞台,因为我们的薪水填不满他们的欲壑!救死扶伤的事业是有灵魂的人从事的事业,没有同情心的人是不能从事这种职业的!如果发现哪个医生收红包,将立刻开除!"

早在牡丹江心血管病医院,曾发生过这样的事。刘晓程发现一名弟子多次向病人索要钱物,多次批评屡教不改。最后一次,病人借钱给弟子买了两条烟。刘晓程得知此事后对弟子说:"你不配做我的弟子,我们从此断绝师徒关系!但我给你找条出路,送你到北京中日友好医院去进修!"弟子哭了,一再认错。

刘晓程却愤然道:"病人连手术费都交不起,天天吃窝头!你竟然去搜刮病人的救命钱,你还有良心吗?你不配当医生!"两人从此断绝了师徒关系,但仍然是朋友。

刘晓程对国际心血管医院的全体职工讲道:"大家都得挣钱养家糊口,这是生存的需要。但别忘了我们手中操着他人的性命,我们不能昧着良心赚黑钱!我要让你们有尊严,有人格,合法地通过劳动获得应得的报酬!而不能收受红包,让老百姓骂我们是毫无人性、毫无自尊的白眼狼!"

但在当今,不正之风猖獗,职业道德沦丧,孔方兄主宰一切的现实中,不少人对刘晓程的做法感到不可思议。有人甚至提出非议:"他是为了赚大钱才提出辞职的。这所国际医院一定有他的股份,要不他才不会下那么大气力呢!”

刘晓程却淡然一笑,快言快语道:“我要想赚钱还不容易吗!我可以去国外,也可以去‘走穴’,一年赚个几百万不成问题!何必要什么股份?再说,这是政府投资的非营利性公立医院,没有我刘晓程一分钱。钱是身外之物,生带不来,死带不去,要那么多有什么用?人各有志。我感兴趣的不是钱,而是建医院。如果需要,我可以再建几所这样的医院,这就可以大大缓解心脏病人看病难的问题了。我才不在乎别人说什么呢。谁愿意说谁说,事实会证明一切!”

这些年来,刘晓程一直在自我牺牲,在国内国外都是这样。正因为他的牺牲,从而改变了多少病人及家属的命运?正因为他的牺牲,又改变了多少医生的命运?他的弟子遍布广东、厦门、大连、北京、牡丹江等许多城市,他们都成了当地心外科的顶梁柱。协和医院的副主任医生苗齐、泰达国际心血管病医院的心外科主任孔祥荣,都是刘晓程手把手带出来的弟子。

刘晓程决心把这所国际心血管病医院建成一座技术现代化、管理科学化、人员素质高能化的世界一流的医院,把它办成一所深受百姓信赖、收费合理、真正救死扶伤的医院。因此,必须有一个卓越的专家群体,有一批优秀的管理人才。他以自己独特的人格魅力,吸引了国内外大批致力于救死扶伤事业的有识之士及医学界的精英。他的研究生同窗、麻醉专家薛玉良,心内科专家熊鉴然,心内科专家齐向前,放射专家朱杰敏,他手把手教出来的大弟子、心外科专家孔祥荣,超声专家黄云洲,受聘于沙特阿拉伯皇家医院手术室护士长的车慧……一批“海归”骄子及医学专家纷纷舍弃高额的薪水,投奔到刘晓程麾下。

“刘院长身上闪光的东西激励着我们,呼唤着我们,使我们心灵深处蕴藏的美好理想被激发出来,燃烧起一股干事业的热情。他的人格魅力就像一双红舞鞋,跟他在一起就像着了魔似的,即使累得筋疲力尽也心甘情愿。”

“刘晓程的品格光彩照人,他是时代的楷模。我佩服他的学识和胆量,更佩服他不媚上,不卑下,处处为老百姓着想的品格。”

“我来这里不是为了来挣钱,而是为了实现一个医务工作者的人生价值,为了刘院长提出的博爱、济世的抱负。我喜欢这里纯洁、简单、没有内耗的人际关系,工作起来痛快!”这是投奔者的心声,也是对刘晓程的评价。

一次聚餐,精明干练的护士长车慧向刘晓程敬酒,风趣地说:“院长,我们每个人都擎起一片天,就会托起你这轮太阳。你这太阳的光芒再回照到我们身上,我们将永远跟国际心血管医院在一起!”

是的,刘晓程把博爱、济世的阳光洒向医院的每一个角落,洒向每一位患者和职工。患者没钱回家，他悄悄掏钱塞给患者；全院号召献血，他第一个伸出胳膊；医院新调来职工，他为他们安排好大到住房、孩子上学，小到煤气、冰箱等一切日用品，乃至一把门锁……有人说，刘晓程是一座纵览群山的高峰，迎风斗雪，奇绝险峻。有人说，他是虚怀若谷的大丈夫，内心坦荡，豪情万丈。

但是，人生总有遗憾，刘晓程最愧疚的是对不住亲人。他不止一次地说："如果真有来世，我什么都不干，一定做个好父亲、好丈夫、好儿子！"

今生今世他是永远做不到了。在北京工作的妻子，对拼命三郎的丈夫永远牵着一颗心，因为他也是个心脏病患者。她对他的奢望不高，只希望他活着，只要他活着就好……

为了尽孝，刘晓程把90岁高龄的父亲接到天津开发区。尽管近在咫尺，他也只能隔三岔五打个电话，个把星期闪电式地看一眼风烛残年的老父亲罢了。

采访者变成患者，明天我将走上手术台

也许，这就是天意。

我和刘晓程来自同一座城市，但并不相识。2003年10月8日，佳木斯准备出一本报告文学集，朋友邀我来写刘晓程，这才第一次结识他。

我也是个心脏病患者，2003年9月做了心脏支架，但术后感觉一直不好。采访时，我请刘晓程看看我做心脏支架造影的片子。他和几位专家会诊后告诉我，说我心脏除了支架部位还有六处病变，最严重的部位已经堵塞了90%，随时可能发生心梗，要想彻底解决心脏问题，必须搭五至六个桥，建议我尽快做搭桥手术。

听到这番话，我完全惊呆了，悲哀与绝望一下子把我吞没了。想想啊，一个拳头大的心脏除了支架部位，居然还有六处堵塞。这哪还是什么心脏，简直是一只破筛子啊！令人费解的是，一个月前我刚刚做完支架，当地医生说我心脏还有两处堵塞，但短时间内不会发生危险，他们并没有告诉我这么严重啊！而且，不单是对疾病与死亡的恐惧，还有导致这场疾病的原因带给我的委屈与愤慨，远比疾病带给我的痛苦更加令我难以承受。

我父母都没有心脏病，都是七八十岁才过世。而我这个国家一级速滑运动员出身的作家，身体一直很棒，精力充沛过人。我先生总是亲切地叫我"活兔子"。我曾孤身一人赴俄罗斯、乌克兰、韩国、比利时、荷兰等好多国家采访，连战火纷飞的车臣都去过。我一生都坚持锻炼，2000年冬天，每晚还游泳1000米呢。可是三年后的今天，我竟然变成了一个亟待拯救的心脏病重患。这个极大的落差实在令

我无法接受。

我知道，这完全是因为创作《盖世太保枪口下的中国女人》那部电视剧造成的。长时间的过度疲劳，加上屡遭侵权与伤害，接连打了三起官司，我受不了那种投告无门、欲哭无泪、长达数年的摧残与折磨，得了严重心脏病。

当时，眼看着自己自费赴欧洲采访、呕心沥血三年的作品被他人夺走，谁能不玩命地抗争啊？可现在一想，与生命相比，一部电视剧又算得了什么？三起官司都赢了，又怎能弥补我生命的巨大损失？那些侵权事件只不过是我生命之旅一段令人唾弃的游戏，应该把它扔进垃圾袋，让它永世不再打扰我的宝贵人生了！

当一个人濒临死亡，她对生命的诠释与理解，跟以往有着截然不同的含义。

可是，人生最大的悲哀莫过于清醒过来已近黄昏，一切都悔之晚矣。

我本来是来采访的，现在却成了亟待拯救的病人。这种极大的落差几乎把我击倒了。

我觉得生命随时可能离我而去，可我还有多少创作计划没有实施，还有多少美好人生没有享受啊？我是那么热爱生活，热爱创作，热爱人生，现在，这颗破碎的心却跟我过不去了。我对刘晓程说："我才 60 岁，正是创作的黄金时代。我不要多，再给我 15 年就行。我太爱创作了。"

刘晓程却说："把你那颗破碎的心交给我吧。15 年太保守了，你准备再创作 20 年吧。"

我知道他在安慰我。

刘晓程找来内科副主任林文华医生当我的"保健医生"，并给林主任下了"死令"，要他指导我用药，必须保证在我术前不发生意外。

我觉得刘晓程这个人物太难得了，在当今医疗界实属凤毛麟角。我决定把这篇报告文学写完再手术，我要向约稿的朋友有个交代，万一我没有走下手术台那就遗憾了。我要告诉那些像我一样徘徊于生死边缘的心脏病同胞：中国有这样一位院长，有这样一所医院……

于是，我揣着这颗破碎的心，忍受着随时发生的心绞痛，用我顽强之笔，蘸着生命之墨，竭力撰写着这篇报告文学。我每天都如履薄冰般地走在生命的边缘，很怕一不小心踩重了，踩碎了十分脆弱的生命，使我过早地陷入死亡之谷。

从此，一向活泼、开朗、奔放的我，一向与歌声和笑声相伴的我，却再也不能从心底发出笑声了。我曾试图用美国总统罗斯福的名言擦拭我心灵的泪："将死亡视为不可逃避的平常事实而加以接受，便可以永远地解脱对死亡的恐惧。"我也曾试图用创造人类奇迹的科学家霍金的痛苦来稀释我的痛苦，用他的意志来坚强我的意志。但我却发现,我不是一位伟人,我只是一个平凡的作家。一向自诩无比坚强、任何苦难都不曾使其低头的我,原来如此脆弱,如此不堪一击。生命原来如此脆弱。

傍晚,我和先生漫步在海边,看潮起潮落,听渔歌唱晚,看美丽的夕阳西下,倾听他人的欢声笑语,而我却只有忧伤和叹息。万家灯火照不亮我阴暗的心,强劲的海风吹不散我心头的愁绪。然而,不管有多么痛苦,我都必须接受这个残酷得令人绝望的现实。这就是命运。

在这段时光里,我深切地感受着一个人对于生命的强烈渴望,感受着病人渴望医生来拯救自己生命的殷切企盼,感受着任何人都无法排遣的无望与悲怆,也感受着一个人徘徊于生死边缘的孤独与无助。我体会着 400 万心脏病同胞所遭受的、任何语言都无法描述的痛苦煎熬。而我只需要煎熬几个月,可那 400 万同胞却要煎熬几年,十几年,甚至一直煎熬到死。那是怎样一种漫长而绝望、痛苦而无助的煎熬啊?

我的心脏病同胞们,我太理解你们了!

2004 年 3 月 8 日,我终于完稿了。

夜里,我给先生写了一封长信。尽管刘晓程一再说:“雅文大姐你应该相信我,我一定要还给你生命!”可我知道,心脏手术风险很大,我必须做好各种准备。

把该做的事情都做完了,把该交代的事情都交代完了,3 月 9 日,在先生的陪同下,我住进了我所描写过的泰达国际心血管病医院。

3 月 15 日,刘晓程将亲自为我主刀手术。

14 日晚,手术部主任薛玉良来询问我以往麻醉的情况,是否有过敏史;担任手术助手的外科医生王正清、张嵬来询问我是否是疤痕体质;手术室的两名护士也前来探望。医院规定,凡是手术,相关医护人员都要来探视病人。

晚间,中国作协领导打来电话,黑龙江作协领导和文学院领导来看望我,好多朋友都打来电话安慰我、鼓励我。两位素昧平生的外企大学教师——我忠实的读者,听说我要手术,竟然专程从北京跑到天津医院来为我祈祷。他们二人和林文华副主任将手搭在我的手上,虔诚地为我祝福,为我祈祷,祝福我闯过这道生死大关。那个场面太感人了,令我刻骨铭心,永志难忘。

亲爱的读者,明天,我将带着亲人与朋友的祝福走上手术台了。

我无法预测我生命的裂谷到底有多深,我不知道我脆弱的生命能否跨过这道裂谷。如果跨过去了,我将获得新生;如果跨不过去,我将化作一缕白烟,同这美好而残酷的世界永别了。那么,这篇作品将成为我的遗作。

亲爱的读者朋友,无论我能否再见到你们,都请你们记住,这里有一位院长,有一所医院,有一群生命的守护天使……这里,将会给濒危的心血管病人带来生的希望——无论你是富人,还是穷人。

再见了,我的朋友!

补记:我终于活过来了!

当我周身插着各种管子躺在监护室里昏睡着,只觉得有人拍了拍我的脸,说:"醒醒吧,雅文大姐!今天是3月16日了。手术做完了,给你搭了六个桥,把你破碎的心修好了。"

我听出是刘晓程,却睁不开眼睛。我的第一反应是:我还活着!但又不太敢相信,这么快就手术完了,不太可能吧?我哪里知道,从3月15日上午9点20分我被推进手术室,已经过去二十多个小时了。医生从我两只小臂及胸内取下3支动脉,为我心脏搭了6个桥,手术做得非常成功。

当确信一切都是真的,我无法描述我对刘晓程及所有医护人员的那份感激,任何语言都是苍白、无力的,只有真正"死"过一回,亲身经历过获得第二次生命的人,才能体会到什么叫救命之恩。

接下来,在我处于极度虚弱,刀口剧痛,连咳痰、翻身、喝水一切都不能自理的日子里,我受到医护人员的百般呵护。从监护室到普通病房,从护士长、护士、护工到林文华副主任以及我的外科主治医生王正清,都时刻监护着我的病情,帮我服药、捶背、翻身、洗头……对我照顾得无微不至。我第一次感到病人在医院里是主人,而不是处处要看医护人员脸色甚至用"红包"去取悦他们的"小媳妇"。可我仍然心存疑虑:是不是因为我采访过刘晓程,所以他们对我格外关照?

林文华副主任的一句话,使我感到一丝释疑。他说:"这里是一年一签合同,实行全员聘任制。所以人人都要把自己最优秀的一面展现给患者,展现给工作。"

看来,体制决定着一切。

我能下地走动了,看到许多病友都享受着和我同样的待遇,听到病友对医护人员赞不绝口,我还采访了两名外国病人,心中的疑虑这才打消。

46岁的艾尔伯特是来华工作的加拿大人,3月22日半夜11点,突发心梗,凌晨2点,被救护车送到泰达国际心血管病医院急诊室。当时,他胸痛剧烈,血压下降,病情危重。曾在加拿大工作多年的内科主任齐向前医生,立刻给他做了心脏介入手术,放了一个支架,病情明显改善,第二天就下床走动了。但要彻底解决心脏问题,还需做搭桥手术。但加拿大保险公司不相信中国的医疗技术,不同意支付艾尔伯特的保险。艾尔伯特却说:“不支付我自费也要做!这医院太好了。在加拿大,只有我太太照顾我,在这里大家都来照顾我,我非常满意。”后来,加拿大保险公司给刘晓程打来电话,最终同意支付艾尔伯特的保险。于是,艾尔伯特成为发达国家在中国做心脏搭桥手术的第一人。而且,加拿大的保险公司与泰达国际心血管医院正式签约,今后加拿大人在中国突发心脏病,都到该院来就诊。

但是,台湾出生的美籍华人陈先生就没这么幸运了。51 岁的陈先生在外企中芯国际公司任职,3 月 12 日凌晨 1 点,突发心梗,凌晨 2 点,被救护车送进天津某大医院急诊,一直等到下午 2 点,陈先生已经神志不清,医院才为他做了心脏造影,并放入一个支架。医生说他心脏发生弥漫性病变,需要做搭桥手术,但远端血管太细,搭桥只能解决 80% 的问题。陈先生夫妇感到痛苦而茫然,跟医护人员搞得很不愉快。有关保险公司同意用直升机送陈先生去香港或台湾手术,又怕途中发生意外。这时,台湾长庚医院著名心脏专家李英雄先生通过朋友打来电话,让陈先生立刻去找刘晓程。于是,他们来到国际心血管病医院。看过造影片子,刘晓程说:“我可以解决你全部的心脏问题。”

陈夫人顿时激动得热泪盈眶:“上帝,我们终于从地狱逃了出来,来到了天堂。我真不敢相信中国还有这么好的医院,这么好的医生!真不知该如何感谢你们!”

刘晓程为两名外国人成功地各搭了五个桥,目前二人均已康复。后来,陈先生听说医院为一个被遗弃的孤儿做手术,还寄来了 10000 元赞助费。

术后第 19 天,我怀着虽然虚弱但却“健康”的心,带着外科全体护士送给我的中国“同心结”,带着内、外科主治医生的叮嘱,在我先生和孩子的陪同下,踏上了回家的路。

没有比此时此刻更能体会活着是多么美好的了。

坐在车里,有一种恍若隔世之感,对窗外的一切感到既陌生,又亲切,有一种看不够的贪婪。20 天前还枯黄的树已经变绿了,一排排小白桦顶着鹅黄色的新绿,在风中轻轻摇曳。阳光暖暖的,风柔柔的,树绿绿的,一切都是那么美好。来时的灰暗心情已经全部消失,生命又属于我了,我心中又充满了新的希望。

一路上,我一直在为自己庆幸,庆幸上苍让我结识了刘晓程,结识了这所医院。可是,另一种思绪却不时地缠绕着我,令我胡思乱想……

我在想,假如那位朋友没有邀我来采访刘晓程,那么,我对自己的病情可能一直糊里糊涂的，说不定哪天会突发心梗……假如我不是一名作家，不享受医保，我只是穷山沟里一名农妇，或者只是一名每月仅有一二百元的下岗女工，根本没有能力支付两次十几万元的手术费用，那么，我将如何面对这场灾难？又将会有怎样一番人生结局？

转而又想，我那400万像我一样徘徊于生死边缘的心脏病同胞，他们什么时候也能像我一样，获得手术机会，轻轻松松地活下去？中国老百姓看病贵、手术难的问题，什么时候才能真正得到解决？

最后，我要告诉朋友们：好好珍爱自己的生命吧，生命属于我们只有一次！

（原载《北京文学》2004年第9期）